U0656081

康复时代

疾病传说

王涛 著

中国海洋大学出版社

·青岛·

图书在版编目（CIP）数据

疾病传说／王涛著 . -- 青岛：中国海洋大学出版
社，2025. 1. --（康复时代：四部曲）. -- ISBN 978
-7-5670-4003-8

Ⅰ. I247.5

中国国家版本馆 CIP 数据核字第 202467AX34 号

KANGFU SHIDAI·JIBING CHUANSHUO
康复时代·疾病传说

出版发行	中国海洋大学出版社			
社　　址	青岛市香港东路 23 号		**邮政编码**	266071
出 版 人	刘文菁			
网　　址	http://pub.ouc.edu.cn			
电子信箱	1193406329@qq.com			
订购电话	0532-82032573（传真）			
责任编辑	孙宇菲		**电　　话**	0532-85902349
印　　制	青岛国彩印刷股份有限公司			
版　　次	2025 年 1 月第 1 版			
印　　次	2025 年 1 月第 1 次印刷			
成品尺寸	160 mm×230 mm			
印　　张	89			
字　　数	1364 千			
定　　价	258.00 元（全四册）			

发现印装质量问题，请致电 0532-58700166，由印刷厂负责调换。

目录
Contents

目录
Contents

李达理的宅院

一

在 20 世纪的中国,要说青年们只能在革命、不革命和反革命三者之间做出选择,除此之外别无他路的话,不知道现在的年轻人是否能够理解。但不管怎么样,那却是一个无法改变的事实,是由如李达理这样的过来人用自己的经历证明了的事实。

李达理当然是一个革命者,也就是说,当年面对革命、不革命和反革命三条道路的时候,他选择了革命这条路。于是,在以后漫长的岁月里,他成了那条道路上的一个行路人,一个艰难的跋涉者。尽管过去的岁月已成过眼烟云,已像发黄的旧照片一样难以辨认,但李达理依然忘不了走上革命道路的那个夏天,那件发生在夏天里的事情,只要闭上眼睛,那些栩栩如生的情景就浮现在他脑子里。

1936 年的夏天,随着天气逐渐变得炎热,李达理所在的省立师范学校要放暑假了。告别了老师和同学们,他提着一只半新的皮箱,乘车踏上了返回故乡的路。车到他老家所属的那个县里的车站时,天差不多黑了。他无法再赶路,只好就近找了一家还算干净的旅店,暂时歇息一夜。在不太安宁的睡眠中,他梦到了儿时的玩伴莫小梅。第二天一早,日头才刚升起来,他便雇了一辆马车,趁着天气还不算太热,去赶剩下的几十里山路。快要晌午时,他在灰蒙蒙的雾气中看到了乌龙镇的影子。

到这里,李达理还没有丝毫背叛自己家庭的打算,尽管在学校里,他已经在很大程度上接受了新思想,而且正在考虑加入一个共产党领导的地下组织,但真要做出与家庭决裂的决定,他还觉得时机不够成熟。他知道这是托词,实际上他是不忍心做出与他家人的愿望相悖的事来,他甚至一再安慰自己说,理想毕竟不能等同于现实,一切都交由将来吧。至于"将来"

1

是什么时候,他自己也不知道。当然,在一定程度上,他也为自己的优柔寡断而心存不安。

到这里,人们都应该明白了李达理的家庭背景,也就是他的出身。没错,他出生在一个地主家庭里,自小过着衣食无忧的生活,也正由于此,家里才有条件把他送到省城去读书。据他所知,他家的田产至少有一千亩,光佃户就有百十家。在乌龙镇,像他家这样富有的家庭并没有几家。先前,他曾为出生在这样的家庭里而感到自豪骄傲,但自从去省城读书以后,具体说是接触了那些思想先进的老师和同学以后,他却为此而一度羞愧难过起来。原来从你一生下来,他告诉自己说,你就伴随了一定的罪恶。但说实话,当他认真反省自己或者家庭的罪恶到底是什么的时候,他却陷入了迷茫,或者更明确一点说,他并没有看到他们所说的那种罪恶的一点影子。所以,当他们动员他加入组织时,他犹豫不决地说,让我再考虑一下……

但李达理哪里想得到,十几天过后,当离开乌龙镇提前回学校去的时候,他已经果断地做出了抛弃这个家庭的决定。那么,在这短暂的十几天内,到底发生了什么不同寻常的事情,导致他最终与家庭决裂从而走上了革命的道路?一切还得从他在镇头老樟树下遇到莫杨氏的那个时刻讲起。

那天,李达理从马车上跳下来,给了车夫路钱,看着车夫赶着马车往回走去。李达理提起皮箱,来到了镇头的那棵老樟树下。直到这时候,他才发现老樟树下其实还站着一个人,一个又黑又瘦的老女人。他认出来,这个老女人是莫杨氏,也就是莫小梅的母亲。看到她,他便想到了莫小梅,自然也便想到了他昨天夜里的那个梦。他默默地看着她。说实话,那个时刻他有些发愣,因为按照梦里的启示,他觉得他在镇头碰到的第一个人应该是莫小梅,可眼前的事实却是,他看到的这个人却是她的母亲。就从那个时刻起,他便觉得事情有些不对劲儿。

莫杨氏一只手搭在额头上,一副往远处翘首眺望的样子,给他的感觉是她在迎接一个人。难道她迎接的那个人就是他吗?许多的黑鸟乱纷纷地栖聚在树冠上,拉下的粪便像白色的雨点一般落在她身边。由于风的缘故,老樟树的枝叶在她身后发出哗哗的响声。莫杨氏似乎也经受不住风的吹刮,两只小脚在地下颠来倒去,身子晃摆得像一根快要折断的树枝,让他疑心她会突然间倒在地下。

少爷……回来了?莫杨氏迎住他,上赶着和他打招呼。

尽管她是莫小梅的母亲,李达理依旧有些冷淡地只回应了她一个字,是。

莫杨氏的嘴唇不住地嚅动,好像有许多话要对他说,但又不好意思说出来。犹豫了一下,她还是抬起头,朝树上瞄了一眼。少爷你看,那么多喜鹊在叫。

李达理明白她的意思,乌龙镇曾经流行着一句谚语,喜鹊叫,喜事到。也许在她看来,他的到来对她真意味着什么喜事呢。可他不得不明确地告诉她,你看错了吧,树上那些鸟儿哪是什么喜鹊,分明是乌鸦呢。

经他这样毫不客气地指出,莫杨氏脸上便现出迷惘的神色,随即又被一层尴尬的表情代替了。是我昏花了老眼,连喜鹊和乌鸦都分辨不出来了……她的话还没有说完,一摊新鲜的鸟粪就从树上掉下来,正好落在她的头发上。

李达理实在有些看不下去了,胃里一阵急剧地翻腾,差点呕吐出来。他急忙掉开了头,把手里很有分量的皮箱换到另一只手里,越过她的身子,就要朝镇子里走。

少爷……莫杨氏又叫了他一声,好像和他说的话还没有完。

李达理预感到她有什么事要对他说。是关于她女儿莫小梅的事吗?但他不想在这个时候向她打听莫小梅的消息,尽管他是那么渴望知道她的下落。他似乎本能地害怕听莫杨氏把那件事说出来,所以便没有表示什么,抬起脚,大步朝前走去。

等到远远地离开了她,李达理心里才隐隐地不安起来。为什么要急着从她身边逃开?他在心里问自己,难道不是因为她是一个身份卑微的人吗?这样的人不仅模样邋遢而且常常有求于他人……当然,这里所说的"他人"在很大程度上是包含了如他这样家境殷实的富人,也就是老师和同学们所说的乡村的富豪和地主,而作为这些人里没有与他们脱离干系、还保持着千丝万缕联系的一个成员,他似乎是本能地做出了鄙视莫杨氏的举动,说明他尽管受到了老师和同学们的一再教育,却在骨子里完好保持了一个地主少爷的孤傲和无耻,不要说与他要求进步向往革命的初衷相违背,就算仅仅顾忌和莫小梅的玩伴关系,他也不该对莫杨氏如此冷漠。想到这里,他不禁放慢了脚步,但只是稍稍迟疑了一下,他还是没有再转过身去,而是头也不回地进到了家门里。在他家巍峨豪阔的院门前,他没有办法向一个没有社会地位的穷老婆子做出妥协。

接下来，李达理觉得应该从外部来描述一下他的家庭。按照最初的打算，他要从他家阔大的院落讲起，再逐步过渡到里面错落有致的房屋。但在他朝院门里走的过程里，他不得不调整一下思路，而且让步子停下来，注目那个突然让他感到了陌生的门楼。是呀，在他的记忆里，他家的院门尽管巍峨豪阔，在乌龙镇也快要数得着了，但还是保持着一种古朴老旧的风格，有几回梦到它的时候，他甚至没有看清它的样子，与现在鲜艳热烈的情景简直大相径庭。是的，现在出现在他面前的真实情景除了用"鲜艳热烈"等词语描述外，他找不到其他任何一种语句。

李达理首先看到的是两排通红的灯笼从门楼边向两端蔓延过去，直到被远处的墙头挡住。虽然是在白天，放置在灯笼里面的蜡烛没有点燃，但在明亮日光的照耀下，包裹在外面的红布还是发出熠熠的光彩，刺激得他的眼睛不敢细看。他很诧异，现在又不是什么节日，为什么要把如此多的灯笼挂出来，从而制造出一种类似节庆的喜悦气氛？而且他随即看出来，靠近门楼的两只灯笼分外硕大，大到即使两个成人张开双臂也难以将它围拢过来，上面竟然张贴着同样硕大的"囍"字。这未免使他感觉得更为迷惑，为什么灯笼上要写"囍"字？难道说他家办喜事了？但他立刻就否定了这个不切实际的想法，不可能呀，他家就他一个没有成家的人，要说办喜事，也应该等他回家来再办呀。他一下子想到了莫杨氏刚才关于喜鹊的话，也随之想到了她的女儿莫小梅，莫非家里要为他们……他突然间激动起来，心脏怦怦地跳得厉害。他开始后悔，不该对莫杨氏指出喜鹊和乌鸦的区别。他甚至再次回了一下头，想对莫杨氏表示一下歉疚。但老樟树下一片空荡，似乎莫杨氏从来就没有在那里出现过。

李达理迈着大步往门里走。大约他走得太急了吧，没想到一个人也正急快地朝门外走，这样他们两个人就撞在了一起。他手里的皮箱掉在了地下，一下子砸在那个人的脚上。哎哟……那个人发出一声痛叫，抬起头，想朝他表示一下愤怒，但只是瞪了瞪眼，随即脸上就浮出了眯眯的笑意。少爷，他忍着脚痛，尽量用快意而亲切的声音说，是、是你回来了。

李达理也认出来，这是他家的长工周板牙。其实这样说也不太准确，周板牙虽然是他家雇佣的长工，却不用干那些具体的农活，而主要是在他父亲身边跑腿，所以与那些专门干活的长工比起来，他在他家的地位显然要高许多，也与他家的感情更亲密一些。他小的时候，曾经不止一次地骑在周板牙的脖子上，让他驮着到街上去玩。板牙哥，李达理在他肩上拍了一下说，你跑什么呢？

我正想到镇口去接你呢，周板牙龇着两颗硕大的板牙说，知道你今天回来，奉了老爷太太的指派，我到镇口看过好几回了，没想到你已经来到家门口了。

没砸疼你吧？

没有，周板牙把那只皮箱拎在自己手里，快回家去吧，老爷、太太早就念叨你不知多少遍了。

李达理往门里跨了一步，随即又抽回脚来。哎，怎么外面挂上了灯笼？像办喜事似的。

少爷说得没错，周板牙朝他伸一下大拇指，就是办喜事呀。

李达理心里又急跳起来，脑子里也又晃过了莫小梅的影子。那也得等我回来呀，他用埋怨的口气说，我不在家，这喜事怎么办呀？

这个……听了他的话，周板牙不知该怎么回答。

李达理大步朝院子里走。和他想象得差不多，院落里也果然是一派喜庆的气象，迎门墙上、粮食囤上甚至马厩的栏杆上，都贴着大红的"囍"字，地下虽然刚刚清扫过，但依然留有不少炮皮的碎屑，可以想见，在一个刚刚过去的日子里，曾经有无数枚炮仗在上空里炸响。我在外面，你们就把喜事办了，他沿着自己的思路信口往下说，没有我这个当事人在场，真想不出你们是怎么办这场喜事的？

周板牙渐渐听出了他话里的意思，突然发起怔来。他想明确地说句什么，嘴唇嚅动了几下，却又没有把话说出来。

李达理也没有留给他更正自己的机会，只是迈着大步，急急地朝院子的深处走。应该说，他家的院落是分外幽深的，更准确地说，是要穿过几道门，比如二门和三门，才能抵达院子的尽头，这样的院落有一个标准的名称叫"进"。因此，当他穿过二门，快要来到三门前时，他的思绪还是沉浸在他自己的想象里而难以自拔。

看到他快要进到三门里去了，也就是说，他即将来到这个家庭的主人也就是他父母面前了，周板牙才不得不急跑几步，赶到他面前，翕动着嘴巴，两颗兔牙一般的板牙时隐时现，鼓起很大的勇气，结结巴巴地对他说，少爷,是这么回、回事……

李达理看出他有重要的话要对他说,也只好放慢了脚步,等待着他把话说出来。

前两天,周板牙咽了口唾沫,用十分艰难的语气说,是老爷和二姨太,举行了大婚……表达出了这个意思,他觉得李达理应该听清楚了,便又闭上了嘴。

李达理当然听清楚了他的话,却一时反应不过来。老爷和二姨太,举行了大婚……他念叨着这几个字,好一会儿不明白它们所表达的意思。

周板牙不好再把话往更深处说,便低下头,等待着他自己醒悟过来。

李达理抓住了他的肩膀,无力地摇晃了一下。你是说,老爷娶了一房二姨太?他似乎还有些不相信这件事会是真的。

是。周板牙点点头。

李达理的身子没有动弹,他自己倒晃摆了一下。这件事太出乎他的意料了,他一时有些难以适应,或者说无法接受。

少爷,周板牙扶住了他,低声而清晰地对他说,这是一件大……喜事呀,你应该感到高兴才是。

我感到高兴?李达理呆呆地看着他,真想抬起手,将他那两颗讨厌的板牙掰下来。

周板牙看出了他的意思,急忙闭住了嘴巴,脸上浮满愧疚的神色,似乎是做了什么对不起他的事。

告诉我,李达理喘着粗气说,老爷娶的是……哪里的女人?不知为什么,这时他眼前老是晃动着莫小梅的影子。

是下夹沟孟家的姑娘。周板牙朝远处指了一下。

李达理松了口气,闭上眼睛,在心里笑话自己说,你竟然想到的是自己……他把头高高地仰起来,朝着高远白亮的天空看。一只黑鸟从空中掠过,翅膀上闪烁着冰一样寒冷的日光,他甚至听到了它发出的一声凄厉的鸣叫。分明是乌鸦,他告诉自己说,哪里有一点喜鹊的样子?他摇摇头,把似有若无的眼泪甩掉,再次迈开步子,朝着突然显得黑暗了的三门里走去。不管怎么样,他都要去见他的父母,既然回家来了,他又怎么能躲得过他们,怎么能不面对他们呢。

李达理首先见到的是他的母亲。这似乎让他觉得心安,因为他实在想象不出见到父亲时的情景。但与他的料想不同,母亲的表情十分平静,甚至可以说平静得有些不同寻常。在他想来,发生了这样一件事,母亲肯定非常悲痛,他都做好了让她抱着他的头痛哭一场的准备。可事情不是这样,母亲见了他的面,既没有哭泣,也没有埋怨,甚至没有主动提起这件事,只是问他一些可有可无的闲话,比如在外面是否吃得饱,带去的衣服够不够穿之类,都是他在信中对她说了无数遍的话。他疑心识字的父亲没有把这些内容念给她听。他有些不耐烦了,干脆打断她的话,有些没礼貌地质问她说,父亲的事为什么不告诉我?

母亲不易察觉地苦笑了一下,十分简短地说了四个字,怕你分心。便不再说下去了。

我为什么分心?李达理赌气地说,这又不是我自己的事。

母亲看出了他心里的怨恨,伸出一只手,在他脸上摸了一下。由于距离过近,他清晰地看见了她手上的筋络和斑点,更清楚地感觉到了她手指的细微颤动。这是大人的事,她开导他说,你不要管那么多。

你以为我愿意管这种闲事?李达理反问她说,我是替您担心……

我没什么可担心的,母亲安慰他说,这种事也没什么大不了的。似乎觉得这样说还有些不够,停了一下,她又继续说,与他们比起来,你爹做得一点也不过分。

李达理知道她说的“他们”是指李大头那些拥有三妻四妾的人。是呀,与那些不顾脸面的家伙比起来,父亲算是温良谦恭让了,毕竟这才娶了第二房太太,毕竟是在他已经成人的时候才娶来第二房太太。想到这里,他也才把一直拥堵在胸口的一股浊气吐出来。既然母亲不在乎这些事,他又何必多此一举呢。但就在他觉得快要释然了的时候,却忽然把目光落在母亲的另一只手上。他似乎这才注意到,母亲的那只手里多了一串佛珠,而在此之前,母亲是从来不接触这些东西的,在她极力安慰他的时候,她那只手的拇指和食指正在一颗颗佛珠上慢慢地抚摸过去。意识到这一点,他快要放下的心又一下子提起来。

见过了母亲,李达理觉得他应该见到父亲了。这时候,他才感到事情有些不太正常,因为他一直没有看到父亲的影子。按说,父亲应该在那把属于他的太师椅里坐着,不说等待他的觐见,就是作为这个家庭里的主人,他也应该把自己放置在那个地方的,这是由他自己定下的规矩制造出来的

7

一个场景，在过去的日子里，这样的场景几乎成了这个家庭里最明显的一个特点和标志，以至于不管什么人需要见他，都会在那把太师椅里找到他，以至于只要他一闭上眼睛，就会看到他坐在那把太师椅里的样子。但现在，他却仅仅看到了那把空空荡荡的太师椅，却没有看到父亲的影子。难道他不在家？不，他随即否定了这个念头，作为父亲的儿子，即使仅凭一张鼻子，也能嗅出他身上散发出的独特气息，也就是说，父亲不仅在家，而且就在距他不远的某个地方，像一个神秘的幽灵一样悄悄地看着他。原来你也知道不好意思？李达理在心里对他说。他知道父亲渴望出来见他，却又像他一样害怕面对父子相见时的难堪场景。

直到吃晚饭的时候，父亲才探头探脑地来到客厅里。一旦照了他的面，老家伙便及时收敛起愧疚带来的尴尬情绪，板起脸来，故作严肃地和他说话。李达理用眼角觑着他，似乎没费什么劲儿，就在他拼命掩饰的表皮下看到了他藏匿在内心里的羞惭。也许是为了顾及他的情绪吧，老头子没有让他的新婚太太进到客厅里来，依旧像先前那样仅仅和母亲及他三人用餐，晚饭的主菜也是他一向喜欢吃的红烧肉，企图制造出一种依旧其乐融融的虚幻气氛。但这好像已经无济于事，弥漫在饭桌上的冷清氛围并不因为他一声不自然的说笑所能替代或化解了的，白白让他们每个人因为故作姿态而倍感疲累。尽管那碗红烧肉很快被他吃完了，但李达理却没有吃出什么滋味。他真的盼望这顿所谓的团圆饭赶快结束，他回到自己的房间去沉沉地睡眠，母亲继续在灯下抚摸佛珠，而父亲则回到他的新房里与他新婚的太太卿卿我我。

在吃饭的整个过程里，父亲没有说一句与他的婚姻有关的话，所有的话题似乎都与家庭的现状和未来有关，具体说与家庭在产业方面的某些格局和设想有关。他已经说过，仅仅凭他初步的印象，他家的土地也应该在一千亩的规模以上，除此之外，在不算太远的其他城镇上，还有两处房产和几处店铺，加在一起，也算是一份不小的产业了。对于这些东西的存在，具体到每一桩每一件的具体来历，父亲都像对待自己身上的皮肉一样清楚，且能扳着指头仔细地数说一番。父亲是善于展开这个话题的，一旦说到激动处，每每脸孔都有些涨红，在灯光下闪耀出深秋菊花般的熠熠神采。他无法不受到感染，也每每竖起耳朵，不但一字不落地往脑袋里听，而且也完好无损地朝心里装。所以在很大程度上说，他也是喜欢聆听这个话题的。

父亲大约也知道这一点，数说起来才那么兴致勃勃，娓娓动听。他明白父亲的意思，他是要通过这种方式来向他唯一的后代传授家庭兴旺的秘诀，或者换一种说法，父亲是在有意无意地给他的继承者留下一份宝贵的遗嘱，尽管这个时候他还没有意识到有关这件事的任何风险。直到父亲说得快要疲累了，饭菜在他飞溅的唾沫下就要变凉了，母亲手中的筷子也在碗盏上敲过无数遍了，他才余兴未尽地把话停住，不得不把注意力转移到吃喝上。

好不容易吃过了饭，母亲随着伺候他们的下人进了厨房，宽大的客厅里只剩下了他们两个人。父亲用清水漱过了口后，清了清嗓子，又把话题转移到让他难以释怀的家庭产业上。随着谈话的逐渐深入，李达理慢慢明白过来，原来父亲对他这份已有的家产并不十分满意，对于其中的一些缺憾始终耿耿于怀，放心不下。比如，镇东的那块高台地难以浇上水，有时会因为干旱而减产，而镇西的那片低洼地却有很多的盐碱，粮食产量也很难上去。其他的事情也是这样，店铺里的生意有时不太顺利，家里的一头马驹脚有残疾，就连院墙边的榆树上也长满了虫子。儿啊，父亲摇着头总结说，要想让我们家的事获得圆满，还要指靠你这一辈人继续努力呀。听着父亲过于恳切的言辞，他一度冷淡下去的情绪再次被点燃起来，不由自主地沿着他的思路频频点下头去。父亲说得多么好呀，李达理在心里赞叹说，如果事情能像他所期望的那样发展下去，我家又何愁不能在乌龙镇，不，在整个莫邪山里成为富甲无二的豪强之门呢？一时间，他觉得肩上的担子突然间沉重起来，与此同时，他也感到家庭赋予他的使命是那么光荣而艰巨。放心吧爹，他忘乎所以地朝父亲表示说，我会让我们家在我手里发扬光大的。望着他红头涨脸的激动样子，父亲把一只肥厚的手掌放在他肩上，使劲拍了两下。好，父亲欣慰地点着头说，好。

李达理告别了父亲，回到自己的屋里，在凉爽夜风的吹拂下，让发热头脑冷静下来，才感觉到刚刚发生的那场谈话是多么荒唐可笑。一个自私而顽固的老地主，为了保持自己一家见不得阳光的剥削地位，竟然在黑夜的掩护下与他的后人交流罪恶的发家心得，更为不可思议的是，作为一代新人的儿子也就是他李达理，竟然信誓旦旦地对老家伙的致富期盼予以承诺，难道他这个儿子仅仅是受到了老地主的蛊惑，自己身上没有一点旧制度腐朽没落的因子？这样一想，李达理不免大吃一惊，似乎这才看到隐藏在自己身体内部的黑暗成分，那些足以让他在时代的大潮下葬送自己的可怕东西。他想到了他的老师和同学们，那些一心追求进步寻找光明的人们。你辜负了他们的动员和教诲，他愧疚对他们说，那么多苦口婆心的工作难道他们白做了吗？他真切地感到，他是多么不该离开他们，一旦回到这个飘拂着靡烂气息的家院中来，他就忘记了自己是谁，再次被虚假的少爷身份所俘获，成为一个没有信仰和理想的人，一个找不到灵魂归宿的肉体空壳。太可怕了，他站在窗前，望着外面黑魆魆的夜空，望着那些在夜空里飞来飞去的蝙蝠影子，惊恐万状地对自己说，这个家院就是一个黑洞穴，只要在这里多待一天，你就多一分堕落的可能。那一刻，他第一次对自己的家庭产生了厌恶心理。

好在还有美好的莫小梅可以让他获得短暂的安慰。尽管他还没有来得及去见她，但在这个如墨炭一般黑暗的夜里，他可以凭着自己的想象，将儿时的玩伴莫小梅呼唤到面前来，让她在他还没有丝毫困意的情况下来陪伴他。李达理躺在床帐里，怀里拥抱着一团凉被，一如搂抱着莫小梅柔软的身子，感觉十分美好。他渴望在梦中和莫小梅相会，却又担心因为和她见面而再次梦遗。他就是在这种矛盾的心理中进入睡眠的。

但奇怪的是，这天夜里李达理没有梦到莫小梅，梦倒是一如既往地做了很多，却每一个都与她无关。这真是一件让他感到遗憾的事。在那些大同小异的梦里，他频繁地看见一些院落以及院落里面的摆设，诸如房屋、粮仓、树木、牲畜乃至农具一类的东西。那些院落都一律十分阔大，一进、二进、三进……快要十进了，似乎还没有抵达院落的终点，里面的东西也一律十分丰富，应有尽有，房屋一间又一间，一幢又一幢，粮仓里的粮食简直要堆成了山，树木茂盛得遮天蔽日，牲畜在厩栏里拥来撞去，更吸引他眼睛的是那些崭新的农具，一件件，一排排，大者如犁耙耧碌，小的如锨锄镢铲，都规整地在院墙边摆成了行。有了这些东西，一个或一家农人又何愁不能过上富足的好日子？在艳丽日光的照射下，所有东西都闪烁出了熠熠的光彩，让他的眼睛甚至整个身上都感到温暖无比。他朦胧地感觉到，这个宅院和里面的东西也都应该属于他家或者他个人，但与此同时，他又没有把握地觉得，它们现在还并没有成为他家的东西，怎么说呢？它们是他未来理想生活里面的一部分内容，也许这样的说法更为科学。对于这类梦境的出现，他一点都不觉得奇怪，在过去的日子里，他曾经不止一次地做过与此雷同的梦，只有当他在学校里与老师和同学们在一起时，这样的梦境才会停止出现，但当他回到家来的时候，这个梦便立刻重现在他脑子里。久违了，他在半睡半眠中对自己说，我终于又看到你了。他好像一直期盼着这类梦境的出现，所以这一夜他睡得那么沉，昏沉中还伴随着一种失而复得的快感。当他醒来的时候，他甚至以为自己又一次遗精了呢。到这时，他才意识到梦中没有与莫小梅相会。

由于夜里做下了那样的梦境，李达理第二天睁开眼，还是又一次强烈感到了置身在家庭中的安逸和惬意。他不得不承认，此时此刻，他已经把昨天夜里的自责和愧疚忘到了脑后。是呀，在外面求学漂泊的日子是艰难的，真正如母亲所担心的那样吃不好睡不好，支撑自己坚持下去的是年轻人的激情，是对真理的渴求和追索，除此之外，肉体是真的受到了不小的磨难。还是舒适温馨的家庭生活好呀。他懒洋洋地在心里说。一时间，他竟觉得刚刚过去的学习生涯是那么遥远，就像他夜里的梦境一样不真切。他睁大眼睛，在黎明时分的曙光映照下在屋内打量，望着那些熟悉而又陌生的摆设，包括半新的桌椅，摞在一起的橱柜，贴在墙上的年画以及他身下柔软的床铺，他又觉得这个在久远的时候就已经属于他的家庭是那么亲切，就像他自己身上的皮肉那样让他难以剥离，无力割舍。没有办法，他已经再次被这些飘逸着甜腻气息的东西麻痹了头脑，捆绑了手脚。这个时候，他甚至连去找莫小梅的念头都丢到了脑后。

李达理是在一阵越来越激烈的对话声中真正清醒过来的。对话者是一个男人和一个女人。他听出来，那个男人是他的父亲，而那个女人，声音既有些熟悉又有些陌生。有一霎，他竟然想到了父亲娶来的那个姨太太，但随即就否定了这个念头，他怎么会对这个没有见过的女人产生熟悉的感觉呢？他觉得那个女人他应该认识，却又一时想不起来到底是谁。

老爷，那个女人说，我家摊上了这种事，已经把所有的钱都花光了，眼看就要揭不开锅了，您就行行好，帮我们渡过这个难关吧。

父亲说，你家遇到了困难，作为乡邻，按说我是应该帮助你们的。你也知道，过去哪一年赶上灾祸，我李得道都是第一个对乡亲们伸出援手，又是钱又是粮的，我从来就没有在乎过。

大慈大悲的李老爷，乡亲们都记着您的好呢，等哪一天有了多余的钱，我让我男人给您立块功德碑，让千秋万代的人都来……

立碑还是算了吧，我也不想知道千秋万代以后的事。再说，你男人还能等到那一天吗？

县城医院里的大夫说了，只要有足够的钱治病吃药，我男人还是能够好起来的……

说句不好听的话，我觉得那是一个无底洞，过去这一年里的花费还少吗？再这样下去，我看迟早要把你一家人都拖进去的。

可纵使这样，我也不能眼看着他……好歹我们做过几十年的夫妻了，总不能丢下他不管吧？

管不管那是你家的事，话我可是都对你说清楚了。

李老爷请留步，我的话还没有说完……

我的意思也对你表示明白了，我看你还是回家去吧。

可我实在拿不出一分钱给他看病了，这些天他又……医生说，如果不及时吃药，他怕是就拖不过这个夏天了……

可我不能拿自己的钱让你们去打水漂吧？你以为我家的钱就来得那么容易？

我知道李老爷您心肠好，不会看着他就这么离开这个世界的……

我就是心肠再好，也不能白白往外扔钱吧？不要说我一家老小不会同意，就是老天看了也会不容我的。

我不会让您做赔本生意的，我会付给您多出平时两倍的利息，不，三倍，就是四倍也行，只要李老爷您……

行了，你这种骗人的话就不要再说了，三倍、四倍？怕是你连本钱都不能如数还给我的。

那……难道说，就一点办法也没有了吗？

也并不是一点办法也没有，世上的路多的是，只怕你不肯好好去走呢。

李老爷您快说，还有什么好的办法？就是上刀山下火海，我也会挺起腰来去闯哩。

倒是用不到你去上刀山下火海，其实这件事说简单也就那么简单……

李老爷您快说。

是这样……

父亲忽然放低了声音，李达理即使竖起耳朵仔细谛听，也没有把他下面的话听清楚。他从床上爬起来，匆匆穿上衣服，趿拉着鞋子朝屋外走去。

等他走出屋门，院子里已经没有人了，父亲进了他的屋，那个向父亲提出要求的女人也走出了院门，他只是看到了她一个模糊的影子。莫非他们的话已经说完了？也就是说，父亲已经把那个主意说给她了？那么那是一个什么样的主意？那个女人答应了没有？他忽然觉到那个正从院门外消失的影子十分眼熟，好像最近还见过她似的。他急急地跟出院门，抬头往远处看，外面却没有任何人的影子，大街上一片静寂，只有一团湿漉漉的雾气在朝远处蔓延。他只好收住脚，转过身来往回走。当回进家门的时候，他霍地反应过来，刚刚离去的那个女人除了是莫小梅的母亲莫杨氏以外还能是谁呢？他愣怔了一下，突然又想起昨天回来时莫杨氏在镇口对他欲言又止的情景，他似乎醒悟过来，难道那时莫杨氏要对他说的话就是这样一件事？他摇了摇头，心里也不免感到有些沮丧。

回到院子里，李达理看见父亲又从屋里探出头，对着远处发呆。当他走到他面前时，父亲才反应过来。一大早就上门借钱，父亲不满地嘟囔着，真是没有规矩。

看着他脸上阴沉的表情，李达理意识到，或许他给莫杨氏出的主意她并没有采纳呢。他想问一下，到底莫家出了什么事，以至于让那个女人一大早就亲自上门来借钱？但他还没有张开口，父亲已经又回到屋里去了。这时他又想到了莫小梅，他觉得应该马上去见她一面，如果她们家真的遇到了困难，他想自己会不顾一切帮助她的。

吃过早饭后，在打定主意去找莫小梅之前，李达理还是先把周板牙叫到身边，向他打探一下莫家的情况。他想尽快知道，莫小梅家到底出了什么事？

莫小梅她爹病了。周板牙用一根草棍剔着宽大的牙缝说。

她爹……病了？李达理重复着这句话，眼前浮现出一个低矮干瘦的老头子的形象。得了什么病？是不是很严重？

不只是严重，周板牙摇摇头说，怕是没几天活头了。

李达理也吃了一惊，到底是怎么回事？

周板牙告诉他，从去年秋后，莫小梅的父亲莫老背就得了一种怪病，身体莫名其妙地溃烂，先从脚趾头开始，通过脚掌、小腿，逐步向大腿和臀部蔓延。最初的时候，莫老背及他的家人都没拿这事当回事，以为仅仅是脚上的疾患，在镇上的郎中二先生那里拿了点药面，草草涂在脚上了事。莫

康复时代·疾病传说

13

老背原是一个身强力壮的人,尽管干瘦矮小,却从来没有得过病,更不曾打过针、吃过药。这曾经是莫老背引为自豪的一件事,当别人感冒或发烧的时候,莫老背总是不以为然地说,怎么那么不抗病?看看我,从来不知道得病是怎么回事。没想到,半辈子没有得过病的他一旦得上了,却是不得了的致命大病。很快,莫老背脚上的病就通过小腿爬到了大腿上,就像有一个看不见摸不着的魔怪,一门心思地沿着两腿朝上攀爬,眼看就要把屁股攻陷了,再往上,可就是担不得风险的上半身了。莫老背像一头被绳索绊倒的老牛,无可奈何地倒下来,不仅不能再继续下地干活,就连勉强行走都不行了,一天到晚躺在炕上,目瞪口呆地看着那只怪兽一点点把自己吃掉。二先生的药面根本无济于事,莫杨氏几乎请来了莫邪山里的所有郎中,莫老背不知用过了多少种药,但没有一种药能阻止住那种病魔的肆虐。不得了,人们都恐慌地议论说,再往上发展,怕是就真的要了莫老背的命了。作为一家之主的莫老背倒了,莫家一下子陷入前所未有的困顿中,因为看病吃药,家中所有的钱财差不多都扔进去了,却没有任何收效,莫老背依然躺在炕上等死,那些曾经非常可观的钱财甚至连打水漂的石头都不如。没有办法,周板牙摊开两手说,再往下,莫家恐怕就只能卖地了。

卖地?李达理倒吸了口冷气说,只要不到山穷水尽的境地,无论如何也不能走那一步呀。他想起了那些因为卖地而破产的人家,其悲惨的结局是他实在不愿意看到的。再说了,莫家也并没有多少地好卖,据他所知,他们统共才只有几亩地,如果把它卖了,一家人该怎么往下活呢?

可莫家已经山穷水尽了,周板牙耸耸肩说,为了救莫老背的命,他们也只能咬着牙这么做了。

李达理这时又想到了父亲出给莫杨氏的主意,如果那真的是一个好主意的话,或许莫家能够渡过这个难关去也说不定呢。但凭着本能,他又觉得这似乎是不太可能的事,不要说父亲不是一个善于帮助别人的人,就算他有这份热情和善心,又能想出什么好点子呢?看来等待父亲的帮助并不是最好的办法,要想尽快让莫家走出困境,不能不由他站出来伸出援手了。小梅,他在心里对莫小梅说,不要害怕,一切都交给我吧。这时候,他并不知道该怎么去帮助莫小梅一家,他只是凭着一腔热情和对莫小梅的爱,决心将那不幸的一家人从水火中解救出来。他想到了老师和同学们对他说过的话,只有让整个人类都获得解放,他们才能最终解放自己。按照这样的说法,他帮助了莫小梅一家,其实也就是帮助了他自己或者还有他自己的家人。这样一想,他顿时觉得自己的双肩和两手都充满了用不完的力量。

少爷你去干什么?看他要往外走,周板牙朝他喊了一声。

李达理觉得他实在问得有些多余。我到莫家去看看。他随口说。

少爷不要去。周板牙脱口说道。

李达理不禁有些愣怔,这个家伙怎么倒管起他的事来了?

周板牙跟上来,朝他讪笑着解释说,是这样少爷,老爷刚刚吩咐过,我们家的人还是暂时不要和莫家的人接触……

为什么?李达理也脱口说道,他甚至难以想象,父亲居然会做出这样的吩咐。

我也不太清楚,周板牙挠挠头说,可能是要熬一熬他们吧……

熬一熬?李达理越发感到糊涂了,熬一熬什么?

我……我不知道。周板牙的嘴唇再次哆嗦起来。

李达理用充满期待的眼神看着他,过了好一会儿,他才明白不会从他嘴里得到什么明确的东西了。他掉转身,继续往外面走去。这个狗东西,他在心里骂道,竟然也对老子吞吞吐吐了。尽管周板牙没有把肚子里的话说出来,但李达理还是感觉到,一定有一件什么事藏在他心里,或者不便对他说,或者不想对他说,或者根本就不能对他说。虽然他不知道那是一件什么事,却本能地觉到那件事一定与父亲的安排有关。父亲是一个复杂的人,有时复杂到连李达理也难以看清他,更难以理解他。现在倒好,竟然连他雇佣的长工也变得这样复杂了。

莫小梅家是住在镇子西头。在乌龙镇,莫家属于杂姓,总共才只有四五家十几口人,说来奇怪,这几家的日子都不算富裕。在乌龙镇,杂姓是不会发家的,这几乎成了一个难以改变的规律。莫小梅家算是较好的了,起码还有那几亩地,其他几家则连像样的地都没有。也正是由于有那几亩地,莫老背曾经是一个万事不求人的人,不要说对以李姓为主的外姓人,就连那几户本家他也不轻易张口,可以想见,莫杨氏一大早便觍着一张老脸来到他家借债,是鼓了多么大的勇气,要知道,他们两家并没有什么深入的交情,父亲在镇上的名声也不太好,莫杨氏但凡有一点办法,也是不会走进他家门里来的。想到这里,他的脚步迈得更加急切了。莫小梅,我一定要帮助你。

拐过一个屋角，前面就是莫小梅家了。但还离着老远，李达理便看到莫家的篱笆院里张挂着许多种颜色的布，由于风的缘故，那些挂在绳子上的布悠来荡去，还发出猎猎的响声，远远看去，就像一面面旗帜在飘扬。别说，这些像是旗帜的布倒真的给这个普通的小院增添了不一般的景致。他有些不解，莫家挂这么多布干什么？不会只是为了制造风景吧？等走到了近前，他才看清楚，那些五颜六色的布竟然都是拼凑在一起的破布、烂布，其中竟找不到一块完整的好布，而且上面污渍斑斑，尽管是刚刚洗过了的，却依旧有一种难闻的气味散发出来。他掉开了头，不想再看它们一眼。院子里十分凌乱，地下有多处因为洗涤这些脏布所致的积水，一个小女孩在其间跑来跑去，腿脚乃至整个身上都沾上了泥浆。他看了一眼自己脚上那双刚刚擦拭干净的皮鞋，不禁犹豫起来。你姐在家吗？他问小女孩说。

小女孩停止了走动，转过身，两眼直直地看着他，或许他非同一般的穿戴把她吓住了，直到他又问了两遍，她才向他摇了摇头。

小梅不在家？李达理想掉头往回走，就在这时，他看见屋门里伸出一颗头来，是莫小梅的母亲莫杨氏。虽然他找的并不是她，但还是又停住了脚步。

莫杨氏尽管从屋里走出来了，脚步却并不急切，脸上的表情也不太活泛，完全不像昨天在老樟树下给他的感觉。是李少爷……她淡淡地说出半句话，就闭住了嘴。

我来看看……李达理本来想说看看小梅的，但突然又意识到这样说不妥，又急忙改口说，我来看看老背叔……这样说着，他又感觉得不自在，因为在此之前，他从来没有想到要来看望那个患了致命怪病的人，要不是为了小梅，他甚至都不会到这个院落里来。

莫杨氏却听信了他的话，竟然顺着他话里的意思说，多谢李少爷，竟然还想到一个半死的人……

她这样一说，李达理就更没有理由不真的到里面去看一下了。就是为了小梅，他告诉自己说，也应该去看一看的。于是，他提起裤脚，跟在莫杨氏身后，穿过泥泞的院落，硬着头皮往屋里走去。

屋里更有些脏乱，虽然外面已经晾晒了不少的布片，地下竟然还扔着许多，让他有些踩不下脚去，这还不算，飘荡在空气中的那股难闻的气味似乎越来越浓，一度让他有些喘不上气来，他不得不抬起一只手，不时地在脸边挥一下,等来到里屋的炕前,面对着那个躺在上面的病人时,他没法再做这个动作了,便只好屏住呼吸,直到憋得受不住了,才短暂地呼吸一下。

其实到这时候,李达理还没有看清楚莫老背的身子,屋内的光线太暗了,以至于他的眼睛无法适应,他感觉到莫老背的存在是因为他的声音,那是一种类似动物的奇怪叫声,吱吱吱,喵喵喵,咩咩咩,哞哞哞,咳咳咳……让他听了不仅心脏抖动不止,而且每根神经都战栗开了。他听了好一会儿,才勉强听明白包含在其间的几个字:疼呀,我疼……

每天就是这样,莫杨氏抹着眼角的泪说,躺在这里没完没了地喊疼,别的什么都不会说了……

李达理终于看见了莫老背的身子,其实说身子已不太准确了,因为他从上到下都用一层层布片包裹着,看上去就像是一只黑乎乎的大虫子,只是一颗还保持着原样的脑袋露出来,在枕头上无力地扭来扭去。这哪里还是他记忆之中的莫老背,过去那个男人尽管不算高大,可也不至于萎缩到这种程度吧?

他的腿已经没有了,莫杨氏朝炕上指着说,如果继续烂上来,到了肚子上,他的命可就保不住了……

李达理不敢顺着她的手指看,他害怕在莫老背身上看到让他再也睡不着觉的恐怖景象,所以便把头转到了一边。

莫杨氏看到了他这个动作,好像才反应过来。看我给你说这些有什么用?她歉意地拍拍自己的嘴说,你李少爷能到我家来看看,就算是给我们莫家天大的面子了。

幸亏我来看看,李达理在心里说,不然我还不知道这件事会是这么严重。这病真的还能治吗?他问她说,如果还能治,就不能再这样等下去了。

不等又有什么法子?莫杨氏在屋里划拉一圈说,家里所有值钱的东西差不多都用光了,往下只能……

李达理以为她要说到卖地的事,但她只是哀伤地叹了口气,又把下面的话咽了回去。也许她还没有想好这件事,所以他也便没有和她说到这个话题。我会给你们想办法的。原本他想这样对她说的,但话到嘴边也没有说出来。还是对小梅去说吧,他对自己说,也许那样效果会更好一些。小梅不在家?他问她说。

听他问到小梅,莫杨氏停顿了一霎,似乎是想了一下,才不情愿地摇了摇头。

这有些出乎李达理的意料,在他想来,当他主动提到小梅时,她会激动起来,起码会高兴一下,就像昨天在大樟树下那样,但事实是,她却显得那么无动于衷,甚至一副冷漠的样子,这让他觉得十分不解,不明白一夜之间为什么会发生这样的变化。

在他的一再追问下,莫杨氏才无可奈何地告诉他,莫小梅到河汊里逮鱼去了。家里没有什么东西好吃了,莫杨氏再次流着泪说,小梅看她爹病得可怜,就……

一个女孩子怎么可以到河汊里去逮鱼?李达理没有来得及和她道别,就转身走出去,出了镇子,径直朝鱼人河走去。他大口呼吸着野外清新湿润的空气,感觉得心情舒畅了些。来到河汊边,他看到了那个让他熟悉万分而又想念万分的身影。小梅。他高喊了一声,便迈着大步跑过去。

此时,莫小梅正背对着河岸,手里举着一把鱼叉,朝着水中的鱼儿瞄呀瞄。她高挽着裤管,赤脚站在近膝的水里,腰间捆着一个不算太小的鱼篓。他的目光在她白皙的腿上停了一下,便又落在她高挺苗条的腰肢上。美丽的小梅,我是多么想念你。小梅,他再次朝她叫喊,小梅。

莫小梅停住鱼叉,回过头来,那条粗长的大辫子也像鱼儿一般在她脖子里甩动了一下。你怎么到这里来了?她抬起一只手,抹了抹额头上的汗说。

听说你在这里逮鱼,我就到这里找你来了。李达理说。

你到我家去过了?莫小梅眨眨眼说。

是。李达理点点头。

莫小梅没再说什么,收起鱼叉,慢慢朝水边走来。她裸露的腿部越来越长。快要走上岸来了,她的脚下一滑,身子一趔趄,差点倒在水里。

李达理大叫一声,急忙伸过手去,想要拉住她的身子。但他使的劲太大太猛了,那只手还没有触到她,自己的身子就晃摆起来,脚下不稳,直朝水里倒去。那一刻,他简直要吓坏了。幸亏莫小梅及时接住了他的胳膊,并一用力,将他倾斜的身子扳正了。他的一只脚虽然迈进了水里,却没有再朝前移动。在她的搀扶下,他们一起退到岸上来。他长出了口气,坐到地下,把那只泡湿的皮鞋脱下来。

你要干什么?莫小梅埋怨他说。

我怕你倒在水里,李达理不好意思地说,本来要帮你一下……

你帮我?莫小梅笑话他说,不给我添乱就不错了。

李达理脸热起来,小梅还是这样,不给他留一点面子。不仅如此,她的话在他听来还有一语双关的寓意,好像他即将对她施与的帮助也没有什么用处似的,心里一下子不高兴起来。

莫小梅看出了他的不快,在他身边坐下,用胳膊肘碰了他一下说,怎么啦?

人家好心来帮你,李达理故作委屈地说,你却来嘲笑我。

好了,莫小梅那只手又在他肩上拍了一下,我领你的情还不行吗?

这还差不多。李达理搬过她腰间的鱼篓看,你逮到了多少鱼?结果令他大失所望,她的鱼篓里竟然空空如也。怎么?你连一条鱼也没有逮到?

我哪里会逮什么鱼?莫小梅也红着脸说,看我爹那样,我心里不忍,不过是想来这里试一下,哪里想到,竟然……

李达理真想说,让我来替你逮吧。但他张了张嘴,又把涌到嘴边的话咽了回去。他知道他同样不会逮到一条鱼,与莫小梅比起来,他兴许还不如她呢。等一下,他突然想到了一个主意,我去去就来。说着,他站起来,掉头朝镇子里跑去。

你去干什么?莫小梅不解地朝他喊。

不一会儿,李达理就拽着周板牙返回来。少爷,周板牙不明所以地跟在他身后,让我去干什么?李达理不理会他,只是拽着他往河边走。直到来到了莫小梅身边,他才松开周板牙,同时把莫小梅手里的鱼叉夺过来,递到他手里,朝水里努努嘴说,你去逮几条鱼上来。

周板牙和莫小梅都明白过来。用不着什么鱼叉,周板牙龇出板牙朝他们笑笑,丢下鱼叉,一边脱下裢子往水里走,一边十分有把握地说,你们等着就是了,保管我把小梅的鱼篓装满。

李达理和莫小梅都以为他是吹牛,但过半个时辰过后,周板牙扔上岸来的鱼儿真的就把那只鱼篓装满了。这个周板牙可真行,仅仅凭着两只手,就能逮上那么多鱼来。他和莫小梅简直把眼睛看直了。

逮够了鱼,周板牙回镇子里去了,河汊边又剩下了他和莫小梅两个人。与刚才的沮丧相比,现在莫小梅可是快活多了。还是当少爷好呀,莫小梅感慨地说,只是动动嘴,就能得到这么多好东西。

李达理也逗她说，你不也一样，没有动手，竟然也得到了这么多好东西。

那还不是沾了你的光。莫小梅心悦诚服地说。

跟着我吧，李达理寓意深长地说，你会有更多的光可沾呢。

莫小梅思索了一下他的话，突然间反应过来，脸一下子涨红了。不许你胡说。她使劲推了他一下。

我没有胡说，李达理拉住她的手说，我说的都是心里话。他顺势把她的手按到自己的胸脯上，不信你摸一下，看看里面是不是有虚假的东西？

莫小梅抽不回她的手，也只好不再动了，在他的一再牵拉下，那只手也很快在他胸脯上按紧了。

他们慢慢地拥抱在一起。自从他们在一起长大以来，还从来没有这样扎扎实实地搂抱过，所以那一刻，李达理是那么激动，心里怦怦跳着，感觉得有些喘不过气来。此时，整个鱼人河边就他们两个人，日光照在河水里，河道连同他们置身的岸边都有斑斓的光波在闪烁，水鸟们在水面上划着优美的弧线飞翔，有一条鱼儿竟然自己跳上岸来，在草丛间像野兽一样跳跃。河边的风景真美呀，他们多愿意在这个地方一直拥抱下去，再也不离去，再也不分开。他们越抱越紧，恨不能把两个身子融合在一起。莫小梅突然哭起来。达理，她抽抽噎噎地念叨着他的名字，达理……

李达理不知道莫小梅的哭泣是动情到极点的表现，还以为她想到了什么伤心事呢。这让他想起了她爹的病情还有她们一家面临的困境，所以便下决心似的对她表示说，小梅你等着，过不了多久，我一定会把你娶到我家去。他的意思是说，等她成了他家的人，什么样的帮助他都能给予她，因为那时候他们已经成为一家人了，帮助她就是帮助他自己的家人，也就等同于帮助他自己。

娶我……到你家？莫小梅睁开眼睛，似乎是愣怔了一下，突然把身子从他怀里收回去。不，她摇摇头说，我不能到你家去……

莫小梅的反应连同她的话实在出乎李达理的意料，在他的想象里，她听到了他信誓旦旦的表白后，不要说感动得再次流泪，至少也应该高兴地笑起来。但让他想不到的是，她却做出了与他的判断相反的举动，还明确地告诉他，不能到他家去。她为什么要说这样的话，到底是哪里出现了差错？他抓住她的肩膀，用力摇晃了一下，为什么？

如果我进了你家，莫小梅眨着眼说，那我家可就什么也没有了。

她的话未免让他感到莫名其妙。为什么这样说？李达理沿着自己的思路说，难道我会要你家多少彩礼吗？

莫小梅低下了头，可我真的……

尽管李达理不能理解她的话，还是感觉到了她埋藏在深处的心事。告诉我小梅，他哀求她说，发生了什么事？

难道你没听说吗？莫小梅想了一下，还是如实告知他说，我家就要把地卖给你家了。

什么？李达理吃了一惊，把地卖给我家？这他可真是没有想到，光听说莫家要卖地了，却没想到是要卖给他家。

我不能，莫小梅哀伤地说，不能让我家的地进了你家，再让我这个人也进你家，那我家可就什么也没有了……

这是怎么回事？李达理迷惑地说，谁说我家要买你家的地了？来这里的路上我还在想，不到山穷水尽的地步，你家无论如何也不能做这样的打算……

可我们已经山穷水尽了，莫小梅哭泣着说，如果不把地卖了，我爹的病就再也没钱治了，也许过不了多少天，我爹就不在这个世界上了……

我可以让我爹借一笔钱给你家，李达理自作主张地提议说，就当是我家下给你的聘礼。

你想得可真是好呀，莫小梅抹抹眼泪，冷笑了一下说，回家去问问你爹，他会不会这样做？

李达理迟疑了一下，还是硬着头皮说，兴许我爹会这么做的……不管怎么说，他还是有善心的一个人……

莫小梅毫不客气地打断了他的话，如果他那么有善心，就不会在这个时候做趁火打劫的事了。

什么？趁火打劫？李达理反问她说，这话从何说起？

还是不要让我说了，回家去让你爹自己说吧。莫小梅说完，提起鱼篓，就大步往来路上走去，那条大辫子在她脊背上像鱼儿一般跳荡。

李达理想叫住她问个清楚，但看她义愤填膺的样子，也只好作罢。怎么回事？他在心里问自己，父亲到底对莫家做过了什么不应该的事，竟然落得一个趁火打劫的恶名。他想起来，今天早晨，父亲还对莫小梅的母亲出过一个解决困难的主意，至于那个主意到底是什么，他却……想到这里，李达理突然意识到，那个他不知道的主意会不会是一个为人所不齿的馊点子呢？联系莫杨氏对他态度的变化，还有父亲关于家产缺憾的诉说，以及周板牙那句"熬一熬"的话，更重要的还是莫小梅刚才说过的那些，他越发感觉到，父亲所谓的"主意"很可能有"趁火打劫"的嫌疑，换句明确的话说，就在今天早晨，父亲已经把要在莫家遭遇困境时夺取他们赖以生存的土地的念头作为一个济困解难的"好"主意摆在了莫家面前。李达理不禁大吃了一惊，如果事情真是这样的话，那父亲可就实在是太失德，太没有善心了。

李达理无法再待在鱼人河边，他掉转身，也急急地往镇子走去，要赶快去问一问父亲，为什么要做这种伤天害理的事情？他有些盲目地朝前走，没有意识到他其实并不是在朝着镇子走，直到来到了一片庄稼地边，才猛地停住脚。望着那片分外茂盛的庄稼地，他突然反应过来，这不是莫小梅家的地吗？而两边却是他家的地。小梅家的地十分易于辨认，因为她家地里的庄稼分外好。在乌龙镇，几乎没有再比莫小梅家地里的庄稼更好的了，不管种什么庄稼，只要是长在小梅家地里，就会好于其他人家，这并不是说小梅家里的人多么勤快，种庄稼多么有经验，但只要把庄稼在地里种下了，即使不耘不锄，也一定会有所收获，而且会比别人家的收获还要大。也许其他人家还不太清楚这件事，两边皆靠着她家地的他家却有强烈的感受，几乎每年收获时节，父亲都会念叨这件事，尤其是看到莫家又获得了大丰收，把一布袋一布袋金灿灿的粮食运回家去时，父亲都会两眼放光，都会心生不甘，把唾沫吐在地下，随即又把拳头悄悄攥起来。等着吧，父亲愤愤地说，早晚有一天……父亲的话没有说完，所以人们一直不知道父亲早晚有一天要干什么。开始的时候，人们一直说不清发生在莫家土地上的奇迹到底是怎么回事，但没过几年，作为视土地如命且是种庄稼好手的父亲就解开了其中的奥秘，原来莫家的那块地是一块难得的优质好地，不仅地理位置好，能自如地排放水，不怕旱涝，而且土壤肥沃，抓一把放在手里，几乎能攥出油来，这样的土地如果长不出好庄稼来那才是怪事呢。虽然他家的地在两边都与那块地接壤，却是冰火两重天，不仅不能排水，每到灾年就减产，甚至颗粒不收，而且土质贫竭，即使狠狠地施上肥料，也无法使苗芽长粗壮。天意，父亲站在自己家地里，远远地看着莫家那块类同于肥肉一般的地,嘴里接连不住地吧嗒,真是天意呀。没人能说得清,父亲的意思是说莫家摊上了好地是天意,还是说自己家靠着莫家的地是天意,抑或是说他能方便地夺取那块地是天意。

李达理在莫家的地边默默地站了一会儿,才掉头慢慢地离开。如果父亲真要打这块地的主意,那才是一件卑劣万分的事呢。继而他竟也感到了自己的卑劣。你的老子在打莫家土地的主意,他对自己指出说,而与此同时,你也在打莫家女儿的主意,你们可真是一对好父子呀,正如俗话说的,不是一家人不进一家门,你们之所以是父子,那正好说明你们是货真价实的一路人,有一个成语说得好,一丘之貉,那正是说你们父子两个的呀。想到这里,他羞愧得无法抬头,如果是在鱼人河边,他会一头栽到河水里去也说不定呢。怪不得莫小梅会掉头而去,倘若是他,或许也会转身走掉,再也不理会李家那个装模作样的家伙。你真的是一个接受过新思想的青年人吗?他质问自己,如果是,那么面对如此血淋淋的欺诈,你又怎么能无动于衷,甚至在很大程度上参与其中呢?你忘记了老师和同学们的教导和帮助,你辜负了他们对你的一片苦心呀。他举起拳头,在自己的头上狠狠地打了两下。不要再沉沦了,他警告自己说,赶快行动起来,阻止那个卑劣的行动,让莫小梅家不再受到伤害,同时也还自己一个清白,不然你在这个地方可就真的没有脸面待下去了。

李达理回到家还没有去找父亲,却看见父亲站在屋门口,正直直地迎对着他。你到莫家去了?父亲劈头问他,又到莫家的地里去了?

李达理感到奇怪,老家伙一直待在家里,竟然对他的行踪了如指掌。他回过脸,看见周板牙在厢房门里伸了一下头,又急快地缩回去。原来是他向父亲做了报告?他在心里骂道,这个狗奴才。

你想要干什么?父亲板着脸质问他。

李达理不知该怎么回答他的话。按照他的打算,应该是他来质问父亲,但现在的情形却是他来质问自己,所以在最初的时间内,李达理有些反应不过来,一路上准备好的那些质问老头子的话,都被他忘到脑后去了。

不要忘了,父亲用分外清晰的语气说,你还是这个家里的人……

我当然是这个家里的人。李达理有些无力地回应说。

如果你还承认这一点,父亲指出说,那就要服从这个家里的决定,就要担负起这个家庭的责任。

听着他这些颇为庄严的话，这些貌似正确的道理，李达理很快便觉到了不对味儿，难道说这个家庭的所谓决定就是夺取别人家的土地，要他担负的所谓责任就是做下这种伤天害理的事情？他没有想到，在思考这些问题的时候，他会同时让声音从嘴里发出来。

什么？父亲恼羞成怒，你说这是夺取别人家的土地？你说这是在做伤天害理的事情？

既然已经说出了这种有失恭敬的话，李达理也便没有什么好顾忌的了。难道不是这样吗？他回应他说。

放屁，父亲愤怒地跺了一下脚，你、你就这样看待自己的父亲？

是的。李达理点一下头说。除非你能说服我不是这么回事。他又在心里说。

父亲像是看出了他的心思，尽力平息一下起伏的心绪，耐着性子向他解释说，难道你看不出来吗？我之所以要接手莫家的那块地，是因为我不想看着莫家母女们作难，更不想看着莫老背就那么死掉。

这么说你是在做一件大好事了？李达理用不无讥讽的口气说。

难道不是这样吗？父亲也像他一样回答。

我想知道的是，李达理上前一步说，莫家没有那块地，以后该怎么生活呢？

没有那块地，莫家可以去租种别人家的地，父亲胸有成竹地说，但如果莫老背没有了，莫家可就失去了顶梁柱，就真的是遭遇了塌天大祸。

李达理有些语塞，不知道往下再问他什么。仔细想想父亲的话，也不是没有道理，虽然主意是父亲给莫杨氏出的，但最终的决定还是要由莫家自己来拿，也就是说，在莫家没有做出出卖土地的决定之前，父亲代表他家是不会强行到他们手里去拿的，或许这与他刚才使用的"夺取"一词真的没有太大关系，就像生意场上经常发生的那样，一个愿卖，一个愿买，一桩生意就做成了，并不存在谁夺取谁的问题。李达理似乎有些想通了，但这只是就理智方面来说，如果从感情出发看待这件事，他依旧觉得难以接受。

不要把你爹看得那么下作，父亲继续开导他说，在乌龙镇，我虽然算不上一个鼎鼎大名的好人，可也从来没有做过任何一件伤害到别人的事。他伸出一只肥短的手指，在他额头上使劲戳了一下，不要因为和那个女人的关系就把自己搞昏了头，就认为自己一家做什么都不对而他们做什么都是对的,想想吧你这个浑小子。

在他手指的击打下,李达理蹲到了地下,用两手抱住头,一时陷入极度的困惑中。这真是一件奇怪的事,刚刚还是他要大义凛然地来问询父亲,而且以为父亲会理屈词穷,而不到一刻钟的时间,事情却完全反了过来,变成了父亲慷慨激昂地来呵斥他,而且搞得他无言以对。事情怎么演变成了这种样子?是哪里出了差错吗?在他的印象里,父亲并不是一个善于狡辩的人,如果道理真的不在他一边,父亲是不会理直气壮地为自己的行为辩解的。难道说,事情真的不像父亲想象的那样暗伏着玄机,隐藏着猫腻,一切都不过是一次光明正大的行为,一次不失公正的交易?如果真是这样的话,那他是不是就误解父亲了,甚至要为刚才对父亲的误解来道歉?

但父亲并不想等待他做出什么道歉的举动,看到他被说服得差不多了,便适可而止,回转身,大摇大摆地往屋里走去。看着父亲被屋门里的暗影吞没了,李达理才慢慢站起来,吃力地举起头,把迷茫的目光看往高远的天空。他渴望让目光抓住一件什么东西,一片白云,一只飞鸟,或者仅仅一粒尘埃,但他什么也没有看到,天空里似乎什么都没有,他的目光在上面无目的地悠荡了一下,便无可奈何地消失在茫茫的虚空中。那一刻,他感觉到了前所未有的空虚和忧愁。小梅,他只是在心里叫喊,我对不起你……

李达理没有想到,他阻止父亲做这次罪恶交易的努力就这样失败了。按照父亲的愿望,事情进展得十分顺利,仅仅两天过后,莫杨氏就又来到他家,与上次不同的是,她手里多了一份地契,也就是说,她已经代表莫家同意了出卖那块土地,唯一的要求便是他家不至于把买价压得过低。面对着那份盖着大红手印的地契,父亲显得非常平静,一举一动都不失分寸。也许只有作为他儿子的李达理能够看得出,老家伙的平静是故意装出来的,其实在他的内心深处,是有一股若狂的欣喜像毒蛇一样四处窜动的,他只是以极强的意志力克制着不使之外露,以免惊扰了那个在他眼里没有什么见识的老女人。让李达理稍稍感到欣慰的是,父亲这一次一改他的吝啬本性,对莫杨氏十分罕见地慷慨了一回,还给她的价格一度出乎了所有人的意料,所以,莫杨氏没有再多做犹豫,便也较为痛快地把地契交到他手里,同时接过了那个价格所代表的钱两。怎么样?父亲还有些卖乖地对她说,我李家没有亏待你们吧?听了他的话,李达理竟然产生了一个幻觉,看见一只猫捉住了一只老鼠,但猫并没有立刻把老鼠吃掉,而是用它的利爪逗弄起老鼠来。恍惚间，他觉得父亲就是那只可恶的猫，而莫杨氏则是那只不幸的老鼠。

接连许多日，天一放亮，当大家还沉浸在睡梦中的时候，父亲就悄悄地爬起来，即使刚娶进门来的年轻二姨太也不能留住他。父亲走出院落，走过街道，踏着草丛上还泛着夜露的羊肠小道，径直来到他家的地里，当然，如今也包括莫家的那块好地了，饶有兴致地慢慢溜达起来。父亲似乎忘记了时间，两只脚像是没有尽头的皮尺，在地里的每个地方一步步丈量。日头已经升起很高了，留在家中的二姨太早就埋怨起来，李达理也在母亲的支使下来喊过他几回了，父亲还是没有回家的打算。再走一走，父亲无动于衷地说，再看一看。李达理不知道父亲到底要看什么，看土地？看庄稼？抑或是看风景？这些都对，但又好像都不对，父亲看的比这些东西要多得多，除了看得见的那些东西，仿佛还有一些说不清道不明的东西被他看在了眼里，尤其是当来到原先属于莫家而现在属于他家的那块好地时，他会打起眼罩，更加痴迷地看个不停，嘴角流下的涎水像黏稠的蜂蜜一般挂在他的下巴上。实现了，他自言自语地说，终于实现了。有时他会克制不住冲动，有意无意地失一下态，趁着周围没有人，装作脚下被绊的样子，身子一软趴到地下，两手抓住泥土，把火热的嘴唇贴上去……终于回到家来，父亲顾不得吃饭，又像猴子一般爬上后窗，把那份刚刚藏上去的地契拿出来，又一次送到眼下观看。这不会是做梦吧？他有些不相信自己的眼睛，非要让李达理在他身上掐一下，直到感觉了疼痛，他才认定一切都真的发生了。

看着父亲那些怪异的举动，李达理心里如打翻了五味瓶，不知道是什么滋味。在一次次目睹父亲快乐的同时，他也强烈地想到了莫小梅以及她家人的痛苦。他想，任何事情都有两面性，当一种交易造成了一方快乐的时候，作为另一方的莫家人一定体验到了痛苦。有许多天，他都不敢到镇西头去，生怕遇到莫小梅或者她的家人，因为他不知道该以什么样的姿态面对她们。好在很快他就听到了有关莫家的消息。据周板牙回家来说，莫家拿到了卖地的钱后，立刻对莫老背开始了新一轮治疗，莫杨氏还租借了李家的大车，让周板牙赶车，将莫老背拉到县城里的医院。据说，那是一家日本人开办的医院，一个留着仁丹胡的医生信誓旦旦地说，莫老背的病肯定能治好，只要莫家把足够多的钱花出去，奇迹很快就会在莫老背身上出现。听到如此振奋人心的消息，李达理一颗悬在嗓子处的心才落回肚子里,看来父亲对莫家进行的这笔交易并不像他想象得那么不堪,说不定父亲真是莫老背的救命恩人呢。所以在接下来的日子里,他也像父亲那样到地里去走了走,看了看,而且也很快感觉到了父亲那样的喜悦,并在心里真切地认定,做一个拥有如此广袤土地的地主并不是一件坏事。这时他一定忘记了老师和同学们说过的那些话。那些天,莫小梅留在了县城医院里服侍莫老背,李达理没有办法见到她,但他每天都盼望着她回来。他想,当莫小梅出现在镇子上的时候,莫老背的病便已经好起来,那时,他就可以与莫小梅重续他们美好的感情了。

大约两个礼拜过后,莫小梅连同她的父亲莫老背果然回到了乌龙镇。但出现在人们面前的局面却不像李达理想象得那么圆满,甚至可以说是南辕北辙,天差地别。让人们无法接受的一个结果是,莫家在那家医院里花光了所有卖地的钱,却没有治好莫老背的病,岂止是没有治好,等莫老背离开那家医院时,已经喘尽了最后一口气,无法阻止的腐烂病像凶猛无比的恶魔一样疯狂地在他身上肆虐,在成功突破了腰腹的防线后,很快便蔓延到了胸腔上。病情发展到这个地步,不要说装腔作势的仁丹胡医生,就是对他们来说至高无上的天照大神再次复活,也无法在莫老背身上重现奇迹了。更为糟糕的是,在人财两空的双重打击下,莫杨氏不堪忍受这残酷的现实,一气之下便上了吊,虽然被人们救下来,但也倒在炕上起不来了。听到这样惨烈的消息,李达理震惊得目瞪口呆。完了,他最初的念头便是这样两个令人心碎的字,完了。他预感到,不仅是作为这件事当事者的莫老背完了,与他紧密相连的家庭完了,甚至连处于旁观者位置的他的爱情也一起完了。但细想起来,自从那桩该死的交易完成以后,他实际上就在期待着一个结果的到来,只是不愿意承认,那个处在朦胧中的结果会是这样一副青面獠牙的样子。终于等到了,他绝望地闭上眼睛,让自己的思绪在黑暗中汹涌流淌,这下你满意了吧?他霍地睁开眼,看见父亲躲藏在墙角处,胆怯而不安地朝他打量。他这才明白,原来他的话是说给父亲听的。

李达理顾不上指责父亲,掉转身就往外面跑去,莫家发生了这样塌天的祸事,不说他和莫小梅之间的关系,就算是作为普通的街坊,他也应该去对莫老背祭奠一番,同时看望一下莫杨氏,问候一下莫小梅。想到莫小梅,他心里如刀绞一般疼痛。小梅,他在心里一遍遍地说,小梅。他担心莫小梅会挺不住,想不开,也像她的母亲一样寻死觅活,所以走着走着,他便奔跑起来。按说他奔跑的速度一定很快,可从他家到镇西头莫小梅的家,他却用去了大约两顿饭的工夫,这一趟他为什么跑得那么艰难,以至于来到莫家的篱笆院前时,他已经精疲力竭,快要喘不上气来了。

李达理首先听到的是一阵悲痛的号哭声,随后才看见院落里的情景。院落里聚满了人,另有一些人在院门口进出着。院落中央放置着一口棺材,两边跪伏着一些披麻戴孝的莫姓人。棺材应该是刚刚做成的,因为还没有来得及刷上颜色,薄薄的木板露出白色的茬口,看上去十分简陋,而且他还隐约觉到,似乎也有些短小,或许鉴于它的主人莫老背已经没有下半身,不需要那么大的空间了,所以才把棺材做成了这种样子,尽管这是一个说得过去的理由,但他依然感觉得不太舒服,好像有一种对死者的不恭。当然,也许还有另一个方面的考虑,那就是莫家没有多余的钱可花费了,本着节俭办丧事的原则,把棺材做得小一些也是没办法的事,如果事情是这样的话,那他可就有脱不掉的干系了,因为毕竟是他家做下了对不住莫家的事,才导致了这种局面的出现。悲伤之余,李达理心里更加难受起来。他想在那些跪伏在棺材两边的人中看到莫小梅,但由于他们都身穿孝衣,头戴孝帽,看上去颇为类似,所以撒目了一圈,他也没有认出哪个是莫小梅。他不能再东张西望了,膝头突然一软,便扑倒在地下,爬行到棺材前,伏下头颅,呜呜地痛哭起来。

按照乌龙镇的风俗,外姓人前来吊唁,是不必在死者面前下跪的;何况李姓本是大姓,而莫姓则是小姓,李达理也不宜跪倒;更重要的是,按照街坊的辈分相论,死者莫老背比他还要小一辈,作为长辈的他就更不能对他下跪了。所以他一跪倒,人们就都惊讶地瞪大了眼,一些头脑灵活的人反应过来,赶快跑上来拉他。李少爷,他们把嘴附在他耳边,悄声提醒他说,这样不妥,快起来。但他哪里会听他们的话,依旧跪在地下,朝着莫老背的棺材痛哭。他们拉不动他,一时面面相觑,不知该怎么办好。更多的人在窃窃私语了一阵后,纷纷围上来,抱起膀子,像看笑话一样地看他哭泣。在他们眼里,他这次出格的行为无异于一次有趣的表演,他们到这里来,本来就是来看热闹的,等呀等呀,终于等到了他这个"热闹"出场,他们怎么能轻易放过去,不津津有味地看个够呢?

没用多长时间,莫家院落里的气氛便由悲痛转变成了喧闹,人们都停止吊唁,在他身边围了个水泄不通,一场丧礼眼看就要成为无聊的围观。

就在这时,一声尖利的断喝在离他不远的地方突然响起,李达理,你要干什么? 不仅是他,几乎所有的人都被吓了一跳,纷纷掉转头,朝声音响起的地方看去。李达理自然也停住了哭泣,抬起头,跟着人们的眼光去看。是莫小梅。他看见莫小梅从那些跪伏在地下的人里站起来,撩开歪斜在眼前的孝帽,露出她一张苍白的脸面,瞪大眼睛,直直地朝着他看。小梅,我终于看见了你。他从地下爬起来,抹掉眼泪,也仔细地朝她身上打量。他要好好地看看她,这么多日子过后,小梅到底有没有发生变化。

莫小梅似乎不愿迎接他的目光,把眼往一边掉开,随即又转回来,却没让目光落在他脸上。李达理,她用冷淡的声音说,你到底要干什么?

李达理不明白她为什么这样发问,他在她的父亲莫老背的棺材前哭泣,还能是干什么,她这不是明知故问吗? 他没有回答她的话,而是用关切的语气问她说,小梅,你没事吧?

我有事没事用不着你管。莫小梅不客气地回应他说。

小梅,李达理依然顾自朝下说,发生了这样的事,我心里……

你心里怎么样与我没有关系。莫小梅也依然用她的语调说。

你不知道,这些日子,我是多么……

算了吧,莫小梅打断了他的话,不要在这里假惺惺了。

我怎么是假惺惺? 我是真的……

管你是真的假的,我才懒得知道。

小梅……

不要在这里捣乱了,莫小梅用手指朝院门外指了一下,你给我出去。

李达理实在没想到她会这样说,尽管已经料到她对自己有了看法,却不相信她会对他绝情,毕竟他们一起长大,而且在一起成长的日子里,曾经出现过那么多的快乐,记得他不止一次对她说过,等我们长大了,我就把你娶到我家去。她激动地回答他说,到那个时候,你可不要忘了你说过的话。现在他们长大了,遵循她的嘱咐,他没有忘掉自己的誓言,但让他感到意外的是,她却不需要他来兑现对她的承诺了。小梅,他似乎不甘心就这样被她赶走,还要尽最大力量求得她的谅解,你误会我了,我没有捣乱……

还说没捣乱? 莫小梅反问他说,那你到我家来干什么?

我是来吊唁你父亲的。李达理朝莫老背的棺材指一下。

用不着你来吊唁,莫小梅蛮不讲理地说,请你赶快从这里离开。

听说你母亲……李达理退而求其次地说，我想看望她一下……

连我母亲你也不放过？莫小梅更加愤怒了，我父亲的笑话被你看完了，还要再看我母亲的笑话？

李达理被她的话惊呆了。小梅，他呆呆地看着她，怎么回事？谁来看你家的笑话了？

你，就是你，莫小梅的手指快要戳到了他的额头上，乌龙镇除了你们李家外，谁家还能做得出这种缺德事来？

李达理知道不能再和她说下去了，当她处在失去亲人的悲痛中的时候，任何多余的解释都是无法被她所接受的。他想掉头走开。但这时他才发现，聚在他们周围看热闹的人已经涌满了院子，而且篱笆墙外的街道上，越来越多的人正在不断地来到，好像整个乌龙镇的人都聚集到这里来了。人们都瞪大着眼睛，在他们两个人身上看来看去，目光里闪烁着幸灾乐祸的神色，好像一场旷古未见的大戏真的让他们开了眼界。不能就这么走掉，他告诉自己说，话既然说到这个份上了，他就不能不把事情说明白，如果就这么灰溜溜地走掉，那就真的显得理亏了，以后还怎么在乌龙镇做人呢？小梅，他郑重其事地对她说，请你认真想一想，我……

李达理才仅仅说了一句话，莫小梅就不想再听了。你们看到了没有？她转朝那些看热闹的人说，李家不仅抢夺了我家的地，还想来霸占我家的院子。她使劲在地下跺脚，一副十足泼妇的凶蛮样子。

李达理终于承受不住了，举起两手，紧紧地捂在自己脸上。他实在没有脸面再待在这里，低下头，拼上全身的力气，不顾一切地朝人群外挤去。小梅。他似乎看见，他的心脏突然间爆裂，鲜红的血水像河流一般汩汩地流淌，很快便将他的整个身子淹没了。小梅。他撕心裂肺地叫喊了一声，冲出人群，眼前一黑，便栽倒在街道上，栽倒在硬邦邦的地下。

好不容易回到家来，李达理坐在门台石上，把头颅低垂在裆间，身子一动不动。他知道，在这个不幸的日子里，他和儿时的玩伴，他一度日思夜想的心上人，那个叫莫小梅的美丽女人，他们曾经保持了那么多年的情爱关系，终于在这个日子里走到了尽头。天快黑的时候，在周板牙的搀扶下，他总算站起来，迈着疲惫的脚步，踉踉跄跄地往屋里走去。屋里很黑，他把身子傍在门框上，过了好一会儿，才看见里面的东西。他的目光突然停住了。他看见了父亲。他看见父亲从墙角处的黑影里浮出来，像一个刚从地狱里返回来的幽灵,鬼鬼祟祟地看着他。他的目光在父亲身上停留了好一会儿,才向他说出了第一句话。这回你满意了吧?这句话他似乎已经说过一遍了,恍惚间,他觉得自己说过这句话后,并没有离开这幢屋子,更没有到莫家去,一切发生在莫家院落里的事情都不过是自己的幻觉,他其实就一直等待着父亲的回答,等待着他对于莫家的事做出一个回应。

我也没有想到,父亲模棱两可地说,他们会走到这一步……

那还不是由于你?李达理愤怒地指出。

我不过也是为他们好,父亲狡猾地辩解说,你能想象得出,没有那笔卖地的钱,她们根本无法再为莫老背治病,只能眼看着……

问题是,现在她们什么都没有了……

这难道能怨我吗?父亲装出无辜的样子,当初那笔交易,大家可都是自愿做的……再说,我付给她们的钱一点不比别人少……

这么说她们真要来感谢你了?李达理阴森地笑了一下。

我不要她们感谢,父亲摇摇头说,我只要问心无愧……

你真的问心无愧吗?李达理朝他跟前凑近了一步,我的父亲大人?

不要这样问我。父亲不敢看他,急忙掉开了头,我可以换一个说法,我只求下地狱而不会受到惩罚。

这么说,你还是做好了下地狱的准备?

父亲低下头,不再说什么了,似乎陷入短暂的沉思中。

李达理知道父亲不是一个简单的人,不用别人的提醒,他都会把几乎所有的事情想清楚。但他相信,唯有一样东西父亲也许还不能想清楚,那就是革命。对于一个处于偏远地带消息闭塞的人,也许到今天为止,老家伙都没有听说过"革命"这个词,更不可能知道它所代表的那种改天换地摧枯拉朽的含义,所以对于接下来乌龙镇乃至整个中国发生的事情,他一点预感都没有。这样一想,李达理才觉到了父亲的可怜,父亲在乌龙镇也许是个龙头,在莫邪山里也许依旧算是一条蟒蛇,但放到整个中国去看,他不过是条不起眼的蚯蚓罢了。父亲,他在心里对他说,你能改正吗?如果你能改正,或许一切都还来得及。但不知道为什么,他没有把这句话说出来。也许他已经知道,就算他把这话说出来,甚至他把所有的道理说给他,凭着父亲的个性风格和处事原则,凭着一个儿子对父亲的了解,他都觉得他根本不可能做到,也就是说,对于父亲这种人来说,在即将到来的革命大潮中遭到清算,是一件不可避免的事情,是他无法逃避的宿命。想到这里,他就闭住了嘴,再也没有了向他表达什么的欲望。

天正在黑下来,空中的积云已经变得灰暗,大群的飞鸟也朝树林里落去。他不想再在这里等待下去了,便回到自己屋里,动手收拾行李。他把所有带回来的用具都装回那只皮箱里,没有从家里多拿一件东西。看他要走,母亲在呆怔了一下后,赶紧抢上来,把他拎在手里的皮箱夺下来。你这是要到哪里去?母亲焦急地问他说,这个时候你还要走?

李达理没有告诉她要去干什么。他只是淡淡地对她说了一句,我不能再等下去了。说罢,他又把她手里的皮箱拿回自己手里。

我给你做好了你喜欢的红烧肉,你还没来得及吃呢。母亲还试图以满足他的嗜好来挽留他。

我已经没有心思再吃了。李达理摇摇头说,虽然他嘴里涌满了口水,但语气还是分外地坚定。

母亲看没有办法拦住他,便回头去喊周板牙。周板牙想要过来拦挡他,却又回头去看他的真正主人,也就是李达理的父亲。这时候,父亲也来到了屋门外,呆呆地看着他和围在四周的人,却是一言不发。周板牙看到老家伙不说什么,也停住了手,一副不知所措的为难样子。

李达理知道尽管一家人都聚在了他身边,他依然可以轻而易举地走出这个院落。但望着那些为他所担忧的家人们,包括父亲刚娶进门来的二姨太,他的心肠一下子软下来,原本不想再对父亲说什么的念头也动摇了。父亲,你改正吧,或许还有那样的机会。

改正什么?父亲惊讶地看着他,有些摸不着头脑。

所有你做得不对的地方。李达理这样对他说。

我有什么不对的地方?父亲顽固地反问他。

你的那些罪恶。李达理只能这样向他指出了。

什么?罪恶?父亲瞪大了眼,我有什么罪恶?他脱下一只鞋,不由分说朝他掷过来,你说老子有什么罪恶?

李达理绝望地闭上眼睛,让那只散发着父亲脚臭的鞋子落在头上。完了。他的脑子里再次浮出这两个让他心碎的字眼,看来一切都来不及了,真的来不及了。那好,他用分外清晰的语气对他说,那你就等着被清算吧。

小兔崽子,父亲更加恼怒,又去脱另一只鞋,我看要清算我的就是你哩。

母亲和其他人都反应过来，一起拥上去阻拦他。

趁着混乱，李达理提起皮箱，撩开长衫下摆，大步往院门外走去。

孽障，父亲依旧在他身后咆哮，你再也不要回到我家来。

我不会再回到你这个家了，李达理在心里回应他说，永远不会再回到你们身边来了。直到这个时候，他才明确地感觉到，在这个乱云飞渡的黄昏时刻，他已经背叛了他的家庭，这个将要在革命运动中被推翻的罪恶的家庭。

二

几乎从童年时期起，李达理就经常做这样一个梦：在一个人群稠密的村落里，一幢分外巍峨豪阔的大宅院出现在他面前，高高的门楼前矗立着两只威猛的石狮子，一条肥壮的大狗坐在狮子下，警惕地看着远处的人群。当他走过去时，大狗却赶紧站起来，乖巧地朝他摇摆尾巴，不用说，大狗认得他，想必他是这个家庭的主人，这个分外巍峨豪阔的宅院就是他的家了。他刚刚迈上石砌的台阶，一个穿戴干净的下人就急急地迎出来，为他打开漆得黑亮的宽厚门板。他没有理会他，迈着大步走进到院子里。他家的宅院更是出奇的幽深，一进、二进、三进……直到跨进了第九进院里，他才算走到了尽头。每一进宅院都有独到的作用，有的是牲畜厩栏，也就是说，他家的牲畜成群结队，其中仅骡马就有十几匹，自然也就配备了大车四五辆；有的是粮仓库房，也就是说，他家的粮食堆积如山，小麦、玉米、稻谷、大豆、高粱还有地瓜分别装在几十个囤里，农具更是应有尽有，犁耙耧碌锨锄镢铲，所有种庄稼用到的工具都置备齐了。当然更多的是住着他的家人，也就是说，他的家人也是那么多，可见人丁是多么兴旺。当然，每一进宅院里住的人是不同的，有的住着下人，包括数十个长工、十几个丫鬟和五六个老妈子；有的住着长者，包括他的父母，他的祖父母，他的曾祖父母，他的……他们一概健康地活着；有的住着他的夫人或者说太太，她们的数量也不能说少……但不论怎么说，这些宅院都是他的，他是所有这些宅院的唯一主人。所以每到一进宅院里，都有人向他恭敬地问候，说出的话差不多都是，老爷，您回来了。当然，他也会向他的长辈们问候的。在所有九进宅院的后面，是一个分外宽大的花园，里面栽植着若干种稀有的花草和树木，一年四季都有美丽的鲜花盛开,都有香甜的瓜果成熟。花草和树木间还有假山和池塘,假山上有流泉,池塘里有鱼虾。每逢闲暇时分,他就会来到这里,手举一条鱼竿,像模像样地来一番垂钓……对了,还没有仔细说到每一进宅院里的房屋呢,它们才应该是最重要的东西。几乎所有的房屋都是刚刚盖起来的,顶上隆起的灰色瓦片还在日头下闪着光亮,檐角的每一只石兽也都完好如初。楠木门窗上一概透雕着复杂而生动的图案,诸如万福万寿、蝠鹿同春之类。每一幢房内都摆放着整洁齐全的家具,空气中飘浮着一股好闻的香味。当夜晚到来时,他会来到他的夫人或者太太的房内。绕过一扇雕镂彩绘的檀木屏风,他进到了夫人或者太太的卧室里。在红色灯笼光线的映照下,他看见夫人或者太太躺卧在刻有葫芦图案的木床上。他走过去,伸出肥厚的手指,将夫人或者太太身上绣绘着祥鸟和花卉的绸缎被子轻轻地掀开……

在很多很多的时候,李达理都做这样或者类似这样的梦境,不论是在读书阶段,还是在战争年代,抑或是以后的和平时期。他知道这是他的地主情感在作怪,是他的思想和灵魂没有改造好的表现,为此,他不断地反省自己,并求得组织的批评和帮助,希望能让自己从旧观念旧意识里解放出来。但所有这一切努力都没有收到成效,那个该死的梦境依旧如冬眠的毒蛇一般苏醒过来,随时都可能出现在他的脑海里,一点消退的迹象也没有,以至于他只要一走神,或者一闭上眼,那个梦中的情景,也就是那个宅院就会出现在他视野里。所以当这一年,他带领工作队来到一个叫温家寨的村庄,看到一个与梦境中的情景相类似的宅院时,他惊讶得目瞪口呆,恍惚间,他以为又一次进入了梦境中,极力把脑袋摇摆几下,才让昏沉的思绪变得清晰了些。

那是……谁家的院子?李达理抬起手,有些迟疑地朝前指了一下。他做好了受到嘲笑的准备,因为这个时候,他还吃不准他所指的那个宅院到底是真的现实,还是他梦中的幻景。

是温世贵家的,领他们出来的韩锄头说,在我们温家寨,温世贵家是最大的财东了。

李达理这才放下心来,知道自己没有产生幻觉。在接下来的时间内,他一直举高着头,盯住那个巍峨豪阔的宅院看个不停,竟然忘记了走路,甚至忘记了跟随在他身边的几个人。熟悉,他不禁在心里说,太熟悉了。

李队长，他的副手老崔推推他的胳膊说，我们还往前走吗？

李达理这才反应过来，赶紧收回目光，随口说道，走，怎么不走？他又朝四下里看一眼说，我们尽量走一走，多掌握一些情况，也好为下面的工作做好准备。

听了他的话，韩锄头便率先走到了前面去，他和老崔还有小巩跟在后面。快要走出这条街道时，李达理禁不住又回了一下头，朝温家那个宅院再次扫了一眼。

这天夜里，李达理久久不能或者说不敢入睡，害怕再做那个他不该做的梦，以免干扰了他接下来要开展的工作。尽管他睁着眼睛，还是看到了一个巍峨豪阔的宅院。他不知道这个景象是他梦中的产物，还是那个叫温世贵的地主的宅院，或者是他自己坐落在乌龙镇的家。想到他自己的家，他就更没有睡意了，思绪陷入一种思念和担忧相混合的复杂情绪里。自从那个暑假里离开乌龙镇，告别他的地主家庭以后，他就没有再回去过一次，似乎真的是与他的家庭决裂了。其实那次他并没有回到学校，而是拎着皮箱往南方走去，因为此时正值假期，老师和同学们都不在学校，他回到那里又有什么意义。他打算先去南京、上海等地转转，开开眼界，散散心情，等假期结束后再返回学校。哪里想到，他却没有赶到那些大地方去，才只走过了几天的路程，他身上的钱就已经花光了，由于出来得匆忙，他没有携带多余的盘缠，皮箱里值钱的东西都被他拿来变卖了，还是不能打发饥饿的肚子，别说红烧肉之类的美食了，就是吃一口窝头也不那么容易。都到了这种时候，他依然放不下他的少爷身份，有几次都饿得昏倒在路边，也拉不下脸皮去伸手向别人讨饭。正当他快要山穷水尽的时候，一只过路的队伍从他身边经过，也赶巧他们正在招兵买马，为了活命，他便蒙头蒙脑地走到他们中间去了，成了国民政府队伍里的一名士兵。在此之前，他哪里想到他会吃粮当兵，再说，这是国民党的部队，与老师和同学们建立的那个组织不太是一回事，这是不是说，他也在某种程度上背叛了他们？但在那些以填饱肚子为本的日子里，他顾不得那么多了，心里不安时，就在心里安慰自己说，什么共产党国民党，不都是在以后的日子里抗战打日本吗？而且他们还真的搞起了联合统一战线，即使在战场上碰到了他的老师和同学们，他也能对他们说得过去了。当然，他并没有在战场上见过他的老师和同学们，甚至他连真的战场都还没有见到，就在部队要往淞沪战场开拔的关键时刻,他却意外地被上司叫去,进行了一场让他决然想不到的谈话。其实,谈话的内容十分简单,也就是三五句话,他的戎马生涯就一下子结束了,直到他被他们赶出军队大营,他还没有搞清楚是怎么回事。那场谈话的内容是这样的:上司说,你的名字叫李达理?他说,是。上司说,乌龙镇人?他说,是。上司说,你被部队除名了。他说,什么?上司说,来人,把他弄出去。他说,为什么不要我了?上司说,没那么多为什么,快出去。他说,你们……就是这么回事。直到踏上了又一次流浪的路途,他才有些反应过来,一定是他的家人,具体说是他的父亲从中作梗,买通了那个徇私枉法的所谓上司,堵住了他弃笔从戎的道路。尽管他们暂时做成了这件事,但他却不想继续成全他们,回到家去,再次做他们的少爷,成为那个罪恶之家的接班人,等待清算时刻的到来。没有再做犹豫,他便掉头向西,向着共产党所在的地方走去。在学校里时,他便听老师和同学们说过,共产党也领导着一支部队,就在西边一个叫延安的地方,那他就去投奔共产党的部队,反正都是吃粮当兵,都能让他吃饱肚子。事实证明,他的选择没有错,在经过了大半个月的行走以后,他终于成功找到了共产党的部队,成了这支队伍里的一名战士。在以后长达十余年的时间内,他经历过大小无数次战役,吃过苦,受过罪,光受伤就达十几次,最严重时他的肠子都被打出来了,花花绿绿地淌了一地,再也装不回去了,卫生员心生一计,把另一个死人的肠子扒出来,三两下就装到了他肚子里,结果他没有战死,竟然带着别人的肠子又活了过来。无数次战役打过来,不论和日本人作战,还是和国民党作战,他们的队伍都成了最终的胜利者,他也成为胸脯上挂满勋章的有功之人。他实在感到庆幸,当年他如果不被国民党的部队赶出来,说不定现在败退队伍里就有他呢,这还是最好的结局,搞不好他早就在淮海战役的炮火中被打成了肉泥,一想到这一点,他就感到后怕,就会对他的父亲心生感激之情。现在,上级把他从战场上抽调下来,让他带领一支工作队,到这个叫温家寨的村子里来搞土地改革。他在十几年前多次设想过的对地主恶霸的清算运动,现在终于来到了他身边,不,是要由他来进行了。当他带领工作队踏上通往温家寨道路的时候,他就想到了他的家庭,当然更少不了他的父亲,作为乌龙镇名副其实的地主豪绅,此时此刻不知道有没有受到清算?这些年他一直没有父亲的消息,不知道他的罪恶是否变得更大,如果仍沿着那条老路继续往前走,那么在这场轰轰烈烈的运动中丢掉性命也不是不可能的事。一想到这里，他心里就极度地不安，虽然他知道父亲是罪有应得，但还是为他所可能面临的悲惨结局感到难过，因为不管怎么说，他毕竟是自己的父亲。

温家寨是一个千余人的大村落，地处三县交通要道，情况较为特殊，也较为复杂，上级把它作为这次土地改革的试点，是想在此打开一个突破口，以此带动周围三县的村镇，尽快把整个莫邪山区的土改运动落到实处。他知道上级的意图，也就感觉到肩上的担子尤为沉重，所以思想一直处在紧张的状态中，一点也不敢掉以轻心。但他还是低估了这项工作的难度，进入温家寨以后，他才发现，由于一些历史的原因，这里的党组织根本没有建立起来，所有依靠的对象也仅是韩锄头等三两个贫困户，而且他们在村里没有威信，仅仅能给他们介绍一下情况、领一下路而已，要开展更深入的发动工作，仅靠他们是不行的。眼下正是隆冬时刻，气温降得很低，他们携带的被褥不多，虽然村公所里砌有火炕，但燃料稀少，村民们对他们缺乏了解，加之受到了一些富贵户的煽动，对他们充满敌意，有意把一些作为烧柴的东西藏匿起来，试图让他们因冻饿而不能待下去。吃的东西他们虽然带了不少，但出于动员工作的需要，他们把其中的一些送给了吃不上饭的穷苦人家，剩下的就越来越少了。正在这时，老天又不作美，突然下了一场不多见的大雪，通往外边的道路都被封死了，他们也无法去向上级讨要物资，只能依靠自己想办法了。工作一时陷入了停顿状态中。

日头终于出来了，经过一个上午的照射，地下的积雪开始有些化了，房檐上也有水滴落下来。快要晌午时，院门外传来一阵很响的脚步声。小巩告诉他说，是韩锄头来了。其实大家都听出来那是韩锄头的脚步声，因为前几天他送给了他一双半旧的军靴，韩锄头如获至宝，每次出来都穿在脚上，所以大家只要一听到军靴声，就知道是他来了。韩锄头几乎每天都到他们的驻地也就是村公所来，大家当然不把他当客人，也不对他的到来怀有不切实际的期待，便都没有做出接待他的表示。但事实证明，他们都想错了，韩锄头的这次到来，还是给他们带来了意外的惊喜。

直到韩锄头因为站立不稳摔倒在地下，他们才都站起来，用惊奇的目光去打量他。韩锄头的摔倒不仅是因为地面滑，还由于他的脖颈上搭着一条狗。那是一条不算太小的花狗，从他的一只肩膀绕到另一只肩膀，乍一看上去，还以为他脖子里缠了一条花围脖呢。看来那条狗的重量还不小，韩锄头的军靴仅仅在泥泞里打了一个滑,就把他压在了地下。尽管倒在了地下,韩锄头还紧紧地抓着那条狗的四条腿,不让它离开自己的脖颈,这使他的样子显得格外滑稽。其实那条狗早就死了,不然是不会安静地待在他脖子上的。大家站起来,都呆呆地看着他,当然还有那条狗,好像不明白这是怎么回事。

韩锄头,小巩叫喊着说,你怎么把狗带到这里来了?

韩锄头吃力地爬起来,似乎这才发现,自己已经来到了村公所内,再扛着那条狗已经没有意义了,才有些不情愿地把它放下来。给大家吃肉呀。他喘了口粗气说。

吃肉?人们都听清了他的话,但又以为没有听清,都掉过头,互相看了几眼,才突然相信了他的说法,一起拥上去,把韩锄头围在了中间。

等等,没有等到人们欢呼,老崔就用类似小巩的高音叫喊了一声,并且拨开人群,走到韩锄头面前说,老韩,你怎么能把老百姓的狗送给我们吃肉?你忘了,我们的政策是不拿群众一针一线,你这样做不是破坏纪律吗?

听他这样一说,大家都把要欢呼的话咽回到肚子里,脸上刚刚舒展开的亮色又被一层灰暗代替了。

放心吧,韩锄头抹抹脸上的汗说,这不是群众养的狗,而是一只野狗,我在村外盯了它好几天了,今儿才把它弄到手。

是……这样?老崔咽口唾沫,掉头走到一边去了。

大家又要欢呼,但在发出声音之前,又都回头看了看李达理,希望他做出最后的决定。

这有什么?韩锄头满不在乎地说,山里的野物本来就是送给人们吃的,就是你们不吃,别人也会拿它当下酒菜的。再说了,你们大老远地来到这里搞土改,吃吃不饱,喝喝不足,我们也拿不出什么好东西来慰劳你们,心里早就不忍了,给你们做顿狗肉吃,也算是表表我们的心意。

那就……?老崔走到李达理面前,用征询的目光看着他。

吃吧,李达理点点头说,不要辜负了老乡们的好心。他站起来,走到韩锄头面前,使劲拍拍他的肩膀,又转向大家说,吃饱了,大家才有力气搞土改。

大家这才欢呼开了。冷清了好几天的气氛一下子热烈起来,几个力气大的小伙子把韩锄头架起来,往空中抛了好几下。韩锄头挣脱了人们的手,把那条狗拖到水井边,从他人手里接过一把匕首,像模像样地干起来。多数人都围在一边看。小巩则和老崔蹲到灶坑里,相帮着拉风箱烧锅。

半个钟点过后,切成块的狗肉就下到了锅里,又过了十几分钟,随着锅盖下冒出的热气,屋内就飘出了诱人的肉香。闻着那股越来越浓烈的香味,李达理忽然想到了在家里吃红烧肉的情景。是的,他又想他喜欢吃的红烧肉了。自从来到队伍上后,他就再也没有吃过一顿像样的红烧肉,虽然部队上也有肉吃,却做得很潦草,炊事班的那些人简直是把战士们当牲口,只要把饭煮熟了就算完成了任务,从来不好好琢磨怎么把饭做得好吃一些,好好的肉都被他们糟蹋了。他一直想给他们提些意见,又怕遭到别人的批评,说他没有脱掉地主少爷的生活习气,也就始终没敢张嘴,但心里一直放不下这件事。细想起来,他也觉得自己对这件事的要求过高,干革命嘛,还讲究什么吃喝?难道革命就是为了一张嘴吗?道理他并不比别人知道得少,但一到这件事上,他就很难过去心里那道坎。开始的时候,他也以为是自己的政治觉悟过低,没有把灵魂深处的地主思想改造干净,为此,他还经常在生活会上做自我检讨,并求得同志们的批评和帮助。后来他才知道,事情根本不是这么回事,据一个他们俘获过来的国民党医生说,他是患上了"饕餮综合征",那些让他感到困惑的现象都是这种疾病造成的。李达理还是头一次听说什么"饕餮综合征",不知道那是一种什么疾病。那个接受他们改造的医生说,其实所谓"饕餮综合征"是我们中国人的叫法,在国外则叫"饥饿综合征"。说到这里,他觉得李达理似乎知道这种病是怎么回事了。医生接着对他解释说,凡是患上这种病的人,都会在某个方面表现出"贪婪"的症状。说到这里,他又纠正自己的话说,也许用"贪婪"这个词有些不妥,但除此之外,又实在找不出一个更为恰当的词。医生继续说,具体到李达理身上,便是表现在对红烧肉的欲望上。李达理急切地问他,那我该怎么治好这种病呢?也就是说该怎么戒除贪吃红烧肉的不良习气呢?医生却反问他说,为什么要戒除呢?从某些方面说这也是你的口福呀。李达理觉得他的话不受听,便沉下脸说,为了干好革命,我宁肯不要这种所谓的口福。见他的神色不对劲儿,医生也不敢再随口乱说,坐好身子,一板一眼地对他说,要想治好这种病,首先就要找到它的成因,然后对症下药。李达理急不可待地问他,那这种病是怎么造成的呢?医生看了他一眼，又很快把目光掉开，闪烁其词地说，这个、这个还是不知道的好……看他这样说，李达理越发追问起他来，我一定要知道，请你告诉我，不要回避，现在就给我说个清楚。医生无可奈何地叹口气说，好吧，既然你非要……那我就……不过，当我说出这种病的真相后，你可不要害怕……李达理犹豫了一下，还是拍着胸脯说，你说吧，我不会害怕，日本鬼子那么凶残都被我们打跑了，一个小小的疾病还能吓住了我？医生依旧说，这不是一回事儿……李达理越发被他吊起了胃口，无法再等下去了，废话少说，马上告诉我，到底是怎么回事儿？医生咽口唾沫，终于下定决心说，是这样，在你的肚腹内，具体说是你的肠子里，生长有一条虫子……李达理大吃了一惊，什么？虫子？什么虫子？医生脱口说道，饕餮。李达理有些目瞪口呆，饕餮？他突然想起来，饕餮应该是传说中龙的儿子，难道说，他肠子里竟然住着龙的儿子不成？这未免太荒唐了吧？医生赶紧说，或许是医学界借用了那么一个名字吧。李达理急切地问他，那到底是一种什么东西？医生想了一下说，我只知道那是一种十分贪婪的虫子，你吃下的大部分食物，其实都被它消耗掉了，或者反过来，你每次感觉到的饥饿，说到底都是由于它在作怪。李达理呆呆地看着他，老天，原来他的"贪婪"都是源于那条虫子？这使他松了口气，这是不是说，他所谓的不良生活习气都并不是他本人的错，也就是说，以后他就用不着做什么检讨和自我批评了？他刚高兴了一下，旋即又陷入极度的不安中，正如医生刚才对他警告的那样，一旦意识到了他的肠子里有一条张着大口的虫子，而且是龙的儿子，他立刻跳了起来，两手在腹部按了一下，马上又拿开，随即低下头，痴痴地朝肚子上看。天哪，他似乎真的看见肚子在一鼓一鼓地蠕动，同时也好像感到里面在一抽一抽地绞疼……看他那副惊恐万状的样子，医生摊开手说，我原本不想说，可你非要我……李达理拉住他的手说，请你给我做个手术，把它取出来。医生使劲抽回手去，不行，如果把它拿出来了，你的肠子也就要断了，你的命也会……李达理不相信地说，为什么？难道它和我的肠子长在了一起？没想到医生点点头说，你说得没错，它的确是伴着你的肠子生长起来的，或者说，你的肠子是伴着那条虫子发育起来的，它们大概谁也离不开谁了。李达理眼巴巴地看着他，这么说，这种病根本治不好了？医生再次点头说，起码到现在为止，医学界还没有治疗这种病的有效办法。李达理抱住头，绝望地蹲到了地下。医生伸出手，在他肩上拍一下说，其实你根本没必要治疗,也不必在意什么……李达理拂开他的手,大声叫喊着说,我不能让一条该死的虫子待在我肚子里。医生耐心地开导他说,它和你相伴而生,已经成了你身体的一部分,不会对你造成什么伤害的,甚至从另一个方面说,你其实是多了一种口福……李达理跳起来,恶狠狠地瞪他一眼说,见鬼去吧,你哪里知道,它会给我带来多少麻烦?

李达理十分后悔和医生进行那次恐怖的谈话,从而让他知道了不该知道的东西,陷入了不该有的痛苦和不安中。但以后的事实证明,医生的话也不是没有道理,在后来那么多的日子里,他其实并没有怎么感觉到那条虫子的存在,由于战事繁忙,有一度他都忘记了自己患有"饕餮综合征"这件事。有时回想起来,他甚至怀疑那个医生心怀叵测,成心和他这个俘获了他的人过不去。他很想再和他进行一次谈话,以澄清事情的真相,还他一个"清白"。但他知道这已经不可能了,在那次他被炸出肠子的战役中,他也没有躲过那些由他曾经的自己人发射的炮弹,被无情的火海烧焦了身子。他倒是十分感激那些炮弹,它们竟然对他的肚子实施了精准的外科手术,将他藏匿着致病虫子的肠子炸出来,在一个可爱卫生员的帮助下,又换上了别人一条至少没有那种可怕虫子的干净肠子。尽管为此他遭受了难以想象的痛苦,并到鬼门关游走了一圈,可毕竟他的"饕餮综合征"获得了有效治疗,实在是一件可喜可贺的事。但仔细体味起来,他又不能不说,换上别人肠子的他与过去的他,似乎并没有让他感觉到两样,对于红烧肉的欲望依旧像先前一样困扰着他,这无形中又使他怀疑,到底是他的疾病没有治好,让那条虫子仍然待在肠子里,还是他根本就没有这种病,是那个该死的医生欺骗了他? 他不免又感觉到了新的困惑。

看着大家对即将煮熟的狗肉充满期待的样子,李达理不禁也有些激动,真想站出来,亲自下厨,为同志们做一顿美味的红烧肉吃,尽管他对自己做红烧肉的技术没多少信心,却相信比小巩他们单纯的水煮肉强许多。但他犹豫了一下,还是打消了这个不合时宜的念头,他不想给自己惹上什么麻烦,眼下形势如此严峻,他怎么能把精力用在吃喝上? 说不定这会引起老崔等人的不满呢,再说,也找不到做红烧肉的辅料,条件并不具备,自然也做不出什么像样的红烧肉。他克制着内心里的冲动,坐回到座位上,尽量让自己表现得坦然一些。狗肉还没太煮熟,馋嘴的人们就憋不住了,掀开锅盖,用筷子或树枝挑上一块肉团,便龇牙咧嘴地吃起来。小巩也把一块狗肉挑到他面前说，队长，吃点吧。他摇了摇头，用淡淡的口气说，你们吃吧。等小巩走开了，他才把涌到口腔里的口水咽回去。

吃完了狗肉，大家的兴致都有些高涨，几天来的沉闷和不快一扫而光。为了感谢韩锄头，大家把他围在中间，不断地给他倒水喝。韩锄头似乎受不住人们如此热情的接待，有些不知所措，几次站起来想走，又不好意思真的就此走掉。李达理在一边看着他们，突然觉得这是个不错的时机，便提出建议说，老韩，你看大家这么愿意和你聊天，你就抓住这个机会，再把村里的情况给我们仔细说一说吧。

韩锄头果然受到了鼓舞，抖擞起精神，又是清嗓子，又是大喘气，做好了给他们摆龙门阵的架势。其实关于村里的情况，韩锄头他们已经给工作队说过不止一次了，但由于大家心浮气躁，也有些看不起韩锄头那些人，好像都没怎么听到心里去，包括李达理这个队长，似乎也还没有把情况摸清楚。工作队的成员都不是本地人，要想把温家寨的方方面面都掌握到手里，离开了韩锄头他们还真是不行。

尽管韩锄头土话夹杂着粗话，还有些口吃，表达能力有限，但由于大家听得特别有耐心，还是慢慢把整个村里的情况搞明白了。说是整个村里的情况，其实大家的注意力都集中在那些把持着乡村政治、经济大权的富贵户身上，其中的重点当然是那个叫温世贵的大地主了。据韩锄头说，这个温世贵可是这一带最大的财主，村里村外都有他家的土地，其规模少说也在一千亩以上，对于一千亩是个什么概念，小巩几个人绞尽脑汁也想不出来，韩锄头只好说，如果你骑着一匹马在上面跑，要跑到头至少也得半个时辰，拥有这么多的土地，自然佃户也就多了，至少也有百十家吧；除此之外，在其他城镇上，温家还有两处房产和几处店铺，这些东西加在一起，可真是一份十分可观的家产了。可温世贵还是不满足，依旧变着花样打别人的注意，想尽各种办法侵吞别人家的土地。说到这里，韩锄头还举了一个例子，说是有一年，村里一个叫常老怪的人被山上的石头砸断了腰，需要钱治疗腰伤。常老怪的老婆到温家去借债，温世贵见有机可乘，便提出用高价收买常家的几亩地。小巩不理解，温家有那么多地，为什么还要买常家的地？韩锄头解释说，常家那块地位置好，旱涝都不怕，土质也好，抓上去能攥出油来，温世贵早就眼馋那块地了，一直苦于没有机会得到。一开始常家不干，知道这样一来，以后自己的日子就无法过下去了。但借不到钱，常老怪的腰就要保不住了，说不定还有生命危险呢。思来想去，常家没有别的办法，只好同意了温家的提议，于是常家拿到了钱，温家也得到了地。看起来两家都是自愿进行了这笔交易，温家也的确没有少给常家一分钱，照温世贵的说法，他这是在帮助常老怪呢。可这件事的结果却是，常家拿着这笔钱去县城里看病，看来看去，钱倒是花光了，病却没有好起来。常老怪一见钱地两空，回到家来，就在门闩上把自己吊死了。这样一来，常家在钱地两空的基础上，又把人命搭上去了，结果什么都没有保住，一时间家破人亡，说败就败了。等到这时候，人们才算看明白，原来姓温的又干了一件缺德事，其实他早就知道这件事的结果，不过是趁火打劫，又做了一桩落井下石的勾当而已。

岂止是缺德？听了韩锄头的介绍，大家都愤怒起来，纷纷发表意见说，他这是作恶，是赤裸裸地抢夺呀。原来乡村里的阶级斗争是这么激烈？地主老财不顾廉耻地剥削压榨，不立刻进行土地改革，穷苦人就真的活不下去了。一时大家都激愤地喊起口号来，把温世贵打倒，为常老怪申冤。

在人们义愤填膺议论不止的时候，李达理却在一边发起呆来，不知怎么回事，他竟然觉得韩锄头讲的这件事是那么熟悉，不用仔细考虑，他就想到了自己的家，具体说是他的父亲，温世贵做出的这件事怎么和父亲十几年前做的那件事如此相像，以至于他听着韩锄头对温世贵的讲述，还以为是在重温自己家里的故事呢。为了进一步证实这种荒唐的想法是否有道理，他站起来，走到韩锄头面前，直瞪瞪地看着他说，你继续往下说，那个温世贵还做了哪些为人所不齿的事？

多了去了，韩锄头信口说，恐怕三天三夜也说不完。

再举一个例子。老崔看了李达理一眼，也催促他说。

韩锄头想了一下说，就说前几年吧，温世贵竟然……话没说完，他就转向了小巩他们，你们猜猜，温世贵多大年纪了？

小巩与其他几个人面面相觑，不明白他让大家猜温世贵的年龄干什么。

猜不出来吧？韩锄头扳了一下指头说，告诉你们，温世贵今年都六十五了。

李达理听了心里不免又一动，如果没有记错的话，他的父亲今年也正好六十五岁。

小巩他们继续看着韩锄头，搞不清他往下到底要说什么。

他都六十五岁了，韩锄头气愤地跺了一下脚说，前几年，他竟然还娶了一个小老婆。

啊？人们都大吃了一惊。小巩突然间涨红了脸，作为一个女同志，她有些不好意思。

李达理不禁又张大了嘴，一下子也又想到了父亲。那年暑假回家的时候，父亲不是也刚把他的二姨太娶进家来吗？

一个如花似玉的大姑娘，韩锄头使劲摇着头说，生生被一个糟老头子给祸害了，你们说可惜不可惜？

乡下的财主，老崔吧嗒了一下嘴说，差不多都是这样。说到这里，他又看了李达理一眼。

都这样就合理吗？小巩不服气地说。

我没说合理？老崔解释说，我只是指出这种现象的存在。

那就打倒这种不合理的现象。小巩攥着拳头说。

当然要打倒，老崔也提高了声音说，不然我们到这里来干什么？

温世贵霸占着两个女人，韩锄头依旧沿着自己的思路说，而我们穷苦人却连一个女人也没有，比如我吧，今年都三十好几了，还没有……

老韩你不用担心，好心的小巩劝他说，等把地主打倒了，你不会娶不上老婆来的。

真的？韩锄头目光灼灼地看着她。

只要你积极协助我们工作，小巩鼓励他说，这件事就包在我身上了。

小巩你自己还没有对象，老崔提醒她说，怎么就包揽起老韩的事来了？

都是革命同志嘛，小巩豪爽地说，我不帮他的忙还能……依靠你们，我看才靠不住呢。

也是，老崔心悦诚服地说，还是女同志更适合干这件事。

听着大家的话，韩锄头似乎也放下心来，摸着后脑勺偷偷地笑起来。

李达理也又一次陷入了沉思中，今天发生的事（也即韩锄头的讲述）实在有些奇怪，那些发生在温世贵身上的故事居然和他父亲的经历如此相像，如果只有一件事类似还可以理解，而现在的事实是，几乎所有的事情都差不多，甚至可以说就像是同一个人做出来的事情。恍惚间，他好像回到了他的家乡乌龙镇，就置身在他自己的家里，听着或者看着他的父亲对他还有他的同事们现身说法。天下不可能有这么巧合的事吧？所以他不能不疑心是这个叫韩锄头的人在其中作怪。他在一边悄悄地打量着他，这到底是一个什么样的人？是不是有什么背景和来历？有一霎，他甚至想到了他和温世贵那些富人可能存在的复杂关系，他之所以要讲或者说编造那些有关温世贵的故事给他还有大家听，主要是想通过唤起他李达理对自己家庭的联想，让他重新站在一个地主少爷的角度对待那些与他的父亲有类似经历的人也就是温世贵他们，那样一来，由他来主持进行的这场土地改革运动可要在温家寨流产了，如果事情真是这样的话，那就足以见出温世贵还有这个可疑的韩锄头这些人的阴险和狡诈了。但李达理仅仅这样想了一下，就马上把这个危险的念头否定掉了，他意识到，如果沿着这样的思路走下去，自己将很快坠入一个看不见底的深渊，那样的结果同样会导致这次土改的夭折，事情不可能是这种样子的，记得前几天他们来到温家寨的时候，这个叫韩锄头的人对他们这些人的身份还一无所知，他不过是小巩他们在路边偶然捡到的一个人，那时韩锄头饿得快要半死了，躺在一片积雪里哀哀地看着他们。当小巩把干粮递到他嘴边时，他竟然把头转到了一边，放过我吧，我不想当兵。这是他对他们说的第一句话，这样一个对工作队的使命一无所知的人，又怎么可能是地主老财派到他们身边的奸细呢？他不仅不能受到他们的无辜怀疑，而且是他们进行这次土改的可靠对象，是他们在即将开展的运动中发挥重要作用的骨干分子，一句话，是他们自己的同志，如果连这样的人也怀疑的话，那他们的这场土改运动就注定要失败了。想到这里，李达理不禁抬起头，用充满歉疚的目光再次打量韩锄头。对不起，他在心里对他说，我的同路人。韩锄头倒是被他解脱出去了，可接下来他却把那根绳索捆到了自己身上，是呀，既然韩锄头讲述的内容没什么问题，那温世贵与他父亲身上的那些相似处该怎么解释？难道仅仅是偶然的巧合吗？他冥思苦想了好一会儿，最终也没有让那根绳索从身上解开，既然不能给自己找到一个更合理的答案，那他就暂时相信它们是没有任何道理可言的巧合好了，因为除此之外，他不知道自己应该怎么办。但这样一来，李达理却对以后出现的事情有了更好的把握，似乎他突然变成了先知，至少下面发生在温世贵身上的故事他已经知道是什么了。为了证实这一点，当人们为温世贵的罪恶所激愤，向他提议尽快抓捕这个反动分子时,他却把目光转向了韩锄头。老韩,李达理不动声色地说,你说我们该怎么办？虽然他嘴上这样问,但心里却明白他该怎么回答自己了。

这个,韩锄头想了一下说,马上抓他恐怕不合适……

为什么？小巩不服气地说,这样一个罪大恶极的家伙,我们对他还有什么客气的。

虽然他罪大恶极,韩锄头吞吞吐吐地说,可他毕竟在村里还是……你们这么快就动他,怕是会……

你是说没人敢动他？大家都被他的话激怒了,有的把大枪举起来,哗哗地拉动枪栓,我们还就不信了,他一个地主分子算老几？我们这些人是干什么吃的？就是来找他算账的。

老崔拦住了大家,并瞪了那个拉枪栓的战士一眼,鲁莽什么？老韩既然这样说,肯定有他这样说的道理。他转向韩锄头,老韩,你说你的。

老韩挠了挠头,我说到哪里了？

你说他在村里有威信,小巩提醒他说,没人敢动他。

就是,韩锄头再次点点头说,我说的都是实话。

他在村里都有什么威信？老崔不解地说,为什么没人敢动他？就仗着他比别人多几亩地吗？

李达理默默地看着他们,把韩锄头即将要回答他们的话先在心里演习了一遍。

主要还是因为,韩锄头抖动着嘴唇说,因为他的儿子……

他儿子？老崔眨眨眼说,他儿子是干什么的？

他儿子也像你们一样,韩锄头朝大家看看说,在队伍上做事……

在队伍上？大家都呆住了,除了李达理以外,他们都没有想到,温家还有这样一个人。

在什么队伍上？小巩急急地问道,也是我们共产党的队伍吗？

这个,韩锄头摇摇头说,我就说不清楚了。

天哪,小巩看了李达理一眼,如果是这样的话,那温世贵可就是我们自己同志的家属了……

这怎么可能？老崔反驳她说,我们自己的同志怎么可能有这样的家属？怎么可能容忍自己的家属如此作恶？怎么能让自己一家成为远近闻名的地主豪绅？

他这样一通慷慨激昂的发问，果然把人们都问住了，一个个面面相觑，一时都不知道该说什么。

你说对吗老李？老崔转向李达理说，这件事根本不合逻辑嘛，我不相信我们的队伍上会有这样的同志。

李达理差点笑出来，事情的发展一点也没有超出他的预料。为了掩饰自己的心思，也为了让事情继续往下发展，他对韩锄头说，老韩，你是不是记错了，温世贵的儿子真的是在我们的队伍上？

他这样一说，韩锄头果然拍了拍自己的脑袋，一副恍然大悟的样子，对对，我想起来了，温世贵他儿子刚当兵的时候，听说是参加了国民党的队伍……

原来是这样？小巩长吁了口气，也一副如释重负的样子。

我说什么来？老崔也摊开手说，我们的队伍里没有这样的人吧？你们也不想一想，温世贵的儿子是谁？一个地主家的少爷，怎么会参加我们的队伍？要当兵也只能选择国民党的队伍。

大家都纷纷地点头，一件即将山重水复的事终于又柳暗花明了，都又高兴起来。

如此说来，小巩欣慰地说，温世贵还是我们的斗争对象？

那当然，老崔使劲点头说，不要说他还有一个参加国民党的儿子，就算他儿子真的参加了共产党，我们也不能放过他去，丁是丁，卯是卯，该谁的罪就是谁的罪，这个谁也代替不了，我们也不能含糊。说到这里，他又看李达理一眼说，我说得对吗老李？

很好。李达理挥挥手，朝大家作总结说，现在我们已经基本理清了思路，往下的工作一是继续发动群众，尽力把那些苦大仇深的人都调动起来，让他们都参加到这场土改运动中来；二是进一步调查研究，争取多掌握一些温世贵等人的罪证，我们的政策是，绝不冤枉一个好人，但也绝不放过一个坏人，真正把这次土改运动搞得既扎扎实实，又轰轰烈烈。

大家都很受鼓舞，加之肚子里的狗肉还在起作用，所以这一天是他们来到温家寨后最快乐的时刻。

这天夜里，李达理再次没有睡着，对于接下来要发生的事，他似乎已经心中有数，同时也充满了期待，或者说，正是因为知道那是一件什么样的事，他才那样充满期待。会是她吗？他在心里叨念着说，难道真的是她？

这一夜，他格外思念起那个叫莫小梅的女人来，是呀，他已经也离开她十几年了，自从告别他的老家乌龙镇后，他就没有再见过她，也没有关于她的任何消息，他以为他早就忘掉了她，或者说这一生再也见不到她了，但今天，他却突然想到了她，而且强烈地预感到即将见到她。直到这时候，他才发现他从来就没有忘记过她，在他冒着枪林弹雨征战四方的时候，他其实一直把她装在他的心里，即使那次他被打出了肠子，他也没有把她从他身体里丢掉。从更现实的意义上说，在这十几年里，她不但从来没有远离过他，而且越来越近地一步步朝他走来，直到在接下来的一个时刻里走到一起。

好像要急于证实这一点，第二天一早，李达理便带着小巩出了门去，说是仅仅上街去走一走，但走着走着，他还是听从内心的召唤，带头朝温家的那个大宅院走去。还不太知趣的小巩提醒他说，队长，前面是温家大院，我们还是到别处转转吧？他装作没有听见她的话，依旧大步往前走。小巩无可奈何，只得磕磕绊绊地跟在他后面。

事实很快证明，他们这次出来，是李达理来到温家寨后的一次最大收获，也准确兑现了他昨天夜里的预感。拐过温家大院高高的院墙，来到前面的门楼前，正如他的料想，门楼下果然站着两个人影。尽管清晨的雾气还没有散尽，街景有些模糊，但他还是透过朦胧的雾气看清楚了，那是两个女人的影子。他赶紧收住脚，把身子停在一棵树下。队长，小巩在身后小声地问道，我们不走了？李达理没有回答她，依旧朝着温家门楼下那两个女人的影子看。小巩不再说什么，也抬起眼来朝她们看。李达理看出来，那两个女人一个年老些，另一个年轻些，年老的女人朝年轻的女人挥挥手，便走下台阶，扭着臃肿的身子朝街上走去，那个瘦高的女人则留在门楼下，两手牵在身前，默默地看着年老的女人离去。年老的女人走远了，身影渐渐消失在了雾气里，那个年轻的女人依旧站在台阶上，身子很长时间没有动一下。他让自己的目光停在她身上，只简单地扫视了一个来回，就真切地判断出来，没错，是她，是他昨天夜里想到的那个女人，是那个让他无法忘怀的女人。小梅。他在心里叫了一声，不由自主地离开那棵树，直直地朝她走去。小巩以为他发现了什么情况，犹豫了一下，也紧紧地跟在他身后。小梅的眼睛一下子落在他身上，短暂地盯视后，身子突然一震，张大嘴巴，就要发出"啊"的一声来，但她旋即举起手，把并在一起的手指捂在嘴上。没错，她认出他来了，李达理看得出来，她已经认出他来了。他来到门台阶下,停住脚,用尽力平静的目光打量着她。他看出来,十几年过去,她发生了不小的变化,眼角似乎有了皱纹,下巴上的肌肉好像也有些松弛,当然,最大的变化还是她的穿戴,过去那身不太合体的粗布衣裳已被翻毛的华丽皮衣所代替,更重要的还是她的发型,那根粗长的辫子曾经像一条活泼的鱼儿一般在她脖子里甩来甩去,如今已变成一只肿胀的圆髻盘在了脑后,一个十足的少妇形象矗立在他面前。少妇,是的,少妇。意识到这个词时,他心里尖锐地疼了一下,似乎有一根锋利的钢针扎在了他心脏上。莫小梅也痴痴地打量着他,随着脸部肌肉的抖动,眼睛里渐渐有泪水浮出来,颤颤地挂在她的睫毛上。

是你吗?

是我。

我们怎么在这里见面了?

是呀,我也没有想到。

这不是梦吧?

我想不是。

你是……工作队的人?

是。

我怎么没有想到?

我也没有想到,你竟然成了……温世贵的人。

……

李达理不知道这是不是他们见面后的对话,因为他没有让自己的声音发出来,也没有看见她的嘴唇张开。但他却确信,在他们的内心里,一定出现过这样一场对话,不然,他们不会那么快就意识到彼此身份的不同,莫小梅回过了身去,迈着小碎步回到了门里,那两扇厚重的门板在发出嘎吱吱的叫声后,哐当一下碰在了一起。他也转过身来,迈开大步,向着街道的远处走去,由于走得过急,脚下发出的唰啦声在清晨的街道上传出很远。

队长,小巩磕磕绊绊地跟在他身后,那个女人是谁?

还用说吗?李达理头也不回地说,温世贵的……二姨太。

你,小巩吞吞吐吐地说,你们认识?

李达理这才停下来,回过头,直直地看着她。

你不会说你不认识她吧?小巩嗫嚅着嘴唇说。

李达理没有回答她的话。我有必要向她说清楚这件事吗？他在心里问自己。

小巩看出了他的心思，低头默想了一下，还是鼓起勇气说，你不用瞒我，我都看出来了。

你看出什么来了？李达理冷冷地问她。

你们认识，小巩用肯定的语气说，你们一定是熟人。

李达理点点头，不得不对她承认说，是的，我认识她。他回过身，继续埋头往前走。

怎么可能？小巩愣了一下，又小跑着跟上来，你怎么可能认识地主家的太太？

李达理不免觉得好笑，如果他说假话，她会无情地揭露他，但等他说出了实情，她又觉得不好接受了。我们为什么不能认识？他反问她。

你想呀，她有些自顾自地说，你是一个久经沙场的革命战士，一个运筹帷幄的指挥官，又是受到上级重用的土改工作队领导，怎么会和那个……那个女人是谁？是一个甘受老地主玩弄的女人，是一个与地主分子沆瀣一气欺压穷苦人的地主婆，是我们这次重点斗争清算的对象，你们是多么不同的两类人，为什么会认识呢？

那你想让我怎么办？李达理再次停住脚，回过头，用严肃的目光看着她。

我哪里知道怎么办？小巩避开了他的目光，我只是想不通这是怎么回事。

这有什么好想的，李达理用手在她面前劈了一下说，事实就是我们正好认识，这还有什么道理好讲吗？

那，小巩皱起眉头，认真想了一下，用无可奈何的口气说，你们是怎么认识的？

李达理抬起头，望着远处的街景默默地看，一下子又想到了过去他和莫小梅那些令人心碎的事，但他能把那些事对小巩讲吗？当他把那些事都说出来的时候，这个还十分年轻稚嫩的姑娘能理解得了吗？我们是老乡，是街坊，他用淡淡的语调说，就那么回事。

原来你们是一个地方的人？小巩恍然大悟，怪不得那么相熟。

听她的口气，好像她也明白他们那种不一般的关系似的。我和她很相熟吗？他故意问她。

当然了，小巩点点头说，只有非常相熟的人才会用那样的目光彼此打量。

李达理心里一动，莫非她真的看出了什么来？他不由得看了她一眼，也许他真的小看了这个聪明伶俐的鬼丫头呢。

怎么？小巩用挑战似的眼神迎视着他，难道事实不是这样吗？

李达理不敢再沿着这个话题说下去，转过身，继续走他的路。

队长，小巩在后面喊他，我们这是往哪里走？

李达理抬起头，这才发现他们已经来到了村外。他不得不停住了脚。

在随后的几天里，李达理一直觉得莫小梅会来找他，虽然自从他离开乌龙镇以后，他们的关系就中断了，或者更往前一些说，自从他父亲和她家进行了那笔可耻的交易后，他们就没有什么关系了，但在这十几年内，毕竟都没有忘记过对方，似乎冥冥中都在期盼着再一次相见，当然没有想到会在现在这种情况下见面。就算不单是为了重叙旧日的情谊，仅仅是为了摸清这次土改运动的相关情况，她也不会轻易放过他们这层关系，或许还要受到老地主温世贵的指使，亲自到他这里来打探一下风声。

果然不出他的预料，三天后，在一个分外晴朗的日子里，莫小梅走出她的深宅大院，穿过街道，径直来到了村公所也就是工作队居住的地方。为了不至于引起工作队员和土改积极分子的反感，莫小梅有意脱下了她那身翻毛狐皮大衣，而穿上了一件较为陈旧的外套，这使她在一定程度上恢复了昔日朴素的形象，乍一看上去，好像也没有多少地主婆的样子，真的和一个普通村妇差不多了。尽管这样，当她来到村公所大门前时，还是被工作队员拦住了。其实从她一朝这里来，小巩就看见了她，并十分准确地判断出她是要到这里来找他，便告诉守门的队员，尽量不要让这个可疑的女人进来。她的意思是不想给他惹上麻烦，以免给以后的工作带来损失。但让小巩和守门的队员没想到的是，莫小梅却没有那么容易对付，似乎从她一打定主意到这里来，便知道要受到阻拦，所以早就准备了一套说辞，竟然让小巩他们有些不知所措。

我要找你们的队长。莫小梅来到门口说。

我们队长不在。一个队员按照小巩教他的话说。

怎么不在？莫小梅朝院子里指着说，刚才我还看见他了呢。

那个队员被她说蒙了,以为她真的看见了李达理,一时有些语塞。其实李达理一直待在屋内,哪里到院子里去过?他倒是透过窗户一直听着外面的动静。

让我进去。莫小梅趁机靠上来,想越过他的身子,直接进到院子里去。

这里是你来的地方吗?另一个队员又挡住了她,我们队长也是你说见就能见的吗?

莫小梅被他说得有些发愣,不禁往后退了一下。你们这里不是工作队吗?她反过来问他们。

当然是工作队。队员回答她说。

我来向工作队反映情况。莫小梅转转眼珠说。

反映情况?队员愣住了,好像没想到她会这么说,你想反映什么情况?

我想反映的情况能给你反映吗?莫小梅上下打量着他说,给你反映了你能做得了主吗?

这个队员又被她问住了,一时不知该怎么办。

闪开,莫小梅推了他一把说,我要直接给你们队长反映。

不能进去,头一个队员有些不讲理地说,我们队长不会接待像你这样的人。

我是什么样的人?莫小梅听出了他话里的意思,不禁有些恼怒。

你是什么样的人你自己知道,那个队员不屑地把目光从她身上掉开,又悄声嘟囔了一句,地主的小老婆。

尽管他的声音很轻,莫小梅还是听清楚了。你以为我光是地主的小老婆,她跳了一下说,我在娘家还是讨饭花子呢,要论革命,我看我比你革命得还早呢。说着,她又跳了一下。

那个队员又被她说愣了,院子里的人也都被她说愣了。他们无论如何没想到,这个女人还有那样的出身,还那么刚烈难缠。

你们到底是不是共产党的工作队?莫小梅大声叫喊起来,我来找你们反映情况,你却千方百计地阻拦我,难道你们不想搞土改了吗?她满脸都涨得通红,好像真的受到了什么冤屈。

李达理透过窗户听着她虚张声势的叫喊,不禁摇了一下头,转过脸去看老崔。老崔一直站在他身后,摆出和他差不多的姿势往窗外看。这是个泼妇。老崔嘟囔了一句。他装作没听清他的话，无奈地朝他笑笑说，看来我该出去了。老崔也叹口气说，那两个笨蛋，连个门守不住。李达理接着他的话说，他们也够为难的了。说着，他就越过老崔的身子，直朝门外走去。老李，老崔又喊住了他，你可要当心呢。李达理回头看了他一眼，似乎知道他话里的意思，又好像不明白他说的是什么。但他没有再停步，便在老崔目光的注视下，走过院落，来到了院门口。

看到他真的出来了，莫小梅停止了叫喊，情绪暂时安静下来。那两个守门的队员也停止了拦挡，长长地吁出一口气。

你找我反映什么情况？李达理毫无表情地看着她。

让我进去。莫小梅推开两个队员，迈着大步朝他走来。我要反映温世贵的情况。她直通通地说。

温世贵的情况？李达理也没想到她会说得那么直接，有些不知道该怎么回答。温世贵不是你男人吗？

是。听他这样说，莫小梅抬起眼，翻了他一下说，我反映我男人的情况不行吗？

当然行，李达理蹾了一下脚说，你反映他的什么情况？

就在这里反映？莫小梅操起手，在院子里看了一圈说。

李达理以为她要进屋去，便回头往屋门里看了一眼。他看见老崔从屋里探出头，正在专注地朝他们盯视。看到他回头，老崔反应过来，又急快地把头缩回去。对，李达理朝莫小梅点点头说，就在这里反映。

不行。莫小梅用不容商量的口气说，我不想在这里反映。

那你想在哪里反映？李达理似乎对她的态度越来越有兴趣了。

你当然不会到我家去，莫小梅直盯着他说，我们是地主家庭，你不会到我们家去听我反映的。

李达理没想到她会这样说。既然知道我不会到你们家去，他在心里对她说，为什么又说到这个呢？尽管他没有掉头，眼睛的余光还是看见周围人对他们的注视。他有些不自在起来，而且还有些后悔，也许不该在大庭广众下来接待她。

到我老姑家去吧，莫小梅提议说，随即又解释说，我老姑可是穷苦人，与你们这些工作队的人穿一条裤子呢。说着，她还朝他凑近了一些，但说话的声音还是那么响亮，足以让整个院落里包括屋内的人都听得清楚。我要给你仔细摆摆温世贵那些事,看他这几年是怎么欺压我的,也算是我向你们工作队来一次揭发。说完,不等他做出什么表示,便转过身,掉头往门外走去。在院门口,她又回头看了他一眼,如果你害怕我这个地主婆的腐蚀,就不要到我老姑家去好了,如果我非要反映情况,就找你们上级反映去。

莫小梅很快从门外消失了。队员们都从她远去的身影上收回目光,又齐刷刷地朝他看来。其实到这个时候,李达理还没有完全从她那些话里挣脱出身来。说实话,他预料到了莫小梅对他的纠缠,但没想到她会这么直接,竟然当着所有人的面来向他约会,而且找出的理由还那么正当。这是一个不简单的女人,他好像今天才真正感觉到,莫小梅的确不是一个简单的女人。回想过去与她在一起的那些日子里,他丝毫没有觉出她有什么心机,甚至在某种意义上还以为她没大有头脑呢。但现在看来,他对这个女人的看法实在有些错了,或者说,是这个女人这些年发生了变化,以至于让他不得不改变昔日对她的看法。如果是这样的话,那么在这十几年里,她到底发生了一些什么不为他所知的事,导致她几乎完全变成了另外一个他不认识的人?他抬起眼,目光越过队员们的头顶,望着远处天空里飘动的白云,突然被一种茫然而惆怅的感觉笼罩了心头。

队长,不知什么时候,小巩来到了他面前,试量着对他说,你真的要去她老姑家听她反映情况吗?

听了她的话,李达理才有些回过味儿,收回目光,呆呆地看了大家一眼,没有回答她的话,转身朝屋里走去。

李达理当然不会轻易回答这个问题,不管怎么说,莫小梅都是温世贵的小老婆,而他是工作队的领导,他们这样两个人去进行一次单独的约会,无论如何都不是一件轻而易举的小事,都不是他这个队长一人能决定了的。他知道大家都在等待他的答案,便更加不动声色,给人一副不曾有这么一件事的样子。他越是这样冷静,大家越发沉不住气,老崔还好些,知道该怎么样克制自己,小巩却就不行了,已经遏制不住地问过他几次了。

你觉得我该去吗?李达理故意问她。

不该。小巩不假思索地说。

李达理知道她会这么说,便不再说什么。但他又明白她不会就这么罢休。

果然，小巩想了一下又说，如果真的需要，你也不妨去一下。

你觉得有这种需要吗？李达理再次把问题丢给她。

我觉得有这种需要，小巩扑闪着眼睛分析说，我们之所以打不开局面，工作进展缓慢，就是因为对这里的情况掌握得不够，仅仅依靠韩锄头那些人看来也不行，因为我们对他们的了解比对温世贵的了解并多不了多少，谁知道他们提供给我们的情况是不是真实？在这种情况下，你的一个熟人出现了，并愿意向我们反映情况，我们有什么理由拒而不听呢？

可她毕竟是地主的老婆。李达理提醒她说。

这倒也是。小巩点点头，也一副泄气的样子。不过，她似乎想起什么来，可她自己不是说，她的出身没问题吗？

她的出身的确没什么问题，李达理再次指出说，可现在她和地主成了一家人，这毕竟也是一个事实。

如果她不是地主的老婆，小巩无奈地假设说，那情况可就不一样了。

李达理注意到了她这句话，所以在接下来的几天内，他都留心倾听街上的动静，希望外面能发生一些事，一些对扭转他们工作局面有所帮助的事。尽管他还不知道那样的事应该是什么，但他却本能地希望与莫小梅有关，也就是说，他希望即将出现的事是发生在莫小梅身上。他没有白白的期待，几天过后，小巩他们就给他传来了一个令人吃惊的消息，莫小梅突然离开了温家，提着一只包裹住到她老姑家去了。果然是莫小梅在行动了。李达理也止不住振奋起来，和老崔等人一起密切关注起了这件事。虽然他们还搞不清莫小梅这么做的真实意图，但她做出了与温世贵划清界限的姿态却是显而易见的，这是不是说她在向他释放一个信号，是她加紧实施他和她进行那个约会计划的一个步骤？经过小巩他们的调查，莫小梅的老姑叫莫大妹，就住在温家寨街上，是个善于给人牵线搭桥的媒婆。正如莫小梅所说，莫大妹家没有一分土地，所有的家产就是两间破屋，其生活来源仅靠她说媒挣来的几个小钱。由于职业的关系，莫大妹养成了好吃懒做的习惯，喜欢耍嘴皮子，不过也是个热心人，温家寨碰上什么事好像都少不了她。这个人你应该见过，小巩提示李达理说，那天在温家门口，莫小梅往外送的那个年老的女人就是她。经她这样一说，李达理也想起那个女人来。

似乎再没有什么好等待的了，虽然李达理依旧没有什么明显的表示，老崔他们却终于沉不住气了。这天，老崔把他们两个人关在屋里，与他进行了一场推心置腹的谈话。说起来，老崔是个尤为坚持原则的人，尽管是他的副手，却在某些事情上比他还要有主见，而且不大容易通融，只要他认不准的事，是很难在他们之间达成一致的。有时候李达理有些讨厌他，觉得他在身边碍手碍脚，某种程度上让他失去了自由，但有时又感到不能没有他，因为当他感情用事的时候，是需要这个人泼一些冷水甚至当头棒喝一下的。对于莫小梅邀请他与她约会或者如她美其名曰的反映情况这件事，老崔当然一直持反对态度，尽管他们没有明确地讨论过，但李达理从他阴沉的表情上就能判断出来，他心里一定会把这件事当作一次荒唐的冒险，甚至怀疑他与莫小梅有什么见不得人的勾当也说不定，所以当着这样一个人的面，李达理才不会主动和他谈论这件事，以免给自己惹下不必要的麻烦。他之所以沉得住气，还因为他对老崔过分的了解，恰是因为这个人工作态度认真，才不会轻易放过每个能给事情带来转机的机会，当然，在他那里结果永远都是重要的，也就是说，要想促使老崔下定行动的决心，就一定要在因果关系上做足文章。这一次，正是因为莫小梅把前期工作都做好了，老成持重的老崔才消除了所有顾虑，主动提出让他去下这盘棋了。

老李，老崔用格外严肃的表情看着他，你要对我说实话，你和那个莫小梅到底是一种什么关系？

其实我和她没什么关系，李达理这样说，当然知道他不会相信自己的话，所以接下来又改口说，要说有关系，也仅仅是街坊和同学的关系……

同学？老崔注意到了他这句话，你们还是同学？

我和她在学堂里上过几天学，由于她家里条件有限，很快她就不上了，所谓同学的说法也就是这么来的。

也就是说，你们是一起长大的了？

这样说就对了，李达理朝他跟前凑近一些说，说句不太文明的话，我们还真是从穿着开裆裤的时候，就在一起过家家了。

老崔也笑了一下，但旋即又严肃起来，她真当过叫花子吗？

李达理一时没明白他话里的意思，便回答得有些迟疑，关于叫花子的事……

这可是她自己说的。老崔提醒他说。

叫花子嘛，穷人家的孩子去讨饭，还不是司空见惯的事？这没有什么稀奇的。李达理一边搪塞着他，一边在心里说，小梅和他们什么不能说，为什么偏偏说起了叫花子的事？

我也是进一步向你核实一下，老崔解释说，莫小梅看来真是苦出身了？

没错，李达理使劲点头说，受地主老财的欺压，他爹先被疾病折腾死了，后来她娘又上了吊，你说这日子过得苦不苦？

老崔也随着他点头。可是，他托着下巴想了一下，又不解地问他，这样一个穷人家的孩子，怎么又嫁给地主了呢？

是呀，这也是我想不……李达理嘟囔了一句，随即又沉思起来，边想边对他说，这样一来，更说明地主老财不拿穷人当回事，想娶小老婆就娶小老婆，说他们是强行霸占也不为过，所以她才要站出来揭发他们，控诉他们，用实际行动和他们划清界限……

行了老李，老崔摆摆手说，你不用再往下说了，我和同志们商量过了，决定同意你和莫小梅去见一面……

李达理装作吃惊的样子，怎么？你们已经背着我讨论过这件事了？

老崔歉意地朝他笑一下，因为这是牵涉你本人的事，不能不背着你……你不要误会，我们这都是为你着想，为你负责。

你们做得对，李达理故作大度地说，有你们这样为我把关，我就不用担心犯个人主义的错误了。说着，他还做出感激的样子拍拍他的肩膀。

我们是这样想的，老崔也更加受到了鼓舞，用颇为激动的口气说，这次你去和莫小梅见面，当面听她反映情况，可以说是一个难得的机会，更进一步说，或许是我们打开温家寨土改工作局面的一把钥匙。

你详细说一下。李达理果真对他的话产生了兴趣，斜过头，做出认真聆听的样子。

你仔细想想，老崔兴致勃勃地说，莫小梅是从温世贵身边杀出来的一个人，最掌握老地主的情况，照小巩他们的说法，说不定她掌握着温世贵为非作歹的证据呢，这样一个人可是非常难得，并不是我们说碰上就能碰上的，所以我们要珍惜她，重视她，要让她发挥应有的作用。在我看来，莫小梅不啻是一颗重磅炸弹，能胜过韩锄头那些人十个也不止，只要她把撒手锏亮出来，从内部揭露温世贵的罪恶，老地主或许马上就会瘫成一摊泥，再也没有和我们作对的条件和资本了，那样一来，我们这次土改运动就不愁搞不成功了。

望着老崔慷慨激昂的样子,李达理不禁也热血沸腾起来,原先他还以为,老崔是一个古板的家伙,没想到他其实也是一个诗情画意的人,听了他对自己和莫小梅见面的分析和预测,他也无法不跃跃欲试,恨不能马上就去莫大妹家去见莫小梅了。

碰上这样一个人是我们的运气,老崔捣了他一拳说,老李你要好好珍惜这次机会,力争把莫小梅嘴里的情况都掏出来。

老崔你们就放心吧,李达理信心十足地拍了一下胸脯说,我向你和同志们保证,不达目的,我李达理绝不收兵。

兵还是要收的,不善开玩笑的老崔也说了一句幽默的话,我和大家还要在这里给你庆功呢。

和他谈完了话,老崔又把小巩等人喊进来,让他们出谋划策,帮他制订一些可能用得上的应急措施。李达理不能不佩服老崔,人家把他和莫小梅见面时可能出现的所有意外几乎都考虑到了,是否还在他背后采取了某些防范措施,恐怕也是极其可能的事。老崔的过分仔细让他觉得讨嫌,但为了和莫小梅顺利见上面,他没有把这种心理表现出来,还用虚伪的夸赞口气对他说,有你和同志们保驾护航,我还有什么可担心的?

所有的准备工作都完成了,在接下来的这天下午,在老崔和同志们的目送下,李达理走出村公所,迈着不大不小的步子往街上走去。他知道老崔他们的目光一直盯在他身上,直到他拐上另一条街道,由于房屋的阻挡,他们看不到他了,才会恋恋不舍地把目光收回去。于是,他只能把步子迈得不大不小,既给他们他必须去又使他们觉得他并不急于去赴这次约会的印象,从而把自己激荡澎湃的心情很好地遮掩起来。队长,他走出了很远,几乎要从他们视野里消失了,小巩却又从背后赶上来,不放心地叮嘱他说,你可千万要当心呀。李达理掉过头来,直直地看着她,似乎明白她的意思,又好像不知道她要表达什么。好吧,李达理点点头,又对她模棱两可地笑一下,便回过身,继续走他的路。看把他们搞的,他在心里说,好像我这一去真的要出生入死了似的。念叨着"出生入死"这个怪异的词,他突然意识到了一点什么,一点什么呢? 他却又不能明显地体会到,只是觉得心里怪怪的。许多年以后,当李达理回想这个时刻的那种独特感受时,才有些明白过来,那是一个预感,一个不甚明确却的确存在的不祥预感。

小巩他们早就把莫大妹的住址搞清楚了,李达理只要按着他们的指点找过去就行了。但来到莫大妹家所在的那条巷子时，他还是感到有些意外，因为他看见莫大妹就站在一个篱笆院前，两手抄在袖子里，对着他意味深长地微笑。李同志，她走到他面前，用分外亲热的声音说，我已经在这里等你多时了，你终于来了。李达理不禁一怔，在心里纳闷地问自己，她怎么知道我是到她家来的？莫大妹见他犹豫，又跟上来朝他说一句，快跟我进家去，小梅正等着你呢。李达理觉得一切似乎都被她看穿了，或者说一切尽在她的掌握中（这使他觉得很恐怖），本能地产生了一丝拒绝的想法，不能就这么按着她的如意算盘走下去。但他只是这样稍稍想了一下，就立刻打消了这个念头，算了，还是乖乖地跟她走吧，这一次见面实在不那么容易，不能再节外生枝了，不管怎么说，莫大妹都是小梅的姑姑，她的态度其实也就代表了小梅，即使仅仅为了小梅，他也不能再让这次见面生出不必要的变数了。于是，他往周围看了一眼，没有发现什么异常的情况，便也把两手收拢好，紧跟在莫大妹身后，穿过她家的院子，直朝屋门里走去。

其实李达理还没有进到屋里，就闻到一股浓郁的香味，没有经过大脑思考，仅凭着本能便一下子判断出，这是红烧肉的香味。他有些不解，难道莫大妹家里在做了红烧肉？随即又觉得不可能，那么是否他在这个时刻产生了幻觉？但当他走进屋里时，或者说走进一团扑面而来的热气中时，他才终于确认，没错，是红烧肉，这个屋子里的确漂浮着红烧肉的香味。他妈的，竟然……还没有等他把这句话说完，那团含满了红烧肉香味的热气就将他彻底裹挟了。朦胧中，他看见一个毛茸茸的影子从锅台前站起来，穿过一团团不断滚拂的热气，像一个柔软膨胀的大物朝他慢慢近前来。不要。他本能地叫了一声，想掉头逃开去。但事实证明，那仅仅是他一个不切实际的念头，真正的现实是，他不但没有掉回身去，反而迎着那个影子往前走了一步，也就是说，他离那个影子更近了。当那个热乎乎软绵绵的影子将他的身子包裹住时，他知道一切都来不及了，几乎是一霎间，他便知道自己沦陷了。我给你做了一锅你最爱吃的红烧肉。他听见那个影子在他耳边说。听了这句话，他更加清楚地知道他到这里来和她会面的结果是什么了。你这只骚狐狸。他想在心里骂一句，但出乎意料的是，他竟然把这句骂喊出声来了。听了他这句包含着爱意和感激，同时也包含着愤怒和不甘的骂，那个柔软的影子或者说那团蒸腾的热气将他包裹得更厉害了。

热气慢慢地散去也就是说他们做完了一件美好的事情后，李达理让自己的头脑清醒过来,眨动着酸涩的眼睛,总算看清了屋内开始真切起来的景象。他看见自己已经穿戴整齐,坐在坑头的一端,对着一张摆放在炕上的饭桌,具体说是对着一碗摆放在饭桌上的红烧肉,正在大口大口地吃着。而在饭桌另一端的炕头上,同样坐着一个已经穿戴整齐的人,一个脸颊上粘着一块锅灰的女人,正是那块锅灰,才让女人显得那么富有魅力。女人看着他如此痛快地吃那碗红烧肉,脸上闪耀出心满意足的笑意。当他因为大口吞吃而被噎住了喉咙时,女人便把手伸到他脖子上轻轻地抚摸。屋内就他们两个狗男女,那个引他到这里来的媒婆莫大妹早就不知隐藏到在哪里去了。老妖婆完成了她的使命,适时而知趣地退场了。

告诉我,你要向我反映什么情况?开始时,李达理还装模作样地沿着前几天那个故弄玄虚的话题问她,或者说他还想做最后一次不至于完败在她手下的努力。

算了吧?她则不想再让他做这些无谓的挣扎了。哪里有什么情况向你反映?她说得那么直接,完全不顾忌他还没有掉到地下的脸面。

他像一个真正的叛徒和懦夫一样下了很大决心,才有勇气抬起头来面对她,面对这个如此掌握了他弱点的女人。你不该对我表现得这么无情,他在心里对她说,或者说你不该对我怀有如此的深情。他似乎在说两个完全相反的意思,但他又肯定地认为它们其实是一回事儿。他看见出现在面前的这个女人已经没有一点地主婆的样子,在某种程度上又恢复了他记忆中作为一个单纯姑娘时的装扮,除了那身朴素的衣裳外,更让他注目的是她的发式,曾经盘到脑后的那个圆髻已经散开来,又恢复成一根粗长的辫子,像一条活泼的鱼儿一般在她肩膀上跳动。我喜欢这个样子,他又在心里说,她知道我喜欢这个样子,所以……这些年你是怎么过来的?他忽然有了一种重叙旧情的冲动,便不再摆出工作队长的架势,而是完全以一个故人或者说情夫的身份向她说话。

唉,她先长长地叹了一口气,就像舞台上的演员叫板一样,以让他这个观众做好聆听的准备,随即便开始了滔滔不绝的回顾和讲述,说来话长……

她说,自从他父亲和她家进行了那笔交易以后,她家就走上了败落的道路,随着她父亲莫老背的死亡,其败落的步伐像是获得了加速度,眼看着就抵达了濒临深渊边缘的地步。她母亲莫杨氏上吊后虽然被人救下来,但由于受这场变故的打击太大，又加之身体严重受损，像她父亲莫老背那样躺在炕上挣扎了一段时间后，便掉头到阴曹地府里追赶丈夫去了。说起来，莫杨氏还不如莫老背幸运一些，起码莫老背还获得了一定程度的救治，虽然没有成功，而轮到莫杨氏时，莫家已经拿不出一分钱为她看病了，只能眼睁睁地看着她去赴黄泉路。父亲和母亲死去后，家里就剩下了她和妹妹两个人。妹妹那时才只有八岁，还不太懂事呢，当然更做不了什么事，作为姐姐，她不但要照顾自己，还要保证妹妹的安全，其安全的含义在这里是指，一要不被欺负，二要不被饿死。在她们还都没有真正长大成人的情况下，要把这两条做到做好，其难度之大是可想而知的。因为她们已经没有了地，也就没有了任何生活来源，要想活命就必须向别人伸手。于是，在长达好几年的时间内，她和妹妹都是在讨饭路上度过的。为了不至于给作为一个女孩的自己惹来麻烦，她不得不把头发剪掉，把自己打扮成一个男人的模样，有时还在脸上抹上锅灰，让自己变得更加难看。但尽管这样，她们还是常常受到别人的欺负，有的人家放狗来咬她们，有的人家用棍棒赶她们出来，所以那些年里，她们难得吃上一顿饱饭。终于有一天，由于疲劳加上饥饿，她的妹妹不慎跌到了山崖下，等她费尽周折绕到沟谷里，她的妹妹已经咽下了最后一口气，从头上流出的鲜血像蛇一般爬出了很远。妹妹死去了，家里只剩下了她一个人。镇上那些曾经觊觎她很久的男人没有了任何顾忌，每到夜间都会来到她家院子里逛荡，她不得不把自己的裤腰用绳子一圈圈缠紧，再在手里握一把锋利的剪刀。在那些黑暗而恐怖的夜晚里，她几乎没有睡过一个安稳觉，有时因为突然尿急而来不及解开绳索，她会把裤子尿湿从而第二天无法外出讨饭，因为她只有那一条裤子。实在是熬受不下去了，她想到了父母和妹妹，突然便毫无来由地羡慕起他们来，如果也像他们一样到另一个世界去，既不再受冻挨饿兼被人欺辱，又可以和父母及妹妹团聚，该是多么美好的一件事呀。没有丝毫多余的犹豫，她便把那把剪刀对准了自己的手腕，毫不客气地插下去。望着从自己手上爬出了那条红蛇，她以为这次肯定要离开这个世界了，为此她的脸上浮出了许多年不曾有过的幸福笑容。她闭上了眼睛，静静地等待着父母和妹妹的到来。不知过了多久，她听见一个声音在叫自己，以为父母或妹妹来接自己了，便从黑暗中睁开了眼睛。面前果然有一个人影在晃动，等她定下神来，仔细一看，那人竟然不是她的父亲或母亲，也不是她的妹妹，但那人却让她觉得十分熟悉,那是谁呢?她辨认了好一会儿,才猛然认出来,原来她是自己的姑姑莫大妹。她觉得奇怪,不记得姑姑也死了,却怎么在地狱里和她见了面?姑姑,你怎么也到这里来了?她还好奇地问她。我今天突然想起你来了,便赶过来看你,姑姑喘着粗气说,我的老天,你可把我吓死了,怎么你……姑姑的话还没有说完,她就急不可待地接过她的话说,原来是我把你吓死了?那可就好了,我在地狱里又多了一个亲戚。她的话又把姑姑吓了一跳。你说什么胡话呢?姑姑推她一把说,好好的你不光自己要死要活的,还来咒你自己的姑姑?说着,姑姑就把她拉起来,拍打着她的脸蛋说,快告诉我,到底什么事想不开,竟然要走那条黑路?她往四周仔细看着,这哪里是地狱,哪里又有父母和妹妹的影子,这明明是自己的家,脚下分明躺着那把供她割腕的剪刀,就连桌子上那只要饭的破碗都是她自杀前放上去的样子。我没有死?她惊异而又遗憾地问姑姑。要不是我来得巧,姑姑抹了一把泪说,恐怕咱俩就真的见不上面了。到这时候她才明白,自己并没有真的离开这个世界,是这个不请自到的本家姑姑把她救了。早不来晚不来,她还在心里怨恨姑姑,为什么偏偏在这个时候来?其实她还不知道,姑姑之所以突然来到乌龙镇,或者说突然想到了她这个娘家侄女,并不是预感到她要出什么事,或者说她真的想她了,不是这样,莫大妹从来不是相信奇迹的人,也从来没有想念过娘家人,在过去十几年的时间内,她都很少回乌龙镇来,甚至她都快要把她这个娘家侄女忘到一边去了。但在这个特殊的日子里,无所事事的她却突然有了一个不多见的灵感,眼前极快地划过一个小女孩模糊的样子。有了,她兴奋地对自己说,就是她了。莫大妹知道自己又能找到发财的门路了,前些日子因没有了下酒菜而陷入困顿的她曾一度产生了绝望心理,因为她清楚地知道,能够被她派上用场的姑娘都差不多用完,周围一带已经没有可供她选择的姑娘了,也就是说,她发财吃饭的路数快要堵死了,离开了这项她所独有的技能,她不知道自己还能去干什么。总不能就这么饿死拉倒了吧?莫大妹焦急而伤感地问自己,难道一个大活人要被尿憋死不成?她绞尽脑汁思来想去一番,功夫不负苦心人,她终于记起了娘家的这个侄女。好了,她兴奋无比地对自己说,只要把她攥在手里,老娘又能把日子对付一阵子了。等把侄女领回自己的家,给她仔细梳洗打扮一番,莫大妹不禁惊讶地叫出了声,原来这个侄女竟然是一个富有姿色的美人儿呢,一霎间,她就知道从来没有过的好运已经悄然抵达了自己身边。在接下来的日子里,莫大妹便马不停蹄地开始了为侄女寻找主家的行动。这一次,她表现得尤为沉得住气,不再像先前那样四处出击,而是稳坐在家里,只是放出风声,就像一个富有经验的钓鱼者,仅把长长的钓竿甩出去,但等那些愿意上钩的人主动前来咬饵了。熟悉莫大妹的人果然都被她不同凡响的举动吸引了,怎么回事?难道她手里真的多了一张王牌不成?时间不久,有关莫大妹的侄女有倾城之貌的说法便首先传遍了温家寨,而且大有蔓延到整个莫邪山区的趋势。作为温家寨最大地主的温世贵先就沉不住气了,肥水不流外人田,温家寨的金凤凰怎么能让她飞到外边去?于是,平时吝啬惯了的温世贵这回终于大方起来,咬咬牙,将多出别人好几倍的聘礼下到了莫大妹家。一根长线果然钓住了一条大鱼。莫大妹大喜过望,决定抓住这个难得的机会,快刀斩乱麻,为这桩即将进行的好姻缘定下一个吉利日子,便风风火火地打发侄女上了轿。于是,从那一天开始,一个执意要赴黄泉路的讨饭女摇身一变成了富甲一方的地主婆,上演了一出在莫邪山里被人传为佳话的好戏。

为什么你要嫁给温世贵?他有些不解地对她说,为了不让她觉得问话过于唐突,他随即又跟上一句,难道你不知道,那是一个行将就木的老头子……

呵呵,她仰起脸大笑起来,笑声里含着一丝玩世不恭,我倒是想嫁给他年轻有为的儿子,可我到哪里找他去?说着,她就恶狠狠地看了他一眼,目光里充满不加掩饰的怨怒甚至仇恨。

他不敢看她的眼睛,急忙掉开了脸。那一刻,他心里感到了极度的不自在,好像自己就是她所说的那个儿子似的。我是说,他尴尬地朝她解释说,我是说他是一个称霸一方的地主……

地主不好吗?她毫不迟疑地打断了他的话,称霸一方不好吗?她也掉开脸,把目光看向窗外的远处,嫁给这个称霸一方的地主,起码我不再担心挨饿,起码我不再担心被人欺负。

他不能不承认,她说得也实在是那么回事,但他同时又觉得,她的话也不是无懈可击,甚至可以说充满荒谬。难道真的有奶便是娘吗?他在心里问她,同时也在问自己,如果是这样的话,那他们为什么还要革命?还要推翻这个人吃人的旧世界?具体到现在,他们为什么还来这个温家寨搞什么土地改革?还有他自己,为什么还要与他的家庭和亲人决裂,出生入死和同志们一起打天下？他们不如直接去投靠地主资本家，不如和地主资本家一起为非作歹来得更痛快。他抖动着嘴唇，想把这番道理说给她，但他又担心，不等他把这番话说完就会被她从这里，从这个暖和温馨的地方赶出去。他不想离开这里，离开她，这个他十几年来不曾放下的女人，起码现在不想。

我挨饿挨怕了，挨欺挨怕了，她忽然把目光转向他，你尝过挨饿的滋味吗？你知道受欺的感受吗？

我……他不知该怎么回答，想说知道，但又没有勇气说出来，他明白这样说的时候，她又会不客气地嘲笑他，因为在她看来，即使他现在成了共产党的土改工作队长，但在她眼里依旧是那个衣食无忧的地主少爷。是呀，一个拥有地主少爷身份的人来劝阻别人成为地主婆，岂不是一件荒诞无稽贻笑大方的怪事。他忽然对自己的身份怀疑起来，不禁在心里问自己，你是谁？你真的是共产党的工作队长吗？还是依旧是那个纨绔颓废的地主少爷？你真的背叛了你的地主家庭，成了一名心怀天下的共产党员吗？你真的有勇气打烂你曾经代表的旧社会，全心全意去建设一个与此决然不同的新世界吗？一霎间，他对自己十几年来的历史都产生了怀疑，好像一切所谓的南征北战出生入死都变成了子虚乌有的虚构，真正的事实是，他从来没有离开过乌龙镇，从来没有离开过他的地主家庭，更没有与他那些具有作恶嫌疑的亲人决裂过，此时此刻，他和他的女人就坐在自己家的豪宅内，在痛快淋漓地做了一场性事后，津津有味地吃着油脂飘香的红烧肉，而这碗红彤彤的肉里，似乎正流淌着穷苦人黏稠而苦涩的血和汗。他快被这个恐怖的幻觉攫住了手脚，一下子将那碗红烧肉推到了一边去。

怎么啦？她斜过脸来看他，你害怕了？说着，她还抬起手，想擦拭一下他脸上冒出的冷汗。

他猛地抓住她的手，瞪大眼直直地盯住她，告诉我，你到底是谁？他的意思是说，她到底是什么人。

你愿意我是谁，她也把身子凑近他，迎视着他的目光说，我就是那个谁。

你是一个地主婆？他试量着指出说。

没错，她点点头说，我就是一个地主婆。

他松开她的手，把自己空出来的手拍到头上，你为什么不是那个讨饭女？

如果你愿意我成为讨饭女，她想了一下说，那你就把我重新变回一个讨饭女好了。

他站起来，趿上鞋子，在炕前焦躁地踱起步来。我真的要把这个女人变回讨饭女吗？他在心里问自己。

她没有离开炕桌，也没有看他，只是把那碗他快要吃光的红烧肉捧到手里，呆呆地看着。真好呀，她自言自语地说，当我是个穷人家女子的时候，你是地主家的少爷，可当我成为地主的老婆时，你却又变成了土改工作队长……

他无法再听她说下去，突然停住脚，目光灼灼地看着她，看着这个让他如此心疼的女人。你要让我怎么样？他咬牙切齿地问她。

她摇了一下头说，我没有让你怎么样？由于摇得过急，挂在她脸颊上的泪水滴落在碗里，发出啪嗒一声轻响。

他再也忍受不住了。告诉我，他在桌子上拍了一下手说，你到底要我干什么？

到这里，她终于知道这场游戏不能再这样玩下去了，一切似乎都已经山穷水尽，或者反过来说水到渠成，该到改变一下两个人之间氛围的时候了。她抬起头，用毫无表情的目光看着他。好吧，她点点头说，你就告诉我吧，你到底要把温世贵怎么样？

你终于露出你的狐狸尾巴了。他在心里对她说。他闭了一下眼，还是不甘心地又问了一句，尽管也知道问得实在有些多余，是温世贵让你这么做的？

她没有回答，只是耸耸肩膀，嘴角不易察觉地浮出一丝惨笑。

他实在受不住她的笑，再次毫无必要地问她，那你告诉我，这个温世贵到底是个什么样的人？

你那么想知道？她用眼尖挑了他一下。

其实他哪里有这样的心思。说实话，尽管从来到温家寨后，他还没有见过温世贵的面，但不知为什么，却又觉得对他是那么熟悉，好像早就见过无数遍了似的，有时候甚至觉得，那家伙就像自己的父亲一样让他感到迷恋，所以置身在以温世贵为代表的富贵势力的笼罩下，他就像回到了乌龙镇一样，回到了自己的家里一样，这恐怕就是他一直在这里打不开工作局面的致命原因。我想知道,他不由自主地让话语违背自己的意志说,他到底要我怎么样? 等说出了口,他才又强烈地意识到,这根本不是自己说的话,而是一个遮蔽在黑暗中的魔鬼在替他说话。

哈哈哈。一阵如蝙蝠、老鼠或狐狸的叫声相似的笑突然响起来。

他惊惧地抬起头,看见她其实闭着嘴巴,并没有发出任何声息,这样怪异的笑声当然不是她所能发出来的。于是,他便把目光转到了门口,不用再多想,他似乎就知道是怎么回事了。是你自己把魔鬼引诱出来了。他悲伤而绝望地对自己说。这一刻,他清楚无比地知道,随着那个阴险狡诈的魔鬼也就是老地主的出现,他也必将毫无选择地伸出手去,接住他长满黑乎乎乱毛的爪子……

<h1 style="text-align:center">三</h1>

这么多年过去了,李达理几乎快要忘记了他曾经是一个饕餮综合征患者这件事,当医院里的专家告诉他那条名叫“饕餮”的虫子依旧在他肚子里时,他就像头一次听说一样惊讶得目瞪口呆。

李达理之所以快要把这件事忘到了脑后,是因为他在去温家寨参加土改后的日子里,曾经一度纠缠着他的对红烧肉的欲望开始减弱,尤其是新中国成立后,一个个思想改造运动经受下来,他简直快要对那种美食是什么滋味都想不起来了。事情还真的要从那次参加土改说起,由于他立场不够坚定,没有抵挡住阶级敌人具体说是地主婆莫小梅的糖衣炮弹,一碗香喷喷的红烧肉当然更有莫小梅同样香喷喷的肉体就让他麻痹了思想和手脚,掉进了老地主温世贵挖好的温柔陷阱,从莫大妹家里出来时,他竟然打着弥漫着红烧肉气味的饱嗝,信誓旦旦地对他的土改对象温世贵和莫小梅说,放心吧,有我在这里,工作队是不会为难你们家的。是的,温家像他家一样如此完美的院落和房屋,他又怎么忍心把它当成胜利果实分掉呢? 事情当然不会按照他这种不切实际的愿望发展下去,他还没有来得及把他的意图贯彻给工作队,老崔他们就把他和地主相勾结的情况向上级做了汇报。很快,他便被撤销了土改工作队长的职务,并调离温家寨工作队,到另一个地方去学习改造。这次失误成了他一个不算太小的历史问题,一个永远抹不掉的历史污点,几乎每次群众运动,有人都会揪住这件事不放,尤其是在“文化大革命”中,造反派一再批斗他,让他仔细交代他和地主婆共吃红烧肉的反动罪行,那些日子里,他只要一听到"红烧肉"三个字,他的眼前就发黑。在这种情况下,他哪里还敢想什么红烧肉?就是真把一碗香气四溢的红烧肉摆在他面前,他也没有了吃的念头。这样一来,尽管他减少了一种生活的享受,却同时让自己变得心安起来,起码他不会再在工作中因为嘴馋以及生活作风问题犯下错误,当然更重要的是他不用再担心自己是一个饕餮综合征患者了,有一度,他还给自己的"不治而愈"找出一个貌似合理的解释,认定是那次肠子被炸烂,卫生员把别人的肠子塞到了他肚子里时,顺便把那条可恶的虫子清除出去了,所以,虽然他会隔三岔五地受到批评甚至批斗,但他却睡得坦然踏实,两手放在肚皮上,从来不觉得里面有什么不对劲儿。

但李达理没有想到,一切都不过是靠不住的错觉而已,那条名叫饕餮的虫子竟然从来没有离开过他的肚子,那次受伤并没有把它也从他身上弄走,尽管他把自己的肠子都扔掉了,在他以为自己成了一个健康的人时,那条虫子,那条名叫饕餮的虫子,那条据说是龙的儿子的虫子,却安静地待在他的肚子里,做出一副冬眠的假象,其实正在暗暗蓄积着力量,等待一个时机的到来,张开大嘴,以比先前凶猛十倍、百倍的力量,吞噬他身体内一切富有价值和营养的东西……想到这里,他不禁打了一个激烈的寒战。那一刻,他甚至后悔起来,后悔来医院做什么健康检查。

其实,这次健康检查,是上级对他们这些恢复工作的老干部进行重点关怀采取的一个措施。正像领导说的那样,他们这些人在"文化大革命"中吃了苦,受了罪,现在要拨乱反正,要落实政策,首先就要在工作上、生活上给予应有的照顾,以便卸下包袱轻装上阵,在新的长征路上发挥余热,为革命做出最后的贡献。工作上的照顾已经体现出来,前些日子,他被任命为新成立的计划局的局长。才走马上任没几天,生活上的照顾就又接踵而至,对他这样级别的老干部做一次全面的健康检查,以保障他们在今后的工作中没有后顾之忧。上级对这次检查很重视,专门指定了医疗条件最好的医院,从各医疗单位抽调了最有经验的专家医生,组成一支浩浩荡荡的医疗检查队伍,他们那几个被检查者刚一走进医院,就被他们像接待贵宾一样团团围住了,那一刻,他这个才从干校劳动回来不久的家伙,就像一头刚离开虎狼群落的老牛走进了羊马队伍,一方面觉得惬意无比,一方面又有些手足无措。

检查还没有开始，院长就匆匆从楼上的办公室里下来了，上前逐个和他们握手，用无比亲切的口气说，欢迎老领导莅临我院指导工作。尽管他说得有些不伦不类，但他们这些爱慕虚荣的老家伙听了还是感到高兴。院长曾经做过李达理的部下，所以对他尤为恭敬，和别人握手是用一只手，轮到他时两只手都用上了。老局长，您可好呀？他频频摇摆他的手说。

你还亲自过来了，李达理不免有些歉意地说，干吗搞得这样兴师动众，让我们……

老领导不用客套，院长急忙打断他的话说，这是我们应该做的，再说，上级十分重视这次检查，我也不敢掉以轻心呀。

李达理看着那些多出他们这几个被检查者无数倍的检查队伍，心里依旧有些不安。

院长看出了他的心思，又微笑着安慰他说，老局长用不着多想，你们这些老革命是国家的宝贵财富，却在"文化大革命"中受到了不公平的对待，现在一切都走上了正轨，我们还能不好好地对待你们，让你们在今后的生活中得到一些应该得到的享受吗？

听了他后面这句话，李达理觉得有些不是滋味，便不客气地纠正他说，不是为了享受，而是为了更好地工作。

对对，院长赶紧点头，并涨红着脸向他赔笑说，还是老局长理解得正确，我一定要好好地领会学习。

李达理不想再和他耽搁时间了，便朝他摆摆手说，好了，让他们给我们做检查吧，你不用陪在这里，上楼去忙你的事吧。

给老领导们做好检查就是我今天要做的事。院长一边回答他的话，一边安排医生护士们开始工作。他先被两个年轻的护士引导着，朝一间门牌上标有"血检室"的屋内走去。院长指示那两个护士说，你们一定要照顾好老领导呀。他这样一说，那两个护士不敢怠慢，伸手从两边搀住他的胳膊。他这才注意到，这两个护士不仅十分年轻，而且格外漂亮。他不禁在心里嘀咕，他弄得这些人哪里是护士，分明是演员嘛。虽然被人搀扶着让他觉得不自在，但由于搀扶者类同演员的漂亮，他还是很快便感到了舒服和惬意。

血检、血压、心电、B超、核磁、胸透……逐个项目检查下来，他们被折腾得有些疲惫，又被护士们搀回到会客室内休息。院长并没有走开，而是一直热情地陪在他们身边，在这个被检查者面前站站，又赶到另一个被检查者身边，也忙得一头汗水，刚要坐下来陪他们说几句话，却又被一个护士叫出去了。过了一会儿，院长回来了，径直走到他面前，伏下身，把嘴凑到他耳边，低下声音说，老局长，我们的一位医生要和你说几句话好吗？

和我说话？李达理怔怔地看着他，和我说什么话？

这个……院长抬起头，朝其他几位被检查者看看，有些为难地搓了一下手，也没什么……只是随便聊聊……

聊聊？李达理觉得有些不对劲儿，不会只是聊天吧？心里便有些发怔，是不是发现什么问题了？

不不，院长摆摆手说，不是什么问题……说到这里，他颇为费劲地咽了一口唾沫，又改口说道，起码不是您想象得那么回事……

我到底怎么了？李达理有些不耐烦。

要不……院长抹抹头上的汗说，要不还是请老局长到我们的医生那里……

在他们说话的时候，其他被检查者都掉过头，用含义不同的目光朝他们打量，好像李达理出了什么大问题似的。他不想被他们胡乱猜测，终于有些坐不住了，便站起来，跟在他身后，出了会客室，朝走廊另一端的一间屋走去。一路上，院长都不时地回过头，朝他歉疚地微笑一下，一副欲言又止不知说什么好的为难样子，好像即将进行的这场谈话是他的过错似的。这越发让他感到了不安。

进到那间屋里，一个像猴子一般精瘦的中年医生站起来接待他们。在刚才的检查中，李达理已经见过这个人了，那时他并没有对他有什么异样的表示，怎么现在却把注意力转移到他身上来了？莫非他什么地方真的出现了问题？院长向他介绍，猴子是他们医院最负盛名的内科医生，曾经留学过苏联，最近医院正打算把他送到美国深造……我不想听这些没用的东西，李达理打断他的话说，快给我说吧，到底是怎么回事？

看他急不可待的样子，院长便朝猴子招了一下手。其实猴子早就要对他表达什么了，一见有了机会，马上郑重其事地对他说，您知道吗？您是一个饕餮综合征患者。

饕餮综合征……患者？李达理不免吃了一惊，尽管一到这间屋里来，他就对这种情况充满了预感，但还是像第一次听说一样感到了诧异。一霎间,许多年前与那个被他俘虏的医生进行谈话的情景又出现在了眼前。

也就是说,猴子用急促的语气说,您的肚子里有一条叫作饕餮的虫子……

听他说得这样直接,院长可着嗓子咳嗽了一声,及时截住了他的话。是这样,院长朝他笑了一下,选择着合适的语句说,这是一种发端于肠胃的……小病……也没有什么大不了的,得寄生虫病的人不是多得很吗?所以……

其实李达理又哪里用得着他对自己解释?对于自己是一个饕餮综合征患者这件事,怕是早在院长还没有来到这个世上时他就知道了,但这么多年下来,李达理竟然一度把它忘记了,或者说以为自己已经痊愈了,哪里又能想到,那条叫作饕餮的虫子居然一直没有离开过他的肚子,在蛰伏(或者说休眠)了许多年后,现在又要睁开眼来折磨他了。

见他陷入了沉思,猴子以为他不知道这种病是怎么回事,或者说根本不相信这件事,便有些发急,抓起桌子上的一张 X 光片,晃摆着举到他面前,您看,光片上清晰地表明,那条虫子就在您的肚子里,具体说就在您的肠子里……

听他说得愈发赤裸了,院长狠狠地瞪了他一眼,把光片从他手里夺过去,又放回桌面上,转过头来,用尴尬而歉疚的目光看着他。老局长,他颤抖着嘴唇说,这只是我们检查的一个结果,说不定也并不那么准确,还需要进一步……

李达理呆呆地看着那张像变魔术似的在桌面上起来又倒下的光片,脑子里一片空白。说实话,开始时他并没有发现那张光片的存在,随着猴子的一个手势,它竟然一下子出现在了他面前,但随着院长的又一个手势,它又奇迹般地消失了。他吃力地抬起手,使劲拍打了一下脑袋,尽力使自己镇定下来。看来有这张光片的佐证,他是一个饕餮综合征患者这件事是毋庸置疑的了。你们可真是残酷,他在心里骂道,那个俘虏起码还给我留下了一丝存疑的可能,现在你们可要让我没有任何拒绝的理由了。这一刻,他真的后悔来做这个什么健康检查。

猴子看看院长,小心地询问李达理说,在这之前,您不知道自己是一个饕餮综合征患者吗?

李达理没有回答他的话,而是把目光盯着那张躺在桌面上的光片上。

我能看一下它吗？他问他说。这时他也不知道自己说的"它"到底是指那张光片，还是指光片上的那条虫子。

猴子把光片拿起来，隔着桌子朝他递过来。但院长再次半路出击，一下子把光片夺过去，放回了桌面上。这种片子，他摇晃着头说，老局长怕是也看不大懂……他吃不准这样说是否合适，脸面不禁又有些涨红。

李达理知道他是怕自己被那条狰狞的虫子吓住，所以才顶着冒犯他的风险拒绝了他的要求。其实他又哪里愿意看到那条该死的虫子？见他执意不让自己看，也便顺水推舟地说，好吧，既然你们不让……那就……他站起来，做出了往外走的架势。

老局长留步，院长走过来，把他按回座位上，用征询的口气小心地说，是不是让我们的医生开一些药服用一下，也许能……

这个不是没有什么好办法吗？李达理反问他说。

院长愣了一下，掉头和猴子交换了一下眼神。这时候，他们都明白他早就知道自己是这样一个患者这件事了。过去是对它没有什么办法，院长又对他解释说，现在好了，医学界已经找到了一些对付它的方法。

李达理依旧不知道他说的"它"是指病症还是指那条虫子。你们能杀死它么？他径直问道。

这个……恐怕暂时还不能，猴子摇摇头说，不过，那些药能有效控制它的生长……

算了。李达理摆摆手说，继而在心里嘟囔，它都在老子的肠子里长了几十年，还用得着你们现在来控制它的生长？他再次站起来，转身往屋外走去。他在门口停住脚，又回身看着他们。那条虫子，他朝自己的肚子指了一下，真的叫饕餮吗？

医学界习惯上这么称呼……猴子回答他说。

它真的是龙的儿子吗？李达理继续问他。

这个……猴子为难了，这个只是一种……

李达理当然并不期待他能真的回答这个问题，便掉转身，磕磕绊绊地往走廊里走去。

老局长，院长一溜小跑着赶上来，您不要有什么压力……其实患这种病的人多得是，他们都生活得十分……

李达理用不到他这样费尽心思地安慰，便摆摆手，头也不回地继续往外走。直到来到了门厅里，他的秘书小曹从外面迎上来，像那些漂亮的护士那样搀扶着他，院长这才停住脚，默默地看着他离去。见到他走得有些跟跄，小曹不解地问他，怎么啦局长？发现什么问题了吗？

李达理摇摇头，没有朝她说什么话。他似乎本能地知道，除了那些该死的医生之外，他是一个饕餮综合征患者这件事是不能轻易让他人知道的，尤其是不能让本单位的人知道，不然也许他就不能正常工作了，而对于工作他又是多么渴望，他不能在刚刚恢复工作的情况下就住进医院去。反正它已经在他肚子里待了那么多年，也没有让他因为它的存在而怎么样，还怕它再继续在他肚子里待一段时间吗？这样一想，他便有些放松下来，刚才的一些不适症状，比如似乎一度感觉到它在肚子里搞出的动静，也很快消失了。没什么，他淡淡地朝小曹说，一切都很正常。

只要正常就好，小曹乖巧地附和他说，您健康了，才是我们大家的福气。她把他扶进轿车里，吩咐司机开车。这时天已经不早了，小曹没有安排他到单位去，而是让司机把车开回他家来。他没有提出反对意见，回家去休息一下也好，反正这一天他也没有多少心思上班了。

恢复工作后，上级部门也重新给他安排了住房，是一个单独的四合院，居住面积足有二百平方米，对他们老两口来说可算是绰绰有余了。负责安置工作的人员告诉他，这是新中国成立前一个资本家留下的宅院，收归政府后，一直作为一个街道办事处的办公地点，如今他们也搬出去了，便暂时把他安置在这里。等有了更好的房子，安置人员告诉他说，再给您老重新调整。他连忙回答说，不用了，这不已经很好了吗？他说的是真心话，在搬到这里之前，他无论如何没有想到有一天真能住上这样宽敞的房屋，尽管自打他从那个地主家庭里逃离之后，始终没有放弃过对巍峨豪阔宅院的向往，但在一个又一个的思想改造运动中，他却很好地把这种据说是腐朽堕落的意识和观念压抑在内心深处，从来没有让它见过天日，所以也就一直以为，他这一生是不可能拥有那样巍峨豪阔的宅院了，也就是说，当他逃离了他的地主家庭后，也就注定不会再有回头路好走了。但与此同时，他又朦胧地感觉到，压抑在他内心深处的那个念头却并没有随着时间的流逝而彻底死灭，就像那条一直暗伏在他肠子里假寐的虫子一样，当合适的时间和机会到来后，它就会苏醒过来，以比过去疯狂无数倍的力量蔓延生长。所以，当他搬进这个在某种程度上也可以称作巍峨豪阔的宅院时，他的心脏狂跳不止,为最终有了这样不一般的居住条件而欣喜若狂。当然,随即相伴而来的也有一种隐约的不安,是呀,毕竟他现在的家庭只有他和妻子两个人,儿子和女儿都有自己的住房,他们夫妻两个人住在这样宽敞的宅院里,是不是有些过分? 是不是脱离了群众? 是不是超越了标准? 他知道,这个时候其他像他过去那样无权无势的人是全家几口人一起挤在几十平方米的地方,而他现在仅和妻子两个人却……但他随即又想,这并不是他自己非要这样做不可的,而是领导部门的安排,是拨乱反正的结果,是上级对他们这些吃过苦受过罪的人的关怀……想到"吃过苦受过罪"这几个字及它们所包括的含义,他便禁不住变得坦然起来,是呀,他们吃苦受罪革命一辈子又为的什么? 难道到老了还不能稍稍享受一下吗? 如果再继续吃苦受罪下去,那他们到底为什么要打天下呢?

打发走小曹和司机后,李达理走进家门,穿过院落的甬路,跨上正屋的台阶,正要推门,却听见屋内传出一阵说话声,好像是一男一女两个人的声音,不禁有些愣怔,按说,这时候家中只有他妻子一个人,而她由于中风只能或躺或坐在卧室内,可现在的说话声却是从客厅里传来的,而且他听出来,它们不是他所熟悉的声音,也就是说,这有男有女的两个说话人不是他的家人,比如他的儿子儿媳或女儿女婿,而是他所陌生的其他什么人。他便有些疑惑,是谁到他家来了呢? 听声音,那个男声他好像听到过,那个女声却就万般陌生了,他们到底是谁呢?

进到了屋里,李达理还没有看清里面的情景,一个男人就迎出来,像他的秘书小曹那样挽住了他的胳膊。老局长,他用十二分亲昵的声音和他打招呼说,您回来了。李达理眨巴了几下眼,才勉强认出来,原来他是来自老家那个县里的官员孟县长。小惠,孟县长一边把他往沙发里挽扶,一边回头对一个女人说,这就是我给你说的李局长。

在他和孟县长打招呼的过程里,那个叫小惠的姑娘一直站在他们身后,两手牵在衣角上,微微地低着头,有些不知所措地朝他们打量。听到孟县长叫她,才赶紧来到他们面前,涨红着脸朝他叫了一声,李局长……她的声音不大,却很甜腻,简单地和他打完了招呼,便又朝后退了一步,一副不显山不露水的样子。

李达理朝她点点头,在沙发里坐好,又把目光转向孟县长。他想起来,在他担任计划局长的短暂时间内,这个孟县长已经来找过他三次了,第一次来时,他说代表老家的人来看望他,并没有说到其他什么事情,只留下一些礼品便匆匆告辞了,他未免觉得奇怪,因为在此之前,他从来没有和家乡的人有过什么联系,当然更不认识这个县太爷了,他知道事情不会这么简单,如果没有什么要办的事,人家是不会主动与他联系的;果然,到第二次来时,他才代表县里向他提出要求,希望他能在对下面的计划指标中向他们县倾斜一下,具体说是批一个条子,可因为这个条子牵扯的数额太大,他刚刚上任,不想承担过大的风险,便婉言拒绝了。他以为事情就这样过去了,没想到他却第三次找到了他,而且还带来了一个陌生的女人,不知这一次他又要干什么。

孟县长好像知道他的心思似的,便朝他指一下那个站在一边的姑娘,乐呵呵地对他说,老局长,我这次把人带过来了,您看看还合适吗?

把人……带过来了?李达理似乎没明白他的话,怎么叫"把人带过来了"?尽管他心里疑惑不解,还是顺着他的手势把目光转向那个姑娘,再次打量了她一眼。叫小惠的姑娘注意到了他的目光,不禁又低了一下头,神情里含着明显的羞涩,好像他看她的目光不怀好意似的。怎么回事?他回头对孟县长说,这是怎么回事?

我上次不是说过了吗?孟县长微笑着朝他解释说,阿姨身体不好,需要一个人照顾,我说我回去在老家给阿姨物色个保姆,也好把老局长从家务中解脱出来,专心致志地干好工作,所以回去后我就……

李达理蹙紧眉头,想了好一会儿,似乎才想起有过这么一回事儿,或许当时他并没有把他的提议当真,也就没有明确地表示反对,没想到这才不多几天,他竟然真的把人领到这里来了,这实在有些出乎他的意料,其实他并没有打算请什么保姆,虽然妻子需要他的照顾,可有儿女们隔三岔五地前来,再加之她还能在某种程度上料理自己,所以他一直没有真的去找什么保姆,即使要找,也可以在他所在的这个城市里找,那样还能根据他一家人的喜好挑选一下,这样被别人从遥远的老家送来一个,不免给人一种要他们收留这个不为他们所熟悉的姑娘的嫌疑。其实他也明白,孟县长之所以这样做,当然不是强迫他们接受这个叫小惠的姑娘,不仅不是这样,里面倒是暗含了讨好他的成分,或者干脆说是向他行贿也说不定呢。意识到这一点,他心里不禁有了些警惕,再次注目孟县长包括那个姑娘的眼光也不同先前了。

孟县长自然不愿意他朝这个方面想，赶紧朝他表明态度说，老局长不要误会，我们这个小惠本来是要出来找活干的，无意中听说了这件事，主动要求进城来照顾阿姨，我之所以答应了她的要求，也是为了给这个孩子找一个饭碗，算是我这个当县长的顺便帮群众办一件事情。说到这里，他把脸转向姑娘，是不是这样小惠？

小惠赶紧点点头说，是呀，我正为找不到干活的门路发愁呢，多亏遇到了县长，也省得我再到处乱跑了。说到这里，她又急快地看了李达理一眼，看样子要等待他做出决定了。

李达理还没有开口，孟县长又朝他凑近了一下说，当然，如果老局长觉得她不是那么合适，完全可以让她回去，我再给她想别的办法。说到这里，他也掉转头，朝卧室的门口看了一眼，至于阿姨这里，我也会再想办法的。

听他说得如此八面玲珑，李达理便不能不佩服这个县长的办事能力了。既然他明白了小惠到他这里来的意图，就不能不仔细地注意她一下，自从看到她以后，他还没有认真地打量过她呢。他这才发现，这个小惠实在是个长相标致的姑娘，不仅模样俊俏，而且善于眉目传情，神色里透着不多见的聪敏，比那些善解人意的女护士也差不到哪里去，不由人不喜欢，尤其脑后那条乌黑的辫子格外吸引他注目，恍惚间，他觉得那就像一条活泼的鱼儿在她脖子里跳荡，一幅似曾相识的景象似乎出现在他眼前……当然，作为一个即将走马上任的保姆，光有美丽的面目和独特的风姿还是不够的，他也不能仅仅这样来要求她，更重要的还是她工作具体说照料别人和做好家务的能力。于是，接下来，他便很自然地把目光转到了她的手上，正如他的预料，她果然也拥有一双纤细、白皙的手，每根手指都疏密有致，弯曲有度，透出了难得的灵巧，没错，那一定是两只干活的好手。按说，这样一个相貌和才艺俱佳的姑娘他应该毫不迟疑地留下来，但不知为什么，这一刻他内心却感到为难起来。事情不会那么简单，他瞥一眼坐在他身边的孟县长，在心里再一次警告自己说，事情绝不会像他自己表明的那样简单，说不定这真是一个用美色行贿的案例呢，一上任就让他碰到了这种事，他一时有些不知道该怎么办，既然已经想到了这件事中可能存在的陷阱因素，那他的第一个选择当然就应该是回绝，把一切风险都扼杀在摇篮中，以免为以后的变故埋下祸患。于是，他没有再做什么犹豫，便毫不客气地对孟县长说，谢谢你的好意，我这里并不需要保姆。

听了他这句明确无误的话,有所期待的孟县长并没有如他想象的那样表现出失望的神情,依旧笑眯眯地对他说,老局长就不用客气了,您的情况我还不知道吗……

李达理不高兴地打断他的话说,你知道什么?

听他这样说,孟县长才收起了脸上的笑意,尽管他心里有些紧张了,但从表情上看还是不动声色。老局长是不是觉得小惠不合适?他打量着他说,要不要我回去换一个过来?

听他说得如此裸露,李达理越发有些愤懑。谢谢你们的好意,他耐着性子说,我什么都不需要,你们就不用再费什么心思了。说着,他便站起来,做出了逐客的表示。

李达理以为自己的意思已经表露得十分清楚了,但奇怪的是,并不愚钝的孟县长却依旧坐在沙发里,虽然有些艰难,但脸上还是保持着平静的神色,似乎还对以下的什么有所期待。李达理有些不明白,到底还有什么事情值得他期待呢? 一时间在心里笑话起他来,好像他今天的事情真的搞砸了。

但接下来发生的事实说明,这位看起来天真幼稚的孟县长实在是一个老谋深算的家伙,不怪他一味地坐在沙发里不动,其实这场戏还真的没有演完呢。随着一句"不要让她走"的话声响起,一个原本居于幕后的角色开始上场了。这个突然加入演出的演员就是他的妻子,一个坐在轮椅里的半老女人。

不要让她走,妻子一边艰难地捻动车轮,一边急急地朝他叫喊,我已经看好小惠了,就把她留下来吧。

看到妻子的影子,李达理在呆怔了一下后,突然间意识到,原来自己不在家的时候,他们已经和他的妻子达成了协议,或者说,他们在他不在场的情况下已经买通了他的妻子。真好,他闭了一下眼,禁不住在心里对他们说,你们干得实在是出色。他只好坐回沙发里。这时,他又无意中瞥见了孟县长的表情。不知什么时候,孟县长那张白白的胖脸上又浮出了眯眯的笑意,而且比刚才笑得更意味深长了。李达理把手搭在头上,不想再朝那张黏腻的脸上看一眼。

说起来,李达理并不讨厌那个叫小惠的姑娘,甚至从某种程度上说他还有些喜欢她呢,虽然那天他才是第一次看见她,却本能地觉到了她的可爱,似乎比那些漂亮的女护士还要来得强烈,也比乖巧的秘书小曹来得更为直接,虽然他还不了解小惠的情况,但仅仅喜欢就觉得足够了,况且这种喜欢还同时来源于他的妻子,接受她在他家住下来甚至在某种意义上成为他的家人也就顺理成章了,所以在以后的日子里,小惠都在他家待得很牢稳,就像一棵移植到此地的小树,已经把根须扎进了他家宅院的土地上,孟县长临走时说过的"试用"之类的话,早就被他当然还有妻子忘到一边去了,好像小惠一旦被留下来,便没有了再被他们赶走的可能。

事实很有说服力地证明,他们对小惠的收留是一个多么正确的选择。和他还有妻子的预料差不多,小惠是个聪敏、贤惠的姑娘,不仅头脑好用,会看眼色,往往他和妻子还没有说出什么,仅仅是一个眼神或者一个手势,她就知道他们的意思了,赶紧奔跑着去办;而且手脚勤快,会干全活,不论照料妻子的起居拉撒,还是家务中的洒扫庭除,样样拿得起放得下。尤为可贵的是,她不但全心全意地照顾妻子,还连带着把他也一起照顾了,照顾妻子是她的分内之事,而连带着照顾他,便给了他更多意外的惊喜。每天他从单位回到家,她就忙着给他换拖鞋、倒茶水,有时还把报纸递到他手里,有一回睡觉前,她竟然把一盆洗脚水端到了他面前。他没想到她会这样做,一时有些不好意思,也有些难以接受,很长时间都没有把脚泡到水里。你为什么要得到这样的待遇?他在心里问自己,小惠不是下人,你也不是老爷,有什么必要让这种不公平不平等的情况出现在你们之间呢?在他进行思想斗争而拿不定主意是否接受这盆洗脚水的时候,小惠却因为水变凉了又换了一盆热水进来,再次放到了他脚前。他看出来,如果他不把脚泡到水里,她会一直把水这样换下去。他不得不妥协了,乖乖地把脚放到了盆里。为了小惠的一片好心,他在心里安慰自己说,他不得不这样做。那一刻,他似乎又回到了几十年前,回到了他在他的地主家庭里当少爷的时候,是呀,那时他曾经接受过下人们如此这般地照顾,但很快,他就从这种衣来伸手饭来张口的寄生虫状态里挣脱出来,毅然脱离那个黑暗没落的家庭,走上了依靠两手打天下的革命道路,但让他想不到的是,几十年后,或者说绕了一个圈子后,他竟然又像在地主家的时候那样开始接受起了别人的照料,更要命也更使他不安的是,随着他的一双脚板泡进那盆热水中,他竟然感觉到了几十年没有感觉到的舒适和惬意,他闭上眼睛,罪恶地在心里叨念了一句,久违了。那一刻,他的眼角流出了湿淋淋的泪水。他不知道那些泪水到底是感动,还是愧悔,抑或是别的什么。

有了第一次,自然就会有第二次,既然已经开了头,那就没有再湮没的可能。在接下来的那些日子里,小惠不仅再给他端洗脚水,而且也像对待他妻子那样照顾起了他的生活起居,或者换一个说法,当他还没有起床的情况下,小惠会十分随便地进入他的卧室,哦,他和妻子不住同一间卧室,他单独睡一间屋已经很多年了,当然,小惠一大早进入他的卧室,并不像别人以为的那样,好像她和他发生了什么私情似的,不,不是这样的,而是他的衣食住行由小惠来为他打理了。还是小惠那句话表达得更为清楚,你在单位里有小曹照顾,在家里就由我来做这些事吧。听了她如此动听的话,他还有意和她打趣说,看来你也是我的秘书了。小惠接口说,就算我是你的生活秘书吧。他想了一下她的话,觉得还真是那么回事,也就认可了她的说法。有一度,他为自己拥有两个秘书而悄自得意,相比较而言,那些与他同类级别的官员却仅有一个公配的工作秘书而已。当然,这只是他出于虚荣对自己开的一个玩笑罢了,并不怎么拿着当回事。尽管这样,有些时候他还是会无来由地陷入内心的痛苦中,好像他接受的这一切包括那个玩笑都是那么不应该,都距一个真正的共产党员的标准十分遥远,甚至说都包含了一定程度的罪恶成分似的。他告诫自己,不要再接受别人尤其是小惠的照料了,不然他就会离腐朽堕落的境地不远了。但回到家来,尤其是当小惠为他脱掉鞋子,把他一双胀疼的脚板按到热水里,并对每个脚趾关节进行细致按摩的时候,他闭上眼睛,快意地享受着这一切,又不能不在心里说,算了,不要再管什么思想、什么认识、什么觉悟了,一切都没有这种浸入心肺的享受来得实际、来得深刻、来得久远。他妈的。他甚至恼恨地叫骂了一声,越发把身子更舒展地躺下去。他不知道在骂谁,他只是对所有的一切都不管不顾了。

有小惠这样一个人在身边,李达理觉得自己的生活越来越好了,这使他不断地想到他在乌龙镇的日子。有一天,他回到家来,刚走进院子,就闻到一股浓郁的香味,那真的是一种久违了的美好味道,不用怎么思考,他就凭着本能判断出,那是红烧肉发出的独特气味。他脑子里一浮现出"红烧肉"这几个字,涎水就立刻从他嘴里流出来,吧嗒吧嗒地掉到了地上。他似乎朦胧地看见,那条隐伏在他肠子里的虫子从昏睡中苏醒过来,在打了一个长长的哈欠后,急快地张大嘴巴,一条长满倒刺的长舌通过他的食道爬上来,像一只有力的手掌,就快要伸到他口腔外面来了。红烧肉,红烧肉。他念叨着这个如此让他欣喜的名字,跌跌撞撞地攀上台阶,撞开厨房的门板,一下子扑了进去,扑进到一团弥漫着红烧肉香味的雾气里。

没错,红烧肉的气味是从他家厨房里飘出来的,也就是说,在他家的厨房里,有一个人正在锅灶前做着一味美食,它的名字叫红烧肉,而那个做着红烧肉的人,那个在雾气中时隐时现的苗条身影,除了是他家的保姆或者秘书小惠外还能是谁呢?小惠……他呆呆地望着那个熟悉的美丽身影,尤其是那条在她身影上像鱼儿一般跳来跳去的辫子,一时间,他似乎回到了数十年前,具体说是他在温家寨的时候,他正在一个叫莫大妹的女人家里,面对着另一个叫莫小梅的女人,一个身份为地主小老婆的女人,面对着她在那个冬日的屋内为他——一个土改工作队的队长做一碗红烧肉的情景……你是谁?他抹抹眼睛,对着面前的那个身影,那个他不知道是地主婆的莫小梅还是他家保姆的温小惠,惊诧地叫了一声。

她缓缓地转过头来,用含义不明的眼神看着他,嘴角浮着一缕似有若无的笑。我是小惠呀。她这样对他说。

你是莫小梅的女儿?李达理几乎脱口而出。这一霎,他已经认定了,这个叫小惠的女人除了是莫小梅的女儿之外不会再有另外的什么身份了。

我不姓莫。小惠摇了摇头说。过了一会儿,当他要对她指出什么的时候,她忽然又说,没错,我姓温。

李达理长长地喘出一口气。真好呀,他在心里对自己说,没有想到,他们竟然……他极力让自己平静下来。告诉我,他直直地看着她说,是谁让你到这里来的?

温小惠没有回答他的话,而是又把身子转回锅灶前,要用铲刀去翻一下在锅内咕嘟嘟响的肉块。

李达理一把拽住她,将她从厨房里拖了出来。告诉我,他用不容置疑的口气对她说,是不是温世贵派你来的。

他已经死了。温小惠淡淡地说。

那就是说,李达理咽了一口唾沫,是莫小梅让你来的了?

她也已经不在这个世界上了。温小惠又耸了耸肩说。

那你怎么到这里来了?李达理快要叫喊起来。

我是来打工的,温小惠伸出手,把他一直夹在腋下的公文包接过去,放在一张闲置的凳子上，我是来照顾阿姨，说着，她又伸出手，把他衣襟上的一点土屑拍下去，用更为亲昵的口气说，和你的。

李达理拨开她的手。你们策划这件事已经很久了吧？他不客气地指出说，告诉我，你们到底要达到什么目的？

温小惠似乎想了一下，把头朝他耳边凑了凑。他以为她要回答自己的话了。红烧肉就要做好了。她说出的却是这样一句话。

李达理简直有些愤怒了。说，他抓住她一只纤细光滑的手，用力晃摆着说，你们到底要干什么？

温小惠知道无法再回避他的问话了。我们？她想回答，却又反问了他一句。

难道不是吗？李达理直视着她说，你们那位孟县长，当然还有你们的县政府，对，还有你，温小惠，我真是没有想到，你这个温世贵和莫小梅的女儿，当年罪恶地主的后代，竟然也加入了……

我不是地主的后代，温小惠使劲甩开他的手说，我现在是以一个普通社员普通村民的身份到这里来的。

就算……李达理退让了一步，却依旧不依不饶地问她，你被他们千方百计地派到我家来，到底要我怎么样？他叫喊起来，甚至在地下跺了几下脚。

也许他的样子过于激动了，温小惠止不住笑了一下，笑里似乎含着一丝嘲讽。你很害怕？她又问了他一句。

我……李达理不知道该说什么。

没有什么可怕的，温小惠轻声轻语地说，已经拨乱反正了，已经改革开放了，可怕的时候其实早就过去了，你还害怕什么呢？

可越是这样，李达理无力地摇着头说，我越是……他想把下面的"害怕"二字说出来，又担心再次受到她的嘲笑，便又把那两个字咽了回去。他抬起头，透过院子的墙壁，同时透过城市的高楼大厦和车水马龙，神思恍惚地朝远处看，他似乎看见，一匹脱缰的野马在广阔的原野上奔跑，朝看不见清楚的远方奔跑。你要跑到哪里去？他在心里问道。他觉得既是问那匹奔跑不止的野马，又是在问自己。

李达理产生了辞退温小惠的念头。有她在你身边，他告诉自己说，你就面临着某种危险。但那是一种什么样的危险？他却又说不清楚，甚至那到底算不算是一种危险他都无从把握，所以尽管他产生了那样的念头，甚至为此下过了不止一次的决心，他都没有真的付诸行动，没有将温小惠从他身边赶走，究其原因，除了他不忍心让她走外，她做的红烧肉也是让他一再挽留她的一个因素。他想不出，假如他把她赶走了，她将怎样向那个姓孟的县长交代？当然，与此比起来，红烧肉是制约他无法那样做的更大因素，是的，自从那天她开始做红烧肉以来，几乎每隔三两天，她就会再做一次，不用他来吩咐，也不用他妻子指派，她就会主动做出来，恭恭敬敬地端到他面前。而这个时候，他刚好把上一次吃过的感觉忘掉，也就是说，他正好又一次感到馋了，她的红烧肉就端过来了，就像正当他困倦了的时候她把枕头塞到了他脑袋下那样，可真是来得及时做得恰当呀。他疑心这是她精心计算好了的结果，也就是说，她已经对他这个最大的嗜好了若指掌了，是不是能够进一步说，她在某种程度上已经很好地控制了他？这样一想，他不免大吃了一惊，越发对她感到了恐惧。

经过一番痛苦的思索，李达理觉得最大的问题还是出在他肚子里那条虫子身上，如果没有它的存在，他又何以被她的一碗红烧肉便轻易掌控？一切都是它在作怪，是它在悄无声息地控制他，或者说是它通过这个叫温小惠的女人在控制他，只要从源头上下手，也就是直接把它消灭掉，所有问题就会迎刃而解，那时即便温小惠有天大的本事，就算她把红烧肉做出花来，他也会坚如磐石稳如泰山，对红烧肉不认同不妥协，从而轻而易举地做出让她离去的决定。于是，他没有再对温小惠费什么心思，便直接朝那家他曾经查体的医院走去，找到那个像猴子一般的内科医生，让他给他开出大剂量的杀虫药物。记得上次他听他们说过，这种药物并不能杀死虫子，而仅仅是有效控制，他想那是按照他们规定的药量得出的一个结论，如果在那个基础上两倍、四倍、六倍甚至八倍、十倍地加大药量呢？会不会就能使那条虫子送掉性命呢？即使不能把它除掉，让它达到奄奄一息或者昏头涨脑的地步也行呀，那样一来，它还顾得上来吞吃他的红烧肉吗？这样一想，他不禁激动万分，回到家来，就把刚刚买到手里的药物按照十倍的数量服到了肚子里。吃吧，他在脑海里想象着那条虫子服用这些药物的情景，心里也便产生了非同凡响的快意和痛感，你就好好地给我吃吧。这时刻，他竟然真的感到了肚子内一阵阵剧烈的翻腾，同时伴随着一波波胀疼，好像真是那条虫子在做垂死挣扎了。其实他根本不知道，这只是他因为服用了过量的药物而引起的中毒现象而已。

李达理没有消灭掉那条该死的虫子,却使自己大病了一场,最终的结果竟然是,他不仅没有戒掉红烧肉,反而更加离不开它了。他不得不承认自己的失败,也就是说,他再也没有产生过赶走温小惠的念头。沮丧之余,他不知道自己到底是败在了那条虫子手里,还是做了温小惠的俘虏。既然事情得到了这样一个结果,他也只好承认现实,在温小惠或者说在那条虫子手里安安静静地待着了。一旦平静下来,他才对温小惠增多了一些了解。其实,对于她及她的家庭明确地说是她的母亲莫小梅的情况,他是渴望知道的,毕竟她所来的那个地方,那个叫温家寨的村子,更主要的还是她身边的那些人,她的父亲温世贵和母亲莫小梅,都与他的工作和生活发生过紧密的联系,甚至从某种意义上说,他之所以走到了今天这一步,每个脚印里面都有他们的身影和声音的映照。但让人失望的是,温小惠却不大和他说起那些往事,有时说到一点点便戛然而止,直到过了几天后,她才会把另外的一点点再说给他,就像她做的红烧肉一样,只有当他又一次感到口馋了,她才会把碗端给他。这个诡计多端的野丫头。

知道吗?她有一次和他聊天时,突然煞有介事地说,我是从我们那里逃出来的。

李达理吃了一惊,这样的情况他当然没有想到。为什么要逃出来?他不解地问她。

因为……婚姻。温小惠犹豫了一下,还是对他说。

具体是怎么回事?李达理的兴趣被她勾起来了。

家里要把我嫁给前任村长的儿子。温小惠解释说。

家里?李达理纳闷地问她,你父母不是都不在了吗?

他们是不在了,温小惠回答他说,我是跟着我叔叔长大起来的。

原来是这样。李达理点点头,又随着她的话题说,村长的儿子不好吗?在他想来,村长在村里都是有权有势的人,他的儿子还能差到哪里去?

当然不好了,温小惠说,那个家伙什么都不会做,只会一天到晚往女人堆里钻。

可他老子毕竟是村长呀。李达理指出说。

你没听我说明白吗?温小惠反问他说,我刚才不是说过了,他老子可是前任村长呀。

李达理恍然大悟，原来村长的乌纱帽已经不戴在他头上了。

他老子当不当村长倒在其次，温小惠对他解释说，主要是他什么都不会做，和他的老子一个样。

难道说前任村长也不会做事吗？李达理反问她说。

是呀，温小惠点点头说，除了当村长外，他和他的儿子一样什么都做不来。

那他为什么当上了村长？李达理有些不相信。

因为他家庭出身好。温小惠这样回答他。

李达理想了一下，便有些明白是怎么回事了，或许作为处在社会底层的地主后代，温小惠在她的成长中经历了诸多磨难，便养成了对以村长为代表的那些社会上层人的不良印象，才使她对他说出这样显然是赌气的话。那么在你看来，他继续问她说，怎么样才能算是会做事？

能干活，温小惠脱口说道，但随即又改口说，当然只会干活还不行，还要能挣钱，只有挣到了钱，才能过上美好幸福的生活。

也就是说，李达理顺着她的话说，你要嫁的就是这样的人了？

是。温小惠用肯定的语气说。说完了，她就把目光落到了他身上，上上下下打量起来，好像他就是那样的人似的。

李达理被她看得有些不自在，便转移话题说，那现在的村长怎么样？

现在的村长当然好了。温小惠爽快地说。

为什么？李达理继续追问。

因为他是我叔叔。温小惠捂着嘴笑起来。

李达理以为她在开玩笑，尽管现在进入了新时期，但一个拥有地主成分的人竟然当上了村长，还是让他有些想不通。

真的，温小惠收住笑说，我叔叔刚被县里任命为村长。

李达理想了一下，还是相信了她的话。说不定你那位叔叔也沾了你的光呢。他在心里对她说。其实他又想不明白，到底她有什么光可供她的叔叔沾呢？他挠了挠头皮，又问她说，既然这样，那你为什么还要逃出来？让你叔叔出个面，废除和前任村长儿子的婚约不就得了。

你哪里知道，温小惠哭丧着脸说，就是我叔叔让我嫁给那个什么也不会做的家伙的。

这……李达理有些发呆，这怎么可能？

怎么不可能？温小惠跺着脚说，我叔叔三番五次地逼我，我实在受不住了才不得不……

你叔叔为什么要那么干？

因为他觉得前任村长家成分好。温小惠撇着嘴说。

李达理不知道再问什么好了。他疑心温小惠说的不是实话，或者干脆说是在蒙骗他，但看到她严肃而沉重的表情，他又感到她态度的真诚，可对于她话里包含的那些内容，他却又想不大明白，似乎他在大城市里待得过久了，对于他曾经属于过的遥远乡村里发生的事情，他已经很难理解了，所以听了她的讲述，不但没有对她的情况有所了解，反而觉得更加糊涂迷茫了。

但这样的谈话多了，温小惠便在李达理面前显得随便起来，有时给他的印象是，她并不把自己当这个家庭的外人，而是成了他和妻子之外的其中一员，或许她在仗着他和她母亲的那层关系才这么自我感觉的吧。想到和她母亲之间发生过的那些事，李达理对她自然也有了不同于他人的另一番感触，有时会在感情上把她当自己的女儿看待，但另一些时候，他又会在内心深处仅把她当作一个女人，一个年轻美丽的女人而已。他不知道温小惠是不是也这么想，但从她愈来愈随便的态度里，他觉得自己的感受并不是空穴来风，而是对她的一种若隐若现的呼应。没错，温小惠正在甚至已经把自己当作一个女人而不仅以女儿或者保姆的身份出现在他面前了，比如她会在仅仅穿着内衣的情况下进入他的卧室，身上散发出的女人气息时常让他难以喘息；比如当她进入浴室洗澡的时候竟然不锁门，从门缝中不时闪现出的赤裸身影让他觉得眼花缭乱；……没错，这是一个女人，一个年轻而美丽的女人，除此之外她什么都不是。如果说这个女人和他有什么关系的话，那也不是什么保姆和雇主的关系，更不是什么女儿和父亲的关系，而仅仅是女人和男人的关系，他这个目睹着她身体闻嗅着她气息的人当然是一个男人，一个虽然年老但还没有太老的男人，何况在这个思想解放的时代里，他们这些人又一度焕发了第二次青春呢，也就是说，他和温小惠之间除了是一个男人和女人的关系之外，他们什么其他关系也不存在。想到这里，他不免被自己上述的见解和分析吓了一跳，这才意识到，他不知在什么情况下已经被这个年轻而又美丽的女人诱惑了……不要，他几乎凭着本能警告自己说，不要这样。那一刻，他在激动之余也切实感到了恐惧。

　　李达理似乎预感到，一件可怕的事情正从一个为他所不能看见的黑暗地方走出来，以一股不可遏止的力量和速度直朝着他走来，他好像已经看见它虚幻却也真实的影子了。他知道，当那个庞大的影子出现在面前的时候，他就有可能得到不幸，更严重地说是灾难也不为过，这使他本能地感觉到不安，明白还是要远离它为好。但与此同时，他又明确地知道，那个影子除了带给他不幸和灾难之外，还会带给他非同一般的快乐和幸福，想到快乐和幸福两个词当然还有它们所包含的意思，他会激动得浑身战栗，这样的感受与恐惧比较起来，恐惧又算得了什么？他知道，随着时间的流逝和年岁的增大，他能体会这种感受的机会正在越来越少，更明确一点说已经所剩无几了，所以最合乎逻辑的做法是，战胜恐惧，不顾一切地去拥抱那些能够让他战栗的感受，让快乐和幸福从头到脚彻底笼罩他。

　　那些日子，李达理就是在这样的矛盾状态中度过的，因矛盾而斗争的结果当然就是他向温小惠的妥协了。当他打定主意顺势而为的时候，接下来的问题是，温小惠会不会如他想象和期盼的那样，对他做出进一步的诱惑。他知道这不是一个问题，也就是说，他相信她会那么做，甚至可能比他预想的那样还要直接，还要快捷，因为她是背负着一个任务到他家来的，那个任务的急迫和繁重不允许她知难而退，更不允许她半途而废，也就是说，除了加快节奏诱惑他从而控制他之外，她没有任何其他更好的选择了。尽管他已经做好了迎接她进一步诱惑的准备，而且不止一次在心里设想她诱惑他的方式和时机，但他还是没有想到，真正的事实是她对他施加诱惑的行动还是超出了他的想象，甚至可以说其间根本就没有诱惑，或者说她省略了诱惑的过程而直接奔向了最终的目的。在接下来这个日子的夜半时分，当他从睡梦中醒来的时候，突然发现，一张光滑柔软的身子不知什么时候已经钻进了他的被窝内，已经躺到了他的怀抱里。他没有感到过分的惊讶，便在短暂的迟疑后，也像她一样立即行动起来，按照她手势运行的方向，径直把她更紧地压到了他的身下，开始了他们的第一次鱼水之欢。当他们交融在一起的时候，他脑子里自然而然地想到了另一个女人，没错，那是她的母亲莫小梅，恍惚间，他似乎在和那个叫莫小梅的女人重复他们几十年前在温家寨做过的事情。小梅。他记得还叫了一声莫小梅的名字。而温小惠，这个与莫小梅并无多少实质差别的女人竟然也答应了一声，好像这个时刻她真的变成了她的母亲似的……除了这一点点小插曲外，整个

85

过程可说是无可挑剔,用"完美无缺"这个词来形容也不为过。事实证明,他还真的不算太老,与一个年轻的男人比起来,他也并不多么逊色,完全能够胜任性爱这种属于年轻人的事情。在过去的许多年里,由于妻子身上的疾病,还有严谨的干校生活,他曾经被迫中断了性爱好多年,更严重的还是随即产生的对自己性能力的怀疑,因为有了这一次醅畅淋漓的实践,所有一切问题都像风中的烟雾一样消失不见了。温小惠自然也不是什么生手,又加之使命在身,做起来便特别尽职尽责,与她同龄的女孩子比起来,他想也一定算是出类拔萃了,所以从她这里获得的快乐和幸福,是他不曾在别的女人身上体验过的。做完了,他们把紧紧搂抱在一起的身子分开,并排躺在床上歇息。这时刻,只有这个时刻,他才在充分享受了快乐和幸福之后稍稍感到了一些不安,想到接下来可能要面临的麻烦,他疲惫的身子不禁颤抖了一下。

温小惠好像知道他想到了什么,折起身子来,故意问了他一句,怎么啦?是不是后悔了?

李达理没有说什么,只是无力地摇了摇头。

温小惠却不想放过他,拍拍他的脸腮,故意刺激他说,知道吗?你已经堕落了,变质了。

李达理朝她摆摆手,似乎在乞求她不要这样说。

怎么?温小惠冷笑着说,还不想承认?事实已经无可辩驳地说明,你成了一个堕落的腐败分子。

住嘴,李达理呵斥她说,不许你再说下去。

晚了,温小惠重新躺下去,两眼望着天花板,用幸灾乐祸的口气说,开弓没有回头箭,你已经没有退路好走了。

李达理真的不想听她这样说下去,她的每一句话都是一把利剑,狠毒且无情地插到他心里一个最为软弱的地方。他艰难地爬起来,想要下床去,离这个像蛇一般的女人远一些。

知道往下该干什么了吗?温小惠拉住他的手,不让他下床去。

李达理当然明白她的意思。让他们来吧,他闭上眼睛,伤感而颓唐地说,我会把条子批给他们的。说完了这句话,他心里抖瑟成一团,这个女人居然如此功利,多少还是超出了他的料想。他当然不期望她来爱他,因为他也知道,这是不切实际的幻想,但在他想来,就算她为了完成任务而和他睡觉,也应该在他平静下来之后再来提出要挟,但她却不想那么玩下去,干脆一不做二不休,当他还在傻乎乎地回味的时候,她已经撕破脸皮,堂而皇之地露出了她阴狠丑陋的真实面目。

好吧。温小惠接着他的话说,随即便爬起来,草草地把内衣穿在身上,就那么半裸着走出卧室,进到客厅里,给那个一直等待她回音的孟县长打电话。

听着她在客厅里发出的声音,李达理心里愤怒至极,挥起手掌,在空中扫了个遍,最后还是落在自己的脸上。你这个老浑蛋。他恶狠狠地骂道。

温小惠打完了电话,回到卧室里,抖动着一身白肉对他说,孟县长去深圳出差了,一时半会来不了,他让你把条子给我,由我来转给他。

他让我把条子给你?李达理冷笑一声说,他有什么资格让我这么做?你又是什么人?

你说我是什么人?温小惠耸了耸肩说。

我不知道你是什么人,李达理掉开头去,我只知道你是一个地主崽子。

好你个……温小惠勃然变色,她颤抖着嘴唇想了一下,才终于找到一个合适的词,你这个死半截的老地主。

听了"老地主"三个字,李达理心里不禁一怔,好像这个词并不是指他似的,是呀,几十年来,他何曾听到过别人对他说过这种话,自从他脱离了他的地主家庭后,不论是在艰苦卓绝的战争年代,还是在起伏曲折的和平时期,他的身份都是一个光荣的革命者,即使在因为犯错误而受到批判的时候,他也没有站到革命队伍的对立面去。如今,这个刚刚和他发生过男女关系的女人,这个曾经是一个真正地主后代的女人,竟然把这样一个饱含着鲜明立场和内涵的词安置在他头上,实在令他难以承受,好像她在很大程度上侮辱了他的人格似的,不,岂止是侮辱,简直是对他的恶意诽谤和公然挑衅。但他并没有为此而对她发作,因为在感到愤怒的同时,他竟然也有了一丝心悦诚服的感觉,仔细想一下,她难道说得没有道理吗?从更原初的意义上说,他不就是一个地主后代吗?虽然他在某些时候脱离了他的地主家庭,但在他的意识深处,是否也与他的地主家庭划清了界线?或者说他一度认为已经与他们划清了界线,并为自己成了一个久经沙场的所谓"革命者"而沾沾自喜,但在骨子深处,或者说在思想深处和灵魂深处,他是否已经成了真正意义上的革命战士?如果他是的话,就不会在头脑里保留过去那些与革命格格不入的东西，比如什么老宅院和红烧肉之类，如果不是，那就真的有些可怕了。这样一想，他不禁更加恐慌起来，不要说再对温小惠发火，就连低头看自己一眼都鼓不起勇气了。

两天以后，温小惠就把一本写有他名字的存折交到了他手里。和他的预期差不多，存折上的数字是一百万元，按照他批示的那张条子上的数额算下来，他们返还给他的好处也应该是这个数字。他原本想拒绝掉这笔不义之财，因为他知道，当他从她手里接过这本存折时，他就等于走上了为人所不齿的犯罪道路，他就等于背叛了他一度坚守的信仰。所以他伸了伸手，又急快地缩回来。看到他那副犹抱琵琶半遮面的尴尬样子，温小惠止不住笑出了声。他看出来，她的笑里含着鲜明的嘲讽和鄙夷，他似乎还听到了她没有说出的一句话，又想当婊子又想立牌坊，天下哪有那么好的事情？他再也不敢看她的眼睛，赶紧低下了头去。温小惠抓起他的一只手，把那本存折拍在他手心里，便掉转身，扭着屁股从他面前走开了。他捧着那本存折呆呆地发怔，不知过去了多久，当妻子从卧室里发出一声咳嗽时，他才惊醒过来，把存折揣到怀里，像一只受到惊吓的兔子仓皇地逃出了门去。

李达理不知道该怎么处理那本存折，把它交给妻子保管？当然不妥，这时他还不知道她对他受贿的态度，不想去冒被她举报的风险；一直装在他自己的衣袋内？自然也不行，他大多的时间都是在单位度过，随时都有暴露给别人的可能，风险岂不更大？把它藏在某个地方？但他寻思了好几天，也没有找到一个让他放得下心来的地方。他突然感到，这本存折无异于一枚威力巨大的炸弹，说不定什么时候就会在他身上引爆，那样一来，不要说他的政治前途要被葬送，恐怕他一直视为荣誉的名声都将不复存在了。不行，他要想出一个妥善的办法，彻底给这件事画上一个较为圆满的句号，不然，他就无法正常生活下去了，说不定哪一天，他就会变成一个失去理智的疯子，那样的结果也是他无论如何不能接受的。可是，那个妥善的办法在哪里呢？他绞尽脑汁，费尽心思，直到有一天来到了他上级的办公室门前，他才好像明白了，也许那个办法就在他上级的办公室里。他如释重负地吐出口气，没有再经过一丝犹豫，便果断地推开了上级的门。

上级曾经一直是他的领导，不要说在战争年代，李达理一直跟着他走南闯北，就是在干校劳动时，他也是他手下的队员，所以李达理对他没有什么好客气的，就像以前那样，既不敲门也不等他允许，便迈着大步走进他的办公室。直到进到了门内，他才猛然发现，这一次竟然与以前的许多次不同，以前都是上级一个人坐在办公桌后，而这一次，如果他没有看错的话，却是上级和另一个人一起坐在办公桌后。让李达理决然想不到的是，那个和他一起坐在办公桌后的人居然是个女人，而且是个年轻貌美的女人，这使他不由得想到了自己家的保姆温小惠，更让他感到不可思议的是，那个比温小惠还要年轻貌美的女人居然把两手吊在上级的脖子里，把脸像一张狗皮膏药似的紧贴在他头上。李达理大瞪着两眼，呆呆地看着他们那副在他看来万分奇怪的姿势，直到他们在他的注视下颇为艰难地分开，他才霍地醒悟过来，天哪，他是多么不该在这个时候闯到这间屋里，欣赏这道他不该欣赏的风景，或者换一句话说，他是不是闯祸了？因为不管怎么说，制造这道风景的都是他的上级，他的领导，人家制造出来这道风景并不是让别人看的，也就是说，他看到了不该看的风景。我……李达理嗫嚅着嘴唇，想朝上级说句什么，但又实在不知道该说什么。他想掉头走出去，但又不敢真的那么做，因为他了解上级的脾气，如果他真的掉头走出去，那就很难再重新走进来了，那样一来，他的计划也就泡汤了。

好了，看着他那副欲进还退的难受样子，上级大度地朝他招一下手说，进来吧。但不等他迈步，随即又指示他说，以后先敲门再进来。

是。李达理赶紧答应说。进到屋里来了，他却依旧站着，不敢再像先前那样不等上级发话就一屁股坐下。

你可要记着我的话呀。那个年轻貌美的女人站起来，拎起一只精致的皮包，做出往外走的架势。

好吧。上级在她肩上小心地拍了一下，放心吧，你下次来时，我一定会批给你的。

女人背对着上级经过李达理身边时，十分不满地狠狠瞪了他一眼。

不好意思。李达理在心里对她充满歉意地说。女人走出去了，他又在心里对上级说，打扰你了。

上级重新在座位上坐定，整理一下有些凌乱的思绪，这才把目光转到他身上。你怎么有空到我这里来了？他不紧不慢地问道。

看到他的情绪放松下来了，李达理也才松出一口气，在他对面的座位上坐下，向他倾斜着半边身子。我来看望一下老领导。说出了这句恭维的话，他又知道上级不会相信这个说法，便索性不再绕弯子，随即切入正题说,很久没来向老领导汇报思想了,工作中碰到了一些解不开的问题,只好来请老领导给予指点……

没想到他还没有把话说完,上级就摆摆手说,我哪里能指点得了你?再说还有什么问题解不开呢?

看着他不耐烦的表情,李达理心里不禁一怔,在他的印象里,上级是最习惯于开导别人,最善于给别人做思想工作的,每次碰到他,都急不可待地说,有什么思想问题吗?要不要我来敲打你一下?李达理最不想听的就是他这句话,知道他一旦"开导"起自己来就没有完,非要把他的脑子搅乱了不可,所以往往一看到上级的影子就赶紧溜掉,现在自己破天荒找上门来让他开导了,他却做出了拒绝的架势。李达理以为是自己哪里做得不周,比如贸然闯入他的办公室,打扰了他与那个女人正在进行的一些事,于是便更加觍起笑脸说,老领导毕竟认识水平高,政治觉悟高,思想境界高,由你来对我……

上级再次打断了他的话,我现在是血压高,血脂高,血糖也高,怎么?你还嫌我高得不够?是不是也想跟着我提高这些东西?

李达理有些语塞,听他的口气,好像也不是在和自己开玩笑,他便有些想不通了,怎么回事?上级怎么放下了他一向看重并善于表现的东西,莫名其妙地谈起了自己的生活琐事,而在过去的日子里,他是不屑于把这些东西放在嘴边的,不仅自己不谈,倘是他们偶然说起来,也会被他毫不客气地批评一阵,不给你戴上"小资产阶级生活习气"的帽子才怪呢。

见他一直发愣,上级也觉得这样和他说下去有些费劲,便换了一个话题问他,你今年多大了?

李达理又愣怔了一下,直到确定他是在问自己的年龄,才随着他的话说,五十六了。

你还能再干几年?上级继续问他,但并不等他回答,便沿着自己的思路对他说下去,我前几天读了一首诗,觉得很好,便记在了本子上,你想不想听一下?

李达理未免觉得好笑,上级竟然读起什么诗来了,还要读给他听,这可真是一件新鲜事,过去上级哪里瞧得起这些"吟风弄月"的事?他当然不能违背上级的心意,便也顺着他的口气说,想听。

上级从抽屉里拿出一个小本子,用粗硬的手指翻找了好一会儿,才把他所说的"好诗"找出来,眯起眼,磕磕巴巴地诵道,夕阳无限好,只是近黄昏。

原来是这首诗?李达理差点笑出来,早在他在学堂里念小学的时候,他就把这首诗记在脑子里了。

知道它的意思吗?上级从本子上抬起头来。

知道。李达理点了点头。

我知道你也知道,上级放下本子说,你是我们那帮人里的"秀才",不像他们那些大老粗,抠查这两句话里的意思还要费一番劲儿,这就是你们这些人的优势呀。

望着他眼里的羡慕神色,李达理又有些不明白,过去他可是最瞧不起有文化的人,总说他们这些人"思想根子不净",现在怎么了,竟然也开始向他们这些人靠拢了?

知道它的意思就好,上级在本子上拍一下手说,知道了就要按它说的意思去办。

李达理不免有些不解,他要让自己按照诗里的什么意思去办?他忽然后悔刚才所说的"知道"的话了。

上级的话似乎已经说完了,便合上本子,把身子仰在座背上,好像等待着他站起来离去了。

李达理起了起身,又把屁股放回座位上,因为这一刻他的手又触到了衣袋里的那本存折,是呀,今天到上级这里来,虽然号称向他"汇报思想",其实真正的目的是要把这本来路不正的存折交到他手里,在他想来,这样做也就等同于交给了组织,以卸下他的思想包袱,然后轻装上阵重新工作,同时也阻断了他继续腐败堕落的路径,从而继续成为一个坚定的"革命者"。但他现在并没有完成这个任务,怎么就半途而废,转身从这里走掉,继续回到他腐败堕落的道路上去呢?不,无论如何他要抓住这根救命稻草,让他远离那个危机四伏的险恶境地。于是,他把身子再次朝他倾斜过去,用推心置腹的请教口气说,老领导,自从我走上这个新岗位后,由于疏忽学习反省,总觉得离革命的要求越来越远了……

与时俱进,上级摆摆手说,没听过那句话吗?要与时俱进。

李达理吃不透他话里的意思,依旧按着自己的话题说,我害怕这样下去,有一天我会走到一条岔道上去……

你说的到底是什么呀？上级用手指头敲敲桌面，又做出了不耐烦的样子。

看来不能和他打马虎眼了，李达理决定一不做二不休，把自己接受贿赂的事都向他坦白了。于是他的一只手伸到衣袋里，抓住那本存折，也许用不了两秒钟，他就要把它掏出来了。在他的打算里，他不仅要把这本存折交出去，回到家后还要把那个温小惠赶回乡下去。

但李达理还没有把手连同存折从衣袋里抽出来，上级就一下子站起身，用这个动作阻止了他那只手的继续运行。看来我白给你念那首诗了，他走到他面前，用手指点着他的额头说，其实你根本没有懂那首诗的意思。说到这里，他忽然仰起头，长长地吸了一口气说，我这才发现，和你这样一根筋的人交流起来还真是一件不容易的事。

望着他恨铁不成钢的样子，李达理又一次怔住了，心里实在想不明白，到底他什么地方让他如此失望了？

告诉我，上级俯下身，直视着他的眼睛说，我们南征北战搞革命，出生入死打天下，到底为的是什么？

李达理不知道他既定的答案是什么，嘴唇颤抖了一会儿，还是没有敢于把他以为的答案说出来，如果是在过去，他会毫不迟疑地把它说给他听，因为他知道，那时他们的答案没有多少差别，甚至可以说，他的答案就是上级的答案，上级的答案也就是自己的答案。而现在，他却朦胧地觉到，他们的答案不再那么一致了，甚至可以说，他们的答案有些南辕北辙了。所以，犹豫了好一会儿，他也没有再把它说出来，以免惹得他不高兴。

难道不是为了过上幸福美好的生活吗？上级自己把他认为标准的答案说出来了，可是战争年代，我们受过了多少罪，吃过了多少苦？好不容易把天下打下来了，又赶上了"文化大革命"，我们这些有幸没有死去的人竟然继续吃苦受罪，改造思想，你说天下有这样不公的事吗？如果这样一味地搞下去，那我们到什么时候是个头呀？也就是说，我们到什么时候才能过上幸福美好的生活？刚才我还问过你，今年多大了，你告诉我已经五十六了，你想一下，人活到五十六岁，往下还有多少年好活呢？

李达理呆呆地看着他，似乎这才有些明白他要对自己表示什么意思了。

抓紧吧伙计，上级把他的大手放在他肩膀上，使劲按了一下，也用他那种推心置腹的口气说,在你已经面临黄昏的时候,让你的夕阳更好看起来吧。

这难道就是他所说的"与时俱进"? 李达理在心里问自己。说实话,以上这些话从上级嘴里说出来,实在有些让他没有想到,如果倒退一些时日,当自己说出这些含有"及时行乐"嫌疑的话时,也会受到上级一番无情的批评,搞不好弄到学习班里接受批评也是有可能的事。但现在,这些消极堕落的话竟然从上级嘴里说出来,李达理真是感到难以置信,一时间,他甚至觉得现在面对的这个人从来不认识似的。

正在这时,摆放在桌面上的电话突然响了起来。上级拿起话筒,刚要说话,却又转向了他。好了,他朝他摆一下手说,你去吧。

李达理不想也无法再打扰他,便站起来,朝他点点头,转身朝外面走去。来到了外面的走廊里,他放慢脚步,止不住又回过头,朝上级的门板看了一眼,他真的疑心刚刚见到的那个人不是自己所熟悉的上级,而是与他完全没有关系的另外一个人。就在这时,他隐约听到了上级对着电话发出的声音,噢,是你呀,刚才……等一下你再过来吧,什么? 我不是对你说过了吗? 我会把条子批给你的,这个你就放宽心吧,我的小……下面的话他听不到了,或者说他不愿听下去了。李达理仰起头,长长地吐出一口气,在心里不自觉地嘟囔了一句,活见鬼。他把那本存折揣得更紧一些,便急急地离开了上级的办公室。

从上级那里回来后,李达理没有再做把存折交给组织的打算,而是把它锁进了办公桌的抽屉里。也许这根本算不了什么,他安慰自己说,既然我们为革命做出了那么大的牺牲,难道还不能得到一些必要的回报吗? 他似乎是想通了这件事,很快也便觉得坦然起来,那个一直压在他肩上的包袱好像也卸下来了,身子又像先前那样轻松愉快了。回到家来,他没有再产生赶温小惠回乡下的念头,当再次面对她的挑逗时,他也不再觉得不好意思,自然也便没有犯罪感了,而是欣然接受,相伴共舞,倘若她不对他实施诱惑,他反而倍感失落,倍感不甘,转而主动朝她发起攻势。在那些激情澎湃的日子里,他和温小惠每隔三两天就睡一次觉,几乎与她为他做红烧肉的节奏相一致。有时是在他的卧室内,更多的时候是在她的床上,甚至有些时候,他们会在地板上进行,当然,这一切都以不惊扰疾病缠身的妻子为前提。你已经辛苦了多半辈子,他一边在她身上舞蹈一边在心里说,你要充分享受人生的每一分幸福和快乐。那个时候,他的确深刻体会到了上级对他说的"夕阳无限好"的真正含义。有时他快乐得有些忘乎所以了,竟然言不由衷地叫她一声"地主崽子",当然使用的是一种分外亲昵的语气,而她则立刻回敬他"半死的老地主",语气里自然也包含着亲昵的成分。听了这样的称呼,他们似乎找到了无可比拟的共同点,更有了在一起同衾共枕的理由和根据,也就把他们的性事做得越发热烈奔放,光芒四射,绵远悠长,好像他们如果不这样做就对不住上苍似的,于是他们便不可能再有另外更好的选择,只能把他们两人之间的事情一心一意地做下去了。

李达理觉得他已经变成了一个没有灵魂的人。他不知道这是不是"与时俱进"应该达到的一个境地,因为在现在这个社会里,真的不需要什么灵魂,仅仅拥有一个肉体,一张皮囊,更直接说是一只器官就足够了。他似乎更喜欢这样的现实,也就是说他更愿意把自己做成一个没有灵魂的人。但是,当他有一天来到曾经查体的医院,找到那个像猴子一样的内科医生时,他不知道自己是否真的灵魂出窍,还是处于神秘荒诞的梦游状态,竟然朝着猴子医生跪下了双膝。求求你,他哀告他说,请你把我肚子里的虫子弄出来吧。

猴子伏下身,惊诧地看着他。我不是给过你药了吗?他反应过来说。

那些药不管用,李达理摇摇头说,它们不仅药不死那条虫子,弄不好还会让我送命。

让你送……猴子眨了眨眼,好像明白过来,你把那些药都吃了?

是,李达理点点头说,可它们根本不是那条虫子的对手。

猴子思索了一下,摊开两手说,那我可就没有什么办法了……

你有,李达理朝他膝行了一步,拉住他的手说,你可以给我拉开肚子,把那条虫子取出来。

什么?拉开肚子?猴子一惊,使劲把手抽回去,我一个内科医生,哪里会做拉肚子的手术?

李达理愣了愣,突然明白找错人了,便爬起来朝外走,那我去找外科医生。

等等。猴子又喊住了他。

你有办法?李达理又转回来说。

办法我倒是没有,猴子依旧摇着头说,我只是提醒你一句……

提醒我什么?

那条虫子,猴子斟酌着字句说,早就和你的肠子长在一起了,如果你想把它清除掉,那就只能连你的肠子一起弄出来。

一起……弄出来? 李达理重复着他的话,脑筋有些转不过弯儿。

想想吧,猴子把手在他脸前晃一下说,没有了肠子,你还能活下去吗?

李达理突然反应过来,一刹那,他便想到了那次被炮弹炸开肚子的情景,他的肠子被卫生员换上了别人的肠子,那条虫子却没有从他身上消失……这就是说,他又朝他走近一步,我是无法摆脱那条虫子了?

是,猴子用力点下头去,作为一个饕餮综合征患者,一旦得上了这种病,也就是说,一旦被那条虫子缠上了,就再也不能……他耸了耸肩,再次摊开两手说,这是没有办法的事……

没等他说完,李达理就冲上去,猛地抓住他的脖领,咬着牙齿说,你不是医生吗? 你不是承担着救死扶伤的责任吗? 你不是人类健康的守护神吗? 可你怎么能眼看着别人受到疾病的困扰而无动于衷呢? 怎么能让别人在死亡线上挣扎而隔岸观火呢? 你到底是干什么吃的?

猴子被他凶狠的样子吓坏了,一边极力阻挡他的手,一边颤抖着嘴唇说,我我我……

说,李达理把另一只手也按到了他脖子里,你到底要把我们怎么样?

随着他手上的力量越来越大,猴子快要喘不上气来了。好在这时他的一些同事跑过来,奋力将李达理的手从他脖子里拉开。猴子这才获得了自由,不然真有被他掐死的危险。

李达理踉踉跄跄地走出医院,直到来到了大街上,来到了明亮的日光下,才让自己的头脑清醒过来,回想刚才在医院里的情景,他觉得是做了一个梦,一个只有在黑夜里才可能做的梦。

回到家里或者单位里,李达理也便又回归到了正常的生活状态中,该怎么和温小惠睡觉还怎么和温小惠睡觉,该怎么收受他人的贿赂还怎么收受他人的贿赂,没有再有多余的犹豫彷徨,也没有再有不必要的思想斗争,当然更没有再有到医院去闹事的荒唐事出现,一切都按部就班地进行,过了星期一就是星期二,睡了温小惠还有女秘书,收了存折还有金银珠宝,还有房产股票……管他什么革命信仰,管他什么人生理想,都统统见鬼去吧。

有一天,刚刚和他睡过觉的温小惠告诉他,孟县长又要到他家来了。李达理知道又有发财的机会了,便不假思索地说,让他来吧。很快,那个姓孟的县长就来到了他家里。与往日不同的是,这次孟县长并不是一个人来的,在他身后还跟着另外一个人。这是我们市的孔市长。孟县长对他介绍说。李达理打量了一眼那位姓孔的市长,果然觉得他的腰围比孟县长要粗许多。他和孔市长握了手,把他让到座位上,然后等待着他把求自己要办的事说出来,他知道这些到他家里来的人,除了有求于他之外还能有什么别的事情呢?果然,又是批条子的事。他没有怎么犹豫,就对他们挥挥手说,好吧,让小惠把条子带给你们就是了。说完,他就期待着他们对他做出像样的允诺。那好,孔市长也爽快地说,我们不会让李局长失望的,两天以后,小惠会把我们的心意带过来的。一切就这样成了。李达理就是不想起这句熟悉的话来都不行。

他们离去后,温小惠饶有兴致地问他,这一次,你想要什么好处?

随便。李达理做出平淡的样子说。

不用客气,温小惠拍拍他的脸说,不管你有什么要求,他们都会答应你的。

但他又要求什么呢?李达理四下里看一圈,他什么都有了,似乎已经没有需要的东西了。

我知道你还缺少一样东西。温小惠瞥他一眼说。

什么东西?李达理纳闷地问她。

一座宅院,温小惠直看着他说,具体说是一座巍峨豪阔的大宅院……

她的话还没有说完,李达理便知道她是说到自己心里去了,没错,到现在为止,他几乎什么用得着或者用不着的东西都有了,却独独缺少一座巍峨豪阔的大宅院,就像他的地主家的宅院一样,或者像温世贵家的宅院一样。其实,在他的意识里,对那样一座宅院的向往并不是多么明确,甚至在某种程度上说他都快要把那样的一种理想忘到了脑后,但在温小惠看似不经意的一句话的召唤下,它却又像一条被冻僵的蛇一样急快地苏醒过来,以更加清晰的面目出现在了他脑子里。这一刻,他不知道到底是温小惠唤醒了它,还是它刺激了温小惠。还是你懂得我呀。他禁不住抱住温小惠,用敬佩的语气对她说。

谁让我是你肚子里蛔虫呢。温小惠得意地说。

我肚子里的……蛔虫?李达理愣怔了一下,差点把一句话说出来。他要说的那句话是,难道你真是那条名叫"饕餮"的虫子吗?这一刻,他差点产生了幻觉,把她和那条虫子混为了一谈。

为什么用这么奇怪的眼神看我？温小惠推他一下。

李达理反应过来，微微笑了笑，没有再对她表示什么。但他觉得出来，他的微笑有些不自然。

温小惠掉开了眼，兴趣又转移到刚才的话题上。其实我懂得最多的还是我自己。她继续回答他说。

你这个地主崽子。李达理从牙缝里挤出这几个字。

不要再叫我地主崽子，温小惠旋即纠正他的话说，你应该叫我地主婆才对。

地主的小老婆。李达理对她的自许又修正了一下。

你这个老地主，温小惠也凶恶地打量着他说，看来你还没有真的死半截。

是吗？李达理回味着她的话，是不是我又死而复生了呢？

差不多吧。温小惠伸着像蛇信子一般的舌头说。

两天过后，温小惠果然把一座豪华别墅的产权文件交到了李达理手里。那是一座德国人留下的二层别墅，她对他解释说，他们说很有异国情调，想必你一定会喜欢的。李达理有些意外，什么？德国人的别墅？我还以为他们给我送的是地主的宅院呢。温小惠笑话他说，城市里哪来的地主的宅院？再说了，这都什么年代了，还什么地主的宅院，真是土老帽，也不怕被别人笑话。他顺着她这条虫子的话说，好吧，别墅就别墅。温小惠鼓动他说，我带你去看看？他果断地挥挥手说，看看就看看，走。

因为不方便动用公务车，李达理和温小惠便打了一辆出租车，穿过整个闹市区，直朝远处的郊外别墅所在地驶去。一路上，温小惠都在絮絮叨叨地向他介绍别墅所在的那个地方，说那是一个风景优美的度假游乐区，里面有五星级大饭店，有大型购物城，有水上乐园，有体育场，有健身房，更有一座座豪华的别墅。当然，最豪华不过的别墅还是那幢即将属于他们的富有异国情调的别墅。知道吗？温小惠吧嗒着嘴说，住在那个地方的人都是这个城市里最富有的阶层？他问她说，那住在我们那幢别墅里的人呢？温小惠想了一下说，一对最富有的大地主。说完了，她又补充说，一对最富有的城市大地主。尽管她的话有些别扭，他却觉得很有道理，便拍拍她的脸蛋表示同意。

车子很快驶进了一个风光秀美的景区，在一片碧绿平整的草地上缓缓地行驶，一棵棵繁茂的棕榈树朝后闪去。草地上和树木间散落着几个无所事事的闲人，真像是这些美好景色的点缀，其中一只白色的狮子狗牵着一个贵妇人在慢慢散步，两个穿着背带裤的少年在追逐一只似飘似落的皮球，还有一对穿着得体的老夫妇坐在路椅上说笑。温小惠情不自禁地说，这地方真像天堂呀。李达理也心悦诚服地说，真他娘的像天堂。车子穿过一座座豪华的别墅，最后在一座更为豪华的别墅前停住了。就是这儿。温小惠说。李达理随着她走下车，轻飘飘地朝那幢更加豪华的别墅走去。就从这个时刻开始，李达理便有了一种梦游的感觉，所以对于下面看到的景象，他都不知道到底是真的发生了，还是仅仅出自他的梦境。他看到的景象是，那幢更为豪华的别墅是处在一个阔大的院落内，院落由一道铁栅栏围成，上面爬满了绿色的藤蔓植物。进入院落里后，他看见地面碧绿如茵，草坪修剪得都很齐整平坦，四周则长有一簇簇低矮却茂盛的灌木，几条弯曲的石板小径像蛇一般隐现在草地和灌木间。院中央有一座石头堆积的假山，上面还真的有几股活泉潺潺地流下来。假山旁是一个个花坛，里面各种颜色的鲜花正在开放，迷人的芳香四处弥漫。别墅自然是二层建筑，由于是德国人建起来的，所以样式便显得有些古怪，上面竟然有一个类似教堂的尖顶，墙壁上纵横交错地爬满藤蔓，使房屋看上去像极了一棵巨型的植物。这时，温小惠像变戏法一样从裤腰带上解下一串闪闪发光的钥匙，大步走上前去开门上的锁，这让他不禁在心里感叹，她多像是他的管家婆。他还在迟疑，却听到了房屋上面传来的格格笑声，以为是鹦鹉之类的动物在啼叫呢。他抬起头，看见温小惠不知什么时候已经站到了阳台上，正探着一颗头朝他招手呢。还愣着干什么？她像鸟一般地对他说，快上来呀。他赶紧迈开脚步，磕磕绊绊地朝屋门里走去。屋内黑乎乎的，他看不见里面的任何东西，此时他的感觉就像进入了一个幽深黑暗的洞穴，里面是否居住着山妖和鬼怪也说不定呢。他边走边打了一个盹儿，当他从梦中睁开眼睛时，竟看见了他在乌龙镇老家或者温家寨的温世贵家里的景象。此时此刻，他正从外面风尘仆仆地回到家来。他的父亲或者温世贵从里面迎出来，样子既像山妖，又像是鬼怪。我的儿，老家伙抖动着化石一般古老的声音说，你终于回来了。他点点头说，没错，我是回来了。说着，他就把头伏在了他骨条累累的胸脯上。我的儿，老家伙的尖爪抚摸着他的额头说，这些年你到哪里去了。他回答说，我搞革命去了。老家伙继续问他，搞得怎么样了？他沮丧地说，唉，别提了。老家伙听他说别提了，也就不再问他有关革命的话题，只是沿着自己的思路说，你回来了就好，我正等着你来继承我这一大摊子家业呢。他朝四周打量一眼，忽然心有余悸地说，关于这个问题嘛，我还要想一想再说。老家伙不解地问他，还想什么？这原本就是你的。他捂住他的嘴说，别被他们听见了。老家伙拨开他的手说，你到底怕什么呢？他把嘴附在他耳边，悄声告诉他说，我怕有一天要被清算。老家伙吃了一惊，清算？什么是清算？他刚要告诉他什么是清算，却一下子被推醒了。你叫喊什么呢？他看见一条精赤赤的虫子伏在他脸边说。他抹抹睡目糊，朝四周打量了好一会儿，才慢慢清醒过来。我这是在什么地方？他困惑地问温小惠或者那条赤裸的虫子。温小惠告诉他说，你这是在自己的家里呀。他还是不解，我怎么会有这样的家？温小惠拍拍他的脸说，忘了？这是你的别墅呀。他绞尽脑汁，再次想了好一会儿，才慢慢记起来，原来他和温小惠来看那幢人家送他的别墅，没有立刻离去，便和她在里面睡了一觉或者几觉，实在累得要死了，便顺便住下来。他以为自己会死在这里，没有做再次醒来的打算，没想到，他赴死的计划还是落空了，竟然一大早就缓过来了。他坐起来，伸了一个懒腰，忽然觉得十分沮丧，沮丧透了。

昨天光顾睡觉了，没有来得及好好地参观一下，对于别墅里的景致，他还不是那么熟悉呢。于是，他赤着身子下了床来，在同样赤着身子的温小惠引领下，逐一观看别墅里的每个房间，每个房间里的每个摆设。别墅里的大部分房间都铺着地毯，他们的脚步声被它吸得一干二净，顶上悬着吊顶，温小惠游戏般地让几种颜色的灯光明灭，墙壁上还镶嵌着大型的裸体壁画，上面的男女一如现实中的他和温小惠。他们依次走过了客厅，它里面摆满了各种兽皮做成的沙发；走过了厨房，里面制作红烧肉的辅料一应俱全；走过了娱乐厅，里面装有家庭影院、卡拉OK、组合音响等设施；走过了卧室，他们昨天就在它宽大的弹簧床上睡觉；然后又参观了书房，里面的书架上既有革命书籍，也有通俗文学；参观了健身房，看见各种锻炼器械；参观了卫生间，里面装有高档智能马桶。最后，他们上到别墅的顶层，站在那个昨天温小惠已经上去过的宽大阳台上，举目欣赏远处的风景。他抬起眼，便看见了不太远的地方有一条像是虫子的弯曲小河。温小惠向他提出建议说，等什么时候烦了，也许我们可以去那里游游泳、钓钓鱼。他看见日头出来了，红色的光线将那条小河照亮了，似乎河里流动着红艳艳的血，乍一看上去，他还以为里面是一片溃烂的虫子呢。血。他说。他扭过头，看见温小惠如一条虫子一般正用开叉的舌头舔舐嘴唇。他看见她的嘴唇一片殷红，似乎也泛出了鲜亮的血光，这不禁使他疑心她刚吸吮过鲜血。他觉得有些晕眩，赶紧把身子靠在栏杆上，紧紧闭上了眼睛。不知过去了多久，当他再次醒来时，看见赤条条的温小惠已经躺在了地下，不，应该是躺在了高高的阳台上，又把她盘屈的身子伸直了，摊开了。红色的日光照耀着她赤裸的身子，使她看上去与他肚子里的那条虫子毫无二致。上来。她抬起一只手，朝他呼唤着说。他伏到这条虫子的身上，在没有把器官交给她的情况下，他忽然问她，你的名字真的叫饕餮吗？

温小惠一怔，你说什么？

我说你的名字叫饕餮。

饕餮？

对，饕餮。

好吧，那我就叫饕餮。

你是什么时候钻到我肚子里去的？

已经很久了吧。

你为什么缠着我不放？

因为只有靠上了你，我才会生存下去。

你不知道这样会害了我吗？

我们相伴而生不也是很好的一件事吗？

可这样一来，我却要病倒了。

在这个世界上，也许根本就没有健康的人。

可我不想受病痛的折磨。

那你找到结束这一切的办法了吗？

或许我已经找到了。

能告诉我那是什么吗？

消灭虫子。

你把手放在我脖子上了。

……

姜无疾的夜晚

一

小的时候,姜无疾以为自己是一个没有父亲的孩子。后来,稍稍长大了一些,他便知道这个想法很荒唐,很可笑,也很靠不住,因为有一天,他的玩伴邹中银质问他说,没有父亲,那你是从哪里来的? 姜无疾一下子愣住了,仔细回想邹中银的话,才知道人家说得很有道理,也就是说,没有父亲,他是根本不可能来到这个世界上的。那接下来的问题就是,既然他有父亲,那他的父亲是谁? 他怎么从来没有看见过那个人?

于是,姜无疾跑回了家去,径直去问他的母亲,我的父亲是谁?

此时,母亲正在摆弄那些不知干什么用的中药材。姜无疾家是开中药铺的,这样说恐怕也不那么准确,因为他家的中药铺实在不像是正规的店铺,既没有门头,没有幌子,也没有药橱,甚至没有多少像样的药材,当然更没有什么坐堂医生了,充其量也就是在一间临街的屋里摆放了几味黑乎乎的药材罢了,所以当别人问他,你家是干什么的? 他都羞于承认是开中药铺的。干什么? 母亲抬起头来问他。

姜无疾的问题已经问得够明白了,她还装着没听懂的样子,他觉得她是像以前那样再次和自己打马虎眼,便也大起嗓子,用更加清晰的语气叫喊,告诉我,我的父亲是谁?

母亲不仅没有回答他,反而瞪了他一眼说,喊什么喊? 还嫌我的耳朵不聋是不?

她的耳朵当然不聋,但姜无疾明白只要她不高兴了,不仅得不到需要的答案,弄不好还会挨上一顿呵斥,便只好放低了声音,再次问她说,我想知道我父亲是谁?

怎么想起问这个来了? 母亲呆怔了一下,还是没有回答他,却又低下头,继续摆弄那些乱七八糟的药材,你是吃了什么药了咋的?

看来她是不打算回答这个问题了,姜无疾还不想罢休,上前去推了她一下,为什么不告诉我?他又叫喊起来。

叫,叫,母亲有些气恼,掉过脸来瞪了他一眼,再耽误我干活,小心我揍你的屁股。

她这样一说,姜无疾也禁不住把手背在身后,在屁股上摸了一下,在过去的日子里,她可没少在他那个地方下手。对她这句话,他还是有些害怕的,便不再纠缠她,愤慨地跺了一下脚,也掉头走开去。

母亲没有告诉他父亲是谁,但也没有告诉他没有父亲,也就是说,他还是有父亲的,就像邹中银说的那样,这似乎也是一个收获,起码从此以后,他知道自己有父亲这件事了,他也可以向别人说自己有父亲了,尽管他不知道父亲是谁。所以从母亲身边离开时,他还是并不多么沮丧的。

也许就从那个时候起,姜无疾开始留意在他家出没的一些男人,或许他们之中就有他的父亲呢。说来令人失望,出没在他家的男人实在有限,因为他母亲是个不苟言笑的人,平时不大接触男人,也便很难留给他注目他们的机会。尽管这样,但有两类人还是会到他家来的,一类是送药的,一类是买药的,因为只有送药的来了,他家才会有药材可卖,而只有买药的来了,他家的生意才会做成,也才能让送药的继续来;这话也可以反过来说,只有买药的来了,他家才能把药铺开下去,而只有生意兴隆了,那些送药的才会到他家来,有了更多的药材可卖,买药的才会继续到来。不管怎么说,其实都是一个意思,他的目的不过是告诉人们,在他寻找父亲的日子里,他还是可以接触到两类人的,虽然他们的人数十分有限。

上面已经说过,由于姜无疾家药铺的"四无"状况,使得他家的生意不可能真正兴盛起来,甚至从某种程度上说一直处于半死不活的状态,作为药铺的掌柜,母亲似乎无心改变这种局面,所以从姜无疾记事时起,他家的药铺就是那种马虎潦草的样子,到很多年后被政府取缔关闭,它马虎潦草的样子也没有任何改观,唯一有变化的是,那间临街的房子在风雨的剥蚀下更有些陈旧灰暗了,以至于他在试图离开它远走他乡时,曾设想过放一把火,让它在火焰里化为灰烬。

回到前面的话题,也就是姜无疾对那些送药的和买药的男人的关注。先说买药的,因为差不多都是他们这个县城里的人,他觉得他们之中最可能有他的父亲,在他想来,距离的短近,或许是他们与母亲来往的便利条件,所以当每一个买药的到来时,他都瞪大了眼睛,仔细朝他们身上看。但令人不堪的是,这些人几乎无一例外都是病秧子,一个个不是东倒西歪,就是眼瞎腿瘸,让他们做他的父亲简直是对他的侮辱,也是对母亲的伤害,别说他们之中没有他的父亲,就是真有,或许他都懒得前去相认呢。所以没过多久,他就果断打消了在他们中寻找父亲的念头。这条路堵死了,剩下就只能去走另外一条路了,也就是在那些送药的人中寻找了。

让姜无疾一直想不通的是,这些送药的人差不多都是在夜晚进入他家的,他不知道他们是从哪里来,是不是赶了很远的路,为什么专门选择夜晚才到他家来,这使他在很长一段日子里都无法看清这些人的真正面目。尽管他对这些人没有多么清晰的记忆,但仅仅凭着一点印象便判断出来,这些送药的人绝对不像那些买药的人那样疾病缠身,甚至完全可以说,这是一些行动敏捷身手不凡的人。他倒真的情愿他们之中有他的父亲,但仔细想想又觉得不可能,他们都是一些来无影去无踪的人,又怎么可能和母亲发生那种直接导致他出生的事情呢?而且他实在想不出来,他们到底为什么非要等到夜晚来他家送药?白天不是更为方面吗?他曾经问过母亲这个问题,母亲随口回答他说,他们愿什么时候来就什么时候来呗。他听出来,母亲这是在搪塞他,就像她不正面回答谁是他父亲那样随意潦草,其中是否也含有故意遮蔽的成分?

由于黑夜的缘故,加之他家的灯盏昏暗,姜无疾尽管无法看清这些人的真实面目,但一个蓄着大胡子的人还是给他留下了一些印象,因为这个人不像他那些伙伴那样,仅仅卸下货物也就是草药,最多到屋里喝一碗水,便再次跨上马匹离去,而这个大胡子却进到里屋来,和母亲说上几句话,随后还凑到炕前,借着微弱的灯光,朝躺在炕上睡觉的他看上两眼。每到这时候,他便闭上眼睛,装作睡着的样子,一动不动地躺在被窝里,任他往自己脸上看。他觉得母亲也希望他这样做。有时他还会听到母亲和那人说关于他的话。

你看他一眼吗?母亲说。

看看。大胡子说。

看出什么来了?母亲说。

又长了一些。大胡子说。

我怎么没看出来？母亲说。

你天天看他，就觉不出来了。大胡子说。

噢，是这样。母亲说。

他听你的话吗？大胡子说。

还好吧。母亲说。

在他们说话的间隙里，还有一只手伸到姜无疾脸上，轻轻地抚摸了一下。姜无疾知道这是大胡子的手，而且根据手指的分布情况，他还判断出那是一只左手。母亲不经常使用左手，手指也不会这么粗糙，尽管它抚摸得很轻，还是有些弄疼了他，所以他盼望他的手赶快拿开，不然他就要睁开眼睛了。好在它在他脸上停留的时间并不长，他也便没有改变装睡的样子。他们有一搭无一搭地说了一气，那只左手从他脸上拿开了，母亲也把灯移开去。随后，大胡子也从炕前离开，迈着大步走出去了。很快，外面就传来急促的马蹄声。不一会儿，马蹄声便消失了，母亲又走回来，熄灭灯火，躺到炕上来睡觉。每到这时候，他就想问母亲一句，那个大胡子是什么人？为什么要来看他并抚摸他？难道说他是自己的父亲吗？他憋得十分难受，真想爬起来，把这几句话都向母亲问出来。但最终的结果却是，他一直没有爬起来，甚至没有摆脱装睡的状态，依旧闭拢着眼睛，身子一动不动，直到母亲嘴里发出了鼾声，他才悄悄舒展开身子，从嘴里长长地呼出一口气。

尽管没有询问母亲，但很多的时候，姜无疾都觉得那些送药的人里或许就有他的父亲，尤其是那个大胡子最为可疑。其实他也知道，这不过是他的一个美好愿望而已，因为与那些来买药的病秧子比起来，这些来送药的人们如此洒脱，如果让他们来做他的父亲，那倒真不失为一件十分美好的事情，他甚至觉得，他们之中随便一个都行，当然就更不要说他们的头领大胡子了。他几乎就要为这种想法感到激动不已了。可是，严酷的现实却是，第二天，他的玩伴邹中银却带着一丝恐慌告诉他说，昨天夜里，胡子们到县城里来过了。

姜无疾不免吃了一惊，什么？胡子们？他知道，他所说的"胡子"就是指那些无恶不作的土匪。

是，邹中银用肯定的语气说，胡子们是骑着马来的，我都听到他们的马蹄声了。

骑着马……马蹄声……听了他的话，姜无疾自然便想到了昨天夜里那些来他家送药的人,当然包括那个大胡子了,难道说,他们也是胡子不成?但他才起了这个念头,便立刻又打消了,他们是来他家送药的,怎么可能会是胡子呢?或许邹中银说的是另外一些人吧?没错,在送药的到他家来的时候,一定还有另一些人也就是胡子们到县城里来过,邹中银在睡梦中把他们混在了一起,不,应该说是他自己在刚听了邹中银的话时把他们混在了一起。

姜无疾虽然为自己的想法找出了理由,可回到家来,还是急不可待地朝母亲问了一句,娘,夜里到我们家来的那些人是胡子吗?也许他真的是昏头了,直到把这句话问出来了,才猛地意识到,他已经又一次惹恼了母亲。

果然,听了他的问话,母亲大瞪着两眼,在呆怔了一霎后,突然扬起手,毫不客气地打在他的脸上。你这个孽障,母亲凶狠地骂道,再胡说八道我就撕烂你的嘴。

姜无疾捂着热辣辣的脸腮,嘴唇颤抖了好几下,也最终没有把哭声吐出来。那一刻,他被母亲前所未有的愤怒吓住了。

不许在外面乱说话,母亲板着脸警告他说,听到了没有?

姜无疾当然不知道母亲不让他乱说什么,却不敢再违抗她的命令,赶紧点点头,转回身从她身边跑开了。他们不是胡子,他从母亲的态度里看出来,那些来他家送药的人根本不是胡子,他们对母亲以及他的态度那么好,怎么可能是凶神恶煞的胡子呢?真正的胡子一定是另外一些人。

那天早晨,县城里的人都在议论胡子的事,因为昨天夜里,胡子们不只是来到了县城里,还颇为严重地洗劫了一家医院。这未免让人们有些想不明白,按说,胡子们最善于干的事是抢掠别人的钱物,可现在倒好,他们放着那么多现成的店铺不进,却偏偏闯入了那些与他们没有多大关系的医院,那个地方还能有多少油水可捞?更奇怪的是,他们只是打死了两名医生,还把一些在病房里治疗的病人拉出来,扔到了大街上,却没有抢掠一分钱的东西,甚至连一瓶药水也没拿走,人们便有些看不明白了,难道说是这家医院里的人也就是那些医生或者病人,得罪了他们不成?可那些医生都是一些与世无争的人,哪里又有得罪他们的机会?那些病人呢?那些病人连自己的性命都快要保不住了,自然更不会与他们有什么瓜葛了。想不通,实在是想不通。

姜无疾跟随着邹中银他们来到医院所在的那条大街上，看见许多人早就围在那里了。他们拼命挤进去，刚看见医院门口的情景，便吓得赶紧退回来。医院门口前的地下倒着三四个穿着病号服的病人，多数都已经不动了，只有其中的一个还在轻微地挣扎。而在他们后面则躺着两个医生，那个年龄小一些的倒在台阶上，而另一个年龄大一些的趴在门槛上，两个人身上的白大褂都被鲜血染红了，在刚刚升起来的日头照耀下发出红彤彤的光，一下子刺花了他的眼睛。他的肚子里一阵急剧地翻腾，要不是他极力按住自己的喉咙，真要把才吃下不久的早饭都吐出来了。

别提那些胡子有多凶蛮。姜无疾听见一个颤巍巍的声音说，便随着声音去看，似乎这才发现，原来门口还坐着一个穿着便服的女人，看样子是个护工，正在对围看的人们讲述夜里的情况。他们一进来，就把朱医生打死了，护工指指那个年老的医生说，随后他们又用枪指住唐医生，护工又指指那个年轻的医生，让他带他们到病房里去。他们一进病房，就把那几个在这里治疗的病人拉起来，护工再次指指那几个趴在地下的病人说，不由分说拖到了大街上，唐医生对他们说，这些病人正在治疗，哪里经得住你们这么折腾？唐医生的话还没有说完，一个留着大胡子的胡子就一枪把他打倒了，然后吹着枪口里的烟雾说，我再让你给他们治病。胡子们挥起手里的马鞭，逐个抽打那些趴在地下的病人。我再让你们来这里治病。他们边打边说。病人们都疼得大声叫起来……

很快，一队警察就赶到了，把人们驱赶到远处去，然后伏下身来，开始检查那两个死去的医生和几个死去的病人，那个还在挣扎的病人征得他们的同意后，也被另外两个穿白大褂的人重新抬进医院里去。一个正在往小本子上记载什么的警察忽然盯住了那个朝人们讲述夜里情况的护工，便走过去，开始询问起她来。

他们杀人的时候你在现场？警察说。

我在……护工说。

你看见了什么？警察说。

我看见胡子先杀了朱医生，然后逼着唐医生到病房里去，因为他说了一句他们不乐意听的话，一个大胡子便下命令说，把他也干掉算了。一个胡子说，已经杀掉一个了，还杀掉这一个吗？大胡子说，留着他也是个祸害，杀了他，就没有人再给那些病人治病了。但那个胡子却没有听从他的吩咐。于是，大胡子便自己拿起枪，一下子把唐医生打倒了……护工说。

等等，我没有听清楚，什么胡子大胡子？你仔细说给我，唐医生是被胡子打死的吗？警察说。

是。护工说。

可你刚才说，他是被什么大胡子打死的？警察说。

对，他是被大胡子打死的。护工说。

你把我搞乱了，又是胡子又是大胡子，到底是怎么回事？难道他们不是一伙人吗？警察说。

是一伙人。护工说。

是一伙人他们又有什么区别？警察说。

当然有区别了，大胡子虽然是胡子，但我看出来了，他可不是一般的胡子……护工说。

又来了，好好，你不要说了，我已经听糊涂了。警察说。

这有什么好糊涂的，事情分明是……护工说。

行了，你不要说了……警察说。

你不是还没听明白吗？我不说你怎么能明白？护工说。

你越说我越不明白……好了，你去休息吧，我有不明白的事再去找你问吧。警察说。

那我等着你，夜里在现场活着的人就剩下我一个了，我有好多情况要对你说呢。护工说。

警察收起本子，使劲把她推回医院门里去，然后转回身，抹一把脸上的汗渍，悄声嘟囔着说，我的妈呀，就是破不了这个案，我也不会再听你说胡话了。

听了他的话，他身边的一个老头说，这个糊涂警察，连我都听明白了，他却绕不过弯儿来，这样猪脑子的人也来当警察，啊呸。

人们议论了一阵，见那几具尸体都被警察用篷布盖起来，没有什么可看的了，便纷纷散开去。邹中银拉了姜无疾一把，示意他也离开这里。姜无疾似乎这才有些反应过来。这时他的脑子里其实一直在思索那个护工的话，具体说是那几句有关"大胡子"的话，难道说这一切真的都是大胡子他们干的，也就是说，是给他家送药的那些人干的？他自然不愿意相信这个杀人的大胡子就是到他家去的那个大胡子，但他又本能地觉到，这个大胡子不可能不是那个大胡子,如果说,同一天夜里有两个大胡子分别来到了县城里,一个去了他家送药,一个到了医院杀人,无论如何都不能让他相信,世上不会有那么巧的事,也就是说,这个在医院杀人的大胡子一定就是那个去他家送药的大胡子……他甚至设想了一下这两件事发生的先后顺序,大胡子先在医院杀了人然后又到他家去送药,或者先到他家去送药然后又到医院杀了人。对,事情就是这个样子。

大胡子真是可恶,往回走的路上,邹中银心惊胆战地吸着气说,杀了那么多人,竟然连眼皮也不眨一下。

姜无疾没有附和他的话,这时他什么都不想说,也没有什么话可说出来。他在心里设想着大胡子杀人的情景,渐渐地,大胡子的形象便在他脑子里变得清晰起来。说起来,直到这个时候,他还没有看见过一次大胡子的样子,当他来他家炕前看他并摸他的时候,由于他闭着眼睛装睡,并没有看到大胡子长什么样,充其量只听到了他的一些声音,便吃不透自己想象的大胡子的样子到底是不是大胡子真实的样子。等下次再来时,他在心里想,我一定要睁开眼好好地看看他。随即,他又被这个念头吓了一跳,大胡子是那样一个凶恶的人,自己怎么能让他到炕前看他甚至摸他呢? 又怎么能睁开眼睛看他呢? 他想赶快回家去,问一下母亲,这些杀人的胡子是不是就是到他家送药以及到炕前看他摸他的那些人? 但回想刚才的挨打还有母亲愤怒的呵斥和嘱咐,他又实在不敢真的去向母亲发问。如果那些送药的人是胡子的话,他在心里告诉自己,他们就绝不是他的父亲,尤其是那个大胡子,不管他是否对母亲好,是否关心他,都绝不能做他的父亲,他的父亲怎么能杀人怎么能是胡子呢?

胡子到底为什么洗劫医院并枪杀医生和病人? 在很长一段时间里,县城里的人都不能解开这个谜,但自从这件事发生后,人们便都不大敢到医院里去看病了,没过多久,那家遭到洗劫的医院便关门倒闭了。在姜无疾成长的过程中,这家医院的倒闭当然不会对他造成什么重要的影响,他只是朦胧地记得,自此以后,他似乎不再关心也不再询问母亲谁是父亲这件事了。

随着那家医院的倒闭,姜无疾家的生意却好像好起来,也就是说,到他家来买药的人开始多起来。先前,他家的生意曾经很萧条,有时一连好几天,都没有人到他家来买药,母亲也不着急,每天坐在屋门口纳鞋底,神情里透着一丝悠闲,完全不像其他店铺的掌柜那样,如果顾客不上门来,就像挨了一刀似的坐卧不安。没有人来买药,他家的生活照样过得下去,每次做饭,母亲都会给他炒一个菜,这在他们那条街上可算是不错的饭食了,所以她有理由不那么紧张,至于他家买菜的钱是从哪里来的,他还想不起来关心这种事。那家医院倒闭后,来他家买药的人多起来,按说,母亲应该高兴才是,但在他看来,母亲的神情也并没有多大变化,唯一的区别是,母亲有些忙起来,当然,他这样说并不意味着母亲会忙得不可开交,不会,那样的景象从来就没有出现过,他之所以说他家的生意好起来,是与过去的萧条相比,其实来他家买药的人再多,每天也不会超过三个人。

姜无疾在别人家的药铺里见过掌柜的给病人抓药的情景,往往是转过身去,就近从摆放在屋里或者药橱里的若干种药材中抓取几样,按一定的重量称好,配在一起,然后用牛皮纸包起来,让病人带走。但母亲的抓药方式与他们不同,虽然他家的屋内也摆放着一些中药材,但母亲却从不在它们之中抓取,却是推开后门,穿过院落,进到一个堆砌杂物的厢房里去,过一会儿母亲回到前面的屋里,手里已经多了一个纸包,母亲把那个纸包交到病人手里,然后接过他递过来的银两,也就是说,那些摆放在外屋的中药材简直形同虚设,在他的记忆里,它们似乎真的从来没有被母亲用到过。他便有些想不明白了,既然这样,母亲为什么还要把它们摆在那里?难道说那些药材仅是他家药店的一个幌子?真正用得上的药物是在那间堆砌杂物的厢房里?

于是,姜无疾便对那间厢房产生了莫大的兴趣。当然,在这之前,他早就到那间厢房去过多次了,知道里面确凿是堆满了乱七八糟的杂物,从来没见放置过什么药材,那么,母亲是怎么从那些杂物里找到药物的?每次她到那里去取药物时,从来不让他跟着,他一做出跟她去的架势,她就板起脸说,在这里等着,不许乱动。要不就说,出去玩吧,不要给我添乱。当然更凶狠的话是,不听我的话,老娘就打断你的腿。他自然不敢不听她的话,所以也便从来不跟她到厢房里去,也就是说,母亲到底在厢房里是怎么配置那些药物的,他始终搞不清楚。后来,他把这件事说给邹中银听,邹中银也纳闷得不行,不仅没有给他解难释惑,看他那副极度迷茫的样子,他反而觉得母亲的做法更加难以理解了。

你家厢房里一定有鬼。邹中银指出。

你家才有鬼呢。姜无疾反驳他说。他觉得邹中银的话不怀好意。

不是你家厢房里藏着鬼,邹中银辩解说,我是说你娘到那里取药,一定、一定……他挠挠头皮,不知道该怎么表达他的意思。

姜无疾当然知道他要说什么,想想他的话也不是没有道理,便接上他的话说,其实、其实我也这么认为……

我们到里面去看看?邹中银忽然提出说。

不行,姜无疾摇摇头说,让我娘知道了,会打烂我的屁股。

我们不会不让她知道吗?邹中银白他一眼说。

姜无疾觉得他说得很有道理,便和他约定,当母亲不在家的时候,他们偷偷地到厢房里去看一下。这样的时候其实不难等到,母亲当然不会一天到晚都待在家里,就算她一天到晚都待在家里,也不会每一天都待在家里吧。于是在接下来的这一天,他看见母亲挎着一个篮子上街买菜去了,便飞跑着去喊邹中银。等邹中银来到了他家,他们关紧大门,直朝着西厢房的门板走去。这时他才发现,厢房的门板也被锁死了。邹中银没有怎么犹豫,便抓起一块石头,使劲砸了十几下,就把门锁砸坏了。他们摘下砸坏的门锁,推开门,便一头闯了进去。从这个时候起,他觉得他们就进入黑夜里去了。

由于厢房里两边的窗户都被布帘子遮死了,屋内显得十分黑暗,他们从明亮的外面进入黑暗的屋内,一下子难以适应,就像瞎子一样张开手臂摸索起来。过了一会儿,他们才彼此看清了对方的面目。由于光线不足,姜无疾觉得邹中银的脸孔一片灰白,五官都有些模糊不清了,像是贴上了一张白纸,他突然想到了传说中的鬼怪,所以心里一下子紧张起来。与此同时,他也看见邹中银的身子哆嗦开了,想必他也感到了害怕。姜无疾说要不我们出去算了。邹中银说既然我们进来了,还是看一看再出去吧。邹中银的胆子一直比他大,所以姜无疾也没有再提反对意见。可是,往下他们看什么呢?屋内到处都是零乱的杂物,这里一堆,那里一垛,在屋门一点微弱光亮的照耀下,姜无疾看见那些杂物之间正在升腾着灰尘的颗粒,还有一团团蛛网在飘舞。按说这是他家的地方,对这里也不那么陌生,应该带着邹中银往里走才对,但由于邹中银的胆子比他大,事实上是他在前面走,姜无疾在后面跟。可他刚朝那些空隙处迈出了一脚,又霍地收回来。随着一阵吱吱的叫声,姜无疾看见几只老鼠从他脚上跑过去。他张开大嘴,正要大声叫喊一下,邹中银却掉过头来,把手指竖在嘴上,示意他不要出声。于是,姜无疾只能把那只被老鼠爬过的脚提起来,不敢再朝地下落,另一只踩着地面的脚也颤抖起来,他担心它会支撑不住身子的重量,让他一下子摔倒在地下。

不知过了多久,姜无疾的脚都麻起来,厢房里总算安静下来了,老鼠钻进洞穴里去,灰尘静止不动,蛛网也停住了晃悠,他和邹中银镇定下来,迈开腿脚,继续在杂物的空隙间行走,继续进行他们的探险。大约足有一刻钟的时间,他们才把所有的空隙绕了个遍,竟然没有发现任何可疑的东西,视野里除了那些又脏又乱的杂物,哪里有什么药材?不要说没有药材,居然连一点点药材的味道都闻不见,说来奇怪,就算那些药材被母亲藏到了杂物里面,可它们总是要发出一些独有的味道才对,可现在倒好,姜无疾吸入鼻子的除了那些属于杂物特有的酸腐味道外,哪里有一点点药材的苦涩味?也就是说,这间厢房里根本就没有什么药材?那就奇怪了,他明明看见母亲从这里给那些病人取出了药物,可等他们进来了,那些神秘的药物却不翼而飞了,这是不是说,他和邹中银根本看不见那些药物?换句话说就是,那些药物认得出他们和母亲的区别,有意躲藏在某个暗处不让他们看见?

哪有什么药物?邹中银大失所望地说,我们白砸那把锁了。

我明明看见……姜无疾还不想就这么放弃。

你别是看花眼了吧?邹中银笑话他说。

怎么会?姜无疾回想着说,每当病人到我家来买药时,我娘都到这里来拿,又不是一次两次了,我怎么会看错呢?

我爹来买药的时候,邹中银又问他,你娘也是在这里拿的药吗?

是,姜无疾点点头说,也是从这里拿出去的。

哎呀真脏,邹中银皱起眉头说,从这些垃圾里拿的药,我爹还吃得很带劲呢。

他们正说着这些无聊的话,忽然听到了外面院门被拍响的声音,啪啪啪,一连响了好几声,姜无疾一下子便判断出来,是母亲回来了。见他很惊慌的样子,邹中银还侥幸地安慰他说,也许是买药的来了呢。姜无疾摇摇头说,才不会是买药的呢,买药的应该去敲前面药铺的门。他这样一说,邹中银也害怕起来。姜无疾想跑出去为母亲开门,那样或许能减轻一些他们所犯的错误，但邹中银拉住了他，不让他就这样到外面去。于是，姜无疾也便犹豫起来。就在他犹豫的时候，母亲推倒了门板。他听见随着门板"哐当"一下倒地的声音，随即便传来母亲急促行走的脚步声。他们知道从厢房里出不去了，便把身子隐藏到杂物间，只要不朝外面跑，或许他们就不会被母亲发现的。但他们似乎忘了，那把被砸坏的锁还丢在院子里，母亲一定会看到它的，还有厢房的门板也开着半拉，母亲由此不难判断，厢房里到底发生了什么事。所以母亲的脚步声没有停留，便直朝厢房门口响来。坏了，姜无疾悲观地在心里想，一顿严厉的惩罚一定是免不了了。他像受到攻击的乌龟一样紧紧地缩着头颈，同时又为自己寻找着不被发现的理由，就凭这些堆积如山的杂物的遮挡，母亲要把他们提溜出来也不是那么容易的事。他绷紧着呼吸，想和母亲来一个捉迷藏的游戏，但他还没有做好准备，就听见从邹中银藏身的地方传出"嗷"的一声叫，随即便看见邹中银霍地跳起来，一边尖利地叫着一边急快地朝外窜去。母亲这时候已经站到了门口，似乎没有想到一个人会高叫着迎面扑来，所以她一下子愣住了。趁着她愣怔的当儿，邹中银像一条受到逼迫的疯狗，急如星火地从她身边掠过，一眨眼就奔到了院子里，还没有等母亲看清他的面目，便消失在了院门外。母亲受到了他的冲撞，脚下有些不稳，要不是及时扶住了门框，说不定会随着他倒在地下。母亲站稳了身子，长长地喘出一口气，随即回过头来，继续朝屋里具体说是那些杂物里张望。由于狗日的邹中银的仓皇现身，姜无疾怕是也要很快被发现了，母亲当然不会相信来到这间屋内的只有邹中银一个人，而她留在家里的儿子却置身事外，正像俗话说的那样，没有家贼，哪来的外寇？于是，没等母亲朝他吆喝，姜无疾便自己站起来，迎着她乖乖地走过去。他硬着头皮朝她走，同时在心里琢磨，母亲该以怎样的方式惩罚他？

其实，母亲并没有做出惩罚他的举动，两手甚至没有伸出来，而是交叉抱着膀子，只是用一双眼睛看着他，目光显得有些游移不定。你们看见了什么？母亲问儿子。

我们看见了……姜无疾想顺着她的话往下说，但很快便反应过来，赶紧摇摇头说，我们什么也没看见。

真的没看见吗？母亲似乎不相信。

姜无疾不知道她指的是什么，如果她是说那些杂物呢？他便不敢再摇头了。

说，母亲蹲下身，扯一下他的衣襟，你们到底看没看见？

姜无疾越发不敢张口了。

说呀。

姜无疾真的不知道母亲让他说什么。

你快给我说呀。母亲有些急不可待了。

我们……

你们看见了？

我不知道……

那是你们的眼，看见了就是看见了，没看见就是没看见，怎么会不知道？

母亲越是这样说，姜无疾越不知道该怎么开口了。

或许你们没看见？母亲忽然又说。

姜无疾赶紧点了一下头。

真的没看见？

真的。尽管这样说着，姜无疾的嘴唇却哆嗦起来，不知道这样说对不对。

怎么可能？你们怎么会没有看见？母亲果然不相信这种说法了。

姜无疾呆呆地看着她，吃不透她的意思是愿意他说看见的话，还是希望他说没看见的话。

好吧，母亲终于不想这么问下去了，连姜无疾都明白，这样问下去是不会有什么结果的，她猛地站起来，转身往院子里走去。他以为严重的时刻已经过去了，随着母亲的离去，他长长地吐出了一口气。但他还没有把这口气吐完，就看见母亲掉转身，又急急地走回来，与离开时不同的是，她的手里不知什么时候多了一根棍子。望着那条在她手里舞来舞去的棍子，他还没有完全放松的身子就又立刻收紧了。几乎是凭着本能，他便知道母亲是要用棍子抽打的方式来惩罚他了。

叫你再看。母亲打他一下说。

叫你不学好。母亲又打了他一下说。

叫你不长记性。母亲最后打了他一棍子说。

母亲只打了他三棍子，姜无疾就被打坏了。说起来，三棍子并不算多，并没有超出他的预期,他之所以三棍子就被打坏了,也并不是他的身子不经打,而是母亲打得太狠太重了。头一棍子,他的腿就被打瘸了,第二棍子,他的屁股就被打烂了,第三棍子,他的脊背上也淌出了血来。过后想想,他能够在极短的时间内承受得住那三棍子,还是非常不容易的。

接下来的事情,便是姜无疾躺在炕上疗伤了。为他疗伤的当然是他的母亲,由她打坏了他再由她来为他疗伤,不知道算不算是他对她的惩罚。好在他家是开药铺的,并不缺少用于疗伤的药物,但由于他躺在炕上,便不知道母亲为他疗伤的那些药是不是从那间厢房里,具体说是从那些杂物中拿出来的,想到那些肮脏的杂物,他的身子便一阵阵疼痛,一阵阵瘙痒。在躺在炕上疗伤的那些日子里,他总是会想到母亲打他时说到的那三句话,头一句是"叫你再看",这他很好理解,第二句是"叫你不学好",他便有些想不明白了,到厢房里去看一下那些可能存在的药物就算不"学好"吗?第三句是"叫你不长记性",他想从挨下了这顿暴打后,他再也不会到那间厢房里去做什么探险了,就是那里真的藏着一个鬼,也与他没有什么关系了。

姜无疾的伤刚一好起来,母亲就把他送进了学堂去念书,照她的话说,她是要让他赶快"学好",在她看来,一个人只有在学堂里才会"学好"的,如果再像以前那样让他待在家里,怕是就无法"学好"了。他无法违抗母亲的意愿,便只好像一只关进笼子的小鸟一样被圈在了学堂里。在很大程度上他失去了"自由",只有下学后或是星期日的时候,他才会像过去那样到外面去玩。当然,他首先还是去找邹中银,因为在这条街上,能够和他玩到一块的除了邹中银外,还真的找不到其他的人。但自从他上学堂后,邹中银就不大愿意和他一起玩了,有时他去找他,邹中银还一副爱搭不理的样子,好像他一上学堂,就不配和他在一起玩了。其实他也觉出来,他们之间共同的话题已经变少了,往往他想告诉邹中银一些学堂里的事,以为他会对这个感兴趣呢,而邹中银则急于向他诉说街上的一些事,以为他依旧对这些感兴趣呢,于是他们很快就说不到一块去了。说实话,姜无疾不想失去这个好朋友,便心生一计,给邹中银出主意说,干脆你也到学堂里来上学算了。没想到他的话还没说完,邹中银就摇摇头说,我家没钱,才不会让我去上学呢。说完就低下头,神色黯然地从他身边走开了。望着他那副孤寂落寞的样子,姜无疾心里十分难受,想想他为不上学找出的理由,又觉得难以理解,既然他家没钱让他上学,为什么他爹却有钱吃药?其实在他看来,邹中银的爹根本就没有什么病,却三番五次地到他家来买药,好像那些药是什么好东西一天不吃都不行似的。

与姜无疾家的情况不同,在他们这条街上,邹家算是比较难过的一家。说起来,邹家也就三口人,邹中银的父亲老干头和母亲邹胡氏,还有他们的儿子邹中银。老干头虽然不是身强力壮的汉子,却还没有到疾病缠身的地步,像他的绰号一样,仅仅是有些干瘦,干活绝对是不成问题的;邹胡氏是个格外勤劳的女人,一天到晚都给别人家洗衣服,借此挣下几个工钱;邹中银呢?也正在飞快地长起来,也许过不了两年,就会成为一把干活的好手。如果老干头和邹中银都像他们家的女人那样能干,他们的日子一定是很好过的。但不幸的是,事实并不是这样,老干头尽管身子并没有坏掉,却一副病歪歪的样子,当然,这种样子多半由他自己的感觉造成的,多数情况下都打不起精神来,姜无疾看见他的时候,似乎他总是在打哈欠,让人疑心他还没有真正从睡梦中醒来。可想而知,这样一个精神状态的人是与活计没有什么缘分的,也就是说,游手好闲成了他无法摆脱的天然习性,依靠他来挑起家庭的重担无论如何是不切合实际的。不干活倒也罢了,只要好好地在家待着,哪怕让老婆来养活也还能说得过去,但老干头连这一点都做不到,当老婆面对着洗衣盆使劲搓洗衣服的时候,他却从她身后悄悄地溜出去,直奔姜无疾家而来,几乎一照母亲的面,就咧开大嘴,同时龇出两颗发黄的板牙,极力朝她发出微笑。嫂子,他用巴结的口气对她说,快给我拿两服药,我、我快要撑不住劲儿了。还生怕母亲的动作迟缓,老干头随即从衣兜里掏出几块银圆,有时只是几枚铜板,托举着递到她面前,放心吧,钱我给你现成的。在姜无疾看来,老干头也就这一个优点,从来不欠他家的钱。他当然知道,那些钱并不是老干头自己的钱,他自己似乎从来没有钱,而是从他老婆那里要来的,或者说是从他老婆的衣袋内偷来的,因为他老婆不愿意给他钱,他每次讨要都十分困难,不是遭白眼就是挨顿骂,他有时不耐烦了,便悄悄地去偷她的钱,如若不被发现倒还罢了,一旦被老婆觉察,便会招来一顿更加强烈的斥责。如果换成一个稍有自尊心的男人,也许就会反省一下自己,在以后的日子里加以改正,即使不能让老婆看得起,起码也不能再让她骂自己了。但老干头却不是这样,老婆该怎么骂怎么骂,他照样厚着脸皮我行我素,就像老婆对他说的那样,狗改不了吃屎。也许正是受了他的影响,他们的儿子邹中银还没有长大,便也已经流露了不务正业的迹象，不去上学堂是囿于家庭困难，还能说得过去，但整日在大街上逛荡，无论他母亲怎么忙碌，也不去帮她一下，便有些说不过去了，毕竟他已经快要长大成人了，还那么白吃家里的饭，就不能不受到他母亲的责骂了，在街上被一些人看不起，也是顺理成章的事了。一提到老干头和邹中银父子，邹胡氏就绝望地摇摆头。我的命苦呀，她抹着眼边的泪水说，摊上这两个狗东西，我的苦日子还哪里有个头？

每次看到母亲把药拿给老干头，姜无疾都止不住地劝阻她。老干头到底有什么病？他不解地问她，为什么要经常吃药？他的意思很明确，那就是认定老干头是在装病。他担心母亲没有看出这个问题，而且他还有些疑心，母亲看出来了但为了挣钱依旧把药卖给他。

你知道什么？母亲白他一眼，小孩子家不要胡乱说话，这是大人间的事。

对于母亲的说法，姜无疾觉得有些难以理解，如果她说这是药铺和病人之间的事，他倒不想再说什么了，可她却说什么大人间的事，不是明摆着欺负他是孩子吗？或许他们之间真的有什么不让他这个孩子知道的什么事呢。那你告诉我，姜无疾不服气地问她，老干头吃的是什么药？

听他这样问，母亲紧紧地盯着他，神情好像有些慌乱。怎么回事？她颇为紧张地问他，你想知道些什么？

其实姜无疾又想知道些什么，即使想知道，他们也未必会告诉他呢。我的意思不过是说，老干头到底得的是什么病？

听了他的解释，母亲慢慢放下心来。管他什么病呢，她虚假地搪塞他说，他来买药我就卖药，知道那么多干什么？

这实在不像是母亲应该说的话，在姜无疾的印象里，母亲虽然说不上是一个好心肠的人，但起码不是什么坏人，在这条街上，母亲的名声也并不多么差，可现在，她为什么却说出了这样不符合她性情的话？

好了好了，母亲终于不耐烦了，挥挥手，想把他赶到一边去，不要耽误我做事，赶快到屋里去学你的习吧。

姜无疾见劝不住她，也只好作罢。但自从这件事后，他却对母亲有了一个不好的看法，好像她真的成了一个势利的人似的。

事实很快证明，姜无疾这个看法并不是毫无道理。在接下来的这一天，老干头的老婆邹胡氏突然来到他家，找母亲闹事来了。其实在此之前，邹胡氏是经常来他家的,在他们这条街上,邹胡氏和母亲的关系最好,大约也正是受了他们的影响,他和邹中银才成了形影不离的玩伴,有时母亲会到她家去,更多的时候是她到他家来,两个女人坐在一起嘀嘀咕咕,不知道说些什么,也只有在这个时候,辛劳的邹胡氏才会显得快乐。但不知什么时候,邹胡氏却不到他家来了,他想了一下,或许是从老干头频繁到他家来买药的时候吧,母亲自然也便不到她家去了,两个女人不知道什么原因断绝了来往,但还没有发展到争吵的地步。但这一天,邹胡氏却气冲冲地来到他家,一见她怒不可遏的样子,他就知道她是来闹事的。果然,一照母亲的面,邹胡氏就扯起嗓子,高声叫骂起来。直到这个时候,他才第一次发现,平时温和拘谨的邹胡氏竟然潜藏着不少泼辣的因素。

都是你这个挨千刀的坏女人,邹胡氏毫不客气地骂道,生生把我男人弄成了现在这种人不人鬼不鬼的样子。

你男人到底是人是鬼你还不清楚?母亲也拉下脸子反唇相讥,自己的男人不好好看着,出了事却怨起别人来,天下哪有这样的道理?

就是怨你,邹胡氏不管不顾地说,你要是不卖给他那些狗药,他会变成这种样子?

母亲摊开两手,装作无辜的样子说,他来买药我有什么办法?总不能不卖给他吧?如果我不卖给他,恐怕他要砸我的店了。

看你多么会装?邹胡氏撇着嘴说,都把别人害成了病秧子,就差让人家家破人亡了,你以为你脱得了干系吗?我的家败了,我就是下了地狱变成鬼,也不会放过你这个恶女人的。

既然我干起了这一行,母亲昂昂不睬地说,就不怕你来说三道四吓唬我,有本事不用等到下地狱,现在就来找我算账好了。

我今天就是来找你算老账的,邹胡氏直朝母亲扑上去,不把你的药铺砸了,算我白来这一趟了。

姜无疾这才发现,邹胡氏手里还拖着一根木棍,但不等她把棍子举起来,母亲就也迎上去,和她扭打在了一起。

在她们像两只愤怒的母鸡一样战斗的时候,姜无疾却还站在一边,有些回不过味儿来,不要说他想不明白她们到底为了什么事而决裂,就说她们刚刚骂过的那些话,他就觉得颇为不解,按照邹胡氏的说法,好像是老干头吃了母亲的药才得病的,这怎么可能?即使最最简单的逻辑也应该是病人先得病,然后再吃药,怎么可能反过来,先吃药后得病呢?如果是这样的话,那他为什么要吃药?就算母亲再愿意卖药,老干头如果不来买,母亲也不会把药卖到他手里去吧?这话也可以反过来说,既然老干头到他家来买药,那就说明他已经得病了,那母亲再卖给他药不是顺理成章的事吗?就算母亲的药没有治好他的病,邹胡氏也不应该上门来找母亲闹事吧?但现在的事实却是,邹胡氏不仅上门来找母亲闹事了,而且还要把他家的药铺也砸了,听得出来,她的话里包含着极其强烈的愤慨和怒火,似乎真的是他家的药铺把她的男人连同她一家害苦了,害惨了,以至于到了令她无法再忍受的程度,所以她才不顾一切地拖着木棍来找母亲算账。他真是想不明白,怎么母亲把药铺和病人的关系弄成了这种样子?

姜无疾还没有从冥思苦想中挣脱出来呢,母亲和邹胡氏已经打得不可开交了。就像他对邹胡氏的泼辣感到了意外一样,接下来母亲突然爆发出的凶悍更加让他感到了诧异。与母亲的凶悍比起来,邹胡氏的泼辣竟然不是对手,当然她的体格也不如母亲强壮,不大一会儿,她就被母亲压在了地下。你这个蠢女人,母亲一边朝她脸上打耳光,一边恶狠狠地咒骂,老娘就是要让你男人变成鬼,你能怎么样?

邹胡氏被母亲打坏了,躺在地下,手脚无目的地乱动,完全失去了战斗力。呜呜呜。她嘴里发出了痛苦的叫声,不知是要叫喊,还是在哭号。

母亲从她身上爬起来,还不拉倒,又拎起她带来的那根木棍,朝她的腿上抽了一下,才转过身,气哼哼地走开去。

姜无疾从呆愣中醒过神,看到邹胡氏躺在地下起不来,想走过去帮她一把。但他随即便看见母亲在远处看他,目光里含着前所未有的敌意,他才赶紧止住脚,抈搂着两手,不知道往下该怎么办。

邹胡氏是爬着离开他家的,她的一条腿被他母亲打折了,其实母亲那一木棍打得并不厉害,主要是邹胡氏太不经打了,无论如何无法站起来,只好像一条断了尾巴的蜥蜴那样爬着往外运动。你就好好地等着吧,邹胡氏一边往外爬一边悄声嘟囔,老娘不会就这么善罢甘休的。

由于与她的距离较近,姜无疾便很清楚地听见了她的话,而母亲站在屋门口的远处,所以他吃不准她是否知道邹胡氏说过这句话。但在接下来的时间里,他却看见母亲在做着迎接下一场恶仗的准备,她先把院门闩死,又在门板后顶上一根木棍,然后去关那间临街店铺的门板。等做完了这一切,母亲便从厨房里拿出一把刀,放在磨石上,一下一下地磨起来。日光打在刀刃上,发出一道亮丽的光波,在院子里晃来晃去。母亲把刀举起来,伸出一根手指,在上面试了试,也许觉得还不够锋利,便放回磨石上继续打磨。院子里再次响起哗啦哗啦令人牙齿发麻的声音。

望着母亲如临大敌的样子,姜无疾也禁不住有些紧张,但仔细想想,又觉得母亲如此的举动没有什么必要,邹家一共就三个人,最有力量的一个已经被她打败了,剩下的两个之中,一个不但病着而且有求于母亲,很难想象他会真的来为自己的老婆出这个头;另一个一向与他交好,就算他冒着得罪他的风险找上门来,由于年龄尚小,还算不上是他和母亲的对手,除此之外,邹家就没有多余的人了。他想把这个情况说给母亲,但看她那副义正词严的样子,又把要说的话咽回到肚子里。他觉得今天的母亲已经不是他记忆中的那个母亲了。

但事实很快便无可辩驳地证明,是姜无疾想得太过于简单了,幸亏母亲做了充分的准备,不然他和母亲在接下来的时间内就要吃大亏了。母亲和邹胡氏打架是在上午发生的,到了下午,母亲预料中的一场恶仗就如期到来了。其实这个时候他们刚刚吃过午饭,母亲还没有来得及洗碗,临街店铺的门板便被敲响了。姜无疾霍地站起来说,买药的来了。说着,他就要过去开门。

别动。母亲厉声喝住了他。

姜无疾不敢再动,看了一眼母亲,又把目光转到门板上。

门板响得更厉害了,也晃得更厉害了。望着就要倒下来的门板,姜无疾这才相信,这些执意要进来的人绝不是来买药的病人,而真的是母亲准备接待的那些来和她打一场恶仗的人。他真是想不明白,就算这些人是来为邹胡氏复仇的,可他们是从什么地方来的呢?据他所知,邹家在这个地方并没有什么亲戚,邹家又从哪里找来的这些人呢?

门板一被推倒,那些人就挥舞着棍棒冲进来了。姜无疾这才认出来,原来这些来为邹胡氏复仇的人竟然都是他们这条街上的邻居,这可真有些怪了,这些原本与母亲并无什么过节的人怎么突然间就变成了邹家的亲友,当然也便是他家的仇敌了。如果不是这场突然到来的变故说服了他,他还真的不知道他家在这条街上有那么多对立面呢。到底是什么造成了眼下如此不堪的局面?

姜无疾当然来不及思考这些问题,随着那些人的涌入,一场他没有经历过的打斗也就是母亲所设想的恶仗便急如暴雨一般地上演了。与那些人涌进来的同时,母亲也一跃而起,挥舞着菜刀迎上去。但涌进来的人实在太多了,母亲手中的菜刀不知道该砍向哪一个人,其实它也真的没有砍中任何一个人,便很快被一根棍棒打落在地下。母亲的菜刀一脱手,她便立刻失去了所有的力量,只能挓挲着两手,眼睁睁地看着那些人把暴力施加到她自己和她周围的一切身上。实际上,那些人并没有怎么样她,在撞倒了她以后,他们便把行动的目标转移到她周围的那些东西上,具体说是那些徒有虚名的所谓药铺用具上面,什么柜台啦,桌子啦,凳子啦,当然还有那些并不大用得着的药材,只要是不属于这间屋子自身的东西,一概成了他们打砸的对象,没用一袋烟的工夫,所有这些东西就被毫无例外地砸了个稀巴烂。

这场混战过去后,那些人拎着棍棒心满意足地离去了。母亲从地下爬起来,抹抹脸上的血迹,望着地下的一片狼藉,嘴角浮出了一丝冷冷的笑意。

望着母亲脸上的表情,姜无疾有些反应不过来,母亲挨了打,还有他的家被砸成了这样,她竟然还有心思笑?娘,他不解地问她,他们为什么要把我们的药铺砸了?

因为他们手痒了。母亲这样回答他。

姜无疾当然知道母亲是在搪塞自己,便再一次问她,他们是邹中银家的亲戚吗?

当然不是。母亲撇撇嘴说,邹家哪来的那么多亲戚?

那他们为什么要替邹中银的娘出气?

我不是说过了吗,他们的手痒痒了。母亲有些不耐烦了。

姜无疾想了一下又说,我们得罪他们了吗?

没有。母亲摇摇头说。

那他们为什么和我们过不去?

姜无疾以为母亲会再次说,是他们的手发痒了。但母亲没有再说这句话,而是吧嗒一下嘴说,看来他们不想让我们把药店开下去了。

母亲的这句话说得有些道理,但依旧没有回答他那个问题,姜无疾想再继续问她,那么他们为什么不让我们把药店开下去呢?难道开药店还会得罪人吗？在他想来，开药店是在做治病救人的好事，可为什么到母亲这里却变成了得罪人的事呢？看看母亲愈来愈沉重的脸色，他没有再把这些问题问出来，便紧紧地闭住了嘴。

母亲没有收拾屋内那些凌乱的东西，而是又坐到一块木板上，目光痴痴地朝外面街道上看。等着吧，她自言自语地说，今天夜里有你们好受的了。

尽管母亲的声音很小，姜无疾还是清晰地听见了她的话。他觉得母亲的这句话与上午邹胡氏说过的那句话没有多大区别，都是不想放过对方而准备引发一场更加凶恶战仗的誓词，如果她们仅是说说也就是发泄一下心中的仇怨倒也罢了，但从刚刚发生过的这场打斗来看，邹胡氏并不是说着玩儿的，那么现在母亲也并不是随口一说了，也就是说，她们都是执意要兑现自己这句誓言的。想到这里，他不免大吃了一惊，意识到一场更加凶恶的战仗即将到来，母亲已经对它发生的时间给出了一个精确的说法，那就是"今天晚上"。但他有些想不通，今天晚上真的会发生她所说的那场战仗吗？母亲凭什么来发动这样一场格外凶恶的战仗？在这条街上，甚至在这个县城里，他们都没有其他任何一家亲戚，母亲倒是有几个不错的朋友，但从今天发生的事情来看，她那些所谓朋友是根本靠不住的，他们不在顷刻间变成她的仇敌就算是不错了，还能指望他们来帮她发动战仗吗？不要说是母亲，就连他都觉得荒唐滑稽。既然这样，母亲又为什么如此确定这件事的发生呢？难道说她被那些来打砸的人搞糊涂了？他走过去，把手举起来，在她眼前晃摆了一下，考察她的脑子是否还算清醒。

干什么？母亲使劲拂开了他的手。

姜无疾明白了，母亲的脑子没有问题，看来她刚才那句话不是胡话，也就是说，今天晚上真的有可能发生一场令人心惊肉跳的战仗了？

姜无疾还没有把这件事想清楚，随着时间的流逝，当日头偏向西南方的时候，邹中银竟然找他来了。一看到邹中银的影子，他便感到了不安，本能地以为他是来找自己算账的。他刚要往一边躲，又觉得不该那么做，如果邹中银在那些打砸的人来之前找他，恐怕还有与他打架的可能，但那些人已经来过了，人也打了，东西也砸了，该报复的都已经报复完了，如果说还有什么没有完成的话，那只能是他对邹中银的又一场报复，也就是说，如果有一场战仗要发生的话，也只能是由他来向姓邹的发动，既然如此，他又有什么理由躲避呢？想到这里，姜无疾悄悄地攥紧拳头，迎着他走过去。好小子，他在心里说，我没有去找你算账就算便宜你了，没想到你竟自己找上门来了，如果你被打坏了可别怨我不留情面呀。

看到他一副横眉立目的样子，邹中银果然害怕起来，倘若是平时，他可是一点都不怕他的，他停住脚，不知道是否该继续往前走，还是该扭转身子一溜烟地跑回去。姜无忌，他叫着他的大名说，我、我不是来打架的……

那你是来干什么的？姜无疾趾高气扬地说。

我是来向你求情的。邹中银说。

向我……求情？姜无疾吃了一惊。他实在没有想到他会这样说。求什么情？他迷惑地问他。

听说他们今天晚上要来？邹中银凑上来一步。

谁……今天晚上要来？姜无疾越发迷糊了。

那些……邹中银想说出那些人的名字，但想了一下，又似乎觉得不妥，或许是怕惹恼他吧，便模棱两可地说，就是那些人……

姜无疾不知道他说的那些人到底是指什么人，但他没有继续停留在这个问题上，此时他的注意力都落在了"今天晚上"这几个字上，心里不禁一动，刚才母亲已经说过了这几个字，现在居然又从他嘴里说出来，只是还不知道他们是不是说的一回事。你是说那些来打仗的人？他向他进一步核实说。

听他这样说，邹中银越发害怕起来。看来他们真的要来了？他绝望地闭了一下眼，如果他们真来了，肯定要出大事的。

姜无疾搞不清他说的"大事"到底是什么事，看他对"他们"说得如此肯定，便又把注意力落到了这个问题上。你知道他们在哪里吗？他问他说。

不知道，邹中银摇摇头说，我只是听说他们今天晚上要来……

你听谁说的？姜无疾打断他的话问。

街上的人都这么说。邹中银说。

都这么说？姜无疾便感到奇怪了，母亲根本没到外面去，街上的那些人怎么知道这件事？

你能不能去给他们说一说？邹中银哀求他说，让他们不要来了，刚才来闹事的那些人已经都后悔了，还有我娘，就算她的腿废了，以后也不会再来找你娘的麻烦了……

看他可怜巴巴的样子,好像那些刚才还在砸他家药店的人都真的胆怯了似的,还有邹胡氏那个泼妇兴许也已经低头了。但姜无疾只是不解,是什么让他们在这么短的时间内发生了如此大的变化?其实在这段时间内什么事也没有发生,如果有什么异常的话,那就是街上出现了一些传言。

去和他们说说吧,邹中银拉住他的手说,让他们今天晚上不要来了,如果这件事就这样过去了,我们会包赔你家的损失,等到明天,你家的药店就会重新开起来……

可我找谁去说?姜无疾抽回他的手,他们到底是谁?究竟在什么地方?我一点儿都不知道……

你怎么会不知道?邹中银不相信地说,他们与你家有那么多来往……说到这里,他似乎担心再次说错了话而让他不高兴,还是又止住了嘴。

姜无疾真是感到莫名其妙,在对即将发生的事一无所知的情况下,他却被人们认定对此了若指掌,天下还有比这更荒唐的事吗?

好不容易将邹中银打发走了,姜无疾重新回到母亲身边,又问她说,今天晚上那些人真的要来吗?

母亲的目光依旧望着远处,并不认真回答他的话,只是随便点一下头说,也许吧。

那,姜无疾也接上去问道,他们是些什么人?

母亲或许也才意识到他的问题,收回目光,在他脸上停留了一下,便冷冷地说,不要问这些不该问的话。

母亲依旧不想直接回答,但姜无疾却不敢再问下去了。在家里待得无聊,见天色还早,离那些人来的时间还远着呢,他便走上了街去,既然母亲不想回答他,那他就到街上去碰碰运气,或许会有人告诉他是怎么回事呢。

与往日不同的是,外面竟然没有一个人,更奇怪的是,街两边的店铺居然也都关闭了。姜无疾抬头看看天空,日头的确还没有西落,店铺为什么在这个时候就关门了?尽管整条街道都空荡着,但他却感觉得出来,在那些胡同口、房屋后以及临街的窗口处,正有许多人悄悄地把头探出来,鬼鬼祟祟地朝他身上打量。他走到一棵树前,觉得看见了一个躲藏在树后的人,便径直到树后去找他。我抓到你了。他在心里对那人说。可他从树后又回到了街上,也没有找到那个人。他松了一口气,以为树后其实没有人,但等他把头抬起来,却看见一个人影正在急急地往远处的巷子里跑去。于是,当他走到一堵坍塌的墙壁前时,尽管并没有看见里面有人,还是大声诈喊了一声,我看见你了,快出来吧。没想到里面果然走出了一个人,一个男人,更准确地说是一个年轻力壮的汉子。他认出来,这个汉子就是他们这条街上的人,而且参与过对他家的打砸,好像还是领头人呢,他还记得,当汉子撞开门板闯进他家,对着药店里那些东西挥起手中的木棍时,脸上的神色别提有多么凶恶、狠毒。但奇怪的是,现在他却像是换了个人,不仅把高大的身子弯曲下来,而且极力在眉眼里弄出很多的笑来。姜无疾不禁有些迷惑,这是那个打砸他家店铺的领头人吗?别是他认错了人吧?

不要打我,汉子把手举起来,捂住自己的头说,我知道我做错了,你就让他们饶了我吧。

姜无疾没有回答他的话,而是问他说,你躲在这里干什么?

不是我有意这么干的,汉子赶紧申明说,是他们让我到这里来的。说罢,汉子往远处指了一下。

姜无疾随着汉子的手势往远处看,虽然看见的是一幢幢房屋,却觉得在那一幢幢房屋里面,具体说是在那些房屋的门窗后面,有许多双眼睛正在朝他这边张望,看见他朝他们看,那些眼睛急忙隐藏到墙壁后面去了。他们让你干什么了?他纳闷地问他。

盯你的梢,汉子坦白说,看你到底往哪里走。

你们以为我会往哪里走?姜无疾故意问他。

这个、这个我们也不知道。汉子摇摇头说。

好了,姜无疾摆了摆手,你说的我都知道了,你回他们那里去吧。

你真的让我走?汉子有些不相信。

当然让你走了,姜无疾推了他一把,我为什么不让你走呢?

汉子放下心来,转过身,刚往回走了几步,又转回来。求求你,他用邹中银那样的口气说,不要让他们来了,我们……

姜无疾实在不想听他再说这个,便不耐烦地跺一下脚,快走。

汉子看他真的不高兴了,也不敢再说什么,急忙撒开腿,磕磕绊绊地跑走了。

望着他远去的背影,姜无疾好长时间回不过味儿来,一个刚才还那么凶悍的汉子一转眼就变成了没出息的瘪三,在他一个半大孩子面前都不敢直起腰来,这是怎么回事?到底发生了什么事,以至于让他们有了这么大的变化？难道真的是由于"今天晚上"要来的那些人吗？那么，那些如此让他们害怕的人到底是些什么人呢？他继续漫无目的地往前走，直到来到了那家关闭了的医院门前，他停住脚，在发了一会儿呆后，才霍地反应过来，天哪，"今天晚上"要来的那些人别是那些无恶不作的胡子吧？对呀，只有那些杀人不眨眼的胡子才会让人们如此恐惧，才会让一个凶悍的汉子一瞬间变成低声下气的可怜虫。他觉得终于破解了这个谜团，同时也便知道了胡子与他家具体说是与母亲的关系，继续往下想，他也便明白了那天夜里到他家去送货的那些人就是那些在医院杀人的胡子，还有，在炕前抚摸他脸颊的那只左手也一定是胡子的手，说不定它刚刚抚摸过他的脸颊随后便掏出匣枪将医院里那两个穿白大褂的医生打死了……想到这里，他止不住打了个寒战，同时抬起手，捏住自己的半边脸，也就是被那只罪恶的手抚摸过的地方，狠狠地往下拽了一下，似乎要把粘贴在上面的什么肮脏东西甩下来。他真是无法理解了，母亲，他那个看似敦厚善良的母亲怎么和该死的胡子搞在了一起？怪不得人们在她和邹胡氏的纠纷中会站出来帮助邹胡氏而与她作对，看来一定是她做出了一些对不住大家的事，还有他家那个神秘兮兮的药店或许也在做着一些见不得人的勾当所以才遭到了人们愤怒地打砸，还有胡子们打扮成送药的到底为他家送了些什么药以至于母亲把它们藏在厢房里而从来不敢光明正大地拿出来，是不是那些药把老干头一类的许多人害得半死才招致了人们的抗争从而引发了今天的事端？他觉得他快要从母亲那些无意间露出来的蛛丝马迹中理出头绪来了，也就是说一个他平时从来不知道的秘密就要被他破解开了，而随着真相的愈来愈清晰他却开始承受不住心理的巨大冲击简直快要瘫倒在大街上了。

姜无疾不知道是怎么回到家里来的。一进家门，他便直接去找母亲。此时，他的母亲正在把藏在地窖里的酒搬出来，一坛一坛地摆放在窗台上，然后举着一块抹布，一只坛子一只坛子地擦拭。望着那些摆放整齐的酒坛子，他愣怔了一下，随即便反应过来，别是母亲已经做好了准备，要在夜里招待那些前来为她复仇的胡子们吧？他更加觉得急不可待了，便走上去，径直对她说，娘，不要让他们来了。

母亲抬起头，看了他一眼，又掉开脸，继续用手里的抹布揩擦酒坛子。也许他的话还没有引起她的注意。

姜无疾夺下她手里的抹布，跺了一下脚说，街上的人已经都后悔了，答应不再找我们家的麻烦,娘就不要再让他们来了。

母亲呆呆地看着他,也许他的话出乎了她的意料。怎么回事?她还有些不相信地问他,你在替他们说话?

姜无疾没有说什么,但他心里已经同意她这么说了。

是谁让你对我这么说的?母亲紧紧地盯住他,脸上的神色开始发生急快的变化,说,是谁让你对我这么说的?

没有人让我说,姜无疾硬着头皮说,是我自己要这么说的。他不知道这样的表白是撒谎还是实情。

好你个吃里爬外的……母亲愤怒至极,抬起手,就要朝他的脸上落下来。

姜无疾知道母亲要打他了。说实话,他的确害怕被母亲打,因为在此之前,他已经被母亲打过了,而且记忆犹深,恐惧犹深,他本来已经发誓不再被母亲打了,但让他没有料到的是,今天他又要面对被母亲打的局面了。他本能地往回缩了一下头,想躲过她的手,但他只是往回缩了一下,又飞快地伸直了脖子。如果用挨上一巴掌甚至几巴掌的代价就能避免一场可怕的杀戮,那该是多么值得多么划算的一件事呀,他何不仰起头来尝试一下呢?于是,他刚刚低下的头又抬起来,而且比刚才举得更高了。

看到他这副不屈不挠的样子,母亲愣住了,那只举在半空里的手也停住了。就在这短暂的一霎间,母亲似乎改变了策略,那只停在半空里的手虽然照旧落下来,却是以比刚才缓慢无数倍的速度下落,等抵达他的脸边时,已经完全变成柔软的抚摸了。谁说他们要来了?母亲摩挲着他的脸说。

难道他们不来帮你报复吗?姜无疾索性挑明了说。

没有这样的事,母亲摇摇头说,他们什么时候说要来了?

是你不让他们来了吗?姜无疾换了个角度问她。

我没有说让他们来,母亲依旧不承认地说,也就说不上不让他们来。

姜无疾直直地看着她,不知道该不该认可她的说法。

为了让他相信她的话,母亲进一步为自己辩白说,你见我出去过吗?我从来没有离开过家,哪里又能和他们说上话呢?

姜无疾琢磨了一下她的话,觉得也应该是这么回事,母亲的确没有出过家门,又怎么能和那些不知藏在什么地方的胡子取得联系呢?看来一切不过是人们捕风捉影的传言,或者干脆说是他们想象当中的结果,事实根本不是那么回事，就连他亲耳听到母亲说过的那句"等着吧，今天夜里有你们好受的了"的话，他都怀疑不过是他产生了幻听的产物。

姜无疾终于放下心来。在接下来的时间内，他心里都是一种无牵无挂的感觉，期间想去告诉一下邹中银，甚至那个他叫不上名来的汉子，让他们不要有什么顾虑了，当黑夜到来的时候，摊开身子好好地睡觉吧，根本没有什么麻烦会找到你们身上去，等一觉醒来了，天也亮了，日头也出来了，又是一个安静美好的明天。但由于天正好黑下来了，随着日头的沉落，一群又一群黑色的飞鸟从天空里掠过。他仰着头，光顾看那些老也飞不完的黑鸟了，竟然忘了再去找邹中银和那个汉子，等吃过晚饭再想起这事时，已经该到睡觉的时候了。于是，他便为自己的耽于行动开脱说，反正那些胡子又不来，给他们说与不说都差不多。就这样，他便爬上炕，钻进被窝，慢慢闭上了眼睛。而此时此刻，他的母亲则还坐在灯下，两眼望着窗外，脸上似有若无地浮现出一点期待的表情。由于困倦的到来，他没有怎么注意母亲脸上表情的变化，便很快进入了梦境中。

姜无疾做了一个奇怪的梦。在这个梦里，他在艰难地穿越一片沼泽。那片沼泽那么大，他把手掌罩在眼上往远处看，却无论如何望不到尽头。更为不幸的是，这片布满泥泞和水泡的沼泽里竟然游动着一条条水蛇，那些水蛇也是那么大，不时腾跃起来的身子就像一棵棵树木。他一边躲避着随时下陷的泥坑，一边防备着水蛇对他的袭击。他感到累得不行了，插在泥巴里的腿脚动弹不得，像是被一条蛇缠住了，而在他眼前的水面上，一条更大的水蛇正在朝他游来，他已经看见它张开了大嘴，分作叉形的红色信子吐出来，就要舔住了他的脸颊。他本能地想躲开去，但身子却无法动弹，他又想发一声恐怖的大叫，竟然也不能让声音发出来。随着那条大蛇的疾快临近，他觉得自己快要急死了……

当那条大蛇把粗长的身子缠到他脖子里的时候，姜无疾终于逃出了梦境，汗水淋漓而又气喘吁吁地睁开眼睛，望着窗外透进来的一缕晨光，他知道自己回到了家中的炕上。天正在亮起来，红彤彤的霞光照到了他身上，就像刚刚流出来的血液一般炽热黏稠，猛一看上去，他似乎是泡在一汪炽热黏稠的血水里，这使他又想到了刚才的梦境，不敢再躺在炕上了，身子一折便坐了起来，随即他就下了地去，赤着脚来到外屋。他突然停住了脚，望着出现在眼前的景象发起呆来。

姜无疾看见他家的那张大桌子上摆满了酒坛子，正是母亲擦过的那些坛子，昨天傍晚还整齐地摆放在窗台上，不知什么时候已经来到了桌子上，而且东倒西歪，也就是说，这些酒坛子里的酒液早就被喝光了。但它们是被什么人喝光的呢？他突然反应过来，看来一定是夜里来过了人，而且是来了许多的人，不然不会喝光这么多酒液的，他们就坐在这张桌子边，让母亲打开酒坛子，一碗一碗地把里面的酒液咕咚咕咚地喝下去。他们为什么要喝酒？是不是在庆祝什么事情的完成？那么是一件什么事情被他们做完了呢？他突然想到了胡子们来为母亲复仇的事，难道说那些喝酒的人都是母亲招来的胡子？他们为母亲报完了仇也就是说杀完了人后便坐到这里来喝酒庆贺？我的天，他觉得他的头一下子涨大了，似乎里面的什么东西要飞溅出来。不，他本能地摇摇头，觉得事情不应该是这样，昨天傍晚母亲已经对他说过，夜里不会有什么人来，因为她并没有与他们进行过任何的联系，他相信了她的话才会睡得那么安详，如果那些人真的来了并且杀了人，那也就是说母亲是成心欺骗他了。不，他要去见母亲，要问一问她，那些人到底有没有来？到底有没有杀人？

姜无疾正要往母亲睡觉的屋里走，却听见桌子底下传来轻微的鼾声。他低头往下一看，老天，竟然是母亲，是母亲躺在桌子下面，伸张着手脚，正沉浸在昏睡中，张开的嘴巴里传出富有节奏的鼾声。母亲怎么睡在这里？他蹲下身，凑到母亲身边，刚要喊她一声，却被她嘴里喷出的酒气熏得差点掉出眼泪。没错，母亲嘴里喷出的气息羼杂了浓郁强烈的酒味，可想而知，她喝下的酒液数量之多说不定会超出他的想象。娘，他使劲推她一下，你醒醒……

母亲没有醒来，却对他说了一句梦话。喝。她说，随后便抬起手，往前指了指。姜无疾随着母亲的手势去看，果然看见了一只酒坛子，一只还没有启封的酒坛子。这可真是怪事，母亲沉浸在睡梦里，还向他指出了酒坛子所在的地方。不知是出于什么样的目的，他竟然顺着她的手势爬过去，把那只酒坛子抱到了怀里。他晃了晃酒坛子，听见里面传出液体波动的声音。说来奇怪，他一听见那种哗啦啦动听的声响，舌头上就产生了浓郁的液体，遏制不住地往口腔外流淌。他知道自己产生了喝酒的欲望。这使他觉得不可思议，因为在此之前，他对酒是从来没有任何想法的，即使看到别人喝得有滋有味，他也不会口馋更不会尝试的。但现在他却想喝了，而且控制不住这突起的欲念,赶紧伸出手,把酒坛子的盖子打开,高高地举起来,同时仰起头,张大嘴巴,让倾泻而下的酒液准确地流淌到口腔里,然后叩动喉结,把酒液咕咚咕咚地咽下去。他似乎看见那些酒液顺着他的食管往下淌,经过他的胃部,流到肠子里,最终进入了一张黑乎乎的大嘴里,而那张大嘴,居然长在一条粗长的虫子身上。他被吓了一跳,眼前又一次看见了他在梦中看到过的情景,那条张着大嘴吞咽酒液的虫子真的一如那些游蛇……酒坛子从他手里脱出去,掉在了地下,摔成了一地碎片。酒坛子摔碎了,却没有一滴酒液洒出来,他呆怔了一下,才突然间明白过来,在他刚才大口喝酒的时候,这只酒坛子里的酒液已经被他一滴不剩地喝到了肚子里去,被那条饥渴的虫子接收了。

姜无疾没有再管母亲的事,掉转身,大步朝屋外跑去,似乎要逃离那条虫的追踪。他穿过院落,跑出家门,跑到了大街上。此时,大街正在被天上的霞光照亮,由于霞光像血一般殷红,整条街道也便红成了血的海洋。他不禁停住了脚步,眼睛被亮丽的血色刺激得睁不开,心头也波动起弥漫着腥气的恐怖。他把手放在脸上,拼命拍打了几下,才勉强让目光变得正常一些。他开始变得清晰的目光终于看见,一个粗壮的汉子吊在一根电线杆上,由于吊的时间过长,他的身子也被拉长了,这使他也像那根电线杆一样变得纤细起来。他认出来,这个被吊死的人是他昨天在街上看见的那个汉子,也是到他家打砸的领头人。在街道中央,躺着一个赤身裸体的女人,分得很开的两腿之间一片红色,像是盛开了一支艳丽的花朵。他同样认出来,这个女人是邹胡氏,她的一条腿昨天被母亲打折了。在离她不远的地方,另一个男人被捆在一块石头上,虽然肉体上没有受到伤害,但在那个女人被奸污的时候,他却被强迫观看,其心灵的伤害不知该有多大。他照样认得出来,这个被强迫目睹妻子遭受奸污的人是老干头,或许整个事件的发生全是由他引起的。除了这三个人外,街道上似乎没有其他人了。但就在这时,他竟然猛地看见,在远处的路面上突然站起来一个人,一个像他一样大的孩子,由于刚才趴在地下,他一直没有发现他的存在。这时,他看见那个孩子迈开腿脚,踉踉跄跄地沿着街道往远处走去。他觉得他一定是受了伤,至于伤在什么地方却难以确定,他只是看见他走得极其吃力,就像他在梦里跋涉在沼泽中那样艰难。他觉得认出那个孩子来了,便快步跑上去,追上他,与他并排站在了一起。邹中银,你要到哪里去?姜无疾问他说。

邹中银没有回答他，甚至没有看他一眼，依旧朝着前面走。

姜无疾不得不伸出手，使劲拉了他一下。邹中银，他再次说，你不要走。

邹中银没有因为他的扯拽停下来，一双赤裸的脚依旧在往前迈动。

姜无疾知道拉不住他了，因为他的身子就像一台机器，一旦运转起来就再也无法停下。姜无疾没有再说什么，只是一步不落地跟在他后面。

邹中银一如既往地往前走，拖在地下的影子悠来荡去，但他身上的动作却机械而僵硬，看上去真的像一台机器了。

姜无疾突然停住了脚，因为不知道他要带自己到哪里去，而且疑心此时的邹中银已经死去，那个往前走着的身子不过是一具没有灵魂的躯壳而已。

邹中银拖着长长的影子远去了，那个像木头一般没有生气的躯体渐渐走出了他们居住的县城，终于消失在通往不可知远方的大道尽头，姜无疾知道那是遥远的地平线，是自己的视野难以抵达的地方。

从这天早晨以后，邹中银就从这个小城里消失了，而且一消失就是漫长的十几年，直到人们都快要把他忘记了的时候，才突然有一天出现在姜无疾面前。

邹中银出走不久之后，姜无疾所在的这个县城就被解放了，随着解放军排着整齐的队伍入城，一切惯常的东西都被打乱了重来。也就是在这样的日子里，姜无疾知道了一些过去不曾知道的事情的真相，当然，如果不是解放，这些事情他恐怕永远也不会知道：他的母亲竟然是一个打着开药铺的幌子实际上窝藏并销售毒品的烟贩子，而那个为她提供货源的大胡子不仅是这一带有名的土匪头目，而且是他真正意义上的父亲。

听到这样的消息，不仅姜无疾这个当事者大吃了一惊，那些受过他们毒害的人大吃了一惊，就连那些与他们没有任何瓜葛的人也大吃了一惊。

随着胡子们的被剿灭，那些天，那个大胡子也就是姜无疾的父亲又出现在了大街上，像过去一样，他依然是骑在马上，但和过去不一样的是，他是被捆在马上的。过去大胡子出现在县城里时，都是在伸手不见五指的黑夜，所以除了姜无疾的母亲外，人们大多都没有见过他的样子，而这一次却是在艳阳高照的白日，因此人们包括姜无疾都看清了他的真实面目。与人们的想象有些不同，作为土匪头目的大胡子并没有一副凶恶的面目，相反还长得有些眉清目秀呢，尽管他已被逮捕了，而且身子被捆绑着，但脸上的神情却并不沮丧,每和人们对上了目光时,竟然还要笑一下。人们真是想不明白,就是这样一个看上去有些可爱的人,竟然做了那么多坏事,杀死了那么多无辜的人。所以人们尽管并不讨厌他,却十分痛恨他,在他被解放军押着游街的那些日子里,围观的人们总是拿起身边的东西,什么砖头啦、土块啦、萝卜啦、土豆啦,纷纷往他身上砸,以发泄埋藏在心头的仇恨。

姜无疾也夹杂在人们中间,想清清楚楚地把他也就是自己的父亲看个明白,因为他知道,看过这一回后,就再也没有和他对面相视的可能了。围看大胡子游街的人很多,姜无疾在人群中挤呀挤呀,终于来到了大胡子的马前。由于他是一个还不算太高的孩子,置身在人群里不那么显眼,所以开始时大胡子并没有看见他,但过了一会儿,大概是由于他的目光太专注了吧,大胡子终于觉察到了什么异常,眼睛张望了一下,就把目光落到了他身上,也就是说他们的目光碰在一起了。当目光接住大胡子的目光时,姜无疾听见自己的身上发出咔嚓一声响,好像是什么东西打开了,或者说什么东西倾倒了,或者说什么东西折断了,或者说什么东西破碎了。一霎间,他便有了醉酒的感觉。自从那天早晨第一次喝光了酒坛子里的酒以后,他便对酒有了遏制不住的欲望,也就是说他已经对酒上瘾了,就像老干头那些人对毒品的上瘾一样。此时,他醉眼惺忪地看着大胡子,看着他的父亲。大胡子也俯下头来,痴痴地朝他看,朝他的儿子看。姜无疾觉得他认出了自己。大胡子认出了他,突然感到万分惊喜,张大嘴巴,就要对他说出一句话来。虽然他没有说出来,但姜无疾却知道那句话是"儿子"二字。就在他的话破口而出的关键时刻,姜无疾霍地从醉酒状态中清醒过来,掉开眼睛,随即把身子缩回了人群里。不。他听见自己发出了一声叫,转过身,就朝人群外跑去。他觉得大胡子的话也就是"儿子"二字冲出了嘴巴,像一条长蛇般的虫子穿过人群,紧紧地追随着他。姜无疾被这个可怖的景象吓坏了,更加不顾一切地往前跑,跑出人群,跑过大街,跑进胡同,跑进了他的家内,然后死死地关上大门,同时关住了那句话,那条虫子,那个将他吓得半死的梦中景象。但他随即便发现,那句话,那条虫子,那个将他吓得半死的景象并没有放过他,依旧在门板后、窗扇后和墙壁后跳跃不止,企图找到一个洞穴或一条缝隙钻进来,将他彻底缠绕和俘获。

在接下来的几天里,姜无疾都一直关闭着门板,一个人胆战心惊地待在家里。其实,他已经有好多日子是一个人过活了。早在解放军入城的时候,他的母亲就被抓起来了,关进了人民政府刚刚设置的牢房里。他知道母亲不会被放回来了,也就是说,如果他不去牢房里看她,他将再也不能看到她了。于是,当他听到政府处决大胡子也就是他父亲的枪声响过以后,他便打开门板,跌跌撞撞地走了出去。这时,他又有了醉酒的感觉。他要去牢房里看望母亲,他要去和她告别,然后开始他自己的行程。他似乎已经知道该怎么走以后的路了。他记得那天是一个风和日丽的日子,他醉酒一般跟跟跄跄地走出家门,穿过大街,来到了人民政府牢房的大门前。他对执勤的解放军战士说,我要见我的母亲,也就是那个烟贩子。于是,在另一个解放军战士的带领下,他走进了那个大门,穿过一个院落和一条长廊,来到了一个标有"囚"字的牢房门前,透过一个凳面大小的窗口,和他的烟贩子母亲见了最后一次面,说了最后一次话。

娘。

孩子。

我见到我爹了。

什么?

我见到我爹了。

离他远点,听见了吗?离他远点。

他已经死了。

死了?

他被政府处决了。

好,处决了好。

真的吗?

起码他不会再祸害别人了。

你还能回来吗?

不能了,娘恐怕要在这里待一辈子了。

那我怎么办?

你已经长大了。

我长大了吗?

长大了,这才几天不见,我的儿子就长得这么高了。

可我觉得我还不高。

够高了,也许再过几天,你就能成为县城里最高的人了。

好吧，那我就再等几天吧。

儿子，你要学好。

你说什么？娘。

我说你要学好，听清楚我的话了吗？你可千万要学好呀。

我该怎么学好呢？

起码不要像你爹那样，也不要像你娘这样。

可你们为什么要这样呢？

我们、我们一时糊涂，走上了错路。

我会不会也走上错路呢？

不许这样说，你给我记着，无论如何你都不能走错路，要走就走光明的大道，听明白了吗？

听明白了。

给我说一遍。

什么？

告诉我，你听明白了什么？对我说一遍。

我要走大道，不走错路，对吗？

对，你不光要记着，还要切实地这么走才对。

好吧，我要切实地这么走。

如果你能这么走好了，那娘就放心了，娘就是在九泉之下也能放宽心了。

娘，你哭了？

娘这不是哭，而是、而是高兴。

我一定会让娘高兴的。

好孩子，伸过脸来，让娘再摸一摸。

娘，我伸过来了，你摸吧。

儿呀，娘是多么放心不下你呀。

你刚才不是还说，我已经长大了吗？

对，我怎么忘，你已经变成了一个大人。

我是大人了，一定就能走好自己的路了。

对，我儿说得多好。

你放心了吗？

放心了，放心了。

那我就走了娘。

你走吧，一直往前走，不要回头。

好，我不回头。

去吧。

好。

……

二

从大货车上下来时，日头已经被西边村庄的房屋和树木吞没了，山野里开始涌起了散淡的雾气。大货车疾快地驶走了，简易公路上就剩下了姜无疾一个人。他走下了公路，沿着一条在草丛里时隐时现的羊肠小路，向那个刚刚吞没了日头的村子走去。他想起周老倪对自己说，那个村子叫狼毛屯，张瘸子就住在那个村子里。姜无疾问他说，为什么叫狼毛屯？那里有狼吗？周老倪笑话他说，你还怕狼？姜无疾知道前面的村子就是狼毛屯。他又问大货车司机说，这个地方有狼吗？司机摇摇头说，都解放那么多年了，现在又是"文化大革命"，哪里还有什么狼？姜无疾觉得他的话很奇怪，狼与解放和"文化大革命"有关系吗？狼又不是坏人。司机反问他说，狼不是坏人吗？姜无疾不知道该怎么回答他的话，一时有些语塞。司机打量他一眼说，你不是本地人？姜无疾避开他的目光说，不是。姜无疾没有立刻进村去，而是拐到靠近村庄的一片小树林里，在草地上躺下来，把手里的皮包枕在脑后，慢慢等待着天空彻底黑下来，也就是说，他要等待夜幕降临后再进村去。他喜欢黑夜，只要没有狼出没，他愿意长时间待在黑夜里。他很快感到了无聊，便从皮包里拿出一只用罐头盒做成的酒瓶，打开瓶塞，慢慢地喝起来。劣质的酒液滋润着他干渴的口腔、食管和胃肠，让他稍显疲惫的身子觉得舒适惬意。他想到了大黑脸对自己说的话。大黑脸说，我知道你好喝酒，但我现在不给你酒喝，就送你喝杯茶吧，等你回来了，我再好好地和你喝几杯。姜无疾在心里骂了他一句，这个老东西。

夜幕渐渐笼罩了小树林，雾气也变得浓重起来，开始凝结成颗粒，从树叶上掉下来，发出清脆的一声响。由于夜雾的遮挡，姜无疾看不清天空上的星辰，但他知道，此时此刻已经是标准的黑夜了。他觉得时候差不多了，该行动了，便把酒瓶塞回到皮包里，站起来，拍去沾在身上的草屑，走出小树林,沿着那条杂草越来越少的小路往村子里走去。尽管他的脚步放得很轻,还是惊动了卧在黑暗处的狗,朝他发出响亮的叫声。他当然不会怕狗,只要没狼,他在这个地方就没有什么好怕的了。他想起周老倪说,进了村后,你会看到一棵大枫树,树下有一口井,你不用停留,继续往前走,当走到一根电线杆子的时候,你会看到有一条胡同,张瘸子就住在这条胡同里。记住,这条街上共有三条胡同,张瘸子是住在一条死胡同里,胡同口有一根电线杆子。姜无疾重复着他的话,死胡同? 周老倪说,是死胡同,狼毛屯就一条死胡同。姜无疾在心里说,死胡同好,也不好。周老倪看着他说,你不喜欢死胡同? 怕你跑不了? 姜无疾反驳他的话,喜欢着呢,我干起活来就更方便了。姜无疾从那棵大枫树下走过,又朝那口井的井台看了一眼,继续往前走,很快便看见了一根仡立在胡同口的电线杆子。村子里的雾气相对稀薄,他看见那根电线杆子顶端缠绕电线的瓷葫芦上发出光亮,像一点点磷火不住地闪烁,他疑心是那个地方漏电了。他放慢脚步,掉回头,警觉地朝四下里打量。当然他并不怀疑有人跟踪他,而是留意周围的环境,具体说是为某一时刻的逃离而做些准备。但他很快又放松下来,并在心里笑话自己,根本用不到这样小题大做,真正的危险绝对不可能在张瘸子这里出现。于是,他没有再多做停留,便掉头朝一条死胡同里走去。他曾经问周老倪说,张瘸子住在胡同里的第几家? 周老倪挠了挠头说,我记不大清了,你都到胡同里了,打听一下不就清楚了。姜无疾说,深更半夜的,我向谁打听去? 再说,这种事能向别人打听吗? 周老倪想了一下说,好像是左边第二家,也可能是第三家……姜无疾打断他的话说,到底是第二家? 还是第三家? 周老倪果断地说,是第三家。姜无疾来到左边的第三家门前,迟疑了一下,还是按着周老倪的说法举起手,敲响了一扇关闭着的门板。他在心里说,周老倪,你可不要骗我呀。姜无疾知道住在这个院子里的人如果真是张瘸子的话,不会立刻为他开门,但他还是没有想到,他已经敲了第十二下,里面还是没有什么动静,于是他开始怀疑里面根本就没有什么人,也就是说周老倪是故意欺骗他了? 他觉得他敲的时间已经过长,再敲下去,怕是就真的要惊动四周的邻居了,而那是他多么不愿看到的情景。但他不想就这么放弃,还是硬起头皮,第十三次敲响了门板。他想如果里面再没有回应,他就会掉头而去,或者退回来再敲第二家。他已经彻底丧失了信心,真的没有打算听到里面的动静。但奇怪的是,这一次敲过后,门后竟然真的出现了一点点响动,说是响动其实并不准确,不用怎么费心判断,他便听出来,其实里面发出的响动是一个人的问话声。谁?他听出来,那个问话包含的字词是,谁?没错,就简单的一个字,谁?他立刻激动起来,就要陷入像夜晚一样黑暗的绝望心情一下子变得敞亮了,好像不等见面,他就能确定里面那个问话的人就是他要找的张瘸子似的。

其实,姜无疾冷静下来就应该想到,在他敲前面十二下的时候,里面并没有发出任何一点响动,甚至一点点脚步声都没有发出,为什么当他敲响第十三下时,那个人就已经越过宽大的院落来到了门后?答案当然显而易见,也就是说,当他在敲前面十二下的时候,那个人已经或者说早就来到了门后,只是没有发出任何响动罢了,当然也就无法被他所觉察了。但事后想想,他又觉得这样的分析也有些靠不住,因为根据他的工作经验判断,根本不可能让这种情况出现,换句话说,他的听力不至于听不到大于一只昆虫爬过发出的声音,之所以发生这样的意外情况,唯一的可能兴许就是,他在漫长的等待中已经搞乱了自己的心情,也在很大程度上影响了自己的听觉和判断,所以也就没有立刻意识到,这个在他没有什么准备的情况下就出现在面前的人是个非同一般的家伙,虽然他是一个瘸子,却绝对不是一个无能之辈。但他此时只是一味激动了,竟然有些疏忽大意,所以在接下来打开门板相见的过程中,他不应该减弱对这个人应该保持的防范。他来的时候周老倪嘱咐他说,见到张瘸子后,你就说你是我的表弟。姜无疾提醒他说,张瘸子见过你的表弟吗?周老倪愣了一下说,怎么?你见过张瘸子?姜无疾解释说,我是说,张瘸子见过你的其他表弟吗?周老倪摇摇头说,其实我没有其他表弟。姜无疾也愣了一下,反问他说,那他见了我说是你的表弟,合适吗?周老倪呆呆地看着他,不知道该怎么回答。姜无疾觉得这个问题不应该他来提醒,周老倪自己首先应该想清楚。姜无疾拍打着脑袋想了一会儿,最终还是决定认可他的说法,也许这样更好,既然不曾有,自然也就排除了见过甚至听说过的可能,他的行动也就越发获得了自由。姜无疾对门里面的人说,这是张哥的家吗?里面的人迟疑了一下,没有承认自己的身份,继续问他说,你是谁?姜无疾按着周老倪的口径说,我是老倪哥介绍过来的。里面的人随口问他,你是他什么人?姜无疾闭了一下眼说,我是周老倪的表弟。说完这句话,他还在心里接上一句,成败在此一举了。里面又没有什么动静了。他有些紧张,担心这样的说法会让接下来的事情无法进行。但过了一会儿，他却猛地听见，门板上发出门闩被抽下来的声音。他心里一喜，知道事情可以顺利往下进行了。门板一被打开，他便一闪身进到了门里，故意留给里面的人一个机敏的印象。他想起周老倪告诉他的话，张瘸子除了腿瘸外，还有一张刀条脸，看上去像是一只螳螂。他当时差点笑出来，居然还有人长得像螳螂？周老倪解释说，真的，就是因为他长得太难看了，所以才找不上媳妇来。由于是在黑夜里，姜无疾看不清面前人的脸是不是长得像螳螂，也就无法判断他到底是不是张瘸子，好在他没有再对他做什么盘问，便领着他朝闪出灯光的屋门里走去。一看到他一瘸一拐的走路姿势，他便放下了心来，这个人除了是张瘸子之外还能是谁呢？进到了屋里，一来到灯光下，姜无疾便又差点笑出声，周老倪果然说得不错，张瘸子实在像极了一只被放大了的螳螂，不仅脸孔拉得老长，就连整张身子都呈现出如昆虫般弯曲细瘦的形状。他不得不在心里感叹，这样一个长相的人如果能被女人看上，那可真是一件奇怪的事了。

张瘸子发现他一直盯着自己的脸看，也不好意思起来，不经意地抬起手，在脸前遮挡了一下。姜无疾不想让他感到尴尬，便做出很随意的样子，一屁股坐在一把椅子里，瓮声瓮气地朝他说，给我弄碗水喝吧，赶了一多天的路，渴死了。张瘸子把手从脸上揭下来，看了他一眼说，你不是本地人？姜无疾点点头说，家在北边，为了到这里来，我截了辆大货车，没想到路不好走，这身子快要颠散了架。张瘸子给他倒了碗水，递给他时，突然抽动了几下鼻子，你喝酒了？姜无疾把装在皮包里的酒瓶掏出来，又凑到嘴边喝了一口，我是个酒鬼，每天都离不了酒。姜无疾把酒瓶朝他递过去，来一口？张瘸子朝后躲了一下，我不喝酒，从来不喝。他也坐下来，斜起窄窄的刀条脸，悄悄地打量着他说，你是周老倪的表弟？姜无疾顺着他的话说，是。他担心自己说得没有底气，又强调了一句，没错，周老倪是我的表哥。他害怕当说出这句话时，张瘸子会接上一句，我怎么没听说过他有一个表弟？如果张瘸子这样问，他就只能硬着头皮编瞎话了。但事实是，张瘸子并没有这么说，甚至没在这个问题上停留，而是沿着他的说法问道，周老倪怎么没领你来？让你一个人黑灯瞎火地摸来了？姜无疾歪了一下头说，我也好一阵子没见过他了，只是听他在电话里说，让我到这里来……张瘸子突然问他，你叫什么？姜无疾脱口说，我叫姜无疾。张瘸子直直地看着他，你到这里来找我干什么？姜无疾朝他探过身，也直直地看着他说，找你还能是干什么？让你给我介绍个媳妇呗。听到这里，张瘸子有些紧张起来，本能地朝四周看看，好像周围的黑暗里埋伏着什么人似的。姜无疾顺着他的目光朝四周看了一下，身子也有些发紧。小声点，张瘸子把手指竖在嘴边，警告他说，可别让别人听了去。他突然站起来，莫名地问他说，我闩死大门了吗？姜无疾想了一下，还是摇摇头说，我不知道。张瘸子立刻走出门去，身子一斜一斜地消失在黑暗里。趁着这当儿，姜无疾也站起来，在屋子四周走了个来回，以确定黑暗处是否还有其他人。张瘸子回来了，连同屋门也合上，重新打量了他一眼说，我不相信，连你这样的人也找不到老婆？姜无疾有些发愣，不明白他说的"你这样的人"是什么意思。你的条件并不差呀，张瘸子解释说，怎么还到我们这边来找女人？姜无疾叹息一声，做出颓唐的样子说，别提了，都是由于这该死的酒瘾，让我不仅丢了工作，还在街上坏了名声，正经的女人哪里会找我这样的人？只好……张瘸子点点头说，原来是这样？姜无疾故意朝四周撒目着说，你买的那个女人呢？我怎么没听到动静？张瘸子掉开眼，又摇了一下头说，你以为就能把她摆在这里？姜无疾有些不明白他的话。张瘸子接上说，如果让她在这屋里待着，说不定这时候就该往外跑了。姜无疾思量着他的话，终于明白是怎么回事了。那你老关着她，也不是长久之计呀？姜无疾关切地对他说。那有什么办法？张瘸子反问他，我花了钱买她来，总不能再让她飞走了吧？

　　夜深了，姜无疾做出在他家留宿的样子。张瘸子尽管有些不情愿，可也找不到更好的办法，只好让他和他睡一张床。姜无疾朝四周撒目了一圈，看来他家就这么一张板床。自从上了床去，张瘸子就一直把身子翻来倒去，不知是和他这样的陌生人睡在一起不习惯，还是床上的跳蚤让他睡不踏实。姜无疾尽管也睡不着，但为了给他一个安慰，还是故意在嘴里弄出一阵鼾声。见他"睡着了"，张瘸子忽然爬了起来，下了床，蹑手蹑脚地朝屋外走去。姜无疾似乎知道他去干什么，等他进到了院子里后，便也爬起来，同样蹑着手脚，悄无声息地跟在他后面。他把身子隐在门台石的黑暗处，瞪大眼睛，看着他的身影在院子里游动。由于院子里没有雾气，虽然夜晚很暗，但他还是能够看到他的影子。与他的想象差不多，张瘸子走到院角处的一个柴火垛前，挪开一些柴草，身影一晃便消失不见了。姜无疾猜想，在那个柴垛下面，肯定有一个隐秘的地窖，里面藏着一个女人，准确地说是一个被他从人贩子手里买来的女人,张瘸子到地窖里去,除了和那个女人睡觉之外,还能有什么另外的事好干吗?姜无疾回到屋里,重新躺到床上,一时更加没有了睡意。想着张瘸子在地窖里和那个女人干的事,他的身子也有些膨胀,也就是说,他也止不住想起女人来。他想到了庞云英,想到他离开她时的情景。当然,那个所谓的"情景"并不包含多么复杂的内容,不过也就是张瘸子和他买来的那个女人在干的事情,只不过他们不是在地窖里,而是在他们的房间里,相同的一点是都处在黑夜中,但他们的黑夜亮着灯,不知道张瘸子在地窖里是否点灯?庞云英很舍不得放他走,但又知道他不得不走,所以便显得很无奈,看上去一副依依不舍的伤感样子。这次出去什么时候回来?庞云英问他说。不知道。姜无疾摇摇头说。他们没给个大约的时间吗?庞云英又问他。没有,姜无疾依旧说,就是给了也是靠不住的,事情一发生变化就什么也说不准了。庞云英抱住了他的身子,仰起脸来看他,这次出去有什么危险吗?姜无疾还是摇着头说,不知道。想想这样说有些不合适,便做出轻松的样子安慰她说,没什么,没有什么大不了的。庞云英依旧呆呆地看着他,过了一会儿,知道从他嘴里问不出什么来,也知道不该再问下去了,才放开他,腾出手来开始脱衣服。姜无疾觉得她这样做就对了,既然明白不该再问下去,还不抓紧做他们该做的事。他满心以为,他们会把这件事情做成一次人生的豪华盛宴,让他在接下来的离别路程中回味个够,可哪里想到,他刚把身子伏在庞云英身上,就听见他们身后传来一个模模糊糊的声音,你们干什么呢?他霍地回过头,看见在离床边不远的灯影里,竟然晃动着一个光光的小身子。是小兔子。小兔子当然是一个孩子具体说是一个小男孩的名字。名叫小兔子的孩子揉搓着迷蒙的睡眼,困惑地对他们说,你们干什么呢?这就是他和庞云英分开时发生的事情。真是晦气,他们的好事还没有真正开始,竟然就让那个兔崽子给搅黄了。想到这里,再想想此时此刻张瘸子在地窖里和那个女人做的事,姜无疾心里懊恼成一团,不由得抬起手,狠狠地拍到头上。随着脑袋的胀疼,他鼓荡的身子才慢慢疲软下来。

第二天,姜无疾一睁开眼睛,就看见张瘸子躺在他身边。借着明亮的光线,他这才算看清楚了这个形同螳螂的人,似乎比昨天夜里留给他的印象还要不堪,所以在最初的时刻里,他竟感到了一些吃惊,不明白人怎么可以长成这种样子,不禁往一边躲了一下,以离他的身子远一些。张瘸子听到了他的动静,也慢慢爬了起来,他的动作很缓慢,也许昨天夜里在女人身上耗费了过多的精力。他下了床去,支起一面案板,吃力地擀起了面条。姜无疾望着他弯曲的背影,又想到了那个在地窖里受难的女人。你那个女人长得怎么样?姜无疾和他闲聊说。还过得去吧。张瘸子头也不回地说。姜无疾在心里说,但凡是个女人,在他这里都过得去的。张瘸子擀好了面条,在锅里煮熟了,盛到碗里,端着朝院子里走去。姜无疾知道,他是送给那个在地窖里的女人去了。他望着锅里剩余的面条,尽管肚子里饿得咕咕叫,却不好过去吃。张瘸子回来了,把锅里的面条盛到另一只碗里,端起来顾自吃开了。姜无疾咽了一口唾沫,终于忍不住说,能不能也让我吃一些?张瘸子抬起头,直看着他说,你带钱了吗?姜无疾赶紧说,带了,我是来买媳妇的,怎么能不带钱呢?说着,他就拉开皮包,掏出一块钱来,直朝他递过去。在他拉开皮包的时候,他有意把装在里面的钱让他看到。张瘸子也果然伸长了脖子,瞪大眼睛往皮包里看。姜无疾想他一定看到了里面那几沓花花绿绿的钱。张瘸子接过那一块钱,放到眼下仔细看了看,装到衣兜里,然后动手给他盛面条。姜无疾一边吃面条一边用急不可待的口气说,你帮我找到人贩子,只要是个说得过去的女人,无论花多少钱我都要,这事如果成了,一定也少不了你的好处费。张瘸子毫无表情地说,你以为有钱人贩子就能把女人领给你?姜无疾朝他凑近一些说,我知道他们藏得很严,这不想通过你来引见吗?张瘸子翻了他一眼说,你怎么不让你表哥给你引见?绕这么大弯子来找我,不是脱了裤子放屁找麻烦吗?姜无疾撇了撇嘴说,他都多少年没和人贩子打过交道了?他要是能领我找到他们,我又何苦跑到你这里来呢?我这也是没办法呀。张瘸子盯着灶坑里的灰烬,想了好一会才说,好吧,那我就试试吧。

　　日头升到一竿子高的时候,张瘸子领他开始行动了,临出门时,他搬起块石头,压在地窖的出口处。姜无疾又有意问了他一句,这样行吗?不怕她真的爬上来。张瘸子拍拍手说,放心吧,有铁链子拴着她呢。姜无疾又朝那个地窖口看了一下,才随他朝外面走去。出村的路线正好和他昨天夜里走过的路相反,经过那根电线杆时,他又朝顶端的瓷葫芦看了一眼,当然白日里看不见上面的火花,然后越过井台和枫树,重新回到了村外。但在那条长满杂草的小路上走了一段,张瘸子便带他走上了一条岔路。这条路的两边几乎都是树林,树冠遮挡住了日头,姜无疾走着走着便有些分不清方向了。他心里有些紧张,担心黑魆魆的树林里会窜出什么人来。我们这是到哪里去? 姜无疾禁不住问他。张瘸子没有理会他,只是拐着腿一门心思地走路。过了大约十几分钟,他们走出了树林,前面突然出现了一条河。姜无疾好像听说过,这条河的名字应该叫鱼人河。他这才知道,他们要过河去了。但他朝两边撒目了几个来回,也没有看到船只。就在他又要张口问的时候,忽然看见张瘸子把手指含到嘴里,仰起头来打了一声呼哨。很快,便有一条小船从一片芦苇丛中驶出来,悠悠地来到了他们面前。划船的是个老汉,也不问他们到哪里去,等他们上了船,就重新把船划起来,直朝鱼人河对岸驶去。张瘸子也不和他说话,站在船头望着远处,一副胸有成竹的样子。姜无疾是头一次坐船,心情未免有些紧张,两手紧紧地抓住船帮,还是担心随着船的晃动会掉到水里。他不时地抬起头,悄悄朝老汉和张瘸子身上打量。看他们一副默契有加的样子,他疑心他们不仅认识,而且还可能在彼此配合,一起去完成什么事情似的。他真的担心他们突然行动起来,一下子把他推下水去。说实话,他是一个旱鸭子,虽然来的时候做了很多准备,却偏偏没有想到要与水打交道。也许这是他一个不算太小的失误。

　　好在什么事也没有发生,半个小时过后,他们安全地抵达了鱼人河对岸。望着出现在面前的一个比狼毛屯更大的村庄,姜无疾有些迷惑地问张瘸子说,这个村子叫什么? 张瘸子回答他说,这不是一个村子,而是一个大镇,叫乌龙镇。姜无疾继续问他,我们要到镇子里去? 张瘸子不置可否地说,你不是要找人贩子吗? 姜无疾这才知道,原来人贩子就在这个镇子里。在往镇子里走的过程里,他不断地朝两边打量,仔细查看周围的环境和地形。张瘸子注意到了他的举动,警觉地问他说,你在干什么? 姜无疾径直对他说,我在看是不是有方便的退路,万一警察来了,我们也好尽快地跑出去。张瘸子在鼻子里哼了一声说,看你胆子小得还没个针鼻大,放心好了,我们去的那个地方隐蔽得很呢,就算警察真的来了,谅他们也进不去的。正如张瘸子所说,在跟着他拐过了几个弯后,姜无疾便又失去了方向感,尽管日头在头上悬着,他却好像辨不出东西南北,接下来穿过两家空荡着的院落,通过墙壁上的一个豁口进到另一个院子里,沿着墙头上到房顶上,踩着一架支在上面的梯子爬到另一个房顶上,再沿着那边的墙头下来,进到一个不太大的院子里,然后进到了一个屋门里。他以为总算来到了地方，结果屋内什么也没有，而且对面又有一个屋门，他们出了那个屋门，再次进到一个院落里。他觉得这样的行走不仅有些怪异，有些神秘，还有些熟悉，好像他已经这样行走过一次了似的。他想了好久，才突然间明白，原来这个行走方式与他看过的一部电影上的情景十分相似，他真的不知道到底是人贩子剽窃了电影上的场景，还是那部电影受了这个地方的影响而拍摄出来的。奇怪的是，他们最后来到的这个院落只有院墙，却没有一幢房屋，他觉得事情有些不妙，张瘸子把他领到一个如此深藏的空院里，绝不是来见什么人贩子，而极有可能是要算计他的。当然，一个形如螳螂的瘸子不可能是他的对手，如果他们真要算计他，那就会从周围跳出更多的人来。于是，他一边攥起拳头，做好随时迎接袭击的准备，一边抬起头来，警觉地朝四周打量，想看清楚袭击者到底来自哪个方向。但让他想不到的是，张瘸子却并没有停下来，也没有转向他，更没有朝周围招手，而是依旧朝前走，具体说是朝着一堵墙壁走，来到那堵墙壁前，他伸出手，放到墙壁上，轻轻地敲了起来。姜无疾觉得很奇怪，一堵墙壁又不是门，你敲个什么劲儿。更让他想不到的是，张瘸子才敲了五六下，那堵墙壁准确说是他的手下就敲开了一个小门。这可真是怪了，刚才还是一堵完好的墙壁，随着他的手势，墙壁上就敲开了一扇门洞，在姜无疾看来，真如变魔术一般神奇。张瘸子回过头，朝他招了招手，便猫下腰，直朝那扇门里走去。姜无疾愣怔了一下，突然反应过来，跟上去，弯下身子，也随着他朝里面走去。直到这个时候，他都不知道来到了一个什么地方。

姜无疾朝门里走的时候，还以为里面是另一个院落，但他随即发现，里面或许是一个封闭的空间，因为他一下子堕入了黑暗的状态里，就像是从白日来到了黑夜当中。由于他进入得过于急迫，或者说里面黑得太过扎实，在很长一段时间里，他都看不清四周的景象。他不敢再往前走，也不敢再动弹，只是站在原地发呆。他想如果这时候遭到暗算，他可就真的没有防范的余地了。意识到这一点，他便迅速地扑倒在地，同时做着什么硬物击打在头上的准备。说起来他是喜欢黑夜的，但由于黑暗到来得太过突然，搞得他有些猝不及防，再加之对可能出现的袭击者的担忧，这使他产生了短暂的恐怖感觉。他刚伏在地下，就听到周围传来了嗤嗤的笑声。他听出来，笑声不仅来自张瘸子的口腔，还有另外一个他所不熟悉的声音，也就是说，这个黑暗的处所里肯定还有其他人存在。瘸子，那个陌生的声音说，你带来的这个家伙干什么呢？张瘸子吸着气说，也许、也许他是绊倒了吧？听到他们如此轻松的对话声，姜无疾觉得不会有什么危险出现了，才抬起头来朝四周看。他总算看见了里面的景象。借着一点点朦胧的灯光，他看见张瘸子已经坐在了一把椅子里，而在另一把椅子里却坐着一个孩子，一个才有十三四岁的孩子。望着那个孩子，他一下子想到了小兔子。张瘸子朝他摆了一下手说，我们到地方了。姜无疾急忙爬起来，一时还有些回不过味儿，莫非他的意思是说，他们来到了人贩子的地方？也就是说，他们要找的那个人贩子就在这间屋里？他瞪大眼睛，再次仔细朝四周看，这间屋里除了那个十三四岁的小孩子外，根本就没有任何一个其他的人。难道说那个孩子，那个仅有十三四岁的孩子就是他们要找的人贩子？这未免太出乎他的意料了吧。就在他感到困惑不解的时候，张瘸子把目光转到孩子身上，并探过身去，有些恭敬地问他，小狗子，你爹呢？姜无疾听了他的话又一怔，小狗子，那个孩子名叫小狗子？于是他脑子里再次浮现出了小兔子的形象，小狗子，小兔子，多么相像的名字。这时候，他好像已经隐约地感觉出来，这一次的乌龙镇之行，说不定有什么不同寻常的遭遇和意义呢。小狗子把身子仰倒在椅子里，眯缝着眼睛，懒洋洋地回答他说，我爹不在家。张瘸子继续问道，那他干什么去了？小狗子干脆掉开了头，爱搭不理地说，我不知道。张瘸子不好再问下去了，把他的螳螂脑袋收回来，朝姜无疾无奈地摊了一下手。姜无疾这才有些明白，原来这个孩子并不是人贩子，他们真正要找的人贩子是他的爹。

在等待人贩子也就是小狗子的爹回来的过程中，姜无疾在屋内走动了一下，看他们置身其中的这个地方到底什么样。说起来，这也不过是一栋房子而已，但与普通的房子不同的是，它除了那个隐蔽的门外，竟然没有一个通向外面的洞口，甚至没有一扇普通的窗户，所有的光源不过是来自一盏挂在墙壁上的蜡烛，他想不通谁会把房子盖成这种样子，或许也只有人贩子才会用到这样怪异的场所。他随即又想，把房子盖成这样倒的确是隐蔽，但不留另外的出口不是也少了一条逃跑的生路吗？莫非那个人贩子自信到只需藏身而不用逃离的地步，那么如此充满信心的人贩子该是什么样子呢？人贩子也就是小狗子的爹不在，张瘸子也便不能离去，便只好坐在椅子里和他一起等待。姜无疾也想坐下来，但屋里除了那两把椅子，并没有其他的座位，于是他就坐在地下，做出一副坦然处之的样子。小狗子不再理会他们，专心摆弄自己手里的东西。小狗子摆弄的东西是一把弹弓，这使他想起小兔子也曾经有一把弹弓。小狗子一只手握着弹弓支架，一只手捏住皮条，把想象当中的弹丸发射出去，同时在嘴里发出弹丸击中目标的"啪啪"声。差不多快到中午时分了，小狗子感到肚子饿了，便走到一张架在墙角处的案板前，舞动着两手擀面条，这又使他想到了张瘸子擀面条的情景。在锅里煮好了面条，小狗子盛上一碗，回到椅子里埋头吃起来。屋内响起了有滋有味的吃喝声。张瘸子呆呆地看着他，终于止不住说，我们带着钱呢。小狗子头也不抬地说，放下钱，自己去盛吧。姜无疾看见张瘸子把目光转过来，便赶紧拉开皮包，先拿出一张五元钞，想了想又拿出同样的一张，一起小心地放在桌子上。他的动作还没有做完，张瘸子就已经站起来，跑到锅前盛饭去了。等姜无疾拿起碗时，锅里的面条已经不多了。他很后悔不该拿出两张钞票，也许一张就足够了。屋内的每个地方都传出了呼噜呼噜好听的吃喝声。

吃过了这顿饭后，小狗子无所事事，在摆弄了一会儿弹弓之后，忽然趴在桌子上，呜呜噜噜地睡起觉来。大概受到了他的感染，加之夜里耗费了过多的精力，张瘸子也坐在椅子里打起盹来。姜无疾尽管夜里也没有睡好，却不敢像他们一样睡觉，便尽力不让自己疲惫的眼睛闭上。小狗子在睡梦中喊了一声"爹"，手里的弹弓掉下来，正好落在他脚前。姜无疾把弹弓拾到手里，翻来覆去看了一下，又把目光转到小狗子身上。望着小狗子睡意朦胧的样子，他不由得想到了小兔子。那时小兔子睡着了，嘴里发出呜呜噜噜的声音。他端起灯盏，举到床前，举到小兔子的脸上。庞云英拉他一下说，干什么？别惊醒了他。姜无疾把灯光继续朝小兔子的脸上照，随口回答她说，我要好好地看一下小兔子。庞云英问他，平时还没有看够吗？姜无疾模棱两可地说，平时看和这个时候看不一样。庞云英不解地问，为什么不一样？姜无疾没有回答她，而是在心里说，我不是要走了吗？临走前看一下小兔子，似乎有一种不同一般的意味。庞云英好像明白了他的心思，也不再说什么，从他手里接过灯盏，让他腾出手来，更方便地去看小兔子。姜无疾俯下身子，同时伸出左手，慢慢地放在小兔子的脸上。庞云英想阻止他这样做，张张嘴又闭住了。姜无疾的手指越伸越长，一点点在小兔子光洁的脸上滑过去，又滑回来。他在心里说，小兔子，小兔子。这样念叨着的时候，他觉得自己的眼睛渐渐湿润起来。这一刻，他想到了自己的父亲，也就是那个大胡子。他的眼睛一阵模糊，似乎变成了他的父亲大胡子，正在抚摸躺在炕上的他自己的儿子；或者说躺在床上的小兔子变成了他自己，而正在抚摸着他的那个人是他的父亲大胡子。小兔子，他继续在心里无声地叨念，小兔子。他不知道，此时此刻小兔子是否也像他当年那样其实并没有睡着，也就是说，当他把自己的左手伸到他脸上的时候，其实小兔子感受到的比自己预想得还要真切细腻。他想，如果这时候小兔子一下子睁开眼睛，甚至爬起来扑到他怀里，他都不会感到丝毫意外。当然，在他继续抚摸他脸颊的时候，小兔子并没有这么做，或者说根本就没有醒来，而是继续沉浸在美好的睡梦中，那么在那个如此诱惑他的梦中是否也有他这个父亲的影像？也就是说，小兔子是否在睡梦中梦到了他的抚摸呢？不知不觉中，他在小兔子脸上抚摸的时间够长了，庞云英已经几次要把灯盏从他脸上移开，他才不得不恋恋不舍地把左手缩回来。怎么样？庞云英问他，看够了没有？他不假思索地说，没有。庞云英接口说，那等你回来再看。他点点头说，好吧。在离开小兔子的床铺时，他又回了一次头，尽管没有了灯盏照亮，他还是又朝小兔子脸上看了一下。他想象不出来，第二天早晨小兔子从梦中醒来的时候，也就是他已经从他身边离开，甚至说从他所在的那个县城离开的时候，小兔子是否像他当年想到夜里抚摸他的大胡子那样，也想到夜里他这个父亲对自己的抚摸呢？小兔子，我的小兔子。

在姜无疾频频想到小兔子的时候，其实他和张瘸子依旧是处在漫长的等待中，只是他的思绪不在这个等待的现场而已，直到小狗子从睡梦中醒来，梦游般地拉开门板到外面去拉屎，姜无疾才把思绪从那个遥远的县城里拉回来，拉回到人贩子的屋内。借着小狗子开门的工夫，他看见外面的天空已经黑下来。都到这时候了，他以为人贩子这天不会回来了。于是，他掉过头去看张瘸子。大概受到了小狗子拉屎的影响，张瘸子似乎也有了出恭或者离去的愿望，但由于午饭没有吃饱或者不敢离去，愿望也不是那么强烈，只是让屁股在椅子里拧动一下，又原样坐了回去。为了安抚张瘸子的情绪，姜无疾从衣兜里摸出酒瓶，送到他面前，想让他喝上一口，但很快被推开了，他这才想起来，张瘸子是从来不喝酒的。他不好意思地朝他笑笑，把酒瓶举到自己嘴上，狠狠地喝了一口。八九点钟的时候，事情终于出现了转机。在姜无疾毫无防备的情况下，来自他们三人之外的一个声音突然响了起来。那是一个奇怪的声音，透着一种来自某个巨大空间的共鸣,似乎从一个极其遥远的地方传来,但他却听得非常清楚,又让他怀疑是从近在咫尺的地方发出。哈哈,那个声音用分外清晰的语调说,无疾兄,别来无恙呀。除了怪异外,那个声音又让他觉得那么熟悉,不仅是它的字词所包含的内容,还有它本身的发声方式和音质特点,都给他一种似曾相识的强烈感觉。从听到那个声音的那一刻起,姜无疾就一下子呆住了。他想不明白,在这个遥远的乌龙镇,在乌龙镇这个为罪恶的人贩子所藏身的神秘地方,会有什么人也就是那个声音的发出者让他觉到熟悉呢?但现在的情形是,不管他是否想得清楚,那个声音分明在直呼他的名字,而且说到了"别来无恙",也就是说,这个随着声音很快就要来到他面前的人一定是他的故人了?他仰起头,困顿而盲目地四处撒目,最后把目光紧紧地盯住那个通向外面的门洞,想尽快看到这个即将现出身来的人贩子到底是他的哪位故人。

更让姜无疾想不到的是,来人并没有从他盯住的那个门洞进来,事实上那个门洞也并没有敞开哪怕一条缝隙,那人是从某个他所不知道的地方进到屋里来的,当听到他嘶啦嘶啦的喘息声时,他猛地回过头,看到一个黑黑的影子已经矗立在面前了,越过这个黑影,他这才发现在对面墙壁上一个小小的门洞正在慢慢合拢。他吃了一惊,原来在这间屋的那一边还有一扇门,而且透过慢慢合拢的门看出来,那扇门的里边是另一间屋,也或者是很多间屋,也就是说,当他们在这间屋里等待他出现的时候,这个神出鬼没的人贩子正躲在那间屋里探听他们的动静或者偷窥他们的举动呢。由于那人刚刚来到面前,姜无疾一时看不清他的模样,只看到他一个大致的身影轮廓,这使他感到很奇怪,好像刚刚进来的那人不是别人而是他自己一样。过了一会儿,他才明白这是因为那人背对着灯光的缘故,而自己由于正对着灯光所以便被人家看个一清二楚。当意识到这一点时,他马上掉转了一下身子,也让自己的面目不至于全部袒露在灯光里。但这已经晚了,那人早就把他的表情全部看在了眼里,其实人家在对面那间屋里时,已经把他看了多半天呢,所以才"呵呵"地大笑起来,并伸出一只毛茸茸的手,直朝他肩膀上拍来。姜无疾,那人叫着他的名字说,真是想不到,来这里找我的人竟然会是你。听着他如此熟悉的声音,还有他快要扑撞到自己脸上的熟悉气息,姜无疾似乎快要知道他是谁了,但还是颇感困惑地向他问道,你到底是谁?等把这话问出了口,他又觉得自己是在明知故问。那人也不想再和他捉迷藏了,索性转过身去,走到靠近蜡烛的光线下,频频调整了几下脸容,让烛光把他的面目都照得明亮一些,然后回过头,一边看着他一边说,怎么样?现在看清楚了吗?姜无疾当然看清楚他了,于是脱口把他的名字也叫了出来,邹中银,怎么是你?没错,这个让他觉得万分熟悉的人,这个他执意要找的人贩子除了是他儿时的玩伴邹中银外,还能是谁呢?

在来到这个地方之前,姜无疾即使想破脑袋,也不可能想到他要打交道的对象也就是人贩子竟然是他已经失去联系十几年的儿时伙伴邹中银。于是,在这个漆黑如墨的夜晚里,在这个因为密封得尤为严实而显得更为黑暗的房间里,在挂在墙壁上那盏蜡烛忽明忽暗的光线下,他们这两个分别十几年的伙伴进行了相聚后的第一场谈话。

邹中银,你怎么在这个地方?对了,这里叫乌龙镇是吗?你怎么到乌龙镇来了?

那一年,我娘和我爹被你娘和你爹祸害了以后,我就无法再待在那个地方了,那个县城是我的伤心之地,再在那里过一天我自己也会再死上一次,我并不是说我会被你娘和你爹祸害死,而是说我心里的感受会让自己有死的体会。

对不起邹中银,都是我娘和我爹把你……你们害得家破人亡,让你来到这样一个人生地不熟的地方……

其实我娘和我爹也不是什么好人,他们一个是泼妇,一个是烟鬼,从来就没有管过我。

可我娘和我爹更坏,他们一个是烟贩子,一个是胡子头……对了,他们都得到了应得的下场,一解放,政府就把我爹枪毙了,我娘也被关了起来,没几年就死在了监狱里。

也就是说,你们姜家也只剩下你一个人了?看来我们的结局也差不多了?

告诉我,你怎么在这里当起了人贩子?

唉,说来话长呀……

于是,邹中银又掉转了话题,在这个漆黑如墨的夜晚里,在这个因为密封得尤为严实而显得更为黑暗的房间里,在挂在墙壁上那盏蜡烛忽明忽暗的光线下,和姜无疾说起到乌龙镇来并当起人贩子的曲折过程。

说来话长,那年离开我们那个县城后,我就过起了流浪漂泊的生活,有长达一年多的时间,我的日子都是在路上度过的,我的一双脚走过了城市的街道,走过了乡间的公路,也走过了山里的羊肠小径,总之一句话,这个世界上所有不同形状的路我的脚都踏上去过。我没有停过脚,不管是春夏秋冬,也不管是风霜雨雪,只要我身上还有力气,我就不让自己的脚停下来。我要尽快离开那个县城,尽量离那县城远一些,更远一些,我不但要把它远远地甩在身后,还要尽可能把它从我的脑子里驱赶出去,再也不让它回来,甚至不让它再出现在我的记忆里,所以在我背对着它朝远处走的过程中,我没有回过一次头,哪怕仅仅朝旁边的方向看一下,我都觉得辜负了自己的努力,都要设法惩罚自己一下,比如打自己的耳光,或者咬自己的舌头。记得在走出我们那个县城的时候,我的脚上还穿着鞋子,脚板也还没有什么不同寻常的感觉,但走着走着,我的脚底就开始疼痛起来,低下头一看,我脚上的鞋子不知到哪里去了。尽管脚底越来越疼,我却并没有停止行走,直到有一天,我的一双光脚踏在石块上却没有什么不同的感觉,便知道从此以后不会有什么能够阻挡住我的脚步了,也就是说不用什么多余的鞋子,这双脚也能顺利把我带到这个世界上的任何一个地方。但这样的变化不是不需要我付出一定的代价,你看我的脚是不是已经没有了一只正常脚的形状?这便是我的脚适应了路所必须付出的代价。脚是这样,我身上的其他部位也是如此,要想让漂泊流浪的状态成为我的生活方式,不让自己脱胎换骨一次是根本解决不了问题的。这个道理是我在一条小河边自己悟出来的。有一天,当我来到那条叫鱼人河的河边,发现水里有一个让我倍感陌生的流浪汉,而我茫然四顾,并没有在身边找到那样一个人时,我才突然意识到,那个我所不认识的流浪汉竟然就是我自己,也就是说,在漂泊流浪的这一年多的时间内,我已经变得无法认识自己了。

当然,我如果只是这样一味地漂泊流浪下去,是不可能变成一个令人痛恨的人贩子的。事情的转机出现在一个下雨天,我正在雨水里盲目地行走,不知道该到哪里去避一下雨时,忽然一个人影从远处出现了,我之所以一下子就注意到了这个人影,是因为一开始我就发现这个人影是对我有什么企图的。长期的流浪生活使我学会了对别人的观察,不仅观察他们的表情和动作,也观察他们的姿势和样态,更进一步说还观察他们尚未做出而将要做出的那种"势",也就是下一步他们可能要做出的一些尝试。所以当那个人从远处出现却还没有做出向我走来的动作时,我便判断出来,在接下来的时间里这个人一定会打我主意，当然，对于他要打的是什么主意我却没有把握，不然我就不会堕落到做一个人贩子的地步了，这就是说，我练就的仅仅是洞察别人的动作和姿态，而不能深入别人的内心中，更不能了解他们遮蔽得更为严实的意识。预感到那人要为我而来，我便不易觉察地停顿了一下，似乎不用再做行走的努力，而只待那人自行朝我靠近就行了。事实证明，我的这个判断是正确的，没过多大会儿，那人就来到了我身边，还没有开口问我什么，就把一件破旧的雨衣罩在了我淋得精湿的头上。我没有丝毫受到感动的意思，一个素昧平生的人突然对另一个素不相识的人表示出了关心，除了说明他有不可告人的目的之外还能有什么更好的解释吗？你是不是没有什么地方好去？那人故作温和地对我说，如果你不介意的话就先到我家去避避雨吧。他这样一说，我便明白他已经留意我至少不是一天两天了。说句实话，在我漂泊流浪的这一年多的时间内，还从来没有一个人对我表示过关心，多数人看我的眼神都显而易见地流露出厌恶的表情，尤其是当我伸手朝他们讨要东西时，遭遇到的拒绝甚至斥骂和责打都像日出日落一样普通平常。所以，当这个人朝我伸出了友好和温暖的手时，我如果拒绝接受是没有道理也是不可能的事情。所以，这件事的结果就是，我顶着他提供给我的那件破旧雨衣，跟在他身后，慢慢地朝一个村子里走去。你应该想象得到，我们进入的这个村子就是乌龙镇，就是你现在置身其中的这个镇子。

事情并不像我当然也包括你想象得那样简单，比如我被这个好心人带回他自己的家里，从此后成了他家里的一个人，比如他的干儿子一类的某个成员，也就是说从此以后，我这个漂泊流浪了一年多的半大孩子也有了自己的家，一个可以依靠的场所和归宿，这样的情景当然很美好，也是我们愿意看到的一个结局，我记得电影上的结尾都是这么演的。但可惜的是，真正的事实却不是这样，甚至与上述的畅想正好相反，也许这就是现实和理想的巨大差别。好了，现在让我来给你揭开那个领我来到这里的人的真实面目吧，没错，他并不是一个普通人，而是一个阴险狡诈的人贩子，他在悄悄地观察和跟踪了我几天以后，终于决定在这个雨天里要对我下手了。虽然我在他刚一出现时就对他作了一定的防备，还是没有把他的真实面目看清楚，最终在他的花言巧语和装模作样前上了当，成了他谋取私利的牺牲品。还是说我被他拐卖时的情景吧，因为在以后的日子里，我被他拐卖时的情景会不定时地出现在我脑子里，以至于在不久后的某一天，我也像他一样做起了拐卖他人的勾当。那天，我被那个人贩子领进这个镇子的一户人家里，还以为这是他自己的家呢，想到他刚才说的避雨的话，大大地松了一口气，心想我终于可以歇一下脚了。但接下来的情景让我有些莫名其妙，因为他把我交到了另一个男人的手里，而我看出来，那个男人才是这个家庭的主人。在他把我交到那个男人手里的同时，那个男人也把一沓钞票交到了他手里。我永远忘不掉人贩子接过钞票时的情景，就是这个情景让我在日后走上了贩卖人口的邪路。我看见人贩子从那个男人手里接过钞票，然后一只手捏着钞票，一只手一张张揭起来点数，喏，就是这样，他的右手捏着钞票，左手伸过去，把钞票一张张揭起来，仔仔细细地点数，没错，这个人贩子是个左撇子，我记得清清楚楚。怎么？你在看自己的左手？不用害怕，我没暗示这件事与你有关。还是说人贩子点数钞票的情景，其实，人贩子点数钞票的动作还不是最打动我的，最打动我的情景是他点数钞票时脸上浮出的笑意，那是一种什么样的笑呢？它里面包含着知足、满意、自得甚至成就等等内容，哎呀，我真是难以表述清楚，但我却真切地知道那是怎么回事儿，虽然从我生下来那天起，我就没有在我所熟悉的人脸上看到过那种笑。在我想来，那种笑不应该属于我们人类所有，而应该属于只能在我们梦中或者幻觉中出现的神仙们的脸上，当然，我从来没有见过神仙，不知道神仙脸上的笑是什么样的，但我在那个时刻突然认定，如果神仙脸上真能发出笑的话，那一定就是此时此刻那个人贩子脸上的笑，这样说并不是我在美化或者神化人贩子，人贩子是个该死的东西，是人渣，他在我懵懂无知的情况下拐卖了我，让我从此后过上了比漂泊流浪生活还要悲惨无数倍的日子，还让我在以后的日子里走上了像他一样拐卖别人的邪路，我怎么可能美化或者神化他呢？但我又不得不说，那天我的确对人贩子脸上露出的笑产生了好感，甚至可以在很大程度上说产生了迷恋，以至于只要一闭上眼，我的视野里便是他脸上的那种笑，除了那种笑外竟然没有了其他东西，你说我是不是中了邪呢？没错，我在那个时刻的的确确是中了那个人贩子的邪魔。也许那个人贩子并不知道这一点，不知道他脸上不经意流露出来的笑会那么严重地感染我，影响我，让我步入了他的后尘，成了一个青出于蓝而胜于蓝的后来者。所以，当我有一天以一名小有成就的人贩子的面目出现在他面前，并以恭敬的口气向他诉说他对我的深刻启迪的时候,这个已经快要把我忘记了的家伙不能不大吃了一惊。

当然,这是好几年之后才发生的事情,在此之前,也就是说当我还没有摆脱被拐卖者身份的时候,我要先经受一段遭受迫害的生活状态,是的,遭受迫害,每一个被人贩子拐卖的人都要遭受这种迫害,没有人能够避免得了,女人是这样,儿童也是这样,只要你成了一个被拐卖者,成了人贩子用于谋取私利的工具,你就要做好遭受此种迫害的准备。我当然也不会例外,自从我被人贩子卖到那个男人手里来以后,我遭受的迫害便开始了。具体说来,我遭受的迫害是被那个男人用一根铁链子捆住了脚踝,而铁链子的另一端则绑在一根柱子上,也就是说,除了我在那根柱子周围能够活动一下身子外,其他什么动作我都做不出来了,没错,我失去了自由,失去了尽管是漂泊流浪乞讨却是自由自在的生活状态,虽然在被铁链子捆绑着的日子里不再有饥饿和寒冷之忧,但我宁愿倒毙在流浪的路上也不愿在那根柱子边度过余生。我到这里来当然不是享清福的,那个男人之所以买我到他家来,主要甚至说唯一的原因就是让我来为他干活做事的,所以当我吃饱了的时候,我会被他解离那根柱子,牵拉着到地里去像一头牛那样干活,对我这个已经长成大人的人来说,像牛一样干活倒也没有什么,反正我身上有的是力气,但让我忍受不了的是,在我干活的过程中拴在我脚上的那根铁链子并没有解开,也就是说我是拖着一根铁链子在地里像牛一样地干活,那根铁链子的另一端握在那个男人的手里,说句更直接的话就是,我是他的奴隶,而他则是我的主人。我不止一次地对我的主人也就是那个男人表示,放开我吧,我不会逃走的。我说的是真心话,因为在那些日子里,如果再往前延续,可以说从我见到人贩子脸上的笑那个时刻起,我就打定了告别漂泊流浪的生活而去做一个真正人贩子的主意。但我发自内心的告白在那个狠心的男人那里一点作用不起,他依旧一天到晚用铁链子捆绑着我,直到有一天,当然那是很久后的某一天,他在牵着铁链子驱赶我干活的路上不慎掉进路边的一口井里淹死,我才算结束了被铁链子捆绑着的生活,重新成了一个自由的人。其实,这个时候的乌龙镇也像中国的其他地方一样获得了解放,就算那个男人不掉到井里淹死,人民政府也会把我从那根铁链子下解救出来的。我一获得了自由,并没有像人们企盼的那样去做一个新社会自食其力的劳动者,却很快沦落为了一个拐卖他人的人贩子,成了政府打击的目标,其中的原委我就用不到再对你说了吧?我只是要告诉你的是,成为人贩子的愿望对我来说是一种瘾,瘾是什么你知道吗?对,瘾就是吸大烟的感觉,就像我父亲当年干的那件事一样,当年我理解不了我父亲,自从我当上了人贩子以后,具体说是当我像拐卖我的那个人贩子一样脸上露着微笑手里点数钞票的时候,我知道父亲吸大烟是怎么回事儿了,也就是在那个时刻,我第一次理解了我的父亲。对了,你对什么东西上过瘾吗?我看见你衣兜里揣着一瓶劣质酒,这是不是说你对这玩意儿已经上了瘾呢?如果是这样的话,那你也就已经理解我,理解我的父亲,当然也就理解你自己的父亲了。

听到他说到了"父亲"的话题,姜无疾只能颇为无奈地告诉他,至少到现在为止,他还无法理解自己的父亲。

为什么?邹中银不解地问他。

因为他是一个坏人。姜无疾不假思索地说。

邹中银仰起头,呵呵地大笑起来。他是一个坏人?他笑得快要喘不上气来了,这么说你是一个好人了?

听了他的问话,姜无疾又不禁想到了母亲当年在监狱里对自己说过的话,儿子,你要学好,你可千万要学好呀。他不能不承认,在以后的成长过程中,他不能不受到母亲这句话的影响,也就是说,他一直没有忘掉母亲说过的这句话,并用这句话来衡量自己的每一个行为。我虽然还不能说自己是一个好人,他这样对邹中银说,但我敢说我不是一个坏人。

哈哈哈,邹中银越发笑得张狂,好像他这句话包含着多么大的荒谬成分,或者干脆说就是一个巨大的谎言,你不是一个坏人?今天我真是开了眼了,在这间屋里,竟然有人说自己不是一个坏人,哈哈哈,真是笑死人了。他好不容易止住笑,把头探向姜无疾,眼里灼亮的目光直直地照在他脸上,那你来告诉我,既然你不是坏人,为什么要到这个地方来?

姜无疾似乎不太理解他的话,难道说到这里来就一定是坏人吗?他想了一下,只能模棱两可地回答他说,这应该是两回事,作为一个男人,我想找一个女人,所以……这也算不上做坏事吧。

看来我刚才那些话都对你白说了。邹中银摊开两手,又无可奈何地耸了一下肩。

我不会迫害别人的,姜无疾赶紧朝他申明,如果我真的从你这里买到了女人,我一定好好地待她,我要保护她还来不及呢,哪里会有工夫去害她？

难道你就不怕她跑了吗？邹中银反问他说，你花了不少钱来买这个女人，可如果有一天她从你身边跑走了，那你可就落得一个人财两空的结局了，你想面对这样的结局吗？

不想，姜无疾摇摇头说，我当然不想了。

既然不想，那你就要好好地看住她，邹中银告诫他说，那么看住她的最好方式是什么呢？你自己都能想得出来，没错，最好的方式就是在她的脚上或者脖子上拴一条铁链子，就像那个男人对我和张瘸子对他的女人做的那样。

听他说到自己的名字，一直试图和他打招呼的张瘸子立刻凑上来，小心地请示说，人我领到这里来了，就让我回家去吧，出来这么长时间了，我家的女人该要饿死了……

邹中银打断他的话说，在没有确定他的身份之前，我怎么能让你回家去呢？放心吧，你的女人饿不死的，你早晨送给她的那碗面条还没有被她吃完呢。

姜无疾不免暗吃了一惊，看来邹中银的眼线还真是不少，或许自己一到这个地方来，其行踪就被他们掌控了？这样一想，他禁不住有些紧张。

张瘸子还要说什么，邹中银不打算再理会他，掉过头来继续对姜无疾说，既然你把那条该死的铁链子都拴到人家的脚上或脖子上了，难道这还不是对人家的一种迫害吗？

姜无疾不知道该怎么回答他的话。也许，他平复了一下心绪，才又接续上他的问题，也许那个女人根本就不会跑呢，比如你，不是也没有离开乌龙镇吗？

邹中银似乎也没想到姜无疾会拿他说事，而且是用于反驳他自己的话，不禁一愣。你以为碰巧赶上我这样的傻瓜，就能让自己摆脱作恶的嫌疑？他用眼角的余光乜斜着姜无疾，嘴角也流露出一丝冷冷的笑意，事情还没有那么简单，如果我没有说错的话，不管你做怎样的努力，你最终都不会成为一个好人。说到这里，他脸上又浮现出颓唐的神色，这就是我们这些人逃不脱的命数。

不要把我和你放在一起。姜无疾在心里对他说，虽然今天夜里我也来到了这个地方，但严格说来，我们根本就不是一回事儿。

邹中银看出了他的心思，想继续嘲笑他一下，但看他并不是故作姿态，刚刚来到嘴边的刻薄话又被舌头卷了回去。怎么？他抬起头来，重新上下打量他一眼，或许你真的不知道？

姜无疾被他看得有些不自在，也不明白他到底说的是什么。怎么回事？他急忙问他，什么我真的不知道？

你是一个饕餮综合征患者，邹中银用尖利的目光看着他说，你难道从来不知道吗？

饕餮综合征……患者？听到这里，姜无疾不禁松出了一口气，原来邹中银是说这个？他当然早就知道自己是一个饕餮综合征患者了，因为在此之前，他在体检的时候就被医生告知了这件事。饕餮综合征患者怎么了？姜无疾问他说，饕餮综合征患者就不能做好人了吗？

原来你知道自己是饕餮综合征患者？邹中银似乎有些意外，那你怎么……？他把要说的话咽回去，拍着额头想了一下，好像知道问题出在哪里了。看来你是只知其一不知其二，也就是说，你只知道你是一个饕餮综合征患者，却不知道这到底意味着什么？

姜无疾直直地看着他，不知道他要说些什么让自己意想不到的话。

你想象过一条蛇咬着自己的尾巴是一种什么样的情景吗？邹中银这样问他，或者你设想过一条蛇咬着自己的尾巴是一种什么样的结局吗？

姜无疾不明白他为什么把问题转到了蛇身上，难道说仅仅因为他肚子里那条名叫饕餮的虫子的长相和蛇有些类似吗？

看到他满脸困惑的神情，邹中银吧嗒一下嘴，又把话题拉回来，我还是直接对你说吧。他从椅子里站起来，一边慢慢走动一边斟酌着字句说，凡是患上饕餮综合征的人都会遇到一种特殊的现象，就是当你在自己的人生道路上走过了一段距离后，会发现竟然又回到了原来的出发点，也就是说你根本无法沿着一条直线往前走，最后的结局只能是回到原点上来。

姜无疾呆呆地看着他，虽然说已经听懂了他话里的意思，但还是有一头雾水的感觉，好像这番佶屈聱牙的话不该从这个猥琐的人贩子嘴里说出来。那一刻，他好像更感觉迷茫了。

邹中银看出他眼神里流露出来的不信任表情，又不好意思地笑了一下，对不起，我这是在重复一个老中医或者说老巫师对我说过的话，当我第一次听他这么说时，我也是觉得莫名其妙。

老巫师？姜无疾差点笑出来，这里竟然还有什么巫师？他想不明白，解放这么多年了，又赶上"文化大革命"，一切牛鬼蛇神都被扫除了，怎么这里还会存在什么巫师呢？

不要不相信我说的话，邹中银拍拍他的肩膀说，不然我又是怎么知道这件事的呢？

按照你的说法，姜无疾顺着他话里的意思说，无论我怎么努力，付出什么样的代价，都是白费功夫，都不能取得好的结果了是吗？

说得太对了，邹中银响亮地拍了一下手说，就是这么回事。他做出一副推心置腹的样子说，知道了这个道理后，我们就不用再做那些无谓的挣扎和折腾了。为了进一步说服姜无疾，他甚至比画起了手势，你看，既然我们不能沿着直线往前走，最终会回到原来的出发点，我们干脆就留在原地好了，对，原地，这个地方既是我们的出发点，也是我们的目的地。

姜无疾不甘心地问他，这样一来，我们的人生还有什么意思？还有什么意义？

人生本来就没有什么意义，邹中银使劲摆摆手说，什么理想啦，目标啦，一切不过是我们自己虚构出来的产物，它们才是没有什么实际意义的东西，我们应该留下来，留在原地，该怎么样还怎么样，如此一来，我们该节约多少不必要的浪费，该减少多少不必要的损失？

为什么？姜无疾愤怒地朝他发问，一个饕餮综合征患者为什么会得到这样的下场？

不要问为什么，邹中银摊开手说，因为这个问题根本就没有答案，你只要静下心来承认和接受这个现实就行了，具体到你身上来说，你只要安心做你自己的事就行了，不要再去想当什么好人，因为你从来就不是一个好人。

但我也不是坏人。姜无疾纠正他的话。

可你是好人吗？邹中银反问他说，要不就让我再来数说一下你小时候干的事？当然，你爹和你娘那些事我就不说了，你干的事我可是一直装在脑子里从来就没有忘记过。

你不是也干过同样多的坏事吗？姜无疾抢白他说。

但我不想改邪归正，邹中银辩解说，当我知道饕餮综合征患者的定义是什么的时候，我就再也不做改邪归正的打算了，而你却还在枉费心机，做着有一天成为好人的美梦,醒醒吧老兄,有那样的工夫还不如去喝二两酒呢。

姜无疾怔怔地望着他,不知什么时候手指已经伸进衣兜并抓住了酒瓶。他不能不承认,在这段时间里,他的确被邹中银的话打动了,或者从某种程度上被他的说法俘虏了。好在他还没有完全丧失理智,也还意识到要想摆脱他的蛊惑必须换一个角度思考。是呀,他为什么要相信邹中银的这番说辞?那个所谓的中医或者巫师或许并不存在,一切不过是他自己虚构出来的东西罢了,就像他说人生的意义是自己虚构出来的东西一样。想到这里,姜无疾也用带有嘲讽的口气问道,你为什么如此了解饕餮综合征患者的事?莫非你也想做一个中医或者巫师不成?

怎么?邹中银听了他的话不免有些吃惊,难道你还没有看出来,我也是一个饕餮综合征患者吗?

什么?姜无疾听了这话更是惊讶得不行,你也是一个……饕餮综合征患者?他瞪大两眼,再一次仔细朝他身上看。

我还以为你也像我一样早就看出来了呢?邹中银颇为遗憾地耸耸肩。

这我怎么看得出来呢?姜无疾突然想到了他对自己的判断,对呀,你是怎么知道我是饕餮综合征患者的呢?

看来你不知道的事还真是很多。邹中银朝他凑近了一步,直直地看着他的脸说,辨别一个人是不是饕餮综合征患者其实很简单,他朝他脸上指了一下,每一个饕餮综合征患者的额头上都有明显的标志,那就是一块紫色的瘢痕。

姜无疾不禁抬起手,放到了自己额头中间的一个地方,不用寻找,他的手指就准确触摸到了那个麻麻花花的圆坑,因为在每天面对镜子的时候,他都会第一眼看到那个瘢痕,但他一直不知道它的存在居然与饕餮综合征患者这件事有关系。

没错,邹中银看着他的手指说,这就是我们感染了饕餮综合征病毒的一个标志。

姜无疾抬起头,在他额头的中央也看到了那个紫色瘢痕,看来不能不信服他的话了,也就是说,关于饕餮综合征患者回归原点的说法不是空穴来风,那个老中医或者老巫师的存在也就不容置疑的了?一霎间,姜无疾觉得自己与邹中银,这个昔日的玩伴现在的人贩子,一下子拉近了距离。

告诉我,他抓住他的手说,我们为什么得上了这种病? 那条虫子是怎么进到我们肠子里去的?

我也不知道我们是怎么感染上这种病毒的,邹中银用较为标准的医学用语对他说,我只知道从生下来的那一刻起,我们就是一个真正的饕餮综合征患者了。

难道说,姜无疾还有些不相信,这种病是来自遗传?

是,邹中银重新坐回椅子里,用沮丧而无奈的语调说,我们都出生在一个饕餮综合征患者家族里,从来到这个世界上的那一刻起,我们就只能乖乖地去当一个饕餮综合征患者,而不可能再有其他别的更好的选择了。

姜无疾不禁倒吸了一口冷气,按照他的说法,自己的爹和娘,连同他邹中银的爹和娘,或许还有他所不知道的其他人,都早已经是饕餮综合征患者了,是那些人把那条该死的虫子传播到他们肚子里去的,而他们又毫无选择地传给自己的孩子,祖祖辈辈,没有穷焉,老天,这也就是说,他们的子孙后代都毫不例外地成为标准的饕餮综合征患者,而遭受那条虫子的折磨了。姜无疾想到了小兔子,想到了可爱的小兔子……他心里颤抖成一团。

看到他紧张不安的样子,邹中银突然笑了一下,尽力用轻松的语气安慰他说,其实你也不用害怕,既然我们天生是饕餮综合征患者,那我们就坦然地接受这种现实,心甘情愿地去当饕餮综合征患者就是了,再说,当一个饕餮综合征患者也没有什么不好,顶多会对某种东西表现一下较为强烈的兴趣罢了。

强烈的……兴趣? 念叨着这句话,姜无疾禁不住低下头,朝手里的酒瓶看了一眼。他不知道什么时候已经把酒瓶拿出来了。

没错,邹中银也看到了他手里的酒瓶,使劲点点头说,就像你喜欢喝酒一样,我爹喜欢吸大烟,你爹喜欢贩毒品,而我则喜欢拐卖人口。说到这里,他还颇为自得地吧嗒了一下嘴,似乎在品尝什么难得的美味,比起其他人来,难道我们这些饕餮综合征患者不是更多了一种享受吗?

我不要这种享受,姜无疾毫不迟疑地说,我甘愿像正常人一样没有这种该死的嗜好。

可这是不可能的,邹中银打断他的话,知道饕餮是什么意思吗?

姜无疾想了想说,也许就是贪婪无度的意思吧。

对,邹中银郑重其事地说,当一条如此贪婪无度的虫子在肚子里控制我们欲望的时候,谁能不听从它的指挥做出一些像它一样贪婪无度的事情来吗?

姜无疾突然后悔起来,后悔到这个神秘的地方来找这个可怕的人贩子,看来自己的意志还不够坚强,力量也不够强大,以至于面对这个虽说是昔日的玩伴而现在却是无恶不作的人贩子时,他不能用自己的意志去征服他,也不能用自己的力量去战胜他。他觉得自己是处在一个恐怖的梦魇中,如果再不醒来就要被这个黑暗的处所吞噬了,就要被这个阴险的魔怪撕裂了。他把手里的酒瓶举起来,像举起一枚万吨重的炸弹那样艰难,他要把它在地下摔碎,要把这枚炸弹引爆,以此来证明沦陷前的不屈。这时他想到了大黑脸,来的时候,大黑脸端着一杯茶对他说,知道你喜欢喝酒,但现在我还不能让你喝,等你回来了,我再让你痛快地喝一回。姜无疾说,那时我能一醉方休吗?大黑脸痛快地说,我让你一醉方休。想到这里,姜无疾的胳臂一阵极度的胀疼,举着酒瓶的手又慢慢落了下来。我还没有一醉方休,他神经质地对自己说,我要一醉方休。

这时候,邹中银更近地贴到了他面前,目光灼灼地往他眼睛里看。姜无疾不敢迎接他尖利如锥的目光,赶紧掉开了头。告诉我,邹中银用牙齿咬着字说,你到这里来找我到底是为了什么?

我……姜无疾嚅嗫着嘴唇,不知道该怎么回答。

说呀,邹中银抬起手,拍拍他的脸说,如果你对我说了实话,或许你会真的在这里搞到一个女人,可如果你不对我说实话的话,你不但不会把女人从这里领走,而且你自己也很难离开这里了。

你的意思是说,姜无疾鼓着前所未有的勇气,顺着他话里的意思说,你让我在这里也像你一样当一个人贩子吗?

邹中银收回手,转脸朝周围的黑暗处看了一眼。姜无疾随着他的目光看去,发现张瘸子和小狗子从黑暗处浮出来,也像邹中银一样恶狠狠地看着他。邹中银从他们脸上收回目光,不自觉地点一下头,悄声叨念着说,这倒是个不错的好主意。他再次贴近了姜无疾,直视着他的眼睛说,不过,你要先来告诉我,是谁让你到这里来的。

是我自己,姜无疾随即又改口说,也许是我肚子里的那条虫子……

哈哈哈,邹中银止不住笑起来,看来你还领悟得挺快呢。他收回了身子,好吧,那我们再换一个话题,请你直接回答我,你有多长时间没有睡过女人了？

这个……姜无疾摸了一下头说，大概很久了吧，自从我被单位开除后，我先前的老婆就和我离了婚，从那以后，我就再也没有沾过女人。

不要对我说这些，邹中银摆摆手说，到底多久了？

两年，姜无疾回想着说，不，已经快三年了。

好吧，就按你说的那个数字，三年，三年的确也不算太短了。邹中银掉过头，朝他出来的那个地方看了一眼，现在，如果我给你一个女人，你会马上把她睡了吗？

怎么？姜无疾也朝四周看一眼，你这里真的有女人吗？

这你就别管了，邹中银冷笑着说，回答我，你会去睡那个女人吗？

我……姜无疾又挠了挠头，含糊其词地说，兴许我会吧……

那好，邹中银再次拍一下手说，那我就来满足你这个要求。说着，他就打了一个响指，朝后伸了一下手说，既然这样，那就请吧。

姜无疾掉过头，顺着他的手势看去，不禁吃了一惊。他看见邹中银身后的那扇门慢慢敞开了，随着红艳艳的灯光的亮起，几个柔软细长的身影开始晃动起来。老天，他真是想不到，里面的那个空间内竟然藏匿着几个女人。他在心里问自己，难道邹中银真的让我去和她们睡觉吗？这样一想，他感到这件事未免有些棘手起来。

邹中银不容他多加思虑，便带着他直朝那个门里走去。张瘸子又说了要回去的话，但邹中银没有搭理他。进到那个门里以后，姜无疾才知道里面是一个过道，类似于墙壁的夹层，穿过这个仅有两三米长的过道，便进入了一个更大的空间，说是空间，其实是两间相通的房屋。和外面那间屋差不多，这里也没有通向外面的门窗，所有的光源都来自挂在墙壁上的蜡烛。他悄悄点数了一下，两间屋的墙壁上共挂有六支蜡烛，所以屋内便显得十分明亮，甚至给他一种金碧辉煌的感觉。两间屋内的墙边分别垒砌着几铺土炕，上面还铺有被褥，看来人贩子邹中银不仅让他用于拐卖的女人住在这里，自己也是这里的真正主人。藏在这两间屋里的女人共有三个，其中两个在大部分时间里一直低着头，不知是胆怯还是害羞，而另一个穿着一件红布衫的女人却抬起头，不住地往姜无疾身上看，眉眼间也不像那两个女人那样充满哀婉，神情里倒透着一种少见的坦然。

怎么样？邹中银用意味深长的目光看着他，她们足够你今天晚上解馋了吧？

我真的要和她们……姜无疾指指那几个女人说，我是来买媳妇的，可不是来这里搞强奸的……

不不，邹中银打断了他的话说，不是强奸，而是睡觉，你问问她们是强奸吗？

哎呀，大哥说得真难听，红布衫推了姜无疾一把说，什么强奸呀，还不就是男女之间的事吗？

姜无疾呆呆地看着她，想不到她会为狗日的邹中银的鬼主意开脱。

反正也是早晚的事，红布衫白他一眼说，你花钱来买我们，不就是为了这个事吗？

看看，邹中银摊开手说，她们可是比你想得明白多了。他把嘴附在他耳边，嘻嘻笑着说，你不是想她们快三年了吗？现在好了，一下子有了三个，你在她们之间任选一个，等办完了事，她就是你的了。他又做出一个"请"的手势，还犹豫什么？开始行动吧。

姜无疾知道邹中银的心思，当然不是真的为他着想，让他在这些女人身上满足一下饥渴的欲望，不，他绝对没有这样的好心肠，他之所以要让自己这样做，无非是以此来考验他一下，看他到底是不是一个真来买女人的人，如果他不和这些女人睡觉，他不但不能把她们中的一个带走，而且正如邹中银说的那样自己都有可能无法离开这里，那他岂不是白白到这里来了吗？但让他与这些女人睡觉，他又实在无法接受，因为这些被拐卖来的女人实在太可怜了，不但被卖到买主手里以后要饱受磨难，就像张瘸子那个关在地窖里的女人一样，而且在人贩子手里也要经历摧残，难道他就要成为摧残她们的人不成？

看他还在犹豫，邹中银有些不耐烦了。怎么回事？他冷下脸来，莫非你真的不是来买女人的，而是来和我过不去的？他朝他凑过来，鼻子像狗一样在他衣襟上翕动，你猜你闻到了什么味道？他把手像蒲扇一样在脸前扇动了两下，我闻到了警察的味道。

听到"警察"两个字，屋内的几个人都大吃了一惊。姜无疾没有想到他会说得这么直接，尽管在心里警告自己不要慌张，但脸面还是止不住有些发紧。那两个一直低着头的女人也吓了一跳，霍地抬起头来，目光直直地看他。倒是红布衫还保持着一丝镇定，试量着问了他一句，真的是这样吗?

姜无疾没有理会邹中银,而是抓住机会面对她说,你觉得世界上有我这样的警察吗?

红布衫退后一步,上下打量了他一眼。不像,她摇摇头说,我见过警察,可没见过你这样的警察……

滚一边去。邹中银冲上来,把她推到一边,转过身,皮笑肉不笑地对他说,怎么样?是不是该把你的身份跟我说一说了?

姜无疾不知道怎么办,真的不知道该怎么办。

红布衫又抢到他面前,抱住他的身子说,如果你是真心来买我们的,现在就把我睡了吧,我愿意和你睡,也愿意跟你走。说着,她又把脸仰起来,你看我长得也不差吧?把我带回你家去你也不会吃亏。

可我……姜无疾抖动着嘴唇,还想再说句什么。

红布衫却已经在脱衣服了,大哥你就不要再推迟了,反正早晚也是那么回事,再说了,等你睡了我就是你的人了,他们那些人也就不能再和我乱来了。

邹中银冷笑了一下,依旧盯着他看。

红布衫脱掉了外衣,身上只剩下一件红肚兜和一件花裤衩了。见他还不动,她索性腾出手,帮他解开衣服上的纽扣。来吧大哥,我是自愿的,你就不要婆婆妈妈不像个男人了。说着,她又转过身,对邹中银和那两个女人说,你们就别看了,要听就到那屋去听吧。

那两个女人赶紧走出去了。看见他身上的衣服也脱得差不多了,邹中银也松了口气。好吧,他淡淡地说,你们就好好地在这里享受吧。说罢,他也往外走去。

红布衫先爬到炕上,仰躺下身子,然后伸出手,在他身上捏了一下。姜无疾也只好爬上炕去,在她身上伏下身来。这时他想到了庞云英。庞云英故意问他,告诉我,你在外面会不会招惹女人呢?他摇摇头说,怎么会呢?我怎么会招惹女人呢?庞云英不相信地说,说不定呢,我又不在你身边,你就是真的招惹了我也看不见呢。他虎起脸说,瞎说,我在外面是执行任务,哪里有那样的机会?庞云英也摇摇头说,我不相信会没有机会,至于招惹不招惹,那就看你有没有定性了。他也故意问她,你看我有没有定性?庞云英掉开脸说,我哪里知道?有没有定性那是你自己的事。他看着她说,

161

真的是我自己的事？庞云英意识到自己的话有误，急忙又回过头来，当然不是，当然不是。她紧紧地抱住他，把湿漉漉的嘴唇附在他耳边说，你可不要辜负了我，辜负了我们的儿子。他搂住她光滑的脖颈，也把自己的嘴唇凑到她耳边说，不会，我不会辜负你，更不会辜负小兔子的。

姜无疾从睡梦中醒来，一睁开眼就朝身边看。令他感到意外的是，他身边竟然空荡着，记得昨天他是和那个红布衫睡在一起的，怎么现在炕上却是他一个人？在他进入睡眠的过程以后，红布衫已经离他而去了？他觉得不应该是这样，因为在她和他睡觉的时候，她不止一次地对他说，大哥，这回我算是跟定你了，我再也不让那些人贩子靠近我了。他赶紧爬起来，草草穿上衣服，来到另一间屋里。他一下子呆住了，他看见那两个不大愿意抬头的女人相挨着睡在一通炕上，而红布衫，这个在夜里和他睡觉并发誓要跟他离开这里的狡猾女人，此时竟然和人贩子邹中银躺在另一通炕上，而且两个人赤裸着身子，手脚还勾连在一起。他愤怒至极，冲上去，一把将红布衫从邹中银身边拉起来。

累死了，红布衫迷迷糊糊地说，让我再睡一会儿……在姜无疾的晃摆下，她终于睁开了眼睛，看到是他在拽自己，这才有些反应过来。我已经和老大说过了，她歉疚地朝他笑了一下，你真的不像是一个警察。

天哪，姜无疾这才明白过来，原来这个如狐狸一般狡诈的女人并不是被拐卖的受害人，而是一个地地道道的拐卖者，一个属于邹中银自己阵营中的人贩子。

这时邹中银也醒过来，长长地打了个哈欠，眯起眼睛看他，嘴角浮动着同样狡诈的微笑。她真的说了你不错，他也歉疚地朝他摇摇头，可你无法把她带走了，她们两个，他用眼光示意那两个睡在另一通炕上的女人，你可以顺利带走一个。

去你妈的。姜无疾朝地下啐口唾沫，掉转身，大步朝另一间屋里走去。

你可别忘了交钱。邹中银在他身后喊着。

姜无疾躺回炕上，随即又爬起来，找出他那瓶酒，拔下塞子，嘴对嘴大口喝起来。他想到了大黑脸说，现在你还不能喝，等你回来了，我要好好地给你庆功，让你一醉方休。他把酒瓶从嘴上移开，对着他想象中的某一个方向，在心里对大黑脸说，我不想就这么回去，我要在这里继续待下去。随即他又在心里对庞云英和小兔子说，让我在这里待上一段时间，不然，我就真的要辜负你们了。这样念叨了几遍，他便打定了继续留在这里的主意。

你真的不想回去了？听完了他的诉求后，邹中银看着他说。

是，姜无疾毫不迟疑地点头，我觉得也许当一个人贩子更好些。

你哪里知道？邹中银忽然皱起眉头，像是牙疼似的抽动着脸腮，现在政府加大了对我们打击的力度，到处都有群众检举揭发，我们越来越不敢轻举妄动了，不然，我也不会一天到晚待在这种坟墓一样的鬼地方。

我不管那么多，姜无疾一根筋地往下说，只要你们能干，我也就能干。

即使你要干，我也做不了主呀，邹中银摇摇头说，没有老板的许可，我是不敢随便接纳你的。

姜无疾知道他所说的"老板"就是他们的头，也就是这一带最大的人贩子，像邹中银这样的小喽啰都是要听命于那个"老板"调遣的。那你就带我去见老板好了。他压制着心里的喜悦之情，顺着他的话说。

这个……邹中银嘴里咝咝地吸气，同时频频地眨动眼皮，这个可是不能轻易……弄不好就会……他似乎又想到了什么，紧紧地盯住他说，我还没有搞清楚，你怎么忽然想到了干这个？

姜无疾从他的眼神里又看到了一丝警觉。都是它搞的鬼，他抬起手，径直拍拍自己的肚子说，我已经开始上瘾了。

邹中银愣怔了一下，突然间反应过来。对对，他心悦诚服地点头说，看来我们还是一对好伙伴。他伸出胳膊，用从未有过的亲热姿势搂住了他，好吧，一切就交给我了。

姜无疾的胳膊也紧紧地搂住了他的脖子。我们还是一对好伙伴。念叨着这句话，他真的也有些感动起来。

结结实实地吃了一顿饭后，邹中银要带他出去见他们的"老板"了。姜无疾不知道他在这个地堡似的地方度过了多长时间，反正早就渴望到外面去呼吸一口新鲜空气了，所以便急不可待要往门外走。但邹中银拉住了他，让他跟着他离开那个门，来到房间的另一端。他蹲下身，在地下抠摸了一阵，突然掀开一块石板。望着石板下刚刚裸露出的一个黑乎乎的洞口，姜无疾这才恍然大悟，原来这个洞口才是通向外界最为安全的通道。真是狡兔三窟呀，他不得不在心里感叹说，这些人贩子可谓费尽了心思，要不是他亲自到这里来，就是让他绞尽脑汁，恐怕也想不到他们的藏身之地会是这样复杂。邹中银拉着他的手进到了洞口里。洞穴内潮湿阴暗，地下也不平整，加之没有光亮，他们便走得磕磕绊绊，姜无疾尽管被邹中银牵着手，还是有好几次差点扑倒在地下。洞穴内弥漫着一股潮湿腥臭的气味，就像他在垃圾场经历的那种感觉，不时有毛茸茸的翅膀从他脸上划过去，搞不清是蝙蝠还是飞蛾，让他身上既有些发麻又有些发冷。洞穴似乎很长，他们走了足有两三个小时的时间，前面的远处才有一点点光线射来。到头了？姜无疾惊喜地问道。邹中银没有回答他的话，反而停了下来，手在衣兜内不住地摸索。姜无疾早就待不住了，便越过他的身子，要朝洞口跑去。回来。邹中银伸手拉住了他，力量之大，差点使他仰倒在他身上。我要出去。姜无疾叫喊着说。邹中银没有理会他，却把一个什么东西塞到了他手里。戴上。他用命令的口气说。姜无疾把手里的东西拿到有光亮的地方看，原来是两块连在一起的布条，像是女人的乳罩或者牲畜的护眼。干什么？他不解地问。戴到眼上。邹中银提高了嗓门说。看他说得如此坚决，姜无疾只好把那两块布套到脸上。在黑暗里待久了，邹中银这才解释说，如果你裸着眼睛到日头下去，那你就有瞎掉的危险。姜无疾倒吸了一口气，又在心里感叹说，看来这些人贩子也真不容易。他乖乖地用护眼罩住眼睛，牵着邹中银的衣角，慢慢地朝洞口处接近。

来到了洞外，他们没有立刻往前行走，而是坐下来，让四周的光线缓缓地抚摸他们的眼睛，或者说让他们的眼睛渐渐地适应四周的光线。护眼是用一层纱布做成的，有些半透明，所以没用一顿饭的工夫，他们的眼睛就能接受那些如雨水一般降临到脸上的日光了。于是，姜无疾跟着邹中银把护眼从眼上揭了下来。视线一触摸到明媚的光线，他便差点欢呼起来，看见日光照耀下的山野是那么清新艳丽，石头是白的，树木是绿的，花草是摇曳多彩的，溪水是闪烁流动的，就连不时飞过的鸟儿和不时跑过的野兽其身姿都是那么玲珑矫健。姜无疾这才发现，他们一出洞穴，就已经置身在隐秘的莫邪山野间了，也就是说，那个洞穴一直越过了乌龙镇，直达远处的山野里来了。此时日头正在西斜，这就意味着，他在那个地堡一样的地方已经待过一整天多了。

他们的眼睛完全适应了山野里的日光，邹中银便爬起来，领着他朝莫邪山的深处走去。难道那个人贩子头是住在山野深处？姜无疾想不出来，一个要不断和外界打交道人为什么要住在山野深处？他想问邹中银一句，却又没敢问出来。他不想在这个最为关键的收官阶段惊扰他，以免引起他的疑心,使这次的行动半途而废或者说前功尽弃。当然他也想到这或许是邹中银耍的花招,以便突然之间发起攻击,将他葬送在这片荒山野岭里,所以他也不能不做着意外出现的准备。他紧闭着嘴唇,紧捏着拳头,一边跟随邹中银往前走,一边观察他的动静,一边记下他们走过的所有路径。他们一会儿穿越树林,一会儿跨过溪流,一会儿攀上峭壁,一会儿步入峡谷,最不可思议的路程是一段类似他们刚刚出来的洞穴,因为洞内低矮狭窄,他们需手脚并用爬着过去。行走了大约一个小时的路途,在越过最后一个山包后,姜无疾看见远处的山脚下出现了一小块较为平坦的谷地,其间矗立着一幢石头小屋。邹中银放慢了脚步,一直急喘的气息也舒缓下来。姜无疾知道到地方了,也就是说,他们要见的那个人贩子头就住在那幢小屋里了。他不能不承认,如果不是亲自到这个地方来,就是打死了也不会相信那个罪恶的人贩子头会住在这个远离人烟的地方。他转动着身子,朝四周远处的山峦看了一圈,也不能不承认,这的确是个舒适而安全的好地方,如果没有一个人提前来到这里将人贩子头控制住,即使警察们把整个莫邪山区包围了,也很难顺利将他抓获的。为了进一步确定住在那幢小屋里的人就是作为警察的他们今天夜里的行动目标,也就是他们一直在寻找的人贩子头,姜无疾又装作纳闷的样子问邹中银说,老板住在这种地方,怎么和客户们联系呢?邹中银回过头,用嘲讽的目光看了他一眼,撇撇嘴角说,看来你还真是个外行,你以为老板还会和客户打交道?姜无疾似乎明白了,看来人贩子头还真的建立起了自己的组织呢。既然不用他亲自出马,姜无疾又装作无意的样子说,那你何必来向他汇报,自己把我吸纳到你手下去不就得了?邹中银果断地摇摇头说,这可不行,在我们莫邪山区五十六个村寨中,他朝四周划拉了一圈,没有一个人贩子不听命于他的。五十六个村寨?姜无疾大吃了一惊,天哪,尽管他想到了那是一张不算太小的网络,可还是没有料到,人贩子头组织的这张贩卖人口包括妇女和儿童的网络会是这样大。看来你今天抓到一条大鱼了。他欣喜地对自己说。

日头正在朝西边的山峰顶端靠近,也许再有一个多小时的时间,天就要黑下来了,也许那就是他们行动的时刻了。他们稍稍歇息了一下,便又迈开脚步,朝山下的那片平坦的谷地具体说是朝那幢小石屋走去。由于刚才一直在穿山越岭,他们不但腿脚有些疲惫,而且手脚和脸脖等一些裸露处都被荆棘划出了血痕,被冷凉的山风一吹,也让他感觉到了隐隐的疼痛。

好在往下是下坡路了，地面也渐渐变得平坦，所以没用一刻钟时间，他们就进入了那片谷地，接近了那幢石砌的小屋。姜无疾来到近前才看见，在小屋的四周，还围绕了一圈不算太小的篱笆，上面爬着一些绿油油的藤蔓植物，间或也有一些红蓝的小花在上面开放。篱笆里面的空地里，种植着若干种粮蔬植物，粮食有玉米、谷子、大豆和高粱，此外还有一块棉花，蔬菜有白菜、茄子、豆角、黄瓜和大葱，看起来这真像是一个小规模的田园村落，他想如果来到这里的人不熟悉它的真实情况，一定会认为住在此处的人是一个勤勉的老农，哪里会想到竟然是一个为害乡里无恶不作的人贩子头目呢。他不得不从内心里感叹，看来这个人贩子头不但懂得如何藏身，也许还真的富有一些情调呢。快要走到篱笆门里去了，邹中银似乎看到了什么，又停下脚，并把一根手指竖在嘴上，示意他不要弄出动静来。姜无疾顺着他的目光朝前看，越过一丛植物的遮挡，看见一个黑乎乎的身影坐在屋门口的一只马扎上，正对着远处的山峦或者说山峦里的风景沉思默想，一支烟袋架在嘴上，随着脸腮的翕动，一股白色的烟雾慢慢升腾起来，和着山里的雾气朝远处飘拂。他在想问题，邹中银轻声对他说，我们先不要打扰他。说着，他便就地坐下来，随即拍拍地面，示意他也蹲下身来。人贩子头居然也会想问题？姜无疾在心里嘲笑他说。他当然不能贸然走上前去，便也随着邹中银坐到了地下。

在等待人贩子头从思考中回到现实里来的时候，姜无疾坐在离他并不太远的地方，放出目光，不住地朝他身上打量。其实，首先映入他眼帘的还不是那个人的身影，而是他头上的白发，是的，人贩子头有一头几乎快要全部变白的头发，由此姜无疾便不难判断，这是一个年纪不算太小的老家伙。在正在变红的日光的照耀下，他头上的每一根白色发丝好像都被点燃了，这美好的景致不能不诱惑姜无疾的眼睛并使他浮想联翩。老中医？姜无疾在脑子里问自己，还是老巫师？是的，这一刻，他脑子里想到的是邹中银说过的那个人，当然也或者说是两个人。而且在接下来的冥想中，姜无疾甚至还看到或者说想到了他的面目。在那团燃烧着火苗的头发下面，具体说是他的额头中央，姜无疾竟然真的看到或者说想到了一个圆大的紫色瘢痕。饕餮综合征患者？他吃了一惊，不自觉地脱口而出。什么？邹中银被吓了一跳，由于也正沉浸在冥想中，没有听清他说的是什么。姜无疾没有回答他的话。这时候，他的目光已经从人贩子头身上抬起来，落在一群正从远处飞来的鸟儿身上。他认出来，那是一群野鸽子，一群其实很有来历的野鸽子。野鸽子越过山峦，抵达了那幢小屋顶上，开始慢慢盘旋起来，野鸽子的翅膀频频扇动，姜无疾都听到了它们搏击空气的沙沙声，照射在翅膀上的日光不住地闪烁，有一会都刺花了他的眼睛。很快，野鸽子们就朝他们头顶上飞来，沙沙声越来越近，一如他越跳越急的心脏发出的声响，有一只还落在了他的肩膀上。邹中银这才从冥想中反应过来，看了那只落在他肩膀上的野鸽子一眼，在嘴里嘟囔了一句，怪事，野鸽子竟然也认得你？姜无疾不置可否地朝他笑笑，没有说什么，只是在那只野鸽子身上抚摸了一下，便一抖肩膀，让那只野鸽子重新飞走。野鸽子似乎得到了什么指令，飞离他的肩膀，又在他头顶上盘旋了一圈，便带领着其他的野鸽子，急快地往它们来的方向飞去。邹中银盯着野鸽子看了一会儿，似乎没有看出什么名堂，摇摇头，收回目光，重新让思绪回到刚才的冥想状态中去。姜无疾不能不替邹中银感到遗憾，如果刚才他能意识到这群野鸽子的来历并不像想象的那样平常，更确切地说，如果他能看出这群好像是野生动物的鸽子其实经历过严格的训练，果断出击，就是不能把那只落在姜无疾肩膀上的野鸽子，也即他的信使和联络员捉住，只是及时地驱赶开去，那么接下来他所有的灾难就不会发生了，至少他会保住他们的人贩子网络，而不至于在接下来的时间内被警察们一网打尽了。但邹中银太大意了，只是一味地沉浸在自己的冥想当中，而丝毫没有注意到姜无疾已经把情报插进野鸽子翅膀下的铁夹内，当然也就没有意识到大难正在朝他的头上降临。望着野鸽子们的身影越飞越远，渐渐消失在远处的山野中，姜无疾长长地呼出一口气，知道自己的这次任务即将完成，也就是说，他将会在很短的时间内回到他所在的县城里，具体说是他所供职的公安局里，向外号叫大黑脸的上级也就是局长报到，在痛痛快快地喝一顿庆功酒后，回到家中，和他的妻子庞云英和他们的儿子小兔子团聚。想到这里，姜无疾的手不自觉地伸进衣兜内，摸出酒瓶，举到嘴上，想先喝上一口。只是这时他才发现，酒瓶里已经没有一滴酒了。他沮丧地叹口气，想把酒瓶扔掉，可又没舍得真扔，又原样装回衣兜里去。

红艳艳的日头已经舔住了山峰的顶端，云雾正在从远处涌来，他们置身其中的山谷内变得有些昏暗，也许过不了多长时间，黑夜就要到来了，也就是说，接到情报的大黑脸率领着大队人马就要开始行动了。姜无疾变得有些骚动不安,不住地抬起头,朝人贩子头的身影看。就在这时,人贩子头也正好停止了他的沉思默想,站起来,用左手拎起马扎,慢慢往屋门里走去。姜无疾注意到了他用左手拎马扎的动作,呆怔了一下,似乎一下子回过味来,或许,或许这个老人贩子头就是当年拐卖邹中银的那个左撇子呢。他掉过头,急快地看了邹中银一眼,真是想不到,这个当年的受害者在摆脱了受迫害的处境以后,竟然不可思议地投奔了迫害他的人,让自己也成了迫害他人的迫害者。接下去,姜无疾看见人贩子头在快要走进小屋里去的时候,忽然朝他这边转过了脸,这样,姜无疾就分外清晰地看见了他脸上浓密的胡子。望着那丛格外吸引他目光的胡子,姜无疾痴痴地发起呆来,似乎想到了什么,又好像什么也想不起来,他的思绪突然有些短路。这时邹中银已经停止了思考,从他的冥想状态中挣脱出身来,长长地吐出一口气,似乎刚才的冥想让他耗费了过多的精力,站起身,要带领他继续往那个篱笆院里走,去见人贩子头也就是他的上级。看到他做出的这个姿势,姜无疾才有些反应过来,磕磕绊绊地随在他后面。他放弃了那个让他愣怔的问题,沿着先前的思路往下想,难道这个时候的邹中银真的不知道他要为他的上级还有他们的网络带来的灭顶之灾吗?但不管怎么样,他都不想让邹中银在这场即将到来的灾难中受到伤害,因为在他和这个人相处的所有日子里,都是他还有他的家人比如他的父亲和母亲在伤害邹中银以及他的家人比如他的父亲和母亲,而不存在人家伤害他的情况,也就是说,他是有些对不住邹中银的,而邹中银却没有对不住他,那么就算是作为回报,他都要冒着违反法律和原则的风险对他网开一面,放他逃离这场灾难,远走他乡,为他在未来的日子里改过自新重新做人提供一个机会。于是,姜无疾赶上了他,在即将进入人贩子头老巢的短暂时间内,进行了他们这场相遇中最后一次谈话。

邹中银,告诉我,离开这里后,你会到哪里去?

离开这里?

是,你今天夜里,不,现在,现在你就离开这里,或许一切都还来得及。

你真的是警察?

是,对不起,我不知道人贩子是你,所以来……

你为什么要放我走?

因为我不想看到你像我父亲那样,受到政府的惩罚,毕竟他们……

知道刚才我在想什么吗？

刚才？刚才你在想什么？

我也在想你的父亲。

你怎么也……

你想见到你父亲吗？

什么？

你只要走进那间小屋里去，就能见到你父亲了。

你说什么鬼话呢？

原来我也不相信，可刚才我终于想通了。

你胡说八道，我父亲早就被政府处决了。

其实被处决的根本不是你父亲，早在解放军围剿土匪之前，他就改头换面逃到这座山里来了，从此成了一个人贩子头。

不不，这怎么可能……

你在看你左边那只手？

虽然我也是一个左……可这不能说明他就是我父亲呀。

那你注意到他脸上的胡子了吗？虽然它已经变白……

狗日的邹中银，你到底想干什么？

如果你还不相信的话，那就进去看一下吧，你们会互相认出来的。

邹中银，你这个王八蛋，我放过了你，你却不肯放过我……

好了，留下你一个人在这里骂个够吧，我可不想陪你了，再见。

邹中银，邹中银……

在姜无疾的呼喊兼咒骂声里，邹中银拖着长长的身影远去了，就像当年离开县城的时候那样，不一会就消失在暮色苍茫的山野中。姜无疾从他身上掉回头，重新把目光看向那幢在他眼里突然变得神秘起来的石屋。在这个即将发起围捕行动的前夕时刻，他不知道该怎么走进去，去捕获那个据说是自己父亲的老罪犯……

三

姜无疾没有想到，自己的母亲死在监狱里后许多年，尸骨已经快要烂成一抔黄土的时候，又突然被人挖了出来，面临一个再次安放也就是他要再次选择墓地的问题。当然，挖他母亲尸骨的人并不是盗墓贼，也不是她的受害者,比如类似邹中银一类的街坊邻居,而是一些在政府有关部门的指令下圈地建房的人。没错,像全国其他地方一样,姜无疾所在的这个县城也进入了改革开放的新时期,具体到他们身边的开发事宜来说,差不多就等同于旧城改造和新城建设,再具体一点说就是圈地建房了。当初母亲死去的时候,也就是姜无疾把她的尸骨从监狱里接出来的时候,绝对想不到他选择的那块简陋墓地会在以后的日子里被相关部门派作他用,因为它离县城最边缘的居民区还有相当远的距离,就是骑自行车也需要半个钟点,便以为这个地方便是母亲永远的栖息地了,他甚至还做好了自己死后也到这里来陪伴她的打算。可哪里想得到,在这个轰轰烈烈大开发的热闹日子里,他母亲所在的那块墓地也会被用石灰水圈住,在碑面上写上一个大大的"拆"字,与母亲一起葬在这里的其他死者的后人还要硬抗着不迁,但规定的期限一到,那些看起来还十分完好的坟茔和墓碑就被轰隆隆驶来的推土机悉数铲平和推倒了,随即而来的是更为厉害的挖掘机,巨大的铲刀高高地举起来,就要朝下面的坟墓挖下去了。人们这才惊慌起来,不得不抢在挖掘机的铲刀落下来之前自己动手迁移先人的尸骨。姜无疾自然不敢怠慢,也赶快加入移尸的队伍中。

其实在这之前,也就是从听到拆迁风声的那天起,姜无疾就开始做了一些准备,知道这种类似无赖的抗争行为是敌不过政府的决心和意志的,不仅没有任何实际的意义,弄不好还有可能把自己的人身自由也搭进去。说起来,作为工作在公安战线上的人员,并且还是一名领导干部,他应该在政府部门的统一指挥下去参加对付那些抗争闹事人的行动,但幸运的是,那个地段并不在他所管辖的范围内,所以在事情闹得最激烈的那两天里,他不但没有到现场去过一次,还悄悄地来到另一个正在开发中的陵园,提前预订了一块方圆五平方米的地界,作为他母亲的尸骨即将再一次安放的去处。尽管他想到了那边事情的结局,还是没有料到那些挖掘机会有如此大的力量,以至于不到半个时辰的工夫,那些刚才还气势汹汹阻挡抗争的人们就像树倒以后的猢狲一样溃散了,一个个都争相去挖自己先人的尸骨。等到傍晚时分,他也从那里把母亲的尸骨挖出来,装到一只箱子里准备运往另一个墓地的时候,他才突然想起来,由于对这个结果到来的快捷程度估计不足,他还没有来得及把那边的墓穴挖掘好,也就是说,在即将到来的这个夜晚里,他只能把这个装着母亲尸骨的箱子带回家,等到第二天那个墓穴挖掘好,再将它安葬到那里去。

这是什么?一见那个箱子,妻子庞云英就惊叫起来,居然这么有分量的一个箱子。她瞪大着眼睛,目光灼灼地往那只箱子上看。姜无疾有理由相信,那时她一定以为箱子里是装载着金银和珠宝一类的贵重物品,因为在他出门的时候,她还在朝他嘟囔生活拮据的话题,埋怨他没有像其他"有本事"的人那样为家庭带来说得过去的财富。亲爱的,她甚至把目光转到他脸上,用许多年没有过的亲热语气对他说,你别是把银行的保险柜搬到咱家来了吧?

姜无疾真的不想使她失望,因为自从她跟了他以后,他还真的没有给她带来多少看得见摸得着的好处,更没能满足过她似乎没大有节制的欲望。但没有办法,他总不能把箱子里的尸骨硬说成是珠宝吧,所以他在犹豫了一下后,还是硬着头皮用歉疚的口气对她说,对不起,这里面不是什么……而是我母亲的尸骨……

什么?庞云英在呆怔了一下后,突然反应过来,本来已经很大的眼睛瞪得更圆了,这里面竟然是……你母亲的尸骨?她似乎还有些不相信。

是。姜无疾无可奈何地承认。

我还以为……庞云英恼羞成怒,刚才因为兴奋而容光焕发的脸面像是遭遇了严寒一样结满了冰霜,你怎么把你母亲的尸骨带到家里来?好像仅这一句话还不足以表达她心里的失落和愤懑,抬起脚,又使劲朝那只箱子上狠狠地踢了一下。

老墓地要被占了盖新房,姜无疾朝她解释说,我买的新墓地又没有挖好,所以只能把它带回家来,等明天……

这怎么行?庞云英打断他的话说,家里是活人待的地方,不是供奉死人的场所,你把它放在这里,还让我们过不过了?

不就是一个夜晚吗?明天一早我就……

一个夜晚也不行,庞云英反驳他说,夜里我们还要睡觉呢,有它在这里,我还怎么能闭得上眼?还有小兔子,本来胆子就小……

我把它放在院子里,姜无疾赶紧声明说,绝不往屋里放。

那也不行,庞云英蛮不讲理地说,只要是在我家里,我就会睡不着觉。

姜无疾不再理会她了,对这号不明事理的女人,他唯一的对付办法就是敬而远之。庞云英见他也不想妥协,嘟嘟囔囔地嚷叫了一阵,也只得作罢,虽然她在某些事情上不明事理,但还没有发展到不管不顾的程度。这天夜里,姜无疾果然把那只箱子放置在院子里,然后洗过了手脚,打算到卧室里去睡觉。但他一进卧室,一只枕头就从床上飞过来,直直地落到他头上。他抱住枕头,蒙头蒙脑地朝床上看。他有些反应不过来。

不许你到床上来睡。庞云英坐在床上,气呼呼地看着他。

你到底想干什么?姜无疾也有些恼怒。

你闻闻你身上有什么味?庞云英把手当作蒲扇在脸前扇着说,哎哟快要熏死我了。

姜无疾有些发蒙,以为身上真的有什么异味,不禁撩起衣服下摆,凑到鼻子前闻。除了他身上的一点点汗味外,他没有闻到任何其他不同寻常的气味。这才一下子明白过来,原来这个熊娘们是在有意找他的茬,不仅是在嘲讽他,也是对他母亲进行侮辱。他不禁有些恼火,抱着枕头大步往床前走。

走开,庞云英索性跳下床,伸出手来往外推他,今天晚上说什么也不能让你靠近我。

那我到哪里去睡?姜无疾反问她。

你爱到哪里去睡就到哪里去睡,反正不能在这里吓唬我。庞云英把他往屋门口推,对了,你到院子里搂着那个箱子去睡好了。

姜无疾不想真的和庞云英翻脸,所以也就没有再硬往卧室里闯。他在院子里逛荡了一圈,又掉头往儿子也就是小兔子的屋里走去。其实,小兔子是他儿子的乳名,如今他已经是个典型的大人了,去年就大学毕业了,被分配在一家工厂里当技术员。但他还没有上完一年的班,就赶上工厂搞承包,他一下子成了多余的人员,领完最后一个月的工资后便下岗了。儿子失了业后,心情变得很坏,整天待在家里不出门,有时还会摔碟子打碗,以发泄心里的不满。庞云英看到儿子这样,心疼得不行,便也整天来朝他嘟囔,让他在外面为儿子找个好些的工作。好些的工作倒也不是不能找,但前提是要托关系,扒门子,而要把这个问题解决好,没有足够的活动经费是不行的。正是这一点让姜无疾犯了难,虽然他前几年就担任了公安局的副局长,但说实话,他却从来没有做过违法乱纪的事,所以手头的积蓄十分有限,仅靠他和妻子工作的收入是无法去做这件事的。也难怪庞云英不满意他,就是他自己也觉得有些窝囊,但同时又在心里埋怨儿子,为什么长这么大了还要父母来帮助？自己就不能争口气解决一下？即使找不到合适的工作起码也要去外面闯荡一番，整天待在家里算什么事？虽然他没有把这些话对儿子说，但他也早就对他表现出明显的不满了，所以在这些日子里，他们父子间的关系也一度变得紧张起来。

儿子屋里亮着灯，好像还没有睡觉，但姜无疾来到他屋内时，却看见他躺在床上，闭拢着两眼，似乎已经睡着了。姜无疾轻踅着手脚，慢慢来到床前，隔着一定的距离打量他。他怀疑儿子并没有睡着，而是听到了他的动静才故意做出睡着的样子，就像他自己小时候对父亲表现的那样。但他在床前站了好一会儿，儿子的身子依然一动不动，似乎真的进入了梦境，他这才又向前靠近了一步，借着灯光朝他脸上仔细看。他真的害怕在他脸上具体说是额头中央看见紫色瘢痕，也就是那个感染了饕餮综合征的标志物。自从许多年前从那个叫乌龙镇的地方执行任务回来以后，每次朝儿子脸上看，他都会心惊肉跳，紧张万分，害怕儿子也像他一样感染上饕餮综合征的病毒，所幸的是，直到今天为止，儿子还没有被那条可怕的虫子缠上，也就是说，他的额头还是光洁的，没有任何异常的变化。他刚刚舒出一口气，但随即又不无悲哀地想，其实现在不是一个饕餮综合征患者，并不意味着将来不是，按照邹中银说给他的那套理论，饕餮综合征是会在家族之间通过血脉遗传的，也就是说，由于他是一个饕餮综合征患者，儿子注定也要患上这种疾病的，说不定哪一天，他的额头中间就会出现那个紫色瘢痕，也就是说，那条令人恐怖的虫子是注定要进入他肚子里去的，这就是他们这些饕餮综合征患者家族不可逃脱的宿命。他不敢把这种情况告诉儿子，儿子也不知道这件事的真相，甚至不知道饕餮综合征是怎么回事。按照现在他们父子间的关系推断，他不无悲哀地发现，也许当儿子知道这件事的那一天，也就是他和他彻底断绝关系的时候。他不能不行动起来，好几次都偷偷地来到医院，怀着急切的心情去询问医生，有没有什么办法干扰或者阻止饕餮综合征病毒的感染，比如类似疫苗那样的药物？如果有的话，他要想尽一切办法让儿子用上，从而将他从饕餮综合征患者的队伍中解救出来。但不幸的是，医生每次都用同一种口气告诉他，由于这是一个无法克服的难题，至今世界上还没有研究出你所说的那种疫苗。他握住医生的手说，那么什么时候能研制出来呢？医生急忙抽回自己的手，用消毒液洗了又洗之后，才极其不满地摇头说，不知道。见他还要说什么，医生索性讥讽地对他说,看你对这件事这么上心,干脆由你来研制好了,也算是帮我们攻克了一个世界难题,到时候说不定会颁发给你诺贝尔医学奖呢。他知道不会在医生那里问出什么了,才不得不沮丧地退出来。真是饱汉子不知饿汉子饥,他在心里对那个嘲笑他的医生说,你们一天到晚忙些什么呢?竟然对这么大的一件事三心二意。他当然不是在对那一个医生说,而是在对所有的医生说,在对整个的医学界发泄内心的不满。但不满归不满,疾病还是疾病,遗传还是遗传,儿子面对的危险还是危险,他对儿子的歉疚也还是歉疚。他实在想不出更好的办法来解决这件事,只能眼睁睁地看着儿子在某个不幸的日子里来步他的后尘也就是说额头上长出那个罪恶的紫色瘢痕了。

儿子。姜无疾向床前靠近了一步,抖抖地伸出手,在犹豫了一下后,还是把那只左手放在了儿子的脸上,虽然他的手势很轻,但还是真切地感觉到了他脸腮的温热和光滑。对不起,他在心里深情地对儿子说,实在是对不起……除了一遍遍地念叨"对不起"外,他不知道这时候还能对儿子说什么更好的话,这一刻,他不光觉到了带给儿子的歉疚之情,还更深刻地觉到了自己对儿子犯下的罪恶,是的,罪恶,虽然那不是他的有心之错,却的确是一种罪恶,一种给人带来灾难因而无法求得原谅的罪恶。在他的抚摸和念叨声里,姜无疾看见儿子的眼皮稍稍动了一下,似乎马上就要睁开了。他吃了一惊,本能地抽回手来,并做好了转身逃走的准备,他实在不想让儿子觉察到自己对他的抚摸和念叨。但儿子的眼皮只是稍稍动了一下,又更紧地闭上了,身子也依旧一动不动。或许儿子并没有醒来,也就是说没有觉察到他的抚摸和念叨,刚才的那一点动作不过是睡梦中的正常反应罢了。他松了口气,虽然没有离开床铺,却不敢再把手伸出去往儿子脸上放。他又在儿子床前站了足有一刻钟的时间,才怀着恋恋不舍的心情退出屋去。来到了院子里,他才又忽然想到,也许儿子真的没有睡着,一切不过是给他做出的一种样子,就像他小时候面对父亲的抚摸而装模作样一样,也就是说,当他在他脸上抚摸并对他叨念的时候,儿子其实是比他想象的还要清晰地感受了这一切,只不过是不想让他觉察出来罢了,也就是说,当他把自己的心迹通过抚摸和念叨都袒露给他的时候,儿子却在以一种虚假的表象来蒙骗他?这样一想,虽然他再次感觉了愧疚和不安,也更感到了儿子的狡猾和冷漠,但他却无法真的埋怨儿子,更无法憎恨儿子,因为在过去的日子里,他也像儿子这样对自己的父亲干过,只不过那时他是父亲的儿子,如今他是儿子的父亲而儿子是他的儿子罢了。

　　姜无疾不能在儿子屋里过夜,看来只能在院子里睡觉了,就像庞云英说的那样,他只能在院子里搂着那只装有母亲尸骨的箱子度过这个夜晚了。于是,他没有再做其他的什么努力,不知道除了留在院子里外还能到哪里去,便径直在一块石头上坐下来,把那只箱子抱到怀里,微微合上了眼皮。他当然不会就此睡着,抱着母亲的箱子他又怎么能睡着觉呢?他之所以要把母亲的箱子抱在怀里,是因为这一刻他又那么强烈地想到了母亲,想到了母亲入狱后也可以说死亡前一再对他说过的话,你要学好,你要走光明的大道。是的,这些年来,他始终没有忘记过母亲的这些话,始终在按着母亲的这些话衡量自己的每一个行动,所以一长大成人后便积极参加了工作,用自己一次次无可挑剔的行动取得了政府的信任,成为一名活跃在公安战线上的侦察员,又用自己一次次无可挑剔的行动取得了组织的信任,当上了公安部门的一名领导。也正是因为没有忘记母亲的话,没有放弃按照母亲的话来标量自己行动的努力,他才会在其他人利用职务之便为自己和身边人谋取私利的时候,依旧是一身清白两袖清风,虽然受到上级部门的一再表彰,却在家庭和朋友们中间落得了越来越大的埋怨,好像他是一个冥顽不化的另类或怪物似的。他担心,在这个正在变得人心不古利欲熏心的时代里,他也会有一天忘掉母亲的嘱托而走上执法犯法的道路,最终与那些为非作歹的人同流合污,从一名公安战线的标兵成为一名公安部门里的蛀虫和败类。尽管他在为这一天的到来而恐惧莫名,尽管他也在悄悄地做着抗拒它到来的努力,但他却清楚无比地知道,那一天迟早是要到来的,而当那个时刻到来的时候,也就是他成为一个叛徒成为一个魔鬼的时刻,这不光是因为他处在一个物欲横流的社会里,一个道德体系正在加速崩溃的世界里,他要想安身立命就必须随波逐流除此之外别无他路,更重要的是由于他肚子里的那条虫子不肯放过他,他的饕餮综合征患者的身份不肯饶恕他。几乎每一天,他都会听到那条虫子因处于饥饿状态而发出的雷鸣般的咆哮声,看到它等待他把更多更好的美食奉献给它而张开的血盆大口。我已经等得不耐烦了,它一遍又一遍地对他说,我要吃,我要吃下这个社会,我要吃下整个世界。在它的命令和胁迫下,他除了也像它那样张开自己的嘴巴,同时伸出自己的双手,去向他人去向社会去向世界讨获他需要当然更是它需要的东西外,他还能有什么更好的选择吗?一想到这里,他就感到绝望,就两眼发黑,就想扑倒在地下再也不爬起来。

姜无疾把那只箱子放在地下,将身子靠在上面,以使自己不至于很快跌倒,然后从衣兜内取出酒瓶,举到嘴上,咕咚咕咚地大口往下灌。他要麻痹自己的神经,不至于让那条虫子和它带给他的黑暗前景吓住他。随后,他又把脸孔伏在箱子上,对着母亲的尸骨说,母亲,我该怎么办?这天夜里,他怀抱着那只装载着母亲尸骨的箱子,一遍遍地祈求母亲说,母亲,再给我一点力量吧。直到东天开始发白的时候,他还没有睡着,还在对着母亲的箱子叨念。他抬起头,面对着正在升起的日头,似乎刚从一场悠远的大梦中归来,身上还带着梦中特有的阴冷气息,也真切地感觉到跋涉后的疲惫无力。看到天地间流淌着的白亮日光,他打个冷战,终于摆脱了迷离恍惚的状态,突然间明确地意识到,他这一夜的再次努力也就是对母亲亡灵的呼唤,是不是过于滑稽?这不仅是因为母亲已经死去许多个年头,她的尸骨都快要朽烂殆尽,装在箱子里的不过是类同于一抔黄土的东西,他向它的求助不过是痴人说梦,更可笑的是,就算母亲尚还活着,但她毕竟是一个罪犯,一个曾经危害过他人的毒品贩子,他这个即将堕落的人向这样一个人寻求力量和帮助,不是更为荒唐透顶的一件事吗?就是在这样茫然无措的状态中,他从一个悠远的大梦中醒来,摆动着手里的酒瓶,抵达了一个看起来并无什么特别之处的白日。

其实,在这个白日里,姜无疾要迫切去做的一件事就是到那个新买来的墓地里,尽快把怀抱里这只箱子也就是母亲的尸骨埋葬进去,这也同时意味着,他要在那个墓地里先干一件事,那就是把埋葬这只箱子的墓穴挖出来。

庞云英当然不会跟他去墓地,她说一看见那只箱子就感到手脚发麻,所以姜无疾只能带上儿子一起去,好在儿子并没有提出反对意见,当他走出院门的时候,也乖乖地跟在了他后面。儿子是个沉默寡言的人,又加之工作的事对他有意见,所以一路上都是不发一言。姜无疾开始还想对他说句什么,但很快就也没有了张嘴的欲望,直到来到了墓园,两个人都没有交谈过哪怕一句话。

他们没有携带挖掘的工具,只好到墓园管理部门那里去租。姜无疾租来了一把镢头,一张铁锨,把镢头交到儿子手里,让他先用镢头刨出一个坑穴的规模,然后由他自己使用铁锨,把儿子刨出的虚土铲出来,将那个坑穴挖得足够深,同时整理得足够像样,然后把母亲的箱子放进去,填上土。如果舍得继续花钱的话,他可以再到管理部门那里买棵树栽上,甚至买块石碑立在坟上,任务也就完成了。姜无疾当然也是这样规划的,但实施起来却遇到了困难,由于这是一个新开发的墓园,他赶上的这块地正好特别坚硬,儿子的力气不算大,仅仅干了一刻钟的活计,就累得挥不动镢头了。姜无疾从他手里接过镢头,试着往地下刨击了一会儿,也果然是过于损耗力气,地面不仅坚硬,而且掺杂着不少石块,要想顺利挖出墓穴,的确是不太容易的一件事。

就在姜无疾也感到了为难的时候,忽然听见一个轻飘飘的声音传来,哎,雇人干吗?姜无疾不禁抬起头,循着声音去看。原来离他们不远的地方,有一个戴着草帽的人蹲在一块石头上,正在朝他们打量。姜无疾感到有些奇怪,在他们到这里来的时候,甚至是他们开始挖穴的时候,他记得周围根本没有什么人,那么这个人是从什么时候来到他们身边的呢?他之所以会这样想这件事,大约是出于他的职业习惯,因为对于出其不意来到他身边的人,他总是怀有一定的警惕。当然,看那人的样子倒不像是什么坏人,说不定是一个打零工的普通工人,或者是附近村里的农民,姜无疾便没有过分把他放在心上。把这个坑挖好需要多少钱?他顺着他的话问。

十块钱。那人伸出一只手,来回翻转了一下说。

姜无疾想了想,又看了儿子一眼,待看见儿子朝他点头后,便转向那人说,好吧,交给你干了。

那人把嘴里的一根火柴棍吐在地下,站起来,慢悠悠地走到他身边,从他手里接过镢头,往手心里吐口唾沫,便高高地挥起来,一下一下地往地下刨击。不论从这个人的身体形状还是挥镢的姿势,姜无疾都看出他是一把干活的好手,比他们这两个徒有虚名的人强多了,只是他头戴着一顶草帽,且把帽檐压得很低,一度遮住了他的眉眼,让人无法看清他的模样,也便无法搞清他的身份。正如姜无疾的判断,这个人好像只干了一会儿活计,那个墓穴就被他弄出了模样,也许再过上一会儿工夫,整个墓穴就要在他手下完成了,也就是说,姜无疾衣兜内的十块钱就要交到他手里去了,也便可以把那只一直放在地下的箱子埋到坑穴里去了。

在那人刨挖墓穴的时候,儿子有些无所事事,便跑到一边去转悠。其实,这个墓园刚刚建成,虽说圈占了不小的一片地,但大多还都处在荒芜中,由于地处偏远,像姜无疾这样来这里买地的人十分稀少,暂时也便没有得到像样的开发,自然没有什么可看的景致,所以儿子转悠了一会儿,便觉得索然无味,脸上浮出不耐烦的神色。姜无疾觉得也用不到他在这里了,便打发他先回去。儿子正乐得听他这句话,赶紧借坡上驴,头也不回地往回走去,很快便看不到踪影了。

这是你儿子?干活的那个人随口问他。

是。姜无疾从儿子离去的地方转回头,长叹了一口气。

看来还嫩着呢。那人又说。

姜无疾尽管不知道他指的到底是什么,但还是以为听懂了他的话,便点点头说,是。

有些不听你的话?那人依旧对他说。

姜无疾不想和他这样聊天,便没有再回答他这句话,如果一味地和他说下去,他担心会耽误人家干活。他坐在那人坐过的石头上,从衣兜里掏出酒瓶,打算喝上一口。尽管刚才并没干多少活,他却觉得身上有些乏了。

他的小名叫兔子吧?那人似乎还不肯罢休,突然又朝他问了一句。

姜无疾吃了一惊,举到嘴边的酒瓶又猛地放下来。真是想不到,这个人竟然知道儿子的名字?他抬起头,痴痴地打量他,不用凭借侦察员的本能,他也判断出来这个人一定来历不凡,或者更明确地说,这个把自己打扮成打工者身份的家伙,说不定就是他过去的一个老熟人呢。但他是谁呢?

认出来了吗?那人扯着悠长的声音说,却依旧低着头,那顶本来压得很低的草帽把他的整张脸都罩住了,好像在有意和他捉迷藏。

你是……姜无疾觉得认出他来了,只是却还不相信似的不愿叫出他的名字。

没错,那人终于抬起了头,同时推开头上的草帽,我是你的老朋友,邹中银。

当那人把名字明确无误地说出来时,姜无疾才真正确信,是邹中银,是那个叫邹中银的家伙在消失十几年后又来到了他身边。姜无疾霍地站起来,并没有朝他身边走,也没有再朝他打量,而是转动着头颅,用警惕的目光朝四周看。他害怕在他之外会有其他的人朝他们走来,当然他担心的是自己的那些同事们。

不用看了,邹中银放下手中的镢头,走到他身边说,这里除了我们两个人之外,不会再有其他人了。

你怎么到这里来了？尽管知道周围没人,姜无疾还是压低着声音说。

我想念你了,邹中银用十分松弛的声音笑呵呵地说,特地来看你一下。

姜无疾当然不相信他的鬼话,更不想被他戏耍,所以又清楚地问了他一遍,你为什么来找我？

只有来到你身边,我才觉得更加安全。邹中银依旧用玩世不恭的声音说,我在莫邪山里藏够了,也实在憋苦了,便出来散散心,借此来看望一下老朋友。

听着他如此波澜不惊的话,姜无疾意识到在过去的十几年里,邹中银并不像他想象得那样一直处在逃亡中,按他侥幸的设想,也许早就远走高飞,从此在这个世界上销声匿迹,就算勉强保住了老命,至少也不会再重出江湖了,那样一来,不仅这个社会少了一个危害深重的人,他也能在某种程度上获得一份安慰。但让他想不到的是,就在快要把他彻底忘掉的时候,邹中银却又像一个幽灵一样在他面前出现了,就像十几年前在那个叫乌龙镇的地方出现在他面前一样,而且让他一下子判断出来,在过去的那些年里,邹中银并没有像他所希望的那样远走天涯,更没有金盆洗手退出江湖,而是又在某个地方干起了也许更为兴盛也更为罪恶的某种勾当。这一刻,姜无疾明确地意识到,随着邹中银的到来,他的麻烦也正在或者说已经来到了身边,只是还不知道那到底是一种什么样的麻烦而已,怪不得出门的时候会觉得这一天有些不同寻常呢,原来那个时候他就有了某种预感。

怎么样？邹中银坐到他身边,让人看上去真的是一对老朋友的样子,然后上下打量着他说,这些年你过得还好吗？

姜无疾没有回答他的话,而是一边看着远处一边仍然压低着声音说,你他妈的又干起了什么勾当？其实他不该问他这个,而是应该对他的情况知道得愈少愈好,那样自己的麻烦也才会少一些。但不知为什么,这个时刻他却对邹中银产生了很大的好奇心,似乎这个家伙在有意把自己引入他带来的麻烦里去。说句实话,姜无疾此时的心情并不是恐惧,而是兴奋,一种莫名的兴奋,那种为自己所不能理解的兴奋竟然像蛇一样缠绕了他。

看来你的眼神真的不错,邹中银佩服地拍拍他的肩说,好吧,既然你想知道,那我就把我的情况向你汇报汇报,不过,他掉过脸,用眼角的余光乜斜着他,当我说出来的时候,你可不要后悔,这都是你自己愿意听的。

按说姜无疾真的不该听,而且人家也提醒了他,如果他说"你不要说了",或者干脆站起来走开,也许他还能为自己的犯罪减少一些分量,当然,如果他能将姓邹的捉拿归案,或者仅仅是回到局里报一下案,他的犯罪活动就能中止,甚至借此立一下功也不是没有可能的。但遗憾的是,他却没有那样做,在邹中银提醒过了以后,他依旧一动不动地坐在他身边,看上去就像是一对老朋友,一对亲兄弟,而且还不由自主地支棱起耳朵,期待着那家伙把他的情况,如果不出意外的话也就是罪恶,讲给自己听。

看到他没有提出反对意见,更没有采取拒绝的措施,邹中银又松了一口气,从他手里取过酒瓶,一边悠悠地呷着一边对他说道,不瞒你说,这些年我参与了一些人的一种活动,具体说,是把一些东西从这边运到那边,他举起手,做了一个搬运的姿势,从中得到一点小钱,勉强打发自己的日子。

走私,姜无疾在心里对自己说,虽然这家伙没有直接说出所干勾当的名堂,但他却清楚无误地断定,邹中银当然还有他的同伙是在从事走私活动,往日破案的经验告诉他,大凡走私的物品都十分贵重,所以这种活动是能够谋取暴利的,邹中银所说的"小钱"其实是非常可观的数目,也就是说,他所参与的这些走私活动可算得上是大案要案了。你为什么要把这么重要的情况说给我?姜无疾好像是明知故问。

这不是你愿听的吗?邹中银反问他说,老朋友见面,我怎么能不满足你的好奇心?能不对你说实话吗?

姜无疾明白,当他把自己所从事的罪恶勾当说出来的时候,也就说明在讲述人的意识里,他这个听者即使算不上是自己人的话,起码也不会是敌人。你就不怕我会把你这些事举报出去?他又多余地问了一句。

不会,邹中银胸有成竹地说,你当然不会。

为什么?

把我捉住了,对你有什么好处?邹中银更近地凑到他面前,摆出更像是一对老朋友一对亲兄弟的样子说,如果我对他们说了你在乌龙镇干的那些事,你是不是会很介意呢?

在乌龙镇,姜无疾依然是在装迷糊,我干过哪些事?

比如强奸女人,邹中银扳着指头说,比如放走罪犯……

姜无疾迅速地捂住他的嘴,不让他再这么说下去。狗日的邹中银,他咯咯地咬着牙,似乎使出了浑身的力气,才终于问出一句最为关键的话,你到底要我怎么样？问出了这句话，他好像做完了一件多么巨大的事情，或者说干完了一桩多么沉重的活计，总算要歇下来了，身子忽然有一种虚脱的感觉。

在几天后的稽查活动中，邹中银见时机到了，便咬着他的耳朵说，给老朋友让开一条道。

姜无疾呆呆地看着他。他当然想起来，按照未来几天的工作安排，他们的确是有这样一项稽查行动要进行。

见他没有说什么，邹中银随即把手举起来，像刚才和他讨论工钱那样翻转了一下，报酬是这个数。

姜无疾自然也明白他手势代表的意思，只是还不知道，自己到底该不该答应这件事，这件足以让他毁掉前半生的荣誉和清白，同时也葬送他后半生的事情。过了不知多长时间，他依旧没有让自己纷乱的思绪冷静下来，当然更没有对这件事得出一个明确的结论，怀着怅然若失的心情抬起头，这才突然发现，邹中银不知什么时候已经从他身边走掉了。他站起来，四处撒目了一圈，竟然没有看见邹中银的影子，整个尚待开发的墓园中除了他自己外，居然没有另外任何一个人。他想不明白，刚才他和邹中银的交谈包括他对自己的罪恶要求到底是真是假？他真的希望那个叫邹中银的家伙只是自己幻觉里的产物，在这个第二次埋葬母亲尸骨的日子里，根本没有什么邹中银来到这里对他实施敲诈和引诱，一切都是他的白日梦，都是他在这个突然变得陌生了的时代和世界的影响下迷失了方向的一种映射，是他对自己无从把握的未来人生的一种冥想。如果真是这样的话，那说明他还有救，还没有达到面临一个黑不见底的深渊的可怕地步。

但十几天过后，邹中银竟然又出现在了他家里，就不能不使姜无疾相信，那天在墓园中相见的情景是真切地发生过了，而且邹中银这次来他家，是来兑现那天对他许下的诺言的，也就是说，邹中银一到他家来，就把整整十万元钱放在了他面前。望着那摞闪闪发光的钱币，姜无疾感到极度的震惊，因为在此之前，他还从来没见过这么多的钱，它们竟然一下子来到了他面前，实在有些出乎他的意料，但同时他又觉得这件事并不奇怪，因为虽然他没有见过这么多的钱，却在脑子里想象过不止一次了，它们的突然到来其实也在他的预料之内。尽管这样，他还是对于邹中银如此大胆来他家并携带巨款向他行贿感到恐惧不安。你你，他结结巴巴地说，竟然找到我家里来了,你也太……

所谓灯下黑,不是你们挂在嘴头上的话吗?邹中银盘腿坐在他面前,一副波澜不惊的镇定样子,到局长大人府上来做客,我还有什么好怕的呢?

你这是公开行贿,姜无疾把他放在面前的那摞钱币推开一些说,是在赤裸裸地犯罪你知道吗?

谁说我犯罪了?邹中银敲敲桌面说,我这是在向你提供报酬,是来兑现我的诺言。

胡说八道,姜无疾霍地站起来,你在说鬼话呢。

好好,邹中银看出了他的心思,点点头表示同意,好吧,不管这笔钱是什么名堂,反正从现在这一刻起,它就是属于你的了。说着,他又把那摞钱币往他面前推了推。

姜无疾想把那笔钱再推还给他,但伸了伸手又缩回来,他不想和他再玩这种抛绣球般的游戏了,妻子庞云英和儿子小兔子都在外面,他不能让这件事再发展下去,并且继续扩大范围。

邹中银似乎知道他在想什么,看到他不再拒绝那笔钱了,便站起来,对他拱了一下手说,既然事情已经有了一个完满的结果,那我就不再打搅你了,告辞。说罢,便快步往门外走去。

姜无疾坐回到椅子里,既没有再说挽留他的话,更没有做出为他送行的表示。邹中银刚走出去,他还没有来得及处理那摞钱币,庞云英就走了进来。一进屋门,她的眼睛就准确无误地看向那摞钱币,好像已经知道它们的存在似的,目光也一下子变得灼亮起来。我的天,她惊讶万分地说,这么多钱?她好像不大相信自己的眼睛,抬起手来使劲抹抹眼,干脆又伸出手,像饥饿的人扑到面包上一样,一下子将钱币抓了起来。我的天,她继续神经质地念叨,这么多钱。她似乎掉入了一种从来没有过的亢奋状态里,手里抓挠着那些钱币,一时不知道该怎么办好。这是真的吗?她抬起头来问他。但她并不期待他的回答,自己就马上回答了自己,当然这都是真的。当她确定了这一点后,既没有问他这些钱是从哪里来的,也没有问他那个送钱的人是谁,更没有问他那个人为什么给他送钱,便急如星火地开始采取行动了,把那摞钱币拢到怀里,抱起来,头也不回地往里屋内走去,好像她不马上把这些钱从桌子上拿走,它们就有可能再次飞跑了似的。姜无疾想把她喊住,但张张嘴,又没有让声音发出来。还是算了吧,他在心里想,这些钱币来到我家,还不是让她花的吗? 再说,它们也的确不适宜再放在桌面上了。

虽然庞云英不问他这些钱币的来历,但姜无疾自己不能不搞清楚这件事。这天夜里,已经和他分铺很久的庞云英主动来到他的床上,脱光了衣服,以很罕见的亲热态度和他睡觉。但他心里一直在想上面说过的那件事,所以一直有些心不在焉。实在架不住庞云英的热情,想和她好好睡一回,却无论如何也兴奋不起来,没有多大会就瘫软了。怎么回事? 庞云英拍拍他的脸,很遗憾又很纳闷地说,你是不是在想心事? 姜无疾呆呆地看了她一会儿,才深重地叹一口气说,我不知道那个人为什么要给我送钱。他以为庞云英听懂了他的话,也会接下去问道,对呀,他为什么要给你送钱? 但事实是,庞云英只是打了一个哈欠,便翻过身做出了入睡的架势。看来指望她来搞清楚这件事是不可能的了,他只能让自己的思绪重新陷入对往事的怀想里,来把这件其实并不复杂的事弄明白。其实,他所说的"往事"也不过就是几天以前发生的事。按照邹中银对他提出的要求,他要在一场稽查行动中为他所代表的犯罪分子提供一些方便,照邹中银的话说是让出一条道路,那么,他在接下来的这场稽查行动中到底配合了他们没有? 姜无疾几乎绞尽脑汁,也想不起他是否经历过这样一场稽查行动,当然也就无所谓向他们提供什么方便,也就是让出一条道路了。可这样一来,他们为什么要给他送钱呢? 邹中银又为什么说是来"兑现诺言"的呢? 更进一步说,他又为什么要接受这笔钱呢? 尽管他可以说,是邹中银逼他接受下来的,但事实果真是那样的吗? 几乎快半夜了,姜无疾还没有从纷乱的思绪中理出头绪,只能把庞云英拍醒,让她帮自己回顾一下。

帮我想想,姜无疾急切地对她说,前几天我参加过一次大规模的稽查行动吗?

什么稽查行动? 庞云英抹着惺忪的眼皮说,还不睡觉,瞎想些什么呢?

姜无疾知道这样问她并不合适,因为他们公安系统开展的活动是不可能让家属知道的。于是他换了一个话题问她,这些天,我有没有长时间待在外面?

你哪天不是长时间待在外面? 庞云英反问他。

或者说，姜无疾想了一下又说，我有没有到很远的地方去过？

很远的地方又是多远？庞云英继续反问他。

姜无疾意识到这样问下去恐怕不会得到什么结果，更加有些泄气，不禁爬起来，在自己的大腿上狠狠地抽了一下。

庞云英这才睁大眼睛，注意地打量起他来。怎么啦？她摸摸他的额头说，发什么神经呢？

姜无疾掉开头去，没有再理会她。他感到前所未有的憋闷，便从枕头边摸过酒瓶，拔开塞子，举到嘴上，恶狠狠地大灌了几口。

你是不是害怕了？庞云英拉住他的手说。

姜无疾甩开她的手。他本来想承认她这句问话，明确地告诉她，没错，我的确是害怕了，同时他还想求助她，我不想那么干，求求你，放过我吧，不要再让我那么干了。

庞云英大概看出了他的意思，不等他把话说出来，就把她的一根手指头戳到了他头上，你个没出息的货，跟了你，我这辈子算倒大霉了。说罢，就溜下床，头也不回地朝外屋走去。

望着她赤裸的身子消失在黑暗里，姜无疾呆怔了一会儿，忽然感到了额头的胀疼。他把手放在疼痛的部位，一下子摸到了那个圆圆的瘢痕，原来庞云英的手指正好戳到那个部位上，像是触发了一个敏感的开关，他随即便强烈地感觉到，肚子内那条正在昏睡的虫子醒了过来，一张饥饿的大嘴正在越来越大地张开来。他控制不住自己的动作，抓起那只酒瓶，把瓶嘴插到自己嘴里，大口大口地喝起来。他很快就喝光了瓶内所有的酒，倒在床上，昏昏沉沉地闭上了眼睛。我喝，他在昏迷中还不住地叨念，我要喝……

庞云英用邹中银送来的那笔钱经过一番打点，终于为儿子找到了一份合适的工作，让他在药品监督管理局当了一名管理人员。儿子有了这份不错的工作，精神状态也一下子好起来，脸上浮出了久违的笑模样，对姜无疾也不再视而不见，看来是知道这份工作的得来也有他的功劳，当不久后端午节到来的时候，还给他买来了两瓶价格不菲的好酒。看来这还是个有良心的孩子。姜无疾欣慰地对自己说。但他只高兴了不多长时间，就发现儿子在走下坡路，放松了的心也又提紧了。自从进入了药监局后，儿子手中有了一定的权力，就和他管理的那些医药公司里的某些人搞在了一起，几乎每一天都到酒店里吃喝玩乐，不但学会了喝酒，而且还时常醉酒，人事不省地被人送回家来。姜无疾疑心儿子已经像自己一样染上了酒瘾，这是不是说他也像自己一样感染了饕餮综合征病毒，也就是说，儿子肚子里也有了那样一条可怕的虫子？他急忙凑到儿子脸上去看，幸好还没有在他额头上看到那个紫色瘢痕。但他并不就此感到放心，如果儿子这样一味地折腾下去，早晚他会变成一个货真价实的饕餮综合征患者的。他想劝说儿子一下，把隐患消灭在萌芽状态中，一时却又张不开口，一个标准的酒鬼怎么有资格让别人戒酒呢？他想到了庞云英，同时也想到了母亲，想到了她对自己说过的那些话，儿子，你要学好，你要走光明的大道……对呀，由庞云英这个做母亲的来劝说儿子，也许再合适不过了，就像当年母亲劝说姜无疾自己一样。

让儿子戒酒？庞云英斜起眼睛看他，嘴角浮动着明显的嘲讽意味，那你先把酒给我戒了。

姜无疾有些语塞，真想理直气壮地告诉她，好吧，我今天就把酒戒了。但他只是张了张嘴，又赶紧闭住了。就在他张嘴的一刹那，他看见他肚子里的那条虫子也张开了嘴巴，却是发出了与他要表达的意思完全相反的声音，不要戒酒，我要喝，听到了没有？我要喝。在那条虫子的强力干预下，他无论如何也说不出他所要表达的话来，只好又无可奈何地把张了半拉的嘴闭上了。

有其父必有其子，庞云英不依不饶地对他说，儿子现在这个样子，都是因为你带坏了头，儿子以后要是真的走上了岔道，我第一个饶不了你。

姜无疾无话可说，于是也就打消了动员她劝说儿子的念头，也就是说，他只能眼睁睁地看着儿子在一条危险的道路上继续向前滑行了，直到有一天他也像他一样步入歧途，也许这就是一个出生在饕餮综合征患者家庭中的人不可避免的命数。

就在姜无疾为儿子的事愁闷不止的时候，一件更让他心烦意乱的事来到了他身边。在这个轰轰烈烈大开发的时代里，由于县城像滚雪球一样地急剧扩张，他所置身的这片住宅区也要被拆迁了，距离他母亲的坟墓被拆迁才短短一年的时间。当然，政府为他们安置了一座更为豪华的住宅楼，可是，要想顺利地住进那幢住宅楼里去，必须交纳一笔颇为昂贵的购房费，按他分到的楼房面积计算，他缴纳的购房费应该是五十万元。天哪，就是把他和妻子和儿子所有省吃俭用的积蓄全部拿出来,也不够那些购房费的一半,剩下的一多半该到哪里去弄呢?他原本平静的生活由于这场意想不到的变故又一次被打乱了,他们一家人都陷入了茫然无措的状态里,不知道往下该怎么办。

哎,庞云英像是想到了什么,忽然凑到他面前,神秘兮兮地说,怎么好长时间没见你那个朋友了?

姜无疾愣了一下,突然回过神儿来,知道她说的那个"朋友"是指邹中银。我不知道。他几乎是神经质地摇头。

你可以找他去想想办法呀。庞云英继续向他建议。

什么?姜无疾又吃了一惊。我怎么会去找他想办法?他在心里说。

看他像是很有钱的样子,庞云英顾自分析说,你张张口,兴许问题就能解决了。

没等她说完这句话,姜无疾便逃一般地走到一边去。我怎么会去朝他张口?他逃避那家伙还唯恐来不及呢,如果上赶着去找他,不是自投罗网吗?自从上次和邹中银有了来往后,姜无疾就时时提防着他再次出现,因为他知道,只要有了第一次就会有第二次,也就是说,这种事一旦开了头就会继续进行下去,所以只要一想到邹中银他就感到惶恐不安。庞云英当然不知道他内心的感受,她连上次那笔钱的来历都搞不清楚,只是一门心思地拿去花掉了,现在缺钱了,竟然又让他去找邹中银想办法……这个贪婪的女人,姜无疾在心里恶狠狠地骂她,不把老子也弄到监狱里去她是不肯罢休的。

那好,看到他不肯听自己的建议,庞云英也有些恼火,那你就给我这样拖着吧,看到交款的期限了你怎么办?说罢,便拧着身子扬长而去。

姜无疾尽管不会听从庞云英的安排,内心里却不能不承认,她的确是给他出了一个很好的主意,因为从他们的社会关系来分析,除了邹中银这个"有钱"的朋友外,真的再也找不出第二个可打主意的人了,但这个人却偏偏是他要一心躲避的人,按他此前的打算,就是他让困难逼死,也不会第二次和那家伙来往了。可是造化弄人,计划没有变化快,在这个日新月异的时代里,什么猝不及防的事情都会发生,在这个新的困难面前,他竟然真的想了一下和邹中银开展第二次合作的可能,尽管只是想了那么一下就急不可待地把这个罪恶的念头掐死了,可毕竟在这个短暂的时刻里出现在了他脑子里是一个不能不承认的事实。

就好像冥冥中有一只手在操纵他们的关系似的，姜无疾刚刚把邹中银留在他脑子里的影像驱除掉，就接到了他打给自己的一个电话，而且电话的内容竟然真的与他购买房子的事有关，当然前提是与他们开展第二次合作的事情挂钩。真是见鬼了，他怎么知道我购买房子的事？看来这个无所不用其极的狗东西真的躲在附近的黑暗处盯着我的一举一动呢。意识到这一点，姜无疾不禁惊出了一身冷汗。

听说你需要钱？邹中银一上来就直奔主题。

我……姜无疾想顺着他的话承认说，是，你说得没错，我的确是需要一笔钱。但他只是张了张嘴，就把这句还没有说出的话换成了另一种完全相反的意思。我不需要钱。他说。为了让自己的话说得更加结实，他还不由自主地挥起手，在空中使劲往下劈了一下。

别搞笑了，邹中银在电话里嘲笑他说，都到这时候了你还硬撑？也不想想到期限了你该怎么办？

姜无疾真是感到惊异，邹中银的话居然和庞云英的话如出一辙，他疑心是庞云英向他通报了消息，所以他才对自己的事情知道得如此详细。但姜无疾相信这是不可能的，庞云英根本不知道邹中银的身份，更没有他的联系方式。不用你管，姜无疾嘶哑着嗓子警告他说，不许你插手我的生活，否则……

他还没有把下面的话说出来，邹中银就赶紧申明说，放心吧，你就是借我一个胆子，我也不会插手你生活的。他咽了口唾沫说，但我倒是很想邀请你来干涉一下我的……

姜无疾知道他要说什么，是呀，除了再向他提出新的要求以外还能是什么？于是断然打断他的话说，我也没有闲心干涉你的生活。说着，他就要把电话挂断了。

邹中银仿佛也知道他要挂电话，急忙阻止他说，你再等一下，听我把话说完再挂电话也不迟呀。

姜无疾没有回答他的话，却也没有把话筒放在机座上去，难道他真的期待邹中银把话说下去吗？

他在里边待的时间不短了，邹中银用有些哀伤的口气说，我想该到把他弄出来的时候了。说完了这句话，或者说提出了这个要求，他又随即加上一句，其实这不应该是我要办的事，而应该由……

邹中银没有再说下去，姜无疾明白，他是有意不把下面的话说出来。他当然知道下面那半句话是"你来办"，如果他没有理解错的话，邹中银要弄出来的人就是那个人贩子头，也就是可能是自己父亲的那个老家伙，他之所以对自己与他的关系把握不定，不仅因为自己并没有他是父亲自己是儿子的直接证据，一切都不过是邹中银个人的说辞，更是由于老家伙是一个恶贯满盈的罪犯，而自己却是一个看上去尚属公正廉洁的警察，如果承认了他是自己的亲生父亲，不仅是对他警察身份的亵渎，也可能是对一个事实的不够尊重。

见他没有做出什么反应，邹中银以为他在考虑自己的要求，便随即把下面一层意思说出来，也就是说出了给他回报的那个数字。如果这件事办成了，他放缓了语调说，我们可以给你……

但姜无疾没有等他把这个数字说出来，就果断而迅速地挂断了电话。不能，他站起来，逃开那部电话机，在他看来，它已经成了一颗随时可能引爆的炸弹，他跺着脚板对自己说，不能，绝对不能再……他瘫坐在沙发里，用两手紧紧地抱住头。不能，他一遍遍地在心里说，不能……

但那部电话或者说那枚炸弹似乎并不想放过他，很快便再次响了起来。姜无疾抬起头，惊惧地望着它，心里扑腾腾狂跳不止。这一刻，如果他手里有一把斧子，或许他会真的抢起来，将它劈个粉碎。电话铃声响了一遍又一遍，似乎只要他不去接听，它就会响个没完。本来他已经逃到了屋门口，但意识到这样让它响下去不是个办法，如果让庞云英或儿子接听了那可就麻烦了，于是他又返回来，抓起话筒，对着送话器咬牙切齿地说道，你他妈的到底要干什么？不想活了吗？他想邹中银听完了他的警告会收敛一些，至少不会再把电话打给他了。但让他决然想不到的是，里面那个声音居然也顺着他的意思说，是的，我要死了……姜无疾吃了一惊，因为仅凭这一句话他便听出来，那个打电话的人根本不是邹中银，而是他曾经的上级大黑脸，真是想不明白，什么时候这两个如此不同的人已经在电话里置换了身份？他霍地站起来，觉得脑袋一阵嗡嗡的响声，似乎有些反应不过来。他之所以觉得迷离恍惚，并不是因为他无意间对大黑脸说错了话甚至是骂了他，或者泄露了心里的秘密而有可能被他抓住把柄，不，不是这个原因，真正让他感到迷惑不解的是，大黑脸竟然说出了"我要死了"这句话,根据往日的经验判断,这句话应该是与大黑脸不沾边的,如果不是到了一个非常的时刻,大黑脸是绝对不会让这种话从他嘴里说出来的。说起来有些可笑,作为他的上级也就是局长的大黑脸,在长期的警察生涯里竟然保持着一点迷信,不但自己不轻易说"死"这个字,而且不许他的下属也就是他们说,认为这样不吉利的话一旦说出了口,就可能有兑现的那一天,直到他不久前退休回家,他们公安系统里都遵循着他制定的这个规矩。但令姜无疾感到奇怪的是,大黑脸今天为什么却出其不意地说到了那个不该说的字眼,听起来也并不是因为自己的话在前他才顺着往下说,平时他哪里顺着别人的话过,按照正常的逻辑应该是,听完了或者不等听完自己那句话,他就会随即反驳说,什么死不死的? 给老子闭上你的臭嘴。这样才符合他的性格。但让姜无疾想不通的是,这次大黑脸不但肯定了他的说法,而且声音软弱无力,似乎还透出了哀伤悲切的意味,就像真的受到死亡的威胁或者处在死亡边缘了似的。姜无疾愣怔了一刹那,便一下子断定,想必是大黑脸出事了,而且出的是不同寻常的大事……他没有再做丝毫犹豫,便驱除留存在脑子里的有关邹中银的所有痕迹,冲出家门,驾驶着公务车朝他所住的地方驰去。

一路上,姜无疾都在排除掉邹中银对他思维的干扰,全力回想他和大黑脸之间那种不同一般的关系,这使他的精力不够集中,有几次都差点和别的车辆撞在一起。说起来,从他来到公安部门当上一个侦察员的那天起,大黑脸就一直是他的上级。像那个外号一样,大黑脸真的有一张格外黑的脸,这种肤色的人似乎特别适合当警察,加之他严肃的表情,更重要的是身上透出的虎虎正气,使姜无疾一上来就认定他就是自己在警察生涯里要极力效仿的楷模。以后的事实证明,他的这种判断和选择是多么正确,换句话说,他在警察这个行当里学到的所有本领,差不多都是大黑脸教给他的,他在很长的一段时间内养成的廉洁奉公的好作风,也是在大黑脸的影响下学到的。从这种意义上说,大黑脸不仅是他的师傅,他的领导,而且是他的前辈,其实从他内心深处讲,他早就把大黑脸当成了他另一种意义上的父亲。也正是这种心理暗示,让他在和大黑脸相处的漫长岁月里,一直保持着非同一般的良好甚至说亲密的关系,过去一起工作时是这样,后来他退休回家后还是如此,如果有一段时间不能见到他,姜无疾就会主动到他家去看望他,诉说一下在一起工作时诸如找线索、抓罪犯和受表彰的一些往事,他们就觉得万分美好。说实话,像姜无疾这样到他家去看望他的人,整个公安系统可能再也找不出第二个来,这越发让他们的关系表现出非同寻常的意味,这并不是说大黑脸的为人不好,也不全是由于他的退休回家,其实当他还在局长位置上的时候,他的下属们就不大到他的办公室去了,除了工作上的上下级关系外,其他人情世故方面的来往是很难谈得到的。大黑脸是一个讲求原则的人,为人古板,不宜通融,在别人那里行得通的事到了他这里却就不行了,在过去生活艰苦纪律严明的年代里这样做很正常,但现在不同了,在改革开放的大环境影响下,人们都纷纷利用手中的权力为自己和身边人谋取私利的时候,他却还在那里念叨思想改造之类的事,人们还怎么接受得了,碍于局长的面子不好说什么,等你退下来时人们可就不管那些了,那天为他送行的午宴上,有人竟当着他的面放起了鞭炮,整个公安局大楼到处都洋溢出"解放了"的喜庆气氛。可以想象,在这样的情况下离开奋斗了数十年的工作岗位,大黑脸该是一种怎样悲伤落寞的心情?更糟糕的是,大黑脸不仅在单位的处境让他感觉得狼狈,回到家后,他竟然也遭到了差不多相同的对待。像那些顺应时代潮流的同事们一样,大黑脸的妻子和儿女们也对他的刻板保守看不顺眼,时不时地会和他顶撞一番,他们可不像他的下属那样一味忍受,顶多在他离去时放一下鞭炮,而大黑脸却还把家庭当成了单位,还以为自己是领导呢,也又端出了局长的架子,像训斥下属一样数落家人,他们怎么忍受得了,不仅儿女们不愿进他的家,妻子也提出了和他离婚的要求。幸亏姜无疾得知消息后赶去,苦口婆心地劝说了他的妻子后,又对大黑脸做了一些说服工作,才算勉强保住他们数十年的婚姻。尽管这样,姜无疾依旧有一种担心,好像他们的婚姻迟早要出事似的。现在大黑脸把电话打给他,明摆着是让他到他那里去,也明摆着是要出事了,从他软绵绵的口气尤其是那句"要死了"的话判断,这次发生的事情想必是极其严重的,是不是真的与死亡有所关联也未可知。

姜无疾一路躲避着车辆,好不容易来到了大黑脸家门前,跳下车,就朝院子里跑去。直到进到了屋里,他还感到奇怪,怎么没有碰到一个人,而且没有听到一点动静,就算大黑脸的妻子不在家,他们的小孙子也应该在这里的,就算小孙子也走了,他们喂养的那几只鸡也应该在院子里吧,他上一次来的时候,他们都还在呢,可现在倒好,大黑脸的妻子、孙子和那些鸡竟然一点踪影也没有,这使他越发认定,出事了,一定是出大事了。穿过同样空荡着的客厅,姜无疾进到了他们的卧室里,看到出现在眼前的情景,知道自己的预感应验了,也就是说,的确是出事了,而且是一件他实在不愿意看到的大事。首先出现在他眼帘里的是大黑脸的身子,让他有些想不明白的是,大黑脸的身子没有站着,也没有坐着,而是倒下来了,但身子并没有倒在床上,而是趴在了地下,这还不算,趴在地下的身子具体说是一只手腕上,有一股鲜红的血水在往外流淌,如果姜无疾不是及时抬起脚来,就会踩到那条已经淌出很远的血水里。尽管他早就见惯了这种出事的场景,见惯了流动的血液,还是禁不住倒吸一口冷气,因为他此时此刻看到的是一直尊敬甚至说一直视为父亲的老局长出事的场景。

姜无疾扑上去,把大黑脸抱在怀里,使劲摇晃了一下。怎么回事?你为什么要这样做?他之所以要问他这句话,是因为他已经看出来,大黑脸手腕处的伤口并不是他人所为,而是他自己弄出来的。

此时,大黑脸已有些昏迷,在他的摇晃下,慢慢睁开了眼睛。你、你终于来了?

看到他的伤口依旧在往外流血,姜无疾便解下自己的鞋带,往他手腕子的上端捆扎。

别费事了,大黑脸苦笑着摇摇头说,已经来不及了。

姜无疾知道他说的是实情,大黑脸的血流得太多了,即使现在就把他的血管捆住,如果不能及时送到医院去,怕是也不能把他的生命留下来了。于是姜无疾又放开了他,回到客厅里去给医院打电话。但他一连拨打了几遍,电话听筒里也没有任何声息。于是他又去检查电话线,原来电话线早就被剪断了。他把电话摔在地下,又急匆匆地回到卧室,再次把大黑脸从昏迷中摇醒。为什么?他叫喊着说,你为什么非要这样做?

大黑脸睁开眼睛,一边朝他脸上看一边摇头。她走了,他掉过头,朝门口看了一眼,她最终还是走了……

姜无疾当然知道他说的"她"是指他的妻子,便也明白了,原来大黑脸的妻子决意要和他分开,不仅自己还有他们的孙子离开了他,连那些鸡当然还有别的很多东西都带走了。姜无疾抬起头,也往周围去看,屋内果然空荡了许多,看来大黑脸的妻子这一去就没有再打算回来,怪不得他会……姜无疾把目光转回来,又看向这个没能保住自己婚姻的人,这个终于落得了孤单处境的人。一霎间,他便明白他为什么要这样做了。

我留不住她,大黑脸流淌着眼泪说,我一个人活着还有什么意思?

你为什么不妥协一下? 姜无疾埋怨他说,如果你能……或许她就不会……

听他这样说,大黑脸忽然止住了哭泣,目光定定地落在他脸上,好长时间不动。

尽管没有听到他说什么,但姜无疾还是感到后悔了,后悔不该在这个时候再说这些没用的话,因为不用再等大黑脸表明态度他也明白,这个人是不可能做到这一点的,大黑脸已经用大半生明确无误的行动做出了最好的说明,哪里能到保持晚节的时候再轻易背叛自己的选择呢? 也许他说得对,已经来不及了。姜无疾吃不准,如果再给他数十年的时间,如果让他把最美好的警察生涯置换到现在这个灯红酒绿的环境中来,他会不会更改自己的信仰,"顺应潮流",成为一个变节的腐败分子呢?

这个世界抛弃了我,大黑脸绝望地摇摇头说,他们都抛弃了我……说到这里,他忽然又瞪大了眼,用冷硬的目光直直地看着姜无疾,告诉我,是不是你也抛弃了我?

姜无疾不敢看他的眼睛,同时也不敢回答他的问话,他不想在大黑脸生命的最后时刻欺骗他。不是,他只能模棱两可地说,是你抛弃了我们……他知道这样说已经是在改变话题,但又相信自己其实也是说出了一个真相。

呵呵,大黑脸再次苦笑了一下,想继续摇头,却没有力气再完成这个动作,甚至眼睛也无法继续睁大,好像身上的活力也像留存在他血管里的血液一样所剩无几了。姜无疾,他呼喊着他的名字说,你真的不再重复我的路了……他的话没有说完,一口气没有喘上来,眼睛里的目光便很快黯淡了,同时也冷硬了。

姜无疾紧紧拉着他的手,清晰万分地感觉到他身上的热量像掉入冷水的铁块一样急快地变凉。你真的不再重复我的路了……姜无疾在心里重复着大黑脸这句没有说完的话,不知道他是在向自己陈述他姜无疾的做法,还是在问自己他姜无疾的做法是不是像他说的这样? 姜无疾真的庆幸大黑脸没有把这句话说完就失去了知觉,如果他在生命的最后时刻还满心期待着自己的回答,他该怎么告诉大黑脸这件事呢? 姜无疾颤抖着伸出手去,按住大黑脸的眼睛,想把他睁着的眼皮合上,但当把手移开的时候,却发现大黑脸的眼睛依旧睁着,于是他再次把手按上去。父亲,姜无疾甚至在心里这样叫了大黑脸一句,您还是安心地去吧。可是三番五次下来,他最终还是没能把这件事做成,也就是说,他最终没能使大黑脸安心地离去。姜无疾守在他床边,不知道过去了多久,直到夜色快要降临的时候,他才离开大黑脸的卧室,慢慢朝屋外走去。在屋门口,姜无疾回了一下头。他以为看不到大黑脸了,因为这时屋内已经十分昏暗了。但让他感到意外的是,他却在黑乎乎的屋内看到了两道明亮的光线,愣怔了好一会儿,才明白那是大黑脸不肯闭合的眼睛里放射出来的目光。姜无疾不知道自己看到的到底是真的存在,还是仅仅来自自己的幻觉。

一个叱咤风云许多年,在他们这个县城里只要提起他的名字,就足以让那些为非作歹的家伙胆战心惊的人物,却被自己妻子的离去打败了,不但轻而易举地倒在了地下,而且连他一直珍视的生命也丢弃了,一个看起来那么坚强的身体竟然变得如此脆弱,实在让姜无疾想不明白,而又倍感唏嘘,哀伤不止。随着大黑脸的离去,姜无疾觉得自己的身体也被一把锋利的刀子无情地挖走了一块,除了感觉到极度的疼痛外,还切实地体验了一种空荡的感觉,就像他真的失掉了什么宝贵的东西一样。在此后许多个日子里,姜无疾都在想大黑脸临走时对自己没有说完的那句话,他想大黑脸一定是在生命的最后时刻对自己做了一个判断,或者一个提醒,或者一个告诫,或者一个评价。但不管是什么,作为他的领导、长辈或者父亲,大黑脸都有权力这样做,只是可惜的是,大黑脸并没有把这件事做完,也就无法让姜无疾按照他的真实意思去做,也就对他以后的行为失去了约束力,但从另一个方面看,不是为他留出了更大更多自由的空间和余地吗?如果单纯从这种意义上说,姜无疾觉得大黑脸的离去还是恰如其分的,尽管知道这样的表述有些残酷,也有些对不住大黑脸,但他还是坚持了这种想法,因为大黑脸其实已经用他最后的行动告诉了姜无疾,如果真要重复大黑脸所走过的路到底该迎来一个什么样的结局。

安葬了大黑脸后没几天,缴纳购房费用的期限也要到了,庞云英又骚动不安起来。这一次,她不再只是说姜无疾几句难听的话,而是拍打着桌子,做出了和他摊牌的架势。你说怎么着吧?她冷着脸质问他,是不是不想和我们过了?

谁说不和你们过了?姜无疾反问她。

你,庞云英蛮不讲理地说,你有方不使,有法不用,就这么干耗着,不是成心要让买房的事黄了吗?不是有意想和我们散伙吗?

看你说的,姜无疾有些哭笑不得地说,我什么时候有方不使,有法不用了?

现在,庞云英把电话机推到他面前,如果你想把房子买下来,还想和我们在一起过,你现在就给他打电话。

姜无疾摊开两手,装模作样地对她说,我给谁打电话?

你以为我不知道他是谁?庞云英冷笑着说。

姜无疾呆呆地看着她。难道她真的知道了邹中银的底细?他在心里问自己。他不敢再看她的眼睛,生怕她把这件事的来龙去脉说个清楚。

你到底打不打?庞云英用发出最后通牒的口气说,你要是不打,我们不但让你丢了老婆儿子,还要让你连工作也一起丢了。她凑近了他,用越发冷硬的目光盯视着他,搞不好我会把你也弄进去,你信不信?

姜无疾惊骇地望着她,似乎是第一次认识这个狠毒的女人。这一刻,他想到了大黑脸,具体说是大黑脸的妻子,与那个不辞而别的女人比起来,庞云英可是有过之而无不及呀,那个女人只是离开了大黑脸,并没有去告发他什么见不得人的事,当然,这首先是因为大黑脸自己没有那种为人所不知的事,那么他姜无疾呢,是不是也像大黑脸一样干净得找不出把柄呢?当然不是这样,如果庞云英真的和他撕破了脸皮,按她说的那样去揭发他,那他可就真的吃不了兜着走了。天哪,姜无疾不禁在心里哀叹,我怎么落到了这样一个狠毒的女人手中?既然他已经被她所控制,那么为了保全自己,他唯有听从她的旨意一条路好走了。想明白了这一点,姜无疾没有再做抗拒的表示,像一个面对拘捕证的罪犯一样乖乖地举起了双手,具体说就是乖乖地拿起了电话。我需要五十万。他径直对邹中银说。他没有再和他扯皮,甚至没有说答应他要求的事,而是直接把自己需要的报酬说出来。

太少了。邹中银在电话里回答他说。

太少了?姜无疾有些不明白他的话,太少了是什么意思?

我们出的价码是一百万。邹中银再次明确回答他说。

一百万?姜无疾简直呆住了,这可真是没有想到的事,把那样一个行将就木的糟老头子弄出来,就能获得一百万元的报酬?天下真的就有这样的好事吗？他有些难以置信，但又听不出邹中银和他开玩笑的意思，那么就是说这是真的了？

站在一边监督他打电话的庞云英也听到了那个庞大的数字，在呆怔了一下后，也猛然间振奋起来，脸颊一时变得分外潮红，她克制不住地冲上来，抱住他的头，用她一张湿漉漉的嘴往他脸上啃。

庞云英的变化之快，让他猝不及防，也让他目瞪口呆，更让他难以适应。姜无疾奋力推开她，想站起来，从她充满色情意味的搂抱中挣脱出身来。

但庞云英并不想放过他，也许她太过激动了，以至于因为激动而唤起了情欲，索性一不做二不休，顺势把搂抱他的手势变成了撕扯，先是撩起了他的上衣，随后便是去解他的裤带，一副因为疯狂而手忙脚乱的浪荡样子。

姜无疾再次被她的不要脸而惊呆了，在他的记忆里，除了她在新婚的日子里间或流露了一下这种样子外，几十年间，不要说她像一个正常的女人那样和他配合了，就连他有时对她的一些"强迫"都不能顺利完成。你是谁？那一刻，姜无疾甚至在心里问了她一句，你到底是谁？是的，他简直已经认不出她来了，疑心是一个他所不认识的女人在强迫他。是的，强迫，他分明感到了这个女人对他的强迫，这使他觉得极不适应，面对她如此急切的主动姿态而有些无动于衷。

快呀，已经沉沦到淫荡状态中而不能自拔的庞云英见他还在犹豫，实在不能再等待了，干脆扑到他身上，晃摆着自己的光身子哀求他说，求求你了，你快些来吧……

姜无疾突然清醒过来，使出全身的力气推开她，爬起来，提上裤子，跨过她赤裸的身子，迈着大步朝外面走去。

你为什么不要我？庞云英在他后面爬行，你到哪里去？

姜无疾没有理会她，只是迈着大步朝外走，直到来到了大街上，他才放慢了脚步，把疲软的身子倚在一根电线杆子上，眼皮一热，泪水扑簌簌地流出来。那一刻，他觉得整个世界都变成了垃圾场。

第二天，邹中银就派人给他送来了第一批钱，也就是他所要的五十万元。庞云英把那些钱装在一只提包里，喜滋滋地到房管部门交款去了。姜无疾知道，接下来就该轮到他开展行动，也就是弄出那个老家伙了，既然已经拿到了人家的钱，就要给人家干活，就算他不懂得江湖的规矩，起码知道公平交易这件再简单不过的事吧。其实，他也不全是为了那五十万元才下决心那么干，就像邹中银上次在电话中说的那样，这应该是他自己的事，不管怎么说，那个人贩子头都有可能是他的父亲，而且是他亲自把老家伙送到监狱里去的，从此以后，他便一直处在一种不安的心理状态中，到现在老家伙已经在监牢里待过了漫长的十几年，就算他的身体许可，假如按照他的刑期计算，怕是也不可能活着出来了。一想到这里，姜无疾心里的不安便增加几分。他已经失去了一个父亲也就是大黑脸，不能再失去另一个父亲了，虽然这个父亲是一个罪恶的魔鬼，他都要把他弄出来，让他在外面的世界上多活一两年，也算减轻一些心里的愧疚和不安。

姜无疾经过一番神秘而高效的活动，几天过后，便从监狱方面传来了消息，老家伙由于吃过了变质的东西而中毒，被送进了医院治疗。又是几天过后，从医院方面又传来了消息，鉴于老家伙糟糕的身体状况，已经不适合再回到监狱内服刑了。又是另外几天过去了，从法院方面再次传来了消息，老家伙不知从哪里冒出来的家人提出了保外就医的请求，法院方面作出裁决，同意家属的请求，在随后一个晴朗的日子里，老家伙已经回到了他的家人身边，当然，如果姜无疾没有猜错的话，他那个所谓的家人或许就是邹中银。到这时候，姜无疾终于松了一口气，身心疲惫地坐下来，开始慢条斯缕地品咂儿子买给他的好酒。

姜无疾并不等待邹中银把余下的第二批钱给他送来，尽管他知道他是一个说话算数的人，在他想来，那个行将就木的老家伙也许根本就不值那么多钱，想一想吧，他都没有几天好活头了，还能为邹中银他们创造什么像样的财富呢？如果不能做到这一点，邹中银那些无利不起早的罪犯为什么要把他弄出来呢？就像他说的那样，他与老家伙又没有亲缘关系，也就是说，他之所以要把他弄出来，完全是出于利益的需要，是他们在以后的犯罪活动中用得到老家伙。但需要是一回事，老家伙到底能不能真的满足他们的需要却是另一回事，反正姜无疾想不出来，一个快死的人能帮助他们掀起什么风浪来。但出乎他意料的是，老家伙保外就医的第二天，邹中银就派人把第二批钱给他送来了。姜无疾把钱抓到手里，仔细点数了一下，果然又是五十万元，看来这个家伙还真是说话算话。事实证明，他的判断出现了偏差，也就是说，他想方设法放出来的真的有可能是一条能够掀起风浪的大鱼呢。这样一想，他又感到了另一种不安。

但在很长的一段时间内，姜无疾的生活却处在了相对平静的状态里。没过多久，他们一家就乔迁新居，欢欢喜喜地搬进了新购置的楼房里。因为还有余下的五十万元存在银行里，庞云英也暂时没有了先前的焦虑，对他也变得恭敬亲昵起来，这让他很难得地体会到了婚姻的温馨，儿子虽然还和一些不三不四的人吃喝来往，却毕竟没有什么后顾之忧了，而且已经恋爱，正在考虑在合适的日子里举办婚礼。按照局里的规定，再有一年的时间，他就到了退休的年龄；按照他的打算，等退下来以后，他就和庞云英一起照顾孙子或孙女，好好地享受他们的天伦之乐，平平安安地度过他们的晚年。每到这时候，他就会想到大黑脸，这个他心理意义上的父亲，为他的不幸结局感到遗憾，感到悲伤，同时他也会想到那个老家伙，他生命意义上的父亲，不知道他在邹中银那里过得怎么样？是不是已经不在这个世界上了？如果在的话他此时此刻在干什么呢？

这段时间以来，在他们这个已经改成市级城市的地方至莫邪山区一带，出现了一个不算太小的走私团伙。与先前的走私人员不同，这个团伙里的犯罪分子专门走私毒品，而且活动频繁，行踪诡秘。姜无疾他们和周围一带的警方虽然掌握了不少有关走私团伙的线索，但每到开展稽查行动的关键时刻，犯罪分子们就会销声匿迹，如同消失在深山老林里的野兽一样难以寻踪。据此警方判断，这个团伙里的骨干分子一定有非同一般的来历，不仅掌握着毒品的来源渠道，而且有长期和警方打交道的经验，甚至还可能与警方里面的腐败分子有所勾连，也就是说，这个团伙已经成为警方的心腹大患，不仅一而再地危害到了老百姓的切身利益，其疯狂的犯罪行为也实在让警察们感到汗颜，甚至说耻辱。所以，在接下来的行动中，姜无疾所在的公安局决定和周围市县的警方开展一次大范围的合作，彼此通报信息，开展联合行动，不将这个走私团伙一网打尽决不罢休。

姜无疾似乎隐约感到，他们要打击的这个目标或许与邹中银有一定的关系，所以在接下来的时间内，他一直在等待着他的出现，更明确一些说，等待着他来与自己取得联系。他相信，如果那个走私团伙真的是邹中银的组织，那么他肯定会来找他的，这使他既觉得恐惧又感到兴奋。说到恐惧，他想不仅他自己感到顺理成章，而且别人也会觉得便于理解，因为他不想给自己再惹上什么麻烦，如若不然，它可就要彻底打乱他的养老计划了。但说到兴奋，却就很难被人相信了，甚至连姜无疾自己也觉得不太可能，可事实是他真的感到了兴奋,而且是非同一般的兴奋,因为只要一想到邹中银出现的情景,他就激动得浑身发抖。他想,自己之所以有这样的反应,并不说明他在盼望邹中银的出现,想想吧,当姓邹的果真出现的时候他将怎么办呢?如果将他捉拿归案,就算能够戴罪立功,但自己的结局也会与"悲惨"挂上钩的,搞不好就只能和邹中银一起入监了;如果把他放走了,就算那家伙没有向他布置新的任务,仅仅放走重点打击的罪犯这一条,他也定会受到追究,最终落得个罪上加罪的结局,何况邹中银不可能不向他布置新的任务,没有新任务他又为什么出现在自己面前呢?但既然这样,姜无疾为什么还要感到兴奋呢?或许他已经很长时间没有再干什么违法的事,也就是说没有得到什么好处了,他肚子里的那条虫子早就感到饥饿了,所以当邹中银出现的时候,也就意味着好处的出现,对那条虫子来说,也就意味着又能有吃到美食的机会了。想到这里,姜无疾不禁更加觉到了兴奋,同时还更加感到了绝望,一种兴奋和绝望相交织的混杂感受从头到脚笼罩了他。这个时候,他甚至连一丝抗拒这种感受的心思都没有了。

姜无疾的预感当然又一次应验了,也就是说,在接下来的这个日子里,邹中银真的在他面前出现了,但让他决然想不到的是,在他正式出现之前,却是他的儿子小兔子为他打了前站。这怎么可能?他惊讶地差点跳起来,因为在这个时刻之前,他根本不知道儿子会和邹中银搞在一起,也从来没有过这种预感。

爸爸,这天,当夜幕降临的时候,儿子悄无声息地来到他身边,把嘴附在他耳边说,你的一个老朋友看你来了。

什么?姜无疾掉过头,呆呆地看着他,似乎不明白他说的是什么。老朋友?他重复着儿子的话。他真是想不明白,既然是自己的老朋友,为什么还要通过儿子来向他通报呢?那么,这个如此绕弯子的"老朋友"又会是谁呢?让他进来吧。他淡淡地说。这个时候,他无论如何想不到即将进来的这个人会是邹中银。

儿子转过身子,举起手来,用一个很奇怪的姿势朝门外轻拍了一下。

姜无疾注意到了他的这个动作,不禁一怔,因为他也算熟悉一些江湖规矩,知道这样一个动作到底意味着什么,也就是说,当他在儿子身上看到这个动作的时候,其实已经朦胧地意识到儿子可能是一个江湖中人了。这样的念头像闪电一样在他脑海里闪了一下,还没有让它形成明确的意识,随着一个人像黑色的影子一样走进屋来，他便不能不把注意力从儿子身上转移到那个人身上去了。

老朋友，邹中银从黑暗处走到灯光下，像一个幽灵一样朝他诡秘地笑着，笑里似乎包含了不多见的深意，别来无恙呀？

是你？姜无疾朝他身上打量了一下，随即便把目光转移到儿子身上。邹中银的出现他并不感到意外，真正让他想不通的是，为什么他的到来却要由他的儿子来引见。这是怎么回事？他指指邹中银，又指指儿子，他似乎问的是邹中银，同时也是在问儿子。

噢，邹中银朝他摆摆手，得意而又轻松地说，我和小兔子已经是好朋友了。说着他又看向他儿子，是不是这样小兔子？

是，儿子点点头，也朝他解释说，我和邹叔叔早就认识了。

什么？听他们一唱一和的说法，姜无疾不禁大吃一惊，随即脑袋里便发出了嗡嗡的响声，他的思绪已经乱成了一锅粥，这一刻，他觉得天要塌了，地要陷了。

我是一个善于交朋友的人，邹中银拍拍他的肩说，我不但有你这样的老朋友，还又有了小兔子这样的新朋友……

不等他这些恶毒的话说完，姜无疾极力支撑住随时要倒下的身子，同时让自己炽热的思绪冷却下来。邹中银，他用颤抖的手指抓住他的衣襟，你这个该死的狗东西，为什么连我的儿子也不放过？

我没有做什么呀，邹中银举起两手，装作无辜的样子说，我们只是交了一下朋友而已。

你说得轻巧，姜无疾使劲晃摆着他，你这是在成心害我你这个没有人性的狗东西。由于他的手臂太过无力，在他的晃摆下，邹中银竟然纹丝不动。你不但害了我，姜无疾伤心欲绝地说，还要继续再害我的儿子。他抬起另一只手，举高了，要朝他的脑袋上打。

邹中银倒没有做出什么反应，好像愿意接受他的打似的。儿子却看不下去了，抢上来，一只手抓住他举高的手，另一只手掰开他抓衣襟的手，爸爸你要干什么？怎么可以这样对待老朋友？

什么狗屁老朋友？姜无疾转向他说，他是一个罪犯，一个恶贯满盈的罪犯你知道不知道？

姜无疾以为儿子听了他这句话，即使不会重新打量邹中银一次，至少也会愣怔一下。但出乎他意料的是,听了他这些极具冲击力的话,儿子竟然无动于衷,不仅没有做出他想象中的反应,还用不以为然的口气反驳他说,这里又不是公安局,爸爸何必说这样的话呢?

姜无疾眼睛一黑,知道一切都完了,儿子,这个他一心要让他"学好"、"走光明大道"的孩子已经沦陷了,已经不知在什么时候被那个狗日的邹中银攻克了,拿下了。他再也站立不稳,身子晃摆着瘫坐在沙发里。

其实这有什么?邹中银走到他身边,摇晃着两手开导他说,大家在一起交朋友,做一些发财的事情不是很好吗?

可他毕竟是我的儿子,姜无疾两手抱住头,遏制不住伤感地哭起来,我实在不想让他也卷进来……

正因为他是你的儿子,邹中银纠正他的话说,他才有这样的命数,他才有这样的结局。

什么?姜无疾抖掉满眼的泪水,诧异地看了他一眼,又把惊愕的目光转到儿子脸上。他已经从邹中银的话里听出了不一般的意味,没错,这话邹中银也对他说过,说他既然是父亲也就是那个老罪犯的儿子,就不可能逃脱一个饕餮综合征患者的命运,现在邹中银又把这句话对他说了一遍,与上次不同的是,这回只是把父亲那个老家伙换成了他,而把作为儿子的他换到了他的儿子身上。

没错,邹中银朝他点点头,随即又转向儿子,兔子,抬起头来,让你爸爸好好地看一看。

儿子听话地走到姜无疾面前,按照邹中银的吩咐抬起头来,把一张额头袒露到灯光里,袒露到姜无疾眼里。

天哪,邹中银说得没错,姜无疾果然在儿子额头的中央看到了那个该死的紫色瘢痕,只是那个瘢痕还没有长大,还没有形成一个规则的圆形,也就是说,儿子才感染了饕餮综合征病毒不多久。姜无疾举起头,把拇指和食指放在那个斑痕上,用力抓下去,趁着它还没有真正长大,他要把它抠下来,把它消灭掉。

儿子嚎叫一声,挣脱了他的抓挠,捂住额头跑到一边去。

姜无疾要去追赶他,却被邹中银拖住了身子。你要干什么?邹中银厉声朝他喝道。

我要把它抠下来,姜无疾依旧朝着儿子的方向使劲,我要把它消灭掉。

你疯了吗？邹中银奋力把他压倒在地下，并在他脸上打了一个耳光，如果你能把这个病消灭了，世界上还有不能攻克的难题吗？

在他的击打下，姜无疾慢慢清醒过来，身子一软，像一摊稀泥一样在地下瘫倒了。是呀，邹中银说得没错，就算他能把那个紫色瘢痕抹平了，但他能把儿子肚子里那条可恶的虫子弄出来吗？

儿子也疼得蹲到了地下，手从头上揭下来时，鲜红的血水淌满了脸颊。

这是怎么回事？姜无疾再次把手抱在脸上，伤心欲绝地哭泣着说，我们为什么是一个饕餮综合征患者呢？

不要再问这个了，邹中银叹口气说，再问就要审判我们的老祖宗了。他看看手腕上的表，朝他跟前凑近一些说，时间不早了，我们还是谈正事吧。

是呀爸爸，儿子忍受着额头的疼痛，也走到他面前说，邹叔叔这次来，是有一笔大生意要和我们做。

姜无疾抹去脸上的泪水，呆呆地看着他们说，什么大生意？

邹中银咳嗽了一声，把身子坐正了些，摆出一副郑重其事的样子说，有一批货要从莫邪山里运出来，路上有些不好走，需要你和你的人为他们保驾护航。

保驾护航？姜无疾念叨着他说过的这个词，不禁在心里说，邹中银，你好大的口气呀，竟然……看来他的胃口真的不小，也就是说，他手中的那批货价值不菲呀。

我们付给你的好处是这个数。邹中银伸出一根手指头。

怕他不明白那根手指头代表的意思，儿子急忙为他解释说，一千万，爸爸，是一千万呀。

姜无疾紧紧地闭上了眼睛。他知道，当答应了接受这一千万的时候，也就是当他为邹中银当然还有那个老家伙走私毒品保驾护航的时候，他在这个世界上的末日恐怕也就真的到来了。他挣扎着睁开眼睛，想不顾一切地说一句拒绝的话，哪怕仅仅做一个拒绝的姿势，但他还没有来得及这样做，就被来自肚腹内那条虫子山呼海啸一般的嘶鸣裹挟了，淹没了……

救命——

柳兰芽的风月

一

其实，在母亲"从良"之前，柳兰芽就已经开始懂事了。但母亲显然忽略了这点，她一定认为一个年仅四岁的小女孩几乎就是一张白纸，还不可能明白"那些事"是怎么回事，所以当她热火朝天地那么干的时候，一点也没有想到要回避女儿。自然，柳兰芽也便将母亲在那些日子里的行为记在了脑子里，至今还觉得历历在目。

仅仅说到这里，人们或许已经明白柳兰芽的母亲到底是干什么的了。没错，她的母亲是一个妓女，而且是在旧政府的某个部门里领过从业执照的妓女。但说到"从良"，大家或许会有些误解，以为有一个好心而且有钱的男人看中了她，花钱把她从那个地方赎出来了，从此这个女人就成了贤淑的良家妇女，旧书上好像就是这么写的；或者认为她洗手不干了，用自己的积蓄赎了身，自然也就成了贤淑的良家妇女，人们想到的结局差不多都是如此。可事实上不是这样，柳兰芽的母亲之所以会"从良"，完全是被逼无奈不得已而为之的结果，因为正当热火朝天干得正欢的时候，她所在的那个省城解放了，她赖以容身的妓院也被关闭，没有办法，她不得不离开那里而"从良"。

好了，还是回到那家被关闭前的妓院里，看看柳兰芽母亲在"最后"的那些日子里都干了些什么，因为那些事情直到许多年后还留在柳兰芽的记忆里，并深深地影响了她几乎大半生的生活。

由于母亲早就是一个妓女，所以柳兰芽的出生和成长都是在妓院里度过的。她最早的一个记忆片段是，有一天中午，她正搂抱着母亲的胸脯睡觉，忽然被一只粗糙的大手拨醒了，她睁开眼睛，看到一个满脸络腮胡子的男人正不满地看她。看到她醒了，男人便抓住她的一只胳膊，想把她从母亲怀里拉开。母亲向那个男人求情说，等一会儿，让她醒明白了我们再来吧。男人不耐烦地说，让她醒那么明白干什么？你还想让她看着我们是怎么的？说着，就毫不客气地把她从母亲怀里扯开了。柳兰芽被强行离开了母亲的怀抱，心里十分不甘，也有些害怕，不禁咧开大嘴哭起来。她以为一这样哭闹，母亲会让自己再回到她身边去。但没有想到，母亲却无动于衷地看着她说，妈妈有事儿，去外面待一会儿吧。母亲这样一说，那个男人越发来劲了，三两下就把她推出门外，咣当一下子关上了门板。柳兰芽转过身，边哭边推撞门板，但门板从里面插死了，她无论如何推不动，没办法，便只好透过门板的缝隙往里看。她不知道那个男人要和母亲干什么。她往里一看，不禁有些吃惊，她看见那个男人伸出两只毛茸茸的大手，紧紧地抱住了母亲的身子，她有些纳闷，一个大男人为什么还要抱母亲的身子？难道也要像小孩子一样吃奶吗？但接下来，那个男人却又把母亲扑倒在床上，看他蛮横的样子好像要和母亲打架，这可真是怪了，刚才他还做出了吃奶的样子，怎么一会的工夫就和母亲打起架来？她呆怔了一下后，突然更放声地哭嚎起来。但她的哭声没有让门板打开，也就是说没有让那个人和母亲停止搏斗，却把其他几个人吸引了过来。她认出来，这几个围到她面前的人都是母亲所待的这个地方的人，照后来的说法，这几个人都是她母亲的"同事"。怎么啦？一个脸上涂抹着肥厚脂粉的女人说，你哭什么哩？谁欺负你了？柳兰芽赶紧对她说，没人欺负我，是那个人在里面欺负我妈妈。说着，她还往门缝里指了一下。听到她这么说，这些人不但没有如她所期盼的那样闯进屋去，帮她把母亲从那个男人手下解救出来，反而摇头晃脑地嘲笑她开了。真是笑死了，那个名叫曾大妹的女人用手指头点着她的额头说，你这小可怜哪里知道，你妈妈这时候不知该有多么享受呢。说着，曾大妹就和她的同事们摇摆着蛇一般的细身子一拧一拧地离去了。柳兰芽想不明白她们的话，明明母亲在那个男人手下挣扎，怎么她们竟说她在享受呢？

　　这当然只是柳兰芽在门外的时候感受到的一点点疑惑，随着门板的打开，也就是说那个男人"欺负"完了母亲，抚撸着脑袋心满意足地离去，她急急忙忙地进到屋里，看到母亲并不像她想象的那样因受到伤害悲痛欲绝，竟然也像那个男人一样心满意足，这让她感到不可思议，在呆怔了一下后，突然明白母亲那几个同事说过的话也许并不是骗她，看来母亲在被那个男人"欺负"的过程当中,的确是得到了不少的享受呢。她只是想不明白,一个人受欺负的时候怎么会有享受的感觉呢?但自从这天以后,她再也没有在睡觉时抱过母亲的胸脯,往往她才起了这样一个念头,眼前便浮现出那个男人一双毛茸茸的手,看上去是那么肮脏,母亲光洁饱满的身子竟然被那样一双手抓过了,她便觉得母亲的身子也变得肮脏起来。当然也就从那些日子以后,她突然觉得自己长大起来,而且无师自通地明白了母亲还有她的同事们所做的到底是一种什么样的事情,也就真切地明白那些有关享受的话题到底是怎么回事儿了。因为这个时候,她自己的身子具体说是下半身也开始有了需要享受的欲望……

这样说是不是会把人们吓一跳?因为这个时候,这个叫柳兰芽的女孩才刚刚五岁,一个五岁的小女孩不但知道了性是怎么回事,而且竟然也有了来自性的欲望,这无论如何也太不可思议了吧?许多年后,柳兰芽注意到媒体上一些有关此类现象的报道,说世界上最早来例假的女孩是在九岁的时候,看到这个消息,她既感到好笑又觉得不平,九岁就算最早吗?当她来例假的时候只有五岁,是不是应该说更早?她真想找到那个报道这条消息的记者,明明白白地告诉他,你也太孤陋寡闻了,也不来问问老娘就敢写什么最早?没错,柳兰芽在五岁那年的确是来例假了。但母亲并不相信这是真的,不仅母亲不相信,她那些乱七八糟的同事也不相信,尽管她们都看到了从柳兰芽身下流出来的那股红色液体。不是月信儿,柳兰芽听见她们吧嗒着嘴说,这么点的小屁孩怎么可能会来这个呢?她们随即找出一个理由说,兴许她那里被什么东西戳破了吧?何况她的所谓例假就来过这么一回,后来就中断了,而且一断就是漫长的数十年。但即便是这样,也不能说明柳兰芽那里流出来的红血就不是例假,不要以为她年龄小就不会来,别忘了,她可是在妓院里长大的,每天目睹的场景听到的声音甚至闻到的气味都与性有关,就算是耳濡目染,她也应该早于其他人许多年让自己的身子变成熟了吧?就像是一只瓜果,如果给它频繁地施肥、浇水、增温,它也肯定会比其他瓜果早成熟许多日子的,有一个形象的说法叫"反季节",也就是说当它还不该到成熟季节的时候它却成熟起来了,柳兰芽想自己就是那只不该成熟却真的成熟了的瓜果。如果不是接下来的季节出现了变化,她想自己的例假一定会继续到来的,而不会像稀有的昙花一样在一夜开放后突然闭合,此后便进入漫长的枯萎期了。

　　这里所说的季节变化便是解放。是的,柳兰芽所在的这个省城很快就要解放了,在那些人心惶惶的日子里,街上已经可以听到从远处传来的隆隆炮声。城市里的所有人都变得骚动不安起来,一些有钱的人正在想方设法逃跑,或者藏匿在家中不敢出来,只有那些生活困苦的人才有胆子上街,并做着迎接攻城人马到来的准备。整个城市都处在了人心浮动混乱无序的状态里。在这样的日子里,哪里还有什么人有闲心到这里来嫖娼呢,先前车水马龙的妓院一下子变得门可罗雀了。自然也不是没有一个嫖客,俗话说得好,林子大了什么鸟没有? 偏偏就有钻过头去不顾腚到死也要行欢乐的人出现,于是,当这个像恐龙一样稀有的嫖客到来时,会受到柳兰芽母亲那些同事们的欢迎和抢夺。几乎一照那个家伙的面,好几天没有营业收入的妓女们便一窝蜂地涌上去,将他团团围在中间,争相地往自己屋内扯拽,远远看上去,那个家伙就像一朵香气四溢的鲜花,身上沾满了密密层层的花蜜,由于作为蜜蜂的妓女们聚集得太多,那朵被围绕在中间的鲜花也就是那个嫖客有些承受不住,呈现出一幅头重脚轻东倒西歪的奇怪景象,又加之妓女们的用力扯拽,那个家伙便向左移动一下,随即又向右移动一下,来来回回不能停止。每每看到这里,柳兰芽便止不住大笑起来。这时她真的不知道,那个家伙到底应该感到幸运还是应该觉得倒霉。有一雯,她不免有些担心,担心那个家伙会被妓女们扯拽得七零八落,像秋后凋落的花朵一样被人踩到地下再也起不来。她的担心虽然过于夸张,却并不是没有一点道理。没过多长时间,那个看起来还十分强壮的嫖客就有些支撑不住,在嗷嗷大叫了几声后,挣脱开妓女们的拉扯,像被追打的小偷一样夺路而逃。妓女们果然往外追赶了一会儿,直到他跑得没有踪影了,才无可奈何地停住,一个个呈现出落落寡合而又气急败坏的样子。

　　没有了嫖客们的到来,也就没有了妓女们的享受,这还不算,更为严重的是也就没有了她们的生路。往下该怎么办呢? 似乎不用老鸨出主意,她们也知道该怎么应付这个时刻的危机。看来一味地在妓院里傻等是不行的,要变被动为主动,既然嫖客们不到妓院里来,那就干脆上街去,把那些潜在的嫖客挖掘出来。妓女们相信,不论在什么样的日子里,不论到什么样的时刻,男人总是需要女人的,有些男人不想把自己打扮成嫖客,但这并不意味着他们不行男女之事,所以要把这部分人抓住,就要上街去,经过她们的手把这些人变成嫖客。于是,在那些初冬的日子里,母亲她们冒着寒风站到街头上，一边听着愈来愈近的枪炮声，一边踮起脚跟寻找可以成为嫖客的目标。混乱加之寒冷，使街上的行人十分稀少，即便是单身的男人经过，也一副脚步匆匆的样子，而且这些人里还有老人和孩子，也就是说要把这两类人剔除掉，那么剩下的一些人就少之又少了，要在这些十分有限的人里发现嫖客的影子，实在也不是一件容易的事儿。母亲她们在街上站了足有半天，还没有发现一个合适的目标。说起来，那些从她们身边经过的人也并不是没有留意她们，有些人还看出了她们的身份，却没有和她们搭讪的打算，甚至不想停下来，只是用意味深长的目光看她们一眼，便急急忙忙走过去，有些男人似乎还生怕她们纠缠自己，从她们身边经过时居然朝一边绕开，仿佛她们是传染人的瘟疫似的。看来只是来到了街上还是不行的，要想成功地把那些并无嫖妓欲望的男人发展成嫖客，光是动用目光暗示是解决不了问题的，还必须使用语言甚至行动或许才有达到目的的希望。于是，母亲她们索性抹下脸面，只要看到有单身的男人从远处走来，就赶紧地迎上去，用不正经的语气对他们说，先生是不是太无聊了，要不要到楼上去快活一番？如果那些男人不理会她们，或者只是理会了一下并不打算响应她们的提议，她们便涌上去，像在妓院里对待那个花朵般的男人一样，伸出手去扯拽他们，先生还是跟我们走吧，眼下的世道都乱成了这样，说不定哪一天就会丢了命，再不及时行乐可就来不及了。

对有些意志不太坚定的男人来说，这一招不能不说起不到一点作用。这一天，柳兰芽的母亲就碰到了这样一个男人，在她又是扯拽又是动员的努力下，终于让一个经受不住诱惑的男人动了心，看看周围没有其他人注意，便决定跟着母亲去开一次荤。母亲也很激动，忙乎了快要两天，终于逮到了这条尽管不大却也还算有肉的鱼，怎么不让她高兴万分呢？但让她想不到的是，就在她要带着这个男人成功而归的时候，忽然看见她的同事曾大妹朝他们走来。其实在她对那个男人实施诱惑的时候，曾大妹就在一边盯上他们了。一见曾大妹走来的架势，母亲就知道大事不好，意识到这块刚刚到手的肥肉可能有被夺走的危险。母亲当然不想让这种意外出现，便拽起那个男人，脚步踉跄地朝妓院里跑去。母亲以为只要跑进了妓院，把那个男人带到了自己屋内，准确说是带到了自己床上，别的妓女包括曾大妹就无法把他从自己手里夺走了。母亲这样想，那个有心来和她争夺肥肉的曾大妹其实也在这样想，所以她要想把那块肥肉从母亲手里夺下来，就必须在母亲把他带到妓院之前下手。说起来,如果母亲不带着男人跑,曾大妹或许还不至于这么快就扑上来,就像面对一条饥饿的狗一样,你不跑它是不会主动追赶你的,但只要你一移动自己的身子,它就会急快地扑上来。于是,在那天的街头上就呈现出这样一番景象,柳兰芽的母亲带着一个男人在前面跑,另一个叫曾大妹的妓女在后面紧紧地追赶。

本来母亲是完全能够甩开曾大妹的,因为他们之间隔着不算太小的一段距离,就算曾大妹使出浑身的解数,也不可能在短短几分钟的时间内把这段距离消灭掉。但就在母亲快要跨进妓院大门的时候,不幸的事情发生了,母亲脚下不稳,在台阶上打了一个滑,就是这个滑让母亲倒在了地下,从而给曾大妹留出了赶上来的机会。不要。母亲叫喊了一声,还本能地伸出手,想把那个男人推进门里去。但那个男人看到母亲倒在了地下,有些不知所措,也停住脚,想伸手拉她一把。但他的手还没有碰到母亲,后面的曾大妹就扑了上来,一把将男人抓住,像老鹰捉到了兔子之类的猎物一般,扯拽着就朝妓院大门里奔去。她的想法与母亲刚才的打算如出一辙,都是要把男人带到自己屋里去,按到自己的床上,一切问题便都解决了。但她似乎忘了,母亲也是从来不吃素的,何况这又是她捕获到的猎物,怎么能让这只兔子再从自己手里逃走了呢? 就在曾大妹裹挟着男人跨过门槛的刹那间,母亲伸出胳膊,用自己鹰爪一般的手指抓住了那个男人的脚脖子。没用她费多大劲儿,那个男人就也像她一样倒在了地下。母亲没容许他爬起来,便扑上去,将男人压在了身下,也许在她想来,只要把他压在了自己身下,这个男人就真的属于自己所有了,就不会被曾大妹或者其他妓女夺走了。曾大妹当然不甘心失败,毕竟刚才男人差点成为自己的猎物,如果这时候眼看着他被自己的同事压在身下,那就等同于承认了自己的失败。于是,她也不顾一切地扑上去,想把母亲从男人身上推开。以下的景象就可想而知了,母亲和曾大妹厮打在一起,而且互不相让,你把她压在身下,她随即把你掀翻在地,两个人在妓院门前的地下滚来滚去,搞得尘土飞扬,一片狼藉。等到她们打得头破血流,毛发落地,终于没有再战的力气了,慢慢停住手的时候,才惊讶地发现,她们为之争夺的那个男人已经不见了。于是她们都爬起来,用茫然无措的目光朝四下看。这个时候,也许她们都感到了极度的困惑,不知道引发她们大战的那个男人到底是实有其人,还是仅仅出自她们的幻觉。

　　面对诱人的猎物时,母亲和她的同事们可以在最短的时间里成为对手,可当她们面对共同的敌人时,却又可能结成牢不可破的统一战线。当然这种情况是很少出现的,但在那些站街揽客的日子里,这种情况却也毕竟发生过了,而且也让柳兰芽看得津津有味。其实那个所谓的敌人竟然也是一个男人,而且是一个有嫖妓欲望的男人。这就不免让柳兰芽感到不解了,那些日子里男人差不多都是母亲她们的上帝,怎么可能又突然间变成了敌人呢? 开始的时候,母亲也以为这个主动朝她搭讪的男人是自己的上帝呢,而且可能是一条难以遇到的大鱼,所以便也赶紧振奋起来,迈着小碎步朝他迎过去。你是干那个的? 那个男人上赶着对她说。母亲当然知道他说的"那个"是什么意思,忙不迭地点头说,是呀是呀,先生要不要来一回呀? 男人瞪大色眯眯的眼睛,从上到下打量着她。一见他的眼神,母亲就知道这个男人根本用不到动员,本身就是一个典型的嫖客。虽然他的穿着很邋遢,或许从他身上挣不到多少钱,母亲都决定不能放弃他,毕竟许多天没有碰上这种对她有兴趣的男人了。于是,母亲便毫不迟疑地拉住他的胳膊,想尽快把他带到妓院里去。可那个男人却还不慌不忙,把胳膊从她手里抽出来,顺势撩起她的衣襟,将眼睛瞪得更大,像刀子一样往她裸露出来的胸脯上戳。不知是他的目光真的有刀子的杀伤力,还是仅仅是天冷的缘故,母亲竟然也真的感到了肌肉的疼痛,但为了紧紧抓住这个男人,她还是忍受着疼痛和羞耻,有意把胸脯鼓了鼓,尽力做出一副愿意迎合他的样子。男人果然受到了更大的诱惑,索性伸出手来,在她裸露的胸脯上使劲捏了几下。男人的手劲很大,又加之过于粗鲁,母亲有些忍受不住了,张开嘴发出了痛苦的叫声。听了她的叫声,男人却越发兴奋起来,手上的劲道更大了。我们快走吧,母亲躲开他野兽一般的爪子,放下胸前的衣襟,再次拉住他的衣袖,用更有诱惑力的话对他说,我都等不及了,快跟我进屋里去吧。说罢,就拖着他的身子往妓院里走去。

　　母亲以为这一次的生意是做成了,哪里想到关键时候又发生了意外,导致她又白费了一番工夫。当然,这一次的意外并不是来自同行的竞争,自从上次和曾大妹厮打以后,其他妓女一般不大敢再来和她作对了,变故是出在那个男人自己的身上。正当母亲拖着他的胳膊兴致勃勃地往妓院里走时,忽然觉得不对劲儿,好像拖在手里的那条男人胳膊已经被抽走了,赶紧转回身来看。原来那个男人抽回了自己的胳膊,正迈着疾快的步子往远处跑去。母亲呆怔了一下，突然反应过来，愤怒兼委屈地大喊一声，好你个咸猪手，竟然在大街上占老娘的便宜，你给我站住。听到她的叱骂，男人回头看了她一眼，脚步迈得更加生风了。母亲恼羞成怒，也迈开一双小脚，跟跟跄跄地朝前追去。从竞跑这方面说，母亲根本不是那个男人的对手，所以只是一两分钟的时间，男人就快要逃到前面那条巷子里去了。母亲和那个男人都明白，只要跑进了那条巷子里，男人就成了大海里的一根细针，母亲就算是成为一个富有经验的打鱼人，也不可能把他重新捞上来。所以母亲一下子感到了绝望，自然还有伤心，自己在大街上被人白白摸了胸脯，却没有得到一分钱的回报，等回到了妓院里，不被她的同事们笑掉大牙才怪呢。正当她悲伤欲绝的时候，却看见那天和她争夺猎物的同事曾大妹正好出现在那条巷子口，似乎没费多大劲儿，就把那个专注飞跑的男人拉倒在地下，骑上去，抡起巴掌，啪啪地朝他身上抽打起来。母亲呆怔了一下，才明白曾大妹是在为自己打抱不平。不一会儿，曾大妹押着那个男人回到了母亲身边。交给你了，曾大妹把男人往她身边一推说，把他带到你屋里去吧。母亲不好意思地说，既然是你抓到的，还是把他带到你屋里去吧。于是，又一个奇怪的景象在这天的大街上出现了，为了一个根本不想成为嫖客的男人，两个妓女竟然发扬风格相互推让起来。但最后的结果却是，那个男人看到母亲和曾大妹为了推让而争持不下，突然说出了让她们大吃一惊的话，我身上没有一分钱，就是嫖了你们也是白嫖。母亲和曾大妹都呆住了。好你个吃白食的王八蛋。母亲和曾大妹反应过来，不禁火起，一起扑上去，把那个男人按倒在地下，一阵猛烈的拳打脚踢，直到男人躺在地下不能动弹了才罢手。

好在这样的闹剧很快就无法正常上演了，随着城市的解放，也就是说随着解放军的入城，柳兰芽母亲所在的那家妓院被关闭了，其实说是被查封了才算准确。开始的时候，母亲她们还以为这件事与自己没有太大的关系，按照她们的理解，就算是改朝换代，但男人还是男人，女人还是女人，再往下说，男女之事也还是男女之事，也就是说，不管这个世界发生了什么翻天覆地的变化，男人和女人总还是要做他们之间的事的。在那天欢迎解放军入城的盛大仪式上，看着那一队队从她们身边经过的战士们，母亲竟天真地以为自己的下一个好机会又来了呢，随着那些强壮的小伙子们的到来，自己不是也更有了取之不尽用之不竭的资源了吗？那一刻，母亲激动之余,差点对着解放军战士脱口说道,你们辛苦了,快来让我们慰劳你们一下吧。

但让母亲她们没想到的是,解放军入城没几天,她们所赖以生存的那家妓院就被查封了。当然,在那些扛着大枪的战士进来的时候,母亲她们不知道他们是来查封妓院的,一时都激动得不行,在经过一段时间的萧条之余,终于迎来了这么一笔大单的生意。老鸨一见来了这么多年轻力壮的小伙子,也不禁欣喜万分,心急火燎地招呼楼上的妓女们,姑娘们,快收拾停当了,下来招呼客人呀。母亲她们其实已经睡下了,听到老鸨的吆喝,还以为她在说胡话呢,深更半夜的哪里来的客人,别是她想发财想疯了瞎说一气吧,说不定是有意拿她们寻开心呢。但当她们爬起来,懒洋洋地走出屋门的时候,不禁一下子呆住了,老天,楼下的天井里竟然真的站满了威风凛凛的解放军战士,一个个像结实的黑木桩似的矗立在灯光里,看上去是那么招人喜欢。母亲率先反应过来,趿拉着鞋子从楼梯上跑下来,手忙脚乱地去招揽属于她的客人。其他妓女也都随着她往下跑,一时间,整个妓院里都充满了喜气洋洋的喧闹声,这个沉寂了许多日子的地方似乎又恢复勃勃的生机了。母亲首先牵住了一个离她最近的战士的手,忙不迭地对他说,小兄弟,这些日子你们辛苦了,快跟姐姐去屋里快活一下吧。母亲看得很清楚,这是一个嘴上才长出毛茸茸胡须的小战士,满脸都透出纯朴憨厚的稚气,常年的工作经验告诉她,这样的男人或许还没有尝过女人的滋味,千万不要吓住了他,所以那个时候,母亲尽其所有地表现出了自己的温情,不仅话语说得动听,而且动作也是那么轻柔,以至于在极其短促的时间内,母亲都产生了一丝错觉,似乎自己也回到了少女时期一样。但出乎她意料的是,她的话还没有说完,那个战士就把手猛地从她手里抽了回去,动作之粗鲁简直把她惊得目瞪口呆,真不相信这个动作竟然是这个小家伙做出来的。母亲还以为自己产生了幻觉,但接下去,其他战士在其他妓女的拉扯下做出的反应更加激烈,让她终于明白过来,这些人绝不是来找她们睡觉的,而是负有另外的使命。看到战士们做出了拒绝的架势,老鸨还有些反应不过来,以为他们是不想这样被妓女们拉扯,而是要自己主动选择,便挥着手里的丝帕对妓女们说,都给我站好了,让客人们自己挑选……但她的话还没有说完,就被一个挎短枪的军官推到了一边去。老鸨还想往前凑,那个被母亲牵过手的小战士横过枪来,把枪尖戳到了她胸前。不许动,小战士严厉地朝她喝道,再动就对你不客气了。看到战士们把枪端起来,妓女们都惊慌地叫喊开了,并把两手捂到了自己头上,就连反应迟钝些的老鸨也终于明白,这些扛着枪进来的战士根本不是来与她做生意的,而是要有意和她当然还有整个妓院过不去了。

按照战士们的吩咐,母亲她们又回到屋里,开始手忙脚乱地拾掇自己的东西,因为战士们留给她们的时间只有半个小时,过了这个钟点,他们就要关闭这家妓院了。这是她们决然没有想到的,不仅老鸨紧张起来,包括母亲在内的所有妓女都感到了不安。离开了这里,母亲急慌地问他们,我们该到哪里去呢?说着,她还不自觉地攥紧了柳兰芽的手。这个不用担心,那个挎短枪的军官说,政府会给你们安置地方住的。听了他的话,妓女们突然又有了新的想法,都窃窃私语起来。是不是把我们拉到兵营里去,曾大妹突发奇想地说,去陪他们当兵的一起睡觉?听了她的话,许多妓女又高兴起来,说不定关闭妓院只是这些士兵的一个障眼法,最终的目的是让她们去充作劳军女郎呢,这倒也不错,能为这些身强力壮的士兵服务也不失为一件美好的事儿。军官听到了她们的议论,毫不客气地训斥她们说,你们想什么呢?告诉你们,政府取缔妓院的决心是下定了的,不要再心存什么幻想,赶快收拾东西离开这里。曾大妹说,我们还要指望这个挣饭吃呢,你们把它关闭了,我们以后该怎么活呢?军官再次转向她说,这个也不用担心,政府不会不管你们的生活,离开了这里,我们会给你们安排合适工作的。妓女们再次互相看看,对于他这番好听的说辞,一时都有些半信半疑。母亲当然没有想到那么长远,她最关心的是今天夜里该怎么度过?因为在这个城市里,除了这家妓院外,她没有自己的家,也没有任何一家亲戚,如果光她一个人还好办,身边却还带着一个孩子,尽管平时不怎么把柳兰芽放在心上,但在这个前路茫茫的黑夜里,也不能不为女儿考虑一下了。

妓女们都收拾好了东西,挎着大小不等的包裹走出自己的屋子,随在那些战士身后,忐忑不安地离开了她们待过许多年的工作场所,按照战士们的吩咐,上到一辆卡车的车厢里。母亲转过头来,看见那个自己曾经拉过手的小战士把两张写有"封"字的纸条交叉着贴到门板上,她知道,就从这个时刻起,她自己的工作生涯就要结束了,不知为什么,她的心里竟然涌上来一股酸楚的感觉,如果不是极力克制着,泪水就要从眼里流出来。她真的不知道这种感觉到底是对过去日月的留恋,还是对未来生活的迷茫。

是的,这个时候的母亲的确没有对即将到来的新生活的喜悦之情,弥漫在心头的除了怅惘之外便是迷茫了。母亲吞咽了一口唾沫,从她头上抬起眼,望着黑魆魆没有尽头的夜色,不自觉地发出一声长长的叹息。

妓女们没有被带到兵营里去犒劳士兵,而是径直来到一家像是旅馆的临时住所,先被驱赶到一只大浴池里,痛痛快快地洗了一个澡,然后回到房间里睡觉。刚离开妓院的时候,母亲以为这一夜不会睡成觉了,但洗过了澡后,却一觉睡到了天大亮。第二天吃过早饭后,那个军官又来了,而且还带来了那辆卡车,把妓女们装到卡车上去以后,又来到了一家医院,把她们驱赶到里面去检查身体。妓女们不知道为什么要为她们查体,不禁又议论起来,自然想到的还是去兵营当劳军女郎的事儿。母亲被叫到名字时,柳兰芽也随在她身后走进去了。一照柳兰芽的面,那个负责检查的医生就"嗷"地叫了一声,怎么?这么小的孩子就……虽然医生下面的话没有说出,母亲却知道她的意思了,止不住也笑起来。我倒是愿意让我女儿去接客,母亲带着嘲讽的口气说,可她现在还是太小了,怕是还挣不了那个钱。医生是个年轻的姑娘,兴许还没有结婚呢,听完了母亲如此粗鲁的话,白嫩的脸面不禁涨得通红。你们这些人怎么就好意思说这种话?医生羞答答地对她说。这有什么不好意思的?母亲指指她的手,依旧用满不在乎的口气说,我还只是动动嘴,你这不连手都早就动上了?医生越发不知道说什么好了。尽管对母亲没有什么好印象,医生还是仔细地给她检查了身体。本来,妓女们被拉到这里来,是检查有没有感染上性病的,但这个医生检查完了母亲的下身还不放她走,又把她拉到一架仪器前,朝她的肚子照起来。母亲以为是医生有意和她过不去,便不想再配合,还没做完检查就从仪器后走出来。医生拦住了她,并和她有了下面这场谈话。

别走,我们还没有给你做完检查……

你们还有完没完?我得没得脏病你们不是已经看见了吗?还照我的肚子干什么?莫非我的脏病得到肚子里去了?

其实我们……实话告诉你吧,之所以检查你的肚子,是因为你的肚子里有一条寄生虫,具体说是在你的肠子里……

什么?寄生虫?该不是说我肚子里有蛔虫吧?

不是蛔虫,这种寄生虫比蛔虫……这么对你说吧,你得的是饕餮综合征。

对于这种名叫"饕餮综合征"的病，母亲没有弄清是怎么回事，甚至没有把这个名称记在心上，自然也就不知道那条名叫"饕餮"的虫子在她肚子里的存在意味着什么，在她想来，寄生虫无非就是蛔虫一类的虫子吧，就算它的个头比蛔虫大，但它归根结底还不就是寄生虫吗？对于寄生虫，母亲可是一点都不陌生，不管是蛔虫还是虱子，她都不止一次地和它们打过交道，早就见怪不怪了，所以便没有再听医生说下去。在此后的日子里，母亲也没有把这件事放在心上，或者说她已经把那个医生的话忘到了脑后，直到她在以后的日子里因身体溃烂离开这个世界，柳兰芽都没有再听她说到过这件事。她尽管听到了医生和母亲的谈话，但也没有记住那个奇怪的疾病名称，更不知道那是怎么回事，在母亲去世后许多年，当柳兰芽有一天也被医生告知是一个饕餮综合征患者的时候，当年那个医生对母亲说过的话才重新回响在耳边，她也才真正知道了饕餮综合征到底是怎么回事。

虽然母亲把医生的话当作了耳旁风，但毕竟比别人多检查了一个项目，母亲觉得自己是占了便宜，所以便对那个医生改变了敌视的态度，眉眼间都充满了温和的笑意。那个医生似乎也格外关注母亲，当她们离开检查室时，她的目光又落在了柳兰芽身上。等一等，医生喊住了她们，让我也给这个小姑娘检查一下吧。母亲愣了一下，随即便意识到今天的便宜可是占大了，不仅自己多检查了项目，连自己的女儿也跟着检查了一遍，岂不更是意料的收获？母亲又把柳兰芽推回来，再次觍起脸来对医生微笑。在医生给柳兰芽检查的时候，母亲也又上赶着和医生没话找话地聊天。聊着聊着，母亲突然问她说，妹子能不能对我说句实话，等我们检查完了，真的要去兵营里犒劳你们的士兵吗？医生再次涨红了脸，什么话？她从柳兰芽身上停住手，站起身，用居高临下的眼光看着母亲，这话你是从哪里听来的？母亲朝她跟前凑近一些说，那你们到底要把我们这些人弄到哪里去？医生纳闷地说，他们没有给你们说吗？政府要给你们分派工作，愿意留下来的可以去工厂做工，不愿意留下来的政府发给路费可以回老家去。母亲点点头说，原来真是这样？她静下来想了一下，突然抬起头把目光转向了窗外。也许就从这个时刻起，母亲就打定了带柳兰芽离开这个城市回老家的主意。柳兰芽没被检查出性病，也没有被检查出肚子里有虫子。但母亲此时的心思已不在女儿和自己的身体上面，整个思绪似乎都被回老家的念头缠绕了，回居住地的时候，她的目光一直在往一个十分遥远的地方看。

后来柳兰芽才知道，母亲的老家并不在这个城市里，也就是说，她们根本不是这个城市里的市民，而是在遥远的莫邪山里一个名叫乌龙镇的地方。八年前，母亲只身离开乌龙镇，随着她的一个亲戚来到了这个城市里。出发的时候，她的这个所谓亲戚许诺她说，只要来到这个车水马龙的大城市里，他就会把她嫁给一个有钱的人家，从此后过上衣食无忧的富贵生活。过惯了穷苦日子而又爱慕虚荣的母亲听信了他的话，便告别父母，义无反顾地跟他踏上了通往大城市同时也通往富贵的路途。但直到真的来到了这个城市里，母亲才知道，这个所谓的亲戚是故意欺骗了她，在和她似有乱伦嫌疑地过了一段日子后，突然不辞而别，留下她一个人在这个人生地不熟的地方开始了流浪生活。同样没过多少日子，她就自然而然地成了那家妓院里一个新来的人，因为除此之外，她真的不知道还有什么更好的路可走。三年后，母亲在妓院里生下了柳兰芽。此前柳兰芽一直以为，自己就是这个城市里的人，这个城市就应该属于她。但直到母亲决定回到乡下老家去的那一刻，她才明白，原来她们的老家是在那个叫乌龙镇的地方。

说起来，母亲是个有些好吃懒做的人，常年的卖淫生涯养成了她不良的生活习气，所以当听到政府为她们安排的去处是到工厂里做工时，当即便打定主意，离开这个她已经生活了八年多的城市，回到她日思夜想的老家去。两天之后，当其他的妓女换上一身灰色的工作服，被大卡车拉往一家纺织厂时，母亲告别了她的同事们，拉起柳兰芽的手，也踏上了返回老家乌龙镇的道路。曾大妹还抱住母亲的身子，呜呜地哭了几声。一天前，母亲就从政府那里领取了回家的路费，所以尽管母亲没有在卖淫的生涯中积攒下什么资产，但回家去的路费还是足够的。母亲用这些钱租了辆三轮车，来到车站，买了一张半通往乌龙镇所在县里的汽车票，为了节省那半张车票钱，母亲以柳兰芽是个孩子为由，和售票员还有其他工作人员争辩了足有一刻钟时间，在母亲撒泼使蛮的强大攻势下，那些人一个个败下阵来，终于同意为柳兰芽网开一面只买半张车票就行。在车上颠簸了几乎一整天，抵达县城里后，天就要黑了，母亲拉着她走进一家客栈，用剩下的钱订了两个床铺，美美地睡了一夜后，第二天又租了一辆马车，直到来到了乌龙镇的村头，那笔钱还没有被她们花完。其实排除掉那笔钱不说，母亲身上还是有一点点积蓄的，一个在大城市里做皮肉生意好多年的人手里怎么会没有钱呢？这话如果放在别人身上倒也成立，但在母亲这里却并不是那么合适,也就是说,母亲身上尽管还有一些钱,却不像别人想象得那样可观,一是因为母亲身边多了柳兰芽这张嘴,二是母亲好吃懒做的生活习气,让她过早消耗掉了自己的积蓄,所以在县城的时候,她在一些店铺前转悠了几个来回,才最终选择了几样看起来还能过得去却又花费不多的礼物,两瓶烧酒、一只烤鸡和一条围巾,买下来带回家去,而且不住地叮嘱柳兰芽,见了姥爷和舅舅们的面,千万要说这些东西是从省城里带回来的,直到柳兰芽按着她教的话重复了好几遍才放下心来。望着面前从雾气中露出面目的那个镇子,母亲呆怔了一会儿,眼光里似乎透出一些不多见的迷茫,在嘴里悄自嘟囔了一句什么,拽起柳兰芽的手,深一脚浅一脚地往镇子里走去。

母亲满心以为,她在漫长八年后的回归,会得到父亲和一家人的欢迎,其气氛就是算不上热烈,起码也会弥漫出亲人间的浓烈情意。但出现在她面前的事实是,她不但没有受到接纳,没有得到承认,竟然还被赶了出来,她买回来的那些礼物也被扔出了门外。对于这样的结局,母亲其实应该想到的,因为她在镇边发愣的时候,或许就已经感觉到哪里不对劲儿,柳兰芽似乎听见了她悄自嘟囔的那句话,这是乌龙镇吗?如果没有听错的话,母亲的确是说了这么一句,也就是说,出现在面前的这个镇子让母亲感到了陌生,感到了迷惑,感到了哪里出现了问题,是否也感到了一丝不受欢迎的气息?柳兰芽想,母亲是带着这种不确定的心理走进乌龙镇大街上的,走到自己老家大门前的。所以对于遭到的冷遇和拒绝,母亲应该是有心理准备的,只是出现在面前的事实更加严酷冷硬,一度超出了她的想象并让她觉得难以接受。

你是谁?出现在门里的一个花白头发的老头子上下打量着她。

爹,我是蛙儿呀,母亲微笑着对他说,是我回来了。说着,母亲就想继续往门里走。

这里不是你的家,老头子急忙用两手牵住门板,只让自己的一颗乌龟头露出来,毫不客气地对她说,我没有什么叫蛙儿的女儿。

其实母亲已经看出来,老头子早就认出她来了,他的装模作样不过是为他的拒绝承认寻找一个理由罢了。但母亲不能点破这一点,依旧硬着头皮对他说,爹,您真是老糊涂了,怎么就认不出自己的女儿来了?

说谁老糊涂呢?老头子有些恼怒,板起脸来呵斥她说,老子已经告诉过你了,我的女儿根本不叫什么蛙儿,你赶快给我从这里滚走。说着,他就做出了关闭门板的架势。

爹,母亲急忙抢上去一步,用两手撑住越来越小的门板缝隙,您的女儿大老远地回来看您老人家,无论如何您也得让我进家去呀。

这里不是你的家,老头子义无反顾地说,这个家门里没有畜生女人。

这简直是当着母亲的面骂她了,如果是面对别人,柳兰芽相信母亲会反唇回击,可现在她面对的是自己的父亲,无论如何也不能和他翻脸呀,而且母亲也从老头子的骂里听出来,或许自己在外面当妓女的那些事他已经知道了,觉得脸上无光,所以才拒绝让她进门,这就更不能敞开来和他讲道理了,不管怎么说,她在外面干的那些事都不大光彩,在乡下是要被人鄙夷唾弃的。但她又不能就这样转身离去,不要说她已经没有了其他的退路好走,就算她能回得去,不是还没有见到家里的其他人吗?虽然她的老娘早就不在人世了,但无论如何也要见弟弟们一面呀,她回来一次并不容易,怎么能甘心不进家门就再次踏上离去的路呢?母亲使劲吞咽了一口唾沫,把手里的礼物举起来,朝老头子面前晃了晃说,爹,您让我进去,等我把这些东西放下了,您再赶我走行不行?

谁稀罕你的什么礼物?老头子毫不退让地说,带上你这些脏东西,马上从我家门前滚出去。说着,就飞起一脚,将伸到他面前的礼物从母亲手里踢飞了,然后缩回头去,咣当一声合上了门板。

爹,母亲看了飞到远处去的礼物一眼,随即扑到门前,使劲拍打着门板说,爹,您不能不要您的女儿,您也不能让您的女儿不要这个家呀。但无论她怎么用力,那两扇已经闭合的门板却纹丝不动,而且门后也再没有传来任何动静,也就是说,老头子关上门板后便回屋里去了。母亲举不起手来了,身上也没有多余的力气,便顺势倒在门板下,两手抱住脸,悲痛欲绝地哭起来。

柳兰芽没有见过母亲这么伤心地哭过,在妓院里的时候,母亲一天到晚脸上都浮荡着笑,从来就没有像模像样地哭过一回,所以乍一看到母亲的哭,柳兰芽也觉得有些害怕。这时候,她真的怀疑母亲找到的这个地方并不是她的家,不然她的家人怎么会不让她进去呢?当然那个老头子就更不是她的父亲了,不然他怎么不承认她是他的女儿呢?妈,柳兰芽摇晃着她的胳膊说,你是不是搞错了?

我搞错了什么?母亲止住哭,抬起头,抖动着两眼泪水看她。

我们不该到这里来,柳兰芽告诉她说,这里不是我们该来的地方。

对她突然说出的这两句大人话,母亲呆怔了一下,竟然也前所未有地表示了赞同。好吧,她忽然站起来,拉了一下她的手说,那我们就走吧。

柳兰芽也随着她站起来,做出了要离开这里的架势。

但母亲还没有迈出脚去,就又摇起了头。离开了这里,她像是问女儿又像是问自己,我们该到哪里去呢?

对于这个问题,柳兰芽还真的不能告诉母亲,因为她也根本解答不了。

可继续待在这个地方也是没有任何意义的,不但不能为她们找到归宿,而且还可能加重这种处境的严重程度,柳兰芽已经发现一些人正从远处走来,用不怀好意甚至充满敌意的目光朝她们看。没有等他们来到身边,母亲就果断地拉住她的手,磕磕绊绊地朝街上走去。经过那件被老头子踢飞的礼物时,柳兰芽伸了一下手,想把它抓到手里,毕竟它花费了母亲不少钱,丢掉了有些可惜。但她的手还没有抓到它,母亲就也抬起脚来,像老头子那样把它再次踢飞了。

接下去,柳兰芽和母亲就在乌龙镇大街上转悠起来,那些从远处走来看热闹的人不紧不慢地跟在她们后面,母亲不知道到底该往哪里走,所以除了无目的地转悠还是转悠。母亲一边往前走一边往两边看,看那些在她们身边移向后去的房屋和树木,也就是所谓的街景,她一边看一边在嘴里嘟囔,这是乌龙镇的街道吗?怎么再也没有过去的影子了?母亲的嘟囔又使柳兰芽想到了她在镇边说过的话,所以也便又一次感到了疑惑,莫非母亲真的找错了地方?也就是说,刚才那个她称作"父亲"的老头子真的是一个与她没有一点关系的人?母亲嘟囔完了又摇着头叹息,变了,全变了,变得我都快要认不出来了。柳兰芽想象不出母亲记忆中的乌龙镇该是什么样子,对于她所说的变化也便没有任何概念,所以也便无法接她的话。在乌龙镇大街上转悠的时候,她觉得自己应该和母亲说上几句话,尤其是在母亲自言自语说个不停的情况下,但她因为没有母亲那些独有的感受,也便不知道该对她说什么。她只是随在母亲身边,并且紧紧拉住她的手,生怕在这个让她感到陌生的地方走丢了而再也找不到回去的路,还有,她看到那些跟在后面的人已经离她们越来越近了。

天快要黑了,她们还没有找到该去的地方,看着那些从头顶上飞过投入树林里的鸟儿们,母亲终于下定决心,领着她朝镇边的一座破庙走去。

其实说是庙,也就是几间快坍塌的老屋子而已。柳兰芽以为庙里会有和尚,但走进去了才发现里面空空荡荡,透过朦胧的光线,她倒是看见里面还有几尊泥胎塑像。母亲也以为庙里会有和尚,所以走进去以后又嘟囔起来,人呢? 和尚们都到哪里去了? 好在庙里还有和尚们留下来的一些东西,比如锅灶和柴草什么的。母亲需要的就是这些东西,在把柳兰芽安顿下来之后,拎起一只瓦罐到河边去打水,打算回来烧些热水喝。河道虽然离寺庙不远,但母亲要把水打来,还是需要一些时间的。于是,在母亲去河边打水的时候,柳兰芽便一个人坐在庙门前的石头上,看着母亲一步步朝河边走去。由于在街上走了过多的路,她累得实在不愿站起来了,就在这个时候,那几个一直跟在她们后面的孩子来到了她身边。其实,跟在她们身后看热闹的还有一些大人,但多半天下来,他们都不好意思继续跟着她们了,便都三三两两地回家去了,只剩下这几个好奇的孩子还尾随着她们。孩子是惧怕大人的,所以当母亲和柳兰芽在一起的时候,他们不敢到她跟前来,现在母亲到鱼人河边打水去了,他们才不失时机地凑到她面前,并有一搭无一搭地和她说起话来。这几个孩子都比她大,但从他们盯着她看的眼神里,柳兰芽觉得他们的胆子其实也并不比自己大,而且穿在身上的衣服十分破旧,样子也颇为邋遢,这使她在不安了一会儿之后,很快便坦然起来,一种优越感鼓荡在身上,让她即使一个人也不惧怕他们的围观。

你是从城市里来的? 他们问她。

是。她点一下头说。

你叫什么? 他们继续问她。

我叫柳兰芽。她告诉他们。

你娘是我们这里的人?

我娘说是。

你们或许搞错了吧? 我们这里怎么会有你们这样的人?

柳兰芽不知道该怎么回答他们的话。开始的时候,她觉得他们说得有道理,因为她也这样想过,但过了一会儿,她便觉得不对劲儿,什么叫“你们这样的人”? 他们的话里肯定不怀好意。

他们没有看出她的不对劲儿,依旧用特有的鄙薄口气问她,你们为什么回来? 不在城市里干了?

听他们的意思,好像都知道她们在城市里干了什么似的,她真想问他们一句,我们在城市里干了什么?但她还没有问出口,就马上意识到母亲在妓院里的那些事儿,脸上不禁热了一下。她实在不好意思再问他们了。意识到这一点时,她鼓荡在身上的优越感一下子消失了。

你还没有告诉我们,他们上下打量着她,用更加不怀好意的口气问她,你爹是谁?

这实在是一个让柳兰芽始料不及的问题,因为在此之前,她真的没有想过这件事,当然她也不知道自己的父亲是谁,似乎从生下来那一天起,她就跟着母亲生活,从来没有看见自己的父亲出现过,有一度,她甚至以为根本就没有父亲那样一个人呢,后来长大些了,她便觉得这是一件不可能的事儿,一个人怎么可能只有母亲而没有父亲呢?没有父亲她又是怎么来到这个世界上的呢?虽然她的年龄不大,但对于男女之间的那些事却并不陌生,知道要想让一个孩子来到这个世界上,就必须由男人和女人来共同完成,缺少了不管哪个人都是不行的。但她偏偏没有往自己身上想,也就是说,在过去的那些日子里,她从来没有想过自己的父亲是谁这个问题,对于那些出入在母亲身边的那些男人也便没有格外留意过。我……不知道……她只能这样回答他们。

哈哈哈。他们得意地笑起来,好像她的回答在他们的意料之中,或者说她已经在不知不觉中掉入他们话语的陷阱中了。我们早就知道你不知道你的爹是谁。他们眼神里的鄙薄表情更加明显了。

柳兰芽见不得他们那种居高临下的表情,心里便有些不快,甚至有些恼怒,但这样一来,她就越发失去了方寸,说起话来也更没有了章法。你们怎么知道我不知道我爹是谁?她不该问地问了这句话。

我们怎么不知道?他们果然顺着她的话往下说,我们不但知道你不知道你的爹是谁,还知道你为什么不知道你的爹是谁。

为什么?柳兰芽更加失控了,竟然也顺着他们的话说,也就是说,她在急快地滑入他们布设的陷阱深处。

因为你的爹太多了,他们回答得更加露骨了,或许那个城市里的男人都是你爹也说不定呢。

这当然是在变相地骂她了。柳兰芽这才醒悟过来,原来他们一上来就是在想方设法地侮辱她,而她还以为他们是来和她聊天,身上还鼓荡着优越感呢。你们这些……她站起来,真想也变相地骂他们几句,但她想不出那种有意味的骂来,心里一急,竟然咧开大嘴哭起来。

其实当那几个孩子在她身边出现时,母亲就已经注意到他们了,她从鱼人河边打完水往回走的路上,也清楚地听到了他们捉弄她的那些话,或许仅仅看到他们幸灾乐祸的样子,她就能判断出他们要下什么蛆虫了,所以柳兰芽刚刚哭起来,母亲就跑到了她身边,把装满水的陶罐往孩子们脚前一丢,两手叉到腰间,凶神恶煞般地叫骂起来,你们是谁家的野孩子?到这里来欺负我的女儿,一个个活腻味了咋的?

母亲的出现尤其是她摆出的泼妇架势,把那几个沉浸在得意情绪里的孩子吓蒙了,在短暂地呆怔了一下后,很快反应过来,掉转过身子,争相往镇子里跑去。

母亲抓起一块石头,朝着他们的影子丢过去。你们这些王八羔子听着,孩子们跑得没有影儿了,母亲还在跳着脚叫骂,别以为老娘不是乌龙镇人,想把我从这里赶走,还轮不到你们这些狗东西。

在此之前,柳兰芽一直讨厌母亲的骂,但此时此刻,却像聆听悦耳的音乐似的听着母亲的骂,觉得实在是解气,实在是痛快,也对母亲实在是佩服,实在是骄傲。是呀,有母亲这样一个不讲道理的人在身边,起码自己是不会受到欺负的。在母亲的叫骂声里,天真正黑下来了,乌龙镇笼罩在一片黏稠的雾气里,柳兰芽似乎感觉到,那些在街道里向她们探头探脑的人都随着母亲的骂声隐去了,世界变得出奇地安静下来。

本来母亲打算烧一锅开水,勉强吃点东西,在破庙里安安静静地度过这个夜晚去,但由于这几个孩子的出现,更由于他们对柳兰芽更是对母亲自己的侮辱,母亲刚刚平静下来的心绪被严重地破坏了,变得比刚回到乌龙镇时更加恶劣,不但不再打算烧水,把陶罐连同打来的水都摔到了地下,而且也不再吃东西,饿着肚子便倒在了柴堆里,闭上眼睛不再动弹。柳兰芽知道她其实已经饿坏了,便把几块饼干举到她嘴边,但被母亲毫不客气地推开了,并且把脸扭到了一边。柳兰芽不敢再让她吃东西,只是伏在她身前,心神不安地看着她。母亲尽管闭着眼,却有大颗大颗的泪珠流出来,从脸颊上掉下去,落在地下的阴影里,发出啪嗒一声响。她真的听到了母亲的泪水落在地下发出的声音,而且极其响亮,像打鼓一般敲击着她的耳膜。她从来没有见过母亲这样伤心,知道她对乌龙镇,这个曾经寄托过莫大希望的地方,她自己的老家,充满了真正的绝望。柳兰芽隐约地感觉到,度过这个夜晚以后,她们大概就要离开这个地方了。

或许母亲真的打定了第二天离开乌龙镇的主意,但这天夜里发生的一件事,还是让她没有等到天亮就开始行动起来。事情是在半夜时分发生的,这时柳兰芽正沉浸在睡梦中,突然被一阵叫骂声惊醒了,尽管是在睡梦中,但她却听出来那是母亲的骂声,不禁感到纳闷,深更半夜母亲怎么又骂起来了? 莫非那几个孩子又来找她的麻烦了? 她迷迷糊糊地睁开眼,突然被面前的景象惊呆了,脑子一下子清醒过来。借着朦胧的月光,她看见母亲正在和几个人影厮打在一起,从那几个人的喘息声里,她听出来他们都是年轻的男人。你们这些见不得世面的王八蛋,母亲一边和那几个人搏斗一边叫骂,竟然趁着黑夜来打老娘的主意……柳兰芽很快便明白是怎么回事了,原来这几个男人在母亲睡觉的时候偷偷摸进来,企图像那些嫖客一样占母亲的便宜。想到母亲对那些嫖客的态度,她便感到纳闷得不行,按说母亲是喜欢嫖客来找她的,怎么现在嫖客上门来了,她却不顾一切地反抗起来? 她想这是不是母亲在和他们调情,目的还是进一步诱惑他们对她产生更大的兴趣? 但很快她便明白,根本不是那么回事,母亲不仅叫骂得厉害,而且反抗得更加厉害。说起来,母亲一个女人怎么可能是那几个年轻男人的对手,在搏斗中肯定是要吃亏的,也就是说,母亲尽管拼命反抗,但最后的结果一定会被那几个男人制服,更明确一些说,她要被那几个男人强暴的结局是难以避免的了。但真正的事实却是,才搏斗了不大会儿,那几个男人就先后惨叫着逃走了,剩下一个跑得慢的被母亲按在了地下。求求你了,这个男人哀哀地叫道,手下留情吧,我身上已经被你刺伤了。听到他求饶的声音,母亲才把举在空中的一只手放下来。柳兰芽这才注意到,母亲的手里有一道亮光在闪烁,她愣了一下,原来母亲握在手里的是一把剪刀。她想不明白,母亲手里什么时候有了一把剪刀?

你们这些狗男人,母亲鄙夷地对那个人说,想占老娘的便宜就明着来,为什么深更半夜来算计我?

不是我们自己要来的,男人辩解说,是他们、他们非要让我们来……

是谁让你们来的? 母亲追问。

是……你的家人……男人嗫嚅着嘴唇说。

我的家人? 母亲惊呆了。

是你弟弟找到了我们,男人坦白说,让我们用这种办法把你们赶走……

母亲瘫倒在了地下,那把剪刀也脱出手去。趁着这个机会,男人爬起来跑走了。母亲没有去追赶他,依旧坐在地下,面对着黑夜发呆。男人说的这件事太出乎她意料了,也太伤害到她的情感了。母亲似乎不再对她的家人怀有任何留恋,决定天不亮就离开这个让她悲痛的地方。她爬起来,拉着柳兰芽的手走出破庙,面对着乌龙镇黑魆魆的影子,使劲啐了口唾沫。狗日的乌龙镇。母亲恶狠狠地骂了句粗话。柳兰芽不知道她是骂乌龙镇,还是骂乌龙镇的那些人,抑或是骂她自己的家人。骂完这句话,母亲便背过身去,迎着正在露出鱼肚白的东方天际,义无反顾地朝前走去。柳兰芽没有问母亲朝哪里走,但她似乎知道,她们是在朝着来路上走,也就是说,她们要回到才离开不久的那个城市里去了,因为除了那个城市之外,她想不出她们还有什么好去的地方。

与来的时候不同,回去的路上,她们没有去租马车,来到县城后也没有去买车票,而是依靠自己的两只脚板,踏上了通往省城的公路。也许母亲手里没有那么多钱了,也许她有钱而舍不得花,反正当开往省城的汽车经过她们身边时,母亲连看它一眼的动作都没有做出。通往省城的路途太漫长了,后来柳兰芽才知道,足有五百多里地呢,就凭她们的两只脚,而且母亲还是小脚,是不可能走完整个路程的。其实母亲也没有打算这样走下去,当她们都感觉到累了的时候,她就站到公路中间,不管碰到什么车辆,比如货车、马车之类,她都招手让它们停下,车辆不停她就不离开,向驾车的人求情,希望能让她们搭上一段路程。母亲有的是办法,具体说是对那些驾车的男人有办法,往往只是三言两语,外加一个含义莫名的眼神,问题就解决了,经过驾车人的许可,她们爬上车去,让车辆拉着去走下面的路。

就这样走走停停,停停走走,七天之后,她们终于又回到了曾经生活过的城市里。柳兰芽不知道,没有了妓院,母亲又不打算进工厂做工,她们到底该往哪里去。显然,这个问题是用不到她操心的,也就是说,在路上的七天时间里,母亲已经把这个问题想清楚了,更明确一些说是找到去处了,所以一进城,母亲便领着她直接朝一户人家走去。柳兰芽不知道母亲领她去的这户人家是干什么的,都有什么人,母亲与这家人有什么关系,为什么要到这里来,因为在此之前,她从来没有到过这个地方,对于这家的主人老鲁,一个像他的名字一样粗鲁的男人,她好像没有任何印象。

是的，这户人家的户主叫老鲁。其实，老鲁是这户人家的唯一成员，也就是说，这户人家里只有老鲁一个人，更明确一些说，老鲁是个光棍，而且是个年纪不算太小的光棍，照柳兰芽看来，或许已经快要五十岁了。这是个长相猥琐，衣着邋遢的人，看上去就像个瘪三。她真是想不明白，母亲怎么会到这个人的家里来，而且要跟他一起住下去，因为她一照老鲁的面，就一屁股坐到地下，直截了当地对他说，老鲁，从今天起，我就是你老婆了。看她说得如此理直气壮，好像她来到老鲁的家寻找栖身之处，不是她有求于老鲁，而是老鲁有求于她，换句话说，她的到来是对老鲁的恩赐，是老鲁求之不得的一件事，在他们新结成的关系中，真正吃亏的是她，而老鲁却占尽了便宜。由此柳兰芽便看出来，母亲和老鲁之间一定有非同寻常的关系，不光早就熟悉了，而且可能发生过许多不为她所知的事情。根据母亲的职业特点，她一下子便判断出来，这个老鲁肯定是母亲的一个嫖客，也就是说，当母亲在妓院里的时候，老鲁是她的客人，除此之外，她想象不出他们之间会有另外的什么关系，于是她便恍然大悟，怪不得母亲和他说话如此直接，两个早就来往的老情人还用得着拐弯子吗？只是让她不能确定的是，在母亲提出了她的要求之后，老鲁会答应吗？也就是说，他会同意母亲做他的老婆，并由此收留她这个女儿吗？

此时的老鲁正坐在门台石上，怀里抱着一件棉衣穿针引线，看到母亲领着柳兰芽进来，尤其是听到母亲说过的话，脸上一副迷惑又惊讶的表情。你、你们怎么到我家来了？他结结巴巴地说。

窑子被他们关闭了，母亲颓唐地说，我没有地方好去了，所以……说到这里，母亲似乎有些不好意思起来。

原来是这样？老鲁点点头，又发了一会儿呆，突然瞪大鼓着肿泡的眼球，你刚才说什么来着？他似乎这才注意到母亲说过的话。

我说来给你当老婆。母亲揉搓着胀疼的脚板说。

你说的是真的？老鲁一下子站起来，抱在怀里的棉衣掉到了地下。

我都到你家里来了，母亲白他一眼说，还对你说胡话不成？

老鲁举起手，在脑门上拍了一下，随即便跑到院子里，跑到母亲身边。你是说，他还要进一步核实她的话，从今以后，我和你睡觉你就不收我的钱了？

你个死鬼，母亲推了他一下说，往后这天下的好事都让你一个人占了。

　　老鲁激动起来,弯下腰,就把母亲扛到了肩膀上。柳兰芽没想到,看起来并不强壮的老鲁竟然还有那么大的力气。

　　你干什么老鲁?母亲似乎是明知故问。

　　你都送上门来了,老鲁喘吁吁地说,我还等什么劲儿?说着,就扛着母亲朝屋门里走。

　　看你猴急的,母亲拍打着他的肩膀说,好像八辈子没和女人睡过觉似的。

　　今天这是怎么了?老鲁神经质地叨念着,是不是日头从西边出来了?在跨上了台阶时,他脚下一绊,不仅自己摔倒在地下,也把母亲甩了出去。

　　看着他们狼狈不堪的样子,柳兰芽禁不住哈哈大笑起来。

　　母亲好像这才想到了她,脸上浮出了一丝尴尬的神情。闺女,到一边玩去吧,我和你这位叔叔到屋里去说说话……

　　柳兰芽撇一下嘴,他们明明是到屋里去干男女之间的事儿,母亲却说是"说说话",真是好笑,莫非还以为她不懂这个吗?两个人急不可待地进屋"说话"去了,甚至都忘了把门板关上。柳兰芽当然不想听他们在屋里弄出的那些"说话"声,便朝着门口啐口唾沫,掉转身,快步朝院门外跑去。尽管她身上非常疲惫,但还是尽量拖着沉重的两腿往远处跑,就像在躲避什么可怕的瘟疫似的。

　　从这天开始,柳兰芽就正式成了这个院落里的人,成了这个院落里的主人老鲁的女儿,也就是说,她终于有了自己的父亲。真有意思,在乌龙镇的时候,那几个孩子问她的爹是谁,她不知道该怎么回答,因为那时她还没有自己的父亲,但几天过后,她就有了一个叫老鲁的爹,其速度之快,就像电影上的情景似的,镜头一转人物便长大了或者死亡了,她则是回到城里以后,马上就有了一个属于自己的父亲。但在很长一段时间内,柳兰芽却不大愿意承认老鲁是自己的父亲,也就是说,她几乎没有叫过老鲁一声"爸爸",因为从内心深处讲,她有些看不起老鲁,觉得这样一个人有些不配做她的父亲,虽然她也不知道她的父亲到底应该是个什么样子,当她和别人说起老鲁时,她总是以"那个人"来指代,从来不说"我爸爸"。在她眼里,老鲁不仅长得难看,而且是个流氓,一天到晚都琢磨男女之间的事儿,一回到家来就把母亲往床上按。其实老鲁并没有多少力气,又加之在搬运社当搬运工,干的是体力活,消耗非常大,每次回家来都大喘粗气,尽管这样,他却依旧打母亲的主意,每天不和她睡觉就像损失了什么东西似的。母亲倒还是挺理解老鲁的,知道这一切都与他长期当光棍的历史有关,也就是说,他的饥渴期并没有因为母亲的到来而马上结束,要想把这个习惯改掉,恐怕还要过一段时间才行。但柳兰芽却盼望老鲁尽快歇手,一是为她自己考虑,为了躲避他们这种见不得人的丑事儿,她几乎每天都到大街上逛荡,实在有些不胜其烦;二是也的确是为老鲁着想,如果他这样一如既往地下去,早晚有一天会被累垮的,到时候不但扛不起大包来,恐怕连床也上不去了。没过多久,她的预感就应验了,有一天,老鲁没有像往常那样上班去,在母亲的吆喝声里,他勉强从床上爬起来,犹犹豫豫地对母亲说,我、我已经辞职了。听他这样说,母亲竟然还明知故问,干得好好的为什么辞职? 老鲁羞愧交加地说,我、我实在扛不动了。对他这样的说辞,母亲也并不感到多么意外,却依旧不甘心地问他,你辞了职,我们的日子可怎么往下过? 我还指着你的工资买米买菜呢。老鲁把头低到了裆里,不知道该怎么回答母亲的话。母亲有些发慌,在责骂了老鲁一通后,突然抱住头哭起来。望着他们失魂落魄的样子,柳兰芽知道他们用男女之事建立起来的家庭生活终于快要走到头了。

按照老鲁的打算,辞了职后就专心在家里伺候母亲,说句明白话,他的所谓伺候也就是和母亲睡觉。说起来,他的打算实在是不错,也符合一般的逻辑,也即要想把同样消耗力气的男女之事做下去,就必须把扛大包的力气节省下来,所以他才选择了辞职。但让老鲁始料不及的是,一旦失掉了工作,他在家庭里的地位马上发生了变化,先前的主人似乎成了一个心神不定的栖居者,而那个外来者却变成了这个家庭里的真正主人,每天都坐在椅子里吆五喝六,"老鲁你去给我拿什么""老鲁你快到那里去",一天到晚,老鲁耳朵里都是这样的声音,很快便有些晕头转向了。在这样的处境下,可怜的老鲁哪里还有心思去睡觉呢? 老鲁觉得很奇怪,自从辞职以后,自己不仅没有恢复力气,反而愈加打不起精神了,一连一个星期都没有挨到女人的身子,身上依旧疲乏得要命。他当然不知道,这是他在前半年里透支了身体能量的缘故,就像柳兰芽预感到的那样,吃饱了的老鲁需要很长一段时间来消化肚子里的积蓄,在此之前,他是不可能再把他想象当中的男女之事做下去了。

与老鲁不同,母亲却是一个没有饥饱的人,不要忘了,她可是一个饕餮综合征患者,常年的卖淫生涯开发了她这种常人无法比拟的潜能,自从来到老鲁家以后,虽然面对的只是老鲁一个男人,但由于老鲁不顾一切地忙碌,暂时没有让她感到多么饥饿,可现在老鲁休眠了,她却还没有吃饱呢,肚子里那条虫子正在发出嘶叫声,时间一长母亲便受不住了,于是,接下来的出轨对她而言便是一个自然而然的选择了,当然,对于一个曾经做过妓女的女人来说,哪里还有什么"出轨"可言?抛弃老鲁而勾搭其他的男人,对母亲来说几乎是手到擒来的事儿,没有一丝一毫的难度。有一天,母亲仅仅到院门口站了一下,很快就把一个男人领回了家来。母亲在和这些男人鬼混的时候,一般是在老鲁外出时进行,这会为她减少许多麻烦,但有时却顾不了那么多,竟然在老鲁在家的情况下把男人领回来,像支使她那样对老鲁说,你出去一下,我和这位大哥说说话。不要说老鲁这个和母亲"说"过多次"话"的人知道这句话的意思是什么,就是柳兰芽这个旁观者也觉得母亲这样对待老鲁未免有些过分。但让她想不到的是,老鲁竟然没有如她想象的那样火冒三丈,更没有如她期待的那样对母亲施以拳脚,而是仅仅翻了翻白眼,顶多在脑袋上使劲拍一下,便急匆匆地走出去。当然,有时老鲁也会赖在屋里不出去,虽然嘴里不说什么,但他一动不动的姿态无疑在告诉母亲,这样做未免欺人太甚了吧?见他这样,母亲便板起脸,毫不客气地向他指出,有本事把下一星期的米菜钱交到我手里,老娘立刻跟你当淑女去。老鲁愣了愣,知道她的话不是说着玩的,更知道自己不能兑现她的话,只好在脑袋上再使劲拍一下,顶多再用力跺一下脚,以更加急快的动作溜出去。

母亲如此放肆的淫荡,很快便让她在这一带出了名,几乎整条街道上的人都知道,老鲁家出了一个浪荡的女人,而且他们很快发现,这个浪荡的女人曾经在妓院里当过妓女。原来是这样,人们恍然大悟地说,怪不得她会如此地不要脸面。先前,老鲁尽管在街上没有威信,但还不至于受到人们的奚落,但现在不同了,几乎一照他的面,街坊们就纷纷把手指头戳到他的鼻梁上,老鲁呀老鲁,你什么样的日子过不了,怎么会找上那样一个浪荡的女人?你一个人甘心当王八倒也算了,搞得我们这个街上的人都要把脸丢到地下了。在人们的煽动下,本来对母亲心怀不满的老鲁终于忍受不住了,从外面回到家里后,决定要对母亲来一次见血见肉的总清算。此时,屋门又从里面关上了,也就是说,他的老婆又在他的床上和某个男人"说话"

呢。门关上了也挡不住他到屋里去,这里是他的家,还有比他更熟悉这个家情况的吗?老鲁斜起肩膀,顶住门板,只推撞了三两下,门板就从门框上脱落了,老鲁抄起一根棍子,迈着大步走进屋去。没过十秒钟的时间,屋里就传出了鬼哭狼嚎的叫声,随即一个光着身子的男人像一只被追赶的兔子似的逃出屋来,在院子里转了一个圈,便直朝大街上跑去。男人的逃走并没有让屋里安静下来,来看热闹的人听见,随着一阵砰砰的击打声,一个女人痛苦的哀嚎声也急快地传出来。听着那如鞭子一般在院子里的空气中抽打的尖利声音,人们长长地呼出一口气,就像炎热的夏日里吃了一块冰激凌那样觉得万般的痛快。

对于母亲和老鲁这两个没脸没皮的人来说,如此的闹腾也许根本算不了什么,事情过去了该吃吃,该喝喝,就算人们把唾沫吐到他们的碗里,也阻止不了他们一如既往吃喝下去的欲望。但柳兰芽就不同了,那时她已经上学,正在接受新中国的教育,知道新社会是容不得这些乱七八糟的东西的,也可以换一句话说,她已经知道了廉耻,知道了该怎么去当一个社会主义新人。但由于父母尤其是母亲的缘故,从她走进校门的那天起,她就在受到不同程度的歧视,经常听到同学们在远处对她指指点点,而且不止一次地听到他们的窃窃私语。她的妈妈是个妓女。他们说,有时甚至不说她的名字,而是说那个妓女的女儿。是的,"那个妓女的女儿"几乎就成了柳兰芽的名字。他们那个班里一共三十个人,但没有一个人愿意和她交往,这倒也没什么,没人和她交往她倒落得清静,上学或者放学的时候,她总是一个人行走,从来不往两边看,所以也就走得特别快。她走这样快并不是急于回家去,而是不想留在同学们中间再被人指点和议论,更有甚者,一些看她不顺眼的人还会在这个时候走过来,随便找一个理由和她过不去,如果那个欺负她的人是个女孩子她还能对付,但如果是个身高马大的男孩子她就只能任他欺负了,因为无论如何她都打不过他。这一天,她正在埋头急急地往前赶路,一个成心找她碴的男孩子突然跳出来,张开双臂挡在了她面前。哎,他用挑衅的口气对她说,既然你是妓女的女儿,为什么你不也当妓女呢?这几乎就是公开骂人了,柳兰芽张了张嘴,也想朝他回骂一句,但又知道在这件事上她根本沾不了光,还是不理睬他为好,于是,她只是瞪了他一眼,便越过他的身子,想更快地走掉。但那个男孩子不想就这么拉倒,把两臂张得更大了。回答我的话,他蛮横地对她说,是不是你也当一回妓女？很快，他们周围就围满了看热闹的学生，一个个眼睛里都闪烁着幸灾乐祸的神情。对对，有的还帮着那个男孩子说，她不回答就不让她走。柳兰芽知道她甩不脱他们了，也不知道该怎么办，心里一急，便捂住两眼呜呜地哭起来。她以为事情变得不可收拾了，没有想到正在这时，却听见一个声音说，让她走开。尽管这个声音不大，但柳兰芽却听得非常清楚，也就是说，那个声音说得非常有力。她把手从眼前拿开，看见另一个男孩子已经出现在那个男孩子面前，正在对他说"让她走开"这件事。她认出来，这个突然跳出来为自己说话的男孩子是他们那条街上的，也是他们那个班里的，名字叫童小星。

你为什么多管闲事？先前那个男孩子说。

不许欺负女同学，童小星回答他说，老师没有教过你们吗？

可她是妓女的女儿。男孩子指了一下她说。

不管她妈是什么，童小星说，可她是我们的同学，既然是同学，我们就应该对她一视同仁。

那孩子还要说什么，想了很久，却没有再找出合适的话。但他不想就这样善罢甘休，便想以武力解决这件事，挥起拳头，对着童小星晃了两下，你还是不要管这种闲事为好。

没想到童小星并不怕他的拳头，没有犹豫，便也把自己的拳头举起来，你想打架，那我们就打一回试试吧。

男孩子有些意外，也自觉得理亏，面对着他越举越高的拳头，还是低下头，并把自己的拳头收了回去。

柳兰芽在一边看着他们的较量，心里既觉得惊讶，又感到欣喜，终于有人出来为她说话了，但让她想不到的是，这个在大庭广众面前帮助她的人居然是童小星。其实她早就认识这个人，他们住在一条街上，又在一个班里学习，但两人却从来没有说过一句话，由于她父母的关系，她从来不主动和别人说话，也正是由于她父母的关系，别人也懒得搭理她，童小星是不是对她也有成见她不知道，但他们在平时的交往过程中没有说过话却是事实，当两人交错而过时，顶多只是看对方一眼，从来没有语言上的交流，所以当他面对着那么多敌手站出来为她说话时，实在是让柳兰芽大吃了一惊。就从这一天开始，她便更加地注意起童小星来。她似乎这才发现，童小星不但学习好，在班里的成绩总是名列前茅，而且长相出众，仅仅用眉清目秀来形容还不够准确，神情中好像还有一种说不清的东西弥漫出来，许多年后她才知道那种东西叫"忧郁"，就是这种被人称为忧郁的东西在若隐若现地吸引着她，也就是说，早在她见到童小星的第一眼起，她就受到了他的吸引，只是她不敢正视不愿承认罢了，当他义无反顾地站出来帮助她的时候，她越发明确地感觉到了这种难以抵挡的诱惑。按照一般人的逻辑顺序，接下来他们之间恐怕就要发生一些更加动人的事情了，当然那是男人和女人之间发生的事情。但真正的事实却是，尽管他们对彼此充满了好感和关注，却在以后的日子里依旧如先前那样不说一句话，仅有的一些交流也就是更专注地互相看一眼而已。这样若即若离的日子一直持续了漫长的许多年时间，以至于当两人真正敞开心扉向对方诉说的时候，他们发现彼此其实已经没有在一起的机会了……

由于他们真正的故事还在遥远的后面，现在还是放下童小星的情况不表，继续说柳兰芽父母的那些事吧。其实，母亲的放荡生活并没有持续多长时间，在挨过了老鲁的那顿暴打后没多久，就发现得上了脏病，无法再和别的男人鬼混了。奇怪的是，柳兰芽的家庭并没有因为母亲的中止放荡而过上平静的生活，反而比过去更加充满了不安定的气氛，因为这个时候，她的养父也就是老鲁经过一段时间的休歇后，已经再次恢复了作为一个正常男人的生活状态，也就是说，如今他又可以频繁地与女人睡觉了。但不幸的是，此时此刻她的母亲却不能为他提供这种需要了。这样说其实也不准确，尽管得上了性病，而且越来越严重，母亲却并没有失去这方面的需求，别忘了她可是一个饕餮综合征患者，由于长时间过不上性生活，她的性情变得稀奇古怪，就像处于发情期的动物一样烦躁不安。母亲有心和老鲁睡上一回，但老鲁却不敢冒这个险，每次一看到她溃烂得像一朵艳丽花朵似的下半身，都惊骇得倒吸一口冷气，就算他有死的勇气，也不敢贸然朝她身前凑了。你这个没用的东西，被欲望折腾得无处发泄的老鲁不禁恼羞成怒，留着你在我家里才真是个祸害。听到老鲁这样说，不仅是母亲，就连柳兰芽也觉得接下来他或许要驱赶她们出家门了。

但老鲁并没有真的这样做，看起来有些出乎人们的意料，不过仔细想来却也符合他的行为逻辑和这个奇怪家庭的实际情况。不管怎么说，老鲁在结束他的光棍生涯后身边毕竟有了两个女人，除了母亲之外，柳兰芽当然也是一个女人，其中一个虽然得上了性病，可经过一段时间的治疗后，谁又能说她不能好起来呢？所以他暂时还不想完全放弃她，还对她抱着最后一线希望；而其中的另一个也就是柳兰芽呢？却正在健康地成长，就像一朵含苞待放的花儿一样，已经透露出了成为艳丽风景的一些气息，在这样的关键时刻，老鲁怎么能轻易放过这朵花儿，而不把它精心养在自己的瓶子里呢？正是抱着这样美好的念想，老鲁不但没有驱赶柳兰芽走的打算，反而变着花样地讨好她。到这里，事情似乎已经十分明朗了，没错，被男女之事煎熬的老鲁已经昏头涨脑，开始把主意打到他的女儿头上去了，尽管柳兰芽不是他的亲生女儿，他也从来没有这样认为过，但这个女孩毕竟才十多岁，还没有真正长大成人，老鲁一天到晚把一双贼溜溜的眼睛盯在她身上，不能不说他是个没有多少人性的败类，也不能不说柳兰芽所面对的处境是多么危险了。

　　母亲也早就看出了这一点，虽然她并不看重女人的贞操，却不想让女儿就这样随便葬送到老鲁手里，也许在她看来，柳兰芽的贞操是她未来可资利用的一笔宝贵财富也说不定呢，所以在老鲁频繁打她主意的那些日子里，母亲坚定地站在女儿一边，并为她出谋划策，设想出一些对付老鲁侵犯的办法，当然，母亲所能设想出来的办法也就是不让她脱衣服。虽然母亲的这个办法看似简单，看似笨拙，却不能不承认的确行之有效，试想一下，当一个女人穿着衣服的时候，男人纵使再有性侵她的意图也不可能办到，如果他想实现自己的愿望，就必须先把女人的衣服剥下来，也就是说，柳兰芽最重要的任务就是看好自己的衣服，不让它们从自己身上脱下来。于是，她便遵从母亲的教导，一天到晚穿着衣服，白天是这样，特别是到了夜里更是如此。白天自然好过多了，因为不用防范老鲁，她也要穿上衣服去上学，但到了夜里，到了该睡觉的时候，她如果再像白日那样睁着眼睛恐怕就做不到了，她要睡觉，但只要睡觉就会疏于防范，就会给老鲁留下可乘之机，如此一来，在夜里束紧自己身上的衣服才是她重点要做的一项工作。于是，她不但不能像平时那样把衣服脱下来，反而在衣服外面又穿上一层衣服，在腰带外面又扎上一条腰带，形成一个衣服裹衣服腰带缠腰带的奇异景象。这一招真的有效，尽管老鲁被欲望折腾得像热锅上的蚂蚁，尽管他也在半夜里试图来袭扰她，但每次都无法把他的动作做完，柳兰芽就突然醒来了，醒来了就会叫喊，母亲也便舞着剪刀来帮助她。在她的极力反抗和母亲的有力帮助下，老鲁只能知难而退，摇晃着疲惫的身躯退到一边去。

柳兰芽成功地保护了自己的贞操，但也并不是一点问题没有留下，她这样成年累月地穿着衣服，无论如何都不是一件正常的事儿，其实没过多长时间，她便发现身上长满了虮子，瘙痒使她难以忍受，为了不给老鲁留下任何可乘的机会，她只能隔着衣服抓挠，却不敢脱下来捕捉，这使她身上的虮子越来越多，瘙痒越来越厉害。她痛苦难耐，不知道这样地狱般的日子什么时候是个头。

柳兰芽以为自己会一如既往地把这种生活过下去，但让她想不到的是，这种生活却在接下来的一个日子里突然中断了，速度之快令她有一种猝不及防的感觉，每次想来都觉得那应该是个不太真实的梦境。事情真的是从她的一个梦境开始的，那天夜里，她做了一个酣畅淋漓的梦，在那个梦里，裹在她身上的衣服透出了腐烂的迹象，她甚至闻到了腐烂的气息，轻轻一抖身子，它们就像树叶一般乱纷纷地脱落了，随着衣服碎片的脱落，她光洁的身子全部裸露出来，就像一只飞蛾从困扰它的茧子里飞出来，带着一身艳丽的光彩和轻盈的感觉腾跃到高空里。她知道自己获得了渴望已久的解放。正当她要准备庆贺的时候，忽然听见一个声音在说，太好了，我终于等到这一天了。她觉得这应该是自己要说的话，但奇怪的是，那个声音的发出者却是一个男人。她掉回头来往下看，天哪，她竟看到了老鲁。老鲁的脸上浮荡着极度开怀的笑容，在又一次重复了那句话之后，晃摆着一只毛茸茸的黑手，直朝她身子上抓来。她大叫一声，折起身子，以最快的速度逃出了梦境。她以为逃开了老鲁的恶手，但醒来了才知道，事情根本不是这样，因为她第一眼看见的就是老鲁，这个不论在梦境里还是在现实中都在打她主意的男人。她看见老鲁伏在她身边，把两只黑手都举起来，正在撕扯她身上的衣服。好在她身上的衣服并没有脱落，但根据他手上力量的程度判断，也许过不了多久，那些衣服就会真的变成碎片，也就是说，到那时她就真的要沦为老鲁手下的一味美食了。妈，柳兰芽一边挣扎一边大叫，快来帮我。但她一连喊了好几声，母亲也没有发出一点回应。她感到奇怪，母亲怎么了？如果是在平时，她早就扑过来，挥舞着剪刀来帮她驱赶该死的老鲁了。老鲁似乎知道她的心思，稍稍放缓了一下手上的动作，得意扬扬地笑着说，你娘再也不能来帮你了，知道这是为什么吗？

听了他的话，柳兰芽呆怔了一下，随即便意识到，母亲出事了，莫非母亲真的出事了？

没错，老鲁朝一边努一下嘴说，我已经把那个一心坏我事的臭婊子解决了。

什么？柳兰芽大吃了一惊，你把我妈……她掉过头，借着窗棂间射进来的一点点月光，看见母亲直直地躺在那边的床上，一股暗红的液体正从床沿上流下来，落到地下，在黑暗处像蛇一般默默地游动。妈，她大叫一声，折起身子，直朝母亲床前扑去。

哪里去？老鲁更为用力地将她按在床上，一边再次撕扯她的衣服，一边狞笑着说，今儿你再也逃不掉了，就好好等着我来让你享受吧。

坏蛋，流氓，柳兰芽拼命地挣扎，一边抽他的耳光一边破口大骂，你个浑蛋……

老子就是死了，老鲁丧心病狂地说，我也要把你吃到肚子里去。

柳兰芽感到彻底绝望了。完了。她在心里哀叫一声，手脚忽然停止了舞动，身子也一下子瘫软下来。她似乎知道逃不脱这个恶鬼的魔掌，打算要接受这残酷悲哀的现实了。

但让柳兰芽想不到的是，就在她即将崩溃而老鲁大获成功的关键时刻，一件出乎她意料的事发生了。她先是听见了门板倒地的声音，随即便看见几个人影像疾快的风一般涌进来。她还没有明白是怎么回事，就看见伏在她身上的老鲁被一下子掀到一边去，像一条被打断了脊梁的野狗一样倒在地下。

直到过去好长一段时间，柳兰芽恐惧的心绪才慢慢平复下来，知道自己已经获救了。老鲁被那几个突然到来的公安人员押走了，屋内只剩下了她一个人，当然还有母亲的尸体。又过了一会儿，当看见屋门口还站着一个人时，柳兰芽才准确地明白，正是这个人带来了那些公安人员，使她脱离了被毁灭的危险境地。

柳兰芽当然认出了他来。没错，这个如天使一般带人来解救她的人就是童小星。

二

柳兰芽自从在五岁那年来过一次例假外，其后漫长的二十多年间，她都没有再来过第二次。这实在有些出乎她的意料，她原本以为，像自己这样过早接受了男女关系熏陶的人，走向堕落怕是她难以逃避的下场和宿命。但让她想不到的是，老天，不，正确的说法应该是，这个与过去决然不同的社会却让她走上了另外一条道路，一条与母亲的命运截然相反的道路，它不但成功地阻止了她的堕落和毁灭，反而让她在远离性别一心一意追求贞洁的道路上愈走愈远。

这样说并不意味着柳兰芽就不再是一个女人了，如果仅从外表上看，她是一个标准的女人这一点似乎是毫无异议的，正常女人所具有的体征和韵味她一样也不缺少，胸部虽然不说过分发达，但并不比其他女人平坦多少，臀部也完全可以用丰满二字来形容，还有声音，她的声音细弱而又尖利，唱歌时连一般女人达不到的高音区都能自如进出，至于说到那个最为根本的问题也就是例假的拒绝到来，如果她不自己说出来谁又会看得出来呢？再说，她也丝毫没有把这一"反常"现象当回事儿，她甚至觉得这样最好不过了，是上天或者说这个社会对她的眷顾和爱恋，即使不说她会由此而远离丑恶的男女之事，单说减少了在生活中不必要的麻烦这一点，她也要衷心感谢它的不肯光顾。你是一个淑女，她在心里告诉自己，你要做一个典型的贞洁女，或者干脆当一个标准的铁姑娘。没错，贞洁女和铁姑娘，就是那个年代里她全心全意要做成的一件事情，是她在这个世界上的最大心愿。当然，这样说也并不意味着她对男人不再感兴趣了，不，当一个身强力壮的男人从面前走过去时，她也会凭着本能悄悄地打量他一眼。许多个夜里，她会在睡梦中看到某个男人，让她感到不可思议的是，她会在那里与那个男人谈一次风花雪月的恋爱。她看见那个男人从远方的地平线上走来，像电影中的英雄人物那样，迈着颇为矫健的步伐，风度翩翩地来到了她面前。而她则像一个天真烂漫的少女，怀着激动而崇敬的心情，忐忑不安地迎接着他的到来。男人在离她两尺远的地方停住脚步，朝她慢慢伸出了他的手臂。她尽管是那么羞怯，但也鼓着勇气抬起自己的手，与他伸过来的手指轻轻触碰一下……每到这个时候，她就会醒来。她知道这是一个关键点，或者说他们的恋爱故事发展到这个地方就只能要结束了，就像电影一样已经放映完毕，除了收拾放映机并卸下银幕以外，她想象不出往下还能干些什么。有一次，她的意识在那个与她谈恋爱的男人身上稍稍停留了一下，竟然获得了一个惊人的发现，老天，他不正是自己的同事童小星吗？这个发现着实让她大吃了一惊。

柳兰芽觉得自己梦到童小星也不是偶然的一件事，因为在此之前，还没有一个男人像童小星那样对她的生活具有那么大的影响和意义,他除了在同学们欺负她的时候为她打抱不平外,还在该死的老鲁即将成功强暴她的关键时刻报警,让及时赶来的警察把她从老鲁的魔爪下解救出来。为此,老鲁以杀害她母亲和企图强奸她的罪名被捕入狱,虽然念及他的人格不够健全而免于死刑,却被判了二十年刑期,以老鲁风烛残年的身体状况,她想他怕是没有再到狱外来伤害她的机会了。但她还是没有想到,仅仅两年过去,她就接到了老鲁死在监狱里的通知。虽然从某种程度上说老鲁也算是养育了她,可她却更看重他对自己造成的伤害,尤其不想让他对她今后的生活继续施加影响,所以她没有去给老鲁收尸,当警察捧着老鲁的骨灰盒找上门来的时候,她也没有承认她和那个盒子里的人有什么关系,更没有同意他们把那个该死的盒子留在院子里。警察无可奈何,只好把盒子交到他们所在的街道办事处,由他们送到一个墓地里草草埋葬了了事。这件事发生以后,她也不想再继续留在老鲁的家里,好像还继续沾着那个强奸犯的光似的,好在不久她参加工作了,于是便和众多的青年工人一起住到了工厂里。

还是继续来说童小星。柳兰芽和童小星一起读到初中毕业,她便不再上学了,他则继续升上了高中。虽然他们还在一条街上住着,但从此后却很少见面了。有一度,她甚至以为自己和童小星的关系就到此为止了,两人会各走各的路,以后是否还有碰面的机会都不好说了呢。虽然童小星曾经帮助了她,甚至在很大程度上说拯救了她,按说她应该好好感谢他一下才对,即使不能像那些司空见惯的人情世故中所要求的那样,送一件能够表情达意的礼物,比如笔记本之类,哪怕仅仅是真心实意地说一声感谢的话,也算是对他的关怀和友情做一下回报。但事实上,这样的念头也只是在她脑子里闪烁了一下,就像一道闪电划过天际,便倏然消失了,最终的结果便是,她到工厂里去上班,而他在高中里继续读书,他们各走各的路,日子一久,这个不知什么时候闯入她生活中来的男孩似乎已经变得与她无关了,就连他曾经对她的帮助也像一道旧风景一样过时淡远了。但让柳兰芽始料未及的是,三年过后的某一天,她会在自己所在的工厂里看见童小星的影子。刚开始她以为看错了人,因为这个时候的童小星已经不太是她记忆中的那个人了,他变得那么高大,嘴唇边还有了毛茸茸的胡须,虽然身子还依旧显得单薄,但神情里却透出了一个成熟男子汉的气概。他是童小星吗？她在心里问自己。因为拿不定主意，她便扭过头多看了他两眼。大概童小星也吃不准这个朝他打量的女人是不是他过去的同学，眼皮急急地眨巴了两下，就在她快要从身边走过去时，他果断地跑过来，朝她打招呼说，你是柳兰芽吧？

柳兰芽知道他果然是童小星了。她点点头，没有说什么，样子看起来有些矜持。

我差点认不出来你了？童小星摸着后脑勺说。

其实这句话也是柳兰芽想对他说的。你，她斟酌了一下字句说，怎么在这里？

我来上班……童小星忽然朝她笑了一下，告诉你吧，我也到这个厂子来工作了。

是吗？柳兰芽有些发愣，原来三年以后他们又要做同事了？她想朝他表示点什么，却又不知该说什么。

欢迎我吗？童小星显然想和她开句玩笑，伸出手，好像有和她握一下的意思。

柳兰芽当然不会握他的手。她注意到，当他们站在一起面对面说话的时候，远处正有几个人朝他们打量。

见她无动于衷的样子，童小星把他那只手放到了脖子里，装作搔痒似的抓挠了几下。

两人都变得有些局促起来。对于三年之后的这次见面，他们似乎还没有做好准备，不太知道该怎么在一起相处，童小星还好些，或许他在脑子里想过与她见面的情景，因为他毕竟知道她在这个工厂里上班。而柳兰芽却就不同了，这样的见面实在出乎她的意料，倒退回一刻钟之前，她都不会相信会在这里与这个快要被她忘得差不多了的昔日同学见面，更不会想到在接下来的日子里她和他成为更为久远的同事，所以她有些不知所措，浑身都觉得不自在。

童小星一来到厂里，就当上了车间的技术员，看来他的高中没有白上。而柳兰芽则是一线的工人，虽然他们不在同一个岗位上，但因为是在同一个车间，见面的机会还是很多的。其实这样的表述并不准确，应该说他们每一天都会有见面的机会，事实也正是这样，只要她在班上工作，童小星就会出现在车间里，只要她不那么专心做工，就会在抬头的间歇中看到他的影子。很多的时候,童小星还会走到她身边来,有一搭无一搭地看她干活的样子。她不希望在忙碌的时候被人盯着看,心里越发有些不自在。虽然她没有把自己的心思表现出来,但童小星似乎也已经感觉到了,便在看了她一会儿之后及时走开了。有时她干得太过专注,没有意识到他在身后站着看她,他便有意咳嗽一声,以引起她的注意,这使她清楚地知道,童小星时不时地出现在她身边,并不是由于工作的需要,而是故意让她对他施以关注。事情也果然是这个样子,按照他们车间的工作流程和制度安排,她所在的这个岗位并没有和技术员直接打交道的必要,所以童小星频繁在她身边的出现,便不能不让她产生多余的联想,同时引起别人的议论也在情理之中了。当然,对于别人有关他们"谈恋爱"的传言她并没有及时听到,当她的好友胡晓丽终于忍不住对她学说了时,这种议论已经在厂子里流传多时了。

什么? 柳兰芽又一次大吃了一惊,我和童小星谈恋爱?

是呀,胡晓丽点点头说,他们都这样说。

这怎么可能? 柳兰芽反问她。

怎么不可能? 胡晓丽又反问她,就是他们不说,我也会这么觉得……

你怎么会这样觉得? 柳兰芽打断她的话。

我为什么不这样觉得? 胡晓丽继续反问她,他一天到晚在你身边转悠,不是对你有意思又是什么? 她继而又说,对了,听说你们在一起上学的时候,童小星就开始喜欢上你了……

胡说,柳兰芽也又一次打断她的话,他喜欢上我我怎么不知道?

你怎么会不知道? 胡晓丽依旧在反问她,你只是装作不知道罢了……

柳兰芽不想再听她对自己说这件事了,便继续打断她的话说,好了好了,身正不怕影子斜,反正我没有和他谈恋爱,谁愿说什么就让他说什么好了,我自己问心无愧。

你真的不喜欢他吗? 胡晓丽试量着问她。

我不知道。柳兰芽摇摇头说。说完了这句话,她又觉得自己的意思表述得不够明确,便用坚定的语气向她补充说,我谁也不喜欢。

胡晓丽呆呆地望着她,一时有些反应不过来。你,她上下打量着她,你真是一个怪人。

柳兰芽耸了耸肩膀,并不觉得这样的说法有什么不对,在她看来,自己的确是与其他人尤其是女人有很大的不同，比如她的例假不能到来，由此而导致她在男女关系上的不正常表现，都与她那些同事们形成了鲜明的差异，就说在她和童小星这件事上，当几乎所有的人都认为他们在谈恋爱时，她却坚持认为没有这回事儿，更为重要的是她并不是羞于承认，更不是她在释放烟雾以掩盖已有的"事实"，而是她从内心深处坚定地认为，所有有关这件事的说法都不过是毫无根据的流言罢了，换句更为明确的话说，她根本就不会发生和童小星恋爱这件事，再继续往深处说，她或许和世上的任何一个男人都没有发生这件事的可能性。因为，因为她要当一个一本正经的贞洁女，一个一身正气的铁姑娘，而在她固有的观念中，"贞洁女"和"铁姑娘"是不能与肮脏的男女之事有任何瓜葛的。是呀，贞洁女，铁姑娘，她必须要做成这样的女人，没有什么比这件事对她更为重要的了，也没有什么比这件事让她更为义无反顾的了。

柳兰芽当然并不反对别人恋爱，甚至并不反对童小星恋爱，因为她还没有固执到对年轻人的生理需求视而不见的程度，不要说她这个没有例假的女人还对男人充满一定的幻想，那些一直为例假所困扰所掌控的女人们更是对男人想入非非，比如她的好友胡晓丽，比如她的室友夏美娟。自从来到这家工厂后，她便和胡晓丽和夏美娟住在同一间宿舍里。她们的年龄差不多，都是二十岁出头的样子，也就是说，她们都到了对男人充满幻想的年龄。与她相比，胡晓丽和夏美娟都是那种"正常"的女人，每到一个月的固定日子，她们的例假就会按时到来，而在这些特殊的日子里，不仅她们要经受那个东西的骚扰，连柳兰芽这个局外人也会受到一定的影响。如果她们只是因为肚子疼叫喊几声倒也没有什么，最让柳兰芽忍受不了的是她们会把沾满肮脏血迹的卫生巾丢在门后，每次看到那团该死的东西，她的眼睛就会像被一把锋利的刀刺穿了一般，不但会感到剧烈的疼痛，还会经历短暂的失明。拿开。她会遏制不住心里的愤怒，脱口朝她们叫道。那个时候，她的样子一定很可怕，因为她们自己脸上呈现出来的表情已经很惊恐了。

胡晓丽因为是她的好友，总算还顾及柳兰芽的感受，每次听到她愤怒的呵斥，都会拖着虚弱的身子爬起来，把那团脏东西丢到厕所里去。而夏美娟却就不同了。不知道为什么，自从柳兰芽和夏美娟住在同一间宿舍里以后，两人的关系就变成了死敌。说起来，柳兰芽和夏美娟之间并不存在什么恩怨，在来到这家工厂之前，她们甚至根本就不认识，但不知为什么，她们从一照面就彼此不喜欢对方，而且对这一点不加掩饰。但就是这样的两个人，竟然被分在了同一间宿舍内，好在还有较为随和的胡晓丽作伴，柳兰芽才算是在这个新环境里安顿下来。怎么说呢，夏美娟除了比大部分女人更像女人之外，柳兰芽并说不出她有什么另外的缺点，但或许就是"更像女人"这一点，让她从内心里看不服从而拒绝接受她。夏美娟的确比一般的女人更像女人，当然这里指的是她的身体所表现出来的性别特征，由于胸部过于丰盈，每次穿衣服都系不上纽扣，即使勉强系上了，两只乳房也会从衣缝内探头探脑地挤出来，好像要极力往外逃跑似的；她的臀部更为肥大，走起路来一拧一拧地交替滚动，似乎这样还不够显眼，往往要刻意往上翘那么一两下；她的声音更为柔媚，说起话来断断续续，话语间夹杂着喘息声，似乎她正处在一种激烈的运动中，这种说话声柳兰芽虽然不曾在别人那里听到过，却有一种似曾相识的感觉，想了好久才突然记起来，许多年前在母亲工作过的那个妓院里似乎听到过类似的声音。这样一想，柳兰芽越发觉得夏美娟不是这个新时代的青年人，而是一个旧社会的风尘女，她的一举一动或者说整个做派都透出了一种轻浮的气息。

说来奇怪，夏美娟的例假比别人来得频繁许多，别人大约一个月来一次，根据柳兰芽的观察和估算，她却二十多天甚至十几天就来一次，也就是说每隔二十多天或者十几天，柳兰芽便会看到她丢在门后的脏东西，就会遏制不住地愤怒一次。这真是一件让柳兰芽想不明白的事儿，凭着有限的生理知识，她知道所谓"例假"的周期规律，说白了也就是一个月来一次的事情，怎么可能会有人如此严重地打破这个规律呢？就算它的到来不是那么严格，也就是女人们常挂在嘴边的"不调"或"紊乱"，但那应该也是偶然出现的现象而已，怎么可能像夏美娟这样形成一个只适用于她的新规律呢？开始时，柳兰芽疑心夏美娟是有意和她过不去，因为她们从一上来就看不服对方，就彼此在心里较上了劲儿，自然便不自觉地把自己的特点加以放大，以让对方更加不能接受，具体到夏美娟身上，或许就把自己的例假周期缩短了三分之一或者二分之一，以便在尽可能短的时间内给对手制造麻烦。但很快柳兰芽便明白这是不可能的，就像她的例假没有出现是不以自己的意志为转移一样，夏美娟例假的提前也应该是她自己做不了主的。柳兰芽尽管想明白了这件事，但每次看到那些脏东西，还是会感到极度的愤怒，有时夏美娟把那些东西丢得太靠近她床边了，她会恶心得不堪忍受，脖子一伸就要呕吐出来。

也许正是例假频繁到来的缘故，夏美娟时常表露出来的轻浮气息越发浓烈，不论她出现在什么地方，那个地方便会立刻聚拢起一帮不正经的男人，围绕在她身边放肆地说笑，就像一朵艳丽的鲜花盛开了，马上便会有蜂蝶飞过去，朝她卖弄风情地嗡嗡叫上一阵；有时她只是从街上走过去，也会引得一些男人在后面尾随；更有甚者，有时她的身影并没有出现，仅仅传来了她富有特点的声音，那些男人的精神便开始亢奋起来。别说，像夏美娟这样的女人倒真是一个适合男人追逐的对象，如果她在旧社会如柳兰芽的母亲那样去风月场里工作，一定会红极一时名声远扬的。可惜现在是新社会了，没有了供她施展才华的地方，但男女之情还是少不了的，谈恋爱总是可以的吧？于是，夏美娟除了工作之外，每天要干的最重要的一件事便是谈恋爱。又据柳兰芽的观察和估算，自从来到这家工厂里以后，夏美娟已经和五个男人谈过恋爱了。开始时，她还在外面和男人们交往，经过短暂的几个回合后，便把恋爱对象带到了宿舍里来。只要柳兰芽和胡晓丽不在屋内，他们便把门板插死，在里面肆无忌惮地鬼混，那种类似于妓院里的声音很快便从门缝间流泻出来。当柳兰芽和胡晓丽回到屋里时，不但会看到夏美娟的床铺上比过去凌乱了许多，有时还会看到门后丢弃着更加肮脏的卫生纸团。每当这个时候，柳兰芽都会立刻扭转身子，像逃避可怕的瘟疫一般疯狂地朝外面逃跑，如果行动稍稍慢了一些，就会伸长脖子大张旗鼓地呕吐一番。

柳兰芽终于忍受不下去了，担心再过一些日子就会变成夏美娟那样的人，不但例假会每隔十几天二十天到来，而且也会和那些肮脏的男人搞到一起，那样一来，她一心一意要做一个“贞洁女”和“铁姑娘”的努力就白费了。她决心离开夏美娟，不再与她及她肮脏的东西和行为相伴，眼不见心不烦，惹不起还躲不起吗？但离开了工厂的宿舍她该到哪里去呢？说来天无绝人之路，柳兰芽刚刚产生了离开工厂宿舍的念头，她所在的街道办事处就动员她搬回老鲁的家里去，因为她离开那里后，那个一直处于闲置状态的屋院便成了小偷小摸利用的场所，一次警察对那里进行检查时，竟然发现了不少藏匿的赃物，其中包括一辆自行车和一台收音机，这才引起了公安部门的警惕，决定对那个地方实施封存。在此之前，他们通知街道办事处征求柳兰芽的意见，因为不管怎么说，那个屋院都是老鲁留给她的遗产,虽然她不愿意承认这件事,但从法律上讲,她都是老鲁的"女儿",也就是说,她有权利继承那个屋院,只要她说一声"不同意",公安部门是不能随便封存它的。但为了减少这一带的犯罪可能,街道办事处还是建议她搬回去住,他们这样说,好像她无意间为那些犯罪的人提供了方便似的。于是,柳兰芽不再犹豫,便把自己的行李搬出工厂宿舍,又像当初离开时那样回到了"家"里。为了不让自己觉到孤单,她顺便也把在那间宿舍内住够了的胡晓丽一起拉来了。真是便宜夏美娟那个婆娘,胡晓丽愤愤不平地说,我们离开后,不知道夏美娟该怎么和那些臭男人鬼混呢。

她们往工厂外搬东西时,童小星听到消息跑来了,站在一边呆呆地看了一会儿,还是决定上前来帮忙。你、你们怎么搬走了?他有些落寞地问柳兰芽,在这里住不是更……方便吗?

柳兰芽觉得他所谓的"方便"并不完全是指工作上的便利,比如上班和下班,似乎还包括了更多更复杂的一些内容,比如吃饭和休息,那个时刻她甚至毫无来由地想到了"谈恋爱"这件事。她知道自己或许是多想了,脸颊不自觉地热了一下。

她还没有说什么,胡晓丽接过童小星的话,向宿舍内白了一眼说,与其自己方便,不如把方便留给别人好了。

童小星当然知道她话里的意思,不禁也掉过头去,朝她们刚刚走出的宿舍门口看了一眼。

柳兰芽注意到了那一刻他脸上的表情,说来不可思议,她觉得他脸上竟然浮动着一丝艳羡的意思。她吃不准自己的感觉对不对,但不管怎么说,那一刻她的确觉得童小星是不像她这样讨厌夏美娟的。

大约是长得格外出众的缘故吧,当然还有高出别人一截的学识和较为优异的工作岗位,童小星一到工厂里来,就受到了一些女孩子的追捧,据柳兰芽所知,夏美娟就打过他的主意,只是因为童小星对她不感兴趣,她才很快放弃了追求,转而和那些追求她的男人搞在了一起。对于其他女孩子的主动示好,童小星似乎一概进行了回绝,把整个心思都用在了柳兰芽的身上,就像前面说的那样,几乎每天都到她身边来,若有所思地看上她几眼,然后再慢慢地离开。柳兰芽感觉到了他对她的心思,当然感觉更为强烈的还是其他的女人,也就是说,当童小星在柳兰芽身边看她的时候,其他更多的女人也正在他身边看他呢,所以当柳兰芽还没有明确意识到童小星要和她谈恋爱的时候，外面关于这件事的传言已经流行多时了。

柳兰芽当然绝不会讨厌童小星，自从她来到这个世界上以来，童小星是唯一进入过她梦境的男人，所以在很长一段时间内，她都没有对童小星的主动"示好"做出反应，也没有对外面的传言作出澄清的表示。她想自己之所以"按兵不动"，一是因为童小星也仅仅止于在她身边的流连，并没有明确地向她表达过什么，在这种情况下，她又能向他"拒绝"什么呢？二是在她内心深处，的确对童小星充满了好感，是呀，在这里只能使用"好感"这个颇为中性的词，而不能使用"喜欢"这个有明确含义的词，这样说也许并不代表她不真的喜欢他，而是她不能明确地体会到对他的喜欢而已，但不管怎么说，有这样一个让她颇有好感的人在身边陪伴，即使不让她感觉得求之不得，起码她也不该轻易地加以拒绝。所以，当传言在外面肆无忌惮流行的时候，童小星依旧会在众目睽睽下出现在她身边。这似乎已在他们那个车间内形成了一道风景，想一想吧，当一个女孩儿在工作台上专注工作的时候，一个小伙子在一边专注地打量着她，而在远处的周围，会有更多的人专注地朝他们打量……在许多次迷幻的状态里，柳兰芽都从那个场景里逃出来，站在更为遥远的距离外，像一个颇有经验的观众一样朝她刚刚逃离的那幅场景打量。她觉得她已经快要沉醉了。是的，沉醉，她在那些日子里的确真切地感觉到了沉醉的滋味是什么。她实在不愿意打破那幅场景的格局，或者换句话说她有些难以从那幅场景中自拔了。她觉得这应该就是她需要的恋爱情景……她终于克制不住地想到了"恋爱"这个词，也就是说，她在内心深处或许已经承认了与童小星"恋爱"这件事，只是他们的恋爱"故事"依旧止于那个颇为静态的场景而已。

柳兰芽不知道这个美丽的场景什么时候被打破，这样说也并不意味着她就知道所谓的"打破"是什么意思，只是在几次童小星因为有事而没有及时出现在她身边时，她竟然品尝到了怅然若失的滋味，继而还有一些恐慌的感觉。这使她不由得分析了一下他没有出现的原因，在接下来的工作时间内，她更是呈现出心不在焉的状态，工作起来难免就出现了一点小差错。这样的情况一旦多起来，便引起了车间领导的注意，因为在他们看来，她是一个技术过硬的优秀工人，是不应该出现简单低劣错误的，因此接下来自然就面临了来自他们的批评。这些批评当然于事无补，只要童小星没有按时出现在她身边，她的错误便依旧无法更正。她疑心已经对童小星形成了某种依赖,担心一旦他不再出现在自己身边,她便无法在岗位上继续工作下去。这样一来,她像发现了一个天大的秘密似的大吃了一惊。

柳兰芽的担心并不是毫无来由的,俗话说人算不如天算,也许他们作为当事人并没有那样的主观努力,但事情却还是朝着他们不愿意看到的方向发生了变化,这便是所谓"天算"的结果吧。当然如果细究起来,或许这中间也有他们自身的因素在悄悄地起作用,只是他们都没有及时察觉到罢了。当初,她和胡晓丽从宿舍往家搬的时候,童小星曾经赶过来帮忙,顺便对她说了一句,不在厂里住多不方便呀。后来的事实证明,他说得一点不错,每次从家里去工厂上班时,柳兰芽都体会到了这种不方便给她带来的麻烦,白班尚还不觉得什么,一旦到夜班了,麻烦便自然而然找来了。这里当然指的是路途上的麻烦。从她的家到工厂起码要有五里路程,中间还有两个街口一条胡同,而其中的一条街道和那条胡同一直没有安装路灯,她只能在黑暗中深一脚浅一脚地行走,这些路段在白日里并不显得怎么难行,但不知怎么回事,一到黑夜她便走得十分困难了,白日里平坦的地面也变得起伏不定,甚至还多了一些平时没注意的坑洼。她和胡晓丽不在一个班上,这段路便只好由她们分别独自行走。光是摸黑走路还不觉得多么可怕,更要命的是路边的黑暗处不知会隐藏着什么东西,说不定什么时候就会冲出来,裹挟着寒风扑到她的身上。其实柳兰芽并不是一个胆小怕事的人,可每当走在黑暗的街道上时,她心里便禁不住发紧,很快身上也觉得毛骨悚然,因为,因为她真切地听到了来自黑暗地带的脚步声,甚至还隐约看到了一个虚幻的影子……

终于有一天,那个时隐时现的影子从黑暗中浮出来,真真切切地来到了她面前。别说,当柳兰芽看清了那个影子是一个人的轮廓时,她反倒镇定下来,心脏跳得不那么厉害了,林立的毛发也倒伏下来。是人就好办。她在心里安慰自己。但她刚刚松出一口气,随即便意识到了更大的麻烦,虽然那个影子不是一个神秘的鬼魂,但出现在她面前的这个高大的男人其实更让她难以对付,因为不管怎么说,她一个柔弱的女子都不可能是他的对手,何况从他凶神恶煞的样子看,今天他是注定要和她过不去了,而且她明确地知道,他的所谓"过不去"对她到底意味着什么。你、你想怎么样?或许她已经昏了头,竟然明知故问地对他说了一句。

嘿嘿,那家伙狞笑了两声,哥哥我一直睡不着觉,小妞你今天就好好地陪陪我吧。

走开,柳兰芽跺了一下脚说,再不让我过去我就要喊人了。

喊人?那家伙又笑了一下,深更半夜的哪里会有人?你就是把嗓子喊破也不会有一个人来。

这里有巡逻的警察,柳兰芽急中生智地说,你就不怕警察吗?

没想到她这一招竟然也不灵。那家伙把手在胸脯上拍了拍说,也不打听一下,哥哥如果怕他们那些人,就别在这条街上混了。

柳兰芽觉得没有招数好使了,但还是硬着头皮说,我真的喊人了。

喊吧,你越喊哥哥我越高兴,那家伙一边说一边朝她跟前走,等你叫起来了,哥哥我才觉得过瘾哩。

柳兰芽回头看看,后面竟然是一道墙壁,她想朝一边逃跑,但又知道跑不过那个家伙。怎么办?难道她就这样被他糟蹋了……想到这里,她心里万念俱灰,心疼欲裂。不知为什么,这时她居然想到了童小星,虽然她只是在他身上停留了一下,但童小星的形象却在她脑子里像一道亮丽的闪电一样划过去。小星。她甚至在心里朝他叫了一声。

说来奇怪,当她在心里叫了一下童小星的名字时,一个类似童小星的身影竟然飞快地出现在面前,她似乎并没有明白是怎么回事,当然更没有看到那个影子是从哪里冲出来的,童小星已经站在了她面前。别怕。童小星对她说了一句,随即又推了她一把,便转过身去,面对那个要对她实施强暴的家伙,摆出一副打抱不平的架势。

这个变故实在是太快了,不仅她有些反应不过来,那个家伙也有些没有想到。你、你是干什么的?他结结巴巴地问道,并瞪大眼,上上下下地打量他。

不许你欺负女孩子。童小星并不理会他的问话,而是径直把自己的态度鲜明地表达出来。

听着他有些熟悉的话,柳兰芽的思绪一下子回到了十年前,童小星在学校为她打抱不平的情景又出现在了她面前。小星。她又在心里叫了一声。虽然她并没有让喊叫发出来,却分明听到了一些哽咽的声音。

呵,那家伙也镇静下来,再次狞笑了一下说,嗑瓜子嗑出个臭虫来,竟然还真的有不识时务的人出来现眼?说着,他就在童小星胸脯上推了一下,我劝你还是不要做见义勇为的蠢事,小心我会把你的肋骨打断。

柳兰芽看出来，与这个身强力壮的亡命徒比起来，身体还稍显稚嫩的童小星根本不是他的对手。但童小星却不打算退缩，不仅挺高的胸脯没有收回来，脸上也没有丝毫畏惧的表情。

面对童小星昂昂不睬的样子，那家伙感到有些意外，抬手在自己的额头上拍了一下说，我明白了，这个女人一定是你的相好，不然你是不会冒这么大的风险来为她出头的。

童小星依旧没有理睬他的话，继续警告他说，今天只要有我在这里，你就休想让自己的罪恶得逞。

童小星的话尽管有些文气，但听上去却是那么慷慨激昂，柳兰芽担心这样的话会彻底激怒那个家伙。小星。她又在心里叫了一声，实在担心他被那个家伙打坏，想劝阻他离开，但她只是张了一下嘴，还没有让声音发出来，便发现一切都已经来不及了。

那家伙显然被童小星逼入了绝境。看我不让你领教一下老子的厉害是不行了。他一边愤怒地吆喝着一边举起粗壮的拳头，像一阵疾风一般扑到了童小星身上。

快跑，童小星在被那家伙打倒在地的一刻间，还不顾一切地朝她叫喊，快——

……

童小星当然被打坏了。等柳兰芽把警察们领到事发现场时，童小星倒在地下已经不省人事，而那个家伙也早就逃跑了。他们把童小星送进了附近的医院。经过检查，童小星的两根肋骨果然被打断了，身上的软组织多处受伤，需要住院好好治疗。医生说，他醒过来的第一句话就是问柳兰芽怎么样了？当别人告诉他她安然无恙时，他忍受着伤口的疼痛，脸上浮出了一丝欣慰的笑容。

这样的场景是否很有些"英雄救美"的意思？没错，连柳兰芽这个身在现场的人都觉得是这么回事了。按照一般故事的发展逻辑，接下去她应该每天都去医院照顾童小星，并在知恩图报思想意识的支配下，主动向童小星表达自己的爱慕之情，得到一个有情人终成眷属的圆满结局。但遗憾的是，柳兰芽和童小星的故事并不是这样发展下去的，事情的真相远比人们的想象复杂多样，甚至会在很大程度上超出大家的意料。当然，这样说并不意味着柳兰芽对童小星这个两次把她从魔爪下解救出来的人不心怀感激，但感激是一回事，投怀送抱却是另一回事，从她一心一意要做"贞洁女"和"铁姑娘"的愿望出发，投怀送抱显然不是一个合适的方式，何况现在早就是新社会了，以身相许的做法已经过时，她不能也不会让自己依旧沉沦在这个富有浓厚封建色彩的老套模式里而不能自拔，从而葬送掉要做一个新时代高尚道德新人的良好初衷。

在童小星住院治疗的八天时间内，柳兰芽的确在工作之余到病房中看望过他三次，为了让他受伤的身子早日恢复健康，她还真的做了一罐鸡汤送过去。回想这三次探望的情景，每一次他们都没有什么动人的事情发生。第一次去探望时，童小星还没有从昏迷中醒过来，尽管她在他病床边待了很长时间，甚至还用衣袖为他擦了一下脸边的血迹，但由于他没有做出任何反应，他们之间不可能有什么沟通。第二次探望是在第一次探望三天之后，这时童小星早就处在了清醒状态中，那两根被打断的肋骨也在手术中被成功接上了。与上一次相比，童小星显得精神多了，脸上不见了血迹，头发也梳理得很整齐，乍一看上去，他的样子和平时好像并没有多少差别。但当他尝试着活动一下身子时，脸上的表情才显出了虚弱，气息也喘得不是那么均匀。就是在这一次探望中，柳兰芽为他带去了那罐她精心熬制的鸡汤。第三次探望距离童小星出院只剩下两天了，也许那天她去的不太是时候，她走进病房时，童小星正好在午睡。此时，病房里只有他一个人，医生和护士大概也都开始午休了，整个病房区都没有多少动静。柳兰芽站在病房门口，看着童小星在病床上闭拢着眼，平静的脸上没有任何表情。她不知道他已经睡了多久，此时是否应该醒来了。那个时刻，她没有像人们所期待的那样把他唤醒。如果她那样做了，兴许他们之间就真的有可能发生人们所期待同时也是童小星本人所盼望的那些故事了，试想一下，这是一个多么千载难逢的时刻，病房里连同她在内就两个人，而这两个人一个是英雄，一个是美女，或者说一个是施救人，一个是被救者，就算退一步说他们之间没有什么情意，仅仅凭着他们一男一女的本色身份，就有可能让一个或凄美或激烈的故事发生出来。但不得不再次遗憾地说，柳兰芽没有给那个故事的发生提供机会，那个时刻，她只是稍稍犹豫了一下，便从门口退出来，转身向护士站走去。她有些放心不下童小星，便把一个坐在椅子里打瞌睡的护士叫醒，向她询问有关童小星的情况。大约是被打扰了睡眠的缘故，护士翻起沉重的眼皮，颇为不满地看了她一眼。好着呢，她懒洋洋地说,大约后天就出院了。说罢,她就继续闭上了眼睛。听她这样说,柳兰芽才算彻底放心了,回到病房门口,朝里面又看了一眼。如果这时童小星能够醒来,事情的发展或许还会是另一种样子,对他来说机会依旧是存在的。但不知为什么,童小星这一天的睡眠竟是那么悠长,当柳兰芽站在门口朝他看的时候,他依旧沉浸在自己的睡梦中。柳兰芽似乎没有理由再到他身边去,便迈着轻快的步子走出病房区,朝医院大门外走去。

对了,柳兰芽第二次到病房里探望童小星,也就是给他去送鸡汤的时候,是和胡晓丽一起去的。现在应该好好说一说胡晓丽这个人了。就像一见到夏美娟就讨厌起她来一样,不知为什么,柳兰芽一和胡晓丽见面就喜欢上了这个人。胡晓丽当然是一个正常的女人,也就是说,她是一个例假能够正常到来的女人,就这一点来说,她和夏美娟并没有根本的区别,仅有的一点不同不过是夏美娟的例假来得更为频繁,而胡晓丽则和大多数女人一样来得富有规律,基本上是一月一次。其实,在那些特殊的日子里,胡晓丽有时也像夏美娟那样把卫生巾往门后丢,但柳兰芽看了却没有呕吐过一次,顶多是掉转过头去拒绝观看而已。也就是说,在这件事情上她更能理解并原谅胡晓丽的做法。胡晓丽也是个十分知趣的女人,每当柳兰芽掉过头去拒绝看她丢在地下的东西时,她便从床上爬起来,拖着虚弱的身子把那些东西捡起来,丢到厕所里去。大约也正是这个原因,在长达几年的时间内,柳兰芽和胡晓丽一直相安无事地住在一起,并在搬离工厂宿舍的时候,主动邀请她跟自己一起回家去住。

说起来,柳兰芽给童小星送去的那罐鸡汤差不多都是胡晓丽的功劳,鸡料是她买回家来的,熬制的方法也是她提供给柳兰芽的。当时,柳兰芽只是向她吐露了一下做鸡汤的打算,没想到胡晓丽便立刻行动起来,很快把一只肥胖的母鸡和几味调料买回来了。柳兰芽没有熬制过鸡汤,不知道该怎么下手,胡晓丽便又跑到工厂的图书馆里,终于查到了熬制鸡汤的方法,抄在一张纸上带回家来。熬制鸡汤的时候,她还来给柳兰芽打下手,尽管忙碌得一头汗水,她的脸上却浮动着快乐的微笑。胡晓丽对这件事如此上心,并没有让柳兰芽产生不快的想法,相反,恰恰是由于胡晓丽的主动帮助,她第一次熬制鸡汤的尝试才算取得了成功,当眯起眼睛沉浸在鸡汤醉人的香气中时,她心里还对胡晓丽充满了感激。也正是因为胡晓丽在熬制鸡汤的过程中付出了那么大努力,柳兰芽才在到医院给童小星送去时让她随自己一起去了。以后的事实证明,她的这个决定显然是错误的,也许正是从这个时候开始,她和胡晓丽的关系便走上了另外一条道路。

回想以前的那些日子,柳兰芽好像并没有明确发现胡晓丽对童小星的喜欢,当然她对他的好感是一直存在的,面对童小星那样一个优秀的男人,哪个女人会讨厌他呢?所以对他充满好感是很正常的一件事。胡晓丽显然明白童小星对柳兰芽的心思,因此一般情况下她不在柳兰芽面前主动提到童小星,当然有几次借着外面的流言这件事和柳兰芽探讨过她和童小星的关系问题,但这样有限的几次议论也是出于对柳兰芽的关心和提醒,她并没有让自己也参与到这种关系中来的企图。大概正是因为她这样一个置身事外的态度,才让柳兰芽没有把她和童小星放在一起看待,便在很大程度上放松了对她的警惕,所以才有了后面的采买鸡料,寻找熬制方法,并一头汗水地为柳兰芽帮厨,还有随她到医院去为童小星送鸡汤这样一个重要场景的出现。柳兰芽现在想来,也许胡晓丽早就给事情的变故打下了基础或者说埋下了伏笔,只是自己没有及时察觉罢了。

那天,柳兰芽提着那罐她们刚刚熬制的鸡汤,和胡晓丽一起来到了童小星的病房里。虽然童小星早就脱离了危险,但还是不断有医护人员来到他的病床前,此外还有几个从工厂里赶来看望他的领导和工友。看见柳兰芽和胡晓丽提着鸡汤进来了,他们既感到惊讶又觉得欣喜。还是阶级姐妹的情谊深呀。工会主席不无感慨地说。当柳兰芽把鸡汤罐放在童小星面前的时候,人们都目不转睛地看着她,表情中似乎含有某种期待。童小星显然还不能依靠自己的能力来喝鸡汤,两只手都缠着绷带,无法抓握勺子之类的东西,这样,人们的目光便自然都盯在了柳兰芽手上,虽然嘴里没有说什么,但他们的表情告诉她,应该由她手持勺子来喂一喂童小星。不知道为什么,柳兰芽觉得童小星也一定产生了这个念头,尽管他的眼睛并没有看她,但他目光里的期待却像火苗一般扑出来,直燎到了她脸上。那一刻,柳兰芽真的像被火烧到了一般,整张脸都变得燥热起来。难道我真的要去喂他吗?她在心里问自己。她觉得自己应该那样去做,因为童小星毕竟是因为救她而受了伤,就算是为了报答他,她也应该为他尽一下心意。但与此同时,她又觉得不应该那样去做,不仅因为童小星是一个男人,而她却是一个女人,更重要的是童小星是他自己,而她却是她自己,这个意思无非是说,她和童小星之间除了男人和女人的身份之外,并不存在另外的什么关系，虽然童小星一直在向她示好，从内心深处说她也对他充满了好感，但他们之间毕竟没有真的发生过什么，也就是说，他们还没有形成什么实质性的关系，在这种时刻，她又怎么能做出超越一般同事关系之外的事情来呢？尤其是在当着那么多人面的情况下，她就更不能那样去做了，不然便会给别人留下真正的口实，如此一来就不仅仅是流言的问题，而变成了铁一般的事实，到那时她就是身上长满了嘴也无法把这件事说清楚了。

实际上，这样的想法也仅仅是在柳兰芽脑子里急速地过了一遍，并没有来得及形成清晰而有逻辑的念头，事情就发生了严重的变故，以至于当这个尴尬的局面得以改观的时候，她甚至有些反应不过来。真是没有想到，事情的转折竟然出自她的好友胡晓丽。自从来到童小星的病房里，柳兰芽一度忘记了胡晓丽的存在，注意力都转到了童小星和其他人身上，转到了她是否该为童小星喂食鸡汤这件事上，在她还没有做出明确的决定的情况下，她没有注意到，胡晓丽已经从她身后走出来，走到童小星面前，从瓦罐里抓起勺子，开始往外舀鸡汤了。柳兰芽霍地反应过来，瞪大两眼，直直地往胡晓丽身上看。这是谁？她竟然在心里问了自己一句，她要干什么？她当然一下子明白过来，这个一直隐藏在自己身后的胡晓丽此时冲出来，冲上前去，到底是要干什么，因为她惊讶地看到，胡晓丽已经从瓦罐里舀了一勺鸡汤，径直把汤勺送到了童小星的嘴边。不但她惊住了，几乎屋内所有的人都惊住了，包括童小星自己，所以当胡晓丽的勺子抵达了他嘴边时，他竟有些转不过弯来，一时忘记了张嘴。还是那些旁观的人反应得快，身子一起往前凑了凑，以便把这个突然出现的感人场景看得更加清楚。见童小星忘记了张嘴，工会主席还忍不住提醒他说，小星，张嘴。童小星终于明白过来，在稍稍犹豫了一下后，猛然把嘴张开，而且感到张得不够大，继续使劲往大里张，以至于把整个勺子吞到了嘴里，甚至连胡晓丽的手都快要咬住了。柳兰芽当然看出来，童小星之所以把张嘴的动作搞得如此夸张，完全是为了做给她看，因为她看见他一边费力做这个动作，一边恶狠狠地瞪了自己一眼。是的，恶狠狠地，柳兰芽觉得除了这个含义如此明确的词外，其他任何一个词都无法完整表达童小星此刻的心情。也许在他看来，她这个被他如此爱恋而又如此保护的人是那么不近人情，还不如一个与他并无多少关联的人更为关心他呢，所以她这个被他如此爱恋而又如此保护的人是那么地让他失望，甚至愤怒。那一刻，柳兰芽似乎真的听到了响在他含满鸡汤的嘴里的咆哮声。

胡晓丽知道抢了柳兰芽的风头是一件不算多么妥当的事儿,可能还意识到这样做了后她们的关系会发生根本的转折,所以一从童小星的病房里走出来,便赶紧拉住柳兰芽的手,神色不安地向她解释自己之所以这样做的理由,看来她还不想就这样结束她们长达好几年的友谊。其实我是在帮你那样做,胡晓丽不断地对她说,你没觉察到人们都希望你亲自喂一下童小星吗?

那是我自己的事儿,柳兰芽把自己的手从她手里抽出来,与你又有什么关系呢?

如果我不替你那样做,胡晓丽再次申明说,人们就会笑话你,说你对你的救命恩人无情无义……

你这样做了,柳兰芽指出说,我不更显得无情无义吗?

胡晓丽有些语塞。

我无情无义了,柳兰芽继续向她指出说,你倒是显得有情有义了。

我可没想那么多,胡晓丽也继续申明说,我只是觉得我们总该有一个人站出来,真心实意地对待童小星一回……

真心实意地对待童小星……柳兰芽犹豫了一下,还是决定把一个最为重要的问题对她提出来,你是不是爱上他了?

胡晓丽直直地看着她,不知道是否应该正面回答她的提问。也许她已经觉察到了,如果沿着这样的思路谈下去,那么就离她们最后摊牌的时间不远了,也就是说,她们维持了好几年的友谊便有可能接近尾声了。但除此之外,她又实在找不到另外的什么话题,便在犹豫了一会儿后,反过来问她说,告诉我,你是不是爱上童小星了呢?

柳兰芽听出来,她的反问其实与自己那个问题是同一件事的两个方面,她之所以不回答自己的话而是把问题丢回来,是给柳兰芽处理这件事提供了最后一个机会,也就是说,只有当柳兰芽确定了对这个问题的态度之后,她胡晓丽才能袒露自己的观点,看来她倒是很好地遵循了那个"先来后到"的程序和惯例。但柳兰芽并不想买她的账,只是张口说道,我不知道……她的意思不过是说,她爱不爱童小星是她自己的事儿,与别人又有什么关系呢?

也许这样的回答并不太出乎胡晓丽的意料,所以她没有感到丝毫的诧异和不解。她耸了耸肩膀，用一种突然变得意味深长的目光看着柳兰芽。是的，她的目光明显增加了意味深长的成分，似乎里面藏匿着什么有趣的东西。柳兰芽相信她一定想到了什么问题，而且那个问题一定是非常好玩的。尽管胡晓丽极力克制着自己不把那个问题表露出来，但柳兰芽相信过不了多久她就会脱口而出的，因为她已经忍受了太多太多的时间，不能不抓住这个大好的时机，把快要腐烂在心里的真实想法倾吐出来。柳兰芽这才发现，这是一个多么善于隐蔽的人。果然，胡晓丽在用她意味深长的目光打量了她一会儿之后，终于颤抖着嘴唇对她说，我怀疑你不太是一个……女人……

对于她这样一个可以说不怀好意的问题，柳兰芽也没有觉得多么意外，因为在过去长达几年的日子里，她们的关系虽然可以用"惺惺相惜"来表述，但她却总是朦胧地感觉到，迟早有一天胡晓丽会问她这样一个问题的，因为恰是由于她们的"惺惺相惜"，那些属于她一个人所有的所谓"隐秘"才会被胡晓丽窥探到。柳兰芽当然明白，随着她对自己这个问题的提出，她们看起来美好而牢固的朋友关系便走到了尽头。但她并没有像胡晓丽所想象的那样有什么懊恼的表示，依旧用模棱两可的语气说，我不是女人还能是什么呢？

胡晓丽再次耸耸肩，脸上越发浮荡出一层不阴不阳的表情。我觉得你应该去那里检查一下。说着她还举起手，朝她们刚刚走出的医院大门指了一下。

其实她这句话是一语双关的，柳兰芽既可以把它看成是对自己的嘲讽，也可以理解为是对自己的关心，因为与别的女人比起来，她的确更显得"不正常"，也许在她们看来，她的这种不正常只有通过医院才能得到有效的解决。但问题的关键是，胡晓丽此时真的愿意她的问题得到解决吗？所以柳兰芽也用听起来更为轻浮的语调对她说，如果是我病了，那就让它病着好了。她这句话当然是有些矛盾的，既然是她病了，怎么又让它病着呢？她当然也不知道自己所说的那个"它"到底是指什么，她只是在说完这句话后，便迈着大步朝前走去。她不知道落在后面的胡晓丽是否还会跟上来。

胡晓丽没有跟她回家来，而且这天夜里也没有回来住。第二天柳兰芽去上班，下午回到家来时，发现胡晓丽的行李已经搬走了，在她空空如也的床铺上，放置着她留下的两把钥匙。柳兰芽坐在门台石上，望着重新变得空旷寂寥的院落,似乎这才明确意识到,她和胡晓丽的关系已经彻底完结了,随后她又在脑子里想象着以后自己和胡晓丽当然还包括童小星三个人之间关系的演变。是的,她想象得出来他们三个人的关系会朝着哪个方向演变,会演变到什么样的程度。

随后发生的事情有些一如她的料想,有些也出乎了她的意料。柳兰芽想到了胡晓丽和她摊牌后会去公开追求童小星,况且这时外面也已经流行开了她和童小星深情相爱的传言,其有力的证据便是她在医院对童小星喂食鸡汤那件事。但柳兰芽没有想到胡晓丽会回到夏美娟的宿舍去住,而且和她成了形影不离的好朋友。这样倒好,柳兰芽在哀伤了短暂的一段时间后,又不失欣慰地宽解自己说,正常的人和正常的人走在一起才显得正常。她坦然接受了胡晓丽和夏美娟结盟的现实,同时也做好了胡晓丽和童小星相好的准备,天要下雨娘要嫁人,如果生活需要胡晓丽和童小星结合,她这个需要看医生的异常人又有什么办法呢?

回想那天对胡晓丽的问题给出的答案,柳兰芽觉得自己并没有虚于应付她的意思,因为她知道对这件事两人已处在了一个接近转折点的关键时刻,如果她们对童小星负责的话,就不会再把这个问题当作儿戏而无限期地拖延下去。她怎么不想给胡晓丽一个清晰明确的答案呢?但更为要命的是,她实在并不知道自己的那个答案到底是什么,也就是说,到那个时刻为止,她都不知道自己到底爱或者不爱童小星,甚至她对自己到底懂得不懂得爱到底拥有不拥有爱的能力都说不清楚,又哪里能够告诉胡晓丽自己是否真的爱童小星呢?但不管她的心思如何,反正胡晓丽的态度已经明朗了,那就是明火执仗地追求童小星。童小星一回到厂里来,胡晓丽就展开了第一波火力很猛的进攻。为了让他尽快恢复健康,胡晓丽隔三岔五便做一罐鸡汤,大摇大摆地送到童小星的工作室去,有时竟然当着许多人的面便动手喂给他喝。那些日子里,几乎整个车间内都充斥着胡晓丽和童小星谈恋爱的流言。

这当然都是胡晓丽一个人的作为,那么作为恋爱另一方的童小星到底有何反应呢?人们在议论胡晓丽和童小星谈恋爱的同时,也在饶有趣味地流传胡晓丽在童小星那里碰钉子的话题,说为了躲避胡晓丽的进攻,只要一照她的面,童小星就会夺路而逃,有时躲不及了,当胡晓丽把汤勺凑到他嘴边的时候,童小星竟然举起手来,一下子把她的汤勺打落在地。你们仔细看好了,传言者神秘兮兮地说,只要胡晓丽从童小星屋里出来了,她的衣襟肯定是湿漉漉的。听到这话的人都忍不住笑起来。

柳兰芽自然也听到了这种传言,对此是持一种半信半疑的态度,半疑是因为在她想来,即使是一个不太喜欢胡晓丽的人,面对她如此咄咄逼人的进攻,最终也会招架不住,大约除了缴械投降外,是很难选择另外一种结局的,所以对于童小星拒绝胡晓丽鸡汤的传言,柳兰芽并没有全信。但她之所以半信,还是因为对童小星的观察,在她看来,童小星从医院出来后并没有发生多大的变化,仍然在柳兰芽上班的时间内来到她身边,默默地看她一会儿之后,才余兴未尽地离开。尽管她没有回头看他,但似乎知道他的目光依旧温情而炽热,让她的后背有一种接受日光照射的感觉。他没有变化。柳兰芽在心里告诉自己。立刻她好像也听到他对她说,我当然没有变化。这样的现实怎么又能让她相信童小星会和胡晓丽好上呢?

没过多久,胡晓丽便不能不从一厢情愿的热情中醒悟过来,知道自己之所以不能赢得童小星的欢心,其问题的根源还是在柳兰芽这里。看来要想顺利地把童小星拿下来,首先要把她摆平。于是,恼羞成怒的胡晓丽便把注意力从童小星那里转到了柳兰芽身上,在一天下班之后,把她堵在路上,进行了新一轮开诚布公的谈话,或者说更大的摊牌。

柳兰芽,胡晓丽直愣愣地看着她说,眼睛里闪烁着尖利的红光,你给我说句明白话,你到底爱还是不爱童小星?

柳兰芽不由得耸了一下肩说,我已经对你说过一次了,这是我自己的事儿,为什么要告诉你?

别占着茅坑不拉屎,如果你不爱他,就把他给我让出来。胡晓丽急不可待地说,说吧,你需要什么条件?

柳兰芽瞪大眼,万般惊骇地看着她,真是没有想到,这个人竟然会说到什么条件?她不能不对胡晓丽刮目相看了,这才几天不见,她就发生了这样大的变化?

说呀,胡晓丽催促她说,只要你把童小星让给我,你让我干什么我都会答应。

面对着她如饥似渴的急切表情,柳兰芽怀疑胡晓丽此时正处在发烧状态中,她的话不过是昏厥之前的胡说。柳兰芽真想伸出手,在她红通通的额头上摸一下,然后劝她到医院去看一看。

怎么回事？胡晓丽推了她一下，你快说呀，我快要等不及了。

柳兰芽不想再折磨她了，便淡淡地对她说，你去找童小星吧。

我找他有什么用？胡晓丽突然蹲到地下，两手捂住了脸，如果找他能解决问题，我又何必来找你呢？她快要哭出来了。

但你找我的确没有用，柳兰芽向她指出说，这是你们两个人的事……

不是，胡晓丽打断了她的话，随即也便站起来，我知道他还爱着你，而且爱得是那么……她不忍心把下面的话说出来，便继续催促她说，只有你把他让出来，他才能……

可他从来不属于我，柳兰芽争辩说，他是他，我是我……

别糊弄我了，胡晓丽扑上来，一下子抓住了她的手，动作如此迅捷有力，让她都来不及躲避，然后可怜兮兮地哀求说，柳兰芽，看在我们过去好过一场的份上，你就可怜可怜我吧，我已经对你说了，只要你把他让给我，你让我干什么都行。

柳兰芽想把自己的手从她手里抽回来，我也对你说了……

对了，胡晓丽自顾自地说，你不是不喜欢夏美娟吗？我马上就和她断绝关系，只要你说让我和她过不去，我现在就去扇她一个嘴巴。

这真是好笑，问题这么快就转到夏美娟那里去了。别说了，柳兰芽板起脸正告她说，我要回家去了。说着，她就做出了往前赶路的架势。

不许你走，胡晓丽张开双臂拦住了她的去路，今天你要是不把童小星让给我，你就别想从这里过去。

柳兰芽觉得她已经不讲道理了，便也不再打算和她说什么，挺起身子，义无反顾地朝前走。

好你个柳兰芽，胡晓丽终于变了脸色，把张开的双臂挥起来，老娘不给你点颜色看是不行了。说着，便把两手朝她身上打来。

如果是在平时，柳兰芽兴许还算是她的对手，但此刻胡晓丽处在一种严重的迷乱状态中，身上便显得特别有力量，出手也格外迅猛，只那么三五个来回，柳兰芽便被她打倒在了地下。

你这个臭婊子，她虽然倒下了，胡晓丽还不肯罢休，依旧抬起脚，一下一下地往她身上踹，老娘打你个落花流水，看你还怎么霸占童小星……

柳兰芽被打坏了。被人送进了医院后，经过医生检查，她的两根肋骨被胡晓丽踹断了，身上多处软组织挫伤。她也像童小星那样在医院里住了八天。更为凑巧的是,她住的病房也是童小星住过的病房,只是床号不同,负责给她治疗的医生和护士也是那拨人,因为她去看望过童小星,所以对他们都还留有印象。童小星知道她受了伤,而且是因为他受的伤,便在第一时间内赶到医院来看她。柳兰芽没有见到他的这次探望,因为那个时候她还处在昏迷状态中。一个护士告诉她,童小星来看望她的时候,还用自己的衣襟给她擦去了脸上的血迹。他们的住院竟然有那么多相同点,不知道是巧合还是人们的故意安排。但也有明显的不同,童小星来探望她的次数达到七次之多,而她探望他的次数却只有三次。还有一个不同,他没有像她那样为她熬制鸡汤,而是每次来的时候,都为她带一种水果。没错,在所有的食物中,她最爱吃的便是水果,不仅如此,她还是一个严格的素食者,看来童小星是投她所好专门买来了这些东西。不能不说童小星煞费了苦心,他每次来只带一种水果,也就是说他先后给她带过七种水果。天哪,七种水果呢,她似乎长这么大都没有如此集中地吃过这么多种水果。一天带一种水果,这无疑为童小星的行动带来了极大的难度,因为在那个年代里水果是尤为稀缺的物品,商店里的供应非常有限,要想买到七种水果不费一番工夫是不可能的。难怪护士们一见那些水果,就一个个睁大了眼睛,先在水果上盯看一会儿,随后便把目光转到她身上,满眼里都是羡慕的神色。你好幸福呀,她们吧嗒着嘴对柳兰芽说,如果我有童小星这样一个男朋友,这辈子就知足了。在他们眼里,童小星已经成为她的男朋友了。柳兰芽当然不能承认她们的说法,觉得还是赶来看望她的工会主席说得好,还是阶级兄弟的情意重呀。起码这样的表述是让她乐于接受的。

童小星每次来探望她,不但带来了水果,还亲自把水果皮剥去,然后送到她手里。柳兰芽感觉到,每到这时候他都会盯着她的嘴唇看,眼神飘忽那么一小会儿,这使她相信他脑子里在动什么念头,什么念头呢?不用多想她也知道,他一定产生了亲自给她喂食水果的想法,但这时屋内还有其他人,他不好意思公开这样做,再说没有她的允诺,他也不敢轻易这样做。一连七天过去了,童小星都没有等到给她喂食水果的机会,心里一定很有些不甘。童小星最后一次来探望她的时候是个中午,病房里没有其他人,柳兰芽想午睡一小会儿,便闭上了眼睛。就在这时候,童小星走了进来,见她在午睡,在稍稍犹豫了一下后,还是走过来,在病床前的凳子上坐下,默默地看她睡觉的样子。不一会儿,童小星便有些不安分起来,又返回到门边,往外看了一下,确定附近没有什么人,便把门板关上,重新回到床边,没有在凳子上坐下,就那么俯下上半身,更加仔细地朝她脸上看。他一定觉得这是一个千载难逢的好机会,决定一不做二不休,抓住这次大好的机会,将压抑在心里许多年的欲望释放那么一小点儿。于是,他没有再做丝毫的犹豫,便把手伸出来,探到她脸边,颤抖着将她的脸腮捧住,同时伸过他自己的脸,把嘴唇撮成一个鼓凸出来的圆形,准备放到她的嘴唇上去。但他的嘴唇还没有触到她的肌肤,就发现她一直闭拢的眼皮忽然睁开了。童小星有些反应不过来,身子停住了不动,也就是说他的嘴唇依旧悬在离她的嘴唇仅仅只有一张薄纸的地方。这样的动作足足停留了大约半分钟,还是柳兰芽率先清醒过来,举起两手,奋力把他推开,同时大喝一声,你要干什么?

童小星这才有些反应过来,尽管身子离开了她的床铺,但还是保持着一个随时俯下身来的姿势。

柳兰芽翻身坐起来,再次伸出手,又朝他身上推了一下。离我远点儿。她同时朝他喝道。

柳兰芽没想到自己的力量会变得那么大,只稍稍一用力,童小星便在倒退了几步之后,竟然站立不稳,一下子跌倒在地上。童小星似乎惊呆了,两手拄着地面,使劲把上半身仰起来,两眼直直地看她,刚刚还鼓凸出来的嘴唇瑟瑟地颤抖成一团。

你竟然趁我……柳兰芽还不想和他拉到,又回身把枕头抓起来,直朝他身上扔去。

童小星两手抱住枕头,在呆怔了一下后,终于真正明白过来了,丢掉枕头,从地下爬起来,手忙脚乱地拉开门板,像一条被追赶的兔子一样跑出去了。

这件事发生了之后,在很长一段时间内,童小星都没有在她面前出现。柳兰芽知道那天自己的举动把他吓住了,是的,她的举动肯定超出了他的预想,或者说超出了他的承受能力。她能想象得出,在他的幻想里,一定认为她尽管有些难以捉摸,但凭着他的执着和耐心,只要把工夫下到了,就一定能够把她攻克下来,当然,他所谓的"工夫"一定包括了那天他的试图"接吻"。但让他想不到的是,当他尝试这样做的时候,她却毫不留情地给了他一个下马威,一个只有他能够听得见的响亮耳光。这太让他感到意外了,也太让他觉得失望了,还让他感觉特别的没面子。他似乎这才明白,不管费尽怎样的周折,最终也不能使她就范,因为她不是一个正常的女人,也就是说他不能在她这里收获他的爱情,所以他感到气馁了,决定要收兵了……对不起,柳兰芽在心里对他说,尽管我知道这么做伤害到了你,但我也只能那么做,因为我有我的底线,那个底线就是我在梦中看到过的情景,在那个情景当中,我甚至都没有让你碰到我的手,又怎么会在现实中让你吻到我的唇呢?

看起来,童小星不再在柳兰芽工作的时候出现在她身边,在一定程度上减少了她的麻烦,好像是如了她的愿,但真正的现实却是,在那些日子里柳兰芽感到了严重的失落,有时她会不由自主地停下干活的手,回过头去,朝童小星经常出现的那个地方张望,当她看到那个地方一如既往空荡着的时候,她会在心里无声地朝童小星发问,童小星,你在哪里呢?童小星当然是在他的工作室里,他的工作室离她的工作台也不多么远,但在她的意识里,他却是在遥远的十万八千里之外的地方,不,他甚至不在她的头脑能够想象出来的任何一个地方。由于思绪不断地飘向别处,柳兰芽工作起来便有些心不在焉,再也没有了先前的热情,而且不断地出现差错,不但挨了车间主任几次批评,还差点丢掉了"模范工人"的称号。经受着没有童小星的失意和煎熬,她似乎也突然明白过来,尽管她不能从身体上接受童小星,但他早就融入她的精神世界,成了她工作状态的一部分,如果他真的从她身边走掉了,她将无法正常工作下去。而且她也明白了另外一个道理,即使是一个不正常的女人也需要拥有自己的爱情,虽然这里的"爱情"是发生在身体之外的某个地方,但谁又能说它不是爱情呢?

与她相反,在这段时间内,胡晓丽却大为高兴起来。据说,她每天都往童小星的工作室里跑,觍着脸主动朝他献媚。人们都又以为童小星会和她好起来,有关他们恋爱的流言也再次传播开来。但事情很快便有了一个不同的结果。有一天,人们听到从童小星的工作室里传出一声吆喝,据说那声吆喝只有一个"滚"字,随即人们便看到胡晓丽捂着脸面跑出来了,从她急迫而凌乱的脚步声中判断,她在屋内一定遭遇了什么令她感到狼狈的情况。后来人们私下里传言,说胡晓丽趁着童小星闭目休息的时刻,竟然冲上去抱住他的脸,想在他嘴唇上吻一下。但童小星挣脱了她的搂抱,没等她真的吻到他的嘴,便举起手,在她脸上狠狠地打了一巴掌。不管事情是真是假,反正从此以后,胡晓丽再也没有进过童小星的工作室。

这件事发生后的第二天,柳兰芽便收到了童小星写给她的信件。在此之前,她还没有收到过男人写给她的任何文字。由于在这个城市里没有什么亲属,也便不会有什么人写信给她,所以当接到童小星的信时,柳兰芽感到十分诧异,童小星是怎么了,怎么想到了给她写信?难道他有什么话要对她说吗?她感到这样想很可笑,童小星当然有话要对她说,可他为什么非要选择写信的方式呢?他的工作室就在车间内,有话当面对她说不是更好吗?她感到这样想更是可笑,前些日子她都把他打跑了,人家哪里还敢当面和她说话呢?再说了,男人对女人说的话又怎么适合当面说呢?这样一想,她便意识到了这不是一封普通的信,而是,而是一封所谓的求爱信……天哪,当意识到接到了平生第一封求爱信的时候,柳兰芽感到无比的震惊,捧着那封信的两只手不由得颤抖起来。

柳兰芽不知道该怎么处理这封信。这里所说的“处理”并不是指向组织举报之类的方式,而是说她该不该把这封信打开来看一看。按说,既然是书信就应该是写给人看的,就这封信来说,既然是写给她的就应该由她来看。问题的关键是,这不是一封普通的信件,而是一封求爱信,虽然是写给她的,而她到目前为止还没有决定真的去谈情说爱,也就是说,她还没有做好谈情说爱的准备,此时此刻,她又怎么能去读这封与她谈情说爱的信呢?思来想去,她还是决定不把这封信拆开,而是把它放在了枕头下。童小星,她在心里对那个写信给她的人说,虽然我不看你的信或许让你失望了,但我枕着你的信睡觉不也算对得住你了吗?当睡着了的时候,她还梦到了有关这封信的内容。她看见这封信从她的枕头下爬出来,一边打开来一边对她说,既然你不看我,那就只好由我自己念给你听好了。于是,这封信就在她耳边自己念起来。听着听着,她的眼里就涌出了泪水,淌到枕头上,把她的脸腮都泡湿了。她知道自己被这封情意绵绵的书信打动了。

柳兰芽没有想到,这只是童小星写给她的第一封信,在随后的日子里,她又接连收到了他写给她的十几封信。她这才知道,童小星原来是一个做事如此认真而执着的人。对这些信,她依旧没有拆开来看,而是一如既往地把它们放在了枕头下,每天夜里都枕着它们进入梦境。她尽管没有把它们拆开看过,却似乎知道它们的内容,因为在每天夜里的梦境中,它们都在娓娓动听地读给她听。所以她知道这些书信的内容大同小异,它们都一样地对她充满了绵绵不绝的情意,略有差别的只是表述这种绵绵情意的文字。她不知道童小星是否知道她没有拆开过他的信,他之所以"绵绵不绝"地把信写下去,她想恐怕与她的没有回复有关。是的,她不但没有拆开过他的信,而且没有给他回复过一封信。也许在童小星想来,只要他把信源源不断地写下去,终有一天他会接到她的回信,因为在社会上还盛行着一个做人的信条,那就是有来无往非礼也,看起来她还不像是一个不守信条的人,所以他才对她没有丧失信心,才把信一封又一封地写下去。没错,她的确还算是一个守信的人,但他显然忘记了她并不是一个正常的人,用正常的逻辑对付一个非正常的人,其结局自然是可想而知的。

这样的局面终于有被打破的那一天。在给柳兰芽写到第十九封信的时候,童小星的信念开始动摇了,也就是说,她没有收到他写给她的第二十封信。在她的想象中,也许这封信他已经写出来了,却没有勇气再寄给她,或者说这封信他根本就没有写,便把手中的纸和笔丢在了地下。没有收到童小星的信,就像他不再出现在她工作台旁一样,让柳兰芽觉到了又一种失落,她才恢复不久的工作状态再次受到了影响。她想这样的局面也不会延续多久,肯定会有另外一种情况到来,将这个缺乏颜色的真空期重新打破。对于那个将要出现的情况,她似乎约略看到了它的模样,明白它对她和童小星究竟意味着什么,因为她知道他们已经到了一个最为关键的时刻,当那个时刻到来的时候,也就是他们摊牌的时候,那个时候她和童小星维持了许多个年头的暧昧关系也就走到了尽头。

正如她的料想,三天过后,那个时刻就到来了。所以当童小星在她身边出现的时候,柳兰芽没有感到丝毫的意外。与以前不同的是,童小星这次出现在她身边并没有与她保持一定的距离,而是突破了他惯有的立脚地点,径直朝着她的面前走来。其实从他一在身边出现,柳兰芽就看出了这种不同,因为他快速走路的姿势,他肿胀发红的眼睛,尤其是他暴露在外的逼人气度,都让她分明感到了一种山雨欲来甚至是鱼死网破局面的到来。你终于来了。她在心里这样对他说了一句。她想自己之所以念叨这句话,是因为她已经做好了一切准备。童小星直通通地走到她面前,在距离她只有不到一尺的地方才停住脚,没有容她做出什么反应,便抬起他的右手,直朝她身上伸来。在她的幻觉中,童小星的右手探到她身上,抓住了她的衣襟,将她轻轻一拽,便转身朝回走去。因为她的衣襟还在他手上抓着,她只能乖乖地跟在他后面走。于是,她便这样跟在他后面,在其他人目瞪口呆地注视下,离开她的工作台,踉踉跄跄朝车间外走去。她当然不知道他要把她带到哪里去,却决心跟他一直走下去,因为她挣不脱他此时变得像钢钳一般有力的手掌。跟他去吧,那时她会在心里对自己说,纵使他把你撕烂了,你也只能跟他走下去,因为这也许就是你的宿命,是你逃不脱的一个劫数。换句明白的话说,那个时刻她恐怕已经做好了摆脱一直以来要做一个贞洁女和铁姑娘的艰苦努力,决心步母亲的后尘开始"堕落"下去了。

但上面发生的场景其实只是她的幻觉,真实的情况却是,童小星的右手在离她只有一张纸的距离内突然停住了,膨胀的手指在颤抖了几下后,又突然掉转了方向,伸到她身边的工作台上,在上面使劲拍了一下。童小星拍击工作台的力量依旧很大,以至于发出的响声传遍了整个车间,柳兰芽甚至看见他的手指因为拍击而瞬间变成了红色。童小星拍完了这一下,仍然没有等她做出什么反应,便掉转身,迈开大步,又以他走来的那种姿态往回走去。他没有带走你。柳兰芽在心里对自己说。这样的场景似乎有些出乎她的意料。望着他很快离去的身影,她不明白到底发生了什么事儿,或者说正因为没有发生什么事儿,她才感到了迷茫,才有些回不过味儿来,这样的场景未免与她的料想距离太远了,以至于让她感到了不小的失落。但她坚信事情没有这么简单,也就是说童小星不会仅仅是到她身边走上一趟兼拍一下工作台就离去的,其间肯定还有什么她没有留心到的情况发生了。于是,在接下来的时间内,柳兰芽便睁大眼睛,尽力朝他刚刚站立的地方和工作台上看。天哪,她真是昏了头,童小星把一张小纸条留在了工作台上,她竟然没有注意到。她不禁恍然大悟,原来他的手在工作台上拍击那么一下,是为了把那张写着字的小纸条留在上面。

因为字条上的字是裸露着的,用不到拆开,甚至用不到拿到手里,仅仅随意地一瞄,柳兰芽便读出了上面的内容:下班后我在广场等你。原来他要和她约会了?看来他已经不止于和她写信了,干脆来个更直接一些的约会也许更能解决问题。问题是她会前去赴约吗?看来童小星还没有把她的心思想透,既然你已经预料到了她不看你的信,又怎么会觉得她会赴你的约会呢?真是没有想到,童小星思考了三天的时间,想出的竟然还是这样一个不太着调的主意。更可笑的是,他还把这个主意写在纸条上,依旧通过书信的方式传递他需要表达的信息,他自己都走到她面前了,何不用嘴把话说出来,反而多此一举往纸条上写呢?

或许每个了解柳兰芽的人都能想象得出,下班后她没有去广场找童小星,也就是说,她没有去赴他的约会。如果事情可以返回去重来一次的话,柳兰芽觉得童小星完全可以如她想象的那样,将她不由分说地拽到广场上去,如此一来说不定她会从了他,因为她都在某种程度上做好了妥协的准备。但童小星却失去了这样一个机会,也便在广场上不会等到她的到来。其实她并不是没有到广场上去,只是没有付他的约会而已。一到下班的时间,柳兰芽就马不停蹄地朝着广场的方向走,想知道童小星是否如他在纸条中说的那样等在那里。事实当然不会出错,等她赶到广场上时,童小星果然早就等在那里了。她把身子隐藏在一块石头后,远远地看着他在广场上徒劳地等待。童小星好像也吃不准她是否会来,所以不断地抬起手腕来看表,随后还踮起脚跟往远处看。时间已经过去了半小时,童小星开始发慌,不再老是站在一个地方,而是在整个广场里到处走动,不断地把头扭来扭去,朝每个她可能出现的地方张望。一个小时也过去了,童小星终于失去了信心,知道就是在这里等到天黑也不会看到她的影子。他有些气急败坏,摘下刚戴上不久的手表,举起来,狠狠地摔在石头铺就的地面上。手表摔碎了,他还不拉倒,又抬起脚,在碎表渣上又踩踏了几下。看着他伤心欲绝的样子,柳兰芽也心如刀绞,不住在心里对他说,童小星,我对不起你……

柳兰芽以为她和童小星的关系就这样结束了。回到家后,她便把他写给她的那些信件包括那张纸条一起点着,当它们在火焰中化为灰烬的时候,她又把满满一杯酒浇上去,算是对他们这场爱情的祭奠。再见了童小星,她呜呜地哭着说,如果有来世,我一定会和你真正好上的。这天夜里,尽管枕头下已经没有了那些信件,柳兰芽却依旧在梦里听见它们在对她诉说,每一封信都把它绵延不绝的情话对她诉说了一遍。几乎一整夜,她都沉浸在那些信件给她的感动中,等醒来时,发现整个枕头都被泡湿了。第二天,轮到她上夜班,所以整整一个白天依旧在用于睡觉,但她又怎么睡得着呢?她不过是利用睡觉来再次聆听那些信件对她的诉说罢了。天黑以后,她挣扎着从床上爬起来,打起精神,踏上了去往工厂里上班的路。就在这天夜里的路上,一件让她料想不到的事情发生了。

记得不久之前,柳兰芽曾经在这条路上遭遇过一次拦截,一个歹徒企图趁着黑夜强暴她,幸亏童小星及时赶来,把她从歹徒的魔爪下拯救出来。她想这件事发生以后,她不会在同一条道路上再遭遇一回拦截了,所以在此后的夜路上便有些大意。事实证明她想错了,俗话说福无双至祸不单行,看来这句话真的很有道理,这天夜里,她便在那条路上迎来了又一场祸事。与上次不同的是,这次出现的这个歹徒用一块黑布蒙着面,加之他是出现在没有路灯的地方,所以她看不清他长得什么样子,只是看出来他是一个不怀好意的男人。歹徒从路边的建筑物后闪出来,也不说话,只是张开两臂,结结实实地拦住了她的去路。

你要干什么?柳兰芽似乎明知道他拦住自己的目的,却还是惊慌地问了他一句。

歹徒犹豫了一下,还是用瓮声瓮气的声音说,夜里睡不着觉,想和你一起……玩玩……他说得好像没有多少底气,也似乎有意把自己的声音弄得有些走调。

走开,柳兰芽让自己镇定下来,不让我过去我就喊人了。她硬着头皮说。

听了她这句虚张声势的话,柳兰芽以为歹徒会发出一声狞笑,说些让她打听他是谁的话,以抬高他做歹徒的知名度。上次那个歹徒就是这样对付她的。但这次显然她想错了,在她还期待着他和她打嘴仗的时候,歹徒却突然失去了耐心,没有再张嘴接她的话,而是径直扑上来,不由分说就抱住了她。

柳兰芽有些意外,等反应过来时,身子已经被他牢牢地搂住了。这个男人的力量很大,她觉得就是使出浑身的劲儿,也未必能挣脱他的搂抱。所以她只是进行了短暂的挣扎,便觉得要放弃努力了。完了,她在心里悲哀地想,这回她要彻底沦陷了,也就是说,她再也不能做成她执意追求的贞洁女和铁姑娘了。这使她想到了童小星。说来奇怪,她此时想到童小星并不是期盼他像上次那样出来救她,而是希望这个蒙面歹徒如果换成童小星就好了,那样她即使真的堕落了,也不会让她觉到像面对整个世界都要沉没了那样的绝望和疼痛。童小星。她甚至还低低地叫了一声他的名字。

柳兰芽肯定自己只是在心里叫了一声,并没有真的让声音发出来。但说来奇怪,她刚把那三个字叫完,歹徒似乎就听到了她的声音,紧紧搂住她的手颤抖了一下,随即便像抽筋的草绳一样松软了。让她更想不到的是,他把手从她身上抽回去,举到脸上,抓住蒙着面部的黑布,一下子扯了下来。

是你……直到看清楚了他的模样,柳兰芽还是有些不敢相信自己的眼睛,天哪,这个拦截她并对她图谋不轨的人竟然就是童小星。

是我……童小星点点头,不得不承认说。

你怎么……柳兰芽气急败坏地说,你怎么……她不知道该对他说些什么,是怪他用这样的方式打劫她,还是怪他将脸上的黑布扯下来。

童小星好像也不知道该说什么,在垂下两手的同时,他把头颅也垂了下去。

看到童小星这个样子,柳兰芽实在失望到了极点。童小星呀童小星,她在心里叨念着说,你怎么这样没出息,竟然连一个像样的歹徒也做不成?

童小星抬起头,看到她脸上的怨恨表情,不禁又把脸掉开去。柳、柳兰芽,他结结巴巴地说,我实、实在不该该……

不该什么?柳兰芽打断他的话。

柳兰芽以为童小星真像她想的那样回答她说,我不该把布从脸上扯下来。如果他真的这样说,也许事情还有最后一线挽救的希望。但事实是,童小星稍稍迟疑了一下,还是沿着他自己的思路说,我不该对你来真格的……

柳兰芽知道一切都完结了。她闭上眼,长长地吐出一口气,似乎把所有对童小星的好感都吐了出去。滚。她轻轻地说了这么一句。说完这简单的一个字,她的泪水便扑簌簌地流出来。

童小星失魂落魄地跑走了。

柳兰芽一个人孤立无援地站在街道上,站在黑魆魆的夜幕下,站在开始刮起来的冷风里。站到快要半夜的时候,她忽然意识到,这一年的秋天马上就要过去了。

在随后的日子里,柳兰芽再也没有在工厂里见到过童小星。后来听人说,童小星参军去了,具体的去处是祖国边陲一个荒无人烟的小岛。

也就在这一年的冬天,柳兰芽记得是快要过年的时候,她已经告别将近二十年的例假突然间到来了。那一天,她一边把刚刚买来的卫生巾塞到两腿间,一边腾出一只手,将1976年的最后一张日历翻过去。

三

柳兰的例假在那个特殊的年份第二次到来后,在接下来的一段时间内,并没有像她想象的那样立刻恢复正常,而是变得更加没有规律可言了。说起来,在以前的二十多年间,例假的拒绝到来其实也已经形成了规律,她不用对它做任何的期待和防范,当胡晓丽尤其是夏美娟为例假的出现手忙脚乱的时候,她则坦然地过她的逍遥日子,从来用不着在这件事上费什么心思。但现在不同了,那种由于不存在而形成的规律被打破了,她不得不拿出一定的精力来应付这个新近出现的情况。按说这个情况如果形成自己的规律也不太难办,顶多让她也像她们那样在它到来的时候手忙脚乱一阵,反正它们是在大体固定的日子里到来,她还是能够对它们有所准备的。但让她感到烦心的是,它却在很长一段时间内没有形成规律,呈现出一种乱七八糟随心所欲的混乱状态,就像一条发了疯的狗一样,想咬谁就咬谁,不想咬谁就不咬谁,想什么时候咬就什么时候咬,不想什么时候咬就不什么时候咬,全凭它的兴之所至,它的突发奇想,它的无所顾忌,它的肆无忌惮,它的恣意妄为,让她无法把握,无所适从,让她防不胜防,苦不堪言。

但不管怎么说,由于例假的到来,柳兰芽已经离一个正常的女人不远了,但与此同时,却正在远离她一心一意要做一个"贞洁女"和"铁姑娘"的方向及目标,当然,在接下来的这个时代里,已经没有什么"贞洁女"和"铁姑娘"存在的条件了,也根本没有这么做的必要了,她把这些抛到身后不仅是无可奈何的一个举动,而且是顺应这个新时代所必须走出的一步。但她毕竟对曾经的努力和坚守有所怀恋,所以当她意识到不得不与过去告别的时候,便在一个夕阳西下的傍晚,将一直穿在身上的陈旧衣服脱下来,甚至还剪掉了一缕头发,放在烛火里点着了,算是与它们的告别兼做一下祭奠。当它们在火焰里化为灰烬之后,她穿上了另一身更为鲜艳更为宽松的新衣服,迎着正在激烈燃烧的晚霞,走向一个开始对她显出莫大诱惑力的崭新时代。说来奇怪,这天夜里,柳兰芽在梦中见到了自己的母亲,看见她从睡眠中醒来,打了一个长长的哈欠,朝她伸出一只手说,孩子,快领我到外面去看看。柳兰芽诧异地望着她说,你、你不是已经死了吗?母亲白她一眼说,我现在不是又活了吗?说着,母亲的手就伸到了她面前。柳兰芽看见她的手白森森的,似乎全是一节节的骨头。她大叫一声,扭头便朝梦境外跑去。她逃出了梦境,望着黑沉沉的夜幕发了一会儿呆,突然意识到母亲是想自己了。第二天,柳兰芽便来到母亲的墓前,为她很铺张地烧了一些纸。望着不断燃烧的火焰,望着火焰里不断飞舞的灰屑,她好像真的听到一个声音得意地说,哈哈,好日子就要到来了。她当然知道这只是自己的幻听。也就是在这些日子里,柳兰芽改变了一度保持了二十多年的素食习惯,突然间改吃肉食了,并进而深刻地体会到了吃肉的好处。

大概是她的例假差不多已经恢复了正常的缘故吧,柳兰芽和胡晓丽甚至夏美娟的关系也逐渐变得正常起来。其实自从童小星离去后,她们之间的敌意就像日头下的雪片一样迅速融化了,不但又像先前那样开始了交往,而且还有了更进一步的发展,柳兰芽不但和胡晓丽又变成了要好的朋友,而且和夏美娟的关系也发生了质变,搞得也像她和胡晓丽之间那样好了,也就是说他们三个人都成了好朋友。为了获得更大的凝聚力,在胡晓丽和夏美娟的鼓动下,柳兰芽还又一次从家里搬出来,重新回到了她们的宿舍内。在三个人一起和谐相聚的日子里,柳兰芽再也没有讨厌过夏美娟和胡晓丽的卫生巾,有时隔上十天半月的时间,她没有在门后看见夏美娟沾满红血的卫生巾,还会纳闷地问她,怎么回事?你那个大姨妈别是不来了吧?好像她一直期盼着人家的卫生巾出现在面前似的。当自己的例假来了时,她也会像她们那样理直气壮地把沾满血迹的卫生巾丢到门后,仿佛这个丢弃卫生巾的过程让她求之不得,有时如果懒得下床,她也会把它随手丢到她们的床前去。

但这样美好的日子并没有持续多久,她们的三人宿舍就又一次解体了,与上次的分离不同的是,这次是胡晓丽和夏美娟搬出了宿舍,而柳兰芽一个人却留了下来。当然,这次的解体并不是由于她们之间的关系出现了问题,而是她们的生活状态发生了改变,具体说是胡晓丽和夏美娟要结婚了,便只好从宿舍里搬出去,和她们各自的老公一起去住。所以当她们分别离开的时候,柳兰芽都会抱住她们,真心实意地掉几滴眼泪。别难过了,她们也真心实意地劝慰她,等你找到了自己的老公,你也会从这里搬出去的。问题是,柳兰芽什么时候找到自己的老公呢?这还真是一个问题,因为在那些日子里她还没有做好找老公的准备,当然就更不知道她的老公在什么地方了。不管怎么说,她的例假还没有完全恢复正常,也便没有一心一意找老公的欲望和要求,这是不是说她还没有从一心一意做贞洁女和铁姑娘的旧生活中解放出来？所以当她们那个车间里的女孩子都找到了老公时,柳兰芽才发现自己真的成了一个落伍者,一个在改革开放年代里显得稀有的异类。

还是放下这个话题,先说一说胡晓丽和夏美娟的婚姻状况吧。其实,说到她们的家庭生活,主要交代的还是她们各自的老公。胡晓丽的老公叫李望通,是医院里的外科医生,同时也是一个烟鬼。李望通所在的单位就是她和童小星住过的那家医院,也正是由于这个缘故,李望通才和胡晓丽走在了一起,这当然指的是在童小星住院期间,李望通见到过胡晓丽,具体说就是胡晓丽从她手里夺过勺子,给童小星喂食鸡汤的场面,给李望通留下了深刻印象。或许那个时刻,善于想象的李望通就遏制不住地想,一个女孩竟然对一个男同事那么好,如果那个女孩成为我的老婆,也就是说我做了她的丈夫,她岂不是会对我更好吗？于是,在以后的日子里,李望通就开始了对胡晓丽的疯狂追求,一来二去便真的和她走在了一起。回顾他们的这场婚姻,柳兰芽觉得与自己没有一分钱的关系,但他们两口子却不这样看待,尤其是那个李望通,偏偏对她说他们之所以走在一起,与她在其间扮演了一定的角色分不开。柳兰芽开始还觉得莫名其妙,以为他们是在和她开玩笑。后来李望通郑重其事地向她分析,如果她没有引起童小星的好感,童小星就不会在她上下夜班的时候跟踪她,也就不会遭到那个歹徒的暴打,当然就不会住到李望通的医院里,那样一来,胡晓丽也就不会到医院里去。就算胡晓丽偶然去了一次医院,要去的科室一定也是妇科之类,顶多是到内科之类去,无论如何不会光临外科,也就不会和外科医生李望通见面了。再退一步说,就算胡晓丽偶然去了一次外科,还碰到了李望通,两个人也不过是走个照面而已,凭着胡晓丽不算出众的姿色,怕是也引不起李望通的注意,更不会唤起他的那番遐想了,当然也就没有了以后他对胡晓丽疯狂的追求,他们也就不可能走到一起去。如果柳兰芽还不能信服李望通的话,那么再听他继续往下分析,就算刨除童小星的因素,单说她柳兰芽吧,如果她没有去给童小星熬制那罐鸡汤,胡晓丽就算是一个再对同事好的女孩,又怎么表现出来呢？总不能一上来就和童小星亲嘴吧？当然如果她真这样做了,李望通也就不会打胡晓丽的主意了。所以说来说去,还不是要感谢柳兰芽那罐鸡汤？自然更重要的是要感谢她这个人,如果没有她的存在,他李望通是绝不会和胡晓丽走到一起去的,也就是说,没有柳兰芽的存在就没有他们这场婚姻的存在。分析到这里,李望通把快要烧到手指的烟蒂丢在地下,对她恭敬而亲切地总结说,不管从哪个方面说,你都是我们的红娘。听了他这番云苫雾罩天花乱坠的分析,不但柳兰芽信了他的说法,连胡晓丽都觉得是那么回事了,执意要柳兰芽主持他们的婚礼。于是,柳兰芽便在毫无觉察的情况下成了他们婚礼的重要见证人,也便在以后的日子里成了他们家的座上宾。不久,胡晓丽就生下了一个可爱的女孩。在李望通又一次提议下,鉴于柳兰芽在他们婚姻关系中的重要地位,当孩子过一岁生日的那一天,她又稀里糊涂地成了孩子的干妈。天哪,当听到李望通宣布这个消息的时候,柳兰芽羞愧得差点钻到桌子下去,因为不管她有多老,毕竟还是一个标准的姑娘呢,竟然就当起了别人的母亲,虽然那只是一个一岁的孩子。

过后反思一下,柳兰芽觉得自己之所以会出现在胡晓丽的婚姻中,完全是由于李望通的原因,也就是说,如果没有李望通的蛊惑,尽管她依旧会和胡晓丽的家庭保持往来,但不会那么深刻地介入进去,也就不会和李望通扯上那么多的关系。其实当觉察到这一点时,她和李望通已经勾连到一起了,也就是说,她就是想从这种不正常的关系中挣脱出来恐怕也来不及了。她这才看出来,其实从一上来,李望通就打上了她的主意,只是她没有及时察觉罢了,而且连胡晓丽都被他的花言巧语蒙骗了,就在她的眼皮底下,李望通半公开半隐秘地和柳兰芽搞在了一起。柳兰芽无论如何想不明白,自己从什么时候落入了李望通的陷阱?可悲的是,等她发现自己成了一只猎物时,作为狩猎者的李望通已经在享用她很久了。既然事情早就发生了,还有什么中止的必要? 甚至连中止本身似乎都显得有些可笑。

如果要准确说一下这件事的话,柳兰芽觉得不应该一味地指责李望通,或者反过来说更合适一些,这也就意味着,她应该在某种程度上感谢一下李望通才说得过去呢。当然,这样说只是停留在她是一个女人这一点上,并不包括诸如堕落、败坏等含有更多道德成分的因素,单说作为女人的本性这个方面,她觉得李望通对她是有着开辟性意义的,不管怎么说,在与他勾连之前,她还不能说是一个正常的女人,因为例假还无法做到一个月来一次,也就是说她还处在走向正常的大道上,如果没有李望通这个外力的助推,她不知道单凭自己的力量将什么时候抵达目的地。在努力与这个急速变化的社会相接轨的时候,她遗留在观念中的那个与此相反的作用力,那个执意要做一个贞洁女和铁姑娘的愿望会起极大的阻碍作用,尽管它们已经不再符合时代潮流了,但让它们迅速地退出历史舞台也是没那么容易的,它们一定会做一番垂死的挣扎,弄不好就会来一个"倒春寒"也说不定,所以在这个过程中,她是多么需要一个具体的外部力量,让她尽快从那个老旧的桎梏中解放出来,彻底卸下沉重的冬装,一身轻松地奔赴人性的春天,说句更为明确的话,也就是奔赴男人的怀抱。而就在这样的情况下,李望通像一个笼罩在烟雾中的神秘幽灵一般,非常及时出现在了她身边,张开他强有力的手臂,似乎仅是轻轻的一个动作,就让她义无反顾地走进了人性解放的新天地中,具体说投入了他染有浓烈烟味的怀抱里。

其实刚开始的时候,柳兰芽的转向也并不是那么一帆风顺,毕竟她在过去的生活里待得太久了,以至于完全适应了那里的环境和氛围,对急快到来的社会变化有一种恐惧心理,本能地加以抵触也是在所难免合乎情理的。所以当她觉察到李望通在打自己主意的时候,她感到很诧异,也感到很愤怒,恨不得打他一巴掌,恨不得到胡晓丽那里去告发他,不仅仅是由于她是他妻子的朋友,主要还是因为她是一个严肃有加的女人,对于这样的女人,男人除了对她保持敬畏以外,是不能顺便对她眉来眼去的,不然便不仅说明那个男人的轻浮,还是对这个女人的故意凌辱。所以在最初的时候,她是无论如何也不能接受他对自己那些挑逗的。她之所以没有立刻与他反目,不是因为她有多么好的忍耐力,而是还有些吃不准那到底是不是他对自己的挑逗,因为她没有和男人打交道的经验,回顾自己苍白而简单的生活,顶多也就是和童小星发生过一定的关联,此外再也没有和其他任何一个男人建立过关系……对了,倒是还有一个早就死了许多年的老鲁,不说老鲁还好些,追究她变得不和男人打交道的原因,恐怕和老鲁那个狗东西对她的凌辱分不开,也许就从那个时候开始,她便对男人心生恶感而执意与他们保持距离了。正是由于这个原因,她都长到了三十多岁的年龄,还没有和男人真正亲近过,还把那个一直让她放不下的童小星赶到了遥远的边疆去。所以尽管李望通一再对她做出暧昧的表示,她却不能肯定他是不是真的在勾引自己,比如说,当她和他们夫妻坐在一起时,他会装作不在意的样子踩一下她的脚,为了不引起胡晓丽的注意,她只能忍受着疼痛不发出任何声息。开始她以为是李望通无意间踩了自己的脚,但后来发现只要她和他坐在一起,她的脚都会被他踩到,而且他这样做了以后,还会斜过头来看似无意地瞥她一眼,甚至还会顺便朝她喷吐一口烟雾,嘴角含着越来越明显的微笑,这使她怀疑他是故意踩自己的脚,但由于她的刻意不声张,这种行为便成了只有他们两个人才知道的秘密,而把同样在场的胡晓丽——他的妻子兼她的朋友排除在了外面。

如果这样的情况还能让她忍受的话,那么接下来的这个场景恐怕就让她觉得的确是对她的侮辱了。由于柳兰芽的例假不能正常到来,有很长一段时间,胡晓丽都放心不下这件事,几乎一照她的面,就提议她到医院去检查一下,看问题到底出在了哪里。如果这个建议放在前几年,柳兰芽会觉得她是在嘲笑自己,会断然予以拒绝,但现在不同了,现在并不存在胡晓丽和她争抢男人的问题,人家已经结婚生子而她依旧孑然一身,胡晓丽为她心焦着急而给她提出这样的建议,在她看来是对自己的极大关心,她怎么能对人家的话心生反感呢?尽管她没有按胡晓丽的建议去做,但还是对她的好意满怀感激的。但让她想不到的是,有一天,胡晓丽的丈夫李望通竟然也像她那样对她提出了同样的建议。这未免使她大吃一惊,简直难以想象,一个男人怎么可以向一个与他毫无关系的女人说出什么包含"例假"内容的话来。柳兰芽当时羞红了脸,差点就要与他反目,就要掉头而去。但回味他说这话的口吻,又是那么地轻松随意,就像把嘴里的烟雾喷吐出来一样脱口而出,她才觉得或许是自己多虑了,要知道说这话的人是个医生呢,而他说话的对象在他眼里也许仅仅是个病人罢了,况且他说这话时是当着自己妻子的面对她说的,是的,他是当着胡晓丽的面对柳兰芽说的,如果他在有意和她过不去的话,怎么可以当着她好朋友的面说呢?难道胡晓丽也参与到对她的侮辱中来了吗?事情显然不是这样,所以柳兰芽在涨红了一下脸面之后,并没有做出什么反对的表示。

事情的转变大概就是在这个时候开头的。李望通自从和她说了例假的事之后,此后只要一照她的面,便会提到这事儿,让她跟他一起到医院去做一下检查,胡晓丽也又像先前那样帮助他说。柳兰芽听得多了,耳朵里都快要起茧子了,终于招架不住,也真心地以为李望通是为自己好,便改变了把他们的话当耳旁风的习惯,第一次跟在李望通身后,朝他所在的那家医院走去。后来回想这件事,她觉得事情就从这个地方便走上了岔道。按说,她去医院做有关"例假"的检查,她的朋友胡晓丽是应该陪她一起去的,毕竟由一个同性陪伴对她来说是较为方便的,作为异性的李望通如果出现在她身边，顶多是因为他是胡晓丽丈夫的缘故，当然还有他是这家医院的医生的原因。但事实是，那天胡晓丽并没有陪她一起去，而是由李望通一个人带她去的，也就是说，是她和李望通两个人一起到医院里去检查她的例假情况的，好像那个时候胡晓丽正好有事走不开，或者他们都产生了通过李望通行一下方便的念头，便没有让胡晓丽跟他们一起去。柳兰芽觉得这件事的错误大概就是这样产生的。

　　来到医院里后，李望通没有如她想象的那样领她到妇科去，而是径直把她带到了他的外科办公室。柳兰芽觉得有些意外，便止不住对他说，别到你的科室去了，你直接把我送到妇科去吧。李望通头也不回地说，不用到妇科去，在我办公室里检查就行了。柳兰芽呆住了，听他话里的意思，她今天的这次检查就由他来进行了？她以为自己的耳朵出了毛病，李望通作为一个外科医生，怎么会为一个女人检查妇科病呢？她停住了脚，似乎期待着他把刚才的话再重说一遍。李望通也只好站住了，走回她身边，低下声说，这种事还是不要让那些多嘴的妇科医生经手为好。柳兰芽想了一下他的话，好像回过点味儿来，他的意思或许是说，例假不正常的疾病是她的一个隐秘，还是知道的人越少越好，这样也许对她个人的生活有利，而这次给她做检查的李望通本人，由于是她的朋友，是不存在泄露她的隐秘这类问题的，也就是说，无形之中李望通就把自己摆到了所谓自己人的领域里，而柳兰芽听了他的话，竟然也真的如他期盼的那样把他当成了"自己人"。她没有再表示什么，便重新跟在他后面，直接进到了他的办公室内。

　　一进办公室，李望通就关上了门，这样，他的办公室就成了属于他们两个人的世界。在此之前，柳兰芽也和他单独在一起过，但一般都是在他家里，他的妻子胡晓丽就在离他们不远的地方，即使李望通想打她的主意也是心有顾忌的，不然她一声叫喊就会把胡晓丽招来，就会让他吃不了兜着走。但现在不同了，整个一间办公室内就剩下了他们两个人，虽然外面有人不停地走过，但那些人与她一毛钱的关系也没有，如果李望通执意地骚扰她，就算她把嗓子喊破，也没有人闯进来帮助她的，退一步说就算有人不识时务地进来了，很可能也是他的熟人，来帮助她同时得罪李望通的可能性依旧微乎其微。这样一想，柳兰芽便有些犹豫起来，似乎做好了随时往门外跑的准备。李望通看出了她的疑惑，慢慢地点起一支烟，一边蹙起眉头吸着一边装模作样地问她，怎么啦？你不想看病了？

　　我……望着他那副正人君子的严肃样子,柳兰芽有些不知所措。莫非他真的是为了我好? 她在心里问自己,别是我误会了人家的好意吧? 这样一想,她便感到了一些愧意,好像如此怀疑李望通的"好意"怪对不住他似的。好吧。柳兰芽故作坦然地在他面前坐下来,决定按照要求配合好他对自己的这次检查。

　　李望通把一面布帘拉起来,这样办公室便隔成了狭小的两个空间,他们所在的这一间有一张用于检查的小床。由于布帘的遮挡,柳兰芽和他置身的这一间越发显得隐蔽,好像他们已经来到了所有其他人都不能随便进入的场所,是专门让他们两个人容身的地方,或者换句话说,是专门供医生和病人工作的地方。正是想到了后一句话所包含的内容,柳兰芽才觉得没有从这里逃走的必要,起码现在还没有,因为她还不知道他将怎么对自己做这次有关例假不正常的检查。她尽管对此已经想象过很多遍了,但说实话,到底这次检查有些什么内容却从来没有想清楚过。于是,有些懵懂无知的柳兰芽只好按照李望通的要求,先躺到那张床上去,然后解开自己的腰带。直到这个时候,她才明白李望通对她的检查是要她将那个隐秘部位裸露在他面前了。这似乎有些出乎她的意料,按照柳兰芽的理解,例假的正常与否到底与那个部位有多大的关系呢?

　　看来你没有做过这类检查? 李望通又一次看到了她脸上的疑惑,也又一次装模作样地问她。

　　柳兰芽觉得他问得实在有些多余,记得在他家的时候,他还对她从来不做这种检查而批评她呢,现在他怎么忘记了这回事? 她感觉出来,李望通尽管一直面目严肃,心里其实也处在忐忑不安中,好像他对她的检查真有什么鬼似的。你怎么不提化验的事儿? 她突然问了他一句。

　　其实她这句话也是随便问一下而已,并不意味着她知道这类检查先要做一些化验才合乎程序。但李望通听了她这句话,却一下子紧张起来。当、当然要做化验,他有些结巴起来,叼在嘴唇上的烟卷差点掉下来,但对生、生殖系统的检查,也是很有必、必要的……说着,他便把烟卷在烟灰缸里摁灭,从一个塑料袋里取出两只胶皮手套,轮换着戴到手上。他的手开始微微发颤,然后急快地伸到她身上,更加颤抖地拉开她的腰带,就要朝她的腹部下面看。

　　柳兰芽本能地抓住了腰带。虽然她的腰带已经松开,又经过他的扯拽,肚子下面的一截已经裸露出来,但最为隐秘的部位还藏在裤腰里面。她已经看出来,李望通对那个即将出现的部位已经有些急不可待了,两只眼睛开始闪出了饥饿的光芒。是的,饥饿,她感觉得出,他的目光里含满了饥饿的成分,那应该是一只好几天没有吃到过一口食物的狼才会有的目光,而一个以治病救人为目的的医生怎么会有那样的目光呢?正是这两道目光当然还有他急不可待的动作,让她一度失去的警惕性立刻回到了脑子的最敏感部位,两只手本能地做出反应,将他快要撩开的裤腰又提了上来。

柳兰芽,李望通再也控制不住了,突然叫了一声她的名字,随即便把他的整张脸都伏到了她身上,同时嘴里哀哀地叫道,快让我看你那里一眼,我快要受不住了……

柳兰芽知道受到了这个浑蛋的欺骗,当然更是受到了他的侮辱。好你个李望通,她翻身爬起来,顾不得把腰带拢好,就抬起一只脚,朝他胸口上狠狠地踹了一下,因为她如果再不出脚,他的身子就扑到她身上来了,那时她再挣脱他怕是就来不及了。

李望通没有想到她的出脚会那么有力,身子朝后仰了一下,便要朝地下倒,幸亏他的身后有一张凳子,将他踉跄的身子勉强接住了。

望着他狼狈不堪的样子,柳兰芽突然觉得这个情景有些似曾相识。在最短的时间内,她想到了童小星,想到了许多年前她把童小星推倒在地的情景。是的,那个时候她用的是手,好像是轻轻一推,童小星就倒在了地下,而现在她用的是脚,她似乎用了全身的力气,才让这个饿狼一般的男人跌倒在凳子上。也就是说,李望通可是比童小星有力量多了,也比童小星危险多了。她唯恐他站起来再对自己下手,趁他倒在凳子上发怔的片刻间,将身子滚下床的另一侧,撩开布帘子,跑到门后,奋力将门板拉开。

柳兰芽——李望通急忙站起来,绕过床,直朝她身后追来。

柳兰芽跌跌撞撞地跑出他的办公室,跑出走廊,直到跑出了医院大厅,来到外面的开阔地带,她才放缓脚步,弯下腰大喘了几口气。李望通,她回过头,朝着他办公室的方向啐口唾沫,你就等着吧,老娘和你没完。

李望通没有从她这里占到便宜,却吓得不轻,以为她会在胡晓丽面前告发他。连柳兰芽自己也觉得自己会这么做,因为这的确是惩治李望通最好的一个办法,只要她把这天的遭遇对胡晓丽说上几句,李望通这个狗东西就会吃不了兜着走,所以那几天里,李望通不敢再像往常那样抛头露面,据说连家都不敢回了,整日在外面躲躲藏藏,简直和一只丧家狗差不多。但不知怎么回事,好几天过去了,柳兰芽却还没有到胡晓丽那里去举报他,倒是胡晓丽来找过她几次,问她见到了李望通没有?柳兰芽未免感到有些诧异,李望通消失了,他的妻子却来向她打探行踪,好像她知道他到哪里去了似的。按说这正是她向胡晓丽告发他的最佳时机,但她张了张嘴,还是又把那些早就准备好的话咽了回去。她突然意识到,如果在这个时候向胡晓丽诉说有关她丈夫和她之间的一些事儿,尽管这些事都是源于李望通的胡作非为,恐怕最有可能的一个结果便是引起胡晓丽的误解,以为她和该死的李望通真有什么关系似的,不然李望通消失了,他的妻子为什么要来向她询问去向呢?是不是在胡晓丽的心目中,已经对她和李望通可能存在的暧昧关系产生了怀疑?或者换句话说,胡晓丽对李望通可能施与她的骚扰早就看在了眼里?也就是说,那天李望通在他的办公室内对她"检查"的真实情状已在胡晓丽的预料之内?这是不是说,姓胡的当时所谓"有事"离开而只让她和李望通去医院会不会只是一个借口?这样一想,柳兰芽的汗水便从脸上下来了。她急忙晃晃脑袋,极力让自己清醒下来,不会,她在心里告诫自己说,胡晓丽是她的知心朋友,绝不会和她的丈夫勾结在一起打她的主意。虽然她心里这样想,但还是决定不再对胡晓丽告发李望通了,因为她怕自己说不清楚这件事,不但惩治不了李望通那个浑蛋,还给自己惹上一身骚,到头来连胡晓丽这个朋友也保不住了。柳兰芽再次咽口唾沫,决定把这口气压在肚子深处。

其实,促使柳兰芽不对胡晓丽揭发李望通的原因还不止于这一个,她之所以没在第一时间去见胡晓丽,是因为当她从医院里出来后,尤其是回到她的宿舍后,她体验到了一种过去从来没有过的独特感受。那个时刻,她关上门板,将腰带解下来,随后又褪下裤子,低下头,想检查一下她刚刚遭受过侵犯的那个部位,当然,她并没有糊涂到会相信那个部位被李望通真的侵犯成功了这样一个假象,她之所以这样做完全是一种对刚才那个场景的重新回顾,这样说也许还不够准确,应当说是对那个场景的重温和回味也许更能表达她这样做的初衷。真的,她早就没有了在医院里对李望通表现的那种愤怒,甚至连硬逼出来的一点委屈也消失了,剩下的只是一种好奇和亢奋相交织的复杂感受,如果进一步说,那就是由于遭受了侵扰而感到好奇,由于好奇而更加体会到了亢奋,这样的逻辑顺序也许并不为其他人所理解,却是她此时此刻的真实情绪状态。似乎光是检查也获得不了什么意外的发现,接下来柳兰芽便将注意力由对外部世界的观察转移到对内心感受的体验之中,没有提上裤子便爬上床去,像在李望通办公室的床上那样躺好,闭上眼睛,在内心里更加努力地回想刚刚过去的那个场景,真的,她似乎又一次感到了一只手在她腹部的撩拨,一种从未有过的感觉像一股温水一般涌来,很快便将她的整个身子淹没了。这是一种她从未体验过的美好享受,它的醉人程度足以让她不顾一切地沉沦其间而不想自拔,哪怕什么堕落,哪怕什么毁灭,只要被这种美好的感觉所浸泡,一切就都足够了。她真的难以想象,如果倒退回去几年,当她遭受到别人侵害的时候,怎么会没有羞耻感反而获得了更多的享受呢?比如当那个叫童小星的男人试图亲吻她的时候,她不但愤怒地将他赶跑,还真的感觉到了一种屈辱,但现在却不同了,与童小星比起来,李望通的行为可恶得多,虽然她也将他赶离了她的身边,却没有真切地感觉到他对自己的伤害,他带着胶皮套的黑手岂止是对她的伤害,简直可以说是对她的开辟才说得过去呢。正是由于他的所谓"冒犯",她才第一次体会到了来自隐秘处的快乐,从这种意义上说,她不但不会再怨恨李望通,反而从内心里对他充满了感激。当然,她不会把这种所谓的感激表露出来,而是深深地压抑在内心里,或者根本用不到压抑,当来自那个地方的美好感觉潮水一般退去的时候,也就是说当她又恢复了清醒状态的时候,她刚刚产生的对李望通的"感激"也便退回了幕后。但不管怎么说,让她在经历了这样一番独特的体验之后再去胡晓丽那里揭发李望通,她却是无论如何也做不到了。狗日的李望通,柳兰芽在心里笑话他说,你藏个什么劲儿?难道老娘还能吃了你不成?那些日子里,她甚至盼望李望通快些出来,并且还在心里做着一个假设,如果他再像上次那样骚扰她一回,她会不会不再拒绝而是坦然接受呢?

　　这样的假设当然是没有什么实际意义的,虽然李望通在藏匿了一些日子后又出来了,却不敢再出现在她面前。没有了李望通这样一只饿狼的骚扰,柳兰芽的生活又很快恢复到了以前的状态中,也就是说,又像胡晓丽她们认为的那样"不正常"起来。这当然只是一种表面现象,其实在这层貌似"不正常"的外衣下面,掩盖着的却是她正在急快正常起来的肉体真相。自从经过李望通那次检查或者说治疗或者说开发以后,尤其是体验了那次强烈的欲望感受以后,她的例假便在没有多少准备的情况下一次又一次地到来了,开始她以为仅仅是比过去来得频繁一些而已,很快便发现它确凿是在每个月固定的日子里出现,也就是说,它已经开始变得正常了,这同时也意味着她已经是一个正常的女人了。这当然只是她自己才知道的事情,尽管她心里高兴得不行,却也不能主动去向别人说吧。所以在其他人眼里,尤其是那些对她有看法的人眼里,她依旧还处在不正常的状态中。说起来,所谓的"不正常"只是好听的说法罢了,是柳兰芽和朋友们使用的一个中性字眼,而在那些对她有看法的人嘴里,她的不正常可是有另外一些更加形象的名词来表现的,按照由雅到俗的顺序排列,这些名词分别是"石女""假小子""雄性化""双性人""二尾子"。对于前四个较为温和的词,她还能够接受,却尤其不能容忍第五个,也就是那个"二尾子",虽然它和前四个词的意思差不多,但在柳兰芽听来,它却是那么难听,好像其间包含着多么严重的侮辱成分一般。当然,那些人也知道这个词难听,一般不当着她的面子说,因此她也没有在这件事上与别人翻过脸。随着例假变得正常起来,她以为这件事作为一个问题就不复存在了,从此以后便会在人们眼里成为一个正常的女人,再也不用担心那个带有侮辱性质的名称落到自己的头上。但她哪里料到,就在她内心里沾沾自喜的时候,这个该死的名称却不意间最后一次被她听到了,连她自己也没有想到,她会做出那么激烈的反应,并从此一发不可收地走上了一条不该走却是命定要走的路。

这一年的春天来得有些晚,气温一直升不上来,都过了清明节好多天了,树上的叶片还没有冒出来。尽管天气有些冷,但一些追求时尚和美观的人尤其是女孩子便急不可待地脱去冬装,冒着寒气换上了简单轻薄的夏装,女孩子们不但露出了臂膀,还把两条腿都裸出来,如果没有冷风不时地吹刮,她们简直要把整个身子都交给外面的世界也说不定呢。由于众所周知的原因,柳兰芽一直没有追赶这种潮流的习惯,不要说裸露自己的臂膀和腿脚,就连一般女人格外喜欢的裙装也很少往身上穿。于是,在这年的春天里,她所在的厂里便形成了一个独特的景观,所有的女孩子都穿上了夏装,只有她一个还把冬装留在身上。开始她还没有意识到自己与她们有什么不同,还依旧坦然地走在上下班的路上,直到有一天,她发现有人在对自己指指点点的时候,才觉得身上可能出现了什么问题,当然很快发现是自己的着装不太合适,决定回到家以后,马上就把身上的衣服换下来。但这已经晚了,在她走出工厂,正在往通向家的街道上走的时候,突然听见一个声音在身边响了一下。没错,这个声音所使用的语言正是那个柳兰芽不愿意听到的词,"二尾子",如果说话人把这句话换成其他几个词,哪怕是生造另外一个词,她也就不会那么在乎了,可那人偏偏说出的是这样一个词,那就别怪她恼羞成怒了。还有,如果是在以前的时候听到这个词,她恐怕也就忍受下来了,因为那时她的确像一个男不男女不女的怪人,别人如此的议论也是情有可原的一件事,但现在不同了,她已经变得正常起来,也就是说她已经成了一个正常的女人,他们为什么还要如此称呼她呢?于是,柳兰芽果断地停住脚,对着那个传出声音的地方大声骂道,睁开你们的狗眼看看,天下有老娘这样的二尾子吗?

此时,正是下班的高峰期,许许多多的人都从工厂里走出来,踏上这条通往市区的道路。柳兰芽这一声炸雷一般的叫骂,立即让那些人停下了脚步,在短暂地发了一下征之后,便急快地朝她身边围拢来。这是一些习惯看热闹的人,加之刚刚下班,正打算好好休歇一下呢,马上就迎来了一个欣赏节目的机会,怎么能不大大地开一下眼呢?那些人围拢在她面前,像被人捏住了脖子的鸭子一般,纷纷把头颅朝她扭来扭去,满脸都流淌着幸灾乐祸的笑意。

其实柳兰芽早就搞丢了说那句话的人,一见那么多人围来,她越发来劲儿了,本能地把火气朝这些人身上撒去。在她想来,既然没有抓到那个侮辱她的人,那么就且把这些人都当成自己的对立面吧,并不是她天生好斗,而是从这些人的表情中都看出了那个词所包含的意思,也就是说几乎所有这些人都有对她说那个词的嫌疑。他妈的,柳兰芽在心里朝他们骂道,原来你们都在这么看我?一霎间,她似乎明白了自己在这些人心目中的形象,既然他们如此看她,那她就好好地给他们证明一回看吧。她觉得有这么多人围观倒不失为一件好事儿,无形中为她提供了证明自己身份的一个好场所,好时机,也省得朝他们一个个去做说明了,干脆来个一勺烩,一句话或者一个动作就让他们都知道老娘是什么人,这岂不是一件万般痛快的事儿?但在短暂的时间内,柳兰芽实在想不起那句能够说明她身份的话是什么,却一下子想到了一个动作,对,一个动作,只要她做完了这个动作,不用她再说任何一句话,他们就会真切地相信她是一个地地道道的女人了。于是,柳兰芽不再做丝毫的犹豫,便举起两手,在人们目瞪口呆的注视下,飞快地解开身上的所有衣扣,包括她一直没有当着别人解开过的腰带,将身上的衣服一件不剩地脱下来。看吧，她拍着自己的身子说，睁开你们的狗眼好好看一下，老娘是不是一个标准的女人？

人们无论如何没有想到她会这么做，一个个瞪大了眼睛，直直地朝她身上看，脸上的表情由幸灾乐祸一下子变成了贪婪无度。他们似乎只是用眼看还觉得不够，随即又把嘴也张大开来，好像准备像吃一只羔羊一样把她吞到他们的肚子里去。在柳兰芽看来，这些人的表情比李望通还要来得直接，李望通在面对她身体的时候，起码还有些不好意思，还要装模作样地掩饰，而这些人却没有任何羞耻感，也许在他们看来既然是她主动把衣服脱了，自然就意味着她对他们看她身体的邀请，所以也便不再客气，抱定一种不看白不看，看了也白看的心理，抓紧这难得的时机对她的身子来个全方位了解。当然，柳兰芽既然把衣服脱下来了，肯定就不怕他们观看，但在她的内心深处，好像需要的并不是这些含有玩弄意味的饥渴眼光，而是这些眼光的主人对她是一个标准女人的真正认可。但她又说不清楚，他们对她女人身份的了解不就是通过这样的目光吗？除此之外她还寄望他们使用怎样纯净的眼神呢？不知为什么，这时她突然想到了自己的母亲，那个早就死去了许多年曾经以出卖肉体为生的女人……也许就从这个时刻起，柳兰芽便开始启动了重复母亲生活道路的按钮，不知不觉迈出了走上堕落之路的脚步。

柳兰芽这一次富有爆炸效果的惊人之举，为她争回了存疑许多年的本色身份，也让她保持许多年的美好声誉毁于一旦，从此以后，虽然没有人再怀疑她是一个女人，却认定她是一个无可救药的轻贱女人。没想到她竟然……柳兰芽听到最多的话就是这样一个不完整的句子，不是说话人表达得有缺陷，而是她没有勇气把后面的话听下去或者复述出来。一些过去与她要好的朋友，比如胡晓丽和夏美娟之类的女性朋友，也对她有了不同的看法，在对她叹了一通气之后，都有意与她拉开了距离。柳兰芽才不在乎她们的疏远呢，自从那件事发生以后，她已经对这些与她同性的人没有了多大兴趣，现在她最希望交往的人其实已经变成了异性，比如李望通那样的男人。说到李望通，柳兰芽真的产生了主动去医院找他的念头。在她与男人的交往史中，李望通或许是唯一让她觉得能够继续交往的男人，老鲁就不用提了，别说他已经死去多年，就算还活着她也对他提不起多少兴趣，童小星倒是一个合适的人选，但他如今在什么地方呢？别说她找不到他，就算他在她身边,她也没有脸面再去打扰他了。思来想去,竟然就剩下一个李望通可供她选择了。李望通虽然不是她的合适人选,他有老婆,长相也不怎么样,可他就在她身边,是她看得见摸得着的一个具体的男人,只要她到医院的那间办公室去,就能把他堵在里面,更重要的是,这个男人一直对她感兴趣,并且试图对她下手,只要她"回心转意"向他示好,他就会立刻拜倒在她的石榴裙下。唯一的顾忌是曾经的朋友胡晓丽,但没几天,重色轻友的习性便也在柳兰芽身上显露出来,架不住对异性欲望的驱使,她轻而易举便打消了对胡晓丽的顾忌,真正行动起来,对自己打扮了一番之后,便直朝医院走去。李烟鬼,她在心里叫着他的绰号说,你准备好了吗?

毕竟好多日子不见了,乍一看到李望通,柳兰芽觉得他发生了不少的变化,当然不是说他的外部形象,而是他的精神气质,具体说是面对她时流露出来的那种表情,与过去留给她的印象大相径庭,具体说来是没有先前那么活跃了,或者说没有先前对她的那种活泼表现了。原先只要一见她的面,李望通便立刻来了兴致,想千方尽百计地向她献殷勤,虽然她很少响应他,但他并不气馁,依旧变着花样讨她的欢心。但现在不同了,柳兰芽走进他弥漫着烟味的办公室时,李望通竟然有些慌张,夹在手指间的烟卷掉在了地下,却也忘了把它捡起来。也许他没有想到她会主动来医院找他,或者还以为她到这里来是找他的麻烦,所以李望通便有些不安,柳兰芽都在那张曾经躺过的床上坐下了,他还一直站在她面前,两只泛黄的手在胯边瑟瑟抖动着,脸上一副不知所措的样子。

怎么了?柳兰芽冷冷地看着他说,不认识我了?

你,李望通朝门外看了一眼,马上又回过头来,你到这里来干什么?

你说干什么?柳兰芽故意给他打马虎眼说,我们的事还没完呢。

李望通果然害怕起来,急忙关上门板,回过身,可怜巴巴地看着她,其实我什么都没有做呀,我不过是好心好意地给你做检查……

这个狗东西,柳兰芽在心里骂他,还在对老娘装模作样。她不想真的把他吓住,便索性把身子躺下来。好吧,她顺着他的话说,那天没有检查完,今儿你就继续给我做检查吧。

李望通呆呆地看着她,吃不准她是否在和他开玩笑,所以好长时间不敢做出反应。

来呀,柳兰芽直起身来,朝他招了一下手说,还站着干什么?来做检查呀。

李望通似乎知道她要干什么了，但还有些不相信自己的判断，没有立刻向她跟前走，而是就势坐在他的座位上，从烟盒里摸出一支烟，点着后深深吸了一大口，一边慢慢地喷吐烟雾，一边用依旧冷淡的目光看她。听说你在大街上做了一次表演？他试量着对她说。

什么表演？柳兰芽的脸不自觉地热了一下，急忙摇摇头说，我是让那些不怀好意的人气坏了，一怒之下，就做出了……

了不起，李望通心悦诚服地说，过去那个连对医生都不肯脱衣服的人，竟然当着那么多人的面在大街上把自己扒了个溜光，实在是可敬可佩呀。

柳兰芽吃不透他的话里到底是真的敬佩还是更多地含满了嘲讽，不好表示什么，只是朝他模棱两可地咧了咧嘴。

变化如此之大，李望通又上下打量她一眼，不无感慨地说，就是让我打破了脑袋，怕是也想不到哩。

我还认为你变了呢？柳兰芽在心里说。都是这个社会变化得太快，她这样搪塞他说，我们都不过是跟着潮流走罢了。

听了她这样的说法，李望通竟不自觉地点了点头，脸上又表现出心悦诚服的样子。

柳兰芽不想再闻他那些越来越浓烈的烟味了，便把身子在床上躺好了说，别说这些没用的了，快给我做检查吧。见他还在犹豫，她便自己把身上的衣服解开说，我都给你送上门来了，你还等什么呢？

李望通的眼睛落到她裸露出来的身体上，很快便像上次那样放射出了饿狼才会有的目光。柳兰芽这才知道，他其实一点都没有变化，刚才的一点拘谨表现不过是他惯常使用的假象罢了。柳兰芽，你终于露出了你的本来面目。李望通竟然也这样对她说，然后迅速地扔掉烟蒂，裹挟着一阵疾风来到她面前，举起他的两只黄手，直朝她身上伸来。我就知道我会等到这一天。说着，就把他沉重的身子压到她身上来。那一刻，柳兰芽觉得她不是被他的身子压住了，而是被一股辛辣刺激的烟雾笼罩了，她甚至止不住打了一个响亮的喷嚏。

事过之后，等从他带给她的美好感觉中挣脱出身来，柳兰芽不禁又想起他刚才说的两句话，"你终于露出了你的本来面目"和"我就知道我会等到这一天"。她当然知道他所说的"面目"是指她在那个时刻表现出的放荡样子,但让她感到不解的是"本来"两个字,就算所谓的淫荡是她的本来面目,可他是通过什么渠道知道的呢? 听他的口气,他似乎对她的所谓本来面目了如指掌一般,不仅是掌握得那么清楚,而且准确预见到了它的结局,也即他"等到了这一天"。大约正是因为以上这些因素,他从一开始就打起了她的主意。柳兰芽觉得,他之所以这么说并不是在无故卖弄自己的才智,其间肯定有她所不知晓的一些起到决定作用的原因,正是它们使她在绕了一个大圈之后又回到了放荡的出发地,也就是回到了母亲当然也是她自己的人生轨迹上。告诉我,柳兰芽拉住他的手说,你怎么知道我会成为现在这种……样子?

李望通抬起手,再次在她脸上抚摸了一下。柳兰芽感觉出来,他的这次抚摸已经没有了男人的意味,而恢复成了一个标准医生的手势。李望通用一种医生的手势在她脸上抚摸了一下,最后停在她额头中间的部位,然后看着她的眼睛说,难道你还不知道吗? 你是一个饕餮综合征患者。

什么? 柳兰芽似乎没听清他的话,我是什么患者?

饕餮综合征。李望通又把那五个字重复了一遍。

柳兰芽听明白了,而且好像回想起来,在她五岁那一年,也就是刚刚解放的时候,她随母亲到解放军的医院去检查身体,一个年轻的女医生说母亲患上了这种病,具体说是她的肚子里有一条寄生的虫子。当母亲问她柳兰芽是否也有这种病时,那个女医生好像并没有持肯定的态度,也就是说,那时她或许还不是一个饕餮综合征患者,那么是什么时候患上的呢? 还有,饕餮综合征到底又是一种什么病呢? 它与她此时的放荡又有什么关系呢?

这么对你说吧,李望通又点起一支烟,一边吸着一边对她说,饕餮综合征是一种越来越普遍的传染病,注意,我说的是传染病,没错,它是通过传染来致病的,而且这种传染是在特殊的家族中经过遗传来传递给下一代的。他抬手止住了她要说话的欲望,不用告诉我,你的母亲或者父亲也得过这种病,这是理所当然的事情,只要我知道你是一个饕餮综合征患者,那么就可以判断你的母亲或者父亲也得过这种病了,而且还可以推断你的下一代……

柳兰芽知道他没有说出的下半句是什么,其实她倒不关心未来的事儿,她只是想知道,他是怎么知道她是一个饕餮综合征患者的? 她并没有让他检查她的身体,难道仅仅通过睡觉就能发现别人的病情不成?

实话对你说吧,李望通摇了摇头说,我也是一个饕餮综合征患者。说着,他便取过一面镜子,举到了她面前,示意她去看自己的额头中央。

柳兰芽很快在那个部位发现了一个瘢痕,说来奇怪,在过去的日子里,她怎么就没有留意到它呢?尽管她不太喜欢照镜子,但也不是没有在镜子里打量过自己,就是在她到他这里来的时候,她还对着镜子仔细梳理过一番,怎么就没有发现那个瘢痕呢?她掉过头,果然又在他脸上看到了同样的一个瘢痕。

这没有什么不好,李望通看出了她脸上沮丧的表情,急忙安慰她说,在这个时代里,作为一个饕餮综合征患者其实是一件十分荣幸的事儿,因为,说到这里,他有意加重了说下面那些话的语气,力图给她制造一个掷地有声的效果,因为这是一个贪婪的时代,人们都在无所顾忌地释放自己的欲望,作为一个饕餮综合征患者,不是天然地比他们具有更大的优势吗?

你的意思是说,柳兰芽疑惑地问他,饕餮综合征患者都有贪婪的表现?

没错,李望通肯定地点点头说,因为我们要养活那条同样贪婪的虫子。他进一步指出说,不要忘了,它的名字可是叫"饕餮"。

什么是饕餮?

据说,龙的儿子就叫饕餮。

龙的儿子?柳兰芽吃了一惊。

是的,李望通解释说,饕餮的意思就是大吃大喝,贪婪无度。

柳兰芽直直地看着他,似乎明白他为什么具有那么大的烟瘾了,看来他的贪婪是表现在无节制地抽烟上,但她不明白的是,她自己又在什么地方体现了他所说的贪婪呢?

李望通看出了她的意思,丢掉烟蒂,又一次用他的黄手抱住了她。你的贪婪体现在你的下面,他一边说一边指了一下她的下体,等着吧,你很快就会一发不可收的。

在听他说这句话的时候,柳兰芽已经有些克制不住了。李望通说得不错,这件事一旦开了头,她或许就再也不能收手了。她忽然产生了一点懊悔的想法,那么多年过去了,她竟然荒唐地试图去当什么"贞洁女"和"铁姑娘",不但白白荒芜了自己的大好青春,还差点走上"雄性化"和"二尾子"的歧路,要是知道男女之事会是这么美好,她恐怕早就奔赴男人的怀抱了,怎么还会把童小星赶走呢? 不过现在也不算晚,在她的青春岁月还没有度完的时候,她终于迎来了这个思想进步的新时代,她要紧紧抓住这个时代的每一天,让自己在男女之事上的贪婪淋漓尽致地表达出来,以补偿那个清贫年代带给她的肉体损失。她又禁不住想到了母亲,突然间便明白过来,母亲之所以对她的职业如此热爱,都是因为她对美好的男女之事的深刻领悟,不,更准确的说法应该是,都是因为她是一个饕餮综合征患者的缘故,是那个饕餮综合征患者的本性让她成了一个出色的妓女。

你的进步真大呀,李望通用颇为欣赏的目光看着她,这才刚刚开头,你就表现得这么出色了,看来你在这方面的天分不浅呀。

听了他这番不乏由衷赞叹的话,柳兰芽也明白他一上来就打她主意的原因了。看来你的医术也的确不浅,她也夸奖他说,随后又加上一句,不过你在外科有些委屈了,如果你到妇科去恐怕会更有出息。

听了她这句半是赞叹半是揶揄的话,李望通脸上又表现出心悦诚服的样子。不过也没有什么可遗憾的,他顺着她的话说,我只要当好你的医生就行了。说着,他还在她身上拍了一下。

也许正是我们这些贪婪的人,柳兰芽望着窗外的世界说,才让这个时代变得如此放纵起来。

说得不错,李望通吧嗒着嘴说,看来这是一件互为因果的事儿。说罢,他又点起了一支烟。

柳兰芽知趣地把目光从窗外收回来,外面世界的事他们管不了那么多,再说也已经过了那个"关心国家大事"的年代,还是把注意力向内转,更多地关注一下自己的欲望更来得实际一些。

在接下来的时间内,李望通还给她饶有兴趣地讲述了有关饕餮综合征患者来历方面的一些情况,说他们的祖先原来并不是一个饕餮综合征患者,而是一个治病救人的医生。医生存在的目的当然是为了救助患者,或者说消除疾病,更准确的说法是消灭病魔,也就是说,医生天生就是那些病魔的死敌,他们的关系可以用你死我活这句话来表示。他们的祖先当然不惧怕那些病魔,而且做好了与它们做殊死搏斗的准备,事实上他也是这么做的,在治病救人的过程中他已经消灭了许多的病魔,以至于让那些还没有被他消灭的病魔对他恨之入骨,恨不能反过来将他消灭了才会觉得安生。但这个医生并不是那么好对付的,一般的疾病发作都不能抵挡住他的高超医术,眼看天下的疾患差不多都快要被他治愈了,也就是说世上的病魔已经所剩无多,如果它们再不反抗,恐怕就没有存在下去的领地了。剩下的这些病魔便商量了一个对策,既然一味地消极抵抗不能抵挡住他的医术,那就反守为攻,主动对他发动猛烈的攻势。那么怎样的攻击才更为有效呢? 它们商量来商量去,终于想出了一个绝妙的办法,到他的身体里去,让他自己变成一个病人,他能为别人治得了病,不见得就能为自己治得了,再说,当他自己成为一个病人的时候,也就意味着他离告别这个世界不远了,如果他真的不能挽救自己,就这么撒手而去了,那这个世界可就是病魔们的了。经过一轮又一轮选举,病魔们最终选出了一个最具代表性的魔头,也就是在它们当中最为厉害的饕餮,让它打入医生的身体内部,把医生变成一个标准的病人。医生果然变成了病人,无法再继续给人们治病了。是呀,一个病人还怎么去给别人治病呢? 即使他把自己的医术吹嘘得再高明,人们看着他为疾病所折磨的痛苦样子,也没有理由再相信他了。医生失去了给别人治病的条件,痛苦万分,在病魔也就是强大饕餮的一再肆虐下,含恨离开了这个世界。病魔们取得了胜利,重新夺回了这个差点就要失去的领域,让整个世界又一次充满了患病的人。但病魔们还不想放过这些人,为了防范医生的后人东山再起,便通过遗传的途径,让饕餮驻扎在他后人的体内,自然他的后人也就继续是病人,再也不能成为它们的对手。也就是从那个时候起,李望通喷吐着烟雾总结说,我们这些医生的后人就再也摆脱不掉那个阴毒的饕餮了。

柳兰芽不免被吓了一跳,这么说,我们这些人都是一家人了?

李望通犹豫了一下,还是点点头说,可以这么说……

那我们怎么不姓一个姓呢? 柳兰芽反问他。

医生的后人作为病人,李望通煞有介事地向她解释说,当然不甘心就这么被病魔宰割,但又想不出更好的办法解决这个问题,一些人便想到了逃避,以为自己改名换姓就能躲过病魔的迫害。他们哪里知道,病魔恨透了医生,怎么肯轻易放过他的后人,任凭他们逃到哪里去,也甩不掉肚子里那条可恶的虫子,也就是说,你只要是医生的后人,生来就是一个饕餮综合征患者,所以不管走到世界的什么地方,不管这个人姓甚名谁,说到底都是一个饕餮综合征患者,这些人都是一家人……

我和你也是一家人？柳兰芽再次打断了他的话，那我们做那种事岂不是乱伦了？

这个……李望通又想了一下，还是摇摇头说，其实谈不到什么乱伦，那个医生离我们说不定十万八千代了，中间不知有多少人参与了传宗接代，我们的血液早就变得不一样了……再说，他扔掉烟蒂，又一次摇摇头说，其实这仅仅是个传说，你怎么还真相信了？放心吧，我们兴许一点关系都没有……

尽管不再想什么医生和病人的问题，但柳兰芽却对自己是一个饕餮综合征患者这件事一直放不下心来。或许这真的是一个逃不掉的命数，她在心里对自己说，她就是不想再走母亲的老路，看来老天爷也不肯放过她了。惆怅之余，她又安慰自己一句，好在这种病所导致的贪婪欲望是一件让人倍感快乐的事儿，患病就患病吧，堕落就堕落吧，谁让那条贪婪无度的虫子不肯离开她的肚子呢？

在忙于和李望通以及更多男人进行交往的那些日子里，柳兰芽的生活中发生了两件对她影响颇大的事情，一是她所在数十年的工厂破产了，她和胡晓丽、夏美娟等差不多所有那帮人都下岗了，这也就是说，她们从此以后没有了领工资吃饭的地方，只能到别处去自谋生路了。其实这也难不倒她们这些女人，社会上灯红酒绿声色犬马的场所正在多起来，就像是专门为她们这些自谋生路的人准备的一般，只要在那里塌下身来"工作"一段时间，便足够她们在接下来的日子里吃喝一阵了。所以工厂破产不破产，倒闭不倒闭，垮台不垮台才不关她们多大事呢。二是她见到了童小星，伴随着那家工厂的倒闭，已经消失了许多年的童小星重新回到了他们身边。面对一度所在的工厂遭遇破产，尽管他现在的工作已经与这家工厂无关，却依旧感到十分难受，当工厂把这些曾经的工友赶出来的时候，他竟然一个人进到厂子里，好像要做一番不是滋味的凭吊似的。也就是在这个场合里，柳兰芽见到了整整八年没有谋面的童小星。看着童小星满脸落寞的表情，她知道他心里在想什么。童小星，她在心里对他说，工厂没有了没什么，起码我还在。她随即又在心里向他发誓，童小星，我要在以后的日子里对你好，我要把过去对你的不好都补回来。是的，那个时候她是那么强烈地产生了要对童小星好的念头。

其实，柳兰芽并不知道童小星至今还孑然一身，对于他这些年的情况可以说一无所知。童小星离开工厂以后,尤其是自己变成了一个真正的女人以后,她也产生过打听他的去向和下落的冲动。但那仅仅是个稍纵即逝的念头,随即便感到这样做也不会有什么结果,因为童小星在她身边的时候,她已经把他的心伤透了,从很大程度上说,他就是因为她而离开省城,奔赴遥远的边陲去守岛。在她看来,他这么做无疑是因不能得到她的爱而对自己实行的一种惩罚,其间也充满了对她的极大怨恨,在这种情况下,她不要说去打听他的下落,就是间或想他一下也是对他的不恭,她甚至以为,这一生不会再见到他了,换句更准确的话说,应该是童小星不愿意再见到她了。但柳兰芽哪里想得到,上天竟然还给他们的重新相聚提供了一个机会,怎么能不让她喜出望外激动万分呢?但可惜的是,当童小星时隔八年再次出现在她面前时,她已经不再是她了,或者说她已经不再是当年那个柳兰芽了,起码在童小星眼里,她已经不再是那个男不男女不女却偏偏让他迷恋喜欢的人了。随着时代的急剧变化,她已经变成了另外一个人,那么童小星又发生了什么变化?他会不会也像她一样成了一个看起来顺应时代其实是被时代所玩弄了的人?童小星呀,我是那么渴望了解你,走向你,拥抱你,补偿你,在你面前,你向我提出什么过分的要求我都会答应……

柳兰芽处在见到童小星的激动情绪里而有些忘乎所以,一边漫无边际地遐想一边走出人群,跌跌撞撞地朝正在凭吊工厂的童小星奔去。童小星,她真的一边跑一边大叫起来,我终于又见到你了。她不顾一切地跑到童小星面前,还没有容他反应过来,便张开双臂,一下子搂住了他的脖子。是你吗童小星?她脸上流淌着泪水说,我真的抓住你了吗?你不会再跑了吧?你就是想跑我也不会再让你跑了童小星。她絮絮叨叨地对他说着这些语无伦次的话,全然不顾及童小星在她手臂中的挣扎,当然更不顾及那些聚在他们身边的人肆无忌惮的目光。看吧,她在心里对那些闲得无聊把他们的拥抱当节目看的人说,老娘在公开向童小星卖骚了,你们愿看就看个够吧。她才不管那些人的想法是什么呢,她现在在乎的只是童小星的反应。是呀,童小星在她的搂抱下竟然一副茫然无措的样子,随即便开始了挣扎,尽管她的手臂像蟒蛇的身子一样将他箍得很紧,但还是被他一下子挣脱开去。你是谁?童小星瞪大眼,上下打量着她说。

我……柳兰芽张了张嘴,把要说的话又咽了回去。童小星不会真的认不出她来了吧？她知道自己发生了变化,但也不至于让他认不出来了吧？她觉得他同样也发生了不小的变化,比如身子丰满了,胡须长长了,脸上的表情中飘出了一般省城男孩所没有的沧桑感。尽管他与过去有了那么多的不同,但她还是一眼就认出了他,她就不相信他却不能认出自己来,也许他装作不认识是要故意给她难看,原因是他还一直对她当年对他的伤害耿耿于怀。但她同时又觉得这种可能性不大,因为在她眼里童小星不是那种心胸狭窄斤斤计较的人,凭他当年对她的喜欢,他怎么可能当着那么多人的面与她过不去呢？如此说来,他是真的不认识她了？可这怎么可能呢？

告诉我,童小星又追问了她一句,你到底是谁？

柳兰芽吧嗒了一下嘴,到底还是把自己的名字向他说了出来。童小星,她向他说完了自己的名字,又在心里对他说,你不会说不知道这个名字吧？

你是柳兰芽？童小星再一次上下打量她,好像对她自己的介绍还存有疑问。你怎么是柳兰芽？他反问了一句。

柳兰芽不知道他是在问她,还是在问他自己。放心吧,她用不无嘲讽的语气安慰他说,不会有人冒充我的。

老天,童小星终于相信她是柳兰芽了,但又对这样的事实本能地不愿意承认,柳兰芽,你、你怎么是现在这、这种样子？

柳兰芽终于知道还是她的变化超出了他的想象,一时间,她竟然有些不好意思起来,好像她发生了这么大的变化是她的一个过错似的。

童小星依旧呆呆地看她,还没有从吃惊状态里反应过来。我没想到,你竟然……他伸出手,想在她脸上摸一下,但在就要触到她脸腮的时候,他又忽地收回去,把手使劲拍在自己的头上。

柳兰芽以为他的手会真的捧到她的脸上,便也伸出自己的手,准备与他的手呼应一下,同时在她的想象里,她会顺势接住那只手,把它拉到她的嘴边,用她鼓凸的嘴唇在它上面吻一下,就像当年这只手的主人尝试用他的嘴唇在她脸上吻一下一样。但她没有想到,那只手会在她脸前改变方向,所以她的手便抓空了,一时不知道该怎么把接下来的动作做下去。

我记得你不是这个样子……童小星又把那只手捂在自己的眼上,好像不敢看她的样子似的。

望着他痛心疾首的表情,柳兰芽觉得她和童小星见面的情景大大超出了她的意料,同时也便预感到了她和他日后交往的障碍和困难,当然更感觉到了她与他重续旧缘前景的渺茫。真是难以置信,当她把过去阻挡他们交往的障碍排除掉了以后,竟然又出现了新的障碍,更为滑稽的是,这个新的障碍还是来自她这一边,来自她因为排除了以前的障碍而发生的变化上。

虽然她和童小星见面时的样子让他失望了,但柳兰芽依旧没有对童小星丧失信心,或者干脆说她对自己没有失去信心。柳兰芽相信,她现在一定能对童小星好,也就是说她一定能把过去对他的不好补回来,所以在和他见面以后的那些日子里,她一直处在一种莫名的亢奋状态中,类似于和李望通第一次睡觉时的那种心情,不但精神高涨,身体竟然也膨胀起来,时常会感觉到来自隐秘处潮水的激烈荡漾。童小星,她遏制不住地在心里朝他叫喊,你快来吧,我一定好好补偿你一回,我一定不会让你失望,我的童小星。

柳兰芽很快便知道了童小星的一些情况。原来他这八年中一直待在军营里,其中有两年是在南海的一个荒无人烟的小岛上站岗,那个小岛还没有一个足球场大,在他到来之前还从来没有人驻守过,所以上面也没有什么像样的设施,米菜和淡水还要从遥远的陆地用船送过来。就是在这样一个弹丸般大的小岛上,童小星一口气度过了漫长的两年时间。据说,从那个小岛上下来后,童小星竟然连话都说不利落了,一看到女人,况且是军营中的女人,就觉得像看见了怪物似的,满脸都是好奇的诧异表情。童小星当然还没有结婚,甚至可能连女朋友也没有。按说,服了那么长时间的兵役,上级会安排他一个好去处的,但他却执意回到省城,被分派到一个基层派出所里去当什么指导员。别说,柳兰芽所在的这条街道正好归他所在的那个派出所管辖,这样他们也便有了许多见面的机会。其实他管不管她所在的这条街道也无所谓,只要他在这个省城里,柳兰芽就能找到他,就能与他见面,因为在这些日子里,她唯一感兴趣的事情就是和童小星见面,为此,她差不多中断了和所有其他人的来往,包括她的朋友胡晓丽和夏美娟,同时也包括李望通和与他相似的那些男人。

自从在厂区里和童小星相遇之后,有许多个日子,柳兰芽都没有再见到他的影子。说实话,她盼望童小星来找她,与她重续旧缘,将他们中断了八个年头的关系再次建立起来,如果那样的话,她会与他在人生的道路上走到底也说不定呢。当然，如果他不愿和她深度交往，哪怕仅仅和她见个面叙个旧也是一件她乐于做的事儿，如果他想和她睡觉，不用他张口说话，只是做出一个邀请的手势，她就会乖乖地把衣服脱掉。但一连许多天过去了，童小星都没有再露一下头，或者她上次与他见面的情景让他感到了意外，他需要通过这些时间来调整自己的预期，以便在接下来的日子里尽快地接受她。她想童小星有足够的耐心来适应眼前的现实，不仅是她，还有这个让他感到陌生了的城市，他都在那个孤岛上驻守了两年，又怎么不能在这几个有限的日子里沉下气来呢？问题是，他倒是沉得住气，她却有些按捺不住了，在柳兰芽的想象里，她已经和他见过了几次面，甚至在她的梦境里，她都和他睡过几次觉了，而且每次想到他，她的身体都会做出反应。她觉得自己在这些日子里的"斋戒"已经临近边缘，如果不能和童小星马上见面，她就会结束"斋戒"，立即到外面去找别的男人了。为了不至于让自己的努力宣告失败，柳兰芽只有赶快行动起来，主动向童小星发出了见面的邀请。

　　柳兰芽当然已经顺利得到了童小星的联系方式，不用再像当年他对她做的那样写什么纸条了，于是，她拿起电话，在按键上拨出了一串号码，十几秒钟后，便听到了童小星既熟悉又陌生的声音。她把和童小星见面的地点安排在她的家中。对了，她现在的这个家并不是先前从老鲁手里继承下来的那个院落，而是一栋还较为像样的楼房。按说她应该没有住进楼房的机会，一个早就下了岗的女人尽管还能找到吃饭的门路，但企图把家搬到楼上去住，还是一件十分不可能的事儿。在此之前，她也认为自己这辈子与楼房算是无缘了，但想不到的是，有一天她所在的这条街道开发改造，像她家这样的老住宅一律要拆迁了，外墙上早就被人写上了一个大大的"拆"字；她更没有想到，这其实是一块类似于从天上掉下来的馅饼，因为这些被拆到房子的住户可以申请新住房，而且是一个平方置换一个平方，也就是说，她不用掏一分钱，就能住上和她的老家一样大小的楼房。这真是一件天大的好事，竟然让她这样的人赶上了，说起来真应该好好感谢一下那个死去多年的老鲁，如果不是他把这个院落留给她继承，她又怎么能住上威武气派的高楼呢？搬迁楼房的那一天，她还特意来到街道办事处，让他们找到老鲁的墓地，她把带来的纸钱点着，第一次给老鲁做了祭奠。感念着老鲁的好，回想过去的生活，她觉得有些对不住老鲁，倘若老鲁现在要和她发生关系,她想兴许她会答应他也说不定呢。

柳兰芽把家收拾好后,又洗了一个澡,便坐下来,专心致志地等候童小星的到来。童小星不愧为军人出身,居然那么守时,她约定的时间一到,装在门板上的门铃就发出了响声。她一溜小跑着来到门后,怀着激动的心情拉开了门板。童小星站在门外,用疑惑的眼光往里看,并没有马上要进来的意思。童小星,她热情地朝他叫道,快进来。

你真的是柳兰芽吗?童小星迟疑了一下,还是这样朝她发问。

柳兰芽不禁愣了一下,没想到他竟然对她的身份还存有疑问,她感到有些好笑,甚至在心里闪过一个念头,这个对她的身份存有疑问的人是不是她过去的那个同学兼同事童小星呢?这一刻,她对他的身份也产生了疑问。在她的记忆里,童小星是个十分爽快的人,而且对什么事情都喜欢持肯定的态度,怎么八年不见,他竟然变成了这样一副疑神疑鬼的模样?八年过去后,到底是她变了,还是他自己变了呢?柳兰芽暂时收敛起她的热情,用较为严肃的口气说,童小星,如果你拿不准我到底是不是你要见的那个人,你可以不进来。

听她这样说,童小星又思考了一下,还是决定进来和她见面。

待他进到客厅里来以后,柳兰芽关上门板,回转身把他朝沙发里让。童小星,你快坐下。

但童小星没有坐下,就站在客厅中央,抬头朝四下里看,脸上依旧一副有些迷惑的表情。柳……他想叫她的名字,但只说出了一个"柳"字,就把话止住了,你……怎么住在这里?

是呀,柳兰芽也朝四周指着说,我去年就搬到楼上来了……

童小星打断了她的话说,过去你是住在一个小院里……他的眼睛虽然依旧看着客厅的墙壁,但目光却有些涣散,似乎有一个比墙壁更具体的东西把他的注意力转移了,想必他的思绪已经飞向了另外一个地方,飞向了他所说的那个小院落。

那个小院没有了,柳兰芽也叹了一口气说,我们那条街上的人都搬到楼上来了……对了,如果你不去当兵,恐怕也到这幢楼上来住了。

找不到了,童小星摇摇头说,脸上哀伤迷茫的神色越发浓重,不但那条街找不到了,那家工厂找不到了,而且,他把目光转向了她,而且那个柳兰芽也找不到了……

　　听了他的话，柳兰芽禁不住又感到了好笑，明明她真切地站在他面前，他却依旧对她是不是那个柳兰芽怀有疑问。她真的怀疑他在遥远海岛上的那些日子里，是不是受到了什么刺激，以至于让他的记忆出了问题，才使他变得对现在的生活不再持有肯定的态度。童小星，她用开导他的口气说，时代变了，我们都应该跟上它的步伐才对……

　　时代的步伐迈得太大了，童小星坐到了身后的沙发里，把两手抱在脸上，我怕是赶不上了……

　　柳兰芽从他伤感的话语里挣脱出身，极力让自己变得高兴起来，是呀，不管怎么说，他还是放弃了对她身份问题的纠缠，坐到了她为他准备的沙发里，接下去，或许他们会好好地促膝谈一下心，当然，她所指的谈心其内容不再是什么时代的变化之类的话题，而是专注于他们两个人之间的事情，或者窃窃私语，或者纵情畅谈，或者开怀大笑，或者抱头痛哭……天哪，仅仅是想一想这样的情景她便感到了激动，赶紧在他对面的沙发里坐下来，做出了促膝谈心的样子。童小星，她首先转移话题说，这么多年过去了，你真的还没有女朋友吗？她觉得唯有这个问题才能让他们的关系迅速得到恢复。

　　听她说到这个问题，童小星把手从脸上拿开，又将目光看到了她身上。由于他们挨得太近，他的目光有些不敢迎视她的眼睛，马上又移开了。我忘不掉过去那个……他用忧伤的语调说。

　　尽管他没有说出下面的话，但柳兰芽知道他说的那个人是自己。几乎一霎间，她便前所未有地感动起来，看来她的期待没有落空，八年过去了，童小星依旧还没有放下她，尽管也许那已经不是现在的她了，却依旧把那个叫柳兰芽的女人尘封在他的记忆深处。

　　在我独守那座孤岛的两年时间里，童小星深情款款地向她回忆说，除了给我运送给养的一两个人，还有间或从远海里驶过的船只上的打鱼人，我就没有再见过另外的人影，更然更不可能看到女人了，每天看到的活物除了水里的鱼外，便是天上的鸟。一开始的时候，我并分不清鱼和鱼之间有什么区别，鸟和鸟之间有什么不同，但看的次数多了，我就能轻而易举地看出了鱼和鱼之间到底有什么区别，鸟和鸟之间究竟有什么不同，我甚至能准确无误地分辨出鱼的雌雄，鸟的公母，因为在我无休无止地看那些鱼和鸟的时候，我脑子里想的是男人和女人，我之所以一边看着鱼和鸟一边想人,是因为我本身就是一个人,我害怕如果我不想人的话我就有可能在一天早晨醒来的时候发现自己已经变成了一条鱼,或者变成了一只鸟。当然我想人的时候,我想的最多的还是女人,因为我是一个男人,我把自己的脸探出去就能在水里看到一个男人的样子,如果我不想女人的话我就有可能在一天早晨醒来的时候发现自己不知道女人是什么样子了。

你想的女人是个什么样子呢?柳兰芽痴痴地看着他说,同时在心里期盼他告诉她,他想的那个女人的确就是柳兰芽。

一开始,我以为自己想的是一个叫柳兰芽的女人,童小星似乎知道她心里在想什么,果然沿着她的思路对她说,因为如果我不想柳兰芽的话,我就不知道我应该去想什么样的女人了。几乎每一天,不论是白天还是黑夜,不论是张开眼睛还是闭上眼睛,我都会看见柳兰芽,看见柳兰芽漂浮在我面前的大海里,随着波浪的运动而动荡起伏。后来看得多了,我渐渐发现柳兰芽的样子变得陌生起来,这真是一件万分奇怪的事儿,竟然因为看得多了我所熟悉的女人就变得陌生起来,直到有一天早晨我醒来的时候,我发现那个飘浮在大海里的女人根本不是柳兰芽,而是一个我从来没有见过的陌生女人,而关于我所熟悉的柳兰芽的模样我却无论如何想不起来了,也就是说尽管我做了那么大的努力记忆柳兰芽但最终还是把她给弄丢了。自从柳兰芽从我脑子的边缘地带滑落以后便没有再回来过一次,也就是说在独守孤岛的那些日子里我没有再见到过我所熟悉的那个柳兰芽,每天在我面前的大海里陪伴我的都是一个让我倍感陌生的女人,既然我已经把柳兰芽丢失了忘记了那我就紧紧地抓住这个让我感到陌生的女人,如果我不把她抓住我相信自己有一天早晨醒来的时候索性就不知道女人应该是什么了。所以几乎每一天,不论是白天还是黑夜,不论是张开眼睛还是闭上眼睛,我都紧紧地盯住那个陌生的女人看,我觉得只要我一天天看下去迟早有一天我会让她变得熟悉起来,就像我让那个名叫柳兰芽的女人曾经为我所熟悉了一样。但让我想不到的是,这仅仅只是我的一个良好的愿望而已,真正的事实是不但这个女人没有让我觉得熟悉起来,而且让我感到了更多的陌生,陌生到在我看来她和那些鱼和鸟没有了本质的区别,也就是说她在我眼里已经变成了一个类同于鱼和鸟那样的存在物。有一天早晨当我醒来的时候我发现这个像是鱼和鸟一样的女人对我发出了叫声,一种不是人的叫声而是鱼和鸟的叫声,尽管她发出的是鱼和鸟的叫声但我却听懂了她话里的意思。她叫着我的名字说，童小星请随我来吧。听着她一遍又一遍的叫声我终于沉不住气了，我觉得她既然叫我的名字了我就不能不答应一声。于是我便一边答应着她的呼唤一边站起来直愣愣地朝她走去，就在我快要走进海水里的时候我突然打个冷战一下子醒悟过来。我看见我的两只脚已经踏进了海水里眼看身子就要被海水淹没了，幸亏我及时醒来并收住了脚才没有让汹涌澎湃的浪涛吞噬掉。当我清醒了的时候那个像鱼又像鸟的女人忽然消失不见了，呈现在我面前的除了海水还是海水。后来一个来给我送给养的老兵听了我的诉说忧心忡忡地告诉我，我怕是患上"海岛忧郁症"了，我所看见的那个像鱼又像鸟的女人其实并不存在而是我脑子里产生的幻觉，人们习惯上称之为"海妖"。他还神秘兮兮地对我说，每一个有独守孤岛经历的人都会患上海岛忧郁症，他曾经听说一个被海岛忧郁症缠上的患者因分辨不清那个女人的真假或者抵御不了海妖的诱惑而误投海水而死。你可要当心呀。好心的老兵告诫我说。从此以后我便格外绷紧了神经，以提防自己稍一不慎也跌入海中像那个误投海水而死的前辈一样再也不能回来。但让我无从把握的是海岛忧郁症一旦患上了就很难祛除，也就是说我在此后的日子里依旧会看见那个像鱼又像鸟的女人对我媚笑并一再用极具诱惑力的声音对我说，童小星快随我来吧。为了彻底消除那个女人对我的引诱同时根除我的海岛忧郁症，我决定拿起枪来把那个如梦似幻的女人打死。于是在一个霞光满天同时满海的傍晚时分我举起枪来，对着与我伴随了足足两个年头的女人打出了致命的一枪。就在枪声响起来的时候我看见满天满海的霞光都消失了，整个天海一下子堕入了伸手不见五指的黑夜……说到这里，童小星摇晃了一下，像是经过了漫漫长途的跋涉，累得快要虚脱了一样。

柳兰芽不禁伸出手，把他的身子搀扶住。听了他如此奇异的讲述，就是她这个不曾见过任何海岛的人似乎也快要患上可怕的海岛忧郁症了。童小星，她喃喃地对他说，你吃苦了……

童小星伏在她身上，突然伤感地哭起来。我把她打死了，他边哭边对她说，我把柳兰芽打死了……

柳兰芽愣了一下，才明白了他话里的意思。你没有把柳兰芽打死，她郑重地告诉他说，你打死的是那个叫海妖的女人……不，甚至她都不是海妖，说不定她就是一条鱼，或者一只鸟……

不，童小星使劲摇摇头说，我知道她根本就不是海妖，更不是鱼和鸟，而是柳兰芽……在那漫长的两年时间里，是柳兰芽每天都在陪伴我……可我却认不出她来，更要命的是，我还开枪把她打死了……童小星扑在她怀里，哭得更加伤心了。

柳兰芽用了很大力才把他扶起来。童小星，她一边摇晃他一边给他抹眼泪，你睁大眼睛看看，我就是柳兰芽，你并没有把我打死，我现在不是好好地在你面前吗？

童小星终于止住了哭泣，按着她的要求瞪大眼睛。柳兰芽？他直直地看着她，你真的就是柳兰芽吗？

我当然就是柳兰芽，柳兰芽拍拍他的脸说，我现在就和你待在一起。说着，她就抬起两手，把他的脖子紧紧地搂住。童小星，她也流淌着泪水说，我再也不让你离开我了……我知道我这辈子是属于你的……我已经做好了准备，我随时都会把我自己献给你……她闭上眼睛，把自己的脸紧紧地贴在他的脸上。朦胧中，她觉得她身上涌起一股热流，正在朝着她身下的隐秘处疯狂地奔突。她知道那条居住在她肚子里的虫子开始把它饥饿的大口张开了。

不不，童小星突然慌张起来，好像刚刚从睡梦中苏醒了一般，不但把他自己的身子从她怀抱里挣脱出来，而且把她的身子也奋力推到一边去，不要离她太近。他把自己身上有些凌乱的衣服扯拽平整，随即又指了一下她说，你、你要干什么？

柳兰芽顺着他的手势低下头，这才看见她的衣领不知什么时候扯开了。但既然它已经扯开了，她就不想再把它遮掩起来。童小星，她又重新把身子倚靠到他身边说，八年过去了，我们又能在一起这是多么不容易，不用照镜子也知道已经快要过完了我们的青春岁月，快珍惜我们在一起的每一分钟时间吧童小星。说着她就举起手，准备再次放到他身上去。

不要这样，童小星又推了她一下，见没有推动她，索性一下子站了起来，你到底要干、干什么？

柳兰芽没有来得及拉住他，但一用力，还是拖住了他的衣襟下摆。看来要想把他们的事情做下去，她就不能不把这个话题挑明了。童小星呀童小星，她在心里对他说，那个海岛把你害得连男女之间的事也不会做了吗？她松开抓住他衣襟下摆的手，重新坐回到沙发里，只三两下，就把她的衣服脱下来。童小星，她一边脱衣服一边说，我把你放逐了八年，今天我把什么都还给你。

童小星再次瞪大了眼睛，但只在她裸露出来的身子上看了一下，就像遭受了电击一般把头沉下去，同时也将眼睛紧紧地闭上，颤抖着嘴唇说，你不是柳兰芽，他频频摇摆着头颅，你不是柳兰芽，他眼里再次涌出了泪水，那个柳兰芽已经被我打死了……

柳兰芽赤裸着身子扑上去，在她肚子里那条虫子的支配下，她的两条手臂也像蛇一般将他的身子缠住。童小星，你睁开眼睛看看，我不是柳兰芽又是谁？不要再想你那个该死的海岛了，你已经回到了柳兰芽身边，那个柳兰芽打定主意要把她自己献给你，你还犹豫什么你这个没用的东西……

滚开，童小星再也忍受不住了，以雷霆万钧般的爆发力推开她的搂抱，挥起手来，在她脸上狠狠地打了一记耳光，凶神恶煞地叫骂了一句，你这个不要脸的……娼妓。

柳兰芽前所未有地呆住了。在此之前，她想过她和童小星这次相聚可能发生的各种事情，却独独没有想到他会打她，而且打得那么厉害，更没有想到他会骂她，而且骂得那么恶毒。记得许多年前，因为有人说了一句她是妓女的女儿，童小星便挺身而出为她打抱不平，后来，当他试图在她脸上吻一下的时候，是她在他脸上打了一下，但此时此刻发生的情景，却实在超出了她的预料之外。她脑子里嗡嗡作响，一时反应不过来，不知道这番情景到底是真的发生了，还是仅仅出自她的想象，或者干脆说是她像童小星一样患上了可怕的海岛忧郁症所导致的幻觉。

趁她愣怔的当儿，童小星拉开门板，大步跨出门去，头也不回地往外跑去。

柳兰芽身子一软扑倒在地下。童小星的脚步声急快地远去了，整个楼道里很快安静下来，安静得以至于让她听到了她肚子里那条虫子发出的不甘的咆哮声。不知过去了多久，她开始清醒过来，从地下爬回到沙发上，把疲乏的身子趴伏下去。童小星又一次跑掉了，与上次在医院不同的是，这一次逃跑之前，那记响亮的耳光却是抽打在她的脸上……也许这就是你所期待的补偿，她在心里对自己说，今天他们总算是两清了。她汹涌地流淌着泪水，却同时呵呵大笑起来，她和童小星谁也不欠谁了……

那天的事发生过以后,柳兰芽觉得她和童小星的恩怨彻底了结了,在童小星看来,那个柳兰芽已经死去,而在她眼里,童小星也差不多已经不复存在,他们终于可以把彼此放下来,放开手脚去走各自的路了。其实早在八年前,他们便已经分道扬镳了,但柳兰芽却意识不到这一点,包括童小星,也没有想清楚这件事,都以为他们的关系并没有了断,八年的时间似乎也没有什么了不起,只要两人再次站到同一个地方就能接续旧缘,携手走完漫长人生中剩下的路途。事实证明他们都想错了,不管两人的主观愿望如何强烈,都抵不过时代的变化,时间的无情,一场本来应该在八年前结束的恩怨情仇,让他们这两个糊涂蛋一直拖到现在,当一声响亮的耳光再次响起的时候,当一声咒骂从一个不该发出的人嘴里发出的时候,他们延续了许多年的暧昧关系终于有了一个结果,终于走到了尽头,就像一场离奇古怪的大梦一样被黎明的曙光拦腰斩断,虽然看起来残酷无比,却是一个注定逃脱不了的结局。

想清楚了和童小星之间的事儿,柳兰芽突然觉得一身轻松,要补偿的担子总算从肩上卸下来,从此以后,她要无所顾忌地去做自己愿意做的事情了。没错,她愿意做的事情就是男女之事,尤其对一个饕餮综合征患者来说,做这样一件事是她别无其他余地的选择。与此同时,她这些日子的兴趣也被吃肉这件事缠住了。自从告别了素食习惯以后,她竟然分外迷恋起了那种曾经让她一度厌恶的腥膻味儿,无论是牛羊猪,还是鸡鸭鹅,抑或鱼鳖虾,都毫无例外地勾起她大口吞吃的欲望。几乎每一天,她都会给自己炖上一锅肉,然后坐在饭桌前,美美地享受肉食带给她的畅快感觉,一块块肉食滑过她的食道后进入胃囊,几乎没有来得及怎么消化,便急不可待地落入肠道,具体说,是落入了那条突然变得饥饿难耐的"饕餮"的嘴里,她甚至清晰无比地听到了它咀嚼吞咽肉食发出的声音,似乎这才明白,原来是那条一直遮蔽在黑暗中的虫子在这个为欲望所充满的时代里改变了饮食习惯,让它的主人变成了一个标准的肉食者。真好呀,柳兰芽沉浸在肉食带给她的美好感觉里,在感叹过去年代让她虚度年华的同时,也更加激起了她要尽情享受生活的紧迫感。

到这个时候,应该说一说柳兰芽的另一个好朋友夏美娟了。其实说到夏美娟,不过是说她的家庭情况,更具体一点说是她和她丈夫的一些情况。在她们那间宿舍里,甚至在她们那家工厂里,夏美娟都是一个性意识很早便觉醒了的女人,当柳兰芽还在对童小星的"性侵犯"也就是那个没有完成的吻大为光火的时候,夏美娟已经和好几个男人实打实地发生过关系了。新时代到来之后,夏美娟更是如鱼得水,将自己出类拔萃的性行为在男人们身上发挥得淋漓尽致。但也正是因为在这个方面的出色表现,她在自己的婚姻上遭遇了不小的困境,对男人们来说,与这样的女人随便来往一下倒是一件不错的事儿,可要真正谈情说爱却就不行了,谁也不敢把这样的女人娶回家去当老婆。眼看与男人交往晚了若干个年头的胡晓丽都快要有孩子了,夏美娟还处在光开花不结果的尴尬境地,这使她无法不紧张起来,知道问题出现的原因是这里的男人对她太过熟悉了,情急之下便把注意力转移到了外地。凭着她在与男人交往方面的优异表现,不久便和一个常年工作在外的地质工作者结成了伉俪。地质工作者差不多一年四季都奔波在山野中,很难回到省城里来居住,也正是这个来自工作上的原因,已经快要过了三十岁的年纪,还没有找到愿意在家中长期留守的女人。就在这样的情况下,夏美娟来到了他身边。夏美娟不怕独守空房,地质工作者不在家更好,她可以利用这些时间一如既往地去和那些男人来往,甚至可以让他们把一度空置的房子重新充满。夏美娟的欲望不可谓不强烈,却不是一个饕餮综合征患者,柳兰芽注意观察过她的额头,上面并没有那个表明感染了饕餮综合征病毒的瘢痕,也就是说,夏美娟只是一个在男女关系方面特别具有天赋的人,再说也正是这个被各种欲望所支配的时代开发了她的潜能,让她成了一个出类拔萃的情爱高手。

柳兰芽无论如何也没想到有一天会成为夏美娟的敌手。自从她们恢复朋友关系后,也就是她的例假重新到来之后,甚至在她初尝男女性爱的禁果之后,她和夏美娟一直相安无事,虽然那个时候因为私通李望通已经和胡晓丽重新成了敌人,却和夏美娟相处得十分融洽。那时她们都搬离了那间宿舍,夏美娟因为与地质工作者结婚而有了自己的家,柳兰芽也搬迁到楼房上去了,但他们还是隔三岔五地聚到一起,或者喝茶,或者吃饭,或者聊天。说来令人难以置信,她们聚到一起的目的不是出于加强朋友关系的需要,而是为了交流在风月场里的心得体会。表面上看,率先尝试性爱的夏美娟似乎是她的老师,而柳兰芽这个后来者则是人家的学生,学生向老师讨要经验是她们每次聚会必做的一门功课。但在内心深处,柳兰芽始终没有把夏美娟当回事儿,一个普通的性爱自然人怎么能是她这个饕餮综合征患者的对手,说不定哪一天当肚子里的虫子真正变成一条蟒蛇时,她就会轻而易举把这个所谓老师拉下马来,让她心悦诚服地拜倒在自己的脚前。柳兰芽当然盼望这一天早些到来,但始料不及的是,她还没有做好充分的准备,也就是说那条虫子还没有真正长大,她便和夏美娟第二次撕破了脸皮。

说来事情也算是凑巧,有一天柳兰芽竟然在风月场上与夏美娟撞了车,由此导致了她们关系的破裂。这里所说的风月场并不是一个灯红酒绿的热闹场所,而是一家在省城里数得着的豪华酒店,能够住在这家酒店里的人不是有身份的官员,就是有财力的老板。每逢夜晚到来的时候,住在这家酒店里的官员或老板便会接到一些女人打来的电话,先生需要服务吗?那些先生当然知道所谓的"服务"是指什么,如果需要的话,用不了多大会儿,便有一个打扮妖艳的女人进到房间来。在这些女人中便有柳兰芽的身影。柳兰芽之所以进入这样一个场所,用这种方式与男人来往,并不是贪图那些官员和老板的财物,不,在很多的情况下,当她和官员或老板做完他们要做的事情时,她都分文不取,依旧提着一只没有重量的空包离去,也正是因为她的这种与众不同,使她成了这类场所里最受客人欢迎的"服务员"。柳兰芽其实已经刳除了对钱物的重视和喜爱,而仅仅是为了与那些有身份的成功人士相互交流,为了享受与那些有身份的成功人士相互交流的独特感觉。在她想来,能够和有身份的成功人士打成一片,才说明她自己也已经离一个有身份的成功人士不远了。是的,做一个有身份的成功女人便是她生活在这个时代里的最大目标。

按说,柳兰芽在这个地方是不应该撞到夏美娟的,因为夏美娟一般是在她自己的家里和男人们来往,但柳兰芽忘记了一件事,那就是夏美娟有了自己的孩子,对了,她竟然也让柳兰芽去当孩子的干妈,这样一来,她就不能在家里当着孩子的面和男人们来往,只能也到外面来开辟新天地了。其实仅仅是碰在一起也没什么,虽然他们没有共同与男人交往过,但都熟悉彼此的情况,谈不上谁窥探了谁的隐私这样的问题。但那天的情况却不仅是这样,而是真的"撞"在了一起,具体说她们竟然都来到了同一间房内,面对着同一个需要"服务"的客人。柳兰芽不知到底是哪里出现了差错,因为她在给客人打电话的时候,客人并没有说需要两个女人一起为他服务,所以当看见夏美娟也出现在这个房间里时,她不禁感到有些诧异,从夏美娟的神情中,也看出来她也同样没有想到她的出现。这样说来,她们两个人中要有一个人退出去,留下另一个人为客人服务。问题是她们应该由谁出去? 在她们的意识里,谁出去了就意味着谁的失败,比做了一件丢脸的事还要不堪。柳兰芽是这里的"头牌",当然不能为此而砸了自己的牌子;而夏美娟刚刚进入这个场所,自然也不能败坏了自己的名声。由于两人都不想退出去,接下来的局面便只能是她们之间的争执了,也就是说她们为了这件事便把平日里看似亲密无间的关系撕裂了。事情的结果也摆在那里,她们不但谁也没有为那个客人进行服务,而且把她们的友谊彻底葬送掉了。

　　如果事情到这里为止也就罢了,反正柳兰芽也没有把夏美娟太当回事儿,他们的关系破裂就破裂了吧,她也感觉不到多大的遗憾。但让她们想不到的是,因为两人争吵得太厉害了,以至于让一个跑来看热闹的人报了警,在她们忘乎所以大吵不止的时候,好几个警察急匆匆地赶来了。更让柳兰芽没有想到的是,带队执行这次扫黄任务的竟然不是别人,而是在这个区派出所担任指导员的童小星。就像柳兰芽想不到童小星会来抓获她一样,童小星也决然想不到这天夜里他要抓获的居然是柳兰芽。大家手脚利落点,童小星一边沿着楼梯跑上来,一边给身后的人马分派任务,你去守住那边的楼梯口,你去把住电梯门,你们几个随我搜查房间,不要让那些在这里胡作非为的人跑了。在他的指派下,警察们各就各位,更多的警察跟在童小星身后,直朝柳兰芽他们所在的那个房间跑来。当童小星拨开那些看热闹的人出现在房间门口时,他训练有素的眼睛一下子就看到了今天行动的目标,也就是说他的目光一下子便落在了柳兰芽身上。怎么回事? 柳兰芽先听见他脱口问了一句,随即便本能地掉开头去,但他的动作还是做得有些晚了,以至于让他无法不看到她,于是他又旋即抬起手,在自己的眼前遮挡了一下。在徒劳地做这些动作的时候,他已经停住了脚,但由于停得不是时候,那些跟随在他身后的警察没有提防,一个个都撞在了他身上。警察们勉强站住身子,在纳闷地看了他一眼之后,马上越过他的身子,直奔着柳兰芽和夏美娟还有那个引发这场变故的男人走来。不要……柳兰芽听见童小星又发出了一声低吼,不知道他是警告他们这几个"胡作非为"的人不要试图逃跑,还是阻拦他的下属们不要对他们采取行动。但他只说出了这两个毫无对象所指的字,身子便摇晃了两下,像是一个突然中了枪弹的人直朝地下倒去,同时嘴里喷吐出一股鲜红的血水。所有的人包括警察、"罪犯"和看热闹者都没有想到,这个扫黄打非的领头人会出现如此剧烈的意外,一个个都大瞪着眼,惊慌失措地朝躺在地下的童小星看去,朝他吐在地下的那滩血水看去。

柳兰芽本来以为她和童小星的关系已经彻底结束,哪里想到他们在这天夜里又见面了,虽然不是刻意的见面,却是一次非同一般的见面,好像通过这次见面他们又扯上了一定的关系,而且是一种过去没有出现过的敌对关系,这既让她感到命运的造化捉弄,竟然让她在这种场合与他见面,又让她感到复仇的快意痛切,毕竟也能用这样不堪的方式报复了他一回。童小星显然承受不住这样的打击,不但当场昏厥倒地,吐出了鲜红的血水,而且长时间昏迷不醒。警察们吓得不轻,正要把他送进医院去时,他却突然又醒了过来,人们这才都松了口气。童小星是被警察们抬回派出所的,他们那几个罪犯自然也被带到了那里。柳兰芽和夏美娟还有几个受到他们牵连的"服务员"被关押在一间屋内,那些所谓的嫖客则被关押在另一间屋内。漫长的一夜即将过去,窗外的天边已经透出了一缕稀薄的鱼肚白,柳兰芽还没有一丝睡意,尽管一到这里来她就闭上了眼睛,但困神却一直游离在她的意识之外,让她眼前一直挥之不去那股红色的血水。天快要亮了,透过门板的缝隙,那边警察办公室里一直亮如白昼的灯光突然熄灭了。很快,柳兰芽便听见了脚步声,而且还伴随着哗啦哗啦响的钥匙撞击声。她似乎知道,自己一直等待并为此而一夜未眠的时刻马上就要到来了。果然,门板被打开后,一个执勤的警察将她提了出去,穿过一个拐弯的走廊,拉开一间屋子的门,将她推进去。

这是一间警察办公室,里面的灯光已经熄灭,柳兰芽看不见周围的东西,却知道黑暗中有一个人,这个人同样一夜未眠,虽然他不久前发生了晕厥并吐出了血水。正是这个人为她提供了她一直等待的这个时刻,换句话说,正是他在黑夜即将过去的时刻要和她见上一面,当然,如果她没有理解错的话,这应该是他们在这个世上所见的最后一面了。在此之前,她以为他们已经有过最后一次了,但事实证明,他们的关系在今天夜里之前并没有真正结束,但如果不出意外的话,这个夜晚过去之后,他们的关系就要真的走到尽头了。说吧,柳兰芽在心里对他说,有什么话你就对我说吧,说完了这些其实已经没有什么意义的话,我们便各自去干各自的事儿,一个去卖淫,一个去执勤,在这个疯狂的世界上共同构筑一道灵与肉、黑与白的奇异风景,也算是我们没有白来这个人间一遭。是的,那个时候柳兰芽以为他们诀别后童小星还会一如既往地前去执勤,而没有想到他会做出那个决绝得超出了她想象的最后抉择。

告诉我,你为什么要这样做?

我不知道你是在问谁?

我在问一个叫柳兰芽的女人。

据我所知,柳兰芽已经死了。

不,柳兰芽没有死,死的是那个叫童小星的人。

那你告诉我,童小星是怎么死的?

如果我说,他是被一个叫柳兰芽的人打死的,你相信吗?

或许这是真的,因为柳兰芽就是一个杀人犯。

告诉我,为什么她就不能改过自新?

因为她找不到改过自新的理由,她尝试这么做了,却败得一塌糊涂。

那就要去堕落,就要去毁灭吗?

听天由命吧,老娘就是有天大的本事,也干不过这个时代。

好吧,童小星临去前还想摸一下柳兰芽的手。

摸吧,童小星也只能这么做了。

柳兰芽闭上眼睛,在黑暗中感觉一只手伸过来,在她手边停留了一下后,突然跳上来,像一根锁链一般搭到了她的手上。一霎间,柳兰芽产生了一个可耻的幻觉,看见一条金光闪闪的手链套住了她的手腕。她摇摇头,让这个罪恶的念头像蛇一般爬走。那只在她手上停留了一下的手也滑落了。她听见远处隐约传来一声鸡的啼鸣。不用睁眼,她也知道天其实已经亮了。

柳兰芽刚刚走出那间屋门,便听见身后传来一声沉闷的枪响。她抬起头,看见一天艳丽到快要刺瞎她眼睛的霞彩剧烈颤抖了一下,便从天空中急雨一般掉落下来,瞬间便把整个大地染成了血淋淋的红色……

石未来的旅程

一

　　石未来没有父母。当然，这并不是说他从来没有过父母，而是说他的父母已经不在这个世界上了。早在他没有记忆的日子里，他们就在一次交通事故中双双死去了，丢下他一个年幼的孩子跟着爷爷生活，也就是说，从此以后他们家里就剩下他和爷爷两个人了。看起来，石未来和爷爷应该是相依为命的一种关系，但在他的感觉里却完全不是这种样子，不要说相依为命，就连基本的和谐相处都谈不上，或者干脆直接一点说，在他的成长过程里，他和爷爷一直处在一种剑拔弩张的敌对状态中。

　　在石未来看来，爷爷就是一个地地道道的糟老头子，不仅模样长得糟糕，一点不像一个老革命的样子，生活作风糟糕，类似于他想象中的军阀头目，而且脾气更加糟糕，就像样板戏中的坏人胡传魁。可想而知，石未来在这样一个人的手下生活，日子该是多么的难熬了。

　　那些日子里，石未来的爷爷正在接受红卫兵小将的批判。在此之前，爷爷在单位的领导权已经被夺走了，只好赋闲在家，干一些写写画画的琐碎事。这样的日子对他来说也很难熬，一个在单位发号施令惯了的人突然没有了权力，会感觉到前所未有的失落，继而会做出一些前所未有的事来。这些前所未有的事差不多都是针对石未来而做出的，不难想象它们对一个孩子意味着什么，换句话说，那段时间石未来的日子便也像爷爷那样难熬了。石未来自然不想过这样的日子，便在心里不住地盼望爷爷出事，在他想来，只有爷爷出事了自己才能结束受他折磨的局面。果然，没过多久他的愿望就实现了，这一天，红卫兵小将上门来"邀请"爷爷，让他到批判大会上去交代问题。交代什么问题？交代他在长征路上涉嫌逃跑的问题。原来小将们在审查爷爷的档案时，发现他的所谓革命生涯中有不是那么清楚的一个段落,便怀疑他有重大历史问题,加之他有走资派嫌疑,把这两个方面放在一起考量,当然便不能轻易放过他了。对于这样的"邀请",爷爷似乎并不多么畏惧,岂止是不畏惧,在石未来看来他还有些巴不得呢,当小将们说让他到会场上去时,爷爷竟激动得身子哆嗦了一下,灰暗的眼睛里一下子闪出光来。

爷爷被小将们押到了会场上,并没有如他们想象得那样立刻让他交代问题,而是先让他站到一条板凳上,弯下腰来陪同那些脖子里挂着大牌子的走资派们接受批判。这虽然不是对他的批判,却让人觉得和批判他差不多,所以在那段时间里爷爷便显得十分焦躁。等批完了那些走资派,也就是说大会要进行另外的项目了,才轮到让他交代那段可疑的历史问题这件事。爷爷稍稍直起了腰板,先前焦躁的神情也变得坦然起来,面对着台下的听众做出一副胸有成竹的样子,就像他平时在单位对下属作报告一样。开始时,小将们有些看不服他这副镇定自若的神态,几次想打断他的话,但又实在插不进言去。爷爷在单位当领导当惯了,讲话是他最擅长的一项技能,这些日子因为在家赋闲早就憋得难受了,现在终于得到了一个讲话的机会,怎么能不好好地利用一回呢?况且他是在讲自己的亲身经历,又有什么放不开的呢?果然,没有多大会儿,爷爷就把这场兼有批判色彩的检讨变成了颇为显摆的夸耀,而且在很大程度上感动了那些对他持怀疑态度的红卫兵小将。原来这并不是一个可疑的逃兵,而是一个经历了血与火考验的战士,一个令人肃然起敬的战斗英雄。小将们拥上去,把他从走资派的队伍中拉回到自己身边,似乎还觉得不够,又把他抬起来举过了头顶。

这样的结果有些出乎人们的意料,尤其让石未来感到失望。在他想来,爷爷因为说不清楚自己的历史而被小将们加大批判的力度,甚至被关进学习班接受长时间的改造那才好呢,自己也才能彻底摆脱他的管束和迫害,是的,石未来毫不客气地使用了"迫害"这个词,在他眼里,爷爷对他所做的一切差不多都有"迫害"的嫌疑,况且他又是一个走资派,而自己却是一个红小兵,两人根本不在一条战线上,爷爷对他进行一下"迫害"是自然而然的事儿。但不幸的是,爷爷竟然又被小将们放回了家来,因为一时恢复不了工作,只好继续在家里赋闲,也就是说,继续管束兼"迫害"自己的孙子。

说到爷爷对他的迫害,有两个项目尤其让石未来受不了,一是"上政治课"，二是"关禁闭"，这都是他在革命生涯中对下属使用过的手段，现在却拿来对付他这个小孩子了。在这两个项目中，"上政治课"似乎要好些，因为它毕竟不用限制受教育者的人身自由，顶多让他的耳朵多疲惫一些，再说在那个年代里接受别人的教育是司空见惯的事儿，何况爷爷的"课程"里还有许多的战斗故事呢，说来听听倒也是蛮不错的。开始石未来也是这样认为的，但不多日子下来，他就知道这个项目的厉害了。爷爷的课程并不像他想象得那样隔三岔五地进行，而是每日必讲，后来竟然达到了一天两讲甚至一天多讲的地步，有时是在他吃饭的时候讲，有时则是在他睡觉的时候讲，而且一旦讲起来就没完没了，往往一顿饭吃完了他还没有讲完，嘴里都发出了鼾声他还讲个不停。为了不让他在听讲的过程里走神，爷爷用筷子不时地在他头上敲一下，如果他睡着了便脱下鞋底来抽他的屁股。之所以频繁地给他上课，照爷爷的说法是防止他走到岔道上去。石未来心里不禁感到好笑，他自己都沦落到要接受红卫兵批判的地步了，却还来给他这个红小兵指引道路？石未来虽然不敢公开笑话他，但心里却不胜其烦，脑子里装满了他那些奇怪的话题，每日都焦躁得不行，真恨不能小将们来再把他抓走一回，也好让自己清静一下。

与"上政治课"比起来，"关禁闭"更好不到哪里去。当然，这个项目的实施是在爷爷认为前者不能奏效的情况下，换句话说，也就是他认为石未来犯了"错误"的情况下而采取的一个带有惩罚性质的措施，如果石未来真的犯了错误，自然乐于接受爷爷的处罚，但问题是他并没有犯什么错误，或者说他不认为自己犯了什么错误，比如把饭粒掉在了地下，作业本没有写完就扔掉了，这样的一些细枝末节都会被爷爷视为严重的错误而抓住不放，不由分说便来关他的禁闭，这实在让他觉得冤枉，觉得爷爷小题大做，觉得他不讲情理。更为让石未来不能接受的是，他稍稍提出一些异议，爷爷不但不接受他的意见，反而变本加厉延长关闭他的时间，有时都到吃饭的时候了还不来给他开门。在他看来，自己那点"异议"无异于是对爷爷的"反抗"，为了消除他这种图谋，爷爷不久又在"上政治课"和"关禁闭"之外对他实施了第三个项目——"写检查"，当他从关禁闭的小屋内被放出来时，不但不能立刻去吃饭，还要饿着肚子去给爷爷写检查，如果他不能把检查写得像模像样，尽管饿得都快要头晕眼花了，还是不能坐在餐桌前去。

石未来简直恨死爷爷了，几乎每天都盼望小将们来抓他。但令人沮丧的是，许多日子过去了，小将们也没有再来找爷爷的麻烦，外面的"革命"形势已经发生了变化，一些受过批判的老干部正在恢复工作，听说爷爷也快要回到先前的岗位上去了。爷爷有些得意，教育兼管理他的劲头更大了。石未来实在不堪忍受这种局面持续下去，便第一次产生了逃离家庭的念头。

石未来第一次离家出走是在十五岁那一年。那时候，他所在的学校已经恢复上课。说来也巧，恢复上课后学的第一堂课就是地理课，其内容是介绍京城及周围一带的地理状况。不知为什么，石未来一下子就被这门新开设的课程吸引住了。当时，地理老师指着一个黑色的三角形说，这就是山脉。随即又指着一根弯曲的波浪线说，这就是河流。石未来惊奇得目瞪口呆，两眼紧盯着地图册上那些奇形怪状的图形，在脑子里急快地想象它们所代表的那些实物应该是什么样子，于是，一幅他从来没有见到过的山河地形图便展现在他的眼前，一度让他的思绪飘出了教室和学校甚至这个城市，真的到那个被山脉和河流所代表的世界里去游荡了一圈……几乎是片刻间，石未来便知道接下去要做的事情应该是什么了。没错，就在那个时刻里，他产生了离家出走到外面去游荡的强烈愿望。

石未来选定的游荡地点当然不是多么遥远的地方，而是京城周围的郊区地带，这并不是说他不热爱祖国的山川，也不是说他不知道外面的天地多么辽阔，不，他还没有被那样一种无节制的幻想冲昏头脑，以为凭现在的一己之力就能走遍天下，说来惭愧，他此时还没有那样的雄心壮志，还知道要想到外面去闯荡没有一定的物质保障是绝对行不通的。他所认定的物质保障其实很简单，那就是一定的交通工具和衣服食物，离开了它们空有远大的理想抱负也是无济于事的。再说，他连京城的郊区地带都没有去过，又怎么能越过它们抵达更远的世界呢？记得电影《南征北战》里的一个首长说过，饭要一口一口地吃，仗要一个一个地打，我也想今晚就打冲锋，把国民党八百万军队都消灭掉，可是不行啊同志。在此之前，石未来从来没有想过城市之外的事情，还天然地以为外面也像城市里这样布满了楼房和车辆呢，哪里又知道城市之外竟然是山脉和河流的天下，行了，只是让他见识一下它们真实的样子就足够了。所以石未来面对着一页京城及其郊区地带的地图册，在发了一会儿呆后，便决定到那个地方去游荡一圈。

说干就干。石未来打定了这个主意后，便立刻行动起来，开始悄悄地做出发前的准备工作，也就是置办交通工具和衣服食物之类。衣服食物很好准备，他把平时穿的衣服打到一个包里，再把家里所有的食物装进去，随时都能背在身上出发。相比之下，交通工具他就有些不大好解决了，平时上街和上学，他都是乘坐公共汽车，除此之外从来没有使用过其他的交通工具。虽然早在两年前他就学会了骑自行车，但那是借了邻居吴茁壮家的车子学的，而他自己家里却从来不曾买过一辆自行车。在城市里乘坐公共汽车一切问题都解决了，但到郊区去尤其是到那些布满山脉和河流的地方去，没有一辆像样的自行车怕是绝对不行的。但他到哪里去弄一辆自行车呢？现买已经来不及了，就算来得及他也没有那么多钱，就算他有那么多钱他也没有一张购车票，而没有购车票是不可能买到车子的。打消了买车的念头，他便知道要想顺利地骑上车子只有剩下的一条道好走了，那条唯一的道就是像他当初借车学骑一样再次到吴茁壮家去借。于是，他没有经过太多的犹豫，便掉头朝吴茁壮家走去。

吴茁壮是他的同班同学，和他家住在同一个大院里。在这个属于一定级别干部居住的大院里，石未来共有两个同学在一个班里，除了吴茁壮外，还有一个叫余离离的同学，但与吴茁壮不同的是，余离离是一个女同学。在那个时代里，像他这样年龄的孩子一般都不和异性交往，所以尽管他和余离离家是邻居，而且在学校里是同桌，他们却像陌生人一样爱搭不理的，大多数情况下他都是和吴茁壮待在一起，或者一起去学校上学，或者一起在院子里玩耍。余离离家也有一辆自行车，而且比吴茁壮家的要好，但石未来学骑的时候却没有找余离离去借，而是大模大样地借来了吴茁壮家的车子。他想现在也不会例外，到郊区去游荡当然也不会打余离离家车子的主意，而是毫不犹豫地朝吴茁壮家走去。但也正是这样一个选择，让他犯下了一个不大不小的错误。

其实，石未来如果不对吴茁壮说出借自行车的真正原因，他私自去外面游荡这件事也就不会轻易暴露了，但当吴茁壮问他借车去干什么的时候，他觉得不应该再瞒着他，毕竟借的是人家的车子，算是有求于他，自然便不想得罪他，甚至还应该在某种程度上讨好他一下，以便让他痛快地把自行车借给自己，于是便石未来也没有再做什么犹豫，就把去郊区游荡的打算对他说了。那一刻，石未来甚至产生了让他随自己一起去的念头。

和他的料想差不多,吴茁壮也没有做什么犹豫,便把自行车借给了他,和石未来的料想不同,吴茁壮并没有表示和他一起去游荡的打算,石未来也便没有好意思向他提出来。于是,他从吴茁壮手里接过自行车,背上装着衣服和食物的行李包,径直出了院子,直朝涌动着人流和车辆的大街上驶去。他没有回头,当然不知道吴茁壮一直在后面目送他,当他的身影快要消失了的时候,吴茁壮会转身朝他家屋里跑去。石未来当然更不知道,吴茁壮跑到他家屋里是去找他的爷爷告密。事后想起来,石未来都没有搞明白吴茁壮之所以告这个密到底是出于对他的关心,还是执意要坏他的事儿,抑或仅仅是出于对自家自行车的爱护。不管是什么原因,它导致最直接的一个结果却是爷爷对石未来变本加厉地管束和"迫害",明确一点说是"上政治课""关禁闭"和"写检查"三项措施的同时进行。

但不管怎么说,石未来却真的到郊区地带游荡了一圈,而且真的见到了货真价实的山脉和河流。郊区的山脉虽然不高大,河流也不宽阔,但因为他是第一次见到,还是让他觉得那么非同凡响那么具有诱惑力,让他有一种大开眼界大饱眼福的美好感觉。他最先见到那条河流,刚要朝它走过去,随即便发现离它不远的地方便是那座山脉,他觉得如果爬到山上再看那条河流兴许会更好。于是他便把自行车放在一棵大树下,迈开腿脚,沿着弯弯曲曲的山路朝山上爬去。因为山脉不是多高,他攀爬了多半个小时,在山路从脚下消失了的时候,他爬到了一个山头顶端,这个山头在这座山里不算最高,但离那边的最高峰也没有多少距离了,他便放弃了去爬最高峰的打算,决定停下来,好好地看一看周围的景色,尤其是那条看起来已经越来越远的河流。他打起眼罩,极力朝着远处看,老天,由于他从来没有站上过现在的高度,也便从来没有体验过居高临下的感觉,原来当他从高处往下看的时候,会让自己的目光放到极远极远的地方去,不仅是那边的那条河流,就连整条河流所置身的那片应该说还算得上辽阔的大地都尽收他的眼底,在大地上活动着的人和动物都变得像蚂蚁那样小,如果不仔细看会把他们忽略掉也说不定,只有不时移动的车辆才会引起他的留意,但它们的样子和运行速度在他看来也像极了一只普通的蜗牛,倒是那些散落在山脚下的村庄还能显出一定的规模,但给他的印象也是一团模糊的影子,他只能依靠着想象力才能约略辨得出哪些是树木哪些是房屋。他调整了一下观看的视角,把目光转向他一路走来的那个方向,便看见了矗立在远方的一个类似于城堡的建筑群落,不,这样说并不准确,因为他毕竟没有见过真正的城堡,出现在他眼界里的那片建筑群落似乎更像一个由积木搭建起来的城郭,他盯着它发了一会儿呆,突然反应过来,原来它就是他一直生活在其中的那个城市,也就是所谓的京城。他目不转睛地看着它,脑子里竟然产生了一个奇异的念头,觉得自己平时就像一只寄生在城市内脏里的虫子,因为置身在它体内的缘故,一直无法知道城市到底长得什么样,忽然有一天,他被它排出到体外来了,这时候才有幸得以窥见它的全貌,才能从整体上目睹它的样子,这真是一件让他倍感神奇的事情。他觉得自己是幸运的,因为有了今天的外出游荡而感到万般的幸运。也就是从那个时刻起,他便坚定了要在日后游遍祖国的山川大地甚至整个世界的宏伟念头。

石未来站在山峦顶端发了一阵感慨,再次把目光转向那条河流,他没有忘记今天出来游荡的目的,也即对这座山脉和那条河流的浏览,这座山脉因为他在它身上爬过而感到了一定的熟悉,而那条河流他还没有好好地看一看呢,先前以为上到山上可以对它看得更完整些,但由于距离拉得过于远了,他虽然从整体上看到了它的轮廓,却无法看清它的细节,也就是河水在地面上流淌的样子,看河而不能看到水的流淌,那又怎么算得上真正的看河呢? 于是,他反身向山下走去,向在远处的地面上朝他发出召唤的那条河流走去。但当走下山来的时候,他发现自己迷路了,下山的路径似乎不是他上山的那条道,虽然大体的方向不错,但他却没有找到放置自行车的那棵大树,找不到那棵大树,也就意味着他把吴苗壮家的自行车丢失了,如果是自己的自行车丢失了也就罢了,可自行车是人家吴苗壮家的,如果丢了车子他该怎么去向人家交代呢? 而且这时候他发现天也即将黑下来,也就是说他已经出来快要一整天了。意识到这一点时,他才感到了饥饿,这才想到这一天只顾骑车爬山了,还没有吃一点东西呢。尽管肚子里发出了咕咕的叫声,但他却一点食欲也没有,满脑子都是那辆不知在什么地方的自行车。他隐约感到,这一天的外出游荡恐怕就是他告别家庭和爷爷的一次行动,也就是说从此以后他有可能就这样在外面一直游荡下去了。他出来的时候虽然带来了衣服和食物,但毕竟没有做好长期离家的准备,也没有和爷爷来一次正式的告别,虽然爷爷那么可恨,他的离家出走都是因为他对自己"迫害"的缘故,但真要彻底离他而去,心里还是留恋得不行。爷爷。望着就要在山后沉落的日头,他差点哭出了声。他这才知道,离家出走并不是一件如想象中那么好玩的事情。

石未来已经做好了在山野中过夜的打算。趁着夜幕还没有真正降临，他要赶快找到一个容身的地方，尽管他相信这个还不算荒芜的山野不可能有什么凶猛的野物，但要在这里过夜没有一个遮身蔽体的地方是不行的。他想到了看林人，这座山上长有这么多树木，会不会有看林人在这里守候？就算看林人不在山上，如果能找到他们遗留在这里的小木屋也是不错的。于是，他一边跟跟跄跄地往山脚下走，一边心神不定地朝四处看。夜幕似乎比他料想的来得要快，随着一团团雾气在山野里弥漫开来，浮动在西边山峰后的最后一抹亮光也就要消失了，远处隐约传来鸟兽的叫声，听上去给他一种不祥的恐怖感觉。他越发有些紧张，脚步变得更加没有章法，不是在突然出现的石头上绊一下，就是被横躺在地下的枯木挡一下。更要命的是，他竟然看见前面浮现出一个朦胧的人影，是的，一个黑乎乎的影子从雾霭中走出来，像一棵树矗立在他面前。开始时他以为是看花了眼，急忙抬手在眼上抹一下，仔细再看，没错，那果然是一个像是树木的影子挡在他面前。他虽然知道那不是一个怪兽，而可能是一个真的人影，身上还是止不住浸出了冷汗。他不敢再朝它走，赶紧停住了脚，并尽力让自己镇定下来。他很快便看清了，那其实就是一个人，而且那人身边似乎还停着一辆自行车，因为透过迷蒙的暮色，他看见那人的身后有几点亮光在闪烁，从那几点亮光构成的轮廓，他一下子判断出那是一辆自行车，当然随即便也判断出那是他那辆自行车，原来车子落到了这个人的手里。我的自行车。他在心里叫着，刚要朝自行车或者也可以说那个人扑过去，随即又被另一个发现惊住了，他差不多已经认出来，这个站在他面前的人竟然是他认识的一个人，那让他看起来如此熟悉的身影不用费什么劲就判断出来，他就是爷爷，也就是说，在他走投无路的情况下，爷爷其实已经到山里来找他了。面对着这个让他惊喜交加的发现，石未来还有些不相信似的，试量着叫了他一声，爷爷？是你吗？

那人当然是爷爷了。石未来后来才知道，当他从吴苗壮手里接过自行车的时候，那个不动声色的家伙已经做好了去向爷爷告密的打算。但也幸亏他的告密，不然石未来真要在山里走失了也说不定呢。他跟着爷爷回到家时已经多半夜了，公共汽车早就停开了，幸亏有这辆自行车，不然不要说那一段足有几十公里的山路，就是城市里的几条大道走下来，他怕是也会把脚板磨烂。回到家时,他以为爷爷会像往常自己犯错误时那样关他的禁闭,所以没有等他发话,便主动走进了"关押"他的那间小屋,甚至做好了在里面待许多日子的打算,因为这一次他犯的错误要严重许多,他的离家出走不要说在爷爷眼里,就是在他自己看来都是一次不能轻易被原谅的错误。关吧,他在心里对爷爷也是对自己说,我让你关还不行吗?

但出乎石未来意料的是,爷爷并没有关他的禁闭,也没有让他写什么检讨,而是专门给他上起了政治课。在一般人眼里,也许上面的三项惩罚措施当属"关禁闭"最重,"写检查"次之,"上政治课"可算是最轻的了。大概爷爷就是这么想的,所以为了减轻他的敌对情绪,以免刺激得他再次离家出走,便对他手下留情,特意抛弃了较为严重的"关禁闭"和"写检查"不用,专门把他从"禁闭室"内拽出来,和风细雨而又喋喋不休地对他上起"政治课"来。石未来开始也觉得"上政治课"没什么了不起,不像"关禁闭"那样让他失去自由,也不像"写检查"那样让他费尽周折,充其量只是竖起两只耳朵,耐着性子听爷爷那些虚张声势的大道理,况且听与不听是他自己的事,他完全可以让爷爷的话从一个耳朵里进而从另一个耳朵里出,到底能不能起到效用他一点都做不了主。但事实证明他想错了,他把什么因素都考虑进去了,却偏偏忘了爷爷在单位是个政治工作者,做思想工作是他的拿手好戏,前些日子在大会上面对那么多难缠的红卫兵都轻而易举取得了胜利,何况对他这个才只上到初中一年级的小孩子呢?再说他还是一个"犯了错误"的人,爷爷在他面前愈加具备了一个老革命家的优势,自然便把这堂政治课,不,不仅仅是一堂,而是接连许多天的许多堂,爷爷自然把这些政治课上得精妙绝伦了,换句话说,石未来可在他这些天里的这些政治课中受尽了煎熬。

爷爷讲到最多的一个话题就是"革命与背叛",而且现身说法,讲他当年在长征路上的一些奇异遭遇。他说自己参加长征的那一年只有十五岁,有一次在爬雪山的时候与大部队失去了联系,他只好一个人边找部队边爬雪山,最后总算是与大部队会合了。当初他和部队失去联系的时候,也许人们都怀疑他当了逃兵,也就是背叛了革命,他自己也明白这一点,所以为了让人们相信他并没有逃跑,也就是没有背叛革命,他才一个人费尽周折去寻找部队,用坚硬如铁的行动证明了自己的忠贞。石未来听得出来,爷爷不惜一遍遍拿自己在长征路上那段可疑的经历对他说事,无非是把他的这次出走比照成没有什么价值的行动,不,从他命名这堂政治课的题目里就看得出来,他竟然把石未来的外出游荡当成了是对革命的一次"背叛",这实在有些好笑,爷爷的革命情结使他得出这样荒唐的结论来,也真的出乎了石未来的预料。我没有背叛革命。他在心里对爷爷说。他之所以没有把这句话说出来,是因为已经对这个问题感到厌倦了,已经觉得说与不说其实没有什么明显的区别了。

石未来真的烦透了,爷爷关于长征路上的话题原本很好,可被他一遍遍地讲下来,真的有些让石未来受不住了,就像肥厚的猪肉好吃但吃多了同样会腻味一样,只要看见爷爷摆出对自己讲的架势,他就本能地抬起手,先是做出一副缴械投降的样子,随即便把两手捂到耳朵上,生怕那些有关"革命"的话题像虫子一样钻到自己脑子里去。那几天里,他多么渴望摆脱爷爷的"政治课程",哪怕关他许多天的"禁闭",或者让他写作许多份"检查",他觉得也比这些烦人的"政治课程"强多了。他之所以表现得那么没有耐性,完全是因为他的心思并没有停留在爷爷的话题上,脑子里挥之不去的都是另一个人的影子,没错,那个一直滞留在他思想里的人就是吴苗壮,那个悄悄在爷爷那里告了他一状的狗东西。

如果没有这次告密,石未来无论如何也想不到看起来光明正大的吴苗壮会是那样一个卑鄙小人,平时一直以为他是自己的知心朋友,所以不论在他们居住的大院里还是在学校里,他和吴苗壮都同来同往,不客气地说甚至有一些形影不离的情形,别人以为他们是好朋友,更要命的是连他自己也以为两人好得不行,所以在这次颇为秘密的外出游荡时,他才会大摇大摆地去借他家的自行车,可气的是吴苗壮并没有流露丝毫阻止他那么做的意思,却转过头来去爷爷那里告密,自然让他在日后接受了不少的惩罚,但也使吴苗壮自己暴露出了一个卑劣之徒的可耻面目,他觉得吴苗壮才真是一个地地道道的"叛徒",才应该受到一番真真切切的惩罚。是的,惩罚,虽然爷爷不会把任何惩罚施加到吴苗壮身上,但他应该受到的那部分惩罚在自己这里是逃不掉的,没错,他已经决定要好好惩罚吴苗壮一下了,就当是对他"背叛"朋友"背叛"友谊的一个警告。

大约正是因为和吴苗壮太过熟悉了,石未来完全知道他身上的软肋在什么地方,所以便轻而易举地找到了惩罚他的最为恰当的办法,那就是自己对余离离的公开示好。不知道他们三个同学关系的人一定会纳闷,你惩罚吴苗壮为什么要向余离离示好呢？或者说你为什么要把向余离离示好看作对吴苗壮的惩罚呢？其实道理很简单，余离离一直是吴苗壮心目中的"女神"，据石未来所知，吴苗壮已经偷偷给余离离写过好几封"情书"，却从来没有发给过她一封。在那个年代里，他们甚至都不说一句话，哪里又敢明目张胆地递情书谈恋爱呢？互相之间的好感也只能压抑在心里，即使斗胆写成了"情书"也只好以日记的形式珍藏在自己的书包里，是不是有机会拿出来向对方展示也是不可知的一件事。但在他们那些看好余离离的男同学中，石未来觉得尤以吴苗壮最为痴情，不仅是因为他的"情书"写得格外多，而是有几次他都差点对余离离采取"措施"了，当然，所谓"措施"并不是什么"示爱"的行动，而是他借邻居之间的方便，试图拉近和余离离之间的距离，比如上学的时候，他都会在余离离家门前站一下，以便在余离离正好出来的时候和她一起走。这一招还是很管用的，虽然余离离没有和他约定出门的时间，但吴苗壮在她门口站的次数多了，还是会偶然碰到她一两次，如果不是石未来的及时"干预"，他们就真的走在一起了。石未来当然不愿吴苗壮和余离离走在一起，平时都是他和吴苗壮一起去上学，为什么他吴苗壮突然甩下他而去等候余离离呢？再说他还想和余离离在一起走呢，却顾忌和吴苗壮的"情谊"而没有这样做，而吴苗壮为什么就能做得出来呢？不行，只要有他在便不会让吴苗壮的这个企图得逞。于是，当余离离快要和他走在一起的时候，石未来便猛地抢上去，拉起吴苗壮的手，拖着他往前走去。吴苗壮自然有些不情愿，挣扎着不随他的步伐走。但石未来这时的力气会变得格外大，只是稍一用力，吴苗壮就不能不在他后面随上来。吴苗壮尽管走在了他身边，却变得很不高兴，一路上都在对他不满地翻白眼，有时真急了竟多半天不理睬他，也许在吴苗壮看来，他这样破坏自己的"好事"也是不够朋友的一种表现。说来奇怪，他有意把吴苗壮从余离离身边拉开，并不能使余离离和他走在一起的局面出现，而仅仅是消除了吴苗壮和余离离走在一起的可能，他便觉得自己的目的达到了，因为他清楚地知道，既然吴苗壮那样优秀的学生都不能得到余离离，何况自己这类平庸之辈呢，所以他仅仅是做了不让其他学生接近余离离的事情，而从来没有让自己来过一次这方面的尝试。

但现在不同了，现在吴苗壮已经背叛了他们的友谊，也就是说他已经成了一个地地道道的"叛徒"，石未来就不用再对他有什么顾忌了，报复他的最为合适的一个措施就是让他感到难受,让他感到失落,让他从那个优秀而出色的高地坠落下来,那么要实现这样的目标最恰切的一件事就是由自己来接近余离离,尤其要当着吴苗壮的面来大摇大摆地接近余离离,让他看着自己和余离离走在一起,不,应该是搞在一起,仅仅走在一起是不够的,最能打击吴苗壮最能伤害吴苗壮的事情就是让他看着自己和余离离搞在一起,让他清楚无误地明白,从此以后他心目中的女神余离离就属于他石未来了,而他却不可能再有什么戏好唱了,吴苗壮唯一能做的便是看着他和余离离搞在一起,如果实在不愿看就只能闭上眼睛,而不能把他从余离离身边拉开,更不能让自己取他而代之。很好,石未来告诉自己说,这个主意真是太好了。那么接下来要做的事就是赶快把这个主意变成现实,也就是说他要赶快行动起来去向余离离示好了。

在接下来的这一天,石未来出了自己的家门便来到余离离家门前,等待着余离离从她家的门里走出来。这个情景与吴苗壮先前做得有些类似,不同的是他在这么做的时候有个前提,那就是吴苗壮正好也从他家里走出来。但事情有些不凑巧,吴苗壮倒是从自己家里走出来了,很快就会来到他身边,余离离却还没有从她家里露出头来。吴苗壮当然不知道他站在这里是在等候余离离出来,还以为他停下来是为了等自己呢,便向他打招呼说,石未来,咱们一块走。石未来没有理会他,依旧对着余离离家门口看。吴苗壮见他不理自己,知道他还在生气,不禁有些尴尬,脸面一下子涨得通红,便从他身边绕过去,想尽快从这里走开。石未来一看坏了,他都要从自己面前走过去了,余离离的影子还没有出现,如果不能让吴苗壮看到自己和余离离在一起的情景,他制订这个计划又有什么意义? 于是,他一不做二不休,在吴苗壮就要从身边走过去的时候,果断地张开嘴,朝余离离家门口大喊了一声,余离离,上学去了。他没有回头,也知道吴苗壮听了他这声喊后会做出什么反应。没错,吴苗壮情不自禁地停下了,石未来这声出乎意料的喊让他一下子止住了脚步。石未来越发来劲,对着余离离家门里又喊了一声,余离离,快走呀。余离离当然听到了他的喊声,此时她也已经做好了上学的准备,只是还没有来得及出门,经他这样一喊,便不禁加快了脚步,很快便从家门里走出来。看到了她的影子,石未来心里的一块石头才算落了地。与他不同的是,吴苗壮看到余离离的影子,心却一下子提了起来。

余离离看到在外面喊她的人是石未来,好像也有些意外,脚步不禁停了一下。石未来担心事情会出现他不愿看到的什么变故,便再接再厉,硬起头皮朝她说,余离离,我们一起走吧。在此之前,他从来没有和同年龄的女孩打过交道,更没有和余离离这样漂亮的女孩说过话,心里也难免有些发怵,生怕她不理会自己,那样不仅他的计划会落空,而且会在吴苗壮面前丢尽所有的脸面,如果吴苗壮不在这里,他甚至鼓不起勇气朝余离离张口,说不定当余离离真的从门里走出来时,他会掉头逃开也未可知。但现在不一样,吴苗壮就在他们身边目不转睛地看着,就是冒再大的风险,石未来都要把自己的角色演下去,就算余离离真的不来配合,他都要咬紧牙关往下唱,因为除此之外他没有任何后路好走。在等待余离离回复漫长时间内,他觉得心里那块石头又一次浮了起来,而且浮到了一个前所未有的高度,以至于嗓子眼都感到了来自那块石头的挤压。与此同时,吴苗壮也前所未有地紧张起来,这个置身事外的看客似乎也一下子参与到表演当中来了,不知不觉让自己变成了这场演出的一个不可或缺的角色。石未来不知道余离离此时是否知晓这场演出的意义所在,但她在接下来的表演中却明确无误地告诉他,这是一个善良的女孩,一个在任何情况下都不会做出伤害其他人举动的善良女孩,虽然她没有想到那个在外面等她的人是他,却还是顺着他的话答应说,好吧。听到她说出了这句话,石未来心里那块浮在高处的石头才最终落了地。但让他想不到的是,余离离说完了这句话,马上又转向了吴苗壮,朝他发出邀请说,吴苗壮,也和我们一起走吧。尽管事情的这个变故也有些出乎意料,可石未来却无法表示反对的意见,既然他能够向余离离发出邀请,余离离就不可以向吴苗壮发出邀请吗?他当然还明白这个道理,所以当余离离说出这句话的时候,他也像她那样把目光转向了吴苗壮,等待着他对他们的提议做出反应。他想,这时候如果吴苗壮抓住这个难得一现的绝好机会,顺着余离离的话说,好吧,我们一起走。说不定他的计划就会由此落空,接下来他和吴苗壮重归于好也是很有可能的一件事,如果吴苗壮能够继续顺势而为,或许有一天他真的把余离离从石未来这里拉回他身边去,也就是说,事情演变成他对石未来的一场报复也是完全能够实现的一个结局。但机会就像流星一样稍纵即逝,事实证明,优秀而出色的吴苗壮没有抓住这个机会,不仅辜负了余离离的好意,而且也为自己的失落和失意埋下了伏笔。说来令石未来感到好笑,吴苗壮面对余离离发出的邀请而作出的表示是,他只是耸了耸肩,并没有回答余离离的话,便转身丢下他们,一个人昂着头朝前走去。看到他做出这样的表示,石未来再次松出一口气,而余离离却有些目瞪口呆,吴茁壮决绝的表现实在是出乎了她的意料,就像石未来的主动示好也出乎了她的意料一样。走,似乎是和吴茁壮赌气,余离离索性朝石未来跟前走近了一步,用格外坚定的语气说,我们走。他们一起走在吴茁壮的身后。吴茁壮虽然昂着头朝前走,但他们都看出来,其实他的脖颈早就酸疼得不行了,之所以依旧强撑着不让沉重的头颅低下来,完全是为了做给走在后面的他们看的。但这有什么用? 石未来在心里嘲笑他,即使你把脑袋仰到后背上去,也挽救不了你的失败。是的,那个时候吴茁壮其实已经失败了,也就是说石未来报复他的计划已经成功了。

为了不给吴茁壮咸鱼翻身的机会,石未来决定"宜将剩勇追穷寇",百尺竿头更进一步,接下去再打一场歼灭战,彻底把吴茁壮消灭在穷途末路之中。为了增加进攻力度,他提前做了一番准备,也就是说在发起进攻的前几天,他便坐下来给余离离写情书。没错,他写的这封情书的确是写给余离离的,但在把情书送给余离离之前,他要先把它拿给吴茁壮看一看。经过几天的努力,他把这封情书写得差不多了,便又精心选择了一个日子,装作虚心求教的样子,把情书送到了吴茁壮的面前。其实在此之前,或者说自从他和余离离走在一起之后,他和吴茁壮已经很少来往了,先前总是他和吴茁壮一起去上学,余离离走在他们前面或者后面,一副井水不犯河水的样子,而现在却是他和余离离走在一起,而吴茁壮走在他们前面或者后面,也是一副井水不犯河水的样子,二者看起来颇为相似,但内里却完全不同,前者的格局可以使他们相安无事,甚至还可能给他们带来一些诙谐的气氛,比如看到余离离走在他们前面的窈窕身影,他和吴茁壮会禁不住品头论足一番,说一些不敢大声说出来的笑话,虽然话题有些色情嫌疑却也不失真诚,让他们感到少年情谊的美好和快乐,也就是说,这样的格局不仅是相安无事的而且是轻松愉快的;后者的格局却就不同了,尽管他们并没有发生什么不快和冲突,但总是会有一种早晚要出什么事的预感和担忧笼罩在心头,比如每逢看到吴茁壮走在他们前面的孤独身影,他和余离离就会沉默下来,尤其是余离离,任他怎么想和她说话她都不理会,好像他们明目张胆的快乐会使事情发生什么不可预测的变化似的,其实他也在悄悄做着一种准备，似乎那个走在他们前面的身影会随时扭转过来，将他难以控制的什么行动急风暴雨般地施加到他们的头上，在这样颇为不安的气氛环绕下，他们还哪里能感受到什么青春爱情的激情和温馨，就连少年情谊的美好和快乐都烟消云散了。也就是说，这样的一种格局不仅是剑拔弩张的同时也是令人难以承受的。也就是在这样的背景下，石未来决计要对吴苗壮发起一场战役，最终打破这种局面，让那个还不肯甘心承认失败的家伙从他们的面前消失掉。

嗨，石未来把情书送到吴苗壮面前，装作虚心求教的样子对他说，高才生，帮我看看这个，写得合格不合格？

吴苗壮当然不知道他写的是送给余离离的情书，见他主动向自己请教，也没有做出反感的表示，把情书打开来，准备真的如他表示的那样指点一二。但他刚刚看了一个开头，脸色便一下子变了，因为那个开头明确无误地写道，"亲爱的余离离同学"，这样的字句未免太出乎他的意料了，也实在太扎他的眼了，那八个黑乎乎的字简直就像钉子毫无情面地刺进了他的眼睛深处，剧烈无比的疼痛感一下子抵达了他的内心，他的骨髓。也许他太专注于体会自己的疼痛了，竟然一时没有反应过来，两眼呆呆地盯在那一行字上，任凭心里的伤口汩汩地往外流淌鲜血。

趁他还没有反应，石未来决定更进一步，再往他伤口里撒上一把盐，便故意微笑着说，我写得不好，也不够火热，怕打动不了余离离，你的文笔好，就帮我加加工吧。

吴苗壮终于从他虚假的微笑里听出了嘲讽意味，一下子从凳子上站起来，你……他恼羞成怒，挥起两手，把那封情书毫不留情地撕成了碎片，愤怒地扔在他脸上，你这个王八蛋……

面对着他的怒骂，石未来没有翻脸，依旧虚情假意地微笑着。别撕呀，他意味深长地说，虽然我写得不够好，可那也是送给余离离的，要是被她知道了，不知该怎么憎恨你呢。

去你的余离离吧，吴苗壮咬牙切齿地说，让那个下贱的女人去恨吧，老子才不怕你们这对狗男女呢。

好了，石未来在心里满意地对自己说，已经够了，他都骂余离离是"下贱女人"了，也说他们是"一对狗男女"了，说明自己的目的便完全达到了。好吧，他也学着吴苗壮的样子耸耸肩说，你说得也不错。说着，他还伸过手,在他肩膀上拍了一下,然后转身走开。

石未来不知道当自己离去的时候,吴茁壮是否会回过味儿来,醒悟他是给他设了一个圈套,目的是让他说出那些毫无理性可言的话来,以便在余离离那里落下难以消除的口实,彻底断绝他和余离离的一切关系,也就是对手所说的歼灭战的胜利。石未来当然管不了他是否能够悔悟,一从他身边走开,便急不可待地来到余离离面前,将吴茁壮说过的那几句难听的话学给余离离听。其实根本用不到他添油加醋,吴茁壮说的那几句话实在太难听了,他仅仅如实地对她复述了一遍,余离离便勃然变色。什么?她万般惊讶地说,这个狗东西居然……她虽然没好意思把下面的话问出来,但石未来也觉得差不多了,她已经骂吴茁壮"狗东西"了,也就是说她也对吴茁壮恨得咬牙切齿了。胜利了,石未来心满意足地告诉自己说,老子发起的这场战役以吴茁壮的丢盔弃甲而宣告结束。吴茁壮,他又在心里对那个不堪一击的家伙说,你失败了。

那些日子里,石未来觉得吴茁壮实在不是他的对手,这才三两个回合他便顶不住了,就像爷爷一再为自己辩解的那段经历的情景一样,当了可耻的逃兵,弃下大片的阵地让敌方占据了。他觉得过去人们都高估了吴茁壮的实力,认为他优秀而又出色,实际上完全不是那么回事,吴茁壮充其量只是一个外强中干的家伙,根本不值得他们拿他太当回事儿。他开始有些看不起吴茁壮,也便放松了对他的警惕,甚至有一度忽视了他的存在,只是一门心思地和余离离谈恋爱了,想不起当他们在一起卿卿我我的时候,那个叫吴茁壮的人在干什么,有时明明看见吴茁壮走在前面,却没有再把他往眼睛里装,至于人家心里会想些什么,他就更想不起来分析一下了。以后的事实证明,石未来这样的态度实在要不得,是注定要吃亏的一种表现,只可惜他醒悟得太晚了,当有一天明白过来的时候,他早就走在了失败的道路上,要想扭转颓势已经来不及了。

吴茁壮的反攻是在他不知不觉的情况下发起的。有一天,石未来和余离离到三友亭公园里约会,没想到出事了,也就是说吴茁壮反攻的战役打响了。也怪他们大意,不该明目张胆地到三友亭公园去约会,其实在学校里整天在一起,为什么还非要到公园里约什么会?在学校里在一起倒是不假,但当着那么多同学的面,他们似乎多有不便,再说那个年代不兴学生谈恋爱,为了不给自己和对方惹麻烦,他们都装作没有恋爱这回事,大多数情况下彼此都不说一句话，如果非要有什么心意表示不可，便用目光来交流一下，再不行就等到放学的时候也就是回家的路上，尽管会当着吴苗壮的面，也赶紧走到一起并急不可待地说上几句话。这样好像还有些不够，于是石未来便提议到三友亭公园去，在那个没有熟悉的人出现的地方，他们可以放开胆子亲热一阵子。三友亭公园离他们居住的那条街道不远，不用坐车，就是慢走也就是十几分钟的时间，而且不收门票，他们可以自由地出入，在里面想玩多长时间就玩多长时间。当然他们到那里去并不是为了玩，而是为了谈恋爱，所以一进到公园里，也就是一来到这个没有熟悉的人出现的地方，便心急火燎地搂抱在一起，说一些没有什么实际意义的所谓"情话"。其实出事的这一天，他们才是第二次到那里去，第一次去的时候还有些拘谨，生怕被熟悉的人看见，行动间加着小心，也便觉得有些余兴未尽；有了第一次的演习，他们的胆子开始大起来，这个地方根本没有认识的人，他们尽可以让动作变得放肆一些，也算是把这场约会搞得更像那么回事儿，所以一来到公园内，他们便不再迟疑，张开臂膀便和对方抱在了一起。正当他们忘乎所以地要亲一下嘴的时候，一件意想不到的变故出现了，更明确一些说，吴苗壮反击的战役突然间打响了。

其实，在这场战役中打冲锋的人并不是吴苗壮本人，而是一个他们根本没想到会出现在这里的人，那就是石未来的爷爷。平日里，爷爷总是关在家里，不是皱着眉头回想当年南征北战的曲折经历，就是端起一支笔来，吃力地往一个本子上写回忆录。是的，最近爷爷迷恋上了写回忆录，石未来虽然没有看过他的回忆录内容，却似乎知道他记的依旧是当年南征北战的经历，也就是说，不论是爷爷闲着发呆，还是忙着写回忆录，其实都是在回顾他的革命经历，石未来疑心他把经历如此清楚地写在本子上，一方面是为了应对革命小将的盘问，一方面是为了给他这个孙子上"政治课"，对于前者他不好表示什么，而对于后者却有一种恐怖的感觉，真担心有一天爷爷会照着回忆录上的记述一字一句地对他讲课，那他可就真的难逃爷爷的"迫害"了，所以一想到这一点，他便觉得头皮发麻，兴许这也是他不愿待在家里，而急切地跑到公园里和余离离约会的原因之一。但石未来无论如何没有想到，他和余离离刚刚第二次来到公园内，爷爷竟然就尾随上来了，而且一下子把他和余离离亲热的场面看了个清楚。

好呀小兔崽老子，爷爷在一边看着他们，不禁惊得目瞪口呆，还没长大成人就搞起这事来,看我不打断你的腿。说着,爷爷就脱下一只鞋,举在手里,两脚一跳一跳地朝他们扑过来。

石未来和余离离都呆住了,眼睁睁地看着他急快地接近了他们,而忘记了逃跑。直到爷爷手里的鞋子砸到他身上来了,他才反应过来。快跑。他推开余离离,同时扭转身,直朝另一边跑去。他的意思很明确,那就是把爷爷的注意力吸引到自己身上来,以掩护余离离逃走。

果然,爷爷放过了余离离,也转身朝他追来。你这个小王八蛋,爷爷边追边骂,什么好事你不干,偏偏干这种见不得人的勾当,简直丢尽了老子的脸面。

凭石未来脚下的功夫,甩掉年老的爷爷实在是轻而易举的事儿,所以没用他怎么费力,便跑得让爷爷看不到踪影了。他躲藏在一丛树林里,放慢脚步,大大地喘出了几口气。他有些纳闷,爷爷怎么来到了这里?看他的样子好像是专门来捉拿他和余离离的,也就是说他是怎么知道了他和余离离在这里谈恋爱的?在此之前,他和余离离都十分谨慎,从来没有在大人面前流露过丝毫私情,爷爷也根本没有注意过这件事,怎么突然之间来到了他们面前,好像知道他们在这里谈恋爱似的,按说爷爷从来不做"跟踪"别人的"阴险"事儿,一直都是光明正大直来直去,怎么今天突然改变了行事风格,变得不太像他心目中熟悉的那个老家伙了。在躲避爷爷追踪的过程里,石未来一直对这个问题感到茫然不解,直到看见了站在远处看热闹的吴苗壮,才突然明白过来,原来又是这个狗东西到爷爷那里去告了他们的密,也就是说,在他以为吴苗壮在他们的战争中已然失败而放松了对他警惕的情况下,人家却在悄自疗伤并卧薪尝胆,每时每刻都做着东山再起反戈一击的准备,而他却对吴苗壮的努力视而不见,只是在来自想象中的莺歌燕舞的香风吹拂下,昏头涨脑地去谈他们的恋爱,也许在吴苗壮看来,他这头沉迷在爱情当中的混猪是多么可笑,是多么易于战胜。他呆呆地看着吴苗壮,看着他从一块石头后走出来,摆晃着脑袋,朝他发出一缕意味深长的微笑。望着那种他并不感到陌生的微笑,他忽然明白过来,那种笑曾经挂在自己的嘴角上过,不知什么时候竟然跑到吴苗壮嘴角上去了。他妈的。石未来在心里暗骂了一声,知道到这个时候为止,他已经被吴苗壮彻底打败了,或者说得好听一些,胜利的天平已经转到人家那边去了。

在爷爷看来,石未来这一次的错误比上一次要严重多了,所以一回到家,便把那间曾经关闭过他的小屋门板打开了,不用说,这是又要关他的禁闭了。没什么好说的,石未来没有做出任何不同意他这么做的表示,便自己走进去,默默地看着他把门板锁上,然后倒下身子,做好了被关闭一两天的打算。他觉得关上一两天已经不少了,已经算是"破纪录"了,却没想到竟然低估了爷爷的决心,想象当中的一两天过去了,甚至超出想象的三四天都过去了,爷爷还没有把他放出去的意思,他这才有些慌了,知道事情没那么简单,不要说爷爷不想就这样把他从禁闭室里放出去,就算突发奇想把他放出去了,或许也不打算就此罢休,搞不好还会继续让他"写检查",继续给他上"政治课",甚至在这些项目之外再发明一些什么也说不定呢。一想到这里,石未来的脑袋便大了,不行,他要赶快想出一个办法,或者让爷爷中止对他的"迫害",或者他自己逃过爷爷的"迫害",二者必居其一,除此之外别无他途。自然,他首先产生了再一次离家出走的想法,也算是作为对爷爷"迫害"他的又一次报复。但他只是那么简短地想了一下,便打消了这个不太切合实际的念头,并不是说他担心不能从爷爷的"魔掌"里逃出去,不会的,这是他自己的家,他在这里已经生活了漫长的十五年,对这里的一块砖头,一道门缝都烂熟于心,不要说从这里逃出去一回,就是逃出去八回十回,都是没有任何问题的。他之所以没有往外逃,是因为他知道要逃到外面去,就必须有在外面生存的能力,逃到外面去不是问题,在外面生存下去才是根本,那么他有在外面生存下去的能力吗?上一次出走的实践告诉他,起码到目前为止还没有这种能力,到头来或者被爷爷找回来,或者他自己跑回来,结果却是一样,那就是再次被爷爷"关禁闭",也就是继续受到他的"迫害"。既然逃过他"迫害"的路堵死了,那么就剩下让他中止对自己的"迫害"这条路可走了。可是该怎么让爷爷停止采取那些"迫害"他的措施呢?看起来这是一个比他逃跑还要复杂几倍甚至几十倍的问题,因为逃跑是他自己的事,什么时候逃跑和怎么逃跑他自己都能做得了主,而中止对他的"迫害"却是爷爷的事儿,他纵有天大的本事也当不了爷爷的家,如果老家伙执意要"迫害"他,凭他现在的能力又能怎么样呢?看起来事情好像又回到了原点,或者说他碰到了一个根本无法解决的难题。但正像俗话说的那样,只要功夫深铁杵磨成针,一个伟人也说过同样的意思,世上无难事只要肯登攀。说来也巧,这一天,当石未来在"禁闭室"里紧锁眉头冥思苦想对策的时候,一个女人的身影闯入了他的视野。

望着那个女人的身影，他一下子发起呆来，脑子里的思绪如电光石火般闪烁了一下，突然间知道该怎么办了，也就是说他找到那个让爷爷停止"迫害"的办法了。有了。他神经质地大叫一声，直到感觉了大腿上火辣辣的疼，才明白自己的手掌已经把腿上的肉拍红了。

说来真是好笑，一个女人竟然让石未来找到了对付爷爷的办法，实在也出乎了他的意料，但后来的事实证明，的确是这个女人让他获得了绝妙的灵感，从而把那个对付爷爷的好办法从黑暗中拖拽了出来。在石未来的记忆里，这个如此启发了他的女人应该姓徐，因为孩子们习惯称她为"徐姨"，但他并不知到底是她自己姓徐，还是她的丈夫姓徐，在这个城市里，人们多有沿用男性姓氏称呼女人的习惯，比如男人姓徐，人们也可以把他的妻子称为"老徐"，徐姨的情况或许也是这样。石未来好像听说，徐姨的丈夫是一个大干部，早在他还不记事的时候就去世了，家中就剩下了徐姨一个人。这么多年来，徐姨一直独自生活，既没有再嫁，也没有过继子女。这点与爷爷颇为相似。爷爷也是一个标准的鳏夫，他的妻子早在石未来还不记事的时候就离开了他们，也就是说，爷爷已经许多年没有和女人一起生活过了。从这个方面说，徐姨和爷爷是同一类人，都是那种为寂寞和孤独所折磨的人。与徐姨相比，爷爷的处境似乎还好些，起码身边还有石未来这样的孩子相伴，不高兴了可以拿他出气，心里憋屈了甚至可以变着花样"迫害"他，而徐姨呢？石未来想象不出她是怎么度过那一个个平淡无奇日子的，只知道每当漫漫长夜到来的时候，他的爷爷会在月亮下对着自己的影子唉声叹气，好像心里埋藏了什么深重的苦楚，实在忍不住了才让它们随着呼吸吐露一点点，而又尽量克制着不让别人听到。从爷爷身上，石未来更加洞悉了徐姨的个人生活和这种生活给她带来的影响和伤害，也更加明晓了她渴望结束这种生活的愿望和期盼。说到这里，一个看似荒唐的结论便摆在了他面前：徐姨和爷爷结合在一起是非常可能的一件事，也是十分划算的一个选择。在这个越来越强烈的念头驱使下，石未来要为他的爷爷和徐姨的爱情来牵线搭桥了。

事后想起来，石未来之所以在那一天产生了这样一个想法，或许真的与他和余离离谈恋爱这件事有关联，也就是说，如果没有他和余离离谈恋爱这件事，就算他把徐姨的身影看上一百遍，可能也产生不了把她介绍给爷爷当老婆的打算。其实，开始的时候他并没有这样的想法，目光在徐姨身上扫视了一下,想立刻收回来,因为徐姨来他家并没有什么稀奇处,当然更与他没有什么关系,不论她来借什么东西,都是由爷爷来接待她,何况他还在"禁闭室"内关着,就更轮不到他出面迎接了。但就在这时,他眼角的余光却瞥见了她一个看似不经意的动作,她的一只手抬起来,把搭在额前的一缕头发往后撩了一下。就是这个细微的动作让他心里一动,似乎一下子意识到了什么。没错,她的这个动作让他突然间明白,徐姨其实还是一个爱美的女人,当然,女人爱美也倒没有什么特别之处,问题是她这个标示着爱美的动作是在即将见到爷爷之时做出的,也就是说,她把自己弄得更美一些完全是做给爷爷看的。这真是一个惊人的发现,以至于让石未来在接下来的时间内产生了更多的联想,关于她的身世,关于她和爷爷的关系,关于他们之间的相似性,关于他们未来的某种可能性,都使他的脑子里刮起了平时不曾刮过的风暴。合适,他禁不住在心里说,他们在一起还真是合适的一对。在这种越来越强烈的念头冲击下,他决定乘势进军,把思绪推延到遥远的过去,发现或者搜索出他们在那些日子里可能存在的一些蛛丝马迹。但不能不遗憾地说,他们还真的没有暴露出这方面的任何信息,爷爷和徐姨两人除了是邻居外,似乎并不存在另外的什么关系,平时徐姨偶尔到他们家来借东西,算是和爷爷有了一两次接触,而爷爷或许从来就没有到她家去过,起码没有被石未来看到过一次,也就是说他们接触的机会是十分有限的。但话又说回来,这样的情况就真的说明他们之间没有什么特殊的关系吗?事情大概没有那么简单,试想一下,如果徐姨没有对爷爷抱有好感,为什么要到他家来借东西呢?难道她真的是来借东西的吗?为什么不是打着借东西的幌子而故意接近爷爷的呢?还有爷爷,莫非他真的没有到她家去过?别人没有看见并不代表这件事不存在,如果爷爷没有把自己的好感传递给她,徐姨为什么要在见到爷爷之前打扮自己呢?这样一路想来,石未来发现他们之间存在关系的疑点还是很多的,就算再退一步说,他们真的很少往来或者干脆说就没有来往,也绝不能就此证明他们不可能"发展"出一种关系吧?只要是一个男人和一个女人在一起,再有了某种催化作用,就一定能够"开发"出什么特殊的关系来的。

当然,不要以为石未来如此执着地"挖掘"爷爷和徐姨之间可能存在的关系,并即将在接下来的日子里为这种关系的明朗化展开切实的行动,是为了结束爷爷的独身生活,换句话说是出于对爷爷的关心和爱护,不,才不是那么回事呢,他的真正目的不过是消除爷爷对他的关注,也就是把爷爷的注意力从他身上转移开去……石未来是这样想的,要想中止爷爷对他的"迫害",他至少要做到两点,一是解除他对自己的关注,只有他的注意力转移到别的地方,就顾不得再对他采取什么措施了;二是让他觉到自己的好,只有他体会到了孙子的好,才不再对他使用那些五花八门的手段了。问题是,他该怎么让爷爷不再关注自己呢?他是爷爷唯一的孙子,自从父母死去后,爷爷便成了他在这个世界唯一的亲人,怎么会把注意力从他身上移开呢?他还没有长大,正是需要照顾和引导的时候,而爷爷又是一个老革命家,似乎天生负有教育和造就下一代的重任,照他的话说"要把后代培养成革命事业的接班人",具体到石未来身上,就是要让他以一个合格"革命者"的身份接他的班,又怎么会停止对他的培育而放任自流呢?至于第二点就更不好办了,自从石未来记事以来,就在不断地给爷爷惹麻烦,几乎每天都让他生气,完全可以说,他们从来都是一种对立关系,处在这种关系状态中的爷爷又怎么会感到他的好呢?是不是该到他为爷爷着想一下的时候了?就是在这种想法的催促下,他突然在徐姨身上发现了实现上述两点的条件,是的,只要他把徐姨拉到爷爷身边来,就能把上述两个方面做成功。几乎是一霎间,石未来便决定了在爷爷和徐姨之间做一回月老或者红娘的打算。对,他激动万分地对自己说,就这么办。

于是,在结束禁闭后的第二天,石未来便趁着爷爷不注意,悄悄地朝徐姨家走去。他是第一次到她家来,加之是带着这样一个任务而来,心里不免有些紧张,敲在门板上的手不住地发抖。他想如果徐姨不立刻来开门,说不定他会在敲击几下后掉头跑掉。但他只是敲了几下,徐姨就把门板打开了。徐姨大约没有想到敲门的人是他,所以一见他的面,不禁有些发怔。石未来从她脸上不易觉察的表情中看出来,他的到来似乎让她颇为失望,不禁在心里想,难道她盼望来的那个人是爷爷不成?这当然是他的胡思乱想,并不代表徐姨的真实想法。但徐姨只是稍稍愣了一下,脸上的表情便被随即浮出来的微笑遮盖了。是石未来呀,她热情地招呼他说,快进来。说着还把身子闪开,给他留出了进去的空当。石未来原来并没有打算到里面去,只想把要对她说的一句话说出来便掉头走掉。但出乎他意料的是,徐姨却作出了欢迎他进去的架势,他也稍稍犹豫了一下,觉得还是按照她的意思去办更好些,便硬起头皮朝门里走去。

徐姨一直把他带进了她的屋内，并没有问他干什么来了，便回过身，从一个铁盒子里取出几块糖果，笑眯眯地递到了他手里。吃吧，徐姨亲切地对他说，这是从上海买来的大白兔奶糖，可甜着呢。徐姨给他拿糖吃，又一次出乎了他的预料，石未来看得出来，对于他这次突然造访，徐姨是持欢迎态度的，这使他也判断出来，平时或许真的没有什么人到她家来，也就是说徐姨一个人实在太寂寞了，即使如他这样的一个孩子的拜访，也让她感到了激动。他在心里对自己说，这个女人太可怜了。他又在心里对自己说了一句，这个女人太善良了。感觉着女人的可怜和善良，他心里忽然呈现出了一种分外矛盾的状态，一方面觉得自己此行的目的很卑鄙，他即将说出的那句话显然是对徐姨的欺骗，因为它根本就不存在，让一个女人按照一句并不存在的话去做，难道不是对她的最大伤害吗？另一方面他又感到此行的目的很高尚，他即将说出的那句话显然也是对徐姨的挽救，如果徐姨按照它的意思去做，说不定就能真的从目前的孤独和寂寞中解脱出来，从而过上一种快乐的生活，那样一来他就等于为她做了一件真正的好事。石未来在内心里权衡了一下，还是决定按照策划的那个方案来办，也就是把那句关键的话说出来，他不想半途而废，事情还没有开始就让它过早地结束掉，不是太没有出息了吗？

徐奶奶，石未来一张开口，无形中就把"徐姨"置换成了"徐奶奶"，我爷爷让我告诉你，他沿着早就谋划好的思路说，明天上午他在三友亭公园等你。他一口气说完了这句话，像是卸下了挑在肩上的一副沉重的担子，长长地吐出一口气，然后斜起眼，悄悄地观察徐奶奶听完他这句话后的反应。

你爷爷……徐奶奶有些愣怔，在……公园等我？显然，徐奶奶没有想到他会说出这样一句话，眼皮扑闪了几下，又用手拍着头想了一下，还是有些回不过味儿来。他在公园等我……干什么？她把目光落回到他身上。

石未来当然知道她会这样问，也早就做好了应对她问的准备。不知道，他摇摇头说，他只是让我告诉你他在公园里等你。他又重复一下这句话，其他什么也没有说。说完，他就作出了要离开的架势。

等等，徐奶奶拦住了他，我还是搞不明白，她摊开两手说，他在公园等我干什么？她紧紧地盯住他的脸，试图从他的表情中寻找出有利于她解开这个谜团的东西。

石未来知道必须得走了,既然任务已经完成,再待下去就没有任何必要了,如果被徐奶奶追问急了,由于他没有撒谎的经验,一旦泄露出那句话的假象,那事情可就要搞砸了,他所有的努力便全白费了,所以不论徐奶奶如何阻挡,他都执意往门外跑去。他明白,只要离开了她家就离成功不远了,因为凭着对徐奶奶的了解,他觉得她一定会按照他那句话里的意思去做的,也就是说她一定会在明天上午到公园里去等爷爷的。

回到家来,石未来便立刻去找爷爷。爷爷,他鼓着勇气说,徐奶奶……他似乎说顺了嘴,刚吐出这三个字,马上意识到不妥,他对"徐奶奶"的称呼是在徐奶奶面前的事儿,在爷爷这里他还没到如此称呼的时候,贸然改变这个称谓恐怕引起爷爷的警惕,那样一来事情就有发生变故的可能,于是赶紧改口说,徐姨让我告诉你,明天上午她在三友亭公园里等你。

爷爷的反应几乎与徐奶奶如出一辙。什么? 爷爷不解地说,她在公园里等我干什么?

我哪里知道? 石未来摇摇头说,她只是让我给你捎信,其他什么也没有说。说完,他便掉转身子,急急地往一边走去。他可不能待在爷爷身边,与徐奶奶比起来,这个老家伙可要"狡猾"多了,说不定过不三分钟,就会从他的表情中嗅出什么不对劲的味儿,很快便轻而易举识破他的阴谋诡计,那样一来他可就弄巧成拙了,不仅前功尽弃白费工夫,而且还有可能被爷爷痛斥一顿,闹不好再被他"关禁闭"也是顺理成章的事儿。

虽然石未来知道爷爷不会轻易相信他的话,但凭着对他的了解,觉得他在经过一番考虑之后,还是会到公园里去赴约会的,毕竟他孤独寂寞的日子过得太久了,内心里的苦楚实在不堪忍受,现在有了这样一个有可能结束这一切的机会,尽管这个机会的来历有些可疑,他为什么不能借此前去看一看呢? 看这个机会是否等在那里,一位让他崇敬的伟人不是说过吗,要想知道梨子的滋味,就要去亲口尝一尝,那么好吧,那就到公园里去亲眼看一下,反正三友亭公园就在附近的地方,走上十分钟就到了,到那里去一趟也没有什么大不了的。

于是,第二天上午,爷爷便按照所谓徐奶奶约定的时间到三友亭公园去了。在此之前,石未来已经偷偷观察到,徐奶奶也已经按照爷爷的约定先到那里去了。徐奶奶出门的时间是八点半,而爷爷出门的时间是九点整,也就是说他们是一前一后到公园里去的。石未来本来不想到现场去监视他们,但害怕爷爷去得晚而让徐奶奶白等,说不定爷爷还没有来到徐奶奶就失去了耐心,掉回头来往回走,如果这种情况出现,他就要及时闪出来拦住徐奶奶,让她耐下心来再等一等,说不定他会再对徐奶奶撒一回谎呢。还有,如果爷爷赶到了却找不到徐奶奶,或许也会掉头往回走,如果这种情况发生,他也便及时闪出来拦住他,尽管冒着事情败露的风险,也要把徐奶奶所在的地方指给他看……天哪,他这个为两个老家伙牵线搭桥的小孩子竟然也快要操碎了心。等看见爷爷和徐奶奶汇合到一起了,石未来一直悬着的心才落回原处,知道不能再待在现场了,并不是不想看一看两个老东西谈黄昏恋的场景,而是害怕他们发现他的存在而把火气发泄到他身上。是的,虽然没有听到他们汇合后都说了些什么,但他能够想象得出,因为都认为是对方约定的这个会面,两个人开始会摆一下谱,但随即便发现事情根本不是这么回事,这才明白是他在给他们搞鬼,自然便会对他充满怨气。当然他也知道,当逃出这个随时可能发生变故的现场时,那两个充满怨气的人由于找不到合适的对象发泄,搞不好还会互相埋怨,彼此指责,跳起脚来大吵一顿也是有可能发生的事儿。就算他们真的吵起来,他也不打算再管他们的事了,他已经对他们尽了最大程度的心意,只能把工作做到现在这个地步,往下就看他们怎么对待这件事了,如果他们真的有缘分,他相信他们会克服掉开始时的尴尬局面,把握住这个难得的机会,将计就计把这场爱情发展下去,如果他们根本没有什么缘分,那就让他们在争吵一顿后各自走掉。那么接下来的场景便是,爷爷回到家来,按住他的屁股暴打一顿,然后再对他"关禁闭",再让他"写检查",再给他"上政治课"。而徐奶奶呢,从此以后将再也不到他家来,甚至不再理会他,当然他也就永远吃不到她的大白兔奶糖了……

让石未来倍感欣慰的是,这样的场景真的没有出现,当爷爷回到家来的时候,他便知道自己的"阴谋诡计"已经奏效,也就是说爷爷和徐奶奶已经向他认定了所谓的"缘分",以实际行动踏上他们金光闪烁的爱情大道了。爷爷是哼着歌回到家来的,不,其实爷爷的身子还在街道上,他哼唱的歌声就飘进了家来,而此时此刻,石未来还藏在一个隐秘的角落里,浑身颤抖着不敢出来。当听到爷爷歌声的时候,他一下子停止了颤抖,而且随即把身子从那个角落里浮出来,打算到门口去迎接爷爷一下。但他很快又改变了主意,还是不要去招惹爷爷为好,虽然自己为他做了一件大好事,但毕竟有对他"恶作剧"的嫌疑，爷爷尽管会在心里感谢他，却不能无视他对自己的不恭，虚情假意地打一下他的屁股，甚至象征性地对他关一下禁闭，还是极其可能的也是十分必要的。这样一想，石未来便赶紧把走向门口的脚收回来，在爷爷的身影就要走进门来的时刻，掉转身子，飞快地朝自己居住的那间小屋里跑去，随即关上门板，紧紧地插上门闩。他把耳朵贴在门板上，仔细地听外面的动静。他听见爷爷悄自嘟囔了一句，小兔崽子。爷爷仅仅说了这四个字，便继续哼着歌走进了他屋里去。石未来顺着门板出溜到地下，把手罩在脸上，使劲吐出了一口气。他觉得自己的好日子就要到来了。

正如石未来的料想，在接下来的日子里，爷爷果然没有精力再关注他了，每天吃过饭，就急不可待地向外面走去。有时石未来装作不知道他干什么去的样子问道，爷爷，你到哪里去？爷爷张张嘴，刚要对他说什么，却又停住了。这时候，爷爷肯定已经觉察到了他是故意在问，便瞪他一眼，用半真半假的口气说，小兔崽子。爷爷还是对他说这四个字，说完了便朝院门外走去。这个老色鬼。石未来在心里对他说。说完了爷爷，他也便出门去，到外面去找余离离，这样看来，他不是一个小色鬼吗？爷爷只是忙着和徐奶奶谈恋爱，哪里还把他的事放在心上，再说也不好意思管这种事了，一个自己谈恋爱的人却不允许别人谈恋爱，天下还有如此不公的事吗？虽然爷爷还没有完全改掉他的作风，但起码的道理还是懂得的，不然就白白接受共产党那么多年的教育了。再说石未来实在是为他做了一件大好事，爷爷哪里还忍心找他的麻烦，虽然他内心里不大同意他和余离离谈恋爱，但为了表示对孙子的好，也只能睁一只眼闭一只眼了。再说由于爱情的滋润，爷爷的性子已经变得温柔起来，说话做事都轻来轻去的，即使看石未来不顺眼，也只是轻骂一声"小兔崽子"，连眼睛都很少朝他瞪了。那真是一些分外美好的日子，石未来从爷爷的"革命措施"下解放出来，浑身轻松地去找余离离，放开手脚地和她谈恋爱。他和爷爷见面的时间越来越少，也就是说，他和爷爷各自的恋爱谈得越来越轰轰烈烈。他不知道这样轰轰烈烈的爱情日月能延续多久。

自从石未来给爷爷和徐奶奶牵上线以后，那个三友亭公园就成了他们谈恋爱的唯一去处，除此之外，他们没有去过任何其他的地方。其实，除了那个公园之外，还是有一些地方是适于他们谈恋爱的，比如爷爷的家，比如徐奶奶的家……在石未来看来,谈恋爱本身是一个不易于在大庭广众之下进行的活动,爷爷和徐奶奶不能老是在三友亭公园里进行,而应该回到家里来,这样长时间地在外面你来我往,而且把恋爱谈得那么轰轰烈烈,是很难保证不发生一点意外的。要知道,那是一个革命的年代,人们都在一门心思地搞革命,而这两个老家伙却忙着谈恋爱,不出一点事反而有些说不过去的。那天放学的时候,石未来和余离离有意放慢脚步,等其他同学都走到前面去了,看看后面没有人,便凑到一起,在并肩走了几步之后,不禁搂抱住了对方。平时在上下学的路上,是很难找到这种清静时刻的,一般情况下,虽然其他同学都很快散去了,但吴茁壮却装模作样地走在后面,在离他们不远的地方不紧不慢地跟着。他们都看出来,吴茁壮之所以不从他们身后离开,完全是为了破坏两人在一起的场景。按照石未来的打算,才不管他在不在身边呢,他们该怎样谈恋爱还怎样谈恋爱。但余离离却不行,只要看见吴茁壮的影子,就会急急地从他身边走开。今天不知怎么回事,一出校门,吴茁壮就不知跑到哪里去了,所以他们都很珍惜这个机会,一看到身边没人了,石未来就和余离离搂抱在了一起。两个人只是专注于亲热了,一时忘记了赶路,当然也没有注意到周围情况的变化,不知道吴茁壮什么时候来到了他们身边,只听他大叫一声,石未来,出事了。石未来惊醒过来,从余离离身上抬起头,直愣愣地看着他,还以为他是来捣乱的,便狠狠地瞪了他一眼,决定不再理会他,重新把注意力转回余离离身上,打算把和她的搂抱动作更夸张地做下去,也好让吴茁壮看得更清楚一些。吴茁壮,石未来在心里对他说,你向我爷爷告密的事还没有和你算账呢,有本事你就再去告一回吧,老子才不怕你的阴谋诡计呢。

看到他做出有意气自己的样子,吴茁壮果然很愤怒。石未来,他使劲跺了一下脚,朝他继续大声喊叫,真的是你……爷爷出事了。

什么?我爷爷……出事了?石未来这才听清他的话,不禁推开余离离,回头紧盯着他,那你说,我爷爷出什么事了?

你爷爷和徐姨……吴茁壮吧嗒了一下嘴,把话题转回他所掌握的情况上,很多红卫兵都到公园里去了,正在开你爷爷和徐姨的批判会呢。

开……批判会?石未来有些反应不过来,他们为什么要开我爷爷和徐奶奶的批判会?

他们说你爷爷和徐奶……徐姨,吴茁壮选择着合适的字句说,是要流氓……

　　啊？石未来大吃了一惊，如果吴苗壮说的情况属实的话，那他们可就要倒大霉了，在这样一个革命的年代里，耍流氓可是一个不小的罪名，不要说受到批判，如果严重的话被判刑也是极可能的事儿。他不敢再作丝毫的犹豫，甩下余离离，便迈开大步，一溜烟地朝三友亭公园的方向跑去。

　　即将出现在石未来面前的情景证明，吴苗壮并没有向他撒谎，也就是说他的爷爷和徐奶奶此时此刻的确正在公园里接受革命小将的批判。像往常一样，这天爷爷和徐奶奶吃过早饭就分别来到公园里，丝毫没有预感到这个日子与平时有什么不同，要说有什么不一样的地方，那就是两个人一汇合就亲密地搂抱在一起了，平时则要先交谈一会儿，看看身边没什么人注意，才小心地搂抱一下，但不知道怎么回事，今天一上来就搂抱在了一起，带着一种很少见的紧迫感，好像不赶紧搂抱一会儿，以后就没有这种机会了似的。说来也巧，平时一向清静的公园里今天却突然来了一些人，而且是一些雄赳赳气昂昂的红卫兵小将们。爷爷和徐奶奶没想到有人会突然来到这里，更没想到突然来到这里的人会是红卫兵小将们。爷爷对小将们是很在意的，因为毕竟接受过他们的批判，知道这些年轻革命者的厉害，但与此同时，爷爷也不觉得他们多么可怕，因为他毕竟也用自己的光荣历史征服过他们，让这些热血沸腾的年轻人对他充满了敬意。不管怎么说，爷爷一见到他们就急忙和徐奶奶分开了，但这已经有些晚了，让两人决然想不到的是，这些小将们其实就是冲着他们来的，换句更明确的话说就是来捉拿他们的。要知道，在那个热火朝天的年代里，几乎所有的人都在一心一意地搞革命，而这两个老家伙却躲在公园里搂抱在一起谈恋爱，就算是正常的爱情都显得不合时宜，何况他们还在公开场合里搂搂抱抱，这不是"耍流氓"是什么？当小将们一拥而上，两个人围在中间的时候，爷爷预感到恐怕要在劫难逃了。

　　按说，一直忙着搞革命的小将们是没有闲工夫到公园里来的，今天突然直接来找两个老家伙的麻烦，除了说明有人向他们举报了之外，还能有什么别的更好解释吗？石未来一直怀疑吴苗壮便是那个举报人，因为他曾经不止一次地告过自己的密，那么这次再告爷爷一次密又有什么好奇怪的？但石未来同时又发现，吴苗壮其实并没有这么做的时间，因为这天上午，他一直就在班里上课，只是在放学的时候才走到前面去了，而且还是他返回来告诉自己这个消息的,如果他真的是那个举报人,应该刻意避开这种嫌疑才对。也就是说举报人不是他了?但石未来不甘心这种推测,觉得他今天没有举报的时间,未必就说明他昨天前天没有举报过;另外,吴苗壮来主动告诉自己这个消息,说不定就是来故意看他的笑话,让他在爷爷他们被批斗时感到难过,而吴苗壮则获得了前所未有的满足,也便可以说终于报了他的一箭之仇。如果事情真是这样的话,那这个看起来一本正经的吴苗壮可就太阴险恶毒了。

跟着吴苗壮来到公园里后,爷爷站在一块石头上,被红卫兵小将们围在中间,弯下腰来,恭恭敬敬接受他们批判的情景一点都不出乎石未来的意料。还有徐奶奶,也像爷爷那样站在那块石头上,同样弯曲着身子,但与爷爷不同的是,她的脖子里竟然挂着一双鞋子。石未来的年龄虽然不大,社会经历也不多,却知道一双鞋子挂在一个女人的脖子里是什么意思,这个情景不但让他没有想到,也使他感到了非同一般的震惊。望着徐奶奶脖子里挂着鞋子接受小将们批判的情景,石未来同时也预感到了一种可怕的结局正在朝他们逼近,真的,当看到这个令他极度震惊的场面时,他的确已经感觉到了一个可怕的结局像一个隐在黑暗中的鬼怪在悄悄地朝他们身边走来。走开。他听见自己在内心里发出一声愤怒无比的呐喊。与此同时,他觉得眼前一阵天旋地转,如果不是急忙扶住一段树干,他相信自己会倒在地下。

石未来的预感果然应验了,徐奶奶从批判会上回家来的第二天,便有一个不幸的消息传遍了他们这条街道:徐奶奶上吊自杀了。当听到这个消息的时候,石未来正走在上学的路上,他看见自己置身的整条街道都像处在浪涛之中一样晃摆起来,还以为发生了地震呢,竟然身不由己地趴倒在地下。据说,爷爷听到徐奶奶自杀消息的时候,一口气没上来,上来的却是一口鲜红的血水,也就是说爷爷屏蔽着气息却喷出了血水,像喝醉酒一般踉跄了几个来回,终于站立不稳,便一头栽到了地下。

爷爷当然没有追随徐奶奶去赴黄泉,在床上躺了半个月后,又艰难地站了起来。爷爷一恢复行动的能力,便把自己关进了"禁闭室"内,而且一进去就没打算再出来,每天都要由石未来把饭送进去才勉强吃上几口,然后伏在桌子上没完没了地"写检查"。他的"检查"已经写了一大摞,从数量上都快要超过他写的那些回忆录了。一旦歇下来,爷爷就眯起眼睛,嘟嘟囔囔地对自己念叨什么，石未来虽然没听清他说的是些什么话，却知道是在给他自己"上政治课"，也就是说，爷爷已经把这些先前用来对付别人的所谓"革命措施"都施加到自己身上了，看来他已经认定徐奶奶的死亡是他犯下的一个过错，而且是一个难以原谅的大过错，他要用那些严厉的"革命措施"来狠狠地制裁自己，惩罚自己，以此求得徐奶奶的在天之灵对他的谅解，对他的宽恕。石未来觉得爷爷这样做有他自己的道理，但同时也未免把这件事看得太过严重了，或者说他对这件事的认识产生了极大的偏差，假如有谁要对徐奶奶的死亡负有责任的话，那当然是那些做事没有分寸的革命小将了，此外石未来好像也脱不了干系，因为如果不是他牵线搭桥，或许他们根本就走不到一起去，也就没有现在的悲剧发生了。但爷爷却忘记了追究他人的责任，而只是一味地对自己实施惩罚，让石未来既感到意外，又难以接受。在他看来，由于爷爷太过关注自己，而失去了对别人的兴趣，甚至连除他之外的整个外部世界都溢出了思维范畴，一天到晚也不多说一句话，即使大街上发生了多少惊心动魄的事儿，也无法让他走出"禁闭室"去外面看一下。

爷爷由一个善于发号施令者变成了一个冷漠自私的人。石未来不能不悲哀地承认，他和爷爷已经变成了路人，也就是说他继续待在爷爷身边已经没有多少意义了。他已经长大了，应该考虑一下自己的事了。所以当初中毕业的时候，他决定不再继续升高中读书，而是主动找到知青办，向他们提出了到山区去插队的要求。其实按照政策，像他这样的独生子女是不用下乡插队的。为了消除一些可能出现的隐患，知青办的人还上门来，询问他的家长对这件事的态度。但让他们失望的是，他的家长竟然是一个神经兮兮的"精神错乱者"，自然无法弄清他对这件事的态度。于是，在石未来的一再要求下，知青办的人终于对他作出了同意的答复，让他到一个叫乌龙镇的地方去插队。这一天，当拿着盖有知青办公章的"报到证"走回所住街道的时候，石未来突然间意识到，他的又一次外出旅程就要开始了，而这是一次遥远的旅程，也是一次全新的旅程，更是一次真正的旅程。他没有立刻回家去，而是揣着"报到证"走进了余离离的家。

石未来是第一次到余离离家来，所以一看到他出现在自己家里，余离离的家人都不知道如何应对，还是余离离从屋里走出来，在家人目光的注视下，硬着头皮和他进行了下面这次谈话。

你、你找我干什么？

跟我去插队。

插队？你要去插队？

是，我已经拿到了报到证。

你到哪里去插队？

一个叫乌龙镇的地方。

乌龙镇？乌龙镇在哪里？

我也不知道，管它在哪里呢。

你的意思是也让我跟你去那个地方？

对，难道你不愿跟我去吗？

这个……我从来没对家里说过这件事。

现在你就去和他们说吧？

怎么和他们说？他们不打断我的腿才怪呢。

这么说你不愿跟我走了？

我、我不知道……

看到余离离犹豫不决的样子，石未来以为她不会跟他到乌龙镇去了，也就是说他以为他们的关系就此结束了。哪里想到，在这个节骨眼上事情会发生变化，正是这个让他意想不到的变化促使余离离做出了与自己愿望也许相反的选择。其实，当石未来蒙头蒙脑地走进门来的时候，余离离的家人就对他提高了警惕，尽管两人谈话的声音很低，他们还是听清了这场谈话的内容。什么？石未来这个不务正业的野孩子不但勾引了他们的宝贝女儿，还要继续把她勾引到遥远的乡下去插队。余离离的父亲终于忍受不住了，带领他的家人们一起拥上来，挥拳的挥拳，踢脚的踢脚，想把他从他们家里打出去，同时把他们的女儿从他的"诱拐"下解救出来。但余离离的父亲无论如何没有想到，他们不但没有真正打到石未来，反而让他们的女儿为了不使他挨到他们的打，随他一路狂奔而出，并随即踏上了南去的火车，半是被那个野孩子"引诱"半是出于"自愿"地到乌龙镇下乡插队去了。

到这个地步，石未来还真要对余离离的父亲和他的家人说一声"感谢"才对呢。

二

　　石未来不知道,那次到遥远的山区乌龙镇去插队算不算是一次"旅程",如果算的话就未免太过漫长了,漫长到让他觉得在乌龙镇的那些日子已经成了他的日常生活,后来的京城之行反而变成了一次没有定期的旅行。是的,在经历了八年艰苦卓绝的知青生活以后,他终于决定要回京城去看一看了。

　　这是第一次踏上回返京城的列车,也就是说,在那八年里石未来还没有回过老家一次,并不是说他不想念老家,而是不敢回到那个地方去,觉得只要一在京城露面,就有可能遭到余离离家人的打击。当初他们离开的时候,余离离的家人并没有同意她跟他一起出来,所以在无法找到他们的情况下,余离离的父亲便带着一帮人闯进他家,将爷爷从"禁闭室"内拖出来,让他把他们交出来。其实在此之前,爷爷甚至也不知道他到莫邪山区插队的事儿,当然无法把他和余离离交出来了。余离离的父亲自然也不肯放过爷爷,依旧三番五次地上门来闹,以至于爷爷无法在"禁闭室"内待下去了,先还拿着木杠顶挡门板,后来看到实在顶不住了,不敢继续待在家里,干脆躲到街上去。这样让他不得安宁的日子过了足有半年多,直到有一天余离离的父亲突然受到了红卫兵的批判,余家人不敢再闹下去了,爷爷才安心地回到家来。可想而知,在那半年的日子里,爷爷该对他的孙子充满了怎样的怨恨。石未来也想不到会给爷爷惹来那么多麻烦,觉得自己无颜再面对他老人家,所以在那八年当中,他没有回京城探亲过一次。倒是余离离克制不住对家人的思念,当熬到第五个年头的时候,终于硬着头皮踏上了去往京城的列车。当然,余离离的父亲也并没有怎么样她,不但又把她放回来了,还让她带回来一封爷爷写给石未来的信。从那封依旧洋溢着革命激情的信里,石未来也才知道爷爷不仅早就原谅了他,还鼓励他好好在山区待下去,照信里的原话是"扎根山区闹革命"。这有些让石未来失望,本来在他的想象里,爷爷应该狠狠地痛骂他一顿,然后邀请他赶快回家探一次亲,如果真是这样的话,那下一年他也会毫不犹豫地踏上回返京城的列车。但让他倍感意外的是,爷爷却依旧搬出他的所谓革命道理,继续对他上起"政治课"来,所以当下一年的春节到来时,他还是没有跟随余离离一起回京。他觉得还是不要见到爷爷为好。

这样说并不意味着他在春节的那些日子里还一个人待在冷清的知青点里，也就是说他在那八年里没有进行过一次外出旅行，不，不是这样的，其实八年来每次过春节，当人们都回各自家去的时候，他都会做一次名副其实的远途旅行。真的，他所进行的这些外出活动的确是货真价实的旅行，就看他去过的那些地方吧，北大荒、延安、琼崖、井冈山等等，对，那是一些著名的知青点，也就是说，他在利用这段时间逐一访问了那些有名的知青基地，难道这样的远行还不算是真正的"旅程"吗？他似乎知道，在全国各地的知青点中，总有像他们这样未经家庭同意而到边远地区插队落户的知识青年，由于回不到老家去过年而留在乡下，便给他们提供了一个去那些地方做一次旅行的理由，开始他和余离离一起到他们那里去，后来他便一个人踏上了这类旅程的路途。在那些遥远的知青点里，石未来受到了那些与他有相同遭遇的人的热烈欢迎，原本笼罩在全身上下的孤独和寂寞都被赶到了九霄云外，也让他确实体会到了外出旅行的好处，并且在内心里产生了日后游遍天下的欲望和雄心。

八年之后，看起来一度稳定的知青生活开始变得浮荡起来，许多人都产生了离开山区回老家去的想法，而且一些人已经行动起来，擅自离开知青点，以回家"探亲"的名义踏上了回返的路程，而且一去不回。这当然影响到了石未来和余离离，尤其是余离离，几乎每天都和他谈论这件事，看她的架势，一旦回到京城怕是也不打算回来了。石未来虽然还处在犹豫不决的状态中，但也不能说没有做一次"探亲"旅行的打算，毕竟他已经八年没有回过京城了，不知道老家的一切都发生了什么样的变化，难道他不该回去看一下吗？于是，在余离离的一再纠缠下，他终于行动起来，和她一起坐上了开往京城的列车。对了，忘了说他和余离离的关系了，其实在来到乌龙镇之后的第六年，他们就在公社领取了结婚证，也就是说，与当年从京城里跑出来时不同的是，当回到京城里去的时候，他们已经是一对货真价实的小两口了。

列车是在午夜时分开进京城的，他们急急忙忙走出出站口，总算赶上了最后一班公交车。一个多小时后，他们从三友亭公园经过，来到了他们居住的那条街上，直到停在那个大院的门口，石未来才算真正松了口气，在心里说一句，我终于又回来了。到这里为止，这一路上经历的事都没有出乎他的意料，但让他想不到的是，接下来出现的情况却把他搞糊涂了，从某种意义上也可以说，他又开始了一次倍感陌生也无从理解的奇异之旅。从这个时刻开始，石未来感到曾经熟悉的京城已经发生了超出他想象能力之外的变化，不，这样说也许并不准确，其实街道还是过去的街道，楼房还是过去的楼房，甚至一个在半夜里出来捡拾垃圾的老疯子也被他认出来了，最能说明问题的是三友亭公园，尽管看到它的时候是在公交车上，但他还是一眼就认出了它，毕竟这时还没有到改革开放的时候，一切都还保持着旧时代的鲜明印记，他所感觉到的那种超出想象力的变化不是来自这些方面，而是紧接着出现的下面这个地方。

按照在路上的设想，一来到大院门口，石未来就和余离离快步往里走，一是感觉到身上的疲惫，想赶快回家去休息，二是想念家里人，想尽快见到他们，看自己能否被认出来。但出乎石未来意料的是，当快要穿过大门洞的时候，一个黑影从一侧的一间小屋里走出来，朝他断喝了一声，干什么的？石未来被吓了一跳，没有想到这种时候还会有人出来朝他吆喝，不禁一下子停住了脚。他以为这是一个好事者，便没有打算认真搭理他，回手拉了余离离一把，继续抬脚往里走。

那个黑影显然急了，朝他们跟前疾走几步，用更大的嗓门再次吆喝，说你们呢，干什么的？

看他是真的冲他们来了，石未来只好又停住了脚，不得不正面迎对着他。这时黑影也已经来到了灯光下，尽管院落里的灯光不是那么明亮，石未来还是看清了这是一个不算年轻的汉子，黑乎乎的络腮胡子让他显出了不少威风，加之身板上透出的一些蛮气，让他明白了这是一个不算好惹的角色。但石未来本能地不惧怕他，经过这八年的劳动锻炼，他再也不是出走时的那个小屁孩了，而且真真切切地变成了一个身强力壮的青年劳力，再说，这又是在他自己的家门口，他还对付不了这个年纪一把的老家伙吗？他不知道他是干什么的，记忆里也从来没有关于这个人的内容，便以为这是一个外来者，胆量也便不由自主地大起来。于是，他把手里的行李塞给余离离，做出了迎接他挑战的架势。

未来，余离离急忙在后面拉了他一把，别惹事，我们还是回家去吧。

余离离似乎提醒了他，是呀，怎么能刚一回来就和别人打架呢？他已经长大了，已经不是那个什么道理也不懂的毛头小孩子了，况且他也是有了自己老婆的男人，更不能一味地按自己的意愿行事了；还有，这虽说是在自己的家门口,可也同时是余离离的家门口,也就是说余离离的家人就在离他们不远的屋内,倘若他和这个男人打起来,他们一定会听得一清二楚,说不定还会跑出来观看,如果见到是他这个"女婿"在和别人打仗,经过时间淘洗而一度减弱的对他的怨恨也就会重新被激发出来,说不定也再次站出来反对他和余离离的婚姻呢,那样一来他可就有些得不偿失了。几乎没有经过犹豫,石未来就打消了打架的念头,把握紧的拳头松开,重新去接余离离手里的行李。

说的不是你吗? 那人却不依不饶,冲上来,一把揪住了他的衣襟,越发用激烈的口气对他呵斥,怎么还往里闯? 没听见我在问你们吗?

石未来捏住他抓着自己衣襟的手,慢慢地拨到一边去。你是干什么的? 他近距离看着他说,我为什么要听你的话?

那人甩了一下手,更加有些恼怒了。小子,他严厉地警告他说,别不识抬举,乖乖地回答我的话,不然,我就要到屋里去拿电棍了。说着,他抬起那只手,朝他走出来的那间小屋指了一下。

石未来愣了愣,突然间明白过来,这家伙别是在这里看大门的吧? 但他又不相信这个判断,因为在他过去的记忆里,这个大院从来就没有过看大门的人,在那个革命年代里,一切都对别人呈现出公开的状态,这个院落也不例外,尽管它里面居住着一些有一定级别的老干部,可也根本用不到别人来为他们看守大门,而现在却就不同了,那个轰轰烈烈的时代已经结束,一切都又恢复到一个由某种秩序所支配的格局中,让这样一个类似保安的家伙来守护院门就在情理之中了。石未来尽管想明白了这件事,却还有些不相信似的,毕竟这样的情景让他感觉得不那么习惯。

余离离也醒悟过来,担心他再继续与那人作对,赶紧跑上来,用身子把他挡在后面,满脸微笑着对那人说,师傅是这样,我们是从……她刚要把他们的来历说出来,又觉得不妥,赶紧改口说,我们就是这个院子里的人,现在回家去……

这个院子里的人? 那人上下打量着他们,满脸都是狐疑的表情,回家去? 我怎么不认得你们?

我们从知青点上回来探亲,余离离只好把这一点说出来了,您兴许还没有见过我们……

石未来接过她的话,用不耐烦的口气对那人说,过去不是没有人守大门吗？我们在这里的时候，您也还没到这里来呢。他当然是在用潜台词告诉他，我们才是这个院子的主人，而他不过是一个替他们看大门的罢了。

听他这么说，那人嚣张的气焰果然淡弱下去。你们说是这个院子里的人，他依旧有些不甘心地说，那你们给我说说，你们是谁家的人？

石未来脱口说出了爷爷的名字。

什么？那人眨了眨眼说，我怎么没听说过这个名字？

他不禁感到好笑，兴许这真的是一个孤陋寡闻的家伙呢，居然连爷爷的大名都不知道，凭爷爷在这个院落里的名望，就算这家伙刚刚来到这里三天，恐怕也不会没听说过爷爷的名字吧？

看到他的话不灵，余离离只好把她父亲的名字说出来。

奇怪的是，那人对这个名字竟也感到陌生。这个我也没听说过，他摇着头说，你们说的这两个人我都不认识，也就是说，我不能放你们进去。

这可是让石未来决然想不通的事儿，如果说他对爷爷装作不认识还情有可原，那么继续对余离离的父亲也抱这种态度可就是明显对他们刁难了。怎么？他用嘲讽的口气说，你以为来这里看守大门就有什么了不起了，就可以让我们回不到自己的家里去了，小心我们会让你在这里看不成这个大门。

石未来以为这样颇为严厉的话会让他收敛一些，谁想那家伙却更加来劲了。你给我少来这一套，他冷笑了一声说，对付你们这样的小混混我还是有经验得很，以为在这里装傻充愣我就会让你们的阴谋得逞？收起你们这点小儿科吧，赶快离开这里，如果你们在这里继续捣乱，我的电棍可是从来不吃素的。

他如此强硬的话还真的唬住了石未来，按照一般的逻辑分析，一个看门人是不会像他这样与他所服务的对象持对立态度的，难道说他真的没有听说过爷爷和余离离父亲的名字？在石未来这样想的时候，余离离甚至抬起头来朝四周看，或许她都产生了走错地方的念头。石未来不知道往下该怎么办？是不是硬闯进去？那样一定会和那人发生冲突，从他毫不掩饰的严厉态度里便看出来，他们是不会被轻易放进去的，也就是说他们一旦真的往里闯，就会和那家伙打起来。看来打一场架是不可避免的了，这可实在出乎石未来的意料，即使费尽了所有心思也不会想到，在第一次回到家来的时候会和一个陌生的看门人打仗。石未来疑心这并不是一个普通的看门人,而是余离离的父亲派来找他麻烦的,毕竟他在八年前"拐跑"了人家的女儿,这个仇他们一直记在心里,那些所谓已经谅解了他的传言都是不真实的,漫长的八年之后,他们终于等到了找他算一下总账的机会,如果事情真是这样的话,那这一仗可是真的不可避免了。石未来盼望事情会是这样,所以没有把松开的拳头攥紧,而只是昂着头朝那人走过去。来吧,他在心里说,如果你是余离离的父亲派来的人,那就痛殴我一顿吧,我绝不还手,让你们把已经积存了八年之久的怨气都发泄出来吧,只要不把余离离从我身边夺走就行。

干什么你? 看到他向那人做出挨打的样子,余离离冲上来,从后面使劲拉住他,你这样会被他打坏的。

让他把我打坏吧,石未来在心里对她说,只要能让他们不再找我们的麻烦了,这顿打我好好地挨着还不行吗?

尽管他的话没有说出口,余离离还是看出了他的心思。也许根本不是那么回事,余离离凑近了对他说,或许是哪里出了差错,让我们都回不了家了。

那到底是哪里出了差错呢? 由于余离离拉他的力量太大,石未来身子晃摆了一下,差点滑倒在布满冰碴的地上。他把两手抱在头上,不知道往下该怎么办。

就在这时,一些人听到动静跑出来看热闹,很快在他们四周站满了。石未来希望在这些人里看到爷爷,或者余离离的家人也行,只要他们出来了,就能让那个家伙相信他们是这个院里的人,他和余离离也才能回到家去。但奇怪的是,他们周围聚拢了那么多人,却没有一个他所认识的人,这不仅使他感到疑惑,莫非他们真的走错了地方不成? 也就是说难道京城里还有一个与他们所住的这个大院如此相像的地方? 还好,正当他越发不知道该怎么办的时候,终于有一个让他感到熟悉的人从人群里走出来,来到了他们面前。石未来? 余离离? 他借着灯光上下打量他们,是你们回来了?

石未来认出来,这个人便是他们曾经的同学吴苗壮。尽管他是那么盼望有人出来和他们相认,但不知为什么,却不愿意这个人是吴苗壮,哪怕是这个院落里的任何一个人,只要不是吴苗壮就行。可现在的事实却是,这个出来与他们相认的人却不是其他任何人,而偏偏是他最不想见到的吴苗壮，是的，他不但不想让吴苗壮为他们说情，甚至不打算在这个时候与他相见。他和余离离到莫邪山区插队以后，吴苗壮却还在学校里继续读书，直到高中毕业，也没有走他们那条路，而是想方设法继续留在京城里，据说现在都成了工厂里的正式工人。与他比起来，石未来觉得自己已经不再属于京城所有了，尤其是在经历了这个不能回家去的意外之后，越发感到了自己和吴苗壮之间的不同，或者说距离。正是由于这种心理作祟，他虽然知道在接下来的时间内会有求于吴苗壮，却还是本能地把目光从他脸上掉开，强撑着做出一副不卑不亢的样子。

倒是余离离没有他这样的心思，一见吴苗壮出来了，马上高兴地迎上去。吴苗壮，她嚷叫着说，快来给他们说句话，我们真的进不了家了。

吴苗壮和她打过了招呼，并没有如他们所期盼的那样转向那个人，向他为他们做一下说明，而是依旧面对着他们，欲言又止地犹豫了一下，还是向他们解释说，石未来的爷爷已经从这里搬出去了……

石未来吃了一惊，什么？爷爷从这里搬出去了？他一下子明白了，怪不得那个家伙不让他进去，原来……他们搬到哪里去了？他这才正眼看了吴苗壮一下说。

这个我也说不清楚，吴苗壮进一步解释说，上级为你爷爷落实了政策，好像是安排到一个部里工作去了，你爷爷一上任，就从这个院里搬出去了。

那我家里的人呢？余离离急忙问他，总不会也搬出去了吧？

你说得没错，吴苗壮竟然也顺着她的话说，你父亲也重新安排了工作，从这个院里……说着，他朝院子里指了一下，随着政策的不断落实，先前的老邻居都要从这里搬出去了，包括我家，明儿也要……如果你们是明天夜里回来，怕是我也见不到你们了。

天哪，一直强打着精神的余离离一下子松懈下来，身子一歪倒在了地下，居然发生了这么大的变化……她抬起眼，哀哀地看着吴苗壮，我家搬到哪里去了？你总不会也不知道吧？她问得那么没有信心，好像知道这样问也是白问。

吴苗壮果然摇了摇头。看到他们脸上都呈现出绝望的样子，他眨巴了一下眼皮，忽然对他们提出说，要不你们到我家去对付一晚上吧？

石未来知道，这天夜里他们没有地方好去了，如果不按吴苗壮的提议办，那他们就只能待在外面，说句更明确的话，他们就只能露宿街头了。当他意识到这一点的时候，他更加强烈地感到，这个京城真的不属于他了，在他外出游荡的那八年里，它已经彻底抛弃了他，而专属于吴苗壮这样的人了，也就是说不知不觉中他和吴苗壮已经变成了决然不同的两类人，具体到现在这个夜晚，他已经沦落到要到他的府上去借宿了……石未来被这样的念头吓了一跳，天哪，他居然成了吴苗壮家里的一名外来游客。他妈的，他在心里恶狠狠地问自己，事情怎么变成了这种样子？

石未来还没有表示什么，余离离却激动地站了起来。那好吧，她顺着他的话说，那我们就只能到你家去打扰……

没有等她说完这句话，石未来便一下子把她拉到身后，用清晰的语气告诉吴苗壮说，不用了，天都快亮了，我们就在外面对付一下吧。为了防止余离离表达反对的意见，他尽力抓紧她的胳膊，不让她站到身前来。

看门人终于也明白了他们的身份，一下子变得热情起来。要不这样，他也提议说，你们到我屋里凑合一下吧，反正我还要值班，也不能睡觉……

不用了，石未来再次转向他说，我们哪里也不去了，就在大门洞子里休息一下，等天亮了我们就离开这里了。说着，他便拽着余离离走到墙边，把行李放好，慢慢蹲下了身去。

人们都散去了，那个守门人也进到他的小屋里去了。吴苗壮看到他们不跟他走，摇摇头，也转身离去了。石未来的目光虽然没在余离离身上，却知道她一直目送着他的远去。他觉得有些对不起余离离，毕竟她是自己的老婆，他的责任就是保护她，具体到现在就是为她找到一个栖身之所，可在这个已经变得陌生了的地方，他却连这一点也办不到，她不来埋怨他就不错了，他又怎么能不让她的眼睛往别人身上看呢。他合上眼皮，不想再知道她的目光往哪里看，只是在心里说，对不起，余离离……

这就是他们回到老家第一天的遭遇。第二日天刚蒙蒙亮，趁着人们还没有到外面来，石未来便把还在困倦中挣扎的余离离拉起来，背上行囊，走出他们居住了无数年的大院子，轻手轻脚地往街上走去。但他们刚走出那个门洞子，一个人就从他们后面跟上来。石未来没有回头，仅从熟悉的脚步声便知道，是吴苗壮赶上来了，他疑心在他们往外走的时候，吴苗壮都一直在远处看着他们，也就是说，这天夜里他们实际上一直处在他的监视之下。这样一想，他心里的不快似乎更强烈了。

吴苗壮从后面追上来，是要告诉他们已经通过电话打听到了余离离家的住处。按照他的指点,他们又乘坐了半个多小时的公共汽车,来到坐落在另一条街上的一个大院落里。他们还没有走进去,仅仅从外面的远处看,便知道这个院落里的房屋要豪华许多,因为隔着高高的墙壁他就看见了那些房屋的顶端,不用说它们都是两三层的楼房了,看来吴茁壮说得不错,余离离的父亲的确是被落实政策了,或者说的确是高升了,因为只有在高位上任职的人才能住上这样高级的房子。余离离迈着大步朝院子里走去,门卫一听她报出她父亲的名字,就立刻把她放进去了。望着余离离精神抖擞往里走的身影,石未来突然想到了"逃离战场"这四个字,因为余离离早就说过,当回到老家的时候也便是她结束八年知青生活的时候,也就是说她离那个"逃兵"称号已经不远了。他虽然还把这次旅行当作一次"探亲",但也不知道在接下来的时间内是否也走上余离离的道路,于是便也感到了那个词汇所带来的羞耻和不安。余离离似乎已经被马上回家的兴奋和激情攫住了头脑,只顾兴致勃勃地往里走了,以至于快要走进一幢别墅里面去了,还没有发现他依旧站立在原处犹豫不决。他以为她不会回头了,便在心里对她说,余离离,你回家吧,我去找我爷爷了。余离离就要被那幢别墅吞进去了,终于回了一下头,发现他没有随她一起往里走,便停住了脚。怎么回事?她朝他喊道,快进来呀。

你回家吧,石未来果然按照他心里的想法说,我去找我爷爷了。

你到哪里去找他?余离离纳闷地问他,等会儿问问我爸爸,兴许他知道呢,然后我们一起去找他。

不用问你爸爸了,石未来摇摇头说,随即脑子里闪过一个念头,对了,我到爷爷原来的单位问一下就行了。说着,他就朝她摆摆手,转身往街上走去。他似乎生怕她走回来阻拦,或者再次劝他跟她一起进去,便加快了离开的步伐,很快来到了街道的另一边。

沿着这样的思路找下去,两个小时以后,石未来便打听清楚了爷爷的下落,按照他们的指点,又经过近一个小时的奔走,他终于来到了爷爷现在的单位。其实吴茁壮说得也不错,爷爷被落实政策后,便来到这家新成立的部级单位担任了主要领导,也就是说爷爷已经是一个掌握很大权力的人了,甚至比余离离父亲的权力还要大,可想而知,这样的一个人当然是不能再住在原来那个地方了,石未来凭着对余离离父亲新家的一点粗略印象推断,爷爷现在的家应该更加豪华威武了。他当然还不知道那样一个家在什么地方,甚至都不知道那个家与他有什么关系,反正已经来到了爷爷的单位,自然就要在这里和他见面了。和料想的相一致,他一说出自己的身份,门卫就立刻把他放了进去,为了表示对他的恭敬,竟然还站起来,微笑着目送他往里走去。不用表现得这么友好,石未来在心里对他说,你只要允许我进去就行了。

爷爷并不在他的办公室内,一个接待他的工作人员也用恭敬的口气告诉他,爷爷正在会议室里"做报告"。见他有些疑惑,便进一步向他解释说,今天的会是部长到部里来后召开的第一次会议,所以他要给大家做一个"很有分量"的报告。不用他解释,石未来也想象得出,这样的报告可是爷爷最擅长做的,也是他最拿手的一件事。尽管这也在他的意料之内,但还是在心里问了一句,时代已经发生了变化,难道爷爷还一如既往地保持着过去的习好?他想虽然爷爷的讲话依旧被称为"报告",却毕竟与过去有很大不同了吧。工作人员听说他已经八年没有回来过了,便主动提出带他到会议室去,一来可以立刻见到爷爷,二来也顺便听一下他的报告,照他的话说是"接受一下教育"。石未来虽然不想听爷爷的报告,更不想接受他的"教育",但还是渴望尽快见到爷爷,便跟在工作人员身后,乘电梯上到楼房顶层,进到了这个单位的会议室里。

其实,石未来一从电梯里走出来,便听到了爷爷"做报告"的洪亮声音,说爷爷的声音"洪亮",是因为这些声音是从扩音器里传出来的,在整个走廊里轰隆隆地响着。进到会议室里时,由于距离声源更近了,加之室内的墙壁能起到一种共鸣效果,爷爷的声音便显得更响亮了,石未来乍一进来,甚至感到耳膜被震得颤抖开了。他似乎从来没有听到过如此有力量的声音,竟然不自觉地抬起手捂了捂耳朵。其实这间会议室很大,爷爷和他身边的几个人坐在最里面的主席台上,下面一排排的位子上坐满了听众,石未来没有来得及点数,仅凭印象觉得那些位子也要有十几排了,就按一排位子十个人计算,爷爷的听众也不算少了。为了不打扰会议的进程,工作人员没有领他往前走,而是猫着腰就近坐在最后一排,与那些听众一起听起来。石未来虽然不是爷爷单位里的人,可一旦坐到这个会议室里,便也成了爷爷这场报告的一个听众。和他的预料差不多,爷爷的讲话里还是充满了那么多的革命词汇,一如他过去对自己所做的那些训诫和教育,冠冕堂皇的大道理中间弥漫着一股股刺鼻的火药味儿。石未来似乎才听了短暂的半刻钟,随着耳膜的一阵阵发疼,脑子便产生了轻微的晕眩,好像正在重复八年前在老家听爷爷"上政治课"时的情景。没错,此时此刻爷爷也正在对他的下属"上政治课",或者说,爷爷已经把他的下属当成他自己的孙子了。在石未来看来,爷爷这么做并不是十分妥当的,不要忘了,他这些下属并不真的是他的孙子,而且更需要注意的是,时代已经变了,那个让他热血沸腾的"革命时代"已经渐行渐远,现在是一个恢复秩序搞好建设的新时期,你再念叨那些所谓的"革命道理"不是太有些落伍了吗?或许那些坐在台下听讲的人们一定也像他这样想吧,但之所以做出专心致志听讲的样子,还不是慑于爷爷那些人的权势吗?石未来耐着性子又听了半个多小时,终于再也坐不下去了,站起来,没有和那个领他来的工作人员打招呼,便急快地从后门里走了出去。这时候,他好像又体验了一回八年前决定去乌龙镇插队时的感受。他的步子越迈越大,似乎生怕后面会有人赶上来喊住他,那样兴许就难以逃脱爷爷那些可怕的声音了。而且他觉得已经见过爷爷了,回到京城来探亲的目的便也算达到,便可以离开这里了。当然,此时他还说不清楚,"这里"到底仅是指爷爷这个单位,还是包括京城这样一个地方。

石未来尽管走得很快,但来到大门口的时候,还是被后面赶上来的一个人喊住了。石未来同志,那个人直呼着他的名字说,请你等一等。人家都叫他的名字了,他不能再往外走,在稍稍犹豫了一下后,还是停住了脚。赶上来的是个女工作人员,气喘吁吁地对他说,部长让我告诉你,请你到办公室里等一会儿,他一做完报告就去见你。听了她的话,石未来才明确地知道,当坐在后面听报告的时候,爷爷已经看见了他。这真的有些出乎他的意料,原以为只是自己看见了爷爷,而爷爷却没有看见他,但事情却不是这样,爷爷在全神贯注做报告的间隙里,居然也准确地看见了他,不能不让他觉得激动。看来他真的不能就这样不辞而别了,于是,便跟在那个女工作人员身后,再次回到爷爷的办公室里。

大约又过了一个小时,爷爷终于做完了他这个"很有分量"的报告,回到了他的办公室来。石未来和爷爷时隔八年之后的这次相见,与想象当中的情景差不多,比如爷爷一进门就抱住了他,并在他后背上使劲擂了几拳;比如爷爷把他推远了上下打量个遍,然后满意地点点头;比如爷爷把他按到对面的座位上坐下,随口问他一些可有可无的问题;甚至爷爷在做这一切时运用的动作和神情,都让他感到是那样的熟悉,好像他已经在什么时候看到过了似的。石未来想了一下,终于明白是怎么回事了,他之所以对爷爷的表现了如指掌,并不是说对他太过了解了,凭着推断就能设想出他的反应,不,不是那么回事,而是这样的一些动作和神情,他早在电影上看到过了,是的,电影上就是这么演的,一个革命者对待他下属的关心和爱护,便是通过这样的动作和神情表达出来的,也就是说,爷爷是在仿照着电影上革命者的举动来和他相见的。倒是他在爷爷面前的表现超出了他的想象,刚开始的时候,他以为自己也会像电影上那些受到革命者关心和爱护的下属一样,由于克制不住内心里的激动而流下热泪,即使不流泪起码也要把自己的脸面搞得严肃一些,以便和这个祖孙团聚时的场景和气氛相一致。但不幸的是,面对着爷爷这些带有一定程式化的动作和神情,他竟然不合时宜地感到了一些滑稽,所以也便没有让自己的激动和严肃坚持到底,而在中途嬉笑出声来。爷爷当然没有在意他这种带有不恭色彩的表现,依旧用标准革命者的气势和风度掌控着这次相见所应该具有的氛围和基调,直到在接下来的时间内让石未来做出更大吃一惊的反应。

说起来,爷爷那个建议并不能算是一个建议,而是他们这次相见所必须经过的一道程序,就像肚子饿了要吃饭一样,爷爷说出让他"回家去"的话,也说明他们终于要走到这个步骤了。其实,当石未来辞别余离离而来寻找爷爷时,如果再往前推,也就是当他踏上回京"探亲"的路途时,他已经做好当爷爷说出这句话时的反应了,那就是按照他话里的意思去办而不做什么另外的选择,甚至爷爷不说这句话他也照样会那么去做,因为在他的固有观念中,爷爷的家也就是他的家,不能因为八年的知青生活而不再承认这件事了,起码在他来到爷爷的新单位之前的所有时间内,他都一直是这样想的。但不知怎么回事,当他在那间会议室里听了爷爷的"报告"之后,这样的想法却发生了动摇,他似乎已经朦胧地预感到,爷爷现在的家也许并不是他非去不可了,至于把它当作自己的家而长期住下去,他想那还真是一件大可琢磨一番之后再做出选择的事儿,何况爷爷接下来说出的这句话更加不在他的预料之内,他也就更不能按自己先前的想法去做了,也就是说他就更不能到爷爷的新家去了。

爷爷说出的这句让他倍感震撼的话是,回家去吧,你奶奶还没有见过你呢。

什么？石未来大吃了一惊，身子差点从椅子里掉下去，我奶奶？他以为产生了幻听，如果没有听错的话，那就只能说明爷爷是在说胡话了，因为早在他还没有来到这个世界上时，奶奶便不在人世了，也就是说他从来就没有过奶奶，这么多年过去了，怎么爷爷身边又多出来一个奶奶？莫非是那个早就变成一抔黄土的奶奶又从地下钻出来了？这可真是见了鬼了。他真的疑心爷爷的精神出了问题。

但出乎他意料的是，爷爷的表情绝不是一副张狂之人该有的样子，浑身上下都透出了前所未有的理性和冷静，还有一丝只有清醒头脑的人才会流露的羞涩。是这样，爷爷用一只手在头上搔了搔，又吧嗒了一下嘴，才斟酌着字句说，在我那些老战友的撮合下，我又和你现在这个奶奶……他们也是好意，看我独身这么多年了，便为我们……

石未来愣怔了好一会儿，总算明白了是怎么回事，爷爷虽然不好意思把这个话题说完整，但他似乎知道没有说出的话是什么，头一句的补字是"结合"，第二句的补字是"牵线搭桥"，这样一来，便大体明白爷爷身上到底发生过什么事了，他只是感到纳闷的是，爷爷还没有说完第一句话，就把话题转到别处去了，或许爷爷对这件事也感到了一些不好意思，才慌不择路地转移话题，第一次用这样吞吞吐吐的口气和孙子说话。

石未来还没有做出听他说出这件事的反应，爷爷就把举在头上的那只手在脸上抹了一下，似乎抹去了那丝羞涩，再次对他重复这个话题说，回家去吧，也让你奶奶认识一下。

我奶奶……？念叨着爷爷说出的这三个字，石未来差点把心里的话说出来。什么我奶奶？他在心里嘟囔着说，我奶奶早就死了，哪里又来的我奶奶？他在心里说"我奶奶"的时候，想到的并不完全是那个他没有见过的奶奶，眼前浮动着的更多是徐奶奶的影子。是呀，他宁肯把徐奶奶当成自己的奶奶，也不会将那个从来没有见过的什么女人称作奶奶。

尽管他没有说出这些话，但爷爷还是看出了他的心思，嘴唇再次吧嗒一下，继续朝他解释说，这件事办得……你在外面，也很难通上个消息，所以没有和你商量，我就和她……

其实爷爷说得都是实情，在这不算太短暂的八年中，爷爷起码还为他捎过一封信呢，而他却不曾主动为爷爷传过什么信儿，难道说爷爷做什么事还要给他汇报不成？石未来当然不会要求爷爷这样做，甚至觉得不论爷爷做什么,都有这样做的资格和理由,根本用不到他这个其实从来不曾关心过他的孙子来过问。石未来尽管明白这个道理,却在感情上不大容易接受这件事,毕竟那个陌生女人在他家的出现太过突然了,他还没有做好哪怕一丝一毫的准备,他家的格局便改变了。他甚至朦胧地觉到,随着那个女人的到来,其实他在这个家庭里的地位便随即消失了,也就是说这个女人把他在这个家庭里的位置替代了。什么老战友的撮合?他进而在心里笑话爷爷说,别给我来这一套了,您有了更高的地位,需要享受一些人生了,便把一个如花似玉的女人领回家来,是不是这样爷爷?

爷爷不想再在这件事上纠缠了,转而再次向他发出邀请说,回家去吧,我已经给你奶奶打了电话,让她给你做顿好吃的。

石未来又差点笑出声,爷爷真是太小看他了,觉得一顿好饭就能让他认下那个女人,就能让他留在那个已经不属于他的家里?他觉得不能不对爷爷说句明白话了,再说他早就想明白了这件事,既然已经见过了爷爷,回到京城来探亲的目的也便达到,接下来该到他离开的时候了,也就是说,他已经把这次回京探亲当成一次正式的"旅行"了。爷爷,他尽力用清晰的口气说,我这次回来是办一件公务,不能待很长时间,等我把事情办完后再回家去吧。说着,他就站起身,做出了往外走的架势。

看你说的,爷爷摇着头说,你连咱们住在哪里都还没有问我,怎么能说走就走呢?

我正要问您呢,石未来赶紧顺着他的话说,我哪能不问就走呢?

于是,爷爷便也顺着他的话,将新家的地址详细说给他。尽管他不断地点头,爷爷还是担心他是在应付自己,便又把地址在一张纸上写了一遍,颤抖着手指递到他手里。

石未来揣着那张纸走出了爷爷的办公室,也许爷爷已经想到了,当他走到大街上的时候,就会把那张纸掏出来,撕成无数个碎片,远远地抛撒到四处去。他站在一个路口,不知道接下来该往哪里走。似乎到这个时候,他才清楚无比地明白,自己在京城里已经没有自己的家了,而成了一个没有地方可去的外地人,一个再普通不过的远方游客。他不知道这件事是从什么时候开始的,表面上看起来,似乎是爷爷和那个陌生女人的结合让他失去了家,但如果认真追究下去,是不是八年前他逃往乌龙镇的时候,不,更应该说从他第一次外出游荡的那一天,他就已经踏上了没有家的旅途,也就是说他就成了一个游荡者,就开始了漫无尽头的"旅行"。体会着一种"在路上"的强烈感觉,他不知道接下来到底该往哪里走。他在那个路口游荡了差不多半个小时,才猛然间醒悟,接下来应该去找余离离,而且似乎也才想到,那个叫余离离的女人是自己的妻子,也就是说他应该找到他的妻子,才能决定在以后的日子里该怎么办。

石未来在余离离父亲家那个院落门口游荡了几个来回,也没有贸然往里走,尽管他知道当说出余离离父亲的名字时,那个早就注目他很久的门卫一定会放他进去,但他却不想这么做,因为坐落在院里的那幢楼房是属于余离离父亲的,也就是说那里根本不是余离离的家。对于余离离的父亲,虽然他没有和人家打过多少交道,却知道那是一个善于采取"革命措施"的人,自己刚刚拒绝了爷爷的提议,怎么会又立刻投到这样一个人的门下?他就是像乞丐一样流落街头,也绝不会去他家的,最好的办法便是在门外等候。他觉得只要自己不进去,余离离就一定会出来的,因为她是他的妻子,不可能在没有他消息的情况下一个人在家里待下去。果然,他在院门外等候了多半个下午,终于在日头快要沉落的时候见到了余离离。但让他感到意外的是,与她一起出来的还有另外一个人,一个他决然想不到会出现在这里的人,没错,这个人就是他们曾经的同学吴茁壮。正是吴茁壮在这里的出现,让石未来改变了到这个院门口来的初衷,甚至让他改变了回京城里来的初衷。是的,望着吴茁壮和余离离站在一起的身影,他似乎已经把这次赴京由"探亲"改为了"归来",也就是说他已经打定了不再离开京城的主意。

其实,刚看到吴茁壮的时候,石未来还以为他一家也搬到这里来了呢,不然他出现在这里便不能不让人感到奇怪了。但随即发现事情并不是这样,因为他看见吴茁壮在院门口和余离离握了握手,便转身朝远处走去,看来他一家根本没有搬到这里来,他之所以出现在这个大院里,除了是来看望余离离以外还能有别的什么理由吗?而余离离不但热情地接待了他,而且还亲自把他送出了院门外。这样一想,石未来不但在内心里感到了极度的不快,而且额头上也冒出一层细密的汗珠。也许是他对这事太过敏感了吧?他暗自警告自己,就算事情如他想象的这样又有什么不可以呢?他们毕竟是小时候的同学,偶然来往一下又能说明什么问题?尽管他很快就把这件事想开了,但在接下来的时间内,也就是余离离站在门口朝四处张望的时候，他却没有像来时设想的那样朝她走过去，而是把身子隐在一个角落里，任她怎么张望都不出来。谁知道你在看什么呢？他在心里为自己的做法寻找理由，难道你不是在目送你那位老同学吗？他知道这样的想法很卑鄙，却克制不住这样想，而且还偏执地认为，他这样的想法并不是没有一点道理，也就是说余离离和她的老同学并不是一点让人怀疑的蛛丝马迹都没有。

余离离回到院里去后，石未来也离开那个院门口，沿着街道朝远处走去。这时天也快要黑了，下班的人们骑着自行车正在急匆匆地往家赶，马路上除了汽车喇叭的鸣响外，便是一片自行车的铃声。如果说白天从这里走过时，他还有一个要抵达的目标，而现在却真的不知道该往哪里走了。面对着黄昏时分的城市街景，望着那些黑魆魆的楼房和树木，那些如幽灵般运动的车辆和人流，他体验到了一种透彻肺腑的孤独感，恍惚间似乎回到了许多年前，又置身在了第一次外出游荡时的情景中，只是与那时不同的是，现在他是站在城市的街道上，而那时却是面对着郊外的山脉和河流，但相同的一点却是，他要怎么度过接下来的这个夜晚。刚开始他还盼望爷爷会出现在这里，就像那时在他需要的时候突然出现了一样，但很快明白，这种情景是绝不会再出现了，退一万步说，就算爷爷真来到了他身边，他又怎么可能随他走呢？还有他的妻子余离离，就算刚才在那个院门口与她相见了，他也不会真的随她去，也就是说他刚才与她的见与不见，其结果都是一样的，他都要面临一个在什么地方过夜的难题。这样一想，石未来愈发加快了往前行走的脚步，好像离那个院落越远，他越能更快地找到要去的那个地方。

直到停在了老家所在的那个院门前，石未来才恍然大悟，原来他要度过这个夜晚的地方就是这里了。他试量地往里走。让他感到欣慰的是，都快要来到老家所在的房屋前了，还没有受到任何阻拦，或许是那个门卫已经记住了他，所以才放他进去，因为他注意到往里走的时候，似乎有一张脸贴在门卫室的玻璃上，瞪大了两只警惕的眼睛往外看。这时夜幕已经降临了，四周的景物都变得虚幻朦胧起来。凭着八年前留在脑子里的记忆，他准确地来到了老家所在的房屋前。尽管隔着帷幕一般的夜色，他还是感觉到了老家呈现在眼里的熟悉模样。这里才是你的家，他听见自己在心里说，这个地方才让你觉得心安。正房里的窗户后和门缝里闪烁着灯光，说明有人正在里面活动,他们是谁? 他的眼前一阵恍惚,好像看见一个老人和一个孩子坐在里面,正在灯光下埋头吃饭,他觉得那个老人是他的爷爷,而那个孩子便是他自己。这当然是不可能的,他的爷爷已经从这里搬走了,而他自己更是比他早走了八个年头。他摇了摇脑袋,尽力让自己清醒过来。不管里面居住了什么人,他都知道不应该打扰他们,需要做的仅是在这个地方多待上一点时间,或者待到这个夜晚过去才更好呢。

石未来注意到正屋里亮着灯光,而偏房内却一团黑暗,如果不出什么意外的话,那里应该还没有住上人。其实所谓“偏房”并不是这个院子的固定建筑,而是他和爷爷自己搭建起来的一幢小屋,用于放置一些闲置的东西。他伸出手,很莽撞地在门板上推了一下。似乎门板能够感应到他的愿望,他的手只是在上面用了一下力,它便随即往里打开了。他真是喜出望外,知道这间小屋就是今天夜里度过的地方了。他的胆子也开始大起来,径直走进去,只用了大约不到一分钟时间,便让眼睛适应了里面的黑暗,看清屋内保持着原有的格局,也就是说不仅新住户没有用到它,爷爷竟然也不曾改变它,就连那张破旧的床也照样安置在靠墙的地方。于是,他怀着一种真正来到自己家的熟悉感觉,大摇大摆地躺到了床上去。其实,这间屋内除了这张有些晃摆的床外,并没有其他像样的东西了。他不知道爷爷为什么没有把这张床搬走,好像是专门把它留在这里以让他日后使用似的。没有其他东西也没什么关系,只要有这张床便觉得一切都已经足够,他就能在这里顺利度过这些黑暗的夜晚去了。由于他是躺在床上,眼睛便看见了来自外面的亮光,这才明白这间小屋之所以没有被新房主利用,原来都是因为它已经漏雨的缘故。但今天夜里不会下雨,他也便依旧躺得十分坦然。

因为又睡在了自己的床上,石未来一时兴奋得不行,尽管身子疲乏得要命,却翻来覆去睡不着,直到半夜时分,他才勉强睡进梦去。他做了一个不详的梦,看见余离离和吴苗壮手拉手站在一起。如果他们只是站在一起倒也没有什么,他这个旁观者还以为他们在握手呢,但不一会儿,他们竟然更近地贴到了一起,说句更为明确的话,他们拥抱到一起去了……石未来愤怒至极,他们怎么能够做得出来? 不要忘了,他可是在一边看着他们呢。住手。他大喝一声,身子往前一跃,一下子醒了过来。他醒来的时候,看见一个人伏在他身边,正在使劲地摇晃他。他稍稍想了一下,才借着黎明的曙色看清楚,这个把他从梦中唤醒的女人就是余离离。你怎么在这里?他蒙头蒙脑地问了她一句。

我正要问你呢,余离离直直地看着他说,你怎么睡在这个地方?她站起来,在屋内转了一圈说,我差不多找了你整整一夜,什么火车站、汽车站啦,我都搜了个遍,最后突然想到你或许还会到这里来,果然……她长长地吐出一口气,又坐回他身边,把疲乏的身子靠在他身上。

真是对不起。石未来用歉意的眼神看了她一眼。我没有想到你会这样找我。他在心里对她说。他没有把这句话说出来,担心她听了会不高兴。

你真的不跟我回去住吗?余离离又推了他一把说,别忘了,这里已经不是你的家了。她往门外看了一眼,压低声音说,等一会儿这家的人出来了,肯定会把你撵走的。

石未来懒洋洋地说,到时候再说吧。随即又在心里说,如果我到你家去,兴许早就被你父亲撵出来了。

你想好了没有?余离离盯着他说,是不是不回乌龙镇去了?

你说呢?石未来反问她说,你是希望我回去呢?还是希望我留下来?

余离离似乎已经知道他的打算了,却还故意问他,怎么?你真的打算像他们一样当"逃兵"了?

石未来耸了耸肩膀,没有把这句话当回事儿。其实在他看来,许多年前便已经走在了"逃离"的路上,那时他是在"逃离"爷爷的"革命措施",才义无反顾地去遥远的莫邪山区插队,而现在重新回到京城不再回去,就算是背上一个"逃兵"的名称又有什么关系呢?他对这样的行为已经见怪不怪了,或者说有意再进行一次也未尝不可。

我只是担心,余离离脸上突然浮出了一层忧郁的神色,我们在这里什么都没有,该怎么往下生活呢?

石未来没有想到她这么快就为未来担起心来,或许这一天之内她已经遭遇了来自家人的冷遇?是呀,就算她的家人不在乎她的"逃跑"行为,但要在以后的日子里容忍她在家里"赋闲",恐怕也是很难欣然接受的。不要一味地依靠他们,他顺口接过她的话说,让我们自己来想办法吧。他拍拍她的身子,进一步安慰她说,我会给你想办法的。

你?余离离上下打量着他,你能给我想出什么办法来?

石未来从余离离的目光里看出来,她是不那么信任他的,也许在她想来,不要说他给她想什么好办法了,就是他自己能不能在这里生存下去都是一件不能确定的事儿。她是有理由这样怀疑他的,因为在过去的八年时间里,他都没有真正让她满意过,何况现在他连自己的家都没有了,又怎么能满足她的需要呢?当他这样想的时候,脑子里浮现出一个人朦胧的影子,尽管有些看不清他,却知道那是吴苗壮的影子。我想不出什么好办法来,他听见自己的声音说,吴苗壮却能够想出办法来。他不知道是自己产生了幻听,还是真的说出了这句话。

在随后的一些日子里,石未来没有再向余离离说什么不切实际的大话,以免引起她对他的怀疑,而是默默地在心里积聚着力量,希望在接下来的某一天想出一个好办法,一举解决余离离的出路问题。是呀,他们不能这样长时间漂在京城里,就算知青办的人不来找,他们也要为自己的生活着想吧。他不但要对自己负责,更重要的是要对余离离负起责任来,因为就算他自己饿死了,那也是他一个人的事儿,而余离离一旦有什么意外,那可就是他们两个人的事了,如果那个"意外"不幸牵连上第三个人,那他就更加承担不起了。但他明白,要想避免这件事的发生,他就要加倍地努力再努力,尽快把现在的不堪处境改变过来。自从来到京城里以后,他还没有体会到一丝"回家"的感觉,而是开始了又一番不知尽头在哪里的漫长"旅程",每天都有一种"在路上"的强烈体验。他白天在街道上四处游荡,寻找可能出现在面前的任何一个机会,夜里回到那间小屋里去住,在睡梦里继续寻找那种能改变他们处境的机会。让他倍感庆幸的是,都快要过去一个月了,那家新住户还没有发现他的存在,他当然也不知道他们是些什么人。但他明白,早晚有一天他会在他们面前暴露自己的行踪,也就是说当那一天到来的时候,他就会被他们从那里赶出来,换句话说他就真的要去流浪街头了。所以几乎每一天,他都处在一种焦躁不安的状态里,都有一种面临世界末日的惶恐感觉。

和他的状况差不多,余离离也快要失去了最后的耐心,每天都跑到他这里来,气急败坏地质问他,怎么办?我们到底怎么办?办法呢?你为我想的办法在哪里?有一天,她甚至用发布最后通牒的口气对他说,看来我要找一个人为我想办法了。石未来知道她说的"一个人"是指吴苗壮。而且在接下来的这一天,他真的看见吴苗壮又出现在了她身边。这天,石未来到余离离父亲的家门口和她见面,看见吴苗壮和她一起从院子里走出来。他不知道是吴苗壮主动来为她想办法的,还是余离离主动让他来为她想办法的,但不管怎么样,他们确凿地待在一起却是一个相同的结果。他呆呆地站在一边,望着他们那种"亲密无间"的样子,觉得在梦中看到的那个场景正在变成现实。他知道自己在余离离那里剩下的时间已经不多了,如果再不能采取什么有效的措施,余离离就真的投到吴苗壮怀抱里去了。在走投无路的情况下,石未来想到了的爷爷,看来唯一的出路便是去向爷爷缴械投降了,他想象得出来,当他主动进到爷爷的新家里,尤其是主动向爷爷的新婚妻子喊一声"奶奶"时,爷爷或许会暂时放下他的"革命原则",给他这个唯一的孙子提供一个切实的帮助。但他也清楚地知道,这样一来,他就只能毫无选择余地地回到爷爷身边,在他那些毫无边界的"革命"环境中毫无尽头地生活下去。这是他多么不愿意面对的一个结局,也标志着他用尽八年的时间所做的"逃离"企图的真正失败。但为了余离离,为了自己的尊严和将来,他不能不伏下身来强迫自己去做了。

但让石未来想不到的是,就在这个关键时刻,他的"父母"把他从困境中解救了出来,也就是说他从"父母"那里找到了让自己和余离离留在京城工作的办法。这件事说起来很"奇怪",在他大约三岁那一年,他的父母就在一次交通事故中双双死去了,如今他们的尸骨已经变成了一抔黄土,他又怎么能得到他们的帮助呢? 其实这件事也并不复杂,只是他没有想到而已。有一天,他正走在通向爷爷单位的路上,一个与他坐同一辆公交车的中年妇女忽然盯住了他。虽然觉得这个女人有些面熟,但他想不起来她到底是谁。你是不是那个主动下乡的知青? 中年妇女和他搭讪说。石未来这才想起她是知青办的人,八年前他一次次往知青办跑时,负责接待他的就是这个人。他以为人家要找他的麻烦,便打算赶快溜掉了事。但他还没有找到下车的机会,却听到她热心地告诉他,上级正在落实有关知青工作的政策,像他这种父母为公殉职的子女,是可以得到优先安排的。他真是没有想到,人家告诉他的居然是这样一件事,而且从她话里第一次知道父母是为公殉职这件事,在此之前,他一直以为他们仅仅是因为车祸离世的呢,从来没想到他们的死还与"公"连在一起。他果断停住了去爷爷单位的脚步,并于第二天怀着激动的心情来到知青办,随后又前往就业办和劳动局。大约一个星期以后,他和余离离便办妥了返城就业手续,一起到一家工厂去上班了。真是山重水复疑无路,柳暗花明又一村,事情的转变居然如此神奇,如此轻易,如此意外,简直把他搞得有些晕头转向,直到来到了那家工厂里,他们还有些回不过神来。在得到了工作的同时,他和余离离还都分到了各自的宿舍,尽管是和别人混住,但毕竟可以从他们原来的地方搬出来了。石未来告别老家那间小屋子时,竟然有一种恋恋不舍的感觉,就像真的离开了自己的家一样。

石未来以为他和余离离在京城里的处境完全得到了改观,从此以后就可以专心致志地过他们美好的生活了,也就是说他们终于抵达了一个目的地,再也不用在漂泊不定的"旅程"上漫步了。但很快他便发现,他们想得似乎过于乐观了,随后出现的情况说明,事实根本不是这样,一切都还没有真正结束,一切都还在看不见尽头的"行程"中。几乎是他们上班的第一天,石未来便在这家工厂里,具体说是在工作的车间里看见了吴苗壮。不,这样说其实并不准确,真正的事实是,吴苗壮作为这个车间的领导,正在车间门口迎接他们的到来呢。真是没有想到,他绕了一个那么大的圈子,最终还是没有摆脱吴苗壮的跟踪,就像《西游记》中的孙悟空一样,纵然有天大的本事也无法逃出如来佛的手心。他真的疑心,这一切都是吴苗壮设计的一个圈套。望着吴苗壮脸上浮出的一缕神秘莫测的笑意,石未来禁不住打了个寒战。

欢迎老同学到来。吴苗壮迎着他们伸出手来。

虽然他的手是伸向了他们两个人,但在石未来眼里,那其实是伸给余离离一个人的。他的判断似乎也不错,吴苗壮的手刚一伸出来,余离离就抢上去,牢牢地接在了自己手里。他们握手的姿势是那么娴熟,不能不让石未来感到,两人已经握在一起过不止一次了。他突然明白了,当自己不在他们身边的时候,两人便已经见过很多次面了,不,当他在遥远的乌龙镇的时候,他们便早就开始见面了。我们……余离离说了"我们"两个字,好像又觉得不妥,转回身看了他一眼,才把下面的话说下去,我们又能在一起了。尽管这样,石未来觉得还是不太理解她的话。

是呀,吴苗壮点点头,把手从她手里抽出来,慢慢转向了石未来。其实他只是把身子转向了他,并没有将手再伸过来,或者说他把手伸过来了,石未来却不以为是伸向自己的,因为他伸手的姿势和没有伸手也看不出有什么差别。

石未来既没有去接他的手,也没有朝他点头,更没有对他说一句什么话。那个时刻,他尽力让自己没有做出任何表情和动作。虽然他的表面足够冷静,但内心却吹刮着猛烈的风暴。面对着这个令人尴尬和不快的场景,他觉得一切的前景都不是那么美妙,或者说他已经预感到一场变故就要不可避免地到来了。更为要命的是,他并不能阻止这场变故的到来,最多只能让它到来得晚一些再晚一些,以使他能够承受得住,不至于因为这件事的打击而倒下去。

看起来,石未来和余离离分到了宿舍,便似乎都有了一个像是"家"的处所,从此以后不用再借宿在其他地方了。开始他们也以为是这样,但随着时间的推移,他们便知道事情根本不是那么回事了。因为他们是在宿舍里和别人混住,彼此之间便不能在这个地方相处,也就是说,他不能到她的宿舍去,她也无法到他的宿舍来,虽然他们是在一家工厂里,甚至是在一个车间内,却不能长时间待在一起,上班的时候倒是能互相看到,但由于是工作时间,他们所能做到的也就是多看几眼而已,下班了,他们要回到各自的宿舍去,便只好恋恋不舍地分开来,要想继续待在一起,就只能不顾劳累到街上去了。就算不断地到街上去,却也解决不了他们的"根本"的问题,结过婚的人当然都明白,所谓的"根本"问题到底是指什么。眼看来到工厂快要一个月了,也就是说他已经快要一个月没有解决过那个问题了,都"憋"得快要受不住了。于是,在石未来的提议下,他们只好在接下来的这天夜里,又一次回到他老家的大院里,偷偷摸摸地进到那间小屋内,在那张有些摇摆的床上"解决"问题。说起来也活该他们倒霉,在此前那么多的日子内,他都没有被新房主发现过,现在仅仅是在这里度过短暂的一小段时间,不承想却被他们抓住了,让新房主感到有些意外的是,抓住的不仅是一个偷偷摸摸的男人,而且还有一个和他配对的女人。更要命的是,抓住他们的时候,这两个不知羞耻的人正在那张床上"解决"他们的问题,也就是说人家把他们解决问题的情景也"抓"住了。

这里有流氓,新房主闯进门来,一边用手电筒朝他们身上照,一边回头朝外面喊,快进来抓流氓。

随着他的喊声,许多人一起涌来,团团围拢在他们的床前。

可想而知,这样不堪的局面会使他们多么无地自容。幸亏那些人里有那个门卫。在若干道手电光的照耀下,门卫终于认出了这两个被人们围在中间的"流氓分子"是他见过的人,看他们实在过不去这一关了,才站出来指出他们的身份，并说了几句帮他们开脱的好话。

　　差不多快到半夜的时候，他们才被那些人放出来。一出那个院门洞子，余离离就疯狂地奔跑起来，好像如果不急快地离开这个地方，她就会把所有的一切都丢在这里似的。石未来在后面拼命地追赶，但任凭怎样运动腿脚，还是不能追上她，甚至不能和她拉近一点距离。

　　这件事发生以后，有很长一段时间，余离离都不再和他见面，即使工作时间碰在一起，也不抬头看他一眼，更别说在下班时间主动找他了。不知道他们关系的人还以为这是毫不相干的两个人呢。余离离不搭理他，石未来也不敢主动找她，好像自己也有什么过错似的，但仔细想来，他到底又有什么过错呢？总不是他把那些所谓的"捉奸"人招去的吧？按说他也是一个受害者，余离离怎么能把怨气撒到他身上呢？他们在一起的许多年时间内，还从来没有这样怄过气，眼看一个月又过去了，他们要解决的那个问题也又到来了，石未来心里再一次急躁起来，便试图去找她沟通一下，就算不提这件事，只是和她说上几句话，联络一下感情，他也觉得是非常有必要的。于是，他打定主意下班后便去找她，不管她怎么对待自己，他都会对她笑脸相迎，目的无非是与她和好如初。他相信只要把工作做到，凭着他们长达十年的感情基础，两人一定会重新走在一起的。

　　但让石未来感到吃惊的是，下班以后，当他就要向余离离走过去的时候，却发现她已经先于他离开了车间，正朝车间外面的一间办公室走去，自然，那是吴苗壮的办公室，也就是说余离离一下班就去找吴苗壮了。他站在车间门口，呆呆地看着余离离走进了吴苗壮的办公室，一时有些反应不过来。你不来找我也就罢了，石未来在心里对她说，可你为什么要去找吴苗壮呢？他去过那个地方，知道那不仅仅是一间普通的办公室，还兼有宿舍的功能，也就是说吴苗壮是住在里面的，再进一步说，里面是安置着一张床的，余离离一下班就到一间安置着床的屋里去，这是不是有些不正常呢？当然，他宁愿把这件事往好处想，强迫自己相信余离离之所以一下班就到吴苗壮的办公室去，完全是出于工作的需要，与其他任何事情都没有半毛钱的关系。但是，他似乎又知道事情或许真的没那么简单，因为他随即看见余离离一进办公室，她身后的门板便合上了，这就有些让他想不通了，如果她是为了工作上的事去找吴苗壮，何必要让门板关上呢？再说如果是工作上的事她可以在工作时间去，为什么非等到下了班再去呢，一个女人在业余时间内不和她的丈夫在一起,而到一个与她没有什么关系的男人屋里去,而且一进去就关上了门板,就算她的丈夫是个傻子也不会认为这些都是正常的吧?

也难怪石未来要做这些似是而非的想象,因为在这些日子里,吴苗壮一直都表现出了对余离离的"明显"好感。之所以说"明显",是由于他对余离离的好感是不加掩饰的,很多情况下是当着石未来的面表示出来的,或许还不只是当着他的面,甚至说是当着全车间人的面来做这种表示的,不但是石未来,几乎所有的人都看出了他们之间存在的暧昧关系,只是为了照顾石未来的情绪而不宜公开议论罢了。其实这一切都没有超出石未来预料的范围,从他们一进到这个车间里来,更准确说是从他一看见吴苗壮的那个时刻起,他便预感到了这一切的发生,也就是说便明白吴苗壮不会轻易放过他们了,他会千方百计地向余离离发起进攻,同时对他石未来实施无情的报复。他几乎听到吴苗壮在心里对他说的话了,石未来,我终于等到这一天了。他相信在过去的时间里,吴苗壮是从来不曾放下对余离离的好感的,也是从来不曾放下对他的仇恨的,像一只隐忍的乌龟趴伏在隐秘的角落里等呀等呀,终于有一天,吴苗壮把这个机会等到了,他们像两个无忧无虑的傻子一样送上门来,送到了他的枪口下,面对这样千载难逢的绝佳机会,就算吴苗壮变成了傻子,也会凭着本能实施酝酿了八九个年头的复仇计划的。所以当吴苗壮明目张胆地对余离离发起进攻时,石未来一点都不感到意外。但真正让他吃惊的是,面对着吴苗壮的进攻,他的妻子余离离竟然没有表现出应有的冷静和克制,而是极不恰当地表现出了某种程度的激动和迎合。在石未来想来,不管吴苗壮怎样朝她发起攻势,余离离都应该坦然处之,就算为了不得罪吴苗壮不与他翻脸,起码也不应该曲意逢迎吧。不,余离离的表现完全超出了他的预料,吴苗壮稍一对她表示好感,她便表现出受宠若惊的样子,好像一个宫女面对皇帝一样。他不知道余离离为什么如此热情地对待吴苗壮的进攻,就算她在过去的日子里便对他充满了一定程度的好感,但毕竟这么多年过去了,更重要的是她早就成了别人的妻子,是不是就不应该再把这种进攻当成礼物接受下来呢?就算没有当着丈夫的面,是不是也应该自律一些,做一个起码在众人面前说得过去的本分女人呢?这应该是一个女人能够也必须做到的一件事,可他的妻子余离离却偏偏没有做到,便不仅仅让他失望了,他感到更多的还是愤怒。

石未来没有再做过多的犹豫，也不再顾忌是否得罪吴苗壮，迈开大步走过去，一把推开了那扇关闭不久的门板。当然，出现在面前的景象并不像他想象得那样不堪，但也绝不是一点可疑的地方没有。先说可疑的地方，余离离和吴苗壮一起在那张床上坐着，两个身子之间几乎没有保持什么距离，其实在那张床前便有两把椅子，如果他们真的是在谈论工作，就应该坐在椅子里，但奇怪的是他们竟然越过了椅子，直接把身子交付给那张床了。再说正常的地方，他们虽然用到了那张床，但毕竟没有让身子躺在上面，而且两人之间也并不是一点空隙没有，如果他们真的做那种不堪的事儿，是不会使用现在这种姿势的，如果非要说他们是在谈论工作，他也很难推翻这种说法的。当然，除此之外或许还有其他一种说法，那就是他们之所以没有做成好事，是因为他的及时到来打乱了这个计划，使他们没有来得及把好事做下去。他不知道这种想法是否更切合他们的实际状况。

看到石未来贸然闯进屋里来，吴苗壮并没有做出什么反应，依旧一动不动地坐在床上，也就是说依旧保持着和余离离的暧昧姿态，而且脸上带着一缕神秘莫测的微笑，石未来看得出来，他是在用这种方式表示对自己的敌视和轻蔑。而余离离却就不同了，石未来刚刚在门内停住脚，她就霍地从床上跳起来，离开吴苗壮，把身子远远地站到一边去，并且脸颊涨得通红，好像她真的在屋内做什么见不得人的偷事似的。这不能不让石未来心生疑窦，如果说她身上真的没鬼的话，为什么会做出这种激烈的反应？他甚至怀疑自己闯进来的时候，她脑子里或许都产生了"捉奸"的可怕图景，所以才急快地逃离吴苗壮的身边，以示自己的清白和无辜。当稍稍镇定下来，看到担心的场景并没有出现时，余离离才在长出一口气后，冷下脸来朝他大声呵斥，干什么你？为什么不敲门就朝屋里闯？

石未来不免感到好笑，余离离这句话应该由吴苗壮来说，因为他毕竟是这间屋子的主人，而且是这个车间的领导，有权力用这样的口气和石未来说话，而余离离似乎已经忘了自己的身份，不知道自己和石未来一样都只是这间屋子的客人，又有什么资格说这种话呢？但为了不至于在接下来的时间内让她过分难堪，石未来没有戳穿这一点，只是顺着她的话说，我进来得急，忘记了敲门，惊扰到你们了吧？

尽管他极力克制着自己的情绪，说出来的话还是有些不好听，余离离的脸色不禁又红了一下。我正在和吴主任谈论工作上的事儿,她故作不满地解释说,让你一下子把我们的话题打断了。

真是此地无银三百两,石未来在心里笑话她说,我又没有质问你为什么要到这里来,何必主动向我解释呢?而且编出的理由和老子的想象如出一辙。对不起,他朝她摆摆手说,继续谈论吧,我就不打扰你们了。说着,他就做出了退出去的架势。反正他已经发出警告了,想必他们在做"出格"的事时会有所顾忌。

余离离当然巴不得他退出去呢,所以见他这么说,又不自觉地吐出一口气,打算真的目送他出去了。

在他们说这些话的时候,吴苗壮一直在床上保持着先前的姿势,只是活动着眼珠,若有所思地看着他们。看到石未来要走出去了,他才从床上站起来,并朝他招了一下手说,石未来别走,我还有话要对你说呢。

石未来只好又停住了脚。吴苗壮做出的反应有些出乎他的意外,而对于他下面要说的话似乎也能想象得到。说实话,他不希望吴苗壮把那些话说给自己,当然还有余离离,他知道当吴苗壮说出这些话来的时候,也就离他们摊牌的时间不远了,是呀,摊牌,在此之前他还没有明确想到过这个词,可现在却突然意识到它正在朝他逼近,没错,看来"摊牌"是一定要到来的了,也就是说吴苗壮是一定要介入他和余离离之间来了。虽然他不想让这件事发生,或者哪怕阻止它来得晚一些也比现在要好,但面对着这个执意要让它发生在眼前的人,他却只能放弃抵抗的企图听之任之了,因为他还不想在吴苗壮面前失去应有的尊严。

余离离当然更知道吴苗壮要说什么了,好像也不愿意让他现在就说出来,便赶紧转过身去,用哀求的口气对他说,不要对他说了,让他快离开这里吧。没有等他做出反应,她又转向石未来,用催促的口气说,你快走吧,已经下班了,你还是去休息吧。

石未来不知道该怎么办。

余离离不想再等下去了,冲上来,拉住他的胳膊说,走,我们一起走吧。说着,她便拖着他朝外面走去。

尽管他们离开了吴苗壮的办公室,也就是说拖延了"摊牌"的时间,但石未来却清楚地知道,他们的关系也抵达了一个十字路口,就算他再蠢笨,也知道应该和她说一说这件事了,或者说他和她也到了一个"摊牌"的时间。

但他还没有来得及开口说话，余离离就率先说起了这件事。我们不能再这样下去了。她郑重其事地对他说。

石未来觉得她说得不错，或者说这句话也是自己要对她说的。那我们该怎么下去呢？他又把问题还给了她。他之所以这样问她，不是因为自己不知道应该怎么办，而是因为不想让那个办法从自己嘴里说出来。

听他这样问，余离离也知道答案只能由她说出来了。她转回身，直直地看着他说，回到爷爷家去。

石未来没有想到她会这么说，不禁有些愣怔。回到爷爷家去？他在心里说，这是什么意思？

我在这里待够了。余离离回过头，往远处宿舍的方向看了一眼，马上又转过来。我家是回不去了，因为我毕竟不再属于那里了，看来唯一的去处只能是爷爷家了。说完，她就掉转过身，做出了往回走的架势。回爷爷家去，我们还能在一起过，否则，我们就……她的话没有说完，便迈着大步朝那个方向走去。

石未来知道她没有说出的那两个字是"离婚"，她既然都说到了这个份儿上，看来是对他发出最后的通牒了。但她又没有把这件事说死，就像她说的那样，如果他把她带回爷爷家去住，他们就还能一起过下去，如果他不能这么办，那她就只能去投奔吴苗壮了。是呀，吴苗壮不仅有一间放置着床铺的办公室，更重要的是他有自己的家，一个即使放到整个京城里来说也算是威武气派的家。

余离离抛出的这个问题足足让石未来考虑了三天三夜，也没有得出一个明确的结论，因为无论怎么说他都不愿回到爷爷家去，一想到要把一个陌生的年轻女人称作"奶奶"，一想到他要每天听爷爷念叨什么有关"革命"的道理，他的脑袋便大了，他之所以用尽八年的时间去做那次艰苦卓绝的"旅行"，就是为了能够逃避这些让他难以承受的日子，但造化弄人，没想到最后却回到了原点来，他又怎么能甘心呢？但不这样做，他就会失去余离离，失去爱情，那么他用尽更长的时间经营的这件事不同样毁于一旦吗？他意识到自己陷入了一个非白即黑的两难境地，不知道应该选择哪种颜色才能让自己取得圆满。说来令人感到可笑的是，他明明知道这是一个"鱼和熊掌不能兼得"的问题，却突发奇想地产生了一个"一箭双雕"的念头,竟然硬着头皮去找吴苗壮解决问题。在他想来,如果没有吴苗壮对余离离的进攻,也就没有余离离对他的要求,也就没有她抛给他的那个问题,他也不会面临两难选择的窘境,换句明白话说,吴苗壮其实就是解决他们这个问题的一把钥匙,只要把吴苗壮拿下了,他的所有问题就都迎刃而解了,所有难题也就不攻自破了。按说这个思路并不是没有合理的成分,如果操作得当,取得一定的效果也不是没有可能的。但问题的关键是,他能不能拿下吴苗壮呢?或者说他有拿下吴苗壮的本领和能力吗?这才是至关重要的问题。看来和吴苗壮"摊牌"的时机已经成熟了,他不能再做任何的回避,为了打开他和余离离之间问题的铁锁,他要去找吴苗壮,把那把属于他们的钥匙夺回来。他当然没有意识到,当他去找吴苗壮的时候,其实他比那个受到人们一再嘲笑的堂吉诃德还要可怜,还要悲壮。

石未来也似乎知道,吴苗壮一定在他的办公室里等自己,自从三天前被余离离从他屋里拖走以后,吴苗壮便知道过不了多久他就会来找他摊牌的,如果按照吴苗壮的计划,那天就把这场"摊牌"场景演出来了,但由于余离离的阻拦,到今天才再次接演下去,而且主角由他吴苗壮变成了石未来,但内容还是一样的,在他想来结果也一定会是一样的。果然不出所料,当石未来走进他的办公室后,演出便按照他的意志正式开始了。

你真的不肯放过我老婆吗?石未来首先问他说。

你说呢?吴苗壮反问他说,九年前我放过了她,今天我还会放过她吗?

石未来正告他说,可她是我的老婆……

你觉得你是她的丈夫吗?吴苗壮再次反问他。

我难道不是?石未来也反问他说,莫非你以为你是?他觉得吴苗壮简直快要昏头了。

一个一无所有的人也配有自己的老婆?吴苗壮再次毫不客气地反问他。

石未来有些语塞。他承认自己是一无所有,但余离离是他的妻子不是一个不争的事实吗?他当然没有把这话说出来,觉得根本没必要再朝他申明。

在这个世界上,吴苗壮义正词严地指出说,一个穷光蛋只配做一个光棍汉,而不配拥有任何一个女人。他伸出一根手指头,在他胸脯上稍稍捅了一下，而你就是这样一个穷光蛋，难道你不明白吗？

吴苗壮使的力量并不大，但石未来却不由地往后退了一下。他当然不同意吴苗壮的话，本想把自己的意思表达出来，却不知道该说句什么。他觉得在这个时候开口，是需要很大勇气的。

如果你有自知之明的话，吴苗壮提醒他说，你就把余离离乖乖地给我让出来，这样不但对我好，也是对你好，更是对余离离好。

你是在报复我吗？石未来突然找到了开口的话题，你是在报九年前的那场仇吗？

行了，吴苗壮不耐烦地朝他摆摆手说，傻子都能看出这事来，你还在重复这个，不觉得多此一举吗？

不要以为你有这点小权力，石未来强迫自己也用乜斜的目光看他，有几个从老子那里讨来的臭钱，就能为所欲为，就能为非作歹，就能把别人的老婆夺走……

哈哈哈，吴苗壮大笑起来，我得到你的老婆还用夺吗？回家去问问余离离，我还没有说和她睡觉，她就上赶着朝我脱裤子了。

石未来实在感到了后悔，后悔不该找他来摊什么牌，对于这样一个已经变成了"流氓"的家伙，摊牌不摊牌其实并没有什么区别。也怪他们八年没在一起了，他还一直以为吴苗壮还是记忆中的那个人，不，看他都当上了颇有来头的车间主任，至少应该比记忆中的那个人还要强呢，哪里想到，随着这个一切都要用权力和金钱来衡量的社会的到来，吴苗壮，那个曾经优秀而出色的年轻人竟然变成了一个唯利是图的伪君子，一个为人所不齿的下三烂。面对这样一个已然丧失了做人原则的狗东西，他来试图让他停止打自己妻子的主意无异于与虎谋皮，白白落一个自取其辱的悲惨下场。你错了，他在心里沉痛地对自己说，时代已经变了，人心已经变了，而你却停留在过去，停留在美好而不真实的幻想中，不迎来失败的结局才真是怪事呢。他似乎是想通了，想通自己注定要失去自己的妻子这件事了，便毫不犹豫地转回身，离开得意忘形的吴苗壮，离开他那间散发着污浊之气的办公室，大步往外面走去。

这天下午，石未来便接到了余离离写给他的离婚协议书，让他签字的最晚时间是第二天上午，也就是说他还有整整一个夜晚的时间。够了，这些时间足够他来认真思考一下这件事了。在接下来的这天夜里，他又做了一个梦，他梦见了他的爷爷。他看见爷爷一个人走在一座山里，一边艰难地往前走一边四处打量，看得出他是来山里找人。他觉得这个情景有些眼熟，好像早在许多年前就看见过了似的。他很快便想起来，这应该是十年前爷爷来郊外山里寻找他的情景。他听见爷爷喊起来，未来，你在哪里？爷爷当然是在喊他了，便想回答爷爷一声，但他却不知道自己在哪里，也就无法开口回应他。于是，爷爷便继续在山里找下去。随着爷爷走过的地方增多，他觉得爷爷已经离开京城的郊外，来到了遥远的山区乌龙镇，这便越发让他感到奇怪了，因为爷爷并没有来这里找过他，那么这幅如此真切的场景是怎么被自己看到的呢？爷爷喊他的声音更大了，未来，你在哪里？他想告诉爷爷，在这个地方就更找不到他了，因为他已经离开了乌龙镇，回到了京城里，而且在他父母殉职的工厂里当了工人。爷爷好像并不知道这件事，依旧在山里四处寻找。他觉得爷爷如果再不离开这里的话恐怕就要出事了，尽管他不知道爷爷会出什么事，却不能不替他担心起来。爷爷，您快回来吧，他大声朝他喊叫，我会让您找到我的。但一切都太晚了，他的声音还没有被爷爷听到，便看见一条白色的虫子从山林里窜出来，一下子缠住了爷爷的身子……石未来被惊醒了，望着窗口红通通的霞光，他觉到了前所未有的恐慌。

　　石未来不知道为什么做了这样一个梦，甚至想不通为什么梦到了爷爷。按照一般的逻辑推断，他应该在这天夜里梦到余离离才对，因为第二天他就要和她离婚了，但让他想不到的是，他却梦到了与自己没有多大干系的爷爷，而没有梦到一直让他纠缠不清的余离离。而且他还在梦里看到了一幅令他惊恐万状的场景，爷爷竟然被那么一条巨大的虫子缠住了，他为什么会看到这样一幅场景？这是不是预示着爷爷真的出什么事了？但他只是那么想了一下，就又把注意力转移到了余离离身上，以为自己之所以做那样不祥的梦，而且起床后一直处在不安的情绪中，都是因为余离离要和自己离婚的缘故，而与爷爷全然无关。但吃过早饭后，石未来却接到了与爷爷有关的一个电话，这不免让他觉得有些意外，因为在此之前他从来没有接到过爷爷的电话，就是他在乌龙镇插队长达八年的时间内，爷爷也没有用电话联系过他。说实话，接到这个电话时他还是觉得非常欣慰，夜里梦到了爷爷，白天就接到了他的电话，看来他和爷爷还是很有心灵感应的。而且这个电话的内容是让他到爷爷那里去一趟，他觉得应该去，虽然他告诉自己到爷爷那里去是因为那个电话的召唤，与余离离全然无关，更不是他要去求助爷爷，让他答应自己的什么要求，从而避免在一张什么"协议"上签字，不，绝对不是这样，他才不会去向那对狗男女妥协，离婚算什么，既然所谓的爱情已经寿终正寝了，那就让它去寿终去正寝好了，他没有再和余离离待在一起的必要，既然那两个人已经狼狈为奸了，就让他们继续去狼狈继续去为奸吧，等他回来签完了字后，就算他们到大街上去公开狼狈公开为奸，也与他没有任何关系了。是的，他已经决定从爷爷那里回来后，便在那张纸上签上自己的名字。对了，忘了说了，有关爷爷的那个电话并不是爷爷本人打来的，而是一个女人打到石未来所在车间的，又由一个值班的工人通知他去接的，因为耽搁的时间太多了，等他拿起听筒时，那个女人只说了简单的几句话便挂断了电话。那几句简短的话是，请您到石部长的办公室来一下，我们有一件事要对您说。

来到爷爷的单位，那个上次接待过石未来的女人出来迎接。他们象征性地握了一下手，然后她把他领到爷爷的办公室，待他在沙发里坐定后，便用略含悲伤的语气对他说，我们找您来，是要告诉您一件让我们大家都感到悲痛的事……她下面的话还没有说出来，石未来便知道果然是爷爷出事了，好像是因为有了夜里梦中的提示，当他明确知道这件事时并没有感到多么意外，而是颇为冷静地听完了她对他说的话。他从她的讲述里得知，前些日子，爷爷突然产生了一个奇怪的想法，要到他当年所走过的长征路上去看一看，照他自己的说法是"重走长征路"。于是在接下来的一天，爷爷带领他的下属们踏上了这次"征程"的漫漫旅途。与数十年前爷爷跟随红军部队进行长征不同的是，这次"重走长征路"只不过是一次含有象征色彩的"活动"，换句不该说的话叫作"旅游"也未尝不可，所以他们是乘坐着几辆高级越野车去的，而上次他们却是一无所有。即使这样，许多人还是对爷爷倡导并参与的这次行动感到不解。石未来虽然不知道有这样一次行动，却觉得爷爷的做法其实不难理解，老头子不过是以此来重温当年那番艰苦而光荣的经历，唤起继续革命的理想和热情，同时教育后来人，把老一辈开辟的神圣事业继续进行下去。他由此想到了梦中的情境，也就是爷爷走在山里的情景，但他又吃不准，由于爷爷的这次行动是乘车而去的，与他梦中的景象到底有多少差别？可不管怎么说，爷爷真的去了遥远的山里却是已然发生了的事儿，仅从这一点说，倒是与他梦中的情境颇为吻合。当然还有最后的事故，照女秘书的说法是，车辆突然失灵，像野马一样冲下了悬崖，其惊心动魄的场面也与梦中的景象有些类似。

听完秘书的通报，石未来并没有觉得爷爷的离去有多么意外，多么沉痛，多么让他难以接受，不，他不但没有这些独特感受，反而轻松地吐出了一口气，好像一块悬浮在空中的石头终于落下来了似的。作为一个把一生都交付"革命"事业的人，爷爷"选择"在他的"长征路上"结束自己的生命，他觉得也是一件发生在情理之中的事儿，爷爷不会为此而感到遗憾，他又何必心有不甘呢？在他看来，随着爷爷的离去，一个为他所钟情的时代也成了过去，另一个与它所不同的时期已经来临，也许斩断与旧时代的联系，在新时期里轻装上阵，才是石未来接下来的当务之急，也是他即将踏上的一条新路。他站起来，从秘书的手里接过爷爷的遗物，便打算回他的工厂去了，他要赶回去在那张协议上签字。石部长给您留下的遗产只有这个挎包了，秘书不好意思地对他说，他临终前指定我们把它交到您手里。石未来知道，爷爷留下的遗产当然并不只是这个挎包，但既然爷爷做了这样的安排，那就只能坦然接受下来，也就是继承这只挎包了。他当着秘书的面把挎包打开来，和他的料想差不多，里面装的是几本回忆录，他想起来，这就是爷爷当年"赋闲"在家的日子里完成的作品。他要把回忆录装回挎包里去的时候，看见其中的一本上沾满了血迹，毫无疑问，这是爷爷身上的，也就是说，爷爷是带着这些回忆录踏上他的"长征路"的，当然也是带着这些回忆录离开这个世界的。石部长的遗体暂时存在501医院，秘书告诉他说，如果您要去看一下的话，可以联系一个姓方的医生，他会给您安排一下……

石未来当然要去医院看爷爷一眼，也算是给他送一下别。于是他没有回工厂，便打车朝501医院赶去。不用慌，他在心里对余离离说，等回到厂里，我马上就在你的协议上签字。他找到了那位姓方的医生，由他带领着来到太平间，最后一次见到了爷爷。他知道从此以后，在这个世界上就真的没有任何一个亲人了，好在许多年前他就学会了独自生存，完全可以说，凭他一个人的能力，也会在这个世界上存在下去。所以爷爷的提前离开，并不能给他带来实质性的冲击，就像几十年前他父母的离开没有使他消亡一样，他相信只要来到了这个世界上，自己就不会轻易离开，除非像父母和爷爷那样由别人把他拿走。

石未来和爷爷告别的情景没有过多描述的必要，倒是他和那位方医生告别的时候，人家对他的一些说法让他产生了不小的兴趣，也让他在以后的一个时期内感到了一些不解和困惑。

你是一个饕餮综合征患者？方医生打量着他说。

什么？他似乎没听懂他的话，你说什么饕餮综合征？

你的肚子里有一条虫子，方医生朝他腹部看了一眼，在医学上，我们习惯把那条虫子称作饕餮，饕餮你懂吗？

石未来没有回答他的话，这时他完全被有关"虫子"的话题说愣了。他想到了做过的那个梦，那条缠住了爷爷的虫子。你怎么知道我肚子里会有虫子？他有些不相信地问道。

我当然知道了，方医生指指他的额头说，你那里有一个饕餮综合征患者最明显的标志，而且你的爷爷，他又朝爷爷的尸体指了一下，早就是一个饕餮综合征患者了。

我们都是？石未来吃惊地问道。几乎是一霎间，他似乎便知道自己为什么做那个梦了。

这种病是在家族成员中传播的……方医生的话没有说完，忽然抬头盯住他说，告诉我你结婚了没有？

石未来愣了一下，也很快明白了他问这句话的意思。由此说来，他在心里对自己说，那个字我还是赶快回去签了为好。想到这里，他便果断地告别方医生，迈着大步往外走去。

有问题来找我，方医生在他身后喊着说，我会给你说一说有关饕餮综合征的一些……

石未来好像没有听到他的声音，脑子里几乎全是余离离和她的那份离婚协议了。

三

就像那次时隔八年回到京城一样，石未来这次来到乌龙镇，也距他上次离开过了整整八个年头。他不觉得这有什么巧合，或者说他对"八"字多么情有独钟，专在这个数字代表的年份做这样一次旅行。其实在整个八年的时间里，他一直都处在漫长的旅途之中，之所以选择这一年回到乌龙镇来，不是由于他多么想念它，而是因为他在外面待不下去了，而又不能回到京城去,没有别的办法,才把落脚点选择到了乌龙镇,也就是说,他已经在无形中把乌龙镇当作自己的第二个故乡了。

还是说一下石未来在旅途上的一些事吧。先说他为什么第二次离开京城,去做八年之久的漫长"旅行"。在这个话题上,人们首先想到的是他妻子余离离的离开,也就是说,他在京城里已经没有任何亲人了,待在那里还有什么意思?况且由于上述的原因,京城已经成了他的伤心之地,再待在那里真的没有什么意思了。这样的分析也不是没有道理,但如果仅凭这两个原因,他还是不会那么快就离开京城,再次踏上外出游荡的旅途的。余离离和他离婚以后,为了与那两个人划清界限,石未来主动放弃了在那个车间的工作岗位,到后勤处当了一名没有任何技术含量的清洁工,他天真地以为,只要离开了那个车间,吴苗壮就会对他无可奈何,因为他的权力只在那个车间内起作用,自己惹不起他还躲不起吗?眼不见心不烦,就是每天都把眼睛放在垃圾上也比看那个人觉得舒服。但石未来哪里想到,形势会变化得这样快,他才来到后勤处不久,就赶上了轰轰烈烈的企业改革。开始的时候,他以为人们所说的改革与自己这样一个普通的小人物没有什么关系,他们改他们的革,他干他的活,可以说井水不犯河水,不也是一件很好的事吗?但很快,他便发现事情没有那么简单,企业改革的文件一下达,吴苗壮就迅速行动起来,依靠他父亲的官场背景和关系网络,打着落实上级指示的幌子,对他们所在的这家工厂进行了承包,由车间主任一下子成了工厂的厂长。到这个时候,石未来才感到事情有些不妙,虽然他离开了那个车间,但还是没有逃出吴苗壮的控制,只要他不离开这家工厂,吴苗壮就像悬在他头上的一把利剑随时都会砍下来。但他还是低估了吴苗壮挥剑的速度,在当上厂长的第二天,吴苗壮便来到他所在的后勤处,做了一番格外严厉的讲话,明确告诫他的"对手",不要再赖在他的厂子里,知趣的话就马上"滚蛋",不然他就要毫不客气地做"定点清除"了。人们听了他的话,都顺着他的目光把头转向了石未来。不要说石未来还是一个不算多么迟钝的人,就算是一块没有任何知觉的木头也坐不住了,知道要想不被吴苗壮从厂子里踢出去,唯一的选择便是自己主动离开,这样或许还能保住一点点尊严。老子正不想在这里干了呢。他在心里对吴苗壮说。一从会上下来,他便向处长递交了辞职信,收拾起行囊,迈开大步朝外面走去。

说起来，从石未来第一次离家出走的时候，要游遍祖国山河的宏伟念头便在潜意识中产生了，在此后几乎所有的日子里，他其实都在朝着这一目标不懈地努力，所以这次因为吴苗壮对企业的重组而导致的"下岗"，便被他当成了又一次"出行"的机会，也把这次事实上的"失业"没有太当一回事儿。但当他真正踏上外出"旅途"的时候，尤其是在旅途中遭遇了那么多意想不到的困难的时候，他才发现所谓的"旅行"不是那么好玩而有趣的一件事，要游遍祖国山河的宏伟设想也不是那么容易达到的一个目标。其实，从离开工厂走出京城的时候，他就约略感到了这次外出旅行的艰难，就明确意识到了这次外出并不是一次单纯的"旅行"，而是一次边打工边游走的奇异行程，因为他在车站购买车票的时候，发现衣兜内的存钱已经不足以让他到一个较远些的地方去了，便只能来到一个距离京城仅有一百多里地的城市，进到一家工厂里去打工，等挣到一笔小钱后才踏上了下一站路程。有时候，他连这样一笔并不起眼的小钱都没有挣够，就被迫离开了打工的地方，徒步踏上并不在计划之中的下一站路程。是的，在回顾于"旅途"中打工的那份独特感受，他越来越多地使用了"被迫"这个词，绝不是因为喜欢这个词所包括的含义，而是因为这个词确凿代表了打工过程中的某些遭遇，比如他辛辛苦苦干了几个月却没有得到一分钱报酬，比如他的一根手指被机器轧断了而得不到像样的补偿……他似乎这才知道，工厂主竟然会有那么黑心，对待打工者会是那么残酷，这样的感受是他在京城的时候不曾发现的，也是他在过去的日子里不曾相信的，虽然在他接受教育的那个时代里，师长们不断地告诉他地主资本家是怎样的剥削压榨穷苦人，但因为那个时候他还没有变成穷苦人，也就是说他还没有经受过地主资本家的剥削压榨，也便无法真正地相信，而且对这套说辞还产生了不小的反感，认为老一辈所钟情的那个所谓的"革命"时代已经过去，或者说他们建立在"革命"时代里的那套理论已经过时，大约正是在这种思想意识的支配下，他才产生了离开爷爷和家庭的冲动，开始踏上了他一次又一次漫无尽头的"旅程"。令他决然想不到的是，正是在这些旅途上，他才真的体会到了那些他不以为然的理论的正确，才觉得轻言"告别革命"也许是一个并不多么正确的做法。当然，如果说这时候他已经产生了一些"革命"的想法也是不切合实际的，因为他还不相信离开了所谓的"革命"就不能解决问题，就不能获得生活的平安，就不能把一心向往的"旅程"进行下去。也正是带着对这些问题的思考,石未来回到了离别八年的乌龙镇,打算在这里好好地休整一下,等把这些问题思考清楚了,再背起他的行囊重新上路。

和石未来的预想差不多,乌龙镇已经与他记忆中的那个地方不太一样了,毕竟八年时间过去了,而且现在是处于一个日新月异的时代,像全国所有的地方一样,乌龙镇不可能不发生巨大的变化。一些人忙着在自己的地里劳作,一些人像他一样外出打工了,街上似乎没有游荡的闲人,也就是说没有什么人腾出工夫来迎接他。一条狗从镇子里跑出来,朝着他大声地吠叫。石未来停住了脚,考虑该用什么办法对付它。但说来奇怪,那条狗也停住了脚,朝他打量几眼,便掉头往回走去。他疑心这条狗认得他,可说来惭愧得很,他却没有认出它来。他吃不准狗的寿命能不能超过八年,也便不敢确定它是否真的认识他,但它对他表现出了友好的姿态却是确凿无疑的。他不禁有些感动,看来他把乌龙镇当成自己的第二故乡是正确的。他越过那条狗,继续往街道深处走。终于在一个不太显眼的墙角处,他看到了一个人,一个正靠在墙壁上晒暖的老头子。他觉得应该认识这个人,便停下来朝他打量。老头坐在马扎上,手里拄着一根棍子,松弛的眼皮合拢在一起,似乎正沉浸在睡眠中,嘴角边的哈喇子流出来,在下巴的胡须上悠来荡去。他似乎费了很大劲儿,才总算认出他来,但还有些不相信似的,不敢确定他到底是不是自己想到的那个人。说起来,留在他记忆中的那个叫李老根的人绝不应该是现在这种样子,而是一个风头正健的标准领导者的姿态,每天都迈着八字步在街上走几趟,所到之处似乎连街道都会颤抖几下,每次看到他,石未来都会不由自主地想到爷爷,真的,他们的确有不少地方相像,都一样的威风凛凛,一样的严肃认真,一样的对工作充满火一般的激情,一样的对年轻人使用严厉的管理手段,没错,那些"严厉的管理手段"便包括"关禁闭""写检查"和"上政治课"等内容,如果石未来没记错的话,他就体验过李老根那些"革命措施",并不止一次地发出愤怒的感叹,真是刚出"虎穴",又入了"狼窝",天下如此之大,可他为什么就不能找到一个没有"革命风暴"的地方呢?让石未来想不到的是,这才仅仅八个年头过去,李老根就发生了翻天覆地的变化,由当年那个火光四射的"革命者"变成了现在这种衰朽不堪的样子。他抬起头望着高远的天空,不由得在心里发出又一声悲切的感叹,世界真的不是原来那个世界了,就连爷爷都已经变成了一杯黄土,老支书李老根又怎么能保持原样呢?

石未来呆呆地站在他面前,不知道是否该把他从睡梦中唤醒来。他正在犹豫着,李老根却似乎感觉到了他在面前的出现,摇了摇头,眼皮慢慢睁开来。我认出你来了,他仅仅朝他打量了一下,便开口对他说,你不是在这里插过队的石未来吗?

石未来吃了一惊,真是没想到,一个看起来已经老糊涂的人竟然还有那么清醒的头脑?他急忙赶上去,伸出两手搀住了他。老支书,他朝他点点头说,我是石未来……

其实当使用旧称呼喊他"老支书"时,石未来便知道他要回答自己什么了。果然,李老根纠正他的话说,不要叫我支书了,我已经不在那个位子上了。

这是石未来意料之中的事儿,一个如此严重地失去了活力的人怎么还能待在那个位子上?或者也可以反过来说,正是因为他失去了那样一个位子,才使他变得如此没有了活力?李大爷,他用乌龙镇惯常使用的称呼对他说,您这些年过得还好吧……说出了这句话,他又觉得有些不妥,好像自己明明看出了人家的"不好",还故意这样问似的。

李老根没有回答他的问话,而是伸出头,朝他后面的远处看。你媳妇余离离呢?他纳闷地问道,怎么没有和你一起来?

她……石未来张了张嘴,本想不回答他这句话,但看他满含期待的样子,还是狠了狠心说,她已经……死了……

死了?李老根对他的说法深感意外,嘴巴比他张得还要大,而且很长时间没有合上,刚刚甩掉的哈喇子又要往外淌。世事难料呀,他从他身后收回目光,使劲摇了摇头说,世事难料……

望着他满脸哀伤的神情,石未来的心里也感到一阵难过。为了不让眼里的泪水流出来,他仰起头,装作打量街景的样子往四处看。这时日头已经来到头顶,眼看就到中午时分了。李老根提起他的马扎,对他招呼说,走,跟我回家去吃饭。石未来刚刚表示出犹豫的样子,他便反问他说,怎么?忘了当年你偷我家的鸡吃了?听了他的话,石未来立刻想到了过去在乌龙镇的日子里做过的那些荒唐事儿,一时觉得有些不好意思,也让他一下子体验到了李老根身上弥漫出来的亲切感,因为时间的流逝而变得疏远了的关系也急快地拉回来了。他没有再说什么,搀扶住李老根的身子,与他一起往他家门里走去。当年在乌龙镇的时候，由于李老根的过分强势和严厉，石未来好像从来没敢近距离地接触过他，而现在真的不同了，不仅时代在变，处在这个时代里的人在变，受到这个时代影响的人之间的关系也不能不变，所以当搀扶着李老根的身子往他家走的时候，石未来的确有一种恍如隔世的强烈感觉荡漾在心头。

李老根的老伴见是石未来回来了，也拉住了他的手不放。怪不得一大早我就看见喜鹊在树上叫了，她吧嗒着无牙的嘴说，原来还真是有客人到了。石未来知道按照乌龙镇的风俗，喜鹊叫是预示着客人的到来的，而这个客人显然会受到人们的欢迎。他不知道李大娘是否真的看见了喜鹊叫，但她这样说还是让他感到高兴。李大娘特意多炒了两个菜，让他陪着李老根喝了几杯酒。他记得李老根的酒量非常大，这个镇子里的人都不是他的对手，逢到过节度假时，往往那些陪他喝酒的人都躺到了桌下去，独有他一个人还坐在酒桌前谈笑风生，所以人们都不敢和他斗酒，甚至不敢往他桌前面坐。但让石未来想不到的是，现在李老根只是磨磨蹭蹭地喝了几杯酒，就把头伏在桌子上打起了瞌睡，不仅眼皮合拢了，而且嘴角也又淌出了透明的哈喇子。真是没有出息，李大娘半真半假地埋怨他说，这哪里是喝酒？喝药也没有这么个喝法的。听着李老根嘴里发出的含混不清的鼾声，石未来又在心里感慨起来，沧海桑田，是的，这个时候他脑子里全是"沧海桑田"四个字。

夜里，石未来住在了他们当年的知青点里。所谓"知青点"，也就是矗立在镇头的一排大房子，之所以称为"大房子"，是因为这些房子比当地的所有房屋都要高大宽敞，所以在乌龙镇也便显得格外扎眼，逢到闲了，人们都喜欢到他们的房子里来参观。让他感到欣慰的是，八年之后乌龙镇发生了那么多改变，据他观察，许多当年的房屋已经不知去向，而另一些当年没有的房屋却冒出来，但他们的"大房子"却依旧矗立在镇头，尽管由于风吹雨淋而变得有些破旧，却仍然保持着原有的模样，所以当他进到里面时，感到的不仅是熟悉，不仅是快慰，更多的还是感动。几个当年与他要好的镇上人赶过来，帮他打扫了房屋和院落，李大娘又给他拿来了被褥，不到半个时辰，他便在乌龙镇又有了一个不错的新家。是的，在他的心目中，这里就是他的"家"，他之所以理直气壮地使用"家"这个词，不仅是因为这里曾经是他生活过的地方，更重要的是除此之外他已经没有一个能够安心容身的地方了，所以他把这个地方称为自己的"家"，一点虚情假意的成分都没有。

夜里，石未来久久地睡不着，眼前老是晃动着余离离的影子，是的，他睡觉的这间屋正是当年他和余离离一起住的地方。那年他们结婚时，知青点专门在院角里腾出了这间屋，让他们当作"新房"使用，村里的会计李世昌还写了两个硕大的"囍"字送过来，他们还没有来得及把它贴到墙上，李老根就一把夺过去撕烂了，随后亲自写了"革命夫妻"四个字送到他们手里。李老根的文化水平不高，字写得非常难看，但他们却把那四个字当成宝贝，端端正正地贴在新房的墙上，几乎每天进出门都看上两眼。石未来站在炕上，举着马灯，在墙壁上寻找那四个字。还好，那四个字虽然已经字迹模糊，却完好地留在墙上。他呆呆地看着那四个字，心里涌动着汹涌的波涛。余离离，他在心里一遍遍地说，你现在还好吗？来到乌龙镇后，他不仅对李老根夫妇说余离离已经"死"了，而且其他人问起时他也这么说，他不知道为什么要说这样一句谎话，仅仅是报复余离离对他的背叛吗？要说这件事都过去八年了，八年的时间不算短，足以消除他对她的怀念，当他离开京城和她告别时，他也以为随着时间的流逝会把她忘到脑后去，甚至盼望有一天当别人说起余离离时，他根本想不起来那个人是谁，如果能达到那样的地步才好呢，其实在这八年的旅途生涯中，他在很大程度上要做的一件事就是对余离离的忘却，就是要达到不知道那个人是谁的理想状态。漫长的八年过去后，他虽然不敢说接近了那个境界，但可以说已经把她遗忘得差不多了。但来到乌龙镇后，尤其是躺在他们曾经躺了好几年的炕上时，他才发现事情根本不是那么回事，他不能不遗憾地告诉自己，那八年的功夫他算是白下了，余离离不仅没有从他的记忆中消失，反而在他脑子里变得更加栩栩如生，他即使不闭上眼睛，也能在黑暗中看清她的模样。

熬到半夜时，石未来不知道自己是否睡着了。风从屋外一阵阵地刮过去，院落里的树木和柴草发出哗啦哗啦的响声，一串似有若无的脚步声透过门窗的缝隙传到他耳朵里，他分辨不清那是一只夜猫在街道上行走，还是真的是余离离穿越时间和空间从远处走来，过不了多久就会出现在他的炕前。要来你就来吧，他在心里对她说，我已经等你多时了。他看见一个轻佻的黑影从炕下爬上来，撩开被子躺到了他身边。他们并排躺在一起，用身体感觉得彼此的存在，窃窃私语地交流着一些听不太明白的话。

你怎么在这里？余离离问他说。

我不是在旅游吗？石未来觉得自己的回答纯属多余，因为他外出"旅行"的规划余离离原本是清楚的，而且按照最初的设计，余离离也是那个规划的一个实施者，也就是说余离离是应该与他一起去进行这些"旅行"的，但她现在不仅没有做出与他同行的打算，还装模作样地问他在干什么。他扭过头去，不想认真理会她。

我要和吴苗壮结婚了。余离离捅他一下说。

石未来不得不把头转过来。他同意娶你了？他顺口问她。

当然，余离离用肯定的语气说，我不但要嫁给他，还要给他生一大堆孩子。

你为什么要让自己变得如此轻贱？石未来听不得她的话，便赌气地讥讽她说。

谁说我轻贱了？余离离反驳他说，我嫁给他是因为我爱他，我要给他生孩子也是因为我爱他……

你是爱他的钱吧？石未来打断她的话，血淋淋地向她指出。

不许你把我心里的话说出来，余离离伸出一只手，挥舞着来捂他的嘴，你不说自己的心里话，却偏偏替别人说人家的心里话。

我真的没有说过自己的心里话吗？石未来问自己。他觉得她说得没错，其实他是爱余离离的，却从来没有对她说起过。他觉得就要把这句话说出来了，可随即发现余离离的手还捂在他嘴上，他想把那句话说出来，却由于她手的阻隔发不出声音。他想推开她的手，却连自己的手也举不起来了。

你从来没有向我表露过你的心迹，余离离埋怨他说，而且你把我丢下一个人去旅游。她委屈得呜呜地哭起来，好像他给了她很大气受似的。

石未来既然说不出话来，便只能在心里对她说，其实我在旅行的路上一直在等你。但他疑心自己的心里话她根本听不到。

自从你走了以后，余离离依旧顾自沿着她的思路对他说，我就到处找呀找呀，几乎快要找遍了半个中国，也没有找到你……

石未来在心里说，你不是已经找到我了吗？而且现在我们都睡在了一通铺上。

告诉我，余离离使劲拍拍他的脸说，你在哪里？

我在乌龙镇呀，不但我在乌龙镇，你不是也已经来到了乌龙镇吗？

快说呀，余离离拍完了他的脸，又拍他的身子，你到底在什么地方？

石未来向她说不出"乌龙镇"三个字，心里快要急死了。不要再装样子了，他似乎识破了她的阴谋诡计，不仅在心里朝她骂道，其实你从来没有找过我，也没有离开过那个狗男人，可你却跑到这里来蒙骗我，你以为我还会相信你的鬼话吗？

你真的识破我了？余离离似乎听见了他的心里话，忽然板起脸来，身子一阵摇摆，变成了一条白色的长蛇，尾巴一甩，便用力缠住了他的身子。

石未来很快喘不上气来了。他不想就这样被她缠死，便拼命挣扎。但不管他用尽了怎样的力气，也不能使自己的身子动一动，当然更不能摆脱她的纠缠了。老支书，他只能在心里高呼，快来救我——

石未来是呼喊着醒来的。这时天已经亮了，日光通过窗棂的缝隙，像一把把利剑一样照在他身上。他挣扎着爬起来，感到身上极度的疲乏，好像真的与余离离进行过搏斗一般。回顾梦中的情景，有两个问题他不太明白，一是他为什么把余离离梦成了蛇？二是他为什么向李老根求救？第一个问题他暂时没有解开，第二个问题却很快就找到了答案，因为当他从炕上下来时，听到了李老根拍打门板的声音，也就是说他在梦中听到了李老根的喊声。

李老根知道他要在乌龙镇待上一些日子，便自告奋勇，领他到李世昌的厂子里去。他这才知道，当年那个跟在李老根屁股后亦步亦趋的小会计不仅成了村主任，而且开办起了自己的厂子。李世昌的厂子主要是经营木材加工项目。按说，根据上级的文件精神，山上的树木是不允许随便采伐的，但李世昌凭着当主任时疏通的社会关系，再加上金钱铺路，经过一番打点和运作后，竟然轻而易举地拿到了采伐许可证，大摇大摆地把木材加工厂办了起来，据说，厂子开业那一天，县里和镇上的领导都赶来祝贺，可见李世昌的实力非同凡响了，厂子在他手里不发达都不可能。几年下来，李世昌便成了莫邪山里有名的大老板，其声望远远超过了当年的李老根，在街上走一趟不要说乌龙镇会颤抖，甚至整个莫邪山区都会晃荡几下。

石未来和李世昌也算是老熟人了，但刚看到他的时候，还是没有立刻把他认出来。在他的印象里，李世昌应该是一个又矮又小的人，待人热情而谦卑，不仅善于微笑而且喜欢点头。听了李老根对他的介绍后，石未来先把有关"热情""谦卑""微笑""点头"等词汇代表的意思从他身上刨除掉了,这些年他也见识了不少的老板,知道但凡成功的人都是不能轻言"热情""谦卑""微笑""点头"的,就算李世昌还保持着这些老习惯,他也不能盼望人家把这些习惯在自己面前表现出来。他尽管做好了在李世昌身上看见"翻天覆地"变化的例证,但还是决然没有想到,李世昌的"又矮又小"竟然也一样不见了踪影,出现在石未来面前的这个人居然又高又大,根本与他记忆中的那个人对不上号。石未来疑心李老根领他来见的这个人不是记忆中的那个人,而是与那个人没有任何关系的另外一个人,是呀,就算李世昌有天大的本事,能够把他的"热情""谦卑""微笑"和"点头"统统弃掉不用,转而使用"冷漠""高傲""严肃"和"端正"等这些相反词汇所代表的意思,可总不会把"又矮又小"这样的身体特征也改变成"又高又大"的相反状态吧?正当他茫然不解时,李世昌却率先认出他来,并脱口叫出了他的名字,石未来,你怎么到这里来了?没错,这个人确凿是在对他打招呼,虽然没有把手伸过来,但声音却真的传到了他耳朵里。石未来不敢再犹豫,赶紧走上去,接过他的话说,李……主任,您、您好……他说得结结巴巴,不仅把路上准备好的话忘到了腔后头,而且语气没有任何肯定的成分,好像他还没有从睡梦中醒过来似的。

这次见面,不仅李世昌的变化让石未来觉得不可思议,李老根面对李世昌时的表现同样出乎了他的意料。一来到李世昌的办公室,李老根衰朽的身子便更加弯曲下去,头颅却尽力举起来,目光从眼眶上方看出去,犹疑不定地落在李世昌的脸上,嘴角使劲上翘,肌肉颤颤地挤出一丝微笑,没错,这是一种讨好对方的表情。说起来,这样的表情应该在李老根面对的那些人脸上出现才对,而在他自己这里不仅从来没有出现过,也让人想不到有一天会主动使用这些表情。但不幸的是,现在一切全反了过来,本来属于李世昌所有的"热情""谦卑""微笑""点头"等姿态居然都置换到了李老根身上,而且呈现出过犹不及的不堪状态。更让石未来吃惊的是,在李老根朝对方做出讨好表情的时候,那个人却是一副昂昂不睬的样子,似乎根本没注意到他对自己的讨好,或者说注意到了却不以为然,还有一种可能是故意装作没有看见,转而把身子仰躺到沙发里,两眼望着房顶,装模作样地吸起烟来,但石未来注意到,李世昌叼在嘴上的烟卷并没点着,不禁感到纳闷,烟卷没有点着他吸个什么劲儿?还是李老根反应快,赶紧伸出手，从桌子上拿起一只打火机，迈着小碎步走到他身边。石未来最初的想法是，李老根把那只打火机砸到李世昌脸上，然后把他从老板椅上拖下来，自己坐到上面去。随即他便明白，这样的情景或许会在过去出现，但现在却不可能变成现实了，不仅是李老根已经老了，更为重要的是，支撑他做出这些动作的条件早就不具备了，就算他还能拖动李世昌，他又哪里来的胆量和勇气呢？好像是要印证他这样的想法，他看见李老根走到李世昌身边，手指抖抖在打火机上按了好几下，才总算打着火，然后凑到他叼在嘴边的烟卷上。石未来禁不住闭了一下眼，心里也又一次跳出"沧海桑田"四个字。

看到李老根对自己如此恭敬，李世昌终于不好再摆他的架子了，把身子从椅背上收回来，稍稍低了一下头，把烟卷在李老根手中的打火机上点着，使劲吸了一口，一边悠悠地吞云吐雾，一边草草地看了石未来一眼，然后回头对李老根说，老叔把石未来领到我这里来，是要让我做些什么安排？

听完了他这句话，石未来才真正明白，李老根之所以在李世昌面前表现得低三下四，完全是出于为石未来在这里找一份工作的需要。按照李世昌的规定，这个木材加工厂只用当地熟悉的人员，外面不相识的人根本不可能在这里找到工作，石未来虽然算不上不相识的人，但毕竟不是本地人，又加之这么多年没见面了，如果没有李老根为他出面求情，仅凭他自己找上门去，不要说顺利地被李世昌留下来，就连他在厂门口多站一会儿都会被保安毫不客气地驱赶到一边去。当明白了这一点的时候，石未来不禁对李老根充满了深深的感激之情。

由于李老根的努力，石未来这个"外来人"成了李世昌的木材加工厂的一个临时用工。他在厂里打工的过程没有多少值得说的必要，还是说一说与木材加工没有多大关系的一些事吧。石未来进入加工厂不久，便发现这段时间内李世昌并没有把精力放在工厂里，而是倾注很大心血在做一件不着调的事儿，那就是盖一座颇为豪华的建筑，当说出这座建筑的名字时，人们就会感到这是一件多么荒唐的事了，对，龙神庙，那座建筑的名字就叫"龙神庙"，顾名思义，也就是为"龙"神建造的一座庙宇。为此，李世昌还花重金从京城里聘请来一个很有名气的民俗学家，帮助他完成这样一个工程。因为民俗学家也是从京城里来的，石未来和他都觉得格外亲切，很有一些老乡间惺惺相惜的感觉,日常里也便接触得多了。逢到休息时,民俗学家还会到石未来的知青点来,听他说一些当年在这里插队的事儿,石未来则让他讲一些民俗学方面的知识,尤其是有关乌龙镇与"龙"的逸闻和传说。

民俗学家姓丛,石未来便称他为"丛专家"。丛专家告诉他,乌龙镇自古便与"龙"有一种千丝万缕的联系,比如它的名字中便有一个"龙"字,可见它的来历一定是与"龙"有关了。据一些擅于讲古的乌龙镇人说,他们的祖先原是一条黑龙,因为得罪了天神,便被放逐到莫邪山里来,不断繁衍生息,慢慢便形成了一个颇具规模的村镇,也就是说,在大多乌龙镇人的心目中,龙便是他们的祖先,或者换句话说,龙成了他们的最高崇拜物,如果从民俗学的意义上说,龙就是他们崇拜的图腾。这样的说法绝不是空穴来风,而是为许多实物所一再佐证了的事实。丛专家扳着指头说,比如石碑下的龟座,房屋的檐角,一些特殊的钟器,过去铸造的鼎盖,桥石的滴水口,还有香炉、铺门甚至刀的把柄,上面差不多都雕刻着不同形状的龙头造型。

经他这样一说,石未来似乎也很快想起来,那些东西上面的确都刻有龙头,他毕竟在这里生活了八年时间,对它们的存在一点都不感到陌生。接下来他还跑到门板前,现场找到了一个龙头的实证。望着那个镶嵌在门板上的圆形龙头,他开始信服了丛专家的话,或许乌龙镇真的是一个为龙所充满的世界。

知道它们的造型为什么不同吗?丛专家问他。

石未来摇摇头,两眼紧盯着他,期待着他把答案说出来。

它们不是同一种龙,或者说它们是龙的不同变种……丛专家似乎觉到自己的话不妥,索性把手一摆说,其实说它们是龙的不同的儿子,我想这样表述才更准确。

龙的不同的儿子?石未来吃了一惊,龙还有那么多不同的儿子?他觉得这样的说法很可笑。

我不是说玩笑话,丛专家郑重其事地说,你没听说过吗?龙生九子,各有不同,你看,龙不是有九个不同的儿子吗?

还有这种说法?石未来疑惑地看着他,在此之前,他真的没有听到过这种说法,他对民俗的东西太过陌生了。

我给你数一数,丛专家再次扳起指头说,老大赑屃、老二螭吻、老三蒲牢、老四狴犴、老五饕餮,他把指头一根根压下去,一只手不够用了,又换到另一只手上,老六蚣蝮、老七睚眦、老八狻猊、老九椒图……

石未来呆呆地看着他,似乎朦胧地觉到他的话里有自己熟悉的名字,但会是哪个名字呢? 他蹙紧眉头想了一下,突然发现了那个令他感到熟悉的名字,饕餮,没错,那个令他感到熟悉的名字就是"饕餮"。你刚才说到了,他直直地盯住丛专家,饕餮?

是,丛专家点点头说,是饕餮,它是龙的第五个儿子,怎么? 你也听说过它?

石未来也像他一样点点头。几乎是一霎间,他便想到了那个料理爷爷尸体的方医生。

知道饕餮的意思吗? 丛专家问他。

石未来想告诉他知道,但张了张嘴,又没有把"知道"说出来。

丛专家以为他不知道,便告诉他说,饕餮就是贪婪的意思。他怕石未来同样不知道"贪婪"是什么意思,便对他讲了下面这个关于"饕餮"的传说故事:据说饕餮并没有自己的身体,一生下来就只有一个大头,或者说就只有一张大嘴。有这样一张大嘴的动物当然就十分贪吃了,不然它长那么大的一张嘴干什么? 饕餮见到什么吃什么,吃什么都没个够。因为吃得太多了,终于有一天,它被那些吃下去的食物撑死了。说到这里,丛专家觉得要总结一下了,便用老师对学生的口气说,这个故事说明什么呢? 一说明贪婪是人的本性,人们只要一有机会,就会不顾一切地释放自己的欲望;二说明贪婪的人没有好下场,只要你放任自己的欲望而不顾一切,最终的结果便是死亡。丛专家或许觉得自己总结得太好了,不禁站起来,在屋内踱着方步说,我们的老祖先实在太了不起了,一方面指出了人拥有欲望是十分正常的一件事,同时又指出了拥有欲望是非常危险的一件事,这是什么你知道吗? 他停在石未来面前,目光灼灼地望着他,这就是哲学,用现在流行的学术语言说,就是悖论。

石未来虽然也看着他,却似乎没有看到他脸上的任何表情,虽然也支棱着耳朵,却好像没有听进他的一句话去,此时他的整个思绪都停留在他与方医生对话的场景中去了。我不同意你的说法,他记得自己对方医生说,你说一个饕餮综合征患者都有贪婪的习性,那你告诉我,我爷爷贪婪在哪里？我又贪婪在什么地方？方医生不假思索地说,你总会有一种爱好吧？我所说的贪婪体现在你身上,也许就是一种爱好,一种难以割舍的行为习惯。他又想了一下说,没有,迄今为止,我没有任何一种爱好……说到这里,他突然想到了自己的"旅游",便又问他说,你总不会把我的"旅游"也当成是贪婪的表现吧？方医生模棱两可地说,如果你找不到其他的爱好,那就姑且把你的"旅游"当成……说到这里,他也觉得有些底气不足,摇摇头又说,你现在没有,并不意味着你将来没有。说到这里,方医生抬起头,仔细看着他的额头说,现在你感染得还不够厉害,也许过不了多久便会……石未来不愿听他这样说下去,便打断了他的话说,那你告诉我,我爷爷呢？他辛辛苦苦革命一辈子,从来没有自己的爱好,或者说他根本没有爱好什么东西的精力,他把一生都倾注到革命事业中去了,始终没有为自己的利益考虑过一丝一毫,更不会为了自己的私利而做损害别人和国家的事儿,你说,这样一个全心全意为人民的革命老人,他的贪婪到底又体现在什么地方？方医生定定地望着他。等等,不禁朝他挥挥手说,我在你这番话里已经三次听到同一个词了。石未来疑惑地看他一眼,什么同一个词？方医生果断地说,革命,没错,你已经三次说到"革命"这个词了。石未来同意说,是呀,我的确说到过三次革命,这又有什么可奇怪的？我爷爷本身就是一个地地道道的革命者。方医生也同意说,是的,我知道你爷爷是一个革命者,而且在我看来,他是一个真正意义上的革命者,他这一生除了革命外,是不是可以说就没有再干过其他的事了？别误会,我的意思不过是说,他把一生都贡献给了革命事业。石未来听懂了他的话,却有些不明白他的意思,没错,既然你知道他是那样一个人,为什么还要执意在他身上寻找什么贪婪的地方？方医生解释说,不是我要执意寻找,而是我已经把那个地方找到了。石未来直愣愣地看着他,愈加不明白他到底要对自己表达什么了。革命,方医生竖起一根手指头,像一面旗帜一样晃摆了一下,你明白我的意思了吗？我的意思是说,我找出来的那个地方就是革命。石未来觉得他在说胡话,或者说他已经头脑发昏了。革命难道是贪婪吗？他拨开方医生那根手指说,去你的吧,难道革命就是贪婪,贪婪就是革命？你不觉得你这几句话说得太可笑了吗？方医生依旧自信地说,一点都不可笑,如果说在别人那里革命不是贪婪的话,那么至少在你爷爷身上,革命就是贪婪,贪婪就是革命,没错,事实就是这样。石未来实在不想与他说下去了,对于一个已经走火入魔的人,还有什么必要与他较真呢?那你来告诉我,他退让一步说,就算我爷爷的革命是他的爱好,照你的说法是他贪婪的表现,那么我呢?自从我生下来那天起,就在想方设法逃避爷爷,也就是说逃避爷爷的革命,与他的那些革命行为彻底划清了界限,完全可以说,我早就成了一个与革命无关的人,总不会说我身上的贪婪也体现在那些并不存在的革命情结上吧?他以为自己这番话会把方医生问住,但让他想不到的是,方医生仅仅简单思考了一下,便用胸有成竹的口气说,你今天不相信革命,并不意味着你明天不相信革命,我再明确地向你说一遍,你现在没有举起革命的拳头,并不代表你将来不把革命的旗帜举到头顶上去。见他说得如此肯定,也就是对他抱有那样不切实际的想象,石未来真的觉得他要发疯了,自己也的确是无话可说了。好吧,他抱住自己的头说,那就让以后的事实来说话吧。方医生旋即接过他的话说,这可是你说的,你可要记住你的话。石未来咬紧牙关说,那你就等着瞧吧。

你在想什么?丛专家见他不说话,忽然盯住他说,我觉得你的思绪已经飘走了。

石未来回过神来,尽力把有关方医生的话题驱赶到一边去,集中精力面对丛专家。那条虫子是怎么进到我肚子里去的?他突然问了他一句。他似乎还没有让自己的头脑清醒过来。

什么?丛专家吃了一惊,他听清楚了他的话,却以为没有听清,你在说什么?

石未来摇了摇头,没有再把那个困惑了他无数年的问题朝他提出来,便没有再说什么。

你这会儿变得很怪,丛专家上下打量着他说,你刚才说到什么虫子?

饕餮,石未来纠正他的话说,我在想那个叫饕餮的虫子。

你怎么会把饕餮称为虫子?丛专家纳闷地说,饕餮绝不是什么虫子,至少它是一条重要的龙,尽管它是龙的儿子,一直没有取得像龙那样至高无上的地位,但它对中国风俗习惯的形成和影响,却是至关重要的……你明白我的意思吗?

石未来想告诉他不明白,但不知为什么,却向他点了点头,好像对他的话持全部同意的态度似的。

看他认同了自己的说法,丛专家脸上果然露出了欣悦的神色,给他上一场风俗文化课的欲望也减弱了一些。好吧,他拍拍他的肩说,今天就说到这里,以后我们再做进一步的交流。

石未来再次朝他点头,却在心里反驳说,不用再交流了,因为你根本回答不了我那个问题。

自从和丛专家进行了那番谈话以后,石未来便不能不格外留心起身边那些与龙有关的事来,因为在丛专家的主持下,乌龙镇正在轰轰烈烈地进行"龙神庙"的建设,由于这是一件事关乌龙镇所有人日常生活的事情,因此他们把这个建筑项目搞得动静很大。石未来无法无视这种事情的存在,也便不能不对那座神庙的隆起倾注一下关心。

龙神庙是建筑在一个山头上。李世昌在聘请了丛专家之外,还弄来了一个神神道道的堪舆学家,让他捧着罗盘在整个莫邪山里转了几圈,终于把神庙的选址安排在那个山头上,然后从深山里伐来了一批稀有的楠木树,作为"龙神庙"屋舍的主要建筑材料。李世昌又找来几个雕工画匠,在那些楠木上做了一番精心的雕琢和描画,等石未来腾出工夫来到工地上时,一根根楠木已经变成了一条条活灵活现的龙的造型,虽然他没有见过龙的样子,却不能不承认,真的龙或许就应该是楠木上雕出的这种样子。他在众多的龙的造型中,找到了那条叫作"饕餮"的龙的儿子,望着它张开的那个硕大的嘴巴,刚在心里叨咕一句,你到底什么时候才能吃饱?随即便又想到了那个他想不通的问题,它是怎么进到我肚子里去的?这时恰好丛专家从他身边经过,一定是他把这句话说出了声,不然丛专家不会抬起头,把目光在他身上盯了足有三分钟,才若有所思地掉开去。石未来读出了他脸上浮动的表情。你真是个神经病。他觉得丛专家肯定在心里对自己说这句话。

石未来不知道乌龙镇人为什么要建这样一座庙,其实这样说并不准确,或许执意要建这座庙的仅仅是李世昌等少数几个人,其他大多数乌龙镇人之所以表示拥戴,完全是因为那个图腾物的关系,那么接下来的问题就是,李世昌为什么要把这样一座庙建起来呢?石未来当然不会去问李世昌本人,就算有机会接近他,人家也没有义务回答自己的提问,况且一般情况下人们是见不到李世昌影子的,他这个外来人就更没有和人家见面的机会了。于是石未来便去问那些对建庙持拥护态度的人。这个还用问吗?他们随口对他说,龙是我们的老祖宗,给它建庙当然是我们应尽的义务了。

其实在问之前他便料到他们会这么回答，或许他们并不是虚于应付他，而可能真的就是这么想的。这样的答案虽然没有多少实际的意义，但石未来在反复听了这些差别不是多么大的话以后，还是不由自主地产生了一个"不切实际"的想法，会不会乌龙镇人都像他一样也是饕餮综合征患者呢？他被这个突起的念头吓了一跳，随即便觉到了它的荒唐可笑，因为在那个的想法里，所谓"乌龙镇人"可是指全体乌龙镇村民呢，而全体乌龙镇村民至少也有接近两千人的规模，怎么会有如此多的人一起患上同一种病呢？他不相信天下会有如此庞大的饕餮综合征患者队伍。尽管他立刻便打消了这个可怕的念头，但还是不由自主地把目光放到那些人的额头中央，像探照灯一样扫视了若干个来回。当然他没有从他们头上看到那个为他所越来越熟悉的瘢痕，才悄悄地吐出一口气，让急跳到嗓子眼里的心脏落回肚子里。

龙神庙竣工的那一天，李世昌主持举办了一个盛大的庆典仪式，镇上和县里的领导都赶来祝贺，光车辆就把镇子四周的道路塞满了，鞭炮也足足鸣响了半个多小时。李世昌在话筒前做了一番慷慨激昂的演说，然后请县镇领导给"龙神庙"揭牌。接下来便是那些赶来助兴的文艺团体演出，有唱的有跳的，有说相声耍嘴皮子的，也有扭动着身子脱衣服的，演员们表演得投入，观众也看得尽兴。李世昌给整个木材加工厂放了假，忙碌的员工们终于闲下来，也随着观众去看演出。石未来没有到演出场地那边去，而是留在龙神庙前，伸长着脖子，瞪大着眼睛，像一只好奇的乌鸦那样盯着庙牌看。庙牌上雕刻着一个分外硕大的龙头，因为刻得栩栩如生，猛看上去还以为是一个真的活物，他也被吓了一跳，不禁往后退了一步，似乎生怕它扑到自己身上来。他不由得用手按了一下肚子，这一霎，似乎有些明白那条虫子是怎么进到他肚子里去的了。

石未来在乱糟糟的人群中转悠，不知道接下来该干什么。天快晌午时，他觉得肚子饿了，便来到那些摆摊设棚的区域，随便找了一个卖拉面的摊位，向摊主要了一碗拉面。当摊主为他做拉面表演时，望着那一根根在他手中抖来抖去的面条，石未来又想到了自己肚子里的虫子，一时间发起呆来。煮熟的面条端到面前来了，他却没有了吃的欲望，对着面条愣怔了一会儿，还是又把碗推开去。他刚把碗推开，就看见一只手从身后伸过来，端起那只碗，飞快地从他肩膀上消失了。他赶紧回过头，只见后面的一个人已经回过身去,并且蹲到了地下,把头埋到碗里,急不可待地吃起来。从她如此急切的吃喝里,他知道她一定是饿坏了,原打算斥责她几句的想法便也从脑子里消失了,而且从她一身破破烂烂的衣着看,想必这也是个生活无着的流浪者,并且还是个女人,当然就更不应该和她过不去了。吃吧,他甚至在心里对她说了一句,如果不够我还会给你买一碗。流浪者似乎也知道他这么想,在张大嘴巴吞咽了几口面条后,忽然回过头,用充满感激的目光看了他一眼。到这个时候为止,石未来就是被打死了也决然想不到,自己会在这个地方看到她,他想她也一样,也绝对想不到在这里碰到的这个人会是他。当看清了她是谁时,石未来依旧直直地盯住她不放,而当她认出了他时,她却霍地回过头去,在呆愣了一下后,突然把喝了半拉的面条碗丢在地下,站起身来,踉踉跄跄地往前跑去。石未来从一地乱七八糟的面条上抬起头,急急地寻找她的身影。余离离——他可着嗓子叫喊了一声,随即便也腾开脚步,大步朝她的影子追去。但他才追了几步,便发现她的身影已经消失在人群中。他推撞着那些挡在面前的人,却还是没有再次看到余离离的影子,也便不知道再朝哪里追赶。他停住脚,茫然无比地朝四处张望。他疑心自己正从梦中醒来,或许刚刚看到的那个身影不是真的来自现实,而是仅仅出自他虚假的幻觉。

这天夜里,石未来在睡梦中再次听到了有关余离离的动静。伴随着一阵阵风吹树叶的哗啦啦响声,他好像听见余离离的脚步声从远处走来,穿过旷野和街道,进到了知青点的院子里,一步步朝他置身的这间房子走来。来吧,他在心里对她说,我已经等你多时了。他觉得她已经来到了屋门前,举起手来,在门板上轻轻地叩动。他想走下炕去,给她把门板打开,但他又动不了身了,无论怎么使劲也无法把他的心愿变成行动。天亮后,他尽管知道夜里听到的那些动静都来自不可靠的梦境,但起床后还是来到门外,在院子里仔细打量了一番。院子里空荡荡的,当然不会有余离离的影子。他走回屋来,以为一切都不过是自己的幻想时,突然在门框上看到几根细长的头发。他把那几根足能绕过他身子的头发捏在手里,举到眼下看,如果他没有认错的话,他觉得它们一定是余离离的头发,也就是说昨天夜里余离离真的曾经来到过他的门前?

接连许多天,石未来都在上下班之余四处打探余离离的行踪,但遗憾的是,除了那几根十分可疑的头发外,他没有再得到她的任何消息。这使他不但对那几根头发产生了疑问，甚至也怀疑起在龙神庙庆典仪式上看到过的那个人到底是不是余离离了，因为按照正常的逻辑分析，就算余离离有到乌龙镇来的可能，也不应该是呈现在他面前的那个样子，她没有任何理由落到那样一个不堪的局面，一切都不过是他荒唐的幻觉而已。就在他快要把有关余离离的事再次忘到脑后的时候，有一天下班回到家来，刚走到院子里，掏出钥匙，正要开屋门，却看见门边的柴草里躺着一个人，一个衣着破烂的流浪者，不，应该说是一个流浪女才真正准确。石未来呆怔了一下，随即便反应过来，奔过去，伏下身，一把抓住她的身子。余离离，他一边摇晃一边叫喊，余离离……他的手抓得很紧，好像生怕她再跑走了似的。

　　此时的余离离已经昏迷过去。在石未来的一再摇晃下，她慢慢苏醒过来，睁开迷蒙的眼睛，面无表情地看着他。过了足有一分钟，她突然反应过来，嘴里"噢"地叫了一声，爬起来，挣脱他的手，就朝院门外跑。但她毕竟没有那么多的力气了，仅仅跑了几步，便一头栽倒在地，又一次昏迷了过去。石未来这才知道，她是被饥饿彻底打倒了。他赶紧把她抱回屋里，放到炕上，然后蹲到灶前生火做饭。他把火势弄得很旺，想尽快把饭做好。他一边烧火一边流泪，虽然烟雾并没有熏到他的眼睛，但泪水却是一个劲儿流淌。不一会饭就煮熟了。他把饭盛到碗里，端到她身边，开始用勺子一点点喂给她吃。这时余离离还没有多少知觉，勺子一碰到嘴唇，她便把嘴张大了，他轻而易举地就能把饭喂进去，她则大口咀嚼、吞咽，吃得别提有多香了。但她才吃了不多几口，随着意识的清醒，她突然明白过来是他在喂自己，不但不再吃下去，而且连嘴也闭上了。她的嘴唇闭得那样紧，任他怎么把勺子里的饭往她嘴里塞，也送不进一点去。开始她还仅仅是闭着嘴，后来干脆连头也掉开去，如果他的手不做大幅度的绕行，根本就不可能找到她的嘴了。他只得放弃了努力，无可奈何地把手缩回来。余离离重新闭上了眼睛，身子一动不动，只有眼睛里往外汹涌流淌着泪水。

　　歇下来了，石未来才仔细打量了她一下，正所谓不看不知道，一看吓一跳。余离离的样子实在出乎了他的意料，凌乱的头发搅和在一起，看上去就像一个被风刮散了的鸟窝，脸上布满了尘土和泥垢，嘴角边还有一处刚刚结痂的伤疤，衣裳更是破烂不堪，好几处都护不住身子了，脚上也只穿着一只鞋子。这哪里还是他记忆当中的余离离，而是一个地地道道的流浪女了。余离离，他在心里朝她叫喊，你怎么变成了这个样子？到底发生了什么事儿？是什么原因让你落到了这种境地？他想让她告诉自己那些为他所不知道的事情，但又知道她不会告诉他，便尽力抑制着问她的冲动，只是默默地看着她，同时默默地流着泪水。余离离虽然没有看他，却知道他在打量她，便也极力把脸扭到一边，而且他看出来，尽管她的身子一动不动，却随时做着跳起来逃走的准备。不要，他在心里对她说，如果你没有了自己的去处，那就把这里当成你自己的家好了。说起来，这里本来就是她的家，八年前，他们不就是一起住在这间屋里吗？没错，他们就是在这通炕上度过了甜蜜的新婚之夜，并在上面一躺就是两个年头，啊，那是一些多么美好的日子，现在你又躺到了这个地方，是否也又想到了我们在这里的日日夜夜，想到了我们在这里所经历的那些痛苦和快乐？他真想伸出手，给她凌乱的头发整理顺当，给她肮脏的脸面清洗干净，给她裸露的衣服缝补结实，给她磨破的脚板擦干血迹，然后把她搂到怀里，头挨着头，脸对着脸，痛痛快快地大哭一场。他把手伸过去，在她身上颤抖了好一会儿，最终还是又缩回来。他知道还不能这么做，不要说他们的身子不能触碰在一起，就连他们的话语也还没有交汇到一起。余离离，他只能在心里对她说，告诉我吧，这一切都是怎么回事？

　　为了防止余离离逃跑，石未来去加工厂上班的时候，专门检查了窗扇，在锁上屋门的情况下，又在院门上加了一把锁。但他还是担心她会逃出去，所以下班时间一到，他就匆匆赶回来。院门上的锁一如既往地锁着，屋门上的锁也没有打开过的迹象，通往院子的窗扇更是完好如初，但不知为什么，他还是觉得事情发生了。进到屋里时，正如他的料想，不但炕上没有余离离的影子，整个屋子里也没有她的任何气息。余离离果然逃出去了？他掉过身，径直去看后面墙上的窗扇，没错，这面通往野外的窗扇已经破碎，也就是说余离离是从这个地方逃出去了。他走过去，也把自己的头探出窗外，极力朝远处的山野里望着，他当然不会看到余离离的影子，也便不知道她逃往哪里去了。他走回来，重新去看放置在炕台上的饭碗，里面的饭一点也没有动过，也就是说余离离根本没有再吃过任何东西，却不知哪里来的力气，竟然把结实的窗扇打碎了，看得出她要逃出去的欲望是那么强烈，这也从某个方面告诉了他，她是决然不让自己留在他身边的。

　　石未来担心余离离离开这里后会出事，看她现在的身体状况，如果得不到别人的照料，或许她在外面会撑不下去的，所以一连几天没有她的消息,他心里便越来越不安。好在一个星期过后,便有一个孩子跑来对他说,在一条山沟里发现了一个像是余离离的女人。他赶紧按照他的指点找到了那条山沟,果然,那个在山沟里转来转去的人就是他要找的余离离。一见他又找她来了,余离离想再次往远处跑,但她实在疲惫到了极点,没跑几步便倒下来,再也没有力气站起来了,只能乖乖地让他走到她身边去。当他坐在她身边的时候,她又一次闭上了眼睛,不仅不理睬他,而且做出根本没有他这个人在她面前的样子。他接受上次的教训,没有再贸然把她弄到大房子里来,而只是坐在她身边,在默默地陪伴了她一会儿之后,第一次尝试着和她说上一些话,希望从她嘴里知道她在这八年里的一些情况,也就是她之所以落到现在这个地步的原因。余离离,他一遍遍地问她,告诉我,到底是哪里出了错?

在询问了足有十几遍的时候,石未来以为她不会开口说话了,却突然听见她问了一句,你是谁?

石未来没想到她会这样反问自己。他感到很高兴,不管怎么说,她终于开口说话了,也就是说她不再拒绝与他交流了。他没有回答她的话,而是沿着刚才的话题继续问道,是不是吴茁壮那个狗东西辜负了你?

吴茁壮是谁?余离离也再次问他,谁是吴茁壮?

看来石未来还是想错了,她并没有打算与他交流,不过是不好再不理睬他罢了。不要这样余离离,我想知道事情的真相,我要……

余离离在哪里?余离离打断了他的话,我已经好久没有见过那个叫余离离的人了。

石未来不得不掉过头,朝她脸上看了一下。他搞不清她是故意和他打马虎眼,还是真的把所有的事情都忘记了。意识到这一点时,他心里不禁一动,难道说她真的把自己的头脑搞糊涂了。

我不懂你那些话,余离离沿着她的思路说,我觉得你的话很可笑。

石未来只好闭住了嘴,看来她是不想和他做进一步交流了,或者说她已经失去了和他做进一步交流的能力?他呆呆地看着她,吃不准自己的哪一个判断才真的符合她的情况。

接下来,他们都没有再说什么,只是默默地待在一起,她依旧是躺在地下,而他则坐在她身边,她依旧闭着眼睛,他则把目光望向远处,在雾气蒙蒙的山野间游荡。不知不觉天快要黑了,也就是说他们待在一起已超过了八个小时。石未来觉得该到和她分别的时候了，或者说该到他采取行动的时候了。于是，他把目光从远处收回来，落在她身上说，我要离开乌龙镇了，如果你没有别的好去处的话，就到那间屋去住吧。他没有等待她做出任何回应，便站起来，最后看了她一眼，掉转身，沿着一条似有若无的小路朝山坡上走去。他没有回他的住处，而是踏上了另一条通往莫邪山外的道路，这条山路绕开了乌龙镇，直达处在山外面的一个县城，那是离开莫邪山必经的一个中转站，从那里坐上汽车，去往省城，便可以到任何一个地方去，包括到京城去。直到离开乌龙镇很久了，他才想起来，自己那个轻便的行囊还留在那间屋子里，具体说是留在那间屋子的炕上，其实里面并没有什么值钱的东西，他唯一觉得不可以丢弃的物件便是爷爷的回忆录。好吧，他在心里对余离离说，那本回忆录就由你来保管吧。他之所以这样说，是因为觉得当他离开那间屋的时候，或许余离离真的会到那里去。由余离离来替他保管爷爷的遗物，他还是十分放心的，所以他没有再做任何往回返的举动，而是更大地迈开脚步，沿着月光笼罩下的山路往前方的县城走去，也可以说向着遥远的京城走去。是的，他要到京城去走一趟了。

　　其实不用余离离说，石未来也知道事情的根源是在吴苗壮身上。当年，余离离之所以要和他离婚，一方面是贪图吴苗壮的地位，另一方面的确是受到了他的诱惑，也就是说吴苗壮的确是勾引了余离离，至于他为什么要这样做，一方面或许是为了报复石未来，另一方面也确凿是看中了余离离的姿色，也就是说他确凿是爱余离离的，这是许多人包括石未来的看法，或许也是余离离抛开旧爱而走向新欢的一个重要原因。余离离当然也是这样认为的，石未来记得，当年两个人告别的时候，他曾经询问过她，吴苗壮到底什么时候娶你？余离离充满信心地说，这个就用不到你操心了。她还觉得这句话说得不够明确，随即又加上一句，快了。是的，他记得清清楚楚，她对他说的那句话就简洁的两个字，快了。当他在路上漫游的时候，他也会不时地想到余离离，并在心里问她一句，吴苗壮娶你了没有？问出了这句话，他就会想到余离离对自己说过的话，便感到一丝惭愧，是的，这件事的确已经轮不到他过问了。以后再想起这件事时，他便替余离离回答他说，娶了。是的，他对自己说的是"娶了"，而不是"快了"。那个时候，他真的以为吴苗壮已经向余离离兑现了他的诺言，或者说余离离真的实现了自己的愿望。虽然这是一件对他没有任何益处的事儿，但想到余离离毕竟有了自己的归宿,他还是感到一丝欣慰,一块长期悬浮在空中的心病终于可以放下了。但现在看来,他想象得未免太过乐观了,也可以说是余离离把这件事想象得太过乐观了,看来事情的真相远远不是这样,换句更明确的说法,吴苗壮或许根本就没有把余离离娶进家去,如果事情真是这样的话,那吴苗壮当初对余离离的许诺可就是假的了,也就是说他是成心欺骗余离离,当然也意味着余离离上了他的当。吴苗壮为什么要这样做?难道他要报复的还不仅仅是石未来一个人,连自己曾经爱过的余离离也一同报复了不成?而且还不仅仅是报复,还有更为严重的玩弄和伤害……石未来有些不忍心这样往下想,好像自己在成心抹黑吴苗壮似的,但愿他并不像自己想象的那样阴狠和毒辣,一切另有为别人所不知的隐情和内幕存在,石未来之所以要到京城去,就是要当面揭开那些残酷的隐情和内幕,只有这样,他才能对症下药,彻底治好余离离的伤痛。

来到京城里后,石未来没有做其他任何事情,也顾不得仔细感受一下京城的变化,便径直奔向吴苗壮的工厂。但他在那个工厂所在的地方转悠了一遭,却没有找到那个厂子。后来经过询问,他才恍然大悟,原来面前这家某某集团公司便是先前那家工厂,吴苗壮不仅把那家工厂改成了公司,还同时兼并了其他许多家工厂,重新组成了一个在京城里数得着的企业集团。真是旧貌换新颜呀。他用过去时代里的一句老词来形容吴苗壮在这个新时代里的变化,虽然有一些不伦不类的感觉,却也算是道出了他的心声。他想吴苗壮一定会在他的集团总部里办公,便打算进去找他。但他刚走到门边,便被穿着警服的保安拦住了。干什么的?他们用怀疑的目光拦住他。石未来告诉他们是来找吴苗壮的。有预约吗?他们用更加怀疑的目光看他。没有。石未来如实告诉他们。现在他们不再用怀疑的目光看他了,干脆把他往旁边一推说,你要找的人不在。他觉得他们是在搪塞他,但无论他再怎么向他们说明甚至求告,他们也懒得再理会他了。石未来这才知道,就像他在乌龙镇轻易见不到李世昌一样,要在京城里见一下吴苗壮当然更是不可能了。

石未来已经在那家企业集团的大门口游荡好几天了,还没有想出见到吴苗壮的办法,见不到吴苗壮,就找不到余离离离开他的真相,也就不能轻易离开这里,回到乌龙镇去。眼看一个星期就要过去了,他正在犯愁,忽然看到了先前的一个工友,便跑上去,一番寒暄后,让他给自己出个主意。工友上下打量着他,在犹豫了一下后,把嘴凑到他耳边,压低着声音说,你是不是要打听他和余离离的事儿? 石未来愣了一下,赶紧点点头说,怎么? 他和余离离的事儿你也知道? 他突然产生了一个念头,也许用不着见到吴苗壮,这个人就会把事情的真相说给自己呢。看到他充满期待的目光,工友收回他的嘴去,又摇了一下头说,我哪里会知道他和余离离的事儿? 他的意思是说,这件事你就是找到吴苗壮,兴许他也不会告诉你的。石未来又愣住了,这个家伙说来说去,最终却把他的路给堵死了,他怀疑他是成心拿自己逗闷儿,便掉开头,不打算理会他了。但工友似乎还不想放过他,又把手在他肩膀上拍了一下,继续压下声音说,别误会,我的意思是说,这件事你最好去问他的女人……石未来心里又一动,什么? 他的女人? 工友点点头说,是呀,有关他和女人的事儿,最好还是让他的女人来说一说。石未来接住他的话说,你是说他老婆吗? 工友笑话他说,看来你真是落伍了,这年头,像他这样的大老板,还什么老婆不老婆? 干脆说女人不就得了。石未来有些不明白他的意思,便没有再接他的话,却在心里不解地说,这老婆不就是女人吗? 还搞什么区别不成? 工友看出了他的心思,再次开导他说,老婆和女人还真不是一回事儿,一个男人身边可以有好几个女人,而老婆呢? 说到底还不就一个吗? 石未来终于听明白了他的话,也知道吴苗壮的女人不止一个两个了。他心悦诚服地朝他点了一下头,最后一次请教他说,那我到底去找他的哪一个女人呢? 工友抬起头,朝前面指了一下说,看到那幢红色别墅没有,那里面就住着他的一个女人。石未来掉过身子,顺着他的手指看,果然于一片豪华的住宅区内看见了一片耀眼的红色。

当那个风姿绰约的女人听到门铃声,迈着小碎步出现在防盗门后面的时候,石未来按照事先设计好的台词对她说,我是水管工,是吴总让我来检修水管的。他之所以冒充水管工人,是担心这个美丽的女人不让他进到她家里去。事实证明,他设计的这个说法很成功,女人没有多做犹豫,便为他打开了防盗门。他提着一个貌似装着工具的兜子走进去,装模作样地到卫生间和厨房内看了看,顺手拧了几下水管,似乎没有检查出什么问题,便回到了她的客厅间,准备进行他自己的工作项目,也就是让她说出吴苗壮和余离离的一些事儿。他的心脏急跳起来,担心一旦涉及这样的话题,人家就会明白他的身份,就算她对吴苗壮和余离离的事情了指掌,也会因为怀疑他居心不良而不对他讲,甚至还会毫不客气地把他赶出去,搞不好她打电话报警也是可能出现的事儿。但他没有任何退路了,索性硬起头皮,做出了要与她聊一下天的样子。

其实石未来不用这样刻意主动,从他进门以来,女人就对他表现出了一定的兴趣,当他到卫生间和厨房内检查的时候,她一直跟随在后面,不是为了提防他顺手牵羊她家的东西,而是单纯为了和他多说几句话,也就是说,对于他的到来她是持非常欢迎的态度的,也许一个女人住在这样一个空空荡荡的大房子里太过孤独寂寞了,平时连个男人的影子见不到,现在终于有一个男人上门来了,她怎么能不抓住机会和他好好地说一些话呢。于是一个想要设法留下来,而另一个也在设法让对方留下来,可以说一个有情,一个有意,彼此心照不宣,配合默契,事情的结果便非常简单了,石未来轻而易举便被允许坐在了她面前,并且随即进入与她一起摆龙门阵的情景中去,经他稍加诱导,她也便轻而易举地打开了处于封闭状态的心扉,将她积存了好久好久的心里话源源不断地朝他倾倒出来。

听说吴总还与一个叫余离离的女人来往过?石未来大起胆子,终于开始切入了正题。

你是说那个老女人呀,女人马上响应说,你要不提起她来,我倒差点把她忘到脑后去了呢。

怎么?石未来装作不解的样子说,你不介意吴总和她来往?

其实老吴并没有真正和她来往,女人向他解释说,你想呀,一个和别的男人过了好几年的"二水货",老吴还怎么对她感兴趣?

没错,石未来听得清清楚楚,这个女人的确使用了"二水货"这个不雅的词来形容余离离。他压抑着心里的愤怒说,那吴总为什么还要把她弄到手呢?

嗨,女人撇撇嘴说,那还不是为了报复那个女人和她那个男人吗?女人忽然凑近了他,做出一副和他说心里话的样子,其实老吴不过是要玩玩她,就像穿一件衣裳一样,说到这里,她还真的扯了扯自己的衣裳,既然他已经穿过了,就会从身上扒下来扔掉。她又摆了一下手,老吴就是这样,总是穿一件脱一件,脱一件扔一件,换来换去总也没有个完。

他妈的老吴,石未来在心里骂道,你简直就是一只畜生。

或许你们男人都是这个德行?女人忽然把目光落到了他身上,而且神情里多了一些欲望的成分,随着她对自己衣裳的扯拽,她的胸脯也越来越多地暴露出来。是不是这样? 她腾出一只玉手,挑逗性地推了他一下。

石未来觉得任务已经完成,没有必要在这里继续待下去了,于是站起身来,做出了往外走的架势。这个时刻他又犹豫了一下,心里产生了一个十分卑鄙的念头,如果他顺便把吴茁壮的女人睡了,岂不也是为余离离报了一箭之仇? 但他只是那么想了一下,便果断地掉转身子,迈着大步往门外走去。

哎,女人还有些余兴未尽,一溜小跑着追出门来,你怎么说走就走了呢?

这天夜里,石未来便离开京城,踏上了返回乌龙镇的火车。吴茁壮,他在心里对那个罪恶的男人说,等着吧,早晚有一天我会找到你,让你为伤害余离离付出惨痛的代价。在说这句话的时候,他突然听到一阵悲愤的啸声,一阵激越的嘶鸣,他不知道那是什么东西发出的声音,却知道它就在他身边的某个地方,而且他还本能地感觉到,它之所以发出那些声音完全是为了配合他的内心冲动,也就是他要对吴茁壮实施复仇的想法。他朝四处看了一圈,最后把目光落在自己的肚子上。他这才看见,他的肚子竟然在不住地蠕动,好像里面有什么东西正处在骚动不安中,是那条名叫饕餮的虫子从睡梦中醒来了吗? 这是他在知道自己是一个饕餮综合征患者之后,第一次明确地感到它在自己肚子里的存在。他愣怔了一下,突然意识到刚才听到的那些声音或许真的就是那条虫子发出来的,随即也便想到了方医生对他说过的话,你今天不相信革命,并不意味着你明天不相信革命……难道说,那条正在苏醒过来的虫子真的要把他带到一条类似革命的道路上去吗? 不不,他赶紧否定了这个不切实际的想法,他仅仅是对吴茁壮那个狗东西表达了一下愤恨,哪里又能与什么"革命"联系起来? 他把身子仰躺在靠背上,把手按在他的肚子上,尽力让自己从那种亢奋的情绪中挣脱出身,进入一种似睡非睡的麻木状态中。他真的睡着了,而且还在接下来的梦境中看见了余离离。他看见余离离顶着瓢泼般的大雨,深一脚浅一脚地走在一地泥泞里,在快要消失在远处的雨雾之中的时候,她回过头,朝他定定地看了一眼。他似乎知道她要去干什么,而且知道她这一去他就很难再见到她了,便张开大嘴朝她喊了一声。他醒来了,发现满车厢里的人都在朝他看。他坐正了身子,把目光转向窗外,看见外面果然下起大雨来了。望着水雾蒙蒙的原野,他又想到了余离离,想到了余离离临走时看他的眼神。就在这一刻,他明白一定是余离离出事了。

其实,离开乌龙镇的时候,石未来就担心余离离会出什么事儿,但他还是没有想到,那会是他在这个世界上见到她的最后一面,也就是说,当他坐在火车上往回赶的时候,或者说当他做那个不祥的梦的时候,余离离已经真的离开了这个世界。等他急急地赶回乌龙镇,他甚至没有看到余离离的尸体,出现在面前的只是她留在这个世界上的一个新起的坟茔。李老根告诉他,余离离是投水而死的。他说完了这句话,马上又改口说,或许她是误入了鱼人河,被河水淹死了。李老根还把他带到了鱼人河边,具体说是余离离投水的地方,指着远处的水面说,当有人发现河里有人时,她已经不再动弹了,远远地看上去,就像一条大鱼浮在水面上,虽然知道她不行了,他还是叫来几个水性好的年轻人,下到河里把她捞上来,看是不是还能把她救过来……石未来定定地盯着鱼人河水看,发现河水虽然显得十分平静,却给他一种水势出奇浩大的感觉,让他不由得想到一个叫"暗藏杀机"的成语,他吃不准用这四个字来形容面对的这条河是不是贴切。李老根看出了他的心情,随意向他解释说,这两天一直在下雨,鱼人河水便涨上来许多,也就比平时危险了一些。石未来想到了在火车上看到的那场雨,想必余离离真的是在那个时候离开这个世界的。

李老根回镇子里去了,石未来却没有离开鱼人河边的意思,依旧一如既往地朝着河水看,争取多陪伴余离离一会儿。说起来,他对这条鱼人河是非常熟悉的,当年在这里插队的时候,他和同伴们曾经多次下到河里游泳。他忽然想起来,在那些和他一起游泳的伙伴当中,是不是也有余离离呢?如果是这样的话,那岂不是说余离离会游泳呢?一个会游泳的人怎么可能被淹死呢?一时间,他感到了前所未有的迷茫,再次盯着河水发起呆来。不知过去了多久,他看见河水忽然动荡开了,才从灵魂出窍般的冥想状态中醒过神来。鱼人河水中出现了一条鱼,从远处慢慢地朝他游来,在离他大约不到十米远的地方停住,身子突然直立起来,在空中划过一道优美的弧线,落下去,掉转回身,又慢慢地往回游去。在它把头探到空中的短暂时间里,他清晰地听到了它发出"吱吱"的叫声,他虽然听不懂它叫声的含义,却明白它的叫声是朝他发出的。余离离——他神经质地喊了一声,好像那条朝他叫喊的鱼是余离离的真身似的。他想到了李老根的话,尤其注意到了这条河的名字,也许余离离在这条河里真的变成了一条鱼,或者说她在这条河里找到了自己的归宿，如果真是这样的话，那也是不错的一个结局。想到这里，他长长地吐出口气，泪水再一次弄湿了衣襟。

回到住处以后，石未来觉得什么地方发生了不同的变化。他抬起头，在屋内巡视了一圈，明白变化是出现在四面的墙壁上。先前的墙壁除了留有几处过去年代的字画，并没有张挂另外的什么东西，但现在不同了，不知什么时候竟然糊上去了一块块写满字的纸张，从上到下布满了整个墙壁，而且房顶上也是，不论他坐在房间里，还是站起来，或者躺下去，他都会看见那些纸张，而且因为上面写满了字，只要他一看见那些纸张，就会不由自主地开始了阅读。他觉得那些纸上的字十分熟悉，好像在哪里早见过了似的。当他把那些字阅读了一下时，才明白过来，那些字不就是爷爷写在回忆录上的吗？爷爷的回忆录怎么上到墙上去了？当然，不用多想他也明白过来，一定是余离离把它们糊到墙上去的，也就是说，她在这间屋里住的时候，不但翻阅了爷爷的回忆录，而且把它们从回忆录上撕下来，一张张贴到了墙上。她贴得很仔细，不但不互相重叠，而且注重了顺序，只要阅读者找到了开头，就能按照爷爷的记述时间先后阅读下去，也就十分轻易地看懂了爷爷那些充满血与火的革命经历。他不知道余离离为什么要这样做，但稍稍一想，又觉得她的用意非常明确，那就是以这样的方式让阅读者尽快进入爷爷的革命经历当中去。他当然知道，那个所谓的阅读者除了自己以外暂时不会有另外一个人，也就是说，余离离这样做的目的就是方便他阅读的，因为只要进到了这间屋来，不论他采取怎样的姿势，他都会不由自主地读下去。读着墙上的那些密密麻麻的文字，他似乎听到了余离离对他说的话，石未来，读下去，你快读下去。说实话，在此之前，他真的没有读过爷爷这些回忆录，虽然他早在十几年就见过了它们，又在八年前把它们拿到了自己的手里，并且知道这是爷爷留给他的唯一遗产，但他却从来没有想到去仔细阅读它们，也就是说从来没有把它们当回事儿，也就是说没有把爷爷的"用心"放在自己的心上，不仅如此，当他在"旅途"上四处奔走的时候，曾经一度把它们当成了累赘，甚至产生了将它们丢弃掉了事的想法。就算他始终把它们带在身边，如果不是余离离将它们糊到墙上，他永远想不起阅读它们或许也是一件极其可能的事儿。

余离离，你为什么要让我阅读它们？接连许多日，石未来都在一边阅读爷爷的回忆录一边在心里朝她发问，你到底要让我在它们当中发现什么不一般的东西？他相信余离离一定有她这么做的目的,也就是说他一定能够在它们中间发现什么不同凡响的东西,他觉得那或许也是爷爷留下它们的目的,这是不是可以说余离离已经先他领悟到了爷爷的用心？看来她在这些日子里的功夫没有白下,也可以说爷爷生前的良苦用心没有被后来人辜负,毕竟有一个人走进了他的内心世界,但遗憾的是,这个人却不是他。好在他还算幸运,因为与那个人仅存的一点点关系,终于也在今天被她引领到爷爷的精神世界中去了,虽然这个人已经与他脱离了夫妻关系,可在他看来,她却比这个世界上的任何一个人与他的关系都要大。他想了好久,才把自己与她的这种关系定名为“同路人”,是呀,当他在这个世界上做“无目的”旅行的时候,只有余离离出现在了他的路途上,虽然她跟上来的时间有些晚了,却是在一个关键的地方与他相遇,而且从很大程度上说,是她的出现中止了他这种不切实际也毫无意义的“旅行”,是的,他已经决定不再走下去了,他似乎已经找到了自己的行走目标,虽然他现在还不太知道这个目标到底是什么。

　　还是回到阅读爷爷的回忆录这件事上来,因为在此后的几乎所有日子里,石未来每天要做的一件事就是到墙边去阅读爷爷的回忆录。真是不读不知道,一读吓一跳,他没有想到,爷爷的经历会是那样丰富多彩,那样惊心动魄,那样激情似火,那样催人泪下。他实在感到懊悔不迭,为什么他就让它们在身边悄无声息地待了八年之久,如果不是余离离的偶然发掘,兴许它们便一直尘封在黑暗当中而无出头之日,有一天因为他的大意或轻慢在这个世界上永远消失也说不定呢,那样他就算是犯下了不可饶恕的罪过,不仅对不住爷爷的亡灵,而且对不住老一辈先烈的付出和贡献,是的,他已经把爷爷的经历当作了所有革命者的共同历程。随着阅读的不断深入,他很快便被爷爷的经历吸引住了,不,这样说还不足以表达他在阅读过程中的状态和心情,他觉得他早就不是一个纯粹的阅读者了,而变成了那些经历的一个共同参与者,或者说变成了爷爷的一个可靠战友,来到了那个充满着血与火的战争年代,与爷爷一起战斗在枪林弹雨的战场上。有许多次,他都看见自己拄着树枝行走在冰天雪地中,因为饥寒而倒卧在草丛中,就在他要闭上死亡的眼睛时,忽然听见远方传来的军号召唤声,他吃力地抬起头,终于看见风雪中飘起了一面血染的战旗;他看见自己端着大枪从战壕里跃出来,冒着如乱鸟般纷飞的弹雨,冲进同样端着大枪的敌人队伍,一颗子弹打中了他的肚子,如蛇一般华丽的肠子涌出来,但他把肠子塞回肚子里,奋力举起枪支,把寒光闪闪的枪刺捅进敌人的胸膛;他看见自己坐在一张被血迹染红了的老虎凳上,紧紧闭拢着嘴巴,忍受着敌人一次又一次残酷的拷打,也不让自己的叫声从嘴里发出来,敌人用铁钳撬开了他的嘴,试图让他发出屈服的叫喊,但他咬断了自己的舌头,并把一股充满仇恨的鲜血喷吐到他们脸上;他看见……他看见……他看见自己终于倒在了地下,倒在了一片为鲜花所铺就的大地上,紧紧地闭上了沉重的眼皮,但他的脸上却洋溢出了幸福的微笑。他看见在离自己不远的地方,可怕的死神从坟墓里爬出来,用一把白骨森森的手抚摸着他的脸颊。难道你就不怕吗?它不怀好意地问他。他不假思索地回答它说,为了神圣的革命事业,我纵然粉身碎骨也心甘。他看见美丽的鲜花飞舞起来,鲜红的旗帜飘扬起来,胜利的歌声唱响起来……他看见……他看见……那些日子里,石未来已经分辨不清自己到底是在现实中还是在历史中,到底是在战场上还是在牢狱中,到底是在鲜花中还是在坟墓里,到底是在生活中还是在梦境里。他已经混淆了现实和历史,战场和牢狱,鲜花和坟墓,生活和梦境的区别。这个时刻,他觉得曾经朝余离离发问的那些问题其实根本用不到余离离来回答,他自己通过阅读爷爷的回忆录已经找到了那个答案,或者说是那个答案自己跑到他面前来了,如果用简洁的一个词来概括那个答案,就是"革命",是的,革命,这个曾经为他所恐惧、拒绝和逃避的词汇,今天通过阅读爷爷的回忆录,或者说通过重温爷爷的光荣历史已经获得了他的认同,甚至获得了他的钟爱。这时他清楚地听到了方医生对他说过的话,你今天不相信革命,并不意味着你明天不相信革命,你现在没有举起革命的拳头,并不代表你将来不把革命的旗帜举到头顶上去。他似乎看见,革命带着一身血与火的颜色和光彩大摇大摆地走进他头脑中来了,走进他内心中来了。他同时看见,那条一直蛰伏在他肚子里的虫子已经彻底摆脱了睡眠,正在把它的硕大嘴巴张开来,他甚至听到了它所发出的咆哮声正在急快地从远方传来。

那些日子,石未来只是专心致志地阅读爷爷的回忆录了,已经忘记了吃饭,忘记了睡觉,同时忘记了上班,忘记了生活,甚至忘记了时间的流逝,忘记了世界的存在,直到有一天,他所置身的住处突然晃动起来,爷爷那些回忆录在墙壁和房顶上一张张撕开,随着房子的开裂纷纷落下来,他才从迷幻的状态中清醒过来，意识到出事了。他第一个念头便是发生地震了，便从房子里飞一般地跑出来。他被出现在面前的一幕景象惊呆了，明白并没有发生地震，而是几辆巨大的铲车正在推撞他那间房屋。他继而看见，他房屋的墙壁上不知什么时候写满了大大的"拆"字，也就是说这些铲车是来拆除他的房屋了。他不明白它们为什么要拆他住的房子？当他在屋内阅读爷爷的回忆录的时候，外面到底发生了什么事，以至于这幢坐落在镇外的房屋也要保不住了？

很快，石未来便从那些站在一旁围观的人嘴里得知，原来早在很多年前，勘探队就在乌龙镇一带的地下发现了一个稀有金属矿藏，蕴藏量十分丰富，颇有开采价值，这当然是一个让乌龙镇人感到高兴的消息，如果这个金属矿藏得到了开采，不要说乌龙镇，就连整个莫邪山区也会成为富得流油的发达地区。但正当人们跃跃欲试向上级争取开采许可的关键时刻，又一个同样来自勘探队的消息把他们的美好愿望打入了冷宫，勘探队经过对乌龙镇一带地质构造的进一步探测，发现这个矿藏正好处在一个断裂带上，如果盲目开采，极有可能引起地层塌陷，不仅莫邪山区会从此改变模样，搞不好乌龙镇也会从地面上永远消失。人们被吓住了，纷纷打消了开采这个金属矿藏的打算。有人便用不无敬畏的口气说，这是山神在保护乌龙镇这方水土呢。同时也有人心怀不甘地说，其实这是老天在有意捉弄乌龙镇人呢。此后的许多年里，一直有人放心不下这件事，尽管不敢公开提出开采的主张，却时不时地围绕这个话题发表议论，而且明里暗里地在做一些文章，比如李世昌就没有放弃过这种努力，却一直没有取得结果。好几年过去了，人们都快要把这件事忘到了脑后，忽然从李世昌那里传出消息，木材加工厂要协同京城的大公司开采那个金属矿藏了，开采许可证已经拿到了手里，马上就要开始动工了。人们都大吃一惊，既然上级明文规定不可开采这个金属矿藏，那么李世昌是怎么拿到开采许可证的呢？不久人们便明白了，原来李世昌之所以邀请北京那个大公司前来开采，是因为那个公司利用京城里错综复杂的政治和社会关系，经过好几年的疏通和运作，终于打通了关节，排除了阻力，成功把开采许可证拿到了手里，自然李世昌也就只能"协同"人家一起来开采了。由此看来，那个京城的大公司的确不同凡响，不但手眼通天，而且手段高妙，这样明令禁止的事都能办成，可见实力真的非同一般了。

乌龙镇人听到这个消息后,可说是又喜又悲,喜的是乌龙镇会从此脱贫致富,走上吃穿不愁的幸福大道;悲的是乌龙镇会从此遭受劫难,就算人们吃穿不愁了,可面对天塌地陷的局面又有什么幸福可言?一时间,赞成和反对开采的人分成了截然不同的两个阵营,一派以乌龙镇的实际当家人李世昌为首,一派以退出乌龙镇政治舞台的李老根为首。为了防止反对的人乘机闹事,扩大事态,李世昌带领他那一帮人立即行动起来,一方面加大宣传攻势,许诺给人们增加补偿,一方面拼凑成一支棒子队,对那些敢于阻挠的人实施无情的打击。在李世昌咄咄逼人的强大攻击下,人们都以为李老根会偃旗息鼓,这个老朽不堪的人早就不是李世昌的对手,现在就是借给他几个胆子,怕是也鼓不起勇气与李世昌交锋。但出乎人们意料的是,面对李世昌发起的一波又一波攻势,李老根竟然一下子摆脱了他的老迈状态,睁大他合拢了许多年的眼睛,带领他那一帮人筑起人墙,雄赳赳气昂昂地阻挡在棒子队面前。反倒是李世昌有些恐慌,不知道这样对峙下去该怎么办。在京城大老板的授意下,李世昌打算收买李老根,便于一天夜里揣上一张银行卡来到李老根家里,据说那张卡上的数字是一百万。但他没有想到,李老根不仅没有收下那张卡,而且还在他脸上打了一巴掌。李世昌捂着被打红的脸跑出来,在又一次请示了大老板以后,决定一不做二不休,先给这个执意与他们作对的老家伙一点颜色看看,第二天便带领棒子队冲进李老根家,将他捆绑起来,高高地吊在了村头的大樟树上。在李世昌看来,只要拿下了李老根这个领头人,他手下的队伍就会树倒猢狲散,不等棒子队动手,他们就会自己从家里搬出去,乖乖地任凭棒子队拆迁,也许用不了几日,金属矿藏的开采就要顺利实施了,到那个时候,就算无所不能的山神从莫邪山里走出来,也不能再阻挡那些稀有的金属从地下被开采出来了。

没有听完人们的诉说,石未来便飞快地跑出大房子,跑到镇头的大樟树下,跑到被吊在树上的李老根面前。老支书,他没有再叫他"李大爷",而是继续沿用了那个为他所熟悉的老称呼,您受苦了……他把他因为吊打而被拉长了的身子紧紧地抱住,泪水夺眶而出。恍惚间,他似乎抱住的是那个离他而去八年之久的爷爷的身子。

孩子,李老根也像先前那样叫了他一声,保护好我们……自己的家园……他的话没有说完,便头一歪昏迷过去。

石未来回过身,以李老根的身体为后盾,面对着李世昌和他那些气势汹汹的棒子队员。来吧,他在心里对他们说,只要越不过我的身子,你们就休想再动老支书的一根毫毛。

李世昌好像听懂了他心里的话,从一个打手手里接过一根沾水的绳鞭,朝他挥了挥手,石未来,是不是还需要我提醒你一句,这是我们乌龙镇自己的事儿,与你这个外来人无关,我劝你还是不要来蹚这潭浑水⋯⋯

谁说我不是乌龙镇人?石未来打断他的话说,我可以借用你的话来回答你,这是我们自己的事儿,这潭浑水我蹚定了。

李世昌恼羞成怒,我看你小子实在不识抬举,怎么你也想到大樟树上去吊一会儿?

你可以在树上吊我,石未来指指那些被棒子队员阻挡在远处的人们说,那么多不同意你做缺德事的人,你能吊得完吗?

李世昌也顺着他的手扭过头,朝那些熙熙攘攘的人看了一下。那些人开始突破棒子队的阻拦,慢慢挪动到前面来。李世昌有些害怕,突然把手在脸上拍了一下,用颇为委屈的口气说,你们就不想一想,我为什么要开采那个矿?还不是为了大家好,只要人们都⋯⋯

不要听他说这些骗人的鬼话,李老根从昏迷中苏醒过来,大口喘息着说,李世昌你给我听着,你这是在做断子绝孙的缺德事⋯⋯

这时,那些围在四周的人们成功地突破了棒子队的封锁,一起涌到大樟树下来了。赶快放人,他们愤怒地叫喊着,不许你们为非作歹。棒子队员们也再次扑上来,想把他们推回到远处去。

石未来痴痴地看着这两帮互相较劲的人们,眼睛一阵模糊,似乎突然在他们的额头上看到了什么不一般的东西。饕餮综合征患者?他在心里说,他们都是饕餮综合征患者?他觉得自己一定是看花了眼,就算他能在某些乌龙镇人的脸上看到那个为他所熟悉的瘢痕,又怎么可能同时在这决然不同的两帮人脸上看到同一种标志呢?他使劲抹了抹眼皮,再次瞪大眼睛往人们脸上看,没错,那两帮人的额头中间的确都长出了那个明显感染了饕餮综合征病毒的瘢痕,也就是说,这些乌龙镇人都是地地道道的饕餮综合征患者⋯⋯他疑心自己是在做梦,因为他真的不敢相信所看到的会是真正的现实。

在石未来陷入恐怖冥想状态中的时候,两帮人已经快要打到了一处。

李世昌不知道该怎么办,只好别过头,朝停在远处的一辆黑色的轿车看去,眼里闪烁着求助的目光。

石未来很快清醒过来,也随着他的目光注意到了那辆豪华轿车。他看见那辆车的窗玻璃摇下来,从里面露出一张模糊的脸,尽管那张脸上戴着一副墨镜,但石未来却觉得它是那么的熟悉。吴茁壮。他听见自己叫喊了一声,是呀,几乎是凭着本能他便叫出了那张脸主人的名字。没错,坐在车里的那个人的确就是吴茁壮。石未来不禁恍然大悟,原来人们所说的来自京城的大老板就是吴茁壮,也就是说,引发这场事变的真正幕后人就是吴茁壮了。吴茁壮呀吴茁壮,我在京城里找了你那么久都没有把你找到,想不到今天你却把自己送到乌龙镇来了,具体说是送到我面前来了,如果我再把你放掉,岂不是对不住你远道而来的辛苦劳顿。石未来没有再做丝毫的犹豫,便冲破棒子队员们的阻拦,直朝那辆轿车朝轿车里的吴茁壮奔去。

石未来把吴茁壮从车里拖下来,吴茁壮,我终于找到你了。吴茁壮力图从他手里挣脱出去,石未来,我没想到你在这里。石未来拎着他的脖领子,像拖一条死狗一般朝鱼人河边走去,吴茁壮,我带你去看一个人。吴茁壮把手放在自己的脖子里,石未来你松松手,我快要被勒死了。石未来把他拖到水边,让他摆出一个标准的"跪"姿,知道我要让你在这里给谁跪下吗?吴茁壮叩头如捣蒜地说,知道知道,我对不住余离离,我对不住你石未来,我是一个浑蛋,我没有人性,我罪有应得,我……求求你石未来,你放过我吧。石未来冷笑着说,你以为我会放过你吗?放过了你,不知道还会有多少善良的人要受你的迫害呢。吴茁壮想了一下,忽然把身子直起来,严肃认真地和他争辩说,你不能把我怎么样,要知道我是一个企业家,而且是一个取得了极大成功的著名企业家,我之所以发家致富并建厂开矿,完全是响应政府的号召,可以毫不客气地说,我是为这个改革开放的新时代作出过杰出贡献的人,人大和政协里都有我的位置,现在还不到反攻倒算的时候,如果我在你手里出了问题,你想过会受到怎样的追究怎样的惩罚吗?石未来咽了一口唾沫,也想郑重其事地反驳一下他这番话,却没有让自己的话从嘴里说出来,而只是在心里对他说,应该受到追究的是你,应该受到惩罚的也是你,你们这些见不得阳光的骗子,打着改革开放的旗号干的却是见不得人的罪恶勾当,还用这些冠冕堂皇的鬼话来欺骗我们,可见你们是多么卑鄙无耻。吴茁壮摇摇头,本来这就是一个无耻的时代,如果你不无耻,你就会很难在这个时代里存在下去,就像你这样还企图洁身自好,那就只能落得一个贫穷而悲惨的下场,这叫什么你知道吗?这就叫失败。石未来打断他的话说,即使失败,也不能堕落败坏,丧失人性,从一个人变成一只凶残的野兽,变成一个恐怖的魔鬼。吴苗壮耸了一下肩说,你以为你就是一个人?其实每个人心里都装着一只野兽,一个魔鬼,只是你没有把它释放出来罢了,让我告诉你一句实话吧石未来,这个世界上根本就没有天使,更没有救世主,要想在这个丛林世界里存在下去,你就要把你心里的野兽和魔鬼放出来。石未来也学着他的样子耸一下肩说,那我也来对你说一句实话吧吴苗壮,即使你把你心里的野兽和魔鬼放出来了,我也能够把它们消灭干净,因为我已经找到了消灭它们的办法,你想知道我找到的那个办法是什么吗?吴苗壮呆呆地看着他,虽然没有说话,但眼睛里却充满了疑问。石未来把一根手指头点到他的额头上,那我就来告诉你吧,你可要听仔细了,我消灭你那些野兽和魔鬼的办法就是,革命。吴苗壮愣了愣,突然咧开嘴大笑起来,革命?你不会是开玩笑吧,不要忘了,这是一个告别革命的年代,革命已经成了过时的东西,你还把那些老一套当成制胜的法宝?石未来在鼻子里哼了一声说,过时不过时可不是你们这些人说了算,不过你的话里有一句我还是同意的。吴苗壮急忙问他,哪一句?石未来直盯着他说,法宝,你说革命是我们制胜的法宝,没错,革命就是我们制胜的法宝,怎么样?你想体验一下我们胜利的过程吗?吴苗壮赶紧摇头说,不,我不想体验。他脸上布满了深刻的恐惧,石未来,请你不要向我们发动革命。石未来呵呵一笑说,我们发动不发动也同样由不了你。吴苗壮接过他的话说,那应该由谁说了算?石未来回过身,朝身后那些人指了指说,他们。

石未来以为自己会看到那些在他后面的人们会跟上来,但真正的事实是,他并没有在自己身后看到那些人,更让他感到不可思议的是,他看到李世昌的棒子队拦挡住的竟然是他自己,他不但被那些凶神恶煞般的棒子队员拦挡住了,而且被他们按在了地下,摆出的是一个"跪"地的姿势。他愣怔了一下,才突然间明白过来,原来他把吴苗壮从车里拖到鱼人河边对着余离离的亡灵忏悔的场景不过是自己幻想的产物,而真正的事实恰好与他的想象相反,也就是说那个跪倒在地下的人不是吴苗壮而是他自己,而吴苗壮却把他的脸缩回车窗里,并把窗玻璃慢慢摇上,随即将车子开往远处去。吴茁壮,石未来听见自己愤怒地叫喊,我一定不会放过你。

你这个狗东西,李世昌抬起手,在他脸上狠狠地打了一巴掌,我看你是成心要坏我的事儿。

石未来被他打得眼冒金星,过了好一会才让头脑清醒过来。在李世昌打他的过程里,那些受到阻挡的人们也再次骚动起来,渐渐地和李世昌的棒子队员们冲撞在一起。他的视线再次变得恍惚,似乎看见两群其实并没有多少差别的虫子纠缠在一起。那两个按住他的棒子队员松开了他,也加入众人的冲突当中去。石未来虽然获得了解放,却依旧保持着那个跪地的姿势。难道这就是你所说的革命吗? 他在心里问自己。似乎不用多想,他也知道这样的"革命"是不可能取得成功了,当然更知道自己应该怎样去开展他的"革命"行动了。你现在没有举起革命的拳头,并不代表你将来不把革命的旗帜举到头顶上去。他好像听见方医生的话在他耳边轰响,不,是那条在他肚子里奔腾跳跃的虫子发出了雷鸣般的咆哮。举起革命的拳头,他在心里一遍又一遍地对自己说,只有举起革命的拳头,才能让革命的旗帜高高飘扬起来。

石未来不再犹豫,从地下爬起来,抹去嘴角的血水,顺势攥成坚硬的拳头,像旗帜一般举在头顶上方。乡亲们,他对那些和棒子队员们混战在一起的人们说,保卫我们生存家园的时候到了,举起你们的拳头,跟我一起革命去吧……

后 记

从写作时间上来说，《康复时代》的四部作品均早于《大河》三部曲，是我继《伊甸园》四部曲之后的另一组"乌龙镇"系列作品。暂时告别了鲁西文化资源小说的创作，回到我的文学主阵地来，谈一谈《康复时代》系列作品以及乌龙镇小说创作，对我来说是一件很快乐的事儿。

一

忘记是哪一年了，我看过这样一份统计数据，全国有心理疾病的患者已经达到了1.8亿人。我以为自己早就是一个想象力格外发达的人了，但现实生活的残酷和不堪还是出乎了我的意料。我不知道这个社会怎么了，在它看上去一派繁荣昌盛的大好局面下，到底隐藏了一些怎样灰色的真相？我们从一个"国民经济到了崩溃边缘"的时代里走出来，经过数十年的高速发展，不仅成功地融入世界秩序，还成了这个世界的第二大经济体；对于我们每个人来说，不但再也不用担心挨饿受冻，而且大多数人都住进了高楼，开上了汽车，没事的时候还可以迈出国门溜达一圈，这样的"盛世"又岂是我们那些备受苦难的先辈想得到的？但不知怎么回事，突然之间，我们这个欣欣向荣的社会却又被那么多遭受精神痛苦的患者充满了，我宁愿相信是那个做这项统计的人马虎大意搞错了数据，而那些经受不住心理病痛折磨而从高楼上往下跳的身影，都是我在真假不明的状态中产生的可怕幻觉。

我一向认为，写作者和他所面对的世界是一种对立的关系，他天生带着啄木鸟的目光打量出现在面前的树木和森林，即使一再受到赞誉的时代在写作者笔下也是伤痕累累的，鲁迅那句"揭出病苦，引起疗救的注意"虽是不为人所喜的老话，却是写作者必须秉承的至圣法则。于是乎，对病态社会中的病态人给予足够的人文关怀，便成了写作者在这个时代里的当务之急。如何让人们走出病痛的泥淖，以健康的状态享受经济发展的美好成果，也就成为我这个渺小写作者的历史使命。

就是在这样的背景下，这几部被命名为《康复时代》的作品便来到了我笔下,代表了我那个时期的写作方向。

<h2 style="text-align:center">二</h2>

《疾病传说》是在我的长篇小说写作进入得心应手的状态中完成的,写作得非常顺利,我想这得益于《巫女阿诗玛》《盲瞽预言记》《天河——重述牛郎织女》等长篇小说的历练,我由一个中短篇小说的写手转入长篇小说的创作,经过了好长一段时间的摸索和痛苦转型,终于找到了长篇小说的写作路径。我是一个注重而且依赖叙事的作家,一旦找到了恰当的叙述基调,就像一辆性能上佳的车辆,只要发动起来,要想让它中途停下也是十分困难的,我时常感到,笔下的句子就像滔滔河水一样涌流不止,能够让我充分享受一种被裹挟被淹没的感觉,而且我也固执地以为,只有体验到了这种美好的感觉,写出来的文字才拥有神性,才能让作品具备纯粹和超拔的能力。《疾病传说》大体就是在这种状态下写出来的。

这是一本关于信仰的书,或者更完整一些说,是一部有关信仰和背叛的作品,以中国革命和建设时期为背景,描写人们在这几段历史进程中的遭遇、坚守、迷惘、妥协和抗争。故事中的几个主人公(曾经的革命者、警察、风尘女的女儿和失业工人)先后背叛了自己的信仰,而走到自己人生的反(背)面。这当然也是一种选择的结果,而且是一种更加顺应时代的选择,并不是主人公们凭着一己的意志就能左右的,纵观整个20世纪的社会变迁,身在其中的人们如果不发生人生道路的转折几乎是不可能的,所以主人公们对曾经坚守的信仰选择背叛也是顺理成章的。我无意指责人们坚守或背叛初心的选择之举,只是意在告诉读者,失去或背叛信仰并不是一件简单的事,而是伴随着炼狱般的挣扎和拷问的,我不过是把这种挣扎和拷问的过程用文字呈现出来罢了。

这部长篇写完之后,很快就以《饕餮综合征》为题在《百花洲》杂志上发表了,而且编辑部使用了"致敬文学大师之作"这样的词句作为推介语,看得出他们对这部作品还是相当看重的。与此同时,由于这部书涉及"革命"的话题,曾经成为《伊甸园》四部曲的组成部分。但它的确又是一部关于疾病的书,所以放到《康复时代》当中来也是非常恰当的。另外我还要声明一下,现在这部《疾病传说》是我刚刚修竣的第三人称版,与大家先前看到的第一人称版不是一回事……

三

其实,《忧郁时刻》最初不过是一部中篇小说的残片,仅仅写了一两万字的篇幅,就被我丢弃在了一边。不知道经过了多少年,我在旧文稿中翻出了这个开头,觉得还有些意思,正好那段时间没有新的作品可写,于是就按照这个开头边构思边写下去……到这里,我的意思差不多已经表达出来了,没错,现在这部《忧郁时刻》在写作前并没有一个完整的构想,而是我有意对自己的写作进行一下新的尝试或练习,也就是一边写作一边构思的产物。这对我当然是一个不小的考验,因为要让后面的情节源源不断地生发出来,而又不能违背前面故事的逻辑关系。这让我体验了一把即兴写作的瘾……

具体说来,《忧郁时刻》写的并不是一个有关"忧郁症"的故事,而是一个关于"历险"的过程(这与我写作时的状态十分相似):主人公们为了揭开笼罩在自己和身边人身上的谜团,不得不去遥远的乌龙镇去探一次险,因为事情的真相与那个似有若无的村庄相关……当然,读者也可以把主人公在这部作品中的所有行为都视为一次历险,为了自身的利益,他们使用无所不用其极的手段对待他人和社会,这样的人生行为如果不是历险的话还有什么算得上呢? 但这些几乎不为他人所知晓的可耻行为一旦从他们自己的口中说出,却无形中又给我们增加了几分理解和原谅的成分,回顾我们自己的人生,难道不能从他们身上找到自己奋斗历险的影子吗?

如此看来,这部作品中的"忧郁症"几乎成了一个解说主人公行为的由头,正像我认定"魔幻现实"并不仅是发生在美洲大陆上的现实状况而已经变成一种创作方法一样,"忧郁症"在这部作品中的意义同样不仅仅是疾病类型而也成了一种创作方法。正是凭着这个方法,作品在不断建构的同时,又在不断地解构,事情刚刚呈现一种看似真实的状态,却很快又被另外一种完全不同的情况打破,正应了那句颇含哲理的俗语,公说公有理,婆说婆有理,真相到底在哪里? 我们似乎永远不知道,或者干脆说,真相好像根本就不存在……《忧郁时刻》是我摆脱现实的羁绊后写作最为自由畅快的一部作品,在此之前,我一直处在戴着镣铐跳舞的写作状态中,对于类似天马行空的写作方式只是视为遥不可及的理想,但在写作这部作品的时候,我却真的体验到了……

这部长篇小说较《疾病传说》完成早一年,在《百花洲》杂志以《大声

呼喊》为题发表时却又晚了一年多。百花洲文艺出版社曾经打算推出我以"疾病"为主题的几部长篇小说，但由于领导层和编辑人员的更迭，最终这个计划没有实现，成了我一件不小的憾事。

四

不能不说，写作《诊断报告》这部长篇的念头一来到我的笔下，就呈现出一种较为宏大的结构样式。那些日子里，趁着写作《伊甸园》四部曲的余风，我决定还要对我们经历的这一百年左右的历史变迁进一步书写。有一个时期，我曾经明确地告诉自己，由于轰轰烈烈的革命运动对中国现当代历史的影响过于深远，现在我们所经历的改革开放时期也不过是这场革命的组成部分，我曾经用一个形象的说法"革命的余音缭绕"来形容（类似于"后革命时代"的提法），也就是说，这部紧接着《伊甸园》四部曲而写作的《诊断报告》，也是这种观念的产物。

基于上述的想法，《诊断报告》一出现就牵扯到了历史上重要的问题"革命"和"信仰"，以及我们所处的这个时代同样重要的问题"资本"和"寻根"。这些曾经支配社会走向而在今天依然起决定作用的问题，其所生发出来的生活影像，竟然很好地成为中国近代以来历史的一个缩影。这是我最感兴趣的切入点，更为关键的是，我在故事中植入了一个有关强迫症的"抓手"，用它即能轻而易举地将上述问题提溜起来。大约与这些设想和构思相关吧，这部作品2015年被山东省作家协会列为重点扶持项目。但接下来的问题是，怎样让以上观念和构想变成鲜活的故事与情节，怎样以栩栩如生的人物形象打动口味越来越高的读者，对我来说依旧是一个不小的考验，所以在具体的写作当中不能不下一番功夫。与上两部作品有些不同的是，《诊断报告》是以讲故事为主的，而且不断地变换人称，以保持作品的鲜活程度。与此同时，作品中融入了大量民间传说，以及故事发生地特有的神秘因素，以增加作品的叙事魅力。当然，这方面的努力是一直贯穿了整个"乌龙镇"题材小说创作的，不论是中短篇小说，还是长篇小说，我都把有关中国（东方）的神秘文化作为作品的组成部分，只不过在《诊断报告》中体现得更为明显罢了。

让我有些把握不定的是，这部作品现在呈现出来的叙述样式，可能只是这部长篇小说具有的众多叙述样式中的一种，我的意思是说，目前的样

子未必就是一种最佳的选择。像每一部作品一样，作家一旦选择了其中一种叙述样式，就意味着对其他许多样式的舍弃，对于中短篇小说，你还可以多写几遍，我就做过这方面的尝试，对于同一个题材写出好几个不同的版本，而对于长篇小说这种动辄数十万篇幅的作品，是很难做到这一点的。具体到《诊断报告》这部作品，当我写完最后一个字时，我觉得还有许多没有呈现出来的艺术方式，如果换一个时间或者换一种状态来创作这部作品的话，可能是一副完全不同的样子也未可知。

五

　　与写作《忧郁时刻》的情况有些类似，《中毒反应》也是一个早就写过若干残片的题材。因为这部小说来源于现实生活中的真实案例，在大约三十年前，我刚从事文学创作的时候，就写过至少两个不成样子的作品，好像都是中篇小说的篇幅（那时候还不具备创作长篇小说的能力），现在看来，仅仅是一种作品雏形，根本没有达到成为正式作品的标准，所以就不知丢到什么地方去了。但这个题材却没有从我脑海里消失，数十年来一直在我眼前若隐若现，就像一个不肯离去的友人，随时做着前来拜访的准备。

　　我的创作习惯与其他人有所不同，在一年当中的大多数时间（一般为十个月）中，我都找不到恰当的写作状态，而只能把这段时间用于阅读，所以这些年来，我一直把阅读经典文学作品（尤其是外国现当代文学）作为比写作还重要的任务来完成。正是在这个过程中，我的文学视野不断开阔，各种文学思潮和文学流派都能为我所熟知，各个代表性作家和他们的作品也都能为我所读到，不仅成为我营养丰富的文学食粮，而且为我处理自己的创作题材提供了奇异巧妙的念头和灵感。正是在这种情况下，那位隐藏了如此之久的"朋友"终于现出身来，朝我发出了亲切迷人的微笑……几乎一刹那，我就知道该怎么写作这部作品了，2019 年夏天，我终于把这位"朋友"请到了我书房里来。

　　与其他作品有所不同，《中毒反应》第一次让我跨越了现实与幻想的界线。在此之前，我是严格恪守这条线的，最多也就让一只脚跨过去，而且不做过多停留，就适时把脚收回来。这是我一直秉持的写作原则，以免真的"走火入魔"，堕入所谓"幻想文学"的泥潭。而在这部《中毒反应》中，我却把两只脚都伸到了那条线彼端，将处于虚幻世界中的神灵角色融入故事

中,让它们大篇幅地参与了情节的走向,对民间文学的化解和借鉴可谓走到了一个较为深入的地步。回头检视这部作品,正是由于这样的写作方式,让《中毒反应》在保持现实烟火气的基础上,增加了许多奇异和诗意的成分,从而让这个十分沉重的题材有了较为轻盈的写作风格,无形中形成了一种叙事张力。

不妨告诉大家,当初构思这部作品的时候,我曾经对如何处理老枪和二女这对形象产生过犹豫,即可不可以把老枪设计为正面人物,而二女则相反,老枪因为忍受不了二女的堕落而发疯,而把她杀死?那就与现在的人物设计正好反过来。但最终的结果却是,我依旧延续了现在的思路,不知道这种选择是否更好一些?另外,这也是一部特别注重叙述基调的作品,尤其是外篇《毒蘑菇》,为了较为准确地呈现一个精神病患者的疯言狂语,我尽量用一气呵成的方式讲述,每节数万字的篇幅不分段落,把不同场景交织在一起,形成一种彼此渗透交缠的混乱情状。这肯定给读者增加了不少阅读难度,但我一向认为,没有阅读难度的作品不是好作品。这当然不是说《中毒反应》就是好作品,不过是希望读者能像我写作时体验到的那样,享受一种被文字裹挟的狂欢化效果……没错,和写作《忧郁时刻》时的状态差不多,这部《中毒反应》也在很大程度上体现了我对狂欢化叙事的追求……

六

进入中年以后,我在轻慢了19世纪的文学状况很长一段时间的情况下,最终还是喜欢上了陀思妥耶夫斯基、左拉、狄更斯等现实主义作家,并为没有真正错过上几个世纪的文学大师而庆幸,看来该补的课无论如何是越不过去的。这几位与巴尔扎克和托尔斯泰齐名的大家对社会历史与人性世态的解剖及批判,对现实社会正面硬碰硬的书写方式,其力度、广度、深度和精细程度都达到了前所未有的高度。

但又不能不说,现实主义作家的这种写作方法要经历比其他流派作家更为强烈的写作难度,这其实还不是最为关键的,真正的问题是,文学创作是否必须这样面对现实?这竟然让我在敬佩他们的同时产生了危险的疑问。回顾文学发展史,我们不能不看到,文学自从产生那天起,在以拉伯雷、塞万提斯等文学大师以及《一千零一夜》等文学经典的引领下,文学(这里指的是小说创作)一直是与现实保持一定距离的,所以呈现在文本上便是表现、模仿、戏谑和嘲讽的风格为特点,在写作上表现为一种狂欢化游戏性的状态,没错,我要在这里更进一步强调"游戏性"这一说法,我越来越固执地以为,艺术从本质上说就是游戏,体现在小说创作上就是文学性(魔法性)。进入 20 世纪,文学在摆脱了现实主义的影响之后,义无反顾地进入现代和后现代主义的创作领域,以卡夫卡、乔伊斯、福克纳、马尔克斯等为代表的现代作家创造出了诸如表现主义、意识流、新小说、荒诞派、黑色幽默、魔幻现实主义等文学流派,我觉得其实是绕过了 18、19 世纪的现实主义思潮,重新回到以拉伯雷和塞万提斯为代表的文学源头,接续了断裂已久的文学发展历史……正是在这种疯狂而又危险的思想推动下,我进行了有关"乌龙镇"题材长篇小说的创作……

与此同时,我从来没有放弃对文学之外的一些学科,诸如社会学、人类学、心理学、民俗学、语言学等的关注和学习,在很大程度上受到了弗洛伊德的精神分析学说、荣格的集体无意识学说、弗莱的神话原型理论等学说的影响,并不断将它们应用到具体的文本写作中……

可话又说回来,由于我们受到现实主义创作方法的影响太过深远,尽管我有了上面的创作理念和写作尝试,却不能在实践中完全摆脱现实主义的制约和束缚,何况中国并不太具备现代艺术产生的环境,20 世纪 80 年代的先锋文学已经成为历史,所以我们只能在一个有限、局促、逼仄、狭小的空间中做一下尝试而已……这当然是一个尴尬的写法状况,却是我们不得不面对的现实……

尽管如此,我还是不能放弃这样一条创作原则:写作者在面对写作对象的时候,不可顺从现实世界所提供的逻辑,不仅不顺从,反而要抗争,要推翻,要打碎,要重建,要再造,是的,写作者的任务就是创造,创造一个只顺从他的美学逻辑的艺术世界,建立一个与现实迥然不同的梦幻之境。在这个与现实平行的国度里,写作者就是无所不能的上帝,"要有光,就有了光",也只有在这个时候,卑微的写作者才能获得在现实世界里没有的强大和尊贵。

七

我从 20 世纪 90 年代开始文学创作,从那时起,一个叫作"乌龙镇"

（还有相伴而生的"莫邪山""鱼人河"等地理坐标）的文学发生地就悄悄被我建立起来。数十年来，我在很大程度上是生活在乌龙镇世界中的，从根本意义上说，乌龙镇已经超出了我的生活故乡，而成为我生命的出发点和目的地，如果说它是我的文学王国有大言不惭嫌疑的话，我可以用我们当地的一句话来表示，那就是"一亩三分地"。没错，乌龙镇便是我文学的一亩三分地。

相对于中国乃至整个世界来说，乌龙镇肯定是狭小的，偏远的，闭塞的，但它在我笔端引发的风暴，它在我眼前绘出的风景，却又是那么气象万千，那么丰富多彩，那么广阔辽远，那么深邃博大，对我这个渺小的写作者而言，乌龙镇就是宇宙的中心，现实世界中所具有的任何颜色、气味和声音它一样都不少，所发生的一切悲欢离合和生死离别都在它的舞台上轰轰烈烈地演出，所存在的全部不可言说的秘密和缠绵悱恻的风情都或隐或现地在它的人们中间。只要我来到乌龙镇的街道上，一和那些生活悲苦、命运多舛而又善良卑微的父老乡亲们搭上话，写作的冲动就会来到我身上，一个文学梦游症患者难以治愈的旧病就会复发，文学之神就会像魔鬼一样控制我的行为。写作是痛楚的，就像生孩子阵痛一样苦不堪言，但写作又是幸福的，就像孕育新生命一般让人沉醉其间。就是在这样的状态下，我把属于自己的精神原乡一点点构建出来，以表达对那个作为梦幻世界源头的真实世界的看法和态度。大概是60后作家的本性使然吧，我喜欢关注那些对我来说八竿子打不着的事情，对所谓的风云变幻有着浓厚的兴趣，并给这种写作行为施加上诸如"宽阔""纵深"等一类的词，至于讲述的方式除了掏心掏肺之外，我还告诫自己要尽力弄得"神秘"和"陌生"，纵情品尝"游戏"写作的滋味，至于到底是现实主义、现代主义或其他什么主义的创作风格，那就不是我这个单纯的写作者所能关心的了。

感谢中国海洋大学出版社，感谢我的责任编辑孙宇菲女士。在我若干作品的出版过程中，孙宇菲女士都以严肃认真的态度一丝不苟地给予批评和指正，让我这个自以为严谨的写作者发现了许多疏漏和缺陷。正是由于她的辛勤付出，我这些不太成熟的作品才得以顺利和读者见面。

康复时代

忧郁时刻

王涛 著

中国海洋大学出版社

·青岛·

图书在版编目（CIP）数据

忧郁时刻 / 王涛著 . -- 青岛 : 中国海洋大学出版
社, 2025. 1. --（康复时代: 四部曲）. -- ISBN 978
-7-5670-4003-8

Ⅰ. I247.5

中国国家版本馆 CIP 数据核字第 20240LX384 号

KANGFU SHIDAI·YOUYU SHIKE

康复时代·忧郁时刻

出版发行	中国海洋大学出版社		
社　　址	青岛市香港东路 23 号	邮政编码	266071
出 版 人	刘文菁		
网　　址	http://pub.ouc.edu.cn		
电子信箱	1193406329@qq.com		
订购电话	0532-82032573（传真）		
责任编辑	孙宇菲	电　　话	0532-85902349
印　　制	青岛国彩印刷股份有限公司		
版　　次	2025 年 1 月第 1 版		
印　　次	2025 年 1 月第 1 次印刷		
成品尺寸	160 mm × 230 mm		
印　　张	89		
字　　数	1364 千		
定　　价	258.00 元（全四册）		

发现印装质量问题，请致电 0532-58700166，由印刷厂负责调换。

目录
Contents

我并不照自然描绘，我要从自然中拿取、吸收。

——［挪威］爱德华·蒙克

第一章

1

夏海丽一走出家门,我就发动起我那辆夏利出租车,悄悄地跟随在她后面。

当夏海丽还在屋内化妆和打扮的时候,我便做出一副要去工作的样子,其实是把车子开到外面后,我又返回来,猫在楼梯下的拐角处,耐心地等待她出来。昨天夜里,我们刚进行过一场不愉快的争吵,由于她的反应太过激烈,一度差点动起手来。凭我对夏海丽的了解,我相信在这种情况下她一定会外出搞她的隐秘活动,做出什么出格的事来也说不定。但我还是没想到她会用接近一个钟点的时间收拾自己,又是洗身子又是换衣服,又是做头发又是拔脸毛,将自己弄得干干净净又漂漂亮亮。我在焦躁的等待中更有理由断定,她这次外出,极可能是和那个我一直不知道是谁的男人幽会。夏海丽似乎并不回避这种嫌疑,在我还没有出去的情况下就把动静搞得这样大,看来是有意要让我难堪了。开始我还以为自己在等待这个机会,拿贼拿赃,捉奸捉双,我已经戴了那么久的绿帽子,早就憋屈得受不住了,今天我可要出口恶气。但很快我就有些承受不住了,看她决绝而又坦然的样子,我觉得要给对方厉害的其实不是我,而是这个叫夏海丽的女人。

尽管我知道要面对些什么,但还是不想放过夏海丽,她一走出家门,我便尾随在了她后面。夏海丽一来到街上,就随手拦了辆黑色的出租车,风驰电掣地沿城区大道驶去。我也赶紧换上快挡,一步不落地跟随在后面。但为了不让她发现我在跟踪她,我把车子开得很隐蔽,不时在别的车辆后面靠一下,当那辆黑色出租车开走的时候,我又把车子浮出来,急快地追上去。毫不夸张地说,我是一个优秀的司机,跑出租也好长时间了,跟踪一辆车子简直是轻而易举的事儿。但前面那辆黑车似乎知道我在跟踪它,每当我靠得有些近时，便从副驾驶的车窗丢出一卷手纸之类的垃圾，飘飘地蹭到我这辆车的前挡风玻璃上。这个混账女人，看来是成心恶心我。我忽然觉得跟下去也没什么意思，一度产生了放弃的念头，想掉头做自己的事情去。就在我犹豫的当口，那辆黑车已经快要跑出我的视野去了。我在头上打了一拳，让自己打起精神来，又一扭方向盘追了上去。

黑色的出租车已经领着我跑过了好几条街，还没有停下来的意思。看来夏海丽勾搭的那个男人不在这一带，或许真的是个我不认识的人呢，我不能不佩服夏海丽，她居然有这样大的本事，都要到繁华的市区去做她的风流韵事了。那辆出租车又上了高架桥，并且加快了速度，在嘈杂拥挤的闹市区上面一路开了过去，来到城市另一端的街道上，渐渐又接近了和我家所在的地方差不了多少的那种普通区域。我不禁哑然失笑，难道为和一个居住在这种地方的男人见一面，也要劳心伤神地赶那么远的路？在我笑话夏海丽的时候，黑色的出租车又穿过了几条街，居然来到了城市的边缘地带，再往前，就是郊区的菜地和农田了，我抬起头，看见了不远处的那座叫曼秀山的小山。我不禁迷惑，咦，夏海丽这是要到哪里去？莫非她这次出来不是去和男人幽会，而是有别的任务不成？可在我想来，夏海丽除了约会情人外，也不可能有别的事要做呀。我正茫然不解时，却看见那辆出租车拐了一个弯，直朝着那座风景秀丽的小山驶去。在车子的前方，慢慢出现了一片高楼林立的住宅区。我这才恍然大悟，原来夏海丽是领我到一个坐落在风景区的住宅小区来了。

我所居住的这个城市因为地处平原，没有多少好看、好玩的地方，难免让人觉得平淡。但所幸的是，出了城区往南不远，有一座不算太高的小山，给这片平原或者说给这个城市平添了一道难得的风景。可在很长的时间内，人们却没有意识到那座山与这个城市的关系。在一片大开发大建设的热潮中，正为找不到自己城市的特点和下一步发展的方向时，不知是哪个有识之士把眼光投向了那座小山，一经指出后，立即获得了当权者和有钱人的一致赞许，灵感也顿时如泉水般奔涌，一系列开发蓝图被接二连三地制定了出来，一支支建设大军开往城市与山区间的那片空闲地带，又是设高新技术区，又是建新兴工业园，又是搞旅游项目，又是做住宅规划，一派热火朝天的繁忙景象，这个已经平庸了那么多年的城市似乎也要由此获得新生了。可是几年下来，高新技术区却没有起色，新兴工业园也不见效益，旅游项目还始终是纸上谈兵，倒是住宅规划率先变成了现实，一排排一座座气派又豪华的别墅很快矗立起来，与美丽的山野景色相映衬，越发显出了它独特的价值，吸引了大批在城市的钢筋水泥和废气污水中住腻了的人前来购买居住。当然，这些人都毫无例外是城里的有钱人，是在改革开放中诞生的新权贵，用一句时髦的话说，是新兴的中产阶级，他们用大把崭新的钞票品尝山野乡间的新鲜空气来了。因为公司倒闭的缘故，我作为一个落魄的出租车司机，几乎没有机会到这个地方来，哪怕仅仅是走一走，看一看。可我万万没有想到，我的妻子夏海丽却有那么大的本事，居然把她的风情展示到这里来了。

夏海丽在居住区的一个十字路口下了车，迈着轻盈的步伐朝前走去。等那辆黑车离开后，我也发动我的车子，不紧不慢地尾随在她后面。到这个时候，我反而有些吃不准她到这里来的真实目的了。要说夏海丽也是很有姿色的女人，可毕竟年龄有些大了，那些有钱人都忙着去找青春靓丽的小女孩，哪个还能看得上她呢？当然夏海丽也有自己的一套办法，可她那点小本事在这个地方能行得通么？我还没有想清楚这件事，就看见夏海丽突然奔跑起来。她是朝着前面的一幢别墅跑去的。望着夏海丽不时晃动的身影，我一下子明白过来，她的确是到这里来幽会男人的，因为我太了解太熟悉她了，虽然隔着很远，但我似乎看见了她浮在脸上的那种急不可待的表情，是的，夏海丽已经有些克制不住她的强烈欲望了。

我朝她跑过去的那个院落门口望去，果然看见那里站着一个人，一个瘦高的男人身影。我知道夏海丽的目的地到了，赶紧刹住车，把身子伏在方向盘上，呆呆地看着我的妻子像一只发情的母鹿似的直跑向她的那头雄气十足的公鹿。那头公鹿是个什么样的家伙，居然让她不辞劳苦地穿越整个城市赶来与他幽会，想必他除了有钱外，还有什么更吸引她的地方吧？我瞪大双眼，痴痴地朝那头公鹿打量。我怎么觉得他有些眼熟呢？我拿起抹布，使劲擦了擦前挡玻璃，又开动雨刷，将玻璃外面也刷刮几个来回。现在我看清了，那个站在别墅大门口迎接我妻子的瘦高家伙不是别人，原来是我的仇人张效梁，天哪，夏海丽竟然和我的仇人张效梁偷情来了。

2

很久以前，张效梁曾经是我非常要好的朋友。虽然我们没有像刘备和关羽那样在桃园里结拜,可也好得分不出你我了。蒙哥,张效梁稀稀溜溜地抓着发红的鼻子说,你的娘也就是我的娘。张效梁连这样肉麻的话都说出来了,我还能不把他当兄弟看待?那时候,张效梁在工地上从脚手架上掉下来,摔断了一条腿,正没有地方好去呢,我看他那副可怜的样子,便毫不犹豫地收留了他,不仅治好了他的伤,还把他留在我身边发展。当然,那个时候的张效梁也表现出了一定程度的才干,而我的文化发展公司正处在一个欣欣向荣的节点上,如果再上一两个关键项目,我就能在与同行的竞争中变得较为有利了。我满心以为,张效梁的到来会为我和公司的腾飞插上一只翅膀,因为在我看来,就算张效梁是一条狗也会知恩图报,何况他的确也做出了像狗一样忠诚于我的表示。说句公道话,开始时张效梁真的很给我卖力气,总是屁颠屁颠地跟在我身后,我说往西,他决不向东,我说骂鸡,他也决不打狗,把自己打扮成一副忠实奴仆的模样,而且还时不时地给我吹点耳旁风,出些小点子,按照他的主意去做,公司经营也果然取得了很不错的效果,这使我不仅越发信任他,还打算把未来的一家分公司交给他经营。但我还没有来得及给他派上这个用场,张效梁就让我日益兴隆的生意垮掉了,别说什么分公司,连我本来的生意也保不住了。

回想当时的情景,我至今记忆犹新。那一天,我正在办公室里绞尽脑汁考虑新项目的问题,张效梁领着一个贼眉鼠眼的人进来了,说是来和我谈一笔生意。我不认识那个人,又看他一副鬼鬼祟祟的样子,先就对他做了些提防。但张效梁向我介绍说,这是他的生死至交,其关系的亲密程度就跟他和我差不多。经他这样一说,我便打消了对这个人的怀疑,不知不觉间和他热络起来。说吧,我摆出豪爽大度的样子说,有什么生意要和我谈?

我得到了一批名人字画。朋友不动声色地说。

都有谁的?我随口问道。

既有中国的,朋友故意卖关子说,也有外国的。

外国的?我有些意外,那你就先说说外国的吧。

戈雅、毕加索,朋友装模作样地说,还有蒙克……

蒙克?我吃了一惊。

说到这里,张效梁忽然笑了起来。我哥就叫蒙克。他捣了朋友一拳说。

是吗?朋友故作惊讶地张大了嘴。

我点点头说，没错，我也叫蒙克，但我不是你所说的那个外国人。

回想那天的情景，我觉得正是因为他们说到了那个与我的名字相同的人，我才对这批所谓的珍稀文物产生了兴趣。对于那个名字与我相同的外国人，我有一种莫名其妙的好感，总是觉得他与我有一种无法说清的神秘关系，所以也便对张效梁尤其是那个来路不明的家伙失去了应有的警惕。当然，一点点本能的怀疑我还是有的。

是赝品吧？我没等他再说下去，便故意摆出不信任的样子。

都是真迹。朋友信誓旦旦地说。

我当然不信，耸耸肩膀说，中国的东西或许你们搞得到，但外国的……怎么可能呢？

是这样，朋友往门口看了一眼，做出欲言又止的样子，待张效梁跑过去关上门后，他才用神秘兮兮的口气说，我在海关的一个哥们经常查获走私的文物，方便时就顺手牵羊……说着，他做了一个攥拳头的手势。

这没有什么风险吧？张效梁用不无担心的口气说。

放心吧，朋友肯定地点着头说，该擦的屁股都擦干净了。

看他们说得有鼻子有眼，我不禁也郑重其事起来。你见过那些字画了吗？我问张效梁。

没有，张效梁摇摇头，这么珍贵的东西，我怎么能先开眼呢？然后他用征询我意见的口吻说，要不让他们把东西带过来看看？

不用让我们看，我依旧不失警惕地说，还是先让鉴定部门的人看看再说吧。随即我又在心里说，想让我上当，恐怕还没那么容易。

当然，朋友拍了一下胸脯说，如果真有什么交易的话，这是必须走的一步。

老板，张效梁不失时机地向我进言，我在鉴定中心有熟悉的专家，可以把他找来当场鉴定，你看……

张效梁所说的那家鉴定中心我也知道，就在不远的一条街道上，由于业务往来，我还和其中的一些人打过交道。好吧，我简单地想了一下，便同意了他的提议，让你那个熟人专家过来吧。

张效梁给专家打了一个电话。为了把这场戏演得更像，他放下电话后又对我说，专家说鉴定最好是在他们中心进行，那里的内行人多，工具又齐全，当然，如果老板愿意让他过来……说到这里，他又用征询意见的目光看我。

到中心去鉴定当然更好了，我岂有不答应的道理？而且我还进一步认定，张效梁是为我着想才出这样的点子。张效梁带着朋友和他的字画去鉴定中心之前，我还把他拉到一边，反复交代他要小心谨慎，严格把关，不让一点纰漏出现。

老板你就尽管放心吧，张效梁拍击着他瘦骨嶙峋的胸脯，信誓旦旦地对我发誓说，我要是办不好这件事，你就把我打翻在地，再踏上一只脚，让我永世不得翻身。

为了做到万无一失，当张效梁他们在中心马不停蹄搞鉴定的时候，我还抽出时间，亲自上网查证了一下，别说，网上还真有这些文物失窃的消息，说是一批珍贵的名人画作不知去向……关上电脑后，我又到鉴定中心去了一趟，看到专家带着一干人鉴定得细致严谨，这才真正放下心来。辛苦了，我还和那个专家握了一下手说，等这件事完成后，我要请您好好地吃一顿饭，以表达我的谢意。专家谦逊地摇摇头说，吃饭就不用了，这是我的老本行，能够为您这样事业有成的人效劳，是我莫大的荣幸。我离开时，专家又装作无意的样子对我说，看起来您要撞到大运了。听他这样说，我收购这批文物的意向便更强烈了。

两天过后，张效梁就把那批文物的鉴定结果拿回来了。毫无问题，他把盖着鉴定中心印章的鉴定书摆放在我面前，用和专家差不多的口吻说，老板，你就要发大财了。看着鉴定书上那枚圆圆的大红印章，我不由自主就从老板椅里站了起来，做出一副跃跃欲试的样子，是呀，这批字画既然被鉴定为真品，而那帮人因为急于脱手开出的是一个低廉的价格，我的胃口早就被成功吊起来了，到这个时候，就是我不想收购那些字画都不可能了。效梁，我还故作镇定地问他，你说我们该怎么办？

机不可失，时不再来，张效梁竖起一根手指头，用简洁明快的语句说，下决心吧，不然你会后悔一辈子的。为了让我下定最后的决心，这个工于心计的家伙还让朋友把蒙克的那幅《呼喊》拿进来，摆放在我面前，故意勾引隐伏在我心头的馋虫。

说实话，几乎拿出我公司的所有资金购买这批字画，我看中的其实就是蒙克的这幅《呼喊》，甚至从某种意义上说，我只要买到蒙克的这一幅便已经足够了。望着画作上那个站在桥头把手拢在嘴边呼喊的秃头怪人，望着他头顶上那些像华丽的乱蛇一般流动的霞云，几乎是一霎间，我便被一颗看不见的子弹击穿了魂灵……我没有再犹豫，便把我的会计叫进来，让她尽快盘点公司的资产，把所有能够使用的现金提取出来。尽管这批字画的价格不是那么高，但即使花掉我所有账面上的流动资金也不够，还要卖掉设在黄金地段的两个门店。可想而知，这件事如果弄砸了，我将一败涂地，再也不能从地下爬起来；但话又说回来，如果把这件事搞成了，仅仅转手三两幅字画，我就会把所有开支补回来，何况还有其他大批的字画没动呢。这件事实在太有诱惑力了，加之张效梁在我耳边不断吹风，尤其是有那幅《呼喊》对我的蛊惑，我便做出了成交这笔生意的决定，当那个朋友把那一箱子字画搬到我老板台上时，我也让会计把所有资金都打到了他们的账户上。

一切都尘埃落定了，张效梁居然还觍着脸继续恶心我说，有了这批呱呱叫的古董宝贝，老板下半辈子就是什么都不干，只是坐享其成便已经足够了。

我当然听不出他话里的嘲讽意味，还使劲拍着他的肩膀说，等着吧，我要开一家分公司，把它交给你运营，算是我对你的奖励。

到这时，我还一直把张效梁看作我的得力助手，对他在这件往死里坑害我的事中立下的汗马功劳表示感激呢。我怎么能够想到，张效梁，这个把我的娘当作是他的娘的好兄弟，这个被我救过一条腿并端着我赐给他的饭碗的打工仔，他应该真心实意地帮助我才合情理，他又有什么理由欺骗我葬送我呢？不仅那时候，就是现在我都没有想通这件事。

我收购那批假字画的第二天，狡猾的张效梁就向我告了假，说他要回老家探亲，为了避免引起不必要的麻烦，他没有来公司和我见面，只是给我打了一个电话。我不知道他的老家在哪里，也没有过问他的老家到底有什么人需要探望，尽管我不是那么愿意让他离开，但还是准了他的假。快去快回，我还在电话里说，我还等着你回来开分公司呢。听我这样说，他没有在电话里表示什么，但过了足有半分钟，他才把电话挂断。我不知道他在那半分钟里到底想了些什么。

我意识到那批字画出了问题时，张效梁已经离开好几天了。我的手下向我报告说，他联系的一个买家看了其中的一幅字画，当即断定是赝品。我并不在意地对手下说，再给他拿出一幅看看。没想到那个买家还是毫不犹豫地说，这幅画仿作得更明显了，不要说哄不了他这样的客户，就是拿到一般市场上去,也没几个人当真的。我这才警惕起来,一想到我花出的那几千万元资金,脑袋便有些大。我当即拿起电话,颤抖着手指拨打那个鉴定专家的号码。让我感到意外的是,那个号码竟成了空号。我的眼前一阵发黑,身子一下子从老板椅里出溜下来。

老板老板,我的员工们都吓坏了,纷纷围上来扶我,您怎么了……

快,我喘息着粗气说,快去鉴定中心……看到几个员工要离去,我又抬手喊住了他们。还是我亲自去找他吧。在他们的搀扶下,我慢慢爬起来,摇摇晃晃地往门外走。

在驱车前往鉴定中心的路上,我的身子一直在打哆嗦,天哪,要是那些字画都是赝品,那我的生意可就真的做到头了。这时候,我似乎已经明白张效梁为什么要急着回老家"探亲"了。可我还不想承认这点,不管怎么说,张效梁都是与我同甘共苦的好兄弟,怎么可能狠下心来置我于死地呢?还有那个专家,又有什么理由往死里坑我呢?不可能,我在心里一遍遍地对我刚刚产生的疑问说,兴许是你太多心了。但随着到鉴定中心的路程越来越短,我的心脏却跳得越来越急了。

我们已经开除了那个人,鉴定中心的领导告诉我,他多次为他人开设虚假鉴定证明,让客户蒙受了巨大损失,也给我们造成了恶劣的影响……

没有听完他的话,我就再次感到了眩晕,要不是手下人及时扶住了我,我会栽倒在鉴定中心的门台阶上。

回到公司后,我没有进我的办公室,而是径直往收藏室走去。我走得踉踉跄跄,在楼梯上绊了一下,差点摔倒在地。一个员工好心地扶了我一下。我恼怒地甩开他的手。滚一边去。我还狠狠地骂了他一句。员工们都停住了脚。我继续磕磕碰碰地往前走,还是有些走不稳。我想控制住自己的腿脚,可使了很大劲,就是无法让步子慢下来,好像腿脚已经不再受我大脑的使唤,自作主张地驮载着我的身子往前走。员工们不敢再扶我,只好远远地跟在后面。好不容易进到了收藏室,我笨手笨脚地挪到那几只大铁箱子前,从腰带上取下钥匙,抖抖瑟瑟地去开挂在铁鼻上的大锁。我老是打不开锁,有些员工想上来帮忙,但又不敢真的上前来帮。费了很大劲,我终于打开了一只箱子,从里面取出一幅字画,匆促地端起来看。你们说,我没头没脑地对那些跟在我身边的员工说,它是假的吗?

员工们没有一个人回答我的话。

我明白了，他们不说话便是表明了自己的态度，没错，这幅画不是真的，就连我自己此刻也看出来，这幅画的确不是真的，而是拙劣的仿制品，但让我感到不可思议的是，前些日子，也就是那个贼眉鼠眼的家伙把这些字画拿来的时候，我怎么就没有发现呢？我把这幅字画丢在地下，从箱子里拿出另一幅，再次端起来看。我的手势已经不再谨慎，展开时都弄破了字画的边缘，心里也没有觉得丝毫的不妥。既然它们都不是真的了，我还那么小心地对待它们干什么？我又把这幅字画举到员工们脸前，这一幅是不是也是假的？我没有再等待他们回答，便迅速扔到了地下，再次去拿下一幅。假的，我一边把字画一幅幅地往地下摔，一边气喘吁吁地叫喊，它们都是假的。

我摔完了箱子里所有的字画，又转身扑向另一只箱子，但没有再打开它，便抬起脚，狠狠朝它踹去。箱子被我踹得砰砰响，可我却觉不到脚疼，好像我的脚已经变成了没有知觉的木头，我要用这根像是木头的东西把那些该死的箱子统统砸烂。但我却终于感到了疲惫，仿佛这段时间内我干了过去几十年间没有干过的所有活计，再也支撑不住了，身子开始急快地虚脱下来，脚下一个趔趄，一头栽倒在那些像猛兽一样龇牙咧嘴朝我笑的假字画里。

给我去叫张效梁来。这是我醒来后朝员工们说的第一句话。

员工们面面相觑，一时不知该怎么办好。

我这才想起来，张效梁早就跑回老家去了。不，我随即又意识到，张效梁绝没有回老家探什么亲，他就隐藏在这个城市的某个角落里，说不定就在离我不远的一个地方看着我发笑呢。我不禁又闭上了眼睛。但只过了一霎，我便猛地睁开，再一次咬牙切齿地说，给我去找张效梁来……

员工们当然不会去给我找什么张效梁，再说他们又到什么地方去找呢？张效梁既然已经隐藏起来，那就不是一般人能轻易找到的。由于我的生意就要面临破产的境地，员工们早就做好了离开的准备，连应付我的样子都不愿做一下，便摇摇头走到一边去了，真应了那句俗话，"树倒猢狲散，食尽鸟投林"。

即使到了这种地步，我也不想做一个无赖。在几天的时间内，我便处理掉我所有的生意，该变卖的变卖，该回收的回收，然后归还了所欠客户们的钱款，又给员工们发了最后一次工资，还剩下几万块钱，我不敢再派别的用场了,我要为自己还有我的妻子夏海丽的生活着想。从我曾经灯火辉煌的公司里走出来的时候,除了那几万块钱外,我手里便只有蒙克的那幅《呼喊》了,虽然这幅画同样也是假的,但我还是不忍心撕烂它,而是决计把它留在自己的身边,让它继续陪伴我走下去。我不知是要从它身上得到一些警示,或者还有什么别的考虑。

经过短暂的考察,我在旧车市场上买了一辆二手夏利车,每日在街上跑起出租来。与我当老板的时候相比,做一名出租车司机当然要辛苦得多,看着客人递给我钱时,我总有一种接受施舍的感觉,尤其是客人怀疑我多收了他们的钱,与我发生没有必要的争执时,我会立刻意识到我的窘迫处境,意识到我是一个穷人。每当这时,我便没有了再和他们争下去的勇气,有时干脆连正当的车费都不要了,开起车来飞快地离去,留下客人呆呆地发怔。

在很多的情况下,我都会不由自主地想到我当老板的那些日子,那些日子里我所得到的快乐。这样一路想下去,我便会顺理成章地想到张效梁,那个欺骗了我同时也坑害了我的人。有许多回,张效梁都出现在我的车窗前,浮荡着一张流氓脸朝我微笑。你终于来了。我在心里念叨着。我换上快挡,发疯一般朝我面前的张效梁驶去。撞死你个狗东西。我恶狠狠地咒骂。可是,任我怎样加快速度,也始终没有把张效梁撞到车下。但我却在懵懂的状态下差点酿成事故,一回闯了红灯,一回撞在人家的车尾上,一回擦着一个行人的衣角过去,一回……每回我都惊出一头冷汗,倒是张效梁依旧优哉游哉,嬉笑着从我车顶上飘过去,一副幸灾乐祸的模样。为了不被警察吊销驾驶执照,砸了我的饭碗,我不得不迫使自己冷静下来,谨慎再谨慎地驾驶我的车辆。尽管这样,我还是不能忘记那个叫张效梁的人。

张效梁,我在心里暗暗发誓说,我一定要找到你。

3

有两年的时间,我都在城市的大街小巷里寻找张效梁,却一直没有见到他的影子。也许张效梁已经死了吧?有时我便想,这样一个恶人,怎么会好好地活在这个世界上呢?我对见到张效梁几乎不抱希望了,不想有一天,我却意外地看见了他。

那是个有些阴霾的日子,过午的时候,天上还飘下了蒙蒙的细雨。我到一家宾馆去接一个客人，由于去得较早，客人还没有出来。我便在宾馆门口停好车，一边翻腾别人留在车里的一张晚报，一边耐心地等候客人。过了一会儿，我随意抬起头，透过雨刷不时划动的玻璃，忽然看见一男一女两个人走出宾馆门口。一见那个男人的走路姿势，我的眼睛便霍地一亮，没错，这个正在走来的男人不是别人，正是我寻找了那么久而不得见的张效梁。真是冤家路窄呀，我在心里冷笑着说，今儿咱们终于碰面了。我的心脏怦怦地跳动，情绪也止不住地亢奋。我把车子发动起来，做着随时朝他冲过去的准备。

张效梁显然已经喝多了，走路磕磕碰碰，下台阶时，脚下一趔趄，差点摔倒在地下。我不由得想起了我刚发现被他坑害了时的情景。和张效梁走在一起的那个女人赶紧去扶他。我抬眼一看，便知道那个女人是张效梁在娱乐场合里勾引的女人。张效梁走得两腿打软，便用两手搂住女人的肩膀，像个癞皮狗似的吊在女人身上。我真想开车过去，把他撞趴到地下，可有那个女人在他身边，我还是犹豫了一下。就在这时，一辆停在我车边的宝马车朝他慢慢靠过去。我看出来，这是来接张效梁的，想必是他个人的私车了。真是想不到，张效梁居然也有自己的车了，而且还是宝马，看来混得不错呀。这越发激起了我的愤怒，不行，不能让张效梁走掉。说时迟，那时快，我发动车子，直朝张效梁驶去。在超过那辆宝马车时，我探头朝那个对我打量的司机说，效梁让你回去，他坐我的车走。我把车直停在张效梁脚前，下了车去，一边用报纸遮挡着脸面，一边给他打开车门。张效梁也的确是喝糊涂了，再加上下着雨，他没有做丝毫的停留，便拥着那个女人钻进了我车里来。我替他把车门关上，回到驾驶座前，迅速发动车子，同时把所有车门的插销落下，然后便驾驶起车子，飞一般地朝前驶去。

张效梁起先还没有发现异常，但随着车子的颠簸，他有些受不住了，嘴巴一张，一股腥臭的呕吐物浇在女人的脸上。呸呸，女人一边胡乱地抓挠着头脸，一边使劲推撞张效梁，怎么回事？你都吐到我脸上了，哎呀呀，脏死了。张效梁用手捂住嘴，别过头去，匆忙地摇动窗玻璃。小赵，你给我把窗子打开。我没有理他，越发将车子开得更快。怎么回事？张效梁觉出了不对劲，你这是往哪里开？女人也伸过手来拍我的肩膀，你不会把车开稳点？要不你停下，让他下去吐。我一打方向盘，反而把车子开上了一条没有修整的小道，高低不平的路面和遍地的碎石使车子颠簸得更厉害了。张效梁又受不住了,脖子一伸,腥臭的呕吐物又接连不断地喷泻出来,把女人的整个身子都涂满了。女人挥着两手先去护住头脸,随后又盲目地在身子上拨拉。天哪,女人快要哭出来了,我刚买的一身衣服,就被你弄脏了。女人举起拳头,一下一下地捶打着张效梁的身子。我慢慢停下车,打开女人那边的车门,放她下去。女人下了车,先撕扯了一会儿自己的衣服,然后才迈开脚,急快地往远处跑去。张效梁推拉了几下他这边的车门,也要下车。我又把车子开动起来。张效梁把眼睛落在我的后脑勺上,接连眨巴了几下。我知道,他终于认出我来了。

张兄弟,别来无恙呀。我这样开口说。

蒙、蒙哥……张效梁嚅嗫着嘴唇。

别叫我哥。我用力拍了一下方向盘。

好吧,张效梁咽口唾沫说,我知道你也不会再认我这个兄弟了,当然,我也不配了……

你还知道你不配?

我……唉,我也是没办法呀,他们找到了我,非逼着我……再说……

什么?

再说,他们也真的给了我不少的好处,恐怕比在你手下干十年、二十年都要……

我知道你现在发大财了,又当老板又有车,小日子都快过到天上去了。可就为了这些好处,你就可以干出伤天害理的事来? 你就不怕晚上做噩梦吗?

噩梦? 嘻,那又能把我怎么样? 反正……其实蒙哥,这也怨不得我呀,谁让你那么信任我呢? 你不觉得你太不成熟了吗?

我不由得点了一下头,不能不承认,张效梁说得也有些道理,我是过于信任他了,在尔虞我诈、你死我活的生意场上,原本就不应该相信任何一个人,何况我面对的又是这样一个素质低劣的人呢? 在生意场上闯荡了那么多年,我终究没有成熟起来,这样被淘汰出局,也实在是情理之中。但我不甘心的是,我没有败在一个高手手下,却被这样一个卑鄙的小混混给打倒了。

你不该再找我,张效梁吧嗒了一下嘴说,我怕真的见到你……

我知道你害怕,才……

不是我害怕你，张效梁打断了我的话，而是担心你害怕我……

什么？我害怕你？我差点笑出声来。

怎么？不是这样么？

我怎么会害怕你？我从后视镜里狠狠地看了他一眼，你别是作恶作昏了头吧？

唉，张效梁叹了一口气说，我是为你着想呀。

为我着想？

真的蒙哥……我怕你见了我，会感到自己低一头……

低一头？

是的，你意识到这一点时，心里会更不好受，是不是这样？

我……我一时语塞。说实话，张效梁的这句话还真是说到了我的痛处，面对着春风得意、寻欢作乐的这个人，我在感到愤慨的同时，也的确觉到一丝隐痛在心头不时地发作，那是羞恼、自卑、惭愧相混合而生发出来的一种奇异滋味，它简直要将我已经裂出缝隙的自信心彻底粉碎了。我身子一摇，急忙用脚去踩刹车。我觉得再这样行驶下去，也许会让车子撞到旁边的建筑物上。我的头似乎也有些晕眩。

以后咱们还是不要见面，张效梁低下声说，你就当忘了我吧蒙哥。

我把头抵在方向盘上，一时没有说话。但在内心里，我好像已经打定主意按他的意思去做了。大概我这两年苦苦地寻找张效梁，我在心里问自己，原本就是一个错误，我是在让他看我落魄的下场来了，同时不也是在欣赏他得意的面目么？想到这里，我真的有些后悔起来。

张效梁终于摇起了窗子，伸出头，大大喘了一口气。但一阵疾风吹来，他似乎呛了一下，随着几声咳嗽，他又呕吐开了。

我实在不想让他把我的车吐遍，也不愿再看见他了，便下了车，打开车门，一把将他拽出去，狠狠地丢到地下。还记得你对我说过的话吗？我问他说。

记得，张效梁趴在地上不动，蒙哥，我让你在我身上踏上一只脚……

我抬了抬脚，却并没有踏到他身上去，而是迈回到驾驶室里，把身子坐到方向盘后，开始发动车子。

张效梁没有等到我的脚，抬起头来看，一见我发动车子，便爬起来朝我车前扑来。蒙哥，他使劲敲打车窗，你别把我丢在这里，下着雨呢，我怎么回去?

我没有理会他,甚至没有再看他一眼,便一阵风似的把车开走了。我拍打着方向盘,气急败坏地骂了他好几句。我似乎不是在单纯地骂张效梁,但除了他之外,我又在骂哪个,却也一时想不清楚。我把车子开出市区后,径直上了高速公路,而且换上快挡,将车子开得如脱缰的野马。是的,我真不该再寻找什么张效梁,千辛万苦地见到了他,不仅白白让他弄脏了我的车,更重要的是,我还又让他打败了一次。我仿佛这才看清楚,我根本就不是人家张效梁的对手,他说得没错,我应该尽快忘了他,全心全意地去过自己的生活,也就是当好这个出租车司机才对。我似乎终于想明白了,把车速缓缓降下来。在前面的一个出口,我拐下了高速,沿着另一条简易公路慢慢回到了城里。遇到第一个洗车点时,我停下车来,让他们完全彻底地清洗了张效梁留在车内的那些垃圾。我又买了瓶空气清洁剂,把车里的每个角落都喷洒了一遍,直到闻不见张效梁的一丝气味了,我才把车子开上街去,仔细寻找我的下一个客人。

在以后的日子里,我没有再主动想到过张效梁一次。随着时间的流逝,我以为我已经把那个人忘记了呢,万万没有想到,我的妻子夏海丽却又和他建立了联系,而且两个人还明目张胆地勾搭起来。张效梁呀张效梁,我在心里愤怒交加地说,真是冤家易结不易解呀,我放过了你,你却不肯放过我,不仅让我的生意破败,而且得寸进尺,还要让我的家庭也离散,看来你不把我置于死地是不罢休了……好,道高一尺,魔高一丈,既然你不怕死,那我还有什么可怕的,就拼尽全力陪你来玩这最后一回吧。

4

张效梁牵住夏海丽的手,朝他的铁栅栏大门里走去。

我下了车子,也猫着腰靠过去。尽管他插上了门闩,可我攀上那道爬着藤蔓植物的栅栏墙,轻轻一跃,便落在了里面的草地上。张效梁的院落也不小,而且全植上了花草,有两条弯曲的甬路通往房门,中间的草坪上还垒起了一小片假山,几条水柱不时地喷落,周围也栽有若干株珍贵的观赏树木,让这个院落显得别有一番情调。我真不敢相信,张效梁,那个只会在酒店里喝酒嚎歌泡小姐的家伙居然还有这样的审美,莫非有了钱真的也能使自己变得文明高雅起来?我把腰弯得更低,急快地走过草地,来到张效梁的房前。

这幢别墅是由上下两层组成,样式是那种时髦的欧洲风格,房顶有些圆,中间却又突起来一个尖。墙壁一律涂成了白颜色,上面覆着茂盛的爬墙虎,房门开得很大,两边也留有宽敞的落地窗,日光可以直直地照进房里去。

好在房门没有上闩,我轻轻地一推,门板便打开了。我蹑着手脚走进去。正如我的想象,房内的一层是会客厅、书房、厨房和餐厅,一条半旋转的楼梯通向二层,没错,上面才是卧室,也正如我的预料,张效梁已经搂着夏海丽上到他的卧室里去了,这时候正在调情脱衣服也说不定呢。为了使自己尽快地镇定下来,我坐到沙发里,从放在茶几上的烟盒里抽出一支,点着后一边慢慢地吸着,一边毫无目的地四处打量。我的目光落在对面的墙壁上,心里不禁一动,好像什么东西引起了我的注意。我站起来,直到快要走到墙上去了,才意识到是挂在上面的一幅画让我觉到了异样。那是一幅外国的名人字画,一看就知道是毕加索的作品。我立刻想到了张效梁用假字画欺骗我的事儿,心里越发充满了怨恨。我搞不清这幅画是否也是赝品,便伸出手去,想让手指弄个明白。我一使劲儿,嵌在木框里的画布竟然撕裂开来。开始我还以为闯了祸,但很快便感到了坦然,张效梁都把我老婆搞上床了,我还不能破坏他一幅假画吗?我的手指越发用力,直到把整张画布都扯烂了才停住。这一刻,我觉到了少许的快意。

我回到沙发里坐下,待把那支烟吸尽后,我闻到客厅里还有另外一种气味,抽搐了好一会儿鼻子,才辨清是木材和皮革相交织发出的气味。我似乎这才注意到,这个房间里几乎全是用木材做装饰材料的,门窗不用说了,地板、墙裙还有门边都镶着条状的木板,奇怪的是一面墙壁下竟然开有一个洞口,旁边还码有一摞大小相同的木头,我琢磨了很久,才渐渐明白,原来那是一个壁炉,是像欧洲人那样用来取暖的。张效梁呀,我在心里发着感慨,想不到你也过上这种浪漫的生活了。客厅里的沙发也很多,有单人的,有双人的,还有三人的,一只只一排排,差不多快要将整个会客厅都摆满了。当然,沙发都是用上等的真皮做成的,我用手摸了摸,还有一种湿漉漉的感觉,张效梁还真的上了油呢。

我站起来,又到他书房里走了一圈。张效梁其实是个不学无术的家伙,居然还在写字室里摆了张气派的老板桌,上面也装模作样地放了几本书,我摸过来一看,却是那种低劣的艳情小说。我似乎觉到有些饿了,便走进他的厨房,打开冰箱,见里头装满了成品食物,我在其中选了几遍,还是只拿出一块火腿吃下去了事。最后我又来到他的卫生间,看着那个擦得铮亮的浴缸,真想也痛痛快快地洗一个热水澡,但想想还是算了,便只是对着马桶撒了泡尿。我故意让尿液溅在地板上。

走出卫生间时,我一边系着裤扣一边仰起头,朝楼梯上痴痴地打量。在我的想象里,二楼的摆设应该更有特色,除去那张宽大柔软的床铺外,就是那个必不可少的盥洗室了,或许健身工具之类的设施也早置备好了。我不想去打搅他们,就让他们在临死之前好好地享受一下吧。我使劲吐出口气,转身朝门外走去。

我回到我的车里,在开始下一步的行动前稍稍稳定了一下情绪。我透过前挡风玻璃,默默地望着张效梁如城堡一般的别墅。此刻,我想象的不是张效梁与夏海丽睡觉的情状,而是他在日常生活中可能有的一些动人场景。比如,无所事事时,他坐到阳台上的摇椅里,眺望远处无比美丽的风光,或者下到院落里,与妻子一起坐到假山下聊天;比如,需要休闲了,他便扛上装满火药的猎枪,到山林中去追逐奔跑的野獾和兔子,或者挥着在名店里买来的钓竿,在清澈的溪水边钓上只鱼儿或林蛙;比如……那真是神仙过的日子,而与此同时,我却在嘈杂拥挤的马路上一头汗水地拉客送客,为了并没有多收的一块钱,我要强迫自己忍受顾客说的风凉话,甚至是难听的粗言秽语……如果不是他带给我的那场变故,此刻在这幢别墅里享受舒适生活的应该是我李蒙克,而绝不是什么张效梁,假若事情是那样的话,我妻子夏海丽还用赶那么远的路来与他幽会吗?……看来这个张效梁也真是做绝了,都把我弄成了这种样子还不放过我,如今又来勾引我的妻子,难道真要把我往死路上逼吗?我的妻子夏海丽也真该死,即使你那么崇敬羡慕有钱人,愿意和他们来往,可也不该不顾死活地来找我不共戴天的仇人呀,这不是要你自己的命同时也要我的命吗?做得好,我咬着牙说,做得真是好呀。

我不想再犹豫了,便从后备箱里拿出一只不算小的塑料桶来。就像事前有所准备似的,我居然带有这样一只盛汽油的塑料桶。我提起来晃了晃,听见里面传出哗啦哗啦的响声,相信里面的汽油还不少呢。为了保险起见,我又打开油箱,用一根胶皮管连到塑料桶内,很有耐心地把油引进去,直到塑料桶被灌满了，我才把那根管子拔下来。然后，我便提着塑料桶，像一个维修工人那样大摇大摆地走进张效梁的大门，穿过草地上的甬路，直接来到了房门前。我把塑料桶放下，直起身来，稍稍地喘息了一下，觉得差不多了，便再次提起来，将汽油一点点地泼洒在墙壁周围。我泼得很仔细，绕着整幢楼房都走了一圈。当塑料桶空了时，我才停下手来，进到客厅里，从茶几上摸过张效梁为我备下的打火机，慢悠悠地走出门去。我在门外转回身，把打火机打着，一边扬手扔向后面，一边急急地往草坪上撤退。等我来到大门外时，浓烈的烟雾已经笼罩了别墅的所有墙壁，红色的火苗也开始腾到空中去。

我发动车子，将车速开到最大挡，风驰电掣般地离开大门，朝居住区外驶去。就在这时，我看见一辆捷达车从对面开来，与我的夏利车交错而过，飞快地向门口驶去。我疑心那是张效梁的家人回来了。其实所谓他的家人，无非就是他的妻子了。来到岔路口，我没有把车子拐往城区，而是驶向了与此相反的方向。就在这时，我还听到了猛烈的爆炸声，或许我的妻子夏海丽和她的情人张效梁已经随着那幢别墅的碎裂升到天空里去了。痛快呀，我使劲咽下口唾沫，手脚都遏止不住地颤抖起来，真是痛快。我极力把两手放在滑腻腻的方向盘上，凭着本能调整着它的角度。路面如一块花里胡哨的抹布一般朝后抖动，两边的树木也像被镰刀割断了似的往后倒去。

有许多回，我的车子都差点与对面驶来的车辆撞上，汗水一个劲儿地从我头上冒出来。可我依旧没有减速，远些，我在心里一遍遍地告诫自己，再远些。直到车头终于顶在路边一个隆起的土包上，发动机突然熄火了，我驾驶的车子才总算停下来。而此时，日头差不多已经沉落了。我推开车门，踉踉跄跄地走下来，望着西天边黑红的晚霞和大群飞过的鸟儿，脑子里像被抽空了似的一片茫然。我好像记不起这一天到底发生了些什么，我更不知道我该到哪里去。

5

在接下来的两天时间里，我都在漫无尽头的路上和清冷寂寥的野外转悠。

根据计程表上的数字显示，我已经跑出了距离我所在的鱼阴市一千多里远的路程，而且也早就进入了一个偏僻的山区。我本来还要继续往下走，可这时油箱空了，车子抛锚在一片小树林里。其实在我后面不远的路边，就有一个简陋的加油站，但我一直担心会暴露自己的行踪，所以也不敢轻易把车子开进去加油。在我的想象里，公安部门应该把我的照片和车牌号都印在了通缉令上，只要我在公开场合一露面，便即刻会被抓住。我差不多已经成了一只惊弓之鸟，再也不敢轻举妄动了。

两天来，我几乎没有吃上过一顿饱饭，肚子饿了，就偷偷地溜到田野里，掰一穗玉米或者摘一只甜瓜，勉强吃下去。由于一直不能尝到一点热气，肚子里虚寒得不行，本来就没有痊愈的胃炎很快便发作了，我把整个身子都抵在方向盘上，还是疼痛得难以承受。那回经过一个镇子时，我终于克制不住饥饿和病痛的折磨，停下车，鬼鬼祟祟地朝一个没有大门的院落走去。

我迷路了，我对那个坐在门台石上的老太太说，给我一口热饭吃吧。为了打消她的顾虑，我还从衣袋内掏出十块钱，抖抖地朝她递过去。

老太太没有来接我的钱，甚至没有做出多少反应，只是眯缝着一双灰蒙蒙的眼睛，呆呆地看我。

我……不是坏人，我鼓起勇气朝她说，我只是饿坏了……

老太太终于听懂了我的话，慢慢站起身，颤巍巍地进了屋去。不一会儿，老太太端出了一只大碗，碗上冒着稀薄的热气。

我看清楚了，是一碗黏稠的毛芋粥，不禁大喜过望，赶紧伸手去接。

就在这时，一个年轻的汉子从门外走了进来。外头那辆车，汉子上下打量着我说，是你开过来的？

我心里一惊，好像他看出了我什么似的。我缩回手来，没有再接那碗我非常渴望吃的热饭，转身就朝外走。

咦，你怎么不吃了？汉子眨巴着有些疤痕的眼皮。

我没有理会他，脚板迈得越来越快，几步便跑出了门。

你别走呀，汉子跟在后面说，如果你遇到了麻烦，我可以找人帮你……

听他这么说，我越发有些紧张，不由得再次加大步子，简直就要奔跑起来。我疑心汉子是想拖住我，也许他一看见我的车，马上就报了案也说不定呢。我觉得危险正在急快地朝我逼近，便匆忙爬到车上，利用油箱里最后一点点油，发动起来向远处驶去。由于开得过于急迫，右边的后视镜擦在旁边的一棵大树上，咔嚓一声断掉了。

　　这次遇险以后,我再也不敢贸然朝村镇里走了,甚至在路上碰见一个人都心慌得不行。夜晚到来的时候,我就把车隐进一个僻静的山坳里,关紧车门车窗,将身子抱拢成一团,艰难地熬过这个显得无比漫长的夜晚。有一回,我从睡梦中醒来,居然还听到了从不远处传来的野兽的叫声。我不知道那是一只什么野兽,但从那声音的响亮程度判断,想必是一只不小的动物。那一刻,我感到恐慌极了,真担心那凶猛的野兽会撞碎玻璃扑进来,将我当作它的食物吃下去。睡不着的时候,我会不由自主地想到我的家,想到我的妻子……我的那个不算美好却也不乏温馨的家是回不去了,或许警察早就将它查封了呢,我的那个让我又爱又恨的妻子夏海丽当然更是看不到了,这时候她的骨骸是否已经被找到了也很难说呢。

　　不知为什么,我忽然有些思念起夏海丽来。是的,在过去的日子里,我曾经十分喜爱过夏海丽,如果我没有判断错的话,夏海丽也是那么地钟情过我,我们一起度过了那些虽说短暂却又不失浪漫的日子,也实在是让人留恋让人沉醉呢。于是,在无法睡眠的时刻里,我又回忆起我的妻子夏海丽的一些事来。

　　夏海丽出现在我面前的时候,是一家保险公司的推销员。那时我的生意还正红火着呢,不知道通过什么渠道,保险公司推销员夏海丽找上门来了。大概是职业的特点吧,一照面,夏海丽就给我留下了热情爽快的直观印象,再加之一副姣好的面容,一身得体的装扮,使她在我的心目中急快地占有了一个有利的位置。但对于这种上门来纠缠你加入她那个并不让人十分清楚的保险的人,我还是本能地提防着她一些,所以虽然见过几次面并留有好感,却也并没有怎么把她放在心上。其实,我这时正在和一个比夏海丽还要温柔的女人联系着,虽说还没有确立恋爱关系,但毕竟彼此都有了那种意思,所以在这种情况下,我不大愿意再和别的女人来往,当然也就没有正经理会这个叫夏海丽的女人,更没有响应她的号召去加入她那个保险。我想,事情就这么过去了,对于我这样的顽固分子,再有韧性的推销员也会知难而退了。

　　可没过几天,这个叫夏海丽的女人又找上门来了,而且没再谈什么保险的事儿,却把我当老朋友一般相处了,坐在一起又是聊天,又是拌嘴,一副热情却随意的模样,弄得我也不好不认真应对她了。一来二去,我们居然就开始交往起来,有时还被她拉到歌厅里唱歌,到舞厅里跳舞,临了还到馆子里吃饭,大多数情况下,都是夏海丽抢着埋单。我刚领了奖金,夏海丽大方地说,也让你和我分享分享。

我看出来,夏海丽是真的喜欢我,而我似乎受了她的传染,也愿意和她在一起了。与此同时,我和另外那个女人的关系便冷淡下来,虽说还没有中断联系,却是难得见一次面了。夏海丽和我的接触愈加频繁,终于在一个飘着雪花的夜晚,她留在了我的房间内,留在了我的床上。那一夜,夏海丽表现得更加积极主动,在与我拥吻了很短的时间后,就脱光了自己的衣服。那一刻,夏海丽的脸上虽说也有一丝害羞的神色,但更多的却是涌荡着的激情。我喜欢你,夏海丽一遍遍地对我说,我一见到你,就喜欢上你了。

那,我不解地问她,向我推销保险呢?

开始的时候,夏海丽坦白说,我是想拉你入我保险的,可一旦和你来往起来,我就把保险的事忘到一边去了。

看来你不是个合格的推销员。我故意逗她说。

当然,夏海丽不置可否地点头,随即把喷着香气的嘴唇凑到我耳朵上,可我是一个合格的女人。

我不能不承认她对自己的评价。说实话,通过这一个夜晚的亲密接触,我就深刻地体会到,夏海丽不仅是一个合格的女人,而且是一个出色的女人。此前我也和几个女人发生过关系,可我还是头一次在夏海丽这里见识了真正的女人风采,在她的怀抱里,即使是一块僵硬的石头恐怕也会被融化的。

为什么看上了我? 有时,我会这样问她。我担心当我离不开她了时,还不知道她是不是也真正爱上了我呢。

爱还需要理由吗? 像大多数女人一样,夏海丽也这样回答。

这当然不能令我满意。我看出来,她并没有说出她的真心话。

夏海丽也明白这样的回答似乎有掩饰什么的嫌疑,在考虑了一霎后,她又这样问我,你是不是在和一个女人恋爱? 当然,你知道我说的那个女人不是我。

我不能不向她承认了我和那个女人的联系过程。可是,我又向她辩白,我和她还没有发生过我们这种关系……

夏海丽笑了笑,随即又摇摇头说,发生不发生我才管不着,我只是告诉你,当我知道你在和一个比我温柔的女人恋爱时,你在我眼里就放出了光彩。说到这里，她搂住了我的脖子，那一刻，我就觉得我不能不追你了。

尽管我也吃不准她是否说了实话，可我还是止不住激动起来，谁又不愿听到赞美之辞呢，我作为一个普通人又怎么能够例外？

为了专心和夏海丽发展我们的情爱关系，我当机立断，很快便和那个女人中断了联系，而且在不久后的一个晴朗日子里，我和夏海丽到民政部门领回了大红的结婚证明，欢欢喜喜地将她娶进了我为她准备的新房内。

也许到这时候，我才发现夏海丽是个贪图享受和虚荣的女人。在如何置办结婚仪式这件事上，她和我产生了明显的分歧。按照我原初的打算，这个婚礼应该办得朴素而简单，不是我心疼钱，而是觉得没有那种必要。但夏海丽坚决不同意，她非要把婚礼办得热闹而奢华不可。这是一辈子的大事儿，夏海丽理直气壮地说，我不能就让你这样随便把我打发了。

既然她要这样，我又能说什么呢？没有办法，我便把自己的念头压在心里，硬起头皮陪她上街去购置结婚用品。衣服要了一套又一套，化妆品买了一盒又一盒。新房更是布置得豪华而讲究，在我没许可的情况下，她就擅自找来了装饰公司的人，把房子从上到下都修整了一遍。定购家具时，她更是下足了功夫，一趟又一趟地逛家具城，到后来，连卖钉子的店家都知道她是个要结婚的人了。她买回的家具几乎全都是高档品，光一把楠木椅子就好几千块钱，更别说那套真皮沙发，那张包金的大床了。

举行仪式那天，夏海丽还非要把所有认识的人都邀来参加。在我的极力反对下，为了让婚礼进行下去，她不得不做了些让步，只把她那些朋友请了来。我没想到她的朋友会那么多，根据她开列出的名单，我在饭店里置办了十几桌酒席还差点容纳不下。后来我才知道，这些所谓的朋友也不过是她的熟人而已，其实在这个城市里，夏海丽并没有什么像样的朋友。那天在乱哄哄的气氛里，夏海丽穿着一身臃肿的婚纱，被好几架摄像机簇拥着，将身子吊在我的胳膊上，满脸浮荡着迷人的微笑，一张桌子一张桌子地轮番敬酒，客人一起哄，她还不住地把酒往自己嘴里倒，可算出尽了风头。她有些太忘乎所以了，婚礼还没有举行完，便醉倒在地下。真是痛快。夏海丽迷迷糊糊地说。

尽管那个婚礼让我高兴不起来，可也并没有怎么影响到我和她之间的感情。这时候，夏海丽已经不再从事任何与保险有关的事情，而是专心留在家里，当起舒服的专职太太。为了满足她频繁逛街的需求，我把自己的车子让给了她,有时还不得不从生意场上回家来,为的是陪她聊上一会儿天。即使这样,她还是有不满意的地方,时不时地便朝我发上一通脾气。但不管怎么说,夏海丽依旧爱着我,依旧珍惜我们的爱情关系,从某种意义上说,她还算得上是一个规矩的女人,还没有背着我去干见不得人的事情。这就让我非常满意了。

如果生活就这样过下去,该有多么好。

但从什么时候,夏海丽不再爱我,并且和别的男人勾搭上了呢?我想了一下,事情也许很清楚,从我被张效梁坑害,生意破败之后的那一刻起,夏海丽便开始变了。

6

车子抛锚以后,我陷入前所未有的绝望情绪里,再也不知道该怎么办好了。身子的病痛也发作得更加厉害,再加之夜里听到的野兽的叫声,我真有一种即将抛尸野外的幻觉,恨不得也像那只饥饿的野兽那样,对着辽阔无边的山野发一声猛烈的嚎叫。但残存在脑海里的清醒意识又告诫我,不许出声,不许闹出动静,抓捕你的人就在不远的地方,如果你还不想被冰凉的手铐套住的话,那就赶快离开这里,朝不可知的远方走吧。我已经没有了别的选择,只能把下半生消耗在看不见尽头的路面和望不到边际的山野间了。

我丢下那辆几近废弃的夏利车,迈开腿脚朝前走。可才走出不到一公里的路程,我便累得气喘吁吁,身子一阵晃摆,瘫倒在路边的灌木丛里。看来做了太多日子的出租车司机,我已经离不开那辆车了。我休歇了一会儿,爬出灌木丛,又跌跌撞撞地朝回路上跑去。我真担心在我离开的时间里,那辆车已经被人拖走了,那我可就真的没有任何办法了。我不顾一切地跑回去,还好,车子还在那里。我爬进车里,没有再做丝毫的犹豫,便打开一直关闭着的手机,通过查号台要到了鱼阴市曼秀山区派出所的电话,又抖着手指一通拨打,很快话简里便传出了一个女人的声音:

你好,这里是鱼阴市曼秀山区派出所报警台,您有什么情况要反映吗?

我不禁又迟疑了一下,到底要不要去自首?我抬起眼,朝山野里又看了一下,就赶紧地闭上了。我把心一横,用急快的语速说:我是曼秀山别墅区那场纵火案的凶手,我叫李蒙克,我投案……我现在在离鱼阴市大约六百公里的一个山区里,你们不用来抓我,等明天的这个时候,我就到你们派出所了……

打完了这个电话,我长长地吐出一口气,悬浮在心里的一块无比沉重的石头终于放下了。我走出车子,以尽可能快的步伐来到那个加油站,先在小卖部要了两块面包五根火腿肠一瓶矿泉水,蹲在地下,恶狠狠地吃喝起来。

小卖部的老板伸出头,用惊愕的眼光看着我。慢着点。他好心地对我说。

我也回头看了他一眼,没有顾得说什么,依旧大口地吃着。面包似乎有些馊味,火腿肠也过了保质期,但我没对那个老板说埋怨的话,其实也没有觉出多么难吃。不到一刻钟的工夫,我便把它们都消灭干净了。

在我不顾一切吃喝的过程里,那几个服务员都围过来看我。你迷路了吧?她们关心地问我。

是……我忙不迭地朝她们点头。

你是哪里的人?她们又问。

我警惕地看了她们一眼,随即便放松下来。案都已经报了,我还怕她们什么?城里的。我说。

那辆夏利车是你的?其中一个女孩朝我车的方向指了一下。

我这才知道,原来她们早就发现我那辆车了。幸亏我自己投了案,我告诉自己说,不然,她们也会……

你到我们这里来干什么?另一个女孩好奇地看着我,旅游?

我不禁又抬起头,朝远处的山野里瞭望。我似乎这才发现,虽然这个山区有些荒芜,但景色却非常优美,可在前两天里,我怎么没有感觉到这一点呢?这里是个旅游景点?我问。

还没有开发哩,小卖部的老板抢着说,兴许等明年你再来的时候,就……

我明年还能再来吗?我在心里问自己。不知为什么,我忽然后悔不该那么匆忙地去投案,不然,我还可以在这个山区转一转,仔细地欣赏一下美丽的景色。

这个地方,我指了指我曾经去过的那个镇子,叫什么名字?

乌龙镇。一个女孩告诉我说。

那边的山呢？我又朝远处连绵起伏的山峦指了一下。

我还没有得到回答，一辆东风牌大货车便开进加油站来了，服务员们丢下我，奔跑着干活去了。我吃喝完了，也不能再在这里耗下去，说不定公安们已经出来找我了呢，如果不能按我说的时间回去，或许他们就不按自动投案来对待我了。这样一想，我赶紧站起来，在小卖部买了一只小型的塑料桶，等那辆远货车开走后，让服务员灌上几升汽油。

原来你是没油了？她们恍然大悟地说。

我点点头。

那你为什么不早点来灌？她们纳闷地看我，没发现我们这个加油站吗？

是……我只好顺着她们的话说。

等塑料桶灌满了，我提回到我的车前，把汽油倒进油箱内。在把塑料桶往后备箱里放的时候，我竟然看见原先那只大塑料桶就在那儿。我有些迷惑，当时在张效梁的别墅里点完火后，我不记得把它提回来呀。我想拎起它来看看，可我的手却像粘在它的把手上似的没有动，我已经把它里面的油倒空了，为什么却还提不动它？我俯下头，凑到塑料桶上一看，却是大吃了一惊，塑料桶里居然装有一多半汽油，好像与我先前灌进去时的数量没有差别。我不禁呆住了，这是怎么回事，明明我把油都倒在了张效梁的别墅里，怎么现在它里面却又满了？也就是说，在我为车子抛锚而急得团团转的时候，这一桶汽油却在我的身后，像一个默默无语的家伙，正幸灾乐祸地看着我呢。我像受到了什么人的捉弄似的，心里既感到茫然，又觉得愤懑。

但我还是没有动那桶看起来有些神秘的汽油，而是将车子开到加油站，让服务员们给油箱加满了。结完账，我把车开出加油站。

欢迎你明年再来。服务员们纷纷朝我挥着手。

望着她们热情而天真的模样，我不知道该说什么好。这一刻，我忽然有些留恋这个叫乌龙镇的地方了。再见。我在心里朝她们说了一句，便开起车子，飞快地朝远处驶去。离开那个山脚后，我沿着记忆中来时的路线，很快就把车开上了一条修整不错的公路，换上快挡，一溜烟地朝鱼阴市的方向驶去。我觉得我这才算是有了一个要去的目标，可它却是我所惧怕的派出所,我不知道我到了那里后,命运会发生怎样的改变。

在我朝鱼阴市奔驰的路上,眼前不时地浮现出夏海丽的样子,有关她的那些让我不堪回首的往事也又一次回旋在我脑子里。

在张效梁对我进行了欺骗并导致我的生意破败以后,在我精神崩溃差点走上自杀的道路之时,在我最渴望鼓励最需要安慰的那些日子里,我的妻子夏海丽却开始了对我的背叛。因为我不能再满足她那些无节制的需求了,已经穿了一年的貂皮大衣不能及时更换,商店里新到来的法国香水也没法如期买来,甚至连上街逛荡都没有专车可以坐了,夏海丽似乎也从高楼上掉下来了,一时茫然无措无所适从,便把一腔怒火毫不客气地发泄到我身上。

你这个大笨蛋,你这个窝囊废,夏海丽把细长的手指头探到我脸上,你怎么还有脸活在这个世界上?你怎么不去找个地方一头撞死?夏海丽对我咒骂够了,还不解气,又随手抓起一件东西来,恶狠狠地击打在我头上。

我没有躲避。我像一个死人或者说一根木头似的蜷缩在沙发里,任凭她咒骂,任凭她击打,身上连疼痛的感觉都体会不到了。

打闹够了,也觉到累了,夏海丽像我一样也扑倒在沙发里,伤心欲绝地痛哭起来。我的命好苦呀,夏海丽无所顾忌地发着悲声,我真是瞎了眼,怎么嫁了这么个没本事的东西?呜呜……

夏海丽没有条件再过那种富足、舒服的幸福日子,只得又像先前那样重新踏上了推销保险的辛苦路途。与此同时,她和我的夫妻关系也名存实亡了。没做丝毫的犹豫,夏海丽就果断地和我过起了分居生活,将我的铺盖扔进我的书房内。我不能与一个倒霉鬼睡在一起。夏海丽说完,便咣当锁上了她的门板。

我只得躺到这间小屋里的地板上,度过一个个难以入眠的夜晚,陪伴我的除了一架子无用的书外,便是那幅给我带来灾难和麻烦的《呼喊》。

夏海丽似乎变成了一个孤寂冷漠的人,不仅不让我挨近她的身子,而且都不轻易和我说上一句话了。但我知道,她身体内的欲望之火是不会因为这次变故就熄灭的,回想过去的日子,我们深情而热烈地待在一起,度过了那么多美好而难忘的时光,简直如在梦境中一般。我渴望回到那种如诗如画的生活中,我想,原本激情洋溢的夏海丽更应该会有这种冲动。你是男人,我对自己说,还是主动和她和好吧。

而且在接下去这个春风缭绕的夜晚里,夏海丽竟然也没有关闭她屋里的门板。我不想放过这个难得的机会,便抱起自己的铺被,小心翼翼地走进她的卧室内。毕竟我已经离开许多个日子了,乍一进去,我甚至都有了一种陌生感。我停住脚,张望了一下,发现我先前留在这里的东西大多都不见了踪影,莫非夏海丽已经把它们清理掉了?但我只是犹疑了一霎,便即刻大度地摇摇头,没有关系,只要与她和好如初了,一切便都成为过去了。

夏海丽这时候正躺在床上,面朝着墙壁,不知道睡着了没有。我把铺盖放在她的侧边,同时将屁股在床沿上坐下来。夏海丽的身子没有动,兴许还没有发觉我的到来呢。望着她那张弯曲如弓的细身子,一种温暖的感觉如起伏的水浪袭上心来,打湿了我的眼睛。我抬起手,在眼上抹了一把,放下去时,却顺势搭在了她的身上。夏海丽的身子一如我记忆中的那样,滑腻而柔软。我真想将这张我曾经万般熟悉的身子抱起来,紧紧地搂到自己怀里。夏海丽,我在心里热切地叫了一声,夏海丽……

夏海丽兴许真的听到了我的声音,翻过身,一下子坐了起来。

夏海丽……我想缩回那只手,不知怎么却更紧地抓住了她,我……

夏海丽抬起她的手,使劲把我的手拨开了。一边去。她冷冷地说了这么一句,便急快地站起来,又伏下身,将我放在床上的铺盖抓到手里,狠狠地丢到地下。别沾我的床。

我有些愣怔。我没想到她会是这样。

滚出去。夏海丽一边用脚踢打那堆团在地下的铺盖,一边走过去关闭门板。

我悻悻地退出门来。门板在我身后咣当一声合上了,带起的空气像刀子一般刺过来,似乎击穿了我的脸面。我又呆怔了一会儿,才反应过来,把被她踢乱的铺盖抱到怀里,急急地往我屋里跑去。我的脸面火辣辣地热,像是被一把无情的手揭下了皮似的,我觉得如果我跑得再慢些,我的脸皮就会掉在地下了。我回到书房,用两手抱住脸,久久地不敢拿下来。

在以后的日子里,我再也没有进过夏海丽的卧室。

我没有想到,我和夏海丽的婚姻居然这么快就走到山穷水尽的地步了。我明白,夏海丽绝不是那种甘于寂寞的女人,她早晚会去找别的男人的。尽管她还是我名义上的妻子,但我却懒得去追究这件事了,况且这仅仅只是猜测,她还没有让我发现异常的动向,便不想再去惹她的麻烦。但在不久后的一天早晨,她却把她可疑的情况暴露在我面前了,我才不得不过问一下了。

那天,天刚蒙蒙亮,我迷迷糊糊地起来,到卫生间去方便,经过门厅时,不经意间听见门锁响动。是谁这么早到我家来?我刚要过去开门,却又站住,来人怎么在开我的门锁呀。我即刻想到了小偷,便回屋去,顺手把拖把抓在手里,屏住气息隐在门后。可等门板打开,探进头来的却是夏海丽。我高举着拖把,呆呆地望着她,一时有些反应不过来。这个时刻,夏海丽怎么会从外头进来呢?

我回到自己屋里,想了一下,才猛地明白过来,原来夏海丽没有在家里睡觉,也就是说,在我一无所知的情况下,她在外边度过了这个夜晚。接下去的问题便是,她是在什么地方过夜的?或者说,她是在谁那里过夜的?难道说,她是和某个男人在一起……到这个时候,我不能不去问个明白了。

这时,夏海丽已经爬到了床上,正在往下脱衣服。看到我闯进她的卧室来,她立刻冷下了脸面,想发作,但又有些心虚,便不理会我,三两下脱下衣服,钻进被窝里,别过脸去,顾自去睡她的觉。

为了不冤枉了她,我强压住心中的怒火,用尽量温和的口气问她,夜里你到哪里去了?

夏海丽却还不搭理我,甚至连眼皮都没有抬一下。

我再也控制不住愤怒了,一把拖起她来,说,你干什么去了?

夏海丽用力甩开我的手,我愿干什么就干什么,你管不着。说着,她又倒下身去,请你不要干涉我的自由。

干涉你的自由?我惊讶地看着她,难道你和别的男人睡觉,我就不能问一下?

我愿意和谁睡觉就和谁睡觉。夏海丽又自己坐起来,用嘲讽的眼神看我,给你说吧,昨天夜里我就是和别的男人睡觉去了,你能怎么着吧?有本事你也去找别的女人呀……

说实话,如果夏海丽不是这样蛮横,不用这样过分的话刺激我,我还是有可能放过她的。可此时此刻,她对我的态度太让我难以忍受了。我没有再容她把那些难听的话说完,便挥起手,朝她脸上狠狠地打去……

也许夏海丽没有想到我会打她,一时有些愣怔,甚至都忘记了躲避,等反应过来,嘴巴已经都流出了血水,身子摇晃了几下,便朝地下倒去。

这一次打闹过去后,夏海丽暂时规矩了一些日子,夜里没有再不回家来,见了我的面也不横眉立目了。我们似乎过了一些风平浪静的日子,因为要专心地跑出租,我也便顾不上去管她了。只要你做得不那么过分,我在心里对她说,我才懒得去问你那些烂事呢。对我来说,夏海丽好像是一个与我无关的人了,她和我先前结成的那种亲密美好的关系已经成为一个遥远的梦境,一旦醒来后,便什么都不复存在了。但有的时候,尤其是闲下来的片刻,我也会不由自主地想一下,与夏海丽勾搭的那个男人是个什么样的人呢?在我的想象里,那一定是个很富有的人,有房有车,最重要的是,他要有大把大把花不完的闲钱,能由着这个叫夏海丽的女人来替他花。那么,这个为夏海丽提供闲钱的男人是谁呢?

我怎么能够想得到,那个男人居然就是我不共戴天的仇人张效梁呢?

看来他们也是罪有应得,我一边朝着城市里飞驰,一边在心里安慰自己说,如果我是其他什么人,他们就能逃脱死亡的下场吗?

7

经过一夜的急驶,第二天一大早,我就把车子停在了曼秀山区派出所的大门口,本打算直接开进院子里去的,可门卫拦住了我。

干什么的?门卫从窗子里探出头来说。

投案的。我回答他说。

投案的?门卫用狐疑的目光打量我,真的还是假的?

我把头掉开,没有理会他。

过来登个记。门卫朝我挥了挥手说。

我走进了门卫室,刚要朝他摊在我面前的一个本子上写什么,门卫却又把本子抽了回去,和他的另一个同事耳语了几句,便带我朝院子里走去。我的车呢?我朝他摊摊手说。

待会再说吧。门卫看了我一眼。真没见过你这样来投案的。他嘟囔着。

我真想问问他,来投案应该是一副什么样子呢?想想算了,都到了这种地方,还和他打什么嘴仗呢?

门卫把我领进一间屋内,交给坐在里面的几个人。他说他是来投案的。门卫说。是不是这样?他又问了我一句。

　　与我的想象不同，当我点头说"是"时，那几个人竟没有一个表现出激动的神情。他们还不知道我要来投案？我在心里悄自嘀咕，难道我那个电话打错了？昨天中午我就给你们打过电话了，我赶紧向他们声明，我可是早就有觉悟了，减刑的时候，你们应该把这个也考虑进去……

　　没等我说完话，一个瘦子就站起来，朝我面前走了两步。我以为他是来给我戴手铐的，便把两手向他伸过去。可他并没有拿什么手铐，只是抬起一只手，朝我身边的一把椅子上指了指。坐下，他用冷淡的口气说，把你的情况说一说。

　　我按照他的意思坐下后，便把我作案的经过朝他们诉说起来。我想把这件事描述得详尽一些，以便为他们办这个案子提供最大的方便。我已经两天没有和人说过话了，此刻突然有了要痛快地倾诉一番的冲动。于是，我便把那个作案经过讲述得声情并茂，就像在朗读一篇精彩的侦探小说。

　　王队，一个年轻的女警察打断我的话，向那个瘦子请示说，要不要记录？

　　我这才注意到我已经讲了很多的话，他们却还没有开始记录，不禁吃了一惊，这么重要的口供他们居然当儿戏对待？从我一走进派出所的大门，我就觉得受到了冷遇，好像我犯下的这个案子不那么重要，即使我的地位再卑微低贱，可我毕竟烧死了两个活生生的人，莫非这些警察见惯了死伤的人，已经变得麻木不仁了吗？

　　看到我极度不满的样子，叫王队的瘦警察对那个女警察说，记录一下吧。

　　女警察这才从抽屉里拿出本子和笔，一边看我一边慢慢地划拉几下。

　　我似乎受到了无形的打击，情绪也有些低落，对我那个案子的描述也变得没有了任何色彩。警察们也听得没有趣味，其中一个年老的胖子竟合拢了眼皮，轻轻地打起鼾来。我终于讲不下去了，可我的作案经过还没有讲完呢，一时有些不知道该怎么办好。

　　好了，王队也抬起手，朝我不耐烦地挥了挥说，就到这里吧。

　　我想对他们说，我还没有把打火机扔进去呢。但我只是在心里嘀咕了一下，并没有对他们说出来。

　　在事情还没有彻底调查清楚之前，王队微笑着对我说，你还不能回去。

　　我又有些发愣，我犯下了这么严重的罪行，他们不仅没有惩罚我的打算,反倒像对不住我了似的。从我进这个门的时候起,我拍打着胸脯说,我就没有打算再出去。

听了我这句义正词严的表述,警察们都莫名地笑起来。委屈你了,那个一直在打瞌睡的老警察走到我面前说,跟我来吧。老警察一边带我往外走,一边朝他的同事挤巴眼睛。

我可是自动投案,我回过头,忙不迭地再次对他们申明说,可要对我减刑呀⋯⋯

走吧你,老警察拉了我一把,哪来那么多话?

我被关进了一间没有窗户的小屋里,除了我以外,他们没有安排第二个人进来,这使我稍稍放下了些心。我已经三天没有睡过一个好觉了,身子疲乏得不行,反正问题也交代过去了,脑子里也便没有了别的想法,干脆就等待最后的判决吧,至于减不减刑也不是我再操心的事儿,其实相对于烧死两个人的严重罪行,减与不减又有多大意义?屋里没有床,只在地下铺有一个脏污的棉垫子,我躺下去,很快便进入了梦境。

不知过了多长时间,我突然醒来了,懵懵懂懂地睁开眼,一时不知道是在什么地方。听着门外淅淅沥沥的雨声,我似乎又想了很久,才猛然意识到是在派出所的拘禁室里,不禁悲从心来,张开嘴,刚要唏嘘一下,就觉到了一阵强烈的饥饿感。我挣扎着爬起来,走到门边,抓住门上冰凉的铁条,想朝外面看看。但这扇门是开在一条走廊里,除了听见远处传来的雨声,并看不到外面的情况。

有人吗?我朝外叫了一声。

但声音也没有发出去很远,我这才知道,我的嗓子哑了,而且喉咙里也有些疼痛的感觉。我不敢再喊了,只是用两手捧住肚子,慢慢地回到那张我睡过的垫子上。我不禁又想起了在山野里逃亡的情景。也许我不该来投什么案?我在心里说,如果我不打那个电话,这时候兴许正在那个叫什么镇的地方欣赏美丽的风景呢。

差不多天快黑了,那个老警察才来给我送饭。

我进来几天了?我随口问他。

几天?老警察好奇地看我一眼,你不是上午才进来的吗?

我这才明白,原来我并没有睡多久,我本来还以为自己要睡上几天几夜呢。看来我并没有休息够,身子依旧觉得疲乏,却一点睡意也没有了。

老警察给我盛饭的时候,竟然用有些歉意的口气说,这里的饭不太好吃,你先凑合着来点吧。

瞧他说的,我都到这里来了,哪里还有什么好挑剔的?但我把饭接到手里一看,其实也不算多么差,两个圆圆的东西不是窝头,而是馒头,那只碗里也不是稀糊,而是白菜,虽说馒头和白菜的确不怎么好吃,可我还是吃得很有滋味,三两口就吃下了肚子。

看来你的胃口还真不错,老警察又给我盛了一些饭,把碗递到我手里时,顺势把空出的手在我头上摸了一把。

干什么你?我拨开他的手。

我看你有没有发烧?老警察讪讪地笑着说。

发烧?我不明白他的意思,他怎么会怀疑我在发烧?

看我不高兴的样子,老警察似乎有些无趣,把我吃空的碗放回到桶里,哼哼唧唧地走了出去。

在接下来的两天时间里,除了这个老警察给我送饭外,再没有人管我了。我仔细想了一下,觉得昨天的口供并没有说完全,他们应该再提审我一次甚至两次三次才对,可他们居然不见我了。我一天到晚等待他们来提我,可他们始终没有动静。你们怎么不提我了?我实在忍不住,就纳闷地问老警察。

提你?老警察一愣,提你什么?

我真想笑话他一下,一个看起来饱经风霜的老警察,居然不懂"提你"是什么意思吗?

老警察大约也反应过来,又不解地反问我,怎么?你还想交代什么吗?

是呀,我说,我还没给你们交代清楚呢。

老警察看了我一会儿,突然脱口说,那你就给我交代吧。

我想这样也行,他们不来提我,干脆我就交代给老警察,反正他也是办这个案子的人。老警察把他一颗半秃的脑袋伸到我眼下,满脸都透着一副兴趣盎然的神色。但我才说了几句,便不禁停住了嘴。我忽然觉到,这个听我讲故事的老家伙实在不像是一个警察,倒和一个在戏园子里听鼓书艺人说唱的听众差不多,我怎么能把自己的犯罪经过说给这样一个家伙听呢?

怎么不讲了? 老警察抬起头来。

算了,我打个哈欠说,我还是留着说给你们那个王队吧。

老警察似乎看出了我的心思,脸色立时阴沉起来,用嘲讽的口气对我说,你以为王队还在想着你? 做梦吧你。他一边收拾碗筷一边嘟囔,他们都为案子忙得团团转,哪里还有工夫管你的事儿。说罢便忿忿地走出去,将门关得哐当乱响。

我追到门口,朝他大声喊叫,难道我的案子不值得他们忙? 直到老警察走远了,我还在不住地摇晃门板,难道我的案子……是呀,我真是想不明白,这个老家伙怎么说出了这种话,莫非王队真的不把我的自首当回事儿?

第二个夜晚又过去了,我不知道在接下来的这一天里,王队他们是否会想起我来。随着时间的流逝,我觉得我的作案经过正在像烟一般从脑子里散去,如果他们再不来,我就会想不起那些细节了,假若我这个作案人都失去了记忆,那这个案子的真相又有谁能够知晓呢? 这不是给这个案件的破获增加不必要的难度吗? 我再也忍受不下去了,如果再看不到他们的影子,我就要冲着门外大声喊叫了。就在这时,我从门板上方的铁条间看见一个苗条的身影晃过去,尽管只是一闪,但我却看出不是那个老警察,而是另外一个人,但那人从我这间房的门口晃了一下,便朝另一边走去。我不想失去这个机会,便急快地跑过去,一边晃动门板一边叫喊,哎,我在这里……那个人果然又倒回来了。我认出来,是那个做记录的女警察。

你有事吗? 女警察用好奇的目光看着我。

快给我开门呀,我用埋怨的口气说,你不是来提我的吗?

女警察愣了愣,禁不住笑了,你是说这个? 她看了看手腕上的表盘说,你不要着急,我们很快就会给你一个结论的。

结论? 我也呆怔了一下,他们还没有听完我的口供,就要对我做出……难道警察们办案的效率如此快了吗?

女警察好像有别的事要去办,没有再等我说什么,便扭过身去,迈着急促的脚步走过去了。

看来女警察的话并不是为了哄我,这天吃过早饭后,老警察就把我从拘禁室里带出来,又回到他们第一次审问我时的那间屋子里。王队和几个警察已经坐在了那里,那个女警察也把笔记本和钢笔拿在了手里,都一副严肃的模样,想必他们是要认真地办我这个案子了,虽说时间晚了点,可毕竟没有让我失望。我也又一次振奋起精神,准备把案情的经过再详尽仔细地朝他们叙说一遍。

审问开始后,那个王队却提了些无关紧要的问题,诸如姓名啦,年龄啦,职业啦,家庭住址啦,甚至连性别这样可笑的问题也问了一遍。我尽管有些不耐烦,可还是尽力积极友好地回答了他们。我想,也许这是提审犯人的必经程序,就像是交响乐中的一个前奏,只有把这些小问题解决掉了,才能进入更加重要的下一个阶段,也就是对作案经过的交代。

但奇怪的是,我刚把这些问题回答完,女警察就拿着她的记录走过来。喏,签字吧。她把笔送到我手边说。

怎么?我不解地问她,不用我交代案情了?说着,我又把目光转向王队。

签字吧,王队朝我点点头说,签完字你就可以走了。

走?我更加莫名其妙了,往哪里走?

王队止不住笑了,还能往哪里走?回你的家呀?

我不禁吃了一惊,让我回家?你们不办那个案子了?

王队站起身,慢悠悠地走过来。案子要办,可是也不能老把你关在这里呀,法律有法律的规定,我们也得严格执行不是?

你们就不怕我跑了?我脱口而出。

警察们互相看看,都忍不住笑起来。你跑就跑呗,老警察还撇了撇嘴说,我们还再追你不成?

我越发迷惑不解了,他们居然真的把一个严重的案件当儿戏一般对待?为了验证他们是不是在对我试探,我把名字在记录上草草地写了一下,扔下笔,转身就朝门外走去。我可是真的走了,我边走边对他们说,这可是你们叫我走的。

可我才走到门口,王队却又把我喊住了。等一等。他又急急地走到我身后来。

我觉得我已经戳穿了他们的鬼把戏,便回过身,用狡黠的目光看着他。怎么样,我也像老警察一样撇起嘴来,你们到底是不让我走吧?

是这样,王队朝我解释说,为了案子的彻底了结,我们以后可能还会麻烦到你,问一些有关的问题,希望你耐心配合我们。王队朝我挥了挥手,忽然又说,对了,如果那个在火灾里遇难的女人真与你有什么关系的话,希望你不要过于悲痛,振作起来,更好地去面对以后的生活。说到这里,王队还用手拍了拍我的肩膀。

我没有想到王队会说这番话,心里也禁不住有些感动。但我旋即又愤怒起来,他们竟然怀疑我与那个遇难的女人没有关系,这实在是让我无法接受。算了吧,我使劲拨开他的手,人都死了那么多天,你们还在这里胡乱扯皮?莫非你们真的不打算破案了吗?

王队扭头朝大家看看,大家也都在看他,每个人脸上都浮出会心的微笑。李蒙克你别急,王队再次拍拍我的肩说,案子其实我们早就破了。

什么?我大吃了一惊,案子你们已经破了?

那个老警察走过来说,兄弟,案子要不破我们能放你回家吗?

那就是说,我进一步问他们说,凶手也已经抓到了?

当然抓到了。那个女警察骄傲地挺了挺胸脯。

我垂下头,认真地思索了一下,看来是他们搞错了,既然这样,那我还不赶快……想到这里,我急忙朝他们笑笑,谢谢你们,谢谢你们。我一边说着,一边朝屋外退去。

来到院子里,我看见我那辆夏利车就停在不远的地方,想必他们已经为我的离去做好了准备。这帮笨蛋,我在心里叫骂了一声,看看四周也的确没有什么人盯视我,便迈开步子,大摇大摆地朝我的车走去。我都打开车门,坐到驾驶位上了,依旧没有人再出来拦我。于是,我便发动车子,直朝大门口开去。那个曾经阻挡过我的门卫居然还给我启开了电动门。我一路驶出了派出所大门,沿着城市的街道,直朝远处奔驰而去。

直到来到了一个高架桥下,我才把车速放慢下来。我要好好地想一想,这到底是怎么回事,一个犯了严重罪行的人竟然被办案人员送出了派出所,他们却还大言不惭地告诉他,案子已经破获了,这不是一件奇了怪的事吗?不是办案人员发疯了,就是我患了神经病……我把身子趴在方向盘上,一时不知道该把车开到哪里去。

8

回到家来,房门也果然没有被查封。我顺利打开门锁,跟跟跄跄地走进去。看到我的妻子夏海丽留下的一些东西,我越发思念起她来,尽管她最后背叛了我,可我们毕竟共同度过了许多美好的日子,她不仁,我不应该不义,她就是犯下了天大的罪过,我也实在不该对她下毒手呀。这样想着,我也愈加感到了自己的罪恶。本想也受到应有的惩罚,却没料到那些办案的人却不给我这样的机会,又把我放回来了。这样一来,我便更对不住被我害死的夏海丽了。

我把夏海丽留下的那些东西抓在手里,像怀念我的亲人一般紧紧地攥住不放。过了好一会儿,我才意识到抓在手里的东西有些不对劲儿,心里不禁疑惑起来。其实抓在我手里的东西并没有什么稀奇,不过是一只喝水的杯子,一根啃了半拉的黄瓜……都是夏海丽平时用过的最普通的东西。但问题的关键是,这只没有喝净水的杯子竟然是温热的,那根黄瓜的茬口也溢出了鲜活的汁水,好像它们是刚刚用过了似的。但这怎么可能?夏海丽已经葬身火海好多天了,怎么可能还会回到家来使用这些东西?可除了夏海丽外,我家里就没有其他的人了。难道说是小偷之类的人来到了我家?我急忙检查门窗。忙活了半天,我也没有找到门窗被破坏的痕迹。这可真是怪了,到底是什么人用到了这些东西?

我没有在家里多待,便又驱车驶往了张效梁的别墅区。我要到那里去核实一下,最好能找到我的妻子夏海丽死去的证据,哪怕捡到她的一根头发,我悬着的心才会放下来。

来到张效梁别墅的那个位置前,我看见那里已经是一片废墟了,一辆铲车正在清理那堆凌乱的东西。我走过去,在四周绕了个圈子,干脆进到废墟里,用手拨拉着寻找起来。当然,除了那些被烧黑的水泥砖块外,我什么也没有看到,而且不一会儿,我的手指便被磨破了,不得不停止了找寻。这时候,我也意识到我耽搁了那辆铲车的工作,它停在了我身后,司机从车窗里探出头,用不满的目光看着我。我却心里一动,回身朝它(他)走过去。

师傅,我试探着说,那两具尸体呢?

司机依旧直直地看我,很久都没有说话。

我以为他没听见,只好又朝他问了一遍。

你是干什么的?司机没有回答我的话,反而问起我来。

我是……为了取得他的帮助,我只得如实告诉他说,我是那个女人的丈夫。

司机又盯着我看了一会儿,才摇摇头说,不知道。说完,他又发动车子,继续在垃圾堆里铲除起来。

我跟在他的铲车旁边。你不是在这里清理这些东西吗？我不甘心地说，怎么会不知道？

我一连问了好几遍，司机才又斜过头，恶恶地瞪了我一眼说，那是公安局的事儿，我怎么会知道？

我也不禁停住了脚，他说得有道理，处理尸体应该是属于公安部门的职责，对，还是问曼秀山区派出所合适。我掏出手机，又一次拨打派出所的电话。

神经病。司机把铲车开到废墟里面去了，却还丢给我一句难听的话。

我没有理会他，继续专心地拨打电话。终于和王队联系上了。那两具死者的尸体呢？我径直问他说。

尸体被烧焦了，王队犹豫了一下，才告诉我说，已经看不出原来的样子了……

这个我知道，我打断他的话说，我问你尸体现在在哪里？

在、在我们派出所法医科的尸体存放室里……

我去认领吧。

现在恐怕不行，得等案子彻底了结了以后。

那是什么时候？

法院宣判了以后吧。

什么时候宣判？

兴许快了。

我等不及了，我要见我的妻子。

你真的确定里面有你妻子的尸体吗？

你们到底是什么意思？我就要跳起来了。

别误会……王队犹豫了一下，又改口说，其实见与不见都没有什么意义，因为模样根本无法辨认。

这你不用担心，我的妻子我最熟悉。

不要想得太过简单，尸体只剩下不足一只兔子那么大了。

兔子？我愣怔着，似乎不明白他话里的意思。王队把电话放了，我却还把手机举在耳朵上，久久地反应不过来。

离开那片废墟的时候，我忽然被脚下的什么东西绊了一下，俯下身来一看,是一只还没有烧透的皮鞋。一见这只皮鞋的样式,我就断定它是夏海丽穿过的鞋子。我把皮鞋拾起来,在手里翻来倒去地抚摸。是呀,看来夏海丽的确是葬身在那场大火里了。想到如此一个丰满的女人已变成一只兔子那么大小了,我不禁悲从心来,又一次感觉到了自己的罪恶。

回到家来后,我再次看到了夏海丽那些东西,不管它们是不是刚刚用过,我都断定她不会再回到这里来了。我把皮鞋和水杯、黄瓜等放在一起,把它们都当作是我对夏海丽的纪念物。这时我觉到了前所未有的疲惫,便把自己泡进浴缸里,想在水流的冲击下好好休息一下。我闭上眼睛,在水里泡了一会儿,竟然不知不觉睡着了。不知过去了多久,我猛然醒来了。我是被冻醒的,不知什么时候,水管里的热水已经变成了凉水,我的身子在不断摇荡的冷水里正在发僵。我赶紧吃力地站起来,手忙脚乱地往外爬。我裹上一床被子,抖抖地坐到沙发里。我想喝杯热水,刚张开嘴喊夏海丽,又忽然意识到她已经被我烧死了,而且我又想到了王队告诉我的话:夏海丽的尸体只剩下不足一只兔子那么大了。想到这里,我身子一个劲儿地颤抖,似乎感觉得更冷了。我只好站起来,自己去厨房里倒水。出乎我意料的是,我竟然从暖瓶里倒出了冒着蒸气的热水,看来的确有人到我家里来过?那么那个人是谁呢?莫非真的是夏海丽。

傍晚的时候,邻居老穆到我家来坐了一会儿。老穆是捏着一张报纸走进来的。你回来了?老穆一进来就说,这帮警察真是吃干饭的,居然怀疑到了你头上,还当真把你弄进去了。

我愣了一下,才明白老穆说的是怎么回事。我想朝他解释一下,但嘴巴动了动,说出来的却是另外一个话题。对了老穆,这几天有人到我家里来过没有?

我没看见,老穆摇摇头说,但我倒是听见你家里有什么动静,想必是有人在里面。

我呆呆地看着他。那么会是谁呢?我不由得问他。

难道不是你妻子吗?老穆反问我。

我张了张嘴,不知道该怎么回答他,或许他并不知道夏海丽已经消失不见了这件事。

怎么?你家里少了什么东西不成?老穆紧盯着我说。

没,我赶紧否认,目光却盯在那个杯子和那根黄瓜上,没少什么东西……我随即又看见了那只皮鞋，一时间心里乱成了一锅粥。

闲聊了一气，老穆终于把话转到了他到这里来的正题上。那个女人真是歹毒，他哗哗地抖动着报纸说，居然干出这种不可思议的事来。

哪个女人？我似乎没明白老穆说的是什么，但身子却本能地抽搐了一下。

那个偷情者的老婆呗。老穆吧嗒着嘴说。

你是说周岫娟？我心里不禁一动，是呀，张效梁死了，他的妻子周岫娟在干什么呢？

周岫娟？老穆有些愣怔，显然对这个名字不太熟悉，周岫娟是谁？

你不是说那个家伙的老婆吗？我反问他说。

那个女人叫周岫娟？老穆又看一眼报纸说，可这上面并没有出现名字……

我的目光也落在他手里的报纸上，不明白那上面写了些什么。

你还不知道？老穆将报纸递到了我手上，那场纵火案报上早登出来了，放火的人竟然是……

我接过报纸，顺着老穆的手指看去。在"本市新闻"一栏里有一篇文章，题目叫《毒女人光天化日放火，偷情者一无所知丧命》。老穆的手指就点在这篇文章上。这怎么可能？我只在那篇文章上扫了一眼，就明白是怎么回事了，脱口叫道，一个女人怎么会干出这种事来？

是呀，老穆也深表同情地说，我也想象不出来，一个看起来那么柔弱的女人，竟然下手如此残忍，一下子就把两个大活人……

我不相信是周岫娟干的。我没头没脑地打断了他的话。

老穆再次把疑惑的目光转向我，打量了好一会才开口说，你和那个女人……十分熟悉吗？

我极力控制着自己的嘴巴，没有再朝他表示什么。

老穆看出了我满腹的心事，不敢再陪我坐下去了，便站起来说，我还有事儿，你一个人再好好看吧。说着，便匆匆地走出去了。

我一时还有些反应不过来，便把报纸凑到台灯下，仔细地阅读了一遍。这其实是篇消息，篇幅不大，我用了不足三分钟就看完了。文章写的曼秀山别墅区一场轰动一时的纵火案，也就是我烧死张效梁和夏海丽的那个案子，看上去消息的来源很真实，时间地点人物动机结果等都有了，唯一的模糊之处就是没有写明人物的名字,当然更没有我的名字。按照文章里的说法,那个纵火者也就是周岫娟,回家后发现丈夫张效梁和别的女人夏海丽偷情,气急败坏,遂打开煤气罐阀门,在屋内放满了煤气,然后把一只着火的打火机扔进去……

我把报纸狠狠地丢在地下,文章怎么可以这样写?这场事故明明是我造成的,怎么安在了周岫娟身上?我愤然起身,在屋里焦躁不安地转着圈子,怪不得王队他们说案子破获了,原来他们认定的凶手是周岫娟,而我是个与该案件无关的人,所以就把我放出来了。这帮蠢货,真是笨到家了,居然释放了真正的凶手,而把一个无辜者抓了起来。对,这时候周岫娟一定被他们投进了监狱,天哪,他们居然犯下了这样荒唐而重大的错误,我倒是获得了自由,可如此一来就害苦周岫娟了。

我回转身,扑到茶几上,摸起手机,又急急地给王队打电话。你们弄错了,我颤抖着嘴唇说,那场大火是我放的,怎么安在了一个与此案没有关系的人身上?我告诉你们,那个女人是个清白的人,是个无辜的人,你们应该赶快把她放了……

是你破案还是我破案?王队打断了我的话,你说谁是凶手谁就是凶手?你说放谁我们就放谁?

听了他的问话,我不知道该说什么好。可我……我还不甘心地和他争辩。

请你不要再干扰我们破案,王队截住了我的话,冷着口气说,如果你有时间,请到医院去看看。

医院?我不明白他的话,我到医院去看什么?

王队没有回答我的话,便把电话放下了。

我再次拨打他的号码,但他却关机了。我恨恨地将手机摔在沙发上。周岫娟,你受冤枉了,我在心里朝这个我万般熟悉的人说,我连累了你,是我连累了你呀……

9

这天夜里,我躺在床上,一边翻来覆去地折腾,一边念叨周岫娟的名字,往事也便不断地浮到眼前来。

这个叫周岫娟的女人,也就是张效梁的妻子,在她嫁给张效梁之前,曾经与我有过一段时间的交往。我在前面说过,夏海丽还没有出现在我面前的时候,我就和一个温柔的女人建立过联系,这个女人便是周岫娟。

那时候,周岫娟是一家文工团的二胡演奏员。她是那种特别内秀的人,平时不大善于交往,话语也不太多,甚至给人一种落落寡合的印象。那次由工商联组织的文化企业联欢会上,也就是我和她认识的那个场合,她就是以这样一副形象出现在我面前的。当时,在组织者的邀请下,坐在我们这张桌子边的几个时髦的男女都到台上表演节目去了,只剩下了我和她。看着这个单薄文静,面色有些苍白,却是极其美丽的女人,我心里倒乐意这种安排。我想主动和她搭讪,却又不知道她是干什么的。女人也有些不自在,想和我说句什么,却又不知该怎么开口。为了消除这种尴尬局面,我便抓住机会,和她聊起天来。

请问,我这样开口说,您在哪个单位高就?

噢,她赶紧抬起头来,我在文工团……

我这才知道,她和那些演节目的人原来是一起的。可看着这个稍稍有些羞涩的女人,我还是不能肯定她应该从事些什么,唱歌?不像,跳舞?也不像。但我不好再问下去了,便只是不着边际地和她说了几句。

不一会儿,那几个男女演完节目回来了。咦,他们惊奇地对她说,你怎么还坐在这里,上去演一曲呀。

女人有些不好意思,回头看看我,脸色微微发红。我没带……乐器。她说。

我似乎这才明白,她原来是个乐器演奏员。我立刻对她产生了一些兴趣。但她会演奏什么乐器呢?我还是看不出来。但我的眼睛已经悄悄地朝她手上看去。这一看,我便吃了一惊,她的手指居然那么细长,那么白皙,搭在她的膝头上,就像几根长长的葱段。我一下子便把这样两只手记在了心里。

也许正因为这一点,散场的时候,我专门去和她道别。能不能告诉我,我鼓着勇气说,你的名字?

我叫周岫娟。她说。

周岫娟?我把这三个字记在了心里,又得寸进尺地说,能不能再给我你的电话……

我,她犹豫了一下,我没有电话……

我不知道她是否说了真话，但既然知道了她的名字，我还怕找不到她吗？

此后的许多日子里，周岫娟那两只葱段般的手都不断地在我眼前晃悠。终于有一天，我盼到了文工团的一场演出，尽管在此之前，我没有去剧场里观看演出的习惯，但为了和周岫娟碰面，我还是推掉别的事情，头一次买票走进了剧场。

这天，果然有周岫娟的演出。虽然她在稍微靠后的一个位置上坐着，我还是一眼就认出了她。她和另外三个和她差不了多少的姑娘都拉着二胡，演奏一首叫《万马奔腾》的曲子。我觉得舞台上的周岫娟和上次见到她时有很大的区别，似乎要精神得多，而且还随着乐曲的节奏轻摇一下头，一副神采奕奕的样子，不由得使我更加喜欢，甚至还有些激动。她们的演奏结束后，我离开座位，偷偷地摸到后台，又在演员们中间找了一会儿，才总算见到了她。这个献给你。我掏出事先准备好的一束玫瑰花，抖抖地朝她递过去。

周岫娟瞪大了眼睛，看看我手里的玫瑰花，再看看我，又去看玫瑰花，一时有些不知所措。旁边的一个姑娘碰了一下她的手，她好像才反应过来，急忙接了过去，却像拿到了一块烫手的山芋，不知道该往哪里放。

还记得我吗？我看着她说。

周岫娟点点头。记得……尽管是在灯光较暗的情况下，她的脸还是明显地红了一下。

你演奏得真好。我及时地夸奖她说。

谢谢你。周岫娟更有些不好意思了。

我不想让她在那么多人面前难堪，便和她握了握手，转身朝台下走去。后会有期。我边走边说。直到来到了剧场外，我觉得我的手还有些奇异的感觉。

那天过后，我又到文工团找过她几次。大概还是在台下的缘故，周岫娟又显得有些过分文静了，与那天演出时的情景相比，简直判若两人。但我并不讨厌她这种样子，尤其是喜欢看她那两只修长灵巧的手。她也觉察到了我的眼光，不自觉地把手往身后藏了藏，惹得我禁不住笑起来，她却又一次羞红了脸。那几回相聚，我们虽然谈得不是很多，可我心里却是十分快乐。

正当我要进一步和她发展关系的时候,那个叫夏海丽的女人闯进了我的生活,而且以极快的速度占领了我的心灵和身体。在这样的情况下,我便只好中断了和周岫娟的联系。事后想想,如果这时周岫娟也来纠缠我,那么毫无疑问,我还是会选择她的。可不幸的是,周岫娟不是这种性格的人,在我和她交往的那几回中,她不仅没有来找过我一次,还总是摆脱不了她的拘谨,弄得我也不敢贸然行动,最多也就是拉拉她的手,她还要使劲往回抽。我觉得就是没有夏海丽的介入,我和她的关系也要经历一个漫长的过程。但有时我又想,在这样一个喧哗和骚动的时代里,像周岫娟这样纯净的女人真是太稀有了。在此后很久,我都不能忘掉她,尤其是她那双引起我许多遐想的手。

我实在没有想到,几年后,我再次见到周岫娟时,竟然是在张效梁的婚礼上,而这时候,她已经是张效梁的妻子了。

那是个细雨蒙蒙的日子。由于天气不好,街上的行人很少,我的生意便有些冷清,已经跑了多半个上午了,才拉了一个客人,还错收了他一张一百元的假币。正在这时,一个西装革履的男人拦在了我车前。我赶紧停下车,并给他打开另一边的车门。根据他提供的地址,我把车子顺利地开进了一家大酒店。男人递给我一张百元的纸币,没有等我找零,就匆匆地朝大厅的台阶上走去。我又担心再收一张假钞,便把钱举起来,又是照亮又是甩打,直到确认不是假的,才装回到衣袋里。我不自觉地又侧了一下头,朝男人走去的大厅门口看了一眼。这时,我才发现,台阶上的大厅门口站了好几个迎接的人,有男有女,一看他们的打扮,我就知道这里有一个结婚仪式,胸前别着一朵红花的新郎领着那个刚到来的男人走进大厅里去了,身穿婚纱的新娘依旧站在门口,朝着远处正在继续到来的客人们微笑。望着新娘有些熟悉的模样,我不禁愣住了。这是谁?我在心里紧张地发问,难道是她吗?由于我几年没见过周岫娟了,又加之她脸上化着浓妆,我真的不能肯定这个新娘就是她。飘落的雨滴将侧边的窗玻璃打得模糊一片,也使我不能更准确地看清她。我摇下玻璃,不时走动的人影又遮挡了我的视线。我只好打开车门,慢慢钻出车来。也许我看她的神情过于专注明显了,周岫娟的眼睛很快便落在了我身上。我还没有将她看明白,我就觉得她已经认出了我,身子好像颤抖了一下,她这种不自然的表情使我立刻认定,这个新娘正是周岫娟。

尽管我已经和这个叫周岫娟的女人没有任何关系了,可在那天的雨中,我还是有些反应不过来,两眼呆呆地看着站在大厅门口的她,身子久久地动不了,以至于周岫娟拖着长长的婚纱走下台阶,一步步朝我走过来了,我还没有把身子缩回到车里去。于是,新娘周岫娟就一直走到了我面前。

你……也来参加……周岫娟微笑着对我说。

我这才猛然回过神来。我知道她误会了我,却什么也说不出来,只是直直地看着她。

好几年没见到你了,还、还好吧?周岫娟一双修长白皙如葱段般的手牵在胸前,一副欲言又止的样子。

是……我不由得点点头。看着她脸上那种并不太自然的笑,我心里忽然一阵激动,像是有一股冰凉的水淌过去。

外面下着雨,快到大厅里去吧。周岫娟说着,便要回身带我朝台阶上走。

周岫……我赶紧喊住她。我想等她回过身来,就朝她说句祝贺的话,然后赶快走掉。可她还没有把这个机会给我,我便看见新郎从大厅里走出来,在台阶上愣了一下,就急急地朝我和周岫娟这个地方看来。望着新郎更加熟悉的模样,我越发惊住了,天哪,不是我眼睛看花了吧?难道今天的新郎是他……

快进去吧,效梁都出来迎你了。周岫娟回过头来,又一次朝我微笑。

张……效梁……我在心里念叨了一句,脚下一阵踉跄,差点滑倒在地下。我急忙扶住车身,尽力把腿脚站稳些,又晃了晃脑袋,让迷乱的精神清醒过来。

蒙……周岫娟伸出手,似乎要过来拉我。

呵呵,蒙哥你来了?我正要派人请你去呢……张效梁疾步走下了台阶,一边对着我微笑,一边朝我伸出一只手。

我没有去接他的手。我想尽快离开这里,却无力迈开脚步。

蒙哥,岫娟经常提到你哩。张效梁不由分说地攥住我的手,很显摆地摇了又摇,脸上的笑容也更加灿烂了。

是……吗?我似乎还有些发呆,心里一时想不明白,张效梁为什么急不可待地给我说这个?我仿佛看出了他笑里含着的恶意。

快进去喝一杯我们的喜酒吧。张效梁又使劲往前拖我。

是呀，是呀。不明所以的周岫娟也热情起来。

我几乎用出了全身力气，才挣脱了张效梁的手。祝福……你们……说完这句话，我就趔趄着回到车边，吃力地钻进去，没有关紧车门，就旋动点火开关，想把车子尽快开出去。这时我才发现，许多车辆正从外面驶进来，有一辆已经堵在了我前面。我不管三七二十一，猛一按油门，就朝那辆车子冲过去。那辆豪华的轿车还没有停稳，就被我撞得将车身倾斜了过去。我沿着它闪出的一条狭窄的通道，把车子歪歪扭扭地开出去。在错过那辆轿车的一刹那，我看见玻璃窗里面的司机脸上现出惊恐的表情。我一路鸣笛，将车子开得愈来愈快。许多车辆都在我两边放慢了速度。

我在大街上疯狂地疾驶，直到在一个十字路口，我猛地看见了红灯，随即又看见朝我伸出手臂的警察，我才使劲踩了一下刹车。车子向前冲了一下，终于停在斑马线上。在警察朝我走来的时候，我把身子仰在靠背上，长长地吐出一口气。我一边拍打方向盘，一边在心里叫骂。我似乎并不知道骂谁，却是止不住地骂。警察在敲我的车窗了，我还没有停住骂……

那天，我真的有些糊涂了，我实在想不明白，周岫娟，那个拘谨文静的女人怎么就嫁给了浑蛋张效梁呢？天下的男人多的是，她怎么偏偏就选择了他呢？她不知道她的如意郎君是个披着人皮的狼吗？如果不是在他们的婚礼上，我说什么也要设法阻止这件事的发生，这倒不是说我对周岫娟还抱有什么不切实际的幻想，也不是说我依旧还爱着她，而仅仅是出于一点道义上的关怀，即使要做新娘的不是周岫娟，而换成任何一个与我毫不相干的女人，只要她是一个可爱的女人，我都会劝她远远地离开那个坏蛋，何况今天要嫁给他的是周岫娟本人呢，毕竟周岫娟和我有过那么一回事，她给我的感觉又是那么美好，我怎么忍心让她落入张效梁的虎口呢？可是，这也不过是我一厢情愿的想法而已，周岫娟和张效梁的婚礼都已经举行了，也就是说，周岫娟都已经成了张效梁的人，我这样憋气窝火又有什么用呢？

很快，张效梁含着恶意的笑脸又一次出现在我眼前。我似乎这才猛地明白过来，也许这根本不是周岫娟的错，而是张效梁有计划有预谋的行为，也就是说，是张效梁在有意和我过不去，他不仅弄垮了我的生意，还要继续来占有我曾经爱过的女人，是不是这样呢？我觉得我看穿了张效梁的阴谋诡计，也对他更加愤怒起来，原想如他说的那样，尽可能地将他忘掉，一心一意地关注自己的生活，这样过下去也就行了，可没想到，张效梁却并不想真正放过我，又在我身后搞起了小动作，真是居心叵测呀。张效梁呀张效梁，我一边在马路上疯狂地开车，一边在心里恶狠狠地叨念，你这个恶贯满盈的东西，想要将我致于死地，好呀，那你就等着吧，早晚有一天我会……

我打定了报复他的主意。那些日子，我把出租车开到他那幢老住宅边，悄悄地注视着他和周岫娟的一举一动……

<h1 style="text-align:center">10</h1>

接下来的两天里，我都在做着探望周岫娟的准备。经过百般打听，后来又在王队那里得到核实，那场大火的肇事者被关押在城东的一个看守所里。于是，我便在第三天的上午，携带着一个大包裹，驱车赶往城东。那个包裹里装着水果、衣服和书籍一类的东西，都是经过我悉心准备，带给周岫娟用的。按照我在派出所那几天的体会，周岫娟一定非常需要这些东西，饭吃不饱，也吃不好，就用水果来补充一下，以增加一些必需的营养；衣服不能及时更换，对一个男人来说便难以忍受了，何况是周岫娟那样一个喜爱洁净的人呢，但这个准备起来却有些困难，我自然无法得到她自己的衣服，只好从衣橱里取出几件夏海丽穿过的，勉强带给她去，至于她肯不肯穿，我就不知道了，在选择衣服时，我忽然意识到周岫娟和夏海丽在身材上还真有些相像，但在性格上，她们却又是那么的不同，这使我莫名地发起了感慨；我知道，在监牢里最可怕的还是孤独和寂寞，当然，如果周岫娟和别的犯人同处一室，情况就不同了，但这种可能性极小，作为一名杀害两人的重大犯罪嫌疑人，是应该单独关押的，那么怎样缓解那种难以承受的空虚情绪呢？我想到了书籍，周岫娟是个喜欢读书的人，带本书去她一定会很高兴的，于是，我在书架子上挑选了一本《安娜·卡列尼娜》，觉得她应该会喜欢。

来到城东后，我却不知道那个看守所具体在什么地方，便停下车来向行人打听。可大多数人也都不知道，几个听说过的人又给我指错了方位，害得我无谓地兜了好几个圈子。这样一折腾，天就快要晌午了。正急得不行，忽然看见了站在街道口的交通警察，我这才想起可以去问他们。开始的几个警察也说不清楚，后来换岗时来了一个年老的警察，给我说了一个还算明确的地址，我赶紧启动车子，一路急驶而去。就要出城区了，路面变得狭窄起来,两边的建筑也出现了平房,再往前,甚至空阔处还种植了绿油油的蔬菜。这是典型的郊区了。我心里还有些疑惑,那个看守所真的会在这种地方?别是年老的警察坑我吧?这念头刚在脑子里浮起来,一片灰蒙蒙的建筑就出现在我视野里。我心里一动,将车子一下子驶得更快了。到近前来,看见门口的牌子上果然写着"城东看守所"的字样,我才终于确定,就是这里了。

我停好车,探头探脑地走进去。不知为什么,到这里来,比我那天去派出所投案谨慎多了,也害怕多了。在登记室登记后,一个年轻白脸的警察刚要带我往里走,一个小个却威严的警察走过来,打量了我一眼说,时间不多了,你下午再来吧。我看看手表,果然快要十二点了。但我担心这个头目模样的警察是以时间为借口,阻挠我去见周岫娟,还要和他纠缠几句,可那个白脸警察却不容许我再说什么,就把我往外推。没有办法,我只好跌跌撞撞地走出了门,在外面停住脚,对着那个牌子怔怔地发呆。我感觉到了他们对我的不友好,这使我有些难以接受。我又不是犯人,我在心里说,你们为什么这样待我?随即我又想,也许因为我是来看望犯人的,他们就另眼看我了?这有些不公平,也让我莫明地恼怒。我撮起嘴,真想往那个牌子上吐口唾沫。后来又想,还是别惹这种麻烦,你是什么人你还不清楚吗?兴许他们看出了你的疑点也说不定呢。这样一想,我便平静下来,抱着包裹回到车上去。我不想离这里很远,还是找个地方吃点东西,等下午他们上班了,我再赶回来。

我在看守所附近转悠了好长一段时间,才总算找到了一家饭馆。这也是一家典型的乡村饭馆,里面布置得很简单,只有几张木头桌子,几把木头椅子,桌面上不太干净,几只苍蝇在上面飞来飞去,差点落在了我头上,椅子也不牢稳,离我最近的这把竟然坏了一根腿,要不是我及时将屁股移开,恐怕就要摔倒了。我真不想在这里吃饭,可除了这个饭馆外,周围几公里的地方就没有第二家了,我还想着下午的事儿,为了节约时间,看来只好在这里凑合一顿了。

脸色黑红的老板娘兼服务员端上来几大碗菜,都是当地产的蔬菜。本来我倒是喜欢吃蔬菜,可他们做得太粗糙了,根根叶叶地在碗里支棱着,几块肥肉也有些半生不熟的味道,吃得我直想呕吐。我实在吃不下去了,端起碗来,直要朝老板娘送回去。但这时候,老板娘正在教训她的孩子,显得很暴躁，也很愤怒，如果我这时去招惹她，怕是她会把怒火发泄到我身上呢。我又把碗放回到桌子上，却是再也不能吃了，便只是大口地喝啤酒。不一会儿，我就喝下了两瓶黑麦啤酒，没等我吩咐，已经训斥完孩子的老板娘又给我送上来两瓶。

但我没有再喝那两瓶啤酒，我不想因为贪杯而把下午和周岫娟见面的事耽误了，尽管我这时非常渴望用酒精来麻痹自己的神经。见我不再喝了，老板娘便有些不高兴，手里摔打得更厉害了。我知道不能再待在这里，便捏着钱去向老板娘结账。老板娘冷着一张黑红的脸，闷头不语地为我算账。我发现她把我没有喝的那两瓶啤酒也算进去了，心里虽然不痛快，但也没有表示什么，依旧按她说的钱数付了账。不就是十几块钱吗？我在心里说，至于这样讹人吗？我不想在这里惹事儿，没等她找零钱便迈着大步往外走去。

我快要走到车跟前时，却听见身后传来呱嗒呱嗒的脚步声，扭过头一看，是那个挨打的孩子在追赶我。我停住脚，莫名其妙地看着他。孩子追到我面前，朝我把手伸过来。我看见他的手里抓着一把零钱，原来他是追我送零钱来了。我接过钱，觉得数量有些不对，便草草地数了一下，我没有想到，这些零钱里竟然包含着我没有喝的那两瓶啤酒的钱，也就是说，老板娘并没有收那两瓶啤酒钱。这有些出乎我的意料，孩子转身要走时，我及时喊住了他，把其中的几块钱递到他手里。孩子显然也没有料到我这么做，泛着泪痕的小脸上满是诧异的表情。去买雪糕吃吧。我微笑着对他说。孩子抓着那几块钱，好一会儿才把手指攥紧。等他跑回饭馆去了，我才钻到车里，朝看守所的方向开去。我看看表盘上的时间，已经快要两点钟了，兴许看守所已经上班了吧。

我又在看守所门外等了大约一刻钟，那个白脸警察才提留着一串钥匙来开门。来这么早？他主动和我打招呼说。与上午相比，他此刻的态度要好许多。兴许他也看出了我的心思，便不好意思地解释说，没办法，领导吩咐过了，不能在不对的时间里让你探访，只好让你等到了现在。我真想问问他什么叫不对的时间，但又怕再次让他不高兴，便装作理解的样子笑了笑，表示没有什么关系。白脸警察果然很高兴，一上班就把我领进了探访室，让我坐下来等一下，他则去带我要见的人也就是周岫娟去了。探访室是由两部分组成，中间隔着一道高到房顶的铁栅栏，外面放着一把普通的椅子,此刻我就坐在这把椅子上,里面也放着一把椅子,但在两边的扶手之间多了一条相连的木杆,当然,那条木杆只是看起来相连,其实它的一端是可以移动的。我在我这边的椅子里等了好一会儿,里面还没有丝毫动静,白脸警察也没有了踪影,我真疑心他已经把我忘到了脑后。

直到半个钟点过后,才有脚步声从里面传来。我以为是周岫娟出来见我了,赶紧从椅子里站起来。但出现在我面前的却依旧是年轻警察。你叫什么名字来着?他一从里面出来,就瞪着眼睛问我。

我不知道他为什么问我的名字,上午登记时我已经说过一遍了。我叫李蒙克。为了配合他的工作,我只好又把自己的名字重复了一遍。

没错呀,白脸警察皱着眉头嘟囔一句,可她为什么说不认识你呢?没等我回答,他又掉头往回走。

我呆呆地看着他的背影,好一会儿反应不过来,尽管他的声音不大,我却真切地听到了耳朵里。周岫娟居然说不认识我?我也感到纳闷起来,她怎么会不认识我呢?难道说她忘记了我这个人不成?我呆怔了一下,突然间意识到,事情如果真是这样的话,那只有一种可能,就是周岫娟在这件事中失去了常态,很有可能是受到了刺激,才会连我这个对她来说的老熟人都忘到了一边。想到这里,我不禁打了个寒战,觉得事情有些严重起来。

又过了大约半个钟头,里面再次传出了脚步声,我以为又是白脸警察出来了,便坐住身子没动。但这次走出来的却是一个女人,同时也是一个犯人,身上穿着带竖杠的囚服,手上也戴着手铐。她的头发有些凌乱,有几缕都罩住了脸面,这使我不能立刻看清她的面目。但我还是一下子断定,这不是我要见的周岫娟。在我的记忆里,周岫娟是一个亭亭玉立的高个子,而这个人的身材却有些短粗,尤其是她的手指,像一团没有长好的姜块聚拢在一起,与周岫娟葱段一般的手指根本不是一回事。我只是起了起身,就又把屁股放回到椅子里,既然这个人不是我要见的周岫娟,我又何必做出迎见的架势?

说来奇怪,那个女人却推开那根木杠,把肥胖的身子塞到了椅子里,同时甩了甩脑袋,让罩住脸面的头发悠到脑后,这样,她一张鼓鼓囊囊的面孔便袒露在我眼前。听说你要见我?她用毫无表情的目光看我,肥厚的嘴唇好像没有动,这声简单的问询便不知从什么地方冒出来。

我愣怔了一下,随即便使劲摇头。没有……我极力否定说。

这些狗东西，女人不满地骂了一句，便从椅子里站起来，又捉弄老娘了。

但她的身子还没有离开椅子，就被赶过来的白脸警察按住了。怎么回事？他把脸冲向我问道，你要见的人不就是她吗？

不是，我再次摇摇头说，我要见的人是周岫娟，不是这个……

周岫娟？白脸警察也愣住了，我们这里没有叫这个名字的犯人。

什么？我吃了一惊，不由得从椅子里站起来，不可能吧？我明明是来探望那场纵火案件中的犯人的，怎么会……

她就是那场纵火案件中的犯人，白脸警察再次按按手下的女人，可她根本不叫周什么娟。他低头朝女人问道，你叫什么名字来着？

赖金花，女人瓮声瓮气地说，你们不是问过多少回了吗？

你看。白脸警察把手抬起来，朝两边摊了摊，做出一副无奈的样子。

这是怎么回事？我既像是问他，又像是问我自己，到底是哪里出了岔子？

你一定是弄错了，白脸警察再次用肯定的语气说，我们这里根本没有你要找的那个人。

可那场纵火案件中的犯人明明是周岫娟，我还极力争辩说，怎么可能……

谁说的？白脸警察反问我说，那场纵火案件中的犯人千真万确是这个人，她叫赖金花，对，就是这个赖金花导致了那场大火。他低头去问女人，我说得对不对？

对，赖金花点点头说，是我放火烧死了张建树，还有那个……我有罪……

我颓唐地坐回到椅子里，不知道该怎么办好。

对了，白脸警察提醒我说，你是不是到别的看守所去看看？或许你是找错地方了吧？

我转身离开了探访室。来到外面院子里，我掏出手机，毫不犹豫地拨打王队的号码。但我一连拨打了四五遍，王队的手机都处于关机状态。我钻进驾驶室里，面对着方向盘发呆。我想离开这里，但又有些不甘心，好像周岫娟真的关押在那边的屋子里，而他们不过是不让我见到她罢了。

又过了大约半个小时，王队的电话忽然打过来了。我刚才在执行任务，他朝我解释一句，马上便问道，找我有什么事？

你们把周岫娟弄到哪里去了？我劈头朝他问道。我口气里透着激烈的不满情绪。

周岫娟？周岫娟是谁？

就是那场纵火案件中的犯人……

等等，王队打断了我的话，谁说那个犯人就叫周岫娟？

我再次呆住了，是呀，回想王队那些人对我说过的话，没有一句是涉及周岫娟这个名字的，难道说是我自己把这件事弄错了？一时间，我觉得脑袋发胀，而且发出嗡嗡的响声。我把身子伏在方向盘上，神志陷入严重的迷乱中……

11

我决然没有想到，我会误闯到别人的案件里去，那场一直被我视为葬送了张效梁和夏海丽性命的纵火案，居然与那两个人无关，当然也与我和周岫娟无关了。这真是一件不可思议的事儿。

那么接下来的问题是，张效梁和夏海丽到哪里去了？那个案件发生后，我就没有再见到他们的影子，见不到张效梁很好理解，本来我们就不再来往，哪里还会有他的消息？那么夏海丽呢？这个人可是我的妻子，尽管那天我们发生了争执，但不管怎么说，她还没有与我离婚，我所居住的地方还是她的家，她就应该回到这里来。也许她真的回来过，不然那些留在生活用品上的痕迹又怎么解释？我之所以见不到她的影子，只不过是她在刻意回避我吧？也就是说她依旧对我充满了怨恨。还有，既然那场纵火案与我们无关，那么她与张效梁通奸的事也便靠不住了，这是不是说，我在张效梁家看到的情景并不真实，它们仅仅出自我荒唐的幻觉？意识到这一点，我便明白那天也许并没有跟踪夏海丽，当然更大的可能是我在半路上把她跟丢了，在不知不觉中进入了一个与张效梁完全无关的别墅区，目睹了一场与张效梁无关更与夏海丽无关的纵火案件。事情是不是这样？我觉得这样的分析不无道理，但同时也让我倍感困惑，好像我是一个在大白天善于梦游的精神病患者似的。

为了给我的分析寻找根据，我又一次来到那个别墅区，向居住在这里的人打探有关纵火案的情况。很快我便了解到，这场纵火案果然源自一场偷情案,偷情者也已双双葬身火海,这与我先前掌握的情况并无二致,只是两个偷情者的名字不叫张效梁和夏海丽,而是叫张建树和董慧芳;另外,纵火者便是男偷情者的妻子,这已由王队他们侦破清楚,她的名字叫赖金花,一个与周岫娟毫不搭界的名字,也已在白脸警察那里得到了证实。

经过那个火灾废墟的时候,我有意放慢了脚步,想对这个我实际上并不熟悉的地方做最后一次打量。废墟差不多已经清理干净,所有与火灾有关的东西都不见了,只有一地遭受过火焰舐舐的乱草在日头下支棱着。那辆铲车还没有开走,司机也不在车上,而是坐在一块砖头上,面对着远处其他的别墅群吸烟。我走过去的时候,司机掉头看了我一眼,我觉得他一定认出了我,而且可能还记起了那天我对他说过的一句话,"我是那个女人的丈夫",没错,就是这句十分肯定的话,而且在这句话之前,我还问过他一句另外的话,"那两具尸体呢",没错,这两句话连起来的意思就是,"我的妻子是一具尸体",我想司机也一定做过这种连接。想到这里,我的脸不由得热起来,似乎我在司机那里落下了一个天大的笑话。

我有些不好意思,刚低下头去,就意识到司机也掉开了眼光。这时,司机已经吸完了那支烟,站起来,做了一个在我看来不那么妥当的动作。司机把那只捏着烟屁股的手抬起来,朝后晃过头顶,又急快地朝前悠回来,同时将手指间的烟蒂抛出去。是的,司机做出的是一个投掷的动作。随着这个动作的完成,飘扬着烟雾的烟蒂翻着跟头飞向远方,越来越远,越来越远,在我看来,它竟然不可思议地落到了那边的别墅群里。我被吓了一跳,等回过味来,掉头去看司机时,他已经爬到铲车上,发动起来,哐当哐当地开到远处去了。望着那辆越去越远的铲车,我好久才把目光收回来。

我在废墟前又站了一会儿,转身要离开这里了,却看见一个小孩子站在我身后,也像我一样朝着废墟打量。一看见那个孩子,我就觉得有些眼熟,但又不记得在什么地方见过。我想了一下,才意识到他与我在看守所见过的那个赖金花有些相像。我毫无来由地把他和赖金花做了某种联想,于是便十分贸然地问他,孩子,你认识赖金花吗?

孩子抬起肿胀的眼皮,默默地看了我一眼,然后又摆动粗短的脖子,把上面的大脑袋往下点了点。

于是我弯下腰来,用一只手牵住他肮脏的衣角说,想你的爸爸吗?

和我的想象差不多,一听到我问他的爸爸,孩子就蠕动着肥厚的嘴唇,一咧一咧地哭泣起来。想……仅仅说出了这一个字,滚滚而下的泪水就把他下面的声音淹没了。

小明,远处传来一个女人的叫声,你又到这里来干什么?

我也像他一样扭过头去,看着从远处走来的一个女人,又向他问道,谁在喊你?

是我姑姑,孩子回答我说,我妈被带走后,我就到姑姑家去住了。

那个女人朝我走过来了。你是干什么的? 女人上下打量着我说。

我意识到这是个很厉害的女人,便打消了再向她问些什么的打算。路过? 我讪讪地朝她笑了一下,便转身朝远处走去。

怎么有那么多男人到这里来? 女人在地下的乱草里踢了一下说,别是都来找那个天杀的野女人的吧?

我好像听出来,她所说的那个“天杀的野女人”就是指那个被烧死的女偷情者。我的脸不禁又热了一下,好像被这个犀利的女人看出了心里的秘密似的。怎么? 我还在心里问了一句,竟然还有别的男人到这里来找过? 或许就是那个女人的丈夫吧?

女人似乎把什么东西踢到了我面前。我低下头一看,竟然又是一只没有被烧透的皮鞋。我把这只鞋子带回家去,与我上次带回的鞋子比对了一下,不论是样式、材质还是号码,都说明它们正好是一双。这次我不敢肯定它们就是夏海丽穿过的了,但把它们放在我家的床铺下,却没有丝毫不妥当的迹象。

在接下来的日子里,我没有再到外面去跑出租,而是一直坐在家里,怀着极大的耐心等待夏海丽的归来,我要当面问她一下,这双鞋子她到底穿过没有? 只有在很少的情况下,比如没有可供吃用的东西了,我才会走出家门,到附近的商店里去采购一次,然后匆匆地回来。说来奇怪,每逢这个时候,我就会发现家里的摆设发生了变化,比如放在厨房里的拖把跑进了卫生间,已经半干的鱼缸里又灌满了水……好像在我外出的时候夏海丽回来过,而我一回到家来,她就又赶紧地走掉了。更严重的是在夜里,只要我一闭上眼睛,就听见门板传来了开合声,屋内好像也有脚步声响起。可我一旦睁开眼睛,那些声音就全消失了。每次从梦中醒来,我都会发现一些不对劲的地方,比如浴室里的水龙头下有一汪温热的水渍,洗衣机上也多了一件待洗的内衣……这些变化除了与夏海丽有关外,我实在想不出还有什么别的因素在起作用。

为了证明这些变化不是出自我的幻觉,有一次睡觉前,我故意把座机上的话筒倒过来放。在这天的睡梦中,我果然听见有个女人的声音在打电话,当然,那个声音除了是夏海丽发出的以外,不会来自另外任何一个女人。我想从睡梦中醒来当场抓住她,于是便使劲挣扎,我觉得我就要醒过来了,可身子一放松却又立刻睡过去,如此努力了好几次,我终于成功醒过来了。透过迷蒙的夜色,我看见一个窈窕的影子从电话机前离开,迈着小碎步朝夏海丽的卧室里跑去。我翻身下床,也一阵风似的朝那间屋里追去。费了好大劲儿,我才推开关闭着的门板,但屋内却没有任何人影,只有窗前的布帘在夜风的吹拂下闪来闪去。我记得很清楚,夏海丽这间屋的窗子都是关闭着的,如果没有人到这里来过,它是不会自己打开的。我走到床前,撩开布帘朝外看。我看见外面黑乎乎的,从街道上微弱的灯光判断,这扇窗口离地面起码也有十几米远。是呀,我家住在五楼,夏海丽如果从这里跳下去,即使不被摔个粉身碎骨,起码也要落个腿断臂折的下场。我回到客厅里,马上拿起座机上的话筒看。正如我的预料,话筒摆放的位置已经正过来,也就是说,刚才一定有一个人把它拿起来过,而那个人除了是夏海丽还能是什么人呢?第二天,我明知道不可能,但还是来到楼下的街道上,看看地下是否有夏海丽留下的血迹。当然,地下干干净净,别说血迹了,就连一点点红色的粉尘都没有。

一段日子过后,我已经被这个怪异的女人折腾得快要发疯了,不能再这样徒劳地和她捉迷藏,我要想尽一切办法让她现身。等着吧,我在心里发誓说,我一定要把你抓住。就是在这样的情况下,我成了这个小区里第一个安装监控探头的住户。

也许这件事太过稀罕了,竟然引得许多人来看。老穆把我拉到一边,轻声轻语地问我,难道你真的发大财了?他脸上满是神秘兮兮的表情。

我没有听明白他的话。

你装这个,老穆朝监控指了一下说,不是为了防备小偷吗?

原来他是这么想的?我本想纠正他的话,但张了张嘴,又把要说的话咽了回去。没错,我点了点头说,我是不能不防着点儿……

老穆朝我伸伸大拇指,又压下声音说,有什么赚钱的路子,可不能忘了你老哥我呀。

我没有再表示什么，只是模棱两可地朝他笑笑，便赶紧走到一边去了。

与其让邻居们以为我发了财，也不能让他们知道夏海丽和我捉迷藏的事儿。但让我想不到的是，我即使装上了先进的监控设施，也并没有捕捉到夏海丽的任何影子，当然这并不是说夏海丽没有回家过，而是说这个监控对她根本不起作用。一般情况下，也就是当我在家并睁着眼睛的时候，监控里的情景还是十分生动的，我不止一次地看过它的回放，我坐在沙发里四处打量或躺在床上眨巴眼睛的情况，都一览无余地出现在屏幕上，简直就和观赏一部老电影没有什么区别。让我意料不到的是，当我离开屋内或者闭上眼睛的时候，那个一直运行完好的监控居然出现了故障，屏幕上变成黑乎乎的一片，不要说夏海丽一个人回来，就是她把张效梁一起带回来，我也是无法看清楚的。我怀疑夏海丽会什么法术，能够让算得上高科技的监控失灵。一想到这里，我身上便不自觉地起了一层鸡皮疙瘩，如果事情真是这样的话，那夏海丽除了是一个无所不能的幽灵之外，还能有什么更好的解释呢？

我放弃了寻找夏海丽的努力，又打听不到有关张效梁的消息，一度陷入了绝望的境地。但我很快就想到了周岫娟，是呀，如果说夏海丽和张效梁有出事可能的话，那么周岫娟应该是没有意外出现的，对对，我可以放下夏海丽和张效梁，抽出工夫去找周岫娟。

想到这一点，我又马上振作起来。

第二章

12

　　我已很久没有见到周岫娟了,不知道她如今住在什么地方,又没有她的电话号码,我应该到哪里去找她呢? 俗话说天无绝人之路,我很快便想到了她曾经工作过的单位,也就是那个就要解散的文工团。其实周岫娟已经离开文工团好久了,自从和张效梁结婚后,她就脱离了原单位,在家里给张效梁当起了专职太太,就像夏海丽刚嫁给我的时候那样。没有别的办法,我就到她的原单位去碰碰运气吧,看能不能得到一点周岫娟的线索。

　　文工团是在一条街巷的最里端,一个破破烂烂的老院落,外面的人或许真的想不到,这里竟然藏匿着曾经辉煌的文工团,在很长一段时间里,只要提起文工团的某某某,人们就会啧嘴咂舌,就会心生景仰,如果用现在时髦的说法来形容,那个人的粉丝队伍是足够庞大的。但时过境迁,随着人们欣赏趣味的变化,文工团那一套老做派便显得不合时宜了,尽管他们使出了浑身解数,却再也抓不住年轻观众的心,观众一个个远离他们而去,虽然他们还不到退出舞台的年岁,却提前感受了人老珠黄的凄凉。没有演出任务,人们便不知道该怎么打发以后的日子,一些人在院子里四处逛荡,脸上透着恍惚而又迷茫的神情;有的则猫在屋门口的躺椅上睡觉,不管听到什么动静也懒得睁开眼睛。院落里人倒是不少,但却显不出丝毫的生气。

　　几个打牌的小伙子听我说到周岫娟的名字,都抬起头来朝我打量,随后又互相看看,挤巴挤巴眼皮,掉过头去不理睬我了。我疑心他们也像我一样不知道她的下落,毕竟周岫娟已经离开这里好几年了。我快要绕遍了整个院子,才在角落里看到一个捆扎垃圾的老头。望着他满脸的麻坑,我呆怔了好一会儿,才认定他是一个很有名的山东快书演员,我曾经看过他的节目,在舞台上可真是眉飞色舞的一个厉害角儿,没想到也变得如此落魄,满脸胡子拉碴,好像已有好几个月没收拾过自己了。

意识到我在打量他,老头也抬头来看我。怎么? 他直通通地问我,是不是没想到我会捡垃圾?

我不知道说什么好。是呀,一个卓有成就的艺术家,竟然沦落到捡拾垃圾的地步,真不知道到底是什么地方出了错。这一刻,我心里感到非常难受。不……我想安慰他一下,但嘴唇翕动了好几下,也没有找到合适的话。

其实你不知道,老头忽然把身子朝我凑过来,这捡垃圾看上去不怎么体面,可里面的好处还是不少的。说到这里,他嘴角露出一丝狡黠的微笑。

我忽然喜欢上了这个豁达的老头,便蹲下身,递给他一支烟,陪着他慢慢吸起来。我们虽然没怎么说话,但都感觉到彼此间的气氛十分融洽。已经很多日子了,我没有再体会到这种感受,所以真想与他这样多待一会儿。

吸完了那支烟,老头做出又去干活的架势。但他先把手在我肩上拍了一下,轻着声问我说,年轻人,到这个院子来有什么事? 能对我说吗?

我想打听一下周岫娟……我也只好把此行的目的说出来。

你找周岫娟? 老头更专注地看我。

我心里不免一动,看来他一定是知道周岫娟了。是呀,我点点头说,您知道她住在什么地方吗?

知道,老头又意味深长地看我一眼,便把那只不算干净的手抬起来,朝院子的另一个角落处一指,喏,最靠里边的那间屋就是她的宿舍。

我的目光找到了那间屋所在的位置,但我的身子却没有动,我以为他说的是周岫娟过去的宿舍,自从结婚以后,她已经住到她丈夫张效梁的豪华别墅里去了,尤其是辞职以后,这间以前的宿舍对她还有什么意义? 我是说她现在的住处……我再次对他说。

我说的就是她现在的住处呀。老头咧开无牙的嘴笑起来,还朝我挤了一下眼,脸上的表情有些诡秘。

我不由得愣住了,怎么? 周岫娟又住到这里来了? 我有些不相信,这怎么可能?

为什么没有可能? 老头把手在我面前晃一下,用颇为世故的口气说,一切皆有可能,这是谁说的来着?

我再次把目光投向那间屋,真是难以想象,此刻周岫娟就在那间破破烂烂的屋里，踏破铁鞋无觅处，得来全不费工夫，这话又是谁说的来着？

老头没有再说什么，既没有问我是周岫娟的什么人，又没有问我找她干什么，只是不住地摆手，示意我到那间屋里去。在我朝那间屋走去的过程中，我感觉到老头并没有真正放下我，而是始终注视着我，好像我找周岫娟的行为有什么不对劲的地方。

对于我的到来，周岫娟显然也没有料到，我敲开门板的时候，她还在梳洗打扮，手里举着一支眉笔便出现在我面前。李蒙克？她怔怔地看着我，满脸都是诧异的表情，怎么是你？等我进去后，她还在我身上推了一把，你怎么找到这里来了？

说实话，出现在我面前的这个人也实在出乎了我的意料之外，我并不是指她到这里来居住这件事，而是说她呈现在我面前的样子，还有她说话的口气，都与我印象中的那个人相去甚远。在我的记忆里，周岫娟是一个谨慎而内向的人，和我相处时总是一副怯生生的样子，时不时地还要脸红一下；而现在的周岫娟却豪爽而直接，一上来就对我拉拉扯扯的，说话也带着一股火药气。大约是在她宿舍里的缘故，她浑身上下都透出了不拘小节的习气，睡衣最上面的两个扣子没有扣上，这让她的半个胸脯都露了出来；一只坏了襻条的拖鞋在脚下倒来倒去，好几回都掉到了后面，她又踮着一只脚跑回去踏上；我尤其注意看了一下她的手指，天哪，那十根细如葱段的手指哪里去了，如今只剩下两排布满节疤的木棍，而且指甲还染成了刺眼的红色，猛一看上去还以为指头上滴着血迹呢。望着这个透出世俗味道的女人，我简直有些怀疑，这是我要寻找的那个女人吗？我呆呆地看着她，竟然把我的疑问说了出来，你是周岫娟吗？

得了吧，周岫娟又推了我一把，咧开嘴巴呵呵地笑了，想不到你也会开这样的玩笑。

我晃晃脑袋，极力让自己镇定下来。我可不是开玩笑。我在心里对她说。

周岫娟好像看出了我的心思，又伸出她血迹斑斑的手，在我头上摸了一把，你是不是受到什么刺激了？

听了她的话，我不禁想到了那个叫赖金花的女人，忽然有一种恍如梦境的感觉。周岫娟，我用确认她身份的口气叫着她的名字说，你怎么又搬回到这里来了？

结了婚我才知道，周岫娟摊开两手，又耸了耸肩膀，其实住单身宿舍也挺来劲的。

她其实没有回答我的话。于是我又继续问她，你什么时候回到这里来的？

快要半个月了吧。周岫娟随口说道。

我心里一动，一下子又想到了那场纵火案，如果我没有记错的话，那场纵火案大约也正好发生了半个月的时间。莫非你也没有地方好去了？我在心里问她，当然我没把这句话说出来。

你怎么知道我在这里？周岫娟坐回到床沿上，把一条腿跷到另一条腿上，睡衣的下摆敞开了，露出了她白白的大腿。她把下摆往下拉了拉，脚下的拖鞋又掉下地去。她没有管拖鞋的事儿，扭身从床头桌上拿起一支烟，用打火机点着，像模像样地吸了一口，见我盯着她看，便把一支烟朝我递过来。

我没有接那支烟，只是轻轻摇了摇头。

怎么？周岫娟有些吃惊，你还是过去的老样子？她瞪大了眼，更加专注地打量起我来，可不，你的变化的确不大。

你可是变了，我接过她的话说，我都快要……我把"认不出你来了"几个字又吞回到肚子里。这一刻，我确实感到了有些心疼。

算了吧。周岫娟在烟缸里磕掉烟灰，摇摆着一头波浪发丝说，这个年头，这个时代，你不变化由得了你吗？

我不能不承认她说得有道理，回想我自己的生活历程，不也有一种从天上到地下的局面吗？你和张效梁的日子过得怎么样？我掉转话题说，其实这也是找她要说的主要话题。

张效梁？周岫娟的样子有些发愣，好像这个问题让她感到为难，或者说无从谈起。你还不知道？她把目光转向窗外说，我和张效梁早就过不到一起去了。

我不知道。我回答她，其实我心里没感到多么意外，好像这样的局面就应该出现似的。

张效梁嫌弃我。周岫娟把身子半仰在床铺上，两个光脚交叉在一起，在我面前不时地搓动一下。

我还以为，我差点笑起来，是你嫌弃张效梁呢。

嫁给他的时候，周岫娟定定地看了我一眼说，我就已经出过轨了，他嫌弃我不是第一次……

我没有想到她会这么直接地和我说这个，一时感到十分不自在，不由得就把眼睛掉开了。这个张效梁，我讪讪地说，都什么年代了，他竟然还……

这事怨他吗？周岫娟继续看着我说，尽管我不以为自己有什么错，可我并不怪他，所以你也不用安慰我。

她真的变了，我在心里说，她再也不是过去那个单纯的文艺女生了。我这样一想，心里又感到了一丝忧伤。

但他不该折磨我，周岫娟摇了摇头说，更不该把坏女人带到家里来……

坏女人？我重复了一下这三个字。

对了，周岫娟一下子反应过来，两眼又盯在了我身上，是她……

虽然她的语调已经告诉我，她所说的那个"坏女人"就是指夏海丽，但我还是想亲耳听到她把这三个字说出来。真的是她吗？我用饱含着哀求的语气问她，我要知道。

周岫娟没有再说那个名字，而是突然直起身来，急快地走到我面前，把两条胳臂搭到我肩膀上，我知道你为什么要找我了，她的脸进一步往我跟前凑，你是来和我一起体味同病相怜的，对吗？

我都要嗅到她身上散发出的女人体味了，便不禁往后移了移身。周岫娟，我咬着嘴唇对她说，你为什么变得这样犀利了？

与过去的我反差太大了是吗？周岫娟干脆把一条腿抬起来，不由分说搭到了我腿上，你受得了吗？

我想把她从我身上推开。这个骚女人，我在心里骂她，怎么堕落成这副样子了？我的泪水开始在眼眶里打转。

我吓住你了吗？周岫娟蹲下身去，又抬高一只手，在我下巴上摸了两下，别表现得那么没出息。

你不能认定，我吞吞吐吐地说，我就是来找你睡觉的……我把她的手推开，虽然我也想报复张效梁，可我怎么能在你身上……

你说什么呢？周岫娟站起来，又坐回到床上去。你听。她忽然朝门口指了一下，示意我倾听门外的动静。

我随着她的目光看去。尽管门板关闭着,但我还是从门缝间看见几个晃动的人影。他们是谁? 我转向她问,他们要干什么?

他们可是认为,周岫娟乜斜着对我说,你就是来找我睡觉的。说到这里,她还朝我微笑了一下,透出一副恶作剧的样子。

我琢磨着她的话,似乎也慢慢回过味儿来。难道说,我一边朝四处撒目一边在心里说,这里已成了她干这个的场所? 意识到这一点,我简直快要喘不过气来了。

<h1 style="text-align:center">13</h1>

回想那一天我和周岫娟见面的情景,我一直疑心那只是我的一个梦境,一个与现实没有什么关系的幻象,周岫娟那么清纯的一个人,怎么可能变得如此没有羞耻感? 有好几天的时间,我都把自己关在家里,苦苦地思考这个让我不堪承受的问题,甚至到了吃不下饭睡不着觉的地步。我担心我会病倒,这才爬起来,走出家门来到大街上。我站在一块广告牌下,望着夏日里蜃气蒸腾的街道,望着那些像鱼儿一般游来荡去的人们,突然间便觉得释然了,是呀,既然这个社会已经发生了翻天覆地的变化,那么置身其中的人们怎么可能依然故我? 我仰起头,又看见了广告牌上那句被书写成石头一般的字句:与时俱进。是呀,我要与时俱进,我要接受所有存在的现实。

在接下来的日子里,我加快了与周岫娟来往的速度和频率,开始的时候是我到文工团里去找她,很快她也来小区找我了。其实从我们第二次见面,我们就住在了一起。说起来不可思议,我们住在一起竟然是我主动提出来的,既然张效梁勾引了我的妻子夏海丽,那么我来找他的老婆周岫娟,这又有什么可奇怪的? 虽然我们不是一对具有正常关系的男女,而且我们的苟合掺杂着复仇的内容,先前我也的确有些心神不安,但一段时间过后,我便被周岫娟真正吸引住了,哪里能够想到,一直被我视为生涩小女人的周岫娟竟然比夏海丽还要出色,实在让我想不明白,张效梁为什么放着如此美好的周岫娟不要,而偏偏要冒着风险到我这里来勾引夏海丽呢?

我比夏海丽强很多吗? 面对我提出的这个问题,周岫娟分析说,你之所以有这种感受,那是因为你比张效梁更凶狠吧。

凶狠? 我没有想到她会用这个词来形容我,看来她对我的报复心理并不是一无所知。你不是也很疯狂吗？我回敬她说。

如果不是这样的话，周岫娟意味深长地说，你又怎么知道我占了夏海丽的上风呢？

她再次提到了我妻子的名字。我这才明白过来，原来她在做这件事时，同样怀着对另一个女人的报复心理。真是难以想象，源于复仇的一场苟且事竟然制造出了前所未有的快乐，以至于让我们深陷其中，如果不是作为当事者，我是无论如何也不会相信会有这种事存在的。

我很快便体会到了我和周岫娟在一起的好处，差不多有半个多月的时间，我们天天待在一起，就像一对真正的夫妻一样过着甜蜜的小日子。周岫娟把这一段日子称为"蜜月"。开始我以为她是说说而已，后来便发现她这样的说法是有所专指的。那天她似乎是不经意地对我说，知道吗？你是我的第一个男人……

什么？我被吓了一跳，似乎有些不明白她的意思。

我是说我的失身，周岫娟又纠正自己的话说，我的失身实际上与你有关。

我想到了她前些日子说过的话，好像就是因为这个原因，她和张效梁的夫妻关系才无法持续下去。但这怎么可能呢？我在和她谈恋爱的日子里，她还是一个不成熟的文艺小女生，我们的身体根本就没有怎么接触过，最多也就是松松地牵一下手而已，怎么又会导致她失身呢？

那时候的矜持都是一些假象，周岫娟埋怨我说，其实我内心里一直渴望你能做出一些更明确的表示，但你好像也顾忌一些什么，我每次的期待都会落空……

怎么会是这样？我惊讶地望着她，我还以为是你在顾忌什么呢。

你想象不到，周岫娟用包含自嘲的口气说，为了补偿身体的不满足，每次和你分手后，我都会把自己关到屋里，想方设法……她比画了一个手势，你明白我的意思吗？

为什么要告诉我这个？我红着脸问她。

因为你不知道的事情太多了，周岫娟用更加富有意味的口气说，你知道我是谁吗？

我耸了耸肩膀，没有回答她的话，这样的问题还用得着回答吗？我当然没有把她的话放在心上，很快便把这个话题忘到了脑后。但几天过后，我却在她床头桌的抽屉里看到了一张照片,才又猛然间想到了那句话,"你知道我是谁吗?"

开始我并没有看出照片上的两个人是谁,因为上面是两个还没有长大的少女,个子虽然已经长高,但眉眼间透出的还是小女孩的稚嫩气,或者说青涩味。但我正要把照片放回到抽屉里时,却意识到了什么,又把照片放到眼下,再次打量了一遍。这一回我渐渐看出了一些名堂,先是认出其中一个个子矮些的女孩是周岫娟,这个倒没有超出我的想象,因为照片是放在她抽屉里,上面的人与她有关也算是合情合理,让我没有想到的是另一个个子高些的女孩,怎么也看着那么眼熟呢?难道是……我心里一阵急跳,老天,这个看起来更加眼熟的女孩别是夏海丽吧。一旦让这个名字蹦到了我脑子里,那么接下来我便越看越觉得那个女孩就是夏海丽了。没错,那个女孩确凿就是少女时期的夏海丽,尽管我并没有见过那个时期夏海丽长什么样,但照片上的这个少女绝对就是夏海丽本人。那么接下来让我感到迷惑不解的是,夏海丽的照片怎么会出现在周岫娟的抽屉里?更大的问题还是,作为少女的夏海丽为什么和周岫娟在一起?我马上便想到了周岫娟那天对我说过的话,"你不知道的事情太多了",原来一句看似平常的话居然大有深意,藏匿着那么多不为我所知的秘密。由这张合影照片可知,周岫娟和夏海丽在少女时期就是老熟人了,至于她们熟悉到什么程度在这张照片上是看不出来的,还有,她们到底是什么关系,也是这张陈旧的照片不能告诉我的……但不管怎么说,这一切都大大超出了我所能想象的范围。

你怎么会认识夏海丽?我马上端着照片去问周岫娟。

我不是说过了吗?周岫娟得意地看了我一眼,你不知道的事情还多着呢,可你就是不信……

告诉我,我打断她的话说,你是夏海丽的什么人?

周岫娟在床铺上坐下来,跷起一条腿,又点起一支烟,一边优哉游哉地跷腿,一边不紧不慢地吸烟,一副悠闲自在的逍遥样子。我是夏海丽的表妹。她朝我吐了一口烟说。

我大吃了一惊。怎么?我瞪大了眼睛看她,你是夏海丽的表妹?

是呀,也可以说夏海丽是我的表姐。

你们怎么可能……我急切地反问她,是这种关系?

为什么不可能是？周岫娟也斜过眼来问我。

我一直以为你们……我的嘴唇颤抖起来，夏海丽从来没有对我说过这个，你也没有……

我这不是告诉你了吗？周岫娟把烟蒂丢到地下说。

这太出乎我的意料了，两个和我发生了关系的女人居然是一对表姐妹，在我一无所知的情况下，她们先后出现在我身边，一个成了我的妻子，一个成了我的情人，先前我还以为这一切都没有什么必然的联系，就像两片风中的叶子落在我头上一样纯属巧合，可现在我才明白，真正的事实并不是这样，她们之所以和我发生了关系其实都是彼此商定的结果……就算不是商定，起码她们是彼此知晓的，甚至经过了激烈的争执也说不定……而我却一直被她们蒙在鼓里，直到很久之后才略知一二……我朦胧地感觉到，在我们三个人之间，不，其实是在我们四个人之间，那个张效梁身上也一定有我所不知道的隐秘，在我们这奇怪的四个人之间，一定潜伏着一个巨大的黑洞，或者说这一切就是一个黑暗的阴谋，是他们三个人为我这个笨蛋设下的一个骗局……想到这里，我不禁出了一身冷汗。告诉我，我抓住周岫娟的肩膀，使劲摇晃着说，你们到底要干什么？

我们？周岫娟还要确定一下这个复数代词到底包括哪些人。

你，夏海丽，我用尽量清晰的口气对她说，还有张效梁。

听我把他们三个人都包括进去了，周岫娟也便知道不能不把一切都给我说清楚了。好吧，她把目光转向窗外的远处，长叹了一口气说，那我就把我所知道的情况说给你吧。

14

我和夏海丽是姨表姐妹，也就是说，我们的母亲是亲姐妹，周岫娟这样开了一个头，随即又改口说，这样的说法也不够准确，其实她们两个既是亲姐妹，又不是亲姐妹。我不是故意绕你，而是她们的关系本身有些复杂，我也是快长大时才弄明白的，那时我已经看出夏海丽的妈妈不是姥姥亲生的，她们见面时总是有些客气，完全不像我的妈妈与姥姥之间那么融洽，而夏海丽的妈妈却对姥爷较为亲近，虽然她自己的女儿都很大了，可她还时不时地会挽一下姥爷的胳膊，但这样的情景倘若被姥姥看到了，便会不加掩饰地撇一下嘴，好像夏海丽的妈妈又做了一件讨她嫌的事似的。后来我总算从妈妈嘴里搞清楚了，原来夏海丽的妈妈不是姥姥亲生的，在她只有三岁多的时候，她的亲生母亲便遭遇车祸去世了，姥姥作为后妈虽然也待她不薄，但还是让她感到了一丝似有若无的距离，不能像妹妹也就是我的妈妈那样待在家里，等长大后，夏海丽的妈妈便毫不犹豫地离开了家。

那时，上山下乡虽然还没有轰轰烈烈地开展起来，但已经有一些积极的学生开始这样做了，夏海丽的妈妈便毫不犹豫地报了名。姥爷了解到，与她一起报名的都是一帮男同学，整个城市只有她一个女学生响应号召。姥爷很伤心，知道又无法阻挡得了，便私下里做了一些工作。对了，我忘记说了，我的姥爷是一个部门的领导，在某些方面还是能说进一些话去的。于是，夏海丽的妈妈便没有像大部分学生那样远赴祖国的边陲，而是和少数几个同学来到了郊区一个小村子里，过起了和一个农民并无二致的乡村生活。那个小村子我去过一次，好像叫夏庄，生活条件十分艰苦，除了一片片的庄稼地外，没有其他像样的景致，靠近夏海丽家不远的地方，居然有一个大粪场，空气中常年飘逸着难闻的臭味。好在附近还有一条河流，活水里游动着许多鱼虾，算是唯一好玩的地方。夏海丽的妈妈就在这个地方扎下了根，到第五个年头的时候，一个让姥爷感到无比震惊的消息传来，她要与当地的一个村民结婚。妈妈说，姥爷听到这个消息时，嘴里喷出一口鲜血，身子一歪便倒在了沙发里。姥爷病倒了，不但离开了工作岗位，而且变得寡言少语，每天都躺在摇椅里看着墙壁发呆。夏海丽的妈妈结婚后，第一次带着她的乡下丈夫回来，姥爷竟然没有让他们进门，我妈妈要把他们领进来，被我姥爷抓起一本书砸在头上。夏海丽的妈妈和她的丈夫在门外站了两个小时，然后哭泣着离去。这个城市，她在路上一遍遍地赌咒发誓，我一辈子也不会回来了。

这虽然是一时的气话，却代表了夏海丽妈妈那个时候的坚强决心，要不是夏海丽的出生，当然更主要的原因是，要不是改革开放的到来，她或许真的能说到做到呢。夏海丽的妈妈下一次回来，是带着八岁的夏海丽回来的，此时我的姥爷已经在病床上起不来了。夏海丽的妈妈借着探望姥爷的理由回家来，其实表明她早就不再信守当年的诺言了。她一走到姥爷的病床前，姥爷就伸出一只手，把她的脸拉到自己胸前，像个小孩子一般呜呜地哭起来。两个人一下子都抛弃了前嫌，父女之间的关系变得比先前还要密切，夏海丽的妈妈不但时常回来探望他，而且姥爷的病竟也奇迹般地好起来。这个时候，随着改革开放的到来，大多知青都返回到城里，夏海丽的妈妈大约是出于对女儿前途的考虑，也可能是她在那个臭烘烘的夏庄实在待烦了，便也流露出了回城的打算。但一来她在农村安了家，二来姥姥也不愿意她回来，于是这件事拖来拖去，随着她的年岁增大，最终还是放了下来。我这辈子算是完了，夏海丽的妈妈当着姥爷全家人的面说，可我的女儿不能再走我的路，你们无论如何不能再让她待在乡下。

　　几乎每隔一段日子，夏海丽的妈妈都会带着女儿回城里来，有时还会到我家来串门，变着花样培养夏海丽对城市的熟悉感觉。也就是在这样的情况下，我认识了比我才大一岁多的表姐。对于这个从郊区来的小姑娘，我这个城里人一见面就把珍藏的高档玩具拿给她玩。但我很快便发现我想错了，在我面前，夏海丽从来就没有自卑感，接过我的玩具就一个人跑到一边玩去了，等我找到她时，她不但已经把玩具摔坏了，而且不再容许我摸它一下。我立刻心疼得哭起来。更让我感到瞠目结舌的是，面对别人对她的埋怨，夏海丽竟然直言不讳地宣布说，玩具是我故意摔坏的。我质问她说，为什么故意摔坏？夏海丽理直气壮地说，谁让你有这么好的玩具呢，而我以前根本没有见过。尽管我不喜欢这个人，但每次见到她，我还是硬着头皮主动去和她玩，还带她去见我的一些小伙伴。夏海丽对我的热情有些无动于衷，对我提到的一些稀罕事也表现得没有什么兴趣，好像她在乡下早就见识过了似的，对我的小伙伴也一副爱搭不理的样子，两条长长的手臂抱在肩膀上，显得既矜持又高傲，让我在小伙伴们面前很没有面子。你怎么有这样的表姐？小伙伴们埋怨我说，如果你再带她来，我们就不和你玩了。为了照顾夏海丽，我不知失去了多少童年的朋友。

　　与夏海丽到我家来的次数相反，我仅仅去过她家一次。平心而论，我们两个人的妈妈虽然不是一母所生，但彼此的关系还是很不错的，加之我和夏海丽的年岁相当，所以夏海丽的妈妈才会带着她不断来我家。大约是因为来的次数过多了，有一次夏海丽的妈妈便提出来说，要不你们也到我家去看看吧，那里虽然是乡下，比不了城里好玩，可毕竟也有这里没有的东西，也让小娟去看一下。别说，对我这个没有机会离开城市的人来说，这样的提议还是很有诱惑力的，我当即表示赞同，然后转过头去看夏海丽。我以为夏海丽也会对我发出邀请，就算是投桃报李吧，我在城里接待了她那么多次，她在农村接待我一回总不为过吧？但面对我期待的目光，夏海丽顾左右而言他，没有表示出丝毫欢迎我的意思。更让我想不到的是，当我跟随妈妈来到她家时，她竟然把我撇在家里，一个人偷偷地跑到外面去玩。在夏海丽妈妈的指点下，我出去找她。来到大街上，我看见她正和她的一帮小伙伴玩耍，看到我过来了，她把嘴附在几个小伙伴耳边，低声嘀咕了几句什么，然后便一吹口哨，领着那帮人一哄而散，再次把我一个人撇在了陌生的街道上。我真是难以置信，夏海丽懒得和我玩倒也罢了，居然鼓动别人也不和我玩，这哪里还有接待我这个客人的样子。我呆呆地站在夏庄的街道上，拼命忍受了好一会儿，才没有让自己大声哭出来。从那个时刻起，我便决定再也不到这个臭气熏天的地方来了。

上初中二年级的时候，夏海丽的学校利用暑假开展了一次夏令营，活动地点是在一个名叫莫邪山的地方，夏海丽报了名，一放假就和同学们踏上了去往莫邪山的路途。他们坐了差不多一个白天的汽车，直到傍晚才来到一个叫乌龙镇的镇子。这个镇子是进出莫邪山的必经之地，也是他们此次活动的终点站。莫邪山是个尚待开发的山区，大部分都是原始森林，再往里走只能依靠步行，所以他们就把落脚点安置在镇子上，白天去山林里游玩，夜晚回到镇上来住。据说，当年曾有一支红军队伍在山里开展过游击战，至今山上还有他们活动的遗迹，老师们之所以选择这个地方开展夏令营，一方面是因为这里的风光优美，另一方面便是由于那些遗迹，便于他们对学生开展革命传统教育。夏海丽虽然生活在农村，却从来没有到山区来过，一见那些高耸入云的山峰，那些浩瀚无边的森林，便一下子喜欢上了这个地方，决心要在这里游玩个够。

按照学校制订的活动计划，他们要在山里度过一周的时间，然后返回到城里去。前三天，学生们都很安全地从山林里回来了，但到第四天傍晚，带队的老师在点名的时候，发现少了一个女学生。这个没有按时回到乌龙镇的女学生便是夏海丽。老师们都吓坏了，眼看天就要黑下来，如果不能把夏海丽找到，那就有失去这个学生的可能。当地的导游也担忧地说，山林里有许多凶猛的野兽，要是被它们盯上了，就算是再勇敢的山里人，要想顺利逃出来都不那么容易，何况是一个外地来的小姑娘呢。老师们不敢怠慢，当即便打起火把，在导游的带领下，重新到山林里去找。但他们找遍了白天所有去过的地方，直到快要午夜时分了，也没有见到夏海丽的影子。山林里的夜晚越来越黑，远处野兽的咆哮声也正在变得清晰，为了保证这些寻找的人不再出现意外，在导游的极力劝说下，老师们才回到镇上来。到第二天上午时，还没有夏海丽的任何消息，老师们都感到绝望了，经过再三犹豫，还是决定给远在城里的夏海丽父母打电话，把这个不幸的消息告诉他们。那时候还没有手机，夏海丽的班主任只好找到村长家，让他把安装在家里的村委会电话借给她用。

让班主任想不到的是，一走进村长家的大瓦房，她就看见一个衣衫褴褛的小姑娘坐在一张桌子后面，正捧着一只大海碗，呼呼啦啦地往嘴里拨拉面条。在她对面，坐着一个同样衣衫褴褛的男孩子，也像她一样大口大口地吃着面条。看到班主任进来了，那个小姑娘转过头，一边抹去嘴边的面浆一边含糊不清地说，老师，我回来了。

班主任愣在门口，瞪着一双大眼痴痴地看了她好一会儿，才透过她伤痕累累的脸颊，看出她正是自己寻找不得的学生夏海丽。班主任扑过去，一把将她紧紧地抱到怀里，好像生怕她再跑了似的。夏海丽，她大声叫喊着说，你怎么在这里？昨天夜里你到哪里去了？你没有出什么事儿吧？她用急快的语速向她问着，似乎要在最短的时间内知道她丢失后的一切情况。

老师，夏海丽没有回答她的话，而是使劲往回抽着胳膊说，您抓疼我了……

班主任也没有期待她的回答，随即又转向坐在椅子里抽烟的村长，用同样大的声音质问他说，我的学生怎么在你家里？

村长也没有回答她的话，在桌腿上不紧不慢地磕掉烟灰，然后把目光转向那个一直闷头吃面条的男孩，抬一下下巴说，你问他吧。

班主任这才把注意力转向男孩，猛然发现他的脸上也像夏海丽一样伤痕累累，心里越发疑惑了。她当然不认识这个男孩，知道在他嘴里也问不出什么，便又把目光掉回到夏海丽身上，你们怎么回事？怎么都受伤了？

没什么……夏海丽没有把话说完，又把嘴巴放到了手里的海碗上，看样子她是饿坏了，一时腾不出工夫来和她说话。

班主任只好又问村长，他是谁？我的学生为什么和他在一起？

他是我的儿子。村长只回答了她前一个问题，便又装上一锅烟，吧嗒吧嗒地吸起来。

后来才知道，昨天下午在山林里，夏海丽因为贪恋周围的美景，便在大家休息的时候，一个人朝附近的山沟里多走了几步，并在一条流着活水的小溪边滞留了一会儿，等她回到大家休息的地方时，却没有见到一个人，原来大家没有发现她的离开，便一起下山去了。开始时，夏海丽并没有觉到多么害怕，反正天还亮着，她还记着下山的路，加之周围的美景不断涌现，一个劲儿地吸引着她的目光，所以她还有些放松，也没有向远处发出喊叫。但很快，天就黑下来了，周围的景色逐渐模糊，鸟兽的叫声却凸显出来，不禁让她身上起了一层鸡皮疙瘩。她这才张开嘴巴，转动着身子喊叫起来。可为时已晚，人们早就下山去了，她所置身的地方与设在乌龙镇的营地少说也有十里远，又隔着那么多道山岭，还有密林的遮挡，哪里又会听到她的呼救声呢？夏海丽不敢再走，因为她随即发现，自己已经迷失了方向，如果不是朝着山下的乌龙镇走，那她就极其可能误入山林深处，那时要想得到人们的救援便有些渺茫了。一阵山风吹过，夏海丽的身子哆嗦起来，赶紧交叉着臂膀抱住自己，然后在一块大石边蹲下来，想到要自己一个人在浩瀚的山林里度过整整一个夜晚，便止不住呜呜地哭起来。

随着黑夜越来越深，山林里危机四伏的一面便越来越清晰地展现在她面前，不仅是随处可闻的各种兽叫，更有由远而近的黑影不断晃动，带着毛茸茸的凉风从她面前掠过。夏海丽想要待在一个地方都不可能，如果她不马上逃跑，那些黑影就会把她扑倒，说不定早就成为猛兽们的口中餐了。但她实在没有在山林里奔逃的经验，没走几步便会被藤蔓绊倒在地。没过多久她就感到身上发疼了，知道已经受伤，但却不知道是在什么地方，也顾不得仔细摸索，只是把注意力都放在两只站不稳的脚上。就在夏海丽奔逃得一头汗水的时候，她突然听到了一个人的声音。有人在那边吗？她听到那个人在朝她发问，我听到你的声音了。开始时她还以为是产生了幻觉，黑夜里的山林中怎么可能会遇到人呢？但她还是把脚步放缓下来，侧着耳朵仔细听。没错，那的确是一个人发出来的声音，因为她听懂了声音里包含的意思。天哪，果然是遇到人了。于是，她迫使自己镇定下来，用心辨别那个声音所在的方向，然后小心翼翼而又急不可待地朝那个地方奔去。终于，夏海丽看见了那个人，尽管那个人呈现在她面前的也只是一个黑影，而且与那些动物的影子没有多大区别，但她还是凭着往日的经验一眼就看出来，那影子确凿是人而不是动物。啊——夏海丽发了一声没有明确含义的大叫，便朝着那个影子扑过去，一下子扑倒在那人的怀里。直到这个时候，夏海丽还没有发现,她像亲人一般依靠的这个人仅仅是一个比自己大不了多少的孩子,而且是一个与自己性别不同的男孩子。

夏海丽不知道是什么时候知道这一切的,在接下来的时间内,她只是一门心思地随着这个人往前奔走,为了不至于再让自己丢失,她的一只手紧紧地拉着那个人的一只手,即使在被藤蔓绊倒两个人在地下翻滚的时候,她的手也没有松开那个人的手。夏海丽以为这个人在带她往山林外走,但一个多小时过去了,他们还在那片山林里转悠,这才更加惊讶地发现,这个人也像她一样迷路了。于是,夏海丽不敢再往前走,瞪大眼睛,透过迷蒙的夜色朝他身上打量。你也出不去了? 她绝望地问他。

我从来没有迷过路,男孩不好意思地挠着头皮说,可今天夜里我却……

夏海丽闭了一下眼,随即又睁开来,你也是外地人吗?

不,男孩摇摇头说,我就是那个镇上的人……

那你怎么会迷路? 夏海丽松开他的手,顺势在他身上打了一下。

我没有在这么黑的夜里到山林里来过,男孩辩白说,而且我没有和另外一个人一起……

夏海丽明白了,是自己的慌张感染并拖累了他,一时又沮丧得不行。那我们怎么办? 但她还是问他。

我们还是要走,男孩盲目地环视着山林深处说,不然,也许到不了天明,我们就会被野兽吃掉的。

那我们就走吧。夏海丽又抓住他的手,并带头朝前走起来。

看看实在走不出山林去了,男孩提出爬到树杈上去,以躲避野兽的袭击。夏海丽同意他的提议,但却无法按他的要求去做,因为自从长这么大以来,她还没有学过爬树,又怎么能到树杈上去呢? 于是,男孩想出了各种办法,先是在下面推她的屁股,随后又在上面拉她的手,都没有使她爬上去。最后,男孩把自己的衣服脱下来,撕成一条条,然后连接在一起,但长度还是不够,夏海丽干脆也把外衣脱下来,反正已被树丛荆棘划破了,也没有什么好可惜的,便学着男孩的样子也撕成一条条,与他手里的绳子连在一起。男孩爬上树去,在树杈上坐好,然后伏下上半身,将绳子丢下来,让她一手抓着绳子,一手抱着树干,一下一下地把她提上去。两个人刚在树杈间坐正身子,就看见一个黑影来到了树下。夏海丽不由分说便抱住男孩的身子,又把头埋到他的怀里。那个黑影先对着他们嘶叫了几声,又围着树干转了几个圈子,看实在奈何不了他们,便只好悻悻地离去。

在接下来的时间内,他们就这样搂抱在一起,慢慢熬过这个无法平静的夜晚。为了给对方鼓气,他们也间或说上几句话。

你怎么会在这里?我以为你是来救我的呢。

我就是来救你的……本来我就要下山了,突然听到你在喊"救命",我就又返回来,找了好长时间才……

你到山上来干什么?

抓野兔。

你抓的野兔呢?

不知丢到哪里去了,我光顾着找你了。

我们能走出去吗?

能,只要天明了,我就会找到下山的路,就一定能把你带下山去。

这山里的夜真是太可怕了……

对了,你怎么一个人留在了山上?

我光顾着四处玩了,没有想到被他们落下了……

你们为什么要到这里来?山上有什么好玩的?

我们是来这里开展夏令营……

夏令营?什么叫夏令营?

夏令营就是……你连这个都不知道?真是老土。

你们城里人才老土呢,连树都不会爬。

你老土,你老土,就你老土。

好好,我老土就老土吧。

对了,你叫什么名字?

我叫张效梁,你呢?

……

15

什么?我大吃了一惊,那个男孩就是张效梁?

是呀,周岫娟回答我说,那个救了夏海丽命的男孩就是张效梁。

这么说,我还有些怀疑地问她,从那时候他们就认识了?

是,周岫娟肯定地点点头说,他们不但从那时候就认识了,而且还开始了通信……

我又吃了一惊,怎么?他们还开始了通信?

这样说也许不够准确,周岫娟又改口说,其实这件事仅仅是张效梁一个人在做,而夏海丽并没有给他写过回信……

怎么回事?我拉住她的手说,你好好给我说说这件事。

好吧。周岫娟打开一罐饮料,像模像样地喝了几口,然后重新在床沿上坐好,又慢条斯理地给我讲起来。

自从见到了夏海丽以后,张效梁就再也忘不掉这个美丽的女孩了。在此之前,张效梁一直没有离开过乌龙镇,当然没有到城市里去过,也没有见识过城市里的女人,虽然夏海丽算不得是标准的城市女人,但由于她不断地到城市里来,浑身上下都浸染了一股城市气息,在张效梁这个典型的山里孩子看来,这样的女人便就是稀奇的城市女人了。其实那时夏海丽还没有真正长大,顶多也就是十五六岁的年纪,但她发育得很早,身材已经变得凸凹有致,在张效梁这个刚刚开蒙的男孩子眼里,这样的女孩就算是真正的女人了。尤其是在那天夜里,这个女人还无所顾忌地和自己抱在一起,并把一张俏脸往自己怀里钻,这样的感受让他一辈子都忘不掉。也就是从山上下来的当天夜里,张效梁在梦中又一次搂抱着女孩,醒来后竟然发现遗精了,这是他人生历程中的第一次梦遗。体会着那种既紧张又快乐的奇妙感觉,张效梁突然间醒悟,自己已经是个真正的男人了,而且他更加明白,是那个搂抱过他的女人让他变成了男人,所以他就更没有理由忘记她了。

女孩和她的夏令营队伍离去后,张效梁变得魂不守舍,几乎每天都到山上去,到他们一起历险并度过那个夜晚的山林里去,想再一次体味一下他们在一起的美好感受。但越是这样,他越是感觉怅惘若失,真像丢掉了什么珍贵的东西似的。为了弥补这种挥之不去的空虚感,张效梁决定给那个女孩子写一封信,把自己对她的思念表达出来。但直到这个时候,他才发现没有记住那个女孩的名字,或者说那个女孩根本就没有把名字告诉他,给他留下印象的也仅仅是一个"丽"字。于是,张效梁便在他第一封信的收信人栏里写下了"大辫子丽"几个字,因为女孩扎着一对很显眼的大辫子,按照这个线索,邮递员是否就能找到那个女孩呢?至于收信人的城市和学校,他也是有办法解决的,宾馆里的登记簿上记着学生们所来的那个城市名称,他去查一下就行了,而学校的名称他已经在女孩的校牌上看到过,稍稍动一下脑子就想了起来。

张效梁把第一封信寄出去后,开始的几天还盼望着女孩给他写回信,随着日子的增加,这种心思便很快淡去了,人家不知道能不能接到自己的信件,他哪里又能得到回信呢?再说,回信不回信又有什么关系,他向女孩写信的目的只不过是倾诉自己的所思所想,至于别人对他的回应,是不太重要的。在此之前,张效梁从来没有给别人写过信,也就是说,他从来没有向别人倾诉过自己的心事,但自从这件事开始以后,他不但有了向别人倾诉的欲望,而且尝到了向别人倾诉的甜头,试想一下,一个让他如此倾心的女孩在远方捧读他的信件,像一个亲人一样走进他的内心中来,触摸或者说抚慰着他的忧伤和烦恼,一想到这样的场景,他的身体就止不住打战,就有了继续向她倾诉下去的冲动,直至彻底敞开自己的心扉,把所有的一切都袒露在她面前。于是,张效梁不再等待她的回信,便又一次给她写了第二封、第三封……在长达数年的时间内,张效梁平均每一个月给女孩写一封信,从来没有间断过。但他始终没有得到过一封回信,也就是说,那个女孩是否得到了他的信件其实还是个未知数,可正是因为得不到她的回应,他才觉得有必要把信写下去,他才能在想象中完成女孩触摸或者说抚慰他的忧伤和烦恼的动人场景。发展到最后,张效梁甚至害怕接到女孩的回信,尤其害怕她会向他说"我们结束吧"之类的话。他已经向自己发下誓愿,只要不接到女孩的回信,他就会把信一直写下去,源源不断地写下去。

其实,张效梁的每一封信夏海丽都收到了,在她所在的那个学校里,能够和"大辫子丽"相符合的也就只有她一个人了,所以那些信件也便很轻易地转到了她手里。在阅读张效梁的第一封信时,夏海丽就被感动了,在此之前,她还从来没有收到过别人的信,当然也没有想到会在某一天后收到那么多情真意切的信件,而且写信者是个意气风发的男孩,更为重要的是他还救过自己的命,按说她没有理由不给他写回信。但夏海丽拿起笔来,只在信纸上写了短短的几行字,就果断地把信纸团成团,丢到了废纸篓里。她已经打定主意不给他写回信,即使在接到第二封、第三封……的时候,她也没有动摇过这个决心。夏海丽绝不是一个冷酷无情的人,也不是不知道知恩图报,她之所以下定决心不给张效梁回信,是因为不想让自己被他缠住。说起来，从她在那天夜里抱住张效梁的时刻起，她便对这个救她的男孩充满了感激，就打定主意要好好地报答他，当第二天看清这个男孩还有一张帅气的脸时，她心里甚至产生了一个向他托付终身的荒唐念头。你怎么能够……她清醒过来，随即便义无反顾地把那个念头掐死了。那时候，夏海丽虽然还没有真正长大成人，但却有了绝对不输于成年女人的心志，那就是脱离她童年生长的环境，千方百计地到城市里去生活，她连处于城市郊区的夏庄都已经待够了，怎么又瞧得上那个贫穷落后的乌龙镇呢？虽然那里的风光十分诱人，虽然那里也有自己心仪的男孩，但要让她真正去到那里生活，却是绝对不能答应的。就是在这样的心思主导下，夏海丽做出了不给张效梁回信的决定。

夏海丽预见到张效梁会一直把信写下去，所以在升入高中后，甚至在以后读职业中专的时候，她都会每个月去一次初中学校，去取张效梁写给她的信件。说来好笑，往往去取信件的日子，也就是她来例假的时候，这样两件事碰在一起，不知是巧合还是她有意为之。闺女呀，门卫老大爷善意地提醒她说，你就不会给人家说一个新地址，为什么老让他把信寄到这里来呢？夏海丽没有正面回答他的话，只是把带去的一兜水果递到他手里。堵住了老大爷的嘴，这些热情洋溢的信件也便不会到达不了她手里了。对张效梁的每一封来信，夏海丽都会仔细阅读，碰到感觉重要的地方，她还会读上不止一遍，所以对于发生在那个遥远山区的事情，对于发生在张效梁身上的事情，她是一清二楚的，也是感同身受的。无形当中，过着单调生活的夏海丽竟然因为这些信件而有了更为丰富的生活阅历，一种与她的生活迥然不同的山乡日月像电影一般演示在她眼前，让她不能不为之动容，甚至潸然泪下。

张效梁在信中告诉她，在他高中快毕业的那年夏天，他的家庭出现了一场重大变故，导致他不但失去了参加高考的机会，而且也使他对乌龙镇丧失了信心。张效梁所说的家庭变故，是指他父亲的突然被捕，还有随即而来的意外死亡。他的父亲在当村长期间，由于过分强势，当然更多的是行为不端，得罪了不少村里的人。这些人悄悄聚在一起，搜集了父亲的一些犯罪事实，然后向县检察院递交了若干封举报信。父亲被逮捕那天，张效梁正好从学校里回到家来，便目睹了父亲被捕的情景。当时，父亲正坐在饭桌前优哉游哉地喝酒，突然院门被踹开，几个全副武装的警察冲进来，不由分说便将他按倒在地,然后戴上了一副锃光瓦亮的手铐。张效梁被吓蒙了,一时不明白到底发生了什么事儿,父亲要被押出门去了,他才猛地反应过来,赶紧跑过去询问警察,你们为什么抓我父亲?一个警察对他说,为什么抓他?你去问他自己好了。张效梁便掉过头,用惊异的目光去看父亲。在他的想象里,父亲应该气昂昂地对他说,他们没有理由抓我,是他们搞错了。但现在的事实是,父亲却没有迎接他的目光,便把头低下了。不要问了,父亲心虚地转移话题说,好好在家里照顾你娘。说罢,便主动领着警察朝门外走去。张效梁绝望地闭了一下眼,明白父亲的被抓是与误解或冤屈无关了。父亲一被警察们押出门去,外面围观的人群里便响起一阵欢呼声,随即又传来震耳欲聋的鞭炮声。张效梁真是难以置信,平时对父亲低三下四的那些人,竟然都成了这场事变的主谋或者看客,偌大的村庄里没有一个人走出来,对落魄的他说一声同情的话,可见父亲的倒台是多么众望所归的一件事了。

张效梁不知道父亲的威信是从什么时候丧失掉的,在当村长的那些日子里,父亲是耀武扬威不可一世的,作为他唯一的儿子,张效梁尽管不能说过得是人上人的生活,但也的确受到过众星捧月般的对待,虽然他还是个没有长大的孩子,却有不少人开始对他躬腰微笑。那个时候,他怎么能想到有一天会落个墙倒众人推的下场,那些人不但不再对他躬腰微笑,而是极力表现出一副金刚怒目的样子,好像他这个贪污犯的儿子也犯了足够多的罪过似的。张效梁知道要适应这种由天上到地下的生活环境,便尽量在人们目光的注视下低下头来,并在上街时沿着墙根匆匆地行走,实在躲不过那些执意要对他寻衅滋事的人时,也不能让自己的拳头轻易挥出去。你就忍了吧,张效梁不止一次地警告自己说,谁让你是一个罪犯的儿子呢。想到父亲的犯罪,想到他自以为不为他人知的贪污行为,想到他堂而皇之对他人的欺压行径,张效梁又觉得这一切沦落局面的到来也实在是在情理之中,只要世界上还有王法和公理,那父亲就一定会被判刑入狱,作为他儿子的自己就一定要代他受过。

在这场突然发生的事变中,本来就体弱多病的母亲受到了过度惊吓,干脆连床也下不了了,作为她唯一的亲人,张效梁无法再去学校读书,便留在家中照料她的起居,后来又把她送到医院,从早到晚伺候在病床前。而这个时候,他正处在高考前的冲刺阶段,他的战场应该是在学校的课桌上。按照平时的学习成绩，张效梁相信会在即将到来的高考中取得优异的成绩，从此离开贫穷而落后的山村，到遥远的城市去与他心爱的人儿相会。在上一封信里他还对夏海丽说，我一定要紧紧抓住这个机会，也许当秋天果实成熟的时候，你就会在你那个城市里看到我的到来。这样的计划的确是美好诱人的，但变化却不以他的意志为转移地到来了，现实更是呈现出一副出人意料的残酷模样，不管他再做出怎样勤奋的努力，命运的天平也终于要向他这边倾斜了。一连好几个月，张效梁都奔走在医院和监狱之间的路途上，脑子里除了母亲身上的输液瓶便是父亲手上的铁铐子。有一天，他正在路上急匆匆走着，突然听到了一阵悠悠的铃响声。他猛地抬起头，循着铃响声看过去，这才明白是来到了学校门口。他停下来，朝着校门呆呆地看了一会儿，忽然间又意识到，这天正是高考的日子，此时此刻，那些曾经和他在一起读过书的同学们正奋战在考场上，而他自己却站在校门外张望……他冲到学校门口，两手紧紧地抓住门板上的铁栅栏，眼里涌出了凄凉的泪水。

在他的悉心照料下，母亲的病情有了很大起色，也许过不了多久就可以出院了。张效梁刚要松一口气，从监狱里却传来了父亲的噩耗，一下子又让他把心提到了嗓子眼里。张效梁赶到监狱的时候，父亲已经咽下了最后一口气。监狱的管理人员告诉他，父亲因为心脏不好，在与其他犯人发生争执时，由于过分冲动，导致心脏病发作，虽然经过狱医紧急抢救，还是没有留住他的生命。这无异于雪上加霜，刚下雪的时候，他还没有熄灭希望的烛火，还期盼着有一天父亲服完刑后把他接回家来，但这场严霜的到来，却使他陷入了彻底的黑暗之中，让父亲在自己家中度一个晚年的设想终于化为了泡影。灾难并没有就此完结，张效梁虽然没有把父亲的死讯带给母亲，但母亲却似乎有了不祥的预感，病情突然急转直下，很快便再次爬不起来了。更要命的是，母亲不再接受医生的治疗，三番五次把插在身上的输液管拔下来，然后哀求儿子把她弄回家去。我不能死在这里，母亲一遍遍地念叨说，我要回家去见你爹。医生找到张效梁，耸着肩膀对他说，既然这样，我们也没有什么更好的办法了。张效梁终于打定了把母亲接回家去的主意，既然她已经不愿活在这个世界上了，那就让她回家去和父亲的亡灵团聚吧。他找来一辆架子车，把弥留之际的母亲搬上去，走上了通往乌龙镇的弯曲小路。张效梁没有把母亲拉回家去，而是径直走向了坟地，因为走到半道上的时候,他便悲哀地发现,母亲的身子已经冰凉并僵硬了,也就是说,他拉回的其实是母亲的尸体,就像前几天他拉回了父亲的尸体一样。有好几次,张效梁都因为眼前发黑,不得不让身子摔倒在地下。他觉得他一生的力气都在这条崎岖的山路上使完了,用尽了,耗光了。

埋葬了父亲和母亲后,家里就剩下张效梁一个人了,曾经热闹的庭院变得冷清而阴暗,让他一刻都不敢停留在那里,于是他又来到父母的坟墓前,幻想着与他们再见一次面的奇迹出现。但他一连在这个地方度过了好几个昼夜,也没有碰到父母的亡灵,便不能不绝望地告诉自己,父母的确是抛下他这个刚刚长大成人的孩子,头也不回地奔赴他们的黄泉路去了。面对如此孤单寂寞的一个人,那些曾经与父亲为敌并对张效梁冷眼相对的村里人也改变了态度,转而尝试着与他恢复往日的融洽关系。效梁,他们主动和他打招呼说,吃过了?张效梁没有认真理会他们,仅仅是让无动于衷的目光在他们身上稍稍停一下,便迈着有力的步伐走过去。他早就看出来,这些人之所以摒弃前嫌,向他传达善意,并不是前嫌已经消除,善意已经归来,而是由于他的悲惨处境而对他施加的可怜恩惠。我很好,张效梁鼓足勇气说,我用不着你们可怜我。但可怜的目光无处不在,恩惠的表情到处都是,任他走到哪里,只要还在乌龙镇的地界内,他就摆脱不掉这样的情境和氛围。

有人觉得不能再让这种状况继续下去了,便站出来与他进行了一番推心置腹的谈话。这是与他家一直交好的一个老前辈,以为他指路的方式开导他说,孩子,你的世界不在乌龙镇,要想为自己闯出天下来,你就不应该再待在这个地方了。张效梁惊讶地看着他,您的意思是说,我应该到别的地方去?老前辈反问他,你觉得你在乌龙镇还能快乐地过下去吗?张效梁一下子便明白了,他要出去闯天下的时候已经到来了。明确了这一点后,张效梁霍地掉回头,用从未有过的目光打量这个他出生并长大的地方,这个他即将告别即将离去的地方,似乎头一次觉到,他的未来真的不属于这个地方。

张效梁坐在那条从镇边流淌过去的鱼人河边,望着河道里来往不止的船只,在给远方的夏海丽写完最后一封信后,便踏上一艘运货船,开始了他去往远方流浪的漫漫征程。我不能再走那条山路,他在信里对夏海丽说,那条路已经把我身上的力气吸尽了,我必须选择一条新路,一条通往更远大世界的宽阔无比的路。当我踏上那艘运货船的时候，我觉得这样一条水路就是引领我去往那个新世界最好的路……我不知道沿着这条水路我能到达什么地方，也许你所在的那个城市根本就不在这条河的航线上……我把自己的命运交给了这条河……我将在一个崭新的地方上岸……我不知道我们什么时候才能见面，甚至不知道我们是否还能见面……

16

夏海丽只在职业中专上了一年学，便放弃学业到社会上打工去了。她之所以这样做，也是家里一个意想不到的变故所致。

在改革开放的大环境下，夏海丽一心向往的城市像一只打了激素的怪兽，以惊人的速度往四下里膨胀开来，很快便把触须伸展到了郊区一带，夏海丽的老家夏庄也处在了亟待开发的范围内，前些日子房屋的墙壁上还只是写了一个大大的"拆"字，没过几天，负责拆迁的推土机就轰隆隆开了过来，而这个时候，夏庄人还没有拿到一分钱的补偿款。但在前几天的动员大会上，村长却信誓旦旦地拍着胸脯说，补偿款一定会按时足额发到你们手里，以后大家就搬到楼房里去数票子吧。老实的夏庄人都信以为真，觉得苦日子就要过到头了，就连在学校里读书的夏海丽听到这个消息，都激动得热泪盈眶，看来不管怎么样，她这个城市人都注定是当上了。眼看推土机就要把房屋推倒了，沉浸在梦幻中的村民们突然惊醒过来，在补偿款还没有到手的情况下，如果这些房屋拆迁了，那他们可就什么也得不到了。夏海丽的父亲便领着几个人去找村长，得到的结果却是村长到城里办事去了，连村民们的补偿款也一同带走了。夏海丽的父亲更加惊慌，意识到村民们可能掉入了一个圈套，如果再不采取措施，一切便都来不及了。于是，面对着越来越近的推土机，夏海丽的父亲心一横，索性躺下来，做出了以肉身阻止推土机到来的姿势。也不知是驾驶推土机的人决心比他还要大，还是那个家伙的眼睛有毛病，依旧让浑身闪烁着铁光的推土机开了过来，直到从夏海丽父亲的肉身上碾过去……

夏海丽父亲的两条腿被轧断了。在医院治疗时，他的伤口大面积感染，坏死处不断上移，病菌终于侵蚀到了腹腔内，夏海丽的父亲在经历了两个多月的痛苦折磨后，最终还是闭上了眼睛。为了给父亲的死亡讨得一个说法，夏海丽中断了学业，回到老家，加入了乡亲们上访的队伍中。在这项艰辛曲折而又看不到任何希望的行动中,夏海丽真切地感受到了社会的不公。经过半年多毫无效果的上访,夏海丽家所有的积蓄都花光了,她的学费便成了最大的问题。就是在这样的情况下,夏海丽义无反顾地离开了学校,满怀激情地走进城市的人流中,寻找挣钱的门路去了。在这个同样艰难曲折的过程中,夏海丽在街头摆过小摊,在饭店当过服务员,在酒吧里唱过歌曲,在售房处推销过房产,最后又为保险公司卖起了保险。至于夏海丽为了获得更快捷的效果,是否做过其他出格的事儿,那只有她自己知道了。

有一天,夏海丽从城市的战场上下来,迈着疲惫的脚步回到夏庄,打算休歇一下兼看望母亲。自从父亲去世后,母亲的身体也垮掉了,整天坐在村头的河边喘粗气,看来也没有多少日子活头了,夏海丽忙于在城市里打拼挣钱,也很少抽出时间来照看她。父亲的死亡,让一度轰轰烈烈的开发运动陷入了停滞,夏庄的老房屋算是暂时保住了,所以回到村里时,夏海丽没有看到任何变化,这有些出乎她的意料。在她的想象里,夏庄似乎变得面目全非才符合情理,与城市其他地方的急剧扩张比起来,夏庄所在的这片郊区是大大落后了,刨除掉那一点点对过去留恋的心理,夏海丽其实非常希望自己的家乡在大开发运动中走在前头,尽管这是死去的父亲所不愿看到的,但作为新时代年轻人的夏海丽,却明白顺应社会趋势的道理,只有迈开大步往前走,你才能在未来的发展中为自己争得一席之地,管什么田园风光,管什么乡村牧歌,在城市像永动机一般嘎嘎叫着向你走来的步履中,如果你张开的臂膀不是拥抱而是阻挡,那你就只能被无情地碾轧到履带下……

走进家门时,夏海丽意外地感觉到哪里有些不对劲儿,便停下脚,在院子里四处看了一圈。她很快便看明白了,那个让她感到不对劲儿的地方不是屋院的变化,而是屋院的一个角落里多了一个人,一个陌生的年轻男人。咦,夏海丽不禁在心里发问,这是谁?

此时,那个年轻人正在把几件刚洗干净的衣服搭到绳子上,扯平了晾晒。他从衣服的缝隙里探了一下头,目光落在她身上,草草地看了一下,刚把目光收回去,旋即又放出来,再次朝着她身上看。这次的看已经不那么匆忙,而是变成了地地道道的打量。

夏海丽被他看得有些发毛,不禁掉开了眼,但她很快又不服气地把目光转回来,也像他看自己一样朝他打量,同时在心里说,这是在我家里,我还怕了这个陌生的家伙不成?很快,她就感觉到这个人有些面熟,好像在什么地方看到过,可一时又记不起是否真有这回事。你是干什么的?她质问道。

我……年轻人想顺着她的问话回答一句,但又有些不甘心,便马上反问她说,你呢?你是干什么的?

夏海丽恶狠狠地翻了他一眼,嘟囔一句,神经病。便丢下他,径直走到屋里去了。关上门板,她又转回身,从门缝里继续朝那个人看。她看见那个人也转过头来,朝屋门口继续打量。夏海丽把身子倚在门板上,闭上眼睛,在脑子里回味着那个人的面容和神态。真是奇怪,她越发觉得这个人的熟悉。你一定在什么时候见过他,她肯定地对自己说,那么他到底是谁呢?

夏海丽从母亲口中得知,这个年轻人是外地来城里闯荡的,暂时租住了她们家的房子。母亲向她讲述了那天年轻人来到村里的情景。她说,自从夏海丽的父亲去世以后,她就为一种孤独寂寞的情绪所困扰,如果不从家里走出去,就会产生一种蹲大狱的错觉,所以只要一吃过饭,她就会来到村头的河边,坐在一棵大樟树下,面对着脚前的河道打熬时光。其实河里也没有什么可看的景致,在开发不止的大环境下,像其他许多地方一样,这条叫鱼人河的河流也被不断涌入的废水污染了,河里的鱼虾逐年减少,水里的味道比较难闻,当然比起那边靠近大粪场的地方,这里还是一个较为理想的去处。那天是个晴朗的日子,她没有吃完早饭,就不想在家里待了,便推开饭碗,迈着小碎步朝大樟树走去。她刚在树下坐好,就看见一条货船从上游驶来,渐渐停在了离她不远的地方。她瞪大了眼睛朝船上看,朝货物间的几个人身上看,不,她的目光其实是落在其中的一个人身上。与那几个或躺或坐的人不同,这个被她盯住的人却是站着的,身上还背着一个蛇皮袋子,做出随时下船的样子,是的,她看出他已经有了下船的想法。大妈,他朝她招了一下手说,旁边那个城市叫什么名字?他把那只手又朝不远处的一片楼房的影子指了一下。鱼阴市。她起了起身,用尽量清楚的语气告诉他。鱼阴市?她看见那个人愣怔了一下,随即便做出了决定,就是这里了。然后转向那几个人说,你们继续赶路吧,我要下船去了。其中一个人纳闷地问他,你不是要沿着鱼人河一直走下去吗?怎么半路就下去了？他指了指那片楼房的影子说，我的地方到了，所以我没有理由再走下去。说着，他就跳到岸上，朝货船摆起手来，等货船离去后，他便转过身，趔趔趄趄地朝她所在的地方走来。望着他奇怪的走姿，她又把目光落在他的脚上，看见他的鞋子破烂不堪，知道他已经走过不少的路。来到大樟树下，男人停住脚，把背上的蛇皮袋子放下来，然后抬起头，朝她身后的村子打量。大妈，他随口问她，您家有空闲的房子吗？我要在这里住下来。她几乎没有经过思考，便顺着他的话说，有呀，你要住就住到我家去吧。于是，她站起来，领着那个人朝自己的家走去。就这样，这个来自远方的年轻人便成了她家的房客。

他是从什么地方来的？夏海丽问她说。

我哪里知道？母亲说，他只说他是沿着这条河走来的，走着走着，便觉得不该再走下去了，于是就……

沿着这条河……夏海丽不禁抬起头，越过低矮的院墙往那边的河流打量。她的家是坐落在一个高坡上，只要站在门台石上，即使隔着院墙也能看清外面的景致，有许多时候，她就是这样在家里打量那条河流的。

这天夜里，夏海丽做了一个很久没有做过的梦，她似乎又来到了遥远的莫邪山里，来到了莫邪山望不见尽头的密林里。与他走在一起的是那个救过她的命后来又给她写过信的乌龙镇少年。梦中虚幻的情景与她经历过的现实场景不同，里面没有黑夜，也没有野兽，当然便没有恐惧。他们手拉着手，在美丽如画的山林间行走如飞，身上似乎长出了让他们在空中自由飞翔的翅膀。每到这个时候，夏海丽都会体验到一种非同凡响的快乐。她真希望永远沉醉在这种感觉里，再也不要醒来。夏海丽参加完那次夏令营以后，便经常做这样的梦。但很快她就不能不严厉地警告自己，不要再沉迷于这样不切实际的幻想了，那个遥远的莫邪山不属于你，那个陌生的乌龙镇少年也不属于你。就是在这样的暗示下，后来她就不再做这样的梦了，即使白天偶然想一下，夜晚也不会再有幻觉出现。可不知怎么回事，这天夜里那个久违了的梦却不期而至，而且又一下子俘获了她的身心，让她产生了不愿意醒来的想法。你怎么回事？夏海丽从床上爬起来，想逃避什么可怕的东西似的来到门外，坐在冰凉的门台石上，试图让夜晚的冷意把自己昏涨的头脑浇醒。就在这时，她听见一阵时响时停的鼾声，不禁觉得好奇，自从父亲去世后，家里就没有再响起过这种来自男人的鼾声，今天她莫非产生了幻听？夏海丽循着鼾声一路找去，直到来到了偏房门口，才突然明白是怎么回事，原来是那个来路不明的房客发出的声音。想到那个让她感觉得有些熟悉的年轻人，她不禁又在心里追问，他到底是谁？为什么让我有这样熟悉的感觉？

第二天是个难得晴朗的好天气，夏海丽从一只樟木箱子里把那个乌龙镇青年写给自己的信拿出来，摊放到门台石上晾晒。那些信她不但一封不落地读过了一遍，而且一封不少地收藏在一只樟木箱子里，封闭箱子的铁锁只有一把钥匙，每天都放在她的手袋里。她让这些信件长时间待在黑暗之中，只有在特定的时间内，才会把它们取出来，拿到晴朗的日头下晾晒，顺便温习一下它们。每次重新阅读那些信件，她都会体验到第一次阅读时的那种激动和欣喜，都会禁不住潸然泪下。这样的情景不能让它过多地出现，不然她就要再次被它们捕获，就会打断自己的既定计划和目标，她的人生轨迹就有可能发生改变，所以她只是短暂地温习一下它们，然后马上便收回樟木箱子里，重新让它们长时间待在黑暗之中，等待下一次经过她的许可后来到日头下，来到她手上。

夏海丽从众多的信件中选取了最后一封，捧到眼前再次阅读。那个乌龙镇人在信里告诉她，他将沿着鱼人河一直走下去，至于抵达什么地方，他在信里没有说，想必他自己也搞不清楚，因为那时他还不可能知道，这条叫作鱼人河的河流通向她所在的这个城市。她忽然突发奇想，那个乌龙镇人有没有可能有一天来到这个城市，像大西洋底来的人一样从河里走上来……夏海丽正想到这个地方的时候，突然意识到自己的身后多了一个黑影，心里一阵紧张，霍地掉转过头来。她看到的当然不是什么神秘的怪人，而是租住在他家里的那个年轻人。原来在她捧读那封信件的时候，那个年轻人从他屋里走出来，来到她身后，并好奇地探过头，让目光越过她的肩膀，也落在她手里的信纸上，落在那些似曾相识的文字上。你在读我的信？她听见年轻人喃喃自语了一声。开始的时候，夏海丽没有明白他这句话的意思，当他又把这句话重复了一遍之后，她才猛地回过神来。

什么？夏海丽一下子站了起来，直直地看着那个人说，你说什么？

17

故事讲到这里，周岫娟忽然从我身边消失了，一连几天都没有她的动静。在这几天里，我的思绪一直停留在张效梁和夏海丽再次见面的那个场景里，不禁想到命运的问题。在此之前，我是不大相信命运存在的，认为一切都无非是人们努力的结果，但听了张效梁和夏海丽的故事，我却不能不承认，他们的再次相见的确是命运的安排，张效梁在外出闯荡的时候，无论如何想不到会把夏海丽的家作为自己的终点站；而夏海丽千方百计避免和张效梁来往，却最终还是在自己的家里和他重逢，如果冥冥之中真有什么东西在支配他们的话，那除了是一只命运之手外还能是什么？一想到这一点，我便感到惊惧不已，便止不住发出一声叹息。当然，更让我放不下的还是他们早年的相识，他们在莫邪山里度过的那个令人难忘的夜晚，看来从那个时候起，命运之神就已经对他们伸出了魔手，他们在数年后的重新相遇，不过是顺应那只手的摆布罢了，从这种意义上说，他们不把葬身同一场火海作为最后的归宿都是不可能的，当然，如果在以后的日子里真有一场让他们获得生命涅槃的火海的话。但是，有几个问题我还是不能解开，既然张效梁和夏海丽已经重新走到一起，夏海丽为什么还要来到我的身边？还有接下来张效梁对我的坑害，难道这一切都是他们对我设置的一个骗局？在他们的关系中我到底扮演了一个怎样的角色？还有周岫娟，又是怎么加入他们中间去的？这一切对我来说还都是一个谜。除此之外，我还忘记了注意一个我并不陌生的地名，那就是"乌龙镇"，但我把更多的注意力放在了张效梁和周岫娟身上，一度忘记了对这个地名的关注。

就在这时，我忽然接到了一个莫名其妙的电话，对我说话的人操着半生不熟的普通话说，您是李蒙克先生吗？我是邦德，詹姆斯·邦德，但我不是电影 007 中的那个英国特工，而是来自美利坚合众国宾夕法尼亚……我没有听完他的话，便把话筒放下了，这一定是一个恶作剧的人在开我的玩笑，我没有理由听他说这些无聊的话，此时此刻，我的精力都放在张效梁和夏海丽的故事上了。但周岫娟才把故事讲到了一半，就丢下我，不知到什么地方去了，我既见不到她，也打不通她的手机。与周岫娟在一起，已经快要成了我的生活常态，一旦和她失去联系，我便觉得心里空落落的，好像我又要被抛弃了似的，再说，我还有那么多谜团需要她解开呢，便尤其感到心急如焚。

我在家里等不到周岫娟，就到文工团的宿舍去找她。那个麻脸老头还对我说，听说周岫娟已经傍到了大款，哪里还会住在这个破烂地方？我以为他是在向我说笑话，便没有搭理他，依旧去敲她那间屋的门板。周岫娟屋里没有动静，我便有几天没有再去文工团。到第五天时，我终于克制不住对周岫娟的思念，只好硬着头皮又来到她的小屋前。这次我没有碰到麻脸老头，文工团的大院落里也没有人，一切都显得不同于往常。我把手举到门板上，刚要敲下去，马上又改变了主意，而是让耳朵贴近门板，仔细听里面的动静。别说，我还真的听到了一阵喘息声，而且凭着我对周岫娟的熟悉，立刻判断出在里面喘息的是她本人无疑。周岫娟在搞什么名堂？我在心里不满地嘀咕，她明明在里面却不给我开门。我把手掌攥成了拳头，想要对着门板狠狠地砸下去。就在这时，门板却出乎我意料地打开了。由于我的身子与门板挨得太近，一时失去了依靠，差点歪倒在里面。

你在外面偷听？周岫娟揪住我的耳朵说。

我哪里知道你在里面？我站稳身子，随即反问她，对了，我敲过那么多次门了，你为什么不给我开门？

你什么时候敲过门？周岫娟诧异地看着我，你明明在外面偷听，却说……

我有些反应过来，莫非前几天你真的不在屋里？我盯着她说，你干什么去了？害得我到处找你。

周岫娟在床沿上坐下，我有我自己的事儿，哪能老和你待在一起？说着，她便旋开一只瓶子的顶盖，用一根棉棒粘出一些药膏之类的东西，小心地往一只手腕上涂抹。

我这才注意到，她刚才揪过我耳朵的那只手有一块紫色的伤疤，而且十分鲜艳，应该是不久前才造成的。怎么回事？我坐在她身边，关切地问她，你怎么被烧伤了？

咦，周岫娟好奇地抬起头来，你怎么知道这是烧伤的？

我有些发愣，不知道我刚才的判断是从哪里来的，好像是随嘴一说，看起来却是蒙对了。

周岫娟不等我再问下去，便自己转移话题说，你不是一直在寻找夏海丽吗？我知道他们的下落了。

是吗？我心里一动，周岫娟说到了"他们"这个词，我便知道夏海丽是和张效梁在一起。你不想找到张效梁吗？我反问她。

周岫娟没有回答我的话，而是按着她自己的思路说，如果你让我带路的话,保证明天的这个时候,我让你亲眼见到夏海丽。说到这里,她又补充了一句,当然还有张效梁。

看样子她把一切都计划好了。明天这个时候?我注意到了这个限定时间的词,一时有些不解,他们在什么地方?

周岫娟把那根棉棒丢掉,随后扯扯衣袖,尽力遮住手腕上的疤痕。乌龙镇。她用分外清晰的语气说。

乌龙镇?我不禁吃了一惊,几乎是一霎间,我便知道这个地名是怎么回事了。他们怎么会在那个地方?其实我的意思是说,他们怎么会在那么遥远的地方?

于是,在接下来的时间内,周岫娟便向我说起了张效梁和夏海丽之所以出现在乌龙镇的原委,当然,这件事更多地相关了与乌龙镇有家乡渊源的张效梁,而夏海丽不过是一个无关紧要的跟随者罢了。说起来,张效梁当初离开乌龙镇的时候,是怀着一腔愤怒的情绪做出这个决定的,如果换一种更为通俗的说法,说他在乌龙镇混不下去了也不为过,也就是说,当他离开乌龙镇的时候,一定在内心里发过这样的誓,老子就是在外面饿死,也不会回到这里来了。那时候,张效梁最大的问题就是如何不被饿死,一旦离开了家乡到外面流浪,一切便呈现出前路茫茫前途莫测的局面,到底能不能在外面待下去他一点把握都没有,所以要发一个誓的话,也只能是上面那句话。但谁又想到,张效梁在外面闯荡了几年后,他不但没有被饿死,而且还因为坑害别人发了一笔横财,过上了优于许多人的富贵生活。一旦远离了饥饿和贫穷,人的想法就会发生根本的改变,张效梁也不例外,当他透过豪宅的窗扇眺望千里之外的家乡的时候,他突然产生了一个奇怪的想法,既然我没有被饿死,那我就应该回到那个地方去。也就是说,这个时候他开始想念他的家乡了,当然更可以说,这时候他已经不憎恨他的家乡了,不但不憎恨,他甚至还要感谢当初家乡对他的排斥呢,要不是那些无处不在的敌意和仇视,他又怎么能找到一个远离穷困走向富贵的契机?那么接下来,他要回家探亲或者干脆说衣锦还乡的想法便自然而然诞生了。张效梁为这个崭新的想法激动得夜不能眠,第二天就踏上了返乡的路途。当然,与他离乡时灰溜溜地搭船走水路不同,这次返乡他不但要大摇大摆地走公路,而且还驾驶着一辆豪车,真的摆出了一副衣锦还乡的气派架势。

张效梁一回到乌龙镇,便被一帮没有见过世面的乡亲们围住了。你真的是张效梁吗？他们打量着他,眼神里透着羡慕。张效梁矜持地微笑着,没有回答他们的话,也没有进自己的家,而是径直朝村长家走去。村长是当年告发他父亲的主谋,把他父亲扳下台后,他自己便当上了村长。一见到村长的面,张效梁的第一句话就是,我要盖一栋房子。

村长惊愕地看着他,一时没认出这个愣头愣脑的人是谁。过了好一会儿,村长才意识到自己的麻烦来了。原来是大兄弟回来了？村长呆怔了一下,赶紧在脸上浮出笑说,哎呀,好多年没有你的消息,可把我们……

张效梁打断了他的话,再次把自己回来的意思告诉他,我要盖一栋房子。

村长挠挠头皮,开始有些反应过来。盖房子好呀,他含含糊糊地说,你那座老宅也塌得住不下人了,应该翻盖一下……

张效梁再次打断了他的话,我不翻盖旧屋,我要盖一栋新房。

村长终于明白他话里的意思了,不禁脱口说道,你要划一处宅基地？说出了这句话,他又后悔起来,觉得这句话不该从自己嘴里说出。

是。张效梁只简短回答了一个字。

哎呀,村长站了起来,揉搓着两只细软的手,做出一副为难的样子说,现在不同以往了,上级对土地控制得……有关违反政策的事儿,我可是不敢随便……他还没有把自己的意思表述完,就发现桌面上多了一个纸包。这是什么？

张效梁微微一笑说,就算是我回报家乡的一点意思吧。

村长抖瑟着两手把纸包打开,尽管他已经做好了心理准备,但纸包里的现金数量还是超出了他的预期。哎呀,他急急地扑闪着眼皮说,看来大兄弟真的在外面发了大财,竟然……

六分地就够了,张效梁把大拇指和小拇指竖起来,在他面前晃了一下,但位置要好。

我马上……村长急快地动了动脑子,把未说出口的话调整了一下,我马上召集村委们开会研究……

张效梁离去后,村长还在盯着那一大包钱,此前他还从来没有见过这么多钱,要说不眼馋心动是不可能的,但他同时又明确地知道,这些钱可是出自张效梁的手,想想许多年前为了搞掉老村长,自己可是使用了不少见不得人的手段,并导致了一系列意想不到的结果,不但老村长两口子接连死去,他们的儿子也被迫外出流浪……他已经看出来,张效梁此番回来,绝不是像他自己说的那样回报家乡,家乡给予了他那么多痛苦的记忆,他还回报它干什么?要说报复还差不多……对,报复,村长为找到了一个恰当的词而高兴,没错,张效梁回到村里来明摆着是一种报复行为,至于他送给自己的这包钱,肯定也不是什么礼物,说不定这也是他报复行为的一个部分……想到这里,村长赶紧把抓着那包钱的手缩回来。不行,他在心里警告自己说,无论如何你都不能收他的东西,也就是说,无论如何你都不能答应他的要求……

村长找到了张效梁,一边把那包钱递给他一边用委婉的口气说,大兄弟,你要体谅你老哥的苦楚,这国家政策的事我可是不敢随意违反,要是被镇上的领导抓住了把柄,我这个村长可就当不成了……

你以为没有把柄,张效梁嘴角浮着笑说,你这个村长就能当牢靠了?

什么?村长似乎没听明白他的话。

看来这个村长还真不是好当的。张效梁把那包钱收回来,像摆弄一个玩具一般托举在手里。

村长呆呆地看着他,期待他把下面的话都说出来。但张效梁却似乎没有什么好说的了,把钱装起来就朝镇子里走去。村长只好回到家里,张效梁刚才的话却一直在他耳边回响,让他处在莫名的不安中。

没过半天,镇长就到村里来了。一听到镇长的动静,村长就马不停蹄地往村部里跑。让他想不到的是,村部里不但坐着镇长,而且镇长的身边还坐着张效梁。村长还有些不相信,难道镇长是被张效梁请来的?

怎么搞的?镇长一照他的面,就板起脸来说,企业家来村里投资创业,这是多么千载难逢的机会,你们不但不表示欢迎,竟然还要拒之门外?

村长听得一头雾水,不明白他说的企业家在什么地方,目光在张效梁身上扫了一下,又转到别处去。他当然想不到企业家与张效梁有什么关系。

跟不上形势了,镇长失望地朝他摆摆手,像是在和他告别一样,便朝村外走去,一边走一边气哼哼地说,看来不能不起用那些勇于开拓进取的人了。

村长听出了他话里的意思。难道我真的要被镇政府罢免了不成?他反应过来,急急地追赶着镇长说,镇长,您再给我一次机会……

镇长没有再搭理他,领着张效梁径直朝村外走去。张老板,镇长热情洋溢地对他说,你看哪片地合适,我就批给你哪片,别说六分地,就是六亩地我都会答应的,为了让我们这个贫穷落后的地方得到开发,我们一定要与时俱进,制定优惠政策,让你们这些优秀企业家为家乡建设做出贡献……

张效梁那次回老家的结果出乎意料的丰硕,不仅盖起了一幢威风凛凛的豪华别墅,而且扳倒了那个与他家为敌的村长。别墅盖在村头的高岗上,他找风水先生看过了,那个地方属于龙头位置,是最理想的盖房地界。房屋是二层楼房结构,他专门聘请城里的设计师画了图纸,并指定当地最好的建筑队施工。楼房加上庭院共占地一亩,大大超出了盖房标准,所以别墅一建起来,就成了乌龙镇一道亮丽的风景。扳倒村长可说是个意外收获,本来在他的回乡计划中并没有这个内容,那个村长虽然十分可恶,但张效梁早就不拿他当一回事了,在城里他已经见过比他可恶十倍的官僚,一个小小的村长又算得了什么。但这次回来顺便把他干掉了,也算是替不幸死去的父亲报了仇,他的衣锦还乡算得上功德圆满了。离开乌龙镇时,张效梁心情十分激动,便来到父亲的坟墓前,像模像样地烧了一通纸,并朝着莫邪山的方向大声叫喊说,等下次回家,我一定把那个人带回来。当然,张效梁所说的那个人是夏海丽。

你怎么知道不是指的你呢? 我问周岫娟。我实在不愿意夏海丽再到乌龙镇去。

算了吧,周岫娟朝我耸耸肩说,都到这时候了,你再纠缠这个还有什么用? 为了安慰我,她又按按我的肩说,我不是也到你那里去了吗?

我想想也是,我现在就和张效梁的老婆周岫娟待在一起,那么我和张效梁也便算是扯平了。

<h1 style="text-align:center">18</h1>

第二天一早,我就开上我那辆夏利出租车,由坐在副驾驶座上的周岫娟指路,奔往千里之外的乌龙镇。其实我已经去过一次乌龙镇了,但那次我是在心情慌乱的情况下不意间闯到那里去的,也便没有记住路况,才走了一小段路程,我便有些辨不清方向了,只好让周岫娟来为我引路。路上无所事事,正是周岫娟为我继续讲述张效梁和夏海丽故事的时机。还是从他们见面的那个场景说起吧。我提出建议说。于是,我在开车的过程中,也又一次沉浸在了那两个人的故事里面。

张效梁其实并没有想到他会这么快找到夏海丽,周岫娟说,当他搭乘那艘货船离开家乡乌龙镇的时候,他甚至以为他和夏海丽似有若无的关系已经终结了,所以他是怀着绝对孤独的心态踏上外出流浪的路途的,而且他也不知道自己的目的地在哪里,只能任凭那艘货船带着他往前走了。但让他想不到的是,有一天他会来到那个"大辫子丽"所在的城市,一听到"鱼阴市"三个字,他就知道自己不该再漂泊下去了,这个城市就是他流浪的终点站。更出乎他意料的是,他无意间住进的这户人家竟然就是"大辫子丽"的家,那个坐在门台石上读信的女人就是"大辫子丽",而且她读的信件也正是他自己写给她的……那个时刻,张效梁站在夏海丽身后,前所未有地感到了命运的强大,它竟然把他准确无误地送到了这个他难以忘怀的女人面前,让他们在相隔五个年头之后重新相遇了。张效梁屏住了呼吸,目光一点点在夏海丽的后脑和脖子上游移,如果不是没看到那两条让他记忆犹新的长辫子,他早就大声叫喊着转到她面前去了。是的,这个捧读他信件的女人为什么没有辫子? 这个有些意外的情景不能不让他产生了一点点犹豫,所以接下来,他只能把自己的激动和欣喜压抑在心里,用不那么肯定的语气朝她发问,你是在读我的信吗?

听了他的话,夏海丽霍地回过头去,几乎是一霎间,她便知道站在自己身后的这个人是谁了。不会这么巧吧? 她还在心里问自己。

张效梁直直地看着她,试图透过岁月的遮蔽看出那些曾经为他所熟悉的痕迹。真的是你吗? 他抖动着嘴唇问她。

夏海丽在短暂地迟疑了一下后,便知道自己该怎么办了。她把那封信折叠起来,放回到那些摊在门台石上晾晒的信件里,然后站起身,拍拍屁股上的尘土,用平淡的语气说,我不知道你说的是什么。

听到这里,我像张效梁一样惊住了,是的,在我的想象里,张效梁呈现出的一定是一副目瞪口呆的样子。为什么? 我愤愤地问周岫娟说,夏海丽为什么会这样?

注意开你的车,周岫娟拍拍我的手说,这还用问吗? 夏海丽如果与他相认的话,还能等到这个时刻吗? 凭她的个性,怕是早就给他写同样多的回信了。

她不爱他吗? 我随口问道。

我简直怀疑你没有做过夏海丽的丈夫。周岫娟撇撇嘴说,为了不让我觉得过分尴尬,她又接上我的话说,爱是一回事,相认又是一回事……

我掉头看了她一眼。你倒是挺理解她的。我用嘲讽的口气说。

没有什么好奇怪的,周岫娟摇摇头说,有经验的女人都会这样做……

什么有经验? 我打断了她的话说,不过是世故罢了。

没错,周岫娟耸耸肩说,你用的这个词也许更准确。

我已经厌烦发这样的议论了,便催促他说,好了,你还是继续说他们的事吧。

也不怨夏海丽不与张效梁相认,周岫娟在座位上坐正身子,这个来路不明的人到底是不是救过他命的那个少年,她一时还难以确定呢,又怎么会承认与他相识呢? 再说,这个时候的张效梁也实在没有吸引她的地方,全身上下都是一副刚刚脱离了流浪汉状态的样子,是呀,他连工作都还没有找到,每天只是去到居民区收购垃圾,勉强挣几个钱用于填饱肚子,哪里又有条件打扮自己呢? 按照张效梁的设想,他先要在城郊一带安顿一些日子,等熟悉了这个城市后,再去寻找夏海丽,所以他的活动范围还只是停留在这一带,也就是说他根本没有融入城市里,哪里又能做出城市人的样子? 可想而知,他以这样的形象与夏海丽相认,不碰一鼻子灰倒是很奇怪的事了。夏海丽是什么人,是一个想尽办法要去城里生活的人,为此她都努力奋斗了十几年,哪里又能轻易放弃这样的目标呢? 显然,此时的张效梁根本不可能给她这样的生活,他连自己都养不活,又怎么可能满足夏海丽的要求呢? 张效梁不知道这一点,而夏海丽却不能不让自己的头脑保持清醒,所以她没有经过思考,便用冷淡的口气对张效梁说,我不知道你说的是什么。说罢,她就把摊放在门台石上的信件逐一收拾起来,抱着它们往自己屋里走去。

望着夏海丽离去的身影,张效梁在呆怔了一下后,又猛地跟上去。难道你忘了? 他大声叫喊着说,五年前我们在莫邪山里……

夏海丽一下子停住了脚,身子颤抖了一下,要不是门板的依托,她也许会朝一边歪倒。片刻过后,她的身子便停止了抖动,并慢慢转回来。我没有去过莫邪山。她用没有什么表情的目光看着他。

那这些信呢? 张效梁指指她抱在手里的信件,这是我一封封亲笔写给你的……

它们真的是你写的吗? 夏海丽反问他,并从那些信件里挑出一封,朝他递过来,你可以看一下,上面是你的笔迹吗?

张效梁愣了一下,还是不想放过这个机会,便走上去,从她手里接过那封信,抖动着手指打开来。但他只往信纸上看了一眼,便一下子呆住了,上面的笔迹的确不是他的。望着那些陌生的字迹,张效梁感到了羞愧。

怎么样?夏海丽平静地问他,我没有骗你吧?

张效梁还是有些不甘心。这封也许不是,他又指指她手里其他的信件,那些恐怕就是我……

行了,夏海丽撇了一下嘴说,我已经给过你机会了。说罢,她就从他手里抓过那封信,转回身,迈着大步往屋里走去。

可是……张效梁又往前跟了几步,但他的脚刚刚跨上了台阶,门就毫不客气地关上了。望着那两扇紧闭的门板,他紧紧地咬住嘴唇。好吧,他在心里发誓说,那就等着吧……

从那天以后,张效梁就在悄悄做着一个准备,那就是趁夏海丽不在的时候,把她收藏的那些信件偷出来,等确认了是自己的笔迹后,再把它们拿到夏海丽面前,到那时候,想必她就无言以对了。想到即将开始的行动,张效梁未免有些心虚,觉得这样做或许对不住夏海丽母女,毕竟人家给他提供了容身的住所,就算不说回报二字,起码也不能偷人家的东西吧?但他旋即又安慰自己说,其实那些东西根本不属于她们,而是自己花了工夫撰写随后又贴上邮票寄出去的,她们不过替自己暂时收藏了一下而已,他要拿回自己的东西又有什么不可以?想通了这一点,张效梁便对即将实施的行动变得坦然起来。我一定要用事实堵住你的嘴,他在心里对夏海丽说,最终让你向我低下头来。

张效梁很快便找到了这样的机会,因为夏海丽不在家的时候多得是,她在休歇几天之后便又离去了,而且一连许多日子没有回来,他随便在哪一天下手都是很方便的。在此之前,他已经做过了好几次侦察,知道夏海丽把那些信件收集在一个樟木箱子里,而那个箱子就放在她闺房里的梳妆台内,要把箱子成功偷出来,他起码有两道关口要过,即打开闺房屋门和梳妆台门上的锁,这还不把拿到信件而必须打开箱子上的那把锁算进去,这样的难度对他来说还是不算小的,所以屋门上的那把锁他不准备破坏,而是趁夏海丽的母亲到大樟树下看风景的时候,他偷偷拿到了屋门上的钥匙,打开锁进去,径直扑向夏海丽的梳妆台。樟木箱子就在梳妆台下面的橱子里，橱门上的铁锁他无法依靠钥匙了，只能通过随身携带的一根铁丝来解决，好在他在船上跟一个老流浪汉练习过这方面的技艺，想来这把个头不大的铁锁还是难不倒他的。张效梁取出铁丝，在锁眼里捅了十几分钟，那把铁锁就打开了。他把里面的樟木箱子取出来，抱到怀里，转回身来就要往外跑，幸亏他绊了一跤，这才有些回过味儿来，赶紧又折回身子，将那把已被他毁坏的铁锁挂回到橱门上，然后蹑手蹑脚地离去。

张效梁抱着箱子回到自己屋内，马上又动手对付箱门上的锁。这把锁的个头更小一些，却很坚固，他用那根铁丝在锁眼里捅了足有半个小时，还是没有打开。按说他应该耐下心来，既然箱子都抱到了自己屋里，早一些打开晚一些打开又有什么区别？但这时他却沉不住气了，为了急于看到里面的信件，他索性找来一把铁锤，在那把锁上狠狠砸了几下，强行把箱子打开了，那些信件便一下子出现在他面前。我的老伙计，他激动地自语着，我们又见面了。他似乎有些想不到，夏海丽竟然把那些信件放置得那么整齐，那么完好，所有信件被分成了五摞，每一摞十二封，正好是一个年头的数量，由此可以看出，夏海丽对这些信件特别看重，特别珍视。一时间，他也对那个细心的女人充满了感激之情，禁不住在心里说，谢谢你，大辫子丽。他又叫了她一声这个老称呼。为了表示对夏海丽的尊重，他在打开那些书信的时候，也顺应了她放置它们的顺序，一个年头一个年头地拿到手里。这个时刻，他甚至产生了一些错觉，以为不是在读自己写给夏海丽的书信，而是在读夏海丽写给自己的情书，所以他的手指一个劲儿地颤抖，他要极力控制自己的情绪才能拿稳那些纸张。可很快，他便呆住了，正如夏海丽警告他的那样，这些书信上面的笔迹都不是出自他的手。他以为这只是个别的现象，便放下手里的书信，再去箱子里拿另外的书信，直到他把箱子里所有的书信都打开过了，他才不得不罢手，同时让身子重重地坐倒在地上。这是怎么回事？张效梁用两手抱住头，目光望着一地展开的纸张，沮丧地一遍遍问自己，这到底是怎么回事？

是呀，我也不得不发出一声惊叹，这到底是怎么回事？

我哪里知道是怎么回事？周岫娟摊开两手说，张效梁说不明白这件事，夏海丽也没有向我说明白这件事。

是夏海丽捣的鬼？我分析说，为了不认张效梁，她把那些书信全改写了一遍？

张效梁当时也是这么想的,可不要忘了,那可是六十封书信呀,谁会有工夫帮她去写?

难道就不是夏海丽自己吗?

问题是,上面并不是夏海丽的笔迹。

这可就怪了。我使劲摇摆着头说。

我再警告你一次,周岫娟又拍拍我的头,专心开车,别让我们停止在半道上。

好吧。我不得不答应她,赶紧抬起头,把目光投向前挡玻璃之外的路面上。这时我才发现,前方正有一辆东风牌大货车迎面而来。我急忙转动方向盘,让车子靠向一边。待来到一个安全地带,我又止不住朝她发问,难道你就没有想过,那到底是怎么回事吗?

也许夏海丽并不是张效梁要找的那个人。周岫娟忽然说。

什么意思?我不解。

也就是说,那个与张效梁在莫邪山里度过了难忘的一个夜晚的女孩,根本就不是夏海丽。周岫娟神神道道地说,或者倒过来说,那个给夏海丽写了六十封书信的人,也根本就不是来自乌龙镇的张效梁,而是其他什么地方的人……

你疯了吧?我大叫一声。与此同时,我看见那辆大货车又出现在前方,而且正与我的车子交错而过。我急忙打方向盘,尽管没有让车身碰到它,但我却瞥见大货车急快地朝一边倾斜了。我担心那辆车发生了侧翻,便朝后视镜里看。可我什么也没有看到,后面似乎根本就没有过去的车辆。我长出了一口气,又让思绪回到周岫娟说过的话上,不会吧?怎么能发生这种错位?

生活中,周岫娟伸出一根手指头,一下一下地点着我的鼻子说,这样错位的事情还少吗?

我没有接她的话,我以为她在暗示我刚才冒险错车的事儿,便不能不再次打起精神,尽量专注地开车。不知什么时候,前面又开过来一辆东风牌大货车,搞不清是不是刚才出现的那辆。

19

一连好几天,张效梁都在继续阅读那些书信,周岫娟继续向我讲述,好像在期盼着有一天会发生奇迹,让他看到那些书信上出现自己所熟悉的字迹,但直到夏海丽回来的那一天,他才不能不绝望地告诉自己,一切都不是他所能预知的。

这天夜里,张效梁坐在灯下,又一次捧读那些陌生的信件。就是在这个时候,他第一次对自己的记忆产生了怀疑。难道说我并没有给那个女人写过信?他在心里问自己,甚至更近一步说,我并没有和那个女人在莫邪山里度过那个夜晚?快到半夜的时候,张效梁终于对自己的境遇丧失了信心,那些看上去与他没有丝毫关系的信件也从手里掉出去,一封封翻着跟头落到地下的阴影里。也许张效梁悲伤得太过厉害了,以至于让冰凉的泪水模糊了眼睛,竟然连夏海丽走进屋来都没有看见。

怎么样?夏海丽站在灯影里,像一个幽灵一般朝他发问,找到你写的信没有?

张效梁被吓了一跳,赶紧转过身来,惶恐不安地朝声音响起的地方看去。你什么时候进来的?

夏海丽走到灯光下,朝他面前探了一下头说,这些信件你都读过无数遍了吧?是不是该还给我了?

张效梁这才意识到,自己偷看她信件的事已经被她知道了,但他想不明白的是,她为什么不对自己发怒,不管怎么说,他把信件从她那里拿到这里来都是一种不光彩的行为。你都知道了?他试探着问她。

夏海丽没回答他的话,而是径直朝他伸出了手。拿来吧。她直言不讳地说。

到这里,如果张效梁把那些信件原封不动地交还到她手里,事情也便就此了结了,一切意外都不会发生,从此以后,夏海丽还会继续收藏那些信件,有空闲了便把它们拿到日头下晾晒一下;而张效梁也可以继续留在这里,白天去社区里捡拾垃圾,夜晚回到这间屋里来睡觉,说不定还能偶然梦到一下夏海丽,因为他毕竟会隔三岔五地看到她一回,当然,这一切的前提是他愿意继续在这里滞留。张效梁显然想到了这种可能性,所以在爆发前他还是稍稍犹豫了一下,但随即便被一种无法控制的情绪裹挟了。为什么?他突然大叫一声,俯下身子,从地下捡起那一封封信件,在手中狠狠地撕扯起来,为什么会是这样?他一边急快地撕扯信件,一边流着眼泪嚎叫。

夏海丽在呆怔了一下后,猛地反应过来,旋即扑上去,要从他手里夺回那些处于危险状态的信件。你这个混蛋,她也开始像他一样嚎叫,你为什么要这么干?

如果她不上来抢夺,或许张效梁还不会那么卖力气,简单地撕上几封信,发泄一下怨气也就罢了,但面对夏海丽的争抢,他自然要做出反抗的架势,无形中便加大了撕扯的力度。于是,一封封无辜的信件便从她手里碎裂开来,像出茧的蝴蝶一般纷乱地掉到地下的阴影里。

夏海丽终于不能再容忍他这样干下去了,情急之下,顺手摸起那个空荡了的樟木箱子,举起来,在空中悠晃了一下,便使劲砸在他头上。

随着一串血珠溅到半空里,张效梁大叫一声,身子趔趄了几下,便扑倒在地下,倒在那些死蝴蝶一般的信件碎片里……

这件事发生以后,张效梁觉得自己没有必要再在这里住下去了,每次见到夏海丽都止不住脸红,好像自己是个癞皮狗似的。夏海丽却并不对他另眼相看,由于那天动手打了他,甚至比以前待他还要好些,不但当时给他包扎了头部,第二天还给他买来了消炎药,在以后的日子里也时不时地问候他一句,怎么样?头还疼吗?张效梁并不想被她这样问起,每一次听着都感到羞愧得不行,好像夏海丽的话并不是纯正的问候,而是对他的讽刺……终于有一天,张效梁找到夏海丽的母亲,径直对她说,大妈,我要离开这里了……

夏海丽的妈妈见他背着行李,便明白他已经下定了离去的决心。你要到哪里去?她痴痴地看着他说。

这个……张效梁低下了头,马上又抬起来,把眼睛看向遥远的地方,目光里透着极度的迷茫,这个我也不知道……

夏海丽的妈妈随着他往外看了一下,目光又落在那边的河道里。好些日子没有货船过来了。她像是自语又像是对他说。

但这一次张效梁并没有打算再去乘船,一离开夏海丽的家,他就朝火车站的方向走去。其实他并没有乘坐过火车,不知道那些像长龙一样的车辆都通向哪里。来到售票口,售票员问到哪里去?他认真想了一下,也没有想出要去的地方,便把一百块钱递进去说,哪里都行。售票员奇怪地看了他一眼,本想把钱退出来,但最后还是给他打了一张价格九十多块钱的车票,连同找回的几块零钱一起扔了出来。张效梁接住了那几块钱,车票却掉到了地下,他急忙弯下身,把车票抓到手里,凑到眼下一看,上面终点站的位置写着"鱼阳"两个字。开始他把那个"阳"字看成了"阴",还以为售票员卖错了票,他明明就在这个城市,她怎么还会把这个地方的车票卖给他?但很快他就看明白了,原来那是一个与这个城市有一字之差的地方,想必也在鱼人河的沿岸,那么就是它了。于是他把车票攥在手里,大步走进了候车大厅。

发车的时间还早,张效梁觉得有些困倦,便在椅子里闭上眼睛,不一会就睡着了。等他睁开眼睛时,发现那趟车已经检完票好久了。他手里的这张车票作废了,只能去售票口再买一张。这一次,他没有等售票员问话,便一边往里递钱一边主动说,我要去鱼阳市。回到售票大厅里时,他生怕再耽误了乘车,便不敢再睡觉,而是瞪大两眼往检票口看。但他等了多半天的时间,还没有等到检票。他有些沉不住气,担心这趟车把他一个人丢在这里开走了,便找到一个扫地的服务员询问。服务员冷淡地对他说,去鱼阳市的车明天才有下一趟,还早着呢。说完,便丢下他继续扫地去了。张效梁呆怔了好一会儿,才明白她话里的意思。尽管还有一个整夜的时间,他还是不敢随便离开大厅,也不敢真正睡着,往往才迷糊一小会儿,就猛地睁开眼睛。总算熬过了这个夜晚,第二天上午等来了那辆开往鱼阳市的火车。直到登上了车厢,他才算真正松了口气,一在座位上坐下来,便闭上眼睛呼呼地睡去。

一觉醒来后,张效梁发现火车已经抵达了鱼阳市,便随着人流朝车厢外走去。这个时候,他还没有发现有什么异常,尽管他的眼睛四处巡视着,想尽快看到这个城市与他离开的那个地方有什么不同。直到走出出站口,看见了那个站在对面做出迎接他姿势的人,他才大吃了一惊。不会吧?张效梁急急地问自己,我一定是看错了吧?为了证明这一点,他马上举起手,使劲揉搓眼睛,他记得在车上睡了好长的一觉,是不是还没有醒来,眼睛看到的只是梦中的景象?为了更快地得到核实,他随即又在脸上掐了一下,直到觉到了疼痛,他才确信自己没有梦游。那么这是怎么回事?他怎么会在出站口看到夏海丽?而且她摆出的那个姿势不像是与他无关,而确凿是来迎接他的……

你怎么才下火车?夏海丽一边迎住他一边用埋怨的口气说,我已经在这里等你一天了。

一天?张效梁赶紧转动脑子,得出的结论越发让他感到惊讶,难道说你昨天就到这里来了？

你怎么改换了车次？夏海丽继续埋怨他说，害得我白赶那趟车了。

张效梁渐渐觉得自己的脑子不够用，仅仅从她这几句话里透出的信息，就让他转不过弯儿来。这到底是怎么回事？他本来是在心里问自己，没想到却发出了声音，变成了对她的质问。

好了，夏海丽并不想回答他的话，而是走上来，不由分说挽住了他的胳膊，既然找到你了，那我们就一起回去吧。

回去？张效梁还是不解，回……哪里去？

回鱼阴市呀，夏海丽更紧地抓住了他，似乎生怕他会再次跑掉，我不会再让你走了。说着，她还把头凑上来，径直靠到了他身上。

张效梁再次惊住了，夏海丽的反应实在出乎了他的意料之外，也实在让他难以接受。她到底搞什么鬼？他一边往后闪躲着身子，一边痛苦地在内心里发问，难道她又要捉弄我不成？

我已经买好了返回的车票，夏海丽从对他的拥抱中腾出一只手，像变戏法一样举出两张车票，还怕他看不明白，用声音补充说，两张。

20

夏海丽为什么要把她追回来？我纳闷地问道。

也许是良心发现吧，周岫娟懒洋洋地说，毕竟人家曾经救过她的命，还给她写了六十封情真意切的信，不要说是夏海丽，就是一个石头人都会被打动的。

这么说，夏海丽真的是到莫邪山去过了？

姑且这么认为吧。过了一会儿，周岫娟又说，就算这一切都是虚构的，夏海丽也不能无动于衷。

我不再说什么，抬起头来，继续专心地开车。这时，我又看见那辆东风牌大货车从前面开来。

快到中午的时候，我们都感到饿了，便在路边随便找了一家饭馆，打算吃点东西再赶路。饭馆的服务员倒是十分热情，但里面的设施却是罕见地简陋，而且非常不卫生，饭桌上面的空中飞舞着许多苍蝇。周岫娟的胃口本来就不好，一进门便有一只苍蝇碰到脸上，她扭回头就往外走。服务员跟在她后面说，过了这个村可没这个店了，往前一百里的范围内，你们不会找到第二个吃饭的地方。我往饭馆里探探头，果然看到在里面吃饭的人不少，便又拉着周岫娟走进去。我们找了一个靠窗的地方坐下，让服务员一遍遍地擦桌子，还把她拿过来的碗碟用热水冲了又冲。服务员把菜谱递给周岫娟，然后一边看着我一边推荐菜肴。周岫娟不想看那些莫名其妙的菜名，便又把菜谱塞到我手里。我知道不能长时间停留下去，便根据她的饮食习惯随便点了两个菜，又要了两碗饭，让服务员尽快给我们上。因为吃饭的人多，过了好久服务员还没把菜饭端上来。饭馆里本来空气就不好，再加上苍蝇在头上飞来飞去，周岫娟终于沉不住气了。不吃了。她抓起包又要往外走。就在这时，那个服务员一溜小跑地把菜饭送上来了。周岫娟这才又重新坐下来。

草草地吃过了饭，我和周岫娟站起来，正要往外走，我却意识到好像有一双眼睛在盯着我们看，便不自觉地回了一下头。我的目光还真的落在一张熟悉的脸上，不禁吃了一惊，没有想到会在这里看见那个人。在我们吃饭的过程里，并没有什么人进来，想必他是先于我们进来的，也就是说在我们吃饭的时候，他便一直在后面看我们，而我却没有丝毫的感觉。

看到我发现他了，王队便站起身来，绕过几张桌子，迈着大步朝我们走来。你们怎么在这里？他伸出一只因为吸烟而发黄的手，在我和周岫娟面前划拉了一下。

我们……出个差……我犹豫了一下，还是没有把我们的去向说出来，便随即反问他说，你怎么也到这里来了？出差办案吗？

差不多，王队马马虎虎地回答了一句，便把目光转向了周岫娟。你也随他出差吗？他用很随意的口气问她。

是……周岫娟的话也有些含蓄，反正没什么事儿，出来转转……

我不禁又吃了一惊，原来他们竟然认识？这我可没有想到，不知他们是从什么时候认识的。我想问他们一下，但张张嘴，又把话咽了回去。

我们之间好像没什么话要说了。为了避免不必要的尴尬，王队率先摆摆手说，你们赶快赶路吧，我还要继续吃饭。说着，他朝他那张饭桌上指了一下。

上车以后，我还在心里想，人家毕竟是警察，我们同时在饭馆里吃饭，便让人家从头盯到尾，当然我和周岫娟也没有什么见不得人的事，并不怕他们看，但想到那双警惕的眼睛在我们不知道的情况下在身上扫来扫去，还是有些不舒服。你怎么和他认识？我也装作很随意的样子问周岫娟。

这有什么奇怪的吗？周岫娟并不回答我的话，而是反问我说，你感到什么不对劲的地方了？

没有……我赶紧摇头，既然她不想回答这个问题，那我就不能再继续问下去了。是呀，在一个城市里住着，难免会相互认识，或许真的没有什么好奇怪的。我在心里安慰自己。

车子一启动，周岫娟就打起瞌睡来，脑袋直往我肩膀上靠。似乎是受了她的传染，我也觉到了困意。这个时间段的确容易感到疲倦，周岫娟无所事事可以睡觉，而我却开着车呢，一秒钟也不能让眼睛闭上，况且那辆大货车又出现在车前了。我不敢掉以轻心，便不客气地拍醒了她，别睡了，要不我也被你连累了，还是继续给我讲他们的事吧。

尽管有些不情愿，但为了路上安全，周岫娟不得不采纳我的建议，直起身来，强打着精神继续给我讲述张效梁和夏海丽的故事。

从鱼阳市回来后，夏海丽就和张效梁公开好起来，不但让他继续住在自己家里，还带着他来到城市里，来到她打工的那些场所里，让他多长一些见识。按照张效梁的打算，应该是在城郊一带积累了一定资本的情况下，才正式到那些声色犬马的场合去闯荡的，但现在由夏海丽带领，他不能不提前付诸行动了。尽管他在那些场合里难以适应，可由于有夏海丽在身边陪伴，他还是感到非常快乐。当别人问起他的身份时，夏海丽都直言不讳地回答，是我男朋友。每当听到这句话后，张效梁就激动得心脏狂跳，好像自己真的成为天下最幸福的人了。

但张效梁并没有得意多久，便被来自夏海丽的压力搞得喘不上气来了。在夏海丽看来，张效梁可以土气，可以穷困，可以不懂那些场合的规矩，可以让别人瞧不上，甚至可以挣不到钱，但这一切的前提应该是暂时的，短期的，等过上一段日子之后，如果这些弱点和缺点还存在他身上，哪怕存得不那么明显了，她也是绝对不能允许的，为此她给张效梁制订了一个改造计划，时间限定为一个月，在此期间她将全力配合他，指点他，手把手教导他，但只要一个月期满，她就要用最为严格的程序考察他了，一旦发现他的不合格处，她将毫不犹豫地抛弃他，照她的话说，你愿意到哪里去就到哪里去吧，我不能老和一个一文不名的人待在一起，到时候你就是沿着鱼人河走到海里去，我夏海丽也绝不会再朝那个方向看上一眼。张效梁知道她说到做到，所以一点不敢掉以轻心，在那一个月的时间内，他几乎把全部精力都用在对自己的改造上了，但在那么短的时间内由一个山里人成为一个城市人，岂能是那么容易的一件事，为此张效梁不敢认真睡觉，不敢放心吃饭，一个月还没有过完，他的体重就瘦了十几公斤，头发也白了十几绺。可夏海丽却一点不为所动，依旧按着自己的要求对待他，一丝一毫也不马虎。张效梁满腹怨气却无处发泄，要不是内心里对她真正喜欢，他早就一拍屁股一跺脚板离她而去了。

凭着对夏海丽绵延不绝的爱，张效梁终于还是挺过来了，尽管离她制定的标准还有一些距离，但毕竟差得不是那么明显了，衣服知道了该怎么穿，见到什么人也懂得说什么话了，一般的场合都能应付下来，唯一的不足是还不能挣到足够多的钱，这点夏海丽倒还能够理解，她自己在城里打拼了那么久，不是也没有过上富贵日子吗？但理解归理解，要求还是要提出的，目标也是要制定的，如果满足于现在的状况，那他们就永远没有出头之日了。鉴于此，她不得不继续给张效梁施加压力，让他想尽一切办法把钱挣到，两个人每次见面，她对他说的第一句话几乎都是，你的收入提高了没有？如果张效梁点一下头，她便高兴地搂一下他的脖子，两个人就会继续待在一起；如果张效梁摇一下头，她便愤怒地在他身上推一把，撇下他一个人走掉。在一两年的时间里，他们就是这样打打闹闹，既没有真正好到一块去，也没有正式分手告别。但在张效梁的心目中，夏海丽要离他而去的预感却一直伴随着他，对于自己能不能达到她的要求，他始终没有足够的信心，所以便不能消除失去她的恐惧心理，许多回睡梦里，他都看见夏海丽从他怀里钻出去，掉转头，一下子便投入了另一个男人的怀抱，他看不清那个夺走夏海丽的男人的面目，却真切地知道他的存在。醒来后他还在嘴里念叨，早晚有一天，那个可怕的梦魇会变成现实……

为了不使那个场景出现，张效梁知道必须付出更多努力，尽量与她的要求不要差别太大，为此他决定要豁出去了，所以有一段时间，他似乎消失不见了，夏海丽不知道他干什么去了，一时也找不到他。直到他那次受了伤以后，夏海丽才明白，原来他是到建筑工地上干重体力活去了。说到这里，周岫娟把脸转向了我，关于张效梁那次受伤的事儿，我就不用再对你说了吧？

周岫娟说得没错，那件事我还能想起来，两年前的一天傍晚，我在离开公司回家的路上，看见一个人躺在路边，身上栖落着一只鸽子。我以为这是一个无家可归的人，便没有怎么注意他，在我所在的城市里，有时在路边会看到这样的流浪汉，过路的人还以为他在睡觉，但当你从他身边走过时，他会忽然伸手抓住你的裤脚，然后伸出另一只手向你要钱。为了不给自己惹麻烦，我本来已经绕开他走过去了，但不知为什么又回了一下头，朝他身上的那只鸽子看了一眼。后来我才知道，引起我注意的并不是流浪汉，而是站在他身上的那只鸽子，我突然意识到，一只鸽子竟然停留在他身上，说明这个人已经好长时间没有动过了，难道说他是真的睡着了？还是有其他什么原因？别是他出了什么事吧。这样一想，我越发放心不下了，便又掉转身子走回来。看到我越走越近，那只鸽子张开翅膀飞走了，而那个躺在地下的人还是没有动一下。我俯下身，借着一缕灯光朝他打量。我看出来，这个人并不是什么流浪汉，而应该是到城里来打工的，因为他身上穿的衣服我在一些建筑工地上看到过，看来他也没有什么大问题，虽然身子不动，但他的胸脯却在起伏着。我蹲下来，在他肩膀上拍了一下说，哎，你有什么需要帮助的吗？

经我一拍，那个人才有了一些反应，身子勉强动了动，眼睛也睁开了，用疲惫的目光看我一下。我受伤了。他轻声对我说。

我再次朝他身上打量了一遍，没有看出什么异常处，我担心受到他的敲诈，不禁往后退了一步，并掉头往远处看，想找一个人证明我的清白。

我是在工地上摔坏的，他大概看出了我的心思，赶紧对我申明说，与你没有任何关系。说着，他抬起一只手，朝下面的一条腿指了指，我从脚手架上掉下来，把那条腿摔断了。

我顺着他的手指看去，这才发现他的那条腿在不住地抖动，裤子上也有一小片血迹。那你怎么躺在这里？我关心地问他。

工地老板给了我一点点钱，就把我打发出来了，他摇着头说，我本想回家去，可走到这里就再也走不动了……

我不知道他说的"家"是在哪里。你是说在城里有住的地方对吗？我问他，我把你送回去吧？

不不，听我这样说，他急忙拒绝说，为了表明自己的态度，他吃力地爬了起来，我不想回家去，不想让他们看到……他低下了头，脸上透出哀伤的神色。

我明白了，他是不愿让他身边的人看到他受伤的样子，一霎间，我便对这个坚强而不幸的人充满了同情。那你躺在这里也不是办法呀，我试着伸出手，在他头上摸了一下，感觉到很强烈的热意，你在发烧？这样下去你会有麻烦的。

他抬起头，朝急快黑暗下来的街道深处望了一眼，重重地叹息一声，又把头低下了。看来他自己也不知道该怎么办好。

要不这样，我对他提议说，你到我公司里去过一夜吧。我朝不远处的公司指了一下，我那里有床铺，也有吃的东西，我再去给你找一些治伤的药来。

看我说得十分真切，他在犹豫了一下后，还是点头同意了。真不知道该怎么感谢您。他不好意思地说。

我把他搀扶进我的办公室，让他躺在我用于午休的简易床上，让值班的员工给他找来治疗摔伤的药，对他腿上的伤简单处理了一下，然后我又动手给他泡了一碗方便面。看他狼吞虎咽地吃喝起来，我才放下心，离开公司回我的家去。

这个被我收留的人便是张效梁。在养伤的半个多月时间内，张效梁一直住在我公司里，我不但自己照顾他，还专门派了一个员工负责他的生活，难怪有人对我说，你快要把你的办公室改成收容站了。张效梁的腿伤痊愈后，我担心他一时找不到工作，就又一次向他提出建议说，如果你不挑的话，可以到我的公司来上班。

我的提议再一次让张效梁受到了感动。蒙哥，他紧紧地拉住我的手，不由分说便与我称兄道弟起来，你简直就是我的救命恩人，如果你不嫌弃我的话，就让我当你的兄弟吧，你的娘也就是我的娘。他发誓说。

21

周岫娟接过我的话说，夏海丽知道了张效梁在你那里养伤的事儿，不能不对你这个人产生了强烈的好奇心，也许从那时起，她就打定主意要抛弃张效梁而选择你了……

胡说，我截住她的话说，夏海丽见到我是很久以后的事儿，再说，那时候我根本不知道她就是张效梁的女朋友。我看见前面又出现了那辆东风牌大货车，便赶紧聚集起精神，真担心这次外出会出什么事儿。

周岫娟扯了扯身上的安全带，把头靠在椅背上，半眯着眼睛说，的确，在很长的一段时间内，夏海丽都处在犹豫彷徨当中，既对张效梁抱有最后的希望，想再观察他一段时间，又知道把什么都压在他身上不切实际，随时都做着离他而去的打算。那些日子里，不但张效梁感觉到痛苦，夏海丽也同样处在痛苦之中。这个状况的结束是在一个月以后，也就是夏海丽到你公司去的那一次，便成了这件事的一个转折点……

真没想到夏海丽是那么无情无义的一个人，我摇着头叹息说，竟然对那么深爱着他的一个人说抛弃就抛弃。

她都彷徨了大半年，已经是很不错了，周岫娟看了我一眼说，别忘了，夏海丽可是一个心比天高的人，为了改变自己的命运，她可是什么事都做得出来的。

我要是早一天知道她的品性，尤其是她和张效梁的关系，我无论如何也不会接受她的示爱，更不会真的和她在一起，最后还和她成了一对看上去恩爱的夫妻。我连连摇着头说。

除了爱上了你的钱财外，说不定夏海丽也真的看上了你。周岫娟拍拍我的手说，夏海丽到你公司里去找你的时候，并没有把你作为猎艳的目标，尽管在此之前，她已经对你怀有很好的印象了，但那天去你的公司，却没有勾引你的明确目的，而纯粹是一次意外的造访。当时，夏海丽正在离你的公司不远的街道上接一个电话，对她来说这个电话很重要，好像牵涉一笔不小的保单业务，可她和对方还没有把话讲完，就发现手机没电了。本来她可以去打一个公用电话，但她在抬头四处张望的时候，你公司门口的牌子引起了她的注意，于是她便穿过人群，一溜小跑地朝你的公司走过去。当然，她这时脑子里想到的一个人绝不会是你，而是她的男朋友张效梁，她要使用张效梁的手机继续去打那个电话。但她刚刚爬上一级楼梯，还没有见到张效梁的影子，就看到一个人从上面走下来，正与她走了个照面。你知道她遇到的这个人是谁吗？

我微笑了一下，脑子里也想到了那天我与夏海丽第一次见面的情景。

夏海丽当然注意到了你，但那也不过是一个女人对随便一个男人的注意，周岫娟也嘴角浮着笑看我，如果不是这时候张效梁跑过来给你们做了介绍，也许她很快就会把你忘到脑后去了。说到这里，她又拍了一下我的胳膊，但这并不说明你不够优秀，夏海丽没有受到你的诱惑，因为与张效梁难以克服的土气形象比起来,你风度翩翩的仪表和气质,自然能够在短时间内打动她,可这样的男人在这个城市里多得是,如果夏海丽对每一个这样的男人都投怀送抱,那她还用得着在大街上跑保险吗?但就在她也像对待别的男人那样马上把你逐出脑海的时候,张效梁在你们身边出现了,一看见你们碰在一起,张效梁也许是出于礼貌的原因,就给你们做了一下简单的介绍。张效梁当然不知道自己在犯一个巨大的错误,正是因为他这个多余的介绍,他深爱的女朋友才离他而去,转身投入了别人的怀抱,如果他意识到这一点的话,他就是把自己的嘴唇咬破也不会开这个口的,俗话是怎么说的来着,一失足成千古恨,张效梁就这样给自己造成了绵绵不绝的恨意……

行了,我不得不打断她的话说,下面的事我都知道了,你就不用再给我说了。

你知道些什么?周岫娟反问我说,你知道夏海丽爱上的是你的钱财吗?当然,这个说法听上去有些俗,好听点的说法应该是你的实力。知道了你的身份后,夏海丽当即便想到了张效梁对她说过的那些事儿,你之前留在她脑子里的那些一直处于沉睡状态的印象,一下子都像解除了魔咒一般被激活了,望着站在面前的这个人,还有你身后这家正处在繁荣时期的文化发展公司,夏海丽就像在茫茫的昏暗中突然看到了一缕耀眼的曙光,一颗焦躁不安的心一下子便平静下来。她知道接下来该怎么办了。

张效梁发现了夏海丽移情别恋后,一度陷入极度痛苦的精神状态里,与正常失恋的状况不同的是,他的女朋友是在隔壁和自己的上司勾搭,而他就在墙壁的另一边听着那些动静。对了,张效梁是在你隔壁的房间办公吗?就算你们之间隔着几道墙壁,但你们总在一家公司里吧?就算他听不见夏海丽勾搭你时发出的动静,他也会从同事们的口风中得到一些消息的。张效梁虽然不是一个多么充满自信的人,但碰到这种事儿,他也知道不能一味地消极对待,而应该奋起反抗一下,想办法把夏海丽从你手里夺过来。他明白这件事发生的原因主要是在夏海丽身上,于是便首先把反击的目标对准了她,只要一见到夏海丽,就急慌慌地追上去,不由分说向她哀求说,请你留在我身边吧,你不知道我有多么爱你,为了你我什么都可以去做,如果没有你,我在这个世界上就活得一点意思也没有了,求你再给我一个机会吧。有一次,张效梁控制不住自己的感情,不但痛哭流涕地号哭起来，而且膝盖一软，竟然跪倒在夏海丽面前。由此看来，张效梁对夏海丽还算不上真正了解，如果他这时不说那些可怜巴巴的话，而是装作满不在乎的样子置之不理，兴许夏海丽在越过他去找你时还会有所顾忌，假如他再硬着头皮做出与她决裂的架势，说不定还真能使夏海丽回心转意呢。夏海丽是什么人，纯粹一个吃硬不吃软的家伙，你越是让她向西，她却偏要朝东，本来她就对张效梁不大满意，现在张效梁越发暴露出一副没出息的样子，那她还对他留恋什么？

张效梁知道再继续纠缠夏海丽没什么意义了，这才把进攻的怒火转移到你的身上。在打定主意对付你之前，他也进行过一段时间的内心斗争，不管怎么说，你都是他的救命恩人，不但治好了他的腿伤，还给了他一份不错的工作，他本来已经打定主意，在以后的日子里要想尽一切办法报答你，那句"你的娘也就是我的娘"的确是他的肺腑之言，如果不发生你和夏海丽相好的事儿，他会一直把这个好兄弟当下去，所以在决定向你报复之前，张效梁一直在做激烈的内心斗争。这段时间大约持续了三个月，直到你和夏海丽要结婚的消息传来，他才终于决定要对你下手了。

你是指他用赝品字画坑害我的事吗？我接过她的话说。

不是，周岫娟摇摇头说，那件事不是发生在你和夏海丽结婚之后吗？我是说在此之前，他已经对你下过几次手了……

不会吧？我打断了她的话说，我怎么不知道？我进而想了一下，也没有这方面的记忆。

或许你并没有感觉到，周岫娟解释说，但这并不说明你没有面临危险。你想，你们在一家公司里上班，你的办公室与他的办公室挨得那么近，他还可以自由出入你的办公室，这给他采取行动提供了多大的方便。张效梁把朝你下手的时间差不多都选择在中午时分，这个时刻你已经吃过了饭，然后你有一个午睡一会儿的习惯，当你在办公室的沙发上躺下并闭上眼睛的时候，尤其是你开始发出了鼾声的时候，张效梁便行动起来，蹑手蹑脚地进到你的办公室来。为了顺利得手，张效梁早就制定了一个严密的行动方案，并且精心准备了一把尖刀……

什么？听到这里，我不禁叫喊了一声，他还准备了尖刀？

是的，他到菜市场专门买了那把尖刀，刀身不大，便于他随身携带，但刀刃却很锋利，他多次试过，把一张办公用纸蒙上去，只要轻轻吹一口气，那张不算太薄的纸就裁为两截。他相信,只要把这把刀的刀刃插到你的脖子里,用不了两分钟,你的气息就会吐尽,你的血液也会流干。在他捏着这把刀子往你办公室走的时候,除了一点点轻微的脚步声外,整个办公楼里一点动静也没有,因为是午休时间,只有他一个人拖着脚步声穿过走廊,进到你的办公室里。有好几次,他都成功站到了你身后,并且把刀子举起来,在空中悠了一个不算规则的弧形,将刀刃抵在了你的脖子上,只要他再轻轻用一点力,甚至他的手指不慎一颤,那条闪烁着灼灼亮光的刀刃便会刺进你的皮肉,随即便会被喷溅而出的鲜血浸染……

别说了。我不自觉地举起手,在脖子处摸了一下。我觉得脖子里一阵嗖嗖的凉风吹过,真像被什么东西刺穿了一样。就在这时,我看见前面那辆东风牌大货车迎面朝我驶来,我急忙把抬起的手放回到方向盘上,向右边一打,那辆大货车擦着我的车身呼啸而过。由于车身的晃摆,周岫娟的头先在我肩膀上碰一下,随即又撞在另一边的车窗玻璃上。撞疼了没有?我急忙把她的身子拉回来。

没事儿,周岫娟在头上摸一下,又摇了摇头,还好,暂时还没有头晕。

不要再讲了。我提醒她说。

怎么?周岫娟摸摸我的脖子,你害怕了?不等我说话,她便安慰我说,放心吧,张效梁并没有真割你的脖子,不然今天你又怎么会在这条公路上开车?看来张效梁还是一个没有泯灭良心的人,知道什么该做什么不该做,不管怎么说,你都算不上是他的真正敌人,他对你的仇恨还不足以让他成为一个杀手,所以在最后的关头,他都没有让手里的刀子捅下去。这样的场面发生过几次以后,他终于明白自己干不成这件事了,干脆把那把刀子折断,偷偷丢到了鱼人河里。既不能把夏海丽从你手里夺过来,又不能把你杀死,那么接下来该怎么办呢?那个时刻,张效梁感觉到前所未有的沮丧和无力,再一次弯下膝盖,对着流淌不止的河水大声号哭起来。

真想不到,我不禁遗憾地说,我竟然让张效梁受了那么多磨难。

是呀,周岫娟也叹一口气说,所以他后来用赝品字画坑害你,便没有什么好奇怪的了,但比起往你脖子上捅刀子,他已经给你留了很大的面子。

听她的口气,好像我沾了张效梁的光似的。我吧嗒一下嘴,没有表示什么。

其实这是一件一举两得的事儿,周岫娟继续说,张效梁通过这件事不但报复了你,更重要的是在某种程度上也报复了夏海丽,因为他知道,当你的财产转移到他手里去的时候,夏海丽一定就不会再爱你了,而有可能让她的爱重新回到他身上去,而这时候,怎样对待夏海丽可就是他的事了。事情也正如他所设想的那样,一旦看到你的公司破产,夏海丽果然便和你闹起了矛盾,与此同时,她也开始主动联系张效梁,想方设法向他表达悔意……

这个势利的女人。我把手狠狠地拍在方向盘上。本想好好听一听下面的情况,没想到周岫娟看着前面的远处说,我们快要到乌龙镇了吧?

第三章

22

实际上，我们又走了半个多小时的路程，才看到莫邪山朦胧的影子，周岫娟好像对路况也不是那么熟悉，导致我们多绕了不少路，等赶到乌龙镇的时候，天早就黑得伸手不见五指了。好在出现在我们面前的一个地方灯火辉煌，于是我们便停下车，打算找一家客店住下，第二天再去张效梁的别墅。这时我们感到的不仅是疲劳，还有饥饿。

我们进入的这个地方可能是乌龙镇的一个开发区，因为它实在不像是村镇该有的模样，而像极了城市的一条街道，不仅道路十分宽阔，而且两边的建筑都是楼房，路灯和广告牌上的霓虹灯也非常明亮，给这个地方制造了一种有些虚幻的华丽效果。客店或者说宾馆很好找，就在我们进来的一个路口边，住宿手续也极其简单，不用看身份证，甚至不用登记姓名，只要把钱交上去，站在柜台后的服务员就走出来，拎着一串钥匙给我们去开门。

把行李在房间里放好后，我和周岫娟又走下楼来，到下面的餐厅里去吃饭。与外面相比，餐厅里的灯光却有些昏暗，我们看不清桌椅和餐具是否干净，只注意到里面吃饭的人很多。这种气氛让我想到在那家路边店吃饭的情景，也不禁想到了王队，赶紧朝后面撒目了一圈。还是因为灯光昏暗的原因，我只看到那些吃饭的人晃来晃去，至于里面有没有王队，我却一点把握没有。大约是有了这个想法的缘故，在吃饭的过程里，我总有一种不安的感觉。

见我不住地朝后面看，周岫娟好奇地问我，你找什么呢？

我没有说王队的事儿，只是埋下头大口地吃饭，给她一种饿坏了肚子的样子。但吃着吃着，我却觉得那里有些不对劲儿，停止了咀嚼，把吃到嘴里的饭菜又吐出来，并俯下眼去仔细看。我吃了一惊，看见吐出的饭菜竟然是一条手指大小的壁虎……

一见那条已经快要不成形的壁虎，周岫娟也感到了恶心，脖子一伸，也张开大嘴呕吐起来。

我勃然大怒，把筷子往桌子上一拍，扭头大声叫喊服务员。服务员一溜小跑地过来。这是怎么回事？我把那条壁虎拿起来，差点就朝她脸上扔过去，我们点的菜是萝卜炒鸡蛋，怎么变成了这个？

服务员的脸色也一下子变白了。这个，她嗫嚅着嘴唇说，或许是大师傅马虎了……我去给您换一个来。说着，她把那盘菜端起来，就要往厨房里走。

不吃了。周岫娟喝了一口水，把脸扬起来漱了漱口，又将那口水吐出来，直接吐到了那盘菜里，站起来，拉着我的手就走。

走出餐厅的时候，我又扭了一下头，看见那些吃饭的人似乎都在目送我们，但我依旧吃不准里面有没有王队的目光。

回到房间里后，周岫娟径直走进卫生间，哗啦哗啦地洗起澡来。我则打开电视，想看一下新闻。但我却找不到新闻台，在我搜索频道的过程里，发现这台电视接收的信号与我熟悉的那些台不同，竟然都是一些我从来没有见过的节目。我正感到纳闷，周岫娟仅穿着内衣便出来了。我似乎知道她要干什么，一时忘了电视的事儿，便也走进卫生间洗澡。

我打开水龙头后，发现老是兑不准热水和凉水的比例，水管里不是热水流出来，就是凉水流出来，我捣鼓了好一会儿，也没敢让身子走到水流下冲洗。我想喊周岫娟进来帮忙，又怕遭到她的嘲笑，刚才她洗的时候好像没遇到这个麻烦，便想凭自己的能力解决这个不算太大的问题。但我没有想到，不知道是否我的手触动了什么开关，水管里居然流下来一股黏稠的泥浆，把我的半边身子都糊住了。我一下子呆住了，这是什么鬼地方，水管里怎么会有泥浆？我不得不让周岫娟进来帮忙了。可等我把她喊进来时，水管里的水却早就变得清澈起来，溅在地下的泥浆早就不见了，我的身子也不知什么时候变干净了……

和周岫娟做完了该做的事后，我虽然疲惫得不行，却翻来覆去睡不着，心里老是有一种不安的感觉。手表的指针指向凌晨三点时，手机的铃声突然响起来。我吓了一跳，赶紧翻身爬起来。是周岫娟的手机在响，谁在这个时刻给她打电话？我抓过她的手机，想看一下屏幕上显示的是什么号码。但不断闪烁的手机屏幕上却没有任何号码，只有越来越响的铃声从上面发出来，像一把刀子朝我的耳朵捅来。我有些恐惧，想把手机塞到周岫娟手里，让她起来接这个电话。但我一连推了她好几下，她都没有任何反应。我越发害怕，不由得把手机扔到一边，以为它在响过一段时间后便会停止。但我想错了，它已经响了快要半个小时，还没有停下来的意思。于是，我不得不再次把它拿起来，决定代替周岫娟去接这个电话。为了接下来不至于长久失眠，我不得不这样做了。我颤抖着手指按下了接听键。

周岫娟，我听见耳机里传出一个男人的声音，你这个心狠手辣的坏女人……我本能地觉得这个声音有些熟悉，呆怔了一下，突然回过味儿来，这不是张效梁的声音吗？你在哪里？这是我立刻要问他的话，但奇怪的是，我的声音还没有发出来，张效梁似乎就知道这个问题在等待着他，马上便回答说，你还有脸问我在哪里？你把我和夏海丽烧死了，你说我会在哪里？我脑子里嗡地响了一下，以为事情又回到了前些日子的场景中，那么他知道是我放的那把火了？也就是说我是真的放过那把火了？就在这时，听筒里又传来张效梁咒骂周岫娟的声音。周岫娟，张效梁一字一句地叫着周岫娟的名字说，我虽然化成了灰，但我却不会放过你。我明白过来，他依旧是把接电话的人误认为是周岫娟，自然也就让我从刚才的迷幻中清醒过来。难道说，我在心里困惑地想，是周岫娟放了那把火？一时间，我又想到了去看守所探望周岫娟的情景，但我在那里不是没有见到周岫娟吗？也就是说周岫娟也已经被排除在纵火的范围以外了，哪里又谈得上她把张效梁和夏海丽烧死这回事呢？但不论我想什么，那个一如张效梁的声音却依旧在电话里叫喊，周岫娟，好好等着吧，你马上就会……

我不知道是什么时候扔掉了电话，让张效梁的怪叫声逸出了我的听觉范围。我感到惊恐不安，以为真的在深更半夜里听到了来自另一个世界的声音。我不禁抬起头，把游来荡去的目光投向窗口。我记得睡觉前明明把窗帘拉上了，但我此刻却看见了外面黑暗的天空，借着一缕不知从哪里射来的光线，我竟然看见窗玻璃上游动着一只肥硕的蜥蜴……我大叫一声，赶紧钻到被子下，两手紧紧地搂住周岫娟的身子。不知过了多久，我又突然意识到周岫娟的身子有些发凉，难道她……我又霍地跳起来，撩开被子从她身边逃开。我缩到桌子下，用两手紧紧地抱住自己的身子。这时，我听见电视在我头顶上响起来，里面传出的声音和张效梁在电话里传出的声音差不多。我记得电视是关闭着的,怎么发出了类似张效梁的声音?尽管我实在不想听到那些像是来自另一个世界的声音,但我却不敢伸出手去关掉电视。这不是真的,我一遍又一遍地安慰自己说,一定是你在做一个荒唐的梦。我希望我赶快从这个可怕的梦里醒过来。但直到黎明到来,我都发现我一直龟缩在桌子下,并没有真的从梦中醒来。

周岫娟终于睡醒了,睁开眼睛,看到我半躺在桌子下,也吃了一惊,赶紧来到我面前,使劲在我身上推了一把,哎,你怎么睡在这里?

我猛地睁开眼睛,这才意识到自己不知什么时候睡着了。如果我醒来发现自己待在床上,那就证明夜里接听的那个电话是梦中的情景,但我却依旧是在桌子下,这就说明我没有做什么梦了。我从桌子下爬出来,想把夜里的遭遇说给周岫娟。怕她不相信,我还先拿起她的电话,要把那个莫名的来电找给她看。但我翻遍了手机里的接听记录,根本就没有什么夜间来电的显示。我觉得我可能说不清楚这件事了,便咽了一口唾沫,模棱两可地说,你在床上翻来翻去,把整张床都占了,我没有睡觉的地方,便只好……我摊开两手,神情里不由得多了一些自嘲的成分。

是吗?周岫娟扭头往床上看了一眼,我睡觉不老实吗?

23

从宾馆里来到街道上,往四面撒目一圈,我忽然有一种走错了地方的感觉,记得昨天夜里刚来时,我看到的是一个华丽灿烂的场所,宾馆的条件也不错,好像比一个小城区也差不到哪里去。但现在来到了白天,我才知道根本不是那么回事,这个地方仅仅是一个普通镇子的外围地带,也就是一条弯弯扭扭的小街,路边没有什么广告牌,仅仅站立着几根光秃秃的电线杆,我在夜里看到的那些灿烂的灯光不知道是从哪里发出来的;还有刚刚离开的那家宾馆,也不过是一家不起眼的小客店,和我们一起走出来的竟然有一个背着行李卷的流浪汉……怎么回事?我不禁诧异地叫道,这里怎么变成了这种样子?

你以为还能怎样?周岫娟懒洋洋地回答我,这是山村嘛,不要期望太高。

我是说昨天夜里,我纠正她的话说,好像根本不是现在这个样子,怎么一夜过后,一切就都变了……

你没事吧？周岫娟直直地看着我，并抬起一只手，在我额头上摸一下，你该不是发烧了吧？

我拂开她的手，看她不慌不忙的样子，我疑心她在和我打马虎眼，或者说这一切都在她的意料之内。我心里忽然一动，她别是有什么事瞒着我吧？

看我这样打量她，周岫娟掉开了眼。我们快去找张效梁和夏海丽吧。她转移话题说。

是呀，我们之所以到这里来，不就是奔着张效梁和夏海丽来的吗？我和她一起朝车辆走去。

周岫娟打开车门，径直坐到了驾驶座上。我站在车边看她，用脸上的表情告诉她，你是不是坐错了位置？她却没有下车的意思，而是边发动车子边说，还是我带你过去吧。我明白她的意思了，这倒也是，反正她对这里比我熟悉，与其让她为我指路，倒真不如跟着她走更方便一些。

车子直接朝镇子里开去。我瞪大两眼，透过车窗玻璃朝两边打量。这是个不算太小的镇子，车子在街道上行驶了好一会儿，我还没有看到张效梁的别墅；而且这也是个很古老的镇子，街道两边的房屋大多还保留着青砖灰瓦的建筑风格，很难想象张效梁的豪华别墅建在这里，会制造出一种什么样的奇特效果。车子穿过了整个村镇，还没有停下来的迹象，我不禁扭过头看周岫娟一眼，担心她走错了地方。但周岫娟并不理会我，两手紧握方向盘，依旧把车子往前开。车子出了村镇，沿着一条弯曲的河流慢慢行驶。望着这条涌流着绿色水波的河流，我忽然回过神来，莫非这就是通往我所在城市的那条鱼人河？当年，张效梁就是沿着它抵达鱼阴市的。很快，前面出现了一个较为平坦的坡岗，鱼人河绕着它拐了一个弯，然后流往山外的远处去，坡岗那边便是连绵起伏的群山，由于一团团雾气的笼罩，一些不大的山头时隐时现，而最高的两座山峰却一直袒露在日头下，快要触到天边的一截尖顶呈现出白色，或许是覆盖在上面的冰雪吧。整个坡岗山清水秀，风景如画，实在是一个优美无比的好地方。我忽然想起来，张效梁盖他的豪华别墅时，曾经找堪舆家看过了风水，是不是选取的就是这个地方？周岫娟带我到这里来，大概也正是这个原因吧？但问题是，这里并没有什么建筑物，不要说是一栋颇为豪华的别墅，就是一座小房屋都看不见。那么，张效梁那栋在莫邪山里独一无二的现代别墅，到底到哪里去了呢？

周岫娟把车子开到一片黑乎乎的地界前,才突然间停下来,一边熄火一边对我说,到了。说着她就跳下车,把两手插在裤袋里,悠荡着身子朝前走去。我还呆呆地坐在车上,到了?什么意思?到什么地方了?周岫娟见我不下车,便把手从裤袋里抽出来,朝我招一下说,快下来呀,我们到地方了。

我打开车门,还是不愿意下车。怎么回事?我对她喊一声,你带我到这里来干什么?

咦?周岫娟好奇地问我,你不是来找张效梁和夏海丽的吗?

是呀,我顺着她的话说,可我不知道你让我在这里下车,到底要干什么?

这个地方就是,周岫娟朝那片黑乎乎的地方指一下说,张效梁的别墅就建在这个地方。

我以为她在说疯话,便在鼻子里哼了一声。但见她依旧在那边等我下车,我也不禁抬起眼,朝前面那片黑乎乎的地界仔细看过去。虽然我还在车上,与那个地方尚隔着一段距离,但我却似乎朦朦胧胧地看到,那个黑乎乎的地方很可能是一片废墟……这个念头一起,我心里便止不住咯噔响了一下,身子一斜,就从车上出溜下来。

周岫娟已经停在那片废墟边缘了,又把两手插回到裤袋里,继续朝那片废墟里打量。

我踉踉跄跄地朝她跑过去,具体说是朝那片废墟跑过去。在接近废墟的过程里,我似乎已经知道是怎么回事了。我跑到周岫娟身边,和她并排站在一起,也把目光放出去,尽量专注地朝那片废墟盯看。没错,这的确是一片因为火烧而变成的废墟,里面随处可见的碎砖烂瓦都蒙着一层黑色的灰烬,一些燃烧了半截的木料更是透出了火灾的痕迹,我抽抽鼻子,也一下子嗅到了空气中弥漫着的烟火味。我明白了,这个地方的确就是张效梁的乡村别墅,但不知什么时候因为什么原因,它在一场大火中变成了黑乎乎的废墟,也就是说,我们已经来晚了……什么时候?我抓住周岫娟的手,使劲摇晃了一下。

也许……很多天了吧,周岫娟用力抽回自己的手,走到废墟里去,随手捡起一块快要烧焦的瓦砾,又走回来,举到我眼下说,上面的釉彩都被烧掉了。她的意思也许是说,那场大火实在太大了。

你早就知道了是吗？我忽然反应过来。

周岫娟直直地看着我，既没有表示同意的意思，也没有流露反对的意思，她的眼神甚至都没有什么变化。

我明白了，她早就知道这件事了。但我想不通的是，既然她掌握了这件事的内情，为什么还要让我奔赴千里之远的路程，而且还蒙骗我，说是到这里来能够见到张效梁和夏海丽……我忽然想到昨天夜里接到的那个电话，便再次询问她，他们都被烧在里面了吗？

你以为那场大火只是为了烧那些砖头瓦块吗？周岫娟用嘲讽的口气说。

也就是说，张效梁和夏海丽都葬身在这场大火里了？那昨天夜里的电话张效梁又是怎么打出的呢？难道真的有什么不死的鬼魂不成？我身上不禁起了一层鸡皮疙瘩，如果不是在阳光明媚的白日里，我一定又会遏制不住地惊叫起来。告诉我，我抓住周岫娟的身子，既像审问又像哀求地说，这到底是怎么回事？我觉得她一定明白这件事的真相，是的，所有一切她都一清二楚，而我不过还在受着她的蒙骗罢了。

等一下吧，周岫娟再次使出浑身的力气，总算挣脱了我的手臂，转身朝车上走去，一边走一边说，等一下你就会知道了。

你要到哪里去？我跺着脚喊道。

周岫娟发动了车子，却一句话不说，只是等我回到车上去。我一在车上坐好，她就把车开起来，急快地调过头，沿着来路风驰电掣地驶去。

我们就这样回去？我不甘心地频频往后看，我还不知道事情的真相呢，怎么就能离开这里？

周岫娟依旧不搭理我，只是聚精会神地开车。车子又一次从街道上穿过去，来到了镇子的另一端。直到她把车停在一个大门口，我还有些没有反应过来，她到底要干什么。周岫娟停下车，拔下车钥匙，使劲拍在我手里，然后扑上来，两手抱住我的脖子，把嘴唇在附在我耳边说，你可不要后悔呀。说着，她便松开我，掉转回身，果断地朝车下走去。

我呆呆地看着她的身影，周岫娟这一系列的动作简直把我搞蒙了。你要到哪里去？我大声朝她叫喊。周岫娟不理睬我，更加迈开大步朝那个大门里走。直到我看见了挂在门边的一个木牌子，我似乎才有些回过味儿来。

那个木牌子上写着一行黑色的字：乌龙镇派出所。

周岫娟的身影消失在大门里面。我突然反应过来,跳下车,也一溜小跑地朝那个大门口奔去。周岫娟,我一边跑一边喊,等等我。如果我没有猜错的话,周岫娟是到派出所投案来了……

24

接待室里聚集着好几个警察,其中一个瘦高的警察被他们称为刘队。刘队?念叨着这个不算太陌生的称呼,我一下子想到了王队,而且差点问出口来,你认识王队吗?我随即想到这样的问法未免太荒唐,他们虽然都是警察,甚至都是队长,但毕竟隔着千里之远的距离,哪里又能有机会认识呢?

一见到刘队,周岫娟就把两手朝他伸过去。我投案来了。周岫娟直言不讳地说。她两手前伸的姿势很明确,是希望接待方把手铐戴到上面去。

投案?刘队低下头去,在她的手腕上看了一眼,又马上抬起来,重新把目光落在她脸上,投……什么案?

前些日子的那场别墅纵火案。周岫娟口齿清楚地说,并再次把两手朝他伸了伸。

刘队仔细打量了她一下,似乎这才明白是怎么回事,然后点点头,客客气气地说,你先坐下,把事情慢慢地说一下。

周岫娟没有照他的话去做,依旧朝他伸张着手臂说,我请求你先给我把手铐戴上。

这个……刘队挠了挠头皮,好像这件事超出了他的经验范畴,是呀,平时他遇到的罪犯都是奋力逃避他的追赶,哪里有像这个女人这样主动要求戴手铐的情况?你不要激动,他朝她摆了一下手说,还是先坐下,把事情说清楚了,我们根据情况再……

真是婆婆妈妈的。周岫娟恼怒地嘟囔一句。

你怎么……一个年老的警察猛地站起来,虎着脸朝她指了一下。

刘队示意他坐回去,然后转向周岫娟,尽量做出温和的表情看着她。

周岫娟知道再等下去,人家也不会按她说的去做了,这才收回手,气呼呼地坐到一把椅子里。

我站在一边,目瞪口呆地看着这个场景,依旧吃不准周岫娟在搞什么名堂。难道说真的是她引发了那场大火?我在心里困惑地问自己,可看刘队对待她的态度,她似乎又不像是一个真正的罪犯。我走到周岫娟身边,扯一下她的衣角说,你怎么回事?别是吃错了药吧……

我的话还没有说完,周岫娟就拨开了我的手,用不耐烦的口气说,这里没有你什么事?如果你不想给自己惹麻烦的话,就赶快离开这里,一个人回鱼阴去。

刘队好像这才注意到我的存在。你,他朝我上下打量了一眼,你们在搞什么名堂?

我们……是来投案的……我意识到自己的话不妥,又赶紧改口说,也许……我们真的是搞错了……

这个可与他没有什么关系,周岫娟急忙申明说,那场大火是我一个人造成的,与他根本没有半毛钱的关系。她又朝我踩一下脚说,你抓紧离开这里,求你了。

刘队摇摇头,不想搭理我们了,他走到门口,朝外面扯着嗓子喊了一声,小文——

很快,一个年轻的女警察就跑了进来,先在我们身上看一眼,又转向刘队,队长,什么事?

这时,刘队已坐到了一张桌子后,一边点烟一边漫不经心地说,你记一下。

有案情?女警察又朝我们打量一眼,好像明白了什么,但眼里的疑惑神色依旧没有消失干净,却不再问什么了,走到另一张桌子后坐下,从抽屉里取出笔记本和钢笔,做好了记录的准备。

周岫娟知道询问要开始了,不禁精神起来,把目光从我身上转向刘队,上半身前倾着,也做出了坦白交代的架势。

你说你是那场别墅纵火案的犯罪嫌疑人?刘队使劲吸了一口烟,一边吞云吐雾一边慢悠悠地说,既然这样,那你就把为什么纵火,如何纵火的过程给我们说一说吧。

好的。周岫娟爽快地点点头,把身子在椅子里坐稳了,开始滔滔不绝地交代起所谓"案情"来,浑身上下都透出一种心绪得到释放的畅快感,看来在路上的这一两天里,她真的要被藏在心里的话憋坏了。

警察们听着周岫娟的讲述,脸上呈现出神色各异的表情。而那个老警察却打起了瞌睡,似乎对她的交代没有听下去的兴趣。

说起来，我原本已经失去了到这里来烧这把火的资格，因为我已经和张效梁分居了，而且很长一段时间没有他的消息。周岫娟娓娓动听地说，当然，对于张效梁和夏海丽的私通，我是一清二楚的，好像从我认识张效梁的那天起，我就知道他们之间的关系，就知道我不过是夏海丽找来的替代品，正是考虑到这一点，在他们眉来眼去私通的时候，我才表现得那么淡然，从来没有想到有一天我会在他们幽会时烧上一把火，让他们搂抱着上天堂。再说，我也被张效梁逐出了他的领地，更犯不着去吃夏海丽的醋了。

但让我感到意外的是，前些日子，我却接到了张效梁打来的电话。一看是他的号码，我就以为是他打错了电话，便马上按下了拒接键。可他很快又把电话打过来，想必这个电话真的是打给我的？于是，我便懒洋洋地按下了接听键。但我一把手机放到嘴边，就抢先对他说，这个电话你打错了吧？

没没，张效梁在话筒里急急忙忙地说，似乎生怕我再把拒接键按下，我有话要对你说。

我这才把手机贴到耳朵上。什么事？我用例行公事的口气说。

你……张效梁犹豫了一下，似乎在考虑该用什么方式和我说，你能不能跟我到乡下去避暑？

什么？我有些吃惊，再一次认为这个电话真的不是打给我的。我是周岫娟，我尽量用清晰的语气说，不是夏海……

我还没有把话说完，张效梁就赶紧抢过去说，没错，我找的就是你，周岫娟。他的口气里透着一些不好意思，虽然不知道他在什么地方，但我似乎看见他的脸红了一下。怕我不相信他的话，他又向我提出来说，你现在在哪里？要不我当面对你说？

我稍稍犹豫了一下，才模棱两可地回答他说，你让我想一下再说吧。

好吧，张效梁答应我说，不过要快呀。他生怕我变卦，临放下电话时又嘟嘟囔囔地说，不过也没有什么好想的，我看这件事就这样定下来吧？

在我的记忆里，自从我们结婚以来，好像张效梁就没有用这种包含哀求色彩的口气和我说过话，放下手机后，我还疑心刚才的这个电话不太真实，会不会是我自己的幻想？但不管怎么说，这件事都让我充满了好奇，即使仅仅为了证实一下它的真实性，而不对其他的什么抱有任何幻想，我都应该前去赴约，和他去见一次面，对于到底要不要答应他的提议，那倒在其次,只要能证明一切都真实地发生了,我觉得这次见面就足够了。

见面时的情景更是超出了我的预料,仅仅隔了几天,张效梁就发生了那么大的变化,过去他是一个身体强壮的人,虽然不那么高大威猛,却像树木一样挺直,性格尽管也说不上过分乐观,至少与悲戚还不太搭边,可此刻出现在我面前的这个人,竟然十足一副奄头蔫脑的落魄样子,身子弯曲着,脚步拖拖拉拉,好像力气已经所剩无几,脸色灰暗,两道眉毛斜拉在眼睛两边,透出了一脸苦相。那一刻,我再次产生了恍惚的错觉,以为我看到的这个人不是我的丈夫,而是一个与我从来不相干的人。怎么回事?我用不敢确定的口气问道。

别提了,张效梁沮丧地摆摆手说,这段时间我又碰到麻烦了……

出了什么事?我关切地问他。

张效梁直直地看着我,脸上的神色有些愣怔,似乎在仔细品味我这句话。过了好一会儿,他才回过神来,感慨地吧嗒一下嘴说,看来我们还真的不是一路人。他仰起头,长长地吐出一口气,眼睛里开始浮起一缕活泛的神色,如果我没有猜错的话,你会答应我那个提议的。

说实话,我并不喜欢他这种自以为是的态度,如果再过两分钟,他还不回答我的询问,我想我或许就会掉头走掉的,尽管我心里真的有些放心不下他。

张效梁看出了我的想法,赶紧舰起笑脸说,要不这样,我们先去乌龙镇,然后我再给你说我这段时间的情况。见我还要做出拒绝的架势,他伸出手,在我手上摸了一下,又担心我会反感,马上便把手收回去,摇了一下头说,我都这个样子了,你就委屈一下自己,陪我这一回吧。说到这里,他低下了头,同时低下声音说,不管怎么说,我们还是夫妻吧?

听他说得如此可怜,我紧绷着的心一下子松软下来,是呀,他说得没错,虽然我们已经分居,但名义上还是夫妻,在他碰到麻烦的情况下,我应该还有帮助他的义务。其实我已在心里答应了他的请求,可嘴上却依旧在说,我想问一下,夏海丽呢?为什么跟你去乡下的不是她?

见我抓住这个问题不放,张效梁也只好采取了妥协的姿态,重重地叹一口气说,我也不知道她在哪里,我们也有很多日子没有见过面了。他的脸色更加黯淡下去。

你们……出了什么事?

我不是说过了吗？张效梁摊开两手说,等我们到了乌龙镇,我再对你说……

看他的态度从来没有过的诚恳,我没有再继续做出要挟他的举动,在简单地思考一下后,便答应他说,那……好吧。

一听我这句话,张效梁马上打开副驾驶那边的车门,并向我伸出手,做出一个很标准的"请"的手势,颇为热情地说,那就请上车吧。

现在就去?我还有些迟疑,我一点儿准备也没有……

准备什么?张效梁坐到他宝马车的驾驶座上,两手握住方向盘说,那里什么东西都不缺,我们还是抓紧赶路吧。

我虽然曾经是他的妻子,却第一次到乌龙镇来。张效梁建在这里的别墅十分豪华,宽大的院落里全植上了花草,有两条弯曲的甬路通向房门,中间的草坪上还垒起了一小片假山,几条水柱不时地喷落,周围也栽有若干株珍贵的观赏树木,使这个院落显得别有一番情调。别墅由上下两层组成,样式是那种时髦的欧洲风格,房顶有些圆,中间却又突起来一个尖,不知道是什么意思。墙壁一律涂成了白色,上面覆着茂盛的爬墙虎,房门开得很大,两边也留有宽敞的落地窗,日光可以直直地照进房里。房间的一层是会客厅、写字间和厨房、餐室一类的设置,一条半旋转的楼梯通上二层。室内几乎全是用木材做装饰材料,门窗不用说了,地板、墙裙还有门边都镶着条状的木板,一面墙壁下竟然开有一个洞口,旁边还码有一摞大小相同的木头,原来那是一个壁炉,是像欧洲人那样用来取暖的。客厅里摆满了刚上过油的鳄鱼皮沙发,有单人的,有双人的,还有三人的,一只只一排排,看上去就像一个庄严的会议室。写字室里的老板台也很气派,上面还装模作样地放置了几本书。我第一次进到别墅里来,简直疑心闯入了传说中的"总统套房"。

二楼的几间房差不多都用作卧室了,每一间都摆放着一张真金包皮的宽大床铺。更让我惊叹的是,梳妆台上的化妆品一盒又一盒,壁橱里的衣服也一套又一套,当然这些东西都是女人用的,我想象不出,使用这些东西的女人除了夏海丽外,是否还有别的什么女人。我这才明白了张效梁那句"那里什么东西都不缺"的话,看来他是要我继续使用这些东西了。我自然感到了不快,没有容他歇息一下,便再次询问他说,夏海丽呢?为什么她没有出现在这里?

张效梁知道这个问题无法再回避了，便颇为不情愿地回答我，别提了，她已经不愿再和我来往了……他坐到沙发里，身子好长时间都没有动一下，尽管他开了一路的车，但我还是不相信他会累成这样，看来那个不愿再和他来往的女人的确是伤了他的心，以至于让他提不起精神来。

为什么？我有些不解，自从你把她丈夫打败以后，她不是已经对你回心转意了吗？我坐到他身边，有些不客气地揭露他说，你不是对我自豪地说过吗？现在不是她要不要巴结你的问题，而是你要不要拒绝她的问题。

听我这样说，张效梁再一次涨红了脸，急忙举起手来朝我摇摆，眼神里流露出祈求饶恕的意思。好了，不要再提过去的事了，他极其颓唐地说，现在的问题是，她又发现了更为宽广的新大陆，就像一只苍蝇看见了腐肉一样，自然要不顾一切扑上去了，有了第一次弃我而去的先例，再做一次就更为轻车熟路顺理成章了。

那么，她到底发现了什么新大陆？

这件事我也不太清楚，从她断续对我说的话里，我听出好像她一个有外国背景的熟人最近要继承一笔巨大的遗产……你看，人家既有外国背景，又要继承遗产，当然是求之不得的一个鲜亮目标了，与那家伙比起来，我这个仅仅拥有一幢乡村别墅的主儿，还有什么吸引力呢？

就是为了这个，我不禁感到好笑，你便把自己弄成了这副样子？

张效梁愣了一下，意识到我指的是他身体上的变化，想对我辩白一句什么，但张了张嘴，又把要说的话咽回去，摇摇头，一副难以言表的苦涩样子。

25

因为时间已近黄昏，再加之一路劳顿，我们都不想去外面购物了，便决定自行解决这顿晚餐。好在正像张效梁说的那样，这里什么东西都有，打开一直通着电的冰箱，果然里面放满了食物和饮品，但我看了上面的生产日期，差不多都已经过了保质期限。张效梁也不愿吃那些速成食品，便告诉我说，院子里有自种的蔬菜，倒是可以取来做晚饭用。我跑到院子里一看，果然在靠近院墙的地方生长着许多绿色植物，大多我都叫不上名来，但黄瓜茄子还是认识的，便摘了一大堆进来，拿出看家本领，做了一顿丰盛而环保的素食晚餐。由于缺少一些必需的佐料，我觉得这顿饭不算多么好吃，可张效梁却吃得津津有味，而且吃得很多。好长时间没吃过家里的饭菜了，他抹着头上的汗说，随即又转过脸来问我，这算不算是穷人习气？我捉摸不透他说这句话的意思，便不置可否地对他笑了一下。

大约是晚饭吃得痛快的缘故，一直萎靡不振的张效梁也有些精神起来，在浴室里洗过了澡后，抖着一头湿漉漉的头发走出来，越发显得神采奕奕了。说实话，看到他这种样子，我对他无法不有所期待，毕竟我是他的妻子，而且很长时间没有在一起过了，现在他既然把我叫回来，想必也有这方面的需求吧？于是，我在仔细洗过了身子后，没有来得及把睡衣穿好，就坐回他身边，默默地等待着他采取行动。张效梁当然明白我的意思，伸出一只手，在我湿滑的脖子里摸了一下，忽然歉疚地对我说，对不起你，我……他迟疑了一下，还是把下面的话说出来，我已经不行了……

不行了？我一时没明白他的意思，什么不行了？

张效梁以为我是故意出他的洋相，脸上立时现出羞愧和尴尬相交织的神情。他把那只手收回去，却不知道往哪里放。你看你，他涨红着脸对我说，是真不懂我的话还是……话没说完，他就掉开了眼，避免看到我的目光。

噢，我一下子反应过来，原来他是说他的性能力……一开始，我以为这是他在寻找借口，或许他的心思还在夏海丽身上，对我依旧提不起兴趣；但随即我又想，他拒绝我的理由有很多，又何必给自己安一个如此不堪的由头？毕竟这对一个男人来说不是什么光彩的事儿，尤其对他这样一个自尊心极强的人来说，如果这件事不是真的发生了，他是断不会如此和自己过不去的。怎么回事？我也把自己的手伸出来，在他脖子里摸了一下，是什么原因造成的？

我也不知道……张效梁叹口气，本来打算让自己的身子离我那只手远一些，可不知怎么回事，随着身子的晃动竟然与我越挨越近了，等我的另一只手也伸出去时，他已经把头靠到我胸前来了。

你应该和我说说你的事了吧？我用两只手轮番抚摸着他的头顶，这就是你遇到的麻烦事吗？

张效梁摇摇头，在我胸前趴了好一会儿，才让自己激动的情绪稳定下来。我的身子都不行了……他呜咽着对我说。

都不行了？我扳起他的头，直直地看着他的眼睛说，怎么都不行了？我越加不明白他话里的意思。

张效梁再次避开我的目光。医生告诉我,他断断续续地说,我身子里长了好几个肿瘤……

什么?肿瘤?我大吃了一惊,把他的头推开,同时垂下目光,朝他身子上下打量,你哪里长了肿瘤?

好几个地方,张效梁在身上胡乱指了一下,我也说不清楚……不,用不着说那么清楚了,反正好几个地方都有……

这怎么可能?我有些不相信,怎么可能几个地方都有?

张效梁又把头扎到我怀里,肩膀一抖一抖地哭泣起来。

我在脑子里简单想了一下,便断定他不是在说胡话,事情极有可能像他说的那样糟糕,也就是说他的身体内真的已经……天哪,怪不得他已经变成了这种弱不禁风的样子,真是想不到,一个曾经生龙活虎的壮汉,这么快就被那些不知从什么地方长出来的瘤子击垮了……

他妈的,张效梁突然从我胸前离开,恶狠狠地骂了一句,我被那个城市害苦了。他脸上显出一副慷慨悲壮的神色。

城市?我重复着他话里的这两个字。

如果我一直待在乌龙镇,张效梁神神道道地说,那些可怕的瘤子或许就不会长到我身体里了。说到这里,他不禁懊悔地把两手举起来,猛地拍到了头上。

我呆呆地看着他,吃不透他的这个说法是否合乎情理。

这天夜里,我们像一对恩爱的夫妻一样睡在一张床上。其实张效梁的别墅内有许多张床铺,为了不使彼此显得尴尬,我们原本可以分开来睡的,但不知怎么回事,最终我们还是爬到了同一张床上。奇怪的是,当我们搂抱在一起的时候,竟然感到十分坦然放松,一点不自在的感觉也没有,我便有些不解,张效梁已经是个没有欲望的人了,那么我呢?难道我也没有了来自身体的欲望?这样的念头让我感到害怕。

一连三天,我们都是这样波澜不惊地度过的,回顾先前与张效梁在一起的日子,好像互相争吵的时候居多,如此和谐的状态实在少之又少,所以有时我从屋里走出来,坐在院内草坪上的摇椅里,望着远处为雾气所笼罩的山野,体会着无处不在的静谧和悠闲,我有一种恍如梦境的感觉,老是觉得这样的生活不够真实,一种随时就会结束的预感像山风一样刮到身上。为了从这种状态里走出来,我必须给自己找一件事干,让忙碌的手脚将脑子里的想法暂时忘掉。当然，事情我还是能够找到的，张效梁之所以把我叫回他身边来，并不完全是为了让我陪他打发日子，更实际的想法是让我能够照料他一下，作为他名义上的妻子，我当然负有这样的义务，所以当他在屋内或者院内闲走兼思考的时候，我提着一只篮子外出去采购生活用品，便是自然而然的了。

与我之前的想象有些不同，乌龙镇周边除了矗立着张效梁的豪华别墅外，其他地方并没有得到像样的开发，也许所谓的开发区不过是美好的规划和设想罢了，一切都有待在以后的日子里得以完善。看来张效梁的示范作用还十分有限，仅仅依靠他个人的力量，根本不可能让乌龙镇变得富裕而开放，毕竟这个地方太过封闭了，除了进山的一条道路外，其他三个方向都是连绵起伏的山野，与外面逐渐走向现代化的世界还隔着很远呢。不过，我倒是非常喜欢这种保持着原始生态的地方，每次从别墅里走出来，我便坐到那条鱼人河边，对着远处的山野遥望，在脑子里想象当年夏海丽来到这里的情景，想象她迷失在莫邪山深处而被张效梁搭救时的情景，这一刻，我甚至产生了一股强烈的冲动，恨不得也到雾气缭绕的深山里去走一回，如果也能迷失在里面是不是更好一些？那样或许就能使张效梁也能去山里搭救我一回，即使他不能在第二天把我引领出莫邪山，也就是说我要把躯体葬送在那片看不见尽头的山林里，我觉得也值得了……但每到这个时候，我的脚步就要被那条奔涌着浪涛的河流阻挡住脚步，于是，我又掉回头来，顺着弯曲盘绕的河道朝另一个方向看去。没错，这条河流是通往外部世界的，当年张效梁就是沿着它走到我们那个城市里去的，一想到这一点，我要去深山里游荡的念头便消失得无影无踪，是呀，我不是夏海丽，不可能具备像她那样在山野里遭遇爱情的机会，我的天地是在我所来的那个城市里，乌龙镇只是我人生路途上的一个驿站，说不定第二天我就会离开这里，重新回到鱼阴市去……

每次出来闲逛，我都会因为胡思乱想而忘记了出来的目的，只有在把目光投向乌龙镇的时候，我才想起要去采办我和张效梁所需的生活用品。乌龙镇是一个很大的村落，更重要的它是镇政府所在地，大概正是这个缘故，它并不像其他偏远的山村那样落后而破败，加之张效梁豪华别墅的引领，尽管它还没有真正得到像样的开发，却有了一些较为现代的气息，比如在村子通往开发区的路口处，居然开张了一家超市，虽然里面的货物还不是很多,但比起传统的小型门市部来,却已经让顾客目不暇接了。正是由于这个超市的开张,我出来采办生活用品时,才不用到村里去四处乱跑。看我一次采购那么多东西,超市的经理很快便注意起我来。他热情洋溢地拦住我说,说句实话,我这个超市就是专为你们开设的,单靠那些人,他朝村子里指了一下,说不定我明天就会把超市关了。我提醒他说,要想把生意做好,你还非得依靠他们不可。经理接过我的话说,所以我是衷心希望你们多来乡下。他的话里包含着一些祈求的语气。

每次到超市里来,经理都出来和我攀谈一番,好像我这个来自城市的人真是他的知音似的。尤其是最后一天,也就是此时此刻,他又把我拦住了,不管我爱听不爱听,便海阔天空地和我闲聊了一气。我已经在村外转悠了好长一段时间,又在他这里耽误了半个多小时,往回走时,我看见日头就快要舔住西山头了。我不由得加快了脚步,好像已经预感到家里会出事似的。总之,在提着东西往回走的时候,我的心里有些迷乱,有些慌张,由于心神过分不定,我竟然没有发现有个塑料袋掉到了地上。快到别墅院门口时,我看见一辆夏利出租车发动起来,急快地从我身边开过。这个地方很少有出租车来,所以我站稳身子后,还扭过头去好奇地朝它看,直到它在村口消失了,我才继续朝别墅走去。进到了院子里,我嗅到空气中有一股汽油味,不免觉得奇怪,这几天我从来没有见过与汽油有关的东西,这股气味是从哪里来的?我不自觉就放下了手中的物品,循着汽油味向前找去。我很快便看见,在别墅四周的墙壁下,有一些湿漉漉的液体,像是刚刚泼洒上去的,那股越来越浓的气味就是从这些液体上散发出来的,可以肯定,那些液体正是汽油,但我却无法确定,这些汽油又是谁泼洒到这里的?还有更为重要的一个问题,那个人为什么要把汽油泼洒在这里?但我顾不得思考这些问题了,因为这个时候,我已经听到了来自一个女人的叫喊声,这更使我感到不可思议,因为这个别墅里除了我这个女人外,根本就没有另外其他的女人,那么这个女人的叫喊声是从哪里发出的?于是,我竖起耳朵,一边听着那个女人的叫喊,一边沿着屋墙往前走。随着那个声音越来越近,越来越响,我很快便听出来,那个女人的叫喊声不是由于其他什么原因,而纯粹是因为她正处在一个让她感到快乐的时刻。

张效梁的别墅设置得很别致,不知道是出于什么原因,他找来的设计师为这幢别墅设计了两道楼梯,一道在屋内,也就是说要想上到二楼,必须先进到屋内去;一道在屋外,不必进屋就可以直接上楼,但它不通二楼的房屋,而是与阳台相连,当然只要上到了阳台上,还能进不到房屋里去吗?尽管一楼的屋门开着,我却没有进到里面去,而是在屋外就上了楼梯,径直朝阳台上走去。我已经听出来,那个女人的叫声是从楼上的房间里传出来的,为了不惊动她,自然还有那个与她一起的人,更是为了不使自己因为突然出现在那个场合里而感到尴尬,我选择了这条有墙壁遮掩的通道,迈着小碎步快速地爬到阳台上。阳台其实是一条狭长的走廊,与房屋的长度是相等的,也就是说,每个房间的门洞和窗户都与阳台相通。我轻蹑着脚步,一步步逼近了那个有声音发出来的窗口,不等看见里面的情景,我就判断出来,那正是我和张效梁这几天居住的房间,如果我没有判断错的话,此时张效梁依旧待在这个房间里,只不过那个与他睡在一起的女人不再是我,而换成了另外一个女人……夏海丽,几乎是一霎间,我便知道那个发出叫喊声的女人是夏海丽了。

我不想再叙述我通过那个窗口看到的不堪场景,对于夏海丽的到来我也不觉得有任何意外,我只是想不明白的是,这几天一直向我表示已经丧失性能力的张效梁,怎么会让夏海丽发出如此痛彻的叫声呢?我的第一个念头就是,这个没有人性的狗东西欺骗了我,他以装病为名把我诱骗到这里来,只不过是让我来听夏海丽的浪叫声的,让我来受一次强烈的刺激的。张效梁,我在心里恶狠狠地叫喊,你这个丧尽天良的狗东西,我怎么会相信了你的花言巧语?我继而又在心里叫喊,夏海丽,你这个没有廉耻的坏女人,我今天绝不会放过你。很快,我就做出了向他们实施报复的决定。这个主意一旦打定,如何向他们报复的具体措施也便电光石火般地出现在脑子里,说实话,给我带来灵感的还是那些弥漫在空气中的汽油味。我一边抽动着鼻子,一边朝楼下的厨房里跑去。一进厨房,我便直奔灶台,将右手伸到煤气灶连接煤气罐的皮管上,用力一扯,皮管从煤气灶上脱落下来,我继而又让右手抓住煤气罐上的金属环开关,按照逆时针的方向奋力旋转下去,直到转不动了,也就是说把开关开到了最大,我颤抖的手指才慢慢停住。听着煤气通过那根开口的皮管哐哐地泄露出来,我嘴角浮出一丝恶毒的笑意,然后从茶几上拿起一只打火机,一边往屋外走一边在心里说,张效梁,夏海丽,你们给我见鬼去吧。我来到屋外,仰起头来,对着在我眼里显得更加高大的二层别墅,对着在我听来显得更加畅快的叫喊声,在深吸一

口气后，便毫不手软地按下了打火机的点火开关，等一缕红宝石般的火苗
窜出来，我把打火机连同那缕火苗一起向窗子里扔去。打火机携带着火苗
在空中翻了一个优美的跟头，像一只处在发情期的萤火虫，满怀激情地飞
进了窗子里去。我还没有跑到大门口，便听到身后发出了大火熊熊燃烧的
呼啸声，随着一声剧烈的爆炸，一股灼热的气浪从我后面袭来，差点把我掀
翻到绿油油的草地上。直到这个时候，我才发现我的一只手被烧伤了……

26

周岫娟把她犯罪的经过讲完了，而且举起那只被烧伤的手让警察们
看。大概她的情绪还沉浸在那个大火所笼罩的场景里，曾经苍白的脸颊有
些红艳，胸脯也起伏得有些厉害。我呆呆地看着她，好久不能从那个似曾
相识的场景里挣脱出身来。我从来没有想到，那场我没有实现的纵火案竟
然由周岫娟来完成了，同时我也没有想到，周岫娟竟然还有如此出色的叙
事才能，虽然那个案件已经过去好多天了，但通过她的讲述，我依旧觉得那
个场景就发生在眼前。望着周岫娟变得干涩的嘴唇，我真想站起来为她倒
一杯水喝，但意识到这是在派出所里，而周岫娟又自称是一名罪犯，为了避
免不必要的麻烦，我才克制住了这种冲动。

警察们似乎也被她的讲述惊住了，一个个瞪着大眼朝周岫娟打量。那
个女警察听得太过专注了，很多次都忘记了记录，当刘队用手势提醒她时，
她才急忙提起笔来。那个老警察不知什么时候已经从瞌睡中醒来，也像听
悬疑故事一般张大了嘴巴。只有刘队始终保持着镇定坦然的状态，手指间
夹着一支烟，不时地放到嘴里深吸一口。他的坐姿也没有发生改变，待周
岫娟讲完犯罪经过时，他脚下的烟屁股已经丢了一地。我注意到，有一回
他也差点被燃烧的烟火烧了手，看来就连他这样一个经验丰富的警察队长
也受到了周岫娟的感染。

可是，老警察忽然遏制不住地对周岫娟说，可是你说的这些事儿，与我
们调查的案情……

他的话还没有说完，刘队就立刻站起来，用自己的动作阻止了他没有
说出的话。好吧，刘队把最后一支烟屁股扔到地下，摸了摸暗黄的嘴巴，把
空出来的手插到裤兜里，面无表情地对周岫娟说，你的讲述为我们的调查
提供了很好的帮助，从这种意义上说，我们应该对你表示感谢。

拘捕我吧，周岫娟再次把她的两手伸出去，快把你们的手铐给我戴上。她似乎已经有些急不可待了。

刘队似乎也有些绷不住自己了，脸上一直处于僵硬状态的肌肉抽动了几下，如果不加克制，说不定会让嘴角浮出一丝笑来。

还等什么？见他们不对自己采取行动，周岫娟有些焦急，把目光投向那个女警察说，要不要我跟你走？

女警察有些不知所措，掉过头去看刘队，似乎在等待他的指令。

好吧，刘队蹙紧眉头想了一下，终于做出决定说，你就暂时留在这里吧，帮助我们把那件纵火案调查清楚。

听他这样说，周岫娟总算松了一口气。随后，她把身子转向我，脸上浮动着愧疚的神色，真是对不起，让你大老远地跟我走这一趟……她走到我面前，用两手抱了我一下，随即又在我身上推了一把，我不能陪你离开这里了，你一个人回鱼阴去吧。

看我们一副告别的样子，刘队也转向我说，请这位先生放心，我们不会为难她的。他抬起手腕，看一眼上面的表盘说，我们争取在最短的时间内弄清楚这件事，最迟不超过四十八小时。

我接过他的话说，你们会在这个时间内给我一个明确的答复对吗？没等刘队回答，我已经在心里做出决定，在接下来的两天里，我将一直留在乌龙镇，直到等来那个明确的说法。

离开了派出所后，我想回到昨天夜里住过的那个宾馆，好好地休整一下，这一天我经历的事情太出乎意料了，似乎也超出了所承受的范围，一时感觉身心疲惫，头脑发胀。早晨我已经知道，那家宾馆不过是一家普通的客店，并没有我想象得那么好，可毕竟我在那里住了一夜，相对其他地方算是唯一熟悉的场所，自然还是愿意回到那里去。但我围着乌龙镇转了好几个圈子，也没有找到那家客店，记得它是在我们进出乌龙镇的外围地带，离一个路口不远，可当我再次来到那个地方时，却根本没有什么客店，不要说人住的地方，就连供牲口歇息的大车店之类的场所也没有，向周围的人打听，他们也都摇头说不知道。这可真是怪了，我昨天夜里明明住在这个地方，怎么今天就什么都没有了？

这时天已经不早了，我感到了饥饿。一旦意识到这个问题，那种空落落的感觉就变得前所未有地强烈起来，我放在方向盘上的两手开始颤抖，车子也随着不断打晃,如果再不及时吃点东西,我担心身子很快就会虚脱,继续开车便有些危险了。但我不知道该到哪里去吃饭,我不仅找不到住宿的地方,而且看不见一家饭店。我突然想到了周岫娟说过的那家超市,对,也许可以到哪里去买一些食物。于是,我一边咬着牙控制方向盘,一边让眼睛透过两边的车窗玻璃,企图尽快找到那家超市。可与我寻找那家客店的遭遇差不多,我又在乌龙镇周边转了一圈,竟也没有看见像是超市的商店。我无法再开车了,便随便在一个洞开的院门口停下来,打开车门,跟跟跄跄地朝院子里走去。我看见一个老太太坐在门台石上,正眯着眼睛朝我打量。

我饿坏了,我不好意思地对她说,能不能给我找点吃的东西?为了打消她的顾虑,我还从衣袋内掏出十块钱,抖抖地朝她递过去。

老太太没有接我的钱,便站起身,颤颤巍巍地进了屋。不一会儿,她端着一只大碗走出来,碗上冒着稀薄的热气。

我探过头去一看,是一碗黏稠的毛芋粥,便赶紧接到手里,急急慌慌地吃起来。我还没有把那碗茅芋粥吃完,就忽然意识到了什么,前些日子我在逃亡路上的一个场景急快地涌到眼前来,一时间我似乎有了旧地重游的感觉,真怀疑我现在置身的这个院落已经来过了一回。到这里,我才明白"乌龙镇"这个地名之所以听着那么熟悉的原因。我把头从碗上抬起来,用惊异的目光朝四处打量,同时在心里想,再往下,是不是该有一个年轻的汉子走进来问我什么了?我一边这样想,一边回过头去往院门口看。天哪,我的预感竟然应验了,我真的看见有一个年轻的汉子从门外走进来。

外头那辆车,汉子上下打量着我说,是你开过来的?

我心里猝然一惊,手指一松,那只碗从我手里掉下地去,啪嗒一声摔碎了,半碗没来得及吃的茅芋粥泼洒了一地。我不敢再待下去了,朝那个老太太丢过去十块钱,转身便朝门外走去。

哎,汉子在我身后喊叫,你怎么说走就走了?

我没有理会他,脚步迈得越来越快,几步便跑出了门去。

你别走呀,汉子随在后面说,如果你遇到了麻烦,我可以找人帮你……

听着这些熟悉的话,我越发感到紧张,不由得再次加大步子,简直就要奔逃起来。我疑心汉子是我梦中的一个怪物,他的再次出现是要把我变成一个罪犯……快,我一遍遍地警告自己,你快醒来。直到我把车子开起来,疯狂地逃离了那个似曾相识的地方,我还有置身在梦中的虚幻感觉。我把车子撞在一棵巨大的樟树上,右边的后视镜都被碰掉了,任我怎样加大油门,也无法再让车子前进一步了,我才有些回过神来,也许一切都不是梦境,我确凿是在乌龙镇的村头,因为大意而让车子抛了锚。我把身子伏在方向盘上,喘着粗气歇了好一会儿,才明白是怎么回事,也许正是饥饿的缘故,我产生了一个类似于梦境的幻觉。我打开车门,慢慢地爬到外面来。就在这时,我发现我其实是在一条大路边,这条比山道宽阔许多的公路笔直地通往远处。我觉得只要沿着它走下去,就能离开乌龙镇,回到我所来的那个城市里。但不幸的是,我的出租车出了问题,即使公路再通畅,我也无法徒步回到鱼阴市;更为关键的是,周岫娟还待在这里的派出所里,我怎么能丢下她一个人走掉呢?

就在我茫然不知所措的时候,我突然看见,一辆我早就见过的东风牌大货车,正在沿着公路朝我驶来。那辆车开得横冲直撞,好像不酿成一个交通事故不罢休似的。我不敢和它对峙,赶紧跳起来,像兔子一般朝村子里跑去。

天快黑的时候,我终于找到了镇政府开设的一家招待所。接待员冷冷地对我说,我们的招待所是专门接待那些来投资的大老板的,你是来我们这里投资的吗? 你是腰缠万贯的大老板吗?

我想告诉她,我不是来投资的,我也不是大老板,更没有腰缠万贯。但我回头看看就要西落的日头,还是把那些没用的话咽回去,模棱两可地应付她说,这要看乌龙镇的投资环境怎么样了。

接待员听我这样说,果然对我的身份产生了兴趣,没再对我进行任何刁难,便给我办理了住宿手续,然后走出柜台,抖着一大串钥匙,亲自领着我去开房门。

与我昨天住过的宾馆相比,这家招待所实在简陋得可怕,屋里没有卫生间,没有电视,甚至没有一把多余的椅子,只有一张老式样的木板床支在靠墙的地方。我想这样也好,省得在洗澡时被那些来历不明的泥浆涂一身了。不过没有电视倒不是一件好事,我躺在床上无所事事,便感到了真正的寂寞。没过多长时间,放在床角处的一部电话突然响了起来。进屋时,我并没有看到这部电话,它的铃声一响,居然把我吓了一跳。我拿起话筒,还没有发出声音,听筒里就传来一个女人娇滴滴的声音,先生,你需要特殊服务吗？我愣了一下，才猛地反应过来，不禁哑然失笑，这么一个偏远落后的小地方竟然也兴这一套？不需要。我说完这句话，就把话筒放回到机座上。

但才过了一小会儿，那个电话又打了过来。先生，依旧是那个娇滴滴的声音，你不是来这里投资的吗？没有等我回答，那个声音又说，你不是腰缠万贯的大老板吗？

这个……我不知道该怎么回答，但为了不给自己招惹麻烦，我还是硬着头皮说，至于投资的事儿，我还需要仔细考察一段时间……

既然这样，那个声音打断了我的话，先生就要好好享受一下我们为你提供的特殊服务……

我也打断了她的话。对不起，我颇为客气地对她说，我要休息了，至于服务的事儿，等下一次再说吧。说完，我就挂断了电话。

我再一次拒绝了那个女人，以为到这里这件事就应该结束了。在接下来的时间内，尽管我真真切切地感到了孤独，但也没有为刚才的决定感到后悔。我真的想早点休息，但床上或许有跳蚤之类的东西骚扰，一时竟然无法入睡。我想到昨天夜里看到的那些莫名其妙的电视节目，打算证实一下那些节目是不是真的看过，可屋里没有电视，我无法做到这一点。这时，我想起接待员的屋里好像有一台电视，反正也睡不着觉，不如到她那里去看一下。于是我翻身下床，穿上衣服，便打开门板朝外走。我差点撞到一个人身上，抬眼一看，竟然是那个接待员提着一壶水站在门外。

我给你送水来了。接待员一边说着一边走进屋来。

我看看手腕上的表，已经九点多钟了，她居然还来给我送水，我不知道该感到意外还是感激。给你添麻烦了。我顺口对她说。

接待员放下水壶，顺势在床沿上坐下，竟然做出要和我聊天的架势。我看出了她的意思，心里忽然也一动，是呀，我也可以借此和她聊聊天，打听一下有关张效梁的情况，不是很好的一件事吗？但让我想不到的是，听到我说出"张效梁"三个字，接待员脸上竟然布满迷惑的表情。张什么梁？她扑闪着眼皮说，我没有听说过这个人。

怎么可能？我反问她，张效梁不是你们这里的大名人吗？

我们这里没有叫这个名字的人。

你不是本地人？我上下打量她一眼。

怎么不是？接待员理直气壮地说，我就是在乌龙镇长大的。

那你怎么会不知道张效梁呢？我越发感到奇怪了。

我真的不知道你说的是谁。接待员的态度也很坦诚，不像是有意捉弄我的样子。

村外那幢别墅你总该知道吧？我朝村外的方向指了一下，那个盖了那幢豪华别墅的人……

噢，接待员好像这才反应过来，你是说那个人呀？还没等我点头，她却又纠正我的话说，可他不叫张效梁，也不是我们这里的人。

什么？我大吃了一惊，这怎么可能？张效梁明明……现在，我疑心她是在向我说谎话了。

接待员显然对张效梁没有什么兴趣，很快便不想在这个话题上谈下去了。你真的是来投资的吗？她直直地看着我说，你真的是有实力的大老板吗？

我呆呆地看着她。过了一会儿，我才突然明白过来，或许那个打电话的女人就是她？

接待员的声音开始朝娇滴滴的状态靠拢，向我扫视的目光也变得一斜一斜。如果你真的是大老板，就应该享受我们为你提供的优质服务。说着，她就伸出一只手，想要搭到我肩上来。

我本能地往旁边一闪，及时躲开了她的手。天不早了，我站起来，一边装模作样地打哈欠，一边朝门口走过去，准备拉开门板送客。

接待员知道没什么戏唱了，不禁有些恼怒。你是不是不行了？她撇着发红的嘴唇说。

我不禁一愣，觉得这句话有些熟悉，想了一下，才明白这是张效梁曾经向周岫娟说过的话。我的脸有些涨红，本想也对她说一句难听的话，但想想还是算了，便迅速打开门板，并做出请她出去的手势。

接待员脸上也挂不住了，站起身，迈着小碎步朝门外走去。

我刚要关上门板，却似乎看见走廊里有人影晃动，便又把头探出去，朝那个人影草草看了一眼。我禁不住大吃一惊，天哪，我怎么在那个人影身上看到了老警察的模样……我赶紧缩回头来，紧紧地关上门板。真是想不到，我竟然被刘队他们的人监视了……镇定下来后，我便为刚才对接待员的拒绝感到庆幸，如果贸然接受了她的服务，恐怕真的要给自己惹上麻烦了。

27

第二天,我在乌龙镇的大街小巷里溜达了一遍,最后来到村外,朝我那辆停在一棵大樟树下的夏利车走去。还离着老远,我便看见车身上有一片红色,在日光的照耀下显得格外刺眼。我不记得车上有什么东西,想必是什么人在我不在的时候涂上去的。我走过去一看,原来是几个用红漆涂写的大字,字写得很潦草,但我还是一下子就认出来:吹手向西,后面还有一个长长的箭头。吹手向西?好熟悉的一个说法,我想了一下,才意识到那是一部小说的名字,忘记是谁写的了,也不记得写的是什么内容。是谁把这几个字写在我车上的?是随便写的还是要暗示我什么?我仔细琢磨着这几个字的含义,吹手是不是指吹鼓手?向西我倒是明白,还有那个长长的箭头,一下子就把对一个方向的指引告诉了我。我禁不住抬起头,顺着那个箭头所指的方向朝西看去,西边是一条通往远处的公路,没错,我就是从那里进山来的,也就是说,如果我再沿着它往回走,就能回到我所在的鱼阴市去。那个写字的人是不是在对我说,你应该离开这里了,从哪里来回到哪里去吧。那么吹手呢?难道说我就是那个应该向西去的吹手?我想不明白我与吹手到底有什么关系,或许那个像我一样无所事事的人闲得发慌,只是随手在车上写了这几个没什么意义的字,并没有打算告诉我什么,更没有为我指路的意思。想到这里,我便没有再思考那几个字的含义,从车里取出一块抹布,想把它们擦去。但我想得过于简单了,那几个用红漆写的字已在车上干透,我来回擦了好几遍,也没有抹去一点点。看来我要回去花钱处理它们了。

但怎么把这辆车弄回城里去,成了我接下来最大的问题,在街上闲逛时,我已经留心过了所有的门市部,没有一家汽车修理厂,也难怪,乌龙镇还是一个相对封闭的地方,平时很少见到车辆,怎么会有人在这里开设修理厂?我爬到车上去,坐在方向盘后,对着前挡玻璃上的一道裂缝发呆。过了好一会儿,我才猛然意识到,前挡玻璃上的那道裂缝只是我幻觉中的产物,记得昨天与大樟树相撞时,玻璃上曾经裂开了一道像虫子一样的缝隙,但现在再看,那道裂缝却不见了。我疑心是我的视觉有问题,赶紧抹抹眼睛再看,没错,前挡玻璃上一片光滑,哪里有什么虫子一样的裂缝?我又拿起抹布,在玻璃上揩抹了几个来回,还是没有找到那道裂缝。这可真是怪了,昨天明明看见玻璃裂开了一道缝隙,怎么过了一夜却什么也没有了?我斜过脸,朝右边的玻璃窗外看了一眼,不禁又愣住了,那个被碰掉的后视镜也完好地待在原来的位置……我不知道是哪里出了问题。是不是在我不在的情况下,我突发奇想,有人来给我修好了车上的毛病?但随即又排除了这个天真的想法,谁会这么好心来为一个陌生人修车呢?再说,乌龙镇怕是也找不出一个内行的修车人。那么最大的可能就是我的记忆出现了差错?我当然不愿意承认是这个原因,刚刚产生了这个念头,脑子便隐隐胀疼起来……我不想再为难自己了,索性拒绝思考任何事情,只是运动手脚,把钥匙插到点火开关里,轻轻一拧,车子便发动起来。我兴奋地把拳头砸在方向盘上,看来还真是出了怪事儿。我将车子倒离那棵巨大的樟树,拐了一个弯,急快地朝村子里驶去。

就在这时,我接到了刘队打给我的电话。请你到派出所来一趟。他一上来就对我说。我心里一动,脱口问道,你们的结论出来了?没等他回答,我又好奇地问一句,你不是说要到四十八小时吗?现在才过了二十四小时。刘队微笑了一下说,我们办案的效率还是很高的。我继续追问下去,那么周岫娟的问题有多大?其实我的意思是说,我是不是要一个人回去了?但我没有问得这么直接。你来了以后就明白了。刘队故意吊我的胃口说。我没有再说什么,心里却扑通扑通地跳起来,昨天听周岫娟讲述犯罪经过时,我还没有这么紧张,现在我却有些喘不上气来了。

来到派出所后,周岫娟已经在接待室里了,刘队和那些警察陪在她身边,他们落座的位置连同摆出的姿势竟然都与昨天相同,我刚进去时,还以为依旧是置身在那个场景里而没有离去,我一天来的遭遇只不过是幻觉而已。当然,我也发现了与昨天那个场景不同的情况,比如刘队没有抽烟,老警察没有瞌睡,女警察也没有记录,他们做出的架势像是一个普通的聊天场合,这是不是说,事情并没有像我想象得那样严重?我自然不敢大意,急急地朝周岫娟手腕上看。周岫娟的两只手依旧像昨天那样前伸着,但上面并没有她所渴望的手铐。我长长地吐出口气,在心里说了一句,谢天谢地。

刘队看出了我的心思,用开玩笑的口气对我说,怎么样?我们的办案效率的确很高吧?

我仔细朝他看了一眼,并没有说什么,又把目光转向周岫娟。你没事吧?我问她。

老警察接过我的话，她什么事也没有，在这一天一夜的时间内，她在这里吃得很好，睡得也很好。说到这里，他径直问周岫娟说，我说得对不对？

周岫娟点点头说，没错，你们没有为难我，你给我送的饭也不错……

她的话还没有说完，刘队就转向我开诚布公地说，今天把你找来，是让你接她回去的。

这么说，我更为惊喜地说道，她真的没事了？

真的没事了，刘队用清晰的语气说，你现在就可以把她从这里领走。说到这里，他似乎也感到了轻松，掏出一支烟点上，慢悠悠地深吸了一口。

我真想走上去，拉住周岫娟的一只手，赶快让她离开这个是非之地。但我又没有这样做，反而在座位上更稳地坐住了身子。请你们告诉我，我恳切地看着刘队和他的属下，这到底是怎么回事？

好吧，刘队把那支吸了半拉的烟卷放在桌沿上，站起身，走到一个档案橱前，打开门，拿出一个档案袋，启开口，又从里面取出一个指甲盖大小的东西。我不知道他在搞什么名堂，直到他打开手机的后盖，把那个东西装到里面去，我才明白那是一张内存卡。他把手机放在靠近我和周岫娟的桌子上，脸上浮动着神秘的笑说，你们听一听这里面的声音，或许就什么都明白了。说着，他的手指就在免提键上按了一下。我还没有搞清是怎么回事，手机里就传来一个男人的声音。

嗨，老刘，现在你在干什么？没有睡觉吧？……呵呵，对不起，现在当然不是睡觉的时候，而且对你们这些夜猫子来说，大白天说睡觉的事好像有些不恭。不过老刘，我真的没有和你开玩笑，即使你不愿听我下面要和你说的话，你也不要挂断手机，只要不是在办案的路上，你就要耐着性子听我往下说，因为过了这段时间，以后兴许你就听不到我的声音了……

张效梁？我几乎和周岫娟同时说出了这三个字，并且我们互相看了一眼，又随即把目光转向刘队。是的，我们都听出来了，录在那张内存卡上的声音就是张效梁发出来的，但我们想不通的是，为什么张效梁的声音跑到了刘队的手机上，并被他录了音，那么刘队又与张效梁是什么关系呢？

刘队把手指按在暂停键上，回头看着我和周岫娟说，里面说话的那个人……噢，就按你们的说法叫张效梁吧，他和我算得上是不错的朋友，所以他在出事前给我打这个电话，也是情理之中的事儿，照我想来，或许他也知道我会给他录音，所以他才说得那么详细，那么深情，算是给他发生的这个案子提供了一个证据。

我和周岫娟都呆呆地看着他,一时对他说出的这番话不能全部理解。但刘队不等我们再做出什么反应,便再一次按下了播放键。

你也许会感到奇怪吧,我怎么大白天提到了睡觉的事?告诉你吧,此时此刻,我的身边就有一个人在睡觉,正是受到了她的感染,我才脱口说到了睡觉的事……没错,在我身边睡觉的这个人是个女人,这是很容易想象的一个场景,一个男人和一个女人睡觉是再自然不过的事了,只是有一点会让你感到纳闷,刚才你还在村外看到了我的妻子,怎么现在我就和一个女人睡起觉来?是的,我知道你一定在村外看到了我的妻子,每天的这个时候,她都到外面去购买我们所需要的生活物品,借此去放松一下憋闷的心绪,自从来到这里以后,她真的感到了寂寞和无聊,所以她以购买物品为名,每天都到外面去游荡一圈,很久才会提着东西回到家里。才几天下来,这个来自城市的女人便给乌龙镇制造了一道风景,不仅那些没有见过世面的村里人会盯着她看,就连你这个一天到晚忙着破案的警察也会注意到她……不要误会老刘,我并没有表达你在监视我们的意思……就算你真的这样做了我也不难理解,对一个惹人眼目的外地人盯一下梢也并没有什么好奇怪的,反倒说明你的预见能力格外强,这一点过不了多久就会得到证明的……好了,还是回过头来继续说睡觉的事儿吧,是的,那个在我身边睡觉的女人的确不是我的妻子,而是另外一个与我保持着男女关系的女人……看看,我还够朋友吧老刘,今天我把我仅有的一点隐私都泄露给了你,真算是对得住你了,也不枉你和我交朋友一场,哈哈哈……

不要误会,我并不是成心在我妻子不在的时候与其他女人私通,倒退一个钟点的时间,我都不会相信我会在今天与这个女人在这里睡觉,因为有很长一段日子了,我和这个女人已经不再来往……呵呵,我这样的说法的确容易泄露先机,不瞒你说,在过去的日子里,我确凿和这个女人有过许多来往,其间的一些过程和场景让我终生难忘……哦哦,那些所谓风花雪月的事我就不要再对你说了,请原谅,我不愿咀嚼已经变质变味的往事,尽管它们曾经那么美好,那么灿烂;再说,我现在的时间非常有限,因为过不了多久,不但我的妻子会回到家来,而且这个女人也会从梦中醒来,那样我就什么事也做不成了……还是重点说一说我们是如何睡在一起的吧。一个小时前,当这个女人从千里之外乘坐一辆黑色出租车来到我面前的时候,我一点预感也没有,一点准备也没有,好在碰巧我的妻子不在家,不然我真难以想象,她们撞在一起会是一种什么样的情景。

那个时候,我听到门外高跟鞋踏在木地板上发出的响声,还以为是我妻子买东西回来了,心里不禁感到纳闷,她今天为什么回来得这么早?我和我妻子的关系想必你也知道,其实我们早就分居多时了,我之所以让她跟我来这里度夏,主要是因为在我人生失意的时候能够有个人陪伴在身边,而不至于让我在孤独寂寞中走上自杀的道路……不要误会,那个时候我并没有产生自杀的念头,尽管我已经郁郁寡欢多日了,但真要走上生命的终点,我还没有找到那样的机会和勇气……我妻子当然也知道我让她来这里的目的,并不对我与她重归于好抱有不切实际的幻想,在与我单独相处的这几天里,她也会感觉到孤独和寂寞,所以她以购买我们的生活物品为由,总是到外面去走上一阵子,非要到很晚了才回到家来……我很快便明白了,这一次的脚步声并不是她发出来的,而是来自另外一个女人,而那个女人对我来说比我的妻子还要熟悉许多,我才听到几声便准确判断出是她进来了。说实话,那个时刻我有些手忙脚乱,就像在热恋时期听到恋人的动静那样让我感到心慌……我不知道自己为什么会有这样的状态,按说我们分分合合都那么长时间了,而且我也曾数次对她充满了怨恨,但不知为什么,每次看到或者听到她朝我走来的时候,我依旧会有心跳的感觉……

你怎么来了?我问她。

这么避暑的一个好地方,她朝四处打量着说,让你一个人待在这里,该是多么孤独寂寞呀。

我真想对她说,我的妻子还在这里。但我又没有说出来。我知道说出这个来也没用,她知道她在我心目中的分量是其他任何一个女人也替代不了的。

她在沙发里坐下来,从手包里摸出一支烟,用打火机点着,很优雅地吸了一口,然后不自觉地把打火机放在茶几上。知道吗?她把一条光腿放在另一条腿的膝盖上,我找你好几天了。

找我干什么?我问出了这句话,又有些后悔,赶紧接上另一句话,以做些弥补,如果我没猜错的话,你是来和我正式告别的吧?

这样说倒也没什么不可以,她耸了一下肩说,不过,我还是乐于换另外一个说法,她把烟卷叼在嘴里,腾出手来,从手袋里往外掏东西,最准确的说法应该是,我是来还你东西的。

我有些诧异,想不清楚她到底打算干什么。我两眼紧盯着她的手,看到她把东西快要掏出来了,我才突然间明白她要还我的东西是什么,因为我留在她手里的东西除了六十只纸鹤外,不可能是别的什么东西。

28

说到那六十只纸鹤,我不能不向你多啰唆几句,甚至会绕一个不小的弯子,但请你相信我,我这都是为了更好地说明那六十只纸鹤的事儿,不然你会对我后面讲述的问题充满疑问,让你在将来破案的时候遇到麻烦。

许多年前,我的母亲得病死了,家里就剩下了我和父亲两个人。我的父亲没有正当职业,收入十分有限,但他却是个酒鬼,每天都拎着一只酒瓶子,在我们城市的街道上走来走去,常常引得一帮小孩子围着他看,让我一度颜面尽失。但我宁愿父亲在街上丢人现眼,也不希望他回家,因为他只要一看见我,就不由分说脱下鞋底抽我,而且专拣我要害的地方下手,比如我的脸,我的头,我的脖子,他从来不打我的屁股,有时我转过身去,把屁股故意露到他面前,可他非要绕到我前面来,依旧照着我的正面挥舞鞋底。倘若我的母亲活着,还能在父亲打我时挺身而出,把我从父亲的鞋底下解救出来,可现在母亲不在了,父亲打我时便可以随心所欲,想怎么打我就怎么打我……不是因为我甘于挨父亲的打,而是由于我那时太小了,还没有反抗他这种暴行的力量,甚至连顺利逃避的能力都不具备。

我上初二那一年,在挨了父亲一次更厉害的打以后,我再也不想待在他身边了,便偷偷跑出了家门,想到外面去流浪。我所在的那个城市的边缘地带,有一条叫鱼人河的河流,那时我还不知道它从哪里流来,又往哪里流去。为了离父亲更远些,我便沿着鱼人河朝它的上游走去,我想先看看它的上游,然后再回过头来看它的下游。我在河边行走了大约一个多月的时间,来到一个叫乌龙镇的村子……哦,就是我们现在置身的这个地方,因为饥饿得实在走不动了,我在一天中午昏倒在河边……等我醒来时,看到一个黑黑的老头伏在我身上,正在轻轻摇晃我的身子,看到我醒来了,老头脸上露出一丝欣慰的笑容。我爬起来一看,发现不知什么时候已经来到了一个院落里,在老头的身后,还站着一个与我高矮差不多的女孩,正从老头身后探出脸来,睁着好奇的眼睛看我。我不知道那个女孩是谁,也不知道这个老头是谁。我一下子翻身坐起来,急急地问他们说,我怎么在这里?

老头告诉我说,你在河边昏倒了,是我把你背回来的……老头指指那个女孩说,他是我闺女,这个家里就我们两个人。

我想站起来,但身子一动,肚子里的饥饿感更厉害了,一阵头晕眼花,便又把屁股坐回到地下。

女孩跑回屋里,很快便又走出来,手里端着一只大海碗,径直送到我手边。你快吃吧。女孩用爽脆的声音说。

我低头一看,碗里盛着热气蒸腾的面条,我还没有把碗接过来,仅仅是吸了一下鼻子,飘在面条上的一股清香味就差点让我醉倒。我没有再表示丝毫的客气,从她手里接过面条,便狼吞虎咽地吃起来。我知道我的吃相很难看,尤其是在那个女孩面前,如此不顾一切地吞咽显得很没有教养,但我顾不得那么多了,先满足肚子的需要要紧。

看我吃得如此急切,女孩捂着嘴巴笑起来。慢一点吃,她轻声轻气地对我说,我家里别的好东西没有,面条倒是有的是。

我一边吃一边朝她点头,这就好,不用吃别的东西,只要面条让我可劲地吃,我就什么需求也没有了。说来也怪,在过去的日子里,我也吃过许多次面条,什么鸡蛋面、打卤面甚至炸酱面,却从来没觉得多么好吃,现在我吃的只是一碗普通的清汤面,面条上也仅仅浮着几片葱叶,可我却感到它是世界上最美味的食物。是你做的吗?我问女孩,并且满含期待地看着她。

是……女孩点点头说。

真好吃。她的话音刚落,我便脱口夸赞说。我用急不可待的表情告诉她,她是天底下最手巧的女人。

女孩的脸一下子红起来。为了掩饰自己的羞涩,她把头垂到胸前,两只手也扯到衣角上。

在此之前,我还没有注意过女孩害羞的样子,而现在我才惊讶地发现,女孩害羞的样子竟然那么美丽……也就是在那个时刻,我觉得我已经喜欢上这个陌生的女孩了。

在接下来的那个夏天里,我就住在老头也就是女孩的家里。老头平时以打鱼为生,几乎每天都到鱼人河里去下网,家里就剩下了女孩一个人。像我一样,女孩的母亲也早就不在这个世界上了,那个老头对她也不是很好……当知道这一点时,我觉得我和这个不幸的女孩真的没有多少差别。由于我的加入,现在老头出去打鱼时,家里便有了女孩和我两个人……其实我和女孩并没有一味地待在家里,而是由女孩带领着到外面去游玩。对于我这个在城市里长大的孩子,山乡乌龙镇当然还有更远处的莫邪山,都像来自电影里的稀罕场景一样让我充满莫大的兴趣。女孩当然知道这一点,为了满足我的好奇心,每天老头出去打鱼后,她便偷偷地带领我到外面去转悠,有一天,她甚至把我领进了层峦叠嶂的莫邪山里……当我们来到一片人迹罕至的深山老林中,并且很长时间走不出去的时候,女孩开始不安地告诉我说,我们可能迷路了……我简直不能相信,作为一个当地人,她怎么可能会让山林挡住自己的去路呢?但我们在山林里游荡了一个白天和半个夜晚,也没有找到下山去的道路。于是,为了躲避野兽和寒冷,我们就互相搂抱在一起,身子贴着身子度过了那个夜晚,等第二天走出山林的时候,我们都强烈地意识到,从此后我们的命运已经紧紧连在一起了……在那个难忘的夜晚里,我们曾经面对高远的天空和上面不时划过的流星,彼此诉说着长大后的理想和打算。

告诉我,我紧攥着女孩的手说,你最大的愿望是什么?

女孩指指头上的天空,有些冲动地说,我真想飞到天上去……

我呆呆地看着她,在夜晚幽光的照耀下,我看见她脸上闪烁出熠熠的神采,有了这些神采的衬托,我觉得女孩就像传说中的仙女那么神秘,那么美丽。我会满足她这个愿望吗?我在心里问自己。其实我也明白,女孩这样说也仅仅是一种天马行空似的畅想,并不代表她要真的飞到天上去,但为了表达对她的喜欢,我还是信马由缰地说,我要帮助你实现这个愿望。

真的吗?女孩惊讶极了,她的随口一说竟然得到了我如此明确的回应,实在出乎了她的意料,你怎么让我上天呢?

这个问题实在太大了,太难了,我一时有些不知所措,是呀,我有什么能力让她到天上去呢?但在一股激情和热血的冲击下,我又觉得这样的问题其实也不可能难住我。于是我抬起头,也像她一样朝头上的天空望了一眼,忽然灵机一动说,将来我要变成一只飞鹤,把你驮到天上去。

女孩痴痴地看着我,一时间,也对我如此充满诗意的想象惊呆了,征服了。她不由自主地张开臂膀,把我紧紧地搂在怀里。你真好,她热情似火地附着我的耳朵说,那我就等着你这只飞鹤来驮我吧。

这自然还是随口说说罢了，只有傻子才会相信，我会有一天真的变成一只飞鹤，悠悠地把她驮到天空里。但不幸的是，我就是那个与别人不一样的傻子，或者说与傻子差不了多少的痴情人。我想，既然我把话说出去了，就不能不加以兑现，不然我就是一个言而无信的人，这样的人又怎么配得到那样一个美丽女孩的芳心呢？但我又清楚地知道，不管怎样努力，我也不会真的变成一只飞鹤，一切都是不可能得到验证的。但我没有感到绝望，还是那句话，在激情和热血的冲击下，我又感到了灵光在我脑子里的闪现，对，我不能变成飞鹤，可我可以为女孩制作一只飞鹤。我回到城市里去以后，真的动手做过飞鹤，所用的材料有金属，有木头，也有绳索，但最后我决定使用的材料是轻薄的纸张……

于是，在每个月的十五日，我都会把一只精心折叠的纸鹤寄到乌龙镇来，寄到女孩手里来。在接下来长达五年的时间内，我先后折叠和邮寄了六十只形态各异的纸鹤。女孩在回信中告诉我，她把这些珍贵的纸鹤收藏在一只樟木箱子里，每隔一些日子就会拿出来看一遍，为了保证它们不会发霉破碎，她还会在每年的暑假里，把纸鹤拿到日头下晾晒。有一次，她在信中用这样的句子对纸鹤说，纸鹤呀纸鹤，你什么时候展开翅膀带我飞到天空里去？当时我以为她是真的对纸鹤说的，当然也只是随嘴说说罢了，但在下一封信里，却又出现了这样的句子，我的情哥哥呀，你什么时候变成纸鹤带我飞到天空里去？这当然就是对我说的了，这时我还没有觉到问题的严重，依旧以为她不过是随嘴说说罢了。

问题真正变得严重起来，是在不久后的一个夏日里，那一年，女孩突然从乡下到城里来了，直接在我就读的职业中专找到了我……噢，我考上的那个职业中专是在城市的郊区，与繁华的闹市区还有一段距离。本来我的老家是在市区内，但为了给自己的前程做准备，我只能到这个设在郊区的学校来读书。女孩没有考上什么学，所以高中一毕业便进城来打工。在此之前，尽管她对城市充满了热烈的向往，发誓将来要到城里来工作和生活，但她却从来没有真的到城市里来过，所以对于第一次出远门的她来说，城市还是一个未知数，在让她感到热爱的同时也心怀恐惧，为了尽快消除这种矛盾心理，她把来到城市的第一站选在我的学校。从车站出来后，她就打了一辆出租车直奔我的学校而来。在她的想象中，出租车最多行驶半个小时的时间，她就能见到我了，但让她想不到的是，出租车已经行驶了一个多小时,而且早就驶出了城区,出现在车窗玻璃外的景象并不是什么高楼大厦,而是与乌龙镇没有多少差别的田野和庄稼。怎么回事?难道走错了路吗?可司机告诉她,那所职业中专就在前面不远的庄稼地里。来到学校后,她一见到我的面,就扑上来,挥起拳头朝我的肩膀上砸。你这个大骗子,她哭哭啼啼地抱怨我,如果知道你是在这么一个破地方,我绝不会大老远地来找你。

为了消除她对我的误解,更为了证明自己的清白,我马上便带她坐上那辆返程的出租车,重新将她带回到城市里去。但她的心思已经被破坏了,在随我在闹市区游荡的过程里,她一直表现出心事重重的样子,对我也爱搭不理的,好像我这个陪伴在她身边的人不是她的朋友,而是一个对她心怀不轨的罪犯。在一个非常高的过街天桥上,她停住了脚步,俯首看着下面街道上熙熙攘攘的人流和车流,又猛地把头抬起来,对着天空不住地翕动嘴巴。为了听清她说的话,我不得不把耳朵靠到她嘴上。你什么时候让我飞到天上去?我听到的竟然是这样一句问话,原来她一直纠缠在这个问题上不放。我无言以对,真的不知道该怎么回答她这个问题。我意识到我在过去的日子里也许犯了一个错误,不该每一个月都为她折叠和邮寄一只纸鹤,大概正是那只跃跃欲飞的纸鹤开启了她的胃口和野心,以为可以借助我的力量将来真的能飞到天空里去。这一刻,在感到后悔的同时,我也体验了极度的羞愧。看来我让她感到失望了。真对不起。我鼓着勇气对她说。虽然我的声音很大,但在人声鼎沸的过街天桥上,我不敢保证她能真的听到。为了表示对她的欢迎和补偿对她的亏欠,我咬了咬牙,把衣兜内仅有的两千块钱全拿出来,领她登上全城最高的摩天大厦,在顶层的旋转餐厅里吃了一顿价格昂贵的西餐,然后一边喝着咖啡一边观看四面的城市景色。就在这个时候,她依旧没有放弃对那个问题的关注,只不过说出的语句稍有差别而已。你能不能告诉我,她直直地看着我说,我真的能飞到天上去吗?

我知道不能不正视这个问题了,因为它在她那里已经变得前所未有地严重起来。我不知道。虽然我的声音很轻,但在这个寂静而空旷的大厅里,还是显得那么响亮刺耳。

那你为什么要给我邮寄那些飞机?她恼羞成怒,端起没有喝完的咖啡,直朝着我脸上泼来。

　　我没有提防，自然也便没有来得及躲避，那半杯咖啡便都泼在了我脸上。虽然我觉得她不该这样干，但也并没有感到过分羞辱，只有当咖啡从脸上滴到桌面上的时候，看着那些类似鲜血的红色液体，我才有些睁不开眼睛。你说什么？我让自己镇定下来，抖动着嘴唇问她，什么飞机？

　　你折叠的那些飞机。她站起来，把上半身直探到我头上。

　　我折叠的……飞机？我感到莫名其妙，我从来没有折叠过飞机，更没有给你邮寄过……

　　你还在说谎，她举起手，在桌子上愤慨地拍击了一下，你明明给我……

　　我没有，我也站起来，声嘶力竭地朝她叫喊，我就是没有。我怀疑她不是已经发疯了，就是在成心戏弄我。

　　好吧，那就让事实来说话。她坐下来，同时把那只手伸到座位下，我拿给你看，让你看看这些飞机到底是怎么回事。她的手在座位下悠荡了几个来回，又空着收回来。咦，我的包呢？她再次站起来，弯下身子，看完了座位下，又朝桌子下撒目。怎么回事？她有些惊慌，我带来的行李包呢？

　　我坐下来，一动不动地冷眼看着她，我不记得她有什么行李包带进来，别是她在耍什么花招吧？

　　她终于没有找到所谓的行李包，一时神情变得非常沮丧。是不是我的包被偷了？她探过身来问我。

　　我微微笑了一下，什么话也没有说。

　　你以为我在说谎？她又瞪起了眼睛。

　　为了不再招惹她，我掉开了脸，把目光转向玻璃帷幕外的远处。此时，夜晚正在到来，随着西天边最后一抹霞光的消失，整个城市的建筑和街道都亮起了颜色各异的灯光，几乎是一眨眼的工夫，一派姹紫嫣红的美好景象便出现在我视野里。真美呀。我禁不住在心里发出一声感叹。

　　虽然我的声音没有发出来，她却似乎受到了强烈的感染，不由得再次站起来，冲到玻璃帷幕前，把眼睛贴在上面，痴痴地朝着外面的景色看。我想象得出来，这一刻她一定产生了恍惚的错觉，以为自己真的来到了高远的天空里，四面闪烁的灯海就是璀璨的银河……难道我真的飞起来了？她果然这样喃喃自语了一声。

　　听她发出了这样的叹声，我心里也滚过去一股热流，同时眼睛变得湿润起来。这就好，我依旧是在心里对她说，哪怕是一个靠不住的幻象，也总算是圆了她到这个地方来的梦想，与此同时我也算是达到了陪她来这里的目的。好了，我在心里对她说，我可以离开你了。说罢，我就站起来，一个人悄悄地朝暗影里走去。我出了餐厅，一边乘电梯往地面上降落，一边流着眼泪对她说，请原谅，我只能让你飞这么高了。

离开了她以后，我没有回到学校里去，因为我把原定第二天上交的学费都花掉了，再说，通过一年来的学习，我觉得再继续读下去也没有什么意思，还不如回到社会上去，赶快找一份工作挣钱吃饭来得实际，只有解决了这个根本问题，我才不会在下一次遇到她时心虚得掉头而去。当然，我觉得也很难再有遇到她的机会了，我把她一个人留在那个地方，原就做好了不再与她相见的准备，况且除了我的学校那个已经不可用的地址外，她不会知道我新的去向，又到什么地方去找我呢？就算她得到了我的新住址，要想在这么大的城市里把我找出来，对一个第一次进城的人来说也不是一件容易的事儿，何况我根本就没有什么新住址呢。在接下来的几天里，我一直在大街上逛荡，只要看到与广告有关的东西就会停下来观看，终于在第四天的时候，我在一个广告牌上看到了我所需要的东西，于是，我按照上面的提示来到一个很有实力的文化发展公司，成了那里的一名普通员工。我找到工作的那天正好是这个月的十五日，也就是我给她折叠并邮寄纸鹤的日子，但她已经到这个城市里来了，这项我连续做了五个年头的工作好像已经结束了，现在我连她在什么地方都不知道，我又该把纸鹤邮寄到哪里去呢？这天夜里，我对着天上的月亮，第一次把一只折叠好的纸鹤重新展开来，恢复成一张没有任何内容的纸张。黎明时分我从梦中醒来，发现那张放在枕边的白纸已经变成了一堆碎片，像一片缤纷的雪花一样覆盖了我的床头。那个时刻，我极其悲伤地感到，从此以后我再也见不到她了。

但不久后我便发现，我实在是低估了这个女人融入城市生活的强大能力。仅仅过了两个多星期，有一天我从楼梯上往下走的时候，与一个提着行李包的女人撞了个满怀。女人趔趄了一下，并没有摔倒，但她手里的行李包却掉在了地下。我没有仔细打量她，便越过她的身子，急急地朝楼下走去。但我才走了几步，就被身后的一声断喝叫住了。真的是她吗？我简直有些不敢相信这会是真的。

你以为你能真的跑掉吗？她从地下捡起行李包，绕到我面前，用幸灾乐祸的眼神看着我。

你……我前所未有地结巴起来，你是怎么找到这里来的？

我不但找到了你，她把手中的行李包拎起来让我看，而且也没有丢掉它。

我呆呆地看着那个在我脸前晃来晃去的行李包，真难以相信，里面会装着六十架纸飞机？

城市没有什么搞不懂的地方，她频频地吧嗒着嘴唇说，在这半个月时间里，我不但走遍了它的大街小巷，还成功把你给逮住了。说着，她那只空着的手伸到我脸上，轻轻地划拉了一下，看你还往哪里跑？

我的脸涨红起来。这是个什么样的女人？我在心里问自己。这一刻，在感到极度羞愧的同时，我对她的敬佩之情也如江河之水一般滔滔涌来。

但她才得意了短暂的一小会儿，身子便开始晃摆起来，脸色变得苍白如纸，晶莹的汗珠一颗颗滴落下来。她终于站不住了，手里的行李包又掉下地，随即身子便急快地朝我倒下来。

我把她抱在怀里，似乎这才发现，她的衣服已经有些褴褛，头发也散乱了许多，更重要的是她的两只脚肿胀得像一对胡瓜，而且一只脚是光着的，另一只脚上的鞋子已经破烂……不用想象我也知道，在这半个多月的时间内，她已经把我在这个城市里没有走过的路都走完了。我再也不会丢掉你了。我把她紧紧地搂抱在怀里，呜咽着对她发誓。

我以为我的誓言会在很长一段时间内生效，但不幸的是，在这个日新月异千变万化的世界里，什么样的事情都有可能发生，像其他许多事物一样，誓言也早就没有了多少时效性，也许一点点风吹草动都能将它掀翻。又过了半个多月的时间，我便惊异地发现，那个曾经走遍了整个城市来寻找我的女人，已经与我的老板勾搭上了……她之所以对我的誓言置若罔闻，转而打我老板的主意，大约唯一的理由便是，那个家伙有能力让她飞到天空里去……

嗨，还是不要说那些乱七八糟的事了，一想起它们来，我的脑袋就开始胀痛，就觉得这个世界除了利欲熏心偷鸡摸狗之外，什么高尚的东西都不复存在，当然更没有什么圣洁的爱情了……当然当然，像我这样一个活在世俗生活里的人，既没有资格谈论什么高尚，也没有必要讲究什么圣洁，至于爱情，因为知道它的遥不可及，也便早就没有了对它的期盼和幻想……

29

我不知道是怎么回事，这段时间以来，我经常感到身体疲倦无力，而且伴随着莫名的低烧，对什么事情都打不起精神。张效梁的声音继续从手机里传来，开始的时候，我以为是由于这几年的打拼，过分透支了我的体力，让我变得未老先衰起来，年轻的时候玩命挣钱，年老的时候用钱保命，我觉得这句话放在我身上再合适不过。不久之后，我便有些撑不住劲儿了，终于有一天我昏倒在地，要不是被路人发现，我怕是会有失去生命的危险。我不敢再大意了，便第一次走进了我一向讨厌的医院。医生在对我做了全面的检查之后，向我宣布了一条让我大为震惊的消息，我患上了可怕的艾滋病……这个消息无异于晴天霹雳，使我又一次差点昏倒在地。我不知道我是怎么感染上艾滋病毒的，与那些变着花样玩弄世界玩弄生活同时玩弄他人的家伙相比，我觉得我还是相对节制相对纯洁相对没出息的一个人，可他们没有感染上艾滋病毒，我怎么就不幸中招了呢？就算老天执意要惩罚那些行为不轨的恶人，也轮不到拿我开刀呀？我不知道到底是哪里出了差错，让我难以逃脱这致命的一劫。

我再也不能待在那个喧嚣肮脏的城市里，正是它让我走到了穷途末路的地步，我要去往遥远的乡村，在那个还尚存一点田园牧歌风味的乌龙镇度过我生命的最后时光。当然，我没有把我去乡下的真实目的告诉我的妻子，只是装模作样地对她说，你陪伴我去乡村度夏吧；当她看出我的身体状况堪忧时，我也只是模棱两可地哄她说，我身上长了好几个瘤子。相对于可恶的艾滋病毒，我觉得长几个瘤子也许算不了什么，虽然除了那个女人外，我无法再爱上我的妻子，但我还是不想在离开这个世界前给她留下一个笑话。在乡下的每一天，尤其是当我妻子上街去以后，我一个人待在空旷的别墅里，有时坐在窗下的沙发里，更多的时候是来到屋外，躺进支在草坪上的摇椅里，透过远处缭绕弥漫的云雾，遥看层峦叠嶂的山峰，茂密斑斓的山林，让一颗在城市里受过严重伤害的心灵得到片刻的休憩，得到轻微的修复。有时看着看着，我的眼睛一阵模糊，似乎看见一个小女孩牵着一个小男孩的手，在山石和树木间穿越行走，为找不到出山的路途而惊恐不安。我知道这样的迷失只不过持续了一个夜晚，当第二天日头升上天空的时候，他们就会走出山林。每当想到这一点，我就会在心里对他们说，不要害怕,不要企图下山,你们停下来仔细看一看,山林里多好,山林里有好的景致,有好的空气,山林里有各种各样的植物和动物,有了它们的存在,你们就可以在那里很好地生存下去,为什么非要离开它们而到外面来呢?我知道不管我在心里嘟囔多少遍,他们也不会真的听见,即使他们听见了也不会相信我的话,只有当他们在外面的世界受到致命伤害的时候,才会知道山林的美好,而这个时候再想回到山林里去已经来不及了。有时我会禁不住站起来,把两手在嘴边拢成喇叭,奋力朝着他们叫喊,你们留在山林里吧,千万不要出来……

这个夏天似乎显得格外漫长,虽然我才来到乡下没几天,但我却像度过了大半生的时间,觉得每一天都那么难熬。乡村的天气不算很热,来自山林深处的凉风从院落里刮过,像一只只女人的小手在我身上抚摸。原本这是我所喜欢的体验,但此时我却觉得难以承受,好像那些风的手在撩拨开我的衣服,故意将我不敢示人的疾患展现出来似的。这几天,我当着妻子的面一直不敢脱衣服,尽管身上的瘙痒弄得我痛苦不堪,但只有当她离去后,我才脱光身子,胆战心惊地打量我不再完好的皮肉。是的,由于艾滋病毒在体内疯狂滋长,我的皮肉很快被白念珠菌感染,先是出现紫斑、血疱和淤血,随即便发展成一片片的疱疹,像几条可怕的带子一般环绕在我身上,有时眼睛一阵模糊,我竟会看见那几条带子在交错爬行。蛇!我不禁大叫起来,挥起两手去抓那几条类似长蛇的带子,直到把我的皮肉抓烂,也没有将那几条带子扯下来。伴随着持续性的发热,我渐渐感到呼吸困难和胸肌胀痛,一股气喘不上来,我就会伸长脖子,一声接一声地咳嗽不止。更让我受不了的是越来越频繁的腹痛和腹泻,每到这个时候,我就会磕磕绊绊地往卫生间里跑,真怕脚步稍一放缓就会拉到裤子里,一旦坐到马桶上就不想起来,好像不把肚子里积存的东西排空不罢休……我知道,凶恶的艾滋病毒正在侵犯我的内脏器官,也许过不了多久,我整个身子的内外统统都会被它们占领,到那时,不论我有多大的本事,都会变成一具恶臭四溢的烂皮囊……

我不想等到那一天,我不想让留在这个世界上的人看我的笑话……也就是在这个时候,我想到了自杀……是的,自杀,我觉得我应该用自己的双手结束掉自己的生命,而不能让该死的病毒把我带走……但这仅仅是一个时隐时现的念头,好几天过去了,我还没有找到离开这个世界的手段,甚至还没有下定真正离去的决心……我觉得单靠我个人的力量,也许根本不可能在短时间内完成这件事……那么除了艾滋病毒以外,还有另外什么因素能让我做到这一点呢?

在我漫无边际胡思乱想的时候,脊背上忽然被推了一把。嗨,一个女人的声音在我耳边响起,你在想什么呢?

我猛地清醒过来,这才意识到女人在我身边的存在。我呆呆地看着她,像是看着一个等待已久的人……我忽然想,也许这些日子我一直在等待她的到来,等待她带给我一个合适的契机……我进而不无荒唐地想,是不是她的到来能让我完成离开这个世界的心愿……

你在发烧? 女人把她的手从我身上收回去,有些吃惊地问我。

我往后闪躲了一下,尽量让身子离她远一些。我很好……我吞吞吐吐地说,并不自觉地扯了一下衣领,将裸露的胸口掩住。

你是不是病了? 女人打量着我说,随即又向我靠近了一些。

没有……我使劲摇头。为了不使她继续纠缠在这件事上,我掉转话题说,对了,你不是来还我东西的吗? 我盯住她放在身边的手提袋说,你把那些纸鹤带来了吗?

纸鹤? 女人莫名地看了我一眼,什么纸鹤?

我折叠并邮寄给你的那六十只纸鹤呀。我提醒她说。

女人直直地盯着我,似乎想说什么反驳的话又没说出来,干脆转过身去,把手探进手提袋里,捧出一只小巧玲珑的樟木盒子,然后把盒盖打开,从里面取出一只纸飞机,径直举到我面前,这是你折叠并邮寄给我的纸鹤吗?

这当然不是纸鹤,我耸耸肩说,难道我会看不出来,这是一只纸飞机……

那你为什么说是纸鹤? 女人把那只纸飞机扔到我脸上,转身又到盒子里去拿。她抓出一只又一只纸飞机,一股脑地都扔到我身上。还给你,她边扔边气喘吁吁地说,把这些无用的东西都还给你。

我不禁呆住了,听她这样说,好像这些来历不明的纸飞机都是我送给她的,但这怎么可能呢? 我送给她的明明是六十只纸鹤,怎么会变成了纸飞机呢? 以前听她这样说,我还以为是她故意说气话,但现在看来,事情好像真的在哪个环节上出现了差错。我有些不甘心,便伸过头,朝她的樟木盒子里看。

女人干脆把樟木盒子举起来，做了一个标准的翻转动作。开口向下的盒子在她手里晃摆着，终于又掉出最后一只纸飞机，像一片凋零的树叶一般在空中打了一个旋儿，慢慢飘落在我脚下。

看清楚了没有？女人气愤而恼怒地抢白我，这就是你送给我的纸鹤？可它们到达我手里的时候怎么就变成了飞机？

是呀，我摊开两手，在心里对她说，这个问题应该由我来问你才对。

女人看出了我的心思，立刻把眼睛瞪圆了。你该不会认为是我在捣鬼吧？见我不回话，她愈发控制不住自己的情绪，举起那个樟木盒子，使劲砸到我身上。你这个骗子，她跺着脚板喊叫，你是天下最大的骗子。

我没有理会他，而是蹲下身，将她丢在地下的那些纸飞机一只只拾到手里。难道这些纸飞机真是我折叠并邮寄给她的吗？我一遍遍地问自己。

女人冲过来，又从我手里把飞机夺过去，横眉立目地质问我，既然你不能让它们飞起来，为什么还要耍这种花样？

难道它们的功能仅仅是飞翔吗？我在心里对她说，当然我说的"它们"并不是指这些纸飞机，而是指那些我一只只亲手折叠的纸鹤。我回到座位上坐下，呆呆地看了她一会儿，突然想到了那个有外国背景的家伙，看来她不但执意要让自己飞起来，还要飞到国外去呢，是什么让她的胃口变得这样大？告诉我，我朝窗外指了一下说，为什么你要离开这里？

离开这里？女人也朝窗外看了一眼，随即又把目光转回来，好像外面的景致让她不堪忍受。你说得不对，她纠正我的话说，不是离开，而是逃离。

逃离？我吃了一惊，为什么要这样说？我又朝窗外划拉了一圈，难道这里不好吗？

女人没有回答我的话，而是用更加决绝的口气说，我恨这个地方。

我再次感到了惊愕。为什么？我脱口问道。

女人又坐回到沙发里，从手袋里掏出一支烟，用打火机点着，猛吸了几口。本来我不想说到这件事，她摇摇头，神色忽然变得哀伤起来，既然我们就要分别了，那我也就没什么可藏着掖着的了，把什么都告诉你吧，免得你以后想起我来还消除不了怨恨。于是，她便一边吸烟一边和我讲起她在乡下的一些事来。

30

按道理说,我并不是乡下人,虽然我是在乡下出生和长大的,女人说,但我的血管里流淌着城市人的血液,也许你想不到,我的外祖父曾经是京城里一个很有权势的人,但在1978年之后,他却突然间成了一个罪犯,据说他搞过打砸抢,所以被判处了十年的刑期。虽然后来他被释放了,却没有了工作的机会,在京城里混不下去,便带着他十几岁的女儿也就是我的母亲来到了乌龙镇,投奔他在这里的一个亲戚。父女俩在城里生活惯了,在乡下过得很不适应,几乎每一天都做着重新回到城市里去的美梦。

几年后,随着改革开放的深入,对外祖父这类人的限制没那么严了,他便决定返回城市里去,可就在这时,他却发现我母亲的肚子突然大了起来。外祖父对他的女儿感到极其失望,便把我母亲丢在乌龙镇,只身一人回到了城里。他当然没有想到,我的母亲并没有像他盼望的那样嫁给那个让她怀孕的男人,那个人也就是我的父亲在一次上访归来的路上,被一辆迎面而来的车辆碾在了轮子下。母亲怀着孩子无人可嫁,又无脸到城里去找她的父亲,在没有办法的情况下,便只好答应了一个光棍的追求,总算以那个人老婆的名义生下了孩子也就是我。可让她也没有想到的是,这个以打鱼为生的光棍不但不能把日子过好,还千方百计地欺辱她们母女,尤其是一看见我这个来路不明的野孩子,他就恨不能冲上来,挥起沾满鱼鳞的手掌,朝我脸上狠狠来上几下子。不难想象,我是在老光棍的淫威下长大起来的。十三岁那一年,母亲不堪老光棍的虐待,在病床上煎熬了三个月后,终于丢下我一个人,离开了这个世界。临走前,母亲拉住我的手,用可怜巴巴的眼神看着我,一遍又一遍地叮嘱我说,孩子呀,等你长大了一定要离开这个鬼地方,到美好的城市里去生活。

美好的城市里?我紧紧地盯住她,城市里真的那么美好吗?

是……母亲最后吐出这几个表示肯定的字,便松开我的手,头也不回地离去。

我没有记住母亲其他的话,甚至没有记住母亲的相貌,但"美好的城市里"几个字,却像刀子刻的一样留在我心里,任岁月的风尘怎样打磨也无法消除了。

没有了母亲的保护,我的苦日子无异于雪上加霜,不但苦涩的滋味越来越严重,而且还充满了黑暗和凶险。女人继续对我说,那个老光棍也就是我的继父其实是个淫棍,我才刚满十三岁就开始打我的主意,为了取得我的好感,他一改过去对我的欺凌,转而变着花样讨好我。我那时还小,看不清他在耍一个恶毒的花招,还以为他是我在这个世界上的最后一个亲人了,很快便上了他的当。我记得那天正好是我十四岁的生日,老光棍一大早就打来几条鱼,专门为我做了几道好菜,并拿出酒来劝我喝。为了表达对他的谢意,我便按着他的要求喝了几口,哪想到一下子便醉了,头一歪就倒在炕上睡去。等我醒来时,发现自己的下身在流血……我这才明白,原来是老畜生在酒里下了药,趁我睡觉之际,他把我……

此后,我便成了老畜生发泄的对象。我一稍稍表现出不从的样子,他就威胁我说,不听我的话,我就到学校里告发你,让你在老师和同学面前丢人现眼;然后我再到大街上去宣传,说你用女色诱惑我这个老头子,让你一辈子在乌龙镇混不下去……我被他吓坏了,一想到会面对如此不堪的局面,便只好答应了他。

没过多久,我就怀孕了。老畜生被吓坏了,这可怎么办? 他惶惑不安地转圈子,要是被乡亲们知道了,我们可怎么做人呢? 为了保住他那张皱巴巴的老脸,他不知从什么地方弄来了堕胎的偏方,又是让我捆肚皮又是让我吃苦药,实在不行就用擀面杖压我的肚子。他的力气很大,每次都把我压得口吐鲜血……不要再压了,我哭着哀求他,我受不住了……也就是从那个时候起,我对擀面杖充满了深深的恐惧,就是此刻说到擀面杖三个字,我的肚子都会遏制不住地痉挛起来……

到我离开乌龙镇的时候,我一共为老畜生堕过三次胎……你说我在乌龙镇的日子还应该过下去吗? 也就是在这样的情况下,我一次又一次地想起母亲临终时对我说的话,离开这里,到城市里去……就是抱着这样愈来愈坚定的信念,高中一毕业,我便做出了逃离乌龙镇的决定。

就要离开这个让我恐惧和伤心的地方了,我觉得不应该把老光棍留下……不要误会我的意思,我不是说要把他一起带到城市里去,我之所以离开乌龙镇,就是为了逃脱他的魔爪,哪里会和他继续待在一起,让他一如既往地欺压我,凌辱我呢? 不,我的意思是说,在我离开乌龙镇的时候,也不能让他留在这里,继续祸害像我一样的女孩儿,所以我要让他也离开这里,既然不能让他随我走,那么他的去处便所剩无几了,最快捷的一条道我已经替他想好,并在我离开乌龙镇的当天夜里将他领到了那条路上去。

那天的夜很黑,屋外下着雨,屋里也没有点灯。本来老畜生想要点灯,被我一伸手拦住了。不要点灯,我一语双关地对他说,我们摸索着来就行了。老畜生果然以为我要和他发生关系,便嘿嘿笑着把火柴扔下了,腾出手来朝我脸上摸。等一下,我再次拦住他说,我给你做了两个好菜,等你吃饱喝足了,我们再来不是更好吗?说着,我还把一瓶酒拿出来,给他面前的杯子里倒上。老畜生得意极了。你想得可真周到,他一边喝酒吃菜一边得意忘形地说,守着你这么个美人儿,我真是上辈子烧高香了。我在心里对他说,那我就送你到上辈子那里继续烧吧。

老畜生喝下了两杯酒,很快感到了有些迷糊,脑子一机灵开始反应过来,你别是在酒里下了药吧?

我笑嘻嘻地对他说,你说得没错,我还真的在酒里放了些东西,谁让你教会了我使用药的方法呢?

可我,老淫棍还强打着精神说,可我睡迷糊了,怕是就干不成那件事了……

那你就到梦里去干吧。我一边说一边把第三杯酒灌到他嘴里。老畜生就算酒量再大,三杯被下了药的酒也足够把他放倒了。

不要害我……在闭上眼睛的最后时刻,老畜生还想挣扎着交代一下,但只是说了半句就再也张不开嘴了。

望着他嘴歪眼斜的丑恶模样,我知道恐惧已经袭上了他的心头,让他带着这样的心情走上黄泉路,我觉得我的送行方式还算不错……

说到这里,女人停住了她的讲述。我呆呆地看着她,似乎还有所期待。这么说,我迟疑了一下,还是直接问她,在你逃离乌龙镇之前,你真的把他杀死了?

女人没有再说什么,把最后一口烟吐出来,将烟蒂丢到地下,似乎在用这个动作告诉我,她有关乡村的故事已经结束,她没有什么好说的了。

我走到窗前,透过灰蒙蒙的玻璃朝外看。真是难以相信,在我看来如此美好的乡村却在她眼里那般黑暗,那般丑恶,我不知道到底是我眼里的乡村还是她眼里的乡村更真实一些。我把眼光望向远处,突然在心里想,如果她的故事是真实发生过的,那么在乌龙镇的某个地方,一定有那个老家伙的坟墓存在吧?我不知道我为什么会想到这一点。

女人不再关注我的想法,低下头去,目光直直地盯在那些散落在地下的纸飞机上。接到这些飞机的时候,她喃喃地说道,我曾经天真地以为,你会让我高高地飞起来,所以我把你看作我在这个世界上最信任的人……

我没有给你邮寄过飞机。我在心里对她说。看来那个外国人真能让你飞起来了?我径直对她说,甚至能让你飞到国外去?我似乎是有意把那个有外国背景的人说成了外国人。

女人没有理会我的话,她蹲下身,把那些像死鸟一般躺在地下的纸飞机捡到手里,然后拿起放在茶几上的打火机,打着火,将纸飞机凑到燃烧的火苗上,等一只纸飞机烧完了,她又拿起另一只,继续放到火苗上去烧。既然它们不能飞起来,她边烧边说,那还留着它们有什么用?

看着纸飞机一只只在火焰中化为灰烬,我心里一阵颤动,本能地想去阻止她,毕竟它们是我有关爱情的信物呀,怎么能随随便便烧掉呢?但我随即又想,谁又能保证这些燃烧的纸飞机就是我送给她的呢?我那些向她表达爱情的信物并不是什么纸飞机,而是六十只纸鹤呀。我抬起头,看着化为灰烬的纸飞机在火焰气流的烘托下,竟真的升腾起来,像传说中鸟的精灵那样飞翔在空中……这样也好,它们总算飞起来了……

烧完了那些纸飞机,女人站起身,直朝着我走过来。我还没有做出什么反应,她已经来到了我跟前,俯下身,同时伸出手,用胳膊搂住我的脖子。临走前,她目光灼灼地看着我的眼睛,我要和你举行一个完美的告别仪式。

我从她脸上掉开头,做出一副无动于衷的样子说,有这个必要吗?

为什么没有?女人把脸伏在我胸膛上,毕竟你是我爱过的第一个男人……说到这里,她的泪水开始从眼里涌出,浸湿了我胸前的衣服,而且可能是我这辈子最爱的一个男人……

听她这样说,我再也绷不住了,随着内心的剧烈颤动,我也举起两手,把她的身子紧紧地搂住。你也是我爱过的第一个女人,我在心里对她说,而且肯定是我这辈子最爱的一个女人……但我没有把这两句话说出来,我觉得说与不说没有什么不同,因为她比我自己更懂得我的心思。

让我们再来一次吧。女人把嘴伏在我的耳朵上,用既像是哀求又像是命令的口气说。她一边说着一边用手指解我的衣扣。

我拉住了她的手。这一刻,我想到了我有些溃烂的身体。我染上艾滋病毒了。我直言不讳地对她说。

真的？女人一点都没有吃惊的意思，就像听到我说"吃饭了"之类的语句一样冷静。她的手指继续在我胸前运动，直到我的衣领被她解开，整个布满疱疹的身体都暴露在她面前，她都没有表现出丝毫吃惊的样子。看它们把你弄得，她摇着头说，像个被炮弹炸过的阵地似的。

我真想不到，她会使用如此形象而精彩的比喻。

就在我愣神的当儿，女人已经脱光了她自己的衣服，然后毫无顾忌地把她的身子与我的身子贴靠在一起。

都到这个时候了，我还能再说什么呢？这时我突然想到了我们最初在一起时的情景，几乎是一刹那，我的泪水便夺眶而出。你要让我去死了吗？女人说。我不知道她是指我让她像我一样染上艾滋病毒，还是说我赋予她的感受让她想到了死亡。我们一起去死好吗？我在心里问她。我猛然明白过来，当看到她来时我曾经产生了她为我提供自杀契机的想法，看来那个时候我就对这样的结局有了准确的预感。我们一起去天国好吗？我对她说。

在去天国的路上，女人痴情地问我，我们能飞起来吗？

当然能飞起来，我信誓旦旦地说，不然我们又该怎么抵达天国呢？

好呀，女人连连点头说，那就请你把我带走吧。说罢，她就闭上眼睛，让整个思绪都沉浸在去往天国前的感受中。

我知道我不可能再有其他更好的选择了。让我们携手一起上路吧。我最后一次对她说道。

女人的眼睛闭上后便没有睁开，我不知道她是因为疲惫得睡着了，还是让思绪提前踏上了去往天国的路途。此时此刻，我一边打我在这个世界上的最后一个电话，一边目不转睛地看着我在这个世界上最爱的女人，在脑子里想象和她一起飞向天国的情景……

好了老刘，我对你说的已经足够多了，时间真的不早了，兴许过不了多久，我的妻子就会回家，我要抓紧和我的女人上路。你这个老公安也许能想象得到，当我放下电话的时候该去干些什么。还是先对你透露一下吧，免得你日后破案的时候没有头绪：我家里放着满满一桶汽油，以前从来没有被派上过用场，现在我可以把它找出来，把油一点点泼洒到房子的周围。如果仅凭这一点还不能保证我的别墅着起火来的话，那我还有更厉害的撒手锏：我会到厨房里打开煤气阀门，让整整一罐煤气都泄露到空气中来。

做完了这两件事,我将回到房间里,从茶几上拿起那只打火机,爬到床上,赤裸着身子与我深爱的女人躺在一起,或者抱在一起,摆出一个让我们都感到较为舒适的姿势,然后我把手里的打火机举起来,把大拇指放在点火开关上,使出全身的力气按下去……

就到这里吧老刘,如果我们还有什么要说的话,那就放到天国里去说吧,反正早晚有一天,你肯定也会到那里去的……

这个狗东西,听到这里,刘队一边关闭播放器一边骂道,到死了还不忘咒我一句。他朝我和周岫娟转过身来,怎么样?你们听明白了没有?

我和周岫娟面面相觑,一时都陷入了莫名的惊诧情绪中。听手机里的声音,我认定那个给刘队打电话的人是张效梁,但他所叙述的死亡过程却又让我充满疑惑,在此之前,我从来没有听说过他染上了艾滋病毒,而且他和夏海丽之间发生的那些事也似是而非,与周岫娟的说法存在明显的差异,甚至某些方面大相径庭……我不禁掉头去看周岫娟,看她做出什么反应。

这些录音,周岫娟指指刘队手里的手机说,都是真的吗?会不会是……

刘队直直地盯住她,什么意思?莫非你怀疑我们造假不成?他的脸上开始浮出了一丝愠色。

不是,周岫娟急忙摇手,我的意思是,张效梁在这里面说的和给我说的不是一码事……

这正是我要指出来的,刘队毫不客气地打断了她的话,你们口口声声说什么张效梁,还有什么夏海丽,可这件纵火案中的死者根本不叫这两个名字。

我和周岫娟又互相看了一眼,一下子都呆住了。那么,我结结巴巴地说,他们叫什么名字?

刘队还没有说话,一直坐在一边的女警察翻开记事本说,男的叫张建林,女的叫董慧芬……

我更有些发呆,这两个名字怎么那样熟悉?我在脑子里稍稍一想,便记起我误闯进去的那件纵火案里的两个死者,好像一个叫张建树,一个叫董慧芳,与现在两个死者的名字竟然如此相近……

好了,刘队站起来,抬起大手朝我们一挥说,我们还有更多的案子要办,实在没工夫和你们再说没用的话了。说罢,他就对我们做出了送客的架势。

我真的可以走了?周岫娟还有些不相信。

我们已经说得很明白了,老警察简直不耐烦了,没见过你们这样磨磨蹭蹭的。

周岫娟还要往下说什么,我担心再出什么意外,便走过去拉住她的一条胳膊,拖起来就向外面走去。

31

离开乌龙镇前,我和周岫娟再次来到那个废墟前,想对张效梁和夏海丽凭吊一下,当然,也许我们凭吊的根本就不是张效梁和夏海丽,就像刘队他们说的那样,和那幢别墅一起化为灰烬的两个人与我们没有任何关系,那么接下来的问题是,张效梁和夏海丽到哪里去了?所以我们宁愿相信葬身在那片火海里的人就是他们而不是别的什么人。

在废墟现场,我看见一辆铲车停在里面,好像刚刚做过一番清理。司机并不在车里,而是坐在一块砖头上,面对着远处的山林吸烟。我突然觉得应该到废墟里看一看,或许会有什么意外的发现,那些乱七八糟的东西一旦被铲车运走,我们便什么线索也得不到了。于是,我便越过那辆铲车,直接进到了废墟里面。周岫娟小跑了几步,紧紧地跟在我后面。

司机忽然掉过头来,用警惕的目光打量着我们。过了一会儿,他终于忍不住好奇了,瓮声瓮气地问道,你们是干什么的?

我看了周岫娟一眼,差点对他说出"我是死者的丈夫"或者"她是死者的妻子"之类的话。我生怕被这个人看了笑话,便咽下要说的话,想了一下才改口说,我们……随便看看……

听我这样说,司机把绷紧的身子放松下来,不再搭理我们,又把目光转向远处的山林,慢悠悠地吸起烟来。

我在被烟火烧焦或熏黑的砖草间走了一会儿,不觉间又回到那辆铲车跟前。那两具尸体呢?我忽然问司机。

司机掉头看了我一眼,似乎没明白我话里的意思。

它们应该只剩下……我用手比画了一下,兔子那么大了吧?

兔子?司机莫名其妙地看着我,什么兔子?

那两具尸体,我朝他解释说,是不是烧得和兔子差不多大了?

司机呆呆地看了我一会儿,突然厌烦地嘟囔一句,神经病。他随手一扬,把烟屁股丢到身后去,随后站起来,很敏捷地爬到驾驶室里,发动起铲车,继续清理那些破烂的废墟。

为了不被他的铲车撞倒,我赶紧走到一边去。就在这时,我觉得脚下一绊,什么东西从乱草间浮出来。我低下头一看,是一只还没有烧透的皮鞋。我把皮鞋拾起来,在手里颠来倒去地抚摸。

是夏海丽的吗?周岫娟凑上来问。

我对鞋子打量了两眼,很快便断定,这就是夏海丽穿过的鞋子,我清楚地记得,不论是样式、材质还是号码,夏海丽惯常穿的鞋子都与这一只没有任何差别。

看到我有了收获,周岫娟大为兴奋,跑到废墟间也仔细寻找起来。很快,她竟然也有了新发现。一张影碟。随着一声叫喊,她手里举出了一张在日头下闪光的碟片。

我把碟片接到手里,看到它虽然没怎么被烧到,但上面的文字却被烟火熏黑了,只有图案上的两个人影还能勉强看清楚,是一对外国男女,好像正在开着一辆车。我觉得这可能是一部外国电影,却判断不出电影的名字。

这个有用没有?周岫娟问我。

不管有用没用,都不能让它们继续待在这里。我把鞋子和影碟都装到我的行李袋内。

那个司机看到我们捡到了东西,在发了一下呆后,忽然停下铲车,一边跳下车一边对我们喊,哎,不许带走这里的东西。

我不想在他这里再遇到麻烦,便拉起周岫娟,急急忙忙回到夏利车上。我发动起车子,驶上一个斜坡,直朝我们来时的那条公路冲去。我把车开出了老远,还从后视镜里看见司机在后面追赶。

小心。周岫娟忽然在我肩膀上推了一把。

我急忙收回眼睛,匆促地把目光投向前方,就在我往后视镜里看的时候,我的车子已经离开岔道,就要驶上公路,而这时公路上正好有一辆东风牌大货车经过,与我的车子形成一个丁字形,也就是说,如果我的车子不及时停住,便会与那一辆巨大的货车碰个正着。我顾不得做出其他反应,便一边猛踩急刹车,一边扭打方向盘。但我的动作还是慢了一些,车速虽然减缓下来，车头也开始转向一边，可还是与货车发生了碰撞。在我的车子抵住货车的车厢时，我看见司机从驾驶室里探出头，朝我做了一个惊诧和愧疚相交织的复杂表情。我在失去知觉的刹那间，还在心里叨念了一句，在来的路上就打老子的主意，最终还是让他得逞了……

我醒来的时候，第一眼就看见一个小孩子蹲在我跟前，正在好奇地看我。你是谁？我不解地问他，你叫什么？

小孩子还没有回答我，就从远处传来一个女人的喊声，小明，你在那里看什么？

叫小明的孩子转身跑走了。小明？我念叨着这个熟悉的名字，忽然想起来，我曾经在曼秀山纵火案的废墟前，看到过一个叫小明的孩子，如果我的判断没有错的话，那个叫他的女人就是他的姑姑……我忽然想到了周岫娟，便挣扎着抬起身子，懵头懵脑地喊了一声，赖金花，你怎么样了？

我的喊声刚一停下来，就从身后传来了应答声。你喊我什么？一只手随即伸到我头上，莫非你的脑子被车撞坏了？

我吃力地回过头，看见周岫娟躺在我身边，正在试图从座位下钻出来。

我们互相帮着忙，费尽了九牛二虎之力，总算从翻倒的车子里爬出来。还算幸运，我的出租车虽然被撞坏了，但我们两个人都只受了一点轻伤，在路边背靠背歇息了一下，便觉得没什么事了。此时，那个叫小明的孩子已经不见了，公路两边杳无人迹，不知道刚才孩子的确来过了这里，还是我的幻觉在作怪。整条公路上也空空荡荡，很长时间都不再出现一辆车，我真是搞不明白，当我的车子开上公路的时候，为什么那辆大货车恰好出现在面前，好像它的出现就是为了与我相撞似的……

过了好大一会儿，一辆警车从远处开来，刘队和那个女警察来到我们面前，也一副很好奇的样子。是你们两个？刘队吃惊地说，怎么你们还没有离开这里？

我无奈地摊开两手，用手势告诉他，我们无法离开这里了。

刘队绕着我那辆报废的夏利车看了一圈，直起身来，把目光投往另一个方向，脸上一副若有所思的神情。

队长，女警察向他请示，要不要让他们回所里去？

刘队又把目光转向了我，记住肇事的车牌号没有？

我沮丧地摇了摇头。

那可就麻烦了,刘队在我车子上踢了一脚,我们这里没有修车厂,如果你们⋯⋯

算了,我朝他摆摆手,一边爬起来一边扯拽周岫娟,我们还是抓紧离开这里吧。

那好吧,听我这样说,刘队显然松了一口气,看来你们走不成这条路了,要想回到你们那个城市里去,只能改走另外那条路了。说着,他抬起手,朝他刚才看过的方向指了一下。

我顺着他的手势看去。我的目光越过那片黑黢黢的别墅废墟,越过一株蓬松葳蕤的大樟树,停在一条蜿蜒流淌的河流上。在日光的映照下,那条叫作鱼人河的河流像一条分外巨大的老蟒蛇,从层峦叠嶂的山岭上下来,在青绿色的大地上迂回曲折地爬行,浑身都闪烁着华丽明亮的光芒⋯⋯

告别了刘队和女警察,我和周岫娟来到了鱼人河边,寻找有船只停靠的码头。其实这样说并不准确,这条河道并没有获得过怎样的开发,满河都透着一股十足的野气,即使有一两只木板船在水中出没,岸边也不可能有像样的码头,顶多是一个便于船只靠拢的地界,我们找的就是这种与周围的荒芜滩涂不同的地界。一刻钟过后,我们还真找到了一个停船的地方,在等待船只到来的时候,我和周岫娟站在一块较为隆起的石头上,尽力朝下游的远处望去。

当年,我不由得说,夏海丽就是沿着这条水路去城里寻找张效梁的吧?

是张效梁,周岫娟纠正我的话说,是张效梁从这里去城里寻找夏海丽的。

我们互相看了一眼。周岫娟有些不好意思,很快又掉开了眼睛。我摇摇头,没有再说什么,又把目光投向远处。

大约又用了半个小时的时间,真有一只小船从上游划过来,慢慢接近了我们站立的地方。划船的是一个花白胡须的老者,还有一个男孩坐在船尾发呆。要坐船吗?老者并不把船划到岸边,而是离着老远朝我们喊话。

我犹豫了一下,这样小的船只有什么运输能力呢?而且船上的水手是这一老一小,能把我们送到遥远的城市里去吗?我又朝上下河道里看看,担心不能再遇到另外的船只,而白白失去了这次机会,便朝他招招手说,我们要乘船,请您把船靠过来吧。

老者很快将船划到了岸边，我以为他会问我们到哪里去，但他径直对我们说，上来吧。

周岫娟忽然对他说，您还没有说价格呢？

这个好办，老者呵呵地笑了起来，都是老官价了，不打一点折扣……

周岫娟打断了他的话，您直接说吧，多少钱？

老者把两只手的食指交叉在一起，十块钱。

什么？我们都大吃了一惊，又互相看了一眼，十块钱，这么便宜？

老者仰起头，笑得更响亮了。你们是第一次到这里来吧？他止住笑说，我就知道你们还不清楚这里的规矩，还以为十块钱就能把你们送出去多远呢。

怎么？我不解地看着他，不是这样？

老者朝下游指了一下说，离这里十里远的地方，就是我们这个县的县城，这十块钱就是送你们到那里去的。

是这样？我明白过来，但随即又问他，到了那里怎么办？

县城里有一个大码头，你们可以乘那里的客船走，老者捋捋胡须说，如果你们运气好的话，还可以搭乘别人的货船走，那样就能节省路费了……

我和周岫娟都明白了，便手牵着手往船上走。由于船只和岸边没有连接的跳板，我们只能依靠自己的腿脚跳上船去。我让周岫娟先上船，我在后面伸着手保护她，以免她掉到水里，谁想她很敏捷地便上了船去，身子一点都不打晃。轮到我上船时，我却本能地害怕起来，腿脚无论如何都抬不高，要不是周岫娟在船上拉我，恐怕我真的会落下水。

船只十分简陋，看上去像是用几块木板草率拼凑而成，我们一上来，由于突然增加了两个人的重量，加之我没有找准位置，小船便激烈地摇晃起来，我很担心它会随时翻扣到水里，便赶紧蹲下身去，两手紧紧地抓着船帮，心里扑通扑通跳个不停。船上也没有多余的摆渡用具，老者仅仅使用手里的一只木桨，既用它来划船，也拿它调整航向。老者虽然年岁已经不小，但身体依然强健，裸露的前胸和脊背上还有一块块的肉疙瘩，他的光脚在船上站得很稳，脚趾像树杈一般往四处散开，一看就是我想象中的渔民模样。而那个孩子却坐在船尾一动不动，即使老者划船很吃力，他也不站起来帮他一下，两眼呆呆地看着天空。

你们是第一次到山里来？看我一副心神不定的样子，老者便用宽慰我的口气和我聊天。

是。我点点说。

去乌龙镇没有？

我们就是从那里出来的。

有什么印象？老者很有兴趣地看着我。

印象？我怔了一下，又简单想了想，印象是村子很大，房屋很多，人却……

你说得不错，乌龙镇是个大镇，如果人都聚齐了，足有两三千人呢，房屋还能不多？

是吗？我吃了一惊，那我怎么没有看到几个人呢？

他们都进城去了。老者说着，又把目光落在我身上，你们也是城里来的？

我点点头，并没有开口回答他，我的脑子里还在想着他那句"都进城去了"的话，原来我在城里碰到的那些人，有不少便都是乡村人吧？我随即想到了张效梁和夏海丽，他们不就是从乡村来到城市的吗？想到张效梁和夏海丽，我在看了周岫娟一眼后，又把目光转向河道的前方，我突然产生了一个强烈的幻觉，似乎我和周岫娟就是当年的张效梁和夏海丽，正在沿着这条通向外部世界的水路走出乌龙镇，走出莫邪山，去遥远的城市里闯天下……

开始的一段河道已经不算狭窄，有二三十丈的宽度，河里的水流较为平缓，只有少数几个地方会有漩涡出现；岸边长满了茂密的杂草、灌木和乔木，绝大多数我都是第一次见到，也便叫不出它们的名字，很多草树都长到了水里，生在岸边的也都向下倾斜着身子，树杈的枝梢都触及了水面，有时我们简直是在草树中游走。很快，河道便变得宽阔起来，对岸渐渐已经不能被我们的眼睛看清楚，水面更趋平静，只有水鸟们扑扇着翅膀掠过时，才会划开几道似有若无的波纹。鱼人河竟有一段这么宽广的河道，是我无论如何没有想到的。岸边有许多粗大的树木被泡在了水里，让我感到不解的是，它们竟然在高出水面两米多的地方长出了根须，一丛丛地朝下伸展着，河风一吹，就像老者的胡须一样飘来飘去。

那是真的根须吗？我没有把握地问老者，见他点头，我越发感到纳闷了，它们怎么把根须长到了半腰间？

这说明，老者用意味深长的口气说，当年这条河的水面就在那个地方。

怎么可能？我瞪大了眼睛，根本不相信他说的会是真实的事情，如果水势真有那么大的话，那这条河该是一副多么暴怒狰狞的模样？那它两岸无数的地方包括我所在的鱼阴市不都成了水中之物了吗？

像你这个年龄的人当然不信，老者眯起眼睛，一边朝河道的远处打量一边摇着头说，那都是三十年前的事了。说到这里，他又自言自语地补充了一句，三十年河东，三十年河西呀……

我疑心这个老家伙发疯了，如果按照他的算法，岂不是说下一场大水又快到来了吗？我当然不相信他这样的说法。

来到宽阔的水面上后，那个一直待在船尾不动的孩子像是从睡梦中醒来，忽然变得活跃起来。他把一直半仰着的身子俯下来，两眼开始往水面上看，同时将一条胳膊伸下去，在水下一动一动地抓挠着。我以为他是在无聊地玩水，所以毫无防备他接下来的动作。他的手在水下抓挠了一会儿，突然举起来，举到头顶上，随着他手指上来的竟然是一条足有他胳膊长的大鱼。孩子把那条鱼像玩耍一段木头似的悠过头顶，在空中的日头下划出一道亮丽的弧线，又甩回到水里去。

我看得目瞪口呆，真想不到看似呆傻的孩子居然还有这样的本事。本来我以为他是偶然逮到了那条倒霉的大鱼，对他第二次玩弄这个把戏没抱任何希望，但很快，孩子便如法炮制，第二次、第三次……把大鱼提上来，在空中耍了一个来回，再丢回到水里去。孩子简直就是一个神奇的魔术师，那些比他小不了多少的鱼儿似乎就是他随手招来的道具，被他一连戏耍了十几回，直到胳膊累得举不起来了，他才停住，又把身子半仰下来，两眼呆呆地看着天空，好像刚才的举动根本不是他做出来的。

尽管孩子平静了，我的眼前却依旧鱼儿翻飞，好像那些被他驱来唤去的大鱼还在空中做着表演。过了好久，我才让自己平静下来，很想去与孩子交流一下，却又不敢直接打扰他，便转向老者说，他是您孙子吗？

不是我孙子，老者摇摇头说，他是我儿子。

我又一次感到了诧异，同时也为自己的误判感到羞愧。为了表达自己的歉意，我主动和老者说起话来。老人家，我尽量用恭敬的口气说，您以前就当船工吗？

不，老者再一次摇头说，我以前是个打鱼的……

打鱼的？我一下子想到了夏海丽继父的身份，随即眼睛又一次落在那个孩子身上。

如果再往前说的话，老者颇为自豪地说，我还当过一段时间的村长……

村长？我的身子一哆嗦，也又一次想到了张效梁的父亲……我的眼睛紧盯住那个孩子，嘴唇颤抖了好一阵，才总算没有问出那个孩子叫什么，我真的担心老者会告诉我一个熟悉的名字……

在接下来的整个航行中，我紧紧闭拢着嘴巴，再也没有让它发出一点多余的声音。

32

来到县城码头后，我们和那对神秘的父子告别，没有贪图便宜去打货船的主意，便径直去售票处买了两张船票，登上了驶往鱼阴市的客轮。在舱房靠近船尾的一个角落里，恰好有一个仅能容纳两个人的单间，我们便赶紧走进去，算是占住了一个较为理想的位置。

整个回城市的路上，周岫娟都呈现出郁郁寡欢的状态，而且有意避免和我说话，一直躺在她的铺位上，闭拢着眼睛，一副似睡非睡的样子。我一个人来到甲板上，扶着船舷看了一会儿远处的景致，渐渐觉得有些头晕，便回到了房间里，躺到她对面的铺位上，也试图睡上一会儿。这次乌龙镇之行，让我耗费了很多的体力，一旦放松下来，便有些虚脱的感觉。但过了很久，我都没有让自己睡着，看一眼对面的周岫娟，她的身子也在不时地动着，想必也不能让自己平静下来，于是我又爬起来，瞪着两眼呆呆地看她。周岫娟觉察到了我的目光，在睁开眼的同时，也不由得直起身来，匆忙地看我一眼，便随即把目光掉开了。但我看出来，她的神色有些不自在。我明白她的心思，发生在乌龙镇的那件纵火案与她的说法不是一回事儿，更严重的是她有关张效梁和夏海丽的故事也与张效梁自己的叙述大相径庭，她似乎不知道该怎么向我解释这件事，如果一直沉默下去，又明白最终无法躲过这一关，便更加感觉得手足无措。她想得没错，我的确在等待着她给我一个说法，虽然她自己也未必明白是怎么回事，起码要向我声明一下，省得我会误以为她在有意搞鬼。

你让我说什么呢？周岫娟终于沉不住气了，硬着头皮打破沉默说。

我摊开两手，意思是随她怎么说都行，但看她更加为难的样子，便提醒她说，还是先从张效梁身上说起吧，比如你是怎么认识他的？

有了这样一个提示，周岫娟放松了一直紧绷着的身子，躺回到铺位上，两眼看着房顶，在长长地叹息了一声后，开始向我说起了她和张效梁之间的一些事儿，尤其是他们刚刚认识时的情景。

在张效梁正式找我之前，我们已经在夏海丽那里见过一面了，周岫娟边想边说，说起来，我对他的印象还是蛮不错的，身体强壮，也有气质，待人十分淳朴，一看就是一个很真诚的人……当然，这只是我最初的一个感觉，并不表示他就是这样一个人。要说那时我就对他有了一定好感，也可以这么说，但我又明确地知道，这个人是夏海丽的人，与我怕是一点儿关系没有。可与此同时，我又本能地觉得，这样一个人与夏海丽或许不会合得来……我也不知道为什么就冒出了这个念头，不过很快就把这件事忘记了，要不是张效梁之后到剧场里来找我，我兴许就彻底把他忘到脑后去了。

大约是半年后的一天，我在剧场里参加演出的时候，突然发现张效梁就坐在观众席里……我记得很清楚，那是我们文工团进行的最后一场演出，这个时代似乎不再需要与生活无关的艺术了，文工团想尽了各种办法让自己存活下去，在苟延残喘了几年之后，终于走到了尽头，我们从那个剧场的舞台上下来之后，就要各奔东西了……就是在那场辛酸的告别演出中，我无意间看见，观众席里有一个人特别专注地朝舞台上看，尤其当我出场演奏的时候，他的眼睛里闪烁出奕奕的神采，一度让我在刹那间有些走神，所以严格地说，那场演出我是失败的，但一般的观众听不出来，而且在他特别起劲的鼓掌带动下，我还是获得了观众不少赞许……在演出的过程中我便认出他来了，但不以为他在这里的出现与我有什么关系，便一边拉着二胡一边在他身边寻找夏海丽，直到演出结束了，我都没有看见夏海丽的影子，也就是说他是一个人来剧场的，尽管这样，我还是以为他绝对不可能是专门来看我演出的。但当我拎着乐器盒子从舞台后门走出来时，却看见他捧着一束鲜花，笑眯眯地站在我面前。我愣了一下，虽然已经预感到什么，却还是不敢自作多情，便低下头要从他身边走过去。他赶紧又把身子移到我正面，一边把鲜花朝我伸过来，一边用浑厚的男中音说，祝贺你演出成功。我听清楚了他的贺词，不能再对他置之不理了，但还是没有伸手接他手中的花。搞错了吧？我用不无嘲讽的口气说，夏海丽不在这里。

看你说的……张效梁有些不好意思起来,怎么会搞错?这束鲜花就是献给演出者的。说着,他又把花束向我手里送,我已经在这里等你多时了。

我无法不感动了,因为在我不太长的演出生涯里,并没有几个男人为我送过鲜花,而这个男人给我的印象又不太坏……我没有再做丝毫的犹豫,便伸手接过了他的鲜花。

你演奏得真好,张效梁腾出了两手,却一时不知该往哪里放,便不断地在身子两边摆来摆去,一副不知所措的样子,我在下面听着,都几乎掉出了眼泪……

我差点笑起来,不至于吧?我本想告诉他,其实我演奏的是一支欢快的曲子,但张了张嘴,又没有把这种煞风景的话说出来,不管怎么说,作为观众的他向我这个演出者表示恭维,我还是乐于接受的。

你演奏的音乐让人百听不厌,张效梁继续信口开河地说,以后我要经常来剧场里看你演出……

我差点告诉他,这是我最后一场演出了,如果他今天不来剧场,怕是他这辈子都看不到我演奏音乐了。这个念头一在心里浮现,我的泪水就快要出来了。尽管我心里很感激这个人,却不想老让他站在我身边,于是在对着夜空深吸一口气,稳定下稍有些激动的情绪后,便不能不对他挑明说,是夏海丽让你到这里来的吧?

其实我只是随嘴说说这句话,没想到却歪打正着,一下子便把事情隐藏着的一面挑开了。当然,此时他并没有正面承认这件事,只是在以后我们相熟了,他才不得不告诉我,那天他的确是听了夏海丽的话才到剧场找我的,而那个时刻,他和夏海丽的关系因为你的加入已经发生了转折。我要和你的老板好了,夏海丽直言不讳地对他说,如果你觉得不公平的话,可以去找我的表妹周岫娟。张效梁以为她是在说疯话,便没有把这样的提议放在心上,再说,我也没有给他留下深刻的印象,所以在很长一段时间内,他都没有产生真去找我的念头。但看着他深爱的女人与他的老板也就是你越走越近,作为一个正常的男人,张效梁终于无法忍受下去了,作为报复夏海丽的一个手段,他开始把注意力转到了我身上,决定到剧场里去看一场演出,借此勾搭我一下。其实他并不想和我真好,只不过是把我当作一个发泄心火的对象罢了,借此也解除一下无边的寂寞和孤独。

那天,张效梁走进剧场的时候,并没有想到带什么鲜花。本来我就是一个丑小鸭,虽然是在城市里长大的,却浑身上下没有多少吸引人的地方,尤其是与陌生男人相处时,我会本能地暴露出拘谨压抑的一面,只有在登上舞台演出的时候,我这个缺陷才能得到一定的纠正。一般情况下,我都是一身素颜的装扮走上舞台,作为音乐演奏者,我深深地知道观众欣赏的并不是演奏者自身,而是他的演奏技艺,甚至他拿在手里的乐器都比自己重要。但那天不知怎么回事,我第一次当然也是最后一次化了妆,还想当然地把披肩发梳理成两条细长的辫子,以与我演奏作品的时代气息相融合。没想到,我这样的打扮又一次在张效梁那里起到了歪打正着的作用。后来我才搞明白,张效梁之所以那么深情地爱着夏海丽,正是因为她有一双分外出众的长辫子。当年,张效梁第一次看见她时,便一下子被这两条长蛇一般的辫子吸引住了,在此后漫长的日子里,那两条辫子便成了他对夏海丽缠绵不绝的一个情结。那时我当然不知道这件事,只是为了与往日的打扮不同,才顺手把长发梳理成了辫子。我哪里想得到,当我拖着这样两条辫子登上舞台的时候,坐在观众席里的一个人立刻便瞪大了眼睛,一时间,多少悲喜交加的往事也像电影画面一般出现在他眼前。是她,他神经质地在心里叨念,就是她了。几乎与此同时,浪漫和激情也不请自到地出现在他身上,我的演出一结束,他就飞一般地跑出剧场,在附近的花店里购买了一大把鲜花,又立刻返回剧场后台,把弥漫着醉人香气的鲜花捧在胸前,像一个彬彬有礼的绅士一般恭候着我的出现……

　　那时,我正处在人生当中的最低谷,单位解散,爱情失败……噢,说到爱情,我自然就要数叨你几句了,请你不要笑话我。说句实话,我对你的印象要比张效梁好多了,自从和你接触以来,几乎每一天我都在想念你,盼望得到你的消息,哪怕是在电话里和你说上几句话,我都会激动得心跳加速……到夜里我一个人的时候,甚至会通过身体表达对你的想念……我是不是很无耻? 就是在做那些见不得人的事情时,我把自己最宝贵的东西给弄破了,导致我后来在张效梁那里抬不起头来……嗨,如果你个狗东西不见异思迁,爱上夏海丽那个精灵一般的女人,哪里又轮得着张效梁向我献殷勤呢?

　　那时候我正感到孤寂得要命,张效梁捧着姹紫嫣红的鲜花来到我面前,就算我是一个石头人也会感动的。我们发展得非常迅速,几乎不到一个月的时间,我就决定把自己交给他了。但我决然想不到,张效梁看似一个文质彬彬的时代青年,骨子里却是一个被封建残余腐蚀了的老顽固……怎么回事?新婚之夜,张效梁诧异地问我,你不是第一次?

我当然是第一次,我不假思索地说,在和你之前,我没有和任何一个男人……我忽然明白了他的意思,既然这样,我们的床单为什么是干净的?是呀,我怎么向他解释这件事呢?说我自己在制造快乐的时候不小心……但他相信我的说法吗?

张效梁从床上爬起来,坐到一边的沙发里,点起一支烟,大口大口地吸起来,明灭的烟火照着他阴暗的脸色。

我呆呆地看着他,不知道往下该对他表示什么。为什么你这么在乎这件事?我吃力地问他,希望他能做出让我感到轻松一些的表示。但他没有,依旧板着脸吸烟,缭绕的烟雾把屋内的空气都熏热了。那么夏海丽呢?我忽然赌气地问他。

不要提她,张效梁大叫了一声,手一挥,把半截烟卷扔到床前来,为什么要提那个女人?

我慢慢低下头去。是呀,我在心里说,我是没有资格和那个女人相比的。我进而更加委屈地想,在他心目中,我只是夏海丽一个不合格的替代者,又凭什么和人家攀比呢?

你能对我说一下,张效梁从沙发里站起来,走回到床前,用可怜巴巴的目光看着我,那个让你流过血的人是谁吗?

我抬起头,直直地看着他,本来我并不打算回答他这个包含侮辱性质的问题,但他眼睛里的无助色彩让我的心动了一下,我似乎这才意识到,在这件事情上是我伤害到了他。李蒙克。我突然脱口说道。直到说出了你的名字,我才又感到后悔,虽然我说的并不是十足的谎言,但毕竟这件事真的与你没有什么关系。

什么?张效梁大吃一惊,怎么又是他?

也许我说得不对,我手忙脚乱地对他解释说,这件事并不像你想象得那样,我和他其实根本没有过……

张效梁已经不再听我往下说了。李蒙克,他仰起头,对着天花板发出一声凄厉的叫喊,你这个王八蛋,为什么总是和我过不去?

我知道他真的误会你了,但我更知道我解释不清这件事了。说到这里,周岫娟从铺位上滑下来,走到我的铺位前,紧紧地拉住我的手,我是不是对不起你蒙克？她语速极快地对我说，我不是成心要给你制造麻烦，这件事还真的与你有一点点关系，虽然并不像张效梁想象的那样，可毕竟……哎呀，我该怎么向你表述这件事呢？我不知道你能不能理解我的心情，能不能原谅我给你带来的……她用哀哀的眼神看我。

好了，我费了很大劲儿，才把我的手从她手里抽出来，你不用再说这件事了，我明白其中是怎么回事，我也从来没有怨恨过你……

你真是这样想的？周岫娟还有些不相信我的话，那我可要好好地……

我没有等她把话说完，便不得不硬着心肠向她指出说，这件事之所以没有那么严重，是因为我们在张效梁眼里，都没有夏海丽那么重要。

周岫娟呆呆地看着我，过了好一会儿，她才轻轻点了一下头，把目光望向窗外的远处。我看见，一缕泪光闪耀在她的眼角处……

33

经过一天多的航行，客船抵达了我们所在的城市鱼阴。离码头还有一段路程，周岫娟就上到甲板上，盯着河边的远处瞭望。我跟随在她后面，以为她在欣赏岸上的风景呢，但很快就发现，她只朝左边的河岸打量，而根本不看右岸一眼。直到在一块石碑上看见一个叫周庄的地名时，我才恍然大悟，她别是在寻找夏海丽的家乡夏庄吧？记得她对我说过，那个叫夏庄的村子就在鱼人河的岸边。于是我也打起精神，两眼紧紧地盯着左边的河岸。但客船继续往下走，前面好像就没有村子了，沿岸都是一排排高耸的楼房，空气中充斥着钢筋和水泥的气味，没有一丝泥土和树木的气息。正当我对自己的判断产生怀疑的时候，忽然看见周岫娟的眼睛闪出了光彩，好像被岸上的什么东西吸引住了。我急忙随着她的视线掉过头，也朝岸上看去。我的目光一下子落在一棵大樟树上，如果我的判断没错的话，这棵大樟树少说也有几百年历史了，光它的树荫就遮盖了足有一个篮球场大，与乌龙镇村外那棵大樟树简直不相上下。真正吸引我目光的还不是这棵樟树，而是坐在树下的一个老太婆，一个像这棵樟树一样年岁悠久的女人。夏海丽的……母亲？我脱口叫了一声。

周岫娟回过头，惊异地看了我一眼。咦？她纳闷地问我，你怎么知道？

听她的口气，那个老女人真的是夏海丽的母亲了。为了证实这一点，我又追问了她一句，这里真是……夏庄？

是呀。周岫娟点点头说。

可这里,我朝岸上指一下说,看起来不像是村子?

或许已经被开发了吧。周岫娟模棱两可地回答了一句,就把眼睛转回到岸上,继续朝那棵樟树和树下的老女人张望。但客船已经从樟树下驶过去了,老女人也很快变成了一个影子。

在这之前,我从来没有见过夏海丽的母亲,虽然夏海丽是我的妻子,但她从来没有说过她有这样一个母亲,所以一从客船上下来,我便决定到夏庄去一下,看望一下这个每日里都在树下等待她女儿归来的老母亲,同时把她女儿的遗物交还给她。让我决定去夏庄的原因还有一个,那就是码头离夏庄仅有不到一公里的路程,也就是说,客船离开夏庄后,只行驶了五分钟的样子,便到达了终点站码头。

我不去,见我要到夏庄去,周岫娟立刻拒绝说,我还有别的事儿,只能先走一步了。说着,她就转过身,朝一个出租车站点走去。

哎,我喊了她一声,我要看的是你的姨母,最应该陪我去的是你。

但她装作没有听见,一弯腰,就钻进了一辆开到她面前的出租车内。

我叹口气,只好一个人踏上去往夏庄的路。如果刚才经过的那个地方真是夏庄的话,那周岫娟对夏庄的描述就太不靠谱了,什么老街道,什么遍地的庄稼,什么空气中的大粪味,全是胡说八道,此地完全是一个灯火辉煌的闹市区,高楼林立,车水马龙,就算是像她刚才说的那样"被开发了",那么这开发的速度也未免太快了吧?仅仅几年时间,一个处于城市边缘的落后乡村就变成了发达地区?但我随即又想,在这个日新月异的时代里,谁又能保证这样的奇迹不会出现呢?

我穿过那片闹市区,沿着一个岔路口进入另一条街道,眼前突然出现了一番决然不同的景象,这条小街虽然也是市区的一部分,两边的建筑物也是钢筋和水泥的产物,但规模和样式却是简单了许多。我真是感到奇怪,开发者为什么要在那片发达区域的背面留下这个落后的角落,难道真与夏海丽的父亲那样顽固的拆迁抗拒者有什么关系吗?我进入这条街道不多远,便看见路边立有一块石碑,上面用老旧的魏碑体刻写的地名便是:夏庄。没错,我真的来到夏海丽的家乡了。我把手伸进行李袋中,触到了夏海丽遗弃在乌龙镇的那只皮鞋。

还离着老远,我就看见了那棵大樟树,但等我走到近前时,树下却没有一个人,夏海丽的母亲不知到哪里去了。不过没关系,周岫娟对我说过,夏海丽的家就在离大樟树不远的地方,当年张效梁从河道里走上来时,便是看着老女人身后的房屋说,如果你家有空闲的房屋,我就在这里住下来……于是,我便在大樟树下的几户人家间转悠起来。这几户人家大多都关闭着院门,而且门鼻上吊着铁锁,只有一户人家的院门敞开着,里面一个老女人坐在门台石上,我之所以没有进到这户人家去,却依然在那几户关闭着院门的人家外面打转,是因为我看出来,那个老女人根本不是我在樟树下见过的老太婆,而是另外一个女人,并且比那个老太婆的年龄要老一些,样子也更为呆滞和丑陋,似乎她早就被岁月的风尘埋住了半边身子,剩下的一半也已经处在死亡边缘了。既然这个老女人不是夏海丽的母亲,我觉得还是避免与她打交道为好,不但我有可能不能从她这里得到什么信息,稍一不慎还有可能沾染上她身上什么不洁的东西。但没有办法,其他院门都关闭着,如果我不白跑一趟的话,就只能到她那里去碰碰运气了。于是,我硬着头皮走到那个院落里,走到坐在台阶上的老女人面前。请问,我尽量用清晰的语调对她说,夏海丽的母亲住在什么地方?我一边这样问一边在心里想,她别到屋里去给我端出一碗茅芋粥来吧?

是娟儿让你到这里来的吗?老女人一上来就反问我。

娟儿?我有些发愣,没明白她的意思。

岫娟,老女人咧开空洞无牙的嘴巴说,周岫娟。

什么?我大吃一惊,您……是周岫娟的什么人?

我是她的母亲,老女人瞪大浑浊的眼睛,上下打量着我说,你是她的什么人?情人?还是她丈夫?

我简直要叫喊起来了,怎么回事?周岫娟的母亲居然在这个地方?这是我决然想不到的一件事。这里,我语无伦次地问她说,这里难道不是夏庄吗?

是不是夏庄你不是在石碑上看过了吗?老女人再次反问我说。

可是,我依然大惑不解,夏庄是夏海丽的家乡呀,您怎么会在这里?我脑子里转动了一下,好像有些回过味儿来,噢,你是来走亲戚的吧?

什么亲戚?老女人不高兴地瞪着我说,什么夏海丽?我没听说过这个名字,你别是走错了地方吧?

怎么会……我又吃了一惊,难道夏海丽不在这里……

我已经说过了,老女人简直要愤怒了,这个村子里根本没有什么夏海丽,你赶快告诉我你是干什么的?为什么要到我家来?你与我的女儿周岫娟到底是什么关系?

在老女人连珠炮一般的质问面前,我的精神几乎要崩溃了。周岫娟,我在心里叫喊着说,这到底是怎么回事,你为什么要欺骗我?

老女人终于看出了我的困惑,吧嗒吧嗒肿烂的眼皮,忽然笑起来,空洞的嘴巴像风箱一般喷吐着浊气,原来你什么都不知道?看你像个心思活络的聪明人,原来也被我女儿给骗了,哈哈哈,小娟可真行呀,竟然把这么个不错的男人给拿下了。

望着这个老妖婆得意忘形的样子,我越加愤怒起来。你们……我跺着脚板说,你们到底在搞什么鬼?

老女人笑过了一阵,突然弯下腰去,大口地咳嗽起来。好吧,她点了一下头说,看来我有必要对你说一下那些你不知道的事了,不然我担心你会把火气发泄到小娟身上,而这是,她瞪起眼来,凶神恶煞一般看我,绝对不能被我容许的。看我依旧站在她面前,她摆摆手,温和地提醒我说,找个地方坐下来,听我慢慢给你说。

我犹豫了一下,还是决定按她说的办。我就近坐在一块石头上,等待着她讲述那些让我感到困惑的事儿。

你先告诉我,老女人朝我探了一下身子,小娟的二胡拉得怎么样?她当成了艺术家没有?

艺术家……我呆呆地看着她,一时不知该怎么回答,但看她极其渴望的眼神,我只能咽口唾沫,半真半假地对她说,她的二胡拉得很好……她已经当上了艺术家……

这就好。老女人欣慰地叹出一口气。为了让她当上艺术家,她把目光转向远处,转向院外的樟树枝梢,脸上渐渐现出哀伤的神色,我情愿从城里来到这个偏僻的地方,隐姓埋名,像鬼一样过着孤单寂寞的日子……

您是从城里……过来的?我不禁问道。

是,老女人再次点点头,我是一个城里人……噢,不要产生侥幸心理,以为城里人就怎么样,不,我虽然是一个货真价实的城里人,却比乡下人还要命苦……说来话长,原先我也有一份固定的工作,有一个完整的家庭……那时候,我是一家纺织厂的挡车工,虽然每天在车间里干活累得够呛,但每个月都能领到一份工资,那份工资不算很多,却足够保证我的女儿吃喝和上学了。除了我的女儿外,我还有一个开车铺的男人,一家三口过着普通市民的生活,也算是比上不足比下有余吧。可后来,我所在的那家纺织厂实行改制,一转眼就成了老板的厂子,而我们这些技术不怎么好的工人,便被老板踢出了厂门,从此只能依靠一点点补偿金过日子。屋漏偏逢连阴雨,我男人的车铺也赶上了拆迁,当推土机开上去的时候,他没有来得及跑出来,便被砸在了砖头下……政府说他是抗拒拆迁,连一点点补偿金都没有发到我们手里。这两件事发生以后,我家的生活就一下子从半空中掉到了地下,女儿不但吃喝遇到了麻烦,而且上学也感到了困难。为了度过这些新出现的难关,我不断外出打工,先后干过马路清扫工、饭店洗碗工和厕所保洁工,最落魄的时候是去路边捡拾垃圾,但挣到的几个钱还不够填补物价和学费上涨造成的窟窿呢,我女儿吃喝和学习的难题还是没有解决。

这样下去肯定不行,可我却想不出更好的办法来。这时,一个在路边相面的老头给我指了一条路。老头看我每天愁眉苦脸地从他摊子前走过去,便生出恻隐之心,免费给我相了一次面。老头打量着我说,看你年岁不是很大,模样不算难看,却不懂得利用这两个优势,难道说,活人还要被尿憋死吗? 听了老头的指点后,我有一种豁然开朗的感觉,一下子便从绝望的境地里看到了希望,是呀,既然已经到了这种悲惨的地步,还有什么好顾忌舍不得的呢? 我给了老头一点硬币,转身便打定了"下海"的主意,呵呵,我们这行里的人也管做那种事叫"下海"。我仔细想了一下,觉得走这条道可以有两种方式供我选择,一种是傍大款,一种是卖自己。傍大款当然见效快,也体面,可话又说回来,这个世界上有几个大款愿意让一个拾过垃圾的女人傍呢? 没有办法,我便只能选择第二种了,虽然这样做有些下贱,有些堕落,可在这个见钱眼开的社会里,谁又会有笑话别人下贱和堕落的勇气? 只要每天能给女儿买上一顿肉吃,能让她开开心心地上学去,就算把这张老脸摘下来当球踢,又有什么不可以呢?

你问我女儿是怎么拉起二胡来的? 说来让人难以相信,在我们所居住的那条街上,有一个很奇怪的流浪汉,这个人不向人讨饭,而是站在路边拉二胡,有兴趣的人可以扔给他一毛钱,他就凭着这把二胡混生活。那一年冬天,老流浪汉没有经受住寒冷,在桥洞里被冻死了,警察把他的尸体收去后，却忘了拿走那把二胡。那天我女儿正好经过那里，便顺手把那把二胡带回了家。我觉得拿流浪汉的东西不吉利，便让她扔掉，可她就是不干，一边吱吱呀呀地拉二胡一边说，我不当流浪汉，我要当艺术家。我真搞不懂她要当艺术家的念头是从哪里来的？我虽然是一个没有多少文化的人，却知道艺术家是怎么回事，一听见女儿说这个名词，而且还无师自通地拉响了二胡，不知道怎么回事，我一下子淌出了眼泪。因为家里的条件不好，我没大满足过女儿的愿望，有时看到别人家的孩子又是坐汽车，又是用手机，我就觉得对不住自己的孩子。我曾经许多次地问过她，告诉妈，你想实现什么愿望？女儿大概知道说了也是白说，便很懂事地对我说，妈，我没有什么愿望。听着孩子说这种话，我心里别提那个难受。现在女儿终于说出了自己的愿望，是要当艺术家这样有出息的想法，我就是把自己整个卖了也不能再说阻挡的话，便狠狠心，让她把老流浪汉的二胡留在了家里。

过了许久我才知道，像我这种人，是不配谈论艺术的，甚至是不配和从事艺术的人待在一起的……有一天，我女儿哭着回家来了……那时候她已经升上了高中，是个懂事的大姑娘了，怎么突然哭起鼻子来？女儿委屈地对我说，学校不让她参加宣传队，本来有一个她上台演出的机会，却被老师无情地剥夺了。为什么？我替女儿打抱不平说，他们为什么和你过不去？难道是你的二胡拉得不好吗？我知道这绝对不是老师为难她的理由，因为她的二胡拉得在我们那一带早就出了名。

还不都是因为你。女儿翻起白眼，恶狠狠地瞪视着我说。

什么？我大吃了一惊，因为我？因为我什么？我没有想到女儿会这样回答我，一时还有些想不通，我又和二胡无关，怎么会由于我的原因而不让女儿上台演出呢？

老师说，女儿学着老师的口气说，我们这次是为抗洪救灾的英雄模范慰问演出，剧场里洋溢着的是高尚和正气，哪能容许你这样出身的人破坏了演出的气氛……

什么？我一下子惊呆了，你这样出身的人？你是哪样出身的人？

那只能问你好了。女儿说完，便掉头离去，那副决绝的样子让我目瞪口呆。

女儿离开后，我陷入了长时间的沉默和反思中，不用再用女儿挑明，我也知道老师的所谓"出身"是指什么了。你这个下贱的女人，我偷偷打了自己两个耳光，竟然耽误了女儿那么大的事……其实这个时候，我早就从海里爬到岸上来了，女儿已经长大，我不能再让她因为我的龌龊行为承受欺辱……但这似乎并没有用，我在这个城市里已经失去了好名声，已经让女儿蒙受了耻辱，就算我金盆洗手，也不能再挽回给女儿造成的损失……女儿，我在心里哀哀地朝她叫喊，妈妈做错了……也就是在这个时候，我产生了离开城市，到一个没人知道的地方度过残生的想法……为了女儿的明天，为了女儿成就她艺术家的梦想，我宁愿在这个角落里让整个世界把我彻底遗忘……

可谁又能想到，说到这里，老女人忽然老泪纵横，抱住脸呜呜地哭起来，当我们一家人做了那么大的牺牲，当我的女儿费尽周折终于能上台演出的时候，这个时代却不再需要真正的艺术，不再需要真正的艺术家了……

我呆呆地看着她，不知道该对她说什么安慰的话，我觉得这时候对她说的任何一句话，都是可耻的谎言，都是对这个不幸的老女人的再次伤害……

34

从老女人家出来后，我正在街上发愣，一个男人鬼鬼祟祟地凑到我面前，用手指头捅了我一下说，要水质净化器吗？他举起一叠宣传册页，不由分说塞到我手里，还有空气清洁剂……

我错愕地看着他，过了好一会儿，我才明白这是一个推销产品的家伙。不要。我想掉头走开。

不要走，男人一步不落地跟随着我，听我慢慢给你说，等你听了我的介绍，我保证你会对我的产品感兴趣……

我知道一时难以摆脱他了，便猛地停住脚，颇为反感地质问他说，我为什么要买你的水质净化器？还有什么空气清洁剂？

男人似乎被我问住了，过了一会儿才反应过来。你怎么会提出这样的问题？他用奇怪的目光看我，似乎我是一个让他看不懂的怪物。你看这空气，他伸出一只鸡爪样的瘦手，在空中抓了一下，你看这空气，难道还不该清洁一下吗？

我望着他的空手，心里越发对他充满了厌恶，凭他的一只空手，我就会对他的产品感兴趣,未免也太异想天开了吧? 我从鼻子里哼一声,转过头去又走。

男人明白他的现身说法的失败,在稍稍犹豫了一下后,又一颠一颠地追上来。请跟我来,他抢到我前面,领着我往那棵大樟树走去,这回我就让你心服口服了。

本来我是要看看那棵大樟树的,于是便跟着他走过去。我倒要知道他用什么让我心服口服。

来到那棵大樟树下,男人却并没有停步,而是继续领着我往前走。我们便越过樟树,来到了河道边沿。男人再次把鸡爪样的手伸出来,朝河里一指,理直气壮地说,你看。

我在心里叨咕了一句,老子刚从河里上来,还看个什么劲儿? 但我还是随着他的手指朝河里看去。这一看却非同小可,河道里的景象一下子把我惊呆了,天哪,河道里竟然布满了各式各样的垃圾,塑料袋、西瓜皮、烂菜叶之类,花花绿绿地在水面上晃荡,像是一头巨兽被开膛破肚,将内脏都袒露在了光天化日之下。我不禁感到惶惑,这真的是那条鱼人河吗? 刚才我就是沿着它来到这个城市的? 我觉得无论如何都不可能是这样,这条几乎已经淤塞的河道怎么可能有轮船通过呢? 再说,我在船上时注意观察过河岸的情况,根本不可能对如此大面积的污染状况视而不见。我急忙掉过头,看一眼身后那棵大樟树,心里越发感到困惑。这到底是怎么回事? 我喃喃自语着。

不但这条河道,男人用耳语一般的声音对我说,天空里所有的空气,都已经让我们不堪承受了。他一边说着一边伸出手,再次在空中抓了一下,重新在我面前展开,你看。

这次我真的看清了,他鸡爪一样的手指上沾满了一粒粒芝麻大小的黑色颗粒。为什么? 我抖动着嘴唇说,为什么污染得这样厉害?

男人没有正面回答我的问题,而是把目光转向远处,越过那些楼房的阻挡,抵达了一个我无法看到的地方。先前,他无限深情地说,这里是一望无际的庄稼地,天地是绿色的,空气是透明的,尽管你会闻到一点点大粪的气味,但它却绝对会让你的身体得到滋养。说到这里,他把目光收回来,在楼房顶端停留了一下,最后落在河道里,后来这里被开发了,工厂也来到了这里,于是,庄稼没有了,树木没有了,河道和空气都变成了这个样子。

尽管知道他出于推销产品的目的对事情做了夸大表述，我还是为他演讲一般的话语打动了。事情怎么就变糟了呢？我困惑地自语。

怎么样？男人又把嘴巴凑近了我的耳朵，你还认为你的生活中不需要水质净化器和空气清洁剂吗？说着，他又把宣传册页朝我递过来。

我真的产生了购买他产品的欲望，但两手在衣兜里掏了个遍，又伸进行李袋中搜索，最后拿出来的也只是夏海丽的那只皮鞋。用这个换行吗？我无奈地说。

你想什么好事呢？男人把我手里的皮鞋拂开，在鼻子里哼哼着说，你把我当什么人了？他把宣传册收起来，掉头就往回走，边走边愤愤地说，老子不是傻瓜。

河边只剩下我一个人了。我发了一会儿呆，又把目光转向身后的大樟树。就在这时，我忽然看见，在这棵樟树接近两米高的位置上，竟然也长有一些根须一样的东西，只是比鱼人河上游河道里那些树木的根须短一些。难道说，曾经有一个时期大水也涨到了那个位置？这个念头一起，我便觉得眼前一黑，心里充满了前所未有的恐惧，因为我注意到，这棵樟树是在一个相对高的地界，如果水位真的到了根须生长的地方，那说明洪水不但大大越过了河道两岸，而且整个鱼阴市都会被悉数淹没，就连那些看起来高耸的楼房也将处在一片汪洋中……这个恐怖的念头让我久久喘不上气来。

我急急忙忙离开了夏庄，好像那个地方连同我这次的整个出行都是一场梦魇，我要让自己赶快醒过来。大约一个小时后，我乘坐的出租车便穿过市中心，来到城市的另一端，距我居住的地方已经不远了。经过一个院落的门口时，我让司机停下了车，下来后径直朝一个女人走去。那个女人站在院落门口，似乎正在等待什么人的到来。我认出来那是周岫娟，也知道她等待的人是我，便直朝她走过去，想尽快把在夏庄遇到她母亲的事说给她。

嘘，周岫娟没有回头，却好像知道我的到来，她抬起一只手，在嘴边做出一个不让我出声的手势，随即又把手伸出去，朝着前面一指说，你看。

我随着她的手指看去。我一眼便看见张效梁从一辆宝马车上下来，打开后备箱，提出一只塑料桶，脚步生风地朝院落里走去。我看出来，提在他手里的塑料桶很沉，里面一定装满了易燃的液体。他要去干什么？我不由得说。

这还用问吗？周岫娟嘲笑我说。

是呀，不用再问我也明白，张效梁提着汽油进到院落里去，除了泼洒在一幢房屋周围外，他还能干什么呢？我又自言自语地说了一句，看来他在乌龙镇连名字都改了？

是呀，周岫娟也自嘲地笑起来，连他到底是谁我都不知道了。

我摇摇头，不能不在心里叹服这个神出鬼没的家伙。

很快，张效梁就提着空桶出来了，这说明他已经把整整一桶汽油都泼洒在那幢房屋周围了，那么接下来应该夏海丽出场了吧？我正这样想着，就看见夏海丽从另一辆捷达车里下来，与张效梁的宝马车交错而过，迈着快步朝院落里走去，皮鞋踏在水泥路上，发出嘎达嘎达清脆而响亮的声音。我的手不禁伸进行李袋中，抚摸着我从乌龙镇带回的那只皮鞋。如果我的判断没错的话，这只皮鞋应该就是她此时穿在脚上的那一双中的一只。

走，周岫娟朝我招一下手说，我们去看看。

看什么？

我要亲眼看看她是怎么打开煤气罐的，周岫娟一边往里走一边说，我还要看看她是怎么把打火机投进窗子里去的？

我朝前跟随了两步。看看她烧到了自己的手没有？我朝她喊一声，便停住了脚，对于那场我已经亲眼看到或者间接听到过的火灾场面，我心里充满了少有的恐惧，不想再到现场受一遍刺激了，便决定站在远处等她们出来。

过了约有一刻钟的时间，我先看见周岫娟跑出来了，随后便是夏海丽疾步奔出来。夏海丽是一瘸一拐奔出来的，好像一只脚受了伤，我愣怔了一下，才意识到她的脚其实没有受伤，而是一只鞋子脱出了脚。我刚要把这只此刻落到我手里的鞋子扔给她，便看见在她身后的高空里，有一股烈焰正在腾飞起来，随即便传来剧烈的爆炸声。我捧着夏海丽丢掉的那只皮鞋，看见她跳上那辆捷达车，急快地朝远处驶去。

她没有烧到自己的手，周岫娟扑到我怀里，嘴里咝咝地吐着气说，我的手指却疼起来。

我低头往她手上看，见她曾经受过伤的手又渗出血来。我赶紧撩起衣襟，帮她把手上的血迹擦干净。他们，我心神不定地问她，他们把谁家的房子点着了？

我怎么知道？周岫娟反问我说。

我想想也是，对于张效梁和夏海丽制造的这起纵火案，像我一样置身事外的周岫娟又知道些什么呢？

离开了那里后，周岫娟忽然想起什么来，随口对我说了一句，好像那个地方是一家医院……

医院？我心里便有些不解，他们怎么跑到医院里去作案呢？当然，我很快就把这件事忘记了，一切好像都与我无关，我又有什么理由老是把它放在心上呢？

回到家后，我在检查电话留言时，又几次听到了一个外国人的声音。嗨，那个外国人用蹩脚的汉语说，李蒙克先生，我是邦德，詹姆斯·邦德……对不起，我不是电影007中的那个英国特工，而是来自美利坚合众国宾夕法尼亚州的一名律师，还记得我吗？前几天我已经给您打过一个电话……我之所以一再和您联系，是为了一件财产继承案，它牵扯到您……我没有听完，便转向下一条，但下一条还是这个蹩脚的声音，而且下下一条，下下下一条……几乎所有我不在家时的电话留言，都是这个家伙打过来的。到最后一条，那个叫什么邦德的家伙都有些发火了，这件事不能再拖下去了，如果您听到了我的留言，请您务必给我打电话，话费可以由我来出，当然最终的买单者恐怕还会是您……

真是疯子。我在电话上狠狠地拍了一下。我认定打电话的这个家伙不是一个恶意骚扰者，就是一个真正的疯子，我与国外没有任何干系，也对什么宾夕法尼亚不感兴趣，如果他再来打扰我，我很可能就把这部固定电话拆掉了。

我没有理会那个电话，转而留意家中可能出现的可疑迹象，我是指与夏海丽相关的一些信息。这一打量，我还真的又发现了夏海丽留下的不少痕迹，比如放在厨房里的拖把跑进了卫生间，已经半干的鱼缸里又灌满了水，浴室里的水龙头下有一汪温热的水渍，洗衣机上也多了一件待洗的内衣……最让我感到吃惊的是，那幅没有被我扔掉的《呼喊》躺在了客厅的地下，上面还有几个醒目的脚印，而我先前是把它贴靠在书架子上的。我把从乌龙镇带回来的皮鞋掏出来，与那几个脚印比对了一下，如果换了别人，还真以为脚印是这只皮鞋踩上去的。与上几次不同的是，当我打开监控录像的时候，竟然真的看见了夏海丽的影子，虽然上面的图像不是那么清晰，但我很快便认出来，那个光着脚在客厅和卧室间走来走去的女人，除了是夏海丽外还能是谁呢？我终于逮到你了。我兴奋无比地在心里说。我很想知道在我不在家的时候夏海丽都干了些什么，但我又担心看到不该看到的画面，我是指有关她与张效梁的什么内容，所以我没有勇气一直看下去，便把图像调到最后一段。在这一段视频中，我看见夏海丽从床铺下翻出一双鞋子，把自己的光脚放进去。我认出来，那双鞋子就是我在两次火灾现场分别拿回来的两只皮鞋。夏海丽穿着这双鞋子走出去了。我也关上视频，跑到床铺下去查看，果然那两只鞋子不见了。我又把带回来的这只皮鞋放到床下去。

一连好几天，我都在等待夏海丽的归来。不要再和我捉迷藏了，我在心里对她说，我已经在火灾现场看见你了。但好几天过去了，夏海丽都没有回家来，好像来自监控录像上的视频不真实似的。但我相信我的眼睛，尤其相信我和周岫娟两个人共同的见证。无所事事的时候，我想到了在乌龙镇别墅废墟里捡到的那张碟片，便再次把它取出来打量，上面的那对外国男女一副得意而嚣张的样子，好像在对我诉说一个紧张而刺激的故事。我莫名地产生了一股冲动，便尝试着把它塞进影碟机，看它还能不能把那个故事演示给我看。我几乎对这种经受过火烧的碟片不抱任何希望，但出乎我意料的是，当这张快要报废的碟片放进去时，影碟机的磁头居然转动起来，不一会儿，电视荧屏上就出现了一组急快运动的画面。看了一小会儿，我便恍然大悟，原来这部外国片子的名字叫《邦妮和克莱德》，有的版本译作《雌雄大盗》或者《我俩没有明天》，是根据一件轰动整个美国社会的真实事件改编的，在西方电影史上占有非常重要的地位。我念叨着邦妮和克莱德的名字，脑子里又想到了那个叫邦德的家伙和他的骚扰电话。

我不知道这张影碟与乌龙镇那场别墅纵火案有什么关系，想把它寄给刘队，为他们继续探查那个案件提供一些帮助，但不知怎么回事，等从邮政局回来时，我却发现把它阴差阳错地寄给了王队。当然，我更不知道它与发生在这个城市里的几场纵火案有没有关系。

我的夏利出租车留在了乌龙镇，为了我还有周岫娟的生活考虑，我不能待在家里坐吃山空，再说我又有什么山可吃呢？除了继续开出租车外，我想不出我还会干些什么。于是，我便又跑了几趟车市，将一辆更为便宜的二手车开了回来。这次我选中的品牌是夏利。

在往车市跑的过程中，我有一次经过一个马路书摊，被一本砖头一般厚的书籍吸引住了。本来我不是个喜欢读书的人，一本轻薄的小册子都让我耗费很大精力，哪里又有工夫看这种砖头一般厚的书呢？但这一回，我却在那本书面前蹲下来，拿到手里，简单翻了几页后，便决定买下它来。摊主也对这本书不看好，便以难以置信的低廉价格卖给了我。这本书的原始定价是190元，摊主开出的优惠价格是1.9元，我付给摊主的钱是2元，大度地说一声"别找零了"，便抱起书来离去。我觉得我占了一个大便宜。对了，这本书的名字叫《鱼阴市志》。

我把这本书带回家去，翻到"自然灾害"一章，看到里面有这样的记载：19××年，鱼人河暴发洪水，漫出两岸，淹没整个市区……灾民涌现，哀鸿遍地……我计算了一下，19××距离我翻阅志书的这一年，正好是三十个年头……我大吃了一惊，赶紧把目光从志书上收回来，天哪，如果乌龙镇那个神秘的老头说得不错的话，那今年就是鱼人河水再次袭来的年份……尽管我有些喘不上气来，但还是鼓着勇气继续往下看，因为我意识到，有关洪灾的这一条记载我并没有读完。下面的文字有些奇怪：鱼人河沿岸暴民汹涌进城，与市民争夺衣食，城市一度沦陷……我觉得这段记载已经超出了"自然灾害"的范畴，应该属于典型的社会灾难了……

接连几天，我都沉浸在"三十年河东，三十年河西"的谶言中而难以自拔，似乎看见来自莫邪山区的洪水像一群脱缰的野马一般滚滚而来，一派摧枯拉朽的疯狂气势席卷而过，所经之处地面上的东西包括建筑物都悉数沉入水下，只有一棵巨大的千年樟树勉强露出梢头……每当想到这个恐惧的场景，我便像大难来临前的老鼠一般胆战心惊……

第四章

35

有一天我闲得无聊,便打开了我家那部老旧的台式电脑,上网玩起一个叫"汽车行动"的游戏来。这部电脑还是夏海丽带过来的,应该说是她的私人财产,所以一般情况下我是不使用的,现在夏海丽不在家里,我用它来缓解一下寂寞也没有什么不妥。游戏结束后,我在移动鼠标时,无意间把桌面上的 QQ 点开了。在此之前,我也没有使用过这个软件,因为我从来没有在网上交过朋友,也便用不到这种聊天工具。我正想关上它,却发现它在自动运行,原来账号和密码都储存在系统记忆中了,不用我再费任何劲儿,便顺利登录上去。我知道这应该是夏海丽的账号,因为除我们两个人之外,没有第三者使用过这部电脑。我当然渴望了解她的一些情况或者说秘密,但平时却没有机会这样做,现在我偶然闯到她的私人空间里来,可要仔细看一下了。原谅我,我在心里对她说,我不是有意到你这里来的,没办法,是你先敞开了大门,我才……

夏海丽的账号名称叫"丽妮",我想不明白她为什么给自己起这样一个名字,她的好友名单中只有一个人,那个人的名字更是奇怪,居然叫"张莱德",开始我还疑心那是一个外国人,后来才恍然大悟,那应该是张效梁给自己起的网名。让我感到幸运的是,他们的聊天记录都保存得十分完好,不知道是夏海丽太大意了,还是根本没有对我加以防范,现在她和张效梁的交往过程都暴露在我面前,想必也是她从来没有想到过的。读过了他们的一些对话,我有些感到意外,在我的想象里,这两个真心相爱的人应该不断表达彼此的情意,不说卿卿我我互诉衷肠,起码也要流露一些情话才对,但事实是,他们的对话却那么冷硬,就像一根铁条一样直来直去,一点表示柔软的弯儿都不打,简直让我怀疑,在网上聊天的这两个人真的是夏海丽和张效梁吗？我就是抱着这种怀疑的态度，一页页阅读他们的对话的。

……

张莱德：我发现了一个人，可以成为我们行动的目标。

丽妮：情况如何，值得我们下手吗？

张莱德：他有自己的公司，估计财富会有几百万，不，也许几千万……

丽妮：算不上大鱼，不过倒也值得钓一钓。

张莱德：怎么下手？是不是你来制定一个方案？

丽妮：让我想一想……

张莱德：抓紧。

……

丽妮：可以这样，你设法打入他的公司，然后从内部下手。

张莱德：好主意。我这就去他的公司，看他们需要不需要人手……

丽妮：为了保证顺利进去，你可以让自己吃一点苦……

张莱德：怎么操作？

丽妮：我已经看好了一个建筑工地，你爬到脚手架上去，然后装作不慎掉下来。

张莱德：是摔伤胳膊，还是摔伤腿脚？

丽妮：胳膊就行了，腿伤会妨碍你以后的行动。

张莱德：他会接受我吗？

丽妮：这几天我调查过他了，他是一个富有同情心的男人……

张莱德：哼，就当你的话是真的。

……

张莱德：我已经取得了他的信任，这几天一直住在他的办公室里……

丽妮：那怎么不下手？还等什么？

张莱德：我避开那个照顾我的员工，已经打开过他的保险柜了……

丽妮：拿到了没有？

张莱德：里面什么东西都没有……

丽妮：看来这是个狡猾的家伙，早就做好了防范。

张莱德：接下来怎么办？

丽妮：让我想一下。

张莱德：我还是出去吧，免得被他发现。

丽妮:这样,你可以在他公司里留下来,成为他的正式员工。

张莱德:啊?那战线可就拉长了。

丽妮:看来速战速决不行,我们还是要放长线钓大鱼。

张莱德:要是被他发现了怎么办?

丽妮:不能被他发现。你要尽力讨好他,取得他的信任,然后伺机下手。

张莱德:那……让我试试吧。

丽妮:不许失败,只能成功。

……

张莱德:我倒是取得了他的信任,他开始把我当兄弟看待了……可我还是不知道他把他的财产放在什么地方。

丽妮:你到他家里去过没有?

张莱德:去过,趁他不在的时候,我也草草地翻腾了一遍……

丽妮:有什么发现?

张莱德:只找到一些零钞,还不足一千块钱,连一本存折都没有看到。

丽妮:还有什么值钱的东西?

张莱德:有几样首饰,其中一个是女人戴的项链,过两天我给你送过去……

丽妮:他结婚了没有?

张莱德:没有。

丽妮:女朋友呢?

张莱德:好像也……你是说我们可以朝他的女人下手?

丽妮:对。

张莱德:这个我也想到过了,可他对他的女朋友一点也不上心,就算我们把那个女人弄起来,怕是他也……

丽妮:他不爱那个女人吗?

张莱德:或许吧。

丽妮:我们可以让他爱上一个女人。

张莱德:什么?怎么做到?

丽妮:这个还用我说吗?

张莱德:怎么?你要亲自出马?

丽妮:看来只能这样了。

张莱德:他能爱上你吗?

丽妮:只要他是一个真正的男人……

……

张莱德:他真的爱上你了吗?

丽妮:是的,昨天他就正式向我求婚了……

张莱德:那你怎么还不行动?再耗下去可就不好办了。

丽妮:正像你说的那样,这个家伙的警惕性很高,到目前为止,他的私人财产到底在什么地方,我还没有从他嘴里套出来。

张莱德:那怎么办?我担心夜长梦多……

丽妮:我现在并不这样想,我倒是觉得好事多磨呢。

张莱德:什么意思?

丽妮:看来我们不能不继续把线放下去了……

张莱德:还放线?值得么?你不是说过,他只能算得上一条小鱼……

丽妮:可他已经咬住了钩,我们岂能轻易放手?再说,我们下的饵够多了……

张莱德:怎么放线?莫不是你要真的嫁给他吧?

丽妮:正是。

张莱德:你疯了?难道你……

丽妮:只有真的嫁给了他,我才能在和他离婚时分得一半的财产。

张莱德:这战线也拉得太长了吧?

丽妮:开弓没有回头箭,我们只能这样做下去了。

……

丽妮:什么?你要出手?

张莱德:我等不下去了……

丽妮:我已经成了他的妻子,很快就可以采取下面的行动了,这个时候你不要打乱我的计划……

张莱德:那你马上向他提出离婚?

丽妮:太快了也不行,你总要给我留出一……

张莱德:就算你能达到目的,我们也只能分得一半的财产,可还不足以让他真正倒下,如果他东山再起,就会给我们造成致命的危险。

丽妮:那你的主意是什么?

张莱德：我要让他的公司彻底破产。

丽妮：噢，会有这么好的方案？

张莱德：我认识一个人，他能帮助我们取得成功。

丽妮：可靠吗？

张莱德：绝对可靠。

丽妮：你有几成把握实现这个方案？

张莱德：九成吧。

丽妮：好，那就按你的意见办吧。马上采取行动。

张莱德：好，你就等着他破产的好消息吧。

丽妮：加油。

……

几乎用了一天的时间，我才把他们两人间的对话阅读完毕，夏海丽和张效梁在网上交往了数年时间，所以他们的对话记录长达几千页，我之所以把上面的几段文字单独拎出来，是因为我觉得它们或许与我有关。从这个账号上退出来时，我无意间发现下面还有一个账号，真是奇了怪了，为什么会有两个不同的账号？另外一个账号也是夏海丽的吗？我想不出除了她之外，还会有谁使用我家里的电脑，但如果这个账号也是夏海丽的，为什么她会同时使用两个账号呢？出于好奇，我又把鼠标放在第二个账号上。与第一个相同，这个账号的密码也被软件记住了，我的鼠标一点，它便自动运行起来，于是我又轻而易举地进入这个账号中来。这个账号的名称是"海上的风景"，看上去也是夏海丽的网名，好友一栏中也仅仅只有一个人，名字叫作"大厦之梁"，想必也是张效梁的网名了。翻看他们的聊天记录，竟然也长达几千页，而且聊天日期与第一个账号相重叠，也就是说，如果这两个账号都是他们两个人的话，只能说明他们在同时使用两个账号聊天，这真是一件不可思议的事儿，我甚至想不出他们该怎么在电脑上操作。

这个账号的聊天风格，竟然与第一个账号迥然不同，文字风格热烈缠绵，其间不乏激情四溢的情感宣泄，最让我感到不解的倒不是他们彼此间表达情意的直白，而是对另外同一个人那种说不清道不明的情感纠结，看着看着，连我这个阅读者都差点感动起来。

……

海上的风景：你要等到什么时候才对他出手呢？

大厦之梁:这个……我也不知道,我一想到他毕竟救过我的命,又是给我治伤,又是留我住宿……一想到他对我的那些点点滴滴,我就无法……

海上的风景:你是不是被他迷住了?

大厦之梁:什么意思? 你又不是不知道,我是一个男人……

海上的风景:男人和男人之间也并不是不能存在真正的友谊。

大厦之梁:也许真像你说的那样……

海上的风景:你就不去试一试? 难道就这样放弃我们的计划吗?

大厦之梁:我已经试过多次了,可我就是……有几次,我趁他午睡时走到他背后,已经把刀子抵在了他的脊背上,只要我再稍稍用一点力,他就会因为疼痛而醒过来……也就是在这个时候,我总是赶紧把刀子收回来……

海上的风景:他已经发现你了吗?

大厦之梁:好像还没有……

海上的风景:那你到底怕些什么呢?

大厦之梁:我并不是怕他发现……如果真要采取措施的话,又怎么会害怕被他发现呢? 如果他不在恐惧中看到我的刀子,又哪里能把他的秘密说给我呢? 我当然早就做好了让他看到我手握刀子的情景……

海上的风景:那你到底担心些什么?

大厦之梁:我……想来想去其实很简单,就是唯恐伤害到他……

海上的风景:可不伤害到他,我们又怎么拿到他的财产呢?

大厦之梁:我们宁肯……也不能伤害到一个好人……

海上的风景:一个好人? 他是一个好人吗?

大厦之梁:他当然是一个好人,如果他不是好人的话,那这个世界上就不存在什么好人了。

海上的风景:是吗?

大厦之梁:不仅仅是因为他救了我,我才说他是……经过这段日子的相处,我已经开始把他当作自己的兄弟了……当然首先是他把我这个没什么本事的人当成他自己的兄弟,我才……在这个世界上除了你之外,我没有什么朋友,更没有什么兄弟,现在他对我这样好,我怎么能……我觉得我应该珍惜他的友谊,我们都应该珍惜……

海上的风景:可这样一来,我们就要失去一个机会了。

大厦之梁:我觉得我们失去了一个发财的机会,或许会迎来一个做人的机会……

　　海上的风景:看来你真的受到了他的影响。

　　大厦之梁:我没法不被他……

　　海上的风景:我还是不相信,他真的像你说得那样好吗?

　　大厦之梁:不信你就来会一会他吧。

　　海上的风景:我也许真的对这个人产生了兴趣。

　　……

　　大厦之梁:你不会是看上他了吧?

　　海上的风景:你为什么这样说?

　　大厦之梁:我觉得是这么回事……

　　海上的风景:他的确是不错的一个人,不仅模样潇洒,而且处事稳健,为人大方……这样的人早就……

　　大厦之梁:你的意思是要和他交往下去?

　　海上的风景:如果有这种必要的话,我想……

　　大厦之梁:还是明白点说吧,你已经爱上他了对吗?

　　海上的风景:……

　　大厦之梁:你承认了? 看来……

　　海上的风景:你说我该怎么办? 请你告诉我好吗?

　　大厦之梁:我怎么会……我没有想到,你会真的被他……你不是对我说过许多次吗,像我们这样的人绝对不能放任自己的感情,除我们两个人之外,不论对谁都要横下一条心来,才能……

　　海上的风景:连我自己都没有想到……看来不到身临其境的地步,他人是不可能真正理解这一切的。

　　大厦之梁:这样一来,我们的计划不是要泡汤了吗?

　　海上的风景:你说在我没有对他感到厌恶的情况下,我又该怎么对他下得了手? 你应该能体会到我的心境,如果这时候我让你对我下手,你能够真的……

　　大厦之梁:可我们毕竟……

　　海上的风景:仅仅是出于男人间的友情,你都无法对他出手,何况我现在是与他发生了男女……其实我不说这些你也能够想象得出来,在这个时候,我又怎么能做伤害到他的事呢?

大厦之梁：可你这样做伤害到我的事儿，难道你就真的没有感觉到吗？

海上的风景：我当然……我的确对不住你……有时一想到这一点，我就觉得……

大厦之梁：我真是没有想到，我们搞来搞去，竟然会被同一个人给……看看我吧，就更像是一个傻瓜，连本来拥有的都没有保住，还要去……真是天大的笑话，我还每天做着去占有别人东西的美梦，结果到头来，我自己的东西都被人家……

海上的风景：不要说下去了，事情也并不像你想的那样……不管怎么说，我永远都不会做对不住你的事……

大厦之梁：说出这样的话来，难道你自己还会相信吗？

海上的风景：我为什么……好吧，我这样说了也没有用，看来你是在逼我，逼我向他出手对吗？

大厦之梁：我……我不是……可是我……

海上的风景：别说了，什么都别说了，我知道这件事你也说不清楚，但我明白你的心思……你让我好好想一下……

大厦之梁：在这种情况下，你又能想出什么来？

海上的风景：你是不是已经不信任我了？你不相信我会找到一个妥当的解决办法？

大厦之梁：妥当的……解决办法？呵呵，真有那么好的办法吗？

海上的风景：你让我……是不是这样，我可以利用我的恋人身份，继续把我们的那个计划做下去，直到有一天……

大厦之梁：你觉得可能吗？毕竟你已经对他……怎么还能继续……

海上的风景：为了我们的……哪怕我咬碎自己的牙齿也要咽到肚子里去……请你相信我……

大厦之梁：好吧，我就再……那可真要委屈你了。

海上的风景：我倒没有什么，只是这样一来，可就真的要对不住他了……

36

看到这里，我突然感到了莫名的肚子疼，只好停下来，伏在桌子上休息一下。夏海丽和张效梁的这部分对话有些烦琐,我看得也较为吃力,似乎耗去了我身上不少的力气,我不知道肚子疼与这一点有无关系。过了一会儿,我身上的不适感觉似乎慢慢过去了,才又打起精神来,再次把泛花的目光盯到屏幕上,继续去看他们对话。

……

海上的风景:什么?你要对他下手?

大厦之梁:是的,我觉得应该……

海上的风景:我们不是说好了吗?一切等时机成熟的时候……你怎么……

大厦之梁:我不能等下去了……你知道吗?几乎每一天夜里,我都会在梦中看见你和他……我不能再看下去,每次都把自己的手指咬破,才能在疼痛中醒来,好把那个该死的梦赶走……醒来后我发现,自己的手指真的在汩汩地流血……

海上的风景:别说了……实在对不起,是我让你……可越是这个时候你越要沉得住气,再等一等,我也许很快就能……如果你一旦贸然行动,就会把我们的……

大厦之梁:我不能容忍这样的局面再继续发展下去……我已经做好了准备,哪怕我与他来个鱼死网破,也要把你从他那里……请相信我,现在是到我出手的时候了……

海上的风景:你这么急着……莫非你有了什么好计划不成?告诉我,你打算怎么办?

大厦之梁:我认识了一个……我还是不要把什么都说出来……我担心你会把我的计划泄露给他……

海上的风景:你疯了吗?这怎么可能?

大厦之梁:为什么不可能?你已经不由自主地爱上了他,为了你们所谓的爱,你又有什么不能做的呢?要说有人疯了,那个人也只能是你……

海上的风景:你怎么能这样说?我对你一直是……这些你都心知肚明,不应该再由我对你一再……好吧,既然你不说你的打算,那我也就不再问了,你自己看着办吧。

大厦之梁:但你要对我说明白,当我把他打败了的时候,你真的会离开他吗?你会回到我身边来吗?

海上的风景:我当然会……我知道这样说也不能使你……那么怎么办? 你说我该怎么让你……

大厦之梁:我没有说不相信你的话……这句话是你自己说出来的,是不是你自己也觉得这些话没有什么力量?

海上的风景:我……我为什么会那么觉得?

大厦之梁:因为真正的事实是,你已经离不开那个人了……你当然最清楚你自己的心思了,所以才没有勇气……

海上的风景:我没有那样的心思,我随时都在做着离开他的准备……

大厦之梁:是不是就像离开我走向他一样,随时都可以……

海上的风景:我警告你,不许你再侮辱我的感情。

大厦之梁:你的感情? 那么请你对我说清楚,你所说的感情是指你对我的感情,还是指你对那个人的感情?

海上的风景:……

大厦之梁:好吧,既然你自己也说不清楚,还是……我知道其实我已经失去了你,就算你真的从他身边离开了,你的心也会留在他身边……

海上的风景:你这是出于嫉妒而说的昏话吗?

大厦之梁:不是,我这是用我自己的眼睛看到的结果……

海上的风景:那我只能对你说,你应该去医院看看眼科医生了。

大厦之梁:干什么你?

海上的风景:下了。

……

大厦之梁:听说你住院了? 是不是这样?

海上的风景:是的……

大厦之梁:告诉我,你得了什么病?

海上的风景:忧郁症,心力交瘁,精神错乱……我觉得所有的病都离我不远了……

大厦之梁:这怎么可能? 就算你得了那些病,也不该给自己吃那么多安眠药,走你不该走的路呀……

海上的风景:什么? 难道你都知道了?

大厦之梁:告诉我,你为什么要这样干?

海上的风景:我感到绝望,不想再待在这个世界上……

大厦之梁:绝望? 看来你是真的心疼那个人了,不愿看着他在我的伤害下……不过我可以告诉你,他绝不是平庸之辈,虽然暂时变成了一个混吃等喝的穷人,但凭着他非同寻常的才能,或许很快就会……

海上的风景:你这是在安慰我吗? 我为什么要听你说这些没用的话?

大厦之梁:你不是替他感到绝望吗? 我这是在好心好意地开导你,免得你……

海上的风景:有时我真是想不明白,我们为什么要一意孤行走到这一步? 为什么非要毁掉彼此的情谊不可? 又……

大厦之梁:你能不能对我说清楚,你所说的情谊是指你和他之间的情谊,还是指我们两个人之间的……

海上的风景:这有什么实质性的区别吗?

大厦之梁:我没有回答你这个问题的必要,还是请你自己来回答吧,如果你找不到答案的话,那并不说明答案不存在,只能意味着你对它视而不见。

海上的风景:好了,我们就不要再打这些无聊的嘴仗了……说句实话,我不过是不想在看他失去财产的同时,再眼睁睁地让他失去爱情……

大厦之梁:失去爱情? 呵呵呵,你终于承认你们之间存在爱情了,能不能告诉我,你们之间的爱情是怎么一副感天动地的样子? 说出来也让我学上一学,说不定哪一天,我也能大言不惭地说到底什么爱情了。

海上的风景:你这个……如果我没理解错的话,你今天是故意来看我笑话的。

大厦之梁:我……我当然……对不起,是我不好,让你……好了,还是说一说你的病情吧。

海上的风景:没有什么好说的,刚才我已经……何况我现在已经好了……

大厦之梁:你真的没事了吗? 不管怎么样,你都不能去走那条路……难道你要让自己永远留在他身边吗?

海上的风景:留在他身边? 呵呵,你说得真是轻松无比,不过倒也说出了我的真实处境,你想呀,我不留在他身边又到哪里去呢? 如果我在事后到你身边去你会接纳我吗?

大厦之梁:当然会,我怎么会不……这个难道你还有什么怀疑吗?

海上的风景：如果你这几个字说得很没力量，我又为什么不可以怀疑一下呢？听你刚才软绵无力的口气，你一定是硬着头皮说……敲出来的吧？

大厦之梁：不要这样对我说，我真的不会因为你和他……就……无论在什么样的情况下，我都忘不了我们当初的……那句地老天荒的话，我一直把它用刀子刻在我心上。

海上的风景：你说的是真的吗？

大厦之梁：当然是真的……如果可能的话，我会让你掏出我的心来看一看……

海上的风景：还是算了吧，我可不敢去掏你的心。

大厦之梁：我倒是一直担心，你会舍不得丢下他呢……

海上的风景：那我怎么听说，你要揣着那笔不义之财，一个人逃到遥远的山里去呢？

大厦之梁：我只是……我没有……哦哦，我明白了，你这是在有意诈我？

海上的风景：哈哈哈，你自己都快说出来了，还用得着我来诈吗？

大厦之梁：不会的，请你放心好了，我哪里都不会去，而是要和你……

海上的风景：你不怕他会来报复你吗？

大厦之梁：不怕，我当然不怕，就算他……不是还有你的吗？

海上的风景：还有我什么事儿？你一个人都做完了，哪里还用得着我呢？

大厦之梁：当然有……那句老话是怎么说得来着，我们是捆绑在一条绳子上的蚂蚱。

海上的风景：这样说来，难道我们就真的不能逃脱那条绳子了吗？

大厦之梁：我看不能，最好的结果便是，我们只能在同一条绳子上蹦跶了。

海上的风景：好吧，看来我真的要去找你了，你可要牵着绳子等我呀。

大厦之梁：你的病真的好了吗？

海上的风景：不好也得上路呀，你已经等在那里了，我又怎么能不赶快行动起来？

大厦之梁：我好像有些明白了，你该不是在用安眠药威胁我吧？

海上的风景:如果你真的害怕的话,还用得着安眠药威胁吗?

大厦之梁:唉,看来我是逃脱不了你的手心……

海上的风景:你说错了,我们逃不脱的是那条该死的绳子。

……

我不知道在"丽妮"和"海上的风景"之间,哪个更能代表真实的夏海丽,或许它们都不是夏海丽也说不定。当我就要关闭 QQ 软件的时候,我脑子里又闪过一个多余的念头,这两个账号之外总不会有第三个账号吧?我把鼠标随便在账号切换一栏里一点,奇迹出现了,竟然真的出现了第三个账号。我还疑心看花了眼,但就在我眨动眼睛的时候,第三个账号已经自动登录,又把一个崭新的空间呈现在我面前。这个账号的名称既不叫"丽妮",也不叫"海上的风景",而是变成了"江洋雌",一个奇怪却又透出一些江湖气的网名,而在好友一栏里,唯一一个叫"江洋雄"的名字也一下子蹦到了我眼里,看着这两个互相衬托的名称,我的脑子里也很快浮现出一男一女两个江洋大盗的形象。我真的难以相信,这两个凶神恶煞的家伙会与夏海丽和张效梁有什么关系。

"江洋雌"和"江洋雄"的聊天记录同样很长,而文字风格也与前面两个账号又有不同,既不是冷硬,更不是热情,而是通篇透出了一股凶狠的煞气,就像真的有一男一女两个强盗从屏幕上跳出来,挥舞着闪亮的大刀直逼到我面前。此时已是第二天的深夜,外面的世界一片黑暗,窗子好像被一股力量悄悄推开了,我后背上感到一阵嗖嗖的冷风吹过,浑身上下立时起满了鸡皮疙瘩。

……

江洋雌:那个江湖上的家伙是什么意思?

江洋雄:他要分一半的财产,这个狗东西。

江洋雌:痴心妄想,王八蛋居然做这样的美梦,绝不能让他得逞。

江洋雄:但他要被惹急了,会不会告发我们?

江洋雌:能得他?你可以直接问他一下,以后还要不要混了?如果他有这个胆量,就让他告发好了。

江洋雄:我谅他也没这个胆子。好了,我马上就去找他。

江洋雌:不要对他客气,可以直接告诉他,如果他不想让自己鸡飞蛋打,就不要起任何贪心。

江洋雄：我有办法对付他，放心吧，下次你就不会再听到他的消息了。

江洋雌：让他从哪里来滚回到哪里去好了。

江洋雄：没错，你就等着听好消息吧。

江洋雌：送你一个吻。

江洋雄：给力。见面来真的？

江洋雌：当然，攒住劲儿吧。

江洋雄：Yes。

……

江洋雄：那个家伙的外国背景弄清楚了没有？

江洋雌：我还在调查，昨天我又接到了那个外国人打过来的电话。

江洋雄：真的有这件事吗？我怎么听着不像是真的？

江洋雌：开始我也以为是那个外国人搞错了，但他三番五次地和他联系，我就感到事情肯定没那么简单，说不定真的有一笔巨大的财产在美利坚等着他呢。

江洋雄：他居然有那么好的发财机会？狗东西的运气可真好。

江洋雌：我们的运气也不错呀。

江洋雄：对对，其实是我们多了一个发财的好机会。

江洋雌：我相信用不了多久，这件事就会水落石出了。

江洋雄：我们应该怎么办？

江洋雌：静观其变，这时候我们万不可操之过急。

江洋雄：是呀，千万不能打草惊蛇，让这只到手的鸭子飞了。

江洋雌：放心吧，有上一次的经验，我们还能失手吗？

江洋雄：他会不会对我们存有戒心，提前做出防范的措施？

江洋雌：凭我对他的了解，我觉得直到今天，他还不是我们两个人的对手，只要这件事是真的，我就有取胜的把握。

江洋雄，好，我真是翘首以待，盼着那个外国人快些把蒙在上面的窗户纸挑开。

江洋雌：快了，我们可以率先行动起来，制订一个切实可行的计划。

江洋雄：我感觉到，我们发大财的最后机会已经到来了。

江洋雌：不可掉以轻心，还是抓紧把计划做好。

江洋雄：我已经想好了，实在不行就放上一把火，让他们一起……

江洋雌：他们？你是说还有那个女的？

江洋雄：她也在打他的主意，就让他们待在一起吧，也算是遂了她的心愿。

江洋雌：也好，让他们一起上路吧，倒省得他在另一个世界里感到寂寞。

江洋雄：都到这时候了，你还在为他着想？

江洋雌：你不也在想着她吗？

江洋雄：事情一旦得手，我们就远走高飞吧？

江洋雌：想不到你也变得浪漫起来了？

江洋雄：那还不是为了实现你的愿望？

江洋雌：应该说是我们共同的心愿。

江洋雄：这话说得真好。

江洋雌：美利坚的哥哥，你快些来吧。

江洋雄：你的中国哥哥都等烦了。

……

37

有整整两天的时间，我都沉浸在夏海丽的 QQ 账号里不能脱身，三个账号的信息量实在太大，我无法在很短的时间内把它们阅读完毕，只能随着时间的延长一点点往下进行。我几乎忘记了吃饭，忘记了睡觉，甚至忘记了站起身来走一走。由于我在电脑前面待得时间太长了，当在电话铃声中站起来的时候，突然感到了剧烈的头晕，身子在趔趄了几下后，一下子栽倒在地上。电话铃声是猛然间响起来的，此时正是黎明前最黑暗的时刻，房间里除了电脑运行发出的一点点响声，没有其他动静。就在这个时候，电话铃声骤然间响起来，在我听来就像一把砍刀落到了我头上。我被吓了一跳，神经质地从电脑前跳起来。但两天没有吃饭睡觉移动身子带来的虚脱感刹那间降临到我头上。我再也支撑不住了，手指在电话上抓了一下，便一头扑倒在地上。就在我失去知觉的那一刻，我听见由于电话听筒脱落而从送话器里传来了一个蹩脚的说话声，嗨，李蒙克先生，我是邦德……

幸亏周岫娟天亮时来到我家，对我实施了简单的救助。其实我只是身体虚脱所致，吃了周岫娟为我做的一顿饭就没事了。在她忙着做饭的时候，

193

我已经喝了一杯热咖啡，勉强能在椅子里坐下去了，便又凑到电脑前，想把第三个账号里的剩余部分看完。但奇怪的是，QQ账号却不知什么时候被关闭了。我赶紧把桌面上的QQ软件打开，移动着鼠标寻找那三个账号。可更加出乎我意料的是，三个账号都找不到了，软件上一个账号都没有储存。这可真是奇了怪了，明明上面有三个账号，怎么现在一个也没有了？我疑心在我昏迷时电脑出现了故障，或者发生了断电，便打开监控录像查看。从监控视频上，我没有发现任何异常，在我躺在地板上的那段时间，既没有断电，电脑也没有关闭，屏幕一直处于打开的状态中，只是画面较为模糊，我无法看清屏幕上具体的变化。我抱着最后一线希望，又使用了一个较为流行的数据恢复软件，对电脑上曾经有过的文件进行了扫描和复原，但最后的结果依然是，那三个账号没有留下一点点痕迹，便神秘地自行消失了，好像它们根本就没有存在过，我在那两天里看到的那三组不同风格的对话只是出自我自己的幻觉……

周岫娟把饭端到餐桌上来，我却没有往下吃的欲望，尽管饭菜很香，尽管我的肚子饿得咕咕叫，可我就是打不起精神来吃。看我又要往椅子下出溜，周岫娟不敢大意，赶紧拿起电话拨打120。不一会儿，救护车就来到了我家门外。在跟随周岫娟往门外走的过程中，我还回过头，一边往后看一边嘟囔说，把电脑砸了。说完这句话，我觉得还不够过瘾，又跟上一句说，把电话砸了。

让我想不到的是，医生对我诊断的结果却是，我患上了忧郁症。忧郁症？我吃了一惊，一时不知道忧郁症是什么疾病，在此之前，我仅仅听说过这种疾病的名称，却不知道患上这种疾病到底意味着什么。于是，当医生做出这个诊断的时候，我忍不住把这个问题提出来。这时，我看见在他没有关严的抽屉里，放着一本名字叫作《忧郁时刻》的小说。接下来，我们便围绕着"忧郁症"这个话题，展开了一场没有任何学术意义的探讨。

医生，忧郁症是什么？

你没有听说过这种病吗？

我……在电脑里看到过这个词……

不要看什么电脑了，你仔细体会一下自己的状况就什么都明白了。

我……不好意思，我怎么体会不出来？您能不能具体说一说，到底什么是忧郁症？

这个还真是不好……这么说吧,忧郁症是一种越来越普遍的疾病,在现代社会里,正在有越来越多的人得上这种疾病……

难道说,我们每个人都是忧郁症患者吗?

说得好,从某种程度上说,我们每个人的确都在受到忧郁症的折磨……

也包括你吗? 医生。

我? 你怎么会……啊,让我想想……别说,我也不能保证我就没有受过忧郁症的困扰……

为什么? 你不是医生吗?

可医生首先也是人呀,是人就有患上这种疾病的可能。

为什么? 为什么人们如此钟爱忧郁症?

压力大,欲望高,境遇差,疑心重,等等,这些不都是现代人共同的遭遇吗?

你的意思是不是说,这其实是一个时代病?

你总结得太对了,兄弟,你叫什么名字? 我简直……噢,名字在就诊卡上写着呢,让我看看,你叫李蒙克? 李蒙克? 你怎么叫这么一个名字?

这个名字有什么问题吗?

我倒不是说……我的意思是说,这个名字有些像外国人……对不起,我走神了……

这是不是忧郁症发作的迹象?

你说什么呢? 你要搞明白,现在我是医生,你是病人,病人不要乱说话……我刚才说到哪里了?

你很激动……

对,你刚才总结得真是太好了,时代病,没错,忧郁症就是地地道道的时代病,先前我怎么没想到这个说法? 现在看来,我的论文终于找到合适的题目了……谢谢你,兄弟。

你刚才说过,现在你是医生,我是病人,要说感谢,也只能是我感谢你才对。

呵呵呵,你说得对,如此看来,你的忧郁症并不是那么严重,只要听从我的建议,你的病肯定会被治好的。

治好了还会再得吗? 医生。

你净提一些古怪的问题……不过,我倒是喜欢你这些问题,它能让我思考很多……对了,你是干什么的?

我是一个出租车司机……

司机? 开车的时候你可不要乱想,那样是很容易出现危险的……

你的意思是不是说,忧郁症患者都喜欢胡思乱想呢?

的确是这样,这是一个忧郁症患者最明显的症状之一……

其实这倒也不坏……

什么? 你说什么? 什么不坏?

我是说,胡思乱想对一个人来说,并不是什么很坏的事情,这对于一个写作者来说,尤其是……

你怎么会有这样的想法? 难道说把真的想成假的,把假的想成真的,以至于真假混淆,真假莫辨,这会有什么好处吗?

你说的这些都是忧郁症的症状吗?

没错,统统都是。

那我就放心了……

你说什么呢? 你这个疯……请原谅我的话,我觉得你简直就是……难道说你真的是一个非常非常严重的忧郁症患者吗?

不,事实上我是一个作家。

作家? 那你刚才说你是一个出租车司机?

一个出租车司机为什么就不能是一个作家呢?

你……你把我搞糊涂了,你写过书吗?

当然,目前我正在写作一部叫《忧郁时刻》的小说。

《忧郁时刻》?

对,就是放在你抽屉里的那本。

可它已经出版了,而你说你正在写作……

没错,我正在写作,出版后被你购买了一本,此刻放在了你的抽屉里。

你……你是在说胡话吧……刚才你说什么? 你放心了? 你放心了什么?

我放心了读者对我的……这样说吧,我在作品中玩的那些真假混淆、真假莫辨的把戏,读者是能够原谅的了,这点让我放下心来……

为什么? 如果你是一个作家的话,你就要老老实实地写作,真的就写成真的,假的就写成假的,为什么要让它们混淆莫辨?读者又为什么原谅你呢?

因为……这可是你刚才说的,因为每个人都是不同程度的忧郁症患者,既然他们自己都在胡思乱想,为什么就不能接受我对他们的胡思乱想呢?

你……

我甚至想,如果我不把胡思乱想的结果说出来,那些已经在胡思乱想的读者怕是不肯原谅我的。

这真是强词夺……

你作为一个读者,同时作为一个忧郁症患者,难道不就是这样要求我的吗?

你怎么说到了……不,我不这样要求你……

那只能说明你是一个不诚实的人。

什么?我不诚实?你一个病人,有什么资格对你的医生说这种话?

很好,你只要承认我是一个忧郁症患者就行了。

这点难道还有什么疑问吗?

那你呢?作为一个医生,你更要对你刚才说过的那些话负责到底。

我为什么要负……难道一个医生就要……

你不仅是一个医生,也是一个患者,同时不要忘了,你还是一个读者。

不要再对我的身份下定义……我现在明确告诉你,我是一个医生,一个给你治病的医生你懂不懂?

可你……

住口,不要拿我说过的话来要挟我……大不了我承认自己说错了,大不了我不当这个医生了……

那么读者呢?你还当不当读者?

你简直要把我……我要把你……

我可以把你的表现视为忧郁症发作吗?

你……你这个居心叵测的狗东西,我怀疑你根本没有什么忧郁症,你是存心来逗我开心的是不是?

我已经说过,我是一个作家。

什么作家,你就是一个病人,一个无可救药的……

但我好了,我现在要出院了。

哪里走?我要把你……

医生拉开抽屉,拿起那本叫作《忧郁时刻》的小说,直朝我头上掷来。我一偏头,书砸在了一摞病历上,白花花的纸张跌落了一地。我掉过身子,迈开大步朝门外跑去。医生尽管扯下了他的白大褂,但还是没有我跑得快,他刚刚追到医院大门口,我已经跑到大街上去了,一旦扎入了像水流一般的人潮中,就像鱼儿进入了大海,他纵有再大的本事,也不能把我从人群里找出来了。

等等我,见我跑没了影子,周岫娟在我后面叫喊起来,你要到哪里去?

……

我回到家来,还没有走进客厅,就听见电话正在激烈地响叫。我预感到又是那个蹩脚的骚扰者打来的,便拿起话筒,打算劈头盖脸对他回击一番。但我还没有张开口,就听见他急切地朝我解释说,李蒙克先生,请您不要发火,以为我是一个可恶的骚扰者……

难道你不是吗?我质问他说。

不是,那个人坚决地说,我不是因为无聊才给您打这个电话……请不要挂断,听我把话说完,我的名字真的叫邦德,詹姆斯·邦德……我不得不向您解释清楚,我不是007电影中的那个英国特工,而是美利坚……

又来了。我愤怒地对着话筒嚎叫,去你的宾夕法尼亚吧。然后我扯断电话线,掏出手机,拨打电信部门的服务热线。你们抓紧过来,我又对着手机叫喊,把这部固定电话给我撤了,过一刻钟如果你们还不来,我就给总部打电话告发你们。

真的才过了一刻钟,两个电信工人就按响了我的门铃。但随着他们进来的还有周岫娟。你们要干什么?周岫娟一见他们要拆电话,便掉转身子,像扑炸药包一样伏到那部电话上,不许你们动这部电话。

那两个电信工人把目光转向我。周岫娟,我咆哮着朝她叫喊,你要干什么?

不要拆这部电话,周岫娟用哀求的目光看着我,求求你……

为什么你要管我的事儿?我挥起手来,在她脸上打了一个耳光,这是我的家,我愿干什么就干什么,与你有什么关系?

我以为周岫娟会捂住脸,在咒骂我一声后,迈着小碎步朝门外跑去。

但我显然想错了,周岫娟没有离去,也没有咒骂我,甚至没有捂一下脸,就张开臂膀,顺势把我抱在了怀里。

蒙克,周岫娟颤抖着声音对我说,不要这样……你还病着,本来就不该往医院外跑,现在你更不要做这些没有道理的事儿……

在她的一再安抚声里,我渐渐平静下来。对不起,我抚摸着她的头发说,我刚才差点失去了理智……

周岫娟捧住我的脸说,没关系,只要你好好的,我就放宽心了。

那两个电信工人看我们这样,一时不知该怎么办好。

你们走吧。我挥挥手对他们说。等那两个人一离去,我就把手放回到周岫娟的脸上,一下一下地摩挲着。这一刻,我觉得这个对我不离不弃的女人是那么可爱……不要离开我,我把炽热的嘴唇放在她耳朵上说,我觉得我好孤独……一阵莫名的委屈感像潮水一般朝我袭来,瞬间便将我冰冷的身子裹挟了。我再也控制不住自己的情绪,把头伏在周岫娟怀里,抖动着肩膀哭起来。

我不会离开你,周岫娟把我的头按在她的两个乳房间,像对待一个吃奶的孩子那样温柔慈爱,我怎么能离开你呢?她一遍遍地对我许诺说,放心吧,我永远都不会离开你……

不知过了多久,我在周岫娟的怀抱里睡着了。

38

我突然觉得我是那么需要爱情。回顾我自己的生活,我发现其实是与爱情没有多大关系的……比如与夏海丽之间,我曾经以为是存在爱情的,但听了她和张效梁那些半真半假的故事,我才知道事情完全不是那么回事;比如与周岫娟之间,原本也是能够发展成爱情的,可中途却被我毁掉了……周岫娟大约也和我有相同的想法,所以在接下来的日子里,她主动提出了与我好好谈一场恋爱的建议。好好谈一场恋爱?仅仅听到这个迷人的说法,我心里便止不住激动起来,是呀,为了弥补昔日苍白干涩的生活,我们的确需要一场即使谈不上惊天动地却能够感人肺腑的爱情降临到我们身上。于是,我怀揣着许多年没有的激情,拿起笔来,决心以一个月一封的节奏,给这个我此时此刻如此爱恋的女人写情书。不要嘲笑我在沿用张效梁的套路,除此之外,我实在找不到表达爱情的更好方式。

周岫娟接到第一封信后,马上兴冲冲地打来电话说,我接到你给我寄来的纸鹤了。

纸鹤?我吃了一惊,可我给你寄去的是一封情书呀。

但我接到的却是纸鹤。周岫娟信誓旦旦地说。为了让我相信她没有撒谎,她很快给我的手机传过来一只纸鹤的图片。

望着屏幕上那只怪里怪气的纸鹤,我不知道到底是哪里出了差错。

放心吧,尽管隔着很远的距离,周岫娟却似乎看出了我的心情,便朝我赌咒发誓说,我不会把纸鹤变成飞机的。

听了她这句话,我不禁放下了心来。这样就好,我在心里对她说,变成纸鹤就变成纸鹤吧,只要不变成飞机,它们就都是传递爱情的信物。我忽然想,也许在情书邮递的过程中,某个邮递员受到了感动,便把它折叠成了更为浪漫的纸鹤……这样的情景又使我感动了一阵子,也便把这件不可思议的事放下来了。你把它收藏好了吗?我进一步问她。

我把它放在了箱子里,周岫娟回答我说,随即又补充了一句,那是一只樟木箱子。

太好了。我脱口说道。

在和周岫娟紧锣密鼓谈恋爱的过程里,我的心灵也在急快地得到净化,原先一些让我感到不那么合适的行为,我不但不愿意在信中说给周岫娟听,而且不打算在现实中继续实施,比如在此前的这段日子里,为了改善我日渐窘迫的生活状况,本来打算像张效梁坑害我那样去坑害一个有钱的家伙,具体操作过程都已设计好,但等选择一个合适的日子展开行动了,可自从和周岫娟谈起恋爱来,我便打消了那些可耻的冲动和念想,重新将那个没有来得及实现的方案变成一张白纸。

那个有钱的家伙曾经是一个地产商,如今兴趣都转到了文物收藏上,而对于鱼龙混杂的文物市场,他纯粹是一个门外汉,仗着自己有花不完的钱财,才懵头懵脑地来蹚这潭浑水,这样的人活该成为别人猎取的目标。经过一连串看似不经意实则刻意为之的巧遇和拜访,我已经成功取得了地产商的信任,每隔三五天,我就会接到他打给我的电话。兄弟,地产商和我套近乎说,我让你打听的那些文物有消息吗?哥哥就全仗兄弟你帮忙了。为了配合接下来的行动,我当然早就物色好了一个文物贩子,但为了把地产商的胃口吊得更大,我一直按兵不动,没有让文物贩子走到前台来。此时，这个被我当成"利器"的文物贩子也正处在落魄的境地，由于伪造的所谓文物太不靠谱，便一直难以出手，在市场里扑腾了好几年还不能发达起来，正打算洗手不干了的时候，偏偏就碰到了我。听我把计划一说，文物贩子激动得差点跳起来。哥哥，他连连摇晃着我的手说，你简直就是兄弟的救命恩人。为了尽早把积压在手里的假文物甩出去，文物贩子也隔三岔五给我打一个电话，恨不得马上就和地产商做成这笔交易。

按照我的打算，本来是想从乌龙镇回来后，便开始把计划变成行动的，但谁又想到，偏偏在这个时候我却和周岫娟谈起恋爱来，更让人想不到的是，我因为这场被冠以"净化心灵"为名头的恋爱而决意要取消那个卑劣无耻的计划了。什么？文物贩子一听我也要洗手不干了，知道美好的发财梦想又要落空，哪里受得了这样的打击，先是对我叩头礼拜，一遍遍地向我哀求说，我的好哥哥，你总不能眼看着你的兄弟跳楼吧？他当真跑到楼窗前，摆出一个即将往下跳的姿势。我知道他不会真的跳楼，便没有认真搭理他，扭过身来往外走。文物贩子恼羞成怒，掉转身扑过来，抓住我的衣襟，瞪着血红的眼睛质问我，如果我们继续往下做，就还是好兄弟，如果你再说半个不字，我的拳头可就对你不客气了。说着，他果真把拳头高高地举起来，像挥舞一把榔头一样在我面前晃荡。我没有害怕他的拳头，依旧摇着头说，我不能再干这种伤天害理的……我的话还没有说完，文物贩子的拳头就重重地落在我脸上。他只击打了三两下，我就支撑不住，脚下一趔趄便摔倒在地上。

挨过了文物贩子的打，我的伤还没有好利索，就又不知趣地来到了地产商的办公室，向他和盘托出了我企图坑害他的那个计划，为了让他相信我的话，我索性连计划的每一个步骤都详细地说给了他。这怎么可能？失魂落魄的地产商摇摆着秃亮的头颅说，你是我的兄弟，怎么可能会做出坑害我的事来呢？他紧握着我的手说，如果你把这些鬼话收回去，我们就还是好兄弟，你找来的那些文物我也一概会收下，这样好不好？看他可怜巴巴的样子，好像做错了这件事的人不是我而是他自己。我不会再做下去了，我义正词严地告诫他说，我绝不会再做那种不道德的勾当……见我把所有退路都堵死了，地产商这才伤心地警告我说，如果你非要把自己打扮成一个骗子，我会把你送进公安局，你信不信？我点点头说，信。地产商再也无路可走了，只好拿起手机，颤抖着手指拨通了报警的电话。

我被赶来的两个警察带进了派出所。让我感到奇怪的是,在派出所里,负责接待我的人竟然是刘队……我疑心是自己的脑子出了问题,把应该在这里的王队当成了乌龙镇派出所的刘队,便使劲拍打脑门,随后又用力揉搓眼睛。

刘队好奇地看着我,你这是在搞什么名堂?

我羞愧交加地小声说,我真是该死,怎么会把您当成了刘队……

刘队止不住笑起来,我本来就是刘队呀。

我这才镇定下来,不解地问他,那您怎么会在这里? 王队呢?

刘队回答我,王队到乌龙镇去了,现在我就负责这个派出所的工作。

原来是这样? 我刚喘出一口气,便想到了我给王队寄那张光盘的事儿,不禁问他,我寄给王队的光盘,您收到了吗?

刘队有些愣怔,光盘? 什么光盘?

我知道要把这件事讲清楚也不是那么容易,便又摇摇头说,没什么……我把手抱在头上,想到我所经历的这些乱七八糟的事儿,脑子又开始涨疼起来,我想不明白到底是什么地方出了差错,以至于让我又进到了派出所里来。

我以敲诈未遂的罪名被拘留了,拘留时间为七天。尽管关押我的房间就是我上次投案时住过的那间屋,给我送饭的也是上次照顾过我的那个老警察,间或我还能通过门板的栅栏看见那个很有姿色的女警察,但我却觉得这七天十分难熬,再也没有上一次在这里时的那种坦然,每一天,不,每一天的每个时刻,我都盼望一个外面的人进来把我接出去,想到上一次警察赶我出去而我还赖着不走,简直有一种恍如隔世的虚幻感觉。为什么我会有如此截然不同的两种状态出现? 我仔细想了一下,找出的唯一原因或许是,上一次是我以为自己有罪而主动投案,自然就把派出所当成了自己的归宿,而这一次却因为自己的坦诚而被别人送进来,就不那么甘心待在这个地方了。

不用说别人也会想明白,我一心盼望来接我的那个人除了是周岫娟外,还能会有别的什么人吗? 按说这段日子里,应该又到我给她寄送情书的时候了,接不到那只来自我的纸鹤,周岫娟一定明白我出了事儿,也就一定会来派出所看望我的。但事实是,在这整整七天的时间内,我却始终没有看到周岫娟的影子。

直到第八天,我被放出派出所的时候,刘队才告诉我说,周岫娟之所以没有来探望我,是因为她不方便到这里来……听了他这个模棱两可的说法,我差点笑出声来。那么她到底有什么不方便的地方,影响了她到这里来探望我呢?我用嘲讽的口气问他。

刘队盯着我看了一会儿,才慢吞吞地对我说,因为她在医院里,具体说是在医院里的病床上,所以她无法……

什么?我大吃了一惊,她在医院里?而且是在病床上?我拉住他的手,急不可待地问他,周岫娟到底出了什么事儿?

39

从刘队断断续续的讲述里,我知道了周岫娟在这段时间里的遭遇。原来,已经有很长一段时间了,周岫娟就在打一个大款的主意。那个大款是个六十多岁的老头子,长得很难看,却很有钱,而且出手很大方,尤其是对女人出手大方。这样的男人自然是很讨女人喜欢的,也就是说,老家伙的身边从来不缺有姿色的女人。而要在这样的女人群里杀出来,引发老家伙更多的喜欢,让他愿意把钱花到自己身上,没有独到的本领是不行的。周岫娟不是一个姿色十分出众的女人,她之所以引起了老家伙更大的兴趣,是因为她一再向他表达自己对他的钟爱,几乎每次和他见面,她都会咬着他的耳朵娇滴滴地说,你知道吗?我是那么爱你……开始的时候,老家伙根本不相信她的话,就权当耳旁风吹吹罢了,但周岫娟说得多了,他便不能不往心里放了,尤其是当别的女人都不再这样说了,而她却还一如既往地坚持对他说,他就是不信都不能不做出喜欢听的样子了。

终于,老家伙不再怀疑周岫娟仅仅在打他钱款的主意,而确凿有一种被人们称为爱情的现象出现在了他们身上,便很快疏远了其他的女人,转而把心思用在了这个叫周岫娟的女人身上。为了表达对她的爱恋,老家伙每次都把比上次更多的钱塞到她的手里。这是老家伙表情达意的唯一方式,因为他除了这些花花绿绿的钱外,已经没有了任何可资利用的东西。当然,对于周岫娟和与她怀有差不多目的的女人来说,能得到这些大额的钱已经足够了,除此之外,她们原本也没有指望得到另外别的什么。

如果继续傍下来,周岫娟会在老家伙身上收获更多的好处。但就在这时,她却真心实意地和我谈起恋爱来,而且这场恋爱是一场"净化心灵"的行为,在我终止了那场以坑害为目的的行动的同时,她也果断把对大款的依傍行为停止了。就像我主动向那个地产商交代了我的计划一样,周岫娟也向老家伙坦白了她的意图,那就是名义上对他表达爱情,实则套取他的钱财。我不能再让这种卑鄙的行为进行下去,周岫娟用颇为坚定的语气说,所以从今以后,我不会再到你这里来了。

听了她的表述,老家伙也不禁目瞪口呆,过了好一会儿,才喘上一口气来,嚅嗫着嘴唇对她说,我原本就没指望你会爱我……说句实话,每次听到你对我说那些肉麻的话时,我都会在心里对自己说,这不是真的……听他这样说,周岫娟越发感到羞愧,同时也轻松地吐出口气,既然这样,那她就更没有理由再待在他身边了,也就是说,她要赶快从他这里走掉。但老家伙却拖住了她。不要走,他哀求地对她说,虽然你并不是真的爱我,但我却是真的喜欢你……从此以后,我不再贪图你的爱,你只要继续和我来往就行了,我会一如既往地给你钱……不,如果你觉得我给你的钱还不够,那我可以把更多的……老家伙的态度周岫娟没有想到,他以钱财换取她爱的行为昨天看起来还颇为合理,但今天却让她感到了耻辱……不,周岫娟甩开他的手臂,掉回身来继续往外走,我再也不能让这种卑贱的行为继续下去了。老家伙见她真的要走,恼羞成怒。既然敬酒不吃,老家伙凶相毕露地说,那就休怪我让你吃一点罚酒了。说着,老家伙就把周岫娟按倒在地上,一阵拳脚过后,将她拖回到他的屋内,然后紧紧地闩死了门板。

真是想不到,在我被拘留的那些日子里,周岫娟竟然被一个老家伙给囚禁了。在囚禁的过程里,老家伙一边强迫周岫娟和他睡觉,一边把钱往她手里塞,周岫娟稍有不从,他便对她拳脚相向,施以充满怜爱的毒打。可怜周岫娟既逃不出来,又无法寻求帮助,当然更不可能来派出所探望我了,只能待在老家伙魔窟一般的住宅里,经受他一遍又一遍的折磨。直到熬过了艰难的七天后,刘队摇着头对我说,周岫娟才趁着老家伙上厕所时,磨断了绳子偷偷跑出来,找到一个电话亭报警。说着,他朝远处的一间屋指了指,我们已经把那个老家伙抓起来了……似乎担心我会找老家伙报复,他的话没说完就转移了话题,我们也把周岫娟送进了医院内……她被打坏了……

我的注意力当然不在那个可恶的老家伙身上,整个心思都被受到了伤害的周岫娟占据了。我没有再听刘队说下去,便转身离开派出所,直朝周岫娟所在的那家医院跑去。直到来到了医院门口,我才突然意识到,前些日子我就是被这家医院诊断为"忧郁症"的。

我径直奔外科病房而去,周岫娟如果真的被打坏了,想必是受的外伤,住在外科病房就是了。但我找遍了外科病房的每个房间,也没有看到周岫娟的影子。莫非她住到了骨科病房? 如果是那样的话,那是不是说明她受到了更严重的伤害? 别是真的伤到了骨头吧? 所以在朝骨科病房走去的时候,我的心里一阵阵发慌。但奇怪的是,整个骨科病房也没有她的影子。那么,她该不会是住到了内科病房吧? 这是不是意味着她被打坏了内脏? 天哪,这可是更为致命的伤害。我又急忙跑到了内科病房,可那里依旧没有她的影子。为了尽快找到周岫娟,只要是有病人的地方,我都要闯进去看一看。一个多小时的时间下来,我几乎走遍了医院的所有病房,也没有看到她的影子,整个医院就剩下精神科的病房了,被打坏了的周岫娟总不会住到那里去吧? 我疑心是刘队向我说错了医院的名字,也许周岫娟根本就不在这家医院里。我就要转身往医院外走了,但为了不放过最后一个机会,还是朝精神科病房走去。这个时候,我的腿脚已经快要麻木了。

但让我绝然想不到的是,周岫娟竟然就住在精神科病房里,当我朝靠近走廊尽头的一间屋里探过头去时,第一眼就看见了周岫娟。此刻,周岫娟就躺在这间屋的病床上,头上扎着一块沾有血迹的纱布,身上穿着医院的病号服,闭拢着两眼,似乎正沉浸在昏睡中。我跟踉着脚步走到病床前,俯下身,呆呆地看了她一会儿,直到确认这个人正是我费尽周折寻找的周岫娟时,才伸出手,把她使劲儿摇醒来。你怎么在这里? 我的第一句话忘了问她被打得怎么样,而是劈头提出了这个问题。

你……周岫娟睁开眼,也用呆滞的目光看我,似乎费了好大劲才认出我来,你怎么才来? 她向我说的第一句话也超出了我期待的范围。

我才被放出来……我不好意思地顺着她的话说,随即又让注意力回到我的问题上,你怎么住到这里来了?

你真的被拘留了? 周岫娟依旧沿着自己的思路说。

是,我点点头说,你还没有……

没等我再说下去,周岫娟就接过了我的话去,我被打坏了。

这个我已经……我只好进一步明确地问她,我是说,你怎么住到精神科病房里来了?

周岫娟这才明白我的问题。噢，医生给我诊断说，我是得上了忧郁症。

忧郁症？我吃了一惊，随即便想到了我前几天在这里的情景。你不是被打坏了吗？我揭开蒙在她身上的床单，上下打量了她一个来回，又把目光落在她头部的纱布上，他们怎么会给你诊断成……

我身上的伤没什么大碍，周岫娟说着，把头上的纱布扯下来，医生说，我真正的问题是忧郁症。

又是忧郁症，我烦躁地在空中挥了一下手，他们除了知道忧郁症外，还能懂得些什么？

嘘，周岫娟在嘴边竖起一根手指头，示意我不要过分声张，小点声，要让他们听见了，又该说我们是病症发作了。

我才不管他们怎么想呢，我不管不顾地说，我又不是这里的病人，他们又能拿我怎么样？

或许我们争论的声音太大了，一个端着盘子的护士探进头来说，不要大声喧哗，院领导陪同市长来病房视察了。

什么？我和周岫娟都有些愣怔，院领导和市长来病房视察？这种事怎么让我们赶上了……但我只激动了一下子，便很快镇定下来，依旧打算和周岫娟继续讨论刚才的话题。

你是干什么的？那个护士看了我一眼说，闲杂人员一律不许待在这里。说罢，她就迈着小碎步匆匆离去了。

好吧，我朝周岫娟摊开两手，既然我属于闲杂人员，那就不耽误人家的事了。我正要退到外面去，但只朝外探了一下头，又赶紧缩回来，因为我看见一帮人已经进到了走廊里，正朝着我所在的这间病房走来，从那些人威风的姿态看，想必就是来视察的人了。我倒并不惧怕这些所谓的大人物，而是被走在前头的一个穿白大褂的家伙吓了一跳，如果我没有认错的话，他就是那天追赶我的那个医生。我担心在他那里惹上不必要的麻烦，便急忙退回来，抓起周岫娟丢在床下的纱布，草草地缠到自己头上，随后又跳到一张空着的床上，将身子直直地躺下去。

你要干什么？周岫娟愕然地看着我。

我把手指竖在嘴上，学着她的样子示意她不要出声，然后眯起眼睛，尽力把自己做成一个标准病人的样子。

很快，那些人就进到病房里来了。他们先走到周岫娟的病床前，听医生嘟嘟囔囔地介绍了一下情况，很快又朝我这边走来。他们停在我的病床前，貌似市长的人突然开口问道，他们都是忧郁症患者吗？

我以为他在问我呢，刚要开口回答，却听见医生接过了话去，是的，这屋里的两个人都是忧郁症患者。听医生说得如此确定，我不禁在心里骂了一句，这家伙就会胡说八道。

为什么？市长不解地说道，为什么会有这么多忧郁症患者？

好像这是一个时代病，回答他的一个人像是院领导，说完这句模棱两可的话，那人又把脸转向了医生，是不是这样？吴医生。

没错，医生连连点头，情况正如院长说的……

但市长打断了他的话，怎么？他盯住医生问道，难道是我们的时代出了什么问题吗？

这个……医生似乎意识到了什么，不敢再贸然往下说，这个或许……

院长也生怕他再说出不该说的话，急忙接过话去，当然不能这样说，我们所处的这个时代是一个伟大的……怎么会催生忧郁症……啊，我们不能把疾病与时代联系起来嘛……

市长也没有等他说完，就毫不客气地断言说，依我看，这些忧郁症患者纯粹是自找麻烦，生活那么美好，光感受幸福还来不及呢，又怎么有闲心忧什么郁呢？

是呀，院长连忙附和说，杞人忧天，纯粹是杞人忧天。

俗话不是说吗，市长信口说，世上本无事……他很想继续往下说，却突然想不起下面的话是什么了，嘴唇不住地嚅嗫着，却就是不能把声音发出来。

就是呀，院长出于为他解围的用心，念叨了几句诗，"菩提本无树，明镜亦非台。本来无一物，何处惹尘埃！"

对对，市长简直如获至宝，拍拍院长的肩膀说，就是这样的嘛……他又多余地问了他一句，这是哪位大人物说的？

好像……院长不敢再贸然往下说了，嘴唇也瑟瑟地抖动起来。

我再也听不下去了，不禁脱口说道，慧能。

慧能？市长把目光转向了我，慧能是谁？

我还没有回答，却听见周岫娟懒洋洋地说，一个和尚。

我尽管克制着自己，还是让笑声流露了一下，看见医生拼命地朝我瞪眼,我才紧紧地闭住嘴巴。

不知道市长有没有意识到这个问题的好笑,还是他确凿修练成了不一般的功夫,反正他的脸色没有红一下,整个脸面竟然呈现出一如既往的坦然。

等这些人一离开病房,我便从床铺上跳起来,把头上的纱布扯掉,冲到周岫娟床前,伸手去拉她,快起来,我们赶快出院去。

出院? 周岫娟挣扎着不起来,为什么要出院? 我的病还没有好呢。

你根本没有什么病,没听见市长大人说吗,世上本无事,庸人自扰之?

他可没把下半句说出来。周岫娟把一只枕头丢到我头上说。

我把她拖起来,又去扒她身上的病号服,无论如何,我们也不能在这里装庸人了。

不要走那么急嘛。周岫娟摇晃着身子不配合我。

我没有对她说,那个医生已经认出我来了,临出门时恶狠狠地看了我一眼,说不定他马上就会返回来,到那时,我可就吃不了兜着走了。我们还是响应市长大人的号召吧,我做出兴致勃勃的样子对她说,不要再给这个时代添堵添乱添麻烦了。

周岫娟虽然没有被我说服,但在我的奋力扯拽下,也只好跟在我身后,磕磕绊绊地往医院外走去。

40

为了体验到市长所说的那种幸福生活,我和周岫娟不光只是停留在写情书的阶段了,而是决定像合法夫妻那样住到一起来,共同来为我们这个伟大的时代增光添彩。我不但白天想念你,周岫娟深情款款地对我说,夜里更是想你想得睡不着觉。说着,她就扑到我身上,抖动着肩膀哭泣起来,眼泪鼻涕弄湿了我胸前的衣裳。听她说得如此动情,也出于不再频繁换衣服的考虑,我立刻把时开时合的屋门彻底敞开了,做出热情欢迎她入住的表示。周岫娟提着装有洗漱用具的塑料袋来我家的时候,我还上街买了一挂鞭炮,挂在门边燃放了一阵子,一来对她的到来表示祝贺,二是冲一冲昔日的晦气。

当然,我们并不是真正的合法夫妻,偶然在一起住住倒不觉得什么,但真要光明正大地住到一起来,我们在短时间内还真觉得有些不太适应,主要的问题并不是别人对我们的指指点点，响亮的鞭炮我都放过了，还怕无聊之人的议论吗？我和周岫娟之所以有一些不自在的感觉，主要还是夏海丽的因素在起作用，虽然这个女人不在我们身边了，但她使用过的东西还在，比如从厨房里跑进卫生间的拖把，已经半干又灌满了水的鱼缸，比如浴室里有一汪温热水渍的水龙头，又多了一件待洗内衣的洗衣机……而且在我和周岫娟的感觉里，这些东西还一如既往地散发着夏海丽的气息，只要轻轻抽一下鼻子，就能闻到夏海丽独有的气味，所以只要一看见这些东西，我和周岫娟就会变得谨慎小心起来，好像夏海丽就在一边冷冷地看着我们，只要两个人之间的动作稍微亲密一些，夏海丽就会发出嘲讽的笑声。

我们只好尽力变得规矩起来，就是碰一下手都会止不住脸红，心里还会扑通扑通乱跳一阵。白天倒还没有什么，拼命克制一下便能勉强对付过去，但夜晚到来的时候，我们可就不知道该怎么办好了，不睡在一起吧，我又何必让周岫娟住到我家来呢？躺到一张床上吧，我又担心夏海丽会弄出动静来。往往是上半夜的时候，我们还装模作样地待在两个房间里，但一进入下半夜，我们就会趁着黑夜的遮挡悄悄地摸到一起来，有时是我到她床上去，有时则是她爬上了我的床。可我们刚刚搂抱到一起，就听见床板发出嘎吱嘎吱的响声，而且还感觉到一阵激烈的晃摆，就像一只手在猛力推拉床板一样。我们知道这是夏海丽在作怪，所以便只好把才开始不久的动作停下来。夏海丽，每到这个时候，我就会摸起床前的鞋子，懵头懵脑地乱扔一气，你为什么不出来？龟缩在暗处算什么本事？

我知道，如果再这样下去，不出一个星期，我和周岫娟就会变成不男不女的怪物，到那时候，不用夏海丽驱赶，我们就会各奔东西，再也没有待在一起的必要。为了阻止这个可悲结局的到来，我和周岫娟不得不行动起来，清除夏海丽留在这里的那些东西，我们相信，只要那些散发着她气息的东西不在这里了，我们就不会再感受到夏海丽的存在，我就能和周岫娟像真正的夫妻一样优哉游哉地过下去。

这样做合适吗？周岫娟似乎还有些犹豫，毕竟从法律上讲她还是你的妻子……

可她这个妻子在什么地方？我气急败坏地吼道，如果她真是我妻子的话，那她就应该出现在我面前。

听了我的话，周岫娟也不再说什么了，挽起袖子，积极地参加到我清除夏海丽"遗迹"的行动中来。

我们专门买来了铲刀、刷子、绳索、棍棒和洗涤剂、消毒液,接连几天都在进行大扫除。这项活动一经上马,我才知道远比我想象得要复杂得多,乍一看上去,属于夏海丽的东西并不是很多,可一旦干起来,便发现事情并不是这么回事儿,一些原本属于我的东西也不可避免地沾染上了夏海丽的气息,这些东西要不要清除?按说为了不留后患,只要是与夏海丽有一点点关系的东西都要弄走,也就是说,属于我的这些东西也要毫不客气地清除了,但这样一来,不但我们的工作量要比原先估计的大许多倍,以至于好几天过去了,我们都快要累得半死了,还没有看到结束的迹象;而且房间里变得越来越空,如果再这样干下去,恐怕就剩不下几件可用的东西了,这哪里是在清除夏海丽的东西,而是在为我自己腾地方,说不定当夏海丽的影子从这幢房子里消失的时候,我也要从这里走出去了。意识到这一点,我不禁把动作放缓下来,好像这才明白,在我和夏海丽一起生活的那些日子里,我已经与她融为了一体,差不多已到了你中有我我中有你的地步……想到这里,我再也举不起自己的手来了。

怎么?周岫娟看出了我的心思,嘴角浮出了一抹冰冷的笑意,你终于心疼了?

我张了张嘴,不知道该怎么回答。

要不,周岫娟征求意见说,我们停下来?或者,她朝门外指了一下,再把那些东西搬回来?

这……我意识到问题的严重,不不,我不能在失去了夏海丽之后,再让周岫娟从我身边离开了。继续……我强打起精神对她说,并咬紧牙关,让手里的清除动作进行下去。

该清理的东西几乎都清理掉了,房间里只剩下几件看上去与夏海丽关系不大的物件,比如那幅赝品画《呼喊》,虽然上面有夏海丽的几个脚印,但应该是属于我个人的东西,所以我还是把它留在了我的书房内,让它重新贴靠在书架子上;比如那个监视器,是在夏海丽离开后装上去的,自然便与她没有什么关系了,本来我应该留着它才对,可又觉得它对我其实没有太大必要,便产生了把它拆下来的想法。在拆掉它之前,我又打开监视屏幕,想最后一次看它监视到的内容。这当然仅仅是出于好奇,并没有丝毫明确的目的,就算上面有夏海丽出没的影子,我也不会觉得多么奇怪,因为这个监视器本来就是为监视她而安装的。

我打开监视屏幕后，果然在上面看到了夏海丽的影子。但出乎我意料的是，夏海丽却对着屏幕说起话来，好像她知道屏幕外有人在查看她，说话的对象也正是屏幕外的人。不要动我的东西，夏海丽用警告的口气说，这里本来也是我的家。

我吃了一惊，不禁在心里说，她是在说我正在进行的清除行动吗？

没错，夏海丽好像知道我在想什么，接着说，你把我那些东西都弄出去了，我回来以后怎么办？

我张口结舌，不知道往下该怎么应对。如果我没有理解错的话，夏海丽这是在和我对话，也就是说，我看到的视频并不是过去的监视记录，而是与我此时此刻同步的图像，更进一步说，夏海丽此时正在某个空间中与我"面对面"说话。我赶紧去看这段视频录制的时间，果然正与我手表盘里的时间一致。你，我颤抖着嘴唇说，你在什么地方？

我在家里呀。夏海丽盘起一条腿，抬手朝四周指了一下。

我随着她的手势朝她身边看，天哪，那果然就是我自己的家，但不可思议的是，我此刻置身的这个地方差不多已经空荡，而她所在的那个地方却依旧如初，所有家具都一如既往地摆放在原来的地方。我不敢再往下看，急急忙忙按下了屏幕开关。这可真是见了鬼了，夏海丽不但待在这个家里，而且这个家还像以前一样完好……我神经质地掉转头，瞪着两眼朝四周查看。没错，我身边除了周岫娟外，绝对没有夏海丽的影子，而且大多数家具都已搬出门外，绝对不是我在视频中见到的情景……我疑心刚才看错了时间，便再次大着胆子打开视频，想更加仔细地核对一下。

不用看了，夏海丽冷笑着对我说，我现在就坐在你的对面。

我吓得魂飞魄散，一时搞不清楚到底是我在监视她，还是她在监视我。我这才明白，怪不得当我和周岫娟亲密的时候，总是会有夏海丽的动静发出来，原来她是真的躲在暗处看着我们呢。可我感到不解的是，她到底是躲在怎样一个地方监视我们呢？还有，难道说我安装的这台监视器真的具有反监视的功能？这个念头一起，我便坐不住了，赶紧拨打安装公司的电话，让他们赶过来查看，并给我一个明确的说法。

安装公司派来了一个维修工，对我家里的监控设备进行了仔细检查，得出的结论是，一切都十分正常，没有发现任何可疑的地方。

那我怎么被监视对象监视了？我愤怒地质问他。

被监视对象……监视了？维修工莫名其妙地看着我，好像我说的不是中国话。

为了让他尽快明白是怎么回事，我打开监视屏幕，指着上面的图像说，里面那个人此时正在监视我。

维修工凑近了屏幕看。里面不就是我们几个人吗？他试量着问我说，你的意思是说，你被你自己监视了是吗？

怎么是我自己？我也凑到屏幕上看，奇怪，我在屏幕上竟然没有看到夏海丽的影子，视频图像就是我现在置身的这个房间，里面的几个人除了我和周岫娟外，便是那个维修工，周围的设施差不多已被搬空，和现实里的房间景象没有丝毫差别。

你觉得哪里不对劲吗？维修工把眼睛转向我，目光里透出嘲讽揶揄，好像站在他面前的这个人真的不正常似的。

我……我实在不知道该怎么回答他。过了好一会儿，我才改用恭敬的口气请教他说，那你能不能告诉我，这台监视器有反监视功能吗？

反监视功能？维修工越发听不懂我说的话了，耸了一下肩膀说，不明白你说的是什么。

里面的人，我只好伸出手来朝他比画，能不能反过来监视我呢？

你说的这件事很有意思，维修工终于听明白了我的话，抬起手在我肩上拍了一下，我觉得你可以编一部科幻电影了，上映后肯定热卖。

他的表情明白无误地告诉我，这样的问题只有神经病才想得出来。也就是说真的没有这种功能了？我厚着脸皮再次向他确认说。

维修工不理会我了，转过身去一边收拾工具，一边颇为不满地嘟囔说，如果没有什么特殊的情况，请不要给我们拨打骚扰电话，我们都很忙，没有工夫陪你们做游戏。

骚扰？游戏？听他说得多么难听，尽管我对他的话十分反感，却说不出一句反驳他的话，我甚至连张口的勇气都没有了。

尽管维修工否定了监视器的反监视功能，但对于夏海丽在里面监视我的现象却没有做出科学的解释，因为他没有看到任何与夏海丽相关的图像。维修工一走，夏海丽又出现在监视屏幕上，置身的场景也变成了先前的模样。何必让人家跑这一趟呢？夏海丽嘲笑我。

那你来告诉我,我跺着脚质问她,你到底在什么鬼地方?

我不是对你说了吗?夏海丽不紧不慢地说,我就在我们的家里呀。

又来了。我从桌子上抓起一只茶杯,就要朝屏幕上砸去。

别,夏海丽抬起头,做了一个抵挡的架势,转而又把手放下来,还是别砸的好,我们也好通过它说说话呀。

我和你还有什么好说的?我愤怒地朝屏幕上指着说,你和那个张效梁勾搭在一起,却还有脸监视我们……

我怎么让他出来了?夏海丽把坐在他身边的张效梁推出屏幕去,不好意思地对我笑了一下,我不是故意来气你的,没有留心让你看到他了……说到这里,她也朝屏幕外指了一下,你不也和周岫娟在一起吗?我也没有像你那样气急败坏。

想来她说得也对,我们各自在彼此的空间里和各自的情人勾搭,似乎井水不犯河水,顶多也就是互相监视一下。我长长地吐出一口气,把手里的茶杯放下来。

这样很好,夏海丽点点头说,什么时候闷得慌了,我们便可以……说到这里,她向我摆了一下手说,今天就到这里吧,我要去……她没有说明白要去干什么,便从屏幕上消失了。

我呆呆地盯着变成白板的屏幕,好一会儿反应不过来,这一刻,我真的疑心我是在一个荒唐的梦中。恰在这时,周岫娟从一边走过来,把手指伸到我脸上,轻轻地拧了一下。感觉到了疼痛,我才明白,一切都不是梦,我的确通过这台神秘的监视器接收到了夏海丽的信息。

在此后的日子里,每当夏海丽有什么事要和我沟通时,便来到监视屏幕里向我絮叨一番。一些日子下来,我渐渐习惯了这种交流方式,也不再觉得奇怪和恐惧,好像夏海丽出现在里面和我说话,是一件再平常不过的事儿,就像她坐在我身边一样司空见惯。这真的没有什么不好,如果许多日子没有她的消息,我还会有些不适应的感觉,有时便止不住打开监视器,到上面去搜索夏海丽的图像。

接下来有一天,夏海丽忽然在屏幕上对我说,李蒙克,你知道不知道,一个外国人就要来找你了。

外国人……找我?我不明白她的话。

一个美国人,夏海丽进一步说,来自宾夕法尼亚州……

美国……宾夕法尼亚……念叨着这几个名称,我忽然感觉到了某种程度的熟悉,好像我已经听说过它们了似的。

这个来自宾夕法尼亚的美国人,名字叫邦德,詹姆斯·邦德……不要误会蒙克,这个邦德不是电影 007 中的那个英国特工,而是……

我神经质地抬起手,在两只耳朵上紧紧地捂了一下。

听我说,夏海丽拼命摇着手说,他已经来到了家门口,你快去开门迎接他一下吧。

尽管我是那么不愿意听她这些话,可我还是按照她说的朝屋门掉了一下头。就在这一霎间,我听到门铃突然间响起来。我走到门板后,半信半疑地朝猫眼里看了一眼。天哪,我果真看见一个大胡子的外国人,正伸出毛茸茸的手,一下又一下地按在门铃上,好像我不打开门板,他就会一直这样按下去似的。

第五章

41

我打开门板后,那个外国人一上来便用蹩脚的中国话对我说,李蒙克先生,我是邦德,詹姆斯·邦德……对不起,我必须向您说明,我不是电影007中的那个英国特工,而是来自美利坚合众国宾夕法尼亚州的一名律师,还记得我吗? 前些日子我已经给您打过许多个电话,但你一直没有耐心接听,实在没有办法了,我才辗转来到了中国,照你们的说法,我真是费尽了九牛二虎之力,总算找到了您的住处……

我没有听完他的话,便做出关闭门板让他留在门外的架势,我早就听过了这些怪言怪语,如果再任他继续说下去,我担心我的耳膜要被洞穿。

邦德看出了我的心思,急忙抢先上来一步,把两只毛茸茸的手都伸出来,撑在两边的门框上。请您听完我说的话,他急赤白脸地对我说,我之所以一再和您联系,是为了一桩财产继承案,它牵扯到您……要把这件事说清楚,恐怕需要一个晚上的时间,您能不能先放我进去,让我喝上一口水再说……我刚刚下飞机,既没有吃饭,也没有休息,更要命的是,我还没有倒过时差来,我现在困倦得要命……说着,他还故意跟跄了一下,做出一副要倒下去的样子。

我已经看出来,这是一个不把事情做成誓不罢休的怪人,如果我不放他进屋来,或许他会一直在我门外待下去,说不定搭起一架帐篷打上几个月的持久战都是可能的事儿。但我还是不确定,我是否有义务接待这个来路不明的外国人。

正当我犹豫不决的时候,周岫娟从我身后探出头,一边用痴迷的目光打量邦德,一边在我耳边提醒说,为什么不让他进来?

我不知道我有什么必要这样做? 我回答她说。

周岫娟没有再理会我,便顾自对邦德说,您请进吧。说着,她还把我的身子拉开,以使他进来得更方便些。

邦德便进屋来了,好像体力更加不支,脚步又一踉跄,一屁股坐倒在沙发里。

我看出来,他此时的样子不是装出来的,而是真的身心疲惫的表现。联想到他刚才说过的话,看来他是真的饿坏了。

我还没有表示什么,周岫娟就迈着小碎步跑到冰箱前,找出几样可吃的东西,一一摆放在他面前的茶几上。也没有准备像样的东西,她有些歉意地对他说,您就将就着吃上一点吧。

谢谢太太。邦德也不客气,再次伸出毛茸茸的手,把那几样东西都拿起来,塞到嘴里,便狼吞虎咽地大吃开了。

谢谢……太太?我听着这句不伦不类的话,一时对周岫娟不满起来。好像她真的已经成了我的太太似的。我在心里说。

邦德吃完了那几样东西,用手拍一下隆起的肚子,似乎没有饥饿的风险了,但笼罩在身上的疲惫却并没有消除,接下来他把身子往沙发上一歪,背在身上的背包来不及取下来,便闭上了眼睛。对不起,他用呓语一般的语气说,我再也撑不住了……我要睡一会儿……话没说完,嘴里就发出了响亮的鼾声。

看着这个在别人家大摇大摆睡觉的外国人,我发了一下呆,才猛然间反应过来。他别是个无家可归的无赖吧?我嘟囔着说,简直把我的家当成难民营了。说着,我就拿起一把扫帚,想像清除灰尘那样把他从我家里弄出去。

别,周岫娟不由分说拦住了我,你就让他在这里歇一下吧。她夺下了我手里的扫帚,也许他是真的有事找你……

望着这个自以为是的女人,我心里越发不高兴。她为什么要当我的家?我在心里说,她真的把自己当成我的太太了?

邦德的到来打乱了我生活的平静,屋子里不但被他越来越尖利的喊声充满了,而且开始飘荡起一股类似动物的难闻气味。我在客厅里像困兽一般团团打转,时不时地瞄一眼在沙发里坦然酣睡的邦德,心里承受这件事的极限正在急快地到来,我觉得再过一刻钟如果他不能醒来,我就要冲破周岫娟的阻拦去对他发作了。在我的想象里,这个叫邦德的家伙将被我的扫帚打醒过来,像一头受伤的野猪一般狼狈地逃到外面去。

邦德似乎感受到了我的愤慨,就在我给他的一刻钟时间快要结束的时候,他突然终止了打鼾,不但睁开了眼睛,而且身子也直起来。好了,他吧嗒着嘴说,我歇过来了。说罢,他便摘下身上的背包,打开来,把里面的一沓文件取出来。在开始我们的洽谈之前,他上下打量着我说,我想确认一下李先生的身份……

我直直地看着他,似乎过了好一会儿,我才知道他是要正式和我谈事情了。望着他忽然变得精力充沛的样子,我真是难以置信刚才在沙发里瘫作一团的那个人就是他。我不能不被他郑重其事的样子所感染,不由得也在他对面的沙发里坐下来。

周岫娟陪坐在我身边的扶手上,神情似乎比我还要郑重严肃。

邦德等待了一会儿,见我没有他预想中的反应,便再次提醒我说,李先生,不知您听明白了没有?我的意思是,他用手比画了一下,我要看一下您的身份证……

为什么?我反问他说,你不是已经知道我是李蒙克了吗?你都在我家里睡了一觉,难道还不知道我是谁吗?

对不起,邦德拍了一下自己的头,刚才我的确是太过……他随即又改变了说话的口气,但这是两码事儿,我现在要和您谈论的这件事,促使我不得不这样做,这是为了让接下去的这件事不出任何意外,我不但要为我自己的工作负责,更要为您拥有的权利着想……他不断地挥舞着手臂,您明白我的意思吗?不论在我们美国,还是在你们中国,我想对身份的确认都……

看他不屈不挠的样子,周岫娟终于沉不住气了,从沙发扶手上站起来,迈着小碎步跑到卧室里,在经过短暂的翻找后,手里捧着两张身份证走出来,一起交到他的手里。

邦德把身份证接过去,仔细看了一下,又抬起头来打量我。看起来没什么问题。他嘟囔着说,随即又把目光落在周岫娟身上。请问你真的是李先生的太太吗?

这个……周岫娟看了我一眼,不知道该怎么回答。

她是我的爱人。我接过话来说,并搂了一下她的肩膀。

爱人?邦德似乎不习惯这个称呼,爱人是什么意思?

我知道要和他讲明白我的周岫娟的关系，又要耗费很多的时间，再说我又有什么必要对他说清楚这件事？便不快地对他说，你不用管她的身份了，有什么事就抓紧对我说吧。

好吧，邦德耸耸肩膀说，既然李先生以为这位女士没有回避的必要，那我就更没有什么异议了。他把身子在沙发里坐端正，用一只手指着自己的胸口说，李蒙克先生，我已经确认了您的身份，现在让我来介绍一下我自己。他咳嗽了一声，我是来自美利坚合众国宾夕法尼亚州的一名律师，我的名字叫邦德，詹姆斯·邦德，请您注意，我不是电影007……

他又来了。我忽地站起来，脸上掩饰不住地呈现出厌恶的表情，如果你再说这些该死的台词，我就对你不客气了。说着，我就做出驱赶他出去的架势。

邦德呆呆地看着我，深陷在眉骨下的眼睛眨巴了好几下，才明白问题到底出现在哪里。对不起，他摇摇头说，我并不是有意背诵007的台词，而是出于……他看我越来越没有听他说话的耐心了，担心这场谈话会终止在这里，便赶紧调转了话题，用无可奈何的口气说，既然李先生不在乎我的身份……不不，或许您已经对我给予了足够的信任也说不定……既然是这样，那我就只好直奔主题了……

我不客气地打断他的话，你其实偏离主题已经太久了，有什么事痛快点说。周岫娟悄悄拉了我一下，示意我不要对人家说粗话。我这才不情愿地坐回到沙发里。

邦德把手里的那叠文件整理一下，再次调整了一下坐姿，极力用郑重其事的口气对我说，李先生，我这次专程从遥远的美国赶来，费尽周折与您见面，是受到我的一位委托人的委托……请容我说出他的名字，我这位委托人的名字叫约翰，约翰·肯尼迪……

什么？我怀疑听错了他的话，约翰·肯尼迪？

噢，我不得不向您指出来，我的委托人只是与美国历史上的一个名人同名，但与那个人一点关系也没有。邦德急忙摇摆他毛茸茸的手，说到我的委托人，我不得不遗憾地告诉您，在我到中国来找您之前，我所尊敬的约翰先生已经离开了人世……但值得欣慰的是，他在闭上眼睛之前没有经历到多少痛苦，因为他所在的那家养老院，对他照顾得非常周到，我可以负责任地说，他是含着微笑踏上去往天国的路途的，这点请您放心……

这与我有什么关系？我不耐烦地对他指出说,你给我说那个约翰有什么用?

当然有关系,当然有用,邦德再次瞪大眼睛上下打量我,因为按照约翰先生自己的说法,他是您的父亲,或者换一个说法,您是他的儿子……

什么?我大吃了一惊,一下子从沙发上跳起来。与此同时,坐在我身边扶手上的周岫娟也一下子坐到了地下,不知是我的动作幅度太大影响到了她,还是邦德的这几句话让她失去了理智。

没错,邦德一边把手里的文件朝我递过来,一边用越加肯定的语气说,请您相信,我的委托人绝对没有任何精神疾病,这方面有宾夕法尼亚州权威医院做出的诊断报告,所以对于他说出的每一句话,我们都没有任何质疑的理由,也就是说,您,李蒙克先生,一定与我的委托人约翰先生有纯正的血缘关系,在来您家之前,我已经在有关部门查到了您的血液类型,经过和约翰先生的血液类型比对,完全证明了我上面的结论,也就是说,您的确就是我的委托人约翰先生的亲生儿子……当然,还有一个前提就是,您在警察局登记的血液类型不是随手填上去的,而是您的血液化验的结果……

老天,我还没有做出反应,周岫娟的两手就响亮地拍在一起,同时把惊诧的目光转向我,像看待一只稀有的珍异动物一般打量着,这么说你竟然是一个美国人了……

我不想看到她肆意胡说,便捂了一下她的嘴,又转向那位神经兮兮的邦德说,你说的这件事我怎么一点儿都不知道?如果你那位叫什么约翰的委托人真的是我父亲,那我早就跑到美国去找他了,还能劳烦你大老远地跑到中国来告诉我吗?我越发感到了这件事的荒唐,便学着外国人的样子一边耸肩膀一边摊开手,真是天上掉馅饼,我竟然平白无故地有了一个美国爸爸……

让我看看,周岫娟突然抱住我的头,凑近了朝我的脸上看,随即便大叫起来,李蒙克,你的模样真的带有美国人的特点……

我奋力推开她的手,义正词严地对她说,不要失态,让别人看你的笑话。

周岫娟愣了好一会儿,才勉强反应过来,也赶紧摆出正襟危坐的样子,但她的身子却不住地颤抖,压抑在心里的激动情绪又要暴露出来。

我的委托人当然知道你的疑惑,邦德不慌不忙地说,所以在这份文件里,他把所有你会感到不解的问题都讲清楚了。他把那叠文件再次朝我手里递过来。或许文件太长了,不能让你在最短的时间内知晓这件事的全部,邦德说着,又从背包里取出一个小型录音机,这里面装有一盒磁带,是约翰先生亲口说给您听的,如果您需要听的话,我马上播放给您……

好的,周岫娟接过录音机,抖动的手指就要往播放键上按。

我推开了她。这是怎么回事?我在心里问自己,难道这个美国人的话真的不是胡说八道,一切都像他说的那样有所根据?这一刻,我感到了脑子里一阵涨疼,好像它就要被这些突然到来的庞杂信息撑坏了似的。我坐回到沙发里,在抱着脑袋镇定了一下后,还是决定不能对邦德的话置之不理,不管怎么说,既然人家信誓旦旦地为我找出了一个美国父亲,不管是真是假,我都要弄清楚这件事,也算给自己一个明确而负责的交代。这样一路想下来,我便决定播放那盘磁带,让里面的声音告诉我事情的真相到底是什么。

于是,在接下来的时间内,我便随着录音机里那个来自地球另一端的男人英汉混杂的怪异声音,慢慢回到了二十几年前的时光中……

42

嗨,蒙克,我最亲爱的儿子,你还好吗?当你有一天听到这盘磁带的时候,或许我已经离开了人世……因为已经有很长一段时间了,我的身体每况愈下,医生告诉我,情况乐观的话,我顶多也只有半年的活头……在去往天国之前,我决定不再隐瞒过去的事情,通过我的委托人邦德先生联系到你,把我签署的文件和这盘磁带交到你的手里……请原谅,由于身体的原因,我没有能力和你亲自见面了,只能把我在这个世界上的东西交由你来继承,也算是我这个不合格的父亲留给你的一点点纪念,而不是让你来继续你并不了解也不喜欢的什么事业,呵呵,其实我也并没有什么真正的事业……

蒙克,我的孩子,当你听到我这些话的时候,不要感到过分吃惊,我相信通过下面的讲述,你会获得事情的真相,也会原谅你的父亲,就算我们已经没有机会见面,依旧会通过无所不能的科技手段,让我们的心灵和气息彼此相通,完成我们父与子最终的一次团圆。

我记得很清楚,一切都源于二十八年前的那个春天,那年,我已经三十五周岁了，即使在不那么重视婚姻生活的美国，这个年龄的单身男子也不太多了，是的，那个时候我还没有结婚，当然这并不是说我没有女朋友……就在二十八年前的那个春天，我到中国去了，也只有到了那个遥远的国度，我才会缔结和你的父子关系……一想到这一点，我就会怀念那个美好的春天，就会对我在那个春天当然更有接下来的秋天里的遭遇感叹不止……

也许我是真的在美国待够了，一心想换一种更冒险更刺激的生活尝试一下，虽然我已经三十五岁了，但还是浑身充满了激情，或者说正因为我已经三十五岁了，才不再墨守成规，有时仅仅是一个即兴而简单的想法，就可能让我接下来的生活呈现出与此前完全不同的样子，这次到中国去旅行就是这样。有一天，我在机场大厅里闲逛时，从乘客扔在地下的一本印刷质量不是很好的画报上，看到了一个中国女演员的剧照，并由此喜欢上了中国的女人……不要笑话我这么幼稚，因为在此前的数十年时间内，我没有机会结识到中国人，当然更不可能见到中国女人了……但对于遥远的中国，我和大多数美国人一样都充满了浓厚的兴趣，一直把它当作这个地球上与我们不同的一个国度，如今竟然看到了一个中国人，而且是一个不乏姿色的中国女人，可以想象那个时刻我是多么的激动。几乎没有怎么犹豫，我就决定要到中国去看一看，或者更为直接的目的是去找一个中国女人……在接下来的时间内，我都在马不停蹄地办理去中国旅行的手续，终于在一个春风缭绕的日子里，我踏上了飞往中国的飞机。

我当然算不上什么高贵之人，或许只有我一个人知道，我到中国来的真正目的不是旅游，只不过是找一个中国女人罢了……就是我这样一个在美国都会受到指责的年轻人，在那些不明真相的中国人眼里却成了难能可贵的国际友人，在中国的大半年时间，让我度过了一生中最为幸福最为甜蜜的生活，就像一条鱼来到了海洋里，每时每刻都能体验到畅游的美好感觉。

这种状况的改变源于碰到你的母亲的那个时刻，我类似于"混混儿"的生活才告一段落……自从离开你的母亲后，我就没有机会再见到她，不知道她现在怎么样了？如果她还活在世上，请一定代我向她问候，不，代我向她致敬，你可以明确地对她说，她是我在这个世界上见过的最为美丽的女人，更是我迄今为止最为崇敬的一个女人……有一天，对，我尤其记得那个特殊的日子,那是一个秋果累累的日子,我已经在中国度过了大半年时间,或许不出这个月,我就要离开中国,踏上返回美国的飞机,尽管我申请的旅行延长时间还没有到,却打算打道回府了,就像一个已经吃得太饱的食客要撤离宴席一样。但就在接下来的这个日子里,我却遇到了你的母亲,遇到了那个让我果断打消回到美国,不,是永远不再回到美国的念头的美丽女人,真的,当我遇到你的母亲后,我真的产生了不再回到美国的想法,而打算在她的家乡中国与她相伴一生……

43

还是说碰到你母亲的那一天吧。那天一大早我就来到了大街上,想趁人少的时候欣赏一下鱼阴的街景,我已经做好了打算,等从街道上回来以后,就要打点行装回美国去了。为了尽快把整个城市转完,我专门租借了一辆摩托车,歪歪斜斜地朝街道上驶去。我一边驾车一边注目街两边的景色,老是觉得两只眼睛不太够用。我当然并不打量那些楼房和车辆,这些东西对我来说没有任何吸引力,我的目光看得最多的是街道边的观赏树。与其他城市不同,鱼阴市给我印象最深的便是那些无处不在的观赏树,如果不是季节来到了深秋,或许我不会过分注意到它们,因为那个时候它们只有满树的绿叶,而此时此刻,绿叶间却布满了或红或黄的累累果实,看来这些挂满果实的树木并不仅仅止于观赏,还给人们一种丰收了的强烈印象和深刻启迪,至于那些果实是否还有真实的用途,便不是我这所关心的了。

由于我只顾仰起头来看那些果实,不经意间把摩托车向一个在马路上清扫垃圾的人开过去,其实那个人穿在身上的黄色清洁服极其醒目,我眼睛的余光也已经看到了她,但因为车速太快,我和那个人的距离太近,等脑子反应过来时,已经来不及停车了,只好凭着本能把车头往一边调开,尽管这样,摩托车身还是擦到了那个人的半边身子,在车和人相接触的刹那间,我看见那个人的身子摇晃了一下,便朝地下倒去,手里的清扫工具也掉到了一边,我的车身也像那个人的身子一样摇晃起来,为了不使它翻倒在地,我拼命控制车身,费了很大劲才使它变得平稳。我掉回头,只看了那个倒在地下的清洁工一眼,便加大车速,直往前面的远处驶去。我之所以没有下车对那个倒地的人施以救援,是因为我吃不准她到底受了什么程度的伤害,加之当时那条路上没有其他人看到,我也便仿效那些卑劣的逃逸者尽快离开事故现场,而不给自己惹上太多的麻烦。

　　我在鱼阴的街道上转悠了大半天,几乎把所有该看的景色都看了个遍,便返回我的住处,直到这个时候,我才发现带在身上的护照不见了。这是一件十分严重的事情,没有护照,我这个外国人不但不能继续在中国待下去,而且无法顺利回到美国去了。当然这只是理论上的说法,现实可能没有那么可怕,但前提是那本护照有可能被找回来。我仔细回顾了一下,忽然意识到我丢失护照的地方极有可能是我撞人的地方,因为在其他许多个场合,我都没有离开过摩托车,既然我没有下车来,又怎么会丢失东西呢? 只有在那个地方,由于车辆连同我身子的摇摆,装在衣袋内的那本护照才有可能掉出来,如果事情真是这样的话,那就意味着我要回到事故现场。这当然是我极不愿意去做的事儿,我好不容易逃离了那里,又怎么可能主动回到那里去呢? 回到事故现场去,就意味着麻烦的再次降临,这还是在清洁工没有发生大的意外的前提下,如果她真的被撞死了,那我可就要吃不了兜着走了,不但我照样不能回国,而且可能根本离不开这个城市。

　　思来想去,我还是决定回到事故现场,找到护照的欲望固然占了上风,但要看一下那个清洁工怎么样的想法也在发生作用,不管怎样,我都不应该置她的生死于不顾,倘若我这样冷血下去,我想造物主是不会饶恕我的……想到这里,我便又掉回车头,直朝发生事故的那条马路上驶去。此时,一个漫长而喧嚣的白天已经过去,日头就要西落,夜晚正在到来,天空里浮满了艳红的霞彩,街道两边的路灯也开始亮起来,马路上的行人已经很少,就和我早晨来到这条路上的情景差不多。尽管这样,我却再也不敢加快车速,而是像骑破旧自行车那样慢慢地往前行驶。我一路上都在想,但愿那个清洁工没有被我撞死,不,如果她没有受到大一些的伤害就更好了……快要来到那个地方时,我简直不敢再往前走了,好几次都想调转车头返回。就在这时,我却看见一个身穿黄色清洁服的女人坐在路边的马路牙子上,手里拄着一把长杆扫帚,正在朝马路两端打量。我在心里说,如果她就是那个被我撞倒的人该有多好,看这个人的样子一定没有受到什么伤害,不然她是不会一个人坐在马路边休息的,是的,看她坦然而平静的样子,她除了是在休息或者干脆说欣赏风景外,还能是干什么呢?

　　看见我朝她驶过去,女清洁工拄着扫帚慢慢站起来,朝我摆出了一个迎接的架势。是的,我已经看出来,她站起来的确是为了迎接我的到来。

我心里不禁又是一紧,她别真的就是那个被我撞倒的人,虽然没有受到太大伤害,却执意等待我的到来,要像那些泼妇一样不讲道理地赖上我⋯⋯这样一想,我的车子禁不住摇晃开了,尽管我用了全身的力气,还是有些控制不住车身,我担心即使没有让车子倒在地上,也会在她的身边停下来。

你终于还是来了,女清洁工迎住我,尽量用清晰的话说,我已经在这里等了你一个白天了。

我把摩托车停在她面前,硬着头皮回应她说,你怎么知道等待的那个人是我?

因为今天从这条马路上经过的外国人,只有你一个,而且你骑的摩托车我也认得出来。

这么说,我绝望地闭了一下眼说,你真的记住我了?

是的。女清洁工肯定地点点头。

那你说,我用哀求的口气问她,你要让我怎么办?送你去医院,还是赔偿你的损失?

你说什么呢?女清洁工不解地说,随即又好像明白过来,你误会我了,我没有被你撞坏,我之所以⋯⋯

听她这样说,我不禁欣慰地吐出口气。那你在这里等我干什么?我又纳闷地问她。

你为什么要回到这里来?女清洁工反过来问我。

我拍了一下自己的脑门,突然间反应过来。这么说,我大叫着说,我的护照在你的手里?

是的,女清洁工再次点点头,同时向我伸出一只手,还给你。

我低头朝她手里看,没错,她戴着手套的掌心里果然托举着我那本护照。我没有把她手里的护照接过来,而是抬起头,用庄严肃穆的目光打量这个站在我面前的中国女人。说句实话,自从我来到中国以后,我还是第一次用这样郑重其事的目光看待中国女人,这样的目光里没有杂念,只有崇敬⋯⋯眼前这个身穿清洁工制服的女人是那么朴素,甚至那么不起眼,如果不是因为这件事,也许我在经过她身边时根本不会扭头看一眼,但就是这样一个普通的女人,此时此刻却那么深刻地感动了我。当颤抖着手指从她手里接过那本护照时,我甚至没有勇气对她说一声"谢谢",对这个受到我伤害却不思报复并转而帮助我的女人来说,一声简单的"谢谢"简直就是对她的侮辱,这个时刻,我明确知道我在这个圣洁的女人面前早就失去了道谢的资格。

女清洁工把我的护照还给我,转过身去,拄着她的长杆扫帚要走了。但她只迈出了两三步,便有些支撑不住了,身子趔趄了几下,就歪歪斜斜地朝下倒。

我以为就要失去这个中国女人了,随着她的离去,我将不可能再见到她,至于这个帮助了我的女人叫什么名字,住在什么地方,我将一无所知,因为我连对她说声感谢的资格都没有,又哪里有能力问这些在我看来更为重要的问题。让我想不到的是,就在她要离我而去的关键时刻,却无形中为我提供了帮助她并可能在以后的日子里弄清那些问题的机会。眼看着她就要倒下去,我凭着本能伸出手,将她摇摆的身子小心地扶住。你受伤了,我急忙对她说,我送你去医院。

没关系,女清洁工一边企图挣脱出我的手,一边摇晃着头说,只是一点点擦伤,没什么大碍……

尽管她没强调这些伤处的来历,我却知道它们与我有脱不掉的干系,心里越加感到羞愧。我一定送你去医院。我大声对她说。

不用了,女清洁工执拗地拄着扫帚往前走,我能行。但她只走了两三步,身子便又一次摇晃起来。

我不由分说再次搀住她,而且不打算再松开。我们现在就去医院。我一边把她往身上背,一边快步向前跑去。我感觉到她在我背上挣扎,但仅仅动弹了一小会儿,便突然间停住不动了。我知道她已经支撑不住了。

我把她送到了附近的医院。经过医生仔细诊断,女清洁工没什么大问题,只是腿上有几处擦伤,简单包扎一下就行了,她之所以发生了短暂的昏迷,是因为为了还给我护照,她在那条马路上等待了整整一个白天,在那段时间里,她不但要承受腿上的伤痛,还要忍受饥饿的折磨。是的,为了等待我的到来,她整整一个白天没有喝一口水,没有吃一口饭……

在医院明亮的灯光下,我第一次看清楚了女清洁工的面目。与我的想象不同,这个从事城市清洁工作的女人竟然是个年轻的姑娘……是的,我完全没有想到,这个从事城市清洁工作的女人年轻得出乎我的意料之外,年轻得让我怦然心动……是的,在我守在病床前,借着灯光打量她娇嫩光洁的面容时,我的确感觉到了怦然的心跳……当然,我赶紧抑制了这种让我喘不上气来的冲动。你是个什么鬼东西,我在心里对自己说,你有什么资格对这样的女人动心?你的每一点滴不洁的念想都是对她的侮辱⋯⋯我不得不把目光从她脸上移开,然后抬起两手,紧紧地捂在眼上,心里既感到欣慰,又感到痛苦。是的,那个时候,我已经准确预感到了我在这个女人面前要经历的那些磨难⋯⋯我不知道我说明白了自己的心情没有,如果让我再说一句更为明白的话,那我只能赤裸裸地告诉你,我已经深深爱上这个非同一般的中国女人了⋯⋯

44

在进行了短暂的治疗后,当天夜里,女清洁工就离开了医院。我想送她回家,但被她拒绝了,为了表示不需要我帮助的决心,她转身便拦住了一辆出租车。这个行动让我颇为诧异,因为按照我的判断,从事这种职业的人是没大有条件乘坐出租车的,但她拦截出租车的动作却极其果断,除了说明她急于摆脱我的心情外,我无法得到另外不同的解释,看来她对我一点兴趣也没有,甚至可以说对我充满了厌恶,尽管我不大愿意承认这一点,但事实却可能就是那么回事。

我不想就这样失去和她的联系,在稍稍犹豫了一下后,我还是发动摩托车,悄悄地跟在她乘坐的那辆出租车后面。虽然出租车开得很快,但我不住地加大摩托车速度,还是无法让它把我甩掉。转过了两条街道后,出租车突然间停了下来,女清洁工打开车门走下来。我以为她到家了,也赶紧把摩托车停下来。女清洁工没有往街道边走,而是就站在出租车门边,做出迎接什么人到来的架势。我愣怔了一下,才猛然间明白,她迎接的那个人就是我。我本来与她还有一段距离,但在她目光的注视下,我还是推动车子,硬着头皮来到她面前。看来她早就发现了我的跟踪,此刻恐怕是要对我提出警告了。

果然,在我离她仅有一两米的距离时,女清洁工用严肃的口气对我说,请您不要再跟在我后面好吗?

我⋯⋯我的脸孔一时变得火热,好像我是一个卑劣的小偷,刚伸出手去就被人家抓住了。我是不放心让你这样回家⋯⋯我灵机一动说。

我真的没事了,女清洁工轻轻摇一下手说,您请回吧。说罢,她就钻回出租车里。很快,出租车再次急快地向前驶去。

我呆呆地看着离去的出租车，虽然心里不甘，却无法再发动摩托车往前。我已经被她警告了，就算我是一个真正的流氓，也不好意思再继续纠缠她。不一会儿，出租车就拐过一个岔路口，消失在一片林立的楼房后面。我沮丧地摇摇头，又在那个地方傻站了很长一段时间，直到确认一切都已经结束，才掉转车身，慢慢地往回走。我没有骑上摩托车，而是一步步推着它走，尽管摩托车很沉，我推起来颇为吃力，却不想骑上去，依旧喘着粗气往前推。一些路人好奇地看我，好像我这个有车不骑的外国人真的是个傻瓜。

我不想马上离开鱼阴市。在我眼里，这个一度让我认为再平常不过的城市突然间变得靓丽多彩起来，好像我不把它的美好景致看个够就白来一趟似的，不仅如此，整个中国之行也就显得没有什么意义了。于是，我迅速调整了原先的计划，决心继续在这里待上一些日子。但在那些难熬的时刻，我却找不到什么事干，整天都在旅馆里一个人玩纸牌，要不就到街上转悠。我当然不敢再去找那个我不知道姓名的女清洁工，既然明白自己配不上人家，又何必再去自讨没趣呢？我还是注重自尊的，对于人类起码的羞耻心我还没有完全放弃，所以尽管心里的欲念时时在鼓动着我，但前所未有的控制力约束着自己的行为，没有真的撕掉脸皮再去打那个女清洁工的主意。就这样我又在鱼阴市待了一些日子，眼看秋天就要过去，其他地方的美丽景色就要被即将到来的寒风吹走，我才恋恋不舍地离开它，踏上去往外地的路途。是的，我没有回国，而是决定到中国的其他地方再看一看，这其实也不在我的计划之内，就像我不愿意离开鱼阴一样，我也同样不想离开中国，所以我不得不又一次改变自己的行动计划，将回美国的想法再次打消。

在秋冬之交的那些日子里，我一直在朝着远处的某个方向行走，好像要以此远离那个叫鱼阴的城市似的。我突然产生了一个奇怪的想法，想要尝试一下，如果离开了鱼阴会怎么样，我还能不能平安地度过我往后的日子。我似乎在赌一口气，只是埋头向着远方行走，不停歇地行走，对于身边美丽的景致，我没有停下来仔细看一眼的打算，甚至在许多的时候会对它们视而不见，好像我这些日子的任务除了行走还是行走。于是，当这一年冬天第一场大雪到来的时候，我抵达了一个叫乌龙镇的地方，没错，我记得很清楚，那个山下的小镇的确是叫这样一个名字。通过乌龙镇这个不太起眼的中转站,我可以继续往前面的山里行走,而前面那些连绵起伏的山脉叫什么,我现在已经记不起来了,它有一个很拗口的名字,好像与中国古代一把很著名的剑有些关系……虽然下了一场大雪,进山的道路都被积雪淹没了,但我还是决定朝山里行走。当地人好心地警告我,在这样的日子里,就连他们本地的猎人都会在山里迷路,我这个人生地不熟的外国人肯定会被迷宫一般的山林吞没的。看他们煞有介事的样子,不像是有意捉弄我,但我没有听从他们的劝告,第二天一早,还是走上了进山的羊肠小道。你还是聘请一个向导吧,有人继续劝我,并勇敢地站出来说,要不我带你进山去,随即又向我补充说,我不要你的钱。我没有想到这些乌龙镇人会是这样淳朴。但我还是拒绝了他们的好意,依旧一个人往山里走去,我当然不是怕花钱,我只是想一个人往山里走,他们越是把这座山说得如此神秘玄奥,我越是想亲自尝试一下它带给我的危险和刺激。不管他们怎么说,我却依然不再回头,继续向着茂密而看不见尽头的山林深处进发。

记得在走到第七天的时候,我在一片原始老林里看到了属于这个山林特有的一种生物,开始时我认为他们是猴子,后来我又觉得他们是猩猩,但随着距离的越来越近,我看出他们其实是名副其实的野人。我不知道是他们拦住了我的去路的缘故,还是我把他们当作了我这次行动要寻找的目标,反正在接下来的时间内,我不打算再往前走了,而是决定到他们中间去,到他们中间去干什么?我此时还没有想明白,只是顺应着一股情绪的驱使朝他们一步步接近。看我执意要到他们中间去,那几个想要阻止我的野人终于放弃了努力,虽然眼里的敌意还没有完全消失,却容许我慢慢走到他们面前了。就在我离他们仅有三五米远的时候,野人们突然往两边闪开,中间空出了一条仅容一个人走过的空隙。我以为他们是为我让出了道,却发现其实是他们中的一个人从里面走出来。我看出这是一个年长的老野人,因为他头上的灰白不是雪花残留的痕迹,而是真的须发自身的颜色。

你是干什么的?老野人上下打量着我说。

我吃了一惊,这个野人说出的竟然是一句中国话,虽然他的腔调不太标准,但我还是能够听懂他的话。这有些出乎我的意料,他们固然是中国的野人,可居然能够说话,还是让我倍感惊喜,看来我不用依靠手势和动作就能和他们交流了。我想了一下,还是决定告诉他们我的真实身份。我是一个美国人。我说。

美国？老野人似乎有些恍然大悟，看来你赶了不少的路？

这么说他知道那个国家了？我越发提高了兴致。是的，我本来想说"Yes"，但说出口来还是变成了中国话。入乡随俗嘛。我在心里说。

为什么你要到这个地方来？老野人伸出一根长有弯曲指甲的手指，指了指他的脚下说。

我想到你们中间来。我脱口说道。直到说出了这句话，我才又吃了一惊，在此之前，我一直不知道我到山林里来的目的，难道说我说出的这句话就是我的心声？

为什么？老野人也感到十分吃惊，那只手朝我指了一下，又收回到自己胸前，翻动着摇了一下。

难道我们真的不一样吗？我低头看看自己的身子和腿脚，由于连日在山林里行走，穿在身上的衣服早就破烂不堪，变成了一块块一条条，勉强遮挡着私处，脚上的鞋子也不知去向，仅有半截袜筒套在脚脖子上。我相信，我此时的模样与那些披着树叶的野人们并没有区别。

这里不是你待的地方，老野人并不回答我的话，而是摆出了明显拒绝的架势，你从哪里来还是回哪里去吧。说罢，他就掉转身子往回走。

为什么？我也像他一样朝他发问，而且声音格外响亮。

老野人又回过了身来。他们都到城里去了，他抬手朝远处指了指，你又怎么可能待在这个地方？

他们？我本能地回了一下头，觉得他指的可能是乌龙镇所在的方向。你是说乌龙镇外面那些人？我试量着问他。

何况你还是个外国人。老野人说完这句话，再次转身往回走，很快便消失在野人群落里。

我还想和野人们争执一番，看他们能否接纳我，但听了老野人的指示后，那几个曾经阻挡我的野人又伸出了手臂，不但不再容我往前走，而且开始推撞起我来。去去。他们嘴里叫喊着，努力做出驱赶我离开的动作。

我实在不是野人们的对手，虽然我也奋力挣扎，但他们只对我推撞了几下，我便跌跌撞撞离开了他们，身不由己地来到了老林外。我在一个山脚下停住脚，在大喘了几口气后，想再次回到老林里去找那些野人。但我虽然又一次进到了老林中，却再也没有找到野人部落，甚至连他们留在地下的一点点踪迹也没有看到。我又在山林里转悠了两三天，几乎快要把脚板走烂了,也没有再得到有关野人的任何信息。我疑心那天接近野人部落的情景仅仅是我的幻觉。

随着寒冷冬天的来临,又一场更大的风雪笼罩了山野,我不能继续在山林里转悠下去,便决定听从那个老野人的劝告,开始寻找下山的路径。又经过七个整天的行走,我终于回到了通往外面世界的中转站乌龙镇。一见到我的影子,那些好奇的乌龙镇人一个个惊讶地瞪大了眼。不会真的是你吧?他们拍打着我赤裸的身子说,我们看到的是不是你的魂灵?那个想要给我带路的人说,我们都给你烧过两遍冥纸了,你该不会是来吓唬我们的吧?经他们这样一说,我竟然真的以为我的躯壳已经留在了山林里,即使我回到了现实中来,怕是也不能再和我心爱的女人有任何关系了。想到这里,我不知道该是喜还是忧。我把在老林里遇到野人部落的事讲给人们听。不会有这种事的,他们摇着头说,这座山里从来没有什么野人部落。我和他们争辩说,可我明明和野人头目说过话……那个老家伙还对我说,你们这里的人都要进城去了。他们这才半信半疑地说,关于进城这件事倒真的发生了,这不改革开放了吗?上级让解放生产力,我们这些乡下人怎么还会继续待在山里虚度年华呢?在接下来的许多年内,我们都要进城去打工的……我不想听他们说若干年后的事情,便质问他们说,如果你们不相信我的遭遇是真的,那对这件事该怎么解释?他们再次伸出手,试探着摸我的额头,然后惊讶地瞪大眼说,看来你是患上山林忧郁症了。我大吃了一惊,什么?山林忧郁症?我似乎这才明白,原来一些谜团的出现都是因为我病了。

45

我回到了女清洁工所在的鱼阴市,而且不打算再离开这个地方了。而此时,我的签证有效期已经到了,为了不给自己惹麻烦,我只好到有关部门办理延长滞留时间的手续。尽管这类手续很烦琐,但为了在鱼阴顺利待下去,我依然用最大的耐心去处理这件事。从那座山林里回来后,我的心情比先前平静多了,再也不会为什么不顺遂的事影响自己的情绪。许多回在梦里,我都看见自己真正走入了那个野人的部落,在那个一身灰白的老野人的率领下,一步步往更加幽远的老林深处走去……我当然不知道我到底要到什么地方去,却本能地信任那个年老得像是精灵的人,相信只要跟随着他走下去，我就能抵达旅途的终点，就能获得人生的完满……

在这个不断为雪花所笼罩的冬季里，几乎每一天，我都会离开温暖的宾馆，迎着风雪来到街上，不，具体说是来到那个清洁工所在的街道，坐在马路牙子上，远远地看着女清洁工在那边工作，有时她挥舞着扫帚清扫路面上的落叶和积雪，有时她俯下身去捡拾被路人丢下的塑料袋和饮料盒，当寒风吹走了那些她要清除的垃圾时她便奔跑着前去追赶，穿着黄色制服的好看身影在风雪中不住地晃动，许多时候都快要晃花了我的眼睛。在观看女清洁工工作的那些日子里，我没有一次控制不住情绪朝她走去，不，没有得到她的许可，我是绝对不会贸然走到她身边去的。而这一短时机的她，好像已经忘记了我这个她曾经帮助过的外国男人，有时她从我身边走过去，都不会扭头看我一眼。我怀疑她早就不认识我了，或许她仅仅把我当成了一个神经病患者也说不定呢，是呀，一个正常人怎么会在大冷天里坐在冰凉的马路牙子上看她对付垃圾呢？

我不知道这样的日子什么时候是个头，漫长的冬天就要过去，吹刮着温煦和风的春天就要到来，也就是说，我已经在那条路上度过了一个季节。我相信，如果没有什么意外情况的发生，在接下来这个崭新的季节里，我将一如既往地坐在马路牙子上，继续度过感觉不到任何波澜起伏的庸日子。只有在很少的时候，我才会在半醒半眠间天真地想一下，在接下来的这个春天里，也许我的马路生活该有所改观了吧。但随着春天急快的临近，我却没有预感到一点点发生变化的迹象，好像突然变得固执了的造物主还没有被我所打动……但就像那句极富哲理的中国话说的那样，心诚则灵，只要你付出了饱含着真情真爱的努力，造物主即使变成了冷血动物，也终究会睁开眼来看你一下的……

在接下来的这一天，就像我当初从遥远的美国来到中国时的那个日子一样，风和日暖，叶绿花红，一切都显得那么美好，那么富有诗意，在这样一个多姿多彩的日子里，如果不发生一点事儿就真的有些对不住大自然的馈赠了。但让我想不到的是，接下来发生的这件事竟然是以如此激烈而悲壮的面目出现，不但让我倍感诧异，而且使我难以接受。当然这只是我在事后冷静下来的一些感想，而在当时，面对着那辆急驶而来的东风牌大货车，看着它裹挟着一股旋风朝正在路边清扫垃圾的女清洁工冲去，我什么也没有来得及想，便凭着本能从马路牙子上跳起来，也携带着一股风尘朝那辆大货车扑去。在这短暂的几秒钟时间内，我要想尽一切办法抢到大货车前面，将就要被它撞倒的女清洁工推到一边去，哪怕我自己会在它巨大力量的推动下飞翔起来，然后俯冲到地面上，将身子或断为两截，或变成肉饼，但只要把女清洁工从车轮下救出来，我就是化为一团毫无形状可言的齑粉也值得，也心甘。

与我的想象差不多，在我将女清洁工推出路面去之后，我随着那辆大货车给予我的力量飞了起来……在我离开地面飞向空中的那段时间里，我看见三月的暖风像一只只小手伸出来，乱纷纷地扯拽着我身上的衣服，似乎没用多大劲儿，就将我的身子暴露在日光下；正在变得灼热的日光就像汹涌澎湃的海水，从天尽头流淌而来，淹没了我正在感觉得寒冷的身子，让我有一种回到了母腹羊水中的奇妙感觉……就在这个时候，我似乎看见了造物主，一个在空中拄着拐杖蹒跚行走的老头儿……我跑到他面前说，至高无上的造物主，感谢您施与我的巨大恩泽，让我得以飞翔到天空里来……造物主打断了我的话说，感谢我什么？我没有施与你什么恩泽，你之所以飞翔起来，那是因为你自己长出了翅膀。听了他的话，我便低头往自己身上看，他说得没错，我的腋下果真长出了两只布满羽毛的翅膀。我惊异地问他，这么说，我就要变成一只鸟儿了吗？造物主冷笑了一下说，我很高兴你没有把自己当成天使。我懊丧地拍了一下脑门，是呀，我怎么把自己想成了鸟儿，而没有当作美丽的天使？但我知道不能再修改自己的言辞，就像一篇文章一经发表，便不能再随意更改它的文字了。看着造物主严肃沉郁的样子，我心里的不安越发浓重。敬爱的造物主，我试量着问他，我什么地方做错了吗？造物主从鼻子里哼了一声说，这就要问你自己了。造物主说完这句话，好像与我的交往已经结束，便拄起拐杖，一瘸一拐地往远方的云朵间走去。造物主，我在后面追赶着说，请您不要丢下我……造物主并没有停步，而是伸出他手里的拐杖，轻轻朝后一点。我看见一道金光从他拐杖上流出，像一把利剑向我刺来。我来不及躲避，其实也躲避不了，便被那道金光刺中了。我感到身子一阵前所未有的剧烈疼痛，虽然腋下的翅膀依旧不住地扇动，但整个身子已经失去平衡，不管我怎样努力，都控制不住自己，只能眼睁睁地看着自己从高空里跌落，像一只被箭矢射中的鸟儿摔到地面上……

三天之后，我从昏迷中醒来，一睁开眼睛，便尝试着往旁边看。我多么盼望,女清洁工不但依旧如先前那样完好,而且会坐在我床前,像我的亲人一般看护着我。而事实正如我想的那样,女清洁工果然像先前那样完好,而且真的坐在我的床前,正用紧张不安的目光看着我。我闭上眼睛,欣慰地吐出一口气,但随即又再次睁开,担心刚才看到的景象只是我的幻觉。真的是你吗?我问她。

是我……女清洁工也欣喜地瞪大了眼,你、你醒过来了……这样说着,她把手抚在胸口处,也长喘了一口气。

你没事吧?我盯住她问。

没事儿,女清洁工连连点头,可是你却……她把那只手从胸口取下来,随即搭在我身上。可是你却受了那么重的伤……泪水从她眼睛里汹涌流淌出来,像两串珍珠挂在她的脸边。

够了,我再次闭上眼睛,在心里一遍遍地对自己说,这就已经足够了。我知道,从我飞起来的那个时刻起,我就不再是那个坐在马路牙子上只能远远观看她的人,而成为与她具有某种密切关系的一个朋友,不,照他们中国人的说法应该是救命恩人更为贴切一些,虽然我并不想为此而要挟她什么,但她为此会改变对我的固有看法却是肯定的,正是因为有了这样一种新型的或者干脆说亲密的关系,我的一举一动都不再与她无关,而是紧紧牵动着她柔弱敏感的心弦……一想到这一点,我心里像大海浪涛一般涌动着的甜蜜便战胜了弥漫在全身的疼痛,让我感到自己是这个世界上最幸福的一个人,是呀,天地间还有比让一个心爱的女人如此关注更美好的事儿吗?那一刻,我的泪水也不觉流出来,几乎把我脸上的血痂都泡软洗净了。

除了内脏受到了一定程度的损伤,我的双腿被那辆大货车撞断了,为此医生给它们打上了沉重的石膏。为了让我保持安静,医生告诫我,说不要乱动,如果耽误了恢复,你以后的日子就将在病床上度过了。他以为这样的断言会吓住我,但他实在是想错了,说句会把他们吓一跳的话,我甚至巴不得不能得到完全恢复而长时间待在病床上呢,有女清洁工在我身边悉心照料,我又怎么舍得离开这张床呢?但话又说回来,有她在我身边悉心照料,我又怎么能恢复不好呢?没错,我就是在这种矛盾的状态里度过了那段躺在病床上的日子。尽管那两块石头一般的石膏已经从我腿上拿走,也就是说我可以下床走路了,却依旧赖在床上不起来,因为我担心一旦离开床铺,就有可能失去女清洁工对我的照料,而没有她在我身边的日子,我恐怕已经不能适应,对于她来说,我早就像依赖那两条放在床边的拐杖一样离不开她了。

女清洁工看出了我的心思,便一再信誓旦旦地对我说,放心吧,我不会离开你的,哪怕你在健步如飞了,我也会像影子一样傍在你身边。

真的?我禁不住大声叫喊,但随即又低下声问她,为什么?给我一个这样做的理由?

那你给我一个你从车轮下救我的理由?

这还需要什么理由?我毫不犹豫地说,只要有了爱,就是让我再飞一次也……

女清洁工捂住了我的嘴巴,不让我再说不吉利的话。既然你都那么做了,我还需要什么理由吗?

我愣了一下,赶紧向她确认说,这么说,你对我也有爱了是吗?

女清洁工没有说话,只是使劲点了点头。

天哪,她居然爱我了?我不再犹豫什么,翻身爬起来,就朝地下走。我没有顾得穿鞋,就在地下行走开了。我当然没有走上几步,身子便朝一边倒去。女清洁工抢上来,就像当初我扑到车轮下救她那样果断,将我倾斜的身子一把拉住。我倒在了她软绵绵的怀抱里……是的,在我倒在她怀抱里的那个时刻,我的确感到了她身体的柔软……我陶醉地闭上眼睛,在心里叫着自己的名字说,约翰呀约翰,就是现在让你去死,你都不会有任何遗憾了……

46

在我与女清洁工朝夕相伴的日子里,我不但知道了她的名字,她的婚姻状况,还了解了她的身世,她的家庭成员……哦,她的名字恐怕你已经猜到了,没错,这个如此让我动心的女人就是你的母亲,那时候她当然没有结婚,甚至还没有像模像样地谈过一次恋爱……兴许你早就知道了,你的母亲是出生在一个很不幸的家庭里,在她只有不到五岁的时候,她的母亲就在生育她的弟弟时死去了,也就从那个时刻起,她便担负起了抚养弟弟的责任,不光如此,她甚至还要在很大程度上照料他们的父亲。她的父亲是一个历史学家,光他编撰的书籍摞起来差不多就与他的身高等同。但就是这样一个学富五车的人,不知为什么患上了可怕的忧郁症,正当所有的人都在满怀激情地奔赴美好未来的时候,他却为以后的日子担起心来,具体说是对一场似有若无的水患产生了畏惧心理。根据史籍上的记载,每隔三十年,这一带就要发生一场足以毁灭人们生活环境的水灾,而经过他的计算,在未来的几年内,这场大水就会来到他们身边,那时候,不仅他们这些看起来生机勃勃的人要遭受灭顶之灾,就连他们置身其中的这个城市是否能够存在也是一个未知数。这样可怕的情景一下子便把老家伙惊呆了,不仅不再搞什么史学研究,甚至连正常的生活也不能进行了,几乎每天都龟缩在他的书房里,一边扳着指头计算日期,一边胆战心惊地朝窗外打量,似乎一心在等待那场还在冥冥之中的洪水到来,家里的事情是指望不上他了。没有别的办法,你的母亲只好自己动手,一边抚养弟弟一边照料父亲,为了全身心做好这些事儿,她没有上完高中便退学了,随便找了这份马路清洁的工作,挣几个钱勉强养家。

　　随着时间的流逝,她的父亲觉得那场洪水越来越近了,心里的恐惧感也就越来越严重。我已经看见,他哭泣着对你母亲说,那些洪水正在远处朝我们这里扑来。他进而形象地比画着说,它们就像奔跑中的马儿那样一起一伏。他边说边推开窗子,将自己的半个身子探出去,似乎要去迎接那些如奔马的水流。但你母亲随即反应过来,他们居住的房屋是在十三层楼上,他的父亲一旦跃出窗去,就会摔个粉身碎骨。她这才明白,原来他的父亲不是去迎接洪水,而是要在水流到来前选择自杀……也就是从那天起,你的母亲每次外出上班时,都要用一根铁链子把她的父亲绑在暖气管子上,以免他在她不在的情况下发生意外。放开我,她的父亲号叫着哀求她说,我不想让自己在水底下喂鱼,我要像鸟儿那样到天空里飞翔。见她不给自己松绑就要往外走,他越发疯狂地挣扎,将身子在暖气管子上撞得砰砰响。你的母亲当然不忍看他这样,每次都逃一般地跑出门去,她以为当她离去后,老疯子就不会再折磨自己了,但让她没想到的是,当她从大街上回到家来,却看见他已经把自己的脑袋撞伤了。你的母亲实在拿他没办法了,便在安装了防护窗栏后,将他从暖气管子上放开,她觉得有防护窗栏的阻挡,老家伙就不会从窗口里飞走了。但她很快便发现自己想错了,有一天,她从马路上下班回家,看见许多人围在楼下议论纷纷,好像那里发生了非同寻常的事儿似的。她急忙走过去,而且一边走一边仰起头,张着嘴巴往天空里看,她当然没有看见有什么东西在天空里飞翔,目光却一下子落在自己家的窗户上。她惊讶地看见,她刚刚安上仅有七天的防护窗栏已经像破烂的渔网一般破裂,敞开了一个比一只乌龟还要大的口子,她实在想象不出来,会有怎样一条大鱼从那个口子里钻出来,落到地上来了。这样想着,她便不自觉地低下头,让目光越过那些人不断晃动的身子,隐约看见了一个躺卧在地下的"红人",没错,那的确是一个货真价实的红人,因为他的整张身子都被一层红艳艳的颜色涂满了,她看出来,那层艳丽的红色不是什么外在的装饰物,而是淌出来的血水……

她的父亲就这样被他不可救药的忧郁症害死了。从此以后,家中就剩下了她和弟弟两个人,此时,她的弟弟正在就读中学二年级,还没有真正长大成人,也就是说,她不仅要当弟弟的母亲,还要同时当弟弟的父亲了。为了让弟弟顺利完成学业,她不得不更加勤恳地去做她的马路清洁工作。但这样的日子并没有持续多久,在她父亲跳楼自杀后的第二年,那场给城市带来毁灭灾难的大洪水真的到来了,只有到这个时候,包括她在内的许多人才明白过来,父亲对可怕未来的担忧并不是空穴来风,而是建立在严谨而充分的科学研究之上。也就是在那场旷日持久的洪灾中,作为她唯一亲人的弟弟被大水淹没,不知冲到什么地方去了。其实他们和我没有什么区别,你的母亲朝周围划拉了一圈,用无可奈何的悲伤语气对我说,这个城市里的人都是像我一样的幸存者。听了她的话,我也不禁抬起头,用惊恐不安的目光朝远处打量,头一次觉得在这个地方生活的危险和艰难,随即掉回头,让目光落在你母亲的身上,也头一次感到了她的可怜和无助。那一刻,我知道我要尽自己所有的力量帮助她,在给她带来幸福的同时,更重要的是给她带来切实的安全。

我已经做好了打算,不再回到美国去,而是永远留在中国,留在鱼阴,留在你母亲身边,哪怕为此我会失掉家族的大笔财产……说到这件事,我要向你讲一讲有关我家庭的一些情况,不管怎么说,你都是我们家庭的成员,对于它的来龙去脉应该有一个大致的了解,这并不取决于你的意愿如何,而是由一种血脉关系所决定的,在你生长的中国尤其注重这件事,所以你不会理解不了此刻我的心情……二百多年前,我们的祖先从英国威尔士出发,远渡重洋来到了美国,在一个叫宾夕法尼亚的地方开垦荒地,关于这段历史,我想还是不要给你讲述得多么详细,而且时间已经那么久远,想必你对它们也没有多大兴趣,还是重点说一说我上两代人的一些事吧。到我爷爷乔治的时候，我们一家开始尝试着进军金融领域，在宾夕法尼亚州开办了第一家私人银行。我的父亲大卫是一个出色的银行家，天生具有管理金融业务的本领，加之在康奈尔大学取得了金融学的博士学位，回到宾夕法尼亚的第二年，他就把银行开到了三家。在他接下来大半生的时间内，他都在为把肯尼迪家族的银行业做得更大更强而不懈努力，按照他的打算，等他五十岁的时候，美利坚合众国的五十二个州都要有属于我们家的银行。但也许是他付出得太多了，长年的奔波劳碌过分损耗了他的身体，他没有活到五十岁，便被突然发作的癌细胞夺去了性命，他要开办五十二家银行的目标也便无法实现了。父亲临死前，拉着我的手，用绝望和希望相交织的目光看着我说，你能不能告诉我，肯尼迪家族交到你的手里，我能放心地去天国吗？我不敢去看父亲的目光，更不知道该怎么回答他的话，直到父亲闭上眼睛离开了，我还没有把自己的话说出来。

蒙克，我的儿子，不要瞧不起你的父亲……该怎么向你说这件事呢，每个人都会有自己感兴趣的领域，同时便对另外的一些事无动于衷，比如我的父亲，在他不太长的一生中，其实只不过做了金融一件事，而对于其他的领域几乎无从涉猎，也就是说他实际上是一个十分寡淡的人，从来没有真正享受过人生的乐趣，他甚至并不知道人的生命中还有更加丰富多彩的东西可以尝试。每次看到父亲郁郁寡欢的样子，我便替他感到难受，便发誓不再重复他的人生经历。说起来，我也是一个天生对金融没有感觉的人，不仅取得不了父亲那样高的成就，而且对身边的金融业务也持一种排斥态度，只要父亲不注意，我就会从家里跑出去，到外面的天地间游玩逛荡，十几年的时间里，全美国的五十二个州几乎都留下了我的足迹，呵呵，这是不是说我在用另一种形式实现了父亲生前的愿望？我知道这话说出来便意味着对父亲的不恭，但对我来说不也是一件足以感到自豪的事吗？父亲离去后，我依旧没有改变自己的行事风格，把那些银行业务交给经理们去打理，而我自己照旧在外面游荡，甚至有一度飞出国门，来到了遥远的中国……我当然知道，这样下去肯尼迪家族的那些银行会面临崩溃的危险，早在我接手这项业务的日子里，已经有若干门店因为经营不善而被关闭，而今我身在中国，干脆对那些处于岌岌可危境地的门店置之不理，这样下去，也许用不了多久，肯尼迪家族的银行业务就会寿终正寝。这当然是一件让人十分痛心的事儿，但比起我和你母亲的事来，我觉得还是可以接受の，因为那个时候，我的所有心思都被你母亲填满了，除了你的母亲，我什么都不要，我要和你的母亲永远在一起。

但让我想不到的是，就在我下定决心下的时候，你的母亲却和我进行了一次谈话，就是这次格外严肃的谈话毁掉了我们的爱情，让我不能不痛心地面对两个人关系的变化，重新去选择接下来要走的道路……其实这个时候，你的母亲已经怀上了你，几乎每一天，我都会把耳朵贴在她日渐隆起的肚子上，仔细倾听你的动静，盼望能够尽早看到你出现在我面前，不知道你能不能想象得出，我对未来该是充满了怎样美好的憧憬，完全可以说，那些日子是我自从来到中国后，不，应该是我自从来到这个世界后度过的最为甜蜜的生活……但就在这时，你的母亲却把我从美梦中唤醒，板着一张脸与我进行了一次残酷无情的谈话。

约翰，你要对我说实话。她这样起头说。

当然……我有些吃不透她的意思，便凭着本能点头。

那你来告诉我，那场车祸，她指指我还没有好利索的腿脚说，那场车祸，到底是怎么发生的？

这个……我愣愣地看着她，似乎不知道该怎么回答她，这个我也说不清楚，或许这件事只有那辆货车知道是怎么回事吧……

她没有接我的话，却依旧直直地看我。

怎么回事？我有些沉不住气了，你、你听到了什么？为什么突然问起了这件事？好像这里面有什么蹊跷似的……

难道没有吗？她撇了一下嘴角。

我不知道，我赶紧申明说，我不知道那辆货车是怎么回事？当时我被撞飞了，等我落到地上时，我已经昏过去了……我又怎么知道那辆货车是怎么回事呢？

你说得没错，你的确是处在了昏迷中……但我并没有说你昏迷之后的事儿，而是指在那辆货车开来之前，你到底做了些什么？

什么？货车开来之前？让我想想……对了，我一直在那条街道的马路牙子上坐着，如果你注意到了我的话，你应该知道，我差不多已经在那里坐了一个冬天……

我当然知道你在那里坐了一个……约翰，不要刻意曲解我的话，你应该明白，我是问你在那辆货车造成那场事故之前，你和那个货车司机都做

238

了些什么交易？

什么？交易？我更是吃了一惊，不由得掉开头去，我不知道这是什么意思……

你当然知道了，因为交易就是在你和那个司机之间进行的，你又怎么能不知道呢？

我知道我不能不正视这个问题了，便转回头来，鼓足勇气看着她的眼睛说，告诉我，你到底听到了什么？

要问的应该是我，还是请你正面回答我的问题吧，你和那个司机都干了些什么？

这……难道很重要吗？

当然重要，我不能让自己深陷在一场蓄意策划的阴谋中……

蓄意策划的……阴谋？不，我赶紧抓住她的手，直视着她的眼睛说，如果这件事真的有什么蓄意策划的话，那也绝不是什么阴谋……

不是阴谋？那你来告诉我，那是什么？

那是爱，我摇晃着她的身子说，那是因为我太爱你了，才不得不……

可我接受不了这样的爱……

为什么？难道我为你受的这些痛苦还不足以弥补我的……

我知道你为我受了那么多的……可我依旧不能……

告诉我理由好吗？

因为这件事里面包含着欺骗，所以我……

欺骗？

是的，欺骗……

我不能不停止了咆哮，冷静下来思考她的话。难道我真的欺骗了她吗？

也许我什么都可以不在乎，但我就是不能容忍欺骗……

可我的爱是真的，我拍击着自己的胸脯说，如果需要的话，我可以把我的心掏出来，用双手捧给你看……

不必了，她急忙阻止我说，或许我们已经结束了……

什么？我呆呆地看着她，难道你是在说我们的爱情吗？

她没有点头，也没有摇头，甚至没有再说一句话，便转过身子，朝远处磕磕绊绊地跑去。

望着她越跑越远的身影,我心里痛如刀割,泪水一下子模糊了眼睛。不,我一遍遍地对着远处叫喊,不——我实在不能让自己相信,我和她的爱情之路真的已经走到了尽头……

47

那场谈话以后,你的母亲便不再和我见面。当她在街道上挥着扫帚工作的时候,我又像先前那样坐在马路牙子上,远远地打量着她,没有她的许可,我是绝不敢走到她面前的,而随着日子的飞快流逝,实现这种愿望的可能性已经变得越来越渺茫了。我多么盼望再有一辆东风牌大货车朝她驶去,而这样的局面并不是没有可能出现,记得她曾经对我说过,当初她决定要去马路上当清洁工时,有一个"大师"预言过她的命运,说终有一天,她会在那条马路上葬身于车轮下……我希望那辆肇事的大货车快些到来,那样我就有理由朝她扑过去了,哪怕为此我再次飞翔起来,只要与她重归于好就行,我就是完全失掉双腿也心甘情愿。但与此同时,我又担心这种局面真的出现,因为那样一来,不但有关我蓄意制造阴谋的说法将再次降临,我就是长出千万张嘴也说不清楚了,而且我是否还能把她从车轮下救出来也难以确定,如果为此让我心爱的女人真的走上了不归路,那这样的结局无论如何我都不能接受。

为了躲避我的纠缠,你的母亲毅然辞去了马路清洁工的工作,躲到家中不再出来了,这样也好,那时你在她肚子里已经长大,说不定什么时候就要出生,再让她拖着笨重的身子干活,我心里实在感到不安。可她回到了家中,我便不可能再见到她,在马路边时还能看到她的影子,现在我却连她的脚印也找不到了。但我依旧来到了她家楼下,要把在马路边观望她的情景在这个新场所里继续进行下去。这里没有可让我坐的地方,我也没有心思再坐,便拖着一双残腿慢慢地溜达,时而仰起脑袋,朝高高的楼窗间眺望一下,然后垂下来继续踱步。我恢复不久的腿伤开始复发,只能又重新把拐杖架到腋下,但这样也无济于事,没过多少日子,那一对拐杖便支撑不住我身体的重量,不是它们不为我尽力,而是我的两条腿已经不能发挥应有的作用了。不能再这样走下去,不然不仅我的两条腿有可能完全废掉,躲在家中的那个人恐怕也会承受不住,由于我的存在,她已经许多日子不再出门,又怎么能过上正常的生活呢? 我这才知道,我要彻底离开这里了,也就是说,我们的关系已经走到了尽头,从此以后,我们将永远不可能再见面……我停下脚步,最后一次仰起头,泪水模糊地朝上面的楼窗看。保重,我在心里一遍遍地对她说,保重你自己,保重我们的孩子……

在一个秋雨蒙蒙的日子里,我离开鱼阴,离开中国,登上了飞往美国的飞机。此时,离我最初见到你母亲的日子正好一个年头,这一年来,在我身上发生了太多太多的事情,其间既有美好、温馨和甜蜜,也有丑恶、寒冷和酸楚……回到美国后,我的腿伤急剧恶化,在医院治疗了一段时间后,终于因无法保住它们而截肢,在剩下的数十年内,我都是坐在轮椅上度过的……没有了双腿我倒并不觉得什么,更让我不堪忍受的是我竟然失去了作为一个男人的能力……在轮椅上的那些日子里,除了你的母亲外,我没有想到过任何一个女人,别人都说我在为你的母亲守身,但只有我自己知道,我其实是没有了和女人共处的想法……曾经有一个非常漂亮的女人要嫁给我,因为她是一个来自亚洲的女人,我便答应与她尝试一下,但就在我和她共度良宵的那个时刻,我发现其实对她没有任何欲望,不管她使用什么方法来诱惑我,我都没有她期待中的那种反应。我不知道问题到底出在了哪里。女人离开我后,我身边的亲人也一个个故去,为了打发越来越孤独寂寞的时光,我开始吸食迷药,力图在某种刺激下寻找飞起来的体验。没错,我在为你的母亲守身的同时,却在加速让自己堕落。

在一次次的短暂快感中,我似乎真的飞起来了。我看见三月的暖风像一只只小手伸出来,乱纷纷地扯拽着我身上的衣服;正在变得灼热的日光就像汹涌澎湃的海水,从天尽头流淌而来,淹没了我正在感觉得寒冷的身子……也就在这个时候,我再一次看见了那个在空中依旧拄着拐杖蹒跚行走的老头。亲爱的造物主,我苦笑着对他说,我已经失去了双腿,您为什么还要用这样一个姿势来警示我呢?老头白了我一眼说,我没有警示你的意图,我之所以依靠拐杖,是因为我本身就是一个瘸子。我以为我遇到的这个人并不是他本人,而是一个冒牌货,简单地想一下就会明白,万能的造物主怎么可能跛脚呢?于是我向他指出说,那你莫非是在模仿我吗?这可是对一个失去双脚的人最无情的嘲讽。老头不高兴地说,我听不明白你的胡话,别跟着我,我要去干我自己的正事去了。说罢,他就丢下我,一瘸一拐地朝远处走去。我不想一个人待在旷大的虚空中,便紧紧随在他后面说,不要以为你把自己打扮成造物主的模样,我就认不出来你……老头终于恼羞成怒，回转身来，挥起拐杖朝我轻点了一下说，看来你真的不能待在天上了。我来不及躲避，身子便在他拐杖的击打下失去了平衡，虽然拼命地扑动两臂，却还是像一只被箭矢击中的鸟儿从空中跌落，重重地摔回地面上。只有在这个时候，我才确信在空中遇到的那个跛脚的老头其实就是造物主……我躺卧在轮椅里，从迷药的沉醉中慢慢苏醒过来。我被他老人家抛弃了吗？我一遍遍地问自己，心里充满了极度的恐惧和悲凉……

由于我的疏于管理，属于我们肯尼迪家族的那些银行很快便显出了衰败的迹象，其实当我在中国寻欢作乐的那一年里，就有两家银行先后倒闭，在此后二十多年的时间内，那几十家银行全都走上了穷途末路，每到圣诞节来临的时候，我都会在轮椅里接到属下带给我的不幸消息：又一家银行关门了……听到这样的说法，我总是无动于衷，就像听到说"天黑了"那样感到稀松平常，有时甚至还会举起酒杯，对周围的人说一句言不由衷的话，干杯。我当然并不是为了银行的倒闭而庆祝，只不过是下意识地做一个并不包含什么意义的动作而已。到去年的时候，肯尼迪家族的最后一家银行也破产了，蒙克，请注意我这个不同的说法，没错，与前面那几十家银行的倒闭不同，对最后这家银行，当它显露出它也要倒下去的迹象时，我没有丝毫犹豫，便向司法机构递交了"破产"申请。虽然我是一个对财产几乎没有什么感觉的人，但我也明白自己不能变成一个穷光蛋，只要有一丝可能，我就要保住最后一些东西，不能再让它像水一般从我手指缝里流走，当然，我并不是为我自己的未来着想，实际上我已经没有任何未来了，我已经在轮椅里度过了二十多年的岁月，不要说我本来是一个花花公子，就算是不愿意怎么动的树懒，让它在轮椅里呆坐二十多年，也会产生赴死的念头，再说这也并不是什么愿望与否的问题，在那漫长的二十多年里，我的身体已经彻底腐坏，肌肉萎缩，骨头糠化，就算造物主没有抛弃我，突发奇想让我站起来行走，我怕是也没有能力走到门外去了……说到这里，蒙克，我的儿子，你是否已经明白了？是的，我没有几天活头了，我要在最后的时候为你留下一点点东西，也算是我这个从来没有跟你见过面的父亲对你尽到了心意……

蒙克，我亲爱的儿子，我在美国度过的这二十多年不堪忍受的日子里，无时无刻不在思念着你的母亲，思念着你……几乎每一天，我都在迷药的麻醉中飞翔起来，跨越国境，抵达中国，来到你们的身边。但每一次，我都被造物主的权杖打落回地下，让我不能不在清醒的状态中知晓自己绝望的处境……蒙克，我很担心你母亲的未来，那个"大师"对她命运的预言一直在我的头脑里挥之不去，我以为通过那天我对她的营救，已经改变了那个可怕的结局，但不知道为什么，我却在梦境里再次看到有一辆东风牌大货车朝她冲去，由于隔着那么遥远的距离，加之我已经失去了行动的自由，我只能呆呆地看着她倒卧在那辆货车的轮子下……还有你蒙克，虽然我们没有见过面，但我却无时无刻不在关注着你的命运。在我的家族中，曾经出现了一个卓有成就的魔法师，好像她在一次醉酒后对我说，你的儿子有可能会被一场大火夺去性命。她的说法当然不足为信，因为为了与我争夺财产，她曾经对我使用过可怕的法术，但结果证明，被她寄予厚望的魔法不过是虚假的骗术而已，竟然没有伤到我一根毫毛。可一旦牵涉你，我却再也放不下心，脑子里老是想到她的咒语，不管怎么说，我都不想由于我的过失而伤害到你的性命……

蒙克，我亲爱的儿子，当你有一天听到我的声音时，我已经离开了这个世界，到天国里找造物主忏悔去了，也就是说，我们永远都不可能再有见面的机会，除非在未来的某一天你也到天国里来……我们的最后一家银行破产后，我没有受到债务人的追纠，手里便剩下了最后一笔财产，这笔财产不算多，仅有几百万美元，但也够你花费一阵子了。我无法把这些钱亲自交到你手里，只好委托邦德先生前去找你，不管你对我这个不合格的父亲有怎样不好的看法，甚至不乏憎恨心理也是情理之中的事儿，但我们毕竟是父子，就看在这个无法更改的事实的情分上，请你无论如何接受下这笔遗产，那样我在去往天国的路上也就走得坦然些了……

到这个地方，已经放完的磁带在录音机里空转了两圈，便慢慢停住了。怎么样？李蒙克先生，邦德从座位上站起来，朝我跟前走了两步，听了这盘磁带以后，您有什么感想呢？没等我回话，他又紧接着说道，您是不是还对您和约翰先生的关系持怀疑态度呢？

我还没有说什么，周岫娟就抢着回答说，我们一点都不怀疑，那位约、约翰先生说的都是无可辩驳的事实，随即她又转向我说，我说得对不对？亲爱的。说着，她软绵绵的胳膊搭在我肩膀上，并用力搂了一下。

我沉沉地坐在沙发里，很长时间没有动一下，脸上也没有什么表情，甚至心里也没有过多的想法。在周岫娟的晃摆下，我像刚从一个遥远的梦中醒来一样,慢慢把目光放出去,让自己僵硬的脸面变得有些活泛起来。

不要再犹豫了李先生,邦德又把他手里的文件朝我递过来,快在这份文件上签上您的名字吧,我在中国的时间是十分有限的,只要您的名字一出现在这份文件上,您的银行账户里马上就会增加八百万美元的资产……

我的天,周岫娟再次从沙发里跳起来,两手在空中挥舞了一下,又立刻落到我身上。亲爱的蒙克,她一边使劲摇晃我一边急切地催促我,你听到了没有,我们马上就有……你快在文件上签名呀。她把邦德手里的文件夺过来,用力朝我手里塞,见我依旧不接,她干脆从茶几上拿起一支笔,哆嗦着手指要往上面写。

这可不行,邦德急忙把文件从她手里夺回去,对不起太太,您没有在上面签字的权利……

正如您说的那样,我是他的太太,周岫娟拍拍自己的胸脯说,我完全可以代表他行使他的权利……

按照美利坚合众国的法律,邦德毫不客气地打断她的话说,在我的当事人存在的情况下,任何人都没有代表他的权利。

可是……周岫娟站起来,面红耳赤地还要和他争辩下去。

行了,我再也看不下去了,大声朝她喝道,不要再闹下去了。

周岫娟看了我一眼,有些泄气地坐回沙发里。邦德却精神起来,再次把那份文件朝我手里送来。

我径直把文件拨开了。对不起邦德先生,我极力用清晰的语句对他说,虽然这是一件天大的好事,就像天上真的掉下来一个大馅饼一样……虽然我也十分需要钱,就我现在的状况而言,我几乎就是一个真正的穷人……我似乎费了很大劲儿,把积聚在胸口的一股浊气吐出去。但是,我还是不能不遗憾地告诉您,这件事真的与我无关……

邦德还没有做出什么表示,周岫娟就在我胳膊上狠狠掐了一下。蒙克,她咬牙切齿地对我说,你知道你在干什么吗?

我当然知道,我板起脸来对她说,随即又把目光看向邦德,这件事从头至尾或许都是一个错误,我根本就不是你们所说的那位……

可它,邦德指了一下录音机,实际上是您的父亲,已经把情况说得再清楚不过了,您为什么还要……请不要误会,我是受约翰先生的委托,来向您赠送遗产的,绝没有敲诈您的任何企图……

我没有产生这样的误解，我对他说，我听明白了这件事，但问题是，我并不是你们要找的那个人……在中国，就连这个城市里，和我叫一个名字的人也不止我一个，我想您是不是再到别处去问一下……

您的意思，邦德直视着我的眼睛说，您要赶我走了？

是的。我用夸张的动作点头。

也就是说，邦德再次确认说，您要放弃这笔遗产了？

我还没有再把点头的动作做出来，周岫娟便又一次推了我一把，但我没有理会她，便再次用夸张的动作点了一下头。

这到底是为什么？邦德摊开两手说。

因为我根本不是应该继承遗产的那个人。我也摊了一下手说。

好吧，邦德收拾起文件，无可奈何地从沙发里站起来，既然这样，那我只好……他从录音机里取出那盘磁带，迈着恋恋不舍的脚步朝门口走去。如果我不能找到另外那个更为真实的李蒙克，他回头看着我说，我依然会把那笔遗产送到您手里来，我不能辜负约翰先生对我的委托。说完这句话，似乎担心我再提出反对的意见，便转身往屋外走去。

我呆呆地看着他离去的身影，竟然意外地发现他的一只脚跛了一下，我的目光一阵恍惚，好像觉得他跛脚的那边身子原本应该架上一只拐杖……我的身子一震，像是再次从睡眠中惊醒。我无论如何不敢相信，这个从天而降的所谓"邦德"别真的是什么造物主显灵吧……我急急地摇晃身子，尽力让自己清醒下来。不，我在心里不安地对自己说，你又不是什么信徒，哪里又会看见什么造物主呢？

48

我突然意识到，我应该回我的父母家看一看了，这段日子一直在外面忙碌，竟然把我的父母丢到脑后去了。主意一打定，我便购置了一些药物和果品，开上我的夏利车朝父母家赶去。

我按了好几下门铃，屋里才响起窸窸窣窣的动静，我知道母亲在透过猫眼往外看，便朝她很灿烂地笑了一下。母亲打开了门板，没等我和她打招呼，便转过身子，手里端着一沓文件往里走去。望着她手里的文件，我呆怔了一下，还是急忙赶上去，跟在她后面朝里走。妈，我顺口说道，您还在写论文吗？

母亲坐到沙发里，把那叠文件丢在桌面上，沉着脸说，一天到晚待在家里，我不写论文还能干什么？

我想想她说得也对，作为一名大学老师，除了把学问做好之外，似乎也没有什么更要紧的事可干了。应该说，母亲是一个特别尽职的老师，在我的记忆里，她一直在撰写一篇有关城市和乡村的论文，但奇怪的是，数十年过去了，这篇论文她却始终没有写完，所以她都快到退休的年龄了，却还仅仅是一名讲师。每每提起这件事，母亲都一副颓唐的表情，隐现在内心里的疼痛溢于言表。我不想触及她的心事，便掉转话题说，妈，您这段日子怎么样？

一天三个饱一个倒，母亲仰倒在沙发里，用懒洋洋的口气说，还有什么不好的呢？见我的目光朝里屋门看，没等我再往下说，她便直起身来，把桌面的那叠文件拿到手里，兴致勃勃地对我说，这篇论文我终于快要写完了，你快帮我看一下。

我把目光从里屋门上收回来，接过她手里的文件，拿到眼下一看，不禁脱口说道，妈，您怎么改换了选题？我记得母亲过去的论文题目是"论城市和乡村的社会差别问题"，而现在却换成了"论城市和乡村的社会变革问题"，虽然仅仅置换了一个词语，但论述的重点却完全变成了另外一个问题。

与时俱进嘛。母亲踮动着一条腿说。

看母亲得意的表情，想必这篇论文写得很满意了？在她目光的催促下，我不敢怠慢，便把精神聚集到论文上，从头至尾仔细读了一遍。母亲的这篇论文结构严谨，论据充分，篇幅长达三万余字，可说是下足了功夫。通过这篇论文，母亲得出了一个让我颇感诧异的结论：在大多数情况下，城市有可能变成乡村，而乡村同样有可能变成城市。为了让这个结论更有说服力，母亲举出了一连串例证。我之所以对母亲的结论感到诧异，并不是因为她的论证有什么疏漏，而是因为在此之前我从来没有发现过这个问题，当然也就谈不上对它有任何思考……

怎么样？母亲见我很久不说话，有些沉不住气了，便拍拍我的肩说，你对这篇文章有什么看法？

我掉过头，瞥一眼正期待我夸赞的母亲，悄悄咽一口唾沫，用虚假的赞美口气说，妈，您写得真好，我都快要看迷了……

是吗？母亲有些不相信我的话,但也禁不住高兴起来,我真的写得那么好?

真的,我使劲点点头说,为了让她相信我的话,我知道还要用更多的几句话阐释一下,这也是读别人的文章后必须做的一件事,何况母亲的期待那么强烈。于是,我绞动着脑汁,边想边对她说,您提出的这个问题很有历史感,也很有针对性,把一个早就存在而别人却视而不见的现象提了出来……

结论,母亲朝我指出说,重点是结论,我是不是说服了所有的人?

您得出的那个结论当然更……我顺着她的话说,这个结论很重要,它几乎向所有的人指出了一个……

说说你的感受。母亲愈加有些迫不及待了。

我……我犹豫了一下,还是决定把最真实的想法对她说出来,我有些……妈,我好像有些恐惧……

恐惧?母亲似乎也被吓了一跳。

是的,我点点头说,如果事情真像您说的那样……当然,乡村变成城市,我们会感到欢欣鼓舞,因为这可以被视为社会的进步和繁荣,但如果城市变成了乡村,或许就标志着一个社会形态的没落和衰亡,如此一来我们就会……

好,没等我说完,母亲就猛地拍了一下手说,我要的就是你这样的效果。

我仰起头,呆呆地看着她,好像不明白她说的是什么。

你的感受让我很激动,母亲摸摸我的头,站起身来,兴奋地在客厅里踱起了步子,嘴里喃喃自语着,我终于给人们敲了一回警钟……他们该是醒悟的时候了……她又停在我面前,频频搓动着两手说,几十年哪,我总算取得了一个让所有的人都不能不叹服的研究成果……

我害怕母亲由于激动而哭泣起来,便赶紧掉转话题说,妈,您这些日子为写论文都熬瘦了,我给您买了些补品,您抓紧调养一下。我把我带回来的礼物向她面前推一下,并亲手剥了一根香蕉递到她手里。

母亲就要失控的精神状态果然被我终止了,接过我递给她的香蕉,慢慢地吃了两口,感叹地摇着头说,今儿真是一个好日子,我的论文快写完了,你也回到家来了,我心里真高兴呀,你好长时间没吃我亲手包的馄饨了吧？中午我就包给你吃。

谢谢妈，我忙不迭地说，并装作高兴的样子，我最爱吃这一口了。这当然不是我的心里话，搞不清楚到底是怎么回事，我本来并不愿意吃什么馄饨，却被母亲误以为喜欢吃，看着她忙来忙去的样子，我也无法再向她澄清这件事，便只能将错就错地依照她的理解行事了。

母亲马上行动起来，开始和面调馅，一副很有兴致的样子；我则在一边擀皮，全身心地配合她。看到母亲高兴，我朝里屋门上看一眼，便试量着向她提出说，妈，您能不能说一说您和爸爸的一些事？

和你爸爸的事？母亲看我一眼说，和你爸爸的什么事？

你们当年是怎么认识的？我提示她说，你们之间都发生过一些什么难忘的事？

你怎么问起了这个？母亲停下手来问我。

随便问问嘛，我模棱两可地说，您可从来没对我说过这个话题。

又有什么好说的？母亲尽管这样说着，但还是仰起头，神思开始飘向过去。

您就给我说说吧。我再次加一把火说。

好吧，母亲终于同意了我的要求，返身走到里屋门前，把门板拉拉紧，然后回到面板前，一边心不在焉地包着馄饨一边对我说，那可真是非常久远的事了，要不对你说一说怕是我自己都要忘了。她望着窗外的远处，眼球上闪动着天空里的云朵和飞鸟，声音随着思绪的飞驰弥散开来，像河水一般缓缓地流淌到我的耳朵里。

那时候，我还是大学里最年轻的一个老师，母亲说，教课之余，我打算撰写一篇有关城市和乡村的论文，题目就是《论城市和乡村的社会差别问题》，这你早就知道了。为了收集尽可能多的第一手材料，这一年的暑假，我准备到乡村里去搞一个社会调查。对于城市，因为我很早就生活在这里，可以说得上了解，而对于乡村，由于我没有在那里生活的经历，便感到十分陌生了，所以我觉得这次调查很有必要，也对这次乡村之行充满了兴趣和期待。记得我的同事向我推荐了一个叫什么山的地方，说那个山区的情况比较有典型意义，让我到那里去收集一些素材。于是，我便踏上开往那个山区的汽车，差不多赶了一天的路，来到一个很不发达的小县城里。再往下便没有车辆了，也就是说，要想抵达我要去的那个地方，接下来必须依靠自己的两只脚走了。我打听了一下，通往山区的道路还有五十里地，对当时年轻的我来说，这点道路也算不了什么，但此时天色已晚，我便在县城里找了一家旅馆，先住上一夜，休歇一下疲惫的身子，第二天再赶下面的路。

第二天一早，我便整理好行装，走上了去往那个山区的道路。直到这个时候，我才发现自己的准备工作做得不够细致，道路的难走程度超出了我的预想，所以脚上的鞋子便成了我此时不好克服的一个最大问题。大约才走出了十多里路，我的一只鞋子就被我踩烂了，接下来更要命的是，我的另一只脚竟然因为崴了一下而导致踝骨脱臼，疼得再也走不下去了。我坐在路边的一块石头上，在明白自己不能让错骨复位的情况下，只能把获救的希望寄托在好心人的出现了。但奇怪的是，直到快要半上午了，这条路上还没有出现一个人，好像这条看起来并不多么荒僻的道路只是为我一个人修筑的似的。日头快要当顶时，从县城的方向终于开来了一辆大货车，我认出来，那是一辆东风牌货车。还离着老远，我便爬起来，迎着那辆货车站直了身子，不论怎么样，我都要拦住那辆货车，让它帮助我离开这里，不然，我就真的要困死在这个前不着村后不着店的地方了。不知道是因为路途难走，还是那辆货车有意和我为难，竟然好长时间开不到我面前来，我一只脚踏在地上，一只脚悬在空中，整个身子都快要站不住了，它才只向我站立的地方爬行了一小段距离。我终于支撑不住了，索性坐回到地下，但为了顺利截住它，我还是把身子朝路中间挪动了几下，只要它不狠下心来从我身上碾过去，就无法置我的存在于不顾，只能乖乖地在我身边停下来。

又过了大约一刻钟的时间，那辆大货车才慢慢行驶到我面前。还离着有一段距离，我便看见了那个驾驶货车的司机的模样，原本应该遮挡在他面前的车窗玻璃已经不知去向，他的整个面目便从洞开的车窗里裸露出来，一览无余地出现在我的视野里。几乎一看见那个人的表情，我好像就明白他为什么把车辆驾驶得那么缓慢了，因为他的眼睛睁得老大，始终一动不动地盯在我身上，这在很大程度上影响了他驾驶车辆的注意力，只能把货车开得慢慢腾腾，本来就很破旧的大货车像一只蜗牛，一拱一拱地来到了我面前。其实没等车辆抵达我身边，我便不敢再待在路中间了，索性爬起来，跳着一只脚朝一边闪开，不是担心车辆会撞到我身上，而是唯恐那个开车的人从车上跳下来，伸出两只沾满油污的手把我抓住……我不知道为什么有了这样的念头，也许是他专注打量我的目光和表情让我对他产生了畏惧心理。我决定不再等待这个人的帮助,而是尽可能快地从他面前逃开,我担心一旦自己的行动慢了一些,就会受到他的伤害……

看到我一瘸一拐走得艰难,货车司机把车停在我身边,从侧窗里探出头来,主动和我打招呼说,哎,你是不是崴了脚?需要搭我的车走吗?

不需要……我赶紧朝他声明说,并不抬头看他一眼,只是用心走自己的路。

你这样肯定走不远的,司机发动车子,不紧不慢地傍在我身边,我早就看见你走不动路了,还以为你是在等我过来呢。他咽了一口唾沫,脸面有些泛红地说,怎么我一赶过来,你就不需要我帮忙了呢?

听他这样说,我不禁抬起头,匆忙地朝他看了一眼,就是这一眼,我便正好看见了他脸上的红色,没错,如果我的判断没错的话,那么此刻他脸面上的红色除了说明一点点羞怯外,并不代表另外的什么意思,这使我心里动了一下,原来,原来这个看起来不怀好意的汉子其实是个有些羞涩的人,他之所以把车开得那么缓慢,都是因为他在即将单独和我这个女人相处之前产生了畏怯心理……

似乎还要进一步证实自己的好心,司机抹抹脸边的汗珠,继续结结巴巴地对我说,请你相信,我不是一个坏人……这条路因为快要大修了,来这里走的人和车都很少,如果我把你舍在这里了,也许你就很难再遇到别人了。

真的?听他这样说,我不禁顺着他的话回应了一句。

司机好像看出我的心理在起变化,便把车停了一下,自己从驾驶室里跳下来。如果你不拒绝的话,他朝我伸出一只手说,就请你搭我的车走吧,我会把你送到你要去的地方的。

不用再等他说下去,我已经决定要按他说的去做了。但我还是没有接他的手,而是绕到驾驶室前,打算凭自己的力气爬进去。但我随即发现我想错了,这辆货车非常高大,驾驶室比我的头顶还要高,不要说我已经崴了脚,就算我什么事也没有,要想顺利爬到驾驶室里去,也是不太容易的一件事。

还是让我帮……你一下吧。司机再次结巴着说,而且脸面更加涨红,因为接下来他伸出的手托住了我的一条腿,这让他越发显得不好意思,不仅托我腿的手在抖,而且呼吸都急促起来。等我进到驾驶室里后,他才收回手去,绕到车头另一边,也很快进到驾驶室里来,没有等我的身子坐端正,便把车辆发动起来。

<h1 style="text-align:center">49</h1>

一路上,司机在开车的同时,不时用眼角的余光看我一下,这使他不能专心地驾驶车辆,有很多时候都把车开到路边去,每当意识到这一点时,他的脸便又止不住红起来,好像隐藏在心里的秘密暴露出来了似的。司机的脸上经常有汗水流下来,因为他的手放在方向盘上,无法抬起来擦脸,有时汗水便淌到了眼睛里,在一定程度上影响到了他开车,大约这也是他把车开得弯弯扭扭的原因。

我实在看不下去了,便主动为他开脱说,天太热了,要不你把车停下来,擦擦脸上的汗吧。

我这样一说,司机才把车停下来,撩起衣襟来擦脸。他的车里没有准备毛巾,所以只能用衣襟擦汗,而他的衣襟上沾满了油污,经它一擦,他本来就不干净的脸面更显脏了。司机大约也知道这一点,每次擦过了脸,便往后视镜里看一下,一见自己那副脏兮兮的样子,他的脸就又有些红。

这样走走停停,看见乌龙镇的影子时,天都要过午了……

乌龙镇?我打断了母亲的讲述,惊讶地问她说,您当年去的那个地方就是乌龙镇吗?

经我这样一问,母亲才恍然大悟地说,对呀,我去的那个地方就是乌龙镇,前些日子我还在回想,可怎么也想不起那个名字来,现在和你说着说着不觉就脱口而出了。是呀,乌龙镇,还有莫邪山,对对,我全想起来了,我去的那个山区就叫莫邪山,鱼人河就是从那个山上流下来的。

您说得很对。我朝她点点头说。

怎么?母亲忽然盯住了我,你也去过那个地方?

我到那里出过一次差,我模棱两可地回答她说,为了防止节外生枝,我赶紧打住她的话说,您继续说去乌龙镇的事儿。

快要看见乌龙镇的影子时,司机知道我要到达终点了,便把车慢慢停下来,其实在此之前,他已经把车开得很慢了,我看出来,他是在尽量延缓和我分别的时间……这实在是一件很奇怪的事儿,一方面和我在一起让他十分不自在,一方面他却又不愿意和我分别……我当然看出了他的心思,但为了不使他过分难堪,我装作什么也不知道,没有做出丝毫戳穿他的举动。

车子停下来了,我谢过了他,打开车门准备下去。

等等。司机突然对我说,没等我反应过来,他便跳下车去,绕到我这边来,伸出两手,做出接我下车的架势。

望着他伸出的两手,我犹豫了一下,知道我的脚伤不允许自己下车,便只好闭了一下眼,让自己的身子经过他的两只手,然后落到地上去。在我的身子落到他手里的时候,我分明感觉到了他双手的激烈颤动,并清楚地听见了他呼吸的急迫。虽然我闭着眼睛,却知道他的脸面涨得更红了。

我再次谢过了他,离开车辆,一瘸一拐地向不远处的乌龙镇走去。我走得实在太慢了,大约过了一刻钟,我才走出不到五十米的距离,所以他只奔跑了不到一分钟,便赶到了我身边。

你就这么走下去? 司机问我。

我没有别的办法,我带着一丝哭腔说,我的脚骨错位了,我只能……话没说完,我就坐倒在地下。

司机也蹲了下来。如果可……以的话,他再次结巴起来,我给你的脚弄一下……他的目光盯在我那只伤脚上,一边比画着手势一边面红耳赤地说。

你……会治脚伤? 我吃惊地说。

试一试,也许能……司机试量着说。

虽然他的话说得不是那么肯定,但除此之外,我真的找不到更好的办法了。那好吧。我把鞋子脱下来,然后朝他伸过脚去。

司机看着我裸出的脚,目光本能地有些躲闪,脸上的汗珠淌得更厉害了。你可不要怕疼……他的手贴在身边没有动,只是在嘴里说。

没事儿,我催促他,你尽管治就是了。我把脚又向他伸了伸,以确认自己的态度。

司机终于伸出手来,颤抖着将我的脚捏住,就在这一刹那间,他的脸面再次涨红了一下,给我的感觉是,如果他稍一松懈,就会把手从我脚上放开,然后站起身来跑掉。但他闭了一下眼,喉结激烈地动了几下,手指一用力,将我的脚捏得更紧了。

看着他紧张万分的样子,我不禁也把心提起来了。这一刻间,我明确感觉到心脏加快了跳动的节奏。

司机往一边掉开了头，同时两手在我脚上一阵搓动，似乎在寻找一个更为合适的地方以放置自己的手指。突然，他的肩膀一耸，两臂上的肌肉一阵跳动，像是有一股电流冲到了他手上。只听得咔嚓一声响，我的脚踝处短暂而强烈地疼了一下，我还没有发出叫来，随着他的手指从我脚上移开，那股疼痛也像疾风一样刮走了。好了。司机松开了我的脚，立即站起来，一边急快地朝一边走，一边抹着脸上汹涌流淌的汗水。

我呆呆地坐在地上，好像还不相信自己的脚伤已经被治愈了。

司机回过身来，看到我依旧坐着不动，便甩去手上的汗水，朝我摆了一下说，你可以站起来走了。

我便站起身来，试着往前走了一步，当然脚疼早就不知去向。为了确保这种感觉的真实性，我干脆抬高了脚板，使劲朝地下跺了一下，尽管这样，我依旧没有任何不适的感觉。你可真行。我由衷地对他赞叹说。

不不……司机摇摇手说，我跟别人学过一点，并不能保证每次……他的脸又红起来。

我再一次谢过了他，继续向着乌龙镇的方向走去。前面不远的地方是一条岔道，直接通向了镇子里面。我在走下大路，拐上那条岔道的时候，有意回了一下头，正如我的意料，那个司机一直傍在车边，呆呆地看着我离去的身影。直到看见我回头看他了，他才转身爬上车去，发动起车来，慢慢向大路前方驶去。

到这个时候，我以为我和这个司机的邂逅已经结束了，在接下来的时间内，我将进到那个叫乌龙镇的村子里，进行有关乡村社会学的调查，而那个司机则开着他的东风牌大货车，继续去赶他自己的路，从此以后我们将不会再碰在一起，也许过不了多久，我就会把这个在我看来极其普通的一个人忘掉，尽管他那么热心地帮助了我，但我们就像两片偶然飘到一起的云朵一样，很难再有下一次见面的机会。

此时正是午后时分，天气越发炎热，山野里一片空旷静寂，不要说没有什么人出现，就连一只兔子的影子也看不到。乌龙镇虽然离我不远了，但因为日光折射的缘故，我的眼睛一阵模糊，竟然看见那些乌突突的房屋和树木似乎在一团烟气中燃烧。这样的场景不像是现实中发生的情状，而类似于我在电影中看到过的画面。我突然犹豫了一下，不知道自己该不该进到那个在我看来颇为虚幻的镇子里去,可我又担心一个人待在旷野里会出什么事儿,便只好又加快了脚步。是的,说不上出于什么原因,这个时候我开始产生了要出什么事的预感。通向镇子的岔路弯曲狭窄,却比大路平坦好走一些,可我的鞋子已经破烂,很多时候会让脚板直接踩到地面,又被碎石硌得疼上一下子,这使我即便想走快也不可能做到了。

就在我磨磨蹭蹭快要接近乌龙镇时,我突然看见,从里面走出了几个背着行李的男人。不用怎么打量,我便看出来,这几个人是外出打工的村民,背在肩膀上的行李卷说明了他们的身份,至于是不是这个镇子里的人我自然不得而知了。对于这样的人,我似乎没有必要过分警惕,虽然心里一直有些不安的感觉,但并不把他们看作对我怀有恶意的人,也便没有停步,而是继续朝着他们走去。我在心里数了一下,他们共有四个人,都有着壮身板和黑脸膛。

但还离着一段距离,那四个人就放慢了脚步,就像他们之间有人下了一道命令似的,都瞪大了眼睛,直直地朝我看来。他们的眼光让我想到了那个司机,没错,那个司机就是这样打量我的。随着距离的接近,我渐渐看出来,这几个人面对我的表情与司机的表情并不完全一致,那个司机看我的时候会脸红一下子,而这些人却一概铁青着脸,虽然眼里的目光越燃越旺,表情却始终阴沉沉的,让我看不出他们心里到底在打什么主意。我向周围看了一下,不好,我和他们相遇的地方正好有一片小树林,如果他们要对我下手,只要把我向树林里一推就行了……但我又想不明白,他们为什么要对我下手呢?我掉回头往大路上看,那个司机已经把他的大货车开走,整个山野里除了我和这四个男人外,看不见其他活物……我的心不由得提得更紧了。

似乎要验证我的预感一般,就在我愣怔的片刻,那四个汉子把头凑到一起,悄声嘀咕起来,不知是由于距离过于接近,还是他们有意让我听到,虽然他们的声音不大,却清晰地传到了我的耳朵里。

这么漂亮的小妞,我可是头一次看到。一个说。

兴许是城里来的妹子吧。另一个人说。

我有些憋不住了,要不我们先和她玩玩吧?第三个人说。

她自己送上门了,我们怎么能……第四个人说。

这几个正被夏日欲望燃烧着的家伙一拍即合,没有再做过多的犹豫,放下背上的行李卷,一起向我围拢来。

我知道要大难临头了,也没有再犹豫,掉转身就往回跑。但我哪里是这些人的对手?我没有跑出几步,便被他们追上了,扯拽着往树林里拖去。

小乖乖,那些人嬉皮笑脸地对我调戏说,快跟我们去快活快活吧。

来人呐,我在被他们按倒在地上时,还在拼命大声叫喊,救命——

我以为这样的叫喊其实并没有什么实际的意义,在这个空旷的山野间,谁会听到一个女人柔弱无力的喊声?即使有人听到了,面对这四个如狼似虎的凶猛汉子,谁又会有胆量和勇气站出来,跑到小树林里来救我呢?就算有人不顾一切地跑来救我,当他抵达小树林的时候,我也早就被这四个狗东西糟蹋了……说来奇怪,这个时刻我竟然想到了那个司机,不知道他现在把车开到什么地方去了?

就在我感到绝望了的时候,忽然听见远处响起了轰隆隆的马达声,好像正有一辆大货车在朝小树林里驶来,是的,这是一辆大货车发出的声音,而且是一辆东风牌大货车,当然,如果情况真是这样的话,那么驾驶车辆的除了是那个司机以外,还能是其他什么人吗?快来,我越发提高了声音,救我——

那几个人自然也听到了马达声,停下忙乱的手脚,环顾四周。怎么回事?其中一个嘟囔着说,谁会来找我们的麻烦呢?

趁他们歇手的当儿,我抬起头来,透过他们交错的身影径直往大路上看。我果然看见了一辆大货车,一辆开足了马力奔下大路朝我所在的树林疾驶而来的东风牌大货车,随着车辆的接近,我还清晰地看到了坐在没有挡风玻璃的驾驶室里的司机。是他,我欣慰地吐出一口气,是他来救我了。

大货车风驰电掣般地朝树林里开来。那几个歹徒起先还有些愣怔,直到车辆开到了树林边,他们才真正反应过来,知道如果不加以躲避,自己就有可能被它的轮子碾到地下,所以这才惊慌起来。但他们似乎还抱有一丝侥幸心理,以为树木的阻挡,那辆车是不可能开到他们身边来的。可出乎他们意料的是,那辆车开得实在太快了,加之树木细弱,车辆的速度尽管有些慢下来,但还是撞倒了一棵棵树木,直朝他们跟前驶来。歹徒们终于沉不住气了,有两个率先丢下我,抱头往一边逃去。但他们没有想到,这正好给了车辆偏离我所在的位置,专门去冲击他们的机会。两个歹徒还没有逃出多远,便被追上来的车头撞飞了。我看见他们像两只黑色的大鸟飞到天空里，在几根树杈上悠荡了几下，便急快地栽回地面上。车辆停下来，想掉头回到我这边来，但周围的树木太多了，它只是向前冲击了几下，便突然间熄火了。司机打开车门，手里拎着一根铁棍跳下来。

另外两个按住我的歹徒一时看傻了，似乎忘记了该怎么办，直到司机把手里的铁棍舞起来，他们才回过味儿来。快逃。一个家伙放开了我，转身要朝一边跑。另一个家伙也从我身上抽回手，就势抱在自己的头上。

司机赶上来，先用铁棍打在那个要逃的家伙身上。那个家伙哀嚎一声，一下子便扑倒在地上。司机转回身子，又朝抱头的家伙走来。这个家伙看见自己的三个同伙都被打倒了，内心的恐惧让他忘记了逃命，只是颤抖着身子叫喊，放放放过我吧，我我我……司机来到他面前，没有丝毫犹豫，又把铁棍高高地举起来。

别，我急急地对他说，不要再对他……

但我的话还没有说完，司机就在看了我一眼后，将手里的铁棍朝他头上击打下去……我也哀叫一声，像受了那根铁棍的重击一样瘫倒在地上。不知过去了多久，我被司机推醒了。我已经把他们处理了。他朝远处指了一下说。

我这才有勇气朝周围看。果然，周围的地面上除了有几处血迹外，已经看不到那几具尸体了。你，我用两手抱住肩膀，抑制住身子的晃摆，你为什么要把他们都……

是他们为非作歹，司机用脚板摩擦那几处血迹，我是不会放过这种恶人的……

可他们……最后那个人已经求你饶命了，你还……

我这是为了救你的命，司机辩白说，你还替他们……他忽然想到了什么，不要再说这些没用的了，快抓紧离开这里吧。

我也醒悟过来，是呀，不能在这里待下去了，当务之急便是离开事故现场……可我不知道接下去该怎么走，由于这个意外情况的出现，我的社会调查只能提前结束，再到乌龙镇去显然不可能了，说不定这几个歹徒就是那个镇子里的人，我再到那里去不是自投罗网吗？那么我要掉回头来，赶快回我的老家鱼阴去了吗？我抬起头，有些茫然地朝四处望。

看我还在犹豫，司机再次提醒我说，说不定警察很快就会到来，赶快走吧。

到哪里去？我随口问他。

我们犯下了人命案子，司机也开始不安起来，看来你只能跟我去山里避一避了……

跟你走？我终于听明白了他的话，他的意思很明确，是让我跟他一起去山里逃亡，天哪，难道说从此后我真的要与这个我并不熟悉的人捆绑在一起了吗？

司机不想再等下去了，索性走上来，抓起我的一只手，磕磕绊绊地将我拖到驾驶室里，他发动车子，将货车倒出树林，重新拐上那条大路，加快速度向前驶去。我以为他会把车一直开下去，到什么遥远的地方去逃亡。但其实没过多久，司机就把车停到一个山坳里，将我拖到车下，然后拉着我的手，头也不回地朝山林深处走去。

<h1 style="text-align:center">50</h1>

我和司机在莫邪山的密林里度过了难熬的十几天时间。说起来，十几天也不是多么漫长，如果是在另外一个处境下，在山林里度过一些日子也不失为一件美好的事儿，但此时我们是在躲避警察的追捕，却就觉得十分艰难了。司机不但自己相信，而且尽力让我也相信，警察们已经发现了那个事故现场，正在带着警犬沿途追击，说不定什么时候就会出现在我们身边，所以我们不能老是待在一个位置，而是要每隔一天便更换一个地方，也就是说在那十几天里，我们把莫邪山脉的许多处密林都走了一遍。

回想在那几天里如梦似幻的遭遇，我无论如何想不明白，我这次对乡村的社会调查怎么就演变成了可怕的逃亡？还有这个我并不多么熟悉的司机，又是怎么成为我的同路人兼绑架者的？是的，绑架者，我已经开始把司机定义为这样一个角色，是因为从他出现在我面前的那个时刻起，我就感觉到他在打我的主意，甚至从某种程度上说，他对我的觊觎与那几个歹徒并没有多少本质的差别，不同的只是他更善于克制自己的欲望而已……在山林里逃亡的时候，他主动为我坦白了关于他自己的两个问题，一是他的身世，二是他对我的态度，关于前者，他坚称他是一个孤儿，从小不知道父母是谁，在街上流浪到十八岁时，他当上了一名货车司机……关于后者，他同样坚称他爱我，照他自己的话说，一看到我就产生了为我冲锋陷阵的冲动……

说起来，司机长得并不多么难看，如果好好地梳洗打扮一番，说不定会成为一个很有风度的男子汉。但现在是在山林里，连日的奔走让他身上的衣服变成了碎片，裸露的身子因为蚊虫的叮咬，变得更为邋遢而肮脏了，这使他看上去就像一个尚待开化的野人，实在难以想象，我会答应这样一个人对我的示爱。但也正是因为是在远离人类社会的山林里，一切都变得分外简单起来，不管我答应不答应，面对他向我发起的求爱攻势，我除了象征性地做一下拒绝的表示然后便缴械投降外，实在想不出还能玩出什么花样。好在他是爱我的。我只能退而求其次地安慰自己。

我不知道这样被他裹挟的日子会有多长，想到我将在这个蛮荒的山林里度过漫长的余生，我便止不住号啕大哭，所以在山林里的前几天，我一直在哭哭啼啼，司机为我找来的食物也吃不下去，有时我饿得走不动路了，才会被他撬开嘴巴，硬着头皮吃下一些野果。在后来的几天里，我不能不停止哭泣，不是我已经适应了山林里的环境，或者产生了认命的消极心理，而是由于司机支撑不住了，需要由我来照顾他。说来奇怪，看上去特别强壮的司机却那么不经折腾，只在山林里度过了几天时间，他就显出虚弱的迹象，开始是发烧，接着便是不住地呕吐，后来直接躺到了地下。我以为他是吃了带毒的食物而患病了，便为他灌水清洗肠胃，但这样一来，他越发没有力气了，不要说继续行走，就连站一下都快要做不到了。我担心他会死掉，留我一个人在山林里走不出去，便又急得大哭起来。司机这才不好意思地对我说，他的身体并没有大碍，而是心里有些承受不住了，他说只要一闭上眼睛，就会看见那几个人的影子……我这才恍然大悟，原来他是被那几个死去的人缠住了。

我们是不是该出去了？我向他提出说。我以为当我说出这句话时，会遭到他的强烈反对，所以我没有说要到哪里去，而只是笼统地说了"出去"两个字。

司机认真地想了一下，随后便问我，我要被判刑怎么办？

你是为了保护我才……我赶紧对他声明说，我会为你作证开脱……就算你被判了刑，我也对你……

司机呆呆地看着我，一时没有再做出什么反应。好吧。过了好久，他似乎想明白了这件事，突然说出了这句让我颇感意外的话。

我不理解司机为什么要做这个决定，也许他在山林里真的支撑不住了，如果他不能把我带到外面去，我将和他一起死在这个地方，于是他对我产生了怜悯之心；或者他开始对我感到厌倦了，既然已经得到了我的肉体，那他便没有什么好遗憾的，可以坦然去面对死亡了。但不管怎么说，他做出这个决定都会与我有关，如果是他一个人待在山林里，我想他是不会再做这种选择的。想到这里，我忽然觉得羞愧起来，为我刚才的小心思小算盘感到不好意思。

司机一旦做出了这个决定，便立刻精神起来，身上好像增加了不少的力气，不仅站起来了，而且朝前迈开了腿脚。在我的搀扶下，我们用了仅仅一天多的时间，就找到了通往山林的道路，又过了一个夜晚，我们便走出山林，来到了司机弃车的那个山坳里。还离着老远，我们就看见了那辆东风牌大货车，竟然依旧停在那个地方，只是车厢和驾驶室里多了几只松鼠和兔子。我先上到驾驶室里，将松鼠和兔子赶走，然后把司机拖上去。司机一进驾驶室，便长长地吐出一口气，好像一段不堪忍受的旅程终于结束了。

我们沿着那条大路往回走，直到把乌龙镇或者说事故现场远远地抛到了后面，也没有看到任何警察的影子，我和司机都不免感到奇怪。但尽管这样，司机在驾驶车辆的时候，还是格外小心谨慎，车外一有风吹草动，他抚在方向盘上的两手便颤抖起来，如此一来，车辆就开始摇摆晃动，本来路就不太宽，加之车体庞大，有好多次一边的车轮都冲到了路外去，好在这一段没有沟壑，车辆尽管歪歪斜斜，还不至于出什么事故。但我想起来，再往前走，好像道路的一侧有一道崖沟，如果车辆开到那个地方还在打晃，那就有可能……

我们歇一歇吧。我提出建议，并把手搭在他的手上，示意他把车停下来。

司机显然也有这样的想法，听我这样一说，便赶紧踩下刹车，把车辆慢慢停下来。

我把他脸上的汗珠擦去，跳到车下，打算在附近找一些吃的东西，司机的身子越来越虚弱，我担心如果不补充能量，他很难把车辆开回到我来的那个地方。

司机也来到车下，先到车头前，又到车厢后，一点点检查车辆可能出现的问题。我捧着两串野葡萄回来时，看见他在对着车前杠上的一块凹痕发呆。

怎么回事？我把一串葡萄递给他，并在他身边坐下来。

刚才我撞到了一辆车上，司机没接那串葡萄，而是抬起手朝后指了一下，不知那辆车被撞成什么样了？说着，他还朝后眺望了一下。

我有些发呆，不明白他说的话是什么意思，我是和他一路走过来的，从来不记得他撞过什么车辆。你是说以前的事吧？我为他开脱说。

就在刚才，司机回头反问我，你不是就在车上吗？

你的意思是说，我越加吃惊了，刚才我们撞到过车辆？我以为他是在故弄玄虚。

是呀，司机依旧用严肃的口气说，我好像把那辆车撞翻了……说到这里，他再一次把手罩在眼上往后看。

我呆呆地看着他，过了好一会儿，我才确定他的确不是在和我开玩笑，这是不是说，他在开车的路上又被那几个鬼魂缠住了？如果是这样的话，我也便明白他为什么老是把车开得歪歪扭扭了，也在很大程度上预感到接下来要发生的事情……我不禁抬起手，在他额头上摸一下。我以为他的额头会很热，因为在我想来，处在发烧状态的人更容易出现谵妄状态……但让我没想到的是，他的额头却很凉，凉得就像一块冰……

休歇了一段时间，我们爬上车，继续赶下面的路。前面就是那段一侧有崖沟的路了，我担心会出什么事情，几次想阻止他把车开下去，但不让他开车，我们又怎么回到我来的地方去呢？我干脆闭上眼睛想，是福不是祸，是祸躲不过。

货车来到那段路上，司机更加掌控不住方向盘，好像它已经失去了他的控制，不管他怎样扭动那个圆盘，车辆都不按他的意志行驶。这是怎么回事？他抬起一只手，使劲拍打着方向盘，脸上的虚汗滴滴答答地往下落。

我顾不得为他擦汗，只是把头从没有玻璃的车窗里探出去，望着路边那道黑乎乎的崖沟，心里急跳成一团。稳住，我盲目地朝他叫喊，不要慌……

但我的喊叫无济于事，司机忽然急快地扭动方向盘，同时嘴里发出惊慌的喊叫，不好，我要撞到那辆车上了……

我也急忙往前看，奇怪得很，前面什么也没有，哪里会撞到什么车辆？我赶紧推他一把，似乎要将他从睡眠中唤醒。前面没有车辆，我大声告诉他，你尽管开就是了……

怎么没有？司机愤怒地拨开我的手，并伸直胳膊朝前指，那辆夏利车不是就在我们前面吗？

这个狗东西，我在心里朝他骂道，他真的被它们缠住了。我再次伸出手，想去阻拦他把车开下去，但又担心这样一来，他会由于我的干预而控制不住自己，索性真的把车开到崖沟里去。

坏了，司机惊急地大叫，我就要撞到它了……他的两只手使劲扭打方向盘，车辆朝着路边的崖沟急快地冲过去。

你这个王八蛋……我跳起来，企图用整个身子的力量带动两只手去夺回方向盘，把他扭歪的车身正过来，而且我的手也真的按到了方向盘上，但为时已晚，那两个已经被他控制的车前轮带着整个车身冲下了崖沟。我在身子失控的一刹那，才不甘心地把手从方向盘上收回来……

天快黑的时候，我才从昏迷中苏醒过来。不久后我便知道，其实我并没有什么大事，不过是头部受到撞击而导致了昏迷。我醒过来的第一件事，便是挣扎着爬出驾驶室，到外面去找司机，因为除了我之外，驾驶室里已经没有其他人了……有一片刻间，我甚至卑鄙地想，也许司机已经丢下我，一个人远走高飞了，如果事情真是这样的话，那这场事故就是他精心策划的了。但这样的想法只持续了一小会儿，便被突然出现的情景打消了，因为我在这个情景里看见了司机，此时此刻，司机正躺在一个塌瘪的轮子边，身子也如轮胎一般软塌塌的，只是与车胎不同的是，他的身上涂满了鲜血，在就要沉落的日头的照耀下，就像一头刚被屠宰的猪一样让我不忍卒看……

司机虽然保住了性命，却变成了一个没有知觉的植物人。本来公安要追究他的刑事责任的，但这对于一个僵尸一般的植物人来说，实在没有任何实际的意义。我本来也不想再管他的事儿，可在回到城市里的一个多月后，我突然毫无缘由地呕吐起来，一个对我很不错的女同事提醒我说，你应该到医院去查一查，她尤其嘱咐我说，你直接到妇产科做个尿检就什么都明白了。我按照她的指点来到了医院妇产科。检查的结果是，我怀孕了。我在惊诧之余，马上就意识到了我与那个司机再也脱不掉的干系……尽管有许多人劝我打掉那个胎儿，但我还是以巨大的勇气顶住压力，不仅保住了我肚子里的孩子，而且把他的父亲从医院里接回家来，安置在我的卧室里……从此以后，我不光有了自己的孩子，还有了丈夫……

听到这里，我再也克制不住汹涌的感情，扑上去，把母亲紧紧地搂住。

妈,我呜咽着对她说,谢谢您把我带到这个世界里来……我擦掉脸上的泪水,松开母亲的身子,转身走到里屋门前,推开门板,快步走进去,走到一张宽大的床前,俯下身,抱住那个像僵尸一样躺在上面的人。爸,我同样呜咽着说,我看您来了……

母亲也跟了进来,站在我身后,默默地看着她的丈夫。

我拉开窗帘,回到父亲床前,再一次朝他身上打量。由于父亲没有任何知觉,感受不到岁月的变迁,所以便没有像正常人那样老去,虽然算起来他也早就年过半百了,却与一个年轻人没有什么差别,这也许是母亲在委屈的同时又稍稍感到欣慰的一件事。父亲虽然没有变老,但新陈代谢还是悄悄进行着的,比如他的胡须就在不住地生长,每次回家来,我都要为他剪一剪胡须,也算是尽了一点点孝道,除此之外,我便不知道该为他做什么了,一切都由母亲打理着,我这个儿子便有些置身事外的感觉。

妈,我回头对母亲说,以后就由我来照顾父亲吧。

用不到你,母亲边往外走边说,我的论文都快要写完了,以后空闲的时间更多了,我不把时光消耗在他身上,还能去干什么呢?她埋下头,又专注地包起馄饨来。

我转回头,又一次把目光放回到父亲身上。我突然想起来,在去往乌龙镇的路上,我一次次地看见一辆东风牌大货车迎面而来,有许多次都差点撞到我的车上……我不禁恍然大悟,原来那辆货车就是父亲开过来的,他之所以把车开得歪歪扭扭,都是因为他正受到那四个鬼魂的纠缠,也许正是为了躲避我的车辆,他才让自己掉到崖沟里变成了植物人,而我却从车里钻出来安然无恙……想到这里,我又一次俯下身去,把脸面贴靠在父亲布满胡茬的下巴上……

第六章

51

我离开父母的家,打算回我的住处去,但我刚刚来到楼下,就被一个人喊住了。那个人是从一辆吉普车里下来的,而那辆车早就停在楼下很久了,看来他是专门来等候我的。当他朝我走来的时候,我还以为他是刘队,可等他走到我面前了,我却认出来他是王队。这有些出乎我的意料,因为刘队告诉我,王队调到乌龙镇去了,现在他却出现在我面前,就像当初他突然消失了一样,让我有些猝不及防的感觉。

怎么是你?我握住他伸过来的手说。

噢,我又调回这个城市里来了。王队朝我点点头说。

那……刘队呢?

他已经……牺牲了……王队有些不情愿地说。

啊?我吃了一惊,怎么回事?

在一次……王队仅仅说了这三个字,就意识到不该向我说下去了,便换了一种方式说,干我们这一行的,随时都会有牺牲的可能,这没有什么可奇怪的。

虽然他说得并不沉重,但我心里还是有些发堵。我沉默了一下,把肚子里的一口闷气吐出来,才问他,你在等我吗?

是,王队点点头,忽然改用严肃的口气对我说,有一件事要和你核实一下……

一见他郑重其事的样子,我心里便有些紧张,赶紧问他,什么事儿?

两个小时前,有一个人从云虹大厦的楼顶跳下来了……王队说着,转身朝远处指了一下。

是吗?我随着他的手势朝远处看,由于尘雾的笼罩,我似乎什么也没有看到,但我却知道他所说的"云虹大厦",那是整个鱼阴市最高的建筑,足有五十层高,从它的顶层跳下来的人即使不被摔碎,起码也成一张肉饼了。我想不明白王队为什么要和我说这件事,也就是说,我搞不清楚那个决意要死的人和我有什么关系。能告诉我他是谁吗? 我随口问道。

他是一个外国人。王队淡淡地说。

外国人? 我吃了一惊,几乎是一霎间,我便想到了那个叫邦德的美国律师,但我实在不相信会是那个人,因为在我看来,他根本没有从楼上跳下来的理由。

我们调查了他的身份,王队说着,从文件袋里取出一个绿色的小本子,直朝我递过来,他护照上的名字叫肯尼迪,约翰·肯尼迪……

什么? 我又大吃了一惊,不会吧? 据邦德先生说,那个一心想要冒充我父亲的约翰·肯尼迪已经死去,又怎么可能从云虹大厦上跳下来呢? 我本能地觉得什么地方出了差错,便赶紧接过那本护照,打开来,目光一落到里面的照片上,我便脱口叫了一声,这不是邦德先生吗?

邦德? 王队紧紧地盯住我,邦德是谁?

就是来中国找我的那个美国……说到这里,我很快意识到哪里不对劲儿,禁不住抬起头,再次问他说,你是说从楼上跳下来的就是这个人?

是,王队点一下头,随即继续问我,你刚才说到了什么邦德,请你告诉我,邦德是什么人?

我又把眼睛转到那本护照上,让目光越过照片,看向上面的名字,没错,姓名一栏里的确写着"约翰·肯尼迪"几个字。我闭上眼睛,使劲想了一会儿,似乎终于明白是怎么回事了。没有什么邦德,我无力地对王队说,并不自觉地耸了一下肩膀,这个人应该就是约翰,约翰·肯尼迪……

王队越发盯住了我,据我们调查,昨天这个人曾经从你家里走出来过?

是的,我只得承认说,他的确到我家去找过我……

找你有什么事呢?

他说,我拍了拍自己的头,颇为艰难地说,他说,他是我的父亲……说到这里,我停住了,在心里问自己,你为什么要这样说? 但我随即又对自己说,他的意思确实就是这样……

噢? 王队很感兴趣地看着我,事实真是这样吗?

胡扯,我朝他挥了一下手说,纯粹是扯淡,你应该知道,我有自己的父亲,虽然他是一个植物人……

那他为什么要这样说?

我怎么知道?我摊开两手,忽然心里又一动,脱口说道,兴许他是个疯子……

王队不想再听我说了,把手伸进文件袋里,又取出一张小纸条,我们还从他的口袋里发现,今天上午,他通过银行向你的账户里打了一笔钱……

什么?我呆呆地看着他,你不会是开玩笑吧?

你自己看吧。王队把那张纸条递到我手里。

纸条是中国银行的转账凭条,收款人一栏里果然写着我的名字,转账金额是八百万,币种竟然是美元。我不禁吓了一跳,两眼直直地看着那张凭条,好一会都无法把目光收回来。我不知道……我清醒过来,赶紧朝他声明说,我不知道这件事……

这倒有些怪了,王队绕着我的身子转了一圈,你的账户里多了八百万美元的资产,你竟然说不知道?

我真的不知道,我跺了一下脚说,我一早就到我父母家来了,从来没有去过银行……

王队打断了我的话说,那你总该为他提供了自己的账户吧?

这个我也没有……说到这里,我认真想了一下,是不是我无形中对他说了自己的账户号码?但我没有想起有过这回事。对于一个号称邦德的人来说,我忽然在心里说,他又有什么事不能办到呢?但我没有把这句话说给王队。

好吧,王队也忽然朝我摆摆手说,我们暂且不管那笔资金的事儿,现在我要赶快弄明白的问题是,这个叫约翰·肯尼迪的人为什么要选择自杀?他与你到底是什么关系……

你是说他是自杀的?我心里又一动。

根据我们的调查,他从楼顶往下跳时,周围没有其他任何一个人,所以我们基本排除了他杀的可能。王队咽口唾沫说,现在的问题倒不在这个地方,而是要弄清楚他和你之间的关系,只有搞明白了这件事,我们才能找到他要自杀的原因……这是一个涉外案子,一切都要小心谨慎……

见他越说越严重,我也又一次紧张起来,再次朝他声明说,我与他真的一点关系没有……为了使他相信我说的话,我便把那个外国人如何与我联系,如何找到我家,如何让我听录音,总之一句话,如何让我相信我有一个美国父亲这件事,一律都详细讲给了他。

竟然会有这种事?王队也听得有些发愣,他为什么要这样干?

他肯定是个疯子,我信誓旦旦地对他说,如果要弄清楚这件事的话,我建议你到医院去一趟,径直去找看忧郁症的医生。

王队定定地看着我,在心里掂量着我是否在和他说笑话。

好了,我用两手抱住头说,你就不要再和我纠缠这件事了,不然我的忧郁症也要发作了……

看着我痛苦万分的样子,王队真的不敢再待在我身边,便朝我挥挥手说,你忙你的事去吧,有什么问题我再找你。说罢,他钻进吉普车里,打算从我面前走开。但就在这时,他好像又意识到了什么,回过头来,很留心地看了我一下。你的头发怎么回事?说着,他又朝我头上指了一下。

我的头发?我有些不解,不自觉地也抬起手,朝自己的头上摸去。我把手放下来时,看见一缕黑黑的头发粘在上面,不禁一愣,我怎么掉起头发来了?

注意不要用脑过度。王队嘱咐了我一句,便开着吉普车离去了。

我在原地发了一下呆,很快也把车开上了街道。我没有太把头发的事放在心上,兴许真如王队说得那样,这段日子我过于用脑了,才导致了头发的掉落,以后应该多注意一下身体才行。

我没有回自己家去,而是驱车赶往最近的银行营业部,把自己的账户卡交给营业员,让她帮我看一下上面是否真的有一笔数额很大的资金。营业员先是很随意地看了一眼计算机屏幕,忽然就瞪大了眼睛。老天,她倒吸着冷气说,您上面的资金竟然是八百万……美元……她的叫声惊动了整个营业部里的人,大家都斜过头来朝我看,好像我真的是一个阿拉伯富翁。我不想给自己招惹麻烦,便急忙从她手里要回账户卡,掉回头来就朝外走。我直到爬进了车里,还觉到脊背上一阵阵发热。

在驱车回家的路上,我一直在心里问自己,他为什么要这样做?既然他就是约翰·肯尼迪本人,为什么还非要冒充詹姆斯·邦德?我与他又有什么关系?以至于让他给我的账户里打上一笔巨款?对我来说,得到这样一笔财产是好事还是坏事?总不会给我带来什么麻烦或者灾祸吧?还有,他为什么非要自杀不可呢？而且跑到遥远的中国来干这件事……我无论如何想不明白这些问题,实在有些不耐烦了,便只能用一个简单的结论去搪塞:他是一个严重的忧郁症患者。我觉得只有这样的结论才能解释他荒诞无稽的行为。

快要来到我们那条街道上时,我夏利车的左前轮似乎轧在什么东西上,车体朝前滑动了一下,同时有一股液体溅上来,穿过开着玻璃的车窗,径直飞到了我脸上。我抬手抹了一把脸,感觉到手上黏糊糊的,举到眼前一看,竟然是刺眼的红色。血?我吓了一跳,赶紧把车停下,跳下来,绕到车后去看。我惊讶地看到,我的车辆经过的地面上,躺着好几只被碾烂的青蛙,血迹在地下涂了一大片。我抬起头,看到在我周围的马路上,还有许多只青蛙正在一蹦一跳地往前蹿,一些小孩子还在后面张着手轰赶它们,不时有过往的车辆从它们身上轧过去,就像一只只气球猛地爆裂开来,地下的碎肉和血迹越来越多。哪里来的这么多青蛙?我不禁感到纳闷,城市里怎么会有青蛙出现呢?我上到车里,刚要发动车子,随着一阵吱吱呀呀的叫声,我看见一只个头很大的老鼠从方向盘上跳开,越过窗口,飞快地逃到外面去。我把手按在胸口处,好一会儿才让自己镇定下来,天哪,不仅是青蛙出来了,而且还出现了老鼠,这些东西怎么跑到外面来了?

来到我居住的小区门口,我看见一伙人在围着一棵树指指点点,一个小孩子正一耸一耸地往上爬,手里还举着一根细长的竹竿。我停下车,把头探出窗外,也随着那些人往树上看。我很快便看见,原来树杈上盘绕着两条花花绿绿的蛇,那个孩子爬上树去,想用手里的竹竿把它们挑下来。

这东西从哪里出来的?我跳下车,问那些围观的人。

谁知道呢?一个花白胡子的老头说,很多年没看到它们了,怎么今儿个……

那边的街上还有好多刺猬呢,一个穿裙子的姑娘朝远处指了一下,大白天就在马路上乱爬,可吓人了。

我也想告诉他们,在我来的路上,我还看见了青蛙和老鼠。这时那几个人转过了头来,一个个睁着大眼往我头上看。我似乎明白是什么吸引了他们的目光,便没有再说什么,转身朝大门里走去。来到没人的地方,我把手悄悄地探到头上,竟然又把一缕黑黑的头发摸下来。怎么回事?这一会我已经掉落了两缕头发,不免有些心疼,也有些不安。

我正要上楼去，忽然听见一阵纷乱的叫喊，掉回头来一看，一条足有胳膊粗的蛇正从树上掉下来，围在树下的人们急忙四散开去。让我感到吃惊的是，随着那条蛇的掉落，那个在树上挥着竹竿的孩子居然也摔到了地下……

52

回到家来，我担心会有什么异常出现，便小心往四处看。果然有什么地方不对劲儿，好像眼前的一切都在悄悄地发生变化，比如鱼缸里的水发出哗啦哗啦的响声，而里面根本没有一条鱼，水声是被什么东西弄响的呢？比如屋门后的拖把突然倒在了地下，更奇怪的是它竟然又自己站起来，像是被一只看不见的手重新靠在了门后；比如卫生间里的洗衣机开始运转，等我走过去看时，它像是能感知到我的存在似的又停了下来……最不可思议的还是那幅《呼喊》，不但又一次从书房来到了客厅，还在躺到地上之后像小孩子一样翻动了几下，身上发出一阵砰砰的响声。我跑过去，眼看着画布上出现了一长串清晰的脚印……夏海丽。我大叫了一声，意识到是那个叫夏海丽的女人在搞鬼。我冲到监控屏幕前，刚打开开关，夏海丽的影像就随着一道亮光急不可待地跳了出来。

急死我了，夏海丽气喘吁吁地说，头上的汗珠一个劲地往下掉，好像刚干了很多的活计，你怎么才回来？

我到……我想朝她解释一句，又觉得没有这种必要，便岔开了话题说，你找我什么事？

夏海丽的目光也落到了我头上。你怎么了？她脱口叫道，你的头发怎么掉下来了？

我从屏幕前走开，迈着大步冲进卫生间，对着梳洗台上的镜子一看，老天，我的头上不但正在有头发落下来，而且几个地方已经露出了青色的头皮。早晨出门的时候，我一头浓密油亮的发丝还完好地覆盖在头上，怎么这才半天工夫，它们就一缕一缕地掉下来，乍一看上去，我的脑袋就像被削了几块皮的地瓜，要多难看有多难看。

蒙克，夏海丽从监视屏幕里朝我喊叫，你没事吧？

我只好又回到屏幕前，苦着一张脸对她说，我也不知道这是怎么回事……

夏海丽在我脸上看了一会儿，忽然像换了个人似的温情脉脉起来。尽管你变得不那么……她用柔和的声音对我说，但我却发现是那么爱你……

什么？我以为自己的耳朵出现了毛病，急忙晃摆了几下脑袋。等等，我抬手止住她往下说的冲动，我现在的听觉不好，好像不知道你在说什么……

你听得没错，夏海丽又把她的话重复了一遍，我的确是在说，我是那么爱你……

我身子一阵颤抖，好像被兜头浇了一桶凉水，全身上下都起了一层鸡皮疙瘩。我真的怀疑是自己产生了幻听，夏海丽怎么会说出这句话来，要知道，当她嫁给我的时候都没有这样说过，现在她背叛我了，却又说起这种话来，无论从哪方面说都没有道理，可她竟然……

不要不相信我的话，夏海丽似乎知道我心里在想什么，赶紧发表声明说，我现在说的每一个字都是真实的，都是从我肺腑深处发出来的，不信你就来摸一下我的……她的手在自己胸口拍了一下；马上又意识到我与她并不在一个时空中，便又把手拿开了，反正我说的都是我的心里话……

怎么回事？我直直地看着她，告诉我，到底发生了什么事？以至于让你……

为什么要发生什么事呢？夏海丽反问我，难道我就不会爱你吗？

可我……我摊开两手，表示我不相信这件事，告诉我一个理由好吗？

难道爱还需要理由吗？夏海丽继续反问我。

这句话听来有些耳熟，我想了一下，便明白这是许多电影中都会采用的一句台词，虽然这句话被演员们说滥了，但仔细想来，它却并不缺乏真理的成分，只是此刻由夏海丽的嘴巴说出，便减弱了几分真诚的色彩。

不要不再相信爱情，夏海丽摇摆着两手，像演说家一样侃侃而谈，在这个由我们人类所组成的世界上，什么东西最宝贵呢？不是什么金钱，不是什么财富，而是爱情，是你我之间产生的那种真挚美好的情感，正是因为有了这种情感，我们这个社会才会走过寒冬，躲过杀戮，来到一个充满温馨和祥和气氛的世界，如果……

我的耳朵渐渐涨疼起来，好像一只蜜蜂飞进去了，让我的听觉发出嗡嗡的响声。不要再说了……我用两手捂住耳朵，并用力摇晃脑袋，想把那只可恨的蜜蜂驱赶出去，由于动作幅度过大，又有几缕头发从头上掉下来。

请你告诉我,我用哀求的目光看着她,你到底要干什么?

我要爱你,夏海丽还要继续向我抒情,我要像一个最温柔最风情的女人那样让你……

好了,我把两手抱在一起,举起来连连朝她挥动,我不能再摇自己的头了……看在我那些头发的份上,求你说最后一句话好吗?

夏海丽定定地看我一眼,知道再说下去或许会适得其反,才不得不停下来,按照我的要求把最后一句话说出来。我要和你重归于好。她一字一句地说。

为什么?我脱口问道。

看来我上面那些话都白对你说了,夏海丽做出伤感的样子说,爱情,难道你还要让我再把这两个字重复一千遍吗?

去你的爱情吧。我终于忍受不住了,冲到屏幕前,把手朝开关按钮上伸去。

夏海丽看出我要干什么,急忙朝我挥舞两手,不要,我还没有……

我义无反顾地按下了开关按钮。该死的,我在心里对她说,我再也不要受你的骗了。

夏海丽的影像从屏幕上消失了。但很快,屋内那些一度消失的怪异现象又出现了,鱼缸里的水激烈波动,像是水面上刮起了一场罕见的大风;那只拖把从门后走出来,像一只受伤的动物一样在地板上翻着跟头;洗衣机转着转着,竟然将一只皮鞋甩出来,毫不客气地打在我的头上……我两手抱住受伤的脑袋,想要逃到一边去,不想却被脚下的什么东西一绊,一下子趴倒在地下。那幅将我绊倒的《呼喊》折起半边身子,像蒲扇一般抽打着我的脸……

过了好一会儿,一切才慢慢平静下来。我爬到沙发里,刚要让疲倦的身子休歇一下,屋门却发出了急切的敲击声。是谁要进来?其实不用多想,我也知道除了周岫娟外,不会是另外什么人。我从沙发里站起来,拖着沉重的脚步走过客厅,将不住跳动的门板打开。

首先进来的并不是周岫娟,而是一个庞大的行李卷。等那个行李卷穿过客厅,颤颤巍巍地进到了我的卧室里去,我才在它后面看见周岫娟的身子。

怎么回事?我还要试图拦截她,你这是要干什么?

我把家搬过来了，周岫娟费了很大劲儿，才把那个比她还要大的行李卷弄进了卧室去，从此后这里就是我的家了。说罢，她就把身子躺到她的行李卷上，像青蛙一样鼓着肚子喘粗气，哎哟，快要累死我了……

谁让你把家搬到我这里来的？我瞪起眼来质问她。

不是我，周岫娟把手在她自己身上指了一下，又把手朝我指来，也不是你……但她伸向我的手一下子僵住了，目光里充满了惊诧和迷惑。我是不是认错了人？她低声嘟囔了一句，随即又把那只手抬起来，想朝我头上摸一下，你怎么了？怎么变成了这副样子？

我拨开她的手，依旧接着她刚才的话问，既然不是你，也不是我，那么是谁让你到这里来的？

见我盯住那个问题不放，周岫娟顾不得问我头发的事了。爱情，她把那只手又举到了空中，是爱情让我做出了……

她居然也说到了什么爱情？我的脑袋又嗡嗡地响起来，那只该死的蜜蜂又飞到我耳朵里去了。打住，我急忙抬起手，先在耳朵上捂了一下，又随即朝她挥舞，不要再说这个词了好吗？

为什么不说？周岫娟反问我，爱情那么美好，那么神圣，而我又是那么爱你，离不开你，由此可见，我们的爱情该是多么纯洁而热烈，简直可以称得上天长地久……

不要再说了，我愤怒地跺了一下脚，请你直接对我说，你到底要干什么？

周岫娟知道不能再向我绕圈子了，只好把最后的目的说出来。我要和你结婚。她一边说着一边朝我怀抱里扑来。

我使劲推开她，转回身来，迈着大步朝门外跑去。我再也受不住她们对我的纠缠了。

你要到哪里去？周岫娟在后面追我。

我没有回答她的话，只是加快脚步朝外跑，我担心哪怕耽误一小步，就会被她追上来，那样我就再也逃不出去了。

来到街道上，我看见了更多的青蛙、老鼠、蛇和刺猬，在我不在外面的这段时间里，这些动物以更大的规模出现在马路、树木、楼房甚至人们的身上。一些受到它们攻击的人十分愤怒，尤其是喜欢恶作剧的小孩子们，竞相施展各种手段对付它们，而更多的人则站在一边看热闹，时不时地对那些人喊一声"加油",整个大街上或者说整个城市里都充斥着浓烈的闹剧气氛。

望着人们无动于衷的样子,我真想对他们大叫一声,你们这些鬼迷心窍的人们,动物们已经对你们发出了警告,一场千年未遇的大洪水就要到来了,你们还不赶快逃命去,却还在和这些好心的动物过不去,你们真是活腻味了……

在一个十字路口,我看到了我的邻居老穆。此时,老穆正扛着一只竹编的篮子,篮子里盛着几只半死的青蛙,脸上流淌着喜气洋洋的笑容。如果我没猜错的话,老穆把这些青蛙带回家去,很可能会做出一道十分美味的菜肴,所以老穆一定以为捡了一个大便宜,脸上的笑容才那么灿烂。对,就是他了。我在心里说,并直朝着他走过去。没错,我要通过老穆这个杂嘴子,把我所感知到的危险局面传播出去。

嗨,老穆,我和他打招呼说,你怎么这么大的胆子,竟然敢把这些青蛙带回家去?

这有什么? 老穆毫不在乎地说,从天而降的好东西,不捡白不捡。说着,他又弯下腰,把一只被人们踩死的青蛙拾到篮子里。

你知道它们是出来干什么的吗?

这个谁知道? 老穆摇摇头说,我也不想知道,我只想赶快……

告诉你,我凑近了他,故意做出神秘兮兮的样子说,它们是出来救我们的。

什么? 老穆翻了我一眼,救我们的? 什么意思?

意思很简单,我郑重其事地说,我们就要面临一场大灾难了,它们提前跑出来,给我们发出警告。

开玩笑,老穆撇了撇嘴说,我们会有什么灾难? 看你说得煞有介事……

水灾,我朝远处指了一下,信口说道,一场千年未遇的大洪水正从南边袭来,用不了两日,鱼人河里的水位就会暴涨到我们的头顶,将这个城市悉数淹没,如果我们还不马上逃命,恐怕就都要葬身水底了。

老穆呆呆地看着我,你……是听谁说的? 他开始结巴起来。

我知道老穆已经对我的话半信半疑了,便再加上一把火说,这个还用别人说吗? 这些动物都提前出来逃难了,只有傻瓜才会看不出来,还要拿他们回家当菜肴吃。

我的娘呀，老穆愣怔了片刻，忽然把扼在胳膊上的篮子松开了。篮子掉在地下，那几只或死或活的青蛙甩了出来，落在他的脚上。老穆又赶紧收回自己的脚，掉转回身，朝着来路急急地跑去。不好了，他一边跑一边叫喊，要发洪水了……

我看见，凡是老穆跑过的地方，都有一些人停下来，眨巴着眼睛去看他。我长长地吐出口气。你就要成功了。我对自己说。

53

为了摆脱周岫娟对我的纠缠，我没有回家去，而是来到中心广场里，混杂在人群中间看热闹。广场上自然汇集了很多的人，平时差不多都是跳广场舞的，每到傍晚时分，那些大叔大妈便来到这里，伴随着音乐翩翩起舞，也算是给这个城市制造了一道可看的风景，但今天夜里，由于那些动物的出现，准确说是由于我那个说法的出现，中心广场尽管聚集了更多的人，却没有几个人有心思跳舞，人们到这里来大多是为了打探消息，以便在接下来的时间内采取行动，也就是说，人们都处在一种惊惶不安的情绪里，再加之那些动物不时地跑到他们中间来，引发得一些人隔一会儿就发出一声尖叫，给本来已经骚乱的人群更增加了紧张的气氛。我和几个乞丐一起坐在一个角落里，饶有兴趣地看着人们在广场里像水流一般涌来荡去，觉到从来没有过的满足，是呀，由于我的努力，人们已经警惕起来，就算那场千年未遇的大水马上到来，也不必担心让整个城市都陷落了。

在离我不远的地方，一个留着长发的画家正把一块白布挂到一堵墙壁上，然后挥着几把蘸上颜料的画笔，轮番朝那张布上涂抹，周围聚拢了一些看客，对着画布上渐渐出现的景致或人物指指点点。这也是中心广场里惯有的风景，平时除了这些作画的人外，应该还有几个在地面上写字的书法家。不知怎么回事，今天那些书法家和另外几位画家都没有出现，只有这一位长发画家依旧坚守在这里。与往日不同的是，这位画家一般是在画布上涂抹风景，但今天画出的却是一个人物，尽管只画了一小块画布，我却已经看出来，呈现在上面的一个圆圆的东西，除了是一个人的脑袋外还能是别的什么呢？与此同时，我还惊奇地发现，画家一边往画布上涂抹颜料，一边回过头来朝我这边看上一眼，好像我是他的老熟人似的。我当然不认识他，所以也便不理会他的目光，只是听着人们在我耳边制造的喧哗声，慢慢体会着这个夜晚的难忘时刻。

就在我要被困神俘获的时候，一阵突起的声音一下子把我唤醒了。我睁开眼睛，循着声音的来源看去，目光很快落在远处一面闪烁着强光的墙壁上。当然，那并不是一面普通的墙壁，而是安装在广场上空的电子屏幕。早在中心广场落成的时候，有关部门就安装了这面巨大的电子屏幕，在上面播放一些很有动感的画面，以吸引来此游览的人们的眼球，那些画面的色彩格外鲜艳美丽，一点都不像是现实生活中应有的场景，给人一种如梦似幻的效果。我以为那些画面都是提前录制好的，并不是此时此刻城市发生的情景，我的意思是说，我错以为这块屏幕并没有直播电视实况的功能。但此时此刻，出现在屏幕上的画面却改变了我的看法，因为我在上面看见了"紧急通知"几个字，随后便是我在生活中曾经见过的一些场景和人物，具体说来，场景是市政府的会议室，人物则是市长一干人。当时我想不明白，市长带着他的属下在会议室里发布紧急通知干什么？这个非要在半夜发布的通知到底有什么紧急内容呢？开始的时候，我还以为是有关人群疏散的通知，如果是那样的话，至少说明我的努力取得了一定的成效，但听着听着，我便明白并不是那么回事，尽管通知内容也在很大程度上与我有关，却不是对人群的疏散，而是对我制造的谣言的回击，是的，市政府通过市长的嘴巴已经把我散布的说法定义为谣言了。

广大的鱼阴市民们，市长面对着摆放在面前的话筒，用义正词严的口气说，在我们的城市里，由于一些动物的偶然出现，引发了大家一定程度的恐慌，为此我们请来了有关方面的专家学者，说着，他朝站在他身后的一排人指了一下，经过他们的详细考察和充分论证，我可以负责任地对大家说，这些动物的出现纯属偶然现象，绝不预示着什么灾难的到来。请大家不要相信谣言，瞪大眼睛，分辨出谁是别有用心、希望我们这个社会动荡的人，谁是满怀热情、维护我们这个社会安定的人，希望你们携起手来，尽职尽责，努力奋斗，做一个对我们的城市未来有所贡献的人……说到这里，市长挥起攥紧的拳头，用更加坚定的语气说，对于那些蓄意破坏团结、制造动乱的恐怖分子，我们绝不会心慈手软，一定通过法律的形式予以严厉的制裁……

随着他的演讲，我看见广场上那些曾经惶恐不安的人们很快安静下来。原来是虚惊一场,有些人互相议论说,看来我们都上了恐怖分子的当。人们脸上都呈现出恍然大悟的神色。随即,从广场的一端响起一个通过扩音喇叭传播的声音,大家不要再聚集在广场上了,市长代表市政府已经给大家说得很清楚了,什么事也不会发生,都放心地回家去吧,好好地睡上一觉,等第二天什么事也没有了。随即,一些穿着警服的人开始在人们中间出没。散了,大家都散了吧。他们张开两手,慢慢地驱赶着人们。不一会儿,广场里的人群便变得稀稀落落了。

这可怎么是好?眼看我唤醒人们自救的努力付诸东流,我不禁再次替他们担忧起来,如果人们都回家去睡觉了,当那场大水来到这个城市的时候,岂不就……我越想越害怕,真想立刻跳起来,不再通过任何一个人,干脆自己赤膊上阵,对就要再次沉入麻痹状态中的人们大喝一声,将他们再次唤醒过来。可我刚刚站起来,还没有张开口,就马上意识到这样做的荒唐可笑,此时此刻,我是一个人在战斗,而他们却是一个庞大的组织,而且拥有如此众多和先进的宣传手段,仅凭我一张肉嘴,又怎么干得过他们呢?不要说我达不到再次唤醒人们的目的,恐怕只要一发出声来,就会被那些无处不在的警察涌上来制服,我不能不悲哀地正视一个残酷的现实,不管我愿意不愿意,我已经被他们定为了制造混乱的恐怖分子,而对于贴上这个标签的人,就算我是一个典型的白痴,也能想象出他的下场是什么了……

想到这里,我不能不犹豫彷徨起来。

这个时候,我还注意到,那个长发画家已经快要画完了他的画,整个画布上差不多都涂上了颜色,只剩下右下角的一小块地方是空白了。我搭眼朝画布上一看,不禁吃了一惊,觉得画家画的这幅画有些熟悉,似乎早就在什么地方看过不止一次了。其实不用仔细想,就算是凭着本能我也知道,这幅画是临摹了蒙克的《呼喊》,看看上面天空里那些像华丽的乱蛇一般游动的霞云,桥面上那个把两手拢在嘴边大声呼喊的光头,尤其是呈现在他脸上那些难以言表的焦虑和恐惧,都与蒙克的原画如出一辙。但让我感到不可思议的是,画家作这幅画时并没有在身边摆放那幅《呼喊》,难道他是凭着记忆完成了这幅画吗?这是不是说他已经把《呼喊》刻在了脑子里?我突然想起来,刚才画家曾经一边作画一边朝我这边打量,到底又是什么意思呢?我正这样想着,正在完成最后几笔画的画家又回过了头来,再次朝我这里看了一眼，当他的目光与我的目光相遇时，他忽然咧开嘴笑了一下，笑容里包含着一些不好意思，甚至还有一丝丝歉疚。我心里便更加不解，他为什么要对我表示不好意思呢？他对我又有什么歉疚之处呢？

我还没有明白过来，就看见一个我所熟悉的身影走到了他面前，尽管只是看到了他一个背影，我便认出来那是王队。画家一看见王队，就马上停下画笔，随即又朝我掉过头来，一边对王队说着什么，一边伸手朝我指了一下。我正在发愣的时候，王队已经顺着画家的手势朝我走过来了。那几个乞丐一哄而散，只有我一个人还站在原地。

是他吗？王队站在了我身边，转过身去朝画家发问。

没错，画家点点头说，我就是照着他的样子画完这幅画的⋯⋯

你真的是李蒙克？王队又掉回身来，上下左右打量着我，犀利的目光尤其在我头上盯着看了很久。

我不禁感到愕然，下午我还和他在一起过，怎么现在他就认不出我来了？还有那个莫名其妙的画家，他怎么会说那幅画是照着我的样子画出来的？蒙克笔下那个在惊恐中奋力呼喊的家伙与我又有什么关系？起码他是一个怪里怪气的光头，而我⋯⋯我不自觉地把手放在我的头顶上。就在这一霎间，我觉得我应该知道是怎么回事了，因为我的手指没有在我头上摸到哪怕一根头发。

你的头发怎么全掉光了？王队一边纳闷地说着，一边用有力的大手抓住我的胳膊，害得我都认不出你来了。

我猛然反应过来，这才明白自己已经被警察抓捕了。为什么抓我？我奋力挣扎着叫喊，我不是画上那个⋯⋯我意识到这样的辩白没有什么意义，便立刻改口说，我不是恐怖分子，我什么都没有干⋯⋯

干没干可不是你说了算，王队很轻松地给我的手腕戴上镣铐，是不是恐怖分子更不是你说了算，别以为我们这些警察是吃干饭的，实话告诉你吧，我们早就盯上你了。

我知道再说什么也没有用了。好吧，我把身子放松下来，用较为坦然的表情面对他们的拘捕，我正好到你们的局子里去避一下险⋯⋯

但王队并没有把我关到他的派出所里去，也没有送到他的上级单位公安局里去，而是直接把我押送到了医院里，具体说是医院的精神科病房，交到了那个和我打过交道的医生手里。直到这个时候，我才知道在王队他们的眼里,我并不单纯是一个罪犯,而在更大程度上是一个忧郁症患者。

我怎么觉得这么面熟? 那个医生一见我的面,就绕着我转了个圈子,很快他就认出我来,不禁又瞪大了眼睛,怎么又是你? 就算你把全身上的毛都剃光了,我也忘不了你,上两次的账还没有和你算完,现在你终于又落到了我手里,这回可……他得意地笑起来。

为了报复我对他的冒犯,王队他们一走,医生就对我采取了严厉的"治疗"措施,先是让护工把我绑在床上,随后又安排护士给我服药。我在被强行灌下了一大把药片和一大瓶药水后,又被扒光屁股,让一个野蛮的护士狠狠打了两针。见我还在不住地挣扎,医生又让护士给我输液。我的头顶上立刻吊上了两个装满液体的药袋,通过两根透明的管子分别连接在我的两只胳膊上。

待我稍稍安静下来,医生来到我床边,俯下身来,用得意扬扬的目光看着我。怎么样? 他拍拍我的光头说,滋味不错吧?

尽管我觉得浑身难受,嘴里老是充满呕吐的欲望,但我还是抬起身来,朝他使劲吐了口唾沫。呸——我可着嗓子回应了他一句。

医生擦干净他的白大褂,不敢再站在我床前,便让护士搬来一把转椅,离我很远地坐下来。在我经受药物折磨的过程里,这个混蛋医生不忍离去,非要仔细欣赏一下我半死不活的精神状态,并抱着一本所谓病历,装模作样地时而记上一笔,算是对他的同行有个交代。但我眼睛的余光瞥见,那本叫作《忧郁时刻》的小说从他的病历里探头探脑地露出来。

于是,在被囚禁在医院精神科病房里的一天时间内,我便又一次有了和医生交锋的机会,如果换一个角度看待这件事的话,应该叙述为"医生在为病人治疗"或者"医生在和病人谈心"才较为贴切。

你能不能告诉我,医生说,你是怎么走上恐怖之路的? 他的确是这么问的,不知他是故意在"恐怖"之后省略了"分子"二字,还是忘记了说那两个字,或者他根本就用不到那两个字。

灾难就要到来了,我冷冷地看着他说,难道你就不想逃命吗? 我仰起头,把目光转向天花板,转向我想象当中的天空,蝼蚁尚且惜命,难道你就那么看轻自己吗? 何况你还是个医生。

你以为你这样说就能让我心生怜悯,医生也冷笑了一下,我会被你感动得忘记了我的职责,脑子一乱就把你放了? 说到这里,他把笑声从嘴里发出来，你不觉得你有这样的想法很幼稚吗？

我没有理会他自以为是的嘲笑，而是依旧用严肃的口气说，赶快去做准备吧，现在行动起来还为时不晚。我叹息了一声，就算不为这个城市里的人，也不为这个医院里的人，只为你的家人，甚至只为你自己，这样做也是值得的。

见我说得那么郑重，医生不敢再用嘲讽的口气接我的话了。他从转椅里站起来，来回走了几步，又来到靠近我床边的地方，你为什么那么充满自信？你发现了灾难来临的征兆？你以为你是什么人，就有那么大的本事？

你回过头来往外看一看，我抬手朝窗外指了一下说，如果你真的没有看见那些无处不在的征兆，那你不光不是一个医生，而且不是一个正常的人。我的意思是说，他自己其实才是一个病人，一个被忧郁症病灶遮住了眼睛的病人。但我担心他会受不住，所以没有把这句话说出来，只是让目光在他手里的病历上盯了一下。

医生意识到了我的眼神，赶紧把病历连同里面那本小说藏到了身后，随即便抬起眼，跟着我的手指往窗外看去。此时，在窗外的医院大院里，许多病人正从病房里跑出来，欢天喜地地去捕捉随处可见的青蛙、老鼠、蛇和刺猬，到处都回响着人们快乐的笑声和动物们痛苦的尖叫。市长已经说过了，医生还在不甘心地说，它们的出现只是偶然现象，并不意味着……

你相信市长的话吗？我打断了他的话说。

我……医生没有立刻回答我的话，而是摆晃着脑袋想了一会儿，才言不由衷地对我说，市长还说过一句话，叫做杞人忧天，好像这句话你也听到过，不瞒你说，我认为这句话是市长说过的最有水平最富智慧的话，就是听了这句话之后，我这个对忧郁症疾病研究了半辈子的医生才对自己的专业有所感悟，我的学术研究才取得了实质性的突破，从那个时刻起，我就把他视为了知己，不，应该是导师，我就把他看成了我的导师……

我差点笑出来，那句话怎么是市长说的呢？当然更不是院长说的，尽管那天他使用过这句话。

世上本无事，庸人自扰之，医生发着感慨说，这话说得多么好呀。他把目光转向了我，知道吗？这些话就是专门说给你听的，说给你们这些忧郁症患者听的。

你真的以为我们会平安无事？我再次问他。

那你先来回答我,医生挥着手说,你是地质学家吗?

不是。我立刻说。

那么你是气象学家吗?医生继续问我。

不是。

那么你是历史学家吗?

也不是。

那么你是预言学家吗?

我犹豫了一下,还是摇摇头。

那么……医生拍了拍脑袋,似乎想不起再说什么词了,便把两手都摊开来说,既然你什么都不是,那你为什么又要告诉人们灾难要降临呢?你又凭什么让人们相信你的话呢?

这个……我张了张嘴,真的没有把他的问话回答上来。是呀,我在心里对自己说,既然……你有什么理由……

说句到家的大白话吧,医生脸上再次浮出了嘲讽的表情,你只不过是一个开车挣饭吃的出租车司机……就算按你自己标榜的那样,你是一个作家,可作家又算什么?有谁会相信作家的话吗?

这……我不禁张口结舌,尽管我想说一句反驳他的话,但在他这一串话语面前,我竟然不能把那一句话说出来。

看来我已经找到了你的病根,见我沉默起来,医生非常兴奋,赶紧把转椅朝我床前拉拉,并向我探过身子说,听我给你说,就像市长教导我们的那样,我们这个社会正适逢千年未遇的太平盛世,安定、祥和、幸福、美好的生活环境来之不易,作为一个从内心深处不愿受灾受难的人来说,我们应该对这个时代倍加珍惜和呵护,怎么能随随便便就制造动乱,让我们越过越好的日子受到威胁呢?

问题是,我使劲咽下口唾沫,威胁我们日子的灾难并不是我信口编造出来的,而是它自己非要到来不可……

看你又绕回来了,医生从转椅里站起来,有些恼怒地拍打着手里的病历,刚才的话我都对你白说了?他用的力量太大了,厚厚的一叠病历都被他拍散了,乱纷纷地落在了地下,藏在里面的那本小说也掉出来,十分醒目地躺在他的脚下。医生恼羞成怒,把小说拾起来,恶狠狠地运动手指,很快便将它撕成了碎片,然后一股脑地摔到我身上。你这个不可救药的顽固分子,他咯吱咯吱地咬着牙说,看来光依靠谈话疗法是不能解决根本问题的,那么好吧,我只能动用最严厉的药物疗法来为你治病了。说罢,他就推开转椅,迈着大步朝外走去。

不一会儿,两个护士就端着一只大药盘子走进来,从里面拿起两只装满药剂的针管,分别注射进连接药袋和我手臂的管子里。

我很快便感到了天旋地转,尽管是躺在床上,却有一种失去平衡从一万米高空坠落的错觉。救命——我再也坚持不住,在盲目大叫了几声之后,一下子便失去了知觉。救命……我已经昏迷过去了,嘴里还神经质地念叨着这两个字……

54

我做了一个梦。我拖着疲惫的脚步来到鱼人河边,踏上了一座通往乌龙镇的木桥。我看见一个人站在桥栏杆前,正在向着看不见尽头的远方张望。我走到那个人身后,不解地问他,你在看什么?那个人回过了头,我认出他是忧郁症患者蒙克。蒙克带着满脸阴郁的表情说,大水就要来了。我也学着他的样子朝远方张望,但我并没有看到什么大水。它们在哪里呢?我问他。蒙克抬手指了一下天空说,那些云彩不就是吗?我把目光也抬起来朝天空里看。哪里有什么云彩?我说,那不过是一些华丽的乱蛇。蒙克告诉我说,当它们从天上落下来时,大水就来到了。我还想问他,那些乱蛇真的会掉下来吗?但我还没有张开口,就看见蒙克把身子跃过栏杆,一个鱼跃便扑到了桥下面去。我没有来得及阻拦他,便也冲到栏杆边,低头朝他栽下去的地方看。我惊讶地看见,河道里竟然有无数的乱蛇拖着长长的身子四处游窜,好像蒙克的落水真的惊扰了它们。我感到不可思议,这些华丽的乱蛇什么时候已经掉下来了?蒙克刚才说过,当它们从天上落下来时,大水就来到了。我霍地转过身来,把两手拢在嘴边,朝着看不真切的远方大声呼喊,救命……

我从昏睡中醒来的时候,发现夜幕已经降临了,也就是说,我已经在这间病房里度过了一个白天。身穿白大褂的医生或护士进来或出去的时候,透过开合的门板,我看见走廊里还游动着几个灰蒙蒙的人影,看来警察们还没有解除对我的监控。我不禁在心里感到疑惑和好笑,就连我自己都搞不清自己到底是一个病人,还是一个犯人了。哦,忘记说了,我是被关押在一个单独的二层小楼内,类似于一幢十分独特的乡村别墅,但不要误会,王队尤其是那个医生绝不是为了优待我才把我关在这里,从护士们的闲话中我听出来,只有处于危重状态的病人才会被关到这幢楼里来。由此看来,在他们眼里我差不多已经病入膏肓了。

熬到半夜时分,喧嚣了一天的病房区渐渐安静下来,走廊里时起时落的脚步声也消失了,看来不仅医生和护士们进入了梦乡,就连看守我的警察也坚持不住了。我虽然闭上了眼睛,却一点困意没有,心里像风暴掠过的水面一般涌动着波澜,我不知道人们除了睡眠之外,是否还在梦幻中看到了那场正从远方袭来的大水,如果人们都沉浸在睡眠当中而不愿醒来,那灭顶之灾对他们来说将不再是虚幻的传言,而是即将体验到的残酷现实,我真想爬起来,冲到大街上再去发一声叫喊,将正沉睡的人们从梦境中唤醒,然后率领他们逃往不可知的远方。但可恨的绷带将我的手脚和床架连接在一起,我就是有再强烈不过的愿望,也无法挣断锁链,走到大街上去。这个时刻,我感觉到了前所未有的绝望情绪。

就在这时,我忽然听见从窗口的方向传来窸窸窣窣的响声,好像什么东西进到了病房里来。我担心受到老鼠或者蛇之类动物的袭扰,便急忙瞪大眼睛,借着灯光去朝窗口处看。我被吓了一跳,张开嘴巴,差点叫喊出声来。我看见从窗口钻进来的并不是老鼠或者刺猬之类的动物,而是一个像人一样庞大的身影,因为它(他)脸上戴着一张花花绿绿的面具,这使我不敢确认它(他)到底是一个人,还是一只被放大了的动物。一见我要叫喊,那家伙赶紧举起手,放到自己嘴巴上,示意我像它(他)一样不要出声。在我惊诧的目光注视下,那个家伙爬进屋来,转过身去,又把另一个同样戴着面具的家伙接进来。我这时已经看出来,他们的确不是什么动物,都是像我一样的人,但至于为什么要戴上面具,我却想不明白。两个戴着面具的家伙从窗台上跳下来,蹑着手脚穿过房间的空地,直朝我躺身的床前走来。

你们,我本能地想要躲闪一下身子,你们要干什么?但我没能让自己的身子动起来。

一个家伙再次示意我保持安静,然后伏下身来仔细朝我打量。我们没有找错目标吧?他掉回头去问他的同伴,他怎么变成了这种人不人鬼不鬼的样子?我从他的声音里听出来,这是一个男人。

没错,另一个家伙回答他说,这一天他的变化的确太大了,简直就和画上的那个家伙差不……她的声音告诉我,这是一个女人。

不要害怕,男人压低着嗓子对我说,我们是来救你的。

救我? 我不禁一愣,为什么救我?

因为我们不能让你躺在这里。女人接上说。

你们是什么人? 我一边发问一边朝他们打量。其实不用仔细分辨,我似乎就看出他们是谁了,如果我的猜测不错的话,那个男人应该就是张效梁,而那个女人则是夏海丽了。但我也不能确定我的猜测不会有错,因为他们毕竟戴着面具,到底是不是真的那两个人,还有待我接下来观察。

不要问我们的身份,男人有意回避说,你只要跟我们离开这里就行了。

不告诉我为什么这样做,我执拗地说,我是不会跟你们走的。

都到这时候了,女人埋怨我说,你怎么还这样固执?

我总该弄清楚你们要把我带到哪里去吧? 我退而求其次地说。

到哪里去都比在这里强,男人说,你不是说灾难就要来了吗? 在这里你只能是死路一条,出去了或许还能……

你们竟然这么关心我的生死? 我撇起嘴角说。

当然,女人接口说,如果你死了,我们可就……

她的话还没有说完,男人就咳嗽了一声,暗示她不要说漏了嘴,把他们救我的真实目的也说出来。

我差点笑出了声音,就算他们的演技再高,我也已经看出了他们的真实目的。你们不是奔着我来的,我毫不客气地戳穿他们的意图说,你们是奔着一张卡来的吧?

他们的目光透过面具的两个洞眼,像灯火一样急快地闪烁了一下。这个……男人还不想承认这一点,却无法说出否定的话。

或许他说的并不错……女人决定承认这件事了,便用询问的目光去看男人,等待他对这个决定的许可。

不不,男人慌忙摇摆手说,我们没有那么卑鄙无耻……我们觉得你是一个好人,为了这个城市里的人不受灾难的侵害……我们听说了这件事,都受到了真正的感动……我们决定冒一冒这个险,无论如何把你从这里……我们也算是做一件好事儿,同时给大家一个……

对对,女人忙不迭地点头说,还是他说得对,我们的确是良心发现……过去我们做了不少错事……如果我们的这次义举能够弥补……我们就死而无憾了……

看着这两个骗子如此拙劣的表演，我忍不住哈哈大笑起来。好了张效梁和夏海丽，我叫着他们的名字说，不要再玩这套鬼把戏了，都到这时候了，你们还戴着那两张假面具干什么？还是把它们摘下来吧，也给你们提供一回明目张胆的机会，免得总是像老鼠似的偷偷摸摸……

不要说我是什么张效梁。男人跺了一下脚说。

我又怎么是夏海丽呢？女人也要和我辩解。

不要和他再费口舌了，男人向我喷吐着唾沫星子说，请你再说一遍，要不要跟我们走？尽管隔着面具，他的愤怒表情还是溢于言表。

我不会跟你们走。我也尽量用明确的语调说。

既然这样，男人挽高了袖子说，那我们可要来硬的了。

莫非你们要绑架我么？我故作吃惊地问道。

看来你说得没错，女人龇了一下尖利的牙齿说，你可不要后悔呀。

我朝她轻蔑地笑了一下，便掉开头去，不再打算理会他们了。

两个狗男女终于恼羞成怒，大喘着粗气朝我围上来。就在他们即将实施绑架我行动的时候，走廊里突然响起了脚步声，而且越来越响亮，可以肯定的是，一个人正在朝病房门口走来。

我们……怎么办？男人停下手说。

看来只能……女人有些不情愿，但还是下达了撤退命令，快走。

和他们来时的情景差不多，两个人又像老鼠一般从窗口处钻了出去，等一个白色的身影走进病房里来时，他们已经逃得无踪无影了。

进到病房里来的这个身影看起来是个护士，因为她不光身上穿着白大褂，而且手里还端着一只托盘，盘子里也果然盛着一些药物。虽然她的脸上戴着一只大口罩，但我还是看出来，这是一个年轻的女人。女护士一进来，便用脚后跟磕上房门，迈着大步朝我床前走来。

望着托盘里那些鼓鼓囊囊的药袋和针管，我绝望地闭了一下眼，天哪，我又要接受下一轮药物的折磨了。这一刻，我竟然有些后悔，刚才怎么没有答应张效梁和夏海丽，跟他们逃到外面去，接受完这一轮药物的攻击，我不知道是否还有从这里走出去的机会和能力。

女护士走到我床前，放下托盘，没有去拿上面的药物，却把空手朝我伸过来。怎么回事？她又缩回了手，你怎么变成了那幅画上的人？

我似乎不知道她说的是什么，便没有回答她的话。

我都快要认不出你来了。女护士把手放在胸口上，尽力让自己镇定下来，然后才颤抖着伸出手，要来拆解连接我手脚与床架的绷带。

你到底要干什么？我脱口叫道。

不要出声，女护士俯下身子，也压低着声音对我说，小心让他们听见……她回过头，警惕地朝门窗看了一眼。

望着她神秘兮兮的样子，我越发感到迷惑了，不禁瞪大了眼，仔细朝她身上打量。我突然觉到了她的熟悉，脱口叫道，周岫娟？

周岫娟见我认出了她，也把脸上的大口罩摘下来。快要憋死我了。她长长地呼出一口气。

你来这里干什么？我不安地问她。

来救你呀。周岫娟毫不犹豫地说。

你也要绑架我？我吃了一惊。

什么绑架？周岫娟白了我一眼，看你说得多难听……

怎么回事？我直直地看着她，为什么要救我？我似乎明知故问。

什么怎么回事？周岫娟埋下头，一边对付我身上的绷带一边说，我要让你离开这里，离开这个折磨人的鬼地方……

那你让我到哪里去？我随口问道。

回家去呀，周岫娟又朝门口看了一眼，脸上忽然浮出了一层梦幻般的喜色，回家去过我们自己的小日子……

老天，我闭了一下眼，同时在心里对自己说，你刚刚逃脱了她的纠缠，这才一天的工夫，就再次落到了她手里。

等回到了家后，周岫娟继续畅想道，我就做你的好妻子，一门心思地伺候你、照料你，让你真心实意地感受到，失去了夏海丽的日子，你的生活依然阳光灿烂……

不要，我使劲扭动身子，企图把她拆解绷带的手挡回去，我不要你的伺候和照料，我宁肯让自己的日子充满乌云和风雨，也不要……

虽然你的头发都掉光了，周岫娟还在试图说服我，但我也不会嫌弃你，而是更加……

我什么都没有听见。我把脱离了绷带的两手捂在耳朵上。

你这个狗东西，周岫娟再也装不下去了，挥手在我身上打了一巴掌，为什么这样不知好歹？我好心好意地来救你，你却……

你不是来救我的，我郑重地向她指出说，实际上你是来救我那张卡的。

听我这样说，周岫娟睁大了眼睛，不加掩饰地朝我身上打量，甚至都忘记了表示一下被我戳穿后的不好意思。

哈哈哈……我大笑起来，为识破了她的阴谋而得意。好了，我拼命止住笑说，你不用白忙活了，我不会跟你走的。

看来你确实是个不识时务的……周岫娟用鲜红的舌头舔了舔嘴唇，终于横下心来，不管你愿意不愿意，今天我都要把你从这里抢走。说罢，她就挥舞起两手，以急快的动作把捆绑着我的绷带解下来。

我以为凭我的力量周岫娟不是我的对手，但我忘记了，我已经被那些狼心狗肺的医生护士用药物摧毁了身体，曾经有过的力量早就不知去向，尽管我也挥舞起手来，以连我自己都没有想到的大幅度动作进行挣扎，但还是被周岫娟占了上风，只一会儿工夫，我便从床上滚落下来，被她连拖带拽地弄到了窗口前。我这才发现，此时天已经发亮，空中聚集的云雾就要被隐藏在地平线下的日头染成红色。望着那一团团类似乱蛇还有青蛙、老鼠和刺猬的灰云，我想到了梦中的情景，想到了蒙克对我说过的话，知道那场大水已经离这个城市不远了。想到这里，我禁不住打了个寒战。不要落下来。我悄声嘟囔着说。

周岫娟听见了我的话。如果你不想落下去，已经处于疯狂状态的周岫娟按着自己的理解对我说，那你就赶快跟我回家去。她用咬牙切齿的恶狠样子告诉我，如果我不答应她的要求，她就会把我推出窗外，让我真的落到地下去。

我并没有去看楼下的地面，而是依旧紧盯住那些随着日头的升起急快胀大的怪云，抑制着内心深处的恐惧和不安说，就是我想跟你离开这里，恐怕那场大水都不给我这个机会了。

你说什么呢？你这个可恨的疯子。周岫娟扬起手，在我脸上狠狠地打了几个响亮的耳光，你是不是被那些该死的蛇缠住了身子？

快逃走吧，我没有抚摸一下火辣辣胀疼的脸腮，而是用悲悯的目光看着气急败坏的周岫娟，真心实意地对她说，现在行动，或许一切都还来得及……

但周岫娟并没有听我把话说完，便忽然迅捷地掉开头，把目光转向窗外下面的远处,惊诧的目光里充满了从来没有过的惶惑。他们,她倒吸了一口凉气说,他们怎么在这里?

尽管我没有往外面看,却似乎知道她所说的"他们"是指谁。于是,我把目光放出去,果然在楼下的草地上看到了张效梁和夏海丽的影子。

他们,周岫娟好像在明知故问,他们在干什么?

即使不用看我也明白,张效梁提着一只装满汽油的塑料桶走到楼下,拧开盖子,把里面的汽油一点点泼洒在楼房周围,很快,我便嗅到了随着地气升上来的汽油味,不,不是汽油味,而是浓烈的煤气味;他刚刚离去,夏海丽便从楼下的门里走出来,在打开了一楼房间内的煤气阀门后,她又举起一只打火机,啪的一声打着火,随即便把打火机连同越燃越旺的火焰一起抛上来。我看见打火机携带着那缕火焰翻着跟头飞上来,与我和周岫娟站立的窗台慢慢接近……望着这个我早就看到过的熟悉场景,我忽然想起了许多天前我在医院门口目睹过的那场火灾现场,不禁恍然大悟,原来,原来这个场景早在许多天前就已经发生过了,也就是说,许多天前我看到的那场火灾现场就是此时此刻正在发生的情景……我这才知道,既然一切都已经发生,那么一切便都已经注定,说句更明白的话吧,我和周岫娟一起葬身火海的结局无论怎么样都无法更改……想到这里,我在发出一声长长的叹息之后,便伸出手去,把这个让我倍感痛苦的女人抱在怀里,开始接受一场比大水提前到来的大火的慢慢灼烤,连一声失去了实际意义的"救命"呼喊都没有发出……

后 记

从写作时间上来说,《康复时代》的四部作品均早于《大河》三部曲,是我继《伊甸园》四部曲之后的另一组"乌龙镇"系列作品。暂时告别了鲁西文化资源小说的创作,回到我的文学主阵地来,谈一谈《康复时代》系列作品以及乌龙镇小说创作,对我来说是一件很快乐的事儿。

一

忘记是哪一年了,我看过这样一份统计数据,全国有心理疾病的患者已经达到了1.8亿人。我以为自己早就是一个想象力格外发达的人了,但现实生活的残酷和不堪还是出乎了我的意料。我不知道这个社会怎么了,在它看上去一派繁荣昌盛的大好局面下,到底隐藏了一些怎样灰色的真相?我们从一个"国民经济到了崩溃边缘"的时代里走出来,经过数十年的高速发展,不仅成功地融入世界秩序,还成了这个世界的第二大经济体;对于我们每个人来说,不但再也不用担心挨饿受冻,而且大多数人都住进了高楼,开上了汽车,没事的时候还可以迈出国门溜达一圈,这样的"盛世"又岂是我们那些备受苦难的先辈想得到的?但不知怎么回事,突然之间,我们这个欣欣向荣的社会却又被那么多遭受精神痛苦的患者充满了,我宁愿相信是那个做这项统计的人马虎大意搞错了数据,而那些经受不住心理病痛折磨而从高楼上往下跳的身影,都是我在真假不明的状态中产生的可怕幻觉。

我一向认为,写作者和他所面对的世界是一种对立的关系,他天生带着啄木鸟的目光打量出现在面前的树木和森林,即使一再受到赞誉的时代在写作者笔下也是伤痕累累的,鲁迅那句"揭出病苦,引起疗救的注意"虽是不为人所喜的老话,却是写作者必须秉承的至圣法则。于是乎,对病态社会中的病态人给予足够的人文关怀,便成了写作者在这个时代里的当务之急。如何让人们走出病痛的泥淖,以健康的状态享受经济发展的美好成果,也就成为我这个渺小写作者的历史使命。

就是在这样的背景下,这几部被命名为《康复时代》的作品便来到了我笔下,代表了我那个时期的写作方向。

二

　　《疾病传说》是在我的长篇小说写作进入得心应手的状态中完成的,写作得非常顺利,我想这得益于《巫女阿诗玛》《盲瞽预言记》《天河——重述牛郎织女》等长篇小说的历练,我由一个中短篇小说的写手转入长篇小说的创作,经过了好长一段时间的摸索和痛苦转型,终于找到了长篇小说的写作路径。我是一个注重而且依赖叙事的作家,一旦找到了恰当的叙述基调,就像一辆性能上佳的车辆,只要发动起来,要想让它中途停下也是十分困难的,我时常感到,笔下的句子就像滔滔河水一样涌流不止,能够让我充分享受一种被裹挟被淹没的感觉,而且我也固执地以为,只有体验到了这种美好的感觉,写出来的文字才拥有神性,才能让作品具备纯粹和超拔的能力。《疾病传说》大体就是在这种状态下写出来的。

　　这是一本关于信仰的书,或者更完整一些说,是一部有关信仰和背叛的作品,以中国革命和建设时期为背景,描写人们在这几段历史进程中的遭遇、坚守、迷惘、妥协和抗争。故事中的几个主人公(曾经的革命者、警察、风尘女的女儿和失业工人)先后背叛了自己的信仰,而走到自己人生的反(背)面。这当然也是一种选择的结果,而且是一种更加顺应时代的选择,并不是主人公们凭着一己的意志就能左右的,纵观整个20世纪的社会变迁,身在其中的人们如果不发生人生道路的转折几乎是不可能的,所以主人公们对曾经坚守的信仰选择背叛也是顺理成章的。我无意指责人们坚守或背叛初心的选择之举,只是意在告诉读者,失去或背叛信仰并不是一件简单的事,而是伴随着炼狱般的挣扎和拷问的,我不过是把这种挣扎和拷问的过程用文字呈现出来罢了。

　　这部长篇写完之后,很快就以《饕餮综合征》为题在《百花洲》杂志上发表了,而且编辑部使用了"致敬文学大师之作"这样的词句作为推介语,看得出他们对这部作品还是相当看重的。与此同时,由于这部书涉及"革命"的话题,曾经成为《伊甸园》四部曲的组成部分。但它的确又是一部关于疾病的书,所以放到《康复时代》当中来也是非常恰当的。另外我还要声明一下,现在这部《疾病传说》是我刚刚修竣的第三人称版,与大家先前看到的第一人称版不是一回事……

三

  其实,《忧郁时刻》最初不过是一部中篇小说的残片,仅仅写了一两万字的篇幅,就被我丢弃在了一边。不知道经过了多少年,我在旧文稿中翻出了这个开头,觉得还有些意思,正好那段时间没有新的作品可写,于是就按照这个开头边构思边写下去……到这里,我的意思差不多已经表达出来了,没错,现在这部《忧郁时刻》在写作前并没有一个完整的构想,而是我有意对自己的写作进行一下新的尝试或练习,也就是一边写作一边构思的产物。这对我当然是一个不小的考验,因为要让后面的情节源源不断地生发出来,而又不能违背前面故事的逻辑关系。这让我体验了一把即兴写作的瘾……

  具体说来,《忧郁时刻》写的并不是一个有关"忧郁症"的故事,而是一个关于"历险"的过程(这与我写作时的状态十分相似):主人公们为了揭开笼罩在自己和身边人身上的谜团,不得不去遥远的乌龙镇去探一次险,因为事情的真相与那个似有若无的村庄相关……当然,读者也可以把主人公在这部作品中的所有行为都视为一次历险,为了自身的利益,他们使用无所不用其极的手段对待他人和社会,这样的人生行为如果不是历险的话还有什么算得上呢?但这些几乎不为他人所知晓的可耻行为一旦从他们自己的口中说出,却无形中又给我们增加了几分理解和原谅的成分,回顾我们自己的人生,难道不能从他们身上找到自己奋斗历险的影子吗?

  如此看来,这部作品中的"忧郁症"几乎成了一个解说主人公行为的由头,正像我认定"魔幻现实"并不仅是发生在美洲大陆上的现实状况而已经变成一种创作方法一样,"忧郁症"在这部作品中的意义同样不仅仅是疾病类型而也成了一种创作方法。正是凭着这个方法,作品在不断建构的同时,又在不断地解构,事情刚刚呈现一种看似真实的状态,却很快又被另外一种完全不同的情况打破,正应了那句颇含哲理的俗语,公说公有理,婆说婆有理,真相到底在哪里?我们似乎永远不知道,或者干脆说,真相好像根本就不存在……《忧郁时刻》是我摆脱现实的羁绊后写作最为自由畅快的一部作品,在此之前,我一直处在戴着镣铐跳舞的写作状态中,对于类似天马行空的写作方式只是视为遥不可及的理想,但在写作这部作品的时候,我却真的体验到了……

  这部长篇小说较《疾病传说》完成早一年,在《百花洲》杂志以《大声

呼喊》为题发表时却又晚了一年多。百花洲文艺出版社曾经打算推出我以"疾病"为主题的几部长篇小说,但由于领导层和编辑人员的更迭,最终这个计划没有实现,成了我一件不小的憾事。

四

不能不说,写作《诊断报告》这部长篇的念头一来到我的笔下,就呈现出一种较为宏大的结构样式。那些日子里,趁着写作《伊甸园》四部曲的余风,我决定还要对我们经历的这一百年左右的历史变迁进一步书写。有一个时期,我曾经明确地告诉自己,由于轰轰烈烈的革命运动对中国现当代历史的影响过于深远,现在我们所经历的改革开放时期也不过是这场革命的组成部分,我曾经用一个形象的说法"革命的余音缭绕"来形容(类似于"后革命时代"的提法),也就是说,这部紧接着《伊甸园》四部曲而写作的《诊断报告》,也是这种观念的产物。

基于上述的想法,《诊断报告》一出现就牵扯到了历史上重要的问题"革命"和"信仰",以及我们所处的这个时代同样重要的问题"资本"和"寻根"。这些曾经支配社会走向而在今天依然起决定作用的问题,其所生发出来的生活影像,竟然很好地成为中国近代以来历史的一个缩影。这是我最感兴趣的切入点,更为关键的是,我在故事中植入了一个有关强迫症的"抓手",用它即能轻而易举地将上述问题提溜起来。大约与这些设想和构思相关吧,这部作品 2015 年被山东省作家协会列为重点扶持项目。但接下来的问题是,怎样让以上观念和构想变成鲜活的故事与情节,怎样以栩栩如生的人物形象打动口味越来越高的读者,对我来说依旧是一个不小的考验,所以在具体的写作当中不能不下一番功夫。与上两部作品有些不同的是,《诊断报告》是以讲故事为主的,而且不断地变换人称,以保持作品的鲜活程度。与此同时,作品中融入了大量民间传说,以及故事发生地特有的神秘因素,以增加作品的叙事魅力。当然,这方面的努力是一直贯穿了整个"乌龙镇"题材小说创作的,不论是中短篇小说,还是长篇小说,我都把有关中国(东方)的神秘文化作为作品的组成部分,只不过在《诊断报告》中体现得更为明显罢了。

让我有些把握不定的是,这部作品现在呈现出来的叙述样式,可能只是这部长篇小说具有的众多叙述样式中的一种,我的意思是说,目前的样子未必就是一种最佳的选择。像每一部作品一样,作家一旦选择了其中一种叙述样式,就意味着对其他许多样式的舍弃,对于中短篇小说,你还可以多写几遍,我就做过这方面的尝试,对于同一个题材写出好几个不同的版本,而对于长篇小说这种动辄数十万篇幅的作品,是很难做到这一点的。具体到《诊断报告》这部作品,当我写完最后一个字时,我觉得还有许多没有呈现出来的艺术方式,如果换一个时间或者换一种状态来创作这部作品的话,可能是一副完全不同的样子也未可知。

<h1 style="text-align:center">五</h1>

与写作《忧郁时刻》的情况有些类似,《中毒反应》也是一个早就写过若干残片的题材。因为这部小说来源于现实生活中的真实案例,在大约三十年前,我刚从事文学创作的时候,就写过至少两个不成样子的作品,好像都是中篇小说的篇幅(那时候还不具备创作长篇小说的能力),现在看来,仅仅是一种作品雏形,根本没有达到成为正式作品的标准,所以就不知丢到什么地方去了。但这个题材却没有从我脑海里消失,数十年来一直在我眼前若隐若现,就像一个不肯离去的友人,随时做着前来拜访的准备。

我的创作习惯与其他人有所不同,在一年当中的大多数时间(一般为十个月)中,我都找不到恰当的写作状态,而只能把这段时间用于阅读,所以这些年来,我一直把阅读经典文学作品(尤其是外国现当代文学)作为比写作还重要的任务来完成。正是在这个过程中,我的文学视野不断开阔,各种文学思潮和文学流派都能为我所熟知,各个代表性作家和他们的作品也都能为我所读到,不仅成为我营养丰富的文学食粮,而且为我处理自己的创作题材提供了奇异巧妙的念头和灵感。正是在这种情况下,那位隐藏了如此之久的"朋友"终于现出身来,朝我发出了亲切迷人的微笑……几乎一刹那,我就知道该怎么写作这部作品了,2019年夏天,我终于把这位"朋友"请到了我书房里来。

与其他作品有所不同,《中毒反应》第一次让我跨越了现实与幻想的界线。在此之前,我是严格恪守这条线的,最多也就让一只脚跨过去,而且不做过多停留,就适时把脚收回来。这是我一直秉持的写作原则,以免真的"走火入魔",堕入所谓"幻想文学"的泥潭。而在这部《中毒反应》中,我却把两只脚都伸到了那条线彼端,将处于虚幻世界中的神灵角色融入故事中，让它们大篇幅地参与了情节的走向，对民间文学的化解和借鉴可谓走到了一个较为深入的地步。回头检视这部作品，正是由于这样的写作方式，让《中毒反应》在保持现实烟火气的基础上，增加了许多奇异和诗意的成分，从而让这个十分沉重的题材有了较为轻盈的写作风格，无形中形成了一种叙事张力。

不妨告诉大家，当初构思这部作品的时候，我曾经对如何处理老枪和二女这对形象产生过犹豫，即可不可以把老枪设计为正面人物，而二女则相反，老枪因为忍受不了二女的堕落而发疯，而把她杀死？那就与现在的人物设计正好反过来。但最终的结果却是，我依旧延续了现在的思路，不知道这种选择是否更好一些？另外，这也是一部特别注重叙述基调的作品，尤其是外篇《毒蘑菇》，为了较为准确地呈现一个精神病患者的疯言狂语，我尽量用一气呵成的方式讲述，每节数万字的篇幅不分段落，把不同场景交织在一起，形成一种彼此渗透交缠的混乱情状。这肯定给读者增加了不少阅读难度，但我一向认为，没有阅读难度的作品不是好作品。这当然不是说《中毒反应》就是好作品，不过是希望读者能像我写作时体验到的那样，享受一种被文字裹挟的狂欢化效果……没错，和写作《忧郁时刻》时的状态差不多，这部《中毒反应》也在很大程度上体现了我对狂欢化叙事的追求……

六

进入中年以后，我在轻慢了19世纪的文学状况很长一段时间的情况下，最终还是喜欢上了陀思妥耶夫斯基、左拉、狄更斯等现实主义作家，并为没有真正错过上几个世纪的文学大师而庆幸，看来该补的课无论如何是越不过去的。这几位与巴尔扎克和托尔斯泰齐名的大家对社会历史与人性世态的解剖及批判，对现实社会正面硬碰硬的书写方式，其力度、广度、深度和精细程度都达到了前所未有的高度。

但又不能不说，现实主义作家的这种写作方法要经历比其他流派作家更为强烈的写作难度，这其实还不是最为关键的，真正的问题是，文学创作是否必须这样面对现实？这竟然让我在敬佩他们的同时产生了危险的疑问。回顾文学发展史，我们不能不看到，文学自从产生那天起，在以拉伯雷、塞万提斯等文学大师以及《一千零一夜》等文学经典的引领下，文学（这里指的是小说创作)一直是与现实保持一定距离的,所以呈现在文本上便是表现、模仿、戏谑和嘲讽的风格为特点,在写作上表现为一种狂欢化游戏性的状态,没错,我要在这里更进一步强调"游戏性"这一说法,我越来越固执地以为,艺术从本质上说就是游戏,体现在小说创作上就是文学性(魔法性)。进入 20 世纪,文学在摆脱了现实主义的影响之后,义无反顾地进入现代和后现代主义的创作领域,以卡夫卡、乔伊斯、福克纳、马尔克斯等为代表的现代作家创造出了诸如表现主义、意识流、新小说、荒诞派、黑色幽默、魔幻现实主义等文学流派,我觉得其实是绕过了 18、19 世纪的现实主义思潮,重新回到以拉伯雷和塞万提斯为代表的文学源头,接续了断裂已久的文学发展历史……正是在这种疯狂而又危险的思想推动下,我进行了有关"乌龙镇"题材长篇小说的创作……

与此同时,我从来没有放弃对文学之外的一些学科,诸如社会学、人类学、心理学、民俗学、语言学等的关注和学习,在很大程度上受到了弗洛伊德的精神分析学说、荣格的集体无意识学说、弗莱的神话原型理论等学说的影响,并不断将它们应用到具体的文本写作中……

可话又说回来,由于我们受到现实主义创作方法的影响太过深远,尽管我有了上面的创作理念和写作尝试,却不能在实践中完全摆脱现实主义的制约和束缚,何况中国并不太具备现代艺术产生的环境,20 世纪 80 年代的先锋文学已经成为历史,所以我们只能在一个有限、局促、逼仄、狭小的空间中做一下尝试而已……这当然是一个尴尬的写法状况,却是我们不得不面对的现实……

尽管如此,我还是不能放弃这样一条创作原则:写作者在面对写作对象的时候,不可顺从现实世界所提供的逻辑,不仅不顺从,反而要抗争,要推翻,要打碎,要重建,要再造,是的,写作者的任务就是创造,创造一个只顺从他的美学逻辑的艺术世界,建立一个与现实迥然不同的梦幻之境。在这个与现实平行的国度里,写作者就是无所不能的上帝,"要有光,就有了光",也只有在这个时候,卑微的写作者才能获得在现实世界里没有的强大和尊贵。

七

我从 20 世纪 90 年代开始文学创作,从那时起,一个叫作"乌龙镇"

（还有相伴而生的"莫邪山""鱼人河"等地理坐标）的文学发生地就悄悄被我建立起来。数十年来，我在很大程度上是生活在乌龙镇世界中的，从根本意义上说，乌龙镇已经超出了我的生活故乡，而成为我生命的出发点和目的地，如果说它是我的文学王国有大言不惭嫌疑的话，我可以用我们当地的一句话来表示，那就是"一亩三分地"。没错，乌龙镇便是我文学的一亩三分地。

相对于中国乃至整个世界来说，乌龙镇肯定是狭小的，偏远的，闭塞的，但它在我笔端引发的风暴，它在我眼前绘出的风景，却又是那么气象万千，那么丰富多彩，那么广阔辽远，那么深邃博大，对我这个渺小的写作者而言，乌龙镇就是宇宙的中心，现实世界中所具有的任何颜色、气味和声音它一样都不少，所发生的一切悲欢离合和生死离别都在它的舞台上轰轰烈烈地演出，所存在的全部不可言说的秘密和缠绵悱恻的风情都或隐或现地在它的人们中间。只要我来到乌龙镇的街道上，一和那些生活悲苦、命运多舛而又善良卑微的父老乡亲们搭上话，写作的冲动就会来到我身上，一个文学梦游症患者难以治愈的旧病就会复发，文学之神就会像魔鬼一样控制我的行为。写作是痛楚的，就像生孩子阵痛一样苦不堪言，但写作又是幸福的，就像孕育新生命一般让人沉醉其间。就是在这样的状态下，我把属于自己的精神原乡一点点构建出来，以表达对那个作为梦幻世界源头的真实世界的看法和态度。大概是60后作家的本性使然吧，我喜欢关注那些对我来说八竿子打不着的事情，对所谓的风云变幻有着浓厚的兴趣，并给这种写作行为施加上诸如"宽阔""纵深"等一类的词，至于讲述的方式除了掏心掏肺之外，我还告诫自己要尽力弄得"神秘"和"陌生"，纵情品尝"游戏"写作的滋味，至于到底是现实主义、现代主义或其他什么主义的创作风格，那就不是我这个单纯的写作者所能关心的了。

感谢中国海洋大学出版社，感谢我的责任编辑孙宇菲女士。在我若干作品的出版过程中，孙宇菲女士都以严肃认真的态度一丝不苟地给予批评和指正，让我这个自以为严谨的写作者发现了许多疏漏和缺陷。正是由于她的辛勤付出，我这些不太成熟的作品才得以顺利和读者见面。

康复时代

诊断报告

王涛 著

中国海洋大学出版社

·青岛·

图书在版编目（CIP）数据

诊断报告 / 王涛著 . -- 青岛：中国海洋大学出版
社，2025. 1. --（康复时代：四部曲）. -- ISBN 978
-7-5670-4003-8

Ⅰ. I247.5

中国国家版本馆 CIP 数据核字第 20241J2D55 号

KANGFU SHIDAI·ZHENDUAN BAOGAO

康复时代·诊断报告

出版发行	中国海洋大学出版社		
社　　址	青岛市香港东路 23 号	**邮政编码**	266071
出 版 人	刘文菁		
网　　址	http://pub.ouc.edu.cn		
电子信箱	1193406329@qq.com		
订购电话	0532-82032573（传真）		
责任编辑	孙宇菲	**电　　话**	0532-85902349
印　　制	青岛国彩印刷股份有限公司		
版　　次	2025 年 1 月第 1 版		
印　　次	2025 年 1 月第 1 次印刷		
成品尺寸	160 mm×230 mm		
印　　张	89		
字　　数	1364 千		
定　　价	258.00 元（全四册）		

发现印装质量问题，请致电 0532-58700166，由印刷厂负责调换。

目录
Contents

第一章

一

女患者说：

我是在二十岁那一年发现我有问题的。那年我高中毕业高考，以不算理想的成绩被一所普通的专科学校录取。听到这个消息时，我还是非常高兴的，三年的苦读实在不堪忍受，尽管我的理想曾经也十分远大，但还是不得不面对现实，决定按照录取通知书上的召唤去那所学校报到。在那个为苦乐所交织的炎热暑期里，我们一帮接到了录取通知书的学生突发奇想，打算和我们的高中老师具体说是高三班的班主任吃一顿饭，算是"郑重"地道一下别吧。

我们宴请的这位班主任姓唐，男性，年龄在四十岁上下。说到这里，你大概已经猜到了宴请这位老师的学生差不多都是女孩子，女孩子喜欢男老师或者说男老师受到女孩子的追捧是再自然不过的了，你肯定不难理解这件事吧？受到我们追捧的这位唐老师不仅课教得好，对我们一帮女孩子十分关照，主要还是他的长相非常出色，用现在的流行说法就是标准的"型男"，一想到在以后的日子里很难再看到他了，我们的心里就空落落的，请他吃一顿饭就成了我们这帮女孩子的共同心声。不知道是有意还是无意，在那天的饭局上，我是挨着唐老师就座的，因为我是一个左撇子，在吃饭时我们拿筷子的两只手经常碰在一起，每到这个时候，我们就会斜过脸去，朝对方不好意思地笑笑。大约是喝了一点点酒的缘故，唐老师的面色有些发红，有一瞬间，我脑子里甚至莫名其妙地出现了一朵含苞待放的玫瑰花的影子。我竟然在一个男性老师脸上看到了玫瑰花的形象，不能不让我感觉得荒唐，一时也意识到这恐怕也与自己的醉酒有关，赶紧晃晃脖子，让有些朦胧的头脑清醒下来。不管怎么说，这时候的唐老师"姹紫嫣红"的形象

1

是我在平时的课堂上从来没有看到过的，那一刻，我尽管一遍遍地叮嘱自己不要失态，但还是从内心深处受到了深深的震撼。事情也许就是在这种情况下发生了。

其实等我反应过来时，我已经躺在了地下，身上沾满了从碗盘里溅出来的汤水。我躺在几位女同学的脚下，仰着头，呆呆地向上看着，当然，我的目光并没有落在其他同学身上，而只是专注地打量一个人，那个人除了是我的唐老师外还能是谁呢？这个时刻，我似乎并不知道到底发生了什么事儿，我为什么躺在了地下？而且身上沾满了汤水？我身边的同学们为什么都站了起来？正用不知所措的目光看着我？而我专注打量的唐老师自然也站了起来，在朝我伸了一下手后，又急快地缩回去，同时把目光从我身上移开，用艰涩的口气对他身边的同学说，你们把她扶起来吧，对不起，我……我先走了。他朝我们深鞠了一躬，便掉转身子，急急地往门外走去。我的同学们想要喊住他，但张了张嘴，又没有喊出来，怔怔地看着他走出了门，便掉回目光，又急急地朝我看来。怎么回事？我坐起身，莫名其妙而又急不可待地问他们，我怎么躺在了地下？唐老师为什么走了？到底发生了什么事儿？

后来，我才从同学们口中得知，原来在那个不为我所记忆的特殊时刻里，我放下了手中的筷子，把一直运用自如的左手腾出来，在空中抓挠了两下，便直朝我身边的唐老师伸去。如果我的手仅仅落在唐老师的衣服上，就算真的落在他的身上，只要是不那么重要的部位，比如手臂、肩膀之类的地方，问题也便不会多么大，起码不会造成现在不堪收拾的局面，可事实并不是这样，我那只该死的左手绕过了唐老师的手臂和肩膀，居然落在了他如花似玉的脸上，而且还捏住了脸上的皮肉，轻轻搓弄了一下。我的同学告诉我，在那个惊世骇俗的时刻里，我那帮同学们一个个都目瞪口呆地看着我，看着我的手在唐老师的脸上像一只贪婪的虫子一般蠕动。我的唐老师自然也没有想到会有这种事情发生，所以在最初的时刻里，他也忘记了做出恰当的反应，我的一个同学甚至观察到，他竟然闭了一下眼，神情中透出了一丝丝沉醉如眠的样态。但随即，我的唐老师便意识到了问题的严重，不仅把脸往后仰了一下，以尽快远离我那只手，而且让身子猛地站了起来，以这个较为激烈的动作宣告对我冒犯他的抗拒。为了继续向他那些众目睽睽的学生们表示自己义正词严的态度，他在低吼了一句"你干什么"

之后，又抬起手来，使劲拨开了我那只毒蛇一般的手。如果事情到这里就结束了，我也便不会在接下来的时间里倒在地下，也就不会在同学们中间丢那么大的脸，但不可思议的是，我的手刚被唐老师拨开，又不甘心地绕回来，继续向他已经远离的脸上伸去。唐老师再也无退路好走了，不得不也伸出他的手，使劲朝我身上推了一下，他的意图是将我尽量远地推离他的身边，并没有让我倒在地下的意思，但他做出的反应太过激烈了，用出的力气也就显得特别大，以至于让我的身子摇晃了两下，便离开座位，直朝地下倒去，身子做出的大幅度动作不仅打翻了离我最近的两三只碗盘，而且使我自己牢牢地躺到了地下，碗盘里溅出的汤水直接沾满了我的身子。

对于同学们叙说的这个令我倍感难堪的场景，我竟然一点儿记忆也没有，也就是说，听了同学们的叙说，我依旧记不起这件事发生的经过，我搜肠刮肚绞尽脑汁，还是想不起我招惹唐老师的任何蛛丝马迹。在很长一段时间里，我都以为同学们是在故意捉弄我，就算退一万步说，如果那件事真的发生过，也一定是发生在别的与我无关的什么人身上，而绝不是我这个当事人做出来的，因为在过去的日子里，我一直是一个规规矩矩的小女生，不要说对至高无上的唐老师，就是对那些向我抛媚眼的男同学，也从来没有产生过非分之想，更没有做出过任何越轨的举动，怎么会当着那么多同学的面去抚摸唐老师的脸呢？这件事发生了以后，尽管我不觉得我和唐老师之间有什么见不得人的事儿，却没有再和他见过面，不知道是他不愿意再见我，还是我没有勇气面对他，毕竟一些难听的流言已经在同学们甚至我的熟人中间传开，给我们两个人都造成了不少的麻烦。我吃不准事情的真相到底是什么，有时候还会感到委屈，好像那个传说真的与我无关似的。直到很久以后，我在另一个和我的唐老师差不了多少的男人身上做出了同样的动作，我才惊讶而痛心地知道，那个被大多数人看了笑话同时给我带来了坏名声的动作，的确是我无意间做出来的。

这一次受到我冒犯的是我母亲的男朋友……噢，关于我家庭中的一些事，我还是暂时不要向你说了吧？总之，那天在我家饭桌上出现的荒唐行为与不久前酒宴上发生的那件事并没有本质的差别，而且结果都是我倒在了地下，碗盘里的汤水也同样沾满了我的身子，不同的只是我不是让那个被我冒犯的男人推倒在地的，而是被我身边的一个看客打倒在了地下，当然，这个对我的奇怪举动实在看不下去而出手阻止的人是我的母亲……由于我依然没有明确意识到自己被打的缘由,当我从地下爬起来时,我一边揉搓着自己胀疼的脸腮,一边困惑不已地问我的母亲,你为什么要打我?母亲当时没有理会我,而是极力安慰显得有些尴尬的男朋友,只是时不时地斜过眼,恶狠狠地瞪我一下。男朋友离去后,母亲才把身子转向我,同时毫不客气地抓住我的左手,把手掌摊开来,用一双还沾着汤水的筷子使劲抽打了几下,你这个小妮人,竟然和老娘争起男人来了。很快,我左手的掌面上就爆起了几条红艳艳的血痕。我还倍感冤枉地朝她叫喊,为什么这样打我?我到底犯了什么错?母亲丢开我的手,一边指着我布满青筋的额头,一边气喘吁吁地告诉我,你当着我的面,竟然把你的手放到我男朋友的脸上去……听了她的叙说,我一下子便想到了同学们对我说的话,那天酒宴上出现的场景也便又一次出现在我脑海里。我似乎终于明白了是怎么回事,虽然我一度怀疑同学们在毁坏我的名声,但我绝不会相信母亲在向自己的女儿头上扣屎盆子,看来一切的根由都是我这只该死的手了。我一边这样想一边再次展开我伤痕累累的左手,几乎是一霎间,我便明白我的问题到底是出在哪里了。

在以后的好多年时间内,我都一而再再而三地重复犯下这个让我狼狈不堪的错误,由于这件事的影响,我在生活里几乎等同于一个不知廉耻的女人,以至于我无论走到哪里,都会成为人们茶余饭后的谈资,到今年为止,我已经在这个世界上生活了三十六个年头,却一直没有被某一个男人所钟情,所接受……如果我真的是一个不要脸的女人,得到这样的结局也是罪有应得,也没有什么好抱怨的,但问题是,我自认为我是一个极其纯洁的小女人,从来没有对男人产生过什么不洁的念头……当然,我是渴望得到男人的,一个懂得七情六欲的女人又怎么可能不希望得到男人的爱呢?让我倍感委屈也让我困惑不解的是,我对男人,具体说是较有姿色的中年男人的冒犯动作,都是在我不自觉的状态下无意间做出来的,并不是我存心要那么做……后来我才从别人那里听说,有一种病叫"强迫症",那么请问医生我这种行为是强迫症的表现吗?有时我自己也能感觉到,当我向一个男人伸出左手的时候,就像真的有一个东西出现在我身上,在用它的蛮力控制我,我的左手不得不听从它的号令,身不由己地伸出去,直到把它落在一个男人的脸腮上……

说到这里,女患者禁不住又伸出她的左手,直朝面前的医生也就是我脸上伸来。当然，一直侧耳倾听着女患者陈述病情的我是有这类经验的，或者说是做着某种提防的，所以当女患者刚刚伸出她的左手时，我便及时做出了反应，身子往后一收，便掉开了我的脸腮。女患者的左手抓了个空，还试图跟着我的脸腮往前伸。这时我不失时机地举起右手，将女患者的左手抓住，同时不易察觉地伸出左手，把一个什么东西套在了她的左手腕上。说来奇怪，当那个东西套上去的时候，女患者的左手一下子停住了，在简单地颤抖了一下后，便往回收去。女患者把左手放到眼下，仔细看了一下，才明白自己的手腕被套上了一只橡胶圈，乍看上去，或许还以为是一只做工粗糙的手镯呢。这是什么？女患者不解地问道。

一只橡圈。我淡淡地回答她说。随后，便拿起一支笔，往病例本上写了几行字，同时一边写一边说，没错，你这种行为的确是典型的强迫症表现，我们先用橡圈厌恶疗法治疗一下，看看效果如何。

橡圈厌恶疗法？女患者垂下眼，再次打量自己左手腕上的橡圈，这才明白我已经对她开始了治疗，只是她还不太清楚，这种所谓的"橡圈厌恶疗法"是怎么回事。

二

回到家来，我要做的第一件事便是直奔卫生间，打开水龙头，开始仔细地洗手。我洗得很有耐心，不但大剂量地往手上涂抹洗手液，而且把每根手指头都逐一揉搓一遍。这是我一个雷打不动的习惯，自从从事医生这个职业起便不再有例外。作为一个卓有成就的强迫症研究专家，我却有些吃不准，自己的这个行为到底是出于卫生方面的考虑而保持的优秀习惯，还是一种典型强迫症的表现方式？这样一想，我便有些走神，以至于又在手上涂抹了一遍洗手液，手指头的每个地方都揉搓得泛出了红色，我才有些反应过来。我把两手从水龙头下收回，仰起身子，同时闭上眼睛，大口地喘息了一下。我有些恍惚地感到，自己刚才失去节制的洗手动作，如果放在一个陌生的患者身上，我一定会把这种表现诊断为强迫症的，但这个现象发生在自己身上，我却难以……我忽然打个激灵，像是从睡梦中苏醒过来，赶紧瞪大了眼睛。这一刻，我在极度的疲惫中确凿感到了一丝丝恐惧。

我坐到沙发里，刚刚从茶几上端起一杯冷水，还没有喝到嘴里，突然就意识到了什么，不禁掉转头，不安地往四周张望起来。除了自己之外，我没有在空荡的屋内看到其他的人影，也就是说，马丽红还没有回到家来。我抬起手腕看看表盘，没错，早就过了下班的时间，马丽红怎么没有回家？那么她到哪里去了？我没用怎么想，便顺手拿起手机，颤抖着手指拨打马丽红的号码。当拨到最后一个数字的时候，我的手指却慢慢停了下来。这样有些不好吧？我在心里问自己，刚刚过了这么一点点时间，就开始查马丽红的岗了，就算人家不在意什么，至少说明自己心里有了多余的想法吧？还记得因为这件事，马丽红曾经和我大闹过几回。如果你不放心我，马丽红甚至说出难听的气话来，那就不要再和我过了。我把手机放回茶几上，让空出来的两手抱住脸，再次把身子仰躺在沙发靠背上。

在接下来的时间内，我尽量不让自己想到马丽红，为此索性站起来，要去做一件什么事，以便转移一下注意力。我走进厨房，打算不等马丽红回来便开始做饭。但我在厨房里转了一圈，却没有找到用于做饭的食材，厨房里空荡荡的，实在让我无从下手。我又感到了不快，而且很快把这种不快转移到了马丽红身上，作为这个家庭的女主人，马丽红看来真的有些失职，不仅家务没有做好，而且下班了还不按时回家。我的眼睛禁不住又看向茶几上的手机，垂在身侧的两手也像是受到了一股力量的指引，试图再次拿起它来，把那个没有拨完的数字继续按出去。我知道要控制不住自己了，急忙在心里发一声喊，飞快地跑进卫生间，把头颅伸到水龙头下，让飞溅的流水浇在头上。我终于明白了，自己在这段时间内的行为肯定是强迫症的表现方式，也就是说，在这个时刻，或者说在这件事上，我的确是患上了强迫症……意识到这一点，我便在地板上坐下来，从衣袋内掏出一只橡胶圈，果断地套到左手腕上，然后右手的拇指和食指捏住橡圈，用力拉开来，当把它拉到一定程度时，再把手指松开，让橡圈急快而有力地弹回去。弹回的橡圈猛地击打在手腕上，引发了一阵短促而轻微的疼痛。我一边再次拉弹橡圈，一边在心里数着数，当数到三十次的时候，我发现左手腕上开始红肿，疼痛感也抵达了一个剧烈的程度，这才猛一下停住了手。他妈的。我使劲甩打着手腕，在心里咒骂了一声。我不知道是在骂自己，还是骂马丽红。

我渐渐平静下来，走出卫生间，重新坐回到客厅的沙发上。在这段时间内，我的注意力已经被手腕上的疼痛感吸引了，的确没有再想到马丽红的事儿，那部手机就放在膝盖边的茶几上，我却没有意识到它的存在，直到屋门一响,马丽红拎着两包蔬菜走进来,我才突然想起来,自己之所以用"橡圈厌恶法"给自己治疗,原来根源都在马丽红的身上。为了不使马丽红注意到自己手腕上的橡圈,当她走进厨房里时,我赶紧把它从手腕上摘下来,重新装回衣袋内,然后尾随到厨房门口,用忽然变得有些欣赏的目光看着马丽红洗菜做饭。幸亏没有打那个查岗的电话,我欣慰地对自己说,不然又要惹她向我发一回怒了。

你回来得那么早,马丽红不知道我脑子里想什么,却按着自己的心思埋怨我说,怎么不先做饭呢?什么都要依赖我,还让别人休息不休息了?

我没有回答她的话,只是吧嗒一下嘴,重新回到客厅里,在沙发上坐下来,埋头去喝那杯一直没有来得及喝的冷水。我知道,当马丽红开始找寻我身上的毛病时,我除了保持沉默以外,实在没有其他更好的选择。我把喝空的水杯放回茶几上,眯起眼睛,打算小歇一会儿。但我很快便睡着了,而且还做了一个莫名其妙的梦,看见一个类似马丽红的女人从远处走来,伸出一只手,在我脸上轻轻抚摸了一下。我醒来了,看见马丽红站在我身边,的确在用一只手推我的脸。哎,吃饭了。马丽红说。在跟着她朝厨房里走的时候,我又想到了那个摸自己脸的女人,而且断定那个女人不是马丽红,因为马丽红在我脸上用的动作是"推",而那个女人做出的却是"摸",更重要的是,马丽红伸出的是她惯常使用的右手,而那个女人却用的是左手,没错,我记得很清楚,那的确是一只软绵绵的左手。

在餐桌前吃饭的过程里,我发现,马丽红一直在不加掩饰地盯着我看,由于神情过于专注,有一度甚至停止了咀嚼,好像我身上有什么可疑的地方似的。我当然不知道她看我什么,起初没有当回事儿,后来见她的目光越来越肆无忌惮,心里不禁也有些发毛,真的以为身上有什么地方不对劲儿,不禁放下碗筷,低头往自己身上打量。见我果真不安起来,马丽红倒止不住微笑了一下,把目光从我身上收回去,开始一门心思地吃饭。这个熊娘们。我像是受到了捉弄,在心里气愤地骂了一句。我的情绪有些坏,饭也吃得没有滋味了。好像执意要回敬或者报复她一下似的,我也瞪大了眼睛,不管不顾地朝她身上打量。不管怎么说,你都在外面耽搁了那么多的时间,我在心里嘟囔着说,虽然你有买菜的理由,但除此之外,谁又知道你还干了其他什么事呢?这样一想,我原本存在心里的疑问再次浮上来,在她身上打量或者找寻破绽的目光也越发赤裸了。我本来打算一路刨根问底下去，但遗留在左手腕上的一点点疼痛还是及时提醒了我，意识到这样一味和马丽红较劲儿，其实是极其无聊的一件事儿。我甩了甩手腕，重新拿起碗筷，继续像她那样一门心思地吃饭。

但就在这时，马丽红却放下碗筷，把脸朝我面前凑过来，像狗一样翕动了几下鼻子，用严肃的口气质问我说，你身上的脂粉味儿还没有褪去？看来你和你那些女患者又近距离接触了。

脂粉味儿？我吃了一惊，没想到马丽红会和我说到这个话题，一时有些转不过弯儿来，竟随着她的口气问道，我身上真有什么脂粉味儿吗？

当然了，马丽红继续像狗一样抽动鼻子，我在菜里放了那么多油，还是遮不住那股难闻的味儿。说着，她还抬起一只手，像蒲扇一样在鼻子前扇了几下。

我垂垂头，也准备像她一样闻一下自己，但我还没有把这个动作做完，就恍悟到或许是受到了她的蒙骗，什么脂粉味儿，说不定都是她编造出来的呢，便在鼻子里哼了一声，用还以颜色的口气说，你还是先告诉我吧，你衣服上的烟灰是从哪里来的？是不是你与你那些男客户挨得太近了？

什么？烟灰？马丽红也有些愣怔，想低下头往衣服上看，但她以比我更快的速度回过神来，把手里的筷子往餐桌上一拍，板起脸来吼道，姓莫的，我就知道你狗嘴里吐不出象牙来。说完，便推开碗盘，悠荡着肥厚的屁股往客厅里走去，坐到沙发上看电视去了。

我一个人留在餐桌上，也便没有心思再吃下去，草草收拾了一下碗筷，也回到客厅里来。为了不至于因为抢台而再次招惹她，我规规矩矩地坐在沙发里，陪她看了一会儿韩国言情剧，实在觉得无聊透顶，便打算离开客厅，回自己的卧室去。是的，我和马丽红各自拥有一间卧室，也就是说，我们是分开来睡觉的，但这与惯常意义上的"分居"还不是一回事儿，分居或许意味着真的是各睡各的，如果不加解释的话，那就说明两个人的夫妻关系真的要走到头了，而我们这两个分开睡的人远没有到达那个地步，虽然我们在两间屋里睡觉，但彼此都不锁门，这也就是说，不定什么时候，其中的一个人就会穿过那道虚掩着的门，进到另一个人的屋内，爬上床去，和那个人搂抱着睡觉了。但不管怎么说，这样分开睡觉毕竟不是多么正常的一件事儿，如果任其发展下去，我们会不会走到真的分居那一步呢？我自然是一点把握也没有的。本来我是打算今天夜里与马丽红一起睡的，不管是我邀请她上我的床，还是我闯到她床上去，反正是不想一个人继续睡的，可没想到，我们在餐桌上闹了一场小风波，看马丽红一直冷着她的一张俏脸，我便觉得今晚的一起同睡怕是要泡汤，也就不做什么不切实际的幻想了。

但我还没有离开沙发，放在茶几上的手机却响起来。我拿起手机一看，屏幕上显示的是一个陌生号码，便没有立刻接听的欲望，直到它响到了最后一串铃声，我才懒洋洋地按下了接听键。喂，你是莫医生吧？听筒里的声音问道。在询问对方是谁的时候，我眼角的余光看见马丽红的眼睛从电视上斜过来，同时侧起耳朵，开始倾听我这边的动静。如果我没有猜错的话，马丽红一定听到了话筒里传出的是个甜腻腻的女声。

我是，我一边答应着一边站起来，想要走到一边去，请问你是哪位？其实我的这个动作完全是无意间做出的，目的是躲避电视里声音的干扰。

哪里去？马丽红却不失时机地喊住了我，不会有什么鬼吧？

马丽红这样一说，我便无法再朝一边走了，只好停下来，忍受着电视里传出的哭叫声接听电话。

我是张多娜呀。电话里的声音继续说。

张……？我看了马丽红一眼，想不起这个叫张多娜的女人是谁。

我是你的病人，那个声音向我解释说，今天上午还找你看过病呢，怎么你不记得我了？

经她一提醒，我似乎真的想起来，今天上午我的确接待过一个叫张多娜的女患者，只是让我感到不解的是，我并没有向她留下自己的联系方式，而且我没有这样的工作习惯，那么这个人是怎么得到我的电话号码的呢？我张张嘴，差点把这个问题问出来，但看到马丽红越来越近地朝我跟前凑，我又把这句话咽了回去。请问你找我有什么事吗？我用模棱两可的语气问她说。

还没等电话里的声音往下说，马丽红就已经来到了我面前，一边撇着嘴角一边用嘲讽的口气说，好呀，已经和女患者联系上了。说着，她又把脸朝我面前凑了凑，再次像狗一样翕动着鼻子说，怪不得你身上有那么浓烈的脂粉味儿，敢情都和女患者亲密接触了。

如果事情到这里，我可能还把马丽红对我的责难当作一种撒娇，是一个女人出于对丈夫的爱恋而对另一个女人表现出的敌意，目的是把自己的丈夫从那个危险的女人手里抢回来，尽管这一切仅仅是她一个人的幻想，而事实根本不是这么回事,但假若处理得恰当,比如我顺势把假装发火的马丽红搂到自己怀里,不由分说狂吻上一气,那么在接下来的时间内,我们互相搂抱着进到一间卧室内,爬上同一张床去睡觉都是极有可能发生的事儿,而这样的结局除了用"完美"两个字表示外,还能找到其他更好的词语吗?但事实却不是这样,正当我按着想象中的模式做出自己的反应时,马丽红却超出我预想地冲上来,不由分说把我手里的手机抢过去,使劲朝沙发的方向摔去。也许马丽红仅仅是想把手机扔到沙发上,但她一气之下失去了准确性,手机脱出她的手,朝着沙发的方向飞行了一下,便跌落下来,像一条死去的鱼落到了地板上,"咔嚓"一声摔碎了。

望着碎裂的手机,我和马丽红都惊呆了。他妈的。我在心里咒骂了一声。我心疼的不是我手机的碎裂,而是这个有可能美好的夜晚被气势汹汹的马丽红给糟蹋了。没有别的办法,随着夜晚的深入,我和马丽红只好回到各自的卧室,搂着各自的枕头去睡觉了。

可睡到半夜时,我却觉得怀抱里的枕头变成了一个实打实的人,而且从她对我做出的动作里判断,这还是一个十分凌厉的女人。搂抱着女人滑溜溜的身子,我不知道自己正在从梦中醒来,还是正在进入梦境中去。你是谁?我迷迷糊糊地问女人说。我是张多娜呀,女人回答我说,似乎还怕我不明白,又继续向我解释说,你的女病人,不记得我了吗?念叨着"张多娜"这个半真半假的名字,我急急地让自己睁开眼睛,想看清楚这个正在发动我欲望的女人到底是一个怎样的人。但我眨动了好几下眼,也没有看到女人的样子,我这才知道,此时正是深夜,如果不开灯,我是无法看见这个世界的真面目的。于是,我便把手伸出去,伸到床头桌上,摸索着寻找台灯的开关。但很快,我的手就被另一只手抓住了。不要开灯,女人把我的手拉回床上,开灯我就暴露了。说着,女人就把那只手放在了我胸脯上,上上下下地揉搓起来。我判断出这只手不是左手,而且她揉搓的部位也不是我的脸腮,便向她指出说,你不是张多娜。女人愣怔了一下,突然加大了动作的幅度,一下子就跨到我的身上来,让一张肥大而火热的身子把我整个罩在了下面。那你猜猜我是谁?女人气喘吁吁地说。我费了很大劲儿,才把一只手从她身下抽出来,同时也让自己的头脑清醒过来。不是梦境,我悄声告诉自己,此时的确有一个真实的女人正在主动和我做着男女之事。你是个坏女人,我一边用手指在她滑腻的身子上感受着她的存在,一边用亲热的口气朝她骂道,都到这时候了还在欺骗我。女人仗着黑夜的掩护,继续鼓着勇气捉弄我说,不要用这样的口气和你的女病人说话,小心我给你老婆打一个电话,举报你和一个叫张多娜的女人勾勾搭搭……

刚说到打电话的事儿,客厅里就响起了电话铃声,由于铃声响得过于突兀,加之我和女人都没有丝毫的准备,一时都被吓了一跳。女人神经质地抖动了一下,便从我身上滑落下去。怎么回事?我蒙头蒙脑地说,你真把电话打进来了?我越是这样说,女人越是紧张,贴在我身边颤抖了好一会儿,才突然醒悟似的说,一定是那个叫张多娜的人在找你了。

我没有回答她的话,待电话铃声消失了以后,我又把手伸出床外,摸索着找到台灯按钮,用力一按,台灯便射出了耀眼的光芒。女人也就是马丽红见藏不住了,一个翻身滚下床去,赤裸着身子就要朝外面跑。但没容她迈开步子,我就一把将她拽回床上来。马丽红把两手举到脸前,夸张地做着遮挡灯光的手势,以掩饰脸上的羞愧表情。我被张多娜举报了。马丽红闭上眼睛,神色沮丧地说。我还要向她说一句奚落的话,但还没有开口,外面的电话铃声又响起来。

不是找我的,我摊开两手说,我的手机已经被你摔碎了。

也不是找我的,马丽红用耍赖的口气说,我的手机早就关机了。

当然,电话铃声是从放在客厅里的座机上发出来的。我和马丽红本不想理会这个不知道找谁的电话,但铃声却响了一遍又一遍,好像没有人接听它就会一直响下去似的。

一定是张多娜打来的,马丽红忽然用严肃的口气说,为了让我相信她不是开玩笑,随即又加上一句,我是说也许真是这样。

我想回敬她一句"一定是某某打来的",而这个"某某"一定是马丽红的某个熟人,具体说是她的某个男客户,但话到嘴边了,我却又想不起一个具体的名字,便只好又把话咽了回去,是呀,马丽红怎么就知道了那个叫"张多娜"的女人的名字,而我却没有记住一个她的男客户呢?

你去接吧,马丽红满不在乎地鼓励我说,不能老让人家打个没完呀,说不定她真有大事找你呢。

我定定地往她脸上看,直到确定她开恶意玩笑的可能真的不是太大,才慢慢溜下床去,趿拉着鞋子往客厅里走去。我从放置在沙发角落里的小桌上拿起座机话筒,又掉头往卧室门口看了一眼,马丽红果然从里面探了一下头，看到我回头看她，便又急忙缩回去。但我知道，她并没有回到床上去，而是龟缩在门后面，只要我没有接完这个电话，她便会一直待在那个地方。

喂，你是谁？我小声地问道。

我是你爹。听筒里传出一个火辣辣的声音。

我被吓了一跳，由于马丽红的忽悠，我真的做好了倾听张多娜温柔声音的准备，却没想到电话里传出的是一个如此热辣的蛮音，实在是出乎了我的意料。我呆怔了一会儿，才总算明白过来，在话筒里说话的那个人并没有故意占我的便宜，而是真的在呈现一个客观的事实。噢，是爹呀，您怎么半夜三更地来电话……

我找你快多半夜了，父亲在电话里气呼呼地说，既打不通你的电话，也打不通你媳妇的电话……你说你们要手机有什么用？害得我打了一遍又一遍，把手指头都按疼了，也没有得到一个回音，我以为你们都死哪去了呢，这才想起你们家里还有一个座机……

我不想听他埋怨下去，便打断他的话说，爹，您这时候找我，到底有什么急事？

哎呀，我害怕呀，父亲在电话里忽然传出了哭声，我不知道该怎么办……

我的心开始提起来。爹，发生了什么事？

吊死了，父亲语无伦次地说，在咱家门口那棵歪脖榆树上吊死了……

我的身子也颤抖起来，禁不住把拿着听筒的手从耳边移开。我真疑心自己是在做梦，而且是一个恐怖的噩梦，或者说那个和我打电话的人并不是父亲，而是一个专门恐吓我的魔鬼。怎么回事？我鼓着勇气声嘶力竭地叫喊，到底是谁在我们家门口……出事了？

是李线长，电话里的声音说，是李线长那个倒霉的婆娘，在我们家门口的歪脖老榆树上……吊死了。

李线长……的婆娘？我在心里念叨着，家门口的歪脖老榆树？我在脑子里急快想了一下，没错，这两个听上去较为复杂的句子和他们所代表的存在物的确不让我感到陌生，也就是说，他们的确是自己老家乌龙镇所具有的物件，这也就标志着那个在电话里说到他们的人并不是什么梦中的魔鬼，而确凿是我的父亲了。我刚刚放心了些，但随即又想到那两样物件连在一起构成的关系,不禁又把心提了起来,怎么？李线长的婆娘在老榆树上吊死了？

是是,父亲连连用肯定的语气说,昨天夜里,我听到外面有一阵响动,从门缝里往外一看,老天,我看见咱家门外的歪脖老榆树上,吊着一个披头散发的女人……

我闭了一下眼,还没有做出更加恐怖的反应,就听得"咕咚"一声响,什么东西重重地倒在了地下。我随着声音斜过头,目光一下子落在卧室的门板上。我一下子明白了,是马丽红被电话里传出的声音吓得倒在了地下。我赶紧丢下电话,掉转身子朝卧室里冲去。

三

在回乌龙镇老家的路上,差不多走过一半路的时候,我的手机突然响起来。我没有减慢车速,便拿起手机,用眼角扫了一下屏幕上显示的号码,便按下了拒接键,因为那是一个陌生的号码,我没有必要在开车途中接听这个电话。但等我放下了手机,又觉得这个号码有些熟悉,我想了一下,便记起来,兴许这个电话是那个叫张多娜的女患者打来的。过了一会儿,我把车停在路边的一棵树下,重新拿起手机,拨通了远方的一个号码。我这个电话并不是打给张多娜的,而是打给马丽红的。早晨醒来的时候,马丽红的卧室里已空无一人,我还以为她在厨房里做饭呢,便探进头去看,可厨房里空无一人,只有几件冰凉的炊具面对着我。或许马丽红出去跑步了？如果真是这样的话,那她十有八九会把早餐买回来。于是,我便坐下来,等待着马丽红连同热气腾腾的早餐一起回家。但上班的时间快要到了,我也没有见到马丽红的影子,这才发现马丽红上班需穿的制服连同她外出必带的皮包都不见了,这才明白,原来在我还在床上睡觉的时候,马丽红已经起床走掉了。按说她没有必要离开得这么早,因为那个时候离上班时间还远着呢。我想不出她会有什么紧迫的事情急着去办,唯一的解释便是,她不愿意多待在我身边哪怕只是半个早晨。

电话接通了,或者说我自认为电话接通了,因为电话那端并没有传来马丽红的声音,但我却相信马丽红已经按下了接听键,她的不发声音只不过是故意做个高傲的姿态罢了,这样的情况早就出现过不止一次了,所以我不用等待她出声,便顾自向她说下去,而且连她在内心里做出的回应都

13

想象出来了。

喂,你在听我说话是吗?

(谁说我在听你说话?)

不用蒙我,我已经听见你的呼吸声了。

(能得你,好像你长了一只狗耳朵似的。)

我已经走到半道上了,但我觉得我不能不停下来给你打这个电话,不管怎么说,我都不能和你不辞而别,尽管我可能只在老家待上几天的时间,可我还是要提前和你打个招呼……

(你尽管在你老家待下去就是了,我才不管你什么时候回来呢,就算你待在那里不回来了,与我又有什么关系?)

怎么没有关系? 你一个人留在家里,晚上睡觉的时候难道不害怕吗? 我原本打算带你一起回乡下呢,可早晨起来一看,你却早就没有了影子,我只好一个人上路了。

(我才不会跟你到乡下去呢,那里又不是我的老家,再说,与其到那个地方丢人现眼,还不如让我得上强迫症呢。)

丢人现眼? 为什么这样说?

(为什么? 去问问你父亲就知道了,你这次回家不就是去看他的吗? 让他把那些见不得人的龌龊事都告诉你,也让你好好长点见识。)

你怎么这样说话? 你把我父亲看成什么人了?

(什么人你还不知道? 你是他的儿子,他做了什么腌臜事还能瞒得了你?)

不要再胡说八道了……我知道你误会了我父亲,我现在打这个电话就是要向你解释这一点的……

(还是什么都不要说了,不是有那么一句话吗,叫作越描越黑,你还是给你父亲留一张脸吧。)

你这个……好好,我不和你计较,我父亲到底是什么人,相信你总有一天会搞清楚的。我现在不和你说他的事了,还是先说一说李线长的婆娘吧,我知道一切的误会都是昨天夜里那个电话,具体说是李线长的婆娘造成的……

(你还真好意思说这件事? 说李线长的婆娘不是和说你的父亲一样吗?)

不说李线长的婆娘,又怎么说得清我父亲的事呢?我的意思是说,不说李线长的婆娘,又怎么能为我父亲洗白呢?

(说吧说吧,只要你不怕越说越说不清就行。)

没有什么说不清的,我父亲和李线长的婆娘……好吧,我说过先不说我父亲了,只说李线长的婆娘……对了,你应该见过李线长的婆娘吧?

(我怎么会见过什么李线长的婆娘?)

上次你跟我回老家的时候,还离着乌龙镇老远,我们就看见一个人站在一棵大树下,正在向着远处遥望,当时你还天真地问我,那人不会是来迎接我们的吧?还记不记得这回事?

(那都是七八年前的事了,我都差不多快忘光了。)

我看出来,那是一个年纪很大的女人,便摇摇头说,她不是我们家的人,当然不是来接我们的。在此之前,我已经对你说过,我家里只有我父亲一个人,而我的母亲早在十几年前就去世了。其实不用仔细打量,我便认出来,那个踮起脚跟往远处望的女人是我家的邻居,我们都叫她玉秀嫂……她的年龄当然比我大许多,但按照街坊的辈分算,我还是要叫她一声嫂子……

(她在村头往远处看什么呢?)

她在看她的丈夫……这样说也不对,准确的说法应该是,她在等她丈夫的归来……

(她丈夫干什么去了?)

早在十几年前,她的丈夫就到北方的大山里朝拜去了……关于这个问题,我以后会详细和你说的,现在我只是和你说一下这个叫陈玉秀的女人,因为她牵扯到我父亲的清白……

(噢,莫非这个女人就是你们说的李线长的婆娘?)

没错,陈玉秀或者说玉秀嫂就是李线长的婆娘,也就是我家的邻居,前天夜里在我家门外歪脖老榆树上吊死的那个女人。

(我想起来了,那天我们来到她面前时,她还对我们说了一句话……)

还记得她那句话说的是什么吗?

(好像是金童玉女什么的……)

对,就是说的金童玉女……玉秀嫂是个善良的人,平时说话很少,并不太善于夸奖人,但有时候说出一句话来,却又是那么准确……

15

（得了吧，你该不会说我们真是金童玉女吧？）

这样说有什么不对吗？

（呸，这么肉麻的话你也好意思往自己身上套？你还有什么话抓紧说，不然我就要挂电话了。）

不要挂，我的话才说了一个开头……好好，还是接上刚才的话题，那天，我们来到了玉秀嫂面前，没有等她表示什么，我便把车停下来，往窗外探了探身子，和她打了一个招呼。玉秀嫂认出了我来，头一句话就问我说，莫家老二，有没有你线长哥的消息？对她这样的问话，我一点都不感到意外，因为自从李线长去往大山里以后，她便隔三岔五地到村头去等待，明知道他不会这么快就回来，但还是止不住到村头去看一下，每遇到一个从外面回来的人，就直通通地问人家，看到你线长哥没有？有没有你线长哥的消息？她得到的回答几乎都是"没看见"，或者"不知道"之类的话，除此之外不会有第三种答案。这样一天天下来，玉秀嫂越发焦急起来，不仅去村头等待的节奏更加频繁了，而且还拦住那些她从来不认识的人，睁着一双大眼痴痴地问人家，见到我家线长没有？有没有我家线长的消息？慢慢地，不仅是我们乌龙镇一带，几乎整个莫邪山里都知道有她这样一个磨叨的女人……

（她的丈夫，也就是那个叫李线长的人，就真的一去不回头了吗？）

据我所知，李线长离去后，的确没有再回来过一次……现在还是放下李线长的事不说，先集中说一下玉秀嫂。那天，玉秀嫂是第一次看到你这个来自远方的城里人，尽管还隔着窗玻璃，她的眼睛就放射出光来，止不住吧嗒了一下嘴，由衷地赞叹说，你们这小两口，简直就是一对金童玉女。

（你这样一说我还真的想了起来，你不知道，那一刻我是又害羞又紧张，因为在此之前，还没有听到另外一个人用这样的话说我们。）

除了害羞和紧张之外，还有一些得意是吗？

（好了，越说越来劲了，你以为我真爱听这个？都是一些言不由衷的话，我才不当真呢，要不过后我那么快就忘了？）

但你再也不好意思坐在车里了，赶紧走下车来，向玉秀嫂感激地微笑了一下……

（什么感激？你这是用词不当，我那时不过是看她年龄比我们大，再坐在车里不礼貌，才下车来和她打了个招呼……我这么做全是为了给你面子,毕竟人家是你家的邻居嘛。)

你做得很对。虽然只是草草见了一次面,你就给玉秀嫂留下了深刻的好印象。我们回家去以后,这个无所事事的女人就沿街说起来,哎呀,莫家老二带回来一个如花似玉的城里女人,你们赶快去看一看吧,别提那个女人有多水灵有多风韵呢,简直就像是画上的人……

(打住吧,再说这些不着边际的话我真要挂电话了。)

其实我并没有多么夸张,如果不是玉秀嫂的传播,会有那么多好事的乡亲跑到我们家来看你?

(还说呢,那两天我让那些人看得别提多不自在,走到哪里都被一圈好奇的眼睛盯着,在那些乡下人眼里,我好像就是一个奇怪的外星人。)

别怪他们少见多怪,我们那个地方是偏远的山区,没有得到过真正的开发,交通也不方便,乡亲们很少出门来,尤其是那些女人们,比如玉秀嫂,兴许一辈子都没有到城市里来过呢,看到你这个鲜亮的人还不觉得惊讶?

(反正这给我造成了不小的麻烦,那些天我一直不敢穿单薄的衣服,好像那些眼睛都有穿透力,我如果稍一不慎,就会暴露了个人的隐私似的。)

这你倒真是多虑了,他们都是一些老实人,来看你其实是为了向你表达善意,哪里又会打你什么主意呢?尤其是玉秀嫂,那些日子真是一心一意替我们打算呢,连对她自己的儿女都没有那么上心过,怪不得她的女儿用怨恨的口气对我说,我娘快要被你媳妇把心偷去了……

(等等,这是什么意思?我怎么不知道她对我上过什么心?竟然惹得她女儿如此来说我?)

难道你忘了,在乌龙镇的那些天里,我们吃的瓜果和蔬菜,都是玉秀嫂每天扛着篮子送到我家来的。

(你别说,我在乡下吃到的那些瓜果和蔬菜,是我这辈子吃到的最环保最实惠的东西。哎呀,葡萄的个头那个大,糖分那个多;西瓜更是没说的,通红的瓜瓤全是沙,吃在嘴里就像蜜;蔬菜都是刚采摘的,茎叶上透着浓烈的青生气,在锅里一炒,脆生生的别提多好吃,关键是没有农药残留,吃起来真是放心……对了,玉秀嫂是卖菜的吗?)

不是……

(那她哪来的那么多瓜菜卖给别人?)

我要郑重纠正你这个说法,玉秀嫂拿给我们的瓜果和蔬菜是不要钱的,都是她白白送给我们的……不仅仅是我们一家,包括乌龙镇的许多人,几乎都吃到过她白送的瓜果和蔬菜……

(那她岂不是在干一件亏本的事?她为什么要这样干?)

玉秀嫂经营了一个瓜菜园,专门用来种植不施农药的瓜果和蔬菜……

(她可以把这些东西拿到集市上去卖呀,这些环保的绿色食物应该是非常抢手的,如果经营得好,她会挣到很多钱的……)

玉秀嫂才不会干这种事呢,你不知道,许多年前,她曾经信过教,一心一意帮着别人做好事,后来虽然不再信了,但做好事的习惯却一直保持着,从来就没有忘记过。

(原来是这样?就为了这件事,她的女儿就对你埋怨说,她的心被我偷走了?这也未免太夸张了吧?)

当然不仅仅是这个原因,你可能不知道,当我们来到乌龙镇的第一天,或者说当玉秀嫂看到我们的那个时刻起,她就打定主意要送给我们一件东西……

(什么东西?除了那些好吃的瓜果和蔬菜还有什么?)

你就想到吃,难道除了吃外,玉秀嫂就没有另外关照我们的方式了吗?

(我想不出来,一个经营瓜菜园的乡下女人,还有什么更为重要的东西要送给我们呢?)

这么对你说吧,在我们莫邪山区一带,曾经一度盛行一个古老的传统,或者说一个原始的习俗,而在这个传统或习俗中,有一件看起来并不稀奇的道具是非用不可的……

(道具?什么道具?)

一根红线。

(红线?我还以为是什么稀罕东西呢。)

不要小瞧这根红线,它可是寄托着赠送人一生中最大的心愿和满腔的热情呢,而由这根普通的红线,又演绎出多少曲折动人的故事呢……

(别企图煽情,我现在不吃那一套,你还是一是一二是二地往实处说吧。)

我没有丝毫浮夸的企图,在莫邪山里,我听到的那些感人至深的爱情故事,有许多都与这根红线相关联……

（爱情故事？我明白了，那根红线是男女之间的定情物，我猜得对吗？）

聪明，我看你快得一百分了……

（先别夸，我还是想不明白，这里的男女仅把一根红线作为定情物，也实在太寒酸了吧？是不是因为这里的经济条件太落后了，人们才……）

你不要仅仅着眼于物质方面，而小看了这根红线的精神层面，忽视了它所隐藏的巨大而丰富的象征意义……

（有那么神圣和复杂吗？一根小小的红线？）

红线虽小，可它牵住的是一个人的心，天下还有比人心更大的东西吗？

（你这样来表述，我也实在没有什么好说的。）

本来就是这样嘛。如果一个女人把一根红线作为定情物送给一个男人，而这个男人把它接受下来，具体说是系在身体的某个部位上，那么这就意味着这个男人从此就属于这个女人了……当然这样的说法不够准确，但我的意思无非是说，从此后这个男人是不可以随便离开这个女人的，我的意思你明白吗？

（我当然明白你的意思，但问题是，这根红线到底有多大的约束力？如果一个男人变心了，这根细小的红线又怎么能够真正牵住他呢？）

如果是在别的什么地方，比如你所生活的那个城市里，这根红线当然没有什么力量，当然约束不住心思的变化，但在我们这里，别忘了这是一个被古老风俗所笼罩的地方，那根红线可就威力无穷了。

（你是说，在这里这根红线真的牵住过一些男人的心，真的避免了一些爱情悲剧的发生？）

是的……

（我明白了，你是不是想让我像那些乌龙镇的女人那样，也送你一根红线？）

当然如果你愿意送我，我也不会拒绝……

（原来你的目的在这里？）

其实不能那么说，刚才我们不是在说玉秀嫂的事吗？

（莫非玉秀嫂送给我们的也是一根红线？）

正是，我们回到乌龙镇的那天傍晚，玉秀嫂踩着落日的余晖进到我们家来,的确是打定主意要送给我们一根红线的,那个时刻,她的手里也果真托举着一根长长的红线。

(她为什么要这样干?难道我们自己不能来完成这件事吗?非要由她来帮我们实现不可?)

问题是我们并没有举行过这样一个仪式……

(还有送红线的仪式?)

当然了,你以为这根红线是随随便便送的?那要像城市里的男人举行求婚或订婚仪式一样,非要搞得像模像样不可的。

(可你向我求婚时,为什么没有说到这一点呢?)

我以为你会反对这样做,毕竟这只是盛行在我们山区的一个风俗,不具有普遍性,再说我们都是新世纪的青年人了,我再把老祖宗的东西搬出来,说不定会被你嘲笑一番,搞不好还会影响到我们的感情……

(你考虑得也不是没有道理,如果你向我求婚时真的把这一套弄出来,我也不敢保证不会扭头就走。)

看来我没有说到这事还是做对了。

(但如果这事发生在乌龙镇却就不一样了,俗话说,入乡随俗嘛,我就是再不通事理,也知道在什么山上唱什么歌的说法。)

怎么?你真的打算这么来一回?

(你不是说玉秀嫂已经把那根红线替你送来了吗?我不想按你们的意思去做也不成了呀。)

那天傍晚,玉秀嫂的确托着一根红丝线进到我家来,但还没有见到我们的面,就被我父亲拦住了……

(莫非她没有送成?怪不得我不记得接受过这根红线。你父亲为什么要拦住她呢?)

说来这件事复杂也复杂,简单也简单……

(什么意思?)

如果这根红线换成另外一个人送来,也许父亲就让她进门了,但现在的问题是,送这根红线来的人是玉秀嫂,而不是他所希望的另外某个人……

(玉秀嫂怎么啦?难道她不适合做这件事?该不会是你父亲歧视她吧?)

平时父亲对玉秀嫂还是不错的,作为邻居,几乎每天都能吃到她送来的瓜果和蔬菜,就算不说报答,仅仅出于礼节父亲也不会说她坏话的,何况更重要的是,作为一个光杆男人,父亲还能隔三岔五地得到她一些照顾,比如洗衣服什么的……

（你父亲该不会真和她有说不清的事吧?）

看你又来了?我已经对你说过,我们只是普通的邻居……好了,我不和你费这方面的口舌,还是说送红线的事儿。在父亲看来,玉秀嫂是一个失去了丈夫的女人……虽然她的丈夫李线长到大山里朝拜去了,但毕竟一去十几年不回头,是不是已经死在了外面也未可知,这样说来,玉秀嫂简直就和一个寡妇毫无二致了,由这样一个不能留住男人的心思,不能保全自己爱情的女人来送这根红线,不是开玩笑的一件事吗?

（我有些明白了,这件事的确不适合玉秀嫂来干。）

就是,起码要是一个所谓的"全和人",这个词你明白吗?在我们乡下,所谓的"全和人"就是指在家庭关系中没有出现过任何意外的人,比如夫妻和睦,儿女双全等等,由这样的"全和人"来干送红线这件事,才能行得通,才能被人接受,也才能取得预想的效果。而玉秀嫂,显然不是这样的人,她在进我家门的时候,被我父亲拦住了去路,也实在是符合情理的事儿。

（看来那个时候,玉秀嫂忘记了自己的身份,也忘记了自己的不幸。）

是的,玉秀嫂空有满腔的热情,而没有合适的身份,便只能面临我父亲对她的阻拦了。但玉秀嫂却没有意识到这一点,面对父亲对她的阻拦,她还觉得莫名其妙,还一个劲儿地向父亲解释,看看这两个孩子,简直就是一对金童玉女……

（你又来了?我身上都快要起毛了,你还好意思再说一遍?）

这是玉秀嫂的说法,又不是我的话,我有什么不好意思说的?那天傍晚,我清清楚楚地听到玉秀嫂说,这两个孩子真是一对金童玉女……好好,我不再了,你不要挂电话,玉秀嫂的事我还没有……

（不要再说什么玉秀嫂的事了,我只想听你说一句真话,你父亲和那个玉秀嫂到底有没有什么瓜葛?）

我不是对你说过无数遍了吗?我们只是正常而普通的邻居,绝没有什么纠缠不清的……

21

（那人家为什么在你家老榆树上上吊？还有你父亲，这件事如果与他无关，为什么要让你赶回去处理不可呢？）

父亲不是在电话里说得很清楚吗？他感到害怕，试想一下，如果一个男人突然在你家门口吊死了，你会有什么感受呢？

（请你不要这样让我想问题。）

对不起，我是被你问糊涂了，才想到……我想父亲肯定是出于这样的考虑，才让我赶回去……

（你相信自己的解释吗？）

事实就这样，你为什么就不相信呢？

（但愿事情的真相是这样……）

说实话，我比你还更加关注这件事，因为这确凿关系到我父亲的清白，关系到我们家庭的荣誉，所以我要尽快……

（你能这样想就好，那就祝你一路顺风吧。）

我很快就会回来的，你耐心等着我，我一定会把一个让你满意的结论……喂，你在听吗？我的话还没有说完，你该不会就……喂，我怎么听不到你……

我终于放下了电话，因为电话里没有马丽红的一点儿动静了。其实在我通话的整个过程中，电话里到底有没有马丽红的回声，我是并没有多少把握的，但为了把这个耗时足有一个钟点的电话打下去，我还是宁愿相信马丽红在电话那端一直倾听着我的声音，并作出了一系列的反应……我把手机放回车内，腾出手来，罩到眼睛上方，看了一眼天上的日头，由此判断一下时间，然后便将身子坐到车里，系好安全带，发动起车来，继续去赶余下的路程。

四

透过车窗玻璃，我看得很清楚，前面是一个车祸现场。出事的是一辆小型货车，歪斜着横在路面上，车头朝着我的这一侧被撕开了，窗玻璃也被撞碎了，撒落在地面上，在日光映照下闪出亮亮的光斑。我减慢车速，从那辆车的前端绕过去，两辆车交错而过时，我往货车的驾驶室里看了一眼，见里面空荡荡的，并没有一个人。我松了一口气，以为出事的司机等人已经被弄走了，便收回眼，打算继续赶自己的路。

但才走出了几米远的距离，我从后视镜里看见，那辆车的货厢里似乎有几条华丽的绳子在抖动，不，那几条华丽的绳子不仅是抖动，而且是向着车下面游走。我没用怎么思索就明白了，那几条已经游走到地面上来的东西根本不是绳子，而是吐着红信子的蛇。我不仅又一次放慢了车速，同时在脑子里简单地想了一下，便停下车，把头探出车窗，再次朝那辆货车打量。这回我看清楚了，原来在车头的这一边，有一个人坐在车门下，头耷拉到胸脯上，脸的一边泛出刺眼的红色。我知道自己遇到了麻烦，本来不打算管这种闲事，但又盯了一眼那些已经游走到路边的蛇，还是果断地下了车，朝事故现场走去。为了减少可能要承担的风险，我先拿出手机，给整个事故现场录了像，尤其把两辆车的位置和距离拍清楚了，然后才朝那个受伤的人走去。

受伤的是个中年男人，此时正处在昏迷中，我把手指放在他鼻子下，很轻易便感到了他的呼吸。这就好。我松了一口气。我简单查看了一下男人的伤势，发现他只是头和脸的表皮擦伤了，内脏兴许并没有什么大碍。按说我应该为他处理一下伤口，毕竟我是一名医生嘛，但一来我手边没有任何可用的材料，二来我也不是外科医生，两手在男人身前挥舞了两下，便无可奈何地放下了，好在男人伤口的血液已经凝结，看来也用不到我再费工夫了。哎，我只是拍了一下他的脸，呼叫着说，醒醒。

男人很快就醒过来了，在迷茫地眨了几下眼后，一下子明白了自己的处境，两眼像钩子一样盯住我，目光一闪一闪地发亮。救我……他吃力地说了一句。

怎么回事？我问他说。

我撞到了一辆车上……男人说。

原来是这样？我有些意外，开始还以为是别的车辆撞了男人的车呢。被你撞的那辆车呢？

男人起了起身，看过了道路一端，转过头来，又朝另一端看。

我也随着他的眼睛去看，目光落在自己那辆车上。你该不会认为是撞了我吧？我突然有些紧张。

不不，男人摇摇头说，我撞的不是你，那辆车已经开走了……

那辆车没被你撞坏？我有些吃惊，瞧你的车都坏成这样了，那辆车竟然还能开走？

那是一辆大货车。男人淡淡地说,马上又把身子倚到了车门上。

到底是怎么回事?我替他分析说,你喝酒了?要不是犯困了?这样说完了,我又不相信地嘟囔了一句,天还不到晌午,也不是喝酒和睡觉的时候呀。

我开着开着,男人回想着说,忽然看见前面的路面上有一条蛇,为了躲避那条蛇,我一扭方向盘,就撞在了一辆大货车上……

是你的蛇跑出来了?我指出说。

不是我的蛇,男人断然否定说,如果是我的蛇跑出来了,那也应该是在车的后面,它怎么可能会跑到前面去?

我想想,他说得也对,那条挡在他车前的蛇的确不是他车厢里的蛇。你还能走路吗?我打量着他的两条腿说,坐我的车,我送你去附近的医院?

不要动我,男人虚弱地摇着头说,我心脏不好,不想再冒险折腾了,你帮我打一下 120 吧。

你自己为什么不打?

我的手机不知道在什么地方……

我没有再说什么,便打开自己的手机,很顺利地拨通了 120。好了,我安慰男人说,他们说用不了半小时就会赶过来的。

谢谢你,男人对我微笑了一下,你是一个好心人,我会记住你的。说到这里,他似乎有些余兴未尽,抬起一只手,在上衣口袋里摸索了一下,手里便多了一张名片。欢迎你以后联系我。

我接过名片一看,原来是我那个城市里一家饭店的经理,名字叫高运来。我从他眼睛里看出了他渴望交换名片的意思,但还是打消了掏自己名片的念头,只是把他的名片郑重其事地装到衣袋内。你在这里一个人能坚持住吗?我走了两步,又回过头来问他。

我没事,男人朝我摆摆手说,你尽管放心走吧。

我想了想,还是多和他说了一句话,知道我为什么停车管你的事吗?

为什么?男人随口说。

因为你带来的那些蛇。我想再看看那几条从车厢里爬出来的蛇,但转身一看,那些蛇早就隐进路边的草丛里,不见了任何踪影。

……?男人困惑地看着我,有些不明白我的意思。

　　我没有再说什么，便坐回自己的车里，系好安全带，快速把车开走了。我认得那些蛇，我在心里嘟囔着，是的，我一看到它们的样子，就知道一定是莫邪山里的蛇。我知道如果把这话说出来，那个男人也未必明白是怎么回事，所以我把一个小小的谜团丢给那个叫高运来的人，也是没有办法的事儿。

　　大约一个小时过后，我抵达了自己的老家乌龙镇附近。当然，还离着乌龙镇老远呢，我就看到了莫邪山的影子。莫邪山是一个山区的名字，其实它包括了若干个层峦叠嶂的山峰，其中有三个跨越了不同的省区，总方圆足有八百多里呢。乌龙镇是莫邪山北边进出的一个中转站，也是这一带规模最大的一个村镇。随着熟悉的山野景观越来越近，我的车速也逐渐慢下来，就在离乌龙镇仅有五百米远的时候，我突然一打方向盘，让车辆偏离了正道，驶上一条崎岖的山间小路。穿过一片片时而稀疏时而茂密的树林，前面出现了一条奔腾着白色水浪的河流。这条河的名字叫鱼人河，河水就是从莫邪山的主峰上流下来的。我把车辆停在河边，开始徒步行走下面更为狭窄的山路。随着树林的进一步稠密，我头上的天空快要消失殆尽，四周的光线变得越来越暗，空气也更加的湿润。我感觉到，树林中许多看不太清楚的地方，似乎都有什么东西在活动，并随着我的运动而移走；如果放慢脚步倾听，我会很容易捕捉到它们弄出的许多响声。我知道，那是一些动物在迎接我的到来，是的，它们一定对我的到来表示欢迎呢。作为在山林里长大的孩子，我一点都不会恐惧这里的生物们，不管它是虎狼，还是鹰隼，抑或传说中的树木精怪，我都会把它们当好朋友看待，它们也会把我视为自己的伙伴呢。所以一回到这个喧腾欢闹的地方，当然，这样的欢腾喧闹只有我这样在山林里长大的孩子才能看得见，听得到，一回到这个欢腾喧闹的地方，我就觉得一身轻松，神态安详，在城市里沾染的浮躁和疲惫也像被水洗去了一般，满身都变得透明起来。

　　随着一股阴冷气氛的急快加强，我知道就要来到那个地方了。这一片树林中开始升腾起稀薄的雾气，虽然林梢枝头有一两点灼亮的光斑筛下来，告诉我上面的天空是晴朗的，但树下的空间却湿漉漉的，如果把手伸出去抓一把，兴许指缝间就能淌出水来。我已经听到了几串咝咝的声响，没错，它们是伴随着红色叉舌的伸缩发出来的，与此同时，某些树枝的叶片在簌簌落落地抖动，而且很快波及了整棵树木，说明这些和我打招呼的家伙都有一张颀长的细身子。再往前走,我突然来到了树林外面,前面是一小片开阔地,给我的感觉如同一颗脑袋上出现了一块斑秃,而我自己就像一只闯到这个赤裸地界来的虱虫。开阔地中间是一个歪歪扭扭的院落,周围用几根间隙很大的木桩围拢着,因为这些长满黑色耳菇的朽木朝着一个方向歪扭,所以乍一看上去,整个院落便也给人一种歪歪斜斜的印象。里面的几排房舍倒还算规整,但样式颇有些奇特,每间房舍上面都罩着锅盖似的尖顶,远远看去就像一只只盛粮食的大囤,微风一吹,那些用乱草做成的顶盖像头发一样奓开,真让人担心会散落到地下来。篱笆院门口的一根树干上,刻写着几个奇形怪状的大字:乌龙镇木山育蛇场。因为字的笔画写得过于扭曲,一般人是很难一次性认出来的。"木山育蛇场"是莫邪山里最有名的养蛇基地,许多人不知道莫邪山,却知道这里的蛇,其实他们之所以知道这里的蛇,正是因为这个木山育蛇场的存在。木山是育蛇场主的名字,但在乌龙镇,几乎没有人称呼这个名字,甚至很少有人知道场主还有这样一个名字,所有认识他的人都毫无例外地称呼他为"蛇人"。

"蛇人"李木山是莫邪山里名声最大的一个怪人,据说他没有父母,也没人说得清他的年龄,好像他一直就在乌龙镇存在着似的。正因为这些不为人所知的地方,他在人们眼里便多了几分神秘,使他从那些被人瞧不起的光棍汉中脱颖而出,成了一个让人不敢小觑的家伙,乌龙镇不论是大人还是小孩,没有一个能够对他视而不见。于是,关于这个人的一些传说便逐渐流传开来,当然,这些半真半假的故事几乎都是有关他的来历的,说他是一个女人和一条蛇生育的后代。一些人还绘声绘色地演义说,那条蛇是莫邪山里的蛇精,专找有姿色的女人交配,偏巧从外边来了一个游走江湖的女疯子,那个女人虽然有些痴傻,却长得十分出众,一下子就被那个蛇精盯上了,蛇精化装成一个玉树临风的男人,只三两个来回,便与女疯子勾搭上了。没过多久,女疯子生下了一个既像蛇又像人的孩子,因为那个孩子是在乌龙镇长大的,就随了镇上大户人家的姓氏,还有了一个不太被人称呼的大名李木山。这样的故事不知道有几分真实性,但大多乌龙镇人都相信这个说法,因为除此之外,他们真的说不清这个和蛇有些类似的家伙到底是怎么回事。

蛇人的样子的确与蛇十分相像,身子细长柔软,向后弯曲能让头顶抵达脚跟,这样的本事是正常人不能做到的,尤其是那颗倒三角形的小脑袋,上面的五官虽然说不上好看,却极其妩媚,眉眼摇动间透出的全是风韵,这使他看上去不像是一个男人,而有了女人才具备的风采,正是因为这一点,一些人便传说他不是一个男人,而实际上是一个真正的女人,但另一些人却坚持他的男人身份,说他们见过他赤裸的身子,男人应该有的物件他一样都不少。尽管这样,仍有一些人对他的性别抱有怀疑态度,因为在他们眼里,那个人的外部身形也与女人并无二致,比如胸脯前的两块肉,比如屁股上的两块肉,哪有男人突出这些地方的道理?关于蛇人是男是女这件事,曾经非常好笑地被乌龙镇人争论了好长一段时间。除了身形和神色与蛇有些类似外,蛇人还有一个格外引人瞩目的特点,那就是他的舌头,一般人的舌头尽管有长有短,但基本上都有一个圆弧的特征,而他的舌头却是尖长的,更不可思议的是,在舌头顶端分作了两个尖叉,虽然一般情况下他都尽量闭紧着嘴巴,但在很少有的情况下,比如因为愤怒而叫喊的时刻,人们还是清晰地看到他分成尖叉的舌头伸出来,像蛇一样发出咝咝的声音。不知道是不是因为这些十分类似蛇的特征,蛇人与莫邪山里的蛇有一种天然的亲近感,在很多的时间内,他都不像一般人一样下地劳作,而是一个人进到山里,去找那些盘踞在树木上或是隐藏在石头下的蛇玩耍。有人说,蛇人懂得蛇语,每次来到山里,他都把两手拢在嘴边,伸出分叉的舌头,咝咝地发出一些一般人听不懂的声音,那些盘踞在树木上或是隐藏在石头下的蛇都纷纷爬出来,与他亲密无间地待上一个上午或下午。每次从山上回来,蛇人还会带一两条蛇回家。他把这些蛇养在家里,每日与它们相伴,一个没有家人的光棍汉再也不觉得孤独和寂寞了。一些好事的人透过窗棂看见,蛇人不但喂给那些蛇吃喝,与它们说话,还伴随着它们一起起舞。是的,蛇人在与那些蛇一起跳舞,只要他的身子一拧动,或者只要他的手掌一挥舞,那些蛇就直起身来,像他一样弯曲着身子舞动,他的手指向哪里,它们就把身子伸向哪里,动作圆润柔美,生动好看。在窗外瞪大了眼睛看的那些人也无形中受到了感染,竟然也扭动着自己的身子,像那些蛇一样舞蹈起来。

终于有一天,蛇人告别了单纯和蛇一起玩耍的生活方式,宣布在山里建一个育蛇场。这个消息一点也不出乎人们的意料,好像蛇人早晚会这么干似的,试想一下,如果一个与蛇如此相像而亲密的人不做这件事,那么谁又适合或者敢于做呢?人们都很支持他建这个繁育场,村委会还打算拿出一笔钱来,帮助他批地建房。但蛇人拒绝了村里的帮助,独自一人来到山脚河边,在一片林中空地上安营扎寨,经过一两个月的劳作,硬是凭着自己的两只手,把一个较具规模的育蛇基地建立起来。育蛇场开业那天,蛇人站在院门口,两手拢在嘴边,伸缩着分成两条尖叉的舌头,朝着远处的山林大声喊道,孩子们,回家了哦。有人看见,山林里很快便有了明显的反应,一些树木的枝叶发出簌簌落落的响声,石头泥块开始往山下滚动,河水的波纹也急快地增多起来。随着这一切的出现,一条条华丽的蛇扭摆着或粗或细的身子从四面爬来,争先恐后地进到了繁育场的每幢房舍里。从此以后,蛇人就在育蛇场里大模大样地当起了主人和老板。

我和蛇人是一起长大的,而且两个人的关系还非常要好,当有些小伙伴因为蛇人的长相而疏远他时,我却坚持和他交往,可说是结下了非常深厚的情谊。我去大城市里工作以后,两个人联系得少了,蛇人没有手机之类的通信工具,我便在和父亲打电话时,顺便打听一下他的情况,当然每次回家来,我都要到蛇人家里去看望他,而这一次回来,由于遇到了高运来车祸的事儿,我更要先到蛇人的育蛇场走一趟了。

还离着老远,我就看见蛇人站在歪扭的篱笆院门口,弯曲着一张细身子,像一根风中的柳树枝一般迎接我。我一听见车声,蛇人摊开两手说,还以为是那个家伙又来找我呢,没想到原来是你回来了。

我知道他说的"那个家伙"是高运来,本想告诉他一声,那个家伙回不来了,但话到嘴边又咽了回去,只是用开玩笑的口气说,看我不是来和你做生意的,就不欢迎吗?

其实我哪里有心做什么生意?蛇人拉了一下我的手说,都是他们在逼迫我那么干,刚才那个家伙还说,如果没有我的蛇做招牌,他的饭店就要关门了。他转过身去,领着我往院落里走,又吧嗒着嘴加上一句,可我哪里相信他们的话呢?

我在院落里停下脚,打量着那一排造型奇特的房舍,想象着一条条蛇在里面吃喝拉撒,繁衍生息,心里就产生了冲动,想进到里面去,再亲眼看它们一下。

蛇人看出了我的意思,便摆摆手说,算了,你又不是没见过它们,没什么好稀奇的,还是到我办公室里来坐一下,对了,我还有一盒好茶没有开封呢。

听他这样说，我不禁斜过头，用奇怪的目光看了他一眼，在我的记忆中，蛇人是从来不会和我这样说话的。

蛇人有些不好意思起来。与时俱进嘛。他耸耸肩说。

我越发感到惊讶了，一个隐藏在深山里的育蛇人，居然也说出了"与时俱进"这样时髦的词，实在有些出乎我的意料。

蛇人转过身往办公室里走，嘴里似乎还嘀咕了一句，小意思。

我跟他进到办公室里，不禁又吓了一跳，先前我也到这里来过，记得里面没有什么像样的布置，所有家什用具除了一把歪歪扭扭的木凳，一个兼作座位和床铺的大布墩子外，便是一个简陋的灶台和一副陈旧的碗筷，其他什么都谈不上了。而现在却是不同了，屋内不仅安上了高档的老板台，还有一把随时调整坐姿的转椅。蛇人就坐在这把转椅里，用一把电壶烧上水，然后拉开老板台的抽屉，取出一盒果真没有开封的白云山茗茶。这里居然通上电了？我抬头张望着说。

是呀，蛇人点点头说，一切都在开发……说到这里，他似乎想起什么来，顺口说道，这都是李百家搞起来的。

李百家？我知道这是一个开发商的名字。

蛇人却没打算沿着这个话题往下说，待水烧开了，一边给我冲茶一边朝我身后打量着说，你老婆怎么没跟你一起来？

我又暗暗吃了一惊，没想到他会主动说到这件事。在过去的日子里，蛇人是拒绝甚至有些忌讳说到女人的，因为一直以来，他都是一个标准的光棍汉，大概正是由于他不男不女的样子，加之长相太过怪异，才没有得到女人的青睐，眼看与他一起长大的伙伴都抱上了孩子，他还一个人孤孤单单过日子，时间一长，他竟然对女人有了成见，只要一见到有些姿色的女人，便故意掉开头去，有时只是听到别人说到女人，他都会往地下啐口唾沫。该不会你也有了自己的女人吧？我很想这样问他一句，但又担心这句问话太过唐突，无意中让他感到尴尬甚至受到伤害，便又把话咽了回去。

蛇人看出了我的心思，不仅没再回避，反而愈加坦然地对我说，好几年没看到过她了，如果你再不把她带回来，差不多我都要忘记她长什么样子了。

我端着茶杯的手一晃，热水从杯沿上溢出来，差点烫了我的手。怎么回事？我四处打量着说，你该不会把女人弄到这里来了吧？

我以为，蛇人听了我这句话，应该面红耳赤地反驳我，或者干脆站起来，毫不客气地把我轰赶出去，为此都做好了应对他翻脸的准备。可我随即发现，自己的这个设想完全错了，蛇人听完我这句话，居然举起手来，快乐地拍打在一起，同时扭过头去，朝着里屋门喊了一声，别藏着了，出来给客人倒杯茶吧。

在我惊呆的目光注视下，一直合拢着的里屋门很快打开来，随着一阵香风的扑面而至，一个细长的女人摇摇晃晃地走出来，先朝蛇人会心地微笑一下，随即转向我，把合在一起的两手放在身子一侧，同时腰肢往下微微一蹲，做了个不太标准的古代女子见面礼，然后走上来，傍着我坐下，摆动着两条柔软的手臂，开始为我的茶碗续水。

近距离感受着这个不意间出现的女人带给我的脂粉气息，我好长时间反应不过来。好呀，蛇人，我在心里一遍遍地说，想不到你竟然也……我禁不住竖起大拇手指，朝着他晃摆了两下。

蛇人也没有说什么，只是轻轻摇了摇手，但他的意思我接收到了：没什么，与时俱进嘛；或者：小意思，让你见笑了。

我以为到这里，有关女人这件事应该告一段落了，见识过了他的女人或者婆娘，往下两个人该聊一聊其他一些事了，毕竟我们好久没有见过面了，况且我还要对他说一下高运来发生车祸的事儿。于是，在喝了那个女人倒给我的一杯茶水后，我开始在脑子里寻找下面说到的话题。

但就在这时，刚刚合拢的门板再次打开了，又一个女人悠摆着细长的身子走出来。看你们喝得有滋有味，女人娇滴滴地说，怎么把我忘在了一边？她轻飘飘地走到蛇人身边，挨着他坐下来，半是埋怨半是撒娇地推了他一下。

我看得目瞪口呆，无论如何没有想到，蛇人的屋里竟然出现了两个女人。我想不明白，这两个女人与蛇人到底是一种什么关系？如果说前一个女人有可能是他的婆娘，那么后一个女人又是他的什么人呢？我不敢再继续往下想，不管社会发生怎样的变化，蛇人都不应该在女人方面取得如此大的突破，难道真如他自己嘟囔的一样，一切都与时俱进了吗？我拍着脑袋想了好一会儿，都没有找到一个能够说服自己的答案。

喝茶喝茶。蛇人却很淡定地坐在转椅里，不时地向我举一下杯子。

我不敢再坐下去了，眼睛不禁又朝里屋门看一眼，实在担心随着它的再次打开，里面会走出第三个甚至第四个女人来。我觉得那间里屋简直就是一个魔术箱，说不定里面藏匿了无数的女人，而那些女人都有着同样顺长的细身子，猛一看上去就和蛇人养育的那些蛇差不多……我怀疑，那间里屋或许真的与那一排排用于饲养蛇的房舍相通，而那些女人就是那些蛇变化而来的。想到这里，我一下子站起来，掉头就往门外走，好像稍一迟疑，就会被那些如妖似怪的蛇女人缠住了似的。

干吗急着走？蛇人随在我后面，我们还没喝够茶呢。

来到屋外，我犹豫了一下，还是停住脚对他说，你那个叫高运来的客户，在路上出车祸了。

我就说嘛，蛇人拍了一下手说，他居然要拿我的蛇去开饭店，不出事才怪呢。

你知道他会出事？我看着他，再次确认他的话说。

我觉得我会。蛇人平心静气地说。

我呆呆地看着他，本来想问他一句为什么，但看他脸上那副神秘兮兮的样子，张了张嘴，又没有问出来，便离开育蛇场，沿着林中的来路往回走去。哎，我是不是该宰一条蛇给你吃吃？走了好远，我似乎还听到蛇人在后面对我说。但我认定是自己的耳朵产生了幻觉，就算蛇人真的发生了娶两个女人做老婆的事儿，都不可能亲自宰杀一条自己饲养的蛇给别人吃的。直到回到了自己的车边，我还有些恍惚的感觉，吃不准刚才发生的一切是不是出自自己的梦境。

<h2 style="text-align:center">五</h2>

还离着老远，我就看见自己家门口前那棵歪脖老榆树的枝梢在动弹了。其实我才刚刚进到村街里，离自己家所在的那条巷子还有很长一段距离呢，但那棵歪脖老榆树实在太高了，至少也有二十多米，差不多成了全村最高的一棵树，所以即使站在村外，也能看到它的顶冠。但我才看了几眼，就觉得有些不对劲儿，今天并没有起风，怎么那棵榆树的梢头却动弹不止呢？而且还富有一定的节奏，隔一霎颤抖一下，隔一霎颤抖一下，就像一个高大的巨人受了风寒，在不住地打摆子。我呆怔了一下，便加快车速，驶过街道，连站在街边的几个人要和我打招呼，都没有来得及理会，就一路把车开到了巷子口。巷子口到我的家门口还有一百多米的距离，但宽度有限，

如果我把车开进去了，就很难顺利地倒出来。几乎每次回家，我都把车停在街上，徒步走回家去，这次当然也不例外，尽管我的车速很快，但开到巷子口时，我就把车停了下来。

我还没有下车，就看见家门口前那棵老榆树下围拢着一群人，动来动去地不知在干什么，其中的几个挥舞着手中的什么东西，一下一下地往树干根部击打。随着那几个人手中的东西落在树干上，老榆树便打摆子似的颤抖一下，原来树梢的动弹就是这些人制造出来的，那么他们在对老榆树做什么事呢？我又发了一下呆，便急快地下了车，腾开腿脚往前跑去。这时候，我的思绪仍旧停留在玉秀嫂上吊的事上，以为人们还在忙乎这件事。但与此同时，我又不免感到纳闷，玉秀嫂已经在榆树上吊死一天多了，难道还没有把她的尸体弄下来吗？快要跑到那些人身边了，我才看清楚，人们哪里是在弄什么尸体，晃动的树枝上什么也没有，这些人聚拢在这里不过是在对付那棵老榆树，具体说是在奋力砍树，挥舞在那几个人手中的东西不是一般的工具，而是一把把长柄斧头，那几个人把斧头高高地举起来，让它们悠过自己的头顶，在空中划出一个硕大的弧形，同时让明亮的斧刃在日头下闪出一道白光，然后裹挟着一股风落下来，落在老榆树根部的树干上，发出"咔嚓"一声响，随着老榆树像打摆子一样摇晃一下，树干根部的切口处冒出一两块碎木片，打着旋儿飞起来，掉落在人们的脚下，有一块从人们的缝隙间飞出来，正好击打在我的小腿上，让我感到了剧烈的疼痛，好像一把锋利的刀子或者干脆就是人们挥舞在手中的斧子砍击在我的腿上，让我旋即有了一种受到创伤的强烈感觉。怎么回事？我在心里急急地询问，为什么要砍这棵榆树？

我并不觉得自己问出了声音，但事实上那些人却差不多一起回过了头来，这说明我已经把询问声传达给了他们。哎呀，有人立刻发出了回声，原来是莫家老二回来了？在村里，人们还依旧按着过去的习惯称呼我的排行。

你们为什么要砍这棵树？我走到他们面前，又一次急切地发问。

人们没有直接回答我的话，而是争相朝我迎过来，或明显或不明显地和我打招呼。明显和我打招呼的是一个满脸络腮胡子的中年人，是乌龙镇的村主任，其他不明显的则是站在我身后的村民们。那几个正在专心砍树的人也停下手，直起腰身，把淌着汗渍的脸面转向我。

我没有回应村主任的招呼，依旧直愣愣地朝他发问，为什么要砍这棵树？

这个嘛，村主任吸溜了一下嘴巴，似乎在斟酌该怎么回答，或者说这原本就是一个十分复杂的问题，他一两句话不容易向我说清楚，这个你看，啊啊……

为什么？我质问的口气更直接了，好像村主任他们不把这件事说明白，我就会不依不饶似的。

其实它，村主任想了一下，不得不举起一只短粗的手，朝树冠上指了一下，其实它……已经死了。他颇为艰难地说出这几个字，并使劲咽了口唾沫。

啊？我大吃了一惊，一棵好好的树怎么会突然间死了呢？虽说它的年龄太过大了，却一直顽强地生长着，上一次回家我还采摘过它结下的榆钱儿呢，怎么可能说死就死了呢？

似乎是为了帮助村主任证实这一点，一个拿着斧头的家伙转回身去，用斧头在树干上重重地敲击了两下。随着他的敲击，榆树干晃动了一下，随即从树上掉下几根干硬的枝条，摔落在人们的脚下。

我低下头，好像这才发现，原来地下早就掉落了许多干枯的枝条，与那些被砍下来的碎木片掺杂在一起，将我脚前脚后的大片地面都布满了。怎么回事？我又一次惊急地在心里发问，难道它真的已经……我赶紧抬起头，惶恐不安地往分布在空中的树枝梢头看。天哪，我仿佛这才看见，满树茂盛葳蕤的枝梢几乎都变成了干枯的灰色，而且上面没有一片叶子，现在虽然秋季就要过完，可冬天毕竟还没有真正到来，这棵榆树却……

怎么样？村主任那把短粗的手落下来，搭在我肩膀上，用力往下按了一下，我没有说错吧？

它怎么会死了呢？我不甘心地再一次发问。

这我可就不知道了，村主任把他的手收回去，和另一只手一起摊开来，这你应该去问问它自己了。说到这里，他还咧开肥厚的嘴唇，微微笑了一下。

我一时无话可说了。看来要想弄清楚这件事，必须找一个人好好地问一问，那么那个能够向我说明白这件事的人，除了是我的父亲之外不可能会有其他人了，是呀，毕竟这棵树是自己家的，虽然它长在了巷子里，但由于是在自己的家门口，便一直作为自己家的财产为村里的人们所公认。那么父亲到什么地方去了？人家在砍自己家的树，他却一点儿动静也没有，难道说他真的被发生在这棵树上的死人事件吓破了胆，不知道躲到什么地方去了？这一刻，我多么庆幸自己能及时赶回来，不然单凭胆小的父亲，是什么事情也处理不了的。

就在我想到父亲的时候，像是对我的念头做出回应，院落里突然发出了一个含糊不清的声音。二娃，那个声音叫着我的小名说，快别让他们砍树……

我霍地一惊，赶紧顺着声音往院落里看，天哪，我看见院落里的一台拖拉机上捆绑着一个人，一个头发凌乱脸面肮脏的老年人，当然，这个被捆绑在自己家院落里的拖拉机上的人除了是我的父亲，不会是其他的什么人。爹，我丢下那些砍树的人们，掉头扑进院子里，扑向在拖拉机上挣扎不已的父亲，爹，您怎么会……

父亲跺了一下脚，忽然垂下头，呜呜地哭起来。儿呀，父亲一抽一抽地抖着肩膀说，你可回来了……

我扑到父亲面前，伸张开两手，要去解开捆绑着他的绳索。但当我的手触碰到那些在父亲身上左一道右一道缠绕的绳索时，却发现不知道该从什么地方下手，因为我找不到那根绳索的任何一个起点。

不能解开他。这时一个人走上来，伸出两只粗糙的大手，阻止了我继续寻找绳头的努力。

我抬起头，似乎这才发现，在父亲身边站着两个身强力壮的大汉，我明白了，正是这两个像是打手的家伙捆绑了父亲。你们，我立刻把心头的愤怒转向他们，尤其是那个企图阻止我解开父亲身上的绳索的家伙，你们为什么要捆绑我爹？

那个家伙吧嗒一下嘴，本想回答我的问题，但话到嘴边又停住了，转眼去看外面树下的那些人，其实他重点在看其中的一个人，那就是村主任，等他在村主任脸上得到了所需要的信息以后，才又一次张开嘴，对我含糊不清地说，因为他阻止我们砍树。

问题似乎又回到了某个起点上。我愈加愤怒起来，知道再质问这两个打手也得不到所需要的答案，便掉回身，把注意力又一次转向了村主任。给我说清楚，我毫不客气地把手指指向他说，你们为什么要这样做？

面对我的愤怒质问，本来十分强势的村主任竟然掉了一下头，看样子不想和我硬碰硬地对峙下去。莫家老二，村主任以最大的耐心对我说，我们也不想这样对待你爹，毕竟我们是相处多年的老哥们，你哩，也是在外面城市里干大事的人，是我们乌龙镇的骄傲哩，如果不是……我们哪里会找你爹的麻烦呢？

不要说那么好听，我打断了他的话，现在我看见的事实是，你们不但捆绑了我爹，还要砍我家的树，你们……

捆绑你爹是因为他阻止我们砍树，村主任用无可奈何的口气说，而砍树是因为它已经死了……

没有死，父亲连连跺着脚说，我家的老榆树没有死……他仰起头，用泪水蒙蒙的目光看着伸展到天空里的榆树枝丫，它根本就没有死，它活得好好的，你们却要把它……

看看，村主任朝我指了一下父亲，嘴角往一边斜了斜，口气变得更加富有嘲讽意味了，你爹他已经糊涂了，这么明显的事实他都看不出来，我们真是拿他没办法了。

我一时不知该说什么好，是呀，那棵榆树明明已经死去了，这点我看得很清楚，如果不是故意睁着眼睛说瞎话，我就要承认这个毋庸置疑的事实，而父亲却……我不能不疑心，如果父亲不是像村主任说的那样"老糊涂了"，那就是胡搅蛮缠，故意和村主任和大家过不去……这点我是能够理解父亲的，毕竟那是自己家的树木，是自己家的财产，村主任他们居然要把它砍掉，这不是公然侵占别人的私产吗？但我在理解父亲的同时，又感到了他这个做法的好笑，毕竟那棵榆树已经死了，这是有目共睹的事实，他却硬是不承认，这让他不仅不能达到自己的目的，而且会引发别人的嘲笑和愤怒，不招致自己的被捆绑才怪呢。想到这里，我又转向父亲，小声地提醒他说，爹，那棵树确实已经……您就不要再不承认这件事了……

什么？父亲瞪大了眼睛，连你也说它死了？

是呀，我摊开两手说，它明明已经没有一片叶子了……

你这个叛徒，父亲愤慨地叫骂了一声，居然睁着眼睛和他们一起说假话，你的心被狼叼去了？

他已经疯了，村主任不失时机地凑上来，频频摇着头说，你说除了捆绑他外，我们还能找到什么好办法呢？

我有些语塞，为了逃避父亲对自己的指责，我只有掉转身，重新回到了院门外,回到了榆树下。

村主任跟在我身后,用问询同时也是决定的口气说,既然这样,我们就只能继续砍树了吧?说到这里,他抬起手,要对那几个等待着他的刀斧手下达命令了。

虽然它死了,我拉住他那只手说,可你们也不能把它砍倒呀,谁又能保证它过一段时间不能重新活过来呢?

这种可能性也不是没有,村主任讪讪地说,可我们不能等下去,我们也管不了那么多,为了不让以后的……悲剧……我不知道话是不是这么说,老二你是学问人,如果我说得不对,请你不要笑话我,为了不让以后的悲剧再发生,我们只好接受别人的请求,来对这棵树……

等等,我又一次打断了他的话,您说您是在接受别人的请求?

是呀,如果不是别人请求村委会这么做,我又哪里会让他们来对这棵死树下手呢?

是谁,我纳闷地说,是谁在请求你们这样做?

是……村主任抬起手,往周围划拉了一圈,忽然停在了一个方向上,是他。

我随着他的手势去看,开始还以为村主任是在瞎指一通,目的是蒙骗我,同时给他自己一个虚假的理由,我实在不相信,谁会向村委会提出这样的请求?也就是说,谁会打我家树木的主意呢?但当我随着村主任的目光停留在某个地方时,却忽然吃了一惊,因为我看到了一个人……原来村主任的手指并没有胡乱画圈,而是真的停在了一个人的身上,我随着他的手指看向那个人,心里不禁一跳,这才明白,在我和村主任他们交涉砍树这件事的时候,一个人就蹲在对面的一幢房顶上,两手抱在胸前,正在有滋有味地看着我们呢,好像在欣赏一出有趣的大戏。根水?我禁不住叫出声来,是呀,我已经认出来,那个蹲在房顶上观看我们"演出"的家伙就是我的邻居,具体说是玉秀嫂的儿子李根水。

看到我发现了他,李根水急忙爬起来,掉转回身,朝房顶的另一端跑去,很快便消失不见了。

为什么?我跺着脚说,李根水为什么请求你们砍我家的树?你们又为什么要听他的话?

因为……村主任吞吞吐吐地说,因为李根水他娘在这棵树上吊死了……为了防止这样的悲剧再次发生，我们不得不采纳他的建议，把这棵老树砍掉……

听到这里，我才总算明白了事情的来龙去脉。

但凡吊死过人的树，村主任鼓着勇气说，我们都不能让它待在这个世界上，不然，说不定还会有人……说到这里，他禁不住掉回头，用恐惧的目光朝身后的榆树看了一眼，似乎生怕他的话会得罪了它似的。

我咽了一口唾沫，知道自己再也找不到阻止他们砍这棵树的理由了，是呀，在他们眼里，这棵树已经变成了一件不吉利的东西，已经得到了众人的憎恨，如果它要想在这个世界上存在下去，除非它自己显灵以外，别人实在是帮不上它什么忙了，父亲拒绝承认它死亡的荒唐做法，不仅救不了它的命，反而会引来人们的一番嘲笑，甚至招致了人们对他的捆绑，而我自己，此刻就连这样愚蠢的办法都找不出来了。老榆树呀，我在心里悲哀地对它说，实在对不住您了……

一看我沮丧的样子，村主任就再次信心十足起来，举高他那只肥短的手掌，对着那几个满心期待着他的刀斧手们挥舞了一下，用分外高亢的声音下达命令说，继续——

他的话音未落，刀斧手们就再次挥起手中的斧头，更加用力地朝榆树根部的树干上砍去，咔嚓咔嚓的砍击声一下响过一下地传播到远处。除了那几个在树下砍击的刀斧手们，另有几个人还嫌这样的砍击太慢，便把竹梯架到树干上，然后踩着梯子爬上树去，用斧头去砍击那些分布到四下里去的枝杈。随着树干愈加剧烈的晃动，空中落下了更多的干枯树枝，像一群死鸟一般散布在我脚前的地面上。

就在我闭上眼睛，不忍再看这些让我感到痛苦的情景时，忽然听到一个惨痛的叫喊声从人群里发出来，哎哟，我的脚……我睁开眼睛，看见一个刀斧手突然丢掉手中的斧头，俯下身子去抱自己的一只脚，但他还没有把脚抱在手里，身子就失去了平衡，像一个真正的瘸子一样跟跄了几下，一头栽倒在地上。望着那个在我面前一边哀嚎一边挣扎的家伙，我呆怔了一下，猛地明白过来，原来他的斧头把自己的一只脚砍中了。

人们都停下手，呆呆地去看那个受了伤的家伙。村主任有些慌，但还是很快镇定下来，朝人们频频挥着手说，别停，继续砍下去……

咔嚓咔嚓的砍击声又响起来，但与刚才相比，不仅声音变得小了，节奏也慢了许多。可这样有气无力的砍击声支撑了没多大会儿，随着又一声惨烈的喊叫，哎哟，我踩空了……一个黑色的影子从空中落下来，像一只被猎枪打断翅膀的大鸟，已经失去了飞翔的能力，仅仅在空中翻腾了两下，便急快地掉落在我脚前，掉落在那些干枯断裂的树枝里。我望着那个一动不动趴在地下的家伙，想着刚才他像猴子一般矫健地爬竹梯的情景，一时有些反应不过来。

不好了，出人命了。所有专心对付那棵树的人都停下了手，围到那个被摔死的家伙身边，睁着惊恐的大眼看他。

你们……村主任想再次对他们挥手，但他只是把手抬了一小下，便也像中弹一般垂下来，他知道面对两个接连出事的人，自己就是把话说出花来也没有用了。

人们不敢再待在老榆树下，抬起那两个或死或伤的人，急急忙忙地走出巷子，在街道上消失不见了。

好你个……临走前，村主任又吃力地回了一下头，用惊惶不安的目光看了一眼老榆树，便像被强光刺疼了眼睛一般，赶紧地低下头去，好你……他一边有气无力地嘟囔，一边也小跑着向街道上溜去。

那些砍树的人都走光了，巷子里只剩下了我一个人。难道你真的显灵了？我走到榆树身前，伸出手，小心地抚摸那些留在树干根部的伤口。我觉得手指有些黏稠，就像浸泡在了什么浓烈的液体中一般。我把手指举到眼下看，不禁吃了一惊，我看见手指头上沾满了红色的液体，就像涂抹了鲜艳的血水一样。我掉开眼，再次往榆树的伤口处看。老天，那些在伤口里荡漾着的液体怎么变成了红色？看上去它们除了像极了刚刚流出血管的血水以外，不会让我联想到其他任何的东西。

我终于解开了父亲身上的绳子，把他从拖拉机上慢慢放下来。父亲大约被捆绑了很长时间，离开拖拉机时，身子已经有些伸不直了，两腿拖在地上，几乎连一步也迈不动了。我只好蹲下来，让他趴在我的背上，驮着他进到了屋里去。此时，天色正在黑下来，从我们头顶上飞过去许多只寻找地方过夜的鸟儿。

父亲躺在炕上不想动弹，我只好自己动手做饭，而以往每次回来时，都是父亲来为我做饭的。父亲做饭的功夫算不得怎么样，尽管母亲去世后他都在亲自干这件事，却始终不能让饭菜变得有滋有味，我每次吃他做的饭，都像吞咽干草一样感到困难。说起来,父亲这多半生也实在不容易,作为村里的独姓门户,他在日常里不受到人们的一些欺凌是不可能的,再加之母亲的早逝,这个半老的光棍是怎么度过那些孤苦日子的,我能够想象出一部分来,对于剩下的另一部分,我这个没有身在其中的人就算绞尽了脑汁,也是无法获得任何印象的。我忽然决定拿出看家本领,为父亲做一顿像样的饭菜,也算是为他尽一回孝,自从长这么大以来,我还没有动过这样的念头。父亲,我在心里愧疚地对他说,让您吃苦了⋯⋯

我颇费了一番工夫,终于把这顿饭做好了。父亲在拖拉机上捆绑了多半天时间,本来没有多少吃饭的心思,但经不住飘溢过来的饭菜香味的诱惑,不等我来叫就自己爬下炕来,摸摸索索地坐到了饭桌前。父亲大口地吃起来了,我却在一边坐着,只是看他吃,并没有动一下自己的碗筷,虽然我肚子也饿得不行,却没有吃东西的欲望。我忽然感到,就这样看着别人吃东西,尤其是吃自己做出来的东西,也是一种难得的快乐。父亲大约很久没有吃过如此可口的饭菜了,一时忘记了自己的吃相,虽然他是一个早就进入了老年岁月的人,但在我眼里,却突然变成了一个没有出息的孩子,由于吃得过于仓促,有好几次都差点呛着了。我真想对他说一句,慢着点儿,不够我再给您做⋯⋯我费了很大劲儿,才把这句就要脱口而出的话咽回去,而眼睛一阵潮湿,两滴泪水竟然不经意间冒出来。为了不让父亲看到,我急忙掉开了头,并随即站起来,从饭桌边远远地走开。

父亲似乎这才注意到我,有些不情愿地停止了吃喝,用筷子敲敲桌沿说,你怎么不吃?

我,我艰难地吞咽了一口唾沫,我不饿⋯⋯您自己先吃就是了⋯⋯

好吧,那就随你的便吧。父亲吧嗒了一下嘴,又埋下头去,专心致志地吃喝起来。

我直直地看着他,原以为父亲会说,你怎么会不饿?我们还是一起吃吧。但父亲却没有这样说,不由得让我有些失望,再看父亲手忙脚乱吃喝的样子,心里也感觉不到那么痛快了,心头反升起一股淡淡的厌恶情绪。是的,我明确地知道,那股开始在心头翻腾的情绪的确就是厌恶。在又转悠了两圈后,我终于克制不住,一转身回到了饭桌前,在父亲对面的椅子里坐下来。当然,我并没有和父亲争吃已经剩余不多的饭菜,此时我不但没有让食欲增强,反而更加感觉不到饥饿了。您能不能告诉我,我径直对父亲说,玉秀嫂为什么要在我们家的榆树上吊死?

你,父亲有些意外地看我一眼,你为什么这个时候问我这个?他稍稍停顿了一下吃喝,但随即又把注意力转到了饭菜上。你先让我把肚子填饱了,等一下再和你……

我却不想再等下去了,伸出一只手,压在父亲手里的筷子上。这件事到底与我们家有没有关系?我提高了一下声音说,我一定要搞清楚。

父亲不得不停下来,用不甘心的目光看着我。好吧,他知道自己拖延不下去了,便恋恋不舍地放下了筷子,那就……反正我也吃得差不多了。说着,他用那只腾出来的手抚撸了一下肚子,并随即打了一个饱嗝。既然你那么想知道这件事,那我就和你好好地说说,也免得让这件事一直压在我心里……

于是,在越来越浓烈的夜色的笼罩下,父子两个在炕沿上坐好,开始了接近半个夜晚的深入交谈。

如果我不把这件事说明白,父亲这样起头说,那我就真的在乌龙镇混不下去了。说到这里,他还高高地挥起一只手,我要为自己洗白,我要把倒在我头上的脏水统统……

我心里一紧,看来事情真的比自己预想得还要严重。我往前凑了凑身子,极力向父亲作出仔细聆听的样子。

实话对你说,父亲极力用真诚的口气对我说,我和那个女人一点儿关系也没有,街上那些传言不过是胡乱猜疑,是无中生有的造谣……

街上都有什么样的传言?我脱口问道。但等话出了口,我又有些后悔起来,也许不该这样问父亲。我不觉把目光从父亲脸上收回来,躲躲闪闪地去看地下,似乎自己犯下了什么过错。

对我的这句问话,父亲自然也有些意外,斜过头,在我脸上恶狠狠地看了一下。那些传言……他的嘴唇不住地颤抖,想对儿子的问题来个痛快的回答,却又不知该从哪里下口。

如果不好说,我不想看到父亲如此为难,便主动为他开脱说,那就不要说了。

为什么不说?父亲更为愤怒起来,你以为那是一件见不得人的龌龊事?说到激动处,他挥起一只手,攥成拳头,使劲砸在他面前的炕沿上。

我不好再说什么了,便沉默下来,只是在心里嘟囔,既然要说,那您就说吧。

我冤呀,父亲忽然仰起脸,对着灯光远处的黑暗处长叹一声,脸上全是失意落寞的表情,本来我和那个女人干干净净的,从来也没有发生过腌臜事,可那些多嘴多舌的人却捕风捉影,硬是编排出一些……好像我们真的……

连您都在说是捕风捉影,我在心里对他说,那是不是说,事情真的不是空穴来风呢?

尽管我没有开口,父亲却好像知道我心里想什么,意识到不能不把事情说仔细一些了。其实他们也并不是凭空造谣,他退后一步说,那个女人的确经常到我们家门口来,尤其是天傍黑的时候,她都要来我们家门口走上一趟,如果我碰巧也在院子里,她便会走进来,和我说上几句话……就是这样一些正常的交往,到了他们嘴里却完全变了味儿。说到这里,父亲跺了一下脚,挥舞着两手比画说,他们说一个寡妇趁着天黑溜墙根,爬墙头,都是因为熬受不住寂寞了,才来找一个半死不活的老光棍勾勾搭搭……

别说了。我不想再听下去,便抬手做了个手势,希望他就此住嘴。

还有比这些话更难听的呢,父亲却似乎说上了瘾,两手比画的幅度更大了,他们还说……

爹,我只好拉住他的手,哀哀地对他说,求您了……

父亲不好再说下去了,便有意识地闭紧了嘴巴。但过了一会儿,等我的情绪平复下来,他又主动开口说,其实也不怨那些人瞎说,你玉秀嫂毕竟每天傍晚都到我们家门口来。说到这里,他有意停顿了一下,你不想知道她到这里来干什么吗?

我看了他一眼,并没有表示什么,我当然渴望知道,可又怕父亲说出更让我害怕的话来。

实际上她是来喂一只兔子。父亲用揭开一个谜底的口吻说。

喂……兔子?我吃了一惊,这可是我没有想到的一个答案。喂……什么兔子?我有些想不明白。

李线长那个王八蛋在家的时候,不是养过一只兔子吗?父亲提醒我说。

我想了好一会儿,才朦胧地记起来,好像是有这样一件事儿。但那是快要二十年的事了,我有些不解,那只兔子怎么可能会活到现在?

这个……父亲张了张嘴,有些难以回答,却又顾自说下去,这我就说不明白了,反正她每天都来喂那只兔子。

问题是,我愈加困惑了,她为什么要到我们家门口来喂兔子? 难道说那只兔子和我们家有什么关系不成?

这么说也不是没有一点儿道理,父亲选择着合适的字句说,但这不是说那只兔子与我有什么关系,而是与我们家门口那棵歪脖老榆树有很大的关系。

听到这里,我似乎有些明白是怎么回事了,便抢过话头说,莫非那只兔子住在老榆树的树洞里? 我想起来了,在那棵老榆树的根部,曾经有一个碗口大的树洞。由于老榆树活得太过长久了,树身的里芯便开始朽烂,而外面的树皮却相对完好,天长日久,终于在根部裸出了一个洞口,随着风剥雨蚀的侵袭,洞口越来越大,以至于都快要装进去一只碗了,我小时候注意到,一些刺猬、蛤蟆之类的小动物时常出入其间,没想到李线长家的兔子也到里面居住了,那么那个树洞里面到底藏匿了多少种动物,还有那个黑乎乎的树洞里面到底有多深并通向哪里,恐怕只有那些栖居在里面的小动物们知道,外面的人包括这棵榆树的所有者——我们父子二人是根本说不清的。

那个女人待那只兔子真的没得说,父亲感慨地叹口气说,每天傍晚都端着一碗好吃物到树洞口来喂它。说到这里,他克制不住地吧嗒起嘴来,咂咂,那真是一些难得的好吃物,离着老远我就闻到了一股热腾腾的香气……他眯起眼,沉浸在了那股香气带给他的美好回忆里。

我赶紧掉开了眼,不忍再看他不意间暴露出来的没出息的样子。

她把那么好的东西都喂给那只兔子吃了,让人看了真是心疼……父亲痛惜地摇着头说,对那只兔子,她比对自己的儿女都照顾得周到……当然,她的儿女们不在身边,想要照顾他们也办不到哩。

我想起来,玉秀嫂的儿女都到城市里打工去了,家里只剩下她一个人,也许正是这种孤独和寂寞,才使她把所有的心思都用在了那只幸运的兔子身上。那她又怎么会在老榆树上吊死了呢? 我又一次问道,该不会也与那只兔子有关吧?

怎么与那只兔子没关? 没想到父亲接上我的话说,前几天,差不多每到半夜时分,我就会被外面传来的动静惊醒,再也无法睡下去了,便爬起来,打开屋门到外面去看。我们家的院门早就被我拆掉了,所以我只要出了屋门,就能看见院门外的情况。我看见一个矮小的身影把一架长长的梯子竖到榆树身上,然后慢慢地往上爬。我很快就认出来,那个沿着梯子上树的人就是那个女人……

她为什么半夜里往榆树上爬?我纳闷地说。

开始我也不明白,等我来到院子里,也抬起头来,试量着往榆树上看。天哪,借着微明的月光,我看见在老榆树那根歪斜的树杈上,坐着一只兔子……

坐着一只兔子?我呆怔了一下,随着对那只坐在树杈上的兔子的想象,差点笑出声来,一只兔子坐在树杈上,这是什么样的一个情景?

那只兔子不光坐在树杈上,父亲绘声绘色地说,而且手里夹着一支烟,正在嘟嘟囔囔地念经呢。

这次我真的笑出了声。一只兔子居然会念经?我连连摇头,这也未免太可笑了吧?而这又怎么可能呢?

怎么你不信?父亲有些恼怒,看我的目光里充满了火药气。

这个……我挠了挠头皮,真不知道该怎么回答他的问话,这应该是鬼怪小说里才有的情景吧?我只能说了一句不太着边际的话。

你的意思是,父亲瞪视着我说,我在谈鬼说怪?

我张口结舌,不知道该怎么回答他了。

好吧,就当我是说鬼话吧,父亲信誓旦旦地说,那几天夜里,我看见那只兔子坐在树杈上,一边吧嗒着嘴唇念经,一边打着响指说,上来呀……它当然是在对下面那个爬树的女人说。大概正是由于受到了它的蛊惑,你玉秀嫂才会被树杈勒住了脖子……

什么?我大吃了一惊,玉秀嫂是被树杈勒死的?

当然,你以为她是真的要去树上上吊?

原来……我沉思起来,这可真是一件怪事,一个女人半夜里架着梯子去爬树,而树上却有一只兔子在念经……我无法让自己想下去了,父亲的话未免太过荒唐,如果他不是故意说瞎话的话,那就是他在述说自己的一个梦幻。

我看见那架竖在树上的梯子翻倒了,父亲拍打着胸脯说,知道大事不好了,等我跑到树下,仰起头来看,那个女人的两条腿已经快要踢腾不动了……说到这里，父亲倒吸了一口冷气，眼睛里闪出惊惧的目光，好像又一次目睹了那个夜晚里的恐怖景象。

我无心再听他说下去，父亲的讲述早就偏离了事情的真相，也已经变得没有太大实际意义了。我忽然想到了村主任说过的话，"他已经疯了"，难道父亲真的变成了一个疯子不成？

这样的情景我以后再也不要看到，父亲用两手抱住了自己的脑袋，本来我的心思都在那台拖拉机上，如果再给我一年的时间，我就会让它真正地飞起来……可自从看到了那个女人被树杈吊死的情景，我就发现自己的脑子不够用了，如果一味地这样下去，我到什么时候才能把我的飞机送到天空里去？

父亲越说越有些不着调了，我闭了一下眼，在心里发出一声痛苦的叹息。

看看我画的这些图纸，父亲从炕席下翻找出一大摞纸张，逐一在我身边摊开说，我已经找到了攻克这个难题的方法，相信早晚有一天，我会让我的拖拉机变成比鸟儿还要灵活的飞机……

我也像父亲那样用两手抱住了脑袋。不要，我在心里对他一遍遍地叫喊，不要——

六

玉秀嫂的葬礼举办得很简单，多少有些出乎我的意料。本来玉秀嫂所在的家庭在乌龙镇是属于绝对的大姓，她的丈夫李线长在家族里的辈分也不低，按说这个葬礼应该举办得像模像样才对。村主任也是玉秀嫂的本家，倒是想把葬礼往大处办，但无奈心有余而力不足，并不是人们不听他的号令，而是根本找不出多少供他支派的人来，眼下秋收已经过去，大多数劳力都外出打工去了，村里只剩下了一帮老弱病残，就连玉秀嫂的儿子李根水和女儿李桂花都是连夜叫回来的，那些帮助他们一家出丧和砍树的人也是临时回到村里来的，作为玉秀嫂家的本家近亲，他们有责任赶回村里来尽一下义务。

作为外姓人，我原没有必要非去参加葬礼不可。由于砍树被绑那件事，父亲对李根水他们有了不小的成见，就公开宣称"不去凑那个热闹"，当葬礼在院墙那边举行的时候，他却一个人待在屋里，描描画画地搞他的拖拉机飞行设计。但我却没有丝毫犹豫，便迈着大步往葬礼上去了，父亲越是不去，我自己越是要去，老莫家不能在这个时候当缩头乌龟，不然以后我们就真的在乌龙镇待不下去了。其实这些年来，不管遇到村里哪户人家有红白喜事，只要我在家，就会义无反顾地前去帮忙，不在家时便通过电话告诫父亲，千万不要与老家的父老乡亲们离心离德，也许别人可以在这件事上马虎一些，但自己一家作为外姓独门，是必须时刻绷紧这根弦的。既然别人家的事我都热心去帮忙了，而玉秀嫂是自己家的邻居，正像俗话说的那样，远亲不如近邻，现在这个近在咫尺的邻居出了祸事，我就更不能站在一边看热闹了。

　　尽管葬礼举行得有些简单，但有村主任等人尽心操办，加之李根水兄妹卖力地哭泣，整个葬礼还是充满了浓烈的悲伤气息。玉秀嫂的棺材被放到墓穴里去了，我和几个汉子挥着铁锨往里面填土。坑穴渐渐被填平，并开始隆出了地面。我很久没有干过这种重体力活了，一时累得不行，腰酸手也疼，便停下来，打算歇息一下。就在这时，我发现了一个不太正常的现象，坟墓还没有完全落成，一个极其关键的人就不见了影子。当然，对这个葬礼称得上关键的人，除了玉秀嫂的儿子李根水外，就是她的女儿李桂花了，其他诸如村主任等人便没有那么重要，如果他们中的哪一个人离开了坟地，是不会引起我注意的，现在的问题是，那两个最为关键的人中的一个却消失不见了，而葬礼严格说来还没有举行完毕呢，作为死者的女儿怎么就擅自离去了呢？也许其他人没有注意到这一点，整个葬礼上只有我发现了这个不同寻常的现象。但我并没有向别人声张，甚至为了不引起别人的发现，我没有再四处张望，便赶紧低下头，重新挥起铁锨往越来越高的坟丘上培土，只是在心里纳闷地说，李桂花，你到哪里去了？

　　我从坟地里回来，迈着疲惫的脚步往巷子里走，想尽快回家休息一下。但经过玉秀嫂家的屋墙时，我忽然听到一阵哗啦哗啦的声音，像是从屋子里发出来的，便不禁停住了脚步。我觉得很奇怪，玉秀嫂家的人都到葬礼上去了，什么人会在他们家屋里弄出了动静呢？我靠近屋墙上的窗户，仔细聆听了一下，没错，声音的确是从屋子里发出来的，而且从那一串串"哗啦"声里判断，应该是什么人在做一个与水有关的动作。我想象不出屋子里发生了什么事情，本来不打算管这号闲事，但又担心在他们家人不在的情况下遭遇什么不测，比如失窃什么的，便在犹豫了一下后，还是果断地掉转身子,大步流星地朝他们家院门里走去。

一进玉秀嫂家,我便直奔发出声音的那间屋子的门口,见门板紧紧关闭着,不像是有什么人闯进去过的样子,但随着距离的接近,那种哗啦哗啦的声音更响亮了。我伸手在门板上推了推,门板却纹丝不动,说明是在里面上了闩,便把手缩了回来。我还没有想出接下来该怎么办,里面的哗啦声便停住了,虽然我推门的动作很轻,还是惊动了里面的人,说明那人也在做着防范外面人的准备。

谁?里面传出一声喝问。

我听出来,这是一个女声,由此我没费什么劲儿,便断定里面的人是李桂花,不禁恍然大悟,怪不得在坟地里看不到她的影子,原来她是提前回家来了。你母亲的葬礼还没有举行完,我在心里不满地对她说,你怎么就回家来……弄什么水呢?尽管对她有些不满,我却没有继续管闲事的兴致,便又回过身去,打算尽快从这里走掉。

说话,李桂花又一次问道,谁在外面?

听她接连发问,我只好潦草地回应了她一句,是我……

一听我的声音,李桂花就知道我是谁了。是二叔呀,她按照街坊的辈分称呼我说,你在门外干什么呢?

我在心里说,我还没有问她,她倒问上我了,便硬通通地问她说,你哩?你在屋里干什么呢?

李桂花似乎迟疑了一下,才用不情愿的口气说,我在屋里洗澡呢……

洗澡?我吃了一惊,也便一下子明白了屋里的哗啦声是怎么回事。我真是没有想到,李桂花冒着不孝的风险提前回到家来,竟然是藏到屋里洗澡,这未免也太有些违反常规了吧?我没有想明白这件事,却很快觉到了尴尬,不管怎么说,那个在屋里洗澡的女人都是我的晚辈,而自己这个长辈男人却来屋门口询问,天哪,我干了一件多么不合时宜的荒唐事……意识到这一点,我的脸不觉涨热起来。

二叔,过了一会儿,李桂花继续问道,你还在外面?

我这才有些反应过来,原来自己已经在门外站了很长时间。你为什么还不离开这里?我在心里不解地问自己。我……走了……我简单地应付一声,就要往回走。

我已经洗完了,就在这时,李桂花却突然打开了门板,抖着一头湿淋淋的头发出现在屋门口,你可以进来了。

我不禁停住了脚,却一时不知道该怎么办。我……没有事……我支支吾吾地回答她说。

不会没事吧？李桂花有些不相信地说,你来推我的门,一定是有事找我呢,反正我也洗完了,你尽管进来说就是了。

我知道她产生了误会,更知道对她说不清楚这件事了,看来与其和她纠缠下去,引发更多的误会,还不如将错就错,进屋去向她说明白自己的来意,也才能让双方都放下这件事来。于是,我便硬起头皮,迎着她朝屋门里走去。与李桂花交错而过时,我虽然低垂着眉眼,目光的边角还是扫到了她半裸的臂膀,鼻息虽然也没有抽动,但她身上散发出的湿漉漉的香味,还是像清风一般朝我扑面而来。这一刻,我竟然不易觉察地颤抖了一下。

等我进到了屋里,李桂花转过身去,从地下端起一只大木盆,迈着小碎步把它弄到一边去。大木盆里盛满了水,看起来很沉的样子,她端得有些吃力,由于手臂不稳,里面的水晃荡起来,有一些溅出盆沿,朝我这边泼洒过来。浇到你脚上了吧？李桂花放下木盆,用充满歉意的目光看着我说,我来给你擦擦……说着,她就抓起一块毛巾,要来给我擦脚。

我本能地朝一边躲去。不用不用,我赶紧声明说,没事没事……为了不让她靠近自己,我顺势在身边的一把椅子里坐下,并把脚尽力往椅子下面藏。

我办事老是有些毛糙,李桂花不好意思地说,这不都在外面帮人家做事好几年了,还改不了这个老毛病……她把那块毛巾从我面前收回来,随即捂到了自己的头发上,一下一下地揩擦着上面的水渍。

我虽然没有正面看她,却感觉到她刚刚洗过澡的样子很好看,头发蓬松,面孔潮红,身子其他裸露的肌肤都散发出温润清新的气息。我很想用一个时髦的词来形容她此刻的样子,而且这个词不请自来地跳到了我的脑子里,性感,没错,此刻李桂花给我的印象就是一副十分性感的样子。但这样的念头只在我脑子里出现了短促的一小会儿,便急快地散走了,我随即便意识到,自己实在不该动这样的念头,不管怎么说,李桂花都是我的晚辈,刚才还叫我"叔"呢,我怎么能在这样一个人身上使用"性感"一词呢？为了掩饰内心里的尴尬,我没话找话地对她说,你在外面帮人家做什么事？

保姆。李桂花简洁地回答说。我还没有接上她的话,她又主动朝我述说起来,我这个洗澡的毛病,就是在别人家干保姆的时候染上的。

我奇怪地看了她一眼,似乎没明白她的意思。

李桂花更加有了说话的欲望,拉过一把凳子,在我身边靠近了坐下。原先我并没有这个爱好,她这样开头说,你想在我们乡下,根本就没有这样的条件,你们男人可以光屁股到河里去洗,我们女孩子可怎么办呢?不瞒你说二叔,我在外出打工之前的那些年里,就从来没有像模像样地洗过一回澡……说到这里,她脸上呈现出一副极度懊悔的神情。直到来到了城市里,我才知道可以在自己的家里洗澡,那些什么浴缸浴盆呀,水管喷头呀,更别说什么沐浴露搓澡巾了,我都是第一次见到,天哪,人家城里人可真会享受,居然把洗澡的东西都摆放在屋里,只要关起门来,想怎么洗就怎么洗……二叔你想不到我第一次在浴室里洗澡的情景,别提多狼狈了……说到这里,她大概也想到了自己的狼狈相,脸色有些涨红起来。

我有些坐不住了。这个没心没肺的女人,我在心里埋怨她说,竟然让别人想象她洗澡的情景……为了掩饰自己的不自在,我把脸转到一边去,盲目地朝四处看着,朝她表现出一副心不在焉的样子,似乎这样就能让她中止述说。

李桂花没有留意到我的反应,依旧兴趣盎然地说下去,从第一回洗澡开始,我就觉得把自己的身子泡在热水里真是一种享受……从此以后,只要主人们上班去以后,我就打开水龙头,把热水和凉水兑好,痛痛快快地洗上一回,有时一天洗一次,有时一天洗两次……我真的是洗上瘾了,一天不洗都受不了,觉得自己的身子脏得不行……每次洗澡,我都反复揉搓自己的身子,每个地方都不肯放过,我觉得自己的身子很不干净,就是刚刚洗过也立刻又变脏了,必须接下来再洗一遍……我对着自己的身子搓呀搓呀,很多时候都差点搓出了血来,还不能让自己罢手……有时甚至会产生很恐怖的念头,恨不能揭下自己的皮来……

听到这里,我不用再做分析便判断出来,她这是患上了沐浴强迫症。我把手伸进衣袋内,在里面抓摸了一下,还好,我在衣袋内装着一只橡圈,便把它取出来,朝她递过去。试试这个吧,或许对你会有帮助的……

这是什么?李桂花把橡圈接到手里,不解地看着它说。

我想了一下,还是决定不告诉她事情的真相,只是模棱两可地说了一下橡圈的使用方法，便打算告辞出来。我不能老是待在一间屋里听一个女人诉说洗澡的事儿，就算说者真的没有什么多余的想法，我这个听者却很难平心静气地听下去。

见我要走，李桂花这才不情愿地把话转到正题上来，二叔你们不要误会，我不是对我娘不孝，葬礼没举行完就偷偷地跑回来洗澡……我是实在受不了身上那些脏……一连几天我都跪在地下哭，弄得身上全是土，脸上全是泪……我已经咬着牙忍受了好几天，如果再不泡到水里洗一回，我担心即使在葬礼上我也会发疯的，那样一来可就……所以我没有等到葬礼结束就……

听到这里，我禁不住安慰她说，没事，没人那么说你……在回家的路上，我还在心里一遍遍地对自己说，她是一个病人，自己作为一名医生又怎么能责备病人呢？

回到家后，我一直在想李桂花的事儿，忽然头脑有些恍惚起来。在我的记忆里，李桂花是一个粗粗拉拉的女人，不仅长相土气，而且做事也十分毛糙，根本与"性感"这样一个靓丽的词搭不上界，但不知怎么回事，在我与李桂花相处的那段时间内，我却毫无预兆地使用了那个词来形容她，到底是什么原因造成了这个奇怪现象的出现呢？我简直疑心，刚才自己所面对的那个有些"性感"的女人，根本不是我所熟悉的邻家女人李桂花，而是一个从自己的幻觉中跳出来的神秘女人……我忽然觉到有些头疼，赶紧把这个怪异的念头从脑子里驱走，尽力让自己的情绪变得平静一些。

这天夜里，我不再想李桂花的事了，打算早早休息，乡下没有多少娱乐方式供我消磨时间，再说我也不喜欢去凑什么热闹，还是一个人去梦乡里待着吧。但我刚刚爬上床，就听到屋门轻轻响了一下，好像有一只手在推门板。我以为是自己的听觉出了差错，便没有怎么在意，依旧从身上往下脱衣服。可外面传来的声音更明显了，而且不仅停留在推门上，而是变成了清晰的呼叫。二叔，睡了吗？那个声音说，给我开一下门，我有事问你。没错，这应该是李桂花的声音，也就是说，此时李桂花就站在屋外，在推我的门板而不开的情况下，只好用声音表达进屋来的意愿了。我拍拍自己的耳朵，知道自己没有产生幻听，但又不想在这个时刻放一个女人到身边来，在稍稍犹豫了一下后，还是硬起头皮说，我已经睡下了，有什么事明天再说吧。

可我等不到明天了，李桂花在外面执拗地说，我知道你没有睡，因为你的灯还亮着，就请你开一下门，让我进去说句话吧。

我有些为难起来，如果真的放这个女人进来，会不会发生什么不可预测的事呢？不知为什么，我忽然有些担心，生怕稍一大意就会让自己掉到某个坑穴里去……这样一想，本来就要伸到床外去的两条腿又缩回来。

你怎么回事？李桂花快要有些恼怒了，就让我在外面干站着？再不开门我就要大声喊了。

我一下子紧张开了。不要，我赶紧朝外叫喊一声，我马上就来。我不敢让她弄出更大的动静，如果因此惊动了更多的人，那自己可真要有什么说不清的事情了。我一边往床下走一边在心里问自己，莫非你真的被这个神经病缠上了？我打开了门板，但两只手却就势抓住两边的门框，仅仅是把身子探出来，打量着门台下的那个人影。你有什么事？我用冷淡的语气问她。

李桂花并不想回答我的话，而是想要进到我的屋里来，但见我拦在门口做出的拒绝姿态，本来探出来的身子只好又收回去。你不让我进去说？

我咽了口唾沫，还是决定直言不讳地对她说，如果你再说那些洗澡的事儿，那就不要进屋去了……

我的话还没有说完，李桂花就咯咯地笑起来。二叔你怎么了？她斜起嘴来笑话我说，都到这时候了还想着那些事？

听我这样说，我倒不好意思起来，好像自己的内心有一块见不得人的黑暗地方似的，脸孔不禁热了一下，好在现在是黑夜，天上没有月亮，几点星光也很暗淡，李桂花不会看出我脸色的变化。那你还有什么事儿？我的两只手不觉从门框上放下来。

我是来问问你，李桂花脱口说道，我洗澡上瘾的事儿到底能不能治好……

我没听完她的话，两手立刻又放到了门框上，原来你还是来说这件事的？

李桂花还没有做出反应，远处就传来一阵呵呵的笑声。虽然那笑声是压抑着的，想必笑者是用手掩着嘴唇，但在静谧的黑夜里还是听得十分清晰。李桂花有些恼怒，霍地回过身去。李根水，她大声叫道，你躲在高处听别人说话，算什么本事？给我滚。说罢，就从脚上脱下一只鞋子，使劲朝远处扔去。

我不知道笑声的发出者李根水在什么地方，却听到李桂花的鞋子从院子上空飞过去，打在对面的房檐上，发出啪嗒一声响，像一只黑乎乎的死鸟栽下来，落在地下的黑暗里。我随着响声往对面的房顶上看，发现一个人影从房顶上站起来，急快地晃摆了一下，便在那边消失了。我这才明白，原来在我和李桂花说话的时候，她的弟弟李根水就坐在对面的房顶上看着。我想起来，昨天李根水也是躲在那个地方的。

李桂花颠跶着一条腿，到对面墙壁下寻找她的鞋子去了。她在黑暗里摸索了好一会儿，才把鞋子找到，穿在脚上，又走回到我面前来。这个狗东西，她气呼呼地说，净干偷偷摸摸的事儿。

他为什么老在房顶上坐着？我纳闷地问她。

这你还不知道？李桂花随口说，他是打你家老榆树的主意呗。

我吃了一惊，原来他是……

李桂花朝我凑近了一步说，自从我娘出了事儿，他就恨上你家这棵老榆树了，不止一次地发誓说，一定要把这棵老妖树连根拔掉……说到这里，她忽然更换了一种分外恳切的语气，二叔，你家这棵老怪树是应该把它刨掉了……

你也这么说？我吃惊地说。

是呀，李桂花不置可否地说，它已经死了，而且它也已经把我娘害死了，你们还让它待在那个地方干什么？莫非真要让它变成一个老妖怪，祸害更多像我娘那样的人？

你说的是什么呀？我似乎有些听不懂她的话，你说什么妖呀怪呀的？这棵树不过是一棵年头过分久远的老树，并不可能像你说的那样变成妖怪，为什么非要让它从这个世界上消失呢？再说，你娘如果不自己爬到那棵树上去，也不至于……为什么非要责怪这棵没有任何坏心思的老榆树呢？

李桂花张了张嘴，想说出反驳我的话来，但话到嘴边又咽了回去，改成另外一句话说，你让我进屋去。

为什么？

我要和你好好说说我娘的事儿。

我心里一动，对呀，自己不也是对玉秀嫂的死感到困惑不解吗？就凭父亲那番胡话便能揭开玉秀嫂死亡的真相吗？现在好了,可以好好听一听她女儿李桂花对这件事的看法了。没有再做犹豫,我便闪开身子,让李桂花大步走进屋里来。

李桂花在凳子上坐好,不等我询问,便滔滔不绝地说了起来,好像她这些话已经憋在心里很久了,不倾倒出来就会在肚子里腐烂发酵,说不定什么时候便把她的整张身子炸个粉碎。其实早在几年前,我就预感到了我娘的死,李桂花用不容置疑的口气说,而且知道她一定会死在你家这棵老榆树上……

为什么？我接过话去问道,目光从敞开的门口放出去,越过院子里的黑暗,捕捉着伸展到天空里去的榆树枝丫,为什么你会这样想？

在说我娘之前,先说一下我爹和你家这棵榆树的关系吧。李桂花想了一下说。

你爹和这棵榆树又有什么关系呢？我更加不解了。

当然有关系,李桂花依旧咬定说,你知道,我爹是一个在家修行的宋家弟子,每天都要抽出一定的时间打坐,你知道他是在什么地方打坐的吗？没错,就在你家这棵老榆树下。也怪你家的这棵榆树的枝丫太过茂盛了,虽然它在你家门口的巷子里长着,但由于它的脖子有些歪,所以它的枝丫并没有给你家院子里带去多少荫凉,而是掉头向前,越过了我家的房顶,几乎将我家的院子都罩住了,与其说这棵榆树是你们莫家的,还不如说是我们李家的,你说我说的是不是这样？

我把目光从外面的榆树上收回来,无奈地点了点头,我不能不承认,她说的的确是这么回事。

所以我爹只要一打坐,就会来到那棵榆树下,在地面上放置一个蒲团,他就坐在那个蒲团上,或者说他就坐在那棵榆树下,垂下眼睛,两手在胸前牵在一起,开始很长一段时间的打坐修行。从我记事的时候起,我爹在你家榆树下打坐的情景就每天发生着,在我的印象里,这样的情景就像日出日落那样浑然天成,如果哪一天那棵榆树下没有了我爹的影子,或者说我爹的头顶上没有了那棵榆树的枝丫,那就一定是出事了……

我明白她所说的"出事"是什么意思,那就是李线长的离家出走。

有一天,我和弟弟跟娘到庄稼地里去拔草。拔着拔着,我娘像是意识到了什么,突然丢下手里的草,慌慌张张朝路上跑去。弟弟还笑话她说,娘准是又找爹去了。我也凭着往日的经验说,她肯定一会儿就回来。在此之前,我娘已经这样毫无来由地回家里找过我爹几回了,但事实证明,她的预感一点儿都不准,我爹并没有出事,她每次跑回家去,都会看到我爹一如既往地坐在老榆树下,便放下了心,又讪讪地回到地里来。这次我们也做好了同样的准备,打算就在地里等待我娘回来。但差不多过了半个小时,我们还没有看到她的影子。后来听一个从村里出来的人说,你娘正在村里四处找你爹呢,你们怎么还待在这里?我和弟弟这才慌张起来,也急急忙忙往村子里跑。来到街上,我们看见我娘从巷子里跑出来,像一只被掐去了脑袋的苍蝇一般,在街上盲目地兜了个圈子,便掉头朝村西头跑去。弟弟朝她大声喊叫,娘,你到哪里去找爹?我娘没有顾得上回答,便甩动着一双小脚丫跑出了村子。是的,我看见我娘光着两只脚,她的鞋子不知到什么地方去了。我和弟弟也随在她后面跑,虽然她光着一双小脚,我们却赶不上她。最终,我们是在鱼人河边追上她的。面对着那条奔腾着水浪的河,我娘终于停住了脚步。河里没有一条船,宽阔的河面上除了水浪还是水浪。但我娘似乎忘记了它们的存在,赤着脚就朝河水里走去。幸亏我和弟弟赶到了,当河水就要淹到她腰部的时候,我们把她拉住了。我去找你们的爹,我娘在水里挣扎着说,你们拉我干什么?我和弟弟费劲了九牛二虎之力,才总算把她拖到了岸上。你们的爹走了,我娘躺在河岸上,翻来倒去地摔打自己的身子,我们可怎么办呢?我娘就像一只被钓上岸来的大鱼一样在日头下不住地翻滚。

我听着李桂花的叙述,同时在脑子里想象着玉秀嫂寻找丈夫而不得的绝望情景,不禁感慨地重叹一口气。

其实那天我爹并没有走,他只不过是外出办事去了。李桂花从裤兜里掏出一支烟,在桌面上磕打一下,便含在了嘴唇上。但我娘和我们都知道,我爹总有一天会真的走掉的,可以说在许多年里,我们实际上一直在等待着这一天的到来。有火吗?

我呆呆地看着她,你学会吸烟了?

这有什么?李桂花满不在乎地说,你们城里的女人不都会这一手吗?

我不敢确定她这句话有多少真实的成分,但看她执意要吸烟的样子,还是站起来,在抽屉里翻腾了好一会儿,才找到一个瘪瘪的火柴盒,好在里面还有几根火柴,但不确定还能不能打着火。

尽管火柴盒上的磷粉已经很少了,但李桂花摩擦了几下,还是很熟练地打着了火,点上烟后,狠狠地吸了几口。我爹屋里有一个黑色的蛇皮袋子,里面鼓鼓囊囊的不知装着什么东西,我爹从来没有当着我们的面打开过,但我们似乎都知道,那里面装的是我爹出走时必须携带的行李,比如经文、衣服和餐具一类的物件,虽然我们并没有亲眼见过那些东西。也许在我娘想来,只要把那个蛇皮袋子藏起来,我爹就不会真的走掉了,于是在很多年的时间里,我娘都在设法对付那只袋子,并鼓励我和弟弟打它的主意,还许诺我们说,只要把爹的袋子偷出来,就奖励给我们一块钱。其实我们才不关心我爹走不走呢,但为了获得以后能派上大用场的几块钱,我和弟弟便趁着我爹不注意,把他的袋子悄悄藏起来。我爹当然知道是我们在搞鬼,只要不见了那只袋子,就恶狠狠地朝我娘发脾气。这个时候,我爹一改平时慈眉善目的和气样子,对我娘表现得很凶狠,好像只要她不把袋子交出来,他就会毫不客气地暴打她一顿似的。说到这里,李桂花肩膀耸了一下,其实在进入教门以前,我爹也已经不止一次暴打过我娘了……

我知道,她说的是发生在玉秀嫂和她的丈夫离婚前那些日子里的事儿……我换了个话题问道,你爹对你和根水好吗?

李桂花摇摇头说,说不上多么好……他平时对我们并不亲近,连话都很少和我们说。她忽然想起什么来,只有一次,他不但主动来央求我,还抱住我呜呜地哭起来。

为什么?

那一次,我把我爹那只袋子藏到了炕洞里。他知道是我拿走的,又找不到,便把我找来询问。一开始他还虎起脸来吓唬我,但我惦记着我娘许诺给我的钱,硬着头皮不承认这件事。于是我爹改变了策略,伸出手来把我抱住,用从未有过的温柔话来软化我。说实话,长这么大以来,我还没有被我爹如此亲密地抱过,心里感动得不行,真想把藏袋子的地点告诉他,但一想到我娘手里的钱,就赶紧闭住了嘴。我爹见这一招也不灵,便很快松开了我,绷紧的身子突然弯下来,蹲到地下,用两手抱住脸,颤抖着肩膀哭起来。我被吓坏了,因为在此之前,我从来没有见过我爹流眼泪,一时被惊得目瞪口呆。就是在那个时刻,我知道那只袋子对他有多么重要了,没有再等他问我,便主动从炕洞里取出袋子,亲手交到了他手里。也就是从那个时刻起,我知道我爹不可能再真心爱我们了。

我试量着问她说,你和根水怨恨过他吗?

当然怨恨过,李桂花毫不迟疑地回答说,那时候我们还没有长大,正需要大人的关心和爱护呢,而这个时候,我爹却把他的一腔热情献给了什么宋教……你也知道,那个宋教并没有什么正经来路,说它是门邪教也差不多,我爹怎么就迷恋上了它呢?此后他再也分不出精力来照顾我们,而且还随时做着丢下我们离家出走的打算,你说对于这样的糊涂父亲,我们怎么会不怨恨他呢?也许正是看清楚了这一点,我娘才提出来与他离婚……

可他们后来又复婚了,好像、好像这次复婚倒是他提出来的,这是不是说明,他其实还没有真正放下你们?

那他又怎么忽然丢下我们,一个人到北方大山里去了?李桂花反问我说,而且一去不复返,害得我娘等了他整整二十年,最终也没有……

你和根水会想到他吗?我看着她说。

对于我和弟弟来说,我爹在家和不在家其实并没有什么两样,李桂花把烟灰弹落到地下,只有在我娘身上,那种想念的情绪才会表现得那么浓烈……她摇了摇头,脸上流露出一副惋惜的表情,我爹走后,我娘就像变了一个人……应该说是由一个正常人变成了一个患重病的人……没错,在我和弟弟眼里,我娘后来的那些年就是一个标准的精神病人……我这样说我死去的娘是不是有些不孝?

我吧嗒了一下嘴,不知道该怎么回答她。

我娘真的被我爹害苦了,但她却丝毫感觉不到这一点。李桂花把烟头丢在地下,我爹走后,我娘就把她对我爹的思念都用到那只兔子身上了……

我心里一动,她竟然也说到了那只兔子,那到底是一只什么样的兔子呢?如果可以的话,我对她说,你就详细说一说那只兔子的事吧。

你应该知道,我爹在家时,曾经养过一只兔子……我娘和他离婚的那些日子,就是这只兔子陪伴着他度过的,我看到过许多次,当他在老榆树下打坐时,那只兔子便一动不动地趴在他的肩膀上……

我眨了眨眼,在脑子里想象一只兔子趴在一个修行者肩膀上的情景。但不知为什么,在我的思绪里,那只趴在李线长肩膀上的兔子老是变成一只鸟儿,是呀,如果是一只鸟儿落在一个修行者的肩膀上,这样的情景既符合情理,也看着顺眼。

我爹走了,但那只和他常年待在一起的兔子却留在家里,在我娘眼里,这只兔子就变成了我爹的化身,只要看到那只兔子,我娘似乎就见到了我爹,所以她把对我爹的全部思念都寄托在了那只兔子身上,是非常符合情理的一件事。说到这里,李桂花朝我颇为滑稽地笑了一下。听弟弟说,几乎每一天,我娘都精心做一些好吃物,端到树洞口去喂那只兔子吃。在弟弟看来,那些好吃物都是我爹在家时喜欢吃的,我娘把它们喂给兔子吃,不是白白糟蹋了吗?这要传出去恐怕还会被人笑话呢。有时趁着我娘不注意,弟弟便来到树洞口,和兔子争吃那些好东西。有时被我娘看见了,就会招来一顿惩罚。你这个孽障,我娘毫不客气地骂他、打他,看我不折断你的腿。有一次我亲眼看见,我娘挥起一根榆树枝,使上浑身的劲儿,一下一下地抽打弟弟的屁股,叫你再嘴馋,叫你再偷吃……要知道,弟弟那时都已经是个大人了,我娘还……而且愤怒得无以复加,我使上很大劲儿都拦不住她。

那么,我又问她说,你和根水会怨恨你娘吗?

当然不会,李桂花果断地说,我们知道我娘心里的痛苦……我爹丢下我们走了,我娘心里有苦无处诉说,就只能发泄在弟弟和我身上了……除了雷打不动地照料那只兔子外,我娘还有两件事非干不可,一是经常去鱼人河边等候我爹,因为他就是从那里走掉的;二是碰到外面的人来,不管认不认识都会问一句,有我家线长的消息吗?在这二十年的时间内,我娘都在围着这几件事忙碌个不停……

你爹已走了那么多年了吗?我诧异地问道。

是呀,李桂花点点头说,到我娘死的那一天,正好是我爹离开二十个年头的纪念日……

纪念日?我身子一震。

其实我和弟弟都没有记住那个日子,甚至连周年也没往脑子里盛,我们都在外面打工,每天都忙得不可开交,哪里会操心这种无聊的事儿?只有我娘,在家一个人待着,大概是因为寂寞和无聊,才会扳着手指头数叨这种日子。前几天的一个夜里,我突然接到她打来的电话,说她白天放在树洞口的那些菜饭到现在还摆在那里……我打着瞌睡听了一会儿,才总算明白她的话,便问她说,那只兔子为什么没有吃?我还故意问她,莫非你做的饭它不喜欢吃了?第二天夜里,我娘又在那个时刻打来了电话,她说看到那只兔子顺着树干爬到树冠上去了。我应付着回答她说,它愿往树上爬就让它爬呗。我娘叹口气说,你这个糊涂闺女,你见过能上树的兔子吗?我打个哈欠让自己清醒下来,尽力想了一下,果然没有想起见过上树的兔子。尽管这样,我还是安慰她说,您不是说那只兔子是鬼精灵吗?鬼精灵还有什么事做不到呢?

鬼精灵是怎么回事?我留意到了这个说法。

这是我娘形容那只兔子的话。说到这里,李桂花又朝院落里看了一眼,二叔你不知道我娘是怎么形容你家这棵老榆树的吧?

我想了一下说,是不是说它是妖树?怪树?

噢,这话我已经对你说过了吧?对,我娘就是这么说你家这棵歪脖老榆树的。第三天的夜里,我以为我娘还会在半夜里打电话来,但不知道又会对我说什么事儿。其实还没有等到半夜时分呢,我娘的电话就打过来了。闺女,我娘在电话里呼哧呼哧地喘着气说,死了,它们都死了……我被吓了一跳,困神一下子跑到远处去了。怎么回事?我急急地问她,什么都死了?我娘带着哭腔说,兔子……我有些不解,我家只在那个树洞里养了一只兔子,怎么我娘却说"它们"呢,如果我家的兔子真的死了,那也只是死了一只兔子呀。但我娘依旧在电话里重复说,它们死了,它们都死了……我再次问她说,娘,您慢些说,到底什么都死了?我娘长喘了一口气,尽量详细地对我说,今儿天一黑,我就坐在那棵榆树下,专心等那只兔子从树冠上下来……可到月牙儿出来的时候,我突然看见树枝上趴着无数只兔子……开始我还以为那根本不是兔子,而是树枝上结满了果子,因为我不相信会有那么多的兔子冒出来……但我随即又反应过来,榆树上只结榆钱儿,哪里会结出那么多那么大的果子来呢?于是,我便仰起脸,对着那些既像是兔子又像是果子的东西说,你们是从哪里冒出来的?你们趴在树上到底要干什么呀?好像它们听得懂我的话,突然乱纷纷地从树枝上落下来,就像一只只熟透了的苹果脱离枝头,一下子掉落到了地下。我低头一看,天哪,地下哪里是什么熟透了的果子,而是一地已经死去了的兔子……没有听完我娘的话,我便赶紧打断她说,娘,您在说胡话吧?树上哪里会掉下来那么多兔子?但我娘依旧按着她自己的思路说,就是兔子,它们都从树上落下来了,死在了我家的院子里……说到这里,我娘再也控制不住,呜呜地大声号哭起来……听着我娘变声变调的哭声,我觉得头皮一阵阵发麻,真疑心我娘已经发疯了……

到底是怎么回事? 我也倒吸着冷气问道,真有那么多兔子死在了你们家?

这个我也不敢确定,李桂花按按自己的胸脯说,我担心我娘会出意外,第二天一早我就回到了家来。我回家后的那天夜里,你猜猜又发生了什么怪事儿?

怪事儿? 什么怪事儿?

这天夜里,差不多快到半夜的时候,我突然被我娘叫醒了。闺女,我娘附在我耳边说,我看见你爹了……我愣怔了好一会儿,才明白她说的是什么意思。我爹? 我问她说,他在哪里? 我娘牵住我的手,把我领到屋门口,向外指着说,他就在那棵榆树上坐着……没有听完她的话,我便知道,她怕是又产生了幻觉,就算我爹真的回来了,他怎么会爬到树上去呢? 我觉得我娘关于我爹坐在树上的说法,比那个一树兔子落到院子里死掉的情景还要荒唐可笑呢。我没有顺着她的手指去看,便挣脱她的手,想回到床上去继续睡觉。但我娘却使劲拖住了我,依旧朝屋外指着说,不信你跟我到外面去看看,到时候你就不能不相信了。虽然我极不情愿跟她到外面去,但为了不至于惹恼她,还是打着精神跟她往院子里走。来到了院子里,我随着她的手势抬起头,没有任何期待地往榆树枝上看,天哪,我大吃了一惊……

怎么? 我也瞪大了眼睛,你看到了什么?

我看到了我爹,李桂花朝院子里指了一下说,我看见他就坐在老榆树的枝梢头,正盘着腿嘟嘟囔囔地念经……

什么? 我大声惊叫起来,你爹在树枝上……念经? 我一下子想到了父亲说过的话,在父亲的叙述中,坐在树枝上念经的是一只兔子,而李桂花和她的母亲看到的情景,却是他们的父亲和丈夫李线长坐在树枝上念经……这两个场景极不相同,却又那么相像……到底是怎么回事? 我急急地在心里问,他们看到的到底是同一个场景,还是根本不同的两个……你真的看到你爹……坐在树枝上念经? 我不相信地问道。

是,李桂花使劲点点头说,我的确看到了我爹坐在树枝上念经的情景……

这么说,他、他真的回来了?

当然没有……

那你说你亲眼看到了他？

也许我看到的仅仅是一个幻觉……

这么说你根本就没有真的看到？

但我的确看到了……我只能说我看到的也许只是我的幻觉……

听着她如此真切而又矛盾的说法，我张了张嘴，又把要问的话咽回去了，我知道，即使再问一百遍，我也不可能在她嘴里得到第二种说法。

李桂花悲伤地说，第二天早晨，我便发现，你们家那棵活了好几百年的老榆树已经……死了……

听到这里，我不觉站起来，走到屋门口，借着微薄的星光去看那棵确凿已经死去的老榆树……

李桂花也走过来，紧贴着我的身子站住，把头从我肩膀上探出去，也像我一样朝那棵榆树上打量。我娘告诉我说，她继续对我说，所有的迹象都说明，我爹已经从这个世界上消失了……

这说明你的幻觉根本靠不住？

也不一定是这么回事，李桂花摇摇头说，照我娘的说法，我们在老榆树上看到的是我爹的魂儿……

这个你也相信？

我娘说，我爹在家时曾经对她说过，如果他走后二十年还不回来，那就说明他已经不在这个世界上了，而我和我娘在榆树上看到我爹魂儿的那天，正好是他离家出走二十年的日子。

真的吗？我有些愕然。

其实这个日子你也算得出，我爹去大山里朝拜这件事，在二十年前的乌龙镇可是一件轰动一时的大事，村里大多数人都是能记住那个日子的。

我低头沉思起来。

整整一个白天，我娘都在不停地叨念，既然你爹已经不在这个世界上了，那我们就不能让他的魂儿待在树枝上……我没有把她的话当回事儿，也便失去了阻止她上树自杀的行动……

她是自杀的吗？我问道。

我想她是……李桂花分析说，或许她觉得既然我爹已经死去了，她自己便没有再继续待在这个世界上的理由，于是便上树去和他会合……

我似乎放下了心，既然玉秀嫂是为丈夫殉情死去的，那么有关她和我父亲勾搭成奸的那些说法便不攻自破了。

这天夜里，我在睡梦中似乎又听见我娘喊我了……李桂花继续说，其实这次我听到的喊声并不是我娘发出来的，而是我产生了幻听……我从床上爬起来，趿拉着鞋子走到门口，抹抹迷蒙的睡眼往外一看，天哪，我看见我娘已经悬挂在榆树枝上了，身子正在像一只死去的兔子或者像一只熟透的果子悠悠地晃荡……

我蹲下身子，两手捂在眼睛上，不敢再朝院落里的树枝上看，我担心自己也会产生幻觉，看到玉秀嫂悬挂在树梢上头的情景。

我得走了，说到这里，李桂花忽然把两手放在身上，克制不住地胡乱搓动起来，身上脏得不行，我要赶快洗个澡去了。说罢，就越过我的身子，急匆匆地朝院子里走去。

我把手从脸上放下来，目光穿过黑夜的屏障，看着李桂花扭摆着肥硕的腰肢，很快消失在外面的巷子里。夜虽然很深了，但我却一直长时间地保持着这个下蹲的姿势，很长时间没有想到站起来。

黎明时分，我接听了一个电话，直到听到了里面传来的声音，我才意识到，这是一个叫张多娜的女病人。放下手机时，我忽然想，这个女人怎么这么早就把电话打过来了？

吃过早饭后，我要离开乌龙镇，赶回我所在的城市里去了。车辆驶到村头时，对面正有一辆车迎面开来。两辆车交错而过时，我认出来，坐在那辆豪华车里的人是李百家，一个从乌龙镇走出去的房地产开发商。我当然不知道，李百家这次回乌龙镇到底要干些什么事情。

前面的天边堆积着厚厚的阴云，北风也开始刮得有些凛冽，我虽然坐在车里，却能感觉到气温正在急快地下降。我从电台的天气预报中得知，今年的第一场雪马上就要降临了。

第二章

一

　　日头应该有一竿子高了，母亲早就做好了早饭，已经来喊过他两次了，他还一如既往地躺在被窝里，把头弯到肚子前，做出依旧沉浸在睡眠中的样子。母亲当然知道他是在装睡，便第三次到炕前来喊他。他原本打算不理会她，继续把装睡的样子保持下去，但她这次喊他的内容不只是"起来吃饭"了，而且增加了"吃完饭到陈家寨去一趟"这句话，他再也躺不下去了，一下子掀掉被子坐起来，可着沙哑的嗓子朝她叫喊道，不去，就是打死了我也不去。母亲被他横眉立目的愤怒表情吓住了，两只小脚往后踉跄了几步，站立不稳，一下子坐倒在地下。望着母亲战战兢兢的可怜样子，他厌恶地闭上了眼睛，再次钻回被窝里，继续把装睡的行动进行下去。

　　虽然母亲不敢再喊他了，但熬到晌午时分时，他还是被肚子里的饥饿感叫起来了，不得不下了炕，坐到饭桌前去吃已经没有任何热气的早饭。要不要给你去热一热？母亲在一边讨好地看着他说。他没有顾得说话，只是简单地摇了一下头，便把嘴再次伸到饭碗里。母亲见他的态度好些了，胆子也开始大起来，慢慢把弯曲的身子移到饭桌前，然后试量着坐下来。线长呀，她很不多见地叫着他的大名，以显示她对下面这些话的重视，你也老大不小的了，眼看这就过了娶媳妇的年龄，再拖下去可……就算你不往自己身上使劲，也应该为我想一想呀，如果把这件事耽搁了，我可怎么对得住你死去的爹呢？母亲的这些话对他来说已经不新鲜了，所以他没有对她的唠叨做出丝毫反应，依旧埋头吃他的饭。母亲把前伸的头继续往他跟前探，就凭我们家的条件，尤其是你娘我这个样子，人家肯到我们家来当儿媳妇，已经是给足我们面子了。听到她这句话，他不禁抬起头，朝她身上看了一眼，母亲说得也不是没有道理，在乌龙镇，母亲是一个著名的"罗锅"，身子常年弯曲着，不仅给自己的生活造成了困难，也使她的形象大打折扣，凡是说到她的人，几乎毫不例外地一律使用"罗锅"二字，至于她叫什么名字，或许没有几个人知道，就连说到他的时候，有些人也不叫他的名字，而是笼统地称为"罗锅的儿子"，试想一下，一个都快要丢掉了名字的人还有什么好讲究的，怎么就不能委屈一下自己呢？母亲似乎也看出了他的心思，决定乘胜进军，便再次往他面前探出头，抖动着她缺了一颗门牙的嘴说，按照我们和陈家的约定，秋后就到大婚的日子了，不管他们出了什么事儿，反正那件事不怨人家陈姑娘，你就低低头，主动去问候人家一声，到秋后我们该怎么办事就怎么……他再也听不下去了，把吃了半拉的饭碗使劲往旁边一推，霍地站起来，离开饭桌和伏在饭桌前的母亲，大步朝门外走去。虽然他没有回头，却似乎看见母亲呆呆地看着他的背影，嘴唇瑟瑟地抖动着，拼命忍受了好一会儿，才没有把咒骂他的话吐出来。

他一口气来到了村外，像一个游手好闲的人一样四处逛荡。他已经好几天没有出来了，没想到在这几天里庄稼变了不少的样子，玉米棵子腰间的苞棒粗大了许多，高粱棵子顶端的穗头也开始泛红，看来真的离秋天不远了。远处的山路上有一个人走过来，尽管他不知道那是不是一个他认识的人，却害怕与他碰在一起，便掉转头，钻到了一片灌木丛里去。说来真是好笑，出事的又不是他自己，为什么却觉得没有脸面见人呢？他歪倒在树丛下，盯着枝叶间晃动的天空发呆。这时候，他似乎又听到了母亲刚才那番话，眼前也便浮出了与那番话相关的一个人，没错，就是被母亲称为"陈姑娘"的那个女人。说实话，陈姑娘是非常温柔的一个女孩，并且有着一张十分姣好的面容，正是这两个因素打动了他，让他只和她见了两次面便决定与她把终身大事确定下来，经过双方老人的商议，打算今年秋后就把她娶进家来。但他绝没有想到的是，就在前不久，陈姑娘却出事了……当然，陈姑娘的事并没有人当面告诉他，因为那不是一件上得了桌面的好事，为了不伤他的自尊心，人们都避免当着他的面谈论她，但这并不妨碍他们背着他私下里议论，很快，几乎所有乌龙镇的人便知道了那件事，只有他和母亲还被蒙在鼓里。直到几天过后，他才从人们的窃窃私语里，约略窥探到了陈姑娘出事的经过和性质，那对他来说无疑是一个晴天霹雳，让他有一种被击倒在地的眩晕感觉。人们传言说，陈姑娘在下地劳作的途中，遭遇了一个不法歹徒的拦截，虽然经过了一番奋力挣扎，但还是不敌强壮歹徒的淫威,不可避免地受到了强暴……虽然这件事并没有发生在他身上,但由于他与陈姑娘的姻缘关系,一下子也让他有了颜面尽失的感觉。一连几天,他都关在家里窝着脖子睡觉,好像出了事的人不是陈姑娘而是他自己。

平心而论,他是喜欢陈姑娘的,自从见到她第一面的那天起,他就觉得再也忘不掉她了。那天,他像平常一样去山上砍柴,砍着砍着,稍不留意,砍刀的一个边角从脚面上擦过去,立刻便溅出了鲜血。他丢掉砍刀,坐倒在地下,两只手抱住那只受伤的脚。看着脚面上涌流不止的血水,他除了用手在伤口处按一下外,竟然别无他法,因为他全身上下只穿了一条短裤,此外再也找不到一块可用于包扎伤口的布料。他抱着那只脚坐在山坡上,不知道接下来该怎么办,他担心如果任血水这样流淌下去,也许他很快就不能站起来了。就在这时候,他听到不远处传来一阵脚步声,扭头朝山坡下的小路上一看,一个扛着一把镢头的姑娘正从一片树林后走出来,沿着小路要往山下走。他想喊住这个人帮一下忙,却不认识她,张了张嘴又把话咽了回去。姑娘抬头朝他看了一眼,也是因为不认识的缘故吧,她只是短暂地愣怔了一下,并没有停步,便朝山下走去了。他失望地咬了一下嘴唇,一时情绪变得极其颓败。但只过了一霎,他就看见那个姑娘又走了回来,望着她越走越急的样子,他吃不准她是不是来帮助他的。姑娘走到离他最近的路段上,停下脚来,有些不好意思地说道,你、你怎么了?

我砍了脚面子……他涨红着脸对她说。

姑娘没有再做犹豫,便离开那条小路,直朝着他走上来。当走到他身边的时候,她那只空着的手已经从衣兜内掏出了一条手绢,递到他面前来。给你这个包一下吧。

他也腾出一只手,想把她的手绢接过来,但伸了伸,不觉又赶紧缩回来。我会弄脏它的……他警告她说。

你先把伤口包起来吧。姑娘又把手绢往他面前递了递。

他不再客气了,把手绢接过来,就朝脚面子上包去。在他把手绢展开来的短暂时间内,他看见上面绣着一幅图画:一只鸟儿朝一棵大树飞去。等他把伤口包住,流淌的血水总算止住了,他忽然在心里想,如果她亲手给他把伤口包上该有多好。

姑娘见他包住了伤口,好像她的任务已经完成了,便把镢头重新扛到肩膀上,做出了离开他继续下山的样子。

你这就走吗？他脱口朝她喊道。

你还有什么事？姑娘诧异地问他。

他想再对她说句什么话，不管怎么说，她都帮助了他，他至少应该对她说句感激的话吧？但此时他要对她说的并不是这个，而是希望她能扶他下山去，凭着他剩下的那只完好的脚，他是很难回到他家去的，但让一个素不相识的姑娘搀扶他下山，他只能这么不识时务地想一下，又怎么可能真的说出口呢？

但姑娘却看出了他的心思，赶紧表明态度说，别想让我扶你下山去，我还要……话没说完，她就掉转身子，急匆匆地沿着小路朝山下走去。

哎，他吃力地站起来，对着她的身影喊道，我该怎么还你手绢呢？

姑娘装作没有听见他的话，脚步越走越快，好像再不离开这里，他就会像坏人一样缠住她似的。

姑娘的身影渐渐消失在远处的树木和庄稼丛中了，他还久久地不愿把目光收回来，虽然她只对他提供了一部分帮助，但这种帮助却起着至关重要的作用，就从这种意义上说，他也不能忘记了她，可她叫什么名字？是哪个村寨里的人？她为什么出现在这里？这些问题他还没有来得及问清楚呢，她就匆匆走掉了。过后想想，他简直疑心她是山林里出没的神仙，帮助了需要她帮助的人便消失不见了。但他看看那条包在脚面上的手绢，便又确信，世上真的存在这样一个好心的人，只是他不知道她在什么地方罢了。

事情过去了许多日子，他还没有把那个姑娘的影子从脑子里驱除掉，还在做着重新与她见面的幻想。他把那条手绢洗了一遍又一遍，不让一点点血迹沾染在上面，然后折叠得方方正正，准备在下次碰面时还给她。其实他是不愿意还给她这条手绢的，因为自他长这么大以来，他还没有得到过任何一个女孩的礼物，虽然这块手绢不是一件标准的礼物，但它确凿出自一个女孩之手，它对他来说便具备了非同寻常的意义，他产生了收藏它的想法也是顺理成章的事儿。但与此同时，他又把它带在身边，做着随时还给她的准备，他觉得只有这样行动起来，才有再一次与她碰面的机会。但令他感到遗憾的是，他寻找了这条手绢的主人大约多半年时间，都没有得到那个女孩的任何消息。随着时间的流逝，他终于快要把女孩忘到脑后去了，以为在他以后漫长的岁月里，不大可能有与女孩见面的场景出现，那条手绢也快要在他衣袋内装烂了，上面树和鸟的图案都快要看不出来了。

但就是在这样的情况下，一件让他决然想不到的事情发生了，那个女孩又像一个古怪的精灵一般出现在他面前。

长期以来，他的婚姻问题一直没有得到解决，不是因为他的长相有问题，也不是因为他不善于劳作，不，这两个因素在他身上都不存在，让他一直找不上女人来的原因，一是家境的贫寒，二是母亲的罗锅，前些年还间或有一两个说媒的人来踩他家的门槛，但随着年龄的增大，他已经好几年没有看到过这样的人了。对这件事，身在其中的他并不怎么着急，反而是置身其外的母亲愁闷不堪，几乎每天都向他念叨这个话题，搞得他不胜其烦，只要一看见她忧心忡忡的眼神，他就逃也似的往外面跑。但这一天，当他又一次躲开母亲去外面散心的时候，却与一个正在走进他家院门的老太婆擦肩而过，他差点忘记了她的媒婆身份，在外面逛荡了好一会儿，才意识到她到他家来的真实意图，便急急忙忙返回家里。没错，这个媒婆果然是来为他说媒的，而且已经和母亲定好了让他与女方见面的日子。母亲就是这样，只要听说有个女孩肯进他们家门就激动得不行，也不征求一下他的意见，就代他向媒婆满口答应下来，至于那个女孩到底是个什么样的人，她是来不及仔细过问的，好像稍一迟疑，那个尚在谜团中的女孩就会倏忽遁走了似的。

见面的前一刻钟，他才从媒婆嘴里得知，女方是陈家寨人，因为兄弟姐妹多，家境也不怎么样……介绍到这里，媒婆话锋一转说，可那个女孩儿长得眉清目秀，心眼儿又好，保准你一眼就能看上。他好像知道媒婆的嘴里没有什么真话，也便没有拿她的说辞当回事儿，反正母命难违，不管他心里痛快不痛快，都要按部就班地去见这个面，再说，他也不是不想念女人的人，知道这样的机会难得，岂有不想去见一见的道理？根据媒婆言不及义的描述，他在心里对女孩儿设想了好几种样子，却独独没有料到，其实这样毫无根据地乱想简直多此一举，早在半年多以前，她就以真实的面目在他眼前出现过了。

咦，怎么是你？一见她的面，他就大吃了一惊。

是呀，怎么是你？她也有些吃惊的样子。

你不知道，他急不可待地对她说，我已经找你好几个月了。

找我？女孩有些不解，找我干什么？

还你手绢呀。他脱口说道，随即便把手伸到衣袋内，但马上又抽了回来,这一瞬间,他想到了那条装在衣袋内的手绢已经破旧得不成样子了,把这样一条手绢还到她手里显然是不合适的。

噢,女孩儿有些反应过来,我、我都把那件事忘了……

我可没有忘呢。他在心里接上她的话。怎么会是你呢?他又禁不住说了一遍这句话。是呀,这个时刻,他真是感到世间的事说起来也神奇得很呢。

我怎么……知道?女孩儿不知道该怎么回答,脸颊渐渐有些红,赶紧把头低了下去。

那天真巧,他回想着那天的情境,颇有些沉醉地说,你怎么会出现在哪里,一下子就帮我解决了……

我是开荒回来,路过那里,女孩儿回答说,正好看见你脚上受了伤,本来不想管这号闲事的,后来看你那副可怜的样子,就……

开荒?他注意到了她话里的这两个字,你在哪里开荒?

就在你砍脚的后面那个山坡上。

原来……他想起那是一个什么地方来了,哎呀,他把女孩儿可能出现的地方都找遍了,却独独把那个地方忽略了,其实它离他经常砍柴的地方不远,只要转过那个山坡就看到了,却……好在老天没有负他,终于又把她送到了他面前来。

不久之后,他又和这个叫陈玉秀的姑娘见了两次面,便决定要娶她当老婆了,陈玉秀呢?看来应该也是满意他的,他甚至想当然地认为,是她先看上了他进而才托媒婆来说这门亲事的,不然,为什么媒婆早不来说晚不来说,当他和陈玉秀见过了面后才来说呢?如果没有陈玉秀在后面做文章,为什么媒婆向他介绍的偏偏是她呢?他才不相信这些仅仅是出自巧合呢,如果说世界上真有什么缘分的话,那也应该是由人在其间发挥作用的。当然,他这个想法无法去向陈玉秀本人核实,即使事情真是如此,想必她也不会承认的,毕竟他们还没有真正走到一起,一切都还不到完全拆解的时候;何况这件事仅仅是他个人的猜测,还有待以后的事实来确认,如果事情的真相不是这样,那他岂不是故意给自己造成难堪吗?但不管怎么说,陈玉秀对他是没有什么意见的,当他把自己娶她的决心说出来时,她虽然没有说什么,却使劲点了一下头。

按照双方大人的商议,原准备等秋后就给他们办喜事呢,却万万没有想到,陈玉秀却偏在这个时候出了事……按说这件事并怨不得她本人,一切的罪恶都是那个不法之徒造成的,陈玉秀只是一个受害者,这个道理不用再说他都明白,可说一千道一万,发生了这件事之后,陈玉秀都不再是他印象中的那个女人了,就像一只本来完美无缺的瓷碗,却掉在地下摔出了一道裂纹,虽然那道裂纹并不妨碍它的正常使用,却毕竟是有了真正的瑕疵,它的价值便要大打折扣,当然,这样来比喻陈玉秀不算妥当,也称不上厚道,但这件事带给他的冲击和伤害,却不亚于一场小型地震,以至于他都在床上躺了好几天,还没有拿出一个该怎么对待陈玉秀的方案。自然,这件事对陈玉秀本人造成的冲击和伤害,比他感受到的要强烈十倍也不止,就算仅仅安慰一下她,他也应该尽快去和她见一面的……可他又实在不知道,当他真的出现在她面前的时候,该做出什么样的表示才算合适。

他在村外的山野间逛荡了多半天,直到看见了陈玉秀开出的那片荒地里长出来的庄稼,才猛地停下脚来。在他和陈玉秀有限的几次会面中,有一次就是在这片庄稼地中进行的,那时候,这片庄稼也就是玉米才只有膝盖高,为了不让别人发现,他们只能坐在其间,也就是那一次,他向她表露了娶她当老婆的决心,在看到她红着脸点下头去后,他还大着胆子拉住了她的手……想到这里,他不想再克制自己了,便加快脚步往那片庄稼地走。陈玉秀,他在心里对她说,你受苦了,让我来……说实话,这么多日子不见,他还真的放心不下她,担心她因为这件事而把自己搞坏……在他的想象里,她不仅早就哭过了无数次,而且还喝了两次药,上了一回吊也说不定呢……要不是被她的兄弟姐妹们救过来,恐怕他就再也见不到她了……一想到这里,他就更不想再让自己保持矜持了,抬起脚就往庄稼地里跑去……但他在玉米棵子间转了个遍,也没有看到陈玉秀的影子,而且他进而发现,玉米棵子间长满了茂盛的野草,有些已经超过了膝盖高,看来陈玉秀很久没到这里来了,是不是自从发生了那件事后,她便没有再来过这里?这是极其可能的,与那件事没有直接关系的他都不好意思出门,何况是陈玉秀这个直接承担者呢?

在接下来的日子里,他几乎每天都到这片庄稼地里来,企图在这里看到陈玉秀,他相信只要不发生大的意外,她总有一天会出现在这里的。但许多个日子过去了,他还没有在这里看到陈玉秀的影子,玉米棵子间的野草越长越疯,如果再不锄去,过不多久就会把玉米棵子吃掉了,那么陈玉秀为什么还不到这里来？难道她要放弃这片她费尽周折开垦出来的地吗？别是她真的喝药或上吊了吧？这个念头一起，他便更为恐慌起来，不由得转过头，沿着那条小路往远处陈家寨的方向看，但隔着许多条山坡和许多片树林，他连陈家寨的影子都看不到，哪里又能感受到有关陈玉秀的一点点信息呢？他不想在这里消极等待下去了，便腾开腿脚，沿着那条小路朝陈家寨的方向走去。转过了那些山坡和树林，他终于看到陈家寨的影子了，只要再走上一会儿，他就能进到寨子里去，就能进到陈玉秀家，就能见到她本人了。但就在这里，他却突然停住了脚，面对着在村头出没的几个陈家寨人，他实在鼓不起勇气往前走，害怕在经过他们面前时，脊梁会被一些手指头戳疼，是呀，他想象得出，那些无所事事的人巴不得有什么新闻可供他们传播呢，他的到来无异于自投罗网，给他们接下来的议论提供了难得的材料……他没有把那个情景想完，便掉转回头，沿着来路急急地往回走去。

他不知道在接下来的日子里该怎么度过，但第二天，他却依旧来到了那片玉米地边，因为除了这里以外，他不知道还有什么地方让他有见到陈玉秀的可能。他本来没有在这里见到她的企图，只不过打算找个地方度过接下来的这个无聊日子而已。可让他想不到的是，还离着老远，他便看到玉米棵子间晃动着一个朦胧的影子，随着距离的接近，他确定那不是他的眼睛产生了幻觉，而是玉米地里确凿有一个影子在晃动，而且他很快就看清楚了，那个在玉米棵子间晃摆着身子锄草的影子正是他等待的人……你终于出来了，他在心里对她说，看来你没有真正喝药或上吊，这就好……他疑心是陈玉秀知道了他去陈家寨找她的行为，所以才来到这里与他会合……他往前奔跑了几步，直到来到了地边才放慢脚步，这时他又忽然犹疑起来，是呀，就要走到陈玉秀面前了，那么他该以什么样的姿态去面对她呢？慰问？同情？嫌弃？质问？这些不同的处理方式他都有可能表现出来，看来到目前为止他还没有真正想好。那一刻，他被一种不知道该怎么办的畏难情绪困住了手脚。他禁不住蹲下身来，一边看着陈玉秀晃来晃去的身影，一边在心里困惑地问自己，你该怎么办？他忽然想起来，一年多前的那个日子里，他在山坡上抱着被砍破的脚面孤立无援的时候，正是陈玉秀的到来，帮助他这个对她来说完全陌生的男人走出了困境，那么是不是那个歹徒也利用了她的善良和热心，扮作像他一样需要帮助的人，从而轻而易举地欺骗并强暴了她呢？这样一想，他几乎便在一霎间谅解了她，知道接下来该怎么办了。

就在他准备迈开大步向她走去的时候，陈玉秀却突然表现出了激烈的反应，丢下锄掉的一大堆野草，提着锄头便朝玉米棵子间跑去。他觉得奇怪，陈玉秀明明没有回头，为什么却知道有一个人正在朝她走近，没有让这个人来到身边，便提前逃开了他，或者说逃开了可能出现的某种危险。看来不久前的那场伤害让她变得极端敏感，不再让任何不明真相的东西靠近自己，从而把可能出现的危机扼杀在摇篮里。做得好，他不禁在心里叫道，但这一次她却做错了，因为来到她身边的人不是歹徒，而是她所钟情的男人……陈玉秀，他大叫一声，便放开脚步，朝着她急快远去的身影追去，是我——玉米棵子在他身边胡乱晃动，像刀刃一样的宽大叶片从他身上划过去，裸露出来的皮肤立刻被割出了血丝。但他顾不得疼痛，以更快的速度追击着越跑越快的陈玉秀。

他们在那块玉米地里绕了好几个圈子，他和陈玉秀的距离才接近了一些。不要过来，她大声叫喊着，并频频挥舞手中的锄头，不要——看到甩不掉他了，她不得不停下脚步，转过身子，把锄头举过头顶，提高了声音叫喊，不要再靠近我，不然我就要——

他也停下脚步，与她保持着两根锄头杆的距离。他怔怔地看着她，忽然感到面前这个高举锄头呈现出一副凶神恶煞相的女人，也许根本就不是陈玉秀，在他的印象中，陈玉秀是一个温情脉脉的柔情女子，根本与这个一身癫疯气的女人不是一回事儿。这一刻，他有些精神恍惚，以为自己真的认错了人。你是谁？他竟然这样朝她问道。

你管我是谁？陈玉秀不正面回答他，同时还掂动了一下手中的锄头，以便挥舞得更顺手些。

你是陈玉秀吗？他再次试量着问她。

我不是陈玉秀是谁？陈玉秀冷笑了一下说。

没错，这个人的确就是陈玉秀，她自己都承认了还会有什么问题？但很快，他刚想放下来的心又再次提紧了，既然她是陈玉秀，为什么与他对她先前的印象那么不同呢？为了进一步确认她的身份，他只能换了个问题说，你认识我吗？

当然认识你了，陈玉秀在鼻子里哼了一声说，你以为李线长就那么容易被我忘掉吗？

看来一切都没有问题。既然这样，他指指她手中的锄头说，你就把锄头放下吧，我……是来看你的……

不用你来看我，陈玉秀依旧用冷淡的语气说，我爱怎么样就怎么样，与你无关。

为什么无关？我们毕竟……他咽了口唾沫，颇为艰难地把下面的话说出来，我们毕竟是有了婚约的人……

呵呵，陈玉秀仰起头，遏制不住地大笑起来，看你说得多么费劲，我们真的有那种关系吗？别是你记错了吧？

他知道自己不能再表露出丝毫的犹豫，便鼓着勇气朝她靠近了一步。陈玉秀，他尽量用清晰的语调说，我知道你受到了伤害……但我更知道，这并不怨你……你是无辜的，不用为歹徒的罪恶承担责任……

你说得倒容易，陈玉秀打断了他的话说，我不承担责任谁来承担？你倒是说清楚，到底该由谁来承担？

他有些语塞，我……总之，歹徒是会受到惩罚的……

就算歹徒受到了惩罚，陈玉秀摇着头说，可是我却……失去了清白……说到这里，她的身子摇晃了一下，两手一松，那柄举在空中的锄头慢慢垂落下来。

如果让我遇到那个罪恶累累的家伙，他攥紧两只拳头，夸张地朝她挥舞了一下说，我一定会把他揍个稀巴烂……

陈玉秀似乎支撑不住身子的重量，随着手中锄头的掉落，她的两腿一软，一下子坐倒在地下，坐倒在玉米棵子间。

他赶紧走过去，挨着她坐下来。陈玉秀，他把一只手放在她肩膀上，这段时间你受苦了……

陈玉秀再也控制不住自己的情绪，把头朝他怀里一扎，放开嗓子，呜呜地号哭起来。

他干脆把两手都伸出去，紧紧地抱住她的身子。哭吧，他在心里对她说，把你所有的委屈都哭出来吧。

陈玉秀躺在他的怀抱里，抖动着肩膀哭了好一会儿，直到把他们两个人的上衣都弄湿了，才总算止住哭泣。

在接下来的时间内，他们就一起躺倒在玉米棵子间，互相搂抱着，一起看天上的白云和飞过的鸟儿。这时候，陈玉秀已经完全恢复了先前的模样,又变得温柔可人了,他真有些疑心,刚才看到的那个凶蛮的人其实并不存在,只不过是他一时的幻觉罢了……他不能不格外珍惜这来之不易的局面,抓紧时间与她温存。在此之前,他和陈玉秀仅仅是拉过一次手而已,还没有真正亲热过,当他试图这样做的时候,总是遭到她的拒绝。而这一次,他刚刚流露了一下这样的想法,陈玉秀便心领神会地表现出迎合的架势,不但仰起脸来期待着他的主动进攻,而且当他的动作因为没有经验不够流畅时,她便立刻凑上来,一下子把她鼓胀的嘴唇抵到了他脸上……在那段醉人的时间内,他们像两条缠绕在一起的蛇,再也不愿意分开。

难道这就是爱情吗?他在心里问道。

是的,他听见她在心里说,这就是爱情。

这样的对话当然是不真实的,事实上他和陈玉秀的男女关系并没有那么浪漫,岂止是不浪漫,而且简直还有些残酷,接下来他便不识时务地想到,为什么陈玉秀会表现得这么主动?是什么让过去那个羞涩的少女变成了现在这个性感的女人,而这样的女人虽然足够诱惑他,却无法让他真正喜欢,尤其是当鼓荡在身内的激情流水一般过去了以后,平复和冷静让他更为清楚地看到了洋溢在她身上的那股"浪"劲儿,到这个时候,他已经无法不追究她之所以如此表现的根据和理由了。没用怎么思考,他便把这一切的出现归咎于前不久发生在她身上的那场暴行,是不是正是它催发了她性别角色的成熟,让她在极其短暂的时间内由一个少女变成了一个女人,而这个女人带着她足够鲜明的性别角色对他发动了攻击,其结果当然是要将他这个尚处于懵懂状态的青瓜蛋催发到烂熟的地步不可了……当他意识到这一点的时候,一股遏制不住的厌恶情绪袭上他的心头,使他立刻折起身来,在急快远离她的同时,也奋力将她推开。

怎么啦?陈玉秀似乎还没尽兴,还在做着继续下去的努力,你不适应……这样吗?

也许……是你太过适应了。他在心里对她说。

虽然他的话并没有说出,但他的表情已经暴露了他的心思,陈玉秀在呆怔了一下后,马上明白是怎么回事了。原来你是……她霍地转过身去,作出不再理会他的样子。

他知道他又一次伤害到她了。莫非你真的是在往她伤口里撒盐不成?他在心里问自己。这一刻,他不知道该怎么办。

陈玉秀抱住脸,再次抖动着肩膀抽泣起来。

他真的不忍心看她这样。过了一会儿,他只好又伸出手,把她抖动不止的肩膀搂住。既然她愿意温存,他恶狠狠地对自己说,那就让我们温存个够……反正她都被别人温存过了,你还等待个什么劲儿? 于是,他怀着某种报复的心理,用有些鲁莽的动作去和她温存。温存,温存……

陈玉秀看出了他的心思,一时感到了些许恐惧。不要,她本能地挣扎起来,不要这样……

为什么不要? 他毫不客气地向她指出说,你不是盼望的就是这个吗? 他并不停止手里的动作,而且力度越来越大。很快,他就撕开了她胸前的衣服。

不能,陈玉秀喊叫起来,你不能这样对我……

别人能这样,他蒙头蒙脑地说,我为什么不能这样? 他在她脸上打了一巴掌,别忘了,你现在还是我的女人。

听完他这句话,陈玉秀突然便停止了挣扎,身子变得一动不动,就像失去了知觉或者活力一般,任凭他在她身上动作。

看到她这样,他也一下子停住了手。但随即,来自内心深处的怒火便更为狂烈地裹挟了他的手,让他在她渐趋赤裸的身子上做出更为不堪的动作来。我要把你……他在心里像野兽一般咆哮。

天哪。陈玉秀终于忍受不住了,使出浑身的力量推开他,爬起来,披散着凌乱的衣服和头发朝远处跑去,朝玉米地深处跑去。

他没有去追赶她。他一动不动地躺在地下,摊开失去了筋骨一般的手脚,任凭日光如散射的剑雨洒落在身上,任凭眼里的泪水像决堤的洪流奔涌不止……

二

日头已经偏西很久了,他才走出青石沟,踏上了回乌龙镇的路。按说这是一条老路,他已经走过无数回了,但由于今天喝了些酒,他竟然好几次都在不该拐弯的地方拐了弯,直到走出了老远猛地发现不对头,才又气急败坏地返回去,重新踏上那条通往乌龙镇的小路。

这几年来,具体说是自从娶来了陈玉秀以后,他便爱上了喝酒,而时常的外出也给他提供了喝酒的机会,每次返回村子时,都能体会到一种醉醺醺的感觉。每当空闲了，不，应该说是每当他想起了一个人来，并不管什么闲不闲，他都要抽出时间去外面跑上一趟。没错，他在找那个人，具体说是找那个曾经侮辱了陈玉秀的家伙，一个在他的想象里十恶不赦的狗东西，正是他毁掉了陈玉秀的清白，也让他的名声受到了很大程度的损害，虽然没有人向他表露过这种意思，但他从别人看待他们闪烁不定的目光里，读到了他们对这件事的真实看法，而每当这个时候，他便在心里悄悄发誓，我一定要找到那个人，让他为自己当年的恶行付出血的代价。陈玉秀并不知道他心里的想法，他也没有把自己的决心说给她，每次外出寻找，他都是私下里一个人行动。一年年下来，他跑遍了乌龙镇周围的每一个村寨，再继续下去整个莫邪山区恐怕都留下了他的足迹，却没有得到有关那个坏人的任何一点线索。当然，他在这样的行动中也不是没有一丝收获，起码他有了更多的熟人，有些是以前就熟的人，更多的则是他刚认识的人，因为这件事就是要通过熟人才有解决的可能。正是由于有了这么多的熟人，他喝酒的机会才变得更多了，他郁闷的心情也才得到了一点点缓解。

青石沟到乌龙镇并不太远，但他却磕磕绊绊地走了足有一个时辰，才总算回到了村子里，摸到家门口的时候，日头已经舔到西山头的顶端了。进到家里后，他看见两个孩子坐在门台石上，互相依偎着，正在眼巴巴地望着门外，似乎在等候什么人的到来。这是他和陈玉秀生养的两个孩子，大的是个女孩，叫李桂花，今年已经五岁了；小的是个男孩，叫李根水，今年才刚三岁。他当然知道孩子们等待的人不是他，而是他们的母亲陈玉秀，也就是说，这时候陈玉秀不在家里。这当然并不出乎他的意料，因为在一天中的大部分时间里，陈玉秀都会待在外面，而把两个在她看来碍事的孩子留在家中。

你们的娘到哪里去了？他问孩子们说。这当然也是明知故问，因为他似乎判断得出陈玉秀到什么地方去了。大致说来，陈玉秀的去处只有两个地方，一是自己家的几块田地，二是坐落在山中的一座野庙，陈玉秀到田地里是去干活，这不仅人们想象得到，他也十分理解；但她到野庙里去跟着教徒们念经，一般人就想象不出来了，他更是觉得难以理解。干活能让他们家得到收获，即使不照管孩子们也没什么关系，可念经对他们家又有什么用处？她为此丢下孩子们不管，便无论如何也说不过去了。几乎一想到这一点，他便气不打一处来，就想对着面前的什么东西挥一下拳头。

不知道……李桂花看了他一眼，摇摆一下头说。

他觉得女儿没有对他说实话，或许是因为知道他反对陈玉秀到野庙里去，才有意为她的母亲打掩护，不向他暴露陈玉秀的行踪。他也不满地看她一眼，便走进屋去，想赶快喝上点水，在外面滞留了多半天，早就渴得嗓子冒烟了。但他把两只水瓶轮番倒了个底朝天，也没有倒出一滴水来。这个熊娘们，不烧一点水就到外面去，难道想要渴死老子不成？他火冒三丈，在痛饮了一番水缸里的凉水后，大步冲出屋来，要到外面去找陈玉秀算账。

我娘快回来了，李桂花急慌地对他说，爹就不要再出去了。

爹给我们做饭吧，李根水也帮腔说，我们快饿死了……

这两个小东西还在为他们的母亲说话？他心里的火气更大了，在恶狠狠地瞪了他们两眼以后，急快地走出院门，迈着咚咚响的脚步来到了街上。陈玉秀，他在心里叫喊着说，我要狠揍你一顿……

暮色已经快要降临了街头，一些下地的人正在踏着西天投下的光照走过来，在一些人的身后，还晃动着牛或羊散乱的影子。线长，一个老头从一条巷子口对他说，这个时候还干什么去？

他怔头怔脑地说，我去找我老婆……说到这里，他忽然停了一下脚，十分多余地问了他一句，大叔看见我老婆干什么去了吗？

老头还没有回答他的话，一个正牵着一条狗走过来的小矮子说，线长叔一天到晚放心不下俺玉秀婶子，好像她又出了什么事似的……

他知道这个名叫狗眼的侏儒脑子不好使，从来不会把话说到点子上，今天他这句戳疼他疮疤的话也许不是用来故意招惹他的，但他的脸面却觉得挂不住了，俗话说，打人不打脸，揭人不揭短，他最在乎的就是他老婆的名声，这个家伙却一上来就把话说到这个份儿上，虽然他的脑子因为醉酒而不太清醒，但还是让他的说法产生了一种被脱去衣服的错觉。

看到他要恼怒，狗眼呆怔了一下，意识到自己说走了嘴，担心会挨上他一顿暴打，赶紧牵着他的狗一溜烟地跑掉了。

这个狗眼……老头也感到了一些尴尬，看着他的目光像被截断了似的落到了地下。他不会说话，老头还多余地对他解释说，线长你可不要生气……

他愈是这样说他愈是感到愤忿，但他知道不能朝这个一脸皱褶的老家伙发泄，便掉转身子，迈着更大的步伐朝村外走去。陈玉秀，他在心里嘶声叫喊说,我要把你揍个半死……他攥紧的拳头发出咔嚓咔嚓的响声。

他似乎明知道陈玉秀是到野庙去了,可当他在一块田地边停住脚的时候,还是发现他是到这个地方找她来了。他想这一天如果他在田地里找到了她,也就没有后面那件可怕的事情发生了,看来他是给她留出了回旋余地的,问题是她又一次辜负了他对她的信任,等待的只能是他对她的那顿暴打了。

田地里自然没有陈玉秀的影子,庄稼棵子间长满了茂密的杂草,再不锄掉今年的收成就要受到大影响了,而陈玉秀这个熊娘们,放下这些急待劳作的活计不干,竟然到野庙里去听老法师念经,实在让他心头的火气燃烧得更为旺盛。说来奇怪,陈玉秀自从嫁给他做老婆以后,居然迷恋上了一种叫宋教的教门,偷偷摸摸地往教徒们的聚集地——一座废弃的野庙里跑,跟着一个老法师去念什么经,为此丢下需要照顾的孩子和需要劳作的田地不管,成了让他倍感困惑不解的一件事。开始他以为她在娘家时就这么做了,那样他倒也没有什么好说的,但后来了解到的事实是,她是在来到他家后才和教徒们建立关系的,这不由得让他更为恼怒,好像她这么做是有意和他对着干似的,不要说他家里的所有人,就是在整个乌龙镇,也没有几个人对这件事感兴趣,而陈玉秀却隔三岔五地往老法师那里跑,不仅他有些承受不了,就是别人看着也不顺眼,有关她的闲话又无形中多起来。

他离开那片没有任何声息的田地,想真的拐到一条通往那座野庙的道路上去,将在那里陪伴老法师念经的陈玉秀捉回来。但就在这时,他却发现他迷失了方向,酒精对他头脑的作用正达到一个高潮,尽管他瞪大着两眼,却看不清面前的景物,山野里滚拂着湿漉漉的雾气,山石和树木好像都被淹没在了水中。他不敢再往前走,两脚也软塌得毫无力量,不知不觉就倒在了地下,眼睛一合迷糊过去。他不知道睡了多久,不远处传来的几声狼嚎把他惊醒过来。他睁开眼睛一看,天早就黑透了,夜色像厚墩墩的纱布一样笼罩了整个山野,那些曾经淹没山石和树木的雾气却不见了,清朗的天空里布满了闪烁的星星。他从地下爬起来,伴随着一股疾风的吹拂晃了晃脑袋,这一阵小睡还真是起了作用,他感到脑袋比任何时候还要清醒,虽然是在黑夜里,但他却轻而易举判断出了他是在什么地方。他拍拍脑袋,也想起了要去野庙里找寻陈玉秀的念头,本来打算继续实施这个计划,但听着越来越响亮的狼嚎声,他实在担心丢在家中的两个孩子,便折转身子,找到下山的路径，摸摸索索地往回走去。

回到家时，院子里已经充满了从屋里流泻出来的灯光，他首先看见两个孩子正坐在堂屋里灯下的桌子前看画书，样子比白天时还要安详，似乎说明他们不再等待什么人的到来，或者说他们等待的那个人早就到来了。这时他听到一阵哐当哐当的风箱拉动声，便把目光转向东侧边的厨房，这才意识到院子里的光亮也包含了厨房里光线的折射，而且是一明一灭特别耀眼的红色光线，没错，那是灶火正在锅底下熊熊燃烧发出来的亮光，他随即便看到了那个坐在灶坑里拉动风箱做饭的女人，当然，这个正在专心做饭的女人除了是他的老婆陈玉秀外不会是其他什么人，也就是说，当他在外面一心一意寻找她的时候，她却已经回到了家来，开始为她的孩子自然也为她的丈夫做晚饭了。这还差不多。他刚刚松了一口气，想要放过她这一回，但在进到堂屋里，经过孩子们身边时，却又感觉有什么地方不对劲儿，不知不觉便停了下来，两眼紧紧地盯住李桂花拿在手里的所谓画书上。你们在看什么？他问他们说。

在看……李桂花犹豫了一下，还是决定对他撒谎说，在看小人书……说到这里，她似乎感到这样说实在不妥，便把手里的书从弟弟面前抽回来，以极快的速度藏到身后去。

他还没有做出反应，李根水却不干了。我要看，他叫喊着去夺那本消失在姐姐身后的书，我要看……

李桂花不想再让书回到灯光下来，便伸出一只空着的手，使劲在弟弟身上推了一把。

李根水当然不是她的对手，一不留神便跌倒在地下。坏姐姐……他踢腾着两腿号哭起来。

他再也看不下去了，几步冲到李桂花面前。把那本书拿出来。他厉声对她说。他已经看出来，那本藏在她身后的书绝对不是小人书，而一定是让他十分讨厌的什么东西，不然她不会为了不让他看到而招惹她弟弟的。

我不。李桂花还要违抗他的命令，不仅不把藏在身后的手伸出来，反而将整个身子都移到了一边，做着随时往屋外逃跑的架势。

看来她真要造反了？他有些想不明白，一个只有五岁的小丫头哪里来的胆量，竟然公开和他这个自认为颇为严厉的大人作对？自然他便想到了她的母亲，那个在厨房里拉着风箱做饭的女人，而且他也约略地感觉到，那本被李桂花藏在身后的书兴许就与她有什么关系。这不禁又一次使他火上心来，刚刚想要原谅她这一回的念头像被风吹了一般急快地消失了。看我不一起收拾你们……他在心里说。拿出来。他一边对李桂花断声吆喝，一边张开身子挡住她的去路。

李桂花看到不能从他面前逃开了，知道再抵抗下去一定没有什么好果子吃，才决定向他妥协。给你。她把藏在身后的手伸出来，举起那本书，使劲摔在他脚前的阴影里。

我要看，李根水还在叫喊，并绕过桌子，想来抢夺那本躺在地下的书。

但李桂花拖住了他。她把弟弟搂在怀里，不让他的身子动弹，而她的眼睛却看着他，目光里全是委屈和不满。

他也狠狠瞪了她一眼，俯下身去，把那本书拾到手里，然后来到灯光下，看看它到底是本什么书籍。果然不是什么正经画书，而是勉强装订在一起的册页，草写的文字间画着一些图画，差不多都是打扮怪异并做出夸张动作的人物，大约正是这些不常见的人物画吸引了孩子们的注意。虽然他还没有来得及辨认那些文字，可一看那些奇怪的人物，便知道这是一本什么书了。好呀，他在心里愤怒地说，她竟然把教徒们念的什么经文拿给孩子们看，自己不走正路倒也罢了，却还要变着法儿坑害孩子们……

我要看，李根水还在李桂花的怀抱里挣扎，我要看……

看个鬼。他把那本经文举起来，想在他们面前撕个粉碎，但他又在中途改变了主意，拎着那本经文出了屋门，径直闯进了厨房内，将正在专心做饭的陈玉秀从灶坑里拖起来。你给我出来。他一直把她拽到了院子里。

你干什么？陈玉秀似乎没有料到他对她的攻击，一边本能地在他手下挣扎，一边掉过头来大声叫喊，我在做饭，你到底想干什么？

他把那本经文伸到了她眼下。你为什么要把这些东西拿给孩子们看？他厉声朝她喝问，你想把他们也领到那条道上去不成？

陈玉秀看清了他手里的东西，脸上的表情也有些诧异。桂花，她扭过头，朝着堂屋门里叫喊，谁让你动我东西的？

是根水……李桂花蚊子般的声音从屋里传出来。

听到这样的问答，他知道再一味地纠缠这个问题没有什么意义，便把那本经文丢到一边，依旧质问陈玉秀说，告诉我，今天你到哪里去了？

我……陈玉秀嗫嚅着嘴唇说，我到地里去了……

放屁，他愈加愤怒起来，我就是从地里回来的，怎么没有看到你的影子？

大约是他的骂声启发了她，陈玉秀又改口说，我是到我娘家去了一趟……

他知道她依旧在说谎话，便毫不客气地戳穿她说，明明你到野庙里和那些教徒鬼混去了，却还厚着脸皮来糊弄我，你以为我是一个傻瓜吗？

没人把你当傻瓜，陈玉秀低下了头说，但随即又抬起脸，口气也变得庄重起来，我是到大庙里去了，可我是去听法师们讲经，绝不是像你说的那样……你随便说我没什么关系，可你不能败坏法师们的名声……

去你的法师吧。他再也控制不住自己的情绪，抬起在她脸上狠狠地打了一个耳光。陈玉秀没有提防他对她的打击，身子一斜便歪倒在地下。他跟上去，又在她身上使劲踢了一脚，让你那些法师见鬼去吧。

陈玉秀躺在地下不动了。李桂花和李根水从屋里跑出来，扑在他们母亲的身上，呜呜地哭起来。

到这里，如果陈玉秀对他的施暴不再做出像样的反应，或许他对她的打击也就到此为止了，虽然他是那么不满意她的做法，但他并不想把她怎么样，毕竟她是他所喜欢的女人，再说孩子们也正需要她的照管，他对她的惩罚其实更多的是意义大于行动，其目的不过是借此警示她一下罢了，并没有再继续折磨她的任何打算。但就在他从她身边走开，顺手捡起那本经文，想把它丢到灶洞里的火焰中去的时候，陈玉秀却霍地跳起来，推开面前的两个孩子，像一股旋风一般扑到他身上来，不要烧我的经文……

他还没有反应过来，拿在手中的经文便被她一把夺过去，由于她的冲击力过大，他竟然被她撞个趔趄，脚步往一边滑行了好几下，才勉强站稳身子。

陈玉秀把那本经文抱在怀里，像搂抱着自己心爱的孩子，转过身去，迈开大步往屋门里跑去。

看着她变得如此矫健的身影，他呆怔了足有五分钟，才慢慢反应过来。此时，他的关注点已经不在那本经文上了，真正触怒了他的是陈玉秀对他不顾一切的反抗姿态，这大大出乎了他的意料。在他的印象里，陈玉秀一直是一个十分温柔的女人，自从嫁给了他后，虽然没有过上几个安生的日子，但她却没有流露出任何抱怨的想法，始终都在默默地听从他的调遣和号令……可今天她却一改往日的做法，竟然公开跳出来与他做对了，这哪里还是他心目中那个无怨无悔的陈玉秀，而变成了一匹脱去了缰绳和笼头的野马……他终于意识到，不能再任由她按照自己的意志走下去了，如果不及时笼络住她，那么时间一长，她恐怕就真的不能老老实实待在他身边了……他决定一不做二不休，立刻对她采取严厉的措施。

他将陈玉秀捆了个结实，绳索的一端搭到那棵伸展到他家院子上空来的榆树枝上，使劲一拉，陈玉秀便被吊在了半空中。陈玉秀还没有做出多么激烈的反应，李桂花和李根水便一齐扑上来，一人抱住了她一根悠来荡去的腿脚。在他捆绑陈玉秀的时候，两个孩子就被吓住了，瞪大两眼呆看着他们，就像观看一部令他们感到惊恐的老电影似的，竟没有想到上来阻拦一下，如果那个时候他们就上来为母亲求情，他兴许放过了陈玉秀也是很有可能的事儿。但他已经把陈玉秀吊在空中了，孩子们才跑上来哭叫，他怎么能在没有惩罚她一下之前就把她放下来呢？他没有丝毫退让的打算，把李桂花和李根水关回到屋内，然后挥着一根藤条，一下一下恶狠狠地抽到陈玉秀身上。再让你到野庙里去，他一边抽打她一边从牙缝里吆喝，再让你到野庙里去。

陈玉秀紧闭着嘴巴，不让一丝声息从嘴里发出来，同时也紧闭着眼睛，不对他凶神恶煞的模样看上一下。

娘，娘……李根水带着哭泣的声音从门缝里传出来。

爹，别打了……李桂花一下比一下用力地摇晃着门板说。

他当然不会把陈玉秀打出什么毛病来，虽然他的愤怒十分强烈，但他挥舞藤条的手却不失分寸，知道一个身子完好的陈玉秀对他意味着什么，因为他还要依靠她照管两个孩子，更因为接下来他自己还要依靠她吃饭，依靠她睡觉……是的，尤其是睡觉，当吃过了这顿晚饭后，他要爬上炕去睡觉，而没有一个身子还算完好的陈玉秀陪伴在身边，他又该如何度过这一夜呢？

待陈玉秀打发李桂花和李根水睡下后，他把她拉回他们睡觉的屋里，让她坐倒在他的怀抱里。这个时候的他已经不再是那个暴打她的凶狠魔王，而变成了一个温情脉脉的多情郎哥。他颤抖着手指，小心翼翼地解开她身上的衣服，他要仔细查看她肉体上的伤痕，如果伤势严重的话，他要先为她进行一番简单的治疗，在这方面他是有经验的，也是有所准备的，在床头边的抽屉里,他早就备好了治疗外伤的药粉、药膏和药水,从来不会因为陈玉秀的伤势而影响他们接下来要进行的事情。由于他那根藤条的抽打,陈玉秀的衣服大部分都紧贴在身子上,有些抽打过重的地方还和肉体粘在了一起,这说明肉体和衣服之间是有血迹出现了的。对不起,他用愧疚万分的表情对她说,我把你打坏了……陈玉秀闭拢着眼睛和嘴巴,身子一动不动,任凭他的手指在她身上慢慢游动。好在她身上的血迹并不是太多,时间也较为短暂,便没有真正把肉体和衣服粘连在一起,他把衣服轻轻地揭开来,泛着血痕的肉体便袒露在他眼前。疼不疼?他把嘴伏在陈玉秀的耳边说。陈玉秀依旧闭拢着嘴巴,闭拢着眼睛,既不回答他的问话,也不看他一眼。他把她身上的衣服都脱下来,让她将赤裸的身子在炕上躺好,然后拉开抽屉,取出药粉、药膏和药水,根据她身上不同部位的伤势,分别把药粉、药膏和药水放上去。放心吧,他再次用耳语般的声音对她说,你马上就会感觉不到疼痛了,他一边说还一边微笑了一下,一点都不会耽搁我们做下面的事儿。

他置备的药物十分有效,不到一刻钟的时间,陈玉秀先前还频频抖动的身子便逐渐平静下来。这个时候,他也把自己的衣服脱了下来。陈玉秀尽管依旧没有睁开眼睛,却知道他已经做好了准备,便也把不再有明显疼痛感觉的身子摆放平整,如果身体许可的话,她还会根据他的喜好而摆出一个特别的姿势,然后让呼吸变轻,等待着他把身子伏到她的身子上去。接下来,他们就可以尽兴去做属于男人和女人之间的事情了。

没错,不管他在白日里是否惩罚了陈玉秀,只要来到了黑夜中,他都要和她去做男女之事,因为自从他让陈玉秀成为他的老婆之后,他几乎每天夜里都会和她去做这件事,而不大有多少空闲的时候,这似乎已经形成了习惯,一日不做就让他有一种不正常的感觉,这一夜便无法睡成觉了。既然这样的习惯已经养成,他们又怎么肯轻易改变它呢?虽然有时候因为他的惩罚而让她的身子感到不适,甚至疼痛,但只要她承受得住,就不能拒绝配合他做这件事,而在大多数情况下,他也是并不太问她是否能够承受得住的,当然就更不会管她愿意不愿意了,在他的意识里,几乎根本没有她愿意不愿意这回事,她所要做的便是乖乖地配合他,当然能够主动迎合他一下,那就再好不过了。既然你都让那个人做了,每次和陈玉秀做着男女之事时,他都会在心里对她说,就不能不让我来做,因为只有我是你的男人,也只有我才能够和你做这件事。而不幸的事实是,她却让那个人先他而做了,虽然这不能说完全是她的错,但起码她是应该负有一定责任的;虽然她也算得上是一个受害者,但真正感到吃亏的却是他这个置身事外的人。本来他还是一个童男子呢,就算他找不到姿色出众的女人,起码配一个"全和"的女人是不成问题的,可最终的结果却是,他平白无故就和她这样一个有污点的女人结成了夫妻,尽管她的模样十分出众,但一个女人最宝贵的东西她却送给了别人,作为她的丈夫,难道他不应该感觉到吃亏感觉到受伤吗?所以他要在她身上尽可能地得到补偿,别人在她身上做了一回,他要在她身上做上一千回一万回,也弥补不了他从她身上感觉到的那种亏欠和耻辱。

陈玉秀当然知道他心里在想什么,所以对于他一再对她展现出的粗暴动作不加任何的抗拒,每次都乖乖地躺倒在炕上,无怨无悔地承受着他对她的肉体做出的攻击。她紧紧地闭着眼睛,也紧紧地闭着嘴巴,不管他在她身上做出什么样的举动,她都不让自己流露出反感的表情,但也绝对说不上喜欢和迎合,是的,他在她身上体会不到她心里的真实感受,有时因为她的无所表现而觉得了无生趣,便鼓励甚至命令她做出一些让他感觉到刺激的反应。他看出来,陈玉秀似乎也愿意主动配合他一下,但让他也让她自己想不到的是,她尽管使出了浑身解数,却无法把那个让他感觉到刺激的反应展现出来,每次在努力一番之后,她都会因为无法让他也让她自己感觉到满意而流出痛苦的泪水。每到这个时候,他就会沮丧地哀叹一声说,算了,别败我的兴了。陈玉秀把头扭到一边,脸上的表情既让他感到厌恶,又让他觉得可怜。这真是一个让人感到毫无乐趣的女人,可就是这样一个女人,却使他差不多每个夜晚都和她做着男女之事,难道不是一件让他自己也想不明白的事情吗?他当然不会从这样一个女人身上得到什么快乐,每次从陈玉秀身上下来,他都体验到人生的无奈和悲哀,都会有一种濒死的欲望和冲动,他都会在心里一遍遍地警告或者哀求自己,不要再做了,求求你,千万不要再做了。但当下一个日子到来之后,他却依旧毫不迟疑地爬到陈玉秀身上去,好像这就是他的任务,就像他必须下地干活收获粮食才能活命一样,是他的既定责任和义务,是他难以逃脱的宿命和劫数。于是,他要一如既往地做下去,孜孜不倦地做下去。

他从睡梦中醒来时,天早就在不知什么时候大亮了,因为昨天夜里他在陈玉秀身上消耗了太多的能量，尽管睡了那么长时间，他却没有任何轻松的感觉。身边的被窝空荡着，陈玉秀也早就在不知什么时候起来了。虽然他还觉得身上疲惫，却知道不能再待在炕上，外面似乎还有什么事正等着他去做。他在起炕的过程中，还一直以为等待着他去做的那件事是下地锄草，但当他来到院子里的时候，却明白其实他要干的那件事依旧是去找一个人，对，去找那个曾经强暴了他妻子陈玉秀的恶人，是的，只要没有找到那个人一天，他便一天得不到安生。于是，他打定主意吃完饭后就行动。

他来到了厨房内，看到两个孩子正在围着灶台吃饭。其实他们还不太会自己吃饭，李桂花把两根筷子的其中一根拿倒了，而李根水则把碗里的粥水洒在了脚面上。看他们吃得如此吃力，他便寻找陈玉秀的影子。但奇怪的是，陈玉秀不仅没在堂屋内，没在院子里，竟然也没有出现在厨房中。你娘干什么去了？他问他们说。

我娘去……李根水脱口说道。可他的话没有说完，就被李桂花用筷子在头上敲了一下。李根水只好把下面的话像粥水一样咽回到肚子里。

他觉得李桂花一定是在搞鬼，便直盯住她说，告诉我，你娘到哪里去了？

李桂花犹豫了一下，才很不情愿地对他说，我娘下地去了……

原来是这样。他松了一口气，便也拿起一只碗，到锅里去舀粥水。但他还没有吃上一口饭，又觉得什么地方不对劲儿，说起来陈玉秀算不得多么勤快的人，好像还没有在这样早的时候下过地，难道真的是那些疯长的野草让她在家里待不住了？于是，他又盯住李桂花问了一句，你娘拿着什么工具走的？

李桂花还没有回答，或者说还没有想出合适的答案，李根水就抢着说，我娘把那本小人书拿走了。

李桂花似乎不愿意他把这句话说出来，再次举起筷子，想朝他头上敲一下，但她担忧地看了他一眼，又把手放了下来。

怎么回事？他再次把注意力放在她身上，你对我说实话，你娘到底干什么去了？

我娘……李桂花嚅嗫着嘴唇，在咽了一口唾沫后，还是答非所问地对他说，我娘拿着一把锄头……

这个鬼丫头，他在心里不满地说，还在对我说谎话……他不想再理会她了,心思都转到了陈玉秀身上,看来这个熊娘们根本没有下地锄草,说不定又到野庙里找老法师去了。这个念头一起,他就知道这顿饭无法再往下吃,便把碗筷丢在灶台上,转身就朝外走去。

爹,李桂花在他身后喊叫着说,不要去找我娘……

他没有再搭理她,只是迈着大步朝街上走。这时街道上已经出现了几个下地的人,其中一个竟然是矮子狗眼。牵着一条狗的狗眼看他走过来,便停下脚,翕动着嘴巴,好像要和他打一声招呼。他不想让他知道他去干什么,担心他会再次说出让他尴尬万分的话来,便虎起脸,用凶恶的目光看着他。狗眼看到他一副气势汹汹的样子,果然不敢和他打招呼了,嘴唇嚅动两下,便把话咽了回去。他迈着大步从他身边过去,直接走上了通外村外的道路。

他没有到他家的田地里去看,便沿着一条弯曲的小路朝山里走去,他相信陈玉秀绝对不会在地里锄草,此时此刻,她一定是在野庙里和老法师在一起。在去往野庙的路上,他一直在想那个老法师的模样……他要去的那座野庙坐落在山里的一个山头上,距离乌龙镇足有五里的路程,原先曾经是一座真的寺庙,后来不知什么原因被废弃了,经过岁月的风吹雨打,房屋差不多快要坍塌了。前些年,不知从哪里来了一些打扮怪异的人,在一个据说道行很深的老法师带领下,竟然占领了这座无人看管的野庙,开始传播一种分外虔诚的教义,他们把这种教门称作宋教。此前人们没有听说过这种教派,暂时还抱有观望态度,但过了没多久,便吸引了一些善男信女们前去入伙,就连陈玉秀这样的本分女人也受到了诱惑,只要一有机会就悄悄往野庙里跑,连自己家的活计都懒得做了。他见过那个老法师,打扮得既不像和尚,也不像老道,给人一种不伦不类的古怪样子;年龄并不是太大,额头上也没有几根皱纹,但眉毛和胡须却有些灰白,不知道是真是假。他对这样的人没有多少好印象,尤其知道陈玉秀在跟他念经学法以后,无形中更是对他充满了敌意,虽然平时见不上他的面,却在心里和他较量过许多次了。有时他甚至会毫无来由地想,会不会他就是那个强暴了陈玉秀的家伙?虽然他身为教主,但毕竟是个单身男人,身体也不错,完全具备强暴陈玉秀的条件,更为重要的是,陈玉秀几乎一天到晚想着他,如果不是与他有非同一般的关系,又怎么可能丢下孩子不管,丢下活计不干,一门心思地到他那里去呢?当然,这样荒唐的念头也在他脑子里持续不了多长时间，虽然他心里很不情愿，却不能不承认那个老法师不是个一般的男人，而是一个讲经布道的出家人，是一个在这一带落下了好口碑的人，只要一提到他，许多人就会产生顶礼膜拜的冲动，如此一个受到人们敬仰的人又怎么可能做出那样丑恶的事情呢？这样的道理他自然明白，甚至他会为自己如此恶毒的念头而感到深深的羞愧，恨不得打自己几个耳光才罢休，但在很多的时间内，他依旧会十分无耻地想，谁又能保证一个有修养有道行的人做不出坏事来呢？毕竟他也是一个男人，而只要是男人，当面对一个很有姿色的女人时，就会遏制不住地产生欲念，就有可能做出见不得人的坏事……

他越想越感到事情的严重，脚步也便迈得飞快，虽然他没有来得及吃一口早饭，肚子里早就饿得不行了，但两脚依旧被一股莫名的力量推动着，没有任何要停歇的意思，一口气便把五里山路走完了，直到看见山头上那个野庙的影子，他才让脚步放慢下来。野庙是建在一个山崖的边上，破败却高大的房屋在日头下闪烁出刺眼的光亮，与下面山谷里的暗黑阴影形成明显的反差，远远看去颇让人的心头产生震撼的感觉。他不知道当初野庙为什么建在这种地方，是不是那个山头在它的脚边发生了崩塌和滑坡，才导致它出现了这种看上去十分孤傲的景象？他没有让腿脚放松一下，便沿着一条曲折的小径一路爬坡，很快来到了野庙的院门口。一个在门外的石阶上清扫灰尘和树叶的小教徒看出他不是香客，想走过来询问他一下，但他没有容他张开口，便一阵风地从院门里闯了进去。

穿过一幢较为低矮的房屋，他进到了里面的又一个院子里，再往里走就是宽敞幽深的大殿了。院子里穿梭着一些来此进香或游览的人，有的人看上去十分虔诚，但也有的人一副轻松愉快的样子。他急急地从他们中间穿过去，像一只无头的苍蝇一般莽莽撞撞地闯进殿内。在他想来，如果陈玉秀真的在野庙里，那她十有八九会在那座大殿中，因为他想当然地以为，那个老法师应该就住在里面，陈玉秀如果来找他的话，一定也会在大殿里和他相会的。但他在大殿里找了个遍，也没有看到陈玉秀的影子，甚至那个老法师也不在里面。

他不甘心就这么离去，直觉告诉他，陈玉秀绝对就在这个院落里，只是不知道她到底是在哪个房间内，越是看不到他们的影子，他心里越是不安，越是感到他们在做着什么见不得人的事似的。于是，他拦住一个路过的教徒,胡乱对他施了一礼说,请问小师傅,老法师在什么地方?

小教徒上下打量了他一眼,有些不放心地问他,请问施主找老法师有什么事?

我……他简单地想了一下,便硬着头皮信口说,我想请教一些经书上的问题……

听他这样说,小教徒点了点头,告诉他说,老法师在法堂里给信众们讲经说法呢,施主如果感兴趣的话,可过去听一下。他抬手朝后指了一下说,法堂就在后院里。

他按着他的指点走进了后院。这个院落里没有几个人,比前院要清静得多。他沿着一条青石铺就的甬路找到法堂的屋门,还没有走到近前,就听到里面传出一个呜呜噜噜的声音,不用仔细听便知道一定是那个老法师发出来的声音,也许就是小教徒所说的“讲经说法”?但他在门外听了一会儿,奇怪的是却没有听明白他的任何一句话,尽管他的声音并不小,也还算清晰,可他却听不懂那些话语所包含的意思。他没有耐心再听他这些胡言乱语,便急不可待地往里探了一下头。果然不出所料,他几乎是在第一时间内就看到了陈玉秀的影子,其实陈玉秀就在离门不远的地方跪着,虽然他只看到她一个背影,但还是一下子就认出了她。让他感到吃惊的是,这间屋内除了那个老法师外,竟然只有她一个人,根本就不存在小教徒所说的“信众们”,更让他不能接受的是,那个老法师的一只手长长地伸出来,竟然搭在了陈玉秀的头顶上。他不知道老法师把他的一只手搭在陈玉秀头顶上干什么,但他却清楚地看到那是一只毛茸茸的黑手,上面的一道道青筋像蚯蚓一般蠕动着,手指顶端的指甲又尖又长,像十根弯曲向下的铁钉,对准了陈玉秀的头顶刺下去……尽管他知道在很大程度上这只是他的幻觉,还是克制不住内心的恐惧和冲动,从门外探出身子,像一只凶猛的野兽携带着一股疾风跳进去。住手。他甚至在心里叫喊了一声。虽然他没有让声音从嘴里发出来,但他还是疑心老法师听到了他的声音,因为他那只黑手哆嗦了一下,猛地从陈玉秀头顶上缩回去。

你?老法师被吓了一跳,你是干什么的?他抬起松弛的眼皮,惊悸而莫名地看着他,在镇定了一下后,又把那只手抬起来,却是朝他施了一礼说,施主闯到我这里来,是有什么事需要我帮助吗?

他没有回答他的话,而是抬起脚,先在陈玉秀身上踢了一下,随即扭过身来,对准老法师的胸口,又要把他那只脚抬起来。

线长,陈玉秀从地下爬起来,像一股旋风一般扑到他身上,两手紧紧地抱住他那只脚,不要……

他顺势把那只脚蹬出去,再次将陈玉秀踢倒在地下,然后抽出身来,准备全力对付老法师。

在他和陈玉秀扭打的过程里,老法师并没有怎么移动他的身子,尽管上半身稍稍摆动了两下,但他的屁股却依旧坐在他的法座上,而且表现出一副处惊不乱的样子。施主到底因为什么事,他故作平静地问他说,要问罪于我和这位妇女呢?

不要再给我装样子了,他愤恨交加地对他说,老子今天到这里来,就是为了惩罚你们这些……他没有把难听的话骂出来,但为了表示他不只是恐吓他而已,便顺手抄起一根用于击鼓的木棒,对着他的头顶打下去。他并没有打算使用多大的力量,不管怎么说,他都是一个上了岁数的家伙,他还不想把他打成多么不堪的样子,但他想不到,他的愤怒增加了他手臂的力量,那根木棒打下去,立刻将他的头顶砸开了一道口子,他刚把木棒拿开,他头顶上就冒出了鲜红的血水。

师傅,陈玉秀跳起来,不顾一切地扑向老法师,师傅……

不要过来,老法师抬手止住了她,不要妄动。

陈玉秀还要往他跟前扑,但几个听到动静尾随而至的小教徒拖住了她。小教徒们把陈玉秀拉到一边去,转过身来,一个个横眉立目,摆出了准备往前冲的架势,有的要去保护老法师,有的要来与他较量。

你们都不要动,老法师再次挥挥那只手说,这位施主既然要打我,那肯定有打我的理由,还是让他继续在我身上打下去吧,直到他打完为止。

小教徒们果然不敢再动了,但都瞪大眼睛,担忧地看老法师一下,又把愤恨和不解的目光转到他身上。

这还是一个挺有骨气的老家伙,他在心里说,看来不光他的道行很深,他挨打的功夫也不浅呢。他以为老法师那只手挥完了以后,会顺势按到他自己的头上去,因为他的头顶在流血,这才半分钟的时间,流淌不止的血液已经像虫子一般爬满了他的脸。但他想错了,老法师没有把那只手往头上放,而是垂到了胸前,与另一只手牵在一起,做出一个标准的打坐姿势,并合上眼皮,身子一动不动,只是任脸上的血水往下流,好像那些血水不过是外涂的釉彩，真的与他没有任何关系似的。好你……老法师故作镇定的姿态不仅没有消除他的敌意和愤慨，反而进一步激怒了他，老家伙这是故意与他过不去呀，原本只是打算打他一下，算是消除了自己的心头怒火，也适当地警告了他，然后押着陈玉秀回家去，可让他想不到的是，这个不怕事也不怕死的老家伙却在大庭广众下与他叫起板来，那就休怪自己对他不客气了。他没有再做犹豫，挥起手中的木棒，一下一下地击打在老法师红彤彤的头顶上，他就不信，自己还不能把他打倒在地？

师傅，看到老法师头上的血水流得更为汹涌了，小教徒们都又紧张地叫喊起来，师傅……那种要冲上来保护老法师同时制服他的架势随时都会变成暴烈的行动。但老法师却依旧一动不动，流淌不止的血水把他的脸面包括眼睛都糊住了，这使他看上去像是死去了一般。没有老法师的指令，小教徒们只能像热锅上的蚂蚁一般急得团团转，却不敢真的展开行动。

这真是一个令人不可思议的老法师，他心里开始不安起来，在这个世界上，他还没有见过像他这样淡定隐忍的人，难道这家伙真的不是一个平凡的人，而像人们传说的那样得到了天神的真传，变得也像神主那样无所不能了吗？这个想法让他感到更加惊恐，手里的木棒虽然依旧击打下去，却变得不再那么富有力量，到最后甚至已经像一缕野草那样让他感觉不到丝毫重量了，但他却再也挥舞不起它来，他的身子似乎正在虚脱，好像经过了多么繁重万分的劳动一般，让他在幻觉里明白，就算是把自己的整个身子都压到老法师的头上去，也不能弯倒他一根细弱的毛发……他知道自己实在不是老法师的对手，在这个坚定顽强的老家伙面前，他唯一的选择便是颓败，便是跪倒在他脚前，求得他的宽恕和谅解，求得他收留下他这个在精神上无家可归的人……师傅，他扔掉手中的木棒，膝头往前一伸，两腿再也支撑不住身子的重量，在幻觉里看见自己像一头散了架的骆驼一般扑倒在地，扑倒在那个被鲜血浇铸成雕塑一般的老法师脚下，师傅。他把头重重地叩在地下，同时撕心裂肺地朝他呼喊，师傅——

三

从昨天夜里开始，天上就在下雨，虽然只是间歇的牛毛细雨，但到吃过早饭的时候，地面还是湿滑得停不住脚了。他站在法堂门口的榆树枝下，看到雨丝还在不住地飘落，便打消了下地干活的念头，回到屋里来，打算安心在法堂内诵读他的经文。

是的，已经有好几年了，他都会抽出大量的时间研习经文，作为每天必修的功课，而且从做这项活动的第一天起，他就把一间屋改造成了还算有些样子的法堂。没错，自从那次在熙坳法师脚前跪倒的时候，他便是一个虔诚的宋教徒了，虽然现在还仅仅是在家中修行，但他对宋教的虔敬程度已经不亚于大庙里那些出家人了。与他相比，妻子陈玉秀实在算不了什么，一旦看到他踏进了宋教的门槛，她便很知趣地从里面退出来，回到家重新做起了一个世俗的农妇，因为家庭和孩子都不容许他们两个人一起从事这件事，必须有一个人留在红尘中，于是，这种奇妙的置换便在他们身上发生了，其实当他因迷恋宋教而不再纠缠她那些痛苦往事的时候，她已经没有必要再到经文中寻求什么解脱之道，回到家来照料孩子们便成了她最好的选择。自从进入了教门以后，他才体会到内心宁静是一种什么样的精神状态，那些一直折磨他的痛苦和烦恼都像被风吹刮了一样不知去向，剩下的只是情感的澄澈、内心的欢愉和灵魂的明洁，他清楚地感到，一层裹挟了他许多个年头的衣壳急快地碎裂开来，在那阵越刮越猛的大风吹拂下纷纷离他而去，一个崭新的自我轰然诞生，就像一只蝴蝶从厚厚的茧壳中脱颖而出，等待着它的是一个从来没有过的美好天地……

为了更加深入地研习经文，他不仅正式拜了庙里的熙坳法师为师傅，有了自己的法号，而且还顶着来自妻子和孩子们的压力，布置了属于他自己的法堂。他们家的房子并不多，虽然母亲早就病故了，腾出了一间空房，但孩子们又接连到来了，母亲腾出的房间又被他们占有了，所以当他把陈玉秀往孩子们屋里赶时，是做好了让她大闹一场的准备的。但最初的时候，陈玉秀并没有意识到和他分居的严重性，长期被他强迫做夫妻之事的状况让她难以承受，现在终于获得了解脱，她巴不能这一天早些到来呢，当他试量而又坚决地让她搬到孩子们屋里去时，她丝毫没有犹豫，抱起自己的铺盖就往外走去。他有了属于自己的房屋，便立刻行动起来，不出两天的时间，就把这间屋装扮成了一个近乎标准的法堂。首先，他怀着无比恭敬的态度请来了神主的塑像，让这个至高无上的神祇占据了这间屋最为显著的位置，每一天，他都选择一个固定的时间向神主举行跪拜仪式，祈求他将无边的法力降临到自己身上，渐渐地，他觉得神主的魂灵已经从塑像上走下来，像一缕清新的空气一样进入他的身体内，与每一块血肉都紧紧融在了一起；其次，他在堂内置办了几乎所有用得着的法器，诸如钟、鼓、云板、如意、拂子、数珠等，当然，各种版本的经、律、论是不可缺少的，几乎每一日，他都会像大庙里的出家人一样做功课，坐在蒲团上，敲击着钟鼓诵读这些不太容易读懂的经文；再次，他还严格遵循一个宋教徒应该持守的清规和戒律，力争成为一个无所畏惧的信徒……

几乎没有几个人相信他会真的走进空门里来，在过去的日子里，当他的妻子陈玉秀背着他到野庙里去做法事的时候，他表现得那么怒不可遏，不止一次用捆绑和暴打等恐怖手段阻止她的行为，但让他自己也想不到的是，他有一天竟然取她而代之，成了一个比她还要虔诚的宋教徒，而且还在家中建立了自己的法堂，所以当他在法堂内敲击着钟鼓念念有词地诵读经文时，陈玉秀三番五次地跑进来，瞪大着惊惧的眼睛，用不相信的目光看着出现在她眼前的这个奇怪景象，不由自主地叨念说，这个人真的是李线长吗？她不断地揉搓自己的眼睛，一遍遍地问自己说，他该不是在梦里吧？随后她又把手搭到他头上说，如果他是李线长的话，那他一定是在发烧。为了像他当初阻止她一样阻止他做这件事，陈玉秀悄悄派遣孩子们来法堂内捣乱，不是偷走一两件法器，就是藏起一两本经文，给他带来了许多的麻烦。对于孩子们的破坏，他虽然感到十分恼火，却很少朝他们发泄不满，因为他已经成为一个有修为的宋教徒，内心充满了慈爱和悲悯，不要说孩子们的恶作剧不能真正伤害到他什么，就算是他的敌人对他实施无情的打击，他除了对他们的行为表示宽恕以外，还能采取什么实质性的对抗措施呢？由于沉浸在法事里而无暇顾及孩子们，让他们主要还是陈玉秀觉得他在很大程度上冷落了他们，从而导致了家人对他的不满和误解，这种状况倒的确是存在着，而且还有愈来愈严重的趋势，这样的责任自然应该主要由他来负，但除此以外，他觉得他对这个家庭带来的正面影响还是大于负面，至少从他们家传出去的声音不再是争吵，而变成了抑扬顿挫的诵经声，这样的气氛对于整个村子的和谐和欢乐都不是没有帮助的。

比他的家人有过之而无不及，村里的一些人对他行为的巨大变化更是感到不可思议，这些年里经常有一些人在背后议论他，而那个叫狗眼的小矮子，甚至经常领着他那条狗和一帮闲人跑到他院子里来，探头探脑地看他诵经作法，像观看舞台上的小丑表演似的，满眼里都是困惑和好奇。他对这种不恭的窥探一点都不生气，从来没有挥起手来驱赶过他们一回。看吧,有时他会在心里对他们说,早晚有一天,我对神主的虔诚会感染到你们,也许用不到我的动员,你们就会跪倒在地下的,就像我自己当初的经历一样。虽然他对人们的围观见怪不怪,但在这个下着细雨的日子里,村主任突然对他家的造访,并且是直奔他的法堂而来,还是让他感到了不小的诧异。

在他的记忆里,村主任还是第一次到他家来,虽然村主任是他们家族里不远的一位堂叔,但由于很早就当上了村干部,对他家这样没有什么光彩的普通小户,一直产生不了多大兴趣,一般情况下是想不起来关注一下的,也就没有亲自上门来的机会。但今天却不知为什么,村主任竟然打着一把雨伞,摇摇晃晃地走进他家院门,先朝院里仔细打量了一眼,然后便脚步一滑一滑地朝他的法堂走来。

此时,他正在诵读主卷经文的最后一个段落,虽然他的一只手托举着经书,但他并没有低下目光看它一眼,其实这卷经文他早就背熟了,仅仅凭着感觉他便一字不差地诵读出来,之所以把经书托举在手里,只不过是他诵经的一个习惯罢了。由于他的目光没有落在经文上,便有机会看到门外的景象,于是村主任打着雨伞朝法堂走来的样子就被他看了个正着;在诵读经文的同时,他的另一只手捏着一根木棒,不断地挥起来,又不断地落下去,让木棒一会儿碰撞在钟的边沿上,一会儿敲击在鼓的肚子上,钟鼓交错着发出富有节奏的声音,正好与他诵读经文的轻重缓急相一致,既可以说他在撞击着钟鼓诵读经文,也可以说他在诵读着经文敲打钟鼓,反正在他这里,诵读和敲撞这两套动作已经极其完美地结合在一起了,即使有一个手段高明的人也无法把它们区分开来,恐怕这也是诱使一些闲人来看他诵经的一个原因。村主任到来的时候,他还没有把经文的最后一段诵读完,也就不想中途停止以便站起来迎接,虽然村主任的到来对他家来说的确是一件非同小可的事儿,但如果他在没有诵完经文的情况下便贸然起身,就是对神主的极大不恭,他不想因为这件事而惹恼神主,那样对村主任来说也未必是好事。在这种情况下,村主任便在进屋以后,收起雨伞,呆呆地站在他面前,等待着他把那段经文诵读完毕,然后站起来迎接他。他虽然没有注视村主任的面目,却感觉上面已经布满了不快的青色。

是我来了。村主任终于耐不住性子了,在此之前,他大概还没有碰到过这样的冷遇,所以一时有些不知所措,便放下了村主任的架子,不合时宜地主动开了口。

他也终于诵读完了经文,放下手中的经书和木棒,慢慢离开屁股下的蒲团,朝他做出一个恭敬的迎接姿势。是的,面对长他一辈的村主任,他没有任何理由不对他采取恭敬的姿态。四叔,他按照家族里的辈分和排行称呼他,您请坐……

村主任当然是要坐下来的,但他在找到合适的座位之前,先瞪大眼睛在屋内撒目了一圈,因为这间被他改造成法堂的房屋已经与其他正常房屋内的摆设不大一样了,那个合适的座位似乎有些难找,于是村主任阴沉的脸色便越发难看。你就整天捣鼓这些玩儿?他抬起一只短粗的手,在屋内胡乱划拉了一个来回。

虽然村主任的手指并没有落在一件具体的物什上,但他知道村主任是指那些与宋教有关的东西,这简直是在明目张胆地侮辱他的信仰。请神主原谅这个人的罪孽吧。他面对神主的塑像低下头,在心里万般愧疚地祈求说。

村主任尽管没有听到他的声音,却好像知道他在想什么,神色更加严峻起来。怪不得外面都说你走火入魔了,他龇着牙冷笑说,我看你还真的是……

他张大着嘴巴看他,一时搞不清有关自己"走火入魔"的话到底是村主任自己的发明,还是真的来自闲人们的议论。四叔,他提示村主任说,您找我一定有什么事吧?

当然是有事了,村主任好像这才想到来找他的目的,走到一张长凳前坐下,如果没事,我是不会到你这个鬼地方来的。他从衣兜内掏出一盒烟,弹出一根,捏在粗短的手指间,然后又用另一只手掏出打火机,刚要点火,却又改变了主意,转而叼着烟卷凑到香炉前,想在燃烧着的香火上点着。

他有些不忍看村主任这样做。神主呀,他闭上眼睛,在心里再次祷告说,请原谅他们的罪孽吧。

村主任好不容易点着了烟,收回身来,一边吧嗒吧嗒地吸着一边慢条斯理地说,你就真的迷恋这些东西,不想过自己的日子了?

他觉得村主任的说法很奇怪,便立刻反诘他说,您说得不对,正是因为我入了宋门,日子才一天天过得好起来。

村主任斜起眼,用眼角的余光看着他,好像他说出的这句话是个天大的笑话,脸上透着掩饰不住的嘲讽和冷笑。既然你过得那么好,怎么你老婆还到村委会去告你?

什么?他吃了一惊,陈玉秀到村委会去告我?这可是他无论如何没有想到的,而且他也想不明白,她到村委会去告他什么呢?

村主任不想让他感到纳闷了,便主动告诉他说,人家要和你离婚了,你还有心思在这里呜里哇啦念经?真是……他拍拍自己的头,没有把难听的话说出来。

他更是大惊失色,陈玉秀竟然要和他离婚?而且还为这件事去找了村主任?他有些想不通,就算陈玉秀真的有这种想法,为什么要去对村主任说呢?这应该是他们两个人之间的事儿,他就在她身边,她来找他不是比去找村主任更方便吗?为什么她放着身边的他不说而偏偏去找村主任说呢?一时间,他陷入了深深的思索中,开始反思自己和陈玉秀这几年来的生活状态。他不能不承认,为了全心全意地研习经文,修行身心,他的确在很大程度上疏离了妻子和孩子们的生活,虽然他和他们仅仅一墙之隔,而且每日都要不止一次地碰面,但他的心灵却离他们愈来愈远,他在想什么他们不知道,他们在想什么他也不知道,看上去他们同在一个院子里,甚至同在一个屋檐下,其实他们相隔却足有十万八千里……为了做到"不淫欲"的戒律,他已经很久没有和陈玉秀过夫妻生活了,他甚至以设立法堂为名,把她从他们共同的炕上赶到了孩子的屋里……看来就凭这一点,他和她就不能算是一对正常的夫妻了,也许就是因为这个原因,陈玉秀才向村主任他们提出了与他离婚的要求……

你在想什么?村主任有些不耐烦了,用手指敲击了几下桌面说,你怎么不说话?人家都把这事提出来了,你还不赶快把自己的态度亮一下?

他好像明白过来,村主任之所以在这个雨天里来和他说这件事,不是来向他做什么最后通牒,而是在很大程度上给他们做"捏合"工作的,也许在村主任想来,只要他拒绝接受陈玉秀提出的要求,自己此行的目的就算达到了。作为村主任,当然更作为李家门里的长辈,他是有责任不使一个看上去还能过得去的家庭在他眼皮底下解体的。

你好好去给玉秀认个错,村主任吸完了那根烟,任务似乎也将要完成了,便扔掉烟屁股,从凳子上站起来,做出了打算离去的架势,你要好好向人家保证,以后不能再把心思都放在这些神神道道的东西上了。说着,他又伸出他的粗短手指,在屋内指了一圈,他的意思很明显,手指所到之处,是包含了所有与宋教有关的那些器物的。

但他没有让村主任就此离开,就在他要撑开那把还在滴水的雨伞,即将往门外迈步的时候,他用低沉却不失清晰的语调说,好吧,既然她提出来了,那我答应她就是了。

什么?村主任怀疑听错了他的话,赶紧止住脚步,转过身来看他,一副急于要确认他那句话的意思的样子,我没听清,你再给我说一遍。他这样说着的时候,脸色和语气已经十分严厉了。

尽管他知道他会发火,但还是鼓着勇气再次对他说,我同意和她离婚。

你个狗东西,村主任火冒三丈,举起他粗短而有力的手,想在他脸上狠狠地来上一下子,但他把手在空中挥舞了一下,还是让它颤抖着指向了那些与宋教有关的东西,都是它们,他使劲跺着脚说,都是它们害了你……说着,他就噘起嘴唇,用力朝那些东西啐了一口唾沫。

他眼睁睁地看着村主任的唾沫落在神主塑像的一个边角上,心里就像被一根长矛捅了一下似的,感到一阵撕心裂肺的疼痛。该死。他一边在心里叫喊一边疾步走过去,伸出两手,把那滴其实并不多么显眼的唾沫一点点擦去。神主呀,请您宽恕他们无意间对您的冒犯,如果真要有一个人为此而接受惩罚的话,那就让我来吧。直到把那滴唾沫擦得一点痕迹都没有了,他才慢慢地收回手来。

村主任仔细看完了他这些动作,不禁绝望地闭了一下眼,知道一切都不能如他的愿了,便迈着大步走出屋门,走到飘落不止的雨里去,他一秒钟也不愿待在这间让他感到窒息的屋子里,离去的急切心情让他忘记了把雨伞撑开。老天,他仰起头,让雨水尽情地落在自己的脸上,这个人要是入了魔道,谁也救不了他。

村主任离去了,他从屋门口收回目光,转而准备接下来要做的事情。在做这件事之前,他在村主任坐过的那张长凳上坐下来,又一次仔细检索他和陈玉秀之间的关系。是呀,他不能贸然来做这件事,他必须把事情的前因后果想清楚,所有的痛苦和责任都不能留给陈玉秀和孩子们,而完全由他一个人来承担……在他原来的印象中,陈玉秀应该是一个十分保守的女人,当然这里的保守主要是指她在性方面的表现,在嫁给他的最初几年中,她一直在这方面保持一种被动的态势,每次都要由他进行艰难的发动,有时甚至不得不对她强迫一下,她才会打起精神来配合他,说实话,在那几年里他几乎没有一次尽情地享受到鱼水之欢,每次从她身上下来时,都有些索然无味的感觉。究其原因,他想主要是因为她有被那个不知名的男人强暴的历史,才使她在很大程度上遮蔽了自己的天性,甚至不得不刻意把自己打扮成一个羞答答淑女的模样,以便消除他其实一直存在内心中的怀疑和不满。但陈玉秀到底是一个怎样的女人,她在性事上应该是开放性的,还是像她表现得这样呈现出严重的保守性,他似乎并没有来得及弄清楚,便在暴打熙坳法师的那个日子里遁入了空门,从而失去了对她进一步观察和追究的机会。直到许久以后,也就是在他专注修行身心的日子里,他才不意间发现,陈玉秀似乎对他长时间不与她睡觉流露出了不满,有时到他法堂里来,都是想出各种理由多待上一会儿,打量他的目光里充满了湿漉漉的水分,这使她看上去几乎离一个风情万种的女人没有多大距离了。他吃不准她是否有和他行夫妻之事的想法,按说他已经好几年没有与她做过这件事了,如今她都流露出了这方面的意思,他应该抓住机会,满足自己也满足她一回,但他不能不遗憾地告诉自己,他已经是一个宋门中人了,应该严格遵循"不淫欲"的戒律,何况又是在这个至高无上的法堂里,又怎么可能做那种龌龊的事情呢?没有别的办法,他只能对她的暗示装作视而不见的样子,端起经书,专心致志地诵读下去……

你们的婚姻已经名存实亡,他在心里对自己说,如果她真的有这方面的渴望,那她就只能到别的男人那里去获得,而你看来是不可能满足她了,既然这样,那你又何不放她一马呢?一旦她与你没有了任何关系,不论她再做什么事,你都不会感到一丝苦痛了。想到这里,他似乎知道他应该马上来做那件事了。于是,他从凳子上站起来,取出一张白纸,把它铺在桌面上,然后又拿起一支笔,开始在上面一笔一画地写起来。他用了很大的力气,总算完成了这份并没有多少文字的文件,然后折叠整齐,揣进他的衣袋内,走到门前,在对着外面的雨天注目了一会儿之后,才让激烈翻腾的心绪平复下来,鼓着勇气走出门去。尽管他加着小心,还是在泥泞的地面上滑了一跤,如果不是他反应及时,尽力让倾斜的身子站直了,恐怕他会狼狈地摔倒在地下。

他颇费了一番工夫,才来到陈玉秀和孩子们的屋门口。其实他们这两个屋门离得并不远,中间也就十来米的距离,但他差不多却用了足有五分钟的时间。在此之前,具体说在他和陈玉秀分居以后,他还没有主动到她屋里去过一次,所以对于他的到来,尤其是当她看过那份为她准备的文件以后,他不知道她会做出什么样的反应。在他艰难地朝那个屋门口走去的时候,他想说不定陈玉秀就站在窗扇前,透过破损了纸张的窗棂注视着他,注视着他在泥泞里一滑一滑地行走,所以当他还没有抵达门口,而她却像一阵风似的迎出屋来,他一点都没有感到意外,只是吃不准她会用什么样的方式接待自己。

你过来了……陈玉秀站在门台石上,两手牵着衣角看他,这个情景让他想起了第一次与她正式见面的情景,那时候,他们还没有真正相识,还都对对方充满了奇异而不切实际的幻想。雨水从她有些凌乱的头发上流下来,打湿了她整个脸面,她抬起手来,用衣袖擦了擦迷蒙的眼睛,忽然意识到他们还都站在雨地里,便急忙把身子闪到一边说,你快到屋里来吧。然后不等他说什么,便带头往屋门里走去。

他只好随在她后面,也很快进到了屋子里。对这间他不太常来的屋子,他虽然说不上多么陌生,但却也说不上多么熟悉了,所以在最初的时间内,他禁不住转动着眼睛,朝四周打量了一圈,就像她到他的法堂去时一样,算是熟悉一下环境,好为接下来他们要进行的这场谈话做一下铺垫。

陈玉秀显然没有想到接下去他们会有一场非常不愉快的谈话,刚开始的时候,她还以为他的主动到来会为他们即将分裂的关系做一个很好的补救呢,所以她显得有些高兴,也有些激动,很长时间以来一直布满菜色的脸面竟然有些涨红,眼睛也变得湿漉漉的,乍一看上去,还以为她碰到了什么不一般的喜事呢。孩子们都上学去了,陈玉秀打发他在座位上坐下,忽然往屋内的深处看了一眼说,兴许还要过好长时间才回来呢。

他当然明白她为什么主动告诉自己这件事,一时心里充满了极度的羞愧。面对这样一个对他依旧满含期待的女人,他实在没有勇气把揣在衣兜内的文件掏出来,并与她开始那场注定会伤害到她的谈话。你、你也看见了,他硬起头皮开口说道,村主任刚才到我那里去了……

他的话还没有说完,陈玉秀就马上接过去说,我知道了……她有些羞涩地低下了头,他刚刚离开,你就到我这里来了。说到这里,她抬起头,用很勇敢的目光使劲看了他一眼。

他隐约感到她会误解自己的意思,便赶紧声明说,我已经想过了,我们既然……

陈玉秀显然不想让他把话说下去，依旧沿着自己的思路说，既然你都过来了，那还有什么非要说出来不可的？她竟然走过来，在他面前蹲下了身子。如果我没有记错的话，这些年来，你还是第一次到我这里来……说着，她居然伸出两只手，抖抖地放在他的膝盖上，然后一侧头，又把脸放在她的两手上。我终于等到你了……她喃喃地说着，眼睛里流出热乎乎的泪水。

他真的不忍心破坏她如此美好的幻想，是呀，一个被丈夫差不多抛弃的女人终于等来了丈夫的"回心转意"，这样温馨的场景恐怕只有心肠似铁的人才贸然毁坏，他虽然已经做好了伤害到她的准备，却实在不想立刻就开始行动，尽管知道对她靠不住的幻想一味地纵容其实才是对她的最大伤害，却依旧愿意把那份幻想再替她延长哪怕短暂的一分钟，所以在接下来的时间内，他没有让自己的身子移动一下，以免惊扰了她对自己美好幻想的回味和欣赏。

陈玉秀仰起脸来，温煦的目光从下面抚摸着他的脸颊。我们多久没有在一起过了？她像是问他又像是问她自己，你不记得了吧？我可没有忘记……说到这里，她忽然站起来，伸手在他身上拉了一下，还愣着干什么？趁着孩子们还没有回来，我们赶快……她开始变得很急切，拉着他的衣角就朝里间屋走。

他知道不能再任她按着自己的想象行动下去了，不然，不仅他今天的任务完不成，而且还会被她拖下水去，那样一来，他虔诚修行好几年的功夫就要白费了，虽然他没有真正离开神主，起码自己和他的距离会变得更加遥远……一想到这里，他便霍地站直了身子，抬起手来，把她拉住他衣角的手拂开。你不要……我还没有……

但陈玉秀不想使他有争辩的机会，被他拂开的手又被她伸过来，比上次更有力量地抓牢了他的衣服，我不想再等下去了，我已经在油灯下白白耗费了好几年的……她一边说着一边撕扯他的衣服，她的两只手似乎变成了鹰隼的爪子，只三两下，就将他系得严实的衣服缝隙扯开了，几颗纽扣像被风吹落的果子掉落在地下。

他真是没有想到，她在这件事上会变得如此急切而赤裸，一时间他竟然发起呆来，吃不准他面对的这个如狼似虎的女人到底是不是那个保守被动的陈玉秀,而是另外一个无耻浪荡的坏女人。不不,他急忙伸出两手,一边阻挠着她的动作一边掩紧身上的衣服,你不要……我根本就没有与你……

陈玉秀才不管他说什么,见一时不能把他拖进里屋去,干脆就地解决战斗,一使劲把他压倒在地下,两手又像钢钳一样来扯拽他身上的衣服。

他决定要让她清醒一下了,哪怕为此他会把她伤害得血迹斑斑,他也顾不了那么多了。他挥起手来,在她脸上狠狠地打了一下。陈玉秀,趁她呆怔的刹那间,他用力把她从他身上推开,飞快地爬起来,再退后几步,以离她更远一些,我今天到这里来是和你离婚的,不是来和你睡觉的……

什么?你说什么?陈玉秀不相信自己的听觉,还要挪动着脚步朝他跟前走。

站住,他朝她大声喝道,待她停住了脚步,才用更加清晰的语气一字一句地说,你不是要和我离婚吗?我今天答应你。说着,他就从衣兜内掏出那份文件,展开来,举到她面前说,这是一份离婚协议,我已经在上面签上了我的名字,等你也签上自己的名字后,就拿到村主任那里去,让他到镇上去办一下手续,我们的离婚协议兴许就能生效了……

我没有听清楚,陈玉秀摇摆着自己的头说,我不想听下去了……她把两手捂在了自己的耳朵上。

我们再待在一起也没有什么意思了,他直言对她说,我这样做也是为你好,等你自由了就会……

你为什么要这样做?陈玉秀跺着脚说。

我已经把自己献给了神主,他摊开两只手说,从那天我跪倒在熙坳法师的脚下以后,我就是宋门中的人了……

你不用出家,陈玉秀打断他的话说,只要你还在这个家里就行,我其实并没有要和你离婚的意思,我到村主任那里不过是……

但我不想这样下去了,他也打断她的话说,我不能再待在红尘中,我要一身轻松地到神主身边去,用全部身心去伺候他……

神主是什么?他就那么值得你把自己的身心都献上去?

我原本以为你会理解我这么做,先前你不也差点迈过那道门槛吗?

没有,我从来就没有想到那个地方去,我之所以那么做,都是因为要做给你看……

什么？做给我看？他有些不解。

难道不是吗？陈玉秀流着眼泪说，如果不是为了你，我又何必去……

原来是这样？他不禁恍然大悟，随即在心里说，可她没有想到，有一天她会把我带到了……而她自己却……

都是我造的孽呀……陈玉秀举起两手，一下下拍击在自己的头上。

看着她如此痛切的样子，他心里也不禁颤抖成一团。不要这样，他试量着把她胡乱挥舞的手拉住，其实你是成全了我，从这种意义上说，我要感谢你……

既然这样，陈玉秀顺势攀住他的手，像蛇一般紧紧地缠绕住，给他的感觉是一个溺水的人拉住了一根救命稻草，那你就不要离开我，离开我们的孩子……

我并没有打算出家，他极力挣脱她的手指，我依旧是在这个院子里。

可你的心早就像羽毛一样飞走了，陈玉秀坐倒在地下，呜呜地哭起来，我哪里还能看见你的影子？

这是没有办法的事儿，他无可奈何地说，我已经说过，我早就把我的一切献给了神主……

神主？陈玉秀把两手狠狠地拍在地下，神主为什么要来抢夺我的男人？她又把两手举起来，朝着外面的天空挥舞，老天呀，你倒是说一说，那个神主为什么要来抢夺我的男人？

他呆呆地看着她，不知道谁能来回答她这个问题。

陈玉秀突然爬起来，披散着头发朝屋外跑去，朝越来越阴暗的雨天里跑去。

你要去干什么？他紧紧地随在她身后。

他不知道陈玉秀要跑到哪里去，还以为她是到村委会去找村主任呢，但他却惊讶地看到，她居然直朝他的法堂里跑去。陈玉秀跑得很快，鞋子已不知到什么地方去了，两只赤脚在泥泞中急快地踩动，溅起的泥浆窜起老高，像子弹一般飞到远处去，他刚刚从她屋里跑出来，她就进到了他的法堂里去。随即他便听到里面传来一阵砰砰叭叭的声音，像是一件什么东西在击打另外一件东西。他呆怔了一下，似乎猛地明白她在干什么了。这个该死的。他一边在心里愤恨地咒骂一边加快脚步，在打了三个趔趄后，他才冲进了法堂内。果然正如他的想象，陈玉秀那个女人挥舞着他敲击钟鼓的木棒,竟然在无情地朝神主的塑像上击打……

我再叫你和我争夺男人,陈玉秀一边疯狂地击打神主塑像一边咬着牙说道,我就是拼上我的老命,也要把我的男人夺回来。那根挥舞在她手里的木棒越来越重地落在神主的头上和身上。

神主——他痛彻肺腑地大声叫喊,随即奋不顾身地扑上去,扑在神主塑像上,用整个身躯护住他的身子和头颅。陈玉秀手中的木棒落下来,落在他的身上和头上,随着头顶上一声"扑哧"的响动,他知道那个地方被打破了,血水顺着伤口汩汩地冒出来。

直到看见了木棒上红艳艳的血迹,陈玉秀好像才明白是打破了他的头顶。怎么回事?她突然醒悟过来,扔下木棒,扑到他身上来,张打着两手,要来按住他头顶上的伤口,我怎么把你打到了?

他拂开她的手,没有顾及自己的伤口,而是转过身,用两手抱住神主的身子。神主,他在心里向他忏悔说,都是我为您引来了灾祸,就请您狠狠地惩罚我吧。

天哪,我怎么把你打到了?陈玉秀还在他身后困惑地叨念,我明明打的是那个人,为什么受伤的却是……

尽管她不顾一切地要为他包扎伤口,并为此撕下了自己的衣襟,但在接下来的时间内,他却没有再理会她一次,把整个心思都放在了神主身上,放在了受到冤屈和打击的神主身上。

陈玉秀离开了好长一段时间,他还跪倒在神主面前,顶着一头红艳艳的血水向他忏悔,向他赎罪。他真切地感到,来自头顶上的剧烈疼痛恰是神主对他无情的惩戒。

他不知道时间过去了多久,直到李桂花领着李根水来到了他身后,他才意识到外面的雨水早就停歇了,而孩子们已经放学回家,正在把午饭送到他面前来。

爹,已经是小学三年级学生的李根水看着他被血涂红的脸孔,抖动着嘴唇说,您的头怎么破了?

他不知道该对他说什么,便装作没有听见他的话。

正在读初中一年级的李桂花似乎更懂事些,马上找来一块毛巾,想在他头上包一下。爹,您可不要怕疼呀。

他没有让她包扎,而是端起他们送过来的饭,慢慢地吃起来。他吃的饭当然是素食,自从踏进宋门以后,他就没有再吃过一点荤腥。可他吃了很久,却没有品尝出什么滋味,不仅仅是因为素食的缘故,或许与他的心情不佳有关吧,还有一种可能就是陈玉秀故意把这顿饭做砸了……但他什么也没有表示,依旧一声不响地吃饭,至于到底吃的是什么,他始终没有搞清楚。

在他吃饭的过程里,两个孩子站在一边默默地看他,一副从来没有过的规矩样子。而在往常的这个时候,他们早就跑到一边去了,只要完成了送饭的任务,他们就没有理由再待在他屋里了。可今天却不同,他们不仅没有立刻离去,反而站在一边专注地看他,好像他吃饭的样子真的很有趣味似的。

怎么回事?他只好停止了吃喝,抬起头来看他们,你们怎么不去吃饭?

李桂花看了李根水一眼,知道和他说那句话的时候到了,便低下声音,用不情愿的腔调说,爹,我娘让我告诉你,这是我们给你送的最后一顿饭了。

最后一顿?他一时有些反应不过来。

李根水还要对他说什么,但李桂花拉了他一下,李根水便只好闭住了嘴巴。没过多久,李桂花就领着李根水,一步一回头地走出他的法堂,回他们自己的屋里去了。

他直直地望着他们的背影,直到院落里变得空荡了,才不情愿地把目光收回来。这个时候,虽然他知道他和陈玉秀离婚的事已经被他做完了,却感到从来没有过的空虚和迷茫,好像他把什么东西失落在陈玉秀和孩子们的屋里了。

傍晚时分,天空开始变得晴朗起来,散乱的云片像撕裂的破棉絮一般往远处飘去,边角被西落的日头照得灼亮。暮色涌动起来的时候,他看见两个孩子从他们屋里走出来,后面跟随着他们的母亲陈玉秀。李桂花手里提着一把镢头,李根水手里则端着一把铁锹,他们的母亲陈玉秀呢?怀里竟然抱着一捆长短差不多的木桩。他不知道他们拿着工具干什么,有一霎,他甚至毫无缘由地想,他们别是来找他算账的吧?望着那些在他们手里晃来晃去的工具,他禁不住把手放在头上,在那个刚刚不再流血的伤口上摸了一下。事情当然不可能是这样的,当李桂花和李根水走到院子中央的时候,就马上停下来,回过头去,等待他们的母亲赶上来。陈玉秀也走到了院子中央的位置,放下怀里的木桩,先朝院子四周打量了一圈,然后迈开腿脚,往前走几步,又往后退几步,像是在仔细丈量着什么。看了一会儿,他终于明白过来,或许陈玉秀是在寻找一条把院子分割成两半的中间线,看来这个被他强迫离婚的女人是执意要和他分家了。

陈玉秀终于找到了那条中间线,并用一块带尖的石头画出来,随后便指示孩子们挥起镢头和铁锨,在她画出的那条线上刨挖起来。李桂花似乎觉得这样的做法有些欠妥,便在挖掘的过程中抬起头,不时地朝他这边的屋门口看一下。而李根水却就没那么多顾忌了,只是垂着头专注地挖掘,好像这项活动让他感觉到十分有趣似的。这时,他们的母亲陈玉秀则站在一边,一动不动地看她的两个孩子干活。尽管由于暮色的笼罩,他看不清她脸上的表情,但他相信那上面布满的一定不是得意之色。很快,一个坑便被孩子们挖好了。陈玉秀拿起一根木桩,栽到坑内,扶直了,然后用脚去往里面填土。她的脚抬得很高,使用的力气也很大,踢出去的土有的落在了坑内,有的却飞到了远处。她的动作不该搞得那么大,填埋一根普通的木桩并不需要她使用那样的力量,唯一的解释就是,她生怕他在暮色里看不清他们的活动,才把动作夸张到如此不靠谱的地步。这也无形中让他相信了,她浮荡在脸上的表情虽然不是得意,但却极有可能是仇恨,是的,虽然隔着愈来愈浓稠的暮霭,他却已经感到了来自她身上的那种仇恨的气息。

天黑下来时,陈玉秀带领孩子们把一条用木桩组成的栅栏竖立起来了。他坐在他的法堂内,把哀伤的目光放出来,望着那条把院落隔成两半的木栅栏,又一次在心里确认,他和陈玉秀保持了十余个年头的婚姻,终于在这个细雨绵绵的日子里走到了尽头……

四

他不知道那只兔子是从什么地方来的。有一天,他在大榆树下打坐的时候,忽然感到膝盖处有什么东西在挠动,他垂下目光一看,原来是一只小兔子正在往他身上爬。他没有惊动它,并保持身子的现有姿态。于是,那只小兔子便爬上他的膝盖,沿着大腿上到他的腰部,然后轻轻一跳,落到了他叠放在一起的手掌心里。说来奇怪,他的手掌没有觉得任何重量,好像这只兔子比一张薄纸还要轻许多似的。小兔子在他的手掌里待了一会儿，便又沿着他的一条胳膊爬上来，停在他的肩膀上不动了，他以为它还要继续上行，是不是会站到他的头顶上去？但它却一直趴在他的肩膀上，没有再动一下，他的肩膀感觉不到它的重量，如果他不把眼睛转过去的话，也根本看不到它的影子，只有当它身上细软的绒毛触到他脸颊的时候，他才明确意识到它在自己肩膀上的存在。

从此以后，这只来路不明的小兔子就成了他院子里的常客，每到他打坐的时候，它就会爬到他肩膀上去，好像那个地方对它有什么诱惑力似的，一开始他还觉得有些不习惯，尽管只要垂下目光就看不到它了，但还是会有分神的可能，让他担心不能全心全意地打坐。但后来的事实证明，他这种想法纯属多余，很快他便适应了它的存在，在打坐的过程中由一只兔子做陪伴，他渐渐觉得内心充实，精神安逸，实在有利于他把功课往深处做下去，有时因为它没有及时爬到他肩膀上来，他反而会有一种不安的感觉，自然无法去做他的功课，非要等到它出现后他才会坐到榆树下去。从很大程度上说，他已经离不开这只神秘莫测的兔子了。但直到这个时候，他还没有搞清楚它的来路和身份，它带给他的那种神秘感觉便丝毫没有减退的迹象。在他的记忆里，他家从来没有养过兔子，也很少饲养动物，只是陈玉秀在没和他分家时养过几只鸡鸭，但那些长翅膀的禽类显然与兔子不是一回事儿，再说，她都把院子用栅栏隔成了两半，即使有什么动物也跑不到他院子里来，另外，他也不太喜欢动物，身上并不具备诱惑它们前来的力量。排除了这些因素后，这只兔子的到来尤其是它陪伴他的奇异方式，就更加让他觉得不可思议了。但不管怎么说，这只兔子却在很大程度上解除了他的孤独和寂寞，没错，自从他和陈玉秀离婚以后，这个被隔成半拉的小院落就只剩下了他一个人，孩子们也在陈玉秀的蛊惑下不再与他往来，虽然他有那些经文和法器的陪伴，甚至在更高的意义上说他是和神主在一起，但很多的时候，孤独和寂寞还是会像时而刮起的风一样袭扰他……但现在好了，这只小兔子的到来让他这个一潭枯水般的小院落又泛起了难得的涟漪，从这个方面说，他不是该好好地感谢一下它吗？

他忽然想起了他在经书上读到的一个故事：很久以前，有一位仙人独自在山林间修道，日夜精进不懈，感化得山中的一只小兔子前来护持。过了几年，山林遭遇了一场大旱灾，很多植物都枯死了。仙人便告诉兔子说，这里已经没有东西吃了，他想离开这里，到外面的村落里去乞食。兔子极力挽留他说，仙人，您在这里这么多年了，现在中断修行实在是可惜，请您千万不要离开，我会想办法供养您。为了让仙人能够安住于山中用功，兔子到处找寻可供食用的蔬果，但它跑遍了整座山林，也没有找到一点食物。兔子心想，要是没有食物，仙人可就不能继续修行了。于是，它便产生了以自己的身体来供养仙人的想法。兔子捡拾了许多柴火，回到仙人居住的地方后，将柴火点燃，当火焰燃烧到最旺盛的时候，它便义无反顾地跳进了火里。仙人见到这种情形，真是又惊骇又难过，随即也便明白了兔子的良苦用心，在心里叮嘱自己说，兔子为法牺牲而毫无怨言，你绝对不能辜负了它的心意呀。仙人感恩兔子舍身为己的行为，悲伤地接受了兔子的供养，更加精进地修行自身。天帝也被兔子舍身护法的义举深深感动，便降下甘霖，解除了持续多日的旱灾，使仙人又有了得以维生的蔬果。经过持续不断的修持，仙人终于证得了五种神通……他不知道为什么忽然想到了这个激动人心的故事，难道说肩头上这只兔子也被他日夜不懈的修行所感动，主动跑来为他护持并做着有一日献身于他的准备吗？他刚刚这么想了一下，便被这个荒唐的念头吓了一跳，不要说他还没有达到高深的修炼程度，就算已经具备了非同一般的道行，他也不能擅自妄想，把自己和那个仙人放在一起考量，如果怀着这样的念想修行，那他不仅永远得不到正果，而且与神主之间的距离会越来越远。想到这里，他禁不住打了个寒战，赶紧坐正身子，让整个身心都恢复到平静而悠远的修行状态中。

尽管有了这只兔子的陪伴，但他的修行生活依旧枯燥乏味，除了单调地诵读经文以外，有时他会接连好几天不说一句话，因为他没有可以谈论的对象，那只兔子虽然像是一只鬼精灵，却毕竟还没有脱离动物的界限，他就是想对它说上几句话它也不能回答他，这样的生活氛围与邻居家院落里的热闹景象相比，简直是一个在天上一个在地下。当然，他所说的邻居是不包括陈玉秀的，因为她家院落里也没有什么声音传过来。按说，陈玉秀家也应该是热闹的，毕竟除了她之外还有两个孩子，虽然他们已经或者快要长大了，三个人也是完全可以把一种热闹景象制造出来的。可不幸的是，已经高中毕业的李桂花到镇上的工业园里打工去了，还在上学的李根水又要住校，家里只剩下了陈玉秀一个人，她想和别人说话也是不可能了，没有别的办法，便只能一个人在家里沉默着。很多时候，他都会透过那道把院落隔成两半的栅栏的缝隙,看见陈玉秀一个人在那边的院子里走来走去,看样子也一定是感觉孤独和寂寞的。这样的景象他已经看过大半年了,不知道为什么,内心里总是盼望着有一天被打破的情况出现,不论是他的院落还是她的院落,只要不再保持这样骇人的宁静就行,他相信那一天终究会到来的,他只是不知道那一天到底是哪一天,当然,他更不知道当它到来的时候,她的院落或者他的院落会呈现出什么不一般的景象。

他似乎想到了陈玉秀的院落会先于他的院落热闹起来,但他却决然想不到,它的热闹景象不仅是陈玉秀不愿意迎接的,也是他不希望看到的。最先引起他注意的是一阵突起的敲门声,笃笃笃,笃笃笃,持续了足有一分钟时间,透着外面那个人的急切。自从那道篱笆墙竖起来以后,陈玉秀就在她那边院落的墙角打通了另外一个院门,与他这边院门的方向正好相反,且通往其他一条巷子,此时,笃笃的敲门声就是从那个院门的门板上响起来的。陈玉秀从屋里走出来,停在门台石上,怀着不小的警惕性问了一声,谁?外面那个人随口答应说,是我,嫂子快开门。虽然他是在栅栏的这边,但由于距离并不太远,便听清了那个声音,而且由此判断出来,那个站在门外的人是村里的治保主任。陈玉秀当然也听出了他的身份,便走下台阶,穿过院落,去开院门的门板。他不免觉得奇怪,治保主任到她家来干什么?按说,陈玉秀与这个人并没有什么瓜葛,但他怎么突然间上门找她来了,并且一副火烧火燎的急切样子?治保主任进来后,并没有和陈玉秀说什么,而是转过身去,把跟在后面的一个人引进来。虽然经过好多年的风剥雨蚀,做成栅栏上面又攀爬了一些藤蔓植物的木桩已经开始朽烂,缝隙也便越来越大,枝枝蔓蔓地在上面缠绕着,非常影响他视觉的穿透力,所以一时也便没有看清后面进来的那个人是谁。但就在这时,治保主任的声音却又传过来,赵治安员,这就是李根水的母亲。听着他对那个人的称呼,他不免一愣,赵治安员?这不是镇派出所里的人吗?他到陈玉秀家来干什么呢?他呆怔了一下,虽然脑子里已隐约觉到是怎么回事了,但还是不敢相信自己的判断,难道说陈玉秀家里的人真的出事了不成?

他再也沉不住气了,便快步走到栅栏边,拨开那些遮挡着他视线的藤蔓,急不可待地往陈玉秀家院落里看。这时候,陈玉秀已经领着治保主任和赵治安员朝屋里走去了,接下来他们到底说了些什么话他便无从知晓,一时心里焦急得不行,看来陈玉秀出事的可能性倒不大,不管怎么说,她都在这个院落里存在着,就算出事还能出到哪里去?那么除她之外,自然就极有可能是李桂花或李根水了,这一对姐弟都不在家里,一个去工厂打工,一个在学校上学,似乎都有出事的可能,尤其是他见不到他们的面,无形中便产生了更多必要或不必要的联想,让他的心越提越紧。李桂花,李根水,他在心里叫着他们的名字,你们到底发生了什么事?就在这时,从屋里突然传出了一阵激烈的哭声,不用仔细听,他就知道那是陈玉秀的声音,想必是他的预感应验了,眼前不禁一黑,差点趴倒在栅栏上。李桂花,李根水,他继续叫着他们的名字,到底你们中的哪一个出了事儿?他想到那边的院子里去问一问,但又明确地知道,要想进到那边的院子里,他非要绕过整整一条街道,才能通过一条巷子进到那边的院门里,这当然是极其耗费时间的事儿,如果他能通过面前这道栅栏进到那边的院子里,可就太方便了。于是他低下头,把目光放在栅栏上,在心里琢磨是否打一下它的主意。在他想来,只要他下定了决心,抬脚用力踏上去,就会把这道已经朽烂得差不多的栅栏蹿倒,然后轻而易举地进到陈玉秀家去。可他又不敢真的这样做,不管怎么说,他都是和她离了婚的,从法律上讲,他们是典型的两家人,怎么可以不经她的允许而贸然闯到她家去呢,而且还要为此毁坏她一心建起来的这道栅栏。于是,他把抬起来的脚又放下去,握紧两手,耐心地等待他们中的某个人从屋里走出来,那样他就会从他们嘴里知道事情的真相了。

过了大约一刻钟的时间,赵治安员率先从屋门里走出来,跟在他后面的是治保主任。他以为陈玉秀也会出来的,要问还是问她才好,便放过了前面的两个人,把目光停在屋门口。但他等了一会儿,却没有看见陈玉秀的影子,而她的哭声依旧从屋里传出来,便知道她不会往外走了,或许这场突然的变故对她的打击太过严重,以至于让她连门都出不了。于是,他赶紧调转方向,去看院落里那两个人。此时,赵治安员已经快要走出院门去了,而治保主任还在院子里呢。唉,他急急地朝他叫喊,大块兄弟……他叫的当然是治保主任的小名,由于事情紧急,他突然想不起治保主任的大名了,反正他也是自己的本家兄弟,叫他的小名也没有太大关系吧?听到他的喊声,治保主任停住了脚,转过头来四处张望。他生怕他看不到自己,便抬起手,隔着栅栏朝他挥舞,大块兄弟,我在这里。治保主任总算看到了他,似乎犹豫了一下,才转回身子,迈着慢腾腾的步子朝他走来。

大块兄弟,他径直朝他发问,发生了什么事儿?

治保主任停下脚步，隔着栅栏打量了他一下，眼皮一个劲地扑打，好像在打什么主意。噢，是线长哥，他装作刚认出他来的样子，你有什么事儿吗？

玉秀哭什么哩？他朝那边的屋门指了一下，是不是出了什么事儿？

这个嘛，治保主任抬起头，挠了一下头皮，用有些为难的口气说，这个与你还有什么关系吗？

当然……他把话说了半截，又将下面的半句咽了回去，吧嗒一下嘴巴，讪讪地向他解释说，他们虽然……但孩子们毕竟……说到这里，他的目光更紧地盯住了他，是不是孩子们有什么事儿……

这个你就别管了，治保主任不等他说完，便不耐烦地打断了他的话，桂花和根水一直跟着人家玉秀，都这么多年了，怕是早就与你没什么关系了……

什么？听他这样说，他也毫不客气地打断了他的话，就算我……可他们总归是我的儿女吧？

你还知道这件事？治保主任故作惊讶地看着他，我还以为你一心一意念经修法，早就不问红尘事了呢？没想到……

看着他故作嘲讽的样子，他身上有些不自在的感觉，真是没想到，这个平日里与他并没有什么过节的家伙，此时竟然也看他不顺眼了。你不要转移话题，他耐下性子，尽量心平气和地对他说，我只是打听一下，到底是哪个出了事儿？桂花和根水一直在外面，我放心不下他们哩……

好了，治保主任却不想和他说下去了，使劲朝他摆一下手说，这边的事你就不要管了，你还是一心一意地伺候你的神主吧。说完，他就转过身子，迈着大步朝门外走去。

他没有从治保主任嘴里打探到任何消息，只能悻悻地离开栅栏，回到他的院子里。怎么回事，他在心里问自己，我在什么地方什么时候得罪过他吗？为什么他会如此对待我呢？他仔细反思了一下，也没有想起自己对他不起的地方，导致他反感自己的唯一原因或许是，由于他越来越坚定地在宋门中修行，似乎无形中与留在红尘中的他们拉开了更远的距离，也许在他们眼里，他已经成了一个让他们感到陌生的异类，是呀，在一个急剧世俗化的社会里，人们越来越放肆地纵容自己的欲望，只有他这个傻瓜才更加严厉地约束自己，相比较而言，他的苦修便愈加让他们感到了放纵自我的羞愧，自然也就对他持一种厌烦甚至敌视的态度了。

他急于要知道陈玉秀家到底出了什么事儿，便走出院门，走上街去，打算到陈玉秀家里找她本人问一下，虽然自从离婚以来，陈玉秀一直都不大理他，但他却毫无来由地相信，其实这个女人并没有真正放下他，她的故作矜持不过是在他面前装一下样子罢了，只要他主动出现在她面前，她就会感动得涕泗交流……街道上聚集着一些没有什么事干的闲人，其中就包括那个老是牵着一条狗的小矮子，是不是因为陈玉秀家出事的缘故，街上的人似乎比平时多了许多，而且都在交头接耳地议论着什么，但看到他过来，便都停止了议论，掉过头来盯着他看。那个叫狗眼的小矮子还主动和他打招呼说，线长叔，你是不是到玉秀婶子家去？他不免吃了一惊，他又没有向他表示什么，他怎么会知道他到哪里去呢？看来这个小矮子也不简单呢。他没有理会他，为了减少让人们盯视的时间，便加快脚步，匆匆地走过街道，进到陈玉秀家所在的那条巷子里。

他停在陈玉秀家门口，举起手来，刚要把屈起的手指敲在门板上，却又犹豫起来，在主动和陈玉秀离婚的时候，他是想不到有一天会来敲她家门板的，他以为自己已成了虔诚的宋门中人，又怎么可能与留在红尘中的陈玉秀再有什么往来呢？但现在的事实证明，他并没有按当初的设想来做，起码没有像自己想象得那么好。神主呀，他在心里向神主忏悔说，请原谅我对您的不忠吧……他闭上眼睛，在黑暗中挥起手来，硬着头皮敲响了陈玉秀家的门板。

接下来发生的事与他的想象十分不同，他几乎敲击了足有一刻钟时间，陈玉秀也没有把门板打开，不是他的手指敲得不够用力，不，它在门板上发出的声音传出了很远，足够陈玉秀清晰地听到了，但她却不来为他开门，这只能说明她是有意这么做的。他原本想继续敲下去，却逐渐听到了一阵窃窃私语声，不禁掉过头去看，发现那些站在街上的闲人此时都来到了巷子口，正探头探脑地朝他这边打量，从他们幸灾乐祸的眼神里，他似乎看出了他们在观看一只猴子表演的那种神色。于是，他把手指从陈玉秀家门板上收回来，同时低下头，慢慢朝巷子口走去。他不能留在这里让他们当笑话看，既然陈玉秀不愿为他开门，那他继续敲下去还有什么意义呢？

但他也没有回家去。来到一个无人的地方，他简单思考了一下，便转身朝镇派出所走去，是呀，既然治保主任不给他说，陈玉秀也不为他开门，他又不好意思去问街上那些心怀鬼胎的闲人,便只能到派出所去请教赵治安员了,如果事情真的与派出所有关的话,那直接到他那里去询问不是更方便吗?他走进派出所的时候,赵治安员正在他的办公室里打电话,他便站在一边等候,没想到赵治安员打完一个电话,看了他一眼,没有放下话筒,又拨通了下一个电话。他以为他打完了这个电话就会接待自己,便又耐下心来等。可让他再次想不到的是,人家打完这个电话,没有再像上次那样看他,就又拨打第三个电话。他妈的。他禁不住在心里骂了一句,只能耐着性子再次等待。赵治安员把这个电话打完了,又把手指伸向座机面板上的号码。他以为他会继续拨打下去,因为有了心理预期,他反而不再生气,倒有了一种欣赏滑稽戏的兴致,看他到底打到什么时候算完。赵治安员大概看出了他的心思,或者是该打的电话已被他打完,也可能是意识到了自己行为的不妥,反正他把拨号的手指缩回来,同时把另一只手里的话筒放回到机座上。你有什么事?他故意做出刚刚看到他的样子,翻着肥厚的眼皮问他。

他不知道赵治安员为什么要冷淡自己,难道他的办事作风就是这样傲慢吗?但既然人家做出了接待他的样子,他就不能不积极配合一下了,不管怎么说,自己今天到这里来都是有求于他的。赵治安员,他上前一步,朝他脱口说道,我是陈玉秀的……说到这里,他才意识到自己的话说得有些冒失,本来他是要介绍一下自己的,可担心说不清楚自己的身份,便不由自主地扯上了陈玉秀,但话到嘴边又觉得难以说出来,是呀,他与陈玉秀又有什么关系?莫非他要把作为陈玉秀的前夫这一条当作自己身份的标签吗?

他还没有把话说完,赵治安员就突然瞪大了眼睛。我知道你是谁了,他似乎一下子明白了他的身份,其实他早就认出了他,现在不过是故弄玄虚地装一下样子罢了,你是那个……那个念经修法的人对不?他不禁愣了一下,还以为赵治安员会说“你是陈玉秀的前夫”呢,没想到他说出的竟然是这句话。

是。他只能点点头,朝他认可说。

那你找我有什么事?赵治安员又装起糊涂来,从烟盒里拿出一根烟,先在桌面上磕打了几下,然后举起打火机,开始咔嚓咔嚓地打火,但他老是打不着,打火机也就在他手里响个不停。

我的儿子是李根水……他试量着提醒他说。他还记着治保主任向他介绍陈玉秀的时候,便提到了李根水的名字,实际上这个时候他几乎已经断定,或许就是李根水出了什么事儿,那他只要说出李根水的名字,赵治安员就一定知道他来是干什么了。

李根水没有说过他有一个父亲,对他上面的那句话,赵治安员没有表现出任何不解的意思,而是顺着他的话回答了一句,并随即站起来,在他身边慢慢地转悠,一边吸烟一边斜过眼来打量他,你的话不会有假吧?

这怎么……他摊开两手,对他的问话表现出不必回答的样子,我只是想知道,李根水到底犯了什么事儿?这句话他也是蒙头蒙脑说的,反正他已经认定是李根水出了事儿,不如干脆一点问他。

他在学校里打架,赵治安员摇摇头说,把一个同学的头打破了。

怎么会有这种……他有些吃惊,你们把他关起来了?

那个同学的家长把他告了,赵治安员也摊开两手,他们只能对他采取一下措施了。

我要见到他,他随即向他提出要求说,你们让我和他见一面,我把情况问清楚,一定会处理好这件事……

你真是李根水的父亲?赵治安员停下脚来,再次斜着眼睛打量他。

他知道他对这件事其实心知肚明,装糊涂不过是要看他的笑话罢了。但他也装作看不出他用意的样子,再次用郑重其事的语气说,没错,你们就让我见一下我的儿子吧。

看他说得如此确定,赵治安员无法再刁难他了,便让人把李根水从拘禁室里带了出来。如果他不认你,他耸着尖翘的肩膀说,我们可就没什么办法了。

他怎么可能不认我呢?他在心里说,无论怎么说,我都是他的父亲……

李根水被一个看守押出来了。他已经很多日子没有仔细看过他了,李根水乍一出现在面前,他竟有些认不出来他,还以为这个被铐着两只手的小伙子是另外什么人呢。在他的想象里,李根水应该还是一个稚嫩的孩子,而出现在面前的这个人却那么高大,而且嘴唇上还有一道毛茸茸的胡须……他犹豫了一下,才确认这个人就是自己的儿子,试量着和他打招呼说,根水,你怎么回事……

李根水一来到他面前,或者说一看到来和自己见面的人是他,便一下子停住了脚，本来充满渴求的眼神忽然间变得冷漠起来，扭回身去，便要往回走。那个押他出来的警察拽了他一下，他才又站下来。

根水，他走上前去，拉住他的一只手，告诉我，到底发生了什么事儿？

你是谁呀？李根水瞪了他一眼，用不阴不阳的口气说。

什么？他似乎没听清他的话。

一直站在一边看笑话的赵治安员不失时机地走过来，向李根水指了一下他说，怎么？你不认识这个人？

我从来没有见过他。李根水顺着他的话说。

你……李根水的回答实在出乎了他的意料。莫非他真的没有认出我来？他还在心里问自己。随即他便反应过来，李根水这是故意不认他这个父亲，当着别人的面给他难堪。这个混……他真想恶狠狠地骂他一句，但话到嘴边又咽了回去。

不要让我见一些莫名其妙的人。李根水颇为不快地对警察们说，然后掉转身子，迈着大步往回走去。

他呆呆地看着儿子离去的身影，尽管心里气愤得不行，却一句话也说不出来。

看看，赵治安员朝他板起脸来说，你也是半把年纪的人了，听说还念经修法呢，怎么就到派出所里来搞这些不靠谱的荒唐事呢？你以为你把人家当成自己的儿子，人家就认可这件事了？走吧走吧，他挥起手来，毫不客气地对他下达了逐客令，不要再给我们添麻烦了，大家还要忙着办案呢，可没有闲工夫陪你在这里闹着玩儿。

他一句话也说不出来，只是站在原地不动，似乎没听到他这些冷嘲热讽的话。

你怎么还赖在这里？赵治安员有些恼火，难道还要我们把你架出去不成？说着，他就转过身，要朝旁边的几个警察招手。

他不想再给自己招惹麻烦，这才迈开脚步，踉踉跄跄地朝外走去。来到了派出所外，他又停住脚，再次不甘心地朝里面张望。他真是想不明白，李根水到底为什么不与他相认？难道真的不把他当自己的父亲看待了？就算他很久没和他来往过，当然更没有关照过他了，但他是他的父亲这件事却是确凿无疑的事实，难道他也冒天下之大不韪而不予承认了？到底是什么地方出了差错，导致他做出这样丧心病狂的选择？

　　回到家来，他本想再次到陈玉秀家去，当面把这件让他感到愤愤不平的事说给她听，他甚至有些怀疑，李根水之所以敢于这样做，恐怕都是陈玉秀暗中操纵的结果，如果事情真是这样的话，那他就要让她把话说个明白，不然他真的咽不下这口气。虽然他有这样的想法，却又担心陈玉秀依旧不为他开门，让那些好事的闲人再次看了笑话，便又打消了去找她质问的念头，站在栅栏前朝那边的院落望了一会儿，只好又沮丧地退回来。随他们去折腾吧，不管到什么时候，李根水是他的儿子这件事也是无法更改的。

　　他放弃了对李根水表示关心一下的机会，好在一个星期过后，李根水就从派出所放回来了，他一直悬在半空中的心才落下来，听着李根水在那边院落里和他的母亲快乐地说笑，他长长地吐出口气，坐在榆树下的身子也才感觉得更加安定。他以为有关孩子们的烦恼事已经过去了，但哪里想到，一波未平一波又起，李根水的事倒是被他忘记了，可在接下来的日子里，他却又听到了来自李桂花的一些传言，让他才平复不久的心绪又泛起了波澜。

　　一般情况下，他是不大到街上去的，只要一有空闲，他便会坐在老榆树的枝丫下，在那只兔子的陪伴下做他的功课，只有在非出门不可的时候，比如到田地里去干活——在与陈玉秀分家的同时，他们也把田地分开来，为了满足基本的生活需求，他必须顺应农时的变化而下地劳作——比如到野庙里去做法事，他才会从大街上走过去，也才能与街上的一些人见一下面。他想不明白，需要他们做的事情何其多，可为什么还有一些人到大街上去逛荡呢？差不多所有的流言就是这些无所事事的人传播开来的。其实他早就发现了那些正在流行的传言与自己有关，因为只要他一出现在街道上，那些人就在远处朝他指指点点，当他走到他们面前的时候，这些人便马上从他身上掉开目光，一直开合不止的嘴巴也像打了铜钉一样闭紧了。但他看出来，他们是极力忍受着说话的冲动，如果他在他们面前多待上一会儿，他们就有被憋坏的可能，一旦他从他们身边走过去，他们就立刻获得了解放，一边更大地张开了嘴巴议论，一边抬起手来再次朝他指点，让他的后脊梁在他们的指头下一阵阵发紧。他一直以为，这些人非议的话题依旧是来自李根水，也就没怎么放在心上，反正李根水早就从派出所放出来了，他们继续揪住这件事不放还有什么意思？直到有一天，总是牵着一条狗在街上转悠的狗眼对他说了几句话，他才突然间明白，原来这回的话题竟然是有关李桂花的。

线长叔，没心没肺的狗眼直愣愣地问他说，你们找到桂花妹了吗？

什么？他不禁大吃了一惊，还以为是听错了他的话，狗眼本来就是一个口齿不清的人，他把"根水弟"说成是"桂花妹"也是极其可能的。你说什么？他心里还是有些放不下，便追问了狗眼一句，希望他把刚才的"错话"收回去。

但狗眼还是坚持自己的说法。桂花妹到底跑到哪里去了？他继续按着自己的说法问他。

这个……他当然回答不上他的话来，这一段时间，他没有任何关于李桂花的消息。狗眼大侄子，他瞧瞧街上没有其他什么人，便把他拽到一个墙角处，压低声音朝他打探，你桂花妹出了什么事儿？你都听到了一些什么消息？

怎么你还不知道？狗眼颇为诧异地瞪着眼说，桂花妹都跟人跑了那么多日子，你怎么还不快去找她？

跟人跑了？他的眼睛瞪得比他还要大了，跟谁跑了？

一个来打工的外地人，狗眼随口回答，听说还是个有老婆的家伙，却把桂花妹给蒙骗了，带着她不知跑到什么地方去了。

这是真的？他觉得眼前一阵阵发黑。

当然是真的，狗眼语气坚定地说，街上早就传开很多日子了，不信你去问他们。说着，狗眼就朝远处走过来的几个人指了一下。

他不敢再站在街上，赶紧丢下狗眼，迈开大步朝村外走去。他以为这一天与狗眼的遭遇到这里就结束了，哪想到接下来会有一件意想不到的事情发生，竟然导致了狗眼那条狗的死亡。

狗眼似乎还没说完他的话，见他要朝村外走，便从后面小跑着跟上来，那条始终伴在他身边的狗自然也不想落下，往前急窜了几步，想跑到他们前面去。狗的突然发力惊动了那只跟随着他的兔子，让它吓得掉头朝前跑去。在动物世界里，狗是兔子的天敌，它们一般是见不得面的，如果不幸碰在一起，往往会引起一场激烈的追逐大战。这次也不例外，本来它们在各自的主人身边相安无事，但狗的跑动给兔子造成了误会，兔子的逃窜也引发了狗的误解，于是，兔子在前面狂奔而去，狗则在后面紧追不舍。

这场突起的变故把他和狗眼都惊呆了，他把狗眼对自己说的有关李桂花跟人私奔的事忘记了，狗眼也没有想起来那些没有和他说完的话。在最初的时间内，他们都以为这场追逐的结果必然是狗的胜利和兔子的失败，甚至兔子被狗吃掉的骇人一幕都被他想出来了，但接下来发生的场景却完全颠覆了他们的想象，在他们目瞪口呆的注视下，只见他那只兔子跑到一棵树下，突然间往上一蹿，顺着树干朝上爬去。这样的情况不但他和狗眼没有见过，那条狗也没有想到，抵达了树干下还没有刹步的打算，但前面的兔子已经不见了，狗还没有想明白是怎么回事，就哐当一声撞到了树干上，只见它的脑袋一下子低下去，同时身子撅起来，翻上去，与树干来了个大面积接触。那只兔子坐在树杈上，见狗贴在树上不再动了，便小心地跳下来，又一蹦一蹦地回到他身边。而那条狗却似乎变成了一张薄皮，在树干上贴了一会儿，忽然间跌落下来，松松地铺展在地下。

我的狗——狗眼大叫一声，发疯一般地忙冲过去，把已经死去的狗抱到怀里。

他真的说不清这场血淋淋的死亡事故到底是怎么发生的……要谴责或者怨恨那只兔子吗？好像也不能这样做，兔子的逃亡原没有任何过错，它上树的举动除了说明它的急中生智外，也证实了它出人意料的本事，那条狗要怨恨就只能怨恨它自己吧，谁让它那么没有眼力见儿呢？谁又让它变得如此倒霉了呢？但通过这件事，他却更加不敢小看那只兔子了，或许它真的有什么不一般的来路呢。

在村外通往山野的一条小路上，他遇到了他们李姓家族的族长。倘若倒退一些年，家族里是没有族长这个职位的，旧时代倒是有，但现在不是新社会么？不论发生了什么事情，差不多都是由村干部出面解决的。可这几年不同了，人们越来越"重视传统"，在很大程度上便有了些复古的味道，就是在这样的情况下，他们李姓家族里也就诞生了第一任族长。这任族长是他们李家最年长的一个人，平时就好管闲事，现在当上族长了，自然就更是心盛，只要看到什么不顺眼的事儿，马上就会端出族长的架势，毫不客气地批评甚至指责一番。此时，他就在山路上被这个严厉的族长叫住，看起来一顿批评和指责是逃不掉了。但他一时还有些搞不清楚，他又在哪件事上让他看不过眼了呢？

丢人呢，一上来，族长就用痛心疾首的口气对他说，真是丢死我们李家的人了……为了表示事情的严重性，他还一边说一边使劲跺了几下脚。

他不免吃了一惊，不禁本能地想到，或许他说的是李桂花跟人私奔的事儿？但他这时还暗存了一丝侥幸心理，觉得这个眼花耳聋的老家伙未必知道李桂花的事儿，所以也便紧闭着嘴巴，不敢轻易接他的话，只是做出一副受他训诫的谦卑架势。

族长发泄了一通心里的不满，见他不肯开口，这才指名道姓地对他说，你是怎么养的闺女，让李桂花做出这种丢人现眼的事来？我们老李家所有的人都跟着她被人戳脊梁骨哩。

他知道自己不能再装下去了，既然人家已经把话题挑明了，而且把这件事上升到了如此一个高度，他还有什么理由继续装憨卖呆呢？而且涨红的脸面也实在让他沉不住气了。成爷，他叫着族里人送给族长的尊贵称呼，也极力表现出自己的愤怒和愧疚，这件事我也是刚刚……这个熊妮子怎么就……真是让我想不到呀……

你这个当爹的想不到，族长抢白他说，难道别人会想得到？她李桂花不是你的闺女吗？你这个爹是怎么当的？

这个……他有些语塞，本想对族长说句什么，但话到嘴边又没有说出来。像对待儿子李根水一样，在这几年里，他也真的很少过问女儿李桂花的事儿，在很大程度上说，他这个父亲的确有些失职，怪不得李根水不认他这个爹，说不定李桂花也不认他哩。但这并不是他推卸责任的一个理由，不管他们认不认，他们都是他法定的儿女，他们的成长都应该受到他的关注，而他却由于种种原因没有把这种关注给予过他们，而今他们一个个都走到了岔道上去，难道他还不应该好好地检讨一下自己吗？

我是眼看着桂花长大的，族长叹息着说，原本是一个多么好的闺女，又有模样又有身材，差不多都快成我们乌龙镇的人尖子了，我还琢磨着给她找个上等的好婆家呢，可这才几天不见，她就……族长伤感地频频摇头，都是现今这个社会，世风日下，生生把一个好孩子给糟蹋了……

他呆呆地看着他，真是想不到，已经近乎昏聩的族长竟然透过这件事看到了社会的演进和变化，看来他的思想还并不老朽呢。成爷，他像是找到了知音一般差点拉住他的手，这正是我所忧虑的一件事儿，这些年人们都在忙着做生意，挣大钱，再也不管脚下的路究竟是正还是歪，这样下去，迟早人们都会……

那你怎么不出来管一管？族长打断了他的话说。

管一管？他不解地看着他，怎么管？我一个身在教门里的人，哪里会管得了红尘中的事呢？

那你就在你的教门里看着他们放任自流？族长质问他说，就看着你自己的闺女往岔路上走？

他不知道该说什么好。族长的话让他觉得有道理，但同时他又感到无法接受，如果说李桂花的风流事他还负有责任的话，那么其他人做出的不当举动还要他来买单，这无论如何都是不恰当的，也是不切合现实的。

你快出来看看吧，族长临走时又叮嘱他说，别一天到晚龟缩在你那个什么法堂里，连外面的世界是黑是白都搞不清了。

他呆呆地看着族长往远处走去，直到那张有些弯曲的身影快要看不见了，才恋恋不舍地收回目光。真的，虽然他不喜欢这个好管闲事的老头子，但今天他的一席话还是在很大程度上震撼了他，让他不能不反思一下自己的行为，也许从现在开始，他以后再也不会不拿他当回事儿了。

接下来他本来是要下地干活的，但他却无心再朝田地里走，不知不觉就爬上了山去，直到看到了野庙的影子，他才明白是要找熙坳法师解谜释惑来了。是的，他遇到了一个前所未有困惑他的问题，那就是作为一个在精神上遁入空门的人，是否还有必要和能力关注世俗中的事儿？在过去的时间内，这个问题其实对他并不存在，在漫长的修行历程中，他一直牢记着法师们的谆谆教诲，心无旁骛，灵无杂念，远离红尘，归心向宋。但现在问题来了，红尘世界已经腐化，也许正需要宋教拯救，那么作为一个置身世外的修行者，如果转身投入世俗事务中去，又怎么让自己得道成法呢？无论怎么说，上面两种待世方式都是截然不同的对立面。他不知道应该选取哪条道路为好。

他把问题向熙坳法师提出来后，便一心等待着他的回答。而熙坳法师坐在他的法座上，低垂着眼睛，嘴唇似有若无地翕动着，很长时间没有开口说话，似乎也陷入了深深的思索里。他端坐在法师脚下，不时地仰起头，偷偷地朝他窥探一眼。有一刻，他甚至认为自己的问题是不是也难住了法师，所以对于得到一个圆满的答复并不持多么乐观的态度。老族长，他在心里对那个爱操闲心的老家伙说，你到底要我们怎么办才能满意？

燃完一炷香的时间过后，熙坳法师像是从睡梦中醒来一般抬起了眼睛，将两手合在一起，不紧不慢地对他说道，神主有言，救他人性命，胜过修行半生,事情其实很简单,如果有人等待着你的救赎,而你却置之不理,那你还能求得真正的宋法吗?度人即是度己,先度人而后度己,只有度得了别人,自己才能得度,这样浅显的道理还用法师来回答么?

他惊骇地看着熙坳法师,一时觉得如同醍醐灌顶,大彻大悟,是呀,那原本是一个靠不住的伪命题,却在很大程度上困惑住了他。真是该死,看来他白白修行了那么多年,还没有得到多少宋门的真谛。弟子懂了。他立刻站起来,向法师深施了一礼,转身便朝外面走去。我知道该怎么做了。他一边大步往外走一边大声说。

回到家后,他站在那条由快要朽烂的木桩组成的栅栏前,没有再做什么犹豫,便抬起脚板,狠狠地朝上面踹去。只听得哗啦啦一阵响叫,那道在风剥雨蚀中早就扭曲变形的栅栏便像一条垂死的长蛇一般坍倒在地,腾起的灰尘和碎屑弥漫在院落的空中。他长长地吐出一口气,抬起另一只脚,从倒地的栅栏上跨过去,轻而易举地站到了陈玉秀的院子里。

听到这阵突起的响声,陈玉秀从屋门里探出头,先往外看了一眼,一见那道把院落隔成两半的栅栏被他踹倒了,而他竟然进到了她的院子里,一时大惊失色,在呆怔了一下后,突然反应过来,迈着小碎步急急地跑到院子里,气呼呼地质问他说,你怎么回事?为什么踹倒栅栏墙?你又为什么闯到我家来?

望着她故作气愤的样子,他不想再和她绕弯子了,便开门见山地对她说,玉秀,孩子们需要我们的关照……我不能在那边眼看着他们往岔道上走,我要……

你还会想到孩子们?陈玉秀反问他说,你不是要一心一意修你的教吗?

修教也是为了我们能把日子过好,他顺着她的话说,为了我们明明白白地活在这个世界上……

陈玉秀呆呆地看着他,似乎不相信这些话是他说出来的。你要怎么样?或许她已经预感到了事情的严重,突然向他问道。

我要和你复婚。他不假思索地说。

什么?陈玉秀瞪大了眼睛。

没有了那道栅栏,他一边说一边朝她跟前走,我们就又是一家人了。

你这个……陈玉秀有些语无伦次,你这个也太……你也不问问我同意不?

为了孩子们,他紧紧地抓住她的一只手,我想你也不会拒绝我这个建议的。

可我这里不需要你的神主,陈玉秀犹豫了一下,还是向他做出了一副拒绝的架势,我不能让你把你的神主……

正是因为你这里没有神主的笼罩,他用不容置疑的口气说,孩子们才会放任自流,做出那些不该做的事来,我才要把他带到你这里来。

陈玉秀打量了他好一会儿,终于从他的眼睛和表情中看到了他的执着和果决,她不想再做没有多大意义的抵抗了,忽然低下头,想把脸伏在他的怀抱里,却在半路又缩回去,抬起另一只手,有气无力地击打在他的肩膀上。你这个没有心肝的……她呜咽着对他说。

我回来了。他紧紧地抱住她,以使她松软的身子不至于瘫倒在地下。我不会再让你们……他揩抹着汹涌流淌在她脸颊上的泪水说。

五

他又听见神主在叫他了。

他睁开眼睛,便十分清晰地看见了神主。此时,神主是站在透明的空气中,伏下脸来,像一位慈眉善目的长者,用极其温和的目光看着他。在他的脚下,是银白色的雪原高山,在日光,不,是在来自神主身上的光芒照耀下,闪烁着温暖圣洁的多姿颜色。他认出来,那是遥远的北国雪山,虽然他没有去过那个地方,却认得出它的每一重山峦和笼罩在上面的洁白雪粉。在他的想象中,北国的雪原高山是无比洁净的,北国的天空云朵是无比洁净的,只有神主,他心中至高无上的神,才有资格居住在那个地方……难道这还不能说明,那是一个让他无比向往的极乐世界吗?他看见神主伸出手来,一边摆动着一边对他说,我的孩子,快到我这里来吧……他也伸出自己的手,想牵住神主那只宽厚的大手……神主,他在心里呼喊着说,我就要来了……

但就在这个时候,他醒过来了。

尽管他没有睁开眼,但知道已经从梦中醒过来了。真是该死,他不甘心地悄自嘟囔着说,我怎么偏偏在这个关键的时刻醒来了?在他想来,只要牵住了神主的手,自己就会真的抵达北国的雪原高山,在清澈透明的天空云朵里与神主相会……但每一次,他都会在这个时刻醒来,让他无比沮丧地发现,他依旧是待在他的乌龙镇老家,而离北国的雪原高山足有数千里的遥远路程……

他真的不愿在这个时刻醒来,便仍然闭拢着眼睛,想让这个已经醒来的梦境不切实际地继续进行下去。就在这时,他感觉到脸上又被拍打了一下,与此同时,一个声音在他耳边响起来,线长,快醒醒。

这是谁?为什么如此讨厌?

他极不情愿地睁开眼睛,对一张挨近着他的老脸辨认了好一会儿,才明白这个又拍他脸颊又叫他名字的人是二先生。这个二先生是乌龙镇的一个老中医,过去当过游方郎中,前些年又做过赤脚医生,现在在村子里开着一间半死不活的中药铺。他与这个阴阳怪气的老家伙没有什么交往,为什么他在自己做梦的时候又是拍打又是呼喊,非要把他从梦中弄醒来呢?你到底要干什么?他伸出手,想愤怒地在他身上推一下,把他那张中药味浓厚的弯身子推开。但他随即便惊讶地发现,他的手只在他身上碰了一下,便无力地缩回来,那张弯如虾米的身子竟然没有动一下。他不知道自己的手变得如此无力,竟然连一个老迈的二先生也推不动了。到底发生了什么事儿?

不要动,二先生牵住他那只手,轻轻地放回到他身边,你先稳一会儿……

他没有再让身子进行徒劳的挣扎,只是往两边晃动了一下头颅。这时,他觉得自己的身子软弱无力,好像经过了十分漫长的艰难跋涉,终于气力不支而倒在了地下……在晃动头颅的过程里,他发现自己并不是置身在家里的院子或者屋内,而是躺倒在山野间,具体说是他家的田地里……怎么回事?他有些茫然地问道,我怎么在这里?

你正在地里干着活儿,突然间就歪倒了,二先生告诉他说,我正好经过这里,便赶紧跑过来,看你到底是出了什么事儿?

原来是这样?他在脑子里想了一下,便明白是怎么回事了,今天他的确是到地里来干活儿,手里使用的工具应该是一把铲刀,要用它把掰去玉米包穗的棵子从根部砍倒。经过大半天的劳作,他已经成功砍倒了一大片玉米棵子,但在接下来的时间内,他却不知为什么倒在地下睡过去了……

你太虚弱了,二先生向他指出说,干这么重的活儿,你这身子怕真是吃不消，也不知道歇一下，看看，这都累得撑不住劲儿了……

他似乎这才明白，原来他不是睡着了，而是累得昏倒在了地下。一意识到这一点，他便不禁羞愧起来，真是想不到，一点点活计竟然就把他弄倒了，这哪里是一个男人应有的表现？尽管身上的力气还没有完全恢复，他还是迅速坐起来，然后挣扎着站起来。

二先生又来按他的肩膀，你还是再稳一会儿吧，这样贸然活动你还会摔跟头的。

虽然知道人家是为他好，但他还是做出不吃这一套的样子，十分气恼地把他的手从肩膀上拨开，一使劲站起来，从地下拾起铲刀，又朝那些等待他砍伐的玉米棵子走去。不用你管，他在心里对他说，这里没你什么事儿。

线长，二先生打量着他摇摇晃晃的身影，迟疑了一下，还是又跟上来说，我看你是病了，你该到我那里去看一看……

他心里一动，举在手中的铲刀不禁摇晃起来。

你其实早就病了，二先生越发用自信的口气为他诊断说，可你光顾吃斋修行了，从来不到我那里去看一看，这样下去你会扛不住的……等我回去给你开上几服药，吃下去兴许就会……

他没有让他再把话说下去，便掉过头，一边用恶狠狠的目光看着他，一边大声地朝他呵斥说，去你的什么药吧，我根本就没有病，你想在我这里卖你那些狗皮膏药，我看你是找错人了。

这个……二先生被他的话惊呆了，抖动着嘴唇，一时不知道说什么好。

谁让你管我的闲事？他继续毫不客气地斥责他说，我有没有病与你什么关系？你以为你是谁？如果实在找不到事干就回家睡觉去吧。

你……二先生有些语无伦次，我好心好意……可你竟然不识好歹……

他不想再搭理他了，转过身去，挥起铲刀，使劲朝那些林立的玉米棵子上砍去。

二先生知道也不能再向他说什么了，摇摇头，重重地叹息一声，便弯下身子，也掉头朝远处走去。

他以为和二先生的交集到这里就结束了，但傍晚回到家后，却看见陈玉秀正蹲在煤球炉子前熬药。望着那只在火焰上发出咕嘟咕嘟响的药锅子，他呆愣了一下，还是有些吃不准陈玉秀这样做的理由。你，他结结巴巴地问她说，你病了？

我有什么病？陈玉秀一边用一根筷子搅动锅子里的药液，一边斜过眼来看他一下，我这不是给你熬的药吗？

给我熬药？他明白过来，立刻反问她说，谁让你给我熬药的？

你不是病了吗？陈玉秀放下筷子，索性抬起一只手，要朝他脸上放，二先生说，只要你吃下几服……

原来又是二先生？他往后退了一步，尽量躲开她的手指。谁说我病了？他愤怒地质问她说，二先生那个老糊涂蛋的话你也信？

人家说得有鼻子有眼的……陈玉秀看他的神情不对劲儿，急忙又改口说，不光是听他说，我早就觉得你是得上病了，催你去他那里看过几回，可你就是不去，老是不拿自己的身体当回事儿……

我没病，他用义正词严的口气说，也根本不会吃这些没用的药。说着，他就走到炉子前，想把那只冒着药气的锅子端下来倒掉。

不要，陈玉秀伸开两手，极力作出阻挡的架势，不要……

那你留着自己吃好了。他丢下这句话，便迈着大步往他的法堂里走去。尽管由于劳累了一天，他倍感身心疲惫，四肢无力，但他依旧要利用一切空闲的时间打坐修行。

不一会儿，陈玉秀竟然端着一碗药走进来了。为了不打扰他做功，她没有发出一点声息，就那么静静地站在他身边，既不转身离去，也不把手里的药碗放下来。

他已经被那碗药彻底搅扰了心绪，便只好停止做功，转头不快地看她一眼说，你到底要干什么？我不是说过了吗？我没有病，不会喝那碗汤药。

其实你早就把自己弄病了，陈玉秀还在劝告他说，只是你不肯承认罢了。说到这里，她把手中的药碗抖抖地朝他递过来，你就听我一句话，把这碗药喝了吧……

他再也忍受不住了，猛地挥起手，一下子把她手中的药碗打落在地下。我早就对你说过了，他嘶声叫喊着说，我没有病，不要拿药来害我……

陈玉秀低下头，看着泼洒在地下的汤药，抬起头来，又看了他一会儿，似乎才有些回过味儿来。什么？她诧异地吸了一口凉气说，你说我用药……害你？

他没有再说什么，摇摇头，站起来，把她一个人丢在屋里，自己迈着大步往外面走去。其实他也想不明白，为什么他会说出那句莫名其妙的话来？他在院子里盲目地转着圈子。此时，暮色已经降临，西天边涌动着黑红色的霞云，看上去像是布满了一群肆意乱爬的长蛇。他突然想起来一件事，许多年前，小矮子狗眼那位出了名的风流母亲，突然有一天瘫倒在炕上，不仅两腿，就连两条胳膊都抬不起来，从此后再也无法到外面去勾搭野男人了，只能一天到晚躺在炕上任凭丈夫收拾。但一个身强力壮的年轻女人怎么就说不清道不明地瘫倒了呢？于是，村里便有人偷偷传说，是狗眼的父亲为了阻止老婆的外出，从二先生那里购买了让人手脚作废的汤药，打着为老婆治病的幌子让她服用下去，使她从此后失去了行走当然还有风流的能力……想到这里，他突然停下脚步，对着西天的乱云陷入了冥想中，他为什么在这个时候想到了这件事？难道说他在打翻陈玉秀手中的药碗时就有了这样的念头？这是不是说，陈玉秀碗中的汤药就真的有什么问题呢？他回过头，朝他屋门口看了一眼。这时，陈玉秀已经离开他的法堂，回到她自己的屋里去了，他的目光也便又转向了她的屋门……陈玉秀，他在心里质问她说，是不是这样？

这天夜里，他在似睡非睡的状态中还在与陈玉秀对质有关汤药的事儿……他不知道究竟是陈玉秀真的来到了他炕前，还是他产生了有关她的幻觉。他听见陈玉秀委屈地对他发问说，我并没有害你的企图，我不过是在给你治病……难道你不知道你是一个病人吗？

她又把他说成了一个病人，而这是他绝不愿意听到的。我不是病人，他愤慨地打断她的话说，我没有什么病，有病的是你们，他朝她指了一下，又把手指移向门外的远处，是你们这些自以为是的红尘中人……

既然你没有患病，陈玉秀反问他说，那你为什么放着正常的日子不过，非要到大山里去朝拜什么神主？难道你认为自己的行为没什么问题吗？

只有你们这些凡夫俗子才会提出这样的问题，他悲伤地向她指出说，一个人之所以被称之为人，那是因为他和猪狗之类的动物有着本质的区别，而这种区别绝不是体现在吃喝拉撒上，而是因为他有了高贵至诚的信仰，信仰你懂不懂？

我不懂什么信仰，陈玉秀摇摇头说，如果你的信仰是指被那些什么鬼呀怪呀的东西所控制，那我宁肯不要这样的信仰，而过哪怕与猪狗差不了多少的普通生活……

我的天，他把两手狠狠地拍击在头顶上，这个愚蠢的女人竟然说出如此低劣的话来,看来她是真的不可救药了……神主呀,他颓唐地在心里对神主说,或许我是渡不了这个可怕的女人了,请您原谅我……这一刻,他似乎更加坚定了尽早上路去的决心。

于是,在接下来的梦境中,他又一次看到了他在路途上的情景。

那是一条漫无尽头的长路,路上积满了碎石和白雪,一个衣衫褴褛的中年男人从远处走来,踏着碎石和白雪慢慢向渺无尽头的前方行走……开始的时候,他还能看见一些与他同行的善男信女,但随着路途向前方延伸,向高处延伸,同行者逐渐稀少,到最后,整条长路上只剩下他一个人了。而路途变得更加崎岖不平,一边出现了高不见顶的悬崖峭壁,另一边则是深不见底的壕涧沟壑,可路的前方依旧看不见尽头,呈现在他和那个男人视野里的除了层峦叠嶂的山峰,便是山峰上透明洁净的雪线或云絮。路途呀,你的终点在何方?……他看见那个男人倒在了地下,不知是走不动了还是要磕头,身子伏在地下后,很久都没有顺利站起来。在他身后的地面上,出现了斑斑点点的血迹,他明白那是男人的身子与地面相摩擦而流淌出来的。血迹与碎石和白雪混在一起,像是编制了一幅姹紫嫣红的图画,简直就要刺花了他的眼睛……他知道那个人走不完这条漫无尽头的路途,最终会倒在地下爬不起来……他便看见那个人终于耗尽了全身的力气,在对着盘桓在远方雪山顶端的神主幻象磕完最后一个响头后,吐出一口似有若无的气息,身子往旁边一歪,便倒在那条依旧不知道尽头在何方的路上……

这样的梦境他已经做过无数次了,虽然那是一个他倒在中路的梦境,但他却一点儿也不害怕,相反,那个见证他死亡的梦境却对他产生了巨大的诱惑力,让他有一种时不我待的急切冲动。自从他发下宏愿,要在有生之年去遥远的北国大山里朝拜的那个时刻起,他就已经做好了死在路途上的准备。是的,去往雪原大山的路途万分遥远,就算他倾尽了后半生的所有力气,要想顺利抵达崇高的圣山,皈依到万能的神主座下,怕也是难以完成的一个壮举,极可能如梦中所昭示的那样,在中途倒在地下,再也爬不起来。虽然这样,但他起码离高山,离他心目中的圣地更近了一些,离神主,他信仰的终点站更近了一些,他终生的愿望也便在某种程度上达成了……

在神山的天空中与神主相会,成了他自从踏入宋门的那天起,便寄存在内心中的一个宏伟誓愿,去往大山里的路途遥远而艰险,却正是修身得法的最佳途径,所以他要倾其毕生精力完成这次宏伟而壮丽的旅程。为了早日上路,这些年里他拼命下田劳作,以便尽可能多地挣得一些钱财,不要误会,并不是他把钱财看得多么重要,不,一个早就在精神上出了家的人还会看重钱财吗?他只不过是要用这些钱财作为在路上的盘缠而已,同时还要给家中的妻子陈玉秀留下一些积存,而对于他的女儿李桂花和儿子李根水,则就照管不到他们了……实际上,毫无节制地劳作是一把双刃剑,既让他挣到了不少的钱财,使他有了尽早上路去的保障,也使他消耗了过多的体能,有可能会延缓他抵达目的地的时间,还会引来陈玉秀等人对他的阻挡,那样一来他的行动就会彻底泡汤……

他从炕上爬起来,再也不敢平心静气地睡下去了。天快亮的时候,他已经做出了平生最大的一个决定,时不我待,他必须立刻行动起来,最迟在秋收结束的时候上路去。他借着黎明的光亮检查他的行囊。这个行囊他差不多准备了已有十几年,里面除了装着他读过无数遍的宋教经文外,便是几件最为简单的用具,包括一只饭碗和多双鞋子,而对于其他游方教徒所必备的帐篷、衣被等物,他还没有打算把它们装入囊中。只要有了饭碗和鞋子,当然还有必不可少的经文,就足够他上路时的需用了。好呀,一切都准备得差不多了,看来他真的离上路的日子不远了。

天大亮后,他从法堂里走出来,忽然觉得哪里有些不对劲儿,便仰起头朝天空里看。实际上,吸引他目光的是那棵老榆树。在他的印象中,这棵秋天里的歪脖老榆树除了叶子会有一些黄外,是不会有什么大的变化的。但此刻老榆树的样子却让他吃了一惊。他看见老榆树上的叶片都已经变红,且边沿处挂着一层亮闪闪的银边,这使它们看上去显得那么艳丽而又怪异,简直不像是真正的一棵榆树,而是某部拙劣动画片里的情景。他盯着一树红叶的榆树愣怔了好一会儿,才猛然间醒悟过来,原来是下霜了,是夜里从天空中降落的霜冻染红了老榆树的叶子。他不禁感到诧异,这个秋天才似乎过去了一半,怎么霜冻就提前到来了呢?他把疑惑的目光放远去,越过榆树叶片间的缝隙,更高地望到天空里。他更为惊讶地看见,天空里同样是红彤彤一片,但这种红不是霞彩涂抹的结果,而是一片密不透风的云层自己显示出来的,是的,那是一片红彤彤的云层,像一块巨大的幕布把整个天空笼罩住了,这使这个秋季的天空既丧失了高远,也无法再用"云淡"一类的字句来描述。他没有见过这样的天空,这样的云层,他又呆怔了好一会儿,才明确地知道,要变天了,如此不正常的天空和云层只能预示一点，那就是天气的变化，联系到霜冻的提前到来，那么接下来，得出一个秋天就要过去冬天已经到来的结论就是顺理成章的事了。

难道说我上路的日子也要到来了吗？他在心里问自己。

他来到了院子里，看见陈玉秀的屋内竟然还亮着灯光，天亮了灯光还在闪烁，这只能说明它不是这个时刻点燃的，而是已经亮过了一个夜晚……他心里一怔，难道说陈玉秀根本就没有熄灯，是不是她也在灯光下待了一夜？他赶紧走过去，从窗口处往里一看，老天，陈玉秀果然衣衫完整地坐在灯下，两只手互相交错着运动，正在忙碌什么事儿。他凑近去一看，认出拿在她手里的东西是一根绳子，难道说陈玉秀在灯下编了一夜绳子？望着陈玉秀那根越编越长的绳子，他忽然想到，几年前，他得了一场重感冒，高烧让他几次从炕上掉下来，陈玉秀只好拿来一根绳子，将他结结实实地捆绑在炕头上……他在心里问自己，莫非她现在又要用更为结实的绳子来捆绑他了？是呀，那碗阻止他行动的汤药已经被他打落，那么一计不成又生一计，为了把他留在这个院内，留在她的身边，她只能采取捆绑这个低等的手段了。

想到这里，他禁不住倒退了一步，以尽可能远离陈玉秀的窗口，远离她手中那条像极了毒蛇的绳子。

吃饭以前，他端着为那只兔子置办的食物走出院门，穿过巷子，来到莫家门口的老榆树下，把食物放在树根部的洞口处，等待兔子出来。早在很久以前，这只兔子就在这个树洞中居住了。就在他等待兔子出来的时候，他的眼睛产生了一阵模糊的幻觉，看见在一片为积雪所覆盖的路途上，一行为兔子所遗留的爪印像盛开的梅花瓣，弯弯曲曲地通往远处……他心里忽然想，也许那就是他即将在去往北国大山的路上碰到的第一个路标……

第三章

一

我在门诊部值班的这天下午,一共有五个来电没有接听,其中四个为同一个号码。开始的时候,我觉得这个号码似曾相识,但又一下子想不起打电话的人是谁,因为是在班上,等待我看病的患者还在外面排队,为了不至于耽误工作而造成不必要的影响,便果断按下了拒听键,后来这个电话不断地打进来,我也便很快想起来,对方不就是前些日子找我看过病的那个女患者吗? 对,她的名字叫张多娜。不知道为什么,我有些害怕这个女人,好像已经预感到有一天会被她缠上似的,越发不敢接听她的电话了。

但下班后,我一个人往医院外走的时候,望着外面涌动着的人流,竟然又莫名地想起了那个叫张多娜的女人,还顺手掏出手机,希望再看到一个她打过来的未接电话。望着那个越来越熟悉的号码,我不知道是否给她回拨过去,在班上我不便于接听她的电话,那么下班之后呢? 说实话,我很想拨打这个电话,但心里又有些紧张,生怕为此而给自己惹上不必要的麻烦,我已经约略感觉出来,张多娜频繁找我也许不仅是为了和我探讨病情,而是以此为借口主动联系我罢了。其实对于这样的遭遇,我原本是有些期待的,在此之前,我还从来没有发生过一次外遇,不是没有机会,而是那些给我提供机会的对象都没有被我看中,而张多娜却就不同了,她不但没有什么实质性的疾病,而且长相出众,尤其气质独特,差不多正是我所喜欢的类型,如果与她发生了富有浪漫色彩的关系,即使为此招致一点点麻烦也是值得的……

我正处在激动的冥想状态里,拿在手里的手机忽然响起来,我被吓了一跳,急忙举到眼前看,天哪,居然又是那个张多娜。我仅仅犹豫了一下,便立刻按下了接听键。您好。我控制着兴奋的情绪说。

　　莫医生您下班了吗？我在大门口等您呢。不等我反应过来，张多娜就挂断了电话，好像担心话说多了，就会发生什么变故似的。

　　我有些发愣，怎么回事？她在大门口……等我？她这么快就找上来了？我的心脏急跳起来。我知道，张多娜之所以不等我回话就挂断了电话，的确是怕我拒绝和她见面，这样我没有来得及做出反应，便失去了其他任何选择，只剩下到大门口与她会面一条路好走了。我不再迟疑，便加快脚步，走出门诊大楼，直朝院门口赶去。我一路急走一路遐想，见面后，那个张多娜要对我说些什么呢？这样的场面我还没有经历过，经验里除了和妻子马丽红有过单独的约会外，我不记得和其他女人制造过此类场景……

　　尽管已到黄昏，但在院门口进出的人却依旧很多。还离着老远，我就放慢脚步，伸长脖颈，朝着门口仔细打量。开始我还有些顾忌，这样和一个陌生的女人见面，如果让医院的同事碰到怎么办？但很快我便打消了这个念头，不要说人们都忙着匆促赶路，不会特别留意我的事儿，就算有人注意到我，作为医生和病人做一下交流，又有什么大不了的？为了安慰自己，我还在心里想到了一个词，心里没有鬼，不怕鬼叫门。但我随即又感到一些好笑，难道说我心里就真的没有一点点鬼吗？这样一想，我的脸腮不禁有些发热。正在这时，我听到一个温柔的声音在身边响起来，莫医生——没错，那个声音是在叫我，可它的发出者在什么地方？我急忙抬头张望，等转过身来，才发现那个叫张多娜的女人就站在身后。她怎么会在我身后呢？我忽然有些迷茫。

　　莫医生，张多娜从一片灯影里走出来，手里捧着一束鲜花，满面笑容地朝我走过来，我等您好一会儿了……

　　等……我？我点头朝她回应一下，随着张多娜和我距离的接近，我闻到一股淡淡的香味，没错，香味是从张多娜身上发出来的，而且我闻出来，那是一股十分高档的香水味，记得上次我在门诊室接待她时，她身上是没有这股味道的，这是不是说，张多娜为了来和我单独见面，而刻意在身上喷洒了香水呢？这样一想，我便注意打量起她来，咿呀，我这才发现，张多娜还特别对自己进行了打扮，不仅发型仔细整理过，而且衣服也穿戴得非常别致，这使她即使站在众多美丽的女人中间，也不可能遮掩住身上的光彩。一时间，我便止不住感动起来，悄自在心里嘟囔一句，人家这都是为了你呀……

送您这个。张多娜举起手里的鲜花，径直朝我手里递过来。

送我？我这才注意到那束鲜花。和我的料想差不多，那是一束颇有象征意味的玫瑰花，鲜红的花瓣正盛开到极致，茎秆上的叶片还水绿着，看来是刚从花店里买来的。我朝那束玫瑰花伸伸手，又猛地缩回来。为什么？我有些纳闷地问道，为什么要送我鲜花？

今天不是您的生日么？张多娜坦然地说，再次把花束递到我手里，祝您生日快乐。

我的生日？我有些呆怔，急忙在脑子里想一下，才恍然大悟，是呀，今天正是我的生日，如果不被这个女人提醒，我都要忘到脑后去了。但我随即又反应过来，不禁感到万般诧异，她是怎么知道我生日的呢？我直接把这个问题朝她问出来。

嗨，张多娜装作不经意地说，只要有心，这个还能打听不到……为了掩饰自己的用心，她马上又用恭维我的口气说，只要看见您开心，我就感到非常高兴了。

我真的感动起来，在这样一个特殊的日子里收到一个漂亮女人的礼物和祝福，无论如何都是一件让我感到高兴的事儿。谢谢你……我忙不迭地对她说。

在我感动的同时，张多娜自己也感动起来，而且还抬起她空出来的手，要在我脸上摸一下。

望着她这个未免有些过分的手势，我在本能地朝后躲一下后，不禁有些反感，就算她对我再有好感，也不该当众做出这个明显的动作来吧。但随即，我就想到了那天在门诊室里的情景，以及张多娜自己的讲述，没错，她是一个病人，一个克制不住自己要在异性脸上摸一下的强迫症患者，这才谅解了她这个动作的冒昧，并把自己的手插进衣兜，想把那个橡胶圈掏出来，套到她那只容易冒犯别人的手上去。但我仅仅这样想了一下，就也克制住了自己的冲动，不管怎么说，这都不是在门诊室，此刻我与张多娜的关系不应该仅限于医生和病人之间，而是……而是什么呢？我摇摇头，不好意思再想下去。

或许是张多娜的那个动作太非同凡响了，也可能是那束玫瑰花太引人注目了，一些人开始往我们这边看，我好像认出来，那些人里的确有我的同事，便有些不自在起来。是呀，我们在一起的时间真的已经不短了，我不能和这个女人在这个地方滞留下去,不然第二天就会有关于我的花边新闻在门诊大楼里传播。一想到这一点,我就表现出了要离开的意思。

张多娜看出了我的心思,便也把那只没能如愿的手收回来,和我打一声招呼,知趣地率先离去了。

我抱着那束鲜花往回走,心里涌动着很久没有过的振奋情绪。这么多年了,我都没有像样地过一回生日,今天由于这个张多娜的出现,我暗淡的生活里又充满了阳光和颜色……我随即想到了马丽红,不知道我回到家后,马丽红会送给我什么样的惊喜,我不要求很多,甚至不指望她像张多娜一样送我鲜花,只要做几个可口的小菜,陪我小酌几杯就行了……我兴冲冲地往家走,直到来到了居民楼下,才意识到这样捧着鲜花回家不妥,无论如何,我都找不到一个给马丽红有关这束玫瑰花来历的合理解释。于是,在经过一个垃圾箱时,我把那束还没欣赏够的玫瑰花丢进去。看着玫瑰花翻着跟头消失在垃圾箱内的黑暗中,我心里剧烈地疼痛了一下,然后万般忏悔地对张多娜说,实在对不起……

我回到家后,出现在面前的情景有些出乎我的意料,马丽红不仅没有为我准备什么小菜,而且她本人根本就不在家里。我失望之余,禁不住愤慨起来,倘若是往日她不早些回家还情有可原,今天可是我的生日,她却依旧待在外面便无论如何说不过去了。我再也克制不住自己的情绪,掏出手机,颤抖着手指翻找马丽红的号码,我要把电话打给她,恶狠狠地呵斥她一顿……但我还没把电话拨出去,马丽红的短信就发过来了。短信的内容是:我在加班,晚一会回家。马丽红在短信中没有提到我过生日的事儿,看来她根本就没有想起这件事来。我再次感到了失望,举起手机,犹豫了好几下,才没有把它摔到地下去。

我感到极度的疲乏,躺在沙发里休息了一会儿,实在不愿动手去做想象中的小菜,便爬起来,重新走出家门,打算到外面的饭馆里去对付一顿。经过那个垃圾箱时,我又想到了那束玫瑰花,赶紧走过去,把手伸进垃圾箱内,想把那束玫瑰花再取出来。但我几乎摸遍了整个垃圾箱,弄得胳膊上都沾上了污渍,也没有再找到那束玫瑰花。怎么回事?这才多大会儿,那束玫瑰花居然就不见了?我有些疑心,莫非下班后与张多娜的相会,都是我想象当中的事儿?我从来就没有收到过那束玫瑰花?我真希望马丽红那条短信也不存在,便又取出手机看,但不幸的是,马丽红那条短信却还在上面，真实地向我诉说着她对我的冷漠和忽视。他妈的。我在心里愤愤地骂了一句。

正是晚餐进行的时间，外面的行人逐渐少下去，渐渐地，这条街道上就剩下我一个人了。我越发没有吃饭的兴致，经过一些饭店餐馆时，也仅仅是往里看一眼，就匆匆地走过去。这条街道马上就要走完了，我还不知道要到哪里去。我真希望迎面碰上张多娜，如果真有这样的情景出现，我将毫不客气地拉住她，与她一起走进一家灯火辉煌的大饭店，让她陪我好好吃上一顿像样的饭，如果她的强迫症又犯了，想把手放到我的脸上，我将主动把脸探过去，让她温暖的小手在上面尽情地抚摸，哪怕周围有多少爱嚼舌头的闲人观看，只要她不把手停下来，我都不会缩回自己的脸。摸吧，我在想象中对张多娜说，你就摸个够吧……

我正想得入迷，没留意已来到路口处一家大饭店门前。这家颇有规模的饭店的确灯火辉煌，不用真的进门去，仅仅隔着窗口的玻璃往里面瞄一眼，就能清晰地看到里面的大厅内客人们吃饭的热烈场景。我本来打算掉开头，一直往前面的路口走下去，但就在这时，我的眼睛忽然一亮，似乎里面的什么情景吸引住了我。没错，我看到了一个人，一个女人，一个熟悉的女人，正坐在一张桌前吃饭，但那个熟悉的女人不是我盼望看到的张多娜，而是我的妻子马丽红。我惊讶地看到，我的妻子马丽红就坐在离窗口不远的一张桌子后，一手端着酒杯，一手拿着筷子，正在津津有味地吃喝。更让我吃惊的是，马丽红对面的座位上，竟然坐着两个陌生的男人，也像她一样一手端着酒杯，一手拿着筷子，以不比她逊色多少的热情姿态在大口吃喝。让我有些看不下去的是，马丽红竟然还把酒杯不断地碰到那两个男人的酒杯上，然后把里面的红色酒液灌到自己的大嘴巴里。没错，马丽红是在和那两个男人一起吃这顿晚饭，而且吃得那么痛快，那么尽兴，那么肆无忌惮，那么不顾一切……马丽红呀马丽红，我在心里叫道，你把老子一个人丢在外面不管，却和这两个不怀好意的男人在这里鬼混，要知道，今天是老子的生日呀，一年只有一次的生日，却被你这个狼心狗肺的女人忘到了脑后，害得老子一个人待在大街上，只能隔着玻璃看你们又吃又喝，你做得也未免太过分了吧？

我再也看不下去，掉转身子冲进饭店大厅，就要朝马丽红那张桌子扑去。但里面吃饭的人太多，而且一个个都表现得彬彬有礼，说不定里面还有我的熟人也说不定,如果在这里和马丽红大闹一场,第二天门诊大楼里的传言一定又多了一项内容,那我可就真的不好做人了。想到这里,我强迫自己把手伸进衣兜内,掏出那只橡胶圈,抖抖地套到手腕上,然后用另一只手不住地牵拉,使橡圈一下下地弹回去。随着手腕肌肉疼痛的加剧,我逐渐让自己平静下来,随便在一张桌子后坐下来,只是远远地朝马丽红那边看。你是一个医生,我在心里警告自己,无论如何也不能让自己成为一个病人。我是坐在马丽红的身后,又隔得较远,所以我进来了足有一刻钟,马丽红还没有发现我的存在,那两个男人虽然在吃喝的间隙让眼神瞟到了我这里,因为不知道我和马丽红的关系,也就不可能对马丽红做出提示了。于是,这顿饭他们不仅一如既往地吃下去,而且气氛愈来愈浓烈,我尽管与他们隔着三张桌子的距离,却清晰地听到了他们之间的说话声。这真是一件十分奇怪的事儿,饭厅里的吃客那么多,说话声此起彼伏,就像空气中飞舞着成百上千只绿头苍蝇,我为什么没有听到其他人的声音,却把马丽红和那两个男人的对话听了个一清二楚?

祝你们生日快乐。马丽红举起酒杯,在他们的酒杯上使劲碰一下,再次把酒杯里的红色酒液一饮而尽。

你记错了吧?等她把杯子里的酒喝下去,那两个男人却笑呵呵地指出说,今天不是我们的生日。他们依然把杯子举在手里。

是吗?马丽红把空杯子从嘴边拿开,随即又改口说,那你们就祝我生日快乐吧。

今天是你的生日?两个男人诧异地说。

没错,马丽红点点头说,今天是我的生日。她又把杯子在他们的杯子上碰一下,祝我生日快乐。

两个男人不敢怠慢,赶紧把杯子里的红色酒液也像她一样一饮而尽。

听着他们文不对题的话语,我的心头再次火起来,好一个马丽红,竟然把真正需要过生日的丈夫丢在家里,自己跑到这里来为这两个并不需要过生日的男人过生日,而且还谎称自己也过生日,这不是公开在大白天说梦话吗?我看出来了,马丽红之所以明目张胆地说谎,都是为了和那两个男人多喝一些酒,在我的印象中,马丽红不是一个擅饮的人,平时根本不会主动喝酒,就是别人热情相劝,她也不过是点到为止,今天这是怎么了?不但主动喝上了,还借此与那两个男人调情逗趣……尽管我加快牵拉橡圈的节奏,让手腕上的疼痛达到几乎难以承受的程度,但我还是控制不住自己了,身不由已完成了一个由医生到病人的巨大转变。

医生,不,现在我已经是病人了,病人站起来,迈着踉跄的脚步朝马丽红那张桌子冲去。病人要抵达马丽红身边,必须经过三张桌子,而这个时候,那三张桌子后都有人站起来,朝着与我相对的方向走来。于是,病人便与他们撞在了一起,由于我走得急快,冲劲太大,便把那几个人撞得东倒西歪。这倒也没什么,那几个人都空着手,即使被撞一下也不会倒在地下。但在他们身后,正好有一个服务生也走过来,与我们不同的是,这个服务生手里端着一摞盘子,盘子里还有吃剩的菜肴,病人在撞过那几个人后,又随即撞到了他身上。端着盘子的服务生立刻失去了平衡,不仅自己趴在了地下,手里的盘子也摔到了地下,稀里哗啦一阵响后,过道里全是粉碎的瓷片和撒落的菜肴了。

我们闹出的动静实在太大了,正在吃饭的客人们全都掉过头,一些好事的人索性站起来,瞪大眼睛朝我们这个地方看。而这个时候,仅仅凭着冲击的惯性,病人也已经来到了马丽红身后,如果及时伸出手去,我就会抓到马丽红的后衣领了。马丽红当然也掉回了头来,但让病人想不到的是,掉回头来的马丽红却不是真的马丽红,而是……而是一个与马丽红丝毫没有关系的女人……病人急忙刹住脚,并把没有完全伸出去的手缩回来。怎么回事?病人在心里急急地问自己,马丽红怎么变成了另外的人?也就在这个时候,病人在打过一个激烈的寒战后,发现自己又由病人变回了医生。

但已经有些晚了,那两个迎着我的男人看出来,我是奔着和他们一起吃饭的女人冲过去的,尽管我把自己的手缩回来了,但我流露出的敌意和暴烈还是被他们看个清楚,便一起站起来,绕过女人,同时伸出手,将我牢牢地按倒在地下。

在身体和脸腮同时与地面接触的时候,感觉到剧烈疼痛的我还在心里困惑地问自己,马丽红是怎么变成另外一个女人的呢?

二

这天,我又接到了一个陌生的电话,不是张多娜打来的,张多娜的号码已被我存在通讯录里了,这个电话是一个男人打给我的,声音十分生疏,却透着前所未有的热情。莫医生,男人直通通地对我说,您什么时候有时间?

我请您一起吃个饭。我不免有些愣怔,平时请我吃饭的人倒有不少,却差不多都是我的患者,或有求于我的什么人,但这个男人是谁,我却一点印象也没有,自然便不敢贸然答应。请问您是……哪位?我犹豫了一下,还是用不好意思的口气问道。您怎么连我都想不起来了?我是高运来呀。我倒是听清楚了他的姓名,却依旧不敢确定他是什么人,便顺着他的话说,您是我的病人吗?高运来迟疑了一下,便也顺着我的话说,也算是吧,那天,您为我……我不想接受这类并没什么交情的人约请,就赶紧表明自己的态度说,谢谢您的好意,我很忙,以后再和您联系吧。说着,我就把电话挂断了。

虽说挂断了电话,但"高运来"三个字却还在我脑子里闪现。一刻钟过后,我终于想起来,这个叫高运来的男人就是我在去乌龙镇的路上救过的那个出车祸的人,好像他还送给我一张名片呢。我翻找出那张名片,果然在上面看到了"高运来"三个字,而且名字后面还有"饭店经理"的字样。怪不得他要请我吃饭,原来是个开饭店的。我随即又把电话打过去,和高运来一起回顾了那天在公路上的相遇。高运来见我想起他是谁了,也十分高兴,再次约请我吃饭。我在和他说话的同时,脑子里不断游动着几条在路边爬行的长蛇,也便顺口答应了他的约请。

按照名片上提供的地址,我来到那家叫作"好运来"的饭店门前,才忽然辨认出来,原来好运来就是前几天我在里面闹事的那家饭店,奇怪的是,那天高运来为什么没有出现?如果他能及时出来帮我说几句话,我就不会被那两个男人暴揍一顿了。我立刻停住了脚,不打算再往里走。我疑心那天高运来就站在一边,幸灾乐祸地看我挨打,而今天再故意设这个饭局,目的是要再看我一次笑话,如果事情真是这样的话,那这个姓高的可就太不够意思了……但我又找不到他这样做的理由,就算那天给他的饭店造成了不良影响,可我毕竟救过他的命,再说毁坏的那些盘碗也当场进行了赔偿,他也用不到再把我弄来羞辱一番吧?

正当我犹豫不决的时候,高运来从大厅里跑出来,离着老远就伸出两只手,一边朝我摆动一边热情洋溢地叫道,哎呀莫医生,可把您给盼来了。他跑上来,不由分说抓起我的手,像钳子一般紧紧地握住,今天一大早,我就把饭店收拾干净了,专门恭候您的光临。不等我做出什么表示,他就拉着我往门里走去。

进到了大厅里后,我看见里面没有一位吃客,而此时正是吃饭的时间,整座大厅里只有两排服务员,按男女分别站好,一见我们进来,就热烈地拍起巴掌来,看来的确是专门迎候我到来的。进门的时候,我本来已经放松下来,但一见那些服务员,尤其是与我发生过纠葛的几位,脸颊又不禁有些发热。但那几个服务员却像不认识我一般,依旧不动声色地拍着巴掌。

好久不见了,高运来用充满歉意的口气说,这些日子我一直在东北那边购货,也腾不出时间回来,要不早就该约请您了,哪里还能等到今天?

听他话里的意思,我那天出事的时候他并不在店里,想必也就不存在看笑话这回事了?但我又吃不准他是否故意这样说,在洗清自己的同时也减弱一些我的尴尬?

尽管大厅里没有客人,但高运来却不打算在这里请我吃饭,而是一路拉着我往楼梯上走去,直接进到楼上的一个包间内。这个包间从外面看并不起眼,但走进去才发现,里面十分豪华,也十分宽敞,有沙发和电视,也有卫生间和棋牌室,所有桌椅都是红木材料,餐桌很大,足能容纳十几个人就餐,椅子都带有扶手,坐上去非常舒适。里面早就站好了两个服务员,一男一女,男的很帅气,女的很漂亮,我和高运来一进来,他们就泡好茶水,恭恭敬敬地端到我们面前。在这个包间内吃饭的就我和高运来两个人,偌大的餐桌边便显得极为空荡,但桌面上却摆满了菜肴,差不多都是山珍海味,花花绿绿把我的眼睛都晃花了,不要说开口品尝,就是简单地看一眼,也便感到十分知足了。

你这是干什么?我虚情假意地埋怨说,吃顿便饭就行了,怎么能让你如此破费呢?

看您说的,高运来拍着胸脯夸口说,您是我的救命恩人,我今天就是倾家荡产,也要让您吃好这顿饭。

高运来让服务员拿来一瓶洋酒,不管我怎么推让,还是把酒倒在杯子里,与我推杯换盏地喝起来。看着杯子里像鲜血一样的红色液体,我又想到了那天在大厅里闹事的情景,心里又有些不自在起来。

在菜肴差不多快上齐了的时候,服务员又端上来两碗汤肉,分别放在我们面前。高运来凑近我,用推心置腹的口气说,这是我让大师傅专门做的莫邪山蛇肉,您尝尝味道怎么样?

莫邪山……蛇肉?我有些吃惊,不禁在心里说,莫非他真的把那些蛇弄来了？但我随即又告诉自己，这恐怕是不可能的，蛇人那些蛇不是供人吃喝的，如果你要饲养的话还能把它们带走，但如果你要吃喝它们怕就办不到了，那天高运来在半路上出事就是很好的证明。可不管我信不信，现在人家高运来把蛇肉端上来了，还让我品尝，便不能不让我产生了怀疑，难道说这些蛇肉有假？我拿起筷子，把一块蛇肉挑起来，举到眼下仔细看。

吃吃，一见我这样，高运来便也挑起一块蛇肉，忙不迭地送到自己嘴里，一边津津有味地大嚼一边赞叹说，好吃，这莫邪山里的蛇肉实在是一道难得一见的美味……

但我并没有吃自己筷子上的蛇肉，而是又把它放回碗里去。不用仔细打量，我便认出这不是莫邪山里的蛇肉，甚至不是真的蛇肉，而仅是一块鳝肉。

有什么不对劲儿吗？高运来紧张起来，张了张嘴，还是把话问出来。

我本打算不向他戳破这件事，但又想也许他真的辨不清蛇肉和鳝肉的区别，这对于一个开饭店的老板来说，无疑是一个短板，就算给他普及一下常识，也应该把这件事说出来。于是，我便用轻描淡写的口气说，这块蛇肉好像……和鳝肉差不多……

尽管我的话说得很委婉，高运来的脸却涨红起来，知道这件事蒙不下去了，便朝两个服务员摆摆手，待他们下去了，他才站起来，两手抱在一起，并弯下腰，朝我深深施了个礼说，莫医生真是心明眼亮，兄弟我算是服气了，实话对您说吧，这碗肉其实……其实就是鳝肉……说着，他就伸开巴掌，在自己脸上狠狠打了一下，万分懊悔地说，我高运来真是浑蛋，蒙谁也不该蒙我的救命恩人呀……

我急忙拉住他的手，看到他动真格的，自己也不好意思起来，好像当面戳破人家的秘密是一件多么不应该的事儿。也怪我多嘴，我讪讪地解释说，我还以为你自己也不知道……

高运来把座位朝我跟前拉拉，挨我更近地坐下来，颇为困惑地问我说，莫医生您能不能告诉我，您是怎么一眼就看出来的呢？

这个还不……我耸耸肩说，不瞒你说，我就是莫邪山里的人……那天我们在公路上……我就是回乌龙镇去的……

是吗？高运来瞪大了眼睛，莫非您也认识李木山先生？

我们是一个村里的人，而且我和他是一起长大的……

哎呀,高运来使劲拍打自己的脑袋,看来我这真是……俗话怎么说来着?对对,班门弄斧,班门弄斧……

听着他不伦不类的比喻,我也不知再说什么好。

高运来的态度越发有些恭敬,在向我敬过一杯酒后,忽然用恳求的口气说,莫医生,您能不能给我说一说莫邪山里的那些蛇?不瞒你说,在我开饭店这十几个年头里,虽不能说见识过世上所有的蛇类,但起码百分之九十以上的蛇我都亲自……可就是这莫邪山里的蛇,我怎么就不能……许多有钱人花重金订购莫邪山里的蛇肉,那些嘎嘎响的钱票子看着别提多诱人,但我朝莫邪山里跑过好几回了,费尽了九牛二虎之力,却就是不能把它们……你说这是怎么回事?

看着他因为酒精的作用而更加涨红的脸面,我决定要好好地回答一下他这个问题。你只有把这件事说清楚了,我在心里说,你才能让他彻底放下这个念头。好吧,我拍拍他的肩膀说,那我就仔细给你摆谈摆谈。

我告诉高运来,莫邪山里的蛇是中华蛇中一个较为独特的品种,由于和三文鱼有一种亲缘关系,所以被称为三文蛇。三文蛇是水陆两栖动物,个头较大,颜色多变,因为它们脱胎于三文鱼,不仅样子与三文鱼有些类似,而且肉质也像三文鱼一样细密紧实,鲜嫩爽口,是蛇类中最佳的美味,市场价格也便远远高于一般蛇类。三文蛇与其他中华蛇最明显的区别倒不是上面那些特点,而是它们的繁衍方式有极大不同,普通蛇类差不多都是卵生或卵胎生,但不管哪种方式,母蛇都是安全无恙的,也就是说,母蛇一生中可以若干次重复生产,直到进入老年生命结束,而三文蛇虽然也是典型的卵胎生,却是一次性生产,也即一生中仅生产一次便终结了生命。我详细对高运来说,三文母蛇在受精怀孕后,便隐藏到一个僻静处,不再进食,也不再运动,只是耐心地等待身体内的蛇卵孵化成小蛇。其实当小蛇孵化出来后,母蛇已经寿终正寝了,但它的身子却不腐烂,依旧保持着肉质的鲜活,这样,母蛇的身子便成为小蛇天然的食物养料,也就是说,小蛇一获得生命,便是蚕食着母蛇的身体长大,直到有一天消化完母蛇的身体,从它残破的皮囊里爬出来,它们才算来到了这个世界上。在这个过程中,至于母蛇到底是什么时候死去的,当小蛇蚕食它身体的时候,它是否还能感觉到疼痛,它是否甘心用自己的身体喂养小蛇,这些只有老天知道了。

听完我的讲述,已经有些半醉的高运来控制不住情绪,一只手搂着我的肩膀,另一只手使劲拍打桌面。可怜天下父母心呀,高运来一个劲儿地在嘴里嘟囔,可怜天下父母心……他不知道想到了什么伤心事,竟然呜呜地哭起来。门外的服务员听见他的哭声,赶紧推开门来看。我想把他的手从肩膀上推开,却无论如何推不动他,想对服务员解释一句,也不知说什么好,一时脸涨得通红。服务员不好意思再看我们,随即又把门关上了。

过了一会儿,高运来才止住哭泣,把手从我身上放下来。那些三文蛇太可怜了,他摇着头说,以后我再也不打它们的主意了。我这才松了一口气,以上卫生间为名,站起来活动一下酸胀的身子。但等我回来时,却看见高运来又摇起了头。看来那些小三文蛇就该被我们吃掉,他又改口说,它们实在太混账了,怎么能吃自己母亲的肉呢?听了他的话,我真是哭笑不得。

两个人又喝了一些酒。高运来忽然想起什么,再次请教我说,刚才好像您还说到了三文鱼?那您给我说说,三文鱼是怎么回事?

摆脱不掉他的纠缠,我只好又给他说了一些有关三文鱼的事儿。三文鱼并不为莫邪山所独有,在地球的其他地方,有许多溯河洄游性鱼类,或许都可以称为三文鱼。莫邪山的三文鱼在溪流中出生,那些溪流在山下汇成一条叫鱼人河的河流,而鱼人河一直通往大海,那些正在生长的三文鱼便沿着鱼人河进入海洋,待真正成年后溯河洄游,再沿着鱼人河回到莫邪山的溪流里产卵。鱼人河是一条高低落差很大的河流,也就是说,从莫邪山去往大海的路上,河水居高而下,三文鱼不费吹灰之力,仅仅跟着水流就能轻而易举地进入大海;与此相反,三文鱼在洄游时却就没那么顺利了,从大海回返莫邪山的路上,分布着许多条小堤坝,有些地方还有落差很大的悬崖峭壁,会形成水势不小的瀑布,三文鱼要想回到莫邪山,必须跨越那些堤坝和瀑布。

它们……它们能跨过去吗?高运来泛红的眼睛紧紧盯着我,神情有些紧张。

我告诉他说,虽然鱼类擅游顶水,但要跨越那些堤坝和瀑布,却是不太容易的,何况它们一路长途跋涉,中间又不进食,早就累得精疲力尽了,再做这样的跳跃其难度可想而知,但为了回到老家溪流中繁育后代,它们必须要做这种几乎不可能完成的尝试。在这个过程中,有些三文鱼跳过去了,而有些却就没那么幸运了,直到耗尽身上所有的力气,也还是不能跳上去,那么它们就只能累死在半路上了。

哎呀……高运来摇着头，脸上的五官不住地扭动，一副悲喜交加的样子。

我随即说，那些堤坝和瀑布还不算什么，更为严重的是，在通往莫邪山的路途上，还有许多食肉动物在等着三文鱼的到来，这些凶猛的食肉动物有熊、狼、野狗、狐狸和鹰、隼等，它们知道三文鱼的洄游习性，早就等在了路途上，当那些三文鱼不远万里来到时，它们便会蜂拥而上，张开大嘴狂吞一气，于是，那些成为食肉动物果腹食物的三文鱼便再次沦为背运之辈，只有少数一些躲过了这些劫难的三文鱼才算得上真正幸运，成功抵达了莫邪山里的溪流，在这里度过它们最后的时光。

那些该死的食肉动物……高运来挥挥拳头，刚要做一个夸张的击打动作，忽然又把手松开来，这回、这回三文鱼算把苦日子熬到头了吧？

我苦苦地笑一下说，三文鱼费尽千辛万苦回到它们的老家莫邪山，其实是来送死的，因为当它们产完卵后，生命就也完全终结了。像三文蛇一样，三文鱼一生中也仅繁育一次，只是它们比三文蛇还要艰难一些。三文鱼死后，它们浮在水中的尸体便成为小鱼的食物和养料，也就是说，小三文鱼一来到世界上，便吸吮着母鱼的身体成长起来，直到有一天进入海洋，待长大成熟后，再次沿着父辈走过的路线溯流而上，回到它们出生的地方繁育下一代，准确地说，回到它们的老家来赴死……

没有听完我的话，高运来又把头伏在桌子上，呜呜地号哭起来。他弄得动静实在太大了，不仅守在门外的两个服务员再次推门进来，连那些留在一楼大厅里的服务员们也都跑上来，聚在门口朝我们看，眼神里不光是询问，还有就要爆发的愤怒。我看出来，他们一定以为我欺负了他们的老板，才使他伤心成这个样子。我不敢在这里待下去了，生怕再惹出一场麻烦来，赶紧拨开高运来的手，要朝包间外面走。

我恨那些鱼，高运来却拖住我的手不放，它们为什么那么做？我想不明白……

唉，我重重地叹口气，只得又停住脚，朝他耐心地解释说，这没什么好奇怪的，它们就是这样的生活习性，没人能改变得了，千万年来，它们就是这样……

为什么？高运来不听我的解释，依旧瞪着血红的眼睛质问我说，你说这到底是为什么？

我不知道再对他说什么。为了急于脱身，我心生一计，忽然想到了一个说法，一个与自己的职业紧密相关的说法。它们有强迫症，我一本正经地对他说，它们一定是得了强迫症。

强迫症？高运来果然有些呆怔，眨动着肥厚的眼皮思考起来，原来它们是得了强迫症？

我趁机挣脱他的手，急匆匆地往外面走。服务员们给我让开道，看着我下了楼梯，穿过依旧空荡荡的大厅，直朝街道上走去。

但就在我跨出门去的时刻，却与迎面走进来的两个人撞在了一起。我以为那两个人并不是往门里走来，因为大厅里并没有营业，他们不会看不到，所以也便不会走进来。但我想错了，那两个人却径直朝门里走来，我走得过于匆忙，加之因为喝酒脚步不那么稳健，便直挺挺地撞到那两个人身上。我眼前一黑，以为这次又惹上麻烦了，那两个人或许会揪住我，不由分说将我暴揍一顿。但我没有想到，那两个人中的一个却伸出手，在我身上扶了一把，我倾斜的身子才又站直了些。

莫二叔，那人拍拍我的肩膀说，怎么回事？喝多了？

莫……二叔？我一怔，昏沉的脑袋有些清醒过来，这人竟然认得我？我镇定下来，睁大眼睛仔细一眼，咦呀，这不是老乡李百家吗？

三

好几天过去了，我还在想那天和李百家在好运来饭店门口相遇的情景，其实我念念不忘的并不是李百家，而是站在他身边的那个女人，那是一个年轻而又漂亮的女人，我记得，李百家的妻子就是一个漂亮的女人，但没有那么年轻，这就是说，那天见到的那个女人不是他的妻子，而是一个我不认识的女人。那么那个女人是谁呢？

由那个不认识的女人身上，我不禁又想到了张多娜。这几天来，张多娜不仅给我打了几次电话，还以复诊为名，又到医院来找过我一次。但当着其他医务人员和患者的面，我们也仅限于谈论一下了无新意的病情，却不好说一些其他方面的话题，最大的一点突破也不过是当张多娜以疾病为借口，伸出手来往我脸上放时，我没有像上次那样立刻避开，而是采取了半推半就的方式，让张多娜温暖的小手在我脸上摸了一下。虽然只是简单的一下触摸,却使我们的关系似乎往前走近了一步,从此以后,两个人便不再显得那么陌生而拘谨了,给我们以后不正当关系的发展留下了余地,所以当张多娜离去的时候,我们两人都有些心满意足的感觉。

我期待着张多娜把更多的电话打给我,但在接下来的这一天,我却一连接到了李百家打给我的三个电话。其实这三个电话只有一个意思,就是李百家要和我见一次面。一开始,我以为他是和我开玩笑,便没等他说完就把电话挂断了,但李百家却不断把电话打进来,而且一再重复同一个意思,我才不能不当真了,在接第三个电话时,顺着他的话题问了一句,如果你找我真有什么事,那就在电话里说好了,我们还见什么面?

在电话里说不清,李百家见我接上他的话了,不禁也高兴起来,赶紧表明态度说,我必须见到你,当面和你说一件事……

什么事?我依旧有些不相信他的话,便用开玩笑的口气推测说,莫非你得上什么病了?

你才得病了呢。李百家反驳我说,而且不容我再开口,直接用下命令的口气说,你待在医院不要动,我马上开车过去接你。

接我?我赶紧申明说,我在门诊部值班呢,一时半会离不开,还是我下班后去找你吧。

李百家想了想,只好同意了我的提议,临放下电话前,再次叮嘱我说,我等着你,下班后你可一定要来呀。

放下了电话,我还在心里不住地想,李百家找我有什么事呢?说起来,李百家虽然和我都是乌龙镇人,又都在同一个城市里生活,但平时两个人却很少来往,只是在每年的老乡聚会时,才在一起吃上一顿饭。虽然李百家是这个城市里有名的大老板,是乌龙镇那伙人里混得最好的一个,但由于他独特的出身问题,我还是没大怎么看重他,不但没找过他帮什么忙,而且从不主动联络他,这对于乐于帮助别人也有能力帮助别人的李百家来说,不算是让他感到多么痛快的一件事,几乎每次见面,李百家都会克制着失落的情绪对我说,不管有事还是没事,我们都要多联系一下,难道这有什么问题吗?我尽管满口答应着,却依旧没给他打过几个电话。

下班后,我开车去李百家办公的地方。那是这个城市里最为别致的一幢建筑,整幢楼房呈现出圆柱形状,看上去就像一座高塔,楼顶也设计成圆形,一扇扇玻璃天窗在日头下闪闪发光,所以这幢楼又被一些喜欢恶作剧的人称为"鸟"楼……李百家是这个城市里首屈一指的房地产开发商,这座楼房自然也是他盖起来的,为了消除那些人不怀好意的议论,他主动把自己的办公室搬到里面去。我虽然没到这座楼里去过,却知道李百家的办公室就在顶层的圆盖下,所以来到楼下后,我把头伸出车窗,想象着李百家在那个圆盖下办公的情景,不禁也感到有些滑稽。我到了。我给李百家打电话说。那你就上来吧,李百家在电话里说,随即又恭敬地改口,要不我下去接你。我笑笑说,算了吧,我还是直接上去吧。我乘着电梯往楼顶爬升的时候,心里还有一些不自在。

一出电梯,李百家就迎在了面前。二叔,李百家按照街坊的辈分称呼我说,如果我没记错的话,你可是第一次到我这里来。我打着哈哈说,你这里太高了,我一般是不敢爬到这个位置上来的。随即便问他说,到这里是多少层?李百家没有说话,只是伸出一只手,朝我张开五根手指,并夸张地晃了晃。想到自己已经来到五十层高的地方,我的心脏急跳了两下。李百家领我走进他的办公室。我进去一看,立即被吓了一跳,天哪,他的办公室大得实在有些离谱,从这端看到那端,都要让眼光走上一会儿,估计足有两三千平方米吧,这使他的几张老板台就像小板凳一样不起眼,我不免感到纳闷,李百家为什么要把办公室弄这么大?直到我朝四面看了一圈,才猛然明白过来,原来他是把整整一个顶盖的空间都拿来当办公室了。到底是开发商,我在心里感叹,的确是近水楼台先得月呀。

李百家并没有让我就座,虽然围着他的老板台放置着差不多一圈沙发,而是领我来到朝向一个方向的墙壁前,启动手里的遥控器,把所有窗扇上的布帘子都拉上去,然后指着窗外的远处说,看到了没有?这个城市里几乎一半的楼房都是我盖起来的。

我望着外面那些鳞次栉比的建筑物,也禁不住感慨万千,是呀,先前的李百家曾经是一个吃百家饭的流浪儿,如今却成了占有一个城市房地产半壁江山的企业家,真的让人感到有些不可思议。

要让全天下的人居者有其屋,李百家豪迈地说,曾经是我最大的梦想,也是我一生为之奋斗的目标……但直到有一天,我发现我只能让这个城市里的人住上好一些的房子,而且也不是全部的人,我才知道,我的能力其实也就只有这么大了。说到这里,他又遗憾地摇摇头。

你能做到这一步已经很不容易了。我不由地顺着他的话说。这一刻,我也感到身边这个一直令我不太感冒的人,其实十分了不起,尤其是联想他卑微的出身,就更不能不对他产生敬佩的想法了。

你说我做的这些事,李百家两手抄在裤兜里,扭过头来看我,总不能说是坏事吧?

当然不是……我再次随着他说。但说到这里,我忽然感到他在明知故问,如此一个浅显的道理,哪里还用得着我来回答?我这才意识到,从我一进到这里来,李百家就给我谈论自己的雄心壮志,并把我的心思引领到对他的敬佩上,是不是在给我们的这场谈话设置方向?我摇摇头,让自己的脑子清醒下来,用较为冷淡的口气问他,你今天找我来,到底是有什么事要谈?

李百家拍一下头顶,似乎也才想到这件事,但他又不打算马上说事,而是朝我提议说,走,我领你去喝茶。

我还有事儿,我习惯性地拒绝说,还是不要……

看你,李百家拍拍我的肩膀说,我们好不容易聚一次,怎么着也要好好待上一段时间。并再次打消我拒绝的企图说,我知道你没什么急事儿,反正已经下班了,总不会是急着去赴约会吧?

看你说的,我讪讪地摊一下手说,我有什么约会好赴,又不像你……

这样就好,李百家推着我往门外走,那我们就有充裕的时间相聚了。

没有别的办法,我只好又跟他乘坐电梯下楼去。

李百家没有让我开车,而是把我拉到他的车里,亲自驾驶着朝街上开去。李百家的车很豪华,但驾驶技术却十分一般,可见平时自己开车的机会并不多。车辆很缓慢地进入闹市区,在街道上绕来绕去,总也找不到停下来的地方。我不知道他要把我拉到哪里去,实在憋不住了,正要问他一句,却听见他说,到了。我往车窗外看,目光落在一个画有日本女人肖像画的门口。我以为我们抵达的地方也许与那个门口无关,但下车后,李百家却拉着我直朝那个门口走去。我瞪大眼,在那幅肖像画旁边看到一个写有"日本茶道"字样的牌匾,不禁脱口叫道,怎么?这里竟然还有日本茶道?

当然有,李百家说,这家日本茶道已经开业快两年了。

我还以为,我摇摇头,日本茶道只是在书上看看,没想到竟然能在生活中亲自品赏了。

你还想品赏什么?李百家看着我说,今天我包你满意。

我没明白他的意思,也便没回答他的话。

李百家显然误会了我的心理,以为我不方便自己开口说呢,便把嘴附在我耳边,低下声说,你要看西方脱衣舞吗?我现在就可以带你去。

脱衣……?我吓了一跳,立刻从他身边闪开去,好像他真的会强迫我去看似的。

李百家哈哈大笑起来,看把你吓得……

去你的。我涨红了脸,使劲在他身上推一把。看来你是经常看了。为了掩饰自己的尴尬,我赶紧回敬他说。

李百家不想再和我开玩笑,便搂住我的肩膀,拉我一起往日本茶道门里走去。

一直到走进了一间装有推拉门的包间里,我还在想着刚才的话题,在落座后,不禁又悄声问他说,该不会真有你说的那玩意吧?

李百家摇摇头,笑话我说,看来你太不了解我们这个城市……话没说完,他又改口说,其实你是不了解我们这个时代,只要有人需要,就会有人送上门来……

我虽然不同意他的话,却不想就这个话题再说下去了,便专注地打量这个一切都有些陌生的场所。

其实从一进来,我便感到,我们是来到了一个富有异国情调的地方,不仅空气中弥漫着忧伤哀婉的日本音乐,而且墙壁上随处装饰有日本仕女图,我们进到的那个包间也设置成横向的推拉门,里面最显眼的还是放置在木地板上的榻榻米。李百家走进去,便脱掉鞋子,跪坐在榻榻米上。我却还在犹豫,不知道是否也像他那样跪坐下去。

请。李百家朝我对面的榻榻米上指一下。

我不想让他看自己的笑话,便也在上面跪下,然后把屁股放在脚后跟上。

怎么样?李百家打量着我说,不太习惯吧?

看来你是经常到这种场合来了?我反问他说。

也不能说是经常,李百家摇摇头说,既然他们把这东西开到这里来了,我们总得来品赏一下吧?对了,品赏这个词可是你刚才说的。

我不再说什么,只是在屋内四处打量。这是一间结构紧凑的包间,墙壁上挂有名人字画,下面的桌案上摆有竹制的花瓶,里面是几支艳丽的插花。在离我们不远的地方，设有陶制的炭炉和茶釜，炉前摆放着茶碗和各种用具。

李百家对门外打个手势。很快，一个穿着和服的女人便迈着小碎步走进来。欢迎光临。女人一进来，就朝我们深深地弯下腰去。

我仔细打量着这个一身日本装束的女人。当然，首先吸引我的是她穿在脚上的木鞋，因为她一进来脚下就响成一片，如果我没记错的话，女人穿的这种鞋子应该叫木屐。再往上看，便是女人身上华丽的衣服了，我知道它们也有一个日本名字叫和服，这种衣服最大的特点是后领开得很大，且特意向后倾斜，这样女人白皙的脖子便长长地裸露出来，不由得让人想到天鹅弯曲的颈项。再往上，女人的头上梳着高高的发髻，由于过于蓬松，使她的脸庞显得有些狭小，我看出来，她的脸庞和脖颈都敷着一层雪白的香粉，嘴巴也用红彩描过，甚至眉毛都一同修饰过了，这使她的样子看起来有些怪异。尽管女人一个劲儿朝我们微笑颔首，但我却感觉不到她的亲切，自然也就说不上喜欢。

女人在我们面前摆上两碟甜点，便到侧边的"水屋"取水去了。我趁机悄声问李百家说，她是真正的日本女人吗？

李百家意味深长地看着我，要不你试一下？并随手拿起一块点心来吃。

试一下？我没明白他的意思。

李百家朝我伸过头来，我付钱，包你满意。

我明白了他的意思，脸颊又热了一下。你这个家伙，我伸手推他一把，真是没一点正形。

好吧，李百家收回身子，并且尽量坐端正了，往下我就开始给你说严肃的事了。

女人提着一小桶水回来，倒进一个瓷罐里，放在一架风炉上，在下面点上炭火，开始为我们烧水煮茶。

在等待水开的过程里，李百家一边吃着点心一边对我说，你应该知道我为什么叫李百家这个名字吧？

我愣了一下，随口回答说，我当然知道……我似乎没想到李百家会说到这个话题，因为这是一件牵涉他出身的事儿，甚至在某种程度上关系着他的屈辱和荣誉，所以一般情况下人们是不会随便触碰这个话题的，除非像今天这样由他自己率先挑起,而到了这个时候,也就意味着他有什么重大问题需要解决了。我呆呆地看着他,不知道他到底碰到了什么问题。

我没有忘记过,李百家尽量用平静的语气说,我是吃着百家饭长大的,所以我的名字叫李百家……

怎么回事?我不愿让他沉浸在往事里,便打断了他的话说,你今天怎么了?

没什么,李百家站起来,使劲摇着头,以抑制住即将激动的情绪,我不过是要告诉你一件事……

一件事?我有些不解,在心里问自己,他吃百家饭这件事难道还要告诉我吗?

李百家又随即坐下去,虽然没就这个话题往下说,眼圈却止不住有些红,过去的痛苦记忆还是触碰到了他心灵的敏感处。每次接待采访我的记者时,他勉强笑一下说,我都是这样开头的。

他别是把我也当成记者了吧?我继续在心里说,也有些想笑。

你看过那些报纸吗?李百家有意活跃一下气氛说,还有那些电视节目?

有关你的?我摇摇头说,我还真没有看过……

看来你并不关心时事。李百家有些遗憾地说。

我是一个医生。我摆明自己的身份说。

可我每天都看,李百家沿着自己的思路说,我每天睡觉前要干的一件事,就是看那些登载我事迹的报纸,还有电视节目,不然我就睡不好觉。

该不是强迫症吧?我打量着他说。

你这样老是把别人往你的研究领域里联想,李百家嘲笑我说,才真像是强迫症呢。

你到底想说什么?别真的在和我讨论疾病吧?

看我说到哪里去了?李百家醒悟过来,懊恼地拍一下脑袋说,二叔,今天我找你来,是来求你一件事的……

求我?我又吃了一惊,求我什么?

李百家打量着我,在脑子里斟酌了一下,还是又沿着刚才的话题说,从我改名叫李百家这个名字起,不,具体说是从我从事建筑行业那天起,你知道我最想干的一件事是什么吗?

什么？我怎么知道？

我最想干的一件事，李百家又站起来，拍着自己的胸脯说，就是要为那些当年供我饭吃的人盖一座像样的房子，让全体乌龙镇人都住上我盖的房子。

我直直地看着我，一时间，我似乎又回到了与他在办公室时的情景。你该不会让我也报道你一回吧？我摊开手说，可我却不是记者……

李百家拨开我的手，用推心置腹的口气说，我说的是真的，而且我现在正在这样干。

是吗？我半信半疑地说。

开发，李百家举起两手，我正在乌龙镇搞开发。见我还没明白过来，他干脆说出一个关键词来，城镇化，城镇化你不会不知道吧？

这个我倒是听说过……

现在上级正在大搞城镇化建设，李百家兴致勃勃地说，我一听说这件事，就向市政府提交了申请，由我在乌龙镇搞一个试点。

我终于知道他说的是什么了，不禁也兴奋起来，怎么？你要让乌龙镇先走上城镇化的路？

没错，李百家把他粗糙的大手拍在我肩膀上，怎么样？你支持不支持我？

想到老家乌龙镇即将成为漂亮的小城镇，人们都过上标准的市民生活，我当然也激动起来。怎么不支持你？这是天大的好事，我当然……

好，李百家拉住我的手说，既然你说支持我，那就要落实到行动上。

好，我也挺了挺胸脯说，你说让我做什么吧？这样说着，我又在心里嘀咕，我一个搞医学的，又能在城镇化这件事上做什么呢？

抽个时间回家去，李百家一字一句地叮嘱我说，劝说你老爹一下，让他别给我挡道？

什么？我又有些迷惑了，让我老爹别挡道？你的意思是说，他……

李百家点点头，坐回到自己的脚跟上，这才把话切入正题。原来这件事自从实施以来，他们就遇到了一些意想不到的阻力，本来以为人们都乐意去住新楼呢，哪里料到，施工队刚来到乌龙镇，还没正式破土动工，就受到了一些人的抗议，前些日子，几个施工人员还遭遇了一次袭击，被打得头破血流，不得不从那里撤回来。

为什么？我惊讶地张大嘴巴，他们为什么要这样干？

原先我也以为……李百家为难地摇摇头，后来我才想明白，他们在老房子老宅院里住习惯了，不愿意再挪动地方……

真是冥顽不化的小农意识。我重重地叹口气。

你知道吗？李百家看着我说，领头打我那些人的人，就是你家老爷子……

什么？我又大吃一惊，不会吧？我爹虽然脑筋不活泛，却从来没有打过别人……我想不明白，父亲那样一个窝囊了差不多半辈子的人，怎么可能做出打人的事来呢？一定是李百家搞错了吧？

不信？李百家耸一下肩说，不信你可以给他打一个电话。

为什么？我还是有些不相信，他为什么要这样干？

因为，李百家斟酌着字句说，因为老爷子不想离开你家那个院落，而按照我们的设计方案，整个村子是都要被拆迁的。

都要拆迁？我也有些惊讶，也就是说，我们那个镇子从此以后就彻底消失了？

是，李百家点点头，不容我作出反应，随即又大着声音说，刚才你不是说过吗？这是一件开天辟地的大好事，从此以后，人们就告别了难以遮风挡雨的老屋子，而住到崭新的楼房里去，过上现代化的城市生活了，如此一个千载难逢的好机会，我们为什么不愿意把握呢？即使有些舍不得过去的老生活，也不应该做出阻挡甚至抗拒时代进步的违法行为来吧？

我没再听他这些越说越严重的话，而是也站起来，在屋内慢慢地走动，一边走一边陷入深深的思索里。我忽然明白父亲他们为什么那样做了，是呀，不要说那些在老生活里住久了的乡下人，就是自己这个在现代化城市里生活的所谓开明人，当有一天回到老家，再也找不到童年时期的印象时，心里也会感到怅然若失，何况是父亲那些老顽固呢。想到父亲，我也知道他为什么要一改往日的低调做人原则，不顾一切地跳出来做出那种出格的行为……

为什么？李百家急不可待地打断我的深思，为什么你爹要造什么飞机？他不由地撇起了嘴巴，就他一个连真飞机都没见过的乡巴佬，居然敢有那种不切实际的想法，是不是脑袋发昏了？

这个……我张口结舌，不知道该怎么回答他，是呀，父亲的行为的确有些不可思议，不要说别人，就是我作为他的儿子也不明白他为什么要这样干，甚至为了不离开造飞机用到的那个大院落，而贸然招惹李百家这样的大老板……

我看你应该带他到你医院里来，李百家向我提议说，给他看一看是不是这里出了问题？他指了指自己的脑袋。

我想反驳他一句，却又没有张开口，是呀，也难怪李百家这样想，就是我自己也曾经这样怀疑过，甚至向父亲做出过看病的建议，只是被他一口回绝了而已……我没再说什么，回到自己的榻榻米上，慢慢地坐下了。

这时，女人已经把水烧开了，正在开始冲茶，当做到抹茶环节时，李百家也不再和我讨论问题了，而是让我欣赏女人的抹茶表演。但我的思绪依旧停留在与城镇化，尤其是与父亲有关的事情上，虽然眼睛盯在女人手上，却几乎没有看进什么去，脑子里也便没有留下什么印象。而李百家却看得津津有味，好像困惑他的难题已经被忘到了一边。

抹茶表演过去后，女人分别给我们敬茶。我注意到，女人敬茶的动作很讲究，左手掌托碗，右手五指持碗边，跪地后举起茶碗，恭敬地送到我们的手边。我不知道接茶时是否也应该讲究一下，便用眼角的余光去看李百家。

李百家知道我在询问他，便有意做出示范的样子，恭敬地伸出双手，从女人手里接过茶碗，说一声"感谢"，随后用手指转动茶碗，一连转动了三次，才送到嘴边，慢慢地啜了一口，在嘴里仔细品味一下，朝女人点点头，再继续啜饮。

我看着他这一串动作，不禁在心里说，不就是喝个茶吗？为什么要搞得如此烦琐？我从女人手里接过茶碗，也学着李百家的样子喝了几口，只觉得一股苦涩的味道弥漫在口腔里，好在刚才吃过了甜腻的点心，不然我还真有些不适应这股味道呢。

直到喝完了这顿程序复杂的茶水，我也没让自己混杂的心情明澈起来。

四

我从李百家那里回来后，好多天过去了，我也没像他提议的那样回乌龙镇去，甚至没有和父亲通一个电话。对于乌龙镇城镇化这件事，我还没有理出一个清晰的头绪，也便不知道该持一个什么样的态度。但李百家却没有忘记这件事，隔几天便来一个电话催促，看来他在乌龙镇的麻烦还没有过去。我有些无奈，再不行动就没法向他交代了，这才抽出一个公休日，驱车赶往乌龙镇。

一路上，我都在想父亲的事儿，具体说是想父亲造飞机这件事。说起来，我还真不知道父亲到底是什么时候迷恋上这件事的。诚如李百家所说，父亲至今没有见过真正的飞机，只是从电影电视上看到过，因为没有近距离观看，也便对飞机没有什么真切的印象。年轻的时候，父亲是一个优秀的拖拉机手，20世纪60年代，乌龙镇刚有第一台东方红牌拖拉机时，父亲便成为最早的拖拉机驾驶员。我见过父亲驾驶拖拉机时的照片，上面共有两个英姿飒爽的年轻人，一个是城里来下乡的知青，一个便是父亲，他们坐在拖拉机上，父亲手扶方向盘，知青抬手往前指，后面是广阔的山野，空中还飞舞着一对燕子，那情景真有一股鼓舞人心的力量。每次看到那幅照片，再对比面前越来越老的父亲，我心里便产生一个疑问，上面那个朝气蓬勃的年轻人真的就是父亲吗？有时我便想，也许就从跨上那台拖拉机的时候起，父亲便注定了要在老年产生一个造飞机的冲动，真的，父亲如果不开拖拉机，不钻研那些机械制造原理，他又怎么可能产生这样一个靠不住的嗜好呢？

我知道，父亲的所谓造飞机，其实是要对那台老旧得已经不能工作的拖拉机加以改造，具体说是给它装上两个金属翅膀和一个木质螺旋桨，借助发动机的驱动力，让这台既是拖拉机又像飞机的金属"怪物"飞起来。不管它最后能不能飞到空中去，但父亲在做这项工作时必须有一个足够大的场地，于是，父亲便把我家的院落拾掇出来，并撤掉院门，以便于金属物的进出。让父亲想不到的是，正当他紧锣密鼓大干一场的时候，李百家却搞起城镇化建设来，不但以后人们要到楼房里去住，而且要拆掉原先的房屋院落，没有这些东西，父亲难道要去楼房里造飞机吗？自然，他利用一些人的保守心理，带领他们去给李百家的施工队制造麻烦，便是在情理之中了。与城镇化这件大事比起来，我当然明白父亲的爱好算不了什么，按说应该义无反顾地为这件事开道，可我又清楚，父亲的爱好对他本人来说便是最大的事情，到时候就算我说下大天来，父亲能不能做出让步都是一个未知数。我不禁又想到李百家让我给父亲看病的事儿，别说，他的建议也不是一点道理没有,作为父亲唯一的儿子,我都认为他有些强迫症的嫌疑,只是父亲本人不肯承认罢了。

我几乎想了一路,也没有找出解决父亲问题的最好办法。随着乌龙镇的距离逐渐接近,我忽然觉得什么地方不对劲儿,不自觉地放慢了车速,这时我才看清楚,前面的公路上躺着几只死亡的小动物。我下车来,走到那些小动物面前,认出它们是野兔和松鼠之类,身子都已经破烂,内脏袒露出来,皮毛上也沾满血迹。我看出来,它们都是被车轮碾死的,而且从留在地下的车痕看,碾死它们的轮胎十分宽大,我想不出那是什么车辆,好像乌龙镇从来没有出现过那么庞大的机械。我回到车上,又往前开了一会儿,不得不又把车停下来。这一次,我在公路上看到了一条被碾死的三文蛇,心里不禁一动,这些蛇平时不是待在蛇人的饲养场里,就是隐藏在茂密的森林里,一般是不大可能到公路上来的,现在这里却出现了被碾死的蛇,到底是哪里出了问题?再往前走,我又看见了更多被车轮碾死的三文蛇,心里越发不安起来,天哪,一定是什么地方发生了不测……尽管公路上被碾死的动物越来越多,我却把车越开越快,我要尽快赶到村里去,亲眼看一看,到底发生了什么让我意想不到的事儿……

快要接近乌龙镇了,我的车辆从蛇人的饲养场边经过时,忽然看见蛇人蹲在路边,手里托举着一条被碾死的蛇,正在哀伤地哭泣。我停下车,从车窗里探出头,朝他大声叫喊,怎么回事?是谁轧死了你的蛇?蛇人抬起头,一边流泪一边呜咽着说,还能有谁?都是李百家那个狗东西造的孽。我一惊,什么?李百家?但我随即又感到不解,李百家的车辆是一辆豪华的奔驰轿车,而碾死这些蛇的车辆起码是一些载重卡车的轮胎,难道说李百家把那么大的车轮装到了奔驰车上?这显然是不可能的。但我不想再问蛇人什么了,因为这时从他身后钻出一只马猴,对我举起一只毛茸茸的爪子,朝着镇子的方向不住地指点,同时嘴里发出吱吱的叫声,好像在告诉我,赶快到村子里去,事情正在那里发生着。我踩动油门,急快地从蛇人面前驶过,直朝村子的方向冲去。

但我的车辆并没有驶进村去,当刚刚接近村子的外围,就看见西边一片树林的上空,一群受惊的飞鸟正在逃往远处去。我没有犹豫,便直接把车开了过去。直到抵达了树林边缘,我才想起来那是李家的坟地。李家在乌龙镇是唯一的大姓,人口接近两千人,他们的坟地便特别大,占地足有数十亩,是莫邪山里最大的一块坟地。但我想不明白,什么事情会发生在坟地里?我跳下车,便朝树林间跑,直到越过那片树林,我才猛然看见,坟地那边停靠着十几辆大型载重车辆,其中有运输车,有推土机,有挖掘机,在日头的照耀下,所有车辆都闪出灼灼的亮光,就像一群大型怪物盘踞在山野里。前面的几辆正在朝坟地里慢慢蠕动,而在它们的周围,聚满了乱纷纷的人群,我从他们的穿戴就能认出来,他们的大多数都是当地的村里人,但在外围也有不少外地来的施工人员,因为他们都一律穿着灰色工作服,头戴安全帽,手里挥舞着一根粗长的木棒。李百家的棒子队?我在心里大叫,此前我从别人的口中听说过,李百家每次遇到拆迁难题,便动用自己的棒子队解决问题,而这支棒子队不过是他豢养的打手,因为每人手里配有一根粗大的木棒,所以被称为棒子队。难道说李百家要动用他臭名昭著的棒子队来解决家乡的拆迁问题了?我止不住惊慌起来,天哪,阻拦他们拆迁的别正是我的老父亲吧?也就是说,那些在人们头顶挥来挥去的木棒极有可能就落在我的父亲头上……一想到这里,我在激烈地颤抖一下后,便抬起两脚,直朝坟地里飞快地跑去。

不要,我一边跑一边在心里叫喊,不要……我不知是朝那些阻挡车辆的人群包括想象中的父亲喊,还是朝那些用手中的木棒威吓人们的棒子队喊,反正我在心里喊着喊着,就让声音从嘴里发出来了。当我就要跑进乱成一团的人群中时,有人终于听到了我的声音,不禁扭过头来朝我看,而且随即跑过来拦住了我。我定下神看,原来这个拦住我到里面去的人是村主任。我不禁感到迷惑,在人群乱成一锅粥的时候,村主任难道就站在一边观战?我真的想不明白了,在这场纷争中,村主任到底是站在本村人一边,还是站在李百家的棒子队一边?

莫家老二,村主任摊开自己的手说,你怎么回来了?

我没有顾得理会他,依旧想要往人群里闯,去把有可能在里面闹事的父亲救出来。

你还是不要进去添乱了,村主任拉住我的手说,光一个李炽烈在里面闹腾就行了,你再进去就更……

李炽烈?我有些发愣,我爹不在里面?

我没有看见他。村主任摆摆手说。

李炽烈为什么要在这里闹?我不解地朝他发问。在我的印象中,李炽烈一直是一个安分守己的人,而且还在村小学当校长,也算是一个吃公家饭的人,不像父亲那样不明白事理,怎么今天也闹起事来?

都是因为拆迁……村主任跺了一下脚说。

拆迁……?我这才注意到,人们这是在李家坟地里阻挡拆迁,但李家坟地与拆迁又搭上了什么关系?

村主任明白我的疑问,又跺了一下脚说,都是因为李戈耀……他们要拆李戈耀的坟,所以李炽烈……

他们为什么要拆李戈耀的坟?我依旧感到茫然。

不是要盖新型居民区吗?村主任朝周围划拉了一圈说,按照李百家的设计图,这片坟地要被占用,正好拆到李戈耀的坟墓……

我终于明白过来,原来是李戈耀的坟地挡了李百家城镇化的道,才惹出了现在这场乱子。

那边已经建好了安息堂,村主任又朝远处指一下说,把李戈耀的骨灰安放到那里去不是更好吗?可这个李炽烈不知犯了哪门子邪,竟然死活不答应,还带人闹出这场乱子来……

我顾不得理会他了,便越过他的身子,径直朝人群里钻去。直到来到了里面,我才看明白,原来李炽烈是躺在了地下,把整个身子都紧贴住地面,四肢朝周围伸开,摆成一个标准的“大”字,他后面便是一个隆起的坟堆,没错,那正是女革命家李戈耀的坟墓,而在他的前面,则是一辆高大的铲土机。乌龙镇的村民显然都站在李炽烈一边,组成浩浩荡荡的队伍给他壮胆。而李百家的棒子队则跟在那辆铲土机后边,尽管手里挥舞着又粗又长的木棒,却不敢真的朝躺在地下的李炽烈身上击打。

有种你就往我身上轧,李炽烈抬起一只手,用小拇指朝铲土机轻蔑地指点,老子要是眨一下眼皮,就算我李炽烈是天下最大的软蛋。

那辆铲土机也不甘示弱,尽管没发出多少声响,车轮胎却是一点点地往前碾动。

我担心地看看铲土机,又把敬佩的目光落在李炽烈身上。说起来,我还和李炽烈有一层师生关系哩,在跟他读书的时候,李炽烈从来不苟言笑,始终在学生们面前保持一个教师的尊严,如果不是今天亲眼看到他撒泼的情景,我就是打死了也不会相信,他竟然还有这样泼皮的一面。

李炽烈和铲土机互不相让,呈现出长时间相持不下的尴尬局面。我又把目光放到人群里,企图在里面看到父亲。但我在里面找过了一圈,也没有看到父亲的影子。最后才听一个叫狗眼的小矮子说,父亲正在家里琢磨飞机的事儿,根本没到坟地里来。我不禁感到吃惊,碰到这样热闹的场合,父亲居然还能平静地待在家里,也实在出乎了我的意料。按说我回来主要是为了劝说父亲的,而父亲却并没有参与这些纷争,难道李百家的那些话靠不住?想到李百家,我又朝人群里撒目,是呀,我还没有看到李百家的影子呢,莫非他也不在这里?

离开坟地的时候,我从那些威武庞大的工程机械边走过去,目光不意间落在它们的轮子上,不禁一愣,这些钢铁怪物的轮胎也像它们的身子一样宽大,硬邦邦的橡胶凹槽间似乎还粘有什么东西。我把手放上去,在上面捻动了一下,便感觉手指头上黏腻起来。我把手指举到眼下,看见上面已经被染红了,再把变红的手指放到鼻下,立刻闻到一股浓烈的腥味。血迹?我心里猛烈动了一下。惊诧间,我似乎知道那些宽大的轮胎上粘的是什么东西了,天哪,如果我的判断没有错的话,公路上那些死去的动物都是被这些宽大的轮胎碾碎的。我掉回头,再一次朝那些继续处在纷乱中的人群看,在心里悲哀地感叹一声,也许乌龙镇真的安静不下来了……

回到家来,我看见父亲正在院子里鼓捣他的所谓飞机。父亲的精神很专注,以至于我在他身后站了一会儿,他还没有发现。父亲已经给那辆拖拉机安装上两个金属翅膀,现在正在刮擦一架木质风车的扇叶,也就是即将被他装到拖拉机上的螺旋桨。望着这堆由废旧钢铁和变质木头组成的大怪物,我差点笑出声来。

直到我弄出了声响,父亲才发现我的存在。你怎么回来了?父亲问我说。

我没回答他的话,而是也问他说,您怎么没到坟地里去?他们正在那里闹得欢呢。

我不去李家坟地,父亲垂下眼皮说,他们在那个地方闹,与我没有丝毫关系。

我想想他的话,也很快明白了他的意思,父亲一定是还记着在乌龙镇受到欺负的事儿,也对,乌龙镇大多数人都姓李,而父亲却在这个地方吃不开,想来是与李家的那些人发生过不愉快的事儿,所以不去李家坟地也在情理之中。我走到飞机也就是拖拉机面前,不禁又在嘴里笑一下,爹,您真的以为它能飞起来吗?

当然能飞起来,父亲不假思索地说,既然他们能让飞机飞起来,我为什么就不能?

我不知道他说的他们是指哪些人,只是进一步向他指出说,关键是,它还不是真正的飞机……

为什么不是?父亲继续反问我说,你看它有发动机,我又给它安上了翅膀,过几天还会给它装上螺旋桨,难道它还不是飞机吗?

我不禁感到好笑,想继续反驳他几句,但又放弃了这种努力,面对父亲这样一根脑筋的人,怕是几句话是很难让他明白事理的。我叹口气,转而换了另一个话题问他,爹,您为什么非要造飞机不可呢?

我要到高空里去看看。父亲再次不假思索地说。

我没想到他这样回答,原来这就是他造飞机的动机?这样一来,事情倒是有可能变得简单了,便乘机对他说,这还不好办?我给您买张飞机票,马上您就可以到高空里去看……

你是让我放弃造这架飞机?父亲很快明白了我的意思,急忙撇撇嘴说,别人的飞机我不坐,我要坐自己造的飞机上天去。

事情又回到了起点。我摇摇头,再次感到了说服父亲的困难。为什么?我有些克制不住了,在心里憋闷了好长时间的话终于破口而出,为什么您要做这种不切实际的荒唐事?难道您就不觉得十分可笑吗?说出了口,我又有些担心,自己这些话别激怒父亲吧?

但父亲却没有生气,反而朝我凑近一步,用兴致勃勃的口气对我说,你不知道,当年我坐在这辆拖拉机上,脚下一踩油门,把速度开到最大,拖拉机驮载着我突突地往前奔,有许多次,我都产生了幻觉,感到它跑着跑着就会真的飞起来,而我当然会随着它升到高空里去,那时候,我就会和那些飞在高空里的鸟儿们一个样子了……说到这里,父亲眯起眼睛,似乎整个身心都沉浸在了美好的幻想中。

望着父亲忽然变得生动起来的表情,我也不禁又一次惊住。在我这些年的印象中,父亲呈现出的是一个越来越苍老的形象,脸上开始布满了纹络和斑点,头发也变得花白而凌乱,精神更是萎靡得不行,有时大白天里都会合上眼皮睡觉。我无论如何没有想到,父亲现在却突然间焕发了青春,不仅老迈的形象一扫而光,而且神情里透出一股年轻人也不常见的朝气,一霎间，我便在父亲脸上找回了他已经失去许多年的人生岁月，小时候留在记忆中的父亲形象也便真切地展现在我面前，如果父亲不是自己把它召唤回来，我无论如何不会料到有一天我还能想到它的存在。明白了，就在这一刻间，我明白父亲为什么要做这件在别人看来不着调不靠谱的事了，不管从我的专业学术角度分析父亲是不是患上了强迫症，从此以后我都不会再劝说父亲放弃这件事了，更不会如李百家建议的那样让他到医院去看病了。

我想明白了这件事，便再次回过身来，在院子里仔细打量一遍，是呀，这个院落倒是为父亲的工作提供了天然场地，如果离开这里，尤其是住到楼房里去，父亲的工作将被迫中断，那对他来说将比让他提前死亡都可怕，怪不得他会冒着被棒子队痛打的风险，鼓着勇气站出来，成为第一个给李百家的城镇化制造麻烦的人，也实在是不容易呀。但我同时又知道，城镇化是上级推行的一项惠民政策，再说它对农民来说也的确不是一件坏事儿，就凭父亲因为个人理由而进行的所谓抗争，怎么可能阻止得了城镇化的步伐？我真担心，如果有一天父亲的抗争失败了，我家这个院落甚至整个乌龙镇都被拆迁了，那父亲又该怎么办呢？

我心里充满了前所未有的忧郁情绪，但很快又听到了远处传来的一阵阵哄闹声，想到李炽烈在坟地里进行抗争的场景，我又禁不住松出一口气，有了女革命家李戈耀的后代李炽烈所进行的那些抗争，或许局面会改观一些吧？

五

吃过晚饭后，李炽烈到我家来了。李炽烈的到来，不禁让我感到吃惊，父亲也不免有些意外。二贤侄你回来了？一看见我，李炽烈就高兴起来，这回我们的力量可又壮大了。

我回味着他的话，终于有些明白过来，看来李炽烈是来组建同盟军的，也对，父亲先期已经对施工队进行了抗争，可以说走在了人们的前面，现在李炽烈把他视为天然的同盟力量，也真的符合情理，但他无形中也把我算在了自己的队伍里，未免显得有些仓促，凭着我在外面的工作经历，我就不能站在李百家一边吗？

李炽烈是夹着一摞纸张进来的。待他把纸张在灯下逐一展开，我吃惊地看到,原来这都是一些被裁成条状的宣传标语,上面已经用毛笔写上了口号,什么"打倒李百家","李百家从乌龙镇滚出去","谁敢动李戈耀一抔黄土,就砸烂他的狗头"之类。我打量着李炽烈,想到他遭到批斗的情景,那时这些口号可都是针对他的,现在却被他拿来对付李百家了,不禁让我有一种恍如隔世的感觉。

李炽烈似乎知道我想到了什么,有些不好意思地朝我笑笑说,我这也是被李百家逼得没办法了,才只好出此下策。

听他这样说,我也便又一次想到他在坟地里与铲土机对峙的情景,看到他脸上仍然有一些土屑没有清除干净,不禁也再次同情起他来,同时心里对他的敬佩也在增加。

怎么样?李炽烈拍拍我的肩膀说,跟我去把这些标语贴出去?他朝门外摆一下头,加重了有些神秘的口气,趁着夜黑风高……

李老师,我按照当学生时的称呼对他说,这些手段……对李百家又能起到什么作用……

我不是贴给他看的,李炽烈更正我的话说,我知道李百家不会吃这一套,这些年他成了一个有权有势的人,白道黑道通吃,穿上衣服像个绅士,脱了衣服其实就是流氓,对这样的人,贴几条标语根本不会起什么作用。

那你……?我越发糊涂了。

我是贴给镇政府的人看的,李炽烈明确告诉我说,你以为没有镇政府,对,还有上面的县政府,没有他们那些人的支持,一个小小的开发商就能把整个村子给拆迁了?

我想想他的话说得也对,但问题是,政府的人会对这些已经过时的标语感兴趣吗?

民意,李炽烈拍拍那些标语说,不管怎么说,它们都代表了一定的民意,我把它们贴到大街上,主要是让他们那些人看看,乌龙镇还有许多人反对他们干这件事。

我们贴在自己的街道上,我再次提出异议说,他们怎么会看到呢?

听我问到了这里,李炽烈脸上的表情越发神秘起来,扭头朝屋外的黑暗处看一眼,然后凑到我跟前,把嘴附着我的耳朵说,明天,县里会有人来,而且不止一个……

县里来人?我有些不解,这你怎么知道?

不瞒你说，李炽烈用亲热的表情看着我说，我给一些部门打过电话……我们给我回复说，县里已组成了调查组……

我上下打量着他，不知道他说的是真是假。

李炽烈进一步明确说，实话对你说吧，连县长的电话我都打过了，等明天，调查组的人就会到我们这里来，他掰着手指头说，他们当中有民政局的人，有史志办的人，也有文管所的人，当然还有建设局的人……

听他说得如此详细，而且很有道理，我不再怀疑他的话了。看来凭着李炽烈身上的能量，他说的这件事十有八九是真实的。

李炽烈走后，我再次回味他说过的话，思绪也便陷入对李炽烈，不，具体说是对女革命家李戈耀的回想中……其实，我并没有见过李戈耀那个人，但像乌龙镇所有的人一样，我们可以没有见过李戈耀本人，却不可能不知道李戈耀这个名字，更不可能不知道李戈耀那些富有传奇性的经历，甚至可以说，就是在整个莫邪山区，不知道李戈耀这个人的人也找不出几个……我记得很清楚，童年在学校读书的时候，每到清明时节，老师当然包括我们的校长李炽烈等人，便会带领学生们来到李家坟地，给李戈耀的坟墓祭扫凭吊，然后由李炽烈本人给学生们讲述李戈耀的事迹，也就是在那个时候，李戈耀那些令人难忘的革命经历，才像细水涓流一样一点点流进我们的心田，以至于无数年后，不论我们是在什么地方，只要一听到李戈耀的名字，脑海里便会浮现出一个传奇女革命家的威武形象……

李戈耀是乌龙镇本地人，但奇怪的是，乌龙镇认识她的人却寥寥无几，到现在，恐怕真正见过她的也只剩下李炽烈一个人了，这说明李戈耀参加革命的时间实在太早，而离开乌龙镇后，却就再也没有机会回来，只有到她去世以后，才根据她本人的遗愿，把她的尸体安葬在她的家乡乌龙镇。正是这个原因，李戈耀在莫邪山里才引发了更多传奇的说法，甚至一度带上了一层神秘的色彩，说她当年参加革命是受到了山神的启示，说她的大肚匣子能把蜘蛛网的每根丝线一一打断，说她能把一锅炸酱面吃光而一个月不再吃饭，说她只要一发怒就能让自己的身子着起火来……这些不无夸张的神奇传说，简直让她达到了半人半神的地步。当然，这些都不足为信，就连李炽烈的讲述都有一些靠不住的地方，真实的李戈耀到底是一种什么样子，当然没有人能够知道了，最为接近真实的说法应该来自《乌龙镇志》，这是一本由乌龙镇政府编纂出版的地方志书籍，因为具有官方背景，上面

的记载也许较为可信。我读到过这本书,有关李戈耀的词条是这样记述的:

李戈耀(1908—1974),女,原名李翠英,乌龙镇人,出身传统知识分子家庭,幼年丧母,跟随父亲在私塾读书。进入县学后,接触进步思想,跟随革命党攻打县衙署,被捕入狱。出狱后参加革命,从事地下工作。1925年加入中国共产党。1927年主动请缨,只身刺杀国民党军阀省长,失败后入狱,受到残酷折磨,始终坚强不屈。1937年接受上级指示,以"自首"名义出狱,奔赴济南继续从事地下工作。1943年遭到日军宪兵逮捕,1945年获得营救。新中国成立后,历任县委委员、县委宣传部长、地委妇联主任等职,1957年被错划为右派,下放边远农场劳动改造。1962年平反后恢复工作,继任地委妇联主任职务,后升任地委常委、组织部长等职。1968年因历史问题被关押审查,1974年在狱中去世,次年恢复名誉,被追认为"忠诚的共产主义战士",遗骨安葬在家乡乌龙镇。不论是在战争年代,还是在建设时期,李戈耀同志始终坚守革命信仰,满腔热情地工作学习,直至生命最后一息。

我参加过李戈耀的遗骨安葬仪式,那年我上小学三年级,正在李炽烈教学的班上读书。那天举行的安葬仪式极其隆重,镇里、县里、市里甚至省里的领导都来了,莫邪山区方圆数百里的人也来了不少,所以人们才说,乌龙镇开天辟地没闹过那么大的动静,也算是这个叫李戈耀的人为乌龙镇争得了荣誉。我清楚地记得,那天我的老师李炽烈伏在李戈耀新起的坟墓前,哭得死去活来,任何人都不能把他拉起来。我当时感到难以理解,一个大男人尤其是自己那个一本正经的老师,怎么可能会趴在地下,像女人一样呼天抢地地哭呢?但更加让我难以理解的事还在后面,听父亲说,李炽烈并不是李戈耀的亲生儿子,而是李戈耀收养的义子,是她在战争年代里一个同事的遗孤。李戈耀把整个一生都献给了革命,不但没有留下自己的后代,甚至没有结过婚,直到在监狱中死去,她都是孤身一人,而李炽烈不过是她留在这个世界上的一个影子罢了。据李炽烈本人说,他由李戈耀抚养到十八岁后,便参加了工作,也就是从那个时候,他便离开了李戈耀,只有在逢年过节时,才会和他的养母团聚一下。在李戈耀关押狱中的那几年里,他甚至都极少有机会再去见她,尤其是在李戈耀生命的最后岁月里,他不能守在她的身边,或许这就是他不顾一切斯文而在李戈耀坟前大哭的原因。李炽烈虽然是烈士的后代,又有李戈耀这个背景,按说他是可以在外面混个一官半职的,但他却多半辈子都生活在养母的家乡,默默地当一名小学教师,没有多向国家提出过任何要求。李戈耀安葬在乌龙镇后,李炽烈原有许多机会离开这里,但他毫不犹豫地放弃了那些机会,继续待在乌龙镇,只是在教书之外多了一项事情要做,那就是到李家坟地里守候李戈耀的坟茔……也许正是因为这样一个原因,他才有资格去给县长打电话,有关部门也才不敢轻视他反映的问题,立刻组成调查组赶赴乌龙镇。

我想明白了这件事,所以当第二天调查组真的来到村里的时候,我一点都不感到意外。但让我没想到的是,李百家竟然也在这个时候出现在乌龙镇。李百家一回到村里,就赶紧来找我,一见面就说,怎么样? 问题解决了吗? 我知道他问的是什么,便耸耸肩膀说,你以为那还是一个问题吗? 李百家也明白我话里的意思,不禁有些懊恼地说,没想到又出了一个李炽烈,真是让人防不胜防呀。不等我再说什么,他便凑到我跟前,把嘴附着我的耳朵说,等一下你跟我到村委会去,给我壮壮声势。我愣了一下,很快明白了他的意思,就像昨天夜里李炽烈一样,李百家也一上来就把我算进了自己的阵营内,显然这也是一个过于仓促的举动。我去干什么? 我赶紧拒绝说,我又不是你公司的人? 李百家干脆上来把我拉住,让你去你就去呗,我还会亏待你吗? 说罢,就拽着我往外走去。

来到村委会后,我看见,县里来的调查组已经在里面坐好,李炽烈也坐在他们一边。村委会的几张桌子拼接在一起,形成一个长长的条案,调查组和李炽烈坐在一边,而在我们对面的另一边,则坐着镇长、村主任等人。李百家一进来,便坐在了村主任身边。看到我跟随李百家进来,李炽烈有些呆怔,尤其是当我挨着李百家坐下后,他更加感到惊诧了,不禁站起来,隔着桌子朝我指了一下。我有些尴尬,但为了打消李炽烈的顾虑,便朝他挤了挤眼睛,意思是让他放心。李炽烈直直地看着我,虽然明白我挤眼的意思,但毕竟还有些疑惑,便悻悻地坐下去,只是不时地看我一眼,用目光朝我发出警告。

镇长代表乌龙镇政府对调查组的到来表示欢迎,然后请调查组组长、县政府副县长讲话。我这才知道,原来坐在调查组人员中间的一个胖子是副县长。副县长先讲了一些有关城镇化方面的意义和精神,并代表县政府对这项工作表示支持,然后才把话题转到李炽烈反映的问题上,也明确表示,有关革命历史遗迹的保护和研究是个大问题,政府有责任把这项工作继续做好。在他讲话的过程中,我注意观察着对面李炽烈的表情和身边李百家的反应,当他讲到前半截的时候,李炽烈的脸色很难看而李百家的精神很放松,但当他讲到后半截的时候,他们的表情正好反过来,李炽烈的面容很欢愉而李百家的神态很沮丧。我听着副县长貌似有理的讲话,却在心里感到好笑,他其实对矛盾的双方各打了五十大板,至于接下来怎么办,他等于没有表达任何观点。这个狡猾的家伙,我悄自说,看来下面的较量还是要由李炽烈和李百家两个当事人亲自来进行了。

副县长讲完后,心浮气躁的李百家便站起来,先声夺人地说了一番话。与在外面装腔作势的派头不同,回到家来的李百家显得谦恭了许多,尽管说出的依旧是一些大话,却没有在电视里表现得那么豪壮。就像他给我说的那些话一样,李百家先讲了自己名字的由来,随后说到他的人生抱负,最后便是他对乌龙镇乡亲的感激和报答,总之一句话,他要在乌龙镇响应上级的号召,把城镇化这个新生事物一如既往地推行下去。说完,他还扭过头看了我一眼,似乎是希望我附和他的意见也说上几句。但我装作没有看见他的示意,什么态度也没有表示。

听了他这番慷慨激昂的话后,人们包括调查组里的人都不由得点起头来,好像他们已经被他的话所打动,接下去就会赞同他的观点了似的。我不免有些紧张,以为事情要发生对李炽烈不利的变化,便急忙去看李炽烈。但李炽烈却仍然不慌不忙,没有表现出多么急切的样子,直到镇长点到他的名字时,他才清清嗓子,开始谈他自己对这件事的看法,话语张弛有度,态度鲜明坚定,尽显了一个老知识分子的素养和修为。

我来给大家讲一个故事吧,为了增加人们的感性认识,李炽烈这样起头说,这是我和李戈耀同志见最后一面时发生的事情。

听他说到"李戈耀同志",我心里一动,不禁感到有些意外,因为在此之前,李炽烈是一直称呼李戈耀为母亲或妈妈的,现在却改成了不一般的"同志",一下子便让这个场合的气氛变得严肃起来。我注意到,所有的人甚至包括李百家都转过头去,神情专注地朝他那边看。李炽烈也许要的就是这种效果,所以接下来也便讲得更加有声有色。

那一年冬天,李炽烈深情地回忆说,马上就要过年了,我于腊月二十九这天去看望她,从乌龙镇到关押她的监狱足有五百里地,我赶了一整天的车,才在天快黑的时候抵达监狱。我记得我走进李戈耀同志牢房的时候,看见她坐在灯下，正伏在桌子上写着什么。大家都知道，李戈耀同志是因为自首问题而受到关押的，在监狱的那几年里，她一直在写交代或者说申诉材料，企图让自己的历史问题得到一个公正的结论。但由于能够证明这件事的人都已经离她而去了，所以有些问题便难以说清楚，李戈耀同志便一直写呀写呀，几乎我每次去看她，都见她为写这些材料而孜孜不倦。但这一天，却是在大年前夕，又已到傍晚时分，她还在灯下写呀写呀，便让我感觉得心里发疼。那时她早就虚弱得不行了，身体只剩下了六十多斤，并且眼也花得厉害，加之灯光昏暗，再写下去我担心她会吃不消的，便劝阻她说，妈妈，不要再写了，停一停吧，您已经写了好几年了，还差这一会儿吗？

李戈耀同志摇摇头说，我担心如果不赶快把心里的想法写出来，以后就没有这种机会了……她唯恐我听了她的话会难受，便打起精神朝我微笑了一下说，你以为我还是在写交代材料吗？说着，她就把正在写的东西捧起来，递到了我手里。

我仔细往上面一看，不禁愣住了，上面写的的确不是交代材料，甚至不是一行行文字，而是一幅图画……说图画也不准确，因为上面既不是景致，也没有人物，而仅仅是一根根线条，相互着交织在一起……我一时没有认出来那是什么。

这是我给乌龙镇绘制的一幅远景图。见我看不明白，李戈耀同志这才对我揭开了它的谜底。说这句话的时候，她抬起头，把目光朝窗口里望出去，尽管外面已经昏黑一片了，但给人的感觉是，她一定看到了遥远处一个让她牵挂的地方。

乌龙镇的……远景图？我大吃了一惊，真是没有想到，她竟然在生命的最后时刻做这样一件事……在人们的印象里，李戈耀同志对故乡并没有多少感情，不然她离开乌龙镇后为什么一直没有回来过？有一度连我都受到了这种说法的影响，以为她早就忘记了自己的家乡呢，这是我感到吃惊的第一个原因，第二个原因是，我不知道她还会绘图，人们只知道她是一个响当当的革命家，从来没有人把她和一个写写画画的人联系在一起，连我都没有想到，她居然还有这方面的才能呢。

我自己都快要忘记了，李戈耀同志摇着头说，我在县学里读书的时候，最爱的一门课竟然是美术设计……她开始吃起我带给她的食物来，当然首先选择的还是乌龙镇的豆腐，因为它能让她品尝到炸酱面的味道。还是家乡的东西好呀。她感慨地叹息着说。

在我于监狱中陪伴李戈耀同志的半天时间内，我一再仔细打量她所绘制的乌龙镇远景规划图，虽然我不能完全看懂那些或弯或直的线条到底代表了什么，却大体明白它们所构成的那个还处在虚拟中的世界，与我刚刚离开的那个乌龙镇相比，已经具有了不一般的规格和气度，充分见出了一个热情似火的人对家乡的美好想象和真诚愿望，虽然鉴于那个时代的发展水平所造成的影响，还不能让它与今天的规划设计相媲美，却毕竟让那时的我感到大开眼界了。

等我死后，和我告别时，李戈耀同志脸上含着微笑叮嘱我说，如果组织允许的话，就把我葬到乌龙镇去吧，她再次把目光转向窗外的远处说，我要看着家乡变得更加美好起来……

如今，家乡变得美好起来了，李炽烈说到这里，眼睛紧紧地盯住了李百家，可李戈耀同志却看不到了，因为她的坟墓就要被迁走了……他的声音突然哽咽起来，如果烈士地下有知，会作何感想呢？说着，他又把含泪的目光转向了副县长等人。

副县长咳嗽了一声，知道不能不站出来说句话了。我没有想到，他不无感慨地说，在那样一个年代里，而且是在那样一种条件下，我们的李戈耀同志却心系家乡，不忘养育她的父老乡亲，在生命的最后时刻，还在设计着家乡的远景发展图，真是令我们这些后来人感到敬佩呀……说到这里，他扭头看了建设局长一眼，不知道李戈耀同志当年的规划我们用上了没有？

前几年乌龙镇政府搞发展规划的时候，建设局长回想着说，的确参考过李戈耀同志生前的设计草案……

好，副县长欣慰地点点头，李戈耀同志的遗愿终于在我们手里得到实现了。他把目光转向大家，同志们，革命先烈为了今天的美好生活做出了那么大的牺牲，那么作为我们这些后来的建设者，到底该用什么来告慰英雄们呢？的确值得我们深思呢……

虽然副县长并没有明确表态支持李炽烈，但李百家却有些坐不住了，几次都想站起来发话，却一直没有等到机会。李炽烈好像知道他要说什么，不想再给他翻盘的机会，索性不管不顾地打断了副县长的讲话，指着李百家的鼻子说，小子你别不服气，有本事你亲自到李戈耀的坟上去，别用你那些下三烂的棒子队……

听他这样说，李百家也忍不住站起来，把身子探过去，想说什么狠话，却又看了副县长一眼，没有把话说出来，掉转身子，气哼哼地朝屋外走去了。

我看你就没那个胆量，李炽烈朝他身后啐口唾沫，胆小鬼。他掉回头，看见身边的人都用诧异的目光看着他，便也心血来潮，忘乎所以地对他们说道，不由你们不信，李戈耀的坟地不是一般人敢动得了的，在这里的人，他朝坐在对面的人指了一下，你们是不是都看见过，李戈耀的坟地里经常会有一团火烧起来，看上去就像一只灯笼，有时会从天黑亮到天明，整夜整夜地不熄……

是磷火吧？文管所的一个人接口说。

什么磷火？李炽烈白了他一眼说，那是李戈耀同志的魂魄在显灵哩，还在活着的时候，她就经常说自己的心里有一团火，临死的时候……说到这里，他好像又有了一些顾忌，越过这个话题继续往下说，她就是死了依旧让那团火不熄灭，时不时地就会烧起来，让那些对她不恭的家伙们……

副县长听不下去了，猛地站起来，朝跟他一起来的那些人摆一下手，便带头往屋门走去。

哎，怎么走了？李炽烈也赶紧站起来，一副茫然无措的样子，我还没有说完呢……

我坐在座位上，一时忘了移动自己的身子。我在想李炽烈没有说出的那个话题，也就是一个更加靠不住的传说：李戈耀死的时候，竟然引发了肉体的燃烧，整个身子都化成了一团炽热的火焰……

第四章

一

她走出监狱大门的时候，看见她家的长工二顺子站在外面，不禁有些愣怔。二顺子是站在一辆马车前，手里抱着一杆鞭，两眼直瞪瞪地望着监狱门口，一看就是来接人的，当然，他除了来接她之外还能干什么呢？她还朝他身后看，自然也没有再找到另外的人，便知道来接她的只有他一个人了，这使她感到一些意外，原先还以为父亲会亲自来接她呢，当初到县城上学时，父亲就亲自赶着这辆马车送她来的，而且给她说了一路的话，当时的兴致别提多高了，可现在他……她在失落之余，心里也止不住一阵难过。

小姐，二顺子见她出来了，急忙跑到她面前，老爷让我来接你……

她想问一下父亲的情况，但张张嘴，又把话咽了回去，父亲既然不肯再露面，她还问他干什么？那就走吧，她没有再说什么，便主动朝车上爬去。

见她没有提到父亲，二顺子也有些意外，主动对她说，老爷在家有事儿，脱不开身，就让我一个人来了……

有你来就行了。她安慰他说。她当然知道，父亲之所以不来，绝不是遇到了什么要紧事，而是对她感到了失望。她能想象得出，一听到她被关进了监狱，他肯定就气坏了，这与他对她的期望实在相距太远了，在他最初的设想里，她即使不能在外面获得什么大学问，起码也能多识几个字，所以他才不顾人们的议论，亲自送自己的女儿到县学里来读书。但他哪里会想到，她在读书之余会接触到那么多进步思想，竟然跟着革命党去攻打县衙署，失败后被抓进了监狱……这样一想，连她也觉得对不住父亲，虽说是在一个重新获得自由的时刻，却一点也高兴不起来，用怅惘的目光朝远处看一眼，便对二顺子说，天不早了，我们还是赶路吧。

二顺子等她在车上坐好了，便赶着马匹上了路。在一个岔路口，她似乎又想起了什么，告诉二顺子要到学校去一趟。二顺子愣了一下，小姐，你不是已经……还去学校干什么？

她知道他是说她被学校开除的事儿，看来他什么都知道了。我要去取我的东西。她对他撒谎说。

二顺子看了她一眼，结结巴巴地说，小姐的东西，我前些日子已经……

她一怔，原来他们早就为她处理完了"后事"？她不知道该感到高兴，还是该觉得愤怒。那我也要去。她大叫了一声，为了表示自己的态度，她还跺了一下脚。

二顺子没有别的办法，只好顺从了她的意思，让马车拐上了通往学校的街道。

她这才松了一口气，尽管明白他也许知道她到学校去干什么，回家后甚至可能会向父亲"告密"，但她还是要到学校里去，虽然她已不是那里的学生，但她必须去找组织内的同志，只有他们才能告诉她，接下来她到底该怎么办？这时她当然还想不到，当她从学校里走出来的时候，虽然依旧跟随着二顺子回家去了，但已经与她进去的时候截然不同，进去的时候她还不知道接下来该怎么办，那么等她出来的时候，她已经接受了组织分派给她的任务，即将奔赴一个崭新的地方去从事地下工作，而这次跟随二顺子回家，不过是和家人具体说是和父亲告别一下罢了。

或许连她自己也没有意识到，由于心情的明朗，她的表情也发生了一百八十度的改变，以至于让二顺子看了也感到迷惑不解。小姐，他试量地问她，你……怎么啦？

她一时没明白他的意思，什么怎么啦？

你就像，二顺子想了一下，还是按照他的理解对她说，就像捡了一个大元宝……

她差点笑出声，别说，二顺子这个比喻还真是有些道理，但他哪里能想到，此时她的心情可比捡了一个大元宝还要高兴呢。她从他手里夺过鞭子，在马屁股上抽了一下，以让马车走得更快一些。她要尽快见到父亲和家人，然后奔赴她的下一个战场。

看着她疯疯癫癫的样子，二顺子长长地叹一口气，不知道再对她说什么好。

回到家来，她依旧没有在门口看见父亲的影子，迎接她的是家里的女仆徐妈。其实她家算不得大户人家，不过只是拥有十几亩薄地，一个较大的四合院，一头有些脚疾的骡子，那匹拉她回来的马不过是父亲借用别人家的，二顺子是她家唯一雇用的长工，而徐妈也是在她家干活的唯一女仆，这样的家庭状况即使支撑到土改，最多也就算是一个富裕中农的成分。父亲是一个老旧的知识分子，不大会过日子，只是在过去获得过秀才的功名，加之在村里一直兴办私塾，算是有一定的威信，所以能保持住她家现在的局面。她是父亲唯一的子女，父亲的头脑虽然不算僵化，却依旧渴望得到一个儿子，所以她从小就被他当成男孩子养大，不但用不到裹脚，还能随他进入私塾内，和男孩子们坐在一起读书写字。也许正是因为父亲的纵容，她才在进入县学后做出令他感到无比懊悔的事来。

哎呀小姐，徐妈一见她从马车上跳下来，就颠着一双小脚跑到她身边，先抱了她一下，随即又离远些，眯起眼来上下打量她，然后低声问她说，小姐，没在里边受罪吧？

没……她摇摇头，为使她相信自己的说法，还摊开手，让她对她上下打量一遍。由于她娘死得早，她很小就跟着徐妈长大，虽然她后来又有了后娘，人家待她也还算不错，但她却依旧觉得徐妈亲近，相处间也就随便许多。

这就好，见她一切如旧，徐妈放下心来，马上牵住她的手，拖拽着往家门里走去。这些日子，我一做梦就看见小姐，心里别提多……徐妈说着，声音竟然有些哽咽。但进到院落里后，她很快意识到了这种行为不妥，赶紧把眼角的一点泪花抹去。

进到家来后，她依旧没有看到父亲的影子，甚至没有感到父亲存在的一点气息。后母是她见到的第三个人。回来了？后母站在门台石上，手里举着一把蒲扇，在脸前轻轻地摇晃，语气里说不上亲热，也谈不上冷漠。

不知为什么，她停了一下脚，这样她便抬起头来，从下面仰视着后母。虽然她并没有看清后母的表情是什么，却感到了一丝从来没有体验过的压力。娘，她朝她打了一个招呼，本来想给她请一下安的，可说出来的话却是，我爹呢？我怎么没看见他？

后母看了徐妈一眼，用半真半假的不满口吻说，这孩子还是和她爹亲近，一进门就打听起她爹的事来。她掉过身去，边朝屋里走边对徐妈说，徐妈你给她说吧。

看得出,后母对她有些不满,其实这个时候她并没有怎样想到爹,那句话不过是脱口而出,每次面对后母时她都会这样,不知道该和她怎样相处,甚至不知道该说什么话合适。她没有理由再跟后母朝屋里走,而是按照她的意思去看徐妈。这时她已经感觉到气氛有些不对劲儿了。

小姐,徐妈再次低下声对她说,老爷他……病了……话没说完,她就又赶紧安慰她说,其实也没什么大事儿,就是有些吃不下饭去……

我爹……病了? 她愣怔了一下,随即便明白过来,怪不得他没去县城接她,也没到门口迎她一下,原来是……但她接下来似乎更明白了一层,父亲的病或许真的与她这些日子的行为有关……

不等徐妈再说什么,她便掉转身子,直朝父亲的房屋跑去。在这个家庭里,父亲可是她最为亲近的人了,如果他有什么不测,那她可就真的不能原谅自己……但她却推不开父亲的屋门。父亲把两扇门板从里面插死了,不管她使出多大劲儿,门板发出咣当咣当的响声,却就是打不开。爹,她大声叫喊,给我开门,我回来了,我要看到您……

她推了好大一会儿,也没有把门板推开。她在马车上颠簸了一路,现在又推了这么长时间门板,身上感到累了,情绪也坏得不行,两脚一软,便傍着门板坐到地下。徐妈一直站在她身后,用担忧的目光看她,见她实在支撑不下去了,才走上来,费了好大工夫,总算把她拖到她自己的屋里去。

直到第三天的上午,她才被父亲容许进到他屋里去,与他见了最后一面……这次回来,组织也就给了她三天时间,第四天她必须回到县城,接受他们分派给她的新任务,所以如果第三天父亲还不同意与她见面,那她可就不能见到他了……

回到家后的第二天,她让徐妈陪着她去给母亲上坟。其实当后母在家的情况下,她这个行动无论如何都是不太妥当的,这个季节既没有上坟的节日,这几天也不是她母亲的忌日,原本她不该惹这个麻烦,在此之前,她也没单独为母亲烧过纸。但她总是感觉到,这次离家以后,她怕是很少再回来了,如果不到母亲坟上祭奠一下,她或许就再也找不到这个机会了,所以她横下心来,就算为此而得罪后母,也要去母亲坟上烧一下纸。

小姐,徐妈也担忧地看她,并朝后母屋门口指一下,这事不急,你是不是以后再……

您去不去? 她冷下脸来说,您要不去,那我自己去好了。说着,她就朝院门外走去。

见她主意已定，徐妈也不好再说什么，赶紧挎起盛着冥纸的竹篮，迈着小碎步朝她追上来。小姐，直到来到了坟地里，徐妈还在絮絮叨叨地劝说她，这平白无故的，你怎么想起这事来？太太知道了会不高兴的……

她没有再理会徐妈，关于自己的心理感觉，又怎么能对这个没有任何文化的人说清楚呢？来到母亲坟前，待徐妈把那些冥纸摊开来，用火柴点着后，她便跪倒下去，对着母亲的坟墓磕了三个响头。娘，她在心里对她说，女儿不孝，这一去后，就怕是不能再为您……

徐妈或许没有见过她这副虔诚的样子，一时有些呆怔，再也不敢张嘴与她说话。等她爬起来后，徐妈才又絮絮叨叨地对母亲的坟茔说，太太，小姐给您送钱来了，您都接着啊，该怎么花就怎么花……

她听不得徐妈这些迷信的说法，便又打断她的话说，行了，您就消停会儿吧。

徐妈不解地看她，不明白她刚才的"虔诚"与现在的"不孝"到底哪个更真实一些。但她不敢再说什么了，只是坐到地下，用一根火钎拨动着冥纸，以使它们烧得更透彻些。

她忽然也同情起徐妈来，自从母亲去世后，她便跟着她长大，许多时候，都把她当成自己的母亲……现在自己要离开她走了，从此后还能再见到这个善良温和的人吗？她有些控制不住自己的感情，伸手搂住徐妈的肩膀，把头伏到她怀抱里。

小姐，徐妈抹抹眼角的泪水，用担忧的目光看着她说，你是不是病了？

什么？她吃了一惊，急忙把头缩回来，也用迷惑的目光看她，我没有病呀……

可我……徐妈摇摇头说，我快要不认得你了……

她知道徐妈的意思，是呀，虽然她在外面的时间不算长，却接受了那么多新东西，不知道从哪天起，她就不再是一个普通的乡下丫头，而成了一个满怀激情的革命者……是呀，革命者，这个为当时的环境所未见为当时的社会所不容的新事物，又怎么能让徐妈这样的普通百姓看清它的真面目呢？对不起，她只是在心里歉疚地对她说，我不能不发生变化，我也不能把自己的变化让您看明白……等将来哪一天，当革命成功后自己来到您面前的时候，或许您才能……但她不知道，那一天到底是在什么时候，徐妈还有没有机会等到那个时候的到来……

她去坟上给母亲烧纸这件事，果然在后母那里引起了不小的反应。我什么地方对不住你了，后母找到她屋里来，板着脸径直质问她说，从我进到这个门里来，就把你当我自己的亲生女儿，不论是吃还是穿，我都从来没在你身上吝啬过丝毫，就连你爹送你去县城里上学，尽管乌龙镇还没听说过女孩子上学的事儿，但我也没有二话，马上收拾东西让他送你上路，你说我什么地方亏待你了？

质问完了她，后母又去呵斥徐妈，她一个小孩子脑子不清也就罢了，你一个老妈子不会不晓事理吧，竟然也帮着她去干这种事，这些年的饭我看你是白吃了，如果觉得这里装不下你趁早吱一声，我也好收拾东西送你上路。

她倒没有什么，让后母在自己身上发泄一下不满也算活该，虽然对她"脑子不清"的说法不大理解，却也没有怎么放在心上。但徐妈可就撑不住了，想朝后母解释又张不开口，便关到自己屋里，呜呜地大哭了一场。

这一天总算过去了。第二天，一个不属于她家的人走进了她家。这个人是镇上的郎中，人称二先生。二先生到她家来，显然不是来串门的，而肯定是来为人诊病的，那么那个患病的人除了是父亲之外还能是谁呢？她再次惊慌起来，难道说父亲的病情加重了？于是，她不顾父亲的规定，趁着二先生到他屋里去时，便也不顾一切地闯进去。她看见父亲从一把椅子里站起来，正在迎接二先生的到来，而二先生则把肩上一只黑乎乎的药匣子摘下来，正要放到父亲面前的桌子上去。

在她的想象中，父亲一看到她闯进来，就会板起脸说，谁让你进来的？如果再说一句不好听的话，那就是"出去"。她已经做好了准备，就算父亲吼叫着让她出去，她也不会掉头往外走。但出现在她面前的事实却与她的想象完全不同，父亲既没有板起脸来吼叫，也没有让她出去，而是对她招一下手说，翠英，你来得正好，我正要让徐妈喊你去呢。

她不禁一怔，喊我？她以为听错了他的话，止不住问他说，喊我干什么？

我让二顺子把二先生请来了，父亲咳嗽了一声说，让他来好好地诊断一下……

她没有听完他的话，便按照自己的理解说，爹，您到底怎么了？为什么忽然就病倒了呢？不等他回答，她又转向二先生，用哀求的口气对他说，二先生，我爹他到底是得了什么病？您快给他诊治一下，看他什么时候能好起来？

这个……二先生看看她，又转头去看父亲，脸上一副为难的尴尬样子。

翠英你说什么呢？父亲不满地瞪她一眼，示意她赶紧闭嘴，然后也又转向二先生，用充满歉意的口气对他说，二先生你别生气，我这个丫头在外面上学受了刺激，做出一些乖戾张狂的事来，我今天专门把你请到寒舍来，是为了给小女好好诊治一下，看她问题到底出在哪里……

什么？听了父亲的话，她简直疑心自己的耳朵出了毛病，怎么回事？父亲请二先生来，竟然不是为自己治病，而是……天哪，她怎么可能是病人呢？虽然她有时会莫名地发烧一下，但又怎么用得着二先生诊治呢？父亲躬下身去，还在对二先生说着好话，以使他赶快为她治病……听着他絮絮叨叨的话语，她逐渐醒悟过来，天哪，原来在他们眼里，也就是在包括父亲、后母、徐妈和二顺子他们的眼里，她早就变得不那么正常了，是呀，一个正常的女孩子怎么可能去和一帮男人去攻打什么县衙署，并被官家关进了大狱，这样出格的行为是一个正常的女孩子能做得出来的吗？父亲他们找不到别的原因解释这一切，那就只能往不正常的病患上去理解了……原来是这样？她真是哭笑不得，为父亲他们的愚昧和可怜，父亲作为一个获得过秀才功名的人居然还这样想问题，那后母、徐妈、二顺子还有乌龙镇那些没有什么文化知识的人，又该怎么样看待她进而看待那些疾风暴雨般的革命行为呢？一想到这里，她禁不住打了个寒战，似乎是第一次真切地感受到革命的艰难和严峻。

她不顾父亲的喊叫，转身从他屋里逃出来。我不是病人，她用比他还要洪亮的声音叫喊说，我不需要你们为我治病……她跑到院子里，张开双臂，一边使劲挥舞一边竭尽全力吼叫，你们才是病人，你们才需要救治……

在她不顾一切叫喊的时候，她看见父亲也走出屋来，对着院子里不住地跺脚。徐妈和二顺子不知从什么地方跑出来，围在她身边，伸出手来使劲拉她。在他们的拖拽下，她不得不跌跌撞撞地回到了她屋里。一进屋门，她身后的两扇门板便咣当一声关上了。待她平静下来，去拉那两扇门板时，才发现它们已经从外面锁死了。

她被父亲他们关起来了。

按照组织为她制定的行动计划,她必须在回家后的第四天离开乌龙镇,回到县城,接受组织的派遣,去开展接下来的地下工作。但让她想不到的是,她在第三天也就是离开的前一天被关了禁闭,如果她回不到县城,不但她自己的行动要宣告失败,或许会给组织造成什么损失也说不定。可她被锁在了屋内,又该怎么出去呢?

这天傍晚,屋门忽然从外面打开了,徐妈端着一只黑碗走了进来,开始她以为是给自己送饭来的,并且还自作多情地认定碗里的东西是她爱吃的炸酱面呢,但奇怪的是,她没有闻到一丝炸酱的香味,却被一股浓重的药苦味呛了鼻子,才霍地明白过来,原来他们是把为她治病的药送来了,看来在他们眼里,她已经是一个急需治疗的病人是确定无疑了。

小姐,徐妈把那只黑碗送到她面前,用哀哀的口气对她说,老爷让我把药熬好送来了,趁热你把它喝了吧……

她没有看那只黑碗,也没有理会她,而是安静地坐在炕沿上,考虑着怎样出其不意地越过她的身子,飞快地跑到外面去。但她随即看到,在徐妈身后的屋门口,还站着一个黑影,从他身形的轮廓上,她认出来那是她的父亲。

见她没有喝药的意思,徐妈还要对她相劝,这时父亲走进来,朝许妈摆摆手,示意她退出去。徐妈把那只黑碗放在桌子上,一步一回头地走出去。父亲随即走上来,坐到放在桌前的一把椅子里,摸摸索索地装上一锅叶子烟,埋下头去吸起来。她以为他会像徐妈那样劝她喝药,但他在椅子里坐了好大一会儿,那锅烟都快被他吸完了,他也没有提到喝药的事儿,甚至都没有开口说话,只是望着地面发呆。

她却有些忍不住了,便走到他面前说,爹,您真的以为我病了吗?

父亲依旧没有说话,直到把那锅烟吸完,在椅子腿上磕掉烟灰,才抬起头,在昏暗的光线中望着她说,翠英,你是我们李家唯一的传人,虽然你是一个女孩,但爹从来没有把你当女孩看过,不管怎么样,你都不能丢下爹丢下这个家不管不顾,去搞什么革命。

她不禁吃了一惊,这几乎是她近几天才有的一个打算,父亲是怎么知道的呢? 难道真像俗话说的那样,知子莫若父吗? 她似乎这才相信,父亲绝不是一个头脑不开窍的乡下人,看来他那个秀才的功名的确是有些来头的,或许在接下来的这个傍晚时刻,她是能够和他一起探讨一下有关革命的话题,以取得他对她以后行动的支持……这样一想,她便禁不住兴奋起来,搬过一只马扎,坐在他的腿边,做出一副和他摆谈的架势。真的,从长这么大以来,她还没有和父亲坐在一起探讨过问题,所以在最初的时刻里,她体会到的几乎全是感动。

革命?听她说到革命二字,父亲的身子一阵觳觫,似乎一阵风刮过来,让他感觉到了彻骨的寒冷,革命到底是什么?

看到他有些恐惧的样子,她急忙把脸颊伏在他膝盖上,以这个亲昵的动作来安慰他。爹,她尽量用清晰的语调对他说,革命就是暴动,就是造反……

为什么要暴动?她的话还没有说完,父亲就用近乎叫喊的声调说,为什么要造反?

因为这个社会已经腐烂了,就像这个马上就要到来的黑夜一样,她把手朝外面的黑暗处指了一下,它已经不能让我们的眼睛看到它明亮的一面了,所以我们必须挥起拳头,打破这铁桶一般的黑暗秩序,建立一个光明美好的新世界。

你就相信你们会有那样有力的拳头?父亲摇摇头说,除旧布新可不是闹着玩的,爹不是想象不到,那可是要有许多人掉脑袋的呀。说到这里,父亲把担忧的眼神看向了她,搞不好,别人的脑袋没有被你们革掉,你自己的脑袋就先掉了……

那也没什么?她毫不在意地说,革命嘛就会有牺牲,但只要……

这是一个女孩子说的话吗?父亲不满地推开她的头,你这些道理都是跟谁学的?

爹,她再次抱住他的腿说,在外面,许多革命者早就走在了我们前面,他们用自己不怕牺牲的行动为我们做出了榜样……

我就知道你被他们蛊惑了,父亲站起来,举起空烟袋锅,在她头上挥舞着说,你跟着他们走下去,早晚有一天……父亲气恼地跺了一下脚,我真后悔呀,后悔送你去上什么县学……说到这里,父亲举起另一只空手,狠狠地打在自己的脸上。

爹,她赶紧抱住他的手,看到他为她而惩罚自己,她心里疼如刀绞,爹,这是我个人的人生选择,不是您老人家的错……

完了,父亲用拳头捶击着自己的胸膛,我看出来了,你已经走火入魔,已经被革命迷住了心窍……父亲两手抱住自己的头,我不知道我还能不能让你……父亲再也说不下去,身子从椅子里出溜到地下。

她慢慢站了起来,高高地站在父亲的身边,而父亲则龟缩在她的脚下。这情景让她既感到滑稽,又觉得难过。爹呀,她在心里朝他叫喊,原谅您的女儿吧……

不行,父亲突然把手从头上揭下来,随即使劲往上站,尽管身子颤抖着,还是艰难地站起来,我不能看你往火坑里跳。说罢,他就掉头对外面喊道,二顺子,关大门,给我把院墙看好了,绝不能让这个被病魔缠身的疯丫头再到外面去。

随着他的话声,二顺子像一股黑风似的从院子里刮过,扑到院门口,随着嘎嘎呀呀一阵响叫,院门板被关上了。为了防备意外出现,二顺子又抱过去两根木头,紧紧地顶在门板上。与此同时,父亲也从她屋里走出去,他一离开,门板便再次从外面锁死了。

她真的以为,这次她是无论如何出不去了。她十分后悔,为什么要对父亲说那些多余的话?父亲这样一个被传统文化浸透了骨髓的人怎么会理解得了革命呢?让他去支持她的革命行为岂不是与虎谋皮?白白让他加强了对她的防范措施,而没有起到任何一点正面作用……她几乎快要绝望了,第三天的夜晚正在急快地到来,不久之后的明日就是第四天了,也就是她要离去的最后期限,在这样一个关键时刻,她无法不采取一个更为激烈的措施了……当然,她知道奋力向父亲抗议或者哀求都不能达到目的,只能奋而行动起来,依靠她自己的力量来解决这个问题。这时,她觉得自己已经处在了一团燥热中,那种莫名的发烧状态又降临到她身上来了。

她想到的第一个措施便是破墙,从门窗出去是指望不上了,父亲早就让二顺子他们在这些地方加派了岗哨,要想从这个如铁桶一般禁闭她的黑屋子里逃出去,看来只能破除它坚硬的墙壁一条路好走了……但主意有了,办法却是难以找到,是呀,她该用什么手段把墙壁破出一个洞来?所有能用到的工具早就被二顺子收走了,她找遍了整幢屋子,也只能拿到半截用于支撑床脚的木头,没有别的办法,唯有依靠这半截黑乎乎的木头了,但用它破墙一时半会又怎么能够奏效?她拿着它只在墙壁上捅撞了几下,窗外就传来二顺子好心的劝告声,小姐,不要白费力气了,就算你真的把墙弄破了,不是还有俺在外面等着吗?他知道她会在心里骂他,旋即又用无奈的口气说，小姐不要怨我，俺吃着老爷的饭，不能不听从老爷的吩咐呀。尽管她知道这都是父亲的安排，还是咬着牙对他说，天杀的二顺子，等我出去了绝对饶不了你。她把那半截木头丢在地下，万分沮丧地顺着墙壁出溜到地下。

心情的焦灼加剧了她身体的不适，她觉得身上的每块肌肉都在经受一团火苗的灼烤。为了扑灭那团越烧越旺的火苗，她只能频繁地喝水，没过多久，她就把整整一壶水喝光了。当然，她之所以拼命地喝水，还有另外一个原因，那就是盼望撒尿，父亲即使再严厉，也不能不让她去外面厕所里方便吧？或许到那时她就会趁机……但说来奇怪，她喝了那么多的水，却丝毫没有要撒尿的欲望，真是想不明白，那一壶水到底跑到什么地方去了？熬到半夜时分，她有些支撑不住，竟然不知不觉睡着了。在这个短促的梦里，她竟然变成了一只丑陋的鼹鼠，在脸前不住舞动的两手十指上都长着尖利的指甲，正在对着一堵又高又厚的墙壁挖洞……在她那十根手指的挥舞下，那堵貌似强大的墙壁其实不堪一击，没过多久便轰然倒地，在一团腾空而起的尘烟中，她像一颗被发射出膛的子弹一般逃出去，很快便消失在空阔无比的山野间……她成功了。她止不住大叫了一声。就在这时，她似乎朦胧地感觉到，她张开的大嘴被一只手捂住了。

嘘，那个用手捂住她嘴的人伏在她耳边，低下声音警告她说，不要出声……

她睁开眼睛，惊急地打量着这个来到她身边的人，真是没有想到，居然是她的后母……这时她虽然已经从梦中醒过来，脑子却还有些迷乱，尤其想不明白，后母捂着她的嘴并警告她不要出声，到底是要干什么呢？她一边摇晃脑袋，一边呜呜噜噜地质问她说，你要干什么？这个时候，她甚至产生了她要加害自己的恐惧想法……

我帮你出去……后母不想让她对她产生误会，从而给这次行动制造麻烦，便赶紧对她坦白说，你爹已经睡着了，二顺子也在外面打瞌睡呢，趁着他们不注意，你赶快……

她呆呆地看着她，好一会儿才总算明白过来，后母是来帮她逃出去呢……但她无论如何不敢相信，前来帮助她的人怎么会是她呢？院落里几乎所有对她好的人包括父亲、徐妈和二顺子不但不来帮她，而且都变成了加害她的人，而后母这个看她不顺眼的人却变成了她盼望的使者，这无论如何是她想不到的事儿，所以在最初时刻里，她还有些反应不过来，或者说根本不相信，也便对她的态度和说法无动于衷，只是瞪着一双不明所以的大眼直直地看她。

哎呀，后母推了她一下，也有些焦急起来，还发什么愣？我都把屋门给你打开了，你还不相信我吗？

她朝门外看了一眼，这才猛地站起身来。但她还没有往外迈步，又似乎想到了什么。您别一等我跑出门去，就喊人来捉拿我吧？她好像识破了她的诡计，那样我就可要罪加一等了，您也就能够立大功了……

你说什么呢？后母有些恼怒，又使劲在她身上推了一把，我好心好意来救你，你却……看你在外面都学了些什么，让你的小脑袋变得这么复杂起来？她好像不愿管她的事了，要朝屋门外走，却又很快转回身来，行了，都到这时候了，我也不和你一般见识了，你给我说句明白话，到底出去不出去？反正院门的门闩我也给你拔下来了，你自己看着办吧？

告诉我，她在黑暗里盯住她说，您为什么要帮我？

为什么？后母冷冷笑了一下，你以为我愿意让你留在家里，一天到晚给大家惹麻烦吗？说到这里，她索性凑近了她，咬着她的耳朵说，告诉你吧，我根本不愿意看见你。

听她这样说，她才觉得释然了，虽然她给出的理由让她愤怒，却打消了她的任何顾虑。她没有再作丝毫犹豫，便迈着大步朝屋门外走去。但在跨过门槛的时候，她还是扭过头，不乏真诚地对她说了一句，谢谢您。

虽然院落里没有月光，但她还是看见二顺子倚在一棵枣树上，张开的大嘴里发出似有若无的鼾声，就算他此刻睡进了梦去，却也没有睡得多么深沉，她担心他会随时醒来，不敢再做任何多余的动作，只是朝父亲所在的窗户上瞄一眼，在心里万般歉疚地对他说了一句，爹，原谅您的女儿吧……等我们的革命成功了，您就会……正如后母所说，院门的门闩果然已经拔下来，她没费任何工夫就拉开了门板。或许她的动作还是有些毛躁，很久没有上过油的门轴不合时宜地发出一声吱扭的响动，如果她没有猜错的话，这声并不算太大的响声肯定会把睡得不那么踏实的二顺子惊醒来。她不敢怠慢，一出院门，便腾开脚步，沿着街道朝远处飞跑而去。

坏了，后面的黑暗处传来二顺子惊慌的叫喊声，小姐跑了……快来人啊，小姐跑出去了……

虽然后面的不远处响起了杂沓的脚步声,她却知道自己已经成功逃出来了,父亲他们要想在黑夜里追赶上来并把她捉拿回去,其可能性甚至不足百分之一,所以在逃离乌龙镇的路途上她显得不慌不忙,甚至有一种从容不迫的气度在心间弥漫。同志们,她只是在心里一遍遍地对等待着她的那些人说道,我马上就回到你们身边来了。这个时刻,她想到的几乎全是一个战士奔赴疆场的急切和豪迈,而把她对一个家庭的伤害忘到了脑后,直到远处传来父亲一声撕心裂肺的叫喊,翠英我儿,你这是在要你爹的老命呀……到这个时刻她才稍稍停了一下脚,并不自觉地回了一下头。很快,她又听见二顺子、徐妈还有后母发出更加惊慌的叫声,老爷,您这是怎么了?您不能为了这事把命也不要了呀……听到这里,她知道父亲一定是出事了,虽然在黑暗里看不见后面的情景,她却真切地知道,父亲一定是倒在了追赶她的路上,一口气没有上来,便闭上了他不甘的眼睛……她被这真切的情景惊呆了。爹,她在心里大声朝他叫喊,女儿对不住您老人家……虽然知道因为她的离开导致了父亲的故去,她却依旧没有掉转身子,回归她黑暗的家庭,而是照样鼓着勇气,迈出更加急切的步伐,朝着远处的山野奔去,朝着正吐出一缕霞光的地平线奔去……

同志们,我来了——

二

这一天,她从报缝里读到了一则招聘启事:家中喜添新丁,特招女侍一名,有意者请联系霞光路 375 号。看完这则消息,她禁不住热泪盈眶,没错,这是组织对她发出的联络信号。已经与上级中断了三个多月的关系终于又可以恢复了。

就在三个月前也就是四月份的那个难忘的日子里,国民党反动派对革命者举起了血淋淋的屠刀,许多共产党人和进步人士遭到了残酷屠杀,轰轰烈烈的大革命失败了。在她所在的这个城市里,作为蒋介石代理人的军阀省长下手同样狠毒,给党组织带来了毁灭性的打击,接连几天,她都看到城头上挂着她的上级和同事的头颅,其惨状不忍卒睹。在那些腥风血雨的日子里,她和几个没有暴露的组织成员被迫转入了地下,但更为严重的是,一些被恐怖景象吓破了胆的同志竟然选择去向敌人投降,带着荷枪实弹的警察四处搜捕他们,虽然她侥幸逃脱了敌人的魔掌,可不幸的是,几乎所有与她有联系的人都遭到了暗算,她的最后一个联系人就死在离她不远的地方,临闭上眼时,还挣扎着对处在隐蔽位置的她喊道,千万不要相信任何人……她记着他的话,没有与那些试图联系她的人作出回应,但这样一来,她便处在了绝对的孤独状态中,没有上级的消息,她无法开展工作,别提心里多么焦急了。在这种情况下,她就只能把一线希望寄托在那份报纸上,与直面联系比较起来,这是一种更为隐蔽也更为稳妥的方式,即使组织中的人也没有几个知道它,所以在那些苦闷的日子里,她每天都要仔细翻阅那几条报缝,希望能看到上级寻找她的字样。功夫不负有心人,今天她终于等到了组织的召唤……尽管她明白这也存在着很大的冒险成分,但还是决定抓住这个机会,提着自己的脑袋去对接关系。

来到霞光路上,她没有贸然走近 375 号,而是停在一边,装作一个不起眼的路人悄悄观察了一圈。与平时比起来,这里似乎没有发生什么变化,唯一不同的是,一根电线杆子下多了一个卖糖葫芦的小贩,虽然那个人并不显山露水,但她从他间或朝旁边瞥一眼的动作上,觉得他很可能是一个执行监视任务的暗探。她想等他从这里走开后再去 375 号,但一个多小时过去了,他还依旧待在那根电线杆子下,再等下去就错过了接头的时间,她不想失去这次难得的机会,索性走上去,落落大方地买了他一串糖葫芦,她想蒙骗他一下,对一个主动来到他面前的人,或许他会失去真正的判断力。你的糖葫芦真难吃,她还故意向他找茬说,上面怎么还有虫子? 说到这里,她又进一步揭穿他说,看来你真不像是卖糖葫芦的。

听她这样说,卖糖葫芦的小贩果然惊慌起来。我……包赔你……说着,他递给她好几串糖葫芦,然后赶起他的手推车,离开那根电线杆子,颇为狼狈地朝一边走去。

她在心里得意地笑了一下,趁他不留意的当儿,一闪身子,飞快接近了375 号的院门。门板虚掩着,她轻轻一推,便进到了院落里去。院落里空荡着,不但没有人影,甚至连一只猫儿的影子也看不到。尽管这样,她却真切地感到,在里面房屋的某个窗户后或者门缝里,正有一双机警的眼睛在悄悄打量着她,而且随时做着持枪出击的准备。意识到这一点时,她的一只手也在腰间的隆起部位滑了一下,但很快便放下来,因为这个时候,她眼角的余光看到了窗台上摆放的一只酒罐,上面一个草写的 "福" 字格外醒目,没错,那是表示这里安全的信号。但尽管这样,她还是提高着警惕,慢慢朝看似依旧虚掩的屋门走去。

但她的判断显然错了,屋门是在里面上了闩的。于是,她便停下来,使用过去的暗号再对上一遍。对不起,她装作随意的样子朝里面说,我迷路了,想打探一下,我该怎么找到一个缝纫店?

这条街上没有缝纫店。里面传来一个女人的声音。

她觉得回应她的不应该是个女声。但她依旧硬着头皮往下说,可我的表哥告诉我,他的长衫是在这个地方做的。

那他记错了吧?里面的声音继续回应她说,两年前,这里只开过一家布店,从来没有做过衣服。

没关系,她也按着约定的暗语继续说,那你们就卖给我一块蓝布好了。

一切都对上了。但门板打开后,她看到的却不是一个女人,而是一个围着红围脖的男人。她不禁有些诧异,吃不准刚才回答她暗号的是不是这个人……她明明听到的是个女声,可为什么看见的却是个男人,而且他的打扮显然有问题,因为已到盛夏时节,他却戴着一条围脖,而且色彩那么艳丽,不是故意要让别人看到吗?她觉得哪里有些不对劲儿,一只手便又按到了腰间。

你要干什么?红围脖显然注意到了她这个动作。

她觉得他识破了她的想法,再掏枪或许便没有什么意义了,况且她发现他的一只手已经攥住了装在衣兜内的枪把。

暗号已经对上了,红围脖有些恼怒的样子,你还没有相信我们?

你们?她禁不住又往四周瞄了一眼,也就是说,这屋里还有另外的人?

小李,这时便有另一个人从里面的暗影里走出来,朝她打招呼说,我们可找到你了……

这回是个女声,而且她判断出来,刚才隔着门板与她对暗号的人就是她。这个人一上来就喊她小李,好像认识她似的,等她来到她面前的明亮处,她不禁眼睛一亮,可不她们认识呢,原来是与她有过一面之缘的老邱同志……这个所谓的老邱同志是个六十多岁的女人,又矮又瘦,打扮得也十分普通,看上去就是一个毫不起眼的老保姆,但她知道,这个人却是组织内最为可靠的交通员,这次在关键时刻又由她来联系自己,也就是说,她现在是真的找到组织了。老邱,她抢上去,不由分说握住她的手,一连摇摆了好几下,我终于见到你们了……她的泪水不可遏止地涌出来。

小李……老邱刚在她头上拍了一下,又很快把她推开了,怎么?你在发烧?她上下打量着她说。

她点了一下头,这些日子以来,她的身体的确处在莫名的疾病状态中,好像心里藏匿了一团燃烧的火苗,许多时候都让身子变得燥热起来,原先她还以为仅仅是她自己感觉到这样呢,现在经老邱一说,她才明白她的肌肉的确已经变热了。是……尽管她点着头,但心里却有些不以为然,才刚见面,他们应该给她布置新的任务,而不应该把注意力放在她的身体上……

这是小莫,老邱指了一下红围脖说,我们的同志,他的身份是大学教授,也是个艺术家……

艺术家?她又打量了一下小莫,在心里说,怪不得打扮得这样怪异。

三个人刚刚放松下来,门板忽然一响,又从门外走进来一个人。她掉回头看,不禁大吃一惊,竟然是那个卖糖葫芦的小贩。她不敢怠慢,飞快地从腰间掏出手枪,将枪口对准了他的胸膛。她极力控制着扣动扳机的手指,才没有在第一时间把子弹发射出去,但这已经足够了,她的反应早就让他失去了掏枪的机会。

别……小贩的脸色陡然大变,急忙举起手来,但做出的动作却不是投降的架势,而是不间断地摇摆,同时嘴里匆促地对她说,不要胡来……

这时老邱走上来,把一只布满青筋的手举到她枪上,使劲往下一压。小李冷静,她低下声对她说,他是上级新派来的领导……老韩同志。

她再次吃了一惊,什么?新派来的……领导?她瞪大两眼,再次朝小贩身上打量,真是难以置信,这个鬼鬼祟祟的男人竟然是他们的领导?

你是小李,老韩看到危险快要消除了,便也镇定下来,举起的手顺势把头上的毡帽摘下来,丢到一边的椅子上,我早就听说过你了。说完他又悄声补充一句,果然是厉害呢。

老邱向她微笑了一下。你看,她打破尴尬地对她说,领导夸奖你了。

她当然知道,老韩的那句话里并不只是夸奖的成分,便没有接老邱的话。她把手枪放下来,掖回到衣服下的腰间。她注意到,老韩朝她这个动作瞟了一眼。她没有朝他解释什么,对于她的鲁莽,相信他不会抱什么成见的。

都到齐了，老邱凑到老韩面前，征求他的意见说，我们开始吧？

老韩坐在丢弃着他毡帽的椅子上，朝她和小莫环视了一眼，然后郑重其事地咳嗽一声，用低沉却严肃的声音说，同志们，这是革命失败后我们召开的第一次会议……说到这里，他忽然有些哽咽起来，我感到痛心呢，上次我到这里来的时候，光我们的骨干同志就有二十六位，而现在……所有人员加在一起，只剩下了你们三位同志……

这都是蒋介石犯下的滔天罪行。小莫跺了一下脚说。

老韩不要难过，老邱拍拍他的手说，即使剩下了我们三位，我们也不会停止斗争……请你尽快传达上级的指示吧，这些日子，我们就像失去了父母的孩子，不知道该怎么办呢。

她也紧紧盯住了老韩，觉得老邱的话简直说出了自己的心声。

在大家目光的注视下，老韩再次咳嗽了一声。你们留下来的同志，他也再次环视着他们说，都是党的宝贵财富，你们要格外珍惜自己的生命，等待一个合适的时机，东山再起，把我们的组织……

她不禁和老邱对看了一眼，现在老韩说的话，难道就是他们期待已久的上级指示吗？你的意思是不是说，她克制不住了，打断老韩的话反问他说，我们还要继续隐蔽下去？

这的确是我们暂时的斗争策略，老韩点点头说，目前是我们遇到的最为严峻和黑暗的时期，我们唯有……才能度过……然后……他断断续续地说着，好几次都被他自己的咳嗽声打断了。

她呆呆地看着他，猛然间意识到，他的身体恐怕也处在了疾病状态中，如果她的判断不错的话，他正被严重的肺痨折磨着。真是难以置信，上级为什么派一个病秧子来给他们下指示？你别是被目前的形势吓住了吧？她再次脱口说道，而没有顾忌他作为领导的威信。

小李，老邱悄悄捅了她一下，看你说什么呢？

你以为我老韩是被子弹吓大的吗？老韩也有些恼怒，掉过头来瞪视着她，我是在代表党组织来向你们……他又咳嗽了一声，忽然放松下来，改用一副温和的表情面对着她，果然你像他们传说的那样……好吧，今天我们畅所欲言，我就听一下你的看法吧。说罢，他把身子仰在椅背上，做出期待她往下说的姿态。

她倒有些不知所措了，心里也不明白别人对他说了自己一些什么。好吧,她也清了清嗓子,把早就憋在心里的话一股脑儿说了出来。……既然敌人屠杀了我们那么多同志,我们就不能一味地坐以待毙,而要奋起反抗,以血还血,以牙还牙,我们也要让那些双手沾满鲜血的刽子手看看,共产党人不是好欺负的……她一边说身子一边发抖,似乎能够真切地感觉到,燃烧在她体内的那团火越来越旺,已经灼烤到了她的每根手指尖,最后她干脆把手伸出去,在桌面上啪啪地拍击了几下。

你有什么好的行动方案吗?一直沉默不语的小莫猛地凑上来,兴致勃勃地问她说。

他的问话太过突然了,老韩和老邱都扭头看了他一眼,但随即又都转向了她,尤其是老邱,似乎也在鼓励她往下说。

她受到了他们的鼓舞,便把准备好的一套行动方案一五一十地说出来。经过这些日子的侦察,她知道这个城市的光华大剧院正在上演一出新编大戏,戏的内容正是国民党军阀屠杀共产党人的场景,作为刽子手的省长指示或者说逼迫演员们排演了这出戏,以庆祝在这次反共事件中所取得的辉煌成绩,所以在接下来的日子里,作为这出戏幕后策划的省长一定要去剧院观看,而在她的行动方案中,她将作为一名杀手出现在观众席中,趁着省长专注看戏的当儿,把手枪里的子弹一颗颗射到他的胸膛里,以作为对他背叛共产党人的惩罚……

真是太没有组织观念了,没有听完她的话,老韩就频频摇起头来,上级还没有作出指示,你就把行动方案制定出来了?他站起来,进一步质问她说,如果我不到这里来,莫非你就开始行动了吗?

是的,她也使劲点点头,用不容置疑的坚定态度说,既然这个方案制定出来了,那我就一定会去实施……

真是无组织无纪律……老韩沮丧地坐回到椅子里,低下头去咳嗽起来。

不能让敌人太嚣张了,她抖动着脸上的肌肉说,他们已经在现实中屠杀了我们一回,怎么能让他们在舞台上再屠杀我们一回呢?

不要激动。老邱在她胳膊上按压了一下,她这才意识到,不知什么时候自己已经站起来了。现在你正发着病,老邱提醒她说,还是冷静一些……

我真的病了吗?她坐下来,扭头看了她一眼。

老邱没有说什么,只是轻轻点了一下头。

我不能批准这次行动,老韩继续坚持他的立场说,现在我们要保存实力,绝不能轻举妄动,把最后这点家底也葬送了……不管怎么说,这个计划都太冒险了……

那我请求表决。她再次站起来说。

表决?老韩不禁一愣,似乎没有想到她会这么说。

按照党的组织原则,她义正词严地说,每一项决定,都需要得到大多数成员的同意才可以实施,所以对于是否开展这次行动,我请求表决。

不等老韩表明态度,老邱就点点头说,同意。

老韩犹豫了一下,还是叹口气说,好吧。

同意这次行动的请举手。说着,她就把自己的右手举起来。

老邱没有说什么,也没有看其他人一眼,只是也把右手举了起来。

她感激地看了她一眼。现在她已经有了两票,但老韩和小莫还没有举手,也就是说两票对两票,她的行动方案还是不能实施,这当然不行,也不符合她提请表决的初衷。老韩当然是指望不上了,那么她只能把工作做到小莫身上去。怎么?她故意拖着长腔对小莫说,莫非你害怕了?

小莫被她的态度激怒了。谁说我怕了?他扯了扯脖子里的红围脖,不服气地对她说,不就是找他们复仇吗?我赞成,说着,他也把自己的右手举起来,而且举得比她们更高。

你们……老韩彻底绝望了,也又禁不住站起来,我真没有想到,这里的形势会这么严峻……

老韩,她不动声色地提醒他说,该你作总结了。

局面都成这个样子了,我还做什么总结?老韩坐下来,激烈地咳嗽几声,才摆了一下手说,好吧,既然你们都……那我遵循组织原则,批准李戈耀同志的行动方案……说到这里,他把脸面彻底转向了她,你就说吧,我们该怎么协助你呢?说到这里,他脸上突然泛起了一丝兴奋的表情。

不要你们协助,她摇摇头说,我自己一个人来就行了。说到这里,她把脸转向窗外,望着远处天空里飘动的一缕白云,似乎在朦胧中看到了她在刺杀军阀省长的行动中不幸倒地的悲壮场景,止不住闭了一下眼。就在这一霎间,她的身子第一次感到了炽热中的一点冰凉,似乎这已经足够了。她睁开眼,同时长长地吐出一口气。同志们,她用低沉的声音对他们说,请你们等待我的好消息吧。

老邱把她拥抱在怀中,抬起她青筋裸露的手,在她头上一点点抚摸过去。

掏出你的枪来。老韩忽然在她身后说。

她霍地扭过头。她不想在这个时候发生任何意外。

我看看你的枪。老韩微笑着对她说。

她上下打量着他,吃不准他到底要干什么。

你用的是什么枪?见她对他充满了疑问,老韩只好改口说。

勃朗宁。她信口对他说。

还是用我的枪吧。老韩说着,便一撩衣襟,把插在自己腰间的枪掏出来。

她虽然没有来得及拔枪,眼角的余光却瞥见小莫按在衣袋内枪把上的手猛烈抖动了两下。

我这支是驳壳枪,老韩抓着枪管,把枪把对着她递过来,它可以连发,而且弹匣里能装十颗子弹。等把枪递到她手里,他又不好意思地解释说,但现在只剩下了八颗……不过,比你的勃朗宁还是好用多了。

她接过他的枪来,在眼前翻来覆去看了两遍。虽然她不是多么爱枪的一个人,但在这个特殊年代里,她却不能不频繁地用到它,也便对它产生了不一般的好感。别说,这把半自动驳壳枪的确比她那把勃朗宁强多了,用它来对付罪恶的军阀省长已经足够了。她收下了老韩的驳壳枪,然后把自己那把勃朗宁掏出来,递到他手里去。

祝你成功。老韩顺势握住她的手,极力忍受着咳嗽的欲望对她说。

到这个时候,一切有关刺杀方案的工作差不多已经完成,接下来她要离开这里,去为明天的刺杀行动做最后一轮准备了。但也就在这个时候,意想不到的一件事还是发生了。我要先走一会儿。她还没有离去,坐在一边的小莫突然站起来,像是想起了一件事儿,急不可待地对大家说。更为蹊跷的是,他的话还没有得到任何回应,也就是说并没有得到老韩的同意,他便掉转身子,要朝门外走去。

其实她和老邱并没有怎么反应过来,倒是一直不断咳嗽的老韩抬起头,紧紧地盯住他说,你要去干什么?

我……小莫有些惊慌,那只一直按在衣袋内枪把上的手瑟瑟地跳动起来,简直就要呼之欲出了。

老韩尖利的眼睛也盯住了他那只手。看来你是要去告密？他立即便断定说，你是一个叛徒。

小莫见自己的身份暴露了，自己无法立刻从这里走掉，便掉过身子，同时把装在衣袋内的手枪掏出来，将枪口在他们三个人之间抖抖地晃摆。不要逼我，他一边鼓着勇气警告他们一边朝门口退去，我也是没有办法，才走上今天这条路的……

不能让他走掉。老韩既像是对她和老邱说又像是告诫自己。这时她已经把那支驳壳枪揣到腰间，再掏出来显然不可能了；老邱拄撑着两手，或许她身上根本就没有枪支。老韩明白，看来两个女人是指望不上了，索性不再等待她们做出反应，便猛地跳将起来，带着一股疾风扑到了小莫身上。她在一边看得目瞪口呆，简直不敢相信，老韩刚才还是一个软歪歪的病秧子，怎么一下子就变成了一只凶猛无比的雄狮？

对于老韩的变化，小莫也反应不过来，所以没有及时躲开，一下子便被他扑倒了，手枪也脱出了手，滑到了桌子底下去。

老韩抱住小莫。两个人在地下滚来滚去。病中的老韩显然不是小莫的对手，两个人在地下翻滚了一会儿，便被小莫压到了身下。你们快帮我一把……老韩躺在地下，一边躲避小莫的拳头，一边朝她和老邱叫喊。

这时她已经把枪掏出来了，却不敢真的开枪，生怕惊动了街道上的警察。老邱也端起了一只拖把，想朝小莫身上击打。但老韩和小莫在地下翻滚，她也不知道什么时候该让拖把落下去。现在小莫骑到了老韩身上，也就是说小莫成了她击打的目标，于是老邱抓住这个机会，将拖把高高地举起来，使劲朝小莫身上打去。但偏在这时，老韩从小莫身上翻上来，正好接住老邱的拖把。哎呀……老韩叫喊了一声，又被下面的小莫掀翻在地下。

你们干什么呢？再次躺到地下的老韩愤怒地叫喊，开枪呀，你们为什么不开枪？

听他这样喊，小莫也不敢继续恋战了，从老韩身上爬起来，掉转身子，便急快地朝门外逃去。

与老韩分开后，他当然成了她最好的射击目标，为了不让他跑掉，她只能硬着头皮开枪了，而把暴露这个交通站点的风险抛到了一边。随着她的枪响，小莫一头栽倒在门外，像一根没有水分的木头朝台阶下滚去。

老韩从地下爬起来，撩起衣襟擦拭脸上的血水。敌人很快就到这里来了，他警告她们说，大家赶快离开这里。

他的话音刚落，外面的街道上就响起了一阵哨子响，随即便是凌乱杂沓的脚步声。

她和老韩都知道，从门口走掉是不可能了。老韩便把目光转到老邱身上，还有另外的出路吗？

跟我来。老邱说罢，便领着他们朝里屋走去。她还以为，里屋内会有隐秘的通道或者地下室什么的，但进到里屋来了，老邱却没有搬动衣橱之类的家具，而是径直走到一堵墙下，拱起身子，一下一下地朝墙壁上使劲。她看出来，老邱是要拱倒那面墙壁。但这怎么可能？凭着老邱那副又瘦又小的身子板，加之她年事已高，怎么可能把那面看上去坚硬无比的墙壁拱倒呢？但事实证明她想错了，就在她决定加入拱墙行动中的时候，随着老韩一声断喝，那面其实单薄的墙壁已经支撑不住，摇摇晃晃地朝外面倒去了。一阵轰隆隆的响声之后，透过飞舞而起的烟尘，她看见外面已经是一条通透的巷道了。

快走，老邱把老韩推到巷道里，又抽回手来推她，沿着这条巷子往外跑，拐过几个弯就是大街了。

她和老韩往前跑了几步，又一起回过头来。你呢？老韩问她说。

你们走吧，老邱朝他们挥挥手说，我来掩护你们。说罢，不等他们做出反应，她就转回身子，朝刚刚出来的外屋走去。

老邱瘦小的身影消失了，她和老韩只能按她说的办。刚刚拐过了第一道弯，她就听到后面传来了激烈的枪声。她和老韩对看一眼，虽然没有说什么，却都知道，老邱很可能已经壮烈牺牲了……

等来到安全的地方，老韩对她说的第一句话便是，我宣布，你那个刺杀计划取消了……

为什么？她诧异地看着他。

小莫的票不能算数，老韩严肃地对她说，所以这次表决没有任何效用。

就算没有他那一票，她反驳他说，不还是二比一吗？不等他回话，她便再次咬着牙说，就算是为了给老邱报仇，我也要……

李戈耀同志，老韩板着脸说，我劝你遵守党的纪律，不要再做无谓的牺牲……他突然弯下腰去，抱着胸脯咳嗽起来。

她不想听任他劝阻自己，既然主意已定，那就决然没有更改的可能……她丢下这个正被疾病折磨着的家伙,掉转身子,义无反顾地往远处走去。

李戈耀,老韩在她身后跺着脚说,你就等着组织来处分你吧……

回到住处后,她的第一件事便是吃药,在刚才那段时间内,她的身子一直颤抖不止,只要稍稍闭上眼睛,便会看见那团燃烧在体内的火苗,为了不让自己的身子被烧坏,她必须用药物加以控制……

她草草睡了一夜,第二天早晨醒来后,觉得身子不再那么炽热了,便掏出枪来,开始检查实施行动的准备工作。这是最后一次检查了,两个小时以后,也就是到九点钟的时候,她就踏上去往光华大剧院刺杀军阀省长的路途……她不敢掉以轻心,必须把所有准备工作都细致地检查一遍。其实所谓的准备工作并不复杂,现在有了老韩送给她的这把半自动驳壳枪,一切问题似乎都能得到解决了,虽然它的弹匣内还剩下了七颗子弹,但对于取得一个人的性命来说,七颗子弹已经十分富裕了,她实在难以相信,会有什么样的人能够从七颗子弹的射击下逃脱性命,除非他并不是一个肉体做成的人,但那个罪恶的军阀省长显然不是这样。在她把那七颗子弹抠出弹匣,一颗一颗在手指间摩擦的时候,她已经真切地看见,这些子弹从驳壳枪的枪口里飞射出来,带着一股尖厉的呼哨声,一颗颗先后钻进省长的胸腔,然后在他的血肉之躯内爆炸开来……一颗,她在心里默默地数着数,两颗,三颗……直到数到了第七颗,她才让自己的思绪停住……

她从冥想中清醒过来,发现身上出满了汗水,好像真的经历了一场惊险的刺杀行动似的。为了保证身体拥有足够的力量,她给自己做了一碗炸酱面,结结实实地吃下去。这时候,她竟然想到了死囚临刑前饱吃一顿的情景,心里不禁产生了一股悲凉的感觉,但悲凉只是短暂停留了一下,便被更加强烈的豪迈替代了。"风萧萧兮易水寒,壮士一去兮不复还",在她吟咏古人词句的时候,她真的产生了豪迈赴死的冲动,没错,她已经做好了不再复返的准备,只要能让罪恶的军阀省长毙命,她就是被敌人的枪弹把身子打烂也在所不惜。

九点钟还不到,她便有些坐不住了,干脆行动起来,怀揣着那把驳壳枪和一根绳索出了门去,她之所以在枪支以外准备绳索,是因为她要凭借它才能进入剧院……一刻钟后,她就来到了光华大剧院所在的那条街上,与平时比起来,今天这里并没有什么不同的地方,游人悠闲地四处行走,小贩匆忙地穿梭其中,间或有一两辆汽车鸣着喇叭疾驰过去。显然省长还没有到来,所以也就看不到荷枪执勤的士兵。但剧院已经开始检票,稀稀拉拉的几个人正在门口排队。她当然没有朝剧院门口走,即使检票员没有身穿军装,也已经不是日常的工作人员,她怀揣着枪支去接受检票,那不等同于自投罗网吗?她只是朝剧院门口瞥了一眼,便绕到一边去,进入了与它毗邻的另一个院落内。这是一家收购站,平时便是闲杂人员出入的场所。她走进去,穿过几个一人多高的废品堆,看看四周没人,便朝侧边的一堵墙爬去。那堵墙比她高不了半个身子,她没费多大劲儿就攀上了墙头,然后朝墙的另一边跳去,这样她便进入了剧院的后院,再继续往里走,就能抵达剧院大厅的后墙。她早就侦察清楚了,后墙上开有两个窗口,如果大厅内白天有演出的话,里面会拉上一层厚厚的帷幕,但外面的窗户不会关死,即使里面插上销子,镶嵌在上面的玻璃她也有办法取下来,然后便能钻到里面去了。她之所以提前来到这里,是担心进入大厅后,会被观众发现,所以才趁着人少的时候进入大厅,或许被看到的概率要小许多。

她一步步接近了剧院大厅的底端,拐过侧边的墙后,就到它的后墙了。她一边弯着腰往前走,一边把手伸进怀里,其实她的手并不是准备掏枪,而是做着随时掏出绳索的架势,因为要想顺利攀上高高的窗台,凭她身上的功夫是无济于事的,毕竟它太高了,比她的两个身子还高出许多,这时候便要用到那根绳索了,只要她把绳索的一端抛上去,系在上面的抓钩便能勾住窗台,然后她手抓绳索,脚蹬墙壁,便可一步步上到窗台上去。但当她绕到后墙边时,却大吃了一惊,不得不把身子迅速缩回来,同时将抓着绳索的手指松开,随即转到枪把上去,做着立刻掏出来的准备。平时她已侦察过许多次,因为这面后墙是处在院落的底端,又加之前厅的遮挡,平时这个地方根本没有什么人,这也是她把进入剧院的通道选在这个地方的原因。但不知怎么回事,今天后墙下却蹲着两个头戴鸭舌帽的男人,正在对着脸吸烟。她把身子贴在侧墙边,急快地在脑子里判断了一下,看来这两个男人不是一般的游人,甚至不是打算从这里进入剧院的逃票者,而是在这里值班巡逻的暗探。一意识到这一点,她便沮丧地闭了一下眼,看来由于省长来这里看戏的缘故,敌人已经加强了对剧院各处的防卫,竟然连这个生僻的地方也没有放过,要想从这里进入剧院想必是不可能了……

但她又实在不甘心就这么走掉,除了这面后墙之外,她在其他地方更不可能进入剧院,难道说,她计划已久的刺杀行动就这样泡汤了吗?她探过头去,又朝那两个暗探看了一眼,便发现他们不仅身强力壮,而且腰间鼓胀,显然是藏匿着枪支,如果他们不是两个人而是一个的话,她还可以尝试着冒险走过去,趁他不备的时候将他打昏,然后去爬那个窗户,但现在他们是两个人,凭她的力量是很难对付得了他们而又不被发现的……想到这里,她不能不绝望地面对这一严峻的现实,也就是说她的刺杀计划还没有开始就失败了。狗军阀,她在心里愤怒地叫喊一声,我竟然让你逃脱了不成……

她不得不按原路返回,当她从收购站院门里走出来的时候,不想事情居然又有了意想不到的转机,这时候街道上已经出现了大批的军警,一个个荷枪实弹地四处跑动,正在奋力驱赶闲散的人群。她明白,军阀省长快要抵达剧院了。虽然有军警强力驱赶,行人却也很难在短暂的时间内散去,也就是说街道上并不清静,依旧有许多人在四处奔走,只是他们在军警的吆喝声里加快了脚下的步伐罢了。她一从院门里走出来,便立刻加入了行人的队伍中,她低拢着头,把两手缩在衣袋内,尽力做出规规矩矩的样子,以免被军警们看出她的身份……但也就在这个时候,她心里霍地一动,似乎意识到其实刺杀省长的机会正在朝她快步走来,是呀,既然街道已经戒严,那就是说那个军阀省长马上就要来到剧院门口了,而她恰好也就在这个地方,当省长从他乘坐的汽车里走下来的时候,她只要把枪掏出来,就能把愤怒的子弹射到他胸腔里去……她被这个突起的念头彻底震撼了,真是踏破铁鞋无觅处,得来全不费工夫,她精心策划了许多个日子的刺杀计划竟然在这个关键时刻被颠覆了,而改由一种更加简便的方式进行,真是该死,她怎么就没有打算在这个地方下手,而非要艰难地进入剧院不可呢?她心里那团暂时处在封闭状态的火苗一下子燃烧起来,而且发出了灼灼的亮光,她似乎真切地感到,身上的每块肌肉都被灼烤得炙热起来。她担心自己被烧坏了,赶紧在心里警告自己说,冷静,你要保持冷静……

尽管有军警的驱赶,她和一些行人还是留在了街道上,只是更靠近边沿一些,以腾出更宽敞的路面便于省长的车队经过,这当然即是说,省长的车队马上就要开过来了。她紧咬牙关,极力控制着手指的颤抖,在怀里按住驳壳枪的把手,做着随时掏出来的架势。随着车队的临近,军警们只顾拦挡那些还有可能随意走动的行人,而没有注意到在他们身后,正有一个充满激情的杀手即将把他们一心要保护的人杀死在街头。并不是没有人留意到这个女人,离她最近的一个军警甚至还瞪过她一眼,但他只是让她更往旁边站一下,而没有让她离开,更没有把她按倒在地下,也许在他想来,这个看似小家碧玉的女人只是一个可怜兮兮的普通人,甚至是他们省长的拥趸也说不定呢,而决然想不到,她竟然会是那个年代里一名最为厉害的杀手,正是她的出现,不但让他们的省长成了一个只能躺在床上吃喝的废人,而且也让他们这些失职的军警们改变了各自的命运……

随着汽车的喇叭声,省长乘坐的车辆驶过来了。在剧院经理等人的迎接下,大腹便便的省长被警卫从车门里搀出来。看着那个肥胖的身躯一点点来到车门外,她在心里激烈地叫喊了一声,狗军阀,姑奶奶送你上西天……说时迟那时快,她掏出驳壳枪,一边急快地打开保险,一边奋力拨开站在她身前的行人,同时越过了那个看过她一眼的军警,朝着离她仅有十米远的省长连开数枪……她一味地叩动扳机,想把弹匣里的七颗子弹都一颗不剩地发射出去,一颗,两颗……恍惚间,她似乎又回到了她在家中擦枪时看到的情景,也就是省长中枪倒地的情景……没错,与她那时的想象十分相同,那一颗颗子弹从驳壳枪的枪口里飞射出去,带着一股尖厉的呼哨声,一颗颗先后钻进省长的胸腔,然后在他的血肉之躯内爆炸开来……但与她的想象稍稍不同的是,她还没有把那七颗子弹全部打完,被她的刺杀行为惊呆的军警们已经反应过来,迅速一拥而上,将依旧在打枪的她围住,然后按到了地下……

直到她手中的驳壳枪脱出了手去,她的四肢连同脸面都触到了地面,而且再也没有离开地面的任何可能,甚至连那把驳壳枪都不知掉到什么地方去的时候,她才停止了挣扎,紧紧地闭上眼睛,将一直燃烧在心里的那团火苗熄灭,然后悄声对自己说,好了,你可以休息一下了……

三

等到下午的时候,门板终于被敲响了。笃笃笃,笃笃笃,两次三下,是约定的信号,也就是说,是她自己的同志来了。她踉踉跄跄地跑到门后,没有犹豫便拉开了门板。出现在她面前的是一个中年男人,穿着较为陈旧的长衫,腋下夹着两本书,看上去就像一个刚从图书馆出来的人。如果她没有猜错的话,这个人就是她出狱后的第一个联系人瞿啸锋。

瞿啸锋上下打量了她一眼，并没有与她相认的打算，却从她身边探过头，朝屋里扫视了一圈，似乎在寻找什么人。但他一定会失望的，因为屋里除了她之外，并没有其他人。

你是老瞿同志？她只好首先开口说。

她这样一说，瞿啸锋才收回目光，把注意力转移到她身上。你，他犹豫了一下，才决定探问她的身份，你是李戈耀同志……她看出来，尽管他嘴里这样说着，但他神情中却透着一丝不相信。

是的？为了打消他的顾虑，她只好使劲点了一下头。

这、这怎么可能？瞿啸锋瞪大了眼睛，再一次上下打量她，目光里全是吃惊和诧异，我见过你的照片，但和你现在的样子，他举起手来，抖抖地朝她指了一下，根本不像是一个人……

哦，她再次点了一下头，转过身子，领着他往屋里走，那都是十年以前了……她闭上眼睛，在脑子里短暂地想了一下十年前的事儿，但她什么也没有想起来，也便不再做这种努力了。她回过头，歉意地朝他微笑了一下，何况我是在监牢里度过的这十年，当年不会再保持过去的……

我考虑到了这一点，瞿啸锋向她解释说，但你现在的样子，还是大大出乎了我的意料……

她把虚弱的身子靠在一张歪斜的桌子上，以使自己站得更牢稳一些。是呀，她在心里对自己说，这种变化连我本人都觉得吃惊……刚从监牢中出来的那一天，头一次在女工宿舍的镜子里看到自己的形象，她甚至都没有认出那是谁来，还以为那个对着镜面打量的女人是一个快要被饿死的讨饭花子呢。

李戈耀同志，瞿啸锋在她身后说，你这些年来吃苦了……他的声音发着颤抖，只说出这几个字便发不出声音来了。

她不想听一个男人颤颤巍巍地说话，便转移话题说，我不想自首……她转过身子，直直地看着他说，我怎么能向敌人自首呢？

瞿啸锋摇了一下头说，这也是没有办法的事儿，日本发动的侵华战争全面爆发后，我们的任务已经由过去的反抗国民党统治转变为抗击日本军国主义的侵略，况且我们已经和国民党结成了统一战线，需要大批的干部投入抗战斗争中去，才不得不采取这种权宜之计……

可我就是不甘心，她依旧摇着头说，他们杀了我们那么多人，我又怎么能向他们投降呢？一想到我的自首书刊登在国民党的报纸上，我心里就疼如刀割。

这不是投降，瞿啸锋耐心地解释说，而是为了将来更好地为党工作……他似乎想起什么来，坐到一张布满灰尘的凳子上，试量着问她说，听说你是因为刺杀军阀省长才被捕入狱的？那可是一段轰轰烈烈的传奇经历呀，等我们闲下来了，还请你给我们好好讲一讲……

她再次摇摇头，在心里对他说，没有什么好讲的，其实那根本就不是什么值得炫耀的事儿，没能按计划取走那个人的狗命，自己却就被捕入狱，而且在监牢里度过了漫长的十年……这又是什么轰轰烈烈的传奇？不过是一次带给她耻辱的经历罢了，她又怎么愿意再次提起它来？

他们简单地说了几句话，瞿啸锋便带她离开了那间女工宿舍。自从五天前她被释放出监牢后，便一直随着几个同时出狱的纱厂女工住在她们的宿舍内，这几个女工当然不是政治犯，据说是因为卖淫而被关押的，她们虽然对她很好，但她却实在不愿与这样的人为伍，五天里她几乎度日如年，恨不能马上见到联系她的人出现。现在好了，她终于见到了自己的娘家人，瞿啸锋看上去也是一个富有斗争经验的同志，与这样的人战斗在一起，她是十分乐意的。真好，她坐在他为她租来的人力车上，闭上眼睛，让脸庞接受着暖和日光的照耀，心里别提多么舒贴了。

经过一家饭馆时，瞿啸锋让人力车停下来，然后领着她往里面走去。她不知道他是自己饿了还是打算让她吃饭，但不管怎么说，自从闻到了饭馆内飘出来的饭香味，她嘴里的唾液便不住地朝外涌，要不是她拼命朝嗓子里吞咽，恐怕早就流到下巴上来了。在监牢中的十年间，她不曾吃过一顿饱饭，当然更不可能品尝到饭的香味，所以乍一闻到来自饭馆里的味道，她立刻便被击倒了。她真担心被瞿啸锋看到她没出息的样子，好在他没有回头，进到饭馆里后，就选择了一张较为干净的桌子，坐下来后，把跑堂的小二叫到了身边。你愿意吃什么？他这才转过头来看她。

她也这才明白，原来他是让她来吃饭的。就来一碗炸酱面吧。她也不再客气地说。她已经辨认出来，此刻弥漫在饭馆内并彻底征服了她的味道就来自炸酱面。

一碗炸酱面。瞿啸锋朝小二摆摆手说。

待小二离去后，她不禁疑惑地问他说，你不吃吗？

我不饿。瞿啸锋摇摇头说。

原来他全是为了我呀。她不禁在心里说。这真是一个细心的男人。在心里说过了这句话后,她禁不住又问自己一句,他怎么知道我此刻的心愿呢?

小二把炸酱面端上来了。她也不再客气,低下头去,便大口大口地吃起来。她虽然没有抬眼,却似乎觉察到他在她吃饭的过程中一直在看着她。她知道,自己的吃相一定很难看,但她顾不了那么多,即使在这个男人面前丢一下脸,她也要痛痛快快地把这碗如此美妙的炸酱面吃完。没过多久,她就把整整一碗炸酱面吃光了,咽下最后一根面条时,她才抬起头来,竟然吃了一惊,她看见在瞿啸锋的眼角竟然挂着一滴晶莹的泪珠。

意识到她的目光,瞿啸锋赶紧掉开头去,因为动作太快,那滴泪珠从眼角甩落下来,翻着跟斗掉到了地下的阴影里。

你怎么啦?她蒙头蒙脑地问他说。

瞿啸锋没有回答她的话,而是在咽了一口唾沫后,转过头来问她,还想吃吗?

她真想说,想吃。但她又清醒地知道,她不能再吃了,再吃让这个男人笑话事小,她早就变小的胃囊承受不住事大。于是,她在使劲忍受了一下后,才不情愿地摇摇头说,不吃了。

瞿啸锋这才带她离开那家饭馆,重新叫了一辆人力车,坐上去,向他所在的地方赶去。根据组织的安排,她出狱后,要在这个联系人处接受一周的培训,然后随他一起赶往日军占领区,从事隐秘的地下工作。在一家院门口,人力车停住了,瞿啸锋带她下来,径直朝院门里走去。她虽然不知道这是什么地方,却大体估摸出这一定是他居住的宅院。但进到院落里后,她却不免心生疑惑,这个院落未免太大了,也实在太过干净了,一看就是一个大户之家。

你就住在这里吗?她停了一下脚,有些不敢往里走。在她想来,一个革命者怎么会有这样豪华的住宅?

这是我暂时借住的地方,瞿啸锋向她解释说,这里的真正主人是我的表姑,现在他们一家都逃到南方去了,我是替他们看守宅院的。

哦,她点点头又说,日本人不是还没有打过来吗?

他们胆小,瞿啸锋摇摇头说,听到一点风声就跑得没影子了。

如果大家都像他们一样，她愤愤不平地说，那中国不是要亡国了吗？

怎么会都像他们一样？瞿啸锋安慰她说，不是还有你我这样坚持抗战的同志吗？

她直直地看着他。说心里话，就凭他这句看似平常的话，她就对这个并不多么喜好张扬的男人产生了敬畏之心。好样的。她在心里赞叹地对他说。

与她的想象差不多，屋内的设施自然也十分奢侈，餐厅、浴室等一般家庭没有条件专设的场所，这里都一样不差地布置好了，让她这个刚从环境恶劣的监牢里出来的人见了，还以为进入虚幻的天堂了呢，一时感到浑身不自在起来，好像残留在身上的虱虫都向她发起了进攻。再好的东西你们也带不走，她在心里对这家胆小如鼠的可怜虫说，要想保护自己的家园不受侵害，唯有奋起抗争，把侵略者彻底消灭掉。

瞿啸锋简单地安顿了她一下，很快便不见了踪影，直到过去了好大一会儿，他才又出现在她面前。我烧了一桶水，他抓挠着衣服的下摆，有些迟疑地对她说，你、你是不是沐浴一下……

沐浴？她重复着这个颇为生疏的词儿，似乎使劲想了一下，才明白他的意思，原来他是要让她洗个澡，却不好意思直接说出来，才使用了这个颇为委婉的说法。说实在的，尽管就像她需要吃一顿饱饭一样需要痛痛快快地洗个澡，把寄生在身上的虱虫清除掉，但她还是觉得不太习惯，一个革命者最需要的是工作，而不应该是这些公子小姐才讲究的事儿。但她明白瞿啸锋的好心，便没有表示反对的意见，而是站起来，跟着他朝浴室里走去。

待她走进了浴室，瞿啸锋又在外面说，我去邻居家叫个女孩过来，让她帮你一把……

她把头探出浴室问他，为什么？

我担心，瞿啸锋目光看着别处说，你的身体还十分虚弱，在热气中待久了，会吃不消的……

他倒是说得对，她在心里同意说，而且又一次认定，这确凿是个格外细心的男人。但她却摇着头说，用不到，你太不相信我的意志了……她回到浴室里后，一边慢慢地脱衣服，一边继续在心里说，我好不容易出来了，哪里又会轻易晕倒呢？

她把瘦骨嶙峋的身子一点点泡到木桶内的热水里。这个时刻，她觉得身上的每块肌肉都像受到了刀割一般的疼痛,恍惚间,那些只能属于刑讯室里的工具好像又一次施加到了她身上,不由她大声叫喊了一声。虽然那仅仅是一声叫喊,但它包含的意思却是,来吧,要想叫我投降,你们打错了算盘……

你没有事吧?瞿啸锋在外面担心地问道。

没事……她回过神儿,尽力让自己安静下来,把后背仰躺在桶沿上。她长出了一口气,才在心里嘟囔说,这个男人好啰唆,还待在这里干什么?

瞿啸锋似乎知道她的想法,这才迈着轻微的脚步离去了。

果然如他说的那样,她伤痕累累的身体仅仅在热水中泡了不到一刻钟,便觉得疲惫不堪了,好像施加到她身上的酷刑刚刚过去一般。她大喘着粗气,吃力地让身体脱离开热水,以免发生虚脱眩晕的危险。等她勉强穿上内衣,跌跌撞撞地走出浴室时,她已经快要坚持不住了。

这天夜里,她做了一个梦,看见她走在一个荒凉的旷野里,走在寒冷的风雪里。她不知道那是一个什么地方,她又为什么处在那样一个环境中,只是感觉得浑身透彻肺腑的寒冷,好像皮肤下每条细微的血管都像远处的河流那样冻结了。她交叉着两条胳膊,尽量把自己的上半身抱住,但依旧抵挡不住漫天风雪的侵袭,尤其是两只光脚踏在雪地上,就像走在锋利的刀刃上一般。她担心自己承受不住,走不了多远就会一头栽倒在地,再也爬不起来……

醒来时,她看见瞿啸锋坐在她床边,正在把他的一只手从她头上拿开……你在干什么?她挣扎着爬起来,禁不住在心里想,这个男人为什么在她睡觉的时候来到了她身边?

你在发烧?瞿啸锋举着他那只手说,你的头上热得不行……

她这才明白,她之所以在睡梦中感觉到了难以承受的寒冷,都是因为身体发烧带给她的错觉……没错,过去她的身体的确会时常处在莫名的发热状态中,为此她还要使用一定的药物加以控制,但在监牢中的这十年间,她的热病已经让那些酷刑治好了,早就不知道发烧是什么感觉了,但奇怪的是,她才刚出狱不久,为什么又像过去一样发起烧来?她简单地想了一下,好像明白是怎么回事了。没什么,她轻描淡写地对他说,看来我是需要开展工作了……

瞿啸锋似乎不明白她这句话意味着什么,依旧把那只手举在她身边,做着随时放到她头上来的准备。我是不是为你找个医生来？他试量着对她说。

看来我白对他说那句话了。她在心里说。她吃力地坐起来，抓过自己的上衣往身上套。没错，她需要好好和他谈一下了。

瞿啸锋虽然躲开了身子，却并没有走开的打算。你最好不要动，他劝阻她说，你现在最需要的就是好好休息……

不对，她纠正他的话说，我现在最需要的是工作。

工作？瞿啸锋摇摇头说，你现在这个样子，怎么能开展得了工作？

看来他真的不了解我呢。她遗憾地叹出口气，然后坐正身子，做出一副郑重其事的样子，用严肃的语气对他说，瞿啸锋同志，我没有夸大其词，对我来说，工作是让我身体康复的一剂良药，我现在正式向你提出来，我要尽快进入工作中去，请你根据我的具体情况，答复我的要求……

我当然理解你的心情，瞿啸锋不以为然地摆摆手说，但正是顾及你的身体状况，我才建议你……

她不能让他再说下去，便一折身子跳到了地下。瞿啸锋同志，她提高了嗓门说，上级给我们的时间只有一周，可现在已经过去了宝贵的一天，我们还没有开展任何一项工作，我期待的训练到底是什么？同志，日本人已经打到我们家门口了，时不我待……

我已经向上级作了汇报，瞿啸锋打断了她的话说，鉴于你目前的身体状况，要求再延缓一周的训练时间……

她简直愤怒起来。瞿啸锋同志，你有什么资格因为我而向上级提要求？你把我当成什么人了？她拍着自己的胸脯说，我是革命的累赘吗？莫非在你眼里，我就那么无用吗？

不要误会，瞿啸锋摇摆着手对她解释说，我也是从工作大局出发，实事求是地对上级……

什么都不要说了，她断然止住他的话说，如果你执意要这样做的话，那我就退出你的工作小组，回到国民党的监狱里去。她一屁股坐回到床沿上，掉开头，赌气地不再看他一眼。

瞿啸锋愣了愣，意识到再不妥协的话，以下的工作真要难以开展了。好吧，他简单地想了一下，才不得不点点头说，那我们就先试一下吧，如果不行的话，我们再……

怎么会不行？她转过头，用坚毅的目光让他知道，请你相信我吧，我一定能行的。

他们都没有再睡觉的欲望了，瞿啸锋从一只皮箱中取出一个小本子，双手托举着朝她递过来。这是一个密码本，根据上级的安排，你要在一周的时间内把它背熟，然后立即销毁，让它储存在你脑子里，到时候我们空着手进入敌占区。

她这才知道，上级所谓的训练是指这个，这对她来说的确是一项新任务，她真的不敢保证在一周的时间内把那么多看上去没有多少差别的数字组合记忆在脑子里，并且保证不在以后的日子里使用起来发生一点点差错……真的是时不我待，她把密码本接过来，立即便尝试着背诵起来。她本来算不上一个蠢笨的人，但在国民党的监牢里待得太久了，那些酷刑破坏了她的脑细胞，让她变得有些迟钝起来，仅仅背诵了一个上午，她便觉得头痛欲裂，似乎无数颗子弹一起钻进了她的脑袋内，像猛烈的焰火一般爆炸开来。她再也承受不住，丢掉手里的密码本，便一头栽倒在地下，很快什么也不知道了。等她醒来时，她已经躺在了一家诊所的病床上。

后来她才知道，是瞿啸锋把她背到这个地方来的。诊所离他们的住处足有二里路，当时街上没有人力车，他担心她会出事，便马不停蹄地一路背到了诊所里。瞿啸锋的力气不算小，她身体的重量也十分有限，但她在昏迷的过程中如死人般没有知觉，他还是背得有些艰难，等把她放在病床上时，已经累得不行了。她是在临近傍晚的时候醒过来的，睁开眼睛，看到瞿啸锋正伏在她的床边打瞌睡，不禁一惊，心想这个人怎么又到她这里来了？便赶紧坐起来，往他身上推了一把。你干什么呢？她不满地问他说。

瞿啸锋清醒过来，脸上立时透出了一层喜色。你醒过来了？他伸过手来，想在她头上摸一下，你感觉得怎么样？

她推开他的手，这才意识到什么地方不对劲儿，往四周看了一眼，发现这是一个让她倍感陌生的场所。我怎么在这里？她有些莫名其妙。待他告诉她了事情的原委，她越发有些不安了，我没有什么病？她挣扎着要往床下走，我不能在这个地方……

瞿啸锋不由分说拦住了她。刚才医生给你做了一个较为全面的诊断，他告诉她，说你的身体糟糕透了……他看她不服气的表情，便又改口说，我知道你能坚持下去，但为了更好地接受完训练，我建议你在这里住上两天，他瞥了一眼输液瓶说,补充一下营养,让身体尽快恢复过来……

她知道他说得有理,但依旧反驳他说,一上来就说两天,你知道时间该有多么宝贵吗同志?

你在这里也不耽误工作,说着,瞿啸锋就像变魔术一般,让手里多出了一样东西,喏,我已经替你带过来了。

她仔细一看,原来他手里是那个密码本,便赶紧接过来,一页页地翻动着。一见上面那些颇为类似的数字组合,她刚才清亮的脑子又有些混乱,身体也再次感到了疲乏,不得不躺回到病床上。看来她不能不按他说的去做了。

在诊所治疗的两天时间内,她没有让自己闲着,只要感觉身体好些了,便马上捧起密码本,嚅动着嘴唇悄悄背诵,让那些一组又一组类似蝌蚪的数字进入脑子,牢牢储存在每根脑神经线上。她几乎能够感觉到,她脑子的空间就像一个废旧的仓库,经过她的刻意打扫,一排又一排崭新的货物正在装进去,并进行了科学而严密的排列,相信只要她的生命还存在,这间仓库就会得到完好无缺的保存……在那两天里,凭着药物对她身体的保障,她几乎陷入疯狂的状态里,背呀,记呀,存呀,只有当脑子觉得快要受不住了,她才会短暂地停下来,闭上眼睛休歇一下。

瞿啸锋在一边看着她,脸上不时浮出担忧的神色,但又不忍心打断她的工作,便只能做些力所能及的事儿,给她买来一些可口的饭菜,比如炸酱面什么的,让她开心地吃下去。她真切地感受到,这是一个善于体贴女人的男人,也便一度对他的情况产生了好奇,不得不说,也就是在这些日子里,她封存在内心深处不曾显现甚至不为她所知的那种对异性的好感,开始像一条从冬眠中复苏的斑斓小蛇一般慢慢爬出来……

说一说你的情况吧,她鼓着勇气对他说,也让我熟悉你一下……她绞尽脑汁找出一个理由说,不然,我担心配合不好你……

你说得很对,瞿啸锋点点头,同意她这个掩耳盗铃的说法,像那些司空见惯的普通人一样,我也没有什么特殊之处……在上大学期间,我参加了革命,这些年一直在做地下工作……我也被捕过一次,但比你幸运的是,很快就被组织营救出来了……对了,我出身在一个资本家家庭,可以说是背叛了他们才走上……

还有呢?她在心里说,继续往下说呀……或许她盼望知道的情况,他还没有说出来呢。

瞿啸锋站起来，走到窗边，望着外面的远处。虽然他背对着她，但她却好像看到了他的眼睛，此刻，他眼睛里的目光从窗口放射出去，投往了一个十分遥远的地方，遥远到不仅她不知道那是什么地方，甚至连他自己都快要忘记它在哪里了。我应该还有一个儿子，他忽然用忧伤的语调说，但我并没有见过他……

应该……没有……她重复着这两个有些矛盾的词儿，心里一时想不明白，那、那是怎么回事？

我离开她的时候，瞿啸锋叹口气说，他还没有出生，所以……

她再次思量着他的话，渐渐明白他的头一个"她"是指什么人。那么，她抖动着嘴唇说，他们……还好吗？

我不知道……说到这里，瞿啸锋突然举起了两手，紧紧地把自己的头抱住，我离开他们已经两年多了，还没有得到他们的音信……

她点了点头，明白是怎么回事了。他们，她安慰他说，他们一定还很好的……

不会好的，瞿啸锋粗鲁地打断了她的话，同时掉过头来。她不禁吃了一惊，这才一会儿工夫，他清亮的眼睛竟然赤红起来，好像里面真的布满了淋漓的血色。他们生活在敌占区，怎么会好得了呢……

啊？她也吃了一惊，原来是这样……

我把他们留在了日本人的占领区，瞿啸锋抱着头蹲到了地下，我真是没有尽到一个……他说不下去了。

她下了床去，走到他身边，伸出手，犹豫了一下，才颤抖着放到他的手上。但愿……她仰起头，也像他刚才一样朝远处望了一眼。她感到了自己的无力，本来应该向他说一句安慰的话，却不知道那句话该怎么说。

瞿啸锋接住她的手，紧紧地攥了一下，给她的感觉，就像是一根柔弱的藤蔓终于触到了可以依傍的树木，不得不赶紧地攀缘一下。但很快，那只手便又松开了她的手，像受了伤一般无力地滑落了。没什么，他慢慢站起来，并从她身边走开，然后使劲摇着头说，为了我们的工作，为了抗战大业，这点事儿……并不算什么……

她当然同意他的说法，但是，毕竟他为此做出了一定的牺牲，对于他短暂的哀伤她是十分理解的……更让她感到庆幸的是，他这么快就从自己的伤感中挣脱出来,体现了一个革命者高尚的情操,这一点既使她感到钦佩,又让她觉得欣慰。

经过一个星期的强化训练,她成功地把那个密码本的内容装在了脑子里,没有再向组织多争取一天时间,便如期踏上了前往敌占区的路程。临行前,她亲自动手,把那个开启她新一轮地下征程的密码本丢进了火焰中,看着它一页页慢慢化为灰烬,她心如止水,对于接下来的工作任务,她没有丝毫的担心,有的只是对未来地下斗争的渴望,是呀,她在监牢里待得太久了,应该为党和人民多做些事情了。

他们几乎是空着两手前往敌占区的,为了减少不必要的麻烦,不但没有携带任何武器,甚至连像样的包裹也没有带上,唯一做了准备的便是两身孝服,有些夸张得穿在他们身上。没错,他们前往敌占区的理由便是回家奔丧,编造的线索是家里的老父亲被日本人的炮弹炸死了,这样的说辞几乎没有人不信,因为在那些纷乱的日子里,敌占区没有一天不死人的例外,谁又会怀疑他们前往奔丧的行为呢?但出门的时候,瞿啸锋还是又把几块银圆揣到了身上。她以为那是为他们自己准备的盘缠,便提醒他说,这样或许会给我们惹来麻烦的。没想到瞿啸锋却微微一笑说,正是为让我们麻烦一下,才更像是回家的样子。她恍然大悟,原来这几块银圆并不是他们的生活需用,而是专为应付歹人打劫的,只有这样,他们才能让自己的行动更加天衣无缝。她不能不佩服这个不显山露水的家伙,看来他比她的斗争经验丰富多了。

才踏上路途不久,他们就遇到了几批难民,大多都在肩膀上背着一个瘪瘪的包裹,只有少数人才推着独轮小车,但车上也不是什么财货和用具,而是走不动路的老人和孩子。人们大约是从很远的地方而来,从他们破烂不堪的鞋子和疲惫不堪的走姿上,就能判断出他们已经走了很多很多的路,有一些实在走不动的便瘫坐在路边,像半死不活的狗一样喘着粗气。当他们从面前走过去时,那些人都用奇怪的目光看他们,一时想不明白,为什么他们要到自己刚刚离开的地方去呢?不知道那里已经成为死神光顾的场所了吗?这两个人到那里去不是头脑发昏吗?

第二天,他们竟然碰上了一伙败退的国民党兵,虽然她对这些只能对付本国人的家伙不怀任何好感,但因为任务在身,也便不想招惹他们,一照影子就远远地躲到一边去。但没有想到,这两个逆大多数人而行的男女引起了国民党兵的注意,一个班长模样的家伙横起大枪,拦住了他们的去路。你们是干什么的?他用警惕的目光看着他们。

我们是回家奔丧的。瞿啸锋按照提前设计好的台词回答说。

回家奔丧?班长上上下下打量了他们几个来回,不像,他摇摇头说,我看你们是日本人的探子。

日本人的……探子?她和瞿啸锋都吃了一惊,没有想到这个家伙这样看待他们,几乎一上来,他们经过精心准备的一套应对方案便被打乱了,一时不知该怎么回答他。不是,他们赶紧朝他解释说,我们是地地道道的中国人,哪里会当日本人的……

这年头汉奸还少吗?班长反驳他们说,日本人打进来了,有奶便是娘,有些人恨不得赶紧跪下向日本人叫爹哩……我看你们两个就是这样的人。

他们真是哭笑不得,在这个蛮不讲理的家伙面前,真有些不知道怎么办好了。你哪里看出我们是汉奸了?瞿啸锋还在做着最后的努力。

人家都在往南跑,班长指了一下那些难民说,你们为什么要朝北边去?

不是说了吗?她抢白他说,我们是到敌占区奔丧的……

我看你们奔丧是假,班长毫不客气地打断她的话说,投靠日本人是真……说到这里,他简直也被自己的推理征服了,不禁跺了一下脚说,没错,你们这是地地道道的汉奸行为。没等他们再做争辩,他就朝手下的士兵挥挥手说,弟兄们给我上,拿下这两个汉奸卖国贼,送到连部去领赏。

他那些围在四周的部下早就等得不耐烦了,等他的号令一下,便一拥而上,不由分说将她和瞿啸锋按到了地下,其中两个士兵还解下腰带,把他们的双手分别捆绑起来。

这真是意想不到的遭遇,她还要奋起挣扎,瞿啸锋瞟了她一眼说,算了,给他们讲不通道理,还是随他们去连部吧。

他们不知道这些败兵的连部在什么地方,就连这支部队都是从北部战场溃退下来的,他们的连部又有什么固定的场所?这时天差不多黑下来,难民们也不再往前走了,都跑到路边的树林里去歇脚。士兵们则押着他们继续往前走,不一会儿,前面出现了一个场院,一些士兵正在里面忙碌,走近了一看,原来他们是在搭建一架军用帐篷,几个傍着马匹的军人在一边观看。班长跑到一个军官模样的人身边,先打了一个敬礼,然后便和他说起什么来。她似乎这才搞明白，或许这架正在搭建的帐篷便是他们的连部，那个军官兴许就是这里的最高长官连长了。

连长听了他的话，扭过头来看他们，随后便走了过来，手里挥动着一根马鞭，绕着她和瞿啸锋转了一圈，并没有说什么话。这时，帐篷差不多已经竖立起来，连长便离开他们，带着手下的几个军官朝帐篷里走去。班长张了张嘴，终于还是朝他喊了一声，报告连长，这两个探子怎么办？连长这才又想到了他们，却是头也不回地回答说，先关起来再说吧。说罢便消失在帐篷里。班长显然有些失望，掉头走到他们面前，颇为不满地嘟囔着说，这年头汉奸太多了，竟然这么快就不值钱了。说着，使劲推了她和瞿啸锋一把，气哼哼地吆喝道，走。

他们被带到了一棵树下，班长又让一个士兵解下腰带，把她和瞿啸锋的手连在一起，然后捆绑在树干上，便不管他们了。士兵们在离树不远的地方挖了个灶坑，架上一口大锅，开始动手做饭。这些人也许饿坏了，没等到饭做熟，便争抢着吃起来。闻到了饭香味，从远处跑来几个难民，先在周围看了一会儿，终于忍耐不住了，便试量着把手里的空碗朝他们伸过去。士兵们先不理会他们，后来实在躲不过那些越伸越近的碗了，只好用筷子拨拉出一些来。尽管只是几团饭粒，难民们却感激得不行，连连哈着腰说，谢谢老总，谢谢老总。然后跑到一边去，舔着碗沿吃起来。

这时她和瞿啸锋都饿得不行了，听着黑暗里传来的吃喝声，尤其是那股浓烈的饭香味不住地扑到脸上，肚子里便发出了咕咕的叫声，好像一条蛇正在发出声嘶力竭的叫声，我饿，我饿……但士兵们显然不会给他们吃，这还不算，竟然还有意馋他们一下，两个士兵蹲到他们面前来，故意把吃饭的动静闹得很大，而且脸上还不时地透出幸灾乐祸的神色。这帮狗东西。她在心里愤恨地骂道。为了不看他们恶心的样子，她只好把脸掉到一边去。

其实不吃饭也倒可以忍受，但被捆绑的时间久了，有一件看似不起眼的事儿却变得严重起来。这天夜里，她不止一次地感到撒尿的欲望，不要说士兵们已经躺在地下睡去，就是他们醒着，她也不好意思把这件事提出来，便一味地忍受着。可快到半夜时，她实在憋不住了，便端出了破罐子破摔的架势，干脆尿到裤子里算了。可她和瞿啸锋挨得那么近，又担心被他发现了闹出尴尬，只好再次憋了一会儿。到最后她终于无法忍受了，尿液已经在膀胱里翻腾起来，如果再憋上一分钟，她担心会把尿液洒到肚子里去,那样她就真的玩完了。于是她心一横,眼一闭,把尿液全部洒到了裤子里。当热乎乎的尿液顺着大腿往下淌的时候,她既觉得畅快,又感到害羞。

好不容易熬到了第二天,日头刚刚升起来,这支溃退的部队便沉不住气了,拆掉帐篷就再次踏上了逃难的路途。班长有些为难,不知道该把他们两个人怎么办。士兵们纷纷出主意,让他去找连长领赏。班长正不知如何是好,正赶上连长骑着马匹从这里经过,于是班长就又跑过去打报告,请示怎么处置这两个人。她不安地在心里说,坏了,他们别枪毙了我们吧?连长停住马匹,远远地看了他们一眼,然后对班长说,让他们走吧。还没等班长反应过来,他就一挥马鞭,让马匹向前疾驰而去,从远处飘来他下半句话,我已经请示过上级,谁搞得清他们是谁的探子呢?

班长显然没有明白连长的话,转回身来,骂骂咧咧地回到他们面前。他妈的,他恶狠狠地朝他们翻着白眼,谁说搞不清你们是谁的探子?我看你们就是日本人的探子。他让手下人给他们松绑,又哼哼唧唧地嘟囔道,白忙乎一场了,差不多废了老子三根腰带。说到这里,他忽然想到了什么,先盯着他们看了一眼,然后便让士兵们对他们搜身。老子从来不干亏本的买卖,有什么买路钱,让他们都给老子留下。

瞿啸锋带在身上的几块银圆一下子便被他们抢走了。饥饿、疲劳加上愤怒,当他们从士兵们身边走开的时候,身上的力气已经所剩无几了,但为了尽快离开这些不讲理的逃兵,两个人只好紧咬牙关,相互搀扶着往远处走去。他们几乎不敢看对方的身子,因为彼此都知道,裤子早就被自己的尿液弄湿了,狼狈不堪的样子是避免不了的。但不管怎么说,他们没有把性命丢在这帮兵匪手里,已经算十分幸运了,只要能够抵达敌占区,受到这番磨难也算是值得了。

他们能够预料得到,去往敌占区的路途注定不会平坦,在这个乱纷纷的世道里,什么意想不到的事情都有可能发生的,这点他们已经做好了充分的准备。走到第五天的时候,他们又遭遇了一伙下山抢劫的土匪,被他们拦挡在了路上。这些人当然不问他们的身份,只是索要值钱的东西。他们携带的银圆早被国民党逃兵抢走了,当然没有东西再留给他们。她还庆幸地嘟囔了一句,幸亏身上没钱了,不然又要被他们打劫一回。听她这样说,瞿啸锋却摇起头来,不好,正是因为身上没有可供打劫的东西,他们才不会轻易放过我们的。她没听明白他的话,不相信事情会是这样。

土匪在他们身上搜查了一番,见什么东西也没有得到,果然恼怒起来。土匪头领舞着手里的盒子炮说,竟然不让老子开张,是不是活腻味了?唉?他掉过身去,她以为他要走开了,没想到留在后面的那只手却举起来,也就是说,他把那只手里的枪也举了起来,向着他们就扣动了扳机。枪声响过后,她看见瞿啸锋的身子趔趄了一下,就要朝一边倒,她急忙伸出手,将他搀扶住。她知道他已经中弹了,只是搞不清他伤在了哪里。让你们见点血,首领收回枪去,边往马上跳边说,老子也图个吉利。说罢,这帮土匪便打马远去了,道路上只剩下一片灰蒙蒙的烟尘。

瞿啸锋是被打中了一条臂膀,虽然被她及时缠上布带,勉强止住了流血,却毕竟受了枪伤,给他们以下的行程蒙上一道不祥的阴影。她似乎明白了他刚才说的话,是呀,如果他身上的银圆不被那些国民党兵抢去,而留给这些见钱眼开的土匪,或许他就不会受到这一枪的伤害了,原本他是准备了这套方案的,没想到却被国民党兵的出现打乱了,正应了那句俗话,智者千虑必有一失,在接下来的行程中,他们不知还要遇到什么意外之事呢。去往敌占区足有五百里的路程,他们原计划使用十天的时间走完,现在随着瞿啸锋的受伤,或许十天的时间已经不够了。

瞿啸锋的伤势不算重,子弹没有留在他的臂膀里,但打断了一根较大的血管,虽然被她捆上去的布带越扎越紧,却还是让他的血液流多了一些。好在他的伤不在腿上,没有怎么影响他赶路,这是不幸中的万幸。但让他们没有想到的是,第六天便赶上了下雨,道路泥泞虽给他们造成不了多大影响,但糟糕的是瞿啸锋的伤口淋了雨水,加之没有任何药物控制,很快便受到了感染,到第八天的时候,他便发起烧来,行走变得越来越困难,开始她搀扶着他还能走上几步,到后来就渐渐抬不动脚了,精神也变得恍惚,不久便站不起来了,她把他安置在一个柴火垛里,他很快就陷入了昏迷中。她挓挲着两只空手,一时不知道该怎么办。

接下来的问题还有很多,比如食物,他们已经好几天没有吃过一顿饱饭了,如果再得不到一口热东西,瞿啸锋或许就有生命危险。她把他在柴火里藏好,便到附近的村子里去找吃食。随着敌占区的临近,大多数村子已经人走屋空,碰到的几个人也基本上是难民,这些人还没有东西吃呢,又怎么能为他们提供食物?她在村子里转悠了一圈,忽然发现前面的天空里有一团烟雾在弥漫,不禁一喜,只要有炊烟的地方便有食物,看来她不会让瞿啸锋挨饿了。她加快脚步，绕过几栋房子，看见烟雾是从一个屋岔子里冒出来的，她探头往里一看，不禁大吃了一惊，天哪，她分明看见一个汉子手里捧着一条烤焦的残腿，正在大口地啃吃。虽然她把头收回来了，不敢再往前看上一眼，但她认定举在汉子手里的是一条人腿，五根脚趾连同上面的趾甲都给她留下了难以磨灭的印象。她脖子往前一伸，差点呕吐起来，但赶紧捂住了嘴巴，不让自己发出任何声息，以免给她连同瞿啸锋带来麻烦。

她跌跌撞撞地跑回瞿啸锋藏身的地方，拨开柴火，抱起他来，就朝自己的脊背上放。他们不能待在这个僻静的地方，越是敞亮的地方或许才越安全。她不知道哪里来的力量，竟然把瞿啸锋背到了身上，歪歪扭扭地往大路上走。其实她的身体还没有得到恢复，加之疲劳和饥饿，早就没有什么力气了，但不知怎么回事，她竟然背起了高高大大而又没有多少知觉的瞿啸锋，这几乎是一个连她自己也不相信的奇迹。来到大路上时，瞿啸锋已经在颠簸中醒过来了，便挣扎着要从她背上下来。我怎么能让你背我呢？他几乎愤怒起来。

你不知道吗？她头也不回地说，你在发烧……

听到"发烧"二字，瞿啸锋嘴里竟然发出了笑声，呵呵，我也终于像你一样发烧了……你知道这意味着什么吗？

几乎不用想，她就明白他说这句话的意思了。是呀，他是要告诉她，就像她的发烧需要用工作来治愈一样，他现在的疾病也没有什么关系，只要赶到敌占区开始地下工作，他的病就能好起来了……

瞿啸锋终于从她的脊背上出溜下来，先在路边休歇了一会儿，随即便以最大的意志和毅力克服昏眩和伤痛的袭扰，摇摇晃晃地站起来，在她似有若无的搀扶下，一步步朝前行走起来。

从这个地方到敌占区大约还有一百多里的距离，也就是说他们已经走过了全部路程的五分之四，剩下的道路虽然不算多，却是他们自踏上这次征程以来最难以行走的一段路。行人已经越来越少，即使偶然碰上一两个，因为是相向而行也无法结伴，况且她还要担心这些人因为饥饿而打他们的主意，所以除了依靠自己外，他们得不到任何人的帮助；更没有车辆可以借用，就算他们把两只脚板几乎磨烂了，也只能踏着泥泞和碎石一步步行走，而且她还要时不时地让自己的肩膀和脊背增加上瞿啸锋的重量……走呀走呀,从日出走到日落,从黑夜走到白天,一天过去了,又一天开始了,她终于知道,他们的确不能在十天的时间内走完这段路程,只能往后一日日延续了,在她想来,哪怕走上二十天,只要能够活着抵达敌占区,就是最大的胜利。

最后的事实证明,他们没有用到二十天,当第十五天到来的时候,他们已经成功进入了敌占区,马上就会看见那座将要开展地下斗争的城市了⋯⋯

四

小陈说,去往瞿家沟的路只有五里,可她却走了一个多小时,才看到山梁下面沟壑里一个村庄的影子,想必那就是瞿家沟了。不只是因为山路难走,主要还是她的一条腿在作怪,前两年,她在日本人的监狱里受到了惨无人道的折磨,一条腿被打断了,出狱后便落下了残疾,也就是说,她从此后便成了一个名副其实的瘸子,先还需要一根拐杖协助走路,但经过一段时间的锻炼和习惯,她终于甩掉了那根拐杖,当来到瞿家沟这一带搞土改的时候,她已经能够依靠自己的腿在山路上行走了,只是速度比以前慢了许多,走路的姿势自然也难看一些,但对于一个坚定的革命者来说,这都没有什么可在乎的。

瞿家沟是一个小村,走在她身边的小陈告诉她说,统共才几十户人家,在我们这一带,比它典型无数倍的村寨多得是,您为什么一上任就非到这里来呢?

没有什么,她模棱两可地回答他说,我对这里的哪个村寨都不熟悉,总要选择其中的一个作为起点,也就随便先去瞿家沟看一看。

小陈似乎没有相信她的话,但张了张嘴,又没有再说下去。他是当地的土改工作人员,对她这个新到的区长还不十分熟悉,说话便有些顾忌,见她没有说出他需要的答案,也就不再问下去了。

她当然没有对他说实话,根据她的调查,这个瞿家沟便是她曾经的战友瞿啸锋的家乡⋯⋯当年,她和瞿啸锋一起在敌占区从事地下工作,在长达六年的时间内,虽然他们作为名义上的夫妻一直待在一起,也彼此产生了深厚的感情,没错,那的确是属于男女之间特有的那种感情,但由于瞿啸锋老家那个妻子的存在,他们只能把这份情感压抑在内心深处,从来不曾向对方吐露过半分,只是用繁忙而紧张的工作来消磨思念的痛苦。他们的身份暴露后,虽然同时被日本宪兵抓进了监狱,由于没有关押在一起,也便失去了对方的消息,可她坚信,不管敌人用什么手段诱惑或者折磨,瞿啸锋都不会走上背叛之路,而且她知道,他也同样相信她不会这样做,也就是说,尽管他们不在一起,却是心心相印,几乎一想到对方,便增强了与敌人斗争的激情和勇气。抗战胜利前夕,关押他们的监狱被攻克了,她被同志们救了出来,这时她才知道,早在一年前,瞿啸锋便在监狱中壮烈牺牲了……在她于野战医院接受治疗的时候,她拒绝了上级让她去后方长时间休养的建议,虽然她不能直接上战场了,但也不想承认自己残疾的现实,而是选择了来这一带从事土地改革的工作。她之所以主动要求到这个地方来,很大程度便是为了瞿啸锋而来,因为他的家乡就在这里,她要亲眼看一看,这个她曾经热爱过的男人的家乡到底是什么样子,对了,这个时刻,她还想到了他的儿子,那个他从来不曾见过的孩子,屈指算来,如今也已经长到十岁了吧?

在此之前,她当然先去了他老家所在的那个县城内,他的说法没有错,他出生在资本家家庭,也就是说,他的父祖两辈都是在城市里生活,具体说是经营粮食生意,拥有好几家效益不错的店铺,而在他们的老家瞿家沟,不过还留有几十亩田产,而且都租给了他人耕种,留在乡下的几间老屋也早就不能住人了,瞿啸锋长到十八岁之前,甚至不曾到瞿家沟去过一次,完全可以说,他是一个地地道道的城市资本家子弟。抗战爆发后,那个县城很快被日本人占领了,更为不幸的是,两年之后,他的父亲便死在了日本人的炮弹下,瞿家的顶梁柱死的死,走的走,家中只剩下了瞿啸锋的母亲和妻子等女人,生意便很难做下去了。在这种情况下,瞿家的女人就变卖了城市里的资产,离开那个是非和伤心之地,回到老家瞿家沟,过起了半隐蔽状态的小日子。这样的选择倒也符合逻辑,在那个飘拂着烽烟的世道里,女人们的确不易于在外面抛头露面了。于是,瞿啸锋那个还没长大的孩子也便随他的母亲和祖母来到了乡下。

过了一会儿,他们就要下到沟里去了。李区长,小陈似乎想到了什么,我们来的时候,也没有通知村里的同志一声,他们肯定什么也没有准备,要不你先慢慢走着,我去村里和他们打一声招呼?说着,他就越过她的身子,一副急切往前走的架势。

不用,她叫住了他,我们只是来看一下,还用他们准备什么?

总得让他们谈一下村里的情况吧?小陈迟疑地说,他们应该把这方面的材料给您准备好……

她笑了笑说,他们都是这个村里的人,还用得着用心准备吗?刚才你不是说了,这个村的情况并不复杂。

小陈张张嘴,又像上次那样没有再说出什么来。

她也又一次没有向他说实话,这次来瞿家沟,她最大的心愿或者干脆说任务,便是找到瞿啸锋的家,见到他的儿子,如果可能的话,她会把他父亲的一些情况说给他,也许到现在为止,这个没有见过父亲的孩子还不知道他的父亲到底是个什么人,他的意识中有没有父亲这个概念都说不定呢,她有权力也有资格让他尽快知道,他的父亲绝不是一个似有若无的影子,更没有什么见不得人的地方,而是一个货真价实的英雄,一个为民族的解放事业献出了宝贵生命的烈士,作为这样一个人的后代,他不能一无所知,更不能无动于衷,他应该为此感到自豪,更应该行动起来,接过他的枪,去做他没有来得及做完的工作……而至于来了解与土改有关的情况,她却把它放在了次要的位置……她不知道这样做是否违背了一个革命干部的立场和原则,所以她没有好意思把心里的想法说给小陈,生怕这个没有经历过血与火的年轻人理解不了……

瞿家沟果然是个小村,几十户人家都居住在沟两边的高台上,大多是低矮破旧的竹房,只有中间的一家是石头到顶的房屋,而且十分新鲜,石头上连绿苔都没有长出,看上去十分扎眼。她朝那座房屋打量了几眼,便差不多知道是怎么回事了。这应该就是瞿老板的家吧?她向小陈核实说。她所说的瞿老板,便是指瞿啸锋的资本家父亲,在这一带,人们都把在外面做生意的人称为老板。

没错,小陈点点头说,忽然又想起什么来,对了,听说他儿子是我们队伍里的人……对这样的家庭,我们该怎么对待呢?

她没有回答他的话,而是更加抬起头来,朝那座颇为威武的房屋打量,并在心里感叹说,她们倒是不简单呢……这里她虽然用的是一个复数词"她们",但她其实指的是一个人,那就是瞿啸锋的妻子,在她的想象中,这个已然成为家庭顶梁柱的女人实在是不简单呢,居然又在乡下置办了一份不俗的家业。

她正默默地看着、想着，突然间院门一开，一个小孩子倒退着跑了出来，脚下没有站稳，竟然坐倒在地下，吓了她和小陈一跳。他们还没有回过神，又有一只破旧的竹篮从门里扔出来，正好砸到孩子的身上。随即，门里便传出一个女人的吆喝声，天都到这时候了，你还不去给我挖野菜，白让老娘养着你呀。里面的人并没有露面，才敞开一条缝的门板就又合死了。那个孩子从地下爬起来，朝地下吐了口唾沫，才挎起竹篮，十分不情愿地往村外走去。

她扭头望着孩子远去，还以为这是一个在瞿家打工的孩子，是呀，这个孩子不仅穿得破破烂烂，还被逼着去给瞿家挖野菜，只有穷人家的孩子才会受到这样的对待，便不禁摇着头说，小陈你看到了吗？这就是地主剥削穷苦人的证据，这样血淋淋的现实足以说明，这场土地改革运动是多么有必要……

小陈没有立刻接她的话，嘴唇哆嗦了好几下，才终于开口说，李区长，那个……他朝那个远去的孩子看了一眼，那个孩子不是穷人家的孩子，而是、而是瞿老板的孙子……

什么？她大吃了一惊，瞿老板的孙子？也就是说，那个孩子便是瞿啸锋的儿子了？她实在不相信，这怎么可能呢？瞿家怎么会如此对待自己家的孩子呢？她进而注意到，在她和小陈说这番话的时候，刚刚合死的门缝又悄无声息地敞开了，从里面探出半张脸来，仅仅朝他们瞄了一眼，便急快地缩回去，随即再次将门板合死了。就在这短暂的时间里，她看出来，那是一张女人的脸，并且判断出来，那是一个还比较年轻的女人……她首先想到了瞿啸锋的妻子，便转头问小陈说，里面是孩子的母亲吗？

不是，小陈否定说，那个女人是孩子的奶奶……

孩子的奶奶？也就是瞿啸锋的母亲了？但她又有些疑惑，瞿啸锋的母亲怎么这样年轻呢？想到孩子刚才的遭遇，她还是有些想不通，虽然奶奶和孩子在亲情上中间隔着一层，但也不至于拿自己的孙子当别人家的孩子对待吧？那么孩子的母亲也就是瞿啸锋的妻子呢？她对自己的孩子也这么无情吗？

孩子的母亲早就去世了。小陈告诉她说。

早就去世了？她再次吃了一惊，什么时候？

大约，小陈挠了挠头皮说，大约好几年了吧……

她不禁在心里说，也就是说，当瞿啸锋还活着时，或者说当他们还以夫妻的名义一起从事地下斗争的时候，他的妻子其实已经离开了这个世界……她仰起头，望着远处的天空，长长地叹出一口气，他们还因为那个女人的缘故而不肯向对方吐露藏匿在内心里的感情，却没有想到，其实那个女人早就不是他们之间的障碍了……真是造化弄人呀。她感慨地嘟囔了一句。

那个女人死后，小陈继续说道，孩子就跟着奶奶过日子，因为没有什么血缘关系，孩子便经常受到那个小妖精的虐待……

小妖精？她不解地看了他一眼。

噢，小妖精是瞿老板老婆的外号，瞿家沟的人都这么称呼她……

好像，她迟疑了一下说，好像她还很年轻？这是怎么回事？

那个女人根本不是瞿老板的原配，小陈摇着头解释说，是当年瞿老板在城里娶的小老婆，据说比他的儿媳妇还年轻呢。

原来是这样？她有些恍然大悟。

那可不是一盏省油的灯，小陈恨恨地说，不信您去调查一下，全瞿家沟没有一个人说她好……刚才您也看到了，她连自己的孙子……对了，他们根本没有什么血缘关系，但不管怎么说，孩子也是她名义上的孙子吧，她都不肯放过，何况对那些租她家地种的佃户们呢，对了，差不多全瞿家沟的人都是他家的佃户。

一切好像都明白了。她不禁再次扭过头，又朝孩子离去的方向看了一眼，她原本以为，作为瞿家唯一的传人，孩子会受到长辈的万般呵护呢，她已经做好了把他当一个地地道道的地主家的少爷来对待的准备，可没想到，事情根本不是那么回事儿，作为革命烈士的后代，他实在不该受到这样的对待。

那个小妖精难伺候着呢，小陈越发兴致勃勃地说，每年这个季节都要吃山里的新鲜野菜，便让她的孙子去找去挖……人们都不明白，城里的人怎么那么多怪癖，那些野菜都是穷人挨饿时没有办法才吃的东西，她怎么当稀世珍物来用呢？真是让人想不明白……

这有什么想不明白的，她打断他的话说，地主老财吃腻了他们的山珍海味，才拿这些东西来清洗自己的肠子，她又抬起头，朝远处的山野看，既像是对小陈又像是对自己说，看来他们连穷人用于果腹的野菜都不肯放过了。

原来是这样？小陈也回过味儿来。

也就是从这个时刻起，她便产生了把那个孩子从这个家庭中解救出来的欲望，自然也便有了清算那个为非作歹的老妖婆的打算。等着吧，她朝那两扇紧闭的门板看了一眼，在心里对里面那个或许还在朝他们打量的小妖精说，你的好日子没几天好过了。

她实在放心不下那个受到虐待的孩子，没过几天，便又到瞿家沟去了一次。这次她是一个人悄悄去的，在这个还让她感到陌生的山区一个人外出，她还是做了一些防范，在随身携带的枪里装满了子弹。这时她用的是一把全自动驳壳枪，能装下整整二十颗子弹，足够她应付一阵子了。快到瞿家沟时，她没有朝村子里走，而是打起眼罩，向村子周围的山野里望。果然不出她的预料，她只张望了一会儿，便在一个山坡上看到了一个挖野菜的孩子，没错，那就是她要寻找的孩子，看来小妖精的胃口还没有填满，在此之前她是不肯放过孩子的。她涉过一条小溪，又穿过一片枫树林，朝那面的山坡上爬去。

直到她在孩子的身后站了一会儿，他才发现她的存在，停下手中的铲子，用诧异的目光看着她。就在他们的目光第一次相遇的片刻间，她便看出了他与瞿啸锋神情中的相似处。没错，她在心里说，这的确就是瞿啸锋的儿子……也就在这一霎，她心里的波澜急快地涌动起来，其来势的凶猛程度连她自己都没有料到，那一刻，如果她不加刻意控制，她担心她会被它推翻在地……只有在这个时候，她才知道她对瞿啸锋该有多么爱……孩子，她一边默默地叫喊着，一边跟跟跄跄地朝他走过去……没错，她对瞿啸锋的爱都体现在对他的孩子的关心上了，事后她才明白，她此时此刻泛滥在心头的情感都可以用一个她倍感陌生的词来概括，那就是"母爱"。真的，她虽然没有当过一天母亲，甚至没有光明正大地爱过一个男人，但在这个特殊的时刻里，她却明确无误地体验到了母爱，一个母亲对自己孩子的特殊感情……

孩子显然被她的表情吓住了，在呆怔了一霎后，突然转过身，做出了要往远处逃去的架势。也许在他想来，这个眼泪汪汪要朝他扑过来的女人是个山间的怪物也说不定呢。

不要，她赶紧止住脚步，强迫自己从激动的情绪里镇定下来，不要走，我只是来看你一下……

就在这个关键的时刻里，孩子又回头看了她一眼，见她不再朝他靠近了，也便暂时取消了要逃走的打算。

为了不再惊扰他，她索性就地坐下来，装作无所谓的样子问他说，能不能告诉我，你叫什么名字？

孩子直直地看着她，没有回答她的话。

那么好吧，她在心里说，然后便试量着问他，你知道你的父亲吗？

孩子虽然依旧没有说什么，却不易察觉地摇了一下头。

他回答她了，她又在心里说，这使她倍感喜悦，不管怎么说，他在和她交流了。你没有听说过他吗？她继续朝他发问，然后不等他做出反应，便主动告诉他说，他是一个战士……战士你知道是什么意思吗？

孩子又摇了一下头。

战士就是……她抖动着嘴唇说，这么说吧，他是一个英雄，一个为民族解放事业献出生命的英雄……尽管她知道他对她的话依然不理解，却遏制不住地把这番说辞都倾吐出来。

孩子不再做出反应，但他的眼神却在询问她，你到底要干什么？

跟我走吧，她既像是对他又像是对自己说，我会对你好的……她进而在心里说，我会成为你合格的母亲的……

她不知道他是否听见了她后面的话，但她身后响起的一个声音却把他们刚刚开始的交流打断了，你是哪里来的人？为什么要打我孙子的主意？

她心里一惊，虽然没有回头，却知道是那个小妖精来了，不禁感到不解，她在远离村子的山坡上和孩子说话，她怎么就知道了呢？而且还跑上山来阻止她，这么说，当她到瞿家沟来的时候，她便盯住了她？她不禁在心里说，这到底是个什么女人呢？于是她回过头，目光刚落到她身上，便再次吃了一惊。她看见一个极其妖艳的女人，虽然她的打扮极其普通，但眉眼间透出的风韵却十分扎眼，那个时刻，她脑子里甚至浮现出了一条蛇的形状……怪不得，她恍然大悟地想，不知是谁给她起了那个"小妖精"的外号，倒真是恰切呀……几乎一霎间，她便对这个女人充满了强烈的厌恶。

别想打我孙子的主意，小妖精再次用揭穿她心思的口气说，他是我的孙子，你就是想抢也抢不走。

那就试一试？她在心里对她说。她当然不会这样开口，而是改用警告的语调说，不管他是不是你的孙子，你都不能随意虐待一个孩子。

谁说我……小妖精想和她争辩，却又没有勇气，便悄声嘟囔了一句，居然把主意打到我孙子的头上来，真是发疯了……说着，她就越过她去，把孩子的一只手拉住，走，跟我回家去。

她没有办法阻止她带走孩子。倒是孩子回过头，继续用不安的目光看了她几眼。放心吧，她用眼神对他表示说，我一定会把你从虎口里救出来的。

小妖精拖着孩子往山坡下走，由于她是一双小脚，便在山路上走得磕磕绊绊，歪歪扭扭。她望着她怪异的背影，竟然不意间看到了自己的影子，是呀，她与她的走姿真的很像，都是那种没有十分把握的步态，既吃力又缓慢……她强迫自己清醒下来，用一只手按一下垂在胯边的驳壳枪套，然后狠狠朝地下啐口唾沫，呸，我怎么会和这个蛇蝎女人一样……

在此后的日子里，她加快了对瞿家沟土改工作的督促，并亲自协助当地的土改工作人员，调查瞿家对穷苦人剥削和压榨的事实，收集小妖精涉嫌犯罪的证据……在这段时间里，差不多熄灭很久的发烧症状又来到了她身上，她不止一次地看见那团燃烧在肌肉间的火苗发出了灼亮的光芒。她没有使用药物加以控制，而是加紧了对土改斗争的深入，试图用繁忙紧张的工作缓解自己发病的程度……也就是在这个时刻，一条足以让小妖精低头的举报信送到了她的办公桌上，据知情人透露，孩子的母亲也就是瞿啸锋妻子的死亡便是受到小妖精折磨的结果……她几乎拍案而起，心里既感到愤怒又觉得兴奋，好呀，她一遍又一遍地对那个还没有解除威风的女人说，清算你的日子终于来到了。

小妖精也很快听到了对她不利的风声，这才意识到，这场有备而来的土改运动不是那么好混过去的，弄不好就会落个家败人亡的悲惨下场，不禁也惊慌起来，除了派人四处打探消息外，这天她甚至亲自出马，鬼鬼祟祟地来到区公所，想找她谈一次话。像她这样的土改对象自然进不了区公所大门，刚一探头就被警卫拦住了。小妖精不甘心就此走掉，便埋伏在门外的大树后，等待着她从里面走出来。小妖精在那里蹲守了差不多一天，傍晚时分，还真的把她等到了。这一天，她一直坐在办公室里阅读材料，累得有些头昏眼花，便走到外面来透口气，刚来到门外，小妖精便像一只怪物从树后闪出来，偷偷摸摸地凑到了她面前。这天她正好读的是有关她的材料，一时间她还以为产生了幻觉，把材料上的小妖精请到她面前来了呢。

李、李区长，小妖精觍着笑容的脸面从黄昏的光线中浮出来，像一朵妖媚的罂粟花一般开放在她的视野里，我已经等您快一天了……

她被吓了一跳。她之所以发愣，并不是因为小妖精来到了她面前，而是她脸上的笑意竟然那么温柔灿烂，前两天在山坡上透出的强悍气势消失得无影无踪，让她简直疑心这个女人根本不是小妖精，而是另外一个受惯了压迫的穷女人。等我？她一时不明白她的话，你等我干什么？

李区长，小妖精用可怜巴巴的声音说，那天我对您太没有……她的话还没有说完，膝头便一软，扑通一声跪在了她脚前，我真该死呀，竟然冒犯了李区长……

这时候她似乎明白她要干什么了。不要被她的鬼花样迷住了眼睛，她警告自己说。于是她冷笑了一声，故意挺了一下胸脯说，你并没有冒犯我，至于你对你那些穷佃户们怎么样，恐怕你心里还是有数的吧？

小妖精好像没想到，她会这么快就把她问题的严重性指出来了，心里越发恐慌，伏下身去，要朝地下磕头。我有罪，她带着更加浓烈的哭腔说，我是做过对不起大伙的事儿……可我是个柔弱的女人，就是想做丧良心的坏事，怕是也没有那个胆量……还请李区长不要听信那些毫无来由的传言，还我一个公道，让我在政府的领导下重新做人，再立新功……

听着这套言不及义的说辞，她心里早就厌恶得不行了，再说，当着区公所工作人员的面接受一个土改对象的跪拜，无论如何都是对她的一个侮辱。她不想再听她胡说下去了，便转过身来，就要朝院门里走。

李区长……小妖精膝行过来，同时伸出两手，抓住了她的一片衣角，您大人不记小人过，不看僧面看佛面，我的、我的儿子也在你们政府里做事，就看在他的面子上……

你的儿子？她愣了一下，才猛然明白过来，她所谓的儿子该不是指的瞿啸锋吧？这个念头一起，她便恼怒起来，一个毒蛇般的地主婆竟然也打起革命烈士的主意来，这简直是对瞿啸锋同志最大的伤害。她停下脚，甩掉她的手指，用居高临下的姿态看着她。谁是你的儿子？她厉声质问她说。

小妖精听出了她话里的愤怒情绪，抖动着嘴唇，不敢再胡说下去了，也不敢迎视她的目光，便只好把头也低下去。她知道一切都不可能按照她的意志来办，身子不禁一松，万般沮丧地坐到了地下。

她转过身，迈着大步朝院门里走去。随着一阵刮过来的晚风，她似乎听见一个声音在她身后说了一句,这个疯子……她疑心这是小妖精对她说的话,可回头一看,身后却空荡着,她早就不知了去向。她忽然想起来,前几天在山坡上,小妖精好像已经对她说过"疯子"二字了,当时她没有怎么在意,但今天想起这件事,便觉得这是小妖精所代表的那个阶级施加给他们这些革命者的污蔑之词,也许在那些人看来,他们就是一群疯狂之人呢。好吧,她在心里对小妖精说,就算我们是疯子吧,只要能让你们那个腐朽的阶级退出历史舞台,我们就当一次疯子好了。

此后发生的事情证明,她还是有些低估了小妖精,没有想到当人民政府和她亮明态度后,处在垂死状态的小妖精会迅速选择挣扎和反抗。第二天夜里,她正在油灯下批阅材料,忽然听见外面打起枪来。她霍地站起身,从枪套里抽出驳壳枪,一边打开保险,一边朝屋外跑去。但她刚来到门外,便从屋顶上跳下几个黑影,其中一个正好落在她身上,她被砸倒在地,一时有些反应不过来。那几个黑影扑上来,抢起手中的木棍,就朝她身上打来。就在这时候,她听见一个离她最近的黑影凶狠地说,打死这个疯女人……她差点就要被那些纷纷落下的木棍打昏了,但超强的意志力还是让她在最后时刻做出了抵抗的动作,幸好她手中的驳壳枪没有脱出手去,第一声枪响过后,一个黑影栽倒在地,就在其他黑影短暂愣怔的当儿,她手中的驳壳枪连续响了几声,又有两个黑影倒下了,剩下的黑影不敢恋战,丢下她便朝院门口跑去。这时她手下的工作队员跑进来了,正好把他们截住。一阵纷乱的枪声响起来,那几个黑影都被悉数撂倒了。

她几乎被打坏了,被抬进屋里后,让卫生员简单包扎了一下,又忍着伤痛一瘸一拐地走出来,同时让人把马灯也提了过来,在那些倒下的刺客身上照了几个来回。即使除掉这些人脸上的蒙巾,她也认不出他们来,奇怪的是,竟连当地的土改人员也不认识他们,也就是说,这些人都不是本地人。既然他们不认识您,小陈困惑地挠着头皮说,为什么要朝您下手呢?

她没有说什么。在马灯的照耀下,她看见那些人几乎都死去了,只有一个家伙还在痛苦地挣扎。她不想看他拧来拧去的样子,便朝他身上补了一枪。这个家伙身子一伸,也便不再动了。小陈懊恼地跺了一下脚说,您怎么把他打死了?留着他当个活线索,兴许能问出一些什么来。她把枪插回到枪套里,一边往屋里走一边说,不用了,我已经知道是怎么回事了。小陈和大家都盯着她的背影看,满脸都是诧异的表情。

她的确明白这场刺杀是谁指使的了,如果那个人不说"打死这个疯子"这句话她还不知道是怎么回事,那么他无意中所说的这句话便泄露了他们的来历。真是没有想到,她一边把有关小妖精的材料翻到上面来,重新仔细地阅读,一边在心里不无敬佩地对她说,你还是一个不好对付的女人呢。但她又差点笑起来,也算是棋逢对手,她正想找一个罪大恶极的人出来,杀一下他的威风,也给接下来难以开展的土改运动打开一个局面,没想到这个人自己便提着脑袋找上门来了。来得好,她再次在心里对她说,老娘这次可要成全你了。这时刻,她心里那团火苗急快地燃烧起来,让她身上的每块肌肉都冒出了热气。

群众很快发动起来了,也到瞿家抢过两次浮财了,接下去便到清算小妖精的最后时刻了。迫害革命者的家人,策划杀害土改工作人员,仅这两条罪状就足以判处她的死刑了,况且她还剥削压榨过那么多的穷苦人。在群众愤怒的口号声里,她取出还没有正式使用过的人民政府的大印,结结实实地盖在小妖精的死刑判决书上。看着瘫成一团的小妖精被小陈他们拖下主席台,拉到村外的树林子里去了,她闭上眼睛,在泪水奔涌而出的同时,也不无快慰地长出了一口气。

处决小妖精的枪声响过之后,她才走下主席台,穿过正在争相传阅土地证的人群,一个人朝瞿家大院走去。这是她第一次到这个院落里来,里面的景象便让她感觉得有些陌生。与她的想象不太一样,瞿家大院并不十分大,说起来也算不得什么大户人家,仅仅是两进院落,房屋大约不超过十间。尽管这样,对她这个早就没有出入过深宅大院的人来说,还是感觉得有些幽深,有些奢华,试想一下,一个女人带着一个孩子住在这样的院落里,不是有些浪费吗?把它分给房无一间的穷苦人居住,不是更为合理更为公平的一件事吗?当然,她最大的愿望还不是夺取她的财产,而是要把那个早就不该属于她的孩子救出来,带到她自己的身边,一个革命的后代不能再继续住在这样的地方,而应该到革命的场所里去成长,接受锻炼,然后像他的父亲一样上战场……

几乎没费什么劲儿,她便看见了那个孩子。此时,孩子正蹲在院落里的一棵皂荚树下,怕冷似的把两臂抱在肩膀上,虽然低拢着头,却让眼睛里的目光通过眉骨放射出来,直直地朝远处望着,具体说是朝院落门口看着,给她的感觉是,他在等待她的到来……这样的想法也没有错,这个院落里已经没有了一个大人,这个孩子接下来要做的便是寻找另外一个可以依托的人,在他的带领下成长……而她便是那个他一心要等待的人,便是那个能够让他健康成长的人……正是在这种想法的驱使下,她满怀激情地走进院门,穿过院落,一步步朝孩子走去。孩子,她在心里朝他发出急切的呼喊,我来了……

你是谁?

我是你的妈妈……

妈妈? 妈妈是什么?

妈妈就是……就是娘的意思……

你是说你是我娘?

是……

可我娘已经死了。

那我就是你的妈妈……

你的腿怎么了?

我被他们打伤了……

他们还会打你吗?

不会了,我们有这个了。

那是什么?

这是枪……

枪是干什么的?

枪是……保护自己的……

能让我看看你的枪吗?

现在不能,等你长大了吧。

那好吧……

跟我走好吗?

到哪里去?

跟我到区政府去……

那是什么地方?

那是一个……让你感到安全的地方。

好吧,这就走吗?

是呀,现在就走。

那这里呢？这里难道不是我的家了吗？

不是了，从今天开始，它已经是别人的家了……

为什么？

因为……它本来就应该是别人的……

噢。

她牵着孩子的手，一步步离开瞿家大院，穿过街上还在喜悦庆祝的人群，走出瞿家沟，爬上一面的山坡，开始朝村外的远处走。

知道你的爸爸吗？

爸爸？爸爸是什么？

爸爸就是……

是不是我爹？

是呀，这么说你知道你爹……

我不知道。

要不要我对你说说？

你要说就说吧。

你爸爸他是一个英雄……

我不知道英雄是什么意思。

英雄就是……最强大、最勇敢、最无私、最……

你越说我越糊涂了。

好吧，你只要记着你爸爸是最了不起的一个人就行了。

好吧，我记住了。

对了，你还没有告诉我，你叫什么名字？

石头。

石头？

是我娘给我起的名字……

从今天开始，我让你叫另一个名字好吗？

另一个名字？什么名字？

让我想想……

它好听吗？

好听……你就叫李炽烈怎么样？

李炽烈？我不知道李炽烈是什么意思？

李炽烈就是……

这天傍晚，孩子跟她在区公所吃了第一顿饭。饭是从食堂打来的，不算多么好吃，但孩子却吃得很香，两手捧着碗，大口大口地吃着，直到把碗底翻到了上面，就是说，直到吃完了碗里所有的饭，才恋恋不舍地把碗放下来。看得出，孩子很久没有这么痛快地吃过饭了。望着他因为没有清洗而略显邋遢的脸面，她的眼泪不觉流出来。孩子，她伸出一只手，抖抖地放到他脸上，像抚摸着自己身上的一团肉似的，好一会儿都不舍得把手拿开，我的孩子……

夜里，她让孩子睡在自己身边。孩子靠近她的身体，不禁惊讶地叫了一声。哎呀，真热呀……他说得当然不错，连她自己都看见了那团燃烧在她肉体间的火苗……

我知道你为什么让我叫那个名字了。

为什么？

因为你也要让我热起来。

你说得没错，你也要尽快热起来……

那我以后就不感到冷了是吗？

是呀，就不感到冷了。

哦，真是太好了……

我来给你讲一个故事好吗？

讲故事？什么故事？

讲一个关于革命的故事怎么样？

革命的故事？革命的故事是什么？

革命的故事就是……拿着枪去推翻那些压迫你的人……

是不是就像我爸爸那样？

是呀，你爸爸就是一个干革命的人……

革命很好玩吗？

革命当然不好玩，但为了争取你和他人的解放，就要拿起枪来，冒着敌人的炮火去战斗……

那后来呢？

后来就要争取胜利……

我们能胜利吗？

当然能,我们现在不是已经胜利了吗?

是呀,我们已经胜利了……

好了,今天就讲到这里吧,天不早了,你该睡觉了。

等明天,你带我去革命好吗?

你还太小了,等你长大了……

好吧,那我就快快长……

……

五

收工以后,她拖着疲惫的脚步回到宿舍,先把肮脏的衣服换下来,又草草洗了一把脸,便走出屋门,坐在一块石头上,朝着暮色正在笼罩的天边看起来。她要趁着这难得的一小段空闲时间,好好地欣赏一下远处的风景,这几乎是她每天的必修课,一天的繁忙劳动快要累垮了她的身子,不能不抽出这点时间来放松一下心绪。尽管她努力地往远处望,其实除了天边堆积的几片火烧云外,她差不多什么也没有看到,由于逆光的缘故,她甚至连那些遍地丛生的杂草都看不见。是呀,在这远离人烟的草原深处,又有什么美好的景致可供她来欣赏呢?

自从戴上"右派"帽子后,她便来到了这个可以说远在天边的劳改农场,一边参加劳动一边接受改造。与她一起来到这里的还有其他省市的一些人,也就是说,他们这个劳改农场接纳的都是具有一定级别的改造对象,都犯下了一些严重错误,虽然大多还被组织定性为"内部矛盾",但毕竟远离了组织的要求,让自己的政治生命有了污点,所以对于那些和她朝夕相处的人,她无法使用"战友"一词,他们也不是她的同事,她说不清楚这些人与她的关系到底是什么,这是她在漫长的革命生涯中碰到的第一个难题,也是一个崭新的问题。由于农场地处偏远,大多数人都难以适应当地的水土和气候,有的拉肚子,有的长水痘,她则患上了严重的过敏性皮炎。经历了一个较长时期的适应过程,拉肚子和长水痘的都没有什么问题了,但她的皮炎却一直没有消除,甚至没有怎么减轻,一到夜里身上就痒得不行,别提多难受了。也就是从这种意义上,她惧怕黑夜,不愿它提前到来,这也是她每天坐在门口远望西天边,希望黑夜再晚一些降临的原因。

呵,又欣赏上风景了?一个光头的男人从她身边过去,一边朝男宿舍的门口走一边用嘲讽的口气说。这是老杜,来自京城的一家报社。

她没有理会他,老杜是一个聪明人,也是一个尖酸刻薄的人,按说他应该懂得她的心情,但大约囿于男人和女人的区别,他似乎一点也不了解她的内心需求。她总不能把衣服撩起来,让他看她身上那些疙疙瘩瘩的皮疹吧?

对了,老杜已经从她身边走过去了,忽然想起什么来,又回头看了她一眼,怎么没有看见小夏?

经他这样一说,她也不禁朝身边看了一眼,的确,小夏不在她身边,而平日里,差不多每天都是小夏在这里陪伴她呢。小夏是她在这里最要好的朋友,平时她们不仅劳动在一起,而且床铺也紧挨在一起,完全可以说,她们每天的绝大部分时间都形影不离。但与她这个残废的老家伙不同,小夏是一个还很年轻的女人,长相也十分出色,是劳改农场的一朵场花,虽然大家都是有问题的人,但爱好美丽的心思却不曾泯灭,所以大家都十分喜欢小夏,尤其是男人们,总是变着花样地接近她。老杜虽然是一个老头子,好像也在打小夏的主意。她这才想起来,今天收工的时候,她们一起从工地上回来,小夏没有随她朝宿舍里走,而是转过身,径直走进了管理组长的办公室。好几天前,小夏就接到了一封家信,说是她仅有五岁的孩子病了,希望她能得到组织的批准,回家陪伴孩子一下。每天从工地回来,小夏都要去找管理组长,向他反映自己的特殊情况,争取得到那个遥不可及的假期。

天彻底黑下来后,小夏才阴着脸从管理组长那里回来,一见她沮丧的样子,她就明白了,这次的要求依旧没有得到批准。在她想来,其实这也在预料之中,在接受劳动改造期间怎么可能有假期呢? 也许从一开始,她就不该抱有这样不实际的想法,就不该去找管理组长提什么要求,这说明她接受改造提高觉悟的道路还十分漫长。没什么,她拍拍小夏的肩膀,试图安慰她一下,家庭的事小,改造我们的思想事大呀……

小夏似乎没有听她这些话,忽然肩膀一抖,嘤嘤地哭泣起来。他们不让我回去见女儿,她伏到她身上,一边摇头一边说,我可怎么办呢? 女儿的病如果好不起来,我怕是就再也见不到她了……

怎么会呢? 她拍拍她的肩膀说,小孩子的一场病有什么可奇怪的? 不要说这种不吉利的话,或许过不了几天,她就会好起来的……

你不知道,她从小就身体羸弱,又一直没有离开过我……小夏哭得越发悲切了,我到这里来的时候,她别提有多伤心了,抱着我的两条腿不放……我一闭上眼睛就能看见……现在她又得病了,正需要我在身边呢,可是我……

坚强一些,她把手放在她脊背上,拍打得也更为有力了,现在我们正处在思想改造的关键时期,既然我们到这个地方来了,就要踏踏实实地劳动锻炼,提高认识,尽快摘掉我们头上的……

我怕是摘不掉了……小夏绝望地低下头说。

你要有信心,她扳起她的头,用严肃的表情正告她说,你还年轻着呢,人生道路漫长得很,不要被一时的困难吓住,想想战争年代,我们经历了那么多……

这天夜里,她和小夏没有怎么睡着,都在床上不住地翻腾。她是因为身上发痒,小夏则是因为女儿的事儿……但为了不至于影响到别人的睡眠,她们都格外小心,尽量轻蹑着手脚……其实所谓的床是一种连在一起的木架子,上面搭上一块块木板,每块木板上睡一个人,也可以说,这间女宿舍里的人其实是睡在一张大床上,只要一个人上床或下床,其他人都能感觉得到,这就是大集体的生活,也是锻炼大家生活能力的一种方式,是否还含有一种彼此监督的意思就不好说了,反正每个人的一举一动都没有什么隐私可言倒是真的。与其他人比起来,她和小夏因为靠着一边的墙壁,情况要稍稍好一些,尤其是小夏,她是第一个靠近墙壁的,加之另一边是她这个好朋友,无形中便让她有了自己的一点小隐私,当然,小夏的每一个动作却落入了她的眼中,这点也是她没有办法的事儿,好在小夏并不在乎她对自己的注意。

她好不容易睡着了,但才一会儿工夫,便又被一阵呜呜咽咽的哭声惊醒了,睁开眼,看见小夏又在对着墙壁偷偷哭泣,这从她不断抽鼻子的动作便能判断出来。虽然她是小夏的好朋友,心里却对她不时暴露出来的软弱颇有成见,即使心里同情她,也不想再劝说她什么了,何况她自己又被身上的刺痒弄得难受起来。

我做了一个梦,小夏知道她醒来了,转过身来对她说,我梦见我女儿……死掉了……小夏把头扎到她怀里,哭得越发悲伤了。

她却推开了小夏。真是没有出息,她在心里恼恨地对她说,竟然让一个荒唐的梦把自己弄成了这样。

我受不住了，小夏摇着头说，在这里过这种度日如年的日子，还不如死了好呢……

说什么呢？她蹬了她一脚说。

我真想……小夏没有说出下面的话，便没有勇气再张嘴了。

她当然知道小夏没有说出的话是什么。怎么回事？她想翻身坐起来，又唯恐惊醒了别人，便又赶紧躺下了，你想当叛徒吗？

小夏用牙咬住被子，没有接她的话。

死是容易的，但活着才最考验一个人，她搂住小夏的肩膀，推心置腹地开导她说，只有最被我看不起的人，才会去当革命的叛徒。这的确是她的心里话，在她看来，选择死亡就是对革命的背叛。

小夏当然听出了她话里的分量，用被子蒙住头，不再理会她了。

她以为小夏被她的话打动了，加之白日干了一天的活儿，早就疲乏得不行了，便闭上眼睛，尽量让自己赶快睡去。如果休息不好，她不知道明天是否经受得住繁重的劳动。

吃过早饭后，人们要按时上工了，像往常一样，她要去工地上挑土，便和大家一起朝远处的工地走去。小夏没有跟大家一起走，因为这天该轮到她清理厕所，她便留下来，一个人拖着粪车朝厕所走去。和她分别的时候，她还朝小夏挥了一下手，用眼神示意她坚强一些。昨天夜里小夏没有睡好，脸色便有些苍白，眼皮也有些浮肿，看上去就像也得了病似的。小夏木呆呆地看着她，既没有点头，也没有摇头，甚至好像没有看见她一般。这使她非常失望，在心里不满地对小夏说，真是经不住一点儿风浪。往工地上走时，她还打定主意，等中午回来时，要好好劝说她一下。

不一会儿，老杜走到了她身边来。夜里我听见小夏哭了……他神神秘秘地对她说。

她一愣，以为他是胡乱说呢，却在心里回答他说，算你蒙对了……

小夏的床铺是不是靠着墙？老杜进一步问她说，但没等她回答，他就自己坦承说，反正我的床铺是靠墙的，经常能听到小夏的动静……

她呆呆地看着他。这个老不正经的，她在心里骂了他一句，也正色问他说，你都听见了什么？

我听见小夏哭了，老杜再次说，随即便朝她跟前凑了一下，压下声音说，她是不是碰到什么事了？

　　她的女儿病了？她只好对他解释说，她想回去看看，组织不许可……

　　噢，老杜点点头，你可要多关心她呀。说罢，他便匆匆走到前面去了。

　　这还用你说？她盯着他有些佝偻的背影，在心里不屑地说，你别是真的打上小夏的主意了吧？她随即在鼻子里哼一声，就你那个秃驴样，打也白打，还是好好改造你的思想吧。

　　他们来到了工地上，便争先恐后干起活来。所干的活计是在一个荒无人烟的崖壁上挖洞……那是一面土崖，足有十几米高，他们干了快要半年时间，洞穴已经挖出了足有二里多长，还没有要他们停下来的意思，有人便猜测说，这应该是一个防空洞，是应对战争时用的。来这里改造的人被分成了两拨，一拨使用铁锹之类的工具挖土，一拨使用挑担之类的用具运土。老杜这样的男劳力自然被分在挖土的那拨人里，她和小夏则被分在运土的这拨人中，本来鉴于她腿上的残疾，组织想照顾她一下呢，但她谢绝了他们的好意，主动挑起一对竹筐，一瘸一拐地加入运土的队伍里，把一筐一筐沉甸甸的泥土从洞穴深处挑出来，倒到远处的草地上去。

　　上午快要收工时，她把一对空筐挑回来，放在老杜脚下，让他往筐里装土。老杜抬起头，往洞口外面看了一眼，忽然说出一句，我怎么觉得有些不对劲儿？她不知道他说的是什么，便没有接他的话。他回过头，把目光落在了她身上，你去看一下小夏吧，我担心她会出事儿。

　　她以为他是又想小夏了，还在心里笑话了他一下，便挑着土筐离开了他。当她把两筐土倒在外面时，忽然又想到了老杜的话，或者说是想到了小夏，想到了小夏昨天夜里说过的话……她心里也一下子不安起来。正好这时收工的哨子吹响了，她没有等待其他人，便率先离开工地，磕磕绊绊地朝居住的地方走去。

　　她以为此时小夏应该在宿舍内呢，挖厕所的活计虽然不太卫生，却用不到一上午的时间，也就是说，挖厕所的人会有接近半个上午的自由，干完活后就可以去宿舍里休息了。但她走进宿舍，并没有看到小夏的影子。这时食堂刚到开饭的时间，莫非小夏已经去吃饭了？于是她便又走进了食堂，但里面像宿舍一样也空荡着，她便感到更加不安了。从食堂走出来后，她站在阔大的场院里，抬眼朝远处望。她不相信小夏会有胆量擅自到农场外面去，如果真有这样的事情发生，那结果可就严重了，即使她走不出去，但只要被组织发现有这种企图，就可能因有"逃跑"的嫌疑而受到追究，搞不好她的前程就真的被毁了……想到这里,她不禁惊慌起来,带着哭腔在心里说,小夏,你到什么地方去了?

小夏消失后的那些日子,由于组织从多个方面加强了管理力度,整个农场都笼罩在一片浮躁的气氛中,人们挖洞的积极性受到了很大影响。为了振奋人们的精神,管理组长连续组织了几次学习班,才把大家起伏动荡的情绪稳定住。让她感到不可思议的是,一向玩世不恭的老杜竟然病了一场,在卫生室里打了好几天针,才又出现在工地上,这时的老杜就像一株久旱逢甘霖的老玉米,精神头又上来了,连一直弯曲的腰板都挺直了。

怎么回事?她在挑土的间隙,既是纳闷又是提醒地问他,你别是被小夏缠住了吧?

老杜竟然也被她的话吓了一跳,急忙抬起头,张皇地往远处望了一眼。不要提她,他虚张声势地反驳她说,我再也不会想到她了……说到这里,他似乎想起什么来,故意信誓旦旦地对她说,我已经和别人调换了床铺……

她越发不相信他了。别把自己装扮成一个胆小鬼,她在心里对他说,老娘挨着她的被窝都没觉得什么,你倒是怕个什么劲儿?她朝他撇了一下嘴说,你们不是还隔着一堵墙的吗?她就是想找你也穿不过墙去……

别说了。没等她说完,老杜就把铁锹丢下,腾出手来,夸张地捂到耳朵上去。但他唯恐被别人看见落个偷懒耍滑的嫌疑,又赶紧抓起铁锹,远远地离开她,到别处干活去了。

从此以后,她发现老杜多了一个爱好,那就是每到干活的间隙,或者饭后休息的时候,他都一个人躲到一个没人的地方,坐下来,痴痴地朝着远处望。别说,这样的举动与她傍晚看风景的情景倒有些类似呢,但很快她就看出了他们的不同,老杜盯着看的方向不是日升日落的地方,而是正南方,也就是他们一路走来的方向,而且在那些日子里,飞往南方过冬的雁群每天都会出现在空中,到这个时候,老杜就把目光投到天空里,具体说是投到从头顶上飞过的雁群身上,跟着它们一路往南方移动,直到雁群在远处消失不见了,他还痴痴地往南边看着。如果她没有估计错的话,老杜是想家了,或者换一种说法,他被小夏勾住了魂儿,像她一样不可救药地患上了思念家乡的病症。

她想挽救老杜。她本来有机会救下小夏的,但她太大意了,没有意识到她的心病其实已经不可救药,便没有来得及把她留下来。现在老杜像她一样患病了,而且比她还要病得厉害,她怎么能眼睁睁地再看着他走上悲剧之路呢?到这个时候,她发现自己还不太了解老杜这个人呢。

老杜,你是怎么被送到这里的?闲下来了,她也装作与他一样遥看家乡的样子坐下来,有一搭无一搭地和他说着话。

看你问的……老杜摇摇头,不情愿回答她的话。也许在他看来,这是一个有些犯忌的话题,也可能触到了他心里的痛楚,让他的脸色变得有些难看。

哎呀,她毫不在意地摇摇头说,这有什么可保密的?在这里大家都是一样,谁又会比别人高明多少呢?

老杜转过头来,用若有所思的目光打量着她。你或许是一个没心没肺的女人……他没有说完这句话,神情中便多了一些警惕的成分,他担心她会急,随时做着应对她的准备。

她当然并没有急。她明白他的意思,便不紧不慢地纠正他的话说,这不是没心没肺,而是乐观主义,难道你没有发现吗?我是一个轻易不被悲观情绪打倒的人。

为什么?老杜紧盯住她不放,你为什么那么乐观?莫非你相信你会轻易离开这里?

为什么不呢?她反问他说,当我们改造好了思想,我们就能从这里走出去,重返工作岗位……

你真是……老杜从鼻子里哼了一声,一副耻笑她的面目显露无遗,你真是太天真了……他连连摇了几下头,看来你白在这个世界上活那么多年了……

为什么?她再次反问他说,你为什么不相信这一点呢?是什么让你变得如此消沉呢?

老杜叹了一口气,抬起头,又像平时那样朝远处痴痴地望着。她知道,他的思绪或许又回到了他的家乡,包括他生活和工作的地方……我不承认我有什么问题,他轻轻吧嗒着嘴说,本来我是拥护上级大多数做法的,这有我撰写和发表的许多篇热情洋溢的文章可以作证,可是……说到这里,他收回目光,掉头看了她一眼,想往下说却又有了些顾虑。

你发表不合适言论了?她试量着问他。

我不过是……老杜想朝她解释,但打量了她一眼后,又不耐烦地摆摆手说,现在和你说这些又有什么用?

我们不能因为遭遇一点点挫折就灰心丧气,更不能为此而看破红尘,她语重心长地对他说,我们个人的生活境遇是这样,国家的建设事业也是如此,凡事都要看主流,一切以大局为重……

老杜忽然想起什么来,又把目光转往远处,脸上涌出一副忧伤的神色。我真担心留在家里的五个孩子,他使劲摇着头说,听说内地的生活出现了困难,离开了我,他们怎么度过眼下的日子……

没错,老杜的确是想家了,想他那些放不下的家人了,看来他真的是受到了小夏事件的影响,或许正走在步她后尘的路上。她真担心,如果任他这样发展下去,那等着他的无非同样是一场悲剧,尽管她不知道悲剧的具体内容到底是什么,却无论如何不能眼看着他往深渊里走,只要有一丝可能,她就要拖住他,把他从悲剧的边缘地带拉回来。在接下来的日子里,她只要一有机会便盯住老杜不放,在工地上干活是这样,回到居住区只要不是睡觉的时间,当他吃饭、看风景这些不在男宿舍内进行的活动时,她也会待在离他不远的地方,像一个负责任的监视者一样盯住他不放。

老杜感到了她对自己的盯视,不禁愤怒起来,主动找上她来,毫不客气地质问她说,你为什么要盯我的梢? 是谁指派你这么干的?

我不是盯你的梢? 她微笑着朝他解释说,更没有人指派我……

那你闲得无事干了? 老杜的眼睛越瞪越大。

我担心你会出事儿……她只好向他承认说,你没有感觉到吗? 我这是对自己同志的关心……

谁用你关心了? 老杜不客气地抢白她说,你管好自己就行了,不要管别人的事儿。

我不能眼看着你走小夏的路。她直通通地说。

真是个神经病……老杜哭笑不得地摇头。

你说什么? 她注意到了他这句话。

我看你就像一个疯子,老杜进一步向她指出说,你是一个疯女人你知道吗?

她怔了怔,突然想到了许多年前那个小妖精对她说的话……她一时变得恍惚起来,对眼前发生的事情感到了一丝迷惑……她也像他一样瞪大眼睛,用迷离的目光朝他打量。

我真是不明白,老杜也用极其不解的口气问她,是什么让你变得这么虔诚?这么疯狂?

老杜,她依旧抱着希望开导他说,无论在什么情况下,我们都不要丧失革命的信仰……

我不要什么信仰,更不要什么革命,老杜回过身来,朝她低沉而凶狠地说,我要我自己的生活,我要属于我自己的自由,他抬起头,朝远处望不到尽头的空旷草原看了一眼,我要我留在家里的孩子们不出现任何意外……

我看清楚了,她终于恍然大悟地告诉自己说,我在他身上明确无误地看到了小资产阶级知识分子的本性……他是你的敌人吗?她在心里问自己。看起来,他们已经不是革命的同路人了,他不再是自己的同志,至于他到底是不是变成了敌人,她还一时半会儿判断不出来……这时候,她在感到痛心疾首的同时,也体会到了一丝儿庆幸,她庆幸总算看清了一个革命的叛徒……

她越发盯住老杜不放了,在这个荒无人烟的劳改农场里,她绝不能让一个处于危险状态的人出现问题,虽然她也是一个接受劳动改造的人,看上去与老杜并无二致,但她明白,他们早就走上了决然不同的两条道路,作为一名光荣的共产党员,她有责任有义务阻止一个人堕落成犯罪分子……她感到藏匿在心中的那团火苗正在燃烧,已经让她的身子感到了强烈的灼热……

在接下来的日子里,她发现每到劳动休息的时候,或者收工归来的时候,只要没有人注意,老杜就会一个人溜到一边去,开始还仅仅止于朝远处瞭望,慢慢就开始向他所望的地方行走,没错,他要去的地方便是农场的院门,看来他终于要冒险行动了……每到这个时候,她便一步不落地跟在他的身后,只要他真的接近了院门,她就会高声把他叫回来……老杜虽然没有回头,却好像知道她在后面跟着似的,每到快要接近院门的时候,也就是她快要发出喊声的时候,他便停住脚,并且掉回头,把目光落在她身上,然后干脆掉转身子,直朝她走过来。她想躲开他,不想让他看到她跟在后面,可已经来不及了,他以比走过去更快的速度走回来,在与她交错而过的时候,他并不往她身上看,好像她这个一直跟着他的人并不存在似的,但她却真切地听到他在嘴里嘟囔说,神经病……

时间一长,她便觉得老杜或许是在有意这么做,目的是拿她寻开心也说不定。他是那种绝顶聪明的人，不可能看不到站在院门口的警卫和他们手中的枪支，只要他不犯迷糊，就不会拿自己的性命开玩笑。这样一想，她便有些大意，以后当老杜偷偷摸摸往院门口走的时候，她只是朝他看上一眼，并不真的再一步不落地跟在后面。事实证明，老杜的确没有冒险出门去，每次都又一个人走回来，所以关于老杜要闹出什么事来的预感，短时间内还不能兑现。

这年的国庆节很快到来了。为了欢度节日，农场放了一天假，也就是说，这一天他们不用再到工地上劳动了。管理组长还组织部分文艺爱好者准备了一些节目，她虽然没有表演天赋，却被组长指定朗诵一首叫《献给祖国的爱》的诗。大家围坐在食堂旁边的操场上，已经有几个人表演起节目来，她这时突然发现，刚才还盘腿坐在观众中间的老杜不见了。不好，她在心里说，大概他又朝农场院门走去了。如果是在平时，她完全可以不再去跟踪他，自从小夏消失以后，警卫大幅度加强了戒备，老杜的行为完全可能被发现，过不多久便会自己走回来的。但今天不同，今天是节假日，院落里除了看节目的人外，还有一些自由活动的人，再加之给农场送水、菜的车辆也在今天到来，老杜如果真要逃跑的话，还是有可能得逞的……想到这里，她没有再做犹豫，便马上离开演出现场，一个人朝农场院门的方向赶去，看来她准备得较为充分的诗朗诵也来不及演出了。

与往日不同的是，经过一刻钟的疾走，她几乎快要接近农场院门了，还没有看到老杜的影子，而站在门口执勤的警卫和他们手中的枪支她却看清楚了，难道说老杜已经成功逃出去了？她忽然反应过来，也许老杜根本就没打算从门口出去，即使一个笨蛋也不会选择这样一条线路，何况老杜那么一个聪明到家的人呢？看来她是被老杜欺骗了，他那些所谓的企图不过是哄骗她的障眼法罢了，目的是麻痹她的思想，或者说转移她的视线，为他真正的逃跑行为做掩护……那么接下来的问题是，老杜逃跑的真正路线在哪里呢？她从院门的方向掉回身来，茫然无措地朝四处张望，想不出此时的老杜会在什么地方。

她在旷大的院落里转悠了一圈，还是没有发现老杜的行踪，最后又来到了他们干活的那个洞穴前，他总不会藏到洞穴里面去吧，或者在深处发现了通往外面的洞口？她正要往洞里走，却看见挑出的那些土上有几个脚印，昨天夜里刮了一场大风，漫天的沙尘早把地面上的一些痕迹抹平了，不用说,现在这些脚印一定是今天刚刚留下的,而大家都在操场上看节目,谁又会一个人到这里来呢?老杜,她脱口叫喊了一声,如果不出意外的话,从这里走过去的那个人除了是她一心寻找的老杜之外不会是另外的什么人。于是,她便迈开双脚,沿着那些脚印一路找下去。但随着那些土的消失,留在上面的脚印也很快不见了,前面便是一眼望不到尽头的杂草,尽管知道老杜是朝草丛中走去了,她却一筹莫展,不要说脚印,就是老杜整个人都进入了草丛中,她又怎么能轻易发现他的踪迹呢?他随便往里一藏就瞒能过一只鹰的眼睛,何况是她这个早就昏花了眼睛的人呢?她知道碰上了一个像狐狸一般狡猾的对手,他宁肯多绕一个硕大的弯子也要把她甩掉,而且从农场的边缘逃出去要比院门口方便多了,农场那么大,总不会每个地方都有警卫吧,即使围着挂满铁蒺藜的铁丝网又能阻挡得了他吗?他只要在下面打个洞就能顺利钻出去了……

她不敢怠慢,不管老杜在什么地方藏着,她都要尽力朝前走,朝草丛深处走,她渴望自己就像一个执意追捕野兽的猎人一样,只要阔步朝前走,就能把处于惊恐不安状态中的猎物惊扰起来,到那时候,她便可以轻而易举发现他了……她当然也知道,这样侥幸的想法未免过于天真,老杜既然精心策划了这场逃跑事件,又怎么可能轻易向她现身呢?她在心中那团火苗的驱使下,顶着凛冽的寒风在草丛间大步行走。她不知道狂风是什么时候刮起来的,只是感觉到了它彻骨的寒意,北方草原的气候与内地极其不同,寒冷总是来得那么早,这才刚刚进入十月份,气温就快要降到了零度,她出来得匆忙,没有穿像样的棉衣,只是利用心里那团燃烧不息的火苗来抵御寒冷,只要它没有熄灭的迹象,任何恶劣的环境都算不上她的真正对手……

功夫不负有心人,天快要黑的时候,她终于看见了老杜的影子……和她差不多,老杜竟然也没有穿上棉衣,所以当大风刮起来的时候,他便感到胆怯了,因为他是朝着农场院门相反的方向也就是北方行走,看着从对面滚滚而来的漫天阴云,他的脚步再也不敢朝前迈了,就是在这样的情况下,他扭回头来,看到了从后面追赶上来的一个人影,没有经过辨认,他就知道是那个叫李戈耀的女人确定无疑了。这个疯女人,她似乎听见他在心里叫骂了一声,身心的疲惫和对寒冷天气的恐惧让他停下脚来,似乎期待着她跟上去。

我就知道你不肯放过我？老杜歪倒在草丛间，气喘吁吁地对她说。

那你还要逃跑？她也在他身边躺下了身子，她必须承认，她已经走不动了。老杜，她强打起精神说，我不能眼看着你在革命的道路上迷失了方向……

不要说什么革命，老杜用手掌拍击着地面说，我不要什么革命，现在革命与我没有一点儿关系。

怪不得你要逃跑？她在心里说。当年你不是也参加了革命吗？她也质问他说，如果你不认同革命，为什么还要……

此一时彼一时也，老杜不无颓唐地说，那时候我是相信革命的，可现在……现在或许根本就不需要革命了……

为什么？

因为……革命已经成功了，对，它已经成功了，这没有什么错吧？

革命是成功了，可是革命并没有完成……

不要和我说这些大话，我要回家看看我的孩子们……难道我连关心一下自己孩子的权利也被剥夺了吗？

不管你有什么理由，都绝不能当革命的叛徒。

看你又来了……

什么都不要说了，快跟我回去……

我不能前功尽弃……也许再往前走上半小时，我就能离开这个鬼地方了……

可你真的相信自己能出得去吗？

如果不是这突如其来的鬼天气，我或许已经……

不要怨恨这天气，它像我一样，都是来救你命的……

我不需要你们救，我的生命属于我自己……

不要再硬充好汉了，你看风雪已经开始降下来了……

是的，在他们全力以赴辩论的时候，天上正在飘落雪花，寒风则越刮越紧，将雪花在半空中翻搅起来，形成了一团又一团纷乱的绸布，然后像鞭子一样从倒伏的草丛间抽打过去。她和老杜都被风雪刮倒了，两手抓着草丛趴在地下。这时天也完全黑下来了，要不是草地撒上了一层白茫茫的雪粉，他们怕是什么都看不清楚了。不要说再往前走，就是倒回去走也是不可能了，他们不得不面对一个严峻的事实，那就是要在这寒冷的旷野里度过接下来的夜晚……他们在草丛间爬摸了一会儿，终于找到一个黑乎乎的洞穴，便一起朝里面钻去。但他们随即就遭到了两只利爪的抓挠，好像里面早就藏匿了一个人，正对这两个入侵者发起猛烈的进攻。他们不得不退出来，她看见老杜脸上已经出现了血迹，摸摸自己的脸也有些黏湿。他们正在发愣，就看见一个毛茸茸的东西从洞穴里蹿出来，一边呜呜地嚎叫一边朝他们扑来。老杜率先明白过来，大喊一声，狼——她一听到"狼"字，浑身的毛发都竖起来了。仅仅是凭着本能，他们还是迅速做出了防备的架势。那只野兽在快要扑到他们面前时，竟然也停了下来，也许它感觉到了他们的防卫措施，没有再贸然发起进攻。也就是在这个时候，她觉得它或许根本不是什么狼，而是一只普通的獾，因为这种动物她在草原上早就见过多次了。这使她的胆子大起来，并鼓励老杜说，不要害怕，这是一只獾，它不能把我们怎么样的。听她这样说，老杜抹抹眼睛，也大大地吐出一口气。

虽然这种个头不算大的草原动物并没有伤人的习惯和本事，但在这个特殊的天气里，面对这两个要霸占它家园的人类，它还是殊死抵抗。她和老杜颇费了一番工夫，最后累得快要站不起来了，才总算把那只不太好惹的獾赶走，带着一身累累的伤痕钻到洞内，以躲避这场罕见的暴风雪。他们紧紧挨在一起，身贴着身，头靠着头，像一对双胞胎一般亲密无间。这个时候，他们没有再想一下与革命有关的事情，而是全心全意接受着时光的触摸，抱着侥幸的心理度过这个显得格外漫长的夜晚。是呀，能够见到明日的草原，对此时的他们说来便成为一件不敢怎样奢求的幸事……

天亮时分，她不知道自己是冻僵了还是睡着了，当老杜窸窸窣窣往洞外爬的时候，她竟然没有发觉。但老杜爬到了洞外，不但停住了，而且发出了一声惊叫，她才睁开了眼睛。她也随即爬出洞外，也不禁像他一样惊呆了，哪里还有什么草原，天地间一片茫茫的雪白，几乎不再有其他任何东西，没错，夜里的一场大雪让整个草原都改变了面目和颜色，简直让他们辨认不出这是居于世界的什么地方了。此时，风雪已经停下来，天上也不见了一片云彩，日头像一轮硕大的磨盘一般挂在天空中，光线照得地面一片灼亮，简直就要刺花了他们的眼睛。

真安静呀。老杜不由得脱口说道。

她点点头，吧嗒了一下嘴说，昨天晚上的情景，真像一场不真实的梦……

好日子，老杜沿着自己的思路说，这是一个难得的好日子。

她对他的话还没有做出反应，便看见老杜手脚并用，开始往前爬起来。她朝他前面看一眼，马上辨认出来，他面对的依旧是昨天的方向，也就是说，他要继续朝着农场外面逃跑……说时迟那时快，她奋力扑上去，伸出两手，从后面抓住他的两腿，使劲拉住不放。

你这个疯女人，老杜不住地朝后踢脚，为什么你要和我过不去？

只要有我在，她干脆抱住了他的双腿，你就不能从这里逃出去。

老杜知道不来硬的，是无法甩脱她了，便随手摸起一块石头，回过身子，使劲朝她头上砸来。她躲避不及，头上挨了好几下。尽管肌肉冻得有些麻木，却还是感到了疼痛，而且雪地也沾上了殷红的血迹。但她不管这些，照旧抱紧了他的腿不动。砸死你，老杜也越发用力地砸她，砸死你这个疯子。流淌到雪地上的血水越来越多，几乎快要把她的上半截身子泡住了，在灼亮日光的照耀下，地面红白交织，简直就像一幅美艳无比的图画。真好看呀，她在接受他用石头猛烈击打的时候，竟然不可思议地产生了欣赏图画的冲动和欲望……

就在她马上进入昏眩状态的片刻间，她听见远处传来一阵隐约的马蹄声。她不知道是她产生了靠不住的幻觉，还是真的有一支马队从后面驰来，她只是用仅有的力气和意识叮嘱自己说，只要我还有最后一口气，你就休想从我手里逃出去……

第五章

一

　　我有些心不在焉,在接待病人的时候老是停下来,掏出装在衣兜内的手机,看一下上面有没有漏接的电话,嘴里还会不由自主地叨念,怎么回事,她怎么没动静了呢? 我所说的"她"当然是指那个我早就熟悉了的张多娜,这些日子以来,我每天都会接到她打来的电话,有时还会在下班的时候碰到她。开始的时候,我还担心她对我纠缠太紧了会产生不好的影响,但后来,我渐渐适应了这种被人惦念的生活,不仅不再觉得讨厌和麻烦,内心里反而有一种隐隐的期待,比如今天,张多娜竟然快要一天没有打一个电话过来,我便感觉了失落,好像这一天有什么不正常似的。作为研究"强迫症"的医生,我明白这样的心理感觉便是一种强迫症的表现,也就是说,我对那个名叫张多娜的美丽女人已经患上了思念的强迫症。这个发现既让我感到吃惊,又使我体验了一种莫名的兴奋……想到这里,我的手指又在衣兜内摸到了那个软软的橡圈,真想掏出来,戴到手腕上,让有些混乱的脑子清醒一下。但看着坐在面前的患者,我又抑制了自己的想法,生怕让病人看出我其实也是一个病人……

　　快下班的时候,我还是接到了张多娜打来的电话。我请您吃饭。张多娜在电话中热情地对我说。一听到那个温软的声音,我心里便像被一只热乎乎的小手抚摸了一下,不安的情绪瞬间平静下来,不仅人家一如既往地把电话打来了,而且还说请我吃饭,这真是一件万分美好的事儿,我在感觉欣慰的同时,也又隐隐地激动起来,恨不能立刻就下班去才好呢。但我这才发现,由于自己的不够专心,我的门诊量完成得不是很好,这都快到下班时间了,我这边还积攒了好几个病号,而且回想一下,那些已经被我打发走了的患者,也没有被我给予认真的处理呢。我心里有些不安起来,但随即又想，这还不是你们这些患者闹得吗？要不是把心思老是停留在作为患者的张多娜身上，我又怎么会犯下玩忽职守的嫌疑呢？要怨就去怨你们那个张多娜吧。我平静下来，开始专注地接待剩下的这些病号，耐着性子问询他们的病情，然后给出尽可能合理的建议。但与此同时，我却又不断地抬头，目光往挂在对面墙上的钟表看，这说明我并没有把心思真正收回来。对不住了。我不再做不切实际的努力，在心里对那些不明真相的患者说。……好在下班的时间很快就到了，不然，我真不知道该怎么度过接下来的这一小段时间。

（马丽红一边处理文件，一边把头从电脑上抬起来，让目光转到里间屋的门板上去。她知道上司就一个人在里面，没有接待任何一个客户，但奇怪的是，他却没有一点儿动静，既没有从里面走出来，往她所在的这个格子间瞭上一眼，也没有往她手机上发短信，如果是以往的话，他不知早给她发过几条短信了，哪里还用得着让她满心期待。先前马丽红还觉得这些颇为暧昧的短信十分讨厌，即使它们不被同事们发现，就是她自己也觉得这件事不太正常，因为他们在短信上的交流已经超出工作的范畴，而变成一种半真半假的打情骂俏了，这似乎有些危险，如果任其发展下去，就有可能变成一种可怕的办公室恋情……虽说是可怕，但只要一对这件事开了头，便又止不住充满了匪夷所思的渴望，好像那个人不来骚扰一下，便有些对不住自己似的。欢迎骚扰，马丽红甚至厚着脸皮在心里嘟囔了一句。她突然想到自己的医生丈夫，当然，她之所以想到我并不是因为自己的行为有些对不住我，而仅仅是我的职业让她感到了些许不安。你别是患上思念那个人的强迫症了吧？她不无滑稽地想。以前，马丽红可是对丈夫从事的专业颇有些不以为然，认为研究强迫症和吃饱了撑的没有什么两样，但今天不知怎么回事，她却为自己是否有了这个症状而担起心来。

就要离开办公室时，马丽红突然接到了上司发来的短信。我们一起吃个饭吧。上司在短信中说。马丽红这才满意地点了一下头，就像一个处于饥渴的人畅饮了一杯水，心里别提多舒贴了。她把眼睛从手机上抬起来，让目光似有若无地在其他格子间上方停留了一下，眼角的余光自然是落在那些像自己一样的女性头上，在心里发问，在这个工作间里还会有谁能得到上司的邀请呢？答案似乎不言自明，这使她获得了更大的满足感，心情也便出奇的好。马丽红不易被人察觉地微笑了一下，把注意力放回电脑上，开始专注地处理下面的文件。她不能不承认，这一天她实在有些懒怠了，竟然落下那么多文件没有处理，距离下班的时间已经不多，看来今天她是无法完成任务了，这让她有些心虚，生怕被上司看见了对她生出不好的看法，她才获得青睐不久的待遇会转瞬即逝……但她随即又想，这样的局面还不是被他的短信骚扰造成的，如果有错的话，那上司就在他自己身上找原因好了。想到这里，马丽红便很快坦然下来，抓住剩余的不多一点时间，颇为认真地处理剩余的文件。但才过了一会工夫，她就又无法保持专注了，目光老是往电脑右下角的时间区里看，没错，她在盼望下班的铃声早些响起，同事们好尽快地走掉，而留下自己一个人，等待上司从他的工作间走出来……）

　　我一走出医院大门，张多娜就带着一缕香风迎了上来。莫医生……她似乎唯恐我看不到她，还一边朝我招手一边叫喊了一声。如果是在前几日，我还不希望她这样张扬，自己和这个女人的交往也处在鬼鬼祟祟的状态中，生怕从身边经过的熟人会看到这一幕从而制造出一些谣言出来。但现在不同了，我不但不怕她光明正大地来到自己身边，还巴不得别人会多看我们几眼呢。在这个物欲横流的社会里，谁还会没有一点出轨的想法呢？我在心里对自己说，越是这样的人才越是被人高看呢，我不想被别人瞧不起而落个无能的名声，却宁肯让我们捕风捉影地议论一番……何况这个上赶着和我来往的女人还是那么出色，本来就十分美丽，为了和我约会而又刻意打扮了一番，看上去是那么风韵而性感，和这样的女人发生一点点关系，不是更为我的人生增光添彩的一件事吗？这样一想，我越发感到自豪了，脸上的微笑也便愈加灿烂。

　　张多娜一来到我身边，便不由分说伸出她的小手，在我脸前悠荡了一下，并没有如我担心的那样往我脸上放，而是稍稍一垂，就势挽住了我的胳膊。我已经定好了饭店，张多娜告诉我，然后便说了"好运来"三个字。

　　好运来？我一愣，随即明白是那个叫高运来的人开的饭店，前些日子，我不但在那里闹过事儿，还被老板高运来请吃过一顿饭呢。我简单想了一下，如果被高运来看到自己和一个陌生女人吃饭也没有什么关系，一个曾经有求过我的人哪里又会管这号闲事？于是便点点头说，好，那家饭店的三文蛇做得不错。

　　你也知道三文蛇？张多娜看了我一眼说。

当然知道,我在心里说,也许这个城市里没有谁比我更知道三文蛇了。但我却没有把这句话对她说出来。

那我们就吃它的三文蛇好了。张多娜高兴地说。

(同事们都走光了,只有马丽红还留在院门口磨蹭。不一会儿,上司就从后面追上来了。哎,等我一下。他似乎生怕她走了,赶紧朝她招了一下手。马丽红急忙朝周围看一眼,担心会被同事们看见,虽然她并不惧怕别人的目光,甚至内心里还有一种巴不得别人知道这件事的欲望呢,不管怎么说,与自己的上司有一种非同寻常的关系,无论如何都是一件值得荣耀的事儿,何况这个上司既年轻又帅气,虽然他早就有了自己的妻室,却依旧是许多女人心目中的男神,被这样一个人主动约请吃饭,谁心里能不高兴万分呢?可正是这个原因,马丽红才叮嘱自己要保持低调,最好还是不要被别人真的看到,不然一旦遭到那些人的嫉妒而攻击起她来,他们才刚刚开始的关系就会半途夭折……马丽红看出来,为了和她进行这场单独的幽会,上司还刻意打扮了一下,头发梳理得溜光水滑,腮边由于刚剃去胡须也变得光洁白皙,衣服穿得格外有型,那条搭在脖子里的围巾尤其让他显得富有气度,看上去就像一个刚从银幕上走下来的电影明星。想到即将和这样一个人共享晚餐,马丽红激动得身子有些发颤。

上司一来到她身边,就抬起了自己的胳膊。马丽红明白他的意思,稍稍犹豫了一下,还是伸出自己的手,轻轻把他的胳膊挽住。我已经定好了饭店,上司悄声对她说,我们就去好运来吧。

好运来?马丽红觉得这个名字有些熟悉,很快便想起来,她不仅在那里吃过饭,而且好像还听说,丈夫也和那家饭店的老板有些什么关系……她不禁有些犹豫起来,自己和一个陌生男人吃饭的事儿如果被那个老板知道了怎么办呢?但她很快便反应过来,她从来不认识那个老板,他又怎么可能知道她是谁呢?便接口对上司说,好,听说那家饭店的三文蛇是一道拿手菜……

你也知道三文蛇?上司惊讶地看着她。

这有什么好奇怪的?马丽红在心里说,那都是我丈夫的老家乌龙镇的特产呢。她当然没有把这句话对他说出来。

好吧,上司兴致勃勃地说,那我们就去尝尝它这道拿手菜。)

我和张多娜走进饭店后,在大厅内选择了一个角落坐下来。张多娜向服务生要来菜谱,上来就找与三文蛇有关的菜。但不知道怎么回事,她竟然没有找到。服务生这才告诉她,他们的三文蛇菜已经取消了。为什么?张多娜诧异地问道,我们正想吃这道菜呢。

因为有人举报说,服务生这样回答她说,我们的三文蛇不是真正的……说到这里,他抬头看了我一眼,所以我们老板就不敢再做这道菜了……

我意识到了他的目光,心里不禁一紧,怎么回事? 我在心里问自己,难道这件事还与我有什么关系吗?

那怎么办? 张多娜敲打着菜谱说,那我们应该吃什么?

你们可以点这道三文鱼菜呀,服务生朝菜谱上指着说,我们饭店做的三文鱼菜,可是最为正宗的……

张多娜看了我一眼,只好对服务生说,那好吧,我们只好吃这道三文鱼菜了……

(马丽红挽着上司的胳膊走进饭店大厅,在另一个角落里坐下来。上司招招手让服务生过来,径直去点那道名叫红烧三文蛇的菜。但让他没有想到的是,服务生竟然摇起头来。怎么回事? 上司不明所以地问他说,难道这道菜没有了吗?

是的,服务生回答他说,由于有人举报说,我们的三文蛇做得不地道……说到这里,他扭过头,朝另一个角落里看了一眼,所以我们老板就把这道菜撤下来了……

谁会这样干呢? 马丽红有些气愤地嘟囔了一句,真是吃饱了撑得没事干了,竟然操这号闲心?

那我们吃什么? 上司站起来,做出了要走的架势,你们这家饭店是怎么开的?

其实我们又增上了一道新菜,服务生翻了一下菜谱说,叫红烧三文鱼……这道菜其实也和红烧三文蛇没有多大区别……

好吧,上司征求了一下马丽红的意见,然后决定说,那我们就吃这道红烧三文鱼菜了。)

我注意到,在吃菜的过程里,张多娜老是不自觉地把手举起来,似乎要朝我脸上放。我知道,这是她的强迫症在作怪,为了不至于当着那么多人的面让她摸到自己的脸,我也总是不自觉地把头往后仰一下。其实我这个动作未免有些多余,因为那张隔在我们中间的桌子阻挡了张多娜的手,让她的手掌无法越过桌子而放到我脸上来。每当意识到这一点时,张多娜就满脸遗憾的样子,好像什么至高无上的愿望没有实现似的,这时她一定十分后悔,为什么没有和我挨着坐,而是坐在了桌子的另一侧。

(有好几次,马丽红都停住了吃饭,看着坐在对面的上司抬起手,隔着桌子朝她伸过来,而他的手里并没有举着酒杯之类的东西。马丽红不知道他要干什么,本能地把脸往后仰了一下,说起来她根本用不到这样做,就算上司的手伸得再长,他们中间不是还隔着一张桌子吗?他并不能把手伸到她脸上来。马丽红有些吃不准,上司是不是在借着吃饭的理由让自己的手和她的脸来一下亲密接触?如果是这样的话,那是不是说明上司对她的喜欢也像患上了强迫症一样不由自主?望着他因不能如愿而倍感遗憾的样子,马丽红知道他心里一定非常后悔,他们为什么没有紧挨着坐在一起,而让一张桌子占了便宜?)

我怎么觉得那边有个人那么熟悉?我忽然转过头,望着一个角落发起呆来。是呀,我真的觉得坐在那个角落里正和一个男人一起吃饭的女人就是我的妻子马丽红,好几次都想站起来,越过吃饭的人丛,到那个角落里去亲眼看一下,如果那个女人是马丽红的话,我将毫不客气地冲上去,把他们吃饭的桌子掀翻,然后再把那个把手在女人脸前伸来伸去的男人暴打一顿……但我最终还是抑制了这种冲动,在心里警告自己说,也许是你看花了眼,上一次不就是为此惹出了麻烦吗?难道你还不吸取一下教训吗?我把屁股在座位上坐牢,一次次地安慰自己说,不会那么巧的,那个女人肯定不是马丽红,而仅仅与她的长相和动作有些相似罢了……

(那边有个人看上去怎么和一个人长得那么像呢?马丽红把目光转向另一个角落,在心里急急地问自己。当然,没用怎么想,她便明白那个正和一个女人面对面吃喝的人就像是自己的丈夫了。一意识到这一点,她便差点站起来,想到那个角落里去仔细辨认一下,如果那个人真是我,她就会冲上去,端起一杯红酒,将里面的液体狠狠地泼洒到我脸上去,然后揪住对面那个女人的头发,在她脸上使劲来上两个耳光,看她还把自己的两只贱手往别人脸上放吗?……她当然没有真的冲过去,大厅里那么多吃饭的人,难道她就不能认错人吗?如果为此而造成一场误会,她惹麻烦闹笑话事小,那和上司来这里幽会的行为怕是也会曝光了……)

你在看什么？张多娜发现了我的异常。

没什么？我当然没有向她说出自己的发现，而只是模棱两可地摇摇头说，或许是我喝多了……

没有，张多娜否定了我这个念头，我们才喝了很少一些酒……来，让我再敬你一杯。说着，就不由分说和我碰了一下酒杯。

没有办法，我只好再次端起酒杯，把里面的红酒一饮而尽。

（怎么回事？上司盯着她说，发现什么问题了吗？

哪里……马丽红摇摇头，没有将自己的怀疑说出来，便故意转移话题说，我的头好像有些晕……

怎么会呢？上司劝解她说，我们才刚刚喝了一点点……来，再干一杯。他把手里的酒杯在她的杯子上碰了一下。

好吧。马丽红端起酒杯，把剩余的液体慢慢喝光。）

从酒店里走出来的时候，我的脚步已经有些踉跄，似乎走在软绵绵的虚空中。尽管头脑也有些乱，但我却又本能地知道，我和张多娜的幽会并没有随着这顿饭的结束而完成，接下来一定还有什么东西在等待着我们继续去做呢，而对于这件还没有发生的事儿，我在酒精的作用下似乎充满了期待，是呀，既然事情已经来到了这样一个地步，那就索性一起去做了吧。

到我家去……张多娜傍在我身边，好像还找出一个说得过去的理由说，喝杯茶吧……

好的。我似乎正等待着她这句话，便旋即点了点头。但正要跟她往前走，一阵夜风吹来，让我发紧的头脑又松弛了一些，好像也便想起什么来。这样方便吗？我又并不多余地问了一句。

方便着呢，张多娜明白我的意思，便也不失明确地告诉我说，家里只有我一个人……

莫非她还在单身？我在心里问自己。这样一想，对于下面要发生的事我越发感觉到坦然了。

（一走出饭店大厅，马丽红就踉跄了一下，要不是上司赶上来搀扶住她，怕是就歪倒在地下了。她站稳脚跟，颇为茫然地四处望着，似乎不知道接下去该往哪里走。今天的会面就这样结束了吗？她在心里问自己，好像又有些不甘心，也本能地觉得接下去还应该做些什么，但那是什么呢？让她既充满渴望又心怀恐惧。

到我家去……醒醒酒好吗？上司不失时机地在她耳边说。

好吧。马丽红好像不知道他说的是什么，便在他的搀扶下朝前走去。但她突然打了一个嗝，好像一下子清醒了些。您的妻子是不是在家？她不得不问他说，我去怕是不方便吧？

她不在家。上司淡淡地说了一句，也并不解释妻子不在家的理由，便继续搀着她往前走。

他该不是要离婚吧？马丽红自语着说。这个念头一起，她越发有些不安了，脚步也更加踉跄起来。）

进到张多娜家门里后，我歪倒在沙发里，一时有些昏昏欲睡的感觉。不要睡觉，我在心里叮嘱自己说，接下来一定会发生什么事儿的……尽管有这样的想法，但我却无论如何打不起精神，过量的酒精导致我的头脑发昏，已经很难让意识支配自己的手脚了。张多娜总不会强迫你吧？临闭上眼睛时，我还不无滑稽地在脑子里提醒自己。没过多久，我便在昏眩中感到一只手伸到了脸上，像一只毛毛虫在欢快地蠕动，让我的脸颊既感到清凉又觉得刺痒。很快，那只手似乎就加大了抚摸的力度，不，已经不太像是抚摸了，而变成了一种揉捏和扯拽，从而让我的脸颊像是遭到了火烧，变得热辣辣灼疼起来……这个熊娘们，我在心里朝她骂道，为什么使这么大的劲儿？难道你要让自己的手变成老虎的嘴巴吞吃了人家不成？这样一想，我竟然变得恐慌起来，猛然一使劲，不但睁开了眼睛，而且还把身子也抬了起来。

你醒了？张多娜吓了一跳，随即便反应过来，急快地缩回两只手，却不知道该往哪里放，就那么在半空里悬着。或许她也感觉到，趁着别人陷入昏睡状态而在人家脸上抚摸未免有侵犯的嫌疑，一时竟也变得尴尬起来，自己的脸色也涨红了些。我……去给你倒杯茶……说着，她便离开我的身子，慌慌张张地穿过客厅，到厨房里倒水去了。

我呆呆地看着她的背影远去，抹抹眼睛，让自己的身子离开沙发，强打起精神，颇为疑惑地朝四周张望。

（来到上司的家里，马丽红瘫倒在沙发里，差点就要睡着了。你怎么能睡着呢？马丽红挣扎着对自己说，待一会儿发生什么事儿也说不定呢。马丽红虽然心里这样想着，却就是不能让自己的头脑清醒起来，刚才的酒喝得太多了，手脚都有些麻木的感觉。该不是要被他强迫了吧？马丽红既有些担心,实际上似乎也有些期盼。过了一会儿,她便感到脸上似乎有虫子在爬动,不由得让她的皮肤瘙痒起来,尽管她没有睁眼,却知道他的一只手落在了自己的脸上。很快,那只手就变得更加富有力度,刚才还是一种试探性的抚摸呢,见她没有怎么样做出反应,便随即变成了揉捏和扯拽,这使她的整张脸都胀疼开了,不知道是因为那只手的抚摸,还是自己感到害羞的缘故。这个家伙,马丽红在心里半真半假地对他说,手上的劲儿还真不小呢。在她的感觉中,似乎有一只饥饿的老虎正在朝着她大肆咆哮。马丽红忽然有些害怕,止不住睁开眼睛,而且一下子坐了起来。

你没有睡着?上司有些顾忌,赶紧把自己的两手缩了回去,却依旧举在半空里,好像不知道往哪里放才好。他大概也意识到了,在别人尽管是在装睡的情况下施以冒犯,毕竟不是一件多么光彩的事儿,这不禁也让他感到了紧张。你要不要喝杯茶?上司没有等她回应,便从她身边离开,急急忙忙走进了餐室里去。

马丽红从他的背影上收回目光,也从沙发上站起来,茫然失措地在屋内看着。)

尽管抹了好几下眼睛,我还是觉得视线有些模糊,面前的东西看得不是那么清楚。我看见张多娜回到我面前,把手里一杯冒着热气的茶水放在茶几上,便又离去了。这一次她是进到了卧室里去,出来时身上的外衣已经脱下来,这使仅仅穿着内衣的她显出了身材的苗条,也似乎变得更加性感起来。她从卧室里出来后,并没有回到我面前,而是又走进了卫生间去,随即里面便传出了哗哗的水声。难道她在洗澡不成?我在心里问自己。一时间,我不但让自己变得格外清醒起来,而且还感觉到了一种来自身体内部的冲动。看来那件要发生的事儿马上就要开始了……但让我没有想到的是,卫生间内的水声很快便停止了,随即张多娜就走了出来,身上依旧穿着刚才的内衣,看来她并没有洗澡,刚才的水声也不像是来自马桶,也就是说,她仅仅是在里面洗了一下手而已……一意识到这一点,我不禁感到了一些失望,自己刚才的想象不过是自作多情的妄念罢了,那种只是在身上反应了一下的冲动也显得毫无来由,现在感觉到尴尬的便是我自己了……

(马丽红使劲瞪大眼睛,但还是没有看清楚周围的一切,大约是酒精的缘故吧,她的视线一阵阵发花。上司端着一杯热茶从餐室里出来,把茶杯放在她面前的茶几上，便又走进了卧室里去，等他出来时，身上只剩下了短小的内衣，这使他一身鼓胀的疙瘩肉都裸露出来，显得是那么迷人。上司进到卫生间里去后，从里面传出的哗啦啦水声判断，马丽红觉得他或许是在洗澡。这样一想，她便一下子让脑子清醒过来，来自身体内部的冲动也正在变得更加强烈，难道说一件事情真的就要发生了吗？卫生间的水声停止以后，上司从里面走了出来，身上的内衣却没有发生变化，原来他并没有洗澡，只不过是在马桶上小解了一下而已……想到这里，马丽红在失望之余，也对自己的自作多情产生了更多的羞愧，随着弥漫在身上的冲动急快地退去，她越加感到了难堪……）

你在想什么呢？张多娜回到我身边，又把自己的两手举了起来，你是不是感觉好多了？

是……我为了掩饰心里的不安，便也把手抬起来，端起放在茶几上的水杯，凑到嘴边，装模作样地喝了一小口。

待我把茶杯从嘴边移开后，张多娜的手已经伸过来了，又不由分说放在了我脸上。我知道，虽然我的意识已恢复清醒，但张多娜在强迫症的作用下，还是不管不顾地要再次摸我的脸了……摸吧，这一次我不但没有拒绝的想法，而且还摆出了在某种程度上迎合的架势，为了打消张多娜可能有的一点点顾虑，我甚至还微微闭了一下眼，以让她把手上的动作做得更加放肆一些，并在心里鼓励她说，要摸你就摸吧。我知道，只有任她把动作做下去，下面要发生的事情才算得上顺理成章，或者说水到渠成……

（你好些了吗？上司来到她面前，上下打量着她说，现在你在想什么？

我……马丽红把那杯冒着热气的茶水端起来，抿着小嘴喝了一口，以让心里的不安情绪得到一些缓解。

趁着她把手里的茶杯放下的当儿，上司伸过了他的手来，准确地在她脸上抚摸了一下。马丽红虽然早就摆脱了迷幻状态，上司还是被强迫症支配着，不计后果地把手放在了她的脸上。马丽红没有拒绝他的抚摸，甚至在某种程度上还表示了一下迎合的姿态，这使上司的最后一点顾虑也消除了，在他看来，马丽红闭上眼睛的样子一定是一种沉醉的享受，这当然对他的动作形成了一种鼓励，于是便更大胆得把手在她脸上摸下去。马丽红似乎感到，只要自己不做出反抗的样子，那么下面要发生的事情便不可抗拒了……）

　　但让我没有想到的是,张多娜的手只是在我脸上变着花样捏弄了一会儿,当我觉得火候差不多了,自己也变得主动起来,力图把下面的事情尽可能快地进行下去,或者干脆更明确一些说,当我也伸出两手,把张多娜身上的内衣撩起来,要去她肉体上也抚摸一下的时候,张多娜似乎才从梦境中苏醒过来,嘴里发出惊恐的一声叫,立刻便从我脸上缩回自己的手,然后将我的手抓住,奋力往两边拨拉开去,意思非常明确,那就是要把我已经贴到她身上的手揭下来,扔到远处去。不要,为了强化自己这样做的意思,她还张开嘴,使劲朝我大叫了一声,不要——

　　我发了一下呆,似乎还不想承认发生在面前的现实,或者说还抱着一丝侥幸的心理,力图让早就变得不那么现实的事情继续发展下去,所以我的手并不愿意从她柔软的身体上缩回来,因此便形成了与她的两手所进行的一番较量。

　　不行,张多娜有些发急,知道仅仅推挡我的手并不能让自己挣脱出来,便把自己的手抬高了,在我脸上狠狠地打了一下,用更坚定的语气说,不行——

　　(马丽红没有想到,上司的手并没有更深入地行动下去,虽然她觉得一切都不可避免了,并且做出了主动配合的架势,两手都伸出去,抓住了他身上的内衣,马上就抱住了他鼓胀着疙瘩肉的身子。但就在这时,上司却像从梦中醒过来一样,"哎呀"叫出了一声,竟然从她脸上缩回手,就势把她伸到自己身上的手抓住,使劲拨拉到两边去,明摆着是不想把他们即将要发生的事情进行下去。不能这样,为了让马丽红知道自己的真实想法,他还明确对她说道,不能——

　　马丽红愣住了,无论如何没想到事情会是这样,失望之余,她还有些不甘心的感觉,便抱着最后一丝侥幸心理,不管上司怎样抵挡,依旧让自己的两手搂住那个鼓胀着肌肉的身体。

　　不能,上司不得不着急起来,在奋力让自己的身子离开他的手之后,随即举起手来,一边清晰地对他说,不能,一边在她脸上打了一个耳光。)

　　张多娜的手掌在我脸上打过以后,随着一阵更加火热的涨疼感觉,我终于清醒过来,知道自己期待的事情是不可能在今天发生了……但让我感到不可思议的是,张多娜为什么把事情做到半途就停止了呢?而且一副如此决绝的样子,和她刚才用两手在我脸上发起攻击的样子简直判若两人……为什么？我瞪起眼来，朝她大声咆哮了一声。

我不能和你做那件事，张多娜离开我的身子，虽然两手依旧抬起着，却是不住地向我摇摆，再一次把拒绝的动作做出来，同时急快地往后退，以尽量远离我这个危险分子，我不是一个随随便便的女人……

那你为什么要把我弄到这里来？我在心里愤怒地问她，而且还把两只手一再放到我脸上来？

张多娜虽然没有听到我的声音，却知道我心里在想些什么，便只好向我解释说，我早就对你说过，我有喜欢摸男人脸的病症……说到这里，她苍白的脸色也涨红起来，我知道这是一种强迫症，所以才找您去看病……除此之外，我是一个十分正常的女人，并不像您想象的那样不正经……

（上司的手从脸上拿开以后，马丽红感觉到火烧般的胀痛，这才让她迷幻的头脑有了一些清醒，原来自己所盼望的事儿的确是不可能发生了……她无论如何想不明白，上司为什么没有把这件事做下去呢？看他如此坚定地拒绝她，不能不让她疑心先前带自己来到的是另外一个人……你到底要干什么？马丽红愤怒地朝他叫喊，难道你在诚心捉弄我不成？

请原谅我，上司一边朝后退去，以离她更远一些，一边朝她摆着手说，我们不能这样乱来……他越退越快，好像他面对的是一只危险的母豹似的。

你把我弄到这里来干什么？马丽红绝望地在心里质问他，难道那两只手不是你自己的吗？

我好像忘了告诉你，上司看出了她心里的想法，便不好意思地对她说，我有一种强迫症，就是喜欢摸女人的脸……这样说着，他自己的脸倒先红起来，听说你丈夫是一位治疗强迫症的医生，所以我想让他帮我……可能你误会了我，我并不像你想象的那样随意乱来……）

我总算明白了，这个名叫张多娜的女人之所以一再联系我，其实不过是在找我治疗病症而已，绝不像我期盼的那样是在勾引我……该死，我懊恼地跺了一下脚，为自己心里的肮脏念头感到了极度羞愧，不敢再抬起头来看她一眼，便掉转身子，灰溜溜地朝门外逃去……

（马丽红这才明白，上司一遍遍地向她示好，原来都是奔着她的丈夫而来的，而并不是在打她什么主意……他妈的，马丽红使劲在地上跺脚，以掩饰自己心里不洁的念头。她转过身去，没有勇气再看他一眼，便急急忙忙地逃到了外面去……）

二

这年的暑假来临后，我的儿子从学校回来了。

儿子已经是一个初中生，因为学校离家很远，便一直住在学校里，按说星期天是可以回家来的，但儿子说，他们学校的课程安排得很紧，一般星期天也不让休息，便轻易回不到家来。我觉得事情如果真是这样的话，也倒不失为一件好事，还有比学校抓得紧更让人放心的吗？加之医院的工作繁忙，也便顾不得管儿子的事儿，只有到星期天时，才由马丽红买上一些儿子愿吃的东西，到学校去探望一次。现在好了，一年一度的暑假来到了，儿子终于得到了休息的时间，也便从学校里回家来了。

差不多已有一个学期没有见面，在我看来，儿子的个头长高了许多，看上去就像是一个标准的大人了，只是身体还非常单薄，脸色也一副苍白的样子，就像是得了什么疾病似的，一点看不出健康的样子来……我刚流露了一下自己的想法，马丽红就笑话我说，看你都把医生当到家里来了，在你眼里任何人都成了病人。我这才意识到，原来都是自己的职业习惯在作怪，儿子正处在成长期，又整天在学校里埋头学习，哪里还会强壮得起来？这天夜里，我还做了一个奇怪的梦，看见儿子被关在一个小房子里出不来，而让我难以接受的是，那间房子的墙壁上竟然写着"监狱"两个字，而不是我所认为的"学校"……

但儿子一回来，还没有和我们说上几句话，就一头扎到他的卧室里去，关上房门，再也不轻易出来了，而且到吃饭的时候，还需要马丽红前去敲门，并大声喊叫一阵，儿子才会打开门板，带着一脸疲惫的神情走出来，十分不情愿地坐到餐桌边。我和马丽红都想当然地以为，儿子是在屋内学习，为了免除我们的打扰才把房门关死，没有他的许可不能随便进去。即使坐在餐桌边，儿子也一副心不在焉的样子，时不时地便会走神，我和马丽红和他说了些什么，他似乎很少听到耳朵里去，也便没有什么反应，好像脑子还停留在他的卧室内。马丽红以为他在想着学习的事儿，一时心疼得不行，也感动得不行，一连几天都变着花样为他做好吃的，然后恭恭敬敬地端到他嘴边，给我的感觉是，家里突然来了一个上帝，不仅是马丽红，就连我也要使出浑身解数好好侍候了。

几乎半个假期快要过完了,马丽红才终于发现了儿子的秘密,事情的真相原来和她想象的完全不是一回事儿,当她把自己的发现说给我时,我也不免大吃了一惊。原来这一天,马丽红在家里闲得没事,便开始收拾房间,其实她也仅仅是在客厅里动一下手,并没有打算到儿子的卧室里去拾掇。但她发现与儿子房间相连的窗户上有一片灰土,便踩着窗台爬上去,拎着一块抹布去擦。通往儿子房间的窗户自然也是关闭着的,而且下面部分的玻璃上还贴着一层不透明的膜,里面到底是什么情状,从外头是一点也看不到的,这也是我们对儿子的行为造成误会的一个原因。但窗玻璃的上半部分却没有贴膜,马丽红站到了窗台上,便轻而易举看到了里面的情景,只见儿子并没有坐在书桌前学习,而是面对着电脑屏幕,正在专心致志地打游戏……没错,电脑屏幕上那些闪来闪去的动画,除了是游戏画面之外还能是别的什么呢?马丽红在窗台上发了一会儿呆,当回过味儿来时,差点从上面掉下来。

为了不至于给儿子的行为造成不必要的误解,马丽红没有立刻把自己的发现说给我,而是在接下来的时间内又偷偷窥探了儿子几回,终于觉得十拿九稳了,才十分不情愿地把这个结果说了出来。什么?我听了大吃一惊,原来儿子是在欺骗我们……也就是说,我们都被儿子的貌似刻苦给蒙蔽了……我简直难以相信这个结果,旋即冲到儿子卧室门前,挥着拳头使劲砸门。门板几乎快要被砸破了,儿子才无可奈何地打开,往外探了一下头,脸上浮出几乎不曾有过的恐惧表情。我把他拽出来,冲到卧室内,仔细往电脑上看。但电脑已经被儿子关闭了,我什么也没有看出来,也就是说我并没有抓住儿子玩游戏的把柄,我真担心,如果儿子不肯承认这件事,那我暂时还真是没有什么办法。

我是在玩游戏。好在儿子自己向我们承认了。

为什么?我瞪起眼睛质问他说,为什么你要背着我们玩这些虚幻的东西?

我全心全意地伺候你,马丽红也颇感委屈地对他说,还以为能让你成为一个……可没有想到,你竟然把宝贵的时间浪费在这些……

我控制不住自己,儿子沮丧地摇着头说,我也知道这些东西耽误学习,可我却就是……

我张了张嘴,突然间意识到,儿子别是患上了玩游戏的强迫症吧?我又进一步想到，已经很长时间没有关心过儿子的学习成绩了，他是不是因为这件事而影响到了……我绝望地闭了一下眼，然后便伸出手，向儿子讨要在学校的考试成绩单。

儿子虽然十分不情愿，但知道没有什么退路好走，只好把一团糟的成绩单从书包里掏出来，抖抖地递到我手里。

我接过来草草一看，就快要把肺气炸了……儿子原先是一个学习成绩不错的孩子，自己满心以为，他将来会比我还要有出息呢，可这才短短一个学期过去，儿子的成绩便一落千丈，考得一塌糊涂，简直让我无法再看下去……我知道再说什么也没有用了，便搬起那台儿子用于玩游戏的电脑，先高高地举起来，然后不由分说摔到了地下……

我以为摔坏了电脑，儿子的游戏就不能玩下去了，也就能在某种程度上减缓他强迫症的发作频率，如果再在学习上督促他一下，或许儿子还是能够回到正途上来的。但很快，我便发现自己实在是想错了，作为从事强迫症研究和治疗的医生，我原本不该如此轻率地对待儿子的病症，等我发现在接下来的时间内，儿子已经使用手机在玩那个游戏时，我才意识到问题的严重性，是的，虽然我摔坏了电脑，却没有及时把儿子的手机收回来，于是，儿子便在没有电脑的情况下，继续用手机去玩他的游戏……我虽然知道不能简单对待儿子的问题，却还是难以控制自己的情绪，从儿子手里夺过手机，不由分说又一次摔到了地下。

电脑被摔坏时，儿子的反应还没有那么强烈，只是惋惜地咧了一下嘴而已，但这一次，他却有些受不住了，看来他心里的痛点被触碰到了，也就是说，他接下去真的是无法再玩他的游戏了，于是他把脑袋抱住，扑倒在床上大哭了一场。

哭什么哭？我又冲上去，把儿子拽起来，在他身上狠狠地打了两巴掌，如果你再不把游戏戒了，就别想再进这个家门……

不进就不进。儿子也愤怒起来，从我手里挣脱开，掉转身子，就朝门外冲去。

我眼睁睁地看着儿子走掉了，当时并没有觉得这是一件多么严重的事儿，但直到一天过去了，儿子还没有回家来，我便有些不安了，难道说儿子真的不进这个家门了不成？

我还没有拿定主意接下来该怎么办，马丽红就沉不住气了，因为没有了与儿子保持联系的手机,那么儿子到底到什么地方去了,她便无法知道,所以也就更加焦急,不由得抱怨起我来,是呀,如果我不把儿子的手机摔坏,儿子的行踪就能轻而易举被掌握,哪里还用得着让我们如此担心呢,甚至儿子说不定就不会离家出走,也就不用再到外面寻找了……说来说去,这件事很快便成了我的错误,于是,马丽红便转而和我大闹了一场,将我身上的所有"错误"都拎出来数落了一遍。

我当然不服气,这件事明明是马丽红对儿子的溺爱造成的,怎么能把账算到我头上来呢?当儿子在学校里逃课玩游戏的时候,马丽红却还做了好吃的给他送过去,如果那时候便发现了儿子的问题,又何以造成今天这样不堪的局面?我甚至怀疑,其实马丽红已经看出了儿子走下坡路的端倪,但由于对他毫无原则地纵容,不但没有让他悬崖勒马,反而使他在错误的道路上越走越远,同时为了掩饰这件事的真相,她一定向作为丈夫的我做了隐瞒,直到看见纸里包不住火了,才不得不向我坦白这一点,而又把导致这件事发生的原因一股脑儿地推到我身上来……一想到这里,我便也克制不住自己的情绪,又和马丽红针尖对麦芒地大吵了一架。

为了儿子的事儿,我们很快便闹崩了。马丽红一气之下,竟然也从家里出走,不知到什么地方去了。我在家里待不住,便也从家里走出来,到街上去找儿子……

来到了大街上后,望着拥挤的车流和人流,我这才感到自己当初的做法有些欠妥,也才对马丽红的恼怒多少理解了一些,是呀,街上的行人那么多,楼房那么多,该到哪里去找我的儿子呢?不要说一个小小的人儿,就是一辆奔来跑去的汽车,只要藏到了某个角落里,即使让我费尽九牛二虎之力也别想顺利找出来……望着那些人流和楼房,我第一次感到了城市的幽深和庞大,不知道为什么,这时候我竟然想了一下老家乌龙镇,是呀,如果是在乌龙镇那样一个有限的地方,要找出一个人来恐怕就容易得多……我摇摇头,甩掉这些不切实际的想法,尽管明白盲目地找下去也没有什么效果,却还是朝着城市的深处迈出了脚步……

我在街道上逛荡了多半天,突然想到了一个地方,或者说是想到了一些地方,对呀,何不到网吧里去找一找呢?作为资深的研究强迫症的医生,我知道强迫症患者不会那么容易得到治疗,有些人即使看了一辈子医生也不见得会有什么成效,那么儿子自然也不会因为我摔坏了电脑和手机就能康复,他的离家出走或许不只是对我的抗议和躲避,是不是还有到另一个地方去继续从事游戏活动的嫌疑呢?如果事情真是这样的话,那我所去的地方除了是网吧那样一些便于上网的地方外还能是哪里呢?于是,我掉转身子,沿着街道一家网吧一家网吧地找起来……真是不到这些地方不知道,一旦走进来才让我大吃一惊,原来里面居然聚集了那么多像儿子一样还未成年的孩子,都一个个端坐在电脑前,两眼紧盯着屏幕,手里摆动着鼠标和键盘,正在专心致志地打游戏。孩子们呢,我禁不住在心里朝他们叫道,难道你们都患上了可怕的强迫症不成?想到这里,我并没有因为自己潜在客户的增多而觉得丝毫欣喜,相反,而是为儿子这一代人的生活迷失感到了深深的忧虑。

仅仅走过了五六家网吧,我就找到了我的儿子……此时,儿子像那些深陷游戏迷局中的孩子一样,也正在对着电脑屏幕专心致志地打游戏,对于我的到来一无所知。我突然打消了向儿子叫喊的冲动,当然更没有走上去把他拖开的打算,而是放轻了脚步,慢慢地走到他身后,甚至端出了不忍打搅他的架势,就那么一声不响地站在他身后。我倒要看一看儿子到底在玩什么游戏,也就是说,我要弄清楚到底是什么样的游戏在吸引或者说支配我的儿子,以至于让他失去了学习的兴趣,不顾父母的反对和担忧而一意孤行地来到这个地方,已经快要两天了还不肯回家去露一下面,毕竟我是医生嘛,知道凡是对疾病的治疗都要找出病症的根源,然后才能对症下药,有的放矢,我在治疗别的患者的时候是这样,那么对于儿子我又怎么能一味地任性而为呢?

没有想到的是,我才只看了一会儿工夫,便被儿子玩的游戏吸引住了。其实这也没有什么好奇怪的,如果游戏不能吸引住人,那么就说明它的设计是失败的,既然儿子老是迷恋这款游戏,那就证明它非同一般的魅力,我被深深吸引也就不那么奇怪了……儿子玩的这款游戏叫作"大河捕",说白了就是在河里捕鱼的意思,游戏者作为捕鱼人,可以在河道里垂钓,也可以去水面上下网,甚至可以驾驶船只入河捕捞,当然最吸引人的还是潜到河水深处去亲手捕捉,这可以根据自己的喜好来设定,一开始仅仅只能捕捉到一些小鱼,那么随着级别的不断提升,便可以捕到越来越大的鱼,到最后甚至便能够捉到如山岭一般的大河鲸了……这些倒也没有什么好奇怪的,真正吸引我眼球的还是,那些被游戏者捕捞上来的鱼儿竟然是那么熟悉,我没费多大劲儿就认出来，它们竟然是鱼人河里出产的三文鱼……是呀，游戏中出现的这种三文鱼十分独特，与世界上其他地方的三文鱼都有些不同，仅仅色彩艳丽这点就能让我轻而易举地分辨出来，完全可以说是鱼人河里稀有的特产，这便让我感到有些奇怪了，为什么鱼人河里的三文鱼会出现在游戏中？难道说设计者与鱼人河有什么不同一般的关系吗？但这又怎么可能呢？世界那么大，怎么恰巧设计者正好来自鱼人河边？这无论如何是不可能的一件事，而且从游戏出现的文字中判断，设计者应该是一个外国人，里面出现的捕鱼者也都是外国人的模样……我忽然回过头，满脸狐疑地往四周看，真的以为看到的景象是自己梦中的产物，也就是说，我在网吧里遭遇玩游戏的儿子的场面并不是现实中的情景？这个想法让我感到一阵阵惊恐和不安。

儿子终于发现了我的存在，停住手，慢慢从屏幕上把脸回过来。您什么时候来到这里的？儿子的口气里并没有吃惊的意思，也没有恭敬的表示，就像面对他的一个同学一般平常。

我……我反应过来，一时不知道该说什么好，但我却由此确定了，自己所看到的情景并不是梦境，此时我就真的和儿子待在一起，甚至可以说是在和儿子一起玩这款叫作"大河捕"的游戏。你知道鱼人河吗？我突然问儿子说。我想起来，自己并没有带儿子回过老家，也就是说，儿子不可能知道那条名叫"鱼人"的河。

不知道。儿子果然摇摇头说。

儿子的回答没有出乎我的意料，我就更加想不明白了，既然这样，儿子又为什么迷恋上这款游戏呢？难道仅仅是巧合吗？其间有没有什么神秘而决定性的因素存在呢？

把儿子带回家后，马丽红却还没有回来，而此时早就是下半夜了，所有的公交车都已经停运，莫非她真的不回家来睡觉了？这几乎同时意味着，她一定是在外面过夜的，只是我并不知道她到底睡在什么地方……当然，马丽红在外面过夜还是平生第一次，此前不管她在外面有什么事儿，都会在我接近容忍限度的情况下回家来，我甚至觉得，马丽红患上了晚些却一定回家来的强迫症，脑子里就像有一只行走不断的钟表似的，会在某一个终点也就是我容忍的极限时分鸣响，提醒她要回家来了，也正因为这样，我和马丽红的夫妻关系才能一如既往地保持下去，并没有在这个让家庭危机四伏的时代里遭遇真正的危机……但今天,马丽红却第一次没有回家来,这是不是说,我们的夫妻关系已经走到头了呢?想到这里,我感到了真正的不安。

正在我不知道是否该重新回到大街上,去把马丽红找回来的时候,电话铃声突然响了起来,把我吓了一跳。我愣怔了一下,便急不可待地扑向电话,我以为这一定是马丽红打来的,告诉我即将回来或者不回来的消息,是呀,就算她真的不回来了,但只要告诉我一声,我就也会谅解她的,就说明她还在乎这个家,还在乎我和儿子,也就说明这个家庭还没有出现裂痕,更没有走到尽头,还有继续存在的必要,还能一如既往地走下去……但当我拿起电话,把听筒贴到耳边的时候,我知道是自己想错了,里面传来的根本不是马丽红的声音,而是我待在乡下乌龙镇的老父亲发出来的。

我做了一个梦,父亲在电话里哀伤地说,我看见有人在鱼人河边钓鱼……

……?我虽然听着电话里的声音,脑子里却一片空白,也就是说我有一段时间根本不知道父亲在电话里说了些什么。

那些三文鱼,父亲开始抽泣起来,都被那些该死的家伙捕走了,一条又一条,就像小孩子一般提在他们手里,都装到鱼篓子里去了……

我突然反应过来,开始明白父亲说的是什么了,但我却还是困惑不解,父亲为什么做了那样一个梦?而且还给我打电话,把他梦中的情景说给自己?我张着嘴巴,想对父亲说句什么,却又什么也没有说出来。

它们都死了,父亲哭得越发哀伤了,那些鱼都被他们弄死了……

我的头皮一阵发麻,虽然电话里传出的是父亲熟悉的声音,却毕竟是悲伤的哭泣声,加之又是处在更深人静的深夜间,我便感觉得身子有些发紧,就像窗口吹进来一股寒彻的夜风,让我的四肢瑟瑟地颤抖起来。别说了,我哀求父亲说,那仅仅是您做的一个梦,又何必当真呢?居然还哭上了?然后不由分说挂上了电话。

虽然父亲的声音消失了,但我却睡不着觉了,不知道为什么,脑子里竟然都是鱼人河里的三文鱼被人捕捉的情景……我真疑心自己在重复父亲的梦境,甚至不知道自己是在现实中还是在睡梦里……我忽然感到,父亲的梦境或者说自己的梦境中的情景为什么那样熟悉,好像我早就见过了似的……我猛一下坐起来,意识到梦中的情景我果然已经在儿子玩的游戏中见过了,也就是说,父亲梦到的情景竟然来自儿子的游戏,或者说儿子游戏中的情景居然来自父亲的梦境……我感到脑袋发胀,这个念头几乎把我的脑子也弄乱了,不知道在儿子的游戏和父亲的梦境之间,到底哪个应该是因哪个应该是果?但不管怎么说,我不仅被自己的念想弄昏了头,还感觉到了透彻肺腑的恐惧,好像我窥见了什么不该看到的东西似的……

这一夜剩下来的时间内,我再也不敢闭眼了。

第二天,没有等到马丽红回来,我就去上班了,直到多半上午的时候,我才想到看手机,发现上面有好几条未读短信,还以为是马丽红发给我的呢,便急忙打开来阅读。其实信息并不是马丽红发来的,甚至根本不是短信,而是包含着视频的彩信,发送者竟然是李百家……我有些失望,没有看就想删掉,在我想来,李百家找我也没有什么好事,再说我根本就不想与这个人保持紧密的联系。但在最后一刻,我还是决定看上几眼了事,于是便顺手点开来,让我没有想到的是,李百家发给我的这几条彩信竟然都是有关捕鱼的视频,据他自己说,是他这两天在鱼人河边拍摄的……

几条视频差不多都是一样的内容,一个年轻人在河边捕鱼,手里一会儿是钓竿,一会儿是渔网,一直忙碌个不停。显然这个年轻人的捕鱼技巧很高,一条条色彩斑斓的三文鱼脱离开水面,一会儿在他的钓钩上挣扎,一会儿在他的渔网里翻滚,让我看得眼花缭乱。因为年轻人背对着镜头,我看不清他的面目,却觉得他有些熟悉,好像在什么地方见过似的。我想了一下,才猛然间发现,这个在河边捕鱼的年轻人不是我的儿子吗?这个念头让我大吃了一惊,怎么可能?我的儿子明明在这个城市里玩游戏,根本没有到鱼人河边去过,又怎么可能被李百家拍到呢?我无论如何不能相信他就是我儿子,只能认为那是一个与儿子十分相像的人,这样的解释才让我稍稍松了一口气。但随即,我又想到了父亲夜里的那个电话,或许父亲看到的情景真的不是梦中发生的事儿,而是他在河边目睹的真实情状,那他为什么说是自己的梦境呢?我看得一头雾水,一时不知道到底该相信谁,总不会是李百家给我开的一个玩笑吧?我忽然想,也就是说这些视频根本不是在鱼人河边拍摄的,而是在随便哪个地方,李百家之所以发到我手机上,是因为觉得那个捕鱼者很像我的儿子,或者说他是为我父亲的梦境提供一个证据?……我拍拍脑袋,觉得这样的解释未免漏洞百出,因为李百家从来没有见过我的儿子,还有,他又怎么可能知道我父亲做了那样一个荒唐的梦呢？

犹豫了一下，我还是决定给李百家打个电话，让他亲自说一下这些视频到底是怎么回事。电话倒是连通了，却没有人接听，里面的铃声一直响个不停，每次拨出去都是这样。李百家怎么回事？我在心里问他，在搞什么鬼名堂呢？我一连拨打了好几遍，最后还是决定放弃算了。但就在这时，李百家却又把一条信息发送过来，这一次不是什么彩信，而是一条普通的短信。我在市长这里参加会议。这一行字虽然简短，却是很有力量，让我连回复他几个字的勇气都找不到了。既然李百家不方便联系，那我就只好打消了找他的念头。

下班之后，我本以为马丽红已经回家来了，不管怎么说，她都不应该在外面滞留那么长时间，除非她真的不想在这个家庭中待下去了，但这显然有违她强迫症的发作规律……但事实证明我想错了，马丽红竟然真的没有出现在家中，不仅她不在，而且儿子也不在了，家中空空荡荡，连一点儿烟火气都没有，虽然是在夏日里，我却觉得一股寒气朝我扑来。马丽红没有回来还倒没有什么，让我感到问题严重的是儿子的再次离去，我不用怎么想，便知道儿子不是强迫症发作，又到网吧里捕鱼去了，不是的，因为昨天夜里儿子已把那款游戏玩完，也就是说他玩到了最后一级，已经捕获到了比山岭还要庞大的河鲸，也便意味着那个"大河捕"游戏的真正终结，既然这样，他又为什么要到网吧里去呢？儿子不去网吧，便只剩下一个去处，那就是找他的母亲去了，这同时也就意味着，马丽红是不轻易回家来了，我甚至想象了一下，也许正是马丽红的召唤，让儿子再一次离家出走，投奔到他母亲的怀抱里去了，而将我一个人留在这个像旧仓库一般空荡的家里，这样的事实至少说明一个问题，那就是母亲和儿子才是一家人，而作为父亲的我却成了另外的什么人……这样的结论实在让我难以接受。

我没有给自己做饭吃，而是闷头坐在客厅的沙发里发呆。这时候我脑子里到底在想些什么，怕是只有魔鬼才可能知道，只是有几次，我把装在衣兜内的橡圈拿出来，套在一只手腕上，然后用另一只手使劲扯拽，企图让肌肉的疼痛使自己镇定下来。但这显然无济于事，最后我干脆把那只橡圈扯下来，狠狠地丢在地下，然后突然站起来，迈着大步走进儿子的卧室，抖抖地伸张着两手，在儿子的床铺上拨拉起来。自然不用费什么劲儿，我便找到了儿子留在铺面上的一些毛发，我把它们举到眼前，像看待化验单一样仔细。终于，我在毛发间找出了带有毛囊的几根，小心地装到一个信封里，然后才从儿子的卧室内走出去。至于我收集儿子的毛发去干什么，即使不是魔鬼恐怕也能估摸出来了，没错，我是利用儿子的毛发去做鉴定，或者更明确一些说是去做比对，与自己身上的信息做比对，看它们是否有什么一致的地方，这样的举动有一个十分科学的名称，叫作"亲子鉴定"……是的，气急败坏的我要在怀疑不是自己儿子的这个年轻人身上做一下文章了，目的自然还是冲着那个伤害了我的女人马丽红去的……

凭着作为医生的便利，我要做"亲子鉴定"还是十分容易的事儿，不然我也不会费尽心机去走这一步。但为了不至于让这件事外泄，我并没有贸然到鉴定室去送样，而是先把负责鉴定分析的医生约出来，在饭店吃了一顿饭，并推说是别人托付的事儿，与我没有什么真正的关系，然后才把两缕头发交给他，让他趁工作之余偷偷地做一下。两缕头发除了一缕是儿子的之外，剩下的一缕自然便是我自己的了。在等待鉴定结果的那两天里，我一直心神不定，真担心如果儿子与我没有什么血缘关系，那我将如何面对这残酷的现实，对妻子和儿子将如何处置，都是我必须考虑的一件事。到这个时候，我才明白妻子和儿子对我该有多么重要，如果他们解除了与我的一切关系，我将成为真正的孤家寡人，虽然那个家庭属于我一个人所有了，但没有了妻子和儿子带来的生机还有什么意思？这种日子我连一天都过不下去的……我似乎这才看清楚了自己的本来面目，对自己暴露出来的怯懦感到极度的羞愧，我开始后悔起来，责骂自己不该贸然去做这件事儿，既然我没有承担这种后果的胆量，又何必去冒这个险呢？我真想再去找到那个医生，把那两缕头发要回来，有几次我都来到了化验室门口，却又没有勇气走进去，我知道即使真的去要那两缕头发，恐怕也早就来不及了，时间已经过去了好几天，那个鉴定结果或许马上就要出来了。

事实上，我期待而又惧怕的鉴定结果还要再过上几天才会出来呢，医生唯恐因为这件事而受到追究，一时不敢下手，拖拖拉拉又过了一段时间，他才偷偷摸摸对两缕头发提供的信息进行了比对，等他把鉴定结果弄出来的时候，我的神经已经快要承受不住了。事实证明，我还是有些多疑了，鉴定结果显示，儿子的确是我自己的儿子，与其他男人没有任何关系……到这里，我才真正松出一口气，两腿一软，差点坐倒在地下。此时，我想到的并不是儿子，而是给我生出了这个儿子的妻子，一个劲儿地在心里说，马丽红，是我误会你了……我这时候才又意识到，那个名叫马丽红的女人到底在什么地方，我还不知道呢。

就在此时，我又接到了张多娜打给我的电话。这个熊女人。我在心里叫骂了一声，毫不客气地回绝了她的来电。

三

这年的中秋节前夕，我参加了一场老乡聚会，参加者自然都是乌龙镇的李姓人，而外姓仅仅就我一个人，这使我感觉得有些不自在，好像一匹山羊闯进绵羊群里去了一样，虽然大家并没有把我当外人，但我却不能没有那种疏离的感觉。好在聚会现场热闹非凡，由于李百家没有前来参加，人们的话题便一直围绕在他身上，有些人还讲了一些有关他的话题，气氛轻松怡人，才让我感到了些许欣慰。

说起来，这场聚会的发起人和赞助者都是李百家，不仅是这一场，自从兴起老乡聚会这件事那天起，一切便都是李百家来操办，一来他有那种实力，所有的费用对他来说都没有丝毫问题；二来他有场地，属于他的房子应有尽有，随便找个地方就行了；这两条之外，更重要的还是他具备操办这件事的热情，什么时候该聚会了，在什么地方聚会，讨论什么议题等等这些问题，都由他来办理，其他人只要接听电话按时出席即可，至于花了多少钱，根本无须过问，只要记住这是李百家提供给大家的好处就行了，就算记不住也不要紧，反正李百家也不会向人们提起这事来。按说，人们得到了李百家那么多好处，就算不说他几声好，默默地记在心里则是应该的吧？但事情远远不是那么回事儿，当着李百家面的时候人们尚且从不恭维他，一旦李百家转过身去，大家便更不拿他当回事儿了，尤其是李百家不在现场的时候，比如今天，人们说到他便有些放肆，让我这个外姓人听来，那些说法都有些污蔑兼造谣的成分，便不能不让我感叹，都是因为李百家的出身问题，才让这些势利眼看轻了他，现在李百家已经混得足够好了，在这个城市里占据了房地产业的半壁江山，可以说要风得风，要雨得雨，也是一个响当当的大人物了，但在知根知底的乌龙镇人眼里，他还是那个一无所有吃百家饭的人，我以为，这样的局面怕是永远都难以改变了。

李百家怎么没来？有人四处张望着说。

怕是他又到市长那里开会去了吧？有人接口说。

听了这句话，我愣了一下，忽然想到那天李百家发给我的短信，一时吃不透事情真是这样，还是那个人在说风凉话。

一听李百家不在这里，人们的话题很快便转移到他身上去了，而且也开始口无遮拦起来。

前几天我在街上碰到李百家了，一个中年人用神秘兮兮的口气说，当时他刚从一辆豪华车上下来，我正要过去和他打一声招呼，却看见他转过身去，从里面牵出一个女人来，而且是一个十分年轻的女人，长得别提那个漂亮……

这有什么好讲的？另一个人打断了他的话，兴许那个女人是他城里的小老婆吧？我见过他小老婆，长得十分年轻，当然也十分漂亮……

他小老婆我还没见过吗？中年人撇了撇嘴说，我的意思是说，李百家是和一个我们都不认识的女人在一起，而且还牵着那个女人的手……什么样的女人会和他在大街上牵手呢？

这个还用问吗？又有一个人拍一下大腿说，那一定是他的情人了……这里是不是管相好的叫情人，或者叫小蜜什么的？

另一个人这次好像又明白了，没错，兴许那个人是他的秘书哩，我见过他的秘书，长得别提多年轻，又别提多漂亮了。

李百家当着别人的面和小蜜拉拉扯扯，中年人继续说，想必他们的关系非比寻常……说到这里，他还向别人挤了一下眼，当时我只是看见他们牵着手进了好运来饭店，说不定吃完饭后，他们会去宾馆开房呢……

李百家还用去宾馆开房？另一个人反驳他说，人家李百家是干什么的？是专门盖房子的，他要想偷偷摸摸办点私事，还用去找别人的房子？他自己随便走进一间房不就行了吗？

听他这样说，大家都点点头，不好再说什么了。

但关于李百家和女人关系的话题一旦打开，便不会轻易被人们放弃了。在接下来的时间内，一个年轻人又说了李百家和女人的另一件事儿，而且这一次还牵涉了房子的事儿。当年我跟着李百家干活的时候，年轻人这样起头说，有一次他让我到一个陌生的地方去送饭，但没有说送给什么人吃，只是让我先到好运来买了一份红烧三文蛇，然后按照他给我的地址，送到一个小区的楼上去。来给我开门的是个女人，长得别提多年轻，也别提多漂亮了……

是不是我见过的那个女人？中年人说。

不是，年轻人摇摇头说，住在那个楼上的女人戴着一副眼镜，看上去就像是一个大学生，当时我觉得非常纳闷，为什么这个大学生不去上学，却住在这里不出门，还要让我来给她送饭呢？

这个女人和李百家有什么关系吗？又有人不解地问道。

当然有关系了，年轻人白了他一眼说，如果没有关系李百家会让我来给她送饭？莫非他是闲得没事干了？

那这个女人是谁呢？那个人继续问道。

当时我也不知道她是谁，年轻人也继续往下讲，当然也不敢胡乱问了，把饭送到她手里就想离开那里……关于女人的事儿，我觉得还是尽量少知道一些情况为好，免得招惹是非……但那个女人叫住了我，一边吃我买给她的三文蛇一边要求我说，你能不能多待一会儿，陪我说说话……

她是不是在打你的主意？那个人突然叫起来，并且咧开大嘴笑了一下。

算了吧，年轻人再次白他一眼说，就我这个灰头土脸的样子，人家一个斯斯文文的大学生会打我什么主意？我明白她说这句话的意思，看来她是在那座房子里一个人待久了，实在是闷得慌，才想让我陪她说说话儿……

噢，那个人拍了拍脑袋，一副恍然大悟的样子，我明白了，那个大学生兴许是李百家包养的女人，对不对？

看来没错，中年人也一副恍然大悟的样子，李百家一定是在那座房子里圈养了一只鸟儿……对了，那座房子就是李百家送给那个女人的吧？作为青春损失费什么的，你们想呀，如果女人捞不到这点好处，会白白让李百家包养吗？

听到这里，人们又点起头来，几乎是不约而同地说，还是人家李百家有这个条件，房子对他来说还是什么问题吗？只要他愿意包养，多少女人他都能养得起呢。这样说着，许多人脸上都浮出了羡慕嫉妒恨的复杂表情。

一时间，大家都争相说起李百家和女人的逸闻趣事来，反正他也没有在这里，也便没有什么人发表不同意见，话题自然就显得丰富多彩。说来也怪，关于李百家和女人的逸闻趣事竟然越来越多，就像打开了一道关闭已久的闸门，水流如脱缰的野马一般淌出来，再也无法挡住。

有人说，与李百家有染的女人多得不可胜数，就连他本人都搞不清到底是多少了。那么多的女人怎么应付得过来？李百家思来想去，突然想到了过去皇帝的做法，那就是翻牌子，在每张牌子的背面写上宫女的名字，皇帝随意一翻，不管是谁只要翻到了，那夜里就和她睡在一起了……李百家的做法不是翻牌子，而是抓阄，在每张纸片上写上女人的名字，团成团，让他随手一抓，不管抓到谁，夜里就到她那里去睡觉了……由此可见，人家李百家如今过的是皇帝的生活呀……

有人说，李百家与当地的女人来往多了，觉得实在没有什么意思，便想尝尝外地女人的滋味，于是他便坐上飞机，到别的地方去和那里的女人来往……这些年来，他走遍了全国各地，也就是说，他和全国各地的女人都来往遍了，时间一久，也便觉得没有什么意思了，便又想尝尝外国女人的滋味，于是他就又坐上飞机，到世界各地去和当地的女人来往。但世界毕竟比中国大，他一时半会哪里飞得过来？于是，李百家就包了一架飞机，专门到国外去空运美女……

还有人说……

有关李百家和女人的话题似乎越来越多，也越来越有些离谱，在信息闭塞的我听来，既觉得新奇无比又不敢相信，这时我简直产生了一个有趣的幻觉，看见自己走进了一个古代的书场，坐到一帮被烟雾笼罩着的听客中间，兴致勃勃地聆听来自舞台上几位说唱者的演出……

几乎谁都感觉得出来，关于李百家和女人逸闻趣事的演义成分越来越浓重，在一定程度上影响到了话题的可信度。接下来，终于有人挺身而出，以现身说法的形式向人们讲了一个颇为真实的故事，在很大程度上校正了话题的准确性。

都说兔子不吃窝边草，但李百家这个人却比兔子厉害，他不但吃窝边草，而且连那片长草的地都扒出了窝。一个文质彬彬的麻脸对大家说，前几年，李百家花重金雇请了一个保镖，一天到晚带在身边，为他的商业行为保驾护航。那个保镖我看见过，的确是个厉害角色，浑身长满了疙瘩肉，胸脯上和胳膊上都文着图案怪异的刺青，如果他脱光了衣服往那里一站，兴许大家会认为他是一匹怪兽呢。更为关键的是，这个保镖还有一身的武艺，既练过散打又学过拳击，三五个人根本不是他的对手，李百家让他为自己看家护院，可说是真的找对了人。当时，李百家雇请他的时候，只是看中了他身上的功夫，并不知道他还有一个十分年轻而又漂亮的妻子，直到有一次过节的时候,李百家和他喝闲酒,因为没有什么事干,便让他多喝了几杯,没想到这个保镖干什么都行,就是喝酒不行,几杯下去就醉了,为了不给李百家惹麻烦,他在喝醉前给妻子打了一个电话,让她开车过来把自己带回家去。于是,没过多久,他的老婆也就是那个既年轻又漂亮的女人便开车过来了,也就是在这个时候,李百家第一次见到了那个女人。几乎从第一眼看到她的时候,李百家便相中了这个女人,打定主意要把这个女人弄到手……

听到这里,有人提出了反对意见,这怎么可能?李百家什么女人没见过,怎么能被自己保镖的女人吸引住呢?

这个你去问李百家好了,麻脸摇摇头说,我们又没有见过那个女人,怎么知道李百家的想法?他咳嗽了一声继续往下讲道,从此以后,李百家便背着他的保镖,偷偷摸摸和那个女人取得了联系,那个女人不知道是图他的钱财还是什么原因,反正也和李百家勾搭上了,两个人便在保镖的眼皮底下办起了偷事……你们想呀,对那个保镖来说,一个是自己的老板,每天的工作时间都在一起,一个是自己的老婆,只要下了班便回到她身边,这样两个人办偷事还有不被发现的道理?很快,保镖就知道自己的后院起火了,而纵火者竟然是自己的老板……对于李百家来说,就从这个时刻起,保镖的身份便一下发生了一百八十度的转变,由一个忠诚保护他的人变成了一个执意追杀他的人……李百家当然知道他的厉害,哪里再有胆量和他照面,便一心一意地躲避他,那些日子只要一听到保镖的名字,便像兔子一样撒腿就跑。但这样下去总不是个办法,总要解决一下才能把问题消除掉,于是李百家便让人给保镖捎信,把他开出的解决方案向人家提出来……你们知道李百家的方案是什么吗?

这个谁还想不出?大家差不多都一齐说,送给那个保镖两套房子不就解决了,反正李百家有的是房子。

你们说得还真对,麻脸朝大家竖了一下大拇指说,看来你们和李百家想到一块去了。但让李百家当然也包括你们想不到的是,那个保镖竟然不吃这一套,让人捎信回答李百家说,不要说两套房子,就是把你的房地产公司都送给我,老子也不干……

听到这里,人们都感到了困惑不解,怎么回事?那个保镖的脑袋是不是被驴踢了?能够让自己的女人换回两套房子,这个便宜他占大了……他到底要干什么？莫非还惦念着那个女人？他就不拍着脑袋想一想，只要得到了两套房子，什么样的女人搞不到手？又何必纠缠在那个女人身上呢？

李百家也像你们一样纳闷呢，当然想不明白保镖和那个女人到底是怎么一回事儿，麻脸重重地叹口气说，到这个时候，李百家发现，往下的路差不多已经堵死了，要想睁着眼睛活到明天、后天，他必须要想出另外一套解决方案来……你们说，李百家能想出更好的方案来吗？

当然能，大家又都一起点头说，凭着李百家这些年练就的本事，什么样的事儿也难不住他。

没错，麻脸拍了拍手说，其实这套新方案他早就想好了，只是出于好心没有立刻拿出来罢了，但那个保镖不买他的账，就休怪他往心狠手辣的道上走了……没过几天，那个保镖就遭到了警察的传唤，说有人举报他窝藏冰毒，要在他家里搜上一搜，结果还真的搜出了一包冰毒。这件事便不可收拾了，尽管保镖矢口抵赖，又是拍打胸脯又是对天起誓，但有那一包冰毒存在，他就是把大天说下来也没有什么用，警察不听其言而重证据，不由分说便把他抓了起来。没过多久，保镖就被重判了二十年，不知发配到什么偏远地方劳改去了，等到漫长的二十年过去，他就是还侥幸活着，出来了还能怎么样？还有力气找李百家复仇吗？到时候那个既年轻又漂亮的老婆还会认他吗？……噢，我忘了说啦，他被抓起来的第二天，李百家就大摇大摆地出现在大街上，干脆到他家和那个女人幽会去了。

咿呀，听到这里，人们都禁不住发出了一阵感叹声，真是想不到事情的结局会是这样……有人赞叹说，李百家这一手干得漂亮。但当即遭到了另外一个人的反击，李百家干出这样的事来，是要下地狱的。于是，两边的人互相争吵起来。有人又说，也怪那个保镖太不识时务，竟然敢和李百家较量，也不打听打听，人家李百家是干什么吃的？如果没有几把刷子，能在这里混到今天这个样子？这些话倒是得到了大多数人的同意，没有再引起什么争议来。

大家感叹了一番，有人又说到了李百家另外的一些事，包括他过五关斩六将的一些传奇经历。你们或许都不知道吧？一个戴着礼帽的小个子煞有介事地说，有一次李百家坐着飞机去澳门，并不是谈什么业务，而是到那里去赌博……你们怕是不了解吧，澳门的赌博业可是全世界最出名的，有些大老板在那里一夜能输好几亿元呢……好几亿元是什么概念？你们就是把脑袋拍烂恐怕也想不清楚呢……

这不是有病吗？有人不屑地打断了他的话，到那里专门去输钱，这还用我们拍脑袋吗？他自己的脑袋怕是已经被驴踢了……

你们哪里知道，小个子瞪了一下眼说，输钱是小事，摆一下身价才最要紧呢，如果没有在澳门赌过钱，即使你是最牛气的大老板，在商场上也会被人瞧不起的……李百家就因为被人瞧过白眼，才决定要到那里去闯一回，具体说是输些钱，为此他在衣兜里揣了好几个银行卡，具体数字外人不知道，但无论怎么着也够盖几座大楼的吧？李百家进了澳门的赌场，没过半夜就把几张银行卡上的钱输光了，行了，既然目的已经达到，人家赌场的人见他已经没有了钱，也不允许他继续待在那里，便把他赶了出来……

嗨，有人丧气地说，我还以为李百家在那里赢了钱呢，结果还是……这又有什么好讲的？李百家的澳门游原来也不过如此……大家都摇起头来。

我还没讲完呢，小个子赶紧说，其实我要说的并不是李百家在赌场怎么样，而是发生在风月场里的事儿……

风月场里的事儿？人们这才又支棱起了耳朵，并现出一副急不可待的样子。

李百家从赌场里出来后，小个子继续津津有味地说道，在澳门的大街上转悠了一遭，心想老子既然到这里来了，总不能光干输钱的事儿，也得和这里的女人玩玩吧？于是便转身走进了一家夜总会……

他不是玩女人吗？有人不解地说，去夜总会干什么？

你以为夜总会不能玩女人？小个子开导他说，都是娱乐场所嘛，什么样的花花事发生不了？李百家走进夜总会后，专门挑选了一个外国妞，正要进行好事的时候，一个黑社会的老大走了进来。李百家没有想到，那个外国妞是黑老大包养的情人。一见李百家要打她的主意，黑老大气不打一处来，马上让手下人把李百家绑了起来，经过一番拷问，知道他是个大老板，觉得发财的机会到了，就向他索要钱财。李百家身上已经没有什么钱，剩下的几个连当嫖资都不够，哪里还能填饱黑老大的胃口？但他拿不出钱来人家就不放他走，如果再任他们拷打下去，他怕是就支撑不住了。李百家这才感到了害怕，无论如何都要从他们手里逃出去，便赶紧和他们谈判起来。黑老大见他真的拿不出钱来了，也就慢慢依从了他的条件……对了，你们知道李百家向他们开出的条件是什么吗？

是什么？人们都瞪着眼看他，我们哪里知道？你就不要卖关子了，快给我们讲出来吧。

小个子咽口唾沫，故意做出一副不紧不慢的样子。要说李百家也的确是条好汉，关键时刻有种，他提出的条件是让黑老大朝他身上打一枪，只要不把他打死就行，然后让他自己走掉，从此再也不到澳门……

他们朝他身上打枪了没有？人们的眼睛瞪得更大了。

当然打了，不然李百家是怎么回来的？小个子越发绘声绘色地说，黑老大不敢朝他身上致命的地方下手，怕他真的死在那里不好交代，李百家也正是看出了这点才让他们开枪的，黑老大也不敢让他留下外伤，担心让外面的警察看出来惹下麻烦，就让他脱光衣服，朝着他的肚脐眼开了一枪……

什么？肚脐眼？人们又都张大了嘴巴，还说不朝致命的地方打枪，肚脐眼难道不是致命的地方？

还真不是，小个子神秘莫测地笑一下，继续信口开河地编造说，也许你们不知道，在肚脐眼的上方，是肝胆脾肾等内脏，而在它的下面，则是大肠小肠十二指肠，那些东西才是致命的地方，只要让枪子打中其中的一件，都有可能要人的性命。但偏偏在肚脐眼那个地方，里面什么都没有，不要说在那里打上一枪，就是打上两枪三枪也没有问题……

真的吗？人们半信半疑地看着他，不会是你编瞎话骗我们吧？

不管你们信不信，小个子翻了他们一眼说，反正李百家让黑老大在肚脐眼上打了一枪，然后便捂着肚子，踉踉跄跄地从夜总会走了出来……好在他把那只手捂得很紧，没有让枪眼也就是肚脐眼里流出过多的血，天快亮时登上了往回返的飞机，算是从澳门捡回了一条命。

如果真是这样的话，人们吧嗒着嘴说，李百家也算是一条好汉。说到这里，许多人都竖起了大拇指。

俗话说得好，大难不死必有后福，有一个人自作聪明地总结说，怪不得李百家吃喝嫖赌无恶不作，却伤不了自己一根毫毛，说明这个经历过大灾大难的人练就了金刚不坏之身，老天也拿他没有什么办法了……

但他的话还没有说完，就遭到了另外一个人的反对和嘲笑。非也，这个一直拿着手机看个不停的人忽然抬起了头，毫不客气地抢白他说，你根本不了解李百家的情况，不知道他也有过不去的坎儿……

什么过不去的坎儿？这个人不服气地质问他说,你又知道李百家些什么?

我知道的……拿手机的人想说出下面的话,却又忽然有什么顾忌,掉头去朝饭店门口看,脸上一副不安的表情。人们都以为是李百家本人来了呢,便也掉过脸去,随着他的眼神朝门口看。但门口却空荡着,并没有看见什么人,只有那个转门转动起来……这未免让人觉得奇怪,并没有看见有人进来,也没有从窗外刮来一缕风,那个转门怎么就自己转动起来了?但不管怎么说,李百家的影子是没有出现在人们面前的。于是,人们便把目光收回来,再一次落到拿手机的人身上,期待着他把话继续说下去。拿手机的人长长地吸了一口气,好像是镇定了一下,才小心翼翼地接上下面的话。你们真的不知道,李百家内心的痛楚……因为这些事涉及他的个人隐私,他一般是不会轻易对外人说的……

什么隐私?听他这样说,人们的兴趣似乎更大了,逐渐都朝他围拢过去,以他为中心形成了一个新的谈话群体,反正李百家也不在这里,你就给大家说一说吧。

这个……拿手机的人又朝门口看了一眼,好像心里的顾忌还没有完全消除,说这个是会受到惩罚的……

没事没事,人们都纷纷安慰他说,反正大家都是李百家的乡亲,没有一个算得上是外人。说到这里,有人扭头看了我一眼,谁又会出去乱说呢?对不对莫家老二?

对对,我急忙表态说,反正我保证不会出去乱说。表完了态度,我心里还有些不自在,他妈的,看来李家人还是没有拿我当自家人……我忽然又要笑话自己,本来你并不姓李,人家又何必要拿你当自家人呢?

好吧,拿手机的人见人们的胃口都被他吊起来了,知道已经没有什么退路好走,便只好硬着头皮说,其实李百家并不像你们看到的那样完好无损,经过这些年的打拼,他已经把自己的身体糟蹋得差不多了,我倒不知道那一枪的事是真是假,反正我听说他的……他边说边往门口看,他的那个地方已经快不行了……

那个地方?有人不明所以地眨巴着眼皮,哪个地方?

就是……拿手机的人低下头,往自己的两腿间看了一眼,又马上抬起来往门口看,我就不明说了,你们自己去想吧……据说,他那个地方也受过致命的伤,早就快要抬不起来了……

那里竟然也受过伤? 人们吃惊的嘴巴张得更大了,他是怎么受的伤?

这个还用细说吗? 拿手机的人用模棱两可的口气说,他和那么多女人有过来往……前不久不是还和澳门的黑老大争抢过一个外国妞吗? 只要一和女人沾上边,也就意味着和男人们扯上关系了,他还能安全得了吗? 以为男人都像那个没有脑子的保镖那么笨吗? 一来二去,李百家就和不少的男人结下了恩怨,那个地方也就被人家打坏了……

那个地方被打坏了? 人们的兴趣越来越大,怎么被打坏的? 你详细说一说好了。

这个我也说不清,拿手机的人用另一只手摇摆着说,我又没有打过他那个地方,怎么会知道得那么详细呢? 我只是听别人说,他现在一到女人那里去,就把好几粒药准备好……那种药你们听说过吗? 离开了药,他怕是什么事也办不成了。

听完他的讲述,人们都不住地咂吧起嘴来,一副感慨万千的样子。但另有一个善于反思的人提出了异议,不对吧? 只有未老先衰的人才会使用那种药,李百家那个地方受过伤,吃那种药会管用吗?

你以为李百家没有未老先衰? 拿手机的人立刻回击他说,一个和那么多女人打了那么多交道的人还有不未老先衰的道理?

人们思索着他这句话,很快便都点下头去,是呀,他们相信虽然李百家还不到四十岁,却早就踏上未老先衰的路程了……

听到这里,我差点笑出声来。但我极力控制着自己的神经,又悄悄捂住嘴巴,才没有让笑声从嘴里喷出去。小心一些,我在心里警告自己说,不然把你从这里赶出去,也是有可能发生的事儿……

四

我没有想到,马丽红有一天会向我提出离婚……其实这件事并不是没有一点迹象可寻,自从那次夜不归宿以后,在接下来的日子里,马丽红便经常在外面过夜,好像一道什么程序一旦开启了以后,便很难再停下来,有时她会在外面待上一夜,而有时却一连几天不回家,看来她的强迫症已经发生了转移,由强迫自己回家变成强迫自己不回家了。但马丽红还没有胆量无缘无故这样做,每次都要找出一个理由来,尽管所有的理由都大同小异,甚至可以说都没有什么区别，却毕竟让我无可奈何，比如我给她打电话，问她在什么地方，为什么深夜了还不回家？每次她都毫不犹豫地接听，然后同样毫不犹豫地回答说，我在单位呢，因为夜里加班就不回去了。有时不等我来电话质问，她便主动给我打电话，理由还是那个理由，就连说出的话都和上次差不多，我在单位加班，夜里不回家去了。我虽然心里很恼火，却是不好向她发作。加班加班，我顶多悄自嘟囔上几句，有时急了还会骂上一声，加鬼班呢。按说，这样的局面已经持续了好一段时间，我应该预料到马丽红会和我挥手告别了，但当她把这件事提出来时，我还是大吃了一惊，觉得她的话就像晴天的霹雳一样难以接受。

为什么？我十分不应该地反问她说，难道我们的婚姻真的走到头了？其实我刚把这句话问出来，似乎就知道马丽红的答案是什么了，也就是说，连我自己都感到这句话问得有些多余。

我们还是痛快点吧，马丽红并不屑于回答我的问题，而是进一步对我提出建议说，如果你没有意见的话，我们就来个协议离婚，如果你要是……那我们就只能通过法院了。

看来她什么都想好了？我在心里恍然大悟地说，听听她说的，如果你没有意见的话……老子怎么会没有意见？老子的意见大了去了……我张了张嘴，刚要把自己的意见赶紧说出来，却又突然意识到，看来在她眼里，我的意见说与不说也没有什么区别，没听见她说吗，如果你要是有意见的话，那我们就只能通过法院了……看看，她可是把什么都考虑进去了，也就是说，她把离婚的要求说出来，并不是来征求我意见的，而仅仅是和我说上一声，类同于打仗时发出的最后通牒，反正她已经做出决定来了，至于你同意不同意，其结果其实都是一样的……想到这里，我在感到愤怒的同时，也便咽回了刚才要说的话，而是改口问她说，能不能告诉我，离开了我这里以后，你到底要到哪里去？

这你就别管了，马丽红微微笑了笑，一副胸有成竹的样子，你以为我还没有别的地方好去吗？

她果然已经……我告诉自己说，嘴唇一阵颤抖，再次脱口问道，我要知道，你到底傍到了什么样的人？我以为她对我的问话会采取回避的态度，或者干脆大张旗鼓地拒绝，以把自己打扮成一副清纯无辜的样子，然后把我们婚姻解体的责任一股脑儿地推到我身上来。但我随即便发现，我又一次想错了。

好吧,马丽红竟然爽快地说道,既然你想知道,那我也就不再瞒你了,都到了这个时候,我也应该让你明白一下了……说到这里,她把眼睛望向窗外,好像看着那个供她依傍的人似的,他是一个大老板……

大老板?我禁不住点点头,马丽红的话一点也没有让我感到意外,是呀,如果她傍到的是一个像我一样的普通人反倒奇怪了……一时间,我觉得什么都已经完结,再说上一句话都是多余的,就像是一出大戏,舞台上的幕布已经落下来,演出早就结束了,就算你不是观众而是参与演出的演员,你也不能继续待在舞台上,而是要从上面走下来,甚至要走出剧场去了……当意识到这一点时,我尽管还张着嘴,却知道什么都不用说了,就像马丽红说的那样,如果你没有什么意见的话,那就来个协议离婚……但谁说我没有意见?可话又说回来,我有意见又有什么用?人家都傍到大老板了,你有意见也没有什么作用。那个时刻,我紧咬着牙关,从抽屉里找出一支没大有墨水的笔,在马丽红早就撰写好的离婚协议上,歪歪扭扭地签上自己的名字。

只是双方签上了姓名,并不意味着我们的婚姻就无效了,要想让这件事画上一个完满的句号,我们还要走一道法律程序,那就是去民政局的服务大厅去办理一下正式的离婚手续,只有在那个地方签上自己的名字,我们的婚姻才宣告真正解体了。于是,在接下来的这一天,我们又相约来到了民政局的服务大厅。几乎与所有的服务大厅没有什么区别,来到这里办手续的人也是那么多,甚至用"人山人海"这个词来概括也没有什么大错,我想不明白,为什么会有那么多人在忙着结婚或者离婚……我们没有怎么打听便排在了一支长长的队伍后。差不多两个小时过去了,我们终于来到了柜台边,分别把自己手里的结婚证递到工作人员手里,刚要松一口气,我们的结婚证却又被扔了出来。这里是办理结婚的地方,工作人员不耐烦地告诉我们,同时往旁边另一支队伍指了一下,办离婚去那边。我们这才明白,原来是排错队了,白白耽误了两个多小时,没有办法,我们只好从柜台边退回来,又到那支长长的队伍的后面去排队。这时大厅里的人更多了,从柜台延伸过来的队伍也越来越长了,就像几条长蛇弯弯曲曲地排列在大厅里。

我们又在离婚的队伍后排了一个多小时,眼看就到中午时间了,与柜台还有很远的一段距离。这时我听到自己肚子里发出咕咕噜噜的响声，同时注意到马丽红也在用舌头舔嘴唇，看来她也感到饥饿了。我突然想到了一个主意，便向她提出建议，由一个人先在这里排队，而另一个人去外面买些东西回来，两个人一起把肚子问题解决了，办理起手续来也有劲儿了。我觉得这个建议不错，便做好了自己去跑腿花钱的准备。但让我没有想到的是，马丽红却毫不犹豫地拒绝了我的建议，硬着头皮撒谎说，我不饿。我有些丧气，好像也才明白，原来马丽红已经不屑于和我一起吃饭了……我不免觉得心凉，也为自己的多此一举感到了一些尴尬。

过了不大会儿，我忽然注意到，从大厅门口的人缝里挤进一个人来，手里提着一个方便袋，正在探头探脑地朝我们张望。我认出来，这是好运来饭店的经理高运来，一个被我救助而又请我吃过饭的人。我原以为他的到来与我们无关，便没有打算和他打什么招呼，再说自己在这里办理离婚手续也不好被别人看见，便从他身上掉开了脸。可我眼睛的余光却还是瞥见，高运来竟然穿过人群，像一条游蛇似的朝我们走来。我不得不又斜过头，目光没有抬高，便径直落在了高运来提在手里的那个塑料袋上，我已经判断出来，那里面装的是一份食物。一个开饭店的人带着一份食物前来，即使是一个傻子也能判断出来，他是来给某个人送饭的，那么那个有幸吃到他送来饭的人会是谁呢？我不得不把头抬高了些，往四周的人群匆促看了一圈，心里忽然一动，莫不是他是来给我送饭的吧？对呀，我既救过他的命又给他讲过三文蛇和三文鱼的故事，也算是有恩于他和他的生意了，我在这里挨饿，而他来给我送一份饭来，这又有什么不应该的呢？想到这里，我不禁激动起来，转过身去，便摆出了迎接他的架势……在我的想象中，当我从高运来手里接过那份饭的时候，一定会紧紧握住他的手，如果还能腾出另一只手，我也一定会紧紧拥抱他一下的，当做完这些动作时，我甚至还会转一下头，用得意的目光朝旁边的马丽红看上一眼，同时在心里说，怎么样？即使你不同意我的建议，老子也照样有饭吃……我只是把握不定，到时候是否出于怜悯之心而让一让马丽红，当然我也知道，马丽红就算饿死了，出于自尊也不会来尝一口饭的，我之所以虚让她一下，无非是要向她证明自己的实力，你看，老子在这里办离婚都有人来送饭，然后看一下她挨饿的笑话，也算是在某种意义上报复了她……

就在我陷入如火如荼的想象的时候，高运来已经来到了我们面前……

不,应该说是来到了马丽红面前,而且把手里的塑料袋也就是那份饭朝她递了过去,而马丽红不但朝他迎上去,而且也伸出手,把那只装着份饭的塑料袋接了过来……我眼睁睁看到了这个情景,赶紧让自己的想象急刹车,随即强迫自己从冥想状态中挣脱出身,更加瞪大了眼,越发仔细地往马丽红手里看,我真的以为,刚才看到的情景只是一个幻觉,高运来其实是把那只塑料袋朝我面前递来,而我也伸出手,把塑料袋接到了自己手里……但残酷的现实却是,马丽红不但接过了那只塑料袋,而且随即把它打开来,从里面捧出了一只饭盒,再次打开来,于是,一份红烧三文鱼的饭菜便出现在她面前……我张大了嘴巴,当然不是为了去吃那份饭,而是惊讶得不能不使它张开……怎么回事?我急急地在心里问道,高运来为什么把送给我的饭递到了马丽红手里?而马丽红又为什么把送给我的饭接过去,马上就要大口吃起来?

真香呀,马丽红把那份红烧三文鱼捧到自己脸前,闭上眼睛,只是运动鼻子,狠着劲儿吸一大口弥漫的热气,似乎沉醉了一会儿,才睁开眼,用热爱兼感激的目光看了高运来一下,然后才心悦诚服地赞叹说,你做得真是太好了。

只要你愿意吃,高运来微笑着朝她点头,我就愿意做……

愿意吃,马丽红马上回答他说,我就是天天吃,也吃不厌呀。

这就好,高运来再次点点头,那你就趁热快吃。当她开始嚅动着嘴唇吃起来时,他才掉过头来,克制不住好奇地看了我一下。当他做贼心虚的目光与我惊讶万分的目光碰在一起时,他不敢停留,马上掉开去,也不敢光明正大地去看马丽红,便高高地抬起来,装模作样地去看大厅的天花板。

我似乎这才反应过来,原来这个家伙并不是来给我送饭的?都怪我太自作多情了,竟然以为……甚至都摆出了迎接的架势……真是该死,我为什么就那么冲动,竟然当着马丽红的面……想到马丽红,我便把更为吃惊的目光落在这个女人身上,这就更让我想不通了,高运来不给我送饭也倒实属正常,但他有什么理由来给马丽红送饭呢?他和马丽红又有什么关系?……我很快便想起了刚才他们秀恩爱的情景,而且是当着我的面……天哪,我觉得脑子里轰地一响,就像大好的晴天打了一个响亮的霹雳,似乎明白是怎么回事了,但我又实在难以相信,这怎么可能呢?他们两个怎么可能……但我再次注意到,当我还在心里嘟囔怎么可能的时候,人家马丽红已经把那份香气四溢的红烧三文鱼吃掉了半拉……我简直感到怒不可遏了，不是有人津津有味地吃饭而我只能眼巴巴地看着这件事，而是因为那个埋头吃饭的人是我曾经的妻子……不，不是曾经，而是现在依旧是，我们不是还没有办理离婚手续吗？这个现在还属于我的女人竟然在吃着另外一个男人送来的饭，而且还当着我的面公开或者说故意和那个男人秀恩爱，这不是欺人太甚了吗？更让我想不通或者说愤怒交加的是，他们是什么时候搅和在一起的呢？

马丽红或许在吃饭的过程中，意识到了我的愤怒，不禁慢慢停下来，伸长脖子，把一大块三文鱼肉吞咽下去，转过脸来，用不好意思的目光朝我看了一下，然后微笑着说，你看，光让你看了，要不你也来点儿？说着，还把手里的饭盒朝我面前送了一下。

我看出来，马丽红这是故意在看我的笑话，或者更恶毒地说，是在故意羞辱我，她隐藏在神情下面的得意和嘲讽，就是一个瞎子都能看出来。我倒是伸出了手，却不是把那个饭盒接过来，而是愤而一拨，要把那个饭盒打翻到地下，看她还怎么不要脸地吃下去？

马丽红似乎料到了我这一手，我的手还没有碰到那只饭盒，她就迅速把自己的手缩回来，让我的手扑了个空，而她手里的盒饭却安然无恙。她不敢再对我开玩笑了，担心接下去会糟蹋了这份如此好吃的饭菜，便掉转身子，稍稍离我远一些，同时加快了吃饭的节奏，三下五除二就将剩余的饭菜吃了下去。她仰起脖子，心满意足地打了一个长长的饱嗝。

我肚子里的饥饿感越来越强烈了，如果没有马丽红吃饭这件事，我还并不觉得多么难过，现在倒好……我简直快要承受不住了，也不知高运来是怎么做的那份饭，即使马丽红已经吃下肚去了，它所发出的香味还是一如既往地飘浮在空气中，只要我不停止呼吸便能闻得到……真是欺人太甚了，我在心里一遍遍地想，真渴望自己控制不住情绪，猛然间爆发开来，冲上去，将那个与马丽红眉来眼去的高运来暴打一顿……

高运来大概也意识到了这种危险，看到马丽红也把饭吃完了，不敢再停留下去，从她手里接过那只空饭盒，装到塑料袋里，又斜过脸来，不好意思地朝我点一下头，便匆匆挤出人群，朝大厅门外走去。

呵呵，我虚张声势地笑了一下，不得不强打着精神说，他就是你所说的大老板吗？

怎么？马丽红吃饱了饭，情绪变得稳定下来，明显做好了迎接我挑衅的准备，难道他不是老板吗？

我想了想，也不得不承认高运来的确是一个老板，我只是没有想到，马丽红所说的大老板竟然就是他这样一个人。我还以为他是一个像李百家那样的大人物呢，我颇感失望地摇着头说，没想到仅仅是一个开饭店的……

开饭店的也是老板，马丽红接过我的话说，至于什么人物不人物，那是你想的事儿，我可没有那么说。

你图他什么呀？我还是有些想不明白，就他那个样子，每天满身的腥臭气，你怎么和他……

这个不用你操心，马丽红打断了我的话说，只要他做的饭好吃，我就愿意和他在一起。

就这么简单？我诧异地看着她。

是呀，马丽红耸一下肩说，就这么简单。

我上下打量着她，一时吃不透她说的是真是假，这时眼睛一阵模糊，觉得马丽红变得有些陌生起来，好像我是第一次打量这个女人似的。在我的印象里，马丽红从来都是一个十分复杂的人，我和她共同生活了十几年时间，都没有真正看透过她，但现在倒好，当她就要离开我的时候，竟然不可思议地变得简单起来，以至于一顿好吃的饭就征服了她，这是我眼中的马丽红吗？如果事情真是这样的话，我为什么就不曾知道这一点呢？白白让这个女人从自己手中溜掉，钻到那个形象欠佳的饭店经理怀抱里去了……我仰起头，对着苍蝇萦绕的大厅顶端长叹了一口气。

终于轮到我们办理离婚手续了。由于这件事的搅扰，我的心绪彻底坏了，想马上离开这个乱糟糟的地方，没有再对马丽红多说一句话，便在工作人员递过来的离婚手续上签上自己的名字，然后接过看上去和结婚证没有什么区别的离婚证，便朝大厅外面走去。让我感到意外的是，高运来居然依旧守在门外。他为什么还不走？难道等着和马丽红去领结婚证不成？这个想法又让我感到无比的愤怒。

高运来从马丽红手里接过她的离婚证，翻开来看了看，然后便朝我面前走来。我……他颤抖着嘴唇，支吾了好一会儿，才把下面的话说出来，我……能请你吃顿饭吗？

什么？我有些怀疑自己的耳朵。

我请你吃顿饭吧。高运来索性不再使用询问的口气，而是尽量明白无误地对我说。

我听明白了他的话，却不知道该做什么反应，就像面对高运来送给马丽红那份饭时的情景一样，现在他对我的邀请再次让我没有想到。一时间，我觉得自己的脑袋有些短路。

我是一个开饭店的，高运来挓挲着两只手，也一副不知道往哪里放的样子，没有别的能耐，只能用一顿饭来向你表示一下歉意了……

望着他脸上不乏真诚的表情，我犹豫了足有一刻钟时间，才决定接受这次邀请……我倒要看看，我在心里为自己的行为开脱说，他的葫芦里到底卖的什么药？

进到好运来饭店里后，高运来径直把我领进了一个单间。马丽红本来一直跟在我们后面，见高运来没有让她进去的意思，便朝他大声叫喊了一声，高运来，你给我小心点儿，不许你说我的坏话……

我听见了她的话，心里不免觉得奇怪，按说她应该警告我这个前夫才对，可她却……看来他们才真正是一家人了？我忽然意识到了这一点，心里的火气又一次泛上来，趁着高运来回身关闭门板的当儿，我挥起拳头，在他肩膀上狠狠打了一拳。你这个忘恩负义的小人，我虎起脸来骂道，竟然恩将仇报，把老子的老婆都抢走了……

高运来故意趔趄了一下，让自己的身子现出一副弱不禁风的样子。你打吧，他还尽力摆出一副可怜兮兮的表情，一点儿反抗的表示也没有，反正是我做了对不起你的事儿……

既然知道对不起，我也无法再打他了，但心里的火气无处发泄，便把手拍在了自己头上，为什么你还要做这种下三烂的事儿？

你听我慢慢给你说……高运来把我让到座位上，又是给我递烟又是给我倒茶，我已经给大师傅说了，让他使出看家本领也要把这顿饭做好，如果……我就把他赶走……

谁稀罕你的臭饭？我扔掉了他的烟，然后端起茶杯，想把里面的热水泼到他脸上去，但我迟疑了一下，还是把茶杯的边沿凑到了自己嘴唇上，在民政局的大厅里待了多半天，我不但饥饿，也早就渴得不行了。

高运来看出了我的心思，也便大起胆子，朝我跟前凑近了些，再次做出推心置腹的样子说,我也是没有别的办法……对了,一开始我并不知道她是你的老婆……这时,服务员把菜端进来了,自然又是红烧三文鱼。对对,高运来似乎想到了什么,忽然用筷子挑了一下盘子里的菜说,要怨就怨那些三文鱼吧……

听着他这些言不及义的话,我越发有些糊涂了。但我实在饿得不行了,也便不再斯文地问他些什么,就也摸起筷子,开始大口地吃起来。我一边狼吞虎咽地吃一边在心里说,老子的老婆都让你个王八蛋抢走了,还不兴我吃你几条三文鱼……再说了,这些三文鱼还是老子家乡的特产呢……

马丽红第一次到我饭店里来吃饭的时候,高运来朝门口小心地看了一眼,好像知道马丽红在外面偷听似的,然后一边给我倒酒让菜一边斟酌着字句说,我就被她……的样子吸引住了……当时我老婆正在和我闹离婚,心里空虚得很呢,面对如此一个……我就动了不好的心思……

听到这里,我停止了吃喝,掉过头来直直地看着他。我倒要听听,这个貌似忠厚的饭店经理当时是怎样勾引我老婆的……我也这才明白过来,自己之所以跟他到这里来,并不是为了吃他一顿饭,而是为了听他说一说他和马丽红的事儿……这是不是说,我对自己和马丽红的关系还没有从思想上解除干净?想到这里,我不禁又觉得好奇,我怎么知道高运来会讲那些烂事呢?

为了引起她的好感,高运来继续说道,每次她到饭店里来的时候,我都亲自下厨,给她做一顿红烧三文鱼……对了,那个时候我刚刚推出了这道菜……说起来,这道菜的上马还多亏了你指点呢……自从那次听了你的讲述,我便憎恨上了三文鱼,它们竟然把自己父母的尸体当食物,实在是太可恶了……加之你指出了红烧三文蛇的材料不地道,我便决定放弃那道菜,把三文蛇改成了三文鱼……于是,我便一次次来到莫邪山区,具体说是来到一个叫乌龙镇的地方……对了,那个乌龙镇是不是你的老家?从那以后,我就到你的老家去收购三文鱼,然后以它们为主材,开始打造红烧三文鱼这道菜……大约正是听到了这种风声,马丽红……当然,那时候还是你的老婆……她就也到我饭店来了,而且专门点红烧三文鱼这道菜……

这么说,我诧异地问他说,马丽红喜欢吃三文鱼?

当然,高运来也用惊异的目光看着我,怎么?你不知道?

我没有回答他的话,却在心里说,是呀,我怎么就不知道她竟然还有这个嗜好？以至于……想到这里，一种懊恼的情绪就像一股电流一样正在朝我身上涌来。

也许正是因为这道菜特别对她胃口的原因，高运来思量着说，此后几乎每隔三两天时间，她便会到我饭店里来，痛痛快快地吃上一回……

她患上吃红烧三文鱼的强迫症了？我脱口说道。

高运来愣了一下，随即反应过来，在桌子上拍了一下手说，对对，她肯定是患上吃红烧三文鱼的强迫症了……哎呀，还是你这个当医生的厉害，看问题一针见血，我困惑了这么久的问题，让你一下子诊断出来了。说到这里，他举起酒杯，在我面前的酒杯上碰了一下，来，让我来敬你一杯。不管我是否作出反应，他都把杯子里的酒一饮而尽。也就是在这个时候，我意识到我的阴谋……其实，说是阴谋是不是太过分了些？我是个大老粗，不知道该用什么词儿表达我那时的心情……无论怎么说，那时我都觉得她是中了我的圈套了……

一道菜？我盯着他说，竟然也能做成圈套儿？

你不相信？高运来又用筷子把盘子里的鱼挑了一下，不信你可以试试……

怎么试？我问道。

只要你连续吃上它两个月，不，一个月，我保证你也会上瘾的。高运来信誓旦旦地说。

我没有说相信不相信的话，只是轻轻摇了一下头。这家伙也太能吹了。我在心里提醒自己说。

高运来不管我是否相信，又把说话的重点转回到马丽红身上……也就是从那个时候开始，我渐渐感觉到，我的麻烦事开始到来了……当然，我所说的麻烦事就来自那个叫马丽红的女人……刚才我对你说过，那个时候我老婆正在和我闹离婚，已经折腾好多年了，我之所以拖着不和她离婚，不是和那个女人有什么感情，而是担心她分割我的财产……我在这个城市里打拼了十几年，总算置办下了一点家业，如果再让那个女人分去一半，那我还怎么把这家饭店开下去？所以我就任她闹，就是不和她到民政局大厅里去办理离婚手续……说到这里，他忽然想起什么来，朝我跟前凑近了一些，我哪里能想到，你们竟然那么痛快……天下怎么会有你们这样对待婚姻的人？

别提我们，我也拍了一下桌子说，继续说你们那些烂事儿。

好吧，高运来缩回了身子，挠挠头皮继续往下说，大约马丽红也知道了我和我老婆的事儿，便决定横插一杠子……但她并不认识我老婆，在她那里也插不进去，于是便把主意全打到我身上来……也是我活该，谁让我一开始打人家的主意了？就算一报还一报也该轮到她了……有一天，马丽红向我提出要求，让我陪她吃一顿饭……说到这里，他掉转头，在屋内撒目了一圈，对了，那天我就是在这间屋里陪她吃饭的……

我也不禁掉转头，跟着他的目光朝四处看。怎么这么巧？我在心里问道，该不会是他有意领我到这间屋里来，目的是进一步刺激我吧？

一般情况下，我是不会随意陪客人吃饭的，高运来继续说，但到马丽红这里，我却不得不打破这个惯例，因为她向我提出了一个条件，说如果我不陪她吃饭的话，她以后就不再到我这里来吃饭了……我明明知道她不可能做到这点，但为了哄她高兴，还是接受了她的建议，就在这间屋里和她推杯换盏地吃了起来……不对，我好像又用错了一个词儿，那天我们并没有喝酒，没错，我们一滴酒也没有喝，而仅仅是吃了两份红烧三文鱼……没错，我们的确是吃了两份红烧三文鱼，她一份，我一份，两份都是我下厨做的，都由她来买单，算是她请我的，照她的说法，是感谢我这段日子里对她的照应……能够与这样一位有情人共同进餐，我心里还是十分激动的……在她热情洋溢的劝说下，我第一次品尝了我自己发明的这道菜……

你是第一次吃三文鱼吗？我不相信地问他。

是，高运来用肯定的架势点点头，并进一步解释说，在此之前，我真的没有吃过三文鱼……

为什么？我不得不又一次打断了他的话。

因为我知道……说到这里，高运来抬起头，用谨慎的目光看了我一眼，我知道三文鱼有毒……

什么？我大吃了一惊，三文鱼有毒？

是。高运来点头的姿势更加明确了。

怎么可能？我差点笑起来，这里的三文鱼几乎全部来自我的家乡，也就是乌龙镇边的鱼人河中，我和自己的村人不止一次地吃过它，怎么没有听说一个人中毒？再说了，如果三文鱼真的有毒的话，那马丽红吃了那么多日子，最后都患上了吃它的强迫症，她怎么没有中毒呢？我含着冷笑问他说，既然你知道三文鱼有毒，为什么还要一再给马丽红吃？莫非你要毒死她吗？

不不，高运来赶紧摇摇头说，你误会了，或者说你没有理解我的话，我是说，尽管三文鱼有毒，却只是对很少一部分人有效果，其他大多数人都有免疫力，根本不起任何作用，马丽红当然就在那大部分人里……

那么你，我从眼眶上方看着他，却在那有限的一小部分人里了？

没错。高运来使劲点头。

我似乎没有什么话好说了，既然这样，那他的确不该吃那些三文鱼……但他却竟然真的吃了……为什么？我突然又问他说，那你为什么还要吃呢？

因为那是马丽红……高运来摇摇头说，她非要我陪她吃，我又怎么能不吃呢？

我呆呆地看着他，似乎好一会儿才明白他的话是什么意思。我突然开始对这个所憎恨的人刮目相看了，和这个在情人面前富有大无畏精神的人相比，我的确是自愧不如……我在心里对自己说，看来马丽红之所以愿意跟随这个毫不起眼的家伙，绝不是没有什么道理可言……

那天，高运来又朝门口看了一眼说，我一小口一小口品尝着红烧三文鱼的滋味，好像是第一次也是最后一次知道世界上居然还有这种美味，怪不得像马丽红这样的人会一而再再而三地来到这里，冒着送掉自己生命的危险不顾一切地吃，看来也不是无缘无故的一种行为……而到我这里，居然隔了这么长的时间才品尝到它，即使我马上死去了，但死在这么美好的食品面前，而且还是死在这么美好的人儿面前，那我也真的不枉来这个世上走一遭了……也就是在我发这番感慨的时候，我觉得我失去了知觉……仅凭一点点残缺不全的意识，我知道我已经濒临死亡了……

既然你已经……我上下打量着他，那你怎么还好好地坐在这里？我嘴角浮出了嘲讽的微笑，好像已经戳穿了他的阴谋诡计似的。

不要不相信我的话，高运来拍了拍胸脯说，当时我确实……对了，你知道我是怎么活过来的吗？

我怎么知道？我反问他说。

其实我自己也没有想到，高运来满脸叹服地摇摇头说，当我醒过来时，看见马丽红正坐在我身上……而我那个时候，竟然已经被剥光了衣服……

也就是说，我是赤身裸体地让马丽红坐在我身上的……说到这里，他扭头看了我一眼，观察我有什么反应。

……？我想说句什么话，但嘴唇颤抖着，却又不知道该说什么好，我甚至吃不准，这个高运来是否在有意捉弄我，他这些已经涉嫌下流的话是不是赤裸裸的谎言？

其实是马丽红救了我……高运来吧嗒着嘴说，我当然不知道她能够救我的命……更让我想不到的是，她救我的方式竟然是……你明白我的意思吗？也就是从那个时候，我才突然间明白，原来女人也是一剂药，是可以用来救男人的命的……说到这里，他又朝我跟前凑了一下，你说这神奇不神奇？

直到我走出了好运来饭店，都还搞不清楚，高运来说的这件事到底是真是假……但不管怎么说，自从听了他和马丽红的事儿以后，便觉得他们之所以能够在一起，看来真的不是无缘无故的一件事，或许这就是高运来给我讲这番话的目的，从我此时此刻的感受看，姓高的目的差不多已经达到了，因为我对自己和马丽红离婚这件事，已经不再感到有什么奇怪了。

我去乌龙镇购买三文鱼的时候，送我出来时，高运来又用看似无意的口吻说，认识了许多你们那个地方的人……说句不该说的话……说到这里，他停住了嘴，两眼有所期待地看着我。

我不知道他要说什么，尽管心里很好奇，却也没有表示什么。

高运来没有等到我的许可，却还是控制不住往下说的欲望，我觉得你们那里的人差不多都患有强迫症……当然，或许你并不包括在内……

什么？我吃了一惊，几乎是脱口问道，你怎么知道？说出了这句话，我不仅又在心里问自己，好像你自己也知道这件事似的？我仔细想了想，关于乌龙镇人集体患有强迫症的说法，我其实是第一次听到。

你这个治疗强迫症的医生，高运来小心翼翼地质问我，为什么置家乡人的疾苦而不顾呢？

我直直地看着他，不知道该对他表示一下什么。

我看见了一个快要半死的老头，高运来抬起头，尽力朝远处望着，好像他目光的尽头便是那个叫乌龙镇的地方，竟然天真地造什么飞机，你说这不是病入膏肓了吗？说到这里，连他自己都忍不住笑起来，哈哈，如果拖拉机都能飞到天空里去，那还要真正的飞机干什么……

知道吗？我拍拍他的肩膀，用半认真半开玩笑的口气说，你这是在污蔑乌龙镇，莫非你不担心他们会找你算账吗？

如果你要打我，高运来硬着头皮说，你就把你的拳头举过来吧，我不会后退一步的……

我上下打量着他，过了好一会儿，才掉过身子，沿着马路牙子往街道上走去。走出了好远，我才猛然意识到，我的确应该回乌龙镇一次了，昨天夜里父亲还在电话里说，他制造的飞机快要实验成功了……

五

我决定回乌龙镇一趟，当然不是去看什么父亲试验飞机的情景，其实我的想法和高运来差不多，根本就不相信父亲真的会把拖拉机开到天上去，我之所以产生了回老家的念头，却的确是受到了高运来看法的影响……接连许多天，我都忘不掉高运来说过的话，好像关于乌龙镇人集体患上强迫症的说法真的说到了自己的内心深处似的，我要以一个医生的身份回乌龙镇去，然后用一个医生的眼光去看待那些曾经熟悉的乡亲们，或许我会有根本不同于往常的独特发现，如果从这个意义上说，我不应该再继续怨恨那个饭店经理，而要好好地感谢一下他才对。

但我还没有踏上回老家的路程，就接到了老乡李百家的死讯……什么？当我从电话里听到李百家已经走上黄泉路的时候，不禁大吃了一惊，怎么回事？李百家竟然跳楼自杀了？这怎么可能呢？前几天人们还在议论李百家那些奇闻轶事，也就是说，他还在这个世界上活得有声有色呢，怎么现在却从楼上跳下来了呢？该不会像他那些所谓的奇闻轶事一样，又是一次夸大其词的传说吧？你能保证这是真的吗？我用严肃的口气对给我打电话的那个人说，这种事可不能随便开玩笑的……电话里的声音几乎提高了两倍的分贝，什么玩笑不玩笑？人都在大楼下躺着呢，你还不过来看看？一会儿就拉到火葬场去了……我这才觉到事情的严重，赶紧腾出身来，驱车往李百家的办公楼所在的地方赶去。

才来到那条街上，我就看见前面聚拢着许多人，车辆已经过不去了，我只好把车停好，下来步行往里走。很快，一辆运货车便从人群里开出来，从我身边擦过，鸣着喇叭往远处驶去。人们闪在道路两边，瞪大了眼睛朝那辆车上看。这时我听见有人说，火葬场都来拉人了，看来那个房地产商的命是保不住了。我这才知道,原来这是火葬场的运尸车。我赶紧掉过头,朝那辆车直直地看了一会儿,直到望不见影子了才收回目光,也算是以这种方式送了李百家一程。尽管李百家的尸体拉走了,我记着电话里那个人的话,还是又来到了李百家的办公大楼下。那里聚集着更多的人,用里三层外三层来形容也不为过。我费了很大劲才挤进去,在里面巡视了一圈儿,也没有看见那个给我打电话的老乡,却听见几个人正在比手画脚地对人们说着什么,我刚要往外走,却意识到这几个人是在讲述李百家死亡的情景,于是便停住脚,悄悄地在一边听了一会儿。

其实从好几天前,我就知道这个人要出问题了……一个人用胸有成竹的口气说,当然,那时候我还不知道他就是那个房地产商……每天我从这幢楼下经过时,都看见一个人站在楼顶上面,正在探头探脑地往下看……我是无意中发现他站在楼顶上的,那天,一架飞机从我头顶上飞过去,声音响得十分厉害,也就是说那架飞机飞得很低,我便抬了一下头,看见飞机倒是从天空里飞过去了,却把一个人留在了楼顶上,真的,那个时候我以为那个站在楼顶上的人是那架飞机留下来的呢……第二天我从楼下走过时,又想到了这件事儿,抬起头来再看,竟然又在上面看到了那个人,可是那个时候根本没有飞机,难道说留在上面的那个人还没有想出下来的办法?这时候我差不多已经明白了,那个人与飞机根本没有一毛钱的关系,而是、而是一个企图自杀的人……我绝不是胡乱寻思,你们琢磨一下,如果一个人不想自杀的话为什么要跑到楼顶上去?虽然我离他很远……这是全市最高的楼顶,至少离我们也有一百多米吧,这么远的距离我怎么能看清他的模样?虽然我不知道他长得什么样,却好像看见挂在他眼边的泪水,正在一滴一滴地往下淌……我想,只要是企图自杀的人都会是这种模样的……对对,那个时候我就想到了自杀这件事,记得我还和身边的一个人打赌说,如果这个人不往下跳的话,我就输给你一百块钱。我们约定的时间是五天,但让我稍稍没有想到的是,这才仅仅过去了三天,那个人就从楼顶上跳下来了……我当然没有看见他往下跳的情景,那个时候我正在上班,就接到了和我打赌的那个人的电话,他撕扯着嗓子对我说,那一百块钱你不用输了,因为那个人已经跳下来了……我当即便请了假,一溜小跑地赶过来……虽然我的预言兑现了,却依旧感觉得有些遗憾,毕竟我没有亲眼看见他从楼顶上往下跳的情景……

这个人的话还没有说完,便被另一个人毫不客气地打断了。你说的恐怕是你梦中遇到的情况吧?那个人用嘲讽的目光看着他,李百家根本不可能跑到楼顶上去,而且一连在那里待了三天,这怎么可能呢?早在半个月前,他便被银行的人盯住了……没错,的确是银行的人,我表弟就在银行里上班,昨天晚上还在电话里给我说这件事儿呢……不是银行的人在找他的茬,而是李百家欠了人家几十亿的钱,实在没有办法归还上了……唉,对于这么大的一个房地产公司来说,几十个亿算得了什么,你以为李百家买地盖房的钱都是从哪里来的,指望我们几个小老百姓买他几套房就能让他的公司运作下去,才不是呢,出去打听打听,哪个做生意的人会不用银行里的贷款?你就是不想贷银行也会主动找你,变着花样地让你贷,因为只有把钱贷出去了,银行的生意才会有得做,你以为人家光让你存钱付利息吗?……还是说李百家,当他的公司经营好的时候,银行主动找他贷款,可现在赶上了经济危机,房地产业的生意不好做了,李百家快要还不上那些贷款了,银行便也慌了,比让他贷款时还要主动地找上门来,逼着他还贷,李百家还不上,他们就一刻不停地盯住他,防备他逃跑,只要他不跑,银行或许还有最后一线希望,如果他逃跑了,那银行可就要倒大霉了,你说银行会不盯住他吗?那些天,银行专门派出了两个人,一天到晚驻扎在李百家的办公室里,李百家到哪里去他们就到哪里去,李百家吃饭他们也吃饭,李百家上厕所他们也上厕所,就连李百家睡觉他们也不放过,竟然也陪着他在办公室里睡……在那些日子里,李百家简直失去了人身自由,闹得连家都不能回了……你们说在这样的情况下,他又怎么可能出现在楼顶上,考虑三四天才往地下跳呢?

你说得也不完全对,又有一个人走上来,不服气地纠正他的话说,李百家的确被银行的人监视了,这没有错,但并没有像你说的那样一起吃住,不然的话,李百家又怎么能有机会逃跑呢?是呀,李百家确实逃跑过一次,只是又被追回来了而已,而且是公安局出动的干警,当李百家就要乘上开往美国的飞机时,被连夜赶到的警察从候机室请了回来……这件事你们当然没有听说过,警察办案都是不对外公开的,我也是听他们内部的人讲的……反正李百家已经死了,那我就给你们泄露一下……李百家房地产公司的资金链断裂以后,市政府就意识到了这个问题的严重,它牵涉全市数百万家人的生活住宿问题,可谓是牵一发而动全身的大事,一点也马虎不得，所以市政府领导马上指示公安局，让他们严防李百家逃跑……其实都到日子过不下去的时候了，李百家除了逃跑外也没有更好的办法，但问题是，他想到的公安局也想到了，而且提前对他进行了监控，虽然警察们没有出现在他面前，但他的一举一动都逃不脱人家的眼睛。那几天，李百家确实收到了深圳一个企业论坛的邀请，让他去参加一个有关房地产行业的研讨会。李百家觉得这是一次逃跑的好机会，便接受邀请，打算在参加会议的时候逃往美国……为了掩人耳目，他没有携带什么贵重的东西，当然他也没有什么贵重的东西可供携带了，也没有告知他的家人，便一个人来到了深圳……在那里的前两天，李百家也的确参加了会议，还像模像样地做了一个发言，以此蒙骗跟踪他的警察，到了第三天自由活动的时候，李百家突然消失不见了，连跟踪他的人都找不到他了，只是在电脑上查到，他订购了一张去往香港的船票……其实这是李百家玩的一个金蝉脱壳计谋，这个时候他正在去往机场的路上，为了做得更加隐蔽，他甚至还给自己化了妆，打扮成一个农民工的模样，但他还没有走出候机大厅，就被另外两个警察拦住了去路……

　　围在四周的人不知道该听哪个人的话，却对这些不同的说法倍感兴趣，一个个张大了嘴巴，脸上满是惊诧和亢奋的表情。那几个人为了坚持自己的说法，却开始争吵起来，一副谁也不肯服输的样子。不管你们说的是真是假说，这时又有一个人站出来，挥着大手对他们说，反正李百家从楼上跳下来了不会有错吧？待人们寂静下来以后，这个人又把那只手往前一伸说，你们不要光往楼上看，真正说明问题的还是你们的脚下……人们随着他的手势往地下看，似乎这才发现，其实就在我们的脚下，出现了一片人字形的血迹，一看就是一个人躺在地下造成的，人们刚才只是一味地听那些人乱说了，竟然忘记了地下这片血迹，有几个人甚至还站在了血迹上面，这时经这个人一说，才猛然间发现了这个问题，都赶紧地往四周躲去，那几个踩了血迹的人不禁抬起脚来，先往鞋底上看了看，然后又把脚踏到地下，使着劲儿摩擦鞋底，想把粘在上面的血迹擦掉。我看得很清楚，这个人继续绘声绘色地说道，那个叫李百家的人躺在那个地方，已经变成了一摊肉饼……你们想，他从五十层高的楼上跳下来，怎么还能让自己的身子保持完好？这座楼可是全市最高的楼房呀，而且还是李百家自己盖的……对呀，你们说李百家是不是让自己盖的房子给害死的？或者说，李百家盖这座楼房的时候就想到了自己的死亡？他是为了给自己一个痛快的死法才把楼房盖得这么高吧……这个人意识到人们对他的这个说法不是多么理解，便再次伸出手，一边朝那片血迹指一边改变话题说，火葬场的人把尸体拉走以后，我看见李百家躺过的地方，也就是那片血迹上，竟然趴着一条蛇……

什么？听到这里，一直不断点头的人们都纷纷摇起头来，这怎么可能呢？我们这个城市好多年都没有出现过蛇了，你怎么会……而且是在李百家的血迹上，这一点儿道理都没有，李百家又不是一条蛇，他的血迹上怎么会出现蛇呢？你别是看花了眼吧？

我没有看花眼，这个人把手捂在胸脯上，用信誓旦旦的架势对大家说，我的确是看见了一条三文蛇……

蛇呢？有人瞪着眼睛质问他说，你看见的那条蛇在哪里？我们怎么看不见？

刚才明明还……这个人朝四周看了一圈，只好摇摇头说，你们在这里乱哄哄的，别说是一条蛇，就是一只老虎，怕是也早被你们吓跑了。

我注意到，那几个踩了血迹的人又一次抬起脚来，仔细朝鞋底下打量，或许他们担心自己把那条蛇踩死了呢。

由于这个人的出现和他这些不靠谱的话，人们觉得再在这里待下去也没有什么意思，便在议论了一番后渐渐散去了，最后连那几个乱说一气的人也走掉了，那座大楼下只剩下了我一个人。我抬起头，先看了一下这座摩天大楼的顶层，在脑子里想象一下李百家从上面跳下来的情景，然后便低下头，再一次朝那片人字形的血迹上看。这时我又想到了那个看见过蛇的人的话，就更加瞪大眼睛，牢牢地盯住那片血迹。其实没用多大会儿，我便从血迹上看出了一条蛇爬过去的痕迹，虽然很轻很淡，但我却看得十分清楚……我甚至辨认出来，那条从李百家血迹上爬过去的蛇，的确是一条来自莫邪山区的三文蛇……

既然李百家的尸体拉到火葬场去了，我也便驱车赶到了那个地方，去和他做最后一次告别。火葬场还有一个较为高雅的名字叫殡仪馆，在城市的东郊地带，出租车在路上走了一个多小时，我才赶到了那里。乌龙镇同乡会的成员大多都已来到，包括那个给我打电话的人，我还在路上的时候，他们就把李百家的治丧委员会成立起来了，我的名字也在上面。李百家的原配老婆也早就赶到了，在她身边还站着好几个年轻而又漂亮的女人，我认识他老婆，却不知道另外那些女人是谁，联想到前些日子听到的那些奇闻逸事，便禁不住想，也许她们都是李百家勾搭过的女人……但我意识到这样的想法未免对李百家有些不恭。人家都已经死去了，我在心里愧疚地埋怨自己说，你还抓住那些传言不放，不是太对不住李百家了吗？我立刻打消了那些近乎龌龊的念头，同时从那些女人身上掉开眼，几步走到李百家老婆面前，握住她的手，说了几句安慰她的话。怎么回事？我又例行公事地询问她说，百家怎么走上了这条道？

他是被害死的……老婆抖动着一块沾着泪水的丝巾，又朝眼睛上捂去。

什么？我吃了一惊，没想到她的第一句话竟然是这个，到底怎么回事？我越发感到震惊了，意识到关于李百家的死因或许并不像人们传说的那样，而是另有一番不同一般的隐情，而掌握这方面信息的人除了这个毫不起眼的女人之外，还能是另外的其他人吗？

都是那个梦害了他……老婆使劲摇了摇头，似乎把悲伤也一起摇走了，才又突然冒出一句话来。

什么？我再次吃了一惊，什么梦？我真是难以相信，一个梦怎么就害死了李百家？

治丧委员会的人也听到了她的话，禁不住围拢上来，一个个支棱起耳朵，满脸好奇地倾听着她下面的话。

老婆似乎正等待着人们这样做，或者听众的增多是让她格外激动的一件事，反正她有意咳了咳嗓子，更大幅度地抖动着手中的丝巾，讲述得越发起劲儿了……从我嫁给李百家那天起，我就发现他爱做一个梦……当然，那个梦的内容都是他讲给我听的，不然我又怎么会知道呢？我只是经常看见他从睡眠中惊醒，带着一头汗水爬起来，惶恐不安地在地下走动。不行，他一边不停地走一边不住地念叨，我绝不能听他的命令……我很害怕，也很好奇，便试量着问他说，什么命令？谁在给你下命令？我真的感到不解，李百家又不是在给别人打工，谁会给他下命令呢？我平时看见，都是他这个老板在给别人下命令，谁又敢命令他呢？李百家开始不告诉我真相，说担心会吓到我，这就让我更加不解了，莫非那个给他下命令的人很可怕吗？连我这个不做梦的人都要惧怕他三分？那么他到底是个什么样的人呢？后来见我逼得急了，李百家才十分不情愿地说，他不是一个人，而是一个影子……什么？我大吃了一惊，那个给他下命令的人竟然是一个影子？这怎么可能呢？一个影子怎么会命令到他呢？李百家知道我不相信，便言之凿凿地一再说，他也看不清那个人到底是谁，而仅仅是一个模糊的影子。就算一个影子在给他下命令，又有什么可怕的呢？不但让他一次次从梦中惊醒，还担心我听了也被吓住。问题不是他有多么可怕，李百家再次对我解释说，而是因为他下的那道命令让我恐惧万分……那么那是一道什么样的命令呢？在我又一次逼问下，李百家终于心惊胆战地说，他让我停下来，所以我……我打断了他的话说，什么停下来？他这才把最后几个字一起说出来，让我把房地产业停下来……听到这里，我差点笑出声来，而且抬起手，在李百家身上推了一下。我以为他是在故意逗我玩儿，或者他被梦折腾迷糊了，才说出这样不靠谱的话来……但李百家抓住了我那只手，把我拉到他跟前，用格外严肃的口气问我说，怎么回事？难道你听到这个命令不感到害怕吗？我呆呆地看着他，过了足有两分钟，我才突然间明白，原来李百家是盖房盖魔怔了，竟然无法再让自己停下来……

听到这里，人们都不由得松了一口气，摇摇头，又退回他们原来的位置上去了，有几个人还用不满的目光看她几眼，似乎认定这个貌似厚道的女人也在戏要他们呢。但是仍有一个人更近地凑上去，紧追不舍地问道，那么，那个让他停止盖房的影子到底是谁呢？该不会是一条蛇吧？直到说出了后面这句话，我才惊讶地发现，问她这个奇怪问题的人竟然是我自己。

什么？老婆连同周围那些人都翻着白眼看我，怎么回事？你怎么会提这样奇怪的问题？一条蛇怎么可以给李百家下命令呢？

我也觉到了这个问题的荒唐，赶紧退回身来，尴尬地朝她笑了一下，便把身子藏到一边去，好像我办了一件多么愚蠢的事儿似的。

几乎每隔上几天，老婆大喘了一口气，继续对大家说道，李百家便会做那个梦，每次都一头汗水地醒过来，满脸都是惊惧不安的表情，看来那个影子对他下的命令的确是让他过不安生了……简直可以这么说，在我嫁给李百家的日子里，便一直看见他受到那个影子的惊扰，以至于让他失去了过正常生活的能力，有时大白天也会突然遭到惊吓，好像那个影子真的来到他身边了……而这个时候，我看见生活原本是好好的样子，天是那么蓝，山是那么绿，水是那么清，哪里又有让人感到不祥和恐惧的样子？但这些对于我们是这样,而对于李百家却不是这样,他几乎每时每刻都在防范那个影子的到来……一见他那个惊恐不安的样子,我便知道他迟早要出事儿,那个我虽然看不见的影子已经在暗处控制了他,就算李百家费尽心机也无法甩掉他,只能低下头乖乖地受到他的干扰和侵害,闹不好他就会……不知道从什么时候,我便明白早晚有一天他会走上不归路的……我没有任何办法,因为我看不见那个影子,无法把他从他的生活里赶走,也就是说我也救不了他,只能眼看着他……我唯一能做的便是祈求,祈求老天能保佑他,即使不能挽救他的生命,起码能让那个悲剧晚一天到来……

但它终于还是到来了……听到这里,人们都知道后面的结果是什么了,因为它就在今天发生了,于是大家都远远地离开李百家的老婆,开始忙碌自己的事去了,随着前来吊唁的人越来越多,作为李百家乡亲的接待工作一点儿也马虎不得。

不一会儿,市政府的秘书长也匆匆赶来了,一下车就郑重其事地对治丧委员会的人宣布说,李总为我们这个城市的房地产业做出了重大贡献,又是连续两届市政协委员,还是市工商联的副会长,他的去世我们不能草率行事,市政府决定为他举行一个隆重的追悼会,到时候市长会亲自赶来致悼词……

听了他的这番说辞,大家都又振作起来,李百家的老婆拉住他的手,含着热泪表示对市政府尤其是对市长的衷心感谢。这时,那个打过电话的人附着我的耳朵说,听说李百家和市长还是拜把子兄弟呢……我惊讶地张大了嘴巴,真是想不到,李百家的水竟然也这么深了,光他头顶上那些光环就够让人眼花缭乱了,居然还又和政府的领导建立了如此紧密的联系,这个当年吃百家饭的苦孩子,在这个无时不在创造奇迹的时代里居然也折腾出了那么大的动静,让我想一想都感到不可思议。

这时,突然从外面冲进来一伙人,直奔停放李百家尸体的灵堂而去。我开始以为他们也是来参加追悼会的人,但随即发现,那些人在灵堂里看过了尸体后,又朝李百家的老婆而去,很快便将她围在了中间,从里面传出一阵乱糟糟的声音,好像发生了什么激烈的争执。不好,打电话的那个人似乎看出了名堂,这些人别是来找李百家讨账的吧?我这才有些相信,外面的那些传说不是空穴来风,看来李百家的死亡的确与资金链的断裂有关系。随着人群的涌动,那些曾经站在李百家老婆身边的年轻女人都从里面挤出来,一个个像受惊的兔子一般落荒而逃,只有来自乡下的老婆还被那些人揪住不放,想从那些穷凶极恶的人手里逃出来是不可能了。

治丧委员会的人都很慌张,担心他的老婆会受到伤害,毕竟是自己的乡亲,不能眼看着她遭受围攻吧,但想上去帮忙,又怯于那些讨账人的威猛,而且他们的队伍正在急剧地扩大,这才多大一会儿,就快要将殡仪馆的院落占满了,相比之下,治丧委员会的那些人便算不上什么了,如果真要上去帮忙,势必很快被淹没在人群里。我们正不知道怎么办好,幸亏警察们赶到了,在一只大喇叭的强力呼喊下,骚动的人群才慢慢安静下来,警察们趁机冲进人群,好不容易把他的老婆从里面抢救出来。我远远地看见,他老婆的头发已经凌乱,脸上也有一片血迹,甚至身上的衣服也被撕扯烂了。不要让她走了,有人还在继续叫喊,李百家已经死了,我们必须向他的老婆讨账……人群又激烈地涌动起来。警察们不敢怠慢,将老婆塞到一辆警车里,一路歪歪扭扭地开走了。人群乱纷纷地跟在警车后面,一直跑到了殡仪馆外面的马路上,许多人捡起地上的石块,愤怒地朝远去的警车砸去。

讨账的人们在殡仪馆闹腾了一会儿,看到没有什么好办法了,这才都悻悻地离去。大院子里终于安静了些。治丧委员会的人看到秘书长正躲在一个角落里打电话,便又想到了市长来开追悼会的事儿,看看天色已经不早了,担心再拖下去会有什么不测,打电话的人便走上去,觍着笑脸问他说,请问领导,市长到底什么时候能过来?我们也好准备追悼会的事儿……

什么市长?秘书长收起电话,气哼哼地白了他一眼说,谁说市长来参加追悼会了?

刚才你不是……打电话的人没想到他会这么说,想质问他一句,却又没有勇气张开口。我见秘书长朝一辆轿车走去,知道他已经不想待在这里了,便大着胆子追问了他一句,那追悼会什么时候开呀?

这是你们的事儿,秘书长钻进车里,迅速关上车门,一边示意司机开车一边对窗外说了一句,你们自己看着办吧。

看着秘书长的车急快地开走了,人们都有些反应不过来,刚才他还说市政府要为李百家开追悼会,并说市长要来参加,可这才一会儿工夫,他便改变了说法,不但市长要来的事没有了影子,就连追悼会也不管不问了……大家思考了一会儿,好像都明白过来,也许让那帮讨账人闹的,市政府也不好在这件事上再插手了。想到这里，大家都遗憾地摇起头来。我也禁不住在心里说，李百家呀李百家，你在外面闹腾了那么大动静，到头来也不真正属于那个世界，还是逃不脱你的乌龙镇老家呀。

我从殡仪馆回来时，看到城市的许多条大街都失去了往日的平静，不时会有一些人冒出来，向着附近的楼房奔跑，那些楼房有的已经建设完成了，有的还是半吊子工程，但不管它们处于什么状态，只要是还没有住上人家，那些人就像抢占巢穴的蚂蚁一般冲进去，再也不打算出来了……唉，这都是被逼的呀，我听见车外一个人说，李百家欠了人家那么多钱，没有还上就一命呜呼了，人家找不到讨债的地方，还不打这些空楼的主意？来到李百家自杀的那条街上，聚集在那里的人越来越多，前面突然出现了一条警戒线，一个警察拦住了我的车辆。怎么回事？我问他说，怎么还戒严了？那个警察摇着头对我说，别提了，一些来讨债的人占领了李百家的办公楼，竟然还挟持了几个工作人员，要求房地产公司还上钱他们才放人，这些没有脑子的家伙也不想想，李百家要是能还钱，他还从楼上跳下去干什么？

我把车停在路边，一时半会无法从人群里出来。很快，我看见几辆警车风驰电掣地从远处开来，停在了警戒线附近，从里面跳下一些端着枪支的警察，急快地穿越警戒线，猫着腰朝前面跑去。李百家，我不禁在心里感叹说，这回你小子可把事儿惹大了……

第六章

一

父亲活着时,经常对他说的一件事,就是母亲生他时因为难产而死亡的情景。

父亲说:那天,你母亲到鱼人河边去洗衣裳……那天的天气很好,日头十分明亮,天空里飘动着几片像羽毛一样的云朵,树叶在风里发出哗啦啦的响声,几只鸟儿在人们头顶上飞来飞去,一切都显得那么安详,根本想不到在这个日子里会出什么事儿。你母亲挎着一篮子衣裳到鱼人河边去洗,其实那些衣裳并不脏,虽然你母亲并不是一个多么勤快的人,也不是一个多么喜欢干净的人,但她却执意到河边去洗那些衣服,是因为那个时候她不愿意待在家里,具体说是待在我的身边,你知道这是为什么吗? 在此之前,你母亲刚刚和我吵了一架……唉,说起来这件事也怨我,平时我和你母亲没有什么过不去的事儿,却在一件事情上总是闹得不亦乐乎,那就是我的嗜酒……没错,我是一个酒鬼,当然我自己并不承认这一点,但我知道在乌龙镇许多人都这样称呼我,尤其是你的母亲,一看到我醉醺醺的样子,就不满地呵斥我说,喝吧,喝死你拉倒。那一天,你母亲又这样说起我来,我没有忍住心里的火气,便乘着酒劲和她吵了一架,后来是不是还打了她一巴掌我记不清了。就是在这种情况下,你母亲不愿待在家里看我的脸色,便挎起一篮子衣裳,气呼呼地出了家门。

在大街上,你母亲遇到了一些闲人,他们盯着你母亲的大肚子看个不停,那时你母亲早就怀上了你,按照人们的估算,大概过不了多久她就会把你生下来,按说在这样的时刻,她是不该再去外面干活的,所以那些人便感到奇怪,一个和她要好的女人还上前拦阻她说,看你挺着个大肚子还去洗衣服,小心会伤到肚里的胎儿。你母亲朝她苦笑了一下说,我就是这样的命,不到那个时候是停不了手的。就这样,你母亲扛着那一篮子衣服,很快便走到了鱼人河边。其实你也知道,乌龙镇人一般是不到鱼人河边去洗衣裳的,大多数人都是就近在一个湾子里干这件事,但不知道为什么,那天你母亲却去了鱼人河边,也就是说那个地方并没有其他人在洗衣裳,偌大的一条河边就她一个人待在那儿,当她在那个地方出事也就是把你生下来时,乌龙镇没有一个人去帮她一把,要不是被一个叫狗眼的闲人看见,除了你母亲把命丢在那个地方之外,或许你也就来不到我们家了。

是那个叫狗眼的小矮子跑到村子里来,把我喊到了河边去……当时,我正在家里对着一只快要空了的酒瓶子喝酒,刚才因为你母亲的阻拦,我并没有把那瓶酒喝完,也便觉得不那么尽兴,你母亲走后我就继续往嘴里灌酒。你也知道,我喝酒是不用就什么菜肴的,只要有酒就行,现在那只瓶子里的酒已经不多了,我要把剩下的这点酒全部灌到肚子里去。正在这时候,狗眼慌慌张张地跑到我们家来,一边朝我比画手势,一边结结巴巴地对我说,快去,你家里的在河边出、出事了……我翻了狗眼一眼,并没有把他的话当回事儿,在他看来,这个叫狗眼的侏儒比我还没出息呢,他的话几乎没有几个人相信,或许他在对我开玩笑也说不定呢,我便没有正经理他,举起酒瓶来继续灌酒。瓶子里的酒早就所剩无几了。

真的,狗眼拍了一下肮脏的胸脯说,你老婆在河边生、生孩子了,你再不去的话,那个孩子就要被一条三文蛇叼、叼走了。

什么三文蛇?我朝他瞪了一眼说,少来给我捣乱,小心我用你喂那条三文蛇去。

你这个……狗眼见和我说不明白,便跺了一下脚,扭头朝门外走去,边走边嘟囔着说,如果你儿子被那条蛇吃了,你可别后悔。

狗眼又像来时那样慌慌张张地跑出去。我也很快把酒瓶里剩余的酒喝光了,到这个时候,我似乎才有些清醒过来,仔细琢磨了一下狗眼的话,我好像记起来,早晨起床的时候,你母亲曾经在我耳边嘟囔了一句,说她夜里做了一个梦,梦见一条三文蛇在纠缠她,当时我并没有把她的话放在心上,现在听了狗眼的说法,我才又想起这事来,不禁站起身子,扔掉那只空酒瓶,跌跌撞撞地向门外走去,别是你母亲真的出事了吧?刚才狗眼说什么?他竟然还说到了我的儿子?他怎么会知道我将来会有一个儿子呢?后来我才知道,狗眼当时在河边看到了你母亲生你时的情景,这个小光棍儿从来没有接触过女人,本来是打算好好看一下你母亲的身子的,但很快便被女人生孩子时的情景吓住了,尤其是那条从河里游上来的三文蛇,让这个缺乏见识的家伙感到了恐惧,便急忙跑到村子里来喊我……等我跌跌撞撞地赶到河边时,那里已经围拢了许多看热闹的人,看来你母亲真的在这里出了事儿,而我来得实在太晚了。我从人群里挤进去,看见你母亲躺在两个女人的怀里,已经奄奄一息了,而在另一个女人的怀里,躺着一个光着身子的小孩儿,身上还沾着几点血迹,那个哭叫不止的小孩当然就是你。在你母亲的屁股下和两腿间,同样有一些红艳艳的血迹,差不多已经和泛到岸上来的河水混成了一团。

那条三文蛇呢?不知道为什么,我一见到你母亲和你,没有说有关你们的事儿,而是说了在其他人听来莫名其妙的话,那条三文蛇呢?

你母亲听到了我的话,慢慢地睁开眼皮,十分微弱地看了我一眼,然后才抬起一只手,用尽全身的力气朝河里指了一下,便头一歪,再次闭上了眼睛。

我顺着她的手势朝河水里看,当然我没有看到那条纠缠你母亲和你的三文蛇,其实在问你母亲这句话的时候,我已经感到了后悔,或许根本就没有什么三文蛇出现在这里,我突然冒出来的那句话十有八九会被别人当成笑话来看待,但让我没有想到的是,你母亲果真顺着我的说法朝河里指了一下,这是不是说,在她把你生下来的时候,真的有一条三文蛇从河里游上来,出现在你母亲和你身边了呢?

后来从人们的传说里,我粗略了解到了你母亲生你时的情景。据说,那天你母亲来到鱼人河边,具体说是来到一块一半伸到水里一半探到岸上的青石板前,然后把胳膊上的篮子放到地下,打算在石板前坐下来。但她的肚子太过膨胀了,十分严重地影响到了她行动的自如,就是一个普通的坐姿也要让她付出比普通人多几倍的力气。你母亲费了好大劲儿,才好不容易坐到了石板前,在大大地喘息了一会儿后,才从篮子里取出衣裳,在水里泡湿了,拿到石板上慢慢地揉搓。直到这个时候,你母亲才发现没有带来皂角,由于我们的日子过得窘迫,你母亲洗衣服从来没有用过肥皂,而是从邻居家的树上取来皂角,用它来洗我们家的衣服。但那天由于和我生气,你母亲忘记了携带皂角就出了门,这使她在洗衣服的过程中更加不快,心里一阵急躁,洗着洗着就感到了身子不适,好像一直待在她肚子里的你也像她一样急躁起来,要提前到这个世界上来了。你母亲停下手,感受着你在她肚子里的躁动不安,意识到情况有些不妙,心里便更加紧张起来,随着身子的进一步痉挛,她的精神也产生了恍惚,很快便坐不住了,整个身子都瘫倒在地下。你母亲在眩晕中生你的时候,似乎进入了梦境中,竟然看见一条三文蛇从水里爬上来,用它柔软的身子缠住了一个在她腿间蠕动的小东西,当然,那个刚刚从她身体里来到她腿间的小东西除了是你外还能是谁呢?别,你母亲发出一声尖叫,赶紧睁开了眼睛,说来奇怪,这时她真的发现,就像梦中的情景在现实里重演了一样,一条从河水里游上来的三文蛇真的朝她腿间蠕动着的你缠绕过来,别……你母亲再次发出了一声尖叫。

我看见了那条三文蛇,闲来无事的狗眼在街上不断向人们学说,那条蛇就像一条彩色的绸带,在那个像一条鱼一样蠕动的小孩子身上缠来绕去……

每当父亲说到这个地方的时候,他心里也便产生了不安情绪,总是硬着头皮追问他说,真的有这件事吗?你相信我娘在生我时会有三文蛇在捣乱吗?

这谁知道呢?父亲沮丧地摇摇头说,当时我又没在河边看见她生你的情景,要弄清这件事的话,你还是去问那个狗眼吧。后来父亲又安慰他说,你是属蛇的,那条三文蛇从水里爬上来纠缠你,说不定是来保护你呢,不然的话,恐怕你也会像你母亲一样把命丢在河边的。

父亲说得没错,他的确是属蛇的,但属蛇的就真的会和蛇发生什么关系吗?

父亲第一次说母亲生他和去世的事是在他三岁那年,因为那个时候他开始懂了一些事儿,也可以说有了自己的记忆,看父亲的意思,好像是要他把这件事记清楚的。此后的每一年,父亲都会和他说起这个话题,尤其是当他喝醉酒的时候,更是止不住会说到这件事上来,也就是说,随着父亲嗜酒的程度越来越深,他提起这件事来的频率也就越来越高,好像他不在这个话题上浪费一些时间,以后就没有了机会似的。事实证明,父亲这样的做法是明智的,没过几年,他果然就没有机会再和他说这件事了。

父亲出事的那年他才七岁,刚刚去学校里读书,还没有正儿八经地识上多少字呢,就因为父亲的事从学校回到了家里,以后再也没有到课堂里去学习过。

母亲去世以后，父亲嗜酒的程度便越来越深，他记得很清楚，几乎每一天，老家伙都抱着一只或有酒或没酒的玻璃瓶子不放，如果瓶子里有酒，他的日子便有些好过，父亲看他的眼神虽然说不上温柔，却真的不那么坚硬，更不会挥起布满老茧的手来，在他的头上或者脸上来几下；但如果瓶子里没酒，他的日子便非常难过了，上面那些事儿便可能在他身上发生，这也是他不满八岁就随着小朋友去学校里读书的一个原因，好以此离父亲和不断到来的灾难远一些，因为与有酒的时候比起来，没酒的时候随时都可能出现，这就是说，他们家的经济条件不允许父亲的瓶子里装有多少酒，这样的情况使父亲的日子难过，老家伙一感到难过，自然就把灾难降临到他身上来，让他觉得日子更加难过。

那时候，社会上曾经流行着一句话，叫作"穷则思变"，父亲也受到了这句话的影响，在接下来的这个日子里，他也决定要变一变了。但与别人在这件事上的做法不一样，父亲想出来的办法完全说是歪门邪道，甚至可以说是违法行为。有一天，生产队派父亲到饲养场去帮忙，具体说是干一种铡草的活儿，由饲养员掌握铡刀，父亲负责往铡墩上续草。两个人干了一个下午，饲养员知道父亲喜欢喝酒，散工后便留他一起吃饭。那个饲养员也是一个老光棍，平时就在饲养场里做饭吃，这样便可以省下自己家的柴火了。饲养员炒了一个菜，从炕洞里拿出一瓶珍藏很久的老白干，与父亲推杯换盏地喝了起来。饲养员并不大喜欢喝酒，自然更没有多少酒量，与父亲喝着喝着便醉倒了，饭桌上就剩下了父亲一个人，而这个时候，瓶子里还有一多半酒没喝呢。父亲抱着那只沉甸甸的酒瓶子，比抱着自己的儿子还要亲三分。也就是在这个时候，父亲才想到了他，是呀，他光顾着和饲养员一起喝酒了，竟然把他一个人留在了家里，他从学校回到家以后，既见不到父亲的影子，也没有什么饭吃，正不知道该怎么办呢。于是，父亲把那半瓶酒揣到怀里，又把吃了半拉的菜肴端起来，打算带回家来让他吃。但在他往饲养场外走时，却无意间听到了牛的叫声，正是这声牛叫让他回了一下头，也就是在这个时候，父亲打消了回家的念头，突然在脑子里涌出一个令他万分激动的想法，也就是说，父亲在那个该死的念头支配下已经走上了犯罪的道路。

生产队里共有八头牛，其中包括六头大牛，两头小牛。在这两头小牛中,有一头半大的小牛,差不多已经快能像大牛那样干活了;而另一头却是货真价实的牛犊,看上去比一只羊大不了多少,也便没有给它拴上笼头,而是由着它在大牛身边走来走去。在父亲向饲养场外走的时候,就是这头还处在自由状态的牛犊来到他身边,伸着脖子向他发出了叫声。不知道这头牛犊到底向父亲叫喊什么,要表达什么意思,但它无论如何没有想到,正是这声没有多少意义的叫喊给自己招来了灾祸,差点在接下来的时间里送掉性命。那个时候,父亲掉回头来,盯着这头向自己叫喊的牛犊看了一眼,随着那个念头在脑子里浮现,他把手里的那盘菜放回桌子上,然后拃挲着两手向小牛犊走去。这时他已经忘记了儿子在家里等他回来的事儿,而只是被那个奇怪的念头所支配,执意要干一件见不得人的勾当了。为了不惊扰这头向他表示友好的牛犊,父亲轻抬着脚步,小心翼翼地走到它身边,然后伸出手去,十分轻柔地放到它头上。小家伙,父亲在心里对它说,请你来跟我走一趟吧。父亲一边嘟囔着,一边把那半瓶酒从怀里掏出来,打开盖子,把瓶口伸到了牛犊的嘴里去。牛犊大概也真的感到饿了,当然不知道瓶子里的液体是什么东西,便随着瓶口的深入慢慢吸吮起来。在牛犊伸着脖子喝酒的时候,父亲心疼地闭了一下眼,他已经好多日子没有得到这么多酒了,却没有让自己喝掉它,而是毫不客气地把它喂给了这头牛犊,如果是在平常的日子里,就是打死也不同意这么干的。但现在不同了,那个念头就像一条毒蛇一样缠绕在他心里,为了得到日后更大的好处,或者干脆说得到更多瓶子的酒,他今天要把这半瓶酒毫不客气地献出去了。牛犊喝下了那半瓶酒,很快便支撑不住了,在摇晃了几下之后,像一个真正的醉汉一样倒在了地下。小家伙,父亲继续嘟囔着对它说,来来来,跟我一起走一趟吧。父亲背对它蹲下身子,一只手抓住牛犊的前腿,一只手抓住牛犊的后腿,让牛犊的身子像一只口袋驮到了自己肩膀上。父亲费了不小的劲才慢慢站起来,扛着那只失去知觉的牛犊向饲养场外走去。此时,天色已经完全黑下来,街道上没有了任何行人,只有几只蝙蝠在空中飞来飞去。父亲驮着那只牛犊,在夜色的掩护下走过街道,走出村子,沿着一条像腰带一般伸向远处去的羊肠小道,急快地走进了山野里去。

父亲和那只牛犊在山里待了一夜,直到第二天上午,才一起走出山野,来到了一个叫下夹沟的地方。父亲计算得很好,第二天正好是下夹沟的集市,父亲带着那只牛犊出现在集市上,摆出了要把牛犊卖掉的架势。这时候,那只牛犊当然早就从醉酒状态中醒来,虽然对这个陌生的地方感到不是那么适应,而且也对离开了一个夜晚的母牛有些怀念,但在那天日头的照耀下,还是显出了一副很吸引人的样子,因为在那个年代里,公开出售牛犊的场面是很少见到的,况且在来到集市之前,父亲给牛犊喂食了许多鲜嫩的草料,这使牛犊吃饱的样子显得格外诱人。没过多久,一些跃跃欲试的买主便围住了牛犊,在朝它评头论足了一番之后,又把目光转向了父亲,在他们眼里,这个牵着牛犊来到集市上的男人肯定是它的主人了,又怎么可能想到,这个要把牛犊卖掉的家伙竟然是一个盗贼呢?

快到中午的时候,父亲顺利地卖掉了那只牛犊,在对买主交到他手里的那沓钱仔细点数一番之后,立刻来到了商店里,用其中的一张钱买了一大瓶酒,一边大口喝酒一边朝外走。到这个时候,父亲才真正为昨天的想法感到了自豪,是呀,昨天他牺牲掉了半瓶酒,今天不但换回了整整一瓶酒,而且还可以用那沓钱买来更多瓶子的酒,这样的营生可真是划算得很呢。父亲感到从未有过的激动和快乐,好像这样一来,他下半生所有困扰他的问题都迎刃而解了似的,对他来说,有了酒便有了一切,如果事情不出意外的话,他倒是真的把这个问题解决了。

日头转到西边去了,父亲才跌跌撞撞地回到乌龙镇来,进到村头的时候,他已经快把那瓶酒喝完了,也就是说,他是在醉酒的状态中回到家来的。这一回,他就再不缺酒喝了。父亲扔掉那只空出的酒瓶,随即他的手又触到了那沓胀鼓鼓的钱,心里便又充满了从来没有过的满足和自豪,就像一个外出打仗的人,等他回来时已经成为一个怀揣勋章的将军,无形中一种威风凛凛的感觉便出现在他身上,让他在那个时刻快要找不着北了。但让父亲想不到的是,当他进到家门里来时,出现在面前的不仅有队长和几个民兵,竟然还有两个穿着蓝色制服的警察。到这个时候,被不切实际的胜利冲昏头脑的父亲才有些回过味儿来,知道等待自己的一件麻烦事已经来到了面前。

其实,父亲昨天夜里把那只醉酒的牛犊扛走后不久,老饲养员也便醒了过来,开始并没有发现有什么异常的地方,还以为父亲回家去了呢。但才过了一会儿,那头失去孩子的母牛便不安地朝他叫喊起来,老饲养员这才感到不对劲儿,但还不相信那头丢失的牛犊与父亲有什么关系。为了寻找那只牛犊,老饲养员只好来到了他家,打算问父亲一下那只牛犊的去向,可让他没有想到的是,父亲并没有回到家来,家里只有他的儿子一个人孤零零地坐在灯下,当然也不知道父亲到什么地方去了。老饲养员越发觉得事情有些蹊跷,从他家出来后便直接去找了队长,在那个年代里,耕牛可算是生产队里最重要的生产资料,虽然丢失的那头牛犊还没有长大,但谁又能说它日后不是一头能够发挥重要作用的耕牛呢?老饲养员不敢掉以轻心,赶紧把这件事向队长作了汇报。队长当然也不敢怠慢,又迅速找来了几个民兵,分头到村里村外去寻找那只牛犊。但他们忙碌了大半夜,直到天快亮的时候,也没有得到那只牛犊的一点消息,不仅如此,竟然连那个老酒鬼也不知了去向,这似乎进一步说明,父亲与那只丢失的牛犊有脱不了的干系,只是搞不清他们在什么地方罢了。于是,天亮之后他们就一直守在他家,等候父亲的归来,这还不算,队长又把这件事向镇政府作了汇报。和队长他们的想法差不多,镇政府也把这件事看得十分严重,便从派出所调来了两个民警,协助队长和民兵在他家里守株待兔,只要父亲一现身,他们就会把他逮个正着,然后押到派出所去审问,到那个时候,那头丢失的牛犊到底去了哪里便会水落石出了。

怎么回事?当父亲被那些一拥而上的民兵扭住胳膊按在地下的时候,他还有些反应不过来,你们为什么跑到我家里来抓我?

你把那头牛犊弄到哪里去了?老饲养员径直问他说。

什么牛犊?父亲还要企图狡辩,我没有见过什么牛犊……

这时,队长已经从他兜里翻出了那沓钱,便举到他面前问道,这些钱是从哪里来的?

是我……捡来的。父亲还想继续抵赖。

那两个民警早就等得不耐烦了,不等队长他们再问下去,便给父亲戴上手铐,不由分说押到了派出所里去。等到了那个地方,父亲才真正从醉酒的状态中醒来,在警察的威逼利诱下,他被吓得不轻,也就没有再做像样的顽抗,就把他倒卖牛犊的过程如实交代出来。很快,父亲的犯罪经过便传回村里,人们听了都不禁大吃一惊,真是想不到这个家伙有如此的胆量,竟然把生产队里的耕牛卖掉了换酒喝,性质也太恶劣了吧?

父亲被押到了县公安局里去。没过多少日子,父亲就被判了刑,在那个年代里,偷盗生产队里的大牲畜是一项重罪,尽管父亲是初犯,但还是被判了三年的有期徒刑。对父亲的宣判大会是在乌龙镇举行的,也就是说父亲又被从县城里押回来，他便有机会和父亲见了最后一面……那天也是一个集日，距离父亲在上一个集日卖掉那只牛犊正好一个月时间。与父亲同时押到乌龙镇来的还有其他几个罪犯，而且他们的罪行都比父亲大，所判的刑期也便比父亲长，也就是说在那些罪犯当中，父亲是最不起眼的一个，这让乌龙镇的乡亲们感到了一点点欣慰，也使他这个儿子稍稍有了一点脸面。尽管他对父亲的犯罪行为感到极为羞耻，但听着对他并不严重的宣判词，他心里的不快还是减弱了不少。

为了让公审大会取得理想的效果，学校里还放了一上午的假，让他们这些孩子随在大人身后去大会现场观看。他本来不该去那样的场合，自从父亲出了事以后，小伙伴们就开始对他另眼相看了，有些想欺负他的家伙总是说到父亲的事儿，让他本来要反抗的念头无形中淡弱下去，似乎他也像父亲那样做了什么见不得人的事儿，现在他们要开父亲的斗争会，他怎么好意思去现场观看呢？但他毕竟一个多月没有见到父亲了，心里其实想念得很呢，便趁着大家不注意悄悄来到了会场里，龟缩在人们身后，从人缝里探头探脑地朝前面看。他终于看到了父亲。此时，父亲像那些罪犯一样被捆绑着两臂，胸前挂着一个写着他名字的大牌子，垂着头颅站在主席台上。他看出来，父亲虽然在监狱里才过了一个多月，就好像变得老了许多，不仅头发花白凌乱，而且脸上的皱纹也增多了几条。爹，他在心里朝他叫喊着，禁不住迈开脚步，也像父亲喝醉了之后的样子跟跟跄跄地朝前走，很快便来到了主席台前面，也就是说他站在了观众的最前面，瞪大眼睛直直地朝他看，完全忘记了这样一来会被人们注意到，而给自己增加更多的羞耻和难堪，爹。虽然他并没有发出任何声息，父亲却似乎知道他来到了面前，猛一下抬起头来，也瞪大眼睛朝人群里看。很快，他们的目光便碰在了一起。他还没有来得及做出什么样的表示，父亲却忽然咧开大嘴，对着他呜呜地哭起来。

老实一点。站在他身后的一个公安人员推了他一下说。

随着这一推，父亲竟然站立不稳，两腿打着战要朝地下倒。呜呜呼……父亲哭得更痛切了。

那个公安人员干脆伸出两手，把他从地上提起来，扶着他的身子站在主席台上。

看着父亲可怜巴巴的样子，他心里也从未有过地难受起来。其实从父亲被抓走以后,虽然家里就剩下了他一个人,几乎连饭都吃不上,可刚开始时他并没有感到多么难过,因为在过去的日子里,父亲尽管在很多方面照顾着他,但由于每次喝酒之后都会在他身上撒气,这使他在惧怕父亲的同时,也对他感到了深刻的厌恶,巴不得他离自己更远一点呢。父亲走掉以后,他不用担心再受他的管束和惩罚,心里着实高兴了一阵子,但随着时间的延长,他在生活上因为得不到照料而处于衣食没有着落的状态,这才感到了父亲对他的重要,也便开始想念起他来,尤其是现在看着父亲极度虚弱的样子,他心里也充满了从来没有过的恐惧和担忧,知道父亲离去之后一时半会儿是不会回来的,看来以后他要依靠自己生活了。这样一想,他也止不住张开嘴巴,呜呜地哭泣起来。

公审大会开完以后,父亲和那些罪犯一起被押上一辆大卡车,穿过乌龙镇大街,要朝村外的公路上驶去。他随在车辆后面不顾一切地朝前跑,尽管知道自己的两只脚跑不过汽车轮子,却依旧拼命地迈动脚步,好像这样一来他就能把父亲留住似的。许多乌龙镇人也随在他身后跑,他们企图拉住他的身子,不使他做这样没有任何意义的举动。父亲把身子伏在车厢板上,虽然瞪着两眼,却没有朝他身上看,而是专心致志地对他身后的那些乌龙镇人喊道,老少爷们,求求你们照顾一下我这个没娘又没爹的孩子,不论我到什么地方都会向你们表示感谢的。人们都看出来,父亲本想跪下去,对他求告的那些人表示一下自己的心意,但站在他身后的公安人员搀扶着他,不让他完成这个不太合适的动作,他便只能嘶哑着嗓子朝人们继续叫喊。听了父亲的求告,随在他身旁的那些乌龙镇人都朝他点起头来,而且眼里也像他一样噙着亮闪闪的泪花。

父亲或许不知道,实际上从他被抓走的那天起,队长和村里的许多人就来到他家,担负起了照顾他儿子的任务,有的给他做饭,有的给他送衣,并没有因为父亲的犯罪而对他另眼相看,反而因为这件事而关心起他来。他们经常安慰他的一句话是,等着吧,也许过不了多久,你爹就会回来了。他以为他们是说谎话哄他呢,因为不管怎么说,三年也不算是太短的时间,父亲怎么可能没有服完他的刑期就回来呢?但随后的事实证明,乌龙镇的大人们可是比他了解父亲多了,当他还在家里数着手指头盼望三年快点过去呢,父亲却已经回到了乌龙镇,回到了他身边来。可与他想象的完全不同,父亲这次回来虽然没有像上次一样捆绑着双臂,却照旧是坐着车辆回来的，只是与上次不同的是，他乘坐的车辆不是运载犯人的大卡车，而是他们村里派出去的一辆拖拉机。父亲是躺在拖拉机的车厢里出现在他面前的，而这个时候，父亲已经不再是一个活生生的人，而变成一具硬邦邦的尸体了，也就是说，父亲是在死了以后回到乌龙镇来的。

后来听人们说，父亲的死亡还是与他的嗜酒有关系，自从进到了劳改农场里以后，或者更准确地说，自从被抓走以后，父亲便与酒彻底失去了联系，这对他来说比被关在监狱里还难以适应，失去了酒精对他的刺激，父亲便感到了生活的毫无乐趣，当酒瘾发作的时候，他简直有一种生不如死的感觉，上次他被押回乌龙镇接受宣判时，虽然才被关起来一个月时间，看上去就老了许多。父亲到劳改农场里服刑以后，生活条件稍稍好了一些，但依旧喝不上一顿酒，这使他产生了逃离那个地方的打算，如果说在看守所里关着是无法逃出去的话，那么在环境稍微宽松的劳改农场里干这件事，如果操作得当，或许还是有成功希望的，因为那个劳改农场是在一片荒野里，周围有大片的农田甚至森林，只要他越过圈绕农场的围墙，就能很快进入庄稼地里去，那样一来，他就像一条鱼儿游进了大海，纵使看守人员有再大的本事，也不能把他从那些稠密的植物中拨拉出来。按照父亲的打算，他只要一离开那家劳改农场，就到最近的村子里去，随便找到一家小卖部，不管用什么样的手段，都要把一瓶酒搞到手，先过过酒瘾再说，哪怕再让他回到那个劳改农场里去，他觉得也值了。于是，父亲选择了一个黑乎乎的深夜时分，趁着看守不注意悄悄溜出宿舍，神不知鬼不觉地来到了围墙下面，他在白天已经观察好了，这个地方的围墙有些坑洼，是便于让他爬上去的。正如他的料想，父亲没有费多大劲儿就爬到了墙头上。上面有一层铁丝网，每根铁丝上虽然挂满了铁蒺藜，但中间的空档足可以让他的细身子钻出去。看守人员曾经警告过罪犯们，说铁丝网上通着电呢，但父亲却不止一次地看到，看守人员在墙头上巡逻的时候，曾经用身体接触过那些铁丝网，根本就没有发生触电的事儿，这使他产生了侥幸心理，以为看守人员有关铁丝网上有电的说法纯粹是一个谎言，目的是吓退罪犯的接近。但随后的事实证明，不是那些看守人员在瞎说，而是父亲自己忽略了一件事，他所看到的看守人员接触那些铁丝网的情景是在白日里，而当夜晚到来的时候，这些铁丝网上便真的通上了电，当父亲爬上墙头，企图用手撩开那些铁丝的时候，他受到了致命的电击，从高高的墙头上摔下来，几乎没有来得及挣扎便死掉了……父亲企图越狱并因此而死掉纯粹是咎由自取,那个劳改农场和看守人员并不负有多么大的责任,也就是说,父亲死就死了,没有人来给他的家人什么像样的说法,顶多也就是让得到通知去拉他尸体的乌龙镇人明白是怎么回事罢了。

父亲不知道想过没有,自己的死去对他这个儿子来说却是一件很严重的事儿,从此以后,他就真的成了一个孤儿,在这个世界上没有任何亲人再让他怀有深切的期盼,在过去的日子里,他还时不时地来到乌龙镇村头,朝空旷无垠的远方眺望一下,盼望作为罪犯的父亲能够有一天回到自己身边来,但自从他的尸体回到乌龙镇以后,他连这种机会也没有了,在余下来的日子里,他只能一个人老老实实地待在家里,开始面对似乎越来越艰难的童年岁月。从这种意义上说,他对父亲毫无价值的死去感到深切的厌恶和憎恨。

二

这一天,他从学校里回来没多久,就听到从胡同那边传来一个孩子的叫喊声,好像那个孩子是因为疼痛而发出来的叫喊。他没有出门去,并不敢肯定那是不是大奎发出来的声音,如果是他的话,会不会是因为他和自己在学校里打架的缘故?自从父亲死去以后,不,还可以往前说一下,自从父亲被抓走以后,同学就开始对他另眼相看,时不时地要在他身上找一下茬,虽然那只是有限的几个学生这样做,大部分同学并没有对他怎么样,却让他倍感烦恼。尤其是和他住在一个胡同里的大奎,仗着他爹是队长的缘故,又加之身高马大,在许多方面都要压他一头,无形中便成了那伙欺负他的同学的头目,今天就是因为一件可有可无的小事,大奎就带着他那几个小兄弟把他揍了一顿,从以往的经验看,他因为这件事回到家后受到他爹的惩罚,也是极其可能发生的事儿。

过了一会儿,梅花到他家来了。梅花是大奎的妹妹,比他和大奎小一两岁,也比他们低一个年级。梅花是来喊他去她家吃饭的。父亲出了事以后,他在很多情况下都会被喊去别人家吃饭,在那些关心他的乌龙镇人中,队长也就是大奎和梅花的父亲喊他的次数最多,这不仅因为他们在一个胡同里住着,更由于队长的身份让他在许多方面都充当了带头人,在他吃饭这件事上便依然走在了前面,几乎每天都会打发梅花来喊他去吃饭。大约也正是这个原因吧,大奎才看他不顺眼,好像他这个多余的人抢了他什么好处似的,便趁自己父亲不在的时候敲打他一下。与大奎比起来,梅花却待他很好,不仅对他去她家吃饭没有意见,而且看他的神情还巴不能他这样做呢,每次他跟在她身后朝她家走的时候,她都高兴得不行,嘴里哼唱着一支歌儿,眼角眉梢都流淌着快乐的笑意。他之所以在队长家吃饭的次数比较多,大概也是因为梅花的缘故,如果没有这个对他好的小妹妹,单凭大奎看他不顺眼的态度,他就是饿死了也不会去他家吃饭。

今天梅花来到以后,并没有说到大奎是否挨打的事儿,而是径直对他说,我爹让我喊你去我家吃饭呢……

没有听完她的话,他便摇了摇头说,我不去。

在此之前,他还没有这么快就拒绝她的邀请呢,所以听了他的话以后,梅花便有些意外,紧跟着问他说,为什么呢?

不为什么,他依旧摇摇头说,你回去吧,反正我不去你家吃饭了。

梅花想了一下,才试探着对他说,是不是因为我哥和你打架的事儿?

你也知道了? 他问她说,而且随即便断定,那个在责打下发出叫喊声的家伙肯定是大奎。

就是因为他和你打架的事儿,梅花告诉他说,我爹才惩罚他的……她朝他跟前凑近了一步,低下声来继续说,我爹一知道这件事,就把我哥捆到了树上,用树条抽打他呢……

真的? 他也吃了一惊,你爹是怎么知道的?

是我告诉他的,梅花回答说,我不希望他欺负你……说到这儿,她忽然意识到了什么,脸上浮满担忧的神色,我爹把他打得可厉害呢……

你害怕了? 他打量着她说,你也后悔了?

我怕我爹打坏了他,梅花拉了他一下说,要不你去和我爹说一说……

我去说什么? 他把身子从她面前掉开,并在心里不满地说了一句,原来你喊我去你家吃饭是假,让我去劝你爹是真呀?

梅花看出了他心里的想法,赶紧朝他辩白说,你说不说那是你的事儿,反正我是来喊你吃饭的。她做出了要向门外走的架势,你到底去不去我家呀?

这时,大奎的叫喊声似乎更激烈了,他也不禁替他担心,看来还是梅花说得对,就像人们经常说的那样,解铃还须系铃人,要想让队长停止惩罚大奎,非他这个当事人去讲一下情不可了,其实大奎也并不坏,不管怎么说,以前他可是没少在他家吃饭,就凭这一点他也应该去帮他一下。想到这里,他便跟在梅花身后,急急忙忙朝她家走去。

来到梅花家以后,尽管他对大奎挨打的情况有所准备,但一看到他被绳索捆绑在树干上,让队长举着枝条一下下抽打的情景,还是感到了大吃一惊。此时,大奎脸上已经充满了血迹,身子不知接受了多少次抽打,队长还没有停下来的意思。他了解队长和大奎,知道这爷俩是怎么回事,就算队长想要停止对儿子的惩罚,单凭着大奎固执的性格,也不肯轻易说一句屈服话的,这样一来,队长就像一只钟表被上足了发条,要让他停止走动,除了借助一个外力之外是没有其他好办法的,如此说来,他恐怕就是那个在这种场合必须出现的外力了。于是他赶紧跑上去,抱住队长那只举着枝条的手臂,苦苦地哀求他说,叔叔别打了,大奎会被你打坏的。

其实他的力气并不大,却很轻易地让队长的手臂放了下来。他在学校里不是又欺负你了? 队长低下头来问他说,现在你还给他求情?

他是……他想了一下,还是鼓着勇气撒谎说,他是和我闹着玩的……

是这样吗? 队长回过头去问梅花。

是……梅花也赶紧点头,作为妹妹,她当然不希望自己的哥哥被打坏。

好吧,队长又掉回头,狠狠瞪了大奎一眼说,今天如果不是小家来替你求情,我是不会放过你的。他扔掉手里的枝条,一边往屋里走一边说,以后给我小心点儿,不许你再干欺负别人的事儿。

队长离开以后,梅花急忙跑上去,手忙脚乱地去解大奎身上的绳索。他犹豫了一下,也走上去,试图帮助梅花一把。

走开。大奎朝他吐了一口唾沫。

他停住了脚步,一时不知道该怎么办好。这个大奎,本来今天这顿打是他自己招来的,还把怨气发泄在别人身上,真是不识好歹。

吃饭的时候,大奎没有坐到桌前来,而是捧着饭碗蹲在门槛上,对着空旷的院子吃他的饭。但他的脑后却像长了眼睛,每当他的父母不注意的时候,就回过头来,恶狠狠地看他一下,满眼里都是愤怒和厌烦。因为大奎挨打的缘故,本来这顿饭他就吃得不是那么痛快,再被他这样一看,心里越发不安起来。他从大奎的眼睛里看出来,他对自己来他家吃饭是十分不满的,尤其是在由于他的原因被打了一场的情况下,自己居然还坐在他家的桌子前吃饭，也许在大奎看来，他的脸皮真是够厚的。他明白大奎的意思，在那个年代里，大奎家因为人多，生活本来就不够宽裕，他却经常来这里吃饭，无形中就把属于他们的一份夺走了，大约这也是大奎不断向他找茬的一个原因。他捧着梅花母亲塞到他手里的碗筷，虽然装模作样地大口吃着，可心里却非常不是滋味，一种寄人篱下的感觉不时地涌上来，让他好几次都差点丢下碗筷走掉。不能再这样下去了，他在心里告诉自己说，他不能再这样白吃大奎家的东西，虽然自己的年纪还小，但并不是不能帮他家做一点事儿……大概也就是在这个时候，他下定了辍学的决心。

他没有把这个决定告诉队长，因为他知道，当队长知道这件事的时候，肯定是不会轻易答应的。于是在吃完饭以后，他还是回家背起了书包，故意喊着梅花一起朝学校走去。但他只是把书包放在了教室里，没有等到上课就离开学校，再次偷偷摸摸地回到了家里。这时大人们都去下田干活了，街道上没有几个人，也便无人注意到他的行动。他从家里拿起一把镰刀，在肩膀上背起草筐，悄无声息地朝村外走去。当他在山野间奋力割草的时候，他才时不时地想一下，不知这时候大奎他们在学什么课程呢。一个下午的时间，他就割了好几筐青草，趁着队长家没有人，一次次送到他们家院子里去。队长家养了一头猪、三只羊还有一群鸡鸭，虽然他这几筐草还不够它们吃的，但至少可以减少大奎和梅花的劳动强度，就算他吃他们的饭所付的报酬吧。

他辍学割草的事马上就被队长知道了。这怎么行呢？队长找到他说，你还是一个小孩子呢，怎么能不上学而回家割草呢？他挠着自己的头皮说，你还把草送到我家来，好像是我这个队长让你这么干的，我可怎么向社员们交代呢？

他知道队长是有意这么说，目的还是让他回到学校里去，但他已经打定了主意，无论队长他们怎么说怎么做，他都不会再回到学校里去了，就算队长不让他把草送到他家去，他也可以送到其他人家去，因为在整个乌龙镇，尤其是在他所在的生产队里，几乎找不到一家没有管过他饭吃的人家。

队长竟然说服不了他，便派自己的女儿梅花来动员他，好像知道他在很大程度上愿意听梅花的话似的。或许队长想错了，如果是在其他事情上他肯定会答应梅花的，可是在这件事上，无论梅花使出多大劲儿也说服不了他。最后队长又把自己的儿子大奎派来了，本来大奎不大愿意和他说话，但也知道这件事与自己有很大的关系,如果不主动来向他做一下姿态,不仅对他的父亲无法交代,而且在老师和同学们面前,似乎也做下了什么亏心事儿。我可没有让你给我家割草,大奎一照他的面,就赶紧表明态度说,你不能把这件事赖在我身上。

我没有,他友好地向他说,这件事与你一点关系也没有。他进一步对大奎声明说,我不光给你家的牲畜割了草,还帮助别人家干活了呢。

因为你不上学的事儿,大奎忽然想起什么来,梅花都不和我说话了。

为什么?他有些想不明白,她不和你说话与我又有什么关系?

她以为是我让你这么干的呢。大奎沮丧地说。

这真是让他没有想到的事儿。那我去跟她说明白。说着他就想去找梅花。

不用了,大奎拦住了他说,恐怕你越说她越怨我。说到这儿,他又不满地翻了他一眼说,反正在我妹妹眼里,你的事儿比我的事儿还重要呢。说完这句话,大奎便掉头走开了。

他呆呆地看着大奎的背影,在心里琢磨着他最后说的这句话,似乎懂得他话里的意思,又好像不是那么明白。但不管怎么说,从那个时候起,他便对梅花对他的关心有了更加深刻的印象。

作为梅花家的邻居,他家是在巷子里的最底端,这就是说那个巷子是一条死胡同,真搞不清他家的祖先为什么把房子盖在胡同的顶头,完全阻断了人们朝这个方向的行走。他家原有三间房屋,自从母亲去世后,他的酒鬼父亲便失去了打理家院的兴趣,经过多年的风吹雨淋,到父亲在劳改农场里去世时,最西边的一间屋已经坍塌下来,好在家里只剩下了他一个人,一个小孩子住在两间屋里也算宽敞了。其实到这个时候,他居住的那两间屋已经破旧得不行了,但他很多时候都在别人家出没,只有到夜晚才回到自己家来,也就没有注意到这一点,便给以后出现什么事故埋下了伏笔。当然,就算他预感到了它的危险性,也没有能力来修补它,所以对于后来出现的那件事儿,他一点办法都没有。

那是一个冬天的夜晚,因为白日里帮助一个五保户劈了半天柴,身子累得不行,回家以后便爬上炕去睡觉。其实到这个时候,还没有一点出事的迹象,天空依旧晴朗着,虽然星光不是那么明亮,却没有几块像样的云彩。这天夜里他做了一个梦,看见一条三文蛇从水里爬上来,一条顾长华丽的身子缠住了自己……他虽然没有从睡梦中醒来，却意识到一定是出什么事了，因为每到出事的关键时刻，比如父亲死在劳改农场的那天夜晚，他就会梦到一条三文蛇在纠缠自己……半夜时分，他从不安的睡梦中醒来后，听见外面刮起了凛冽的大风，由于窗户没有贴上像样的纸张，寒风从窗棂里刮进来，一股股地扑到他睡觉的炕上，也就是说他是被寒冷冻醒的，不仅如此，风势扑打在窗棂上，发出一阵阵噼里啪啦的响声，也可以说他是被风的喧嚣声惊醒的。他刚刚醒来，随着一阵更加猛烈的冷风刮过，插在门板上的闩杆折断了，两扇破旧的门板一下子打开来，像两只大鸟的翅膀一般扇动着，随即扑进屋来的便是一阵弥漫的雪花，像一团白色的粉尘在屋内翻卷飞舞。他这才知道，外面不但刮风了，而且下雪了。他从被窝里爬起来，赤着身子跳下炕，想去关那两扇敞开的门板。他的身子刚刚触碰到那些飘飞的雪花，便像被若干把刀子刺中了一样感到剧烈的疼痛，不禁又跑回来，重新钻到了被窝里。他不想管那两扇悠来荡去的门板了，可随着风势的增大，那些扑进屋内的雪花竟然落到炕上来，有许多都沾到了他的头上和脸上。这样下去他是不可能继续睡觉的，于是他再次跳下炕，忍受着风雪的吹打站到了门板后面，使出全身的力气去关闭它。但风雪的力量太大了，他刚把门板关到门框上，很快又被它使劲推开了，好像外面有一个比他力量大得多的人在和他较劲儿似的。他几乎奋战了半个钟点，才好不容易把两扇门板关上，并在后面顶上了两根木头，这才大喘着粗气回到炕上。经过这一番折腾，他竟然不觉得冷了，却很难再睡到梦里去，因为虽然门板关上了，可他发现屋内依旧有雪花在飘动，好像那些雪花又找到了钻进来的渠道。他仰着脸，朝那些飞舞的雪花看了好一会儿，才明白房顶上裂出了一道缝隙，那些雪花就是从那里钻进来的，而且他很快听到那个地方发出了吱吱嘎嘎的响声，仿佛那道裂缝正在慢慢地增大。到这时，他才稍稍感到了一些害怕，止不住往坏处想了一下，如果那道缝隙越来越大，不知道该有多少风雪从那里钻进来呢，那时他该怎么办呢？其实他还没有意识到比那道缝隙更大的危险正在向他逼近，就像一只不肯放过他的怪物已经把它的阴影降临在他头上了，如果这时他再次从炕上爬起来，不顾一切地跑到外面去，或许就能躲过那场从天而降的灾难。但他实在太小了，还不具备足够的生活经验，根本没有想到事情会变得那样严重，便只能在那个黑夜的屋子里等待灾难降临了。

过了不到一顿饭的工夫,随着一阵更加猛烈的风雪刮进来,他头上的房顶忽然发出一阵惊心动魄的嘎吱声,好像外面那只怪兽已经进到了屋里来,正趴在房梁上拼命地摇撼它,他不知道那是房梁承受不住风雪的压力而在断裂之前发出的怪异声响。很快,整个房顶在急剧晃摆了几下之后,便像一大块巨石一般坠落下来。他发出一声绝望的叫喊,本能地举起两手抱住头顶,随即便感到那块石头落到身上的沉重压力,好像他的身体也变成了那块石头的一部分,沉落到漫无边际的河水里去了。只有一霎的工夫,他便什么也不知道了。

当再次醒来的时候,他已经是在一个很安静的地方,而且面前多了一个人,他仔细一看,那个人竟然是梅花。一见他睁开了眼睛,梅花就高兴地拍了一下手说,你终于醒过来了。他没有回答她的话,而是抬起头,惶恐不安地朝上面看,他昏过去之前出现的房倒屋塌景象实在太过恐怖了,以至于他刚醒来的时候,还以为依旧处在那个景象中呢。但他没有看到房顶的坍塌,甚至上面没有一道裂缝,笼罩在他头上的房屋十分完好,根本没有出事的一点迹象。他眨巴了几下眼睛,好像才意识到他并不是在自己的家里,而是躺在另外一个什么地方。于是他又把目光转移到梅花身上,很快便明白过来,原来他是在她家里的炕上躺着,那么他是什么时候来到她家的呢?他想爬起来,但身子刚一使劲,就感到一阵透彻肺腑的疼痛,只好又躺回到了炕上。

不要动,梅花赶紧按住他说,你身上的伤还没有好呢,就好好在这里躺着吧。

我怎么会在这里?他纳闷地问她说,我家的房子呢?

你家的房子已经塌了,梅花告诉他说,前天夜里的大风雪把你家的房子压塌了,你也被砸在了里面……我们都以为你出不来了呢,当时我都急哭了好几回……后来大家都赶到你家里,在那片废墟里翻呀找呀,直到第二天上午,才把你从那片废墟里扒出来……

原来是这样?他醒悟过来,在脑子里对那天夜里的情景又想了一下,仍然还有一些恐惧的感觉,身子不禁颤抖了几下。这是不是说,他在心里问自己,我没有自己的家了?好像他对这种状况还有些不相信似的。

以后你就住在我家里吧。梅花大概知道他心里在想什么,便主动安慰他说。

他没有回答她的话，而是挣扎着爬起来，要赶快到自己家去看一下。难道说从此后我就真的没有自己的家了？他依旧一遍遍在心里发问，一时感觉得极度恐慌，就和刚听到父亲去世时的感觉差不多。

你别动，梅花还试图阻拦他，你身上还带着那么多伤呢……

尽管他身上真的很疼痛，也没有多少力气，但他依旧挣扎着爬起来，踉踉跄跄地往外走。梅花使出很大的力气拖拽他，都被他毫不客气地挣脱了。我要去看一看，他在心里告诉自己说，我不能没有自己的家……等他来到他家的位置上后，不禁更加惊呆了，尽管他从梅花那里早就做好了准备，但出现在面前的情景还是让他大吃了一惊，真是想不到，他家的几间房屋都已经没有了影子，出现在他面前的除了一片碎砖烂瓦之外，好像什么也没有看到。他呆呆地看了几眼之后，身子突然一软，一屁股坐在地下，两手抱着头呜呜地哭起来。我没有自己的家了，他真切地告诉自己说，我没有自己的家了……

梅花从后面赶上来，试图劝说他一下，但好像也被他伤心欲绝的样子吓住了，一时不知道该怎么办。

队长还在领着一些人在废墟里翻找，试图再为他抢救出一些可用的东西来，其实他家的东西本来就少，加之房屋坍塌得厉害，他们在里面忙碌了多半天时间，也没有找到多少有价值的东西。队长走到他面前，挨着他的身子蹲下来，把一只手放在他肩膀上，用格外温和的口气说，孩子不用怕，以后你到我家去住就行了，我已经嘱咐过梅花了，说到这里，他回头看了一眼梅花说，你没有告诉他吗？以后他就是我们家的成员了。

梅花赶紧回答说，我和他说过了……

这时候，大奎不知从什么地方走过来，也像梅花那样对他说了一句，来我家住吧，以后我再也不和你打架了。

他依旧没有回答他们的话，而是把头伏在膝盖上，无论如何也止不住地哭泣。

虽然队长一家愿意接纳他的到来，包括一直和他过不去的大奎，在这件事上可以说转了一个一百八十度的弯子，非常友好地鼓励他到自己家去，尤其是梅花更是希望他这样做。但他最终没有成为他们家的成员，因为队长家的人太多了，房屋却没有几间，光他们一家人就住得十分拥挤，哪里还能给他腾出空间来呢？其实在他们那个生产队，愿意接纳他的人家有很多,为了他到谁家去这件事,许多人甚至争吵起来,一时让队长感到很为难。就在这时,老饲养员站出来,急赤白脸地争夺对他的抚养权,为此他还想出了一个有些荒谬的理由,说他父亲偷盗牛犊的事是他怂恿的,如果那天他不给他爹喝酒的话,以后的事便根本不会发生,为了向九泉之下的父亲赔罪,他愿意收养他为自己的儿子。这个理由当然说服不了大家,但最后老饲养员之所以正式收养了他,还是由于他是一个老光棍,平时一个人过得没有什么意思,如果他到他家去的话,说不定还会给他增加许多乐趣呢。队长和大家或许也是出于这个考虑,最终同意了老饲养员的要求,也就是说从此以后,他便可以随他一起生活了。但尽管这样,其他一些人还是隔三岔五地把他喊到他们家去,或给他一件衣服穿,或给他一顿饭吃,尤其是队长一家更是经常这样做,几乎每到过节的时候,他都让梅花或者大奎来喊他,去他们家像模像样地吃一顿好饭。完全可以说,在他失去了家的那些日子里,他是吃着百家饭长大的,也就是在那段时间里,他决定把自己的名字由李小家改成了李百家。

老饲养员好像并没有自己的家,或者说也像他的家一样破败了,才搬到饲养场去住,在人们的印象当中,那个住着牲畜的饲养场就是他的家,也就是说,他在跟随老饲养员生活的时候是住在饲养场里的。别说,饲养场里的房屋比他家的房屋可是强多了,不但十分宽绰,而且非常温暖,因为那些牲畜也像他和饲养员一样住在里面,从这种意义上说,所有的牲畜都像他一样是饲养员家里的成员。饲养场里的房屋有四大间,一间用于放草料,两间由牲畜们居住,最后一间便是他和老饲养员的住处,因为几间房屋连通着,每到夜晚的时候,他都会听到牲畜们反刍草料的咀嚼声,还有他们抖动缰绳和互相蹭痒发出来的声音;与此同时,陪伴他的便是草料在空气中发出的清香味儿,当然其间也混杂着牲畜们的粪便气味儿,开始的时候还有些不适应呢,不是睡不着觉就是过早地醒来,但日子一久,他对那些气味和声音都感到了无比亲切,它们就像穿在他身上的衣服一样成了他生活的一部分,如果闻不到或听不到它们的话,他的日子便会过不安生呢。与牲畜们住在一起是有很多好处的,一来能排除寂寞,每次听到它们的声音和闻到它们的气味时,他空洞的心就能充实和安定下来,有它们在他身边相伴,他每一天都过得十分快乐;二来能感到温暖,牲畜们的体量非常大,浑身都散发着热乎乎的能量,这让他在冬天里不再觉得一丝寒冷,日子也便好过了许多,从这种意义上说,他和老饲养员都是把牲畜们当成自己的家庭成员看待的。在跟随老饲养员生活的那几年里,他每天要干的活儿依旧是去山野里拾柴割草,这是他这个年纪的孩子力所能及做的事儿了,与往常不同的是,他不用再把草送到各家去,而是径直放在饲养场内,那些牲畜的草料有很大一部分都是他为它们准备的。除此之外,他还帮助老饲养员干一些照料牲畜的杂活,由于他的到来,几乎不用再让队长给老饲养员另派帮手了,他差不多已成了多半个劳力。每次向别人提到他的时候,老饲养员都一副心满意足的样子。

他和老饲养员居住的房屋其实也很破旧了,有一天夜里下雨时,他从睡梦中醒来,竟然看见房顶上在漏水。屋里一般是亮着一只马灯的,便于老饲养员起来给牲畜们添加草料,这使他在那天夜里清楚地看到了房顶漏水的情景。那些水流像一条小瀑布一样从房顶的缝隙间淌下来,正好打在两只牲畜的身上。那两只牲畜躲来躲去,互相摩擦着身子,在屋内制造出骚动不安的声音。他摇醒了老饲养员,指给他看房顶漏水的情景。老饲养员下了炕,把那两只牲畜牵到别的地方。虽然牲畜们挨不到雨淋了,但房顶漏下来的水依旧不住地淌,地下的存水面积越来越大,如果外面的雨不停的话,不是要把其他牲畜的脚泡了吗?他觉得这样下去不行,便向老饲养员提出来,由他爬到外面房顶上去,在缝隙裂开的地方搭上一些柴草,这样或许能让漏下来的水减少一些。老饲养员担心他夜里出事儿,无论如何不允许他爬到房顶上去。好在外面的雨水开始小下去,从房顶上漏下来的水也越来越少了。到这个时候,他才稍稍安下心来。

虽然才到半夜时分,他却无论如何睡不着了,依旧坐在炕沿上,两眼呆呆地瞅着房顶漏雨的地方看。这时候,他又想起他家房屋坍塌的那个夜晚,那些寒冷的风雪大约也就是从这样的缝隙间漏下来的,如果不把这类隐患消除的话,说不定哪一天这些房屋也会出大问题的。等天亮的时候,他自言自语地说,我一定把这些房屋好好地修整一下。

就是在那天夜里,他做了一个激动人心的梦。开始的时候,他是在梦里修补他家的或者说饲养场的房屋,但后来,他发现那些修好的房屋已经不是过去的模样,而是一幢幢刚刚盖起来的新房屋,这是不是说,经过他的努力,一些再也不可能漏雨的新房屋出现在乌龙镇了呢?随即他便看见,许多人包括队长、老饲养员还有大奎、梅花他们都高高兴兴地出现在那些新房子里,也就是说他们都成了那些房屋的新主人……他从这个梦境中醒来,赶紧也把老饲养员推醒,语无伦次地朝他讲述梦中的情景。我要盖房子,他挥舞着拳头对他说,等我长大了以后,我一定要盖许多威武气派的新房屋,让你们大家都住进去,再也不用担心它们被风雪和雨水弄坏了。

你搞什么呢?老饲养员莫名其妙地眨巴了一下眼,好像还没有醒明白,什么盖房子?盖什么房子?

我要给你盖一座新房子,他认真地对他说,再也不让你住这样的牲畜屋了。

老饲养员听明白了他的话,却随即摇了摇头。我不需要什么新房子,他冷冷地对他说,我在这里已经住了几十年,哪里也不想去了。

这里有什么好的?他朝漏过雨的那个地方指了一下,说不定那里什么时候就会出问题,到时候你想住在这里也不成了。

别说这样不吉利的话,老饲养员不满地拍了他一下,又用嘲讽的语气对他说,你能盖什么房屋呢?一个小孩子家家的,真是做梦娶媳妇净想好事儿。说罢,他就躺回被窝里,想要继续睡他的觉。

你不相信我?他想再把他拉起来。

相信你个头。为了避免他对自己的干扰,老饲养员干脆换到另一头去睡觉,不一会儿,他就发出了响亮的鼾声。

不管你信不信,他继续在脑子里做着毫无来由的热烈畅想,反正等我长大了以后,我就要全心全意地去干这件事儿。在他如此这般暗下决心的时候,他似乎看见面前亮起了一盏红色的灯笼,一开始他还以为是那盏挂在房梁上的马灯发出的亮光,后来当他闭上眼睛时,依旧看见那团红色的亮光在前面像一轮明日照耀着他,他好像置身在一个寒冷的冬天里,由于它的照耀而让身子处在了夏季里一样感到燥热起来……

他也说不清那个夜晚为什么产生了这样古怪的念头,或者说不清楚在那个夜晚到底是来自什么地方的光明照亮了他心底的阴暗处,让埋藏在那个地方的一颗种子发出了绿色的幼芽……没错,那是一粒格外顽固的种子,在他的童年岁月里,因为并没有合适的环境让它茁壮成长,但它却在那个地方暗暗地做着努力,几乎已经做好了所有的充分准备,但等另外一个时代到来的时候,它就会破土而出并最终长成一棵参天大树……在以后的每一次梦境中,他都看见那粒种子变成一棵参天大树的动人情景,而每到这个时候,他前面的那团火焰就会发出像雷电一般灼亮的光来,把他前面的整个世界都照亮了……

三

这天夜里,他又一次在睡梦中看见了梅花。此时梅花背对着他,在一团迷雾中时隐时现,他看出来,她正在迈开脚步,要从他面前离开,不知道朝什么地方走去。他感到十分焦急,好像本能地知道,她这一去就再也见不到了似的。梅花,他伸出手,想把她从那团迷雾中拉回来,拉到自己的身边来,我一定会给你盖一幢大房子。他一遍遍地对她说,恨不能把手放在胸膛上,剖开皮肉和骨头,让自己的心脏裸露出来,以让梅花相信自己说的话。但梅花只是扭过了头,用深情却失望的目光看了他一眼,便转过身子,果断地朝远处走去。那团雾气越来越大,很快便将她柔弱的身子完全吞没了。梅花,他疯狂地对她叫喊,梅花——

他是被一只手推醒的,睁开眼睛一看,一个女人坐在她身边,正用迷茫的目光打量他。你是谁? 他蒙头蒙脑地问了她一句。我是你老婆呀。女人回答说,并且又在他身上推了一下,以让他更加清醒一些。他终于醒悟过来,这个坐在身边的女人的确是他的老婆……

你又想梅花了? 老婆用不满的目光望着他。

没有……他吞吞吐吐地说,还试图掩饰自己纷乱的心绪。

行了,老婆白了他一眼说,刚才你都喊过她好几回了,我在梦里都听到了。

说到了梦,他又发起呆来,回想刚才在梦中看到梅花的情景,不禁又在心里重叹了一声。

从我嫁给你以后,老婆气哼哼地对他说,你就三天两头地在梦中喊她的名字,到底是个什么意思呀? 难道你不想好好过我们的日子吗?

听着老婆的埋怨,他却一句反驳的话说不出来,不能不承认,老婆说的的确是那么回事儿,几乎每天夜里,只要是做梦,他就会看到梅花,看到梅花离开他的情景……是呀,梅花已经离开他快要八年时间了,但在这些漫长的日子里,他似乎没有一天没有想到过她……原先他是打定主意要和梅花一起过日子,并且要和她一起白头到老的,但他哪里想到,这仅仅是自己美好的愿望而已,当然,如果他们没有真的长大起来,还可以把这种愿望一直持续下去，但当他们长到成婚年龄的时候，这种美好的愿望便变得不切实际了，在乡下，如果你没有一幢属于自己的房子，也就等同于没有自己的家，在这种情况下，你又怎么能娶上老婆来呢？就算有哪个女人愿意跟你过日子，你又让她到哪里去栖身呢？仅仅这一条，就让你娶梅花为妻并与她一起白头到老的愿望变成了无法实现的梦想，尽管梅花也是爱你的，也是愿意与你一起过日子的，但强大的现实还有来自舆论的压力最终征服了她，让她最后选择了一个或许并不爱她但条件比你优越的男人……也许就从那个时候起，他便更加树立了一种强烈的愿望，那就是不管怎么样都要盖起一幢属于自己的房子来，哪怕为此而倾尽所有的力量，甚至为此而丢掉自己的性命也在所不惜，因为只有这样，他才能像一个真正的男人，也才算有了属于自己的家，也才能有资格谈婚论嫁……恰好生产队这时候已经解散了，随着那些与他相伴了许多个年头的牲畜分到各家各户去，饲养场变得空荡起来，老饲养员死去以后，那几间弥漫着牲畜粪便味儿的房屋也倒塌了，但那处巨大的院落却没有派上其他用场，于是，他想尽了几乎所有办法，终于在那个地方重新盖起了几间并不多么像样的房屋，把一个他并不怎么喜欢的女人娶进来，让她成为自己的老婆，到这个时候，他才算又一次有了属于自己的家……

看你身边躺着一个，老婆用讽刺的语调对他说，心里却又装着另一个，你可真是活得逍遥自在呀。她打了一个长长的哈欠，便倒下身子，重新睡进了梦去。

他却无论如何睡不着了，看一眼放在床头的闹钟，才不过两点钟，离天亮还远着呢，就算是今天有那么急迫的事儿，但离行动的时间也还很久呢。但他却不打算再睡了，反正也没有了困意，那就想一想有关公司开业仪式的事情吧，他是第一次有自己的建筑公司，虽然一个开业仪式不是那么重要，但毕竟是一件事情的开端，就像俗话说的那样，万事开头难，只要开头顺风顺水，一切便能很好地进行下去，不论怎么说，他都要讨个好彩头的。如果事情倒推到八年前，他是无论如何也没有想到有一天会有自己的建筑公司的，这些年来，他从一个不起眼的建筑小工开始干起，在工地上搬砖活泥，一边干活一边积累经验，八个年头下来，他不但有了自己的建筑公司，而且把公司开到了县城里去，当然，如果没有大奎的帮助他也是不能取得成功的……想到大奎，他不禁拿起手机，尽管知道他此刻正在酣睡之中，还是给他发了一个短信,提醒他把答应下来的事儿做好。短信发出去快有十分钟了,大奎那边也没有任何动静,看来这个家伙的确正在做美梦呢。他没有放下手机,随即又给小马发了两条短信,让她把准备工作再梳理一遍。他以为小马也在睡梦中呢,但很快她就把短信回过来了,并且是用语音回复的。他把小马的语音短信点开,一个富有磁性的温柔声音便传到了他耳朵里,李总,你放心吧,所有的准备工作我都安排好了,不会出任何差错的,你就好好休息吧。他欣慰地吐出一口气,不仅因为小马认真的工作态度,还有她好听的语音,都让他感到由衷的高兴。为了安抚依旧在熬夜的小马,他马上把一个笑脸、一束红花和一杯茶水的表情发过去。

你又和谁聊起来了?老婆翻了一个身,用不满的口气埋怨他说,还让不让别人睡觉了?

他没有理会她,干脆下了床来,拿着手机来到了屋外。望着外面就要浮出亮色的天空,他期盼着明天快些到来,是呀,他已经有些按捺不住了,无论怎么说,今天的开业仪式都是一件大喜事,也是他事业更上一层楼的一个标志,从此以后,他就像一个一直步行的人跨上了战马一样,前面等待着他的是一个分外辽阔而激烈的战场,作为一名充满激情的战士,他是多么渴望到那个世界里纵横驰骋呀。梅花,他在心里对那个永远也忘不掉的女人说,等着我,不论你要什么样的房子,你要多少幢房子,我都会送给你的……是的,他不能不承认,自从梅花离开他以后,他所有的努力都是为了她,为了让那个对他失望的女人得到满足,更明确地说,他把一幢又一幢房子盖起来,看起来是给与他不相干的人打工干活,而在他的内心深处,这一切都是为了梅花,如果换一种说法的话,那就是为了梅花而拼命盖房,盖房……

天才蒙蒙亮,他就精心打扮了一番,不仅穿上平时不大穿的西装,而且精心整理了一番发型,最后还又擦了一遍皮鞋,这才骑上摩托车,驶上了去往县城的路途。由于车速太快,刚驶出村子没多久,就一连轧死了好几条三文蛇。莫邪山的三文蛇个头太大了,摩托车的轮子从它们身上碾过去,虽然也让它们毙命了,但一身的皮肉还是缠住了轮子,尽管他小心驾驶,还是让摩托车倒在了地下,幸运的是他没有受伤,摩托车也依然完好无损。这个李木山,他重新骑上摩托车,不满地在心里骂了一句,也不看好这些蛇,不是要耽误老子的事儿吗?他不敢再大意,让摩托车的速度放慢了许多。

你不要赶那么快，从前面一根横过公路的树杈上垂下两只脚来，像两只悬在空中的木瓜一般游荡着，随即便传来一声懒洋洋的话音，不然你会欲速则不达的。

他停下车来，仰高了脸面，看着那个坐在高高树杈上的李木山，心里不禁感到奇怪，这个蛇人一天学也没有上过，竟然说出了那么咬文嚼字的话，不能不让他刮目相看。这么早就把你的蛇放出来，他埋怨蛇人说，是不是有意和我过不去呀？

哪里的话，蛇人摇摇它蛇一般三角形的脑袋，它们忙碌了一夜，还没有打算去睡觉呢，就被你干掉了好几条，你就不怕耽误你的事儿吗？

他听出了蛇人话里的意味，不禁又有些上头，在莫邪山里，这些三文蛇可是富有灵性的动物，伤害了它们，的确会给人带来许多麻烦的……好好，他不想再听蛇人那些不着调的话，赶紧妥协地向他微笑说，我小心就是了，天不早啦，你和你的蛇也该休息了。说完，不等蛇人作出反应，他就发动摩托，沿着弯曲的路面朝山外驶去。一踏上通往县城的公路，他就遏制不住地加快速度，虽然时间还早，他却不能不听从内心的召唤，要尽快赶到县城里去。

到县城虽然有七八十里的路程，但由于摩托车的速度很快，他行驶了大约一个小时后，就赶到了县城里，来到自己公司的楼下。虽然他在县城里盖了那么多房子，却还没有属于自己的一幢房屋，现在公司所占用的几间楼房，还是他租用别人的地方。也许过不了多久，他在心里发着宏愿说，这里就会有属于我自己的楼房了。天还没有亮透呢，但公司的办公室里早就有了人，虽然他没有上去看，却知道一定是小马带领下属们在这里忙碌，看来他们也像自己一样没有睡好觉，都把公司的开业当成了一件大事来干，这让他感觉到无比的欣慰，看来他花高价把小马聘来当自己的助理，的确是找对了人，这个才刚毕业不久的大学生，不但人长得漂亮，业务能力也强，更重要的是十分敬业，虽然来公司的时间不长，但她对自己的忠诚却已经展现出来，凡是交给她的事情，不用他再去反复叮嘱，她就会带领下属们圆满完成的。难得，他不能不感动地在心里说，实在是难得呀。

这时，他听到了短信发过来的提醒声音，便掏出手机看，和他想象的差不多，是大奎发过来的短信，告诉他说，没有问题，在我的反复邀请下，张局长已经答应出席今天的开业仪式，九点钟我会陪他来到，你就放心吧。看到大奎这样说，他又一次宽慰地长出了一口气，别说，大奎也算是对他够意思，竟然能把建设局长邀请来出席他的开业仪式，也实在不容易呢，一个来自乡下的包工头举行一个普通的开业仪式，竟然能让建设局长前来剪彩，这实在是给了他巨大的面子，如果不是大奎从中斡旋，仅凭他这个土豹子，又怎么能惊动政府部门的人呢？说起来，大奎也算是诚心诚意帮他的忙，大约是因为他的妹妹梅花没有嫁给他的缘故吧，大奎也为他感到有些不平，但又无可奈何，便只能变着花样来帮助他，这可与小时候对他的态度形成了鲜明对照。当然大奎也有这种能力，毕竟他的村主任父亲不是随便当的，经过一番不为外人所知的运作，竟然让大奎在县城里找到了工作，由一名普通的小职员干起，几年下来，现在已经是一个年轻有为的副科长了。因为大奎所在的单位正好是建设局，也就能够为他帮上许多忙了，如果没有大奎，他这个小小的包工头恐怕也不会越做越大，现在竟然有了一家属于自己的建筑公司，从这种意义上说，大奎差不多就是他的贵人呢。

虽然时间还早，但小马找来的喜庆公司的人也已经忙碌开了，几个小伙子正在把一个粗大的气体拱门竖立起来，在鼓风机的吹动下，拱门硬邦邦地围绕在办公楼的前面，在霞光的映照下，闪烁出红彤彤的光彩，远远看去，还以为是一道亮丽的雨后彩虹呢。他找到小马，试量地对她说，我们这是开业，又不是举行婚礼，扎这么耀眼的拱门合适吗？听了他的话，小马止不住笑起来。哎呀李总，她有些笑话他说，你一天到晚光知道盖房子，对其他事一点儿也不上心，别人家开业也是这么搞的，我们丝毫也没有出格儿。听她这样说，他才稍稍放下心来。演艺公司的大卡车也驶过来了。按照小马的安排，今天也要好好演一场节目的，以给开业仪式增加更强的喜庆色彩，也多吸引一些人气。在小马的指挥下，大卡车停在公司门口一个较为开阔的场地上，然后打开车厢板，在几个身强力壮的年轻人操作下，不一会儿，竟然搭起来一个不算太小的演出平台，节目中所使用的一些乐器，诸如架子鼓、风琴之类的设施也都摆放好了。一个耳朵上吊着耳环、胳膊上文着刺青的时髦青年站在台子中间，手里举着话筒开始试音，如果不出意外的话，他恐怕就是今天这台节目的主持人了。他站在一边呆呆地看着主持人，越发觉得眼前的景象像极了一个热闹的婚礼，想要对小马再说句什么，但他还没有张开嘴，突然而起的音乐声就从台子上传来，把他吓了一跳，不由得又把话咽了回去。

时间过得很快，日头不知什么时候已经升起来了。小马忽然对他说，李总，这里也用不到你，天不早了，你快去外面吃点饭吧。

听她这样一说，他才意识到还没有吃早饭呢，但他一点儿也不觉得饿，看来心思都用在了开业仪式的准备工作上，才忽略了肚子的需要。他不想去吃，是因为没有饥饿的感觉，但小马那些年轻人或许早都饿了吧，应该让他们赶快去吃饭。在他的催促下，年轻人都朝外面的快餐店里走去了，但小马还依旧留在办公室里，像他一样没有去吃饭的打算。他忽然心里一动，不禁向她提议说，要不你陪我去吃一点吧，有什么问题也好再讨论一下。小马觉得他这个主意也不错，便放下手头的事务，随他一起往外面走去。

他们没有去那家快餐店，而是走到了另一家店里去，或许利用这段时间，和小马多说上几句话，也才能让他觉得心安，不知怎么回事，自从小马到公司里来以后，尤其是做了他的助理之后，他便越来越多地依赖她，现在简直有些离不开她了。两个人坐下后，小马没有让他动身，也没有问他吃什么，便自作主张给他买来了一个火烧、两根油条、一碗豆腐脑外加一盘小菜，别说，这都是他喜欢吃的，看来小马也是个细心的姑娘，虽然只和他一起吃过几次饭，便了解到了他的饮食习惯，从这点上说，她可是比他的老婆还强呢……他呆呆地看着她，不知道为什么便想到了老婆，而且继续往下想，他眼前又浮出了梅花的影子……不能不说，小马是和梅花有些相像的，大约正是因为这一点，他才把她招到了公司来，并很快让她成为自己的助理……

半年前，他的建筑公司刚有些眉目的时候，便悄悄开始了招兵买马。他记得很清楚，就在大奎的办公室里，他从几个听到消息前来的年轻人中，挑选一个最为得力的帮手，这几个人当中就有小马……人员都是大奎帮他找来的，在此之前，他可是从来没有见过他们呢，前面几个人被他问过了一些问题，好像也没有留下什么印象，便招招手让他们出去了。小马是最后一个进屋来的，到这个时候，他对这些没有什么社会经验，又不理解他的创业理念的年轻人感到了深深的失望，所以当小马走进来时，他差不多也打定了只是应付一下的主意。但他没有想到，小马刚一出现在面前，他的眼睛就有些发亮，还以为是一个让他倍感熟悉的人来到面前了呢，那个让他无意间想到的人除了是梅花之外，还能是其他的什么人吗？你叫什么名字？他从恍惚中醒悟过来，赶紧对这个无意间让他增加了好感的姑娘问道。

我叫马海英。姑娘站在他面前，落落大方地介绍自己说。

马海英……他摇摇头，这个名字可是与梅花相差太远了。你是哪里的人？他继续问她。

我是宁夏人。姑娘回答。

宁夏人……他感到十分意外，无论如何没有想到，这个姑娘竟然不是本地人，说实话，他连宁夏在什么位置也不知道，却本能地明白那是一个十分遥远的地方……那你为什么到这里来了？他对姑娘的兴趣越来越大。

我是投奔同学来这里的。姑娘说。

那你能不能，他犹豫了一下，还是禁不住问她，介绍一下你家里的情况？

这个，姑娘举了举手里的招聘书，提醒他还没有问到上面的问题呢，这个必须说吗？

他点点头说，是的。

我妈妈很早就去世了，姑娘并不情愿地说道，我爸爸又娶了别的女人，所以我只好到外面……

行了，他告诉自己说，就是她了。于是，他用肯定的语气对她说，你被录取了。

什么？姑娘感到更加意外，再一次朝他扬了扬手里的招聘书，这上面的问题你还什么都没问呢。

不用问了，他朝她摆摆手说，从明天开始，你就可以来我的公司上班了。随即，他又把稍稍高出招聘书上所许诺的薪资标准说出来，以让姑娘参考。

为什么？姑娘既喜出望外又茫然不解地再次问他。

没有那么多为什么。他有些不耐烦地对她说。

后来，小马依旧没有解开他招聘自己的谜团，又拐弯抹角地问过他几回，比如你招聘人的方式很独特，这会不会给你留下什么后患呢？比如你对别人太不了解了，就轻易相信了他们？最后干脆问他，你是不是可怜我，才把我招到你手下来的？

小马把早餐放在他面前好一会儿了，他还没有想起来去吃，而把目光依旧盯在她身上。别说,小马今天也经过了一番刻意的打扮,不但穿上了一身崭新的裙装,而且还画了一个淡妆,头发做成了一个发髻,嘴唇也涂成了红色,这使她看上去真像一个新娘似的……他想起来,刚才在办公室还对她说过婚礼的事呢,当时倒不是因为小马的这身打扮,而是被她有意营造出的那种喜庆气氛感染的缘故……

李总,小马把拿着筷子的手举起来,在他面前晃动了一下,以使他从呆滞的状态中清醒过来,你在想什么呢?饭都凉了。小马的目光落在他脸上,好像也意识到了什么问题,是呀,在此之前,她光顾着忙碌仪式上的事儿了,并没有仔细看他一下,现在才注意到他的样子有些不对,不禁脱口说道,李总,你是不是病了?

什么?他反应过来,不明白她为什么这样问自己,我哪里像是病了?

你的脸色红彤彤的,小马把那只手快要放到他脸上来了,看上去就像发烧……

发烧?他念叨着这句话,竟然真的觉得自己的身子有些胀热……

哎呀,小马的手指触到了他的额头,是有些发烫呢,看来你真的……

你说什么呢?他拨开她的手说,在这么喜庆的时刻,我怎么能得病呢?说完,为了转移她的注意力,便捧起放在桌子上的碗,大口地吃起饭来。

两个人回到店里后,所有的工作差不多都已经做完了,几家要好的公司送来的花篮摆放在了门口,还有几个条幅也从楼上垂下来,他在这里没有太多的朋友,前来祝贺的人也不是那么多,现在最要紧的就是等待大奎的消息。按照他们商定的时间,等九点半的时候,建设局长就会在大奎的陪同下到来,那时整个仪式也便正式进行了。卡车台子上的节目正在演出当中,在少女们扭来扭去的舞姿中间,时髦的主持人不时地喊上几句,吸引了不少闲来无事的人观看。主持人太善于即兴发挥,小马交给他的公司情况介绍竟然一句也没有用上,而只是信口开河地耍贫嘴,别说,观众却乐意看他这样,拱形门下的热闹气氛倒是渲染得异常热烈。

九点半快到了,大奎忽然给他打来一个电话,带着哭腔告诉他说,百家,局长来不了了……

怎么回事?听大奎这样说,他既有些吃惊又似乎并不感到意外。

原本说得好好的,大奎对他解释说,现在却又推说有事走不开……对了，让一位副局长来行不行？

行，他连连点头说，副局长也行呀，你可千万定好了，别再发生其他变化了。

好，大奎用信誓旦旦的口气说，我一定把副局长带过来。

他放下电话后，虽然心里觉得有些遗憾，但也没有把这件事儿看得多么严重，原本他并没有打算邀请建设局长的，自己这样一个土包子又怎么能惊动这个行业里的一把手呢？一切都是大奎出的主意，现在看来，还是自己的面子不够大，就算大奎动用了所有心思，也并不能把人家搬到这个仪式上来，那就退而求其次吧，副局长如果能来，也算是给了他一个不小的面子……但他又放不下心来，依旧觉得这样的安排也有些不靠谱……

半个小时之后，他的担心又一次应验了，大奎在电话里又对他说，副局长来不了了，就算他使尽浑身的解数，也要把办公室主任搬来……听他这样说，他差不多已经感到了彻底失望，对大奎的话也就没有怎么放在心上，什么办公室主任不办公室主任的，就算建设局的人一个也不来，他公司的开业典礼也要照常进行……于是，他没有再等下去，放下大奎的电话以后，便指示小马他们，正式举行开业典礼仪式。在噼里啪啦的鞭炮声中，随着主持人虚张声势的介绍，他从人群里走出来，站在大红色的拱门下面，将蒙在公司招牌上的红色彩带揭下来……但让他想不到的是，仪式刚刚举行完毕，大奎竟然带着办公室主任到来了，一看到从车里走下来的两个身影，他就有些发怵，是呀，那个被大奎从车门里搀下来的胖子，不就是建设局办公室的吴主任吗？他竟然真的被大奎搬到开业仪式上来了？

当看到地面上那些凌乱的爆竹碎屑，还有刚刚挂在墙壁上的公司招牌时，大奎的脸色便有些发青，瞪大两眼朝他看，神情中全是疑惑和不满。怎么回事？大奎走到他面前，从牙缝里喷着气问他说，你就这么没有耐心吗？

他闭了一下眼，知道这件事差点让自己搞砸了，但为了不惹恼好不容易到来的吴主任，他只能小跑着迎上去，紧紧地握住他的手，觍起一张笑脸对他说，欢迎吴主任百忙之中前来……

好在吴主任并没有多么看重这件事，而只是一上来就问他说，中午你们安排在哪家酒店了？我们要不要现在就赶过去？

见他把注意力放在了吃喝上，他才稍稍放下心来，看来这个家伙被大奎搬来，并不是来给他这个仪式长脸面的，不过是借此满足一下胃口的需要罢了……这样倒好，就算他的肚皮再大，难道还不能管饱他这顿饭吗？但来到饭店里以后，他却再一次发现，事情其实并没有那么简单，对于他安排的这家饭店，大奎虽然觉得不是那么理想，但也没有让他更换地方的打算，而是直接过问了一下酒宴的标准，并且自作主张，把五百块钱的餐费提高到了八百块钱，同时把普通的白酒换成了一种价格不菲的名酒，然后拍着他的肩膀说，不就是一顿饭吗？只要吴主任高兴，你今天这个开业仪式就算成功了。他想想也对，还是大奎想得周到，不管怎么说，他以后都离不开建设局的帮助和照顾，一顿饭又能花去他多少钱呢？

虽然他早就知道，吴主任是个酒鬼，整个建设系统都找不到几个对手，但还是没有想到，这家伙的酒量竟然那么大，大约已经喝了一斤多高度白酒了，还一副余兴未尽的样子。他已经约略看出来，吴主任或许还记着上午没有等他到来就举办了仪式的事儿，把心里的不快全带到酒桌上来了，一上来就摆出了和他斗酒的架势。在大奎的示意下，他只能打起精神来，大着胆子迎上去招架。本来他是不怎么喝酒的，平时没大有练酒的机会，也缺乏这方面的经验，如果是一般的场合还能勉强蒙混过关，但在现在这种情况下，他这个公司的老板是没有任何退路的，只要能让吴主任看得起，他就不能装狗熊，就要迎难而上不轻易退缩，哪怕把命豁上也要摆出一副英雄豪杰的样子来。小马坐在他身边，不时用担忧的目光看他，在这种形势下，她当然也有劲儿使不上，便频频往他的水杯里倒茶，并示意他多喝一些，以稀释一下酒精的作用。

小马的表现引起了吴主任的注意，接下来便把兴奋点转移到了她身上，举起酒杯来，非要和小马好好喝一杯不可。小马为了照顾好大家，一开始并没有喝酒，但在吴主任的逼迫下，也只能把杯子举起来。他知道，小马是不喝酒的，如果真让她陪吴主任喝酒，那就太为难她了。为了保护小马，他只能再次硬着头皮站出来，要代替小马喝下那杯酒。这似乎正中吴主任的下怀，吴主任便毫不客气地提出来，如果他替小马喝酒的话，那就只能二顶一，用两杯酒当作一杯酒喝。你不是充当绅士怜香惜玉吗？那就拿出你作为绅士的本事和风度来吧。让大家都没有想到的是，吴主任的话还没有说完，他就端起两杯酒来，不由分说倒进了自己嘴里。他一边喝一边在心里说，老子今天豁出去了。看他如此毫不在乎的样子，吴主任也有些发愣，这才刚刚耍起一点愣来,就被那个比他还要愣的家伙给镇住了。

好不容易吃完了这顿饭,等从酒桌上下来,他已经差不多快要支撑不住了,但吴主任并不就此罢休,继续兴致勃勃地对他提议说,李总陪我打一下牌吧?说罢,不等他作出反应,就让服务员摆下了一桌牌局,吴主任一边摸牌一边对他说,我们可不能清打呀,你不是大老板吗?拿一点赌资出来让大家高高兴兴。他还没有说什么呢,大奎便又在下面踢了他一脚,看来这场血他是要出定了,便只能硬着头皮答应下来。

小马这时从门外走进来,大呼小叫地对他说,李总,有一个电话找你。说着,就把自己的手机朝他递过来。

他虽然脑子有些发昏,却明白这是小马在为他解围,而且他也感觉出来,既然自己明白了这回事儿,其他人还能看不出来吗?为了让自己的颜面不至于丢得太多,他就没有理会小马,而依旧坐在牌桌上。

小马过来拖他,李总你是怎么回事?没听见有人找你吗?可别耽误了公司的事儿……

他终于忍不住了,夺过她的手机来,狠狠地掼到了地下。公司里的事哪里用得着你管?他虎起脸来呵斥她说。

小马愣怔了一下,好像没有想到他会这样,等反应过来,赶紧捂着脸跑出去了。

吴主任微笑着打量他说,李总,这个女人很关心你呀……

听着吴主任意味深长的话,他心里也不由得有些发慌,好像他和小马真的有什么见不得人的事儿似的。为了掩饰自己的尴尬,他只能把赌资提高到了一个很大的数值上,果然,这吸引了吴主任的注意,在他乐呵呵的笑声中,大家的兴奋点也又转到了手中的牌局上。

这场牌打得比吃饭的时间还长,等吴主任揣着一摞半真半假赢下的钱离去时,天差不多已经黑了。大奎又拍了拍他的肩膀,附着他的耳朵说,百家你干得不错,只要让吴主任拿走了你的钱,剩下的问题就交给我吧。说完,他要赶紧走出门,追赶吴主任的身影去了。

大家都散去了,只有他还留在办公室里,望着窗外正在笼罩下来的夜幕,他没有任何离开的打算。除了他租赁的这几间办公室外,他在县城里没有其他地方好去,按说应该回乌龙镇老家,这时他差不多已经醒过酒来,骑上摩托回去也没有什么太大的问题,但他却打消了这个念头,而是依旧留在了办公室内。不管怎么说,从今天起他就有自己的建筑公司了,也不管今天的开业仪式顺利与否,反正他把这一天当作自己重新踏上征程的一个起点,是的,有了自己的公司,他还担心不能把一向钟情的建筑事业轰轰烈烈地搞下去吗?屈辱算什么?困难算什么?在他不屈不挠的努力下,他相信一切不利的因素都能成为过去,迎接他的一定是一个辉煌壮丽的美好前程……

他龟缩在沙发椅里,虽然天气很热,却怕冷似的抖动着身子,闭上眼睛打了一个瞌睡,又一下子惊醒过来。就在这时,他看见办公室的门被推开了,一个细弱的身影从外面走进来,虽然他没有看清她的模样,却知道她是谁……现在几点了?他向她问了一句,却又发现并没有让声音发出来。

小马给他带来了晚餐,他没有吃饭的任何欲望,却对她放在面前的一杯咖啡充满了兴趣,便赶紧端过来,咕咚咕咚地喝下去。他这才想起来,自从把小马赶走以后,整个下午还没有喝上一滴水呢,看来离开了小马的照顾,他还真是不行呢。一时间,他对向小马发火的事儿感到了歉疚,便不好意思地对她说,下午我不该向你……真是对不起……

小马打断了他的话,现在都九点多了,李总你不打算回家去了?

他摇了摇头,把空出的咖啡杯放在桌子上,刚才喝得太急了,咖啡其实正热着呢,差点儿烫坏了他的口腔。随着他的摇头,一阵呕吐的欲望正在向他袭来,他还有些不相信,刚喝过酒的时候没有呕吐,现在怎么还能……他还没有想完呢,便脖子朝前一伸,不由自主地呕吐起来,带着浓烈酒气的秽物一股脑儿地倾泻在地板上。小马绕到他的身后,用一只手在他脊背上拍了几下,然后又端起一杯水来让他漱口。吐过了以后,他觉得好受些了,便把身子仰靠在沙发里歇息。小马一手提着一只水桶,一手端着一只拖把,好不容易把地板上的呕吐物收拾干净。他看着小马在面前忙碌不停,便用更加歉疚的口气对她说,你本是我工作上的助理,却来干这些脏活儿,实在让你……

小马又一次打断他的话说,行了李总,今天你也很不容易,反正我也没什么事儿,在这里照顾你一下,也是我应该做的。她也总算歇下来,坐在他对面的椅子里,朝他仔细打量了一眼,又一次惊讶地说,李总,你肯定是病了。

他想起来,早晨吃饭的时候,小马就说他有些发烧,为了防止她把手伸到自己头上,便赶紧举起自己的手,在头上摸了一把,果然觉得十分火热,他也便明白了,为什么刚才觉得身上寒冷,原来都是因为发烧的缘故……他有些不相信,自己好好的为什么会发烧呢?其实从他长这么大起,是没大得过什么病的,也就并不把这一点放在心上。小马,他向她转移话题说,你有多长时间没回过家了?

我早就没有家了,小马摇摇头说,自从我出来上学以后,就没有打算再回去过。

他直直地看着她,在心里对自己说,这也是一个不幸的人儿……他忽然有了要和她好好说话的欲望。

对了李总,小马又想到了什么,你今天能不能告诉我,当初你为什么不看我的应聘材料,就决定让我到你公司里来呢?

他依旧一动不动地看着她。因为你让我想到了一个人。他决定要对她说实话了。

一个人?小马有些不明白他的话,一个什么人呢?她转动了一下眼珠,好像知道是怎么回事了,一定是一个对你很重要的人吧?

他点点头,只是在心里对她说,这还用说吗?傻姑娘。

小马的脸涨红起来。难道,她嗫嚅着嘴唇说,真的有这样巧合的事吗?她低下头,打量着自己说,我有那么像吗?

他嘴里没有说什么,而依旧呆呆地看着她。

小马避开了他的目光。你没有得到她?她试量着问他说,所以你就不断地想到她,并从我身上要把她找回来,是这样吗李总?

他不能不承认,事情的确就像她说的那样……他闭上了眼睛,泪水像一只虫子从眼角里悄悄爬出来。

小马注意到了他脸上的哀伤神情,在犹豫了一下之后,还是拎着一块毛巾走过来,要把他脸上的泪水擦去。

他伸出手来,猛地搂住了她的脖子,没有再容她做出什么反应,便把她紧紧地抱在了自己的怀里。在接下来的迷乱状态中,他觉得自己的身子被一条年轻的三文蛇缠住了……梅花,他不由自主地呼唤着她的名字说,我的梅花……大约半个钟点以后,他让自己激烈的情绪平复下来,拿过手机一看,时间差不多已经是午夜了。就在这时,他注意到大奎发过来的一条短信,上面只有一行文字:你小子悠着点儿。他放下手机,在心里不好意思地对他说，你这个家伙……

四

那两个人又吵起来了。他看出来，小Z刚刚从院门外走进来，就被吴主任拦住了去路。他没有注意到，吴主任是什么时候来到门口的，他之所以出现在那儿，而且摆出的架势，好像就是为了迎接小Z似的。一看到吴主任的影子，小Z就停了一下脚，而且本能地想要掉头往回走，但她仅仅犹豫了一下，就继续挺高了胸脯，迎着他走过去。于是，在吴主任拦住她不许往办公室里走，而小Z却执意穿过阻拦想要进到办公室里去之间，一场争吵便不可避免地发生了。虽然他现在身处六层楼高的位置上，而且又隔着两层真空玻璃，并听不到他们在争吵什么，但他已经感觉出来，吴主任是因为小Z的迟到而不许她进屋去，按说，作为办公室主任的老吴有权力管理他的下属，而这个来公司来不久的小Z已经迟到不止一次了，大约正是因为这个原因，吴主任才把她拦在了院子里，想要好好批评她一顿；而小Z呢，本来频繁地迟到是违背公司规章制度的行为，面对自己的上司吴主任，应该赶紧检讨自己的错误，哪怕对吴主任做一下笑脸也会化解一些矛盾的，但她仗着自己格外优美的外表，竟然有些看不起肥胖得像猪一样的吴主任，毫不客气地和他争吵起来。他从窗前走回来，坐到自己的老板椅上，在脑子里简单思考了一下，便拨通了吴主任的电话。

几分钟过后，吴主任来到了他的办公室内。因为刚刚和小Z争吵了一架，吴主任的脸色有些涨红，加之身体肥胖行动不便，嘴里呼呼地不住喘息。李总，吴主任恭恭敬敬地问他，您有什么吩咐？

他上下打量着这个善于察言观色的胖子，不禁感慨地叹了一口气。许多年前，他的公司刚刚开业的时候，吴主任还代表建设局来喝过一场酒呢，而且以打牌的名义敲诈了他一笔钱，但也就是从那个时候起，他们两个人才正式打起了交道，这才几年下来，看到他公司的业务像滚雪球一样增大，吴主任竟然主动辞去了建设局的职务，跟他来到这个城市里，在他公司中继续当他的办公室主任，也难怪吴主任做出这样的选择，他开给他的工资可是比在建设局高出两倍多呢，哪个会动脑筋的人受得住这样的诱惑呢？他之所以要让吴主任来管理公司的办公室，也正是看出了他的工作经验和积累的人脉关系，别说，吴主任自成为他的手下，的确给他业务的进一步拓展立下了汗马功劳。老吴,他扔给了他一支烟说,那个小 Z 是怎么回事?

吴主任在他对面的椅子里坐下,并没有吸那支烟,而只是把它夹在了耳朵上。在抱怨了一番小 Z 不该和他贸然顶撞之后,吴主任又摇摇头说,也不怪她一连几天迟到,她是赶上了一件走不开的事儿……

什么事儿?他不动声色地问他。

吴主任告诉他,小 Z 的母亲常年患有肾病,由于没有得到及时治疗,现在已经发展成了肾衰竭,按照医院里的说法,如果再不换肾的话,怕是连命也保不住了。小 Z 的父亲早就去世了,她又没有兄弟姐妹,而肾移植这么大的事情,不但要承担很高的风险,更重要的是要花一笔巨款,而这对于小 Z 来说根本无法解决,一个才上班几天的大学生,又哪里有那么多钱给母亲治病呢?大约正是这个原因,才让她这段时间没有安心工作,并隔三岔五地迟到……

原来是这样?还没有听完吴主任的介绍,他就从老板椅里站起来,围绕着他的老板台慢慢地踱步,一时陷入了难解的思索里。为什么是她?他在心里纳闷地问自己,难道真的是她吗?等吴主任离去后,尽管他坐回了老板椅里,却被更加深入的思索笼罩住了。说起来,几乎从小 Z 上班的那天起,他就注意到了这个长相格外出众的姑娘,其实小 Z 当然有自己的名字,他却在心里悄悄把她叫成了小 Z,之所以这样命名人家,是因为在小 Z 之前,已经有许多姑娘和他发生过关系了,而且他把这些女人进行了编号,从 A 一直排到了 Y,到现在这个姑娘时正好是 Z 了,于是他就送给了她这样一个编号,当然这只是他自己的一个小秘密,对外还是要称呼人家名字的。按照他的打算,也许过不了多久,他就会向小 Z 发起一场进攻的,一个家产万贯的大老板打自己的一个小下属的主意,其成功的概率可以说百分之百,按照他以前和其他女人来往时的经验看,其实并用不到他下多大的功夫,有些女人甚至巴不得老板来骚扰自己呢,还用得着他怎么样花心思吗?她们又不傻,知道和自己的老板搭上关系以后,自己是肯定吃不了亏的,如果搞得好的话,从此后过上衣食无忧的生活也是极其可能的,在这个越来越势利的社会里,还有哪一个姑娘放着这样的好事儿而不从呢?也正是因为向她们下手太过容易了,先前对女人并没有多大兴趣的他才仿效起其他大老板来,无形中给自己建立了一个不算太小的"后宫",这也是他们这些所谓成功企业家必不可少的一个生活习惯而已,有时他们这些人聚在一起时,彼此交流心得,这样的话题便成为证明自己成功的一个资本,或者说一个标志。当长相出众的小Z来到自己公司的时候,他不禁感到了振奋,觉得下一步又有更加值得炫耀的事儿要发生了。在他的计划中,要过一些日子才对小Z下手的,因为这段时间他实在太忙了,随着国内房地产形势的风云变幻,他公司的业务也获得了急剧的扩张,楼房翻着跟头一样涨价,这对他来说当然是好事,但不为外界所知的是,其实这也给他带来了许多意想不到的困难,楼房为什么涨价呢?除了原材料的价格不断提升之外,更重要的还是当地政府把房地产业作为了财政收入的一个大头,不择手段地提高土地出让的价格,原先几十万元一亩的土地到现在已经长到了几百万的高位,而且看它没完没了的势头,也许过一段时间长到几千万也有可能呢,更要命的是,就是这样虚高的价位,如果不在相关的部门和领导面前做好工作,也是拿不到自己手里来的。也就是在这方面,他目前遭遇到了一个困难,居于城市里黄金地段的一块土地很快就要拍卖了,当然,拍卖的行为不过是掩人耳目的把戏而已,真正说了算的还是相关的部门和领导,只要他们倾向于让这块土地落到你手里,总是会想出办法来的,现在的问题是,他们到底愿不愿让这块土地拍到你手里来。其实从很早的时候起,他就盯上了这块土地,就打定主意要把它拿到自己手里,但到今天为止,相关领导也没有给他一句明确的话。他当然知道问题出在哪里,并且为此而绞尽了脑汁……看来我不能不这么做了,他从椅子里站起来,攥起拳头,在老板桌面上狠狠地捶了一下,为了让自己的房地产帝国再上一个台阶,他不能不狠下心来,把该做的文章做下去了。

他又把吴主任叫了进来,让他通知政工科长,对新来的那批女职工当然包括小Z在内,到医院去做一次详细的体检,尤其是妇科方面要检查得更为详细一些……第二天下午,吴主任便把小Z他们的体检结果送到了他的桌面上。他把小Z的体检表从下面翻上来,仔细地查看了一遍,然后一边满意地点头一边对吴主任说,你再去把她们的照片找出来,马上拿给我。吴主任朝他挤了一下眼说,她们随叫随到,你还用得着照片吗?他白了吴主任一眼,没有说什么。吴主任赶紧点点头说,好,我马上向政工科长要。

拿到了小Z的照片后,他用手机拍了两张,分别用微信发了出去。过了大约半个小时,对方的微信才发过来。这是你的吧?对方在微信里问他。这个家伙,他微笑了一下,便在微信里向对方说,我哪里敢呀?这是专门为您准备的。对方没有回应,他知道问题不太大,便又继续对他说了一句,所有方面都检查过了,没有任何问题。又过了大约半个小时,对方才给他做出了回应,只有简短的几个字,那就试一下。见对方这样说,他才长长地呼出一口气,随即又不甘心地摇了一下头。

这天下午,他让秘书在咖啡厅订了一个单间,快要下班的时候,他驱车先来到了咖啡厅,坐下来,提前做一些准备工作。他就像接待什么贵重的客人一样不敢掉以轻心。这家咖啡厅非常讲究情调,包间里布置得富有西方色彩,墙壁上挂着美丽的风景图片和明星照片,角落里摆有一个小型而别致的书架,上面放有一些外国小说和哲学书籍,对面是一个比电视大不了多少的屏幕,用于播放小电影使用。他挑了一部普通的爱情电影《人鬼情未了》,让服务员等客人来了才开始播放。服务员明显不是本地人,甚至有可能不是中国人,看她那种富有异国色彩的行事风格和明显混血的面目,很有可能来自遥远的其他国家。房间里放置着咖啡机,服务员可以根据客人的需要研磨不同标准和功能的咖啡豆,同时还有咖啡壶,也根据客人的口味儿现煮咖啡,这些都非常耗费工夫,也十分考验服务员的水平,能够在很大程度上满足不同客人的需求,当然收费也就十分昂贵。他之所以把客人安排到这里来,明摆着是对那个人给予了足够的重视。

大约半个小时以后,小 Z 才推开房门进来了。看来这的确是个善于迟到的姑娘,但他能够理解,本来人家摊上了那么多家事,又是骑着自行车来的,晚一些也情有可原。是这里吗?小 Z 小心地推开门,朝里面探了一下头,一副犹犹豫豫的样子,当她的目光落在他身上时,才知道没有走错地方。其实到这个时候为止,小 Z 还没有正式和他见过面呢,而只是在会场上和宣传图片上看到过他,当然,秘书肯定是给她交代过这件事儿,他还担心她不肯来赴约呢,毕竟是一个人去陪老板吃饭,这给她的心理会造成很大的压力,但同时又意味着一个难得的机会,只要是情商不算太低的姑娘,就不可能当没有出息的缩头乌龟的。李总,小 Z 看到了他,赶紧从门外走了进来,一边规规矩矩地朝他面前走,一边不自然地朝他微笑着说,我来晚了……

没关系,他从座位上站起来,摆出迎接她的架势,不管他是一个怎样没有文化的土包子,在这个格外洋气的大学生面前,他都要表现出哪怕并不多么真实的绅士风度,而又不能过分地摆谱,以免把这个初次走上社交场合的姑娘吓住,反正我们只是小聚一下,晚一点也没什么。待小Z在他面前的座位上坐下后,他草草地征求了一下她的意见,明白她也没大到这种场合来过,不知道该选什么样的咖啡为好,也就按着自己估摸的标准对服务员进行了安排。

服务员在煮咖啡之余,也开始播放了那部叫《人鬼情未了》的美国电影。这让小Z感到非常吃惊,原来这里还可以看电影呢?他代替服务员回答她说,当然了,如果你需要读书的话,也可以到这里来的。没有等他安排,服务员就把书架上的几本书拿过来,小心放在小Z面前的桌面上。这里真好。小Z不禁由衷地说。

他询问了小Z一些生活和工作上的事情,摆出的是一个公司老板对下属关心的样子,等面前这个女孩消除了最初的胆怯和陌生,变得有些坦然并且活跃起来,而且煮好的咖啡也被服务员端上来了,他才决定正式进入今天的议题。在和她谈下面的话之前,他再一次近距离打量着小Z,不禁在心里感叹说,这个姑娘真漂亮,随即又加上一句,这个姑娘真年轻……这样在心里叨念着,他又感到了不少的遗憾甚至苦涩,是呀,这一切本来都是留给自己的,可现在……为了掩饰心里的不快,他马上端起面前的咖啡杯,小心地喝了一口,随即对服务员吩咐道,加糖,多加糖。他咳嗽了一下,装作漫不经心的样子问她说,听说你家里出了一些事儿……

是呀,一说到这个话题,小Z的脸色就变得有些阴沉起来,刚才的活泼劲儿一扫而光,马上被压在心头的沉重话题给笼罩了,我妈妈住在医院里……好几天我都没有按时上班……她有些紧张起来,李总,您该不是来专门批评我的吧?

不是,他赶紧对她摆摆手说,当然不是……他摇了摇头说,作为公司的领导,我没有对你给予足够的关心,是我的失误,在此,我想郑重地对你说一句,对不起。

这怎么……小Z被吓了一跳,两手一阵颤抖,差点儿把放在面前的咖啡杯碰翻,李总,是我对不起公司,怎么能让您……

好吧,他也适可而止地中断了这个话题,那我们就不说这件事儿了。他吧嗒了一下嘴说,如果你愿意听的话,我给你讲一个故事好吗?

讲故事?小Z有些意外地望着他,讲什么故事呢?她也许根本不会想到,自己到这里来是听老板讲什么故事,或许她又会想,大约这正是老板和别人谈话时的特有风格吧？愿意听。她赶紧坐正身子，摆出一副侧耳聆听的架势，给他的感觉就是，这是一个善于聆听和学习的好学生呢。

有一个人，他边想边说，出生在一座大山里，那里的交通很不方便，在他之前，几乎没有人到大山外面去过，比如他的父亲，都快要度过大半生了，还不知道外面的世界是什么样子，那么等待着他的，除了像他父亲那些人一样待在那个鸟不拉屎的地方度过终生外，又有什么样的路好走呢？但让他想不到的是，在他长到十六岁这一年，竟然有一个机会来到了他面前。这一年，有一个从外面来旅游的人来到了村子里，见他长得挺可爱，就对他提出条件说，你只要愿意当我的儿子，我就把你从这个地方带出去。当时他是不愿意的，尽管他对外面的世界充满了浓厚的兴趣，但给这个陌生人当什么儿子，这同时也就意味着和自己的亲生父亲断绝了关系，这怎么能够甘心呢？但他的父亲比他有眼光得多，知道这是一个打着灯笼也难找的好机会，不管那个陌生人是不是一个骗子，毕竟都是一条改变儿子命运的道路，如果你不去试一试的话，又怎么能证明这个机会的真假呢？在他的极力说服下，那个孩子答应了陌生人的要求，于是，那个陌生人就真的把他带出了那座大山，进入了一个十分繁华的城市里去。到这个时候他才知道，这个陌生人是个光棍汉，不知道什么原因，他的老婆早就离开了他，当然他也就没有自己的孩子，虽然他非常富有，但不幸的是得上了一种绝症，没有几年好活头了。在这个与大山里完全不同的环境里，孩子利用陌生人给他提供的优越条件，刻苦学习，努力上进，当陌生人离开这个世界的时候，他已经成为一个部门的办事员，完全改变了一个山里孩子的命运……

这个孩子真够幸运的。小Z不禁感叹说。

是的，他点点头说，他的确十分幸运。几年之后，另一件让他想不到的事情又出现了，或者说又一个机会来到了他面前。那是他进入另一个单位之后，碰到了一个对他非常钟情的姑娘，并且在接下来的这一天，他直接被单位的领导喊去了。但奇怪的是，和他谈话的并不是这个领导，而是另外一个陌生人，那个人径直对他说，如果你娶了我的女儿，那我就保证你将来的前途无量。他当时并没有把他的话当回事儿，还以为他不过是说大话呢。后来领导才告诉他，摆在你面前的可是一个千载难逢的好机会，因为姑娘的父亲是一个大领导，只要他许诺的事儿没有实现不了的。他虽然并不多么喜欢那个姑娘，却知道这样的机会稍纵即逝，就像当年他跟着那个陌生人来到这个城市里一样,他没有让这个机会白白从自己面前溜走,而是紧紧抓住了它。没过多久,他就和那个姑娘结婚了,这也就是说,他一上来就成了那个大领导的乘龙快婿……

他怎么就那么幸运呢?小Z羡慕而又纳闷地说。

其实人和人都是差不多的,他这样回答她说,也就是说机会对每个人来说几乎是均等的,重要的是你能不能意识到机会的存在,当然更重要的是你能不能抓住摆在你面前的机会。

真的是这样吗?小Z兴致勃勃地看着他。

这个就需要你自己去体会了,他用神秘莫测的口气说,又转而掉转了话题,继续说有关那个人的故事,成为大领导的女婿之后,这个人的命运果然又一次被改变了,摆在他面前的生活和工作之路几乎都变成了坦途,没有几年便担任了他那个单位的主要领导,当然这也离不开他自身的努力,但如果没有妻子和岳丈的帮助,他又怎么能攀登得如此顺利呢?就是在这种情况下,他再接再厉,又经过许多年的打拼,便又成了这个城市的主要领导……其实到这个时候,在他一帆风顺的外表之下,其实还隐含了一个对他说来难以克服的遗憾,那就是他没有自己的孩子……

为什么?小Z有些意外地说。

他把桌面上的咖啡向她面前推了一下,关心地提醒她说,就要凉了,快趁热喝吧。他故意放慢了语速,一边打量着她脸上的表情一边叹息着说,问题出在他的妻子身上,但这也就同时意味着,他遭遇到了一个根本无法克服的困难,如果是自己的问题,为了不耽搁妻子的生活,他还能向她提出离婚的建议,但现在的局面是,问题是出现了妻子身上,他不能因为顾及自己的生活而要求妻子离开他吧?如果没有妻子家人的帮助,他又怎么能有今天的地位呢?不要说妻子生不出孩子,就算是她变成了一块石头他也不能随意抛弃她的。但更要命的是,妻子其实非常渴望拥有一个孩子,这与他的心思不谋而合,也就是说两个人都是希望有孩子的,但他们几乎把所有的办法都想过了,就是不能让自己如愿……

命运怎么又对他不公了呢?小Z不甘心地摇着头说。

是呀,他接过她的话说,这就提醒我们,不光要看别人光鲜的一面,其实每个人都有不为他人所知的痛苦和烦恼,从这种意义来说,他们也不过是普通的凡人罢了,并不因为命运的眷顾而让自己比别人高出多少……

后来呢？小 Z 急不可待地问他，后来怎么样了？问题解决了没有？

他再次打量着她说，倒是有一个办法能够解决他们的困境，只是一般情况下很难实现……

为什么？小 Z 打断了他的话说，那到底是一个什么办法呢？

行了，他在心里对自己说，是时候了……他端起咖啡杯，把并不因为加了许多糖而就完全消除苦涩的咖啡喝下去，便心一横对她说，他们想出来的办法是，如果有一个人，当然，这个人一定是一个女人，如果这个女人愿意的话，可以帮他们夫妻生一个孩子，这个问题就能得到圆满解决了……

别的女人怎么生呢？小 Z 不明白他的话。

也就是说，他咽了一口唾沫，继续硬着头皮说，让这个女人怀上那个男人的孩子，等生下来以后，就把这个孩子交给那个男人的妻子，当然，这些都要在十分隐秘的状态中进行，或许只有他们三个当事人知道事情的真相，而在外人眼里，那个孩子就是他的老婆生养的……

你是说，小 Z 试探地问他说，让那个女人去当那个领导的情人？

不是吧？他拍拍自己的头说，当把孩子生下来以后，她的任务就已经完成了，当然，如果她想继续……那就是另外一个问题了，但不管怎么说，这个女人为领导做了这么大一件事，是并没有什么风险存在的，不仅如此，她还能获得一笔巨大的补偿，因为这家人是非常注重情意的，不但答应要付一笔巨款给这个女人，而且负责她以后个人甚至家人的所有生活，这么说吧，这个女人只要帮了领导这个忙，她以后和她的家人就是什么也不干，也能过上衣食无忧的美好生活。

原来是这样？小 Z 张大了嘴巴，随即低下头，陷入了深深的思索里，很长时间都不能回过味儿来。

他长长地呼出一口气，为自己能够向面前这个姑娘说出这些话来而感到欣慰，就像总算完成了一件巨大的任务似的，整个身子都感到了一阵轻松。他向服务员招招手，让她给他们的杯子添加上一些更热的咖啡，然后把杯子端起来，一边慢慢喝着一边观察小 Z 脸上的表情。怎么样？他在心里问她说，你想明白了没有？

李总，小 Z 抬起头来，用格外迷茫的目光望着他，你为什么要把这个故事讲给我呢？

没什么，他依旧用欲擒故纵的口气说，闲来无事，我们不过是聊聊天而已,反正这也是别人家的事儿,你不用怎么样放在心上的。说到这里,他像是猛然又想起什么来,径直问她说,你母亲的病怎么样?需要我和公司怎么样帮助你呢?

这个……小Z也像是突然又想到了这件事儿,便马上陷入了极度的痛苦中,这个……她不知道该怎么样说下去。

他差不多已经知道水到渠成了,便从皮包内掏出一张银行卡,放在桌面上,然后轻轻地朝她推过去。他已经提前在银行卡上标注了具体的数字,五十万,可以让她一目了然。这些钱你先拿着,他语重心长地对她说,先帮你母亲好好治病,不够的话再对我说。

小Z盯着那张银行卡,不禁睁大了眼睛,两手抬起来,颤抖了好几下,才把那张卡拿在了手里,但她只是草草地看了一眼,便把眼睛抬起来,用吃惊的目光看着他说,这么多?用不了的……

不是要换肾吗?他提醒她说,这个花费是很厉害的。

一只肾二十万……小Z回答说。

那就把两只肾都换了,他故作轻松地对她说,剩下的可以作为手术费。

李总,小Z还有些不敢相信的样子,这是真的吗?

你把卡收起来吧,他再次提醒她说,这件事儿你自己知道就行了。说到这里,他把杯子里的咖啡喝完,做出了结束这场约会的架势。

小Z端着那张银行卡站起来,还是一种半信半疑的样子,其实从这个时候起,她的神情便有些恍惚不定,就像一个梦游的人在真实的世界上行走一样。

我给你讲的那些话,分别的时候,他又用意味深长的口气对她说,你只当一个虚构的故事来听一下就行了。说完,他就掉转身子,向自己的奔驰车走去。他知道小Z一定站在自己身后,直到他的车子驶出了这个地方,或许还不能让自己真正回过神儿来。

在接下来的日子,他有足够的耐心等待小Z的回应,凭着他在社会上混了这么多年的生活经验判断,小Z一定不会把他那天讲述的故事当耳旁风听一下就罢了,如果他判断不错的话,在这段时间内,这个没有多少人生经验的姑娘一定会沉浸在那个故事里而难以自拔,当然,如果她真的从那个故事里走出来了,那么就意味着她对自己的选择做出了明确判断。如果他的预料能够实现的话,也许过不了多久,小Z就会来到他的办公室内,向他说出接受那个任务的话来。

果然，第三天上午，刚刚上班不久，小Z就从外面走了进来。李总，她站在他桌子的前面，两手牵在一起，脸上因为激动和羞涩而涨得通红，那天你讲的那个故事是真的吗？

他使劲点点头，并没有说话，而只是不动声色地望着她，目光里不光有期待还有鼓励。

我……小Z颤抖着嘴唇说，不知道……我能不能行？

很好，他微微笑了一下，尽管他也知道，自己脸上的笑也不是那么自然，你只要能够把握住这个机会，就算成功了一半。

小Z离去后，他便掏出手机，给那个人发去了一条短信，也只是简短的几个字，她同意了。过了大约一个小时，对方的回应才发过来，今天晚上你送过来吧。他读过这句话以后，抬起头来，对着前面的墙壁发了一会儿呆，在心里又骂了一句，这个王八蛋。然后才给小Z打了一个电话，把信息通报给她，临放下电话时，他又像想起什么来似的，悄声叮嘱她说，你可要好好准备一下，他闭上眼睛，咬着牙对她说，知道新娘出嫁的时候该做些什么吗？不等她作出反应，便赶紧挂断了电话。

傍晚来到以后，他接上小Z，开车朝一家宾馆驶去。对方并没有说让他把小Z送到哪里去，但他知道，在前面这家豪华的宾馆里，有一个属于那个人的房间，用于处理一些私人事务，他去过那个地方，几乎和五星级宾馆里开设的总统套房差不多，那个人把这里作为他的第二个家，只要是不愿回家了，便留在这个地方过夜……他在离宾馆门口不远的一片阴影里停下来，让小Z下了车，然后领着她走进宾馆里去。为了不引起其他人的注意，他让小Z把手挎在自己的胳膊上，以做出一副男女情人的架势，进了门以后径直朝电梯间走去。当小Z靠到他身边的时候，他闻到了她身上散发出来的香水味儿，借着房顶上流泻下来的灯光，他看到小Z果然像自己叮嘱的那样进行了一番刻意的打扮，看上去真的就像一个出嫁的新娘似的，如果不是知道小Z的身份，他简直有些认不出她了，或许会把她当成一个风姿绰约的高贵女人，而不仅仅是一个刚踏上社会的落魄女青年。很好，他在心里对她说，看来你真的已经上道了。虽然他在心里用欣赏的口气对她说话，但其实他更感觉到的是一种悲哀，一种苍凉，一种失落，甚至还有一种恼怒……

李总你怎么回事？小Z刚一把手挽住他的胳膊，就像是被烫了一下似的缩回手去，你身上……她惊讶地问他说，好像在发烧？

是吗？他不置可否地回应一声，同时闭了一下眼睛，他知道，那条不肯放过他的三文蛇又来纠缠他了。没关系，他打起精神安慰她说，我很好……从电梯里走出来后，他再次叮嘱她说，好好把握住你的机会，成功或失败恐怕就在此一举了……

李总，小Z朝他身上靠了一下，我害怕……

不要怕，他轻轻拥住她的身子，一时间，小Z肉体上发出的青春气息差点冲昏了他的头脑，不要……他严厉地警告自己，然后便把她朝外推搡了一下，同时像一个老父亲对刚刚出嫁的女儿那样对她说，你就赶快去吧。说完，他就背过身去，一边叮嘱她一边往回走，记住房间号码，八一六……直到回到了电梯间，他才停下脚步，转回身去，不放心地朝后看了一眼。还好，小Z已经走到了那个房间门口，在稍稍犹豫了一下之后，举起手来，便轻轻敲响了门板。看来她也急不可待了？他嘲讽地对自己说。直到门板打开，小Z进到了那个房间里去，他才收回目光，并且闭上眼睛，一种前所未有的眩晕感笼罩了他，如果不是赶紧扶住身边的墙壁，他怀疑自己会晕倒在地的。没错，那条浑身是毒的三文蛇正在啃噬着他的肉体……他颤抖着手指从衣兜内掏出一盒镇静药，倒出来两粒，赶紧塞到了嘴里去。

回到车上以后，由于药效的作用，他的身体才停止了颤抖。他把前胸伏在方向盘上，又喘息了好几口气，终于觉得好些了，这才发动车子，慢慢驶出了宾馆。他不想立刻回到自己的住处，便在街上兜了好几个圈子，直到进入一片较为黑暗的区域，他才停下车来。如果他没有迷失方向的话，前面就是那片他打定主意要拿下来的区域，原先曾是一座小学校，由于新校区的建设，学校搬迁以后便荒凉下来，政府就把它拿来搞开发，以极其昂贵的价格拍卖到开发商手里，因为这个地段的投资价值太大，打它主意的开发商也就蜂拥而至，而且都像他一样有实力，要想在这场竞争中胜出，不使出一个绝招来是不行的。正是在这种情况下，他才把主意打到了小Z身上，搞出了这样一个下三烂却的确富有成效的手段……他停下车来，借着微弱的灯光走进那个人去屋空的黑暗区域中，像一个鬼魂一样在里面流荡着，他不知道小Z表现得怎么样，是否能让那个家伙满意，更重要的是能不能怀上他的孩子。到这个时候他才发现，自己在这场竞争中到底能不能成功,竟然寄托在了一个快要找不到出路的女孩子身上,他真是想不明白,这个社会到底是哪里出了毛病呢?

大约一个小时以后,他接到了对方发来的一条短信,不错,虽然只是简短的两个字,却是他期待的一个结果。他稍稍放下心来,走出那片区域,回到了车上去。在开车回家的路上,他依旧不时地低下头,有所期待地打量一眼放在身边的手机,好像还应该有什么信息发过来似的。直到回到了驻地,他才读到这条刚过来的信息,做好你的准备吧。看到这里,他攥了一下拳头,似乎今天的任务才算完成了。他振奋起精神,跌跌撞撞地朝楼上爬去,这是他在这个城市里的新家,此刻,等在家里的并不是他那个在乌龙镇娶的老婆,不,那个女人过不惯城市的生活,不肯到这里来,其实这正中他的下怀,她不来更好呢,在这个山高皇帝远的地方,没有她的干扰他不是更自由吗?比如,现在正有一个比她可要年轻而又漂亮的女人等待着他呢,在外面的传言中,住在这里的女人是他的二老婆三老婆呢,不管人们怎么说吧,反正他不能让自己的住处空着,而且也不能让那些上赶着来这里陪伴他的女人失望而归吧?小 Z,他一边朝自己的房间里走一边在心里恶狠狠地说,老子来了……

五

前一阵子就有人对他说,一个楼盘的销售处突然发生了坍塌,虽然没有砸死人,但的确给那个本来就不景气的楼盘造成了很大影响,以至于在接下来的许多日子,都没有任何客户前来洽谈购房的事儿。他不免感到奇怪,虽然销售处是临时搭建起来的房屋,并不属于楼房建筑的一部分,但对他这个已经从事建筑行业数十年的开发商来说,也不可能在搭建过程中偷工减料的,可不知怎么回事,那样一个才使用不到一年的房屋竟然发生了坍塌,尽管不算是多么大的事故,但对他的房地产事业来说,无疑是一个不吉利的象征,似乎预示着他经营了如此长久的建筑帝国也已经走到了穷途末路……

其实早在一两年前,随着世界型的经济危机的到来,国内的房地产业也抵达了最高点,就像一根普通的抛物线一样,总是要有从高处坠落下来的过程,不幸的是,目前他就赶上了这个行业的下行甚至衰落。也怪他只是一味地开拓进取,一心把那个所谓的帝国继续推向更为辉煌的阶段,没有把经济危机的到来当回事儿,在当地政府为了增加财政收入而一味推高土地出让的价格时,他依旧不顾一切地去接盘,甚至还削尖了脑袋想出各种办法,疯狂地把那些已经炒高到一个不合理价格的土地拿到自己手里来。但他哪里能够想到,这些土地无异于一块烫手的山芋,当来到自己名下的时候,要想再把它变成可观的利润,几乎已经是难于上青天了,就算你倾尽全力把楼房一层层盖起来,到底谁还来购买呢?老百姓积攒了大半生的钱财还买不了几平方米楼房,这样的局面根本不可能维持下去了,这也同时意味着,那一座又一座空空荡荡的楼房要砸在自己手里了,昨天还是辉煌耀眼的帝国大厦到今天便成了黑乎乎的荒凉废墟,这样激烈的变化简直就像梦幻一样令他眼花缭乱,更让他感到这个时代当然更包括自己的荒唐可笑……

颇为滑稽的是,前几天,他还派出自己最为信任的一个女助理,到一个欠他一笔资金的客户那里去讨账。虽然在他的房地产业面临崩溃的前夕,那些曾经主动讨好他的情人们都纷纷离去之后,这个女助理还能留下来为他效力,他却没有因此而珍惜这份情意,而是在派她前去讨账之前,给她出了一个挨千刀的馊主意,让她对那个欠他账的客户使用美人计,只要能把那笔欠款讨回来,给留在他身边的几个下属发上工资,他是一点也不在乎人家拿她怎么样的。别说,那个女助理还真的受到了他的启发,使出作为一个女人的所有手段,竟然把那笔欠款要到了手里,但接下来,女助理并没有如他所愿揣着那笔钱款归来,而是玩起了消失,纵然他给她打了多少次电话,从此也再没有了她的任何消息。到这个时候,他才感到了自己的无耻和可笑,也不怪他受到这样的惩罚,在他削尖脑袋经营房地产帝国的过程中,这样无耻和可笑的事情不知做过了多少件呢,落到现在众叛亲离的下场,他一点儿都不觉得奇怪……

已经好多日子没有出过门了,几乎每一天,他都像一只被关在笼子里的野兽,在他那个五十层建筑顶端的办公室里团团转,因为他在这个城市里的几处家都已被债主们占领,他便只能藏到这个办公楼上来,却又被银行甚至公安部门的人盯上了,在他们的眼皮底下,他自然不能出门,所有逃亡的努力都尝试过了,竟然没有一丝一毫获得成功的希望,无奈何,他只能待在这个空荡荡的大办公室里,在通过手机与外界联系一下之余,顶多看几眼电视上的节目,借以打发漫长而无聊的日子。但这些不知道还能持续几天,反正他的账户上已经没有一分钱了,不要说别的开支,就连手机和电视都有可能因为欠费而被掐断信号,但留在账户上的那些窟窿却并没有停止扩大,而且正在以急快的速度蔓延,是呀,光银行里那些贷款每一天的利息都是一个非常可观的数字,这样耗下去,那些窟窿早晚会变成巨大的黑洞,把他的房地产帝国包括他本人都吞噬掉的……

不知不觉间,他走到了办公室门口,刚朝外探了一下头,就被一个肥胖的身子挡住了去路。这没有什么好意外的,在这些日子里,出现在门口挡住他去路的人可说是层出不穷,而且换了一批又一批,不要说有这么多人,就算是其中一个死死地拖住他的身子,他也不可能从这个楼房里走掉的。他当然已经没有了逃亡的欲望,之所以走到门口来,不过是一个习惯动作而已,看到那个肥胖的人拦住他,便掉头走了回来。但正在这时,他却觉得哪里不对劲儿,便又回过头来,看到那个拦住他的人竟然是老吴……其实,吴胖子已经从他的公司消失很久了,也不怪人家不肯跟他耗下去,好几个月拿不到工资,又有谁愿意无偿地跟他往前走呢?但他没有想到,今天这个吴胖子竟然又回来了,但与往日不同的是,他竟然穿了一身保安服,心里便有些纳闷儿,那些曾经为他效过力的保安公司的人早就撤走了,怎么吴胖子又顶上来了?再说他也不是保安公司的人呀,为什么会穿着一身灰色的保安服呢?老吴,他不禁好奇地问他说,你是怎么回事?

我,吴胖子张了张嘴,一时有些不好意思,但他简单思索了一下,好像突然明白了自己的身份,便故意把鼓胀胀的肚子往前挺了一下,毫不客气地对他说,老李,今天轮到我值班了……

他纳闷地问他,值什么班?你不是早就离开公司了吗?现在怎么又来值班呢?他没说出的那句话是,你到这里来为我值班,可我又用什么给你发工资呢?

吴胖子知道他误会了自己,便咧开嘴巴,嘲讽地笑了一下说,我现在是保安公司的人了,前来负责监视你的……

原来是这样?他惊讶地张大了嘴巴,真是没有想到,这个曾经像哈巴狗一样围着自己转的家伙竟然转眼就成了监视自己的人,便也不禁笑话起他来,原来你又去保安公司打工了?

不打工我吃什么?吴胖子白了他一眼,似乎又想起什么来,朝他凑近了一步说,你还欠我好几个月的工资呢,现在该到还的时候了吧?

你是来讨账的？他止不住朝后退了一步，但你也知道，你来也白来……

吴胖子当然知道他说的是真话，便也丧气地摇了摇头说，其实我是来保护你的，他朝窗外指了一下说，你知道不知道，当你从这个地方走下去的时候，会被那些前来讨账的人把你打死的，所以我劝你还是老老实实地待在办公室里别动，什么逃走的念头也不要想了。

他不能不承认，吴胖子说的都是实情，而且他也早就打消了逃亡的欲望，在他轰轰烈烈建设他的房地产帝国的时候，并没有像其他行业的大老板一样，偷偷在国外的什么地方购置几处房产，以备危急时刻逃难之用，不，他从来没有起过这种念头，他之所以不遗余力地盖房，不过是为了满足自己的一个宏大愿望，那就是让没有房子住的人都拥有属于自己的家，哪里又会想到有一天自己跑到国外什么不相干的地方去呢？别说，现在有保安公司的人待在身边，无形中还真保证了他的安全呢。但尽管这样，他也不想对吴胖子说一声感谢，便丢下他，回到办公室里，又垂头丧气地坐在了老板椅上，盯着挂在墙壁上的那面电视屏幕，有一搭无一搭地看起来。

第二天上午，他无意中调到了本市的新闻频道，看着看着，突然被出现在电视画面上的情景吸引住了，具体说是一个出现在电视屏幕上的女人引起了他的注意，虽然他已经好久没有见过她了，但还是一下子认出了她来。没错，她就是昔日的助理小马，而现在已经是一家商业银行的行长了，不，看来这样说也不准确，而应该说是一个犯了罪的银行行长，你看，当马行长出现在电视屏幕上的时候，手腕上是带着一副手铐的，而她身边还有两个身穿警服的女警察……怎么回事？他从座位上跳起来，唯恐自己的眼睛看不清楚，赶紧跑到电视屏幕前近距离观看，难道说她出事儿了吗？没错，虽然出现在电视上的那个女人一闪而过，就被其他不相干的画面代替了，但他却看得非常清楚，那个正在接受审判的女人除了是马行长之外，还能是其他的什么人吗？看来的确是她出事儿了，而且出的不是非同一般的小事儿，从刚才播音员义正词严的口气判断，马行长出的事还真是不小呢。他在电视屏幕前呆怔了好一会儿，才恋恋不舍地离开它，回到了自己的老板椅里去。一时间，他真说不清对马行长的出事感到是喜还是悲，于是，他和这个姓马的女人的恩怨情仇也就又一次出现在脑子里，那些激烈而又纷乱的情景简直就像电视画面一样闪烁不定，简直快要把他的脑子搅爆了……

　　许多年前,当小马背着他去外地参加银行招考的时候,他就知道了这个女人的厉害,难道不是吗? 在此之前,她可是他手下最为忠诚而又最富才干的一名助理,甚至从某种程度上说,他的房地产生意之所以能够走上正轨,并且在极短的时间内达到了一个小高潮,是与这个女人的努力分不开的,也就是从那个时候起,他就非常依赖她了,并且产生了要和她一起走到底的打算。他当然想不到,有一天,马助理走进他的办公室,坦然地把一张早就写好的辞职报告递到他面前,然后就做出了往外走的架势。这使他一下子愣住了,无论如何没有料到马助理会主动向他辞职,而且没有表现出任何留恋的样子。马助理走了以后,他陷入了难以自拔的沉思之中,在脑子里深刻检讨自己在这件事上的失误和不足,在他想来,除了给予这个能干女人的待遇没有达到她的预期之外,恐怕还与自己背着她和其他女人来往这件事有关,看来这在很大程度上伤害了她的情感,是呀,与自己这个已婚的人不同,马助理毕竟还是一个姑娘,虽然她献给他的并不是第一次,却的确不是随意地和他发生关系,而是带着满心的诚意和情感的,至于她有没有打算最终跟定自己,或者干脆说取乡下那个他并不喜欢的老婆而代之,虽然她没有明确表示过这层意思,但或许真的有可能是有这种想法的,正是在这种情况下,他和其他女人的随意乱来也许在她那里就成了一种所谓的移情别恋,让她在很大程度上看清了他的真实面目,从而让她产生了失望甚至是绝望的情绪,这才决定背弃他连同他的公司,而选择到其他地方另谋出路。但从这件事上,他也进一步看清了这个女人所隐藏在脉脉温情下的果决和野心,是呀,这绝不是一个一般女人所能做出的事情,她的离去也未必不是一件好事,这时他已经把她当成一颗处在平静状态中的炸弹,如果与她搞不好关系的话,在将来的某个时刻发生爆炸,则会给他带来更大的伤害也是有可能的。提前把它引爆了也是好事儿,他在心里安慰自己说,起码她的离去并没有造成多么大的损失。他感觉到了不少的失落和遗憾,但又从另一方面体验到了发自肺腑的欣慰和轻松。

　　他原本以为,从此以后,他和这个女人就相忘于江湖了,虽然他很快也来到了她所在的这个城市,表面上看两人又靠得很近了,但他明白,就像两根并行远去的铁轨一样,在未来恐怕也不会再有交集的可能。但哪里又能想到,若干年过去以后,他差不多已经快要忘记了这个女人时,竟然无意间又接到了她打来的一个电话。李总,电话里的那个女声一上来就对他说,猜猜我是谁？他虽然没有判断出她的身份，却觉得她的声音有些熟悉，肯定是一个熟人，不然对方也不会这样和他打招呼。见他没有立即作出反应，对方扑哧一声笑了，真是贵人多忘事呢，竟然把你的老朋友也忘记了。当说完这句话的时候，她其实已经跨进他办公室的门了，这就是说，她是在走廊里和他打电话的，虽然他的办公地点早就远离了过去的县城，但她还是像在这里上下班一样，随心所欲地进到这个崭新的地方来。

她的出现既让他感到意外，其实内心里又有一种期待，这种期待在她没有出现时他没有感觉出来，而当她来到了自己面前，他便觉得这种期待其实已经十分强烈了。哎呀，他一边站起来迎接她，一边抑制着心跳打量她，这才没多少年过去，昔日的马助理就发生了非常深刻的变化，原先那个虽然势头正健却不乏青葱的姑娘现在已经变成一个成熟稳健的女人，是的，到这个时候她才算得上是一个真正的女人了，当脑子里浮出这个念头的时候，他甚至纳闷地想了一下，她结婚了吗？随即便代她回答说，是的，她肯定已经结婚了。他虽然又一次感到了某些失落，但仔细想来，她的这种变化完全是在意料之中的，如果说她依旧停留在过去那个马助理的状态上，倒是有些说不过去了。什么风把你吹来了？他把她让到座位上，并给她倒了一杯热咖啡，恭恭敬敬地端到她面前。

我就不能来故地重游吗？她接过他递过来的咖啡，很有礼貌地放在靠近自己的桌面上，然后抬起头来，在他的办公室内打量了一个来回，又主动纠正自己的话说，李总，你可是鸟枪换大炮了，来到你这个崭新的办公大楼里，我怕是快要找不到北了。

他微微笑了一下，知道她是无事不登三宝殿，不会真像她说的那样只是来会一下老朋友，而是肯定有什么事儿来和他交涉的，而且那个事儿还不会是太小的……说吧，他径直对她说，你来有什么指示？虽然这是他在社交场合上对那些高于自己的势力和人常说的一句话，不过是为了表达自己的谦逊态度罢了，但他却用在了这个昔日的下属身上，除了向她表示一下恭维之外，也不乏带有一些调侃的意味。

她也不准备再和他兜圈子了，便从随身携带的坤包里拿出一张名片，两手举着，朝他郑重地递过来。

还用得着递名片吗？他在心里笑话她说，但等他也像她一样恭敬地接过名片，仅仅在上面扫了两眼，就不得不警觉起来。我记得，他抬起头，重新朝她打量着说,你是在另一家银行就职的,怎么现在……是的,那张名片上明确标示着她的职务,某某商业银行的信贷部主任。

在这个年代里,马主任微笑着对他说,我跳一下槽又有什么奇怪的呢?

她这样一说,他就赶紧点下头,一霎间,他又想起了这个女人从自己公司里跳槽去银行的情景,不禁在心里感叹说,这的确是一个不一般的女人呢。

马主任当然也不愿意他继续想自己离开的那些往事,便马上把谈话切入了正题。照她的说法,她所供职的这家商业银行马上就要上市了,为了向证监会提供更加翔实可靠的资产数据,需要一些在银行贷款的客户归还上欠款,然后等银行正式上市以后,再继续向客户发放贷款,而且相比起以前的政策来,他们会给予这些信誉良好的客户更加优惠的政策。一句话,她此次前来,就是代表银行来催促他提前归还欠款的。

他一下子陷入了沉思中,似乎一时想不明白,自己是从什么时候成为这个女人客户的呢?正是因为与她有这种不明不白的关系,自来到这个城市里以后,他便尽力避免与她先前供职的那家银行有什么业务往来,以免给自己惹上不必要的麻烦,但他躲来躲去,最终还是和她扯上了关系,他又怎么能想到人家会跳槽到这家他拥有巨额贷款的银行去呢?尽管她说得像是那么回事,但他却依旧没有消除内心的警惕性,便毫不客气地回应她说,我很愿意相信你的话,但你可不要坑了我呀。他朝窗外指了一下说,我可指望着那笔贷款过日子呢。他说得并不错,那可是一笔十几亿的巨款呀,几乎占到了他整个房地产帝国的四分之一份额,到这个时候,国内的房地产业已经不太景气,恐怕不会再有哪家银行愿意向他放出如此巨量的贷款了,如果在这笔钱上出了什么问题,那他的生意搞不好便有弄砸的危险。

马主任显然是有备而来的,为了消除他的内心担忧,不但摆出了一个老下属的恭敬姿态,而且又一次使用了一个老情人的手段,上赶着和他重新接续起了昔日的情分。而且她不光是停留在话语的表达上,而是在接下来的日子里,完全用自己的行动把这份情意充分表达出来。在那短暂而富有激情的一周时间内,马主任就来过他的住处三次,每一次都极力施展出一个成熟女人所独有的魅力和方法,让他这个尽管在情场上冲锋陷阵无数次的男人又感觉了惊讶,真是没有想到,这个早就熟透了的女人竟然如此地让他心惊胆战而又酣畅淋漓。了不起,每次从她身上下来,他就会发自内心地对她予以赞叹,而且口气里不乏来自内心深处的崇拜。

就是在这种心理的驱动下,一周之后,他就想出了各种办法筹集够了那十几亿欠款,其中有很大一部分是通过民间的高利贷形式借到的,按照马主任的说法,用不了三个月时间,他们这家银行就能在上市之后,重新向老客户们开放贷款限制,而且有她在其中运作,不但向他提供更加优惠的贷款政策,其贷款额度也会是现在的一两倍之多,也就是说,到时候你愿意从我们银行贷多少就贷多少,而且比现在的利率要低得多……

其实从一开始,他就隐约感到这或许是一个阴谋,正像他第一次和马主任见面时所说的那样,是担心她会坑自己的,但他又实在想不明白,马主任为什么要这样做呢?尤其在和她畅快淋漓地发生了数次关系之后,这种警觉便很快处在了麻痹的状态,以至于在她的花言巧语和美色的诱惑之下,完全失去了抵抗的能力,乖乖地把那十几亿欠款交到了她手里。后来,当马主任的许诺变成了一张空头支票后,而且不管他打电话还是上门去找,马主任都躲着他不见的时候,他才明白是上了她的当,尤其是当马主任变成了马副行长之后,他才恍然大悟,原来她之所以拿他这个最大的客户开刀,不惜牺牲过去的友谊和情分而实实在在地坑了他一回,不过是为了奔着那个副行长的位子而去的,在他的房地产项目即将出现问题的关键时刻,正是因为她顺利收回了那十几亿看上去危在旦夕的欠款,便在接下来的银行改制中顺利地坐到了副行长的位置上。他真是感到纳闷,不就是一个副行长吗?又为什么让她付出这么大的代价,不但在他这里失去了一个女人的尊严,而且坑害了一个昔日的合作伙伴,这样的代价真的值得她作出牺牲吗?

正是因为这件事儿,他精心构建的那个庞大的房地产帝国在中途发生了转折,虽然没有让它立即出现坍塌,却为它在以后的日子里走向没落埋下了伏笔。从这种意义上说,马副行长真的是他的一颗灾星呢,几乎从她坐到副行长位子上的那天起,他就期盼着她有一天从那上面跌落下来,也就是说等待着她出事儿,尽管她后来又由副行长升任了行长,但他就是不相信,在那个位子上一直坐下去会没有任何风险,别以为那是一个多么舒服的位置,其实这个看上去已经熟烂了的女人还青涩着呢,根本没有意识到那个位置才是最危险的地方,现在她被公安人员戴上手铐押到审判场上,其实正是她自己主动找来的一个结局。看到这里,他从电视屏幕上收回目光,闭上眼睛,心满意足地吐出了一口恶气。行了,他在心里痛快地对自己说,你总算拉上了一个垫背的,结束就结束了吧。

本来他想继续观看一下那个女人被法律审判的情景,但就在这时,却发现电视没有信号了,不管它怎么按动遥控器,也没有找到任何有画面的节目,看来由于欠费,他的电视信号已经被掐断了。那么接下来,他与外界的联系便只能依靠手机了,但不幸的是,两天之后,他的手机也打不出去了。从这时候起,他失去了与外界的所有联系,如果想了解外面的一点点消息,就只能依靠坐在门口监视他的吴胖子了。这样也好,反正来自外面的消息都于他不利,不要说那些像饥饿的暴民一样去抢夺他那些还没有卖出去的楼房的混乱情景,即使是聚集在办公楼下的那些讨债人抗议他的激烈场面,都不是他愿意看到的,于是,他便一天到晚待在他空荡荡的办公室里,只有在无聊的时候才朝窗外看上一眼。当然,与外界沟通的渠道还有一个,那就是负责来给他送饭的一个厨子,如果他愿意的话,可以问他一些外面的消息,但其实不用问他也知道这个家伙会说些什么。本来,这个厨子也是要弃他而逃走的,是呀,对于这个一无所有的老板来说,再待在他身边还有什么意义呢?但他还没有来得及走掉,就被政府派来的人拦住了,为了不至于让他在这个地方饿死,他们让这个厨子负责为他做饭,所有的开支由他们来承担,只有在这样的情况下,这个厨子才勉强留了下来。与往日千方百计给他做好吃的饭菜不同,现在这个厨子才不管他对什么饭菜感兴趣呢,就像打发一条快要死去的牲口一样,只要把能够下咽的东西送到他面前来,他的任务便算是完成了。

每天都待在空荡荡的办公室里,他实在感到了寂寞和无聊,如果他没有想错的话,政府包括公安部门和银行部门的人把他控制在这个地方,其实是将他关进了一座大牢里,没错,这个曾经灯火辉煌的办公室已经成为一座阴森森的牢房,虽然他还没有像马行长一样得到法律的审判,但已经在这个地方蹲起大牢来,这是确凿无疑的现实,关闭也好,软禁也好,不管名目是什么,反正坐牢的体验是发生在他身上了。当然,与真正的监狱不同的是,这个大办公室还是能够通向其他地方的,不,这不是指那些蹲守着吴胖子一类保安的门口和走廊,而是指办公室的房顶,没错,因为他的办公室是在最高的顶楼上,穿过它的顶盖儿,上面就是一个巨大的天台,作为这个楼房的拥有者,虽然他没有亲手参加设计和建设,却知道属于他的楼房到底是什么样的格局,也就是说,他当然知道去那个天台是有一条通路的,具体说是有一个门洞开在某个地方,而且锁闭那个门洞的钥匙就掌握在他的手里。于是,当他实在在办公室里憋得无法承受的时候,便用钥匙打开那个门洞上的锁,来到楼顶的天台上。别说,天台上的景致可是与房内真是两重天哪,如果说房内是监狱的话,那外面的天台可就是一个观礼台了,一个类似于天安门城楼的处所,没错,当他站在天台上,手扶栏杆,抬头朝远处眺望,尤其是整个城市的景观都能尽收他眼底的时候,他总是会产生一种错觉,就像他在电影上看到过的领导人检阅广场上的如潮人流的情景一样,他也在极短的时间内让自己重新变成了一个成功者,也正在检阅属于他麾下的如潮人流,当然,这里的如潮人流其实是那些矗立在远方的威武楼房,是呀,这个城市里近乎一半的楼房都是他的队伍盖起来的,只有站在这个高高的观礼台上,巡视那些比所有的景观都要诱惑人的楼房时,他才能找到自己的真实身份,也才能继续短暂地自豪一下,只有当他意识到那些楼房可能就要成为卖不出去的"鬼城"时,尤其是当他看到下面那些如潮的人流正在抢夺那些楼房从而给这个城市制造了混乱的景观时,他才能从亢奋而迷幻的状态中醒来,意识到这些所谓的辉煌壮举都已经成为历史的烟云,接下来等待他的只有破产、失败、坍塌和毁灭的最终结局……

这一天,有一个人探头探脑地走进他的办公室来,这是他躲到这个地方来后除去纷纷逃离他的人之外,第一个主动来到他身边的人。是大奎。大奎早在两年前便在单位办理了内退手续,最近不知道在干些什么,怎么这时候突然想起了他,而且不辞辛苦跑到这个城市里来看他一眼?本来我是要给你打电话的,大奎告诉他说,但你的手机打不通了,我只好亲自来跑一趟。听他这样说,他意识到大奎很可能是来告诉他什么事儿的。他想不出大奎会有什么好消息带给自己,便依旧懒洋洋地坐在老板椅上,没有做出迎接他到来的架势。大奎呢,竟然也没有对他说什么,而是朝门口打了一个响指,很快,那个厨子使用两手捧着一只托盘走进来。他有些意外,纳闷地往那只托盘上看了一下,上面竟然是四个冒着热气的小菜,旁边还有一瓶白酒。他觉得好奇,难道说大奎是来给他送行的,那么这就是说在大奎眼里,他真的就要像死刑犯一样走上不归路了吗?

我们好几年没见过面了,大奎用有些忧伤的口气说,但我一直关注着你的情况,看来外面那些传言都是真的……他使劲摇了摇头,我知道你这里也没有什么了,就给那个厨子塞了两百块钱,让他做了这四个小菜儿,虽然他很不情愿,但还是把菜给我们送过来了,还有这瓶我从街上买来的酒,也不知道好喝不好喝,你就将就一下吧,我们坐下来好好地喝上一杯。

他望着大奎脸上落寞的表情,忽然心里一动,便向他提议说,那我们就到天台上去喝好不好?没有等大奎作出反应,他就离开老板椅,领着大奎朝那个只有他自己知道的门洞走去。大奎端着那几盘菜和那瓶酒,一声不响地跟在他后面。直到爬上了天台上,大奎才感慨地发了一声叹,这个地方真好呀,但他仅仅赞叹了一声,就又马上意识到了什么,没有再说下去,而只是摇了摇头。不知为什么,听了大奎那句话,他却想起了一句诗,叫作"夕阳无限好,只是近黄昏"……

两个人在天台上坐下来,就着那几个没有滋味的小菜喝起酒来,不知道是大奎买来的酒是假货,还是他喝酒的口味儿高了,喝不习惯这种花不了多少钱的大路货,半瓶酒快要下去了,除了难以下咽的苦涩之外,他也没有尝出什么滋味来。你怎么还不说?他看了一眼大奎,虽然嘴里没说,却是一副催促他的样子。

大奎其实早就憋不住了,便趁着微醺的酒意,带着哭腔对他说,梅花死了……

什么?虽然酒醉的状态让他的神经变得有些麻木,但大奎的这句话还是被他清晰地听进了耳朵里,梅花她……他一下子站了起来,两眼恶狠狠地盯着大奎,你说的是真的?

大奎依旧坐在原来的位置上,而且没有再说第二句话,而只是端起一杯酒来,使劲喝进了肚子里。

她是怎么死的?他伸过手去,用力在他身上推了一下,告诉我,到底是怎么回事?

你身上烧得厉害,大奎拨开他的手,并没有回答他的问话,而只是指出他身子不正常的状况,你就一直这么病着?

我有什么病?他跺了一下脚说,告诉我,梅花到底是怎么回事?

唉,大奎叹了一口气说,其实你也知道,梅花不是生了三个儿子吗?她那个男人又没有本事,也不大负责任,从来没有管过那三个儿子的事儿,家里所有的重担都落在了梅花身上……

这些我知道,他摇了摇头说,就是因为知道她那么困难,我才隔三岔五地资助她一下……说到这里，他冷硬的目光紧盯在他身上，我让你给她捎的那些钱，你交到她手里没有？

当然……大奎吞吞吐吐地说，可有一些，我没有如期……他胆怯地避开他的目光，沉沉地低下头去。

你这个狗东西，他愤恨地踹了他一脚，原来都被你给贪污了？这是不是说，梅花的事儿是你一手造成的？

大奎被他踹倒了，就那么躺在地下没敢爬起来。话不能这么说吧？他极力为自己分辩说，她是我妹妹，我怎么能……

那你告诉我，他抓住他的衣领子，接连推搡了几下说，她是怎么死的？

唉，大奎又叹息了一声，她的男人死了以后，压在她肩上的担子更重了，三个儿子有两个没有娶上媳妇来，都老大不小了，还挤在一间破旧的小屋里……前些日子，山里下了一场前所未有的大雨，梅花家那幢已经居住了无数年的小屋被雨水泡塌了，两个儿子因为在外面做事倒是没有什么危险，可当时梅花是在那间屋里的，房子倒塌后就把她压在了下面，等人们把她扒出来时，她已经……

怎么会是这样？听了大奎的讲述，他似乎又回到了过去，具体说是回到了童年岁月里，他家的房屋也是承受不住风雪的吹压而发生了倒塌，而与梅花家的情形不同，那时候压在废墟里的是他自己，而且当人们把他扒出来时，他竟然安然无恙，而现在倒好，压在废墟里面的是梅花，更为不同的是等把她扒出来时，她已经……天哪，这么多年过去了，为什么这一幕又重演了呢？而且居然造成了这么严重的后果……他想不通，这些年来，他几乎盖每一座房子都会在心里说一句，梅花，我这是为你盖的房，也就是说，他为梅花在城里盖了这么多房子，就算是梅花一家住上一万辈子也住不完，但荒唐的现实却是，梅花却在乡下没有一幢好房子居住，他在心里发下的那些誓言没有结出一枚正果，那么他盖这些房子到底又有什么意义呢？梅花，他把两手从大奎身上缩回来，伏在地上，痛哭流涕地拍打着地面，是我把你害死了，我实在对不起你呀……

大奎告诉了他这个消息，似乎所有的任务已经完成，不想看他躺在地下死去活来的情景，便丢下他，沿着那个门洞走下去了。如果你暂时还死不了的话，大奎又叮嘱了他一句，那就去看看病吧……

大奎走了，天台上就剩下了他一个人，世界突然变得安静下来，除了他间或听到从自己的胸腔里发出的一两声哭泣,其他什么声音都消失了。他趴倒在台面上,因为过度悲伤而陷入了沉迷之中。他似乎做了一个梦,看见一条巨大的三文蛇从身边爬过来,晃摆着一颗三角头颅,正用意味深长的目光打量他。

别听大奎的话,三文蛇冷冰冰地提醒他说,我觉得你该上路去了。

上路?他还装作没有听懂它话的样子问道,上什么路?为什么上路?

你不觉得一切都结束了吗?三文蛇对他解释说,刚才你都把你自己吃掉了,还有什么理由待在这个世界上呢?

你说什么呢?这次他真的听得一头雾水,我什么时候吃掉了我自己?

就在刚才,三文蛇向他指出说,并且回过身去,朝下面的什么地方示意了一下,这不是吗?

他随着它指示的地方看去,目光便落在脚边的一只托盘上,里面是四个刚刚被他和大奎吃完的菜肴,还有一只被喝光了酒的玻璃瓶子。但他的眼睛一眨,竟然惊讶地看见,在那四个也已经空出来的碗盘间,竟然有一条失去了肉体的白骨,像一条冷森森的锁链一样盘绕在托盘里。他一下子认出来,虽然那条白骨已经没有了任何肉体,却还是显出了一条标准三文蛇的形状……他吃了一惊,这是不是说,刚才他和大奎喝酒的时候,的确是吃了一条红烧三文蛇呢?但这怎么可能呢?那个厨子捧着托盘送菜的时候,里面根本没有什么红烧三文蛇,而只是四个像是没怎么加工过的小菜……

你吃掉了你自己,这条失去血肉的三文蛇骨头摇晃着一颗骷髅对他说,也就把你的所有后路斩断了……

可是,他依旧不解地反问它说,就算刚才我吃掉了你,但与我自己又有什么关系?

你以为你是谁?三文蛇毫不客气地向他指出说,你不就是一条蛇吗?

这怎么……他还想反驳它的话,却忽然意识到,他的确是属蛇的,而且当他出生的时候,也是一条三文蛇引他来到这个世界上,现在这条蛇已经变成了骨头,那么这就意味着他自己的离去吗?

好了,跟我一起上路吧。说着,三文蛇摇晃了一下,那一节节冷森森的白骨便化作一团齑粉,随着远处刮来的一缕清风,不知飘到什么地方去了。

他从远处收回目光,随着身体打了一个寒战,突然从迷幻中醒来了。他挣扎了好几下,才从地下爬起来,拖着极度疲惫的脚步,在空阔的天台上慢慢游荡,看上去真像一个没有了灵魂的皮囊,从天台的这一端飘到那一端。当因为醉酒和绝望而产生的麻木状态淡去以后,最后一丝清醒和悲痛的感觉回到神经线上的时候,他才停住脚步,把无力的两手搭在横贯于面前的栏杆上。这时,他正站在前台的一个边缘部位,如果没有那根栏杆阻挡的话,他的身影或许就会像一只飞鸟一样飘到天空里,随着他在梦境中看到的那团蕇粉散落到不知什么地方去。他抬起头,让正在变得清晰起来的目光投往远处,似乎要让它穿越崇山峻岭,抵达遥远的莫邪山里去。是的,那条蛇骨说得对,他的确应该上路了,而且知道自己的去处在哪里,没错,那就是莫邪山里的某个村庄,也就是梅花家乡所在的地方……此时此刻,正好有一只飞鸟从他身边掠过,抖动着一双翅膀朝遥远的地平线飞去。如果他没有理解错的话,或许它就是作为自己前身的三文蛇派来的使者在引领他上路。于是,他让目光紧紧地追随着那只飞鸟,同时张开自己的两条胳膊,一边学着那只鸟儿使劲抖动,一边深情地向在远处等待着他的那个魂灵说,梅花,我来了——

第七章

一

我走出候机室的时候,手机铃声在我衣兜内响起来。我朝前面一百米开外的一架飞机看了一眼,决定尽快接听这个电话,因为等飞机起飞以后,我就要被迫关机了。我掏出手机一看,竟然是父亲的来电,不禁感到有些奇怪,因为在过去的日子里,父亲都是在夜间尤其是半夜时分给我打电话,像这样的白日来电,似乎还不太多见。父亲别有什么急事吧?我急忙按下接听键,把手机紧贴在耳朵边。

儿子,父亲的声音在电话里透出掩饰不住的喜悦,让老爹告诉你一件喜事吧……

我没有等他说下去,仅从他的声音里便判断出是怎么回事了。是不是您的飞机快要实验成功了?我用嘲讽的口气问他。几乎一想到父亲的这件事,我便有些头疼,或许那个高运来说得并不错,父亲那么痴迷造什么飞机,的确是一种病入膏肓的现象。

是呀,父亲连口赞同地回答说,我已经把螺旋桨安上去了,到时候只要发动机一开,它们就能把拖拉机……不,是飞机,它们就能把飞机当然还有开飞机的我带到天空里去……

听到这里,我不禁抬起头,朝头顶上的天空里看了一眼。此时,这个不算太小的飞机场里正有一架飞机起飞,从我面前的跑道上呼啸而过,一下子飞到了天空里去,正好让我的目光落在它的身影上。这才是真正的飞行,我在心里对父亲说,你所搞的不过是一次荒唐而滑稽的冒险而已,除了被人嘲笑一下外,其实没有任何实际的意义……我当然不能对他这样说,甚至不能说出半个不字,不然父亲即使在电话内也要和我大大地争执一番,而我现在离将要乘坐的那架飞机越来越近了,所以我什么反对意见也没有说,而只是模棱两可地对着手机说,您一定要沉住气,等我回来时再做飞行试验……

你到哪里去了?父亲接住我的话说,如果没什么事的话,你就马上回来看我飞行吧。

我要去香港……参加一个会议,我跟随在其他乘客后面,穿过那一小段封闭的长廊,就要跨上飞机舷梯了,可能需要几天的时间……

什么?几天的时间?父亲焦急起来,我可有些等不及了……你不知道,我进行了那么多年的改造和试验,马上就要接近成功了……你不知道我有多高兴,怎么能再等你好几天的时间呢?

我尽量早些往回赶,我反复叮嘱他说,只要我不回来,您就不要一个人冒险试飞……说到这里,我觉得有必要对父亲撒一下谎,您不知道,我也早就希望看到您在天空里飞行的情景了,所以您要等我回来……

不知道是否与进到飞机里有关系,手机的信号突然弱下去,父亲的声音变得似有若无起来,更多沙沙啦啦的干扰声直朝我耳朵里灌。我只好拿开了手机,父亲下面说了些什么我便无从知道。这时,一个美丽的空姐走过来,微笑着朝我提醒说,先生,飞机马上就要起飞了,请您收好手机好吗?尽管空姐的微笑十分迷人,但因为没有听完父亲的话,我还是感到有些不愉快。

我这次外出,是去参加一个有关强迫症研究的学术交流会,虽然会议是在香港举办,却是一个国际性的会议,仅来自欧美的专家学者就有十几位,因为我也是小有名气的强迫症研究专家,便有幸参加到这个规格极高的会议上来,也正是这个原因,我十分重视这次与国际专家面对面交流的机会。按照会议要求,与会者应该提交一篇没有发表过的论文,但由于这段时间以来,我接连遭遇了一系列生活变故,尤其与马丽红的离异给我造成了沉重打击,心绪一直难得安宁,原本早就准备的论文也没有如期完成,而只是向会议提交了一份论文提纲,好在最终也获得了参会的资格,便在心里暗下决心,一定要抱着学习取经的态度,通过这次会议提高自己的研究水平……

会议地点安排在靠近维多利亚港的洲际会展中心,我报完到后,与参加会议的几个认识的人见过了面,没有随大家去街道或港口上游玩,只是在酒店里阅读会议材料,香港我早就来过几次了,也便不再觉得新鲜,而会议下发的一些相关资料却引起了我的兴趣，想趁着会议没有召开时熟悉一下。第二天，会议便正式举行了，上午和下午两个时间段分别由国外的几位专家宣读他们的论文，其中一位来自西班牙学者的说法引起了我的兴趣，让我忽然有眼前一亮的感觉。按照这位学者的观点，强迫症虽然存在于所有人身上，但其严重程度却与地域性和民族性有更为直接的关系，这就同时意味着也与遗传基因相关了，他举例说，在他所生活的西班牙内陆地区，有几个交通十分不便的偏僻地带，就出现了几个强迫症发病明显的村落，而且还可以更进一步缩小范围，因为那些具有强烈强迫症倾向的病人几乎来自有限的几个家族……听到这里，我便觉得脑子里像钟鸣一样响了一下，一个人的形象浮现在我眼前，那个人张着一张大嘴，正在向我滔滔不绝地说着什么……没错，这个人就是抢走我老婆的高运来，也就是说，高运来那天对我说过的话此时又出现在了我脑子里，"我觉得你们那里的人差不多都患有强迫症"，对对，就是这句话，这是不是说，这句话所包含的意思与西班牙学者的那个结论相一致呢？在我陷入冥想的时候，那个西班牙学者继续说道，我只是苦于没有见到来自其他地方的相同案例，才使我只能把我的结论当作问题提出来而不能作为研究成果公布于世，因为我差不多走遍了整个欧洲，也没有再找到与那几个村落相一致的群体，尤其是来自相同种姓的人群……听到这里，我差点脱口说道，我有，我们的乌龙镇便是一个完好的例子……但我马上意识到这是在国际性的会议上，是不可随意打断别人发言的，再说，我差点说出来的那句话也是中文，那位西班牙学者未必会听得懂……我打定了主意，等西班牙学者做完发言后，我一定寻找机会和他交流一下，把自己的发现提供给他。在我的想象中，当西班牙学者听到我提供的情况后，一定会高兴得跳起来……我当然也更认识到，随着那个结论的进一步明朗，一个医学界的重大发现即将面世，而当中竟然还有我提供的证据作支撑，这怎么不让我感到高兴万分呢？

也许西班牙学者提出的问题太具有挑战性了，当他从主席台上退下来时，正好赶上下午场的结束时间，许多专家学者依旧滞留在会场里，当面对他的说法进行了毫不客气地质疑，气氛一度紧张起来，让站在一边的我感到，这其实就是对那个西班牙学者的围攻，我真想走上去，把自己的那个发现说出来，也算是帮助西班牙学者一下，但所有参与争论的人都使用了西班牙语，我不会这门外语，想找翻译帮忙，却一时没有找到，几个翻译忙碌了一天，会议一结束就不知到哪里去了，我在人们身后张了好大一会儿嘴，还是把要说的话咽了回去，再次决定等晚饭后休息时，我能找到一个翻译帮忙，单独去和西班牙学者交流，就不参与这场乱纷纷的争执了。

吃过晚饭后，我看见西班牙学者回他自己的房间了，心想这是一个多么难得的机会，便赶紧去找翻译。但我到各处转悠了一圈，竟然还是没有看到一个翻译的影子。经过这样一番折腾，时间已经过去了很多，再晚些去打搅人家怕是就不礼貌了，便决定在没有翻译帮助的情况下，索性找上门去，使用自己的表情和手势，将那个情况一点点提供给他，至于我能不能表达清楚，他能不能懂得我的意思，那就听天由命了……想到这里，我快步来到西班牙学者门外，举起手指，刚要朝门板上敲，却听见里面传来一阵女人的笑声，便赶紧停住了手。我不禁感到奇怪，与会者中没有一位女性，怎么他屋里会传出女人的笑声呢？我以为是自己听错了，便把耳朵朝前凑一下，凝神静听，没错，里面传出的绝对是女人的声音，细细的，软软的，就像一只温柔的小羊在发出咩咩的叫声……我不敢再听下去，当然更不敢敲门了，急忙掉回身来，就像做了什么坏事生怕被人看到似的，蹑手蹑脚地跑回来。

回到自己房间里后，我没有什么事干，便也上床睡下了。等明天再说吧，我在关灯的同时对自己说，反正会期还有两天呢……才睡着后不久，我便做了一个梦，这个梦与强迫症有些关系，却是一个噩梦。我在梦中看见，一架原本好好地飞翔在头顶上的飞机突然发生了倾斜，像一只被掐去了脑袋的蜻蜓翻转起来，而且尾巴上还带着一股黑沉沉的烟雾，从蓝天上划出一道亮丽的弧线，便直直地朝地面上冲来……我本来站在地上，仰着头颅并张着嘴巴，眼看着那架飞机往自己头上落，却还在心里想，那别是我乘坐的飞机吧？直到坠落的飞机来到头顶上了，我才想起逃跑……所幸我躲开了那架飞机，当我在远处回过身时，看见飞机坠落在一个山坡下，在发出一声震耳欲聋的巨响之后，一阵夹杂着火光的黑烟腾起来，将刚才还一片瓦蓝的天空很快遮挡住了……我迈开脚步，像躲开它时一样又向它跑去……也就是在向它跑去的路上，我竟然想到了我的父亲……事情正如我的料想，我跑到那架坠毁的飞机前，仔细往前一看，果然在那堆冒着黑烟的碎铜烂铁下面，我看到了父亲，而那个时刻，我的父亲已经像跳楼的李百家一样变成了一摊肉饼……

我从梦中惊醒,忽地一下子坐了起来。其实我是被一阵急促的电话铃声惊醒的。手机虽然是装在衣袋内,但由于是在寂静的黑夜里,却显得十分响亮,甚至有些恐怖,让我不能不感到有些心惊。也许我的思维还沉浸在梦境里,所以那个时刻我感到了一丝恐惧,这是我平时在黑夜里接电话时没有过的经历。当然这个时刻我想到了父亲,便又一次认定,这个电话一定又是父亲打来的,因为在此之前,父亲大多是在黑夜里给我打电话,所以这时我想到父亲也是十分自然的事儿,好像也算不上是什么预感。但事实证明,我的猜想第一次发生了错误,当然也不能说这个电话与父亲没有关系,只是说电话确实不是父亲亲自打来的。

莫二侄子,电话里的那个声音说,你爹的飞机……

飞机? 我听到"飞机"二字,不禁扭头朝窗外看了一眼,好像刚才梦中看到的情景真的发生在窗外似的,我当然什么也没有看到,虽然窗帘没有拉紧,但外面漆黑一片,不可能给我的眼睛提供什么可见的东西。

你爹的飞机,电话里的那个声音继续说,从山上掉下来了……

山上? 我念叨着"山上"二字,一时竟然想不明白,飞机怎么可能从山上掉下来,是不是这个人说错了,把"天上"说成了"山上"?

从山上掉下来,那个人依旧用确凿的口气说,摔毁了……

我虽然脑子里轰鸣一片,却还是明白,这个人所说的"摔毁"其实应该是"坠毁"二字。

飞机摔毁了,那个人的声音里终于带出了哭腔,还有你爹……

爹? 我知道这回的"爹"字没有任何的歧义,也就是说,真的是我的父亲从飞机上……想到这里的时候,我才真正明白过来,自己刚才做的那个梦是真的应验了……你是谁? 我大声朝电话里追问说,为什么要咒我爹……

我是村主任呀,那个声音提高了一些说,我没有咒你爹,老二呀,我这是在给你报丧信儿呀……

丧信儿? 我当然明白这个词的确切含义,也就是说,我的父亲的确已经随着那架飞机从山上掉下来,让自己的身子变成了一摊肉饼……

老二呀,村主任用命令的口气说,你快回来吧,全村的人都等着你回来,好给你爹发丧哩……

天快亮的时候,我已经做出了决定,马上离开这个还有两天的会议,回到老家乌龙镇去给父亲发丧,虽然这次会议很重要,虽然我还没有与那个西班牙学者交流,但与父亲的死亡比起来,那都算不了什么。我连夜在网上订购了机票,然后收拾好行李,没有顾得吃早饭,只是给会务组留下一张纸条,便迎着黎明的曙光走出酒店,乘上一辆出租车,直朝机场的方向赶去。当我坐着返回的飞机冲上天空时,我又想到了夜里那个奇异怪诞的梦,当然想到最多的还是父亲确凿无疑的死亡事件……说起来,对于父亲那架所谓飞机的坠毁,我是早就预见到了的,甚至从父亲一打那辆拖拉机主意的那一天,我便知道等待着他的结果会是什么,但这是不是说,我已经做好了迎接父亲死亡的准备? 事情当然不能这样说,飞机是一回事儿,父亲是另一回事儿,可话又说回来,既然父亲造的飞机面临坠毁的可能,作为飞机驾驶员的父亲还能不出事儿吗? 完全可以说,事情明摆在那里,可我为什么就没有行动起来,前去阻止父亲的荒唐举动呢? 就算父亲是受到了强迫症的强力驱使,可我不正好是治疗强迫症的医生吗? 为什么就没有把父亲当成真正的病人来对待呢? ……想到这里,我感到了深深的自责,好像父亲的死亡就是我自己的失误造成的似的。但你不是没有警告过他,我随即又想到了在上飞机前对父亲说的话,如果他等我回来再去试飞,或许这场悲剧就不会发生了,起码我不会任由父亲变成一张肉饼……

我回到乌龙镇后,还没有进村去呢,就看见在靠近鱼人河的一片开阔地里,一些人正在挥着铁锹挖坑……其实说那是一片开阔地也不准确,虽然上面没有长着树木和庄稼一类的东西,却并不空荡,而是堆满了一个个坟茔,一见那个壮观的阵势,便知道不是一般的坟地,没错,那是李家的祖坟,占地足有好几十亩,李家经过数百年甚至千余年的繁衍生息,光死去的人就不知有多少了,李家坟地的规模还能小得了? 看着那些在里面挖坑的人,我还发了一会儿呆,因为如果他们是给父亲造坟的话,又怎么会在李家坟地里开挖呢? 直到我快走到近前了,才突然看明白,原来李家这些年死去的人太多,坟茔浩浩荡荡地往前铺展,以至于快要将我家的坟地吞没了,也就是说,我家的坟地原是挨着李家坟地的,虽然中间也有很长一段距离,但毕竟没有被什么东西隔断,如此一来,李家的死者便不断对莫家的坟地进行蚕食侵吞,渐渐就蔓延到了近前,甚至从我家坟地的两边越过去,简直就要将我家包围了,从远处看去,还真以为那些替父亲挖坟的人是在李家坟地里进行呢。也怪我的家人太少了,自从我的哥哥刚生下来就死去葬在了这里以外,数十年来,竟然没有添过一座新坟,以至于都快要让我忘记自家的坟地在什么地方,现在终于好了,父亲以他的死亡让莫家的坟地显示出来,也算是对李家的侵略行为提出了严正的抗议。

你爹的行为虽然看上去有些好笑,在我给父亲守灵的时间内,村主任一再对我诉说父亲死亡的情景,好像不对我说清楚这一点,他们就有推卸不了的责任似的,但也确实证明你爹是一个分外了不起的人。说到这里,村主任还向我竖了一下大拇指,看上去并没有任何嘲讽的意思。昨天一大早,我还没有起床呢,你爹就来敲我的门了,说让我集合起人来,跟他到山上去看飞行表演。虽然我早就知道他在改造那辆拖拉机,执意想把它变成飞机,但还是没有想到,他的决心会有那么大,以至于经过这几年的不断努力,如今居然把飞机改造成功了……当然,对于是不是成功,我还是十分怀疑的,但不能不尊重他的说法,就当他是把这件事做成了吧……我从床上爬起来,一边穿衣服一边打量着他说,你飞你的就是了,为什么要让大家跟你去看呢?他瞪起眼睛说,飞机上天,在我们山里算是多么大的一件事儿,怎么能让我一个人独享,不让你们也跟着庆祝一下呀?我再次上下打量着他,在心里不住地问自己,这到底是不是一个疯子……请原谅那个时候我产生了这样的想法,并不是有意在嘲笑你爹,而是他给我出了一个实实在在的难题,让我简直不知道怎么办好了。如果是在以前吃大锅饭的时候,我一定能很快把村里的人都集合起来的,可现在人们都各顾各的了,又加之那么多人外出打工,就算我这个村主任拼上了老命,又能集合起几个人来呢?但在你爹的一再鼓动下,我才走出家门,到大街上去给遇见的人做工作……经过我一番动员,快到中午的时候,大街上总算聚集起了像样的人群,大家说是来为你爹的壮举庆祝的,其实内心里都抱着看热闹的态度,甚至还有几个人说得更明确,简直就是来给你爹送行的……

你们为什么不去阻止他呢?我终于忍不住了,不禁脱口说道。

你以为我们拦得住他吗?村主任反口问我,然后挠了挠后脑勺说,对于一个走火入魔的人来说,你唯一的办法就是让他尽情地表演,等他自己都感到厌烦了,他才会从迷幻状态里走出来……

你以为他还有这样的机会吗?我再次问他说。

这个,村主任张了张嘴,一时不敢再说更加明确的话了,这个……当然,一个人有一个人的命数,如果你爹足够命大的话,他就是从月亮上掉下来,兴许也不会伤到一根毫毛的……

我直直地看着他,在心里愤怒地朝他发问,你这是什么话?作为村主任,你这是负责任的态度吗?我突然想,也许这个李姓村主任是希望父亲出事的……毕竟父亲是外姓人,在他们李家人眼里,可算是典型的异类了,父亲受了李家一辈子的欺负就是证明,现在他们眼看着让他死去,或者真的是蓄意在这样做呢……

老二,你不要不识好人心,村主任似乎知道我心里在想什么,便也气昂昂地为自己所代表的李家人辩解说,你爹出事以后,没有等到你回家来,大家便主动帮你收尸,还为你爹挖穴造墓,举办丧事,如果没有大家伙的帮助,他朝四周还在忙碌中的那些人指了一圈,就凭你莫老二一个人,这个葬礼你办得起来吗?

听他这样说,我只好把头低下了,不能不承认,村主任说的的确是那么回事,在乌龙镇,如果离开了李家人,我纵有天大的本事也寸步难行……我只想知道,我不得不向他妥协说,我爹摔死那天的一些事……

那你好好听我说就是了,村主任把目光转向院门外,似乎依旧看见了昨天外面的情景似的,我几乎费劲了九牛二虎之力,才把留在村里的那些人集合起来……呵呵,该来的人几乎都来了,李根水、李炽烈……就连蛇人和狗眼也来了,当大家跟着你爹上山的时候,我才明白,你爹之所以让我集合人,原来是为了帮他把拖拉机推上山去。没错,你爹要去的那个山头足有五六百米高,拖拉机根本开不上去,便只好由那些人推着上去……我禁不住埋怨你爹说,为什么要到山上去?如果你的拖拉机真的变成了飞机,你直接把它开到天上去不更好吗?你爹模棱两可地说,这还不是在试飞阶段吗?我不能掉以轻心哩……快要爬到山顶上去了,我又发现了一个问题,你爹要上的这个山头正好是前些年老族长摔下来的那个……话没说完,村主任便停下来,斜过眼睛看了我一眼,好像下面的话不便说出来似的。

老族长?我也打了一个愣,你是说你们李家的老族长吗?

是呀,我说的就是他老人家……村主任点点头说。

我也把目光转向远处,在冥想中朝着那个要过老族长一命的山头望去。我果真想起来,许多年前,老族长不知因为什么事儿爬到了那个山头上,然后便从上面摔下来,一路翻滚到山坡下,等人们跑到近前时,老族长差不多已经变成了一摊肉饼……想到这里,我不禁张大嘴巴,发出了一声惊诧的叫声。

那个时候,村主任大喘着粗气说,我真的有了一丝不祥的预感……我想喊住你爹,让他不要再朝那座山上走,如果他非要到山头上去搞试飞,他可以选择另外一座山头,而不可……但他被那么多人簇拥着,再加上拖拉机的轰鸣声,他根本听不到我的喊声……当然,就算他真的听到了,装作听不到也是很有可能的事儿……说到这里,他又意味深长地看了我一眼。

为什么?我注意到了他不同一般的眼神,你到底要说些什么?

那时我或许已经看出来,村主任试量地说,他是执意要到那座山头上去……也就是说,他早就想到了老族长的事儿,不但不想方设法避开他的结局,而且变着花样要走他的路……

这是怎么回事?我不解地反问他说,他为什么要这样做呢?或者说你为什么要这样想呢?

难道你……说到这里,村主任又感到了什么顾忌,再次不易察觉地瞥了我一眼,更加吞吞吐吐地说,你没有听说吗?

听说什么?我急急地眨巴眼睛。

人们不是都在说吗?村主任使劲咽口唾沫,好像下了很大决心似的说,你爹和老族长之间……

我终于反应过来,原来他是指……我想起来,在乌龙镇一些人中间,曾经流传着一个十分荒谬的说法,说我的父亲是老族长的私生子……

或许都是他们在胡说,村主任不想使我感到难堪,便把眼睛转往了一边去,并作出十分愤慨的样子说,有些人就喜欢捕风捉影,就是没有的事儿都能说出个子丑寅卯来……

我的脸颊有些发热,那种说法原是对父亲,不,是对我们莫家,不,甚至是对所有外姓人的侮辱,作为父亲的儿子,莫家的后代,我当然不承认这件事,并有意识地加以回避和忘却,但如今村主任竟然又提到了它,而且是当着我的面,这简直是又一次对我的伤害……

不要怨我多想,村主任知道我心里在想什么,便赶紧觍起笑脸对我解释说,你爹的行为的确让人不能不和老族长联系起来……好了,我们不提这件事了,还是说你爹试飞的情况吧。你爹把飞机也就是那台装上两条翅膀的拖拉机弄到山头上去,然后让大家闪开,以便给飞机的俯冲让开道,同时叮嘱大家说，你们看好了，我就要飞起来了，从此以后，这台拖拉机就变成真正的飞机了，我也就成为一名合格的飞行员了……在所有人的注视下，你爹开动了机器，那台拖拉机在发动机的驱使下，竟然真的让两条翅膀上的螺旋桨旋转起来，随着螺旋桨速度的加快，拖拉机也就是飞机的身子果真脱离了山头，从天空里往山下飞去……人们都仰起脸来，看着飞机从他们头顶上滑过，朝着远处的山下急快地飞去……

他真的让拖拉机飞起来了？我也惊讶地问道。

后来我才知道，村主任摇摇头说，关于你爹试飞成功的说法不过是那些人产生的幻觉，他们受到了你爹的蛊惑，又加之是在山顶上，看着拖拉机急快地往山下冲，还以为飞机真的飞起来了呢，只有我在半山腰看得明白……我最近腿脚有些问题，一直没有赶上你爹和那些人的步伐，也便没有爬到山顶上去，刚刚来到半山腰，就看见你爹和他的拖拉机从山上摔下来了……我之所以认定他没有让拖拉机飞起来而是掉到了山下，是因为亲耳听到了拖拉机与石头碰撞发出的摩擦声，稀里哗啦，喊里喀喳，就是这样响亮的声音，你想，如果拖拉机真的飞到了天空里，又怎么会发出如此激烈的声响呢？而且我还亲眼看见，拖拉机从我面前的山石上翻着跟头滑下去，还没有抵达山下，两条翅膀就从拖拉机上脱落了，还有上面的螺旋桨，也像两只鸟儿一般飞出去，不知掉到什么地方去了……当拖拉机从我身边擦过去的时候，我看见你爹坐在驾驶室里，两手紧紧地抱着方向盘，眼睛望着前面的山谷，脸上满是异常兴奋的表情，竟然没有一丝一毫的恐惧……我觉得那一定不是我真实看到的情景，而是我夜里做的一个梦境的再现，因为我到现在也不相信，一个人面临死亡的时候怎么可能没有恐惧而只有快乐呢？你说我说得对吗二侄子？

我两眼呆呆地看着远处的山野，在想象中配合着村主任的诉说，也就是说在脑子里让父亲摔下山头的场景浮现出来，当父亲的身子在山谷里的石头上变成一摊肉饼的时候，我才紧紧地闭上眼睛……

为了增强一下说法的现场感，在举办完葬礼以后，村主任又带着我朝父亲出事的那个山头走去。我也真的想重温一下父亲离开这个世界时的情景，便跟在他身后，慢慢朝那个山头爬去。上到了山顶上，我转过身来，居高临下地朝山下望。我看见了辽阔空旷的山野，看见了在山野间蜿蜒浮动的鱼人河，看见了趴伏在山脚下的乌龙镇，当然更看到了李家的那块坟地,但让我感到奇怪的是,我却没有看到父亲的坟茔,而在刚刚过去的时间内,我在村人们的帮助下确凿给父亲下了葬,也就是说,父亲的坟茔出现在了李家坟地边是一个绝对难以改变的事实,那么我为什么没有看到它呢?我突然紧张起来,怀疑刚才发生的事情并不是真的存在,而不过是自己一个虚无缥缈的梦境……直到过了很大一会儿,我慢慢镇定下来,才明白是怎么回事,原来是李家的坟地太大了,相比之下父亲的坟茔太小了,以至于让我忽略了它的存在而只是让目光落在了李家那一大片坟地里,这也便意味着,李家的坟地在这么短的时间内便把父亲的坟茔吞没了……我赶紧抬起头,不敢再往山下看,以免再有什么让我难以接受的发现……

在跟随村主任往山下走的时候,我还在心里困惑地想,自己所属的莫家到底与他们李家是什么一种关系?我忽然又注意到了村主任抓挠头皮的习惯动作,不禁便也想到了那个西班牙学者的观点,竟然脱口对他说道,我们乌龙镇人是不是都患上了强迫症?直到说出了这句话,我才感到一丝唐突,不知道村主任会不会在意这个说法,或者他是否理解得了这个意义重大的发现?

我们……都患上了……强迫症?村主任停下脚,回过头来看我,你是说我们李家人吗?

我吃不准他心里在想什么,也便既没有点头也没有摇头。当然是指你们李家了,我只是在心里对他说,乌龙镇不就是你们李家的天下吗?至于其他外姓人,加起来也不过百分之五的数量,何况在你们眼里都是可以忽略不计的异类……

村主任低下头,微微思索了一下,好像是同意了我的说法。可是,他马上又想到了什么,可是你爹并不是我们李家人呀?

这个……我有些语塞,是呀,村主任这个问题的确是难住了我,如果那个发现成立的话,那父亲的现象该怎么解释呢?

尽管我没有回答,村主任却点了点头,转过身子,悠悠荡荡地朝山下走去。

我琢磨着他刚才的话,似乎听出了它的话外音,他一定是在变着花样提醒我,父亲与他们李家的关系,是无论如何也搞不清楚了……意识到这一点,我望着村主任扭来摆去的身影,望着乌龙镇黑魆魆的影子,在心里愤怒地叫骂了一声……

二

　　给父亲送完葬回来后，我陷入了又一个让我无法安生的苦恼状态中，那就是父亲与李家人具体说是老族长的关系问题，以前我以为那是不怀好意的人糟蹋父亲的行为，是一个完全没有根据的谎言，但让我没有想到的是，作为一村之主的村主任竟然也这样看待，便不能不引起我的再次警惕了，更要命的是，根据我试图向西班牙学者提供例证的那个观点看，父亲与李家人具有一定的联系或许并不是空穴来风，而是具有科学根据的亲情遗传现象，也就是说，父亲是李家人后代的说法便有可能成为事实了，而这样的结论我又怎么能够轻易承认呢？但感情障碍是一回事儿，理性思考却又是另一回事儿，作为受过高等教育又在医学方面卓有成就的我，知道对于既成的事实只是一味采取回避的态度是不可取的，真正有益的行为是勇于面对，敢于探索，给所有处于存疑状态中的问题一个科学而严密的答案。

　　我苦苦思考了一些日子，终于还是决定联系一个叫老黑的人，让他帮助我参与即将采取的行动……这个老黑曾经是我的一个患者，但已经好几年没有见过面了，好在我的记事本上还有这个人的联络方式，便试量着给他打了一个电话。按说，我的患者不能说成千上万，但有几百人是不成问题的，要在这么多患者中记住一两个人肯定不是那么容易，我之所以还记得这个叫老黑的家伙，是因为他曾经是一个盗墓贼，也就是说，老黑是一个患有盗墓强迫症的病人，据他自己说，早在十几年前，他就迷恋上了这个极其肮脏的行当，隔一段时间就行动一回……我之所以认定他是一个病号而不是真正的盗墓贼，是因为他并不是奔着坟墓里的所谓宝物去的，而仅仅为了满足自己的好奇心，在他想来，那些已经封存了几百年甚至上千年的坟墓里一定有什么不为人知的秘密，他的任务就是钻进坟里去一探究竟，而至于是否有没有什么宝物，他是并不多么在意的，这或许就是他盗了十几年的墓而没有被抓获的原因。但没有被抓获并不意味着没有风险，老黑清楚地知道这一点，只要盗墓而不管是否得到赃物，都是一种可耻的违法行为，是迟早要受到追究的，何况他至今还没有停下来的迹象。也就是在这种情况下，老黑克制不住内心里的恐怖情绪，来到了我的门诊部，让我为他的强迫病患把脉诊治……

　　虽然好几年没有联系了，那个电话号码却依旧有效，很快电话里就传出了老黑瓮声瓮气的声音,莫医生,是您找我吗?然后不到一个钟点,老黑本人便骑着摩托车来到了我约定的养生会所。当然,我没有把这次见面安排在自己的工作室里,这时的老黑已经不是我的患者,而成了我雇请的一个客户,我不但精心选择了养生会所这种较有品位的地方,而且为了接下来见面时的隐秘性,我还专门要了一个包间。老黑这时还不知道我找他的目的,所以当走进门来的时候,还十分客气地朝我抱了一下拳说,莫医生,您和兄弟见个面还用得着这么讲究?

我让他在对面的座位上坐下来,聊过几句闲话后,便把找他来的意思说了出来。兄弟,我一边打量他一边试探地说,我想请你帮我一个忙……对你来说也算不上什么大事儿,都是你的老本行,目的也不是为了搞什么东西……

尽管我说得十分轻松而又有些隐晦,老黑在眨巴了几下眼后,还是很快明白过来。怎么回事?我似乎有些不相信,差点把喝进嘴里的红酒吐出来,您怎么会打这样的主意?他瞪大了两眼,像不认识我似的看着我,您到底是不是莫医生呀?

我伸出手,安抚性地在他肩上拍了一下。兄弟,我愈加用尤为诚恳的语气说,我也是遇到了难处,才不得不出此下策……

您缺钱吗?老黑向我探了一下身说。

我知道他误会我了,赶紧郑重地声明说,你没听清我刚才说的话吗?目的并不是搞什么东西……

那您是为了什么?老黑还是没有明白过来。

仅仅是……我站起来,一边踱步一边搓着手说,仅仅是几根头发……

什么?老黑更加张大了嘴巴,只是为了几根头发,您就让我前去盗墓……

我急忙伏下身来,要去捂他的嘴,同时抬起头,往紧闭的门板看了一眼,然后示意他不要把话说得这样直接。这对你来说,是什么很大的问题吗?

问题倒是不大,老黑想了一下说,我只是没有明白过来,您要那几根头发干什么呢?

我明白了,这个老黑的确不是真正的江湖人,好像也没有当过别人的客户,一点道上的规矩也不懂……但越是这样,我却越是放下了心,一个没有任何犯罪经历的人用起来才最放心呢。这样一想,我似乎这才醒悟到,自己此时在这里的行为是不是已经涉嫌犯罪了呢?

那个墓在什么地方?老黑扳起指头来问我,有多少年头了?您能保证它还有头发吗?这些问题您要仔细告诉我……

于是,在接下来的时间内,我便把有关老族长坟墓的情况向他一一说了出来。根据我的记忆,那个老族长应该去世快要二十年了,因为他的族长身份问题,几乎所有乌龙镇人在新政策的约束下都进行了火化,而到他这里却有了一个例外,在乌龙镇村委会也可以说是李姓"元老院"的默许下,老族长是以肉身的方式下葬的,也就是说,他头顶上的发丝是保存完好的,从医学常识方面看,二十几年的时间也绝对无法让他的头发完全腐烂,只要老黑不发生致命的错误,盗取他几根头发还是不成任何问题的。

老黑对我的话听得很仔细,为了做到万无一失,还在一张餐巾纸上做了记录,主要把老族长坟墓的位置画了草图。他喝光了那瓶红酒,站起来要走了,却又回过身来对我说,莫医生,其实我的病已经被你治好了……

我仰起脸来呆呆地看着他,过了一会儿才明白他话里的意思。难道他真的洗手不干了吗?我在心里说,并没有问出口来。

老黑也没有等我再说什么,便拉开包间门板,迈着大步朝外走去。这是我最后一次做这件事了。他又远远地丢下这样一句话。

我回味着他那句无可奈何的话,心里越发感到了不安,作为治病救人的医生,竟然为了自己的一点私利让一个已经痊愈的患者重新发病,这无论如何都是一个可耻而又残忍的行为,难道世界上还有比我更卑鄙的人吗?在接下来的几天内,我陷在深深的自责情绪里而难以自拔,几次都摸起电话,想让老黑把行动停下来……但我还是又把电话放下了,因为除去这个方法以外,我真的不知道自己还能怎么办……兄弟,我在心里愧疚地对他说,真是太对不住你了……

几天过后,我接到了老黑打过来的电话。我回来了,老黑在电话里喘着粗气告诉我,让人觉得他似乎刚刚进行了一次长跑,我要在那家会所里见您……我本想问他东西到手了没有,但还没有张开口,老黑已经挂断了电话,我没有办法,只好按照他的要求去那家养生会所。

我来到会所时,老黑已经等在我们待过的那个包间里了。但我推开房门,里面的人却似乎并不是老黑,而是一个我所不认识的人……怎么回事？我在心里问自己，老黑在搞什么鬼？为什么要派别人来？难道行动失败了吗？我正在犹豫着是否进去，里面那个人却不由分说把我拽了进去，然后使劲关上门板，气喘吁吁地对我说，莫医生，您、您可把兄弟害苦了……听我这样说，我不禁一怔，再次抬起眼打量他，这才猛然回过味儿来，哎呀，原来这个看上去陌生的家伙就是老黑……我开始以为他是为了掩人耳目而化了妆，但凑近了仔细看，却根本不是那么回事，老黑身上的行头并没有怎么变化，真正让我感到陌生的原因竟然是他的神情，过去的老黑从容淡定，总是给人一副胸有成竹的印象，可现在坐在我面前的这个人却手忙脚乱，十足一副惊慌无措的样子。你，我禁不住脱口说道，你怎么变成了这副模样？

唉，老黑使劲摇摇头，哭丧着脸对我说，我这次受您的指派，去乌龙镇那个鬼地方……真是没有想到，我简直就是闯了一次鬼门关……

我注意到了这两句话，是呀，才仅仅说了简短的两句，他就连续使用了两个"鬼"字……怎么回事？我径直问他说，事情不那么顺利吗？

根本不是顺利不顺利的事儿，老黑再次摇着头说，而是、而是……他忽然跺了一下脚，一副气急败坏的样子，我该怎么对您说呢？

我意识到他一定是碰到了什么问题，便在他肩膀上拍了一下，示意他不要着急，然后出去点了一瓶上好的红酒，让服务员抓紧送进来。红酒端上来了，我亲自把高脚杯递到他手里，看着他一口口喝下去，待他的情绪稍稍镇定了些，才轻轻问他说，你沉住气，慢慢对我说一下，到底发生了什么事儿？

老黑又大口地喘息了几下，才时缓时急地朝我讲述起来。其实开始还是很顺利的，按照您提供给我的地理位置，我很快便来到乌龙镇，找到了那片大坟地，再按照您提供给我的标识物，也把那个竖着一块石碑的坟茔找到了，于是我便取出随身携带的盗墓工具，开始一点点往下挖掘……那天的夜空中没有月亮，也没有一点星光，说明这是一个月黑风高夜，正适合我干这种活儿呢，对于我们这行的人来说，这样的夜晚是难得的最佳时机……不用担心我们看不到干活的场地，对我们这些人来说，世界上的坟墓都差不多，除非你是什么大人物，但那样的坟墓也轮不到我这样的小盗墓贼，所以就算我闭上眼睛，也能把面前的活儿干好，何况那天的行动目标仅仅是一个普通的族长，也就更没有什么好担心的了……经过差不多半个时辰的挖掘，我还算顺利地进到了坟茔内，然后小心地撬开棺材顶盖，如果不出意外的话，藏匿在里面的那个人……不，应该是那具尸体就显露在我面前了……没错，这个时候应该用到一点亮光为我照明了，虽然我能摸着黑干活，却不能在黑暗里看清尸体的模样，我又不是孙悟空，根本没有那样高强的本事……如果倒退十几年，这个时候我用到的应该是一截蜡烛，在过去一两千年的时间内，我的先辈们都是用蜡烛照明的，这点几乎没有什么变化，但轮到我干上这一行的时候，时代却发生了根本的改变，蜡烛用不到了，这时我只要从衣兜内把手机取出来就行了，也只有在这个时候，我才会想起来要感谢手机的设计者，他们不仅让这个东西有了通话功能，而且顺带着让它也具有了照明的能力，没错，我就是通过手机上的手电筒来打量棺材里的尸体的……

你不害怕吗？我张了几次嘴，还是决定打断他的话，万分好奇地询问他一句。

尸体有什么可怕的？老黑反问我说，它都死了……不，它都腐烂了……不，它甚至都变成了一抔黄土，还有什么可怕的呢？告诉你吧，真正可怕的从来不是什么尸体，而是真正的活人，如果你在盗墓的时候，不意间挖出了一个活人，那你不把魂儿吓掉才怪呢……说到这里，他突然想起什么来，脸上开始显出了一丝恐惧的表情。

你，我试着指了一下他说，你碰到过这样的情况吗？

此前我从来没有……老黑忽然把脸转向了我，可是，在那天为您盗墓的时候，我却第一次……他摇摇头，又开始大口喘息起来，刚恢复不久的平静表情又一下子陷入恐慌状态中去。

怎么？我不禁也惊讶地张大了嘴巴，莫非你……不，莫非它……尽管我知道自己要表达的意思，却不知道该怎么向他询问。怎么可能呢？我同时又在心里问自己，天下会有这样的事儿吗？

怎么没有？老黑似乎知道我心里想什么，没有等我说出来便毫不迟疑地反驳我说，原来我也一直认为没有，可是那天夜里，我在那个老族长的坟墓里却的确看到了……

你看到了什么？我直直地盯住他，难道你碰到了一个活人？尽管这样问着，我却在心里嘲笑自己，看来你也学会了大白天说梦话……

我碰到了……老黑颇为吃力地吧嗒着嘴，我虽然不敢肯定他还活着，却真的看见他从棺材里坐起来，朝着我微笑呢……说到这里，他从座位上站起来，随时做着往门外逃跑的架势。

你开什么玩笑？我想把他拉回到座位上，我已经对你说过，老族长已经去世快要二十年了，他怎么还会……

正因为记着你的话，老黑拨开我的手说，我进去的时候才没有做任何出现意外的防范，满心以为他早就腐烂得差不多了，所以当他栩栩如生地出现在我面前，并从棺材里慢慢坐起来的时候，我大吃了一惊，差点把自己的魂儿吓出来……说着，他把自己的两只手举起来，要往脸上放，似乎想把眼睛捂住，不让它再看到外面的东西。

不会吧？我还有些不相信，也便没有觉得怎样的吃惊和恐惧。对了，我忽然想起来，别是你产生了什么幻觉吧？

什么幻觉？老黑使劲跺了一下脚，为不能让我信服他的话而感到分外愤怒。对了，他也忽然想到了什么，从衣袋内把手机掏出来，颤抖着手指一阵触摸，好像找到了什么东西，然后把手机朝我递过来，不信你看，你看……

我把他的手机接过来，凑到自己的眼下看。手机的屏幕上是一幅画，不，应该是一幅照片，上面是一个人，微微闭着眼睛，但里面放射出的目光却告诉我，他是睁着眼睛的，也就是说，照片上这个人睁着一双微眯的眼睛在朝我看……我觉得这个人有些熟悉，但又想不起在哪里见过，或者说因为我不相信自己认识这个人，才觉得他又有些陌生……

仔细看一下，老黑提醒我说，是不是你们那个老族长？

经他这样一说，我才觉得心里一惊，好像真的认出这个人来了，没错，照片上的这个老者确实与我记忆中的老族长有些想象……难道，我颤抖着嘴唇说，真的是他？

不是他是谁？老黑再次跺了一下脚说。

我把目光从手机上掉开，在脑子里急快地想了一下，就算老黑的手机真的拍到了一个和老族长十分相像的人，但谁又能保证他是真的在坟墓里拍摄的呢？于是我又回过脸，再次仔细地朝那张照片上打量。其实不用费什么劲儿，我也很快看出来了，照片上的那个人不仅在看着我，而且上半身是坐起来的，而在他的身子两侧，则是敞开着口的棺材木板……我的手一阵颤抖，手机从手里脱出去，"啪嗒"一声落在了地下。

你别把我的手机摔坏了。老黑赶紧蹲下身子,把手机捡拾到手里,抹抹上面的灰尘,旋即装回衣袋里去。我已经对你说过,这是我最后一次干这种事了……他絮絮叨叨地说着,又想到了什么事儿,从另一只衣袋内掏出一缕头发,急快地放到我面前的桌面上,转身就往门外走去,反正我已经完成任务了,就请您以后再也不要联系我了……

过了好长时间,我才有些镇定下来,似乎这才发现,老黑早就不见了影子,包间内十分空旷,只有空调的压缩机在轻微地响着。我低下头,看着桌面上的那缕头发,像看着一个随时蹦跳起来的活物一般,竟然不敢伸手去触碰它一下……

不管怎么样,老族长的头发总算是搞到手了,我对它虽然不能说是如获至宝,但起码可以利用它解决一些问题了,没错,就像我此前对自己和儿子搞了一次亲子鉴定一样,现在我又要对父亲和老族长再搞一次了……好在我早就收藏了一些父亲的头发,现在终于可以派上用场了。当然,为了让这件事顺利进行下来,我又把那个负责鉴定分析的医生约出来,在饭店里吃了一顿饭。医生对我频繁地进行这件事感到不解,直直地盯住我问,怎么回事? 你到底在搞什么鬼? 我不敢看他的眼睛,赶紧把脸扭到一边去,只是模棱两可地回答他说,受人之托,我也是没有办法……

把头发送出去了,我却又不安起来,回想老黑给我说过的那些话,总觉得什么地方不对劲儿,该不会是他故意欺骗我吧? 如果那样的话,所谓老族长的头发可就来历不明了,当然鉴定结果也就没有任何效力……我同时想起来,还没有付给老黑报酬呢,那天就眼睁睁地让他走掉了……我拿起手机,又一次拨打他的号码,在等待他接听的时候,我还在心里想,让老黑把那张可疑的照片发给我,不管它是真是假,我都要好好地保存一份,说不定什么时候就能派上用场……但让我感到诧异的是,电话里的铃声还没有响起来,就传来服务台的提示音,您所拨打的号码是空号,请查询后再拨……我以为自己打错了,便按着那个号码重新拨打了一遍,里面传来的依旧是那个公事公办的声音。我一下子愣住了,怎么回事? 前两天这个号码还能接通,怎么现在却成了空号? 最让我感到不可思议的是,服务台说出的并不是"已停机"之类的理由,而是"号码是空号",这也就是说,自己拨打的这个号码根本不存在? 如果事情真是这样的话,那可真是奇了怪了,这个号码前几天明明还在使用,怎么才过了这么短的时间就不存在了呢？难道这不是活见鬼了吗？……念叨着这句似曾相识的话，我仔细想了一下，才意识到自己在重复老黑的说法……

不知道怎么回事，老黑竟然消失不见了，而且没有留下任何蛛丝马迹，就好像世界上不曾存在过这个人似的。我愈加有些不安，仿佛一切都不真实起来，也就是说，老黑交给我的那一缕头发也便成了问题……我不敢怠慢，下决心尽快搞清楚这件事，开始我想亲自回乌龙镇一趟，看看老族长的坟墓是否真的遭到了盗窃，但我又担心会让别人看出破绽，给自己带来不必要的麻烦，落得一个弄巧成拙的下场，便决定还是给乌龙镇的人打一个电话，打探一下到底是怎么回事。在考虑接听电话的人选上，我颇费了一番心思，觉得有三个人可以成为目标，一是村主任，他是村里的头人，掌握的信息量大，几乎没有什么他不知道的事儿，但这个人也格外敏感，搞不好就会被他觉察到异常之处，所以也便把他排除了；二是李根水，他是我家的邻居，与我接触的机会较多，询问他也是较为合适的，但他在自己母亲和我父亲的关系问题上，曾经产生过一些误会，对我也不是那么友好，不一定对我说实话的，因此也就把他放弃了；三是李炽烈，他是学校的退休老师，教过我几年课，与我可说是师徒关系，而且他具有典型的知识分子脾气，一般是不轻易说假话的，我思来想去，还是觉得他是最佳人选，便决定拨打他的电话。

电话接通了之后，我虽然看不到他，却依旧用格外恭敬的语气和他说话，先聊了一些可有可无的家常事儿，觉得火候差不多了，我才装作无意的样子问他说，这些日子，咱们村里发生过什么新鲜事儿没有？我因为工作忙回不去，对家乡的情况也不够关心……说到这里，我便停住了，期待着李炽烈接住我的话，把那件有可能发生的事儿说出来。李炽烈倒是接住了我的话，却干净利落地回答我说，嗨，我们这个穷乡僻壤的地方，还有什么新鲜事儿……我很感失望，难道老黑的说法真的靠不住吗？该说的话好像都说完了，我不能不挂上电话。可就在这个时候，李炽烈突然又想起什么来，先"哎呀"了一声，随即便嚷叫着对我说，我差点儿忘了，前些日子，我们李家的坟被盗了……

我闭上眼睛，让一直悬在嗓子眼里的心脏落回到肚子里。看来老黑没有欺骗我……我在心里说。是谁的坟被盗了？我也装出惊诧万分的样子问。这时我又意识到一个问题，老黑倒是真的盗了坟，但就一定保证是盗了老族长的坟吗？在这件事上有没有出现差错？

是我们李家老族长的坟……李炽烈用沮丧的口气说。

哎呀，我也夸张地叫喊了一声，这是怎么回事，难道说老族长的坟墓里有什么宝物吗？几乎没用怎么思考，我便把这件事的重心引往了一个毫不相关的方向。

不会呀，李炽烈也思考着说，我记得很清楚，当初给老族长下葬时，根本没有陪葬任何值钱的东西，他带走的仅仅是一本李家的族谱，此外便没有什么有用的东西了……

那又是怎么回事呢？我装模作样地叹了几口气，然后又故作关心地问道，向派出所报案了吗？

村主任倒是报了，李炽烈也叹了一口气说，可这样一个普通的案子，人家派出所会认真给破吗？现在的社会乱得很，盗墓的事儿也不那么新鲜了，我看也就是报一下而已，就别指望真的给你破案了……

我点了点头，在心里说一句，这样就好……这次通话的目的算是达到了，我不想再听李炽烈说什么抱怨的话了，便准备挂断电话。

但李炽烈似乎并不想就此拉倒，而是又压低了声音，用突然变得神秘起来的口气说，你不知道，还有更让我们想不明白的事儿呢……

想不明白？我随着他的话说，还有什么奇怪的事儿？

老族长的墓不但被盗了，李炽烈的声音越压越低，甚至有一度发出了假声，就像一个不真实的女人在对我说话，而且他的尸体也找不到了……

什么？我大吃了一惊，尸体找不到了？这可是我没有想到的事儿。

等第二天人们发现时，电话里那个不男不女的声音说，坟墓里早就空空荡荡的了，里面不要说什么宝物，就连老族长的尸体也看不见了……

这是怎么回事呢？我脱口问道。

谁知道呢？那个声音的发出者好像真的变成了一个怪异的女人，人们都到坟地的周围去找，可找遍了整个坟地，找遍了整个村子，甚至还到山里找了一阵子，也没有再看见老族长的影子……谁也不知道他到什么地方去了……

到什么地方……我随着他的话说，难道说他还能到什么地方去吗？

如果不是这样的话，那个女声反问我说，那他怎么会消失不见了呢？

我想了一下，还是试量着对他说，难道不是盗墓贼把他弄走了吗？等说出了这句话，我才意识到这个说法更加荒唐，因为老黑只是揪下了他一缕头发，不可能再带走那具尸体，因为他从来没有从坟墓里带走过任何一件东西，何况那只是一具毫无价值的尸体呢？

大家都说，女声愈发尖细绵软了，就像一条三文蛇在手机里蠕动不止，他是找那个盗墓贼算账去了……

找……盗墓贼……算账……我的身子不由得晃动起来，如果不伸出手扶住桌沿的话，我真担心会摔倒在地。我突然意识到，或许老黑的消失真的与这个说法有关……

虽然放下了电话，我的思维却依旧沉浸在那个妖里妖气的女声里，好像那条三文蛇已经从手机里爬出来，正在把我的身子缠绕住……我真的难以相信，一个早就死掉了快要二十年的人怎么可能像活人一样走掉呢？不但老黑这样说，而且乌龙镇人也这样说，难道说他们都进入了一种梦游的状态，分不清真实和虚假的区别了吗？虽然他们都保持这种说法，但到此为止，我还是不相信世界上会发生此类事情，没错，我是一名医生，经受过严密而科学的训练，根本不相信世界上会有怪异的事情发生，起码在我还没有见到老族长本人的情况下，我对这件事是毫不犹豫地加以怀疑甚至否定的……

但也就在这时，客厅墙壁上的窗户发出一阵"嗒嗒"的响声，好像一个人在外面敲击。我站起身来，迈着踉踉跄跄的脚步走过去，拨开窗帘往外看，窗玻璃外面什么人也没有。我继而推开窗扇，探出头去往下看，出现在我视野里的除了一无所有的天空之外，便是下面大街上火柴盒般大小的车辆和蚂蚁般大小的行人……我似乎这才意识到，自己是住在二十八层楼的高处……

几天过后，那个医生把鉴定结果交到了我手里。像上次一样，医生用铿锵有力的声音对我说，两个人的 DNA 具有百分之九十九点九的相似性，也就是说，他们是真正的父子关系确定无疑。在我低下头，痴痴地盯着鉴定结果看的过程里，医生又用困惑不解的目光看我，这些让你鉴定的人都是谁？是不是吃饱了撑的？这么高强度的相似性，或许根本不用来做什么亲子鉴定，只在他们的行为上看一下有没有相同的地方就够了。

行为上……相同的地方？我这才抬起头，直直地看了他一会儿，好像还是没有明白他的意思，怎么……才能看出来呢？

比如……医生想了一下，目光突然又落在我身上，对了，比如他们有没有什么强迫症之类的疾病？说到这里，他笑了起来，拍拍我的肩膀说，你不是研究强迫症的吗？我才这样说……

我呆呆地看着他，觉得他的话并不是无意说出来的，或许是真的看穿了我做这件事的真实目的……意识到这一点，我禁不住打了一个寒战，好像一阵寒冷的疾风把我身上的衣服刮掉了……

<h1 style="text-align:center">三</h1>

我觉得拨打电话的动作有些不真实，就像在睡梦中进行这件事似的，手指颤抖了好一会儿，才拨通了张多娜的电话。这是我第一次主动和这个女人联系，自从那次我从她那里逃走以后，张多娜也没有再来找我，还以为我再也不会搭理她了呢，所以一接到我的电话，就禁不住叫喊起来，莫医生，真的是你吗？我从电话里都能感受到她激动万分的样子。接到你的电话，真是太好了。她不等我回答，便急不可待地自顾说。

我尽量让手机听筒离自己的耳朵远一些。我问你，我迟疑了一下，还是硬着头皮径直问她说，你是不是在跟踪我？

什么？张多娜似乎没有听清我说的是什么，或者听清了却有些不相信，你说什么？直到我又说了一遍，她才大吃一惊地脱口问我，我跟踪你？你为什么这样说呢？

是呀，我为什么会这样认为呢？我也在心里问自己。这些日子以来，我总是感觉自己的身后或者身边有一个影子时隐时现……比如有时我在饭馆里吃饭，无意间一抬头，眼角的余光便看到一个影子在看自己，觉察到被我发现了，影子便急快地离去，让我根本来不及细看，也不留下任何蛛丝马迹，就像它从来没有存在过似的，所以我也不敢肯定自己的感觉是对的，也便不能说就真的有一个人在盯我的梢。时间久了，那个影子来到我身边的情况开始明显起来，比如我刚刚感到饥饿，便有一个声音在我耳边说，快去吃饭吧……如果我没有猜错的话，这一定是那个影子在对我说话。我掉过头来寻找它，却照样看不到它在什么地方，但它嘴里呼出的热气却似乎还留在我耳边……还有，我在门诊部值班时，经常会瞥见一个人在门口探头探脑，同时还听到一个声音在外面喊我，莫医生，你出来一下。我放下正在接待的患者，走到门口去看，却找不到那个喊我的人，那些正在排队的患者中间没有一个我认识的人，其他工作人员还好奇地问我，莫医生，你找谁呢？每到这时候，我都会尴尬得不知所措，知道如果这样继续下来，同事们会把我当一个怪人看待……我怀疑有人在捉弄我，当然有时也会神经质地想到李家的老族长，他复活兼走失的荒唐传说虽然不让我信服，但那个神出鬼没的影子的行为却似乎与他的风格类似，不能不让我联想到他，但每到这时候，我便止不住在心里嘲笑自己，认为自己也快要像那些走火入魔的乌龙镇人一样不可救药了……也就是在这样的情况下，我又把怀疑的重点放在了张多娜身上，我实在想不出来，除了这个与我发生过纠葛的女人之外，谁还会有兴趣打我的主意……

太好笑了，还没有听完我的话，张多娜就在电话里克制不住地笑起来，莫医生竟然也……对了，你是不是真的想我了？

想你……我的脸孔不禁涨热起来，本能地想把手里的电话扔掉，马上结束这场令自己难堪的通话，但我又意识到这个电话打得不容易，还没有搞清楚是怎么回事，怎么就半途而废了呢？于是，我硬起头皮警告她说，我和你之间没有发生过什么关系，所以请你不要干扰我的生活……我忽然有些说不下去，因为我听出了自己的话里的哀求意味，话没说完就把手机合上了。

我朦胧地感觉到，我和张多娜的事儿还没有完结。果然，给她打过电话的当天下午，张多娜就到医院找我了。以前她来找我时，总要以患者的名义到我门诊室里来，多数情况下都排上一会儿队，就算较为直接的几次，也只是在我下班的时候装作临时碰上，简单地说几句话而已，但现在却是不同了，她一在医院里出现就大摇大摆地闯进了我的门诊室，也不顾那些正在被我接待的患者，上来就在我面前的桌沿上坐下了，把那些正在被接诊的患者惊得目瞪口呆。莫医生，张多娜轻轻摇摆着她的小脑袋说，你真的想我了吗？

你……我没想到她会变得这样轻贱，禁不住想要发火，但当着其他患者的面，我又不想让自己也变得那么可笑，便耐着性子对她说，你从桌子上下去，没看见我在工作吗？

张多娜知趣地从桌沿上把屁股放下来，却抬起她的手，在我面前舞动着说，如果我没有记错的话，你打给我的那个电话可是占用了工作时间呢。

我懊丧地闭了一下眼，她说得没错，我给她打那个电话时的确是在上班的时候……

　　看来你是真的放不下我了,张多娜没有容我多想下去,便凑到我面前,把她不断挥舞的手伸上来,像一条处在饥饿状态的蛇一般,就要扑到我脸上来了。

　　我极力把身子往后躲,因为后面便是墙壁,我已经无路可退,便只好从椅子里站起来,从她的手臂下逃出去。门诊室里有些乱腾,那些正在被接诊的患者一个个瞪大了眼睛,用惊诧莫名而又幸灾乐祸的目光看着这个颇富戏剧性的场景,来自身体上的病痛都被忘到脑后去了。

　　你这个……我恼羞成怒,如果不是当着那么多人的面,我真要把这个如此不知羞耻的女人痛骂一顿,但为了维护自己艰难树立起来的良好形象,我无法也让自己变成一个流氓,只能忍气吞声地咽下一口唾沫,板起脸来呵斥她说,如果你不是看病的话,那就马上从这里……出去。我几乎咬疼了牙,才没有让那个愤怒的"滚"字冲出口来。

　　我看你才要看看病呢,张多娜撇了撇嘴说,最近你竟然也变得不正常起来,是不是……说到这里,她又朝我跟前凑了一下,想我我想的? 不等我回话,她便掉转身子,扭着肥硕的屁股朝门外走去。大家都以为她走掉了,但在门外,她又朝里探了一下头,对我挥挥手说,等下次再来,我可不会轻易放过你那张小白脸了……

　　我尴尬地坐回椅子里,过了好一会才平静下来,我真是懊悔不迭,为什么要主动给她打那个电话呢? 都怨自己把她给招来了,这才真叫引狼入室呢。

　　医生,那些患者还聚在我面前,像看一个小丑一般挤巴着眼皮,还给我们看不看了?

　　我反应过来,忽然从他们的表情中读出了另一番意思,天哪,或许在他们眼里,我才真的是病人呢……我又想到了张多娜的话,她竟然也让我去看病? 难道说在他们看来,我真的像是一个病人吗? 想到这里,我不禁被吓了一跳,差点从椅子里掉下来。

　　就从那天以后,我便觉得自己的身体出了什么问题,正是这些莫名其妙的问题让我看见了那个影子,听到了那个声音……没错,此时我已经认定,我看见的那个影子或者听见的那个声音,都是出自我自己的幻觉或者幻听,也就是说,并没有什么真正的人在盯我的梢或者和我说话……我突然想到一个有关疾病的说法,病人之所以产生幻视或者幻听,都是因为这个人的脑子里长了什么东西,压迫到视听神经而造成的结果,当然,那个压迫视听神经的东西除了是可怕的肿瘤之外还能是别的什么呢?这个念头把我吓了一跳,不禁举起手来,紧紧地捂到自己头上,也就在这个时候,我感到了来自脑部深处的一阵疼痛,而这种感觉正好坐实了我刚才的念头……天哪,如果事情真是这样的话,那我可不仅只是一个患者那么简单,而是要面临生与死的严峻考验了,不管怎么说,到目前为止,对待肿瘤还没有什么有效的治疗途径,而来自脑部的肿瘤尤其难以治疗,就算能够开颅把它拿出来,但经过这样一番折腾,我能不能让脑袋保持原有的功能,即使一个傻子也会想明白的……

　　我不敢怠慢,马上来到与我的科室相邻的肿瘤科,向正在值班的医生同事咨询这件事。这个时候,我在为一个医生能够有这样便利的条件而感到庆幸的同时,却又为自己的身份多了一层顾虑,所以当坐到那个医生对面椅子里的时候,我没有直接说自己的身体情况,而仅是向他打探是否存在肿瘤压迫视听神经而造成幻视和幻听的情况存在。医生的回答与我的料想几乎没有什么差别,他没用怎么思索便点点头说,没错,事情就是这个样子……看他的架势,下面的话好像已经不用再说了。那么,我直直地看着他问,接下来该怎么办呢?医生用奇怪的目光看着我,怎么了莫医生?他抬起手,在我面前挥舞了一下,似乎让我从反常的状态里回过神来,你不也是医生吗?面对这种情况,除了实施手术,把那个肿瘤拿出来以外,还能有什么好的办法呢?我虽然已经回过神来了,却依旧克制不住内心的紧张,呈现出来的还是一副可怜巴巴的表情。难道就没有另外的路好走了吗?连我自己都觉得这句话问得实在多余。

　　一连几天,我都放不下这件事儿,虽然来自脑部的疼痛感似有若无,但我却无法停止对那个部位的关注,因为在这些天里,我的幻视和幻听越发严重了,有时都睡进了梦里去,还觉得那个影子在我身边游荡,有时竟然来到我枕头边,对着我的耳朵絮叨一番,让我不时地从睡梦中惊醒……不能再这样下去了,我下定决心,不管别人怎样看待自己,我都要勇敢地坦承自己的疾病,第二天就去找那个肿瘤科医生,请他为我诊治……但就要走进医生的门诊室时,我又多了一个心眼,没有对他说什么疾病的事儿,而是让他下班后跟我去喝酒。我要请医生吃顿饭,让他对我多加关照一下。

怎么回事？刚在饭店里落座，还没有吃起饭来，医生就急不可待地问道，是谁脑子里长了瘤子？

我真是没有想到，人家竟然还想着这件事，并且主动与吃饭问题联系起来。这个……我装模作样地咳嗽一声，觉得不能再回避这个问题了，才硬起头皮回答他说，我怀疑是我自己的脑子里……

什么？医生大吃一惊，不禁站了一下，差点把碗盘打翻，赶紧又坐回去，然后朝我探过身子说，你怎么会有这样的想法？他瞪起眼来，却没有朝我的头上看，而是对我上下打量了一遍，好像那个瘤子并没有藏在我脑袋里，而是错长在了身体的其他地方，最近你感到什么地方不对劲儿吗？

我垂下头，又简单地想了一下，觉得什么退路也找不到了，才把产生幻视和幻听的情况对他说出来。

难道不是真的有一个人在打你的主意吗？医生试量着问我。

原先我也以为……我想到了张多娜，忽然又停住了嘴，或许医生早就听说了那天我与张多娜发生的事儿，所以他才有意对我这样说？

这样吧，医生也不想再和我绕弯子了，便径直对我提出建议说，你明天到放射科来，我给你好好地检查一下，或许事情并不像你想象的那么严重呢……

这么说，我呆呆地看着他，到底是不是这回事儿，现在还不能确诊？

医生也直直地看着我，好像面对的不是一个比他还要资深的同事，而是一个没有任何医学常识的患者。怎么啦？他又举起手，在我面前挥舞了一下，你是不是被自己吓破胆了？

我再次反应过来，强迫自己吐出几口气，以使绷紧的身子放松下来。是呀，我在心里懊丧地责备自己说，为什么在同事面前显得这样无知，连基本的医学常识都忘到脑后去了？

第二天，医生和我一起来到放射科，站到了几台检测机器面前。真是新鲜，放射科的医生也认识我，还对我开玩笑说，医生来给自己查病，可真是不多见呀。按照肿瘤科医生的建议，我要先做一个脑部 CT，如果还不能确诊的话，再做一个核磁共振，如果有什么问题的话，应该就能八九不离十了。接下来，我便躺到了冰冷的检测台上，由传送装置将我慢慢推到机器里……只有到这个时刻，我才真正知道作为一个患者是怎么回事，自己先前坐在安静的门诊室里，或者在病房里面对那些躺在病床上的患者，是根本体验不到病人那悲哀而复杂的心绪的……CT做完以后,我从机器下走出来,忐忑不安地来到肿瘤科医生和放射科医生面前,像一个即将服刑的犯人一般等待着他们无情的宣判。

看不大清楚,肿瘤科医生还在对着电脑屏幕打量,嘴里自言自语地说,我还是头一次碰到这种事儿……

我看没有什么问题。放射科医生则武断地宣布说。

我不满地看了他一眼,忽然意识到一个问题,昨天吃饭时为什么没有邀请他呢?才让他对我说出这样不负责任的话?要不我再做一个核磁共振?我试量着朝他们提出说。

有这个必要吗?放射科医生皱了皱眉头。

还没等肿瘤科医生开口,我就赶紧再次表态说,当然有必要……同时我在心里说,再吃饭的时候,一定要把他一起约请去……

那好吧,见我的态度如此坚决,肿瘤科医生也便同意说,那就再做一次核磁共振吧。

于是,我又躺到了另一架机器下。当机器运作起来的时候,我还在心里想,这时候两位医生一定在电脑屏幕前忙碌个不停,那么他们到底看到了什么呢?有没有发现那个隐藏很深的肿瘤?似乎过了好一会儿,放射科医生才让机器停下来。我从机器上下来,再次走到他们面前。这次应该差不多了吧?我既像是对自己又像是问他们说。

我就说过嘛,放射科医生摊开两手说,什么问题也没有……

什么?我诧异地看他一样,又马上把目光转向肿瘤科医生,这是真的吗?

肿瘤科医生也把脸从电脑屏幕上掉回来,朝我竖了一下大拇指说,好了老弟,这回我可是看清楚了,真的什么也没有发现……

怎么会是这样?我失望地摇摇头,似乎非常不甘心,便走到电脑屏幕前,想对上面显示的图像看个究竟,但我并没有学过这方面的知识,一时半会儿也看不明白。

怎么回事?放射科医生纳闷地问我说,你好像不满意似的,莫非你倒愿意让自己出现什么问题?他一边说还一边伸手往我头上放,好像出现在他面前的这个人真的处在发烧状态中。

我拨开他的手,在心里不满地对他说,就算我没有请你吃饭,也不至于如此马虎地对待我吧？随即我又转向肿瘤科医生,也在心里对他说,看来那顿饭我白让你吃了……

难道这不是好事吗？肿瘤科医生也不解地上下打量我,如果换成了其他人,早就高兴得要跳起来了,可在你这里……他摇了摇头,对我不理解的表情溢于言表。

可是……我依旧用哀伤的口气说,这样一来,我的病根到底在什么地方,不是更难以找到了吗？

你到底哪里出现了不对劲的地方？放射科医生禁不住问我说。

我犹豫了一下,还是又把自己出现幻视和幻听的情况对他说了一遍。

我倒是建议,没有等我说完,放射科医生就接过话去说,你去看一下精神科……

精神科？我愣了一下,随即便反应过来,怎么？你怀疑是我的精神出了问题？

放射科医生没有回答我的话,转而忙他自己的事去了,好像这个问题不用再回答似的。

在你们眼里,我又把目光转向肿瘤科医生,难道我是一个精神病患者吗？

肿瘤科医生从我脸上掉开了目光,却并没有放弃对我问话的回答,如果你找不到其他原因的话,也不妨让他们给你诊断一下……

我愤愤不平地往回走,一边走一边下决心,以后再也不搭理这两个人了,他们似乎在故意看我的笑话,竟然将我归入了精神病人的行列……回到家后,我歪倒在沙发里,感觉从未有过的筋疲力尽,好像刚刚进行了什么繁重的劳动似的,没过多久,便进入了迷幻状态里。也就是在这个时候,那个影子从远处走来,穿越笼罩在我面前的重重迷雾,渐渐出现在我的视野里。

哈哈哈,那个影子一出现,就克制不住地嘲笑起我来,你真是天真得很,竟然想到去放射科做什么检查,如果那些冰冷的机器能检测出我在什么地方,岂不是太小瞧我们了吗？

那你到底在什么地方？我尽管知道自己是在神志不清的梦里,却明白要抓住这难得的机会把它的藏身之处打探个清楚。现在它终于走到你面前来了,我在心里对自己说,你可不要轻易放过它呀……

我在你脑袋里这倒也没有什么错,影子得意地回答我说,可我来无影去无踪,就连你们最为领先的科技前沿也不知道我们的来路……

你们到底是谁?我心里一动,便故意用激将法对它说,如果你们真有本事的话,敢向我亮明你的身份吗?

这有什么不可以的?影子大摇大摆地说,你不是研究强迫症的医生吗?当然应该知道患者的每一个行动都是被强迫的了?

是的。我点点头说。

但你知道是谁强迫了他们吗?影子继续吊我的胃口说。

这个……我想了一下,还是摇摇头说,我还真的不知道……

哈哈哈,影子再次放肆地大笑了一通,好不容易才把笑弯的身子直起来,实话对你说吧,那个强迫他们动作的人就是我们……

我直直地看着它,在心里恍然大悟地说,原来是这样……我继而瞪大眼睛,想把这个控制他人的家伙的真实面目看个清楚。

影子发现了我的意图,伸手推了我一下,不要再做这种无用功了,你是看不清我的……

我似乎被推醒了,在我睁开眼睛的时候,还看见影子向远处逃去时搅乱的空气尘埃……醒来后,我仔细回想自己在迷幻状态里看到的情景和听到的声音,觉得那绝对不是一个虚幻的梦境,而确凿是发生在我精神世界中的一个真实事件。作为研究强迫症的医生,我相信在每一个动作后面,都有一股推动的力量存在,只是不明白那股力量到底来自哪里,平时又待在什么地方,现在它似乎要浮出水面来了,当然这也同时意味着我患上了严重的强迫症,也就是说我已经成了一个真正的强迫症患者,但也只有在这个身份下,在这种发病的状态下,我才能发现那股力量也就是那个影子的存在,并把它从藏身处揪出来……那么,接下来的问题便是,我到底是被什么力量控制了,也就是说,那个阴险的家伙究竟待在什么地方?我不想让自己一味地受到疾病的折磨,决心要尽快查出那个影子的老巢,然后毫不客气地将它一举捣毁……

我大约思考了几个工作日,决定试探性地到院长那里去一趟,在我想来,能够控制我的力量其实十分有限,比如我的父母都不在了,妻子已经和我离婚,也没有真正要好的朋友,社会关系简单得近乎透明,那么能够支配我的力量除了要在单位里找一找外,我实在不知道该往什么地方使劲儿,而在我所工作的这家医院里,同事们是不可能控制住我的,比如那两个不怀好意的医生让我去看精神科,我便没有听从他们的吩咐,唯一能给我施加压力的便是我的上级部门,当然也就是院领导那些人了……我似乎想明白了这件事,于是在接下来的这个日子里,我一到医院里来,便径直朝院长办公室走去。

院长办公室是在大楼的九层,我乘坐电梯上去,只是在院长办公室的门板上敲了两下,没有听到许可的声音便推门走了进去。院长正在打电话,或许精神都集中在电话上,虽然眼睛看着我,却没有什么反应,依旧对着话筒说个不住。我也就不再客气,一屁股坐在了他对面的椅子里。院长打完了电话,好像这才看清楚是我,神情漠然地朝我点一下头,嘴里公事公办地说了一句,你有什么事吗?

院长的冷漠态度更加激起了我的反感。我要和你谈一谈……我直通通地对他说。

谈一谈?院长一愣,当然不明白我要对他谈什么,正要问我一句,忽然想起什么来,拍一下脑袋说,对了,我正要找你呢……

找我?我也不禁一怔,不知道他找我干什么。

院长在一堆材料里翻找了一下,然后捧起一本杂志,两手托举着朝我送过来。你和那个西班牙学者联合发表的这篇论文,提出了一个全新的观点,院长激动地吧嗒着嘴唇说,一定会对你研究的那个领域造成冲击的,实在是不简单哪。

我把杂志接到手里,随手翻了一下,便明白他说的是怎么回事了,原来我把乌龙镇人集体患强迫症的素材提供给西班牙学者后,很快便被他在一篇论文中采用了,让我想不到的是,那个学者在杂志上发表论文时,竟然把我的名字也署上去了,于是那篇颇为重要的论文有一部分便成了我的成果,在此之前,医院里还从来没有一个人在那家极有影响的外国杂志上发表过论文,我也算是为医院争了光,作为一院之长,院长怎么能不高兴呢?

真是年轻有为呀,院长用十分赏识的目光看着我,似乎觉得这还不够,又伸过手来,在我肩膀上使劲拍了一下,看来这几年你是在专业上下足了功夫,继续努力吧年轻人,相信将来一定会大有前途的……对了,我已经在院务会议上提出了建议,准备给你好好地记上一大功……还有,我也正想给上级主管部门打报告呢,如果最近调整班子成员的话,可以考虑你到更重要的岗位上来工作……

这可是一些让我没有想到的好消息。听着院长这番情真意切的话，我进门时积存在心里的那股气很快便泄掉了，虽然我并没有把自己的利益看得多么重，但面对一个如此关心自己的领导，我又有什么理由再去冒犯呢……不是他，我在心里对自己说，肯定不是他……

从院长办公室里出来时，我心里并没有感到多么轻松，那个让我困惑不已的问题还是没有得到解决，而且失去了一个看上去明显的目标，那么除此之外还有什么领域没有考虑到呢？回到门诊室，我把那本杂志放在一摞书籍中，不意间目光落在了一本厚厚的黑皮书上，心里不禁又一动。这是一本刚邮购到手的《新旧约全书》，还没有来得及带回家去……这段日子以来，我竟然对基督教产生了兴趣，而且已经去过教堂几次了，只是还没有打定主意成为一名教徒……想到这里，我不禁大叫了一声，难道说是那个才被自己认识不久的上帝在控制我？这个发现让我激动不已，好像这次真的找到了控制自己的目标，是呀，在基督教信众们看来，世间的万事万物都无不受到上帝的支配，上帝作为一股神秘而强大的力量，既能让一个人上天堂，也能使一个人下地狱，每个人的命运都掌握在它的手里，这不，我才刚刚对基督教产生了一点点兴趣，上帝就忙不迭地来掌控我了……我是一个信奉自由的人，不想被任何人控制，即使是无所不能的上帝也不行，趁着现在还没有真正成为它的信徒，我要赶快从它的束缚下解放出来……

一从医院里出来，我就马不停蹄地朝教堂赶去。那座才建起来不久的基督教堂是在另外一条街上，平时我在散步的时候便走到那里去了，但今天不行，我要尽快赶到那里，向有可能居住在里面的上帝申明自己的态度。我打了一辆出租车，只用了不到十分钟便赶到了教堂前。此时正是傍晚时刻，前来礼拜的人们正在有序地进入教堂的大门。我在离教堂不远的地方停住脚，望着那些神情肃穆的教徒们发起呆来，如果是在以前的日子，或许我会义无反顾地加入他们当中去，但现在我却第一次感到了他们的可笑。你们在受到它的控制，我在心里对那些人说，难道你们心甘情愿地这么做吗？按说我也应该进入到教堂里去，只有到了那里，才能对那个受到教徒们礼拜的神表明自己的态度，但我今天却无论如何不想往里走了。我不属于这里，我在心里庄严地对那个即将控制自己的神说，我也不属于你，就让我对你说一声再见吧。与此同时，我还抬起头来，朝着那个竖立在教堂尖顶上的十字架看了一眼，便转身朝来路上走去。

回到家后，我很快又沉迷到了昏眩中，在这种情况下，那个影子又如期来到了我身边。真是好笑死了，影子围着我转悠个不住，光去找院长了还不够，居然还到教堂去……我真怀疑你的脑子根本不够用，或者干脆就是进水了，才让你做出这些毫无道理的事儿来……

怎么没有道理？我反问他说，这个世界上除了他们能控制我外，还能有别的什么力量吗？

当然有了，影子毫不迟疑地回答我说，能够控制你的力量多了去了，只要有其中的一个力量发挥作用，你就无法按照自己的意志行事了……

那么那些力量到底都是什么？我愤怒地大声叫喊，我为什么就不能属于我自己呢？我在幻觉中跳起身来，疯狂地拍打四周的东西，恨不能要将身边的一切都砸个稀巴烂，告诉我，你到底是个什么东西？你究竟为什么要和我过不去？你最终要把我怎么样？

影子闪到一边去，生怕我的疯狂行为伤害到它。

我注意到了它这个动作，忽然意识到，或许看似强大的影子也有自己的弱点……我忽然平静下来，用带有哀求的口气说，请你告诉我，你到底是从什么地方来的，又到什么地方去？

你是在问我的身份吗？影子好像受到了我的感动，忽然也凑到了我面前。

是，我郑重回答它说，我不能受到一个来路不明的人控制……

我们怎么是来路不明呢？影子反问我说。

那你到底是谁？我继续盯住这个问题不放。

其实问我们，影子吞吞吐吐地说，不如问你自己……

为什么问我自己？我愈加不明白了。

因为，影子吞吞吐吐地说，因为是你们自己创造了我们……说到这里，它突然意识到说走了嘴，赶紧抬起头，在自己脸上拍打了一下。

什么？我心里一动，我们自己创造了你们？

哎呀，影子懊悔地跺了一下脚说，我把我们的秘密泄露出去了，真是该死……

……？我在心里急急地思考着它的话，渐渐快要感觉到是怎么回事了。

不和你胡说八道了，影子转过身子，做出了离去的架势，我要回去了……

去吧,我在心里说,反正我已经知道怎么回事了……这个时候,我觉得自己正在从迷幻的状态中清醒过来……

四

这一天,马丽红突然回来了。我没有料到她还会出现在自己面前,一时有些不知所措。怎么回事?我冷冰冰地问她说,你还有什么东西没有带走吗?

马丽红尴尬地笑了一下。不是,她有些语无伦次地说,难道我就不能回来看一下吗?

你看什么?我从沙发上抬起头,不明所以地看着她,这里有什么东西让你觉得好看呢?

我是看你的……马丽红越发有些不好意思,把手里的提包放在茶几上,鼓着勇气走到我面前,用并不多么虚假的口气说,听说你病了?

我终于明白了,不禁在心里说,原来她是来看你笑话的……马丽红说得不错,这些日子,我的确正在受到疾病的折磨,已经不能正常去给别人看病了,一个患者如果继续坐在门诊室里当医生,是会让医院受到指责的,于是我便主动向院长请了假,回家来休养一段时间……没想到马丽红竟然得到了这个消息,马上就回来看我在落魄的境地里挣扎的情景了……

不要把人想得那么龌龊,马丽红看出了我的心思,再次朝我解释说,我是担心你没有人照顾,所以才回来……起码我能给你做上几顿热饭吃……

我不知道她说的是真是假,也便不再说什么难听的话了。

马丽红打开她的提包,从里面取出一个饭盒,先放在茶几上,然后又朝我面前推了一下。这是我让老高专门给你做的,你快趁热吃了吧。

你怎么知道我会吃他做的饭?我反问她说。

我知道你并不嫉恨老高……马丽红试量着说。

我真的不嫉恨他吗?我在心里问自己。其实马丽红说得不错,虽然高运来把我的妻子从我手里夺走了,但我却很少产生怨恨他的念头,不然那天我又怎么会跟他去吃那顿饭呢,也许正因为这个原因,马丽红才会又一次把高运来做的饭给我送来……但我还是吃不透,马丽红之所以敢于这么做,到底是真的如她说的那样出于对我的关心,还是用这种方式继续实施对我的报复和羞辱。

吃吧，在我默默思索这件事的时候，马丽红已经有些不耐烦了，老高做的红烧三文鱼滋味真是不错，你肯定会喜欢吃的……

你以为你爱吃，我抢白她说，就以为老子也爱吃吗？

我要是不知道你的心思，马丽红撇了撇嘴说，就白和你生活那么多年了。她似乎还生怕我不承认这件事儿，便进一步揭穿我说，你像老高一样憎恨那些鱼，我心里明白得很呢……

我不能不承认，这个女人的确说到了我心里去，那些三文鱼，还有它们的族亲，也就是那些该死的三文蛇，现在差不多都成了我的死敌，吃掉它们是我的分内之事，也是最让我感到快乐的事情……只是顾及脸面问题，我还不想当着马丽红的面马上去吃……

为了不让我感觉不自在，马丽红走进了我的卧室，其实也曾经是她自己的卧室，去给我收拾凌乱的床铺，再把早就脏得不行的衣被抱出来，拿到卫生间内去洗。

到这个时候，我才放下心来，知道她这次回来真的并无恶意，而确凿是来给我提供一下帮助的……我闭上眼睛，打算好好地休息一下，这些日子以来，我已经快要被那个不时出现的影子折磨垮了……我要杀掉它。不知过去了多久，我忽然把这句话念叨出声来。

马丽红听到了我这句话，心里一阵惊慌，挓挲着两只沾满肥皂泡的手，来到我面前问道，你要杀谁？

我睁开了眼睛，似乎看了她好一会儿，才明白她问的是什么问题。我的儿子。我懒洋洋地回答她说。

什么？马丽红大吃了一惊，伸手在我身上推了一下，你要杀死我们的儿子？

什么我们的……我想了想，知道她是误会了我的意思，便摇摇头说，那不是你的儿子，而是我自己的……

什么？马丽红再次吃了一惊，你又有儿子了？她又在我身上推了一下，能不能告诉我，你和哪个女人又生了一个儿子？

我呆呆地看着她，头一次觉到与她说话这么困难。我没有和别的女人生什么儿子，我再次摇摇头说，它是我一个人生的……

看能得你，马丽红第三次推了我一下，掉回身子，又回到了卫生间去。

她已经不相信我说的话了。

望着她的背影，我在心里对自己说，她又怎么知道那个影子的事儿呢？而在此之前的日子里，我自己对它也仅是一知半解，但自从那天它无意中说了那句话以后，我才明白那个影子就像我的儿子一样都是我自己创造出来的……我同时也明白，就像我的儿子一经诞生就无法控制他的生长一样，这个儿子也正在以急快的速度长大起来，因为在这些日子里，它出现在我面前的样子已不仅仅是一个朦胧的影子，而开始呈现出一定的轮廓和模样，就像一个人从远处走来，随着距离的接近就要被我看清楚了，也就是说，当那个人来到我面前的时候，也就意味着这个影子真正长大了，而到那个时候，已经从影子变为一个实体的家伙便具备了独立的人格和力量，我这个创造者就真的对它无可奈何了，想到它将以强大的力量支配我、控制我、掌握我、统治我甚至摆布我、折磨我、蹂躏我、葬送我，我便不寒而栗，便恐怖得浑身颤抖，便止不住大声叫喊……也就是在这个时候，我产生了杀死它、除掉它的强烈念头，是呀，趁着它还没有长大，还处在类似童年期的柔弱状态中，只要我狠下心来，并痛下杀手，就能一举将它消灭，把这个将对我造成致命伤害的祸患从生活中清除干净，只有到那时，我的疾病才会痊愈，才能让自己远离病痛的折磨，才不至于走向毁灭的终点，才能迎来灿烂的新生……一想到这里，我就产生了急不可待的冲动，就恨不能立刻起身，挥起攥成拳头的两手，朝那个可恶的影子也就是我的儿子发动激烈的攻击……

哈哈哈，几乎每到这个时候，那个影子就会来到我面前，毫不客气地揭穿我心里的想法，你在打我的主意是吗？你要把我从你的生活里剿灭是吗？实话对你说吧，这不过是你不切实际的幻想而已。

我惊诧地看着它，似乎这才相信，自己的想法并不能瞒过它去，我这个近乎无所不能的儿子轻而易举就能看穿我的心思。

我既然被你创造出来了，就岂有再被你杀死的道理？影子得意地耸动着肩膀说，按照你们人类的繁衍规律，只有儿子杀死老子的事儿，而绝没有老子杀死儿子的现象，儿子之所以被老子创造出来，就是为了取代你们这些老家伙的，这样的道理你难道不明白吗？只要你还承认你是一个人，就不能违背这种铁一般的规律。

我明白了，听到这里，我似乎知道影子是怎么回事了，你也许根本就不是一个影子,你其实是一条鱼,一条三文鱼,你同时也是一条蛇,一条三文蛇……

你说的是什么呀?影子不明所以地反问我说,我听不懂你的话,什么鱼呀蛇呀的?如果你非要这样说的话,那你就得首先承认你也是一条鱼,或者你也是一条蛇。

不管我们是什么,我痛苦地摇摆着头颅说,反正我们和那些鱼还有那些蛇没有什么不同……

好了,影子不耐烦地摆摆手说,不听你这些胡言乱语了,我还是离你远一些,以免受到你的伤害……说罢,它便拖着一条长长的尾巴快速地离去了。

杀死它,望着它远去的背影,我越发坚定了自己的想法,一定要杀死这个异类……

见我醒来了,马丽红轻轻地呼出了一口气,把手里的毛巾从我头上拿开去。你在梦里干什么呢?她笑话我说,睡个觉也出一头汗,该不会是找你儿子他妈去了吧?

它没有妈,我自言自语地回答她说,如果它真有妈的话,那老子就是……

马丽红不愿再听我这些莫名其妙的话,把我没有吃的那盒红烧三文鱼重新装回到提包里,便做出了离开的架势。我已经把脏东西给你洗完了,她不放心地叮嘱我说,你不要光想你那些烦心事,不行就出去走走,散散心,学会照顾好自己,等我抽出时间再来……

丽红,我突然喊住了她,替我谢谢老高……

马丽红定定地看着我,你说什么呢?

虽然我没有吃他的饭,我指了一下她手里的提包,但我还是很感激他……因为他能让我没有后顾之忧……

马丽红正色问我说,你干什么?搞得和上战场似的……她突然想到了什么,又走回来问我,你真的要去杀人吗?

不是杀人,我在心里说,而是一个影子……我无法把话说出来,因为我知道,即使说出来了她也未必懂得。

就凭你现在半死不活的样子,马丽红故意嘲笑我说,你还想去打别人的主意,还没出手呢兴许就被别人把主意对你打了。

　　这凭的可不是力气，我依旧在心里说，而是……我想了一下，终于找到了那个合适的词儿，对，是"勇气"，我相信，只要铁下心来执意去做，那个还没有长大的影子或许并不是我的对手。

　　随你吧，马丽红看出了我神情里透出来的决心，知道再说什么也没有用，便转过身子，又直朝门口走去。

　　谢谢你。我终于开口说了一句。

　　马丽红回头看了我一眼，便拎着她的提包出门去了。

　　待她的脚步声从门外消失了，我站起来，走到门边，将还敞着一条缝的门板关严，并拴死门锁，然后才又回到沙发里，把身子仰躺下来。我已经下定决心，就在接下来的日子里，我将要采取切实的行动，也就是说，我要走上战场去了，找到那个神出鬼没的影子，对它展开致命的攻击，因为我知道，当影子洞悉了我的想法以后，便不会再轻易出来了，如果我不前去寻找它，或许就会一直待在某个隐蔽处，让自己尽快地长大，一旦它从那个地方走出来，便说明它已经形成了坚不可摧的实体，到那时我就是使尽浑身解数，也不能将它怎么样了，而且反过来还会受到它的伤害，搞不好就不仅仅是被它控制的问题那么简单了，落个像那些可怜的三文母鱼和三文母蛇的下场都是极有可能的结局……抓住机会，我在心里一遍遍地叮嘱自己，一定要马上展开行动，将它找到并杀死……我似乎估算得出来，等马丽红再次到来的时候，我或许已经把这项艰难的任务完成了……

　　我以最佳的姿势躺卧在沙发里，闭上眼睛，让自己的思绪进入迷幻状态中去。来吧，我在心里既像是对影子又像是对自己说，就让我们来一次世纪大战吧……我看见自己从一团迷雾中走出来，穿越一大片时间的空地，朝着远处被茂密的林木笼罩的山野急速奔去，我知道那里便是影子藏身的地方……是呀，我是影子的创造者，是它真正意义上的父亲，我怎么可能不知道它的习性和癖好呢？千万不要在一个父亲面前冒充自己的强大，尤其是当你还没有像我一样也变成父亲的时候，不论从年龄还是经验上，儿子都永远不可能是一个父亲的对手，这难道还有什么问题吗？我相信，那个曾经在历史上发生过无数次的"弑父"悲剧不可能在我这里重演，随着影子生命的即将终结，这个古老魔咒将画上一个完满的句号，也许从此以后，天下所有的强迫症患者都能不治而愈，更不要说那些幸运的乌龙镇人了……想到乌龙镇，我似乎这才明确发现，我此时急快奔走的山野便是乌龙镇所在的莫邪山区，也就是说，影子是藏身在乌龙镇那个地方，这使我更是感到了影子的好笑，在这样一个让我万般熟悉的地方，你又怎么可能藏得住身呢？这里的一山一石，一草一木，这里的一水一溪，一鱼一虾，都是我的玩伴，都是我的朋友，在这个地方摆下战场，你岂有不败的道理？我一边急快地往前奔走一边嘲笑影子说，看来你还真的没有长大呢，你的天真无邪已经暴露无遗……

　　前面出现了一片稠密的林木，一根根直插天空的树干几乎挡住了我的去路，林间狭窄的空地上还积存了越来越多的水流，让我下脚都觉得困难。就在这片泥泞的林木间，我先是看见了村主任……村主任挠着他稀疏的头顶说，莫家老二，你回来了？我听不得他这种貌似优越的口气，真想正告他一句话，我不是莫家的后代，而是你们李家……我当然没有把这句漏洞百出的话说出来，此时我的兴趣并不在自己的身世上，而是要去杀人……而对于杀人的话题，我又怎么能公开对村主任说呢？村主任见我要走，又上来拉住了我的衣袖，让我给你讲一讲李乌龙的故事吧……我不知道李乌龙是谁，自然也没有心思去听，这个时候，所有神奇而怪异的故事都不能吸引住我，也就没有再理会村主任，甩开他的手便朝前奔去。其实我是一条蛇……我走出了老远，后面还响着村主任不甘寂寞的叫喊声……不久，我竟然又碰到了老族长，真是没有想到，老族长果真没有死去，但也已经不是原来我所熟悉的样子，而是、而是变成了一条巨大的三文鱼，不，是变成了一个与三文鱼的形象差不了多少的怪物……孩子，老族长陷在了泥泞中，离着老远就对我招手，快来帮我一把……我本不想理会他，但对他说出的这句话感到前所未有的亲切。难道说他老人家知道我的身份了吗？我在心里问自己。于是我便走过去，伸出两手，使劲将他从泥泞中拖了出来。我真是感到奇怪，一条鱼怎么可能会被泥泞缠住了身呢？谢谢你，老族长甩动着尾巴上的污水，用格外温暖的眼神看着我，似乎这才认出我来，你不是莫家老二吗？我目瞪口呆，没想到他会冒出这句该死的话来，真想把他再推回泥泞里去。但时间紧迫，我没有再搭理他，便转身离去，踏上了继续追踪影子的路途……

　　进入林木深处不久，我就发现天空阴暗下来，前面的景物开始变得模糊不清，其实不用抬头，我也知道这是树冠格外繁密造成的结果，脚下也越发难走，泥泞已经变成真正意义上的沼泽，不知道什么地方的水流到这里来了，让我每踩一脚都把水花溅起来，打湿了身上的衣服和头发。突然，上面的天空中落下一团混合着水滴的树果，砰砰地砸到我头上，让我的脑袋发出一阵嗡嗡的响声。我还没有反应过来，就有一个更大的东西落在我身上，它的重量之大让我不堪承受，一下子便倒在了泥水里。那个东西骑在我脖子里，同时在我身上制造出一阵类似于鼓槌敲击后的疼痛。我终于明白了，这个像一只猴子那样落在我身上的家伙就是影子……原来尽管我加着小心，还是被那个幽灵一般的家伙算计了……呵呵，影子喘着粗气说，我都藏到了这样一个地方，竟然依旧被你找到了，看来你还真的不算太老呢……我不能让它继续给自己造成被动，便愤而起身，一下子将它顶翻在地，我站起身来，将它压回到地下，然后挥起拳头朝它身上频频击打。你说得没错，我回答它说，老子还没有走到衰老的地步，还有能力对付你这个小崽子……影子不服气地说，趁着我没有长大朝我下手，你算什么好汉？有本事等我长大了再……还没有等它说完，我便回应它说，看来你是长不大了……影子知道不能坐以待毙，便再次发力，又重新把我压在了地下，尽管我没有长大，但要想让我离开这个世界，也没有那么容易……我警告它说，本来你是我的儿子，也就是说是我创造了你，可你为什么不听命于我，却反过来要控制我，甚至还要害死我呢？影子回答我说，你问我这些莫名其妙的问题不觉得天真吗？其实是你教会了我这些道理，我不过是在按着你的指令在行事难道你就不知道吗？我诧异地张大了嘴巴，我什么时候教你这些反人类的道理了，我怎么会不知道？影子摇摇头说，那只是你没有意识到罢了，但我所有的本事和行为无不来自你的遗传……我沮丧地放弃了挣扎，为什么？人类为什么要把这样混账的东西遗传给他的后代？影子也无可奈何地说，这也许就是你们人类难以摆脱的宿命吧，你们自以为脱离自然界后就无所不能了，就能主宰整个世界了，因为你们自以为发现了一个制胜的法宝，那就是创造，在你们这里，创造被涂抹上了神圣不可侵犯的颜色，谁要是创造出了这个世界上没有的东西就会被视为英雄，就会受到像上帝一样的崇拜和敬仰，但你们也许永远想不到，正是你们创造出来的那些东西，败坏了这个世界的自然规律，让这个本来正常运行的世界走上了邪路，让这个本来安全无恙的世界面临了毁灭的危险，但你们都被自己的所谓智慧和才能蒙蔽了双眼，根本看不到这种危险的存在，因为那些被你们创造出来的东西已经成功控制了你们，已经让你们成为反过来为它们效力的奴隶,直到有一天你们在它们的驱使下让这个世界走向深渊……听到这里,我愤而反抗,再次把影子压到了地下,不要说得那么结实,这样的悲剧不会再让它继续重演了,因为有人已经觉醒过来了……影子反问我说,你是说你吗?我点点头说,没错,我说的就是我自己。听我这样说,影子哈哈大笑起来,你以为你一个人就能阻挡得了那个已经形成几千年的现实吗?难道你没有听说那个螳臂当车的故事吗?我回答它说,不要小瞧我一个人的力量,只要我把我的创造物杀死了,就算我也离开了这个世界,但我的同类们一定会想起我来,也一定会仿效我那么做的,到那个时候我们人类的命运就会得到改变,就会从你们这些垃圾的控制下解放出来,难道这还有什么值得怀疑的吗?影子接过我的话去,所以你要倾尽全力对付我对吗?我用肯定的口气说,是的,我就是豁出这条老命,也要把你从这个世界上清除掉,因为你原本就不属于这个地方……影子知道不能再和我撕扯下去了,闹不好就会真的丢掉性命,便趁我不备,从我手下挣脱出来,拖着尾巴朝树林深处逃去……

我紧紧地尾随不放,直到走出了那片昏暗的山林,来到一片浩瀚的大水边,才不得不停住了脚步。大水将我的去路拦住了,影子也像一阵风似的消失不见了。我瞪大眼睛四处看,好一会儿才认出来,出现大水的地方其实就是鱼人河,但它现在之所以变得如此阔大,是因为最近发生了洪涝灾害吧,是呀,此时正是多水的雨季,莫邪山里出现了难得一见的洪水,不但将鱼人河的河道灌满了,而且让水流溢出来,河两岸的空地都变成了一片汪洋,就连那边的乌龙镇村庄都被泡在了里面……我很快注意到,水面上开始出现了一条条黑色的细线,而且正在变粗,几乎一眨眼工夫,细线就变成了粗线。我仔细一看,哪里是什么线,而是一条条三文鱼的脊背,当然还有一条条三文蛇的脊背,也就是说,整片汪洋中都密密麻麻布满了三文鱼和三文蛇弯曲的身子……看到这里,我再次明白过来,没错,影子就像那些三文鱼和三文蛇一样藏匿在水流中,或者干脆说就变成了一条地道的三文鱼或者三文蛇。不管你藏在哪里,我恶狠狠地对它说,也不管你变成了什么动物,老子都要把你找出来,然后送你上西天……这样说着,我果真抬起头,朝西边的天空看了一眼,我看见天空里也布满了一条条黑色的云线,就像那些三文鱼或者三文蛇都窜到了天上去。你逃不掉的。我继续在心里警告它说。这个时刻,我感到那片天空中的景象十分熟悉,好像早就在什么地方见过了似的,我没用怎么动脑子便想起来,自己在儿子玩的电脑游戏中看到过这番景象,我继而想到那个游戏的名字叫"大河捕"……啊,我几乎大叫了一声,一下子便知道往下该怎么做了,或者说知道该怎么对付影子了,是呀,既然影子变成了一条三文鱼或者三文蛇,那我就像儿子在游戏中那样去捕获它,捉拿它……于是,我觉得自己正在变成一个真正的捕鱼者,利用所有捕捞工具诸如钓钩、钢叉、渔网甚至船只,威风凛凛地进入河道里,进入水流中,施展所有手段去捕获那个注定要成为猎物的影子……

就像在游戏中由低到高闯关一样,我先挥舞着一根钓竿,将带有倒刺的钓钩甩到河水里去,为了不让影子发现自己,我藏身到水边的灌木丛里,静静等待着化装成三文鱼或者三文蛇的影子上钩。没过多大会儿,一些三文鱼就被我钓上岸来,却都不是影子,但我坚信,只要我一直这样钓下去,影子是迟早会上钩来的,因为它既然要长大,就必须不断地吃东西,而挂在钓钩上的美食则对它具有极大的诱惑性,这便是鱼儿们难以逃脱的宿命,也是垂钓这门古老的行业得以存在的原因。果然不出我所料,又过了一刻钟时间,随着水面上的浮标急快地晃动,似乎一条个头巨大的三文鱼或者三文蛇正在咬钩。来了,我在心里对自己说,沉住气……我觉得这回钓住的十有八九是影子,因为鱼人河里并没有那么大的三文鱼或者三文蛇,也就是说影子无意中已经暴露了它的身份。当浮标几乎快要沉入水中的时候,我知道它已经把挂在钓钩上的食物吞到嘴里去了,便把钓竿猛地向上一提,带着倒刺的钓钩便刺到了它口腔里去。说时迟那时快,我不给它留出反应的机会,便将钓竿挥到了更高处,丝线几乎垂直起来,让那条个头巨大的三文鱼或者三文蛇也就是影子露出了水面。我终于逮到你了。我在心里对它说。影子瞪大眼睛往岸上看,一照我的面便知道是怎么回事了。原来是你这个老东西?影子愤怒地叫道,随即便奋不顾身地挣扎起来。为了不让它逃走,我使出浑身解数,拼命地拉紧丝线。与此同时,影子也把丝线往回扯拽,只听得"嘭"的一声响,丝线绷断了,我一下子仰倒在岸上,影子也赶紧沉到水里,混入身边的三文鱼或者三文蛇中逃往远处去。我吃力地爬起来,扔掉手里的钓竿,又随手拎起一张大网,再次踏上了追赶影子的路程。

我知道再用垂钓的方式已经没有用处了,狡猾的影子不会再上钓钩的当,接下来只能依靠手中的这张大网了。这不是一张普通的撒网,对于身形巨大而又受到惊吓的影子来说,使用普通的撒网是根本无济于事的,但面对这张像漫长的篱笆一般的大网,影子纵有再大的本事,怕是也难以逃出去。我在一个地方固定好大网的一端,然后跳到水里,扯着大网的另一端往远处游去,直到大网就要在我身后拉直了,我才停下来,在河道里兜出一个巨大的弧形,然后再往回游,在离大网上端不远的地方爬上岸来。我掉回身,望着河道里那些浑然不觉的三文鱼或者三文蛇,知道影子一定混杂在它们中间,而这一次它可就真的在劫难逃了。先让你再快乐一下,我在心里对影子说,等到我开始收网时,你怕是连哭都来不及了……短暂休歇了一会儿,我决定收网,便扯起大网的这一端,一节一节地往上拉拽,大网慢慢从水里露出来,被它兜住的那些三文鱼或者三文蛇开始惊慌地蹦跳,我看出来,其中一条个头巨大的家伙更是挣扎得厉害,没错,那便是我行动的目标影子了。随着大网制造的那个弧形越来越小,影子也只能随着那些倒霉的三文鱼或者三文蛇凑到岸边来。怎么样?我得意地问它说,这次你还能逃到哪里去?影子把头探出水面,用愤怒的表情面对着我。好你个老不死的,它咬牙切齿地朝我骂道,看来不和你拼个鱼死网破,你是不肯罢休了。我朝它挤挤眼说,有什么本事你就尽管使出来吧。影子冷冷一笑说,你别后悔,这可是你说出来的。随即便把身子紧绷在一起,在头颅和尾巴相衔接的一刹那,又猛然弹开来,将身子拉长了几乎两三倍,巨大的弹射性瞬间便让它戳穿了大网的身子,使它敞开一个硕大的口子。影子从口子里逃出大网,在那些三文鱼或者三文蛇的簇拥下,裹挟着一股激烈的水流,像一条大浪沿着河道呼啸而去……

　　我知道不动真格的是不行了,便摸起一根锋利的鱼叉,就近踏上了一只停在岸边的机帆船。我一上到船上,那只船就自行发动起来,载着我往河道里快速地驶去。不能让它继续逃下去,我在心里反复叮嘱自己说,不然它会在这里闹出什么惊天动地的事儿来也说不定……我好像已经看出来,影子正在受到那些三文鱼或者三文蛇们的拥戴,也就是说,它有可能正在变成它们的头领,到那时,它便拥有了非同一般的力量,单凭我一个人的本领,是不可能战胜这些水生物的……我一刻也不敢怠慢,驾驶着机帆船疯狂地尾追着影子不放。影子在逃跑过程中不时地回头观望。你为什么要做这种斩尽杀绝的事儿?它恼恨地质问我说,不要忘了,我可是你的儿子……我打断了它的话说,不要给我说这些无用的话,只要你不从这个世界上消失,你就是说下大天来,我也不会放过你去。影子还在试图说服我,既然你不想让我存在,那你为什么还要把我制造出来? 我冷笑着说,我现在已经后悔了,一个人不能重复犯两次错误……影子也冷冷一笑说,这就是你们人类的虚伪之处,既要快乐又要保身,你们可真是精于算计呀。我接口说,因为我们知道接受教训,现在纠正错误或许还来得及,所以我要……影子哭泣着说,可我并不是一块石头,任你随便扔到哪里就扔到哪里……我硬着心肠回答我说,正因为你不是一块石头,所以我才不能放过你去……影子知道再说什么也没有用了,对于一个早就铁了心的家伙,你就是把天说下来也无济于事,除了拼上性命逃跑之外,它不知道接下来还能怎么办。于是,它掉回头去,使尽浑身的力气摆动鳍尾,朝着河道的远处逃呀,逃呀……我已经看出来,前面不远处便到出海口了,影子只要逃到了大海里去,我就是驾驶航空母舰,恐怕也对它无可奈何了。当然,影子也早就看出了这一点,所以更加快了逃跑的速度。影子和船只在河道里弄出的水浪越来越大,越来越剧烈,几乎快要将两岸的树林和村庄悉数淹没了,就连远处的山峦也被冲击得摇晃起来……随着出海口的临近,我驾驶的机帆船也越来越快,终于与影子拉近了距离,我不敢再等待下去,举起手中的鱼叉,在空中挥舞了两下,便对着影子黑乎乎的脊背抛出去。那支鱼叉在空中划出一道亮丽的弧线,就像一道闪电划破了长空,然后带着一股激烈的啸叫声,像一颗出膛的炮弹一般击中了影子的脊背……在鱼叉的尖刺与影子的肉体相接触的刹那间,我看见天空中闪出两道血红的彩霞,在极高处碎裂开来,化成一片急雨跌落下来,掉在动荡不安的河道里,将所有水流和在水流里挣扎的三文鱼或者三文蛇都染红了……

影子终于停下来了,脊背上带着一只鱼叉,除了在水里上下沉浮外,再也不能让身子延伸到前面去。不要让我死,影子回过头,用哀伤的眼神看着我,求求你了……我的父亲……我让机帆船停下来,同时蹲下身子,两眼呆呆地看着影子,那个即将在水中死去的人,我就要长大的儿子。请原谅你的父亲,我一边向它伸出手一边歉疚地对它说,我的儿子……我把两手放在影子的脖子里,感受着它的血脉在我手下轻微的搏动,就像抚摸着自己的身躯一样亲切无比。儿子,我流淌着眼泪对它说,让我送你上西天——说着,我便收紧了自己的两手……虽然我闭上了眼睛,却依然看见天空变成了红色,河道变成了红色,整个天地都变成了艳丽无比的红色……

啊——我在一阵剧烈的疼痛中睁开了眼睛……

怎么回事?马丽红拕挛着两只空手,用惊惧万分的目光朝我身上看,天哪,你在干什么?她不知什么时候又进到我屋里来了。

我杀死了……我忍受着那股透彻肺腑的疼痛,用含混不清的口气回答她说,我的儿子……

你,马丽红并不听我的话,而是依旧大瞪着眼睛朝我身上看,具体说是朝我的两腿间看,你怎么……她抖动着嘴唇,无法再说下去了。

什么?我不禁也低下头,随着她的目光往自己的身下看。怎么回事?我大吃了一惊,看见自己的裆间血红一片,那个给我带来过无数欢乐和痛苦的命根已经不见了……

你怎么把它……马丽红朝我手里指了一下说,扯下来了……

听了她这句话,我也随即把目光落到自己的手上,老天,我的命根怎么攥在我自己的手里?到这个时候,我还有些不敢相信,我竟然把自己的命根扯下来了……

五

许多天后,已经失去性能力的我回到了乌龙镇,这是我得知自己是李家人后第一次回来。说来奇怪,对于老家乌龙镇,我是应该万般熟悉的,我在这里生长到十八岁的时候,才通过考学的方式离开,十八年的时间足够我记住它的每一个地方了,但在那个让我失去命根的梦里,我却感到它非同一般的陌生,好像我和那个影子的搏斗并不是发生在乌龙镇,那片森林和那条河道也不属于莫邪山和鱼人河所有,一切都像是从一部荒诞的外国电影上抄袭下来的……也就是从那天以后,我便对乌龙镇失去了准确的记忆,搞不清真实的乌龙镇到底应该是一种什么样子。正是抱着这种迷惑的心态,我来到了乌龙镇,倒要看一看,我的老家是否和我的梦幻有本质的不同……当然,还有一个原因我不便说出,甚至不愿意往上面想,那便是那个梦中的地方为什么让我失去了宝贵的命根?它为什么要在这件事上和我过不去,并给我造成了如此致命的伤害?

我在乌龙镇周围走了一圈,并没有发现那片树木直插天空的森林,莫邪山里的林木倒是十分稠密,但靠近村庄的部分却大多是低矮的灌木,即使有成片的乔木也不过分高大,当然与我梦中的林木景象大异其趣;我更没有看到鱼人河泛滥的迹象,眼下已是初冬季节,雨季早就不知了去向,乌龙镇周边的土地和林木中虽然说不上干旱,却不见像样的积水。看来梦境就是梦境,我禁不住在心里说,梦境永远变成不了现实……但话又说回来,我所置身其中的现实也并不是没有一点梦中的痕迹,比如当我在树林中游荡的时候,确实碰到过一个人,自然不是什么老族长,而是一个还没有长大的孩子。那个孩子从离我不远的地方经过,忽然被一截凸出地面的树根绊倒了,爬了好几次也没有站起来。我停住了脚,一时并没有打定主意前去帮他,但孩子却看见了我,而且一直盯着我不放,我便不好意思再走开了,反正没有什么事等着我去干,便走过去,将他从地下搀了起来。孩子站直身子,在朝我诡秘地挤了一下眼后,忽然把挂在脖子里的一张面具蒙到了脸上,嘴里发出一阵呵呵的笑声。这个情景出现得太过突然了,竟然把我吓了一跳,因为孩子蒙在脸上的面具是一个怪物的造型,还有他嘴里发出的苍老笑声,实在与他刚才眉清目秀的孩童形象相去甚远,让我一时反应不过来。孩子跑走好一会儿了,我才想起来,戴在他脸上的面具是一条怪异的龙……

我这次回来,正赶上乌龙镇一年一度的庙会。前几年,乌龙镇建起了一座颇为壮观的神龙庙,而且每年从阴历的九月九日,都要举行一次为期七天的庙会,已经连续举办过九届了,前几届我都没有赶上,也便不知道庙会是个什么样子,现在正可以亲身体验一下。庙会期间,最主要的娱乐项目是拜神仪式,每天九点钟,震耳欲聋的炮声响过九下以后,供奉在庙里的神龙雕像便被抬出来,在乌龙镇大街的主要干道上走过一圈,然后再送回庙里去。神龙雕像放置在一架木轿上,由十八个壮汉轮番抬着,前面有两个人鸣锣开道,周围则有两队威风凛凛的仪仗,所有神职人员都身穿黄色的古代服装,脸上涂抹着红色的油彩,就和戏台上的演员差不多。为了进一步渲染气氛,往往还会配有杂耍演出,戴着面具的小丑接连不断地翻跟头,自然会赢得围观人的热烈掌声,但最吸引人眼球的还是舞狮表演,往往会使街道上的人们挤得水泄不通。当然,舞狮表演是我个人的叫法,我开始以为那两只由人扮演的动物真的是狮子呢,虽然它们有所不同,但也不过是公狮和母狮的区别罢了。我才产生了这个念头不久,站在我身边的狗眼便翻了我一眼,毫不客气地嘲笑我说,什么公狮和母狮?难道你不认得它们吗？那一只是麒麟，而那一只是貔貅……麒麟？貔貅？我想了好久，才明白麒麟和貔貅是什么动物。我的脸不禁涨红起来，为自己的无知感到极度的羞愧，真是想不到，一个没有上过学的狗眼竟然比我这个所谓的知识分子知道得还要多，看来在乌龙镇这个地方，什么都不要用平常的标准来衡量，这是不是也在某种意义上说明，我还没有真正关注过家乡的事儿，尤其是它的文化和风俗呢？一时间，我像在梦中那样对老家有了许多的陌生感……

在村头，我遇到了村主任。此时，村主任坐在一块废弃的石碑上，正托着下巴沉思默想。望着他那个似乎有些熟悉的姿势，我竟然想到了一个叫作"思想者"的雕塑……但这个念头还没有想完，就被我赶紧掐灭了，真是好笑，土里土气的村主任怎么会和那个来自异国的雕塑联系在一起呢？村主任……我走到他面前了，便不得不和他打一声招呼，而且还要说上几句闲话，这个庙会……还是有些意思的……其实我并不知道说什么好。村主任猛地抬起头，而且随即把那只托着下巴的手放到了头顶上，望着我眨了几下眼，似乎突然间想起什么来。莫家老二，他依旧沿用着过去的称呼说，你知道庙里供奉的是什么神仙吗？我立刻接过他的话说，当然知道，不就是一条龙吗？话说到这里，我才意识到一个问题，他们为什么要供奉一条龙呢？村主任摇摇头说，哪里是什么龙？那分明是一个人呢……我吃了一惊，什么？一个人？一个什么人？村主任掉转头，望着村子里热闹非凡的景象，顾自点着头说，除了是我们李家的祖先李乌龙外，还能是什么人呢？我又愣怔了一下，李乌龙……念叨着这样一个并不陌生的名字，我忽然有了些做梦的感觉，是呀，在我前些日子那个荒诞的梦里，村主任不是要给我讲李乌龙的故事吗？我偷偷在大腿上掐了一下，立刻感觉到了剧烈的疼痛，起码现在不是梦，但为什么与我梦中的情景类似呢？这个时候，我不知为什么又想到了那个被我扶起来的孩子……我真的不想让眼下的现实与那个梦境有什么相似之处，便坐到村主任面前，摆出一副不紧不慢听他讲述的架势。

很久很久以前，村主任挠着快要掉光头发的头顶，也用一种慢条斯理的口气说，莫邪山里遭到了从来没有过的大灾难，连续十年不曾下过一滴雨水，不要说庄稼了，就连那些曾经茂盛繁密的树木都旱死了，山头上变得光秃秃的……说到这里，村主任也许意识到了自己的光头，不禁尴尬地朝我笑了一下，人们连野菜都找不到了，哪里还能生存下去？这还不算，山里又出现了许多凶猛的怪兽，也许是找不到什么吃的东西了，便走出山来，专在那些还没有死去的人身上打主意……人们真是没有任何活路了，怎么办呢？再这样继续下去，不要说我们乌龙镇……村主任意识到说错了话，把搭在头上的手取下来，在嘴上狠狠打了一下，不不，那时候我们这个地方当然不叫乌龙镇，至于叫个什么我还真闹不清呢……反正不要说我们这个地方，就是整个莫邪山里的人都保不住命了，那可怎么办呢？看来光靠我们这些没有任何法力的人是不行了，大家便祈祷山神显灵，你想一想呀，像那些生长在山里的所有生物一样，大家都是山神的子民，它怎么能眼看着自己的子孙们受灾受难而袖手旁观呢？正是在大家的祈祷下，山林里忽然便有了动静，好像有什么大事要发生似的。这一天，人们看见一条黑色的影子从山野深处飘出来，越来越大，越来越大，等它来到人们头顶上时，已经像是一大片阴沉沉的乌云了。人们仰起头来仔细打量，终于认出那是一条巨大的黑龙，它一来到我们这个地方，就刮起了一阵剧烈的狂风，很快便将那些威胁人们的怪兽吹到不知什么地方去了，剩下的一些也都成了黑龙的口中餐……黑龙消灭了怪兽之后，又继续施展它的法力，随即天空里电闪雷鸣，一场大雨铺天盖地地降下来，很快便让山上长满了茂密的树木，田里也长出了旺盛的庄稼，当然鱼人河里也又有了欢蹦乱跳的鱼虾……人们知道自己得救了，而这一切的功劳都是那条黑龙带来的，便都朝它跪下来，祈求它不要再丢下我们不管……这时，黑龙也从天上降下来，变成了一个身强力壮的大汉，自称名叫李乌龙，是受到山神的派遣来搭救人们的，而且从此以后，他再也不离开这个地方了。于是，当地的头人便把自己的女儿许配给他，从此在这里开始了繁衍生息。后来的人们都自称是李乌龙的后代，并将这个地方叫作乌龙镇……

噢，听到这里，我不禁有些恍然大悟的感觉，原来乌龙镇就是这么来的？但我想了想，随即又有些疑惑，这好像是民间传说吧？其实并当不得真的，所以关于乌龙镇的真实来历，也便不应该是这个样子的……

虽然我这些话并没有说出，村主任却好像知道我脑子里的想法，禁不住反驳我说，不管你信不信，反正在我们李家人看来，这些事都是真的，李乌龙就是我们的先祖，我们都是李乌龙的后代……

我不好说什么，只能在心里对他说，难道我不是你们李家的人吗？想到这里,我开始意识到又一个问题,难道说我也是一条龙的后代吗?虽然它是非同凡响的神祇,但毕竟不是真正的人类……我记得你对我说过,我突然对村主任脱口说道,李乌龙其实是一条蛇……

什么?我的话还没有说完,村主任便恼怒地瞪了我一眼,你怎么能把李乌龙说成是一条蛇?还说什么是我对你说过的?这简直是胡说八道……

我没有见过他发这么大火,知道是我的话惹恼他了。可这句话明明是……我不敢再对他说什么,便掉转身子,离开气势汹汹的村主任,知趣地朝远处走去。

不要糟蹋乌龙镇,村主任在我身后跳着脚说,不然,老子就让乌龙镇人把你从这里赶出去……

这次回来,真正留给我难忘印象的还不是庙会上的情景,也不是村主任那些似是而非的说法,而是出现在鱼人河里的壮观景象……在我来到乌龙镇的日子,也正是三文鱼洄游鱼人河的时候,三文鱼们在大海里即将度完它们的一生,便通过鱼人河的入海口,踏上了去往莫邪山的溪水里繁衍也就是死亡的路途……我记得小时候看到过三文鱼在鱼人河中洄游的情景,但好像并不多么壮观,大概那时候三文鱼还没有这么繁多吧?或许时隔多年,我的记忆也发生了偏差?反正这些日子我在鱼人河边看到的景象,却差点让我惊掉了下巴。其实我已经回来得有些晚了,也就是说我并没有赶上目睹三文鱼洄游的情景,我看到的不过是三文鱼繁殖完毕后已经死去的场面,但其壮观程度依旧如此强烈,让我只看过了这一回便再也无法从记忆里抹去了……那些三文鱼,那些至少也会有数千万条之多的三文鱼几乎全部变成了尸体,一条条紧密无间地躺在鱼人河的水流中,白色的肚皮朝向天空,接受着快要没有多少热力的日光的照耀,远远看去,还以为鱼人河的季节已经来到了严冬,河道里布满了一层洁白而晶莹的雪花呢……我知道,不仅是这条宽阔漫长的鱼人河,而且通过它像巨大的网络一般蔓延到莫邪山每条山谷中的溪水里,都布满了这样一层白雪般的尸体……我更知道,在这样一层白雪般的尸体下面,在每一条三文鱼的尸体下面,都有成千上万个鱼卵即将破壳而出,它们将以自己母亲的尸体做养料存活下来,当明年温暖的夏日到来的时候,它们才会离开这个生养它们的摇篮,去往遥远的大海以度过它们的生长期,当它们成长为一条成熟母鱼的时候,才会再次回到莫邪山里来送死……

为什么?它们为什么要把自己的一生演绎得如此悲壮?站在如白雪一般覆盖着三文鱼尸体的鱼人河边,我心里既感慨万千而又迷茫无比。我真想蹲下身来,抱住自己的头颅,面对着迷离空寂的山野大哭一场,或者如我在幻觉中发生的一样,将身子拉直后纵情一跃,投入那些洁白而晶莹的雪花中去……

更让我感到不可思议的是,在岸边观看河中景观的并不只是我一个人,而还有许许多多的乌龙镇人,其中包括那些刚在庙会上举行过拜神仪式的人。但与我不同,这些人都两腿跪地,把上半身伏在地下,摆出的竟然也是一个祭拜的架势,这是不是说,他们对待这些三文鱼的态度也像对待那条神龙一般恭敬?我往四下里看了看,发现只有我一个人还站在那里,就像一群羊中混进了一匹驴一般不伦不类。我犹豫了一下,还是不知道自己是否也像他们一样趴到地下去。我旁边的一个人似乎看出了我的矛盾心理,便悄声警告了我一句,这是我们李家人的事儿,你瞎掺和什么?我朝他看了一下,发现这又是那个叫狗眼的家伙。我掉转过身,一边朝远处走一边茫然地问自己,乌龙镇人为什么要祭拜那些鱼?他们和那些三文鱼又有什么关系呢?

我还没有想清楚这件事,便听到山林里传来一阵悲伤无比的哭声,都死了,我的三文蛇……都死了……我抬高了头,把困惑不解的目光投往远处黑魆魆的山林。我知道,那是蛇人发出来的声音。

后 记

从写作时间上来说，《康复时代》的四部作品均早于《大河》三部曲，是我继《伊甸园》四部曲之后的另一组"乌龙镇"系列作品。暂时告别了鲁西文化资源小说的创作，回到我的文学主阵地来，谈一谈《康复时代》系列作品以及乌龙镇小说创作，对我来说是一件很快乐的事儿。

一

忘记是哪一年了，我看过这样一份统计数据，全国有心理疾病的患者已经达到了 1.8 亿人。我以为自己早就是一个想象力格外发达的人了，但现实生活的残酷和不堪还是出乎了我的意料。我不知道这个社会怎么了，在它看上去一派繁荣昌盛的大好局面下，到底隐藏了一些怎样灰色的真相？我们从一个"国民经济到了崩溃边缘"的时代里走出来，经过数十年的高速发展，不仅成功地融入世界秩序，还成了这个世界的第二大经济体；对于我们每个人来说，不但再也不用担心挨饿受冻，而且大多数人都住进了高楼，开上了汽车，没事的时候还可以迈出国门溜达一圈，这样的"盛世"又岂是我们那些备受苦难的先辈想得到的？但不知怎么回事，突然之间，我们这个欣欣向荣的社会却又被那么多遭受精神痛苦的患者充满了，我宁愿相信是那个做这项统计的人马虎大意搞错了数据，而那些经受不住心理病痛折磨而从高楼上往下跳的身影，都是我在真假不明的状态中产生的可怕幻觉。

我一向认为，写作者和他所面对的世界是一种对立的关系，他天生带着啄木鸟的目光打量出现在面前的树木和森林，即使一再受到赞誉的时代在写作者笔下也是伤痕累累的，鲁迅那句"揭出病苦，引起疗救的注意"虽是不为人所喜的老话，却是写作者必须秉承的至圣法则。于是乎，对病态社会中的病态人给予足够的人文关怀，便成了写作者在这个时代里的当务之急。如何让人们走出病痛的泥淖，以健康的状态享受经济发展的美好成果，也就成为我这个渺小写作者的历史使命。

就是在这样的背景下，这几部被命名为《康复时代》的作品便来到了我笔下,代表了我那个时期的写作方向。

二

《疾病传说》是在我的长篇小说写作进入得心应手的状态中完成的,写作得非常顺利,我想这得益于《巫女阿诗玛》《盲瞽预言记》《天河——重述牛郎织女》等长篇小说的历练,我由一个中短篇小说的写手转入长篇小说的创作,经过了好长一段时间的摸索和痛苦转型,终于找到了长篇小说的写作路径。我是一个注重而且依赖叙事的作家,一旦找到了恰当的叙述基调,就像一辆性能上佳的车辆,只要发动起来,要想让它中途停下也是十分困难的,我时常感到,笔下的句子就像滔滔河水一样涌流不止,能够让我充分享受一种被裹挟被淹没的感觉,而且我也固执地以为,只有体验到了这种美好的感觉,写出来的文字才拥有神性,才能让作品具备纯粹和超拔的能力。《疾病传说》大体就是在这种状态下写出来的。

这是一本关于信仰的书,或者更完整一些说,是一部有关信仰和背叛的作品,以中国革命和建设时期为背景,描写人们在这几段历史进程中的遭遇、坚守、迷惘、妥协和抗争。故事中的几个主人公(曾经的革命者、警察、风尘女的女儿和失业工人)先后背叛了自己的信仰,而走到自己人生的反(背)面。这当然也是一种选择的结果,而且是一种更加顺应时代的选择,并不是主人公们凭着一己的意志就能左右的,纵观整个20世纪的社会变迁,身在其中的人们如果不发生人生道路的转折几乎是不可能的,所以主人公们对曾经坚守的信仰选择背叛也是顺理成章的。我无意指责人们坚守或背叛初心的选择之举,只是意在告诉读者,失去或背叛信仰并不是一件简单的事,而是伴随着炼狱般的挣扎和拷问的,我不过是把这种挣扎和拷问的过程用文字呈现出来罢了。

这部长篇写完之后,很快就以《饕餮综合征》为题在《百花洲》杂志上发表了,而且编辑部使用了"致敬文学大师之作"这样的词句作为推介语,看得出他们对这部作品还是相当看重的。与此同时,由于这部书涉及"革命"的话题,曾经成为《伊甸园》四部曲的组成部分。但它的确又是一部关于疾病的书,所以放到《康复时代》当中来也是非常恰当的。另外我还要声明一下,现在这部《疾病传说》是我刚刚修竣的第三人称版,与大家先前看到的第一人称版不是一回事……

三

其实,《忧郁时刻》最初不过是一部中篇小说的残片,仅仅写了一两万字的篇幅,就被我丢弃在了一边。不知道经过了多少年,我在旧文稿中翻出了这个开头,觉得还有些意思,正好那段时间没有新的作品可写,于是就按照这个开头边构思边写下去……到这里,我的意思差不多已经表达出来了,没错,现在这部《忧郁时刻》在写作前并没有一个完整的构想,而是我有意对自己的写作进行一下新的尝试或练习,也就是一边写作一边构思的产物。这对我当然是一个不小的考验,因为要让后面的情节源源不断地生发出来,而又不能违背前面故事的逻辑关系。这让我体验了一把即兴写作的瘾……

具体说来,《忧郁时刻》写的并不是一个有关"忧郁症"的故事,而是一个关于"历险"的过程(这与我写作时的状态十分相似):主人公们为了揭开笼罩在自己和身边人身上的谜团,不得不去遥远的乌龙镇去探一次险,因为事情的真相与那个似有若无的村庄相关……当然,读者也可以把主人公在这部作品中的所有行为都视为一次历险,为了自身的利益,他们使用无所不用其极的手段对待他人和社会,这样的人生行为如果不是历险的话还有什么算得上呢?但这些几乎不为他人所知晓的可耻行为一旦从他们自己的口中说出,却无形中又给我们增加了几分理解和原谅的成分,回顾我们自己的人生,难道不能从他们身上找到自己奋斗历险的影子吗?

如此看来,这部作品中的"忧郁症"几乎成了一个解说主人公行为的由头,正像我认定"魔幻现实"并不仅是发生在美洲大陆上的现实状况而已经变成一种创作方法一样,"忧郁症"在这部作品中的意义同样不仅仅是疾病类型而也成了一种创作方法。正是凭着这个方法,作品在不断建构的同时,又在不断地解构,事情刚刚呈现一种看似真实的状态,却很快又被另外一种完全不同的情况打破,正应了那句颇含哲理的俗语,公说公有理,婆说婆有理,真相到底在哪里?我们似乎永远不知道,或者干脆说,真相好像根本就不存在……《忧郁时刻》是我摆脱现实的羁绊后写作最为自由畅快的一部作品,在此之前,我一直处在戴着镣铐跳舞的写作状态中,对于类似天马行空的写作方式只是视为遥不可及的理想,但在写作这部作品的时候,我却真的体验到了……

这部长篇小说较《疾病传说》完成早一年,在《百花洲》杂志以《大声

呼喊》为题发表时却又晚了一年多。百花洲文艺出版社曾经打算推出我以"疾病"为主题的几部长篇小说，但由于领导层和编辑人员的更迭，最终这个计划没有实现，成了我一件不小的憾事。

四

不能不说，写作《诊断报告》这部长篇的念头一来到我的笔下，就呈现出一种较为宏大的结构样式。那些日子里，趁着写作《伊甸园》四部曲的余风，我决定还要对我们经历的这一百年左右的历史变迁进一步书写。有一个时期，我曾经明确地告诉自己，由于轰轰烈烈的革命运动对中国现当代历史的影响过于深远，现在我们所经历的改革开放时期也不过是这场革命的组成部分，我曾经用一个形象的说法"革命的余音缭绕"来形容（类似于"后革命时代"的提法），也就是说，这部紧接着《伊甸园》四部曲而写作的《诊断报告》，也是这种观念的产物。

基于上述的想法，《诊断报告》一出现就牵扯到了历史上重要的问题"革命"和"信仰"，以及我们所处的这个时代同样重要的问题"资本"和"寻根"。这些曾经支配社会走向而在今天依然起决定作用的问题，其所生发出来的生活影像，竟然很好地成为中国近代以来历史的一个缩影。这是我最感兴趣的切入点，更为关键的是，我在故事中植入了一个有关强迫症的"抓手"，用它即能轻而易举地将上述问题提溜起来。大约与这些设想和构思相关吧，这部作品2015年被山东省作家协会列为重点扶持项目。但接下来的问题是，怎样让以上观念和构想变成鲜活的故事与情节，怎样以栩栩如生的人物形象打动口味越来越高的读者，对我来说依旧是一个不小的考验，所以在具体的写作当中不能不下一番功夫。与上两部作品有些不同的是，《诊断报告》是以讲故事为主的，而且不断地变换人称，以保持作品的鲜活程度。与此同时，作品中融入了大量民间传说，以及故事发生地特有的神秘因素，以增加作品的叙事魅力。当然，这方面的努力是一直贯穿了整个"乌龙镇"题材小说创作的，不论是中短篇小说，还是长篇小说，我都把有关中国（东方）的神秘文化作为作品的组成部分，只不过在《诊断报告》中体现得更为明显罢了。

让我有些把握不定的是，这部作品现在呈现出来的叙述样式，可能只是这部长篇小说具有的众多叙述样式中的一种，我的意思是说，目前的样

子未必就是一种最佳的选择。像每一部作品一样，作家一旦选择了其中一种叙述样式，就意味着对其他许多样式的舍弃，对于中短篇小说，你还可以多写几遍，我就做过这方面的尝试，对于同一个题材写出好几个不同的版本，而对于长篇小说这种动辄数十万篇幅的作品，是很难做到这一点的。具体到《诊断报告》这部作品，当我写完最后一个字时，我觉得还有许多没有呈现出来的艺术方式，如果换一个时间或者换一种状态来创作这部作品的话，可能是一副完全不同的样子也未可知。

五

　　与写作《忧郁时刻》的情况有些类似，《中毒反应》也是一个早就写过若干残片的题材。因为这部小说来源于现实生活中的真实案例，在大约三十年前，我刚从事文学创作的时候，就写过至少两个不成样子的作品，好像都是中篇小说的篇幅（那时候还不具备创作长篇小说的能力），现在看来，仅仅是一种作品雏形，根本没有达到成为正式作品的标准，所以就不知丢到什么地方去了。但这个题材却没有从我脑海里消失，数十年来一直在我眼前若隐若现，就像一个不肯离去的友人，随时做着前来拜访的准备。

　　我的创作习惯与其他人有所不同，在一年当中的大多数时间（一般为十个月）中，我都找不到恰当的写作状态，而只能把这段时间用于阅读，所以这些年来，我一直把阅读经典文学作品（尤其是外国现当代文学）作为比写作还重要的任务来完成。正是在这个过程中，我的文学视野不断开阔，各种文学思潮和文学流派都能为我所熟知，各个代表性作家和他们的作品也都能为我所读到，不仅成为我营养丰富的文学食粮，而且为我处理自己的创作题材提供了奇异巧妙的念头和灵感。正是在这种情况下，那位隐藏了如此之久的"朋友"终于现出身来，朝我发出了亲切迷人的微笑……几乎一刹那，我就知道该怎么写作这部作品了，2019年夏天，我终于把这位"朋友"请到了我书房里来。

　　与其他作品有所不同，《中毒反应》第一次让我跨越了现实与幻想的界线。在此之前，我是严格恪守这条线的，最多也就让一只脚跨过去，而且不做过多停留，就适时把脚收回来。这是我一直秉持的写作原则，以免真的"走火入魔"，堕入所谓"幻想文学"的泥潭。而在这部《中毒反应》中，我却把两只脚都伸到了那条线彼端，将处于虚幻世界中的神灵角色融入故事

中,让它们大篇幅地参与了情节的走向,对民间文学的化解和借鉴可谓走到了一个较为深入的地步。回头检视这部作品,正是由于这样的写作方式,让《中毒反应》在保持现实烟火气的基础上,增加了许多奇异和诗意的成分,从而让这个十分沉重的题材有了较为轻盈的写作风格,无形中形成了一种叙事张力。

不妨告诉大家,当初构思这部作品的时候,我曾经对如何处理老枪和二女这对形象产生过犹豫,即可不可以把老枪设为正面人物,而二女则相反,老枪因为忍受不了二女的堕落而发疯,而把她杀死?那就与现在的人物设计正好反过来。但最终的结果却是,我依旧延续了现在的思路,不知道这种选择是否更好一些?另外,这也是一部特别注重叙述基调的作品,尤其是外篇《毒蘑菇》,为了较为准确地呈现一个精神病患者的疯言狂语,我尽量用一气呵成的方式讲述,每节数万字的篇幅不分段落,把不同场景交织在一起,形成一种彼此渗透交缠的混乱情状。这肯定给读者增加了不少阅读难度,但我一向认为,没有阅读难度的作品不是好作品。这当然不是说《中毒反应》就是好作品,不过是希望读者能像我写作时体验到的那样,享受一种被文字裹挟的狂欢化效果……没错,和写作《忧郁时刻》时的状态差不多,这部《中毒反应》也在很大程度上体现了我对狂欢化叙事的追求……

六

进入中年以后,我在轻慢了19世纪的文学状况很长一段时间的情况下,最终还是喜欢上了陀思妥耶夫斯基、左拉、狄更斯等现实主义作家,并为没有真正错过上几个世纪的文学大师而庆幸,看来该补的课无论如何是越不过去的。这几位与巴尔扎克和托尔斯泰齐名的大家对社会历史与人性世态的解剖及批判,对现实社会正面硬碰硬的书写方式,其力度、广度、深度和精细程度都达到了前所未有的高度。

但又不能不说,现实主义作家的这种写作方法要经历比其他流派作家更为强烈的写作难度,这其实还不是最为关键的,真正的问题是,文学创作是否必须这样面对现实?这竟然让我在敬佩他们的同时产生了危险的疑问。回顾文学发展史,我们不能不看到,文学自从产生那天起,在以拉伯雷、塞万提斯等文学大师以及《一千零一夜》等文学经典的引领下,文学(这里指的是小说创作)一直是与现实保持一定距离的,所以呈现在文本上便是表现、模仿、戏谑和嘲讽的风格为特点,在写作上表现为一种狂欢化游戏性的状态,没错,我要在这里更进一步强调"游戏性"这一说法,我越来越固执地以为,艺术从本质上说就是游戏,体现在小说创作上就是文学性(魔法性)。进入20世纪,文学在摆脱了现实主义的影响之后,义无反顾地进入现代和后现代主义的创作领域,以卡夫卡、乔伊斯、福克纳、马尔克斯等为代表的现代作家创造出了诸如表现主义、意识流、新小说、荒诞派、黑色幽默、魔幻现实主义等文学流派,我觉得其实是绕过了18、19世纪的现实主义思潮,重新回到以拉伯雷和塞万提斯为代表的文学源头,接续了断裂已久的文学发展历史……正是在这种疯狂而又危险的思想推动下,我进行了有关"乌龙镇"题材长篇小说的创作……

与此同时,我从来没有放弃对文学之外的一些学科,诸如社会学、人类学、心理学、民俗学、语言学等的关注和学习,在很大程度上受到了弗洛伊德的精神分析学说、荣格的集体无意识学说、弗莱的神话原型理论等学说的影响,并不断将它们应用到具体的文本写作中……

可话又说回来,由于我们受到现实主义创作方法的影响太过深远,尽管我有了上面的创作理念和写作尝试,却不能在实践中完全摆脱现实主义的制约和束缚,何况中国并不太具备现代艺术产生的环境,20世纪80年代的先锋文学已经成为历史,所以我们只能在一个有限、局促、逼仄、狭小的空间中做一下尝试而已……这当然是一个尴尬的写法状况,却是我们不得不面对的现实……

尽管如此,我还是不能放弃这样一条创作原则:写作者在面对写作对象的时候,不可顺从现实世界所提供的逻辑,不仅不顺从,反而要抗争,要推翻,要打碎,要重建,要再造,是的,写作者的任务就是创造,创造一个只顺从他的美学逻辑的艺术世界,建立一个与现实迥然不同的梦幻之境。在这个与现实平行的国度里,写作者就是无所不能的上帝,"要有光,就有了光",也只有在这个时候,卑微的写作者才能获得在现实世界里没有的强大和尊贵。

七

我从20世纪90年代开始文学创作,从那时起,一个叫作"乌龙镇"

（还有相伴而生的"莫邪山""鱼人河"等地理坐标）的文学发生地就悄悄被我建立起来。数十年来，我在很大程度上是生活在乌龙镇世界中的，从根本意义上说，乌龙镇已经超出了我的生活故乡，而成为我生命的出发点和目的地，如果说它是我的文学王国有大言不惭嫌疑的话，我可以用我们当地的一句话来表示，那就是"一亩三分地"。没错，乌龙镇便是我文学的一亩三分地。

相对于中国乃至整个世界来说，乌龙镇肯定是狭小的，偏远的，闭塞的，但它在我笔端引发的风暴，它在我眼前绘出的风景，却又是那么气象万千，那么丰富多彩，那么广阔辽远，那么深邃博大，对我这个渺小的写作者而言，乌龙镇就是宇宙的中心，现实世界中所具有的任何颜色、气味和声音它一样都不少，所发生的一切悲欢离合和生死离别都在它的舞台上轰轰烈烈地演出，所存在的全部不可言说的秘密和缠绵悱恻的风情都或隐或现地在它的人们中间。只要我来到乌龙镇的街道上，一和那些生活悲苦、命运多舛而又善良卑微的父老乡亲们搭上话，写作的冲动就会来到我身上，一个文学梦游症患者难以治愈的旧病就会复发，文学之神就会像魔鬼一样控制我的行为。写作是痛楚的，就像生孩子阵痛一样苦不堪言，但写作又是幸福的，就像孕育新生命一般让人沉醉其间。就是在这样的状态下，我把属于自己的精神原乡一点点构建出来，以表达对那个作为梦幻世界源头的真实世界的看法和态度。大概是60后作家的本性使然吧，我喜欢关注那些对我来说八竿子打不着的事情，对所谓的风云变幻有着浓厚的兴趣，并给这种写作行为施加上诸如"宽阔""纵深"等一类的词，至于讲述的方式除了掏心掏肺之外，我还告诫自己要尽力弄得"神秘"和"陌生"，纵情品尝"游戏"写作的滋味，至于到底是现实主义、现代主义或其他什么主义的创作风格，那就不是我这个单纯的写作者所能关心的了。

感谢中国海洋大学出版社，感谢我的责任编辑孙宇菲女士。在我若干作品的出版过程中，孙宇菲女士都以严肃认真的态度一丝不苟地给予批评和指正，让我这个自以为严谨的写作者发现了许多疏漏和缺陷。正是由于她的辛勤付出，我这些不太成熟的作品才得以顺利和读者见面。

康复时代

中毒反应

王涛 著

中国海洋大学出版社

·青岛·

图书在版编目（CIP）数据

中毒反应 / 王涛著 . -- 青岛：中国海洋大学出版

社，2025. 1. --（康复时代：四部曲）. -- ISBN 978

-7-5670-4003-8

Ⅰ. Ⅰ247.5

中国国家版本馆 CIP 数据核字第 2024FD5573 号

KANGFU SHIDAI·ZHONGDU FANYING

康复时代·中毒反应

出版发行	中国海洋大学出版社			
社　　址	青岛市香港东路 23 号		邮政编码	266071
出 版 人	刘文菁			
网　　址	http://pub. ouc. edu. cn			
电子信箱	1193406329@qq.com			
订购电话	0532-82032573（传真）			
责任编辑	孙宇菲		电　　话	0532-85902349
印　　制	青岛国彩印刷股份有限公司			
版　　次	2025 年 1 月第 1 版			
印　　次	2025 年 1 月第 1 次印刷			
成品尺寸	160 mm × 230 mm			
印　　张	89			
字　　数	1364 千			
定　　价	258. 00 元（全四册）			

发现印装质量问题，请致电 0532-58700166，由印刷厂负责调换。

目录
Contents

正篇　蘑菇芳香

上　篇

一

天气燥热得很。我蹲在石榴树的荫凉下，手捧着一只大花碗，埋下头去，十分没有滋味地吃饭时，那个小男孩又从门外走了进来。我抬起一只眼，有些不耐烦地看了他一下。如果我没有记错的话，这天他已经来过三次了。母亲在我耳边悄声说，老四，你是不是在打他的主意？但他太小了，他只有十二岁，而你今年已经五十有余了。我厌恶地反驳她说，你说什么呢？难道你没有看出来，他是我们家邻居的孩子石头。

叫石头的男孩探头探脑地朝院子里走，也许他也知道，我对他三番五次的到来，打乱我平静的生活是持不欢迎态度的，所以这次到来也便有些迟疑不决。四伯，他停在离我不远的地方，两只手牵着衣服的前襟，吞吞吐吐地对我说，你去那个老房子看一下吧，我已经发现那里有问题好几回了。

我不耐烦地对他说，我去看什么？那又不是我家的房子，不管它有什么问题，也与我没有关系。母亲这时又在我耳边说，如果你真要打他的主意，就不要轻易说那些拒绝他的话，而应该，她在我手里的碗上敲击了一下，你应该回屋去给他盛一碗饭，如果他把你的饭吃到肚子里去了，恐怕你下手时就方便一些。我狠狠地对她说，不要为老不尊，这是你一个当长辈的能说出来的话吗？母亲重重地叹口气说，你不是我的儿子吗？我知道你的嗜好，而且眼看你已经年过半百了，我怎么能不为你的个人问题着想呢？我不客气地在她面前挥了一下手说，你一边老老实实待着去吧。

怎么不是你家的房子？石头执拗地反问我说，你姐姐不就是在那里面……他又意识到了什么，不敢轻易再往下说了。

我惊骇地望着他，真是想不到，对二十年前发生的那件事，这个仅有十二岁的小男孩又是怎么知道的呢？

石头大约看出了我心里的疑问，便吞吞吐吐向我解释说，你们家的事……街上的人都经常说起来，所以我就……

我沮丧地把饭碗从脸前放下来，同时把身子往后一蹲，悬空的屁股也便坐到了地上。母亲冷冷地对我说，这没有什么好奇怪的，你姐姐那个灾星给我们家惹出来的祸还小吗？不过上一百年，人们是不会轻易忘掉这些事的。

石头知道他的话已经触犯了我心里的禁忌，也便有些不安起来。他也把身子蹲到了地上，两手搭在膝盖上，细长的手指频频抓挠着，两眼也有些担忧地看着我，目光里的胆怯暴露无遗。这真是一个弱小而可爱的孩子，看上去就像一只懵懵懂懂的小羊羔，浑身上下透出的那种青葱气息向我扑面而来。

母亲这时也更加躁动起来，把嘴附在我耳边说，这时候你如果朝他下手，是不可能达不到目的的，孩子，这可是一个十分难得的机会呀……

我霍地站起来，摆脱母亲的纠缠，转回身就往屋门里走去，手里的饭碗倾斜了，没有吃完的饭食渐渐沥沥地淌到了地上，引得一帮小母鸡一路磕磕绊绊地紧跟在我身后。

四伯，石头继续在我身后喊叫，你到底去不去看一下？他见我继续往前走，自己的身子也便站起来，外面的人已经议论好几天了，他们说……

我停下脚，掉回身来问他，他们说什么？

他们说，石头嗫嚅着嘴唇说，她们说是你姐姐的魂灵在闹鬼……如果你不把这件事搞清楚的话，他们会把那座大房子烧掉了也说不定呢。

他们愿烧就烧去吧，我愤怒地摆了一下手说，就算真是我姐姐在闹鬼，那与我也没有什么关系。说罢，我就走进屋去，咣啷一声把门板带上。

我不知道石头在院子里又站了多久才离去，反正这顿饭我没有再吃下去，心里郁结的情绪让我烦躁不安，在屋内像一只被困住的野兽一样转着圈子。母亲在我耳边安慰我说，你做得对，就算你姐姐的魂灵真的从地下回来了，你也不要去管她的事儿，让她闹吧，我就不信，她还有本事在乌龙镇弄出什么花样来，等她闹腾够了，不用人们驱赶，她就会知趣地回到地下去了，你要离她远一些，唉，母亲重重地叹了一口气，你这一辈子也真是不容易，我们家那些该死的东西给你惹的麻烦太多了，还没有安静几年，你姐姐那个灾星又来兴风作浪了……

别说了,我用两手抱住头,十分痛苦地闭上眼睛说,你不要再纠缠我了,如果你真的为我好的话,就让我安安静静地待一会儿吧。

见我颓唐成这个样子,母亲也便知趣地闭上嘴巴,隐回她习惯待的黑暗中去了。

石头说得不错,外面的确正散播着有关姐姐鬼魂的流言,我在街上走一遭,就感觉到了它们像风一样的存在。一些人聚拢在一起,肩挨着肩,头抵着头,正在挤眉弄眼地窃窃私语,一副鬼鬼祟祟不怀好意的样子。一见我走来,这些心怀鬼胎的人就马上分开了,一个个站直了腰,装出一副无比坦然的样子,好像刚才什么事也没有干似的。我有些迟疑,不知道是否该走过去,毕竟姐姐的事是一件丑闻,它会让我脸上感到无光的。母亲在我耳边给我打气说,走过去,你怕什么?那些事又不是你干出来的,和你又有什么关系?在母亲的鼓励下,我硬着头皮朝那些人走过去。

我们没有说什么。当我走到他们面前的时候,那些人咧开一张大嘴,露出了无可奈何的尴尬笑容。虽然他们没说什么,但我却听到了他们心里向我发出来的声音,你看,我们没干什么偷事,只是在这里说一些悄悄话……他们马上就要把心里的鬼胎露出来了,赶紧又摇摇头说,不过请你放心,我们所说的这些话和你可没有什么关系……他们似乎也知道自己的辩白没有什么力度,干脆不再向我表示什么,只是朝后一步步退缩着,做出一副随时逃往远处的架势。

我没有再理会这些人,便越过他们的身子,沿着街道向乌龙镇村外走去。我似乎知道他们一定会在后面掉回身来,远远地朝我打量,尽管我做出一副坦然的样子,但他们也一定知道我这次去村外到底是干什么。似乎是为了和他们较劲儿,我有意没有朝那个隐蔽在荒芜树丛中的大房子走去,而是去往另一个方向,在村外绕了几个弯子,悄悄回头看一下,好像并没有看到他们尾随在我身后的影子,这才长出了一口气,调整方向,朝那个已经离我越来越远的大房子走去。没错,那个隐蔽在一片荒芜草木中的大房子,就是传说中姐姐闹鬼的地方,也是她被杀死的那个场所,更是我这些年里不愿再去看一看的地方,是的,在姐姐被杀死的漫长二十九年中,尽管那所大房子离我家并不太远,但我却从不愿意再到那里去,有时为了其他事而从那个地方经过,我也宁愿绕一些远路,几乎每次看到它朦朦胧胧的影子,不,甚至我仅仅是想一下它的存在,心里即刻便隐隐地发痛,姐姐被一把菜刀杀死的惨烈情景便会在我脑子里不时地浮现,不,我无论如何要忘掉它,不然的话我又怎么能度过余下更为漫长的日子? 但今天,时隔二十年之后,我以为我已经把姐姐被杀死的情景忘在了记忆的深处,可没有想到,在我心里的疼痛快要完全淡掉了的时候,它竟然又不期然地浮现出来,让我不能不再去重新面对一次。难道真的是姐姐的冤魂不肯继续待在地下,而在二十年后又爬上来伸张一下自己的委屈了? 姐姐,我在心里朝那个已然模糊不清的影子说,你到底要干什么呢?

穿过一丛丛荒芜的草木,那个大房子像姐姐一样快要被我遗忘的影子出现在面前,如果不是我确定它的具体位置的话,那个出现在我面前的大房子真的让我不敢相信,它就是那个曾经高大威武的乡间别墅,是呀,二十年前,发了财的姐夫老枪为了显示自己的荣耀,在乌龙镇村边盖了这幢在我们乡下人看来的确是个奇迹的别墅,那个时候我们都以为,姐姐也随着他过上了人上人的好日子,但哪里想到,仅仅过去不到几年的时间,姐姐便葬身在这个迷宫一般的别墅里,葬身在老枪那个疯子的屠刀下……此时,这个完全倾圮的大房子与我记忆中的那个豪华别墅已经判若两物,猛一看上去,我还以为那是一片十分巨大的绿色林木,因为上面密密麻麻地爬满了藤蔓植物,左一丛,右一丛,那些开满花朵结满果实而且叶片已经发黄的植物把那所大房子完全遮盖起来,如果不是我这样一个知道内情的人,谁又能想到,这片葳蕤茂盛的绿色丛林下面会是一所曾经灯火辉煌的别墅呢? 在这二十年中,虽然我对这个荒芜的大房子充满了多重想象,但却真的没有料到它会变成现在这副荒凉溃败的样子,我更是想象不出,姐姐的冤魂又出没在这样一个地方到底要干什么呢? 我呆呆地站在大房子前面,用迷离恍惚的目光看着它好一会儿,也没有发现姐姐的鬼魂到底是出没在哪个地方? 不会是他们在骗我吧? 我在心里不安地发问,可我随即又想,那些对我不怀好意的人可以捉弄我一下,但石头又怎么可能和我开这样的玩笑呢?

你没有看出来吗? 有个人在身后提醒我说,房子上面那些烟雾是从哪里冒出来的呢?

我掉回头去,这才发现,我身后站了那么多的乌龙镇人,差不多都是刚才在街道上窃窃私语的人,我还以为我把这些人甩掉了呢,原来他们竟然一直跟在我身后。我想转身走开,不打算再和这些对我不怀好意的人打交道,但他们提醒我的话确实打动了我,让我止不住又转回头来,重新朝那个绿色的大房子打量。什么烟雾?我随口问他们。

那里,一个小矮子踮起了脚跟,频频向我朝那个大房子的上面指点,你没有看到吗?那些烟雾又飘起来了。

我顺着他的手指向前看去,没费什么劲儿,我便也像他们一样看到了那缕在房子上面慢慢飘拂的烟雾。我心里也便充满了疑问,是呀,这个不可能有人居住的房子里为什么会有烟雾飘动呢?

你不觉得它们很奇怪吗?有一个老头用他干枯的手指在我胳膊上捅了一下,那些烟雾的出现,说明房子里肯定发生了一件我们不知道的事……

我顺着他的话茬说,什么事?

除了……老头看了我一眼,又马上把脸掉开去,在嘴里吞吞吐吐地说,除了说明有人在里面捣鬼之外,还能会是什么呢?

那个小矮子故意问他,那你说,是什么人在里面捣鬼呢?

除了……老头又看了我一眼,把脸更快地掉开去,虽然嘴唇在急剧地嚅动,却没有声音再发出来,尽管这样,我似乎依旧听到了他翻腾在心里的声音,除了是那个女人在捣鬼之外,还能……

到这个时候,我便明白人们所说的姐姐的冤魂闹鬼的传言是怎么回事了,虽然我想回击这些看热闹的人几句,但我想了一下,的确没有找到什么合适的话语,是呀,除了说明姐姐的冤魂在房子里出没之外,谁又能解释那些烟雾的真正来历呢?

太热了,这时候母亲在我耳边说,天气太热了。

听了她的话,我不禁抬起头来,透过笼罩在我头顶上的树篱朝天空里看去,是呀,今天的天空格外晴朗,日头一览无余地悬挂在高空里,给地面上洒下万千道灼热的光线。我明白了母亲话里的意味,她是在提醒我,也许大房子上面的那些烟雾是因为天气太热的缘故,让它升腾起了一缕像是烟雾的暑气,这样的解释虽然有些勉强,但对于此刻的我来说,也不妨是一种说得过去的理由。或许是被日头照的,我沿着母亲的思路说,那些烟雾只是一股热气吧?

你真的相信那是热气?有一个女人忍不住质问我,你不认为那是一个人在捣鬼吗?也许她觉得这是一句不该说出的话,便马上躲到人群里去,以便离我更远一些。但更多的人却一起朝我看来,似乎期待着我的激烈反应,也许在他们想来,听完这句居心叵测的话后,我就应该发一通火才合适呢。

但我没有如他们的愿,也不再打算理会这些有意要看我笑话的人,便掉回身去,穿越那些同样荒芜可怖的树丛,快步朝村子里走去。我怎么可能向他们发火呢?几十年来,尽管我心里有那么多的不快,但我却从来没有明目张胆地和这些人过不去,过去是这样,现在有了姐姐闹鬼的嫌疑,我就更在这些人面前抬不起头来了。

接下来的这个日子里,天空被肥厚的阴云笼罩着,开始雨水下得还不算太大,但随着轰隆隆的电闪雷鸣,瓢泼似的大雨便兜头浇下来,整个村庄似乎都淹没在雾蒙蒙的水汽中。街道上间或有一只被水浇透了毛发的野猫飞快地跑过去,此外再也找不到其他喘息的活物。我选择在这样的天气里朝那个大房子走去,是担心自己的行踪再一次被人们发现,从而引发更多无聊的议论,除了那些没有地方可去的野物之外,谁又会在大雨中出没呢?所以在我朝大房子走去的时候,只有石头伴随在我身边,没有再引起另外什么人注意。石头赤裸着一双小脚,踩踏着飞溅的泥水,十分艰难地在前面走着,好像担负着为我引路的重任似的,他又哪里能够想得到,二十年前,我在这条通向大房子的小路上走的次数并不比他想象的少呢。虽然他打着一把小伞,但整个身子已经被在风中乱舞的雨丝浇透,衣服紧紧地贴在皮肉上,这使他的小身子几乎完整地在我眼里袒露出来。这也是个不错的机会,母亲在我耳边小声说,如果你今天在外面对他下手的话,是不会被其他人发现的。我愤怒地打断她的话说,请你收起这些不着边际的话吧,你把你的儿子想象成什么人了?母亲冷笑着说,什么人什么人?你除了是我的儿子之外,你还会是其他什么人呢?我回答她说,但你并不真正了解你的儿子,你只是把我放在你阴暗的心里衡量一番罢了,可我实话告诉你,我不是你想象的那个样子。母亲兴趣索然地说,好吧好吧,你乐意怎么着就怎么着吧,我才不愿对你操这份闲心呢。好一会儿,母亲都没有再发出什么动静。我觉得心安了一些,这才长长地呼出一口气。

穿过那片荒凉的小树林,那座像绿色植物一样的大房子离我们越来越近了。我拨开眼前的树篱,透过雾蒙蒙雨汽的遮挡,直直地望着矗立在前面的那座闹鬼的大房子,脚步不禁迟疑了一些。由于雨水冲刷的缘故,整座爬满了藤蔓植物的别墅虽然是一副乱七八糟的样子,却也透出了鲜活崭新的模样,上面那些曾经飘浮的烟雾没有了,却有几只鸟的影子在飞上飞下,远远看去就像一些缭绕不止的幽灵似的,原来是雨水把建在上面的几只鸟巢冲垮了,没有去处的那些鸟便不安地飞起来,绕着房顶无可奈何地游荡,伴随着时起时落的雷声,发出一串又一串吱吱嘎嘎瘆人的叫声。望着这番怪异的景象,石头也早就停下了脚步,不敢轻易再朝前面走,好像到这里他为我引路的任务已经完成了。四伯,石头回头对我说,前面就是那个……地方,我该回去了吧?说着,他就掉回身来,做出随时要往回走的样子。

随你便吧。我回答了他一句,便越过他的身子,一个人朝那座大房子走去,但我只走了几步,就又回过头来,对他说了一句,谢谢你石头,你一个人往回走,要小心些。等他点过一下头后,我才再次回过身,继续朝着那座大房子往前走。我要把你的真相弄明白,我在心里对它说,就算真的是我姐姐的灵魂在捣鬼,我也一定要把它揪出来,不让它再吓唬乌龙镇的任何人,也不让它再为我才平静不久的生活增添麻烦。姐姐,我一边走一边对那个在我想象中捣鬼的灵魂说,对不住你了。

或许是因为天气太过阴沉了,我刚刚走到大房子附近,就意识到自己迷失了方向,也就是说,我没有顺利找到那座大房子里的院门,直到我在一丛丛纠缠在一起的植物中转了两个圈子,才终于透过一些茂盛的灌木和藤蔓植物的遮挡,看到了那个隐藏在里面的门洞。也就是在这个时候,我停下脚来,低头朝我前后两端的地下打量了一下,竟然发现了一行清晰的脚印,也就是说,地下的植物是被一双脚板踩踏过了,杂草的茎叶明显地倒伏下去,许多都有被从中间折断的痕迹,如果说我身后这样的景象是被我的脚板踩过的,那么我身前呢?那些倒地的杂草又是被谁弄成这样的呢?几乎不用思考,我便知道是有一个人像我这样到这里来了,更明确地说,有一个人在我前面进到这个院子里来了。是姐姐吗?我在心里问自己,这是她的灵魂留下来的踪迹吗?但我马上又否定了自己的想法,灵魂怎么又能真的踩踏这些杂草呢?灵魂又不是一个人,是不可能长出一双脚来的,如果说真的是姐姐的灵魂在这里出没的话,它是无论如何不可能把这些杂草真的弄倒的,充其量只会在房顶上弄出一些似有若无的烟气罢了。那么接下来的问题便是,这些杂草上的脚印到底是什么东西留下的?难道说是一只野兽,这倒是有可能的,在这个无人居住的破败院落里,经过二十年的时光打造,里外早就荒芜成了乱糟糟的废墟,居住一些无家可归的动物是在所难免的,但即使是这样,还有一个现象让我百思不得其解,如果说院落里真的进入了许多活物,它们出没的时候是极其可能从任何一个地方经过的,又怎么能够专走这个门洞呢?再说,这座别墅的院门是两扇硬邦邦的大铁板构成的,即便经过二十年的腐蚀,它们也不可能轻易洞穿的,也就是说那些活物要想从门里经过,也是不可能轻易办到的。我透过那些密密麻麻的植物藤蔓向里面打量,居然惊奇地发现,那两扇由铁板构成的门板倒是没有真的裸出洞口,却是微微地敞开着的,这使我不禁大吃一惊,在我的记忆里,它们是一直紧锁在一起的,也就是说,在两扇门板上是有一只大铁锁挂在上面的,现在倒好,那只大铁锁竟然不见了,这使合拢在一起的两扇门板敞开了一道不算太小的缝隙,中间走过一个人是轻而易举的事儿,如果不出意外的话,那些倒伏的杂草或者说那行清晰的脚印就是那个进到院子里来的人或者物弄出来的……我抬起头,望着黑沉沉悬浮在头顶上的云层,一时陷入极度的迷惑和恐惧中,难道说姐姐的魂灵竟然化成了一个具体的人形,让自己像那些在这个世界上行走的人一样真的长出了一双脚,不但弄开了那把已经锁闭二十年的铁锁,而且再一次成了这个荒败院落里的主人?我虽然没有解开心里的谜团,却发现此时那些倾盆的雨水不知什么时候已经停止了,周围的世界里除了几声从房顶上传来的凄厉鸟鸣外,竟然没有任何声息传到我耳朵里来。

四伯,我身后突然传来一个微弱的声音,我们……我们回去吧……

我猛地掉回头,看见石头站在我面前,手里的那把小伞拖在身后,被雨水完全浇透的身子瑟瑟发抖,看上去就像那只从街上跑过去的小野猫。

你怎么还跟着我?我不解地问他,你不是回村子里去了吗?

我不敢一个人走路。石头摇着头说。

那么好吧,我向他招招手说,那你就跟我到里面去吧。我又在心里说,也算你为我做个伴。

不要再往里面走了,石头胆怯地警告我说,我实在怕得不行……

不怕,我走到他面前,把手搭在他肩膀上,让他颤抖不止的小身子朝我靠近一些,有我在这里,你还有什么好怕的?我知道母亲又要在我耳边说那些我不愿意听到的话,还没有等她说出来,便悄声警告她说,不许你胡说八道。母亲知趣地缩回到阴暗中去。

好吧。石头扭头往回看了看,知道不跟我往前走也没有什么更好的办法,便只能同意我的选择。可四伯你敢保证吗?他依旧不放心地问我,我们到里面去没有什么危险吗?

没有,我鼓着勇气摇头说,里面也就是一个普通的院子,以前我到里面去过不止一次了,根本没有什么好奇怪的,哪里又会有什么危险呢。

你真的到里面去过?石头瞪着眼睛问我。

当然到里面去过,我使劲点点头说,对了,那时候还根本没有你呢。

可是,石头依旧不放心地对我说,如果在里面的真是一个鬼魂呢?

你相信这个世界上有鬼魂吗?我认真地问他说。

我……石头犹豫了一下,还是又摇摇头说,我不知道……

那么你知道吗?我在心里问自己。不能不承认,我像石头一样只能对自己说,我也不知道……

虽然雨停了,但天空似乎阴沉得更加厉害,那些如肥厚的棉絮一般的云朵压得更低,好像就悬浮在我们头顶上一样,这使我产生了一个幻觉,似乎我只要把手伸上去,就能把那些云朵拉下来一般,这样一来,我便强迫自己不要举手,以免触碰到云朵时把那些刚刚停下来的雨水再弄下来。由于云层过于厚重低沉,几乎遮挡了天空中原有的所有光线,地面上显得极度昏暗,尽管我明白这只是一个午后时刻,但给我的感觉却像是已经来到了黑夜。时候不早了,母亲在耳边提醒我说,要去你们就尽快去吧,也许过不了多久,那个小男孩就会掉头跑掉也说不定呢。

我拨开那些阻挡在面前的杂草和藤蔓,一步步向着那个敞开的院门走去。石头紧紧地随在我身后,一只手不时地伸出来,要在我的衣襟上牵一下,但不知道为什么,他又把手缩了回去。两扇用铁板构成的门板上也爬满植物,等我凑近了一看,其间竟也趴伏着几只绿色的蜥蜴,看上去就和那些植物差不多的样子。进到门楼里之后,由于院落里布满了更为茂盛的植物,我走不动了,便只能停了下来。在我的记忆里,这个院落原先是十分空阔的,尽管地上也有几片草坪,但每隔不多的日子,便由园丁推着割草机刈剪一遍,所以那些杂草便根本长不起来,这使阔大的院落显得十分洁净,杂草间布满了几条通向各个房门的甬路,由砖石和水泥铺就,虽然像蛇一般弯曲,但却十分平整,走上去轻便快捷。甬路的一条通向一座由真正的石头构成的假山,上面点点滴滴地种植着一些菌类植物,最上面由电力驱动着两条水流像瀑布一般淌下来,在下面的水池里制造出淅淅沥沥的声响。院落里也倒是种植着一些珍贵的树木,其中两棵椰树,五棵棕榈,还有三棵芒果,都是从南方移植过来的稀有树种。每到闲暇的时候,姐姐便和她的富豪丈夫老枪在树荫下支上一张桌子,旁边摆上两把椅子,姐姐坐在一把椅子里,而另一把椅子却空着,因为在那把椅子的旁边,还放置着一把由竹木构成的摇椅,老枪则坐在那把摇椅里,仰躺着身子,一条腿搭在另一条腿上,微眯着眼睛,嘴里哼哼唧唧地发出一些烂俗的歌声。这样的情景我见过不止一次,乌龙镇几乎每一个人对这样的情景也不感到陌生,也就是说在那些日子里,姐姐和老枪在别墅里欢度时光的动人场景是所有乌龙镇人梦寐以求的金色画面,人们都以为姐姐通过她的丈夫已经过上了人上人的富贵生活,或者我们家通过姐姐这座桥梁也已经踏上了通往美好生活的路径,但与此同时,不仅我对这样梦一般的画面感到无所适从,而且几乎所有乌龙镇人都隐约感到了这种场景的虚幻和缥缈,就像那个无所不能的瞎子五巨所预言的那样,李家的灾难是不会轻易就这样过去的,在他这番话的蛊惑下,乌龙镇人包括我这个李家人也把那幅场景当成了拙劣画家涂抹在画布上的一幅画,而没有把它作为发生在乌龙镇的真实生活场景看待。果然,就像瞎子五巨预言的那样,也就像人们感觉到的那样,如此美好的场景没过多少日子便终结了,在一个也像现在这样燥热多雨的日子里,姐姐葬身在一把拿在老枪手里的锋利菜刀之下……

我站在门楼下,呆呆地望着院落里那些密不透风的疯狂植物,一时为浮现在脑子里那些昔日的美好场景而感到恍如梦境,"沧海桑田",是呀,这时候我想到的便是这样一个包含了无数变迁的词汇。那些在自由状态里极度繁衍的植物占领了整个院落,没有给我的到来留下任何一席之地,但我却认定,一定有一条通向某个房间的小路,不然的话,那个从门外走进来的脚步又到什么地方去了呢?我仔细巡视了一下,便果然找到了一些同样被踏倒折断的草木,也就是说那个人是沿着这样的方向往里走的。我伸出两手,拨开遮挡在面前的树篱,刚要往前走,忽然几乎所有矗立在我面前的树木都发出了轰隆一阵巨响,好像有一颗炮弹在里面爆炸了似的,笼罩在我头顶上的树冠上落下来许多雨点和腐败的花果,噼里啪啦地打在我的头上。我缩回了脖子,好一会儿才让被砸得麻木了的头脑清醒下来,还以为是来自天空的雷声引爆了院落里的树木,但仔细一想,天空里并没有亮起闪电,也就是说根本没有什么雷声响起,那么到底是什么让前面的树丛发出了那么大的动静,几乎所有隐藏在里面的鸟兽都动荡起来,有的在急剧地蹦跳,有的在张皇地飞翔,我这才知道,这片看上去十分平静的树林里原来隐藏了那么多富有生机的活物,一时间,整个院落都被那些上蹿下跳的鸟兽发出来的声音占据,好像整个天地都动荡起来。不知过了多久,纷乱的院落树丛才又一次恢复了平静,那些在我面前暂时展露了一下面容和活力的鸟兽又缩回身去,不知隐藏到哪丛枝叶中去了。

老天,石头从后面凑上来,伸出一只惊恐不已的手,紧紧拉住了我的衣襟,这里面居住了那么多东西,我好怕呀⋯⋯

我抓住他那只手,使劲攥了一下。没事儿,我安慰他说,它们只是一些普通的动物,是不敢伤害我们的,跟紧我,走到屋里去就好了。

在我拉着石头的手在树丛里走的时候,我还明显感觉到那些在四周窥视我们的眼睛,由于树丛中比外面显得更加阴暗,那些警惕打量我们的眼睛便显得格外明亮,在我的感觉里,它们就像是一道道寒冷的电光似的,在我和石头的身上移来移去。尽管我没有看到它们的身子,但我却知道它们之中有我所熟悉的狐狸、黄鼬、土獾、刺猬、耗子和猫头鹰、野鸽子、乌鸦、斑鸠、鹧鸪,此外还有蜥蜴、蛇、蟾蜍等等。你们走开,我悄声警告它们说,这里根本不是你们的家,不要挡我们的路,快让我们走过去。沿着那双脚或者说那个人留下的印痕,我们从树丛中穿过院落,一步步接近了一个屋门。如果我没有记错的话,这座别墅是二层建筑,每层是五个房间,却只开有两个房门,我沿着那串痕迹在院子里拐了几个弯,就来到了靠近外面的一个房门。和我的想象差不多,这个原本也紧锁的房门此时也打开了,像院门一样虚掩着,留出的缝隙正好供一个人走过去。姐姐,我一边小心地往里走一边在心里说,是你在这里吗?出乎我意料的是,房间里竟然也长满了树木,当然它们不是高大的乔木,而只是一些灌木丛和纠缠在一起的藤本植物,虽然不像外面的植物一样葳蕤茂盛,却也把房子里的空间占满了,而且和外面一样,植物间也有许多只眼睛在偷偷地向我们窥视,而且嘴里发出呜噜呜噜含有愤怒气息的叫声,明显对我们的到来提出警告,似乎我们的闯入是侵犯了它们固有的领地。真好笑,我在心里笑话它们说,什么时候你们成了这里的居民?我穿过那些密密麻麻的植物,勉强还能辨认出原先留在这里的家庭用具,什么沙发啦、橱柜啦、餐桌啦、灶台啦、浴缸啦等等,姐姐死去以后,也就是老枪被警察抓走以后,这些东西并没有来得及收拾,随着屋门和院门的锁闭,那些东西便完好地留在了原处,许多人包括母亲曾经动员我砸开那些铁锁,把里面的东西搬回我家去,不管怎么说,那些东西也和我有一些似有若无的联系,与其让它们烂在那座别墅里,还不如我拉回家来自己用呢。但这怎么可能呢?不要说我把那些东西弄回家来自己用,即使仅仅想一下它们的存在,我心里就疼痛不止,姐姐生活在其间最后倒毙在它们上面的情景便在我眼前挥之不去,我怎么可能让这样的情景在我面前再一次重演呢?不能,我毫不客气地对他们说,就算它们变成了灰烬,与我又有什么关系呢?也许正由于此,我在乌龙镇落下了一个傻子的名声……真是想不到,二十年过去了,那些东西竟然没有保留原先的一丝模样,而且就像一堆真正的废墟一样长满了凌乱的植物,一丛丛树枝,一层层落叶,一堆堆粪便,一片片菌类,横七竖八地覆盖在它们上面,如果不是对过去的光景尚有记忆的话,还怎么可能辨认出它们原有的模样?又怎么能想象出它们昔日的光彩和富贵呢?凭着依稀的记忆,我慢慢地从客厅里走过去,穿过餐室,在厨房里绕了个弯子,又探头朝卫生间里看了看,便进入一间卧室内。我抬头往天花板上看,在我想来,这间卧室里有一架旋转楼梯,沿着它穿过天花板,是能进到上一层去的。我很快看出来,一棵槐树正好从那架楼梯下长出来,坚硬的树冠竟然穿越了损坏的楼梯板,沿着天花板上的洞口长到了上面去。我只好抱着那棵槐树慢慢地往上爬,几乎使出了吃奶的力气,才好不容易爬到二层楼上去,在我面前出现了一个巨大的鸟巢,里面正有几只没有羽毛的雏鸟,张着黄色的嘴巴吱吱乱叫,一只巨大的亲鸟从鸟巢边飞起来,扑扇着翅膀朝我做出啄击的架势。我奋力把它拨开去,然后探下身子,把留在下面的石头拉上去。经过这番折腾,我已经有些筋疲力尽了,当把石头从下面拉到二层楼上来的时候,我的身子往后一倒,便仰躺在地下。石头没有站稳,也一下子趴倒在我的身上。

行啦,我听见母亲在我耳边说,到这个时候就差不多了,你往四周看一看,这里有多安静,就算你对那个小男孩做了怎样的事儿,也不会被什么人发现的。

我似有若无地抱着石头想了一下,还是猛地把他压在我身上的身子推开了。不能,我在心里警告自己说,虽然你是个对异性没有什么兴趣的老光棍,但你也绝不能在一个小男孩身上干这样缺德的事儿,不要忘了,今天你是来寻找姐姐的灵魂的,又怎么可能在这个时候干这种卑鄙无耻的勾当……我愤怒地阻退了母亲,吃力地站起身来,然后拉起躺在地下的石头,让他跟在我后面继续向前探索。

像一层房间一样,二层房间里同样是密密麻麻的植物,稍稍有些不同的是,有些乔木的树冠正好在二层楼的位置,也就是说无形中我们已经是在树冠丛中行走了。按照记忆中的样子,我们一步步走过了姐姐和老枪另外的卧室、书房、娱乐室和健身房,又沿着另一棵顶破楼梯的树木下到一层来,也就是说我们几乎走遍了两层别墅的每间房屋,也没有看到姐姐的魂灵,当然,对于魂灵是什么样子我从来没有见过,这是不是说我们这样找来找去,是根本不可能找到那种对我们来说陌生万分的魂灵的呢? 当然,和我的想象差不多的是,也有几处像是人在这里刚刚活动过的痕迹,比如地下有一只摔碎的杯子,看上去茬口是崭新的;比如树枝上有一缕撕破的布条,扯一下还十分结实呢;更为奇特的是,树叶间竟然有一截吸了半拉的烟头,裸露出来的烟丝也新鲜着的……望着那截烟屁股,我不由得想起来,前些日子在人们的指点下看到过的那些飘浮在房顶之上的烟雾,一时间,我几乎肯定地认为,一定是有一个人到这里来过,所谓房子里闹鬼或许就是他搞出来的动静,但让我不敢确定的是,这个人就是姐姐的灵魂吗? 难道说灵魂真的是能变化成具体的人形到这里来生活吗? 我和石头在两层房子里转了个遍,此间我们看到了也许一千多株植物,一百多只鸟兽,几十多种菌类,却没有看到一个有关魂灵和它的人形更为明确的物证,在这种无可奈何的情况下,便只好从门口又走了出来。到这个时候,我以为今天对大房子的探访就到此为止了,或者换一种说法,我们要捕捉姐姐魂灵的探险之旅只能以这样的方式收场了,我还在心里叮嘱自己说,等下一次吧,也许当我们下一次再到这里来巡查的时候,就能真的把姐姐的魂灵捉住了呢。但让我想不到的是,当我拉着石头的手从屋门里走出来的时候,一个从树丛里浮出来的人影一下子出现在我面前,我在大吃一惊之后,不由得发出一声惊惧的叫喊。天哪,我在心里说,原来这里还真的有一个人呢。我瞪大了两眼,直直地望着那个人,一时不知道该掉回头去往屋里躲避,还是穿过树丛朝院门外逃跑,因为那个出现在我面前的人实在太让我感到恐怖了,不,那简直不是一个人,而是一个披着人皮的野兽也说不定呢。

那个家伙似乎也被我们的出现吓了一跳,也许在他的脑子里,根本就没有想到我们两个人的闯入，所以一照我们的面，他也瞪大了两只眼睛，惊恐不安地朝我们打量。干什么你们？他嘴里发出一阵呜呜噜噜地问话声，我听了好一会儿，才明白他这句话的意思。

没错，这个说着人话的东西的确不是一只野兽，而是一个看上去和野兽差不多的人，而且是一个年老的男人，他嘴巴边的胡须就像他头上的乱发一样纵横交错，脸上的皱纹左一条右一条，甚至比他的乱发和胡须还要多几道呢，他身上的衣服也破烂不堪，就像他脸上的皱纹一样左一条右一条，勉勉强强地遮挡着他弯曲的身子，这使他看上去就像一个年老的讨饭花子。你是干什么的？我镇定下来，又一次上下打量着他，为什么要到这个地方来？我一边这样问他一边在心里对自己说，该不是姐姐的魂灵把自己伪装成他现在这副样子，以便让世上的人难以认出她原来的真实模样吧？这个时候，我几乎就等待他自己坦白说他是姐姐的魂灵，如果那样一来，我差不多已经做好了和他（她）抱在一起大哭一场的准备。当然，与此同时我又真的不敢相信，这个疯疯癫癫的老家伙又怎么可能与姐姐的魂灵有什么真正的相干呢？

嘿嘿，老家伙突然咧开嘴巴笑起来，眼睛里的僵硬目光也活泛开了，我认出你来了，你不是我的小舅子四平吗？

什么？我大吃一惊，顺着他话里的意思急快地想了一下，便豁然明白过来，天哪，这个人不人鬼不鬼的老东西竟然是那个已经消失了二十年的老枪，也就是说，那个拎着一把闪亮的菜刀把姐姐的身子剁烂了的家伙竟然又回到乌龙镇来了？我简直难以相信这样的事实，在这二十年的时间内，我几乎已经忘掉了这个该死的人，或者说我已经认定这个人早就死掉了呢，怎么会想到他有一天又出现在我面前了呢？是呀，我怎么就没有想到，这个杀掉我姐姐的刽子手竟然因为严重的精神病没有受到法律的制裁，原来是在一家精神病院里度过了漫长的二十年时间，又在这个炎热多雨的夏季里逃出那个关闭了他那么长时间的场所，再次回到这个让他魂牵梦绕的乌龙镇大房子里来了呢？不不，我一边拼命摇头，一边攥紧已经吓成一团的石头的手，掉回身来往门口的方向急快地走去，尽管我已经认出了这个家伙的真实面目，但我在内心里依旧不愿承认这件事的发生和存在，不能，不能……

别走，那个家伙还在我身后像鬼魂一般尾随着，我终于找到你们了，别再丢下我不管……

虽然我的脚步没有迟疑,但沉浸在极度恐惧中的石头却把我的手越抓越紧。四伯快走,他一边痛哭着一边叮嘱我说,我们要被那个鬼魂逮住了……

直到逃出大房子外面的那片树林,已经清晰看到乌龙镇街道的影子了,我才让自己的脚步稍稍慢下来,并长长地喘出了一口气。这时我突然发现,才刚停歇了不久的雨水再次降落下来,像瓢泼一样浇到我和石头的头上。这个时候,我们都被突然重启的落雨淹没了……

我怎么就会忘掉这样一个人?一连好几天,我都沉浸在愤怒和羞愧交加的情绪里难以自拔,这么多年来,我真的以为这个罪恶的家伙早就在这个世界上消失了呢,如果我知道他有一天回到这个地方来的话,我一定也会拎起一把菜刀,到村口去等待着他,而不会让他就这么偷偷摸摸地回到乌龙镇,进到他那个像城堡一样的别墅里去。此时,我手里的确攥着一把锋利的菜刀,在案板上使劲切来切去,把按在另一只手里的一棵白菜切成块,再切成片,最后碎成一堆粉末。

这样不是更好吗?母亲安慰我说,这起码说明,在那个大房子里闹鬼的不是你姐姐,也就是说,你姐姐的灵魂在地下并不觉得多么冤屈,这样一来,我们娘俩不就都能心安了吗?

为什么你认为她不冤屈呢?我反问她说,一个人都被别人的刀子生生剁烂了,为什么还不觉得冤屈呢?

没有听人们说过吗?母亲提醒我说,她是一个妖女……

我愤怒地打断她的话说,那是老枪那个该死的东西污蔑我姐姐的说法,你怎么会拿来说你自己的女儿呢?想到老枪对姐姐做的那些惨无人道的行为,我把手里的菜刀狠狠地丢在菜板上。

你不会也想动杀机吧?母亲试量地问我说。

也许她只是随便一说,但在此时的我看来,她这是在提醒我要去办一件事,在过去的日子里,我的确没有使劲地耍弄过手里的菜刀,也就是说不管到什么时候,我也不会让这把菜刀替我表明心迹的,更明确的说法是,我真的是一个胆怯的人,无用的人,没法和别人较量的人,回想二十年前的那个日子,当我听说姐姐惨死在老枪的屠刀下,尤其是看到姐姐那样一个活生生的人变成一块块碎肉的时候,我也没有想起回家去把菜刀拎出来,像那个人对姐姐一样去把他也剁成碎块,而只是蹲下身去,用两手抱住自己的脑袋,对着散落在地下的姐姐模糊不清的尸体,没有什么用处地大哭一场而已。难道说我不会吗?我掉回头来,盯着那把躺在案板上的菜刀,在心里问自己,难道这把菜刀只能用来切白菜吗?

我看你不会,也许母亲已经觉察到刚才那句话的不合适,便赶紧替她自己也替我表明态度说,我的儿子是不会变成那样的人的……

为什么?我恼怒地质问她,为什么你的儿子就不能成为像老枪那样的人呢?

因为,母亲顿了一下,还是又径直对我说,因为我们的家风不允许你那样做……

什么家风?我在心里冷笑一声,明白母亲所说的家风不过是祖辈造孽所留下的影响,它们就像笼罩在我头顶上的乌云,已经数十年没有散去了,不知道什么时候才能放过我去。我恨他们,我像二十年前看到姐姐的尸体变成肉块时那样,再一次蹲下身去,用两手抱住脑袋,一遍又一遍地在心里说,你前面的路要到什么时候走到头呢?

母亲伸出手来,在我手上来回抚摸了几下。这是命,母亲哀哀地对我说,这是你的命……说到这里,她又纠正自己的话说,这是我们李家的命。她喘息着粗气说,既然我们是李家的后人,又怎么能躲过那些无处不在的惩罚呢?

我恨他们,我猛然站起来,在地下使劲跺着脚说,我恨李家的先人……如果真能选择自己命运的话,我宁肯不要这个罪恶的姓氏,不要成为这个姓氏的后人……

别说了,母亲急迫地捂住我的嘴说,既然你已经……你又怎么能逃过老天那只无处不在的巨手呢?

我再次蹲回到地下,又用两手抱住自己的脑袋。这一次,我的身子似乎变得更加沉重,两腿已经支撑不住它的重量,仅仅摇摆了几下,便像一块石头一样趴倒在地下。

二

……

曾祖父:李茂贵,死于一九四七年。

祖父：李正途，死于一九六〇年。

父亲：李大中，死于一九七八年。

姐姐：李二女，死于二〇〇一年。

这是来自我那册"账本"上记载的内容。其实说是账本，也不过仅仅是一本小册子罢了，但不知道怎么回事，自它建立以来，我就把它叫作了账本，其实上面从来没有记录过任何与账目有关的内容，也没有其他别的东西，而仅仅是上面这几位与我在血缘上有关的亲人死亡的时间。本来，我是不想记录这些令我不快的东西的，几乎一翻看上面的内容，我就会产生呕吐的欲望，甚至还有一点点眩晕的感觉，不管从哪个角度讲，我都本能地拒绝这些东西，又怎么可能清晰地把它们记录下来呢？但我拗不过母亲的执意坚持，照她的话说，只有把这些东西准确地保存在记忆里，才能明白你今后怎么样做人。虽然她的话没有完全说明白，但我似乎懂得她没有说出的那些内容，就是让我替这些死去的祖先赎罪……我不知道母亲为什么要让我这样做，难道说他们的死去也有我一份责任吗？只有背负那些沉重的包袱我才能顺利往前走吗？我觉得这是十分荒唐的，本来我已经活得足够艰难了，再背负这些本不属于我的东西，难道她就不怕把我真正压垮在路途中吗？不管从哪个角度上讲，我都讨厌这册账本，憎恨它的存在，当然不会轻易把它从抽屉的底层拿出来，在灯光下翻开观看了。但不知为什么，自从得知老枪从精神病院逃回来以后，具体说我在这个葬送了姐姐性命的仇人身上动了杀机以后，我又把那册快要发黄腐烂的账本拿出来，摊开在桌面上，就着昏黄的灯光仔细观看。此时我朦胧地感觉到，如果真的让我拿起菜刀在一个人身上使劲砍下去的话，的确是需要从我那些暴亡而去的亲人们身上寻找一点点勇气的，是不是这样呢？

可遗憾的是，我对着那册账本看了不知有多少个日子，也没有找到我所需要的任何东西，因为除了姐姐死亡的情景能够在我面前浮现以外，对于其他几个人的死亡我几乎一无所知，因为当他们命归黄泉的时候，我还没有来到这个世界上，或者说我在这个世界上还没有长大成人，对那些饱含血腥气的昔日往事没有多少清晰的记忆。我猛然站起来，挥手把那册摊开的账本打落在地。账本在桌面上翻了一个跟斗，便跌落到下面的阴影里去了。我离开桌前，抬起脚来，朝着那册躺在地下暗处的账本使劲踩了一下。如果不是还保有一点点理智的话，说不定我会把它撕碎成粉末的，让它再不要在这个世界上干扰我的生活，给我本来还算平静的情绪增加那么多意想不到的痛苦……该死的，我在心里咬牙切齿地对它说，见你的鬼去吧……

望着我恼恨交加的样子，母亲从黑暗里浮出来，用沉重的口气埋怨我说，你不能这样对待它，这可是我们家的账本啊。

我知道"账本"二字在她嘴里的含义有多么重要，一时间，我竟然想到了"变天账"之类的词，便没好气地抢白她说，你让我留这种东西，是要我做好变天的准备吗？我知道时代虽然已经有些不同，但"变天"这样的罪名对我们这样的人来说还是承担不起的。

母亲果然有些急，拼命地摇摆着手说，看你这孩子说什么呢？我让你留着这些东西，是要你记清楚我们祖先发生的那些事，以便吸取教训，走好你下面的路……

不要这些冠冕堂皇的说法，我继续反驳她说，你干脆直接说是让我们替祖先赎罪不就行了吗？我再一次想到了姐姐的死亡，心里的情绪更加激荡起来，姐姐就是按照你的说法去行事的，可她走下去的结局是什么呢？难道她一个人的付出还不够吗？还要再让我继续走她没走完的路吗？

你不能这样说，母亲恼恨地纠正我的话说，事情不是你想的那个样子，你没听街上那些人说吗？你姐姐就是一个妖女……

胡说，我愤怒地打断她的话说，关于姐姐是妖女的说法，都是老枪那个杀人犯实施犯罪的借口，你怎么也拿来把它往姐姐身上安呢？难道姐姐不是你亲生的女儿吗？

谁说不是？母亲伤心地摇着头说，我费尽心力把她生下来这难道还有错吗？还有你，她用颤抖的手指指着我的额头说，我也不是同样费尽心力养育了你吗？说到这里，她想起了另外的不知什么事，突然把手捂到脸上，伤心地哭泣起来，我为你们李家可真是付出了所有的心力，到头来我又落得了什么好处呢？

和母亲的交流或者说争吵没有什么结果，回想起来，这几年我和母亲之间大多情况下几乎都是这种情景的重演，渐渐的我的心灵也几乎快要麻木了。我不再理会母亲，而是又将那把菜刀拿起来，在案板上发泄集聚在心中的怨气。这一次，来到我刀下的是一棵刚从菜园里拔下来的大白萝卜，几乎没用三分钟时间，这棵比我的小腿还要粗长的萝卜便由一块块变成了一片片,再由一丝丝变成了粉末。只是与前几次不同的是,在我用菜刀对付这棵大白萝卜的时候,我的一根手指竟然也参加进去,随着咯嚓一声响,我的半截手指在菜刀下与上半截分离开来,和那些正在变成碎片的萝卜掺杂在一起。望着案板上红白一片肉菜相伴的奇异景象,我并没有感觉到什么不适,倒是母亲又从黑暗里浮出来,叽叽喳喳地在我耳边说,天哪,莫非你这个孩子真的要像你那些该死的先辈一样冒险了?

我觉得母亲的话有些言过其实,尽管我心里的不快让我手中的菜刀变得不安分起来,但真要让它变成对付人的利器,我觉得还没有那样的勇气支撑我这样干。我抱住那只血淋淋的手,沮丧地蹲坐在地下,不知道往下该怎么办。这时候,我又想到了那本躺在抽屉里的账本,真是想不明白,我那些先人曾经不厌其烦地与死亡打着交道,而到了我这里,最多也就是用一根手指与刀锋接触了一下,真要让我把自己的命交付于它,我又怎么能轻易办得到呢?

见我坐在灯下,又在翻动那册该死的账本,母亲也又一次来到我身边,做出了向我好好讲述账本上记载的那些与死亡相关的往事的决定。其实在过去的日子里,母亲已经给我讲述过不止一次了,也许是担心我这个小男人承受不住吧,或许还出于她叙事策略的需要,母亲的诉说每次都会让祖辈那些与死亡亲密接触的骇人情景呈现出不一样的面貌,也正是由于这个原因,我才会对那些故事产生了麻木心理,好像我对它们还一直感到陌生似的。让我再来给你讲一遍吧,母亲饶有兴味地对我说,口气里含满了掩饰不住的激情,好像那些悲惨的事情能够让她的存在变得更有意义一样,啊哈,老娘早就憋得不耐烦了。

于是,在此后的若干个夜晚里,母亲都兴致勃勃地向我讲述祖辈与死亡打交道的情景,尽管我从内心里排斥那些残酷无情的故事,但为了进一步检视祖辈们丢失性命的教训,从他们的过错中寻找自己前行的路径,我只能硬着头皮倾听母亲的唠叨。其实过后冷静下来一想,我还是对母亲这样的叙事充满了感激,尽管那些故事让我恐惧,让我不安,但不管我承认也罢不承认也罢,作为他们的接班人我都要承担这样一份责任,我已经在这个世界上躲避了数十年,如今我也年过半百,时间留给我的日子应该不多了,如果我还一味地躲避下去,那究竟到什么时候才能选择好自己要走的路呢?其实这个问题我早就意识到了,但出于对过去那些血腥事故的恐惧,一直拒绝接受母亲的倾诉,而外面流传的那些夸大其词的说法在很大程度上误导了我,让我在前行的道路上走得歪歪扭扭,如果继续这样下去,那么等待我的很可能就是误入歧途的结果。

但不知出于什么样的考虑,母亲的这次讲述与以前有些不同,竟然出乎我意料地使用了一种轻描淡写的语气,好像那些事情并没有多么血腥,反而弥漫着一些有趣的诗意似的,甚至她根本没有直接讲述祖辈的故事,而是首先说到了一个叫巧姐的女人,不免让我听得一头雾水,想不通母亲为什么要这样起头。母亲说,这个叫巧姐的女人那年才十八岁,也可以说已经长大成人,加之长得十分俊俏,便成了这一带小伙子们求之不得的梦中情人。但巧姐拒绝了几乎所有上门求婚的人,只看中一个叫岩哥的小伙子。岩哥是一个猎人,在莫邪山里以打猎为生。岩哥是一个十分高大的小伙子,由于每天都出没在莫邪山的密林里,这让他长得非常结实,浑身都充满了一块一块的疙瘩肉,许多时候,人们都看到他带着猎物从山里走出来,一副满载而归的动人情景。那时候,巧姐也混杂在人们中间,对着岩哥看个不停,当然她和别人不同,大多数人看的都是岩哥收获的猎物,而巧姐却看的是岩哥本人,或许可以说,从那个时候起巧姐就看上了岩哥。岩哥当然乐意和这样的女子在一起,所以没费什么劲儿,他就把巧姐娶到了自己家来,也就是说从此以后,巧姐就成了地地道道的乌龙镇人。两个人你情我爱,欢欢喜喜地过日子,成了乌龙镇最让人羡慕的一对年轻夫妻。几乎每一天,岩哥都去山林里打猎,家里就剩下了巧姐一个人。巧姐不仅人长得漂亮,而且也特别能干,家里所有的担子都能挑起来。岩哥进山以后,巧姐把家里收拾得干干净净,再找不到什么事干,便坐在家门口,等待岩哥携带着猎物从山里归来。但这一天与往日不同,巧姐还没有等到岩哥回来,却看到另外一个男人朝她的家门走来,巧姐认出来,这个朝她家走来的男人是他们家的东家……

东家是地主吗?听到这里,我似乎明知故问地说。

是,母亲点点头,随后又纠正自己的话,说地主也不是那么准确,她朝外面的山林指了一下,说是山主或者林主才合适呢,因为岩哥和巧姐的东家霸占的是那些山林……

我似乎明白了,这么说,那年轻的小两口并没有自己的田地和山林?

当然没有,母亲回答我说,几乎所有乌龙镇的山林都归东家所有,其他人要想上山打猎,就只能租用东家的山林,从这种意义上说,乌龙镇许多人都是东家的佃户,他们从山里打回猎物以后,除了自己留用之外,要把其中的大部分像交租一样交到东家去,或者换句话说,他们每天的劳作都是在为东家打工,就和现在的工厂差不多,所有的员工都是老板雇用的劳动力,照某些老板自己的说法就是,他们吃的喝的都是我提供的,他们听话就留下来为我出力,不听话就给我马上走人……

这太没有道理了,我愤愤不平地说,为什么有的人就能当老板,有的人却只能当打工仔?

这个我也说不清楚,母亲摇着头说,或许都是因为老天不公吧……说到这里,她抬起头来,望着灰沉沉的天空再次摇了一下头。

莫邪山的森林为什么就归东家一个人所有了呢?我朝远处的山林望了一眼,似乎更加困惑不解。

这个……母亲犹豫了一下,还是径直对我说,要弄清这个问题,你还是去问问你自己家的老祖宗好了,说到这里,她又无可奈何地摊了一下手说,如果你有这种机会的话。

我吃了一惊,用手拍着脑袋想一下,忽然明白了母亲的说法,不禁脱口而出,怎么?原来这个东家是我们家的祖辈?

没错,母亲使劲点点头说,我说的那个东家就是你的曾祖父。

原来是这样?我垂下头去,一时陷入了沉思之中。

那天,母亲继续为我讲道,你曾祖父手里拄着一根文明棍,迈着四方步,悠悠晃晃地从村子里走出来,沿着一条羊肠小路,朝岩哥和巧姐的篱笆院具体说是坐在院门口的巧姐走去,一副胸有成竹志在必得的样子。其实从巧姐嫁到乌龙镇来的那天起,你曾祖父便注意到了这个长相出众的美人,就在心里打定了自己的小算盘,只待一个合适的日子里来实施他的罪恶计划了。明天不错,从昨天夜里,你曾祖父就仰起头来观看天象,觉得明天是一个分外吉祥的好日子,便决定在日当中午的时候,就可以到那个篱笆院里去找那个叫巧姐的女人了。望着在羊肠小路上朝自己走来的东家,巧姐也早就明白过来,今天是她在劫难逃的日子,其实从嫁到乌龙镇来的那天起,她就对这一天要发生的事有所预感,或者完全可以说,在这些日子

22

里,她是一直在等待这个时刻具体说是你的曾祖父从羊肠小道上走来的场景出现的。你终于来了。那个时候,巧姐望着那个像巨大的野兽一般黑乎乎的影子朝自己逼近,她除了本能地把手举起来,在脖子下的第一个纽扣上摸了一下之外,又能做出怎样不必要的反应呢?

等等,我对母亲吆喝说,你停一下,我怎么听着这件事有些不对劲儿?你干脆明确说吧,曾祖父在岩哥不在的情况下来找巧姐,是不是要干什么坏事?

是呀。母亲平心静气地说。

既然是这样,我反问她说,那你为什么讲得这样平心静气?我甚至从椅子上站起来,你又为什么要给我讲这些呢?在我想来,不管怎么说,曾祖父都是我的祖辈亲人,母亲也算是这个家庭里的人,不但没有对我隐瞒祖父那些肮脏行为,甚至还津津有味地给我仔细讲述,她这是安的什么心呢?

看来你真的不懂过去那些事,母亲摸了一下我的头,长长地叹口气说,不懂过去乌龙镇那些独特的风俗……

独特的风俗?我更加不明白了,什么独特的风俗?

刚才我不是给你打过比方吗?母亲开导我说,就像那些富豪老板对他手下的打工者说,你们都是吃我的喝我的,不好好干活就给我收拾铺盖滚蛋一样,作为这个山林的真正霸主,你曾祖父也对他那些为他打工的佃户拥有同样的心理,或许他也真的对佃户们说过类似的话呢,你们吃我的喝我的,不要说你们打下的那些猎物,就是你们自己也是属于我李茂贵的。

曾祖父真的会这样想吗?我惊骇地问道。

我不是也对你说过了吗?母亲提醒我说,不管他是不是这样想,也不管他是不是这样说过,反正在乌龙镇的风俗当中,这样一种状况是一直存在着的,也就是说不光你的曾祖父这样认为,几乎所有的乌龙镇人当然更包括那些为他打猎的佃户们也是持这样的态度的,孩子风俗你懂吗?当一件事已经在一个地方形成了为所有人认可的风俗习惯的时候,这种状况便会像山石一样变得不可动摇而只能一如既往地延续下去,这是不为任何一个人的意志所左右的你明白吗?

真的是这样吗?我惶然地张大嘴巴,这种现象真的成了乌龙镇的风俗吗?

母亲点点头，没有在这个话题上继续费口舌，而是继续为我讲述有关巧姐和曾祖父具体说是岩哥的故事，因为在母亲的讲述中，这个时候岩哥已经从山上打猎回来了。其实从进到山林里以后，母亲吧嗒着嘴说，岩哥便觉得有些不对劲儿，与先前专心致志地狩猎状态不同，心里总有些烦乱，过一会儿就回过头来，隔着林木往山下看，往自己家的篱笆院里看。尽管他看不了那么远的距离，却影响了去前面的山林里打猎的行动，白白在山林里转悠了多半天，也没有打到任何猎物，便又空着手朝山下走来。与我们的想象不同，过去乌龙镇的人到山林里去打猎，并没有枪支可用，而只是在腰里别着一把菜刀，看到野兽的时候，猎人便把这把锋利的菜刀举到手里，用它来对付那些凶猛的动物。在那个年代里，并不是没有枪支出现，比如你曾祖父家的地窖里，就藏有两支三八大盖，但对那些上山狩猎的佃户，你曾祖父却不允许枪支出现，而是让他们使用普通的菜刀，凡是违背这个规定的人，将会被你曾祖父毫不客气地逐出山林。这天午后，岩哥腰里别着那把没有派上用场的菜刀，又像进山时一样空着两手走出山林，沿着下山的路朝他的篱笆院走来。越是离那个小院落近一些，他心里的不安情绪便越是浓烈一些，一种不祥的预感弥漫在心头，让他的目光更加僵硬。在他直通通的注视下，你曾祖父正从他的篱笆院里走出来，面对着向他靠近的岩哥，却没有一丝一毫的慌张显露出来。天哪，望着你曾祖父脸上那副心满意足的样子，岩哥心里更加烦乱，不光眼睛有些迷离恍惚，而且脚步也开始变得踉跄起来，如果不加以强烈控制的话，他真担心自己会栽倒在路边的灌木丛里。岩哥，你曾祖父率先开口说，你怎么空着手从山里回来了？难道山上的猎物都被你打光了吗？岩哥呆呆地看着他，一时不知道该怎么回答他的话。他匆匆忙忙越过他的身子，要往他的篱笆院里走，把里面他所想象的不堪情景看个清楚。你不能消极怠工，你曾祖父却还对他不依不饶，转过身来继续对他说，我还等着你打下的那些猎物去换钱呢，家里养着那么多家丁，总是要吃饭的吧？岩哥对他这几句饱含深意的话不加理睬，而是继续朝着他的篱笆院迈动脚步。突然，他僵直的目光看见了那个急于要捕捉的目标，没错，是他的妻子巧姐从屋门里探出头，朝他这边看了一下，当两个人的目光触碰在一起的时候，巧姐没有像往常一样继续盯住他不放，而是像被灼热的炭火烫伤了一般，急快地把目光缩回去，几乎与此同时，她探出半边的头也马上收了回去。望着重新变空了的屋门，岩哥的心里轰然一响,知道他所担心的那件事一定是发生了。老天呀,他在心里急剧地叫喊一声,你怎么能……他伸手扶住院门,才没有让自己倾斜的身子跌倒在地。待稍稍镇定了一下之后,他猛然转回身来,大瞪着两眼朝那个罪恶的家伙身上看去。你,他在心里向他憎恶地叫喊,你……他一边痛恨地咬着牙齿,一边本能地把手抬起来,按在别在腰间的那把柴刀的把手上。虽然他的声音并没有发出来,但你曾祖父却似乎知道他在心里说什么,当然更是清楚地看到了他按在刀把上的那只手,尽管这样,你曾祖父也没有做出多少慌张的样子,而依旧是镇定地举着他的文明棍,在岩哥面前挥来挥去。如果不能给我交足你的猎物,你曾祖父再次率先开口说,我就会把山林从你那里收回来的。他把那根文明棍举高了,夸张地朝远处的山林使劲杵了一下。岩哥虽然脑子有些迷乱,但对他这个动作还是看得极其清楚,不知为什么,他按在刀把上的那只手惊慌地颤抖几下,便慢慢地滑开去。这时他也许想到了人们的一种传说,你曾祖父那根文明棍不仅仅是一把普通的拐杖,而更是一把包着外皮的利刃,虽然人们没有见过你曾祖父把它从鞘子里拔出来使用,但几乎所有人都相信这种说法,也就是说,人们对那根文明棍更是怀有惊惧之心的,凭你曾祖父的个性和地位,他在有一天把利刃从鞘子里拔出来施向某个人是随时都可能发生的事儿,虽然岩哥是一个高大威猛的汉子,而且在和野兽的数次较量中,也练就了搏击的过硬本领,但不知怎么回事,一想到你曾祖父也就是他的东家手里的那根文明棍,所有面对野兽才有的猛烈杀机却烟消云散,就算再借给他一个胆子,或许他也不敢把手里的菜刀举起来,像对付那些野兽一样砍向他自己的东家的。大约正是看清了这种形势,你曾祖父才会在岩哥面前表现得镇定自若,即使做了罪恶的行为也能把自己装扮成一副道貌岸然的样子。好吧,你曾祖父把内在的威风不着痕迹地表露了一下后,面对着重新变得规矩起来的岩哥,似乎没有在这个地方逗留下去的必要,便收起他的文明棍,继续当拐杖一般拄到地下,悠闲地迈着他的四方步,沿着那条羊肠小道朝村子里走去。望着你曾祖父越来越远的身影,岩哥收回他僵直的目光,抬起脚来,使劲在地下跺了一下,随即便把整个身子蹲下去,用两手抱住头,没有出息地哭泣起来。

　　母亲讲到这里,好像可以告一段落了,便暂时停歇下来。我呆呆地看着她,似乎还等待着下面更为精彩的内容,但母亲却闭住了嘴巴,让我更加不甘心起来。怎么？我质问她说，难道就这样过去了？

可不就过去了。母亲用平静的语气说。

岩哥怎么可能，我愤愤不平地说，怎么可能眼看着自己的老婆让别人欺负，而不管不问呢？就算那个家伙……嗯，就算我曾祖父手里的拐杖是一把利刃，难道他腰里的那把菜刀就是烧火棍吗？

看来你又把我的话忘了，母亲笑话我说，刚才我不是对你说过了吗？一种早就成型的风俗习惯是不可能被轻易改变的……

这根本不是什么风俗习惯不风俗习惯的事儿，我打断母亲的话说，这是一个人要不要脸面的问题，关系着他在这个地方还能不能站住脚的大事呀……我沮丧地坐回到椅子里，抱住脑袋思考了一下，又忽然想起什么来，不对，我直瞪瞪地望着母亲说，难道这种事也是一种风俗习惯？一个人的老婆为什么要被别人占有？而那个人却只能忍气吞声地承受下来？这是什么混账风俗习惯？

你这个孩子，母亲的手指在我额头上杵了一下，你都年过半百了，还说这样天真无邪的话，你不好好想一想，你到底是站在谁家的立场上说话？难道那个人不是你的曾祖父吗？不要忘了，你身上可是流着他的血哩……

我不要他身上的血，我拨开母亲的手说，他竟然光天化日之下去做这样无耻的事儿，又怎么能让我轻而易举地承认他是我的先人呢？

母亲嘲笑我说，不管你承认不承认，你都是他的重孙，这是你一个后来人无法改变的既定事实。

听母亲这样说，尽管我心里窝着一口闷气，却不知道再表示什么好了。

在这件事上，母亲教训我说，你要坚定地站在我们李家的立场上，而不能帮着那些毫不相干的人说话，就算那个什么岩哥和巧姐让你可怜，让你同情，但在这样事关我们家荣誉的大问题上，你都不能和他们站在一起，而和我们家的人过不去，再说了，在那个遥远的年代里，这件事也没有什么可奇怪的，我不是提前和你打过招呼了吗？这是那个时候盛行在乌龙镇的风俗习惯……

天下竟然有这样混账的风俗习惯？我依旧执拗地说。

这还不是过分严重的呢，母亲向我争辩说，我好像不止一次地听说过，在许多偏僻的地方，那里的地主老财对他们佃户的女人都是拥有初夜权的。

初夜权？我呆呆地望着她，好像没明白是怎么回事，什么是初夜权？

你真是个天真的孩子，母亲埋怨地看了我一眼，看来你真的还没有长大呢……

我想了一下，突然像是明白过来。什么？我大为震惊地看着她，天下竟然还有这种事？我不信，我使劲摇着头说，我不相信……

不管你信不信，母亲信誓旦旦地对我说，这种事在那个时代里都真切地发生过。

那个年代也太黑暗了。我一拳头砸在桌子上，把那些刚刚吃空了的碗盏震得跳动了一下。

与它们比起来，母亲指着窗外的黑暗处说，你曾祖父做的事不是要平常得多吗？所以在那时的乌龙镇人看来，这实在没有什么好奇怪的，不光那些与此无关的人这样看，就算那两个当事人，岩哥和巧姐，他们也觉得这是早晚要发生的事儿，所以也就没有对这样的局面感到不能接受，甚至从某种意义上说，他们早就等待着这件事发生了……

真是胡说，我再次不服气地反驳她说，我无论如何也不愿相信，他们会期待着这样的事到来。

就算他们不有所期待，母亲退后一步说，但当这件事发生了以后，他们采取得过且过的方式对待它，就没有什么好奇怪的了。母亲长叹了一口气说，风俗习惯的力量是强大的，任何人都不可能轻易撼动它的存在，不管一件事是否符合情理，只要是取得了约定俗成的地位，便具有了无坚不摧的力量，谁又能无视它的存在而做背离它的事情呢？

那么，我咽了一口唾沫说，岩哥就真的咽得下这口气吗？

他咽得下也要咽下，咽不下也要咽下，母亲摇着头说，虽然他是一个有血性的汉子，虽然他能用手里的菜刀对付得了山林里的所有凶猛野兽，但在这件事上，他也只能采取忍气吞声的态度，最多也就是在没人看见的地方哭上几声，或者干脆打自己几个耳光罢了，其他更为激烈的事情他是不可能做出来的。母亲看着窗外远处的山林说，那些日子，岩哥除了悄悄地惩罚自己以外，对他的妻子巧姐的态度也冷淡起来，原先他是一直喜欢这个美丽女人的，就像人们所说的那样，真是含在嘴里怕化了，托在手里怕掉了，每一天都恨不得搂在自己怀里不放，但为生活所迫，他不能不把她丢在家里一个人去上山打猎，每次离开她的时候都一副恋恋不舍的样子，如果不是担忧受到那些凶猛野兽的伤害，他肯定会把她一步不落地带在身边呢，或许在他想来，与那些随时取人性命的野兽比起来，那个躲在黑暗中打巧姐主意的家伙的危险性毕竟小一些……

他真的这样想吗？我忍不住脱口说道。

或许是这样吧，母亲咧了一下嘴说，不然的话，他为什么没有让巧姐跟他一起上山，而把她留下来给你曾祖父提供了那样一个机会呢？这件事发生以后，岩哥对他曾经心爱的女人巧姐的态度就发生了变化，想来事情一定会是这样，就像一朵盛开的花被一只不怀好意的蜜蜂采集过了一样，那朵花肯定就与原来不一样了，何况这是一个被人占有过的活生生的女人呢，但岩哥也明白，这件事的责任并不在巧姐身上，无论怎么说，她都没有主动勾引过他的东家，甚至在此之前，她都没有见过这个所谓的东家一面，又怎么可能会主动与他发生什么关系呢？所以无论岩哥怎样烦恼，怎样愤怒，怎样伤心，都不能把责任一股脑地往妻子身上推，既然也不能公开去找自己的东家算账，那这口怨气就只能生吞活剥地咽到肚子里去。可一旦面对那个与先前不一样了的女人时，岩哥心里又会涌起一些不同往常的情绪，本来想对这个依然看上去可爱的女人亲热一番，但每当要这样做的时候，他心里便会像吃下去一只苍蝇一样涌起厌恶的情绪，即使硬着头皮，也无法把那种亲密的动作做出来。真是该死，每到这时候，岩哥都会更加感到愤怒，不是用拳头击打自己的头部，就是用它擂击桌子，直到上面的皮肉泛出血丝来才肯罢休。如果实在气不过，他就会把那把用于对付野兽的菜刀举起来，当然不会让它落在自己的头上，而是把它砍到桌面上去，或许在他的想象中，矗立在面前的桌子便是那个可恶的东家，砍死他，他在内心里叫喊着，砍死那个狗东西。但不等他把桌子砍倒，便会很快清醒下来，随即停住手里的菜刀，不管怎么说，这张桌子并不真的就是那个该死的家伙，而是他用于生活的家具，况且对于他这个还没有脱离贫穷的人来说，这张看上去还过得去的桌子是他不多家具中较好的一件，如果没有了它，他和巧姐的日子便会更加不圆满了。想到这里，岩哥虽然没有发泄完心里的怨气，却还是适可而止，停住了手里的菜刀，让那张可怜的桌子在某种程度上保持了原来的样子。

真是一个可怜的家伙。我叹息着说。我实在想不通，这样的日子他还怎么能过得下去呢？

其实事情不是这样的，母亲微笑着安慰我说，以后的事实证明，是我们对岩哥和巧姐的处境过于忧虑了，没过多久，那道刻在岩哥心里的伤疤便开始愈合了，因为在这些日子里，他又听说了其他女人也被你曾祖父占有过的事例，而那些女人的男人也像他一样没有表现出什么过分激烈的行为，而只是在家里对着桌子发泄一通怨气罢了，这样一来，岩哥便脱离了他的痛苦和孤独状态，而在乌龙镇轻而易举地找到了同类，既然有了相伴而行的人，他内心里的痛苦便有了分解的途径，不多的日子下来，他便差不多快要忘记了这件事带给他的耻辱和伤感，而变得又像先前一样平静和快乐了，这时候再次面对他的妻子巧姐的时候，竟然也恢复了以前的亲密状态，两个人的生活由此重新走上了正轨，如果不是另一个与那个黑暗时代不同的时代急快到来的话，岩哥和巧姐怕是会一如既往地把那种苦乐相伴的日子过下去的，而你曾祖父，作为乌龙镇最大的地主或者说山主或者说林主，也会一如既往地把他间或占有别人女人的生活延续下去。

真是太好了，我忍不住拍了一下手说，我早就盼望那个时代的结束了。

听我这样说，母亲惊骇地看着我，目光里透出极度的迷惘和不解。什么？她大声质问我说，难道你也像那些一文不名的穷棒子一样，期待着清算你祖先的所谓罪恶吗？

难道他们不该被清算吗？我也反问她说，如果我们是岩哥和巧姐的话，难道我们不欢迎另一个时代的到来吗？

问题是，母亲义正词严地指出说，你无论如何不会变成像岩哥和巧姐那样的人，从你来到这个世界的那天起，你的血管里就流淌着来自你曾祖父他们身上的血，难道这一点你会由于自己的好恶而得到丝毫改变吗？孩子这是什么你知道吗？这就是那个瞎子五巨所说的命运，在强大的命运面前，你纵有天大的本事也不会改变它的……

我懒得再听母亲这些说辞，便朝她不耐烦地摆摆手说，好了好了，你还是快说另外一个时代到来的时候，他们那些人，我朝窗外的远处指了一下，巧姐和岩哥还有曾祖父他们，到底又是怎么做的吧？

好吧，母亲向我妥协说，或许对岩哥和巧姐那些人来说，另外一个不同于那个世道的时代的到来，是他们巴不得的事情，而对于你曾祖父和我们家的人来说，那个时代的到来简直就是一场临头的大祸……说到这里，母亲竟然又改口说，不不，此时此刻，或许对岩哥和巧姐那些人来说，另外一个不同于那个世道的时代到来,还是一件从来没有想过的事儿,不然的话,当土改工作队来到乌龙镇时,他们又怎么能一如既往地沉浸在老旧的生活中而难以自拔呢?甚至这一天,岩哥和你曾祖父还照过一次面,像过去一样,因为你曾祖父是从别人家的院子里走出来,岩哥没有受到任何的刺激,依旧按照过去的老规矩向他点了一下头,一副事不关己的麻木样子;而你曾祖父也没有对即将到来的灾难有任何预感,仍然在无所事事的情况下出没于别人家的院落,浑身透出的都是按部就班照常生活的架势,由此可见,那种盛行在乌龙镇的风俗习惯具有多么强大的惯性,居然在远方传来的隆隆炮声中没有丝毫改变的迹象。那时候,你曾祖父打量着对他没有表现出任何敌意的岩哥,一定又想到了他那个在乌龙镇可算是极为出色的女人巧姐,当他与岩哥擦身而过的时候,或许已经打定主意下一次要去他家的篱笆院里去活动一下筋骨了,由此看来,不久之后发生的那件在乌龙镇具有颠覆作用的事件,不纯粹是必然要发生的一个结果,而有可能包含着许多偶然的因素,也就是说,如果这天你曾祖父没有碰到岩哥的话,他是否在接下来的那个日子里对巧姐做那件让人感到大吃一惊的事呢?看来还真是不好说呢。

面对死水一潭的乌龙镇形势,新来的土改工作队队长有些犯难,一时不知道该从哪里或者说从什么人身上打开一个突破口,将艰难的土改工作开展起来。队长在村子里走了几个来回,算是摸到了一些似是而非的情况,最终把目光放在了从山林里打猎归来的岩哥身上,在他看来,这个受过恶霸地主欺负和伤害的男人应该具有天生的革命冲动,而且根据他家人具体说是他妻子巧姐的情况判断,乌龙镇最为危险的事情都是随时有可能发生在他身上的,所以把他当作开展工作的骨干对象,是再合适不过的了。但让工作队想不到的是,当队长把岩哥找去,向他说了一些有关土改工作的情况后,岩哥竟然连连摇头说,你们说的话我不懂,你们让我干的事我也干不了,放过我吧,你们最好还是去找别人吧。说罢,岩哥掉回头来,就迈得急快的脚步向自己家走去。队长打量着他高大的背影,一时陷入极大的迷惑当中,无论如何想不通,这个看上去不乏威武气概的汉子,竟然比一根木头还要麻木,对于待他如此不公的生活状态,没有一丝要改变的欲望和想法,这样的男人在这个世界上真是显得有些多余,有些无用。接下来,队长又找了几个和岩哥的遭遇极其相似的男人,结果让他感到了更加的失望和无奈,那些男人表现的态度也和岩哥没有多少差别,甚至比岩哥拒绝得还要坚决,离去的脚步迈得更加急促,好像工作队让他们去做的事情对他们多么不利似的。队长这才意识到,乌龙镇的生活秩序是那样的封闭,那样的落后,要想把它搅乱打碎,重新改造成另外一副完全不同的模样,该是一件多么艰难的事情呀。到这里,队长简直不知道接下来该怎么办了。

让队长再次没有想到的是,几天之后,乌龙镇竟然发生了一件让人感到震惊不已的大事,正是这件事给他的土改工作提供了一个难得的契机。这一天,岩哥背着一头野猪从山林里回来,一副兴冲冲的骄傲样子,在此之前,不仅岩哥自己,就是大多数乌龙镇男人都没有成功打到过野猪,对于这种格外凶猛的动物,一般人是不敢对它动刀的,搞不好就会让自己受到致命的伤害,但岩哥不怕,当那只个头不算太小的野猪出现在面前的时候,岩哥没有丝毫的畏惧,也不打算向后退缩,而是挥着手里的菜刀直向野猪扑去,一番混战之后,岩哥从地下爬起来,拎着手里流淌着血迹的菜刀,威风凛凛地站在野猪面前,而那头野猪躺在地下的草丛间,再也没有能力站起来了。中午时分,岩哥吃力地背着那头足有一百斤重的野猪,摇摇晃晃地从山林里出来,沿着那条弯曲的下山小路,一步步朝着自己的篱笆院走来,在他的想象中,当他把死去的野猪放到院子里的时候,他美丽的妻子巧姐一定会从屋里跑出来,不顾他身上沾满的血迹和臭味,搂住他的脖子给他一个扎扎实实的热吻,一想到这样的情景,岩哥就不由得加快了沉重的脚步。可让他感到意外的是,他真的把野猪放到院子里的地下了,巧姐还没有从屋里跑出来,而且也没有任何要跑出来的动静。巧姐,岩哥一边用袖口擦拭脸上的汗水,一边朝着屋门口叫喊,快出来吧,看我打到一个多么大的家伙。岩哥接连喊了好几遍,巧姐的身影还没有出现在他面前,这让他感到不解,根据以往的生活规律,巧姐是不会到外面什么地方去的,如果她真有什么事情非要外出的话,也应该把院门锁住吧,可现在一切都没有现出异常的情况,巧姐却反而不见了,这无论如何让他想不明白。正在岩哥百思不得其解的时候,一个放羊的小男孩站在篱笆墙外对他说,我知道巧姐到哪里去了。岩哥赶紧问他说,你看到巧姐了?那你告诉我,她到底去什么地方了?小男孩转过身子,朝村子里指着说,他被李茂贵老爷领走了。岩哥似乎听懂了他的话,但又实在不明白,不禁纳闷地问他说,东家领走她干什么?在他想来,就算李茂贵也就是你曾祖父要在巧姐身上干坏事,也不会把她领到别的地方去吧？在此之前，那个老家伙可没有把别的女人领走的先例出现过，现在怎么会有这样的事情发生呢？岩哥怀疑小男孩在撒谎，一时并没有打算信他的话。小男孩看出了他的心思，便赌咒发誓地说，我亲眼看见了，巧姐就是被李茂贵老爷带走的，不信你到李家去看看，巧姐保准在他家里呢。听他说得如此肯定，岩哥不能不把他的话当一回事了，这时候，他也看到了院子里出现的某些异常景象，原本完好的篱笆墙有一段倒在了地上，两根木桩也发生了断裂，好像一场激烈的搏斗刚刚在这个地方发生过……岩哥的心脏提到了嗓子眼里，再联系那个小男孩的话，他不由得转过身来，朝村子里你曾祖父家的方向看去。

我曾祖父真的把巧姐带走了？听到这里，我也像岩哥一样纳闷起来，那他把巧姐带到自己家里去干什么？

不但你这样问，岩哥这样问，母亲摇摇头说，几乎所有乌龙镇人都这样问过，他们真是想不明白，在土改工作即将开展的时候，也就是说，当一件对你曾祖父极其不利的事情即将发生的时候，他为什么不老老实实地待在自己家里，竟然做出了这样一件让人们感到大为震惊的事情呢？平时他倒是没有这样干过，偏偏这个时候弄出这样一件出格的事来，这个老家伙到底是怎么想的呢？难道他还嫌自己接下来的麻烦少吗？担心自己的罪过不是那么鲜明而重大以至于让那些对他虎视眈眈的工作队员抓不住他的把柄而感到遗憾吗？当时除了你曾祖父自己，所有乌龙镇人甚至包括那些跃跃欲试的土改工作队员也想不明白你曾祖父为什么要这样干，或许在他看来，反正土改工作即将开展，自己又是被冲击和斗争的重点对象，一旦工作开展起来，自己也就没有了行动的自由，也就是说，以后再去岩哥的篱笆院里找巧姐是极其麻烦的一件事，弄不好的话，他就真的不能见到那个让他放不下的女人了，不如把她带到自己家里去，这样一来，他就可以随时和她发生关系了。不知道你曾祖父到底是不是这样想的，但除了这样的解释以外，实在找不到其他更为合适的理由了。如果事情真是这样的话，那么你曾祖父便是昏了头，或者发了疯，竟然在那根要自己命的绳套面前主动伸出了脖子，这不是闲得没事自己找死吗？但对工作队来说，这可真是一件让他们求之不得的好事，几乎不用怎么动员，岩哥便主动找到了工作队，提出要对你曾祖父开展斗争的要求。开始的时候，岩哥还想到你曾祖父家里去，就算拼上自己的性命，也要把巧姐带回自己家来，但当他来到你曾祖父家门口时，却发现那两扇黑漆漆的门板早就关闭了，而且在里面插上了两道门栓，任凭岩哥怎样撞击，最后把那把菜刀掏出来，对着门板砍击了一番，也不能让两扇厚实的门板打开。岩哥还要挥着菜刀继续发作，却听到门楼的房顶上传来严厉的吆喝声，抬起头一看，原来是你曾祖父出现在上面，伸出手里像树枝一样细长的文明棍，对着岩哥挥舞不止，嘴里发出一连串警告声，诸如再不离去我就要对你不客气了之类的话。好你个狗地主，岩哥举起菜刀，刚对他做出一个砍击的动作，眼睛便有些发直，不由得把抬高的手臂收了回来。岩哥看见在你曾祖父身边，趴着两个气势汹汹的家丁，他们的手里也挥舞着像是树枝一般的东西，岩哥虽然没有什么见识，但还是本能地判断出来，那是两杆能够在关键时刻派上用场的枪支，虽然它们看上去像烧火棍一般没有什么稀奇，但它射出来的子弹是很容易把一个人的性命夺去的，比起自己手里的菜刀来，它们不知该厉害多少倍呢。岩哥尽管心里不肯屈服，可在那两支三八大盖的威慑下，还是不得不从你曾祖父家的门楼下退出来，在对着空旷的街道发了一会儿呆之后，似乎突然想起什么来，这才迈开大步，义无反顾地向工作队的驻地走去。我要参加斗争，一照队长的面，岩哥就拍着鼓胀的胸脯说，我要斗争李茂贵那个老恶霸，把我老婆从他罪恶的手里解救出来。到这个时候，你曾祖父的灾难才算是真正降临了。

难道他真的发疯了吗？我不解地摇着头说，难道他真应了那句自作孽不可活的话吗？

老天要让一个人灭亡，必先让他疯狂，母亲叹息着说，看来是你曾祖父身上的罪孽太多，连老天爷也不肯放过他了，让他在那个风起云涌的关键时刻做出了一个傻子也做不出来的事。说到这里，母亲竟然滑稽而不失伤感地笑了一下。你曾祖父丧心病狂的做法，母亲继续向我讲道，似乎不用再经过怎么发动，在岩哥的示范作用下，乌龙镇那些受过你曾祖父伤害的人们便都跟随上来，义愤填膺地对我们一家做出了开展斗争的架势，在他们想来，既然巧姐落入了你曾祖父的虎口，其他和巧姐没有什么区别的女人难道不会有这样的危险吗？如果任由你曾祖父胡作非为下去，那么岩哥今天的局面也就是他们明天要面对的现实，在这种严重的情况下，哪还管什么风俗习惯？土改工作队就是来改变这些罪恶的风俗习惯的，只有把它们彻底铲除了，他们家里的女人才能获得安全，才能真正算是自己的女人。

但现在的问题是,你曾祖父身边有两杆三八大盖,如果要想顺利斗争他的话,首先要把那两杆随时能够射出子弹来的枪支搞掉,可你曾祖父一天到晚关闭着院门,只是让自己和那两个家丁的身影没有什么规律地在门楼房顶上出没一下,街上的人还没有把他们看个清楚,便很快消失了,如果要想将你曾祖父从那个幽深的院落里弄出来,非要穿过那两杆三八大盖的弹雨不可,虽然岩哥自告奋勇,甘于冒着死亡的危险冲到你曾祖父家的门楼下,把炸药放到门板前,打开通往你曾祖父家院落的缺口,但在那两支三八大盖的子弹狙击下,岩哥能不能顺利实施这个进攻计划,都是一件没有十足把握的事。可除此之外,工作队也没有找到什么更为妥当的进攻方式,事情一直陷在这种狙击和进攻相胶着的状态中。可让大家没有想到的是,没过多长时间,你曾祖父家的门板竟然自己打开了,而且你曾祖父随即走了出来,与大家想象的不同,他是被反绑着双臂走出来的,也就是说,在人们一无所知的情况下,你曾祖父便被捆绑起来,无可奈何地从那两扇门板后押了出来,跟在他身后的是那两个家丁,此时,那两个家丁依旧端着手里的三八大盖,只是不时地举起来,用枪托在你曾祖父的腰板和屁股上捣一下。人们瞪大了眼睛,望着这番让他们惊骇不止的景象,似乎过了好一会儿才明白过来,原来是这两个你曾祖父以为信得过的家丁进行了造反,在他还没有缓过神来的情况下,就将他结结实实地捆绑起来,并押解到了工作队和人们的面前。

原来是这样?我也震惊不已地张大了嘴巴,竟然是那两个家丁发生了哗变?

母亲点点头说,是呀,在那个风声鹤唳的情况下,那两个也算是穷苦人出身的家丁还不算傻,知道再继续为老地主卖命是没有什么出路的,就像俗话所说的那样,识时务者为俊杰,那两个没有什么见识的家丁还懂得这个道理,倒是你那个不可一世的曾祖父表现出了非同一般的落后和愚昧,竟然以自己肉乎乎的脑袋去撞击新政府铸成的铜墙铁壁,这真是应了另外一句俗话,螳臂当车不自量力……

后来呢?我打断了母亲的话,急不可待地想知道我曾祖父的结局到底如何。

其实到这个时候,母亲已经失去了再继续讲述曾祖父事情的兴趣,在打了一个长长的哈欠之后,才懒洋洋地应付我说,你曾祖父被工作队关押起来之后，人们都做好了几天之后斗争他的准备，尤其是岩哥那几个受过他真正伤害的人们，打定主意要在斗争他的大会上，把自己不堪回首的痛苦遭遇讲述出来，以便让那个流行在乌龙镇不知多少年的风俗习惯彻底从历史的舞台上退出去，从而在新时代再造一个不同往常的新型社会秩序。几乎所有的工作都准备完毕，就连作为你曾祖父直接的受害者巧姐本人，也在从李家的深宅大院里解救出来之后，经过工作队和岩哥一次次地说服动员，终于克服所有的羞辱和惭愧，同意在接下来的斗争大会上现身说法，对你曾祖父的罪恶行径提出令人信服的血泪指控，然后按照行动计划，让愤怒的人们把你曾祖父押到鱼人河边，用一颗普通的枪子送他到另一个世界去……可依旧让大家没有想到的是，就在这一切即将实施的前一天夜里，又一件让乌龙镇人感到惊天动地的大事发生了，关押你曾祖父的李家祠堂于半夜时分发生了突然的爆炸，作为值班民兵的岩哥看见，一团亮丽的火光突然从祠堂顶上飞起来，随即便是一声震耳欲聋的爆炸声。等岩哥和几个民兵镇定下来，慌慌张张地跑过去一看，李家的祠堂已经坍塌下来，里面狼藉一片，一直被关押在里面的老地主只剩下了两条完好的腿，他的头颅和上半身不知道飞到什么地方去了。人们在废墟里寻找了半天，除了看见一些零零碎碎的肉末骨渣之外，你曾祖父那半截身子真的没有再剩下其他什么痕迹。事后经过调查，事情的原委才勉强弄清楚，原来人们忽略了对你曾祖父身体的搜查，以为他既然被那两个家丁捆绑起来，说明他已经失去了所有的反抗能力，可哪里又想得到，你曾祖父竟然在自己的衣兜内藏了一颗手榴弹，当最后一个夜晚到来的时候，他费尽所有的力气，把捆绑自己的绳索解下来，从衣兜里掏出那颗锈迹斑斑的手榴弹，看看它到底管不管用。他把木柄上的盖子打开，捏住那根导火索的拉环，抖抖索索地扯了一下，别说，这个看上去已经失去效用的手榴弹竟然发生了剧烈的爆炸，燃烧的火药和崩裂的弹片将他的上半身和脑袋炸成了一团碎末，只留下了两条再也走不了路的长腿，算是作为他在这个世界上曾经存在并且犯下罪恶的证明……

三

像讲述曾祖父的故事一样，这次在讲述我祖父的故事之前，母亲也依然没有在祖父身上起头，而是首先提到了另外一个叫黄山木的人。对于这个看上去与我家一点关系也没有的家伙,我竟然没有任何印象,好像乌龙镇从来没有过这样一个人,而且就连姓黄的人家也没有,于是便疑心母亲的记忆出了差错,别把另外什么地方人的故事嫁接到乌龙镇,嫁接到我们家来了吧?别打岔,见我向她提出了疑问,母亲不高兴地对我说,等我讲完了,你就知道事情是怎么回事了。我只好沉下心来,并做出一副洗耳恭听的样子,陪伴着母亲度过下面这几个寂寞的夜晚。

在母亲的描述中,这个叫黄山木的家伙好像是一个永远长不大的小男孩,别误会,说是小孩是因为黄山木的个头一直不大,好像无论如何也没有超过一米五的样子,但他的年纪却肯定不太小了,因为不光他的嘴巴上有了猪鬃一样的胡须,而且额头上也刻上了几道深深的皱纹。大约正是脸上的这两种装饰物,让黄山木老是给人一副苦大仇深的样子,而且满腹心事,每天都沉浸在闷闷不乐的状态中,不管多么高兴的人,只要一来到黄山木面前,心情便一下子变得糟糕起来,从某种意义上说,黄山木成了乌龙镇最不快乐的一个象征物,最后得到一个颇为恰切当然也颇为滑稽的外号叫"治丧委员会",便没有什么好奇怪的了。正是因为这个原因,乌龙镇许多人都不喜欢这个黄山木,好像他身上有什么晦气似的,日常里都避免和他来往,即使照个面也赶紧躲开去,以免让自己的心情变得不快。

尽管黄山木不被人们所喜欢,但他身上却有一个一般人没有的本领,那就是钓鱼。当然,在说到钓鱼之前,还不能不提到他所具备的另一个潜能,游泳,没错,黄山木是乌龙镇数一数二的游泳高手,尤其善于扎猛子。在莫邪山里,鱼人河算是一条不算太窄的河流,尤其是它的水势不太安稳,即使平静一些的水面上也总是时隐时现着许多漩涡,许多人都对这条河流持望而生畏的态度,不敢轻易到里面去游泳,就算那些在河边长大的人,要想顺利游到对岸去,也不是轻而易举的一件事。而黄山木却就不同了,他不但下到河里像那些生长在里面的鱼一样戏水,而且可以潜到水下去,把藏匿在河底石缝里的鱼带上来,更不可思议的是,他只在中间换一口气,便能轻而易举地在河对岸露出头来。大约正是与游泳相关吧,黄山木钓鱼的本事便有些顺理成章了。在乌龙镇,能够从水里钓上鱼来的所谓垂钓者大有人在,比如我的祖父便是其中的一个,这些垂钓者使用的工具大多是一根钓竿,钓竿上拴着一根丝线,丝线上连着一只钓钩,在钓钩上挂上蚯蚓之类的钓饵,所有的准备工作基本完成,接下去便是把钓钩甩到水下,以极大的耐心等待某条倒霉的鱼上钩了。与几乎所有的垂钓者不同的是,黄山木的垂钓工具完全不是这样,他使用的是一条更为结实的丝线,而且足够长,上面垂挂着若干小的丝线,每条丝线都连着一只钓钩,与其他垂钓者使用的钓钩比起来,这些钓钩便显得特别大,但上面却不挂饵食,而是直接让这些密密麻麻的钓钩垂到水里去,也就是说,黄山木把那根挂有无数钓钩的丝线扯到水面上,两端分别固定在树桩上,然后便离开河岸,回家去忙别的事情了。人们认出来,黄山木使用的这种钓鱼工具叫"滚钩",由于丝线上的钓钩众多,用不到鱼饵的诱惑,那些从丝线下经过的鱼便有可能触碰到某只钓钩,凭着本能,被勾住身子的鱼会奋力挣扎,但这样一来,随着它身子的左右移动,自然便会触碰到旁边更多的钓钩,这就意味着,鱼越是挣扎便越是不能脱身,当被众多的钓钩一起勾住的时候,这条鱼便只能在那条丝线下等待死亡了。人们看出来,使用"滚钩"不但可以节省垂钓者的体力和时间,而且会钓到不一般的大鱼,小的鱼或许会从鱼钩间溜过去,但身子肥大的鱼要想顺利通过那条丝线,是无论如何也办不到的,从这种意义上说,黄山木是所有乌龙镇人中最优秀的一个垂钓者。下完滚钩的一两个时辰过去了,黄山木做完了其他事情,这才从家里走出来,再次来到了河边,这时候,那根挂有若干钓钩的丝线已经被钓到的鱼弄得快要垂到水下去了。黄山木脱掉裤子,不慌不忙地下到水里,把一条条挂在钓钩上的鱼摘下来,奋力丢到河岸上去。每到这个时候,一些无所事事的人便聚集在河边,争相观看黄山木收获猎物的动人场景,一个个嘴里发出吱吱啊啊的赞叹声。没错,这个时候,颇不起眼的黄山木在人们眼里便成了英雄一般的人物,是呀,不管哪个人能够吃到那些丢到岸边的鱼,都会对那个垂钓者感激三分的。正是凭着这样非同一般的本领,貌不惊人的黄山木才击退人们对他的鄙视,成了乌龙镇一个不能不被大家放在眼里的角色。

　　黄山木家里只有一个母亲,除此之外再没有其他亲人。他的母亲姓黄,叫黄爱英……说到这里,我似乎才有些反应过来,大约正是因为他母亲姓黄的缘故,黄山木也才让自己姓了这个属于母亲的姓,但这种现象,不要说在乌龙镇,就是在整个莫邪山区,也是不多见的一个例外,在传统的风俗习惯中,子女尤其是儿子一定要跟随父亲姓的,除非有十分特别的原因,一般是不会把母亲的姓放进自己名字中的。黄山木的父亲是地地道道的乌龙镇人,而且是李姓家族里的一员,但不知是什么原因,他的儿子竟然放弃了他的姓,而义无反顾地跟随了母亲,那么隐藏在其中的那个十分特别的原因到底是什么呢?我这样的后来人当然不会知道,就连黄山木这个人我都没有多少记忆,他和他的父亲和母亲之间发生的那些事情我当然更不会知晓了。在母亲的讲述中,黄山木的父亲去世得很早,那时世界上还根本没有他这样一个儿子,随着父亲的离开,家里就剩下了他母亲黄爱英一个人,但奇怪的是,许多年之后,黄爱英竟然怀上了身孕,而且不久之后还生下了黄山木这样一个人,这无论如何都是一件说不过去的事儿,也是让黄爱英在乌龙镇倍感羞辱的原因。随着黄山木的到来,这个说不清道不明其来历的孩子便成了一个孽障,一生下来即受到人们的歧视和指责,如果不是后来他那些超越了其他人的本领,说不定这个家伙早就淹没在人们的唾沫中了。大约正是这个原因,黄爱英不能让这个与丈夫没有任何关系的孩子姓李,而只能跟随自己姓黄了,也就是说,从此以后,乌龙镇便有了一户姓黄的人家,尽管这家人从来没有得到过乌龙镇人尤其是李家人的真正认可,但黄山木这个不被人所喜欢的人的存在,又不能不让人承认,他的的确确就是一个典型的乌龙镇人,除此之外他还能是其他什么地方的人呢?

至于黄山木的父亲到底是谁,其实在乌龙镇从来就不是一个破解不了的谜,因为根据诸多袒露在人们面前的蛛丝马迹,这个所谓的隐秘早就是一个十分公开的话题了。说到这里,母亲在长长地喘出一口气之后,才把这天夜里的讲述引上正轨。是的,到这个时候,我没有见过面的祖父便要正式出场了……这是不是说明我的祖父就是那个黄山木的生身父亲呢?母亲虽然对这个话题充满了勃勃的兴致,却没有用十分明确的口气加以肯定,而依旧模棱两可地摇晃了一下脖颈,其姿态既像是摇头,又像是点头,让我也不敢对祖父的出场轻易表明态度。根据故事讲述的规律来看,我的祖父也的确到出场的时候了,否则这个故事的开头部分也就实在太过长了,已经超出了故事自身的规模,不管怎么说,这个话题都是有关祖父的故事,到底与那个黄山木还有黄爱英有什么样的实质关系,还真是不好说呢。于是,在接下来的时间内,母亲便专心致志地把讲述重点放在了祖父身上,从而让我也对她的讲述保持了专注情绪,不然的话,一味地把故事重心放在黄山木和他母亲身上,我真的快要感到乏味而决意关闭我的耳朵了。

就像对曾祖父李茂贵一样,我对这个与我的关系更进了一层的祖父李正途,竟然也没有任何记忆,因为当他葬身在河底的时候,我还没有来得及抵达这个世界，所以关于他的任何事情，我只能依赖母亲的讲述和其他人的传言。在母亲这天夜里的讲述中，祖父李正途与他自己的父亲李茂贵非常不同，当然，这种不同只是体现在他们的处事风格上，而在长相和气质方面，这对父子并没有多大差别，大约因为是生长在新旧两个社会中的原因吧，祖父这个人便失去了曾祖父身上存在的所有威风和豪气，而呈现出一副规规矩矩低眉顺眼的下等人样子，不管怎么说，祖父都是一个地道的地主后代，而这样的身份在那个时代里，说是下等人一点也不为过，如果不是因为当初在曾祖父于他的深宅大院里与工作队的人们严重对峙的当口，祖父和其他家人却从那个大院里逃出来，找到工作队要求庇护并且表明接受改造的态度，在那场轰轰烈烈的运动中，或许他也像他的父亲一样得不到什么好下场的，让我这个后来人感到万分庆幸的是，在那个关键时刻，祖父选择了与他的恶霸父亲公开决裂的立场，而且非常识时务地投奔了工作队，虽然他家的成分依然被划为了地主，却在新社会的历次运动中没有受到太大的冲击。但祖父是一个聪明人，绝没有他父亲身上的固执和霸气，知道自己的身份在这个社会里意味着什么，便再次识时务地采取了低下的姿态，不论碰到乌龙镇的大人小孩，他都会摆出一副笑眯眯的样子，就算是一个对旧社会苦大仇深的人，见到他这样一个讨人喜欢的地主后代，依旧不能让他的憎恨态度保持下去。随着时间的流逝，祖父在乌龙镇简直活得有些如鱼得水了，如果不是他隐藏在身体深处的来自旧社会的生活习惯要了他的命，或许他会在这个越来越美好的社会里继续顺利生活下去的。

说起来，祖父在新社会经历了所有的思想改造，看上去真的成了符合这个社会一切标准的新人，但其实这些都是表面现象，是他在外面故意做出来让别人看的，当他回到家来的时候，尤其是当他一个人独处的时候，那个像一条寄生虫一样隐藏在他身体内部的生活习性便开始慢慢苏醒，很快恢复成一副狰狞可怖的样子，在他的每一根血管和骨头里兴风作浪，一遍一遍地朝他的感觉器官呼喊，我饿……就算他把自己的耳朵堵死，他的神经器官也能听到那只虫子发出的可怖叫声，也就是说，不管他采取怎样抵御的措施，也不能打回它的疯狂进攻。明确说吧，那只虫子让他在现实中摆脱不掉的生活习性便是，嘴馋，没错，祖父是一个在其他方面都拥有优良作风的人，只是在嘴馋这方面依旧葆有了旧社会带给他的深刻影响，他毕竟是出生和生长在那个衣食无忧的生活环境中，可以说要什么有什么，这让他一开始就把一个被命名为"嘴馋"的习惯培养出来,以至于让他完好地带入了另一个社会,不管经历这个社会多少运动的暴风骤雨,也不能让它失去应有的本色,所以在一些为生活所困扰的贫穷日子里,祖父便感觉得备受煎熬,如果不能把那只虫子喂饱的话,他真担心自己会很快倒下去,像一具僵尸一样在这个世界上化成齑粉,这样的恐怖景象让他不寒而栗,不能,他清醒地警告自己,不能这样下去。但怎么样改变这种生活状况呢?作为地主的后代又有什么渠道供他选择呢?其实没用怎么样费力,祖父就很快找到了一条解决它的合适方法,那就是钓鱼……与其他肉食动物比起来,鱼可算是一种奇怪的物种,其他肉食动物比如家禽和牲畜,由于它们属于个人或集体的财产,他是不会有一丝打它们主意的可能的,而在山林里处于自由状态的那些肉食动物,比如鸟啦、兽啦,虽然它们不属于饲养的范畴,但总归也算是公家的财产,况且在那些日子里,公社对所属的山林进行了严格管理,不要说他这个地主的后代,就算是一个贫农的子弟也不能随便进山狩猎。但相对于它们而言,游动在河水里的动物,那些鱼啦、虾啦,却没有任何人进行管理,也就是说,你即使公开到河道里去垂钓,别人也是不会说什么的。于是在这种情况下,祖父便自己动手,制作了用于垂钓的简陋工具,什么吊杆啦、丝线啦、钓钩啦,都用最原始的方式做成,然后便在一个为人所不注意的雨天里,悄悄来到鱼人河边,隐藏在一片芦苇丛里,由此开始了他的垂钓生涯。别说,祖父虽然在河边用掉了多半天时间,结果还是没有让他空手而归,他在越来越大的雨中往家里走的时候,手中已经多了两条沉甸甸的鱼。这天的晚饭让他吃得格外开心,已经很多日子没有品尝到这种香喷喷的荤腥味了,当他把一口肥而不腻的鱼肉咽到肚子里时,他感到那只已经被饥饿折腾得快要发疯的寄生虫发出了满意的赞叹声,好了,他分明听到那个声音在对他说,实在是太好了。祖父尽管控制着吃饭的节奏,但还是不过半个钟点的工夫,那两条鱼便被他一丝不剩地吃到了肚子里,在那条寄生虫满意地闭上眼睛时,他也快乐地打了一个饱嗝。

在那些为贫穷所困扰的日子里,祖父成了乌龙镇第一个出没在鱼人河边的垂钓者,在他的带动下,村子里的其他人也纷纷效仿,争相制作了垂钓工具,也在空闲的时间里来到了河边。虽然那些人的垂钓工具制作得格外精致,在河边花掉的时间也格外多,但结果却没有祖父的收获大。到这个时候,祖父才发现了潜藏在自己身体内部的垂钓才能,按照一种通俗的说法就是,他天生就是一个出色的钓鱼人,其他人如果钓上一条鱼的话,祖父会钓上两条或三条鱼来,而当那些人钓到两条或三条鱼的时候,他便能钓到五条六条了,也就是说无论如何,他的收获都比别人大许多,这在乌龙镇成了一件让人们倍感困惑的事儿,也让他在村子里成了备受瞩目的人。当然,和以后的黄山木比起来,因为他们所用的垂钓工具不同,祖父的本事有些相形见绌,但在他风华正茂的日子里,那个叫黄山木的家伙还根本没有来到这个世界上,所以在属于祖父的那个时代,他算是一个真正出色的垂钓者,一个在乌龙镇出尽了风头的人。

作为地主的后代,祖父当然不会让自己的本领给自己带来什么麻烦,曾祖父的教训一直在他脑子里挥之不去,无论如何都不能重复父亲走过的老路,何况现在是新社会了,政府提倡互相帮助,为了表明自己的态度,祖父在满足了自己食欲的情况下,便隔三岔五地把钓到的鱼送到其他人手里去,什么主任、队长啦、街坊、邻居啦,就连大街上随便一个不起眼的小孩,都吃过他送到手里的鱼,完全可以说,那几年乌龙镇没有享受过他猎物的人,就是费尽多大的力气也找不到。大约也就是在这种情况下,祖父与那个叫黄爱英的女人发生了一点点关系,当然,这个时候他和黄爱英之间的来往还处于十分隐秘的状态,直到那个叫黄山木的孩子来到这个世界上,他们的隐情才藏匿不住了,不得不公开来到世人面前,接受人们的品头论足和指手画脚。

说起来,黄爱英之所以和祖父搭上关系,也源于她的不良嗜好,竟然也是嘴馋。其实,黄爱英和祖父并不是邻居,也不在一条街上住着,甚至不是一个生产队里的社员,原先他们根本就不熟悉,顶多也就见过几次面吧,但在一个非常偶然的时刻,就像老天在冥冥之中要撮合他们做一件不该做的事似的,他们在那个时刻碰在了一起。那时,黄爱英挎着一篮子脏兮兮的衣服,到鱼人河边去洗涤,而此时,祖父也正在河边垂钓,但因为他是隐身在一片芦苇丛里,黄爱英没有看到他的影子,如果她知道有一个人在离她不远的地方钓鱼的话,也许她就不以那么放肆的动作洗衣服了,因为那些衣服好长时间没有洗过了,不但脏得厉害,而且还散发出一股臭气,所以黄爱英便加大了手上的力量,用极其夸张的动作漂洗、揉搓兼捶打,忙得不亦乐乎。也许她在那些衣服上付出的能量太多了,加之早饭没有吃饱肚子,洗着洗着便有些支撑不住,身子朝旁边一歪,就瘫倒在岸边的草地上,那件脱出手去的衣服失去了控制,随着水流朝远处飘去。在芦苇丛里垂钓的祖父看到黄爱英倒在地上,便赶紧放下手里的钓竿,跑出芦苇丛,伸手把她从地上扶了起来。

你怎么回事?祖父摇晃着她的身子说。

经他一阵晃摇,暂时失去知觉的黄爱英苏醒过来,望着这个对她来说还有些陌生的男人,一时没有明白是怎么回事。你是谁?她懵懂地问他说。

祖父没有回答她的话,一见她苏醒过来,便赶紧从她身上收回自己的手。

黄爱英的目光落在他的手上,不知道刚才这两只手对自己做过些什么,不禁做出更加警惕的样子。我刚才怎么了?她随口问道,本来她是想问他,你刚才(对我)怎么了?但当这句话说出口的时候,却变成了现在的样子。虽然黄爱英刚从迷幻中醒来,却还没有完全失去理智,明白在没有对这个人的身份弄清楚的情况下,是不能对人家的行为胡乱猜测的。

你昏倒了。祖父回答她说,随即便站起来,做出了往芦苇丛中走的架势,也许他已经感觉到,如果继续在这个女人身边待下去,怕是会给自己惹出意想不到的麻烦来的,毕竟自己地主后代的身份不抗风险,还是尽快离开这个女人为好。你是被饿昏的吧?祖父往前走了几步,又回过身来,有些多余地问了她一句,没有等她回答自己的话,他便掉头继续往芦苇丛中走。

黄爱英呆呆地望着他的背影,虽然没有回答他的话,但这个人毕竟看出了她身上存在的问题,一时便对他感到有些好奇。他是干什么的?她在心里问自己说,他到芦苇丛里去干什么呢?当那个男人的身影消失以后,黄爱英坐正了身子,想继续去洗那些又脏又臭的衣服,这时她才发现,刚才那件没有洗完的衣服已经被河水冲走,此时正在快有二十米远的地方打晃,要把它从河水里捞出来,对她这个不会水的人来说是不可能办到的。一想到一件还算好的衣服就这样丢掉了,在接下来的时间里,黄爱英便有些闷闷不乐,时不时地都会叹息一声。

祖父回到芦苇丛中以后,虽然又做出了继续垂钓的样子,但依旧对那个晃来晃去的女人不放心,唯恐她会继续歪倒在地下,便不时地扭过头,朝她这边看上一眼。就是在这样的打量中,祖父看到了她唉声叹气的样子,心里便有些失去了平静,待把一条又肥又大的鱼钓上来后,就决定结束今天的钓鱼行动,离开这里回家去。但他提着那条鱼走出芦苇丛,在经过黄爱英身边的时候,他把那条鱼顺手放在她身后,不等她做出什么回应,就继续迈着大步往回走去。

黄爱英当然看到了那条放在她身边的鱼,两手里停止了洗衣服的动作,只是大瞪着眼睛,朝那条蹦来跳去的鱼看个不停。哎,她很快反应过来,朝着快步离去的祖父喊道,你的鱼掉了。

祖父没有回头,而只是回答她的话说,那是送给你的,回家把它炖了吃吧。

给我的?黄爱英有些不相信地眨着眼睛,为什么要给我这条鱼?她在心里问自己,这个家伙到底打的什么主意?

其实到这个时候,黄爱英还没有对那条拥有一两斤肥肉的鱼产生什么兴趣,恐怕也正是她有很长一段时间没有尝到荤腥味了,便似乎忘记了它对自己的食欲产生的诱惑作用,直到她洗完那篮子衣服,把那条鱼带回家去,放到锅里炖好了,它身上发出来的那股香味钻到她鼻孔里的时候,黄爱英似乎才恢复了麻木很久的嗅觉,同时身体里快要死亡的那种对美好事物的欲望也急快地复活了。天哪,她在心里发着感慨说,我可吃到了一顿多么美好的饭呀。黄爱英近乎疯狂地吃着那条已经变成熟肉的鱼,在快要把它全部咽到肚子里去的时候,她才猛然想到了这条鱼的来历,也就是说她的脑子里又浮出了祖父的身影,一时对那个陌生的好心人充满了波涛汹涌的感激。那真是一个好人呀,她发自肺腑地感叹说,他把我这样一个快死的人又变活了。那么接下来的问题便是,那个人到底是谁呢?其实没用费多大劲儿,黄爱英便猛然想起来,那个送给她鱼的人是地主的后代李正途,毕竟是在一个村子里住着,虽然彼此之间没有打过交道,但日常里或许也见过几面呢,不然的话她怎么能知道他的身份呢?说起来,黄爱英也不是与这个地主的后代一点关系没有,其实她的男人也姓李,与李正途同属于一个大的家族,虽然枝蔓遥远,怕是已经说不上什么直接的血脉关系了,但毕竟同属于一个姓氏,所以无形中也便有了一种似有若无的联系。这样一想,黄爱英便对祖父那个人产生了更多的好感,在她看来,虽然祖父是地主的后代,是这个社会里的改造对象,但由于祖父低调做人,并没有在这些年里给自己惹出什么麻烦,所以当运动来时,许多像他这样身份的人都程度不同地受到过冲击和批斗,但祖父却一次又一次地逃过了那些劫难,看上去就像一个基本合格的社员差不多,所以黄爱英并不担心与祖父接近会给自己带来什么麻烦,反而由于那个人的外表出众,又加之具有钓鱼的出色本领,便似乎具有了某种程度的魅力,与其他男人比起来,不但他没有失去颜色,反而更对她充满了越来越多的诱惑呢。也许从那个时候起,一度因为失去男人而倍感寂寞的黄爱英便打定了勾引祖父的念头。

在此后的日子里,每当祖父出现在河边芦苇丛中垂钓的时候,黄爱英都会扛着一篮子或脏或净的衣服,来到她上次洗衣服的地方,装模作样地洗涤一番,虽然两只手在衣服上继续做出夸张搓洗的动作,但她的目光却从眼眶的一方斜过去,直直地朝着离她不远的那丛芦苇荡打量不止。当然,祖父也注意到了她的存在,但这个地主的后代并不敢朝其他方面想,还以为这个女人的重复到来是在继续向他索要猎物呢,便在每次离开河边的时候,将一条或者两条鱼放在她的身后。这正中黄爱英下怀,其实这个女人打定主意勾引祖父,很大程度上是由于肚子的饥饿在起作用,所谓的勾引不过是为了满足这个方面而付出的一点代价而已,但现在倒好,她还没有做出多么明显的勾引姿态,她试图用它换来的美好结果便出乎意料地来到了身后,于是,黄爱英便愉快地照单全收,立刻收拾起洗了半落的衣服,提起那一条或者两条活蹦乱跳的鱼,快快乐乐地回家去。在那些美好的日子里,黄爱英再也不用为肚子的饥饿问题而发愁,只要她觉得口馋了,便会扛着那篮子衣服装模作样地到河边去,归来的时候,她手里肯定会有一两条鱼悠来荡去呢。正所谓吃人家的口短,拿人家的手软,时间长了,黄爱英也会心生不安,觉得这样一味地享受人家的好处,而自己却不付出一点点代价,无论如何也是说不过去的,而且她还担心,得不到任何好处的祖父会在某一天反应过来,觉得自己吃了大亏,会毅然决然地终止这种无偿献给她美食的荒谬行为,到那时,她这个已经对嘴馋上瘾的女人该怎么对付接下来的寡淡日子呢?这样一想,黄爱英便有些心慌,同时对祖父产生的愧疚心理也越发严重,正像人们所说的那样,饱暖思淫欲,当她的肚皮一天天鼓胀起来的时候,潜伏在她身体内部的欲望也正在一天天增强。当然,她可以在别的男人身上满足这一点,对她这个还有几分姿色的中年寡妇来说,要达到这个目的也不是什么困难的事儿,不是有许多不正经的男人都向她抛过媚眼吗?她只是没有轻易答应他们的挑逗罢了,并不说明她没有这种能力和机会,但放着祖父这个一表人才的目标不用,就算不存在什么忘恩负义的问题,单从解决欲望本身来说,她不也算是一个最大的傻瓜吗?想到这里,黄爱英便没有了任何顾忌,也决定不再等待,只要接下来有一个还算说得过去的机会,她都要义无反顾地抓住它不放了。

这样的机会当然很快就来到了,当一个人刻意寻找机会的话,那这样的机会又怎么能不到他面前来呢?有一天,黄爱英注意到,祖父又像先前那样去河边钓鱼了,本来她也打算扎起一篮子衣服去河边洗的,但又很快打消了这个念头,一来她不好意思如此去做,在这段时间内,她已经无数次重复过这个行为了,本来衣服就不到该洗的时候,而她却三番五次地到河边去,不要说被别人看见会引起议论,就连那个也许渴望她前去的男人也会笑话她没有创意的,如果她没有记错的话,昨天她已经在河边洗过一次了,再去的话就连自己也鼓不起勇气来的;二来这天的天气很坏,空中布满了大块大块的阴云,说不定什么时候就会下一场大雨,虽然雨前是钓鱼的最佳时辰,因为气压过低,水中的氧气也就太过稀薄,鱼们憋得难受,会浮到水面上来吸气,这自然给垂钓者提供了极大的方便,也就是说作为垂钓者的祖父到河边去是自然而然的一件事,而她这个装模作样的洗衣妇也到河边去,便有些不合时宜了,说不定会被突然落下的雨水淋在外面的,在那种情况下,不要说想其他更为激烈的好事,就是单纯地会一下面也是不合适的。于是,黄爱英便没有跟在祖父的身后去河边,而是留在了家门口,在接下来的时间内,她一直不甘心地踮起脚跟,有一搭无一搭地朝鱼人河的方向张望,在她想来,只要天上的雨水落下来,就算祖父没有钓到任何一条鱼,也应该从河边回来的,这样一来就好了,因为祖父要回到家去,必须从她的家门前经过,于是黄爱英便一直守在家门口,等待着下面事情的发生,平时她之所以没有做这样的打算,是因为街上的人多,她不方便对从她家门口经过的祖父做什么邀约,而今天不同,当雨水真的落下来的时候,谁还会留在空旷的街道上呢?也就是说今天这个雨天,便一直是她等待的绝佳机会,她当然不会轻易放过去的。正如她的想象,没过多久雨水就从天上落下来了,又过了不大会,祖父也便提着两条鱼从河边跑来。一见他的影子,黄爱英的心脏就怦怦地跳起来。我一定不会放过你的。她在心里既像是对自己说,当然又像是对那个一路跑来的男人说。

哎,当祖父来到她家门口的时候,黄爱英从门楼下探出身子,一边朝他摆手一边压低着声音说,快到我这里来避雨。

祖父其实没有想到她在门口等自己,听到她的喊声,不由得停了一下脚步,随后便把手里的两条鱼朝她抛过来。给你了,做完这个动作后,他又掉回头去,继续沿着刚才的方向朝前跑。

黄爱英有些失望。不能让他就这样跑掉,她在心里警告自己,本来这是一个极其难得的机会,把它放过去后不知什么时候才能再次找到呢,另外她也不想继续给祖父留下一个爱占小便宜的错觉,便在呆怔了一下后,立即从门楼下跑出来,不顾一切地朝他追去。哎,她边跑边朝他喊叫,我还没有跟你说完话呢。不知道是她自己真的没有站稳,还是她故意要在地下摔一跤,当祖父在她的喊声中回过头来时,黄爱英身子一歪,便扑通一声摔倒在地下。

祖父当然不会再继续向前跑了,在愣怔了一下后,马上就转过身来,跑回到她的身边。你怎么回事?他一边搀扶她一边说,怎么又摔倒了?

此情此景,不能不让黄爱英回忆起很久以前在河边发生的那个场景,这样的联想也给她带来了美妙的灵感,便又像那天一样做出被饿昏的样子,闭上眼睛,懒洋洋地躺在祖父的手臂上,明显向他做出这样的暗示,我动不了了,你把我弄回家去吧。

祖父当然读懂了她表露的意思,便又在呆怔了一下后,只能吃力地把她从地下抱起来,搀扶着她往门楼下走去。由于这个场景的出现,那两条鱼便没有再被他们想起,当大雨瓢泼一样浇落不止的时候,它们还欢欣鼓舞地在地下的泥水里跳跃呢。

除了两个当事人之外,别人是不可能知道他们在那个雨天里到底干了些什么事呢,但没过多久,细心的人就发现,原本瘦小虚弱的黄爱英竟然发起胖来,不,这样说并不确切,一般人发胖都是在整个身子上体现出来,而这个人的发胖,却主要表现在她的肚子上。尽管这样,开始人们还以为黄爱英是因为吃了那些鱼的缘故,让自己的身体变得壮实起来,可很快,大家便觉得有些不对劲儿,她那个日渐隆起的肚子并不像是单纯的肌肉所致,而很可能里面装载了另外一个物体,如果事情真是这样的话,那首先让人们想到的是一个瘤子之类的东西,也就是说,黄爱英很可能是得了重病,但奇怪的是,她的面容不但没有憔悴,而且越发红润,根本不像是得了重病的样子,那么排除了这样一个因素之后,剩下的结果便没有其他可以考虑的余地了,但人们还是难以相信,丈夫已经死去了好几年的黄爱英怎么可能会怀上孩子呢？但除此之外，人们又没法找到另外合理的解释，一时间，乌龙镇人都对这个挺高着肚子的黄爱英产生了浓厚的兴趣，议论也便在大街上像一团飞行的苍蝇一样传播开来，那么接下来的问题便是，那个给黄爱英的肚子里装载了孩子的男人到底是谁呢？总不会是那个在地下变成了一抔黄土的鬼魂吧？按说，人们会把目光聚集在祖父身上才对，因为有人不止一次地看见过，祖父都把钓上来的鱼拿给了黄爱英去吃，但仔细一想，乌龙镇吃过祖父鱼的人实在是太多了，如果由此就推断那个和黄爱英勾连的人就是他，那么是不是说其他女人只要怀上了身孕也会怀疑到他呢？这样一来，人们觉得这个理由实在是说不过去了。实际上，打过黄爱英主意的男人也有很多呢，而那些男人中并不包含祖父这样一个地主后代，在某些人想来，就算是借给祖父十个胆子，他也不会去主动勾引黄爱英的，倒是其他人具备了更多作案的嫌疑，这也是祖父没有被人们坐实是那个通奸者的理由。就算暂时没有找到那个可恶的家伙，黄美英的大肚子却是无论如何说不过去的，乌龙镇人尤其是李家人便有些蠢蠢欲动，几个辈分高的老家伙想站出来，把这个败坏了李家族规的女人好好收拾一番，他们想起来，如果是在旧社会发生了这样的事儿，这个女人很可能是被捆绑起来，身上坠上一块大石头，沉到鱼人河里淹死的，但现在是新社会了，不能再用那样野蛮的方式对待犯错误的妇女，但无论如何也要让她坦白交代一下自己的罪过吧？黄爱英大约也知道自己的过错实在是太明显了，就算她有天大的本事，也不能让自己日渐隆起的肚子塌瘪下去，但这个一贯泼辣的女人是不甘心被李家人收拾的，她思来想去，竟然挺身而出，主动去公社里找到了当家的领导，鼻涕一把泪一把地诉说起遭到的所谓迫害和侮辱来。在她的讲述中，她这个贫农出身的寡妇是一直被某些人所欺负的，而那些人便是村里的一班干部人员，什么主任啦、队长啦、会计啦、保管啦，就连场院里的看场人都打过她的主意。请政府给我做主，她信誓旦旦地向领导要求说，把那些欺负我的干部们都一个个逮起来，送到监狱里去。似乎还没有听完她的话，公社里的领导就不耐烦地朝她挥着手说，不要给我们讲这些乱七八糟的破事，苍蝇不叮无缝的蛋，出了这样的事不从自己身上找原因，光指控别人又有什么用？赶快滚出去，不然的话我们会让派出所的人把你抓起来的。黄爱英当然懂得适可而止，何况自己的目的已经达到，便赶紧一阵风地跑出了公社大院。正如她的想象，公社领导出于保护那些大队干部的目的,也不会让村里的人再和她过不去的,这本来就是一笔糊涂账,领导不愿意给自己和他的下属们惹麻烦,又怎么可能纵容社员们在这件事上继续做文章呢?

事情就这样过去了,没过多久,黄爱英就顺利生下了她肚子里的孩子,为了不给李家带来更多的麻烦,她知趣地让这个孩子跟随了自己的姓,如此一来,那些义愤填膺又找不到发泄渠道的李家人也便不好再说什么了。但在以后的日子里,乌龙镇人并没有减少对这件事真相的探测,既然他们在黄爱英身上找不到那个可耻的通奸者,那么总可以在刚刚来到这个世界上的孩子身上寻找一些蛛丝马迹吧,就算黄爱英善于和人们捉迷藏,这个叫黄山木的儿童又怎么能把这一切遮掩过去呢?他的长相和面目是赤裸裸地祖露在人们面前的,总不能一天到晚拿一块布罩上吧?于是,人们便有意无意地盯着这个孩子打量不止,尤其是在黄爱英不在场的情况下,人们会在打量的基础上动手摸一摸,好像这样一来他们就能找到他身上的可疑之处似的。本来黄爱英也非常惧怕这一点,但让她感到越来越心安的是,随着黄山木的长大,这个孩子身上的特点离祖父的样子越来越远,本来祖父长得高高大大,而黄山木却长得矮矮小小,差不多都快要长大成人了,还只有正常人的多半身高;本来祖父也长得一表人才,可黄山木却生得歪瓜裂枣,就算把他们爷俩捆绑在一起,也没有人相信他们有什么真正的血缘关系,这真是一个让人解不开的谜团,难道这是因为无耻的偷情而带来的一种惩罚结果吗?但不管怎么说,祖父首先摆脱了这件事的嫌疑,而把更多的怀疑对象让给了其他人,也就是那些受到黄爱英指控的干部们,可人们在那些人身上逐个探寻了一圈,也没有找到那个像是黄山木父亲的家伙。对于黄山木的真正身世,似乎成了乌龙镇永远也解不开的谜。

在母亲这样的知情人看来,祖父的儿子黄山木并不是没有继承自己父亲身上的任何特点,他们父子虽然长相是那样不同,却拥有差不多同样一个特长,那就是钓鱼,完全可以说,黄山木是一个天生的钓鱼高手,似乎一开始就喜欢这项活动,可以说这是他忠实继承的父亲唯一一项特点,更加不可思议的是,他的这项才能完全来自血液里的禀赋,而根本没有用到别人对他的教诲和影响,包括祖父,虽然他是一个卓越的钓鱼高手,却不可能公开出没于黄爱英家,也就无法把自己的技艺传给他这个儿子,其实从黄山木来到这个世界上以后,祖父就减少了和黄爱英的来往,因为随着黄山木钓鱼技艺的长进,黄爱英馋嘴的习惯便用不到祖父来为她提供保障了,仅仅依靠儿子,她每天的生活中便充满了浓厚的鱼腥味。说来奇怪,黄山木的钓鱼技艺可以说突飞猛进,很快便达到了炉火纯青的地步,大约在他八岁的时候,他就把这种才能提高到一个无以复加的层次,在那一年,他抛弃了一直使用的钓竿和丝线,而是自己动手制作了那种挂在丝线上的滚钩,事实证明,这种由他自己发明的新型钓鱼工具是那么的富有成效,他不但能够轻而易举地钓上更多的鱼来,而且钓上来的几乎都是非同一般的大鱼,从那个时候起,他就真正超越了自己的父亲当然还有所有乌龙镇的垂钓者,从这种意义上说,他可真是青出于蓝而胜于蓝呀。

黄山木长大以后,是否知道那个叫李正途的地主后代就是自己的生身父亲?这一点绝大多数乌龙镇人都不敢确定,但似乎知晓这个秘密的我母亲是持肯定态度的,就算黄爱英不打算告诉儿子这个秘密,但在黄山木的成长过程中,祖父也没有中断和黄爱英的来往,虽然与过去相比,他们偷偷摸摸在一起的频率大为减少,但总是隔一些日子后,两个人都要设法见一次面的,随着黄山木的长大,祖父和黄爱英在一起的情景是不可能一概背着他进行的,大概也就是在这种情况下,渐渐洞晓世事的黄山木终于知道了自己的身世,我母亲的这种推测也不是没有道理。但奇怪的是,在乌龙镇几乎所有人的感觉中,黄山木与祖父似乎什么关系也没有,这个老是苦着一张脸的孩子能够和绝大多数乌龙镇人和平相处,虽然不能说亲密无间,但总是能够在一起说笑甚至打闹的,可一旦他和祖父单独在一起时,黄山木便闭紧了嘴巴,两道短促的眉毛凝结在一起,似乎沉浸在一种巨大的痛苦之中,当然不会轻易理会祖父这个人了,这还不算,有时他还斜起眼睛,用不乏仇恨的目光朝祖父打量一下,好像满脸都流溢着明显的敌意。或许在他看来,祖父不管拥有多少优点和美德,但毕竟是一个受到改造和管制的地主分子,无论如何都不能和他扯上关系的,所以他要尽可能地和他保持距离,或者说划清界限,可以说在整个乌龙镇,黄山木是唯一一个不加掩饰地斗争过祖父的人。"文化大革命"的时候,造反派斗争那些没有改造好的地主分子,本来没有祖父什么事,就是在那些革命小将眼里,祖父也不是一个需要接受改造的人,甚至没有把他当成真正的地主分子看待,所以当斗争会开起来的时候,祖父依旧待在自己家里睡大觉呢。但这个时候,作为群众的一员参加大会的黄山木却当众跳出来,质问革命小将为什么放过祖父那样一个地主分子,并且带领几个人闯进祖父家,把在被窝里打鼾的祖父揪出来,拖拖拉拉地押到会场上去。祖父似乎还没有弄明白怎么回事,脚下的鞋子也没有穿好,走得便有些磕磕绊绊。黄山木看不过眼去,抬起脚来,在他的屁股上狠狠地踢了几下。祖父没有站稳,一下子摔倒在地下,脸部磕在石头上,划出了一个足有手指长的口子。黄山木还不想放过他,当祖父被押到主席台上的时候,他又冲上去,在他那张流着血的脸上使劲扇了几个耳光。望着富有如此革命激情的黄山木,这个曾经被革命小将排斥在外的人,人们都有些想不明白是怎么回事。一些细心的人看见,当黄山木公开羞辱和暴打祖父的时候,躲在群众中的黄爱英不敢直视发生在主席台上的情景,用两手抱住脸面,抖动着肩膀哀哀地哭泣。也许这样的场面太让她感到残酷无情了,到底是什么地方出现了差错?也许只有她这个洞悉所有秘密的人才明白其中的原委。罪孽呀,离她最近的母亲听见她一边哭泣一边念叨说,都是我犯的罪孽呀。那个发生在斗争大会上的场景,让黄爱英还有其他乌龙镇人都见识了黄山木对祖父的仇恨,只是其他人没有像黄爱英那样预见到,也许过不了多久,一件更让她感到绝望的事情会发生在这对父子之间。一想到那个可怕的未来,黄爱英就更紧地捂住了自己的双眼,无论如何都不想把发生在远处的那件事看个清楚。

当然,那件发生在未来的事情是要推后好几年才能看到它的模样的,那时候,黄山木已经快要三十岁了吧?因为他的身高和长相问题,一直没有让他解决婚姻大事,这个快要过了结婚年龄的光棍越发情绪暴躁,整天都板着一张脸,这使他的模样越发不为人喜欢,人们懒得理会这个人,黄山木也不愿和别人打交道,每天都一个人行动,当作完生产队里分配的活计后,他就来到鱼人河边,继续摆弄他那些下到水里去的滚钩。与他相反,进入老年后的祖父却更加透出一副慈眉善目的模样,不论是碰到大人小孩,都会微笑着和人家打招呼,这样一个与世无争的老人获得了其他人比不了的好人缘,人们都说,就算乌龙镇所有的人都出了问题,祖父也会平安无事地生活在这个世界上的。这时的祖父已经干不了多少活计,便把更多的时间留在鱼人河边,在垂钓的过程中消耗着他的老年时光。也就是在这个地方,这两个拥有真正血缘关系的人碰在了一起,而这一年的雨水特别大,鱼人河里的水暴涨,都快要漫到两边的堤岸了,从山里冲下来的水中不仅漂浮着许多诸如门窗、家具和衣服之类的杂物,而且还间或浮出一两具被鱼啃去半拉的尸体,人们认出来,那些尸体不仅有牛羊猪狗的,竟然还有人的。平时那些在河边垂钓的人们都纷纷离去,就算河里的鱼再多,可它们都吃过了人的尸体,这样的鱼人们还能再吃吗?所以在那个夏季里,出没在鱼人河边的除了祖父以外,便就是黄山木了。不知道祖父还去河边钓那些鱼干什么?母亲回想起来,好像也没有看见祖父把钓上来的鱼带回家来,也就是说祖父到河边去,并不是为了钓鱼?那除此之外,他到那个地方去又为的什么呢?还有那个怪人黄山木,由于水势太大,加之河里的杂物太多,他下在水中的滚钩都被冲走了,按说在这种情况下,他也不应该再到河边去,将留在家里的备用滚钩也派上用场,依旧下到了涌动着大浪的水中。据黄爱英回想说,那些日子里,她的儿子黄山木也没有从河边带回一条鱼来,那么这个怪人到河边去又是为了什么呢?这真是一个奇怪的现象,在那年的鱼人河边,只有两个人出没在那个地方,而这两个人不仅拥有真正的血缘关系,而且一个对另一个充满了极度的仇恨。难道他们风雨无阻地出没在鱼人河边,就是为了彼此相见,或者更确切地说,就是为了一个人要另一个人的性命而这个人甘把性命交到那个人手里吗?不管怎么说,反正发生在那个夏季里鱼人河边的情景充满了一般人所难以拆解的诡异和神秘,就像瞎子五巨所预言的那样,这样两个人待在一起,不出一件天大的事情才奇怪呢。

据一个目睹了祖父消失的人说,其实那一天,在鱼人河边出现的只有祖父一个人,原先一直坚持到这个地方来的黄山木不知到什么地方去了。那天,祖父一个人蹲在堤岸上,把手里的鱼竿举起来,然后将鱼竿上的丝线和连在丝线上的钓钩抛到水里去,那个人看见,祖父抛到水里去的钓钩上没有任何饵食,当时他还觉得有些奇怪,没有饵食的钓钩能够钓到鱼吗?随后的事实证明,他的想法是错误的,祖父抛到水里去的钓钩上很快便有了动静,从水花翻动的幅度看,那应该是一条个头不算太小的大鱼,但随着那条鱼半边身子浮出水面,那个人又知道自己的想法是错误的,祖父钓到的这条大鱼竟然比一个孩子的身子还要长,那个时候,那个人在惊叹之余,实在感到自己的想象力太不够了,如果不是亲眼见到那条比孩子还要长的大鱼,他是无论如何不知道祖父厉害的。那个人瞪大眼睛,同时张大嘴巴,一心盼望着祖父将这条前所未有的大鱼弄到岸上来,但与此同时,他也不由得替祖父担心,凭祖父那个日渐衰老的身板,他能够干得过那条大鱼吗？没错，这个时候，他已经看出了那条在水中时起时落的大鱼是在和祖父较劲儿，也就是说，最后的结果或者是大鱼被祖父弄到岸上来，或者祖父被那条大鱼拖到水里去，都取决于两个人的力量谁大谁小，这是不是说，那个时候他已经感觉到了一个注定要发生的结果，那就是祖父的失败，或者更准确的说法是，祖父被那条大鱼拖到水里去。

事情发生以后，乌龙镇人包括我们家里的人差不多都遵从了那个人的说法，也就是说，大家都相信祖父是被那条大鱼拖走了，就像民间流传的那样，玩了一辈子鹰反被鹰啄瞎了眼睛，祖父钓了一辈子鱼最终还是被鱼拖走了，这是他难以逃避的宿命和下场，也是他最为妥当的一个人生结局。但黄爱英的看法与此不同，在她近乎疯癫而显得有些絮叨的诉说中，那个在水中和祖父搏斗的家伙根本不是一条鱼，而是一个人，具体说是她和祖父的儿子黄山木。听了这个疯子的诉说，人们都拼命摇起头来，因为那天的情景是被一个人所目睹了的，那天的鱼人河边根本没有黄山木的影子，祖父的离去又怎么和这个没有出现的人挂上钩呢？就算黄爱英对祖父的离去真的痛苦万分，也不该无缘无故地拿自己的儿子去做牺牲吧？如果让派出所里的人采纳了她的口径，搞不好她的儿子纵有十八张嘴也说不清楚这件事了。那些日子，人们没有把黄爱英的说法当回事，而只是忙着寻找祖父的尸体，就算他被那条大鱼拖到水里去，但总不会立刻就被吃掉了吧？哪怕他还保留着半边身子或者仅仅是一条腿一根胳膊，人们也应该把他捞到岸上来。一连好几天，人们都在水边寻找，甚至还扎好了几只木筏，到河流中去打捞。尽管费了许多周折，最终也没有找到有关祖父的一根毫毛。许多天过去了，人们都以为关于祖父的这件事便画上了句号，一些人甚至快要把这件事忘到了脑后，好像祖父的离去是很久之前发生的事儿，或者说这个世界上到底有没有祖父存在过，那些人也快要说不清楚了。可就在这个时候，祖父却有了他自己的消息，更准确的说法是，祖父的尸体自己从河水里浮了出来，而那时候，曾经涌流不止的河水小了下去，几乎已经恢复到原来的水平线上，那些一度被淹没的东西便再次袒露出来，比如树木啦、石头啦，与这些东西一起浮出水面的还有黄山木下到水中的滚钩，让人们决然想不到的是，重新浮出水来的滚钩上竟然挂着一条鱼，一条比孩子的身子还要长的大鱼。这个场景又是被那个目睹过祖父和大鱼搏斗的家伙看到的。为了让更多的人见到这番景象，那个人赶紧跑回村子里，将许多人喊到了河边，大家站成一长排，瞪大眼睛，一起朝河里的滚钩看去。有人率先认出来，挂在滚钩上的东西哪里是一条大鱼，而分明是一个人的尸体。到这个时候，一些人差不多已经感觉到那个被滚钩夺去性命的人是谁了。

没错，那个像一条大鱼一样挂在滚钩上的尸体的确就是我的祖父。

母亲告诉我说，从那一天以后，黄山木便从乌龙镇消失了，没有人知道他到什么地方去了，就连他的母亲黄爱英也说不清楚，而且从此以后，他再也没有在乌龙镇出现过。日子一久，人们差不多忘记了黄山木那个人，当然连同祖父也一样被人们抛到了脑后，就像乌龙镇从来没有过这两个人似的，只有当人们看到一个在街头又疯又癫的老婆子时，才偶然对那两个已经像发黄的旧照片一样远去的人想一下。没过多长时间，就连那个提醒人们想一下那两个人的老婆子也不见了。母亲说，在一个下着大雨的黑夜里，已经疯癫了好久的黄爱英吊死在自己家的门楼下，与其他上吊者不同的是，连接房梁和她脖子的绳套不是一根普通的麻绳，而是一根用于钓鱼的丝线……

四

碗里的饭还没有完全吃干净，李二愣就撂下筷子，草草地抹了一下嘴巴，急不可待地朝门外走去。刚从灯光下的屋内走出来，眼睛还没有适应院子里的黑暗，他走得有些踉跄，一只猫从他脚下跑过去，差点将他绊倒。他停住脚步，在黑暗里镇定了一下，等平复下自己的心绪，才再次抬起脚来，以比刚才舒缓许多的步伐向院门外走去。别急，他在心里警告自己说，时间还早着呢。像每次前去赴约一样，只要一想到即将和他中意的女人见面，心里便止不住有些激动，随着年龄的长大，他已经完全洞彻了两性之间的秘密，那个让他特别倾心的女人也就是他自己的表妹，便在他眼里有了更加诱人的魅力。妹妹，他继续在心里说，等着我，哥哥马上就来到你面前了。他一味地沉浸在约会带给他的美好情绪里，竟然又忘记了注目眼前的景物，刚刚走出院门，脸上便被沉沉地击打了一下，好像他撞在什么东西上，或者说是那个东西撞在他的脸上，他抬起手来，在有些疼痛的脸上摸了一下，同时也让有些亢奋的情绪再次镇定下来。他感觉到那个扑打在脸上的什么东西已经急快地远去了，在发了一下呆后，他才明白那是一只从他脸前飞过的蝙蝠,一想到那种黑乎乎的动物,他便止不住产生了厌恶的心理,再次抬起手来,使劲在脸上划拉了一下,好像那只讨厌的蝙蝠在他脸上留下了什么不洁的东西。他妈的,他愤愤地朝地下吐口唾沫,真是倒霉呢。一时间,他的心情有些沮丧,因为在民间的传说中,当你一出门碰到蝙蝠或者猫头鹰之类的东西,便意味着你这次的出行不那么顺利……不不,一想到这里,他便赶紧摇起头来,不会不顺利的,民间的传说又有什么屁用? 就算那只丑陋的蝙蝠执意要向他作怪,凭着他对表妹的一腔热情,相信他这次有关爱情的约会是不会出现什么意外的。他打起精神,迈出比刚才更大的步伐,昂头挺胸地朝黑暗中的街道上走去。

　　表妹家虽然在另一条街道上,但毕竟是在同一个村子里住着,也就不显得多么远,拐过两条街巷便来到了表妹家的院门口。李二愣刚要朝里面走,又忽然收回脚来,他拍着脑袋仔细想了一下,就掉转身子,朝着靠近院门的厢房墙下走。还是不要贸然进到院子里,表妹不止一次地警告过他,她的父母对他这个外甥并不感兴趣,已经警告过女儿好几回了,劝她不要和他这个人继续来往,他如果厚着脸皮上门去找表妹,或许会受到阻拦也说不定呢,那样一来,他和表妹的约会就很可能要泡汤了。既然不能明着来,他颇为得意地在心里想,那咱们就暗着来好了。他很快来到厢房外的一扇窗户下,没错,他心仪的表妹就住在这间厢房里,也就是说,这间厢房就是表妹的闺房……一想到“闺房”二字,他心里就更加激动,好像来自戏台上或者电影里的场景即将发生在自己面前一样,在那些如梦似幻的场景里,居住在闺房中的人都是倾国倾城的美丽小姐,正好处在满怀春意的年纪,每天在闺房里所做的只有一件事,那就是等待她们向往的男人到来……表妹的长相虽然与倾国倾城还有不小的一段距离,但满怀春意却是千真万确的,所以与电影里那些小姐所做的事也便没有多少区别,也就是说,此时表妹所向往并等待的那个男人除了是自己之外,还能是别的其他什么人吗? 一想到这里,李二愣便激动得浑身颤抖起来。厢房的窗户纸上透着明丽的光亮,这说明表妹的确就坐在灯光下,一心一意地等待着他的到来。窗台虽然有些高,但对于他这个身材还算魁梧的人来说,这样的距离实在算不了什么,他稍稍踮起脚跟,就把自己的下巴抵到了窗台上,可由于窗棂上糊着纸张,就算他把头抬得再高也不能看到屋内的景象,如果不能想出一个好方法来,他即使在窗外站上一个夜晚,也无法与里面的表妹见上面,那今天的约会不一样泡汤了吗？李二愣没有怎么想,便知道往下该怎么做了,他伸出一根手指头,把它放到嘴里,让口腔里的唾液将指肚弄湿,然后把它掏出来,直接放到窗户纸上去。指肚上的唾液很快也把窗纸弄湿了,然后让指头轻轻往里一杵,窗纸便无声地破出了一个洞口。他收回手指,几乎同时把脸探过去,让自己的一只眼对准那个并不规则的洞口,聚集了神力往里看。同样没费多大劲儿,他便看到了屋里的景象,与他的想象稍稍有些不同,表妹倒是坐在灯光下,但不像是专门等待他的到来,而是在剪裁手里的什么东西,在灯光的照耀下,那团在她手里动来动去的东西透出了红彤彤的颜色,由于表妹的脸与它挨得很近,一时间便被它也照得发出了红光,这让表妹比平时显出了更多的妩媚和艳丽。李二愣瞪大那只独眼,呆呆地看着更加具有魅力的表妹,心里充满了从未有过的激动情绪。

表妹,李二愣止不住开口说道,我来啦。表妹在屋里听到了他的动静,不禁抬起头来,脸上的表情有些发怔,好像根本没有想到他的到来,或者是对他的到来并不充满真正的期待。李二愣觉得一定是因为那只独眼给自己造成了错觉,表妹怎么可能对自己的到来没有期待呢？戏台上或者电影里可不是这么演的,那些坐在闺房里的千金小姐可是一听到窗外的动静,就激动得再也坐不住了呢。可此时的表妹并没有离开屁股下的座位,而只是让手里的那团红色东西停了下来,这让李二愣看出来,原来那是一朵正处在拼贴中的大红花,他真是有些纳闷,表妹弄这朵大红花干什么？难道是送给自己的礼物吗？这样一想,他更加激动起来,再次用急切的语气朝里呼喊,表妹,是我过来了。表妹显然听出了他是谁,却依旧坐在那把椅子里,只是朝窗户探了一下头说,表哥,我忙着呢,你回家去吧。李二愣听了她的话更加有些发怔,什么？让我回家去？我刚刚来到你的窗户下,还没有把和你的约会进行完呢,又怎么可能往回走呢？于是,李二愣便不再等待表妹的热情回应,而是直接提出自己的要求说,表妹你开开窗户,让我进去和你说句话吧。表妹果断地呵斥他说,表哥你说什么呢？这大半夜的,我怎么能让你到我房间里来呢？这要是让人看见,我可就什么也说不清了。听她这样说,李二愣也觉得自己的要求实在有些过分,便退后一步说,那你就只是开一下窗户,让我看你一眼,再和你说几句话。他原本以为自己这样的要求可算合理了,如果表妹连这一点也做不到的话,那他们还算约什么会呢？但他没有想到，听了他这几句话，表妹依旧摇摇头说，时间不早了，表哥你回家去睡觉吧，我明天还要下地干活呢。李二愣有些恼怒，表妹你什么意思？难道你不打算和我约会了？表妹在鼻子里哼了一声说，谁和你约会了？请你不要再纠缠我了，我现在就要去睡觉了。说罢，表妹唯恐他不肯轻易放过自己，便果断地向油灯吹了一口气。油灯的火苗急快地晃动一下，便立刻熄灭了。屋内顿时陷入了黑暗之中，窗户纸上的亮光就像已经演完的电影一样，投在上面的画面不知到什么地方去了。李二愣愣怔了一下，好久都不能让自己惊诧的心情复原，他无论如何没有想到，表妹竟然义无反顾地拒绝了自己，这到底是为什么呢？他缩回身来，在离开那扇窗户往回走的时候，突然又想到了那只曾经扇过自己脸颊的蝙蝠，看来真是应验了民间那个传说，他今天的出师的确不利。都是你，他在心里愤愤地对那只可恶的蝙蝠说，看我再碰见了不把你弄死。

窗子被外面的天光照得发白了，母亲（也就是李二愣的表妹）才停下手里的剪刀，颇为困倦地打了一个哈欠，她几乎忙了整整一个夜晚，终于把一朵格外艳丽的大红花粘贴完成了，对于她这个不大懂得制作工艺的人来说，第一次就把这朵大红花搞得如此有模有样，可算是让她费尽了所有的心思。天就要亮了，她实在有些支撑不住，这才把红花放好，歪倒在床上睡了一小会儿。不久，母亲就被姥姥喊起来去吃早饭，又过了不长时间，上工的铃声就从街上传来。母亲急忙抱起那朵大红花，直朝着院门外跑去。姥姥注意到了那朵红花，不禁拦住她说，这么好看的红花是从哪里来的？说着，她就抬手在花上摸了一下。母亲赶紧推开她的手说，你小心一些，别碰坏了。不等姥姥再做出什么反应，她就一溜烟地跑出了院门。一来到街上，母亲就放慢了步子，这时日头刚从东山顶上升上来，已经变得亮丽的日光照耀着她怀里的红花，不要说街上的其他人，就连母亲自己也感觉到，这朵红花被日光照得闪出艳丽的光彩，将她的整个脸颊，不，连同她的整个身子都映衬得红艳起来。一时间，街上的人都朝她围过来，用惊诧的目光先打量了红花一会儿，才把目光落在她身上。这是你自己动手做的吗？他们争相问她。母亲不好意思地点点头，面对着那么多赞许的目光，她心里好不得意呢。按照队里的安排，今天他们并不下地干活，而是到公社大院里去，迎接从县里开会回来的劳模们。在去往公社大院的路上，母亲一直在人群里四处打量，没错，她是在寻找一个人，具体说是一个年轻的小伙子，直到在人缝里看到了那个人的身影，她提着的心才放下来。许多人都以为，母亲是在寻找她的表哥李二愣，但他们哪里想到，母亲的目光是落在另外一个人身上，没错，那个人便是我日后的父亲李大中。几乎所有乌龙镇的人都承认，这个叫李大中的小伙子也是一个好庄稼把式，由于家里成分的缘故，他一直积极接受劳动改造，不论什么事都走在前头，而且与世无争，在街上有一个比他父亲李正途还出色的好人缘。本来这次村里向上面推荐劳动模范，父亲也是其中的一个人选，而且排名靠前，但当村里把这份名单报到公社里去以后，还是因为他的成分问题，其他人都顺利过关了，只有父亲被刷下来，许多人都为他打抱不平，尤其是母亲更是看不过去，便打定了一个主意，要当着那些公社领导的面表明一下自己的态度。

上午十点的时候，那些去县里参加劳模大会的人坐着卡车回来了。在欢腾的锣鼓声中，大卡车驶进了公社大院。热烈欢迎劳动模范载誉归来。热烈的口号声也一遍遍地响起来。卡车停住了，几个胸前戴着大红花的人从上面跳下来，风姿勃发地出现在人们面前。公社的领导带领大家迎上去，轮番和劳模们握手致意，整个公社大院都洋溢着欢快的气氛。当大家都走上去迎接劳模们的时候，只有母亲依旧站在原地不动，她抱在怀里的大红花一时也没有派上用场。有人注意到了她，便跑回来提醒她说，快去呀，他们还等着你去献花呢。在那些人想来，母亲之所以熬夜制作了这朵大红花，并把她抱到公社大院里来，肯定是要献给那些载誉归来的劳模们的，但让他们没有想到的是，当劳模们真的出现在面前时，母亲却没有任何的表示，这样一来，那朵饱含了她若干心血的大红花不是白白浪费了吗？正当人们为母亲焦急的时候，一幅让他们感到惊讶万分的场景出现了。这时母亲突然走上去，可她走向的并不是那些劳模们，而是那个挤在人缝里观望的李大中。当人们争相向劳模们表达敬意的时候，夹杂在人群中的父亲似乎有些无所适从，在母亲看来，这个时候的父亲一定是非常尴尬的。于是，母亲便径直走到他面前，将抱在怀里的大红花举起来，恭恭敬敬地送到他的胸前。母亲的表现让父亲感到极其意外，即使把他打死了也不会想到，会有人在众目睽睽下向自己献花，而且这个献花者还是一个备受人们瞩目的漂亮女孩。为了尽快让父亲明白自己的心意，在把那朵大红花献出去的同时，母亲还用清晰的语气对他说，李大中，这是献给你的，请你收下。尽管母亲说出的话是那样明确，但父亲还是以为自己没有听清楚，依旧像被打中了翅膀的鸟一样垂着两手,嘴唇嚅嗫着对她说,你、你搞错了吧？母亲再次明确回应他说,没有搞错,你也是我们心中的劳模,这朵大红花戴在你胸膛上当之无愧。说着,母亲继续动起手来,要把那朵大红花干脆别到他胸前的衣服上。人们都看出来,母亲制作的这朵大红花比那些戴在劳模胸前的大红花还要大,还要艳丽,这是不是说明,在她心目当中,李大中这个有成分问题的人,比那些去县城里开过会的劳模们还有资格接受这样的奖赏呢？到这个时候,父亲即使再笨拙和低调,也明白事情到底是怎么回事了,但尽管这样,他也不能大模大样地接受这个局面,虽然他的手抬起来了,却是做出往外推脱的架势,不,他依旧嚅嗫着嘴唇说,我不、不能……母亲果断打断了他的话说,为什么不能呢？我们可是都给你投了票呢。听她这样说,一些像母亲一样投过他票的人都纷纷点起头来。在母亲的带动下,一个与计划中的庆典仪式不同的局面就要出现在公社大院里了,这怎么能被容许呢？那些受到冲击的领导们脸色开始变得难看,母亲的这番举动简直是和他们的行为叫板,尤其是在这样的场景中当着这么多社员们的面,不是有意和他们这些人过不去吗？

　　领导们还没有来得及做出什么反应,这时却从人群里冒出一个人来,快步走到母亲面前,以迅雷不及掩耳的动作从她手里夺过大红花,使劲摔在地下。表妹,那个人用雷鸣般的声音呵斥她说,你这是干什么呢？母亲尽管没有看他一眼,却知道这是自己的表哥李二愣,她的目光一直盯在被他丢在地下的红花上,这可是她差不多熬了一个夜晚才制作出来的呀,就这样让这个人一下子丢在了地下？李二愣越发来劲,干脆抬起脚来,毫不客气地踩在那朵红花上。在他无情的践踏下,那朵本来十分艳丽的红花很快便散开来,碎成了一片片残纸,再也让人看不出它原来红花的模样了。你,母亲从碎纸上抬起头,用愤怒的目光盯着表哥,这个她其实十分讨厌的家伙,你怎么能这样对待我呢？她抬起手来,想在他身上推一下。李二愣顺势接住她的手,使劲往人群外拉去。离开这里,他一边把她往远处拉一边说,别给我们丢人现眼,快跟我回家去。母亲使出全身的力气,才挣脱了他鹰爪一般的手指。你是我什么人？她声嘶力竭地和他争辩说,为什么要管我的事？李二愣本能地回答道,我是……也许他也意识到下面的话有些不妥,便赶紧改换了一下语气说,我是你表哥嘛。母亲不管不顾地反驳他说,你是我什么表哥？八竿子打不着的亲戚也来套近乎,真是不懂得羞耻。

母亲说完,便掉头走到一边去。李二愣呆呆地望着她的背影,尤其是回味了一下她刚说出的这句话,无论如何也让他难以接受。你这是要公开和我决裂了?他在母亲身后追赶着说。母亲毅然向他挥了一下手说,从此以后,你走你的阳关道,我过我的独木桥,我们一点关系也没有。听着如此决绝的话,李二愣停下脚来,在痛苦地摇了一下头后,突然把手举起来,紧紧地抱在了自己脸上。也许在那一刻,他便知道自己再也得不到这个让他如此心仪的表妹了。母亲回到了父亲面前,伸出手去,不由分说抓住了他的胳膊。跟我走。她命令他说。父亲还有些不知所措,搞不清到底是该跟她离开这里,还是继续待在这个与他其实没有多少关系的场合。但母亲手上的力气变得格外大,竟然扯拽得这个身强力壮的小伙子跟跟跄跄。就这样,在几乎全村人的注视下,作为地主子弟的父亲被花朵一般的母亲拖走了,也就是从那个时刻起,母亲和父亲的关系便公开在了大庭广众之下。李大中,母亲拖着父亲走出了好远的距离,还听到李二愣在后面跺着脚撕心裂肺地叫喊,我和你没完。当然,也就是在那个时候,母亲便朦胧感觉到了她和父亲未来的生活或许会有意想不到的麻烦,只是她对那个麻烦的真实面目到底是什么,此时并没有清晰的感受罢了。

李二愣龟缩在人群中,探头探脑地注视着院内热闹的婚礼景象。真是没有想到,这才不多一些日子过去,表妹竟然和那个地主分子举行了婚礼,尽管他心里有些准备,但还是没有想到事情会发生这么快速而巨大的变化,如此看来,表妹那个人可真是做得出来呀,就算你不顾及我这个表哥的感受,难道就不为你自己日后的前途想一下吗?尤其让他感到愤愤不平的是,一个地主后代为什么就有那样的好运呢?难道说庄稼种得好就能掩盖你的成分问题吗?我这个表哥可是一个响当当的贫农子弟呀,虽然有些好吃懒做的恶习,可的确算是根正苗红,表妹如果跟了我,起码前程是一片光明吧?但不知道怎么回事,表妹却无情地抛弃了他,义无反顾地走向了那个地主分子,就像一朵鲜花一样插在了牛粪上,一想到这件事,他心里就疼痛不已,尤其是看到表妹和李大中举行婚礼的热闹场景,他简直像被刀子剜了心一样。挂在院门口的鞭炮突然响起来,李二愣没有来得及躲避,四处迸溅的炮皮打在他脸上,不由得让他想起许多日子之前,他被一只不怀好意的蝙蝠扇了脸颊的情景,晦气,实在是太晦气了。李二愣不敢再四处张望,便尽量弯拢着身子,从人缝里探出头来,朝着院落里的婚礼场景仔细打量。这时,表妹正和那个李大中夫妻对拜,两个人面对面站在一起,互相朝着对方低下头去,然后在人们的起哄和推撞之下,两个喜气洋洋的人搂抱在了一起……看到这个不堪入目的情景,李二愣本能地闭上了眼睛,不要脸,他在心里一遍遍地对那两个人说,真是太不要脸了。尽管他弯拢着身子,有些人还是注意到了他,便故意在他身上推一下说,你表妹正在举行婚礼呢,你怎么不过去祝贺一下呢?李二愣知道这些人在有意看他的笑话,便瞪起眼来,朝那个人狠狠地白了一下。别狗眼看人低,他咬着牙说,等哪天把老子惹急了,有你们的好看。人们不理会他了,扭过头去,继续观看院子里的婚礼景象。李二愣知道在这里待下去也没有什么意思,便钻出了人群,磕磕绊绊地往远处走去。老子不服,他一边走一边在心里嘟囔,不论到什么时候,老子也不会善罢甘休。

李二愣本来再也不打算看到表妹了,但天黑下来的时候,他又从家里出来,鬼鬼祟祟地朝李大中家走去,虽然他差不多喝醉了酒,但还知道要想顺利见到表妹,就要到李大中家去。此时,他怀里揣着一把锋利的菜刀,从李大中和表妹的婚礼上回到家以后,他就把厨房里的菜刀拿出来,在门台石上不断地打磨。这把菜刀其实并没有多少锈迹,但他还唯恐它不够明亮,依旧在石头上打磨了半个下午,直到它闪出更为新鲜的光芒。可以了,李二愣把手指探到刀刃上,让皮肤与它轻轻地接触了一下,便分明感觉到了它的锋利,看来可以让它发挥一些作用了。他把菜刀揣到怀里,乘着夜色的掩护,悄悄地向着李大中家的方向走去。天上飞翔着许多黑色的影子,像树上的落叶一样飘来飘去,从它们发出的吱吱嚷叫声,李二愣知道那是一些专在黑夜里出没的蝙蝠,为了不让它们的翅膀扇到自己的脸颊,他不得不一边走一边举起手来,在空中不断地挥舞着,向那些随时都可能朝他进攻的东西发出警告。不要招惹老子,他气势汹汹地嘟囔,不然的话就和你们动刀子了。来到李大中家的院门口,他想到白天在这里看到的婚礼场景,心里又感到一阵疼痛,不禁把手按在腰间的刀柄上。此时,两扇门板已经合拢了,旁边厢房里的窗子倒是亮着红艳艳的灯光,没错,窗户纸上贴着两个并在一起的大红喜字,经灯光一照,便闪出像花朵一般红彤彤的光来,一时间,李二愣有些发怔,也不由得想到许多天前表妹制作的那朵大红花,或许正是那一朵红花,成了表妹和那个李大中牵手的桥梁。一想到这里,李二愣便火上心来,一下子把别在腰间的菜刀掏了出来。既然李大中那么喜欢红色,他咬牙切齿地叨念说,今天老子就给他放放血。在里面灯光的照耀下,贴着大红喜字的窗户上似乎映出了两个人的身影,不用仔细打量,他也明白那是表妹和李大中的影子。不知道是由于醉酒的缘故,还是因为里面那两个人在有意捉弄他,反正在他看来,那两个印在窗纸上的影子晃来晃去,似乎故意不让他看清楚。为了弄清这两个人到底在里面干什么,李二愣又像以前不止一次干过的那样,把手指头蘸上唾沫,悄无声息地弄破窗纸,用一只眼睛向里面窥视。他判断得没错,果然是表妹和李大中在这间屋里,此时,两个新婚的年轻人正抱在一起,头抵头,脸贴脸地亲吻呢……这场景岂是李二愣能看下去的,里面火热的场面一下子又把他心里的伤口挑破了,剧烈的疼痛让他浑身都颤抖起来。李大中,他愤怒地对里面说,你给我等着。说到这里,他就把手中的菜刀舞起来,在空中划出一个闪着火星子的弧圈,咔嚓一声砍在窗棂的木头上。在他的想象中,如果他一鼓作气发作的话,一定会轻而易举地砍碎这扇窗子,然后纵身跳进去,把那个霸占了表妹的地主分子按住,用刀刃在他脖子上狠狠地划拉几下。好在他虽然处在醉酒的状态,还总算没有完全失去理智,知道这样一来,自己不但不能把表妹夺回来,而且有可能也让自己陷到一个巨大的黑暗洞穴里去。而且此时此刻,李家养的一条狗正在激烈地吠叫,如果他不赶快离去的话,恐怕那个黑暗的洞穴真的要把他吞进去呢。好吧,李二愣用那只空出的手在脸上打了几下,让有些昏沉的脑袋清醒下来,没有再去管那把砍在窗棂上的菜刀,便掉回身来,迈着大步向来路上走去。但他没有回自己的家,而是在村口选择了通往外面的一条路,继续迈着大步向前走。离开这个狗地方吧,李二愣伤心地告诉自己说,离开那一对狗男女,到哪里不能过你的逍遥日子呢?就是在这种心理的支配下,他义无反顾地向前走,向着看不见尽头的夜晚的深处走,一直不停地走下去,走下去。

　　六月的天气变化得实在太快,父亲李大中赶着马车快走到县城的时候,天上忽然涌起了几块黑乎乎的云朵,随着几道闪电划过,一阵急雨哗啦啦地落下来。父亲停下马车,在一棵冠盖很大的树下避了一会儿雨。天气很快便转了晴,这真像是一张小孩子的脸,说哭就哭说笑就笑。父亲赶到县城,把上级批给乌龙镇的化肥装到车上,自己顾不得吃东西,只是让拉车的马匹吃了带去的一点点草料,便又踏上了回返的路程。此时,日头已经转到了西边,如果他不赶快往回走的话,怕是到天黑也回不到家。与来时的路况不同,经过上午那一阵急雨,有些路段就变得有些泥泞起来,加之车厢里装满了化肥,马车便走得有些缓慢。正好来到他上午躲雨的那个地方,这段路有个不小的坑洼,马车的轱辘陷进去,任凭父亲怎样驱赶马匹,最后连他自己也使尽全力推车,还是不能让马车从坑洼里走出来。正在父亲焦躁万分的时候,从不远处传来一阵讥笑声,父亲掉过头去,看见就在那棵大树下,蹲着一个满头长发的汉子,身边还站着一个有些驼背的女人,汉子一边斜起眼来看他,一边摇晃着脑袋嘲笑他。父亲有些不快,这个人真是好没礼貌,不但不过来帮自己一把,还有意看自己的笑话,天下怎么会有这样差劲的人?那个驼背的女人看不下去了,便小心地提醒汉子说,你去帮他赶赶车吧。汉子白了她一眼说,住嘴。女人果然闭住了嘴巴,不敢再轻易向他说什么了。怎么样?汉子转向他说,你的本事不是很大吗?今天就拿出来使吧。父亲听他说得有些奇怪,便注意打量了他一眼,别说,这个汉子看上去还真有些眼熟,可就是不知道在什么地方见过。父亲不再理会他,转回身来继续驱赶马匹。几次三番之后,他终于明白,仅凭自己的力量和本事,是不可能让这辆马车走出那个坑洼之地了。见他实在没有招数可使了,汉子这才站起来,慢悠悠地走到他身边,却突然伸出一只手,从父亲手里夺过马鞭,不由分说便朝那匹马的脊背上抽去。如果他仅仅在马背上抽上几鞭子,不管他使上多大的力气,也不能让那匹筋疲力尽的马改变脾气的,让父亲没想到的是,这个家伙竟然不停歇地朝马身上挥鞭,而且使出的力量越来越大,好像只要那匹马不把马车从泥泞中拖出来,他便决然不会停手似的。那匹马果然受到了刺激,为了不使自己挨那么多鞭子,只好振奋起精神,使出全身的力气向前拖拉。汉子这一招果然奏效,没有折腾多大会,马车就从泥泞里驶了出来。但这并没有使父亲松一口气,看着那匹被打坏了的马,父亲心疼地咧了好几次嘴。上车了,汉子把手里的马鞭扔给父亲,转手向那个驼背女人招了一下手,也不等父亲同意,两个人便都爬到马车上去,坐在那些堆起来的化肥袋子上。其实不用再朝汉子打量,父亲便差不多认出他是谁了。是他回来了?他在心里对自己说,这么多年过去了,他还没有改变和自己斗狠较劲的脾气。汉子似乎知道他心里在想什么,便掉头看了他一眼说,怎么样我的妹夫,这些年你过得还好吗?不等父亲回话,他又继续往下问道,我妹妹过得怎么样?父亲虽然没有回答他的话,却继续在心里对自己说,看来你的麻烦终于找来了。

把化肥卸到队部的仓库里以后，天早就黑透了，父亲走出仓库，想找李二愣和他那个驼背女人，却早就看不见他们的影子了。在回家的路上，父亲想了一下李二愣家的情况，还好，虽然好多年过去了，他家那几间房子还完好存在着，收拾一下就能居住，想必李二愣这次回来，也没有多大的难可做。父亲回到家以后，母亲正在灯光下等他，放在桌子上的饭早就凉了，为了等父亲回来，母亲尽管饿着肚子，也没有一个人吃。父亲洗刷完了以后，才慢腾腾地坐到桌子前。出了什么事？虽然父亲还没有说话，但敏感的母亲已经从他的表情中感觉到了什么，便主动问他说。父亲这才告诉她，李二愣回来了。母亲果然吃了一惊，李二愣？你看到他了？母亲停止了吃饭，似乎一个人陷入了沉思中，而且不由自主地叨念说，他变了样子吗？他还依旧是一个人吗？我还以为他不会再回到乌龙镇来了呢？他走了怕是有十多年了吧？你问过他没有？这些年他在外面都干了些什么？对了，他到底到哪去了呢？父亲一直埋头吃饭，并没有回答她的话，其实他也明白，母亲这些话用不到他来回答。这一天父亲实在是累坏了，撂下饭碗后便上床去睡觉。母亲收拾完了以后，也爬到床上来。这时虽然母亲没有再说什么话，父亲却主动对她说到了李二愣的事。他变了，父亲闭着眼睛说，他比原先勤快多了，看上去也像是一个庄稼人了。母亲有些意外地回应他说，我还以为你睡着了呢，原来你还一直想着他的事儿？父亲这才睁开了眼睛，李二愣这次回来，会不会给我们带来什么麻烦呢？母亲吧嗒着嘴说，怎么？你是不是有些怕他？父亲眼前又浮现出李二愣呵斥那个驼背女人的情景，不禁脱口说道，他的狠劲倒是没变，从这一点上说，他还是过去那个李二愣。母亲安慰他说，没什么好担心的，他毕竟是我的表哥嘛，就算他再浑，也不能和自己的亲戚过不去吧？听她这样说，父亲差点笑出声来，亲戚？你现在倒承认和这个人的亲戚关系了？母亲在他身上推了一下，便不再说什么，熄灭了灯盏，然后在他身边躺下来。屋内迅速被黑暗占领了，父亲虽然也闭上了眼睛，却依旧看见李二愣拼命抽打那匹马的情景，止不住倒吸了一口冷气。该来的总是要来，他又在心里对自己说，你就是要躲又能真的躲过他吗？

母亲挎着一个竹篮子，从家里走出来，穿过乌龙镇大街，朝李二愣家的方向走去。竹篮里放着一块腊肉、两包挂面和一棵白菜，是她拿给表哥李二愣的礼物，本来她也想送他一瓶酒的，而且都把那瓶酒装到篮子里了，但后来又拿了出来,在她的印象中,李二愣原本就是一个酒鬼,每当喝醉了就要闹事,她怎么能再送给他酒喝呢?这是她第一次去看望这个刚刚回来的表哥,不管怎么说,自己都是他在乌龙镇的亲戚,而且先前他的离去正是因为自己,如今他回来了,她怎么可能不露一下面呢?何况她也真的纳闷,如今的李二愣到底变成了什么样子?是不是像丈夫说的那样成了一个勤快的庄稼人?如果他依旧对丈夫和自己记仇的话,会不会继续做一些极端的事情呢?只有到他面前去看一下,她才能对这些问题有一个明确的判断。有人碰到了母亲,便上前和她打招呼说,你是去看你表哥的吧?母亲有些诧异,自己并没有做出什么表示,他们怎么就看穿了她的心思和行为呢?而且母亲从他们的表情中看出来,这些无所事事的人眉眼里都含着掩饰不住的激动情绪,好像一件即将发生的什么事等在面前呢,母亲明白,他们所期待的这件事除了发生在李二愣、丈夫和自己之间以外,还能会在其他什么地方上演呢?母亲这才明确地感到,虽然这么多年过去了,而且李二愣也消失了那么长时间,他们三个人曾经有过的恩怨情仇并没有从乌龙镇消失,一旦有一点风吹草动,便能引起那些人内心的骚动和不安。也就是在这个时候,母亲也再次明确地感到,当某个时机成熟的话,他们三个人的事情便极有可能再次在乌龙镇演出,成为供人们观看的一出难得的戏剧……想到这里,原本平静的母亲一下子不安起来,无形中也便加快了去往李二愣家的脚步,她要赶紧向那个人表个明白,即使倾尽她所有的力量,也不能再让过去的事情继续发生。

母亲来到李二愣家以后,不禁又一次感到了诧异,真是没有想到,这才仅仅一天的时间,这个原本荒芜了快要十年的院落便被清扫干净,那些一人多高的杂草悉数拔去,有些坍塌的门楼也修整完好,院落里早已放置好了若干农具,好像它们从来就在那个地方摆着似的,如果是外面的什么人到来,还以为这个院落一直就这么整齐有序呢。母亲不禁在心里感叹,看来李二愣真的变成了一个勤快人,说明这些年他没有白在外面闯荡,这使她甚至想到了一个不太恰当的说法,浪子回头金不换。她一边这样想一边摇头,在心里问自己说,李二愣是浪子吗?他现在真的回头了吗?更让母亲没有想到的是,此时李二愣正在院子里喝酒,一扇当作桌面反扣在石头上的磨扇上面,摆放了两盘凉拌小菜,一盘是拍黄瓜,一盘是腌白菜,李二愣坐在旁边的石头上,手里举着一只小酒盅,正在像模像样地吃喝。依旧让母亲没有想到的是，在他身边竟然站着一个有些驼背的女人，看来像是他的老婆，母亲有些奇怪，在昨天父亲的讲述中，竟然没有提到这个有些残疾的女人。母亲真是想不明白，李二愣为什么自己坐在石桌前喝酒，而让那个女人站在一边观看呢？来了我的表妹，一看到母亲走进来，李二愣就开口打招呼说，但他并没有放下手里的酒盅，也没有站起身来，而只是若有所思地看着她，那声招呼也便具有了不阴不阳的含义。听说你回来了，母亲把竹篮子放在地下，我来看看你。李二愣点点头说，我就知道你要来，在乌龙镇，除了你来看我之外还能指望其他什么人呢？不等母亲回话，他便转向那个驼背女人说，傻站着干什么？还不把我表妹送来的东西拿到屋里去？听到他的指令后，那个规规矩矩站在他身边的女人急忙俯下身来，提着那个竹篮向房门里走去。你看我这个老婆怎么样？李二愣故意朝女人的驼背上指了一下，当年我是一个人走的，如今是两个人回来的，看到这样的情景，表妹你该放心了吧？母亲不知道该怎么回答他的话，李二愣一上来就把话题引到女人身上，明摆着他还记恨着过去那件事，也就是说他还没有打算放过自己和丈夫，是这样的吗？也许你们想不到，李二愣继续有滋有味地对她说，虽然她的身子是残疾的，但原先的脾气可是大着呢，东北人嘛，整天在树林子里和那些黑瞎子打交道，脾气不大行吗？但就是这样一个人，却乖乖地听我的话，表妹你知道这是为什么吗？他举起一只手，像挥舞鞭子一样晃动着，打，只有一次次把她打趴下，她才能承认你的存在，才能一句不差地执行你的指令………母亲不想听他说下去了，你又喝多了吧？她向他指出说。这算什么喝酒？李二愣把另一只手里的酒盅在石面上顿了一下，在东北，我们可是用大瓷碗喝酒的，只有回到这个小小的乌龙镇来，才使用这种像屎壳郎一样的小玩意喝酒，真是笑死人了。说到这里，李二愣仰起头，无所顾忌地哈哈大笑起来，嘴角的哈喇子淌下来，像一条透明的虫子一般在衣领上蠕动。母亲再也按捺不住了，板起脸来，用义正词严的口气对他说，李二愣你给我听好了，我不管你在外面干了些什么，也不管你在女人身上耍什么威风，可只要你回到乌龙镇来，就不能任你的性子胡作非为，虽然我在乌龙镇算不上什么人物，但我可以告诉你，只要是有人打算和与我有关的人过不去，我就是拼上性命也不和他拉倒，不信我们走着瞧。说完这些话，母亲也不管李二愣做出什么反应，便掉转身子，气昂昂地向院门外走去。直到她走出了好远，才听到李二愣在身后向她说，表妹看你说什么呢？我刚回来你不和我好好聊聊天，急慌慌走什么呢？母亲在心里骂了他一句，这个狗东西，我看他还没有改掉吃屎的习惯。

李二愣蹲在院门口，手里捧着一只大海碗，一边大口地吃喝一边朝街上打量。海碗里盛的是驼背女人擀的面条，由于没有完全煮熟，在碗里像一根根绳子一样多挲着，但他却喜欢吃这种半生不熟的食物，觉得有嚼头，撑时候。这是他在外面时喜欢的吃法，回到乌龙镇来也没有改变这个习惯。上工的铃声已经敲过了，也就是说早就过了吃饭的时间，但他还依旧蹲在门口不慌不忙地吃，或许可以说，这是他这个生产队长才有的一项特权，回到乌龙镇来的这几年，在表妹的一次次警告下，他一直处在卧薪尝胆的状态中，从来没有做出什么出格的事儿，而且严格要求自己，处处向那个他所不喜欢的家伙也就是我父亲看齐，表现得差不多也像是一个好庄稼把式了，没过多久，村里就让他担任了这个生产队的队长，比其他人有了一点点小权力，比如在上工的铃声响过后还蹲在门口吃饭，如若是一个普通社员这样做的话，早就被生产队长训斥好几回了，但现在队长自己这样做，其他社员即使有意见，也不敢公开向他表达。那些归他领导的人都站在离他不远的地方，等待着他给自己分派活计。你，他停止了咀嚼，用筷子随便向人群里指着说，还有你，再加上你，这几天跟我上山去伐木头，其他人还干原来的活吧。很快，他面前就只剩下了那几个刚刚受到指派的人，别说，他挑选的这几个人都是身强力壮的汉子，胸膛上的疙瘩肉从衣服下鼓出来，透出满身用不完的力量，李二愣知道伐木的工作不是那么好干，没有力气是不能在山上待下去的，所以才精选了这几条壮汉。他咽下了最后几根面条，站起身来，刚要把手里的大海碗送回家去，忽然瞥见一个人从远处走来，便不由得停住了脚。那个正从饲养场里走出来的人是我父亲，这几天，他一直赶着两头牛在田里耕耘，所以此时手里扶着一张放在木架子上的铁犁。对于耕地这种活计，一般人也是干不来的，不管怎么说，这是要和两头牲口打交道，没有经验的人是不敢接手这种活计的。李二愣远远地打量着父亲，忽然脑子陷入了思考，于是，这个思考的结果便是他对父亲指了一下说，你，也跟我们上山去吧。父亲以为他不是对自己说话，便没有让牲口停下脚来。怎么回事？李二愣质问他说，没听到我说的话吗？父亲这才诧异地接过他的话问，你是在问我吗？李二愣冷冷地对他说，不是问你问谁呢？父亲这才让牲口停下来，走到他面前说，我不是要去田里犁地吗？李二愣转身往院子里走,随口回答他说,让别人去犁吧。父亲摊开手说,别人谁能犁得了呢?听他这样说,李二愣又回过身来,怎么?你以为你就是乌龙镇最大的能人了?那个谁……他朝远处随便一指,正好指住了一个从街上经过的人,你去田里犁地吧。那个人也愣住了,队长说的是我吗?他不相信地问道。李二愣再次回身往家里走,根本没有打算回答那个人。他十分有把握地想,到这个时候,那个叫李大中的家伙便没有什么其他选择的余地了。

李二愣挥动着手里的斧头,一下一下狠劲砍在树身上,咔嚓,咔嚓,整个树林里都回荡着富有节奏的砍击声。他脱光了膀子,将胸前那些随时鼓荡衣服的疙瘩肉袒露出来,在从树缝里射下来的日光照耀下,闪动着油展展的汗光。一个抬木头的汉子用羡慕的口气对他说,队长真是了不起,你都到这个岁数了,我们这些小伙子也比不了你。听他们这样说,李二愣脸上透出了开心的笑容。他往手掌里吐口唾沫,高高地挥起斧头,用更加富有节奏的架势砍击在树身上,咔嚓,咔嚓,似乎就连遥远的山野里都发出了好听的回声。在离他不远的地方,父亲也挥动着手里的斧头,一下一下地往树身上砍,却是砍得那么吃力,那么乏味,虽然他是一个优秀的庄稼把式,却从来没有伐过木头,第一次到山林里来干这种活,便显得有些笨拙,尤其是与身边的李二愣比起来,就更加不是那么回事了。李二愣已经砍倒了好几棵树,还一副生机勃勃的样子,好像他身上的力气永远使不完似的,每当树木倒下来的时候,他还用唱歌一般的声音吆喝一声,顺山倒喽……好像是故意唱给父亲听的。而到这个时候,父亲还没有砍倒一棵树,但身上的汗水已经湿透了衣服,气息也喘得非常厉害。其他几个人削光树身上的枝杈,把光秃的木头扛到那边的鱼人河边,丢到河水里去,让水流带回乌龙镇,也省得他们自己往回运了。树林里便剩下了李二愣和父亲两个人。李二愣再次放倒了一棵树之后,终于停下了斧头,悠悠荡荡地走到父亲身边,眯起眼来,意味深长地看着他砍击那棵树。你不行,李二愣使劲摇着头,用不无嘲讽的语气对他说,看来你真不是干这种活的料。父亲停下手来,不得不沮丧地向他承认道,以前我的确没有干过……李二愣打断了他的话说,可你不是一个有名的好庄稼把式吗?对了,他像是想起什么来,用大呼小叫的口气说,你不还是一个戴过大红花的劳动模范吗?父亲的脸一下子涨红起来,说话的口气也有些恼怒。李二愣,他干脆也直呼着他的名字说,你让我来上山给你伐木,是不是有意来惩罚我的呢?李二愣摊开两手说,我敢惩罚你什么呢?想当年,你连我的表妹都娶走了,这样有本事的一个人,我怎么敢和你过不去呢?父亲向他挑明了说,我就知道你在这件事上不会善罢甘休的,那么好吧,你说该怎么办吧?父亲一边说一边朝他拎在手里的斧头看,似乎做好了让他砍击自己的准备。李二愣看出了他的心思,不禁仰起头来哈哈大笑,然后真的把手里的斧头举起来,但只是在空中悠荡了一下,便丢到一边的树丛里去。你太小瞧我了,李二愣挥舞着一只空手说,对付你这样的地主分子,我还用得着使用什么工具吗?听他这样说,一直控制自己情绪的父亲终于恼怒起来。李二愣,他再次直呼着他的名字说,不要再提那些历史问题,难道你不知道吗?三中全会都开过了,以后还有什么地主分子不地主分子的?李二愣打断他的话说,去你的吧,不论到什么时候,他用手指头指着他的额头说,你都是一个可恶的地主分子。说完这句话,他知道处于愤怒状态的父亲不会善罢甘休,便赶紧走到一边去,做出一副大人不计小人过的架势。等着吧,李二愣在心里对他说,这笔账很快就会对你算的。

父亲坐在鱼人河边,背对着山上的树林,从衣兜里掏出带来的干粮,没滋没味地吃着。和他差不多,那几个抬木头的人也早就累得不行了,一个个躺在树下打盹,正是中午时刻,按说干了多半天的活,都该好好歇息一下了。但精力旺盛的李二愣却闲不住,依旧在树林里砍击树木,咔嚓,咔嚓,富有节奏的砍击声虽然不是那么响亮,却似乎传遍了周围的山林,那些曾经被惊扰的鸟儿已经见怪不怪,只要树木不晃动,该怎么栖落就怎么栖落,一副坦然而麻木的样子。父亲如果没记错的话,这是到山上来的第十天,李二愣除了那天和他说过那番话之后,并没有再继续为难他,但父亲明白,既然他们已经把话说到了那种份上,一切都才刚刚开始,也就是说,最后的结局他虽然不知道是一种什么样的面目,但它肯定是要到来的。顺山倒喽……李二愣又砍倒了一棵树,还没有停下来的打算。父亲不由得感叹,这个人真是一把干活的好手,他用不完的精力到底是从哪里来的?父亲回顾年轻时的李二愣,那时他就是一个不务正业的小混混,难怪母亲看不上他,但在外面待了那么多年之后,他却完全变了个样子,不仅身上多了些匪气,而且也变成了好庄稼把式,看来在外面的那些年里,他真的吃了不少苦呢,让他有了一种脱胎换骨的变化,当然,这些都是一些表层的东西,最里面的内容却依旧保持如初,那就是对他和母亲的结合耿耿于怀,始终在心里放不下来,最后和他算一笔老账也在情理之中……咔嚓,咔嚓,富有节奏的砍击声时近时远地响着,像是一首催眠的曲子在他耳边回荡,没过多久,父亲便感到了困倦,不禁把手里没有吃完的食物放下,然后倚靠在一根树干上,慢慢闭上了眼睛。父亲好像做了一个梦,在那个不祥的梦里,他看见有一只老虎从山林里跳出来,携带着一股呼呼的风声,直朝他身上扑来,父亲瞪大了眼睛,随着老虎对他急快地接近,他清晰看见了它嘴里那两排尖利的牙齿和猩红的舌头……父亲本能地叫喊一声,一下子从睡梦中醒来,他大瞪着眼睛,掉回头去往身后看,在那个可怖的梦里,他分明看见那只老虎是从身后扑过来的,所以也就知道危险就在那个方向。父亲才刚刚转过头,便看见一棵大树携带着和那只老虎卷起的风尘一样的气势,从天空里直朝他倒下来。你终于来了,那一刻,父亲当然知道这棵倒下来的树对他意味着什么,便在轻松地喘出一口气之后,在心里对自己说道,我等了你很久,要来你就来吧。当那棵高大的树木还没有倒在他身上的时候,父亲就再次闭上眼睛,而且摊开两条手臂,做出了一个迎接它拥抱的架势。好了,他在心里对那个把这棵树推倒的人说,我们两清了。

　　母亲从父亲的尸体上抬起头来,瞪大迷蒙的双眼,四处寻找那个在她想来对父亲的死去负有责任的家伙。虽然在她内心深处,觉得这种类似的场景早晚要出现,但还是没有想到,当它出现在自己面前的时候,它是呈现了这样一种悲惨的面目。父亲的身体已经被要了他命的那棵树砸烂,猛一看上去,还以为这具血淋淋的身体是一块巨大的肉饼,尤其是他的头部,因为首先和那棵树木进行了接触,便被砸得格外厉害,脑袋已经失去了半边,红白相杂的脑浆流出来,涂抹在脸部余下的部分,这使父亲的模样呈现出一种模糊的状态,母亲刚看到他的时候,甚至没有认出他是自己的丈夫,还抱着庆幸的心理以为,这些向他报信的人是真的弄错了呢。没错,那几个把他从山里抬回来的汉子说,这的确是你的男人李大中,当时我们就坐在他身边,亲眼看着那棵大树砸倒了他……都是他,母亲抬高了头颅,大瞪着眼睛,四处寻找她的表哥李二愣的身影。在她的想象中,李二愣既然让他伐倒的那棵树砸倒了她的男人,他就不应该做缩头乌龟,就像俗话说的那样,好汉做事好汉当,在她的印象中,李二愣从来都是以一个好汉的姿态来面对他人的,既然他做出了这样残忍的事情,就应该拍着胸脯对死者的女人说,冲我来吧,反正这件事是我干的。但让她奇怪的是,平时善于耍横使蛮的李二愣此刻不知到哪里去了。你就是缩到你的龟壳里去,母亲咬着牙齿说,我也要把你薅出来。围在四周的人们似乎都知道她在找什么,便纷纷散开去,给她留出了一个往外走的空隙。母亲沿着那个空隙往远处看去,总算让目光罩住了那个卑鄙的罪犯。大约李二愣也知道自己脱不了干系,即使自己再逃到东北去,那个被他惹怒了的女人恐怕也会找到他的,于是,他并没有做出逃走的准备,而是硬着头皮留在了乌龙镇大街上,而只是尽量离母亲远一些,在人群之外的一块石头上坐下,然后用两手抱住头,等待着那个女人在对她的丈夫哀悼一会儿之后,转回身来和自己搏斗……母亲迈开脚步,像一阵狂风一般刮到李二愣面前,伸出两只鹰爪一般的手指,就朝着他头上抓去。你这个罪犯,母亲一边疯狂地厮打他一边愤怒地叫喊,你还我男人,你还给我男人。李二愣跳起来,一边急快朝后撤退一边奋力朝她辩解,不是我,是那棵树,都怪那棵树砸倒了他……母亲不听他的辩解,也不想弄清事情的原委,反正在她的脑子里,不论父亲是怎么死的,直接的责任者都是这个罪恶的李二愣,所以便不管他说什么,而只是一味地朝着他厮打、叫喊,你这个罪犯,你把男人还给我。尽管母亲也知道,即使她把那个负有责任的男人撕碎、骂倒,她的男人李大中也不会再活过来了,可她却依旧朝着那个罪恶的男人发泄心里的愤怒和悲痛,而不管效果有没有用处,你还我男人,还给我男人……

五

母亲讲完了我的曾祖父、祖父和父亲的死亡过程,如果按照顺序继续往下讲的话,下面就该轮到我的姐姐了。母亲虽然疲惫得不行,却并没有停下来的打算,依旧做出了要继续朝下讲述的架势。但我却不想听下去了,就像一个人因为过度吞咽食物而得上了厌食症一样,我对母亲那些既恐怖又悲惨的故事也感到了深深的厌倦,尤其是对姐姐的死亡,因为它的发生并没有多长时间,我对它怀有十分清晰的记忆,并不需要母亲再为我讲述一遍,更重要的是,姐姐的死亡比曾祖父、祖父和父亲的死亡更要惨烈十倍,也就是说对我造成的刺激更为强烈,所以无论如何我也不想再听下去,便赶紧摇摆着双手对母亲说,不要讲了,请你不要再继续讲下去了……

为什么?母亲似乎明知故问,为什么你对你姐姐的死亡漠不关心呢?

难道你姐姐对你不好吗？

当然不是这样，我赶紧表明态度说，与我根本没有见过或者说没有多少记忆的曾祖父、祖父和父亲他们比起来，因为姐姐的年龄只比我大几岁，在我的童年和少年岁月中，姐姐是一直带领我长大的，从某种意义上说，她对我的关心和影响比母亲还要大一些，姐姐的离去曾经给我造成了十分巨大的伤害，就算我是个稍有良心的人，也不会对姐姐的死亡抱无动于衷的态度。不是，我使劲摇着头说，事情根本不是你想的那样……我忽然盯住母亲说，其实你也明白，姐姐的离去对我意味着什么……

母亲打断我的话说，那你为什么不让我继续讲下去呢？难道她的死亡比前面你那些祖辈的死亡更没有价值吗？

我觉得母亲是在有意和我胡搅蛮缠，本来不打算理会她了，所有的事情她都一清二楚，之所以还一遍遍地和我较劲，无非是满足她讲述故事的欲望罢了，随便再说些姐姐的坏话。但我又实在不能在她这里落下什么把柄，以便给我安上一个不关心姐姐死活的坏名声，便只好耐着性子向她解释说，我不愿让这些悲惨的故事一味地缠绕我，难道你就不能顾及一下自己的儿子，连一个让他喘一口气的机会也不给他吗？

你别是被吓坏了吧？母亲斜起眼来，像一个不怀好意的女巫一般乜视着我，而且接下来还对我撇了撇嘴巴。看来你还真的没有长大呢，她在鼻子里哼一声说，或许这五十年的饭白让你吃了。

听了母亲嘲讽的话，我果然感到了极度羞愧，也许母亲说得不错，虽然我已经活过了半百的年龄，但其实还不算是一个真正成熟的人，不要说是在外人眼里，就算让我自己看来，我都为自己的没有长大而感到不安。母亲，过了好一会儿，我才以极大的勇气抬起头，用不无报复的口气揭穿她说，你对他们的死亡，尤其是对姐姐的惨死那么津津乐道，我当然不能说你是在看他们的笑话，那么我理解为你是在用这些沉重的话题来吓唬我对吗？

哈哈哈，母亲仰起头，近乎疯狂地大笑起来，看来我的儿子真要做我肚子里的蛔虫了？她忽然止住笑，用格外严肃的口气对我说，我们李家的男人真是一个更比一个差，遥想你的曾祖父，可是一个天不怕地不怕的人，到了你的祖父和你的父亲，就开始夹着尾巴做人了，她把目光转到我身上，可是你呢，我的儿子，竟然连听一个恐怖故事的勇气也没有了……

我不想被她说得如此不堪，便恼羞成怒地警告她说，不要再说这些我不愿意听到的话，如果你不马上闭住嘴巴，我就让你离开这里。

听我这样说，母亲果然有些恐慌，赶紧向我表明态度说，好吧好吧，你不愿意听我就不说了……孩子，你不能让我离开你，她用细长的手指抚摸着我的额头，如果没有我的陪伴，你的日子该怎么往下过呀？

我拨开了她的手，来自她手指的冰凉感觉让我难以忍受。我有些不相信，在没有母亲的日子里，我真的就不能在这个世界上生活下去吗？

母亲看出了我的心思，越发显得有些不知所措。你是不是真的厌恶我了？母亲试量着问我。

我没有回答她的话，而只是把两手抱住头，让思绪陷入痛彻的冥想中。

母亲更加害怕起来，不不，她匆促地摇着头说，我不能离开你，如果我连这个地方也待不住的话，哪里又该是合适我去的地方？她不想让这样的局面持续下去，便再次信誓旦旦地向我表示说，好了好了，你让我干什么我就干什么，只要你能让我好好地待在你身边……

看到母亲如此可怜的样子，我也不好再说什么了，其实从内心深处说，我又怎么能不渴望母亲的陪伴？在这个冰冷的世界上，我已经失去了所有的亲人，如果不是母亲间或回来陪伴我一下，那这个世界带给我的孤独和寂寞将会彻底杀死我，而不能让我完好地存在一天的，这个严酷的事实我又怎么没清晰地感觉到呢？母亲，我也向她妥协说，我也是需要你的……

没有等我的话说完，母亲就再次伸出她的手指，紧紧地抱住了我的脑袋。这时候，虽然她的手指带给我的感觉依旧使我发抖，但在此时的我看来，那已经不是冰冷而只是一种凉爽的体验了。我把脸颊贴在母亲的胸前，闭上眼睛，全身心地回味那种早就逝去的童年感觉，一时间，泪水从我的眼里汹涌而出。母亲。我在心里一遍一遍地呼唤说。孩子。母亲也用她的手指一遍遍地回应我。

当我们的母子关系又恢复到原先的轨道上来时，我们之间的话题也又回到了姐姐身上，毕竟母亲对我的讲述还没有最终完成，其实对我来说，姐姐死亡的过程和真相才是我最为关心的一个话题，当老枪从精神病院里逃出来重新回到乌龙镇的时候，它便成了我在接下来的这些日子里所有关注问题中的一个核心，如果不把它彻底弄清楚的话，我将用什么样的态度应对以后那一个又一个沉重的日子呢？我只是不想让姐姐死亡的惨烈场景在我脑子里重新上演,而只是从她死亡这件事上找到一个对付老枪的办法。但我似乎又真切地感到,如果不面对姐姐死亡的真实过程,我又哪里能够好好地实现这个目的呢？这真是一件让我感到万分矛盾的事。

没有什么,母亲用和缓的语气安慰我说,那件事毕竟过去了二十年,就算是一张曾经清晰的照片,经过这么多年岁月的风吹雨打,它也早就变得陈旧发黄了,又哪里能使你在今天还能看个清楚呢？说到这里,她的思绪又回到原来的轨道上,何况对你姐姐那个人来说,那样的一个结局也是早晚要到来的事……

你为什么还要这样说？我不解地摇着头说,这么多年过去了,你还没有真正放过她吗？

你说得不对,母亲纠正我的话说,不是我没有放过她,是时间不肯轻易饶过她,不管岁月怎样变化,一个妖女在这个世界上是肯定没有好下场的……

她不是妖女,我正告她说,她是你的亲生女儿,就像我是你的亲生儿子一样……

你们是不一样的,母亲再次纠正我的话说,从我生下来她那一天起,我就没有真正喜欢过她,虽然我不能说厌恶她憎恨她,但不喜欢是确凿无疑存在我心里的一种情绪……

为什么？我诧异地看着她,为什么你有这样的心思？难道就因为她是一个女孩吗？莫非你也像天下那些庸俗的女人一样,天生就具有重男轻女的坏思想？

不仅仅是这样,母亲摇着头说,你姐姐从小就不听我的话,事事处处都和我作对,几乎没有一天让我省心的时候……我清楚地记得,有一次我从田里回来,顺手在野草上摘了几朵好看的花,拿回来送给她,在我的想象里,如果你姐姐把那几朵好看的花戴到头上,那她可真是一个更加被人瞩目的小姑娘了,爱美是所有女人的天性,我想你姐姐也不会例外,那天我都把那几朵花戴到她头发上了,但没有想到的是,你姐姐竟然不买我的账,不由分说把那几朵野花摘下来,像丢弃一团臭狗屎一样摔到了地下,我不戴,她气势汹汹地对我说,我不能让自己变成一个野女人。你听听,她把我的好心当成了驴肝肺,竟然说出这样不守规矩的话,可真是伤透了我的心,从那时候起,我就知道这是一盏不省油的灯,说不定会给我带来什么意想不到的麻烦呢……

但在很多情况下,我替姐姐辩解说,她都是按照你的意见去办的,就说在老枪这件事上吧,姐姐不就是听了你的话,才嫁给那个狗东西的吗?

母亲有些语塞。你是说这件事呀,她有些不好意思地说,当初老枪上我们家来求婚的时候,你姐姐的确没有看上他。我不嫁给这个人,她郑重其事地对我说,我不喜欢这个叫老枪的男人。那时候,她可真是气死我了,你不知道,老枪当年可是一个卓有成就的企业家,不但年轻有为,而且长相出众,只要他在外面一出现,就会受到人们的格外关注,尤其是那些没有出嫁的姑娘,都上赶着朝他抛媚眼呢,恨不得马上嫁到他家里去,哪里又会说出不喜欢他的话来呢? 完全可以说,几乎所有莫邪山里的人都看好这个人呢……

可事实证明,我痛惜地说,这是一个杀人不眨眼的魔鬼。

谁又能想到他后来会……母亲狡辩说,难道你相信你姐姐当初就会有这样的预见吗? 她之所以说出那样的话来,就是为了不顺从我的意愿,有意和我过不去,而不是觉得老枪这个人不可靠……

可正是你们这些人的误判,我郑重地向她指出说,才导致了后来那种严重的结果,让我姐姐死在了那个人的手下,如果姐姐真是一个有意和你作对的人,那她就不会……可惜,她最终听从了你的话,乖乖地跟着那个魔鬼走了……我清楚地记得,那天,姐姐跟在老枪身后出了我们的家门,尽管外面鞭炮齐鸣,到处都洋溢着一派欢乐的气氛,但姐姐脸上却没有任何喜色,在就要走出我们家门楼的时候,姐姐停下脚来,用格外留恋的目光朝我们家看了一眼,好像她这样一去就再也不回来了似的。为了防止意外出现,你在姐姐身后用力推了一把,而老枪也回过头来,使劲攥住了姐姐的胳膊,正是在你们的联合作用下,姐姐才无可奈何地跟着老枪走到了街上去,那番情景,我就是闭上眼也能看得清清楚楚……

你别是电影看多了吧? 母亲笑话我说,竟然把别人被逼婚的情景安到了你姐姐头上……

还有呢,我继续不服气地说,当姐姐在老枪那里受到虐待回到家来的时候,不是一次次地向你诉说过自己的冤屈吗? 她拉住你的手,可怜巴巴地向你哭诉说,让我回家来吧,我再也不想到那个人身边去了。可你竟然说什么嫁出去的人就是泼出去的水,就算你有天大的本事也不能再做回头的事了,这就等同于断了姐姐的后路,让她在那个屠夫手下等待自己被杀戮的结局到来,如果那时候你高抬一下手,让姐姐回到我们身边来,或许一切后果都不会发生的……

事情完全不是这样,母亲不管不顾地说,就算我没有同意你姐姐回到我们家来的请求,可这并不说明我的做法不对,不管怎么说,在那时的人们印象当中,老枪都是一个出类拔萃的男人,又怎么可能做出出格的事来呢?大家都认为,如果你姐姐不是像对我一样处处和老枪唱反调,他们怎么能真正反目而导致那个家伙向她动刀子呢?说不定老枪现在还是一个优秀企业家,而根本就不会得上什么精神病呢……

我再次诧异地瞪大了眼睛。什么?我有些不相信地看着她,在你看来,是姐姐让那个家伙得上了可怕的疾病,并给自己招惹了杀身大祸的吗?

难道不是这样吗?母亲也反问我说,不然的话,外面那些人又怎么能这样传说呢?

你相信那些不靠谱的传说?我质问她说,而致姐姐死亡的真相而不顾吗?

你姐姐死亡的真相到底在哪里?母亲追问我说,难道她是一个妖女的传说就没有任何根据吗?

真是难以相信,我沮丧地摇着头说,这么多年过去了,你还沉浸在对姐姐的怨恨里而不能自拔,更为可怕的是,你还一味地相信老枪那个家伙的胡说八道,相信外面那些不负责任的谣言,我真怀疑你根本就不是姐姐的亲生母亲,而是一个要看她笑话的无关紧要的什么人。

胡说八道,母亲恼羞成怒地说,我生你姐姐的时候,你还不知在什么地方逛荡呢,又有什么资格来对我说这样的话?母亲气势汹汹地说,你姐姐让我们李家的女人也丢了丑,从此以后,在乌龙镇不但我们家的男人受到了山神的惩罚,而且女人也没有逃脱那样的命数……

我不想再听她这些胡言乱语了。真是没有办法,绕来绕去,我和母亲的话题又陷入了没有结果的纷争之中,这种状态再一次让我感到了难以忍受的厌恶。不不,我在心里向自己警告说,你不能再被她操纵下去了,便毫不客气地挥挥手,对母亲发出了驱赶的命令。你给我去吧。随着我这个念头的出现,母亲的影子像一团被稀释的墨汁一样融化在夜晚的黑暗里。母亲,我用可怜巴巴的声音说,让你的儿子安静一会儿吧。

母亲无可奈何地离去了,尽管她是那么不情愿,但没有我的许可,纵然她有怎样的意愿,也是不可能回到我身边来的。夜晚极度地安静下来,好像整个世界都堕入了死亡当中,只有远处间或传来的一两声宿鸟的叫声,让这个黑夜才显出一点点生机。我把两手从头上放下来,使一度混乱的脑子稍稍有了些清醒,而这时候,我也感到极度的疲乏,好像经过了多么漫长的旅程一般,终于回到了家里,不能不好好休息一下了。母亲对我讲述的有关我家人一次次的死亡经历,当然还有对姐姐死亡的无休止争论,让我耗费了身上所有的力气,在接下来的时间内,我像一具僵尸一般躺在床上,进入了与死亡差不了多少的睡眠当中。在时有时无的梦境里,我竟然再一次遇到了姐姐,看见她从一把滴着鲜血的菜刀下面逃出来,抱住我的身子失声嚎叫。弟弟,她可怜巴巴地对我说,救救我吧,求你救救我吧。我抬起头,沿着那把滴血的菜刀向上看,自然我的目光就落在那个持刀者的身上。我听见老枪用魔鬼一般的声音对我说,你姐姐是一个妖女,我要为民除害。而姐姐用天使一般的声音对我说,我不是妖女,老枪才是一个货真价实的魔鬼……为什么又是纷争?我虽然沉浸在梦境中,而依旧感到了不可忍受的痛苦和烦恼,本来我想去搭救姐姐一把,但老枪义正词严的吼声也无法让我置若罔闻,就在我稍加迟疑的刹那间,老枪的菜刀便再一次砍中了姐姐的脖子。我看见姐姐的头颅从脖子上掉下来,像一颗脱离了瓜秧的葫芦一般落在我的怀里……我疯狂地逃出梦境,直到像复活的人一般从床上爬起来,才大大地喘出一口粗气。

在接下来的时间内,尽管我是那么不情愿,却依旧无法让思绪脱离有关姐姐死亡的事情。无奈之下,我又把母亲召唤出来,请她继续为我分析姐姐死亡的真相,尽管她会对姐姐继续抱有诅咒的态度,而且还会和我毫无节制地争论下去,但没有办法,我总不能让姐姐的魂灵继续纠缠我不休,如果不把这件事梳理清楚的话,我又怎么能安心地度过后面的日子?

母亲从黑暗里浮出身来,向我欣慰地吐了一口气说,我差点被憋坏了,如果你是一个孝顺儿子的话,就不会让我在那个黑暗的地方继续待下去。她冰凉的手指摸了一下我的脖子说,回到你身边来真好,我的孩子,还是我们母子相依为命的状态更让我欣慰,起码我们两个都不再彼此感到孤独……

我不愿听她这些絮叨,便径直询问她说,我姐姐到底是一个怎样的人？为什么她一来到这个世界上就受到了你的讨厌？为什么她遵从你的使命嫁给那个老枪以后却迎来了如此悲惨的命运？就算是因为同性的关系你不喜欢姐姐，那么老枪呢？如果他不喜欢姐姐的话又怎么能主动上门来向姐姐求婚呢？可如果老枪喜欢她的话为什么又会向她举起手中的屠刀？还有老枪到底是一个怎样的人？作为一个让你那么赏识的企业家是怎么堕落成一个比山鬼还要凶残的屠夫的呢？这一切在姐姐嫁给他的时候你有没有感觉到呢？

想不到你还有这么多疑问？母亲有些为难地说，我一时真不知道该回答你哪个问题……说到这里，她又摇起头来，刚才你说到我讨厌你姐姐的事儿，其实事情也不完全是那个样子，有一个阶段，我是非常看好你姐姐的……

看好？我有些莫名其妙，看好她什么？

看好她的前程呀，母亲回想着说，你不觉得她是我们乌龙镇最美丽的姑娘吗？

我点点头说，是呀，在我眼里，姐姐就是我们乌龙镇最美好的一个人……是不是正是因为这一点，你就对她充满了嫉妒？

我嫉妒她什么？母亲撇了撇嘴说，我看好她还来不及呢，在此之前，我们李家在乌龙镇可是受到所有人诅咒的人家，当然这样的局面都是那些男人们造成的结果，现在好了，有一个美丽的女人来到我们家了，她会不会用自己的美色改变我们家的命运呢？有很长一段时间，我都对你姐姐充满了这样的期待……

姐姐能承担得了那样的使命吗？我不无担忧地说。

承担得了也要承担，承担不了也要承担，母亲用不容置疑的口气说，我们李家在乌龙镇倒霉了那么多年，一个又一个男人都被坏命运夺去了性命，就算我们祖先做了巨大的恶行，也不该由我们后来人一代又一代地承担吧？如果这样下去的话，那我们要到什么时候是个头呢？那可是一个又一个鲜活的生命呀，就这样被那张血盆大口吞噬而去，即使具备再大的勇气，也不能承担这种毫无尽头的厄运吧？

面对母亲泛红的眼睛，我也无法再表示什么，是呀，作为李家的一个后人，难道我对这样的局面不感到痛彻肺腑的惧怕吗？但问题是，这样的局面真的应该由姐姐这个人来改变吗？

在此之前，母亲喘息着粗气说，我们家还从来没有过一个女孩出现，每当一个新生命到来的时候，都是毫无例外的男丁，好像命运把他们派到这个世界上来，就是为了来承担那些灾难似的，这样的局面已经持续了好几代，或许真的到改变的时候了，就是在这种情况下，我把你姐姐生到这个世界上来了……

这样说来，我抢过话说，姐姐的到来应该是受到一家人欢迎的，可你为什么不喜欢她呢？

因为我看出来，母亲顺口说，事情并没有那么简单，从你姐姐来到这个世界上的第一天起，我就隐约地感到，这是一个有些另类的女孩，她的行为方式和外面几乎所有的人都不同……

有什么不同？我好奇地问她。

比如说吧，母亲思量着说，当所有人都要朝东面走的时候，而她或许非要到西边去……

我对母亲的这个比喻既感到理解，又觉得困惑，姐姐是那样一个执意和别人做对的人吗？

在我看来就是这样，母亲用不容置疑的口气说，谁还能比我这个当母亲的更了解自己的女儿呢？

你真的了解她吗？我嘲讽地回应她说。

我了解她，但这并不说明我对她那些反常行为都能够理解得了。母亲摇着头说，我就不明白，一个人为什么老是沉浸在自己的好恶里，而从来不顾及其他人是怎么想的呢？当你姐姐知道自己肩负的沉重使命时，她不但没有愉快地接受下来，也好给我们这些不幸的家人一个安慰，反而毅然决然地跳起来反对，而致我们所有人的愿望而不顾。我不，你姐姐涨红着脸对我说，这不是我要干的事儿，为什么非要施加到我身上呢？一个家庭的错误要由所有的人来承担，为什么指望我一个人呢？那一刻，我简直怀疑这个向我跳脚的人不是我的女儿，而是山鬼派来和我作对的一个怪物。我不干，她一遍遍地对我说，你们找错人了，不要在我身上浪费时间，你们干脆去找别的人好了……你听听，这是什么话？这是一个对家庭还有责任感的人说出来的话吗？如果你对这个家庭不尽义务的话，那你还是这个家庭中的一员吗？

或许那真不是她干的事儿，我向母亲指出说，事实不是证明你们选错了人吗？

　　如果这个人依照我们的意愿，按部就班地走好她面前路的话，母亲分析说，她就一定会给我们家同时也给她自己带来美好的前程，可如果这个人不听我们的劝告而走到岔道上去的话，那她不仅会给她的家庭带来灾难，同时也会让自己走向毁灭的深渊，事实证明，以后的结果难道不就是这样的吗？

　　你依然以为，我揭穿她说，姐姐的灾祸是她自己招来的，而与那个罪恶的疯子没有什么关系吗？

　　当然不是这样，母亲从她的思索里拔出身来，虽然不好意思再反驳我的质问，但依旧不肯向我妥协，不管是谁，面对降临到自己身上的命运，他都不能一味地埋怨他人，而把自己要负的责任推卸干净……

　　那么老枪呢？我逼视着她说，那个人又对姐姐的死亡负有怎样的责任呢？

　　他当然推卸不了他的责任，母亲吧嗒了一下嘴说，可他是一个神经病患者，你也知道，从法律上讲，这样一个人犯罪是不能受到追究的……她摇了摇头说，这些年他在那所精神病院里或许也受到了应有的惩罚，除此之外，我们又怎么能奈何得了他呢？

　　那么姐姐就白白死在他手里了？我依旧愤愤不平。

　　她没有完成自己的使命，母亲依旧严酷地保持着已有的说话口吻，她不但让自己丢了命，也为我们家带来了更多的痛苦和耻辱，自从你姐姐死后，笼罩在我们李家头顶上的灾难和诅咒更加重了一层，原先人们还以为，那些受到生命威胁的只是我们家的男人，但到你姐姐这里，人们便恍然大悟地说，看来老天是不放过他们家的任何一个人了，也就是说，是你姐姐开启了让我们李家的女人也受到惩罚的起点。

　　我一下子明白过来，正是在这一点上，母亲才尤为憎恨姐姐，尤其是考虑到她自己接下来的遭遇，就更加认为是姐姐影响到了她的命运。我想了一下，还是又向母亲说，既然你当初感到姐姐有可能是一个有辱使命的人，那你为什么不及时放过她呢？如果那样的话，或许不但姐姐不会丢掉性命，我们家的女人包括你也不会有后来的灾难了。

　　我怎么能知道她是一个如此不堪大任的人，母亲伤痛欲绝地说，我简直怀疑她是有意这么做的，目的就是要和我作对，让我也走上她那条没有好结果的道路……

我也简直怀疑,母亲像那个叫老枪的人一样快要疯狂了,竟然说出这样毫无理性的话来。你不替别人想一想,我提醒她说,当一个人无力承担别人赋予的使命时,一个注定要发生的悲剧就被你们铸成了,而且你根本不知道,那个人该有多么的可怜……

比起我们家的灾难来,母亲毫不客气地反驳我说,她那点可怜还能上得了桌面吗?为了我们一家的未来,如果她连一点牺牲精神也没有的话,那她还是我们李家的人吗?大约你姐姐也懂得这一点,或者执意要引发一个与我们的要求相反的结果,当大家都劝她跟随老枪去的时候,她才做出向我们妥协的样子说,好吧好吧,既然你们要去让我死,那我就去死给你们看好了。当时我们都以为,她这是说的一种气话,表面上是向我们赌咒发狠,其实内心里是已经同意了我们的要求,一时间,我们家还都一派欢欣鼓舞的样子,好像通过你姐姐,大家都攀上了一门光宗耀祖的好亲戚,并通过那个被人称作老枪的人走向更加辉煌的未来,从此以后,我们家就摆脱了纠缠我们长达好几代的灾难,而走上一条通向美好和幸福的光明大道了呢,所以在你姐姐出嫁的日子里,我们几乎买来了供销社里所有的鞭炮,在村子的上空噼里啪啦放了足足大半个上午,以驱除笼罩在我们头上的那层深黑的雾霭,让久违了的明亮日头再次照临我们快要发霉的头顶。

我不能不同意母亲的说法,那的确是一些喜气洋洋的日子,不但我们李家的人,就连整个乌龙镇,不,就连整个莫邪山里的人,都以为我们李家从此就飞黄腾达了呢,在那些欢快的气氛中,又有谁注意到,在我们家门前那棵燃放鞭炮的大树上,会蹲伏着一只不怀好意的乌鸦呢,不,那肯定不是一只普通的乌鸦,而是山鬼派来的使者……

尤其是当你姐姐在别墅里悠闲喝茶的时候,母亲依旧沉浸在为她所向往的欢乐氛围里,我这种感觉就像鱼人河里的水一样滔滔不绝,大约就连乌龙镇最会算命的瞎子五巨也没有想到,老枪的生意会做得那么好,才娶了你姐姐没有多少日子,就又把一座人们从来没有见过的豪华别墅在乌龙镇建起来,那些喜气洋洋的日子里,我和那些无所事事的乌龙镇人一样,到你姐姐家到别墅里去串门,看到你姐姐坐在椰子树下的桌子前,而那个叫老枪的家伙则躺在一把摇椅里,两个人就在春风缭绕的气氛中欢快度日,那是一番多么让人羡慕的景象呀,就是在那些时刻中,我第一次产生了上前去巴结你姐姐的冲动，好像我这个生了她的母亲不是什么有功之臣，而只是一个来这里和她分一杯残茶剩饭的闲人，不，就算是让我在这里做一个伺候他们的老妈子，我也心甘情愿，天哪，原谅我也是一个爱慕虚荣的人，而乌龙镇，不，就是全天下的人，哪一个又不渴望荣耀向往幸福呢？

母亲脸上泛出了很少有过的光彩，就像一个在舞台上表演的演员被化了妆一样，这样的情景真是让我怦然心动，即使我这个对母亲大有成见的人也深受感动，希望她老人家更多一些沉浸在这样的梦幻中，而不要轻易回到现实里来。

可是，母亲摇了一下头，就像把蒙在头上的虚幻油彩摇落了一般，让她灰蒙蒙的本来面目再次裸露出来，可是从你姐姐家传来的菜刀砍击声，让这一切美好的景象都被无情地击碎了，一幅被鲜血染红的画面让我猛然惊醒，原来一切的厄运都没有离去，它就像那只飞翔在树上的乌鸦一样，只不过是向远处绕了一个圈子，终于又回到那棵树上来了，我瞪大了眼睛仔细一看，原来那个树冠上有它的老巢，一只鸟怎么会离开自己的巢穴而远飞呢？厄运就像那只鸟一样在我们家做了巢，如果你不把那只巢穴捅下来的话，那只该死的乌鸦是不会轻易离去的。说到这里，母亲举起手来，向着黑暗的空中抓挠了几下，我真怀疑，她的眼睛真的看见了那只建筑在我们头顶上的鸟巢。

在母亲的影响下，我的思绪也回到了那些不堪直视的场景中，没错，我仍然清晰地记得，那一天，有一个孩子奔跑着来到我们家，噼里啪啦地拍击门板。出事了，那个孩子大呼小叫地说，别墅里出事了。我还在屋门口发愣，就看到母亲从屋里跑出来，赤着脚从门台石上跳下去，我不知道母亲为什么没有穿鞋子，或许那时候她正在午睡，是那个孩子的喊声把她从美梦中惊醒过来，没有穿鞋就跑到屋外去，也就是说在她从门台石上跳到院子里之前，她应该有一个从床铺上跳到地下的过程，但经过了这样两次跳跃，母亲依旧没有让自己的脚板受伤，或者说她的脚板已经受伤但她忍受着脚伤而不顾一切地往街道上跑。怎么回事？望着母亲越来越远的背影，我还有些回不过味来，那时候我还没有真正长大，还不知晓世事是那样复杂，更想不到这次出现的事情会是如此严重，便在随着母亲往外走的过程中，脚步一度显得有些拖拉，与母亲的慌张和急迫形成鲜明对比，而且连街上那些一路小跑的人也没有跟上。就这样，当我不紧不慢地走到姐姐家别墅门口的时候,那种弥漫在空气中的血腥味才被我闻到了一点,到这个时候,我才真切地相信了那个孩子说的话,出事了,别墅里出大事了……

一切都完了,母亲丧心病狂地摇着头,好像依旧沉浸在她曾经看到过的别墅里发生的惨烈情景中,我所有的努力都白费了,不但我失去了我的女儿,而且让这个家庭的灾难更加重了一层,更可怕的是,从此以后,灾难连这个家庭里面的女人也不放过了……母亲咬了一下牙齿说,那个时候,我憎恨的并不是还举着菜刀负隅顽抗的老枪,而是那个已经在他的刀下变成一堆肉的李二女,是她辜负了我这个母亲,辜负了我们李家人……

我终于明白了母亲对姐姐的仇视和怨恨。你之所以一直不肯放过她,像老枪和那些唯恐天下不乱的乌龙镇人所说的那样,把姐姐当成一个不可饶恕的妖女,我冷冷地直视着她说,就是因为她没有达到你的目的,并且还把灾难的阴影引到了自己身上,从这种意义上说,你才是一个冷血和自私的人……

你说得不对,母亲纠正我的话说,我不只是为我一个人着想,我想的是我们李家,不,具体说是你这个真正的李家传人,难道你还不明白吗?我所做的这一切不都是为了你吗?想不到我费尽所有的苦心为你,而你却还对我说这些不靠谱的风凉话?

为我?我诧异地看着她,为我什么呢?

难道你是个木头人?母亲呵斥我说,这么清楚的事情你还看不出其中的原委?你不仔细想一想,你们李家的厄运和灾难对你那些死去的祖先还有什么实际的意义?它们的降临和离去不就是针对着你这个李家的传人吗?甚至你姐姐这样一个女性都不作数,在几乎所有人看来,女性都不是一个家庭的传人,只有你这个男人才是传宗接代的依靠,那些灾难和厄运当然没有看中你姐姐,而只是把所有的力量都放在了你一个人身上……

既然这样,我不服气地说,那我为什么还好好地待在这个世界上?

那是因为你姐姐替你承担了一切后果,母亲直言不讳地对我说,由于她的出头,并且把灾难和厄运都引向了自己,你才能顺利逃过一劫,在这个世界上安安稳稳地生存下去。

真的是这样吗?我不禁大惊失色。

其实从你生下来那天起,母亲哀哀地看着我说,我就知道你逃不过那些厄运和灾难去,它们像那只乌鸦一样栖息在我们家那棵树的顶端,每时每刻都把凶狠的目光落在你身上,并随时做着向你俯冲的准备,说不定哪一天,它们就会像秋风扫落叶一样降临在你身上,到那时,纵使你有天大的本事也难逃它的魔掌。

我被母亲形容的这番可怕情景骇住了。可你为什么要让姐姐替我出头呢?我不解地追问她说,难道我有什么值得让她为我做出牺牲的地方吗?我垂下头,从下往上打量自己,说实话,就是我把自己从外到内看穿,也实在找不出我身上有什么值得让别人牺牲的任何东西,不仅如此,我看到的反而是一个可怜巴巴弱不禁风的小男人,是的,就像母亲还有别人嘲笑我的那样,尽管我已经长到了五十岁,但我知道自己就是一个还没有发育成熟的小孩子……想到这里,我不禁羞愧地涨红了脸。

没有什么不好意思的,母亲伸出手,又像上次一样在我脸颊上抚摸了一下,尽管她的手指依旧冰凉,但我却觉出了她隐含在皮肉下的温柔和慈爱。为了不使那些像乌鸦一般的灾难和厄运为难你,母亲含着泪花说,我才逼迫你的姐姐去做那些她不愿意做的事儿,原本我是想让她改变我们家的命运,事实证明我没有达到这样的目的,但让我没有想到的是,事情却是歪打正着,你姐姐虽然葬身在老枪的菜刀下,却以自己的死亡引爆了灾难和厄运的炸弹,无形中使你避免了它们对你发起的攻击……

还有你,我愧疚地在心里对母亲说,是不是正是因为姐姐的事儿,也使你走上了像她一样的不归路?

为了告慰你姐姐的魂灵,母亲向我坦白说,从此以后,我就把你当成了一个女孩来养,尽管我知道你是一个真正的男子汉,但在你的成长过程里,我却刻意把你打扮成了一个女孩,看起来是让你规避我们家那些男人的风险,实际上是让你一出现在我面前,就使我想起你姐姐活着时的样子……

这么说,我接过她的话说,你是对姐姐的死亡负有愧疚心理了?也就是说,你是从内心里喜欢并感激姐姐的对吗?

我哪里知道?母亲摇摇头说,我只是不想让我自己忘掉你的姐姐,才在你身上制造出她的影子,现在看来,这是对你的伤害是吗?

我没有说什么,只是向她摇了摇头,我当然知道,随着日月的风尘在我身上留下的痕迹越来越浓,我作为一个正常男性的标准也就越来越淡,这曾经使我感到痛苦不堪,尤其是面对那些让我心仪的女性时,我无论如何无法让自己表现出像一个正常男人一样对她们的态度,当然,这也让我在那些真正的男人面前受到了嘲笑,好像我在很大程度上让他们也蒙受了耻辱似的,有很长一段时间,我都不知道我到底应该归属于哪个群落,男人们不屑于理会我,女人们也不愿意接纳我,原来这一切的根由都是因为我的姐姐和我的母亲,是她们母女两人联起手来把我打造成了现在这种男不男女不女的样子,虽然我能顺利地躲过那些厄运和灾难,能够在这个世界上苟延残喘,但我却活得那么窝囊,活得那么疲惫……

你会憎恨我吗?母亲抚摸着我的头顶,像抚摸着她刚刚生下来的孩子,用万般愧疚的目光看着我说,会憎恨你的姐姐吗?

不会,我摇摇头说,我怎么会呢……虽然我这么说着,但眼里的泪水还是止不住流下来,扑簌簌地滴落在脚下的黑暗里。

放下你的刀吧,母亲继续对我说,然后让她放在我头上的手滑下来,在我的身上慢慢地行走,最后落在我的手上,这件东西原本是不属于你的。

我似乎这才回过味来,原来在这段时间内,我的手里一直提着那把菜刀,随即,我也感到了来自另一只手指的疼痛……我几乎想了很久,才明白我是曾经想用这把菜刀对付谁的,而在此之前,我竟然用它切碎了一棵白菜或萝卜,当然还切掉了半截我自己的手指。

这是一个男人使用的东西,母亲从我手里夺过菜刀,就像在一棵藤蔓上摘掉一颗熟透的瓜果一样,还是把它放到厨房里的案板上去吧。

我转过身来,看着母亲的阴影消失在厨房的门里面,在又发了一会儿怔之后,我走到桌子前,慢慢把屁股坐到椅子上。这时,我发现面前放置着一面镜子,尽管我知道是处在黑夜之中,屋内几乎什么光线也没有,但我还是把脸凑到了镜子前,试图看一下里面那个人到底是什么模样。我真担心,我会在这面镜子里看到一个标准女人的形象。

窗外的远处传来一声鸟的啼鸣。我听出来,那不是乌鸦的叫声,而是一只公鸡在黎明到来前打鸣。我意识到天就要亮了。

六

我还没有把早饭吃完,那个叫石头的小男孩又来了。我原本以为,石头的这次到来,又是让我到那个大房子里去看老枪,便在心里对他说,我已经去过一遍了,以后再也没有闲心理会那个坏蛋。便对石头的到来有些无动于衷,甚至做好了在应付他几句之后,让他赶快离开我家的准备。

四伯，石头一来到院子里，就急不可待地对我说，那个叫老枪的家伙到街上来了。

到街上来了？这个我倒有些没有想到，但在思索了一下后，我还是用无所谓的口气说，他来就来吧，反正那是他的自由……

不对，还没有等我说完，石头就打断了我的话说，他到街上不是来玩的，而且手里拿着菜刀，说是要杀一个人……

我不禁吃了一惊，老枪拿着菜刀到街上来，还说要杀一个人？我脱口问道，他说没说，要杀一个什么样的人呢？

石头把手放在头上，似乎是想了一下才说，他说要杀一个叫妖女的人……对了四伯，你知道妖女是谁吗？

望着石头纳闷的样子，我真的怀疑，他脸上那种天真烂漫的神情是有意做出来的，目的是让我看，更进一步说是为了刺激我一下。妖女嘛……我嗫嚅着嘴唇，不知道该怎么回答他的话。老枪这个狗东西，我在心里愤怒地说，这么多年过去了，竟然还在纠缠这件事，真他娘的该死……

你听，石头抬起手，朝门外的街上指了一下，老枪又在外面叫喊了。

我也侧起耳朵，做出仔细聆听的样子。果然，我听到了外面传来一阵乱七八糟的声音，就像是一只不祥的乌鸦在胡乱啼叫，不用费力分辨，我就听出那是老枪的声音，至于里面是否有石头所说的那些内容，我暂时还不敢肯定。尽管这样，在石头那双特别天真的眼睛盯视下，我不敢再继续坐在椅子里装模作样地吃饭，便果断地放下饭碗，从屋子里走出来，走到院门口，朝街上探了一下头。就在这一刻间，我看见老枪的影子从胡同口晃过去。本来我以为他走过去了，但大概他也看到了我站在门楼下的影子，竟然又从前面退回来，这样他也便再次出现在胡同口，而且不再移动身子，而是大模大样地站在那里，看那副架势，他是有意出现在我面前的，或者是公开向我叫板也说不定呢。

她就是一个妖女，老枪一只手举着一把菜刀，另一只手在空中挥来挥去。在日光的照耀下，那把举在他手里的菜刀不时地闪出灼亮的光芒，像一道闪电从胡同的阴暗处划过去，那只在空中挥动的手向前指一下，又向后指一下，好像在频繁地寻找它的目标。有一霎，他的手指顺着胡同指向了我，好像我就是那个他要寻找的人似的，随即便把另一只手里的菜刀直朝我的方向砍击了一下，同时他的嘴里发出噼里啪啦的嚷叫声，砍死你这个妖女,看你再往哪里逃?纵然你长出翅膀来,我也要让你碎尸万段……

他说的是你吗?我还没有做出什么反应,跟在我身后的石头便好奇地问我说,看他那副凶神恶煞的样子,好像你就是那个叫妖女的人?

我本来不想理会老枪,但从他的表情中看出来,他的确是在向我发出挑衅。但即使这样,我也没有走上去和他叫板的意思,不管怎么说,他都是一个没有理性的疯子,就算他把我当成了我的姐姐,难道又能把我再砍死一回吗?我不相信这样的历史会在乌龙镇重演。但看到石头充满期待的眼神,我又觉得不站出来表示一下,好像一切都无法说过去,尤其是当着这个天真男孩的面,我越发不能表现得像个真正的女人了。

但就在这时,母亲又出现在我耳边,轻声轻气地劝阻我说,算了,你真不要和一个疯子过不去,如果那样一来,说不定乌龙镇人会把你也当成一个疯子的,难道我们家和疯子打的交道还少吗?说到这里,她就再次指了一下石头说,还是那个小男孩有些意思,如果你真的觉得生活太过寂寞的话,不妨就在他身上下些功夫……

我实在不想听她这些乱七八糟的话,便赶紧挥起手来,将她的影子驱赶到远处的黑暗中去。由于母亲的搅扰,我的心思也乱了起来,刚才那种要向老枪回击一下的念头也不知到什么地方去了。这时,街上的人也多了起来,一个疯子出来要横,当然是会吸引更多的人围观的。人一多起来,也就吸引了老枪的注意力,随着他一阵急快地奔走,胡同口反而安静下来。在这种局面下,我也没有再到街上去的必要,转身便回到家里来。

从这天起,老枪到街上来的次数越来越多,开始人们还觉得十分好奇,但随着日子的增多,人们便有些见怪不怪了,就连爱管闲事的石头也不再到我家来,好像一切又恢复到原来的生活状态中,但只有我能够明确地感到,一切都发生了变化,在过去二十年的生活中,乌龙镇大街上从来就没有老枪这个人,但现在不同了,虽然人们对老枪的出现视而不见,但不管怎么说,他游走在街上的景象都与往日不同,尤其让我这个与他还有一层关系的人觉得难以接受,况且他每次出来的时候,嘴里喊叫的都是有关我姐姐的那个侮名,对,就是"妖女"二字,我无论如何想不明白,在这个疯子的眼中,我的姐姐怎么就成了妖女呢?甚至这个名称也不止一次地出现在母亲的口中,这就更加让我觉得不可思议了。姐姐,我在心里对那个早就离我而去的人说,你是从什么时候与那两个字联系在一起的呢?虽然一切看上去都恢复了平静,但对我来说,其实一种新的生活状态才刚刚开始,我不止一次地在心里想,不能让那个疯子再继续出现在大街上,他的每一次现身都是对我和我家人的伤害,我能够想象得出,虽然人们对这些表现出见怪不怪的样子,但在他们内心深处,也都期待着一种力量来改变这种现状呢,没错,他们所期待的那种力量除了来自我身上之外还能指望另外的什么东西呢?我甚至认定,就连那个只有十二岁的小男孩石头都对我抱有希望,因为所有的一切都与我相关,每一个乌龙镇人都可以装聋作哑,只有我不能一味地做缩头乌龟,如果我任由那个狂人在大街上折腾下去的话,不但我会被其他乌龙镇人看不起,就是在石头心目中也会失去所有的分量,说不定哪一天我会被他当作真正的女人看待呢。一想到这里,我的脸上就火辣辣地涨疼,好像老枪拿在手里的菜刀砍中了我脸上的肌肉似的。

但每到这时候,我都会受到母亲的警告。你根本不是那个疯子的对手,母亲从黑暗里浮出来,语重心长地开导我说,不要忘了,他手里可是有一把格外锋利的菜刀,你知道这些日子他在那个老宅子里干什么吗?没错,他是在磨那把菜刀,在他一天又一天地打磨下,那把早就锈得不行的菜刀现在又闪出了亮光,你不是看到过吗?它就像天上的闪电一样明亮……

我怎么能让他把菜刀继续拿在手里呢?我痛彻肺腑地说,那可是一把曾经把我姐姐砍死的菜刀呀。

正是因为那把菜刀砍死过你的姐姐,母亲提醒我说,他也就有可能用它去砍死别的什么人,比如你。

他有菜刀,我也提醒母亲说,难道我手里就没有菜刀吗?说到这里,我也大步冲到厨房里,从案板上把菜刀攥在手里,我不能用它老是去切白菜和萝卜,对一把刀子来说,他真正渴望的对手不是蔬菜,而是血肉……

什么时候你也变得这样嗜血了呢?母亲诧异地问我说,这不是真的吧?她举起手来,颤颤抖抖地要往我头上放,我真希望这只是一个不靠谱的梦境……

不是梦,我真切地向她指出说,这是真正的现实,你不要忘了,前几天它可是切过我的手指头的,当一把菜刀已经舔到了血的时候,它又怎么能把这样的记忆忘到脑后去呢?

不要说这样的浑话,母亲使劲摇着手说,这是一个疯子才说得出来的话,而一个正常人又怎么能这样说呢?说到这里,她忽然想起什么来,眼里急快地闪亮了一下,对了,你可不要忘了,你并不是一个真正的男人,从很大程度上说,你和一个女人也没有多少区别。

我呆呆地望着她,不明白她要表达什么意思。不管从哪个方面说,这样的话题都不会让我感觉到愉快。

菜刀不是一个女人使用的工具,母亲正告我说,当你放下这件沾有血腥气的东西,而拿起那些你不太乐意使用的针线时,或许一切都会变得美好起来……

我不要那样的美好,我愤怒地朝外面指了一下,人家都把菜刀对准了我们的家门,你还让我去做那些毫无用处的针线活,你不觉得我们李家的脸面就要在乌龙镇丢尽了吗?就算不为我们李家的脸面着想,难道我就不能为我死去的姐姐想一下吗?俗话说得好,以牙还牙,以眼还眼,难道这些话就在我们李家人身上失去所有效用了吗?

看来都是我的错,母亲伤心地摇起头来,本来我是一心一意把你当一个女孩抚养,目的就是让你远离那些毫无节制的恩怨情仇,从而让你安全地在这个世界上生活下去,为此我倾注了所有的努力和心血,有一度我以为就要接近成功了呢……她举起手来,在自己的脸上使劲打了一下,但现在看来,我失败了,也许是我太过大意了,没有在那几十年里把你变成真正的女人,给你还留了一点点属于男人的血性,但就是这一点或许便能引发你有可能避开的悲剧,让你重走你祖辈还有你姐姐走过的那条可怕的路径,都怪我没有尽到一个母亲应尽的义务和责任……说到这里,她的手又向我身上伸来,也许在她的打算中,当她的双手把我搂住的时候,她会羞愧交加地痛哭一场。

但我没有给她这样的机会,没等她的手伸过来,我就使劲往旁边拨开去。别提你那些老皇历了,我警告她说,如果你再继续向我灌输这些毫无用处的东西,我就真的让你从这个世界上消失,那时你就再也不会回到我身边来了。

那怎么可能?母亲可怜巴巴地望着我说,我们母子相依为命,还没有在这个世道里度过所有的日夜,我又怎么能舍得离开你,只把你一个人留在这个可怕的世界上呢?

是时候了,我咬着牙对她说,是时候让我一个人在这个世界上生活下去了,我不能一直活在你的阴影里,如果我再继续被你支配下去的话,我真怀疑有一天会变成一个真正的女人……

做女人不好吗？母亲反问我说，从她期待的眼神里，我看出她是多么希望我做出肯定的回答。

不好，我大声叫喊着说，我是一个男人，是老天让我做男人的，谁也休想改变我的性别，就是你这个给了我生命的人，我用更加清晰的语句对她说，也不行，你听明白了吗我的母亲？

搞不清母亲接受不了这种现实，还是她不知道该怎么对待我这个执意要背叛她的人，反正在接下来的很长时间内，她都没有再出现在我的耳边，这个一直出没在我身边的神秘幽灵，竟然不辞而别，不知到什么地方哭泣去了。

我从母亲的控制下挣脱出来，选择了一个天气晴朗的日子，怀揣着那把被我打磨得锋利而明亮的菜刀，走出家门，穿过大街，径直朝村外那座处在荒芜状态中的别墅走去。街上的闲人看到了我，尤其是看到了我腰间的菜刀，便好奇地问我说，你拿着菜刀去干什么呢？我回答他们说，我到村外去清理那些蘑菇。听我这样说，他们也便相信了我的话，因为在这些年里，我一直倾尽全力在对付那些该死的鬼伞，全乌龙镇几乎没有人不知道这件事。所以我揣着菜刀向老枪的别墅走去的时候，没有任何一个人知道我是去找他算账。

与上次相比，这回进到别墅的大院子里要容易多了，在这些日子里，由于老枪频繁地出入，那片通往他家门的树林里的植物被踏倒了许多，已经很像是一条弯曲小路的样子了。走进院门里以后，里面那些胡乱生长的植物也被砍倒了许多，植物的根部有着新鲜的茬口，可以想象得出，是老枪用那把砍死过姐姐的菜刀留下的痕迹，砍下的植物堆积在院子里，这里一片那里一片，在夏日阳光的暴晒下，差不多都快要干枯，整个院落的上空弥漫着草木的腐烂味。我以为老枪会在屋内，正打算往屋门里走，却看见在一堆植物后面，出现了一幅似曾相识的图景，一块石板搭在两块石头上，看上去像是一张支起来的桌子，后面还放有一块较为平整的石头，自然便是配合桌子而设的座位了，目前那个位置还空着，说明它是需要有一个人坐在上面的。在桌子的侧边，安放着一把真正的摇椅，虽然它已经足够破旧，支撑它的几根木棍和搭在上面的竹片差不多就要朽烂，但还可以勉强坐上一个人，此刻就有一个人躺在上面，正在优哉游哉地晃摆自己的身子，没用仔细辨认，我就知道那是这个院落的主人老枪，也就是我今天要下手的目标。这天的日头很好，天上没有一块像样的云朵，日光便一览无余地撒下来，像水一般流动在院里和这个院里的每个物体上，包括所有的植物动物当然也包括人，也就是说，躺在摇椅里晃动身子的老枪也袒露在日光里，身上不知有什么东西也间或闪亮一下。大约正是受到日光照耀的缘故，老枪合拢着眼皮，像是沉睡在深入的梦境中，这使我有足够的时间慢慢向他走近，然后在离他不远的地方站住，仔细地朝他打量着。

虽然前些日子我已经近距离接触过老枪一回，并且后来也在街道上看到过他的影子，却从来没有像今天这样更仔细地注目他。我这才看出来，出现在我面前的这个人与我印象中的老枪，那个曾经是这一带赫赫有名的企业家后来又在疯狂的状态中杀死我姐姐的神经病，看上去根本不像是一个人，那时候的老枪是多么的神采奕奕或者说是多么的猖狂凶狠，而此时躺在我面前的这个家伙却已经是一副死气沉沉的模样，或者用"奄奄一息"一词来形容他也不为过，真的，经过二十年漫长岁月的淘洗，或者说经过精神病院那个非人环境的折磨，老枪昔日的所有神采和芒刺都已经荡然无存，而让另一个与往日不同的老迈腐朽形象显示出来，不但身子弯曲干瘦，而且满头白发，胡须也布满了整张脸颊，看上去还以为身上长遍了秋后的乱草呢，这样的状态倒真是符合一个疯子给人的形象，但与人们印象中的那个老枪却根本不是一回事，尽管这样，我也相信这个从精神病院里逃出来的家伙，除了是老枪之外不会是另外什么人，因为我从他微闭的眼睛里射出来的一束光波判断出来，这个貌似昏聩的老家伙就是那个曾经不可一世的杀人犯，没错，在我朝他上下打量的时候，这个老家伙其实也在偷偷地打量我，这就是说他根本就没有陷入梦境之中，而只是给我这个闯入者制造了一种虚幻的假象，以便诱使我走到他身边来……这应该是一个动手的好时机，虽然他对我的到来也有所准备，但凭着他的老朽是不可能准确有所反应的，当我举着菜刀扑到他面前的时候，我相信他除了大叫一声之外甚至连躲避的精力也没有了。但不知为什么，我只是站在那里朝他打量，并没有把手里的菜刀举起来，也没有朝他更进一步走过去的打算，在那个并不紧张的时刻里，我甚至只是在心里纳闷地问自己，这个已经快要接近死亡的人是怎么从精神病院的层层看护中逃出来并顺利回到这个院落里来的？那一刻，我被这个无法解答的问题难住了。

你终于来了，老枪吃力地睁开眼皮，像是真的从睡梦中醒来，一时身子无法动弹，而只是抬起一只手，小幅度地朝我招了一下，你知道吗？我一直在等你来。

到这个时候，我便知道所有的机会都已经逝去，也就是说，一场只能发生在我想象中的激烈厮杀已经烟消云散，从此以后再也不会出现在这个世界上了。听了老枪这句话，我也才知道，他在街头上做出的所有努力，那种挥着菜刀的叫嚣，尤其是那句"妖女"的反复叨念，其目的都是要激起我的反应，以便在这个日子里到他身边来。但他为什么要这样做呢？我在心里问自己。

坐下吧。老枪那只抬起来的手移动了一下，长着长甲的手指头指向那块空着的石头。

我当然明白，那个位置曾经是属于我姐姐的，如今它一直空着，难道老枪真是留给我的吗？我犹豫了一下，还是走过去，在那个座位上坐下来。我相信，即便在这个时刻里我成了我姐姐，那么在接下来的时间内我也不会变作老枪的刀下鬼，不管怎么说，我手里的菜刀也不是只用来切白菜的。

放下你的刀吧。老枪当然也注意到了我手里的菜刀，便又把他的手指转向了它，并不像是开玩笑地提醒我说。

的确，我老是提着那把刀也不是办法，不管怎么说，这把由钢铁铸成的菜刀是有重量的，对于我这个并不善于使刀的人来说，老提着它确实不像那么回事。于是，我便把那把菜刀放在了桌面上，在一个离我最近的位置，以便于随时把它再次抓到手里。

你看上去真像你的姐姐。老枪抬了抬上半身，以使自己在那把摇椅上坐得更稳当一些，但摇椅本身的摇摆功能并不能让他完全稳定下来，这使老枪一直处在一种微微晃动的状态中。

我不是我的姐姐，我更正他的话说，我是她的弟弟，我的名字叫四平。

我当然认得你，老枪微笑了一下说，虽然我是一个地地道道的疯子，虽然时间过去了二十年，虽然我在精神病院里过的是一种人不人鬼不鬼的生活，但我还没有完全失去记忆，还能辨认出乌龙镇的人，尤其是你们李家的人……说到这里，他似乎想到了什么，突然抬起手，用手指遮住自己的脸颊，随后，他嘴里便发出了呜呜噜噜的哭泣声，尤其是你姐姐二女，我无论如何忘不掉她，她就像一个梦一样出现在我的睡眠中，呜呜呜……

我不大相信老枪在哭泣，但又觉得他在我面前做出假哭的样子也没有什么必要，难道说想到我的姐姐二女，他真的感到了心里的难过……我实在不愿意相信这种情况的出现，不管怎么说，老枪都是一个把我姐姐的命拿走的恶魔。为什么？我愤怒地质问他说，你要杀害我的姐姐？这似乎是一个迟到的疑问，当年我没有来得及把这个问题抛给他，时过二十年之后，我才把这个一直纠缠着我的问题说出来，尽管它已经失去了所有的时效，但事情的真相毕竟有一天要祖露在光天化日之下，从这种意义上来说，我的追问也不是没有一点价值。

我要对你说，老枪好不容易止住哭泣，挥舞着沾满鼻涕和泪水的手，一遍遍朝我比画着说，我之所以把你叫到这里来，就是为了向你说明白，我为什么要杀害你的姐姐二女，因为这个问题也是困扰了我二十年的谜团，如果我不把它梳理清楚，并如实地说给你们李家和乌龙镇的话，我又怎么能安安稳稳地到另外一个世界里去呢？

那你说，我义正词严地对他说，那你就对我说个明白。

好吧，老枪点点头，再次费力地直了直上半截身子，以让自己显出一些郑重其事的样子，我现在就对你说……于是，在这个炎热的日子里，在明亮的日光下，这个已经走入末日的杀人恶魔在他即将告别这个世界的时候向被他所伤害的那个人的亲人诉说了他藏匿在心里二十年的隐秘。我给你说……大约过了两个时辰的光景，老枪才把他杀害二女的过程讲完，我砍，我砍……而到这个时候，日头已经快要落山了，天空中浮满了红色的霞云，归巢的鸟儿正从远方飞来，一些在外面躲避了一天的小动物开始出现在院子的角落里，当然，这个时候的老枪也差不多把剩余在身上的精力消耗干净，就像一盏即将耗尽燃料的油灯就要熄灭一样，已经不能在那把摇椅上坐正身子而只能像尸体一般躺倒下去。完了，他用尽全力抬起像枯树枝一般的手臂，在红艳艳的霞光中挥舞了一下，完了……

听了老枪的讲述，我沉浸在姐姐李二女悲惨的遭遇里而难以自拔，尽管我知道要向老枪做出什么反应，却无法让自己发出声音，也无法让自己做出什么动作，就像我堕入了可怕的梦魇中，直到这个过程又持续了一段时间，我才真正从那个状态里挣脱出身来。虽然老枪在他的讲述中对他的行为进行了极力的辩护，但我也没有对他杀害姐姐的行径有丝毫的谅解，反而激起了我对他那些暴力行为的极大愤怒。恶魔，我不禁拍案而起，你就是一个真正的山鬼。我甚至把一度推到远处的菜刀抓到手里，如果不是那块石板做成的桌子阻挡的话，我就会跳到他身边，向那具僵尸一般的身子砍下去。

来吧，老枪闭上眼皮，做出一副死狗不怕开水烫的赖皮样子，如果你想替你姐姐复仇的话，那么就请你向我下手吧。我本来以为他已经说完了所有的话，没想到他又加上了一句，死在一个女人的手下，我也算是值了⋯⋯

我以为他把我当成我的姐姐了，便纠正他的话说，请你睁开你的狗眼看看，我不是二女，我是四平。

我知道你是四平，老枪用无所谓的口气说，但我也知道你是一个女人。

我忽然明白了他话里的意思，不禁恼羞成怒，原来在他的脑子里，我依然没有摆脱我的性别问题，也就是说在他看来，我这个男人就像一个女人一样没有任何分量。其实到这个时候，我也已经感觉出来，老枪之所以对我说这样的话，很大程度上是为了激怒我，以使我向他真正动起手来。我本来不该上他的当，但依旧按捺不住心里的愤怒，果断地从桌子后面绕过去，然后高高地举起菜刀，对着他的身子就狠狠地砍了一下。

我原本以为，我只是象征性地朝他的身子做一下姿态，然后就转身走掉，从此再也不到这个罪恶的地方来。但我哪里想到，我这一刀竟然真的砍中了一个人，让我倍感奇怪的是，我砍中的这个人竟然不是躺在摇椅里的老枪，而是隐身在另外一个世界里一直监视着我的一个人，那就是我母亲的魂灵。

哎呀，随着一声惨叫，我看见空气中流下了几滴鲜红的血水，像几粒鲜活的赤豆一般滚落到地下。开始我以为砍中的是老枪，但他躺在摇椅里的身子并没有受到什么伤害，倒是一个滞留在我耳边的声音发出了叫喊。我愣怔了一下，突然间明白过来，我这无意中的一刀竟然砍中了我的母亲。

你怎么能向我下手呢？母亲的魂灵在空中对我责问，我是你的母亲，我是你唯一的依靠，没有我，你又怎么能在这个世界上存在呢？

我有些不知所措。怎么回事？我赶紧向她辩解说，我从来没有打算向你下手，哪里又能想到会砍中你呢？

少说这些废话，母亲伤心地对我说，想不到你真的变得像一个男人了。

听了她的话，我不禁一怔，止不住脱口而出，我本来就是一个男人。

天哪，母亲伤心地摇着头说，看来我所有的努力都白费了。

到这个时候,其实我已经明白了事情的原委,也就是说,这个时候我已经明白,我不再是人们眼里的女人了,而的的确确恢复了自己的男人本性,这是不是说,我已经脱离了童年的状态,而真的变成了一个成年人?

为了防备我的下一刀,母亲的魂灵知趣地逃走了,留下我一个人站在空荡荡的别墅院落里,站在那个像僵尸一般躺在摇椅里的老枪身边,当鲜血一般红艳的晚霞完全笼罩下来的时候,我还没有从一个格外漫长的梦境中完全醒过来。

男孩石头又跑到我家来。一照我的面,他就兴奋不已地对我说,四伯,你把那个老枪砍死了?

没有,我摇摇头说,不是我砍死的,是他自己疯死的。其实到这个时候,我还不知道老枪到底是不是真的死在了他的别墅里,但既然石头这样说,那我就相信他已经离开这个世界,到地下向他的主子山鬼报到去了。

可街上的人们都说,石头试图还要更正我的话,老枪是被你那把菜刀砍死的,对了,我看见你的菜刀上还沾着血迹呢。

不是,我依旧按照自己的口径说,我菜刀上那些血迹是我自己的。我向他拍了一下自己的手。我当然没有说出我砍中母亲的事。

看着我手上的刀疤,石头不好再说什么了。这样也好,临走时他又说,那把菜刀是用来切菜的,怎么能随便砍人呢?

对于石头留下的这句普通的话,我竟然好久都没有解开它隐含的人生哲理。我虽然没有再去那座别墅,也就是说对于老枪死亡的情景一无所知,但在那些日子里,乌龙镇大街上到处都在盛传老枪被砍死的流言,好像真有一件这样暴烈的事发生过似的,而且引发这个事件的人也是我似的。对于这些毫无根据的传言,我没有辩解,当然也没有承认,我相信随着时光的流逝,这件事总会成为过去的。但尽管这样,那些日子我还是做好了接受派出所询问的准备,如果老枪真是被砍死的话,这样一件事又怎么能随便让它过去呢?可事实是,派出所并没有派人到村子里来,也就没有任何公家人来找我询问。这件事真的就这样过去了?连我都觉得有些兴味索然,以至于很长一段时间,我都在内心里期待着一件事的发生,就像有一粒石子投进了河水中,不可能不引发一点涟漪出来。

漫长的夏季走完了它的脚步,马上就要步入秋天里来了。乌龙镇人包括我自己都以为由老枪引发的这件事已经完全过去,人们不是经常说一句话吗，叫作"石沉大海"，看来只要是水流足够多，即使投进去的那粒石子再大，也是有可能听不到什么响动的。但就在这时候，那座很久没有动静的别墅竟然在一天黎明前的时刻发生了大火，那时天还黑着，突起的火势照红了半边天空，也照亮了半个村庄。人们在睡梦中被惊醒了，都争相跑出来，聚集在离别墅不远的地方观看。或许由于别墅里堆满了已经干枯的植物，还有房屋里那些即将朽烂的家具，使这场大火烧得格外猛烈，格外旺盛，当早晨的霞光浮满东天的时候，大火便渐渐熄灭了，到这个时候，那个曾经威武高大的别墅就变成了一片真正的废墟，人们这才蹑手蹑脚地走过去，在依旧弥漫着烟雾的废墟里寻找。当然，他们除了看到一只被烟火燎光了毛发的猴子之外，什么也没有找到。望着那只光秃秃的猴子尸体，人们好久都收不回眼来。

只有在很少的情况下，人们才偶然想一想，那个别墅的大火是怎么着起来的？还有，怎么没有看到老枪的尸体？那只被烧死的猴子总不会就是他吧？

许久之后，在那片就要消失的废墟里，长出了一小片五颜六色的蘑菇。一看到那么艳丽多姿的色彩，人们便知道那是一丛有毒的鬼伞。其实到这个时候，乌龙镇周围的莫邪山区，就只剩下这一小片毒蘑菇了，其他所有的鬼伞，都早就被我清理干净了。在随后的日子里，人们当然便会看到，我正在用一把菜刀清除那些有毒的蘑菇，大家便恍然大悟，从此以后，莫邪山里就再也没有这种该死的植物了……

下　篇

七

　　天气正在一日日地变冷，虽然冬天里的第一场雪还没有到来，但在凛冽寒风的吹刮下，院落里也快要站不住人了。吃饭的时候，我早就不再到院子里去，而是坐在我家的床头上，手里捧着那只大海碗，自己吃几口，又用筷子把手里的饭挑起来，送到另一个躺在床上的人嘴边。

　　石头好一阵子没来我家了。但在这一天的中午，他探头探脑地走进门来。一般情况下，石头只要到我家来，都是要告诉我一件什么事的，他是我家邻居的孩子，刚到十三岁的年纪，对一切事物都充满了好奇呢，平时也和我相处得十分要好，便隔三岔五地到我家来，将外面发生的一些什么事说给我听。四伯，石头来到屋里，刚要对我说什么话，就一下子愣住了，不禁转换了话题问我，四伯你在干什么？

　　我扭过头去，朝他打量了一眼，由于他背对着屋外的光线，这使他身子的前部处在阴影中，我一时没有看到他脸上的表情。石头来了？我随后和他打招呼，并等待着他要说给我的话题，在我的想象中，外面或许又发生了什么奇怪的事呢。

　　四伯，石头依旧用诧异的口气问我说，你在干什么？

　　我听清楚了他话中的问题，便只好告诉他说，我在喂饭……

　　你在给谁喂饭？石头伸出一只手，指了指那个躺在床上的身影。

　　我也不知道她是谁……我告诉他说。其实这是我说的一句实话，对于躺在床上的这个女人，这个需要我把饭喂到她嘴边的女人，我真的不知道她的名字，就连她的来历我也说不清呢。

　　怎么会呢？石头以为我在欺骗他，一时对我的看法也发生了改变，在以前的日子里，我们两个是最要好的，对于我这个五十多岁的老家伙来说，乌龙镇并没有我特别要好的朋友，可这个叫石头的小男孩却成了我的忘年交，连我自己都不知道是怎么回事，石头正处在活泼好动的年纪，为什么喜欢上了我这个死气沉沉的老头子？竟然隔几天就到我家来，向我讲述一些我所不知道的事情，这无形中让我的生活充满了难得的情趣，从这种意义上说，我真要好好感谢一下石头才对呢。所以在此之前，我从来没有做过欺骗石头的事儿，尽管我的生活经验要多得多，却十分珍惜这份来之不易的友谊，又哪里做过对不起他的事呢？但在此刻的石头看来，一切却不是那么回事，明明有一个人躺在我的床上，而且我还端着饭碗给她喂饭，我怎么可能不知道这个人是谁呢？这不明摆着是在哄骗他吗？石头本想把自己的疑问说给我，但他只是张了张嘴，又没有把怀疑的话说出来，也许在他想来，我已经不值得他信任了，因为他怀疑我首先没有信任他在前，既然这样，他说什么也是没有用的。

石头，尽管他的面容依旧处在朦胧的阴影中，我却肯定看清了他不高兴的表情，一时也感到不安起来，赶紧把饭碗放在桌子上，起身走到他面前，也像他一样伸出手去，要在他头顶上摸一下，以示我和他的关系没有什么改变，你听我说，我真的不太清楚她是怎么回事……我有些语无伦次地说着，这时就连我自己也觉得根本说不清楚这件事，所有对他的解释都像是靠不住的谎言。

石头朝后退了一步，以离我那只手更远一些，这在以前是没有出现过的，过去当我把手放在他头上的时候，他都是坦然接受并十分享受这个过程的，但今天不同了，在他看来，或许我朝他伸过去的那只手简直有些多余，不，甚至不怀好意也说不定呢。四伯我走了。他只是草草地和我打了一声招呼，还没有等我做出什么反应，便掉头走出去，等进到院子里以后，他竟然奔跑起来，好像他要赶快离开这个地方似的。

我呆呆地望着石头的背影，一时也感到极度的失落，好像我已经明白，从今天的这个时刻起，我和石头保持了好几年的友谊便有可能发生改变，或者干脆说已经随着石头的离去而消失了。石头，我在心里对他说，我可没有欺骗你，我真的不知道那个躺在我床上的人是谁……我一边这样说着一边转回身，将目光重新盯在我所不知道她是谁的那个人身上，然后走过去，径直朝她问道，你到底是谁？其实从见到她的那天起，我就不止一次地问过这句话，但从来没有得到过满意的答案，现在我由此而失去了一份让我倍感珍惜的友谊,便不能不觉得这个问题的重要,只好再一次用严肃的口气对那个人问道,告诉我,你究竟是什么人?

那个躺在床上的人,具体说是一个躺在床上的女人抬起头来,直直地向我看了一眼,并没有回答我这句问话的意思,马上又把目光从我脸上掉开,落到了我放在桌面上的饭碗上,然后张开嘴巴,做出一副继续吃喝的架势,在她开合的嘴唇间,我看到了她不时裸露出来的白色牙齿和红色舌头。

我只好放弃了我的问题,又一次端起碗来,用筷子挑动着给她准确说是往那张嘴里喂饭。为了给她喂得更方便一些,我再次坐到床沿上,扭动着半边身子,用筷子将碗里的饭食一口一口地朝她嘴里扒拉。她吃得十分香甜,嘴巴开合得极其频繁,肥厚的嘴唇碰在一起,发出吧唧吧唧还算好听的声音,在嘴巴张开的时候,牙齿、舌头和饭食混合在一起,也发出十分响亮的咀嚼声。看她吃得如此带劲,我疑心她好多日子没有吃过一顿饱饭了,一时间对她的身份更感到迷惑不解,为什么一个人会长时间吃不上饭呢?于是,我在向她喂饭的过程中也没有忘记询问她那几个一直困扰我的问题,你是谁?你从哪里来?你为什么被饿成了这种样子?是什么原因让你来到了乌龙镇?你的家到底在哪里?为什么要在外面流浪?如果我不把你带回家来你会不会被饿死?我一味地问她这些得不到答案的问题,而忘记了此刻我自己的肚子在发出吱吱的肠鸣声,是的,我已经忘记了自己的饥饿而把精力全部放在了这个好像总也吃不饱的女人身上。

其实这个女人来到我家已经有好几天了,外面的人当然也包括石头在这段时间内并没有发现。记得是在三天前,我在村外偶然发现了这个我不知道来路的女人,才有了后面我说不清道不明的这些麻烦事。那天的傍晚时分,我从山野里清除鬼伞回来,走在通往村子里的羊肠小道上。此时,日头已经落到西山后面去,天空中布满了黑红色的云朵,几乎所有外出的鸟兽都朝着自己的巢穴归来,随着旷野里光线的日渐黯淡,我也加快了回村的脚步。在经过一个场院边的小木屋时,我听到一阵既像是人喊又像是兽叫的声音,当时我并没有怎么在意,还以为是产生了靠不住的幻听呢,便没有停脚,而是继续向前赶路。随着傍晚的到来,外面的气温正在降低,我在山野里游荡了差不多一天,已经快要冻坏了,想赶快回家去升上一把火,让自己凉透的身子暖和一下。我饿,我忽然听出那个声音发出了我能听得懂的语句,我饿……我不禁一怔,如果是鸟兽声音的话,我怎么能听出它所包含的意思呢？没错,这肯定是一个人在发出喊声。我停下脚步,张皇着朝四处打量。这时,那个声音再次发出来,我饿……我循着声音的来源看去,目光自然便落在场院边的小木屋上,如果我没有判断错的话,那个发出声音的人一定是在木屋里面。于是,我从小路上拐下来,越过几道灌木丛,便来到了木屋门口。但到这个时候,我才有些惊慌起来,禁不住地想,里面如果有一个人的话,那么那个人会是谁呢？有一霎,我甚至想到了老枪,但随机便否定了这个想法,不管怎么说,老枪已经在那把大火里死去了,不可能再出现在这个小木屋里。随着里面声音的再次发出,我很快判断出来,里面那个人根本就不是一个男性,而很可能是一个女人,她发出的声音十分微小,也十分细弱,尽管我没有看到这个人,但已经觉得她不会对我造成什么危险。于是,我大着胆子迈出脚步,蹑手蹑脚地走进屋门里去。谁在里面？我一边往里走一边询问,告诉我你是谁？我盲目地发着声音,无非是给自己壮一下胆量。

这间坐落在场院边的木屋已经很有些破烂了。许多年前,当农田里的活计还需要手工来干的时候,由于打轧庄稼的需要,人们便在这里铺设了这个不算太大的场院,这间木屋便是供看场人居住的,后来有了大型农业机械,田里的活再也不需要人力来干,这个场院连同那间看场屋便被废弃了,几年下来,场院里长满了灌木和荒草,木屋也老旧得不像样子,说不定几场凛冽的寒风就能把它吹倒,在这种情况下,如果还有人在里面居住,那将是十分危险的。我实在想不通,除了那些没有归宿的野生动物之外,谁又会到这间木屋里来呢？此时,白日的天光几乎已经耗尽,不要说屋内,就是外面,也快要被朦胧的夜色淹没了。谁在里面？由于看不见屋里的景状,我就一边往里走一边大声说,你到底是谁？

我饿,里面那个声音并不回答我的问题,而是一如既往地说着先前那句话,我饿……

这回我倒是听清楚了,没错,那的确是一个人,而且极可能是一个女人,我有些放下心来,只要是人就好,虽然里面黑咕隆咚,但对于一个人,尤其是一个处于饥饿状态的女人,我又害怕她什么呢？我循着声音找去,没费多少工夫,便约略看见了那个躺在地下的饥饿者。我看出来,她虽然处在饥饿状态中,却不仅能发出声音来,还能让自己的身子动弹一下,正是她身子的移动吸引了我的目光,让我轻而易举地看到了她。我走到她面前,慢慢蹲下来,并把头小心地凑过去,以便能够看清她到底是一个什么样子。

我饿,那个人也感觉到了我的存在,便让自己的声音低下来,明显是对着我说的,我饿……

看来这个人真的饿坏了,不然的话,她怎么能一直说这简单的两个字呢?我摸遍了自己的全身,才在衣兜内找到了半块红薯,这是我上山时携带的食物,以供我打发这一天的时光,其实我带的红薯并不多,不知为什么却没有吃完,便在衣兜内剩下了这半块,我把它拿出来,抖抖索索地送到那个人的手里。我只有这半块红薯了,我满怀歉意地对她说,你先凑合着吃吧。

虽然是在黑暗里,我却能感觉到,那双手一触碰到那半块红薯,便像鹰爪捉到了它的猎物一样紧紧地握住,似乎生怕它再丢失了,然后急不可待地塞到了嘴里去,黑暗中随即传出吧唧吧唧地咀嚼声。很快,那半块红薯就被她吃完了。我饿,刚刚吃完半块红薯的这个人再次发出了声音,我饿……依旧是那简单的两个字。

我对她再次向我讨要食物没有感到任何意外,是呀,那半块红薯又怎么能让她吃饱,或许在很大程度上还会加重她的饥饿感呢。很抱歉,我再次用充满歉疚的口气说,我只有这么多了。说完这句话,我依旧觉得有些对不住她,便主动提议说,如果你还想吃的话,那就跟我到村子里去吧。说到这里,我还向屋门外指了一下。

就是在这种情况下,我把这个女人带回了我家来,或者更准确的说法是,那个女人跟在我后面进到了我的家中,因为在我朝木屋门外走的时候,女人就摸摸索索地站起来,像影子一般跟随在我身后。直到来到了外面,我才大体看清了这个女人的形象。此时,虽然夜晚已经到来,但月亮也开始在东山顶上升起来了,朦胧的月辉从天空中洒下来,笼罩在山野间和我们两个人的身上。我掉回身来,向女人草草地打量了一眼,借着月光,我看出她是一个还算年轻的女人,尽管头发凌乱,衣服不整,脸上也有些肮脏,但无论怎么说,这是一个年轻的女人是没有错的。我原本没有把她带回家去的打算,甚至一想起这事来,就感到头皮发麻,因为在过去的日子里,我曾经把一个女人带回家过,正是因为这件事,才引发了我和母亲的激烈争执,也就在那次的对抗中,我母亲永远地离开了我……一想到这一点,我就对与我扯上哪怕一点点关系的女人心存恐惧,这也是我在以后的日子里拒绝和女人来往的主要原因……但现在，那一幕难道又要重演了吗？如果我没有看错的话，这个女人已经做出了跟随我到村子里去更准确说是跟我回家去的打算，到这个时候，我才意识到刚才在屋内说的那句话实在是太过匆忙了。如果，我嚅嗫着嘴唇对女人说，你有另外的地方可去的话，那你就不要跟我走了。

我饿，女人依旧是那句话，我饿……而且她分明在我身后加快了脚步，好像前面有什么美好的食物等着她似的。

我不好再说什么，掉回身去继续往下走，虽然我的脚步越来越迟疑，因为距离乌龙镇已经越来越近，也就是说用不了多久，这个女人就会真的进到我家中来了。甩掉她，我甚至在心里这样想了一下，赶快甩掉她，不然你就什么也来不及了。

我饿，女人一边说着一边扯住了我的衣襟，我饿……大约她也感觉到了我的心思，为了避免自己真的被甩掉，她把我的衣襟紧紧地拽住，这使我无论要尽怎样的诡计，也不能真的把她留在外面的山野里了。

我沮丧地垂下了头，在接下来的时间内，我没有再做任何甩掉她的努力，而只是任她扯着我的衣襟，加快脚步往前走，因为我真的担心在从大街上经过时，会被那些无所事事的闲人看到，如果那样一来，我的名声，不，是我家庭的名声便越来越坏了，或许第二天的早晨，街道上就会流传关于我的谣言，到那个时候，我纵有千万张嘴也说不清楚这件事了。好在黑夜已经到来，在这样的时刻，即使多么无所事事的闲人也不会随意到街上来的。那天，我趁着夜色的掩护，将这个来路不明的女人带回了家来。直到进到了院子里，在往屋门里走的时刻，我才猛然意识到，此时我还不知道这个女人到底是干什么的呢？她是谁？为什么出现在那个木屋内？她的名字叫什么？又是从什么地方来的？有一霎，我甚至有些诡异地想，这是不是一个出没在山林里的妖女呢？或许是我姐姐的魂灵回来了？但随着女人出现在灯光下，我才打消了这些毫无道理的顾虑。借着灯光，我大体看清楚了女人的模样，尽管她的脸上有些肮脏，却并不算难看，但目光总是有些僵硬，两颗眼珠虽然黑得发亮，却是过好一会儿才转动一下，这使我朦胧地感到，或许这是一个脑子不太健全的弱智女？虽然这样的女人不会给我增加太多的麻烦，但她的出现对我来说毕竟太过突然，不要说处在黑暗中的我母亲的魂灵，就是对外面那些好事的乌龙镇人，我又该怎么向他们说清楚这件事呢？

　　弱智女当然不会懂得我的心思，当我把更多的食物端到她面前的时候，她就像遇到了什么开心事似的，马上眉开眼笑，并且两手交错，频繁往自己的嘴里塞进食物，嘴唇舌头和牙齿一起运动，吧唧吧唧地吃个不停，就像她已经许多年没有吃过一顿饱饭了。看着她忘乎所以吃喝的样子，我既觉得不好意思，又对她充满了深切的同情，我看出来，这个女人不仅仅是弱智，而且肯定是处在流浪的途中，那么这个流浪女是怎么踏上流浪路途的呢？或许她一从家里走出来就找不到回返的路了？如果是这样的话，那她的家人肯定也在四处找她呢；或许她是被家人赶出来而决意流浪的？如果是这样的话，那她就真的没有地方好去了……但不管怎么说，一个没有任何生活能力的弱智女待在这个寒冷冬天的山野里，是无论如何不能生存下去的，就算没有被一只同样饥饿的野兽当作美餐，仅仅饥饿一项就很快将她消灭在山野中了，这样说来，我除了将她收留在家里以外，还有什么更好的选择呢？母亲，我在心里向居住在黑暗中的母亲魂灵说，儿子对不起你……虽然这时候我还没有产生背叛母亲的打算，但我此时的做法，肯定会让母亲的魂灵认为我已经做出了背叛她的行为……

　　这天夜里，我久久不敢睡着，知道母亲的魂灵定会在梦中等着我。自从我在向老枪进攻时误伤了母亲以后，她就不敢再出来陪伴我了，尽管我有事召唤她出来，但她也不敢轻易这么做，如果她有什么事需要向我表达，总是等我睡着后在梦中出现，那时候我就是想要误伤她也是办不到的，因为一个人是不可能在梦中举起菜刀来的。尽管我抗拒睡眠，但困倦还是一阵阵向我袭来，熬到半夜的时候，我终于支持不住，便一头倒在柴草上睡着了。没错，这一夜我是睡在柴草上的，因为我把自己的床铺让给了那个弱智女，自从母亲去世以后，我家里就剩下了一张床，现在弱智女来了，我总不能让她和我睡在一起吧？但如果让她在柴草上安歇呢？我又不忍心这样做，虽然她只是一个弱智女，但我也不能欺负她，毕竟我还算是一个男身，怜香惜玉的本性还没有从我身上完全逝去，所以当我把柴草在地上铺好后，我没有让弱智女在上面睡觉，而是自己躺了下来，而把弱智女安排到了床上。弱智女也不客气，刚在床上躺下身子，就呼呼大睡起来。听着她响亮的鼾声，我却无论如何闭不上眼睛，母亲的魂灵一个人在黑暗中看着我，说不定早就气得不行了，如果我现在进入梦境的话，肯定会遭遇她的呵斥和责骂。

果然,当我终于睡着以后,母亲立刻来到我的梦中,声嘶力竭地朝我喊道,好你个李四平,你的胆子不小呀,竟然做出这种背叛老娘的事来,就不怕遭天打五雷轰吗?

母亲的话说得格外难听,在此之前,她可没有如此无情地痛骂过我呢。我没有,我极力朝她辩解说,兴许你也看到了,那个弱智女无家可归,又差点被饿死,我不把她领回家来,或许她就会在外面遭遇不幸的,不说天寒地冻再加上饥饿,就说外面那些出没的食肉动物,也不会让她平安熬过几天的……

你管什么闲事?母亲毫不客气地反问我说,这件事与你有什么关系?你知道她是什么人?为什么出现在那个木屋里?她的所有一切你都不清楚,就贸然把她领回家来,还给她睡自己的床铺,你就不怕她是一个妖怪的化身,会在半夜里把你吃掉吗?

我觉得她不是,我硬着头皮回应她说,即便山林里真的有妖怪,它们也不好意思吃我这个没有坏心思的善良人吧?

就算她只是一个弱智女,母亲退后一步说,但你把她领回家来,知道会给自己带来什么样的麻烦吗?对了,你是不是看上她了?

没有,我赶紧摇头说,我没有。

看来你真的是寂寞了?母亲帮我分析说,一个人再也扛不住生活的无趣,又不敢在那些小男孩身上下手,便终于要打这个什么也不懂的弱智女的主意了,是不是这样?母亲嘲笑我说,看来我的儿子可真是不挑食呀,一个蒙头蒙脑的傻子就能满足你的欲望,这件事倒真是过于简单了……

不是这样,我奋力打断母亲的话说,你知道事情根本就不是这个样子,为什么还要嘲笑你自己的儿子?难道他还不够可怜吗?

母亲忽然也停下了自己的话,在默默地思索了一会儿之后,才用语重心长的口气开导我说,别怨你母亲的话说得难听,其实我是全心全意地为我的儿子着想,你不知道,那些居心叵测的女人有多危险,表面上看去,或许她们能给你带来快乐和安慰,可实际上,她们带给你的其实是灾难和厄运,想想我们家祖先男人的那些遭遇,不都是因为沾染上坏女人以后,才让自己丢掉了性命的吗?

我不能不承认母亲说的是那么回事,我也就明白了,母亲之所以三番五次地和我讲述祖先那些恐怖故事，并且不厌其烦地说姐姐的坏话，都是为了让我接受他们的教训，远离那些所谓可怕的女人，也就等同于远离了悲惨的命运，从而在这个世界上勉强苟活下去。我对母亲的良苦用心感恩戴德，却不能同意她对我生活的如此安排，不管怎么说，我都是一个男人，虽然母亲把我当女人养育，可这么多年下来，她也没有让我变成真正的女人……

我原本以为，母亲伤感地检讨说，有我对你的陪伴，你就会平心静气地生活下去，再加之我对你的改造，你也便能成功抵御那些来自女人的诱惑，为此我付出了那么多的努力，即使在我离开了这个世界以后，依旧不能待在那个原本属于我的地下世界，而冒着触怒冥鬼的风险一次次来到你身边，以便解除你越来越多的孤独，使你顺利地度过下半生，现在看来，我并没有达到自己的目的，也就是说，我的努力其实是白费功夫，不知道我说得对不对，我的儿子？

我没有回答母亲的话，虽然她所说的基本都是事实，但我却不能公然表露自己的心声，说起来，我对母亲为我安排的这种生活其实是充满了厌恶和反感的，虽然我算不上一个多么有力量的人，可我也不愿意活在别人的阴影下，就算那个人是我最亲爱的人，我也不愿意受她的支配，母亲这样做的结果，除了让我变成一个不男不女的怪人，或者让我成为一个有恋母情结的变态者之外，我又得到了什么好处呢？难道像狗一样勉强活在这个世界上，就是我生存的唯一目的吗？

你是不是忘记了，母亲忽然想起一件事来，便急忙提醒我说，许多年前，你也做过一件和现在差不多的事儿，难道那件事带给你的教训还小吗？为什么你会把它忘到十万八千里之外去了呢？

我当然没有忘记那件事，许多年前的一天，我也像现在这样贸然把一个女孩带回了家来……那时候，我刚刚长大成人，也就是说，我刚刚懂得了男女之事，也可以说，母亲对我的性别改造还没有起到实质性的作用，本性留在我身上的痕迹还是那样浓烈，在青春期带给我的欲望支配下，我本能地对异性产生了最初的兴趣，就是在这种情况下，我牵住了一个和我差不多年龄的女孩的手……我清楚地记得，那个女孩仅仅是我的同学，在共同上课和学习的过程中，我们的接触多了一些，当然用彼此爱慕来形容也不为过。有一天，我把她带回了自己家来，其实也不是像母亲理解的那样要做什么偷事,而只是就学习中碰到的一些问题讨论一下而已,这就为母亲所不容,一照那个女孩的面,母亲的脸色就变得阴沉起来,也不问青红皂白,同时也不管我是否难堪,就毫不客气地对女孩下达了逐客令。请你以后不要纠缠我的儿子,母亲直言不讳地对女孩说,如果再让我看见你们俩在一起,我就打断我儿子的腿。在母亲这些话的威胁下,那个女孩几乎还没有反应过来是怎么回事,就吓得跑到了外面去,正如母亲警告的那样,从此后她果然没有再和我来往。那个时候,我对母亲的强势做法心生反感,她伤害的不仅仅是一个女孩,更在很大程度上打击了我的自尊。我已经长大了,我怨恨地对她说,为什么非要听你的安排和支配呢?对于我的公然反抗,母亲更加怒火中烧,不仅继续用难听的语言责骂我,而且还抬起手来,用全身的力气在我脸上打了一巴掌。我也更加不服气,竟然也伸出手去,使劲在她身上推了一下。母亲没有想到我会和她动手,一时没加防备,虽然我使出的力气并不大,但她却没有让身子站稳,竟然从门台石上跌倒下去,是的,当我们母子发生冲突的时候,我们是站在屋门口的,而且是我在屋里,母亲在门外,这就是说,她是从院子里冲进来讨伐我的。正是在我的推动下,处在情绪波动中的母亲便倒在了门台石下,身子虽然没有跌得多么厉害,但她的后脑却触到了一块石头,那块从来没有和肉体接触过的石头竟然在那个日子里迎接了母亲的头部,她身体的倒下施加给她的压力有些过大,以至于让那块有个棱角的石头戳破了母亲头部的皮肉,让里面的鲜血甚至有一点脑浆从那个伤口里流了出来……等我把母亲送到镇医院时,她已经闭上眼睛,喘尽了最后一口气,逐渐僵硬的身体留在医院的担架上,只让自己的魂灵飘浮在高空里的阴暗处,用这种像是一股气一缕烟的方式来陪伴我了……

那当然是我永远忘不掉的伤痛,由于我的失误,原本要用一辈子的时间陪伴我的母亲却戛然而去,留下我一个人在这个院落里度过每一个更为孤独和寂寞的日子,但这又怨得了别人吗?其实那都是我这个不孝的儿子造的孽呀,从某种程度上说,是我杀掉了自己的母亲也是合适的……可母亲并没有怎么怨恨我,她留在另一个世界里的魂灵依旧担心我这个儿子的孤独生活,还隔三岔五地穿越阳界和冥界的层层阻隔,冒着被那个可恶的冥鬼严厉惩罚的风险来到我身边,可见这个母亲是多么放心不下她的儿子,或者说是多么乐意继续控制她留在这个世界上的儿子……我明白,母亲之所以在这个特殊的日子里重新提到这个话题，并不是为了发泄她离开这个世界所产生的怨恨，而只是提醒我这个儿子，不要再犯历史的错误，就像有个哲学家所说的那样，人是不可能两次踏入同一条河流的，该接受的教训你就接受吧，不要让历史重演，该收手时就收手，赶紧停住你的脚步，不能在那条越来越危险的道路上走下去，如果那样的话你就会重复祖先所犯的错误，在女人身上栽一个大跟斗，从此以后就像你的母亲一样再也爬不起来，到时候你就是哭爹喊娘也来不及了……

可是，我抖动着嘴唇，以极大的勇气强迫自己说，我早就长大了……不不，我已经五十多岁了，早就走过了生命的大半个路程，剩下的时间肯定不多了，在这种情况下，你怎么还能把我当一个没有长大的孩子看待呢？求求你我的母亲，请你放手吧，放过我这个不幸的儿子吧，在我生命最后的岁月里，让我也能为自己做一回主，按照我本来的性别和意愿做一回事吧，不然的话，我就是进入了你那个世界也会不甘心的，与其我们在那里继续毫无结果的争论，还不如让我自己尝试一下这个世界上到底有没有适合我的一种生活，这本来是我的权利你不能一直剥夺下去，请你还给我吧我的母亲，请你高抬贵手让我回到我自己的轨道上去，其实这才是你一个合格的母亲对她的儿子应该做的事……

听了我这些话，母亲忽然用两手抱住头，痛彻肺腑地哭了起来。真是没有料到，母亲一边哭一边埋怨我说，我的儿子竟然嫌弃他的母亲了……我早就应该想到这一点，其实那一回你对我使用菜刀的时候就已经说明了这个问题，我只是不愿承认这一点罢了，因为在我想来，只要是她的儿子就不应该怨恨自己的母亲，不管这个母亲做什么都是为了她自己的儿子好，难道这一点还有什么疑问吗？可是我在我自己的儿子身上并没有看到这些，尽管我付出了所有的努力，可她的儿子一点也不买她的账，反而巴不能他的母亲从这个世界上消失再也没有任何踪迹，那样的话这个儿子就可以过他的逍遥日子了，而不管他的母亲在另外一个世界是多么的孤独和寂寞，看来他的母亲当初就做错了一件事，那就是不该把他这个不孝的儿子生出来……

母亲，我涨红着脸面对她说，如果你后悔的话，那就请你把你的儿子带走吧，反正说到底你都是他的母亲，都拥有对他的处置权，你愿意把这种权利使用出来就请使用吧，而不用再管你的儿子到底是什么样的感受……

你这是在威胁我吗？母亲反问我说，你知道一个母亲不会在儿子身上做出格的事儿，她既然把他生出来了又怎么能随便把他带走呢？这样做就连老天也不会饶恕她的，可你作为母亲的儿子竟然想让她做这样大逆不道的事儿，可见你的心肠该是多么的歹毒……

好吧好吧，我真的有些不耐烦了，不管你怎么说也不管你怎么做，那都是你的自由，反正我是不会把你的自由夺走的，不管怎么说我都没有忘记自己这个儿子的身份，除此之外我还能怎么做呢？

既然所有的话都已经说尽了，母亲绝望地摇着头说，那我们母子就此别过吧，从此以后我再也不会出现在你的梦中，不管你做什么那都是你个人的事儿，与我再也没有什么关系，就是当别人问起来的时候，你也不要说你是我的儿子，就说你是从石头缝里蹦出来的吧。说到这里，母亲决绝地向我招了一下手，随即就化作一缕黑色的烟尘，朝着梦境的最深处飘去……

母亲，我本来是想拉她一下的，但不知怎么回事，我的手却没有伸出去，就那么大瞪着眼睛，直愣愣地看着她的身影像一尾小蝌蚪一样在梦境的帷幕上消失了，母亲……

我哭泣着醒来了，这时我明确地意识到，从此以后，我就没有母亲的任何消息了，就算我把后半生的所有梦境都提前做完，也不会让她虚幻的影子显露半分。我从柴草里爬起来，在愣怔了好一会儿之后，为一阵越来越响亮的鼾声所吸引，便踏着朦胧的月光走到床铺前。于是，我再一次看到了那个弱智女。此时，弱智女正沉浸在深沉的睡眠中，或许一个让她感到满意的梦境出现在脑子里，这使她张大着嘴巴，把一串又一串响亮的鼾声制造出来，在屋内像烟雾一般飘动滚沸，让这间原本是那样寂静的屋子显露出少有的生机。我呆呆地望着这个从天而降的弱智女人，突然想到，从此以后，我在梦境中失去了母亲对我的陪伴，但在现实里，却有了这样一个虽然弱智但的确是异性的女人来到我的身边，难道说真的是母亲用她的牺牲换来了这个女人对我的陪伴吗？你是谁？我呆呆地看着她，再一次在心里问她说，你到我身边来到底要干什么？

其实从这个时候开始，我就觉得躺在床上的弱智女有些不对劲，原本她是沉浸在睡眠中的，应该一动不动才对，但令我不解的是，她的身子却不断地扭动，就像受到了什么东西的骚扰，让她即使在睡眠中也不能不做出激烈的反应。开始的时候，我疑心是不是她感觉到了我对她的打量，便赶紧退回到我的柴草上，可这并没有让她终止身子的扭动，而且在接下来的时间内，她还发出了类似于痛苦的叫声，哎呀，她用含糊不清的声音说，哎呀……我不敢大意，便点亮灯盏，小心翼翼地端到她面前，借着微弱的火光，我看见她脸上泛出亮晶晶的汗珠，脸色也格外潮红，就像是被火烘烤了一般。我犹豫了好一会儿，还是冒着触犯她的风险，把手指探到了她的头上。我的手指刚刚触到她的皮肤，便赶紧缩了回来，在这一刹那，我感觉她的额头十分火热，真的让我怀疑里面有一团火似的。她在发烧？我在心里对自己说。一时间，我意识到那件一直尾随着我的麻烦事到来了。

我不知道弱智女是真的患了病，还是流浪的疲惫击垮了她，反正在接下来的日子里，她没有从我的家里离去，非但如此，她甚至都没有从我的床铺上下来，而是一天到晚都躺在上面，除了不安地睡眠，便是费力地吃喝。是的，这几天她一直在昏睡，但疾病让她睡不安生，身子不时地扭来扭去，而且还伴随着似有若无的叫声；但这并没有让她中断吃喝，虽然从床上爬不起来，但她依旧不断地念叨饿，我把饭食送到她面前，由于担心她不能顺利吃到嘴里，便一手捧碗，一手用筷子往她的嘴里喂食，尽管她病得难受，却没有耽误一顿饭，只是让我费了不少力气，每次从她床边离开的时候，我都要大大地喘几口气。直到安静下来，我才感到这样下去不是办法，如果弱智女的病好不了怎么办？更明确一点说，我可不能让她死在我的床上吧？那样一来，我就是有天大的本事也说不清楚了，一想到这里，我的头皮便开始发麻，或许母亲的警告真的不是没有道理，俗话也说，多一事不如少一事，看来我还是没有经验，也根本没有想到，与女人打交道会有这么多的风险，如果弱智女真的在我家出了事，那我就有可能重复了我祖先的遭遇，不要说这个弱智女的家人会找上门来要人，就是对那些希望看我笑话的乌龙镇人，我又该怎么向他们解释清楚这件事呢？母亲千方百计让我避免重复祖先的命运，看来由于这个弱智女的出现，一切都要泡汤了，就算退一万步说，这个弱智女在我家里没有生命危险，但我一味地让她躺在我的床上，无论如何也不是办法吧？石头到来的时候我都无法和他说明白，以至于让我失掉了这份友谊，那么接下来其他人来问我这件事的话，我又向他们说什么呢？我总不能说这个躺在我床上的弱智女与我一点关系也没有，那么不仅仅是那些闲着无事的乌龙镇人，就是我自己这个当事人也觉得我没有说实话。我回过头来,看着弱智女在床上继续像一只巨大的虫子一般扭来扭去,心里的担忧也就越发浓重,怎么办?我一次次地追问自己,接下来我到底该怎么办呢?这一刻,我是多么后悔那天不该到那间看场屋里去,如果那样的话,我就不会面对现在如此窘迫的局面了。母亲,我甚至在心里向那个已然离去的魂灵叫了一声,请你帮帮我吧。但无论我怎样呐喊哀求,那个已经对我绝望了的魂灵也没有做出任何应答的表示。

没有办法,我只能冒着被别人议论的风险,到外面去请医生来为弱智女治病。为了尽量减少不必要的麻烦,我没有去镇上的卫生院,而是径直朝二先生家走去。二先生是乌龙镇的郎中,祖辈上就在行医,在莫邪山里都十分有名,现在他已经六七十岁了,一般不再出诊,但在我不断地求告下,他还是背上药箱,迈着拖拖拉拉的步子朝我家走来。我看你不像是一个病人,二先生一边走一边打量着我说,如果你身上真有不舒服的地方,我给你把一下脉就行了,何必又到你家里去呢?我没有理会他,而依旧牵着他的手往前走。来到我家里,二先生一看床上那个扭来扭去的影子,便大吃了一惊。那是谁?他诧异地叫道。其实没等我回答他的话,他便急快地走上去,瞪大昏花的两眼往床上看。是个女的?他回过头,用更加惊异的目光朝我打量,怎么你有女人了?到这时候,我不得不把有关这个弱智女的情况朝他说了一下。好啦好啦,没有听完我的话,二先生就不耐烦地对我说,这些瞎话你还是编给别人去听吧。他伸出手去,一边为弱智女把脉一边用若有所思的口气说,想不到你一个把自己扮成女人的家伙,如今也打上其他女人的主意了。听了他这些不阴不阳的话,我真想冲上去,两手抓住他的衣领,然后用清晰的语气正告他说,请你看清楚了,我是一个男人……当然,我并没有真的这样做,一来我不想触怒他而耽搁了给弱智女诊病,二来我还鼓不起勇气向他证明我的性别,其实想一想,也并没有那样的必要,我到底是什么样的人,以后会让他们看个明白的。

二先生走掉以后,我就做好了等待另外一些人到来的准备,那天石头的到来和离去,并没有给我带来什么麻烦,他只是一个人对我产生了误解,或许在以后的日子里不再与我来往,却没有把他的发现告诉别人,如果我不主动去请二先生的话,或许弱智女在我家里的存在,到现在还是一个秘密呢。可二先生就不同了,本来他就是一个好事之徒,经常借着看病的理由打探别人的隐私,同时他还是一个碎嘴子,当他探听到别人一些隐秘的时候，便会转而告诉另外的人，所以只要是被他看到的事情，不出一个时辰，就会传遍乌龙镇的大街小巷。果然，二先生离去不久，我院门外的胡同里就传来了一阵渐趋热烈的议论声，如果我没有猜错的话，某些听了他传言的人已经克制不住好奇的欲望，就要推开我家的门来亲眼看一看了。你们来吧，我坐在门台石上，做出了接待每一个人到来的架势，就让你们来看个明白吧，反正到这个时候，我已经豁出去了。既然你已经惹出了麻烦，我在心里对自己说，你就没有了逃避的任何可能，反正你心里也没有什么鬼，他们要看就让他们看好了。

首先到来的是组长。在我所说的这个生产组里，他是我的直接领导，负有管辖我生产和生活的责任，所以他的到来我一点也不觉得奇怪。

第二个到来的是村长，这是乌龙镇行政村最大的长官，每个组长都要归他管辖，当然我这个普通村民更是他的下属了，虽然中间隔着一层，但既然组长已经来看过了，那么接下来由他来看个明白也就在情理之中。

我以为第三个到来的会是镇长，不管怎么说，镇长都是村长的领导，如果村长要把这件事向上级说个明白的话，那就只能去找镇长汇报，所以镇长前来调查一番，不也是一件自然而然的事吗？但事实证明，第三个到来的并不是镇长，而是我们李家的族长，看来村长并没有把他看到的一切向他的上级汇报，而是去找了也对我这个李家后代负有责任的族长，让他把发生在我身上的事弄个明白，这使我对村长这个我并不喜欢的人有了一些好感，看来他并不想把我的事用行政的手段来解决，而是交到了我们李家内部人的手里，在家族的范围内找到解决的方案，这当然也没有什么问题，不论怎么说，我的确都是李家的后代，当然要服从李家族长的管辖。

随后，竟然还有第四个人的到来，这个人我原本想不出来是谁，因为在我看来，族长已经是我们李家最大的官了，谁还能对他负有领导责任呢？当第四个人出现在我家门口的时候，我不禁一愣，真是出乎意料，这个人竟然是我们村的治保主任，我便感到了极度的困惑，治保主任和李家族长到底是什么样的关系呢？治保主任当然可以管理李家族长，但李家族长为什么要把问题交给治保主任呢？不管怎么说，治保主任的到来让我感觉到问题有些严重，根据我的了解，只有一些违规违法的事情，才让这个人过问一下的，那么这样说来，我把那个弱智女领回自己家来，并让她躺到了我自己的床上，这是不是说明，我已经在做违规违法的事了呢？这样一想，我便前所未有地紧张起来。我进而继续往下想，那么除了这个让我心慌的治保主任之外，还有没有让我更加害怕的什么人到来呢？

就从那个时候起，我就遏制不住地陷入了疯狂的冥想中……

八

当那个警察出现在我面前的时候，我没有感到任何意外，在我的想象中，接下来就应该是这个人出场了。而且我觉得这个人应该是个年轻力壮的小伙子，一身凛然正气，穿在身上的警服干净合体，腰里的皮带上挂着一根警棍，衣兜内揣着我看不见的一副手铐。当这个人出现在我面前的时候，果然就是这样一副样子。

你叫什么名字？警察问我说。

我叫……李四平。我犹豫了一下，还是决定把自己的名字告诉他，既然他执意要把这件事弄明白，我就是抵赖也是没有什么作用的。

警察上下打量了我一眼，不易觉察地点了一下头，然后告诉我说，有人举报你，说你拐卖了一个女人。

什么？我似乎没有听明白他的话。

说你拐卖了一个女人。警察再次告诉我说，然后便把目光越过我的身子，朝着四处打量。我看出来，他是急于要找到那个他所说的女人。

没有。我断然拒绝说。在我想来，举报者怎么能把如此重要的罪名安在我的头上？

你是不是窝藏了一个女人？警察又换了一个说法问我。

这还差不多，我在心里说，起码"窝藏"与"拐卖"不是一个性质的问题，便模棱两可地回答他说，在我家里是有一个女人……

她在哪里？不等我说完，警察便质问我说。或许在他想来，我所窝藏的女人应该是在什么柴草堆或者地窖子里，目光便在院子里扫来扫去，力图在我坦白之前找到那个地方。

在屋里。我朝身后扭了一下头。

你把她藏在屋里了？警察有些意外，然后便小心翼翼地跟我走进了屋内。大约他是刚从外面进来的缘故，一时看不清屋内昏暗处的东西。在什么地方？他继续问我。

在床上。我又朝床上指了一下。

什么？警察有些不相信,你把她藏在了床上?

我没有再说什么,既然那个女人真的是在床上躺着,他再用"藏"字来形容这件事,怕就有些不合适了。

警察走到床前,看到上面躺着的那个人,还有些不相信,便又回过头来问我说,是她吗?

我点点头说,是。

警察瞪大眼睛,再次朝着床上打量。弱智女的身上盖着一床被子,警察走进来的时候,她连自己的半边脸也罩住了,这使警察无法判断躺在上面的这个人到底是谁。于是,警察便伸出手,试量着把被子揭开一个角,尽管他看到了弱智女的面目,但依旧无法弄明白这个人和他要找的那个目标是不是同一个人,便只好作罢,把被子的一角放下去,转身走到我面前,用虽然低沉却更加严肃的口气问我说,你把她强奸了?

什么?我再次吃了一惊,这个警察真是太过莽撞,怎么能问我这样无理的问题?没有,我赶紧回应他说,我对她什么也没有做。

谁信呢?警察自语着说,你都把人家弄到自己的床上去了……也许他也觉悟到,这样判断问题未免有些不太合适,再说,这里也不是他弄清这些问题的场所,便对我挥了一下手说,请你跟我们走一趟吧。

到哪里去?我似乎明知故问。

当然是到派出所里去了。警察用格外清晰的语句说。

你要把我带走?我似乎又在明知故问。

到所里去把这些问题交代明白,警察公事公办地对我说,如果没有太大的问题,你就会回到家里来了。他没有向我说如果有太大问题的话,我又该怎么办。

我扭头朝床上的弱智女看了一眼,不太合适地问他说,那她怎么办?

警察没有想到我说这句话,一时竟然被我问住了。我哪里知道……警察忽然撇了撇嘴,看来你还真懂得怜香惜玉呢。

什么意思?我似乎不明白他的话。

快跟我走吧,警察有些不耐烦,便推了我一把,严厉地警告我说,别磨蹭了,不老实的话没有你的好果子吃。

我还有些不放心那个弱智女,真的,当我不在她身边的时候,谁又来照顾她呢?在服用了二先生开的几服药后,弱智女的病刚刚有些起色,但还没有完全康复，根本就不能下床来，如果得不到我的照顾，真担心她会被饿死的……

行了，警察看出了我的担忧，用更加不正经的口气说，你还真把人家当自己的家人了，也不想想，你把她弄到这里来之前，人家不也是好好的吗？

可她现在正病着呢。我告诉他说。

如果她真的病着，警察乜斜着我说，那也是被你弄病的……他真的有些等不下去了，快跟我走，有什么话到所里去好好说吧。

我要不要拿点衣服？我好像是问自己，又仿佛是征求他的意见，我真不知道派出所里面到底怎么样，我在里面又该待多长时间。

老实一点，警察向我喝道，他也许误会了我的意思，以为我是在耍花招呢，担心我借着去找衣服的时机从他的眼皮底下逃掉，便赶紧把衣兜内的手铐掏出来，有意在我面前晃动了一下说，如果不好好配合的话，我就把这副金手镯给你带上了。

在此之前，我还没有见过真的手铐呢，却知道那东西不是好对付的，当它戴到你手腕上的时候，你是无论如何也打不开的，弄不好还会把自己的皮肉弄伤。我没有不配合你，我赶紧向他表态说，同时收回自己的手，让它们紧贴住身子两侧的胯部，做出一副规规矩矩的样子，我现在就跟你走。

我被那个警察押着往外走的时候，听到院子里传来嘤嘤嗡嗡的声音，像是有许多人在开什么会似的，心里还觉得奇怪，什么人会到我家里来开会呢？直到走出了屋门，我才看出来，原来那都是一些前来看我热闹的人，刚才我跟警察到屋里去的时候，这里还没有任何一个人，这才一会儿工夫，他们竟然就把我家的院子挤满了。我认出来，这些人里有组长、村长和族长，竟然还有治保主任，一看到这个人，我就知道这个警察的到来与他似乎有一点点关系。除此之外，我还在这些人里看到了二先生和石头。二先生有些不敢看我，一见我朝他打量，便赶紧缩回到人群中去了；倒是石头紧紧地盯住我，目光里含满了不解和茫然，作为一个只有十三岁的孩子，也许他对面前出现的情景感到了困惑。就像二先生不敢看我一样，我也不敢接触石头的目光，便赶紧低下头去。就算时间留给我解释的机会，我又该怎样向他说明白这件事的真相呢？但在经过他面前的时候，我还是鼓着勇气抬起头，用哀求的口气对他说，石头，请你帮我做一件事……

石头没有说什么，依旧像先前那样紧紧地盯着我。

帮我去照顾屋里的那个人，我叮嘱他说，我不能让人家饿死在我家里。后面这句话看起来像是对石头说的，其实我更愿意让其他的人听到。

石头还没有表示什么，警察就又在我背上推了一下说，还做什么美梦呢？一把你带到派出所里去，那个被你拐卖的女人就会被政府解救的。

解救？我念叨着他这句话，一时有些回不过味来，为什么那个女人需要解救呢？

走。警察真的不耐烦了，抬起脚来，在我屁股上狠狠地踹了一下。

我不能再犹豫下去，只好顺从他的意思，穿过拥挤的人群走到大街上，向远处派出所的方向走去。

来到派出所的当天晚上，我就受到了第一次审讯。在审讯室里，我被安置在一把特别不舒服的椅子里，说来奇怪，那是一把与普通座位决然不同的椅子，不仅四根椅腿被固定在了地下，而且上面两个扶手连接在一起，在高处形成了一面隔板，警察把隔板的一端打开，让我进到椅子里坐好，然后连上隔板，这样我就可以把两手放在上面了，看起来这样的姿势还算舒服，可等我把手放在隔板上时，警察就把我腕子上的手铐连在隔板的金属环上，这样不但我的身子不能随意动弹，两手也失去了行动的自由。这真是一件让我倍感困惑的事儿，警察带我到派出所里来时，还没有给我戴手铐，现在关到屋里审讯了，却把手铐给我用上了，还把我的两手固定在隔板上，实在没有这种必要，自从到这里来后，我就没有做过逃跑的打算。在我面前的桌子后面，坐着那个带我来的警察，旁边还有一个女警察做记录，他们倒是坐着普通的椅子，这让我真切感到了警察和犯人的区别。在他们两个人旁边，有一盏特别明亮的大灯对着我，明亮的灯光就像一轮太阳那样朝我照耀，既让我睁不开眼睛，又让我受到了烘烤，似乎我被暴露在了夏天的日头下，禁不住有一种汗流浃背的错觉。我想抬起手来，抹一把头上的汗渍，由于手铐锁在了隔板上，我连这个简单的动作也完不成。审讯我的警察像戏台上的审判官那样拍了一下桌子，作为后面那些审讯词语的前奏曲。

姓名？

我不是回答你了吗？

姓名？

我……叫李四平。

性别？

我不像是一个女的吧？

性别？

我是……一个男的。

年龄？

五十二岁。

你有那么老吗？

我打扮得年轻了些……

家庭住址？

乌龙镇村第二村民小组……

回答完这些基本的问题，下面的询问才开始切入正题。

李四平，知道为什么到这里来的吗？

知道……

那你说说。

我收留了一个女人……

李四平，我可警告你，既然你进到这里来了，就说明你的问题十分严重，不要企图大事化小，小事化了，问题到底大不大，可不是你说了算，也不是你能判断出来的，我劝你还是老实一些，把你的问题原原本本地坦白出来，只有这样，你才能不用一辈子待在这个地方，而尽早回到你的家里去，明白吗？

好像……明白……

既然明白，那你就如实向我们坦白吧。

你们想让我怎么说？

不是我们让你怎么说，而是你根据你的犯罪事实，一五一十地向我们坦白清楚，以求得政府的宽大……

你们是让我说，我拐卖了那个女人？

你没有拐卖吗？

没有……对了，我在家里就向你说清楚了，而且你也同意给我另一个说法，叫什么……我想一想，对了，是窝藏，你在我家里亲口说出的这个词，我记得清清楚楚……

你以为窝藏的罪名就小吗？

115

这个……我没有认真想过，反正窝藏和拐卖不是一回事吧？

好吧，就暂时按照你这个说法，那么接下来你给我们坦白清楚，你是怎么样窝藏那个女人的？为什么要把人家领回你家里来窝藏，在你窝藏那个女人期间，你都对人家做了些什么？

事情是这样的，几天前……你们让我好好想一想，毕竟那是好几天前的事了……几天前的那个傍晚，我从山里清理鬼伞回来……

等等，清理鬼伞？清理鬼伞是怎么回事？

就是把那些有毒的蘑菇清理下来，再换上无毒蘑菇的种子……这些年来我一直在干这件事……

你刚才不是说什么鬼伞吗？怎么现在又变成了蘑菇？鬼伞是什么东西？

噢，在我们乌龙镇……对了，你不是莫邪山里的人吧？

李四平，让我再提醒你一句，现在是我在问你。

对……是这样的，在我们这里，人们都把那些捣乱的蘑菇叫作鬼伞。

这件事听上去很奇怪，我怎么没有听说过呢？

你没有和那些蘑菇打过交道，当然就不知道了，不信你去村里打听打听，人们都……

别蒙我，就算你说的是真的，但你除了清理什么蘑菇之外，到山上去是不是还有别的任务？比如说到那个小木屋里去找那个女人？

不是，那天我从山上回来，从那个看场的木屋旁边经过，才听见有一个人在里面说，我饿，我当时就产生了好奇，是什么人在里面说饿呢？我担心那个人真的会被饿死，就走进去看了一下……

你知道是那个女人在里面吗？

不知道，当时我只是听见了声音，并没有看见她是什么样子……

既然不知道里面是什么样的人，你为什么要到里面去看呢？你就不怕屋里的人是拦路抢劫的强盗吗？

是强盗我也不怕，反正我身上也没有什么钱，最多我兜里就剩下了半块吃剩的红薯……对了，现在是新社会，又赶上了改革开放的好年代，怎么会有强盗出没呢？不瞒你们说，在我这五十多年的生活里，我还从来没有见过强盗长什么样呢，都是在电影里演的那些……

好了好了，你继续说那天的事。

我走到木屋里一看,是一个快要被饿昏的女人,我就把我剩在兜里的那半块红薯给她吃了,可她实在是饿得够呛,我这半块红薯不但没有让她吃饱,还让她感到更加饥饿了……

这是她告诉你的吗?

不是,是我猜出来的……其实,到现在为止,她还没有给我说过一句正经话呢……

你知道她是干什么的吗?

不知道……

不知道你就把她带回你的家来?

我身上没吃的了,她又饿得不行,我就多了一句嘴,说你要是还想吃的话,就跟我回家去吧……

你用这个诱惑了她?

诱惑? 什么是诱惑?

别装蒜……你就用这个理由把她带回家来了?

是的。

你没有胁迫她?

胁迫? 我不知道胁迫是怎么回事,请你给我说我能听懂的话好吗?

你没有对她来硬的吗?

来硬的? 为什么要来硬的?

不来硬的人家会乖乖地跟你走吗?

是呀,我也感到很奇怪,我只说了一句让她吃饭的话,她就乖乖地跟我走了,走到半道上的时候,我突然觉得这是一件很麻烦的事儿,要是让别人知道了,我可怎么说得清呢? 不瞒你们说,我们家祖先有很多男人,都是因为和女人沾上了关系,就没有落得好下场……还有我的母亲,我又怎么能过得了她那一关呢?

等等,你说什么你的母亲? 据我们所知,你的母亲不是已经死了好多年了吗?

是的,我说的是她的魂灵……

什么魂灵?

这个……是我个人的一个小秘密,说了你们也不懂的……

李四平,不要向我们耍花招,也不要企图转移话题,你当我们这些人是傻子吗？什么魂灵不魂灵的？那都是封建迷信，你以为我们会相信那些不靠谱的事情吗？赶快说你的问题。

我的问题就是……不管怎么说，都要让她吃饱了饭吧，你们不知道她饿的那个样子，好像多长时间没有吃过一顿饱饭了，我估计她在流浪的路上已经走了很久很久……

你怎么知道她是在流浪的路上？

这个也是我瞎想的……

李四平，我再次警告你一次，不要避重就轻，企图蒙混过关，赶紧把你的问题中最重要的方面说清楚，而不要说那些可有可无的废话。

我说的就是最重要的，难道她都要快饿死了，这不就是最重要的吗？

直接告诉我们，那个女人是从哪里来的？你是从什么人嘴里知道她在那个木屋里的？也就是说，在这之前你是和什么人接头的？

接头？接什么头？

不接头你怎么知道那个女人的来龙去脉？如果你不从别人嘴里打听清楚的话，你就敢对那个女人轻易下手吗？

我没有对她下手……

不下手你是怎么把她带回家来的呢？

我不是对你们说过好几遍了，是她自己跟在我后面到我家来的。

哦，是不是你给她吃了迷魂药了？

迷魂药？什么迷魂药？我从来没有听说过……

或许你们是运用了她饥饿的弱点，才让她轻易就范的？这样说来，你们好几天没有给她吃过正经东西了，所以当她到你手里的时候，就表现得那么听话。

差不多就是这样……哦不不，不是，我们没有给她吃东西，是她自己没有找到东西吃……

好吧，我们不说这件事了，请你直接告诉我，你买这个女人，到底花了多少钱？

花钱？我没有花一分钱？

你不是买家？

什么买家？我不明白你的话……

那你直接和我们说吧，你们是怎么倒卖女人的？莫非你仅仅是一个中间环节？最终你要把这个女人卖到什么地方去？

卖什么女人？我没有打算卖她……

那你想留着自己用了？

自己用？怎么用？

怎么用还用我们教你吗？你不是说你是一个男人吗？

我先前……后来……反正我觉得我现在就是一个男人……

什么乱七八糟的？是一个男人你还要来问我吗？

我还是没听明白你们的话……

那我们就直截了当地说吧，你强迫这个女人没有？

强迫？强迫什么？我没有强迫她，都是她自己愿意吃的……

没有问你吃饭的事。

除了吃饭以外，那就是睡觉了……

对对，就是睡觉，你强迫和她睡觉了没有？

睡觉还用强迫吗？

当然……不强迫的话，又怎么能睡觉呢？

你把我搞糊涂了，莫非你们睡觉的时候，都是别人强迫的吗？

李四平，你的胆子越来越大了，知道这是什么地方吗？就你这样一个小混混还来装模作样，也不撒泡尿照照，你是能够蒙混过关的人吗？我们早就看出来了，从你进到这里来的那时候起，你就一直把自己打扮成一个什么也不懂的文盲，其实据我们了解，你是上过几年学的，也就是说我们的话你不会听不懂，但你一直和我们捉迷藏，你以为你是那只比猫还要狡猾的老鼠吗？既然你进到这里来了，就不要再抱侥幸心理，我实话告诉你，我所办的案子里面，从来就没有一个人能够蒙混过关，如果你想让你的问题有所减轻的话，那就一五一十地招来，不要再把自己打扮成一个天真的傻子明白吗？

明白……其实我没有打扮自己，好像你们问的那些问题都没有发生在我身上，你让我向你们怎么说呢？

事情是什么样子你就怎么说，既不要夸大也不要缩小。

好吧，我听你们的。

那你正面回答我们，你到底强奸了那个女人没有？

强奸？啊，这回我听明白了，原来你们是问我这个问题……天哪，你们为什么这样说呢？我怎么会去强奸那个女人呢……

为什么你就不能强奸人家呢？

这个……你们还真把我问住了……可是在此之前，我从来没有想到过这个问题……

现在你可以好好地想一想了。

那好，我好好地想一想……

大约警察也感到这个案子有些棘手，不是一时半会能弄清楚的，便有意放慢了审讯的节奏。他歪过头去，朝那个一直在伏案记录的女警察看了一眼。女警察匆匆写完了几行字，抬起头来，然后又把嘴凑到他耳边，轻声和他说了几句话。审讯的警察点点头，然后站起来，走到一边，掏出一根香烟叼在嘴上，用打火机点着，深深地吸了一口。这时他想到了什么，便走到我面前，把手里的烟卷朝我递了一下。我没有抽烟的习惯，便对着他摇了摇头，再说，我就是接过了他的烟，由于手抬不起来，也不易送到嘴里去，尽管这样，我还是朝他微笑了一下，以示对他的感谢。经过这一段时间审讯，我也感到十分疲惫，屁股下的座位不那么合体，两手在隔板上铐得难受，整个身子都很难活动一下，尤其那盏一直对着我照的大灯，让我眼前不断地飞舞金星，搞得脑子也一阵阵迷乱。报告，我鼓着勇气向警察请求说，能不能把那盏灯朝旁边移一下？警察抬起头来，上下打量了我一眼，很快便掉开了身子。从他的眼神中看出来，我这个提议实在有些过分，本来还想退而求其次，提出让他给我松一下手铐的要求，但张了张嘴，干脆又把话咽了回去。我有些沮丧，将酸疼的身子缩回到椅子里，并使劲摇了摇头。

警察吸完了半根烟，把剩下的烟屁股丢到地下，又用鞋底踩踏了几下，然后回到他的座位上，重新摆出了审讯我的架势。怎么样？他精神抖擞地问我，想清楚了没有？

差不多吧……

那你直接告诉我们，你到底强奸了那个女人没有？

没有。

真的没有？

真的没有。

既然你没有动过人家，为什么要让人家上你的床呢？

我想的是，我总不能和一个女人睡在一起吧？可我家里就剩下那一张床了,我就把自己的床让给了她,而我睡在了下面的柴草堆里⋯⋯

你和她在一起过了几个夜晚?

大概⋯⋯我想一想,大概是五个夜晚吧。

在这五个夜晚当中,你都做了些什么?

我还能做什么? 睡觉呗⋯⋯

你真的就那么老实?

我原本就是个老实人,你们可以到村里去打听打听⋯⋯

李四平,在见到这个女人之前,你结过婚吗?

结婚? 没有。

你为什么没有结婚呢?

这个⋯⋯说起来有些复杂,都是因为我的母亲,她不想让我重复我们祖先那些男人的遭遇,便一心一意地把我打扮成一个女人的样子,按照她的意思,我是不应该沾染上那些女人的,如果搞不好的话,她们就会给我带来意想不到的麻烦,甚至灾难⋯⋯

你相信这一点吗?

我⋯⋯我是按照我母亲的愿望做事的⋯⋯

你这么大年纪了,还听你母亲的话? 对了,你母亲不是死去好几年了吗?

虽然她死了,但她的魂灵还是会⋯⋯

好啦,我们不说魂灵的事了,你只是告诉我们,你渴望结婚吗?

当然⋯⋯我想不管是一个男人,还是一个女人,其实没有一个人是愿意一个人过日子的⋯⋯

这就是说作为一个男人,你是渴望女人的了?

可以这么说吧⋯⋯

那么当一个女人真的来到你面前的时候,你又怎么能面对她而无动于衷呢?

这个⋯⋯你是说,我应该和她睡觉对吗?

不是我说,而是你是怎么想的?

我还⋯⋯没有想那么多,她一直向我要吃的,后来又变成了那种样子,我一直在一心一意地照顾她,就像照顾一个没有生活能力的病人,所以在那段时间里,我就没有产生其他的念头⋯⋯

那你就直接告诉我吧,你是怎么把她弄到床上去的?

这个问题好奇怪,我没有弄她,是她自己爬到那张床上去的……

你是说,那个女人主动上了你的床?

差不多是这样吧……

好一个李四平,看来在此之前我们都看轻了你,大家都以为你是一个普普通通的老实人,平时不敢惹事,也不对别人动心眼,可哪里想得到,你是一个极其善于伪装自己的家伙,可以说你的脑子比大多数人都狡猾得很呢,别人说一句话想到的就是这句话,而你呢?当说这句话的时候,你想到的其实是后面的两句话三句话,也就是说,你是给自己留有充分余地的。

真的是这样吗?我怎么没有感觉出来?

让我给你指出来吧,为了给自己减轻犯罪的程度,你早就把这件事想清楚了,所以在给我们交代的时候,你总是把责任的重心放在别人身上,好像所有的事情都与你这个当事人无关似的,比如说,你说是那个女人自己爬到你床上去的,也就是说,如果你和那个女人真的发生了关系,你是没有多大责任的,因为是那个女人采取了主动,是不是这样呢?

这个……好像也不是这种样子,因为我们没有发生过什么关系。

李四平,发生没发生过关系不能听你的口述,而是要根据事实,或许你以为,只要你硬着头皮不承认,即便是事实发生了也不会让别人弄清楚,但我告诉你,你完全想错了,只要是发生了的事实,就没有我们弄不清楚的,比如你和那个女人到底发生没发生关系,我们可以把那个女人弄到医院里去检查,到那时你就知道,一切都不是你说了算,而是医生根据事实说了算。如果你没有听清楚的话,我再进一步告诉你,我们可以让医生对那个女人检查清楚,她的身体到底有没有受到伤害,如果她真的被侵犯了的话,就算你打死了也不承认,我们也可以从她身上采集到你伤害她的证据,这一点难道你能真的逃过去吗?

哈哈哈……你说的这些就像电影里演的,我看过那样的电影,知道他们是怎样对女人做检查的……哈哈哈,真是想不到,搞来搞去我们都搞到电影里去了……

李四平,我最后一次警告你,如果你再一次装模作样下去的话,我们可就对你没有那么大耐心了。

你们要把我怎么着?是不是要打我了?

对于你这样的罪犯,使用什么样的手段都不为过……

我不是罪犯,我根本没有犯过罪……

审讯我的警察终于听不下去了,干脆站起来,掉头往门外走去。我以为今天的审讯要告一段落了呢,那就意味着警察终于失去了耐心,不再和我费无用的口舌了,这是不是也说明我就能过关了呢?我刚要松一口气,却又看见那个负责记录的女警察依旧坐在座位上,身子没有动一下,好像一切都还在进行中呢。我便有些迷惑,不知道接下来要发生些什么。正在这时,忽然一个身高马大的家伙从外面闯进来,快速走到我面前,把我的手铐从隔板上解下来,同时将挡在我面前的隔板也打开了,一把抓住了我胸前的衣服。我有些愕然,不明白他要干什么,因为他没有穿警服,我便不能确定他是什么人。这个突然出现的家伙孔武有力,一下子就把我从椅子里提溜出去,我还没有来得及做出反应,就随着他的手势重重地摔倒在地下……

过了好一会儿,我才从一阵眩晕中清醒过来,发现自己又被那个家伙从地上提起来,重新按回到座位上,他没有合拢我面前的隔板,当然也就没有把手铐给我连上,尽管这样,我却没有力气脱离那把椅子了。我费了好大劲儿,才总算在椅子里勉强坐稳,待脑子完全清醒过来后,我才感到了身子的极度疼痛,也才明白刚才是挨了一顿暴打,却还搞不清楚,那个闯进来打我的家伙到底是什么人?我只是注意到,面对我在椅子里被疼痛折磨得龇牙咧嘴的狼狈相,那个女警察竟然表现得无动于衷,好像刚才我挨打的混乱场面不过是一场有趣的表演似的。那个打我的家伙离去后,审讯我的警察从外面走进来,并没有仔细看我一眼,似乎我脸上出现的淤肿根本不存在。

怎么样?这回想清楚了没有?是不是打算好好坦白了?

你们怎么能随便打人……

打人?我打你了吗?

难道你们就不怕冤枉了我这个好人吗?

在弄明白这件事之前,我们又怎么知道你有没有受到冤枉?现在的问题是,这件事必须搞清楚,人们的举报我们不能置之不理,坏人的犯罪活动我们也不能轻易放过去。

你们是让我承认强奸了那个女人?或者是让我承认我同时拐卖

123

了她？

这件事的真相到底是什么，不是我们让不让的问题，而是你坦白不坦白的问题。

没有的事你让我怎么坦白？

事情是这样的，审讯我的警察大约也感到这件事不是那么简单，仅凭威胁甚至惩罚也不能让他们得到我的口供，不好在座位上继续坐下去，便绕过桌子走到我面前，夸张地弯下腰来，向我做出一副推心置腹的样子。反正这件事我们是要弄清楚的，不瞒你说，在我们乌龙镇，这也算是一个不大不小的案子，说大了，是牵扯到拐卖妇女和强奸妇女的事情，这可是性质十分恶劣的问题，派出所和镇政府的领导都十分关注，明确指示我们要把这个案子如期破掉；说小也不是不可能的，只要你把这些问题都坦白清楚了，我们就给你一个自首的机会，自首你明白吗？法律上明确规定，至少是可以减轻刑事责任的，你也知道我们办案的政策，坦白从宽，抗拒从严，只要你坦白的态度好，交代的事情多，我们就把你的问题减轻到最低程度，比如说我们在向领导汇报的时候，尽量把这个问题往轻里说，往小处说，这样在判案量刑的时候，你就会沾老大光呢，明白吗？他把身子缩回去，又用相反的口气说，当然，你也可以顽抗到底，拒不交代，但那样一来，你可就吃大亏了，那句抗拒从严的话可不是说着玩的，你也知道我们的办案能力，乌龙镇这些年来的案子哪一件我们破不了？就算你有再大的本事，还能和我们这些机智勇敢的警察较劲吗？别落个到头来既吃了亏又后悔的不利局面。他伸出手，在我肿胀的脸上轻轻拍了一下，想一想，何去何从，可是由你自己说了算的。他从我面前走开，在回到他的座位上去的过程中，再次提醒我说，我可给你机会了，如果你足够聪明的话，就要紧紧地抓住，俗话说得好，过了这个村就没有这个店了。

我没有拐卖那个女人，也没有强奸那个女人。我依旧用先前的口气说。

警察气愤地拍了一下桌子，看来你真想顽抗到底，如果你没有干那些坏事的话，那个女人又为什么出现在你家里？你是一个自己都承认渴望女人的光棍汉，又怎么能面对一个女人而无动于衷呢？

问题又回到了原先的位置上。我不知道，我低下了头，忍受着身上的疼痛说，这些我都说不清楚……

警察想要继续发作，这时那个做记录的女警察扭过头来，朝他看了一眼。在她的眼神示意下，警察控制住自己的情绪，继续耐着性子问我说，只要你把我提出的问题回答清楚了，今天的审讯就可以结束了，听明白了吗？

我想了一下，刚才他无非提出了两个问题，一个是那个女人是怎么到我家里来的？另一个是我这个光棍汉为什么没有对那个女人动心思？我聚集神力，继续往深处想，便发现这两个问题其实只有一个，那就是我为什么没有强奸那个女人？警察说得明白，只要我把这个问题说清楚了，也就是说告诉他我没有那样去做的理由，我就可以回到关押我的小屋里去了，我实在不愿意待在这个地方，不仅那盏大灯照得我头晕目眩，而且身上也被那个家伙打得疼痛不止，我是多么希望马上回去躺一躺歇一歇呀。好吧，我吃力地站起来，把两手放到胸前的腰带上，一边摸摸索索地解一边回答他说，那我就和你们说个明白吧。然后我在心里说，反正我不豁出去也不行了。

警察看着我手上的动作，一时不明白是怎么回事。你要干什么？

我没有回答他的话，而是加快了手上的动作，没过多久，随着腰带的解开，那个一度罩着我私处的裤子便退到了脚脖子上。你们看看吧。我涨红着脸对他们说。

看什么？警察还有些莫名其妙。

我还没有回答，那个女警察就坐不住了，一下子站起来说，你在耍流氓？

耍流氓？警察也似乎回过味来，不禁有些惊讶，这个家伙胆子太大了，居然把流氓耍到审讯室里来了？他还有些不相信的样子。

女警察不敢再继续朝我身上看，赶紧掉开了头，队长你快制止他，不能让他在这里胡作非为……

男警察使劲拍了一下桌子。李四平，他声嘶力竭地叫喊着说，你到底要干什么？

你们不是让我把这件事说清楚吗？我在把自己的裤子退下来后，又撩起我上衣的下摆，以便让他们把我裆前那个黑乎乎的东西看得更加明白，那你们就好好看看吧。

他真的是一个流氓。女警察终于待不住了，捂上眼睛便朝一边逃去。

但男警察却定住不动，在这一刻间，他也许有些明白是怎么回事了，不但没有继续发火,而且认真地询问我说,你什么意思?

我的意思是告诉你,我指着自己的裆间说,我这里是不行的……

不行? 警察还有些摸不着头脑,什么不行?

我对女人,我哀哀地看着他说,是不行的……

什么? 警察大吃了一惊,你是说你对女人没有能力?

我悲伤地点点头,不知道再对他说什么。那一刻间,我觉得我的泪水就要流出来了。老天哪,我在心里对自己说,在他们的逼迫下,我这个隐藏了五十年的秘密不能不朝他们袒露出来……耻辱,这简直是我李四平这辈子最大的耻辱……祖先呀,求求你们原谅我,放过我这个不肖的子孙吧……如果我不是尽力控制自己的身体,我就会扑倒在地,让下面的黑暗罩住我的脸面,再也不爬起来。

原来是这样? 男警察呆呆地看着我,一时陷入深深的思索里。

够了吧? 我抬起手来,使劲拍打着我自己的脸腮,你们到底要我怎么办呢?

警察醒悟过来,赶紧朝我摆摆手说,好啦好啦,赶紧把你的裤子穿上吧?

我依旧问他说,我到底说明白了没有?

说明白了,警察再次朝我摆手说,我也听明白了。他看我还没有提上裤子的打算,便绕过桌子,再次来到我面前,伸手扯住我退到脚下的裤子,抖抖索索地帮我提上来。真是想不到,他愧疚地向我说,事情竟然是这个样子……

我本是一个男人,我流着眼泪对他说,可他们希望我是一个女人……

这到底是怎么回事? 警察越来越困惑了。

都是我祖先的那些事儿,我悲哀地摇着头说,把我们一家吓坏了,以至于我这个男人也做不成了,只能去做一个女人……

做女人? 警察不解地问我,你不是也没有做成女人吗?

做成倒好了,我闭上眼睛说,问题是我没有做好男人,也根本做不成真正的女人……

当然当然,警察顺着我的话说,一个男人怎么可以去当女人呢? 他们这都是怎么想的呢?

在这种情况下,我向他解释说,就算把十个女人放到我面前,我又该做成什么事呢？

真是悲哀，警察点点头，脸上愧疚的神色越发严重了，我没有想到，原来你身上还有这么悲惨的遭遇。

到这个时候，我觉得对他的问题回答得差不多了，便再次问他说，今天的审讯可以结束了吗？

警察简单地想了一下，便回答我说，好吧，今天就到这里吧，虽然还有许多问题要弄清楚，但时间有的是，你还是先回去歇一会儿吧。说到这里，他从衣兜内掏出钥匙，把我的手铐打开。让你受委屈了。他不好意思地对我说，然后揉了一下自己的额头，不无嘲讽地嘟囔一句，也把我累得不轻。他想起什么来，便朝那个女警察消失的地方看，嘴里叨念着说，意外，今天真是一场意外呀。

回到关押我的那间小屋里，我的心情久久不能平静，来自身体和心灵的伤痛也让我难以安静，即使倒退一个时辰，我也不会想到，为了表示自己的清白，我竟然把裤子退下来，原本被关到这里来，我就觉得受到了屈辱，再加之这个不得已而做出的举动，我便更加感到脸上无光，如果这件事传到乌龙镇大街上的话，在此后的日子里我将怎么做人呢？尽管我疲惫得厉害，却无论如何无法睡着，因为房间里没有钟表，我也不知道现在是什么时候，甚至这间小屋里也没有一个窗户，外面的光线便照不进来，我就像掉进了一个黑咕隆咚的山洞里，总有一种悬浮在空中的不安定感觉。不知过了多久，我忽然听到外面传来一阵嚷叫声，开始还以为是产生了幻觉，但慢慢地那个声音越来越大，我便判断出，那真的是一个发生在现实里的声音。我要我的男人，那个声音说，你们还给我男人。当然，这是一个女人的声音，而且在我听来，这个声音还有些熟悉，像是在什么地方听到过。但我又马上否定了这个念头，我是第一次到派出所里来，这里又怎么可能有我熟悉的声音呢？但随着那个声音的增大，我很快明白过来，或许这个声音并不是来自派出所的人，就像我不属于这个地方一样，这个声音的发出者也是从外面具体说是从乌龙镇来到这个地方的？你们还给我男人，那个声音不仅自己喊叫，而且还让什么器械发出哐啷哐啷的声响，就像给她的喊叫进行着音乐伴奏似的，我要我自己的男人。我想象得出，那些哐啷哐啷的声响应该是铁器碰撞发出来的，别是那个发出喊叫的女人在摇晃院落里的铁门吧？到这个时候，我差不多已经听出来是谁在喊叫了，因为那个声音让我觉得越来越熟悉，没错，不久前我还真切地听到过这个声音呢，咿呀，我猛然醒悟过来，这不是那个弱智女的声音吗？这个念头一起，我便急快地爬起来，摸摸索索地走到门边，把耳朵贴到门板上仔细聆听。啊，我终于判断出来了，那个声音，那个大声嚷叫着索要男人的声音就是来自弱智女，但让我不解的是，她的声音怎么会在派出所外面响起来？按说，她应该是在我家的床上躺着的，难道说此时她也到派出所来了吗？更让我感到难以理解的是，她在喊叫中说"还给我男人"，那么她那个男人应该是谁呢？难道说还有属于弱智女的男人不成？这就是说弱智女是有男人的一个女人？她又为什么到这里来要她的男人呢？似乎不用怎么往下想，我便感到那个男人或许与我有关……想到这里，我差点从地下跳起来，天哪，她别是把我这个人当成了她的男人吧？这是不是说，在她心目中，已经认可我是她的男人了？这样一路想下来，我的心脏便止不住跳荡起来，意识到一件让我决然想不到的事情正在发生着……

怎么回事？外面传来了另一个男人的声音，当然，这个声音我也是非常熟悉的，没错，就是审讯我的那个警察发出来的，你在这里闹什么？警察好像也出现在那个发出哐啷哐啷声响的院门边。

你们把我的男人关起来了，弱智女的声音，我要让我的男人回家去。

警察的声音，你是谁？这里怎么会有你的男人？

弱智女的声音，你们白天抓走的那个人就是我男人，我要把他带回家去，我不能让他待在你们这里。

警察似乎想了一下，突然明白过来，不禁惊诧地叫道，怎么？难道你是那个被他……他停顿了一下，我知道这个停顿的间隙是包含"拐卖"和"强奸"两个词汇的，也许他也感到这时说出它们不那么恰当，便改换成另外一个词说，弄到他家里去的那个女人？

就是我，弱智女顺着他的话说，那天我被他领回家去了，现在我要把他也领回家去。

警察还有些不解，我们不是把你从那里解救出来了吗？你怎么会把那个地方当成你的家呢？

那里本来就是我的家，弱智女回答他说，谁用你们解救了？

这是怎么回事？警察也被她问糊涂了，你不是被他骗到那个地方去的吗？也许你还不知道，那个家伙有可能是打你主意的坏人，你不但不感激我们的解救，还到这个地方来要什么男人，我看你真是一个没脑子的女人。

你们才没脑子呢，弱智女毫不客气地反驳他说，我有脑子没脑子关你们什么事？废话少说，快还给我男人，我不能让他在你们这个地方过夜。

真是乱套了，警察自语了一句，随即又增大了声音，在我们没把那个人的情况调查清楚之前，我们是不会随便放他走的，你赶快离开这里，再在这个地方闹事，我们也会把你弄到里面来的。

把我弄进去吧，女人用欢快的声音说，那样一来，我就和我的男人团聚了。

什么你的男人？警察不满地说，看来你真是个四六不懂的女人，连白和黑都看不明白，也难怪会受人家的骗……

我没有受骗，女人打断了他的话说，我男人也没有骗我，都是你们这些坏蛋多管闲事儿，老娘爱怎么着就怎么着，谁让你们操这份闲心了？

警察差点被他问住了，想了想才嘟嘟囔囔地回应说，真是狗咬吕洞宾不识好人心，天下竟有这样又蠢又傻的女人，差点被卖了还帮人家数钱呢。

废话少说，弱智女的声音越来越大，快把我男人放出来，不然的话，我就在这里闹到天明，或者你们把我放进去，让我在这里和我的男人团聚……

时间已经过去了很久很久，弱智女的声音还在外面响起着，倒是警察的声音消失了，或许他已经被弱智女闹得不耐烦，回屋去歇息了，也就是说，院门口只剩下了弱智女一个人，还在那里不依不饶地叫喊，两扇大门也再次被她晃得发出哐啷哐啷的响声，在暗夜里传出很远很远，给这个原本应该平静的夜晚增添了许多不安定的成分。我直直地躺在地上，有些如梦似幻的感觉，真的，外面发生的这一切到底是真实的呢，还是仅仅出自我脑子的幻觉？自从我把那个弱智女领回家后，她就不断地吃喝，后来又患上疾病，几乎没有和我说过几句话，甚至没办法让自己的脑子变得多么清醒，可现在不知怎么回事，她就像是变了一个人，不但从床上走下来找到了派出所，而且变得那么伶牙俐齿，竟然把那个善于审讯别人的警察问得张口结舌，我简直怀疑，那个在外面向警察闹事的女人不是弱智女，而是另外一个与她完全不同的女人。但我仅仅想了一下，就马上否定了这个念头，因为在这个世界上，除了弱智女之外，我还从来没有和另外的女人建立过什么关系，不可能有其他人抱着触犯警察的风险来为我闹事。真的是她，我在心里告诉自己说,没错,那个在门外为我呐喊的女人真的是弱智女。想到这里,我心里一阵热辣辣的感动,鼻子一酸,竟然趴在地下呜呜地哭起来。

弱智女的声音在外面响了一夜,到天快亮的时候,她的声音才慢慢消失,哐啷哐啷的门板晃动声也没有了。我从迷离恍惚的状态中睁开眼睛,就像从一场难辨真假的大梦中醒来一样,就着门外透进来的一缕昏暗光线,看见一个人蹲在我面前,正直直地打量着我。是什么人到我屋里来了?我眨巴着疲惫的眼睛,仔细辨认了一下,认出这个人竟然是审讯我的警察,他是什么时候进来的?我怎么没有听到他的动静?

是这样,警察有意咳嗽了一声,以提醒我的注意,那个女人夜里来要你了,这让我们感到十分为难……

我呆呆地看着他,不明白他要表达怎样的意思。

或许是我们误解了你……说到这里,警察站起来,在我身边慢慢地踱着步子,并从衣兜里掏出一根烟,想点着吸一口,可又没有找到打火机,便又把那根烟装回到兜内,事情也许又没有那么简单,不管怎么说,有些事情还有待我们调查清楚……

你们要把我怎么样?我有些急不可待地问他,到底是想放了我,还是把我继续关在这里?

时间还来得及,警察叨念着说,既像是对我说,又像是告诉自己,然后他再次咳嗽了一声,这样吧,你就老老实实地在这里待几天吧……说到这里,他好像意识到了什么,又赶紧向我解释说,不用担心,那个女人还在你家里,既饿不着,也冻不着,再说她也不像是有病的样子,昨天夜里闹得那个欢实……他用手在脑袋上挠了一下,又不自觉地摇摇头。

你们还要关我?我有些不高兴,事情不是已经明朗了吗?

你是说她承认你是她的男人?警察盯着我说,可你真的是她的男人吗?他一边说着一边把目光在我身上打量。

我意识到他眼神的不怀好意,不禁想到昨天我在他面前脱裤子的情景,脸颊一下子涨热起来。我真想站起身,用拳头在他那张黑乎乎的脸上捣一下。

我不是那个意思,警察看出了我心里的愤怒,赶紧微笑着安慰我说,本来既然那个女人都表了态,我们也不应该再继续为难你……他皱起眉头，又紧张地思索了一会儿，像是才下定最后的决心，你先在这里委屈几天吧，我抓紧把这件事调查清楚，争取早一点给你一个完美的结论，你看这样行吗？

你是在征求我的意见吗？我追问他说。

警察意识到自己的话有些不妥，便赶紧朝后退了几步，以离我更远一些，也许这时他才意识到，在这件事上他是用不着和我商量的，说话的语气也便严肃起来，透着一种公事公办的架势。那么就按照这个方案办。说完这句话，他没有再向我解释什么，就掉回身子，打开门板往外面走去。我要把你彻底弄明白，他一边走一边对我说，你到底是一个怎样的人？

我看着他的背影说，我是怎样的一个人还用调查吗？你们难道问我一下不行吗？

其实你连你自己也不知道。门外传来警察的声音。

我困惑地眨巴着眼睛，实在想不明白他这句莫名其妙的话，我怎么能不知道自己是怎么回事呢？

警察走了，关押我的屋内又剩下了我一个人。我知道，在未来的一些日子里，我只能老老实实地待在这间小屋内，而没有其他另外的办法，只有等待警察把他所谓的问题调查清楚，我才可能到外面去与弱智女团聚……就是在这个时候，我才第一次对我自己产生了兴趣，正如警察所说，我到底是一个什么样的人，难道真的连我自己也不知道吗？

九

警察再来提审我的时候，已经是五天之后了。这一次，他没有把我弄到上次审讯我的那个地方，也没有再给我戴手铐，而是让我垂着手进到另一间屋子里，虽然这也是一间审讯室，却与上次那个地方布置得有些不同，自然也有一张桌子，那个警察就坐在桌子的后面，而让我坐在另外一边，并且我坐下的椅子与他那把毫无二致，都是普通的金属椅，与桌子的距离也一样远近，似乎在很大程度上消除了审讯与被审讯的区别；此外更加不同的是，这里没有摆放那盏直接照射我的大灯，而且那个做笔录的女警察也不知去向，加之我的两手行动自如，让我不由得产生了一种错觉，好像警察向我摆出的是朋友间的聊天架势。当然，真实的情况或许根本不是这样，不管怎么说，我和这个人都是警察和犯人的关系，就算这场谈话用聊天的方式进行，也改变不了它真正的审讯性质。

你知道我这些天在干什么吗？警察问我说。

你不是在村子里调查我吗？我随口问他说，你调查清楚了吗？

警察没有立刻回答我，而是把手放在脑后边，同时身子往后仰了一下，两眼直直地看着我，眼光里明显透出探究和询问的神情。这样，他悄悄点了一下头说，我们今天就推心置腹地聊一聊吧，现在我提个建议，我不把你当一个犯罪嫌疑人对待，你也别把我看作一个审讯你的警察，我们之间，他把那只手从脑后放下来，在我们之间分别指了一下，就算是一种平等的关系吧。说到这里，他不自觉地咧了咧嘴，好像也意识到这句话说得不是那么妥当，便咳嗽了一声说，我们只是就有关你的一些问题讨论一下，如果你有什么需要向我说的，就可以主动说出来，你不要有什么顾忌，你看，他又用那只手朝旁边指了一下，今天我们不做记录，所以你的话也算不上什么口供，你觉得这样好吗？

说实话，我没有想到警察会给我一个讨论问题的机会，这当然没有什么问题，我只是不明白，他为什么要这样做呢？是不是在给我设置一个隐秘的陷阱？虽然他说不做记录，但他到底有没有偷偷录音我又怎么知道呢？这种类似的场景我是在电影上看到过的。好吧，虽然我还没有完全打消顾虑，却不想失去这个证明自己清白的机会，便也朝他点点头说，就按你说的办吧。

记得上次你说，警察思虑着说，那天你之所以从那个看场屋旁经过，是因为你到山上去了？而且你还说，你到山上去是为了清理蘑菇，照你的说法是什么鬼伞？

是的，我点点头说，这些年我一直在干这件事……

原先我还以为你是在撒谎，警察不好意思地说，因为在此之前，我从来没有听说过清理鬼伞这件事，这两天我到村子里去了，向人们打听平时你都在干什么，他们差不多都说到了这件事……

现在你相信了吗？我问他说。

警察没有点头，也没有摇头。我还是没大搞清楚，他又挠了挠头说，虽然大家都证明你这些年一直在这么干，可我想不明白，你为什么要干这件事？山上的那些五颜六色的蘑菇，哦，那些鬼伞虽然有毒，但和你这个人有什么必然的关系？村里有那么多人都不管这件事，为什么你要长年累月地上山清理呢？到底是谁让你这么干的？而且一上来就让你干了大半辈子，到今天还没有完全收手吧？

我不知道是谁让我这么干的，我不假思索地回答他说，我也忘记了到底是从什么时候干这件事的，反正在我的记忆里，好像一来到这个世界上，我就是一个和那些鬼伞过不去的人……

你这样说我怎么相信呢？警察摇了摇头说，如果没有什么人，或者什么因素让你去做的话，你又怎么能长年累月地干这件事呢？难道你就没有感到过厌倦吗？

厌倦？我苦笑了一下说，怎么会不厌倦呢？如果让你一辈子只干一件事，难道你就不厌倦吗？说到这里，我又意识到了什么，便又改口说，说一辈子对你还太早呢，你是那么年轻，不论干什么都还没到厌倦的时候，可等你年老了，像我这样大岁数的时候，如果一件事还没有干完，那你就会感到厌倦的……

既然这样，警察莫名其妙地打量着我，那你为什么还要一如既往地干下去呢？你说不知道什么人在指派你，也就是说你根本没有见过那个指派你的人，但总不能说根本没有那个向你发号施令的人吧？

我不知道，我使劲摇摇头说，我从来没有这样想过，我只是像你说的那样一如既往地去干，每天早晨醒来的时候，我都会对自己说，今天你上山去吧，山上的那些鬼伞正等着你去清理呢，你清理一点是一点，只要你有恒心坚持下去，这件事总会能做完的，一天不行两天，一年不行两年，给你一辈子的时间，难道你还干不完这件事吗？清理一点就少一点，也就离你完成这件事的时间近一点，胜利总是会到来的，它就在前面向你招手呢，只要你咬紧牙关做下去，它与你的距离就会越来越近，去吧，马上去做吧……就是在这个念头的支配下，我每天都到山上去清理那些该死的鬼伞。

这么说是你自己在指派你自己了？警察为我总结说。

我想了一下，觉得他这样的说法也算符合我的实际情况，便点点头说，差不多是这样吧。

没想到，警察却更加感到奇怪了，一个人如果没有接收到别人指令的话，他又怎么能按部就班地支配自己呢？你有没有想过，是不是有一个什么人，那个人你并看不见，他就隐藏在暗处，或者说他就居住在你的头脑里，就像你说你母亲的魂灵一样，是那个人，不不，准确地说是那个因素在悄无声息地支配你,而你根本不能明确地感觉到它,还以为是自己的本能在促使自己这样做,有没有这种可能呢?还没有等我回答,警察就不自觉地摇了摇头,悄声自语着说,天哪,你快成一个心理学家了。

我明白,警察最后那句话是对自己说的,我思考着他前面对我所做的分析,一时不知道该怎么向他表示。

警察默默地望着我,见我没有回答,掉开头去,从衣兜里掏出一根香烟,用打火机点着,深深地吸了一口,然后把烟雾轻轻地吐出来。白色的烟雾缭绕着上升,在灯光下缓缓地弥漫开去。你相信神灵吗?警察忽然盯住我说。

神灵?我眨了一下眼睛。

就是这里的人所说的山神,警察向我解释说,还有山鬼什么的。

相信。我立刻回答他说。

我知道你会这样回答。警察点点头说。

因为山神和山鬼,我向他解释说,都是出没在我们莫邪山里的神灵,说不定什么时候就会在我们的梦里显现,如果有可能的话,我们在白天或许也会看到它们,当然,这不是一般人能做到的……

你看到过它们吗?警察紧张地盯着我。

在梦里我看到过,我想了一下说,但在现实里我还没有……是不是我没有那样的运气?或者说我没有那样的能力?

说一说你在梦里看到它们的情景。警察鼓励我说。

我抬起头来,朝房顶上的昏暗处打量了一眼,便摇了摇头说,这是没法说的……我肯定在梦里见到过它们,但我表达不出来,好像它们也不容许我向别人说,我指了他一下,这件事好像只属于我一个人,当我要向别人说的时候,事情就不是我在梦里看到过它们的样子了……我也说不清楚,反正请你相信我,我确实看到过它们……

是不是它们在梦里向你传达了什么指示?警察忽然问我。

这个,我仔细想了一下,还是既没有点头,也没有摇头,这个我也说不清楚……

警察吸完了那根烟,把烟屁股丢到地下,又像上次那样用脚板踩灭。他也仰起头来,盯着天花板的昏暗处发了一会儿呆,再次换了一个话题说,山上那些有毒的蘑菇,那些鬼伞,与你们李家真的有什么必然的联系吗?

好像有吧。我模棱两可地说。

人们说到你清理鬼伞的时候,警察对我说,随便告诉我,那些鬼伞都是你们李家的祖先弄到山上去的,大约正是这个原因吧,你才一天天到山上去把那些鬼伞清理下来,有没有这回事?

好像有吧。我再次说。

那到底是怎么回事呢?警察皱了一下眉头,你能不能仔细给我讲一讲……当然,如果你知道那是怎么回事的话,我想,作为李家的后人,你不会对这样的说法一点也不了解吧?可是,这算不算是你们家的隐私?能不能让我这个乌龙镇之外的人知道?还有,不管怎么说,我都是一个警察……

我突然意识到了什么,便直通通地问他说,你让我说的这些事与我的案子有什么关系呢?是不是弄清了这件事就把我放了呢?

警察呆呆地看着我,一时也不知道该怎么回答。这个,他急快地眨着眼睛,弄清这些事,虽然不能说是我这个警察必须要做的工作……但不管怎么说,它们与你的案子也的确有一些关系……反正我现在不完全属于好奇,好像把这些事弄清楚了,对你也没有什么坏处……当然,你如果不愿意说的话也没什么关系,就当我多了几句嘴……

我知道,警察虽然这样说,但事情绝不那么简单,他已经做出了善意的表示,我也不能继续摆出顽固的架势,该配合还是要配合他的,再说,关于祖先的那些传说也实在不算什么秘密,几乎所有乌龙镇人都知道一些的,既然这样,那我还对这个警察隐瞒什么呢?况且我到山上去清理鬼伞这件事,确实与祖先的传说不无关系。想到这里,我便向他点点头说,好吧,我就尽我所能,把我知道的有关祖先的事说给你……可是,那里面的确牵涉一些与神灵有关的内容,你如果不相信的话,就当是听一个不靠谱的故事吧。

行,警察使劲点点头说,我就把你当成一个说故事的人好了。说到这里,他把身子在椅子里坐端正些,还扯了扯有些凌乱的衣襟,做出一副洗耳恭听的架势。

于是,在这个寂静的深夜里,伴随着远处传来的几声夜鸟的叫声,我向这个审讯我的警察讲述了有关我祖先那些带有传奇色彩的故事。你知道我家的成分是什么吗?我这样起头说,没有等他回答,我便继续朝下说,实话对你说吧,我家的成分是地主……虽然这个成分现在已经不那么重要了,但在过去那些年里,地主成分对一个人或者一个家庭到底意味着什么,或许你是能够想象出来的……我家为什么被划为了地主成分?当然是因为我祖先有很多的财产,这些东西主要还不是田产,在我们这个山区里,田地并不太那么重要,因为它十分稀少,与广大的山林比起来,仅仅占很小的一部分,与此相反,拥有山林的多寡,是衡量一个人财产多少的主要标志,也就是说,在莫邪山里,我们李家是拥有山林最多的一家,完全可以说是典型的山主或者叫林主也行……听说,像大多数人家一样,原先我们在莫邪山里也是普通的人家,因为那个时候,几乎所有的人家都是差不多一样的状况,你家拥有一小片山林,我家拥有一小片山林,他家也拥有一小片山林,大家都过着相差无几的生活,也便相安无事其乐融融,根本就没有后来那些你争我夺甚至你死我活的腌臜事……但不知道怎么回事,我家却突然发达起来,几乎拥有了莫邪山的整个山林,这样一来,保持了不知多少年的平衡状态便打破了,就像出现了外国的那种金字塔一样,我们家就处在了塔尖上,其他绝大多数人都成了塔底,也就是说都被我们踩在了脚下……据说,这种状况的出现是与一种叫蘑菇的植物有直接的关系,对了,我现在就说到那种有毒的蘑菇了,你见过这种被称作鬼伞的蘑菇吗?是的,在我一年又一年的清理之下,现在鬼伞已经快要灭绝了,一般人是不能轻易见到的……那种鬼伞可真是好看呀,一般普通的蘑菇大体说来只有一种颜色,而且十分难看,白森森,灰扑扑,一点也没有什么新奇的地方,但这种蘑菇是没有毒的,而且营养价值特别高,是一种人见人爱的菌类植物,而那种有毒的鬼伞却是五彩斑斓,其中有红有绿,有黑有白,有蓝有紫,这么说吧,只要是这个世界上有的颜色,那些鬼伞身上便都有,就算是这个世界上没有的颜色,鬼伞身上也都有,真可以说多姿多彩,灿烂辉煌。更要命的是,这种好看的鬼伞还发出一种稀有的香气,一般的香气只是好闻罢了,或者让你产生好吃的欲望,而不可能让你沉醉其间而不能自拔的,但鬼伞的香气却像迷人的酒浆或者蜜糖一样,只要闻一下,你就会晕头转向甚至醉倒在地的,如果你把鬼伞采下来,带回家去食用,那么好了,你就会被它的毒性彻底击倒,这时候纵然你有天大的本事,也是没有办法解救的,因为在这个世界上,至今还没有能化解这种毒性的药物,在毒性发作的一两个时辰内,你就会七窍流血,气绝而亡。完全可以说,莫邪山的林海中有许多毒物,但这种香气四溢的鬼伞却居于所有毒物之首。在那些年里,不知有多少动物和人葬身在这种鬼伞之下,只要是一看到它的影子,人们就会闻风而逃,远远地避开去,如果稍加不慎,即使仅仅嗅一下它的香气,也会受到它深深的伤害,即使你能勉强保住自己的性命,搞不好也会把你的身体和心理弄残的。就是在这种情况下,人们都不敢再到山林里去,这样一来,整个莫邪山差不多就归我们李家独有了,或者干脆叫霸占也行⋯⋯

等一等,警察打断了我的话说,为什么别人不敢到山里去,单独你们李家的人能够上山呢?难道你们就不怕那种致命的鬼伞吗?

因为,我羞愧地咽了一口唾沫说,那种鬼伞就是我们家的祖先种植到山林里的⋯⋯

什么?警察张大了嘴巴,是你们家的祖先种到山林里去的?他脸上透出一副不相信的样子。

其实我也不太相信这件事,我向他解释说,但在人们的传说中,那些鬼伞的确与我们李家有关⋯⋯他们说,我们李家的祖先为了霸占山林,就从山神的手里,不,是从山鬼的手里吧,对,就从山鬼的手里弄到了那些可怕的鬼伞种子,播撒到莫邪山里去⋯⋯

到底是山神还是山鬼?警察追问我说。

是山鬼,我使劲点了一下头说,但那个时候,山鬼为了欺骗我的祖先,就把自己打扮成山神的样子⋯⋯

你相信这些传说吗?警察打断了我的话。

我还是相信的,我不置可否地说,不然的话,那些鬼伞又是从哪里来的呢?

你不觉得这是迷信吗?警察试图说服我。

我刚才对你说过了,我向他解释说,我在梦中是见过它们的。

好吧,警察无可奈何地说,就算是这样吧,你继续朝下讲。

其实我们这个地方,我朝窗外的黑暗处指了一下,关于山神和山鬼的故事还有许多呢,如果它们一点影子也没有的话,又是怎么进到我们生活里来的呢?我能不能问你一下,你是哪里的人?

我的家是在城市里,警察回答我说,我是在城里头长大的,与这里的偏僻和寂静比起来,城市里可真是一个热闹的地方,或许正是这个缘故吧,在那里就没有这些神神道道的故事流传。

是的,我同意他的说法,有那么多人出没,神灵又怎么敢到那个地方去呢?没有别的落脚点,它们便只好老老实实地待在我们这里了。

你说的山神和山鬼,警察提出来说,它们是一种什么样的关系呢?

山神当然是我们这里最大的神灵了,完全可以说,它就是我们莫邪山的保护神,山林里所有的动物和植物都是它的子民,都受到它的管辖,就说我们人类吧,每到一年当中的一两个特殊日子,我们就会杀掉一些牲畜,进献到山里的祭台上去,还会化装成几种动物,做一些祭拜它的仪式,完全可以说,我们山里所有的生物是好是坏,都由山神说了算。我停顿了一下又说,至于山鬼就完全不一样了,在神灵的辈分中,山鬼可以说是山神的晚辈,也可以说是徒弟,原先是跟着山神混日子的,但后来不知怎么回事,这个家伙误入了歧途,经常做背叛山神的事儿,更可恶的是,它还把自己化装成山神的模样,以吸引那些信奉山神的人上当,把屎盆子扣到山神的头上,以避免自己受到惩罚,但不管它怎么样耍花招,最后总是要被山神识破的,在我们莫邪山里,只要一提到山鬼,人们便会唾骂几句,如果梦中见到山鬼的影子,白日里就要杀一只公鸡,用它的血来辟邪……

你在梦里看到过山神,警察问我,还是山鬼?

我想了一下说,大概都看到过吧。

在你们的人看来,警察直盯着我,这到底是吉兆还是凶兆?

这个,我的嘴唇颤抖了一下,总是不好说吧……有时你根本分不清楚,你看到的那个影子到底是山神还是山鬼,刚才我不是说过了吗?有时候,山鬼总是把自己化装成山神的样子,那时候你还能知道你见到的到底是谁吗?

还真的挺麻烦的。警察撇了撇嘴说。

可不是嘛,我顺着他的话说,反正像我这样的小人物是很难分清楚的。

这样的结果是什么?警察追问我说,如果分不清楚,我们就只好乖乖地上当吗?

暂时会是那样,我也无可奈何地说,比如我的祖先吧,据说就是上了山鬼的当,才把山林里的蘑菇换成了那种有毒的鬼伞。通过这件事,我们家当时看起来是拥有了别人没有的财富,可后来遭的难却是比任何人都多的,实在是得不偿失呀。

这件事你仔细说一说。警察又产生了兴趣。

我也是听别人胡说的,我边想边说,在那些乱七八糟的说法中,我的祖先有一天在山林边闲逛,看到有一头牛从里面走出来,拦住了他的去路,说是要送给他一件礼物。我刚刚挖出了一件宝,那头牛主动对他说,见一面分一半,我把这件宝的一半送给你吧。祖先听它这样说,还有些不相信呢,心想天下有这样的好事吗?但那头牛已经看出来,我的祖先是一个爱占小便宜的人,他之所以每天都到山脚下逛荡,就是在打那片山林的主意,或者可以说,从那个时候起,祖先就产生了霸占整个山林的念头,只是还没有找到什么行之有效的办法,他在山林边逛来逛去,就是为了在找一个合适的机会。听了那头牛的建议,祖先觉得这样的机会或许已经来到了自己面前。根据他的判断,这头牛大概是山神装扮而成的,一般来说,平常人是见不到山神的真实模样的,在民间的传说中,山神的样子应该是一头巨大的黑熊,但几乎所有的人都没有在山里碰到过黑熊,而山鬼呢?它的本来面目是一只灰色的猴子,其实它也不轻易露面,就像人们没有碰到过黑熊一样,也很少看见这种猴子。祖先是喜欢牛的,在他家里就喂有几头用于下田的水牛,所以对它有一种天然的好感,自然而然,他便把这头故意显出神灵模样的牛当成了山神,一时激动得不行,就愉快地接受了它的礼物,没错,那些礼物便是一把鬼伞的种子,也就是被人们称为孢子的东西,祖先还天真地以为,那些孢子只是普通蘑菇的种子呢。那头牛告诉他,只要你把这些蘑菇的种子撒到山林里去,凡是它们长出来的地方,就一概属于你所有了。

看来你祖先是一个很贪婪的人。警察总结说。

也许是吧,我不能不同意这种说法,但到这个时候为止,他还不知道那些鬼伞的种子是怎么回事,想不到自己接过来的是一种害人的毒物,他只是被爱占小便宜的心思支配着,做了这件看上去不那么合适的事……

仅仅是不合适吗?警察反问我说。

当然他是不应该这样做的,我替祖先检讨说,不管怎么说,那些山林也都是大家的,或者说是属于老天爷的,当我们李家还没有来到这个地方的时候,莫邪山肯定就存在很久了,既然是这种情况,他怎么又能产生独霸整个山林的念头呢?或许他当时是昏头了吧?

他真的不知道那些鬼伞种子是怎么回事吗?警察继续朝下追问,不知道它所产生的严重后果吗?

我想……我又卑鄙地替祖先开脱说,大概他没有想到吧,既然他没有认出山鬼的面目,并且以为自己接过来的礼物是山神赠予他的,又怎么可能知道那些蘑菇种子有毒呢?或许在他想来,既然是山神赠予他的礼物,就一定是好东西,按照山神的意见办,难道还会有错吗?既然是山神让他占有整个山林,他又怎么能违背它的意志呢?当一个人鬼迷心窍的时候,是什么事情都能做得出来的,这没有什么好奇怪的……

问题是,警察毫不客气地指出说,他这样的行为是会伤害到大家的,也是有违天理的,他难道没有听说过古人的那句话吗?天下乃是天下人的天下,怎么可能让他一个人装到自己的口袋里去呢?就你祖先的身世而言,他在莫邪山里也算是一个很有影响的人,不可能一点学问也没有吧,或许在某种程度上说,他所懂得的道理比其他人不知要多多少呢,但到底是什么让他产生了如此荒唐的念头,认为一个人可以骑在其他众多人头上作威作福呢?在他眼里,天下到底是什么?大家到底是什么?难道他想做乌龙镇的土皇帝吗?那些伤天害理的事他怎么就能做得出来呢?

没有那么严重吧?我试量着反驳说,你不能把我的祖先说得像个十足的坏蛋……

难道他不是吗?警察义正词严地质问我说,他把那些鬼伞的种子播撒在山林里,不就是为了伤害别人吗?这些天来,我在乌龙镇也听到了许多人说到你祖先的事儿,或许那些事你并不知道吧?不不,说到这里,他又改口说,看来你是知道那些事的,只是为了出于对祖先的维护而不愿承认罢了,是不是这样?

我不知道他指的是什么事,便没有回答他的话。

警察以为我是期待他往下说,也就毫不客气地继续讲述道,自从你祖先按照山鬼的旨意,把那些鬼伞的种子播撒到山林里去以后,整个莫邪山便都长满了那种五颜六色的好看蘑菇,而且到处都飘荡着一股股浓郁的香气,人们不知道那些鬼伞是怎么回事,便产生了十足的好奇心,也可以说受到了那些鬼伞的诱惑,便争先恐后地到山林里去采集它们,带回家来作为美味食用,于是,莫邪山里便时有中毒的事件发生,就像你说的那样,中毒者轻则手舞足蹈,走火入魔,重的就七窍流血,气绝而亡。在那些可怕的日子里,有关鬼伞中毒的案例就像一股不可遏制的瘟疫一样四处蔓延,有的人仅仅只是闻了一下鬼伞的香气,便倒在山林里走不出来了,其他人连去抬他的尸体都不敢;有的人被鬼伞的气味折磨得发疯,竟然挥着刀子去砍伤或者杀死别人,从而让自己走上了犯罪道路……

你别是说老枪吧?我不由得问他说。

警察没有理会我,继续沿着他的思路往下说,更多的人是毒死在灶坑里,直到咽下最后一口气,他们的手里还捧着盛有鬼伞美食的碗盘。在你们乌龙镇,曾经有一个普通的人家,这一家有三口人,老两口和他们的孩子,孩子是个可爱的小姑娘,从她一生下来那天起,就到山林里去采蘑菇。这一家人地无一垄,根本没有什么生活来源,一家人只能指望小姑娘采来的蘑菇赖以果腹,勉强度日。但自从山林里有了那些有毒的鬼伞之后,小姑娘不敢再上山去,也就是说,这一家人的生活彻底中断了,便经常处在饥饿状态中。时间不久,小姑娘第一个支撑不住了,如果再吃不上一口东西的话,或许她就会很快离开这个世界了。老父亲不想失去这个孩子,就到村子外面转悠,企图找到一点点食物,还好,他看到了一只死亡的兔子,便带回家来,给小女孩煮了一锅兔肉。别说,那些兔肉可真是香呀,仅仅闻一口它飘在空中的气味,就沉醉得不行,何况小女孩正处在饥饿之中,便不顾一切地吃起来,老两口见她老是吃不饱,就把那些兔肉省出来,自己没有吃上一口,都留给小女孩吃了。但他们无论如何没有想到,这只兔子正是吃了有毒的鬼伞才死亡的,也就是说,它的肉也是有毒的,怪不得会像那些鬼伞一样飘出香气,小女孩还没有吃完那些兔肉,就也像那只兔子一样倒地而亡。老父亲这才意识到,是自己对孩子犯了这个致命错误,一时悲愤得不行,为了给小女孩复仇,他拎着一把菜刀,不顾一切地冲到山林里,对着那些五颜六色的鬼伞疯狂砍杀起来。我要报仇,他愤恨地对那些妖艳的蘑菇说,我要杀死你们。当然,他并没有杀死几棵鬼伞,自己便中了它们的毒素,等他从山林里走出来时,已经变成了一个十足的疯子,回家后一见自己的老伴,就继续挥舞手里的菜刀,朝她身上一顿乱砍,或许他把与自己朝夕相处的老伴也当成了鬼伞,很快,老伴便也像她的女儿一样倒在了地下。直到这个时候,老父亲才有些清醒过来,盯着躺在地下的老伴和女儿的尸体,心里悲伤得不行,他虽然知道都是那些鬼伞惹的祸,却明白自己根本不是它们的对手,岂止是自己,就是莫邪山里所有的人都拿那些该死的鬼伞无可奈何,老父亲绝望至极,只好丢下菜刀,在屋梁上把自己吊死了。这还不算完,等这一家人死去之后,一些前来吊唁的乡亲也都纷纷中毒,有的发了疯,有的当场倒在地下,人们这才明白,又一场瘟疫开始爆发了,据说有人还看见，一个黑乎乎的影子在小女孩家里出没，看上去就像一只顽皮的猴子，人们便惊恐地传言说，那就是山鬼的化身。为了避免瘟疫的进一步蔓延，人们只能在小女孩家里点了一把火，让那个地方变成了一片废墟，因为大家知道，对付那些鬼伞或者山鬼，只能用火焰的方式才能消灭它们。尽管人们明白这个道理，但面对整个庞大的莫邪山，又怎么让这把通天的大火烧起来呢？到这个时候人们才明白，那座曾经是天堂的莫邪山已经变成了他们的炼狱，从此后再也无法到山林里去了……

太悲惨了，我连连摇着头说，真想不到，竟然有这样严重的悲剧发生……忽然，我又有些回过味来，迟疑着问他说，这些事你都是听谁说的？一定是把当时的灾难程度夸大了吧？我简直怀疑，肯定是那些不怀好意的乌龙镇人给警察说了谎话，目的还是糟蹋我们李家的祖先。

我当然也不愿意相信这些说法，警察回答我说，可我走遍了整个乌龙镇村子，几乎所有人都是这样向我讲述的，既然这样，我又怎么能把他们的说法不当一回事呢？

反正我不完全相信，我顾自说，虽然我们家的祖先犯了罪恶，但也不会带来那样严重的后果吧？如果事情真是这样的话，那我就算是倾尽毕生的精力也赎不完这份罪了……

你也不用这样想，警察安慰我说，那毕竟都是你家的祖先干的事情，与你这个后来人又有什么关系？况且这些年来，你不是一直在全心全意地清除那些鬼伞吗？好像到现在为止，你都快把它们从山林里赶走了对吗？

我没有回答他的问话，而只是让思绪沉浸在过去那些黑暗的情境中难以自拔。为什么？我在心里向我的祖先一遍遍发问，你们为什么要那样做呢？

其实，警察又换了一副口气说，你家祖先在伤害别人的同时，不也伤害了自己一家人吗？

的确是这样，想到我后来那几位家人包括我姐姐的悲惨遭遇，正是应了那个流行在莫邪山里的说法，作恶多大，报应便有多大，就连我这个被警察认为与他们没有什么关系的人，不也在一直承担他们作恶的后果吗？

或许你想不到，警察伸过手来，隔着桌子拍了拍我的手背，人们对你的家人所受灾难的描述，与讲给我的那些别人受难的故事比起来，或许还要严重还要详细一些呢……

他们也给你讲我家的事了？我有些心虚地说。

当然讲了，警察点点头说，正像俗话说的那样，每件事情都是一把双刃剑，人们告诉我的是，当你家的祖先和其他人过不去的时候，或许他并没有意识到，其实他是在和自己过不去，你同意这种说法吗？

当然同意，我使劲点头说，事情不就是这个样子吗？

从这种意义上说，警察看着我说，你家的祖先也是一个受害者，当然还有你的家人，还有你……

可他为什么就没有想到这一点呢？我气呼呼地反问他说，当然，我心里的火气并不是冲着警察来的，而是对那个我从来无缘见过的祖先心生无尽的愤怒。

谁说他没有想到？警察反问我说，你怎么会以为你家的祖先会愚蠢到那个地步？难道他连自己做事的后果也想不到吗？

什么？我惊住了，你的意思是说，对于我们这些后来人的悲惨遭遇，我家的祖先是预料到了的？我有些不相信，或者说，我对这样的结果不愿意相信。

岂止是预料到了，警察耸了一下肩膀说，在那些乌龙镇人的讲述中，你家祖先是和那个山鬼达成了明确协议的……

协议？我更加吃惊了，什么协议？

你没有听说过？警察也有些不相信。

听说过什么？我愈加好奇起来，你说的那种什么协议吗？

或者不叫协议，警察思量着说，叫合同也行吧……对了，那个时候有合同这样的说法吗？或者干脆叫契约？

不管它们叫什么吧，我真的急不可待起来，他们到底达成了什么……请你仔细对我说一说，这些事我真的还不知道呢，母亲没有向我讲过，外面那些人当然也不会和我讲，是不是这样说来，我是一个受到蒙蔽的人？

讲倒是好讲的，警察还有些迟疑，但我担心，当我讲出来的时候，你会以为是我在有意败坏你家祖先的名声……不不，这些我也是从别人口中听来的，其实连我自己也有些不相信，毕竟那是一些没有根据的说法，你会不会担心，这些盛行在乌龙镇民间的流言，都是对你们李家的污蔑？

我……不会那么想吧？我摇摇头说，就算是别人败坏我家的名声，也总要让我知道一下吧。

好吧,警察下了决心说,反正我也是听来的,本来对这些神神道道的东西,我也没有什么兴趣,既然你愿意听,那我就不妨一说。

我直直地看着他,似乎让自己的耳朵也支棱起来,生怕把他以下的讲述漏掉一句话。对于祖先过去的那些事,尤其是他们对我们这些后人所产生的影响,我真的不想再轻易放过去。

人们说,警察转了一下头,朝着窗外的黑暗处看了一眼,似乎那些讲故事的乌龙镇人就在外面,是他们在通过他的口向我讲述那些发生在遥远年代里的荒唐事,当那个装扮成牛的山鬼出现在你家的祖先面前时,其实他已经认出了山鬼的身份,也就是说,他知道这只出现在面前的牛不是一只普通的动物,更不是山神的化身,而的确就是那个对人们不怀好意的山鬼。人们传说,当山鬼出现在你面前时,只有一种可能性,那就是诱惑你和他一起同流合污,做一件十足的坏事,而根本没有其他的可能性,但你可以有两种选择,一是拒绝它的诱惑,掉头离它而去,那时山鬼便知道身份已经暴露,也只能无可奈何地放过你去;二是接受它的诱惑,按照它教给你的方法去做那件坏事,当然暂时可以获得一些小利,但长远看来,你将走上一条不归路,终究会迎来什么样的结局,这时候是没法说清楚的。为了给自己的心理带来一丝安慰,你祖先还故意对山鬼说,你是不是山神的化身?山鬼挤眉弄眼地说,你没有看错,我当然是山神的化身了。于是,你祖先就自欺欺人地说,既然这样,那你送给我的礼物我就不能不收下,虽然我不知道这件礼物到底是什么东西,但我无论如何也不能拒绝山神对我的馈赠呀。他一边说着一边伸出手去,极力做出一副恭敬的样子,将山鬼送给他的那一把有毒的鬼伞种子接过来……

我祖先不会那么虚伪吧?我不高兴地说,或许他根本没有认出那是山鬼的化身,肯定是街上那些人瞎编出来的谎话。

就算是吧,警察模棱两可地说,反正他这时候已经和山鬼达成了协议……

没有呀,我反驳他说,他只是把那些鬼伞种子接过来了,并没有与它达成什么协议呀?

如果不同意山鬼条件的话,警察摇着头说,人家是不会把那些鬼伞种子白白送给他的,那又不是一般的东西,可是让你家发财致富独霸山林的名丹妙药呀,你以为山鬼是在给你家祖先做好事吗?事情可没有那么简单,在那些传说当中,山鬼是一个居心叵测的家伙,专做一些见不得人的坏事,每一天都在打别人的主意,而且从来就不做赔本的买卖,只要它给了你一样东西,它非要收回去十倍的报酬不可,完全可以说,山鬼是一个卑鄙而又贪婪的家伙,是天下所有坏人的老祖宗,你祖先之所以与它搞在一起,甘心接受它的欺骗和领导,就是因为它这些罪恶的本性比较投合你祖先的脾气,就像俗话所说的那样,鱼找鱼虾找虾,蛤蟆找蛤蟆……对不起,也许我使用的语言有些粗俗,但事情的道理却是这样……

说吧说吧,我朝他摆摆手说,反正我祖先在乌龙镇也没有什么好名声,这么多年我的耳朵都听得起茧子了,还能在乎一两句不好听的话吗?

山鬼之所以选中了你祖先,警察继续说,也是因为看到了你祖先的身上有它赏识的东西,如果你祖先是一个大公无私的人,就是山鬼强迫他去做这件有违天道的事儿,也是不可能得逞的。当你祖先乖乖地把那些鬼伞种子接过去的时候,也就说明他已经把自己的灵魂卖给了山鬼,一份按着你祖先手印的协议或者契约就已经签署成功了,在那份只有他们两个能够看懂的协议上,明明写着你祖先占有整个莫邪山而必须付出代价的条款,你知道那些代价都是什么吗?

我……不知道。我模棱两可地说,其实在我的内心里,我差不多已经猜出来,那些代价的内容到底是什么了。

那就是你祖先后人的遭遇,警察径直说道,也就是说,在那个协议上,你祖先已经把你们家后人的命运都交给了山鬼,实际上,你祖先是用自己后人的命运做交换,才控制或者说占有了莫邪山……

这怎么可能?我从椅子上站起来,难道说我祖先是个白痴?就算他被自己的私心蒙蔽了眼睛,弄昏了头脑,轻易相信了这个把自己打扮成山神模样的山鬼,可他不可能不知道自己所付出的代价到底是什么吧?就算是一个稍稍有些理智的人,也不可能做出用自己后人的命运去换取财富的事情吧?这不等于说他把自己这家人的后路都断掉了吗?那他占有那些财富又有什么意义呢?

这个……警察张了张嘴,好像也觉得自己的讲述有些问题,但思考了一下之后,他又进一步补充说,也许那个时候,你祖先已经走火入魔了吧?见我还要反驳,他抬起手来止住我,一边摇头一边说,你想一想,那些有毒的鬼伞种子既然能让别人中毒,你祖先把它接到了自己手里,又怎么可能不中毒呢？既然这样，他做出那些非理性的事情也就不奇怪了。

听他这样说，我只好沮丧地坐回到椅子里，用两手抱住头，依旧不服气地对他说，反正我不相信，为了让你们的故事能够自圆其说，就不惜败坏我祖先的名声，那些乌龙镇人还有你，我指了他一下，竟然编出这样弱智的故事来，简直快让我笑掉了大牙。

没有什么好笑的，警察严肃地对我说，如果事情不是这样的话，那你家的后人包括你自己所遭到的这些磨难，又怎么解释呢？

报应，我把脑袋垂到自己的胸前，不无伤痛地回答他说，都是报应……

其实我们说的是一回事，警察叹息着说，你祖先和山鬼签署了那份协议也好，没有签署也好，但灾难却一如既往地来到了你们这些后人身上，这件事带给人们的启示是，一个人是不可能占有不属于他的财富的，或者换一种说法是，一个人千万不要太过贪婪，当他逾越了这条包含天理和正道的线时，他就会受到严厉的惩罚……

你这样的说法不也是迷信吗？我向他指出说。

说迷信也好，说天理也罢，反正历史的发展脱离不了这条轨道，说到这里，警察又想起什么来，继续让思绪沉浸到对往事的回忆中，在乌龙镇的民间传说里，他们是这样来解释这件事的，当你祖先成功地占有了整个莫邪山后，那些以山林为生的当地人便没有了生活的出路，即使他们不到山林里去中那些鬼伞的毒，也不能再像从前那样把日子过下去了，开始的时候，人们还以为只是那些看上去美丽的鬼伞在作怪，但慢慢地就看出是怎么回事了，因为在这个时候，只有你们一家可以到山林里去，或许山鬼交给了你家人如何避免中那些鬼伞毒的方法，所以作为莫邪山的主人，你们一家就和那些毒物搞在了一起，在人们看来，你家的祖先也便成了有毒之物，变得和那个传说中作为毒物之王的山鬼没有什么区别了，于是关于你家先人和山鬼签署协议的传说也就不胫而走，很快传遍了整个莫邪山的犄角旮旯，为了表示对你们一家的极大愤怒，几乎所有莫邪山里的人便开始了对你们家的集体诅咒……

集体诅咒？我大惊失色，还有这种事？我从来没有听说过……

你真的没有听说过吗？警察有些不相信。

真的，我信誓旦旦地说，或许是母亲没有告诉我……

你是不是被吓住了？警察上下打量着我。

如果是在过去的时候,我思量着说,或许我会感到心生恐惧,但现在……我摇摇头说,我觉得也没有什么……

是的,警察点点头说,毕竟事情过去了那么多年,而且在你的前半生中,你一直在做那些清理鬼伞的善事,或许在乌龙镇甚至整个莫邪山里的人看来,你和你们李家的祖先不同,或者说你已经背叛了他们,还有,在你前面的那些先人已经付出了沉重的代价,到你这里不应该再继续受到报复了……说到这里,他注目我的眼睛里忽然闪出了灼亮的光彩,这是不是说,你已经躲过了那些灾难的追踪呢?

但愿是这样吧?我在心里说,因为我对这样的局面也没有什么把握,便不敢轻易地表达出来。

在你们的民俗当中,警察站起来,朝着窗外的黑夜里再次指了一下,便开始在屋内慢慢地踱步,这么长时间坐在那把椅子里向我讲述,或许他也感到了有些疲惫和无聊,集体诅咒是一种特别有效的行为,据那些向我讲这件事的老人们说,一般是绝对不能向其他某个人使用这种含有巫术色彩的措施的,因为它的杀伤力太过强大,自从它被你们这里的人发明出来以后,凡是受到集体诅咒的人家,都没有逃过这种行为的惩罚,灾难总是像一条无法治愈的疯狗一样尾随着他们,所以人们只要一想到它,便心生恐惧,有些人仅仅一提到这个名称,就会脸色突变,可见这是一项多么厉害的民间行为了。

我不知道,我使劲摇摇头说,反正我不知道那是怎么回事……

好啦,讲到这里,警察长长地打了一个哈欠,又掉头朝窗外的暗处看了一眼,我们说了大半个夜晚,现在天快亮了吧?今天就到这里,以下的话题我们放到下面几个夜晚来进行,怎么样?

我没有回答他的话,这时候我的整个心思都被他的讲述弄乱了。我真是想不明白,这个吃公家饭的外来人,为什么对乌龙镇尤其是我们家的情况这样熟悉?

你听,警察再次朝窗外指着说,你那个女人又到这里来闹事了。

我也侧起耳朵来朝外听,果然,外面正在传来弱智女向派出所索要我这个"属于他的男人"的喊叫声……

十

在乌龙镇有关莫邪山的神话传说中,山鬼虽然是一只专干坏事的猴子,但它的形象既不威武也不蛮横,恰恰相反,它竟然像一个女人一样苗条秀丽,浑身都透出一股迷人的妖气,如果神灵有性别的话,那么与山神的雄性性别相反,山鬼就应该是雌性了,但因为从来没有人见过把自己打扮成女人的神灵,所以关于山鬼的性别便容易被忽略,以至于人们提起山鬼来,都把它描述为一副冷森森的样子,与他们所讨厌的山魈、山妖、山怪等雄性怪物没有多少区别。但这实在是大错特错,在莫邪山的所有神灵当中,其实只有山鬼青春靓丽,妖娆妩媚,像一颗耀眼的明星一样引神灵们注目。但让人们想不到的是,就是这个外表如此美丽的神灵其心地竟然那般丑陋,专干一些即使不入流的妖怪们也不屑于干的卑鄙勾当。

山鬼的这次下山与往日不同,以前它都是在无所事事的情况下,随意到山下来巡游玩耍,解除一下在山上的寂寞情绪,不久便再次回到山上去,毕竟它的生活基地是在上面的深山处。可这次下山却不是这样,山鬼不仅心情从来没有过的糟糕,而且脚步匆匆义无反顾,一副不达目的不回头的决然架势。的确,山鬼已经做好不再回到山上去的打算,哪怕从此后就踏上流浪的路途也在所不惜。在山上的时候,山神已经毫不客气地向它发出了逐客令,在某种程度上说,它是被山神赶出来的也不为过。说实话,这是让它没有想到的一个结果,不然,它又怎么能向山神说出那些赤裸裸冒犯它的话呢?在它的印象中,山神从来都是一个老好神灵,好像就没有见过它像模像样发脾气的情景,没错,山神有它的处事原则,那就是要把这座莫邪山打造成一个和谐社会,不管是动物和植物,都要友好地团结在一起,大家互相帮助,共同进取,创造出一个和平幸福的生活环境。不能不说,这样的想法是很受大家欢迎的,也让所有的动物和植物当成了努力的方向。但就是在这种情况下,山鬼却突然站出来,向山神的号召提出了公开质疑。山鬼之所以跳出来对山神叫板,主要还是因为它是山神一向所器重的神灵。作为神灵家族中唯一的女性,山鬼一直以来都是大家宠爱的对象,尤其是山神,把它视为自己的贴身棉袄,在许多方面都给予额外的关照,这让山鬼产生了一种错觉,好像自己在这个群体里有什么特殊性似的,特别是面对山神的时候,便经常耍一些小性子,以为不管自己说什么做什么,大度的山神都会容纳它的。更要命的是,山鬼还把自己对山神的尊崇和爱戴发展成了一种特别私人化的情绪,几乎连它自己也没有考虑清楚,它对山神的喜欢会是人们所说的那种爱情吗?说起来这是十分危险的一件事,不论怎么说,在神界当中是没有恋爱先例的,特别是对于山神这样至高无上的神灵,山鬼怎么可能对它产生爱情的冲动呢?就是在这种懵懵懂懂的情绪里,山鬼对山神说出了那些不该说的话,在很大程度上触怒了山神,从而也给自己惹出了祸端。

山鬼站出来,向山神表达质疑的时候,正是山神向大家灌输它那些独特生活理念的时刻,尤其是当它讲到"天之道利而不害,圣人之道为而不争"的话时,山鬼终于忍不住了。它当然知道,山神引用的这句话是来自人间一个叫老子的人所说,山神把它搬过来作为神界生活信条的一个佐证,无非是向大家说,你们看,他们人间都在按这样的道理行事,我们这些比他们还要高明的神灵又怎么能安于现状,不思进取呢?在山鬼看来,山神把人间的道理拿来使用是很不恰当的,况且据它了解,山神并没有到人间去过,它又怎么能懂得他们人间的事呢?于是,它再也按捺不住自己的情绪,不禁跳出来,当着其他神灵的面向山神的提议发出了挑战,当然,它并没有冒犯山神的意思,而只是由着自己的小性子,故意向山神表达一下不同意见罢了。据我所知,山鬼故意拉着长腔说道,说上面那句话的人还说过另外一句话,叫作"天之道,损有余而补不足;人之道则不然,损不足以奉有余",你看,他们并不像山神老人家理解的那样与世无争,和谐共赢,那些大道理也许都是哄我们这些局外人听的,其实在他们内部,搞起这种不太公平的事来,可是比我们神灵卖力气多了,如果要让人间的事对我们有所帮助的话,那就真的要到他们人间去好好看一看,你只有看到他们真实生活的样子,才能知道如今的天下到底是一副怎样的面貌,那时我们才能明白,原来我们自己不知要落后多少个年代了……

听它这样说,山神还没有来得及表态,其他神灵便好奇地问山鬼说,听你说得很像那么回事,莫非你到人间去过了不成?

山鬼咽了口唾沫,本想对这样不怀好意的质疑不加理会,但它实在受不了神灵们执意要看它笑话的样子,或许在这些没大有什么见识的神灵们看来,山鬼是站着说话不腰疼,因为作为神灵是不能随便到人间去乱闯的,山鬼说得像模像样,不过是任性乱讲一通罢了,它又怎么能知道人间的真实情况呢？实话对你们说吧,山鬼下定决心说,我真的是到人间去过了一趟,所以对于那里的情况我是最有发言权的……

于是,山鬼冒着要受到惩罚的风险,大着胆子向神灵们讲述了自己许多年前的一番遭遇。那个时候,山鬼还只是一只不起眼的小猴子,正当顽皮捣蛋的年纪,每天都脱离其他神灵的视野,偷偷摸摸地在山林里乱跑,似乎要把那些让它感到新鲜的东西都看在眼里,大有一种不把整个莫邪山跑遍不罢休的架势。有一天,山鬼跑着跑着,便忘记了回返的时间,也忘记了回返的路径,无意间竟然走到了山林的边缘,直到它看见那边有一些幢幢的人影,才猛然停住了脚步。这时候它才意识到,这一天它走得实在太远了,竟然闯入了人间的领地,这是它第一次看到传说中的人类,也便有些恐惧,在神灵们看来,那些人都是与它们完全不同的生物,相互之间是不能来往的,顶多也就是搜集一下对方的信息而已,比如山神就对那些人类感兴趣,在向下属们训话时,总是有意无意地提到人类,这也使得山鬼对那些没有见过的人类充满了好奇,不知道他们是怎样的一些生物,是不是与山上的什么狼啦、鹿啦差不多? 让它没有想到的是,在这个看起来和平时没有多少差别的日子里,它竟然无意间看到了那些人类,惊讶万分之余,它也感到了一些恐惧,好像听山妖它们说,人类对它们这些神灵也并不是充满善意的,尤其是像它这样还没有什么法术的小神灵,如果被他们捉走了,那下场是十分悲惨的。山鬼刚要回头往山林里跑,却又放慢了脚步,不管怎么说,现在都是一个绝好的机会,那些人类到底是一种什么样子,它为什么不悄悄地看一下呢? 也许他们并不像山妖说得那么可怕,不然的话,山神为什么总在讲话中提到他们呢,而且使用的是一种越来越崇敬的口气? 于是,山鬼便又大起胆子,蹑手蹑脚地往山林外面走去,或者干脆说,是朝那些正在不远处搞什么活动的人类走去。

山鬼当然不知道,这个时候的人类,具体说是它看到的这些人类,正在进行一场激烈的争斗,比起它们那些经常发生争执的神灵来,这些人类竟然更善于争斗,有时为了财产,有时为了领地,有时为了女人,有时仅仅是为了斗气,他们便毫无道理地打在一起,而且打得难解难分,不弄出个输赢来绝不拉倒,当然,对于输赢在许多情况下都不是出于什么正义和道理,而只是看谁的实力更大,用一句通俗的话来说,就是谁的拳头大谁是强者,那些拳头小的人就只能屈居下风,这是没有什么道理好讲的。这样的争斗几乎每天都在发生，有时打得没完没了，导致更多的人都参与进去，一打竟然好多年，以至于让无数的人都失去了生命。山鬼当然不知道这样的情况，如果它对人类有所了解的话，是决然不敢轻易参加到那些人的争斗中去的，搞不好就会让自己的小命丢在里面，在他们人类的炮火面前，它这个根本没有什么法力的小神灵又算得了什么呢？仅仅是出于无知和好奇，山鬼从山林里走出来，鬼鬼祟祟地朝那些打斗正酣的人们走去。尽管它没有人类的生活经验，却凭着本能看出来，那些在人们中间闪来闪去的炮火肯定不是什么好东西，不然的话，那些人类为什么在炮火中倒下去，便再也爬不起来了？于是，山鬼不敢再朝前走，就在离人类不太远的地方停住脚，只是伸长脖子，瞪大眼睛，随后又把手掌支在眼上方，悠闲而又紧张地观战。那些人类打着打着，就把战斗的区域扩大到它身边来，山鬼还没有做出什么反应，就被一个举着长枪的人发现了。那个人用枪撂倒了一个对手之后，在又一次瞄准的时候，竟然无意中发现了它这个偷偷观战的小猴子。那个人本能地抬起头，朝它狠狠瞪了一眼，便朝着他的同类大声喊道，那边有一只偷看我们的小猴子。听了他的喊叫，正在激烈战斗的双方都有了一个一两秒钟的停歇，山鬼吃惊地看到，就在这短暂的时间内，那些人都停下手来，朝着那个发现它的人所示意的方向看来，山鬼吃不准，这些人是不是都看到了它，接下来应该怎么办？但它还没有来得及做出反应，那一两秒钟就急快地过去了，那些人重新恢复了战斗的姿态，另一个正朝那个发现者瞄准的家伙率先扣动了扳机，将他一枪打倒在地，山鬼清楚地看见，发现者在倒地的同时，他的脑袋像一只被敲烂的木瓜，分作几块四散开去。山鬼真是想不到，那杆把发现者的脑袋打烂的枪支竟然这么厉害。我看见你了，那个把发现者干掉的家伙随即也看到了山鬼，并朝着它大喊一声，小猴子哪里逃？说着也朝它举起枪来。山鬼这才反应过来，掉转身子，就朝着山林里急快地跑去，一边跑还一边回头看，担心那个家伙手里的枪支也会把自己的脑袋打碎。但让它感到意外的是，那个家伙不仅没有把它的脑袋打中，他自己的脑袋倒也像一只烂熟的木瓜一样飞溅开去，原来在他的目光盯在山鬼身上的时候，另外一个朝他瞄准的人便趁机下了手。原来是这样？山鬼似乎恍悟过来，凡是在激烈的战斗中眼睛走神的人，都没有什么好下场。这时，它看见把第二个家伙干掉的那个人也朝它举起了枪支，山鬼不敢等待自己的预言兑现，便赶紧飞快地跑进一片茂密的山林中，而只是在心里说了一句,你的脑袋也会被那些枪支吃掉的。由于那些树木的遮挡,在外面战斗的那些人类看不到它了,当然,山鬼也看不到他们了,这也就意味着它获得了暂时的安全,于是放缓下脚步,开始一瘸一拐地往回走。这时它才意识到,自己下山的时候是一蹦一跳的,而现在为什么走得一瘸一拐了呢?与此同时,它还感到了来自一条腿的疼痛,不禁停下脚来,伸手朝那条腿上一摸,天哪,手指上竟然沾满了血迹,它这才明白,原来是自己受伤了,不用想,它便知道是被那些能够把人的脑袋打碎的东西弄伤的,它感到有些奇怪,并没有看到枪里的东西飞到自己身上,为什么它的腿会受伤呢?但不管怎么说,它的脑袋没有被打碎,也就是说没有把自己的命丢在那个地方,也算是万般侥幸了。尽管已经来到了山林里面,外面来自人类的那些枪炮声也听不到了,但它依旧不敢继续滞留,而是紧咬着牙关,拼命忍受住来自腿部的伤痛,一瘸一拐地往山林的深处走去。

　　山鬼原本以为,只要自己不再走出山林,就不会再与那些可怕的人类遭遇了,在它想来,山林是属于神灵自己的世界,而外面才是那些人类的领地,就像他们人类所说的那样,你不犯我,我不犯人,两边就可以相安无事,互不打扰,这样的局面也是不错的。但它哪里想到,这仅仅是它的一厢情愿,它倒是没有再朝山林外面走,而只是在自己的领地里慢慢溜达,以便疗好来自腿部的伤势,可是外面的那些人类到底是不是这样想,可就不是它这个三流神灵所能左右的了。在接下来的这一天,山鬼走着走着,突然就发生了让它决然想不到的意外,本来一切都没有什么异常的变化,树林还是那样的树林,草丛还是那样的草丛,石头也还是那样的石头,溪流也还是那样的溪流,就连那些像伞一样的蘑菇也没有什么变化,但它走着走着,竟然脚下失控,一下子跌入了下面一个深洞。这是让它倍感困惑的一件事,如果前面真有什么天然洞穴的话,它这个差不多已经走遍整个山林的神灵又怎么可能不知道呢?但不管它想到想不到,这个意外都不可遏制地发生了,同时也就意味着它的灾难降临了。山鬼在那个黑乎乎的洞穴里躺了一会儿,以便让腿上更加剧烈的疼痛减缓一些,这时,他听到了上面来自人类的说话声。一个家伙说,我把这只小猴子逮到了。另一个家伙接上说,今天晚上我们可以好好吃一顿了。山鬼吃了一惊,怎么也不会想到,人类竟然进到属于神灵领地的山林里来了?更让它想不到的是,这个洞穴竟然是人类设置的陷阱,这些该死的家伙,不是说好了互不侵犯的吗?你们待在自己的地方不好吗？为什么要到这里来打别人的主意呢？莫非光在外面争斗还不够，又到山林里来和它们这些神灵抢占地盘了？这时它还没有意识到，刚才那另一个家伙说的话到底包含怎样的意思，还以为他们要"好好吃"别的东西呢，之所以与逮到它这件事联系起来，不过是他们狩猎后的一个庆祝仪式罢了，哪里又想到，他们要吃的竟然是它这个神灵本身呢，虽然它看上去不过是一只赖儿吧唧的小猴子，但不管怎么说，它也是一个与他们决然不同的神灵呀，又怎么能被这些人类作为食物吃掉呢？所以当它被那两个人从洞穴里提溜出来时，山鬼并没有感到多么紧张，再说，他们的手里并没有外面那些人用于打仗的枪支，而只是拎着一把普通的柴刀。

这只小猴子太瘦了。逮到它的那个家伙上下打量着它说。

没关系，那个执意要吃什么东西的家伙盯着它的头说，我们又不吃它身上的肉。

你们为什么要到山里来呢？山鬼一开始还试图和他们讲道理，难道你们不知道吗？这里并不是你们的领地……

它说的是什么呀？头一个家伙似乎听不懂它的话，你嘟嘟嚷嚷地说这些有什么用？你以为我们是到山林里来玩的？说到这里，他举了举手里的柴刀，知道这个东西是干什么的吗？实话告诉你吧，我们之所以到山林里来，除了要砍树以外，更重要的就是为了……

不要给它叨叨这些了，没等他把下面的话说完，第二个家伙就急不可待地说，天不早了，我的肚子里都咕咕叫了，他举起手来，在自己的确有些塌陷的肚子上拍了一下，我们还是抓紧吃饭吧。

好吧，第一个家伙同意说，反正留着它也没有什么用。

快跟我走。第二个家伙便扯了扯手里的绳子说。

山鬼似乎这才注意到，自己不知什么时候已被那根绳子捆住了，那个家伙的手每抖动一下，它的身子就被捆绑得更紧一些。山鬼不敢轻易挣扎，便乖乖地跟在他们身后，朝着远处一个闪烁着火光的地方走去。不一会儿，山鬼就被他们带到了一个空旷处，原来这里正燃烧着一堆篝火，看来是这些偷猎者宿营的地方。除了那两个家伙之外，这里还有另外几个等候的人，一见他们押着山鬼到来，那些人就都哈哈大笑起来。看来你那个陷阱挖得不错。他们争相夸赞说。我盯了它好几回了，那个逮到山鬼的人得意地说，就知道它早晚会成为我的猎物。听了他的话，山鬼再次感到了吃惊，原来当自己在山林里跑来跑去的时候,那个偷猎者就在旁边悄悄盯着它了,也许从那个时候起,它就注定会成为那个卑鄙家伙的俘虏。不光是你,那些人也都争相说,我们也看到它好几回了,说到这里,他们还伸出舌头舔了舔嘴巴,只要一看到它的影子,我们的口水就会不自觉地流下来。山鬼更加吃惊了,天哪,这些卑鄙的偷猎者竟然都在打自己的主意,就算它侥幸逃脱那个家伙的陷阱,也会落在这些众多偷猎者的手中,哪怕它再有本事,又怎么能逃脱这么多人的围猎呢?而且听他们的口气,好像他们打它的主意并不是仅仅把它当成猎物,而是为了将它作为食物来对待的,听听,他们不是说一看到它就流口水了吗?看他们那副贪婪的样子,好像恨不得马上把它吞下去似的。怎么?山鬼还有些不相信地问他们说,你们难道要吃我吗?

这个还用问吗?那个扯绳子的家伙说,如果不吃你的话,我们又把你逮来干什么?

你们竟然要吃一个神灵?山鬼不禁感到困惑,难道你们就不怕遭到报应吗?

什么报应不报应的?另外几个家伙争相说,当一个人嘴馋的时候……他们似乎意识到了什么,又马上改口说,不不,当一个人饥饿的时候,还能顾得了那么多吗?

我可不只是一只普通的小猴子,面对这些凶恶的人类,山鬼有些害怕了,试图用自己的不平凡身份吓退他们,便极力为自己辩解说,我们这些神灵可不是为你们人类提供食物的,从大自然产生的那天起,我们就在很大程度上指导你们人类的生活和命运了……

好了好了,那些人不耐烦地打断它的话说,都到这种时候了,我们还听你这些乱七八糟的话干什么?在饥饿面前,什么样的大道理都不作数,你还是闭上嘴,留着你那些没说完的话到地狱里和魔鬼去说吧。说完,他们就把它提溜起来,扯拽着向那堆燃势正旺的篝火前靠近。

山鬼被吓坏了,还以为自己要被他们架到那堆篝火上烘烤,作为神灵是最怕火的,比起其他的死法来,在火焰里葬身是最为恐怖的一件事。不要,山鬼赶紧叫喊着说,我不要让你们把我烤了……

其实,那些人并没有把它弄到火堆上去,而是将它塞到了一张桌子下。那是一张临时拼出来的小木桌,几块锯开的木板勉强支在几根木棍上,中间凿出一个圆圆的孔洞,他们让山鬼蹲到那张桌子下,只让它的脑袋从那个孔洞里探出来，这样它便近距离看到了那几个围坐在桌边的人。此时，那几个人已经在桌子四周坐好，每个人面前的桌面上都放着一只空碗，里面还有一把小勺子，那几个人直直地看着它，已经做好了吃饭的标准架势。山鬼实在不知道他们怎么吃自己，便只是瞪大眼睛，莫名其妙地朝他们打量，目光里满是恐惧和迷惘。

看来它什么都不知道，其中一个家伙开心地说，并伸出一根手指，在它的鼻子上弹了一下，是不是这样小猴子？

那就让我告诉它吧，另一个家伙接上说，也省得它死到临头还不知道是怎么回事呢。说罢，他就把碗里的勺子拿出来，敲击着它的脑壳说，等一会儿，让我们其中的一个人拿过菜刀来，把你的脑盖一点点撬开，到那个时候，你的脑浆就裸露出来了，因为你还没有死，那些脑浆便还冒着热气，看上去就像刚出锅的豆腐脑一样……

另一个家伙止不住笑起来，你给它说什么豆腐脑？这个小猴子又怎么可能见过豆腐脑呢？他也伸过手来，扯了扯它的下巴说，你吃过豆腐脑吗小猴子？

山鬼本能地摇摇头，它当然没有吃过豆腐脑，不知道那是一些什么东西，为什么和它头颅里的脑浆差不多……天哪，想到那个家伙的描述，山鬼真的被吓坏了，这些可恶的人类到底是一些什么东西，竟然想出了如此残忍的吃法，在山上的时候，它只是听说这些人类都是一些馋嘴的动物，为了填饱自己的嘴巴，他们什么无耻的事都能干出来，当时它还有些不相信，为什么仅仅为了一张嘴，就能不顾礼义廉耻走到下三烂的路上去呢？直到看见了他们战斗在一起的情景，它才感到了人类的可怕，但还没有想到他们会如此卑鄙，竟然又发明了这样惨烈无比的食用方法，看来它无论怎样开动脑筋，也无法把这些人的坏处想出来……

赶紧吧，有一个家伙快要克制不住了，趁着小猴子还有一口气，我们就尽快动手吧。

另几个家伙也接上说，是呀，天气这么冷，我们还是趁热吃吧。

很快，山鬼便看见那个带它来的人拿起了菜刀，在桌沿上蹭了一下刀刃，然后举起来，直朝它脑顶上伸来。小猴子，他一边让手里的刀子朝它靠近，一边笑嘻嘻地说，挺住劲儿，当我们把你的脑浆吃完的时候，你就不会感觉到疼了……

　　山鬼绝望地闭上眼睛,还以为就这样被他们用如此残酷的手段吃掉了,但它哪里想到,正在这关键时刻,另一帮偷猎者赶来了。看来这也是一帮馋嘴的家伙,一见前面这些人正要吃山鬼的脑浆,也便企图分一杯羹,而且他们还给自己的这种要求找到一个冠冕堂皇的理由,叫作见面分一半。前面的这帮人哪里肯干,一只小猴子的脑浆才只够他们分一勺,如果后面这些人再参加进来的话,他们就只能勉强吃一口了,不但填不饱饥饿的肚子,就连山鬼的脑浆是什么滋味也尝不出来呢,所以不由分说便拒绝了那帮人的无理要求。看来那帮人也的确饿坏了,面对着即将到手的食物哪肯罢手,便仗着自己人多势众,不管三七二十一地涌上来,开始了明目张胆的抢夺。于是,这两帮人便打到了一处,从桌子边打到了篝火旁,又从篝火旁打到了山林中,竟然把他们执意争夺的山鬼忘到了一边,好像这件事与这只目瞪口呆的小猴子没有什么关系似的。山鬼蹲在桌子下,探出桌面的脑袋四处转动着,看过了这几个人的打斗,又去看另外几个人更为激烈的厮杀,一时间忙得不亦乐乎。它似乎这才明白,人们为什么会隔三岔五地打一场,原来都是为了满足自己那张嘴巴。这真是一些奇怪的动物。山鬼摇着头感叹说。这一摇头,山鬼便想起了这场打斗的起因,也便再一次看清了自己的危险处境。赶紧走,它急忙警告自己说,如果再不行动的话,等这些人停止打斗后明白过来,那自己就只能被他们揭去脑盖喝光脑浆了……山鬼没用怎么挣扎,就从那个孔洞里缩回脑袋,随即从桌子下挣脱出身,撒开腿脚,疯狂地朝山林的深处逃去……

　　山鬼讲完了自己的惊险遭遇,一时还沉浸在极度的恐惧中,两手抱着脑袋,呼哧呼哧地大喘粗气。神灵们都被它的讲述惊呆了,就连山神也瞪大了眼睛,很久都不知再说什么好。

　　就是这样的人类,山鬼从头上揭下一只手,朝着山林的远处指了一下,我们凭什么要向他们学习?他们已经把自己的世界搞得一团糟,如果他们不加以悔改的话,说不定什么时候就会面临致命的灾难,也许只有我们这些置身事外的神灵才看得清楚,灾难其实都是他们自己带来的,如果让我说一句毫不客气的话,他们这就叫自作自受,咎由自取,这样一些毫无希望的生物早就应该从这个世界上消失了,依靠他们人类,我们这个世界只能充满了战火硝烟,而根本不可能和谐平安,如果大家不信的话,你们可以到山林里去看一看,他们那些人早就攻到我们这个界里来了,或许用不了多长时间,我们赖以生存的这片山林就会消失殆尽,到时候我们究竟到哪里去都是一个疑问,又怎么能面对这样危险的局面置之不理,甚至还自欺欺人地提出要向他们那些人类学习呢?

大家都听出来,山鬼这些毫不客气的话都是指向山神的,因为在过去的日子里,只有山神在向大家提出和谐共处的理念,并作为生存发展的最高理想。大家都有些担心,山鬼这样明目张胆地指责山神,无疑是在做一件十分危险的事情,不论怎么说,山神都是它们的最高领袖,它的权威是不应该随意受到挑战的,山鬼仗着平时在它那里受到的宠爱而任性不已,岂不知一旦惹怒了山神,自己的灾难也会降临到头上了。

大家的担心不无道理,山神从有些凌乱的思绪中冷静下来,回到它日常里波澜不惊的状态中,用不紧不慢的口气反驳山鬼说,人类或许在某些时段走上了迷途,但无论怎么说,这个世界辉煌灿烂的文明都是他们创造的,从某种程度上说,他们已经超越了我们这些所谓神灵的掌控和制约,用自己的智慧单独挑战这个世界带给他们的压力和影响,在我看来,这个世界的希望还是寄托在他们那些人类身上,而我们这些看起来无所不能的神灵又能做出什么意想不到的事来呢?

在山鬼看来,山神这些为人类辩护的话空洞无力,根本就没有任何说服力,便不管不顾地抢白它说,我这些道理可是用我的身家性命换来的,不可能一点价值也没有,而你老人家那些话或许都是道听途说而来的吧?究竟在多大程度上具备多大的真理成分,其实真的不好说呢。

到这个时候,山神还没有恼羞成怒,而还在众神灵面前做出一副大度的样子,只是朝山鬼摆了摆手说,如果你坚持自己想法的话,你可以拿出更多的证据来,只要你能真的把大家说服,就算神灵们都跟你走,我也没有什么意见。

话都说到这个份上了,山鬼便知道自己的结局应该是什么,好在山神还顾及大家的面子,没有将惩罚它的措施公布出来,但山鬼明白,它不可能继续留在山神身边,像过去一样任意妄为了,留给它的道路除了赶快离开这里之外,哪里还有什么更好的选择呢?其他的神灵也都在向它示意,赶快走,趁着山神还没有公开翻脸,赶快离开这里,不然的话,等山神真的愤怒了,你可就没有任何一天好日子过了。于是,在没有任何办法的情况下,山鬼只好告别山神和众神灵,走出山林深处,直朝着山林的边缘走去。你不是让我拿出更过硬的证据来吗？它在心里对山神说，那我就再到人类当中去，把他们更为卑鄙的行径收集到，如果你还能让我回来的话，到那时我会让他们来给你好好上一课的。也就是从这个时候，山鬼便打定了下山去狠狠搞一下人类的念头。在它想来，不弄出一点实际的响动出来，山神是不可能被它真正说服的。

山鬼在山林边缘游荡了几个日子，便碰到了也在山林边晃荡的我祖先。一上来，山鬼就看出了这是一个在打山林主意的人，自然意味着他是一个格外贪婪的家伙，完全可以说，他就是那些不可救药的人类的代表，从他身上，山鬼看出了几乎所有人类的弱点。这真是一个再合适不过的目标，山鬼欣慰地对自己说，就是他了。当山鬼决定把我祖先当作它实验或者毁灭的目标时，心里还有些稍稍的不安，止不住悄声对他说，真是对不住你了，为了让我的理论更有说服力，我只能把你当一个不算太过无辜的牺牲品了，请你原谅我。对于山鬼的心思和主意，我祖先没有任何感知，如果他是一个绝顶聪明的人，或者是一个不被欲望所驾驭的人，他完全可以避开这场从天而降的灾难，退一步说，就算是一个极其普通的人，面对一个突然从山林里冒出来的神秘兮兮的家伙，他也应该保持足够的警惕，即便不能逃避它的伤害，起码不应该上赶着去接受人家施加给他的灾难吧？问题是，他现在已经被他心里的魔鬼俘获了，用我们为他开脱的说法是，他被山鬼手里那些有毒的鬼伞种子搞昏了头脑，即使他感觉到这个神秘兮兮的家伙在打自己的主意，但还是抱着侥幸的心理对自己说，或许这个不凡的家伙不仅仅是一头普通的牛，说不定是山神装扮的呢，因为在民间的传说中，山神是不以自己的本来面目轻易示人的，而是善于把自己打扮成人们更乐于接受的动物，比如牛啦、羊啦、猪啦等等。山鬼当然也知道这些传说，为了让我祖先更容易信任它，便冒天下之大不韪，竟然假扮了山神的模样，以一只温文尔雅的牛的形象出现在我祖先面前。来吧，它不无阴险地在心里对我祖先说，就让我来轻而易举地俘获你吧。

正如它想象的那样，我祖先没有经过任何思考，也便没有经过任何犹豫，便伸出他的双手，把山鬼送给他的那把鬼伞种子恭恭敬敬地接到了手里，当然在山鬼看来，他也就接过去了它施加给他的厄运和灾难。我拿到了，我祖先无论如何也没有想到，此时他已经代表他的家族大难临头，反而以为自己占到了天大的便宜，因为山鬼居心叵测的许诺已经让他迷失了心窍,还一个劲地对它表示感激说,就是让我付出怎样的代价,我都表达不尽对你的谢意……

或许正是这句话,及时提醒了山鬼,所以当我祖先捧着那把鬼伞种子就要离去的时候,山鬼又及时喊住了他。你怎么就这样轻易离去呢?它也提醒他说,我们的手续还没有办完呢。

手续?我祖先不禁一怔,竟然还有手续?

当然有手续,山鬼点点头说,难道在你们人间,要想达成一件事的话,就没有什么协议之类做保障吗?

协议?我祖先还在揣着明白装糊涂,什么协议?从来没有听说过……

山鬼打量着他,意识到这个家伙不仅贪婪,而且狡猾,在这样明确无误的事情面前还要滑头。要签,它用不容置疑的口气说,这份协议我们必须要签。

好吧,我祖先思量了一下,便答应说,那就按你说的做,我们签好了。

你可想好了,山鬼再次提醒他说,你可是用你后人的不幸遭遇做交换的,说句明白的话,那可意味着他们绵延不绝的厄运和灾难,我要把这些条款写在这份协议上,以便日后一笔一笔地落实,怎么样?如果你现在后悔的话还来得及。

我祖先看了一眼捧在手里的鬼伞种子,又紧张地思索了一下,还是硬着头皮向它说道,没问题,这件事我想明白了。

这真是一个被魔鬼迷了心窍的家伙,山鬼不能不敬佩地在心里说,人间居然还有如此丧心病狂的败类。那么好吧,山鬼接着他的话说,那我们现在就把这份协议签了吧。

其实,这时候的祖先并不是没有任何顾忌,毕竟这是牵涉自己后人能否健康繁衍的大事情,就算自己拥有的财富再多,如果家人和晚辈不能平安存在的话,他这些财富又有什么意义?祖先当然想到了这一层,但与此同时,他又不无侥幸地想,虽然这个神灵说不会放过我的后人,但谁能保证它能如期兑现呢?反正在这个世界上食言的事情遍地都是,神灵或许也不例外吧?再说了,此时他还没有任何一个后人,现在就让他操心晚辈的事儿,不是太过荒唐了吗?说不定他根本就没有什么后人呢。这样一想,他便有些释然了,眼下这个机会可是十分难得,过了这村可就没了这店,不干白不干,抓住机遇,大干一场,活一天就赚一天,到时候两眼一闭,两腿一蹬,管他娘的洪水滔天呢。就是在这种念头的驱使下,我祖先伸出空着的那只手,将大拇指哆哆嗦嗦地按在山鬼的协议书上。老天,他一边捻动手指一边在心里给自己打气说,请你老人家饶恕我吧。

一切看上去都在他自己的掌控中,山鬼送给他的那些鬼伞种子撒到山上后,过去那些普通的蘑菇都一概死掉了,美丽多姿的鬼伞们便争先恐后地长出来,像瘟疫一般布满了整个山野,那些上山采蘑菇的人首先倒下了,后来那些上山打猎的人也没有从山里走出来,最后就连那些进山砍柴的人也受到了感染,即使勉强保住了一条命,却也变成了可怕的疯子。从此以后,人们便不敢再到山林里去了,整个旷大的莫邪山除了那些鬼伞们越来越旺盛之外,便就是我祖先这个人在山林里欢欣鼓舞了,是的,或许是山鬼让他这个播撒鬼伞毒菌的人拥有了免疫的功能,当大家纷纷或倒地或逃走的时候,只有他还在山林里游来荡去,就像一只逍遥自在的猴子。这都是我的啦,他一边迈着大步往前走,一边抬起手来,随意在山林间划拉了一圈,没错,这些山林都归我一个人所有了。他真想跳起来,像那些鸟儿一样到天空里去飞翔一番。有一天,我祖先在快要走遍整个山林之后,爬到了莫邪山最高的山峰上,然后打起眼罩,居高临下地朝山下看,那时候,他真的感到了一种"会当凌绝顶,一览众山小"的豪迈气势,好像他就是这个天下真正的君主一般。

但正像山鬼提醒他的那样,这件事是需要代价做交换的,那就是他向山鬼许诺的有关自己后人的厄运和灾难,本来他已经做好了打算,这些财富只让他一个人拥有好了,并不想与其他任何人分享,就算是自己的儿子和孙子都不行,所以他就打消了让自己拥有子孙晚辈的想法,但怎么能达到这一点呢?那就是不近女色,虽然他有自己的老婆,还曾经有许多半公开半隐秘的相好,但为了实现自己的梦想,他只要是不被逼无奈的话,便不主动和那些女人睡觉,这不但受到了老婆的严厉指责,差点和他公开离婚,就连那些相好也打算断绝和他的来往。但这样一来,我祖先却在乌龙镇有了前所未有的好名声,在人们看来,这个曾经为所欲为的家伙竟然洁身自好起来,不仅不再公开勾引女人,而且就连对那些母性的动物都保持足够的距离。一时间,我祖先简直成了乌龙镇人人夸赞效仿的楷模。但这样的好名声并没有让祖先心里获得安慰,尽管他时时保持警惕,但就像人们所说的那样,老虎也有打盹的时候,只要他稍稍一放松,女人就有可能乘虚而入,让他防不胜防,对于那些和他相好的女人,祖先还有办法提防她们,毕竟那是外边的女人,要想接近他总要费一番功夫,便给他的拒绝留下了足够时间,但老婆可就不同了,每天都在一个屋院里出入,就算他刻意不和黄脸婆睡在一张床上,但总要在一张饭桌上吃饭吧?弄不好趁他在椅子上打盹的时候,黄脸婆就把脱光的身子投到他怀里来了。没有办法,我祖先在万般无奈的情况下,最终还是让他的老婆怀上了身孕,并顺利生下了一个儿子,然后这个儿子又娶了老婆,再次顺利生下了一个孙子……这样的景象如果放在别人家里,该是多么大的天伦之乐,但是在祖先看来,却是万般不祥的征兆,说不定什么时候,那个躲避在暗处的山鬼就拿出那份按有他手印的协议,按照上面的条款予以兑现,到那个时候,他就是有天大的本事也不能阻止灾难的降临了……一想到这里,我祖先便恐惧不安。

但许多年下来,祖先在晚辈身上也没有发现任何异常,儿子和孙子都完好地在他面前进出着。望着他们身姿勃发的影子,祖先又不无侥幸地想,也许山鬼已经忘记了这件事,那份早已发黄腐烂的协议不知道被它丢到什么地方去了,神灵毕竟不同于凡人,凡人都有那么多做不完的事儿,神灵又怎么可能闲得住呢?毕竟已经过去了这么多年,人家把这件事忘到脑后去也实在是符合情理呢。有时祖先又会想,或许这一切都是自己不靠谱的梦幻,世上根本就没有什么山神、山鬼,自己也没有签下什么出卖后人的协议,他浮现在记忆中的那头牛不过是他梦中的产物,一切都没有在现实中发生过,这样一来,他所有对后人灾难的担忧不过都是无稽之谈,根本就没有兑现的可能,他又担忧个什么劲呢?这样一想,祖先便获得了一丝丝安慰,好像生活也能够像往常那样过下去了。可是没过多久,祖先便产生了幻听,有时候正在干着活,或者吃着饭,甚至睡着觉,他都会听到一个声音在对他说,我可没有忘记那件事,一切都不是你想象中的产物,许多年前你的确和我签署过那份协议,此刻我就把它拿在自己的手里,但等一个合适的机会,我就要让那些条款一条条落实,你做好准备,说不定哪一天灾难就降临到你的后人身上了。每听到这个声音的时候,祖先就会发出惊讶的一声喊叫,满头上都冒出淋漓的汗珠。你在哪里?他赶紧问那个声音说,但当他清醒过来时,却没有发现身边有那个向他说话的人或影子。尽管这样,祖先都不认为这些声音仅仅是出自靠不住的幻听,肯定那个神秘莫测的山鬼在什么地方看着他,它的提醒不仅仅是为了搅乱他的生活,而肯定是在打他那些后辈的主意吧？到这个时候，祖先才产生了一丝丝后悔，也许当初真的不该接过那把鬼伞种子，更不该签署那份带有他指头印的协议，最大的不应该便是许诺让自己晚辈的灾难作为交换的条件。可现在说什么都晚了，既然他获得了整个山林，拥有了独霸一方的巨量财富，又怎么可能不让自己的代价真正兑现呢？我的孩子们？望着那些随时都可能接受厄运和灾难的儿孙们，已经年迈的祖先愧疚得老泪纵横，心里像被刀子割了一样极度疼痛。

求求你放过他们吧，当再一次听到那个恐怖声音的时候，我祖先趴下身来，一边频频向那个似有若无的影子叩头，一边声泪俱下地哀求说，我已经知道我错了，求求你饶恕那些无辜的孩子们，一切的罪过都在我的身上，要惩罚你就惩罚我吧。

你怎么能这样说呢？山鬼躲在阴暗处对他说，我们当初达成的协议可根本不是这样，他抖了抖手里那份依然新鲜的协议书说，上面的条款也不是这样写的，我怎么能随意对它们做改动呢？难道在你们人间，就容许如此不守信用的事情发生吗？

是的，我祖先连连点头说，在我们人间，根本就没有什么真正的信誉可言，一切都随着时间、地点和环境的改变而改变，就像人们所说的那样，一切都处在运动和变化中，哪里又有什么停滞不动的事物和绝对的真理呢？

天哪，山鬼惊讶地看着他说，难道你的意思是说，有一天你能做成我们神界里的神灵，而我也有可能成为你们那里的一个普通人？是不是这样？

我祖先拍着脑袋想了一下，忽然反应过来，赶紧摇着头说，不不，我不是那个意思，你是无所不能的神灵，而我仅仅是一个普通人，又怎么可能互换身份呢？就是我有天大的本事，也不敢触怒你老人家的龙威呀。

既然这样，山鬼打着官腔说，一切都不可能改变，我们就应该按照过去的协议办事，我的理解没有错吧？

这个……我祖先还要企图狡辩。

我们不能做背信弃义的事儿，山鬼警告他说，如果这个世界上没有了信誉，那不就乱套了吗？

我们人间可不就乱了套吗？我祖先在心里说。

你们人间可以乱套，山鬼义正词严地说，但我们神界不能有一丝一毫的差错，这就是我们两个世界最大的不同。

这么说，我祖先知道一切都没有指望了，便也直起身来，大着胆子对它说，这么说你是一个冷漠的神灵了？

不只是冷漠，山鬼毫不犹豫地承认说，我还十分刻薄，十分邪恶……

我祖先呆呆地看着它，不明白它为什么这样说自己，但他不能不承认，自己碰上了一个难以应付的对手，对于一个承认自己刻薄和邪恶的家伙，你又能把它怎么样呢？

我祖先知道再做什么也没有用，所以在此后的日子里，他都没有再向山鬼做乞求，而是一心一意地等待灾难在子孙后辈身上降临。但一天一天过去了，一年一年过去了，不知怎么回事，灾难却没有在子孙后代身上发生，一切看上去都是那么平常，晴天过了是雨天，夏天过了是秋天，没有任何异常的事情出现，日子该怎么过就怎么过。但只有在我祖先的内心深处，一场又一场的风暴在看似平静的情绪里发生着，几乎每一天都能把他刮得昏头涨脑，难以自持，别人还以为他是坐在太师椅里打盹呢，而实际上却是在风暴眼中四处飘摇，一会儿磕磕碰碰地走在山林里，一会儿跌跌撞撞地栽到河水中，似乎从来没有一天安静的时候。他简直怀疑，那些灾难之所以没有在后辈们身上出现，不是山鬼饶过了他们，而是那个可恶的家伙在有意玩弄自己，耍笑自己，当他在风暴潮中跌来撞去的时候，或许那家伙正躲在阴暗处看他的笑话呢，他明白，只要自己活在世上一天，就被那个王八蛋关在大牢里一天，没错，虽然他是在现实中吃喝拉撒，但他的内心却在那个黑暗的牢狱里受苦受难，传说中的一些酷刑正被人家毫不客气地施加到他的身上，伴随着心灵的疼痛，他的身体包括他的每一层皮，每一块肉，每一根筋，每一节骨头都像被一只疯狗撕咬着一样，让他感到难以忍受的疼痛。我受够了，他从太师椅里跳起来，也像那只疯狗一样拍打着椅子的扶手，丧心病狂地大声叫喊，我再也受不了啦……

人们呆呆地看着他，不知道他这是在干什么，也许在他们看来，这个貌似幸福的大财主，莫邪山的真正主人，这一带最有名望的乡绅，或许是一个根本算不上正常的人，即使不说他早就病入膏肓，起码也已经走火入魔了。

我祖先实在不能生活下去了，便真的跑到了山林里去，并且脱光了衣服，在属于他的每一棵树间奔跑、叫喊。家人们跟在后面，试图把他弄回来，但他们追着追着，很快就被他甩掉了。祖先因为赤身裸体，像一只猴子一样在树木间上蹿下跳，那些平时不大到山林里来的人根本追不上他，不一会儿就让他消失在密林的深处。直到许多天后，一个到深山里打猎的佃户回来说，李家的老爷爬到山里最高的一棵树上，无论如何也不肯下来，因为他的脖子被一根像蛇一样的藤蔓缠住了。于是，我祖先便被那根藤蔓夺去了性命，爬满了鬼伞菌丝的身子被拉得细长，远远看上去，还以为那棵大树结出了一枚硕大的果实呢。

十一

曾祖父李茂贵：……土改的风声一起，我就知道等待我的是什么了，只有这个时候，我才认真反思了自己过去的行为，发现我的确做了一些对不住乌龙镇老少爷们的事儿，但我随即又想，我也只不过是遵从了莫邪山里的风俗习惯，才对某些本来渴望我的女人下手的。是的，要说在乌龙镇，我可算是威风八面，不仅家财万贯，而且仪表堂堂，这使我无论从哪个方面说，都是人中的豪杰，对于我这样的人，不仅那些和我一样的男人们恭敬有加，而且更让那些和我不一样的女人垂涎仰慕，好像不和我这样的人尖子发生某种关系便是人生最大的遗憾似的，当然她们不会公开表达这一点，但我从她们抛给我的媚眼中读懂了这份心思，所以接下来真的发生一些关系便顺理成章了。平时大家对这件事见怪不怪，并没觉得有什么特殊之处，但现在针对我们这些富人的土改运动到来了，这件事便成了那些被戴过绿帽子的人怪罪我的一个证据，一个把柄，只要他们抓住这件事大做文章，我就会脱不了干系，自然不会轻易过这道坎了。但仔细想来，这件事也不能怪罪我一个人，要怪就怪那个在莫邪山里流行一时的风俗习惯，当然还有那些迎合我的女人们，这些都是与我紧紧捆绑在一起的因素，怎么可能仅仅把我挑出来进行审判呢？我觉得这件事不公平，就算我真的是个大坏蛋，也不能由我一个人来承担几乎影响了乌龙镇历史发展和社会进程的风俗习惯吧？但在这风声鹤唳的时刻，我这样的呼唤又能对谁去说呢？其实就在有关土改消息传来的最初时刻，拐子就向我主动报了信。东家，拐子一瘸一拐地走到我面前，神秘兮兮地对我说，听说土改工作队就要到乌龙镇来了，你可要小心一些呀。拐子是我豢养的家丁之一，曾经身强力壮，做坏事的时候总是冲在前头，后来在和别人的争斗中被砍瘸了一条腿，成了没有多少行动能力的残废，但这样一来，拐子却越发心狠手辣，为了培养新的做坏事能力，他便一心一意地练习打枪。其实我家里是豢养了七八个家丁的,但枪支却只有两杆,由于拐子一向对我忠心耿耿,我便拿出其中的一杆,供他练习使用。还没等我做出反应,拐子便拍着自己的胸脯说,不过请东家放心,就算那些泥腿子要造你的反,我手里的这杆枪,他晃晃手里的枪支说,也不是吃素的,为了东家的安全,我拐子会把命豁出去的。这无疑是在向我表忠心了,在这万分紧急的时刻,我是多么需要这样挺身而出的英雄好汉呀。但令我失望的是,一听到工作队来到乌龙镇的消息,我豢养的那几个家丁便作鸟兽散,差不多都丢下我逃走了,只剩下了拐子和另一个叫驼子的家伙。驼子当然是个驼背,与高大的拐子比起来,几乎还不到他的肩膀高,但别看他个子矮,却是武艺高强,再加之像拐子一样心狠手辣,也算是我的左膀右臂,不过这个家伙不善言辞,平时也不显山露水,每天除了忠实地为我看家护院之外,几乎不知道他都在干什么,但现在当那些不可靠的家丁散去以后,他却留了下来,就像一块坚硬的岩石从水中浮出来,让我感觉到眼前一亮,二话没说,我便把另一杆三八大盖拿出来,交到了驼子手里。反正我只有两杆枪,现在有两个家丁留在我身边正好,也免得有什么不相配了。尽管这两个家伙做出了全力保护我的架势,但我也不能掉以轻心,便悄悄留了一手,在把巧姐绑架到我的宅院里来之后,也顺便将拐子和驼子的家人接到了我家里,表面上是为了保护她们,以让两个家丁专心为我护院,而实际上是把她们也像巧姐一样当作了人质,只要这两个家伙对我做出稍稍不忠的表示,我就会在他们的家人身上做文章。其实说是他们的家人,也不过仅仅是两个女人,一个是拐子的老婆,另一个是驼子的女人。说起来,我之所以在他们众多的家人中只挑选了这两个女人,也不过是出于我对女人的重视或者说兴趣,不能不说,到这个时候我依旧没有改掉生活的习惯,依旧喜欢在女人身上做文章,不然的话,我又怎么可能冒着加重罪行的风险,把岩哥的女人巧姐弄到我家里来呢?当然,为了让拐子和驼子安下心来,我也不会像对巧姐那样打他们女人的主意,而是做好了真心保护她们的打算。我们要和自己的女人同生死共患难,我这样信誓旦旦地对两个家丁说,就算我们自己粉身碎骨,也不能把女人们丢下不管。听我这样说,两个家丁也便信服地点下头去。东家你说得对,拐子赞许地对我说,我知道你是一个对女人有情有义的人,所以我才愿意跟着你干,誓与你和自己的女人共存亡。虽然他的话说得不伦不类,但我听了却倍感欣慰。驼子为了表示自己的决心,也把手里的三八大盖举起来,使劲向我摇晃了一下。到这个时候，两个家伙也许对我已经放下心来了，如果不出意外的话，他们肯定会跟我奋战到底的。那些日子里，我也真的做好了与工作队和那些泥腿子较量的准备，在我看来，与其让他们捉去批斗甚至处死，还不如主动挣扎一番，就算是不能取胜，但起码不轻易投降，到最后实在顶不住，再死在他们的枪弹下也算值了。那几天，按照我的安排和指令，拐子和驼子分别趴在房顶上，手里托举着三八大盖，随时做着射击的准备，一旦工作队员和泥腿子逼近我家院落的时候，他们一定会扣动扳机的；我则龟缩在我家的二层小楼内，通过眺望孔四处打量，只要发现一点点风吹草动，就会向两个家丁发出射击的信号。每到吃饭的时候，都是由我的家人上到屋顶，把饭菜送到拐子和驼子面前，待他们吃完以后，再把碗筷收走，也就是说，拐子和驼子根本用不到下地，就在屋顶上度过每一天的时光，就连黑夜到来的时候，他们也是在房顶上睡觉的，当然，为了以防意外，两个人一个值班一个睡觉，总是有一个人睁着眼睛的。有了他们的防范和保护，我便稍稍放下心来，况且工作队和那些泥腿子暂时也没有什么动静，我就更加放松了警惕，尤其是当夜晚到来的时候，由于看不到外面的景象，我只好从眺望孔收回头来，打算下楼去歇息一下，白日里在这里守了一天，的确让我感到了这种日子的难熬，与平时优哉游哉的状态比起来，这种日子简直就不是人过的。于是我便转回身来，迈着疲惫的脚步朝楼下走去，其实到这个时候，我还没有预料到意外的出现，以为接下来的这天夜里，又会让我在床铺上辗转难眠了。这些日子以来，因为要在楼房里观察外面的动静，加之情绪格外紧张，即使到了夜间闲下来，我的心情也不能平静，便远离了床事，虽然我让家丁把巧姐掳到了我家来，如果和她睡觉的话可算是方便至极，至少不用提心吊胆去她的篱笆院了，或许这也是我甘冒风险绑架她的初衷，可事实是，自从巧姐来到我家里之后，我却没有动过她一根手指头，事后回想一下，我其实是做了一件大傻事，不但没有在巧姐身上占到什么好处，反而由此惹恼了岩哥，让这个平时颇为规矩的汉子横下心来与我作对，看来那些日子我的确是昏了头。由于寝食难安，我好像已经快要半个月没有和女人亲近过了，这对于我这个在很大程度上十分好色的人来说，可真算得上是一个奇迹，尽管心里有些这方面的欲望，但在我往楼梯下走的时候，还没有打算到地窖里去找巧姐，更没有想到去老婆的床上睡觉，在这些事关生死的关键时刻，我相信自己无法平心静气地去做这件事。可在接下来的时间内,事情竟然发生了出乎意料的改变,但这种改变并不是由我引起的,也不是源于巧姐甚至我自己的老婆,而是那两个被我接来当人质的家丁女人充当了推手。仔细想来,或许那两个女人也是无辜的,事情的真正起因大概是我们背后的一种力量施加了作用,先将那两个女人然后是我最后是他们的男人也就是拐子和驼子都投入了这种变化中,至此事情便发生了根本的改变,实在超出了我们这些人能够掌控的范围,到那个时候灾难便毫不客气地降临到我身上来了。那天晚上,我迈着疲惫的脚步踏上通到下面去的楼梯。这是一架很少见的旋转楼梯,而且是木制的,由于年代久远,加之蛀虫的侵害,让这架楼梯显得十分老旧,踩上去有一种摇摇欲坠的感觉,每一次从楼上下来,我都小心翼翼,不得不用手扶住旁边的栏杆。白天还好办一些,我可以一边走一边盯着脚下,不至于让自己的脚踩空,但此时是在夜间,我手里又没有灯火,便看不清脚下的情况,走得也就磕磕碰碰,这使我分外小心,走一下停一下,停一下走一下,好一会儿还没有从楼梯上下来。与此同时,还有一个意外的因素减缓了我下楼的速度,就是来自墙壁窗口那边的灯光,当然更准确地说,是来自那边灯光下的情景吸引了我的注意,让我不再愿意往下走,甚至在很长一段时间内都停下脚来,盯着窗口里灯光下的情景不放。如果我不是从楼梯上往下走,而是待在下面的地面上,我就不大容易看到窗口里面的内容,而此时我正好是在楼梯上,处在一个较高的位置,便轻而易举地看到了那边的情况。到底是什么吸引了我的目光?以至于让我停下脚来盯着那边不放呢?原来,窗口那边是我留给那两个家丁女人的住处,自从她们被我弄到家里来以后,为了安抚她们当然更是那两个家丁的身心,我把那间屋收拾出来,安上两张大床,让她们在里面歇息。是不是此刻我看到了她们睡眠的情景?其实还不止于此,如果她们是在床上睡觉的话,便一定是盖着被子的,而这样的情景又有什么好看?此刻时间还早,两个女人还没有上床睡觉,而是赤裸着身子蹲在两只木盆里,互相撩拨着热水洗澡。当然,那两只木盆也是我让下人给她们送去的,无非也是让她们生活得更舒服一些,哪里又能想到,那两只木盆会让平静的生活发生变故,以至于变得不可收拾起来,最终导致我迎来了属于自己的灾难。如果那两个女人一直蹲在木盆里,加之弥漫在空中热气的遮挡,我也不会把她们的身体看清楚的,说不定就会掉头走开,继续沿着楼梯走下去,回到我自己的房间里去睡觉,就算因此而产生一些来自肉体的欲望,找我自己的女人解决一下,甚至到地窖里去对巧姐发泄,也不会惹出什么麻烦来的。但在我刚刚看到她们洗澡的情景时,其中一个女人竟然由蹲姿变成了站姿,也就是说她无所顾忌地从木盆里站起来,让自己的身体完好地裸露在了灯光下。我心里一激灵,不由得探过上半截身子,两手扒着窗户往里看,来自我身体内部的本性或者说兴趣支配了我的行为,让我盯着那个其实也没有什么稀奇之处的女性身体看个不停,以至于让自己没有了时间观念,不知道我在那扇窗户下看了多久,直到一声喊叫在我身边响起来,我才回过神来,意识到自己的行为不妥,想要离开窗户,让自己的卑劣行径变得看上去平常而正经,没想到已经来不及了。随着我身体的失控,脚下一阵打晃,便不可遏制地从楼梯上滚下去,栽倒在下面的黑暗里,如果仅仅是我的身体被摔坏了的话,也并没有什么大不了的伤害,比起土改工作队和那帮泥腿子带给我的威胁来说,受一点皮肉之伤又算得了什么呢?但不幸的是,那个发出惊叹之声的人竟然是拐子,本来他是待在屋顶上的,而且不归他值班,他的任务便是在上面睡觉,其实那时候他已经闭上了眼睛,就在快要睡进梦去的时刻,他被膀胱里的尿液憋醒了,本来他也是打算在屋顶上解决问题的,只要是把裆间的物件掏出来,对着下面的某个空间放松身体,将积聚在肚子里的液体排完,就能继续睡他的觉了。但不知道为什么,他却偏偏沿着梯子走下房来,要到院落的厕所里去解决问题,就在他经过楼房下面那间屋的门口时,觉得里面有些不对劲儿,便朝里面探了一下头,竟然借着门内透过来的灯光,看见他的东家扒着窗口朝隔壁窥探,而在那边的屋内正传出撩水的声音,如果他没有猜错的话,那是他和驼子的女人在木盆中洗澡,天哪,原来他的东家是在偷看他们的女人洗澡?这个可耻的家伙,竟然旧病复发,在如此紧急的时刻还在干这种卑鄙无耻的勾当,更为让他不能忍受的是,东家所侵害的女人不是别人,而是为他看家护院的人的老婆,而且极有可能是他拐子的女人。拐子没有丝毫的犹豫,便一阵风地冲进去,一下子将我按倒在地上。本来我就没从地下爬起来,被他这样一按,我就更加起不来了,虽然拐子拐了一条腿,我也绝对不是他的对手,尽管我使出浑身的力气挣扎,还是不能从他的手里逃出来。没过多久,在拐子的叫喊声里,驼子也从房顶上下来了。更要命的是,驼子也以为我偷看的是他的女人,便也像拐子一样对我充满了愤怒。于是两个人一起联手,将我捆了个结结实实,没等第二天天亮,就把我押送到了工作队和那帮泥腿子的手里。一定是那个家伙在捣鬼，在被那些人关起来等待审判的时候，我一遍又一遍地回想事情的经过，无论如何也不能相信，这一切都是出于偶然，一定是藏在我们背后的那股力量，那只推手，具体说是那个叫山鬼的家伙在发挥作用，就像它向我祖先说的那样，不管到什么时候它也是不肯放过我们一家人的，所以我有理由相信，那个赤裸着身子站在木盆里洗澡的女人绝不是拐子或驼子的老婆，而一定是山鬼本人，当它看到我通过窗户打量它身子的时候，脸上肯定会发出神秘莫测的微笑。我上了它的当，但现在后悔已经来不及了，明天公审我的大会就在村头的广场上举行，十有八九人们会把我拉到那根高高的望蒋杆上，然后再让我的身子从高空摔下来。我不想在那个时刻死去，而只能偷偷地掏出藏在我衣兜内的这颗手榴弹，用它来结束我不太光彩的一生。现在山鬼的诺言可以兑现了，我毫无争议地成为它践行诺言的第一个目标，成为那个卑鄙协议的真正牺牲品……

我的祖父李正途：……黄山木真正引起我的注意，并不是他被黄爱英生下来的时候，而是在他十五岁那一年。这时他已经长成一个粗壮的小伙子，浑身都透着用不完的蛮气，这是我不喜欢的一种个性，加之他的形象与我相差太大，所以在此之前，我一直拒绝承认他是我的儿子。而黄山木呢，大约也不知道我和他的关系，便没有在我身上多做留意，也许在他看来，我和他那些邻居和乡亲并没有什么根本的区别。在下面这个细雨蒙蒙的日子里，我提了两条刚刚钓上来的鱼走进黄爱英家，由于越长越大的黄山木的存在，我已经好多日子没有到这里来过了，今天正好下雨，不由得想起我第一次和黄爱英发生关系的情景，就趁着街上没人的时刻，鬼使神差地朝黄爱英家走去。刚走进院门，我就一下子愣住了，与往日不同的是，屋门外的门台阶上坐着一个人，两手托着下巴，却是瞪着大眼，正直直地朝我打量，就像知道我在这时刻要到他家来似的，眼神里流露出明显的敌意。这是黄山木，不知道为什么坐在雨天里，竟然摆出一副阻挡我进去的架势。我停下脚来，也直直地朝他打量，我们两个人的眼神刚一碰撞，我便明白一切都发生了变化，或许他已经知道了我是他的生身父亲这件事，所以才变得与往日不同？但让我搞不清楚的是，既然他知道自己是我的儿子，应该对我表示一些恭敬才对，可现在完全不是这样，浮荡在他脸上的表情除了敌意便没有另外什么了。我镇定下来，不想在这场与他进行的眼神较量中败下阵来,也没有正经理会他,而依旧迈开大步,越过他的身子往屋里走去。等一等,黄山木竟然喊住了我,毫不客气地问我说,你到我家来干什么?我竟然被他问住了,一时不知道该怎么回答,但我简单想了一下,便找到了来这里的理由,把手里那两条鱼举起来,朝他悠荡了一下说,我钓到了这两条鱼,正好经过你家门口,就给你们送过来了。黄山木依旧直通通地说,我们不吃你的鱼。还没有等我反应过来,他便猛然站起来,伸手夺过那两条鱼,使劲抛到了院子里,这还不算,他又冲过去,抬起脚板,使劲朝那两条鱼身上踩踏。那两条可怜的鱼还没有死亡,在经过那次致命的摔打以后,又接受了他这些猛烈的踩踏,不一会儿便鲜血四溢,躺在地下再也不动了。我呆呆地看着他,一时不知道该怎么办,我看出来,他是在用这种方式向我表达自己的愤怒,但我搞不懂的是,他的愤怒来自哪里?就算知道了我和他的父子关系,也不该用这样的方式迎接我吧?以前他可不是这样,尽管对我的到来并不欢迎,但起码不会公开表示反对,今天他这是怎么了?这时黄爱英从屋里跑出来,看到黄山木任性发作的样子,也没有过去劝阻他,而是悄声安慰我说,不要管他,你快到屋里来吧。我不想让三个人都站在屋外淋雨,便只好按她的意思走进了屋内。他知道了?一上来我便问道。黄爱英点点头说,这件事不能总是瞒着他吧?我闭了一下眼睛,意识到从此以后,这个曾经让我感到温暖的院落就不能随便踏入了,这使我体验到了一丝淡淡的哀愁。但他是我的儿子吗?我睁开眼睛问她说。黄爱英掉开头去,伤心地埋怨我说,你怎么能这样说呢?我没有再让这个不愉快的话题进行下去,仰起头来,望着黑乎乎的房顶重重地叹息一声,用和她告别的口气说,那么好吧,我们以后就少来往一些吧。虽然我的话说得还算委婉,但黄爱英听出了我和她告别的意思,禁不住呜咽起来。我不想让这场不该出现的画面继续呈现尴尬的局面,便掉转身子,走到了雾蒙蒙的院子里去。此时,黄山木高高地抬起头,让天上的雨水一览无余地浇到自己的脸上,好像以此来让头脑冷静一些。我没有再做任何表示,就埋着头走出了院门,刚从门楼下出来,就听到身后传来猛烈的关门声,我虽然没有回头,却知道黄山木是用这种决绝的方式宣布,他不承认和我之间的父子关系。在以后的日子里,我们差不多又恢复到以前的状态中,那就是互不来往,甚至互不搭理,尽管我们都在鱼人河边做着与钓鱼有关的事情,完全可以说,我们是一个行当里的同事或者说战友,甚至在某些方面说,我们两个还有一种似有若无的师徒关系,尽管我没有手把手地教过他钓鱼,但他对这件事的兴趣肯定是受了我的影响,仅仅从这方面说,我们原本也应该表现得更亲近一些,但事实却是,我们从来没有像样地交流过,回想一下,在鱼人河边共同相处的这么多年中,我们甚至很少说过几句话,虽然相隔只有十几米远的距离,却是各干各的事儿,连互相看一眼的机会也几乎没有。大约是为了显得与我不同吧,黄山木钓鱼的时候从来没有像我一样使用过钓竿,而是一上来就动用了他所发明的"滚钩",别说,比起我惯常使用的钓竿来,他的滚钩的确是有效得多,每次钓上来的鱼又多又大,让我这个所谓的师傅相形见绌。只有到这个时候,黄山木才会掉过头来,用似有若无的目光看我一下,眼神里全是得意和鄙视,好像我这个人根本不配当他的师傅似的。但我并没有因为他的藐视而觉得不愉快,世界上难道有比青出于蓝而胜于蓝的事情更让人欣慰的吗?不管怎么说,这小子的钓鱼才能都是从我这里来的,甚至连他这个人都是我创造的,没有我,不知道他还在哪里游荡呢,好好逮你的鱼吧,如果你把鱼人河里的鱼都弄上来,老子才高兴呢。我原本以为,哪怕他不承认我们之间的关系,甚至在很大程度上憎恨我这个并不能给他带来光荣,反而有可能给他带来耻辱的地主分子,曾经一度在批判大会上无情地揪斗我,反正当我们在河边钓鱼的时候,他不会像在主席台上那样对我怎么样吧?日子一久,他差不多也忘记了那些不愉快的事儿,又像先前一样在垂钓的过程中与我相安无事,互不干扰,如果这样的状态一直保持下去,我也能很愉快地接受下来,除此之外,我还能有什么不切实际的要求呢?假如他突然跑过来,公然承认我是他的父亲,我反而会不知所措,做出拒绝这件事的举动来也说不定呢,啊啊,就是想一下这样的局面我也感到心里不安,甚至万分恐惧,这样就好,我一遍遍地在心里说,这样就好……但我哪里想到,一场很难遇到的涝灾改变了一切,也使我们两个人的关系发生了急快的改变,以至于让我葬送掉了自己的性命。谁能想到,那场暴雨连绵不断地下了许多日子,还没有要停下来的迹象,山里的洪水携带着被冲毁的房屋甚至人畜一起流下来,在鱼人河道里恣意泛滥,制造出一种动荡不安的景象。暴雨的来临给本来已经生活困难的人们带来了难以想象的影响,地里的庄稼差不多被悉数淹没,随着几个地段的山体滑坡,一些林木也被连根拔起,随着洪水滞留在河道里。街上已经有人传言,用不了几日,河边的大堤就会被冲毁,到那时,灾难可就降临到乌龙镇人们的头上来了。那些日子里，大家不敢再去鱼人河边钓鱼，虽然水里的鱼都浮在水面上，争食那些顺流而下的吃物甚至人畜的尸体。我当然也不去河边了，但发现黄山木竟然一如既往地跑到那里去，和平时的活动没有两样。人们都以为，黄山木是去打捞那些上游冲下来的东西，毕竟那都是一些可用之物，如果把它们拿回家来，还是在生活中用得着的。但奇怪的是，黄山木每次从河边回来，都毫无例外地空着两手，但他的样子却十分疲惫，脚步踉跄，而且眼皮肿胀，肯定是下过水的，说不定还在水中待过足够长的时间，人们便感到奇怪，既然他没有带回任何一件可用的东西，甚至连一条小鱼秧子也没有拎回来，那他到水里去干什么呢？我觉得好奇，有一天便悄悄地随在他后面，也来到了鱼人河边。这时暴雨早就停歇了，河道里的水也小了许多，但里面依旧浮荡着不少从上游冲下来的东西，其中有门窗、被褥、牲畜等等。黄山木坐在岸边，既没有布下他的滚钩，也没有下水的打算，而是一直坐在岸边的高处，两手托着下巴，呆呆地朝水里看，这个样子我觉得十分熟悉，不禁想起在他家看到过的这种姿势，但那时他是用冷漠的目光朝我打量，现在却是一直朝着河道里观看，因为他背对着我，我便无法看到他目光里的神情是什么样子。去打捞那些东西吧，我在心里催促他说，那样你会发一笔小财的。我知道他听不见我的话，就是听见了也不会按照我的想法去做，或许正是因为这是我的意思，他便有意拒绝才觉得合适呢。我想不通，难道他每天到河边来，就是为了坐在这里朝河里打量吗？那他身体的疲惫和眼睛的肿胀是怎么回事呢？我不想继续朝他窥视，说不定他知道我站在他身后呢，便迈步走上去，越过他的身子，来到我经常钓鱼的地方，将手里的钓竿垂到水里去。其实我并不想在这个时候钓鱼，那些吃过人畜尸体的鱼又有什么好滋味呢？我不知道黄山木是否看过我一眼，因为我是在他身体的前面，也就不好意思扭过头来看他。不知过了多久，我还是听不到他的动静，以为他已经离开河道回去了呢，但就在这时，我却看见他越过我的身子，迈着急快的步伐朝河水里走去，就在小腿快要被河水淹没的时候，他扑下身子，挥动两臂，奋力朝河道里游去。我不知道他游到河里去干什么，就站起身来，以便把他看得更清楚一些。黄山木的两臂甩动得更加频繁，碰到一些树木之类的东西，便扎下猛子，等越过那些东西后再浮出来，依旧不顾一切地向前游动，好像前面有什么金贵的东西等着他似的。我从他身上抬起目光，朝河道的远处眺望。

172

我突然看见,在前面的水流中,同样有一个人的影子在上下浮动,没用怎么辨认,我便知道那根本不是一个像黄山木一样的泳者,而是一个随着洪水从上游漂下来的人,换句话说,这是一个不知什么缘故而落水的人,从他浮动得越来越小的动作判断,这个人已经快要精疲力尽了,说不定什么时候就会沉到水下去。天哪,黄山木就是奔着这个人去的,难道他是不顾一切去打捞他的?这还用得着想吗?黄山木一路劈波斩浪,排除障碍,以最快的速度接近那个快要溺毙的人,当然是去抢救人家的。我呆呆地看着他,心里的潮水像鱼人河里的洪流一般起伏涌荡。没过多久,黄山木就游到了那个人身边,不由分说拽住他衣服,然后掉回身子,再次不顾一切地朝回游来。我在岸边做好了迎接他的准备,试图在他上岸时帮他一把,但黄山木看出了我的心思,在快要接近岸边时竟然掉开身子,从离我不远的其他地方爬上岸来,看得出,他是有意避开我的,明摆着是不想让我帮他这个忙。这个小王八蛋,我在心里骂他说,都到这时候了还与我治气。黄山木安顿好了那个人,便坐回原来的位置,继续朝着河中打量,这次我明白了,他是在全力以赴地寻找下一个要打捞的目标,也就是那些需要他去抢救的人。我在一边觉得无趣,便讪讪地走开去,回到原来的地方继续装模作样地垂钓。大约过了半个时辰,黄山木又发现了一个在河道里挣扎的人,便像上次那样扑下水,直朝着那个人奋力游去。但就在这时,从上游又有一个人冲下来,在水中挥舞着手臂挣扎。黄山木呆怔了一下,一时不知该怎么办,突然掉回头来,朝岸上的我看了一眼。因为隔着太远的距离,又加之他在水中,我看不清他目光里的神情到底是什么,但我却朦胧地感到,他是让我去救那另外一个人的,可我又不敢真的肯定,毕竟打捞那些需要救助的人这件事,都是黄山木一个人在这里进行,好像这是属于他的职责范围似的,但仔细想来,黄山木又有什么救助人的职责呢?可如果不是这样的话,乌龙镇那么多人为什么没有一个到河边来,而只有黄山木在干这件事呢?大约这正是我犹豫不决的原因,也就是说,在黄山木放弃了另外这个人,而专心朝他既定的目标游去时,我并没有做出像他一样下河去打捞这个人的举动,而只是呆呆地站在岸边观望,或者说进行着一些可有可无的思想斗争,当我觉得想明白了这件事,决定下河去像他那样去救人的时候,一切已经来不及了,那个人早就被涌荡的流水冲走了,我即使把眼睛瞪裂,也无法在一河浑浊的水流中找到那个人的影子。没过多久,黄山木拖着一个人回到了岸边，还没有从水里爬上来，就用愤怒的目光朝我看，我以为他仅仅是瞪我一眼，随即便不再搭理我了，因为每天在河道里溺毙的人肯定有很多，难道他会在意其中这不幸的一个吗？可我没想到，他刚把那个他救上来的人安顿好，就径直冲到我面前，嘶哑着嗓子叫喊一声，你为什么没有下去？我呆怔了一下，觉得不回答他一句实在不合适，便嚅嗫着的嘴唇小声说，我……不会水……黄山木似乎相信了我这句话，在短促地思索了一下后，就转回身去，继续安顿那个被他救上来的人。我以为，所有的事情都已经过去，由于有了我这个还说得过去的理由，我的儿子黄山木便会原谅我的。事情也果然如我想象的那样，在此后的日子里，我们依旧共同出现在河边，当然，这时候河道里已经恢复了平静，再也没有什么人需要他来拯救了，于是，我们都恢复到原来的状态中，我在河边用钓钩垂钓，黄山木则下河去布设他的滚钩。如果事情一如既往地这样下去，我们什么事也不会发生的，但让我也让他想不到的是，在接下来的这一天，我却钓到了一条难以置信的大鱼，当我感觉到钓钩上的力量时，便知道这条鱼的个头到底有多大了，那时候我有些忘乎所以，因为在之前的所有日子里，我都没有钓到过这样的大鱼。但正是因为这头鱼的个头特别大，便不轻易被我弄上岸来，依旧在水里拼命挣扎，以至于让那条连接它嘴巴和钓竿的丝线越绷越紧，如果再不想一个更好办法的话，当丝线真的绷断时，我好不容易钓到的这条大鱼就会得而复失。我几乎没用怎么犹豫，便脱掉外衣，走下水去，当小腿快要被河水淹没的时候，我扑下身子，然后挥起两臂，朝着水中奋力游去。这时我已被快要到手的胜利冲昏了头脑，完全忘记了在我身后的岸边，我的儿子黄山木正慢慢站起身来，用惊讶的目光望着我，望着我朝水中那条大鱼游去的身影，不禁在心里叨念说，他不是说不会游泳吗？难道是他欺骗了我不成？我根本没有想到，正是我这个大意的举动，让他在接下来的日子里产生了挥之不去的杀机，让我在又一次钓到一条像我的儿子那样大的鱼时丢掉了性命。回想起来，我觉得那条诱使我下水去的大鱼肯定不是一条普通的鱼，而是那个神秘莫测的山鬼的化身，说来说去，尽管我把自己打扮成一个满怀善意的人，并小心翼翼地在这个复杂的社会里度日，还是最终暴露了自己藏匿在内心深处的自私恶念，让那个一直追踪我们家族后人的山鬼抓住了把柄……

我的父亲李大中：……进山伐木前的这天夜里，我躺在床上久久无法入眠，好像有什么事情放不下，或者等待什么事情发生似的。妻子忙碌了一天，这时有些疲惫，才在我身边躺了不一会儿，就打起瞌睡来。我就着微弱的灯光，目不转睛地看他，一时陷入深沉的思索里。实际上，这是我离开这个世界前与她相处的最后时光，当我几天后以一具被砸烂脑袋的尸体回到家来的时候，我已经不能和妻子做任何交流，所以我应该抓紧这个机会，好好地和她说说话。于是我把手放在她身上，轻轻地推了一下。妻子从瞌睡的状态中清醒过来，睁开眼看我一下说，天不早了，你明天一早还要进山，怎么还不睡呢？我直直地看着她说，你说，我在山里不会出事吧？妻子也推了我一下说，你怎么这样想呢？不就是进山伐个木头吗？有什么大不了的？我掉开头，望着房顶上的昏暗处说，李二愣那个狗东西会放过我吗？妻子似乎明白过来，哦，原来你是在担心他呀，那我告诉你吧，他肯定不会把你怎么样的。我反问她说，你怎么知道他不会把我怎么样呢？妻子摇摇头说，对他我还是很了解的，别看他平时动不动就做出犯浑的样子，其实他并干不了什么出格的事。我依旧按着自己的思绪说，他一定忘不掉对你的感情。妻子再次推我一下说，别说这些没用的啦，赶快睡觉吧，我已经困得不行了。说罢，她再次扭过身去，又做出了继续睡眠的架势。我愣怔了一会儿，还是不想放过她，就又一次把她推醒，并随即抱住她的身子说，我一走就是好几天呢，到时候恐怕会想你的……听我这样说，妻子便明白是怎么回事了，也再次推我一把说，你就不怕明天干活没有力气？我摇摇头说，不怕，你刚才不也说过，不就是进山伐个木头吗？妻子也很快打起精神，做好了配合我的准备。大约半个钟点过后，我们做完了那件事，便并排躺在一起，手拉着手，有一搭无一搭地说了一些话。看你心事重重的样子，妻子有些担心地说，好像要去上战场似的。我笑了笑说，没有那么严重，其实我是在想孩子们的事。妻子没有想到我这么说，便不解地问我，想孩子们什么事？我顺着她的话说，原先我还以为只有二女一个女孩呢，没有想到四平也跟着来了。妻子反问我说，这样不好吗？我摇摇头说，如果只是个女孩还好一些，但现在就不好说了。妻子愣了一下，也明白了我话里的意思，原来你还没有忘记你家那些传说中的事？我纠正她的话说，或许不仅仅是传说。妻子扯了扯我的手，尽力安慰我说，有儿子也没关系的，大不了我把他当女儿养好了。我心里一动，禁不住对她说，别说，这倒是一个好主意呢。这时夜已经深了，再加之我们都有些疲惫，妻子便再次提议说，别说这些没用的了，我们抓紧睡觉吧。我也觉得再说下去也没有什么趣味，便熄灭了灯盏，随着妻子睡进梦去。也就是在这天的梦里，我看见了那只几天后被我处死的鹿仔。进到山林里以后，李二愣便向我摆出了一副争狠斗勇的架势，每天都挥动着锋利的斧头，对着那些倒霉的树木砍呀砍呀，咔嚓咔嚓的砍击声在树林里回荡，飞溅的木片在他周围蹦跳，每砍倒一棵树，他都会像一个地道的伐木者那样发出悠长的吆喝，顺山倒喽……从空中倒下来的树木砸翻了一片灌木，像一具僵硬的尸体倒在地上。李二愣当然还不会罢休，又对着那棵树上的枝杈挥起斧头，又是一番咔嚓咔嚓的砍击声，很快，树木上的枝杈便被他的利斧砍光，只剩下一根光光的木杆，看上去一副可怜巴巴的样子，真是难以想象，刚才还是一棵枝叶繁茂的大树，现在只剩下了一根光秃秃的树干，仅仅就在这一棵普通的树上，便很好地体现了沧海桑田的复杂意味，每一次从那根树干上抬起头，我都在心里感慨一番。随着时间的增多，李二愣和我较劲的架势更加明显，或许远处的树木都被他砍倒了，便拎着斧头来到我身边，专拣靠近我的那些树木砍击，一边砍还一边朝我看，眼神里满是对我的蔑视和嘲讽。我当然不是他的对手，与他这个自称在东北的密林里当了几年伐木工的家伙不同，虽然我也是一个有名的庄稼把式，但在此之前，却从来没有干过伐木的活计，自然不能和他相比，往往他都砍倒了两三棵树木，我还没有砍完一棵，受到他的笑话也就在所难免。我一点都不生气，毕竟在这方面我甘拜下风，甚至还用不无敬佩的口气夸奖过他几回呢，当然，我不会当面向他表示恭维，而是在与别人的交谈中，真诚地把自己的感想表示出来。看来他在东北的日子里，我心悦诚服地说，练就了一身的好本事。那个听我这样说的人一愣，不禁脱口说道，他什么时候在东北待过呢？我反问他说，在离开我们乌龙镇的那几年，他不是一直在东北的密林里伐木吗？那个人继续诧异地问我，你这是听谁说的？我随口说，是他自己说的呀。听到这里，那个人止不住咧嘴笑起来，看来你上他的当了，其实他根本没有到东北去过，还在密林里伐木呢，真是笑话。我也禁不住呆住了，怎么回事？难道他是在对我们说谎不成？我紧紧地看着那个人，你说他没有到东北去过，可在那几年里，他到底在什么地方呢？那个人望着在远处依旧拼命挥动斧头的李二愣，脸上浮出一副神秘兮兮的样子，实话对你说吧，这件事我可是一清二楚的，不过你不要轻易揭穿他这个秘密，不然的话他是会和我过不去的。听他这样说，我赶紧声明说，不会的，这件事我不会随便对别人说的。那个人放下心来，并在下一次歇息的时候，偷偷摸摸地对我讲了他和李二愣的一番遭遇。有一次，这个人开着生产队的拖拉机，走过了差不多一百多里的路程，到其他公社的一个养猪场去送饲料，让他想不到的是，就在那个遥远的饲养场里，竟然碰到了一个熟人。当时，那个人把一车厢饲料卸到仓库里，一时闲得没事，便在饲养场内闲逛起来，看上去像是一个标准的参观者。在此之前，这个人还没有见过那么多品种的猪呢，一时新鲜得不行，便一路朝前走，想把整个饲养场都看上一遍。就在这时，他看见前面一个弯着身子喂猪的身影有些熟悉，好像在什么地方看到过，但他又想不通，他从来没有到这个地方来过，又怎么可能碰到熟人呢？直到那个人喂完了猪，把身子转过来时，他才确认了自己的眼力，没错，这个喂猪的饲养员的确是他的一个熟人，具体说是他的老乡，从乌龙镇消失了好几年的李二愣。望着这个向他走来的人，李二愣也一下子呆住了，在简单地思考了一下后，想要转过身体走开，明显摆出了不想和那个人相认的架势。李二愣，那个人干脆叫出了他的名字，你怎么会在这里？李二愣看到人家真的认出了自己，实在不能再掉头走开了，这才觍着笑脸点点头说，原来你还认得我？那个人也连连点头说，怎么会不认识你呢？原先我们还以为，你到东北去伐木头了呢，怎么也不会想到，原来你是在这里喂猪。李二愣不好意思地低下头，好像为自己喂猪的差事感到羞愧，随即压下声来嘱咐那个人说，回去以后，千万不要说我在这里。为了让那个人落实自己的叮嘱，李二愣掏出钱来，请那个人好好吃了一顿饭。俗话说吃人家的嘴短，那个人吃了李二愣的饭，回来以后，便没有把他在那个饲养场喂猪的事说出来。现在反正他已经回来好几年了，那个人为自己的食言开脱说，这件事也就算不上什么秘密了，不过，你也不要轻易往外说呀。我再次点点头说，这你就放心吧。我真是想不明白，在那些年里，李二愣竟然就在离乌龙镇不远的地方，也可以说，就在我和妻子的身边，却从来没有冒出来打扰我们，这真是一件让我难以置信的事儿，我原本以为，凭着李二愣的个性，他随时都可能回来找我算账呢，可他竟然没有这样做，可见他在那些年里受到了多么大的压抑，现在他终于回来了，是不是便可以公开和我过不去了？还有，那几年的养猪生活肯定让他感到了某种程度的屈辱，如果再把这种情绪带到我身上来，那就更没有我的好日子过了，这样一想，我越发感到了不安。尽管李二愣争强斗狠，摆出一副和我叫板的架势,每天都把斧头抡得高高的,在那些粗壮的大树上发泄身上的蛮力,但几个日子下来,他却没有主动与我发生冲突,倒是经常对我使几个白眼,最多也就是说几句不痛不痒的骚话,逞一些口舌之快罢了。到山上来的时候,我们是按照十天的时间计算的,现在这段时间快要过完了,可李二愣还没有让我们下山的打算,这样一来,我们带到山上来的干粮便不多了,更让大家不满的是,因为在山林里起火做饭不方便,我们带的都是一些现成的食物,比如馒头、窝头、烙饼之类,而没有带多少肉类食品,顶多也就是几块熏肉和腊肠,这几天早就吃光了,剩下便只是窝头就咸菜,吃得实在是无滋无味,尤其是对我这个喜欢吃肉的人来说,在山上的日子简直就是受罪,由于砍树消耗了过多的体力,再得不到肉类的补充,身体便有些挺不住劲,有时只要一吧嗒嘴,一种对肉类的渴望便涌上心头,那种痛苦的感受就别提了。就在这时,我在砍树的间隙,似乎看到一只动物从树丛里跑过,开始我还以为是产生了幻觉,直到听见那只动物在灌木丛中发出的叫声,才明白那里真的有一只身上长满肉的动物,便止不住想,如果把这只动物撂倒,就真的可以给我们提供几顿像样的肉食了,这个念头一起,我便产生了到树林里去狩猎的打算。在接下来的这天中午,当大家都在树下休息的时候,我拎着一把砍树的斧头,迈着急快的脚步朝树林里走去。大约寻找了不到半个钟头时间,我便看到了曾经从我面前跑过去的那头动物,原来是一只还没有长大的鹿仔,真是天助我也,本来我手里没有枪支,甚至连一件像样的狩猎工具也没有,如果面对一只身强体壮的成年动物,要想把它撂倒是不容易办到的,现在出现在我面前的竟然是一只鹿仔,凭着我手里的这把利斧,把它弄翻在地下还是有把握的。此时,那只鹿仔正在专心地吃草,对于危险的临近还没有做出像样的反应,我蹑手蹑脚地走过去,在离它仅有五步远的地方,突然从灌木后面站出来,挥起手里的利斧,对着它的身子就狠狠地掷过去。那只斧头在空中打着旋,并发出嗖嗖的响声,然后准确地击中了鹿仔的腹部,猛烈的惯性差点将它击倒。鹿仔踉跄了几下,勉强站稳身子,撒腿就朝前跑去。我不紧不慢地随在后面,知道它跑不了多远,那把锋利的斧子已经砍进它的体内,过不多久,它就会倒在地下的,事情正如我的预料,我仅仅在它身后跟了大约二十米的距离,便看到它躺在地下,身上已经涂满了鲜血,只是四条腿还在徒劳地抖动。我把这只鹿仔扛回去,用一根绳子捆住它的头颅,吊到一根树杈上,准备用那把要了它命的斧子,给它开膛破肚。大家高兴地将我围住,争相夸赞我的狩猎技艺,我注意到,只有李二愣站在人群外,一直对着我和那只死鹿发呆,也许我的狩猎举动出乎了他的意料,也让他感到了某种程度的震撼,原来我也是一个不怕见血的家伙。想到这里,我越发有些亢奋,将手里的斧头举起来,对着鹿仔的尸体便是一番挥舞,很快就将它的内脏扒出来,丢到了旁边的河水里,然后把它的身子外层劈成两半,从树上摘下来,放到一块木板上,又是一番挥动斧头,几乎没用一刻钟,那两片鹿身就变成了一堆肉块。我一边使劲剁肉,一边斜起眼来朝旁边看,当然,我除了去看李二愣外,不会再想到其他什么。正如我的想象,在我欢快剁肉的时候,李二愣越发有些惊悚,两眼大瞪着,但眼神僵硬呆板,看上去就和一条被钓出水面的死鱼差不多。我把那些肉块用一根树条穿起来,然后架到火堆上烘烤,没过多久,浓烈的香气便在树林子里弥漫开来,让我止不住咽了几口唾沫。鹿肉烤熟了,大家兴高采烈地围坐在火堆边,用树枝挑着熟肉大口吃起来。到这个时候,李二愣依旧坐在远处,并没有朝我们走来分享一块鹿肉的打算,而是像先前一样大瞪着眼睛,呆呆地朝我们打量,不知道他心里在想些什么,是不是嘴里也在吞咽涌流不止的口水。你也来吃块吧,我有些可怜他,便虚假地向他发出邀请说,好几天没吃过肉了,现在尝一口也觉得是享受。这样说着,我还夸张地吧嗒了几下嘴,以示那些鹿肉实在好吃。但让我想不到的是,李二愣竟然摇了摇头说,我不吃肉。听他这样说,有一个人恍然大悟地接上说,是呀,队长从来不吃肉,我们都差点把这个忘了。我听了也不禁一愣,这是真的吗? 难道李二愣是一个吃素的人? 这可是我从来没有想到的,就他那种愣头愣脑的样子,竟然不敢吃肉,这无论如何也让人想不明白。于是,那天在我们贪婪大吃鹿肉的时候,李二愣便一直坐在远处,呆呆地朝我打量,不知道他心里到底在想些什么,事后或许我才明白,也许从那个时候起,他就对我这个人产生了与平时不一样的印象,是不是对我的杀机就是此时产生的呢? 从这种意义上说,那只鹿仔的出现便是我走向死亡的引子,或者干脆说,那只鹿仔就是那个山鬼的化身,这些年来,我一直以为,有了祖父和父亲的付出,也许它会放过我这个看上去也算规矩的人,但在这个关键时刻,它却用那只鹿仔对我进行了考验,可悲的是,我没有洞晓其中的秘密,让它轻而易举地把我隐藏在心里的罪恶勾引出来,暴露在了那个差点要放过我去的家伙面前,使他在随后的这个日子里推倒了那棵对准我脑袋的大树……

我的姐姐李二女：……我就什么都不说了吧，为了我们李家能够顺利繁衍生息，不至于在莫邪山在乌龙镇消亡，作为一个女人，我也愿意去承担家族必须付出的代价，也就是说，我宁愿以我的牺牲去换取我弟弟的生存，这没有什么好说的。从今以后，李家的重担就挑在那个叫李四平的人身上了……

十 二

我不知道那个时候我是沉浸在睡梦中，还是真的是在现实中的山林里。此时，我躺在一片低矮的灌木丛中，仰起头来，目光沿着攀缘向上的藤蔓植物一路上行，落在了那些高大挺拔的乔木身上。其实我并看不清楚那些树木的真正样貌，因为在我头顶上，日光正透过树冠的缝隙落下来，在我面前制造出一副花花点点的朦胧景象。就在这时，我看见了一个毛茸茸的身影浮现出来，像一只在电影里见过的降落伞落在我面前。我掉过头来，认出这是一头看上去并不陌生的水牛，对于这种普通的动物，我一点都不陌生，在我们乌龙镇，原先是生产队现在是许多家庭，都饲养过这种水牛的。但我觉得奇怪，那些只能到田里去干活的动物，为什么来到了山林中呢？

你是谁？我问它说。

我是山神。水牛回答说。

山神？我有些意外，在人们的传说当中，山神的确是以牛的形象出现的，但它一般是不会来到人们面前的，在此之前，几乎所有的乌龙镇人都没有看到过山神的样子，而现在，它怎么可能如此轻易地出现在我面前呢？你真的是山神吗？我有些不相信地问道。

没错，水牛点点头说，我的确就是你们传说中的那个山神。

你不会是骗我吧？我依旧有些不相信，人们都说，山鬼也会以你现在的样子到大家面前来的。

那是它假扮成我的样子，水牛摇摇头说，目的当然是欺骗你们，但在某种程度上，也给我的荣誉造成了伤害……

那你怎么能容许它这样做呢？我问它说。

我当然不会容许它这样做的，水牛信誓旦旦地说，现在我不是正在寻找它吗？放心吧，过不了多久，山鬼就一定会在你们面前消失的。

你为什么要对我说这些呢？我呆呆地看着它，在我想来，这可是属于它们神灵的秘密，怎么可能随意泄露给我这个可有可无的小人物呢？

李四平，水牛直呼着我的名字说，你就这样一直游荡在山林里，而不准备去做一些属于自己的事情吗？

我有些吃惊，它怎么会知道我的名字呢？但随即便释然了，人家是山神嘛，在这个山林中还有它办不到的事情吗？属于我的事情？我反问它说，什么是属于我的事情呢？因为在此之前，我一直以为自己什么事情也做不了，便每天躺在这个山林里，不知道该怎样把我以后的日子过下去。

你看，水牛朝四周指了一下，那是些什么？

我顺着它的手势随便一看，便脱口说道，你是说那些鬼伞吗？此时，虽然我是躺在山林里，但具体说，离我最近的地方，都是那些五颜六色的毒蘑菇，它们就像一些妖艳的花朵一样在我身边盛开，发出的迷人香气几乎搅乱了我的头脑。对于我这个拥有免疫能力的李家后人来说，这些鬼伞并不能把我怎么样，甚至在某种意义上说，它们还对我起到了诱惑的作用，让我每天都到山林里来，到这些鬼伞的群落里来，和它们相伴而度日。虽然我也知道，这些毒蘑菇存在一天，那些进出山林的人便不能解除真正的风险，这个世界也就不能获得真正的平安，但面对这个已经持续了好多年的糟糕局面，我这个普通人又能怎么样呢？

行动起来吧，水牛催促我说，把这些可怕的毒物清除掉，便是属于你要做的事情……

我能把它们清除掉吗？我还有些不相信，它们既然已经在莫邪山里扎下了根，凭我一个人的能力，就能让它们在这里绝灭吗？

只要你去做，水牛用肯定的语气说，就能把它们从这里赶走的。

这是不是说，我抑制着渐渐加快的心跳说，当这些鬼伞从这里消失的时候，这座山林便恢复了原来的样子，人们可以自如地进出，我也便不再受到他们的指责，或者换句话说，我们李家的灾难就能过去了吗？

这正是我要让你达到的目的，水牛郑重其事地说，灾难和厄运已经跟随了你们李家好长时间，现在看来，该到它们结束的时候了。说到这里，它又朝我跟前走了一步，但这件事不会那么轻易地过去，必须有一个人行动起来，用自己的努力和付出把它们赶走，说到这里，它又朝那些在风中招摇的毒蘑菇指了一下，当有一天，这些该死的鬼伞从莫邪山里完全消失的时候，你们李家便获得了真正的自由，你也就活得像一个真正的男人了……

我没有听完它的话，便一下子从地上跳起来，这是真的吗？我依旧有些把握不准，它所说的这番景象别又是一个可怕的陷阱吧？于是，我便再次向它提出，你拿什么让我相信你说的话呢？

来，水牛向我招了招手说，把你的手伸到我面前来。

我迟疑了一下，还是决定按照它说的办，抖抖索索地把手伸到它面前。

水牛把它攥紧的手放到我那只手上，然后慢慢松开来，我感到有什么东西落在了我的手心里。这是我给你的真正蘑菇的种子，它把我的手推回来，当你把那些鬼伞清除掉的时候，就把这些健康的种子播种下去，那时这些正常的蘑菇就能回到这座山上来了。

我收回手来，慢慢将攥紧的手指一根根打开，没错，我手心里已经拥有了一些尽管十分微小却能够被我看清的颗粒状物，啊，这些孢子就是蘑菇的种子。我这才相信，这只送给我真正蘑菇种子的水牛的确是无所不能的山神，按照它说的去做，我就能改变这座莫邪山的模样，让笼罩在我们家头上的乌云散去，到那时候，日光便像甘露一样降临在我们李家人的身上……我激动地抬起头，想对山神说一句感激的话，这才发现，水牛早已不知到哪里去了，它存在过的那个地方仅仅留下了一只巨大的熊掌印。

现在，我迈着急促的脚步在山林里走，每看到一丛五颜六色的毒伞，便毫不客气地把它们拔下来，狠狠地丢到一边去，为了让它们彻底绝灭，我还要扒开泥土，把它们残留下来的根须也清除掉。然后，我再从手里拿出山神送给我的真正蘑菇种子，把它们播撒到泥土里。虽然山神只送给了我一小把孢子，但我已经走过了好几座山峰，播下了无数正常蘑菇的种子，它们还没有用完，留在我那只手里的孢子依旧那么多，这真是一件无比神奇的事情。当然，干这种活计也是相当费力气的，而且会遭遇来自肉体的痛苦，因为要用手指清除鬼伞并在泥土中播种，每一天下来，我的手指都几乎要脱一层皮，滴落下来的血丝差不多染红了我抚摸过的泥土。想当年，我的祖先按照山鬼教给他的方法播种那些鬼伞种子的时候，或许也要经过这样艰难的过程，为了达到自己的目的，我们都必须要付出高昂代价的，当然，祖先这么做是为了霸占整座森林，而我做的却与他完全相反，是为了把这座山林从他的魔掌中解放出来，虽然我们做事的目的不同，但我们付出的艰苦努力却毫无二致,难道这就是我们李家摆脱不掉的宿命?一想到这里,我的心境便变得糟糕起来,但看到那些健康正常的蘑菇从泥土里钻出来,正在以急快的速度改变这座山林的模样,我灰暗的心情才又变得明朗起来,也便对我正在做的这件事充满了必胜的信心。

在休息的间歇,我看到一个女人从林木后闪出来,迈着轻巧的步子走到我面前。这是一个格外美丽妖艳的女人,身材苗条,风姿绰约,身上只简单地穿了几片衣衫,白皙的皮肉大多裸露出来,这使她浑身都散发出迷人的魅力。小哥哥,女人径直走到我面前,用娇滴滴的声音说,你累了吧?来,让我陪你歇一会儿吧。她在我身边坐下来,抬起一只手,要朝我布满汗渍的脸上擦一下。

我躲开了她那只手,在我看来,那只特别柔软的手就像一条毒蛇一样不怀好意。你是谁?我有意问她说。其实在这个时候,我差不多已经辨认出她的真实面目了。

我是这山里的一个女孩呀,女人回答我说,又觉得这样说过于笼统,便继续哄骗我说,我的爹爹是一个老猎人,从小到大,我们父女都在这座山林里出没……

那你为什么不跟你爹爹去打猎呢?我反问她说,你到我这里来干什么?

打猎也总是要休息的,女人又朝我跟前凑近了一下,我看你一天到晚在干那件清理蘑菇的事儿,真觉得你好可怜好可怜呀,这么大的山林,她用那只长手在周围划拉一圈,你一个人怎么干得过来呢?不如让我来帮你一把吧?

这是我个人的事儿,我毫不客气地回应说,怎么能让别人参与呢?

这么说我是别人了?女人有些不高兴,既然不愿意让我掺和,那我来陪你歇息一下总可以吧?说着,她把两条胳膊摊开来,让自己的胸脯敞开得更宽阔一些,来吧,靠住我的身子,然后闭上眼睛,就好好喘一口气吧。

我当然没有按她说的做,不仅如此,还尽力往后退缩了一下,以离她更远一些。请你自重,我警告她说,我根本不认识你,请你离开我吧,我一个人在这里就觉得很好……

看你多么不识相,女人笑话我说,乍一看来,还以为你是一个女人呢。

我的脸颊有些发热,不禁脱口说道,你这是什么意思?

如果你是一个男人的话,女人激将我说,就不该拒绝我对你的好意,不瞒你说,从好多日子以前我就看上你了,觉得你一个人在这里好寂寞好寂寞,如果让我们在一起了,你就会觉得好幸福好幸福的……

去你的吧,我挥起手来对她说,不要再说这些肉麻的话了,你以为我不知道你是干什么的吗?

听我这样说,女人有些心虚,也不禁顺着我的话说,你说我是干什么的?

你是山鬼,我毫不客气地揭穿她说,从你一出来的时候,我就知道你的真实身份……

不是不是,女人赶紧摇摆着双手说,我怎么会是那个居心叵测的家伙呢?请你相信我,我只是一个对你拥有好感的普通女人……

好啦好啦,我不想再听她这些鬼话,便向她下达了逐客令说,请你离我更远一些,我们李家已经上过你一次当了,而且为此付出了那么惨痛的代价,现在我绝不会再听你的蛊惑,请你小心一些,虽然你是神灵,我只是一个普通人,但我也不会任你摆布的,请你赶快滚远一些,不然我就对你不客气了。

哈哈哈哈,山鬼知道再装下去也没有什么意义,便摇身一变,恢复了它本来的猴子面目,李四平呀李四平,它用那只长着利甲的爪子指着我说,想不到你还真有一双慧眼,竟然也能如此轻易地把我认出来,你可比你那个贪婪的祖先强多了。

你说得对,我点点头说,只要一个人不贪婪,他就会让自己的眼睛明亮起来。

原来是这样?山鬼也点了一下头说,这么说,我就对你无可奈何了?

请你离开我,我再次朝它挥挥手说,你已经把我家人害得够惨了,为了占有这座山林,我也朝四周划了一圈,我们付出了那么多的代价,一连好几个人都为此丢掉了性命……

等等,山鬼打断了我的话说,其实我并没有让你们家遭受那么多灾难,比如说你的祖父,你的父亲,你的姐姐,他们的事其实并不是我的意愿……

还说不是?我愤怒地抢白它说,难道他们在死的时候,不是你拿着那份协议在一边操纵的吗?

冤枉我了,山鬼皱着眉头说,其实这几个人死的时候,我并不在他们身边，虽然我与你的祖先确实签署过这份协议，它把那份已经发黄的协议书拿出来，在我面前晃悠了一下，但我也不想把你们家害得那么惨，尽管我有心向山神提交一份典型的人类堕落报告，也确实把你们家当作了真正的牺牲品，但看到你们一家子活得也实在不容易，便没有在你们后来那几个人身上做文章，天地良心，它把手举起来，向着天上指了一下，又把手落下来，对着地下指了一下，我真的没有在一边操纵他们。

那他们是怎么死的？我再次问它说。

这个……山鬼吧嗒了一下嘴说，那你就只好去问他们自己了。

简直是胡说八道，我在心里对它说，让我去问他们？他们已经变成了一抔黄土，我还怎么去问得了他们呢？

不要再干了，山鬼劝告我说，这座山林太大了，你要把它走个遍，还要把那些鬼伞清除掉，再把那些正常的蘑菇种下去，让它们长遍整个莫邪山，这样的工程实在太过浩大，不是你这个小人物能完成的。

当年我的祖先，我问它说，不是在你的操纵下，也干了这样一件事吗？只是他干的与我干的目的正好相反而已……

这可不一样，山鬼摇摇头说，当年为了成全你的祖先，我是在他身上动用了法力的，也就是说，他并没有费什么力气，我就让那些鬼伞长满了这座山林。

原来都是你惹的祸？我更加愤怒起来，如果你不帮他的话，或许我的祖先还会逃过一劫……

不会的，山鬼肯定地说，就算我不帮他，这样说吧，即便这个世界上根本没有我这个神灵，就凭你祖先那种贪婪的本性，还会有别的神灵打他主意的，也就是说，劫难是一定会降临到他这个人身上的。

我想了一下，不得不勉强同意它这个结论，毕竟对于先人的事儿，我这个后来者又怎么可能知道得更多呢。到这个时候，我觉得已经与山鬼没有什么好说的了，既然它不离去，我便站起身来，朝着前面的山林里继续走去。

什么时候不愿干了，山鬼还徒劳地在我身后喊道，就立即来找我，如果你想要一个女人的话，我马上派一个比刚才那个女孩更美丽的人来，当然，如果你想要一个男人的话，我也会满足你要求的……

滚蛋吧。我在心里向它愤怒地咒骂，然后迈开大步，头也不回地向山林的深处走去。

现在,我已经踏遍了多半个莫邪山,凡是我走过的地方,那些五颜六色散发着迷人香气的鬼伞都毫无例外地被清除掉,而在我身后,那些没有美丽外表却是真正的蘑菇正在茁壮成长,由于缺少了那种毒物的存在,曾经支离破碎的山野变得更加鲜活而充满生机,不但鸟兽们在其中逍遥自在,就连偶然来到的人类也倍感畅快。但此时此刻,我也感到那么的疲惫,似乎每朝前走一步,都需要鼓起更大的勇气,因为在这个时候,我已经步入了老年,也就是说,我已经在这座山林里度过了大半生,把最好的年华都贡献给了它,这里的每一棵草木,每一块石头,都有我汗水打湿的痕迹,这里的每一只飞鸟,每一只走兽,都认得我的模样,正是在它们的注视下,我那个当年的小伙子变成了如今名副其实的老头子,上天留给我的时间已经不是太多,那么接下来我的任务便更为艰巨。莫邪山横跨三省而存在,方圆足有八百里,拥有大小山峰八十余座,河流八十多条,虽然大多数都已经被我踩在了脚下,剩下的地方真的不是太多了,但要在剩余有限的时间内把整座山林走完,把那些无处不在的鬼伞彻底清除干净,我还是禁不住心生畏惧,甚至会产生一点点绝望,尽管有来自山神的鼓舞,来自为家族雪耻的动力,来自对未来生活的美好想象,这一切都能让我打起精神,把沉重的腿脚向前迈动,但身心的疲惫也真的成了挥之不去的负担,有时走着走着就会被脚下的石头绊倒,直到在草丛里打过好几个滚,把脸上身上都弄出了累累的伤痕,才能挣扎着从地下爬起来。到这个时候,我心里便产生了越来越多的委屈和抱怨,觉得依然没有摆脱山鬼的控制,或许是它在让我为祖先的罪责而受苦受难,这样说来,我与那些被它害死的家人又有什么区别?难道等待我的不还是即将到来的死亡吗?也就是说,在我离开这个世界之前,我都不能把祖先犯下的罪愆赎买干净吗?每次想到这里,我便产生了不再继续努力的念头,干脆躺倒身子,等待灾难的降临好了。也就是在这个时刻的睡梦中,山神再一次来到了我身边,对我的消极怠工进行毫不客气的追责。

为什么你要半途而废呢?山神以它本来熊的面目出现在我面前,或许在它想来,再对我进行伪装实在是没有必要,难道你对未来失去信心了吗?

我已经老了,我朝它耍赖说,对我这个行将就木的人来说,还有什么美好的未来可言？

未来是一回事，山神开导我说，你的责任又是另外一回事……

没有听完它的话，我就毫不客气地乱说，为什么这是我的责任？难道我一生下来就注定要干这件事吗？要说有责任的话，那个可耻的山鬼不是负有更大的责任吗？

我正在追剿它，山神向我解释说，这段时间以来，我每天都在寻找它的踪迹，只要它被我抓住了，就逃不脱我对它的惩罚……

但这些又有什么用？我怨恨地对它说，即使它受到了惩罚，那也是为后来人解除了风险和威胁，而我呢？不还是要继续在这里清除那些该死的鬼伞吗？因为我的祖先早就犯下了那些错误，而我却不能不为他们承担责任……

这么说你是知道这一点的，山神欣慰地点点头说，那既然这样，你就不应该再做这些无意义的抱怨了……

但为什么我要为他们承担责任呢？我痛哭流涕地说，我宁愿不做他们的后人，甚至我宁愿不来到这个世界上，也不愿意一生下来就被捆绑到这辆已经发动起来的战车上，被一股我所不知道的巨大力量推动着上战场，而投入那场对我来说毫无意义的战火中去……

你的比喻太过激烈了。山神纠正我的话说。

难道不是这样吗？我反驳它说，虽然这座山林里看不见战火，也看不见战车，甚至连一把枪支一支箭矢也看不到，但对我来说，我所参加的这场战斗可是比世界上所有的战役都要惨烈，我扑倒在地下，用两手使劲抓取地下的泥土，然后再狠狠地抛出去，别人的战争尽管死了那么多人，但总有停战的时候，当和平到来时，生存下来的人还会欢欣鼓舞，为那些死去的人做一下纪念，而我呢？我已经在这座山林里战斗了快要一辈子，到现在还没有让它停下来的迹象，那么我的和平年代在哪里？当我死掉的时候，谁又来为我做一下纪念呢？

你是不是真的在想女人了？山神忽然问我说。

什么？我几乎没听清它的话，因为在我想来，山神就算像我一样也已经年老，也不至于说出这样不靠谱的话来吧，你怎么能这样说我呢？

因为你终于有了繁衍生息的想法。山神用欣慰的口气说。

真的是这样吗？我从地下坐起来，瞪大两眼问它说，我怎么不觉得呢？

在此之前,山神也坐到我身边来,你可是从来没有在这方面费过心思的,你知道问题出在哪里吗?

出在哪里? 我呆呆地看着它。

其实就出在你的母亲身上。山神回答说。

我越发不明白它的话,这件事又与我的母亲有什么关系?

因为她一直把你当一个女孩抚养。山神摇着头说。

我明白它说的意思了。可是,我又问它说,我母亲为什么要这么做呢? 难道这样一来,我就会避开那些注定要到来的灾难吗? 但我姐姐不就是一个真正的女孩吗? 为什么她也像我的祖辈要承担那些不应该属于她的责任呢?

或许,山神模棱两可地说,或许她在为你而承担那些责任吧……

你也这么说? 我有些失望。

还是说你母亲吧,山神让话题回到原来的轨道上,她执意要把你打扮成一个女孩,目的并不仅仅是让你避开那些灾难,在她想来,还有一个最大的目的要实现呢。

最大的目的? 我还是不明白,什么最大的目的?

那就是让你不再传宗接代,山神悲伤地说,更进一步说,是让你们李家不再繁衍生息……

天哪,我大惊失色,原来母亲要干的是这样一件事?

看到你们家族的灾难绵延不绝,山神叹息着说,在毫无办法的情况下,她只能出此下策了,这当然不是她愿意干的一件事,你想一想,人活着不就是为了生存繁衍吗? 当一个人在这方面做着相反事情的时候,她该要承受多么大的压力和痛苦,只有在别无选择的情况下,她才能让自己走上这样一条毫无希望的道路。

我这才明白过来,原来母亲承担的压力比我们每个人都要多,这样一想,我才对她的死去和我对她的误解产生了越来越多的愧疚……

不要再想这些悲伤的问题了,山神站起来,朝着山林的远处眺望了一圈说,打起精神来,继续向前走,希望正在前面等着你呢。

我怎么看不到那些希望? 我依旧坐在地下不动。

希望并不是你想看就能看到的,山神纠正我的话说,而是需要你去寻找,只有将它找到了,希望才能变成真正的现实。

好吧,我鼓着勇气站起来,一边向前走一边说,那我就继续努力吧。

加油,山神在我身后大声叫喊着说,希望已经离你不远了。

借你的吉言,我在心里回应它说,就算是为了你这句话,我也不能轻易放弃。

大约是为了排除我前行的障碍吧,在接下来的这个梦里,我看见山神终于找到了那个一直躲来藏去的山鬼。此时,山鬼滞留在老枪那座荒芜的别墅内,正在对那个疯子做着最后的努力。在山鬼的如意算盘中,为了在人间制造一个典型的堕落标本,以这个鲜活的例子回击山神对世界的理解,它要把我家的悲剧进行到底,但让它感到为难的是,几乎所有能够被它利用的人都在它的安排下死去,现在只剩下了我一个人,它本想在我身上奋力一搏,当我也像我的家人那样上了它的圈套以后,它便可以把我一家的事例带到神界去,用它来和那个不可一世的山神较量了,可我竟然识破了它的诡计,不但不按它的规划去办,而且还站出来与它叫板,在这种情况下,它即使有天大的本事也拿我无可奈何,只好另寻他途,在另外一个人身上下手了,这个人便是老枪。不管怎么说,老枪都是我家的亲戚,虽然他杀死了姐姐以后便被关在那所精神病院里,却毕竟还与我家有一层似有若无的联系,山鬼便加紧了对他的进攻,经过一番或明或暗的操纵,老枪成功逃出了精神病院,回到这座已经荒芜了二十年的别墅内。山鬼再接再厉,每一天都盘桓在老枪身边,企图让他再搞出一点动静来,以便完美收官,但就在这关键时刻,山神终于找到了它。见山神出现在自己面前,山鬼也不再躲避,反正它们之间的这件事早晚要见分晓,现在山神既然提前到来,那就索性与它摊牌,把制造成功的这个案例展示出来。这个时候,山鬼还没有感觉到丝毫危险,或许它依旧沉浸在山神对它宠爱的往事里而难以自拔,以至于对目前这个危机的局面没有多少感受,所以也就用十分坦然的面目应对着山神的到来。

已经够了吧?一照它的面,山神就用严厉的口气对它说,这件事你做得已经足够大了,看来是到结束的时候了。

是的,山鬼也表示同意说,我也是这么考虑的,如果你不找到我的话,过几天我也要回到神界去,好好向你汇报的……

你还想回到神界来?山神冷冷地看着它说,你还以为神界会接纳你这个背叛者吗？

背叛者？山鬼吓了一跳，它从来没有想过，这个饱含贬义的词会用到自己身上。我怎么会是背叛者呢？它赶紧声明说，我所做的这一切，不过都是为了证明他们人类的邪恶和堕落，目的还是要把我们神界的伟大和高贵凸显出来……

为了显示你的伟大和高贵，山神再次冷笑着说，你就可以这样肆无忌惮地对待他们吗？它抬起手，朝着别墅外面指了一下，在你的祸害下，一个家族就这样眼看着走向了没落，你想过他们经受的痛苦和恐惧吗？

那是他们应该得到的，山鬼也朝外挥舞着手臂说，如果他们本性中没有那种有毒的种子，即使我为他们提供怎样的条件，那些毒物也不会像那些鬼伞一样长出来，这难道还需要我特别指出吗？

每一种生物都不可能是干净的，山神叹息着说，就连我们神界也是这样，更何况他们人类，他们刚刚从弱肉强食的生物环境中走出来，身上还带有那种属于动物的卑劣痕迹，我相信随着时间的推进，他们在自己种类的进化过程中一定会进一步完善自我，发扬优点，消灭缺点，最终走上一条健康生存的宽阔大道……

哈哈哈，山鬼连连摇着头说，看你说得多么轻巧，多么理想，多么美好，但那不过是你自己头脑中想象出来的产物，并不符合他们人类的特性，这样看来，或许你还没有我真正懂得他们人类，在我看来，你所说的那种进化不过是退化而已，当他们这个种类脱离了动物的范畴以后，其实就走上了一条黑暗的邪路，他们运用自己聪明的头脑肆意妄为，竟然发明出一个又一个足够毁灭这个世界的新鲜玩意，这样下去，不但他们自己有可能玩完，就连我们也会受到他们的侵入，说不定哪一天便迎来灭顶之灾。

你说的当然不是没有道理，山神退后一步说，但正是因为他们在那条岔道上走得太远，我们越应该伸出手去把他们拉回来，而不是在他们身后助推一把，以让他们尽快跌下那个看不见尽头的深渊中去。说到这里，山神再次板起脸来，你在人间所做的一切，不就是起到这样的作用吗？

我早就说过，山鬼还在为自己极力辩解，就算他们跌到那个看不见尽头的深渊里去，那也是他们咎由自取，与我这个神灵有什么真正的关系？你没听到盛行在他们人间的一个说法吗？报应，当一个人没有得到什么好的结果时，不要把责任推在别人身上，而肯定是与自己有关，完全可以说，那就是他为非作歹而得到的一个结果,我也可以给他们送去一个合适的说法,叫作自取灭亡……

我今天才把你看清楚,山神悲伤地摇着头说,看来你不是一个普通的神灵,而是一个内心阴暗居心叵测的败类,有你存在,不仅那些可怜的人类会继续遭殃,就连我们神界也会受到致命的威胁。说到这里,山神仰起头来,闭上眼睛,一边摇头一边在心里说,看来都是我把它看错了,它之所以如此胆大妄为,或许真与你的纵容有很大的关系。想到这里,它终于下定了决心,在内心里清楚地告诉自己,不要再留着它了,是时候让它到另一个世界中去了。

山神尽管没有说什么,但山鬼却看出了它的心思,这才有些惊慌起来。你不能这样做,山鬼警告它说,无论怎么说,我所做的这一切,都不过是受到了你的指派……

什么?山神反问它说,我指派你什么了?

山鬼硬着头皮说,不是你让我下山做调查的吗?目的是给你的理论提供一个反面例证……

不要胡说八道,山神愤怒地咆哮起来,都到这个时候了,你不但没有悔过自新的想法,而且还反咬一口,把责任推在别人身上,你知道这样做的严重后果吗?

山鬼真的害怕起来,知道再和山神叫板下去,等待自己的一定会是毁灭,便赶紧收起孤傲的态势,向它做出一副低眉顺眼的样子,并使用娇滴滴的声音说,我知道我错了,请你老人家开恩原谅吧。只有到这个时候,山鬼才感觉到自己的雌性身份。

一切都晚了,山神痛苦地摇着头说,本来我是纵容过你的……但正是这种纵容,让你一再做出背叛我们神界的事儿,不能了,不能再纵容你下去了……

我的山神,山鬼突然俯下身去,用两手抱住山神的两脚,然后又把自己的脑袋叩下去,你不知道,我是多么爱你……虽然我也明白,在我们神界是不允许产生爱恋之情的,可我就是对你充满了……我所做的这一切,都是为了向你表达我对你的……

不要再说了,山神转过身去,试图甩开山鬼的身子往前走,但山鬼紧紧抱住它的腿不放,这使山神动弹不得,放开手,我不能让一个背叛者留在我身边,继续玷污我们神界的名声……

求求你,山鬼痛哭流涕地说,我忏悔改还不行吗?请你给我一个改正的机会吧,我肯定会……

太晚了,山神叹息着说,一切都已经来不及了……

你下定决心了?山鬼扬起头来,泪眼婆娑地望着它说,你决定要把我送到地狱里去?

是的,山神使劲点点头说,为了让这个世界更加美好平安一些,我只能把你这个不安定的因素送走了……

别别,山鬼依旧摇着手说,求求你不要……

山神不再等待下去,便高高举起两手,在空中使劲一挥,随着一道靓丽的闪电划过,一场从天而降的大火便落在别墅里,那些茂盛的植物遇火便着,很快,大火便弥漫了整个别墅的上空。

啊啊啊……火焰中发出山鬼凄厉可怖的叫声,像一群被烤去了羽毛的鸟儿飞往远处去。

怎么回事?我看见老枪从睡眠中醒来,面对着这场不期而至的大火,一时也陷入极度的恐怖中,这是哪里来的火?我要烧死了,我要被烧死了……

不一会儿,老枪的声音也消失在大火熄灭后的灰烬中。

现在,我抖擞起精神,迈着大步继续朝前走,前面就是莫邪山最高的一座峰岭,跨过它去,余下的地方就不是太多了,也就是说,我已经看见闪现在前方的希望影子了,也许过不多久,我就会走遍整个莫邪山的,这也便意味着,我在有生之年终于完成了那个艰难万分的任务,在清除掉所有莫邪山密林里的鬼伞的同时,我将会把我先人犯下的所有罪孽全部赎清,到那个时候,我就是一个真正清白的李家人了。这样的畅想让我信心大增,尽管我已经越来越疲惫,但依旧用力迈开腿脚,朝着前方那座快要触摸到云端的峰岭走去,走去……

在从山下回来的路上,具体说是在一个普通的小木屋内,我再次遇到了一个美丽的女人。那是一幢普通的木屋,是看场人居住的地方,但此时,坐在里面的却是一个女子。我当然不知道里面的情况,还以为它是空着的呢,便打算到里面去歇息一下。当我走进去一看,竟然是一个女子迎着我站起来。开始的时候,我以为这又是山鬼的化身呢,目的是继续诱惑我,可我仔细一想,山鬼明明在山神引发的那场大火里烧死了,它又怎么可能化作女子出现在我面前呢?

你是谁?我不安地问她说。

不要管我是谁,女子笑吟吟地对我说,我知道你在这里经过,从好几天前起,我就在这个木屋里等你了。

等我?我莫名其妙地问她,等我干什么?

是别人让我在这等你的。女子这样回答我说。

别人?我更加迷惑了,那个人是谁?

难道你真的看不出来吗?女子答非所问地对我说,然后便伸过手,把我拉到一张床上坐下。

你要干什么?我有些慌张,本能地想远离那张床。

你想到哪里去了,女子笑话我说,我只是让你在这里好好休息一下,你已经在山林里度过了几十年,肯定早就累得不行了。

你怎么知道我的情况?我还是觉得有些茫然。

是那个人告诉我的。女子依旧这样模棱两可地说。

我平静下来,尽力在脑子里想了一下,便感到是怎么回事了,但我还有些不相信,它怎么可能把女人派到我身边来了呢?它是怎么对你说的?我追问她说。

它让我来陪伴你。女子径直对我说。

或许我不用……我本能地回答她说。

不用?女子上下打量着我,嘴角露出神秘的一笑,莫非你还把自己当成女人?

听她这样说,我的脸颊急快地热起来。为什么笑话我?我在心里对她说。

也许你根本不知道,女子提醒我说,你现在已经是一个真正的男人了。

可我已经老了。我沮丧地对她说。

其实你还不老,女子安慰我说,并朝我抛了一个媚眼,一切都还来得及……

听她这样说,我已经平静多半生的心思竟然忘乎所以地躁动起来,便也瞪大眼睛,装模作样地朝她打量。但我很快意识到,与这个出色的女子比起来,我的确太过平凡了,甚至说,我其实是一个丑陋的男人……

女子看出了我的心思，便再次拉住我的手，连连晃摆着说，大概你根本不知道，你现在其实是一个英雄……

什么？我被吓了一跳，我是英雄？你一定找错人了吧？我使劲挣脱她的手，朝后退了一步。

在我眼里，女子朝我跟上来，再次把我的手拉住，你就是一个真正的英雄。

我担不起那个称谓，我低下头说，我根本不是你所说的那个人……

一个人竟然用一生的精力去做一件事，女子郑重其事地说，而且他还把这件事圆满地完成了，你说这样的人还不是一个真正的英雄吗？

我用力想了一下，还是对她摇摇头说，反正我不想当那样的英雄，我还是做一个普通人好了……

好吧，女子爽快地说，那你就做一个普通人好了。

但是你，我指了一下她说，你可是山神派来的，而且还那么美丽，我一个普通人肯定配不上你……

原来你在顾虑这个？女子恍然大悟地说，这还不好办？既然你是一个普通人，那我也和你一样当普通人好了。

真的吗？我还有些不相信。

你看。女子说着，就轻轻摇晃了一下身子，奇迹出现了，当她停下身来时，已经不再是那个聪明美丽的女子，而是一个看上去有些弱智的女人了。这样行不行？

好吧，我无可奈何地点点头，其实心里有一点点不安，与刚才那个女子比起来，现在这个弱智女可真的差多了，但我又想，也只有这样的女人才和我般配，不然的话，我们的日子又怎么会过得平安呢？这样一想，我便对她的新形象欣然接受下来，说好了，我们就以现在这个样子在一起。

好好，女子连连点头，很快又想起什么来，不过当你从梦中醒来的时候，你还能认出我来吗？

怎么？我有些惊讶，现在我们是在梦中吗？

你以为呢，女子笑话我说，难道在现实中，你会遇到神灵吗？

当然不会，我醒悟过来，然后仔细地朝她打量，没问题，当我在现实里碰到你的时候，我肯定会认出你来的。

这可是你说的，女子举起一只手，在我额头上轻轻点了一下，到时候看吧,希望你可不要食言呀。

不会,我叮嘱自己说,我绝对不会的……

我念叨着这句话从梦中醒来,看到警察依旧坐在我面前,保持着审讯我或者说和我聊天的那种架势,但我注意到,他也打起了瞌睡,那根夹在他手指间的香烟已经快要燃完,余下的烟火很快就要烤到他的手指了。我伸过手去,在他肩膀上拍了一下。警察醒过来,赶紧把手里的烟屁股丢到地下,又用脚板踩灭,然后回过头来看我,刚才你在说什么?

我说什么了? 我想不起来,便使劲挠了挠头,对了,刚才你不是也睡着了吗? 还能听到我说的话?

我好像听到你在说"不会",警察向我指出说,而且一连说了好几遍,能不能告诉我,你说这句话是什么意思?

我这才知道,刚才我是说了梦话,而且也把梦中的情景想起来了,但我犹豫了一下,还是没有把实情告诉他,对于梦中的情景,我说出来又有什么意义? 没什么,我模棱两可地说,或许是你听岔了吧?

警察也没有再追究下去,而是站起身来,一边活动身子一边打了一个长长的哈欠。我们在这里待了好几个夜晚了吧? 他随口问我说,结合乌龙镇那些子虚乌有而又神秘莫测的神话传说,大概我对你这个人才有了一点清晰的了解。

那你得出结论来了吗? 我盯着他说,这可是关系到我接下来的命运问题。

如果说,警察皱着眉头思考,你对那个弱智的女人有不轨行为……请注意,我没有再把你当一个人贩子或者强奸犯看待,但你毕竟把那个女人带回自己家去了,如果我说你对那个女人有什么企图的话,也是可以在某种程度上追究你的责任的……但让我不解的是,那个女人为什么一遍遍地到派出所来,公开把你作为她的男人而往回要呢?

那肯定说明,我接过他的话说,我是那个女人的男人了。

这么说你真的有了自己的女人? 警察上下打量着我。

怎么你不相信? 我信口说。

我怎么相信呢? 警察提醒我说,前几天,你不是向我脱过裤子吗? 那时候你信誓旦旦地说,你根本就不是一个正常的男人。

我真的那样做过吗? 我的脸可能已经涨红了。

警察直直地望着我,竟然没有做出肯定的回答,是不是他对那天的情景也产生了怀疑,或许他在刚才瞌睡中做过的什么梦也把他搞迷糊了? 你听,警察抬起手,朝窗外指了一下,外面的声音又响起来了。

我以为又是弱智女在外面闹事呢,但仔细一听,竟然是一片嘤嘤嗡嗡的声音,好像是许多人聚集在外面,对着我们这个地方一起发出了叫喊声。到这个时候,我也才看出来,其实外面早就不是黑暗的夜幕,而是被一片红艳艳的霞光笼罩住了,原来在不知不觉中,又一个早晨已经到来。我听不出他们说的是什么。我对警察说。

警察走到窗前,一边瞪起眼来朝外看,一边侧着耳朵仔细听。天哪,他回过头,用惊讶的目光看我,外面都是你那些乌龙镇乡亲,他们在你那个女人的带领下,一起到派出所来为你做证明了。

证明什么? 我还在装糊涂。

证明你是一个好人。警察瞪了我一眼,便丢下我,冲出门去,摆出了接待我那些不好对付的乌龙镇乡亲的架势。

让我感到惊讶的是,他竟然没有关门。于是,我也便随在他身后,朝外面那个被霞光照红了的地方走去……

十 三

我跟在弱智女身后,走出派出所的大门,穿过镇政府所在的那条街道,向我家所在的方向走去。派出所虽然也在乌龙镇的地界内,却是居于最南边的一个地方,与镇子相隔着一个不小的空档,真不知道为什么要把派出所建在那样一个地方,要顺利回到我家去,还需要经过镇政府所在的那条街道,然后才算是进到了村子里来,再走过两条街道,前面就是我家的胡同了。在我跟着弱智女回家来的沿线路上,都有一些人聚集在街边朝我们看,而且越是接近我家的地方汇集的人越多,当我们走到最熟悉的那些乡亲们面前时,他们竟然争相拍起手来,对我们的到来具体说是对我被派出所放回家表示欢迎。我连连朝他们点头,如果没有这些人一起到派出所为我请愿,或许我还不能这么快就被放回来呢,所以我要对他们表示衷心的感谢。

弱智女大摇大摆地走在前面,一只手牵拉着我的一只手,好像稍一不慎,我就会从她身后溜走了似的,这无疑会让人产生一个错觉,好像我们回到的这个家不是为我所有,而原本就属于弱智女这个人似的。有人便有意问她说，哎，他们不知道弱智女的名字，就用简单的一个"哎"字和她打招呼，你这是把谁带回来了？

我男人，弱智女毫不犹豫地回答他们说，我把我男人带回来了。

听着这明确无误的回答，人们自然便又想到，在我被关在派出所的那几天里，都是这个女人频繁出现在那个地方，而且不顾一切地嚷叫"我要我的男人"，我之所以被提前放回来，在很大程度上也是这个女人的功劳。到底从什么时候，人们悄声议论说，李四平成了这个女人的男人？大家原本还想继续打探一下我们之间的秘密，尤其是面对这个脑子有些问题的女人，天生就产生了逗弄一下的兴趣，但看着她为我回来所表现出的高兴样子，人们又不忍心搅扰这个动人的情景，便在感叹了一番后，又把注意力落在我身上，真心实意地对我说，四平，摊上了这么一个喜欢你的女人，你好有福气呀，快告诉我们，什么时候喝你们的喜酒呀？

我抬起眼来，也把目光投到弱智女身上。其实，今天我才算把弱智女的面目真正看清楚了，前些日子，当她刚刚进到我家来的时候，由于没有来得及收拾干净，她留给我的顶多就是一个邋遢女的印象，但经过这几天的梳洗打扮，虽然还能让人看出她的弱智特征，但不能不说，这是一个长得还算有些姿色的女人，尤其让我感到不解的是，她在流浪的路上经受了那么多颠簸和饥饿，竟然没有让她变得多么虚弱，一旦稍稍填饱肚子，就显露出胖乎乎的健康模样，皮肤白皙，面色红润，而且还给人一副喜气洋洋的样子，一看到她，我积聚在心里的忧愁便一扫而光，我相信，只要有她陪伴在我身边，悲伤和灾难就不可能再找到我了。你是她吗？我想起了在梦中碰到的那个女子，不禁在心里朝她问道，你真的是它派来的吗？我晃了晃脑袋，让思绪从冥想中清醒过来，又赶紧否定了这个荒唐的念头，我怎么能相信梦中那些不靠谱的景象呢？我叮嘱自己说，回到现实中来吧，好好对待这个被你捡回来的女人，把你生命中余下的时光度完……

你为什么急着把我要回来？回到家后，我询问弱智女说。在我的想象里，尽管她的脑子有问题，但总是能分辨一些事情的，也就是说，我期待她给我的答案是，我相信你是一个好人，或者更进一步说，我不愿意你受到冤枉。于是，我紧紧地盯住她，期待这个女人给我一个满意的答复。

我饿，弱智女回过身来，朝我比画着说，我要吃饭。

我不禁沮丧地低下了头。原来是这样？我回过神来，不再对那些不切实际的幻想抱有希望。不要太天真了,我告诫自己说,你都活过了大半辈子,怎么还像一个孩子一样不着调呢。我没有再说什么,便赶紧走进厨房,仔细为弱智女做了一顿好饭。吃吧,我把饭端到弱智女面前,真心实意地对她说,你就好好吃吧。

弱智女接过碗筷,埋下头去,吧嗒吧嗒地吃起来。好吃,她一边大口吞咽一边含糊不清地对我说,你做的饭真是好吃。

看着她吃得如此津津有味,我心里也感到了少有的欣慰。这样也好,我认真地对自己说,有这样一个不挑剔吃喝的女人待在身边,不也是你一直以来的一个心愿吗?除此之外,你这个行将就木的老头子又能有什么不切实际的奢望呢?多吃一点,我又给她快要吃空的碗里添加了一些饭,不要急,慢慢来,锅里有的是。

弱智女向我点点头,而且真的放慢了吃饭的节奏。他(它)对我说,她忽然意味深长地看了我一眼,只有把饭吃饱了,我们才能把日子过好。

这是谁对你说的?我也若有所思地眨了一下眼,竟然又对我梦里的景象想了一下,难道是它?我的心脏不禁急跳起来。

是我爹对我说的,弱智女有些回过味来,赶紧向我解释说,他老是担心我吃不饱饭……

我咽了一口唾沫,把跳到嗓子眼里的心脏压回到肚子里。那你爹呢?我又不甘心地问她说,他如今在什么地方?

我不知道,弱智女摇摇头说,他把我领到大路上,就不管我了,我不知道他到什么地方去了。说到这里,她放下碗筷,用手抱住头,呜呜地哭起来。

我呆呆地望着她,过了很长时间,我才回过神来,走到她面前,也把手伸出去,抖抖地抱住她的身子。我记得很清楚,这是我把弱智女领回家来,头一次触摸她的身子。

弱智女顺势躺到我的怀里,虽然还没有止住哭泣,但脸上已经浮出了发自内心的微笑。放心吧,她像一只嗷嗷待哺的小动物一样,用嘴在我的胸膛上拱来拱去,一副沉醉迷恋的动人样子,我会好好和你过日子的。

我想起来,这是我从来到这个世界上迄今为止,真正接触到的第一个女人,在此之前,我曾经把另一个女人带回家来过,就是那一次惹怒了母亲,在我们两人的争执中,我不慎把母亲推倒在地,导致她不治身亡,当时我并不知道,母亲为什么反对我和女人来往,而且把我刻意打扮成一个女人,后来我才明白,她是以此让我们李家断子绝孙,以和那些随时降临的厄运和灾难彻底断绝,母亲的手段虽然过于凶狠,但我也能理解她的良苦用心,好在这一切都过去了,并且一直希望以魂灵的身份来陪伴我的母亲也不再降临,更让我想不到的是,这个从天而降的弱智女竟然来到了我身边,虽然她的脑子有不少问题,但作为与我传宗接代的伴侣,我觉得她不但毫无问题,而且或许还会表现得尤为出色呢……说来奇怪,当我拥有这个不乏荒唐色彩的念头时,我竟感到了从来没有过的性冲动,没错,那是真正对女人所有的欲望……我似乎被吓住了,一时有些目瞪口呆的感觉。

第二天,石头来我家看我,一进门看到我的样子,居然被吓了一跳。四伯,他胆战心惊地对我说,现在是你吗?

我被他问得莫名其妙,什么是你吗? 你说的话我听不明白。

石头抬手指了我一下,脸上的表情依旧有些恐慌,我是问你,你还是原来那个四伯吗?

你胡说什么呢? 我还是听得一头雾水,我不是原来那个四伯会是谁呢?

可你,石头又指了我一下,怎么变了样子……

变了样子? 我不禁抬手摸一下自己的脸腮,变了什么样子?

我好像不认得你了……石头摇摇头说。

是吗? 我有些不相信他的话,随后又在心里说,如果你真的发生了变化,是不是那几天的派出所生活,把你折腾得变了样呢? 但我又实在想不出,我在派出所里受到了什么折磨?

你嘴上的胡子哪去了? 石头这次明确说。

胡子? 我把手放在嘴唇上,果然那里没有什么扎手的感觉,在以前的日子里,我嘴上的胡茬可是够硬的。

还有你的头发,石头抬高了眼睛,那些白的也没有了……

没有了? 我又把手按在头上,这一次我当然更没有感觉了,头发是白是黑,一只手又怎么能感觉出来呢? 但我知道,原先我头上的发丝几乎都已经变白,现在怎么可能会没有了呢?

还有那个……石头的手指继续朝我头上划拉。

我不再听他的胡说,为了证明我没有发生变化,便赶紧跑到床头,拿出一面大镜子,还担心那里的光线太暗,又跑回到门口,把手里的镜子端正,然后探过头去,仔细地朝里面看。我按照石头的说法,先把目光放到嘴唇上,又把目光放在头顶上,我差不多立刻惊呆了,天哪,真的如石头所说,我嘴唇上的胡须不知去向,头上的白发也已经变黑,这使我看上去实在不像是一个年过半百的老头子,而是一个名副其实的小伙子……这怎么可能?我惊讶地问自己,第一个念头便是在梦里,为了证明这一点,我用手指在脸上狠狠掐了一下,剧烈的疼痛让我叫喊出来,不是梦,难道我是在现实中?第二个念头便是镜子有问题,于是我把镜子移开,又走到石头面前,有意把脸朝他探了一下,石头你仔细看好了,我的脸上真的没有胡子,而且头发也变黑了吗?

真的是这样,石头使劲点头,但脸上恐慌的表情还没有完全褪去,这是怎么回事?四伯你是不是懂得什么法术?

什么法术?我没有认真理会他,就又端起镜子看,既然石头再次这么说,那说明这面镜子里反映的景象没有什么差错,也就是说那面镜子根本没有问题,那么接下来真正的问题便是,这到底是怎么回事?我仔细想了一下,这两天我没有刮胡子,当然更没有染过头发,那么这一切都是怎么造成的呢?我想到了石头所说的法术,便很快摇了摇头,我从来不懂什么法术,也不相信那种不靠谱的东西,又怎么可能让法术在我脸上起作用呢?一时间,我陷入了从来没有过的困惑当中。

随着胡子的消失和头发的变黑,发生在我身上的变化也越来越多,前些日子刚坏掉的几颗牙齿开始变好,无论用它们咀嚼什么坚硬的东西也没有问题,我额头上的皱纹也像一块熨烫过的布匹,正在越发变得平整光滑……当然,这一切都是被我自己或他人看在了眼里,更不为人所知而只有我感觉到的变化则更为关键,有时候并没有看到越来越性感的弱智女,我心里的欲望便不期然地到来,而且伴随着这种念头的更猛烈反应是,我身体的冲动简直难以遏止……每到这时候,我都会被这样的感受惊骇得喘不上气来……难道真的是时光倒流,我又回到了年轻的状态?用一句人们经常念叨而又绝不相信的话说,就是返老还童……天哪,仅仅是感受一下这个荒诞的念头,我都会惊讶地叫出声来。

天气好的时候,我开始动手收拾房子。在此之前,我一直没有做过这件事,因为是一个人过活,也没有什么人到我家来,便觉得没有那种必要,就任凭家里乱成一团,有时我所熟悉的东西放在什么地方,都难以想得起来，天真的石头曾经对我说过，你家里乱得像个猪圈，不要说别人，就连我自己都认为他说得有道理，但尽管这样，也没有什么动力促使我行动起来，让那个猪圈一般的家院改换一下模样。但现在不同，弱智女到我家来了，虽然她还不算是多么正常的女人，可对我来说，这简直就是一个从天而降的仙女，每次看到她的时候，我都从内心里感到欣喜，而且还伴随着作为一个男人的性欲冲动，正是在这种情况下，我决定不能再继续混下去，而要振作起来，像其他人那样把日子好好地过下去。

看到我收拾房子，有人便错误地判断说，看来你是要和你的女人举办婚礼了？到时候可别忘了请我们来喝喜酒呀。

对这样的说法，我既没有点头承认，也没有表示同意。婚礼就免了吧，我在心里对自己说，我和弱智女的日子能不能过好，其实与婚礼并没有什么关系。同时我在心里对他们说，如果想喝酒的话，也不妨到我家里来。到这个时候，我已经不再像过去那样拒绝和别人来往，因为与此同时，别人也不再像过去那样把我当另类看待了。

在收拾那些脏乱东西的时候，我看到了一直被我收藏在箱子里的"账本"，也就是那本记载着我家人不幸遭遇的小册子。我把它捧在手里，像读一本什么经典名著一般翻动着，我想起来，这个账本的出现其实与母亲的动议有关，或许正是在她的授意下，当然更是听了她那些栩栩如生的讲述，我才把家人的遭遇记录在这个本子上，并把它珍藏在箱子底下。当时我并不想那么做，谁愿意把家人的悲惨遭遇当宝贝一样收藏呢？但母亲告诉我说，你只有把它们（他们）牢牢地记在心里，你才能走好你以后的路。说真的，我并不完全懂得母亲话里的真正意思，甚至对她所说的"他们（它们）"到底是指我的家人还是他们的遭遇，我都没有十足的把握，但我不想违背她的意愿，便在一次次听她讲述那些悲惨故事的同时，尽可能原封不动地记录在这个本子上，也就是说，在那些为悲伤气氛所笼罩的日子里，我是一直生活在我的家人遭遇的阴影下，而根本没有从他们悲剧阴影的控制下走出来。我不知道这是不是母亲要达到的目的，反正每次看到我被那些恐怖故事惊骇得目瞪口呆时，母亲嘴角都流露出满意的微笑。现在我才明白，母亲之所以要这么做，包括她把我打扮成一个性别倒错的小女孩，都是为了让我断绝生存和繁衍的念想，让李家在我这一代走向最后的绝灭……现在看来，这一切都到结束的时候了，随着弱智女的到来，我已经选择了与母亲的希望相反的另一条道路,而且决定义无反顾地走下去,这也是母亲对我产生了绝望而不再出来陪伴我的真正原因。母亲,我在心里对她说,请你原谅我吧,你的儿子找到了属于他自己的路,只能丢下你往前走了。我不想再重温家人那些悲戚惨痛的故事,便在草草翻动了几下那册账本后,打算把它像垃圾一样丢掉,但正在这时,我意识到账本里面有些异常,便打开来仔细观看。这时我愣住了,怎么回事?账本里面竟然没有任何文字,而只是一页一页空白的纸张,天哪,那些记录我家人悲惨故事的文字哪里去了?总不会我收藏的原本就是一个空账本,而我却以为它记载着我家人死亡的情景?可这怎么可能呢?在过去的日子里,我的确在上面重温过不止一次那些充满血腥气的故事,那么今天,它是怎么变成一片空白的呢?那些让我感到若干恐惧和心酸的文字到哪里去了?

尽管我现在面对的是一册空账本,但我依旧把它拿到母亲的坟墓前,点了一把火,把它抛进去,让汹涌的火焰将它吞灭。我似乎听到,那些正在化为黑色灰烬的纸张发出了尖叫声,就像有什么我看不见的东西烧死在了无情的火焰中。你们去吧,不管那些东西是什么,我都在心里和它们告别说,你们就到属于你们的地方去吧。离开母亲坟墓的时候,我感到了极度轻松,好像一件背负在肩膀上的什么东西卸下来,从此以后,我便可以轻装上阵了。

我是和弱智女一起为母亲烧那把纸的。从坟墓上回来时,我和弱智女并排走在回村的弯曲小路上。这时,许多到山上去的人也正在回到村里来,这些人里有去打猎的,有去拾柴的,更多的是去山上采蘑菇的,当然,他们都是一些普通的村民,因为山林里再也没有了那些招摇撞骗的鬼伞,所有人便都可以自由出入了,而在过去的日子里,听说只有属于我家的佃户才能进山,大约有了我祖先的授权,他们才能免除那些鬼伞的侵害;新中国成立后,这个时代的人们虽然不再信邪,偏偏要到森林里去战天斗地,却时有被鬼伞毒倒的事故发生。现在好了,一切威胁人们的障碍都被我清除掉了,这座看上去又焕发了生机的山林被我完好地还回了人们手中……想到这里,我觉得这个重新回到原来轨道上来的世界是那么美好,鸟们飞翔在林海的上空,鱼们跳荡在水波之间,整个大地都被明亮的日光照得流光溢彩,那些自由进出山林的人们更是行走得快乐无比。望着这番激动人心的美丽景象,我从内心里发出一声由衷的感叹。但就在这时,我的一条腿往下一拐，似乎踩在了什么东西上，或者被什么障碍绊了一下，身子一阵晃摆，如果不是被弱智女扶住，我就会歪倒在地上。

怎么回事？弱智女不安地问我。

我感到，我大口喘息着粗气说，我感到累得慌……

累得慌？弱智女似乎有些不相信，我们才走了这么一点点路，你怎么就会……

在她的搀扶下，我尽力站稳身子，这样一来，我那条腿就承受了较多的力，只听到咔咔一声轻响，腿部也猛烈疼了一下，就像被一只钢针从肌肉上插进去，但随即又拔出来，疼痛也便消失了，可我却分明听到了那声响动，如果不出意外的话，腿上的某个部位肯定受到了伤害。在这个念头的驱使下，我那条刚刚抻直的腿又弯下去，身子也便再次晃动起来。

要不你坐一会儿，弱智女向我建议说，你好好歇一歇吧。

我点点头，现在继续硬走也不是办法，还是按她说的办吧。在她的搀扶下，我慢慢坐在路边一块石头上，把那条有问题的腿拉近一些，用手掌在上面轻轻地按摩。

你看上去很不舒服，弱智女站在一边，仔细朝我身上打量，是不是你得病了？

我摇摇头。没有，我告诉她说，刚才我只是绊了一下……说完了这句话，我又觉得好像不是那么回事，其实我的脚并没有绊在什么东西上，为什么就让它受伤了呢？你也坐一会儿吧。我拍拍身边的石面说。

我……坐不下来。弱智女迟疑着回答我说。

坐不下来？我奇怪地看着她。难道坐下会有什么很大的难度吗？我在心里问她。这样一想，我便渐渐看出了问题所在，天哪，随着我的目光落在她隆起的肚子上，我的心脏一下子就跳起来，难道真的是……莫非你怀孕了？我抬起头来，盯着她的眼睛说。

怀孕？弱智女好像不知道我说的是什么意思，怀孕是怎么回事？

我知道这件事和她说不清楚，便很快站起来，将她轻轻地抱住，然后又把手落在她肚子上，仔细抚摸了一下。这里是不是和以前不同？我激动地问她。

弱智女点点头说，它越来越大了……

看来真是那么回事了。我搂抱她的手越来越紧，并把嘴附在她的耳朵边说,你是怀上了孩子。我又用那只手在她肚子上轻轻拍了一下,知道吗?这里面已经有了我们的孩子。

原来是这么回事?弱智女也惊讶地瞪大了眼睛,并随即做出一副恍然大悟的样子,怪不得我觉得里面有什么东西,又像是伸胳膊又像是蹬腿的,还把我吓得不轻呢……

这真是一个……我又惊又喜又爱又嗔地看着她,这个总是给我带来意想不到喜悦的女人……我终于也有自己的孩子了,我抬起眼来,用深情的目光朝广大的山野里望了一圈,我没有辜负老天,不,是山神,我没有辜负山神对我的期望,在生命的最后时光里抓紧成长,并让自己结出了珍贵的生命之果,这无论如何都是一件出乎了我意料的大喜事。一时间,我觉得整个天地包括天地之中的山川河流甚至它的一草一木都是那么可爱,一种从未有过的眷恋之情弥漫在我的心间,让我对生活在这个美丽的世界上感到欣慰……

这时,弱智女的目光又落在我身上,好像这次发现了什么异常之处。你的胡子,她朝我脸上指了一下,怎么长出来了?她抬高眼睛,又朝我头上指了一下,还有你的头发也在变白……

我依旧沉浸在弱智女怀孕带给我的激动情绪里,而对她的话没有怎么当回事,在我看来,就算是她的发现是真的也并不说明什么问题,我脸上的胡子是曾经有过的,后来的消失已经不正常,现在重新长出来又有什么奇怪的呢?还有我的头发,原先不也是差不多都白了吗?后来的由白变黑还让我倍感困惑呢,现在又恢复成白发反而让我感到习惯一些……

但让我想不到的是,事情的变化并没有我想象的那么简单,发生在我身体上的这种变故其实是一种加速衰老的征兆,前些日子出现过的那些所谓返老还童的迹象,不过是我衰老路途上的一个小波折,就像是一个面临生命终结的人会发生回光返照的现象一样,按说,它的出现不过是为我的提前衰老发出了信号,我应该更加谨慎地对待自己,尽管不能阻止衰老的继续扩大,却可以在某种程度上延缓它的到来。但我却没有理会它给我的警示意义,反而在错误理解的推动下,充分利用了它的出现,让我在那段难忘的日子里抓住这最后的机会,和属于我的那个女人做着属于我们两个人之间的事儿,可这样一来,我却歪打正着,让弱智女在很短的时间内怀上了身孕,也许过不了几个月,她就会把我们的孩子生下来了。但正是由于这个原因,我提前消耗了剩余不多的能量,反而催发了衰老的加快,以至于弱智女刚刚怀上孩子没多久,我消失已久的胡须和变黑的头发又恢复到往常的状态,甚至和上次相比,它们都呈现出更加严重的态势,现在我只要端起镜子来,朝里面稍稍一看,就会被吓一跳,里面出现的那个白须白发的老人就是我吗?我真的疑心,我又一次进入了荒诞的梦境,而且这面镜子也出现了真正的问题。

你是谁?弱智女快要认不出我了。

我是你的男人呀。我郑重地告诉她说。

弱智女打量了我一会儿,还一副不敢肯定的样子,真的是你吗?

我和她开玩笑说,如果你不相信的话,就问一下你肚子里的孩子。

弱智女果然朝自己越来越高的腹部看了一眼,便一副恍然大悟的样子,这么说,你是我孩子的爹了。

没错。我点点头说。

原来是这样。弱智女认出了我,便又像先前那样用熟悉的眼神看我了。

但我知道,也许过不了多久,她又会觉得我变成了陌生人,或许有一天,即使她肚子里的孩子生下来,真的喊我几声"爹",她也不知道我是她的什么人了。想到这里,我不禁悲喜交加,对人生的无常感到些许忧伤。但我实在不能沉浸在这样的心境中,因为来自我身上的变化正在越来越多,几乎每一天,我都能感到衰老的风暴裹挟我的能量和节奏,它们就像傍晚时分的蝙蝠尖叫着在我身体里四处飞翔,所到之处,我的每一层皮肤,每一块肌肉,每一根血管,每一节骨头都发出咔吧咔吧的响声,说不定什么时候,它们就会崩裂折断,到那时,纵使我具有怎样的雄心和欲望,也不能让我这个支离破碎的身体站起来了,还怎么能为这个怀着我孩子的弱智女做事呢?于是,趁着我还没到那样严重的地步,赶紧行动起来,忍受着身体里越来越多的疲惫和疼痛,依旧像先前那样为她做饭,让这个因为怀孕而食欲大增的女人吃饱肚子,也让那个在她肚子里发育成长的小家伙健康成长。

有一天,二先生背着药箱到我家来,一看到我的样子,也不禁停住了脚步,不敢再朝我跟前走,这个见过世面的民间医生也对我的变化感到惊恐不安,甚至觉得不可思议。尽管我做好了充分准备,他吧嗒着嘴说,还是没想到你的状况会这样严重……

你来干什么？我问他说。

我来给你看一下，说到这里，二先生又挠了一下头皮，对你的衰老，或许我也没有什么办法。

我没有请你来。我告诉他说。

是石头让我来的。二先生说着，扭头朝门口看了一下。这时，石头也从外面走了进来。

这个多管闲事的孩子。我在心里对石头说。待二先生放下肩上的药箱，我才问他说，是什么让我变成了这种样子？

是那些蘑菇。二先生不假思索地说。

你是说那些鬼伞吗？我有些意外，不禁掉头朝外面的远处看了一眼。

是它们。二先生点点头说。

这么说，石头抢上来说，四伯也中了那些鬼伞的毒？

看来是这样，二先生扳着手指头对我分析说，你在山林里待了多半辈子，整天都与那些鬼伞打交道，尽管你们李家有免疫的功能，但也架不住每天和它们在一起，日子一久，它们便也把毒气散播到了你身上……

原来是这样？我也有些回过神来，看来它们最终也没有放过我……我认真地问二先生，这么说，我也像我那些家人一样受到了诅咒？我深深地叹了一口气，原先我还以为，我能真的逃过这个劫难呢……

不不，二先生连连摇头，不是这样，他郑重其事地说，不是你想象的那样，如果真是那个厄运在追赶你的话，也许你早就把命丢掉了。

现在我不是也离那个目标不远了吗？我反问他说。

人从生下来那天起就免不了死亡，二先生耐心地开导我说，如果是那个黑色的影子在纠缠你的话，你就不是现在这个仅仅中了一下毒的样子，而早像你的家人那样……他不说下去了，只是使劲摇了摇头。

我还能好起来吗？我打起精神说。

你还想返老还童吗？二先生反问我说。

听到这里，我心里什么都明白了。那么好吧，我转向二先生，用哀求的口气对他说，你能不能帮我一个忙？

什么忙？二先生向后倒退了一步，莫非你想吃我的药？可是你的状况……

不是你想象的那样，我纠正他的话说，其实我让你帮助的不是我，而是她……我朝屋门里指了一下,朝坐在饭桌前吃饭的弱智女指了一下。

怎么帮忙? 二先生掉头看了她一下,又回过头来看我。

你能不能让那个孩子快点到来,我微笑着对他说,我担心在我离开这个世界前看不到他……

这个……二先生显然有些为难,仅仅思考了一下,就果断地摇了摇头,这个我做不到……说到这里,他又赶紧安慰我说,不过请你放心,你会在离开这个世界前看到你儿子的。说到这里,他把那个药箱重新背到肩膀上,做出了离开我家的架势。

还没看呢,石头提醒他说,你怎么就走了呢?

不用看了,二先生拍拍他的肩膀说,再说我也没有那样的本事。

尽管二先生说了那句安慰我的话,但我也没有完全相信他,谁知道他是不是在欺骗我呢? 如果那些鬼伞真的不肯放过我该怎么办呢? 我自己离开这个世界倒没有什么关系,担心的还是它们会把灾祸继续施加到那个我有可能见不到面的孩子身上,如果那样的话,我家的灾难就没有在我这里彻底断绝,我生出这个孩子来也便是一种错误的选择……想到这里,我更加紧张起来,目光也便更多地盯到弱智女身上,盯到她越来越高的大肚子上,在心里问道,你到底是来干什么的? 总不会是来给我添乱的吧?

随着衰老的步履更为加快,我终于沉不住气了,如果我不在离开这个世界时做一个决定,而看不到我这个孩子的真实模样,那我死后也不会闭上眼的。时间不容许我再多加犹豫,便在接下来的这个日子里,我把那把一直用于为弱智女切菜做饭的菜刀拿在手里,悄悄地朝她身后走去。这时,弱智女正坐在门台石上晒太阳,眯细着双眼,两手放在隆高的肚皮上,翻来覆去地抚摸,一副标准孕妇的悠闲样子。我从屋门里走出来,一步步朝着门台石下走,朝着坐在那里的弱智女身边走。在我的想象里,我将用这把锋利的菜刀划开弱智女的肚子,把那个久久不肯与我见面的孩子取出来……或许我已经进入了疯狂的状态,大概还有那些鬼伞的毒素在我身体里的作用,让我头脑发昏,理智失控,打算去做这件极其可怕的事情……

我一步一步地朝前走,自信脚下并没有发出什么声音,也就不相信正处在悠闲状态中的弱智女会发现我对她的企图。但事实证明我想错了,当我距她还有两个台阶的时候,弱智女忽然掉回头来,用惊恐不已的目光看我。你要干什么? 她大喊一声,随即便站起来,止不住倒退了一步。但我还没有做出什么反应,便看见她脚下一绊,一屁股坐到了地下,上半身随即一歪,脑袋便碰到门台石上……我呆呆地看着这幅发生在我眼皮底下的情景,一时觉得那么熟悉,好像我已经看到过一次了似的。没错,许多年前,我的母亲在和我发生争执的时候,也是这样倒在地下,脑袋碰在一块石头上……那一刻,我十分肯定地认为,历史又要在我家里重演了,也就是说,由于我的不慎和推动,在我要了我母亲的命之后,又把这个准备为我生孩子的女人夺走了……但事实证明,我又一次想错了,弱智女仅仅在地下躺了一会儿,便挣扎着爬起来,先抬手摸了一下后脑,将粘在上面的一点血迹甩掉,然后便瞪大眼睛,呆呆地朝我看来,满眼里都是惊恐和不安。

你是谁?弱智女急急地追问我说。

我以为她又因为我的衰老认不出我了,便郑重地对她说,我是你的男人……

什么?女人大吃一惊,一下子从地上爬起来,你是我的男人?她连连摇头说,不不,我从来没有过男人……

我没有想到她这样说,难道她真的被摔迷糊了?不,她原本就是一个脑子坏掉的人,是不是由于这一摔,她的脑子再次受到了伤害,那样一来可真的有些麻烦了。

你到底是干什么的?女人依旧打量着我说,我从来没有见过你,为什么说你是我的男人?

我抬起手来,像上次一样朝她肚子上指了一下,我是你肚子里孩子的爹,这还有什么错吗?

女人低下头,好像这才注意到自己的肚子有问题,不禁又惊骇地叫了一声,扠挲着两手,想要在肚子上摸一下,又不敢真的把手朝上面放,好像在她肚子里面的不是一个孩子,而是一个不可思议的怪物。怎么回事?她大声叫喊着说,我怎么会怀上了孩子呢?

我呆呆地看着她,到这个时候,我已经看出什么问题来了,真是难以置信,或许女人这样在地下一摔,让她的脑子得到了恢复也说不定呢,看她此时着急忙慌的样子,绝不像一个弱智的女人,而是一个原本就干练聪明的姑娘。你是不是过去已经摔过一次了?我提醒她说。

什么摔过一次了?女人莫名其妙地看我,然后又拍了一下后脑,大约正好拍到她的伤处,这使她又大叫了一声,再次把粘在手上的血迹甩掉,我什么也想不起来了……她走上来，一下子抓住我的衣襟，请你告诉我，这是怎么回事？她朝自己肚子上看了一下，又狠狠地盯住我的眼睛，我怎么会怀上了你的孩子？

我该怎么向这个恢复了常态的女人说明这一切呢？一时间，我陷入了极度的恐慌和不安中，如果这一切我不能向她说明白的话，不，恰恰是当我把这一切对她说明白之后，那我的麻烦可就来了，搞不好的话，我又会被抓到派出所里去，与上次不同，上次是这个女人把我从那里领回来的，而这一次，我有可能真的要被她送到那里去……一想到这里，我的头就大起来，恨不得自己倒在地上，让脑袋在那块石头上狠狠磕一下，然后我就呈现出一种弱智的状态，那时即使我进入了派出所，也不管以后什么事了。

正在我为自己的处境感到困惑的时候，女人突然松开抓住我衣襟的手，然后弯下腰去，用空出来的手捧住自己的肚子，脸上显出痛苦的表情，随即嘴里也发出了嘶嘶的叫声，我受不了了，我的肚子疼得受不了了……说着，她的身子就一节节地倒下去，像一只受伤的母鹿一样躺在了地下。

到这个时候我才明白，经过这一番折腾，女人肚子里的孩子要早产了，也就是说，我马上就要见到这个孩子了。我在呆怔了一霎后，马上醒悟过来，天哪，这是不是说没有等到我对女人下手，我的目的就已经达到了呢？想到这里，我的手一松，那把依旧拎在我手里的菜刀当啷一声掉在地上。我空出手来，把躺在地下挣扎的女人紧紧抱在怀里。我来啦，我在心里一遍遍地对她说，我来啦……但就在我抱住这个已经在生产的女人时，我的身子也感到了一阵急剧的痉挛，好像一张一直连接我身体各个部件的网络突然散开去，那些没有了支撑的血肉骨骼便急快坍塌下去，像一堆乱七八糟的垃圾一样堆在了地下。

我知道，我的大限终于来临了。

父亲把我丢弃在路边的时候，女人一边痛苦地生产一边哭泣着说，可没有让我去找什么男人，何况是你这个老棺材瓤子，我怎么就被你弄得怀上了孩子？呜呜呜呜，我被你们这些男人坑害苦了……

我一动不动地躺在她的身边，侧过头去，用满怀歉意的目光看着她。在这关键时刻，我多么希望去帮她一把，让她顺利把我们的孩子生出来。但尽管我有这样的心愿，可我已经没有那样的力气了，我躺在地下，就连再翻一下身的愿望也实现不了。虽然女人没有我的帮忙，虽然她依旧是在哭泣中,但那个执意要到外面这个世界来的孩子却还是早早离开了孕育他的母体,像一条湿淋淋的鱼一般从女人的两腿间游了出来。尽管我的脸所处的位置不是那么合适,但还是让目光落在了那个刚出世的孩子身上。我看到你了,我在心里欣慰地对他说,我终于看到你的真实模样了……我没有说出的那句话是,我终于可以闭上眼睛了。随着这个念头的出现,从来没有过的困倦像暴风雨一般席卷了我,我再也支撑不住,便只好闭上眼睛,同时把最后一口气吐出来。

你们这些狗男人,女人还在拍打着地面哭泣,你们简直把我害惨了。

听她这样说,我游荡在空中的魂灵止不住发出一声笑来……

外篇　毒蘑菇

一

我给你说四平，假如时光倒退二十年，我是否还能杀掉你姐姐呢？这件事还真的不好说呢。不，假如时光倒退三四十年，我是否能娶到二女，就更是不好说了。那时候，我一见到二女，就被她深深地迷住了，我呆呆地看着她，还以为这是一个从天上下来的女人出现在我面前了呢，我嚅嗫着嘴唇对她说，你愿意嫁给我吗？她说我不愿意。我没想到她会这么说，虽然我知道我只能得到这样的答案，但我还是没料到她会说得这么直接，此前我也面对过其他很多女人，因为我已经有了不少的财富，那些女人便上赶着来巴结我，不用等我问她们，她们就热情洋溢地对我说，你愿意娶我吗？我说我不愿意。那些女人或许也没有想到我会说得这么直接，就像我没想到二女会对我说得这么直接一样，这是不是说我们其实是同一类人呢？既然这样，二女就应该说愿意嫁给我才对。我手里的财富比莫邪山里的每个人都要多，你的母亲正是看到了这一点，觉得二女嫁给我才合适呢，便托人让我到你们家来，和你姐姐见了第一面。可二女说不愿意嫁给我。为什么？我蒙头蒙脑地问她说，为什么？她没有回答我的话，就掉转身子向外走去，我从椅子里站起来，呆呆地看着她的背影消失在门外的亮光里，还以为是一个天使从我面前消失了呢。你到哪里去？我在心里问她说，还朝前跟随了几步。你母亲从外面走来，急不可待地问我说，你们谈得怎么样？我摇摇头说，她只和我说了一句话就出去了。你母亲随即问我说，她说的那句话是什么？我低下头说，她不愿意。二女说，我不愿意，说完她就掉头往屋外走去，她的消失就像她的到来一样突然，让我感到有些猝不及防，也有些出乎意料。她怎么会不愿意呢？你母亲说。我在心里对她说，我哪里知道呢。我在心里对她说，二女，你到哪里去？二女丢下我一个人朝外面走去，她看不上我。你母亲说，你那么有钱，她怎么会看不上你呢？我有很多钱，我仅仅三十岁，就在莫邪山里成了最有钱的人，这是我无论如何没有想到的一件事，就像我没有想到二女无论如何看不上我一样，都有些让我如梦似幻的感觉，有时候我简直怀疑，我不是活在现实里，而是一直被一个不真实的梦魇纠缠，虽然我有钱看上去什么东西都可以得到，但我为什么就不能得到二女呢？你母亲说，你是一个年轻有为的企业家，是我们这一带年轻人学习的楷模，我们一家人都十分崇敬你呢。你母亲脸上荡漾着十分迷人的微笑，就像那些我看不上的女人一样透着巴结我的意味，但二女脸上没有，有时候我就想，如果二女脸上也能有一丝这样的微笑那我就求之不得了，可是没有，我从来就没有在二女脸上看到微笑的痕迹，想必你母亲说的并不是实话，难道她一家人当中就不包括二女吗？我对你母亲这样的谎话见怪不怪，就像对我母亲经常说谎话这件事见怪不怪一样。我没有说我的母亲，啊，对对，我说的就是我的母亲，正是她伤透了我的心，但也正是她给我带来了今天的财富，这件事不光四平你不知道，乌龙镇所有的人都不知道，就连我自己想起来也不是那么清楚。这当然与我的父亲相关。哦，父亲你就不要再喋喋不休地说个没完，那些事我已经都知道了，你就老老实实待在你该待的那个地方歇一歇吧，这个世界上的事就交给你的儿子去处理好了。没错，我是在对我父亲说话，虽然他已经死去几十年了，但他的魂灵还是飘荡在我头上，就像一片看上去要下雨的云彩一样不肯离去，几乎每一天他都在我耳边说三道四，让我几乎没有一个安歇的时间，哦，看起来和你的母亲差不多，我真是想不明白，这些已经下了地狱的老人为什么不甘寂寞，非要到我们这个世界上来继续打扰自己的后人呢？难道我们遇到的烦心事还少吗？为什么他们还不肯放过我们？我当然知道父亲死得有些冤枉，但我也不能为了复仇而帮助他朝自己的母亲下手吧？父亲，请你老人家放过我吧。我头疼得厉害，每想起这些事来都感到像是要炸裂了似的，我不能不用两手抱住它，在肩膀上晃来晃去。父亲在我耳边不肯离去，就像母亲在我眼前不肯离去一样。不不，我不愿意看到母亲，还是让我再看一眼父亲吧。我看见父亲扛着一个庄稼捆子朝我走来，他的身后是一轮朦胧的残月，夜空中漂浮着几块阴云，让这个夜晚显得不是那么明亮，却也真的不是那么黑暗，所以父亲扛着庄稼捆子从村外走来的时候也便不觉得那么困难。我从胡同口探出头，呆呆地看着他，看着那个扛着庄稼捆子从村外走来的人,背负在他肩膀上的那一团像柴垛一般的庄稼捆子毛茸茸的,几乎把下面的他完全吞没了,只有两条细腿在交错地迈步,以便让那个硕大的庄稼捆子慢慢向前移动。只要我闭上眼睛,就能看到这个迷人的景象,与母亲踏着月光朝队长家走去的情景带给我的感受完全不一样。我分不清那是夏夜还是秋夜时分,随着或燥热或凉爽的风从远处吹来,我抽一下鼻子,便能闻到小麦和玉米成熟时节飘来的香味。每到这时候,父亲便从炕上爬起来,问我一声,现在几点了?我家里没有表,便只能约莫着说,大概快要半夜了吧。父亲回答说,差不多到时候了。于是,他从床上爬起来,开始摸摸索索地穿衣服。我呆呆地看着他,知道他又要出去大干一场了。父亲穿好了衣服,又把鞋子捆扎结实,然后便一手拎着镰刀,一手拎着绳子,悄无声息地朝门外走去。父亲的脚步真轻,看来他做这件事也不是一回两回了,早就练就了一身过硬的本领,如果不出意外的话,那些看麦或者看秋的人根本不是他的对手。我在胡同口迎接他的到来。你看,跟在我身后的弟弟突然伸出手,朝村口的方向指了一下,爹回来了。在胡同口等父亲归来的时候,尽管天上的露水打得我的头发和衣服有些湿,但我还是熬不住困倦的折磨,差不多已经快要睡着了,但在弟弟的叫喊下,我马上睁开了眼睛,直直地朝村口看去。我知道,一幅让我沉醉的画面就要出现了。果然,那个毛茸茸的影子出现在村口,像一头在黑夜里出来觅食的大熊一般朝我们走来,当然我们都知道,那绝不是一头普通的动物,而真的是肩扛庄稼捆子的父亲回来了。你不怕被他们抓住吗?弟弟问父亲说。不怕,父亲自信地摇摇头,他们还没有这样的本事。说着,父亲点起一锅烟草,对着夜空悠闲地喷云吐雾,整个身子都透出少有的得意劲儿。你这个罗锅子,母亲在一边抢白他说,你也就有这个本事。父亲的确是个罗锅子,一般的庄稼活还真的干不来,但在这件事上,他却表现出了非同一般的才华。我当然比不了你,父亲把烟袋锅从嘴上拔下来,斜起眼睛,用不无嘲讽的语气对她说,你的本事可是比我们都大得多呢。尽管父亲没有指明他所说的那件事是什么,但在我们听来,似乎就是一件不言自明的糟心事。到这个时候,我们便知道母亲快要发火了,每次和父亲争执,强势的母亲都不会处在下风。我最愿听的还是父亲在黑夜里偷盗庄稼的故事,每逢夜晚在院子里乘凉时,便和弟弟们缠着他给我们说一下。父亲的描述充满紧张刺激的色彩,每次都让我们听得心惊胆战,也只有在这个时候,我们才对这个日常并不起眼的罗锅子充满了难得的敬佩。在我们看来，父亲一个人在黑夜里智斗那些看麦人或者看秋人的过程，简直就是一个真正的英雄所为，父亲知道我们的心思，每次都讲得绘声绘色，曲折离奇，以至于让我们分辨不出哪些是他自己的真实遭遇，哪些是他从评书里听来的他人传奇，反正在我们幼小的年纪里，这样的故事不管是真是假，都是我们熬过饥饿和寂寞时光的一剂良药。父亲说，我每次到庄稼地里去的时候，都做好了和那些看护人斗智斗勇的准备，你们也许想不到，其实偷庄稼尚在其次，真正的乐趣是捉弄那些看上去像警察一样的看护人。为了把庄稼地里的情景看清楚，看护人往往要傍着一棵大树搭建窝棚，于是，在空旷一些的庄稼地里，便有许多这样的窝棚，远远看去，还以为那棵树上筑了一个格外大的鸟巢呢。看护人上半夜在庄稼地里巡逻，到下半夜的时候，就回到窝棚里去睡觉。我就是在这个时候来到了庄稼地里，但为了过一把偷庄稼的瘾，我并没有马上下手，而是在离树上的窝棚不远的地方制造一点动静。平时，看护人为了节省巡逻的时间，总是可着嗓子瞎喊一番，看到你了，你往哪里逃？我就要逮住你了。其实他们什么也没有看到。为了捉弄这些已经困得不行的看护人，父亲便故意朝着他们喊，我来了，看到你就要睡觉了，快下来逮我吧，不然的话你的庄稼就会被偷光了。看护人不得不爬起来，明明知道这是有人在故意捉弄他，但还是不得不起来查看一下，在他们想来，就算是那个偷盗人傻得厉害，也不至于弄这样的动静吧？十有八九是他们的同行在搞鬼，目的是让他们起来巡逻，而自己便可以倒头睡觉了。我看到他们从窝棚里下来了，便一路叫喊着朝另一个窝棚的方向跑去。看护人尾随了我一段距离，看出我跑去的目标是那些远处的窝棚，便停下脚来不再追赶，在对他们的同行骂了几句脏话后，干脆掉转身子往回走，一边走一边也像我一样喊叫起来，目的是吸引那边窝棚的人下来追赶我。到这个时候，虽然庄稼地里充满了小偷发出的响亮叫喊，其实却没有引来真正的看护人捉拿，我便可以耐下心来，不慌不忙地收割那些弥漫着成熟香味的庄稼了。那毕竟是集体的庄稼，不识相的弟弟突然提出异议说，被我们家偷来了，那别人家不就少分了吗？弟弟的话没说完，头上就挨了重重的一击，父亲挥舞着巴掌，毫不客气地打在他的后脑勺上，小兔崽子，如果你爹我不偷的话，还不把你这个没良心的饿死。我和另一个弟弟也抬起腿来，朝那个不识相的弟弟身上端了几脚。父亲说得对，比起我们的嘴巴和肚子来，集体又算得了什么？大道理谁又不会讲呢？可当你面对饥饿的时候，还来说这些冠冕堂皇的无用之语，不是天下最大的傻瓜吗？父亲抬起头来，对着天上朦胧的星光说，十个社员九个贼，谁要不偷饿死谁。他一边说一边爬起来，长长地打了一个哈欠说，天不早了，又该我去庄稼地里跑一趟了。父亲在生产队的台子上被批斗的时候，我们都怀疑是那个弟弟告的状，便把他从被窝里拖出来，不由分说就是一顿暴揍。是不是你把爹出卖了？我们都凶狠地问他。没有，弟弟支棱着脖子拼命摇头，我没有干过那样的事。我还有些不相信，那父亲怎么被他们带走了？弟弟依旧摇着头说，我怎么知道？为了发泄心里的怨气，我和另外几个弟弟还是把他压在炕上，又是一顿毫不客气地击打，你不知道谁知道？我们家如果出了一个叛徒，那肯定就是你。我从人缝里探出头，胆战心惊地朝台子上看，朝台子上人们正在斗争父亲的场景看。台子是搭建在一个隆起的土堆上，下面用几根木头支撑着，上面是几块拼凑在一起的大木板，其实这些并不起眼，真正吸引注意力的还是台子上方张挂的红幅标语，在日头的照耀下闪着熠熠的光彩，将聚集在台子下面人的脸色都照红了。一般情况下，生产队的会议都是在台子上举行的，这次的斗争会也不例外，但看红幅标语上写的那些字，就推断出这次会议的不同寻常，我虽然才上小学二年级，就差不多把那些字认下来了，"严厉打击偷盗集体财产的不法分子"，其中充斥的火药味像那些标语上散出的红光扑到我脸上，虽然我藏在人们的身后，还是感觉到脸颊上火辣辣地涨疼。我看见父亲站在台子上，由于脖子里挂着一个沉重的大牌子，让他本来就驼背的身子更朝前弯下来，大牌子上写的字我也认识，那是他的名字，倒也没有什么可奇怪的，但上面却画了一个大大的叉，便吸引了人们的眼球。父亲脖子里挂着牌子，两根胳膊在身后捆绑在一起，还被两个民兵在脊背上按住，这使父亲的身子一个劲地颤抖，我真担心，如果他站不稳的话，就会扑倒在前面的地下。随着一阵热烈的口号声，几个按捺不住的年轻人跑到台子上，对着父亲就是一阵拳脚，虽然有那两个民兵象征性地阻拦，父亲还是很快被打坏了，像一堆烂泥一样瘫倒在地下。你这个叛徒，那些打他的人也像我们对弟弟那样说道，我们生产队的庄稼都让你这个狗东西偷走了。父亲极力为自己辩解说，我没有偷那么多庄稼，我也不是叛徒。那些人凶狠地呵斥他说，你还说自己不是叛徒？集体的东西别人都不拿，为什么只有你一个人干这种偷事呢？这不是背叛大家是什么？

我看见父亲嚅动着嘴唇，本来想说什么又没有勇气往外说，但我知道他没有说出来的那些话一定是，你们大家都偷了，却让我一个人背锅，这是一件多么不公平的事。那些人似乎也知道他说的是这种话，便不等他说出来，又使用拳脚，不由分说在他身上一通击打。父亲躺在地上，快要龟缩成了一只可怜的蟑螂，脸颊和脖子里泛出了淋漓的鲜血。我不能再看下去，便钻出人群，离开会场，在街道上不顾一切地向前跑，我像一只被掐去了头的苍蝇，不知道该往哪里去，但是却一个劲地往前跑，以离那个让我痛恨的会场越远越好。你是小偷的儿子，他们说，我们不和你在外面玩。你是小偷的儿子，他们又说，不该跟我们一起在教室里学习。他们还说，你是小偷的儿子，不要再到生产队的地里来干活。他们老是说，竟然连母亲也说，你爹给我们家丢尽了脸，我都替他感到害臊，你们可怎么在这个街上混呢？我差点说出来，你干的那些偷事，可是比他差劲多了。我当然没有说出来，因为不管怎么说，我都是她的儿子。但父亲可就不那么客气了。你敢说你没有干过偷事？父亲从炕上爬起来，挣扎着被打坏的身子说，比起你来，我觉得我可是光明正大多了。母亲抖动着嘴唇，虽然心里气得不行，这时却没有勇气和父亲斗嘴，因为她自己也清楚，她干的那些事的确说不到台面上来，便只好忍气吞声地闭住了嘴。但凭着母亲的个性，她是不可能在父亲面前认输的，便在父亲安静下来后，又嘟嘟囔囔地争辩说，本来偷也算不了什么，要偷你也别让人家抓住呀，如果真有本事，就算是把外面的东西都搬回我们家，也让别人说不出什么来。这使我怀疑，母亲大概说的是她自己，因为她不光是这样说的，其实也是这么做的。我们家的人太多了，不算失去劳动能力的祖父祖母，只是我们这些还没有劳动能力的孩子，数来数去就有七八个了，这让父亲和母亲难以挑起养育我们的重担，如果不想一些办法出来，那我们一家就只能张着嘴挨饿了。因为父亲挨斗的缘故，没有几个人愿和我们来往，小伙伴们不和我们玩，大人们也对我们另眼相看，没有办法，我们便只能和自己的兄弟姐妹在一起，反正人多势众，别人也不能拿我们怎么样，大家也能在彼此相处中找到乐趣。其实哪里是什么乐趣，为了争夺一点吃喝，相互打起来也在所难免，在很多情况下，我们脸上都有泛着血丝的伤痕，衣服也经常被撕破，如果在街上碰到我们，还以为这是一群小叫花子呢。我和弟弟发现了一只鸟巢，是筑在一个高高的树杈上，每次从那里经过时，都看见两只老鹰轮番飞来，刚刚落到那个鸟巢里，就听到雏鸟们发出的叫声,我们都知道,里面肯定有一窝数量不小的雏鸟,老鹰我们对付不了,但那些还没有长大的雏鸟却是最好的猎物,把它们弄下来烤熟了,该是多么美味的食物呀。我和弟弟爬到树上,探头朝鸟巢里一看,那几只雏鸟还以为是它们的父母来到了,便张开嫩黄的嘴巴,朝我们吱吱喳喳地叫嚷起来,真是没有想到,这些雏鸟还没长出几根羽毛呢,竟然把嘴巴张得那么大,好像会把整个世界都吞下去似的。过了一会儿,雏鸟们没有等到喂它们的食物,这才把大大的嘴巴闭上。接下来,让我目瞪口呆的一幕出现了,一只大一些的雏鸟不守本分,竟然四处乱动起来,由于它的力气较大,所到之处,那些比它个头小的雏鸟便朝一边移动,那个鸟巢本来就不大,装下这几只雏鸟已经有些困难,多余的地方实在不多,个头小的雏鸟动着动着,便处在了鸟巢的边缘。那只大一些的雏鸟似乎也知道这件事,继续朝它的弟弟发动攻击,没过多久,那只小一些的雏鸟便被挤出了鸟巢,没有羽毛的翅膀忽闪几下,便像一块肉一样掉到了树下去。我们看得目瞪口呆,一时间忘记了该怎么办,大约也就是在这个时候,我明白了一个深刻的道理,那就是人不为己天诛地灭,为了让自己生存下去,即使面对自己的兄弟姐妹,也要该出手时就出手。我瞪大眼睛,用意味深长的目光看了弟弟一眼。弟弟大约也想到了这件事,竟然不敢接触我的目光,止不住掉开了头去。天哪,难道我们真的和这些没有人性的鸟是一样的吗?我看见弟弟的身子一歪,像一块肉一样掉到了树下去……我从梦中惊醒,不止一次地问自己,弟弟掉下树去的情景是真的吗?如果是的话与我又有什么关系?我只要一闭上眼睛,就看见弟弟成了那只个头小的雏鸟,被我这只个头大的雏鸟推了一下,弟弟抱着树木的手像没有长出羽毛的翅膀一样忽扇了几下,便像一块肉一样掉下树去。在我眼里,弟弟和那只雏鸟都变成了一块肉,虽然它们一块大,一块小,但在肉这方面其实没有什么实质的区别。在我另外几个梦里,我看见我伸出手,从鸟巢里把那些没有羽毛的雏鸟提溜起来,一只只塞进了我的嘴里,我是那么饥饿,不要说是这些作为肉的鸟,就是一团没有滋味的草也能被我吃下去。吃吧,我叮嘱自己说,把这些肉赶紧吃了吧。那些傻乎乎的雏鸟看到我鲜红的嘴巴,还以为我像它们的父母一样从嘴里吐出食物,反哺到它们的嘴里去呢,便一个个张开嘴巴,并吱吱喳喳地呼喊着,直朝我的嘴里伸过来。我轻而易举地把它们吞到嘴里,然后运动舌头,把它们一只只放到牙齿间,再使劲叩动牙齿,将它们一点点嚼成细碎的肉末。我嘴巴里滴出了雏鸟的鲜血，像一颗颗雨滴一般划过树下的空气，掉落在地面上。我怎么会杀了我的弟弟呢？这肯定不是真正发生过的事儿，而只是由于恐惧而产生的幻觉而已，但不管怎么说，我弟弟们中间真的少了一个，但究竟是少的哪一个到现在我也搞不清楚。一二三，母亲挥动着一只手，在我们的身体上一点点划过去，四五六……她扭过头去问父亲，我们有几个孩子？父亲头也不抬地说，我哪里知道呢？说完，他便用被子罩住头，继续睡他的觉，并为他的漠不关心找出理由说，我必须先睡上一觉，下半夜我还有任务呢。母亲白了他一眼，又挥起那只手，在我们的身体上一点点划过，一二三四五六……我眯着眼睛，看到她的手就像一根枯树枝一样在空中抖动，黑黑的影子折射在墙壁上，像是一个探头探脑的老妖怪。我不敢看下去，便重新闭上眼睛，但嘴里依旧嘟嘟囔囔地说，我把弟弟摔死了。母亲从弟弟妹妹的身体中间爬过来，使劲推了我一把说，你到底胡说些什么？你弟弟到底在哪里被你摔死了？我怎么没发现少一个人？她的手忽然缩回去，用惊讶的口气继续对我说，怎么回事？你在发烧？莫非你是病了？我继续嘟嘟囔囔地说，我把我弟弟摔死了。我看见随着一根枯树枝的折断，弟弟像一块肉一样从树上掉下去。你把我推下来了。弟弟在空中飞翔的时候，仰起头来对我说。我从树上溜下来，先将那只摔死的雏鸟放进嘴里嚼烂，然后再把摔死的弟弟拉到树丛里藏好。我把弟弟摔死了，我对着母亲那根像枯树枝一般挥动的手臂说，我把他藏在山脚下的树丛里了。母亲再次推了我一把说，你娘的说什么胡话呢？你弟弟一个也没有少，你别是中了那些鬼伞的毒吧？我睁开眼来，看见母亲的手从我脸上划过，落到我的嘴边，使劲抹了一把，然后举到她的手下看。天哪，她惊讶地叫喊着说，你嘴里怎么流了这么多血？你白天吃什么了？我蒙头蒙脑地回答她说，我把弟弟的肉吃了。母亲再次推了我一把说，胡说八道，你是不是吃那些毒蘑菇了？我把那些雏鸟再次放到嘴里，叩动牙齿使劲嚼呀嚼呀，我觉得弟弟的肉真的好吃，就像那些看上去五颜六色的鬼伞一样飘逸着醉人的香气。快去喊医生吧，母亲使劲踹了父亲几脚，你还有心思睡觉？你儿子快要被那些鬼伞害死了，还不起来去给我找医生。你儿子的身体真好，医生像母亲一样夸赞我说，那些鬼伞厉害得很呀，别的孩子一碰到它们，或许命就保不住了，但你儿子看上去一点问题也没有。母亲对我说，以后再也不要到山上去了，小心那些又好看又好吃的蘑菇要了你的命。

医生再次对母亲说，你儿子的命真大，看来他不是一般人啊，说不定将来会成个什么人物呢。母亲继续对我说，那些鬼伞可不是什么好东西，如果你再次碰到它们，怕是就真的回不来了。我张开大嘴说，我饿，我要吃肉。父亲抢白我说，我给你弄回来那么多粮食，还没有管饱你那张嘴？我继续扣动着牙齿说，我要吃肉，本来我就是食肉动物。我想起了在课本上学到的一个名词，对，就是食肉动物，我说本来我就是食肉动物。父亲踹了我一脚说，你小子说什么呢？我怎么听不懂？还什么食肉动物？哪里来的那么多名堂？你不被饿死就千幸万幸了，还他娘的吃什么肉？你不照照镜子看看，你有那个吃肉的命吗？刚睡着不久，我就被一阵肉香味弄醒了，尽管我的脑子睡死了，但鼻子却还醒着，所以当那股肉香味飘过来的时候，我一下子就从梦中醒来，借着朦胧的灯光，看到母亲坐在桌子前，正对着一只大碗吃着什么。她一定吃的是一种好东西，不然她的脸上没有那么生动的表情，眼睛鼻子和耳朵都随着她嘴巴的开合而运动，尽管她压抑着不发出响动，可我还是听到了她嘴里发出咔哧咔哧的咀嚼声，那股醉人的香气就是从她面前的碗里飘过来的。她在吃肉？我一下子判断出来，母亲在半夜里偷吃的是肉。我朝父亲睡觉的地方看，没有想到，父亲竟然在那个地方躺着，而且大瞪着眼睛，往常母亲在半夜里偷吃东西的时候，父亲都已经到庄稼地里和那些看护人捉迷藏去了，今天他怎么没有出去干活？我便提醒他说，爹，我娘在吃肉，你怎么不过去吃一点？父亲白了我一眼说，我不吃那些混账东西。说完，为了免除我的打扰，他闭上眼睛，然后又用被子罩住头，做出一副睡觉的架势。我又问他说，莫非等一会儿你还要下地去？可现在已经半夜了。父亲的一只脚从被子下伸出来，朝我徒劳地踢蹬了一下。母亲听到了我们的动静，便朝我招一下手说，快过来。当我钻出被窝，越过弟弟们躺卧的身体时，母亲又低下声说，别弄出声来。我轻抬脚板，在弟弟们的身子上跳跃着走过去，往往就是这样，在母亲于半夜里偷吃东西的时候，碰巧睡醒来的那个就会跟着吃一点，因为那些好吃的东西太少，就尽量不惊醒其他熟睡的人。我赤着脚跳到床下，急快地来到母亲面前，一边走一边吞咽口水。我就要吃到肉了。我一遍遍地在心里说。你母亲又到那个狗东西家去了。父亲气愤地对我说。我本能地朝天上看了一眼，回答他说，不可能吧？天还没有黑下来呢。因为在我的记忆里，母亲每次到队长家去的时候，差不多都是在黑夜里，当然最好是在父亲下地干活的时候，可现在才刚刚过午,日头还在天上挂得老高呢,她怎么可能就到队长家去呢?父亲信誓旦旦地说,我看到她了。我在心里回答他说,她怎么可能会让你看到呢?父亲跺了一下脚说,我真的看到她了,这次她到那个王八蛋家去,不但没有回避我,而且还一副大摇大摆的样子。我想了一下,好像知道是怎么回事了,就对父亲说,那肯定是队里有了什么好东西,这时我心里忽然一动,脱口说道,对了,是不是生产队杀猪了?父亲抬起脚来,又要朝我的屁股上踢,你他娘的就会吃肉?一副填不饱的饿死鬼样子。其实父亲的个头太小,虽然他的力气很大,但毕竟驼着脊背,行动起来特别不方便,眼下他又正处在气愤之中,所以便没有摆正自己的身姿,不但没有让他抬起来的脚踢中我,反而让他站立的那只脚发生了倾斜,身子一下子坐倒在地上。望着他极其狼狈的样子,我忍不住哈哈大笑起来。月光笼罩着街道,我从胡同口探出头,看着母亲的影子像一只妖怪,在月光下神秘地晃来晃去。母亲停在队长家的门楼下,扭过头来朝街上看,虽然我和她隔着很长的距离,又加之夜幕的遮挡,我不应该看到她脸上的表情,但不知道怎么回事,此时我竟然清楚地看到,母亲眼里的神色既有担忧又有渴望,还散出一股为激情所燃烧的光彩。见街上没有其他人注意,母亲回过头去,用手指轻叩门板。笃笃笃,几下敲击声响过后,门板又发出吱扭一声响动,随即便打开了,母亲的身影急快地闪进去,随着门板的关闭,队长家的门楼下又恢复了平静。别把这些臭烘烘的东西拿到我家来,父亲挥起手掌,毫不客气地把母亲拎在手里的半只烧鸡打落到地下,似乎还不解恨,又冲过去,抬起脚板,朝那半只烧鸡狠狠地踩去。我让你吃,父亲一边踩踏一边叫骂,我让你吃。强势的母亲在地下跳了一下,便像一只被惹怒的老母鸡一样扑过去,不由分说把父亲推倒在地下。你他娘的不吃拉倒,母亲愤怒地说,但你不能糟蹋我给孩子们带回来的东西。父亲躺在地下,却还不依不饶地揭露她说,什么给孩子带回来的东西?你这是糊弄鬼呢,谁不知道你用下头那张嘴换回这些脏东西来,都是为了满足你上面那张嘴。因为当着我们这些孩子的面,母亲脸上有些挂不住,便就势坐倒在地下,两手一拍,鼻涕一把泪一把地哭起来。你这个没良心的,母亲一边哭一边指着他说,都是你,让我把这些只知道张嘴的狗东西生下来,如果我不想出一些法子,这日子可怎么往下过呀?为了你们这一家子人,我连自己脸上的皮都揭下来了,你们不但不感谢我,还来揭我的短,你们的良心都让狗吃了不成?父亲也不罢休,两手拍打着地面说,丢人呢,我家人的脸都让你这个熊娘们丢到鱼人河里去了。母亲向他回击说,你怎么有脸说我呢?你不是也半夜里去地里下趟子了吗?父亲自豪地说,我半夜里下趟子并不丢脸,没听人家说过,十个社员九个贼。母亲打断他的话说,如果你不丢脸,怎么会让人家在批判会上差点打断脊梁骨呢?听她这样说,父亲终于败下阵来,但依旧不甘心地嘟囔着,等着吧,早晚你也会有让人家抓住的那一天。说实话,对于父亲和母亲这样的争吵,我和弟弟妹妹们都是持欢迎态度的,因为在他们悲愤交加闹腾的时候,完全没有注意到,我们已经把那只被他们忘到一边的烧鸡捡起来,你争我夺地吃开了,尽管烧鸡上沾满了泥土,又被父亲的脚板踩踏了几下,看上去已经不成样子,但吃到嘴里后依旧香气弥漫,此前我们都很少吃过这种美味,一时都沉浸在烧鸡带给我们的美好享受中,对于父亲和母亲的争吵,我们便不觉得是什么大不了的事儿,甚至盼望他们多争吵几回呢,因为那时候,或许又有什么美味被母亲从队长家带回来了。你娘简直就是一个娼妇,父亲背着母亲对我说,我们这个村里最丢脸的事都让她干出来了。我迷惑地问他说,什么是娼妇?父亲张了张嘴,我怀疑他根本就不知道这个词是什么意思,便瞪了我一眼说,反正不是什么好东西,你问那么明白干什么?我不高兴地说,你不该糟蹋我娘,是她把那些好吃的肉带回来的。父亲恼怒地说,我给你们带回来的东西还少吗?如果不是我半夜里下趟子,你们这些小兔崽子说不定早就饿死了。我当然知道父亲说的是事实,本来不想再反驳他,但在用舌头舔了一下嘴唇后,不由得又对他说,可我还是愿吃那些飘着香味的肉。父亲挥起手来,在我脸上狠狠地打了一下,你每天就是吃肉吃肉,早晚有一天,你会把我们家的人也当成肉吃了。父亲肯定是说我中鬼伞毒的那些事。我本来就是食肉动物嘛。我向他解释说。父亲越发恼怒,看来你真的是长学问了,什么食肉动物不食肉动物的,只要是不被饿死,就是让我吃那些土坷垃都行。望着他气急败坏的样子,我什么都不敢说了。而父亲却还不依不饶,怨恨依旧是发泄在母亲身上,早晚有一天,他挥着自己的拳头说,我会把那个娼妓抓个现行,到时候我就把她脸上的皮扒下来,像狗皮膏药一样糊到南墙上去。父亲在磨一把菜刀,嚓啦嚓啦的声音在院子里回响,菜刀上沾满晃乎乎的锈迹,因为家中食物的缺乏,又加之母亲的粗俗,一般做饭时根本用不到什么菜刀,所以就让它变成了现在这种样子。父亲不知从什么地方把它找出来,大摇大摆地拿到院子里的石头上,摆好了架势,翻来覆去地打磨,并有意把动静弄得很大,当菜刀上的锈迹真的一点点磨掉的时候,他还把刀举起来,让它刚刚变白的平面袒露在日光下,然后又把刀侧过来,用手指在上面小心地舔了舔。嘿,他由衷地感叹说,还真的快起来了。我好奇地问他说,你磨刀干什么?我以为,母亲又从队长家带回来了什么好吃的肉食,需要这把刀去切一切呢,想到这里,我还白白地咽了一口唾沫。没想到父亲干净利落地回答我说,我要用这把刀子把一个人的脸皮扒下来,然后糊到南墙上去。说到这里,他还腾出一只手,朝对面的墙壁上指了一下,好像那个地方真的适合糊一张人的脸皮似的,他又回过脸来,朝身后的屋门里看了一下。我虽然没有回头,却想起了他前几天说过的话,便知道他要扒脸皮的那个人是我母亲,也便知道母亲一定是在屋内,或者从里面探出头来也说不定呢。由于父亲搞的动静太大,我不由得替母亲担起心来,好像父亲真会用那把刀子扒母亲的脸皮似的,即使这样想一下,我也觉得这件事非常严重。娘,在跟随母亲到山上去的路上,我鼓着勇气问她说,你会怕我爹手里的那把菜刀吗?母亲冷笑着反问我说,你以为那真的是一把菜刀?我差点被她搞糊涂了,那不是一把菜刀是什么?他都把上面那些锈磨掉了,肯定是很快的。我一边说着一边斜起眼,朝母亲的脸上看了一下。母亲意识到了我这个动作,在我头上打一下说,你还真的被他吓住了?告诉你吧,就算是一把能杀人的快刀,拿在他手里也只是一块废铁。我有些迷惑,母亲竟然这样瞧不起父亲,不是有一句话这么说吗?兔子惹急了还咬人呢,如果父亲真的被母亲逼急了,就不会做一件惊天动地的事吗?我想再次提醒母亲,但她已经丢下我,迈着急快的脚步朝树林里走去。我看着母亲在那片茂密的树林里行走,并不时弯下腰去,把一些五颜六色的鬼伞拔下来,然后放到手里的篮子中。娘,我朝她喊着说,你要那些毒蘑菇干什么?弥漫的香气又一次使我从睡梦中醒来,虽然闭着眼睛,但嘴巴里已经涌满了口水,我以为肯定又是母亲在偷吃什么肉呢,便赶紧爬起来,先朝父亲睡觉的地方看了一眼,随后又把眼睛转到那边的桌子前。这次与上次不同,父亲没有在炕上睡觉,我还以为他又去外面和那些看护人捉迷藏了呢,但当我的目光落到桌子边的时候,不禁愣住了,我看到了一副如梦似幻的景象,以至于让我不敢相信自己看到的到底是现实,还是依旧是梦中的情景。父亲坐在桌子前的座位上,面朝一只飘出热气的大碗,正在对着它发呆。我闻到的那种香味就是从那只碗里飘出来的,如果不出意外的话,碗里面一定有什么好吃的东西,凭着那些格外浓烈的香味判断,碗里面除了是肉之外还能是什么呢?但让我感到不解的是,此时面对那只大碗发呆的不是母亲,而是父亲,在此前的所有类似的情景中,面对那只大碗的都不可能是父亲,而只能是母亲。我不吃她带回来的脏东西。父亲不止一次地拒绝那只大碗的诱惑,从而失去了品尝里面美好食物的机会。久而久之,母亲便不再给他提供这样的机会,往往在他到外面去和那些看护人捉迷藏的时候,她才把那只大碗端到桌子上,对着它有滋有味地享用里面的食物,如果运气好的话,我和弟弟妹妹之中的一个才会在偶然醒来的情况下,跟着她去吃一些残羹剩汤,也算是过了一把吃肉的瘾。但今天不同了,那个坐在桌边面对大碗的人竟然由母亲变成了父亲,这使我无论如何想不明白。当然那只大碗也不是从天而降的,而是由母亲端到那个地方去的,除了母亲之外,谁还能对那只盛着美味的大碗拥有主导权呢?也就是说,这时母亲也是出现在那张桌子前的,只不过是在桌子的另一边,她的两只手刚刚缩回去,看来那只大碗的确是被她放到父亲面前的。我揉着惺忪的睡眼,呆呆地看着面前非同一般的动人情景,心里温暖的潮水突然像鱼人河里的波浪一样汹涌澎湃,如果这样温馨的家庭氛围一直出现在我的生活中,那对我的成长该是一番怎样不同的影响?我即使把自己的脑袋拍烂,也想不出这种无论如何也发生不了的情景。你为什么要采那些有毒的蘑菇?我跟在母亲身后,一边朝树林里走一边不解地问她。你管那么多干什么?母亲头也不回地说,一个小孩子家不要多管闲事。我告诉母亲说,可我真的中过它们的毒,那个医生不是说,如果搞不好的话,我会把自己的命搭上吗?听到这里,母亲也想起什么来,突然用把握不定的口气问我说,你说其他人也会像你一样命硬吗?我不知道她说的其他人是谁,便摇摇头说,我不知道,反正我没有被那些蘑菇毒死,其他人谁说得准呢?听到这里,母亲不自觉地点点头,又回过身去,继续把那些五颜六色的鬼伞采下来,悄悄地放到篮子里。我想这次坏了,不管那只大碗有多么大,里面的食物却肯定不多了,父亲虽然是个驼子,但他的食量一定比我们大,就算他不肯敞开胃口吃,可一旦对那些食物产生兴趣,那只大碗也是不能让他吃饱的。看来我醒得根本不是时候,弄不好还白白搅扰了父亲享用肉食的美好过程,不管怎么说,这种机会对他可是不多的,我还是不打扰他了,让他过一把吃肉的瘾吧。于是我重新躺回被窝里,虽然不甘却又无奈地闭上眼睛。我极力反抗着睡眠的欲望,但还是止不住打起盹来,甚至还做了一个小梦,在这个可有可无的小梦中,我看见母亲坐在灶坑里,正在一手推拉风箱,一手往灶洞里添柴草,随着灶火的增大,锅盖下的热气扑出来,说明锅里的水已经沸腾了,母亲站起来,从一只篮子里抓起一缕东西,小心地放到锅里的水中,然后盖上锅盖,继续加大灶洞里的火势。我从梦中醒来,一睁开眼皮,就又直起身子,朝那边的桌前看去。我不知道时间过去了多久,但父亲享用那只碗中食物的情景还没有结束,或者干脆说正在进行中,与我的想象稍稍有点出入的是,父亲并不是自己端着那只碗,而是由母亲探过手,将那只大碗端到父亲的嘴边,然后慢慢倾斜,让碗里的东西进到父亲的嘴中。但更让我想不到的是,这件本来正在顺利进行的事突然有了不小的变故,父亲让自己的嘴巴远离了那只碗,好像不愿再吃里面的东西,或许他要把那些东西省下来,让给对面的母亲去吃? 如果是这样的话,那这两个时常发生争执的老冤家才真的达成了和解,将一副标准的夫妻对饮图温馨完美地制造出来。尽管我的想象万分美好,但事实并不完全是这个样子,父亲和母亲接下来的表现甚至让我感到了很大的不解,甚至极度的恐惧。当父亲躲避那只大碗的时候,母亲则不肯罢休,随即绕过桌子,一手扳住父亲的脑袋,一手端起那只大碗,将里面所剩的食物强迫给他吃下去。父亲想要拒绝,而且使用很大的力气摇摆头颅,却不能挣脱母亲的手指。不能不说,母亲的确是个过于强悍的人,而且力气比父亲大得多,所以尽管父亲极力挣扎,却依旧不能摆脱这种被强行灌食的局面,随着母亲手中的力量加大,父亲越来越不能控制自己,只能乖乖地让她把碗里的食物全部倒进自己的嘴中,母亲还担心他不能把那些食物咽到肚子里,便在放下那只大碗后,又掐住他的脖子,逼迫他把嘴里的所有东西都咽下去。我呆呆地看着这个非同一般的情景,心脏在肚子里像一只走投无路的小兔子一般蹿跳,到这个时候,我已经不再相信母亲给父亲强行灌食的场景还与那个温馨动人的夫妻对饮图有什么关系,而是另外一种可怕的场景发生在了我眼前,如果其间的真相与我的判断相符的话,那就意味着我的父亲此时已经离死亡不远了,他设想的那种用菜刀扒我母亲脸皮的场景永远也不可能实现了。娘,我似乎从梦中惊醒过来,止不住大叫一声,你在干什么? 母亲猛地掉过头来,也许她没有料到给父亲强行灌食的场景被我看在了眼里,一时惊骇得不知所措,尽管我和她离着很远,竟然也看到她脸上恐怖的表情像那些妖艳的鬼伞一样胡乱开放,她的手一抖,那只空碗掉下地去,虽然没有摔碎,却在地下的阴影中像一颗脱离了身体的头颅一般滚来滚去。但一霎的工夫,母亲就反应过来,掉头用力一吹,本来就微弱的灯火便熄灭了,一切都堕入了极度的黑暗中。尽管我什么也看不到,但我依旧直着身子,瞪着眼睛,不知道要在黑暗里等待什么。过了一会儿,我听见桌子前发出啪嗒一声响,什么东西落到了地下,在我的想象中,有一只并没有装载多少东西的麻袋摊开在地面上,如果我没有判断错的话,那应该是父亲的身子从座位上跌落,像那只麻袋一样躺在了冰凉的地下。是你把父亲毒死了?我挣扎着对一个人说,在我躁动不安的梦境中,我看见那个人把一个用五颜六色的鬼伞编成的花环戴在父亲的脖子上。真好看,那个人一边给父亲佩戴花环一边吧嗒着嘴唇说,你带上它可就英武多了,搞不好你就成了一个威风凛凛的男子汉。大约正是在这番动人的说辞下,父亲渐渐抻直他弯曲了大半辈子的身体,让那个人把那个散发着毒气的花环套在自己的脖子上。别戴,我还试图警告他,赶快把它摘下来。因为我知道,当一个人戴上那个不祥东西的时候,就无异于给自己加施了一副永远也解不脱的镣铐。别说,那个人竖起一根手指,按在自己的嘴唇上,然后又拿下来朝我指了一下,不要说出去。我反问她说,你以为你是我的母亲吗?那个人反问我说,你以为我是谁呢?我揭穿它的面目说,别以为我不知道,你是山鬼。山鬼哈哈大笑起来,看来我什么也瞒不住你。它伸过一只长着长甲的手指,要朝我的头上放。我躲开它的手,奋力警告它说,不要和我套近乎,我不会做你的同谋。山鬼眯起眼睛说,就因为我毒死了你父亲吗?我回击它说,别忘了,你还让我中过毒呢。山鬼得意地说,我当然没忘,因为是我让你活下来的,从这种意义上说,你要感激我还来不及呢。你把我的父亲毒死了?我从睡眠中醒来,指着母亲的额头说。母亲摇摇头,不慌不忙地说,那不是我,是那些该死的鬼伞搞的鬼。我揭穿她说,如果你不给他吃那些鬼伞的话,他又怎么能死去呢?母亲摊开两手说,我什么时候给他吃那些鬼伞了?是他自己在外面和那些看护人捉迷藏,跑着跑着就闯到鬼伞谷里去了。我有些茫然不解,什么鬼伞谷?母亲反问我说,你不知道?在我们莫邪山里,有一个长满了鬼伞的山谷,那可是最危险的一个地方,不论是鸟兽还是人,只要是误入了那里,就是有天大的本事也回不来的。我瞪大了眼睛,你是在和我讲什么天方夜谭的故事吗?母亲摆摆手说,什么故事?我哪有讲故事的本领?给你们这些填不饱肚子的东西搞吃的还来不及呢,怎么还有闲心讲什么没用的鬼故事?父亲的尸体被从山里拉回来,母亲端着她善于使用的那只大碗,用碗里的茶水对那些帮忙的乡亲们表示感谢。太危险了,乡亲们争相朝她表功说,鬼伞谷可不是一般人能去的地方,如果不是队长下了死命令,说到这里,他们都朝另外一个黑暗的角落看了一下,我们真的不敢冒这个险呢。我站在院子里,呆呆地看着父亲的尸体,此时,父亲就像一只拔去羽毛的黑色大鸟,不管他有怎样崇高的理想,从此以后也再也飞不动了。你真的误入了鬼伞谷吗?我在心里问他说。此时,我想到了那个夜晚在灯光下看到的情景,不知道那个可怕的景象是怎么来到我脑子里的。我被她毒死了,父亲的幽灵像一团羽毛一样漂浮在我耳边,是那个臭娘们把我害死的,你要给我报仇呀。我向他指出说,可他们都告诉我,你是死在鬼伞谷里的,除非你能向我证明,事情根本不是他们说的那样。父亲哭丧着声音说,还证明什么?难道你就不相信你的眼睛吗?想到那个真切的情景,我的脑袋又一次糊涂起来。父亲丧气地说,看来你是真的中了那些鬼伞的毒,竟然连自己的父亲也不相信了。我不知道,我连连朝他摇头说,我不知道这件事是怎么回事?父亲义正词严地告诫我,不管是怎么回事,你都要记住我的一句话。我问他说,什么话?父亲一字一句地说,女人,女人没有一个好东西。我有些不同意,你怎么能这样说呢?父亲呜呜地哭起来,我已经受够了那些卑鄙女人的伤害,不想让你再重复我的悲剧。几乎每一天,父亲的幽灵都在我耳边喋喋不休,或许他真的被冤屈了,才通过我发泄对这个世界的不满,具体说对某些女人的痛恨。我无法不受到父亲的影响,因为不管怎么说,我都是他的后人,没有他我就不会来到这个世界上,而且他把为他复仇的希望寄托在我的身上,尽管日子一久我也心生反感,不想再听他这些胡言乱语,但这么多年下来,他那些话就像鬼伞的毒一样已经施加在我身上,就算我吃遍天下所有医生的药,也不能让那些东西从我身上离去,精神病院的措施够严厉了,不是也没有让我改变丝毫吗?没错,你看到的这个坐在你面前的人,依旧是原来那个让你憎恨的老枪,在你们的眼里,或许我就是山鬼本人,但你们知道吗?如果没有我父亲的幽灵在我耳边灌输那些对女人的可怕教育,我又怎么会用那样残忍的手段对付二女呢?二女,我是多么爱你,可我又是多么地对不起你,你这个让我心伤又心碎的女人,我的二女……

二

　　不知你是否相信,在我到你家来和二女见面之前,我已经看到过她一次了,那是在很多年前,当我还跟着队长在山脚下的饲养场里和那些动物打交道的时候,二女就不期然地出现在了我们面前。当然,那个时候我并不知道她就是二女,甚至没有十足的把握那个采蘑菇的小女孩真的就是她,但我自从看到了那个小女孩之后,我就再也忘不掉她了,以至于在你家看到二女时,我就猛然回到了许多年前的那个日子。我看见那个采蘑菇的小姑娘从山林里走出来,胳膊上挎着一只小篮子,脸上红扑扑的,额头还挂着几滴亮晶晶的汗珠,她从山林里走出来,一下子出现在我们面前,就像一只才刚长大的小鹿一样,乍一看到我们这些像是狩猎的汉子们,一时惊讶得瞪大眼睛,目光里的恐惧表情被我们看得一清二楚。她是谁?我颤抖着声音说。队长离我很近,虽然我的声音很低,但还是清楚地听到了耳朵里,于是回答我说,一个采蘑菇的小姑娘。我摇摇头说,我当然知道这是一个采蘑菇的小姑娘,但我不知道她是谁。队长耸了一下肩说,你以为我知道她是谁吗?听他这样说,有一个家伙便提议说,是不是我把她带过来,队长你好好问她一下?那个家伙挤巴着眼皮,嘴角透出一缕不怀好意的微笑。听到他的提议,在他周围的几个人都笑起来,而且看他们跃跃欲试的样子,似乎马上就要跟在汉子身后,朝那个小姑娘包抄过去。你们没看出来吗?队长忽然对他们说,她的篮子里有许多鬼伞呢。说着,他还伸手朝前指了一下。汉子和那几个人也转过头,朝小姑娘的篮子打量。我也看出来,小姑娘的篮子里的确装有五颜六色的蘑菇,看上去就像一些好看的鲜花。是呀,汉子也惊讶地说,她竟敢去采那些鬼伞,胆子真是太大了。有一个人便纳闷地问队长说,可她什么事也没有,这到底是怎么回事?队长抚摸着毛茸茸的下巴,一副若有所思的样子说,我早就看出来了,这个小姑娘不是一般的人,莫邪山哪有随便采集那些鬼伞的呢?你们说,都有谁具备这种本事?我在心里接过他的话说,那就是乌龙镇李家的人呗。但我没有把这句话说出来。汉子却想到另外地方去了,不禁脱口说道,天哪,她别是山神派来的什么神灵吧?经他这样一说,那些要跟他去捉拿小姑娘的人都变了脸色。如果你们不怕的话,队长故意对他们说,你就去为难她吧。那几个人都摇摇头说,不,我们哪里敢弄这种事呢?我对他们的说法半信半疑,便又在心里说了一句，如果她是李家的人呢？我来到你家里，第一次看到二女的时候，便马上认出了她，并悄声告诉自己说，现在我绝不是第一次看到她，许多年前我已经在山脚下碰见她一次了，当然，如果人们还继续把她看成山神派来的神灵，我也没什么好说的，并且非常同意这种说法，不管怎么说，二女都和一个仙女差不多，在我看来，兴许她真的就是山神派来的呢。不是，二女摇摇头说，你说什么呢？我怎么听不懂你的话？我真诚地对她说，我希望你是，尽管我不喜欢那个传说中的山神，但我倒是希望你从它那里来。二女果断地对我说，你别再说这些无聊的事了，我没有受到什么神灵的派遣，如果你希望娶一个仙女的话，那你就抓紧走吧，我根本不是你要找的那个人。我怕她误会了我的意思，便赶紧声明说，不管你是不是神灵，我都一眼就看上了你。二女不让我继续说下去，果断地站起来，就要朝门外走，我已经说过了，我们之间根本就没有什么缘分，你还是去找别人吧。我不想让她就这么走掉，便不由分说拉住了她的手，你为什么看不上我？难道我有什么地方不中你的意？二女使劲甩开我的手说，你很优秀，在我们这里也很有名，我也知道你家有很多钱，但我配不上你，我只是一个普通的小女子，与你要找的那个人根本不是一回事，这总行了吧？快请你让我走吧。二女已经忘记了，这是在你们自己的家里，她却要我让她走，或许她不仅仅是一时迷糊，而是有意把这种话说给我听，目的是让我赶紧从这里走掉。二女为什么就看不上我，你母亲托人把我找来，肯定是已经代她相中了我，原本我以为只要我来到你家，就能把二女顺顺利利地领回我家去，但现在看来，一切都不是那么回事，这个情况实在出乎了我的意料。那个女人看不上你并不是一件坏事，队长开导我说，你不应该继续纠缠人家。我反问他说，为什么？就因为她是乌龙镇李家的人吗？队长打开车厢板，把一麻袋饲料放在我肩膀上，然后他自己也扛起一只麻袋，陪着我往前面的仓库里走，不仅仅是因为她是李家的人，其实你们是不相配的。我继续问他说，难道你也相信李家人摆脱不了灾难？担心我如果娶了她的话，就等同把一颗灾星弄到我自己家里来了？是不是这样？队长摇摇头说，不完全是那么回事，李家人是不是有灾难我看不出来，但我知道，你们两个人在一起是不合适的。我盯着他说，我们哪里不合适？队长掂了掂肩上的麻袋说，你不是说她就是当年那个采蘑菇的小姑娘吗？如果真是她的话，那事情可就麻烦了。我打断他的话说，这有什么麻烦呢？莫非你还认为她有什么来历不成？这怎么可能？你可是走南闯北见过世面的人，还信那些神神道道的说法吗？队长回过头，朝远处山野里看了一眼，又赶紧回过头来，不管怎么说，你还是离她远一点好。我使劲摇摇头说，反正我已经看上她了，如果没有她的话，我不知道以后的生活该怎么过。队长叹口气说，真是一个还不晓事的孩子，如果你这样执拗下去，早晚有一天会栽大跟头的。说完白了我一眼，就丢下我，迈着大步走进仓库里去。我放慢了脚步，呆呆地看着他高大的身影在前面晃动，一时又陷入了冥想状态中。莫非他真是我的父亲？这个念头刚在心里浮起，我就马上命令自己把它驱赶出去，这怎么可能？我有自己的父亲，不管他作为一个驼子有什么残疾，而且他作为一个小偷还有不好的名声，但一直以来，我都把他当作自己的亲生父亲，又怎么可能在他遭遇不幸许多年后，去认另外一个人为自己的父亲呢？我抬起一只手，在自己脸上悄悄打了一下，然后才迈开脚步，随在队长身后走进仓库里去。我不断地想到，我之所以老是产生队长是我父亲的想法，当然是源于母亲和他那些似有若无的联系，这件事也许在我们家人中还算是一个秘密，但在街上那些好事的人看来，一切都暴露在明亮的日光之下了，根本就没有再继续遮掩的必要，因为过去母亲由于顾及父亲还要在夜晚去敲队长的门，但自从父亲死去后，她就是在白日也能大摇大摆进出队长家了，或许在她看来，自己这样一个拖家带口的寡妇能被大权在握的队长接纳，本身就是一件让她颇感自豪的事儿，在这种情况下，我就是硬着头皮不承认这件事的存在又有什么作用呢？况且队长除了有一定的权力之外，真的也算是一个仪表堂堂的人，不仅身材高大，而且面目标致，属于那种特别吸引女人注目的主，与我的驼背父亲比起来，简直就是一个天上一个地下，这也是我对他心生好感并在潜意识中把他作为自己父亲的重要原因。让他跟我去干吧，队长对我母亲说，我那个饲养厂正缺人手呢，你把他交给我，也算是给他一个锻炼的机会。为什么是我？我在心里说，并且朝旁边那几个对他充满期待的兄弟们看了一眼，为什么他单单挑中了我呢？许多个夜晚，我都在半睡半醒中朝自己发问，我是他的儿子吗？饲养场建在山脚下的一片空旷地带，在改革开放的大好形势下，嗅觉灵敏的队长身先士卒，承包了这片原本荒芜的空地，在上面建立了这家开始兴旺发达后来臭名昭著的饲养场，当然，一把这个场子弄起来，他就辞去了队长职务，带领他的一帮小弟兄专心打起那些可怜动物的主意来。饲养场里养的动物有猪牛羊,还有鸡鸭鹅。这些动物都是活的吗?队长像考试一样问大家说。当然是活的了。大家争相回答。你们看那些树,那些草,队长朝附近的山林指了一下,它们都是活的吗?大家又都点头说,它们当然也是活的了。队长发现自己的问题有误,便又改口说,那些草那些树会动吗?大家摇摇头说,它们不会动。队长便收回手,又在他的饲养场内划了一圈,这些动物会动吗?大家又点点头说,当然会动了。到这个时候,队长让大家明白的问题终于到来了。在我看来,队长挥舞着他那只手说,这些动物和那些树呀草呀的东西,根本就没有什么区别。一个被称为小外地的青年说,怎么会没有区别?它们不是一个是动物,一个是植物吗?队长白了他一眼说,我说它们没区别它们就没有区别。大家对他这样的说法都有些摸不着头脑,这是什么意思呢?队长你要我们怎么对待这些动物呢?队长有些恼怒,我都说到这个地步了,你们怎么还不明白?听到这里,我似乎有些知道他要表达什么意思了,便试量着问他说,莫非你要让我们把这些动物当成那些植物来养?队长抬起手,一下子拍在我的肩膀上,还是我的……他没好意思把下面的那个词说出来,就马上越过去说,对我的想法领悟得快呀。他眉眼里不加掩饰地流泻出对我的赞赏表情。那个小外地还一副莫名其妙的样子,这怎么可能?植物就是植物,动物就是动物,我们怎么可能把动物当植物来养呢?队长再次狠狠白了他一眼说,我们不让这些动物动,他们不就变成那些植物了。听到这里,大家才真正明白他要表达的意思,那些动物被关在属于自己的区域内,真的就像一棵棵树木种植在自己的地界内一样。饲养场分设为两大区域,牲畜区和家禽区,牲畜区又分为猪区、牛区和羊区,家禽区也分为鸡区、鸭区和鹅区,看上去五花八门,但实际上根本没有什么实质的区别,无非就是把不同的动物分开来饲养,而它们的栏舍却是一样的,那就是被安排在仅能容纳自己身体的区域内,而没有留出一点供它们活动的场地,如此一来便节省了不少空间,能够把更多的动物安排进去,照队长的话说,这些动物实质上就是植物,谁见过植物还有什么活动场地吗?既然它们和植物没有什么区别,又给它们留出其他空间干什么?可它们本身是动物,小外地一根筋地提出说,凡是动物都有活动的需要和自由。队长冷冷地看着他,自由?你别是大白天说梦话吧?谁见过动物需要自由的?小外地指了一下他,随后又把手指戳到自己身上,你和我,难道不需要自由吗?唯恐他不懂得自己的话,又随即解释说,其实它们和我们都是动物,本质上也没有什么区别。队长愤怒地打断他的话说,滚蛋吧,我和那些动物没有区别? 亏你能把这种话说出来。小外地还要据理力争,我说的是一个真理。队长终于忍不住了,抬腿在他屁股上踢了一脚,忘记我说的话了? 他瞪着眼说,我说它们和那些草木才是一家子,你怎么能把我的话当耳边风呢? 队长不再理会他,掉回身来对大家说,都给我听好了,这些动物根本没有活动的必要,它们只是像那些树一样好好长大就行了,反正等待它们的也是往我们嘴里走,还需要那么多活动干什么? 我突然冒出一句,可这样一来,它们的肉会好吃吗? 我之所以在这个时候敢于向他提出异议,一来是因为我和他不同一般的关系,二来我的想法是真的为他好,有这两条做保证,他便不会像对小外地那样和我翻脸。这你就别管了,他朝我摆摆手说,我考虑的是我们饲养场的效益,哪还管它们什么肉好吃不好吃,反正我们也不吃这些饲养动物的肉。见我的质疑没有惹怒他,不自量力的小外地又要张嘴,但还没等他说出话来,队长就再次虎着脸呵斥说,都好好给我干吧,谁如果不听话的话,我就让他和那些动物一样失去自由。你真的是队长的亲戚? 小外地从床铺上坐起来,试量着问我说。我冷冷地看着他,虽然他用"亲戚"两字代替了那个没有说出来的词,但我也明白他要表达什么意思。这个狗东西。我在心里骂了他一句,如此敏感的话题他竟然也能当面问我,真是没有长脑子。我掉过身去,闭上眼睛,做出要睡觉的架势。小外地干脆走过来,坐到我的床沿上,依旧沿着刚才的话题说,他对你比对其他人都好,这肯定说明你们的关系非同一般,我听你们村里的人说……不等他说下去,我就掉过头来问他,我村里的人说什么? 小外地看着我的表情,明白如果再说下去的话,可能我会和他翻脸,便咽了一口唾沫,站起身来,又回到他自己床铺上去。那些动物真可怜,小外地呆呆地坐在床沿上,望着屋外那些影影绰绰的动物栏舍,重重地叹了一口气说,从小到大,不要说到处走一走跑一跑,竟然连活动一下身子的机会都没有,然后就被送到屠宰场里死掉了,成为别人的盘中餐,其实它们的命运连那些树也比不了。我闭着眼睛问他说,为什么比不了那些树? 小外地回答我说,那些树还可以一活十几年,寿命长的竟然活上几十年上百年,可这些动物呢? 就算是那些猪牛羊,才只有一两年的寿命,更不要说那些可怜的鸡鸭鹅了,几个月后就在这个世界上消失了。说到这里,他又重重地叹了一口气,都是那些掺了生长激素的饲料造的孽。我快要睡着的时候,听见他又说，队长为什么要这样干呢？他那些振振有词的理论都是从哪里来的？不会是他自己发明的吧？一个人做这样急功近利的事就已经出格了，竟然还为自己找出那么多冠冕堂皇的理由，原先我还以为他是一个没有文化的大老粗呢，现在我才觉得不是那么回事。我蒙头蒙脑地回应他说，不是改革开放了吗？有本事你就使呗，没人会挡着你的。小外地反驳我说，你怎么能这样说呢？难道改革开放就可以无法无天吗？就可以做伤害其他人的事吗？我猛然打了个激灵，从半睡半醒的状态中跳出来。什么？我质问他说，你该不会要去举报他吧？那一刻，我看见小外地呆呆地望着我，不知道该做出怎样的反应。你要小心那个家伙。我悄悄提醒队长说。哪个家伙？队长从河面上掉回头来问我。那个小外地，我拉了一下网绳，觉得沉在河水里的渔网很有分量。你听到什么风声了？队长把嘴里的烟屁股丢到河水里，腾出手来帮我一起拉网。哟，他叫喊了一声，下头这么重呀？或许这回网得不少呢。我嗫嚅着嘴唇说，弄不好，他会搞点事出来的。队长哼了一声说，他一个外地人，能在这里掀起什么风浪来呢？我不再说什么，只是专心地往上拉着渔网。放心吧，队长大咧咧地说，如果有谁想和我过不去，他回过头，朝远处的饲养场看了一眼，有好果子等着他吃呢。在拉网的过程中，我听到从饲养场传来的搅拌机的轰隆声越来越响。在我和队长的奋力拉拽下，渔网从河水里一点点浮出来，水面开始剧烈地波动，一些鱼的身影已经出现在我们眼前。你是不是找到了一个新的爹？父亲的魂灵在我耳边说。看看你又来了，我不高兴地回应说，你怎么能说这种话呢？我又在心里对他说，莫要为老不尊。父亲立刻回应我说，什么叫为老不尊？别以为你心里想什么我不知道，告诉你吧，你所做的每一件事，你脑子里的每一个念头，都别想逃过我的眼去。我做出缴械投降的样子，我怕了你还不行吗？父亲叹了一口气说，这不是怕不怕的问题，而是牵扯你是不是一个叛徒的大事。我差点跳起来，什么叛徒？别来和我说这些不着调的话。父亲反问我说，难道我说的不是事实吗？你放着自己的爹不好好供奉，反而上赶着去巴结那个无耻的大流氓。我回击他说，什么无耻的大流氓？不要说这些不负责任的话，人家现在可是鼎鼎有名的大企业家，连镇长都要敬他三分呢。父亲冷笑着说，那是那个镇长瞎了眼，竟然看好他这样一个胡作非为的家伙，如果让他这样的人出了大名，那就等着吧，有他们乌龙镇好看的时候。我厌烦地对他说，好啦好啦，既然你和人家比不了，当然现在你也没法和人家比了,就不要有这种不靠谱的嫉妒心态,难道自己喝不了水,就不能让人家吃饭了?还是乖乖地待在你那边吧,少来掺和我们这边的事。父亲在鼻子里哼哼着说,我是看不惯他那些行为,还有你,竟然对这样的人低三下四,通风报信,活脱脱是一个认贼作父的叛徒。我也差点恼怒起来,有你这样说自己儿子的吗?父亲抢白我说,我哪里还敢承认你是我的儿子?你不是已经在心里把那个家伙当成自己老子了吗?我极力向他辩解说,没有,我没有那样的想法。父亲再次冷笑着说,糊弄鬼呢?别以为我是一个傻瓜,在你们那个世界上时,你娘一次次欺骗了我,最后又用那碗该死的蘑菇汤把我害死,我还没有和她算完账呢,现在你倒好,竟然又做出了背叛我的事。我举起两手,再次做出个缴械投降的架势后,赶紧把手捂到了两只耳朵上。走吧走吧,我在心里厌烦地对他说,快让我清净一会儿吧。为了不使我真正感到绝望,以便绝了他来打扰我的路径,父亲尽管有些不甘,还没有发泄完心里的怨气,也只好知趣地离去。搅拌机轰轰隆隆地响着,将一群群飞过饲养场上空的鸟儿驱赶到远处去。这是一台组合式搅拌机,大部分功能是为了把整体的东西切碎,然后再进行后半段的搅拌。为了给众多的动物们准备饲料,一捆又一捆晒干的庄稼棵子被饲养场收来,堆在院落里一端,当搅拌机开动时,那些庄稼棵子便被送进一个黑乎乎的端口,由这台具有切割功能的机器粉碎后,随即传送到搅拌箱里,与那些臭鱼烂虾之类的东西混在一起,再经过仔细地搅拌,供给动物们食用的饲料便制造出来。你相信山神吗?小外地一边往端口里输送庄稼棵子,一边有意无意地问我。什么山神?我白了他一眼说,我不知道这些东西。随后我又对他说,要问你去问队长好了。小外地不解地说,为什么要去问队长?我咽了一口唾沫说,或许他过的桥比我们走的路都多,知道的事也就多吧。对我这种意味深长的奇怪说法,小外地茫然不解地看了我好一会儿。你能说一下山神的事吗?我吞吞吐吐地向队长说。山神?队长奇怪地看了我一眼,好像没有想到我会问他这个问题,你怎么想到了它呢?我呆呆地看着他,没有想到他一上来就把山神称为"它",这么说来,他一定对传说中山神的事知道得很清楚了?队长躺在摇椅里,一边朝门外的动物栏舍看,一边挠着掉了半拉毛发的头顶说,其实哪有什么山神?都到这个年代了,那些老旧的传说还有什么意思?我依旧没有想到他会这么说,便感到有些失望。难道这个话题也会过时吗?我不甘地问他。

如果真有山神的话,队长抬了抬头,又把目光望向远处的山野,忽然灵机一动说,那它也不会轻易出来了。我脱口说道,为什么?为什么它不再出来了?队长微笑着说,因为这个时代没有它的位置。说到这里,他从摇椅里直起身,探手从桌子上摸到一根烟,叼到了嘴里。我凑过去,用打火机为他点着,然后继续用期待的目光看他,等着他把下面的话说完。但队长躺回到摇椅里,一边吸烟一边眯上眼睛,没有再做出继续说下去的样子。既然他不愿意说这个话题,我也就不方便再朝他发问,但心里毕竟有些不甘,知道他的话并没有完全说完,过了一会儿我又试着问他,那么山鬼呢?你知道山鬼吗?队长睁开一只眼,朝我斜斜地看了一下,又很快闭上了。山鬼嘛,他摇晃着身子想了一下,似乎用不经意的口气说,你可要小心一些它呀。虽然他的声音很轻,但我听了却感到心里一震,什么?我为什么要小心它呢?队长探出手,在我肩膀上轻轻拍了一下,我是说我们大家,不仅仅是你一个,每个人都要小心一些,那个家伙可是神出鬼没的,或许在你不提防的时候,它就会跑到你身体里去。我吃惊地问他说,什么?它居然会跑到我们身体里去?队长使劲喷出一口烟说,或许我们每个人的身体,都是他最好的去处,这个家伙竟然被山神从它们神界逐出来了,那它总要给自己找一个去处,但这个世界都袒在日光下,哪里又是它的好去处呢?我接着他的话说,看来只有我们心里的暗处,才是它最适合待的地方?队长突然睁开眼睛,把烟屁股丢在脚下,一边站起身来一边哈哈大笑,然后再次在我肩膀上拍了一下,爷们,我们还是干活去吧,不要老是讨论这些神神道道的玩意,什么山神山鬼的,它们该怎么着就怎么着,我们呢?也该怎么着就怎么着,这个世界,谁又能管得了谁呢?说完,他就迈开大步,头也不回地朝外面走去。我站在他身后,只是呆呆地看着他的背影,一时竟忘了按照他的话去做,而是陷在长时间的冥想中不能自拔。队长走了很远,见我没有跟上去,便掉回头来喊道,犯什么傻呢?莫非山鬼找到你了?我醒悟过来,知道他是在用这种话语警示我,便赶紧跑出他的办公室,一步不落地随在他后面。一辆三轮车的车厢里装满了鸭子,从栏舍前突突突地开走了,又一辆空着的三轮车开过来,在另一个栏舍前停下,小外地打开车厢板,我和另外几个人开始把栏舍里的鸭子抓出来,一嘟噜一嘟噜地装到车厢里去。我们扯住鸭子的脖子,像是从地里把一棵树拔出来,然后向着车厢板里扔去。鸭子们刚刚离开它们待了几乎一生的栏舍,还没有得到一点点自由，便被一起关到了车厢里，这也便意味着，在接下来很短的时间内，他们便走向了生命的终结，然后以一团肉的形式被端到人们的餐桌上。一只鸭子挣脱了我的手，一下子掉在地下，这只幸运的鸭子本来想自由地奔跑几步，但它哪里想到，它只是有了这个美好的念头，两只从来没有走过道的扁脚仅仅象征性地悠荡了几下，便一下子趴在地上。我好奇地看着它，不禁纳闷地嘟囔一声，怎么回事？它居然不会走道？小外地摇着头回答我说，它一孵出来就没有走过道，或许把这种能力也丧失了。我们正说着，那只不甘心的鸭子挺起身来，又做出了向前走的尝试。但这一次更为悲惨，它那两只扁脚只是朝前迈动了一两下，便随着咔嚓咔嚓的响声折断了，这只可怜的鸭子又一次趴在了地下，只是伸着长长的脖子悲哀地叫喊，却无论如何不能再做行走的尝试了。我一下子呆住了，不禁脱口说道，它的腿这么快就断了，未免也长得太不结实了吧？小外地把鸭子抓起来，朝它的两只断腿看了两眼，便摇摇头说，它这是缺钙严重的结果，我们只是一味地对它们的食物偷工减料，再加之激素膨化剂的作用，又哪里能让它们的腿长结实呢？他不忍心再继续打量这只不幸的鸭子，便也把它扔到了车厢里。我停下手来，站直身子，朝着周围的栏舍里打量了一圈，想到里面那些所有像树木一样被栽植在里面的动物，不仅仅是这些鸭子，还有它们的同类鸡鹅，当然也包括和它们不同的大型动物猪牛羊，由于也像这些鸭子一样没有行走过路，吃的饲料里得不到充分营养，倒是被激素膨化剂像气球一样催生长大，虽然看上去是一只生机勃勃的活物，其实它们和那些易碎的瓷器没有什么区别，在稍稍一点外力的撞击下，就会变成一堆摊在地下的碎片。它们不是一棵树，我心里突然产生了这样一个念头，而是一只碗。小外地顿顿手里的碗说，谁又能保证，我们吃的饭里没有添加那些乱七八糟的东西，却没有真正的营养？我也停下吃饭，隔着桌子朝他打量。队长既然在那些饲料中掺假，小外地用筷子敲打着碗沿说，或许也会在我们的饭菜里做文章呢。他扭过头去，朝着餐厅卖饭的窗口看。你怎么能这样说？我警告他说，你不想在这里吃饭了？当然，我的意思无非是说，如果他还想在这里干下去的话，就不要再搞这些无意义的事。小外地呆呆地看着我，随后便点了一下头说，是呀，我和你说这些有什么用？凭着你和队长的关系……说到这里，他若有所思地转了一下眼珠，你也不会帮着我说话的。说完，他就端起碗来，转身离开了我们吃饭的这张桌子。经他这样一闹腾，我也吃不下饭去了,用筷子挑着碗里的东西看个不停,其实我又能看出什么来呢?就算队长真的让食堂的师傅偷工减料,掺杂使假,我也没有在这件事上纠缠的必要。我从睡梦中醒来,大睁着眼睛呼呼地喘息,刚才在梦中,我分明变成了那只可怜的鸭子,本来想好好走道的,但刚刚迈出脚去,就听见咔嚓咔嚓几声响,我的腿脚竟然一下子碎裂开来,在地下变成了几块碗片。那些猪牛羊更是可怜,趁着渐渐浓郁的夜色,汉子带着几个人把一根根水管拖到栏舍里,不由分说插到那些动物的嘴里,让水管里的水汩汩地流进去。动物们被噎得嗷嗷叫,拼命甩动脑袋,想把那根可恶的管子吐出去。但那几个人狠狠地固定住管子,让里面的水继续朝着它们的肚子里灌。很快,动物们的肚子便膨胀起来,这就不仅仅是嗓子噎的问题了,更重要的是肚子里胀得厉害,动物们的叫喊声更响了,脑袋也就甩动得愈加频繁。好了,汉子对那几个人说,别把它们撑死了,明天肉联厂的人来啦,我们可不好交代哩。几个人把水管子从动物们的嘴里拔出来,又拖到另外的栏舍里去,对着下一批倒霉的动物往嘴里插去。我们为什么要这样干?我把办公室的门关上,对坐在沙发里的队长说。这有什么奇怪的吗?队长不经意地看了我一眼,又马上把目光掉开,落在手里的一张出货单上。这样一来,他有些得意地嘟囔说,我货单上的数量可是增加了不少,他举起一只手,用三根手指朝我捻动了一下,那可都是一张张硬邦邦的钞票呀。我依旧有些担心地说,如果肉联厂的人发现了呢?我们的生意不就砸了吗?队长从沙发里站起来,背着两手在屋内悠闲地踱步。看来你还嫩了点,竟然产生这种不必要的幼稚想法,他停在我面前,用那只手的一根手指在我肚子上捅了一下,你以为那些拉货的人就是肉联厂的人?我点点头说,是呀,肉联厂的人肯定会来验货的。队长摆摆手说,他们看上去是肉联厂的人,其实也在给我们干活呀,俗话是怎么说的?他仰起头来想了一下,对对,叫什么人在曹营心在汉,你听说过这句话吗?我这才明白,队长早就把那些肉联厂的人收买了。在这个年代里,队长再次举起手,捻动一下他的三根手指头说,只要有这个存在,就没有人当不成叛徒。我突然说道,难道山鬼真的到我们这里来了?队长愣了一下,什么?山鬼在我们这里?他瞪大眼睛,用不安的目光朝四周巡视了一圈。我看见山鬼从山上走来,手里举着一大团花花绿绿的东西,等它走到了面前,我才看出来,那些好看的东西并不是钱币,而是五颜六色的鬼伞,更吸引我目光的是,它是用三根手指头举着那些鬼伞的。它们好看吗？山鬼色眯眯地看着我说，如果你需要的话，我就把它们送给你吧。也就是在这个时候，我发现了山鬼的雌性身份，不禁在心里问道，它怎么会是一个女人？难道它不是我真正的父亲吗？我真的被山鬼那些美丽的礼物吸引住了，便试探着伸出手去，但就在快要触碰到那些鬼伞的时候，我又把手缩了回来。我会继续中毒吗？我紧张地问它说。山鬼朝我抛了一个媚眼说，你已经中过一回了，还怕继续中下去吗？我觉得已经被山鬼的姿态和话语迷住了，便止不住举起手，想把那些执意要迷惑我的鬼伞接过来，同时嘴里不断念叨说，山鬼，山鬼。我被一阵拳头打醒了，那个打我的人瞪着眼质问我说，你叫唤什么呢？什么山鬼山鬼的？你把我们都吓得睡不着了？我从床铺上爬起来，把小外地从我面前推开，惊恐不安地朝四周看。透过朦胧的灯光，我果然看见几个人都坐在床上，正用莫名其妙的目光打量我。我把你们惊醒了？我不好意思地问他们说。小外地又坐到我面前来，你老在睡眠中喊什么山鬼，看来你是中了什么邪吧？他的手要往我头上放，莫非你在发烧？我推开他的手，不让他触摸我热乎乎的身子。小外地并没有退后，而是用那只手在我的铺盖下摸了一下。天哪，他惊讶地叫喊着说，这是什么？我低下头看，见他手里举着几束花花绿绿的东西，尽管那些东西已经失去了鲜活的面貌，而变得如同干枯的树枝，但我依旧认出来，那是几束鬼伞。小外地把它们拿到灯下看，怎么回事？他惊讶地看着我说，你竟然在收集鬼伞？我摇摆着手说，没有，我没有收集它们。小外地反问我说，那它们是怎么来到你枕头下面的？我摊开两手说，我也不知道。小外地不相信地说，你糊弄谁呢？这是你自己的东西，怎么会不知道是怎么来的？他想了一下说，莫非你真的到鬼伞谷去了？我赶紧摇摇头说，什么鬼伞谷？我根本不知道那个地方在哪里。小外地不相信我的话，干脆把那几束干枯的鬼伞举起来，狠狠地摔到了地下。我尖叫一声，赶紧朝地下的黑暗里看去。那几束鬼伞竟然变成了鸭子的扁脚，在地下急快地跳动了一下，随着咔嚓一声响，便碎裂成了几块碗片。队长安慰那个人说，这里没有外人，有什么话你就对我说吧。那个刚进来的人朝我打量了一眼，不安地朝他核实说，他是谁？队长用肯定的语气说，他是我自己的人。那个人点点头，这才放心地在他对面的椅子里坐下，自己从香烟盒里拿出一支烟，叼到了嘴上。队长拿起打火机，恭敬地给他点上烟。那个人长长地吸了一口，然后才看着他说，你被举报了。队长吓了一跳，什么？我被举报了？那个人点点头，把含在口里的烟雾慢慢地吐出去。那么，队长探过头来说，是谁干的呢？那个人扭过头，又朝我看了一眼，见队长又朝他点了一下头，这才开口说，你这里有没有外地人？队长点点头说，我明白了。小外地探头探脑地走进工商所，对坐在里面的一个抽着烟的人说，这里是工商所吗？那个人有一答无一答地说，是呀？小外地打量着他说，关于饲养场里的违法行为，归你们管吗？那个人这才盯住他说，哪家饲养场？什么违法行为？小外地依旧站在他面前，你先说你们管不管吧？那个人把烟屁股从嘴里拔出来，然后用义正辞严的口气说，只要在我们的管辖范围内，只要是真的违法行为，我们当然要管了。小外地这才在他对面的椅子上坐下来，用语无伦次的口气说，那么好吧，我要向你们举报。那个人把烟屁股丢到地下，隔着桌子朝他探了一下头说，举报什么？他们有什么违法行为？队长从椅子里站起来，背着两手在屋里走来走去，一边走一边摇着头说，我太大意了，真不该收留他这个狼心狗肺的外地人。那个人拿起桌子上的烟盒，大摇大摆地装在自己的衣兜内，然后站起来说，明天我会带几个人来，简单地对你们查封一下。队长停下脚，扭过头来看他，一副欲言又止的样子。那个人摆摆手说，放心吧，我记得你的好处呢，也就是象征性地查封一下，不然我没法向上面交代呀。小外地从床铺上爬起来，透过窗口，看着外面那台正在运转的搅拌机。这天夜里，他原本应该好好睡一觉的，反正该他做的事都已经做完，心里也就觉得格外踏实，好多日子积攒的困倦都向他袭来。可外面那台正在工作的搅拌机发出的声音实在太响，让他无论如何睡不到梦里去。他只好爬起来，盘腿坐在床铺上，面对着窗外，目不转睛地看着那台工作正酣的搅拌机。虽然离得那么远，他却看见它牵拉零部件的链条转动得格外有序，切割庄稼棵子的刀片也运动得非常有力，还有搅拌箱下的齿轮更是翻转得十分欢畅。小外地眨了一下眼，突然发现随着那些链条的转动，传进粉碎端口里的不是一捆捆庄稼棵子，而是一个人的身体，在那些锋利刀片的运动下，那个白生生的身体很快便被分解开来，变成一块块比庄稼棵子切段大不了多少的肉块，随即便在搅拌箱里和那些真正的庄稼棵子切段混在一起，开始还有一点点红色的血迹翻腾，慢慢便什么也看不出来了，还以为搅拌箱里真的是一堆饲料呢。我的天哪。小外地发出一声惊恐的尖叫，一下子从梦中醒来，赶紧翻身坐起来。那个人刚消失在屋外的夜色中，队长就扭过头来对我说，你快去，把那个外地人给我看住，绝不能让他跑了。在我急匆匆向宿舍区的方向走去时，父亲又来到我的耳边，嘶哑着嗓子对我说，我劝你不要去干这种事，你也不好好想一想，他又不是你真正的爹，为什么你要听他的，不顾一切地为他效力呢？我不耐烦地说，不要说这些好不好？都到这时候了，少来给我添麻烦，如果你有什么话非要说，就去找我娘说吧。父亲伤感地摇着头说，看来都是那个熊娘们指使得你，在她的教唆下，你就真的认贼作父了。我反问他说，难道你自己不就是一个贼吗？父亲讪讪地说，我虽然也是一个贼，可那不过是小打小闹的小玩意，哪里又比得了他这个无恶不作的大坏蛋呢？见我不再理他，依旧迈着大步往前走，父亲急躁地差点哭出来，看来你是真的被那些鬼伞迷住了，说到这里，他忽然惊恐地看着我，那个可恶的山鬼是不是找到你了？我带着几个人闯进宿舍，把正在做美梦的小外地从床上拽起来，不由分说拖到了地下。干什么？小外地莫名其妙地看着我，为什么不让我睡觉？我冷笑着对他说，你还有心思睡觉？你可真是心底无私天地宽呀。小外地瞪大眼睛，看着那几个拎着棍棒的汉子，好像明白是怎么回事了。我被出卖了？他举起两手，在自己头上拍打了一下，一副既惊恐又悔恨的样子，我被山鬼出卖了。我心里动了一下，不禁脱口说道，你也知道山鬼？小外地把目光移到我脸上，莫非你就是山鬼？我挥起拳头，照他脸上狠狠地打了一下，说你娘的什么昏话呢？然后我对那几个挥舞着棍棒的人说，给我把他关起来，好好地看住，等明天听候队长发落。这是给你们饲养场开出的罚单，那个人把一张盖着大印的纸抖了抖，便朝队长手里递来。队长虽然有些不情愿，但还是不得不接到手里，想要举到眼下看。那个人对他自己的属下看了一眼，然后才轻松对他说，这点小罚款不过是几头猪的价格，对你这个大老板来说又算得了什么？相信你会马上挺过去的。队长使劲咬了咬嘴唇，也轻声对他说，那我就感谢你了。那个人仰起头说，好吧，三天之内把你的罚款交到所里，就不要让我们再跑一趟了。说着，他抬起手来，朝整个饲养场都划拉了一圈，没有再说什么，便对他手下那些人招招手说，我们走吧。队长从门外走进来，一步步走到小外地面前。小外地跪在地下，两条胳膊被从后面捆住，还有两个人按住他的脖颈，使他轻易动弹不得。老板，小外地用膝盖朝他跟前爬了两步，尽力扬起头，用可怜巴巴的声音说，求求你放过我这一回吧。他虽然仰着头，目光却落在队长的手里。大家都看到了，队长手里拖着一根粗大的木棒。我家里有老也有小，小外地畏惧地垂下目光，求你放过我这一回，以后我再也不敢了。队长站在他身前，既没有说话，也没有挥动手里的木棒，而只是直直地看着他，好像第一次认识这个人似的。过了一会儿，他转过身来，把手里的木棒朝我递来。你来。他对我说。我愣怔了一下，在心里问他，为什么是我？队长看出了我心里的疑问，却没有回答我的意思，依旧把木棒朝我递来，而且手势更加坚定。虽然他没有开口，但我其实也明白他心里的话是什么。真的，那些话是用不着公开说的，我们彼此明白就行了。我不再犹豫，便把他递给我的木棒接过来，然后按照他示意我的那样，对着小外地转过身去。二当家的，小外地第一次恭敬地对我说，莫非你真的变成了山鬼？我不想听他继续说下去，便高高地举起木棒，朝着他的脑袋狠狠打下去。虽然我闭上了眼睛，但我却分明看见，一股鲜血从下面飞起来，像无数的利剑一样，刺中了我的整个面孔。我眨了一下眼睛，突然发现随着那些链条的转动，传进粉碎端口里的不是一捆捆庄稼棵子，而是一个人的身体，在那些锋利刀片的运动下，那个白生生的身体很快便被分解开来，变成一块块比庄稼棵子切段大不了多少的肉块，随即便在搅拌箱里和那些真正的庄稼棵子切段混在一起，开始还有一点点红色的血迹翻腾，慢慢便什么也看不出来了，还以为搅拌箱里真的是一堆饲料呢。我的天哪。我发出一声惊恐的尖叫，一下子从梦中醒来，赶紧翻身坐起来，盘腿坐在床铺上，面对着窗口，目不转睛地看着那台工作正酣的搅拌机。虽然离得很远，我却看见它牵拉零部件的链条转动得格外有序，切割庄稼棵子的刀片也运动得非常有力，还有搅拌箱下的齿轮更是翻转得十分欢畅。你把他弄到哪里去了？我急切地问他说。看你这副大惊小怪的样子，队长不满地翻我一眼，还以为发生了什么大不了的事呢。求你告诉我，我再次询问他说，甚至在迷乱中拉了一下他衣服的下摆，你把他怎么样了？队长推开我的手，脸色更加阴沉起来，怎么回事？为什么变得没有礼貌起来？他扯了扯衣服前襟，低声对我呵斥道，越来越没有规矩了。我在沙发里坐下来，用两手抱住脑袋，刚闭了一下眼，那台运动不已的搅拌机又出现在视野里，我睁开眼睛，朝外面那台真的搅拌机指了一下，你是不是把他弄到那里面去了？队长走到我面前，伸出手，把我那条悬在空中的胳膊压下去，然后用不急不躁的口气说，本来我是希望你能帮我干这件事的，也省得我自己动手了，他在沙发上挨着我坐下，拍了一下我的膝盖说，但我后来一想，这种肮脏事还是由我这个老头子自己来干吧,你还年轻,未来的路还长着呢。我打断他的话说,你就不担心,这样一来会惹很大的麻烦吗?我朝窗外指了一下,人家也是有家有业的,尽管不在我们这个地方,但他的家人肯定会来找他的,说不定什么时候,警察就会到我们这里来了。队长呵呵地笑起来,看你担心成什么样子了?真是嘴上没毛办事不牢,幸亏我没有让你亲自动手,不然的话,人家一向你亮出手铐,恐怕你就会吓得尿湿裤子的。我呆呆地看着他,莫非你就不担心吗?队长站起来,在就要离开我的时候,又回身看了我一眼。这时我发现,他举起了自己的手,用三根手指头捻在一起,朝我轻轻地挥了一下。等哪一天,他边往外走边说,我领你去看一下鬼伞谷。我怀疑没听懂他说的话,难道世上真有那个可怕的峡谷吗?峡谷里长满了密密麻麻的鬼伞,一棵棵一丛丛,一簇簇一片片,五颜六色,斑斓多姿,明丽的日光笼罩在上面,给本来就鲜艳无比的蘑菇增加了更多色彩,而且这些鬼伞棵子十分粗壮、高大,简直快要长成了如庄稼棵子一般的模样,有一会儿,我简直以为我们走到庄稼地里来了呢。这个峡谷不算太小,长度大约有三五公里,宽度也有一两公里,是藏在两架大山中的一个谷地,但奇怪的是,这里竟然没有长出一棵树,也没有任何藤蔓植物,竟然连一丛灌木也找不到,整个峡谷都是连绵不断的鬼伞,真是难以置信,为什么这个地方都被鬼伞这种植物占领了呢?难道说正是由于它们的到来,那些原有的树木灌木和藤蔓植物便被逼到其他地方去了?这是不是说,就连那些比它们不知要大多少倍的植物都被它们打败了?这一刻,我在震撼之余,也的确感到了鬼伞那种无坚不摧的力量,在这个地方,纵使你有天大的本事,也会被这些不怀好意的鬼物吞噬掉。你看它来了。队长捅了我一下说。谁来了?我茫然地四处张望。队长再次捅了我一下说,你朝哪里看呢?我掉回头来,把目光落在他的身上。不知道怎么回事,在我眼里,队长竟然变成了一个妖艳的女人。我惊骇地望着她,莫非你是山鬼?队长伸出猩红的舌头,舔了一下留在下巴上的淋漓血迹,朝我微微笑了一下说,如果你不嫌弃的话,就把我收留了吧?我朝后退了一步,你想到我这来?队长吧唧着嘴说,没错,我觉得你就是我最好的去处。说罢,她就张开两只蝙蝠一样的黑色翅膀,直朝我扑过来。我吓得闭上眼睛,扭过头去撒腿就跑。不要,我一边跑一边本能地喊叫,不要。不知过了多久,我睁开眼睛,看见队长走在我前面,他的两只手扯着我的两条腿,正在奋力地向前拖拽。你要把我带到哪里去?我不安地问他说。

队长扭过头,随即便把我的两条腿放下了。你醒了,他也停下来,弯下身子大喘着粗气,快要把我累死了。我依旧问他说,你要把我拖到哪里去?队长朝我身后指了一下说,你在鬼伞谷里晕倒了,我费了好大劲才把你弄出来。我在草丛间摊开身子,在心里对自己说,原来是这么回事?队长蹲下身来说,看来你的毒中得不轻,搞不好你就会被那些鬼伞迷了心窍。我的心脏又急跳起来,什么?它们会迷我的心窍?队长站起来说,其实说附体也行。我更加骇住了,什么?附体?队长不再理会我,抬脚在我身上踢了一下说,我们还是赶紧往回走吧。那个采蘑菇的小姑娘朝我们走来,篮子里竟然放着几束五颜六色的鬼伞。汉子说,我去把她带过来吧。我赶紧拉住他说,不能,你知道它是谁吗?队长接过我的话说,或许她是李家的人吧?我极力讨好地对她说,当我一看到你的时候,我就喜欢上了你,请你嫁给我吧。二女扭过头去往外走,我根本就不是你找的那个人,请你放过我吧。我从屋里走出来,一步不落地随在她后面。队长摇摇头,把我拖回到沙发里说,或许你不该打那个女孩的主意,他原本就不是属于你的。我不解地反问他说,为什么?队长若有所思地说,你不觉得她有什么来历吗?我摇摇头说,我不管她有什么来历。队长郑重其事地告诉我说,不行,或许人家是山神派来的呢。我依旧不管不顾地说,就算她是山神派来的,又能把我怎么样呢?队长伤感地看着我说,你一意孤行,这样是会让你吃大亏的。我也用哀伤的眼神看着他,这是你对我的临终遗言吗?队长摇摇头说,不,还有更重要的呢。我充满期待地望着他,还有什么?队长吃力地抬起一只手,在自己血肉模糊的胸脯上往外掏着。虽然他的上衣被撕得支离破碎,但在胸口那一块还算完好,我看出来,队长掏的是一块衣服下的布兜,并不是他自己的胸脯,但如果不仔细看的话,许多人都会以为他是在从自己的胸脯里往外掏东西。在等待他把留给我的东西掏出来的时候,我抬起眼睛,望着这片让他遭遇大难的草地,一块块肉骨伴着一摊摊血水涂抹在草丛间,在日光的照耀下显得格外刺眼,当然,那些肉骨和血水都是从队长身上掉下来的,其比重大约要占到他身子的一半,也就是说,留在队长身上的部分也只有一半,更准确地说,队长是在用半边身子和我做着最后的交代。我把目光抬起来,寻找那只啃吃了队长半边身子的动物。我从远处赶来时,那只动物正在低下头去,专心致志地啃吃队长的身体,嘴里发出吧唧吧唧好听的声音,好像队长的肉体对他来说是一顿多么难得的美餐。住嘴,我一边大声喊叫一边朝它奔跑一边朝它挥舞手臂，住嘴。尽管我知道它听不懂我的话，我挥舞起来的手臂也对它没有任何威慑力，但我还是一边奔跑一边对它做着这些毫无意义的动作。在我离它只有十几步远的时候，那只动物终于停下嘴来，对我这个出来阻止它啃吃队长身体的人不能再置之不理，便掉头看了我一下。此前，我还并不知道这只啃吃队长身体的动物到底是什么，远远看去，它的四不像身体根本就不可能让我认出它的真实面目。但就在它扭过头来的片刻间，我似乎认出来，它或许是一头平时并不多见的黑熊。现在它不知跑到哪里去了，好在被它剩下半边身子的队长还没完全死去，而是在用最后的余力向我交代着什么事情。队长终于从他的衣兜或者说胸脯里掏出来了。我接过来一看，竟然是几支干结的鬼伞。我大失所望，还以为他在故意捉弄我，或者是他在昏迷中不知道自己在干什么，竟然把这些司空见惯的鬼伞当作什么宝物留给我了。但在我要把那些鬼伞丢到地下的时候，队长用两颗血红的眼珠盯住我，从牙缝里挤出最后一句话说，有了它们，你将无往而不胜……

三

我睁开眼睛后，发现二女跪在我面前，舞动着两手，正在把我的手臂扭到身后去，然后拖动一根绳子，一圈一圈地往我的手腕上缠绕。你在干什么？我惊讶地看着她，直到手臂快要被她缠死了，才明白是怎么回事，赶紧想要挣扎，但已经晚了，我的两臂在身后早被她紧紧地捆绑起来。你为什么要这样干？我愤怒地问她说。二女一声不吭，依旧舞动她的两手，把最后两圈在我的手腕上缠紧，然后打了一个死结。好了，她松了一口气，把身子仰倒在床上，草草休息了一下，似乎又想起什么来，急忙穿上衣服，跳下床去，磕磕碰碰地朝外面走。你到哪里去？我急忙朝她喊道，你把我解开了再走。二女并不理我，头也不回地走到外间屋，很快便消失不见了。我躺在床上想了一下，决定不能就这样坐以待毙，或许等一会儿她回来了，不知还拿我怎么样呢，趁她不在的时候，我要自己想办法逃出去。这时我听见一个声音说，去拿菜刀。我愣怔了一下，尽管不知道这个声音来自何方，却明白它的建议的确可行，要想给自己的胳膊松绑，除了用菜刀割断绳子外，还能有什么更好的办法呢？于是我尽力抬起身子，跳下床去，也像二女那样磕磕绊绊地朝厨房里走。如果我没记错的话，那把用于做饭的菜刀就躺在案板上。你喊什么呢？我被一个人推醒了，睁开眼睛一看，果然是二女跪在我面前，正用迷惑不解的目光看我，什么菜刀？你要菜刀干什么？我试着活动一下自己的两手，与我刚才梦里的情景不同，我的两手处在自由的状态中，只轻轻一动就举了起来。你做梦了？二女擦了擦我头上的汗渍，便把身子重新躺回到被窝里，掉转身子，做出了重新睡觉的架势。我呆呆地看着她的后背，好一会儿回不过味来。后来回想这件事，我觉得大约就是从那个梦开始，那把菜刀就来到了我的脑子里，并在以后很长一段时间里挥之不去。二女，我在她身上小心地推了一下，真的是你吗？二女回头看了我一眼，你说什么呢？为什么不是我呢？我摇摇头说，我不敢相信。二女问我说，不敢相信什么？我呆呆地说，不敢相信你睡在我身边，甚至不敢相信你真的嫁给了我。二女也又推了我一下说，不管你相信不相信，这都是真的。我依旧问她说，这不是梦吗？二女笑话我说，除了刚才你在做梦以外，现在我们是在现实里。我继续追问她说，我该怎么相信你的话呢？二女伸了伸手，突然放到我身上，使劲掐了一下，现在你相信了吗？我的确感到了疼痛，这才点点头说，我相信了，可是……二女有些不耐烦了，还可是什么？我都困了。我把要说的话咽回去，只好再次朝她点一下头说，那你睡觉吧。二女转回身去，再一次做出了睡觉的架势。我还是望着她的后背，在心里一遍遍地问她，二女，你为什么真的嫁给了我？前些日子当我去你家求婚时，你还义不容辞地回绝了我，可现在，你怎么会同意嫁给我了呢？二女停下手里的菜刀，腾出手来，用一根指头在我额头上戳了一下，要我把这件事给你说清楚，你可要仔细听好了。我点点头，把她从厨房里拉出来，那现在你就给我讲一讲吧。二女还在犹豫，我正切着菜呢，难道你不吃饭了？我把她按在沙发里坐下，比起你的故事来，吃饭又算得了什么？难道我们现在还缺乏饭吃吗？我掉头朝厨房里看了一眼，灶台上差不多堆满了青菜和肉食，一种富裕之家的气氛弥漫出来，让我感到少有的自豪。我肚子里一点都不缺少那些东西，我朝她指了一下说，我真正想吃的是你……其实我想说的是"你那些诱惑我的故事"，但我没有把后半句说出来，故意留给她一个极具性感色彩的小玩笑。二女向我讲述说，有一次，我到森林里去采那些蘑菇，原本这应该是我弟弟做的事儿，但他还没有真正长大，那就由我来替他分担一下吧，那天我采了很长时间的蘑菇，天过午时，我感到实在累得不行，便倚在一棵大树上歇息一下。我不知不觉睡着了，等醒来时，日头已经快要落山了，这时我看见一个老女人坐在我面前，在用一只手推我，正是她把我从梦中推醒的。姑娘，老女人提醒我说，天就要黑了，你应该回家去了。我坐起身来说，我居然睡了这么久，今天的任务还没完成呢。说着我便站起来，想趁着天黑前的时间，再去采一些蘑菇。老女人拦住我说，姑娘，天就要黑了，山林里的野物那么多，你就不害怕吗？我为难地说，可是，我今天把时间都浪费在梦境里了。老女人微笑着说，你不要为这件事感到不安，这个山林里原本就不是你应该来的地方。我不解地问她说，你为什么这样说？我不该来谁又该来呢？老女人回答说，那是你弟弟的事儿，可现在都让你帮他做了。我不禁感到了诧异，怎么？你知道我家的事？老女人点点头说，知道，你们家的事许多人都知道。她转过身子，做出了要离去的架势，忽然又转回来说，这个世界上的事没有我不知道的。听她这样说，我便对她的身份产生了怀疑，并且在以前的日子里，我从来没见过这个老女人，甚至在我置身的这个森林里，一般也不可能有什么人出现，因为普通的人是不敢到这里来的，那么这个老女人为什么出现在了这里？尤其是她那句"没有我不知道的事"，让我感到她的身份非同一般，说不定她是有什么来历的人呢，便赶紧问她说，那么你是谁？老女人又转过身来，用意味深长的目光看着我说，如果我说我是山神派来的使者，你会相信吗？我摇摇头说，我不相信。老女人问我说，为什么呢？我回答她说，因为这个世界上，根本就没有什么山神。老女人再次问我说，因为你从来没有见过山神，所以才这样说对吗？我想了一下说，或许是吧。老女人点点头说，好吧，既然这样，那你就当我是一个普通老女人吧。老女人拄着一根树枝，慢慢地朝山林深处走，弯曲的身影在树木间闪来闪去，有许多时候都晃花了我的眼睛。在她快要消失的时候，我突然又喊住了她。刚才你说我不该到这里来，我朝她追了几步说，那么我应该到哪里去呢？老女人回过头，又咧开无牙的嘴笑起来，姑娘，如果我说你应该嫁人了，你相信我的话吗？我呆呆地看着她，你说我要嫁人了？老女人上下打量着我，是时候了，就像一颗已经熟透的瓜果一样，马上就要从树上掉下来了。我被她的幽默话逗得不好意思，脸颊不禁感到有些发热。去嫁给他吧，老女人朝我摆摆手说，不要总让人家追在你后边，而你还装着不搭理的样子。当时我突然想到了你，想到了那天你到我家来的情景，心里便更加迷惑起来。这么说，我继续问她说，我应该嫁给那个人了？没有等她回答，我便摇摇头说,可我根本不喜欢他。老女人开导我说,喜欢不喜欢又有什么用?主要的是,你要去好好帮他一把。我不明白她的意思,帮他?我能帮得了他什么呢?老女人抬起头,朝山林外面看了一眼说,每个男人都需要女人的帮助,这也是女人生来就有的天性,谁又能拒绝得了呢?我又问她说,那么我该怎么去帮他呢?老女人模棱两可地说,凭着你的本性去做就好了。说到这里,她好像已经完成了她的使命,便掉过身子,又朝山林深处走去。如果事情到这里就结束了,我觉得或许我还没有最后下定嫁你的决心,就在我也转回身来,要朝来路上走的时候,又听见她在后面叮嘱我说,不要再到山林里来了,这里根本不是你的战场。在蒙头蒙脑地往回走的路上,我都在心里琢磨她的话,战场?我居然还有战场?此前我怎么从来没有想过这件事呢?二女说到这里,忽然推了我一把说,怎么回事?你睡着了?我赶紧摇摇头,从迷离恍惚的状态中清醒过来,禁不住问她说,你真的确定那个老女人是山神吗?二女分析说,其实我并不敢确定她的身份,但如果她仅仅是一个普通老女人的话,又怎么能在天黑的时候往山林深处走呢?我在心里问她说,难道她就不可能是山鬼吗?我没有把这句话说出来,生怕把这个天真的女人吓得半死。不要听她这些胡说八道,父亲在耳边提醒我说,难道你还看不出来吗?她之所以要嫁给你,不过是奔着你的财产来的,可你偏偏被她故作天真的样子迷惑了,还以为她编出来的那些荒唐故事是真的呢。我反感地对他说,她到底是天真还是世故,难道我就看不出来吗?不要把你的儿子看得像一头蠢猪似的,他也在这个世界上混了那么多日子,并不是什么事都能把他骗住的。父亲接过我的话说,我当然相信一般的事难不住你,可当你面对女人时就难说了,尤其是这个把自己打扮成山神使者的女人,一上来就把你的魂给勾去了,你已经掉进了人家的迷魂阵里还以为自己清醒得很呢。我实在不想听他这些对二女的抹黑话,便愤怒地质问他说,你为什么老是和女人过不去?你一个早就死去了那么多年的老男人,还对这个世界上的女人耿耿于怀,你就不觉得害臊吗?父亲嘶哑着嗓子说,我害臊什么?难道我不该盯着那些女人不放吗?当年你也看到了,就是你母亲让我喝了那些致命的蘑菇汤,我好好的一个人就这样被她害死了,难道我能轻易忘得了吗?我拍着自己的脑袋说,或许你记错了吧?人们都说,你是误入了鬼伞谷,才被那些该死的蘑菇毒死的。父亲惊诧地问我说,你也相信外面那些流言?难道我死的情景不是你醒来后亲眼看到的吗？我干脆抱住自己的脑袋，不想再和他分辨下去了，因为到这个时候，我也不知道他的死亡真相到底是什么，这一刻，我感到世界并不是我所想象得那么简单，而是充满了看不见的陷阱和黑洞，我们在这个世界上存在，不过是像盲人摸象一样罢了，到底那头大象是什么样子，其实我这个小混混能轻易知晓得了吗？父亲还在我的耳边聒噪，我就是和女人过不去，不但我盯住你母亲不放，而且我连你这条刚娶来的小母狗也不放过。我实在忍受不住了，便使出浑身解数，让自己从冥想中清醒过来，直到来到了屋外的日光下，面对着空旷的天空，我才长长地呼出一口气。大哥，我的小兄弟黑子在电话里对我说，这些日子你怎么不到厂子里来了？兄弟们不知该多么想念你呢。我回答他说，有兄弟你为我看着厂子就行了，告诉弟兄们，在我不在的情况下，你们该怎么干就怎么干。黑子还在沿着刚才的话题说，哥哥一结婚，是不是就把我们这些兄弟给忘了？就算我嫂子再好，哥哥你也不应该一天到晚黏在她身边吧？没有你到厂子里来，我们也干得不放心呀？我用推心置腹的口气说，我可没有什么不放心的，有兄弟你领着大家干，我相信一点差错也不会出现，难道我还信不过你吗？黑子还在犹犹豫豫地说，我担心大家干不好，比如你指定的那些产品标准，万一有什么差错的话，不是给哥哥你惹麻烦了吗？我有些不高兴地说，没有听明白我的话吗？该怎么干还怎么干，出了事有哥哥我兜着，哪里会让你们承担什么责任呢？听我这样说，黑子才放下心来，又和我说了一些故作亲热的客套话，便把电话挂上了。你留这些东西干什么？二女从抽屉里拿出一束干结的鬼伞，递到我面前说。我留着做纪纪念的。我吞吞吐吐地说。纪念？二女瞪大了眼睛，你不是中过它好几次毒了吗？你还留着它做纪念？我不知道说什么好，其实这真的是队长留给我的遗物，而且我无论如何忘不掉他临死前说给我的那句话，"有了它们，你将无往而不胜"，但我又怎么可能对二女说这件事呢？对了，我忽然想起来，便大呼小叫地对她说，你不就是采蘑菇的吗？这哪里是我的东西，说不定是你留下来的呢。二女嗔怒地拍了我一下说，胡说，那些东西对我倒是没什么，但我知道你是中过它们毒的，又怎么可能拿来害你呢？她逼视着我说，告诉我，你留着它们干什么？队长向我托梦说，我的儿子，让我来告诉你一个天大的秘密，只要你把这些鬼伞添加到你生产的那些食品中去，你就能占领莫邪山区的所有市场，别看这些蘑菇有毒，但正是这种毒才是人们最需要的东西，它的醉人香气能够迷倒天下所有的人,就像那些该死的罂粟一样,会让人们上瘾却难以解除,只要你把合适的剂量加到食品当中,那些盲目的消费者便会受到诱惑,也就是说被你的产品所控制,这样一来,他们就会把手里的票子乖乖地送到你这里来,用不了多长时间,你就能成为这一带财富的霸主,到那个时候,你就是名闻遐迩的企业家了。我有些担心地追问他说,可是,那些消费者中了这些蘑菇的毒,就没有生命危险吗?队长愤怒地回答说,你管那么多干什么?你只要记住一条"人不为己天诛地灭"就行了,在这个弱肉强食的世界上,你不硬下心来打别人的主意,别人就会打你的主意,当你成为别人打主意的目标时,那你离失败就不远了,轻则你会饿肚子,重则你把命丢了也不知是怎么回事,别管那么多了,眼睛一闭该干什么就干什么,从来也别问为什么这个该死的问题。我还是有些不放心,可是这样一来,我又怎么能保证不被别人抓住尾巴呢?队长毫不犹豫地说,用你手中的钞票呀,你挣来的那些钱是干什么用的?难道仅仅是为了让自己吃喝吗?你有那么多钱会花得完吗?为了给自己换来最大的平安,你可以使用它们,在这个世界上,没有它们摆不平的东西,忘了别人说过的那句话吗?"有钱能使鬼推磨",有了钱你就有了一切,你就可以纵横天下。黑子在电话里向我报喜说,老板,我们把那些鬼伞都加到产品里去了,真是没有想到,我们的产品刚一上市,就被抢购一空,你不知道,账面上的钱就像滚雪球似的增加,会计的两只手已经忙不过来了,真是没有想到,你那些鬼伞简直就像魔法师,轻而易举就把别人兜里的钱勾出来了,哈哈哈,哥哥你可真的了不起呀。我小声地叮嘱他说,搞这么大动静干什么?不怕别人听到吗?黑子依旧大声说,这么大的喜事我怎么能按捺得住呢?不瞒哥哥说,我已经吩咐弟兄们去买爆竹,也在我们厂子门口好好地闹点动静,对了,是不是我也给你送一点去,在你家大门上也让它响一阵子?我立刻对他说,别,别胡闹,我扭过头,偷偷朝卧室里瞥了一眼,真担心我们的谈话会让二女听到。不要买什么爆竹,我警告黑子说,更不要到我家来搞什么动静,听明白了没有?黑子不解地问我说,哥哥你怎么低调起来了?这么大的喜事你就不让我们弟兄们高兴一下?你别是碰到什么不顺心的事了吧?听你的声音也不对劲儿,你是不是感冒了?我继续压低声音说,没有,我没有感冒。黑子依旧纳闷地说,那你的声音怎么越来越小了?对了,你别是被监视了吧?我不敢再让他说下去,赶紧把话筒扣在桌子上。这个兔崽子,我在心里骂他说,还真的被他说对了。我扭过头来,再次朝卧室里看了一眼,还好,那个负责前来监视我的人并没有什么动静,这一关总算是过去了。我坐到沙发里,用两手抱住脑袋,不住地在心里想,真他妈的想不到,我不但娶来了一个莫邪山里最大的美人,而且把一个侦探弄到我家里来了,这是我无论如何没有想到的事。什么来帮助我的?我在心里问她说,其实你是来坏我事的。到这个时候,或许我才意识到接下来要面对的许多麻烦。怎么样?父亲在耳边笑话我说,你现在后悔了吧?我使劲摇摇头,没有,我怎么能后悔呢?父亲嘴里发出呸呸的笑声,还说没有后悔?刚才你不是还在唉声叹气吗?我知道你心里在想什么,如果当初听了我的话,现在你就不会感到沮丧,以后的那些麻烦事也就能避免了。我挥动着手说,别说这些没用的话了,你让我清静一会儿不行吗?父亲忽然低下声说,要不要我传授给你一个对付她的办法?我反问他说,什么办法?父亲果断地说,和她离婚,把她从我们家里赶走,那时候你就真正清静下来了。我果断地对他说,不行,我喜欢二女,既然我把她娶到我们家来了,又怎么可能把她从这里赶走呢?父亲不相信地说,你真的喜欢?我点点头说,真的喜欢她,从我见到她的第一眼起,我就喜欢上她了。父亲提醒我说,可她和你是不一样的人,你们在一起是没有什么好果子吃的。我叹口气说,其实我也知道这件事,但我就是喜欢她。父亲摇摇头说,你好像也学会了不讲理。我赌气地说,我什么时候学会讲理了?父亲无可奈何地说,那你怎么办?你总不能把她杀了吧?我惊叫一声说,什么?我要把她杀了?我扭过头,朝厨房的案板上看了一眼,又马上掉回来反驳他说,亏你能说出这话来,我怎么可能会做这种事呢?父亲哼了一声说,你不做这种事,那就不担心她不做这种事吗?我立刻回答他说,我当然不担心,就算天下所有人都能做出来,二女也不可能做出来。父亲又冷笑着说,你就那么信任她?我使劲点点头说,没错,我就是信任她。父亲哀叹一声说,完了,看来你真的中了那些鬼伞的毒,不,或许你是被那个女人身上的毒弄昏了头脑。我不管不顾地说,就算她身上有毒,我也心甘情愿和她在一起。父亲茫然地问我,为什么?难道你是在说胡话?我回答他说,不是胡话,这是我的肺腑之言。父亲摆一下手说,我不相信,我不相信一个正常人会说不正常的话。我也冷笑一声说,你都相信过什么呢?一个根本没有爱过一个女人的人还说什么相信不相信的话,你不觉得可笑吗?父亲大喊一声说,什么?你以为我没爱过你的母亲吗？我知道我说错了话，其实我的意思是说，父亲根本没有得到过母亲的爱。说到这件事，父亲果然伤感起来，又要哭哭啼啼地诉说他自己的不幸遭遇，最后得出的依旧是那个可怕的结论，不要相信任何女人，就算她把自己打扮成了天使，其实在内心里她也是一个魔鬼，对于她们你不要客气，就像你们那个世界上说的那样，该出手时就出手，否则的话什么都晚了，到时候你连哭的机会也没有。我好不容易把父亲的魂灵驱赶走，又回到了我茫然不知所措的状态中，是呀，不管父亲的话说得多么难听，但他却指出了一个明确的事实，也是我必须面对的一个尴尬处境，我爱二女，但我又知道，她是来监视我的，在那个可怕的日子里，那个莫名其妙的老女人出现在她面前，用她的一番蛊惑之话控制了她，让她像一个警察一样来到我家里，名义上是来帮助我的，但其实对我的所有行为都进行了监视，如果任这件事继续发展下去的话，那我的生意和事业又怎么能进行下去呢？我请的风水师在乌龙镇选好了地址后，建筑队便开始破土动工了，拉着建筑材料的车辆不断地驶往乌龙镇，让那个很长时间没有什么动静的村镇发出了欢快的喧嚣声。你为什么要把别墅建在乌龙镇？母亲气愤地质问我说。我把她让到沙发里坐下，再给她倒了一杯热水。在我的记忆里，母亲是第一次到我办公室里来，这个已经风烛残年的老女人行动不便，每走一步都要依靠手里的拐杖，而且大喘不止，时不时地还要把嘴里的浓痰吐到地下，不然的话就有被憋死的可能。我不反对你建那种大房子，母亲把我递给她的水杯拨到一边去，可你要建就该建到我们村子里来，为什么要在乌龙镇那个鬼地方动工呢？那天晚上，我突然对二女说，我要在乌龙镇建一座别墅？二女有些意外地说，建别墅？为什么要在乌龙镇建别墅呢？我拉住她的手说，因为我想把它送给你。二女更加有些意外了，送给我？为什么要送给我？我色眯眯地盯着她说，因为我喜欢你呀。二女推了我一把，但还是被我这番话哄得高兴起来，你真的是这样想的吗？我把她搂在怀里说，如果不是这样想的，我又怎么会在乌龙镇搞那么大的动静？母亲继续盯着我说，答应我，不要再在乌龙镇搞什么动静了，干脆把那个建筑队弄到我们村子里来，也好让我这个快要入土的老婆子高兴几天。我耐心地向她解释说，建筑队已经快要把别墅盖起来了，哪里还来得及呢？母亲建议说，你让他们停下来不就行了吗？我摊开两手说，这件事怎么能说停就停呢？这是盖别墅，又不是玩泥巴。母亲反问我说，那个别墅不是我们家盖的吗？我回答说,当然是我们家盖的了。母亲质问我说,既然是我们家盖的,他们就应该听你的了。我听明白了她的意思,依旧坚持说,不行,我不能随便让他们停下来。母亲再次问我说,你是执意不让我看见那个别墅了?我回答她说,我哪里挡得住你去看呢?听到这里,母亲从沙发里站起来,颤颤抖抖地指着我说,我知道怎么回事了,那个别墅你是专门盖给那个小婊子的,目的就是离开我们这一家子,到那个乌龙镇过你们的小日子去。母亲当然只是说对了一半,那幢别墅的确就是我送给二女的礼物,但母亲无论如何想不到,这不过是我让二女远离我工厂的一个花招而已。那个女人到底有什么好?母亲往地下捣着拐杖说,竟然让你这么心甘情愿地为她卖力?我摇摇头说,这个我哪里和你说得清呢?母亲看出了我的不耐烦,越发恼怒起来,好呀你个混账东西,我拼上老命养大了你们,到头来我什么好处都没有捞到,还不如那个打你主意的骚货呢。我听不得这些话,干脆举起手来,要往耳朵上放。难道你看不出来吗?母亲依旧不管不顾地说,那个骚货一直在打你的主意,你不但不离她远一点,还上赶着把好东西往她手里塞,你的脑子都被那些毒物弄残了吧?我板起脸来对她说,不要这么说你的儿媳妇,人家根本就不是你说的那种人。母亲不听我说下去,把手里的拐杖一扔,干脆坐倒在地下,两手拍打着地面撒起泼来。我命苦呀,母亲哭天抢地地哀嚎,竟然养了这么一个没有良心的白眼狼。我陪着二女在别墅里散步,一边走一边朝周围指点,一边指点一边对她说,你看,院子里已经铺好了草皮,都是花高价一张又一张买来的,这些草是人工培育的,长得十分缓慢,也省得我们用剪草机经常剪了。草皮的间隙已经栽上了那些稀有的树木,这可是专门从南方运来的,价格自然比那些草皮高多了,你在我们这里见过这些树吗?让我告诉你它们的名字吧,椰子树,棕榈树,芒果树,木瓜树,你不用真的到南方去,只在这些树下走几圈,就差不多体验到了热带的风光。看前面他们堆起来的假山,上面那些水是怎么流下来的你知道吗?就是在假山下面,有一台驱动器,要把下面的水抽上去,再从山顶上放下来,不知道的人还以为真的是从上面流下来的瀑布呢。你看我们的房子,上面爬满了那么多的藤蔓植物,有爬山虎,有凌霄花,现在它们才刚刚爬上去,等过上两年,它们就会把我们这个楼的外墙都占领了,到那个时候这座楼就真像一棵大型植物了,外边的人或许会说,你们怎么会住在一棵大树里面呢?我带你进去看一看,所有屋子里都铺上了红色地毯,它们不但能吸走你鞋底上的灰尘，而且也能把我们的脚步声吸去，这使我们无论在屋子里怎样走动，也没有什么声音发出来。这间屋子里虽然摆放了那么多沙发，但肯定不是会议室，我怎么能在家里开会呢？不过是为了供我们休息而摆放的。每一间屋都被那些能工巧匠吊了顶，房顶和墙壁上均装有射灯，我开一下你看，是不是有一种富丽堂皇的感觉？乍进来的人还以为进到宫殿里来了呢。这是我们的娱乐厅，里面有家庭影院、卡拉 OK 和组合音响，不管你是看电影，还是跳舞蹈，还是听音乐，都可以在这里进行，你现在要不要唱上一支歌呢？那间屋是我们的健身房，这是跑步机，这是拉力器，不管你想搞什么样的健身活动，这里的器械应有尽有，绝对能满足你的需求。我们到楼上去，原来在此之前，你并没有到真正到楼上去过？但不会不知道楼梯是怎么回事吧？小心一些，这个楼梯是旋转型的，如果你低头上去的话，或许到上面你会迷失方向的。这是厨房，所有的厨具都已经备好了，那些杯盘碗盏有瓷器做的，有几件是真正的银器，不但能作为餐具使用，还有不菲的收藏价值。这把菜刀是不是看上去很锋利？小心一些，你不要轻易把它拿起来，提防割破了你的手指。这是卫生间，那个马桶是智能化的，开始用的时候你可能不习惯，还有那个大大的浴缸，你可以在里面舒舒服服地泡澡。我还为你置备了书房，书架子上的书是不是很多？当然我也可以在里面读上几本，不要笑话我是一个不读书的人，起码做做样子也是很好的嘛。现在是我们的卧室了，那张弹簧床是不是很大？我们两个在上面即使打着滚睡觉也绰绰有余。你看墙壁上那些壁画，都是我向一些有名的画家定做的，那一张上面的几个女人没有穿衣服，我也觉得不太适应，但人家画家说，这才是真正的艺术品呢，慢慢你就会看顺眼了，不要不好意思，这是在我们自己的卧室里，其他人根本不可能见到。我们到阳台上去，这里都已经摆好了座椅，还有一张用于喝茶的桌子，闲来无事的时候，我们就坐在这里，一边远眺山野里的风景，一边品尝我为你泡的好茶。当然，真正让我们度过悠闲时光的地方还不是这里，而是在院子里的草坪上。你看在那棵椰子树下，花匠们正在摆放桌椅，还有一张吊床和一把摇椅，我们可以到那里去体验在这个别墅里的美好生活。我坐在摇椅里，悠然自得地摇晃着身子，摇椅是用竹木做的，尽管我的身子晃得很厉害，但摇椅却没有发出任何声息。二女坐在桌子前的椅子里，把两条手臂的肘部支在桌面上，一只手托着下巴，一只手端着一杯清茶，正在慢慢地啜饮。日光透过椰子树长大叶子的缝隙，条条缕缕地落在我们身上，如果有一个人走进来的话，会觉得我们是处在一种朦胧迷幻的状态中。你怎么不去吊床上躺一躺？二女把茶杯放在桌面上，含着微笑有意问我。我瞥了一眼那张架在两棵树之间的吊床，不好意思地摇摇头说，那上面我还真的躺不习惯，也不知道西方人为什么爱到那上面去？二女摇摇头说，那你不是白费那番工夫了吗？我叹了一口气说，也就是摆摆样子嘛。我突然站起身问她，你觉得我们是不是过上了中产阶级的生活？二女愣了一下，随即便摆摆手说，我不知道什么中产阶级不中产阶级，反正在这里坐着我不是那么习惯。我朝她点点头说，慢慢就好了，也许有一天，你就会离不开你屁股下的那张椅子了。二女断然说道，我不会的。我反问她说，为什么不会呢？你没听见人家说过吗？习惯成自然。二女直直地看着我，目光里充满了越来越多的警惕，老枪你到底想对我说什么？她抬手朝周围指了一下，我觉得你早晚有一天会向我摊牌的。我也抬起手来，在脸上捂了一下说，什么摊牌？我不明白你的意思。二女朝前探了一下头说，直接说吧，你到底要让我干什么？到这个时候，我知道不能再遮掩下去了，既然她把话说到了这个份上，那我还藏藏掖掖的干什么？我之所以对她下这样的心思，不就是有一天要和她进行这番谈话吗？她说得对，是摊牌，看来今天便是和她摊牌的最佳时机。我咽了一口唾沫，随即便郑重其事地对她说，二女，既然你是我的妻子，那你就对我这个丈夫负有一定的责任对吗？二女马上说道，我当然对你负有责任了。我知道她误解了我的意思，赶紧摆摆手说，不是像你想象的那样，我要说的意思是，请你跟我走。我有意强调了话里的"我"字，无非是要明确告诉她，在以后的日子里，她要无条件地服从我的意志，而不能由着她给我讲什么价钱。二女冷笑了一下说，我听明白了，你是要让我跟你一起去作恶？我从摇椅里站起来，不安地在草坪上踱着步子。别说得那么难听，我朝她摆着手说，怎么是作恶呢？无非是让你跟我一起去做一些事情罢了，你刚才不是还答应说对我负有责任吗？帮助她的男人去做事这就是你一个妻子所要负的责任，难道事情不是这样吗？二女也朝我摆着手说，我所理解的责任，并不像你说的那样没有好恶标准，一个合格的妻子当然要帮助她自己的男人，但如果这个男人是去作恶的话，那个妻子还会去帮助他吗？老枪你好好地回答我一下。我反驳她说，你怎么知道那个男人所做的事情就是恶呢？或许是你的判断出了差错呢。二女回答我说，也许我的判断会出差错，但社会的判断标准却是摆在那里，你用它们来衡量一下自己的行为，还有勇气说你所做的都是善事吗？我摇摇头说，我也不能说我所做的都是善事，但我却知道社会需要我所做的这些事，既然这样我又有什么不可以做呢？二女也摇摇头说，社会需求是一回事，善恶标准是另一回事，你不要把它们混为一谈。我有些不耐烦了，你直接回答我好了，你到底帮不帮我？二女也沉下脸说，我已经表达过自己的意见，只要你所做的事不是恶事，我就会义无反顾地帮助你，而如果不是这样的话，那我就不但不去帮助你，还会千方百计地阻拦你。我直直地看着她，不禁在心里说道，你终于把你到我身边来的目的说出来了。便不由得问她说，是她让你这么干的吗？二女问我说，你说的是谁呢？我耸耸肩膀说，那个让你改变主意的老女人。二女想了一下说，这样说也对，但即使没有她的授意，我也会这么做的。我冲到她面前说，为什么？难道你不知道自己的来路吗？二女盯着我说，你指的是什么？我毫不客气地回答她说，难道你忘了你的祖先是干什么的吗？二女也猛然站起来说，我当然忘不掉他们。我接过她的话说，那既然这样，你就按照他们做过的那样去做就行了。二女义正词严地说，正是因为他们那样做了，我才不容许你再去那么做。我大声叫喊着说，难道你真的背叛了他们吗？二女使劲点点头说，没错，我要做他们那些人的叛徒。见她说得如此坚定，我只好颓丧地坐回到摇椅里，你以为你和他们划清界限，就能获得真正的安全吗？二女依旧郑重地说，即使灾难也同样来到我身上，但起码并不是因为和他们一样的原因。我叹了一口气，依旧硬着头皮劝告她说，难道你没有看清楚吗？我朝远处指了一下，时代已经变了，再也不是全民行善而只有一个人作恶的社会了，如果当所有的人都堕落起来而只有你一个人还洁身自好的话，你就不怕被别人笑话是一个精神病吗？二女果断地反驳我说，你所说的那个时代根本就没有到来，不管那些人为自己的恶行找出怎样的理由，他们都不可能成为主流，也不可能等不来老天对他们的惩罚。我在心里念叨着她话里的"老天"二字，不禁又想到了那个在山林里蛊惑她的老女人，便又再次问她说，你真的以为那个老女人是山神吗？二女点点头说，如果莫邪山真的有山神的话，那我就相信它曾经出现在我面前过。我从鼻孔里冷笑着说，算了吧，让我实话告诉你吧，这个世界上并不是没有山神，而是山神早就死了。二女猛然一震，山神死了？我不相信。我笑话她说，你相信不相信又有什么用？难道你还没有看出来吗？我朝远处指着说，这个社会早就乱了套，再也没有了原来的秩序，人们为了个人的利益而不顾一切，骗人的、偷盗的、抢劫的、贪污的、制假的、赌博的、贩毒的、卖淫的、嫖娼的，等等等等，死灰复燃，应有尽有，这些现象为什么会发生呢？都是因为山神已经死了，再也没有谁来束缚人们作恶，在这种情况下，你还盼着什么山神来为你指点迷津，收拾乱局，这不是痴心妄想吗？二女大约被我说动了，低下头草草思索了一下，又马上对我说，我不相信山神是会死的，它怎么可能放下这个越来越乱的社会而甘心离去呢？我摇摇头说，这可由不了它，谁又愿意去死呢？可是并不是一个人就能自己做得了主。二女问我说，那它是怎么死的？我随口胡说，它是被山鬼害死的，自从山神离开了后，我们这个社会就被山鬼控制了，你还没有看到吗？社会上那么多人争相作恶，那都是山鬼让他们干的，完全可以说，整个世界现在都被山鬼控制了，就连你那天看到的那个老女人，我又朝山林里指了一下，也一定是山鬼那个家伙假扮的，这样看来，你是被山鬼派到我这里来的。我一边说着一边仰起头来哈哈大笑，然后继续得意地揶揄她说，哈哈哈，原来你是被山鬼派到我身边来的。二女气愤地拍了一下桌子说，你胡说八道，我为什么要受山鬼的指使呢？我抹了一把眼里的泪花说，是山鬼派你来和我一起作恶的，哈哈哈哈。二女厉声斥责我说，见你的鬼去吧。她离开那张喝茶的桌子，转身朝屋门里走去。山鬼神秘莫测地微笑着说，我的山神，现在你可以离开这个世界了。山神停下脚步说，这就是你诱使我到这里来的目的？山鬼点点头说，没错，我让你到这个地方来，就是为了让你从这个世界上消失的。山神问它说，你以为你能办到吗？山鬼耸了一下肩说，那我们就试试吧。说着，它指了一下山神的脚下，我的山神，难道你还没有看清你是站在什么地方吗？山神垂下头，这才看到自己是站在一个悬崖边上，下面是万丈深渊，一只苍鹰在半山腰间飞翔，看上去就像一只渺小的苍蝇。山神点点头说，原来你早就对我设下了一个陷阱，今天把我诱惑到这里来，就是让我在这个深渊里死掉对吗？山鬼又点点头说，正是这样，可惜你明白得太晚了。山神叹了一口气说，你为什么要这样干呢？平时我对你也没有什么过不去的事吧？山鬼避开它的眼睛，有些不好意思地说，其实你对我很好，甚至有很多时候，你都被我对你做出的虚假好感误导了，还以为我是你的贴身小棉袄呢，其实不是这样，真的不是这样，从我来到你身边的那天起，我就打定了主意，早晚有一天，我会像今天这样赌一把的。山神困惑地看着它,你为什么要冒这样的风险呢?难道你的野心就是取我而代之吗?山鬼摇摇头说,其实事情并不完全是这样,我不能承认自己没有野心,但我野心的来源并不是我自身多么狂妄而不自知,而是因为我在响应这个世界对我的要求。山神不解地说,这个世界对你的要求?也就是说,大家都渴望我的死去,而交由你来管理他们了?山鬼点点头说,没错,正是这样,可惜你并不知道这件事。山神抬起头来,朝远处遥望着说,那么他们为什么会这样想呢?山鬼说,因为你对他们太过严厉了,在你的管理下,大家从来就没有按照自己的内心需求行动的自由,而必须遵从你制定的那些苛刻条例行事,这样一来,他们就真的从内心深处讨厌你了。山神辩解说,我无非是为了他们自己好,如果我不那样做的话,他们就真的会走向堕落的。山鬼说,你根本就没有看出来,人们都是渴望堕落的,只有恶才符合大家尤其是他们人类的本性。山神摇摇头说,如果真是这样的话,这个世界岂不就乱了套吗?山鬼点点头说,可不就乱了套嘛。山神悲伤地说,那他们便离地狱真的不远了。山鬼微笑着说,他们宁肯下地狱,也要做符合自己本性的事儿,这对他们来说也没有什么错。山神还在犹豫,难道说就放任他们这么做?山鬼摇摇头说,既然人家愿意下地狱,你又怎么能拦得住呢?到这个时候,山神知道说什么也没有用了,便在忧伤地叹了一口气后,又一次垂下头,打量那个马上就要吞噬自己的万丈深渊。这么说来,他苦笑了一下,为了还他们一个自由,我首先要到地狱里去了。山鬼告诉它说,没有办法,你没有再选择的其他机会了。说到这里,它又愧疚地对山神说了一句,对不起,我欺骗了你,其实从内心里说,我是多么崇敬你呀。山神朝它挥一下手说,好了,你就不要再继续对我欺骗下去了。山鬼闭住嘴,不打算再对山神说什么了。山神朝它点点头说,那么你就来吧。山鬼伸出它长着长甲的爪子,在山神背后轻轻一推。山神身子向前倾斜,很快便像那只苍鹰一样飘落下去。我从梦中惊醒,嘴里连连叫喊着说,它死了,它死了。二女也醒来了,莫名其妙地看着我说,谁死了?你乱叫喊些什么?我呆呆地看着她,直到确认我们是躺着自己的床上,才长长地喘出一口气。我没有告诉她山神死亡的事儿,而只是不断地摇着脑袋。二女伸过手来,用睡衣的袖子抹去我额头上的汗渍,再次问我说,你到底梦到了什么?谁死了?我答非所问地说,不要问了,对于一个梦来说,你问那么清楚又有什么意义?黑子打过电话来说,老板,别墅准备得差不多了,草皮铺了,假山建了,那些稀有的南方树也栽上了,楼房里也早就布置好了,沙发摆上了,壁画挂上了,浴缸安上了,那张大床更是摆放得端端正正,哥哥和嫂子躺在上面要怎么滚就怎么滚,对了,草坪里按你的要求也支上了桌椅,还在旁边摆放了一把摇椅,那张吊床我们也系在两棵树之间了,万事俱备只欠东风,就等哥哥和嫂子乔迁新居,热热闹闹地搬进去住了。我询问他说,还有一件事你安排了没有?黑子想了一下,便脱口说道,安排好了,他低下声音说,我在你枕头下放了两束干结的鬼伞。我点点头说,好好。我刚要把电话放下,黑子突然又说,嫂子现在干什么呢?我没有想到他会问到二女,不禁扭过头去,朝厨房门里看了一眼。此时,二女正在厨房里做饭,透过门板的缝隙,我看见她正拿着一把菜刀,在案板上咔嚓咔嚓地切菜。黑子没有等我回话,就把电话挂断了。我心里有些想不明白,黑子为什么会说到二女呢?这时,二女拎着那把菜刀走出来。我有些惊慌地看着她,你要干什么?我紧紧地盯住她提在手里的菜刀。你刚才在和谁说话?二女问道。我想了一下,才明白她指的是什么。我接了一个电话。我告诉她,目光依旧没有离开那把菜刀。趁她点头的工夫,我走过去,装作不在意的样子,从她手里将那把菜刀拿过来,轻轻地攥在自己手里。

四

那个女大学生走出去后,黑子冲着门外喊了一声,下一个。过了一会儿,门板被推开了一条缝,一张戴着眼镜的脸探进来,用不安的目光朝里面扫视。轮到我了吗?他试量着问。黑子不耐烦地说,你是几号?那张脸低下去,看着手里的纸条说,我是二十五号。黑子笑了一下说,就是你了,进来吧。那张脸的身子于是走进来。我睁开惺忪的睡眼,朝他打量了一下,没有对他感到什么兴趣,便又垂下了眼皮。黑子扭过头来,悄声对我说,老板,你如果撑不住劲了,就回办公室歇一会儿吧,我看这些来面试的大学生,没有一个符合你的要求。我问他说,下面还有几个?黑子看了一眼手里的表格说,就剩这最后一个了。我朝他摆摆手说,继续吧。经过和黑子这番交流,一直缠着我的困神竟然自己走掉了,我打了一个哈欠,把身子坐端正,并瞪大眼睛,开始打量那个戴眼镜的大学生。待眼镜在椅子里坐定后,黑子便按照提前拟定的考题问起他来。眼镜也有所准备,便按照那些参考书上的答案,还算流畅地做了一番回答。我对他说的那些话没有丝毫兴趣,也听不大懂,过了一会儿,那个刚刚走掉的困神又来找我了,我再次打起瞌睡来。看来真的没有希望,我在心里说,这些大学生我一个也相不中。眼镜答完了那些题,用恍惚的目光望着黑子,最后又朝我看了一眼,知道自己没什么戏,便落寞地站起来,打算回到外面去。我也觉得今天的面试到这里就结束了,便站起来,也要离开考场,忽然不自觉地问了黑子一句,这些大学生怎么就没有学化学的?没想到黑子还没有开口,那个已经走到门口的眼镜掉回头来,直接对着我说,我就是学化学的。我停下脚步,上下打量他几眼,回头对黑子说,那就把他留下吧。黑子以为没有听清我的话,便追问了我一句,老板你说什么?我朝那个同样不相信自己耳朵的眼镜说,他被录取了。说完我就头也不回地走出去。我从抽屉里把干结的鬼伞拿到手里,翻来覆去地观看,队长临死前说的那句话又在我脑子里回荡,想到这几年顺风顺水的生意场,我心里对那个极有眼力的家伙充满了深重的感激,毫不客气地说,那是我人生路上的真正领航人和导师,没有他,我又怎么能从莫邪山那个偏僻的地方杀到这个灯红酒绿的城市里来呢?我走进实验室内,穿过那些瓶瓶罐罐,朝趴在桌子上正对着一只烧杯发呆的眼镜走去。怎么样?我生怕惊扰了他,低下声来问道,你的分析做得怎么样?眼镜抬起头来,眨巴了好几下眼睛,似乎才明白我来到了他面前,赶紧站起来说,报告董事长,实验正在进行中。我从他面前的烧杯上抬起眼,在屋里装模作样地看了一圈,实话说,这个地方的所有东西我都看不明白,也就觉得十分无趣,而且还感到有些奇怪,这个学化学的大学生一天到晚待在这里,就不觉得枯燥乏味吗?我随口问他说,你觉得这个实验室怎么样?眼镜立刻说,太好了,我根本没有想到,我一到这里来,你就把这个实验室建起来了,我心里真的感动得不行。我上下打量了他一眼,又把手放在他肩膀上,轻轻拍了一下,既然这样,那你就好好地工作,把有关那些蘑菇菌的分析和实验给我做好。眼镜连连点头说,请董事长放心,我一定会完成你交给我的任务。女会计站在老板台对面,探过身来,兴致勃勃地对我说,这个月的产品销售,比上个月增加了百分之二十,而上个月比前一个月增加了百分之十八,这么跟你说吧,仅仅半年的时间,我们产品的销售量就差不多翻了一番。黑子抢上来说,走遍我们这个城市的所有超市,都能在货架子上看到我们公司的货物,就不要说批发市场上那番热闹景象了。我不动声色地看了他一眼,又把目光转到女会计身上。女会计也看了黑子一眼，然后继续向我汇报说，我们的产品当然完全占领了这个城市，但更重要的是，差不多国内许多大城市都有我们公司的销售点，如果照这个势头发展下去的话，用不了半年时间，我们产品的销售量或许会翻两番呢。我朝她点点头说，好，这的确都是一些好消息。女会计从我办公室走出去后，黑子又急不可待地说，老板你真是慧眼识珠，竟然一下子就相中了那个搞化学的大学生，自从他用科学的方法把那个东西添加到产品里去以后，就别提在市场上多受欢迎了，你看我们公司现在的扩张势头，简直就是势如破竹一日千里呀。我从老板椅里站起来，踩着地毯来回踱了几步，故意用慢条斯理的声音说，不管做什么，我们都要相信科学。黑子向我伸出大拇指，极其敬佩地摇晃了几下，董事长，你真是一个与时俱进的大企业家。放在桌面上的电话响起来，我没有理会它，依旧在屋里踱着步子，黑子不敢怠慢，接过电话听了一会儿，掉头来对我说，老板，设计院的人把我们定做的壁挂送来了。女讲解员扶正脸边的耳麦，继续对那些前来参观的人说，我们公司这几年发愤图强，励精图治，在立足食品主业的基础上，连续收购了肉类、奶类、面粉和啤酒等相关产业，初步形成了一个门类较为齐全的产业链，在食品加工行业中取得了骄人的成绩。一个领导模样的人向我伸一下大拇指，用不无敬佩的口气说，董事长，你可真了不起呀。我故作谦虚地朝他微笑着说，哪里哪里，都是政府制定的政策好，我不过是在市场上摸爬滚打，为老百姓做了一些实事而已。那个人越发高兴起来，好好，我就看好你这样既有觉悟又有干劲的企业家。参观团在讲解员的引领下，在厂区里绕来绕去地溜达，所到之处无不留下一片欢笑和赞叹声。我把两手背在身后，陪着他们慢慢向前游览，不断接受来自四面的恭维声，心里流淌着一波波得意的潮水。在黑子的指挥下，几个人把壁挂固定在我老板椅后面的墙上，我退后几步，眯起眼来朝它打量。这是一幅刚刚刻好的木雕壁挂，材料是一整块楠木板材，就它现有的面积来算，那棵巨大的楠树在莫邪山里也算是稀罕之物了。壁挂的内容是一丛又一丛苗壮的蘑菇，因为木头上没有着色，在一般人看来，那或许就是一些普通的蘑菇，但只有我明白，它们的本来面目是五颜六色斑斓多姿的，也就是说，这是一些真正的莫邪山鬼伞。我花大价钱向这个城市最有名的工艺制作师定做了这幅壁挂，其实是把雕刻在上面的那些鬼伞当作了我公司的图腾，说真心话，如果没有那些鬼伞在我的产品当中兴风作浪，我又怎么能把自己的产业做到现在的地步？从这种意义上说,我把它们请到我的办公室内,具体说是在我的头顶上供奉起来,实在是顺理成章的事。但不知为什么,那几个人刚把这幅壁挂在墙上固定好,我就止不住摇了一下头,向他们招招手说,再把它取下来吧。黑子有些不相信我的话,还在看着我发呆,一时没有做出什么表示。我再次对他说,让他们取下来吧。黑子止不住问我说,为什么?这才刚刚挂上去。我没有再说什么,便掉头走到了一边。黑子这才对那几个人说,取下来吧。那几个人把好不容易固定在墙上的壁挂重新取下来,又抬到办公室外面去了。黑子走到我面前,像是忽然明白了什么似的说,你是不是担心被嫂子看到?我抬起头来,直直地盯着他,黑子的话尽管说出了我心里的想法,却不禁又一次让我感到了意外。这个家伙,我在心里对他说,怎么就明白我的心思呢?我呆呆地看了他一会儿,忽然摇摇头说,哪里的事?你嫂子看到了又有什么?黑子嚅嗫着嘴唇,似乎还要往下说什么,但又有所顾忌,便没有把下面的话说出来。什么你嫂子不嫂子的?我不满地看了他一眼,少给我提她的事。黑子点点头说,好吧。出现在我面前的这幢写字楼即将竣工,虽然还没有经过任何装饰,但它的高大威武以及所处的市中心位置已经被我看在了眼里,如果不出意外的话,在不到半年的时间内,我就把公司的办公地点迁到这里来,到时候,我会将我的办公室安置在最顶一层,虽然那个位置在一幢楼当中算不上最好,但可以让我居高临下地看到远处的风景,具体说来,我要从那里让这个城市一览无余地进入我的眼帘。不错,我想象着坐在这个城市的上面指挥我的公司像机器一样运营的情景,止不住用充满自豪的口气说,真是不错。黑子在一边看着我,心里似乎还有些没有把握,便又小声问了我一遍,老板,我们真的把整幢楼都租下来?我用轻松的口气说,是呀,我就是这么想的。黑子咽了一口唾沫,本想不再说什么,但在眨巴着眼睛想了一下后,还是又上来提醒我说,可是光租金一项,一年就好几百万呢。我微微笑了一下说,好几百万算什么?难道我们付不起吗?黑子没有说什么,只是掉头看一下跟在我们身后的女会计。女会计赶紧跑上来说,董事长放心吧,如果我们公司运营正常的话,这点租金也就是一根手指头的事。我马上对黑子说,你看看,这叫什么?这就叫大气。黑子点点头说,是,我是太保守了。我本来已经掉过头去了,但还是又回脸白了他一眼,现在你越来越谨慎了,既然要跟我干,就要大起胆子来往前闯,不要当一个小脚女人,说到这里,我不禁看了一眼女会计,随后又把眼睛盯在黑子身上,其实你连一个女人都比不了。黑子的脸色止不住涨红起来。司机把车开到了一幢楼下,开始放慢车速,然后扭过头来问我,老板,是这里吗?我把头探出车窗,朝那幢楼仔细打量了一下,点点头说,是这里,你停下来吧。等司机停好了车,我走下车来,就要朝前面一个楼道口走。司机低声朝我说了一句,老板,你空着手呢。我扭过头来,没有对他说什么,然后继续向那个楼道口走去。司机尽管有些不甘,但还是闭住了嘴。我悄悄地走上楼去,一层,二层,很快便来到了三层左面的一个门口前。如果我没记错的话,我要找的人就是这一家,但我知道,那个人此时并不在这个家里,下午我已经联系过他了,他知道我要到他家来,便故意没有回来等我。这叫什么?我在心里自语着说,这就叫心照不宣。我举起手,在防盗门上轻轻敲了两下。里面的门板打开了,一个女人隔着防盗门问我,你找谁?我朝她微笑着说,是嫂子吧?你不记得我了?前些日子我到家里来过。其实我明白,她并不是不知道我是谁,当我和她的男人挂上电话时,他便和这个女人进行了联系。女人装出认出我来的样子,也微笑着说,你进来吧。待防盗门打开后,我一闪身走进门内。吴局长在家吗?我装模作样地问她说。他还没有回来,女人也同样装模作样地回答我说,要不你等他一会儿。我点点头,一边朝沙发上坐,一边把夹在外套里面的一条烟取出来,小心地放在茶几上。女人在那条烟上瞥了一眼,装出没有看到它的样子,便忙着为我倒茶。我来的时候比较匆忙,我故作歉意地对她说,也没带什么东西,知道吴局长喜欢抽烟,我就随便把我办公室里的这条烟拿来了。女人的微笑一下子灿烂起来,看你想得那么周到。到这个时候,其实我到这里来的任务已经完成了,便在草草地喝了两口水后,站起身来说,时间不早了,那我就不等吴局长了。女人巴不得我赶快走呢,也就随我站起来说,如果你有什么事的话,可以到老吴的办公室去找他,给他打电话也行。我点点头说,好的,那就这么办,嫂子我走了。女人送我走出门来,依旧热情地对我说,以后常来家玩呀。我又一次朝她点头说,好的好的。待女人关上门板后,我在心里狠狠地对她说,还来你家个头呀,这一次可让我损失了二十万呢。我能够想象得出,当我走到门外去的时候,女人便急不可待地关上门板,转身回到茶几前,像饥饿的人扑在面包上一样,抓起那条烟来,颤抖着手指撕开封口,于是,一沓沓崭新的钞票出现在她面前。女人点完了钱后,便拿起电话来拨打,老吴吗?快回来吧,他已经走了。在欢快的音乐声伴奏下,我从自己的位置上站起来,穿过过道,踩着红毯走上主席台去,和另外几个大腹便便的家伙站在一起。女主持人用充满激情的声音对着话筒说道,请王市长给我们的企业家们颁发奖品。随即,坐在主席台中间位置的一个人站起来,从礼仪小姐手里接过奖杯,递到离他最近的一个家伙手里,然后又从礼仪小姐手里接过奖状,再一次向那个人递去。很快,市长就走到我面前了,礼仪小姐一步不落地随在他后面。市长先和我握了一下手,然后如法炮制,把拿在礼仪小姐手里的奖杯和奖状一一递到我手里,然后附着我的耳朵说,好好干,你可是我们市政府的财神爷呀。我赶紧朝他表态说,谢谢市长对我的关照,我一定不辜负你的期望。市长拍拍我的肩膀,转回身去和我站在一起。电视台的记者对着我们咔嚓咔嚓地拍照,闪光灯像天上的雷电一样,快要刺花了我的眼睛。主席台下的观众发出经久不息的热烈掌声。车辆行驶在光洁的路面上,两边的风景被急快地甩到后面去。秘书朝我身边靠近一下说,董事长,电视台的电话打过来好几回了。我闭上眼睛说,我对他们的采访没有兴趣,给我继续回绝了吧。秘书劝导我说,你应该和他们配合一回,不然的话,或许他们会有什么想法的。我耸了耸肩膀说,什么想法?你还担心他们以后不来找我了?秘书扶了扶脸上的眼镜说,这个我倒不担心,他们就是干这一行的嘛,但对我们来说,宣传工作还是要做好的,否则我们付出的努力又有谁知道呢?我问他说,他们说没说,主要是采访什么?秘书回答我说,我问清楚了,他们就是采访你在慈善方面做的那些事情。我睁开眼睛,瞥了他一眼说,那几个贫困孩子找好了没有?秘书郑重地对我说,早就找好了,都是你们莫邪山里的孩子。我望着车窗外的远处说,那你安排一下,把资助人家的钱赶快送过去,如果电视台的人率先访问他们,那我们可就被动了。秘书看着我说,是不是我们先搞一个捐助仪式?由你亲自把那笔钱送到那几个孩子手里?这样一来,我们也可以向电视台提供宣传资料。我用欣赏的目光看着他说,这个想法很好,那就由你来操作吧。我向靠背上仰了一下,让身子躺得更舒服些,然后闭上眼睛,打算在车子的运行中打上一个盹。黑子从屋外走进来,手里捧着一份套有红头的文件,兴致勃勃地对我说,老板,你成新一届政协委员了,这上面有你的名字。我坐在老板椅上,不慌不忙地把那份文件接过来,没有看就放到了桌面上。我早就知道了,我故作平静地对他说,什么大不了的事?黑子却咧开大嘴说,这也是一件大喜事呢,说明你在政界也有了不小的地位,实在可喜可贺呀。我从放在桌面上的中华烟盒里抽出一支,慢慢地叼在嘴上。黑子赶紧掏出打火机,跑过来为我点上。等着吧,我一边吞云吐雾,一边踌躇满志地对他说,以后可喜可贺的事多着呢。黑子不禁问我说,老板接下来不会向政界进攻吧? 我摇摇头说,我对那个领域没有任何兴趣,还是让我们好好对付一下人们的胃吧,没听人家说过吗? 你只要把一个人的胃占领了,那个人也就被你控制了,你看看,我用手指头响亮地敲了一下桌面,我们所干的这个事业具有多么重大的意义呀。黑子也兴奋地朝我竖起大拇指,心悦诚服地说,老板真是一个有大抱负的人,说不定哪一天,你就会成为这个城市商界的真正霸主,不,他随即改口说,你就会成为这个社会的掌控者。我喜欢听他这样的说法,便高兴地在他肩膀上拍了一下,借你的吉言,让我们一起努力吧。这时我又想到了市长对我的嘱托,不禁又在心里说,老子一定好好干,让你们大家都开开眼,到那时,人们就会知道老子是干什么的了。我抬高眼睛,让目光透过前面大面积的落地窗,望着外面这座城市的朦胧景象,一种君临天下的自豪感又一次弥漫在我身体的每一个细胞内。黑子不知想到了什么,目光越过我的身子,朝我身后的墙壁看了一眼,不禁叹了一口气。我知道他又想起了那幅壁挂的事儿,便安慰他说,其实我们在心里有它就够了。黑子转过头来,没有再开口说话,似乎陷入了什么为我所不知的冥想中。面对着牌桌上越来越重的抵押物,我面不改色心不跳,转回身来对司机说,给我拿一张大的。司机站在我身后,手里捧着一大盘银行卡,每张卡片上都标注着里面存储的钞票数额。司机先递给我一张五十万的卡片,我马上扔回到他手里。没听我跟你说吗? 我呵斥他说,给我一张大的。司机便把又一张一百万的卡片递到我手里。我嘟囔了一声说,这还差不多。然后把那张卡片像对一张普通的牌一样丢到桌面上。那几个赌友探过头来看,然后便面面相觑,不知道接下来该怎么办。来呀,我催促他们说,你们跟我上呀。一个小个子的脸色有些黄,不好意思地低声对我说,我今天输了那么多,已经没有这么大的了。我毫不客气地对他说,你还有老婆吗? 小个子不知道我要干什么,点点头说,有呀。我径直对他说,那你把你的老婆押上好了。其他人听我这样说,都用幸灾乐祸的目光去看他。小个子有些撑不住了,本来有些蜡黄的脸面开始转红。大家担心他会恼羞成怒,但只有我依旧不动声色地盯着他,在心里嘲笑他说,既然赌不起,那你到这里来干什么? 气氛越发有些紧张,正当大家不知道该怎么办的时候,司机衣兜里的手机响了。司机掏出手机,简单看了一眼,又把目光落在我身上,但很快按下了拒听键,把手机装回到衣兜内。不一会儿,手机的铃声又响起来,司机只好又把手机掏出来,这次他不敢按下拒听键了,便小心地探过头,把嘴附在我耳边说,董事长,公司来电话了。我朝他摆摆手说,三更半夜地来什么电话? 司机继续小声说,看来有什么急事。我反感地说,再急的事有这个事急吗? 我朝牌桌上指了一下。司机还要说什么,我回头狠狠瞪了他一眼,既像是对他又像是对那些赌友说道,这时候就是天塌下来,老子也不接电话,没听他们说过吗? 牌桌就是战场,老子现在是在战场上打仗,还顾得了后方什么事吗? 秘书急匆匆地走进来,站在老板台前面,小心翼翼地看着我说,董事长,那些人又来闹事了,还在我们办公大楼外面扯起了标语。我随口问道,标语上写的是什么? 秘书抖动着嘴唇说,讨还社会公道,惩罚黑心奸商……他没有勇气说下去了。我笑了笑,朝他摆摆手说,你去把那个搞化学的大学生叫来。当他向外走的时候,我又问他说,黑子干什么去了? 秘书回答说,他好像请假了。眼镜知道等待自己的没有什么好果子吃,便停在门口,不敢到我跟前来。我只好走到他面前去,质问他说,你他娘的是怎么搞的,为什么没有把那个东西的比例弄好? 你看到没有? 我朝外面指了一下,消费者正在外面闹事呢,都是你个王八蛋给老子惹了祸。眼镜扬起苍白的脸,用惊恐不安的表情看我。董、董事长,他鼓着勇气为自己辩解说,我一直在按那种最科学的比例往食物里添加,可是毕竟那种东西是有毒的,不管是多么强壮的人,只要长期使用下去,早晚有一天会把自己的身子弄坏的。我不想听他说这些混账话,尤其是当着门外我那几个下属,便抬起脚来,狠狠地踢在他的膝盖上。眼镜的身子本来就十分孱弱,加之没有提防我会这么凶狠,一下子便跪倒在地下。请董事长饶了我吧,眼镜胆怯地给我磕了一个头说,我会把以后的工作搞好的。我继续朝他身子上踢踹,什么机会? 你以为你还有这样的机会吗? 没有几下,眼镜便像一条癫皮狗一样趴在地上。给我把他弄出去。我朝几个属下说。在那几个人把眼镜朝外架的时候,秘书凑到我面前问道,怎么处置他? 我气呼呼地说,把他的铺盖卷扔到大街上,让他从我们这里滚蛋。秘书试量着问我,还发给他这个月的工资吗? 我狠狠地瞪了他一眼,发什么他妈的工资? 你以为我们的钱花不了了? 我在电话里向对方那个人说,老大,这回还得请你的人出马,至于报酬嘛,肯定比上次多一成,只要事情一平息，我马上让会计把钱打到你账户上。那个人在电话里对我说，老板你就放心吧，这回还像上次那样干净利索，一会儿就把事给你摆平了，而且不用你给我擦屁股。我恭维地对他说，那是，你是这里真正的老大，我就是不信老天爷也得相信你呀，我静等好消息呢。我走到阳台上，一边慢悠悠地喝着茶水，一边透过窗玻璃朝下看。那些中毒的消费者家属正在街上闹得欢快，不仅挥动着手里的横幅，而且还不断地呼喊口号。闹吧，我在心里对他们说，过不了多久，你们就蹦跶不起来了。才过了不大会，一辆大卡车就急快地从远处驶来，嘎吱一声停在人群外，从车厢里跳出一些挥舞棍棒的人，一路呼啸着朝那些人闹事的人冲去。随着下面传上来的棍棒打击声，闹事的人立刻惨叫着溃散开去，举在手里的标语也扔到了地下。挥舞棍棒的人并不罢休，继续追着那些人击打不停。我一边有滋有味地喝着茶水，一边兴致勃勃地朝下看，在我听来，那些噼里啪啦的棍棒打击声就像音乐一样美妙。我杯子里的水喝完了，秘书赶紧走过来，用茶壶给我的杯子续水。怎么样？我有意问他说，下面的声音好听吗？秘书点点头说，非常好听。这时我又想起黑子来，再次问他说，黑子呢？秘书朝远处看一眼说，我也好几天没见过他了。没有一刻钟工夫，楼下的街道上便安静下来，挥舞棍棒的人回到了车上，卡车掉回头，又像来时那样风驰电掣地开走了，街道上只留下几个躺在地下的人，在日头的照耀下，从他们身上闪出来的艳红光彩飞越数十米高的距离，急快地扑到我的脸上。我踉跄了一下，一阵突然袭来的晕眩感让我站立不稳，手里的茶杯也掉下地去。秘书赶紧抢上来，将我倾斜的身子扶住。董事长你怎么了？他惊恐地问我。我有些头疼。我告诉他说。秘书端着一张报纸走进来。董事长，还离着我老远，他就异常兴奋地说，采访你的报道发出来了。他把报纸铺在我面前的老板台上，然后用手指划拉着给我看，发了整整一大版呢，报社把这么大的版面留给我们，可见他们是多么看好你了。我随着他的手指看，一时也没有发现什么出奇的地方，便只好听从他的讲解了。你看这个标题，秘书挥动着手指说，与时俱进的弄潮儿，标题起得不错吧？他的手指向下面移动，这里还有你的照片呢，看上去也是那么威武，的确是一个大企业家的风采呢。我微笑了一下说，你什么时候也学会拍马屁了？秘书的脸有些涨红，这怎么是拍马屁呢？事实本来就是这样嘛，人家报社的记者和编辑也是这样认可你的。我用欣赏的目光看着他说，看来你向他们提供的素材也不错，是不是里面的文字还有你的功劳？秘书大约等的就是这句话，赶紧点点头说，我只是起到了一点小作用，主要还是你董事长这个大企业家厉害呀。他也像黑子一样朝我竖了一下大拇指。天就要黑了，透过前面那扇大面积的玻璃窗，我看见落日的余晖布满了天空，衬托着几缕鲜红的晚霞，一行黑色的影子慢慢掠过去，或许那是急于归巢的鸟儿？就在我离开老板椅，走过老板台，朝屋门外走去的时候，我听见身后传来一个微弱的声音说，不要再犹豫了，把我挂起来吧。我不禁停住了脚步，我的办公室里就只有我一个人，再说现在又到了下班时间，公司没有人再到我屋里来，是谁在我身后说话呢？我惊讶地回过头，目光落在那面立在墙角处的壁挂上，我的头脑有些恍惚，觉得那个声音是从那上面发出来的，但这又怎么可能呢？不要说壁挂上仅仅只有一些木雕的蘑菇，就算雕刻的是人，也不会发出声音来吧？正在我发愣的时候，来自壁挂上的声音显得更清晰了。看什么？它质问我说，不知道是我吗？我只好走过去，弯下身子，仔细朝那面壁挂上看。我看到上面的木雕蘑菇竟然不可思议地动起来，就像是一个人在上面晃来晃去。怎么回事？我既像是问自己又像是问它，你怎么还能说话？它微笑了一下说，你把我放在这里好几年了，从你原来的办公室搬到了这座威武豪华的写字楼里来，却一直把我放在你屁股后这个不起眼的地方，每天都闻你的臭气，我早就受够了，难道还不许我吭一声吗？我呆呆地看着它说，你到底是谁？它咧着嘴巴说，你总不会认为我只是一株普通的蘑菇吧？照你们的话来说，是一支有毒的鬼伞。我顺口说道，难道你不是吗？它神秘莫测地说道，说是也是，说不是也不是，这样对你说吧，我不过是穿着鬼伞的衣服罢了。听到这里，我似乎什么都明白了，便脱口叫道，你是山鬼？山鬼点点头说，没错，看上去你也像是一个聪明人，为什么就没看出我的真实身份呢？我不知道该怎么回答它。山鬼埋怨我说，我让你把生意做到了如此辉煌的地步，让你这样一个小混混成了明星般的大老板，可见我对你足够有意思了吧？可你呢？却一直把我丢在这个灰暗的角落里，不但让蛛网在我脸上织了一层又一层，而且还让那些可恶的老鼠在我脸上爬来爬去，你到底要干什么？难道不想把生意做下去了吗？我不好意思地对它说，我没有想这么多，不知道我屋里还有蜘蛛和老鼠，实在对不起，但请你相信，我绝不是一个没良心的人，我肯定会知恩图报的。山鬼冷冷地笑道，知恩图报？你也不过是说说罢了，关于你是怎么样一个人，别人不知道，难道我还不清楚吗？我不想再听它说下去，赶紧向它表态说，我马上改正，马上改正还不行吗？山鬼打量着我说，那么你该怎么报答我呢？我抬起眼来，朝上面的墙壁看，在我的想象里，这面我为山鬼雕刻的壁挂已经安置在上面，每一天，山鬼都会在我头上居高临下地监督我，而我只能规规矩矩地服从它的旨意，这样的情景又让我感到了晕眩，脑袋也微微疼痛起来。董事长，司机突然从外面闯进来，把我从困倦中唤醒。不好了，司机大呼小叫地说，我接到了商检局打来的电话。我走进仓库内，因为里面没有开灯，一时看不到里面的景况。司机打开墙壁上的开关，尽管屋内亮堂起来，但由于房顶过高，那几只吊在上面的灯泡光线显得不足，使这个空旷的仓库依旧有些昏暗。黑子从地下爬起来，向我急快地跑了几步，又一下子站住，或许这时才意识到我的到来对他意味着什么，竟然又往后退了几步。老板。他抖动着嘴唇对我说。黑子，我走到他面前，上下打量着他说，想不到有一天你会背叛我？黑子愧疚地低下头去。我伸出手，在他肮脏的脸上拍了一下，看着我，说说你背叛我的理由。黑子大瞪着眼睛，极力为自己辩解说，董事长你想不到，这一次中毒的是我父亲。我冷静地看着他说，你父亲怎么了？黑子比画地说，我父亲原本身体就不好，但在我的说服下，这些年他一直坚持食用我们公司的产品，一来二去便现出了中毒征兆，开始我还以为是他身子本身的原因，也没有多么在意，直到前些日子他终于倒下了，我父亲躺在床上，已经虚弱得不成样子，而且脸色发黑，一看就是中过那些鬼伞毒的症状。父亲的幽灵突然在我耳边说，他是在说我吧？我呵斥他说，这里没有你什么事。黑子继续说，我父亲也感觉出来是怎么回事，就指着我的额头说，你这个没良心的王八蛋，竟然把这种东西让我买来，你这不是故意害我吗？我还向他辩解说，我们公司常年就生产这种产品，其他人怎么没有中毒呢？父亲反问我说，你还有脸这么说？难道你调查过其他人吗？你们那是一个什么公司呀？竟然生产这种毒害人的东西。我踹了黑子一脚说，你就不会不让你父亲吃我们公司的东西吗？黑子哭丧着脸说，我早就劝他不要吃了，可他就是停不下来。我直直地看着他，什么？他竟然停不下来？黑子摇摇头说，那些鬼伞的毒是有瘾的，人们一旦被它缠上，便无论如何甩不掉它了，就算知道身体中毒，也只能继续让它毒害下去。父亲的幽灵又在我耳边说，他这是不是说你呢？我再次训斥他说，别多嘴，这里的事与你无关。黑子叹了一口气说，我把父亲送到医院里，经过详细检查，医生说他就是因为……我截住他的话说，医生的话你怎么也会相信？黑子问我说，你不是说要让我们相信科学吗？我在他脸上扇了一巴掌说，我什么时候说过这句话？黑子捂住他那半边脸，又鼓着勇气说，我家里只有我父亲一个亲人，如果他死了的话，那我可就算是造了孽了。我父亲的幽灵又在我耳边说，听听，他这不就是说的我吗？我顾不得理会父亲，又一次抬起脚来，在黑子屁股上踹了一下说，你哪里来的这些鬼念头？你参现在死了吗？黑子站稳身子，摇摇头说，没有，他正躺在医院里呢。我再次踹了他一脚说，没死你闹什么事？是不是你也活腻歪了？黑子真是一条好汉，在我连续的踢踹下，他竟然没有倒下地去，而是硬挺着身子对我说，如果这次中毒的人是别人，我肯定不会管这件事的，可现在闹来闹去，竟然让我自己成了受害人，我无论如何也受不了啦。我再次踹了他一脚说，受不了你就来背叛我？黑子极力辩解说，这不是背叛，我只是要把这件事弄清楚。我继续踢踹着他说，弄什么清楚？弄清楚就去举报我？黑子摇摇头说，我没有举报呢，我只不过鼓动了一下那些闹事的人。我加大了踢踹他的力度，还说没举报我？你以为我收买的那些人光花我的钱不干事吗？黑子呆呆地看着我，知道一切都保不住了，这才低下头说，好吧，我承认那些事是我干的。我终于放下自己的腿脚，在他肩膀上使劲拍了一下说，看来你真是一条好汉。黑子被踢得撑不住劲了，终于蹲在了地下。我也累得不行，也便蹲到他面前。你知道这件事的后果吗？我问他说。黑子抬头看了我一眼，好像也豁出去了，便咬了咬牙说，董事长你知道你这样做的后果吗？我紧紧地盯着他，我能有什么后果？黑子咧了一下嘴说，你肆无忌惮地弄这些事，就不怕负法律责任吗？我笑嘻嘻地说，你的意思是不是说，我会进监狱呢？黑子犹豫了一下，还是点点头说，我觉得你如果这样下去的话，早晚有一天会到那个地方去的。我站起身来，在他头顶上轻轻拍一下说，放心吧，我到不了那个地方去，或者说在我到那个地方去之前，你会先到那个地方去的。黑子抬起头来，从下面朝我脸上看，莫非你要先把我送到监狱里去？我垂下头，居高临下地看着他，你以为我办不到吗？黑子没有说什么，但只是轻轻摇了摇头。我在心里对他说，真他妈的不见棺材不落泪。我一边往仓库外面走一面对他说，那我们就走着看吧。来到仓库外面，司机从后面跟上来，小声地问我说，老板，我们是不是跟江湖上的老大打个电话？我没明白他的意思，你要干什么？司机看着我的脸色说，是不是让他们来解决黑子？我反应过来,突然哈哈大笑。你以为我和黑子的话是说着玩的?我反问他说。司机避开了我的眼神,没有回答我的问题。我便继续朝他说,好吧,那我再把那句话给你说一遍,我们走着看吧。车辆行驶在通往山里的公路上,随着一座座山峰的出现,再往前面走,路面便越来越窄,车辆在上面也颠簸得更加厉害。司机在转动方向盘的间隙,不住地朝我身上打量。老板,他小心地问我说,山里真的有那个鬼伞谷吗?我白了他一眼说,如果没有的话,我又何必带你去看呢?司机向我解释说,此前我从来没有听说过。我问他说,你也是莫邪山里的人?司机点点头说,没错,我就是在这座山里长大的。车辆继续往前走,我注意到,路边有一座看上去颇为现代的房子,便问司机说,那些房子是干什么的?司机放慢车速,透过窗户朝我指的方向看了一下,不禁奇怪地说,我以前没有见过这些房子,不知道它们是干什么的。我产生了好奇,便让他停下车来,要到那座房子跟前去看看。司机停下车,在我朝车下走的时候,他又在后面提醒我说,老板,我觉得这些房子出现得十分蹊跷,你还是小心一些,那里或许没有什么好看的。我没有理会他,依旧走下路面,越过几丛灌木,向那座房子所在的院落走去。那些房子的确有些奇怪,一般山里的房子都是石头建筑,但这些房子却是红砖构筑而成,而据我所知,莫邪山一带根本没有烧制红砖的砖窑,看起来这些房子真不像是本地的产物。随着我朝那些房子的走近,我的头开始隐约地疼痛,一种眩晕的感觉也正在向我袭来,我不禁停下了脚步。司机又在我身后喊道,老板,不要再朝那里走了,我们还是继续赶路吧。我平静了一下心绪,继续朝前面的院门口迈步。快走到跟前的时候,一个老头子从门房里走出来,隔着铁栅栏门问我说,你是干什么的?我回答他说,我是一个过路人,到这里来看看。老头子不高兴地说,这里有什么好看的?你赶快走开吧。我没有按他说的做,而是继续问他说,这个院子是干什么的?老头子从鼻孔里哼了一声说,你不认识字吗?门口牌子上不是写着吗?我按他手指的方向掉过头,目光落在一块竖立在门旁的木牌子上,上面果然有一行黑色的字,我眯起眼睛,正要把那几个字读出来,来自头脑深处的眩晕感急快地袭来,我遏制不住头疼欲裂的感觉,身子一个趔趄,便栽倒在地上。我醒来的时候,竟然已经回到了车里,依旧坐在副驾驶座上,司机拍了我一下说,老板,我们往前走吧。说着就启动了发动机。车辆继续朝前行驶。我掉回头来,透过车窗玻璃向那些房子的位置看。说来奇怪,外面并没有那些红砖建筑。我便问司机,那些房子呢? 司机随口说,早就过了很远了。我咽了口唾沫说,那么那些房子是干什么的? 司机掉头看了我一眼,又马上把目光转向前方的路面。好像那是一座精神病院。他小声地说。我不禁吃了一惊,什么? 精神病院? 我掉回头,透过车窗玻璃往后看,这里竟然有一座精神病院? 不知道为什么,我现在一点头疼的感觉也没有。走进接见室后,我才坐了一会儿,狱警就把黑子从里面带了出来。我和黑子之间隔着一道铁栅栏,我这边的椅子可以活动,而里面的座位是固定在地面上的,等戴着手铐的黑子在座位上坐定后,我把外面的椅子朝栅栏跟前靠近一些,然后也在上面坐下。给你们十分钟时间。狱警朝我点点头,便走到一边去。我面向黑子,隔着栅栏也朝他点了一下头,开口问他说,怎么样黑子? 在这里待得还舒服吗? 黑子透过栅栏的缝隙直直地看着我,老板,你是来看我笑话的吧? 我微笑了一下说,哪里,我只是来兑现我的诺言。黑子叹了口气,心悦诚服地对我说,你的确厉害,能够说到做到。我接过他的话说,我从来都是说到做到,可你就是不信。黑子点点头说,现在我信了,但我信得太晚了。我朝他指出说,不晚,五年的刑期很快就会过去,等你出来了,还可以跟着我干。黑子想了一下,便又点了一下头说,好吧。他忽然又想到了什么,纳闷地问我说,我那些烂事你怎么那么清楚呢? 我朝后仰了一下身子,用淡淡的口气说,如果我不知道你那些烂事,又怎么能把你送进来呢? 黑子垂下头说,当初我还以为,凭我知道的你那些事,我能够让你先到这里来呢。我又笑了一下说,看来你很难办到。黑子跺了一下脚说,不管我怎么说,他们都他妈的不相信。说到这里,他忽然回过味来,想举起手在头上拍一下,但由于两只手铐在一起,这使他那只手没有举起来。现在我才明白,他懊悔不已地说,他们是故意不相信的。我颤动着一条腿说,吃一堑长一智,等你出来的时候,你还会有新感想的。黑子抬起头来说,也许真的是那样。接见的时间没到,我就从屋里走了出来,十分钟太长了,我怎么可能在这里待那么多时间呢? 送我出来的时候,狱警好奇地问我说,这样的人你还敢要? 我耸了一下肩膀说,等他出来的时候,我相信比他在外面时对我忠诚多了。狱警呆呆地看着我,好像一时没有明白过来。我对司机说,你觉得我们的大楼上面,是不是还缺少点什么? 司机仰起头,望着我公司的办公大楼发呆,他的头越仰越高,头上的帽子快要从顶上掉下来了。我觉得,他说话的口气越来越坚定,缺少一面大招牌。我在心里对他说,算你小子说对了。回到办公室后,我径直走到老板椅后的墙根下,把那幅我长期丢在这里不用的壁挂找出来,将它横放在我的老板台上。浮雕上的山鬼急不可待地对我说,想好了没有?快把我挂到墙上去吧?我笑话它说,看来你的心胸真的不够大,就那么一面墙,能让你在那里待得住吗?山鬼好奇地问我,怎么?你想把我挂到哪里去?莫非有比这里更合适我待的地方?我没有回答它的话,而是朝门外招了一下手。很快,秘书带着几个人走进来。我吩咐他们说,把这幅壁挂给我挂到我办公室外面去。那几个人没明白我的意思,一直犹豫着没动。我朝门外指一下说,楼顶上,你们就把它挂到楼顶上去好了。在我的吩咐下,秘书带领那几个人抬着壁挂走出去。我随在他们身后,也来到了外面。我当然没有帮他们到楼顶上去安置壁挂,而是乘着电梯来到楼下,站在街道对面,然后仰起头来,用以前没有过的目光和表情重新打量我的办公大楼。因为我是处在逆光的方向,而此时的日头格外明亮,我便不能将大楼的面目清晰地看在眼里,而只是感觉到它一个朦胧的轮廓。在这个黑乎乎的巨大影子上,我终于看见了那幅浮雕壁挂,具体说是看到了壁挂上的那几束蘑菇,不,或许这个世界上只有我知道,那并不是几束普通的鬼伞,而是真真切切的山鬼。由于我的头仰得过高了,一阵极度的晕眩又朝我袭来,伴随着剧烈的头疼,我身子一歪,便摇摇晃晃地倒下地去……

五

许多个夜晚里,我从睡梦中醒来,睁开眼睛看,二女并不在我身边睡觉,也没有像我有一次梦见的那样,跪在我面前,用一条绳子捆绑我的两手。此时她并不在床上,原本躺卧的地方空荡荡的,摸上去也没什么温度,说明她已经很久没有上床来了,但我睡觉的时候,她应该是躺在我身边的,好像还装模作样地摆出睡觉的姿势,那么现在她到哪里去了?我走下床来,为了不使自己的声音发出来,便赤着脚在地毯上行走。别墅内几乎所有的房间都关了灯,只有书房里还有些许光亮。我悄悄走过去,从半敞开的门缝里,看见二女伏在桌面上,左手按住一张纸,右手握着一支笔,正在往上面写什么。有一天我问她,你在夜里写什么呢?二女回答我说,我在写信。我没有问她,你在给谁写信?二女也没有主动告诉我。父亲的魂灵在我耳边说,你要小心一些,搞不好她是在勾引其他男人呢。我厌烦地回答他说,这个不用你说,我早就想到了。父亲提醒我说,你可要接受我的教训,不要受了女人的害。我对私家侦探说,你去帮我调查一个人。侦探问我说,调查谁呢?我告诉他说,调查我的妻子,她的名字叫李二女。侦探被吓了一跳,什么?调查你的妻子?调查她什么呢?我不动声色地说,看看她在和谁来往?侦探小心地问我,能不能告诉我,你为什么怀疑自己的妻子?我只好对他说,她总在夜里给别人写信。侦探点点头,又向我提出说,你刚才所说的那个别人,指的是一个男人吗?我不置可否地说,是男人,但不仅仅是一个男人。侦探更是瞪大了眼睛,不是一个男人?那是几个?我垂下眼皮说,我哪里知道?侦探想了一下,似乎明白过来,便点点头说,好吧,我仔细调查好了。我把一个牛皮纸信封掏出来,放在桌面上,并朝他面前推了一下,这是预先付你的酬劳,待调查清楚后,我再打给你第二笔款。在我打算离开他的时候,侦探还把握不定地问我说,你确定不仅仅是一个男人吗?我一边往外走一边在心里说,她已经写了那么多晚上的信,总不会是对一个人翻来覆去地写吧?但没过几天,我就给侦探打电话说,不要再调查了,这件事我已经弄清楚了。侦探不解地说,你弄清楚了?那么是你自己调查的吗?我摇摇头说,我没有调查,是那些信寄到我手里来了。侦探惊讶地说,原来你妻子是在给你写信?我依旧摇摇头说,不是这样,是她把信寄给了别人,别人又把那些信寄给了我。侦探感叹地说,看来那些男人还真是不一般,他们大概是惧怕你吧,才不得不这么做?我笑了一下说,大概也是这么回事,但我不能不纠正你的话,那些把信寄给我的人,可不光是男人呀。我知道他肯定又被我的话惊住了,但没有等他再问出什么,我便挂断了电话。原来你是在向与我有关的那些部门写信?我把那些信送到二女面前说,我还以为你是在给一些什么男人写信呢。二女从我手里的信上抬起头,用惊讶万分的目光看着我,这些信怎么会落到你的手里?我在椅子里坐下来,用坦然而得意的目光看着她,这难道还不说明我的本事大吗?随后我又用讥讽的口气对她说,难道这还不说明你拿我什么办法也没有吗?二女也颓唐地坐到我对面的椅子里,在发了一下呆后,猛然站起来,用力拍一下桌子说,他们不能这样干,怎么能把举报信送到被举报的人手里来呢?我伸过手,把她按回到椅子里,你想不明白的事多着呢,我在她额头上指了一下,凭你天真的小脑瓜,以为就能弄懂这个复杂的社会?未免也太自不量力了吧。二女用两手抱住头,使劲地摇来摆去,卑鄙,他们

273

太卑鄙无耻了,我怎么还能相信这些执法部门,竟然如此徇私枉法,与犯罪分子沆瀣一气,难道他们的良心被狗吃了不成?我把她的手从头上拉下来,不要说得这么难听,把自己的老公说成犯罪分子,这对你又有什么好处呢?二女反问我说,难道你不是吗?我站起身来,在屋里来回踱了两步,当然,我没有勇气说自己不是,但我又有什么必要承认这一点呢?在这个已经混乱成一团的社会,除了这个叫李二女的脑残女人外,谁又没有做过一些违法犯罪的事呢?我只不过比他们走得远了一点而已。不管怎么说,我掉回头来,用不无愤怒的口气对她说,你都不应该举报自己的老公,我怎么就没有想到,我的后院这么快就起火了?就像人们说的那样,最危险的事往往来自内部,原先我还有些不信,现在我终于明白了,一个人被葬送的原因就是来自他身边的叛徒。二女打断我的话说,你才是真正的叛徒,你把我们这个社会的天道人伦和一个人最起码的良知都背叛了。我朝外指了一下说,如果这个社会上的人都当了叛徒,而我还固守那些早已经过时了的虚幻东西,那我就是天下最大的傻瓜。二女从外面回来,一进门就把手里的皮包丢在沙发上,板着脸对我说,你在派人跟踪我?我向她辩解说,怎么是跟踪?那是我派去保护你的人。二女恍然大悟地说,原来你不仅仅是让他们跟踪我,更重要的是来监视我。我摆摆手说,看你说得越来越难听了,你不是早就对我说过,这个社会越来越乱,你在外面乱走便意味着要承担某种风险,我派人保护你一下又有什么不可以呢?二女越发愤怒地说,收起你这些冠冕堂皇地说辞,你的目的不就是怕我真的到那些有关部门举报你吗?我也收起笑容说,这可是你自己承认的,如果我不对你加以阻止的话,你岂不继续胡来吗?二女冷笑着说,你以为这样就能阻拦得了我吗?我点点头说,我觉得能够,如果实在不行的话,我便给家里派几个岗哨,让他们上门来为你服务行吗?二女悲痛地望着我说,你这个卑鄙无耻的家伙,以为在这个世界上为非作歹就没有什么办法治得了你吗?我再次点点头说,我觉得是这样,如果你不怕麻烦的话,就继续想出一个办法来吧,但前提是,从今以后你再也出不去这个门了,我派来的那些岗哨可不是吃素的,他们都是我花钱雇来的武林高手,你不要轻易惹他们,虽然你是我的妻子,但对他们这些不讲理的人来说也不起什么作用,如果你不想把自己弄个腿断胳膊折的话,那你就暂时规矩一些吧。天气明亮的日子里,我坐在别墅院子里的摇椅上,闭上眼睛,微微晃动身子,一边接受日光透过椰子树缝隙的轻轻抚摩,一边享受着生活的惬意和美好。二女坐在旁边的椅子里,支在桌面上的手托着下巴,另一只手里端着一杯清茶。尽管我闭着眼睛,却知道她并没有喝那只茶杯里的水,而是让眼睛盯着前面的什么地方,让思绪陷入绵延不绝的情绪里。过了不知多久,我睁开眼睛,看见她依旧保持这样的姿态,便开口询问她说,怎么样?你想好了没有?二女清醒过来,收回目光看了我一下,又马上把头掉开。你知道我在想什么?她耸了一下肩膀说。我当然知道,我回答她说,你不就是在想从这里逃走的方法吗?我抬起手来,朝门口那几个流动哨指了一下,随即又改口说,或者更明确地说,你是在想对付我的一个最好方法,是这样吗?二女笑了一下说,也可以这么说吧。我摇摇头说,你为什么非要这样干呢?不客气地对你说,这样干是很麻烦的,也是有很大风险的。二女承认说,我当然知道这一点,大不了你会像对待黑子那样,也先把我送进监狱里去对吗?我在心里对她说,岂止是这样?你还没有见过我对待小外地的手段,当然就不要说队长当年做的那些事了。我真诚地劝她说,不要再做这些无用功了,你是我的妻子,老老实实地陪伴我就够了,我曾经希望你做我的帮手,但我早就放弃了那个不切实际的幻想,我现在最大的愿望就是让你陪在我身边,什么都不用做,只是陪我到老就行了,你看,我朝院子里划拉了一圈,我们在这里过下去该有多好,天气晴朗的时候,我们就坐在这里晒一下日光,品一杯清茶,顺便再聊聊天,也享受一下生活的幸福,天气不好的时候,我们可以回到屋里去,坐在阳台上欣赏天上的流云,风中的雨丝,那也是一番十分美好的景致,能够让我们惬意的生活变得更加充实,如果可以的话,我们生一个小宝宝,男孩也行,女孩也不错,到那时候,我们这个别墅里就会增加更多快乐的笑声,二女呀二女,只是想一想那番情景我都感动得不行,你看看,我眼睛里的泪水已经流出来了,可你为什么还要执意破坏这一切,让我也让你走上那条不归路呢?是什么让你这样狠心呢?如果说,你是一个狠毒的女人是不是也有道理?但我多么不想这样说你,因为从我看到你第一眼的那天起,我就深深地喜欢上了你,就想和你相伴而行,终老一生,也不枉我在这个世界上走了一趟。二女伸过手来,在我手背上拍了一下说,老枪呀老枪,你仅仅描绘了自己当然还有我的美好生活,但你想没想过那些受你毒害的人?比如说黑子的父亲,你竟然把你兄弟的父亲都没放过去,难道你的心肠比我的心肠好得了吗?我抢过她的话说,你只看到了一面,而

275

没有看到另外一面,确实,当他们中毒的时候真的十分痛苦,这我不否认这一点,因为我也体验过中毒的滋味,但你也许不知道,当你品味那些毒素的时候,其实是一种多么美好的感觉,那种感觉是会让你上瘾的,你去问一下那些服用罂粟的人,他们为什么无论如何戒不掉呢?如果光有痛苦的话,他们怎么能一直追求那种东西呢?其中肯定有他们享受的一面,甚至说他们陷在其中难以自拔也不为过,我也是一个中毒的人,当然也体验过那种感觉,这是我到今天也不能摆脱它们的重要原因,因为你不是一个中过毒的人,你对那些东西有天生的免疫力,并不知道其中的滋味有多么美好,所以你才不管不顾地反对这些东西,还想把我送到监狱里去,你知道你在做什么吗?二女使劲摇着头说,其实你也只是看到了那些东西对人肉体的影响,并没有看到它们对人灵魂的伤害,即使说到前一点,也不完全是那么回事,比如黑子父亲的提前死亡,难道不就是被那些东西害死的吗?说到第二点就更可怕了,正是在它们的侵蚀和毒害下,人的灵魂得到了可怕的扭曲,再也不能按正常的逻辑行事,而让自己走上了一条黑暗的邪路,比如我的祖先就是一个典型的例子,如果没有那些鬼伞毒害的话,他又怎么可能做出那样贪婪无耻的事情,不但最终葬送了自己的生命,还给我们家带来了绵延不绝的劫难,这样血淋淋的结果难道还不能引起我们惊醒吗?我还没有再对她说出什么,父亲的魂灵便遏制不住地对我说,不要再和她叨叨那些无用的东西了,看来这个女人是铁了心要和你过不去,我早就说过,无论如何也不要相信女人,你母亲就是一个最好的例子,可你就是不听我的话,硬是把这个女人娶回家来,现在怎么样?知道麻烦了吧?我顺着他的话问道,那你说该怎么办?父亲义无反顾地说,把她赶走,只有她不在你身边,这颗地雷便被你起掉了。我摇摇头说,不行,你还是不了解她,当我让她从这个门里走出去的时候,她很可能立即就走到派出所里去举报我。父亲咬着牙说,那干脆一不做二不休,弄死她算了。我倒吸了一口冷气说,这怎么能行?她毕竟是我深爱的女人呀。父亲笑话我说,看你这个没出息的样子,没听人说过吗?量小非君子,无毒不丈夫,如果你不率先痛下杀手的话,那你很快就会受她的害,到时候你哭也来不及了,想想你的母亲是怎么对待我的?我不耐烦地说,好了好了,不要再提那些发霉的旧事了。我从迷幻中醒过来,睁着惺忪的睡眼朝外面打量,连日的眩晕和头疼终于击倒了我,不管我用怎样的意志加以抵抗,但那些鬼伞在我体内的发作只能让我缴械投降，不得不躺到床上去，让自己沉入迷离恍惚的睡梦中。我抹了一把眼屎，尽力瞪大眼睛朝外看，目光越过空荡的客厅，落在那边一个亮着灯光的房间外，从半敞开的门缝里，我看见了二女的身影，不知道她在灯光下干什么？难道继续再写那些根本无用的举报信？过了一会儿，直到听见咔嚓咔嚓的切菜声，我才知道原来她不是在书房里，而是在厨房内做饭。难道天亮了吗？我问自己说，或者是仍处在夜半时分？把菜刀给我，我轻声对她说，由于身上没有力气，我不能让自己的声音更大地发出来，而只是张大着嘴巴朝外说，把菜刀还给我。我真担心，当二女拎着菜刀走出来的时候，恐怕一切都来不及了，父亲的幽灵躲在昏暗中不知在干什么，这时候竟然没有出来提醒我，难道他也睡觉了不成？不知道过了多久，我真的看到二女从厨房里走出来，身子在灯光的映照下晃来晃去，看上去就像一个毛茸茸的影子。你是山神？我痴痴地问她说，还是山鬼？直到她走到了客厅里来，我才看清她手里并没有拎着菜刀，而是端着一只大碗，碗里弥漫着腾腾的热气，随即我闻到一股浓烈的香味，不用品呷，我便知道那是蘑菇的气味。一霎间，我想起了许多年前我在半夜里看到的那个情景，母亲手里端着一只盛满蘑菇汤的大碗，颤颤巍巍地送到父亲的嘴边。小心点，父亲的魂灵突然发出了尖叫，小心她手里的那只碗。我微笑着对二女说，这是为我熬制的蘑菇汤吗？二女坐在我的床沿上，把手里的碗对我晃摆了一下，也笑眯眯地回答说，没错，这是我专门为你熬制的，怎么样？味道还不错吧？我故意吸了一下鼻子说，的确不错，味道香极了。二女接上说，那你赶快把它喝了吧。我把那只大碗接过来，装模作样地往嘴边举了一下。我注意到二女紧紧盯着我，这时她的心脏已经提到嗓子眼里了吧？快喝吧，她一定在心里催促我说，赶快把它喝下去。但她并不敢把这句话说出来，免得在关键时刻引起我的怀疑，以至于让她的计划全部落空，于是她只是做出一副若无其事的样子，紧紧地盯住我不放。别玩了，我把碗从嘴边拿下来，有些煞风景地对她说，我身上没有力气，不想再把这场戏演下去了。二女装作不明白我话的样子，还反问我说，玩什么？谁和你演戏了？我叹了一口气，径直向她指出说，二女你知道吗？你是一个天真无邪的女人，做这种事根本不合适，演着演着就会露出马脚来，就算我现在病得不轻，也能看出你把戏演砸了。听我这样说，二女也知道再装下去没有什么意思，便只能坦承说，好吧，既然这样，那我就不好意思再演了。我直接问她说，那你就告诉我,当我喝下去这碗蘑菇汤的时候,我会怎么样呢?二女冷静地说,到那个时候,你就会把这只空碗一丢,身子便倒回到床上,当这只空碗在地下摔成碎片的时候,你口鼻里就会流出鲜血来。我摇摇头说,这太夸张了吧?难道你忘记了,我是一个早就中过鬼伞毒的人,继续再喝这玩意,我摇了摇手中的碗说,恐怕也没有什么效用。二女撇了撇嘴说,看来是你想得过于简单了,的确你是个中过鬼伞毒的人,我难道没有考虑到这一点吗?你根本想不到,这只碗里鬼伞毒的剂量到底有多大,不要说是你,就是一头像这间屋子一样的大象,也能让它倒下的。我不相信地说,真有那么多鬼伞吗?你从哪里弄来了这么多毒物?二女径直回答说,从鬼伞谷里采来的。我有些惊讶,怎么?难道你也知道鬼伞谷?二女微笑着说,我怎么会不知道?难道你忘了,从我老祖宗那一代人起,我们李家就在和那些鬼伞打交道了。我点点头说,看来还是你厉害。我躺在床上,在听到那只碗在地下摔成碎片的同时,我知道我口鼻里已经流出了鲜血,一种身上被捆绑了巨大石块的感觉让我再也爬不起来。二女站在我面前,垂下眼皮看着我在床上挣扎,两手牵在一起,为了让我口鼻里喷出的鲜血溅到她身上,她甚至往我跟前凑近一些,直到我的身子在床上不动了,她才伸出一只手,试探性地放在我的额头上,感觉到我的热量正在一点点消失而去,这才满意地点点头,在心里对自己说,差不多了。于是她从我床前走开,迈着坦然的步子来到客厅里,坐在沙发上,斜过身子,将放在高低灯下的电话拿起来,准确地拨通了一个号码,当对方拿起话筒,告诉她是派出所的值班人员时,她才斟酌着字句说,我是乌龙镇的李二女,在我们家别墅里,我刚刚毒死了我的男人老枪,你们抓紧出警吧,我家的位置是在……放下电话后,二女本来打算坐在沙发里,等待办案的警察到来,但她觉得这样并不牢靠,便决定主动去派出所自首。她简单收拾了一下,开始朝门外走,忽然又想起什么来,再次回到沙发前,弯下身子,重新拿起了话筒,拨通了又一个熟悉的号码。等对方拿起话筒后,二女主动询问说,是徐记者吗?徐记者在话筒里说,是我,你是哪位?二女报上自己的名字后,立刻对她说,我害死了我的丈夫老枪,已经通知了派出所来办案,如果你想追踪报道这件事的话,那么就到看守所去找我吧。徐记者还有些不相信她的话,李女士,你说的是真的吗?二女用清晰的语句说,是真的,我没有更多的时间向你说清这件事,派出所的人很快就要来了,就让我在看守所里等你吧。二女放下话筒后,这才迈着不紧不慢的步子朝外走。在院子里，她果然碰到了在此值班的一个岗哨，是我找来的所谓武林高手。太太，岗哨拦住她说，你要去干什么？二女向他提出要求说，请你陪我去派出所自首好吗？岗哨被她搞糊涂了，你去派出所自首？出了什么事？二女回过身去说，我把你的老板毒死了。岗哨大惊失色，什么？这是真的吗？二女转身对他说，在你陪我去派出所之前，我想陪你到上面去看一眼，也算是你为你的老板送一下终。二女在路上没有碰到前来办案的警察，还以为他们不相信这件事，并没有按时出警呢，其实警察在赶往别墅的时候，与二女走的是两条不同的路。我是李二女，二女走进派出所，对值班的警察说，我给你们打过电话了，在乌龙镇的别墅里，我把我丈夫老枪毒死了，我是来投案的。说着，二女就向他伸出两手，做出一副索要手铐的架势。值班的警察站起来，有些不知所措地看着她，好像根本不相信这件事似的。报案的那个人是你吗？警察还要向她核实一下。二女不耐烦地说，啰唆什么？还不赶快给我戴上手铐，如果等一下，我这个犯罪分子不想自首了，转身逃跑了怎么办？警察上下打量她一眼，在衡量了一下这个人的话是真是假后，为了慎重起见，才把手铐拿出来，不紧不慢地给她戴到手腕上。我止不住笑起来，连连摇头问她说，你这是打的什么鬼主意？既然已经毒死了我，你为什么还不赶快逃走呢？竟然马上打电话报警？这还不算，还要主动去派出所自首？更不可思议的是，你还给报社的记者打了电话，难道你是让他们来采访你的杀人过程吗？二女点点头说，正是这样，我担心警察会在隐秘状态中办理这个案子，那样一来，这件事的影响便小多了。我纳闷地说，你还要什么样的影响？你还担心自己杀人的这件事不够刺激，或者引不起什么轰动效果吗？二女回答说，是呀，我好不容易对你下手，如果造不成什么像样的影响，我岂不是白干了吗？我拍了一下脑袋说，我真是想不通你到底要干什么？这个世界上哪有上赶着把自己的犯罪过程公之于世的呢？二女微笑了一下说，我就是你说的那个人，我想通过媒体把我犯罪的过程炒作一下，让世上的所有人都知道，到那个时候，即使办案人员，不，不仅仅是他们，我指的是我写过信的那些相关部门，即使他们再想掩盖，也没法把这件事压下来了。听到这里，我才似乎明白过来，脱口说道，原来你的真实目的不完全是让你成为公众人物，而是借助你的犯罪事实最终让我这个人走到公众面前，把我所做的那些事一览无余地揭示出来，到那时候，我纵有天大的本事也只能让自己的罪恶暴露在日光下了对吗？二女又点点头说，对呀对呀，我就是奔着这个目标去做的。我用眼角的余光乜斜着她说，看来你真是一个工于心计的毒女人，怪不得你祖先还有你的家人都没有善终，原来你们一家人的确是犯罪的行家里手。二女辩解说，他们怎么样我不知道，反正我之所以这样做，都是被你逼迫的结果。我想了一下又说，你设计的倒是不错，但你想过没有，如果我根本没有死去呢？二女打量了我一眼说，你有那么大的本事吗？千万不要小瞧我这碗蘑菇汤的厉害。我耸了耸肩膀说，其实你更不要小瞧了我这个人抗药性的厉害，这么多年来，我一直浸泡在鬼伞的毒药中，实话对你说吧，从我开始在自己生产的食品中添加鬼伞以来，我就一直在以身试法，每次发明一种新产品，我都要在自己身上率先体验，而且几乎每一天，我都要服用我公司里的产品，来自鬼伞身上的那些毒素早就浸透了我的骨髓，可以毫不客气地说，我身上的每个细胞中都有鬼伞的毒素，甚至更明确地说，我就是一株已经变化完成了的毒伞本身，如果你直接说我是山鬼那个神灵我也不会拒绝，在这种情况下，我伸出手，在她递给我的那只碗上轻轻推了一下，就算你在这只碗里放了再多的鬼伞，那也不过是为我增添了更多的美味而已，我不但不会继续中毒，而且可能增强更多更大的抗药性，这是你没有想到的吧？二女也像我一样耸一下肩膀说，我怎么会想不到这一点呢？在我的第二套方案中，就算你没有被我毒到七窍流血，但你也肯定会倒在床上不能行动的，其实还用得着这碗毒气四溢的蘑菇汤吗？在这些日子里，你不是已经倒在了床上吗？我抹了一把脸上的汗说，这些日子我的确经常头晕目眩，而且头疼欲裂。二女拍拍我的脸说，你知道这是为什么吗？我承认她说的没错，看来不管我是一个怎样的人，都不可能不让那些鬼伞在我身上起到作用。二女继续往下说，就算你死不了，但只要你有了严重的中毒症状，我就依然可以给派出所打电话报案，然后依旧去派出所里自首，同时也依旧给报社的记者打电话，让他们到派出所里来采访我。我困惑地看着她说，既然我不会死去，你还自首个什么劲儿？你以为派出所是你的家，会长期收留你吗？还有报社，你打电话又有什么用？等人家赶到看守所的时候，你已经被那些警察赶出来了，你的杀人过程又怎么可能得到报道呢？二女退而求其次地说，这些都是很可能发生的事儿，但无论怎么说，我都想赌一把，不管你是死没死，反正我都是一个犯罪嫌疑人，有我给你灌食那些蘑菇汤的事实所在，有出警人员办案的记录所在，我不相信那些唯恐天下不乱的报社记者会放弃这样有价值的新闻线索，就算你花了再大的价钱买通他们，但你在中毒后于医院里治疗的时候，还管得了人家记者怎么写报社怎么发表舆论怎么炒作吗？我叹了一口气说，不能不承认你所说的这种情况有发生的可能，但我依旧想不明白的是，你到底知道不知道，你这样的行为其实也是一种犯罪，这与你的处事原则不是正好背离甚至大相径庭吗？二女回答我说，我当然知道这是犯罪行为，不要说对另外一个人实施毒害的手段，即使在脑子里这样想一下，在我看来也就是一种罪过。我摇摇头说，那我就更感到不解了，据我了解，你可是一个无论如何都不想与罪过沾边的人，因为你的祖先和家人带给你一个深刻的教训，那就是不管在什么情况下，一个人都不能与犯罪结缘，正像你说的那样，即使这样想一下都是不能为你所接受的，一直以来，你的确也是这样做的，可具体到我身上，你却不惜玷污保持一辈子的好名声，竟然以身试法，硬着心肠对我大开杀戒，你不觉得你是一个多么虚伪而阴险的人吗？难道过去你表现的那一切都是做给别人看的，而其实你是一个极其冷血的人，骨子里弥漫着你祖先的犯罪基因，所以无论你怎么掩饰，最终都只能暴露你的残暴本性是这样吗？二女使劲摇摇头说，当然不是这样，为了接受我祖先和家人的教训，避免走上他们那些充满血腥气的悲惨道路，我和我弟弟一直坚守与他们划清界限，并付出沉重的代价为他们赎罪，这是我们始终坚守的一条不可违背的原则，现在我之所以打破这条禁忌，对你痛下杀手，是因为你是一个无可救药的犯罪分子，而且不思悔改，一般人又对你无可奈何，只能由我来清除你这个祸害，就像清除那些罪恶的鬼伞一样，在这种情况下，我即使与犯罪结缘，那我也认了，我相信即使我来到了地狱，就算面对最冷酷无情的魔王，它也是会理解并最终原谅我的。我深深地叹了一口气说，到底是谁给了你如此巨大的勇气，让你在这种复杂的情况下做出了属于自己的选择？二女转过头去，望着窗外已经开始透出一点点亮色的夜幕，用喃喃的口气说，是它。我不解地问她，谁？你说的它到底是谁？二女从睡梦中醒来，看到有一个黑色的影子站在面前，由于它背对着灯光，这使她看不清它的面目，只是感到它毛茸茸的影子十分庞大，她需要仰起头来才能接触到它的目光。你是谁？二女惊诧地问道。那个影子回答她说，我是山神。二女不敢相信它的话，止不住问道，山神不是已经死了吗？因为她早就听说，山神受到居心叵测的山鬼诱骗，误入悬崖的边沿,被山鬼推到那个深不见底的黑洞里去了。你相信我会死吗?山神问她说。我不愿相信,二女摇摇头说,可是这些日子以来,一直没有你的消息,所以那些说法就一直弥漫在我心头。山神郑重地说,现在你相信了,我并没有像那些传言说的那样死去。二女呆呆地看着它,那你到哪里去了?山神模棱两可地说,我只是暂时离开了一下。二女悲伤地说,没有你,这个世界就要乱了套,所有妖魔鬼怪都跑出来了。山神立刻说,正是因为这样,我才马不停蹄地赶回来。二女再次问它说,你还会再次离开吗?山神用坚定的语气说,不会了,我要惩治那些坏蛋,把所有魔怪都赶回它们的老巢里去。二女急忙问它说,那我应该怎么办?山神指点她说,先从你个人做起,从你身边做起吧。二女几乎马上就知道该怎么办了,但她又犹豫了一下说,如果那样去做的话,我岂不是走到犯罪边缘了吗?这样一来,我和我的祖先和家人又有什么区别呢?山神语重心长地说,如果你是与大多数人与这个世界作对,那么你就是真正的犯罪,如果你是顺应大多数人和这个世界的意愿,为他们清除你身边的祸害,那么这种行为不仅仅是犯罪,而很可能是一种难得的功勋。二女摇摇头说,我不要什么功勋,我只要远离罪恶就行了。山神回答她说,那你就按照自己的意愿去做好了。二女还有些把握不定,可不管怎么说,这都是要让我杀人的一件事,我担心自己下不了手。山神向她指出说,这说明你身上还缺乏行动的勇气和力量。二女点点头说,的确是这样,那我的勇气和力量又来自何方呢?到这个时候,山神不再向她隐藏自己的真实面目,便朝前走了一步,让自己袒露在明亮的灯光下。二女仰起头来看,就像传说中的那样,出现在她面前的这个大物真的就是一头高大威猛的黑熊。我吓着你了吗?山神温和地对她说。没有,二女摇摇头说,在我的内心里,你已经出现过好几回了,所以我只是感到来自你身上的亲切和温暖,而没有一丝丝恐惧的感觉。山神欣慰地点点头,伸出它的前掌,慢慢地放在二女头上。天下最美好最纯洁的女孩,山神由衷地对她说,让我给你行动的勇气和力量吧。二女闭上眼睛,承受着山神的前掌对她的抚摸,很快便感受到一股冷热交加的气流从头顶灌入了身内,在她的幻觉中,自己的身子也像那个庞然大物一样膨胀开来。我行,感受着那种急快到来的气流,二女欣喜万分地对自己说,我行。我嘲笑二女说,你这个梦境虽然美好,但毕竟离现实十万八千里,我不是对你说过了吗?山神早就死去多时了,就算它是天下本事最大的神灵,也不可能从深不见底的黑洞中逃出来，你所想象的山神复活，不过是你一个人狂妄无知的虚幻意愿罢了。二女冷笑着说，不管你说什么，反正我都要行动起来，因为我现在什么都不怕了，只有行动才是我活在这个世界上的原因。我痛苦地问她说，你所说的行动，就是对我下手了？我再次在她手中的碗沿上敲一下，也就是让我喝这碗蘑菇汤了？二女使劲点点头说，没错，就是这个样子，我要用这碗毒性猛烈的蘑菇汤送你上西天，当然，如果你要去地狱的话我也没有什么意见。听到这里，父亲的魂灵再也克制不住了，马上跳出来对我说，怎么样怎么样？我对你的警告现在兑现了吧？现在这个女人已经对你赤裸裸地露出了杀机，你还等什么呢？马上像她说的那样行动起来，到厨房里去取那把菜刀，把她给我杀死杀死杀死。我从睡梦中睁开眼，看见二女从厨房里走出来，手里端着一碗冒着热气的大碗，她还没有走到我面前，从她手中的碗里冒出的迷人香气已经快要醉倒了我。蘑菇汤，我在心里对她念叨着说，我要喝那碗蘑菇汤。我瞪大眼睛，朝着一步步朝我走近的二女打量。我看见母亲把手中的大碗送到父亲的嘴边。父亲在仰起脖子的同时，掉过头来看了我一眼，嘴里发出哀痛的声音，救救我，她要把我害死了，快救救我。我极力睁开眼睛，支撑住睡眠带给我的疲劳和困倦，让眼睛里发出来的僵硬目光盯住厨房，盯住正在从厨房里走出来的那个身影。二女手里端着一只冒着热气的大碗，正在从厨房里走出来，向着躺在床上的我一步步走来。她要给你喝蘑菇汤了，父亲的幽灵在我耳边叫喊，小心蘑菇汤里有毒。我在心里对他说，我当然知道那碗蘑菇汤里有毒。父亲断然说，那你千万不要喝。我无可奈何地说，如果她非要灌我喝呢？父亲又喊起来，难道你就那么听她的话？我反问他说，当年你不也是听了我母亲的话吗？父亲忽然哭嚎起来，那是因为我是一个驼子，我根本就不是她的对手。我无奈地对他说，我现在也是一个病入膏肓的人，难道我就是她的对手吗？一个快要走到生命尽头的患者不可能打败一个生机勃勃的人。父亲悲愤地呵斥我说，你怎么会那么悲观呢？难道你不知道吗？你是一个远近闻名的企业家，你是莫邪山里出来的大名人，连市长都给你颁发过奖状，电视台和报纸都拿你做文章，你怎么可能败在一个什么也做不了的小女子手里呢？我叹了一口气说，正是因为追求这些本来不属于我的东西，让我差不多耗尽了身上所有的力气，尤其是与那个该死的山鬼合作，让我被它那些毒素染遍了全身，现在我感到精疲力竭，哪里还能打起精神来与别人搏斗呢？父亲气恼地拍着手说，那也不能坐以待毙，只要你还是我的儿子，就不能让我眼睁睁地看着你被人家害死。我在心里嘲笑他说，难道我真的是你的儿子吗？这样一想，父亲尽管心有不甘，但绝对受不了如此的侮辱，便只好知趣地隐去了。四平你说什么？难道我真的在那个时刻失去了反抗能力，而甘愿接受你姐姐对我的惩罚吗？当然不会，如果那样的话，我又怎么能杀死二女并到那个精神病院里躲避我所应该受到的惩罚呢？此刻我又怎么能坐在你面前给你讲这些令人难以置信的故事呢？四平我告诉你，那时候我之所以不愿听那个貌似我父亲的家伙警告，而打算按照二女的意愿喝下她那碗毒气四溢的蘑菇汤，是因为那个时候我已经看出来，二女这样做无非是自己找死，是的，你没有听错，我说的就是你姐姐是在找死，力图用这种方式刺激我采取行动，向她痛下杀手，用那把她刚才还在使用过的菜刀将她砍死，砍成一团肉，我不是在有意刺激你，也不是对二女的肆意侮辱，在她死去的这些年里，我无时无刻不在思念她，因为在这个世界里，没有任何一个人像我这样爱她，我说得丝毫也不夸张，不管你信不信事实都是这个样子，既然这样，我为什么在她死去二十年后还在造她的谣言，甚至像你说的那样去侮辱她呢？看来在这个世界上，你们所有的人包括那些办案的公安人员还有报社的记者甚至在高空里一直看着这一切的老家伙的魂灵都被你姐姐欺骗了，只有我老枪，才真正洞晓二女让我喝那碗蘑菇汤的真正用意，没错，她绝对不是要把我干掉，她知道凭她一个根本没有什么力量的小女子，是不可能把我这个尽管深染重毒却依旧不乏活力的家伙杀死的，而最终的结局不过是我从床上爬起来，在打碎她手里的那只大碗后，跑到厨房里从案板上拎起那把寒光闪闪的菜刀，把她不由分说地剁死，但我不能不说，这样的结局便是她一直期待的目标，她之所以冒着风险把那碗蘑菇汤端给我，就是奔着这个对她来说无比残酷的结局来的。那时候，我虽然身染重病，很多时候都会感到天旋地转，并头疼欲裂，但我却没有失去行动的能力，更没有失去分析判断的能力，我之所以置在我耳边聒噪的父亲的警告于不顾，就是因为我懂得二女的心思，明白她这么做的真实用意是什么，而不想上她的当，让她的阴谋得逞，用她的牺牲具体说是让自己的身体变成一堆肉来换取我的被捕，以便让那个最终的目标出现，那便是我的毁灭，她知道只有通过这样的方式，才能将我以及我的商业帝国送到深渊里去，或者让它在这个世界上灰飞烟灭，其实从她在虚幻中见到山神的影子时，或者说从她感受到山神赋予她的勇气和力量时，她就决定这样做了，用自己的牺牲换取我以及我所代表的那些罪恶的消失，从某种程度上说，二女作为一个普通的小女子，一个背负着祖先和家人罪恶的女人，一个在这个世界上最为天真和善良的人，其实是在用自己的生命为这个已经走上邪恶之路的世界做祭奠，力图用她的一己之力将这个偏离了正确轨道的社会扳回来，沿着山神或者说老天赋予它的康庄大道顺利走下去，从这种意义上说，二女的确是在为这个社会建立功勋，就像你在二十多年后变成了一个英雄一样，其实二十年前她就是一个名副其实的大英雄了。不要认为我在说胡话，在精神病院里度过那种非人折磨的二十年间，我一直在思考这个问题，并且越来越清晰地看到了二女牺牲在我刀下的价值和意义，也就更加坚信我在那时候把二女疯狂地剁死也是在做一种牺牲，不但把我和我的帝国真正送上了绞刑架，也让我从此以后成了一个失去理智的疯子，为了躲避法律的制裁，才躲到那个混乱而黑暗的精神病院里经受那些难以置信的蹂躏和折磨。四平这不是我的刻意辩解，也不是我的疯狂无耻，而不过是顺应一个已经发生了的悲剧现实，把其中的一些真实状况向你透露一下而已，谁让你是二女的弟弟呢？不管怎么说，我们还算是亲戚呢，我就算把这个为一切事件提供上演舞台的乌龙镇忘掉，也不会忘记你这个侥幸逃掉的戏中人。没错，尽管二十年的时光过去了，但过去那出大戏毕竟还没有演完，作为当年的戏中人，我们还有责任也有义务把那出难得的戏剧进行下去。我逃出精神病院之前，那个被山神追杀得隐来藏去的山鬼偷偷找到了我，让我不要再继续躲在那个该死的地方，既然我还没有失去生命，那就不能在那个精神病院里空耗时光，而应该设法从那里逃出来，回到故事的发生地，把有待续写的结尾演出来，只有这样，那出本该在二十年前落下的帷幕才能真正降临。不要怀疑，我的确在精神病院里见到了山鬼，也不要相信外面那些传言，山鬼是不可能被山神轻易杀死的，它的确受到了山神的追杀，也就是说，山神的归来倒是真的发生了，但它却没有像对大家许诺的那样清除山鬼，它甚至连山鬼在什么地方都不知道，又怎么可能把它真正杀死呢？放心吧，尽管山神已经归来，或者照你们说的那样已经复活，但只要山鬼不被它杀死，这个世界就不会平安，就有可能再回到被山鬼控制的状态中，山神的再次离去，或者像不被你们所承认的那样再次死去，是迟早要发生的一件事，不信我们走着瞧。怎么你不愿意听我这些话？或者你对我的讲述已经感到了厌烦？好吧好吧，为了把我们之间的话说完，就让我还是回到原先的话题上，讲述二女端给我蘑菇汤的场景，或者讲述我装作无知的样子，从厨房的案板上拿出那把菜刀，把二女剁死以便成全她的情况，也就是我以自己的牺牲换取她的成功也导致我的商业帝国毁灭的过程。我从睡梦中醒来，看到二女并不在我身边，她躺卧的地方空荡着，摸上去也没有什么温度，这说明她已经离开这里很久了。这时我听到了菜刀咔嚓咔嚓的切菜声，于是把目光投到卧室外，穿过空荡的客厅，落在厨房的门口，透过半开的门板缝隙，看见二女的背影正在灯光下晃动，莫非她是在为我做饭？过了不一会儿，二女从厨房里走出来，手里捧着一只飘着热气的大碗，她还没有走到我面前，那股热气裹挟的醉人香味便扑到我脸上，我闻出来，那是一股来自鬼伞的香味。二女，我在心里对她说，你来吧。很快，二女就走进卧室来，走到我床边来。你饿了吧？二女微笑着对我说，我给你做了一顿饭。我盯着她说，做的什么饭？二女把那只大碗朝我面前送了一下，是一碗蘑菇汤。我的目光也便落在那只大碗上，不自觉地点了一下头。就在这时，父亲在我耳边叫喊起来，当心，蘑菇汤里有毒。我回答他说，还用你来提醒？难道我不知道吗？父亲继续叮嘱我说，千万不要喝，不然你可就什么都晚了，不能让我的历史在你这里重演。我没有听他的话，便伸出手去，把捧在二女手里的大碗接过来，这时我真感到饿了，连续几日的头晕目眩和头疼欲裂把我折腾苦了，如果再不吃一点东西的话，我真担心再也爬不起来了，但我又想，如果我把这碗蘑菇汤喝下去，是不是就更爬不起来了？于是，我把碗捧在自己手里，把嘴凑过去，刚刚做了一个喝汤的架势，就马上又让碗离开了我的嘴边。看到这里，二女肯定有些失望，她一直跳动在嗓子眼里的心脏不知要从嘴里冒出来，还是又落回到肚子里去。怎么不喝了？她颤抖着嘴唇问我说，是不是不够香呀？我微笑了一下说，香倒是真够香，但它里面那些毒可能会让我受不了。听我这样说，二女的脸色有些变，毒？什么毒？她还装做什么也不知道的样子。蘑菇的毒呀，我冷静地回答她说，你在这里面加了那么多鬼伞，难道它的毒性还小吗？如果不出意外的话，它毒倒一头大象一般的动物也是有可能的，何况是我这个快要病入膏肓的人呢？话既然说到这个份上，二女也不好再装下去，索性把脸色一沉，让真实面目暴露了出来。你说得不错，她冷笑着对我说，这碗有毒的蘑菇汤是专门为你熬制的，目的就是让你从这个世界上消失。说着，母亲就夺过那只大碗，强力向父亲的嘴边逼近。父亲仰起头来，整个上半截身子都朝后退却，希望离那只危险的大碗更远一些。母亲索性一不做二不休，伸出那只空着的手，扳住父亲的脖子，然后将另一只手里的碗再次朝他的嘴边逼近，由于两只手一起用力，尽管父亲极其不情愿，但还是让嘴巴离那只大碗越来越近。你这个歹毒的女人？我一边继续朝后退却，一边喘息着朝她骂道，你这是明目张胆要害死我呀？二女两只手再次同时用力，让她手里的那只碗更加逼近了我的嘴唇，如果没有什么变故的话，她那只碗里的蘑菇汤肯定要灌到我嘴里来了。到时候了，我在心里对自己说，开始吧。于是，我收起刚刚做出的虚弱样子，抖擞起精神，伸出手来，只是稍稍一用力，就把她手里的大碗打落在地下。那只盛满蘑菇汤的大碗翻了一个跟斗，便掉落在地下，在汤水泼洒到四处去的同时，大碗跳动了一下，很快裂成了一堆碎片。我不能让你害我，我告诉故作紧张的二女说，我不得不做出反击了。二女回答我说，我知道你不会坐以待毙，早就等着你做出反抗的举动了。我盯着她说，你真的希望我这样做吗？二女闭了一下眼说，我巴不得你这样做呢。我点点头说，那么好吧，就让我遂了你的愿吧。我转过身去，急快地跳到地下，然后冲出卧室，穿过客厅，进到厨房内，从案板上抓起那把刚刚切过蘑菇的菜刀，掉回身来，再以相反的步骤回到卧室内。在做这一串动作的时候，我是多么希望二女采取逃跑的措施，或者从门口跑出去，或者从窗户里跳出去，哪怕她仅仅做一个离开这里的架势也行，那样一来，我就有可能放弃下一步对她的行动，或许真的放过她去也是有可能的。但这一切都没有发生，在我有意放缓去取菜刀的节奏时，二女一直平静地待在卧室里，没有做出丝毫逃离的姿态，好像她今天要完成的最大任务，就是站在卧室里等待我取来菜刀，在她头上和身上毫不留情地砍下去。当然，在我即将用菜刀朝她头上和身上劈去的时候，我也稍稍犹豫了一下，在心里止不住问了一句，有这种必要吗？明明知道你要上她的当，为什么依然按她希望的步骤走呢？你难道不知道，如此一来你的商业帝国可真的就走到穷途末路了，更重要的还有你这个人也快要从这个世界上消失了，尽管你在那些注定要管理你的人身上下足了功夫，但这个惊天动地的事件一旦发生，那些人即便有再大的胆子，也不会冒着风险来保证你的生命安全的。就是这个念头让我产生了稍稍的犹豫，举在手里的菜刀久久地不能落下去。可就在这时，我听见一个人在我心里说，精神病院,你可以在精神病院里躲起来,无论你有多大的罪行,法律也不会惩办一个处于疯狂状态的人,虽然那个地方不是一个理想的去处,但起码可以保证你的生命安全,就像俗话说的那样,留得青山在不怕没柴烧,尽管你的商业帝国由于这件事而走向了毁灭,但只要有你这个人在,等到合适的时候东山再起,还愁不能把第二个或者说更为庞大的帝国建立起来吗?开始的时候,我以为是父亲在我耳边聒噪,向我出这个并不怎么靠谱的馊主意,但很快我便体会到,这个声音并不是父亲在我耳边发出来的,而完全是来自我的身体内部,可让我感到不可思议的是,那并不是我自己的声音,而是另外一个什么东西在我体内发声。我不禁感到诧异,难道我被魔鬼附体了吗?这个念头像电光石火一般闪过我的脑际,我一下子明白过来,此时此刻,这个举着菜刀要对他的女人砍下去的人并不是我这个叫老枪的人,而是一个叫作山鬼的神灵,也就是说,在这个时刻里,我已经变成了真正的山鬼。既然你是山鬼,我在心里对自己说,你还有什么好怕的呢?于是我把菜刀更高地举起来,对着坦然面对我的二女砍下去。一刀、两刀、三刀。我看见二女丝毫不做反抗,便在我菜刀的砍击下倒在地下,然后任由我继续挥舞刀子朝她身上砍击,七刀、八刀、九刀。我的眼睛一阵模糊,竟然看见在我菜刀下的那个身子变得分外庞大,而且呈现出一副毛茸茸的模样,完全不像是二女那样一个纤细女人的身体。你是谁?我问它说。我是山神。它回答我说。我猛然一机灵,从迷幻状态中醒悟过来。不会吧?我急急地在心里发问,我砍死的不会是真的山神吧?如果现在我是叫老枪的那个人,我会为这个念头的出现吓得不知所措,连手里的菜刀都会丢到地下,然后跪下来向它求告忏悔也说不定呢,但我现在不是老枪了,而是那个不可一世的山鬼,在这个暂时没有了山神的世界上,我这个叫山鬼的家伙才是真正的神主,我来到这个世界上的目的不就是为了驱逐山神吗?现在机会终于来了,山神竟然出现在了我刀下,那我还有什么好犹豫的呢?来得正好,我在心里对它说,我正要再杀死你一回呢,现在让我一鼓作气砍死你,再也不让你逃走一次了。这时我也明白过来,作为莫邪山里至高无上的神灵之所以败在我这个普通小鬼手里,是由于我掌握了菜刀这种利器,因为在所有关于神灵的记载中,神话都绝对是干不过铁器的,这就是科学的力量,也就是我顺应这个时代所得到的一个最大结果。在这种强烈意志的支配下,我把手里的菜刀举得更高,用更加急迫的力量和速度频频砍下去，二十刀、三十刀、四十刀。终于，我让山神在我的菜刀下变成了一堆红白相间的肉。四平你害怕了吗？你的身子在不住地发抖，已经做出了从我这里逃跑的架势，看来你比二女还有愚蠢的山神聪明多了，但请你放心，我现在不会对你动手的，至于你们李家的厄运到底有没有像一只乌鸦那样飞走我实在不知道，所以我现在不会用菜刀对付你，你看，那把被我留在这里二十年的菜刀已经生锈了，尽管在这些日子里我不断地打磨，但它也不可能像二十年前那样锃明瓦亮了，虽然在这二十年的漫长日子里，那个该死的山鬼一直在我的身体里作祟，搞得我没有一天能安静下来，并最终在它的蛊惑下逃出精神病院，来到这个叫乌龙镇的地方继续兴妖作怪，但我还没有找到究竟在什么地方作为我接下来行动的突破口。你说什么？你不相信山神已经死去？没错，在这二十年的反思当中，我一直觉得山神并没有被我砍死，尽管它变成了一堆红白相间的肉，但它的灵魂却还活着，我无论如何也无法把它的灵魂拿走，只要它的灵魂还游荡在这个世界上，那么说不定哪一天它就会重新复活，以崭新的面目来到我们面前。你说不用等到那一天，山神早就回到这个世界上来了？或者像你说的那样我实际上是中了山神的诡计，被它诱骗到这个别墅里来接受它的审判？哦哦，你所说的也不是没有道理，这种可能性的确是存在的，但是在我想来，就算这是注定要真实发生的一件事，也就是说在接下来的某一天，一场由山神引发的天火让这个荒芜的别墅变成一片火海，我作为山鬼的化身在火焰中死去，最终变成一具烤光了体毛的猴子尸体，但这并不表明是我的最终失败，既然山神能够复活，我山鬼就不能重新出现在这个世界上吗？其实我并用不到自己逃到精神病院里去避难，而是在经过司法部门的鉴定后，由代表政府的人把我送到那个该死的地方去。那个时候，我只是趴在地下，搂抱着那一团红白相间的肉，一边大声哭泣一边等待着办案警察的到来，而嘴里依旧神经质地嘟囔，我砍，我砍，我砍……

后　记

从写作时间上来说,《康复时代》的四部作品均早于《大河》三部曲,是我继《伊甸园》四部曲之后的另一组"乌龙镇"系列作品。暂时告别了鲁西文化资源小说的创作,回到我的文学主阵地来,谈一谈《康复时代》系列作品以及乌龙镇小说创作,对我来说是一件很快乐的事儿。

一

忘记是哪一年了,我看过这样一份统计数据,全国有心理疾病的患者已经达到了 1.8 亿人。我以为自己早就是一个想象力格外发达的人了,但现实生活的残酷和不堪还是出乎了我的意料。我不知道这个社会怎么了,在它看上去一派繁荣昌盛的大好局面下,到底隐藏了一些怎样灰色的真相? 我们从一个"国民经济到了崩溃边缘"的时代里走出来,经过数十年的高速发展,不仅成功地融入世界秩序,还成了这个世界的第二大经济体;对于我们每个人来说,不但再也不用担心挨饿受冻,而且大多数人都住进了高楼,开上了汽车,没事的时候还可以迈出国门溜达一圈,这样的"盛世"又岂是我们那些备受苦难的先辈想得到的? 但不知怎么回事,突然之间,我们这个欣欣向荣的社会却又被那么多遭受精神痛苦的患者充满了,我宁愿相信是那个做这项统计的人马虎大意搞错了数据,而那些经受不住心理病痛折磨而从高楼上往下跳的身影,都是我在真假不明的状态中产生的可怕幻觉。

我一向认为,写作者和他所面对的世界是一种对立的关系,他天生带着啄木鸟的目光打量出现在面前的树木和森林,即使一再受到赞誉的时代在写作者笔下也是伤痕累累的,鲁迅那句"揭出病苦,引起疗救的注意"虽是不为人所喜的老话,却是写作者必须秉承的至圣法则。于是乎,对病态社会中的病态人给予足够的人文关怀,便成了写作者在这个时代里的当务之急。如何让人们走出病痛的泥淖,以健康的状态享受经济发展的美好成果,也就成为我这个渺小写作者的历史使命。

就是在这样的背景下,这几部被命名为《康复时代》的作品便来到了我笔下,代表了我那个时期的写作方向。

<h2 style="text-align:center">二</h2>

《疾病传说》是在我的长篇小说写作进入得心应手的状态中完成的,写作得非常顺利,我想这得益于《巫女阿诗玛》《盲瞽预言记》《天河——重述牛郎织女》等长篇小说的历练,我由一个中短篇小说的写手转入长篇小说的创作,经过了好长一段时间的摸索和痛苦转型,终于找到了长篇小说的写作路径。我是一个注重而且依赖叙事的作家,一旦找到了恰当的叙述基调,就像一辆性能上佳的车辆,只要发动起来,要想让它中途停下也是十分困难的,我时常感到,笔下的句子就像滔滔河水一样涌流不止,能够让我充分享受一种被裹挟被淹没的感觉,而且我也固执地以为,只有体验到了这种美好的感觉,写出来的文字才拥有神性,才能让作品具备纯粹和超拔的能力。《疾病传说》大体就是在这种状态下写出来的。

这是一本关于信仰的书,或者更完整一些说,是一部有关信仰和背叛的作品,以中国革命和建设时期为背景,描写人们在这几段历史进程中的遭遇、坚守、迷惘、妥协和抗争。故事中的几个主人公(曾经的革命者、警察、风尘女的女儿和失业工人)先后背叛了自己的信仰,而走到自己人生的反(背)面。这当然也是一种选择的结果,而且是一种更加顺应时代的选择,并不是主人公们凭着一己的意志就能左右的,纵观整个20世纪的社会变迁,身在其中的人们如果不发生人生道路的转折几乎是不可能的,所以主人公们对曾经坚守的信仰选择背叛也是顺理成章的。我无意指责人们坚守或背叛初心的选择之举,只是意在告诉读者,失去或背叛信仰并不是一件简单的事,而是伴随着炼狱般的挣扎和拷问的,我不过是把这种挣扎和拷问的过程用文字呈现出来罢了。

这部长篇写完之后,很快就以《饕餮综合征》为题在《百花洲》杂志上发表了,而且编辑部使用了"致敬文学大师之作"这样的词句作为推介语,看得出他们对这部作品还是相当看重的。与此同时,由于这部书涉及"革命"的话题,曾经成为《伊甸园》四部曲的组成部分。但它的确又是一部关于疾病的书,所以放到《康复时代》当中来也是非常恰当的。另外我还要声明一下,现在这部《疾病传说》是我刚刚修竣的第三人称版,与大家先前看到的第一人称版不是一回事……

三

其实，《忧郁时刻》最初不过是一部中篇小说的残片，仅仅写了一两万字的篇幅，就被我丢弃在了一边。不知道经过了多少年，我在旧文稿中翻出了这个开头，觉得还有些意思，正好那段时间没有新的作品可写，于是就按照这个开头边构思边写下去……到这里，我的意思差不多已经表达出来了，没错，现在这部《忧郁时刻》在写作前并没有一个完整的构想，而是我有意对自己的写作进行一下新的尝试或练习，也就是一边写作一边构思的产物。这对我当然是一个不小的考验，因为要让后面的情节源源不断地生发出来，而又不能违背前面故事的逻辑关系。这让我体验了一把即兴写作的瘾……

具体说来，《忧郁时刻》写的并不是一个有关"忧郁症"的故事，而是一个关于"历险"的过程（这与我写作时的状态十分相似）：主人公们为了揭开笼罩在自己和身边人身上的谜团，不得不去遥远的乌龙镇去探一次险，因为事情的真相与那个似有若无的村庄相关……当然，读者也可以把主人公在这部作品中的所有行为都视为一次历险，为了自身的利益，他们使用无所不用其极的手段对待他人和社会，这样的人生行为如果不是历险的话还有什么算得上呢？但这些几乎不为他人所知晓的可耻行为一旦从他们自己的口中说出，却无形中又给我们增加了几分理解和原谅的成分，回顾我们自己的人生，难道不能从他们身上找到自己奋斗历险的影子吗？

如此看来，这部作品中的"忧郁症"几乎成了一个解说主人公行为的由头，正像我认定"魔幻现实"并不仅是发生在美洲大陆上的现实状况而已经变成一种创作方法一样，"忧郁症"在这部作品中的意义同样不仅仅是疾病类型而也成了一种创作方法。正是凭着这个方法，作品在不断建构的同时，又在不断地解构，事情刚刚呈现一种看似真实的状态，却很快又被另外一种完全不同的情况打破，正应了那句颇含哲理的俗语，公说公有理，婆说婆有理，真相到底在哪里？我们似乎永远不知道，或者干脆说，真相好像根本就不存在……《忧郁时刻》是我摆脱现实的羁绊后写作最为自由畅快的一部作品，在此之前，我一直处在戴着镣铐跳舞的写作状态中，对于类似天马行空的写作方式只是视为遥不可及的理想，但在写作这部作品的时候，我却真的体验到了……

这部长篇小说较《疾病传说》完成早一年，在《百花洲》杂志以《大声呼喊》为题发表时却又晚了一年多。百花洲文艺出版社曾经打算推出我以"疾病"为主题的几部长篇小说，但由于领导层和编辑人员的更迭，最终这个计划没有实现，成了我一件不小的憾事。

四

不能不说，写作《诊断报告》这部长篇的念头一来到我的笔下，就呈现出一种较为宏大的结构样式。那些日子里，趁着写作《伊甸园》四部曲的余风，我决定还要对我们经历的这一百年左右的历史变迁进一步书写。有一个时期，我曾经明确地告诉自己，由于轰轰烈烈的革命运动对中国现当代历史的影响过于深远，现在我们所经历的改革开放时期也不过是这场革命的组成部分，我曾经用一个形象的说法"革命的余音缭绕"来形容（类似于"后革命时代"的提法），也就是说，这部紧接着《伊甸园》四部曲而写作的《诊断报告》，也是这种观念的产物。

基于上述的想法，《诊断报告》一出现就牵扯到了历史上重要的问题"革命"和"信仰"，以及我们所处的这个时代同样重要的问题"资本"和"寻根"。这些曾经支配社会走向而在今天依然起决定作用的问题，其所生发出来的生活影像，竟然很好地成为中国近代以来历史的一个缩影。这是我最感兴趣的切入点，更为关键的是，我在故事中植入了一个有关强迫症的"抓手"，用它即能轻而易举地将上述问题提溜起来。大约与这些设想和构思相关吧，这部作品 2015 年被山东省作家协会列为重点扶持项目。但接下来的问题是，怎样让以上观念和构想变成鲜活的故事与情节，怎样以栩栩如生的人物形象打动口味越来越高的读者，对我来说依旧是一个不小的考验，所以在具体的写作当中不能不下一番功夫。与上两部作品有些不同的是，《诊断报告》是以讲故事为主的，而且不断地变换人称，以保持作品的鲜活程度。与此同时，作品中融入了大量民间传说，以及故事发生地特有的神秘因素，以增加作品的叙事魅力。当然，这方面的努力是一直贯穿了整个"乌龙镇"题材小说创作的，不论是中短篇小说，还是长篇小说，我都把有关中国（东方）的神秘文化作为作品的组成部分，只不过在《诊断报告》中体现得更为明显罢了。

让我有些把握不定的是，这部作品现在呈现出来的叙述样式，可能只是这部长篇小说具有的众多叙述样式中的一种，我的意思是说，目前的样

子未必就是一种最佳的选择。像每一部作品一样，作家一旦选择了其中一种叙述样式，就意味着对其他许多样式的舍弃，对于中短篇小说，你还可以多写几遍，我就做过这方面的尝试，对于同一个题材写出好几个不同的版本，而对于长篇小说这种动辄数十万篇幅的作品，是很难做到这一点的。具体到《诊断报告》这部作品，当我写完最后一个字时，我觉得还有许多没有呈现出来的艺术方式，如果换一个时间或者换一种状态来创作这部作品的话，可能是一副完全不同的样子也未可知。

五

与写作《忧郁时刻》的情况有些类似，《中毒反应》也是一个早就写过若干残片的题材。因为这部小说来源于现实生活中的真实案例，在大约三十年前，我刚从事文学创作的时候，就写过至少两个不成样子的作品，好像都是中篇小说的篇幅（那时候还不具备创作长篇小说的能力），现在看来，仅仅是一种作品雏形，根本没有达到成为正式作品的标准，所以就不知丢到什么地方去了。但这个题材却没有从我脑海里消失，数十年来一直在我眼前若隐若现，就像一个不肯离去的友人，随时做着前来拜访的准备。

我的创作习惯与其他人有所不同，在一年当中的大多数时间（一般为十个月）中，我都找不到恰当的写作状态，而只能把这段时间用于阅读，所以这些年来，我一直把阅读经典文学作品（尤其是外国现当代文学）作为比写作还重要的任务来完成。正是在这个过程中，我的文学视野不断开阔，各种文学思潮和文学流派都能为我所熟知，各个代表性作家和他们的作品也都能为我所读到，不仅成为我营养丰富的文学食粮，而且为我处理自己的创作题材提供了奇异巧妙的念头和灵感。正是在这种情况下，那位隐藏了如此之久的"朋友"终于现出身来，朝我发出了亲切迷人的微笑……几乎一刹那，我就知道该怎么写作这部作品了，2019年夏天，我终于把这位"朋友"请到了我书房里来。

与其他作品有所不同，《中毒反应》第一次让我跨越了现实与幻想的界线。在此之前，我是严格恪守这条线的，最多也就让一只脚跨过去，而且不做过多停留，就适时把脚收回来。这是我一直秉持的写作原则，以免真的"走火入魔"，堕入所谓"幻想文学"的泥潭。而在这部《中毒反应》中，我却把两只脚都伸到了那条线彼端，将处于虚幻世界中的神灵角色融入故事

中，让它们大篇幅地参与了情节的走向，对民间文学的化解和借鉴可谓走到了一个较为深入的地步。回头检视这部作品，正是由于这样的写作方式，让《中毒反应》在保持现实烟火气的基础上，增加了许多奇异和诗意的成分，从而让这个十分沉重的题材有了较为轻盈的写作风格，无形中形成了一种叙事张力。

不妨告诉大家，当初构思这部作品的时候，我曾经对如何处理老枪和二女这对形象产生过犹豫，即可不可以把老枪设计为正面人物，而二女则相反，老枪因为忍受不了二女的堕落而发疯，而把她杀死？那就与现在的人物设计正好反过来。但最终的结果却是，我依旧延续了现在的思路，不知道这种选择是否更好一些？另外，这也是一部特别注重叙述基调的作品，尤其是外篇《毒蘑菇》，为了较为准确地呈现一个精神病患者的疯言狂语，我尽量用一气呵成的方式讲述，每节数万字的篇幅不分段落，把不同场景交织在一起，形成一种彼此渗透交缠的混乱情状。这肯定给读者增加了不少阅读难度，但我一向认为，没有阅读难度的作品不是好作品。这当然不是说《中毒反应》就是好作品，不过是希望读者能像我写作时体验到的那样，享受一种被文字裹挟的狂欢化效果……没错，和写作《忧郁时刻》时的状态差不多，这部《中毒反应》也在很大程度上体现了我对狂欢化叙事的追求……

六

进入中年以后，我在轻慢了19世纪的文学状况很长一段时间的情况下，最终还是喜欢上了陀思妥耶夫斯基、左拉、狄更斯等现实主义作家，并为没有真正错过上几个世纪的文学大师而庆幸，看来该补的课无论如何是越不过去的。这几位与巴尔扎克和托尔斯泰齐名的大家对社会历史与人性世态的解剖及批判，对现实社会正面硬碰硬的书写方式，其力度、广度、深度和精细程度都达到了前所未有的高度。

但又不能不说，现实主义作家的这种写作方法要经历比其他流派作家更为强烈的写作难度，这其实还不是最为关键的，真正的问题是，文学创作是否必须这样面对现实？这竟然让我在敬佩他们的同时产生了危险的疑问。回顾文学发展史，我们不能不看到，文学自从产生那天起，在以拉伯雷、塞万提斯等文学大师以及《一千零一夜》等文学经典的引领下，文学（这里指的是小说创作）一直是与现实保持一定距离的，所以呈现在文本上便是表现、模仿、戏谑和嘲讽的风格为特点，在写作上表现为一种狂欢化游戏性的状态，没错，我要在这里更进一步强调"游戏性"这一说法，我越来越固执地以为，艺术从本质上说就是游戏，体现在小说创作上就是文学性（魔法性）。进入 20 世纪，文学在摆脱了现实主义的影响之后，义无反顾地进入现代和后现代主义的创作领域，以卡夫卡、乔伊斯、福克纳、马尔克斯等为代表的现代作家创造出了诸如表现主义、意识流、新小说、荒诞派、黑色幽默、魔幻现实主义等文学流派，我觉得其实是绕过了 18、19 世纪的现实主义思潮，重新回到以拉伯雷和塞万提斯为代表的文学源头，接续了断裂已久的文学发展历史……正是在这种疯狂而又危险的思想推动下，我进行了有关"乌龙镇"题材长篇小说的创作……

与此同时，我从来没有放弃对文学之外的一些学科，诸如社会学、人类学、心理学、民俗学、语言学等的关注和学习，在很大程度上受到了弗洛伊德的精神分析学说、荣格的集体无意识学说、弗莱的神话原型理论等学说的影响，并不断将它们应用到具体的文本写作中……

可话又说回来，由于我们受到现实主义创作方法的影响太过深远，尽管我有了上面的创作理念和写作尝试，却不能在实践中完全摆脱现实主义的制约和束缚，何况中国并不太具备现代艺术产生的环境，20 世纪 80 年代的先锋文学已经成为历史，所以我们只能在一个有限、局促、逼仄、狭小的空间中做一下尝试而已……这当然是一个尴尬的写法状况，却是我们不得不面对的现实……

尽管如此，我还是不能放弃这样一条创作原则：写作者在面对写作对象的时候，不可顺从现实世界所提供的逻辑，不仅不顺从，反而要抗争，要推翻，要打碎，要重建，要再造，是的，写作者的任务就是创造，创造一个只顺从他的美学逻辑的艺术世界，建立一个与现实迥然不同的梦幻之境。在这个与现实平行的国度里，写作者就是无所不能的上帝，"要有光，就有了光"，也只有在这个时候，卑微的写作者才能获得在现实世界里没有的强大和尊贵。

七

我从 20 世纪 90 年代开始文学创作，从那时起，一个叫作"乌龙镇"

（还有相伴而生的"莫邪山""鱼人河"等地理坐标）的文学发生地就悄悄被我建立起来。数十年来，我在很大程度上是生活在乌龙镇世界中的，从根本意义上说，乌龙镇已经超出了我的生活故乡，而成为我生命的出发点和目的地，如果说它是我的文学王国有大言不惭嫌疑的话，我可以用我们当地的一句话来表示，那就是"一亩三分地"。没错，乌龙镇便是我文学的一亩三分地。

相对于中国乃至整个世界来说，乌龙镇肯定是狭小的，偏远的，闭塞的，但它在我笔端引发的风暴，它在我眼前绘出的风景，却又是那么气象万千，那么丰富多彩，那么广阔辽远，那么深邃博大，对我这个渺小的写作者而言，乌龙镇就是宇宙的中心，现实世界中所具有的任何颜色、气味和声音它一样都不少，所发生的一切悲欢离合和生死离别都在它的舞台上轰轰烈烈地演出，所存在的全部不可言说的秘密和缠绵悱恻的风情都或隐或现地在它的人们中间。只要我来到乌龙镇的街道上，一和那些生活悲苦、命运多舛而又善良卑微的父老乡亲们搭上话，写作的冲动就会来到我身上，一个文学梦游症患者难以治愈的旧病就会复发，文学之神就会像魔鬼一样控制我的行为。写作是痛楚的，就像生孩子阵痛一样苦不堪言，但写作又是幸福的，就像孕育新生命一般让人沉醉其间。就是在这样的状态下，我把属于自己的精神原乡一点点构建出来，以表达对那个作为梦幻世界源头的真实世界的看法和态度。大概是60后作家的本性使然吧，我喜欢关注那些对我来说八竿子打不着的事情，对所谓的风云变幻有着浓厚的兴趣，并给这种写作行为施加上诸如"宽阔""纵深"等一类的词，至于讲述的方式除了掏心掏肺之外，我还告诫自己要尽力弄得"神秘"和"陌生"，纵情品尝"游戏"写作的滋味，至于到底是现实主义、现代主义或其他什么主义的创作风格，那就不是我这个单纯的写作者所能关心的了。

感谢中国海洋大学出版社，感谢我的责任编辑孙宇菲女士。在我若干作品的出版过程中，孙宇菲女士都以严肃认真的态度一丝不苟地给予批评和指正，让我这个自以为严谨的写作者发现了许多疏漏和缺陷。正是由于她的辛勤付出，我这些不太成熟的作品才得以顺利和读者见面。